出土文獻譯注研析叢刊

《說文》段注
部首通檢

朱恒發　著

林老師瓊峯之墨寶「溯源立本　博古通今」。

視而可識

察而見意

說文解字敘句

林璀峯

林老師瓊峯之墨寶「視而可識　察而見意」。

許翁叔重說文解字敘[1]

敘曰

　　古者庖犧〔pao´xi〕氏之王天下也，仰則觀象於天，俯則觀法於地，視鳥獸之文，與地之宜；近取諸身，遠取諸物。於是始作《易》、《八卦》，吕（以）垂憲象。及神農氏結繩為治，而統其事，庶業其繇（繁〔fan´〕），飾偽（詐也）萌（萌〔meng´〕）生。黃帝之史倉頡，見鳥獸蹏（蹄〔ti´〕）迒（〔hang´〕，見迒而知其為兔）之跡，知分理之可相別異也。初造書契，百工吕乂（乂〔yi`〕，治也），萬品（眾庶也）吕察（覆審也），蓋取諸夬（〔guai`〕分決也）；夬，揚於王庭。言文（書契）者宣教朙（明）化於王者朝廷，君子所吕施祿及下（謂能文者則加祿之），居德則忌也（謂律己則貴德不貴文也）。

　　倉頡之初作書，蓋（蓋）依類象形，故謂之文。其後形聲相益，即謂之字。文者，物象之本；字者，言孳（〔zi〕孳孳汲汲生也）乳而寖（浸〔jin`〕漸也）多也，箸（著〔zhu`〕）於竹帛謂之書。書者，如也（謂如其事物之狀也），吕迄五帝三王之世（黃帝而帝顓頊高陽、帝嚳高辛、帝堯、帝舜，為「五帝」；夏禹、商湯、周文武，為「三王」），改易殊體，封于泰（大）山者七十有二代，靡有同焉。

　　《周禮》八歲入小學，保（保〔bao˘〕）氏教國子，先吕六書。一曰指（指）事。指事者，視而可識，察而見意，二 二 （上下，古文也）是也。二曰象形。象形者，畫成其物，隨體詰詘（〔jie´qu〕，屈曲也），日月是也。三曰形聲。形聲者，吕事為名，取譬（〔pi`〕）相成，江河是也。四曰會意。會意者，比類合誼，吕見指撝（〔zhi˘hui〕，所指向也），武(武)信是也。五曰轉注。轉注者，建類一首（謂分立其義之類而一其首），同意相受（謂無慮諸字意怡略同，義可互受相灌注而歸於一首。），考老是也。六曰假借。假借者，本無其字，依聲託（寄也）事，令長是也（許獨舉「令」、「長」二字者，以今通古，謂如今漢之縣令，縣長字即是也。）。

　　及宣王大史（官名）籀（〔zhou`〕人名）著《大篆》十五篇，與古文或異。至孔子書《六經》，左丘朙（明）述《春秋傳》，皆吕古文，厥（〔jue´〕假借字，其也）意可得而說。其後諸侯力政，不統於王，惡禮樂之害己（〔ji`〕，另有巳〔si`〕、已〔yi˘〕。作者按：三字可如此記憶，巳封、已中、己通），而皆去其典籍，分為七國（韓、趙、魏、燕、齊、楚、秦）；田疇（疇〔chou´〕）異畮（畝〔mu˘〕）、車涂（途）異軌、律令異灋（法）、衣冠異制、言語異聲、文字異形。

　　秦始皇帝初兼天下，丞相李斯乃奏同之（書同文），罷（遣有辠〔zui`〕也。辠同

---
[1] 本篇敘文係作者參照《說文解字注》段翁注文作簡易註釋。

罪）其不與秦文合者。斯作《倉頡篇》，中車府令趙高作《爰〔yuan´〕歷篇》，大史令胡毋（〔hu´guan`〕姓氏，或稱〔hu´mu˘〕、〔hu´wu´〕）敬作《博學篇》，皆取史籀大篆，或頗省改（精簡也），所謂小篆者也。是時秦燒滅經書，滌〔di´〕除舊典，大發吏卒，興戍（〔shu`〕守邊也）役，官獄職務緐（繁〔fan´〕），初有隸書，以趣（〔qu`〕疾走也，方便快速之義）約易，而古文由此絕矣。

自爾秦書有八體。一曰大篆，二曰小篆，三曰刻符，四曰蟲書，五曰摹印（即新莽之「繆篆」也），六曰署書（凡一切封檢、題字皆曰「署」），七曰殳〔shu〕，云杖者、殳用積竹無刃）書（古者，文既記笏，武亦書殳），八曰隸書。漢興有艸（草）書。《尉律》（漢廷尉所守律令也）：學僮（童〔tong´〕）十七已上，始試，諷（謂能背誦《尉律》之文）籀書九千字乃得為史（吏）。又已八體試之，郡移大史（大史令也）并課（合而試之也），取（〔ju`〕聚。此字諸家註釋各異，讀者自辨）者以為尚書史（尚書令史十八人，二百石，主書）。書或不正，輒〔zhe´〕舉劾之。今雖有《尉律》不課（謂不試以「諷籀尉律九千字」也），小學不修，莫達(達，莫解)其說久矣（後不試，第聽閭里書師習之，而「小學」衰矣）。

孝宣皇帝時，召通《倉頡》讀者，張敞〔chang˘〕從受之、涼州刺史杜業、沛人爰禮、講學大夫秦近，亦能言之。孝平皇帝時，徵禮（爰禮）等百餘人（徵天下通小學者），令說文字未央廷中（各令記字於庭中），召禮為小學元士（孝平紀元始五年，征天下通知《逸經》、《古記》、《天文》、《麻算》、《鍾律》、《小學》、《史篇》、《方術》、《本艸》，及以《五經》、《論語》、《孝經》、《爾雅》教授者，在所為駕一封軺傳遣詣京師。至者數千人。）。黃門侍郎楊雄，采已作《訓纂〔zuan˘〕篇》，凡《倉頡》已下十四篇，凡五千三百四十字，羣書所載，略存之矣。

及亡新（王莽新朝）居攝，使大司空甄〔zhen〕豐等校文書之部，自已為應制作，頗（〔po〕很，相當地）改定古文。時有六書（與《周禮》保氏「六書」，名同實異）：一曰古文，孔子壁中書也；二曰奇字，即古文而異者也；三曰篆書，即小篆，秦始皇帝使下杜人程邈〔miao˘〕所作也；四曰左（佐）書，即秦隸書；五曰繆〔miu`〕篆，所已摹印也；六曰鳥蟲書，所已書幡信（「幡」，當作「旛」。漢人俗字，以「幡」為之。謂書旗幟，「書信」謂書符卩〔jie´〕。）也。壁中書者，魯恭王壞孔子宅而得《禮記》、《尚書》、《春秋》、《論語》、《孝經》。

又北平侯張蒼獻《春秋左氏傳》，郡國亦往往于山川得鼎彝〔ding˘yi´〕，其銘即寽（前）代之古文，皆自相佀（似）。雖叵（〔po˘〕不可也）復見遠流，其詳可得略說也。而世人大共非訾（《禮記》鄭注曰：口毀曰訾。），已為好奇者也。故詭（「詭」當作「恑」，變也。）叟（更）正文，鄉壁虛造不可知之書，變亂常行，已燿（耀）於世。諸生競逐說字解經誼（義），稱秦之隸書為倉頡時書，云：父子相傳，何得改易？乃猥（犬吠聲，鄙也）曰：馬頭人為長（謂「馬」上加「人」，便是「長」字會意），

人持十為斗（今所見漢「隸書」字，「斗」作「升」，與「升」字「什」字相混），虫者屈中也。（本像形字，所謂「隨體詰詘」。隸字只令筆畫有橫直可書，本非从「中」而屈其下也。）

廷尉說律，至吕字斷法（猶之「說字解經義」也），苛人受錢（謂有治人之責者而受人錢），「苛」之字「止句」也（「苛」從「艸」，「可」聲，假為「訶〔he〕」字，並非從「止句」也。而隸書之尤俗者，乃訛為「茍」。說律者曰：「此字从止句。句讀同鉤，謂止之而鉤取其錢。」）。若此者甚眾（不可勝數也），皆不合孔氏古文，謬於史籍。俗儒啚（鄙）夫，翫（玩〔wan´〕）其所習，蔽所希聞，不見通學，未嘗覩字例之條（《藝文志》曰：「安其所習，毀所不見，終以自蔽。此學者之大患也。」）。怪舊執（〔yi`〕藝）而善野（鄙略也）言，吕其所知為祕妙（妙，取精細之意）。究（窮也）洞（「洞」，同「迵〔dong`〕」；迵者，達也。）聖人之微恉（意也），又見《倉頡》篇中「幼子承詔」（胡亥即位事），因曰古帝之所作也，其辭有神僊（仙）之術焉，其迷誤不諭，豈不悖（〔bei`〕亂也）哉！

《書》（《尚書》）曰：予欲觀古人之象，言必遵修舊文而不穿鑿〔zao´〕。孔子曰：「吾猶及史之闕文，今亡矣夫！」（《論語·衛靈公篇》文。）。蓋非其不知而不問，人用己私，是非無正，巧說衺（邪〔xie´〕）辭，使天下學者疑（《藝文志》曰：「古制書，必同文。不知則闕，問諸故老。至於衰世，是非無正，人用其私。故孔子曰：『吾猶及史之闕文也，今亡矣夫。』蓋傷其寖不正。」）。蓋文字者，經藝之本，王政之始，歬（前）人所吕垂後，後人所吕識古。故曰：「本立而道生」（《論語·學而篇》文），「知天下之至嘖而不可亂也」（《易·繫辭傳》文）。今敘篆文，合吕古籀（許重復古，而其體例不先「古文」、「籀文」者，欲人由近古以考古也），博采通人，至於小大（《論語》云：「賢者識其大者，不賢者識其小者」是也），信而有證（《中庸》曰「無徵不信。可信者，必有徵也。」）。稽譔（〔zhuan`〕專教也；「譔」音與詮〔quan´〕同，詮，具也）其說，將吕理群類，解謬誤、曉（明之也）學者、達（猶通也）神恉（意也）。分別部居，不相襍（雜〔za´〕）廁也。萬物咸覩（〔du˘〕見也），靡不兼載，厥誼（義）不昭，爰朙（明）吕諭。其偁（揚也）《易》、孟氏；《書》、孔氏（孔子有《古文尚書》）；《詩》、毛氏；《禮》、周官、《春秋》、左氏、《論語》、《孝經》，皆古文也，其於所不知，蓋闕如也。

《說文解字詁林正補合編》序[1]

楊家駱

　　劉歆《七略·六藝略》之《六藝》，指《易》、《書》、《詩》、《禮》、《樂》、《春秋》六經；又有、《論語》、《孝經》、《小學三類》，則附隸於六經者也。蓋《論語》記孔子之言行，固治六經者所必習；而漢自惠帝起廟諡〔shì〕多加「孝」字，可見特重《孝經》之意，此類中著錄者，實非僅《孝經》；其專收幼童識字教本者，則稱之為「小學」。至《孝經》類之有《弟子職》，固可相依以附著，獨有《五經雜議》、《爾雅》、《小爾雅》、《古今字》四書，則皆羣經總義之屬，其書既少、不能自為一類，遂附之於《孝經》後。謂《爾雅》、《古今字》為羣經總義，不僅以其次《五經雜議》後，歆實別有解說，其言曰：「古文應讀《爾雅》，故解古今語而可知也」（今見《漢志·書》後序）。

　　《小學》類如《史籀〔zhòu〕》十五篇、《蒼頡》一篇（合、《蒼頡》七章、《爰歷》六章、《博學》七章而成，亦稱、《三蒼》）、《凡將》一篇、《急就》一篇、《元尚》一篇、《訓纂〔zuǎn〕》一篇，皆幼童識字教本；《八體六技》及《別字》十三篇，亦皆取助識字之書；又〈蒼頡傳〉一篇著錄於最後，則訓釋識字教本者，故《漢志》依例於其後增入《楊雄蒼頡訓纂》（此「訓纂」二字，與《訓纂篇》因篇首有「訓纂」二字命以為篇名者不同，而為纂輯其訓釋也）一篇、〈杜林蒼頡訓纂〉一篇、〈杜林蒼頡故〉一篇，班固曰：「入楊雄、杜林二家、三篇」，是可證也。

　　循上說，後漢許慎（西元？-121?年）於永元十二年（西元 100 年）作〈後序〉，建光元年（西元 121 年）病中命子冲上之《說文解字》十四篇及〈後序〉一篇，如出於前漢，《七略》或將著之於《孝經》類《古今字》後，即視之為羣經總義，而不列之於「小學」類。蓋以訓詁書（包括《爾雅》等），字書（包括《說文解字》等）、韻書（包括《切韻》等）合為一類，係出後世逐漸將「小學」類擴大而成，初非歆之本意。**然學術愈研而愈精，載籍愈後而愈繁，此特就剖判流別立言，其實積重難返，不必尋源而廢流，且在今日，即由訓詁、字書、韻書三屬組成之「小學」類，亦早已不能概括語言文字學之全面矣。**

　　在西安半坡所發見陶器上刻畫之符號，是否可證中國在六千年前已有文字之萌芽，雖有疑問，但三千餘年前之殷墟卜辭，已為成熟之文字，則無可疑。如此，則在周宣王（西元前 827 -前 782 年在位，從董作賓《中國年曆總譜》）時產生識字教本，應有可能。故潘重規先生推翻王國維先生不信《史籀篇》

---

[1] 本敍文經楊公女公子楊思明教授同意全文照刊於本書，在此特表敬謝之意。

成書年代之說，可以採據。但《史籀篇》之為識字教本，僅為字書之原始型態，至《爾雅》始得謂之解釋語義之書。**《爾雅》雖不必全出先秦，然其陸續組成，主要部分不致晚於西漢前期，與後期之《方言》，同為採取類聚式之解釋型態者。至創立部首，以成字典，則推許慎《說文解字》為首出。**作於永元十二年之〈後序〉，謂：「其書十四篇、五百四十部、九千三百五十三文，重一千一百六十三，解說凡十三萬三千四百四十一字。」既有確實字數，應已成書。則企圖從字形結構，尋其本義，而為一完整之語義學字典，係完成於一世紀末之《說文解字》，以是此書之成為中國語言文字學經典著作，堪稱定論。魏晉南北朝間治許學者有庾儼〔yuˇ yanˇ〕之《演說文》一卷，不著撰人之《說文音隱》四卷，並亡。

在《說文解字》後繼其系統以編字典者，如晉呂忱《字林》七卷、北魏江式《古今文字》四十卷，皆佚〔yiˋ〕。至梁顧野王《玉篇》三十卷，後行雖謂為唐孫強增字，而復經宋陳彭年等重修大加增刪之本，實亦非孫、陳之舊。待楊守敬於清末在日本發見野王原本殘卷，駱曾囑門下林生明波就唐慧琳、遼希麟〈一切經音義〉正續篇統計徵引《玉篇》條數，明波謂慧琳引稱「顧野王」者一四六九次、又稱「玉篇」者五三一次，希麟引「顧野王」者七二次，又稱「玉篇」者一六二次，校其在原本殘卷中者多相合，是野王原本在遼時猶存也。駱再取唐時發明平假名之日本僧空海所撰〔zhuanˋ〕《萬象名義》三十卷互校，知其全襲《玉篇》詳本，而偶有闕〔que〕誤，經以《玉篇》殘卷、《萬象名義》及《一切經音義》正續篇等所引重校寫為《顧野王玉篇詳本》，當於《中國學術類編》印行之。以其為繼慎書之今存古字典，多足相互參讀也。

《說文解字》唐時已經李陽冰之竄改，然錯誤遺脫，違失本真。今唐寫本尚存有木部、口部殘卷，其文不足二百字。後世據以治許學者則取宋太宗雍熙三年（西元 986 年）命徐鉉〔xuanˋ〕校定付國子監雕板之《說文解字》為準，亦即丁丈福保《說文解字詁林》之主本也。鉉弟鍇亦攻許學，作《說文繫傳》，故世稱鉉所校定者為大徐本，《繫傳》為小徐本。鉉校除糾正本書脫誤外，又略有增改，增改之迹，約有五端：

一、改易分卷　許書原分十四篇，又〈後序〉一篇，故稱十五卷。鉉以篇帙〔zhiˋ〕繁重，每卷各分上下，於原十四篇尚無不合理處。惟〈後序〉自「古者庖犧〔paoˊxi〕氏之王天下也」至「理而董之」本為一篇，中於「其所不知，蓋闕如也」句下備列十四篇、五百四十部全目，鉉強分目後「此十四篇」句起為下卷，並誤增「敘曰」二字於下卷之首，遂若二篇。又以「召陵萬歲里公乘草莽臣冲稽首再拜上書皇帝陛下」至「建光元年九月己亥朔二十日戊午上」，即慎子冲上表，及

「召上書者汝南許冲」至「敕〔chì〕勿謝」，即記漢安帝受書情形者，一概接叙〔xù〕於「理而董之」句下，殊欠明晰（《詁林》於冲上書雖已提行另起，然下仍與安帝受書之文接）。

二、增加前目　古人著書，於書成後始寫叙目，故敍目列在末篇，如〈太史公書序略〉（今誤作〈太史公自序〉，駱已考定其初名，說見拙譔〔zhuàn〕《史記今釋》）即其例。鉉乃徇後世書式，別加「標目」於卷首，便於開卷可案，初無可非，而於「標目」下署「漢太尉祭酒許慎記」，一若慎書本如是者，此則謬〔miù〕矣。

三、增加反切　慎時尚無反切，故注音僅云「讀若某」而已。鉉始據孫愐〔miǎn〕《唐韻》加注反切於每字下，殊不知與漢人聲讀多不符也。

四、增加注釋　原《說解》之未備者，更為補釋；時俗譌〔é〕變之別體字之與《說文》正字不同者，亦詳辨之，皆題「臣鉉等曰」為別。間引李陽冰、徐鍇之說，亦各著所據。

五、增加新附字　凡經典相承時俗要用之字而《說文》原書未載者，皆補錄於每部之末，別題曰「新附字」。此與上項皆合校書體例。

今慎書原本不傳，所見惟鉉校為全本，鉉雖工篆書，但形聲相從之例不能悉通，增入會意之訓，不免穿鑿附會（錢大昕說）。**其實慎之解說，參以後出之今文、甲骨文，其謬亦多，然苟無慎書，則金文、甲骨文亦無從而得辨認，故慎書在中國文字學上仍不失其經典性之價值。**

駱最不可解者，鉉校慎書，宋初既由國子監板行，世當多有其本，然自南宋時李燾〔dào〕作《說文解字五音韻譜》，世遂行李書，而鉉本就微（詳駱所撰《續通鑑長編輯略》），明趙宧〔yí〕光竟據李書增刪撰成《說文長箋〔jiān〕》一百卷、《六書長箋》七卷，附題辭一卷，卷首二卷，丁丈《詁林》未收，駱就中央圖書館善本書室所藏明崇禎六年（西元 1633 年）趙氏原刊本讀之，其書多達四十冊，疏舛〔shū chuǎn〕百出，一無是處。甚至清康熙間陳夢雷編《古今圖書集成·字學典》亦誤認李書為許書，雖或出楊琯〔guǎn〕之手（詳駱《字學典》識語），不能以責夢雷，然其時毛氏汲古閣重刊宋本《說文》早行，而夢雷竟採摭〔zhí〕不及，亦可見康熙時於許學世仍不重也。康熙四十九年（西元 1710 年）清聖祖諭合明梅膺祚〔yīng zuò〕《字彙》、清初張自烈《正字通》編《康熙字典》，五十五年（西元 1716 年）書成刊行，乾隆間王錫侯撰《字貫》，於《康熙字典》偶有糾正，四十二年（西元 1777 年）十一月，不僅錫侯逮獄論死，江西巡撫至監司亦均革職，此後不僅於欽定御纂之書無敢議，即字典亦不敢重編。**至嘉慶十三年**（西元 1808 年）**而段玉裁《說文解字注》成**（據王念孫序），**駱每嘆以段氏之才，倘撰一字典，必為傑作。然其不得不就慎書為注，固乾嘉學風使然，繼思乾嘉學風亦由**

文字獄所促成，其後治許學數百家，成書之多，為諸經所不及，求其消息，駱謂係《康熙字典》所逼成，殆未為過。當康、雍之際，非無治《說文》者，特偶及之耳，至此乃藉一古字典為對象，以成其新字典。竊以乾嘉以來無論詁經校子，考證名物，以迄金文之研讀，契文之發見，二百年來千百才智之士精力之所萃，謂為儲積字典辭典資料之學，亦不為過，駱之事於《中華大辭典》之作正以此。而先駱備收段玉裁、桂馥、王筠〔yun´〕、朱駿聲等所著書一百八十二種、又文二百九十八篇依鉉本原次以成《說文解字詁林》六十六冊者則丁丈福保也。旋丁丈又搜書四十六種、文二百四十七篇成《說文解字詁林補遺》十六冊，皆其自設之醫學書局所影印，沾溉後學，受其惠者又不僅駱一人已。

　　據戊辰（西元 1928 年）周雲青〈說文解字詁林跋〉，謂：「丁師仲祜〔hu`〕編纂《說文解字詁林》，始於癸〔gui˘〕亥，至戊辰乃告成。」駱讀之大惑，蓋癸亥為同治二年（西元 1863 年），丁丈生於同治十三年（西元 1874 年），豈得有「始於癸亥」之事？考之光緒二十一年（西元 1895 年）丁丈二十二歲，肄〔yi`〕業江陰南菁書院，擬編《說文詁林》，然擬編非即著手之謂，據其自述謂：「甲子（西元 1924 年）五十一歲，…回憶三十年前擬編之《說文詁林》，時作時輟〔chuo`〕，久未告竣，今將一切書稿停辦，專心董理《詁林》一書，因作〈詁林前後序〉及〈纂例〉三十條。（〈纂例〉後署西元 1928 年，當為定稿之歲）。……戊辰（西元 1928 年）五十五歲，是年《詁林》全書出版（據〈編纂說文詁林之時間及經費記略〉，初版印二百部，再版中無此文。又據〈重印說文詁林叙〉，知重印係在西元 1930 年）。……辛未五十八歲，編《說文詁林補遺》」。《補遺》印成於西元一九三二年，時駱寓平，一日下午謁熊丈秉三於宣內石駙馬大街，以所著書求質正，熊丈留談逾四小時，臨別就鄴架取《說文解字詁林》正補二帙共八十二冊相贈，每冊首頁皆鈐〔qian´〕有「熊希齡」朱印。駱雖在西元一九二八年嘗謁丁丈於上海梅白格路，已購正編六十六冊，然於熊丈所賜，特寶重之，四十餘年在寫作生涯中幾未嘗去手，西元一九五一年由港渡海來臺，攜之於行笈〔ji´〕者即熊丈所賜之醫學書局本也。今重纂為正補合編本，於熊丈印皆留之冊內，以誌永不敢忘之意。

　　《詁林》兩篇採摭之富，纂組之工，舉世譽之為文字學寶典。然通讀丁書，於其尊為名家、列為專屬之王筠《說文釋例》正補各二十卷，應編於〈前編中——六書總論〉及〈前編下——說文例〉中者，乃除其〈前編上——敍跋類〉收其一序一跋，及十四篇中散錄其專指一字之條外，凡論六書及通例者竟隻字未採。百密一疏，固所難免，然於如此巨帙，竟至漏而不知，而《詁林》行世四十餘年，復無發其事者，誠亦令人費解。然〈釋例〉全書有其一貫性，倘裁之於〈前編〉中、下內，亦有未當處，故合編列之於第一冊後為〈前編補〉，庶可兩全。至正補二編之必需合編者，蓋

《詁林》正書編成，知有所遺，因附之於正書之後為〈補編〉；而後出之〈補遺〉，又有〈補遺之續〉；於是每檢一字，應翻閱四處，至感不便。因就慎書原字及鈜校新附，逐字編定統一號碼，冠於字首，合編時號碼下為《詁林》正書，此字補編上冠「補編」二字，補遺之續上冠「遺續」二字，然後貫合為一，則向之應分檢四處者皆一舉而應手可得。至卷首、前編、後編、附編凡其移動原次以期合理處皆一一加「合編者案」以說明之。惟既經貫合，原正書及補遺之頁數，均已移動，故丁氏兩通檢，已成無用，特另編一先分筆畫寡多，再按同畫依部首次第之〈新增統一索引〉，蓋此法凡能查電話簿者皆可取檢，又為便於應用計，獨裝一冊。然丁丈兩通檢之叙言，仍保留於全書卷首，如此則於丁書只增不減，無一字之遺矣。

自西元一九五七年起駱以任臺灣師範大學國文研究所教授，曾指導林生明波撰作《清代許學書考》為學位論文，西元一九五九年嘉新水泥公司已印為專冊，其中錄丁丈失收書頗多，民國後新成及關於甲骨文、金文者更無論矣，駱所藏已數十種，鼎文書局正陸續彙印，已備重補《詁林》。至駱後謁丁丈，據告上擬編《羣雅詁林》，駱亦當繼以成之。丁丈並曾以自述晚年詳本見贈，本應以之易其舊作，但行笈中徧檢未得，亦祇有俟〔si`〕之補《詁林》時，再取之矣。所有合編事委之門下孫先生助，附之以著其勤，《合編》成，緣序其所見如此。

西元一九七五年十二月一日　金陵楊家駱謹識

《說文段注通檢》序

朱恒發

　　《說文解字》、《說文解字注》為天下有心於古籍、古書研讀者之所宜必備。僅《說文解字詁林　正補合編》合計十二巨冊（台北鼎文書局印行，楊家駱編纂，1977年初版。作者按：其序文蒙　家駱公女公子楊思明教授特允全文照刊，特銘謝於此。）內收錄著作、文章，計七百八十有六，至為浩瀚。吾乃後學小輩，崇拜字聖祖師爺叔重先生、字仙段翁若膺先生，發願以一己之力，編纂《說文、段注 拼音、部首通檢》工具書，期能嘉惠學子、學者，於使用《說文》、《段注》，得事半功倍。

　　吾才疏學淺，感於《說文解字注》，學界多有爭論，遂引《說文解字注》來探究，是否真如諸多學者所言？昔段翁治學、訓詁、考證，常用「淺」字非難前人，唯其謙沖自牧之本質，實不該如謝山先生譏段翁「臆決專斷、詭更正文。」（作者按：徐承慶，字夢祥，一字謝山，元和人。乾隆五十一年舉人，官至山西汾州府知府。著有《段注匡謬》，十五卷，其攻瑕索瘢，尤勝鈕氏之書，皆力求其是，非故為吹求者。〔以上摘錄自百度百科〕）；亦或「盲目尊許、過於自信。」（《說文解字注》，漢京文化，1983，總編輯王進祥，〈出版說明〉）

　　段翁於《段注》內，屢屢「妄人」、「淺人」如何、如何！吾舉四十二例供讀者參考，察段翁如何「臆決專斷、詭更正文。」、「盲目尊許、過於自信。」：

1. 「首」：段 9 上-16　（𦣻）古文百也。各本古文上有百同二字。<u>妄人所增也</u>。許書絕無此例。惟麻下云與𣏔（pai`）同。<u>亦妄人所增也</u>。

2. 「𦣞」〔qi˘〕：段 9 上-16　𦣞首也。三字句。各本作下首也。<u>亦由妄人不知三字句之例而改之</u>。今正。

3. 「襪」〔men´〕：段 8 上-69　詩曰。毳衣如襪。<u>疑此六字乃淺人妄增</u>。非許書固有。

4. 「毆」：段 3 下-26　蓋擊字皆本作毃。<u>淺人改之而未盡</u>。擊、攴也。攴、小毃也。與毃字義異。

5. 「版」：段 7 上-33　舊作判也。<u>淺人所改</u>。

6. 「糜」〔mi´〕：段 7 上-61　各本無糜字。<u>淺人所刪</u>。今補。

7. 「秠」〔pi〕：段 7 上-46　<u>淺人墨守爾雅、毛傳</u>。而不心知其意。<u>乃妄改許書</u>。致文理不通而不可讀。敥悲切。

8. 「穮」〔biao〕：段 7 上-47　然則今本說文<u>淺人用字林改之</u>。

9. 「㡇」〔jian〕：段 7 下-48　（㡇）幡幟也。幡幟、旛識之俗字也。古有旛無幡。有識無幟。許書本作旛識。<u>淺人易之</u>。。

10. 「冃」〔mao`〕：段 7 下-37　按高注兜鍪二字<u>蓋淺人所加</u>。

11.「冣」：段7下-39　今小徐本此下多又曰會三字。係淺人增之。韵會無之。

12.「飾」：段7下-50　許有飾無拭。凡說解中拭字皆淺人改飾爲之。

13.「櫳」〔long´〕：段6上-65　許於楯下云闌檻是也。左木右龍之字恐淺人所增。

14.「戟」〔gan〕：段12下-38　盾下曰。戟也。按戟字必淺人所改。循全書之例、必當云戟也。二篆爲轉注。淺人不識戟爲干戈字。讀侯旰切。乃改爲戟。

15.「昏」：段7上-7　一曰民聲。此四字葢淺人所增。非許本書。宜刪。

16.「視」：段8下-13　許書當本作視人。以疊韵爲訓。經淺人改之耳。

17.「𤵜」〔you`〕：段9上-12　按此篆亦當作疣。从疒、又聲據玄應書及廣韵可證。玄應曰。今作疣。知淺人以今體改古體耳。

18.「顑」〔kan˘〕：段9上-13　云面黃也。此恐淺人所增。廣韵。顑顲、瘦也。

19.「鼲」〔fan´〕：段10上-37　鼲鼠也。三字爲句。各本皆刪一字。淺人所爲也。

20.「熒」〔ying´〕：段10下-1　而經典、史記、漢書、水經注皆爲淺人任意竄易。

21.「亦」：段10下-7　一曰臂下也。一曰臂下之語、葢淺人據俗字增之耳。

22.「輂」〔ju´〕：段14上-56　按共聲古音在九部。士喪禮輁九勇反是也。淺人不知爲同字。

23.「爽」：段3下-44　（爽）篆文爽。此字淺人竄補。當刪。爽之作爽、奭〔shi`〕之作奭皆隸書改篆。取其可觀耳。淺人補入說文。（此字未刪）

24.「魤」〔wa`〕：段6下-2　易曰。槷魤…恐四字淺人所增也。

25.「份」：段8上-7　說解內字多自亂其例。葢許時所用固與古不同。許以後人又多竄改。

26.「楅」〔bi〕：段6上-63　各本作逼者、後人以俗字改之也。

27.「㬎」〔xian˘〕：段7上-11　（㬎）眾微杪也…疑當作眾明也。

28.「杳」〔mi`〕：段7上-13　此字古籍中未見。其訓云不見也…自讀許書者不解，而妄改其字。或改作旨。廣韵改作旨。意欲與冥之俗字作覓者比附爲一。

29.「曑」〔shen〕：段7上-23　从晶。參聲。參聲疑後人竄改。

30.「舫」〔fang˘〕：段8下-5　釋水。大夫方舟。亦或作舫。則與毛詩方泭也不相應。愚嘗謂爾雅一書多俗字。與古經不相應。由習之者多率肊改之也。

31.「敄」〔wu`〕：段9下-8　按此篆許書本無。後人增之。

32.「沙」：段11上貳-14　（沙）水散石也。詩正義作水中散石。非是。水經注引與今本同。凡古人所引古書有是有非。不容偏信。

33.「尹」〔yin˘〕：段3下-18　（𡰥）古文尹。各本乖異。今姑從大徐。

34.「鷫」〔yi `〕：段 3 下-21　　<u>此依小徐。右從聿nie `、左從籀文希ni ˇ 也。</u>

35.「斠」〔jiao `〕：段 14 上-33　今俗謂之校。音如教。<u>因有書校讎字作此者。音義雖近。亦大好奇矣。</u>

36.「黿」〔yuan ´〕：段 13 下-11　（黿）大鼈也。<u>今目驗黿與鼈同形。</u>而但分大小之別。

37.「勞」：段 13 下-52　（勞）古文如此。如此大徐作从悉。篆體作鬱。今依玉篇、汗簡、古文四聲韵所據正。汗簡與玉篇中雖小異。下皆从力。<u>竊謂古文乃从熒不省。未可知也。</u>

38.「屾」〔shen〕：段 9 下-9　今音所臻切。<u>恐是肊說。</u>

39.「徲」〔chi ´〕：段 2 下-16　按廣韵徲。杜奚切。久待也。無徲字。玉篇、集韵有徲無徲。<u>未知孰是。</u>廣雅。徲徲往來也。

40.「鴠」〔hu ´〕：段 10 上-14　<u>按許書不必有此字。姑補於此。</u>

41.「軒」〔xuan〕：段 14 上-37　曲輈者，<u>戴先生曰</u>。小車謂之輈。大車謂之轅。人所乘欲其安。故小車暢轂梁輈。大車任載而已。

42.「䡅」〔pin ´〕：段 11 下-1　<u>幸晁氏以道古周易、呂氏伯恭古易音訓所據音義皆作卑。晁云。卑、古文也。今文作䡅。攷古音者得此、真一字千金矣。</u>

前二十四例多責難淺人，婉言屬詞，各有玄妙。竊以為段翁所責之人（或書），事關全族，非同小可，以淺人稱之，使世人難度何人是桑？何人為槐？以避災禍。經學諸子，即或透亮亦心照不宣。《說文解字詁林正補合編》編者楊公家駱先生於序文質疑頗為精確：「康熙四十九年（1710）清聖祖諭合明梅膺祚〔ying zuo `〕《字彙》、清初張自烈《正字通》編《康熙字典》，五十五年（1716）書成刊行，乾隆間王錫侯撰《字貫》，於《康熙字典》偶有糾正，四十二年（1777）十一月，不僅錫侯逮獄論死，江西巡撫至監司亦均革職，此後不僅於欽定御纂之書無敢議，即字典亦不敢重編。至嘉慶十三年（1808）而段玉裁《說文解字注》成（據王念孫序），駱每嘆以段氏之才，倘撰一字典，必為傑作。然其不得不就慎書為注，固乾嘉學風使然，繼思乾嘉學風亦由文字獄所促成，其後治許學數百家，成書之多，為諸經所不及，求其消息，駱謂係《康熙字典》所逼成，殆未為過。」（作者按：請參閱本書：楊家駱《說文解字詁林正補合編》序。）

後十八例可識段翁學問文章虛懷若谷之端倪，更有末例知段翁探究文字之強烈企圖至死不渝。既有懷疑，如「昏」字，言宜刪而未刪，諸多字如是也；既有鍇本為佐證，如「麋」字，當補則補；循全書例，如「戩」字，有例依例；查有亂例，如「份」字，當正則正；未可知字，如「勞」字，當疑則疑；或古或今，如「黿」字，目驗為憑；各本乖異，如「尹」字，姑且從之；遇有惑訛，如「沙」字，不容偏信；諸家不一，如「徲」字，留待後查。

綜前所列，僅愚刻意紀錄之數，讀者或可專一研究，他日成就蔚然可期。

「昔段若膺氏嘗言：『小學有形、有音、有義，三者互相求，舉一可得其二。……學者考字，因音以得其義。治經莫重乎得義，得義莫切於得音。』形義考求，易於著手，歷來研究，成績較著。獨音學一科，出乎口，入乎耳，時逾千載，地隔萬里，既不能起古人於九原，又不能躋吾身於三古，則欲明古今音韵源流，豈易言哉！」（摘錄自〈音略證補重印序二〉，林慶勳，台灣中山大學，中國文學系榮譽退休教授。《重校增訂 音略證補》，陳新雄著，文史哲出版社，1978年初版。）

吾駑鈍微小，謹參考新華字典網頁（作者按：參見 https://zidian.911cha.com/zi64ca.html）通採拼音，完成本書，以惠後世。新華字典雖未臻完備，唯其所涵蓋範圍，影響所及，佔寰宇中文使用人口十之七八，吾輩當為字典之盡善盡美而全力以赴，假以時日大業必成。吾素敬奉　許翁叔重著《說文解字》為文字之聖經，　段翁若膺著《說文解字注》為訓詁之仙書。唯有兩書字音一統，使溝通順暢，查找迅捷。俾中國文字之學習更科學，中華文化之影響更深透。超越美語，取而代之。

西元二〇二三年春　淺生朱恒發　序於台灣桃園

目次

部首凡例

　　一、本書最高宗旨乃方便讀者查找《說文解字》（大徐本）（作者按：參見後同，不另出注。北京中國書店，2013 年 20 刷。）、《說文解字繫傳》（小徐本）（作者按：參見後同，不另出注。祁嶲 gui 藻刻本、顧千里影宋鈔本、汪士鐘宋槧殘本校勘版。中華書局，1998 年 2 刷。）及《說文解字注》（作者按：參見後同，不另出注。台北漢京文化，1983 年初版。及台北洪葉文化，2016，三刷。）裡所有篆文本字。諸多學者、老師表示：「《說文》、《段注》裡夾雜古文、金文、籀文，易混淆初學者篆刻、篆書之章法，故而不鼓勵使用」學篆者竟因此而錯失最重要的習篆經典。今日學習書法、篆刻，閱讀宋、明、清版本之古書古文者，或研究古代文獻者，亦因查找不便而放棄使用紙本《說文解字》、《說文解字繫傳》及《說文解字注》，進而大量使用網路資訊，乃至學藝浮淺、錯訛百出而不自知，每念及此，甚為扼腕。

　　二、中華五千年文化博大精深，傲視全人類，全賴文字記載的文、史資料代代傳承。讀者想邀遊古聖先賢流傳下來的精采鐘鼎金文、古籍書冊、天文地理、名川大山、典章制度、飛禽走獸、魚蟲花鳥等，《說文解字》、《說文解字繫傳》及《說文解字注》是不可或缺的工具書。國人日常說、聽、讀、寫習慣以音尋字，藉部首查字的機會較少；當遇到查字困頓時，「部首通檢」不失為好工具，讀者可善加運用。又，非華語系外國人初學中文，能辨識的中文有限，想憑藉讀音而進行字典查找，困難重重。如能運用部首（字形）進行檢索，必能事半功倍。即便只是藉本書找到欲尋找之字，嘗試識別此字與篆字、古文、金文、籀文、俗文、通叚等諸字之關聯性，一舉數得；久而久之，能更深入探究中文，亦是本書一大功能。

　　三、本書通叚字群，係採用杭州王老師福厂著《作篆通叚》（作者按：參見後同，不另出注。韓登安校錄。台北蕙風堂筆墨，1999 年 10 月初版），近六千字，分別置入各篆本字括弧內，依部首加註粗體。又登安先生慣用書體，與今之正體字有些許差異，筆者勉力廣為比對核實，恐有疏漏，祈識者發掘謬誤，不吝指正，以求再版去蕪存菁。

　　四、強烈建議讀者在查找篆本字前，先利用手機 APP「中文手寫輸入」，找到欲查詢的繁體或簡體字，然後複製到新華字典網頁版查找，確認拼音後再使用本書查找《說文解字》、《說文解字繫傳》、《說文解字注》及《金石大字典》的篇章、頁碼，可事半功倍，讓讀者的研讀、訓詁、考證過程，更省時、省事。此外，即便是常用的字，也不要過於自信，「有邊讀邊、沒邊唸中間」的命中率僅約五成，還有五成要靠「部首」努力查找（作者按：有些字的部首會讓您驚訝錯愕，如「慕」字，一般人見字先找「艸部」，《說文解字》、《康熙字典》作「心部」，新華簡體作「小部」；又如「前」字，篆文作「歬」，《說解》、《康熙》作「止部」，唯「前」字列於「刀、刂部」；再如「兼」字，篆體作「秝」，《說解》作「秝部」、《康熙》作「禾部」，新華簡體「兼」作「丷」部，繁體作「八部」。如此現象

屢見不鮮），「新華字典網頁」（作者按：參見後同、不另出注，https://zidian.911cha.com/）內容豐富、多元，請善加利用。

五、本書提供篆本字各家頁碼十分精確（筆者於《拼音通檢》〈編輯過程實記〉內有詳細說明），符合各出版品（作者按：「洪葉版注音檢索頁碼」為保護其權益而另作安排，筆者亦將其頁碼收錄本書。）影印「經韵樓臧版」頁碼，再加上《說文解字》、《說文解字繫傳》及《說文解字注》原本的篇章頁數，讀者可以輕鬆查找任何影印版的《說文解字》、《說文解字繫傳》、《說文解字注》及《金石大字典》（作者按：參見後同，不另出注。錫山汪仁壽原著、南通張謇〔jianˇ〕等會輯。印林雜誌社，1980 年代印行）內所有篆本字。

六、本書分別註明「說文部首」、「康熙部首」，因兩岸各有繁、簡體系，部首稍有差異，請讀者查到篆本字之後，依需求再一次確認是否正確無誤。

七、《說文解字》、《說文解字繫傳》及《說文解字注》系依「540 部目」排序，初學篆字，務必先學「540 部目」(作者按：因 540 部目十分重要，本書亦內附檢索)。臨帖雖是學篆捷徑，但有創作時，精確的使用篆字，是書家、篆刻家不可或缺之正途；莫貪圖一時之快，致一世英名，毀於一字。

八、「新華字典網頁」裡，提供相當豐富的異體字、通用字；也提供了《說文》、《段注》《康熙字典》的釋文，各位也可以先查找讀者知道的簡體字，再借異體字群去找尋篆本字，通常可以解決讀者大半的困擾。因「新華字典網」有《說文》、《段注》《康熙字典》豐富的種種部首、偏旁字，筆者常利用偏旁字找尋篆本字，效率特好。

九、說文解字網頁（http://www.shuowen.org/）也非常好用，遇到讀者可以辨認的部首，如馬部，讀者可以直接進入馬字，然後選擇馬部，所有與馬有關的字都會在裡面，按筆畫可以逐頁查找。譬如遇到「旭〔yaoˋ〕」字，不知該如何查起，可以聯想「尷尬」二字，從此二字著手。《說文》、《段注》無「尷」字，有「尬」字，借「尬」字就可以確認部首，然後藉其「部首」找下去。

十、「愷（豈部、凱）」文中括弧內的「豈部」二字提示，係表示有一樣的、甚或極類似的字。愷字有「心(忄)部」，也有「豈部」，其「同篆字、異部首」，請讀者留意。《說文》、《段注》字群太過龐大，筆者憑藉 EXCEL 之「尋找」（ctrl+F）功能，發現諸多類似現象，特以小字提醒讀者。

十一、例：「虒〔si 〕（俿、螔通叚傂金石）」，「（」左邊為篆本字，括弧內以「，」作區分，逗號左邊為《段注》釋文之古文、金文及籕〔zhouˋ〕文，甚或俗字、通用字（本例無逗號，即表示前述之字係出自《段注》。）；逗號右邊為《作篆通叚》，少數增補

《金石大字典》。括弧內字體加粗者，為該部首相應筆畫之字。所有字之正確讀音，可以「新華字典 911」查詢，再確認為妥。惟前述各家著作難免有訛〔er´〕誤（或刻工失誤、校對缺漏），筆者已竭盡全力勘校（請參閱：附記〈各書訛誤略記〉），請讀者務必再確認各字之音、義、形，以完備文字之訓詁〔guˇ〕、考據。

　　十二、本書所據乃徐鉉《說文解字》藤花榭〔xie`〕版（大徐本）、徐鍇《說文解字繫〔xi`〕傳》（小徐本）、段翁玉裁(字若膺〔ying〕，號懋堂)《說文解字注》經韵樓臧版、沙青巖〔yan´〕《說文大字典》（作者按：檇〔zui`〕李嘉興沙青巖原輯，孫星衍等百數十人校閱。台北大孚書局，1993 年初版。）、汪仁壽《金石大字典》（作者按：錫山汪仁壽原著、南通張謇〔jianˇ〕等會輯。台北印林雜誌社，1980 年代印行。）、王福庵《作篆通叚》。

　　十三、本書發軔於光大段翁若膺先生《說文解字注》大作，後摻和大、小徐本之《說文解字》、《說文解字繫傳》、《說文大字典》、《金石大字典》、《作篆通叚》諸元素，乃錦上添花之舉。又本書調整為拼音、部首通檢，遂與北京中華書局所出版之《注音版說文解字》頁碼無法契合。惟《說文解字注》乃依循《說文解字繫傳》編纂〔zuanˇ〕，僅木部字序大幅更動，其餘皆大體相同，讀者無須擔心。讀者可先採用「經韵樓臧版」《段注》篇章頁碼，借為參考，按「部目」字序查找，應可順利找到該字。即便其他著作，如《說文解字詁林正補合編》，篇章頁碼差異頗大，亦可在其中順著《說文解字》字序找到篆本字，省時省事，誠所謂雖不中亦不遠矣。

　　十四、如本書內容有誤，尚祈讀者不吝指教，筆者會將讀者寶貴的意見，納入再版補正，俾使愛護本書之讀者皆能受益。來函請寄 hengfachu@gmail.com 或 2831802078@qq.com。

附記　編纂說明

今體字同，部首相異者，計十字：【大 da`】、【右 you`】、【兆 zhao`】、【自 zi`】、【吹 chui】、【否 fou˘】、【苟 gou˘】、【敖 ao´】、【愷 kai˘】、【鲞 long˘】。（作者按：以上係筆者於編纂過程中陸續發現，以下諸前輩文章，多有提及，唯事後查閱《說文解字詁林正補合編》方知，故不一一列舉）

今體字異，古篆字同者，計三十組：【蘺 nan´、然 ran´】（作者按：摘自江蘇吳縣葉先生德輝《說文解字詁林正補合編》前篇下，〈說文各部重見字及有部無屬從字例〉）。【柅 ni˘、屔 ni˘】、【藍 lan´、蘫 lan´】（段正）。（作者按：摘自安徽黟县俞先生正燮〈說文重字考〉，搜得相關重文，供讀者參考。）【尋 de´，得 de´（得）】、【劃 hua´、畫 hua`（劃）】、【巩 gong˘、巩 gong˘】、【沇 yan´、㕣 yan´、沿 yan´】、【鞈 ge´、鼛 ta`】、【保 bao˘、孚 fu´（保）】、【㳠 you˘、呦 you˘】、【唾 tuo`、湤 tuo`】、【哲 zhe´、悊 zhe´】、【吁 xu、吗 xu】、【鏝 man`、槾 man`】、【踞 ju`、居 ju】、【敳 du`、劅 duo´】、【歖 xi˘、喜 xi˘】（作者按：摘自太倉嘉定王先生鳴盛《說文解字詁林正補合編》前篇下，〈說文重出字〉頁 1-1236）；【爨 jiu、摎 jiu】（摘自西雲札記，福建福安李先生枝青，《說文解字詁林正補合編》，〈說文重出字〉）。【羑 you˘、誘 you˘】、【亥 hai`、豕 shi˘】、【廿 nian`、疾 ji´】、【蟊 mao´、蟊 mao´】、【孌 luan˘、變 luan´】、【屋 wu、握 wo`】、【嘯 xiao`、歗 xiao`】、【輟 chuo`、罬 zhuo´】、【磺 huang´、卵 luan˘】、【墉 yong、臺 guo】、【奐 huan`、院 yuan`】、【及 ji´、乁 yi´】（筆者於編纂過程中，據《段注》查實後增補計十二組。）

同部異位合體字（作者按：以下摘自安徽黟縣俞先生正燮《說文解字詁林正補合編》前篇下〈說文重字攷〉頁 1-1237），計二十三組：【旰 gan`、旱 han`】、【棵 zhen、梓 zi˘、橵 jian`（梓）】、【棘 ji´、棗 zao˘】、【襱 long´、襲 xi´】、【姦 jian（姦）、悍 han`】、【含 han´、吟 yin´】、【褒 bao、袍 pao´】、【悉（愍）ai`、慨 kai`】、【卟 ji、占 zhan】、【暏 shu˘、暑 shu˘】、【忠 zhong、忡 chong】、【恭 gong˘、恭 gong】、【怡 yi´、怠 dai`】、【慔 mu`、慕從艸（慕）mu`】、【惆 yu´、愚 yu´】、【恼 nao´、怒 nu`】、【弆 gong˘、拱 gong˘】、【扻 zi˘、摔 cui`】、【汩 gu˘（非汨 mi`）、沓 ta`兩字皆從曰 yue】、【洐 xing´、衍 yan˘】、【改 ji˘、妃 fei】、【古 gu˘、叶 xie´】、【東 dong、杲 gao˘、杳 yao˘】。

今體字極相似易混淆者，計三十一組：【凵 kan˘、凵 qu】、【几 ji˘、几 shu】、【己 ji˘、已 yi˘、巳 si`】、【尒 bie´、人 bing】、【丸 wan´、凡 fan´】、【汨 mi`，汩 gu˘】、【田 tian´、由 yu´、甲 jia˘、申 shen、由 fu´】、【本 ben˘、夲 tao】、【市 shi`、市 fu´】、【毋 wu´、毌 guan`、母 mu˘】、【忍 yi˘、忍 ren˘】、【夆 feng、夆 hai˘】、【采 bian`、采 cai˘】、【夾 shan˘、夾 jia´】、【㕣 jue´、谷 gu˘】、【戾 li`、戾 ti˘】、【枾 shi`、枾 fei˘】、【林 lin´、林 pai´、林 fei˘】、【延 zheng、延 yan´】、【苗 miao´、苗 di´】、【陝 shan˘、陝 xia´】、【祖 zu˘、祖 ju˘】、【奘 zang`、奘 zang˘】、【兹 zi、兹 zi】、【喦 yan´、喦 nie`】、【案 an`、

窠an`】、【萑 huan′、萑 huan′】、【裸 luo˘、裸 guan`】、【廢 fei`、廢 fei`】、【暴 bao`、暴bao`】、【褆 ti′、褆 ti′】。

　　今體簡字易錯用者，計三組：【圣 ku、聖 sheng`】、【坏 pei′、壞 huai`】、【鉄 tie˘、鐵 tie˘】。

附記　各書訛誤略記

《說文解字注》

1. 苟〔ji´〕（此字非苟〔gou˘〕），段九篇上–39。內文第 4 行末,「……葢誤仞為从艸〔cao˘〕之苟也……」,此仞〔ren`〕字疑為錯字,認〔ren`〕字較為妥適。
2. 筰〔zuo´〕,段五篇上–6。內文第 3 行首,「……或从艸作筰。」此筰字疑為錯字,應作莋〔zuo´〕字。

《說文解字繫傳》

1. 十六篇–13,視〔shi`〕：古文植為眎〔shi`〕,應為眡〔shi`〕 𥄕 〔shi`〕。
2. 十七篇–13,鬼〔gui˘〕：古文植為禐〔gui˘〕,應為禬〔gui˘〕 𣻏 〔gui˘〕。
3. 十九篇–18,爝〔jue´〕：其篆字从彡〔shan〕（寸字位置）,應从 𠃌 〔you`〕。
   (以上篆字採用新華字典網頁圖片)

重複字：炙〔zhi`〕,十九篇–15,十九篇–20
　　　　思〔xian〕,二十篇–4,二十篇–13。
　　　　閑〔xian´〕,十一篇–29 門部,二十三篇–5 木部。同字異部首,
　　　　　　　　義不同。《大徐本》及《段注》僅收錄門部。

《金石大字典》
1. 誤植字：篆「可」字,卷 5–56,誤植篆「何」字內,卷 3–2。
2. 重複字：冒：卷-4–15,卷 21–26。
　　　　　　扁：卷-10–45,卷 30–64

《作篆通叚》

1. 第二頁,穭〔lu˘〕,篆作柅〔ni˘〕,應作秜〔ni´〕。
2. 第二十頁,䉤〔fa´〕,篆作茷〔fa´〕,應作筏〔fa´〕。通叚內有很多字無電腦用字,故僅舉兩例。

　　以上所舉,除段翁兩例,多倚靠電腦才得發現,非筆者記憶過人。祈望讀者每有發現異常,多以標籤貼紙註記,蒐羅多了,也是一大成就。

部首目次表

部首字	部首頁碼	拼音	注音	說文部首	段注一般頁碼	段注洪葉頁碼	段注篇章	徐鍇通釋篇章	徐鉉藤花榭篇章	金石字典頁碼
一畫										
一	1	yi	一	一部	1	1	段1上-1	鍇1-1	鉉1上-1	1-1
丨	2	gun∨	《ㄨㄣ∨	丨部	20	20	段1上-40	鍇1-20	鉉1上-7	1-24
丶	3	zhu∨	ㄓㄨ∨	丶部	214	216	段5上-52	鍇10-1	鉉5上-10	1-28
丿	4	pie∨	ㄆㄧㄝ∨	丿部	627	633	段12下-31	鍇24-11	鉉12下-5	1-30
乙	6	yi∨	一∨	乙部	740	747	段12上-1	鍇23-1	鉉12上-1	2-7
亅	7	jue✓	ㄐㄩㄝ✓	亅部	633	639	段12下-44	鍇24-14	鉉12下-7	2-13
二畫										
二	7	er﹨	ㄦ﹨	二部	681	687	段13下-14	鍇26-1	鉉13下-3	2-18
亠	8	tou✓	ㄊㄡ✓	亠部	無	無	無	無	無	無
人(亻)	10	ren✓	ㄖㄣ✓	人部	365	369	段8上-1	鍇15-1	鉉8上-1	2-38
儿	40	er✓	ㄦ✓	儿部	404	409	段8下-7	鍇16-11	鉉8下-2	3-44
入	42	ru﹨	ㄖㄨ﹨	入部	224	477	段5下-18	鍇10-7	鉉5下-3	3-55
八	42	ba	ㄅㄚ	八部	48	49	段2上-1	鍇3-1	鉉2上-1	4-1
冂	44	jiong	ㄐㄩㄥ	冂部	228	230	段5下-26	鍇10-10	鉉5下-5	4-14
冖	45	mi﹨	ㄇㄧ﹨	冖部	353	356	段7下-36	鍇14-16	鉉7下-6	4-16
冫(仌)	46	bing	ㄅㄧㄥ	仌部	570	576	段11下-7	鍇22-4	鉉11下-3	4-19
几	48	ji∨	ㄐㄧ∨	几部	715	121	段14上-28	鍇27-9	鉉14上-5	4-21
凵	49	kan∨	ㄎㄢ∨	凵部	62	63	段2上-29	鍇3-13	鉉2上-6	4-22
刂(刀)	50	dao	ㄉㄠ	刀部	178	180	段4下-41	鍇8-15	鉉4下-6	4-25
力	58	li﹨	ㄌㄧ﹨	力部	699	705	段13下-50	鍇26-10	鉉13下-7	4-45
勹	62	bao	ㄅㄠ	勹部	432	437	段9上-35	鍇17-12	鉉9上-6	4-54
匕	63	bi∨	ㄅㄧ∨	匕部	384	388	段8上-40	鍇15-13	鉉8上-5	4-58
匚	64	xi﹨	ㄒㄧ﹨	匚部	635	641	段12下-47	鍇24-16	鉉12下-7	5-4
匸	64	fang	ㄈㄤ	匸部	635	641	段12下-48	鍇24-16	鉉12下-7	5-1
十	66	shi✓	ㄕ✓	十部	88	89	段3上-5	鍇5-4	鉉3上-2	5-6
卜	68	bu∨	ㄅㄨ∨	卜部	127	128	段3下-41	鍇6-20	鉉3下-9	5-20

部首字	部首頁碼	拼音	注音	說文部首	段注一般頁碼	段注洪葉頁碼	段注篇章	徐鍇通釋篇章	徐鉉藤花榭篇章	金石字典頁碼
卩	68	jie✓	ㄐㄧㄝˊ	卩部	430	435	段9上-31	鍇17-10	鉉9上-5	5-23
厂	70	han∨	ㄏㄢˇ	厂部	446	450	段9下-18	鍇18-6	鉉9下-3	5-32
厶	74	si	ㄙ	厶部	436	441	段9上-43	鍇17-14	鉉9上-7	5-38
又	75	you丶	ㄧㄡˋ	又部	114	115	段3下-16	鍇6-9	鉉3下-4	5-41
三畫										
口	77	kou∨	ㄎㄡˇ	口部	54	54	段2上-12	鍇3-5	鉉2上-3	5-54
囗	100	wei✓	ㄨㄟˊ	囗部	276	279	段6下-9	鍇12-7	鉉6下-3	6-58
土	103	tu∨	ㄊㄨˇ	土部	682	688	段13下-16	鍇26-1	鉉13下-3	7-6
士	120	shi丶	ㄕˋ	士部	20	20	段1上-39	鍇1-19	鉉1上-6	7-30
夂	121	zhi∨	ㄓˇ	夂部	237	239	段5下-43	鍇10-17	鉉5下-7	7-46
夊	121	sui	ㄙㄨㄟ	夊部	232	235	段5下-35	鍇10-14	鉉5下-7	7-46
夕	122	xi丶	ㄒㄧˋ	夕部	315	318	段7上-27	鍇13-11	鉉7上-4	7-49
大	123	da丶	ㄉㄚˋ	大部	492	496	段10下-4	鍇20-1	鉉10下-1	7-56
女	128	nǚ	ㄋㄩˇ	女部	612	618	段12下-1	鍇24-1	鉉12下-1	8-22
子	142	zi∨	ㄗˇ	子部	742	749	段14下-24	鍇28-12	鉉14下-6	8-52
宀	144	mian✓	ㄇㄧㄢˊ	宀部	337	341	段7下-5	鍇14-3	鉉7下-2	9-17
寸	152	cun丶	ㄘㄨㄣˋ	寸部	121	122	段3下-29	鍇6-15	鉉3下-7	10-17
小	153	xiao∨	ㄒㄧㄠˇ	小部	48	49	段2上-1	鍇3-1	鉉2上-1	10-34
尢(尣、尤)	154	wang	ㄨㄤ	尢部	495	499	段10下-10	鍇20-3	鉉10下-2	10-38
尸	155	shi	ㄕ	尸部	399	403	段8上-70	鍇16-8	鉉8上-11	10-40
屮	159	che丶	ㄔㄜˋ	屮部	21	22	段1下-1	鍇2-1	鉉1下-1	10-47
山	159	shan	ㄕㄢ	山部	437	442	段9下-1	鍇18-1	鉉9下-1	10-50
巛	169	chuan	ㄔㄨㄢ	川部	568	573	段11下-3	鍇22-1	鉉11下-1	11-1
工	170	gong	ㄍㄨㄥ	工部	201	203	段5上-25	鍇9-9	鉉5上-4	11-5
己	170	ji∨	ㄐㄧˇ	己部	741	748	段14下-21	鍇28-10	鉉14下-5	11-11
巾	171	jin	ㄐㄧㄣ	巾部	357	360	段7下-44	鍇14-20	鉉7下-8	11-15
干	178	gan	ㄍㄢ	干部	87	87	段3上-2	鍇5-2	鉉3上-1	11-27
幺	179	yao	ㄧㄠ	幺部	158	160	段4下-2	鍇8-2	鉉4下-1	11-43

部首字	部首頁碼	拼音	注音	說文部首	段注一般頁碼	段注洪葉頁碼	段注篇章	徐鍇通釋篇章	徐鉉藤花榭篇章	金石字典頁碼
广	180	guang ˇ	《ㄨㄤˇ	广部	442	447	段9下-11	鍇18-4	鉉9下-2	11-45
廴	186	yin ˇ	一ㄣˇ	廴部	77	78	段2下-17	鍇4-9	鉉2下-4	12-1
廾	186	gong ˇ	《ㄨㄥˇ	収部	103	104	段3上-35	鍇5-19	鉉3上-8	12-11
弋	188	yi ˋ	一ˋ	厂部	627	633	段12下-32	鍇24-11	鉉12下-5	12-14
弓	188	gong	《ㄨㄥ	弓部	639	645	段12下-56	鍇24-18	鉉12下-9	12-15
彑(彐)	192	ji ˋ	ㄐ一ˋ	彑部	456	461	段9下-39	鍇18-13	鉉9下-6	12-29
彡	193	shan	ㄕㄢ	彡部	424	428	段9上-18	鍇17-6	鉉9上-3	12-36
彳	195	chi ˋ	ㄔˋ	彳部	76	76	段2下-14	鍇4-7	鉉2下-3	12-40

四畫

部首字	部首頁碼	拼音	注音	說文部首	段注一般頁碼	段注洪葉頁碼	段注篇章	徐鍇通釋篇章	徐鉉藤花榭篇章	金石字典頁碼
心(忄)	200	xin	ㄒ一ㄣ	心部	501	506	段10下-23	鍇20-9	鉉10下-5	13-1
戈	225	ge	《ㄜ	戈部	628	634	段12下-34	鍇24-12	鉉12下-6	13-42
戶	228	hu ˋ	ㄏㄨˋ	戶部	586	592	段12上-6	鍇23-3	鉉12上-2	14-1
手(扌)	229	shou ˇ	ㄕㄡˇ	手部	593	599	段12上-20	鍇23-8	鉉12上-4	14-6
支	258	zhi	ㄓ	支部	117	118	段3下-21	鍇6-11	鉉3下-5	14-34
攴(攵)	258	pu	ㄆㄨ	攴部	122	123	段3下-32	鍇6-17	鉉3下-7	
文	264	wen ˊ	ㄨㄣˊ	文部	425	429	段9上-20	鍇17-7	鉉9上-4	15-1
斗	265	dou ˇ	ㄉㄡˇ	斗部	717	724	段14上-32	鍇27-10	鉉14上-5	15-4
斤	266	jin	ㄐ一ㄣ	斤部	716	723	段14上-30	鍇27-10	鉉14上-5	15-6
方	267	fang	ㄈㄤ	方部	404	408	段8下-6	鍇16-11	鉉8下-2	15-11
无	270	wu ˊ	ㄨˊ	兦部	634	640	段12下-46	鍇24-15	鉉12下-7	15-21
日	271	ri ˋ	ㄖˋ	日部	302	305	段7上-1	鍇13-1	鉉7上-1	15-23
曰	282	yue	ㄩㄝ	曰部	202	204	段5上-28	鍇9-11	鉉5上-5	15-51
月(非肉)	284	yue ˋ	ㄩㄝˋ	月部	313	316	段7上-23	鍇13-9	鉉7上-4	15-59
木	285	mu ˋ	ㄇㄨˋ	木部	238	241	段6上-1	鍇11-1	鉉6上-1	16-10
欠	324	qian ˋ	ㄑ一ㄢˋ	欠部	410	414	段8下-18	鍇16-15	鉉8下-4	17-15
止	328	zhi ˇ	ㄓˇ	止部	67	68	段2上-39	鍇3-17	鉉2上-8	17-22
歹(歺)	330	e ˋ	ㄜˋ	歺部	161	163	段4下-8	鍇8-5	鉉4下-2	17-36
殳	333	shu	ㄕㄨ	殳部	118	119	段3下-24	鍇6-13	鉉3下-6	17-38

部首字	部首頁碼	拼音	注音	說文部首	段注一般頁碼	段注洪葉頁碼	段注篇章	徐鍇通釋篇章	徐鉉藤花榭篇章	金石字典頁碼
毋	335	wu ˊ	ㄨˊ	毋部	626	319	段12下-30	鍇24-10	鉉12下-5	17-44
比	335	bi ˇ	ㄅㄧˇ	比部	386	390	段8上-43	鍇15-14	鉉8上-6	14-48
毛	336	mao ˊ	ㄇㄠˊ	毛部	398	402	段8上-68	鍇16-7	鉉8上-10	17-50
氏	338	shi ˋ	ㄕˋ	氏部	628	634	段12下-33	鍇24-11	鉉12下-5	17-51
气	339	qi ˋ	ㄑㄧˋ	气部	20	20	段1上-39	鍇1-19	鉉1上-6	17-57
水(氵)	339	shui ˇ	ㄕㄨㄟˇ	水部	516	521	段11上壹-1	鍇21-1	鉉11上-1	17-57
火(灬)	379	huo ˇ	ㄏㄨㄛˇ	火部	480	484	段10上-40	鍇19-14	鉉10上-7	19-7
爪(爫)	392	zhua ˇ	ㄓㄨㄚˇ	爪部	113	114	段3下-13	鍇6-7	鉉3下-3	19-31
父	393	fu ˋ	ㄈㄨˋ	又部	115	116	段3下-17	鍇6-9	鉉3下-4	19-38
爻	393	yao ˊ	ㄧㄠˊ	爻部	128	129	段3下-44	鍇6-21	鉉3下-10	19-40
爿	394	qiang ˊ	ㄑㄧㄤˊ	片部	319	322	段7上-35	鍇13-15	鉉7上-6	19-42
片	395	pian ˋ	ㄆㄧㄢˋ	片部	318	321	段7上-33	鍇13-14	鉉7上-6	19-42
牙	395	ya ˊ	ㄧㄚˊ	牙部	80	81	段2下-23	鍇4-12	鉉2下-5	19-43
牛(牜)	396	niu ˊ	ㄋㄧㄡˊ	牛部	50	51	段2上-5	鍇3-3	鉉2上-2	19-43
犬(犭)	399	quan ˇ	ㄑㄩㄢˇ	犬部	473	477	段10上-26	鍇19-8	鉉10上-4	19-49
五畫										
玄	407	xuan ˊ	ㄒㄩㄢˊ	玄部	159	161	段4下-4	鍇8-3	鉉4下-1	20-1
玉(王)	407	yu ˋ	ㄩˋ	玉部	10	10	段1上-19	鍇1-10	鉉1上-3	20-3
瓜	418	gua	ㄍㄨㄚ	瓜部	337	340	段7下-4	鍇14-2	鉉7下-2	20-21
瓦	419	wa ˇ	ㄨㄚˇ	瓦部	638	644	段12下-53	鍇24-17	鉉12下-8	20-21
甘	421	gan	ㄍㄢ	甘部	202	204	段5上-27	鍇9-10	鉉5上-5	20-24
生	422	sheng	ㄕㄥ	生部	274	276	段6下-4	鍇12-3	鉉6下-2	20-25
用	422	yong ˋ	ㄩㄥˋ	用部	127	129	段3下-43	鍇6-21	鉉3下-9	20-28
田	422	tian ˊ	ㄊㄧㄢˊ	田部	694	701	段13下-41	鍇26-8	鉉13下-6	20-31
疋	427	shu	ㄕㄨ	疋部	84	85	段2下-31	鍇4-16	鉉2下-7	20-52
广	428	chuang ˊ	ㄔㄨㄤˊ	广部	348	351	段7下-26	鍇14-11	鉉7下-5	20-54
癶	437	bo	ㄅㄛ	癶部	68	68	段2上-40	鍇3-18	鉉2上-8	21-1
白	437	bai ˊ	ㄅㄞˊ	白部	363	138	段7下-57	鍇14-24	鉉7下-10	21-4

部首字	部首頁碼	拼音	注音	說文部首	段注一般頁碼	段注洪葉頁碼	段注篇章	徐鍇通釋篇章	徐鉉藤花榭篇章	金石字典頁碼
皮	439	pí	ㄆㄧˊ	皮部	122	123	段3下-31	鍇6-16	鉉3下-7	21-12
皿	440	mǐn	ㄇㄧㄣˇ	皿部	211	213	段5上-46	鍇9-19	鉉5上-9	21-13
目	444	mù	ㄇㄨˋ	目部	129	131	段4上-1	鍇7-1	鉉4上-1	21-23
矛	453	máo	ㄇㄠˊ	矛部	719	726	段14上-36	鍇27-11	鉉14上-6	21-36
矢	454	shǐ	ㄕˇ	矢部	226	228	段5下-22	鍇10-9	鉉5下-4	21-37
石	455	shí	ㄕˊ	石部	448	453	段9下-23	鍇18-8	鉉9下-4	21-41
示(礻)	464	shì	ㄕˋ	示部	2	2	段1上-4	鍇1-4	鉉1上-1	21-47
内	470	róu	ㄖㄡˊ	内部	739	746	段14下-17	鍇28-7	鉉14下-4	22-1
禾	470	hé	ㄏㄜˊ	禾部	320	323	段7上-37	鍇13-16	鉉7上-7	22-12
穴	478	xuè	ㄒㄩㄝˋ	穴部	343	347	段7下-17	鍇14-7	鉉7下-4	22-31
立	482	lì	ㄌㄧˋ	立部	500	504	段10下-20	鍇20-7	鉉10下-4	22-36
六畫										
竹(⺮)	484	zhú	ㄓㄨˊ	竹部	189	191	段5上-1	鍇9-1	鉉5上-1	22-43
米	500	mǐ	ㄇㄧˇ	米部	330	333	段7上-58	鍇13-24	鉉7上-9	23-1
糸(糹)	505	mì	ㄇㄧˋ	糸部	643	650	段13上-1	鍇25-1	鉉13上-1	23-5
缶	527	fǒu	ㄈㄡˇ	缶部	224	227	段5下-19	鍇10-7	鉉5下-4	23-40
网(罒、冂、四)	528	wǎng	ㄨㄤˇ	网部	355	358	段7下-40	鍇14-18	鉉7下-7	23-40
羊	531	yáng	ㄧㄤˊ	羊部	145	146	段4上-32	鍇7-15	鉉4上-6	23-45
羽	534	yǔ	ㄩˇ	羽部	138	139	段4上-18	鍇7-9	鉉4上-4	23-51
老	538	lǎo	ㄌㄠˇ	老部	398	402	段8上-67	鍇16-7	鉉8上-10	23-58
而	538	ér	ㄦˊ	而部	454	458	段9下-34	鍇18-12	鉉9下-5	24-4
耒	539	lěi	ㄌㄟˇ	耒部	183	185	段4下-52	鍇8-18	鉉4下-8	24-6
耳	540	ěr	ㄦˇ	耳部	591	597	段12上-15	鍇23-6	鉉12上-3	24-7
聿	543	yù	ㄩˋ	聿部	117	118	段3下-21	鍇6-12	鉉3下-5	24-14
肉(月)	544	ròu	ㄖㄡˋ	肉部	167	169	段4下-19	鍇8-8	鉉4下-4	24-18
臣	559	chén	ㄔㄣˊ	臣部	118	119	段3下-24	鍇6-13	鉉3下-6	24-30
自	559	zì	ㄗˋ	自部	136	138	段4上-15	鍇7-7	鉉4上-3	24-35
至	560	zhì	ㄓˋ	至部	584	590	段12上-2	鍇23-2	鉉12上-1	24-36

部首字	部首頁碼	拼音	注音	說文部首	段注一般頁碼	段注洪葉頁碼	段注篇章	徐鍇通釋篇章	徐鉉藤花榭篇章	金石字典頁碼
臼	561	jiu丶	ㄐㄧㄡ丶	臼部	334	337	段7上-65	鍇13-26	鉉7上-10	24-39
舌	562	she／	ㄕㄜ／	舌部	86	87	段3上-1	鍇5-1	鉉3上-1	24-43
舛	563	chuan∨	ㄔㄨㄢ∨	舛部	234	236	段5下-38	鍇10-15	鉉5下-7	24-45
舟	563	zhou	ㄓㄡ	舟部	403	407	段8下-4	鍇16-10	鉉8下-1	24-47
艮	566	gen丶	ㄍㄣ丶	七部	385	389	段8上-42	鍇15-14	鉉8上-6	24-51
色	566	se丶	ㄙㄜ丶	色部	431	436	段9上-33	鍇17-11	鉉9上-6	24-54
艸(⁺⁺)	566	cao∨	ㄘㄠ∨	艸部	22	22	段1下-2	鍇2-2	鉉1下-1	24-55
虍	608	hu	ㄏㄨ	虍部	209	211	段5上-41	鍇9-17	鉉5上-8	25-43
虫	610	chong／	ㄔㄨㄥ／	虫部	663	669	段13上-40	鍇25-9	鉉13上-6	25-54
血	630	xie∨	ㄒㄧㄝ∨	血部	213	215	段5上-50	鍇9-20	鉉5上-9	26-1
行	631	xing／	ㄒㄧㄥ／	行部	78	78	段2下-18	鍇4-10	鉉2下-4	26-2
衣(衤)	632	yi	一	衣部	388	392	段8上-48	鍇16-1	鉉8上-7	26-11
襾	646	ya丶	一ㄚ丶	襾部	357	360	段7下-44	鍇14-20	鉉7下-8	26-25

七畫

部首字	部首頁碼	拼音	注音	說文部首	段注一般頁碼	段注洪葉頁碼	段注篇章	徐鍇通釋篇章	徐鉉藤花榭篇章	金石字典頁碼
見	646	jian丶	ㄐㄧㄢ丶	見部	407	412	段8下-13	鍇16-13	鉉8下-3	26-29
角	649	jiao∨	ㄐㄧㄠ∨	角部	184	186	段4下-54	鍇8-19	鉉4下-8	26-36
言	652	yan／	一ㄢ／	言部	89	90	段3上-7	鍇5-5	鉉3上-2	26-39
谷	671	gu∨	ㄍㄨ∨	谷部	570	575	段3上-2	鍇5-2	鉉11下-2	27-9
豆	671	dou丶	ㄉㄡ丶	豆部	207	209	段5上-37	鍇9-16	鉉5上-7	27-11
豕	672	shi∨	ㄕ∨	豕部	454	459	段9下-35	鍇18-12	鉉9下-5	27-15
豸	675	zhi丶	ㄓ丶	豸部	457	461	段9下-40	鍇18-14	鉉9下-7	27-20
貝	677	bei丶	ㄅㄟ丶	貝部	279	281	段6下-14	鍇12-9	鉉6下-4	27-21
赤	683	chi丶	ㄔ丶	赤部	491	496	段10下-3	鍇19-21	鉉10下-1	27-44
走	684	zou∨	ㄗㄡ∨	走部	63	64	段2上-31	鍇3-14	鉉2上-6	27-45
足(⻊)	687	zu／	ㄗㄨ／	足部	81	81	段2下-24	鍇4-12	鉉2下-5	27-54
身	698	shen	ㄕㄣ	身部	388	392	段8上-47	鍇15-17	鉉8上-7	27-57
車	699	che	ㄔㄜ	車部	720	727	段14上-37	鍇27-12	鉉14上-6	27-58
辛	710	xin	ㄒㄧㄣ	辛部	741	748	段14下-22	鍇28-11	鉉14下-5	28-6

部首字	部首頁碼	拼音	注音	說文部首	段注一般頁碼	段注洪葉頁碼	段注篇章	徐鍇通釋篇章	徐鉉藤花榭篇章	金石字典頁碼
辰	711	chen ˊ	ㄔㄣˊ	辰部	745	752	段14下-30	鍇28-15	鉉14下-7	28-12
辵(辶)	712	chuo ˋ	ㄔㄨㄛˋ	辵(辶)部	70	70	段2下-2	鍇4-1	鉉2下-1	28-16
邑(阝左)	726	yi ˋ	ㄧˋ	邑部	283	285	段6下-22	鍇12-13	鉉6下-5	28-57
酉	734	you ˇ	ㄧㄡˇ	酉部	747	754	段14下-33	鍇28-17	鉉14下-8	29-23
釆	740	bian ˋ	ㄅㄧㄢˋ	釆部	50	50	段2上-4	鍇3-2	鉉2上-1	29-27
里	740	li ˇ	ㄌㄧˇ	里部	694	701	段13下-41	鍇26-8	鉉13下-6	29-28
八畫										
金	741	jin	ㄐㄧㄣ	金部	702	709	段14上-1	鍇27-1	鉉14上-1	29-33
長	757	chang ˊ	ㄔㄤˊ	長部	453	457	段9下-32	鍇18-11	鉉9下-5	30-1
門	757	men ˊ	ㄇㄣˊ	門部	587	593	段12上-7	鍇23-4	鉉12上-2	30-9
阜(右阝)	761	fu ˋ	ㄈㄨˋ	昌部	731	738	段14下-1	鍇28-1	鉉14下-1	30-20
隶	770	dai ˋ	ㄉㄞˋ	隶部	117	118	段3下-22	鍇6-13	鉉3下-5	30-49
隹	770	zhui	ㄓㄨㄟ	隹部	141	142	段4上-24	鍇7-11	鉉4上-5	30-50
雨	775	yu ˇ	ㄩˇ	雨部	571	577	段11下-9	鍇22-5	鉉11下-3	30-62
靑(青)	780	qing	ㄑㄧㄥ	靑部	215	218	段5下-1	鍇10-2	鉉5下-1	31-9
非	780	fei	ㄈㄟ	非部	583	588	段11下-32	鍇22-12	鉉11下-7	31-12
九畫										
面	780	mian ˋ	ㄇㄧㄢˋ	面部	422	427	段9上-15	鍇17-5	鉉9上-3	31-13
革	781	ge ˊ	ㄍㄜˊ	革部	107	108	段3下-1	鍇6-2	鉉3下-1	31-14
韋	787	wei ˊ	ㄨㄟˊ	韋部	234	237	段5下-39	鍇10-16	鉉5下-8	31-17
韭	790	jiu ˇ	ㄐㄧㄡˇ	韭部	336	340	段7下-3	鍇14-1	鉉7下-1	31-21
音	790	yin	ㄧㄣ	音部	102	102	段3上-32	鍇5-17	鉉3上-7	31-22
頁	790	ye ˋ	ㄧㄝˋ	頁部	415	420	段9上-1	鍇17-1	鉉9上-1	31-24
風	799	feng	ㄈㄥ	風部	677	683	段13下-6	鍇25-16	鉉13下-2	31-35
飛	800	fei	ㄈㄟ	飛部	582	588	段11下-31	鍇22-12	鉉11下-6	31-37
食	800	shi ˊ	ㄕˊ	倉部	218	220	段5下-6	鍇10-3	鉉5下-2	31-38
首	807	shou ˇ	ㄕㄡˇ	首部	423	427	段9上-16	鍇17-5	鉉9上-3	31-47
香	808	xiang	ㄒㄧㄤ	香部	330	333	段7上-57	鍇13-24	鉉7上-9	31-50

部首字	部首頁碼	拼音	注音	說文部首	段注一般頁碼	段注洪葉頁碼	段注篇章	徐鍇通釋篇章	徐鉉藤花榭篇章	金石字典頁碼
十畫										
馬	808	ma ∨	ㄇㄚ∨	馬部	460	465	段10上-1	鍇19-1	鉉10上-1	31-52
骨	817	gu ∨	ㄍㄨ∨	骨部	164	166	段4下-14	鍇8-7	鉉4下-3	31-68
高	819	gao	ㄍㄠ	高部	227	230	段5下-25	鍇10-10	鉉5下-4	32-1
髟	820	biao	ㄅㄧㄠ	髟部	425	430	段9上-21	鍇17-7	鉉9上-4	32-4
鬥	824	dou ﹨	ㄉㄡ﹨	鬥部	114	115	段3下-15	鍇6-8	鉉3下-3	32-5
鬯	825	chang ﹨	ㄔㄤ﹨	鬯部	217	219	段5下-4	鍇10-3	鉉5下-1	32-5
鬲	825	li ﹨	ㄌㄧ﹨	鬲部	111	112	段3下-9	鍇6-5	鉉3下-2	32-7
鬼	828	gui ∨	ㄍㄨㄟ∨	鬼部	434	439	段9上-39	鍇17-13	鉉9上-3	32-11
十一畫										
魚	829	yu ╱	ㄩ╱	魚部	575	580	段11下-16	鍇22-7	鉉11下-4	32-12
鳥	838	niao ∨	ㄋㄧㄠ∨	鳥部	148	149	段4上-38	鍇7-18	鉉4上-8	32-21
鹵	852	lu ∨	ㄌㄨ∨	鹵部	586	592	段12上-5	鍇23-2	鉉12上-2	32-28
鹿	852	lu ﹨	ㄌㄨ﹨	鹿部	470	474	段10上-20	鍇19-6	鉉10上-3	32-29
麥	854	mai ﹨	ㄇㄞ﹨	麥部	231	234	段5下-33	鍇10-13	鉉5下-6	32-34
麻	855	ma ╱	ㄇㄚ╱	麻部	336	339	段7下-2	鍇13-28	鉉7下-1	32-34
十二畫										
黃	856	huang ╱	ㄏㄨㄤ╱	黃部	698	704	段13下-48	鍇26-10	鉉13下-7	32-35
黍	856	shu ∨	ㄕㄨ∨	黍部	329	332	段7上-55	鍇13-23	鉉7上-9	32-38
黑	857	hei	ㄏㄟ	黑部	487	492	段10上-55	鍇19-18	鉉10上-9	32-39
黹	860	zhi ∨	ㄓ∨	黹部	364	367	段7下-58	鍇14-25	鉉7下-10	32-43
十三畫										
黽	860	min ∨	ㄇㄧㄣ∨	黽部	679	685	段13下-10	鍇25-17	鉉13下-2	32-44
鼎	861	ding ∨	ㄉㄧㄥ∨	鼎部	319	322	段7上-35	鍇13-15	鉉7上-6	32-45
鼓	862	gu ∨	ㄍㄨ∨	鼓部	206	208	段5上-35	鍇9-15	鉉5上-7	32-49
鼠	863	shu ∨	ㄕㄨ∨	鼠部	478	483	段10上-37	鍇19-12	鉉10上-6	32-50
十四畫										
鼻	864	bi ╱	ㄅㄧ╱	鼻部	137	139	段4上-17	鍇7-8	鉉4上-4	無

部首字	部首頁碼	拼音	注音	說文部首	段注一般頁碼	段注洪葉頁碼	段注篇章	徐鍇通釋篇章	徐鉉藤花榭篇章	金石字典頁碼
齊	865	qí	ㄑㄧˊ	齊部	317	320	段7上-32	鍇13-14	鉉7上-6	32-51
十五畫										
齒	866	chǐ	ㄔˇ	齒部	78	79	段2下-19	鍇4-10	鉉2下-4	32-54
十六畫										
龍	868	lóng	ㄌㄨㄥˊ	龍部	582	588	段11下-31	鍇22-11	鉉11下-6	32-55
龜	868	guī	ㄍㄨㄟ	龜部	678	685	段13下-9	鍇25-17	鉉13下-2	32-61
十七畫										
龠	869	yuè	ㄩㄝˋ	龠部	85	85	段2下-32	鍇4-17	鉉2下-7	32-61

部首檢字表

篆本字(古文、金文、籀文、俗字,通段、金石)	拼音	注音	說文部首	康熙部首	筆畫	一般頁碼	洪葉頁碼	段注篇章	徐鍇通釋篇章	徐鉉藤花榭篇章
【一(yi)部】	yi	一	一部			1	1	段1上-1	錯1-1	鉉1上-1
一(弌)	yi	一	一部	【一部】		1	1	段1上-1	錯1-1	鉉1上-1
二(上、丄)	shang`	ㄕㄤˋ	二(上)部	【一部】	1畫	1	1	段1上-2	錯1-2	鉉1上-1
三(下、丅)	xia`	ㄒㄧㄚˋ	二(下)部	【一部】	1畫	2	2	段1上-3	錯1-4	鉉1上-1
丂(亏、巧ㄓche`述及)	kao`	ㄎㄠˇ	丂部	【一部】	1畫	203	205	段5上-30	錯9-12	鉉5上-5
巧(丂)	qiao`	ㄑㄧㄠˇ	工部	【工部】	1畫	201	203	段5上-25	錯9-10	鉉5上-4
己	he	ㄏㄜˊ	丂部	【一部】	1畫	203	205	段5上-30	錯9-12	鉉5上-5
二(弍)	er`	ㄦˋ	二部	【一部】	1畫	681	687	段13下-14	錯26-1	鉉13下-3
七	qi	ㄑㄧ	七部	【一部】	1畫	738	745	段14下-16	錯28-6	鉉14下-3
个(丁,虰、釘通段)	ding	ㄉㄧㄥ	丁部	【人部】	1畫	740	747	段14下-20	錯28-9	鉉14下-4
玎(丁)	ding	ㄉㄧㄥ	玉部	【玉部】	2畫	16	16	段1上-31	錯1-15	鉉1上-5
鼎(丁、貝,鼏通段)	ding`	ㄉㄧㄥˇ	鼎部	【鼎部】	2畫	319	322	段7上-35	錯13-15	鉉7上-6
三(弎)	san	ㄙㄢ	三部	【一部】	2畫	9	9	段1上-17	錯1-9	鉉1上-3
萬(万)	wan`	ㄨㄢˋ	内部	【艸部】	2畫	739	746	段14下-18	錯28-7	鉉14下-4
丈	zhang`	ㄓㄤˋ	十部	【一部】	2畫	89	89	段3上-6	錯5-4	鉉3上-2
丌(亓qi´=其)	ji	ㄐㄧ	丌部	【一部】	2畫	199	201	段5上-22	錯9-8	鉉5上-4
且(且,蛆、跙通段)	qie`	ㄑㄧㄝˇ	且部	【一部】	2畫	716	723	段14上-29	錯27-9	鉉14上-5
丏(與丐gai`不同)	mian	ㄇㄧㄢˇ	丏部	【一部】	3畫	423	427	段9上-16	錯17-5	鉉9上-3
匃(丐、匃,鈣通段)	gai`	ㄍㄞˋ	亾部	【勹部】	3畫	634	640	段12下-46	錯24-15	鉉12下-7
与(與)	yu	ㄩˇ	勺部	【一部】	3畫	715	722	段14上-27	錯27-9	鉉14上-5
四(䓁、亖)	si`	ㄙˋ	四部	【囗部】	3畫	737	744	段14下-14	錯28-5	鉉14下-3
丑	chou	ㄔㄡˇ	丑部	【一部】	3畫	744	751	段14下-28	錯28-14	鉉14下-7
不(鴀、鳺、鴇通段)	bu`	ㄅㄨˋ	不部	【一部】	3畫	584	590	段12上-2	錯23-1	鉉12上-1
丕(㔻、不)	pi	ㄆㄧ	一部	【一部】	4畫	1	1	段1上-2	錯1-1	鉉1上-1
世	shi`	ㄕˋ	卅部	【一部】	4畫	89	90	段3上-7	錯5-5	鉉3上-2
代(世)	dai`	ㄉㄞˋ	人部	【人部】	4畫	375	379	段8上-21	錯15-8	鉉8上-3

篆本字(古文、金文、籀文、俗字，通叚、金石)	拼音	注音	說文部首	康熙部首	筆畫	一般頁碼	洪葉頁碼	段注篇章	徐鍇通釋篇章	徐鉉藤花榭篇章
北(丠、坔、坴，蚯通叚)	qiu	ㄑㄧㄡ	丘部	【一部】4畫		386	390	段8上-44	錯15-15	鉉8上-6
區(丘、堀町述及，鏂通叚)	qu	ㄑㄩ	匚部	【匚部】4畫		635	641	段12下-47	錯24-16	鉉12下-7
且(⊓，蛆、趄通叚)	qie ˇ	ㄑㄧㄝˇ	且部	【一部】4畫		716	723	段14上-29	錯27-9	鉉14上-5
丙	bing ˇ	ㄅㄧㄥˇ	丙部	【一部】4畫		740	747	段14下-20	錯28-9	鉉14下-4
平(秊，平便辨通用便述及，評、頯通叚)	ping ´	ㄆㄧㄥ´	亏部	【干部】4畫		205	207	段5上-33	錯9-14	鉉5上-6
辡(辨平便通用便述及、瓣，辨通叚)	bian `	ㄅㄧㄢ`	刀部	【辛部】4畫		180	182	段4下-45	錯8-16	鉉4下-7
便(便、平、辨，媗、梗通叚)	bian `	ㄅㄧㄢ`	人部	【人部】4畫		375	379	段8上-22	錯15-8	鉉8上-3
丙(卤，甜、餂通叚)	tian ˇ	ㄊㄧㄢˇ	谷部	【一部】5畫		87	88	段3上-3	錯5-2	鉉3上-1
箕(𠀠、𠀤、𠔋、𡩡、其、匴)	ji	ㄐㄧ	箕部	【竹部】5畫		199	201	段5上-21	錯9-8	鉉5上-4
丞	cheng ´	ㄔㄥ´	収部	【一部】5畫		104	104	段3上-36	錯5-19	鉉3上-8
麗(丽、䰠、離，儷、娌、欐通叚)	li `	ㄌㄧ`	鹿部	【鹿部】6畫		471	476	段10上-23	錯19-7	鉉10上-4
酉(丣)	you ˇ	ㄧㄡˇ	酉部	【酉部】6畫		747	754	段14下-33	錯28-17	鉉14下-8
竝(並)	bing `	ㄅㄧㄥ`	竝部	【立部】7畫		501	505	段10下-22	錯20-8	鉉10下-5
併(並、併)	bing `	ㄅㄧㄥ`	人部	【人部】7畫		372	376	段8上-16	錯15-6	鉉8上-3
傍(並、旁)	bang `	ㄅㄤ`	人部	【人部】7畫		375	379	段8上-21	錯15-8	鉉8上-3
丙(卤，甜、餂通叚)	tian ˇ	ㄊㄧㄢˇ	谷部	【一部】7畫		87	88	段3上-3	錯5-2	鉉3上-1
鎀(鋀，鈄通叚)	dou `	ㄉㄡ`	金部	【金部】12畫		704	711	段14上-6	錯27-3	鉉14上-2
【丨(gun ˇ)部】	gun ˇ	ㄍㄨㄣˇ	丨部			20	20	段1上-40	錯1-20	鉉1上-7
丨	gun ˇ	ㄍㄨㄣˇ	丨部	【丨部】		20	20	段1上-40	錯1-20	鉉1上-7
丩(𭩙)	jiu	ㄐㄧㄡ	丩部	【丨部】1畫		88	89	段3上-5	錯5-3	鉉3上-2

篆本字(古文、金文、籀文、俗字，通叚、金石)	拼音	注音	說文部首	康熙部首	筆畫	一般頁碼	洪葉頁碼	段注篇章	徐鍇通釋篇章	徐鉉藤花榭篇章
卜(卜、鳰通叚)	bu	ㄅㄨˇ	卜部	【卜部】	1畫	127	128	段3下-41	錯6-20	鉉3下-9
箇(个、個)	ge`	ㄍㄜˋ	竹部	【竹部】	2畫	194	196	段5上-12	錯9-5	鉉5上-2
中(屮、𠔉、仲述及)	zhong	ㄓㄨㄥ	丨部	【丨部】	3畫	20	20	段1上-40	錯1-20	鉉1上-7
仲(中，种通叚)	zhong`	ㄓㄨㄥˋ	人部	【人部】	3畫	367	371	段8上-5	錯15-2	鉉8上-1
衷(中)	zhong	ㄓㄨㄥ	衣部	【衣部】	3畫	395	399	段8上-61	錯16-5	鉉8上-9
卂	ji´	ㄐㄧˊ	卂部	【丨部】	3畫	113	114	段3下-14	錯6-8	鉉3下-3
㞢	ju´	ㄐㄩ	卂部	【厂部】	3畫	114	115	段3下-15	錯6-8	鉉3下-3
丰	jie`	ㄐㄧㄝˋ	丰部	【丨部】	3畫	183	185	段4下-52	錯8-18	鉉4下-8
丰(妦)	feng	ㄈㄥ	生部	【丨部】	3畫	274	276	段6下-4	錯12-4	鉉6下-2
豐(丰、豐，灃通叚)	feng	ㄈㄥ	豐部	【豆部】	3畫	208	210	段5上-39	錯9-16	鉉5上-8
州(𪲮、洲)	zhou	ㄓㄡ	川部	【巛部】	3畫	569	574	段11下-4	錯22-2	鉉11下-2
卵(卝、鯤鰆duo`述及，峻通叚)	luan	ㄌㄨㄢˇ	卵部	【卩部】	3畫	680	686	段13下-12	錯25-18	鉉13下-3
磺(卝古文礦，鑛通叚)	huang´	ㄏㄨㄤˊ	石部	【石部】	3畫	448	453	段9下-23	錯18-8	鉉9下-4
叀(𢆶、皀、專)	zhuan	ㄓㄨㄢ	叀部	【厶部】	6畫	159	161	段4下-3	錯8-2	鉉4下-1
串	chuan`	ㄔㄨㄢˋ	丨部	【丨部】	6畫	無	無	無	無	無
毌(串、貫)	guan`	ㄍㄨㄢˋ	毌部	【毌部】	6畫	316	319	段7上-29	錯13-12	鉉7上-5
貫(毌、摜、宦、串)	guan`	ㄍㄨㄢˋ	毌部	【貝部】	6畫	316	319	段7上-29	錯13-12	鉉7上-5
遦(貫、串，慣通叚)	guan`	ㄍㄨㄢˋ	辵(辶)部	【辵部】	6畫	71	71	段2下-4	錯4-2	鉉2下-1
中(屮、𠔉、仲述及)	zhong	ㄓㄨㄥ	丨部	【丨部】	7畫	20	20	段1上-40	錯1-20	鉉1上-7
丵(蔟)	zhuo´	ㄓㄨㄛˊ	丵部	【丨部】	9畫	103	103	段3上-34	錯5-17	鉉3上-7
龜(𪔁，𪓴通叚)	gui	ㄍㄨㄟ	龜部	【龜部】	11畫	678	685	段13下-9	錯25-17	鉉13下-2
【、(zhuˇ)部】	zhu	ㄓㄨˇ	、部			214	216	段5上-52	錯10-1	鉉5上-10
、(丶、主)	zhu	ㄓㄨˇ	、部	【、部】		214	216	段5上-52	錯10-1	鉉5上-10
主(丶、宔祐述及、炷，黈通叚)	zhu	ㄓㄨˇ	、部	【、部】		214	216	段5上-52	錯10-1	鉉5上-10
宔(主，炷通叚)	zhu	ㄓㄨˇ	宀部	【宀部】	4畫	342	346	段7下-15	錯14-7	鉉7下-3

篆本字（古文、金文、籀文、俗字，通段、金石）	拼音	注音	說文部首	康熙部首	筆畫	一般頁碼	洪葉頁碼	段注篇章	徐鍇通釋篇章	徐鉉藤花榭篇章
丸(汍通段)	wan´	ㄨㄢ´	丸部	【丶部】2畫		448	452	段9下-22	鍇18-8	鉉9下-4
丹(丹、彤)	dan	ㄉㄢ	丹部	【丶部】3畫		215	218	段5下-1	鍇10-1	鉉5下-1
赭(丹、洭)	zhe˘	ㄓㄜˇ	赤部	【赤部】3畫		492	496	段10下-4	鍇19-21	鉉10下-1
井(丼)	jing˘	ㄐㄧㄥˇ	井部	【二部】4畫		216	218	段5下-2	鍇10-2	鉉5下-1
緟(終、冬、冬，蔠通段)	zhong	ㄓㄨㄥ	糸部	【糸部】5畫		647	654	段13上-9	鍇25-3	鉉13上-2
麗(丽、丽、離，儷、娌、欐通段)	li`	ㄌㄧˋ	鹿部	【鹿部】6畫		471	476	段10上-23	鍇19-7	鉉10上-4
【丿(pie˘)部】	pie˘	ㄆㄧㄝˇ	丿部			627	633	段12下-31	鍇24-11	鉉12下-5
丿	pie˘	ㄆㄧㄝˇ	丿部	【丿部】		627	633	段12下-31	鍇24-11	鉉12下-5
乀	fu´	ㄈㄨˊ	丿部	【丿部】		627	633	段12下-32	鍇24-11	鉉12下-5
乁(古文及字，見市shi`)	yi´	一ˊ	乁部	【丿部】		627	633	段12下-32	鍇24-11	鉉12下-5
及(乁、弓非弓、遝)	ji´	ㄐㄧˊ	又部	【又部】		115	116	段3下-18	鍇6-10	鉉3下-4
乁	yi´	一ˊ	厂部	【丿部】		627	633	段12下-32	鍇24-11	鉉12下-5
乂(嬖、刈、艾)	yi´	一ˊ	丿部	【丿部】1畫		627	633	段12下-31	鍇24-11	鉉12下-5
嬖(乂、艾)	yi`	一ˋ	辟部	【辛部】1畫		432	437	段9上-35	鍇17-11	鉉9上-6
惢(乂、艾)	yi`	一ˋ	心部	【心部】1畫		515	520	段10下-51	鍇20-18	鉉10下-9
艾(乂，嶭通段)	ai`	ㄞˋ	艸部	【艸部】1畫		31	32	段1下-21	鍇2-10	鉉1下-4
乃(弓、孕)	nai˘	ㄋㄞˇ	乃部	【丿部】1畫		203	205	段5上-29	鍇9-11	鉉5上-5
仍(乃，扔通段)	reng´	ㄖㄥˊ	人部	【人部】1畫		372	376	段8上-16	鍇15-6	鉉8上-3
屮(左、佐)	zuo˘	ㄗㄨㄛˇ	屮部	【丿部】1畫		116	117	段3下-20	鍇6-11	鉉3下-4
五(乂)	wu˘	ㄨˇ	五部	【二部】1畫		738	745	段14下-15	鍇28-6	鉉14下-3
殄(乂、朕)	tian˘	ㄊㄧㄢˇ	歺部	【歹部】1畫		163	165	段4下-12	鍇8-6	鉉4下-3
久(灸)	jiu˘	ㄐㄧㄡˇ	久部	【丿部】2畫		237	239	段5下-43	鍇10-18	鉉5下-9
灸(久)	jiu˘	ㄐㄧㄡˇ	火部	【火部】2畫		483	488	段10上-47	鍇19-16	鉉10上-8
乇(zhe´)	tuo	ㄊㄨㄛ	乇部	【丿部】2畫		274	277	段6下-5	鍇12-4	鉉6下-2
幺(么通段)	yao	一ㄠ	幺部	【幺部】2畫		158	160	段4下-2	鍇8-2	鉉4下-1
丸(汍通段)	wan´	ㄨㄢ´	丸部	【丶部】2畫		448	452	段9下-22	鍇18-8	鉉9下-4
之	zhi	ㄓ	之部	【丿部】3畫		272	275	段6下-1	鍇12-2	鉉6下-1

篆本字(古文、金文、籀文、俗字，通叚、金石)	拼音	注音	說文部首	康熙部首	筆畫	一般頁碼	洪葉頁碼	段注篇章	徐鍇通釋篇章	徐鉉藤花榭篇章
及(乁、弖非弓、遝)	ji´	ㄐㄧˊ	又部	【又部】	3畫	115	116	段3下-18	錯6-10	鉉3下-4
乍(咋)	zha`	ㄓㄚˋ	亡部	【丿部】	4畫	634	640	段12下-45	錯24-15	鉉12下-7
迮(乍、作、窄)	zhai´	ㄓㄞˊ	辵(辶)部	【辵部】	4畫	71	71	段2下-4	錯4-3	鉉2下-1
作(迮、乍)	zuo`	ㄗㄨㄛˋ	人部	【人部】	4畫	374	378	段8上-19	錯15-7	鉉8上-3
釆(乎、釆、辨，粈juan`述及)	bian`	ㄅㄧㄢˋ	釆部	【釆部】	4畫	50	50	段2上-4	錯3-2	鉉2上-1
乎(虖)	hu	ㄏㄨ	兮部	【丿部】	4畫	204	206	段5上-31	錯9-13	鉉5上-6
虖(唬、乎，滹通叚)	hu	ㄏㄨ	虍部	【虍部】	4畫	209	211	段5上-42	錯9-17	鉉5上-8
評(呼，乎金石)	hu	ㄏㄨ	言部	【言部】	4畫	95	95	段3上-18	錯5-10	鉉3上-4
弟(聿，悌、第通叚)	di`	ㄉㄧˋ	弟部	【弓部】	4畫	236	239	段5下-42	錯10-17	鉉5下-8
丠(丘、坴、坴，蚯通叚)	qiu	ㄑㄧㄡ	丘部	【一部】	4畫	386	390	段8上-44	錯15-15	鉉8上-6
乏(亖)	fa´	ㄈㄚˊ	正部	【丿部】	4畫	69	70	段2下-1	錯4-1	鉉2下-1
朱	zi´	ㄗˇ	宋部	【丿部】	4畫	274	276	段6下-4	錯12-3	鉉6下-2
身(㫃)	yi	ㄧ	月部	【身部】	5畫	388	392	段8上-48	錯15-17	鉉8上-7
辰(派)	pai`	ㄆㄞˋ	辰部	【丿部】	5畫	570	575	段11下-6	錯22-3	鉉11下-2
派(辰)	pai`	ㄆㄞˋ	水部	【水部】	5畫	553	558	段11上貳-15	錯21-17	鉉11上-6
㕍(堆，塠、雁通叚)	dui	ㄉㄨㄟ	㕍部	【丿部】	5畫	730	737	段14上-58	錯28-1	鉉14上-8
魁(㕍)	kui´	ㄎㄨㄟˊ	斗部	【鬼部】	5畫	718	725	段14上-33	錯27-11	鉉14上-6
巠(乖)	guai	ㄍㄨㄞ	巠部	【丿部】	7畫	611	617	段12上-55	錯23-17	鉉12上-9
平(秂，平便辨通用便述及，評、頩通叚)	ping´	ㄆㄧㄥˊ	亏部	【干部】	7畫	205	207	段5上-33	錯9-14	鉉5上-6
委(幸，秊、㚔、倖通叚)	xing`	ㄒㄧㄥˋ	夭部	【丿部】	7畫	494	499	段10下-9	錯20-3	鉉10下-2
禹(禸，蝺通叚)	yu´	ㄩˇ	内部	【内部】	8畫	739	746	段14下-18	錯28-7	鉉14下-4
淵(開、囦，潚通叚)	yuan	ㄩㄢ	水部	【水部】	8畫	550	555	段11上貳-10	錯21-16	鉉11上-5
手(季)	shou´	ㄕㄡˇ	手部	【手部】	9畫	593	599	段12上-20	錯23-8	鉉12上-4

篆本字（古文、金文、籀文、俗字，通段、金石）	拼音	注音	說文部首	康熙部首	筆畫	一般頁碼	洪葉頁碼	段注篇章	徐鍇通釋篇章	徐鉉藤花榭篇章
騰（騬、乗、勝俟述及）	teng´	ㄊㄥ´	馬部	【馬部】9畫		468	473	段10上-17	鍇19-5	鉉10上-3
椉（桳、乗，乗通段）	cheng´	ㄔㄥ´	桀部	【木部】9畫		237	240	段5下-44	鍇10-18	鉉5下-9
烝（杒、垂、巠）	chui	ㄔㄨㄟ´	烝部	【丿部】9畫		274	277	段6下-5	鍇12-4	鉉6下-2
巠（茷、花，蘤通段）	hua	ㄏㄨㄚ	巠部	【人部】10畫		274	277	段6下-5	鍇12-4	鉉6下-2
陸（鯥从中兀）	lu`	ㄌㄨ`	昌部	【阜部】22畫		731	738	段14下-1	鍇28-1	鉉14下-1
【乙(yiˇ)部】	yiˇ	一ˇ	乙部			740	747	段12上-1	鍇23-1	鉉12上-1
乙（ya`鳦）	yiˇ	一ˇ	乙部	【乙部】		584	590	段12上-1	鍇23-1	鉉12上-1
乙（軋、軋，鳦通段）	yiˇ	一ˇ	乙部	【乙部】		740	747	段14下-19	鍇28-8	鉉14下-4
乚（乚）	yinˇ	一ㄣˇ	乚部	【乙部】		634	640	段12下-45	鍇24-14	鉉12下-7
九（氿屚guiˇ述及）	jiuˇ	ㄐ一ㄡˇ	九部	【乙部】1畫		738	745	段14下-16	鍇28-7	鉉14下-3
簋（匭、匭、軌、杬、九）	guiˇ	ㄍㄨㄟˇ	竹部	【竹部】1畫		193	195	段5上-10	鍇9-4	鉉5上-2
幺（幻）	huan`	ㄏㄨㄢˋ	予部	【幺部】1畫		160	162	段4下-5	鍇8-3	鉉4下-2
也（芖、兮）	yeˇ	一ㄝˇ	乁部	【乙部】2畫		627	633	段12下-32	鍇24-11	鉉12下-5
兮（猗、也述及）	xi	ㄒ一	兮部	【八部】2畫		204	206	段5上-31	鍇9-13	鉉5上-6
气（乞、餼、氣餼kai`述及，炁通段）	qi`	ㄑ一ˋ	气部	【气部】2畫		20	20	段1上-39	鍇1-19	鉉1上-6
既（既、嘰、機、气、氣、餼氣述及）	ji`	ㄐ一ˋ	皀部	【无部】2畫		216	219	段5下-3	鍇10-2	鉉5下-1
禮（礼、礼、禮）	liˇ	ㄌ一ˇ	示部	【示部】4畫		2	2	段1上-4	鍇1-5	鉉1上-1
也（芖、兮）	yeˇ	一ㄝˇ	乁部	【乙部】4畫		627	633	段12下-32	鍇24-11	鉉12下-5
卟（乩）	ji	ㄐ一	卜部	【卜部】5畫		127	128	段3下-41	鍇6-20	鉉3下-9
乃（弓、孕）	naiˇ	ㄋㄞˇ	乃部	【丿部】5畫		203	205	段5上-29	鍇9-11	鉉5上-5
乳	ru`	ㄖㄨˋ	乙部	【乙部】7畫		584	590	段12上-1	鍇23-1	鉉12上-1
逑（捄、仇、求，裘通段）	qiu´	ㄑ一ㄡ´	辵(辶)部	【辵部】8畫		73	74	段2下-9	鍇4-5	鉉2下-2

篆本字(古文、金文、籀文、俗字，通叚、金石)	拼音	注音	說文部首	康熙部首	筆畫	一般頁碼	洪葉頁碼	段注篇章	徐鍇通釋篇章	徐鉉藤花榭篇章
乾(乹俗音乾溼)	gan	ㄍㄢ	乙部	【乙部】	10畫	740	747	段14下-20	鍇28-8	鉉14下-4
豫(𧰼、㣻、預，澦通叚)	yu ˋ	ㄩˋ	象部	【亅部】	10畫	459	464	段9下-44	鍇18-16	鉉9下-8
亂	luan ˋ	ㄌㄨㄢˋ	乙部	【乙部】	12畫	740	747	段14下-20	鍇28-8	鉉14下-4
敽(䜌、亂、䜌)	luan ˋ	ㄌㄨㄢˋ	攴部	【攴部】	12畫	125	126	段3下-37	鍇6-19	鉉3下-8
【亅(jue ˊ)部】	jue ˊ	ㄐㄩㄝˊ	亅部			633	639	段12下-44	鍇24-14	鉉12下-7
亅(橜)	jue ˊ	ㄐㄩㄝˊ	亅部	【亅部】		633	639	段12下-44	鍇24-14	鉉12下-7
𠄌	jue ˊ	ㄐㄩㄝˊ	亅部	【亅部】		633	639	段12下-44	鍇24-14	鉉12下-7
了(𠄏diao ˇ)	liao ˇ	ㄌㄧㄠˇ	了部	【亅部】	1畫	743	750	段14下-26	鍇28-13	鉉14下-6
尥(尦、𠄏)	liao ˋ	ㄌㄧㄠˋ	尢部	【尢部】	1畫	495	500	段10下-11	鍇20-4	鉉10下-2
憭(了，瞭通叚)	liao ˇ	ㄌㄧㄠˇ	心部	【心部】	1畫	503	508	段10下-27	鍇20-10	鉉10下-5
予(與、余)	yu ˇ	ㄩˇ	予部	【亅部】	3畫	159	161	段4下-4	鍇8-3	鉉4下-2
余(予，蜍、駼通叚)	yu ˊ	ㄩˊ	八部	【人部】	5畫	49	50	段2上-3	鍇3-2	鉉2上-1
周(𠓜，賙、週通叚)	zhou	ㄓㄡ	口部	【口部】	6畫	58	59	段2上-21	鍇3-9	鉉2上-4
事(𡕥，剚通叚)	shi ˋ	ㄕˋ	史部	【亅部】	7畫	116	117	段3下-20	鍇6-11	鉉3下-5
【二(er ˋ)部】	er ˋ	ㄦˋ	二部			681	687	段13下-14	鍇26-1	鉉13下-3
二(弍)	er ˋ	ㄦˋ	二部	【一部】	1畫	681	687	段13下-14	鍇26-1	鉉13下-3
亐(衧、袺、于)	yu ˊ	ㄩˊ	衣部	【衣部】	1畫	393	397	段8上-57	鍇16-3	鉉8上-8
曰(云雲述及，粵于爰曰四字可互相訓，以雙聲疊韵相叚借也。)	yue	ㄩㄝ	曰部	【曰部】	1畫	202	204	段5上-28	鍇9-11	鉉5上-5
亏(于、於烏述及)	yu ˊ	ㄩˊ	亏部	【二部】	1畫	204	206	段5上-32	鍇9-13	鉉5上-6
丂(亏、巧屮che ˋ述及)	kao ˇ	ㄎㄠˇ	丂部	【一部】	1畫	203	205	段5上-30	鍇9-12	鉉5上-5
亍	chu ˋ	ㄔㄨˋ	彳部	【二部】	1畫	77	78	段2下-17	鍇4-9	鉉2下-4
五(㐅)	wu ˇ	ㄨˇ	五部	【二部】	2畫	738	745	段14下-15	鍇28-6	鉉14下-3
笠(互=䱟鮥jiu ˋ述及)	hu ˋ	ㄏㄨˋ	竹部	【竹部】	2畫	195	197	段5上-13	鍇9-5	鉉5上-2

篆本字(古文、金文、籀文、俗字,通叚、金石)	拼音	注音	說文部首	康熙部首	筆畫	一般頁碼	洪葉頁碼	段注篇章	徐鍇通釋篇章	徐鉉藤花榭篇章
井(丼)	jǐng	ㄐㄧㄥˇ	井部	【二部】	2畫	216	218	段5下-2	錯10-2	鉉5下-1
邢(井)	jǐng	ㄐㄧㄥˇ	邑部	【邑部】	2畫	290	292	段6下-36	錯12-17	鉉6下-6
雲(⊙古文、云)	yún	ㄩㄣˊ	雲部	【雨部】	2畫	575	580	段11下-16	錯22-7	鉉11下-4
員(鼏、云,賨通叚)	yuán	ㄩㄢˊ	員部	【口部】	2畫	279	281	段6下-14	錯12-9	鉉6下-4
曰(云雲述及,粵于爰曰四字可互相訓,以雙聲疊韵相段借也。)	yue	ㄩㄝ	曰部	【曰部】	2畫	202	204	段5上-28	錯9-11	鉉5上-5
兩(閛)	zhen	ㄓㄣˋ	門部	【門部】	2畫	590	596	段12上-14	錯23-6	鉉12上-3
亙(亘)	gen	ㄍㄣˋ	二部	【二部】	4畫	681	687	段13下-14	錯26-1	鉉13下-3
楍(亙,堩通叚)	gen	ㄍㄣˋ	木部	【木部】	4畫	270	272	段6上-64	錯11-28	鉉6上-8
恆(恒、死,峘通叚)	héng	ㄏㄥˊ	二部	【心部】	5畫	681	687	段13下-14	錯26-1	鉉13下-3
亞(婭通叚)	yà	ㄧㄚˋ	二部	【二部】	6畫	738	745	段14下-15	錯28-6	鉉14下-3
些	xie	ㄒㄧㄝ	此部	【二部】	6畫	無	無	無	無	鉉2上-8
娑(些)	xie	ㄒㄧㄝ	女部	【女部】	6畫	621	627	段12下-20	錯24-7	鉉12下-3
呰(訾,吡、些通叚)	zǐ	ㄗˇ	口部	【口部】	6畫	59	60	段2上-23	錯3-9	鉉2上-5
恆(恒、死,峘通叚)	héng	ㄏㄥˊ	二部	【心部】	7畫	681	687	段13下-14	錯26-1	鉉13下-3
緪(絚、恆)	geng	ㄍㄥ	糸部	【糸部】	7畫	659	665	段13上-32	錯25-7	鉉13上-4
亟(悈、棘)	jí	ㄐㄧˊ	二部	【二部】	7畫	681	687	段13下-14	錯26-1	鉉13下-3
恆(亟、極、悈、戒、棘)	jí	ㄐㄧˊ	心部	【心部】	7畫	508	512	段10下-36	錯20-13	鉉10下-7
棘(亟、棗,蕀、璲通叚)	jí	ㄐㄧˊ	朿部	【木部】	7畫	318	321	段7上-33	錯13-14	鉉7上-6
悈(亟、棘)	jie	ㄐㄧㄝˋ	心部	【心部】	7畫	504	509	段10下-29	錯20-11	鉉10下-6
茍非苟gou,古文从羊句(亟、棘,急俗)	jì	ㄐㄧ	茍部	【艸部】	7畫	434	439	段9上-39	錯17-13	鉉9上-7
【亠(tou)部】	tou	ㄊㄡ	人部							
亾(無、亡)	wáng	ㄨㄤˊ	亾部	【亠部】	1畫	634	640	段12下-45	錯24-15	鉉12下-7

篆本字（古文、金文、籀文、俗字，通叚、金石）	拼音	注音	說文部首	康熙部首	筆畫	一般頁碼	洪葉頁碼	段注篇章	徐鍇通釋篇章	徐鉉藤花榭篇章
亢(頏、肮、吭)	kang	ㄎㄤˋ	亢部	【亠部】2畫		497	501	段10下-14	鍇20-5	鉉10下-3
沆(亢)	hang	ㄏㄤˋ	水部	【水部】4畫		548	553	段11上貳-5	鍇21-14	鉉11上-4
交(迒、佼，玟通叚)	jiao	ㄐㄧㄠ	交部	【亠部】4畫		494	499	段10下-9	鍇20-3	鉉10下-2
迒(交)	jiao	ㄐㄧㄠ	辵(辶)部	【辵部】4畫		71	72	段2下-5	鍇4-3	鉉2下-2
鵁(交，鶬、鶏通叚)	jiao	ㄐㄧㄠ	鳥部	【鳥部】4畫		154	155	段4上-50	鍇7-22	鉉4上-9
亥(帀、𠀅)	hai	ㄏㄞˋ	亥部	【亠部】4畫		752	759	段14下-44	鍇28-20	鉉14下-10末
凶(㐫、殈通叚)	xiong	ㄒㄩㄥ	凶部	【凵部】4畫		334	337	段7上-66	鍇13-27	鉉7上-11
末(末，妹、抹、韎通叚)	mo	ㄇㄛˋ	木部	【木部】4畫		248	251	段6上-21	鍇11-10	鉉6上-3
亦(腋同掖、袼，佨通叚)	yi	ㄧˋ	亦部	【亠部】4畫		493	498	段10下-7	鍇20-2	鉉10下-2
𩰬(鬺、鬵从將鼎、烹、亨，䰾通叚)	shang	ㄕㄤ	鬲部	【鬲部】5畫		111	112	段3下-10	鍇6-6	鉉3下-2
亯(亭、享、亨)	xiang	ㄒㄧㄤˇ	亯部	【亠部】6畫		229	231	段5下-28	鍇10-11	鉉5下-5
饗(亯、享)	xiang	ㄒㄧㄤˇ	倉部	【食部】6畫		220	223	段5下-11	鍇10-5	鉉5下-2
沇(兖、沿、㕣、濖)	yan	ㄧㄢˇ	水部	【水部】6畫		527	532	段11上壹-24	鍇21-8	鉉11上-2
克(㞷、桌、剋)	ke	ㄎㄜˋ	克部	【儿部】6畫		320	323	段7上-37	鍇13-16	鉉7上-7
靣(廩、癛、懍)	lin	ㄌㄧㄣˇ	靣部	【亠部】6畫		230	232	段5下-30	鍇10-12	鉉5下-6
京	jing	ㄐㄧㄥ	京部	【亠部】6畫		229	231	段5下-28	鍇10-11	鉉5下-5
鱷(鯨、京)	jing	ㄐㄧㄥ	魚部	【魚部】6畫		580	585	段11下-26	鍇22-10	鉉11下-5
亮(涼、諒、倞述及古多相叚借)	liang	ㄌㄧㄤˋ	儿部	【亠部】7畫		405	409	段8下-8	無	鉉8下-2
倞(諒、涼、亮此四字古多相叚借)	liang	ㄌㄧㄤˋ	旡部	【无部】7畫		415	419	段8下-28	鍇16-18	鉉8下-5
諒(亮、涼、倞述及古多相叚借)	liang	ㄌㄧㄤˋ	言部	【言部】7畫		89	90	段3上-7	鍇5-5	鉉3上-3

篆本字（古文、金文、籀文、俗字，通段、金石）	拼音	注音	說文部首	康熙部首	筆畫	一般頁碼	洪葉頁碼	段注篇章	徐鍇通釋篇章	徐鉉藤花榭篇章
涼(凉、亮、諒、㨗述及古多相段借)	liang′	ㄌㄧㄤˊ	水部	【水部】7畫		562	567	段11上貳-34	鍇21-23	鉉11上-8
倞(競、傹，亮通段)	jing`	ㄐㄧㄥˋ	人部	【人部】7畫		369	373	段8上-9	鍇15-4	鉉8上-2
亯(亭、享、亨)	xiang˘	ㄒㄧㄤˇ	亯部	【一部】7畫		229	231	段5下-28	鍇10-11	鉉5下-5
饗(亯、享)	xiang˘	ㄒㄧㄤˇ	倉部	【食部】7畫		220	223	段5下-11	鍇10-5	鉉5下-2
亭(停、淳，婷、葶通段)	ting′	ㄊㄧㄥˊ	高部	【一部】7畫		227	230	段5下-25	鍇10-10	鉉5下-5
亳(薄)	bo′	ㄅㄛˊ	高部	【一部】8畫		227	230	段5下-25	鍇10-10	鉉5下-5
椉(尜、乗，乘通段)	cheng′	ㄔㄥˊ	桀部	【木部】8畫		237	240	段5下-44	鍇10-18	鉉5下-9
亯(亭、享、亨)	xiang˘	ㄒㄧㄤˇ	亯部	【一部】9畫		229	231	段5下-28	鍇10-11	鉉5下-5
亶(邅驙述及)	dan˘	ㄉㄢˇ	㐭部	【一部】11畫		230	233	段5下-31	鍇10-13	鉉5下-6
棄(棄、弃)	qi`	ㄑㄧˋ	華部	【木部】13畫		158	160	段4下-1	鍇8-1	鉉4下-1
亯(庸)	yong′	ㄩㄥ	亯部	【一部】13畫		229	232	段5下-29	鍇10-12	鉉5下-5
襄(裛、衰、蓑)	shuai	ㄕㄨㄞ	衣部	【衣部】13畫		397	401	段8上-65	鍇16-6	鉉8上-9
韋从圍又(韠从韋又)	wei′	ㄨㄟˊ	交部	【韋部】14畫		494	499	段10下-9	鍇20-3	鉉10下-2
釁从興酉分(衅、釁念min˘述及、璺瑕述及，亹、璺、釁通段)	xin`	ㄒㄧㄣˋ	爨部	【酉部】20畫		106	106	段3上-40	鍇6-2	鉉3上-9
忞(釁从興酉分，釁通段)	min˘	ㄇㄧㄣˇ	心部	【心部】20畫		506	511	段10下-33	鍇20-12	鉉10下-6
娓(釁通段)	wei˘	ㄨㄟˇ	女部	【女部】20畫		620	626	段12下-18	鍇24-6	鉉12下-3
【人(ren′)部】	ren′	ㄖㄣˊ	人部			365	369	段8上-1	鍇15-1	鉉8上-1
人(仁果人，宋元以前無不作人字、儿大𠆢述及)	ren′	ㄖㄣˊ	人部	【人部】		365	369	段8上-1	鍇15-1	鉉8上-1
儿(人大𠆢述及)	er′	ㄦˊ	儿部	【儿部】		404	409	段8下-7	鍇16-11	鉉8下-2

篆本字（古文、金文、籀文、俗字，通叚、金石）	拼音	注音	說文部首	康熙部首	筆畫	一般頁碼	洪葉頁碼	段注篇章	徐鍇通釋篇章	徐鉉藤花榭篇章
个(丁，虹、釘通叚)	ding	ㄉㄧㄥ	丁部	【人部】	1畫	740	747	段14下-20	錯28-9	鉉14下-4
亾(無、亡)	wang'	ㄨㄤˊ	亾部	【宀部】	1畫	634	640	段12下-45	錯24-15	鉉12下-7
什	shi'	ㄕˊ	人部	【人部】	2畫	373	377	段8上-18	錯15-7	鉉8上-3
化教化(七)	hua`	ㄏㄨㄚˋ	七部	【七部】	2畫	384	388	段8上-40	錯15-13	鉉8上-5
七變化(化)	hua`	ㄏㄨㄚˋ	七部	【七部】	2畫	384	388	段8上-39	錯15-13	鉉8上-5
仁(忎、尼)	ren'	ㄖㄣˊ	人部	【人部】	2畫	365	369	段8上-1	錯15-1	鉉8上-1
人(仁果人，宋元以前無不作人字、儿大 述及)	ren'	ㄖㄣˊ	人部	【人部】	2畫	365	369	段8上-1	錯15-1	鉉8上-1
仆(pu)	pu'	ㄆㄨˊ	人部	【人部】	2畫	381	385	段8上-33	錯15-11	鉉8上-4
爪(掌，仉通叚)	zhang	ㄓㄤˇ	爪部	【爪部】	2畫	113	114	段3下-14	錯6-7	鉉3下-3
仇(逑，扐通叚)	chou'	ㄔㄡˊ	人部	【人部】	2畫	382	386	段8上-36	錯15-12	鉉8上-5
讎(仇，售通叚)	chou'	ㄔㄡˊ	言部	【言部】	2畫	90	90	段3上-8	錯5-10	鉉3上-3
逑(捄、仇、求，宋通叚)	qiu'	ㄑㄧㄡˊ	辵(辶)部	【辵部】	2畫	73	74	段2下-9	錯4-5	鉉2下-2
斛(仇)	ju	ㄐㄩ	斗部	【斗部】	2畫	718	725	段14上-34	錯27-11	鉉14上-6
仍(乃，礽通叚)	reng'	ㄖㄥˊ	人部	【人部】	2畫	372	376	段8上-16	錯15-6	鉉8上-3
扔(仍)	reng	ㄖㄥ	手部	【手部】	2畫	606	612	段12上-46	錯23-15	鉉12上-7
介(畍、界)	jie`	ㄐㄧㄝˋ	八部	【人部】	2畫	49	49	段2上-2	錯3-2	鉉2上-1
骱(介)	jie`	ㄐㄧㄝˋ	馬部	【馬部】	2畫	467	472	段10上-15	錯19-5	鉉10上-2
界(介、畍)	jie`	ㄐㄧㄝˋ	田部	【田部】	2畫	696	703	段13下-45	錯26-9	鉉13下-6
价(介)	jie`	ㄐㄧㄝˋ	人部	【人部】	2畫	377	381	段8上-25	錯15-9	鉉8上-3
夰(介)	jie`	ㄐㄧㄝˋ	大部	【大部】	2畫	493	497	段10下-6	錯20-1	鉉10下-2
𠢐(仂)	le`	ㄌㄜˋ	十部	【十部】	2畫	89	89	段3上-6	錯5-4	鉉3上-2
扐(仂，芀通叚)	le`	ㄌㄜˋ	手部	【手部】	2畫	607	613	段12上-47	錯23-15	鉉12上-7
力(仂通叚)	li`	ㄌㄧˋ	力部	【力部】	2畫	699	705	段13下-50	錯26-10	鉉13下-7
防(仂通叚)	le`	ㄌㄜˋ	𨸏部	【阜部】	2畫	731	738	段14下-1	錯28-1	鉉14下-1
今	jin	ㄐㄧㄣ	스部	【人部】	2畫	223	225	段5下-16	錯10-6	鉉5下-3
从(從)	cong'	ㄘㄨㄥˊ	从部	【人部】	2畫	386	390	段8上-43	錯15-14	鉉8上-6
從(从、縱、蓰，蓯通叚)	cong'	ㄘㄨㄥˊ	从部	【彳部】	2畫	386	390	段8上-43	錯15-14	鉉8上-6
倉(仓，傖通叚)	cang	ㄘㄤ	倉部	【人部】	3畫	223	226	段5下-17	錯10-7	鉉5下-3

篆本字（古文、金文、籀文、俗字，通叚、金石）	拼音	注音	說文部首	康熙部首	筆畫	一般頁碼	洪葉頁碼	段注篇章	徐鍇通釋篇章	徐鉉藤花榭篇章
抏(仉，捖、杭通叚)	wu、	ㄨˋ	手部	【手部】	3畫	608	614	段12上-49	鍇23-15	鉉12上-7
阮(仉、岏、杭通叚)	wu、	ㄨˋ	𨸏部	【阜部】	3畫	734	741	段14下-8	鍇28-3	鉉14下-1
千(芉俗qian述及，仟、阡通叚)	qian	ㄑㄧㄢ	十部	【十部】	3畫	89	89	段3上-6	鍇5-4	鉉3上-2
稴(芉，仟通叚)	qian	ㄑㄧㄢ	谷部	【谷部】	3畫	570	576	段11下-7	鍇22-4	鉉11下-2
杖(仗)	zhang、	ㄓㄤˋ	木部	【木部】	3畫	263	266	段6上-51	鍇11-22	鉉6上-7
信(伸蠖huo、述及、仴、訫)	xin、	ㄒㄧㄣˋ	言部	【人部】	3畫	92	93	段3上-13	鍇5-7	鉉3上-3
仔(ziˇ、zaiˇ)	zi	ㄗ	人部	【人部】	3畫	377	381	段8上-25	鍇15-9	鉉8上-4
仕	shi、	ㄕˋ	人部	【人部】	3畫	366	370	段8上-3	鍇15-1	鉉8上-1
付	fu、	ㄈㄨˋ	人部	【人部】	3畫	373	377	段8上-17	鍇15-7	鉉8上-3
仚	xian	ㄒㄧㄢ	人部	【人部】	3畫	383	387	段8上-38	鍇15-13	鉉8上-5
僊(仙)	xian	ㄒㄧㄢ	人部	【人部】	3畫	383	387	段8上-38	鍇15-13	鉉8上-5
仜(肛、脝、胖通叚)	hong′	ㄏㄨㄥˊ	人部	【人部】	3畫	369	373	段8上-9	鍇15-4	鉉8上-2
仞(牣、軔，認、韌通叚)	ren、	ㄖㄣˋ	人部	【人部】	3畫	365	369	段8上-2	鍇15-1	鉉8上-1
仡(亿，砐、硈通叚)	yi、	ㄧˋ	人部	【人部】	3畫	369	373	段8上-10	鍇15-4	鉉8上-2
仢(彴)	di′	ㄉㄧˊ	人部	【人部】	3畫	372	376	段8上-15	鍇15-6	鉉8上-2
代(世)	dai、	ㄉㄞˋ	人部	【人部】	3畫	375	379	段8上-21	鍇15-8	鉉8上-3
侂(托，任、侘通叚)	tuo	ㄊㄨㄛ	人部	【人部】	3畫	382	386	段8上-36	鍇15-12	鉉8上-5
佗(他、駝、馱，紽、馳、鮀通叚)	tuo′	ㄊㄨㄛˊ	人部	【人部】	3畫	371	375	段8上-13	鍇15-5	鉉8上-2
它(蛇、佗、他)	ta	ㄊㄚ	它部	【宀部】	3畫	678	684	段13下-8	鍇25-17	鉉13下-2
仝(全、㒰，痊通叚)	tong′	ㄊㄨㄥˊ	入部	【人部】	3畫	224	226	段5下-18	鍇10-7	鉉5下-3
令(靈，鴒通叚)	ling、	ㄌㄧㄥˋ	卪部	【人部】	3畫	430	435	段9上-31	鍇17-10	鉉9上-5

篆本字(古文、金文、籀文、俗字，通叚、金石)	拼音	注音	說文部首	康熙部首	筆畫	一般頁碼	洪葉頁碼	段注篇章	徐鍇通釋篇章	徐鉉藤花榭篇章
奴(㚢、伖、帑，儂、駑通叚)	nu ˊ	ㄋㄨˊ	女部	【女部】	3畫	616	622	段12下-10	鍇24-3	鉉12下-2
㠯(以、姒娰yi ˋ 如姒姓本作以)	yi ˇ	一ˇ	巳部	【人部】	3畫	746	753	段14下-31	鍇28-16	鉉14下-8
㐱(鬒、黰，縝通叚)	zhen ˇ	ㄓㄣˇ	彡部	【人部】	3畫	424	429	段9上-19	鍇17-6	鉉9上-3
彴(徇、侚，殉、狥、迿通叚)	xun ˋ	ㄒㄩㄣˋ	彳部	【彳部】	4畫	77	77	段2下-16	鍇4-9	鉉2下-4
仰(卬)	yang ˇ	一ㄤˇ	人部	【人部】	4畫	373	377	段8上-18	鍇15-7	鉉8上-3
卬(卬、仰，昂通叚)	yang ˇ	一ㄤˇ	匕部	【卩部】	4畫	385	389	段8上-42	鍇15-14	鉉8上-6
件	jian ˋ	ㄐ一ㄢˋ	人部	【人部】	4畫	無	無	無	鍇15-13	鉉8上-5
仲(中，种通叚)	zhong ˋ	ㄓㄨㄥˋ	人部	【人部】	4畫	367	371	段8上-5	鍇15-2	鉉8上-1
中(㣺、𠁧、仲述及)	zhong	ㄓㄨㄥ	丨部	【丨部】	4畫	20	20	段1上-40	鍇1-20	鉉1上-7
仳	pi ˇ	ㄆ一ˇ	人部	【人部】	4畫	382	386	段8上-36	鍇15-12	鉉8上-5
价(介)	jie ˋ	ㄐ一ㄝˋ	人部	【人部】	4畫	377	381	段8上-25	鍇15-9	鉉8上-3
䰟(魂、伝通叚)	hun ˊ	ㄏㄨㄣˊ	鬼部	【鬼部】	4畫	435	439	段9上-40	鍇17-13	鉉9上-7
笑(笑，关通叚)	xiao ˋ	ㄒ一ㄠˋ	竹部	【竹部】	4畫	198	200	段5上-20	鍇9-8	鉉5上-3
啎(啎、仵午述及，忤、悟、捂、牾、迕通叚)	wu ˇ	ㄨˇ	午部	【口部】	4畫	746	753	段14下-31	鍇28-16	鉉14下-8
午(仵、忤通叚)	wu ˇ	ㄨˇ	午部	【十部】	4畫	746	753	段14下-31	鍇28-16	鉉14下-8
仡(仡，矻、硈通叚)	yi ˋ	一ˋ	人部	【人部】	4畫	369	373	段8上-10	鍇15-4	鉉8上-2
任(ren ˋ)	ren ˊ	ㄖㄣˊ	人部	【人部】	4畫	375	379	段8上-22	鍇15-8	鉉8上-3
份(邠、豳、彬、斌，玢通叚)	fen ˋ	ㄈㄣˋ	人部	【人部】	4畫	368	372	段8上-7	鍇15-3	鉉8上-1
仿(放、俩、髣、彷，倣、昉、髣通叚)	fang ˇ	ㄈㄤˇ	人部	【人部】	4畫	370	374	段8上-12	鍇15-5	鉉8上-2

篆本字(古文、金文、籀文、俗字，通叚、金石)	拼音	注音	說文部首	康熙部首	筆畫	一般頁碼	洪葉頁碼	段注篇章	徐鍇通釋篇章	徐鉉藤花榭篇章
放(仿㸚jiao ˋ述及，傲通叚)	fang ˋ	ㄈㄤˋ	放部	【攴部】4畫	160	162	段4下-5	鍇8-3	鉉4下-2
伀(妐、忪，公通叚)	zhong	ㄓㄨㄥ	人部	【人部】4畫	367	371	段8上-6	鍇15-3	鉉8上-1
企(𠈮、跂，踵通叚)	qi ˋ	ㄑㄧˋ	人部	【人部】4畫	365	369	段8上-2	鍇15-1	鉉8上-1
伃(妤)	yu ˊ	ㄩˊ	人部	【人部】4畫	367	371	段8上-6	鍇15-3	鉉8上-1
紞(髧鬆述及，忱、統、祕通叚)	dan ˇ	ㄉㄢˇ	糸部	【糸部】4畫	652	659	段13上-19	鍇25-5	鉉13上-3
伉(閌通叚)	kang ˋ	ㄎㄤˋ	人部	【人部】4畫	367	371	段8上-5	鍇15-2	鉉8上-1
伊(𦏲、㱃，蛜通叚)	yi	一	人部	【人部】4畫	367	371	段8上-5	鍇15-2	鉉8上-1
佡(伭)	xian ˊ	ㄒㄧㄢˊ	人部	【人部】4畫	379	383	段8上-29	鍇15-10	鉉8上-4
伋	ji ˊ	ㄐㄧˊ	人部	【人部】4畫	366	370	段8上-4	鍇15-2	鉉8上-1
伍	wu ˇ	ㄨˇ	人部	【人部】4畫	373	377	段8上-18	鍇15-7	鉉8上-3
伎(忮)	ji ˋ	ㄐㄧˋ	人部	【人部】4畫	379	383	段8上-29	鍇15-10	鉉8上-4
忮(伎)	zhi ˋ	ㄓˋ	心部	【心部】4畫	509	514	段10下-39	鍇20-14	鉉10下-7
技(伎)	ji ˋ	ㄐㄧˋ	手部	【手部】4畫	607	613	段12上-47	鍇23-15	鉉12上-7
妓(伎)	ji ˋ	ㄐㄧˋ	女部	【女部】4畫	621	627	段12下-20	鍇24-7	鉉12下-3
伏(處述及)	fu ˊ	ㄈㄨˊ	人部	【人部】4畫	381	385	段8上-34	鍇15-11	鉉8上-4
處(伏、宓)	fu ˊ	ㄈㄨˊ	虍部	【虍部】4畫	209	211	段5上-41	鍇9-17	鉉5上-8
伐(閥，堲通叚)	fa ˊ	ㄈㄚˊ	人部	【人部】4畫	381	385	段8上-34	鍇15-11	鉉8上-4
垡(伐、𦩚，墢、埻、堲通叚)	fa ˊ	ㄈㄚˊ	土部	【土部】4畫	684	691	段13下-21	鍇26-3	鉉13下-4
仝(全、㒰，痊通叚)	tong ˊ	ㄊㄨㄥˊ	入部	【人部】4畫	224	226	段5下-18	鍇10-7	鉉5下-3
休(庥，咻、貅通叚)	xiu	ㄒㄧㄡ	木部	【人部】4畫	270	272	段6上-64	鍇11-28	鉉6上-8
役(伇，堺通叚)	yi ˋ	一ˋ	殳部	【彳部】4畫	120	121	段3下-27	鍇6-14	鉉3下-6
份(zhong ˋ)	yin ˊ	一ㄣˊ	份部	【人部】4畫	387	391	段8上-45	鍇15-15	鉉8上-6

篆本字(古文、金文、籀文、俗字，通叚、金石)	拼音	注音	說文部首	康熙部首	筆畫	一般頁碼	洪葉頁碼	段注篇章	徐鍇通釋篇章	徐鉉藤花榭篇章
禁(幏蓋古以綝 chen爲禁字，仱通叚)	jin ˋ	ㄐㄧㄣˋ	示部	【示部】4畫		9	9	段1上-17	錯1-8	鉉1上-3
仿(放、倣、鬃、彷，俷、昉、髣通叚)	fang ˇ	ㄈㄤˇ	人部	【人部】5畫		370	374	段8上-12	錯15-5	鉉8上-2
右又部佑	you ˋ	ㄧㄡˋ	又部	【口部】5畫		114	115	段3下-16	錯6-9	鉉3下-4
右口部佑通叚	you ˋ	ㄧㄡˋ	口部	【口部】5畫		58	59	段2上-21	錯3-8	鉉2上-4
祐(右)	you ˋ	ㄧㄡˋ	示部	【示部】5畫		3	3	段1上-5	錯1-5	鉉1上-2
左(佐)	zuo ˇ	ㄗㄨㄛˇ	左部	【工部】5畫		200	202	段5上-24	錯9-9	鉉5上-4
ナ(左、佐)	zuo ˇ	ㄗㄨㄛˇ	ナ部	【丿部】5畫		116	117	段3下-20	錯6-11	鉉3下-4
尵(跛，彼通叚)	bo ˇ	ㄅㄛˇ	尢部	【尢部】5畫		495	499	段10下-10	錯20-3	鉉10下-2
窊(瓜、滵通叚)	wa	ㄨㄚ	穴部	【穴部】5畫		345	348	段7下-20	錯14-8	鉉7下-4
儶(徲，伻通叚)	ping	ㄆㄧㄥ	彳部	【彳部】5畫		76	77	段2下-15	錯4-8	鉉2下-3
辜(詁、殆，估通叚)	gu	ㄍㄨ	辛部	【辛部】5畫		741	748	段14下-22	錯28-11	鉉14下-5
賈(沽、價，估通叚)	jia ˇ	ㄐㄧㄚˇ	貝部	【貝部】5畫		281	284	段6下-19	錯12-12	鉉6下-5
嫭(辜，估通叚)	gu	ㄍㄨ	女部	【女部】5畫		621	627	段12下-19	錯24-6	鉉12下-3
冬(夊，佟通叚)	dong	ㄉㄨㄥ	夊部	【冫部】5畫		571	576	段11下-8	錯22-4	鉉11下-3
侸(住、侸)	zhu ˋ	ㄓㄨˋ	人部	【人部】5畫		373	377	段8上-18	錯15-7	鉉8上-3
逗(住)	dou ˋ	ㄉㄡˋ	辵(辶)部	【辵部】5畫		72	73	段2下-7	錯4-4	鉉2下-2
駐(住，侸)	zhu ˋ	ㄓㄨˋ	馬部	【馬部】5畫		467	471	段10上-14	錯19-4	鉉10上-2
邎从驫(住通叚)	zhu ˋ	ㄓㄨˋ	辵(辶)部	【辵部】5畫		72	73	段2下-7	錯4-4	鉉2下-2
覘(沾，佔、貼通叚)	chan	ㄔㄢ	見部	【見部】5畫		408	413	段8下-15	錯16-14	鉉8下-3
伭(佷)	xian ˊ	ㄒㄧㄢˊ	人部	【人部】5畫		379	383	段8上-29	錯15-10	鉉8上-4
伯(柏)	bo ˊ	ㄅㄛˊ	人部	【人部】5畫		367	371	段8上-5	錯15-2	鉉8上-1
敀(伯、迫)	po ˋ	ㄆㄛˋ	攴部	【攴部】5畫		122	123	段3下-32	錯6-17	鉉3下-8
伴(胖、般)	ban ˋ	ㄅㄢˋ	人部	【人部】5畫		369	373	段8上-10	錯15-4	鉉8上-2
奜(伴)	ban ˋ	ㄅㄢˋ	夫部	【大部】5畫		499	504	段10下-19	錯20-7	鉉10下-4
長(夫、㐱、镸)	chang ˊ	ㄔㄤˊ	長部	【長部】5畫		453	457	段9下-32	錯18-11	鉉9下-5
伶(泠)	ling ˊ	ㄌㄧㄥˊ	人部	【人部】5畫		376	380	段8上-24	錯15-9	鉉8上-3

篆本字(古文、金文、籀文、俗字，通段、金石)	拼音	注音	說文部首	康熙部首	筆畫	一般頁碼	洪葉頁碼	段注篇章	徐鍇通釋篇章	徐鉉藤花樹篇章
泠(伶，翎通段)	ling ˊ	ㄌㄧㄥˊ	水部	【水部】	5畫	531	536	段11上壹-32	鍇21-9	鉉11上-2
伸(申、𦥔、信)	shen	ㄕㄣ	人部	【人部】	5畫	377	381	段8上-26	鍇15-9	鉉8上-4
信(伸蠖huo ˋ 述及、㐰、訫)	xin ˋ	ㄒㄧㄣˋ	言部	【人部】	5畫	92	93	段3上-13	鍇5-7	鉉3上-3
申(㫘、𢆯、𠂱、𦥔、伸)	shen	ㄕㄣ	申部	【田部】	5畫	746	753	段14下-32	鍇28-16	鉉14下-8
伹(粗)	qu	ㄑㄩ	人部	【人部】	5畫	377	381	段8上-26	鍇15-9	鉉8上-4
低	di	ㄉㄧ	人部	【人部】	5畫	無	無	無	無	鉉8上-5
氐(低、底榰zhi述及，秖通段)	di	ㄉㄧ	氐部	【氏部】	5畫	628	634	段12下-34	鍇24-12	鉉12下-5
底(氐榰zhi述及、厎俗，低通段)	di ˇ	ㄉㄧˇ	广部	【广部】	5畫	445	449	段9下-16	鍇18-5	鉉9下-3
伺	si ˋ	ㄙˋ	人部	【人部】	5畫	無	無	無	無	鉉8上-5
司(伺、覗)	si	ㄙ	司部	【口部】	5畫	429	434	段9上-29	鍇17-9	鉉9上-5
獄(伺、覗)	si	ㄙ	㹜部	【犬部】	5畫	478	482	段10上-36	鍇19-12	鉉10上-6
伾	pi	ㄆㄧ	人部	【人部】	5畫	370	374	段8上-11	鍇15-4	鉉8上-2
佀(似、嗣、巳，娌、姒通段)	si ˋ	ㄙˋ	人部	【人部】	5畫	375	379	段8上-21	鍇15-8	鉉8上-3
佁(ai ˇ)	yi ˇ	ㄧˇ	人部	【人部】	5畫	379	383	段8上-30	鍇15-10	鉉8上-4
佃	dian ˋ	ㄉㄧㄢˋ	人部	【人部】	5畫	378	382	段8上-28	鍇15-10	鉉8上-4
甲(㕅、𠇾、胛髆述及)	jia ˇ	ㄐㄧㄚˇ	甲部	【田部】	5畫	740	747	段14下-19	鍇28-8	鉉14下-4
但(袒，襢通段)	dan ˋ	ㄉㄢˋ	人部	【人部】	5畫	382	386	段8上-35	鍇15-11	鉉8上-4
酣(佄通段)	han	ㄏㄢ	酉部	【酉部】	5畫	749	756	段14下-37	鍇28-18	鉉14下-9
佇	zhu ˋ	ㄓㄨˋ	人部	【人部】	5畫	無	無	無	無	鉉8上-5
眝(佇)	zhu ˋ	ㄓㄨˋ	目部	【目部】	5畫	133	135	段4上-9	鍇7-5	鉉4上-2
宁(貯、㝉、著，竚、佇、眝通段)	zhu ˋ	ㄓㄨˋ	宁部	【宀部】	5畫	737	744	段14下-14	鍇28-5	鉉14下-3
佋	zhao	ㄓㄠ	人部	【人部】	5畫	383	387	段8上-38	鍇15-12	鉉8上-5
位(立)	wei ˋ	ㄨㄟˋ	人部	【人部】	5畫	371	375	段8上-14	鍇15-6	鉉8上-2
立(位述及)	li ˋ	ㄌㄧˋ	立部	【立部】		500	504	段10下-20	鍇20-7	鉉10下-4

篆本字（古文、金文、籀文、俗字，通段、金石）	拼音	注音	說文部首	康熙部首	筆畫	一般頁碼	洪葉頁碼	段注篇章	徐鍇通釋篇章	徐鉉藤花榭篇章
何(荷、呵，蚵通段)	he´	ㄏㄜˊ	人部	【人部】5畫		371	375	段8上-13	錯15-5	鉉8上-2
佖(怭通段)	bi`	ㄅㄧˋ	人部	【人部】5畫		368	372	段8上-8	錯15-3	鉉8上-2
佗(他、駝、馱，紽、馳、鮀通段)	tuo´	ㄊㄨㄛˊ	人部	【人部】5畫		371	375	段8上-13	錯15-5	鉉8上-2
它(蛇、佗、他)	ta	ㄊㄚ	它部	【宀部】5畫		678	684	段13下-8	錯25-17	鉉13下-2
佚(古失佚逸泆字多通用，劮通段)	yi`	一ˋ	人部	【人部】5畫		380	384	段8上-31	錯15-10	鉉8上-4
佞(侫、倿通段)	ning`	ㄋㄧㄥˋ	女部	【人部】5畫		622	628	段12下-22	錯24-7	鉉12下-3
佛(髴，彿通段)	fo´	ㄈㄛˊ	人部	【人部】5畫		370	374	段8上-12	錯15-5	鉉8上-2
髴(佛fu´)	fo´	ㄈㄛˊ	髟部	【髟部】5畫		428	432	段9上-26	錯17-9	鉉9上-4
奰(佛、廢、猷、奰)	fu´	ㄈㄨˊ	大部	【大部】5畫		493	497	段10下-6	錯20-2	鉉10下-2
作(迮、乍)	zuo`	ㄗㄨㄛˋ	人部	【人部】5畫		374	378	段8上-19	錯15-7	鉉8上-3
迮(乍、作、窄)	zhai`	ㄓㄞˋ	辵(辶)部	【辵部】5畫		71	71	段2下-4	錯4-3	鉉2下-1
伲(伱)	yi`	一ˋ	人部	【人部】5畫		379	383	段8上-30	錯15-10	鉉8上-4
佝(怐、傋、溝、穀、彀、區)	kou`	ㄎㄡˋ	人部	【人部】5畫		379	383	段8上-30	錯15-10	鉉8上-4
侮(務、姆)	wu`	ㄨˇ	人部	【人部】5畫		380	384	段8上-32	錯15-11	鉉8上-4
余(予，蜍、鵨通段)	yu´	ㄩˊ	八部	【人部】5畫		49	50	段2上-3	錯3-2	鉉2上-1
予(與、余)	yu	ㄩˇ	予部	【亅部】5畫		159	161	段4下-4	錯8-3	鉉4下-2
剛(信，鋼、鋼通段)	gang	ㄍㄤ	刀部	【刂部】5畫		179	181	段4下-43	錯8-16	鉉4下-7
佩(珮)	pei`	ㄆㄟˋ	人部	【人部】6畫		366	370	段8上-3	錯15-2	鉉8上-1
佮(偸通段)	ge´	ㄍㄜˊ	人部	【人部】6畫		374	378	段8上-19	錯15-7	鉉8上-3
尪(尣、尫、尩，㞴通段)	wang	ㄨㄤ	尢部	【尢部】6畫		495	499	段10下-10	錯20-3	鉉10下-2
佰(袹、陌通段)	bai	ㄅㄞˇ	人部	【人部】6畫		374	378	段8上-19	錯15-7	鉉8上-3
佞(侫、倿通段)	ning`	ㄋㄧㄥˋ	女部	【人部】6畫		622	628	段12下-22	錯24-7	鉉12下-3

篆本字（古文、金文、籀文、俗字，通叚、金石）	拼音	注音	說文部首	康熙部首	筆畫	一般頁碼	洪葉頁碼	段注篇章	徐鍇通釋篇章	徐鉉藤花榭篇章
朱(絑，侏通叚)	zhu	ㄓㄨ	木部	【木部】	6畫	248	251	段6上-21	鍇11-9	鉉6上-3
恑(佹通叚)	gui˅	ㄍㄨㄟ˅	心部	【心部】	6畫	510	515	段10下-41	鍇20-14	鉉10下-7
詭(佹通叚)	gui˅	ㄍㄨㄟ˅	言部	【言部】	6畫	100	101	段3上-29	鍇5-15	鉉3上-6
佁(伱)	yi`	一`	人部	【人部】	6畫	379	383	段8上-30	鍇15-10	鉉8上-4
亦(腋同掖、袼，佅通叚)	yi`	一`	亦部	【亠部】	6畫	493	498	段10下-7	鍇20-2	鉉10下-2
詳(祥，佯通叚)	xiang´	ㄒㄧㄤ´	言部	【言部】	6畫	92	92	段3上-12	鍇5-7	鉉3上-3
陽(昜，佯通叚)	yang´	一ㄤ´	昌部	【阜部】	6畫	731	738	段14下-1	鍇28-1	鉉14下-1
虞(娛、度、㹜旅述及，澞通叚)	yu´	ㄩ´	虍部	【虍部】	6畫	209	211	段5上-41	鍇9-17	鉉5上-8
佳	jia	ㄐㄧㄚ	人部	【人部】	6畫	368	372	段8上-7	鍇15-3	鉉8上-1
佴	er`	ㄦ`	人部	【人部】	6畫	372	376	段8上-16	鍇15-6	鉉8上-3
併(並、并)	bing`	ㄅㄧㄥ`	人部	【人部】	6畫	372	376	段8上-16	鍇15-6	鉉8上-3
佶	ji´	ㄐㄧ´	人部	【人部】	6畫	369	373	段8上-9	鍇15-4	鉉8上-2
佸(姡)	huo´	ㄏㄨㄛ´	人部	【人部】	6畫	374	378	段8上-19	鍇15-7	鉉8上-3
佺	quan´	ㄑㄩㄢ´	人部	【人部】	6畫	372	376	段8上-15	鍇15-6	鉉8上-2
佻(窕，嬥、恌通叚)	tiao	ㄊㄧㄠ	人部	【人部】	6畫	379	383	段8上-29	鍇15-10	鉉8上-4
挑(佻，挶通叚)	tiao	ㄊㄧㄠ	手部	【手部】	6畫	601	607	段12上-36	鍇23-12	鉉12上-6
嬥(佻)	tiao˅	ㄊㄧㄠ˅	女部	【女部】	6畫	620	626	段12下-17	鍇24-6	鉉12下-3
佼	jiao˅	ㄐㄧㄠ˅	人部	【人部】	6畫	366	370	段8上-3	鍇15-1	鉉8上-1
交(迓、佼，珓通叚)	jiao	ㄐㄧㄠ	交部	【亠部】	6畫	494	499	段10下-9	鍇20-3	鉉10下-2
姣(佼，嬌通叚)	jiao	ㄐㄧㄠ	女部	【女部】	6畫	618	624	段12下-13	鍇24-4	鉉12下-2
佽(次)	ci`	ㄘ`	人部	【人部】	6畫	372	376	段8上-16	鍇15-6	鉉8上-3
次从二不从仌(茦、佽)	ci`	ㄘ`	欠部	【欠部】	6畫	413	418	段8下-25	鍇16-17	鉉8下-5
使(駛)	shi˅	ㄕ˅	人部	【人部】	6畫	376	380	段8上-24	鍇15-9	鉉8上-3
侁(莘通叚)	shen	ㄕㄣ	人部	【人部】	6畫	373	377	段8上-17	鍇15-7	鉉8上-3
甡(駪、侁、詵、莘)	shen	ㄕㄣ	生部	【生部】	6畫	274	276	段6下-4	鍇12-4	鉉6下-2
詵(駪、騂、莘、侁)	shen	ㄕㄣ	言部	【言部】	6畫	90	90	段3上-8	鍇5-5	鉉3上-3
恕(忞，伽通叚)	shu`	ㄕㄨ`	心部	【心部】	6畫	504	508	段10下-28	鍇20-10	鉉10下-6

篆本字（古文、金文、籀文、俗字，通叚、金石）	拼音	注音	說文部首	康熙部首	筆畫	一般頁碼	洪葉頁碼	段注篇章	徐鍇通釋篇章	徐鉉藤花榭篇章
佾	yì	ㄧˋ	人部	【人部】6畫	無	無	無		無	鉉8上-5
肎(佾通叚)	yì	ㄧˋ	肉部	【肉部】6畫	171	173	段4下-27	錯8-10	鉉4下-5
溢(鎰，佾通叚)	yì	ㄧˋ	水部	【水部】6畫	563	568	段11上貳-35	錯21-23	鉉11上-8
謐(溢、恤)	mì	ㄇㄧˋ	言部	【言部】6畫	94	94	段3上-16	錯5-9	鉉3上-4
侂(託，任、侘通叚)	tuo	ㄊㄨㄛ	人部	【人部】6畫	382	386	段8上-36	錯15-12	鉉8上-5
宅(宒、厇、侂)	zhai	ㄓㄞˊ	宀部	【宀部】6畫	338	341	段7下-6	錯14-3	鉉7下-2
侅(胲、礙、賌，賅通叚)	gai	ㄍㄞ	人部	【人部】6畫	368	372	段8上-7	錯15-3	鉉8上-1
俶(淑，休、個通叚)	chu	ㄔㄨˋ	人部	【人部】6畫	370	374	段8上-12	錯15-5	鉉8上-2
侈(誃)	chi	ㄔˇ	人部	【人部】6畫	379	383	段8上-30	錯15-10	鉉8上-4
袳(袲、移、侈)	chi	ㄔˇ	衣部	【衣部】6畫	394	398	段8上-59	錯16-4	鉉8上-8
移(侈、迻，檴、簃通叚)	yi	ㄧˊ	禾部	【禾部】6畫	323	326	段7上-44	錯13-19	鉉7上-8
侉(夸、骻，恗、遻通叚)	kua	ㄎㄨㄚˇ	人部	【人部】6畫	381	385	段8上-33	錯15-11	鉉8上-4
侊(觥)	guang	ㄍㄨㄤ	人部	【人部】6畫	378	382	段8上-28	錯15-10	鉉8上-4
例(例、列、厲)	li	ㄌㄧˋ	人部	【人部】6畫	381	385	段8上-34	錯15-11	鉉8上-4
厤(厲、厤、癘、蠆、蕫、勵、礪、瀨、烈、例，唳通叚)	li	ㄌㄧˋ	厂部	【厂部】6畫	446	451	段9下-19	錯18-7	鉉9下-3
侍	shi	ㄕˋ	人部	【人部】6畫	373	377	段8上-17	錯15-7	鉉8上-3
寺(侍)	si	ㄙˋ	寸部	【寸部】6畫	121	122	段3下-29	錯6-15	鉉3下-7
侐(洫、恤)	xu	ㄒㄩˋ	人部	【人部】6畫	373	377	段8上-17	錯15-7	鉉8上-3
侒	an	ㄢ	人部	【人部】6畫	373	377	段8上-17	錯15-7	鉉8上-3
侔	mou	ㄇㄡˊ	人部	【人部】6畫	372	376	段8上-15	錯15-6	鉉8上-2
侗(恫)	tong	ㄊㄨㄥˊ	人部	【人部】6畫	369	373	段8上-9	錯15-4	鉉8上-2
詷(侗通叚)	tong	ㄊㄨㄥˊ	言部	【言部】6畫	94	95	段3上-17	錯5-9	鉉3上-4

| 篆本字（古文、金文、籀文、俗字，通叚、金石） | 拼音 | 注音 | 說文部首 | 康熙部首 | 筆畫 | 一般頁碼 | 洪葉頁碼 | 段注篇章 | 徐鍇通釋篇章 | 徐鉉藤花榭篇章 |

篆本字(古文、金文、籀文、俗字，通段、金石)	拼音	注音	說文部首	康熙部首	筆畫	一般頁碼	洪葉頁碼	段注篇章	徐鍇通釋篇章	徐鉉藤花榭篇章
佁	chì	ㄔˋ	人部	【人部】	6畫	372	376	段8上-16	鍇15-6	鉉8上-3
侚(徇)	xùn	ㄒㄩㄣˋ	人部	【人部】	6畫	367	371	段8上-6	鍇15-3	鉉8上-1
供(龔)	gong	ㄍㄨㄥ	人部	【人部】	6畫	371	375	段8上-13	鍇15-5	鉉8上-2
龔(供)	gong	ㄍㄨㄥ	共部	【龍部】	6畫	105	105	段3上-38	鍇5-20	鉉3上-8
侜(譸)	zhou	ㄓㄡ	人部	【人部】	6畫	378	382	段8上-28	鍇15-10	鉉8上-4
依	yi	ㄧ	人部	【人部】	6畫	372	376	段8上-16	鍇15-6	鉉8上-3
扆(依，戾、庡通叚)	yǐ	ㄧˇ	戶部	【戶部】	6畫	587	593	段12上-7	鍇23-4	鉉12上-2
保(保古作呆宋述及、俵、柔、孚古文、堡湳述及)	bǎo	ㄅㄠˇ	人部	【人部】	6畫	365	369	段8上-1	鍇15-1	鉉8上-1
荆井部(侀通叚)	xíng	ㄒㄧㄥˊ	井部	【刂部】	6畫	216	218	段5下-2	鍇10-2	鉉5下-1
型(型，侀通叚)	xíng	ㄒㄧㄥˊ	土部	【土部】	6畫	688	695	段13下-29	鍇26-4	鉉13下-4
佌(佌、嫙)	cǐ	ㄘˇ	人部	【人部】	6畫	378	382	段8上-28	鍇15-10	鉉8上-4
備(備、俻)	bèi	ㄅㄟˋ	人部	【人部】	6畫	371	375	段8上-14	鍇15-6	鉉8上-2
侖(龠，崙通叚)	lún	ㄌㄨㄣˊ	亼部	【人部】	6畫	223	225	段5下-16	鍇10-6	鉉5下-3
殈(個、佪、夙)	sù	ㄙㄨˋ	歹部	【歹部】	6畫	315	318	段7上-28	鍇13-11	鉉7上-5
婤(侑，侚通叚)	yòu	ㄧㄡˋ	女部	【女部】	6畫	621	627	段12下-20	鍇24-7	鉉12下-3
宥(侑)	yòu	ㄧㄡˋ	宀部	【宀部】	6畫	340	344	段7下-11	鍇14-5	鉉7下-3
侃(衎)	kǎn	ㄎㄢˇ	川部	【人部】	6畫	569	574	段11下-4	鍇22-2	鉉11下-2
衎(侃)	kàn	ㄎㄢˋ	行部	【行部】	6畫	78	78	段2下-18	鍇4-10	鉉2下-4
敉(侎)	mǐ	ㄇㄧˇ	攴部	【攴部】	6畫	125	126	段3下-37	鍇6-18	鉉3下-8
傛(侅、塍、俟)	yíng	ㄧㄥˋ	人部	【人部】	6畫	377	381	段8上-25	鍇15-9	鉉8上-4
來(倈、棶、逨、鶆通叚)	lái	ㄌㄞˊ	來部	【人部】	6畫	231	233	段5下-32	鍇10-13	鉉5下-6
秾(來)	lái	ㄌㄞˊ	禾部	【禾部】	6畫	323	326	段7上-44	鍇13-19	鉉7上-8
勑(敕俗、倈、倈通叚)	chì	ㄔˋ	力部	【力部】	6畫	699	705	段13下-50	鍇26-11	鉉13下-7
霒(侌、㑌、黔、陰)	yin	ㄧㄣ	雲部	【雨部】	6畫	575	580	段11下-16	鍇22-7	鉉11下-4

篆本字(古文、金文、籀文、俗字，通叚、金石)	拼音	注音	說文部首	康熙部首	筆畫	一般頁碼	洪葉頁碼	段注篇章	徐鍇通釋篇章	徐鉉藤花榭篇章
陰(霒、黔、侌)	yin	ㄧㄣ	𨸏部	【阜部】	6畫	731	738	段14下-1	鍇28-1	鉉14下-1
夷(遅夌述及，侇、恞通叚)	yi ˊ	ㄧˊ	大部	【大部】	6畫	493	498	段10下-7	鍇20-2	鉉10下-2
侇(夷，侇通叚)	yi ˊ	ㄧˊ	彳部	【彳部】	6畫	76	77	段2下-15	鍇4-8	鉉2下-3
灋(法、佱)	fa ˇ	ㄈㄚˇ	廌部	【水部】	6畫	470	474	段10上-20	鍇19-6	鉉10上-3
𠦬(兵、倂、𠑹，㑞)	bing	ㄅㄧㄥ	𠬞部	【人部】	7畫	104	105	段3上-37	鍇5-19	鉉3上-8
企(𠆭、跂，趾通叚)	qi ˋ	ㄑㄧˋ	人部	【人部】	7畫	365	369	段8上-2	鍇15-1	鉉8上-1
保(保古作呆宲述及、㒞、𤓽、孚古文、堡潲述及)	bao ˇ	ㄅㄠˇ	人部	【人部】	7畫	365	369	段8上-1	鍇15-1	鉉8上-1
壔(保，堡通叚)	dao ˇ	ㄉㄠˇ	土部	【土部】	7畫	690	696	段13下-32	鍇26-5	鉉13下-5
㑗(身)	shen	ㄕㄣ	人部	【人部】	7畫	383	387	段8上-38	鍇15-13	鉉8上-5
倴(佚、媵、侯)	ying ˋ	ㄧㄥˋ	人部	【人部】	7畫	377	381	段8上-25	鍇15-9	鉉8上-4
侮(務、㑄)	wu ˇ	ㄨˇ	人部	【人部】	7畫	380	384	段8上-32	鍇15-11	鉉8上-4
侶	lŭ	ㄌㄩˇ	人部	【人部】	7畫	無	無	無	無	鉉8上-5
呂(膂，侶通叚)	lŭ	ㄌㄩˇ	呂部	【口部】	7畫	343	346	段7下-16	鍇14-7	鉉7下-3
旅(旅、𡬾、㭊，侶、稆、穭通叚)	lŭ	ㄌㄩˇ	㫃部	【方部】	7畫	312	315	段7上-21	鍇13-7	鉉7上-3
徑(俓、逕、𪆁通叚)	jing ˋ	ㄐㄧㄥˋ	彳部	【彳部】	7畫	76	76	段2下-14	鍇4-7	鉉2下-3
浧(俓通叚)	jing	ㄐㄧㄥ	水部	【水部】	7畫	521	526	段11上壹-11	鍇21-4	鉉11上-1
畐(畗、偪、逼，湢通叚)	bi	ㄅㄧ	畐部	【田部】	7畫	230	232	段5下-30	鍇10-12	鉉5下-6
遻(遌，愕、俉、迕通叚)	e ˋ	ㄜˋ	辵(辶)部	【辵部】	7畫	71	72	段2下-5	鍇4-3	鉉2下-2
佸(佸)	huo ˊ	ㄏㄨㄛˊ	人部	【人部】	7畫	374	378	段8上-19	鍇15-7	鉉8上-3
嚳(俈通叚)	ku ˋ	ㄎㄨˋ	告部	【口部】	7畫	53	54	段2上-11	鍇3-5	鉉2上-3
侳	zuo ˋ	ㄗㄨㄛˋ	人部	【人部】	7畫	373	377	段8上-18	鍇15-7	鉉8上-3

篆本字(古文、金文、籀文、俗字，通叚、金石)	拼音	注音	說文部首	康熙部首	筆畫	一般頁碼	洪葉頁碼	段注篇章	徐鍇通釋篇章	徐鉉藤花榭篇章
僊(侵、浸)	qin	ㄑㄧㄣ	人部	【人部】	7畫	374	378	段8上-20	鍇15-8	鉉8上-3
侸(住、侸)	zhu ˋ	ㄓㄨˋ	人部	【人部】	7畫	373	377	段8上-18	鍇15-7	鉉8上-3
駐(住，侸)	zhu ˋ	ㄓㄨˋ	馬部	【馬部】	7畫	467	471	段10上-14	鍇19-4	鉉10上-2
伊(𠂤、㱦，蛜通叚)	yi	ㄧ	人部	【人部】	7畫	367	371	段8上-5	鍇15-2	鉉8上-1
侹	ting ˇ	ㄊㄧㄥˇ	人部	【人部】	7畫	370	374	段8上-11	鍇15-5	鉉8上-2
㾪(便、平、辨，㛹、楩通叚)	bian ˋ	ㄅㄧㄢˋ	人部	【人部】	7畫	375	379	段8上-22	鍇15-8	鉉8上-3
辧(辨平便通用便述及、辦，辮通叚)	bian ˋ	ㄅㄧㄢˋ	刀部	【辛部】	7畫	180	182	段4下-45	鍇8-16	鉉4下-7
平(𢂐，平便辨通用便述及，評、頩通叚)	ping ˊ	ㄆㄧㄥˊ	亏部	【干部】	7畫	205	207	段5上-33	鍇9-14	鉉5上-6
俁	yu ˇ	ㄩˇ	人部	【人部】	7畫	369	373	段8上-9	鍇15-4	鉉8上-2
係(毄、繫、系述及)	xi ˋ	ㄒㄧˋ	人部	【人部】	7畫	381	385	段8上-34	鍇15-11	鉉8上-4
系(䌛从處、𦃇、係、繫、毄)	xi ˋ	ㄒㄧˋ	系部	【糸部】	7畫	642	648	段12下-62	鍇24-20	鉉12下-10
促(蹙通叚)	cu ˋ	ㄘㄨˋ	人部	【人部】	7畫	381	385	段8上-34	鍇15-11	鉉8上-4
俄(蛾，頟通叚)	e ˊ	ㄜˊ	人部	【人部】	7畫	380	384	段8上-31	鍇15-11	鉉8上-4
侲	zhen ˋ	ㄓㄣˋ	人部	【人部】	7畫	無	無	無	無	鉉8上-5
振(震辰述及、賑俗，侲通叚)	zhen ˋ	ㄓㄣˋ	手部	【手部】	7畫	603	609	段12上-40	鍇23-13	鉉12上-6
俅(頛通叚)	qiu ˊ	ㄑㄧㄡˊ	人部	【人部】	7畫	366	370	段8上-3	鍇15-2	鉉8上-1
娧(俒通叚)	tui ˋ	ㄊㄨㄟˋ	女部	【女部】	7畫	618	624	段12下-14	鍇24-5	鉉12下-2
俆(舒、郐、徐)	xu ˊ	ㄒㄩˊ	人部	【人部】	7畫	377	381	段8上-26	鍇15-9	鉉8上-4
俇(狴)	guang ˋ	ㄍㄨㄤˋ	人部	【人部】	7畫	384	388	段8上-39	鍇15-13	鉉8上-5
俊(儁葰述及)	jun ˋ	ㄐㄩㄣˋ	人部	【人部】	7畫	366	370	段8上-4	鍇15-2	鉉8上-1
舜(𠀆、舜=俊)	shun ˋ	ㄕㄨㄣˋ	舜部	【舛部】	7畫	234	236	段5下-38	鍇10-16	鉉5下-7
怖(邁，悖、㪍通叚)	pei ˋ	ㄆㄟˋ	心部	【心部】	7畫	511	516	段10下-43	鍇20-15	鉉10下-8

篆本字(古文、金文、籀文、俗字，通叚、金石)	拼音	注音	說文部首	康熙部首	筆畫	一般頁碼	洪葉頁碼	段注篇章	徐鍇通釋篇章	徐鉉藤花榭篇章
諽(悖、誖，佛、誋通叚)	bei`	ㄅㄟˋ	言部	【言部】	7畫	97	98	段3上-23	鍇5-12	鉉3上-5
修(脩)	xiu	ㄒㄧㄡ	彡部	【人部】	7畫	424	429	段9上-19	鍇17-6	鉉9上-3
脩(修，翛、鯎通叚)	xiu	ㄒㄧㄡ	肉部	【肉部】	7畫	174	176	段4下-33	鍇8-12	鉉4下-5
俌(輔)	fu`	ㄈㄨˇ	人部	【人部】	7畫	372	376	段8上-16	鍇15-6	鉉8上-3
輔(俌)	fu`	ㄈㄨˇ	車部	【車部】	7畫	726	733	段14上-50	鍇27-14	鉉14上-7
俑	yong`	ㄩㄥˇ	人部	【人部】	7畫	381	385	段8上-33	鍇15-11	鉉8上-4
俒(溷、圂)	hun`	ㄏㄨㄣˋ	人部	【人部】	7畫	376	380	段8上-23	鍇15-9	鉉8上-3
俔(磬、罄)	qian`	ㄑㄧㄢˋ	人部	【人部】	7畫	375	379	段8上-22	鍇15-8	鉉8上-3
俗	su´	ㄙㄨˊ	人部	【人部】	7畫	376	380	段8上-23	鍇15-9	鉉8上-3
俘	fu´	ㄈㄨˊ	人部	【人部】	7畫	382	386	段8上-35	鍇15-12	鉉8上-4
俙	xi	ㄒㄧ	人部	【人部】	7畫	380	384	段8上-32	鍇15-11	鉉8上-4
俚(聊、理)	li`	ㄌㄧˇ	人部	【人部】	7畫	369	373	段8上-10	鍇15-4	鉉8上-2
俜(甹)	ping	ㄆㄧㄥ	人部	【人部】	7畫	373	377	段8上-17	鍇15-7	鉉8上-3
甹(俜)	ping	ㄆㄧㄥ	丂部	【田部】	7畫	203	205	段5上-30	鍇9-12	鉉5上-5
俟(竢、騃)	si`	ㄙˋ	人部	【人部】	7畫	369	373	段8上-9	鍇15-4	鉉8上-2
騃(俟)	si`	ㄙˋ	馬部	【馬部】	7畫	466	471	段10上-13	鍇19-4	鉉10上-2
竢(佁、俟)	si`	ㄙˋ	立部	【立部】	7畫	500	505	段10下-21	鍇20-8	鉉10下-4
俠(夾jia´)	xia´	ㄒㄧㄚˊ	人部	【人部】	7畫	373	377	段8上-17	鍇15-7	鉉8上-3
肖(俏)	xiao	ㄒㄧㄠ	肉部	【肉部】	7畫	170	172	段4下-26	鍇8-10	鉉4下-4
倭(矮通叚)	wo	ㄨㄛ	人部	【人部】	7畫	368	372	段8上-8	鍇15-4	鉉8上-2
俎(爼通叚)	zu`	ㄗㄨˇ	且部	【人部】	7畫	716	723	段14上-30	鍇27-9	鉉14上-5
阻(俎)	zu`	ㄗㄨˇ	昌部	【阜部】	7畫	732	739	段14下-3	鍇28-2	鉉14下-1
矦(侯、医，堠、猴、篌通叚)	hou´	ㄏㄡˊ	矢部	【人部】	7畫	226	229	段5下-23	鍇10-9	鉉5下-4
俞(兪，愈通叚)	yu´	ㄩˊ	舟部	【人部】	7畫	403	407	段8下-4	鍇16-10	鉉8下-1
鄃(俞)	shu	ㄕㄨ	邑部	【邑部】	7畫	290	292	段6下-36	鍇12-17	鉉6下-7
信(伸蠖huo`述及、仴、訫)	xin`	ㄒㄧㄣˋ	言部	【人部】	7畫	92	93	段3上-13	鍇5-7	鉉3上-3
伸(申、㽒、信)	shen	ㄕㄣ	人部	【人部】	7畫	377	381	段8上-26	鍇15-9	鉉8上-4
頫(俛、俯)	fu`	ㄈㄨˇ	頁部	【頁部】	7畫	419	424	段9上-9	鍇17-3	鉉9上-2
篆本字(古文、金文、籀文、俗字，通叚、金石)	拼音	注音	說文部首	康熙部首	筆畫	一般頁碼	洪葉頁碼	段注篇章	徐鍇通釋篇章	徐鉉藤花榭篇章

篆本字(古文、金文、籀文、俗字,通叚、金石)	拼音	注音	說文部首	康熙部首	筆畫	一般頁碼	洪葉頁碼	段注篇章	徐鍇通釋篇章	徐鉉藤花榭篇章
勉(俛頮述及、釁娓述及)	mian˅	ㄇㄧㄢ˅	力部	【力部】7畫	699	706	段13下-51	鍇26-11	鉉13下-7
空(孔、腔鞔man´述及,倥、崆、悾、箜、羥、窾通叚)	kong	ㄎㄨㄥ	穴部	【穴部】8畫	344	348	段7下-19	鍇14-8	鉉7下-4
傷(易)	yiˋ	ㄧˋ	人部	【人部】8畫	380	384	段8上-32	鍇15-11	鉉8上-4
俱(具)	juˋ	ㄐㄩˋ	人部	【人部】8畫	372	376	段8上-15	鍇15-6	鉉8上-2
例 (例、列、厲)	liˋ	ㄌㄧˋ	人部	【人部】8畫	381	385	段8上-34	鍇15-11	鉉8上-4
佞(佞、侫通叚)	ningˋ	ㄋㄧㄥˋ	女部	【人部】8畫	622	628	段12下-22	鍇24-7	鉉12下-3
咊(和,俰通叚)	he´	ㄏㄜ´	口部	【口部】8畫	57	57	段2上-18	鍇3-7	鉉2上-4
鼓(尃通叚)	zhi˅	ㄓ˅	攴部	【攴部】8畫	125	126	段3下-37	鍇6-19	鉉3下-8
姷(侑,脩通叚)	youˋ	ㄧㄡˋ	女部	【女部】8畫	621	627	段12下-20	鍇24-7	鉉12下-3
俳(徘通叚)	pai´	ㄆㄞ´	人部	【人部】8畫	380	384	段8上-31	鍇15-10	鉉8上-4
裵(裴、裶、俳、徘)	pei´	ㄆㄟ´	衣部	【衣部】8畫	394	398	段8上-59	鍇16-4	鉉8上-8
�(幸,㚔、卒、倖通叚)	xingˋ	ㄒㄧㄥˋ	夭部	【丿部】8畫	494	499	段10下-9	鍇20-3	鉉10下-2
頫(俛,俯通叚)	fu˅	ㄈㄨ˅	頁部	【頁部】8畫	419	424	段9上-9	鍇17-3	鉉9上-2
庸(墉,枀、慵通叚)	yong	ㄩㄥ	用部	【广部】8畫	128	129	段3下-43	鍇6-21	鉉3下-10
俴	jianˋ	ㄐㄧㄢˋ	人部	【人部】8畫	378	382	段8上-28	鍇15-10	鉉8上-4
偍	tiˋ	ㄊㄧˋ	人部	【人部】8畫	無	無	無	無	鉉8上-5
俶(淑,俅、倜通叚)	chuˋ	ㄔㄨˋ	人部	【人部】8畫	370	374	段8上-12	鍇15-5	鉉8上-2
併(並、并)	bingˋ	ㄅㄧㄥˋ	人部	【人部】8畫	372	376	段8上-16	鍇15-6	鉉8上-3
俺	an˅	ㄢ˅	人部	【人部】8畫	369	373	段8上-10	鍇15-4	鉉8上-2
俾(卑、裨,崥、鞞通叚)	bi˅	ㄅㄧ˅	人部	【人部】8畫	376	380	段8上-24	鍇15-9	鉉8上-3
頻(俾、庳)	pi˅	ㄆㄧ˅	頁部	【頁部】8畫	421	425	段9上-12	鍇17-4	鉉9上-2
蠃从虫(蠡蝸述及,倮、螺、蠃从鳥通叚)	luo˅	ㄌㄨㄛ˅	虫部	【虫部】8畫	667	674	段13上-49	鍇25-12	鉉13上-7

篆本字(古文、金文、籀文、俗字,通叚、金石)	拼音	注音	說文部首	康熙部首	筆畫	一般頁碼	洪葉頁碼	段注篇章	徐鍇通釋篇章	徐鉉藤花榭篇章
臝从衣(裸非裸guan丶,倮、臝从果、躶通叚)	luo丶	ㄌㄨㄛˇ	衣部	【衣部】8畫	396	400	段8上-63	鍇16-5	鉉8上-9
戻非戾li丶(候通叚)	ti丶	ㄊㄧˋ	戶部	【戶部】8畫	586	592	段12上-6	鍇23-3	鉉12上-2
戾非戻ti丶(候、唳通叚)	li丶	ㄌㄧˋ	犬部	【戶部】8畫	475	480	段10上-31	鍇19-10	鉉10上-5
盭从幺卒(戾、盭)	li丶	ㄌㄧˋ	弦部	【皿部】8畫	642	648	段12下-61	鍇24-20	鉉12下-10
崛(倔通叚)	jue´	ㄐㄩㄝˊ	山部	【山部】8畫	440	444	段9下-6	鍇18-2	鉉9下-1
屈(屈,倔、䐠通叚)	qu	ㄑㄩ	尾部	【尸部】8畫	402	406	段8下-2	鍇16-9	鉉8下-1
仿(放、俩、髣、彷,倣、舫、髴通叚)	fang丶	ㄈㄤˇ	人部	【人部】8畫	370	374	段8上-12	鍇15-5	鉉8上-2
放(仿㳒jiao丶述及,倣通叚)	fang丶	ㄈㄤˋ	放部	【攴部】8畫	160	162	段4下-5	鍇8-3	鉉4下-2
倅	cui丶	ㄘㄨㄟˋ	人部	【人部】8畫	無	無	無	無	鉉8上-5
卒(猝,倅通叚)	zu´	ㄗㄨˊ	衣部	【十部】8畫	397	401	段8上-65	鍇16-6	鉉8上-9
俲	jiu丶	ㄐㄧㄡˋ	人部	【人部】8畫	382	386	段8上-36	鍇15-12	鉉8上-5
俰	yao´	ㄧㄠˊ	人部	【人部】8畫	381	385	段8上-33	鍇15-11	鉉8上-4
佦	guan	ㄍㄨㄢ	人部	【人部】8畫	377	381	段8上-25	鍇15-9	鉉8上-3
倀(猖通叚)	chang	ㄔㄤ	人部	【人部】8畫	378	382	段8上-27	鍇15-10	鉉8上-4
倍(偝、背、陪、培述及)	bei丶	ㄅㄟˋ	人部	【人部】8畫	378	382	段8上-27	鍇15-9	鉉8上-4
陪(倍、培述及)	pei´	ㄆㄟˊ	昌部	【阜部】8畫	736	743	段14下-11	鍇28-4	鉉14下-2
培(陪、倍)	pei´	ㄆㄟˊ	土部	【土部】8畫	690	696	段13下-32	鍇26-5	鉉13下-5
掊(倍、捊,刨、裒、抔、耔通叚)	pou´	ㄆㄡˊ	手部	【手部】8畫	598	604	段12上-30	鍇23-10	鉉12上-5
倓(倒、賧)	tan´	ㄊㄢˊ	人部	【人部】8畫	367	371	段8上-6	鍇15-3	鉉8上-1
憺(倓)	dan丶	ㄉㄢˋ	心部	【心部】8畫	507	511	段10下-34	鍇20-12	鉉10下-6
箇(个、個)	ge丶	ㄍㄜˋ	竹部	【竹部】8畫	194	196	段5上-12	鍇9-5	鉉5上-2
倗(朋)	peng´	ㄆㄥˊ	人部	【人部】8畫	370	374	段8上-11	鍇15-5	鉉8上-2

篆本字（古文、金文、籀文、俗字，通叚、金石）	拼音	注音	說文部首	康熙部首	筆畫	一般頁碼	洪葉頁碼	段注篇章	徐鍇通釋篇章	徐鉉藤花榭篇章
俟(候、候)	hou`	ㄏㄡˋ	人部	【人部】8畫	374	378	段8上-20	錯15-8	鉉8上-3
倚	yiˇ	ㄧˇ	人部	【人部】8畫	372	376	段8上-16	錯15-6	鉉8上-3
旖(倚、猗、椅)	yiˇ	ㄧˇ	㫃部	【方部】8畫	311	314	段7上-19	錯13-7	鉉7上-3
猗(倚，漪通叚)	yiˇ	ㄧˇ	犬部	【犬部】8畫	473	478	段10上-27	錯19-9	鉉10上-5
倞(競、傹，亮通叚)	jing`	ㄐㄧㄥˋ	人部	【人部】8畫	369	373	段8上-9	錯15-4	鉉8上-2
勍(倞)	qing´	ㄑㄧㄥˊ	力部	【力部】8畫	700	706	段13下-52	錯26-11	鉉13下-7
借(藉)	jie`	ㄐㄧㄝˋ	人部	【人部】8畫	374	378	段8上-20	錯15-8	鉉8上-3
譜(唶、借再證)	ze´	ㄗㄜˊ	言部	【言部】8畫	96	96	段3上-20	錯5-10	鉉3上-4
倠	sui	ㄙㄨㄟ	人部	【人部】8畫	382	386	段8上-36	錯15-12	鉉8上-5
姓(雖、倠)	hui	ㄏㄨㄟ	女部	【女部】8畫	624	630	段12下-25	錯24-8	鉉12下-4
倡(昌、唱，娼通叚)	chang	ㄔㄤ	人部	【人部】8畫	379	383	段8上-30	錯15-10	鉉8上-4
唱(倡)	chang`	ㄔㄤˋ	口部	【口部】8畫	57	57	段2上-18	錯3-7	鉉2上-4
健(婕、捷)	jie´	ㄐㄧㄝˊ	人部	【人部】8畫	372	376	段8上-16	錯15-6	鉉8上-3
捷(健)	jie´	ㄐㄧㄝˊ	手部	【手部】8畫	610	616	段12上-54	錯23-17	鉉12上-8
婕(健)	jie´	ㄐㄧㄝˊ	女部	【女部】8畫	617	623	段12下-12	錯24-4	鉉12下-2
值(直)	zhi´	ㄓˊ	人部	【人部】8畫	382	386	段8上-36	錯15-12	鉉8上-5
倦(勌、惓通叚)	juan`	ㄐㄩㄢˋ	人部	【人部】8畫	383	387	段8上-37	錯15-12	鉉8上-5
券力部，非券quan`(倦，勌、勸通叚)	juan`	ㄐㄩㄢˋ	力部	【力部】8畫	700	707	段13下-53	錯26-11	鉉13下-7
倨	ju`	ㄐㄩˋ	人部	【人部】8畫	369	373	段8上-10	錯15-4	鉉8上-2
倩	qian`	ㄑㄧㄢˋ	人部	【人部】8畫	367	371	段8上-6	錯15-2	鉉8上-1
裘(表、襮、俵通叚)	biaoˇ	ㄅㄧㄠˇ	衣部	【衣部】8畫	389	393	段8上-50	錯16-2	鉉8上-7
奉(俸、捧通叚)	feng`	ㄈㄥˋ	収部	【大部】8畫	103	104	段3上-35	錯5-19	鉉3上-8
倪(睨、題，堄通叚)	ni´	ㄋㄧˊ	人部	【人部】8畫	376	380	段8上-24	錯15-10	鉉8上-3
倫	lun´	ㄌㄨㄣˊ	人部	【人部】8畫	372	376	段8上-15	錯15-6	鉉8上-2
倬(菿，晫通叚)	zhuo´	ㄓㄨㄛˊ	人部	【人部】8畫	370	374	段8上-11	錯15-4	鉉8上-2
倭(矮通叚)	wo	ㄨㄛ	人部	【人部】8畫	368	372	段8上-8	錯15-4	鉉8上-2
倒	daoˇ	ㄉㄠˇ	人部	【人部】8畫	無	無	無	無	鉉8上-5

篆本字（古文、金文、籀文、俗字，通叚、金石）	拼音	注音	說文部首	康熙部首	筆畫	一般頁碼	洪葉頁碼	段注篇章	徐鍇通釋篇章	徐鉉藤花榭篇章
到(倒通叚)	dao `	ㄉㄠˋ	至部	【刂部】	8畫	585	591	段12上-3	錯23-2	鉉12上-1
旁(旁、秀、㫄、雱、徬徬彷繫述及、方訪述及，磅通叚)	pang ´	ㄆㄤˊ	二(上)部	【方部】	8畫	2	2	段1上-3	錯1-4	鉉1上-1
虒(傂、螔通叚、傂金石)	si	ㄙ	虎部	【虍部】	8畫	211	213	段5上-45	錯9-18	鉉5上-8
殂(㱦、伹、夝)	su `	ㄙㄨˋ	歺部	【歹部】	8畫	315	318	段7上-28	錯13-11	鉉7上-5
僷(偞，俆通叚)	ye `	ㄧㄝˋ	人部	【人部】	8畫	367	371	段8上-6	錯15-3	鉉8上-1
岥(坥、岯通叚)	pi ˇ	ㄆㄧˇ	屵部	【山部】	8畫	442	446	段9下-10	錯18-4	鉉9下-2
脩(修，翛、餐通叚)	xiu	ㄒㄧㄡ	肉部	【肉部】	8畫	174	176	段4下-33	錯8-12	鉉4下-5
修(脩)	xiu	ㄒㄧㄡ	彡部	【人部】	8畫	424	429	段9上-19	錯17-6	鉉9上-3
倏(儵，倏通叚)	shu `	ㄕㄨˋ	犬部	【人部】	8畫	475	479	段10上-30	錯19-10	鉉10上-5
儵(倏，黸从儵通叚)	shu	ㄕㄨ	黑部	【人部】	8畫	489	493	段10上-58	錯19-19	鉉10上-10
頎(顤、頯，俟通叚)	qi	ㄑㄧ	頁部	【頁部】	8畫	422	426	段9上-14	錯17-4	鉉9上-2
倉(仓，傖通叚)	cang	ㄘㄤ	倉部	【人部】	8畫	223	226	段5下-17	錯10-7	鉉5下-3
乾(燗通叚)	gan `	ㄍㄢˋ	倝部	【人部】	8畫	308	311	段7上-14	錯13-5	鉉7上-2
效(効、俲，詨、傚通叚)	xiao `	ㄒㄧㄠˋ	攴部	【攴部】	8畫	123	124	段3下-33	錯6-17	鉉3下-8
儻(倘通叚)	tang ˇ	ㄊㄤˇ	人部	【人部】	8畫	無	無	無	無	鉉8上-5
黨(曭、尚，儻、讜、倘、惝通叚)	dang ˇ	ㄉㄤˇ	黑部	【黑部】	8畫	488	493	段10上-57	錯19-19	鉉10上-10
散(微)	wei ´	ㄨㄟˊ	人部	【攴部】	8畫	374	378	段8上-19	錯15-7	鉉8上-3
負(偩，蝜、蚹通叚)	fu `	ㄈㄨˋ	貝部	【貝部】	9畫	281	283	段6下-18	錯12-11	鉉6下-5
倍(偝、背、陪、培述及)	bei `	ㄅㄟˋ	人部	【人部】	9畫	378	382	段8上-27	錯15-9	鉉8上-4
背(偝通叚)	bei `	ㄅㄟˋ	肉部	【肉部】	9畫	169	171	段4下-23	錯8-9	鉉4下-4
胥(相，偦通叚)	xu	ㄒㄩ	肉部	【肉部】	9畫	175	177	段4下-35	錯8-12	鉉4下-5

篆本字（古文、金文、籀文、俗字，通叚、金石）	拼音	注音	說文部首	康熙部首	筆畫	一般頁碼	洪葉頁碼	段注篇章	徐鍇通釋篇章	徐鉉藤花樹篇章
踽(偶通叚)	juˇ	ㄐㄩˇ	足部	【足部】9畫	81	82	段2下-25	錯4-13	鉉2下-5
樹(尌、䰇、豎)	shuˋ	ㄕㄨˋ	木部	【木部】9畫	248	251	段6上-21	錯11-9	鉉6上-3
尌(侸、樹)	shuˋ	ㄕㄨˋ	壴部	【寸部】9畫	205	207	段5上-33	錯9-14	鉉5上-7
侸(住、尌)	zhuˋ	ㄓㄨˋ	人部	【人部】9畫	373	377	段8上-18	錯15-7	鉉8上-3
候(候、𠋫)	houˋ	ㄏㄡˋ	人部	【人部】9畫	374	378	段8上-20	錯15-8	鉉8上-3
婾(偷)	tou	ㄊㄡ	女部	【女部】9畫	623	629	段12下-23	錯24-8	鉉12下-3
愉(偷㑱述及，愈通叚)	yuˊ	ㄩˊ	心部	【心部】9畫	509	513	段10下-38	錯20-13	鉉10下-7
停	tingˊ	ㄊㄧㄥˊ	人部	【人部】9畫	無	無	無	無	鉉8上-5
亭(停、淳，婷、葶通叚)	tingˊ	ㄊㄧㄥˊ	高部	【亠部】9畫	227	230	段5下-25	錯10-10	鉉5下-5
垂(垂、陲、權銓述及，倕、菙通叚)	chuiˊ	ㄔㄨㄟˊ	土部	【土部】9畫	693	700	段13下-39	錯26-7	鉉13下-5
媞(偍)	tiˊ	ㄊㄧˊ	女部	【女部】9畫	620	626	段12下-17	錯24-6	鉉12下-3
徥(是，偍通叚)	shiˋ	ㄕˋ	彳部	【彳部】9畫	76	77	段2下-15	錯4-8	鉉2下-3
俒	hunˊ	ㄏㄨㄣˊ	人部	【人部】9畫	366	370	段8上-4	錯15-2	鉉8上-1
爯(稱、偁)	cheng	ㄔㄥ	冓部	【爪部】9畫	158	160	段4下-2	錯8-1	鉉4下-1
偁(稱、秤)	cheng	ㄔㄥ	人部	【人部】9畫	373	377	段8上-18	錯15-7	鉉8上-3
稱(爯、偁、秤)	cheng	ㄔㄥ	禾部	【禾部】9畫	327	330	段7上-51	錯13-22	鉉7上-8
悘(俋)	yi	ㄧ	心部	【心部】9畫	512	517	段10下-45	錯20-16	鉉10下-8
偃(堰筍述及、匽𠥓述及，郾𠥓述及，鶠從匽通叚)	yanˇ	ㄧㄢˇ	人部	【人部】9畫	381	385	段8上-33	錯15-11	鉉8上-4
褗(偃)	yanˇ	ㄧㄢˇ	衣部	【衣部】9畫	390	394	段8上-51	錯16-2	鉉8上-8
㫃(偃)	yanˇ	ㄧㄢˇ	㫃部	【方部】9畫	308	311	段7上-14	錯13-5	鉉7上-3
偄(奻、愞、懦、輭，軟通叚)	ruanˇ	ㄖㄨㄢˇ	人部	【人部】9畫	377	381	段8上-26	錯15-9	鉉8上-4
愞(偄、懦)	nuoˋ	ㄋㄨㄛˋ	心部	【心部】9畫	508	513	段10下-37	錯20-13	鉉10下-7
偏(便、平、辨，婞、梗通叚)	bianˋ	ㄅㄧㄢˋ	人部	【人部】9畫	375	379	段8上-22	錯15-8	鉉8上-3

篆本字（古文、金文、籀文、俗字，通段、金石）	拼音	注音	說文部首	康熙部首	筆畫	一般頁碼	洪葉頁碼	段注篇章	徐鍇通釋篇章	徐鉉藤花榭篇章
偆(蠢)	chun	ㄔㄨㄣˇ	人部	【人部】9畫	376	380	段8上-23	鍇15-9	鉉8上-3
假(徦、嘏、嘉、暇)	jia	ㄐㄧㄚˇ	人部	【人部】9畫	374	378	段8上-19	鍇15-8	鉉8上-3
徦(假、格、佫、遐通段)	jia	ㄐㄧㄚˇ	彳部	【彳部】9畫	77	77	段2下-16	鍇4-8	鉉2下-3
嘏(假)	jia	ㄐㄧㄚˇ	古部	【口部】9畫	88	89	段3上-5	鍇5-4	鉉3上-2
暇(假)	xia	ㄒㄧㄚˊ	日部	【日部】9畫	306	309	段7上-9	鍇13-3	鉉7上-2
誐(假，哦通段)	e	ㄜˊ	言部	【言部】9畫	94	95	段3上-17	鍇5-9	鉉3上-4
偉(瑋)	wei	ㄨㄟˇ	人部	【人部】9畫	368	372	段8上-7	鍇15-3	鉉8上-1
偋	bing	ㄅㄧㄥˋ	人部	【人部】9畫	377	381	段8上-26	鍇15-9	鉉8上-4
偏(翩)	pian	ㄆㄧㄢ	人部	【人部】9畫	378	382	段8上-27	鍇15-10	鉉8上-4
偓(齷通段)	wo	ㄨㄛˋ	人部	【人部】9畫	372	376	段8上-15	鍇15-6	鉉8上-2
愓(婸，傷通段)	dang	ㄉㄤˋ	心部	【心部】9畫	510	514	段10下-40	鍇20-14	鉉10下-7
偕	xie	ㄒㄧㄝˊ	人部	【人部】9畫	372	376	段8上-15	鍇15-6	鉉8上-2
皆(偕)	jie	ㄐㄧㄝ	白部	【白部】9畫	136	138	段4上-15	鍇7-8	鉉4上-4
健	jian	ㄐㄧㄢˋ	人部	【人部】9畫	369	373	段8上-9	鍇15-4	鉉8上-2
偫(峙、庤)	zhi	ㄓˋ	人部	【人部】9畫	371	375	段8上-13	鍇15-5	鉉8上-2
庤(偫，峙通段)	zhi	ㄓˋ	广部	【广部】9畫	445	450	段9下-17	鍇18-6	鉉9下-3
傊(傑，傞通段)	ye	ㄧㄝˋ	人部	【人部】9畫	367	371	段8上-6	鍇15-3	鉉8上-1
偭(面)	mian	ㄇㄧㄢˇ	人部	【人部】9畫	376	380	段8上-23	鍇15-9	鉉8上-3
偰(契、卨)	xie	ㄒㄧㄝˋ	人部	【人部】9畫	367	371	段8上-5	鍇15-2	鉉8上-1
偲(愢、蒽通段)	cai	ㄘㄞ	人部	【人部】9畫	370	374	段8上-11	鍇15-4	鉉8上-2
側(仄)	ce	ㄘㄜˋ	人部	【人部】9畫	373	377	段8上-17	鍇15-7	鉉8上-3
厠(側，廁通段)	ce	ㄘㄜˋ	广部	【广部】9畫	444	448	段9下-14	鍇18-5	鉉9下-3
仄(厌、側、昃)	ze	ㄗㄜˋ	厂部	【厂部】9畫	447	452	段9下-21	鍇18-7	鉉9下-4
偵	zhen	ㄓㄣ	人部	【人部】9畫	無	無	無	無	鉉8上-5
詗(偵)	xiong	ㄒㄩㄥˋ	言部	【言部】9畫	100	101	段3上-29	鍇5-15	鉉3上-6
貞(偵通段)	zhen	ㄓㄣ	卜部	【貝部】9畫	127	128	段3下-42	鍇6-20	鉉3下-9
偶(耦、寓、禺)	ou	ㄡˇ	人部	【人部】9畫	383	387	段8上-37	鍇15-12	鉉8上-5
耦(偶)	ou	ㄡˇ	耒部	【耒部】9畫	184	186	段4下-53	鍇8-19	鉉4下-8
偄(偄、愞)	zhan	ㄓㄢˋ	人部	【人部】9畫	368	372	段8上-8	鍇15-3	鉉8上-2

篆本字(古文、金文、籀文、俗字，通叚、金石)	拼音	注音	說文部首	康熙部首	筆畫	一般頁碼	洪葉頁碼	段注篇章	徐鍇通釋篇章	徐鉉藤花榭篇章
僞(偽、為、譌述及)	wei`	ㄨㄟˋ	人部	【人部】	9畫	379	383	段8上-30	鍇15-10	鉉8上-4
爲(為、𤔔、偽、譌述及)	wei´	ㄨㄟˊ	爪部	【爪部】	9畫	113	114	段3下-13	鍇6-7	鉉3下-3
譌(為、偽、訛俗)	e´	ㄜˊ	言部	【言部】	9畫	99	99	段3上-26	鍇5-14	鉉3上-5
傕(傶、觖)	jue´	ㄐㄩㄝˊ	人部	【人部】	9畫	380	384	段8上-32	鍇15-11	鉉8上-4
悸(傶)	ji`	ㄐㄧˋ	心部	【心部】	9畫	507	512	段10下-35	鍇20-13	鉉10下-7
傀(䁆)	kui´	ㄎㄨㄟˊ	人部	【人部】	9畫	376	380	段8上-24	鍇15-9	鉉8上-3
䁆(傀，暌、藈通叚)	kui´	ㄎㄨㄟˊ	目部	【目部】	9畫	132	133	段4上-6	鍇7-3	鉉4上-2
僮(童經傳，瞳、偅通叚)	tong´	ㄊㄨㄥˊ	人部	【人部】	9畫	365	369	段8上-1	鍇15-1	鉉8上-1
揭(偈、擖通叚)	jie	ㄐㄧㄝ	手部	【手部】	9畫	603	609	段12上-39	鍇23-13	鉉12上-6
愒(憩，偈通叚)	qi`	ㄑㄧˋ	心部	【心部】	9畫	507	512	段10下-35	鍇20-13	鉉10下-7
叜(叟、㝓、俊)	sou`	ㄙㄡˇ	又部	【又部】	9畫	115	116	段3下-17	鍇6-9	鉉3下-4
遑(偟通叚)	huang´	ㄏㄨㄤˊ	辵(辶)部	【辵部】	9畫	無	無	無	無	鉉2下-3
皇(遑，凰、偟、徨、媓、艎、餭、騜通叚)	huang´	ㄏㄨㄤˊ	王部	【白部】	9畫	9	9	段1上-18	鍇1-9	鉉1上-3
罰(罸、䍯，罸、罰，偳通叚)	fa´	ㄈㄚˊ	刀部	【网部】	10畫	182	184	段4下-49	鍇8-17	鉉4下-7
保(保古作呆㝯述及、倸、柔、孚古文、堡淜述及)	bao`	ㄅㄠˇ	人部	【人部】	10畫	365	369	段8上-1	鍇15-1	鉉8上-1
佝(怐、傋、溝、穀、敂、區)	kou`	ㄎㄡˋ	人部	【人部】	10畫	379	383	段8上-30	鍇15-10	鉉8上-4
傑	jie´	ㄐㄧㄝˊ	人部	【人部】	10畫	366	370	段8上-4	鍇15-2	鉉8上-1

篆本字(古文、金文、籀文、俗字，通段、金石)	拼音	注音	說文部首	康熙部首	筆畫	一般頁碼	洪葉頁碼	段注篇章	徐鍇通釋篇章	徐鉉藤花榭篇章
蓄(蓄，傗、滀、稸通段)	xu ˋ	ㄒㄩˋ	艸部	【艸部】	10畫	47	48	段1下-53	鍇2-24	鉉1下-9
傛	rong ˊ	ㄖㄨㄥˊ	人部	【人部】	10畫	367	371	段8上-6	鍇15-12	鉉8上-1
倓(倸、賧)	tan ˊ	ㄊㄢˊ	人部	【人部】	10畫	367	371	段8上-6	鍇15-3	鉉8上-1
傀(儴、瓌、瓖、磈通段)	kui ˇ	ㄎㄨㄟˇ	人部	【人部】	10畫	368	372	段8上-7	鍇15-3	鉉8上-1
傓(扇，煽通段)	shan	ㄕㄢ	人部	【人部】	10畫	370	374	段8上-11	鍇15-5	鉉8上-2
扇(傓，煽通段)	shan ˋ	ㄕㄢˋ	戶部	【戶部】	10畫	586	592	段12上-6	鍇23-3	鉉12上-2
僃(備、俻)	bei ˋ	ㄅㄟˋ	人部	【人部】	10畫	371	375	段8上-14	鍇15-6	鉉8上-2
葡(備)	bei ˋ	ㄅㄟˋ	用部	【用部】	10畫	128	129	段3下-43	鍇6-21	鉉3下-10
散(繖，傘通段)	san ˋ	ㄙㄢˋ	隹部	【隹部】	10畫	143	145	段4上-29	鍇7-13	鉉4上-6
縿(傘，幓、繖、衫、裓、襂、襳通段)	shan	ㄕㄢ	糸部	【糸部】	10畫	657	663	段13上-28	鍇25-6	鉉13上-4
虒(傂、螔通段、俿金石)	si	ㄙ	虎部	【虍部】	10畫	211	213	段5上-45	鍇9-18	鉉5上-8
奚(豯，傒、蒵通段)	xi	ㄒㄧ	大部	【大部】	10畫	499	503	段10下-18	鍇20-6	鉉10下-4
徯(蹊，傒通段)	xi	ㄒㄧ	彳部	【彳部】	10畫	76	77	段2下-15	鍇4-8	鉉2下-3
傔	qian ˋ	ㄑㄧㄢˋ	人部	【人部】	10畫	無	無	無	無	鉉8上-5
秝(兼、傔、鶼通段)	jian	ㄐㄧㄢ	秝部	【八部】	10畫	329	332	段7上-56	鍇13-23	鉉7上-9
倉(仺，傖通段)	cang	ㄘㄤ	倉部	【人部】	10畫	223	226	段5下-17	鍇10-7	鉉5下-3
槍(鎗，搶、傖通段)	qiang	ㄑㄧㄤ	木部	【木部】	10畫	256	259	段6上-37	鍇11-16	鉉6上-5
傅(敷，賻通段)	fu ˋ	ㄈㄨˋ	人部	【人部】	10畫	372	376	段8上-16	鍇15-6	鉉8上-3
駙(附、傅)	fu ˋ	ㄈㄨˋ	馬部	【馬部】	10畫	465	470	段10上-11	鍇19-3	鉉10上-2
符(傅，苻通段)	fu ˊ	ㄈㄨˊ	竹部	【竹部】	10畫	191	193	段5上-5	鍇9-2	鉉5上-1
偞(傄通段)	xie ˋ	ㄒㄧㄝˋ	人部	【人部】	10畫	370	374	段8上-12	鍇15-5	鉉8上-2
柴(積，偨通段)	chai ˊ	ㄔㄞˊ	木部	【木部】	10畫	252	255	段6上-29	鍇11-13	鉉6上-4
㑴(侵、浸)	qin	ㄑㄧㄣ	人部	【人部】	10畫	374	378	段8上-20	鍇15-8	鉉8上-3
傆(原)	yuan ˋ	ㄩㄢˋ	人部	【人部】	10畫	374	378	段8上-19	鍇15-7	鉉8上-3
效(効、傚，詨、㑾通段)	xiao ˋ	ㄒㄧㄠˋ	攴部	【攴部】	10畫	123	124	段3下-33	鍇6-17	鉉3下-8

篆本字(古文、金文、籀文、俗字，通叚、金石)	拼音	注音	說文部首	康熙部首	筆畫	一般頁碼	洪葉頁碼	段注篇章	徐鍇通釋篇章	徐鉉藤花榭篇章
罵(罵、罵、傌通叚)	maˋ	ㄇㄚˋ	网部	【网部】	10畫	356	360	段7下-43	鍇14-20	鉉7下-8
溯(泝、遡、涉，溯、傃通叚)	suˋ	ㄙㄨˋ	水部	【水部】	10畫	556	561	段11上貳-21	鍇21-19	鉉11上-6
孿(僆、孌、顯通叚)	luanˊ	ㄌㄨㄢˊ	子部	【子部】	10畫	743	750	段14下-25	鍇28-13	鉉14下-6
連(輦、聯，僆通叚)	lianˊ	ㄌㄧㄢˊ	辵(辶)部	【辵部】	10畫	73	74	段2下-9	鍇4-5	鉉2下-2
儀(義，俄通叚)	yiˊ	ㄧˊ	人部	【人部】	10畫	375	379	段8上-21	鍇15-8	鉉8上-3
傍(並、旁)	bangˋ	ㄅㄤˋ	人部	【人部】	10畫	375	379	段8上-21	鍇15-8	鉉8上-3
慅	sao	ㄙㄠ	人部	【人部】	10畫	379	383	段8上-30	鍇15-10	鉉8上-4
傞	suo	ㄙㄨㄛ	人部	【人部】	10畫	380	384	段8上-32	鍇15-11	鉉8上-4
麗(丽、𠀤、離，儷、娌、欐通叚)	liˋ	ㄌㄧˋ	鹿部	【鹿部】	10畫	471	476	段10上-23	鍇19-7	鉉10上-4
斸(麗，儷通叚)	liˇ	ㄌㄧˇ	攴部	【攴部】	10畫	123	124	段3下-33	鍇6-17	鉉3下-8
嫉(嫉、疾，愱、諔通叚)	jiˊ	ㄐㄧˊ	人部	【人部】	10畫	380	384	段8上-32	鍇15-11	鉉8上-4
態(儱)	taiˋ	ㄊㄞˋ	心部	【心部】	10畫	509	514	段10下-39	鍇20-14	鉉10下-7
顛(顛，巔、傎、值、癲、瘨、酊、鷏、巔通叚)	dian	ㄉㄧㄢ	頁部	【頁部】	10畫	416	420	段9上-2	鍇17-1	鉉9上-1
傜(繇、陶、傜，徭通叚)	yaoˊ	ㄧㄠˊ	人部	【人部】	10畫	380	384	段8上-31	鍇15-11	鉉8上-4
傲(敖、嫯，慠、熬通叚)	aoˋ	ㄠˋ	人部	【人部】	11畫	369	373	段8上-10	鍇15-4	鉉8上-2
奡(傲)	aoˋ	ㄠˋ	夰部	【大部】	11畫	498	503	段10下-17	鍇20-6	鉉10下-4
絛(幍、縧、綯通叚)	tao	ㄊㄠ	糸部	【糸部】	11畫	655	661	段13上-24	鍇25-5	鉉13上-3
祭(傺通叚)	jiˋ	ㄐㄧˋ	示部	【示部】	11畫	3	3	段1上-6	鍇1-6	鉉1上-2
傪(慘)	can	ㄘㄢ	人部	【人部】	11畫	369	373	段8上-10	鍇15-4	鉉8上-2
傭(鴻)	yong	ㄩㄥ	人部	【人部】	11畫	370	374	段8上-12	鍇15-5	鉉8上-2
偞(偞通叚)	xieˋ	ㄒㄧㄝˋ	人部	【人部】	11畫	370	374	段8上-12	鍇15-5	鉉8上-2

篆本字（古文、金文、籀文、俗字，通叚、金石）	拼音	注音	說文部首	康熙部首	筆畫	一般頁碼	洪葉頁碼	段注篇章	徐鍇通釋篇章	徐鉉藤花榭篇章
傾（頃）	qing	ㄑㄧㄥ	人部	【人部】	11畫	373	377	段8上-17	鍇15-7	鉉8上-3
頃（傾）	qing˘	ㄑㄧㄥˇ	匕部	【頁部】	11畫	385	389	段8上-41	鍇15-14	鉉8上-6
僅（廑、慬）	jin˘	ㄐㄧㄣˇ	人部	【人部】	11畫	374	378	段8上-20	鍇15-8	鉉8上-3
廑（僅、勤，厪、廏通叚）	jin˘	ㄐㄧㄣˇ	广部	【广部】	11畫	446	450	段9下-18	鍇18-6	鉉9下-3
戚（慼、慽、頳䁍shi述及，蹙、倗、鏚、顣通叚）	qi	ㄑㄧ	戉部	【戈部】	11畫	632	638	段12下-42	鍇24-13	鉉12下-6
傳（zhuan`）	chuan´	ㄔㄨㄢˊ	人部	【人部】	11畫	377	381	段8上-25	鍇15-9	鉉8上-3
傿（隁䰈xuan述及，鄢通叚）	yan`	ㄧㄢˋ	人部	【人部】	11畫	378	382	段8上-27	鍇15-9	鉉8上-4
鄢（傿）	yan	ㄧㄢ	邑部	【邑部】	11畫	293	295	段6下-42	鍇12-23	鉉6下-7
僙（狂）	guang`	ㄍㄨㄤˋ	人部	【人部】	11畫	384	388	段8上-39	鍇15-13	鉉8上-5
僄（剽、嫖）	piao`	ㄆㄧㄠˋ	人部	【人部】	11畫	379	383	段8上-30	鍇15-10	鉉8上-4
剽（僄、嫖）	piao`	ㄆㄧㄠˋ	刀部	【刂部】	11畫	181	183	段4下-47	鍇8-17	鉉4下-7
倔（𠈃、訣）	jue´	ㄐㄩㄝˊ	人部	【人部】	11畫	380	384	段8上-32	鍇15-11	鉉8上-4
趩（襅、蹕，僻、襅通叚）	bi`	ㄅㄧˋ	走部	【走部】	11畫	67	67	段2上-38	鍇3-16	鉉2上-8
恖（傯、悤、諰通叚）	cong	ㄘㄨㄥ	囪部	【心部】	11畫	490	495	段10下-1	鍇19-20	鉉10下-1
傷	shang	ㄕㄤ	人部	【人部】	11畫	381	385	段8上-33	鍇15-11	鉉8上-4
慯（傷）	shang	ㄕㄤ	心部	【心部】	11畫	513	518	段10下-47	鍇20-17	鉉10下-8
催（摧）	cui	ㄘㄨㄟ	人部	【人部】	11畫	381	385	段8上-33	鍇15-11	鉉8上-4
摧（催，嗺、惟、㩟、譕通叚）	cui	ㄘㄨㄟ	手部	【手部】	11畫	596	602	段12上-26	鍇23-14	鉉12上-5
傫（儽、㒍）	lei˘	ㄌㄟˇ	人部	【人部】	11畫	373	377	段8上-18	鍇15-7	鉉8上-3
倞（競、傹，亮通叚）	jing`	ㄐㄧㄥˋ	人部	【人部】	11畫	369	373	段8上-9	鍇15-4	鉉8上-2
僵（殭，傹通叚）	jiang	ㄐㄧㄤ	人部	【人部】	11畫	380	384	段8上-32	鍇15-11	鉉8上-4
傴（嫗）	yu˘	ㄩˇ	人部	【人部】	11畫	382	386	段8上-35	鍇15-12	鉉8上-5
嫗（傴、薀）	yu`	ㄩˋ	女部	【女部】	11畫	614	620	段12下-6	鍇24-2	鉉12下-1
僂	lou´	ㄌㄡˊ	人部	【人部】	11畫	382	386	段8上-35	鍇15-12	鉉8上-5

篆本字(古文、金文、籀文、俗字，通叚、金石)	拼音	注音	說文部首	康熙部首	筆畫	一般頁碼	洪葉頁碼	段注篇章	徐鍇通釋篇章	徐鉉藤花榭篇章
嫚(慢通叚)	man ˋ	ㄇㄢˋ	女部	【女部】	11畫	624	630	段12下-25	鍇24-9	鉉12下-4
僇(戮、翏，嫪通叚)	lu ˋ	ㄌㄨˋ	人部	【人部】	11畫	382	386	段8上-36	鍇15-12	鉉8上-5
傮(遭)	zao	ㄗㄠ	人部	【人部】	11畫	383	387	段8上-37	鍇15-12	鉉8上-5
僊(仙)	xian	ㄒㄧㄢ	人部	【人部】	11畫	383	387	段8上-38	鍇15-13	鉉8上-5
僃(備、俻)	bei ˋ	ㄅㄟˋ	人部	【人部】	11畫	371	375	段8上-14	鍇15-6	鉉8上-2
債	zhai ˋ	ㄓㄞˋ	人部	【人部】	11畫	無	無	無	無	鉉8上-5
賷(責、債，蟦、鰿通叚)	ze ˊ	ㄗㄜˊ	貝部	【貝部】	11畫	281	284	段6下-19	鍇12-12	鉉6下-5
僉	qian	ㄑㄧㄢ	亼部	【人部】	11畫	222	225	段5下-15	鍇10-6	鉉5下-3
舛(蹖、踳、僢)	chuan ˇ	ㄔㄨㄢˇ	舛部	【舛部】	12畫	234	236	段5下-38	鍇10-15	鉉5下-7
僮(童經傳，瞳、僮通叚)	tong ˊ	ㄊㄨㄥˊ	人部	【人部】	12畫	365	369	段8上-1	鍇15-1	鉉8上-1
儽(儽、儽)	lei ˇ	ㄌㄟˇ	人部	【人部】	12畫	373	377	段8上-18	鍇15-7	鉉8上-3
僎(僎，撰通叚)	zhuan ˋ	ㄓㄨㄢˋ	人部	【人部】	12畫	366	370	段8上-3	鍇15-2	鉉8上-1
像(象)	xiang ˋ	ㄒㄧㄤˋ	人部	【人部】	12畫	375	379	段8上-21	鍇15-12	鉉8上-5
象(像，橡通叚)	xiang ˋ	ㄒㄧㄤˋ	象部	【豕部】	12畫	459	464	段9下-45	鍇18-16	鉉9下-7
僦	jiu ˋ	ㄐㄧㄡˋ	人部	【人部】	12畫	無	無	無	無	鉉8上-5
僧	seng	ㄙㄥ	人部	【人部】	12畫	無	無	無	無	鉉8上-5
遴(僯)	lin ˊ	ㄌㄧㄣˊ	辵(辶)部	【辵部】	12畫	73	73	段2下-8	鍇4-4	鉉2下-2
佮(儈通叚)	ge ˊ	ㄍㄜˊ	人部	【人部】	12畫	374	378	段8上-19	鍇15-7	鉉8上-3
俊(儁𡸃述及)	jun ˋ	ㄐㄩㄣˋ	人部	【人部】	12畫	366	370	段8上-4	鍇15-2	鉉8上-1
雇(鳸、鴈，僱通叚)	gu ˋ	ㄍㄨˋ	隹部	【隹部】	12畫	143	144	段4上-28	鍇7-13	鉉4上-5
僚(寮)	liao ˊ	ㄌㄧㄠˊ	人部	【人部】	12畫	368	372	段8上-8	鍇15-3	鉉8上-2
寮(僚、寮)	liao ˊ	ㄌㄧㄠˊ	穴部	【穴部】	12畫	344	348	段7下-19	鍇14-8	鉉7下-4
僓	tui ˇ	ㄊㄨㄟˇ	人部	【人部】	12畫	368	372	段8上-8	鍇15-4	鉉8上-2
僑(喬)	qiao ˊ	ㄑㄧㄠˊ	人部	【人部】	12畫	368	372	段8上-8	鍇15-4	鉉8上-2
趫(僑)	qiao ˊ	ㄑㄧㄠˊ	走部	【走部】	12畫	63	64	段2上-31	鍇3-14	鉉2上-7
驕(嬌、僑，憍通叚)	jiao	ㄐㄧㄠ	馬部	【馬部】	12畫	463	468	段10上-7	鍇19-2	鉉10上-2
僝(僝、潺)	zhan ˋ	ㄓㄢˋ	人部	【人部】	12畫	368	372	段8上-8	鍇15-3	鉉8上-2

篆本字(古文、金文、籀文、俗字，通段、金石)	拼音	注音	說文部首	康熙部首	筆畫	一般頁碼	洪葉頁碼	段注篇章	徐鍇通釋篇章	徐鉉藤花樹篇章
爦(隻、焦=爵 糕zhuo述及、嶣嶤yao´述及，僬、膲、蟭通段)	jiao	ㄐㄧㄠ	火部	【火部】	12畫	484	489	段10上-49	錯19-16	鉉10上-8
煢(嫈、惸、睘，俇、嫈通段)	qiong´	ㄑㄩㄥˊ	丮部	【火部】	12畫	583	588	段11下-32	錯22-12	鉉11下-7
侖(龠，崙通段)	lun´	ㄌㄨㄣˊ	亼部	【人部】	12畫	223	225	段5下-16	錯10-6	鉉5下-3
僤(彈)	dan`	ㄉㄢˋ	人部	【人部】	12畫	369	373	段8上-9	錯15-4	鉉8上-2
幾	ji	ㄐㄧ	人部	【人部】	12畫	371	375	段8上-13	錯15-5	鉉8上-2
僖(嬉)	xi	ㄒㄧ	人部	【人部】	12畫	376	380	段8上-23	錯15-8	鉉8上-3
然(nang`)	ranˇ	ㄖㄢˇ	人部	【人部】	12畫	377	381	段8上-26	錯15-9	鉉8上-4
僭(譖)	jian`	ㄐㄧㄢˋ	人部	【人部】	12畫	378	382	段8上-27	錯15-9	鉉8上-4
譖(僭)	zen`	ㄗㄣˋ	言部	【言部】	12畫	100	100	段3上-28	錯5-11	鉉3上-6
碞(僭)	yan´	ㄧㄢˊ	石部	【石部】	12畫	451	456	段9下-29	錯18-10	鉉9下-4
僞(偽、為、譌述及)	weiˇ	ㄨㄟˇ	人部	【人部】	12畫	379	383	段8上-30	錯15-10	鉉8上-4
攩(黨、儻，儅通段)	dangˇ	ㄉㄤˇ	手部	【手部】	12畫	600	606	段12上-34	錯23-11	鉉12上-6
貳(樲通段)	er`	ㄦˋ	貝部	【貝部】	12畫	281	283	段6下-18	錯12-11	鉉6下-5
僐从譱(偢)	shan`	ㄕㄢˋ	人部	【人部】	12畫	380	384	段8上-31	錯15-10	鉉8上-4
傲	qi	ㄑㄧ	人部	【人部】	12畫	380	384	段8上-32	錯15-11	鉉8上-4
僨(焚、賁)	fen`	ㄈㄣˋ	人部	【人部】	12畫	380	384	段8上-32	錯15-11	鉉8上-4
僔(噂、蓴)	zunˇ	ㄗㄨㄣˇ	人部	【人部】	12畫	383	387	段8上-37	錯15-12	鉉8上-5
噂(僔)	zunˇ	ㄗㄨㄣˇ	口部	【口部】	12畫	57	58	段2上-19	錯3-8	鉉2上-4
僰(棘通段)	bo´	ㄅㄛˊ	人部	【人部】	12畫	383	387	段8上-38	錯15-13	鉉8上-5
愆(寒、僖籀文从言，諐通段)	qian	ㄑㄧㄢ	心部	【心部】	12畫	510	515	段10下-41	錯20-15	鉉10下-7
澌(賜、錫，榹、澌通段)	si	ㄙ	水部	【水部】	12畫	559	564	段11上貳-28	錯21-21	鉉11上-7
僥	jiaoˇ	ㄐㄧㄠˇ	人部	【人部】	12畫	384	388	段8上-39	錯15-13	鉉8上-5
憿(僥、徼，儌通段)	jiaoˇ	ㄐㄧㄠˇ	心部	【心部】	12畫	510	515	段10下-41	錯20-14	鉉10下-7
徼(僥、邀、闠通段)	jiaoˇ	ㄐㄧㄠˇ	彳部	【彳部】	12畫	76	76	段2下-14	錯4-7	鉉2下-3

篆本字(古文、金文、籀文、俗字，通叚、金石)	拼音	注音	說文部首	康熙部首	筆畫	一般頁碼	洪葉頁碼	段注篇章	徐鍇通釋篇章	徐鉉藤花榭篇章
傘	yu´	ㄩˊ	八部	【人部】	12畫	49	50	段2上-3	鍇3-2	鉉2上-1
遹(述、聿吹述及、穴、泬、鴥，僪通叚)	yu`	ㄩˋ	辵(辶)部	【辵部】	12畫	73	73	段2下-8	鍇4-4	鉉2下-2
儒(傰通叚)	ru´	ㄖㄨˊ	人部	【人部】	12畫	366	370	段8上-3	鍇15-2	鉉8上-1
陟(偡、隲述及)	zhi`	ㄓˋ	𨸏部	【阜部】	12畫	732	739	段14下-4	鍇28-2	鉉14下-1
僕(䑑、樸、㩧，鏷通叚)	pu´	ㄆㄨˊ	丵部	【人部】	12畫	103	104	段3上-35	鍇5-18	鉉3上-8
樸(樸、撲、僕)	pu´	ㄆㄨˊ	木部	【木部】	12畫	244	246	段6上-12	鍇11-30	鉉6上-2
禁(傑蓋古以綝chen為禁字，仐通叚)	jin`	ㄐㄧㄣˋ	示部	【示部】	12畫	9	9	段1上-17	鍇1-8	鉉1上-3
愆(寒、僁籀文从言，㥶通叚)	qian	ㄑㄧㄢ	心部	【心部】	13畫	510	515	段10下-41	鍇20-15	鉉10下-7
儇	xuan	ㄒㄩㄢ	人部	【人部】	13畫	367	371	段8上-6	鍇15-3	鉉8上-1
翾(儇，翧通叚)	xuan	ㄒㄩㄢ	羽部	【羽部】	13畫	139	140	段4上-20	鍇7-10	鉉4上-4
僷(偞，俆通叚)	ye`	ㄧㄝˋ	人部	【人部】	13畫	367	371	段8上-6	鍇15-3	鉉8上-1
僩(撊、瞯)	xian`	ㄒㄧㄢˋ	人部	【人部】	13畫	369	373	段8上-10	鍇15-4	鉉8上-2
儆(警)	jing˘	ㄐㄧㄥˇ	人部	【人部】	13畫	370	374	段8上-11	鍇15-5	鉉8上-2
警(敬、儆)	jing˘	ㄐㄧㄥˇ	言部	【言部】	13畫	94	94	段3上-16	鍇5-9	鉉3上-4
僾(薆，嗳通叚)	ai`	ㄞˋ	人部	【人部】	13畫	370	374	段8上-12	鍇15-5	鉉8上-2
旡(㒫、先、炁、僾)	ji`	ㄐㄧˋ	旡部	【无部】	13畫	414	419	段8下-27	鍇16-18	鉉8下-5
儋(擔，甔通叚)	dan	ㄉㄢ	人部	【人部】	13畫	371	375	段8上-13	鍇15-5	鉉8上-2
聸(耽、儋)	dan	ㄉㄢ	耳部	【耳部】	13畫	591	597	段12上-16	鍇23-7	鉉12上-3
賀(嘉、儋、擔)	he`	ㄏㄜˋ	貝部	【貝部】	13畫	280	282	段6下-16	鍇12-10	鉉6下-4
儃	chan´	ㄔㄢˊ	人部	【人部】	13畫	373	377	段8上-17	鍇15-7	鉉8上-3
儀(義，俄通叚)	yi´	ㄧˊ	人部	【人部】	13畫	375	379	段8上-21	鍇15-8	鉉8上-3
義(羛、誼、儀yi´今時所謂義、古書爲誼)	yi`	ㄧˋ	我部	【羊部】	13畫	633	639	段12下-43	鍇24-14	鉉12下-6
儈	kuai`	ㄎㄨㄞˋ	人部	【人部】	13畫	無	無	無	無	鉉8上-5

篆本字(古文、金文、籀文、俗字，通叚、金石)	拼音	注音	說文部首	康熙部首	筆畫	一般頁碼	洪葉頁碼	段注篇章	徐鍇通釋篇章	徐鉉藤花榭篇章
駔(儈)	zangˇ	ㄗㄤˇ	馬部	【馬部】	13畫	468	472	段10上-16	錯19-5	鉉10上-2
會(佮、儈駔zu、述及)	huiˋ	ㄏㄨㄟˋ	會部	【曰部】	13畫	223	225	段5下-16	錯10-6	鉉5下-3
價	jia	ㄐㄧㄚˋ	人部	【人部】	13畫	無	無	無	無	鉉8上-5
賈(沽、價，估通叚)	jiaˇ	ㄐㄧㄚˇ	貝部	【貝部】	13畫	281	284	段6下-19	錯12-12	鉉6下-5
儉(險)	jianˇ	ㄐㄧㄢˇ	人部	【人部】	13畫	376	380	段8上-23	錯15-9	鉉8上-3
奴(仦、伮、帑，儂、駑通叚)	nuˊ	ㄋㄨˊ	女部	【女部】	13畫	616	622	段12下-10	錯24-3	鉉12下-2
齭(齼、憷、傶)	chuˇ	ㄔㄨˇ	齒部	【齒部】	13畫	80	80	段2下-22	錯4-12	鉉2下-5
楚(憷、傶通叚)	chuˇ	ㄔㄨˇ	林部	【木部】	13畫	271	274	段6上-67	錯11-30	鉉6上-9
薖(檛通叚)	ke	ㄎㄜ	艸部	【艸部】	13畫	36	37	段1下-31	錯2-15	鉉1下-5
億(億、薏、意)	yiˋ	ㄧˋ	人部	【人部】	13畫	376	380	段8上-24	錯15-9	鉉8上-3
意(億、憶、志識述及，繶、鷾通叚)	yiˋ	ㄧˋ	心部	【心部】	13畫	502	506	段10下-24	錯20-9	鉉10下-5
薏(意、億)	yiˋ	ㄧˋ	心部	【心部】	13畫	505	510	段10下-31	錯20-11	鉉10下-6
憿(僥、徼，儌通叚)	jiaoˇ	ㄐㄧㄠˇ	心部	【心部】	13畫	510	515	段10下-41	錯20-14	鉉10下-7
窸(塞、寒窒述及、僿通叚)	seˋ	ㄙㄜˋ	珡部	【宀部】	13畫	201	203	段5上-26	錯9-10	鉉5上-4
寨(塞，僿通叚)	seˋ	ㄙㄜˋ	心部	【心部】	13畫	505	509	段10下-30	錯20-11	鉉10下-6
恤(偭、勔、蠠、蟁、蜜、密、黽)	mianˇ	ㄇㄧㄢˇ	心部	【心部】	13畫	506	511	段10下-33	錯20-12	鉉10下-6
黽(鼃，僶、澠通叚)	minˇ	ㄇㄧㄣˇ	黽部	【黽部】	13畫	679	685	段13下-10	錯25-17	鉉13下-2
僻(辟，澼、癖通叚)	piˋ	ㄆㄧˋ	人部	【人部】	13畫	379	383	段8上-29	錯15-10	鉉8上-4

篆本字(古文、金文、籀文、俗字，通叚、金石)	拼音	注音	說文部首	康熙部首	筆畫	一般頁碼	洪葉頁碼	段注篇章	徐鍇通釋篇章	徐鉉藤花榭篇章
辟(僻、避、譬、闢、壁、襞，擗、霹通叚)	pì	ㄆㄧˋ	辟部	【辛部】	13畫	432	437	段9上-35	鍇17-11	鉉9上-6
僵(殭，偵通叚)	jiang	ㄐㄧㄤ	人部	【人部】	13畫	380	384	段8上-32	鍇15-11	鉉8上-4
儒(傊通叚)	rú	ㄖㄨˊ	人部	【人部】	14畫	366	370	段8上-3	鍇15-2	鉉8上-1
儐(賓、擯)	bìn	ㄅㄧㄣˋ	人部	【人部】	14畫	371	375	段8上-14	鍇15-6	鉉8上-2
濞(儞、湃通叚)	bì	ㄅㄧˋ	水部	【水部】	14畫	548	553	段11上貳-5	鍇21-14	鉉11上-4
儕	chai	ㄔㄞ	人部	【人部】	14畫	372	376	段8上-15	鍇15-6	鉉8上-2
儗(yìˋ)	nǐ	ㄋㄧˇ	人部	【人部】	14畫	378	382	段8上-27	鍇15-10	鉉8上-4
儔(翿、翢旄述及、疇)	chóu	ㄔㄡˊ	人部	【人部】	14畫	378	382	段8上-27	鍇15-10	鉉8上-4
儔(兌)	duì	ㄉㄨㄟˋ	人部	【人部】	14畫	384	388	段8上-39	鍇15-13	鉉8上-5
盡(儘、儩賜述及)	jìn	ㄐㄧㄣˋ	皿部	【皿部】	14畫	212	214	段5上-48	鍇9-20	鉉5上-9
懞(儚、懵通叚)	meng	ㄇㄥ	心部	【心部】	14畫	510	515	段10下-41	鍇20-15	鉉10下-7
儚(儚，懵通叚)	hong	ㄏㄨㄥ	人部	【人部】	14畫	378	382	段8上-27	鍇15-10	鉉8上-4
舞(翠、儛)	wǔ	ㄨˇ	舛部	【舛部】	14畫	234	236	段5下-38	鍇10-15	鉉5下-7
嬯(儓、懛、跆通叚)	tái	ㄊㄞˊ	女部	【女部】	14畫	624	630	段12下-26	鍇24-9	鉉12下-4
臺(握，儓通叚)	tái	ㄊㄞˊ	至部	【至部】	14畫	585	591	段12上-3	鍇23-2	鉉12上-1
賜(錫，儩通叚)	sì	ㄙˋ	貝部	【貝部】	15畫	280	283	段6下-17	鍇12-11	鉉6下-4
僇(戮、聊，膠通叚)	lù	ㄌㄨˋ	人部	【人部】	15畫	382	386	段8上-36	鍇15-12	鉉8上-5
儠(鬣、鬛从髟鼠、獵)	liè	ㄌㄧㄝˋ	人部	【人部】	15畫	368	372	段8上-8	鍇15-3	鉉8上-2
鬛从髟鼠(鬣、獵、儠、氀、髦、髭、髷、葛隸變、獵，犣通叚)	liè	ㄌㄧㄝˋ	髟部	【髟部】	15畫	427	432	段9上-25	鍇17-8	鉉9上-4
儥(鬻、覿)	yù	ㄩˋ	人部	【人部】	15畫	374	378	段8上-20	鍇15-8	鉉8上-3
償	cháng	ㄔㄤˊ	人部	【人部】	15畫	374	378	段8上-20	鍇15-8	鉉8上-3
儦	biao	ㄅㄧㄠ	人部	【人部】	15畫	368	372	段8上-8	鍇15-3	鉉8上-2

篆本字(古文、金文、籀文、俗字，通段、金石)	拼音	注音	說文部首	康熙部首	筆畫	一般頁碼	洪葉頁碼	段注篇章	徐鍇通釋篇章	徐鉉藤花榭篇章
麃(儦)	biao	ㄅㄧㄠ	鹿部	【鹿部】	15畫	471	475	段10上-22	錯19-6	鉉10上-4
韰(薤，韰通段)	xie`	ㄒㄧㄝˋ	韭部	【韭部】	15畫	337	340	段7下-4	錯14-2	鉉7下-1
澌(賜、傷，㦮、㺬通段)	si	ㄙ	水部	【水部】	15畫	559	564	段11上貳-28	錯21-21	鉉11上-7
優(㳙)	you	ㄧㄡ	人部	【人部】	15畫	375	379	段8上-22	錯15-8	鉉8上-3
㳙(優)	you	ㄧㄡ	水部	【水部】	15畫	558	563	段11上貳-26	錯21-21	鉉11上-7
憂(優、優慐述及，懮通段)	you	ㄧㄡ	夊部	【夊部】	15畫	233	235	段5下-36	錯10-15	鉉5下-7
儡(儽)	lei`	ㄌㄟˋ	人部	【人部】	15畫	382	386	段8上-36	錯15-12	鉉8上-5
儲(蓄、具、積)	chu´	ㄔㄨˊ	人部	【人部】	16畫	371	375	段8上-14	錯15-5	鉉8上-2
億(億、意、意)	yi`	ㄧˋ	人部	【人部】	16畫	376	380	段8上-24	錯15-9	鉉8上-3
親(親，覯通段)	qin	ㄑㄧㄣ	見部	【見部】	16畫	409	414	段8下-17	錯16-14	鉉8下-4
傀(儽、瓌、瑰、磈通段)	kui	ㄎㄨㄟˇ	人部	【人部】	16畫	368	372	段8上-7	錯15-3	鉉8上-1
戣	gan`	ㄍㄢˋ	臥部	【人部】	16畫	308	311	段7上-14	錯13-5	鉉7上-3
儚(儚，懜通段)	hong	ㄏㄨㄥ	人部	【人部】	17畫	378	382	段8上-27	錯15-10	鉉8上-4
顗(魌、顑，俱通段)	qi	ㄑㄧ	頁部	【頁部】	17畫	422	426	段9上-14	錯17-4	鉉9上-2
儳(攙)	chan´	ㄔㄢˊ	人部	【人部】	17畫	380	384	段8上-31	錯15-10	鉉8上-4
儵(倏，𩵋从儵通段)	shu	ㄕㄨ	黑部	【人部】	17畫	489	493	段10上-58	錯19-19	鉉10上-10
倏(儵，倐通段)	shu`	ㄕㄨˋ	犬部	【人部】	17畫	475	479	段10上-30	錯19-10	鉉10上-5
襄从工己爻(襄、孃、攘、驤，儴、勷、褟通段)	xiang	ㄒㄧㄤ	衣部	【衣部】	17畫	394	398	段8上-60	錯16-4	鉉8上-9
攘(讓、儴，勷、㩅通段)	rang´	ㄖㄤˇ	手部	【手部】	17畫	595	601	段12上-23	錯23-9	鉉12上-4
儡(懾)	she`	ㄕㄜˋ	人部	【人部】	18畫	372	376	段8上-15	錯15-6	鉉8上-2

篆本字(古文、金文、籀文、俗字，通叚、金石)	拼音	注音	說文部首	康熙部首	筆畫	一般頁碼	洪葉頁碼	段注篇章	徐鍇通釋篇章	徐鉉藤花榭篇章
顛(顛，巓、儞、傎、癲、瘨、酊、鷏、齻通叚)	dian	ㄉㄧㄢ	頁部	【頁部】19畫		416	420	段9上-2	鍇17-1	鉉9上-1
儺(難，攤通叚)	nuoˊ	ㄋㄨㄛˊ	人部	【人部】19畫		368	372	段8上-8	鍇15-3	鉉8上-2
儧(攢通叚)	zanˇ	ㄗㄢˇ	人部	【人部】19畫		372	376	段8上-16	鍇15-6	鉉8上-3
欑(儧，攢通叚)	cuan	ㄘㄨㄢˊ	木部	【木部】19畫		264	266	段6上-52	鍇11-23	鉉6上-7
儷(離，孋通叚)	liˋ	ㄌㄧˋ	人部	【人部】19畫		376	380	段8上-24	鍇15-9	鉉8上-3
儼	yanˇ	ㄧㄢˇ	人部	【人部】20畫		369	373	段8上-10	鍇15-4	鉉8上-2
儻(倘通叚)	tangˇ	ㄊㄤˇ	人部	【人部】20畫		無	無	無	無	鉉8上-5
黨(曭、尚，儻、讜、倘、惝通叚)	dangˇ	ㄉㄤˇ	黑部	【黑部】20畫		488	493	段10上-57	鍇19-19	鉉10上-10
攩(黨、儻，儻通叚)	dangˇ	ㄉㄤˇ	手部	【手部】20畫		600	606	段12上-34	鍇23-11	鉉12上-6
儽(儡、㒟)	leiˇ	ㄌㄟˇ	人部	【人部】21畫		373	377	段8上-18	鍇15-7	鉉8上-3
儡(儽)	leiˇ	ㄌㄟˇ	人部	【人部】21畫		382	386	段8上-36	鍇15-12	鉉8上-5
儵从譱(僐)	shanˋ	ㄕㄢˋ	人部	【人部】21畫		380	384	段8上-31	鍇15-10	鉉8上-4
【儿(erˊ)部】	erˊ	ㄦˊ	儿部			404	409	段8下-7	鍇16-11	鉉8下-2
儿(人大卂述及)	erˊ	ㄦˊ	儿部	【儿部】		404	409	段8下-7	鍇16-11	鉉8下-2
人(仁果人，宋元以前無不作人字、儿大卂述及)	renˊ	ㄖㄣˊ	人部	【人部】		365	369	段8上-1	鍇15-1	鉉8上-1
兀	wuˋ	ㄨˋ	儿部	【儿部】1畫		405	409	段8下-8	鍇16-11	鉉8下-2
元	yuanˊ	ㄩㄢˊ	一部	【儿部】2畫		1	1	段1上-1	鍇1-1	鉉1上-1
允(犹通叚)	yunˇ	ㄩㄣˇ	儿部	【儿部】2畫		405	409	段8下-8	鍇16-11	鉉8下-2
靴(允)	yunˇ	ㄩㄣˇ	本部	【巾部】2畫		498	502	段10下-16	鍇20-6	鉉10下-3
兄(況、貺、況)	xiong	ㄒㄩㄥ	兄部	【儿部】3畫		405	410	段8下-9	鍇16-12	鉉8下-2
兂(簪=寁寁揣同字、笲)	zen	ㄗㄣ	兂部	【兂部】4畫		405	410	段8下-9	鍇16-12	鉉8下-2
旡(兂、兂、炁、憂)	jiˋ	ㄐㄧˋ	旡部	【无部】4畫		414	419	段8下-27	鍇16-18	鉉8下-5
充(祪、黇通叚)	chong	ㄔㄨㄥ	儿部	【儿部】4畫		405	409	段8下-8	鍇16-11	鉉8下-2

篆本字(古文、金文、籀文、俗字，通叚、金石)	拼音	注音	說文部首	康熙部首	筆畫	一般頁碼	洪葉頁碼	段注篇章	徐鍇通釋篇章	徐鉉藤花榭篇章
垗(肇、兆)	zhao	ㄓㄠˋ	土部	【土部】	4畫	693	699	段13下-38	鍇26-7	鉉13下-5
㕚(別、兆)	bie	ㄅㄧㄝˊ	八部	【儿部】	4畫	49	49	段2上-2	鍇3-2	鉉2上-1
兆(兆、垗，筊、駣通叚)	zhao	ㄓㄠˋ	卜部	【卜部】	4畫	127	128	段3下-42	鍇6-20	鉉3下-9
兇(恟、恼通叚)	xiong	ㄒㄩㄥ	凶部	【儿部】	4畫	334	337	段7上-66	鍇13-27	鉉7上-11
光(炗、焭，芫、胱、舩通叚)	guang	ㄍㄨㄤ	火部	【儿部】	4畫	485	490	段10上-51	鍇19-17	鉉10上-9
四(亖、三)	si	ㄙˋ	四部	【囗部】	4畫	737	744	段14下-14	鍇28-5	鉉14下-3
先	xian	ㄒㄧㄢ	先部	【儿部】	4畫	406	411	段8下-11	鍇16-12	鉉8下-3
兂(兜)	gu	ㄍㄨˇ	兂部	【儿部】	4畫	406	411	段8下-11	鍇16-12	鉉8下-3
兌(閱，莌、駾通叚)	dui	ㄉㄨㄟˋ	儿部	【儿部】	5畫	405	409	段8下-8	鍇16-11	鉉8下-2
㐸(兌)	dui	ㄉㄨㄟˋ	人部	【人部】	5畫	384	388	段8上-39	鍇15-13	鉉8上-5
死(㱃)	si	ㄙˇ	死部	【歹部】	5畫	164	166	段4下-13	鍇8-6	鉉4下-3
克(克、桌、剋)	ke	ㄎㄜˋ	克部	【儿部】	5畫	320	323	段7上-37	鍇13-16	鉉7上-7
劼(克、剋，尅通叚)	ke	ㄎㄜˋ	力部	【力部】	5畫	700	707	段13下-53	鍇26-11	鉉13下-7
免	mian	ㄇㄧㄢˇ	兔部	【儿部】	5畫	473	477	段10上-26	鍇19-8	鉉10上-4
㝃(免，娩通叚)	mian	ㄇㄧㄢˇ	子部	【子部】	5畫	742	749	段14下-24	鍇28-12	鉉14下-6
㷭(兕、兕、兆)	si	ㄙˋ	㷭部	【火部】	6畫	458	463	段9下-43	鍇18-15	鉉9下-7
兒	er	ㄦˊ	儿部	【儿部】	6畫	405	409	段8下-8	鍇16-11	鉉8下-2
齯(兒)	ni	ㄋㄧˊ	齒部	【齒部】	6畫	79	80	段2下-21	鍇4-11	鉉2下-5
兓(鐵、尖)	qin	ㄑㄧㄣ	兂部	【儿部】	6畫	406	410	段8下-10	鍇16-12	鉉8下-2
兔(菟，毚、鵌通叚)	tu	ㄊㄨˋ	兔部	【儿部】	6畫	472	477	段10上-25	鍇19-8	鉉10上-4
羌(羌，羗、蜣通叚)	qiang	ㄑㄧㄤ	羊部	【羊部】	8畫	146	148	段4上-35	鍇7-16	鉉4上-7
丣(卯、非、酉昂迺及)	mao	ㄇㄠˇ	卯部	【卩部】	8畫	745	752	段14下-29	鍇28-15	鉉14下-7
兜(覴)	dou	ㄉㄡ	兂部	【儿部】	9畫	406	411	段8下-11	鍇16-12	鉉8下-3
覴(兜)	dou	ㄉㄡ	見部	【見部】	10畫	410	414	段8下-18	鍇16-15	鉉8下-4

篆本字(古文、金文、籀文、俗字，通段、金石)	拼音	注音	說文部首	康熙部首	筆畫	一般頁碼	洪葉頁碼	段注篇章	徐鍇通釋篇章	徐鉉藤花榭篇章
兂(兜)	gǔ	ㄍㄨˇ	兂部	【儿部】10畫		406	411	段8下-11	錯16-12	鉉8下-3
詵(甡)	shen	ㄕㄣ	先部	【儿部】10畫		407	411	段8下-12	錯16-13	鉉8下-3
僰(棘通段)	bó	ㄅㄛˊ	人部	【人部】12畫		383	387	段8上-38	錯15-13	鉉8上-5
競(競)	jing	ㄐㄧㄥ	兄部	【儿部】12畫		405	410	段8下-9	錯16-12	鉉8下-2
晃(晄、熿，爌、爌通段)	huǎng	ㄏㄨㄤˇ	日部	【日部】15畫		303	306	段7上-4	錯13-2	鉉7上-1
麤(趗、赴)	fù	ㄈㄨˋ	兔部	【儿部】22畫		472	477	段10上-25	錯19-8	鉉10上-4
【入(rùˋ)部】	rù	ㄖㄨˋ	入部			224	477	段5下-18	錯10-7	鉉5下-3
入	rù	ㄖㄨˋ	入部	【入部】		224	226	段5下-18	錯10-7	鉉5下-3
亼	jí	ㄐㄧˊ	亼部	【入部】1畫		222	225	段5下-15	錯10-6	鉉5下-3
內(納，枘通段)	nèi	ㄋㄟˋ	入部	【入部】2畫		224	226	段5下-18	錯10-7	鉉5下-3
汭(芮、內)	rùi	ㄖㄨㄟˋ	水部	【水部】4畫		546	551	段11上貳-2	錯21-13	鉉11上-4
納(內，衲通段)	nà	ㄋㄚˋ	糸部	【糸部】4畫		645	652	段13上-5	錯25-2	鉉13上-1
从(兩，與从cong ˊ不同)	liǎng	ㄌㄧㄤˇ	入部	【入部】4畫		224	226	段5下-18	錯10-7	鉉5下-3
仝(全、㒰，痊通段)	tóng	ㄊㄨㄥˊ	入部	【人部】4畫		224	226	段5下-18	錯10-7	鉉5下-3
兩(輛通段)	liǎng	ㄌㄧㄤˇ	㒳部	【入部】5畫		354	358	段7下-39	錯14-18	鉉7下-7
㒳	liǎng	ㄌㄧㄤˇ	㒳部	【入部】6畫		354	358	段7下-39	錯14-18	鉉7下-7
从(兩，與从cong ˊ不同)	liǎng	ㄌㄧㄤˇ	入部	【入部】6畫		224	226	段5下-18	錯10-7	鉉5下-3
俞(窬，愈通段)	yú	ㄩˊ	舟部	【入部】7畫		403	407	段8下-4	錯16-10	鉉8下-1
臬	niè	ㄋㄧㄝˋ	止部	【入部】8畫		68	68	段2上-40	錯3-17	鉉2上-8
仝(全、㒰，痊通段)	tóng	ㄊㄨㄥˊ	入部	【人部】10畫		224	226	段5下-18	錯10-7	鉉5下-3
【八(ba)部】	ba	ㄅㄚ	八部			48	49	段2上-1	錯3-1	鉉2上-1
八	ba	ㄅㄚ	八部	【八部】		48	49	段2上-1	錯3-1	鉉2上-1
公	gong	ㄍㄨㄥ	八部	【八部】2畫		49	50	段2上-3	錯3-2	鉉2上-1
功(公)	gong	ㄍㄨㄥ	力部	【力部】2畫		699	705	段13下-50	錯26-10	鉉13下-7
翁(滃、公，㼈、顧通段)	weng	ㄨㄥ	羽部	【羽部】2畫		138	140	段4上-19	錯7-9	鉉4上-4
兮(猗、也述及)	xi	ㄒㄧ	兮部	【八部】2畫		204	206	段5上-31	錯9-13	鉉5上-6
也(芷、兮)	yě	ㄧㄝˇ	乁部	【乙部】2畫		627	633	段12下-32	錯24-11	鉉12下-5
六	liù	ㄌㄧㄡˋ	六部	【八部】2畫		738	745	段14下-16	錯28-6	鉉14下-3

篆本字(古文、金文、籀文、俗字，通叚、金石)	拼音	注音	說文部首	康熙部首	筆畫	一般頁碼	洪葉頁碼	段注篇章	徐鍇通釋篇章	徐鉉藤花榭篇章
𠫔𻃣(別、兆)	bie	ㄅㄧㄝˊ	八部	【儿部】4畫		49	49	段2上-2	鍇3-2	鉉2上-1
𻃣(兆、坮，箓、駣通叚)	zhao	ㄓㄠˋ	卜部	【卜部】4畫		127	128	段3下-42	鍇6-20	鉉3下-9
共(𠔏、恭)	gong	ㄍㄨㄥˋ	共部	【八部】4畫		105	105	段3上-38	鍇5-20	鉉3上-8
恭(共)	gong	ㄍㄨㄥ	心部	【心部】6畫		503	508	段10下-27	鍇20-10	鉉10下-6
拱(共)	gong	ㄍㄨㄥˇ	手部	【手部】6畫		595	601	段12上-23	鍇23-9	鉉12上-4
兵(兵、俷、𠈠，俹)	bing	ㄅㄧㄥ	𠬞部	【八部】6畫		104	105	段3上-37	鍇5-19	鉉3上-8
其(基祺述及)	qi	ㄑㄧˊ	箕部	【八部】6畫		199	201	段5上-21	鍇9-8	鉉5上-4
基(其祺述及、期)	ji	ㄐㄧ	土部	【土部】6畫		684	691	段13下-21	鍇26-3	鉉13下-4
箕(𠀠、𠔉、𠔼、㫷、其、匸)	ji	ㄐㄧ	箕部	【竹部】6畫		199	201	段5上-21	鍇9-8	鉉5上-4
丌(亓qiˊ=其)	ji	ㄐㄧ	丌部	【一部】6畫		199	201	段5上-22	鍇9-8	鉉5上-4
辺(己、忌、記、其、辺五字通用)	ji	ㄐㄧˋ	丌部	【辵部】6畫		199	201	段5上-22	鍇9-8	鉉5上-4
具	ju	ㄐㄩˋ	𠬞部	【八部】6畫		104	105	段3上-37	鍇5-20	鉉3上-8
俱(具)	ju	ㄐㄩˋ	人部	【人部】6畫		372	376	段8上-15	鍇15-6	鉉8上-2
儲(蓄、具、積)	chu	ㄔㄨˇ	人部	【人部】6畫		371	375	段8上-14	鍇15-5	鉉8上-2
兴(典、箿，黃通叚)	dian	ㄉㄧㄢˇ	丌部	【八部】6畫		200	202	段5上-23	鍇9-9	鉉5上-4
敟(典)	dian	ㄉㄧㄢˇ	攴部	【攴部】6畫		123	124	段3下-33	鍇6-17	鉉3下-8
㒸(遂)	sui	ㄙㄨㄟˋ	八部	【八部】7畫		49	49	段2上-2	鍇3-2	鉉2上-1
冬(㚇，佟通叚)	dong	ㄉㄨㄥ	仌部	【冫部】8畫		571	576	段11下-8	鍇22-4	鉉11下-3
秝(兼、傔、鶼通叚)	jian	ㄐㄧㄢ	秝部	【八部】8畫		329	332	段7上-56	鍇13-23	鉉7上-9
箕(𠀠、𠔉、𠔼、㫷、其、匸)	ji	ㄐㄧ	箕部	【竹部】9畫		199	201	段5上-21	鍇9-8	鉉5上-4
羍	ban	ㄅㄢ	羍部	【八部】12畫		103	104	段3上-35	鍇5-19	鉉3上-8
冀(覬，兾通叚)	ji	ㄐㄧˋ	北部	【八部】14畫		386	390	段8上-44	鍇15-15	鉉8上-6

篆本字(古文、金文、籀文、俗字，通叚、金石)	拼音	注音	說文部首	康熙部首	筆畫	一般頁碼	洪葉頁碼	段注篇章	徐鍇通釋篇章	徐鉉藤花榭篇章
覬(幾、驥、冀)	ji ˋ	ㄐㄧˋ	見部	【見部】	14畫	409	413	段8下-16	鍇16-14	鉉8下-4
欯(覬、冀)	ji ˋ	ㄐㄧˋ	欠部	【欠部】	14畫	411	415	段8下-20	鍇16-16	鉉8下-4
驥(冀，驥从雨，通叚)	ji ˋ	ㄐㄧˋ	馬部	【馬部】	14畫	463	467	段10上-6	鍇19-2	鉉10上-1
【冂(jiong)部】	jiong	ㄐㄩㄥ	冂部			228	230	段5下-26	鍇10-10	鉉5下-5
冂(𠔾、冋、坰)	jiong	ㄐㄩㄥ	冂部	【冂部】		228	230	段5下-26	鍇10-10	鉉5下-5
𠔼	mao ˇ	ㄇㄠˇ	𠔼部	【冂部】	1畫	353	357	段7下-37	鍇14-16	鉉7下-7
冃(帽)	mao ˋ	ㄇㄠˋ	冃部	【冂部】	2畫	353	357	段7下-37	鍇14-17	鉉7下-7
冒(圙、冃，帽、瑁、賵通叚)	mao ˋ	ㄇㄠˋ	冃部	【冂部】	2畫	354	358	段7下-39	鍇14-17	鉉7下-7
冄(冉，苒通叚)	ran ˇ	ㄖㄢˇ	冄部	【冂部】	2畫	4	458	段9下-34	鍇18-11	鉉9下-5
郍(冄，𨚔、那、挪、娜、𣃚通叚)	na ˋ	ㄋㄚˋ	邑部	【邑部】	2畫	294	296	段6下-44	鍇12-19	鉉6下-7
策(冊、笧)	ce ˋ	ㄘㄜˋ	竹部	【竹部】	3畫	196	198	段5上-15	鍇9-6	鉉5上-3
冊(笧、册、筴亦作策)	ce ˋ	ㄘㄜˋ	冊(册)部	【冂部】	3畫	85	86	段2下-34	鍇4-17	鉉2下-7
𣌭(冊)	ce ˋ	ㄘㄜˋ	曰部	【曰部】	3畫	202	204	段5上-28	鍇9-11	鉉5上-5
莢(筴通叚，釋文筴本又作冊，亦作策，或笧)	jia ˊ	ㄐㄧㄚˊ	艸部	【艸部】	3畫	38	39	段1下-35	鍇2-16	鉉1下-6
冂(𠔾、冋、坰)	jiong	ㄐㄩㄥ	冂部	【冂部】	3畫	228	230	段5下-26	鍇10-10	鉉5下-5
冄(冉，苒通叚)	ran ˇ	ㄖㄢˇ	冄部	【冂部】	3畫	4	458	段9下-34	鍇18-11	鉉9下-5
再(𠕅通叚)	zai ˋ	ㄗㄞˋ	冓部	【冂部】	4畫	158	160	段4下-2	鍇8-1	鉉4下-1
冎(剮，喎通叚)	gua ˇ	ㄍㄨㄚˇ	冎部	【冂部】	4畫	164	166	段4下-14	鍇8-6	鉉4下-3
网(罔、𦊮从糸亾、冈、𦉪，網、惘、𨋩、輞通叚)	wang ˇ	ㄨㄤˇ	网部	【网部】	4畫	355	358	段7下-40	鍇14-18	鉉7下-7
囧(冏、𥈼)	jiong ˇ	ㄐㄩㄥˇ	囧部	【冂部】	5畫	314	317	段7上-26	鍇13-10	鉉7上-4

篆本字(古文、金文、籀文、俗字，通段、金石)	拼音	注音	說文部首	康熙部首	筆畫	一般頁碼	洪葉頁碼	段注篇章	徐鍇通釋篇章	徐鉉藤花榭篇章
粦(囧)	guang	ㄍㄨㄤˇ	夰部	【臣部】	5畫	498	503	段10下-17	錯20-6	鉉10下-4
蛧(罔、魍，魍通段)	wang	ㄨㄤˇ	虫部	【虫部】	6畫	672	679	段13上-59	錯25-14	鉉13上-8
肯月yue 部(羣)	zhou	ㄓㄡˋ	月部	【冂部】	7畫	354	357	段7下-38	錯14-17	鉉7下-7
冒(圅、冃，帽、瑁、賵通段)	mao	ㄇㄠˋ	月部	【冂部】	7畫	354	358	段7下-39	錯14-17	鉉7下-7
瑁(冒)	mao	ㄇㄠˋ	目部	【目部】	7畫	131	133	段4上-5	錯7-3	鉉4上-2
覒(覭)	mao	ㄇㄠˋ	見部	【見部】	7畫	409	413	段8下-16	錯16-14 覒14-14	鉉8下-4
冓(構、溝，搆通段)	gou	ㄍㄡˋ	冓部	【冂部】	8畫	158	160	段4下-2	錯8-1	鉉4下-1
冕(絻)	mian	ㄇㄧㄢˇ	月部	【冂部】	9畫	354	357	段7下-38	錯14-17	鉉7下-7
㒼(璊、滿通段)	man	ㄇㄢˊ	网部	【冂部】	9畫	354	358	段7下-39	錯14-18	鉉7下-7
最(冣非冣jiu、、撮，嘬通段)	zui	ㄗㄨㄟˋ	月部	【冂部】	10畫	354	358	段7下-39	錯14-17	鉉7下-7
冣(聚段不作冣zui、，儹zan 下曰：各本誤作最，冣通段)	ju	ㄐㄩˋ	一部	【一部】	10畫	353	356	段7下-36	錯14-16	鉉7下-6
冟	bei	ㄅㄟ	冎部	【冂部】	12畫	164	166	段4下-14	錯8-6	鉉4下-3
冒(圅、冃，帽、瑁、賵通段)	mao	ㄇㄠˋ	月部	【冂部】	13畫	354	358	段7下-39	錯14-17	鉉7下-7
雨(䨒)	yu	ㄩˇ	雨部	【雨部】	20畫	571	577	段11下-9	錯22-5	鉉11下-3
【冖(mi)部】	mi	ㄇㄧˋ	一部			353	356	段7下-36	錯14-16	鉉7下-6
冖(幎通段)	mi	ㄇㄧˋ	一部	【一部】		353	356	段7下-36	錯14-16	鉉7下-6
幏(幎、冪、冖、鼏，幂、帲、褾通段)	mi	ㄇㄧˋ	巾部	【巾部】		358	362	段7下-47	錯14-21	鉉7下-9
㞢(猶、淫，跰、蹝通段)	yin	ㄧㄣˊ	冂部	【一部】	2畫	228	230	段5下-26	錯10-10	鉉5下-5
猶(猷、㞢)	you	ㄧㄡˊ	犬部	【犬部】	2畫	477	481	段10上-34	錯19-11	鉉10上-6
宂(冗)	rong	ㄖㄨㄥˇ	宀部	【一部】	2畫	340	343	段7下-10	錯14-5	鉉7下-3
罕(罕、䍐)	han	ㄏㄢˇ	网部	【网部】	5畫	355	358	段7下-40	錯14-18	鉉7下-7

篆本字(古文、金文、籀文、俗字，通段、金石)	拼音	注音	說文部首	康熙部首	筆畫	一般頁碼	洪葉頁碼	段注篇章	徐鍇通釋篇章	徐鉉藤花榭篇章

篆本字(古文、金文、籀文、俗字，通叚、金石)	拼音	注音	說文部首	康熙部首	筆畫	一般頁碼	洪葉頁碼	段注篇章	徐鍇通釋篇章	徐鉉藤花榭篇章
突(罙、潒、深)	shen	ㄕㄣ	穴部	【宀部】	6畫	344	347	段7下-18	錯14-8	鉉7下-4
罙(罙、㝸，采通叚)	mi´	ㄇㄧˊ	网部	【网部】	6畫	355	358	段7下-40	錯14-18	鉉7下-7
冠(guan`)	guan	ㄍㄨㄢ	一部	【冖部】	7畫	353	356	段7下-36	錯14-16	鉉7下-6
叚(役、叚)	jia˘	ㄐㄧㄚˇ	又部	【又部】	7畫	116	117	段3下-20	錯6-11	鉉3下-4
冟	shi`	ㄕˋ	皀部	【宀部】	7畫	217	219	段5下-4	錯10-3	鉉5下-1
冣(聚段不作冣zui`，儹zan˘下曰：各本誤作最，冣通叚)	ju`	ㄐㄩˋ	一部	【冖部】	8畫	353	356	段7下-36	錯14-16	鉉7下-6
聚(冣、堅)	ju`	ㄐㄩˋ	伙部	【耳部】	8畫	387	391	段8上-45	錯15-15	鉉8上-6
冢(塚通叚)	zhong˘	ㄓㄨㄥˇ	勹部	【冖部】	8畫	433	438	段9上-37	錯17-12	鉉9上-6
冡(蒙)	meng´	ㄇㄥˊ	冃部	【冖部】	8畫	353	357	段7下-37	錯14-17	鉉7下-7
冤(宛、絻繙述及，冤通叚)	yuan	ㄩㄢ	兔部	【冖部】	8畫	472	477	段10上-25	錯19-8	鉉10上-4
冥(暝、酩通叚)	ming´	ㄇㄧㄥˊ	冥部	【冖部】	8畫	312	315	段7上-22	錯13-7	鉉7上-3
溟(冥)	ming´	ㄇㄧㄥˊ	水部	【水部】	8畫	557	562	段11上貳-24	錯21-20	鉉11上-7
託(咤通叚)	du`	ㄉㄨˋ	一部	【冖部】	10畫	353	357	段7下-37	錯14-16	鉉7下-6
寑(寢、寢)	qin˘	ㄑㄧㄣˇ	宀部	【宀部】	10畫	340	344	段7下-11	錯14-5	鉉7下-3
家(窊，豭)	jia	ㄐㄧㄚ	宀部	【宀部】	10畫	337	341	段7下-5	錯14-3	鉉7下-2
幦(幂)	mi`	ㄇㄧˋ	巾部	【巾部】	13畫	362	365	段7下-54	錯14-23	鉉7下-9
幏(幂、羃、一、鼏，幦、帲、襆通叚)	mi`	ㄇㄧˋ	巾部	【巾部】	13畫	358	362	段7下-47	錯14-21	鉉7下-9
鼏(密，幂通叚)	mi`	ㄇㄧˋ	鼎部	【鼎部】	13畫	319	322	段7上-36	錯13-15	鉉7上-7
冖(幂通叚)	mi`	ㄇㄧˋ	一部	【冖部】	13畫	353	356	段7下-36	錯14-16	鉉7下-6
古(甄)	gu˘	ㄍㄨˇ	古部	【口部】	14畫	88	89	段3上-5	錯5-4	鉉3上-2
【冫(仌bing)部】	bing	ㄅㄧㄥ	仌部			570	576	段11下-7	錯22-4	鉉11下-3
仌	bing	ㄅㄧㄥ	仌部	【冫部】	2畫	570	576	段11下-7	錯22-4	鉉11下-3
次從二不從仌(㳄、佽)	ci`	ㄘˋ	欠部	【欠部】	2畫	413	418	段8下-25	錯16-17	鉉8下-5
佽(次)	ci`	ㄘˋ	人部	【人部】	2畫	372	376	段8上-16	錯15-6	鉉8上-3
趀(次，屑、趑、趑通叚)	ci	ㄘ	走部	【走部】	2畫	64	64	段2上-32	錯3-14	鉉2上-7

篆本字(古文、金文、籀文、俗字，通叚、金石)	拼音	注音	說文部首	康熙部首	筆畫	一般頁碼	洪葉頁碼	段注篇章	徐鍇通釋篇章	徐鉉藤花榭篇章
冬(𠔠，佟通叚)	dong	ㄉㄨㄥ	仌部	【冫部】	3畫	571	576	段11下-8	鍇22-4	鉉11下-3
𦁀(終、穼、冬，蔠通叚)	zhong	ㄓㄨㄥ	糸部	【糸部】	3畫	647	654	段13上-9	鍇25-3	鉉13上-2
冰(凝)	bing	ㄅㄧㄥ	仌部	【冫部】	4畫	570	576	段11下-7	鍇22-4	鉉11下-3
掤(冰)	bing	ㄅㄧㄥ	手部	【手部】	4畫	610	616	段12上-54	鍇23-17	鉉12上-8
沍(澔，冱、沍、涸通叚)	he ˊ	ㄏㄜˊ	水部	【水部】	4畫	559	564	段11上貳-28	鍇21-21	鉉11上-7
沖(盅，冲、沖、翀通叚)	chong	ㄔㄨㄥ	水部	【水部】	4畫	547	552	段11上貳-4	鍇21-14	鉉11上-4
決(决、訣通叚)	jue ˊ	ㄐㄩㄝˊ	水部	【水部】	4畫	555	560	段11上貳-19	鍇21-19	鉉11上-6
冶(蠱)	ye ˇ	ㄧㄝˇ	仌部	【冫部】	5畫	571	576	段11下-8	鍇22-4	鉉11下-3
冷	leng ˇ	ㄌㄥˇ	仌部	【冫部】	5畫	571	576	段11下-8	鍇22-4	鉉11下-3
冹	fu ˊ	ㄈㄨˊ	仌部	【冫部】	5畫	571	577	段11下-9	鍇22-4	鉉11下-3
發(冹滭bi ˋ 述及)	fa	ㄈㄚ	弓部	【癶部】	5畫	641	647	段12下-60	鍇24-20	鉉12下-9
泂(泂)	jiong ˇ	ㄐㄩㄥˇ	水部	【水部】	5畫	563	568	段11上貳-36	鍇21-24	鉉11上-8
泮(判、畔，沜、泮、泳、頖通叚)	pan ˋ	ㄆㄢˋ	水部	【水部】	5畫	566	571	段11上貳-42	鍇21-25	鉉11上-9
況(况，貺通叚)	kuang ˋ	ㄎㄨㄤˋ	水部	【水部】	5畫	547	552	段11上貳-4	鍇21-14	鉉11上-4
兄(況、貺、况)	xiong	ㄒㄩㄥ	兄部	【儿部】	5畫	405	410	段8下-9	鍇16-12	鉉8下-2
冽(瀨)	lie ˋ	ㄌㄧㄝˋ	仌部	【冫部】	6畫	571	577	段11下-9	鍇22-4	鉉11下-3
洌(冽通叚)	lie ˋ	ㄌㄧㄝˋ	水部	【水部】	6畫	550	555	段11上貳-9	鍇21-15	鉉11上-5
垎(洛、塥通叚)	he ˋ	ㄏㄜˋ	土部	【土部】	6畫	689	695	段13下-30	鍇26-5	鉉13下-4
凊(淨凔cang述及)	qing ˋ	ㄑㄧㄥˋ	仌部	【冫部】	8畫	571	576	段11下-8	鍇22-4	鉉11下-3
瀞(淨、清，圊、淨通叚)	jing ˋ	ㄐㄧㄥˋ	水部	【水部】	8畫	560	565	段11上貳-30	鍇21-22	鉉11上-8
𦙄(凌，倰通叚)	ling ˊ	ㄌㄧㄥˊ	仌部	【冫部】	8畫	571	576	段11下-8	鍇22-4	鉉11下-3
夌(淩、凌、陵，庱、輘通叚)	ling ˊ	ㄌㄧㄥˊ	夊部	【夊部】	8畫	232	235	段5下-35	鍇10-14	鉉5下-7
涼(凉、亮、諒、䣼述及古多相叚借)	liang ˊ	ㄌㄧㄤˊ	水部	【水部】	8畫	562	567	段11上貳-34	鍇21-23	鉉11上-8
凍	dong ˋ	ㄉㄨㄥˋ	仌部	【冫部】	8畫	571	576	段11下-8	鍇22-4	鉉11下-3

篆本字（古文、金文、籀文、俗字，通叚、金石）	拼音	注音	說文部首	康熙部首	筆畫	一般頁碼	洪葉頁碼	段注篇章	徐鍇通釋篇章	徐鉉藤花榭篇章
凋	diao	ㄉㄧㄠ	仌部	【冫部】8畫		571	576	段11下-8	鍇22-4	鉉11下-3
雕(鵰、琱、凋、舟)	diao	ㄉㄧㄠ	隹部	【隹部】8畫		142	144	段4上-27	鍇7-12	鉉4上-5
準(准、壿臬述及)	zhun˘	ㄓㄨㄣˇ	水部	【水部】8畫		560	565	段11上貳-29	鍇21-22	鉉11上-8
淒(萋，凄通叚)	qi	ㄑㄧ	水部	【水部】8畫		557	562	段11上貳-23	鍇21-20	鉉11上-7
涸(灟，冱、沍、凅通叚)	he´	ㄏㄜˊ	水部	【水部】8畫		559	564	段11上貳-28	鍇21-21	鉉11上-7
涵	han´	ㄏㄢˊ	仌部	【冫部】8畫		571	576	段11下-8	鍇22-4	鉉11下-3
湊(凑、腠、輳通叚)	cou`	ㄘㄡˋ	水部	【水部】9畫		556	561	段11上貳-22	鍇21-19	鉉11上-7
勝(凌，倰通叚)	ling´	ㄌㄧㄥˊ	仌部	【冫部】10畫		571	576	段11下-8	鍇22-4	鉉11下-3
漂(凓、慄通叚)	li`	ㄌㄧˋ	仌部	【冫部】10畫		571	577	段11下-9	鍇22-4	鉉11下-3
滄(凔，凔通叚)	cang	ㄘㄤ	仌部	【冫部】10畫		571	576	段11下-8	鍇22-4	鉉11下-3
滄(凔，凔通叚)	cang	ㄘㄤ	水部	【水部】10畫		563	568	段11上貳-36	鍇21-24	鉉11上-9
澤(臂)	bi`	ㄅㄧˋ	仌部	【冫部】11畫		571	577	段11下-9	鍇22-4	鉉11下-3
凘	si	ㄙ	仌部	【冫部】12畫		571	576	段11下-8	鍇22-4	鉉11下-3
漂(凓、慄通叚)	li`	ㄌㄧˋ	仌部	【冫部】13畫		571	577	段11下-9	鍇22-4	鉉11下-3
凜(懍，凛通叚)	lin˘	ㄌㄧㄣˇ	仌部	【广部】13畫		571	576	段11下-8	鍇22-4	鉉11下-3
冰(凝)	bing	ㄅㄧㄥ	仌部	【冫部】14畫		570	576	段11下-7	鍇22-4	鉉11下-3
冽(瀨)	lie`	ㄌㄧㄝˋ	仌部	【冫部】16畫		571	577	段11下-9	鍇22-4	鉉11下-3
【几(ji˘)部】	ji˘	ㄐㄧˇ	几部			715	121	段14上-28	鍇27-9	鉉14上-5
几(𠘧 shu)	shu	ㄕㄨ	几部	【几部】		120	121	段3下-28	鍇6-15	鉉3下-7
几(机)	ji˘	ㄐㄧˇ	几部	【几部】		715	722	段14上-28	鍇27-9	鉉14上-5
凡	fan´	ㄈㄢˊ	二部	【几部】1畫		681	688	段13下-15	鍇26-1	鉉13下-3
㲃	zhen˘	ㄓㄣˇ	几部	【几部】3畫		120	121	段3下-28	鍇6-15	鉉3下-7
処(處)	chu˘	ㄔㄨˇ	几部	【几部】3畫		716	723	段14上-29	鍇27-9	鉉14上-5
民(㲱)	min´	ㄇㄧㄣˊ	民部	【氏部】5畫		627	633	段12下-31	鍇24-10	鉉12下-5
風(咸，瘋、颿通叚)	feng	ㄈㄥ	風部	【風部】6畫		677	683	段13下-6	鍇25-16	鉉13下-2
凭(馮、憑，凴通叚)	ping´	ㄆㄧㄥˊ	几部	【几部】6畫		715	722	段14上-28	鍇27-9	鉉14上-5

篆本字（古文、金文、籀文、俗字，通叚、金石）	拼音	注音	說文部首	康熙部首	筆畫	一般頁碼	洪葉頁碼	段注篇章	徐鍇通釋篇章	徐鉉藤花榭篇章
皇(遑，凰、偟、徨、媓、艎、餭、騜通叚)	huang′	ㄏㄨㄤ′	王部	【白部】9畫		9	9	段1上-18	鍇1-9	鉉1上-3
爵从鬯(鬴、爵、雀)	jue′	ㄐㄩㄝ′	鬯部	【爪部】9畫		217	220	段5下-5	鍇10-3	鉉5下-2
愷豈部(凱，颽通叚)	kai′	ㄎㄞ′	豈部	【心部】10畫		207	209	段5上-37	鍇9-15	鉉5上-7
豈(騛、愷，凱通叚)	qi′	ㄑㄧ′	豈部	【豆部】10畫		206	208	段5上-36	鍇9-15	鉉5上-7
凭(馮、憑，凴通叚)	ping′	ㄆㄧㄥ′	几部	【几部】12畫		715	722	段14上-28	鍇27-9	鉉14上-5
【凵(kan˘)部】凹凸請查窅yao˘朕die	kan˘	ㄎㄢ˘	凵部			62	63	段2上-29	鍇3-13	鉉2上-6
凵qian˘凵部，與凵部qu不同	kan˘	ㄎㄢ˘	凵部	【凵部】		62	63	段2上-29	鍇3-13	鉉2上-6
凵凵部qu，與凵部kan˘不同(笴，弅通叚)	qu	ㄑㄩ	凵部	【凵部】		213	215	段5上-50	鍇9-20	鉉5上-9
凶(兇、殈通叚)	xiong	ㄒㄩㄥ	凶部	【凵部】2畫		334	337	段7上-66	鍇13-27	鉉7上-11
囟(腦、顖、顄、出，胴通叚)	xin`	ㄒㄧㄣ`	囟部	【囗部】2畫		501	505	段10下-22	鍇20-8	鉉10下-5
凷(塊)	kuai`	ㄎㄨㄞ`	土部	【土部】2畫		684	690	段13下-20	鍇26-2	鉉13下-4
窅窅朕=坳突=凹凸(眑、窔通叚)	yao˘	ㄧㄠ˘	目部	【穴部】3畫		130	132	段4上-3	鍇7-2	鉉4上-1
朕窅朕=坳突=凹凸(突通叚)	die′	ㄉㄧㄝ′	肉部	【肉部】3畫		172	174	段4下-29	鍇8-11	鉉4下-5
出从凵(出从凵)	chu	ㄔㄨ	出部	【凵部】3畫		273	275	段6下-2	鍇12-2	鉉6下-1
王(壬)	wang′	ㄨㄤ′	王部	【玉部】3畫		9	9	段1上-18	鍇1-9	鉉1上-3
甾(由，淄、椔、稵、簹、鶅通叚)	zi	ㄗ	甾部	【田部】4畫		637	643	段12下-52	鍇24-17	鉉12下-8
圅(函、肣)	han′	ㄏㄢ′	马部	【凵部】6畫		316	319	段7上-30	鍇13-12	鉉7上-5

篆本字（古文、金文、籀文、俗字，通段、金石）	拼音	注音	說文部首	康熙部首	筆畫	一般頁碼	洪葉頁碼	段注篇章	徐鍇通釋篇章	徐鉉藤花榭篇章
曲（苗、笛、圅）	qū	ㄑㄩˇ	曲部	【曰部】9畫		637	643	段12下-51	鍇24-17	鉉12下-8
圅（曲，匡、笛通段）	qū	ㄑㄩ	曲部	【凵部】9畫		637	643	段12下-52	鍇24-17	鉉12下-8
畾	tao	ㄊㄠ	曲部	【凵部】14畫		637	643	段12下-52	鍇24-17	鉉12下-8
【刂（刀dao)部】	dao	ㄅㄠ	刀部			178	180	段4下-41	鍇8-15	鉉4下-6
刀（魛、鴰鷯述及，刁、刕、魝）	dao	4-25	刀部	【刂部】		178	180	段4下-41	鍇8-15	鉉4下-6
刃（韌通段）	rèn	ㄖㄣˋ	刃部	【刂部】1畫		183	185	段4下-51	鍇8-18	鉉4下-7
分	fen	ㄈㄣ	八部	【刂部】2畫		48	49	段2上-1	鍇3-1	鉉2上-1
切（刌，沏、砌、抁通段）	qie	ㄑㄧㄝ	刀部	【刂部】2畫		179	181	段4下-43	鍇8-16	鉉4下-7
剝（攴，卜）	bo	ㄅㄛ	刀部	【刂部】2畫		180	182	段4下-46	鍇8-16	鉉4下-7
刅刃部（創、瘡，刱通段）	chuang	ㄔㄨㄤ	刃部	【刂部】2畫		183	185	段4下-51	鍇8-18	鉉4下-8
刀（魛、鴰鷯述及，刁、刕、魝）	dao	ㄅㄠ	刀部	【刂部】2畫		178	180	段4下-41	鍇8-15	鉉4下-6
乂（嬖、刈、艾）	yì	ㄧˋ	丿部	【丿部】2畫		627	633	段12下-31	鍇24-11	鉉12下-5
刌（切、忖）	cun	ㄘㄨㄣˇ	刀部	【刂部】3畫		179	181	段4下-43	鍇8-16	鉉4下-7
齺（齱、切）	qie	ㄑㄧㄝˋ	齒部	【齒部】3畫		80	80	段2下-22	鍇4-11	鉉2下-5
刌（切、忖）	cun	ㄘㄨㄣˇ	刀部	【刂部】3畫		179	181	段4下-43	鍇8-16	鉉4下-7
切（刌，沏、砌、抁通段）	qie	ㄑㄧㄝ	刀部	【刂部】3畫		179	181	段4下-43	鍇8-16	鉉4下-7
刉（祈、幾）	ji	ㄐㄧ	刀部	【刂部】3畫		179	181	段4下-43	鍇8-16	鉉4下-7
刊（勘通段）	kan	ㄎㄢ	刀部	【刂部】3畫		180	182	段4下-45	鍇8-16	鉉4下-7
刓（园，抏、捖通段）	wan	ㄨㄢˊ	刀部	【刂部】4畫		181	183	段4下-48	鍇8-17	鉉4下-7
刅刃部（創、瘡，刱通段）	chuang	ㄔㄨㄤ	刃部	【刂部】4畫		183	185	段4下-51	鍇8-18	鉉4下-8
刑	xíng	ㄒㄧㄥˊ	刀部	【刂部】4畫		182	184	段4下-50	鍇8-17	鉉4下-7
形（型、刑）	xíng	ㄒㄧㄥˊ	彡部	【彡部】4畫		424	429	段9上-19	鍇17-6	鉉9上-3
荆井部（俐通段）	xíng	ㄒㄧㄥˊ	井部	【刂部】4畫		216	218	段5下-2	鍇10-2	鉉5下-1

篆本字（古文、金文、籀文、俗字，通叚、金石）	拼音	注音	說文部首	康熙部首	筆畫	一般頁碼	洪葉頁碼	段注篇章	徐鍇通釋篇章	徐鉉藤花榭篇章
鐶(率、選、饌、垸、荆)	huan´	ㄏㄨㄢˊ	金部	【金部】	4畫	708	715	段14上-13	鍇27-5	鉉14上-3
鉶(鉶、銒、荆)	xing´	ㄒㄧㄥˊ	金部	【金部】	4畫	704	711	段14上-5	鍇27-3	鉉14上-2
劑(刘通叚)	ji	ㄐㄧ	刀部	【刂部】	4畫	178	180	段4下-42	鍇8-15	鉉4下-6
蠲(刭)	ji	ㄐㄧ	血部	【血部】	4畫	214	216	段5上-51	鍇9-21	鉉5上-10
刎	wen`	ㄨㄣˇ	刀部	【刂部】	4畫	無	無	無	無	鉉4下-7
歾(殁、歿，刎通叚)	mo`	ㄇㄛˋ	歺部	【歹部】	4畫	161	163	段4下-8	鍇8-5	鉉4下-2
韧(判qi`)	qia`	ㄑㄧㄚˋ	韧部	【刂部】	4畫	183	185	段4下-51	鍇8-18	鉉4下-8
削(列，剬通叚)	lie`	ㄌㄧㄝˋ	刀部	【刂部】	4畫	180	182	段4下-45	鍇8-16	鉉4下-7
棃(列)	lie`	ㄌㄧㄝˋ	禾部	【禾部】	4畫	326	329	段7上-49	鍇13-20	鉉7上-8
迾(厲、列、迣)	lie`	ㄌㄧㄝˋ	辵(辶)部	【辵部】	4畫	74	75	段2下-11	鍇4-5	鉉2下-2
例(例、列、厲)	li`	ㄌㄧˋ	人部	【人部】	4畫	381	385	段8上-34	鍇15-11	鉉8上-4
烈(列、迾，烮通叚)	lie`	ㄌㄧㄝˋ	火部	【火部】	4畫	480	485	段10上-41	鍇19-14	鉉10上-7
刖(跀)	yue`	ㄩㄝˋ	刀部	【刂部】	4畫	181	183	段4下-48	鍇8-17	鉉4下-7
跀(刖、跇)	yue`	ㄩㄝˋ	足部	【足部】	4畫	84	84	段2下-30	鍇4-15	鉉2下-6
初	chu	ㄔㄨ	刀部	【刂部】	5畫	178	180	段4下-42	鍇8-15	鉉4下-7
劬(鉤)	gou	ㄍㄡ	刀部	【刂部】	5畫	178	180	段4下-41	鍇8-15	鉉4下-6
利(秎)	li`	ㄌㄧˋ	刀部	【刂部】	5畫	178	180	段4下-42	鍇8-15	鉉4下-6
判(牉、拌通叚)	pan`	ㄆㄢˋ	刀部	【刂部】	5畫	180	182	段4下-45	鍇8-16	鉉4下-7
泮(判、畔，沜、牉、牫、頖通叚)	pan`	ㄆㄢˋ	水部	【水部】	5畫	566	571	段11上貳-42	鍇21-25	鉉11上-9
片(牉、判)	pian`	ㄆㄧㄢˋ	片部	【片部】	5畫	318	321	段7上-33	鍇13-14	鉉7上-6
删	shan	ㄕㄢ	刀部	【刂部】	5畫	180	182	段4下-45	鍇8-16	鉉4下-7
刜	fu´	ㄈㄨˊ	刀部	【刂部】	5畫	181	183	段4下-48	鍇8-17	鉉4下-7
拂(刜)	fu´	ㄈㄨˊ	手部	【手部】	5畫	609	615	段12上-51	鍇23-16	鉉12上-8
刐(玷)	dian`	ㄉㄧㄢˋ	刀部	【刂部】	5畫	182	184	段4下-49	鍇8-17	鉉4下-7
割(害，刉通叚)	ge	ㄍㄜ	刀部	【刂部】	5畫	180	182	段4下-46	鍇8-16	鉉4下-7
制(制、栵)	zhi`	ㄓˋ	刀部	【刂部】	5畫	182	184	段4下-49	鍇8-17	鉉4下-7

篆本字(古文、金文、籀文、俗字，通段、金石)	拼音	注音	說文部首	康熙部首	筆畫	一般頁碼	洪葉頁碼	段注篇章	徐鍇通釋篇章	徐鉉藤花榭篇章
兊川 (別、兆)	bie´	ㄅ一ㄝˊ	八部	【儿部】	5畫	49	49	段2上-2	鍇3-2	鉉2上-1
剐(別，捌、剹通段)	bie´	ㄅ一ㄝˊ	冎部	【刂部】	5畫	164	166	段4下-14	鍇8-6	鉉4下-3
劫(刦，刧、拔通段)	jie´	ㄐ一ㄝˊ	力部	【力部】	5畫	701	707	段13下-54	鍇26-12	鉉13下-8
掊(倍、捊，刨、裒、抔、稽通段)	pou´	ㄆㄡˊ	手部	【手部】	5畫	598	604	段12上-30	鍇23-10	鉉12上-5
刜(柎、㕜)	fu`	ㄈㄨˋ	刀部	【刂部】	6畫	178	180	段4下-41	鍇8-15	鉉4下-6
鉻(剾、釛)	luo`	ㄌㄨㄛˋ	金部	【金部】	6畫	714	721	段14上-25	鍇27-8	鉉14上-4
毚(㲋、毚)	chuo`	ㄔㄨㄛˋ	毚部	【比部】	6畫	472	476	段10上-24	鍇19-7	鉉10上-4
刻(剋)	ke`	ㄎㄜˋ	刀部	【刂部】	6畫	179	181	段4下-44	鍇8-16	鉉4下-7
刮(刓)	gua	ㄍㄨㄚ	刀部	【刂部】	6畫	181	183	段4下-47	鍇8-16	鉉4下-7
刳(挎)	ku	ㄎㄨ	刀部	【刂部】	6畫	180	182	段4下-45	鍇8-17	鉉4下-7
刷(㕞)	shua	ㄕㄨㄚ	刀部	【刂部】	6畫	181	183	段4下-47	鍇8-16	鉉4下-7
㕞(刷)	shua	ㄕㄨㄚ	又部	【又部】	6畫	115	116	段3下-18	鍇6-10	鉉3下-4
刲	kui	ㄎㄨㄟ	刀部	【刂部】	6畫	181	183	段4下-48	鍇8-17	鉉4下-7
剐(別，捌、剹通段)	bie´	ㄅ一ㄝˊ	冎部	【刂部】	6畫	164	166	段4下-14	鍇8-6	鉉4下-3
㓛(列，剟通段)	lie`	ㄌ一ㄝˋ	刀部	【刂部】	6畫	180	182	段4下-45	鍇8-16	鉉4下-7
插(捷、扱，剳、挿通段)	cha	ㄔㄚ	手部	【手部】	6畫	599	605	段12上-31	鍇23-10	鉉12上-5
利(制、杀)	zhi`	ㄓˋ	刀部	【刂部】	6畫	182	184	段4下-49	鍇8-17	鉉4下-7
刵(聅、䎨通段)	er`	ㄦˋ	刀部	【刂部】	6畫	182	184	段4下-49	鍇8-17	鉉4下-7
券刀部,非券juan`	quan`	ㄑㄩㄢˋ	刀部	【刂部】	6畫	182	184	段4下-50	鍇8-17	鉉4下-7
刺(㓨、庛、㭒通段)	ci`	ㄘˋ	刀部	【刂部】	6畫	182	184	段4下-50	鍇8-18	鉉4下-7
剌非刺ci`字(㓨通段)	la`	ㄌㄚˋ	束部	【刂部】	9畫	276	279	段6下-9	鍇12-6	鉉6下-3
束(刺、棟梀yi´述及，庛、㭒、棘通段)	ci`	ㄘˋ	束部	【木部】	6畫	318	321	段7上-33	鍇13-14	鉉7上-6
刱井部(剏、剙、創)	chuang`	ㄔㄨㄤˋ	井部	【刂部】	6畫	216	218	段5下-2	鍇10-2	鉉5下-1

篆本字(古文、金文、籀文、俗字，通段、金石)	拼音	注音	說文部首	康熙部首	筆畫	一般頁碼	洪葉頁碼	段注篇章	徐鍇通釋篇章	徐鉉藤花樹篇章
到(倒通段)	dao`	ㄉㄠˋ	至部	【刂部】6畫		585	591	段12上-3	鍇23-2	鉉12上-1
刹	cha`	ㄔㄚˋ	刀部	【刂部】6畫		無	無	無	無	鉉4下-7
剢(刹、塔通段)	chi`	ㄔˋ	刀部	【刂部】6畫		181	183	段4下-48	鍇8-17	鉉4下-7
克(亨、㝆、剋)	ke`	ㄎㄜˋ	克部	【儿部】7畫		320	323	段7上-37	鍇13-16	鉉7上-7
勊(克、剋，尅通段)	ke`	ㄎㄜˋ	力部	【力部】7畫		700	707	段13下-53	鍇26-11	鉉13下-7
削(鞘、鞙)	xiao	ㄒㄧㄠ	刀部	【刂部】7畫		178	180	段4下-41	鍇8-15	鉉4下-6
則(劕、副、剆)	ze´	ㄗㄜˊ	刀部	【刂部】7畫		179	181	段4下-43	鍇8-16	鉉4下-7
鬀(剔、剃，劣、揥、鬄通段)	ti`	ㄊㄧˋ	髟部	【髟部】7畫		428	432	段9上-26	鍇17-9	鉉9上-4
髵(剃)	ti`	ㄊㄧˋ	髟部	【髟部】7畫		429	433	段9上-28	鍇17-9	鉉9上-4
刓(刓)	yuan	ㄩㄢ	刀部	【刂部】7畫		180	182	段4下-46	鍇8-17	鉉4下-7
劾(刻)	he´	ㄏㄜˊ	力部	【力部】7畫		701	707	段13下-54	鍇26-12	鉉13下-8
刮(刮)	gua	ㄍㄨㄚ	刀部	【刂部】7畫		181	183	段4下-47	鍇8-16	鉉4下-7
歬(前、翦)	qian´	ㄑㄧㄢˊ	止部	【止部】7畫		68	68	段2上-40	鍇3-17	鉉2上-8
翦(翦、齊、歬、前、戩、鬋)	jian˅	ㄐㄧㄢˇ	羽部	【羽部】7畫		138	140	段4上-19	鍇7-9	鉉4上-4
剉	cuo`	ㄘㄨㄛˋ	刀部	【刂部】7畫		181	183	段4下-48	鍇8-17	鉉4下-7
剄	jing˅	ㄐㄧㄥˇ	刀部	【刂部】7畫		182	184	段4下-50	鍇8-17	鉉4下-7
剌非刾ci`字(鬎通段)	la`	ㄌㄚˋ	束部	【刂部】7畫		276	279	段6下-9	鍇12-6	鉉6下-3
刾(刺、庛、鬅通段)	ci`	ㄘˋ	刀部	【刂部】7畫		182	184	段4下-50	鍇8-18	鉉4下-7
剙井部(剙、刱、創)	chuang`	ㄔㄨㄤˋ	井部	【刂部】8畫		216	218	段5下-2	鍇10-2	鉉5下-1
剞(刞通段)	ji	ㄐㄧ	刀部	【刂部】8畫		178	180	段4下-42	鍇8-15	鉉4下-6
剔(ti)	ti`	ㄊㄧˋ	刀部	【刂部】8畫		無	無	無	鍇8-18	鉉4下-7
鬀(剔、剃，劣、揥、鬄通段)	ti`	ㄊㄧˋ	髟部	【髟部】8畫		428	432	段9上-26	鍇17-9	鉉9上-4

篆本字(古文、金文、籀文、俗字，通叚、金石)	拼音	注音	說文部首	康熙部首	筆畫	一般頁碼	洪葉頁碼	段注篇章	徐鍇通釋篇章	徐鉉藤花榭篇章
剌(制、桝)	zhì	ㄓˋ	刀部	【刂部】8畫		182	184	段4下-49	鍇8-17	鉉4下-7
劂(厥)	jué	ㄐㄩㄝˊ	刀部	【刂部】8畫		178	180	段4下-42	鍇8-15	鉉4下-6
剡(覃，掞通叚)	yǎn	ㄧㄢˇ	刀部	【刂部】8畫		178	180	段4下-42	鍇8-15	鉉4下-6
燄(爛、焰，掞通叚)	yàn	ㄧㄢˋ	炎部	【火部】8畫		487	491	段10上-54	鍇19-18	鉉10上-9
剛(伩，鏗、鋼通叚)	gang	ㄍㄤ	刀部	【刂部】8畫		179	181	段4下-43	鍇8-16	鉉4下-7
剖	pou	ㄆㄡ	刀部	【刂部】8畫		179	181	段4下-44	鍇8-16	鉉4下-7
事(叓、剚通叚)	shì	ㄕˋ	史部	【亅部】8畫		116	117	段3下-20	鍇6-11	鉉3下-5
劼(剪、劉、劗通叚)	jiǎn	ㄐㄧㄢˇ	刀部	【刂部】8畫		178	180	段4下-42	鍇8-15	鉉4下-7
黥(黥，剠通叚)	qíng	ㄑㄧㄥˊ	黑部	【黑部】8畫		489	494	段10上-59	鍇19-20	鉉10上-10
剛(列，戾通叚)	liè	ㄌㄧㄝˋ	刀部	【刂部】8畫		180	182	段4下-45	鍇8-16	鉉4下-7
剜	wan	ㄨㄢ	刀部	【刂部】8畫		無	無	無	無	鉉4下-7
剈(剜)	yuan	ㄩㄢ	刀部	【刂部】8畫		180	182	段4下-46	鍇8-17	鉉4下-7
捾(剜，挖通叚)	wò	ㄨㄛˋ	手部	【手部】8畫		595	601	段12上-24	鍇23-9	鉉12上-5
剟	duo	ㄉㄨㄛ	刀部	【刂部】8畫		180	182	段4下-45	鍇8-16	鉉4下-7
剝(攴、切)	bo	ㄅㄛ	刀部	【刂部】8畫		180	182	段4下-46	鍇8-16	鉉4下-7
攴(剝、朴、扑)	pu	ㄆㄨ	攴部	【攴部】8畫		122	123	段3下-32	鍇6-17	鉉3下-7
跰(荆)	fèi	ㄈㄟˋ	足部	【足部】8畫		84	84	段2下-30	鍇4-15	鉉2下-6
髕(臏、荆)	bìn	ㄅㄧㄣˋ	骨部	【骨部】8畫		165	167	段4下-16	鍇8-7	鉉4下-3
鏟(剗，劖通叚)	chan	ㄔㄢˇ	金部	【金部】8畫		705	712	段14上-8	鍇27-3	鉉14上-2
劼(剪、劉、劗通叚)	jiǎn	ㄐㄧㄢˇ	刀部	【刂部】8畫		178	180	段4下-42	鍇8-15	鉉4下-7
匘(腦、劋，磁通叚)	nao	ㄋㄠˇ	匕部	【匕部】8畫		385	389	段8上-41	鍇15-14	鉉8上-6
斷(斷、剬、韶)	duàn	ㄉㄨㄢˋ	斤部	【斤部】8畫		717	724	段14上-31	鍇27-10	鉉14上-5
栔	jiá	ㄐㄧㄚˊ	韧部	【刂部】8畫		183	185	段4下-52	鍇8-18	鉉4下-8
彫(琱，剮通叚)	diao	ㄉㄧㄠ	彡部	【彡部】8畫		424	429	段9上-19	鍇17-6	鉉9上-3
琱(彫、雕，剮通叚)	diao	ㄉㄧㄠ	玉部	【玉部】8畫		15	15	段1上-30	鍇1-15	鉉1上-5
斲(剮通叚)	zhuó	ㄓㄨㄛˊ	斤部	【斤部】8畫		717	724	段14上-31	鍇27-10	鉉14上-5

篆本字(古文、金文、籀文、俗字，通叚、金石)	拼音	注音	說文部首	康熙部首	筆畫	一般頁碼	洪葉頁碼	段注篇章	徐鍇通釋篇章	徐鉉藤花榭篇章
冎(剮，諣通叚)	guā	ㄍㄨㄚˇ	冎部	【冂部】9畫	164	166	段4下-14	鍇8-6	鉉4下-3
斛(斞非是，厀、鎏通叚)	tiao	ㄊㄧㄠ	斗部	【斗部】8畫	719	726	段14上-35	鍇27-11	鉉14上-6
剬(咢、鍔)	e	ㄜˋ	刀部	【刂部】9畫	178	180	段4下-41	鍇8-15	鉉4下-6
翦(剪，刬、劗通叚)	jian	ㄐㄧㄢˇ	刀部	【刂部】9畫	178	180	段4下-42	鍇8-15	鉉4下-7
戩(翦、齊、翦)	jian	ㄐㄧㄢˇ	戈部	【戈部】9畫	631	637	段12下-40	鍇24-13	鉉12下-6
揃(翦、翦)	jian	ㄐㄧㄢˇ	手部	【手部】9畫	599	605	段12上-32	鍇23-11	鉉12上-5
撞(剬、剸、揰、摐、樁通叚)	zhuang	ㄓㄨㄤˋ	手部	【手部】9畫	606	612	段12上-46	鍇23-14	鉉12上-7
屋(屋、臺，剭、屢通叚)	wu	ㄨ	尸部	【尸部】9畫	400	404	段8上-72	鍇16-9	鉉8上-11
剬	duan	ㄉㄨㄢ	刀部	【刂部】9畫	179	181	段4下-43	鍇8-16	鉉4下-7
副(福、畐)	fu	ㄈㄨˋ	刀部	【刂部】9畫	179	181	段4下-44	鍇8-16	鉉4下-7
劈(副、薜、擘，鈹、霹通叚)	pi	ㄆㄧ	刀部	【刂部】9畫	180	182	段4下-45	鍇8-16	鉉4下-7
栔(契、挈、鍥、刧)	qi	ㄑㄧˋ	韧部	【木部】9畫	183	185	段4下-52	鍇8-18	鉉4下-8
敠(剟、杜)	du	ㄉㄨˋ	攴部	【攴部】9畫	125	126	段3下-37	鍇6-19	鉉3下-8
剟	duo	ㄉㄨㄛˊ	刀部	【刂部】9畫	180	182	段4下-45	鍇8-16	鉉4下-7
剴(鐖通叚)	kai	ㄎㄞˇ	刀部	【刂部】10畫	178	180	段4下-42	鍇8-15	鉉4下-6
刅刃部(創、瘡，刱通叚)	chuang	ㄔㄨㄤ	刃部	【刂部】10畫	183	185	段4下-51	鍇8-18	鉉4下-8
刱井部(剙、剏、創)	chuang	ㄔㄨㄤˋ	井部	【刂部】10畫	216	218	段5下-2	鍇10-2	鉉5下-1
斲(斵，斷、剄、斷通叚)	zhuo	ㄓㄨㄛˊ	斤部	【斤部】10畫	717	724	段14上-31	鍇27-10	鉉14上-5
蹋(踏，剔、蹹通叚)	ta	ㄊㄚˋ	足部	【足部】10畫	82	82	段2下-26	鍇4-13	鉉2下-6
翦(剪，刬、劗通叚)	jian	ㄐㄧㄢˇ	刀部	【刂部】10畫	178	180	段4下-42	鍇8-15	鉉4下-7

篆本字(古文、金文、籀文、俗字，通叚、金石)	拼音	注音	說文部首	康熙部首	筆畫	一般頁碼	洪葉頁碼	段注篇章	徐鍇通釋篇章	徐鉉藤花榭篇章

篆本字(古文、金文、籀文、俗字，通段、金石)	拼音	注音	說文部首	康熙部首	筆畫	一般頁碼	洪葉頁碼	段注篇章	徐鍇通釋篇章	徐鉉藤花榭篇章
銳(剫ㄐㄧˋji`述及，萒通叚)	rui`	ㄖㄨㄟˋ	金部	【金部】	10畫	707	714	段14上-12	鍇27-5	鉉14上-3
割(害，创通叚)	ge	ㄍㄜ	刀部	【刂部】	10畫	180	182	段4下-46	鍇8-16	鉉4下-7
剸(劓)	yi`	ㄧˋ	刀部	【刂部】	10畫	182	184	段4下-49	鍇8-17	鉉4下-7
賸(剩)	sheng`	ㄕㄥˋ	貝部	【貝部】	10畫	280	282	段6下-17	鍇12-10	鉉6下-4
則(劇、鼎刂、鼎刂)	ze´	ㄗㄜˊ	刀部	【刂部】	11畫	179	181	段4下-43	鍇8-16	鉉4下-7
剺(黎、𠟭通叚)	li´	ㄌㄧˊ	刀部	【刂部】	11畫	180	182	段4下-46	鍇8-16	鉉4下-7
鏟(剗，剷通叚)	chan˘	ㄔㄢˇ	金部	【金部】	11畫	705	712	段14上-8	鍇27-3	鉉14上-2
鈔(抄、剿)	chao	ㄔㄠ	金部	【金部】	11畫	714	721	段14上-25	鍇27-8	鉉14上-4
勦(剿、剿)	jiao˘	ㄐㄧㄠˇ	力部	【力部】	11畫	700	707	段13下-53	鍇26-11	鉉13下-7
剿(剿，剹通叚)	jiao˘	ㄐㄧㄠˇ	刀部	【刂部】	11畫	181	183	段4下-48	鍇8-17	鉉4下-7
䜌从斷首(剸)	tuan´	ㄊㄨㄢˊ	首部	【首部】	11畫	423	428	段9上-17	鍇17-5	鉉9上-3
專(甎、塼，剸、漙、磚、鄟通叚)	zhuan	ㄓㄨㄢ	寸部	【寸部】	11畫	121	122	段3下-30	鍇6-16	鉉3下-7
剽(僄、嫖)	piao	ㄆㄧㄠ	刀部	【刂部】	11畫	181	183	段4下-47	鍇8-17	鉉4下-7
僄(剽、嫖)	piao`	ㄆㄧㄠˋ	人部	【人部】	11畫	379	383	段8上-30	鍇15-10	鉉8上-4
嫖(剽、票)	piao´	ㄆㄧㄠˊ	女部	【女部】	11畫	624	630	段12下-25	鍇24-8	鉉12下-4
慓(剽)	piao	ㄆㄧㄠ	心部	【心部】	11畫	508	513	段10下-37	鍇20-13	鉉10下-7
勡(剽)	piao`	ㄆㄧㄠˋ	力部	【力部】	11畫	701	707	段13下-54	鍇26-12	鉉13下-8
標(剽，嘌通叚)	biao	ㄅㄧㄠ	木部	【木部】	11畫	250	252	段6上-24	鍇11-11	鉉6上-4
幖(幖、標、剽、表，影通叚)	biao	ㄅㄧㄠ	巾部	【巾部】	11畫	359	363	段7下-49	鍇14-22	鉉7下-9
刻(鼎刂)	ke`	ㄎㄜˋ	刀部	【刂部】	11畫	179	181	段4下-44	鍇8-16	鉉4下-7
戮(翏、勠，剹通叚)	lu`	ㄌㄨˋ	戈部	【戈部】	11畫	631	637	段12下-39	鍇24-13	鉉12下-6
率(帥、達、衛，剩通叚)	lǜ	ㄌㄩˋ	率部	【玄部】	11畫	663	669	段13上-40	鍇25-9	鉉13上-5
㓟(剎、塔通叚)	chi`	ㄔˋ	刀部	【刂部】	11畫	181	183	段4下-48	鍇8-17	鉉4下-7
畫(書、劃，騞通叚)	hua`	ㄏㄨㄚˋ	畫部	【田部】	11畫	117	118	段3下-22	鍇6-12	鉉3下-5
劃(砉、騞通叚)	hua´	ㄏㄨㄚˊ	刀部	【刂部】	12畫	180	182	段4下-46	鍇8-17	鉉4下-7

篆本字(古文、金文、籀文、俗字，通段、金石)	拼音	注音	說文部首	康熙部首	筆畫	一般頁碼	洪葉頁碼	段注篇章	徐鍇通釋篇章	徐鉉藤花榭篇章
劀	gua	ㄍㄨㄚ	刀部	【刂部】	12畫	180	182	段4下-46	鍇8-17	鉉4下-7
屈刂(劂)	jue ˊ	ㄐㄩㄝˊ	刀部	【刂部】	12畫	178	180	段4下-42	鍇8-15	鉉4下-6
敒(拵)	shen	ㄕㄣ	攴部	【攴部】	12畫	123	124	段3下-34	鍇6-18	鉉3下-8
劕(撙)	zun ˇ	ㄗㄨㄣˇ	刀部	【刂部】	12畫	182	184	段4下-50	鍇8-17	鉉4下-7
咢刂(咢刂、鍔)	e ˋ	ㄜˋ	刀部	【刂部】	12畫	178	180	段4下-41	鍇8-15	鉉4下-6
斀(斀、椓)	zhuo ˊ	ㄓㄨㄛˊ	攴部	【攴部】	12畫	126	127	段3下-39	鍇6-19	鉉3下-9
罸(罰、罰，罸、罸，傠通段)	fa ˊ	ㄈㄚˊ	刀部	【网部】	12畫	182	184	段4下-49	鍇8-17	鉉4下-7
撞(剷、剷、揰、摐、揨通段)	zhuang ˋ	ㄓㄨㄤˋ	手部	【手部】	12畫	606	612	段12上-46	鍇23-14	鉉12上-7
樵(蕉，劁、藮、蘸通段)	qiao ˊ	ㄑㄧㄠˊ	木部	【木部】	12畫	247	250	段6上-19	鍇11-8	鉉6上-3
噲刂	kuai ˋ	ㄎㄨㄞˋ	刀部	【刂部】	13畫	179	181	段4下-43	鍇8-16	鉉4下-7
劌(劌通段)	gui ˋ	ㄍㄨㄟˋ	刀部	【刂部】	13畫	179	181	段4下-44	鍇8-16	鉉4下-7
剿(剿，劋通段)	jiao ˇ	ㄐㄧㄠˇ	刀部	【刂部】	13畫	181	183	段4下-48	鍇8-17	鉉4下-7
勦(剿、剿)	jiao ˇ	ㄐㄧㄠˇ	力部	【力部】	13畫	700	707	段13下-53	鍇26-11	鉉13下-7
則(劃、副、鼎刂)	ze ˊ	ㄗㄜˊ	刀部	【刂部】	13畫	179	181	段4下-43	鍇8-16	鉉4下-7
劈(副、薜、擘，釽、霹通段)	pi	ㄆㄧ	刀部	【刂部】	13畫	180	182	段4下-45	鍇8-16	鉉4下-7
鐂(鎦、劉，榴通段)	liu ˊ	ㄌㄧㄡˊ	金部	【刂部】	13畫	714	721	段14上-25	鍇27-8	鉉14上-4
劇	ju ˋ	ㄐㄩˋ	刀部	【刂部】	13畫	無	無	無	無	鉉4下-7
勮(劇通段)	ju ˋ	ㄐㄩˋ	力部	【力部】	13畫	700	707	段13下-53	鍇26-11	鉉13下-7
劑(齊)	ji ˋ	ㄐㄧˋ	刀部	【刂部】	14畫	181	183	段4下-47	鍇8-16	鉉4下-7
需(須述及，劀通段)	xu	ㄒㄩ	雨部	【雨部】	14畫	574	580	段11下-15	鍇22-7	鉉11下-4
劌(劌通段)	gui ˋ	ㄍㄨㄟˋ	刀部	【刂部】	14畫	179	181	段4下-44	鍇8-16	鉉4下-7
劓(劓)	yi ˋ	ㄧˋ	刀部	【刂部】	14畫	182	184	段4下-49	鍇8-17	鉉4下-7
則(劃、副、鼎刂)	ze ˊ	ㄗㄜˊ	刀部	【刂部】	14畫	179	181	段4下-43	鍇8-16	鉉4下-7

篆本字(古文、金文、籀文、俗字，通段、金石)	拼音	注音	說文部首	康熙部首	筆畫	一般頁碼	洪葉頁碼	段注篇章	徐鍇通釋篇章	徐鉉藤花榭篇章
劒刃部(劒、劍刀部)	jian ˋ	ㄐㄧㄢˋ	刃部	【刂部】	14畫	183	185	段4下-51	鍇8-18	鉉4下-8
剺(剓、劙通段)	li ˊ	ㄌㄧˊ	刀部	【刂部】	15畫	180	182	段4下-46	鍇8-16	鉉4下-7
劈	xie ˋ	ㄒㄧㄝˋ	刀部	【刂部】	16畫	179	181	段4下-43	鍇8-16	鉉4下-7
劖	chan ˊ	ㄔㄢˊ	刀部	【刂部】	17畫	181	183	段4下-48	鍇8-17	鉉4下-7
前(剪，翦、劗通段)	jian ˇ	ㄐㄧㄢˇ	刀部	【刂部】	19畫	178	180	段4下-42	鍇8-15	鉉4下-7
劘(磨䃺述及，魔、劘、攠、灖、麽、䣊通段)	mo ˊ	ㄇㄛˊ	手部	【手部】	19畫	606	612	段12上-45	鍇23-14	鉉12上-7
蠡(䖽、蠃、離、劙、蠡)	li ˇ	ㄌㄧˇ	䖵部	【虫部】	21畫	675	682	段13下-3	鍇25-15	鉉13下-1
剺(剓、劙通段)	li ˊ	ㄌㄧˊ	刀部	【刂部】	21畫	180	182	段4下-46	鍇8-16	鉉4下-7
鏫(蠡、劙)	li ˊ	ㄌㄧˊ	金部	【金部】	21畫	703	710	段14上-3	鍇27-2	鉉14上-1
【力(li ˋ)部】	li ˋ	ㄌㄧˋ	力部			699	705	段13下-50	鍇26-10	鉉13下-7
力(仂通段)	li ˋ	ㄌㄧˋ	力部	【力部】		699	705	段13下-50	鍇26-10	鉉13下-7
功(公)	gong	ㄍㄨㄥ	力部	【力部】	3畫	699	705	段13下-50	鍇26-10	鉉13下-7
加(架)	jia	ㄐㄧㄚ	力部	【力部】	3畫	700	707	段13下-53	鍇26-11	鉉13下-8
劣	lie ˋ	ㄌㄧㄝˋ	力部	【力部】	4畫	700	706	段13下-52	鍇26-11	鉉13下-7
笏(腱，肕、筋通段)	jian ˋ	ㄐㄧㄢˋ	筋部	【竹部】	4畫	178	180	段4下-41	鍇8-14	鉉4下-6
劦(飈桴lu ˊ 述及)	xie ˊ	ㄒㄧㄝˊ	劦部	【力部】	4畫	701	708	段13下-55	鍇26-12	鉉13下-8
助	zhu ˋ	ㄓㄨˋ	力部	【力部】	5畫	699	705	段13下-50	鍇26-11	鉉13下-7
劭(釗、卲)	shao ˋ	ㄕㄠˋ	力部	【力部】	5畫	699	706	段13下-51	鍇26-11	鉉13下-7
劬	qu ˊ	ㄑㄩˊ	力部	【力部】	5畫	無	無	無	無	鉉13下-8
句(勾、劬、岣通段)	gou	ㄍㄡ	句部	【口部】	5畫	88	88	段3上-4	鍇5-3	鉉3上-2
弩(努通段)	nu ˇ	ㄋㄨˇ	弓部	【弓部】	5畫	641	647	段12下-59	鍇24-19	鉉12下-9
怒(努)	nu ˋ	ㄋㄨˋ	心部	【心部】	5畫	511	516	段10下-43	鍇20-15	鉉10下-8
佚(古失佚逸泆字多通用，劮通段)	yi ˋ	ㄧˋ	人部	【人部】	5畫	380	384	段8上-31	鍇15-10	鉉8上-4
劫(刦，刼、抾通段)	jie ˊ	ㄐㄧㄝˊ	力部	【力部】	5畫	701	707	段13下-54	鍇26-12	鉉13下-8

篆本字(古文、金文、籀文、俗字，通段、金石)	拼音	注音	說文部首	康熙部首	筆畫	一般頁碼	洪葉頁碼	段注篇章	徐鍇通釋篇章	徐鉉藤花榭篇章
效(効、俲，詨、佼通段)	xiao `	ㄒㄧㄠˋ	攴部	【攴部】6畫		123	124	段3下-33	鍇6-17	鉉3下-8
敄(勧通段)	wu `	ㄨˋ	攴部	【攴部】6畫		122	123	段3下-32	鍇6-17	鉉3下-8
刦	jie ´	ㄐㄧㄝˊ	力部	【力部】6畫		699	706	段13下-51	鍇26-11	鉉13下-7
恇(恇、匡，劻通段)	kuang	ㄎㄨㄤ	心部	【心部】6畫		514	519	段10下-49	鍇20-17	鉉10下-9
劵力部，非券quan`(倦，勌、勬通段)	juan `	ㄐㄩㄢˋ	力部	【力部】6畫		700	707	段13下-53	鍇26-11	鉉13下-7
劾(刻)	he ´	ㄏㄜˊ	力部	【力部】6畫		701	707	段13下-54	鍇26-12	鉉13下-8
勁	jing `	ㄐㄧㄥˋ	力部	【力部】7畫		700	706	段13下-52	鍇26-11	鉉13下-7
敕(勑、勅，憨、恝、㨷通段)	chi `	ㄔˋ	攴部	【攴部】7畫		124	125	段3下-35	鍇6-18	鉉3下-8
勀(克、剋，尅通段)	ke `	ㄎㄜˋ	力部	【力部】7畫		700	707	段13下-53	鍇26-11	鉉13下-7
勇(勈、愐、恿，懯通段)	yong ˇ	ㄩㄥˇ	力部	【力部】7畫		701	707	段13下-54	鍇26-12	鉉13下-8
勃(孛，浡、渤、鵓通段)	bo ´	ㄅㄛˊ	力部	【力部】7畫		701	707	段13下-54	鍇26-12	鉉13下-8
孛(勃)	bei `	ㄅㄟˋ	宋部	【子部】7畫		273	276	段6下-3	鍇12-3	鉉6下-1
沛(勃、拔、跋，霈通段)	pei `	ㄆㄟˋ	水部	【水部】7畫		542	547	段11上壹-53	鍇21-11	鉉11上-3
勉(俛頪述及、勴娓述及)	mian ˇ	ㄇㄧㄢˇ	力部	【力部】8畫		699	706	段13下-51	鍇26-11	鉉13下-7
勍(倞)	qing ´	ㄑㄧㄥˊ	力部	【力部】8畫		700	706	段13下-52	鍇26-11	鉉13下-7
勅(敕俗、徠、倈通段)	chi `	ㄔˋ	力部	【力部】8畫		699	705	段13下-50	鍇26-11	鉉13下-7
敕(勑、勅，憨、恝、㨷通段)	chi `	ㄔˋ	攴部	【攴部】8畫		124	125	段3下-35	鍇6-18	鉉3下-8
漃(勅)	yi `	ㄧˋ	水部	【水部】8畫		525	530	段11上壹-20	鍇21-5	鉉11上-2

篆本字（古文、金文、籀文、俗字，通叚、金石）	拼音	注音	說文部首	康熙部首	筆畫	一般頁碼	洪葉頁碼	段注篇章	徐鍇通釋篇章	徐鉉藤花榭篇章
劵力部，非券quanˋ (倦，勥、勧通叚)	juanˋ	ㄐㄩㄢˋ	力部	【力部】8畫	700	707	段13下-53	鍇26-11	鉉13下-7
倦(勧、惓通叚)	juanˋ	ㄐㄩㄢˋ	人部	【人部】8畫	383	387	段8上-37	鍇15-12	鉉8上-5
務(蓩通叚)	wuˋ	ㄨˋ	力部	【力部】9畫	699	706	段13下-51	鍇26-11	鉉13下-7
侮(務、㑄)	wuˇ	ㄨˇ	人部	【人部】9畫	380	384	段8上-32	鍇15-11	鉉8上-4
勖(懋，冒通叚)	xuˋ	ㄒㄩˋ	力部	【力部】9畫	699	706	段13下-51	鍇26-11	鉉13下-7
動(運，勭、慟通叚)	dongˋ	ㄉㄨㄥˋ	力部	【力部】9畫	700	706	段13下-52	鍇26-11	鉉13下-7
恤(僶、勔、蠠、蠠、蜜、密、眮)	mianˇ	ㄇㄧㄢˇ	心部	【心部】9畫	506	511	段10下-33	鍇20-12	鉉10下-6
勘	kan	ㄎㄢ	力部	【力部】9畫	無	無	無	無	鉉13下-8
戡(勘、堪)	kan	ㄎㄢ	戈部	【戈部】9畫	631	637	段12下-39	鍇24-13	鉉12下-6
刊(勘通叚)	kan	ㄎㄢ	刀部	【刂部】9畫	180	182	段4下-45	鍇8-16	鉉4下-7
勒	leˋ	ㄌㄜˋ	革部	【力部】9畫	110	111	段3下-7	鍇6-4	鉉3下-2
勳(勛)	xun	ㄒㄩㄣ	力部	【力部】10畫	699	705	段13下-50	鍇26-10	鉉13下-7
殂(徂、勛、勳、殏、歫)	cuˊ	ㄘㄨˊ	歹部	【歹部】10畫	162	164	段4下-9	鍇8-5	鉉4下-3
勝	shengˋ	ㄕㄥˋ	力部	【力部】10畫	700	706	段13下-52	鍇26-11	鉉13下-7
榺(勝)	shengˋ	ㄕㄥˋ	木部	【木部】10畫	262	265	段6上-49	鍇11-21	鉉6上-6
勢(豪，濠通叚)	haoˊ	ㄏㄠˊ	力部	【力部】10畫	701	707	段13下-54	鍇26-11	鉉13下-8
勞(勞、嫪，橯通叚)	laoˊ	ㄌㄠˊ	力部	【力部】10畫	700	706	段13下-52	鍇26-11	鉉13下-7
遼(勞)	liaoˊ	ㄌㄧㄠˊ	辵(辶)部	【辵部】10畫	75	75	段2下-12	鍇4-6	鉉2下-3
勥(彊)	jiangˋ	ㄐㄧㄤˋ	力部	【力部】11畫	699	706	段13下-51	鍇26-12	鉉13下-7
彊(勥)	qiangˊ	ㄑㄧㄤˊ	弓部	【弓部】11畫	640	646	段12下-58	鍇24-19	鉉12下-9
績(勣通叚)	ji	ㄐㄧ	糸部	【糸部】11畫	660	666	段13上-34	鍇25-8	鉉13上-4
勠	luˋ	ㄌㄨˋ	力部	【力部】11畫	700	706	段13下-52	鍇26-11	鉉13下-7
戮(翏、勠，剹通叚)	luˋ	ㄌㄨˋ	戈部	【戈部】11畫	631	637	段12下-39	鍇24-13	鉉12下-6
勦(剿、勦)	jiaoˇ	ㄐㄧㄠˇ	力部	【力部】11畫	700	707	段13下-53	鍇26-11	鉉13下-7
勦(勦)	chaoˊ	ㄔㄠˊ	鬼部	【鬼部】11畫	436	440	段9上-42	鍇17-14	鉉9上-7
勤	qinˊ	ㄑㄧㄣˊ	力部	【力部】11畫	700	707	段13下-53	鍇26-11	鉉13下-8

篆本字(古文、金文、籀文、俗字，通段、金石)	拼音	注音	說文部首	康熙部首	筆畫	一般頁碼	洪葉頁碼	段注篇章	徐鍇通釋篇章	徐鉉藤花榭篇章
廑(僅、勤，厪、廑通段)	jin	ㄐㄧㄣ	广部	【广部】	11畫	446	450	段9下-18	錯18-6	鉉9下-3
勡(剽)	piao	ㄆㄧㄠˋ	力部	【力部】	11畫	701	707	段13下-54	錯26-12	鉉13下-8
募	mu	ㄇㄨˋ	力部	【力部】	11畫	701	707	段13下-54	錯26-12	鉉13下-8
劂	jue	ㄐㄩㄝˊ	力部	【力部】	12畫	699	706	段13下-51	錯26-11	鉉13下-7
勢	shi	ㄕˋ	力部	【力部】	12畫	無	無	無	無	鉉13下-8
勷	xiang	ㄒㄧㄤˋ	力部	【力部】	12畫	700	706	段13下-52	錯26-11	鉉13下-7
勩	yi	ㄧˋ	力部	【力部】	12畫	700	707	段13下-53	錯26-11	鉉13下-7
券力部，非券quanˋ (倦，勬、劵通段)	juan	ㄐㄩㄢˋ	力部	【力部】	12畫	700	707	段13下-53	錯26-11	鉉13下-7
動(運，働、慟通段)	dong	ㄉㄨㄥˋ	力部	【力部】	12畫	700	706	段13下-52	錯26-11	鉉13下-7
勱(邁，勵通段)	mai	ㄇㄞˋ	力部	【力部】	13畫	699	706	段13下-51	錯26-11	鉉13下-7
勮(劇通段)	ju	ㄐㄩˋ	力部	【力部】	13畫	700	707	段13下-53	錯26-11	鉉13下-7
殫(單，勯通段)	dan	ㄉㄢ	歺部	【歹部】	13畫	163	165	段4下-12	錯8-6	鉉4下-3
劦	xie	ㄒㄧㄝˊ	劦部	【劦部】	13畫	701	708	段13下-55	錯26-12	鉉13下-8
勳(勛)	xun	ㄒㄩㄣ	力部	【力部】	14畫	699	705	段13下-50	錯26-10	鉉13下-7
閽(勳)	hun	ㄏㄨㄣ	門部	【門部】	14畫	590	596	段12上-14	錯23-6	鉉12上-3
殂(徂、勛、勳、殏、歾)	cu	ㄘㄨˊ	歺部	【歹部】	14畫	162	164	段4下-9	錯8-5	鉉4下-3
勶(撤，轍通段)	che	ㄔㄜˋ	力部	【力部】	15畫	700	706	段13下-52	錯26-11	鉉13下-7
勴(勵通段)	lü	ㄌㄩˋ	力部	【力部】	15畫	699	705	段13下-50	錯26-11	鉉13下-7
厲(厲、厤、癘、蠣、蠆、勵、礪、濿、烈、例，唳通段)	li	ㄌㄧˋ	厂部	【厂部】	15畫	446	451	段9下-19	錯18-7	鉉9下-3
勱(邁，勵通段)	mai	ㄇㄞˋ	力部	【力部】	15畫	699	706	段13下-51	錯26-11	鉉13下-7
勵(舝，攂、擂通段)	lei	ㄌㄟˋ	力部	【力部】	15畫	700	706	段13下-52	錯26-11	鉉13下-7
勥(勨)	jiang	ㄐㄧㄤˋ	力部	【力部】	16畫	699	706	段13下-51	錯26-12	鉉13下-7
勞(勞、勎，橯通段)	lao	ㄌㄠˊ	力部	【力部】	17畫	700	706	段13下-52	錯26-11	鉉13下-7

篆本字(古文、金文、籀文、俗字，通段、金石)	拼音	注音	說文部首	康熙部首	筆畫	一般頁碼	洪葉頁碼	段注篇章	徐鍇通釋篇章	徐鉉藤花榭篇章
攘(讓、儴，勸、戁通段)	rang˙	ㄖㄤˇ	手部	【手部】17畫		595	601	段12上-23	錯23-9	鉉12上-4
襄从工己爻(襄、嬰、攘、驤，儴、勸、褶通段)	xiang	ㄒㄧㄤ	衣部	【衣部】17畫		394	398	段8上-60	錯16-4	鉉8上-9
勸	quan˙	ㄑㄩㄢˋ	力部	【力部】18畫		699	706	段13下-51	錯26-11	鉉13下-7
勵(勵通段)	lü˙	ㄌㄩˋ	力部	【力部】23畫		699	705	段13下-50	錯26-11	鉉13下-7
【勹(bao)部】	bao	ㄅㄠ	勹部			432	437	段9上-35	錯17-12	鉉9上-6
勹(包)	bao	ㄅㄠ	勹部	【勹部】		432	437	段9上-35	錯17-12	鉉9上-6
勺(杓)	shao´	ㄕㄠˊ	勹部	【勹部】1畫		715	722	段14上-27	錯27-9	鉉14上-5
旳(的、勺，玓通段)	di˙	ㄉㄧˋ	日部	【日部】1畫		303	306	段7上-4	錯13-2	鉉7上-1
勻	yun´	ㄩㄣˊ	勹部	【勹部】2畫		433	437	段9上-36	錯17-12	鉉9上-6
勼(鳩)	jiu	ㄐㄧㄡ	勹部	【勹部】2畫		433	437	段9上-36	錯17-12	鉉9上-6
鳩(勼、逑)	jiu	ㄐㄧㄡ	鳥部	【鳥部】2畫		149	150	段4上-40	錯7-19	鉉4上-8
勽(抱)	bao˙	ㄅㄠˋ	勹部	【勹部】2畫		433	438	段9上-37	錯17-12	鉉9上-6
勿(旒、毋、沒、物)	wu˙	ㄨˋ	勿部	【勹部】2畫		453	458	段9下-33	錯18-11	鉉9下-5
句(勾、玽、峋通段)	gou	ㄍㄡ	句部	【勹部】2畫		88	88	段3上-4	錯5-3	鉉3上-2
包(苞)	bao	ㄅㄠ	包部	【勹部】3畫		434	438	段9上-38	錯17-12	鉉9上-6
絢(句)	qu´	ㄑㄩˊ	糸部	【糸部】3畫		657	664	段13上-29	錯25-6	鉉13上-4
勹(包)	bao	ㄅㄠ	勹部	【勹部】3畫		432	437	段9上-35	錯17-12	鉉9上-6
苞(包柚述及、蘪)	bao	ㄅㄠ	艸部	【艸部】3畫		31	31	段1下-20	錯2-10	鉉1下-4
匃(丐、匄，佢通段)	gai˙	ㄍㄞˋ	亾部	【勹部】3畫		634	640	段12下-46	錯24-15	鉉12下-7
匈(胸、訇、詾)	xiong	ㄒㄩㄥ	勹部	【勹部】4畫		433	438	段9上-37	錯17-12	鉉9上-6
巫(竔、垂、巠)	chui´	ㄔㄨㄟˊ	巫部	【丿部】5畫		274	277	段6下-5	錯12-4	鉉6下-2
陶(匋，鞠、蜪通段)	tao´	ㄊㄠˊ	𨸏部	【阜部】6畫		735	742	段14下-10	錯28-4	鉉14下-2

篆本字（古文、金文、籀文、俗字，通叚、金石）	拼音	注音	說文部首	康熙部首	筆畫	一般頁碼	洪葉頁碼	段注篇章	徐鍇通釋篇章	徐鉉藤花榭篇章
匋(陶、窯述及)	tao´	ㄊㄠˊ	缶部	【勹部】6畫		224	227	段5下-19	鍇10-8	鉉5下-4
窯(匋、陶，窑、窐通叚)	yao´	ㄧㄠˊ	穴部	【穴部】6畫		344	347	段7下-18	鍇14-8	鉉7下-4
匊(掬)	ju	ㄐㄩ	勹部	【勹部】6畫		433	437	段9上-36	鍇17-12	鉉9上-6
匑(周、週)	zhou	ㄓㄡ	勹部	【勹部】6畫		433	438	段9上-37	鍇17-12	鉉9上-6
匌(郃)	ge´	ㄍㄜˊ	勹部	【勹部】6畫		433	438	段9上-37	鍇17-12	鉉9上-6
旬(勻)	xun´	ㄒㄩㄣˊ	勹部	【日部】6畫		433	437	段9上-36	鍇17-12	鉉9上-6
匍	pu´	ㄆㄨˊ	勹部	【勹部】7畫		433	437	段9上-36	鍇17-12	鉉9上-6
玣(愣)	sun	ㄙㄨㄣˇ	兮部	【勹部】8畫		204	206	段5上-31	鍇9-13	鉉5上-6
匐(踾通叚)	fu´	ㄈㄨˊ	勹部	【勹部】9畫		433	437	段9上-36	鍇17-12	鉉9上-6
複(复)	fu`	ㄈㄨˋ	勹部	【勹部】9畫		433	438	段9上-37	鍇17-12	鉉9上-6
匏(壺，瓟通叚)	pao´	ㄆㄠˊ	包部	【勹部】9畫		434	438	段9上-38	鍇17-13	鉉9上-6
瓠(匏、壺，槬、摢、瓡通叚)	hu`	ㄏㄨˋ	瓠部	【瓜部】9畫		337	341	段7下-5	鍇14-2	鉉7下-2
匓(餫通叚)	jiu`	ㄐㄧㄡˋ	勹部	【勹部】11畫		433	438	段9上-37	鍇17-12	鉉9上-6
複(复)	fu`	ㄈㄨˋ	勹部	【勹部】12畫		433	438	段9上-37	鍇17-12	鉉9上-6
鞠(鞠)	ju	ㄐㄩ	勹部	【勹部】14畫		432	437	段9上-35	鍇17-12	鉉9上-6
【匕(biˇ)部】	bi	ㄅㄧˇ	匕部			384	388	段8上-40	鍇15-13	鉉8上-5
匕(比、朼)	bi	ㄅㄧˇ	匕部	【匕部】		384	388	段8上-40	鍇15-13	鉉8上-5
比(篦笓ji述及、匕鹿述及，夶)	bi	ㄅㄧˇ	比部	【比部】		386	390	段8上-43	鍇15-14	鉉8上-6
七變化(化)	hua`	ㄏㄨㄚˋ	匕部	【匕部】		384	388	段8上-39	鍇15-13	鉉8上-5
化教化(七)	hua`	ㄏㄨㄚˋ	匕部	【匕部】		384	388	段8上-40	鍇15-13	鉉8上-5
牟	bao	ㄅㄠˇ	匕部	【匕部】2畫		385	389	段8上-41	鍇15-13	鉉8上-6
北(古字背)	bei	ㄅㄟˇ	北部	【匕部】3畫		386	390	段8上-44	鍇15-15	鉉8上-6
卓(帛、皁，鵫通叚)	zhuo´	ㄓㄨㄛˊ	匕部	【匕部】6畫		385	389	段8上-42	鍇15-14	鉉8上-6
稕(卓)	zhuo´	ㄓㄨㄛˊ	稬部	【禾部】6畫		275	278	段6下-7	鍇12-5	鉉6下-2
廄(臼，厩、廐通叚)	jiu`	ㄐㄧㄡˋ	广部	【广部】7畫		443	448	段9下-13	鍇18-5	鉉9下-2
鬼(疑)	yi´	ㄧˊ	匕部	【匕部】7畫		384	388	段8上-39	鍇15-13	鉉8上-5
眞(𠅴、慎)	zhen	ㄓㄣ	匕部	【目部】9畫		384	388	段8上-40	鍇15-13	鉉8上-5
匙(鍉、椔)	chi´	ㄔˊ	匕部	【匕部】9畫		385	389	段8上-41	鍇15-13	鉉8上-6

篆本字(古文、金文、籀文、俗字，通叚、金石)	拼音	注音	說文部首	康熙部首	筆畫	一般頁碼	洪葉頁碼	段注篇章	徐鍇通釋篇章	徐鉉藤花榭篇章
𡿺(腦、𠜂，磠通叚)	nao	ㄋㄠˇ	匕部	【匕部】9畫	385	389	段8上-41	錯15-14	鉉8上-6
爵从쬦(鳳、爵、雀)	jue	ㄐㄩㄝˊ	쬦部	【爪部】19畫	217	220	段5下-5	錯10-3	鉉5下-2
鬱(鬱从缶쬦彡)	yu	ㄩˋ	쬦部	【鬯部】26畫	217	219	段5下-4	錯10-3	鉉5下-2
【匸(xiˋ)部】	xi	ㄒㄧˋ	匸部		635	641	段12下-47	錯24-16	鉉12下-7
匸非匚fang	xi	ㄒㄧˋ	匸部	【匸部】	635	641	段12下-47	錯24-16	鉉12下-7
匚非匸xiˋ(匠、方)	fang	ㄈㄤ	匚部	【匚部】	635	641	段12下-48	錯24-16	鉉12下-7
匹(鴄通叚)	pi	ㄆㄧˇ	匸部	【匸部】2畫	635	641	段12下-48	錯24-16	鉉12下-7
医非古醫字(瑿)	yi	ㄧ	匸部	【匸部】5畫	635	641	段12下-48	錯24-16	鉉12下-7
匬(陋)	lou	ㄌㄡˋ	匸部	【匸部】5畫	635	641	段12下-47	錯24-16	鉉12下-7
甚(㩁、㟒、椹弓述及，砧、碪通叚)	shen	ㄕㄣˋ	甘部	【甘部】7畫	202	204	段5上-27	錯9-11	鉉5上-5
匽(堰、躽通叚)	yan	ㄧㄢˇ	匸部	【匸部】7畫	635	641	段12下-47	錯24-16	鉉12下-7
區(丘、堀町述及，鏂通叚)	qu	ㄑㄩ	匸部	【匸部】8畫	635	641	段12下-47	錯24-16	鉉12下-7
佝(怐、傋、溝、穀、瞉、區)	kou	ㄎㄡˋ	人部	【人部】8畫	379	383	段8上-30	錯15-10	鉉8上-4
匿(慝通叚)	ni	ㄋㄧˋ	匸部	【匸部】9畫	635	641	段12下-47	錯24-16	鉉12下-7
【匚(fang)部】	fang	ㄈㄤ	匚部		635	641	段12下-48	錯24-16	鉉12下-7
匚非匸xiˋ(匠、方)	fang	ㄈㄤ	匚部	【匚部】	635	641	段12下-48	錯24-16	鉉12下-7
匸非匚fang	xi	ㄒㄧˋ	匸部	【匸部】	635	641	段12下-47	錯24-16	鉉12下-7
㔝(鏇、鈍通叚)	yi	ㄧˊ	匚部	【匚部】3畫	636	642	段12下-49	錯24-17	鉉12下-8
帀(襍，匝、迊通叚)	za	ㄗㄚ	帀部	【巾部】3畫	273	275	段6下-2	錯12-2	鉉6下-1
匛(柩、匶从舊、匶)	jiu	ㄐㄧㄡˋ	匚部	【匚部】3畫	637	643	段12下-51	錯24-17	鉉12下-8
簠(医)	fu	ㄈㄨˇ	竹部	【竹部】4畫	194	196	段5上-11	錯9-4	鉉5上-2
匫(匢)	hu	ㄏㄨ	匚部	【匚部】4畫	636	642	段12下-50	錯24-16	鉉12下-8
匠(鴫通叚)	jiang	ㄐㄧㄤˋ	匚部	【匚部】4畫	635	641	段12下-48	錯24-16	鉉12下-8

篆本字(古文、金文、籀文、俗字，通段、金石)	拼音	注音	說文部首	康熙部首	筆畫	一般頁碼	洪葉頁碼	段注篇章	徐鍇通釋篇章	徐鉉藤花榭篇章
匩(匡、筺，眶 通段)	kuang	ㄎㄨㄤ	匚部	【匚部】	4畫	636	642	段12下-49	錯24-16	鉉12下-8
悺(悢、匩，劻 通段)	kuang	ㄎㄨㄤ	心部	【心部】	4畫	514	519	段10下-49	錯20-17	鉉10下-9
桮(杯、柸、桮 贛方言曰：盌槭盞溫閩楊廡，桮也，盃、杯通段)	bei	ㄅㄟ	木部	【木部】	4畫	260	263	段6上-45	錯11-19	鉉6上-6
凷(曲，匤、笛 通段)	qu	ㄑㄩ	曲部	【凵部】	5畫	637	643	段12下-52	錯24-17	鉉12下-8
簃(臣)	yu`	ㄩˋ	竹部	【竹部】	5畫	192	194	段5上-7	錯9-3	鉉5上-2
匣(柙)	xia´	ㄒㄧㄚˊ	匚部	【匚部】	5畫	637	643	段12下-51	錯24-16	鉉12下-8
匧(篋)	qie`	ㄑㄧㄝˋ	匚部	【匚部】	7畫	636	642	段12下-49	錯24-16	鉉12下-8
匓(莜)	diao`	ㄉㄧㄠˋ	匚部	【匚部】	7畫	636	642	段12下-50	錯24-16	鉉12下-8
匡(匩、筺，眶 通段)	kuang	ㄎㄨㄤ	匚部	【匚部】	7畫	636	642	段12下-49	錯24-16	鉉12下-8
桮(杯、柸、桮 贛方言曰：盌槭盞溫閩楊廡，桮也，盃、杯通段)	bei	ㄅㄟ	木部	【木部】	7畫	260	263	段6上-45	錯11-19	鉉6上-6
匚非匸xi`(匧、方)	fang	ㄈㄤ	匚部	【匚部】	8畫	635	641	段12下-48	錯24-16	鉉12下-7
箕(𠀠、晨、㠱、其、匧)	ji	ㄐㄧ	箕部	【竹部】	8畫	199	201	段5上-21	錯9-8	鉉5上-4
匪(斐、棐、篚)	fei˅	ㄈㄟˇ	匚部	【匚部】	8畫	636	642	段12下-50	錯24-16	鉉12下-8
匫(匇)	hu	ㄏㄨ	匚部	【匚部】	8畫	636	642	段12下-50	錯24-16	鉉12下-8
簋(匭、𠥗、軌、朹、九)	gui˅	ㄍㄨㄟˇ	竹部	【竹部】	9畫	193	195	段5上-10	錯9-4	鉉5上-2
糾(繆綸述及、匭簋gui˅述及，紀通段)	jiu	ㄐㄧㄡ	糸部	【糸部】	9畫	88	89	段3上-5	錯5-3	鉉3上-2
帷(匰、匱)	wei´	ㄨㄟˊ	巾部	【巾部】	9畫	359	362	段7下-48	錯14-22	鉉7下-9

篆本字（古文、金文、籀文、俗字，通段、金石）	拼音	注音	說文部首	康熙部首	筆畫	一般頁碼	洪葉頁碼	段注篇章	徐鍇通釋篇章	徐鉉藤花榭篇章
扁（匾通段）	bian˘	ㄅㄧㄢˇ	冊(册)部	【戶部】9畫		86	86	段2下-34	鍇4-17	鉉2下-7
㿻（瓺通段）	yu˘	ㄩˇ	匚部	【匚部】9畫		636	642	段12下-50	鍇24-16	鉉12下-8
匨	cang	ㄘㄤ	匚部	【匚部】10畫		636	642	段12下-50	鍇24-16	鉉12下-8
簋（匭、甌、軌、朹、九）	gui˘	ㄍㄨㄟˇ	竹部	【竹部】10畫		193	195	段5上-10	鍇9-4	鉉5上-2
匽	yi`	一ˋ	匚部	【匚部】11畫		636	642	段12下-50	鍇24-16	鉉12下-8
匯（滙通段）	hui`	ㄏㄨㄟˋ	匚部	【匚部】11畫		637	643	段12下-51	鍇24-17	鉉12下-8
匱（櫃、鐀）	gui`	ㄍㄨㄟˋ	匚部	【匚部】12畫		636	642	段12下-50	鍇24-16	鉉12下-8
匰	dan	ㄉㄢ	匚部	【匚部】12畫		637	643	段12下-51	鍇24-17	鉉12下-8
籢（奩，匳、槶、槴通段）	lian´	ㄌㄧㄢˊ	竹部	【竹部】13畫		193	195	段5上-10	鍇9-4	鉉5上-2
帷（匡、匱）	wei´	ㄨㄟˊ	巾部	【巾部】13畫		359	362	段7下-48	鍇14-22	鉉7下-9
匴（篹，籫通段）	suan˘	ㄙㄨㄢˇ	匚部	【匚部】14畫		636	642	段12下-49	鍇24-16	鉉12下-8
籩从鼻（匾从匚鼻、籩）	bian	ㄅㄧㄢ	竹部	【竹部】15畫		194	196	段5上-11	鍇9-4	鉉5上-2
匵（櫝）	du´	ㄉㄨˊ	匚部	【匚部】15畫		636	642	段12下-50	鍇24-16	鉉12下-8
櫝（匵）	du´	ㄉㄨˊ	木部	【木部】15畫		258	260	段6上-40	鍇11-18	鉉6上-5
匚（柩、匶从舊、匶）	jiu`	ㄐㄧㄡˋ	匚部	【木部】17畫		637	643	段12下-51	鍇24-17	鉉12下-8
鼜（櫭方言曰：盂械盞溫閒懕廬，栖也，溫、杚、盞通段）	gong`	ㄍㄨㄥˋ	匚部	【匚部】24畫		636	642	段12下-49	鍇24-16	鉉12下-8
【十(shi´)部】	shi´	ㄕˊ	十部			88	89	段3上-5	鍇5-4	鉉3上-2
十	shi´	ㄕˊ	十部	【十部】		88	89	段3上-5	鍇5-4	鉉3上-2
千（芊玿qian述及，仟、阡通段）	qian	ㄑㄧㄢ	十部	【十部】1畫		89	89	段3上-6	鍇5-4	鉉3上-2
廿與疾古篆同	nian`	ㄋㄧㄢˋ	十部	【廾部】1畫		89	89	段3上-6	鍇5-4	鉉3上-2
疾（㽸、矲、廿與十部廿nian`篆同，蒺通段）	ji´	ㄐㄧˊ	疒部	【疒部】1畫		348	351	段7下-26	鍇14-11	鉉7下-5
卂	xun`	ㄒㄩㄣˋ	卂部	【十部】1畫		583	588	段11下-32	鍇22-12	鉉11下-7
扐（仂）	le`	ㄌㄜˋ	十部	【十部】2畫		89	89	段3上-6	鍇5-4	鉉3上-2

篆本字(古文、金文、籀文、俗字，通叚、金石)	拼音	注音	說文部首	康熙部首	筆畫	一般頁碼	洪葉頁碼	段注篇章	徐鍇通釋篇章	徐鉉藤花榭篇章
升(升、陞，昇通叚)	sheng	ㄕㄥ	斗部	【十部】2畫		719	726	段14上-35	鍇27-11	鉉14上-6
午(仵、忤通叚)	wǔ	ㄨˇ	午部	【十部】2畫		746	753	段14下-31	鍇28-16	鉉14下-8
帀(卅)	sà	ㄙㄚˋ	帀部	【十部】3畫		89	90	段3上-7	鍇5-5	鉉3上-2
屮(卉)	huì	ㄏㄨㄟˋ	屮部	【十部】3畫		44	45	段1下-47	鍇2-22	鉉1下-8
奔(奮、卉)	hu	ㄏㄨ	本部	【十部】3畫		497	502	段10下-15	鍇20-6	鉉10下-3
半	bàn	ㄅㄢˋ	半部	【十部】3畫		50	50	段2上-4	鍇3-2	鉉2上-1
料(半)	bàn	ㄅㄢˋ	斗部	【斗部】5畫		718	725	段14上-34	鍇27-11	鉉14上-6
丕(㔻、不)	pi	ㄆㄧ	一部	【一部】5畫		1	1	段1上-2	鍇1-1	鉉1上-1
支(𣎳)	zhi	ㄓ	支部	【支部】5畫		117	118	段3下-21	鍇6-11	鉉3下-5
卑(貏、鵯通叚)	bei	ㄅㄟ	ナ部	【十部】6畫		116	117	段3下-20	鍇6-11	鉉3下-4
俾(卑、裨，睥、翸通叚)	bǐ	ㄅㄧˇ	人部	【人部】6畫		376	380	段8上-24	鍇15-9	鉉8上-3
顰(卑、頻、矉、嚬)	pín	ㄆㄧㄣˊ	瀕部	【頁部】6畫		567	573	段11下-1	鍇21-26	鉉11下-1
卓(帛、皁，鵫通叚)	zhuó	ㄓㄨㄛˊ	匕部	【七部】6畫		385	389	段8上-42	鍇15-14	鉉8上-6
卒(倅通叚)	zú	ㄗㄨˊ	衣部	【十部】6畫		397	401	段8上-65	鍇16-6	鉉8上-9
協(叶、叶)	xié	ㄒㄧㄝˊ	劦部	【十部】6畫		701	708	段13下-55	鍇26-12	鉉13下-8
南(峇)	nán	ㄋㄢˊ	宋部	【十部】7畫		274	276	段6下-4	鍇12-3	鉉6下-2
華(搬通叚)	ban	ㄅㄢ	華部	【十部】8畫		158	160	段4下-1	鍇8-1	鉉4下-1
奔(奮、卉)	hu	ㄏㄨ	本部	【十部】8畫		497	502	段10下-15	鍇20-6	鉉10下-3
巫(乖)	guai	ㄍㄨㄞ	巫部	【丿部】9畫		611	617	段12上-55	鍇23-17	鉉12上-9
靲	jí	ㄐㄧˊ	十部	【十部】9畫		89	89	段3上-6	鍇5-4	鉉3上-2
計(輯)	jí	ㄐㄧˊ	十部	【十部】9畫		89	89	段3上-6	鍇5-4	鉉3上-2
博	bó	ㄅㄛˊ	十部	【十部】10畫		89	89	段3上-6	鍇5-4	鉉3上-2
簙(博)	bó	ㄅㄛˊ	竹部	【竹部】10畫		198	200	段5上-20	鍇9-7	鉉5上-3
師(𢂖、率、帥旗述及、獅虓xiao述及)	shi	ㄕ	帀部	【巾部】11畫		273	275	段6下-2	鍇12-2	鉉6下-1
革(𠦶，懅、撘通叚)	ge	ㄍㄜˊ	革部	【革部】11畫		107	108	段3下-1	鍇6-2	鉉3下-1
戀(變、𡣺、變)	luán	ㄌㄨㄢˊ	言部	【言部】13畫		97	98	段3上-23	鍇5-12	鉉3上-5

篆本字（古文、金文、籀文、俗字，通叚、金石）	拼音	注音	說文部首	康熙部首	筆畫	一般頁碼	洪葉頁碼	段注篇章	徐鍇通釋篇章	徐鉉藤花榭篇章
【卜(buˇ)部】	buˇ	ㄅㄨˇ	卜部			127	128	段3下-41	鍇6-20	鉉3下-9
卜(卜，鵘通叚)	buˇ	ㄅㄨˇ	卜部	【卜部】		127	128	段3下-41	鍇6-20	鉉3下-9
覍(覍、覍、弁、卞，絣通叚)	bian`	ㄅㄧㄢˋ	兒部	【小部】2畫		406	410	段8下-10	鍇16-12	鉉8下-2
卟(乩)	ji	ㄐㄧ	卜部	【卜部】3畫		127	128	段3下-41	鍇6-20	鉉3下-9
占(颭通叚)	zhan	ㄓㄢ	卜部	【卜部】3畫		127	128	段3下-42	鍇6-20	鉉3下-9
叴(玅，筊通叚)	shao	ㄕㄠ	卜部	【卜部】5畫		127	128	段3下-42	鍇6-20	鉉3下-9
卤(卣、鹵)	youˇ	ㄧㄡˇ	卤部	【卜部】5畫		317	320	段7上-31	鍇13-13	鉉7上-6
西(棲、鹵、鹵，栖通叚)	xi	ㄒㄧ	西部	【襾部】5畫		585	591	段12上-4	鍇23-2	鉉12上-1
麗(丽、丽、離，儷、娌、欐通叚)	li`	ㄌㄧˋ	鹿部	【鹿部】6畫		471	476	段10上-23	鍇19-7	鉉10上-4
卦	gua`	ㄍㄨㄚˋ	卜部	【卜部】6畫		127	128	段3下-41	鍇6-20	鉉3下-9
㢗(兆、垗，筄、駣通叚)	zhao`	ㄓㄠˋ	卜部	【卜部】6畫		127	128	段3下-42	鍇6-20	鉉3下-9
卥(卤、酒)	reng´	ㄖㄥˊ	乃部	【卜部】6畫		203	205	段5上-29	鍇9-11	鉉5上-5
卤(卣、鹵)	youˇ	ㄧㄡˇ	卤部	【卜部】7畫		317	320	段7上-31	鍇13-13	鉉7上-6
卧(悔宜細讀內文)	hui`	ㄏㄨㄟˋ	卜部	【卜部】7畫		127	128	段3下-42	鍇6-20	鉉3下-9
克(㩁、㪬、剋)	ke`	ㄎㄜˋ	克部	【儿部】8畫		320	323	段7上-37	鍇13-16	鉉7上-7
卥(逌、遒迺ji`述及)	you´	ㄧㄡˊ	乃部	【卜部】8畫		203	205	段5上-30	鍇9-12	鉉5上-5
卥(卤、酒)	reng´	ㄖㄥˊ	乃部	【卜部】11畫		203	205	段5上-29	鍇9-11	鉉5上-5
卤(卣、鹵)	youˇ	ㄧㄡˇ	卤部	【卜部】25畫		317	320	段7上-31	鍇13-13	鉉7上-6
【卩(jie´)部】	jie´	ㄐㄧㄝˊ	卩部			430	435	段9上-31	鍇17-10	鉉9上-5
丮(㔾)	han`	ㄏㄢˋ	丮部	【弓部】		316	319	段7上-30	鍇13-12	鉉7上-5
卩(卪、節)	jie´	ㄐㄧㄝˊ	卩部	【卩部】		430	435	段9上-31	鍇17-10	鉉9上-5
節(卩，嘠、𥯤通叚)	jie´	ㄐㄧㄝˊ	竹部	【竹部】1畫		189	191	段5上-2	鍇9-1	鉉5上-1
卪其形反卩	zou`	ㄗㄡˋ	卩部	【卩部】1畫		431	435	段9上-32	鍇17-10	鉉9上-5
卯	qing	ㄑㄧㄥ	卯部	【卩部】2畫		432	436	段9上-34	鍇17-11	鉉9上-6

篆本字(古文、金文、籀文、俗字，通段、金石)	拼音	注音	說文部首	康熙部首	筆畫	一般頁碼	洪葉頁碼	段注篇章	徐鍇通釋篇章	徐鉉藤花榭篇章
卬(卬、仰，昂通段)	yang	一尢	七部	【卩部】	2畫	385	389	段8上-42	鍇15-14	鉉8上-6
仰(卬)	yang˘	一尢	人部	【人部】	2畫	373	377	段8上-18	鍇15-7	鉉8上-3
丣	zhuan`	ㄓㄨㄢˋ	卩部	【卩部】	2畫	431	435	段9上-32	鍇17-10	鉉9上-5
卮(卮=觚觚dan`述及)	zhi	ㄓ	卮部	【卩部】	3畫	430	434	段9上-30	鍇17-10	鉉9上-5
梔(卮，栀通段)	zhi	ㄓ	木部	【木部】	3畫	248	250	段6上-20	鍇11-9	鉉6上-3
夘(卯、非、酉昂述及)	mao˘	ㄇㄠ	卯部	【卩部】	3畫	745	752	段14下-29	鍇28-15	鉉14下-7
㔾(弼)	bi`	ㄅㄧ	卩部	【卩部】	4畫	430	435	段9上-31	鍇17-10	鉉9上-5
归(㧑、抑、抑)	yi`	一ˋ	印部	【卩部】	4畫	431	436	段9上-33	鍇17-11	鉉9上-6
印(归)	yin`	一ㄣ	印部	【卩部】	4畫	431	436	段9上-33	鍇17-11	鉉9上-5
邔(印譌)	qi˘	ㄑㄧ	邑部	【邑部】	4畫	293	295	段6下-42	鍇12-18	鉉6下-7
危(峗、桅、捲通段)	wei	ㄨㄟ	危部	【卩部】	4畫	448	453	段9下-23	鍇18-8	鉉9下-4
卻(却，郤通段)	que`	ㄑㄩㄝˋ	卩部	【卩部】	5畫	431	435	段9上-32	鍇17-10	鉉9上-5
卽(即，螂通段)	ji	ㄐㄧ	皀部	【卩部】	5畫	216	219	段5下-3	鍇10-2	鉉5下-1
稷(稄、即、畟)	ji`	ㄐㄧ	禾部	【禾部】	5畫	321	324	段7上-40	鍇13-17	鉉7上-7
邲(邲通段)	bi`	ㄅㄧ	卩部	【卩部】	5畫	431	435	段9上-32	鍇17-10	鉉9上-5
卲	shao`	ㄕㄠ	卩部	【卩部】	5畫	431	435	段9上-32	鍇17-10	鉉9上-5
劭(剒、卲)	shao`	ㄕㄠ	力部	【力部】	5畫	699	706	段13下-51	鍇26-11	鉉13下-7
卵(卝、鯤鱂duo`述及，峻通段)	luan˘	ㄌㄨㄢ	卵部	【卩部】	5畫	680	686	段13下-12	鍇25-18	鉉13下-3
夗	chi	ㄔ	卩部	【卩部】	6畫	430	435	段9上-31	鍇17-10	鉉9上-5
卷(裷、弓ㄐ述及，啳、埢、綣、菤通段)	juan`	ㄐㄩㄢ	卩部	【卩部】	6畫	431	435	段9上-32	鍇17-10	鉉9上-5
袞(衮、裵、卷，蓘、蔉、褑通段)	gun˘	ㄍㄨㄣ	衣部	【衣部】	6畫	388	392	段8上-48	鍇16-1	鉉8上-7
綣(卷、帣，綣通段)	juan˘	ㄐㄩㄢ	糸部	【糸部】	6畫	657	664	段13上-29	鍇25-6	鉉13上-4

篆本字（古文、金文、籀文、俗字，通叚、金石）	拼音	注音	說文部首	康熙部首	筆畫	一般頁碼	洪葉頁碼	段注篇章	徐鍇通釋篇章	徐鉉藤花榭篇章
卹(恤)	xu`	ㄒㄩˋ	血部	【卩部】6畫		214	216	段5上-52	錯9-21	鉉5上-10
恤(卹)	xu`	ㄒㄩˋ	心部	【心部】6畫		507	511	段10下-34	錯20-13	鉉10下-6
卻(却，卻通叚)	que`	ㄑㄩㄝˋ	卩部	【卩部】7畫		431	435	段9上-32	錯17-10	鉉9上-5
卸(寫，卸通叚)	xie`	ㄒㄧㄝˋ	卩部	【卩部】7畫		431	435	段9上-32	錯17-10	鉉9上-5
卿	qing	ㄑㄧㄥ	卯部	【卩部】9畫		432	436	段9上-34	錯17-11	鉉9上-6
厀(膝)	xi	ㄒㄧ	卩部	【卩部】11畫		431	435	段9上-32	錯17-10	鉉9上-5
舁(舉、舉，辇通叚)	qian	ㄑㄧㄢ	舁部	【臼部】16畫		105	106	段3上-39	錯5-21	鉉3上-9
【厂(han˘)部】	han˘	ㄏㄢˇ	厂部			446	450	段9下-18	錯18-6	鉉9下-3
厂(厈、巖广an述及，圹通叚)	han˘	ㄏㄢˇ	厂部	【厂部】		446	450	段9下-18	錯18-6	鉉9下-3
厄	e`	ㄜˋ	卩部	【厂部】2畫		431	435	段9上-32	錯17-10	鉉9上-5
軛(軶、厄、鬲、槅，枙通叚)	e`	ㄜˋ	車部	【車部】2畫		726	733	段14上-49	錯27-13	鉉14上-7
戹(厄、蚅通叚)	e`	ㄜˋ	戶部	【戶部】2畫		586	592	段12上-6	錯23-3	鉉12上-2
厃(yan´)	wei	ㄨㄟ	厂部	【厂部】2畫		448	452	段9下-22	錯18-8	鉉9下-4
仄(庆、側、昃)	ze`	ㄗㄜˋ	厂部	【厂部】2畫		447	452	段9下-21	錯18-7	鉉9下-4
厢(昃、吳、仄述及)	ze`	ㄗㄜˋ	日部	【日部】2畫		305	308	段7上-7	錯13-2	鉉7上-1
側(仄)	ce`	ㄘㄜˋ	人部	【人部】2畫		373	377	段8上-17	錯15-7	鉉8上-3
厒	ju´	ㄐㄩˊ	刋部	【厂部】3畫		114	115	段3下-15	錯6-8	鉉3下-3
厂(厈、巖广an述及，圹通叚)	han˘	ㄏㄢˇ	厂部	【厂部】3畫		446	450	段9下-18	錯18-6	鉉9下-3
庴(厈、斥，鵄通叚)	chi`	ㄔˋ	广部	【厂部】3畫		446	450	段9下-18	錯18-6	鉉9下-3
屵	yue`	ㄩㄝˋ	厂部	【厂部】3畫		447	452	段9下-21	錯18-7	鉉9下-3
辰(厎)	chen´	ㄔㄣˊ	辰部	【辰部】4畫		745	752	段14下-30	錯28-15	鉉14下-7
龐(庞、龐通叚)	pang´	ㄆㄤˊ	广部	【广部】5畫		445	449	段9下-16	錯18-5	鉉9下-3
厝	hu`	ㄏㄨˋ	厂部	【厂部】5畫		447	451	段9下-20	錯18-7	鉉9下-3
厏(拉)	la	ㄌㄚ	厂部	【厂部】5畫		447	451	段9下-20	錯18-7	鉉9下-3
底(砥、耆)	di˘	ㄉㄧˇ	厂部	【厂部】5畫		446	451	段9下-19	錯18-7	鉉9下-3

篆本字(古文、金文、籀文、俗字，通叚、金石)	拼音	注音	說文部首	康熙部首	筆畫	一般頁碼	洪葉頁碼	段注篇章	徐鍇通釋篇章	徐鉉藤花榭篇章
底(氐楮zhi述及、厎俗，低通叚)	diˇ	ㄉㄧˇ	广部	【广部】	5畫	445	449	段9下-16	鍇18-5	鉉9下-3
庢(垤通叚)	zhiˋ	ㄓˋ	广部	【广部】	6畫	445	449	段9下-16	鍇18-5	鉉9下-3
屋(𨽻、盝通叚)	quˋ	ㄑㄩˋ	戶部	【戶部】	6畫	587	593	段12上-7	鍇23-4	鉉12上-2
厓(涯、睚通叚)	yaˊ	ㄧㄚˊ	厂部	【厂部】	6畫	446	451	段9下-19	鍇18-7	鉉9下-3
扆(依，扆、扆通叚)	yiˇ	ㄧˇ	戶部	【戶部】	6畫	587	593	段12上-7	鍇23-4	鉉12上-2
𠪚(厚、垕、𡕍、㫗)	houˋ	ㄏㄡˋ	㫗部	【厂部】	7畫	229	232	段5下-29	鍇10-12	鉉5下-6
㫗(厚、𡕍)	houˋ	ㄏㄡˋ	㫗部	【曰部】	7畫	229	232	段5下-29	鍇10-12	鉉5下-5
席(𢅡)	xiˊ	ㄒㄧˊ	巾部	【巾部】	7畫	361	364	段7下-52	鍇14-23	鉉7下-9
㕥	yiˊ	ㄧˊ	次部	【厂部】	7畫	414	419	段8下-27	鍇16-18	鉉8下-5
厗(銻)	tiˊ	ㄊㄧˊ	厂部	【厂部】	7畫	447	451	段9下-20	鍇18-7	鉉9下-3
𠩘(峬、逋)	fu	ㄈㄨ	厂部	【厂部】	7畫	447	452	段9下-21	鍇18-7	鉉9下-3
厖(尨，痝、硥、懞通叚)	mangˊ	ㄇㄤˊ	厂部	【厂部】	7畫	447	452	段9下-21	鍇18-7	鉉9下-3
㕒(㕒通叚)	weiˊ	ㄨㄟˊ	厂部	【厂部】	7畫	446	451	段9下-19	鍇18-7	鉉9下-3
峨(㕒、峩通叚)	eˊ	ㄜˊ	山部	【山部】	7畫	441	445	段9下-8	鍇18-3	鉉9下-1
厦	xiaˊ	ㄒㄧㄚˊ	厂部	【厂部】	7畫	447	452	段9下-21	鍇18-8	鉉9下-4
犛(厤，氂、緇通叚)	liˊ	ㄌㄧˊ	犛部	【支部】	8畫	53	54	段2上-11	鍇3-5	鉉2上-3
邰(犛)	taiˊ	ㄊㄞˊ	邑部	【邑部】	8畫	285	287	段6下-26	鍇12-14	鉉6下-6
𠂤(堆，塠、雁通叚)	dui	ㄉㄨㄟ	𠂤部	【丿部】	8畫	730	737	段14上-58	鍇28-1	鉉14上-8
驫(原、原、源，羱、螈、騵通叚)	yuanˊ	ㄩㄢˊ	驫部	【厂部】	8畫	569	575	段11下-5	鍇22-3	鉉11下-2
謜(源、原)	yuanˊ	ㄩㄢˊ	言部	【言部】	8畫	91	91	段3上-10	鍇5-6	鉉3上-3
嫄(原)	yuanˊ	ㄩㄢˊ	女部	【女部】	8畫	617	623	段12下-11	鍇24-4	鉉12下-2
傆(原)	yuanˋ	ㄩㄢˋ	人部	【人部】	8畫	374	378	段8上-19	鍇15-7	鉉8上-3
阮(原)	ruanˇ	ㄖㄨㄢˇ	𨸏部	【阜部】	8畫	735	742	段14下-9	鍇28-3	鉉14下-2
邍从辵备彔(原)	yuanˊ	ㄩㄢˊ	辵(辶)部	【辵部】	8畫	75	75	段2下-12	鍇4-6	鉉2下-3
敞(廠、㢶、惝、驚通叚)	changˇ	ㄔㄤˇ	攴部	【攴部】	8畫	123	124	段3下-34	鍇6-18	鉉3下-8

篆本字（古文、金文、籀文、俗字，通叚、金石）	拼音	注音	說文部首	康熙部首	筆畫	一般頁碼	洪葉頁碼	段注篇章	徐鍇通釋篇章	徐鉉藤花榭篇章
厄	yi`	ㄧˋ	厂部	【厂部】8畫		447	451	段9下-20	鍇18-7	鉉9下-3
厺(厼通叚)	jing`	ㄐㄧㄥˋ	厂部	【厂部】8畫		447	452	段9下-21	鍇18-7	鉉9下-3
厝(錯、措，磋通叚)	cuo`	ㄘㄨㄛˋ	厂部	【厂部】8畫		447	452	段9下-21	鍇18-7	鉉9下-3
措(錯、厝)	cuo`	ㄘㄨㄛˋ	手部	【手部】8畫		599	605	段12上-31	鍇23-10	鉉12上-5
錯(造、厝，鍍通叚)	cuo`	ㄘㄨㄛˋ	金部	【金部】8畫		705	712	段14上-8	鍇27-4	鉉14上-2
厞(茀、陫，扉通叚)	fei`	ㄈㄟˋ	厂部	【厂部】8畫		448	452	段9下-22	鍇18-7	鉉9下-4
篚(茀、厞)	fei`	ㄈㄟˇ	竹部	【竹部】8畫		195	197	段5上-14	鍇9-5	鉉5上-3
斄(li´)	xi	ㄒㄧ	攴部	【攴部】9畫		126	127	段3下-39	鍇6-19	鉉3下-9
厜(厜、厤、崟)	chui´	ㄔㄨㄟˊ	厂部	【厂部】9畫		446	451	段9下-19	鍇18-7	鉉9下-3
厠(側，厕通叚)	ce`	ㄘㄜˋ	厂部	【厂部】9畫		444	448	段9下-14	鍇18-5	鉉9下-3
廄(𠼡，厩、厩通叚)	jiu`	ㄐㄧㄡˋ	厂部	【厂部】9畫		443	448	段9下-13	鍇18-5	鉉9下-2
蟲(厵、原、源，羱、蝝、螈通叚)	yuan´	ㄩㄢˊ	蟲部	【厂部】9畫		569	575	段11下-5	鍇22-3	鉉11下-2
厲(厲、厴、癘、蠣、蠆、勵、礪、濿、烈、例，唳通叚)	li`	ㄌㄧˋ	厂部	【厂部】9畫		446	451	段9下-19	鍇18-7	鉉9下-3
厥(蹶)	jue´	ㄐㄩㄝˊ	厂部	【厂部】10畫		447	451	段9下-20	鍇18-7	鉉9下-3
蹶(厥)	jue´	ㄐㄩㄝˊ	骨部	【骨部】10畫		165	167	段4下-15	鍇8-7	鉉4下-3
蹶(蹙、厥)	jue´	ㄐㄩㄝˊ	角部	【角部】10畫		185	187	段4下-56	鍇8-20	鉉4下-8
厤	li`	ㄌㄧˋ	厂部	【厂部】10畫		447	451	段9下-20	鍇18-7	鉉9下-3
夏(憂、夓，厦、廈通叚)	xia`	ㄒㄧㄚˋ	夊部	【夊部】10畫		233	235	段5下-36	鍇10-15	鉉5下-7
厚(厚、垕、�、𣍐)	hou`	ㄏㄡˋ	㫗部	【厂部】10畫		229	232	段5下-29	鍇10-12	鉉5下-6
屈(㞜、𥚃通叚)	qu`	ㄑㄩˋ	戶部	【戶部】10畫		587	593	段12上-7	鍇23-4	鉉12上-2
廚(厨、幮通叚)	chu´	ㄔㄨˊ	厂部	【厂部】10畫		443	448	段9下-13	鍇18-5	鉉9下-2
篆本字（古文、金文、籀文、俗字，通叚、金石）	拼音	注音	說文部首	康熙部首	筆畫	一般頁碼	洪葉頁碼	段注篇章	徐鍇通釋篇章	徐鉉藤花榭篇章

篆本字(古文、金文、籀文、俗字，通段、金石)	拼音	注音	說文部首	康熙部首	筆畫	一般頁碼	洪葉頁碼	段注篇章	徐鍇通釋篇章	徐鉉藤花榭篇章
厪(僅、勤，厪、廑通段)	jǐn	ㄐㄧㄣˇ	广部	【广部】	11畫	446	450	段9下-18	錯18-6	鉉9下-3
厰(嵌，歁通段)	yín	ㄧㄣˊ	厂部	【厂部】	12畫	446	451	段9下-19	錯18-7	鉉9下-3
厜(厜、厤、崟)	chuí	ㄔㄨㄟˊ	厂部	【厂部】	12畫	446	451	段9下-19	錯18-7	鉉9下-3
厬(氿，漸通段)	guǐ	ㄍㄨㄟˇ	厂部	【厂部】	12畫	446	451	段9下-19	錯18-7	鉉9下-3
氿(厬、漸，泜、坈、阢通段)	guǐ	ㄍㄨㄟˇ	水部	【水部】	12畫	552	557	段11上貳-14	錯21-17	鉉11上-6
厤	xī	ㄒㄧ	厂部	【厂部】	12畫	447	451	段9下-20	錯18-7	鉉9下-3
厭(魘、壓，饜通段)	yàn	ㄧㄢˋ	厂部	【厂部】	12畫	448	452	段9下-22	錯18-8	鉉9下-4
猒(猒、饜，厭通段)	yàn	ㄧㄢ	甘部	【犬部】	12畫	202	204	段5上-27	錯9-11	鉉5上-5
羛(戠通段)	wéi	ㄨㄟˊ	厂部	【厂部】	13畫	446	451	段9下-19	錯18-7	鉉9下-3
虎(虝、觕)	hǔ	ㄏㄨˇ	虎部	【虍部】	13畫	210	212	段5上-43	錯9-18	鉉5上-8
厱(礛)	qiān	ㄑㄧㄢ	厂部	【厂部】	13畫	447	451	段9下-20	錯18-7	鉉9下-3
擗	pī	ㄆㄧ	厂部	【厂部】	13畫	448	452	段9下-22	錯18-7	鉉9下-4
厤(厲、厲、癘、蠆、菌、勵、礪、濿、烈、例，唳通段)	lì	ㄌㄧˋ	厂部	【厂部】	13畫	446	451	段9下-19	錯18-7	鉉9下-3
癘(厲、蠆、疠，癩通段)	lì	ㄌㄧˋ	疒部	【疒部】	13畫	350	354	段7下-31	錯14-16	鉉7下-6
迾(厲、列、迣)	liè	ㄌㄧㄝˋ	辵(辶)部	【辵部】	13畫	74	75	段2下-11	錯4-5	鉉2下-2
例 (例、列、厲)	lì	ㄌㄧˋ	人部	【人部】	13畫	381	385	段8上-34	錯15-11	鉉8上-4
廛(里，厘、塵、墵、瀍、鄽通段)	chán	ㄔㄢˊ	广部	【广部】	15畫	444	449	段9下-15	錯18-5	鉉9下-3
龐(庞、厐通段)	páng	ㄆㄤˊ	广部	【广部】	15畫	445	449	段9下-16	錯18-5	鉉9下-3
聽(聼、聴通段)	tīng	ㄊㄧㄥ	耳部	【耳部】	16畫	592	598	段12上-17	錯23-7	鉉12上-4

篆本字(古文、金文、籀文、俗字，通段、金石)	拼音	注音	說文部首	康熙部首	筆畫	一般頁碼	洪葉頁碼	段注篇章	徐鍇通釋篇章	徐鉉藤花榭篇章
庭(廳、聽通段)	ting´	ㄊㄧㄥˊ	广部	【广部】	16畫	443	448	段9下-13	鍇18-4	鉉9下-2
庿(厲、厲、癘、蠆、蕫、勵、礪、漓、烈、例，唳通段)	li`	ㄌㄧˋ	厂部	【厂部】	19畫	446	451	段9下-19	鍇18-7	鉉9下-3
厵(原、原、源，羱、蝹、騵通段)	yuan´	ㄩㄢˊ	厵部	【厂部】	24畫	569	575	段11下-5	鍇22-3	鉉11下-2
【厶(si)部】	si	ㄙ	厶部			436	441	段9上-43	鍇17-14	鉉9上-7
厶(私)	si	ㄙ	厶部	【厶部】		436	441	段9上-43	鍇17-14	鉉9上-7
私(厶)	si	ㄙ	禾部	【禾部】		321	324	段7上-40	鍇13-17	鉉7上-7
厷(厶、肱、弓)	gong	ㄍㄨㄥ	又部	【厶部】		115	116	段3下-17	鍇6-9	鉉3下-4
去(厽、突)	tu	ㄊㄨ	去部	【厶部】	1畫	744	751	段14下-27	鍇28-14	鉉14下-6
鄰(厸、瓻、轔通段)	lin´	ㄌㄧㄣˊ	邑部	【邑部】	2畫	284	286	段6下-24	鍇12-14	鉉6下-5
厹(蹂、厹，鶔通段)	rou´	ㄖㄡˊ	厹部	【厹部】	2畫	739	746	段14下-17	鍇28-7	鉉14下-4
盍(葢、曷、盇、厺虢述及，溘、盒通段)	he´	ㄏㄜˊ	血部	【血部】	3畫	214	216	段5上-52	鍇9-21	鉉5上-10
厺(去，弆通段)	qu`	ㄑㄩˋ	去部	【厶部】	3畫	213	215	段5上-50	鍇9-20	鉉5上-9
厽(參，瘰通段)	lei`	ㄌㄟˇ	厽部	【厶部】	4畫	737	744	段14下-13	鍇28-5	鉉14下-2
吝(㖔，㤁、悋通段)	lin`	ㄌㄧㄣˋ	口部	【口部】	4畫	61	61	段2上-26	鍇3-11	鉉2上-5
叀(玄、皀、專)	zhuan	ㄓㄨㄢ	叀部	【厶部】	6畫	159	161	段4下-3	鍇8-2	鉉4下-1
夋	jun`	ㄐㄩㄣˋ	兔部	【厶部】	8畫	無	無	無	無	鉉10上-4
羑(羑、誘、牖)	you`	ㄧㄡˇ	羊部	【羊部】	9畫	147	148	段4上-36	鍇7-16	鉉4上-7
厺(誘、牖、譖、羑，羭通段)	you`	ㄧㄡˇ	厶部	【厶部】	9畫	436	441	段9上-43	鍇17-15	鉉9上-7

篆本字(古文、金文、籀文、俗字，通叚、金石)	拼音	注音	說文部首	康熙部首	筆畫	一般頁碼	洪葉頁碼	段注篇章	徐鍇通釋篇章	徐鉉藤花榭篇章
曑(曑、參)	san	ㄙㄢ	晶部	【日部】	9畫	313	316	段7上-23	錯13-8	鉉7上-4
篸(參)	cen	ㄘㄣ	竹部	【竹部】	9畫	190	192	段5上-3	錯9-2	鉉5上-1
厽(參，瘑通叚)	lei ˇ	ㄌㄟˇ	厽部	【厶部】	9畫	737	744	段14下-13	錯28-5	鉉14下-2
韲(𩐿、齏，虀通叚)	ji	ㄐㄧ	韭部	【韭部】	17畫	336	340	段7下-3	錯14-2	鉉7下-1
【又(you`)部】	you `	ㄧㄡˋ	又部			114	115	段3下-16	錯6-9	鉉3下-4
又(右)	you `	ㄧㄡˋ	又部	【又部】		114	115	段3下-16	錯6-9	鉉3下-4
有(又、𡴀述及)	you ˇ	ㄧㄡˇ	有部	【月部】		314	317	段7上-25	錯13-9	鉉7上-4
叉(釵，衩、㓨、靫通叚)	cha	ㄔㄚ	又部	【又部】	1畫	115	116	段3下-17	錯6-9	鉉3下-4
叉(爪)	zhao ˇ	ㄓㄠˇ	又部	【又部】	2畫	115	116	段3下-17	錯6-9	鉉3下-4
爪(抓通叚叉俗)	zhua ˇ	ㄓㄨㄚˇ	爪部	【爪部】	2畫	113	114	段3下-13	錯6-7	鉉3下-3
史(叏)	shi ˇ	ㄕˇ	史部	【口部】	2畫	116	117	段3下-20	錯6-11	鉉3下-4
及(ㄟ、弓非弓、𨔦)	ji ˊ	ㄐㄧˊ	又部	【又部】	2畫	115	116	段3下-18	錯6-10	鉉3下-4
ㄟ(古文及字，見市 shi`)	yi ˊ	ㄧˊ	ㄟ部	【丿部】	2畫	627	633	段12下-32	錯24-11	鉉12下-5
𠬝	fu ˊ	ㄈㄨˊ	又部	【又部】	2畫	116	117	段3下-19	錯6-10	鉉3下-4
宄(㝏、𡧗、軌)	gui ˇ	ㄍㄨㄟˇ	宀部	【宀部】	2畫	342	345	段7下-14	錯14-6	鉉7下-3
𠬞(攀、攀、扳)	pan	ㄆㄢ	𠬞部	【又部】	2畫	104	105	段3上-37	錯5-20	鉉3上-8
𠬢(挑)	tao	ㄊㄠ	又部	【又部】	2畫	116	117	段3下-19	錯6-10	鉉3下-4
曼(叟)	mo `	ㄇㄛˋ	又部	【又部】	2畫	116	117	段3下-19	錯6-10	鉉3下-4
沒(漫、湏、叟、頮述及)	mei ˊ	ㄇㄟˊ	水部	【水部】	2畫	557	562	段11上貳-23	錯21-20	鉉11上-7
頮(沒、叟)	mo `	ㄇㄛˋ	頁部	【頁部】	2畫	418	423	段9上-7	錯17-3	鉉9上-2
友(羿、𦕂)	you ˇ	ㄧㄡˇ	又部	【又部】	2畫	116	117	段3下-20	錯6-11	鉉3下-4
反(𠬑)	fan ˇ	ㄈㄢˇ	又部	【又部】	2畫	116	117	段3下-19	錯6-10	鉉3下-4
版(板、反，蝂、鈑通叚)	ban ˇ	ㄅㄢˇ	片部	【片部】	2畫	318	321	段7上-33	錯13-14	鉉7上-6
阪(坡、陂、反，坂通叚)	ban ˇ	ㄅㄢˇ	𨸏部	【阜部】	2畫	731	738	段14下-2	錯28-1	鉉14下-1

篆本字(古文、金文、籀文、俗字，通叚、金石)	拼音	注音	說文部首	康熙部首	筆畫	一般頁碼	洪葉頁碼	段注篇章	徐鍇通釋篇章	徐鉉藤花榭篇章
夬(夬，英、觖通叚)	guai ˋ	ㄍㄨㄞˋ	又部	【大部】	3畫	115	116	段3下-18	鍇6-10	鉉3下-4
受(莩，殍通叚)	biao ˋ	ㄅㄧㄠˋ	受部	【又部】	4畫	160	162	段4下-5	鍇8-4	鉉4下-2
叒(叒)	ruo ˋ	ㄖㄨㄛˋ	叒部	【又部】	4畫	272	275	段6下-1	鍇12-1	鉉6下-1
叟(叟)	mo ˋ	ㄇㄛˋ	又部	【又部】	5畫	116	117	段3下-19	鍇6-10	鉉3下-4
㕞(刷)	shua	ㄕㄨㄚ	又部	【又部】	6畫	115	116	段3下-18	鍇6-10	鉉3下-4
刷(㕞)	shua	ㄕㄨㄚ	刀部	【刂部】	6畫	181	183	段4下-47	鍇8-16	鉉4下-7
友(㕛、䂂)	you ˇ	ㄧㄡˇ	又部	【又部】	6畫	116	117	段3下-20	鍇6-11	鉉3下-4
叔(村、紌絡述及，菽通叚)	shu ˊ	ㄕㄨˊ	又部	【又部】	6畫	116	117	段3下-19	鍇6-10	鉉3下-4
取	qu ˇ	ㄑㄩˇ	又部	【又部】	6畫	116	117	段3下-19	鍇6-10	鉉3下-4
受(紂古文)	shou ˋ	ㄕㄡˋ	受部	【又部】	6畫	160	162	段4下-6	鍇8-4	鉉4下-2
叕	zhuo ˊ	ㄓㄨㄛˊ	叕部	【又部】	6畫	738	745	段14下-15	鍇28-6	鉉14下-3
事(叓，剚通叚)	shi ˋ	ㄕˋ	史部	【亅部】	7畫	116	117	段3下-20	鍇6-11	鉉3下-5
弅(兵、倂、兵，偋)	bing	ㄅㄧㄥ	収部	【八部】	7畫	104	105	段3上-37	鍇5-19	鉉3上-8
叛(畔)	pan ˋ	ㄆㄢˋ	半部	【又部】	7畫	50	51	段2上-5	鍇3-2	鉉2上-2
畔(叛)	pan ˋ	ㄆㄢˋ	田部	【田部】	7畫	696	703	段13下-45	鍇26-9	鉉13下-6
支(𣁋)	zhi	ㄓ	支部	【支部】	7畫	117	118	段3下-21	鍇6-11	鉉3下-5
叚(㕛、叚)	jia ˇ	ㄐㄧㄚˇ	又部	【又部】	7畫	116	117	段3下-20	鍇6-11	鉉3下-4
叜(叟、㝍、傁)	sou ˇ	ㄙㄡˇ	又部	【又部】	8畫	115	116	段3下-17	鍇6-9	鉉3下-4
曼(漫滔述及，縵、鬘从曼通叚)	man ˋ	ㄇㄢˋ	又部	【曰部】	9畫	115	116	段3下-18	鍇6-9	鉉3下-4
蔓(曼)	man ˋ	ㄇㄢˋ	艸部	【艸部】	9畫	35	36	段1下-29	鍇2-14	鉉1下-5
㬅(申、昌、㽎)	shen	ㄕㄣ	又部	【又部】	9畫	115	116	段3下-18	鍇6-9	鉉3下-4
𤔔(𤔔、𤔔)	luan ˋ	ㄌㄨㄢˋ	受部	【爪部】	9畫	160	162	段4下-6	鍇8-4	鉉4下-2
𠭥(𣪊、𢽎、敢，橄通叚)	gan ˇ	ㄍㄢˇ	受部	【又部】	9畫	161	163	段4下-7	鍇8-4	鉉4下-2
叡(𦥛)	jing ˇ	ㄐㄧㄥˇ	㕡部	【又部】	9畫	161	163	段4下-7	鍇8-4	鉉4下-2
叒(叒)	ruo ˋ	ㄖㄨㄛˋ	叒部	【又部】	9畫	272	275	段6下-1	鍇12-1	鉉6下-1
叙	sui ˋ	ㄙㄨㄟˋ	又部	【又部】	10畫	116	117	段3下-19	鍇6-10	鉉3下-4
㪥(摣)	zha	ㄓㄚ	又部	【又部】	11畫	115	116	段3下-18	鍇6-10	鉉3下-4

篆本字(古文、金文、籀文、俗字，通段、金石)	拼音	注音	說文部首	康熙部首	筆畫	一般頁碼	洪葉頁碼	段注篇章	徐鍇通釋篇章	徐鉉藤花樹篇章
壽(𠷎)	shou ˋ	ㄕㄡˋ	老部	【士部】	11畫	398	402	段8上-68	鍇16-7	鉉8上-10
屈(屈，倔、詘通段)	qu	ㄑㄩ	尾部	【尸部】	11畫	402	406	段8下-2	鍇16-9	鉉8下-1
窡(詘)	chuo ˋ	ㄔㄨㄛˋ	女部	【穴部】	11畫	622	628	段12下-22	鍇24-7	鉉12下-3
𠭥	li ˊ	ㄌㄧˊ	又部	【又部】	11畫	115	116	段3下-18	鍇6-10	鉉3下-4
燮(燮、燮，煠通段)	xie ˋ	ㄒㄧㄝˋ	又部	【又部】	12畫	115	116	段3下-17	鍇6-9	鉉3下-4
甍(甍、甹、甍，甍通段)	ruan ˇ	ㄖㄨㄢˇ	甍部	【瓦部】	12畫	122	123	段3下-31	鍇6-16	鉉3下-7
殺(㣲、𢼛、殺、布、殺、杀)	sha	ㄕㄚ	殺部	【殳部】	12畫	120	121	段3下-28	鍇6-15	鉉3下-6
䜌(孌、孿、欒)	luan ˊ	ㄌㄨㄢˊ	言部	【言部】	13畫	97	98	段3上-23	鍇5-12	鉉3上-5
𢑥(𢑱、𢑲、肆、遂)	si ˋ	ㄙˋ	㣇部	【彑部】	14畫	456	461	段9下-39	鍇18-13	鉉9下-6
叡(睿、壡)	rui ˋ	ㄖㄨㄟˋ	𣦼部	【又部】	14畫	161	163	段4下-7	鍇8-4	鉉4下-2
燮(燮、燮，煠通段)	xie ˋ	ㄒㄧㄝˋ	又部	【又部】	15畫	115	116	段3下-17	鍇6-9	鉉3下-4
燮	xie ˋ	ㄒㄧㄝˋ	炎部	【又部】	15畫	487	491	段10上-54	鍇19-18	鉉10上-9
叢(𦿆、藂通段)	cong ˊ	ㄘㄨㄥˊ	丵部	【又部】	16畫	103	103	段3上-34	鍇5-18	鉉3上-8
藂(叢)	cong ˊ	ㄘㄨㄥˊ	艸部	【艸部】	16畫	47	47	段1下-52	鍇2-24	鉉1下-9
【口(kou ˇ)部】	kou ˇ	ㄎㄡˇ	口部			54	54	段2上-12	鍇3-5	鉉2上-3
口	kou ˇ	ㄎㄡˇ	口部	【口部】		54	54	段2上-12	鍇3-5	鉉2上-3
右又部佑	you ˋ	ㄧㄡˋ	又部	【口部】	2畫	114	115	段3下-16	鍇6-9	鉉3下-4
右口部佑通段	you ˋ	ㄧㄡˋ	口部	【口部】	2畫	58	59	段2上-21	鍇3-8	鉉2上-4
又(右)	you ˋ	ㄧㄡˋ	又部	【又部】	2畫	114	115	段3下-16	鍇6-9	鉉3下-4
召(zhao ˋ)	zhao	ㄓㄠ	口部	【口部】	2畫	57	57	段2上-18	鍇3-7	鉉2上-4
邵(召俗)	shao ˋ	ㄕㄠˋ	邑部	【邑部】	2畫	288	291	段6下-33	鍇12-16	鉉6下-6
台(yi ˊ)	tai ˊ	ㄊㄞˊ	口部	【口部】	2畫	58	58	段2上-20	鍇3-8	鉉2上-4
怡(台)	yi ˊ	ㄧˊ	心部	【心部】	2畫	504	508	段10下-28	鍇20-10	鉉10下-6
瓵(台，甌、瓯通段)	yi ˊ	ㄧˊ	瓦部	【瓦部】	2畫	638	644	段12下-54	鍇24-18	鉉12下-8
鮐(台，鮔通段)	tai ˊ	ㄊㄞˊ	魚部	【魚部】	2畫	580	585	段11下-26	鍇22-10	鉉11下-5

篆本字(古文、金文、籀文、俗字,通段、金石)	拼音	注音	說文部首	康熙部首	筆畫	一般頁碼	洪葉頁碼	段注篇章	徐鍇通釋篇章	徐鉉藤花榭篇章
吤	qiu´	ㄑㄧㄡˊ	口部	【口部】2畫	59	60	段2上-23	鍇3-10	鉉2上-5
叱	chi`	ㄔˋ	口部	【口部】2畫	60	60	段2上-24	鍇3-10	鉉2上-5
叫(詨通段)	jiao`	ㄐㄧㄠˋ	口部	【口部】2畫	60	61	段2上-25	鍇3-11	鉉2上-5
訆(叫、噭)	jiao`	ㄐㄧㄠˋ	言部	【言部】2畫	99	99	段3上-26	鍇5-13	鉉3上-5
㕣(容、充、沇)	yan`	ㄧㄢˇ	口部	【口部】2畫	62	62	段2上-28	鍇3-12	鉉2上-6
沇(充、沿、㕣、灅)	yan´	ㄧㄢˊ	水部	【水部】2畫	527	532	段11上壹-24	鍇21-8	鉉11上-2
句(勾、劬、峋通段)	gou	ㄍㄡ	句部	【口部】2畫	88	88	段3上-4	鍇5-3	鉉3上-2
只(祇)	zhi	ㄓˇ	只部	【口部】2畫	87	88	段3上-3	鍇5-2	鉉3上-1
可从口乛弖	ke	ㄎㄜˇ	可部	【口部】2畫	204	206	段5上-31	鍇9-12	鉉5上-5
古(䇥)	gu	ㄍㄨˇ	古部	【口部】2畫	88	89	段3上-5	鍇5-4	鉉3上-2
協(叶、叶)	xie´	ㄒㄧㄝˊ	劦部	【十部】2畫	701	708	段13下-55	鍇26-12	鉉13下-8
汁(叶,渣通段)	zhi	ㄓ	水部	【水部】2畫	563	568	段11上貳-35	鍇21-24	鉉11上-8
史(叓)	shi	ㄕˇ	史部	【口部】2畫	116	117	段3下-20	鍇6-11	鉉3下-4
号(號)	hao´	ㄏㄠˊ	号部	【口部】2畫	204	206	段5上-32	鍇9-13	鉉5上-6
司(伺、覗)	si	ㄙ	司部	【口部】2畫	429	434	段9上-29	鍇17-9	鉉9上-5
饕(叨、饆,㕙通段)	tao	ㄊㄠ	倉部	【食部】2畫	221	224	段5下-13	鍇10-5	鉉5下-3
扣(叩,訆述及)	kou`	ㄎㄡˋ	手部	【手部】3畫	611	617	段12上-55	鍇23-17	鉉12上-8
敂(叩)	kou`	ㄎㄡˋ	攴部	【攴部】3畫	125	126	段3下-38	鍇6-19	鉉3下-9
訆(叩)	kou`	ㄎㄡˋ	言部	【言部】3畫	98	99	段3上-25	鍇5-13	鉉3上-5
邟(叩通段)	kou	ㄎㄡ	邑部	【邑部】3畫	286	289	段6下-29	鍇12-15	鉉6下-6
吏	li`	ㄌㄧˋ	一部	【口部】3畫	1	1	段1上-2	鍇1-2	鉉1上-1
吁(吁)	xu	ㄒㄩ	亏部	【口部】3畫	204	206	段5上-32	鍇9-13	鉉5上-6
吁(xu)	yu`	ㄩˋ	口部	【口部】3畫	60	60	段2上-24	鍇3-10	鉉2上-5
忏(吁、盱)	xu	ㄒㄩ	心部	【心部】3畫	514	518	段10下-48	鍇20-17	鉉10下-8
詡(吁)	xu	ㄒㄩˇ	言部	【言部】3畫	94	94	段3上-16	鍇5-9	鉉3上-4
合	he´	ㄏㄜˊ	亼部	【口部】3畫	222	225	段5下-15	鍇10-6	鉉5下-3
洽(郃、合)	qia`	ㄑㄧㄚˋ	水部	【水部】3畫	559	564	段11上貳-27	鍇21-26	鉉11上-7
郃(洽、合)	he´	ㄏㄜˊ	邑部	【邑部】3畫	286	289	段6下-29	鍇12-15	鉉6下-6
祫(合)	xia´	ㄒㄧㄚˊ	示部	【示部】3畫	6	6	段1上-11	鍇1-6	鉉1上-2

篆本字(古文、金文、籀文、俗字，通段、金石)	拼音	注音	說文部首	康熙部首	筆畫	一般頁碼	洪葉頁碼	段注篇章	徐鍇通釋篇章	徐鉉藤花榭篇章
名(銘，詺、顯通段)	mingˊ	ㄇㄧㄥˊ	口部	【口部】	3畫	56	57	段2上-17	鍇3-7	鉉2上-4
吉(鴶通段)	jiˊ	ㄐㄧˊ	口部	【口部】	3畫	58	59	段2上-21	鍇3-9	鉉2上-4
姞(吉)	jiˊ	ㄐㄧˊ	女部	【女部】	3畫	612	618	段12下-2	鍇24-1	鉉12下-1
吐	tuˇ	ㄊㄨˇ	口部	【口部】	3畫	59	59	段2上-22	鍇3-9	鉉2上-5
吃(喫通段)	chi	ㄔ	口部	【口部】	3畫	59	59	段2上-22	鍇3-9	鉉2上-5
吒(咤，嗻、詫通段)	zhaˋ	ㄓㄚˋ	口部	【口部】	3畫	60	60	段2上-24	鍇3-10	鉉2上-5
各(佫金石)	geˋ	ㄍㄜˋ	口部	【口部】	3畫	61	60	段2上-26	鍇3-11	鉉2上-5
弔(弔、迗，吊通段)	diaoˋ	ㄉㄧㄠˋ	人部	【弓部】	3畫	383	387	段8上-37	鍇15-12	鉉8上-5
昏(昬、舌隸變)	gua	ㄍㄨㄚ	口部	【口部】	3畫	61	61	段2上-26	鍇3-11	鉉2上-5
咿(屎，吚、咿通段)	yi	ㄧ	口部	【口部】	3畫	60	60	段2上-24	鍇3-10	鉉2上-5
向(鄉，嚮金石)	xiangˋ	ㄒㄧㄤˋ	宀部	【口部】	3畫	338	341	段7下-6	鍇14-3	鉉7下-2
同(峒通段)	tongˊ	ㄊㄨㄥˊ	冃部	【口部】	3畫	353	357	段7下-37	鍇14-17	鉉7下-7
吅(喧、吅與讙通，嚾、諠通段)	xuan	ㄒㄩㄢ	吅部	【口部】	3畫	62	63	段2上-29	鍇3-13	鉉2上-6
后(後，姤通段)	houˋ	ㄏㄡˋ	后部	【口部】	3畫	429	434	段9上-29	鍇17-9	鉉9上-5
舌與后互譌	sheˊ	ㄕㄜˊ	舌部	【舌部】	3畫	86	87	段3上-1	鍇5-1	鉉3上-1
弞(改、哂，嗔、吲通段)	shenˇ	ㄕㄣˇ	欠部	【欠部】	3畫	411	415	段8下-20	鍇16-16	鉉8下-4
吻(脗、腊、脗)	wenˇ	ㄨㄣˇ	口部	【口部】	4畫	54	54	段2上-12	鍇3-5	鉉2上-3
訬(吵、炒)	chaoˇ	ㄔㄠˇ	言部	【言部】	4畫	99	100	段3上-27	鍇5-14	鉉3上-5
吞	tun	ㄊㄨㄣ	口部	【口部】	4畫	54	55	段2上-13	鍇3-6	鉉2上-3
吮	shunˇ	ㄕㄨㄣˇ	口部	【口部】	4畫	55	55	段2上-14	鍇3-6	鉉2上-3
保(保古作呆宗述及、俘、柔、孚古文、堡鴻述及)	baoˇ	ㄅㄠˇ	人部	【人部】	4畫	365	369	段8上-1	鍇15-1	鉉8上-1
昏(昬、舌隸變)	gua	ㄍㄨㄚ	口部	【口部】	4畫	61	61	段2上-26	鍇3-11	鉉2上-5
呀	ya	ㄧㄚ	口部	【口部】	4畫	無	無	無	無	鉉2上-6

篆本字(古文、金文、籀文、俗字，通叚、金石)	拼音	注音	說文部首	康熙部首	筆畫	一般頁碼	洪葉頁碼	段注篇章	徐鍇通釋篇章	徐鉉藤花榭篇章
訝(迓、御、迎，呀通叚)	yaˋ	ㄧㄚˋ	言部	【言部】	4畫	95	96	段3上-19	鍇5-10	鉉3上-4
牙(㸦、𤘯、芽管述及，呀通叚)	yaˊ	ㄧㄚˊ	牙部	【牙部】	4畫	80	81	段2下-23	鍇4-12	鉉2下-5
仿(放、俩、髣、彷，倣、昉、髣通叚)	fangˇ	ㄈㄤˇ	人部	【人部】	4畫	370	374	段8上-12	鍇15-5	鉉8上-2
亢(頏、肮、吭)	kangˋ	ㄎㄤˋ	亢部	【亠部】	4畫	497	501	段10下-14	鍇20-5	鉉10下-3
吸(噏通叚)	xi	ㄒㄧ	口部	【口部】	4畫	56	56	段2上-16	鍇3-7	鉉2上-4
吹口部	chui	ㄔㄨㄟ	口部	【口部】	4畫	56	56	段2上-16	鍇3-7	鉉2上-4
吹欠部	chui	ㄔㄨㄟ	欠部	【口部】	4畫	410	415	段8下-19	鍇16-15	鉉8下-4
吾	wuˊ	ㄨˊ	口部	【口部】	4畫	56	57	段2上-17	鍇3-7	鉉2上-4
君(𠮿，桾通叚)	jun	ㄐㄩㄣ	口部	【口部】	4畫	57	57	段2上-18	鍇3-7	鉉2上-4
听非聽(𧭥通叚)	ting	ㄊㄧㄥ	口部	【口部】	4畫	57	57	段2上-18	鍇3-8	鉉2上-4
启(啟，闙通叚)	qiˇ	ㄑㄧˇ	口部	【口部】	4畫	58	58	段2上-20	鍇3-8	鉉2上-4
呈(裎通叚)	chengˊ	ㄔㄥˊ	口部	【口部】	4畫	58	59	段2上-21	鍇3-8	鉉2上-4
吺(嚅通叚)	dou	ㄉㄡ	口部	【口部】	4畫	59	60	段2上-23	鍇3-9	鉉2上-5
咿(屎，吚、咿通叚)	yi	ㄧ	口部	【口部】	4畫	60	60	段2上-24	鍇3-10	鉉2上-5
吟(訡、訡)	yinˊ	ㄧㄣˊ	口部	【口部】	4畫	60	61	段2上-25	鍇3-10	鉉2上-5
含(吟)	hanˊ	ㄏㄢˊ	口部	【口部】	4畫	55	56	段2上-15	鍇3-6	鉉2上-3
椷(含)	jian	ㄐㄧㄢ	木部	【木部】	4畫	261	263	段6上-46	鍇11-20	鉉6上-6
琀(含、晗)	hanˊ	ㄏㄢˊ	玉部	【玉部】	4畫	19	19	段1上-37	鍇1-18	鉉1上-6
吪(訛通叚)	eˊ	ㄜˊ	口部	【口部】	4畫	60	61	段2上-25	鍇3-11	鉉2上-5
歃(歃、唼、呞通叚)	shaˋ	ㄕㄚˋ	欠部	【欠部】	4畫	413	417	段8下-24	鍇16-17	鉉8下-5
呰(訾，吡、些通叚)	ziˇ	ㄗˇ	口部	【口部】	4畫	59	60	段2上-23	鍇3-9	鉉2上-5
吝(㖁，吝、恡、悋通叚)	linˋ	ㄌㄧㄣˋ	口部	【口部】	4畫	61	61	段2上-26	鍇3-11	鉉2上-5
否誤增也口部	fouˇ	ㄈㄡˇ	口部	【口部】	4畫	61	61	段2上-26	鍇3-11	鉉2上-5
否不部重字	fouˇ	ㄈㄡˇ	不部	【口部】	4畫	584	590	段12上-2	鍇23-1	鉉12上-1
鄙(啚、否)	biˇ	ㄅㄧˇ	邑部	【邑部】	4畫	284	286	段6下-24	鍇12-14	鉉6下-5

篆本字(古文、金文、籀文、俗字，通叚、金石)	拼音	注音	說文部首	康熙部首	筆畫	一般頁碼	洪葉頁碼	段注篇章	徐鍇通釋篇章	徐鉉藤花榭篇章
戹(呃)	e ˋ	ㄜˋ	口部	【口部】	4畫	61	62	段2上-27	鍇3-11	鉉2上-6
吠(吠、哦，吠通叚)	fei ˋ	ㄈㄟˋ	口部	【口部】	4畫	61	62	段2上-27	鍇3-12	鉉2上-5
吳(旿，蜈通叚)	wu ˊ	ㄨˊ	夨部	【口部】	4畫	494	498	段10下-8	鍇20-2	鉉10下-2
曶(昒昒述及、回、囘、曶，笏通叚)	hu	ㄏㄨ	曰部	【曰部】	4畫	202	204	段5上-28	鍇9-11	鉉5上-5
甚(昆、甚、椹弓述及，砧、碪通叚)	shen ˋ	ㄕㄣˋ	甘部	【甘部】	4畫	202	204	段5上-27	鍇9-11	鉉5上-5
哯(呀通叚)	xian ˋ	ㄒㄧㄢˋ	口部	【口部】	4畫	59	59	段2上-22	鍇3-9	鉉2上-5
㕯(吶、訥)	ne ˋ	ㄋㄜˋ	㕯部	【口部】	4畫	88	88	段3上-4	鍇5-3	鉉3上-2
訥(吶、㕯)	ne ˋ	ㄋㄜˋ	言部	【言部】	4畫	95	96	段3上-19	鍇5-10	鉉3上-4
哺(吺咀述及)	bu ˇ	ㄅㄨˇ	口部	【口部】	4畫	55	56	段2上-15	鍇3-6	鉉2上-3
𧮫非谷gu ˇ(㗘、臄)	jue ˊ	ㄐㄩㄝˊ	谷部	【谷部】	4畫	87	87	段3上-2	鍇5-2	鉉3上-1
谷非𧮫jue ˊ(輷)	gu ˇ	ㄍㄨˇ	谷部	【谷部】	4畫	570	575	段11下-6	鍇22-3	鉉11下-2
呂(膂，侶通叚)	lŭ	ㄌㄩˇ	呂部	【口部】	4畫	343	346	段7下-16	鍇14-7	鉉7下-3
告	gao ˋ	ㄍㄠˋ	告部	【口部】	4畫	53	54	段2上-11	鍇3-5	鉉2上-3
臯(櫜从咎木、高、告、號、嘷，皐、橰通叚)	gao	ㄍㄠ	夲部	【白部】	4畫	498	502	段10下-16	鍇20-6	鉉10下-3
誥古文从言肘(𧦝、告、詔)	gao ˋ	ㄍㄠˋ	言部	【言部】	4畫	92	93	段3上-13	鍇5-7	鉉3上-3
后(吼，呴、吽通叚)	hou ˇ	ㄏㄡˇ	后部	【口部】	4畫	429	434	段9上-29	鍇17-9	鉉9上-5
歠从叕(吷)	chuo ˋ	ㄔㄨㄛˋ	歠部	【欠部】	4畫	414	418	段8下-26	鍇16-18	鉉8下-5
弞(改、哂，嗔、吲通叚)	shen ˇ	ㄕㄣˇ	欠部	【欠部】	5畫	411	415	段8下-20	鍇16-16	鉉8下-4
咅(杏、欯，怌通叚)	pou ˇ	ㄆㄡˇ	丶部	【口部】	5畫	215	217	段5上-53	鍇10-1	鉉5上-10
咎(瘩金石)	jiu ˋ	ㄐㄧㄡˋ	人部	【口部】	5畫	382	386	段8上-36	鍇15-12	鉉8上-5
怨(咎)	qiu ˊ	ㄑㄧㄡˊ	心部	【心部】	5畫	513	517	段10下-46	鍇20-17	鉉10下-8

篆本字(古文、金文、籀文、俗字，通叚、金石)	拼音	注音	說文部首	康熙部首	筆畫	一般頁碼	洪葉頁碼	段注篇章	徐鍇通釋篇章	徐鉉藤花榭篇章
疘(咎)	jiaoˇ	ㄐㄧㄠˇ	疒部	【疒部】	5畫	348	352	段7下-27	錯14-12	鉉7下-5
呱(gu、wa)	gua	ㄍㄨㄚ	口部	【口部】	5畫	54	55	段2上-13	錯3-6	鉉2上-3
胠(呿通叚)	qu	ㄑㄩ	肉部	【肉部】	5畫	169	171	段4下-24	錯8-9	鉉4下-4
咀	juˇ	ㄐㄩˇ	口部	【口部】	5畫	55	55	段2上-14	錯3-6	鉉2上-3
乍(咋)	zhaˋ	ㄓㄚˋ	亾部	【丿部】		634	640	段12下-45	錯24-15	鉉12下-7
詐(咋)	zhaˋ	ㄓㄚˋ	言部	【言部】	5畫	96	97	段3上-21	錯5-11	鉉3上-4
齰(齚，咋通叚)	zeˊ	ㄗㄜˊ	齒部	【齒部】	5畫	80	80	段2下-22	錯4-11	鉉2下-5
苾(咇、秘、馥通叚)	biˋ	ㄅㄧˋ	艸部	【艸部】	5畫	42	42	段1下-42	錯2-19	鉉1下-7
詌(喃、呻、誧、詽、讘通叚)	nanˊ	ㄋㄢˊ	言部	【言部】	5畫	98	98	段3上-24	錯5-12	鉉3上-5
詶(呪、酬，咒、祝通叚)	chouˊ	ㄔㄡˊ	言部	【言部】	5畫	97	97	段3上-22	錯5-11	鉉3上-5
祝(呪、詛詶述及，咒通叚)	zhuˋ	ㄓㄨˋ	示部	【示部】	5畫	6	6	段1上-12	錯1-7	鉉1上-2
枵(哓、諤通叚)	xiao	ㄒㄧㄠ	木部	【木部】	5畫	250	252	段6上-24	錯11-11	鉉6上-4
吠(哎、哦，呋通叚)	feiˋ	ㄈㄟˋ	口部	【口部】	5畫	61	62	段2上-27	錯3-12	鉉2上-5
瞂(戜、哎)	faˊ	ㄈㄚˊ	盾部	【目部】	5畫	136	138	段4上-15	錯7-7	鉉4上-3
昪(緝，呫通叚)	qiˋ	ㄑㄧˋ	口部	【口部】	5畫	57	58	段2上-19	錯3-8	鉉2上-4
讋(呫、喋通叚)	zheˊ	ㄓㄜˊ	言部	【言部】	5畫	96	97	段3上-21	錯5-11	鉉3上-4
后(吼，呴、吽通叚)	houˇ	ㄏㄡˇ	后部	【口部】	5畫	429	434	段9上-29	錯17-9	鉉9上-5
雊(呴通叚)	gouˋ	ㄍㄡˋ	隹部	【隹部】	5畫	142	143	段4上-26	錯7-12	鉉4上-5
呬(嚊，怬通叚)	xiˋ	ㄒㄧˋ	口部	【口部】	5畫	56	56	段2上-16	錯3-7	鉉2上-4
味	weiˋ	ㄨㄟˋ	口部	【口部】	5畫	55	56	段2上-15	錯3-6	鉉2上-3
呼(滹通叚)	hu	ㄏㄨ	口部	【口部】	5畫	56	56	段2上-16	錯3-7	鉉2上-4
評(呼，乎金石)	hu	ㄏㄨ	言部	【言部】	5畫	95	95	段3上-18	錯5-10	鉉3上-4
命	mingˋ	ㄇㄧㄥˋ	口部	【口部】	5畫	57	57	段2上-18	錯3-7	鉉2上-4
呭(泄、沓、詍)	yiˋ	ㄧˋ	口部	【口部】	5畫	57	58	段2上-19	錯3-8	鉉2上-4
咊(和，俰通叚)	heˊ	ㄏㄜˊ	口部	【口部】	5畫	57	57	段2上-18	錯3-7	鉉2上-4
盉(和)	heˊ	ㄏㄜˊ	皿部	【皿部】	5畫	212	214	段5上-48	錯9-19	鉉5上-9

篆本字(古文、金文、籀文、俗字，通叚、金石)	拼音	注音	說文部首	康熙部首	筆畫	一般頁碼	洪葉頁碼	段注篇章	徐鍇通釋篇章	徐鉉藤花榭篇章
龢(和)	he´	ㄏㄜˊ	龠部	【龠部】	5畫	85	86	段2下-33	錯4-17	鉉2下-7
龍(寵、和、尨買述及、駹騋述及，矓通叚)	long´	ㄌㄨㄥˊ	龍部	【龍部】	5畫	582	588	段11下-31	錯22-11	鉉11下-6
咄(喥通叚)	duo	ㄉㄨㄛ	口部	【口部】	5畫	57	58	段2上-19	錯3-8	鉉2上-4
訶(苛、荷詆述及，呵、嗬、歌通叚)	he	ㄏㄜ	言部	【言部】	5畫	100	100	段3上-28	錯5-14	鉉3上-6
何(荷、呵，蚵通叚)	he´	ㄏㄜˊ	人部	【人部】	5畫	371	375	段8上-13	錯15-5	鉉8上-2
詄(呭通叚)	die´	ㄉㄧㄝˊ	言部	【言部】	5畫	98	99	段3上-25	錯5-13	鉉3上-5
周(啁，賙、週通叚)	zhou	ㄓㄡ	口部	【口部】	5畫	58	59	段2上-21	錯3-9	鉉2上-4
匊(周、週)	zhou	ㄓㄡ	勹部	【勹部】	5畫	433	438	段9上-37	錯17-12	鉉9上-6
舟(周)	zhou	ㄓㄡ	舟部	【舟部】	5畫	403	407	段8下-4	錯16-10	鉉8下-1
哈	hai	ㄏㄞ	口部	【口部】	5畫	無	無	無	無	鉉2上-6
欨(嗤、歔，㰨、哈通叚)	chi	ㄔ	欠部	【口部】	5畫	412	416	段8下-22	錯16-16	鉉8下-5
呷	xia	ㄒㄧㄚ	口部	【口部】	5畫	57	58	段2上-19	錯3-8	鉉2上-4
咈	fu´	ㄈㄨˊ	口部	【口部】	5畫	59	59	段2上-22	錯3-9	鉉2上-5
呧(詆)	di	ㄉㄧˇ	口部	【口部】	5畫	59	60	段2上-23	錯3-9	鉉2上-5
詆(呧述及)	di	ㄉㄧˇ	言部	【言部】	5畫	100	101	段3上-29	錯5-15	鉉3上-6
呶	nao´	ㄋㄠˊ	口部	【口部】	5畫	60	60	段2上-24	錯3-10	鉉2上-5
呻	shen	ㄕㄣ	口部	【口部】	5畫	60	61	段2上-25	錯3-10	鉉2上-5
咆	pao´	ㄆㄠˊ	口部	【口部】	5畫	61	62	段2上-27	錯3-12	鉉2上-5
呃(呝)	e	ㄜˋ	口部	【口部】	5畫	61	62	段2上-27	錯3-11	鉉2上-6
呦(㚺、泑)	you	ㄧㄡ	口部	【口部】	5畫	62	62	段2上-28	錯3-12	鉉2上-6
泑(呦)	you	ㄧㄡ	水部	【水部】	5畫	516	521	段11上壹-2	錯21-2	鉉11上-1
皮(箟、晨)	pi´	ㄆㄧˊ	皮部	【皮部】	5畫	122	123	段3下-31	錯6-16	鉉3下-7
謀(呣、譬)	mou´	ㄇㄡˊ	言部	【言部】	5畫	91	92	段3上-11	錯5-6	鉉3上-3
詠(咏)	yong	ㄩㄥˇ	言部	【言部】	5畫	95	95	段3上-18	錯5-9	鉉3上-4
齩(咬，齧通叚)	yao	ㄧㄠˇ	齒部	【齒部】	6畫	80	80	段2下-22	錯4-11	鉉2下-5
咽(胭、嚥通叚)	yan	ㄧㄢ	口部	【口部】	6畫	54	55	段2上-13	錯3-5	鉉2上-3

篆本字(古文、金文、籀文、俗字，通段、金石)	拼音	注音	說文部首	康熙部首	筆畫	一般頁碼	洪葉頁碼	段注篇章	徐鍇通釋篇章	徐鉉藤花榭篇章
鼘从鼝(咽、淵，鼝通段)	yuan	ㄩㄢ	鼓部	【鼓部】6畫	206	208	段5上-36	鍇9-15	鉉5上-7
縗(縞、衰、蓑)	shuai	ㄕㄨㄞ	衣部	【衣部】6畫	397	401	段8上-65	鍇16-6	鉉8上-9
吒(咤，嚛、詫通段)	zha`	ㄓㄚˋ	口部	【口部】6畫	60	60	段2上-24	鍇3-10	鉉2上-5
託(咤通段)	du`	ㄉㄨˋ	宀部	【宀部】6畫	353	357	段7下-37	鍇14-16	鉉7下-6
欱(哈、齘通段)	he	ㄏㄜ	欠部	【口部】6畫	413	417	段8下-24	鍇16-17	鉉8下-5
舓(訑、舐、狧，咶通段)	shi`	ㄕˋ	舌部	【舌部】6畫	87	87	段3上-2	鍇5-1	鉉3上-1
哆	duo	ㄉㄨㄛ	口部	【口部】6畫	54	55	段2上-13	鍇3-6	鉉2上-3
謻(謢、移、哆)	chi`	ㄔˇ	言部	【言部】6畫	97	97	段3上-22	鍇5-11	鉉3上-5
咿(屎，吚、咿通段)	yi	一	口部	【口部】6畫	60	60	段2上-24	鍇3-10	鉉2上-5
咺(喧、暖通段)	xuan˘	ㄒㄩㄢˇ	口部	【口部】6畫	54	55	段2上-13	鍇3-6	鉉2上-3
詾(訩、說，哅通段)	xiong	ㄒㄩㄥ	言部	【言部】6畫	100	100	段3上-28	鍇5-14	鉉3上-6
珥(咡、衈通段)	er˘	ㄦˇ	玉部	【玉部】6畫	13	13	段1上-26	鍇1-13	鉉1上-4
耳(爾唐譌亂至今，咡、駬通段)	er˘	ㄦˇ	耳部	【耳部】6畫	591	597	段12上-15	鍇23-6	鉉12上-3
鬻(餌，咡、誀通段)	er˘	ㄦˇ	鬵部	【鬲部】6畫	112	113	段3下-12	鍇6-7	鉉3下-3
詯(咱，嚊、膹通段)	hui`	ㄏㄨㄟˋ	言部	【言部】6畫	97	98	段3上-23	鍇5-12	鉉3上-5
咷	tao´	ㄊㄠˊ	口部	【口部】6畫	54	55	段2上-13	鍇3-6	鉉2上-3
咳(孩)	ke´	ㄎㄜˊ	口部	【口部】6畫	55	55	段2上-14	鍇3-6	鉉2上-3
吠(咇、哦，吠通段)	fei`	ㄈㄟˋ	口部	【口部】6畫	61	62	段2上-27	鍇3-12	鉉2上-5
休(庥，咻、貅通段)	xiu	ㄒ一ㄡ	木部	【人部】6畫	270	272	段6上-64	鍇11-28	鉉6上-8
痏(咟侑yao´述及)	wei˘	ㄨㄟˇ	疒部	【疒部】6畫	351	354	段7下-32	鍇14-14	鉉7下-6
咦	yi´	一ˊ	口部	【口部】6畫	56	56	段2上-16	鍇3-7	鉉2上-4
君(冏，桾通段)	jun	ㄐㄩㄣ	口部	【口部】6畫	57	57	段2上-18	鍇3-7	鉉2上-4

篆本字(古文、金文、籀文、俗字，通叚、金石)	拼音	注音	說文部首	康熙部首	筆畫	一般頁碼	洪葉頁碼	段注篇章	徐鍇通釋篇章	徐鉉藤花榭篇章
咨(諮通叚)	zi	ㄗ	口部	【口部】6畫		57	57	段2上-18	錯3-7	鉉2上-4
嗞(茲、嗟、咨，諮通叚)	zi	ㄗ	口部	【口部】6畫		60	61	段2上-25	錯3-11	鉉2上-5
咥(xi`)	die´	ㄉㄧㄝ´	口部	【口部】6畫		57	57	段2上-18	錯3-7	鉉2上-4
哉(哉，戠通叚)	zai	ㄗㄞ	口部	【口部】6畫		57	58	段2上-19	錯3-8	鉉2上-4
咠(緝，呫通叚)	qi`	ㄑㄧ`	口部	【口部】6畫		57	58	段2上-19	錯3-8	鉉2上-4
咸	xian´	ㄒㄧㄢ´	口部	【口部】6畫		58	59	段2上-21	錯3-8	鉉2上-4
緘(咸，城通叚)	jian	ㄐㄧㄢ	糸部	【糸部】6畫		657	664	段13上-29	錯25-6	鉉13上-4
減(咸)	jian˘	ㄐㄧㄢˇ	水部	【水部】6畫		566	571	段11上貳-41	錯21-25	鉉11上-9
哇(䵷)	wa	ㄨㄚ	口部	【口部】6畫		59	60	段2上-23	錯3-9	鉉2上-5
鼀(蛙、䵷)	wa	ㄨㄚ	黽部	【黽部】6畫		679	685	段13下-10	錯25-17	鉉13下-3
呃(嚌、啐通叚)	e`	ㄜ`	口部	【口部】6畫		59	60	段2上-23	錯3-9	鉉2上-5
呰(訾，吡、些通叚)	zi˘	ㄗˇ	口部	【口部】6畫		59	60	段2上-23	錯3-9	鉉2上-5
訾(呰、訿)	zi	ㄗ	言部	【言部】6畫		98	98	段3上-24	錯5-12	鉉3上-5
哀(懷通叚)	ai	ㄞ	口部	【口部】6畫		61	61	段2上-26	錯3-11	鉉2上-5
兖(容、宂、沈)	yan˘	ㄧㄢˇ	口部	【口部】6畫		62	62	段2上-28	錯3-12	鉉2上-6
咼(瘑、喎通叚)	guo	ㄍㄨㄛ	口部	【口部】6畫		61	61	段2上-26	錯3-11	鉉2上-5
咮(注述及)	zhou`	ㄓㄡ`	口部	【口部】6畫		61	62	段2上-27	錯3-12	鉉2上-6
噣(咮、啄)	zhou`	ㄓㄡ`	口部	【口部】6畫		54	54	段2上-12	錯3-5	鉉2上-3
咫	zhi˘	ㄓˇ	尺部	【口部】6畫		401	406	段8下-1	錯16-9	鉉8下-1
嚚(咢、蕚轉wei ˘述及，噩、垩、壛、蕚、諤通叚)	e`	ㄜ`	吅部	【口部】6畫		62	63	段2上-29	錯3-13	鉉2上-6
后(吼，呴、吽通叚)	hou˘	ㄏㄡˇ	后部	【口部】6畫		429	434	段9上-29	錯17-9	鉉9上-5
品	pin˘	ㄆㄧㄣˇ	品部	【口部】6畫		85	85	段2下-32	錯4-16	鉉2下-7
哯(呭通叚)	xian`	ㄒㄧㄢ`	口部	【口部】7畫		59	59	段2上-22	錯3-9	鉉2上-5
悊(哲)	zhe´	ㄓㄜ´	心部	【心部】7畫		503	508	段10下-27	錯20-10	鉉10下-5
哲(悊、嚞、喆)	zhe´	ㄓㄜ´	口部	【口部】7畫		57	57	段2上-18	錯3-7	鉉2上-4
哺(咬咀述及)	bu˘	ㄅㄨˇ	口部	【口部】7畫		55	56	段2上-15	錯3-6	鉉2上-3

篆本字（古文、金文、籀文、俗字，通叚、金石）	拼音	注音	說文部首	康熙部首	筆畫	一般頁碼	洪葉頁碼	段注篇章	徐鍇通釋篇章	徐鉉藤花榭篇章
唏(㷀通叚)	xi	ㄒㄧ	口部	【口部】7畫	57	57	段2上-18	錯3-8	鉉2上-4
欷(唏，㷀通叚)	xi	ㄒㄧ	欠部	【欠部】7畫	412	417	段8下-23	錯16-16	鉉8下-5
唉(欸、誒)	ai	ㄞ	口部	【口部】7畫	57	58	段2上-19	錯3-8	鉉2上-4
誒(唉、欸)	ai	ㄞ	言部	【言部】7畫	97	98	段3上-23	錯5-12	鉉3上-5
欸(唉、誒)	ai ˇ	ㄞ ˇ	欠部	【欠部】7畫	412	416	段8下-22	錯16-16	鉉8下-5
哦	o ´	ㄛ ´	口部	【口部】7畫	無	無	無	無	鉉2上-6
誐(假，哦通叚)	e ´	ㄜ ´	言部	【言部】7畫	94	95	段3上-17	錯5-9	鉉3上-4
誡(喊通叚)	jie `	ㄐㄧㄝ `	言部	【言部】7畫	92	93	段3上-13	錯5-7	鉉3上-3
邑(唈尢ji ` 述及)	yi `	ㄧ `	邑部	【邑部】7畫	283	285	段6下-22	錯12-13	鉉6下-5
悒(邑、唈)	yi `	ㄧ `	心部	【心部】7畫	508	513	段10下-37	錯20-13	鉉10下-7
貝(鼎，唄通叚)	bei `	ㄅㄟ `	貝部	【貝部】7畫	279	281	段6下-14	錯12-9	鉉6下-4
唐(喝、塘、磄、螗、隚、鶶通叚)	tang ´	ㄊㄤ ´	口部	【口部】7畫	58	59	段2上-21	錯3-9	鉉2上-4
塘(唐隚述及)	tang ´	ㄊㄤ ´	土部	【土部】7畫	無	無	無	無	鉉13下-6
琀(含、唅)	han ´	ㄏㄢ ´	玉部	【玉部】7畫	19	19	段1上-37	錯1-18	鉉1上-6
嗅(哽)	geng ˇ	ㄍㄥ ˇ	口部	【口部】7畫	59	59	段2上-22	錯3-9	鉉2上-5
唊	jia ´	ㄐㄧㄚ ´	口部	【口部】7畫	59	60	段2上-23	錯3-9	鉉2上-5
唇驚也(震)	chun ´	ㄔㄨㄣ ´	口部	【口部】7畫	60	60	段2上-24	錯3-10	鉉2上-5
哤(尨)	mang ´	ㄇㄤ ´	口部	【口部】7畫	60	61	段2上-25	錯3-11	鉉2上-5
唌(次)	xian ´	ㄒㄧㄢ ´	口部	【口部】7畫	60	61	段2上-25	錯3-11	鉉2上-5
哨(峭通叚)	shao `	ㄕㄠ `	口部	【口部】7畫	60	61	段2上-25	錯3-11	鉉2上-5
吝(咳，㖁、恡、悋通叚)	lin `	ㄌㄧㄣ `	口部	【口部】7畫	61	61	段2上-26	錯3-11	鉉2上-5
唁(殞通叚)	yan `	ㄧㄢ `	口部	【口部】7畫	61	61	段2上-26	錯3-11	鉉2上-5
哮(豞，烋、庨、虓通叚)	xiao `	ㄒㄧㄠ `	口部	【口部】7畫	61	62	段2上-27	錯3-12	鉉2上-6
咢(噩、喟通叚)	e `	ㄜ `	口部	【口部】7畫	59	60	段2上-23	錯3-9	鉉2上-5
袼(格)	ge ´	ㄍㄜ ´	丰部	【口部】7畫	183	185	段4下-52	錯8-18	鉉4下-8
哿(珈通叚)	ge ˇ	ㄍㄜ ˇ	可部	【口部】7畫	204	206	段5上-31	錯9-12	鉉5上-6
哥	ge	ㄍㄜ	可部	【口部】7畫	204	206	段5上-31	錯9-12	鉉5上-6
員(鼏、云，篔通叚)	yuan ´	ㄩㄢ ´	員部	【口部】7畫	279	281	段6下-14	錯12-9	鉉6下-4
哭	ku	ㄎㄨ	哭部	【口部】7畫	63	63	段2上-30	錯3-13	鉉2上-6

篆本字(古文、金文、籀文、俗字，通叚、金石)	拼音	注音	說文部首	康熙部首	筆畫	一般頁碼	洪葉頁碼	段注篇章	徐鍇通釋篇章	徐鉉藤花榭篇章
售	shou ˋ	ㄕㄡˋ	口部	【口部】	7畫	無	無	無	無	鉉2上-6
讎(仇，售通叚)	shou ˋ	ㄕㄡˋ	言部	【口部】	8畫	90	90	段3上-8	鍇5-10	鉉3上-3
雔(售通叚)	chou ˊ	ㄔㄡˊ	雔部	【隹部】	8畫	147	149	段4上-37	鍇7-17	鉉4上-7
唴	qiang ˋ	ㄑㄧㄤˋ	口部	【口部】	8畫	54	55	段2上-13	鍇3-6	鉉2上-3
啜(嚽、噈通叚)	chuo ˋ	ㄔㄨㄛˋ	口部	【口部】	8畫	55	55	段2上-14	鍇3-6	鉉2上-3
啗(嚂、噉通叚)	dan ˋ	ㄉㄢˋ	口部	【口部】	8畫	55	56	段2上-15	鍇3-6	鉉2上-3
啍(哼，噋通叚)	zhun	ㄓㄨㄣ	口部	【口部】	8畫	56	56	段2上-16	鍇3-7	鉉2上-4
唳	li ˋ	ㄌㄧˋ	口部	【口部】	8畫	無	無	無	無	鉉2上-6
戾非戻ti ˋ(倈、唳通叚)	li ˋ	ㄌㄧˋ	犬部	【戶部】	8畫	475	480	段10上-31	鍇19-10	鉉10上-5
次(㳄、俶从水、涎、唌，㳂、㵪通叚)	xian ˊ	ㄒㄧㄢˊ	次部	【水部】	8畫	414	418	段8下-26	鍇16-18	鉉8下-5
卷(衮、弓ㄐ述及，啳、捲、綣、蕃通叚)	juan ˋ	ㄐㄩㄢˋ	卩部	【卩部】	8畫	431	435	段9上-32	鍇17-10	鉉9上-5
唫	jin ˋ	ㄐㄧㄣˋ	口部	【口部】	8畫	56	57	段2上-17	鍇3-7	鉉2上-4
問	wen ˋ	ㄨㄣˋ	口部	【口部】	8畫	57	57	段2上-18	鍇3-7	鉉2上-4
唯	wei ˊ	ㄨㄟˊ	口部	【口部】	8畫	57	57	段2上-18	鍇3-7	鉉2上-4
惟(唯、維)	wei ˊ	ㄨㄟˊ	心部	【心部】	8畫	505	509	段10下-30	鍇20-11	鉉10下-6
唱(倡)	chang ˋ	ㄔㄤˋ	口部	【口部】	8畫	57	57	段2上-18	鍇3-7	鉉2上-4
倡(昌、唱，娼通叚)	chang	ㄔㄤ	人部	【人部】	8畫	379	383	段8上-30	鍇15-10	鉉8上-4
啞(瘂通叚)	ya ˇ	ㄧㄚˇ	口部	【口部】	8畫	57	57	段2上-18	鍇3-8	鉉2上-4
唪	feng ˇ	ㄈㄥˇ	口部	【口部】	8畫	58	58	段2上-20	鍇3-8	鉉2上-4
菶(唪)	beng ˇ	ㄅㄥˇ	艸部	【艸部】	8畫	38	38	段1下-34	鍇2-16	鉉1下-6
啖(噉，餤通叚)	dan ˋ	ㄉㄢˋ	口部	【口部】	8畫	59	59	段2上-22	鍇3-9	鉉2上-5
啁(嘲，謿通叚)	zhou	ㄓㄡ	口部	【口部】	8畫	59	60	段2上-23	鍇3-9	鉉2上-5
啐(啛)	cui ˋ	ㄘㄨㄟˋ	口部	【口部】	8畫	60	60	段2上-24	鍇3-10	鉉2上-5
啛(啐)	shui ˋ	ㄕㄨㄟˋ	口部	【口部】	8畫	55	56	段2上-15	鍇3-6	鉉2上-3
唸(殿)	nian ˋ	ㄋㄧㄢˋ	口部	【口部】	8畫	60	60	段2上-24	鍇3-10	鉉2上-5
啾(寂、諔通叚)	ji ˋ	ㄐㄧˋ	口部	【口部】	8畫	61	61	段2上-26	鍇3-11	鉉2上-5
啄	zhuo ˊ	ㄓㄨㄛˊ	口部	【口部】	8畫	62	62	段2上-28	鍇3-12	鉉2上-6
噣(咮、啄)	zhou ˋ	ㄓㄡˋ	口部	【口部】	8畫	54	54	段2上-12	鍇3-5	鉉2上-3

篆本字(古文、金文、籀文、俗字，通叚、金石)	拼音	注音	說文部首	康熙部首	筆畫	一般頁碼	洪葉頁碼	段注篇章	徐鍇通釋篇章	徐鉉藤花榭篇章
唬(嚇、諤通叚)	hu˘	ㄏㄨˇ	口部	【口部】8畫		62	62	段2上-28	鍇3-12	鉉2上-6
虖(唬、乎，滹通叚)	hu	ㄏㄨ	虍部	【虍部】8畫		209	211	段5上-42	鍇9-17	鉉5上-8
穀(吼通叚)	gou`	ㄍㄡˋ	子部	【子部】8畫		743	750	段14下-25	鍇28-12	鉉14下-6
惛(睧通叚)	hun	ㄏㄨㄣ	心部	【心部】8畫		511	515	段10下-42	鍇20-15	鉉10下-8
啻(商、翅疧qí述及，螪通叚)	chi`	ㄔˋ	口部	【口部】8畫		58	59	段2上-21	鍇3-9	鉉2上-4
贊(賛，囋、讃、贊、囐、嘬通叚)	zan`	ㄗㄢˋ	貝部	【貝部】8畫		280	282	段6下-16	鍇12-10	鉉6下-4
蹔(蹀、喋、啑，蹅、跕通叚)	die´	ㄉㄧㄝˊ	足部	【足部】8畫		82	83	段2下-27	鍇4-14	鉉2下-6
喋(啑、嚌、唼通叚)	ji´	ㄐㄧˊ	口部	【口部】8畫		55	55	段2上-14	鍇3-6	鉉2上-3
厤(厲、厲、癘、蠤、菫、勵、礪、厲、烈、例，唳通叚)	li`	ㄌㄧˋ	厂部	【厂部】8畫		446	451	段9下-19	鍇18-7	鉉9下-3
兮(容、兗、沇)	yan˘	ㄧㄢˇ	口部	【口部】8畫		62	62	段2上-28	鍇3-12	鉉2上-6
啎(衙、仵午述及，忤、悟、捂、牾、逜通叚)	wu˘	ㄨˇ	午部	【口部】8畫		746	753	段14下-31	鍇28-16	鉉14下-8
欨(喣、歐、嘔)	you˘	ㄧㄡˇ	欠部	【欠部】8畫		413	418	段8下-25	鍇16-17	鉉8下-5
歐(嘔、喣欨述及)	ou	ㄡ	欠部	【欠部】8畫		412	416	段8下-22	鍇16-17	鉉8下-5
啟(啓)	qi˘	ㄑㄧˇ	攴部	【口部】8畫		122	123	段3下-32	鍇6-17	鉉3下-8
启(啟，閜通叚)	qi˘	ㄑㄧˇ	口部	【口部】8畫		58	58	段2上-20	鍇3-8	鉉2上-4
呰	zi˘	ㄗˇ	此部	【口部】8畫		68	69	段2上-41	鍇3-18	鉉2上-8
婗(堄通叚)	ni´	ㄋㄧˊ	女部	【女部】8畫		614	620	段12下-6	鍇24-2	鉉12下-1

篆本字(古文、金文、籀文、俗字，通叚、金石)	拼音	注音	說文部首	康熙部首	筆畫	一般頁碼	洪葉頁碼	段注篇章	徐鍇通釋篇章	徐鉉藤花榭篇章
商(鬵、鬵、鬵，蔏、螪、謪通叚)	shang	ㄕㄤ	商部	【口部】8畫		88	88	段3上-4	錯5-3	鉉3上-2
賷(賣、商)	shang	ㄕㄤ	貝部	【貝部】8畫		282	284	段6下-20	錯12-12	鉉6下-5
謮(嘖、借再證)	ze´	ㄗㄜˊ	言部	【言部】8畫		96	96	段3上-20	錯5-10	鉉3上-4
啚(畐、鄙)	bi˘	ㄅㄧˇ	㐭部	【口部】8畫		230	233	段5下-31	錯10-13	鉉5下-6
鄙(啚、否)	bi˘	ㄅㄧˇ	邑部	【邑部】8畫		284	286	段6下-24	錯12-14	鉉6下-5
鹹(喊通叚)	han˘	ㄏㄢˇ	齒部	【齒部】9畫		80	80	段2下-22	錯4-11	鉉2下-5
哲(悊、嚞、喆)	zhe´	ㄓㄜˊ	口部	【口部】9畫		57	57	段2上-18	錯3-7	鉉2上-4
諭(喻)	yu`	ㄩˋ	言部	【言部】9畫		91	91	段3上-10	錯5-6	鉉3上-3
喫	chi	ㄔ	口部	【口部】9畫		無	無	無	無	鉉2上-6
吃(喫通叚)	chi	ㄔ	口部	【口部】9畫		59	59	段2上-22	錯3-9	鉉2上-5
媧	wo	ㄨㄛ	九部	【口部】9畫		448	453	段9下-23	錯18-8	鉉9下-4
喙(瘶、豫、彚、豪黔述及，餯通叚)	hui`	ㄏㄨㄟˋ	口部	【口部】9畫		54	54	段2上-12	錯3-5	鉉2上-3
吒(咤，嚄、詫通叚)	zha`	ㄓㄚˋ	口部	【口部】9畫		60	60	段2上-24	錯3-10	鉉2上-5
喉	hou´	ㄏㄡˊ	口部	【口部】9畫		54	54	段2上-12	錯3-5	鉉2上-3
喗	yun˘	ㄩㄣˇ	口部	【口部】9畫		54	55	段2上-13	錯3-6	鉉2上-3
啾(噍)	jiu	ㄐㄧㄡ	口部	【口部】9畫		54	55	段2上-13	錯3-6	鉉2上-3
喤(諻、韹通叚)	huang´	ㄏㄨㄤˊ	口部	【口部】9畫		54	55	段2上-13	錯3-6	鉉2上-3
鍠(喤，鐄、韹通叚)	huang´	ㄏㄨㄤˊ	金部	【金部】9畫		709	716	段14上-16	錯27-6	鉉14上-3
喑	yin	ㄧㄣ	口部	【口部】9畫		55	55	段2上-14	錯3-6	鉉2上-3
湺(唾)	tuo`	ㄊㄨㄛˋ	水部	【水部】9畫		544	549	段11上壹-57	錯21-12	鉉11上-4
唾(湺)	tuo`	ㄊㄨㄛˋ	口部	【口部】9畫		56	56	段2上-16	錯3-7	鉉2上-4
喘	chuan˘	ㄔㄨㄢˇ	口部	【口部】9畫		56	56	段2上-16	錯3-7	鉉2上-4
嗖(哽)	geng˘	ㄍㄥˇ	口部	【口部】9畫		59	59	段2上-22	錯3-9	鉉2上-5
喟(嘳)	kui`	ㄎㄨㄟˋ	口部	【口部】9畫		56	56	段2上-16	錯3-7	鉉2上-4
喁	yu`	ㄩˋ	口部	【口部】9畫		58	58	段2上-20	錯3-8	鉉2上-4
啻(商、翅痆qi´述及，螪通叚)	chi`	ㄔˋ	口部	【口部】9畫		58	59	段2上-21	錯3-9	鉉2上-4

篆本字(古文、金文、籀文、俗字，通叚、金石)	拼音	注音	說文部首	康熙部首	筆畫	一般頁碼	洪葉頁碼	段注篇章	徐鍇通釋篇章	徐鉉藤花榭篇章
音(憶通叚)	yi`	一`	言部	【立部】	9畫	91	91	段3上-10	錯5-6	鉉3上-3
譱(譱、善)	shan`	ㄕㄢ`	誩部	【言部】	9畫	102	102	段3上-32	錯5-16	鉉3上-7
諺(嗘)	yan`	一ㄢ`	言部	【言部】	9畫	95	95	段3上-18	錯5-10	鉉3上-4
咢(咢，噩、蕚 韡wei˘述及，堮、壀、蕚、諤通叚)	e`	ㄜ`	吅部	【口部】	9畫	62	63	段2上-29	錯3-13	鉉2上-6
唐(啺、塘，磄、螗、隚、鶶通叚)	tang´	ㄊㄤ´	口部	【口部】	9畫	58	59	段2上-21	錯3-9	鉉2上-4
茍(非苟gou˘，古文从羊句(亟、棘，急俗))	ji`	ㄐㄧ`	茍部	【艸部】	9畫	434	439	段9上-39	錯17-13	鉉9上-7
銜(啣通叚)	xian´	ㄒㄧㄢ´	金部	【行部】	9畫	713	720	段14上-23	錯27-7	鉉14上-4
呙(剐，喎通叚)	gua˘	ㄍㄨㄚ˘	呙部	【冂部】	9畫	164	166	段4下-14	錯8-6	鉉4下-3
喝(噎，嗑通叚)	he	ㄏㄜ	口部	【口部】	9畫	60	61	段2上-25	錯3-11	鉉2上-5
咼(瑪、喎通叚)	guo	ㄍㄨㄛ	口部	【口部】	9畫	61	61	段2上-26	錯3-11	鉉2上-5
諜(喋，喋通叚)	die´	ㄉㄧㄝ´	言部	【言部】	9畫	101	102	段3上-31	錯5-16	鉉3上-6
譬(呫、喋通叚)	zhe´	ㄓㄜ´	言部	【言部】	9畫	96	97	段3上-21	錯5-11	鉉3上-4
蹏(蹀、喋、啑，蹀、跕通叚)	die´	ㄉㄧㄝ´	足部	【足部】	9畫	82	83	段2下-27	錯4-14	鉉2下-6
唤	huan`	ㄏㄨㄢ`	口部	【口部】	9畫	無	無	無	無	鉉2上-6
嚻(嚻、唤)	huan`	ㄏㄨㄢ`	㗊部	【品部】	9畫	86	87	段3上-1	錯5-1	鉉3上-1
讙(嚾、唤通叚)	huan	ㄏㄨㄢ	言部	【言部】	9畫	99	99	段3上-26	錯5-13	鉉3上-5
啃	jie	ㄐㄧㄝ	口部	【口部】	9畫	61	62	段2上-27	錯3-12	鉉2上-6
嗁(啼，諦通叚)	ti´	ㄊㄧ´	口部	【口部】	9畫	61	61	段2上-26	錯3-11	鉉2上-5
歃(歃、啑、唼通叚)	sha`	ㄕㄚ`	欠部	【欠部】	9畫	413	417	段8下-24	錯16-17	鉉8下-5
喔又音ō	wo	ㄨㄛ	口部	【口部】	9畫	61	62	段2上-27	錯3-12	鉉2上-6
喁	yong´	ㄩㄥ´	口部	【口部】	9畫	62	62	段2上-28	錯3-12	鉉2上-6
噎(欧，喥、餲通叚)	ye	一ㄝ	口部	【口部】	9畫	59	59	段2上-22	錯3-9	鉉2上-4
喬(嶠，簥通叚)	qiao´	ㄑㄧㄠ´	夭部	【口部】	9畫	494	499	段10下-9	錯20-3	鉉10下-2
馫(馨)	xin	ㄒㄧㄣ	只部	【口部】	9畫	87	88	段3上-3	錯5-2	鉉3上-2

篆本字（古文、金文、籀文、俗字，通段、金石）	拼音	注音	說文部首	康熙部首	筆畫	一般頁碼	洪葉頁碼	段注篇章	徐鍇通釋篇章	徐鉉藤花榭篇章
單	dan	ㄉㄢ	吅部	【口部】	9畫	63	63	段2上-30	鍇3-13	鉉2上-6
鄲(單)	dan	ㄉㄢ	邑部	【邑部】	9畫	290	292	段6下-36	鍇12-17	鉉6下-7
殫(單，勯通段)	dan	ㄉㄢ	歺部	【歹部】	9畫	163	165	段4下-12	鍇8-6	鉉4下-3
枭(嘌、嗅、蟂通段)	xiao	ㄒㄧㄠ	木部	【木部】	9畫	271	273	段6上-66	鍇11-29	鉉6上-8
臾(要、頻、嚻，哟、霄、腰、嬰、楆、騕通段)	yao	ㄧㄠ	臼部	【西部】	9畫	105	106	段3上-39	鍇6-1	鉉3上-9
吅(喧、吅與讙通，嚾、諠通段)	xuan	ㄒㄩㄢ	吅部	【口部】	9畫	62	63	段2上-29	鍇3-13	鉉2上-6
咺(喧、嗳通段)	xuan˘	ㄒㄩㄢ˘	口部	【口部】	9畫	54	55	段2上-13	鍇3-6	鉉2上-3
愃(喧通段)	xuan	ㄒㄩㄢ	心部	【心部】	9畫	504	509	段10下-29	鍇20-11	鉉10下-6
孖(粥)	zhou	ㄓㄡ	吅部	【口部】	9畫	63	63	段2上-30	鍇3-13	鉉2上-6
誧(喃、呻、誦、詽、誧通段)	nan´	ㄋㄢ´	言部	【言部】	9畫	98	98	段3上-24	鍇5-12	鉉3上-5
谷非谷gu˘(嗢、膗)	jue´	ㄐㄩㄝ´	谷部	【谷部】	9畫	87	87	段3上-2	鍇5-2	鉉3上-1
喪	sang	ㄙㄤ	哭部	【口部】	9畫	63	63	段2上-30	鍇3-13	鉉2上-6
品	ji´	ㄐㄧ´	品部	【口部】	9畫	86	87	段3上-1	鍇5-1	鉉3上-1
喬(喬、嚋、疇)	chou´	ㄔㄡ´	口部	【口部】	9畫	58	59	段2上-21	鍇3-9	鉉2上-4
嵒非山部嵒yan´(讘)	nie`	ㄋㄧㄝ`	品部	【口部】	9畫	85	85	段2下-32	鍇4-16	鉉2下-7
嵒非口部嵒nie`(岩通段)	yan´	ㄧㄢ´	山部	【山部】	9畫	440	445	段9下-7	鍇18-3	鉉9下-1
喜(歖、歠，憘通段)	xi˘	ㄒㄧ˘	喜部	【口部】	9畫	205	207	段5上-33	鍇9-14	鉉5上-6
歖(喜)	xi˘	ㄒㄧ˘	欠部	【欠部】	9畫	412	416	段8下-22	鍇16-16	鉉8下-5
憙(喜，憙、憘通段)	xi˘	ㄒㄧ˘	喜部	【心部】	9畫	205	207	段5上-33	鍇9-14	鉉5上-6
嗌(蕬、益，膉通段)	yi`	ㄧ`	口部	【口部】	10畫	54	55	段2上-13	鍇3-6	鉉2上-3

篆本字(古文、金文、籀文、俗字，通叚、金石)	拼音	注音	說文部首	康熙部首	筆畫	一般頁碼	洪葉頁碼	段注篇章	徐鍇通釋篇章	徐鉉藤花榭篇章
齸(嗌)	yi ˋ	一ˋ	齒部	【齒部】	10畫	80	81	段2下-23	錯4-12	鉉2下-5
嗛(衒、歉、謙，嗛通叚)	qian ˋ	ㄑㄧㄢˋ	口部	【口部】	10畫	55	55	段2上-14	錯3-6	鉉2上-3
歉(嗛)	qian ˋ	ㄑㄧㄢˋ	欠部	【欠部】	10畫	413	417	段8下-24	錯16-17	鉉8下-5
謙(嗛)	qian	ㄑㄧㄢ	言部	【言部】	10畫	94	94	段3上-16	錯5-9	鉉3上-4
僉	qian	ㄑㄧㄢ	스部	【人部】	10畫	222	225	段5下-15	錯10-6	鉉5下-3
欼(嗤、歖，改、哈通叚)	chi	ㄔ	欠部	【口部】	10畫	412	416	段8下-22	錯16-16	鉉8下-5
雝(雍，噰、噰通叚)	yong	ㄩㄥ	隹部	【隹部】	10畫	143	144	段4上-28	錯7-12	鉉4上-5
嗟(譇，嗟通叚)	jie	ㄐㄧㄝ	言部	【言部】	10畫	99	100	段3上-27	錯5-14	鉉3上-6
嗟(差，嗟通叚)	cha	ㄔㄚ	左部	【工部】	10畫	200	202	段5上-24	錯9-9	鉉5上-4
嗞(茲、嗟、咨，諮通叚)	zi	ㄗ	口部	【口部】	10畫	60	61	段2上-25	錯3-11	鉉2上-5
梟(嗃、嘵、蟂通叚)	xiao	ㄒㄧㄠ	木部	【木部】	10畫	271	273	段6上-66	錯11-29	鉉6上-8
烏(緆、㺗、於，嗚、螐、鷓通叚)	wu	ㄨ	烏部	【火部】	10畫	157	158	段4上-56	錯7-23	鉉4上-10
歍(噁，嗚通叚)	wu	ㄨ	欠部	【欠部】	10畫	411	416	段8下-21	錯16-16	鉉8下-4
縈(素，嗦、愫通叚)	su ˋ	ㄙㄨˋ	素部	【糸部】	10畫	662	669	段13上-39	錯25-9	鉉13上-5
嗃	he ˋ	ㄏㄜˋ	口部	【口部】	10畫	無	無	無	無	鉉2上-6
熇(嗃，謞通叚)	he ˋ	ㄏㄜˋ	火部	【火部】	10畫	481	486	段10上-43	錯19-14	鉉10上-8
荅(答，嗒通叚)	da ˊ	ㄉㄚˊ	艸部	【艸部】	10畫	22	23	段1下-3	錯2-2	鉉1下-1
舓(噬，嗒通叚)	ta ˋ	ㄊㄚˋ	舌部	【舌部】	10畫	87	87	段3上-2	錯5-1	鉉3上-1
嚗	bo ˊ	ㄅㄛˊ	口部	【口部】	10畫	55	56	段2上-15	錯3-6	鉉2上-3
齙(嚗)	bo ˊ	ㄅㄛˊ	齒部	【齒部】	10畫	80	81	段2下-23	錯4-12	鉉2下-5
嗔(闐)	chen	ㄔㄣ	口部	【口部】	10畫	58	58	段2上-20	錯3-8	鉉2上-4
嗂	yao ˊ	ㄧㄠˊ	口部	【口部】	10畫	58	58	段2上-20	錯3-8	鉉2上-4
哇	wa ˋ	ㄨㄚˋ	口部	【口部】	10畫	59	59	段2上-22	錯3-9	鉉2上-5
嗜(耆)	shi ˋ	ㄕˋ	口部	【口部】	10畫	59	59	段2上-22	錯3-9	鉉2上-5
耆(鬐从耆、嗜，鰭通叚)	qi ˊ	ㄑㄧˊ	老部	【老部】	10畫	398	402	段8上-67	錯16-7	鉉8上-10

篆本字（古文、金文、籀文、俗字，通叚、金石）	拼音	注音	說文部首	康熙部首	筆畫	一般頁碼	洪葉頁碼	段注篇章	徐鍇通釋篇章	徐鉉藤花榭篇章
嚘(歑，嗄通叚)	you	ㄧㄡ	口部	【口部】	10畫	59	59	段2上-22	錯3-9	鉉2上-5
嗑(譫通叚)	ke	ㄎㄜ	口部	【口部】	10畫	59	60	段2上-23	錯3-10	鉉2上-5
嗙	beng	ㄅㄥ	口部	【口部】	10畫	59	60	段2上-23	錯3-10	鉉2上-5
嗞(茲、嗟、咨，謣通叚)	zi	ㄗ	口部	【口部】	10畫	60	61	段2上-25	錯3-11	鉉2上-5
嗁(啼，諦通叚)	ti´	ㄊㄧˊ	口部	【口部】	10畫	61	61	段2上-26	錯3-11	鉉2上-5
嗀	hu`	ㄏㄨˋ	口部	【口部】	10畫	61	61	段2上-26	錯3-11	鉉2上-5
嗥(獆，譹通叚)	hao´	ㄏㄠˊ	口部	【口部】	10畫	61	62	段2上-27	錯3-12	鉉2上-5
皋(臯从咎木、高、告、號、嗥，皐、槔通叚)	gao	ㄍㄠ	本部	【白部】	10畫	498	502	段10下-16	錯20-6	鉉10下-3
斸(斷、刉、劅)	duan`	ㄉㄨㄢˋ	斤部	【斤部】	10畫	717	724	段14上-31	錯27-10	鉉14上-5
嗣(孠)	si`	ㄙˋ	冊(册)部	【口部】	10畫	86	86	段2下-34	錯4-17	鉉2下-7
佀(似、嗣、巳，娌、姒通叚)	si`	ㄙˋ	人部	【人部】	10畫	375	379	段8上-21	錯15-8	鉉8上-3
喿(噪)	zao`	ㄗㄠˋ	品部	【口部】	10畫	85	85	段2下-32	錯4-16	鉉2下-7
銚(斛、喿、鍫，鍬通叚)	diao`	ㄉㄧㄠˋ	金部	【金部】	10畫	704	711	段14上-6	錯27-3	鉉14上-2
鍜(斛銚diao`述及銚斛喿三字同。即今鍫字也，鍫通叚)	xia´	ㄒㄧㄚˊ	金部	【金部】	10畫	711	718	段14上-20	錯27-7	鉉14上-4
嗇(蔷、穡)	se`	ㄙㄜˋ	嗇部	【口部】	10畫	230	233	段5下-31	錯10-13	鉉5下-6
穡(嗇)	se`	ㄙㄜˋ	禾部	【禾部】	10畫	321	324	段7上-39	錯13-16	鉉7上-7
齅(嗅通叚)	xiu`	ㄒㄧㄡˋ	鼻部	【鼻部】	10畫	137	139	段4上-17	錯7-8	鉉4上-4
臭(嗅、螑通叚)	chou`	ㄔㄡˋ	犬部	【自部】	10畫	476	480	段10上-32	錯19-11	鉉10上-5
嫣(嘕，嗘通叚)	yan	ㄧㄢ	女部	【女部】	10畫	619	625	段12下-15	錯24-5	鉉12下-2
弞(㰴、哂，嗔、吲通叚)	shen`	ㄕㄣˋ	欠部	【欠部】	11畫	411	415	段8下-20	錯16-16	鉉8下-4
啖(噉，餤通叚)	dan`	ㄉㄢˋ	口部	【口部】	11畫	59	59	段2上-22	錯3-9	鉉2上-5
恫(嗵、痌、癑通叚)	dong`	ㄉㄨㄥˋ	心部	【心部】	11畫	512	517	段10下-45	錯20-16	鉉10下-8
咄(喥通叚)	duo	ㄉㄨㄛ	口部	【口部】	11畫	57	58	段2上-19	錯3-8	鉉2上-4

篆本字（古文、金文、籀文、俗字，通叚、金石）	拼音	注音	說文部首	康熙部首	筆畫	一般頁碼	洪葉頁碼	段注篇章	徐鍇通釋篇章	徐鉉藤花榭篇章
啐(啐)	shui`	ㄕㄨㄟˋ	口部	【口部】	11畫	55	56	段2上-15	鍇3-6	鉉2上-3
啐(啐)	cui`	ㄘㄨㄟˋ	口部	【口部】	11畫	60	60	段2上-24	鍇3-10	鉉2上-5
噓	xu	ㄒㄩ	口部	【口部】	11畫	56	56	段2上-16	鍇3-7	鉉2上-4
摧(催，嗺、慛、擢、謋通叚)	cui	ㄘㄨㄟ	手部	【手部】	11畫	596	602	段12上-26	鍇23-14	鉉12上-5
欶(嗽㰡kai`述及，癥通叚)	shuo`	ㄕㄨㄛˋ	欠部	【欠部】	11畫	413	417	段8下-24	鍇16-17	鉉8下-5
漱(欶㰡kai`述及、涑，嗽通叚)	shu`	ㄕㄨˋ	水部	【水部】	11畫	563	568	段11上貳-36	鍇21-24	鉉11上-8
㰡(蹙，慼通叚)	cu`	ㄘㄨˋ	欠部	【欠部】	11畫	411	416	段8下-21	鍇16-16	鉉8下-4
嫣(嗎，唉通叚)	yan	ㄧㄢ	女部	【女部】	11畫	619	625	段12下-15	鍇24-5	鉉12下-2
噪	jiao	ㄐㄧㄠ	口部	【口部】	11畫	57	58	段2上-19	鍇3-8	鉉2上-4
嘒(嚖、嚖，嘻通叚)	hui`	ㄏㄨㄟˋ	口部	【口部】	11畫	58	58	段2上-20	鍇3-8	鉉2上-4
嘌	piao	ㄆㄧㄠ	口部	【口部】	11畫	58	58	段2上-20	鍇3-8	鉉2上-4
嘑(謼)	hu	ㄏㄨ	口部	【口部】	11畫	58	58	段2上-20	鍇3-8	鉉2上-4
謼(嘑)	hu	ㄏㄨ	言部	【言部】	11畫	95	95	段3上-18	鍇5-10	鉉3上-4
嘽	tan`	ㄊㄢˇ	口部	【口部】	11畫	58	59	段2上-21	鍇3-8	鉉2上-4
嘐(嚤通叚)	xiao	ㄒㄧㄠ	口部	【口部】	11畫	59	60	段2上-23	鍇3-9	鉉2上-5
嗻	zhe	ㄓㄜ	口部	【口部】	11畫	59	60	段2上-23	鍇3-9	鉉2上-5
嘖(讀，憤、賾通叚)	ze´	ㄗㄜˊ	口部	【口部】	11畫	60	60	段2上-24	鍇3-10	鉉2上-5
謷(嗷)	ao´	ㄠˊ	口部	【口部】	11畫	60	60	段2上-24	鍇3-10	鉉2上-5
嘅	kai`	ㄎㄞˇ	口部	【口部】	11畫	60	61	段2上-25	鍇3-11	鉉2上-5
嘆(歎今通用)	tan`	ㄊㄢˋ	口部	【口部】	11畫	60	61	段2上-25	鍇3-11	鉉2上-5
嘆(寞、貃通叚)	mo`	ㄇㄛˋ	口部	【口部】	11畫	61	61	段2上-26	鍇3-11	鉉2上-5
嗾	sou	ㄙㄡˇ	口部	【口部】	11畫	61	62	段2上-27	鍇3-12	鉉2上-5
䛐(假)	jia	ㄐㄧㄚˇ	古部	【口部】	11畫	88	89	段3上-5	鍇5-4	鉉3上-2
假(徦、䛐、嘉、暇)	jia	ㄐㄧㄚˇ	人部	【人部】	11畫	374	378	段8上-19	鍇15-8	鉉8上-3
㖖	zha	ㄓㄚ	多部	【口部】	11畫	316	319	段7上-29	鍇13-12	鉉7上-5
嘗(嚐通叚)	chang´	ㄔㄤˊ	旨部	【口部】	11畫	202	204	段5上-28	鍇9-14	鉉5上-5
噍(嚼，嗺通叚)	jiao`	ㄐㄧㄠˋ	口部	【口部】	11畫	55	55	段2上-14	鍇3-6	鉉2上-3

篆本字(古文、金文、籀文、俗字，通叚、金石)	拼音	注音	說文部首	康熙部首	筆畫	一般頁碼	洪葉頁碼	段注篇章	徐鍇通釋篇章	徐鉉藤花榭篇章
歐(嘔、㰶欸述及)	ou	ㄡ	欠部	【欠部】	11畫	412	416	段8下-22	鍇16-17	鉉8下-5
欸(㰶、歐、嘔)	youˇ	ㄧㄡˇ	欠部	【欠部】	11畫	413	418	段8下-25	鍇16-17	鉉8下-5
欨(嘔通叚)	xu	ㄒㄩ	欠部	【欠部】	11畫	410	415	段8下-19	鍇16-15	鉉8下-4
漚(嘔、漚)	kou`	ㄎㄡ`	水部	【水部】	11畫	543	548	段11上壹-55	鍇21-12	鉉11上-3
謨(暮，謩、譕通叚)	moˊ	ㄇㄛˊ	言部	【言部】	11畫	91	92	段3上-11	鍇5-7	鉉3上-3
𠂤(阜、𨸏，𠂤、𠂤通叚)	fu`	ㄈㄨ`	𠂤部	【阜部】	11畫	731	738	段14下-1	鍇28-1	鉉14下-1
嘉(美、善、賀，㚉通叚)	jia	ㄐㄧㄚ	壴部	【口部】	11畫	205	207	段5上-34	鍇9-14	鉉5上-7
賀(嘉、儋、擔)	he`	ㄏㄜ`	貝部	【貝部】	11畫	280	282	段6下-16	鍇12-10	鉉6下-4
㗊(訆)	jiao`	ㄐㄧㄠ`	㗊部	【口部】	11畫	86	87	段3上-1	鍇5-1	鉉3上-1
訆(叫、㗊)	jiao`	ㄐㄧㄠ`	言部	【言部】	11畫	99	99	段3上-26	鍇5-13	鉉3上-5
曐(曐、星，醒通叚)	xing	ㄒㄧㄥ	晶部	【日部】	11畫	312	315	段7上-22	鍇13-8	鉉7上-4
曑(曑、參)	san	ㄙㄢ	晶部	【日部】	11畫	313	316	段7上-23	鍇13-8	鉉7上-4
嘰(啑、㗱、唼通叚)	jiˊ	ㄐㄧˊ	口部	【口部】	12畫	55	55	段2上-14	鍇3-6	鉉2上-3
觜(嘴廣雅作策zuiˇ，蟕通叚)	zuiˇ	ㄗㄨㄟˇ	角部	【角部】	12畫	186	188	段4下-58	鍇8-20	鉉4下-9
嘒(嚖、嘒，嘒通叚)	hui`	ㄏㄨㄟ`	口部	【口部】	12畫	58	58	段2上-20	鍇3-8	鉉2上-4
噍(嚼，嚁通叚)	jiao`	ㄐㄧㄠ`	口部	【口部】	12畫	55	55	段2上-14	鍇3-6	鉉2上-3
啾(噍)	jiu	ㄐㄧㄡ	口部	【口部】	12畫	54	55	段2上-13	鍇3-6	鉉2上-3
嘰(禨)	ji	ㄐㄧ	口部	【口部】	12畫	55	56	段2上-15	鍇3-6	鉉2上-3
旣(既、嘰、禨、气、氣、餼氣述及)	ji`	ㄐㄧ`	皀部	【无部】	12畫	216	219	段5下-3	鍇10-2	鉉5下-1
啜(嚽、嚵通叚)	chuo`	ㄔㄨㄛ`	口部	【口部】	12畫	55	55	段2上-14	鍇3-6	鉉2上-3
歍(噁，嗚通叚)	wu	ㄨ	欠部	【欠部】	12畫	411	416	段8下-21	鍇16-17	鉉8下-4

篆本字(古文、金文、籀文、俗字，通叚、金石)	拼音	注音	說文部首	康熙部首	筆畫	一般頁碼	洪葉頁碼	段注篇章	徐鍇通釋篇章	徐鉉藤花榭篇章
最(冣非取jiu ` 、撮，㝧通叚)	zui `	ㄗㄨㄟˋ	冃部	【冂部】	12畫	354	358	段7下-39	鍇14-17	鉉7下-7
嚲(啍，噸通叚)	zhun	ㄓㄨㄣ	口部	【口部】	12畫	56	56	段2上-16	鍇3-7	鉉2上-4
嘽	tan	ㄊㄢ	口部	【口部】	12畫	56	56	段2上-16	鍇3-7	鉉2上-4
噂(僔)	zun ˇ	ㄗㄨㄣˇ	口部	【口部】	12畫	57	58	段2上-19	鍇3-8	鉉2上-4
僔(噂、蓴)	zun ˇ	ㄗㄨㄣˇ	人部	【人部】	12畫	383	387	段8上-37	鍇15-12	鉉8上-5
默(嘿，嗼通叚)	mo `	ㄇㄜˋ	犬部	【黑部】	12畫	474	478	段10上-28	鍇19-9	鉉10上-5
喟(嘳)	kui `	ㄎㄨㄟˋ	口部	【口部】	12畫	56	56	段2上-16	鍇3-7	鉉2上-4
嘫(然)	ran ´	ㄖㄢˊ	口部	【口部】	12畫	58	58	段2上-20	鍇3-8	鉉2上-4
嘯(歗)	xiao `	ㄒㄧㄠˋ	口部	【口部】	12畫	58	58	段2上-20	鍇3-8	鉉2上-4
歗(嘯)	xiao `	ㄒㄧㄠˋ	欠部	【欠部】	12畫	412	416	段8下-22	鍇16-16	鉉8下-5
嘾(憛通叚)	dan `	ㄉㄢˋ	口部	【口部】	12畫	59	59	段2上-22	鍇3-9	鉉2上-4
器(噐、㗧通叚)	qi `	ㄑㄧˋ	㗊部	【口部】	12畫	86	87	段3上-1	鍇5-1	鉉3上-1
甯(㝱)	ning ´	ㄋㄧㄥˊ	皿部	【爻部】	12畫	62	63	段2上-29	鍇3-13	鉉2上-6
噎(欧，喥、餲通叚)	ye	ㄧㄝ	口部	【口部】	12畫	59	59	段2上-22	鍇3-9	鉉2上-4
欧又音yi `(噎)	yin	ㄧㄣ	欠部	【欠部】	12畫	413	417	段8下-24	鍇16-17	鉉8下-5
嘮	lao `	ㄌㄠˋ	口部	【口部】	12畫	60	60	段2上-24	鍇3-10	鉉2上-5
噈	yu `	ㄩˋ	口部	【口部】	12畫	60	60	段2上-24	鍇3-10	鉉2上-5
嘵(憢通叚)	xiao	ㄒㄧㄠ	口部	【口部】	12畫	60	60	段2上-24	鍇3-10	鉉2上-5
嘈	zan ˇ	ㄗㄢˇ	口部	【口部】	12畫	61	61	段2上-26	鍇3-11	鉉2上-5
濴(潧、涮，溇、噀通叚)	suo	ㄙㄨㄛ	水部	【水部】	12畫	563	568	段11上貳-36	鍇21-24	鉉11上-8
臾(要、覂、㗅，喓、䚻、腰、孁、楆、騕通叚)	yao	ㄧㄠ	臼部	【兩部】	12畫	105	106	段3上-39	鍇6-1	鉉3上-9
商(蔺、蔺、蔺，蔺、螪、謪通叚)	shang	ㄕㄤ	蔺部	【口部】	12畫	88	88	段3上-4	鍇5-3	鉉3上-2
斯(撕、蜇、蟴、嘶、廝、鐁通叚)	si	ㄙ	斤部	【斤部】	12畫	717	724	段14上-31	鍇27-10	鉉14上-5

篆本字（古文、金文、籀文、俗字，通叚、金石）	拼音	注音	說文部首	康熙部首	筆畫	一般頁碼	洪葉頁碼	段注篇章	徐鍇通釋篇章	徐鉉藤花榭篇章
廝(嘶，廝、㒒通叚)	si	ㄙ	广部	【广部】	12畫	349	352	段7下-28	錯14-12	鉉7下-5
歅(誓、嘶)	xi	ㄒㄧ	言部	【言部】	12畫	101	101	段3上-30	錯5-15	鉉3上-6
嘲	chao	ㄔㄠ	口部	【口部】	12畫	無	無	無	無	鉉2上-6
喌(嘲，譸通叚)	zhou	ㄓㄡ	口部	【口部】	12畫	59	60	段2上-23	錯3-9	鉉2上-5
歠(嗽、顣通叚)	cu	ㄘㄨˋ	欠部	【欠部】	12畫	411	416	段8下-21	錯16-16	鉉8下-4
嚻(踶、㘈)	xiao	ㄒㄧㄠ	㗊部	【口部】	12畫	86	87	段3上-1	錯5-1	鉉3上-1
銛(噬，嗒通叚)	ta	ㄊㄚˋ	舌部	【舌部】	12畫	87	87	段3上-2	錯5-1	鉉3上-1
喗(畜)	chu	ㄔㄨˋ	喗部	【口部】	12畫	739	746	段14下-18	錯28-8	鉉14下-4
畜(嘼、喗，稸通叚)	xu	ㄒㄩˋ	田部	【田部】	12畫	697	704	段13下-47	錯26-9	鉉13下-6
燠(奥，噢、襖通叚)	yu	ㄩˋ	火部	【火部】	12畫	486	490	段10上-52	錯19-17	鉉10上-9
喿(噪)	zao	ㄗㄠˋ	品部	【口部】	13畫	85	85	段2下-32	錯4-16	鉉2下-7
譟(噪、鬧通叚)	zao	ㄗㄠˋ	言部	【言部】	13畫	99	99	段3上-26	錯5-10	鉉3上-5
節(卪，嘅、㮃通叚)	jie	ㄐㄧㄝˊ	竹部	【竹部】	13畫	189	191	段5上-2	錯9-1	鉉5上-1
噭(嗷通叚)	jiao	ㄐㄧㄠˋ	口部	【口部】	13畫	54	54	段2上-12	錯3-5	鉉2上-3
噣(咮、啄)	zhou	ㄓㄡˋ	口部	【口部】	13畫	54	54	段2上-12	錯3-5	鉉2上-3
噲(快)	kuai	ㄎㄨㄞˋ	口部	【口部】	13畫	54	54	段2上-12	錯3-6	鉉2上-3
訶(苛、荷詆述及，呵、嗃、歌通叚)	he	ㄏㄜ	言部	【言部】	13畫	100	100	段3上-28	錯5-14	鉉3上-6
簭(噬段改此字，遾通叚)	shi	ㄕˋ	口部	【口部】	13畫	55	56	段2上-15	錯3-6	鉉2上-3
餀(嗳)	yuan	ㄩㄢˋ	倉部	【食部】	13畫	221	224	段5下-13	錯10-5	鉉5下-2
僾(薆，嗳通叚)	ai	ㄞˋ	人部	【人部】	13畫	370	374	段8上-12	錯15-5	鉉8上-2
窋	zhuo	ㄓㄨㄛˊ	口部	【口部】	13畫	55	56	段2上-15	錯3-7	鉉2上-4
骹(校，骸、嚆、跤、骲、髐通叚)	qiao	ㄑㄧㄠ	骨部	【骨部】	13畫	165	167	段4下-16	錯8-7	鉉4下-3
雖(雍，嗡、噙通叚)	yong	ㄩㄥ	隹部	【隹部】	13畫	143	144	段4上-28	錯7-12	鉉4上-5

篆本字（古文、金文、籀文、俗字，通段、金石）	拼音	注音	說文部首	康熙部首	筆畫	一般頁碼	洪葉頁碼	段注篇章	徐鍇通釋篇章	徐鉉藤花榭篇章
噫(餩，醷、譩通段)	yi	一	口部	【口部】	13畫	55	56	段2上-15	鍇3-7	鉉2上-4
噤(齺齘xie`述及)	jin`	ㄐㄧㄣˋ	口部	【口部】	13畫	56	57	段2上-17	鍇3-7	鉉2上-4
噱(jue´)	xue´	ㄒㄩㄝˊ	口部	【口部】	13畫	57	57	段2上-18	鍇3-8	鉉2上-4
噦(鐬通段)	hui`	ㄏㄨㄟˋ	口部	【口部】	13畫	59	59	段2上-22	鍇3-9	鉉2上-5
噧	xie`	ㄒㄧㄝˋ	口部	【口部】	13畫	59	60	段2上-23	鍇3-10	鉉2上-5
噴	pen	ㄆㄣ	口部	【口部】	13畫	60	60	段2上-24	鍇3-10	鉉2上-5
噞	yan`	一ㄢˇ	口部	【口部】	13畫	無	無	無	無	鉉2上-6
嗛(銜、歉、謙，噞通段)	qian`	ㄑㄧㄢˋ	口部	【口部】	13畫	55	55	段2上-14	鍇3-6	鉉2上-3
噳(麌)	yu`	ㄩˇ	口部	【口部】	13畫	62	62	段2上-28	鍇3-12	鉉2上-6
器(噐、𠾡通段)	qi`	ㄑㄧˋ	㗊部	【口部】	13畫	86	87	段3上-1	鍇5-1	鉉3上-1
㗊(咢、蕚轉wei`述及，噩、堮、壔、蕚、諤通段)	e`	ㄜˋ	吅部	【口部】	13畫	62	63	段2上-29	鍇3-13	鉉2上-6
喝(欬，嗑通段)	he	ㄏㄜ	口部	【口部】	13畫	60	61	段2上-25	鍇3-11	鉉2上-5
嶷(ni`)	yi`	一ˋ	口部	【口部】	14畫	55	55	段2上-14	鍇3-6	鉉2上-3
狺(猌，嚚通段)	yin´	一ㄣˊ	犬部	【犬部】	14畫	474	479	段10上-29	鍇19-9	鉉10上-5
嘰(啑、嚘、嗏通段)	ji´	ㄐㄧˊ	口部	【口部】	14畫	55	55	段2上-14	鍇3-6	鉉2上-3
哣(嚅通段)	dou	ㄉㄡ	口部	【口部】	14畫	59	60	段2上-23	鍇3-9	鉉2上-5
嚭(嚭)	pi`	ㄆㄧˇ	喜部	【口部】	14畫	205	207	段5上-33	鍇9-14	鉉5上-6
向(鄉，嚮金石)	xiang`	ㄒㄧㄤˋ	宀部	【口部】	14畫	338	341	段7下-6	鍇14-3	鉉7下-2
嚌	ji	ㄐㄧ	口部	【口部】	14畫	55	55	段2上-14	鍇3-6	鉉2上-3
詯(咱，嚊、膟通段)	hui`	ㄏㄨㄟˋ	言部	【言部】	14畫	97	98	段3上-23	鍇5-12	鉉3上-5
矞(噵、嚋、疇)	chou´	ㄔㄡˊ	口部	【口部】	14畫	58	59	段2上-21	鍇3-9	鉉2上-4
獲(嚄、嚄通段)	huo`	ㄏㄨㄛˋ	犬部	【犬部】	14畫	476	480	段10上-32	鍇19-11	鉉10上-6
啗(噉、嚪通段)	dan`	ㄉㄢˋ	口部	【口部】	14畫	55	56	段2上-15	鍇3-6	鉉2上-3
赫(奭、爀，嚇、焃、萮通段)	he`	ㄏㄜˋ	赤部	【口部】	14畫	492	496	段10下-4	鍇19-21	鉉10下-1

篆本字(古文、金文、籀文、俗字，通叚、金石)	拼音	注音	說文部首	康熙部首	筆畫	一般頁碼	洪葉頁碼	段注篇章	徐鍇通釋篇章	徐鉉藤花榭篇章
唬(嚇、嗃通叚)	hǔ	ㄏㄨˇ	口部	【口部】	14畫	62	62	段2上-28	錯3-12	鉉2上-6
碣(㗭、㘓，暍通叚)	jié	ㄐㄧㄝˊ	石部	【石部】	15畫	449	454	段9下-25	錯18-9	鉉9下-4
嚛	hù	ㄏㄨˋ	口部	【口部】	15畫	55	56	段2上-15	錯3-7	鉉2上-4
嚏(欠異音同義)	tì	ㄊㄧˋ	口部	【口部】	15畫	56	57	段2上-17	錯3-7	鉉2上-4
欠(嚏異音同義)	qiàn	ㄑㄧㄢˋ	欠部	【欠部】	15畫	410	414	段8下-18	錯16-15	鉉8下-4
嚍	zhì	ㄓˋ	口部	【口部】	15畫	56	57	段2上-17	錯3-7	鉉2上-4
嘐(嘐通叚)	xiao	ㄒㄧㄠ	口部	【口部】	15畫	59	60	段2上-23	錯3-9	鉉2上-5
齧(嚙通叚)	niè	ㄋㄧㄝˋ	齒部	【齒部】	15畫	80	80	段2下-22	錯4-12	鉉2下-5
顰(卑、頻、矉、嚬)	pín	ㄆㄧㄣˊ	瀕部	【頁部】	15畫	567	573	段11下-1	錯21-26	鉉11下-1
嚚(㘈)	yín	ㄧㄣˊ	㗊部	【口部】	15畫	86	87	段3上-1	錯5-1	鉉3上-1
默(嘿，嚜通叚)	mò	ㄇㄛˋ	犬部	【黑部】	15畫	474	478	段10上-28	錯19-9	鉉10上-5
哲(悊、嚞、喆)	zhé	ㄓㄜˊ	口部	【口部】	15畫	57	57	段2上-18	錯3-7	鉉2上-4
嘒(嚖、暳，嘒通叚)	huì	ㄏㄨㄟˋ	口部	【口部】	15畫	58	58	段2上-20	錯3-8	鉉2上-4
嚘(歟，嘎通叚)	you	ㄧㄡ	口部	【口部】	15畫	59	59	段2上-22	錯3-9	鉉2上-5
嚨	long	ㄌㄨㄥˊ	口部	【口部】	16畫	54	54	段2上-12	錯3-5	鉉2上-3
喟(嘳)	kuì	ㄎㄨㄟˋ	口部	【口部】	16畫	56	56	段2上-16	錯3-7	鉉2上-4
嚴(嚴)	yán	ㄧㄢˊ	吅部	【口部】	16畫	62	63	段2上-29	錯3-13	鉉2上-6
礹(巖、嚴暫述及)	yán	ㄧㄢˊ	石部	【石部】	16畫	451	456	段9下-29	錯18-10	鉉9下-4
碣(㗭、㘓，暍通叚)	jié	ㄐㄧㄝˊ	石部	【石部】	16畫	449	454	段9下-25	錯18-9	鉉9下-4
咽(胭、嚥通叚)	yan	ㄧㄢ	口部	【口部】	16畫	54	55	段2上-13	錯3-5	鉉2上-3
啗(噆、嚪通叚)	dàn	ㄉㄢˋ	口部	【口部】	16畫	55	56	段2上-15	錯3-6	鉉2上-3
商(𧶠、𠶹、𦭵，蔏、螪、謪通叚)	shang	ㄕㄤ	㕯部	【口部】	16畫	88	88	段3上-4	錯5-3	鉉3上-2
嚲(啍，噉通叚)	zhun	ㄓㄨㄣ	口部	【口部】	16畫	56	56	段2上-16	錯3-7	鉉2上-4
嚭(㿭)	pǐ	ㄆㄧˇ	喜部	【口部】	16畫	205	207	段5上-33	錯9-14	鉉5上-6
噍(嚼，嗺通叚)	jiào	ㄐㄧㄠˋ	口部	【口部】	17畫	55	55	段2上-14	錯3-6	鉉2上-3
嚶(鸎)	ying	ㄧㄥ	口部	【口部】	17畫	61	62	段2上-27	錯3-12	鉉2上-6

篆本字（古文、金文、籀文、俗字，通叚、金石）	拼音	注音	說文部首	康熙部首	筆畫	一般頁碼	洪葉頁碼	段注篇章	徐鍇通釋篇章	徐鉉藤花樹篇章
嚳(俈通叚)	ku`	ㄎㄨˋ	告部	【口部】17畫		53	54	段2上-11	錯3-5	鉉2上-3
嚽(嚌、嘵通叚)	chuo`	ㄔㄨㄛˋ	口部	【口部】17畫		55	55	段2上-14	錯3-6	鉉2上-3
嚵(饞通叚)	chan´	ㄔㄢˊ	口部	【口部】17畫		55	56	段2上-15	錯3-6	鉉2上-3
嚣(齶、䚯)	xiao	ㄒㄧㄠ	㗊部	【口部】18畫		86	87	段3上-1	錯5-1	鉉3上-1
警(嚣、聱)	ao´	ㄠˊ	言部	【言部】18畫		96	96	段3上-20	錯5-10	鉉3上-4
讘(囁通叚)	nie`	ㄋㄧㄝˋ	言部	【言部】18畫		100	100	段3上-28	錯5-14	鉉3上-6
轉(囀通叚)	zhuan˅	ㄓㄨㄢˇ	車部	【車部】18畫		727	734	段14上-52	錯27-14	鉉14上-7
讙(嚾、喚通叚)	huan	ㄏㄨㄢ	言部	【言部】18畫		99	99	段3上-26	錯5-13	鉉3上-5
吅(喧、吅與讙通，嚾、誼通叚)	xuan	ㄒㄩㄢ	吅部	【口部】18畫		62	63	段2上-29	錯3-13	鉉2上-6
嚴(嚻)	yan´	ㄧㄢˊ	口部	【口部】19畫		60	61	段2上-25	錯3-10	鉉2上-5
嚴(嚴)	yan´	ㄧㄢˊ	吅部	【口部】19畫		62	63	段2上-29	錯3-13	鉉2上-6
㗊(𤖩)	yin´	ㄧㄣˊ	㗊部	【口部】19畫		86	87	段3上-1	錯5-1	鉉3上-1
橐从𣪊(囊)	nang´	ㄋㄤˊ	橐部	【口部】19畫		276	279	段6下-9	錯12-7	鉉6下-3
瘱(嚘、㿑从枲)	yi`	一ˋ	寢部	【宀部】19畫		348	351	段7下-26	錯14-11	鉉7下-5
咅(嚾、啐通叚)	e`	ㄜˋ	口部	【口部】19畫		59	60	段2上-23	錯3-9	鉉2上-5
贊(賛，嚾、讚、贊、囐、唪通叚)	zan`	ㄗㄢˋ	貝部	【貝部】20畫		280	282	段6下-16	錯12-10	鉉6下-4
觰(奲，躔通叚)	duo˅	ㄉㄨㄛˇ	奢部	【大部】20畫		497	501	段10下-14	錯20-5	鉉10下-3
嚣(齶、喚)	huan`	ㄏㄨㄢˋ	㗊部	【口部】20畫		86	87	段3上-1	錯5-1	鉉3上-1
艱(囏)	jian	ㄐㄧㄢ	堇部	【艮部】20畫		694	700	段13下-40	錯26-8	鉉13下-6
㩮(囍)	jin`	ㄐㄧㄣˋ	手部	【手部】20畫		600	606	段12上-34	錯23-11	鉉12上-6
橐从𣪊(囊)	nang´	ㄋㄤˊ	橐部	【口部】21畫		276	279	段6下-9	錯12-7	鉉6下-3
嚴(嚻)	yan´	ㄧㄢˊ	口部	【口部】22畫		60	61	段2上-25	錯3-10	鉉2上-5
【囗(wei´)部】	wei´	ㄨㄟˊ	囗部			276	279	段6下-9	錯12-7	鉉6下-3
囗非口kou˅(圍)	wei´	ㄨㄟˊ	囗部	【口部】		276	279	段6下-9	錯12-7	鉉6下-3
日(囜)	ri`	ㄖˋ	日部	【日部】1畫		302	305	段7上-1	錯13-1	鉉7上-1
囝(圙)	nian˅	ㄋㄧㄢˇ	囗部	【口部】2畫		278	280	段6下-12	錯12-8	鉉6下-4
囚	qiu´	ㄑㄧㄡˊ	囗部	【口部】2畫		278	281	段6下-13	錯12-8	鉉6下-4
叵	po˅	ㄆㄛˇ	可部	【口部】2畫		無	無	無	無	鉉5上-6
四(亖、三)	si`	ㄙˋ	四部	【口部】2畫		737	744	段14下-14	錯28-5	鉉14下-3
良(㫤、昆、㫪、筤、㫚)	liang´	ㄌㄧㄤˊ	富部	【艮部】3畫		230	232	段5下-30	錯10-12	鉉5下-6

篆本字（古文、金文、籀文、俗字，通叚、金石）	拼音	注音	說文部首	康熙部首	筆畫	一般頁碼	洪葉頁碼	段注篇章	徐鍇通釋篇章	徐鉉藤花樹篇章

篆本字（古文、金文、籀文、俗字，通叚、金石）	拼音	注音	說文部首	康熙部首	筆畫	一般頁碼	洪葉頁碼	段注篇章	徐鍇通釋篇章	徐鉉藤花榭篇章
回(囘、夔袞xie′述及，迴、徊通叚)	hui′	ㄏㄨㄟˊ	口部	【口部】3畫		277	279	段6下-10	錯12-7	鉉6下-3
因	yin	一ㄣ	口部	【口部】3畫		278	280	段6下-12	錯12-8	鉉6下-4
捆(因)	yin	一ㄣ	手部	【手部】3畫		606	612	段12上-46	錯23-15	鉉12上-7
囪(囱、窗、囨，牕通叚)	chuang	ㄔㄨㄤ	囪部	【口部】3畫		490	495	段10下-1	錯19-20	鉉10下-1
囟(脛、顖、顋、��，胴通叚)	xin`	ㄒㄧㄣˋ	囟部	【口部】3畫		501	505	段10下-22	錯20-8	鉉10下-5
曶(吻吻述及、回、囙、召，笏通叚)	hu	ㄏㄨ	日部	【日部】4畫		202	204	段5上-28	錯9-11	鉉5上-5
笢(囤通叚)	dun`	ㄉㄨㄣˋ	竹部	【口部】4畫		194	196	段5上-11	錯9-4	鉉5上-2
幉(囤通叚)	zhun	ㄓㄨㄣ	巾部	【巾部】4畫		361	364	段7下-52	錯14-23	鉉7下-9
囩	yun′	ㄩㄣˊ	口部	【口部】4畫		277	279	段6下-10	錯12-7	鉉6下-3
囮(鰯，訛通叚)	e′	ㄜˊ	口部	【口部】4畫		278	281	段6下-13	錯12-9	鉉6下-4
困(朱)	kun`	ㄎㄨㄣˋ	口部	【口部】4畫		278	281	段6下-13	錯12-8	鉉6下-4
囪(囱、窗、囨，牕通叚)	chuang	ㄔㄨㄤ	囪部	【口部】4畫		490	495	段10下-1	錯19-20	鉉10下-1
圓(園、幝、楥通叚)	yuan′	ㄩㄢˊ	口部	【口部】4畫		277	279	段6下-10	錯12-7	鉉6下-3
刓(園，抏、捖通叚)	wan′	ㄨㄢˊ	刀部	【刂部】4畫		181	183	段4下-48	錯8-17	鉉4下-7
淵(㳻、囦，潚通叚)	yuan	ㄩㄢ	水部	【水部】5畫		550	555	段11上貳-10	錯21-16	鉉11上-5
囧(冏、䍐)	jiong	ㄐㄩㄥˇ	囧部	【冂部】5畫		314	317	段7上-26	錯13-10	鉉7上-4
囷(蜠通叚)	qun	ㄑㄩㄣ	口部	【口部】5畫		277	280	段6下-11	錯12-8	鉉6下-3
圃(蒲、甫藪述及、囦通叚)	pu	ㄆㄨˇ	口部	【口部】5畫		278	280	段6下-12	錯12-8	鉉6下-4
囹	ling′	ㄌㄧㄥˊ	口部	【口部】5畫		278	280	段6下-12	錯12-8	鉉6下-4
固(故)	gu`	ㄍㄨˋ	口部	【口部】5畫		278	281	段6下-13	錯12-8	鉉6下-4
痼(固，段改痼通叚)	gu`	ㄍㄨˋ	疒部	【疒部】5畫		352	356	段7下-35	錯14-15	鉉7下-6

篆本字(古文、金文、籀文、俗字，通叚、金石)	拼音	注音	說文部首	康熙部首	筆畫	一般頁碼	洪葉頁碼	段注篇章	徐鍇通釋篇章	徐鉉藤花榭篇章
目(囸，首通叚)	mu`	ㄇㄨˋ	目部	【目部】5畫	129	131	段4上-1	錯7-1	鉉4上-1
囿(䏧、有)	you`	ㄧㄡˋ	口部	【口部】6畫	278	280	段6下-12	錯12-8	鉉6下-4
有(又、囿述及)	you`	ㄧㄡˇ	有部	【月部】6畫	314	317	段7上-25	錯13-9	鉉7上-4
圓(圓、員、圜述及)	yuan´	ㄩㄢˊ	口部	【口部】7畫	277	279	段6下-10	錯12-7	鉉6下-3
圂(豢、溷)	hun`	ㄏㄨㄣˋ	口部	【口部】7畫	278	281	段6下-13	錯12-9	鉉6下-4
豢(圂)	huan	ㄏㄨㄢ	豕部	【豕部】7畫	455	460	段9下-37	錯18-12	鉉9下-6
圃(蒲、甫藪述及、圃通叚)	pu`	ㄆㄨˇ	口部	【口部】7畫	278	280	段6下-12	錯12-8	鉉6下-4
甫(圃藪述及、父咀亦述及)	fu`	ㄈㄨˇ	用部	【用部】7畫	128	129	段3下-43	錯6-21	鉉3下-10
蒲(圃、浦藪述及、葡萄字述及)	pu´	ㄆㄨˊ	艸部	【艸部】7畫	28	28	段1下-14	錯2-7	鉉1下-3
函(圅、肣)	han´	ㄏㄢˊ	马部	【口部】7畫	316	319	段7上-30	錯13-12	鉉7上-5
訇(訇，圁通叚)	hong	ㄏㄨㄥ	言部	【言部】7畫	98	98	段3上-24	錯5-12	鉉3上-5
敔(敔、御、圄)	yu`	ㄩˇ	攴部	【攴部】7畫	126	127	段3下-39	錯6-19	鉉3下-9
圄(圉)	yu`	ㄩˇ	口部	【口部】7畫	278	281	段6下-13	錯12-8	鉉6下-4
圉(圄)	yu`	ㄩˇ	㚔部	【口部】8畫	496	501	段10下-13	錯20-5	鉉10下-3
圈(圈，棬通叚)	quan	ㄑㄩㄢ	口部	【口部】8畫	277	280	段6下-11	錯12-8	鉉6下-4
瀞(淨、清，圊、淨通叚)	jing`	ㄐㄧㄥˋ	水部	【水部】8畫	560	565	段11上貳-30	錯21-22	鉉11上-8
清(圊槭述及，瀞)	qing	ㄑㄧㄥ	水部	【水部】8畫	550	555	段11上貳-9	錯21-15	鉉11上-5
國(或)	guo´	ㄍㄨㄛˊ	口部	【口部】8畫	277	280	段6下-11	錯12-8	鉉6下-3
或(域、國、惑、袱zi`述及)	huo`	ㄏㄨㄛˋ	戈部	【戈部】8畫	631	637	段12下-39	錯24-12	鉉12下-6
閜(圔)	ya`	ㄧㄚˋ	門部	【門部】9畫	589	595	段12上-12	錯23-5	鉉12上-3
篅(圌)	chuan´	ㄔㄨㄢˊ	竹部	【竹部】9畫	194	196	段5上-11	錯9-4	鉉5上-2
圓(园、帪、栒通叚)	yuan´	ㄩㄢˊ	口部	【口部】10畫	277	279	段6下-10	錯12-7	鉉6下-3
圜(圓)	huan´	ㄏㄨㄢˊ	口部	【口部】10畫	277	279	段6下-10	錯12-7	鉉6下-3
圓(圓、員、圜述及)	yuan´	ㄩㄢˊ	口部	【口部】10畫	277	279	段6下-10	錯12-7	鉉6下-3

| 篆本字(古文、金文、籀文、俗字，通叚、金石) | 拼音 | 注音 | 說文部首 | 康熙部首 | 筆畫 | 一般頁碼 | 洪葉頁碼 | 段注篇章 | 徐鍇通釋篇章 | 徐鉉藤花榭篇章 |

篆本字(古文、金文、籀文、俗字，通叚、金石)	拼音	注音	說文部首	康熙部首	筆畫	一般頁碼	洪葉頁碼	段注篇章	徐鍇通釋篇章	徐鉉藤花榭篇章
噕囗wei´部(壺非壺hu´)	kun	ㄎㄨㄣ	囗部	【士部】	10畫	277	280	段6下-11	錯12-8	鉉6下-3
園	yuan´	ㄩㄢˊ	囗部	【囗部】	10畫	278	280	段6下-12	錯12-8	鉉6下-4
圍	wei´	ㄨㄟˊ	囗部	【囗部】	10畫	278	281	段6下-13	錯12-8	鉉6下-4
囗非囗kou˘(圍)	wei´	ㄨㄟˊ	囗部	【囗部】	10畫	276	279	段6下-9	錯12-7	鉉6下-3
團(專，溥、博、靌通叚)	tuan	ㄊㄨㄢˊ	囗部	【囗部】	11畫	277	279	段6下-10	錯12-7	鉉6下-3
摶(團、專、嫥，博通叚)	tuan´	ㄊㄨㄢˊ	手部	【手部】	11畫	607	613	段12上-48	錯23-15	鉉12上-7
圈(圏，棬通叚)	quan	ㄑㄩㄢ	囗部	【囗部】	11畫	277	280	段6下-11	錯12-8	鉉6下-4
圖	tu´	ㄊㄨ	囗部	【囗部】	11畫	277	279	段6下-10	錯12-7	鉉6下-3
圜(圓)	huan	ㄏㄨㄢˊ	囗部	【囗部】	13畫	277	279	段6下-10	錯12-7	鉉6下-3
圓(圓、員、圜述及)	yuan´	ㄩㄢˊ	囗部	【囗部】	13畫	277	279	段6下-10	錯12-7	鉉6下-3
圛(弟、涕、繹)	yi`	一ˋ	囗部	【囗部】	13畫	277	280	段6下-11	錯12-8	鉉6下-3
麇(麕，麏、麋通叚)	jun	ㄐㄩㄣ	鹿部	【鹿部】	16畫	471	475	段10上-22	錯19-6	鉉10上-3
圔(圌，訛通叚)	e´	ㄜˊ	囗部	【囗部】	17畫	278	281	段6下-13	錯12-9	鉉6下-4
游(遊、遊、斿、旒、圔圔e´述及，蝣、統通叚)	you´	一ㄡˊ	㫃部	【水部】	17畫	311	314	段7上-19	錯13-7	鉉7上-3
繇(由=圔从繇 圔e´述及、絲、遙毀tou´述及，趬、遙、飄、鴟通叚)	you´	一ㄡˊ	系部	【糸部】	17畫	643	649	段12下-63	錯24-21	鉉12下-10
圅(圅从木、有)	you`	一ㄡˋ	囗部	【囗部】	18畫	278	280	段6下-12	錯12-8	鉉6下-4
【土(tu˘)部】	tu˘	ㄊㄨˇ	土部			682	688	段13下-16	錯26-1	鉉13下-3
土(圡通叚)	tu˘	ㄊㄨˇ	土部	【土部】		682	688	段13下-16	錯26-1	鉉13下-3
壬非王ren´	ting˘	ㄊㄧㄥˇ	壬部	【土部】	1畫	387	391	段8上-46	錯15-16	鉉8上-7
厂(屵、巖广an述及，圹通叚)	han˘	ㄏㄢˇ	厂部	【厂部】	2畫	446	450	段9下-18	錯18-6	鉉9下-3

篆本字(古文、金文、籀文、俗字，通叚、金石)	拼音	注音	說文部首	康熙部首	筆畫	一般頁碼	洪葉頁碼	段注篇章	徐鍇通釋篇章	徐鉉藤花榭篇章
凷(塊)	kuai`	ㄎㄨㄞˋ	土部	【土部】2畫		684	690	段13下-20	鍇26-2	鉉13下-4
墣(圤)	pu´	ㄆㄨˊ	土部	【土部】2畫		684	690	段13下-20	鍇26-2	鉉13下-4
圣非聖	ku	ㄎㄨ	土部	【土部】2畫		689	696	段13下-31	鍇26-5	鉉13下-5
聖(聲)	sheng`	ㄕㄥˋ	耳部	【耳部】7畫		592	598	段12上-17	鍇23-7	鉉12上-4
町(圢 通叚)	ding	ㄉㄧㄥ	田部	【田部】2畫		695	701	段13下-42	鍇26-8	鉉13下-6
虛(虗、墟, 圩、獹、驢、鱸 通叚)	xu	ㄒㄩ	丘部	【虍部】3畫		386	390	段8上-44	鍇15-15	鉉8上-6
杇(鋘, 圬、鏍 通叚)	wu	ㄨ	木部	【木部】3畫		256	258	段6上-36	鍇11-16	鉉6上-5
地(墬, 埊 通叚)	di`	ㄉㄧˋ	土部	【土部】3畫		682	688	段13下-16	鍇26-2	鉉13下-3
圪(坉, 屹 通叚)	ge	ㄍㄜ	土部	【土部】3畫		685	691	段13下-22	鍇26-3	鉉13下-4
在	zai`	ㄗㄞˋ	土部	【土部】3畫		687	693	段13下-26	鍇26-4	鉉13下-4
圯(汜)	yi´	ㄧˊ	土部	【土部】3畫		693	700	段13下-39	鍇26-7	鉉13下-5
汜(圯)	si`	ㄙˋ	水部	【水部】3畫		553	558	段11上貳-15	鍇21-17	鉉11上-6
圮(醅)	pi~	ㄆㄧˇ	土部	【土部】3畫		691	697	段13下-34	鍇26-5	鉉13下-5
嵍(圮、伾 通叚)	pi~	ㄆㄧˇ	屵部	【山部】3畫		442	446	段9下-10	鍇18-4	鉉9下-2
圭(珪, 袿 通叚)	gui	ㄍㄨㄟ	土部	【土部】3畫		693	700	段13下-39	鍇26-7	鉉13下-5
蠲(圭, 螢 通叚)	juan	ㄐㄩㄢ	虫部	【虫部】3畫		665	672	段13上-45	鍇25-11	鉉13上-6
青(肖)	que`	ㄑㄩㄝˋ	円部	【土部】3畫		353	357	段7下-37	鍇14-17	鉉7下-7
均(袀、鈞、旬, 畇、韻 通叚)	jun	ㄐㄩㄣ	土部	【土部】4畫		683	689	段13下-18	鍇26-2	鉉13下-3
袀(均)	jun	ㄐㄩㄣ	衣部	【衣部】4畫		389	393	段8上-50	無	鉉8上-7
洵(均、恂、夐、泫, 詢 通叚)	xun´	ㄒㄩㄣˊ	水部	【水部】4畫		544	549	段11上壹-57	鍇21-12	鉉11上-4
沿(均、沇, 㳧 通叚)	yan´	ㄧㄢˊ	水部	【水部】4畫		556	561	段11上貳-21	鍇21-19	鉉11上-6
坄(塗)	yi`	ㄧˋ	土部	【土部】4畫		684	691	段13下-21	鍇26-3	鉉13下-4
坁(坻)	zhi~	ㄓˇ	土部	【土部】4畫		687	694	段13下-27	鍇26-4	鉉13下-4
氏(坁、阺、是)	shi`	ㄕˋ	氏部	【氏部】4畫		628	634	段12下-33	鍇24-11	鉉12下-5
秌(兆、垗, 笊、晁 通叚)	zhao`	ㄓㄠˋ	卜部	【卜部】4畫		127	128	段3下-42	鍇6-20	鉉3下-9

篆本字(古文、金文、籀文、俗字，通段、金石)	拼音	注音	說文部首	康熙部首	筆畫	一般頁碼	洪葉頁碼	段注篇章	徐鍇通釋篇章	徐鉉藤花榭篇章
瘣(壞，藟通段)	hui`	ㄏㄨㄟˋ	疒部	【疒部】16畫	348	351	段7下-26	鍇14-11	鉉7下-5
坏此非壞字(培，坏、岯、抔、阫通段)	pei´	ㄆㄟˊ	土部	【土部】4畫	692	698	段13下-36	鍇26-6	鉉13下-5
壞(嬹、甈)	huai`	ㄏㄨㄞˋ	土部	【土部】16畫	691	698	段13下-35	鍇6-19	鉉13下-5
坒	bi`	ㄅㄧˋ	土部	【土部】4畫	687	694	段13下-27	鍇26-4	鉉13下-4
圪(圪，屹通段)	ge	ㄍㄜ	土部	【土部】4畫	685	691	段13下-22	鍇26-3	鉉13下-4
坐(𡎚、𡋑，座通段)	zuo`	ㄗㄨㄛˋ	土部	【土部】4畫	687	693	段13下-26	鍇26-4	鉉13下-4
坎(竷，埳通段)	kan˙	ㄎㄢˇ	土部	【土部】4畫	689	695	段13下-30	鍇26-4	鉉13下-4
竷(坎)	kan˙	ㄎㄢˇ	夊部	【夊部】4畫	233	235	段5下-36	鍇10-15	鉉5下-7
欿(坎)	kan˙	ㄎㄢˇ	欠部	【欠部】4畫	413	417	段8下-24	鍇16-17	鉉8下-5
垠(圻，磯、磤通段)	yin´	ㄧㄣˊ	土部	【土部】4畫	690	697	段13下-33	鍇26-5	鉉13下-5
畿(幾、圻)	ji	ㄐㄧ	田部	【田部】4畫	696	702	段13下-44	鍇26-8	鉉13下-6
幾(圻，磯、譏通段)	ji	ㄐㄧ	絲部	【幺部】4畫	159	161	段4下-3	鍇8-2	鉉4下-1
沂(圻，濒、巀通段)	yi´	ㄧˊ	水部	【水部】4畫	538	543	段11上壹-46	鍇21-6	鉉11上-3
阪(坡、陂、反，坂通段)	ban˙	ㄅㄢˇ	昌部	【阜部】4畫	731	738	段14下-2	鍇28-1	鉉14下-1
阬(坑、阬、閌、閌閌述及)	keng	ㄎㄥ	昌部	【阜部】4畫	733	740	段14下-6	鍇28-2	鉉14下-1
坊	fang	ㄈㄤ	土部	【土部】4畫	無	無	無	無	鉉13下-6
方(防、舫、汸、旁訪述及，坊、髣通段)	fang	ㄈㄤ	方部	【方部】4畫	404	408	段8下-6	鍇16-11	鉉8下-2
防(陂、坊，堤通段)	fang´	ㄈㄤˊ	昌部	【阜部】4畫	733	740	段14下-6	鍇28-3	鉉14下-1
坋(坌)	fen`	ㄈㄣˋ	土部	【土部】4畫	691	698	段13下-35	鍇26-6	鉉13下-5
坌(坋、𡋓、坌䶅述及，鞼通段)	fen`	ㄈㄣˋ	土部	【土部】4畫	693	699	段13下-38	鍇26-7	鉉13下-5
阯(址)	zhi˙	ㄓˇ	昌部	【阜部】4畫	734	741	段14下-7	鍇28-3	鉉14下-1
峑(㞢，址通段)	huang´	ㄏㄨㄤˊ	之部	【土部】4畫	272	275	段6下-1	鍇12-2	鉉6下-1

篆本字(古文、金文、籀文、俗字,通段、金石)	拼音	注音	說文部首	康熙部首	筆畫	一般頁碼	洪葉頁碼	段注篇章	徐鍇通釋篇章	徐鉉藤花榭篇章
封(坒、牪、邦,對通段)	feng	ㄈㄥ	土部	【寸部】4畫		687	694	段13下-27	鍇26-4	鉉13下-4
冂(冋、回、坰)	jiong	ㄐㄩㄥ	冂部	【冂部】5畫		228	230	段5下-26	鍇10-10	鉉5下-5
至(坙,胵通段)	zhi`	ㄓˋ	至部	【至部】5畫		584	590	段12上-2	鍇23-2	鉉12上-1
泥(坭通段)	ni´	ㄋㄧˊ	水部	【水部】5畫		543	548	段11上壹-56	鍇21-12	鉉11上-3
屔(泥、尼,坭通段)	ni´	ㄋㄧˊ	丘部	【尸部】5畫		387	391	段8上-45	鍇15-15	鉉8上-6
坳	ao`	ㄠˋ	土部	【土部】5畫		無	無	無	無	鉉13下-6
坤	kun	ㄎㄨㄣ	土部	【土部】5畫		682	688	段13下-16	鍇26-2	鉉13下-3
坶(坶)	mu`	ㄇㄨˋ	土部	【土部】5畫		683	689	段13下-18	鍇26-2	鉉13下-3
坡(陂,岥通段)	po	ㄆㄛ	土部	【土部】5畫		683	689	段13下-18	鍇26-2	鉉13下-3
陂(坡、波,岥通段)	po	ㄆㄛ	昌部	【阜部】5畫		731	738	段14下-2	鍇28-1	鉉14下-1
破(坡、陂,碆通段)	po`	ㄆㄛˋ	石部	【石部】5畫		452	456	段9下-30	鍇18-10	鉉9下-5
阪(坡、陂、反,坂通段)	ban`	ㄅㄢˋ	昌部	【阜部】5畫		731	738	段14下-2	鍇28-1	鉉14下-1
坪(埕)	ping´	ㄆㄧㄥˊ	土部	【土部】5畫		683	689	段13下-18	鍇26-2	鉉13下-3
坴(陸,碌通段)	lu`	ㄌㄨˋ	土部	【土部】5畫		684	690	段13下-20	鍇26-2	鉉13下-4
坺(伐、旆,墢、垡、垈通段)	fa´	ㄈㄚˊ	土部	【土部】5畫		684	691	段13下-21	鍇26-3	鉉13下-4
坫(店)	dian`	ㄉㄧㄢˋ	土部	【土部】5畫		686	692	段13下-24	鍇26-3	鉉13下-4
堂(坣、臺,螳通段)	tang´	ㄊㄤˊ	土部	【土部】5畫		685	692	段13下-23	鍇26-3	鉉13下-4
坌(冀、攢)	fen`	ㄈㄣˋ	土部	【土部】5畫		687	693	段13下-26	鍇26-4	鉉13下-4
拚(抃、坌、坋帚述及,拌通段)	bian`	ㄅㄧㄢˋ	手部	【手部】5畫		604	610	段12上-42	鍇23-13	鉉12上-6
坐(堊、坐,座通段)	zuo`	ㄗㄨㄛˋ	土部	【土部】5畫		687	693	段13下-26	鍇26-4	鉉13下-4
坦(壇)	tan	ㄊㄢˇ	土部	【土部】5畫		687	694	段13下-27	鍇26-4	鉉13下-4

篆本字(古文、金文、籀文、俗字，通段、金石)	拼音	注音	說文部首	康熙部首	筆畫	一般頁碼	洪葉頁碼	段注篇章	徐鍇通釋篇章	徐鉉藤花榭篇章
坏此非壞字(培，坯、岯、抔、伾通段)	pei ˊ	ㄆㄟˊ	土部	【土部】	5畫	692	698	段13下-36	鍇26-6	鉉13下-5
隩(垸、阮)	ao ˋ	ㄠˋ	𨸏部	【阜部】	5畫	734	741	段14下-8	鍇28-3	鉉14下-2
氿(厬、漸，泦、垸、阮通段)	gui ˇ	ㄍㄨㄟˇ	水部	【水部】	5畫	552	557	段11上貳-14	鍇21-17	鉉11上-6
坻(汷、渚)	chi ˊ	ㄔˊ	土部	【土部】	5畫	689	695	段13下-30	鍇26-4	鉉13下-4
坁(坻)	zhi ˇ	ㄓˇ	土部	【土部】	5畫	687	694	段13下-27	鍇26-4	鉉13下-4
阺(坻)	di ˇ	ㄉㄧˇ	𨸏部	【阜部】	5畫	734	741	段14下-8	鍇28-3	鉉14下-1
坿(附)	fu ˋ	ㄈㄨˋ	土部	【土部】	5畫	689	696	段13下-31	鍇26-5	鉉13下-4
附(坿)	fu ˋ	ㄈㄨˋ	𨸏部	【阜部】	5畫	734	741	段14下-7	鍇28-3	鉉14下-1
坷	ke	ㄎㄜ	土部	【土部】	5畫	691	698	段13下-35	鍇26-6	鉉13下-5
坼(坼，拆通段)	che ˋ	ㄔㄜˋ	土部	【土部】	5畫	691	698	段13下-35	鍇26-6	鉉13下-5
坱	yang ˇ	ㄧㄤˇ	土部	【土部】	5畫	691	698	段13下-35	鍇26-6	鉉13下-5
坥	qu	ㄑㄩ	土部	【土部】	5畫	692	698	段13下-36	鍇26-6	鉉13下-5
雉(䏲，垁、矮通段)	zhi ˋ	ㄓˋ	隹部	【隹部】	5畫	141	143	段4上-25	鍇7-11	鉉4上-5
丠(丘、坵、垔，蚯通段)	qiu	ㄑㄧㄡ	丘部	【一部】	5畫	386	390	段8上-44	鍇15-15	鉉8上-6
厚(厚、垕、旱、㫗)	hou ˋ	ㄏㄡˋ	𣆪部	【厂部】	6畫	229	232	段5下-29	鍇10-12	鉉5下-6
埀(垂、陲、樦銓述及，倕、菙通段)	chui ˊ	ㄔㄨㄟˊ	土部	【土部】	6畫	693	700	段13下-39	鍇26-7	鉉13下-5
𠂹(㘸、垂、甀)	chui ˊ	ㄔㄨㄟˊ	𠂹部	【丿部】	6畫	274	277	段6下-5	鍇12-4	鉉6下-2
陲(陲、垂)	chui ˊ	ㄔㄨㄟˊ	𨸏部	【阜部】	6畫	736	743	段14下-12	鍇28-4	鉉14下-2
垓(畡，奒、姟通段)	gai	ㄍㄞ	土部	【土部】	6畫	682	689	段13下-17	鍇26-2	鉉13下-3
垣([illegible])	yuan ˊ	ㄩㄢˊ	土部	【土部】	6畫	684	691	段13下-21	鍇26-3	鉉13下-4
垛(垜，陎通段)	duo ˇ	ㄉㄨㄛˇ	土部	【土部】	6畫	686	693	段13下-24	鍇26-3	鉉13下-4
封(㞟、牡、邦，崶通段)	feng	ㄈㄥ	土部	【寸部】	6畫	687	694	段13下-27	鍇26-4	鉉13下-4

篆本字(古文、金文、籀文、俗字，通叚、金石)	拼音	注音	說文部首	康熙部首	筆畫	一般頁碼	洪葉頁碼	段注篇章	徐鍇通釋篇章	徐鉉藤花榭篇章
坐(坐、坐，座通叚)	zuo、	ㄗㄨㄛˋ	土部	【土部】6畫		687	693	段13下-26	鍇26-4	鉉13下-4
型(型，侀通叚)	xing´	ㄒㄧㄥˊ	土部	【土部】6畫		688	695	段13下-29	鍇26-4	鉉13下-4
形(型、刑)	xing´	ㄒㄧㄥˊ	彡部	【彡部】6畫		424	429	段9上-19	鍇17-6	鉉9上-3
垎(洛、塥通叚)	he、	ㄏㄜˋ	土部	【土部】6畫		689	695	段13下-30	鍇26-5	鉉13下-4
格(垎，徦、烙、茖、橄、落通叚)	ge´	ㄍㄜˊ	木部	【木部】6畫		251	254	段6上-27	鍇11-12	鉉6上-4
埴(聖、瓷，磁通叚)	ci´	ㄘˊ	土部	【土部】6畫		689	696	段13下-31	鍇26-5	鉉13下-4
坶	ji、	ㄐㄧˋ	土部	【土部】6畫		689	696	段13下-31	鍇26-5	鉉13下-5
伐(閥，垡通叚)	fa´	ㄈㄚˊ	人部	【人部】6畫		381	385	段8上-34	鍇15-11	鉉8上-4
坺(伐、袚，墢、垺、垡通叚)	fa´	ㄈㄚˊ	土部	【土部】6畫		684	691	段13下-21	鍇26-3	鉉13下-4
垠(圻，堲、磯通叚)	yin´	ㄧㄣˊ	土部	【土部】6畫		690	697	段13下-33	鍇26-5	鉉13下-5
垑(恀通叚)	chi˘	ㄔˇ	土部	【土部】6畫		690	697	段13下-33	鍇26-5	鉉13下-5
垝(陒，庪通叚)	gui˘	ㄍㄨㄟˇ	土部	【土部】6畫		691	697	段13下-34	鍇26-5	鉉13下-5
垔(壺、堙、陻、陙)	yin	ㄧㄣ	土部	【土部】6畫		691	697	段13下-34	鍇26-5	鉉13下-5
垢	gou、	ㄍㄡˋ	土部	【土部】6畫		692	698	段13下-36	鍇26-6	鉉13下-5
垤	die´	ㄉㄧㄝˊ	土部	【土部】6畫		692	698	段13下-36	鍇26-6	鉉13下-5
垗(肇、兆)	zhao	ㄓㄠ	土部	【土部】6畫		693	699	段13下-38	鍇26-7	鉉13下-5
城(輮)	cheng´	ㄔㄥˊ	土部	【土部】6畫		688	695	段13下-29	鍇26-4	鉉13下-4
垒(壘)	lei˘	ㄌㄟˇ	厽部	【土部】6畫		737	744	段14下-14	鍇28-5	鉉14下-3
沙(沁，垅、砂、砂、紗、裟、魦通叚)	sha	ㄕㄚ	水部	【水部】6畫		552	557	段11上貳-14	鍇21-17	鉉11上-6
垚	yao´	ㄧㄠˊ	垚部	【土部】6畫		694	700	段13下-40	鍇26-7	鉉13下-6
壈(埖)	ao、	ㄠˋ	土部	【土部】7畫		682	689	段13下-17	鍇26-2	鉉13下-3
埒(浮、畤通叚)	lie、	ㄌㄧㄝˋ	土部	【土部】7畫		685	692	段13下-23	鍇26-3	鉉13下-3
垷(挸，峴通叚)	xian、	ㄒㄧㄢˋ	土部	【土部】7畫		686	693	段13下-25	鍇26-3	鉉13下-4
地(隆，埊通叚)	di、	ㄉㄧˋ	土部	【土部】7畫		682	688	段13下-16	鍇26-2	鉉13下-3

篆本字（古文、金文、籀文、俗字，通段、金石）	拼音	注音	說文部首	康熙部首	筆畫	一般頁碼	洪葉頁碼	段注篇章	徐鍇通釋篇章	徐鉉藤花榭篇章
型(型，俹通段)	xing´	ㄒㄧㄥˊ	土部	【土部】	7畫	688	695	段13下-29	鍇26-4	鉉13下-4
坶(畮)	mu`	ㄇㄨˋ	土部	【土部】	7畫	683	689	段13下-18	鍇26-2	鉉13下-3
薶(貍、埋)	mai´	ㄇㄞˊ	艸部	【艸部】	7畫	44	45	段1下-47	鍇2-22	鉉1下-8
圪(垼)	yi`	ㄧˋ	土部	【土部】	7畫	684	691	段13下-21	鍇26-3	鉉13下-4
垐(聖、瓷，磁通段)	ci´	ㄘˊ	土部	【土部】	7畫	689	696	段13下-31	鍇26-5	鉉13下-4
坺(伐、祓，墢、垈、垡通段)	fa´	ㄈㄚˊ	土部	【土部】	7畫	684	691	段13下-21	鍇26-3	鉉13下-4
郣(垺、渤通段)	bo´	ㄅㄛˊ	邑部	【邑部】	7畫	299	301	段6下-54	鍇12-22	鉉6下-8
确(觳、確、塙獄yu`述及)	que`	ㄑㄩㄝˋ	石部	【石部】	7畫	451	456	段9下-29	鍇18-10	鉉9下-4
采(俗字手采作採、五采作彩，埰、寀、採、綵、髪通段)	cai˘	ㄘㄞˇ	木部	【采部】	7畫	268	270	段6上-60	鍇11-27	鉉6上-7
垶(垶、騂、騂通段)	xing	ㄒㄧㄥ	土部	【土部】	7畫	683	690	段13下-19	鍇26-2	鉉13下-4
垸(浣、睆，皖通段)	huan´	ㄏㄨㄢˊ	土部	【土部】	7畫	688	694	段13下-28	鍇26-4	鉉13下-4
鍰(率、選、饌、垸、荊)	huan´	ㄏㄨㄢˊ	金部	【金部】	7畫	708	715	段14上-13	鍇27-5	鉉14上-3
墐(墐)	jin	ㄐㄧㄣ	土部	【土部】	7畫	690	696	段13下-32	鍇26-5	鉉13下-5
堩(埂)	geng˘	ㄍㄥˇ	土部	【土部】	7畫	691	697	段13下-34	鍇26-6	鉉13下-5
埃(靉靆nai`述及)	ai	ㄞ	土部	【土部】	7畫	691	698	段13下-35	鍇26-6	鉉13下-5
坅	yin˘	ㄧㄣˇ	土部	【土部】	7畫	692	698	段13下-36	鍇26-6	鉉13下-5
埍	juan˘	ㄐㄩㄢˇ	土部	【土部】	7畫	692	698	段13下-36	鍇26-6	鉉13下-5
堯(垚)	yao´	ㄧㄠˊ	垚部	【土部】	7畫	694	700	段13下-40	鍇26-7	鉉13下-6
郙(垺通段)	fu´	ㄈㄨˊ	邑部	【邑部】	7畫	284	286	段6下-24	鍇12-14	鉉6下-5
防(隄、坊，堭通段)	fang´	ㄈㄤˊ	𨸏部	【阜部】	7畫	733	740	段14下-6	鍇28-3	鉉14下-1
役(伇，垼通段)	yi`	ㄧˋ	殳部	【彳部】	7畫	120	121	段3下-27	鍇6-14	鉉3下-6
𠂤(堆，塠、𨸏通段)	dui	ㄉㄨㄟ	𠂤部	【丿部】	8畫	730	737	段14上-58	鍇28-1	鉉14上-8

篆本字(古文、金文、籀文、俗字，通叚、金石)	拼音	注音	說文部首	康熙部首	筆畫	一般頁碼	洪葉頁碼	段注篇章	徐鍇通釋篇章	徐鉉藤花榭篇章
陭(埼、崎、碕、隑通叚)	yǐ	ㄧˇ	皀部	【山部】8畫	735	742	段14下-9	鍇28-3	鉉14下-2
卷(袞、弓ㄐ述及，嗺、捲、綣、菤通叚)	juàn	ㄐㄩㄢˋ	卪部	【卩部】8畫	431	435	段9上-32	鍇17-10	鉉9上-5
倪(睨、題，堄通叚)	ní	ㄋㄧˊ	人部	【人部】8畫	376	380	段8上-24	鍇15-10	鉉8上-3
睨(覜，堄通叚)	ní	ㄋㄧˋ	目部	【目部】8畫	131	133	段4上-5	鍇7-3	鉉4上-2
埴(戠)	zhí	ㄓˊ	土部	【土部】8畫	683	690	段13下-19	鍇26-2	鉉13下-4
埏	yán	ㄧㄢˊ	土部	【土部】8畫	無	無	無	無	鉉13下-5
挻(埏，脡通叚)	shān	ㄕㄢ	手部	【手部】8畫	599	605	段12上-31	鍇23-11	鉉12上-5
梴桅 篆本字(挺、埏)	chān	ㄔㄢ	木部	【木部】8畫	251	253	段6上-26	鍇11-30	鉉6上-4
基(其祺述及、期)	jī	ㄐㄧ	土部	【土部】8畫	684	691	段13下-21	鍇26-3	鉉13下-4
期(旮、稘、基，朞通叚)	qí	ㄑㄧ	月部	【月部】8畫	314	317	段7上-25	鍇13-9	鉉7上-4
其(基祺述及)	qí	ㄑㄧˊ	箕部	【八部】8畫	199	201	段5上-21	鍇9-8	鉉5上-4
堀(窟通叚)	kū	ㄎㄨ	土部	【土部】8畫	685	692	段13下-23	鍇26-3	鉉13下-4
堂(坣、臺，螳通叚)	táng	ㄊㄤˊ	土部	【土部】8畫	685	692	段13下-23	鍇26-3	鉉13下-4
堊	è	ㄜˋ	土部	【土部】8畫	686	693	段13下-25	鍇26-3	鉉13下-4
埽(掃通叚)	sǎo	ㄙㄠˇ	土部	【土部】8畫	687	693	段13下-26	鍇26-4	鉉13下-4
壿(埻、準臬述及，墊通叚)	zhǔn	ㄓㄨㄣˇ	土部	【土部】8畫	688	695	段13下-29	鍇26-4	鉉13下-4
埱	chù	ㄔㄨˋ	土部	【土部】8畫	690	696	段13下-32	鍇26-5	鉉13下-5
埾(聚)	jù	ㄐㄩˋ	土部	【土部】8畫	690	696	段13下-32	鍇26-5	鉉13下-5
聚(冣、埾)	jù	ㄐㄩˋ	似部	【耳部】8畫	387	391	段8上-45	鍇15-15	鉉8上-6
培(陪、倍)	péi	ㄆㄟˊ	土部	【土部】8畫	690	696	段13下-32	鍇26-5	鉉13下-5
陪(倍、培述及)	péi	ㄆㄟˊ	皀部	【阜部】8畫	736	743	段14下-11	鍇28-4	鉉14下-2
倍(俖、背、陪、培述及)	bèi	ㄅㄟˋ	人部	【人部】8畫	378	382	段8上-27	鍇15-9	鉉8上-4
坏此非壞字(培，坯、岯、抔、阫通叚)	péi	ㄆㄟˊ	土部	【土部】8畫	692	698	段13下-36	鍇26-6	鉉13下-5

篆本字(古文、金文、籀文、俗字,通叚、金石)	拼音	注音	說文部首	康熙部首	筆畫	一般頁碼	洪葉頁碼	段注篇章	徐鍇通釋篇章	徐鉉藤花榭篇章
爭(埥)	zheng	ㄓㄥ	夊部	【爪部】8畫	160	162	段4下-6	鍇8-4	鉉4下-2
埥(淨)	zheng	ㄓㄥ	土部	【土部】8畫	690	696	段13下-32	鍇26-5	鉉13下-5
淨(瀞、埩、爭)	jing ˋ	ㄐㄧㄥˋ	水部	【水部】8畫	536	541	段11上壹-41	鍇21-11	鉉11上-3
辈	fei ˋ	ㄈㄟˋ	土部	【土部】8畫	691	698	段13下-35	鍇26-6	鉉13下-5
埤(裨、厀)	pi ˊ	ㄆㄧˊ	土部	【土部】8畫	689	696	段13下-31	鍇26-5	鉉13下-4
厀(裨、埤)	bi ˋ	ㄅㄧ	會部	【日部】8畫	223	226	段5下-17	鍇10-7	鉉5下-3
裨(厀、埤,裨、綼、鵧通叚)	bi ˋ	ㄅㄧˋ	衣部	【衣部】8畫	395	399	段8上-61	鍇16-5	鉉8上-9
塺(堁、煤通叚)	mei ˊ	ㄇㄟˊ	土部	【土部】8畫	691	698	段13下-35	鍇26-6	鉉13下-5
顆(堁)	ke	ㄎㄜ	頁部	【頁部】8畫	418	423	段9上-7	鍇17-3	鉉9上-2
野(壄、埜、墅通叚)	ye ˇ	ㄧㄝˇ	里部	【里部】8畫	694	701	段13下-41	鍇26-8	鉉13下-6
塲非場chang ˇ	yi ˋ	ㄧˋ	土部	【土部】8畫	無	無	無	無	鉉13下-5
易(蜴、塲通叚非場chang ˇ)	yi ˋ	ㄧˋ	易部	【日部】8畫	459	463	段9下-44	鍇18-15	鉉9下-7
堋(朋絩述及,塴通叚)	peng ˊ	ㄆㄥˊ	土部	【土部】8畫	692	699	段13下-37	鍇26-6	鉉13下-5
或(域、國、惑、歚zi ˋ述及)	huo ˋ	ㄏㄨㄛˋ	戈部	【戈部】8畫	631	637	段12下-39	鍇24-12	鉉12下-6
堵(赌)	du ˇ	ㄉㄨˇ	土部	【土部】8畫	685	691	段13下-22	鍇26-3	鉉13下-4
夅(恢)	guai	ㄍㄨㄞ	夂部	【土部】8畫	316	319	段7上-29	鍇13-12	鉉7上-5
埶(執)	zhi ˊ	ㄓˊ	坴部	【土部】8畫	496	501	段10下-13	鍇20-5	鉉10下-3
埂(埂)	geng ˇ	ㄍㄥˇ	土部	【土部】9畫	691	697	段13下-34	鍇26-6	鉉13下-5
堣	yu ˊ	ㄩˊ	土部	【土部】9畫	682	689	段13下-17	鍇26-2	鉉13下-3
突(堗、葵、鶟、鷇通叚)	tu ˊ	ㄊㄨˊ	穴部	【穴部】9畫	346	349	段7下-22	鍇14-9	鉉7下-4
垂(陲、陲、權銓述及,倕、菙通叚)	chui ˊ	ㄔㄨㄟˊ	土部	【土部】9畫	693	700	段13下-39	鍇26-7	鉉13下-5
箠(菙、垂,菙、棰、種通叚)	chui ˊ	ㄔㄨㄟˊ	竹部	【竹部】9畫	196	198	段5上-15	鍇9-6	鉉5上-3

篆本字(古文、金文、籀文、俗字，通叚、金石)	拼音	注音	說文部首	康熙部首	筆畫	一般頁碼	洪葉頁碼	段注篇章	徐鍇通釋篇章	徐鉉藤花榭篇章
墫	hun ˊ	ㄏㄨㄣˊ	土部	【土部】	9畫	684	690	段13下-20	鍇26-2	鉉13下-4
堛	bi ˋ	ㄅㄧˋ	土部	【土部】	9畫	684	690	段13下-20	鍇26-2	鉉13下-4
堫(稯)	zong	ㄗㄨㄥ	土部	【土部】	9畫	684	690	段13下-20	鍇26-2	鉉13下-4
隍(堭通叚)	huang ˊ	ㄏㄨㄤˊ	𨸏部	【阜部】	9畫	736	743	段14下-12	鍇28-4	鉉14下-2
階(堦通叚)	jie	ㄐㄧㄝ	𨸏部	【阜部】	9畫	736	743	段14下-11	鍇28-4	鉉14下-2
緘(咸，堿通叚)	jian	ㄐㄧㄢ	糸部	【糸部】	9畫	657	664	段13上-29	鍇25-6	鉉13上-4
壻(婿，壻、聟、埍通叚)	xu ˋ	ㄒㄩˋ	士部	【士部】	9畫	20	20	段1上-40	鍇1-19	鉉1上-6
匽(堰、鼴通叚)	yan ˇ	ㄧㄢˇ	匸部	【匸部】	9畫	635	641	段12下-47	鍇24-16	鉉12下-7
偃(堰笱述及、鼴鼢述及，鼴从匽通叚)	yan ˇ	ㄧㄢˇ	人部	【人部】	9畫	381	385	段8上-33	鍇15-11	鉉8上-4
杜(堵、敷通叚)	du ˋ	ㄉㄨˋ	木部	【木部】	9畫	240	242	段6上-4	鍇11-2	鉉6上-1
保(保古作呆宗述及、倸、杀、孚古文、堡湳述及)	bao ˇ	ㄅㄠˇ	人部	【人部】	9畫	365	369	段8上-1	鍇15-1	鉉8上-1
壔(保，堡通叚)	dao ˇ	ㄉㄠˇ	土部	【土部】	9畫	690	696	段13下-32	鍇26-5	鉉13下-5
葆(堡、褓通叚)	bao ˇ	ㄅㄠˇ	艸部	【艸部】	9畫	47	47	段1下-52	鍇2-24	鉉1下-9
㙖(坼，拆、跅通叚)	che ˋ	ㄔㄜˋ	土部	【土部】	9畫	691	698	段13下-35	鍇26-6	鉉13下-5
榧(亙，堩通叚)	gen ˋ	ㄍㄣˋ	木部	【木部】	9畫	270	272	段6上-64	鍇11-28	鉉6上-8
塔	ta ˇ	ㄊㄚˇ	土部	【土部】	9畫	無	無	無	無	鉉13下-6
㓭(刹、塔通叚)	chi ˋ	ㄔˋ	刀部	【刂部】	9畫	181	183	段4下-48	鍇8-17	鉉4下-7
堪(戡、戓)	kan	ㄎㄢ	土部	【土部】	9畫	685	692	段13下-23	鍇26-3	鉉13下-4
戓(堪)	kan	ㄎㄢ	戈部	【戈部】	9畫	631	637	段12下-39	鍇24-13	鉉12下-6
龕(龕、堪)	kan	ㄎㄢ	龍部	【龍部】	9畫	582	588	段11下-31	鍇22-12	鉉11下-6
戡(勘、堪)	kan	ㄎㄢ	戈部	【戈部】	9畫	631	637	段12下-39	鍇24-13	鉉12下-6
堨(遏，壒通叚)	e ˋ	ㄜˋ	土部	【土部】	9畫	685	693	段13下-23	鍇26-3	鉉13下-4
咢(咢、萼韡wei ˇ述及，噩、堮、�、蕚、諤通叚)	e ˋ	ㄜˋ	吅部	【口部】	9畫	62	63	段2上-29	鍇3-13	鉉2上-6

篆本字(古文、金文、籀文、俗字，通叚、金石)	拼音	注音	說文部首	康熙部首	筆畫	一般頁碼	洪葉頁碼	段注篇章	徐鍇通釋篇章	徐鉉藤花榭篇章
堙(墾、堙、陻、陻)	yin	ㄧㄣ	土部	【土部】9畫	691	697	段13下-34	鍇26-5	鉉13下-5
堤(坁、隄俗)	di	ㄉㄧ	土部	【土部】9畫	687	694	段13下-27	鍇26-4	鉉13下-4
埵	duo˘	ㄉㄨㄛˇ	土部	【土部】9畫	690	696	段13下-32	鍇26-5	鉉13下-5
㘑	ce`	ㄘㄜˋ	土部	【土部】9畫	690	697	段13下-33	鍇26-5	鉉13下-5
𨸏(堆，塠、雁通叚)	dui	ㄉㄨㄟ	𨸏部	【丿部】9畫	730	737	段14上-58	鍇28-1	鉉14上-8
畷(埂、疄、壖)	ruan´	ㄖㄨㄢˊ	田部	【田部】9畫	695	701	段13下-42	鍇26-8	鉉13下-6
屆(壏)	qi`	ㄑㄧˋ	尸部	【尸部】9畫	400	404	段8上-72	鍇16-8	鉉8上-11
堞(堞、陴)	die´	ㄉㄧㄝˊ	土部	【土部】9畫	688	695	段13下-29	鍇26-4	鉉13下-4
隃(瑜通叚)	yu´	ㄩˊ	𨸏部	【阜部】9畫	735	742	段14下-9	鍇28-3	鉉14下-2
嵍(堥通叚)	wu`	ㄨˋ	山部	【山部】9畫	441	445	段9下-8	鍇18-3	鉉9下-2
鍪(堥鞪述及)	mou´	ㄇㄡˊ	金部	【金部】9畫	704	711	段14上-5	鍇27-3	鉉14上-2
場(塲通叚)	chang´	ㄔㄤˊ	土部	【土部】9畫	693	699	段13下-38	鍇26-7	鉉13下-5
埶(蓺、藝)	yi`	ㄧˋ	丮部	【土部】9畫	113	114	段3下-14	鍇6-8	鉉3下-3
鍡(磈，壞、嵬、巍通叚)	wei˘	ㄨㄟˇ	金部	【金部】9畫	713	720	段14上-24	鍇27-8	鉉14上-4
壐(壑，壑通叚)	xi`	ㄒㄧˋ	土部	【土部】9畫	686	693	段13下-25	鍇26-3	鉉13下-4
涂(塗、嵞、壑，滁、搽、途通叚)	tu´	ㄊㄨˊ	水部	【水部】9畫	520	525	段11上壹-9	鍇21-3	鉉11上-1
報(報、赴)	bao`	ㄅㄠˋ	卒部	【土部】9畫	496	501	段10下-13	鍇20-5	鉉10下-3
堅	jian	ㄐㄧㄢ	臤部	【土部】9畫	118	119	段3下-24	鍇6-13	鉉3下-6
湄(澒況述及，堳、湏通叚)	mei´	ㄇㄟˊ	水部	【水部】9畫	554	559	段11上貳-18	鍇21-18	鉉11上-6
矦(侯、医，堠、猴、篌通叚)	hou´	ㄏㄡˊ	矢部	【人部】9畫	226	229	段5下-23	鍇10-9	鉉5下-4
睦(畜)	mu`	ㄇㄨˋ	目部	【目部】9畫	132	134	段4上-7	鍇7-4	鉉4上-2
堯(垚)	yao´	ㄧㄠˊ	垚部	【土部】9畫	694	700	段13下-40	鍇26-7	鉉13下-6
堇(蓳、菫墐)	jin˘	ㄐㄧㄣˇ	堇部	【土部】9畫	694	700	段13下-40	鍇26-7	鉉13下-6
鄞(堇)	yin´	ㄧㄣˊ	邑部	【邑部】9畫	294	297	段6下-45	鍇12-19	鉉6下-7
菫(堇，槿通叚)	jin˘	ㄐㄧㄣˇ	艸部	【艸部】9畫	45	46	段1下-49	鍇2-23	鉉1下-8

篆本字(古文、金文、籀文、俗字，通段、金石)	拼音	注音	說文部首	康熙部首	筆畫	一般頁碼	洪葉頁碼	段注篇章	徐鍇通釋篇章	徐鉉藤花榭篇章
冢(塚通段)	zhong	ㄓㄨㄥˇ	勹部	【一部】	10畫	433	438	段9上-37	鍇17-12	鉉9上-6
凷(塊)	kuai	ㄎㄨㄞˋ	土部	【土部】	10畫	684	690	段13下-20	鍇26-2	鉉13下-4
墐(堇)	jin	ㄐㄧㄣ	土部	【土部】	10畫	690	696	段13下-32	鍇26-5	鉉13下-5
鹽(塩通段)	yan	ㄧㄢˊ	鹽部	【鹵部】	10畫	586	592	段12上-5	鍇23-3	鉉12上-2
塘(唐隄述及)	tang	ㄊㄤˊ	土部	【土部】	10畫	無	無	無	無	鉉13下-6
唐(喝、塘，磄、螗、隚、鷋通段)	tang	ㄊㄤˊ	口部	【口部】	10畫	58	59	段2上-21	鍇3-9	鉉2上-4
塙(確，碻、礭通段)	que	ㄑㄩㄝˋ	土部	【土部】	10畫	683	690	段13下-19	鍇26-2	鉉13下-4
垶(埩、駺、騋通段)	xing	ㄒㄧㄥ	土部	【土部】	10畫	683	690	段13下-19	鍇26-2	鉉13下-4
塍(堘、艃通段)	cheng	ㄔㄥˊ	土部	【土部】	10畫	684	690	段13下-20	鍇26-3	鉉13下-4
墀(墀通段)	chi	ㄔˊ	土部	【土部】	10畫	686	693	段13下-25	鍇26-3	鉉13下-4
碣(塙)	he	ㄏㄜˊ	石部	【石部】	10畫	453	457	段9下-32	鍇18-10	鉉9下-5
垎(洛、塙通段)	he	ㄏㄜˋ	土部	【土部】	10畫	689	695	段13下-30	鍇26-5	鉉13下-4
漋水部(瀧)	long	ㄌㄨㄥˇ	水部	【水部】	10畫	564	569	段11上貳-38	鍇21-24	鉉11上-9
塗土部	long	ㄌㄨㄥˇ	土部	【土部】	10畫	686	693	段13下-25	鍇26-3	鉉13下-4
塡(填，砏通段)	tian	ㄊㄧㄢˊ	土部	【土部】	10畫	687	694	段13下-27	鍇26-4	鉉13下-4
窴(窴、填)	tian	ㄊㄧㄢˊ	穴部	【穴部】	10畫	346	349	段7下-22	鍇14-9	鉉7下-4
坎(轗，塪通段)	kan	ㄎㄢˇ	土部	【土部】	10畫	689	695	段13下-30	鍇26-4	鉉13下-4
塓	mi	ㄇㄧˋ	土部	【土部】	10畫	無	無	無	無	鉉13下-5
埘	shi	ㄕˊ	土部	【土部】	10畫	688	695	段13下-29	鍇26-4	鉉13下-4
壎(塤)	xun	ㄒㄩㄣ	土部	【土部】	10畫	687	694	段13下-27	鍇26-4	鉉13下-4
塗(盇述及)	tu	ㄊㄨˊ	土部	【土部】	10畫	無	無	無	無	鉉13下-5
涂(塗、墲、墐，滁、搽、途通段)	tu	ㄊㄨˊ	水部	【水部】	10畫	520	525	段11上壹-9	鍇21-3	鉉11上-1
盇(塗)	tu	ㄊㄨˊ	屾部	【山部】	10畫	441	446	段9下-9	鍇18-3	鉉9下-2
窫(塞、寒，賽、寨通段)	sai	ㄙㄞ	土部	【土部】	10畫	689	696	段13下-31	鍇26-5	鉉13下-5
窒(塞、實窒述及、僿通段)	se	ㄙㄜˋ	珡部	【宀部】	10畫	201	203	段5上-26	鍇9-10	鉉5上-4

篆本字（古文、金文、籀文、俗字，通叚、金石）	拼音	注音	說文部首	康熙部首	筆畫	一般頁碼	洪葉頁碼	段注篇章	徐鍇通釋篇章	徐鉉藤花榭篇章
垔(塸、堙、陻、陞)	yin	ㄧㄣ	土部	【土部】	10畫	691	697	段13下-34	錯26-5	鉉13下-5
碬(墜、隊，墜通叚)	zhui`	ㄓㄨㄟˋ	石部	【石部】	10畫	450	454	段9下-26	錯18-9	鉉9下-4
隊(墜、碬，墜通叚)	dui`	ㄉㄨㄟˋ	皀部	【阜部】	10畫	732	739	段14下-4	錯28-2	鉉14下-1
塏	kai˘	ㄎㄞˇ	土部	【土部】	10畫	691	697	段13下-34	錯26-6	鉉13下-5
壞(毇、甀)	huai`	ㄏㄨㄞˋ	土部	【土部】	10畫	691	698	段13下-35	錯6-19	鉉13下-5
隖(塢，碼通叚)	wu`	ㄨˋ	皀部	【阜部】	10畫	736	743	段14下-12	錯28-4	鉉14下-2
塋	ying´	ㄧㄥˊ	土部	【土部】	10畫	692	699	段13下-37	錯26-7	鉉13下-5
睦(宵)	mu`	ㄇㄨˋ	目部	【目部】	10畫	132	134	段4上-7	錯7-4	鉉4上-2
廛(里，屢、塵、壇、瀍、鄽通叚)	chan´	ㄔㄢˊ	广部	【广部】	10畫	444	449	段9下-15	錯18-5	鉉9下-3
區(丘、堀町述及，鏂通叚)	qu	ㄑㄩ	匸部	【匚部】	11畫	635	641	段12下-47	錯24-16	鉉12下-7
場(塲通叚)	chang´	ㄔㄤˊ	土部	【土部】	11畫	693	699	段13下-38	錯26-7	鉉13下-5
墐	jin`	ㄐㄧㄣˋ	土部	【土部】	11畫	686	693	段13下-25	錯26-3	鉉13下-4
殣(墐)	jin`	ㄐㄧㄣˋ	歺部	【歹部】	11畫	163	165	段4下-11	錯8-5	鉉4下-3
墉(臺、庸，隔通叚)	yong	ㄩㄥ	土部	【土部】	11畫	688	695	段13下-29	錯26-4	鉉13下-4
庸(墉，佡、慵通叚)	yong	ㄩㄥ	用部	【广部】	11畫	128	129	段3下-43	錯6-21	鉉3下-10
墍(塈，曁通叚)	xi`	ㄒㄧˋ	土部	【土部】	11畫	686	693	段13下-25	錯26-3	鉉13下-4
涂(塗、塗、墍，滁、搽、途通叚)	tu´	ㄊㄨˊ	水部	【水部】	11畫	520	525	段11上壹-9	錯21-3	鉉11上-1
吚(塈，怬通叚)	xi`	ㄒㄧˋ	口部	【口部】	11畫	56	56	段2上-16	錯3-7	鉉2上-4
塾	shu´	ㄕㄨˊ	土部	【土部】	11畫	無	無	無	無	鉉13下-6
孰從言羊(塾、熟，塾通叚)	shu´	ㄕㄨˊ	丮部	【土部】	11畫	113	114	段3下-14	錯6-8	鉉3下-3
墥(墇、準臬述及，塾通叚)	zhun˘	ㄓㄨㄣˇ	土部	【土部】	11畫	688	695	段13下-29	錯26-4	鉉13下-4
墊(𡎰)	dian`	ㄉㄧㄢˋ	土部	【土部】	11畫	689	695	段13下-30	錯26-4	鉉13下-4

篆本字(古文、金文、籀文、俗字，通段、金石)	拼音	注音	說文部首	康熙部首	筆畫	一般頁碼	洪葉頁碼	段注篇章	徐鍇通釋篇章	徐鉉藤花榭篇章
褺(襲、墊)	die	ㄉㄧㄝˊ	衣部	【衣部】	11畫	394	398	段8上-59	錯16-4	鉉8上-9
窴(墊)	dian	ㄉㄧㄢˋ	宀部	【宀部】	11畫	342	345	段7下-14	錯14-6	鉉7下-3
墇	zhang	ㄓㄤˋ	土部	【土部】	11畫	690	696	段13下-32	錯26-5	鉉13下-5
境	jing	ㄐㄧㄥˋ	土部	【土部】	11畫	無	無	無	無	鉉13下-6
竟(境通段)	jing	ㄐㄧㄥˋ	音部	【立部】	11畫	102	103	段3上-33	錯5-17	鉉3上-7
樠(墁通段)	man	ㄇㄢˋ	木部	【木部】	11畫	256	258	段6上-36	錯11-16	鉉6上-5
黲(墋通段)	can	ㄘㄢˇ	黑部	【黑部】	11畫	488	492	段10上-56	錯19-19	鉉10上-10
塹(壍通段)	qian	ㄑㄧㄢˋ	土部	【土部】	11畫	691	697	段13下-34	錯26-6	鉉13下-5
墟(隟、罅)	xia	ㄒㄧㄚˋ	土部	【土部】	11畫	691	698	段13下-35	錯26-6	鉉13下-5
罅(墟)	xia	ㄒㄧㄚˋ	缶部	【缶部】	11畫	225	228	段5下-21	錯10-8	鉉5下-4
塺(堁、煤通段)	mei	ㄇㄟˊ	土部	【土部】	11畫	691	698	段13下-35	錯26-6	鉉13下-5
塿(婁，嶁、陵通段)	lou	ㄌㄡˇ	土部	【土部】	11畫	691	698	段13下-35	錯26-6	鉉13下-5
塈	yi	一	土部	【土部】	11畫	692	698	段13下-36	錯26-6	鉉13下-5
墓(塓)	mu	ㄇㄨˋ	土部	【土部】	11畫	692	699	段13下-37	錯26-7	鉉13下-5
墜	zhui	ㄓㄨㄟˋ	土部	【土部】	11畫	無	無	無	無	鉉13下-6
隊(墜、碌，塈通段)	dui	ㄉㄨㄟˋ	阜部	【阜部】	11畫	732	739	段14下-4	錯28-2	鉉14下-1
碌(墜、隊，塈通段)	zhui	ㄓㄨㄟˋ	石部	【石部】	11畫	450	454	段9下-26	錯18-9	鉉9下-4
野(壄、埜，墅通段)	ye	一ㄝˇ	里部	【里部】	11畫	694	701	段13下-41	錯26-8	鉉13下-6
虛(虗、墟，圩、獹、驢、鱸通段)	xu	ㄒㄩ	丘部	【虍部】	11畫	386	390	段8上-44	錯15-15	鉉8上-6
麤(麤、塵)	chen	ㄔㄣˊ	麤部	【鹿部】	11畫	472	476	段10上-24	錯19-7	鉉10上-4
專(塼、塼，剸、漙、磚、鄟通段)	zhuan	ㄓㄨㄢ	寸部	【寸部】	11畫	121	122	段3下-30	錯6-16	鉉3下-7
堋(朋結述及，塴通段)	peng	ㄆㄥˊ	土部	【土部】	11畫	692	699	段13下-37	錯26-6	鉉13下-5
墺(堛)	ao	ㄠˋ	土部	【土部】	12畫	682	689	段13下-17	錯26-2	鉉13下-3
璞(圤)	pu	ㄆㄨˊ	土部	【土部】	12畫	684	690	段13下-20	錯26-2	鉉13下-4
埴(埴)	zhi	ㄓˊ	土部	【土部】	12畫	683	690	段13下-19	錯26-2	鉉13下-4

篆本字(古文、金文、籀文、俗字，通叚、金石)	拼音	注音	說文部首	康熙部首	筆畫	一般頁碼	洪葉頁碼	段注篇章	徐鍇通釋篇章	徐鉉藤花榭篇章
戠(埴通叚)	zhí	ㄓˊ	戈部	【戈部】	12畫	632	638	段12下-41	鍇24-13	鉉12下-6
堨(遏，壒通叚)	e`	ㄜˋ	土部	【土部】	12畫	685	693	段13下-23	鍇26-3	鉉13下-4
模(橅，㒼通叚)	mó	ㄇㄛˊ	木部	【木部】	12畫	253	256	段6上-31	鍇11-14	鉉6上-4
墓(㒼)	mu`	ㄇㄨˋ	土部	【土部】	12畫	692	699	段13下-37	鍇26-7	鉉13下-5
墩(墝)	qiao	ㄑㄧㄠ	土部	【土部】	12畫	683	690	段13下-19	鍇26-2	鉉13下-4
磽(墩，墝通叚)	qiao	ㄑㄧㄠ	石部	【石部】	12畫	451	456	段9下-29	鍇18-10	鉉9下-4
墀(堀通叚)	chí	ㄔˊ	土部	【土部】	12畫	686	693	段13下-25	鍇26-3	鉉13下-4
敦(敦，墩、盩通叚)	dun	ㄉㄨㄣ	攴部	【攴部】	12畫	125	126	段3下-37	鍇6-18	鉉3下-8
頓(鈍，墩通叚)	dun`	ㄉㄨㄣˋ	頁部	【頁部】	12畫	419	423	段9上-8	鍇17-3	鉉9上-2
墨(螺、蠳通叚)	mo`	ㄇㄛˋ	土部	【土部】	12畫	688	694	段13下-28	鍇26-4	鉉13下-4
墆(堞、陴)	dié	ㄉㄧㄝˊ	土部	【土部】	12畫	688	695	段13下-29	鍇26-4	鉉13下-4
陴(鞞、墆)	pi	ㄆㄧ	皀部	【阜部】	12畫	736	743	段14下-12	鍇28-4	鉉14下-2
墿(繚)	liáo	ㄌㄧㄠˊ	土部	【土部】	12畫	685	691	段13下-22	鍇26-3	鉉13下-4
增(曾)	zeng	ㄗㄥ	土部	【土部】	12畫	689	696	段13下-31	鍇26-5	鉉13下-4
層(增)	céng	ㄘㄥˊ	尸部	【尸部】	12畫	401	405	段8上-73	鍇16-9	鉉8上-11
墠(壇、襌、禪)	shan`	ㄕㄢˋ	土部	【土部】	12畫	690	697	段13下-33	鍇26-5	鉉13下-5
禪(襌、墠)	shan`	ㄕㄢˋ	示部	【示部】	12畫	7	7	段1上-13	鍇1-7	鉉1上-2
墿(暟)	yi`	ㄧˋ	土部	【土部】	12畫	692	698	段13下-36	鍇26-6	鉉13下-5
墳(坋、濆、蚠、豳述及，轒通叚)	fén	ㄈㄣˊ	土部	【土部】	12畫	693	699	段13下-38	鍇26-7	鉉13下-5
坋(墳)	fen`	ㄈㄣˋ	土部	【土部】	12畫	691	698	段13下-35	鍇26-6	鉉13下-5
汾(墳)	fén	ㄈㄣˊ	水部	【水部】	12畫	526	531	段11上壹-21	鍇21-5	鉉11上-2
濆(墳)	fén	ㄈㄣˊ	水部	【水部】	12畫	552	557	段11上貳-14	鍇21-17	鉉11上-6
蕡(墳)	fén	ㄈㄣˊ	艸部	【艸部】	12畫	42	42	段1下-42	鍇2-20	鉉1下-7
垠(圻，壂、磯通叚)	yín	ㄧㄣˊ	土部	【土部】	12畫	690	697	段13下-33	鍇26-5	鉉13下-5
隤(壝通叚)	tuí	ㄊㄨㄟˊ	皀部	【阜部】	12畫	732	739	段14下-4	鍇28-2	鉉14下-1
坺(伐、㙽，墢、垟、垡通叚)	fá	ㄈㄚˊ	土部	【土部】	12畫	684	691	段13下-21	鍇26-3	鉉13下-4
隥(墱，磴、嶝通叚)	deng`	ㄉㄥˋ	皀部	【阜部】	12畫	732	739	段14下-3	鍇28-2	鉉14下-1

篆本字（古文、金文、籀文、俗字，通叚、金石）	拼音	注音	說文部首	康熙部首	筆畫	一般頁碼	洪葉頁碼	段注篇章	徐鍇通釋篇章	徐鉉藤花榭篇章
野(壄、埜，墅通叚)	ye˘	一ㄝˇ	里部	【里部】	12畫	694	701	段13下-41	鍇26-8	鉉13下-6
隋(隋、隨、橢、墮)	duoˋ	ㄉㄨㄛˋ	山部	【山部】	12畫	440	444	段9下-6	鍇18-2	鉉9下-1
陻(堙、墰、甄)	hui	ㄏㄨㄟ	𨸏部	【阜部】	12畫	733	740	段14下-5	鍇28-2	鉉14下-1
陊(墮，墯通叚)	duoˋ	ㄉㄨㄛˋ	𨸏部	【阜部】	12畫	733	740	段14下-6	鍇28-2	鉉14下-1
隋(隨隋述及、陊、墮)	sui	ㄙㄨㄟ	肉部	【阜部】	12畫	172	174	段4下-30	鍇8-11	鉉4下-5
捼(隋、墮、綏、挪，捼、搓、抄通叚)	ruo˙	ㄖㄨㄛˊ	手部	【手部】	12畫	605	611	段12上-44	鍇23-14	鉉12上-7
甂	kui	ㄎㄨㄟ	盾部	【土部】	12畫	136	138	段4上-15	鍇7-7	鉉4上-3
菫(蓳、𦰤𦵖)	jin˘	ㄐ一ㄣˇ	菫部	【土部】	12畫	694	700	段13下-40	鍇26-7	鉉13下-6
舜(𦼪、舜=俊)	shunˋ	ㄕㄨㄣˋ	舜部	【舛部】	12畫	234	236	段5下-38	鍇10-16	鉉5下-7
堀	ku	ㄎㄨ	土部	【土部】	13畫	無	無	無	鍇26-7	鉉13下-5
地(墬，埊通叚)	diˋ	ㄉ一ˋ	土部	【土部】	13畫	682	688	段13下-16	鍇26-2	鉉13下-3
墽(磽)	qiao	ㄑ一ㄠ	土部	【土部】	13畫	683	690	段13下-19	鍇26-2	鉉13下-4
磽(墽，墝通叚)	qiao	ㄑ一ㄠ	石部	【石部】	13畫	451	456	段9下-29	鍇18-10	鉉9下-4
號(虤，𧆐通叚)	haoˋ	ㄏㄠˋ	𠂔部	【虍部】	13畫	209	211	段5上-41	鍇9-17	鉉5上-8
廱(壅通叚)	yong	ㄩㄥ	广部	【广部】	13畫	442	447	段9下-11	鍇18-4	鉉9下-2
邕(𠗨，壅、𨜵从𡿨邑通叚)	yong	ㄩㄥ	川部	【邑部】	13畫	569	574	段11下-4	鍇22-2	鉉11下-2
墾	ken˘	ㄎㄣˇ	土部	【土部】	13畫	無	無	無	無	鉉13下-6
狠(豤、懇、懇、墾通叚)	ken˘	ㄎㄣˇ	豕部	【豕部】	13畫	455	460	段9下-37	鍇18-12	鉉9下-6
齗(齗、狠)	yin˙	一ㄣˊ	齒部	【齒部】	13畫	80	80	段2下-22	鍇4-11	鉉2下-5
堂(坣、臺，螳通叚)	tang˙	ㄊㄤˊ	土部	【土部】	13畫	685	692	段13下-23	鍇26-3	鉉13下-4
壁	biˋ	ㄅ一ˋ	土部	【土部】	13畫	685	691	段13下-22	鍇26-3	鉉13下-4
廦(壁)	biˋ	ㄅ一ˋ	广部	【广部】	13畫	444	448	段9下-14	鍇18-5	鉉9下-2

篆本字(古文、金文、籀文、俗字，通叚、金石)	拼音	注音	說文部首	康熙部首	筆畫	一般頁碼	洪葉頁碼	段注篇章	徐鍇通釋篇章	徐鉉藤花榭篇章
辟(僻、避、譬、闢、壁、襞，擗、霹通叚)	pi`	ㄆㄧˋ	辟部	【辛部】	13畫	432	437	段9上-35	錯17-11	鉉9上-6
壇(禪、磾通叚)	tan´	ㄊㄢˊ	土部	【土部】	13畫	693	699	段13下-38	錯26-7	鉉13下-5
墠(壇、禪、襢)	shan`	ㄕㄢˋ	土部	【土部】	13畫	690	697	段13下-33	錯26-5	鉉13下-5
坦(壇)	tan˅	ㄊㄢˇ	土部	【土部】	13畫	687	694	段13下-27	錯26-4	鉉13下-4
瘄(壇，屡通叚)	tan	ㄊㄢ	广部	【广部】	13畫	352	356	段7下-35	錯14-15	鉉7下-6
牆(牆、墻从來，墻、嬙、嗇、廧、檣通叚)	qiang´	ㄑㄧㄤˊ	嗇部	【爿部】	13畫	231	233	段5下-32	錯10-13	鉉5下-6
畺(疆，壃通叚)	jiang	ㄐㄧㄤ	畕部	【田部】	13畫	698	704	段13下-48	錯26-9	鉉13下-7
壒	ai`	ㄞˋ	土部	【土部】	14畫	無	無	無	無	鉉13下-6
墼	ji	ㄐㄧ	土部	【土部】	14畫	687	693	段13下-26	錯26-3	鉉13下-4
㬉(塎、壖、壖)	ruan´	ㄖㄨㄢˊ	田部	【田部】	14畫	695	701	段13下-42	錯26-8	鉉13下-6
壎(塤)	xun	ㄒㄩㄣ	土部	【土部】	14畫	687	694	段13下-27	錯26-4	鉉13下-4
壐(璽，鉩金石)	xi˅	ㄒㄧˇ	土部	【土部】	14畫	688	694	段13下-28	錯26-4	鉉13下-4
塒	zhi´	ㄓˊ	土部	【土部】	14畫	689	695	段13下-30	錯26-5	鉉13下-4
壽(保，堡通叚)	dao˅	ㄉㄠˇ	土部	【土部】	14畫	690	696	段13下-32	錯26-5	鉉13下-5
壓(押通叚)	ya	ㄧㄚ	土部	【土部】	14畫	691	698	段13下-35	錯26-6	鉉13下-5
塹(壍通叚)	qian`	ㄑㄧㄢˋ	土部	【土部】	14畫	691	697	段13下-34	錯26-6	鉉13下-5
厭(魘、壓，饜通叚)	yan`	ㄧㄢˋ	厂部	【厂部】	14畫	448	452	段9下-22	錯18-8	鉉9下-4
檻(櫽、檻、艦、轞通叚)	jian`	ㄐㄧㄢˋ	木部	【木部】	14畫	270	273	段6上-65	錯11-29	鉉6上-8
墢	ku	ㄎㄨ	土部	【土部】	14畫	692	699	段13下-37	錯26-6	鉉13下-5
叡(he` 壑)	huo`	ㄏㄨㄛˋ	奴部	【合部】	14畫	161	163	段4下-7	錯8-4	鉉4下-2
壘(礌通叚)	lei˅	ㄌㄟˇ	土部	【土部】	15畫	691	697	段13下-34	錯26-5	鉉13下-5
垒(壘)	lei˅	ㄌㄟˇ	厽部	【土部】	15畫	737	744	段14下-14	錯28-5	鉉14下-3
纝(纍、纝、壘，礌、礧通叚)	lei˅	ㄌㄟˇ	山部	【山部】	15畫	440	445	段9下-7	錯18-3	鉉9下-1
壙	kuang`	ㄎㄨㄤˋ	土部	【土部】	15畫	691	697	段13下-34	錯26-6	鉉13下-5

篆本字（古文、金文、籀文、俗字，通段、金石）	拼音	注音	說文部首	康熙部首	筆畫	一般頁碼	洪葉頁碼	段注篇章	徐鍇通釋篇章	徐鉉藤花榭篇章
壚	lu´	ㄌㄨˊ	土部	【土部】	16畫	683	690	段13下-19	鍇26-2	鉉13下-4
壿(埻、準臬述及，墊通段)	zhun˘	ㄓㄨㄣˇ	土部	【土部】	16畫	688	695	段13下-29	鍇26-4	鉉13下-4
準(准、壿臬述及)	zhun˘	ㄓㄨㄣˇ	水部	【水部】	16畫	560	565	段11上貳-29	鍇21-22	鉉11上-8
壞(毇、𡏘)	huai`	ㄏㄨㄞˋ	土部	【土部】	16畫	691	698	段13下-35	鍇6-19	鉉13下-5
嶨(壆通段)	xue´	ㄒㄩㄝˊ	山部	【山部】	16畫	439	444	段9下-5	鍇18-2	鉉9下-1
壠(壟通段)	long˘	ㄌㄨㄥˇ	土部	【土部】	16畫	693	699	段13下-38	鍇26-7	鉉13下-5
叡(睿、餐)	rui`	ㄖㄨㄟˋ	奴部	【又部】	16畫	161	163	段4下-7	鍇8-4	鉉4下-2
閹(𢩁)	yan´	ㄧㄢˊ	門部	【門部】	16畫	587	593	段12上-8	鍇23-4	鉉12上-2
閭(𢩁，蕑通段)	lu´	ㄌㄩˊ	門部	【門部】	16畫	587	593	段12上-8	鍇23-4	鉉12上-2
寅(夤)	yin´	ㄧㄣˊ	寅部	【宀部】	16畫	745	752	段14下-29	鍇28-15	鉉14下-7
噩(咢、蕚鱷wei˘述及，噩、堮、壿、蕚、諤通段)	e`	ㄜˋ	吅部	【口部】	16畫	62	63	段2上-29	鍇3-13	鉉2上-6
壤	rang˘	ㄖㄤˇ	土部	【土部】	17畫	683	689	段13下-18	鍇26-2	鉉13下-3
瀼(壤)	rang˘	ㄖㄤˇ	肉部	【肉部】	17畫	171	173	段4下-27	鍇8-10	鉉4下-5
塞(塞、寨，賽、寨通段)	sai	ㄙㄞ	土部	【土部】	19畫	689	696	段13下-31	鍇26-5	鉉13下-5
巖(壧、岩通段)	yan´	ㄧㄢˊ	山部	【山部】	20畫	440	445	段9下-7	鍇18-2	鉉9下-1
【士(shi`)部】	shi`	ㄕˋ	士部			20	20	段1上-39	鍇1-19	鉉1上-6
士	shi`	ㄕˋ	士部	【士部】		20	20	段1上-39	鍇1-19	鉉1上-6
壬非壬ting˘	ren´	ㄖㄣˊ	壬部	【士部】	1畫	742	749	段14下-23	鍇28-11	鉉14下-5
壯(奘、莊齂yi˘述及)	zhuang`	ㄓㄨㄤˋ	士部	【士部】	4畫	20	20	段1上-40	鍇1-19	鉉1上-6
莊(牂、壯、庄俗，糚通段)	zhuang	ㄓㄨㄤ	艸部	【艸部】	4畫	22	22	段1下-2	鍇2-2	鉉1下-1
壺(壷非壺kun˘)	hu´	ㄏㄨˊ	壺部	【士部】	8畫	495	500	段10下-11	鍇20-4	鉉10下-3
壻(婿，婿、聟、揖通段)	xu`	ㄒㄩˋ	士部	【士部】	9畫	20	20	段1上-40	鍇1-19	鉉1上-6
壼(㲻、㲻)	yun	ㄩㄣ	壺部	【士部】	9畫	495	500	段10下-11	鍇20-4	鉉10下-3
壹(㚤)	yi	ㄧ	壹部	【士部】	9畫	496	500	段10下-12	鍇20-4	鉉10下-3
壺(壷非壺kun˘)	hu´	ㄏㄨˊ	壺部	【士部】	9畫	495	500	段10下-11	鍇20-4	鉉10下-3

篆本字(古文、金文、籀文、俗字，通叚、金石)	拼音	注音	說文部首	康熙部首	筆畫	一般頁碼	洪葉頁碼	段注篇章	徐鍇通釋篇章	徐鉉藤花榭篇章
嚻口wei´部(壺非壺hu´)	kunˇ	ㄎㄨㄣˇ	口部	【士部】	10畫	277	280	段6下-11	錯12-8	鉉6下-3
匏(壺，瓟通叚)	pao´	ㄆㄠˊ	包部	【勹部】	10畫	434	438	段9上-38	錯17-13	鉉9上-6
瓠(匏、壺，槬、摣、翮通叚)	hu`	ㄏㄨˋ	瓠部	【瓜部】	10畫	337	341	段7下-5	錯14-2	鉉7下-2
殪(壺)	yi`	一ˋ	歹部	【歹部】	11畫	163	165	段4下-11	錯8-5	鉉4下-3
壽(晨)	shou`	ㄕㄡˋ	老部	【士部】	11畫	398	402	段8上-68	錯16-7	鉉8上-10
墫	zun	ㄗㄨㄣ	士部	【士部】	12畫	20	20	段1上-40	錯1-19	鉉1上-6
【夊(zhiˇ)部】	zhiˇ	ㄓˇ	夊部			237	239	段5下-43	錯10-17	鉉5下-7
夊	zhiˇ	ㄓˇ	夊部	【夊部】		237	239	段5下-43	錯10-17	鉉5下-8
夸(胯跨述及)	kua`	ㄎㄨㄚˋ	夊部	【夊部】		237	239	段5下-43	錯10-18	鉉5下-8
胯(跨、夸)	kua`	ㄎㄨㄚˋ	肉部	【肉部】		170	172	段4下-26	錯8-15	鉉4下-4
夃(沽、姑)	gu	ㄍㄨˇ	夊部	【夊部】	1畫	237	239	段5下-43	錯10-18	鉉5下-8
夆降服字，當作此。	jiang`	ㄐㄧㄤˋ	夊部	【夊部】	3畫	237	239	段5下-43	錯10-18	鉉5下-8
降投夆(隆通叚)	xiang´	ㄒㄧㄤˊ	𨸏部	【阜部】	3畫	732	739	段14下-4	錯28-2	鉉14下-1
洚(降、夆)	jiang`	ㄐㄧㄤˋ	水部	【水部】	3畫	546	551	段11上貳-1	錯21-13	鉉11上-4
夅	hai`	ㄏㄞˋ	夊部	【夊部】	4畫	237	239	段5下-43	錯10-18	鉉5下-8
夆(鏠、峯，桻通叚)	feng´	ㄈㄥˊ	夊部	【夊部】	4畫	237	239	段5下-43	錯10-18	鉉5下-8
鏠(鋒、夆)	feng	ㄈㄥ	金部	【金部】	4畫	711	718	段14上-19	錯27-7	鉉14上-3
述(徙、征、屖、粜、邏)	xiˇ	ㄒㄧˇ	辵(辶)部	【辵部】	10畫	72	72	段2下-6	錯4-3	鉉2下-2
【夂(sui)部】	sui	ㄙㄨㄟ	夂部			232	235	段5下-35	錯10-14	鉉5下-7
夂(綏)	sui	ㄙㄨㄟ	夂部	【夂部】		232	235	段5下-35	錯10-14	鉉5下-7
夋	qun	ㄑㄩㄣ	夂部	【夂部】	4畫	232	235	段5下-35	錯10-14	鉉5下-7
夏(夏)	pu´	ㄆㄨˊ	夂部	【夂部】	4畫	233	235	段5下-36	錯10-15	鉉5下-7
夌(凌、淩、陵，庱、輘通叚)	ling´	ㄌㄧㄥˊ	夂部	【夂部】	5畫	232	235	段5下-35	錯10-14	鉉5下-7
陵(夌，鯪通叚)	ling´	ㄌㄧㄥˊ	𨸏部	【阜部】	5畫	731	738	段14下-1	錯28-1	鉉14下-1
夒(騧通叚)	mianˇ	ㄇㄧㄢˇ	夂部	【夂部】	5畫	233	235	段5下-36	錯10-15	鉉5下-7
夏(复，愎通叚)	fu´	ㄈㄨˊ	夂部	【夂部】	6畫	232	235	段5下-35	錯10-14	鉉5下-7
夋(騣通叚)	zong	ㄗㄨㄥ	夂部	【夂部】	6畫	233	236	段5下-37	錯10-15	鉉5下-7
夎	cuo`	ㄘㄨㄛˋ	夂部	【夂部】	7畫	無	無	無	無	鉉5下-7

篆本字(古文、金文、籀文、俗字，通段、金石)	拼音	注音	說文部首	康熙部首	筆畫	一般頁碼	洪葉頁碼	段注篇章	徐鍇通釋篇章	徐鉉藤花榭篇章
趖(㚈、㝈通段)	suo	ㄙㄨㄛ	走部	【走部】7畫		64	65	段2上-33	錯3-15	鉉2上-7
夏(憂、㑄，厦、廈通段)	xia	ㄒㄧㄚˋ	夊部	【夊部】7畫		233	235	段5下-36	錯10-15	鉉5下-7
夯(㝵)	hang ˋ	ㄏㄤˋ	亢部	【夊部】8畫		497	502	段10下-15	錯20-5	鉉10下-3
夌	ling ˊ	ㄌㄧㄥˊ	夊部	【夊部】8畫		213	215	段5上-50	錯9-20	鉉5上-9
夐(矎通段)	xiong ˋ	ㄒㄩㄥˋ	𡕥部	【夊部】11畫		129	131	段4上-1	錯7-1	鉉4上-1
洵(均、恂、夐、泫，詢通段)	xun ˊ	ㄒㄩㄣˊ	水部	【水部】11畫		544	549	段11上壹-57	錯21-12	鉉11上-4
憂(㥑，懮通段)	you	ㄧㄡ	心部	【心部】12畫		514	518	段10下-48	錯20-17	鉉10下-9
憂(優、優慁述及，懮通段)	you	ㄧㄡ	夊部	【夊部】12畫		233	235	段5下-36	錯10-15	鉉5下-7
夒(猱、獿)	nao ˊ	ㄋㄠˊ	夊部	【夊部】15畫		233	236	段5下-37	錯10-15	鉉5下-7
夏(憂、㑄，厦、廈通段)	xia	ㄒㄧㄚˋ	夊部	【夊部】15畫		233	235	段5下-36	錯10-15	鉉5下-7
婚(㛇从止巳)	hun	ㄏㄨㄣ	女部	【女部】16畫		614	620	段12下-5	錯24-2	鉉12下-1
夔(歸)	kui ˊ	ㄎㄨㄟˊ	夊部	【夊部】17畫		233	236	段5下-37	錯10-15	鉉5下-7
籖(坎)	kan ˇ	ㄎㄢˇ	夊部	【夊部】18畫		233	235	段5下-36	錯10-15	鉉5下-7
坎(籖，埳通段)	kan ˇ	ㄎㄢˇ	土部	【土部】18畫		689	695	段13下-30	錯26-4	鉉13下-4
【夕(xiˋ)部】	xi ˋ	ㄒㄧˋ	夕部			315	318	段7上-27	錯13-11	鉉7上-4
夕(汐通段)	xi ˋ	ㄒㄧˋ	夕部	【夕部】		315	318	段7上-27	錯13-11	鉉7上-4
昔(膌、腊、夕、昨，焟、皵通段)	xi ˊ	ㄒㄧˊ	日部	【日部】		307	310	段7上-12	錯13-4	鉉7上-2
夗(蜿、蜎通段)	yuan ˋ	ㄩㄢˋ	夕部	【夕部】2畫		315	318	段7上-27	錯13-11	鉉7上-5
外(夘)	wai ˋ	ㄨㄞˋ	夕部	【夕部】2畫		315	318	段7上-28	錯13-11	鉉7上-5
多(夛、夥禍huoˋ述及)	duo	ㄉㄨㄛ	多部	【夕部】3畫		316	319	段7上-29	錯13-11	鉉7上-5
夙(佡、㑉、㚖)	su ˋ	ㄙㄨˋ	夕部	【夕部】4畫		315	318	段7上-28	錯13-11	鉉7上-5
宿(宿、夙鹽述及，蓿通段)	su ˋ	ㄙㄨˋ	宀部	【宀部】4畫		340	344	段7下-11	錯14-5	鉉7下-3
夜(夜)	ye ˋ	ㄧㄝˋ	夕部	【夕部】5畫		315	318	段7上-27	錯13-11	鉉7上-5

篆本字(古文、金文、籀文、俗字,通叚、金石)	拼音	注音	說文部首	康熙部首	筆畫	一般頁碼	洪葉頁碼	段注篇章	徐鍇通釋篇章	徐鉉藤花榭篇章
姓(晴、暚、精)	qing´	ㄑㄧㄥˊ	夕部	【夕部】	5畫	315	318	段7上-28	鍇13-11	鉉7上-5
烏(繠、㸒、於,嗚、螐、鷡通叚)	wu	ㄨ	烏部	【火部】	7畫	157	158	段4上-56	鍇7-23	鉉4上-10
晐(該、賅,姟通叚)	gai	ㄍㄞ	日部	【日部】	9畫	308	311	段7上-13	鍇13-4	鉉7上-2
舝(轄,鎋通叚)	xia´	ㄒㄧㄚˊ	舛部	【舛部】	10畫	234	236	段5下-38	鍇10-16	鉉5下-7
轄(舝、螛,鎋通叚)	xia´	ㄒㄧㄚˊ	車部	【車部】	10畫	727	734	段14上-52	鍇27-14	鉉14上-7
飱(飧、殮)	sun	ㄙㄨㄣ	倉部	【食部】	10畫	220	222	段5下-10	鍇10-4	鉉5下-2
夤(夤、寅)	yin´	ㄧㄣˊ	夕部	【夕部】	11畫	315	318	段7上-28	鍇13-11	鉉7上-5
胂(夤、膹)	shen`	ㄕㄣˋ	肉部	【肉部】	11畫	169	171	段4下-23	鍇8-9	鉉4下-4
夢(癁,鄸通叚)	meng`	ㄇㄥˋ	夕部	【夕部】	11畫	315	318	段7上-27	鍇13-11	鉉7上-5
癁(夢,蕄通叚)	meng`	ㄇㄥˋ	癁部	【宀部】	11畫	347	350	段7下-24	鍇14-10	鉉7下-4
瞢(夢)	meng´	ㄇㄥˊ	苜部	【目部】	11畫	145	146	段4上-32	鍇7-15	鉉4上-6
募	mo`	ㄇㄛˋ	夕部	【夕部】	11畫	316	319	段7上-29	鍇13-11	鉉7上-5
夥(粿)	huo˘	ㄏㄨㄛˇ	多部	【夕部】	11畫	316	319	段7上-29	鍇13-12	鉉7上-5
多(夛、夥碢huo`述及)	duo	ㄉㄨㄛ	多部	【夕部】	11畫	316	319	段7上-29	鍇13-11	鉉7上-5
烏(繠、㸒、於,嗚、螐、鷡通叚)	wu	ㄨ	烏部	【火部】	13畫	157	158	段4上-56	鍇7-23	鉉4上-10
【大(da`)部】	da`	ㄉㄚˋ	大部			492	496	段10下-4	鍇20-1	鉉10下-1
大不得不殊爲二部(太泰述及,忕通叚)	da`	ㄉㄚˋ	大部	【大部】		492	496	段10下-4	鍇20-1	鉉10下-1
大(亣籀文大、太泰述及)	da`	ㄉㄚˋ	大部	【大部】		498	503	段10下-17	鍇20-6	鉉10下-4
天(祆从天tian通叚)	tian	ㄊㄧㄢ	一部	【大部】	1畫	1	1	段1上-1	鍇1-1	鉉1上-1
夬(夬,英、觖通叚)	guai`	ㄍㄨㄞˋ	又部	【大部】	1畫	115	116	段3下-18	鍇6-10	鉉3下-4
矢	ze`	ㄗㄜˋ	矢部	【大部】	1畫	494	498	段10下-8	鍇20-2	鉉10下-2

篆本字(古文、金文、籀文、俗字，通叚、金石)	拼音	注音	說文部首	康熙部首	筆畫	一般頁碼	洪葉頁碼	段注篇章	徐鍇通釋篇章	徐鉉藤花榭篇章
夭(拗、妖、麇通叚)	yao	一ㄠ	夭部	【大部】1畫		494	498	段10下-8	鍇20-3	鉉10下-2
夫(玞、砆、芙、鴆通叚)	fu	ㄈㄨ	夫部	【大部】1畫		499	504	段10下-19	鍇20-7	鉉10下-4
泰(夳、太、汏，汰通叚)	tai丶	ㄊㄞ丶	水部	【水部】1畫		565	570	段11上貳-39	鍇21-24	鉉11上-9
岱(太、泰)	dai丶	ㄉㄞ丶	山部	【山部】1畫		437	442	段9下-1	鍇18-1	鉉9下-1
大不得不殊爲二部(太泰述及，忕通叚)	da丶	ㄉㄚ丶	大部	【大部】1畫		492	496	段10下-4	鍇20-1	鉉10下-1
大(亣籀文大、太泰述及)	da丶	ㄉㄚ丶	大部	【大部】1畫		498	503	段10下-17	鍇20-6	鉉10下-4
央(鉠通叚)	yang	一ㄤ	冂部	【大部】2畫		228	230	段5下-26	鍇10-10	鉉5下-5
夲非本ben˅	tao	ㄊㄠ	夲部	【大部】2畫		497	502	段10下-15	鍇20-5	鉉10下-3
本(楍)	ben˅	ㄅㄣ˅	木部	【木部】2畫		248	251	段6上-21	鍇11-9	鉉6上-3
夰	gao˅	ㄍㄠ˅	夰部	【大部】2畫		498	503	段10下-17	鍇20-6	鉉10下-4
㳒(失)	shi	ㄕ	手部	【大部】2畫		604	610	段12上-42	鍇23-13	鉉12上-7
佚(古失佚逸泆字多通用，劮通叚)	yi丶	一丶	人部	【人部】2畫		380	384	段8上-31	鍇15-10	鉉8上-4
比(篦笓ji述及、匕鹿述及，夶)	bi˅	ㄅ一˅	比部	【比部】3畫		386	390	段8上-43	鍇15-14	鉉8上-6
夸(跨夻kua丶述及，姱、嫮、骻通叚)	kua	ㄎㄨㄚ	大部	【大部】3畫		492	497	段10下-5	鍇20-1	鉉10下-1
侉(夸、骻，恗、遻通叚)	kua˅	ㄎㄨㄚ˅	人部	【人部】3畫		381	385	段8上-33	鍇15-11	鉉8上-4
夷(遟夌述及，侇、恞通叚)	yi′	一′	大部	【大部】3畫		493	498	段10下-7	鍇20-2	鉉10下-2
侇(夷，佚通叚)	yi′	一′	亻部	【亻部】3畫		76	77	段2下-15	鍇4-8	鉉2下-3
痍(夷)	yi′	一′	疒部	【疒部】3畫		351	355	段7下-33	鍇14-14	鉉7下-6
遟(逞、遟=遲夌述及、夷夌述及、迡，迟通叚)	chi′	ㄔ′	辵(辶)部	【辵部】3畫		72	73	段2下-7	鍇4-4	鉉2下-2

篆本字(古文、金文、籀文、俗字，通叚、金石)	拼音	注音	說文部首	康熙部首	筆畫	一般頁碼	洪葉頁碼	段注篇章	徐鍇通釋篇章	徐鉉藤花榭篇章
薐(弟、夷薙ti` 述及)	yi´	一´	艸部	【艸部】	3畫	27	27	段1下-12	鍇2-6	鉉1下-2
鵜(鶗、夷，鷈、鴺通叚)	yi´	一´	鳥部	【鳥部】	3畫	153	155	段4上-49	鍇7-21	鉉4上-9
夽	yun˅	ㄩㄣˇ	大部	【大部】	4畫	493	497	段10下-6	鍇20-1	鉉10下-2
俠(夾jia´)	xia´	ㄒㄧㄚ´	人部	【人部】	4畫	373	377	段8上-17	鍇15-7	鉉8上-3
夾非亦部夾shan˅	jia´	ㄐㄧㄚ´	大部	【大部】	4畫	492	497	段10下-5	鍇20-1	鉉10下-1
夾非大部夾jia´	shan˅	ㄕㄢˇ	亦部	【大部】	4畫	493	498	段10下-7	鍇20-2	鉉10下-2
夰(介)	jie`	ㄐㄧㄝ`	大部	【大部】	4畫	493	497	段10下-6	鍇20-1	鉉10下-2
奄	chun´	ㄔㄨㄣ´	大部	【大部】	4畫	493	497	段10下-6	鍇20-2	鉉10下-2
㚔(幸通叚)	nie`	ㄋㄧㄝ`	㚔部	【大部】	4畫	496	500	段10下-12	鍇20-4	鉉10下-3
奉(俸、捧通叚)	feng`	ㄈㄥ`	収部	【大部】	5畫	103	104	段3上-35	鍇5-19	鉉3上-8
奇(竒)	qi´	ㄑㄧ´	可部	【大部】	5畫	204	206	段5上-31	鍇9-12	鉉5上-6
錡(奇)	qi´	ㄑㄧ´	金部	【金部】	5畫	705	712	段14上-8	鍇27-4	鉉14上-2
攲(鼓、崎、奇、竒，欹通叚)	gui˅	ㄍㄨㄟˇ	危部	【支部】	5畫	448	453	段9下-23	鍇18-8	鉉9下-4
柰(奈)	nai`	ㄋㄞ`	木部	【大部】	5畫	239	242	段6上-3	鍇11-2	鉉6上-1
奄(弇，崦通叚)	yan	一ㄢ	大部	【大部】	5畫	492	497	段10下-5	鍇20-1	鉉10下-1
郺(奄)	yan˅	一ㄢˇ	邑部	【邑部】	5畫	296	299	段6下-49	鍇12-20	鉉6下-8
夃	gu	ㄍㄨ	大部	【大部】	5畫	492	497	段10下-5	鍇20-1	鉉10下-1
奅(窌)	pao`	ㄆㄠ`	大部	【大部】	5畫	493	497	段10下-6	鍇20-1	鉉10下-2
窌(奅)	jiao	ㄐㄧㄠ	穴部	【穴部】	5畫	345	349	段7下-21	鍇14-9	鉉7下-4
奃	di	ㄉㄧ	大部	【大部】	5畫	493	497	段10下-6	鍇20-1	鉉10下-2
奊	xie`	ㄒㄧㄝ`	大部	【大部】	5畫	493	497	段10下-6	鍇20-1	鉉10下-2
㢰(佛、廢、獙、費)	fu´	ㄈㄨ´	大部	【大部】	5畫	493	497	段10下-6	鍇20-2	鉉10下-2
吳(奯，蜈通叚)	wu´	ㄨ´	矢部	【口部】	5畫	494	498	段10下-8	鍇20-2	鉉10下-2
臭(澤)	gao˅	ㄍㄠˇ	大部	【大部】	5畫	499	503	段10下-18	鍇20-6	鉉10下-4
夫(伴)	ban`	ㄅㄢ`	夫部	【大部】	5畫	499	504	段10下-19	鍇20-7	鉉10下-4
奔(犇，犇、渀通叚)	ben	ㄅㄣ	夭部	【大部】	5畫	494	499	段10下-9	鍇20-3	鉉10下-2
賁(奔)	bi`	ㄅㄧ`	貝部	【貝部】	5畫	279	282	段6下-15	鍇12-10	鉉6下-4
奐(奐，煥通叚)	huan`	ㄏㄨㄢ`	収部	【大部】	6畫	104	104	段3上-36	鍇5-19	鉉3上-8

篆本字（古文、金文、籀文、俗字，通叚、金石）	拼音	注音	說文部首	康熙部首	筆畫	一般頁碼	洪葉頁碼	段注篇章	徐鍇通釋篇章	徐鉉藤花榭篇章
奎	kui´	ㄎㄨㄟ´	大部	【大部】6畫		492	497	段10下-5	鍇20-1	鉉10下-1
查(桓)	huan´	ㄏㄨㄢ´	大部	【大部】6畫		492	497	段10下-5	鍇20-1	鉉10下-1
桓(查)	huan´	ㄏㄨㄢ´	木部	【木部】6畫		257	260	段6上-39	鍇11-17	鉉6上-5
契(絜、挈)	qi`	ㄑㄧ`	大部	【大部】6畫		493	497	段10下-6	鍇20-2	鉉10下-2
挈(契、絜)	qie`	ㄑㄧㄝ`	手部	【手部】6畫		596	602	段12上-26	鍇23-9	鉉12上-5
絜(契、挈、鍥、劀)	qi`	ㄑㄧ`	刃部	【木部】6畫		183	185	段4下-52	鍇8-18	鉉4下-8
偰(契、离)	xie`	ㄒㄧㄝ`	人部	【人部】6畫		367	371	段8上-5	鍇15-2	鉉8上-1
矤	jie´	ㄐㄧㄝ´	矢部	【大部】6畫		494	498	段10下-8	鍇20-2	鉉10下-2
臾(奊通叚)	xie´	ㄒㄧㄝ´	矢部	【大部】6畫		494	498	段10下-8	鍇20-2	鉉10下-2
謑(讗、奊)	xi`	ㄒㄧ`	言部	【言部】6畫		101	102	段3上-31	鍇5-16	鉉3上-6
垓(畡，奊、姟通叚)	gai	ㄍㄞ	土部	【土部】6畫		682	689	段13下-17	鍇26-2	鉉13下-3
奢(奓)	she	ㄕㄜ	奢部	【大部】6畫		497	501	段10下-14	鍇20-5	鉉10下-3
奏(羍、屚、敊，腠通叚)	zou`	ㄗㄡ`	本部	【大部】6畫		498	502	段10下-16	鍇20-6	鉉10下-3
奕(帟通叚)	yi`	ㄧ`	大部	【大部】6畫		499	503	段10下-18	鍇20-6	鉉10下-4
壯(奘、莊顗yi`述及)	zhuang`	ㄓㄨㄤ`	士部	【士部】7畫		20	20	段1上-40	鍇1-19	鉉1上-6
奘大部，玄奘。	zang`	ㄗㄤ`	大部	【大部】7畫		499	503	段10下-18	鍇20-6	鉉10下-4
奘犬部	zang`	ㄗㄤ`	犬部	【犬部】7畫		474	479	段10上-29	鍇19-9	鉉10上-5
奚(傒，侯、蒵通叚)	xi	ㄒㄧ	大部	【大部】7畫		499	503	段10下-18	鍇20-6	鉉10下-4
奞	zhui	ㄓㄨㄟ	奞部	【大部】8畫		144	145	段4上-30	鍇7-14	鉉4上-6
瑟(琹、飋)	se`	ㄙㄜ`	琴部	【玉部】8畫		634	640	段12下-45	鍇24-14	鉉12下-7
衡(衡、奧，桁、蘅通叚)	heng´	ㄏㄥ´	角部	【行部】8畫		186	188	段4下-57	鍇8-20	鉉4下-8
業(轟通叚)	pu´	ㄆㄨ´	業部	【大部】9畫		103	104	段3上-35	鍇5-18	鉉3上-8
皀(皂、奧)	chuo`	ㄔㄨㄛ`	皀部	【比部】9畫		472	476	段10上-24	鍇19-7	鉉10上-4
奠(鄭)	dian`	ㄉㄧㄢ`	丌部	【大部】9畫		200	202	段5上-24	鍇9-9	鉉5上-4
鄭(奠)	dian`	ㄉㄧㄢ`	尸部	【尸部】9畫		399	403	段8上-70	鍇16-8	鉉8上-11
定(奠、淀洋述及，顁通叚)	ding`	ㄉㄧㄥ`	宀部	【宀部】9畫		339	342	段7下-8	鍇14-4	鉉7下-2
奢(奓)	she	ㄕㄜ	奢部	【大部】9畫		497	501	段10下-14	鍇20-5	鉉10下-3

篆本字(古文、金文、籀文、俗字，通叚、金石)	拼音	注音	說文部首	康熙部首	筆畫	一般頁碼	洪葉頁碼	段注篇章	徐鍇通釋篇章	徐鉉藤花榭篇章
埶(執)	zhiˊ	ㄓˊ	羍部	【土部】9畫		496	501	段10下-13	錯20-5	鉉10下-3
報(報、赴)	baoˋ	ㄅㄠˋ	羍部	【土部】9畫		496	501	段10下-13	錯20-5	鉉10下-3
㚊(傲)	aoˋ	ㄠˋ	夰部	【大部】9畫		498	503	段10下-17	錯20-6	鉉10下-4
顤(顤通叚)	raoˊ	ㄖㄠˊ	頁部	【頁部】10畫		417	422	段9上-5	錯17-2	鉉9上-1
宎(奧，腴通叚)	aoˋ	ㄠˋ	宀部	【大部】10畫		338	341	段7下-6	錯14-3	鉉7下-2
燠(奧，噢、襖通叚)	yuˋ	ㄩˋ	火部	【火部】10畫		486	490	段10上-52	錯19-17	鉉10上-9
奪(奪、敓)	duoˊ	ㄉㄨㄛˊ	奞部	【大部】11畫		144	145	段4上-30	錯7-14	鉉4上-6
敓(奪)	duoˊ	ㄉㄨㄛˊ	攴部	【攴部】11畫		124	125	段3下-36	錯6-18	鉉3下-8
籢(奩，匲、槤、㮷通叚)	lianˊ	ㄌㄧㄢˊ	竹部	【竹部】11畫		193	195	段5上-10	錯9-4	鉉5上-2
獘(獙、弊，斃通叚)	biˋ	ㄅㄧˋ	犬部	【犬部】11畫		476	480	段10上-32	錯19-11	鉉10上-6
奬(獎、獎，弉通叚)	jiangˇ	ㄐㄧㄤˇ	犬部	【犬部】11畫		474	478	段10上-28	錯19-9	鉉10上-5
奭(奭，襫、赩通叚)	shiˋ	ㄕˋ	皕部	【大部】12畫		137	139	段4上-17	錯7-8	鉉4上-4
螫(奭、蜇)	zhe	ㄓㄜ	虫部	【虫部】12畫		669	676	段13上-53	錯25-13	鉉13上-7
赫(奭、赩，嚇、焃、茙通叚)	heˋ	ㄏㄜˋ	赤部	【赤部】12畫		492	496	段10下-4	錯19-21	鉉10下-1
奡(臩，矍通叚)	juˋ	ㄐㄩˋ	夰部	【大部】12畫		498	503	段10下-17	錯20-6	鉉10下-4
淵(開、囦，灟通叚)	yuan	ㄩㄢ	水部	【水部】12畫		550	555	段11上貳-10	錯21-16	鉉11上-5
奮	fenˋ	ㄈㄣˋ	奞部	【大部】13畫		144	145	段4上-30	錯7-14	鉉4上-6
莽(奮、卉)	hu	ㄏㄨ	本部	【十部】13畫		497	502	段10下-15	錯20-6	鉉10下-3
瑟(爽、瑟)	seˋ	ㄙㄜˋ	琴部	【玉部】13畫		634	640	段12下-45	錯24-14	鉉12下-7
㷊(瀿通叚)	huoˋ	ㄏㄨㄛˋ	大部	【大部】13畫		493	497	段10下-6	錯20-1	鉉10下-1
奰	yanˋ	ㄧㄢˋ	大部	【大部】13畫		499	503	段10下-18	錯20-7	鉉10下-4
奭(奭，襫、赩通叚)	shiˋ	ㄕˋ	皕部	【大部】14畫		137	139	段4上-17	錯7-8	鉉4上-4
奰(奰，贔通叚)	biˋ	ㄅㄧˋ	大部	【大部】15畫		499	504	段10下-19	錯20-7	鉉10下-4
虇(虇，虇通叚)	quanˊ	ㄑㄩㄢˊ	弓部	【弓部】18畫		640	646	段12下-58	錯24-19	鉉12下-9
奱(孿)	luanˊ	ㄌㄨㄢˊ	虵部	【廾部】19畫		105	105	段3上-38	錯5-20	鉉3上-8

篆本字(古文、金文、籀文、俗字，通叚、金石)	拼音	注音	說文部首	康熙部首	筆畫	一般頁碼	洪葉頁碼	段注篇章	徐鍇通釋篇章	徐鉉藤花榭篇章
韇(韠，韠通叚)	duo	ㄉㄨㄛˇ	奢部	【大部】	20畫	497	501	段10下-14	錯20-5	鉉10下-3
奰(奰，贔通叚)	bi	ㄅㄧˋ	大部	【大部】	21畫	499	504	段10下-19	錯20-7	鉉10下-4
癟(奰，癟通叚)	pi	ㄆㄧˋ	疒部	【疒部】	21畫	349	353	段7下-29	錯14-13	鉉7下-5
【女(nǚ)部】	nǚ	ㄋㄩˇ	女部			612	618	段12下-1	錯24-1	鉉12下-1
女	nǚ	ㄋㄩˇ	女部	【女】		612	618	段12下-1	錯24-1	鉉12下-1
妣(妣)	bi	ㄅㄧˇ	女部	【女部】	2畫	615	621	段12下-7	錯24-3	鉉12下-1
奴(𡚽、伮、帑，儂、駑通叚)	nu	ㄋㄨˊ	女部	【女部】	2畫	616	622	段12下-10	錯24-3	鉉12下-2
帑(奴，孥通叚)	tang	ㄊㄤˇ	巾部	【巾部】	2畫	361	365	段7下-53	錯14-23	鉉7下-9
𡚽	fan	ㄈㄢˋ	丸部	【女部】	3畫	448	453	段9下-23	錯18-8	鉉9下-4
奼(姹通叚)	cha	ㄔㄚˋ	女部	【女部】	3畫	613	619	段12下-4	錯24-2	鉉12下-1
妁	shuo	ㄕㄨㄛˋ	女部	【女部】	3畫	613	619	段12下-4	錯24-2	鉉12下-1
配(妃)	pei	ㄆㄟˋ	酉部	【酉部】	3畫	748	755	段14下-36	錯28-18	鉉14下-9
妃(嬰)	fei	ㄈㄟ	女部	【女部】	3畫	614	620	段12下-5	錯24-2	鉉12下-1
改	ji	ㄐㄧˇ	女部	【女部】	3畫	617	623	段12下-12	錯24-4	鉉12下-2
妷	yi	ㄧˋ	女部	【女部】	3畫	616	622	段12下-10	錯24-3	鉉12下-2
奻(妞)	jiu	ㄐㄧㄡˇ	女部	【女部】	3畫	617	623	段12下-12	錯24-4	鉉12下-2
鬙(嫛，奶通叚)	ni	ㄋㄧˇ	髟部	【髟部】	3畫	426	431	段9上-23	錯17-8	鉉9上-4
如(而歃述及)	ru	ㄖㄨˊ	女部	【女部】	3畫	620	626	段12下-18	錯24-6	鉉12下-3
而(能、如歃述及，鬚通叚)	er	ㄦˊ	而部	【而部】	3畫	454	458	段9下-34	錯18-12	鉉9下-5
妄(姿)	wang	ㄨㄤˋ	女部	【女部】	3畫	623	629	段12下-23	錯24-8	鉉12下-3
奸	jian	ㄐㄧㄢ	女部	【女部】	3畫	625	631	段12下-28	錯24-10	鉉12下-4
奻	nuan	ㄋㄨㄢˊ	女部	【女部】	3畫	626	632	段12下-29	錯24-10	鉉12下-4
好(㛄)	hao	ㄏㄠˇ	女部	【女部】	3畫	618	624	段12下-13	錯24-4	鉉12下-2
㛅(好)	hao	ㄏㄠˋ	女部	【女部】	3畫	613	619	段12下-4	錯24-1	鉉12下-1
旭(好)	xu	ㄒㄩˋ	日部	【日部】	3畫	303	306	段7上-4	錯13-2	鉉7上-1
妘(䘉、嫄)	yun	ㄩㄣˊ	女部	【女部】	4畫	613	619	段12下-3	錯24-1	鉉12下-1
妊(姙通叚)	ren	ㄖㄣˋ	女部	【女部】	4畫	614	620	段12下-5	錯24-2	鉉12下-1
妣(妣)	bi	ㄅㄧˇ	女部	【女部】	4畫	615	621	段12下-7	錯24-3	鉉12下-1
伃(妤)	yu	ㄩˊ	人部	【人部】	4畫	367	371	段8上-6	錯15-3	鉉8上-1
嬩(妤通叚)	yu	ㄩˊ	女部	【女部】	4畫	617	623	段12下-12	錯24-4	鉉12下-2
姼(妡)	chi	ㄔˇ	女部	【女部】	4畫	616	622	段12下-9	錯24-3	鉉12下-1
虳(娡、叿通叚)	hua	ㄏㄨㄚˋ	釮部	【戈部】	4畫	114	115	段3下-15	錯6-8	鉉3下-3

篆本字（古文、金文、籀文、俗字，通段、金石）	拼音	注音	說文部首	康熙部首	筆畫	一般頁碼	洪葉頁碼	段注篇章	徐鍇通釋篇章	徐鉉藤花榭篇章
媅(耽、湛，妉、愖通段)	dan	ㄉㄢ	女部	【女部】4畫		620	626	段12下-18	鍇24-6	鉉12下-3
妬(妒段更改)	du `	ㄉㄨˋ	女部	【女部】4畫		622	628	段12下-22	鍇24-7	鉉12下-3
姝	shu	ㄕㄨ	女部	【女部】4畫		618	624	段12下-13	鍇24-4	鉉12下-2
妗	jin `	ㄐㄧㄣˋ	女部	【女部】4畫		619	625	段12下-16	鍇24-5	鉉12下-2
姃	jing `	ㄐㄧㄥˋ	女部	【女部】4畫		619	625	段12下-16	鍇24-5	鉉12下-3
妓(伎)	ji `	ㄐㄧˋ	女部	【女部】4畫		621	627	段12下-20	鍇24-7	鉉12下-3
晏	yan `	ㄧㄢˋ	女部	【女部】4畫		621	627	段12下-19	鍇24-6	鉉12下-3
姟(嬉)	hai `	ㄏㄞˋ	女部	【女部】4畫		622	628	段12下-22	鍇24-7	鉉12下-3
妝(粧，糚、婒、粧通段)	zhuang	ㄓㄨㄤ	女部	【女部】4畫		622	628	段12下-21	鍇24-7	鉉12下-3
媄(妖)	yao	ㄧㄠ	女部	【女部】4畫		622	628	段12下-22	鍇24-7	鉉12下-3
丰(妦)	feng	ㄈㄥ	生部	【丨部】4畫		274	276	段6下-4	鍇12-4	鉉6下-2
妜	yue `	ㄩㄝˋ	女部	【女部】4畫		623	629	段12下-24	鍇24-8	鉉12下-4
妨	fang ´	ㄈㄤˊ	女部	【女部】4畫		623	629	段12下-23	鍇24-8	鉉12下-3
姸	yan ´	ㄧㄢˊ	女部	【女部】4畫		623	629	段12下-24	鍇24-8	鉉12下-4
訮(訐、姸)	yan ´	ㄧㄢˊ	言部	【言部】4畫		98	98	段3上-24	鍇5-12	鉉3上-5
姼(妵，爹通段)	chi ˇ	ㄔˇ	女部	【女部】4畫		616	622	段12下-9	鍇24-3	鉉12下-1
邠(豳，妢通段)	bin	ㄅㄧㄣ	邑部	【邑部】4畫		285	288	段6下-27	鍇12-14	鉉6下-6
妥	tuo ˇ	ㄊㄨㄛˇ	女部	【女部】4畫		626	632	段12下-29	鍇24-10	鉉12下-4
玅(妙、紗)	miao `	ㄇㄧㄠˋ	弦部	【玄部】4畫		642	648	段12下-62	鍇24-20	鉉12下-10
眇(妙，渺通段)	miao ˇ	ㄇㄧㄠˇ	目部	【目部】4畫		135	136	段4上-12	鍇7-6	鉉4上-3
伀(妐、忪，㣚通段)	zhong	ㄓㄨㄥ	人部	【人部】4畫		367	371	段8上-6	鍇15-3	鉉8上-1
妬(妒段更改)	du `	ㄉㄨˋ	女部	【女部】5畫		622	628	段12下-22	鍇24-7	鉉12下-3
姓	xing `	ㄒㄧㄥˋ	女部	【女部】5畫		612	618	段12下-1	鍇24-1	鉉12下-1
妻(娿)	qi	ㄑㄧ	女部	【女部】5畫		614	620	段12下-5	鍇24-2	鉉12下-1
妹(妺又似从末)	mei `	ㄇㄟˋ	女部	【女部】5畫		615	621	段12下-8	鍇24-3	鉉12下-1
末(末，妺、抹、靺通段)	mo `	ㄇㄛˋ	木部	【木部】5畫		248	251	段6上-21	鍇11-10	鉉6上-3
姁	xu ˇ	ㄒㄩˇ	女部	【女部】5畫		615	621	段12下-7	鍇24-2	鉉12下-1
姊(姉zi ˇ)	jie ˇ	ㄐㄧㄝˇ	女部	【女部】5畫		615	621	段12下-8	鍇24-3	鉉12下-1
妲	da ´	ㄉㄚˊ	女部	【女部】5畫		無	無	無	無	鉉12下-4
旦(妲通段)	dan `	ㄉㄢˋ	旦部	【日部】5畫		308	311	段7上-14	鍇13-5	鉉7上-2

篆本字(古文、金文、籀文、俗字，通段、金石)	拼音	注音	說文部首	康熙部首	筆畫	一般頁碼	洪葉頁碼	段注篇章	徐鍇通釋篇章	徐鉉藤花榭篇章
姐	jie ˇ	ㄐㄧㄝˇ	女部	【女部】	5畫	615	621	段12下-7	鍇24-2	鉉12下-1
⿰女虘(姐)	jie ˇ	ㄐㄧㄝˇ	女部	【女部】	5畫	623	629	段12下-23	鍇24-7	鉉12下-3
㠯(以、姒妀yi ˋ 如姒姓本作以)	yi ˇ	ㄧˇ	巳部	【人部】	5畫	746	753	段14下-31	鍇28-16	鉉14下-8
佀(似、嗣、巳，娌、姒通段)	si ˋ	ㄙˋ	人部	【人部】	5畫	375	379	段8上-21	鍇15-8	鉉8上-3
姑(⿰鹵古、鴣通段)	gu	ㄍㄨ	女部	【女部】	5畫	615	621	段12下-7	鍇24-2	鉉12下-1
夃(沽、姑)	gu ˇ	ㄍㄨˇ	夂部	【夂部】	5畫	237	239	段5下-43	鍇10-18	鉉5下-8
妭	ba ˊ	ㄅㄚˊ	女部	【女部】	5畫	616	622	段12下-10	鍇24-3	鉉12下-2
魃(妭)	ba ˊ	ㄅㄚˊ	鬼部	【鬼部】	5畫	435	440	段9上-41	鍇17-14	鉉9上-7
妿(阿)	e	ㄜ	女部	【女部】	5畫	616	622	段12下-9	鍇24-3	鉉12下-1
妵	tou ˇ	ㄊㄡˇ	女部	【女部】	5畫	617	623	段12下-12	鍇24-4	鉉12下-2
妸	e	ㄜ	女部	【女部】	5畫	617	623	段12下-11	鍇24-4	鉉12下-2
娒(姆)	mu ˇ	ㄇㄨˇ	女部	【女部】	5畫	616	622	段12下-9	鍇24-3	鉉12下-1
母(姆)	mu ˇ	ㄇㄨˇ	女部	【毋部】	5畫	614	620	段12下-6	鍇24-2	鉉12下-1
始(殆)	shi ˇ	ㄕˇ	女部	【女部】	5畫	617	623	段12下-12	鍇24-4	鉉12下-2
殆(始)	dai ˋ	ㄉㄞˋ	歺部	【歹部】	5畫	163	165	段4下-12	鍇8-5	鉉4下-3
妴	wan ˇ	ㄨㄢˇ	女部	【女部】	5畫	618	624	段12下-14	鍇24-5	鉉12下-2
眣(⿰目矢，妷通段)	die ˊ	ㄉㄧㄝˊ	目部	【目部】	5畫	134	136	段4上-11	鍇7-5	鉉4上-2
⿰女冄(姌，娜通段)	ran ˇ	ㄖㄢˇ	女部	【女部】	5畫	619	625	段12下-15	鍇24-5	鉉12下-2
⿰女占	chan	ㄔㄢ	女部	【女部】	5畫	619	625	段12下-16	鍇24-5	鉉12下-2
姂	fa ˊ	ㄈㄚˊ	女部	【女部】	5畫	619	625	段12下-16	鍇24-6	鉉12下-3
委(蜲通段)	wei ˇ	ㄨㄟˇ	女部	【女部】	5畫	619	625	段12下-15	鍇24-5	鉉12下-2
⿰歺女(⿱奴女)	can ˋ	ㄘㄢˋ	女部	【女部】	5畫	622	628	段12下-21	鍇24-7	鉉12下-3
妯(怞)	zhou ˊ	ㄓㄡˊ	女部	【女部】	5畫	623	629	段12下-23	鍇24-8	鉉12下-3
怞(妯)	chou ˊ	ㄔㄡˊ	心部	【心部】	5畫	506	511	段10下-33	鍇20-12	鉉10下-6
姎	yang	ㄧㄤ	女部	【女部】	5畫	624	630	段12下-25	鍇24-8	鉉12下-4
⿰女戉	yue ˋ	ㄩㄝˋ	女部	【女部】	5畫	624	630	段12下-25	鍇24-8	鉉12下-4
姅	ban ˋ	ㄅㄢˋ	女部	【女部】	5畫	625	631	段12下-28	鍇24-10	鉉12下-4
姍(訕，跚通段)	shan	ㄕㄢ	女部	【女部】	5畫	625	631	段12下-27	鍇24-9	鉉12下-4
訕(姍)	shan ˋ	ㄕㄢˋ	言部	【言部】	5畫	96	97	段3上-21	鍇5-11	鉉3上-5
妾	qie ˋ	ㄑㄧㄝˋ	辛部	【女部】	5畫	102	103	段3上-33	鍇5-17	鉉3上-7
姚	yao ˊ	ㄧㄠˊ	女部	【女部】	6畫	612	618	段12下-2	鍇24-1	鉉12下-1
姜	jiang	ㄐㄧㄤ	女部	【女部】	6畫	612	618	段12下-1	鍇24-1	鉉12下-1

篆本字(古文、金文、籀文、俗字，通段、金石)	拼音	注音	說文部首	康熙部首	筆畫	一般頁碼	洪葉頁碼	段注篇章	徐鍇通釋篇章	徐鉉藤花榭篇章
姞(吉)	jiˊ	ㄐㄧˊ	女部	【女部】	6畫	612	618	段12下-2	鍇24-1	鉉12下-1
姬	ji	ㄐㄧ	女部	【女部】	6畫	612	618	段12下-2	鍇24-1	鉉12下-1
妊(姙通段)	renˋ	ㄖㄣˋ	女部	【女部】	6畫	614	620	段12下-5	鍇24-2	鉉12下-1
姤	gouˋ	ㄍㄡˋ	女部	【女部】	6畫	無	無	無	無	鉉12下-4
后(後，姤通段)	houˋ	ㄏㄡˋ	后部	【口部】	6畫	429	434	段9上-29	鍇17-9	鉉9上-5
遘(姤通段)	gouˋ	ㄍㄡˋ	辵(辶)部	【辵部】	6畫	71	72	段2下-5	鍇4-3	鉉2下-2
奼(姹通段)	chaˋ	ㄔㄚˋ	女部	【女部】	6畫	613	619	段12下-4	鍇24-2	鉉12下-1
娕(娖)	chuoˋ	ㄔㄨㄛˋ	女部	【女部】	6畫	620	626	段12下-18	鍇24-6	鉉12下-3
姺(㜨、莘通段)	shen	ㄕㄣ	女部	【女部】	6畫	613	619	段12下-4	鍇24-1	鉉12下-1
姕(些)	xie	ㄒㄧㄝ	女部	【女部】	6畫	621	627	段12下-20	鍇24-7	鉉12下-3
姻(婣)	yin	ㄧㄣ	女部	【女部】	6畫	614	620	段12下-5	鍇24-2	鉉12下-1
威(豈、葳、隇通段，㛵金石)	wei	ㄨㄟ	女部	【女部】	6畫	615	621	段12下-7	鍇24-2	鉉12下-1
姨	yiˊ	ㄧˊ	女部	【女部】	6畫	616	622	段12下-9	鍇24-3	鉉12下-1
姪	zhiˊ	ㄓˊ	女部	【女部】	6畫	616	622	段12下-9	鍇24-3	鉉12下-1
姼(㛳，爹通段)	chiˇ	ㄔˇ	女部	【女部】	6畫	616	622	段12下-9	鍇24-3	鉉12下-1
㛄(依)	yi	ㄧ	女部	【女部】	6畫	617	623	段12下-12	鍇24-4	鉉12下-2
㚷	erˋ	ㄦˋ	女部	【女部】	6畫	617	623	段12下-12	鍇24-4	鉉12下-2
姶	eˋ	ㄜˋ	女部	【女部】	6畫	617	623	段12下-12	鍇24-4	鉉12下-2
娀	song	ㄙㄨㄥ	女部	【女部】	6畫	617	623	段12下-11	鍇24-3	鉉12下-2
姝	shu	ㄕㄨ	女部	【女部】	6畫	618	624	段12下-13	鍇24-4	鉉12下-2
袾(姝)	zhu	ㄓㄨ	衣部	【衣部】	6畫	395	399	段8上-61	鍇16-5	鉉8上-9
姣(佼，嬌通段)	jiao	ㄐㄧㄠ	女部	【女部】	6畫	618	624	段12下-13	鍇24-4	鉉12下-2
妑	nuoˇ	ㄋㄨㄛˇ	女部	【女部】	6畫	619	625	段12下-16	鍇24-5	鉉12下-2
姡(婚)	huaˊ	ㄏㄨㄚˊ	女部	【女部】	6畫	619	625	段12下-16	鍇24-6	鉉12下-3
姽	guiˇ	ㄍㄨㄟˇ	女部	【女部】	6畫	619	625	段12下-15	鍇24-5	鉉12下-2
𢽛(姛，胴通段)	dongˋ	ㄉㄨㄥˋ	女部	【女部】	6畫	619	625	段12下-15	鍇24-5	鉉12下-2
姰(迿通段)	jun	ㄐㄩㄣ	女部	【女部】	6畫	621	627	段12下-20	鍇24-7	鉉12下-3
姷(侑，倄通段)	youˋ	ㄧㄡˋ	女部	【女部】	6畫	621	627	段12下-20	鍇24-7	鉉12下-3
絜(潔，㛃、𢶍、揳通段)	jieˊ	ㄐㄧㄝˊ	糸部	【糸部】	6畫	661	668	段13上-37	鍇25-8	鉉13上-5
姘(屏，𧼜、跰通段)	pin	ㄆㄧㄣ	女部	【女部】	6畫	625	631	段12下-28	鍇24-10	鉉12下-4

篆本字（古文、金文、籀文、俗字，通叚、金石）	拼音	注音	說文部首	康熙部首	筆畫	一般頁碼	洪葉頁碼	段注篇章	徐鍇通釋篇章	徐鉉藤花樹篇章
夸(跨䟭kua`述及，姱、嫮、骻通叚)	kua	ㄎㄨㄚ	大部	【大部】6畫	492	497	段10下-5	鍇20-1	鉉10下-1
嫵(斌、姱、嫮通叚)	wu˘	ㄨ˘	女部	【女部】6畫	618	624	段12下-13	鍇24-4	鉉12下-2
垓(畡，姟、姟通叚)	gai	ㄍㄞ	土部	【土部】6畫	682	689	段13下-17	鍇26-2	鉉13下-3
媠(挆，挼通叚)	duo˘	ㄉㄨㄛ˘	女部	【女部】6畫	623	629	段12下-23	鍇24-8	鉉12下-3
姿	zi	ㄗ	女部	【女部】6畫	623	629	段12下-23	鍇24-7	鉉12下-3
娃	wa´	ㄨㄚ´	女部	【女部】6畫	623	629	段12下-24	鍇24-8	鉉12下-4
姡	hu`	ㄏㄨ`	女部	【女部】6畫	623	629	段12下-23	鍇24-8	鉉12下-3
姦(悬、奸)	jian	ㄐㄧㄢ	女部	【女部】6畫	626	631	段12下-29	鍇24-10	鉉12下-4
妻(㛗)	qi	ㄑㄧ	女部	【女部】6畫	614	620	段12下-5	鍇24-2	鉉12下-1
娠(shen)	chen´	ㄔㄣ´	女部	【女部】7畫	614	620	段12下-6	鍇24-2	鉉12下-1
娣	di`	ㄉㄧ`	女部	【女部】7畫	615	621	段12下-8	鍇24-3	鉉12下-1
娸(妖)	yao	ㄧㄠ	女部	【女部】7畫	622	628	段12下-22	鍇24-7	鉉12下-3
常(裳，嫦通叚亦作姮)	chang´	ㄔㄤ´	巾部	【巾部】7畫	358	362	段7下-47	鍇14-21	鉉7下-8
妝(粧，糚、婞、粧通叚)	zhuang	ㄓㄨㄤ	女部	【女部】7畫	622	628	段12下-21	鍇24-7	鉉12下-3
姆(姆)	mu˘	ㄇㄨ˘	女部	【女部】7畫	616	622	段12下-9	鍇24-3	鉉12下-1
姌(婨，娜通叚)	ran˘	ㄖㄢ˘	女部	【女部】7畫	619	625	段12下-15	鍇24-5	鉉12下-2
那(冄，郍、那、挪、娜、𢂷通叚)	na`	ㄋㄚ`	邑部	【邑部】7畫	294	296	段6下-44	鍇12-19	鉉6下-7
娥	e´	ㄜ´	女部	【女部】7畫	617	623	段12下-11	鍇24-3	鉉12下-2
姡(婳)	hua´	ㄏㄨㄚ´	女部	【女部】7畫	619	625	段12下-16	鍇24-6	鉉12下-3
娙(孋通叚)	xing´	ㄒㄧㄥ´	女部	【女部】7畫	618	624	段12下-14	鍇24-5	鉉12下-2
娧(倪通叚)	tui`	ㄊㄨㄟ`	女部	【女部】7畫	618	624	段12下-14	鍇24-5	鉉12下-2
娓(亹通叚)	wei˘	ㄨㄟ˘	女部	【女部】7畫	620	626	段12下-18	鍇24-6	鉉12下-3
志(識、意，娡、恙、誌通叚)	zhi`	ㄓ`	心部	【心部】7畫	502	506	段10下-24	鍇20-9	鉉10下-5
㛑(婙)	can`	ㄘㄢ`	女部	【女部】7畫	622	628	段12下-21	鍇24-7	鉉12下-3

篆本字(古文、金文、籀文、俗字，通段、金石)	拼音	注音	說文部首	康熙部首	筆畫	一般頁碼	洪葉頁碼	段注篇章	徐鍇通釋篇章	徐鉉藤花樹篇章
婩(婼)	chuo `	ㄔㄨㄛˋ	女部	【女部】	7畫	620	626	段12下-18	錯24-6	鉉12下-3
娛(虞)	yu ´	ㄩˊ	女部	【女部】	7畫	620	626	段12下-17	錯24-6	鉉12下-3
虞(娛、度、众，旅述及，澽通段)	yu ´	ㄩˊ	虍部	【虍部】	7畫	209	211	段5上-41	錯9-17	鉉5上-8
娭(嬉)	ai	ㄞ	女部	【女部】	7畫	620	626	段12下-17	錯24-6	鉉12下-3
娑	suo	ㄙㄨㄛ	女部	【女部】	7畫	621	627	段12下-20	錯24-7	鉉12下-3
娉(聘)	ping	ㄆㄧㄥ	女部	【女部】	7畫	622	628	段12下-21	錯24-7	鉉12下-3
聘(娉)	pin `	ㄆㄧㄣˋ	耳部	【耳部】	7畫	592	598	段12上-17	錯23-7	鉉12上-4
娋(稍)	shao `	ㄕㄠˋ	女部	【女部】	7畫	623	629	段12下-23	錯24-8	鉉12下-3
婁(嫢、嬰，嶁、曋、慺、屢、鞻通段)	lou ´	ㄌㄡˊ	女部	【女部】	7畫	624	630	段12下-26	錯24-9	鉉12下-4
塿(婁，嶁、陜通段)	lou ˇ	ㄌㄡˇ	土部	【土部】	7畫	691	698	段13下-35	錯26-6	鉉13下-5
㛥(愿)	qie `	ㄑㄧㄝˋ	女部	【女部】	7畫	624	630	段12下-26	錯24-9	鉉12下-4
娷(蓬通段)	zuo `	ㄗㄨㄛˋ	女部	【女部】	7畫	624	630	段12下-25	錯24-8	鉉12下-4
娿	xie	ㄒㄧㄝ	女部	【女部】	7畫	624	630	段12下-26	錯24-9	鉉12下-4
妭(婄通段)	bi ˇ	ㄅㄧˇ	女部	【女部】	7畫	624	630	段12下-26	錯24-9	鉉12下-4
姬(婷)	ting ˇ	ㄊㄧㄥˇ	女部	【女部】	7畫	626	632	段12下-29	錯24-10	鉉12下-4
亭(停、淳，婷、葶通段)	ting ´	ㄊㄧㄥˊ	高部	【亠部】	7畫	227	230	段5下-25	錯10-10	鉉5下-5
嫂(嫂，娸通段)	sao ˇ	ㄙㄠˇ	女部	【女部】	7畫	615	621	段12下-8	錯24-3	鉉12下-1
佀(似、嗣、巳，娌、姒通段)	si `	ㄙˋ	人部	【人部】	7畫	375	379	段8上-21	錯15-8	鉉8上-3
麗(丽、丽、離，儷、娳、欐通段)	li `	ㄌㄧˋ	鹿部	【鹿部】	7畫	471	476	段10上-23	錯19-7	鉉10上-4
孃(娘，鬤通段)	niang ´	ㄋㄧㄤˊ	女部	【女部】	7畫	625	631	段12下-27	錯24-9	鉉12下-4
嬈(嬲、娚)	niao ˇ	ㄋㄧㄠˇ	女部	【女部】	7畫	625	631	段12下-27	錯24-9	鉉12下-4
娟	juan	ㄐㄩㄢ	女部	【女部】	7畫	無	無	無	無	鉉12下-4
嬽(娟、嬛)	yuan	ㄩㄢ	女部	【女部】	7畫	618	624	段12下-14	錯24-4	鉉12下-2
嬛(煢，孋、嬽、娟通段)	huan	ㄏㄨㄢˊ	女部	【女部】	8畫	619	625	段12下-15	錯24-5	鉉12下-2
睊(睊、嬽)	juan `	ㄐㄩㄢˋ	目部	【目部】	8畫	133	135	段4上-9	錯7-5	鉉4上-2

篆本字（古文、金文、籀文、俗字，通叚、金石）	拼音	注音	說文部首	康熙部首	筆畫	一般頁碼	洪葉頁碼	段注篇章	徐鍇通釋篇章	徐鉉藤花榭篇章
嫛(婆娑述及，琶通叚)	po'	ㄆㄛˊ	女部	【女部】8畫		621	627	段12下-20	鍇24-6	鉉12下-3
娸(顤)	qi	ㄑㄧ	女部	【女部】8畫		613	619	段12下-4	鍇24-1	鉉12下-1
妃(嬰)	fei	ㄈㄟ	女部	【女部】8畫		614	620	段12下-5	鍇24-2	鉉12下-1
倡(昌、唱，娼通叚)	chang	ㄔㄤ	人部	【人部】8畫		379	383	段8上-30	鍇15-10	鉉8上-4
亞(婭通叚)	ya˘	ㄧㄚˇ	二部	【二部】8畫		738	745	段14下-15	鍇28-6	鉉14下-3
姼(婄通叚)	bi˘	ㄅㄧˇ	女部	【女部】8畫		624	630	段12下-26	鍇24-9	鉉12下-4
娶(嫩通叚)	qu˘	ㄑㄩˇ	女部	【女部】8畫		613	619	段12下-4	鍇24-2	鉉12下-1
諏(詛、諑，嫩通叚)	zou	ㄗㄡ	言部	【言部】8畫		91	92	段3上-11	鍇5-7	鉉3上-3
陬(嫩通叚)	zou	ㄗㄡ	𨸏部	【阜部】8畫		731	738	段14下-2	鍇28-2	鉉14下-1
婗(呢通叚)	ni'	ㄋㄧˊ	女部	【女部】8畫		614	620	段12下-6	鍇24-2	鉉12下-1
㝃(免，娩通叚)	mian˘	ㄇㄧㄢˇ	子部	【子部】8畫		742	749	段14下-24	鍇28-12	鉉14下-6
嬔(嬔，娩通叚)	fan`	ㄈㄢˋ	女部	【女部】8畫		614	620	段12下-6	鍇24-2	鉉12下-1
婚(㛮从止巳)	hun	ㄏㄨㄣ	女部	【女部】8畫		614	620	段12下-5	鍇24-2	鉉12下-1
婦	fu`	ㄈㄨˋ	女部	【女部】8畫		614	620	段12下-5	鍇24-2	鉉12下-1
婢	bi`	ㄅㄧˋ	女部	【女部】8畫		616	622	段12下-10	鍇24-3	鉉12下-2
婕(倢)	jie'	ㄐㄧㄝˊ	女部	【女部】8畫		617	623	段12下-12	鍇24-4	鉉12下-2
倢(婕、捷)	jie'	ㄐㄧㄝˊ	人部	【人部】8畫		372	376	段8上-16	鍇15-6	鉉8上-3
婤	zhou	ㄓㄡ	女部	【女部】8畫		617	623	段12下-12	鍇24-4	鉉12下-2
婉	wan˘	ㄨㄢˇ	女部	【女部】8畫		618	624	段12下-14	鍇24-5	鉉12下-2
㛂(婉)	wan˘	ㄨㄢˇ	女部	【女部】8畫		620	626	段12下-18	鍇24-6	鉉12下-3
婠	wan	ㄨㄢ	女部	【女部】8畫		618	624	段12下-14	鍇24-5	鉉12下-2
媒(媒妸俗作婀娜)	wo˘	ㄨㄛˇ	女部	【女部】8畫		619	625	段12下-16	鍇24-5	鉉12下-2
娿(婀、媒wo˘妸nuo˘俗作婀娜)	e	ㄜ	女部	【女部】8畫		623	629	段12下-24	鍇24-8	鉉12下-4
婧	jing`	ㄐㄧㄥˋ	女部	【女部】8畫		619	625	段12下-16	鍇24-5	鉉12下-2
嬱	chan	ㄔㄢ	女部	【女部】8畫		619	625	段12下-16	鍇24-5	鉉12下-2
娹	qian	ㄑㄧㄢ	女部	【女部】8畫		620	626	段12下-17	鍇24-10	鉉12下-3
嫭	ta`	ㄊㄚˋ	女部	【女部】8畫		621	627	段12下-19	鍇24-6	鉉12下-3
娽(硥、祿通叚)	lu`	ㄌㄨˋ	女部	【女部】8畫		622	628	段12下-21	鍇24-7	鉉12下-3
婃	zhuo'	ㄓㄨㄛˊ	女部	【女部】8畫		623	629	段12下-24	鍇24-8	鉉12下-4

篆本字(古文、金文、籀文、俗字，通段、金石)	拼音	注音	說文部首	康熙部首	筆畫	一般頁碼	洪葉頁碼	段注篇章	徐鍇通釋篇章	徐鉉藤花榭篇章
婞(悻通段)	xìng	ㄒㄧㄥˋ	女部	【女部】8畫		623	629	段12下-24	錯24-8	鉉12下-3
悻(悻、婞通段)	xìng	ㄒㄧㄥˋ	心部	【心部】8畫		508	512	段10下-36	錯20-13	鉉10下-7
姻(嫭通段)	hù	ㄏㄨˋ	女部	【女部】8畫		623	629	段12下-23	錯24-7	鉉12下-3
娹	xián	ㄒㄧㄢˊ	女部	【女部】8畫		624	630	段12下-25	錯24-9	鉉12下-4
婁(嫏、㜢，嶁、瞜、慺、屢、鞻通段)	lóu	ㄌㄡˊ	女部	【女部】8畫		624	630	段12下-26	錯24-9	鉉12下-4
嫵(娬、姱、嫿通段)	wǔ	ㄨˇ	女部	【女部】8畫		618	624	段12下-13	錯24-4	鉉12下-2
婎(㜅、倠)	hui	ㄏㄨㄟ	女部	【女部】8畫		624	630	段12下-25	錯24-8	鉉12下-4
婪(惏，琳通段)	lán	ㄌㄢˊ	女部	【女部】8畫		624	630	段12下-26	錯24-9	鉉12下-4
惏(婪)	lín	ㄌㄧㄣˊ	心部	【心部】8畫		510	515	段10下-41	錯20-15	鉉10下-7
媕(諳、匼)	yān	ㄧㄢ	女部	【女部】8畫		625	631	段12下-28	錯24-9	鉉12下-4
斐(騑)	fei	ㄈㄟ	女部	【女部】8畫		625	631	段12下-27	錯24-9	鉉12下-4
婬(淫)	yín	ㄧㄣˊ	女部	【女部】8畫		625	631	段12下-28	錯24-10	鉉12下-4
婼(nao`)	chuo	ㄔㄨㄛˋ	女部	【女部】8畫		626	632	段12下-29	錯24-10	鉉12下-4
壻(婿，媭、聓、埥通段)	xù	ㄒㄩˋ	士部	【女部】9畫		20	20	段1上-40	錯1-19	鉉1上-6
威(豊、葳、賊通段，媁金石)	wei	ㄨㄟ	女部	【女部】9畫		615	621	段12下-7	錯24-2	鉉12下-1
皇(遑，凰、偟、徨、媓、艎、餭、騜通段)	huáng	ㄏㄨㄤˊ	王部	【白部】9畫		9	9	段1上-18	錯1-9	鉉1上-3
媒	méi	ㄇㄟˊ	女部	【女部】9畫		613	619	段12下-4	錯24-2	鉉12下-1
禖(媒)	méi	ㄇㄟˊ	示部	【示部】9畫		7	7	段1上-13	錯1-7	鉉1上-2
姻(媼)	yin	ㄧㄣ	女部	【女部】9畫		614	620	段12下-5	錯24-2	鉉12下-1
媦	wèi	ㄨㄟˋ	女部	【女部】9畫		615	621	段12下-8	錯24-3	鉉12下-1
嫣	qiān	ㄑㄧㄢˊ	女部	【女部】9畫		616	622	段12下-10	錯24-3	鉉12下-2
媚(嬄)	mei	ㄇㄟˋ	女部	【女部】9畫		617	623	段12下-12	錯24-4	鉉12下-2
媢(媢)	mao	ㄇㄠˋ	女部	【女部】9畫		622	628	段12下-22	錯24-7	鉉12下-3
媧(媧)	wa	ㄨㄚ	女部	【女部】9畫		617	623	段12下-11	錯24-3	鉉12下-2
媄(媺)	mei	ㄇㄟˇ	女部	【女部】9畫		618	624	段12下-13	錯24-4	鉉12下-2
愓(婸，傷通段)	dang	ㄉㄤˋ	心部	【心部】9畫		510	514	段10下-40	錯20-14	鉉10下-7

篆本字(古文、金文、籀文、俗字，通段、金石)	拼音	注音	說文部首	康熙部首	筆畫	一般頁碼	洪葉頁碼	段注篇章	徐鍇通釋篇章	徐鉉藤花榭篇章
媌	miao´	ㄇㄧㄠˊ	女部	【女部】9畫		618	624	段12下-14	鍇24-5	鉉12下-2
嫵	wu`	ㄨˋ	女部	【女部】9畫		620	626	段12下-17	鍇24-6	鉉12下-3
媅(耽、湛，妉、愖通段)	dan	ㄉㄢ	女部	【女部】9畫		620	626	段12下-18	鍇24-6	鉉12下-3
媕	an	ㄢ	女部	【女部】9畫		620	626	段12下-18	鍇24-6	鉉12下-3
媞(偍)	ti´	ㄊㄧˊ	女部	【女部】9畫		620	626	段12下-17	鍇24-6	鉉12下-3
媕	ran˘	ㄖㄢˇ	女部	【女部】9畫		620	626	段12下-18	鍇24-6	鉉12下-3
媛(yuan`)	yuan´	ㄩㄢˊ	女部	【女部】9畫		622	628	段12下-21	鍇24-7	鉉12下-3
媟(褻)	xie`	ㄒㄧㄝˋ	女部	【女部】9畫		622	628	段12下-22	鍇24-7	鉉12下-3
褻(媟)	xie`	ㄒㄧㄝˋ	衣部	【衣部】9畫		395	399	段8上-61	鍇16-4	鉉8上-9
偄(便、平、辨，婰、梗通段)	bian`	ㄅㄧㄢˋ	人部	【人部】9畫		375	379	段8上-22	鍇15-8	鉉8上-3
媚(媚)	mao`	ㄇㄠˋ	女部	【女部】9畫		622	628	段12下-22	鍇24-7	鉉12下-3
婼	chuo`	ㄔㄨㄛˋ	女部	【女部】9畫		623	629	段12下-23	鍇24-8	鉉12下-3
媮(偷)	tou	ㄊㄡ	女部	【女部】9畫		623	629	段12下-23	鍇24-8	鉉12下-3
嬀(媯，溈通段)	gui	ㄍㄨㄟ	女部	【女部】9畫		613	619	段12下-3	鍇24-1	鉉12下-1
婧(渻亦作省xing˘)	sheng˘	ㄕㄥˇ	女部	【女部】9畫		623	629	段12下-23	鍇24-8	鉉12下-3
渻(省、婧、楮)	sheng˘	ㄕㄥˇ	水部	【水部】9畫		551	556	段11上貳-12	鍇21-16	鉉11上-5
嫂(嫂，婜通段)	sao˘	ㄙㄠˇ	女部	【女部】9畫		615	621	段12下-8	鍇24-3	鉉12下-1
姹	cha	ㄔㄚ	女部	【女部】9畫		624	630	段12下-25	鍇24-9	鉉12下-4
媁	wei´	ㄨㄟˊ	女部	【女部】9畫		624	630	段12下-25	鍇24-8	鉉12下-4
媥	pian	ㄆㄧㄢ	女部	【女部】9畫		624	630	段12下-25	鍇24-9	鉉12下-4
媨(婋通段)	cu`	ㄘㄨˋ	女部	【女部】9畫		625	631	段12下-27	鍇24-9	鉉12下-4
媆(輭、嫩，軟通段)	ruan˘	ㄖㄨㄢˇ	女部	【女部】9畫		625	631	段12下-28	鍇24-9	鉉12下-4
娗(婷)	ting˘	ㄊㄧㄥˇ	女部	【女部】9畫		626	632	段12下-29	鍇24-10	鉉12下-4
嫍(惱，懊通段)	nao˘	ㄋㄠˇ	女部	【女部】9畫		626	632	段12下-29	鍇24-10	鉉12下-4
娷(諈)	zhui`	ㄓㄨㄟˋ	女部	【女部】9畫		626	632	段12下-29	鍇24-10	鉉12下-4
嬌(婧)	duo`	ㄉㄨㄛˋ	女部	【女部】9畫		618	624	段12下-13	鍇24-4	鉉12下-2
惰(惰、媠)	duo`	ㄉㄨㄛˋ	心部	【心部】9畫		509	514	段10下-39	鍇20-14	鉉10下-7
娩	fan`	ㄈㄢˋ	兔部	【女部】9畫		472	477	段10上-25	鍇19-8	鉉10上-4
傼(嫉、疾，悾、誺通段)	ji´	ㄐㄧˊ	人部	【人部】10畫		380	384	段8上-32	鍇15-11	鉉8上-4

篆本字（古文、金文、籀文、俗字，通叚、金石）	拼音	注音	說文部首	康熙部首	筆畫	一般頁碼	洪葉頁碼	段注篇章	徐鍇通釋篇章	徐鉉藤花榭篇章
嫁	jià	ㄐㄧㄚˋ	女部	【女部】	10畫	613	619	段12下-4	鍇24-2	鉉12下-1
媰	chú	ㄔㄨˊ	女部	【女部】	10畫	614	620	段12下-6	鍇24-2	鉉12下-1
媲(㜎通叚)	pì	ㄆㄧˋ	女部	【女部】	10畫	614	620	段12下-5	鍇24-2	鉉12下-1
嫂(嫂，娞通叚)	sǎo	ㄙㄠˇ	女部	【女部】	10畫	615	621	段12下-8	鍇24-3	鉉12下-1
蚩(媸通叚)	chī	ㄔ	虫部	【虫部】	10畫	667	674	段13上-49	鍇25-12	鉉13上-7
醜(魗，媸、愁通叚)	chǒu	ㄔㄡˇ	鬼部	【酉部】	10畫	436	440	段9上-42	鍇17-14	鉉9上-7
薅(茠、茠，媷、林通叚)	hāo	ㄏㄠ	蓐部	【艸部】	10畫	47	48	段1下-53	鍇2-25	鉉1下-9
姟(嫅)	hài	ㄏㄞˋ	女部	【女部】	10畫	622	628	段12下-22	鍇24-7	鉉12下-3
媄(嫩)	měi	ㄇㄟˇ	女部	【女部】	10畫	618	624	段12下-13	鍇24-4	鉉12下-2
媪(嫗)	ǎo	ㄠˇ	女部	【女部】	10畫	615	621	段12下-7	鍇24-2	鉉12下-1
娭	xī	ㄒㄧ	女部	【女部】	10畫	616	622	段12下-10	鍇24-3	鉉12下-2
媾(講)	gòu	ㄍㄡˋ	女部	【女部】	10畫	616	622	段12下-9	鍇24-3	鉉12下-1
講(媾，顜通叚)	jiǎng	ㄐㄧㄤˇ	言部	【言部】	10畫	95	96	段3上-19	鍇5-10	鉉3上-4
嫄(原)	yuán	ㄩㄢˊ	女部	【女部】	10畫	617	623	段12下-11	鍇24-4	鉉12下-2
媶(畜)	xù	ㄒㄩˋ	女部	【女部】	10畫	618	624	段12下-13	鍇24-4	鉉12下-2
媱	yáo	ㄧㄠˊ	女部	【女部】	10畫	619	625	段12下-15	鍇24-5	鉉12下-2
娝	míng	ㄇㄧㄥˊ	女部	【女部】	10畫	619	625	段12下-15	鍇24-5	鉉12下-2
嫋	niǎo	ㄋㄧㄠˇ	女部	【女部】	10畫	619	625	段12下-15	鍇24-5	鉉12下-2
娭(熙)	xī	ㄒㄧ	女部	【女部】	10畫	620	626	段12下-17	鍇24-6	鉉12下-3
婉(婉)	wǎn	ㄨㄢˇ	女部	【女部】	10畫	620	626	段12下-18	鍇24-6	鉉12下-3
搣(㜅通叚)	miè	ㄇㄧㄝˋ	手部	【手部】	10畫	599	605	段12上-32	鍇23-11	鉉12上-5
嫛(婆娑述及，琶通叚)	pó	ㄆㄛˊ	女部	【女部】	10畫	621	627	段12下-20	鍇24-6	鉉12下-3
孾	yíng	ㄧㄥ	女部	【女部】	10畫	623	629	段12下-23	鍇24-7	鉉12下-3
嫌	xián	ㄒㄧㄢˊ	女部	【女部】	10畫	623	629	段12下-23	鍇24-8	鉉12下-3
慊(嫌)	qiàn	ㄑㄧㄢˋ	心部	【心部】	10畫	511	515	段10下-42	鍇20-15	鉉10下-7
嫸	shǎn	ㄕㄢˇ	女部	【女部】	10畫	623	629	段12下-24	鍇24-8	鉉12下-4
婎	huì	ㄏㄨㄟˋ	女部	【女部】	10畫	624	630	段12下-25	鍇24-8	鉉12下-4
媿(愧，聭通叚)	kuì	ㄎㄨㄟˋ	女部	【女部】	10畫	626	632	段12下-29	鍇24-10	鉉12下-4
嫗(傴、蓲)	yù	ㄩˋ	女部	【女部】	10畫	614	620	段12下-6	鍇24-2	鉉12下-1
傴(嫗)	yǔ	ㄩˇ	人部	【人部】	10畫	382	386	段8上-35	鍇15-12	鉉8上-5
媪(嫗)	ǎo	ㄠˇ	女部	【女部】	10畫	615	621	段12下-7	鍇24-2	鉉12下-1

篆本字(古文、金文、籀文、俗字，通叚、金石)	拼音	注音	說文部首	康熙部首	筆畫	一般頁碼	洪葉頁碼	段注篇章	徐鍇通釋篇章	徐鉉藤花榭篇章
嫛(鷖)	yi	一	女部	【女部】	11畫	614	620	段12下-6	錯24-2	鉉12下-1
嫙	xuan	ㄒㄩㄢˊ	女部	【女部】	11畫	619	625	段12下-16	錯24-6	鉉12下-3
章(嫜、樟通叚)	zhang	ㄓㄤ	音部	【立部】	11畫	102	103	段3上-33	錯5-17	鉉3上-7
癔(嬑)	yi`	一`	心部	【疒部】	11畫	503	508	段10下-27	錯20-10	鉉10下-5
嫣(嗎，嗁通叚)	yan	一ㄢ	女部	【女部】	11畫	619	625	段12下-15	錯24-5	鉉12下-2
常(裳，嫦通叚亦作姮)	chang	ㄔㄤˊ	巾部	【巾部】	11畫	358	362	段7下-47	錯14-21	鉉7下-8
壻(婿，媩、聟、壧通叚)	xu`	ㄒㄩ`	士部	【女部】	11畫	20	20	段1上-40	錯1-19	鉉1上-6
嫵(斌、姱、嫮通叚)	wu`	ㄨˇ	女部	【女部】	11畫	618	624	段12下-13	錯24-4	鉉12下-2
夸(跨夅kua`述及，姱、嫮、骻通叚)	kua	ㄎㄨㄚ	大部	【大部】	11畫	492	497	段10下-5	錯20-1	鉉10下-1
媢(嫭通叚)	hu`	ㄏㄨ`	女部	【女部】	11畫	623	629	段12下-23	錯24-7	鉉12下-3
嫡(適)	di´	ㄉ一ˊ	女部	【女部】	11畫	620	626	段12下-18	錯24-6	鉉12下-3
媱	gui	ㄍㄨㄟ	女部	【女部】	11畫	620	626	段12下-17	錯24-6	鉉12下-3
嫥(專)	zhuan	ㄓㄨㄢ	女部	【女部】	11畫	620	626	段12下-18	錯24-6	鉉12下-3
摶(團、專、嫥，愽通叚)	tuan´	ㄊㄨㄢˊ	手部	【手部】	11畫	607	613	段12上-48	錯23-15	鉉12上-7
嫧	ze´	ㄗㄜˊ	女部	【女部】	11畫	620	626	段12下-18	錯24-6	鉉12下-3
媋(贄通叚)	zhi`	ㄓ`	女部	【女部】	11畫	621	627	段12下-19	錯24-6	鉉12下-3
摯(贄、媋、鷙、鷙=輊輖述及)	zhi`	ㄓ`	手部	【手部】	11畫	597	603	段12上-27	錯23-9	鉉12上-5
媎(姐)	jie`	ㄐ一ㄝˇ	女部	【女部】	11畫	623	629	段12下-23	錯24-7	鉉12下-3
嫡	an`	ㄢˇ	女部	【女部】	11畫	623	629	段12下-24	錯24-8	鉉12下-4
嫪(摎毐ai`述及)	lao`	ㄌㄠ`	女部	【女部】	11畫	623	629	段12下-23	錯24-7	鉉12下-3
嬠	can	ㄘㄢˇ	女部	【女部】	11畫	624	630	段12下-26	錯24-9	鉉12下-4
嫖(剽、票)	piao´	ㄆ一ㄠˊ	女部	【女部】	11畫	624	630	段12下-25	錯24-8	鉉12下-4
僄(剽、嫖)	piao`	ㄆ一ㄠ`	人部	【人部】	11畫	379	383	段8上-30	錯15-10	鉉8上-4
剽(僄、嫖)	piao`	ㄆ一ㄠ`	刀部	【刂部】	11畫	181	183	段4下-47	錯8-17	鉉4下-7
嫚(僈通叚)	man`	ㄇㄢ`	女部	【女部】	11畫	624	630	段12下-25	錯24-9	鉉12下-4
嫯	ao`	ㄠ`	女部	【女部】	11畫	625	631	段12下-28	錯24-9	鉉12下-4

篆本字(古文、金文、籀文、俗字,通叚、金石)	拼音	注音	說文部首	康熙部首	筆畫	一般頁碼	洪葉頁碼	段注篇章	徐鍇通釋篇章	徐鉉藤花榭篇章
傲(敖、驁,慠、憿通叚)	ao`	ㄠˋ	人部	【人部】	11畫	369	373	段8上-10	錯15-4	鉉8上-2
嫫(嬤、悔)	mo´	ㄇㄛˊ	女部	【女部】	11畫	625	631	段12下-27	錯24-9	鉉12下-4
褿(襸,嬬、幧、襹通叚)	cao´	ㄘㄠˊ	衣部	【衣部】	11畫	396	400	段8上-64	錯16-5	鉉8上-9
㜻(輭、嫩,軟通叚)	ruan˘	ㄖㄨㄢˇ	女部	【女部】	11畫	625	631	段12下-28	錯24-9	鉉12下-4
嫠	li´	ㄌㄧˊ	女部	【女部】	11畫	無	無	無	無	鉉12下-4
釐(禧、氂、賚、理,嫠通叚)	li´	ㄌㄧˊ	里部	【里部】	11畫	694	701	段13下-41	錯26-8	鉉13下-6
嫠(嫠、釐)	li´	ㄌㄧˊ	文部	【文部】	11畫	425	430	段9上-21	錯17-7	鉉9上-4
醮(嫶,憔、顦、癄通叚)	qiao´	ㄑㄧㄠˊ	面部	【面部】	12畫	423	427	段9上-16	錯17-5	鉉9上-3
嬀(媯,溈通叚)	gui	ㄍㄨㄟ	女部	【女部】	12畫	613	619	段12下-3	錯24-1	鉉12下-1
嬈(nian`)	ran´	ㄖㄢˊ	女部	【女部】	12畫	613	619	段12下-4	錯24-1	鉉12下-1
嫽	liao´	ㄌㄧㄠˊ	女部	【女部】	12畫	617	623	段12下-12	錯24-4	鉉12下-2
頊(嬃)	xu	ㄒㄩ	女部	【女部】	12畫	617	623	段12下-11	錯24-4	鉉12下-2
嫵(娬、姱、嫮通叚)	wu˘	ㄨˇ	女部	【女部】	12畫	618	624	段12下-13	錯24-4	鉉12下-2
嫷(媠)	duo`	ㄉㄨㄛˋ	女部	【女部】	12畫	618	624	段12下-13	錯24-4	鉉12下-2
僖(嬉)	xi	ㄒㄧ	人部	【人部】	12畫	376	380	段8上-23	錯15-8	鉉8上-3
娭(嬉)	ai	ㄞ	女部	【女部】	12畫	620	626	段12下-17	錯24-6	鉉12下-3
嬋	chan´	ㄔㄢˊ	女部	【女部】	12畫	無	無	無	無	鉉12下-4
蟬(嬋通叚)	chan´	ㄔㄢˊ	虫部	【虫部】	12畫	668	674	段13上-50	錯25-12	鉉13上-7
撣(嬋通叚)	dan`	ㄉㄢˋ	手部	【手部】	12畫	597	603	段12上-28	錯23-10	鉉12上-5
嬗(嬋通叚)	shan`	ㄕㄢˋ	女部	【女部】	12畫	621	627	段12下-19	錯24-6	鉉12下-3
嫿	hua`	ㄏㄨㄚˋ	女部	【女部】	12畫	618	624	段12下-14	錯24-5	鉉12下-2
孌(變)	luan˘	ㄌㄨㄢˇ	女部	【女部】	12畫	618	624	段12下-14	錯24-5	鉉12下-2
媚(嬞)	mei`	ㄇㄟˋ	女部	【女部】	12畫	617	623	段12下-12	錯24-4	鉉12下-2
孕(孕、膣、媱,㜒通叚)	yun`	ㄩㄣˋ	子部	【子部】	12畫	742	749	段14下-24	錯28-12	鉉14下-6
嫺(嫻通叚)	xian´	ㄒㄧㄢˊ	女部	【女部】	12畫	620	626	段12下-17	錯24-6	鉉12下-3
嬃(辜,估通叚)	gu	ㄍㄨ	女部	【女部】	12畫	621	627	段12下-19	錯24-6	鉉12下-3

篆本字(古文、金文、籀文、俗字，通叚、金石)	拼音	注音	說文部首	康熙部首	筆畫	一般頁碼	洪葉頁碼	段注篇章	徐鍇通釋篇章	徐鉉藤花榭篇章
嫳(憋通叚)	pie`	ㄆㄧㄝˋ	女部	【女部】	12畫	623	629	段12下-24	鍇24-8	鉉12下-4
嬗	zhan`	ㄓㄢˇ	女部	【女部】	12畫	623	629	段12下-24	鍇24-8	鉉12下-4
嬞(shenˇ)	nianˇ	ㄋㄧㄢˇ	女部	【女部】	12畫	624	630	段12下-26	鍇24-9	鉉12下-4
嫼	mo`	ㄇㄛˋ	女部	【女部】	12畫	624	630	段12下-25	鍇24-8	鉉12下-4
婁(嫛、嫛，嶁、曞、慺、屢、轜通叚)	lou´	ㄌㄡˊ	女部	【女部】	12畫	624	630	段12下-26	鍇24-9	鉉12下-4
嬈(嬲、娚)	niaoˇ	ㄋㄧㄠˇ	女部	【女部】	12畫	625	631	段12下-27	鍇24-9	鉉12下-4
嬌	jiao	ㄐㄧㄠ	女部	【女部】	12畫	無	無	無	無	鉉12下-4
驕(嬌、僑，憍通叚)	jiao	ㄐㄧㄠ	馬部	【馬部】	12畫	463	468	段10上-7	鍇19-2	鉉10上-2
姣(佼，嬌通叚)	jiao	ㄐㄧㄠ	女部	【女部】	12畫	618	624	段12下-13	鍇24-4	鉉12下-2
覞(要、覂、嚻，嘤、霄、腰、嬰、楆、獟通叚)	yao	ㄧㄠ	臼部	【襾部】	13畫	105	106	段3上-39	鍇6-1	鉉3上-9
嬴(盈郯tan´述及)	ying´	ㄧㄥˊ	女部	【女部】	13畫	612	618	段12下-2	鍇24-1	鉉12下-1
嬔(嬐，娩通叚)	fan`	ㄈㄢˋ	女部	【女部】	13畫	614	620	段12下-6	鍇24-2	鉉12下-1
姺(嫨、莘通叚)	shen	ㄕㄣ	女部	【女部】	13畫	613	619	段12下-4	鍇24-1	鉉12下-1
媧(媧)	wa	ㄨㄚ	女部	【女部】	13畫	617	623	段12下-11	鍇24-3	鉉12下-2
嬛(煢，孅、婘、娟通叚)	huan´	ㄏㄨㄢˊ	女部	【女部】	13畫	619	625	段12下-15	鍇24-5	鉉12下-2
煢(嬛、惸、睘，傹、嫈通叚)	qiong´	ㄑㄩㄥˊ	叴部	【火部】	13畫	583	588	段11下-32	鍇22-12	鉉11下-7
嬽(娟、嬛)	yuan	ㄩㄢ	女部	【女部】	13畫	618	624	段12下-14	鍇24-4	鉉12下-2
嬐(xian)	yanˇ	ㄧㄢˇ	女部	【女部】	13畫	621	627	段12下-19	鍇24-6	鉉12下-3
嬗(嬋通叚)	shan	ㄕㄢ	女部	【女部】	13畫	621	627	段12下-19	鍇24-6	鉉12下-3
窡(勦)	chuo`	ㄔㄨㄛˋ	女部	【穴部】	13畫	622	628	段12下-22	鍇24-7	鉉12下-3
嬖	bi`	ㄅㄧˋ	女部	【女部】	13畫	622	628	段12下-22	鍇24-7	鉉12下-3
嫛	huiˇ	ㄏㄨㄟˇ	女部	【女部】	13畫	625	631	段12下-27	鍇24-9	鉉12下-4
嬙	qiang´	ㄑㄧㄤˊ	女部	【女部】	13畫	無	無	無	無	鉉12下-4
牆(牆、牆从來，墻、嬙、寱、廧、檣通叚)	qiang´	ㄑㄧㄤˊ	嗇部	【爿部】	13畫	231	233	段5下-32	鍇10-13	鉉5下-6

篆本字(古文、金文、籀文、俗字，通叚、金石)	拼音	注音	說文部首	康熙部首	筆畫	一般頁碼	洪葉頁碼	段注篇章	徐鍇通釋篇章	徐鉉藤花榭篇章
燴(wei`)	hui`	ㄏㄨㄟˋ	女部	【女部】13畫	625	631	段12下-27	鍇24-9	鉉12下-4
嬩(妤通叚)	yu´	ㄩˊ	女部	【女部】13畫	617	623	段12下-12	鍇24-4	鉉12下-2
壓(靨從面通叚)	yan`	ㄧㄢˋ	女部	【女部】14畫	618	624	段12下-13	鍇24-4	鉉12下-2
嬥(佻)	tiao˘	ㄊㄧㄠˇ	女部	【女部】14畫	620	626	段12下-17	鍇24-6	鉉12下-3
佻(窕，嬥、恌通叚)	tiao	ㄊㄧㄠ	人部	【人部】14畫	379	383	段8上-29	鍇15-10	鉉8上-4
嬪	pin´	ㄆㄧㄣˊ	女部	【女部】14畫	621	627	段12下-19	鍇24-6	鉉12下-3
嬰(攖、櫻、孾通叚)	ying	ㄧㄥ	女部	【女部】14畫	621	627	段12下-20	鍇24-7	鉉12下-3
嫛	qi`	ㄑㄧˋ	女部	【女部】14畫	622	628	段12下-22	鍇24-7	鉉12下-3
嬬	ru´	ㄖㄨˊ	女部	【女部】14畫	624	630	段12下-25	鍇24-9	鉉12下-4
襄從工己爻(襄、孃、攘、驤，儴、勷、褸通叚)	xiang	ㄒㄧㄤ	衣部	【衣部】14畫	394	398	段8上-60	鍇16-4	鉉8上-9
嬯(儓、懛、跆通叚)	tai´	ㄊㄞˊ	女部	【女部】14畫	624	630	段12下-26	鍇24-9	鉉12下-4
嬾(濫)	lan`	ㄌㄢˋ	女部	【女部】14畫	625	631	段12下-28	鍇24-9	鉉12下-4
嬈(嬲、嫐)	niao˘	ㄋㄧㄠˇ	女部	【女部】14畫	625	631	段12下-27	鍇24-9	鉉12下-4
鬑(嬭，奶通叚)	ni˘	ㄋㄧˇ	髟部	【髟部】14畫	426	431	段9上-23	鍇17-8	鉉9上-4
嬽(娟、嬛)	yuan	ㄩㄢ	女部	【女部】15畫	618	624	段12下-14	鍇24-4	鉉12下-2
嬻(瀆、黷)	du´	ㄉㄨˊ	女部	【女部】15畫	622	628	段12下-22	鍇24-7	鉉12下-3
黷(瀆、嬻)	du´	ㄉㄨˊ	黑部	【黑部】15畫	489	493	段10上-58	鍇19-19	鉉10上-10
遺(黷、瀆、嬻)	du´	ㄉㄨˊ	辵(辶)部	【辵部】15畫	71	71	段2下-4	鍇4-2	鉉2下-1
瀏(嫐、懰通叚)	liu´	ㄌㄧㄡˊ	水部	【水部】15畫	547	552	段11上貳-4	鍇21-14	鉉11上-4
嬿	yan`	ㄧㄢˋ	女部	【女部】16畫	617	623	段12下-11	鍇24-4	鉉12下-2
嬹(興)	xing`	ㄒㄧㄥˋ	女部	【女部】16畫	618	624	段12下-13	鍇24-4	鉉12下-2
興(嬹)	xing	ㄒㄧㄥ	舁部	【臼部】16畫	105	106	段3上-39	鍇5-21	鉉3上-9
娙(孆通叚)	xing´	ㄒㄧㄥˊ	女部	【女部】16畫	618	624	段12下-14	鍇24-5	鉉12下-2
嬛(嫈，嬩、婘、娟通叚)	huan	ㄏㄨㄢ	女部	【女部】16畫	619	625	段12下-15	鍇24-5	鉉12下-2
嬾(懶，孏、爛通叚)	lan˘	ㄌㄢˇ	女部	【女部】16畫	624	630	段12下-26	鍇24-9	鉉12下-4

篆本字(古文、金文、籀文、俗字，通段、金石)	拼音	注音	說文部首	康熙部首	筆畫	一般頁碼	洪葉頁碼	段注篇章	徐鍇通釋篇章	徐鉉藤花榭篇章
妘(䵫、嬶)	yun ˊ	ㄩㄣˊ	女部	【女部】	17畫	613	619	段12下-3	鍇24-1	鉉12下-1
孼(孽，蘖通段)	nie ˋ	ㄋㄧㄝˋ	子部	【子部】	17畫	743	750	段14下-25	鍇28-13	鉉14下-6
蠥(孼、蘖)	nie ˋ	ㄋㄧㄝˋ	虫部	【虫部】	17畫	673	680	段13上-61	鍇25-14	鉉13上-8
霜(孀通段)	shuang	ㄕㄨㄤ	雨部	【雨部】	17畫	573	579	段11下-13	鍇22-6	鉉11下-4
孁(靈)	ling ˊ	ㄌㄧㄥˊ	女部	【女部】	17畫	617	623	段12下-12	鍇24-4	鉉12下-2
嫿(嬌)	jiao ˇ	ㄐㄧㄠˇ	女部	【女部】	17畫	619	625	段12下-16	鍇24-5	鉉12下-2
孅(纖)	xian	ㄒㄧㄢ	女部	【女部】	17畫	619	625	段12下-15	鍇24-5	鉉12下-2
纖(孅)	xian	ㄒㄧㄢ	糸部	【糸部】	17畫	646	652	段13上-6	鍇25-2	鉉13上-1
孃(娘，鬤通段)	niang ˊ	ㄋㄧㄤˊ	女部	【女部】	17畫	625	631	段12下-27	鍇24-9	鉉12下-4
孈	hui ˋ	ㄏㄨㄟˋ	女部	【女部】	18畫	624	630	段12下-25	鍇24-8	鉉12下-4
嬻	zan ˋ	ㄗㄢˋ	女部	【女部】	19畫	618	624	段12下-14	鍇24-5	鉉12下-2
齌从妻(齊)	qi ˊ	ㄑㄧˊ	齊部	【齊部】	19畫	317	320	段7上-32	鍇13-14	鉉7上-6
孌(戀)	luan ˊ	ㄌㄨㄢˊ	女部	【女部】	19畫	622	628	段12下-21	鍇24-7	鉉12下-3
嬽(孌)	luan ˇ	ㄌㄨㄢˇ	女部	【女部】	19畫	618	624	段12下-14	鍇24-5	鉉12下-2
儷(離，孋通段)	li ˋ	ㄌㄧˋ	人部	【人部】	19畫	376	380	段8上-24	鍇15-9	鉉8上-3
嬾(懶，孄、孏通段)	lan ˇ	ㄌㄢˇ	女部	【女部】	20畫	624	630	段12下-26	鍇24-9	鉉12下-4
孎(zhu ˋ)	zhu ˊ	ㄓㄨˊ	女部	【女部】	21畫	620	626	段12下-18	鍇24-6	鉉12下-3
【子(zi ˇ)部】	zi ˇ	ㄗˇ	子部			742	749	段14下-24	鍇28-12	鉉14下-6
子(孚、𢀈从巛囟北人几)	zi ˇ	ㄗˇ	子部	【子部】		742	749	段14下-24	鍇28-12	鉉14下-6
孑(釨)	jie ˊ	ㄐㄧㄝˊ	了部	【子部】		743	750	段14下-26	鍇28-13	鉉14下-6
孓(蟩)	jue ˊ	ㄐㄩㄝˊ	了部	【子部】		744	751	段14下-27	鍇28-13	鉉14下-6
孔(空)	kong ˇ	ㄎㄨㄥˇ	乞部	【子部】	1畫	584	590	段12上-1	鍇23-1	鉉12上-1
空(孔、腔鞔man ˊ述及，倥、崆、悾、箜、羫、窾通段)	kong	ㄎㄨㄥ	穴部	【穴部】	8畫	344	348	段7下-19	鍇14-8	鉉7下-4
孕(孕、䏰、𡡠，䴇通段)	yun ˋ	ㄩㄣˋ	子部	【子部】	2畫	742	749	段14下-24	鍇28-12	鉉14下-6
孟(尗)	meng ˋ	ㄇㄥˋ	子部	【子部】	2畫	743	750	段14下-25	鍇28-13	鉉14下-6
子(孚、𢀈从巛囟北人几)	zi ˇ	ㄗˇ	子部	【子部】	3畫	742	749	段14下-24	鍇28-12	鉉14下-6
字(牸通段)	zi ˋ	ㄗˋ	子部	【子部】	3畫	743	750	段14下-25	鍇28-12	鉉14下-6

篆本字(古文、金文、籀文、俗字，通叚、金石)	拼音	注音	說文部首	康熙部首	筆畫	一般頁碼	洪葉頁碼	段注篇章	徐鍇通釋篇章	徐鉉藤花榭篇章
存(郁通叚)	cun ˊ	ㄘㄨㄣˊ	子部	【子部】	3畫	743	750	段14下-26	鍇28-13	鉉14下-6
孚(采，菢通叚)	fu ˊ	ㄈㄨˊ	爪部	【子部】	4畫	113	114	段3下-13	鍇6-7	鉉3下-3
稃(粰、孚)	fu	ㄈㄨ	禾部	【禾部】	4畫	324	327	段7上-46	鍇13-19	鉉7上-8
孜(孳)	zi	ㄗ	攴部	【子部】	4畫	123	124	段3下-34	鍇6-17	鉉3下-8
孳([illegible]从糸甾北人几、孜)	zi	ㄗ	子部	【子部】	4畫	743	750	段14下-25	鍇28-13	鉉14下-6
孛(勃)	bei ˋ	ㄅㄟˋ	𣎵部	【子部】	4畫	273	276	段6下-3	鍇12-3	鉉6下-1
勃(孛，浡、渤、鵓通叚)	bo ˊ	ㄅㄛˊ	力部	【力部】	4畫	701	707	段13下-54	鍇26-12	鉉13下-8
孝	xiao ˋ	ㄒㄧㄠˋ	老部	【子部】	4畫	398	402	段8上-68	鍇16-7	鉉8上-10
季	jiao ˋ	ㄐㄧㄠˋ	子部	【子部】	4畫	743	750	段14下-26	鍇28-13	鉉14下-6
帑(奴，孥通叚)	tang ˇ	ㄊㄤˇ	巾部	【巾部】	5畫	361	365	段7下-53	鍇14-23	鉉7下-9
孕(孕、[illegible]、[illegible]，[illegible]通叚)	yun ˋ	ㄩㄣˋ	子部	【子部】	5畫	742	749	段14下-24	鍇28-12	鉉14下-6
季	ji ˋ	ㄐㄧˋ	子部	【子部】	5畫	743	750	段14下-25	鍇28-13	鉉14下-6
嗣(孠)	si ˋ	ㄙˋ	冊(册)部	【口部】	5畫	86	86	段2下-34	鍇4-17	鉉2下-7
孟([illegible])	meng ˋ	ㄇㄥˋ	子部	【子部】	5畫	743	750	段14下-25	鍇28-13	鉉14下-6
孤	gu	ㄍㄨ	子部	【子部】	5畫	743	750	段14下-26	鍇28-13	鉉14下-6
咳(孩)	ke ˊ	ㄎㄜˊ	口部	【口部】	6畫	55	55	段2上-14	鍇3-6	鉉2上-3
孨(孱)	zhuan ˇ	ㄓㄨㄢˇ	孨部	【子部】	6畫	744	751	段14下-27	鍇28-13	鉉14下-6
孫(遜俗)	sun	ㄙㄨㄣ	系部	【子部】	7畫	642	648	段12下-62	鍇24-20	鉉12下-10
遜(愻、孫)	xun ˋ	ㄒㄩㄣˋ	辵(辶)部	【辵部】	7畫	72	72	段2下-6	鍇4-5	鉉2下-2
孴([illegible])	ni ˇ	ㄋㄧˇ	孨部	【子部】	7畫	744	751	段14下-27	鍇28-13	鉉14下-6
𦏧从亯羊(孰、熟，塾通叚)	shu ˊ	ㄕㄨˊ	丮部	【子部】	8畫	113	114	段3下-14	鍇6-8	鉉3下-3
㝃(免，娩通叚)	mian ˇ	ㄇㄧㄢˇ	子部	【子部】	8畫	742	749	段14下-24	鍇28-12	鉉14下-6
孳([illegible]从糸甾北人几、孜)	zi	ㄗ	子部	【子部】	9畫	743	750	段14下-25	鍇28-13	鉉14下-6
孜(孳)	zi	ㄗ	攴部	【子部】	9畫	123	124	段3下-34	鍇6-17	鉉3下-8
孱(潺，[illegible]通叚)	chan ˊ	ㄔㄢˊ	孨部	【子部】	9畫	744	751	段14下-27	鍇28-13	鉉14下-6
孨(孱)	zhuan ˇ	ㄓㄨㄢˇ	孨部	【子部】	9畫	744	751	段14下-27	鍇28-13	鉉14下-6
[illegible]([illegible]、闕)	que	ㄑㄩㄝ	亯部	【高部】	9畫	228	231	段5下-27	鍇10-11	鉉5下-5
㝅([illegible]通叚)	gou ˋ	ㄍㄡˋ	子部	【子部】	10畫	743	750	段14下-25	鍇28-12	鉉14下-6

篆本字（古文、金文、籀文、俗字，通叚、金石）	拼音	注音	說文部首	康熙部首	筆畫	一般頁碼	洪葉頁碼	段注篇章	徐鍇通釋篇章	徐鉉藤花榭篇章
佝(怐、傋、溝、穀、瞉、區)	kou`	ㄎㄡˋ	人部	【人部】	10畫	379	383	段8上-30	錯15-10	鉉8上-4
眷(督)	ni^	ㄋㄧˇ	弄部	【子部】	10畫	744	751	段14下-27	錯28-13	鉉14下-6
敎(嚞、效、教)	jiao`	ㄐㄧㄠˋ	教部	【攴部】	11畫	127	128	段3下-41	錯6-20	鉉3下-9
斆(學)	xue^	ㄒㄩㄝˊ	教部	【攴部】	13畫	127	128	段3下-41	錯6-20	鉉3下-9
孺(孮通叚)	ru^	ㄖㄨˊ	子部	【子部】	14畫	743	750	段14下-25	錯28-13	鉉14下-6
孼(孽，蘖通叚)	nie`	ㄋㄧㄝˋ	子部	【子部】	16畫	743	750	段14下-25	錯28-13	鉉14下-6
蠥(孼、蘖)	nie`	ㄋㄧㄝˋ	虫部	【虫部】	16畫	673	680	段13上-61	錯25-14	鉉13上-8
轗(孼)	nie`	ㄋㄧㄝˋ	車部	【車部】	16畫	727	734	段14上-52	錯27-14	鉉14上-7
攜(孝)	xiao`	ㄒㄧㄠˋ	廌部	【子部】	19畫	469	474	段10上-19	錯19-6	鉉10上-3
孌(健、孿、顳通叚)	luan^	ㄌㄨㄢˊ	子部	【子部】	19畫	743	750	段14下-25	錯28-13	鉉14下-6
【宀(mian^)部】	mian^	ㄇㄧㄢˊ	宀部			337	341	段7下-5	錯14-3	鉉7下-2
宀	mian^	ㄇㄧㄢˊ	宀部	【宀部】		337	341	段7下-5	錯14-3	鉉7下-2
宄(夋、宿、軌)	gui^	ㄍㄨㄟˇ	宀部	【宀部】	2畫	342	345	段7下-14	錯14-6	鉉7下-3
宂(冗)	rong^	ㄖㄨㄥˊ	宀部	【宀部】	2畫	340	343	段7下-10	錯14-5	鉉7下-3
它(蛇、佗、他)	ta	ㄊㄚ	它部	【宀部】	2畫	678	684	段13下-8	錯25-17	鉉13下-2
宁(貯、褚、著，竚、佇、眝通叚)	zhu`	ㄓㄨˋ	宁部	【宀部】	2畫	737	744	段14下-14	錯28-5	鉉14下-3
貯(褚、宁)	zhu`	ㄓㄨˋ	貝部	【貝部】	2畫	281	283	段6下-18	錯12-11	鉉6下-5
宅(宨、厇、侂)	zhai^	ㄓㄞˊ	宀部	【宀部】	3畫	338	341	段7下-6	錯14-3	鉉7下-2
宇(寓)	yu^	ㄩˇ	宀部	【宀部】	3畫	338	342	段7下-7	錯14-4	鉉7下-2
安	an	ㄢ	宀部	【宀部】	3畫	339	343	段7下-9	錯14-4	鉉7下-2
晏(安、宴晏曣古通用，晛xian`述及)	yan`	ㄧㄢˋ	日部	【日部】	3畫	304	307	段7上-5	錯13-2	鉉7上-1
洝(安)	an`	ㄢˋ	水部	【水部】	3畫	561	566	段11上貳-31	錯21-22	鉉11上-8
守	shou^	ㄕㄡˇ	宀部	【宀部】	3畫	340	343	段7下-10	錯14-5	鉉7下-3

篆本字(古文、金文、籀文、俗字，通段、金石)	拼音	注音	說文部首	康熙部首	筆畫	一般頁碼	洪葉頁碼	段注篇章	徐鍇通釋篇章	徐鉉藤花榭篇章
狩(守)	shou`	ㄕㄡˋ	犬部	【犬部】	3畫	476	480	段10上-32	錯19-11	鉉10上-5
宄(宂)	jiu`	ㄐㄧㄡˋ	宀部	【宀部】	3畫	341	345	段7下-13	錯14-6	鉉7下-3
貧(穷)	pin´	ㄆㄧㄣˊ	貝部	【貝部】	4畫	282	285	段6下-21	錯12-12	鉉6下-5
宏(弘、閎，竑通段)	hong´	ㄏㄨㄥˊ	宀部	【宀部】	4畫	339	342	段7下-8	錯14-4	鉉7下-2
容(㝐、頌，蓉通段)	rong´	ㄖㄨㄥˊ	宀部	【宀部】	4畫	340	343	段7下-10	錯14-5	鉉7下-2
牢(牿通段)	lao´	ㄌㄠˊ	牛部	【牛部】	4畫	52	52	段2上-8	錯3-4	鉉2上-2
宎(突、窔，宎通段)	yao`	ㄧㄠˋ	宀部	【宀部】	4畫	338	341	段7下-6	錯14-3	鉉7下-2
完(寬)	wan´	ㄨㄢˊ	宀部	【宀部】	4畫	339	343	段7下-9	錯14-4	鉉7下-2
寬(完)	kuan	ㄎㄨㄢ	宀部	【宀部】	4畫	341	344	段7下-12	錯14-5	鉉7下-3
宆	mian`	ㄇㄧㄢˋ	宀部	【宀部】	4畫	340	344	段7下-11	錯14-5	鉉7下-3
宋	song`	ㄙㄨㄥˋ	宀部	【宀部】	4畫	342	345	段7下-14	錯14-6	鉉7下-3
弘	hong´	ㄏㄨㄥˊ	宀部	【宀部】	5畫	339	342	段7下-8	錯14-4	鉉7下-2
定(奠、淀洋述及，顁通段)	ding`	ㄉㄧㄥˋ	宀部	【宀部】	5畫	339	342	段7下-8	錯14-4	鉉7下-2
頂(顁、顛、定，顁通段)	ding˘	ㄉㄧㄥˇ	頁部	【頁部】	5畫	416	420	段9上-2	錯17-1	鉉9上-1
宓(密)	mi`	ㄇㄧˋ	宀部	【宀部】	5畫	339	343	段7下-9	錯14-4	鉉7下-2
虙(伏、宓)	fu´	ㄈㄨˊ	虍部	【虍部】	5畫	209	211	段5上-41	錯9-17	鉉5上-8
宛(惌，惋、蜿、蝹、跛、鵷通段)	wan˘	ㄨㄢˇ	宀部	【宀部】	5畫	341	344	段7下-12	錯14-6	鉉7下-2
腕(宛)	wan˘	ㄨㄢˇ	肉部	【肉部】	5畫	174	176	段4下-33	錯8-12	鉉4下-5
鬱(宛、菀，欝从爻、灪、欎从林缶一韋通段)	yu`	ㄩˋ	林部	【鬯部】	5畫	271	274	段6上-67	錯11-30	鉉6上-9
冤(宛、緛繡述及，寃通段)	yuan	ㄩㄢ	兔部	【冖部】	5畫	472	477	段10上-25	錯19-8	鉉10上-4
宕	dang`	ㄉㄤˋ	宀部	【宀部】	5畫	342	345	段7下-14	錯14-6	鉉7下-3
宗	zong	ㄗㄨㄥ	宀部	【宀部】	5畫	342	345	段7下-14	錯14-6	鉉7下-3
宲(宗、寶)	bao˘	ㄅㄠˇ	宀部	【宀部】	5畫	340	343	段7下-10	錯14-5	鉉7下-2

篆本字（古文、金文、籀文、俗字，通段、金石）	拼音	注音	說文部首	康熙部首	筆畫	一般頁碼	洪葉頁碼	段注篇章	徐鍇通釋篇章	徐鉉藤花榭篇章
宐（竷、宲、宜）	yí	一ˊ	宀部	【宀部】5畫	340	344	段7下-11	鍇14-5	鉉7下-3
宔（主，炷通段）	zhǔ	ㄓㄨˇ	宀部	【宀部】5畫	342	346	段7下-15	鍇14-7	鉉7下-3
主（丶、宔祐述及、炷，黈通段）	zhǔ	ㄓㄨˇ	丶部	【丶部】5畫	214	216	段5上-52	鍇10-1	鉉5上-10
宙	zhòu	ㄓㄡˋ	宀部	【宀部】5畫	342	346	段7下-15	鍇14-7	鉉7下-3
彾（跻、宙）	dí	ㄅㄧˊ	彳部	【彳部】5畫	77	77	段2下-16	鍇4-8	鉉2下-3
官	guan	ㄍㄨㄢ	自部	【宀部】5畫	730	737	段14上-58	鍇28-1	鉉14上-8
宗（誅、家、寂，淑、諔通段）	jì	ㄐㄧˋ	宀部	【宀部】6畫	339	343	段7下-9	鍇14-4	鉉7下-2
害（宮通段）	hài	ㄏㄞˋ	宀部	【宀部】6畫	341	345	段7下-13	鍇14-6	鉉7下-3
室	shì	ㄕˋ	宀部	【宀部】6畫	338	341	段7下-6	鍇14-3	鉉7下-2
宣（瑄）	xuan	ㄒㄩㄢ	宀部	【宀部】6畫	338	341	段7下-6	鍇14-3	鉉7下-2
宅（垞、厇、侂）	zhái	ㄓㄞˊ	宀部	【宀部】6畫	338	341	段7下-6	鍇14-3	鉉7下-2
宬	cheng	ㄔㄥˊ	宀部	【宀部】6畫	339	342	段7下-8	鍇14-4	鉉7下-2
宦	huàn	ㄏㄨㄢˋ	宀部	【宀部】6畫	340	343	段7下-10	鍇14-5	鉉7下-3
貫（毌、摜、宦、串）	guàn	ㄍㄨㄢˋ	毌部	【貝部】6畫	316	319	段7上-29	鍇13-12	鉉7上-5
宥（侑）	yòu	一ㄡˋ	宀部	【宀部】6畫	340	344	段7下-11	鍇14-5	鉉7下-3
客	kè	ㄎㄜˋ	宀部	【宀部】6畫	341	344	段7下-12	鍇14-6	鉉7下-3
窔（筊通段）	yào	一ㄠˋ	穴部	【穴部】6畫	346	350	段7下-23	鍇14-9	鉉7下-4
宎（窔、突，穾通段）	yào	一ㄠˇ	宀部	【宀部】6畫	338	341	段7下-6	鍇14-3	鉉7下-2
宷（審）	shěn	ㄕㄣˇ	釆部	【宀部】7畫	50	50	段2上-4	鍇3-2	鉉2上-1
家（寠，𧱏）	jia	ㄐㄧㄚ	宀部	【宀部】7畫	337	341	段7下-5	鍇14-3	鉉7下-2
宸（榰）	chén	ㄔㄣˊ	宀部	【宀部】7畫	338	342	段7下-7	鍇14-3	鉉7下-2
辰（宸）	zhěn	ㄓㄣˇ	尸部	【尸部】7畫	400	404	段8上-72	鍇16-8	鉉8上-11
宧	yí	一ˊ	宀部	【宀部】7畫	338	341	段7下-6	鍇14-3	鉉7下-2
食	láng	ㄌㄤˊ	宀部	【宀部】7畫	339	342	段7下-8	鍇14-4	鉉7下-2
宴（燕、宴晏曣古通用，晛xian述及，讌、醼、醼通段）	yàn	一ㄢˋ	宀部	【宀部】7畫	339	343	段7下-9	鍇14-4	鉉7下-2

篆本字(古文、金文、籀文、俗字，通叚、金石)	拼音	注音	說文部首	康熙部首	筆畫	一般頁碼	洪葉頁碼	段注篇章	徐鍇通釋篇章	徐鉉藤花榭篇章
燕(宴)	yan`	一ㄢˋ	燕部	【火部】	7畫	582	587	段11下-30	鍇22-11	鉉11下-6
晏(安、宴晏曘古通用，晛xian`述及)	yan`	一ㄢˋ	日部	【日部】	7畫	304	307	段7上-5	鍇13-2	鉉7上-1
薆(曘、宴晏曘古通用，晛xian`述及)	yan`	一ㄢ	日部	【日部】	7畫	304	307	段7上-5	鍇13-2	鉉7上-1
暥(晏、燕，腝、暔通叚)	yan`	一ㄢˋ	目部	【目部】	7畫	133	134	段4上-8	鍇7-4	鉉4上-2
宲(宗、寶)	bao	ㄅㄠˇ	宀部	【宀部】	7畫	340	343	段7下-10	鍇14-5	鉉7下-2
容(㝐、頌，蓉通叚)	rong	ㄖㄨㄥˊ	宀部	【宀部】	7畫	340	343	段7下-10	鍇14-5	鉉7下-2
頌(額、容)	song	ㄙㄨㄥˋ	頁部	【頁部】	7畫	416	420	段9上-2	鍇17-1	鉉9上-1
宭	qun	ㄑㄩㄣˊ	宀部	【宀部】	7畫	340	343	段7下-10	鍇14-5	鉉7下-3
裘(求，㼜、氍通叚)	qiu	ㄑㄧㄡˊ	裘部	【衣部】	7畫	398	402	段8上-67	鍇16-6	鉉8上-10
述(朹、仇、求，㼜通叚)	qiu	ㄑㄧㄡˊ	辵(辶)部	【辵部】	7畫	73	74	段2下-9	鍇4-5	鉉2下-2
寇(寇、蔻通叚)	kou`	ㄎㄡˋ	攴部	【攴部】	7畫	125	126	段3下-37	鍇6-19	鉉3下-8
宰	zai	ㄗㄞˇ	宀部	【宀部】	7畫	340	343	段7下-10	鍇14-5	鉉7下-3
宵(肖)	xiao	ㄒㄧㄠ	宀部	【宀部】	7畫	340	344	段7下-11	鍇14-5	鉉7下-3
綃(宵、繡，幧、綤通叚)	xiao	ㄒㄧㄠ	糸部	【糸部】	7畫	643	650	段13上-1	鍇25-1	鉉13上-1
宧(㝎、宎、宜)	yi	一ˊ	宀部	【宀部】	7畫	340	344	段7下-11	鍇14-5	鉉7下-3
宔(寤)	wu`	ㄨˋ	宀部	【宀部】	7畫	341	344	段7下-12	鍇14-5	鉉7下-3
窸(塞、寋窒述及、僿通叚)	se`	ㄙㄜˋ	珡部	【宀部】	7畫	201	203	段5上-26	鍇9-10	鉉5上-4
害(宮通叚)	hai`	ㄏㄞˋ	宀部	【宀部】	7畫	341	345	段7下-13	鍇14-6	鉉7下-3
曷(害、盇，鞨通叚)	he`	ㄏㄜˊ	日部	【日部】	7畫	202	204	段5上-28	鍇9-11	鉉5上-5
宮	gong	ㄍㄨㄥ	宮部	【宀部】	7畫	342	346	段7下-15	鍇14-7	鉉7下-3
宋(誺、家、寂，淑、諔通叚)	ji`	ㄐㄧˋ	宀部	【宀部】	8畫	339	343	段7下-9	鍇14-4	鉉7下-2

篆本字(古文、金文、籀文、俗字，通叚、金石)	拼音	注音	說文部首	康熙部首	筆畫	一般頁碼	洪葉頁碼	段注篇章	徐鍇通釋篇章	徐鉉藤花榭篇章
㞘(寂、諔通叚)	ji`	ㄐㄧˋ	口部	【口部】8畫	61	61	段2上-26	鍇3-11	鉉2上-5
最(冣非取jiu `、撮，嘬通叚)	zui`	ㄗㄨㄟˋ	冃部	【冂部】8畫	354	358	段7下-39	鍇14-17	鉉7下-7
冣(聚段不作冣zui`，儹zan˘下曰：各本誤作最，冣通叚)	ju`	ㄐㄩˋ	冖部	【冖部】8畫	353	356	段7下-36	鍇14-16	鉉7下-6
寀	cai˘	ㄘㄞˇ	宀部	【宀部】8畫	無	無	無	無	鉉7下-3
采(俗字手采作採、五采作彩，浮、寀、採、綵、髻通叚)	cai˘	ㄘㄞˇ	木部	【采部】8畫	268	270	段6上-60	鍇11-27	鉉6上-7
宿(宿、夙鹽述及，蓿通叚)	su`	ㄙㄨˋ	宀部	【宀部】8畫	340	344	段7下-11	鍇14-5	鉉7下-3
揥(縮、宿)	suo	ㄙㄨㄛ	手部	【手部】8畫	605	611	段12上-43	鍇23-14	鉉12上-7
寇(寇、蔻通叚)	kou`	ㄎㄡˋ	攴部	【攴部】8畫	125	126	段3下-37	鍇6-19	鉉3下-8
寋(摺、庱)	zan˘	ㄗㄢˇ	宀部	【宀部】8畫	341	344	段7下-12	鍇14-6	鉉7下-3
疌(疌)	jie´	ㄐㄧㄝˊ	止部	【疋部】8畫	68	68	段2上-40	鍇3-17	鉉2上-8
兂(簪=寋庱摺同字、笒)	zen	ㄗㄣ	兂部	【旡部】8畫	405	410	段8下-9	鍇16-12	鉉8下-2
冤(宛、絤繙述及，寃通叚)	yuan	ㄩㄢ	兔部	【一部】8畫	472	477	段10上-25	鍇19-8	鉉10上-4
寄	ji`	ㄐㄧˋ	宀部	【宀部】8畫	341	345	段7下-13	鍇14-6	鉉7下-3
密(宓)	mi`	ㄇㄧˋ	山部	【宀部】8畫	439	444	段9下-5	鍇18-2	鉉9下-1
宓(密)	mi`	ㄇㄧˋ	宀部	【宀部】8畫	339	343	段7下-9	鍇14-4	鉉7下-2
怬(偭、動、蠠、蠠、蜜、密、眠)	mian˘	ㄇㄧㄢˇ	心部	【心部】8畫	506	511	段10下-33	鍇20-12	鉉10下-6
鼏(密，幕通叚)	mi`	ㄇㄧˋ	鼎部	【鼎部】8畫	319	322	段7上-36	鍇13-15	鉉7上-7
鼏(密、蜜)	mi`	ㄇㄧˋ	鼎部	【鼎部】8畫	319	322	段7上-36	鍇13-15	鉉7上-7
寅(夤)	yin´	ㄧㄣˊ	寅部	【宀部】8畫	745	752	段14下-29	鍇28-15	鉉14下-7
夤(夤、寅)	yin´	ㄧㄣˊ	夕部	【夕部】8畫	315	318	段7上-28	鍇13-11	鉉7上-5
寏(院)	huan´	ㄏㄨㄢˊ	宀部	【宀部】9畫	338	342	段7下-7	鍇14-4	鉉7下-2
院(寏)	yuan`	ㄩㄢˋ	𨸏部	【阜部】9畫	736	743	段14下-12	鍇28-4	鉉14下-2

篆本字(古文、金文、籀文、俗字，通叚、金石)	拼音	注音	說文部首	康熙部首	筆畫	一般頁碼	洪葉頁碼	段注篇章	徐鍇通釋篇章	徐鉉藤花榭篇章
蹇(謇，寋、謇、謇通叚)	jian˅	ㄐㄧㄢˇ	足部	【足部】	9畫	83	84	段2下-29	錯4-15	鉉2下-6
宇(㝢)	yu˅	ㄩˇ	宀部	【宀部】	9畫	338	342	段7下-7	錯14-4	鉉7下-2
窜(寧)	ning´	ㄋㄧㄥˊ	宀部	【宀部】	9畫	339	342	段7下-8	錯14-4	鉉7下-2
寧(窜，鸋通叚)	ning´	ㄋㄧㄥˊ	丂部	【宀部】	9畫	203	205	段5上-30	錯9-12	鉉5上-5
甯(寧，寍通叚)	ning´	ㄋㄧㄥˊ	用部	【用部】	9畫	128	129	段3下-44	錯6-21	鉉3下-10
寔(是、實)	shi´	ㄕˊ	宀部	【宀部】	9畫	339	342	段7下-8	錯14-4	鉉7下-2
㝩(㝩、㝩通叚)	yi`	ㄧˋ	宀部	【宀部】	9畫	339	343	段7下-9	錯14-4	鉉7下-2
富	fu`	ㄈㄨˋ	宀部	【宀部】	9畫	339	343	段7下-9	錯14-4	鉉7下-2
寑(寑、寢)	qin˅	ㄑㄧㄣˇ	宀部	【宀部】	9畫	340	344	段7下-11	錯14-5	鉉7下-3
寒(襄通叚)	han´	ㄏㄢˊ	宀部	【宀部】	9畫	341	345	段7下-13	錯14-6	鉉7下-3
家(宎，豭)	jia	ㄐㄧㄚ	宀部	【宀部】	9畫	337	341	段7下-5	錯14-3	鉉7下-2
寓(庽)	yu`	ㄩˋ	宀部	【宀部】	9畫	341	345	段7下-13	錯14-6	鉉7下-3
偶(耦、寓、禺)	ou˅	ㄡˇ	人部	【人部】	9畫	383	387	段8上-37	錯15-12	鉉8上-5
煙(烟、窒、㶄，甄通叚)	yan	ㄧㄢ	火部	【火部】	9畫	484	489	段10上-49	錯19-16	鉉10上-8
窳(㢑通叚)	yu˅	ㄩˇ	穴部	【穴部】	10畫	345	348	段7下-20	錯14-8	鉉7下-4
窜(塞、宾窒述及、僿通叚)	se`	ㄙㄜˋ	珡部	【宀部】	10畫	201	203	段5上-26	錯9-10	鉉5上-4
宴(燕、宴晏曣古通用，睍xian`述及，讌、嬿、醼通叚)	yan`	ㄧㄢˋ	宀部	【宀部】	10畫	339	343	段7下-9	錯14-4	鉉7下-2
浸(濅、浸)	jin`	ㄐㄧㄣˋ	水部	【宀部】	10畫	540	545	段11上壹-49	錯21-6	鉉11上-3
簉(簜、籍通叚)	gou	ㄍㄡ	竹部	【竹部】	10畫	193	195	段5上-9	錯9-3	鉉5上-2
索(索，㩼通叚)	suo˅	ㄙㄨㄛˇ	宋部	【糸部】	10畫	273	276	段6下-3	錯12-3	鉉6下-2
居(踞段刪、屈，宮、腒、躆、鶋通叚)	ju	ㄐㄩ	尸部	【尸部】	10畫	399	403	段8上-70	錯16-8	鉉8上-11
寶(宲)	bao˅	ㄅㄠˇ	宀部	【宀部】	10畫	340	343	段7下-10	錯14-5	鉉7下-3
寘	zhi`	ㄓˋ	宀部	【宀部】	10畫	無	無	無	無	鉉7下-3
索(索)	suo˅	ㄙㄨㄛˇ	宀部	【宀部】	10畫	341	345	段7下-13	錯14-6	鉉7下-3

篆本字（古文、金文、籀文、俗字，通叚、金石）	拼音	注音	說文部首	康熙部首	筆畫	一般頁碼	洪葉頁碼	段注篇章	徐鍇通釋篇章	徐鉉藤花榭篇章
宜(宧、宜、宜)	yí	ㄧˊ	宀部	【宀部】10畫		340	344	段7下-11	鍇14-5	鉉7下-3
寐	mei`	ㄇㄟˋ	寢部	【宀部】10畫		347	351	段7下-25	鍇14-11	鉉7下-5
病	bing`	ㄅㄧㄥˇ	寢部	【宀部】10畫		348	351	段7下-26	鍇14-11	鉉7下-5
癮从米(寐、睞)	mi`	ㄇㄧ`	寢部	【宀部】10畫		347	351	段7下-25	鍇14-11	鉉7下-5
貯(褚、宁)	zhu`	ㄓㄨˋ	貝部	【貝部】10畫		281	283	段6下-18	鍇12-11	鉉6下-5
宁(貯、褚、著，竚、佇、貯 通叚)	zhu`	ㄓㄨˋ	宁部	【宀部】10畫		737	744	段14下-14	鍇28-5	鉉14下-3
珣(瑄，瑄通叚)	xun´	ㄒㄩㄣˊ	玉部	【玉部】11畫		11	11	段1上-21	鍇1-11	鉉1上-4
膠(廖，嶚、寥、廖通叚)	liao´	ㄌㄧㄠˊ	广部	【广部】11畫		446	450	段9下-18	鍇18-6	鉉9下-3
寧(盇，鸋通叚)	ning´	ㄋㄧㄥˊ	丂部	【宀部】11畫		203	205	段5上-30	鍇9-12	鉉5上-5
盇(寧)	ning´	ㄋㄧㄥˊ	宀部	【宀部】11畫		339	342	段7下-8	鍇14-4	鉉7下-2
甯(寧，寗通叚)	ning´	ㄋㄧㄥˊ	用部	【用部】11畫		128	129	段3下-44	鍇6-21	鉉3下-10
寠(奧，腴通叚)	ao`	ㄠˋ	宀部	【大部】11畫		338	341	段7下-6	鍇14-3	鉉7下-2
康(穅、嵻通叚)	kang	ㄎㄤ	宀部	【宀部】11畫		339	342	段7下-8	鍇14-4	鉉7下-2
嘆(寞、貊通叚)	mo`	ㄇㄛˋ	口部	【口部】11畫		61	61	段2上-26	鍇3-11	鉉2上-5
蓦(寞通叚)	mo`	ㄇㄛˋ	夕部	【歹部】11畫		163	165	段4下-11	鍇8-5	鉉4下-3
察	cha´	ㄔㄚˊ	宀部	【宀部】11畫		339	343	段7下-9	鍇14-4	鉉7下-2
實	shi´	ㄕˊ	宀部	【宀部】11畫		340	343	段7下-10	鍇14-4	鉉7下-2
寔(是、實)	shi´	ㄕˊ	宀部	【宀部】11畫		339	342	段7下-8	鍇14-4	鉉7下-2
寡	gua	ㄍㄨㄚˇ	宀部	【宀部】11畫		341	344	段7下-12	鍇14-6	鉉7下-3
賓(賓、賔，檳通叚)	bin	ㄅㄧㄣ	貝部	【貝部】11畫		281	283	段6下-18	鍇12-11	鉉6下-5
儐(賓、擯)	bin`	ㄅㄧㄣ`	人部	【人部】11畫		371	375	段8上-14	鍇15-6	鉉8上-2
寠(窶通叚)	ju`	ㄐㄩ`	宀部	【宀部】11畫		341	345	段7下-13	鍇14-7	鉉7下-3
甄(墊)	dian`	ㄉㄧㄢ`	宀部	【宀部】11畫		342	345	段7下-14	鍇14-6	鉉7下-3
癮从帚(寢)	qin	ㄑㄧㄣˇ	寢部	【宀部】11畫		347	351	段7下-25	鍇14-11	鉉7下-5
寤(癮、癮、癮、悟)	wu`	ㄨ`	寢部	【宀部】11畫		347	351	段7下-25	鍇14-11	鉉7下-5
害(寤)	wu`	ㄨ`	宀部	【宀部】11畫		341	344	段7下-12	鍇14-5	鉉7下-3
晤(寤)	wu`	ㄨ`	日部	【日部】11畫		303	306	段7上-3	鍇13-1	鉉7上-1
寤	hu	ㄏㄨ	寢部	【宀部】11畫		348	351	段7下-26	鍇14-11	鉉7下-5

篆本字(古文、金文、籀文、俗字，通段、金石)	拼音	注音	說文部首	康熙部首	筆畫	一般頁碼	洪葉頁碼	段注篇章	徐鍇通釋篇章	徐鉉藤花榭篇章
寪	wei	ㄨㄟ	宀部	【宀部】	12畫	339	342	段7下-8	鍇14-4	鉉7下-2
寫(瀉)	xie	ㄒㄧㄝˇ	宀部	【宀部】	12畫	340	344	段7下-11	鍇14-5	鉉7下-3
卸(寫，卸通段)	xie	ㄒㄧㄝˋ	卩部	【卩部】	12畫	431	435	段9上-32	鍇17-10	鉉9上-5
寬(完)	kuan	ㄎㄨㄢ	宀部	【宀部】	12畫	341	344	段7下-12	鍇14-5	鉉7下-3
完(寬)	wan	ㄨㄢˊ	宀部	【宀部】	12畫	339	343	段7下-9	鍇14-4	鉉7下-2
㝡	cui	ㄘㄨㄟˋ	宀部	【宀部】	12畫	342	345	段7下-14	鍇14-6	鉉7下-3
宷(審)	shen	ㄕㄣˇ	釆部	【宀部】	12畫	50	50	段2上-4	鍇3-2	鉉2上-1
僑(𡧃)	qiao	ㄑㄧㄠˊ	人部	【人部】	12畫	368	372	段8上-8	鍇15-4	鉉8上-2
寮(僚、寮)	liao	ㄌㄧㄠˊ	穴部	【穴部】	12畫	344	348	段7下-19	鍇14-8	鉉7下-4
寖(寴、寝)	qin	ㄑㄧㄣˇ	宀部	【宀部】	12畫	340	344	段7下-11	鍇14-5	鉉7下-3
牆(牆、墻从來，墙、嫱、嗇、廧、檣通段)	qiang	ㄑㄧㄤˊ	嗇部	【爿部】	13畫	231	233	段5下-32	鍇10-13	鉉5下-6
寰	huan	ㄏㄨㄢˊ	宀部	【宀部】	13畫	無	無	無	無	鉉7下-3
縣(懸，寰通段)	xian	ㄒㄧㄢˋ	㬎部	【糸部】	13畫	423	428	段9上-17	鍇17-6	鉉9上-3
㝩(噎、㾓从臬)	yi	ㄧˋ	寢部	【宀部】	14畫	348	351	段7下-26	鍇14-11	鉉7下-5
寢(寑)	mian	ㄇㄧㄢˊ	宀部	【宀部】	14畫	340	343	段7下-10	鍇14-5	鉉7下-3
親(親)	qin	ㄑㄧㄣ	宀部	【宀部】	16畫	339	343	段7下-9	鍇14-4	鉉7下-2
親(親，儭通段)	qin	ㄑㄧㄣ	見部	【見部】	16畫	409	414	段8下-17	鍇16-14	鉉8下-4
寵	chong	ㄔㄨㄥˇ	宀部	【宀部】	16畫	340	344	段7下-11	鍇14-5	鉉7下-3
龍(寵、和、尨買述及、駹騋述及，曨通段)	long	ㄌㄨㄥˊ	龍部	【龍部】	16畫	582	588	段11下-31	鍇22-11	鉉11下-6
竅(窾、鞠)	ju	ㄐㄩ	宀部	【宀部】	16畫	341	345	段7下-13	鍇14-6	鉉7下-3
寶(寊)	bao	ㄅㄠˇ	宀部	【宀部】	17畫	340	343	段7下-10	鍇14-5	鉉7下-3
宩(宗、寶)	bao	ㄅㄠˇ	宀部	【宀部】	17畫	340	343	段7下-10	鍇14-5	鉉7下-2
禋(𥚃从弓囟土，諲通段)	yin	ㄧㄣ	示部	【示部】	17畫	3	3	段1上-6	鍇1-6	鉉1上-2
寷	feng	ㄈㄥ	宀部	【宀部】	18畫	338	342	段7下-7	鍇14-4	鉉7下-2
㝱(夢，瞢通段)	meng	ㄇㄥˋ	寢部	【宀部】	18畫	347	350	段7下-24	鍇14-10	鉉7下-4
夢(㝱，鄸通段)	meng	ㄇㄥˋ	夕部	【夕部】	18畫	315	318	段7上-27	鍇13-11	鉉7上-5
㝮	ru	ㄖㄨˇ	寢部	【宀部】	18畫	347	351	段7下-25	鍇14-11	鉉7下-5
寱	ji	ㄐㄧˋ	寢部	【宀部】	19畫	347	351	段7下-25	鍇14-11	鉉7下-5
寐从米(寐、眯)	mi	ㄇㄧˇ	寢部	【宀部】	19畫	347	351	段7下-25	鍇14-11	鉉7下-5

篆本字（古文、金文、籀文、俗字，通段、金石）	拼音	注音	說文部首	康熙部首	筆畫	一般頁碼	洪葉頁碼	段注篇章	徐鍇通釋篇章	徐鉉藤花榭篇章
寤(癙、𤺤、窹、悟)	wu ˋ	ㄨˋ	寢部	【宀部】22畫	347	351	段7下-25	鍇14-11	鉉7下-5
癙从帚(寢)	qin ˇ	ㄑㄧㄣˇ	寢部	【宀部】22畫	347	351	段7下-25	鍇14-11	鉉7下-5
寱(囈、𤸺从臬)	yi ˋ	ㄧˋ	寢部	【宀部】25畫	348	351	段7下-26	鍇14-11	鉉7下-5
【寸(cun ˋ)部】	cun ˋ	ㄘㄨㄣˋ	寸部			121	122	段3下-29	鍇6-15	鉉3下-7
寸(忖通段)	cun ˋ	ㄘㄨㄣˋ	寸部	【寸部】	121	122	段3下-29	鍇6-15	鉉3下-7
寺(侍)	si ˋ	ㄙˋ	寸部	【寸部】3畫	121	122	段3下-29	鍇6-15	鉉3下-7
孚(luo ˊ)	lüè	ㄌㄩㄝˋ	叟部	【寸部】4畫	160	162	段4下-6	鍇8-4	鉉4下-2
尋(得，尋通段)	de ˊ	ㄉㄜˊ	見部	【見部】5畫	408	412	段8下-14	鍇16-13	鉉8下-3
叔(村、鯄鉻述及，菽通段)	shu ˊ	ㄕㄨˊ	又部	【又部】6畫	116	117	段3下-19	鍇6-10	鉉3下-4
封(坣、𡐨、邦，葑通段)	feng	ㄈㄥ	土部	【寸部】6畫	687	694	段13下-27	鍇26-4	鉉13下-4
邦(邦=封國述及、峕)	bang	ㄅㄤ	邑部	【邑部】6畫	283	285	段6下-22	鍇12-13	鉉6下-5
叜(叟、宨、傁)	sou ˇ	ㄙㄡˇ	又部	【又部】7畫	115	116	段3下-17	鍇6-9	鉉3下-4
尃(布，旉通段)	fu	ㄈㄨ	寸部	【寸部】7畫	121	122	段3下-30	鍇6-16	鉉3下-7
躲(射，榭、賭通段)	she ˋ	ㄕㄜˋ	矢部	【身部】7畫	226	228	段5下-22	鍇10-9	鉉5下-4
尋(得，尋通段)	de ˊ	ㄉㄜˊ	見部	【見部】7畫	408	412	段8下-14	鍇16-13	鉉8下-3
得(得、尋)	de ˊ	ㄉㄜˊ	彳部	【彳部】7畫	77	77	段2下-16	鍇4-9	鉉2下-4
勀(克、剋，尅通段)	ke ˋ	ㄎㄜˋ	力部	【力部】7畫	700	707	段13下-53	鍇26-11	鉉13下-7
尃(叀、貶)	bian ˇ	ㄅㄧㄢˇ	巢部	【寸部】7畫	275	278	段6下-7	鍇12-6	鉉6下-3
將	jiang ˋ	ㄐㄧㄤˋ	寸部	【寸部】8畫	121	122	段3下-29	鍇6-15	鉉3下-7
鎗(鏘、鶬、將、瑲述及)	qiang	ㄑㄧㄤ	金部	【金部】8畫	709	716	段14上-16	鍇27-6	鉉14上-3
專(甎、塼，剸、漙、磚、鄟通段)	zhuan	ㄓㄨㄢ	寸部	【寸部】8畫	121	122	段3下-30	鍇6-16	鉉3下-7
叀(玄、𠦚、專)	zhuan	ㄓㄨㄢ	叀部	【厶部】8畫	159	161	段4下-3	鍇8-2	鉉4下-1
顓(專)	zhuan	ㄓㄨㄢ	頁部	【頁部】8畫	419	423	段9上-8	鍇17-3	鉉9上-2

篆本字(古文、金文、籀文、俗字，通段、金石)	拼音	注音	說文部首	康熙部首	筆畫	一般頁碼	洪葉頁碼	段注篇章	徐鍇通釋篇章	徐鉉藤花榭篇章
嫥(專)	zhuan	ㄓㄨㄢ	女部	【女部】	8畫	620	626	段12下-18	鍇24-6	鉉12下-3
耑(端、專)	duan	ㄉㄨㄢ	耑部	【而部】	8畫	336	340	段7下-3	鍇14-1	鉉7下-1
摶(團、專、嫥，傅通段)	tuan´	ㄊㄨㄢˊ	手部	【手部】	8畫	607	613	段12上-48	鍇23-15	鉉12上-7
團(專，漙、博、圜通段)	tuan´	ㄊㄨㄢˊ	囗部	【囗部】	8畫	277	279	段6下-10	鍇12-7	鉉6下-3
尉(尉，熨通段)	wei`	ㄨㄟˋ	火部	【寸部】	8畫	483	487	段10上-46	鍇19-16	鉉10上-8
尋(尋)	xun´	ㄒㄩㄣˊ	寸部	【寸部】	9畫	121	122	段3下-30	鍇6-15	鉉3下-7
燅(燅、尋、燖，燗通段)	xian´	ㄒㄧㄢˊ	炎部	【火部】	9畫	487	491	段10上-54	鍇19-18	鉉10上-9
尌(侸、樹)	shu`	ㄕㄨˋ	壴部	【寸部】	9畫	205	207	段5上-33	鍇9-14	鉉5上-7
樹(尌、尌、豎)	shu`	ㄕㄨˋ	木部	【木部】	9畫	248	251	段6上-21	鍇11-9	鉉6上-3
尊(尊、罇、	zun	ㄗㄨㄣ	酋部	【廾部】	9畫	752	759	段14下-43	鍇28-20	鉉14下-10末
道(衜)	dao`	ㄉㄠˋ	辵(辶)部	【辵部】	10畫	75	76	段2下-13	鍇4-6	鉉2下-3
襌(導)	dan`	ㄉㄢˋ	示部	【示部】	12畫	9	9	段1上-17	鍇1-8	鉉1上-3
導(襌)	dao˘	ㄉㄠˇ	寸部	【寸部】	12畫	121	122	段3下-30	鍇6-16	鉉3下-7
對(對，鐓通段)	dui`	ㄉㄨㄟˋ	丵部	【寸部】	13畫	103	103	段3上-34	鍇5-18	鉉3上-8
尃(榑)	shuan`	ㄕㄨㄢˋ	厄部	【寸部】	14畫	430	434	段9上-30	鍇17-10	鉉9上-5
【小(xiao˘)部】	xiao˘	ㄒㄧㄠˇ	小部			48	49	段2上-1	鍇3-1	鉉2上-1
小(少)	xiao˘	ㄒㄧㄠˇ	小部	【小部】		48	49	段2上-1	鍇3-1	鉉2上-1
少(小)	shao˘	ㄕㄠˇ	小部	【小部】		48	49	段2上-1	鍇3-1	鉉2上-1
心(小隸書疒述及，杺通段)	xin	ㄒㄧㄣ	心部	【心部】		501	506	段10下-23	鍇20-9	鉉10下-5
尖	jie´	ㄐㄧㄝˊ	小部	【小部】	1畫	48	49	段2上-1	鍇3-1	鉉2上-1
尒(爾)	er˘	ㄦˇ	八部	【小部】	2畫	48	49	段2上-1	鍇3-1	鉉2上-1
爾(尒)	er˘	ㄦˇ	㸚部	【爻部】	2畫	128	129	段3下-44	鍇6-21	鉉3下-10
鐵(尖，錽通段)	jian	ㄐㄧㄢ	金部	【金部】	3畫	705	712	段14上-7	鍇27-3	鉉14上-2
兓(鐵、尖)	qin	ㄑㄧㄣ	兂部	【儿部】	3畫	406	410	段8下-10	鍇16-12	鉉8下-2
櫼(尖通段)	jian	ㄐㄧㄢ	木部	【木部】	3畫	257	259	段6上-38	鍇11-17	鉉6上-5
尗(菽、豆古今語，亦古今字。)	shu´	ㄕㄨˊ	尗部	【小部】	3畫	336	339	段7下-2	鍇14-1	鉉7下-1
尚	shang`	ㄕㄤˋ	八部	【小部】	5畫	49	49	段2上-2	鍇3-1	鉉2上-1

篆本字(古文、金文、籀文、俗字，通段、金石)	拼音	注音	說文部首	康熙部首	筆畫	一般頁碼	洪葉頁碼	段注篇章	徐鍇通釋篇章	徐鉉藤花樹篇章
黨(曭、尙，儻、讜、倘、惝通段)	dang˘	ㄉㄤˇ	黑部	【黑部】5畫		488	493	段10上-57	錯19-19	鉉10上-10
覍(覓、臱、弁、卞，絣通段)	bian`	ㄅㄧㄢˋ	兒部	【小部】6畫		406	410	段8下-10	錯16-12	鉉8下-2
㫛	xi`	ㄒㄧˋ	白部	【小部】7畫		364	367	段7下-58	錯14-25	鉉7下-10
省(眚、瘖)	sheng˘	ㄕㄥˇ	目部	【目部】8畫		136	137	段4上-14	錯7-7	鉉4上-3
尞(燎、寮，蟟、蟧通段)	liao´	ㄌㄧㄠˊ	火部	【火部】9畫		480	485	段10上-41	錯19-14	鉉10上-7
尟(尠、鮮)	xian˘	ㄒㄧㄢˇ	是部	【小部】10畫		69	70	段2下-1	錯4-1	鉉2下-1
罕(罕、尟)	han˘	ㄏㄢˇ	网部	【网部】10畫		355	358	段7下-40	錯14-18	鉉7下-7
鮮(尟、鱻、㬊 鱻yan˘ 述及，鱻通段)	xian	ㄒㄧㄢ	魚部	【魚部】10畫		579	585	段11下-25	錯22-10	鉉11下-5
臮(臩、暨、洎)	ji`	ㄐㄧˋ	似部	【自部】12畫		387	391	段8上-45	錯15-15	鉉8上-6
【尢(wang)部】	wang	ㄨㄤ	尢部			495	499	段10下-10	錯20-3	鉉10下-2
尢(尣、尩、尫，尪通段)	wang	ㄨㄤ	尢部	【尢部】		495	499	段10下-10	錯20-3	鉉10下-2
尤(尤)	you´	ㄧㄡˊ	乙部	【尢部】1畫		740	747	段14下-20	錯28-8	鉉14下-4
訧(郵、尤)	you´	ㄧㄡˊ	言部	【言部】1畫		101	101	段3上-30	錯5-15	鉉3上-6
郵(訧、尤，郵通段)	you´	ㄧㄡˊ	邑部	【邑部】1畫		284	286	段6下-24	錯12-14	鉉6下-5
尥(尦、丁)	liao´	ㄌㄧㄠˋ	尢部	【尢部】3畫		495	500	段10下-11	錯20-4	鉉10下-2
尫	yu	ㄩ	尢部	【尢部】3畫		495	500	段10下-11	錯20-4	鉉10下-2
尢(尣、尩、尫，尪通段)	wang	ㄨㄤ	尢部	【尢部】4畫		495	499	段10下-10	錯20-3	鉉10下-2
尨(龍、駹、蒙 牻mang´ 述及)	long´	ㄌㄨㄥˊ	犬部	【尢部】4畫		473	478	段10上-27	錯19-8	鉉10上-5
牻(尨)	mang´	ㄇㄤˊ	牛部	【牛部】4畫		51	51	段2上-6	錯3-3	鉉2上-2
哤(尨)	mang´	ㄇㄤˊ	口部	【口部】4畫		60	61	段2上-25	錯3-11	鉉2上-5

篆本字(古文、金文、籀文、俗字，通叚、金石)	拼音	注音	說文部首	康熙部首	筆畫	一般頁碼	洪葉頁碼	段注篇章	徐鍇通釋篇章	徐鉉藤花榭篇章
龍(寵、和、尨買述及、駹騋述及，曨通叚)	long´	ㄌㄨㄥˊ	龍部	【龍部】	4畫	582	588	段11下-31	錯22-11	鉉11下-6
厖(尨，疣、硥、懞通叚)	mang´	ㄇㄤˊ	厂部	【厂部】	4畫	447	452	段9下-21	錯18-7	鉉9下-3
駹(尨，蛇通叚)	mang´	ㄇㄤˊ	馬部	【馬部】	4畫	462	466	段10上-4	錯19-2	鉉10上-1
尬	ga`	ㄍㄚˋ	尢部	【尢部】	4畫	495	500	段10下-11	錯20-4	鉉10下-2
尥(跛，彼通叚)	bo˘	ㄅㄛˇ	尢部	【尢部】	5畫	495	499	段10下-10	錯20-3	鉉10下-2
尦	zuo˘	ㄗㄨㄛˇ	尢部	【尢部】	5畫	495	499	段10下-10	錯20-3	鉉10下-2
尳(旭)	yao`	ㄧㄠˋ	尢部	【尢部】	6畫	495	499	段10下-10	錯20-4	鉉10下-2
尣(允、尩、尪，佤通叚)	wang	ㄨㄤ	尢部	【尢部】	6畫	495	499	段10下-10	錯20-3	鉉10下-2
抌(扤，虺、杌通叚)	wu`	ㄨˋ	手部	【手部】	6畫	608	614	段12上-49	錯23-15	鉉12上-7
黜(鼀，虺通叚)	wa`	ㄨㄚˋ	出部	【自部】	6畫	273	275	段6下-2	錯12-3	鉉6下-1
就(尳)	jiu`	ㄐㄧㄡˋ	京部	【尢部】	9畫	229	231	段5下-28	錯10-11	鉉5下-5
瘇(尰、尰、尰)	zhong˘	ㄓㄨㄥˇ	疒部	【疒部】	9畫	351	354	段7下-32	錯14-14	鉉7下-6
尴(尴)	di	ㄉㄧ	尢部	【尢部】	10畫	495	500	段10下-11	錯20-4	鉉10下-2
尷(尴，尴通叚)	xie´	ㄒㄧㄝˊ	尢部	【尢部】	10畫	495	500	段10下-11	錯20-4	鉉10下-2
尶	gu˘	ㄍㄨˇ	尢部	【尢部】	10畫	495	499	段10下-10	錯20-3	鉉10下-2
尳(尷)	gan	ㄍㄢ	尢部	【尢部】	10畫	495	499	段10下-10	錯20-4	鉉10下-2
瘇(尰、尰、尰)	zhong˘	ㄓㄨㄥˇ	疒部	【疒部】	12畫	351	354	段7下-32	錯14-14	鉉7下-6
尴(尴)	di	ㄉㄧ	尢部	【尢部】	13畫	495	500	段10下-11	錯20-4	鉉10下-2
就(尳)	jiu`	ㄐㄧㄡˋ	京部	【尢部】	14畫	229	231	段5下-28	錯10-11	鉉5下-5
尳(尷)	gan	ㄍㄢ	尢部	【尢部】	14畫	495	499	段10下-10	錯20-4	鉉10下-2
尷從月羊丮	lei´	ㄌㄟˊ	尢部	【尢部】	19畫	495	500	段10下-11	錯20-4	鉉10下-2
尷(尷，尴通叚)	xie´	ㄒㄧㄝˊ	尢部	【尢部】	22畫	495	500	段10下-11	錯20-4	鉉10下-2
【尸(shi)部】	shi	ㄕ	尸部			399	403	段8上-70	錯16-8	鉉8上-11
尸(屍，鳲通叚)	shi	ㄕ	尸部	【尸部】		399	403	段8上-70	錯16-8	鉉8上-11
屍(尸)	shi	ㄕ	尸部	【尸部】	1畫	400	404	段8上-72	錯16-9	鉉8上-11
尹(㞋)	yin˘	ㄧㄣˇ	又部	【尸部】	1畫	115	116	段3下-18	錯6-10	鉉3下-4
尺(呎通叚)	chi˘	ㄔˇ	尺部	【尸部】	1畫	401	406	段8下-1	錯16-9	鉉8下-1

篆本字（古文、金文、籀文、俗字，通叚、金石）	拼音	注音	說文部首	康熙部首	筆畫	一般頁碼	洪葉頁碼	段注篇章	徐鍇通釋篇章	徐鉉藤花榭篇章
歺(𣦵)	e`	ㄜˋ	歺部	【歹部】2畫		161	163	段4下-8	鍇8-5	鉉4下-2
仁(忎、㟴)	ren´	ㄖㄣˊ	人部	【人部】2畫		365	369	段8上-1	鍇15-1	鉉8上-1
尼(暱、昵，怩通叚)	ni´	ㄋㄧˊ	尸部	【尸部】2畫		400	404	段8上-71	鍇16-8	鉉8上-11
㡌(泥、尼，坭通叚)	ni´	ㄋㄧˊ	丘部	【尸部】2畫		387	391	段8上-45	鍇15-15	鉉8上-6
尽(𡰪、奀)	nian˘	ㄋㄧㄢˇ	尸部	【尸部】2畫		400	404	段8上-72	鍇16-8	鉉8上-11
凥(居)	ju	ㄐㄩ	几部	【尸部】2畫		715	722	段14上-28	鍇27-9	鉉14上-5
尻(胮，启、朘、豚、犯、㹋通叚)	kao	ㄎㄠ	尸部	【尸部】2畫		400	404	段8上-71	鍇16-8	鉉8上-11
良(㫔、良、𣆃、筤、䆞)	liang´	ㄌㄧㄤˊ	畗部	【艮部】3畫		230	232	段5下-30	鍇10-12	鉉5下-6
尾(微，浘通叚)	wei˘	ㄨㄟˇ	尾部	【尸部】4畫		402	406	段8下-2	鍇16-9	鉉8下-1
屎(尿，㞘通叚)	niao`	ㄋㄧㄠˋ	尾部	【尸部】4畫		402	407	段8下-3	鍇16-10	鉉8下-1
溺(屎、尿)	ni`	ㄋㄧˋ	水部	【水部】4畫		520	525	段11上壹-10	鍇21-3	鉉11上-1
越(次，屄、趒、赼通叚)	ci	ㄘ	走部	【走部】4畫		64	64	段2上-32	鍇3-14	鉉2上-7
局(侷、跼通叚)	ju´	ㄐㄩˊ	口部	【尸部】5畫		62	62	段2上-28	鍇3-12	鉉2上-6
𡱂	zhi˘	ㄓˇ	尸部	【尸部】5畫		400	404	段8上-72	鍇16-8	鉉8上-11
屟(屉，屜、藤通叚)	ti`	ㄊㄧˋ	尸部	【尸部】5畫		400	404	段8上-72	鍇16-9	鉉8上-11
居(踞段刪、屈，宫、賑、躆、鶋通叚)	ju	ㄐㄩ	尸部	【尸部】5畫		399	403	段8上-70	鍇16-8	鉉8上-11
凥(居)	ju	ㄐㄩ	几部	【尸部】5畫		715	722	段14上-28	鍇27-9	鉉14上-5
甈(甋、㼚、甀，㼽通叚)	ruan˘	ㄖㄨㄢˇ	甈部	【瓦部】5畫		122	123	段3下-31	鍇6-16	鉉3下-7
屆(艐)	jie`	ㄐㄧㄝˋ	尸部	【尸部】5畫		400	404	段8上-71	鍇16-8	鉉8上-11
艐(屆，朡通叚)	zong	ㄗㄨㄥ	舟部	【舟部】5畫		403	408	段8下-5	鍇16-10	鉉8下-1
屈(詘，倔、𤜶通叚)	qu	ㄑㄩ	尾部	【尸部】5畫		402	406	段8下-2	鍇16-9	鉉8下-1
屍(胮、臀从殿骨、䐈，臋)	tun´	ㄊㄨㄣˊ	尸部	【尸部】6畫		400	404	段8上-71	鍇16-8	鉉8上-11

篆本字(古文、金文、籀文、俗字,通叚、金石)	拼音	注音	說文部首	康熙部首	筆畫	一般頁碼	洪葉頁碼	段注篇章	徐鍇通釋篇章	徐鉉藤花榭篇章
茵(矢,屎通叚)	shǐ	ㄕˇ	艸部	【艸部】	6畫	44	45	段1下-47	錯2-22	鉉1下-8
咿(屎,吚、咿通叚)	yi	一	口部	【口部】	6畫	60	60	段2上-24	錯3-10	鉉2上-5
眉	qǐ	ㄑㄧˇ	尸部	【尸部】	6畫	400	404	段8上-71	錯16-8	鉉8上-11
屍(尸)	shi	ㄕ	尸部	【尸部】	6畫	400	404	段8上-72	錯16-9	鉉8上-11
屑(屑俗)	xie	ㄒㄧㄝˋ	尸部	【尸部】	6畫	400	404	段8上-71	錯16-8	鉉8上-11
曁(屐、胅通叚)	ji	ㄐㄧˋ	己部	【己部】	6畫	741	748	段14下-21	錯28-10	鉉14下-5
疼(壇,屖通叚)	tan	ㄊㄢ	广部	【广部】	6畫	352	356	段7下-35	錯14-15	鉉7下-6
屋(屋、臺,剭、鰮通叚)	wu	ㄨ	尸部	【尸部】	6畫	400	404	段8上-72	錯16-9	鉉8上-11
屏(摒、迸通叚)	ping	ㄆㄧㄥˊ	尸部	【尸部】	6畫	401	405	段8上-73	錯16-9	鉉8上-11
庰(屏)	bing	ㄅㄧㄥˋ	广部	【广部】	6畫	444	448	段9下-14	錯18-5	鉉9下-3
姘(屏,赶、跰通叚)	pin	ㄆㄧㄣ	女部	【女部】	6畫	625	631	段12下-28	錯24-10	鉉12下-4
眉(屓,屭通叚)	xi	ㄒㄧˋ	尸部	【尸部】	6畫	400	404	段8上-71	錯16-8	鉉8上-11
㞡(展,振通叚)	zhan	ㄓㄢˇ	㞡部	【工部】	7畫	201	203	段5上-26	錯9-10	鉉5上-4
屡(展、輾)	zhan	ㄓㄢˇ	尸部	【尸部】	7畫	400	404	段8上-71	錯16-8	鉉8上-11
襄(禮、展)	zhan	ㄓㄢˋ	衣部	【衣部】	7畫	389	393	段8上-49	錯16-1	鉉8上-7
朘(屡、峻通叚)	juan	ㄐㄩㄢ	肉部	【肉部】	7畫	177	179	段4下-40	無	鉉4下-6
居(踞段刪、屁,宮、賗、躆、鶋通叚)	ju	ㄐㄩ	尸部	【尸部】	7畫	399	403	段8上-70	錯16-8	鉉8上-11
㞾(泥、尼,坭通叚)	ni	ㄋㄧˊ	丘部	【尸部】	7畫	387	391	段8上-45	錯15-15	鉉8上-6
屑(屑俗)	xie	ㄒㄧㄝˋ	尸部	【尸部】	7畫	400	404	段8上-71	錯16-8	鉉8上-11
辰(宸)	zhen	ㄓㄣˇ	尸部	【尸部】	7畫	400	404	段8上-72	錯16-8	鉉8上-11
屖(栖)	qi	ㄑㄧ	尸部	【尸部】	7畫	400	404	段8上-72	錯16-9	鉉8上-11
屒	xu	ㄒㄩˋ	履部	【尸部】	7畫	402	407	段8下-3	錯16-10	鉉8下-1
屐(秖、庋、庪、輾通叚)	ji	ㄐㄧ	履部	【尸部】	7畫	402	407	段8下-3	錯16-10	鉉8下-1
屎(尿,尾通叚)	niao	ㄋㄧㄠˋ	尾部	【尸部】	8畫	402	407	段8下-3	錯16-10	鉉8下-1
屝(菲)	fei	ㄈㄟˋ	尸部	【尸部】	8畫	400	404	段8上-72	錯16-9	鉉8上-11
屚(漏)	lou	ㄌㄡˋ	雨部	【雨部】	8畫	573	579	段11下-13	錯22-6	鉉11下-4
漏(屚)	lou	ㄌㄡˋ	水部	【水部】	8畫	566	571	段11上貳-42	錯21-25	鉉11上-9

篆本字（古文、金文、籀文、俗字，通叚、金石）	拼音	注音	說文部首	康熙部首	筆畫	一般頁碼	洪葉頁碼	段注篇章	徐鍇通釋篇章	徐鉉藤花榭篇章
屠(鷵通叚)	tú	ㄊㄨˊ	尸部	【尸部】	8畫	400	404	段8上-72	錯16-9	鉉8上-11
鄏(屠)	tú	ㄊㄨˊ	邑部	【邑部】	8畫	287	289	段6下-30	錯12-15	鉉6下-6
屋(屋、臺，剭、𡱝通叚)	wu	ㄨ	尸部	【尸部】	8畫	400	404	段8上-72	錯16-9	鉉8上-11
屜(屉，屇、蓀通叚)	ti	ㄊㄧˋ	尸部	【尸部】	9畫	400	404	段8上-72	錯16-9	鉉8上-11
屆(堲)	qi	ㄑㄧˋ	尸部	【尸部】	9畫	400	404	段8上-72	錯16-8	鉉8上-11
殂(徂、勛、勳、殈、歾)	cú	ㄘㄨˊ	歺部	【歹部】	9畫	162	164	段4下-9	錯8-5	鉉4下-3
辜(骷、𣨏，估通叚)	gu	ㄍㄨ	辛部	【辛部】	9畫	741	748	段14下-22	錯28-11	鉉14下-5
孱(潺，㻸通叚)	chan	ㄔㄢˊ	孨部	【子部】	9畫	744	751	段14下-27	錯28-13	鉉14下-6
饡(餍、飱)	zan	ㄗㄢˋ	倉部	【食部】	9畫	220	222	段5下-10	錯10-4	鉉5下-2
鑽(鑕、攢通叚)	zuan	ㄗㄨㄢ	金部	【金部】	9畫	707	714	段14上-12	錯27-5	鉉14上-3
屎(尿，屁通叚)	niao	ㄋㄧㄠˋ	尾部	【尸部】	9畫	402	407	段8下-3	錯16-10	鉉8下-1
溺(屎、尿)	ni	ㄋㄧˋ	水部	【水部】	9畫	520	525	段11上壹-10	錯21-3	鉉11上-1
鞾(韗、鞠，鞁、皸、履、靴、韗通叚)	yun	ㄩㄣˋ	革部	【革部】	9畫	107	108	段3下-2	錯6-2	鉉3下-1
降投夆(厁通叚)	xiang	ㄒㄧㄤˊ	𨸏部	【阜部】	9畫	732	739	段14下-4	錯28-2	鉉14下-1
奏(㻌、屦、㪥，膝通叚)	zou	ㄗㄡˋ	夲部	【大部】	9畫	498	502	段10下-16	錯20-6	鉉10下-3
迆(徙、征、屟、㣆、遳)	xi	ㄒㄧˇ	辵(辶)部	【辵部】	10畫	72	72	段2下-6	錯4-3	鉉2下-2
屈(屈，倔、𩕳通叚)	qu	ㄑㄩ	尾部	【尸部】	10畫	402	406	段8下-2	錯16-9	鉉8下-1
屢	lǚ	ㄌㄩˇ	尸部	【尸部】	11畫	無	無	無	無	鉉8上-11
婁(嫛、𡚼，嶁、瞜、慺、屢、𨍋通叚)	lou	ㄌㄡˊ	女部	【女部】	11畫	624	630	段12下-26	錯24-9	鉉12下-4
鞭(屣、蹝、躧通叚)	xi	ㄒㄧˇ	革部	【革部】	11畫	108	109	段3下-3	錯6-3	鉉3下-1

篆本字（古文、金文、籀文、俗字，通叚、金石）	拼音	注音	說文部首	康熙部首	筆畫	一般頁碼	洪葉頁碼	段注篇章	徐鍇通釋篇章	徐鉉藤花榭篇章
躧(纚，屣、蹝、跿、鞹通叚)	xi ˇ	ㄒㄧˇ	足部	【足部】11畫		84	84	段2下-30	錯4-15	鉉2下-6
屟(奠)	dian `	ㄉㄧㄢˋ	尸部	【尸部】12畫		399	403	段8上-70	錯16-8	鉉8上-11
奠(屟)	dian `	ㄉㄧㄢˋ	丌部	【大部】12畫		200	202	段5上-24	錯9-9	鉉5上-4
層(增)	ceng ´	ㄘㄥˊ	尸部	【尸部】12畫		401	405	段8上-73	錯16-9	鉉8上-11
屪(展、輾)	zhan ˇ	ㄓㄢˇ	尸部	【尸部】12畫		400	404	段8上-71	錯16-8	鉉8上-11
屨(履，褸通叚)	ju `	ㄐㄩˋ	履部	【尸部】12畫		402	407	段8下-3	錯16-10	鉉8下-1
履(屨、顕從舟足)	lü ˇ	ㄌㄩˇ	履部	【尸部】12畫		402	407	段8下-3	錯16-10	鉉8下-1
饌(屜、屧)	zan `	ㄗㄢˋ	倉部	【食部】14畫		220	222	段5下-10	錯10-4	鉉5下-2
屩(蹻)	jue	ㄐㄩㄝ	履部	【尸部】15畫		402	407	段8下-3	錯16-10	鉉8下-1
屬(矚通叚)	shu ˇ	ㄕㄨˇ	尾部	【尸部】18畫		402	406	段8下-2	錯16-9	鉉8下-1
屫	li `	ㄌㄧˋ	履部	【尸部】19畫		402	407	段8下-3	錯16-10	鉉8下-1
屓(屓，屭通叚)	xi `	ㄒㄧˋ	尸部	【尸部】21畫		400	404	段8上-71	錯16-8	鉉8上-11
【屮(che`)部】	che `	ㄔㄜˋ	屮部			21	22	段1下-1	錯2-1	鉉1下-1
屮	che `	ㄔㄜˋ	屮部	【屮部】		21	22	段1下-1	錯2-1	鉉1下-1
屯(zhun)	tun ´	ㄊㄨㄣˊ	屮部	【屮部】1畫		21	22	段1下-1	錯2-1	鉉1下-1
𠬜(攀、攀、扳)	pan	ㄆㄢ	𠬜部	【又部】2畫		104	105	段3上-37	錯5-20	鉉3上-8
屰(逆)	ni `	ㄋㄧˋ	干部	【屮部】3畫		87	87	段3上-2	錯5-2	鉉3上-1
芔(卉從屮六艸)	liu `	ㄌㄧㄡˋ	屮部	【屮部】3畫		22	22	段1下-2	錯2-1	鉉1下-1
叀(玄、皀、專)	zhuan	ㄓㄨㄢ	叀部	【厶部】4畫		159	161	段4下-3	錯8-2	鉉4下-1
芬(芬)	fen	ㄈㄣ	屮部	【屮部】4畫		22	22	段1下-2	錯2-1	鉉1下-1
坙(坒，址通叚)	huang ´	ㄏㄨㄤˊ	之部	【土部】5畫		272	275	段6下-1	錯12-2	鉉6下-1
皆	nie `	ㄋㄧㄝˋ	自部	【屮部】6畫		730	737	段14上-58	錯28-1	鉉14上-8
靴(允)	yun ˇ	ㄩㄣˇ	本部	【屮部】9畫		498	502	段10下-16	錯20-6	鉉10下-3
芔(卉從屮六艸)	liu `	ㄌㄧㄡˋ	屮部	【屮部】15畫		22	22	段1下-2	錯2-1	鉉1下-1
【山(shan)部】	shan	ㄕㄢ	山部			437	442	段9下-1	錯18-1	鉉9下-1
山	shan	ㄕㄢ	山部	【山部】		437	442	段9下-1	錯18-1	鉉9下-1
止(趾、山隸變延述及，杜通叚)	zhi ˇ	ㄓˇ	止部	【止部】		67	68	段2上-39	錯3-17	鉉2上-8
屾從入ru`入	cen ´	ㄘㄣˊ	入部	【山部】2畫		224	226	段5下-18	錯10-7	鉉5下-3

篆本字(古文、金文、籀文、俗字，通段、金石)	拼音	注音	說文部首	康熙部首	筆畫	一般頁碼	洪葉頁碼	段注篇章	徐鍇通釋篇章	徐鉉藤花榭篇章
屼	ji	ㄐㄧˇ	山部	【山部】	2畫	438	443	段9下-3	錯18-2	鉉9下-1
屵(屳、屶)	jie	ㄐㄧㄝˊ	山部	【山部】	2畫	441	446	段9下-9	錯18-3	鉉9下-2
屵(嶩通段)	e	ㄜˋ	屵部	【山部】	2畫	442	446	段9下-10	錯18-4	鉉9下-2
屺(峐，嶇通段)	qi	ㄑㄧˇ	山部	【山部】	3畫	439	443	段9下-4	錯18-2	鉉9下-1
圪(坲，屹通段)	ge	ㄍㄜ	土部	【土部】	3畫	685	691	段13下-22	錯26-3	鉉13下-4
阢(卼、屼、杌通段)	wu	ㄨˋ	自部	【阜部】	3畫	734	741	段14下-8	錯28-3	鉉14下-1
屾	shen	ㄕㄣ	屾部	【山部】	3畫	441	446	段9下-9	錯18-3	鉉9下-2
出从山(出从屮)	chu	ㄔㄨ	出部	【凵部】	3畫	273	275	段6下-2	錯12-2	鉉6下-1
扈(戶扈鄠三字同、岈，旿、滬、蔰通段)	hu	ㄏㄨˋ	邑部	【戶部】	3畫	286	288	段6下-28	錯12-15	鉉6下-6
屵(屳、屶)	jie	ㄐㄧㄝˊ	山部	【山部】	4畫	441	446	段9下-9	錯18-3	鉉9下-2
岑(嵾通段)	cen	ㄘㄣˊ	山部	【山部】	4畫	439	444	段9下-5	錯18-2	鉉9下-1
开(妍)	jian	ㄐㄧㄢ	开部	【干部】	4畫	715	722	段14上-27	錯27-9	鉉14上-5
汧(妍)	qian	ㄑㄧㄢ	水部	【水部】	4畫	523	528	段11上壹-16	錯21-4	鉉11上-1
岌	ji	ㄐㄧˊ	山部	【山部】	4畫	無	無	無	無	鉉9下-2
馺(岌)	sa	ㄙㄚˋ	馬部	【馬部】	4畫	466	470	段10上-12	錯19-4	鉉10上-2
嶽(峃、岳)	yue	ㄩㄝˋ	山部	【山部】	4畫	437	442	段9下-1	錯18-1	鉉9下-1
隕(殞、岃通段)	yun	ㄩㄣˇ	自部	【阜部】	4畫	733	740	段14下-5	錯28-2	鉉14下-1
靑(青、岑)	qing	ㄑㄧㄥ	靑部	【靑部】	4畫	215	218	段5下-1	錯10-2	鉉5下-1
歫(拒，岠通段)	ju	ㄐㄩˋ	止部	【止部】	4畫	67	68	段2上-39	錯3-17	鉉2上-8
郂(岐、棲)	zhi	ㄓ	邑部	【邑部】	4畫	285	287	段6下-26	錯12-14	鉉6下-6
枝(岐、跂述及)	zhi	ㄓ	木部	【木部】	4畫	249	251	段6上-22	錯11-10	鉉6上-3
嶽(岷、嶅、崏、峧、岐、汶、文，崏通段)	min	ㄇㄧㄣˊ	山部	【山部】	4畫	438	443	段9下-3	錯18-1	鉉9下-1
句(勾、劬、岣通段)	gou	ㄍㄡ	句部	【口部】	5畫	88	88	段3上-4	錯5-3	鉉3上-2
坒(坴，址通段)	huang	ㄏㄨㄤˊ	之部	【土部】	5畫	272	275	段6下-1	錯12-2	鉉6下-1
岡(崗通段)	gang	ㄍㄤ	山部	【山部】	5畫	439	444	段9下-5	錯18-2	鉉9下-1
岨(砠、碣)	ju	ㄐㄩ	山部	【山部】	5畫	439	444	段9下-5	錯18-2	鉉9下-1

篆本字（古文、金文、籀文、俗字，通叚、金石）	拼音	注音	說文部首	康熙部首	筆畫	一般頁碼	洪葉頁碼	段注篇章	徐鍇通釋篇章	徐鉉藤花榭篇章
洦(泊、狛俗、薄，岶通叚)	po`	ㄆㄛˋ	水部	【水部】5畫	544	549	段11上壹-58	錯21-13	鉉11上-4
嶽(屵、岳)	yue`	ㄩㄝˋ	山部	【山部】5畫	437	442	段9下-1	錯18-1	鉉9下-1
岪	fu´	ㄈㄨˊ	山部	【山部】5畫	441	445	段9下-8	錯18-3	鉉9下-2
岫(窅)	xiu`	ㄒㄧㄡˋ	山部	【山部】5畫	440	444	段9下-6	錯18-2	鉉9下-1
密(宓)	mi`	ㄇㄧˋ	山部	【宀部】5畫	439	444	段9下-5	錯18-2	鉉9下-1
脅(岬、憿劫述及，胎、脥通叚)	xie´	ㄒㄧㄝˊ	肉部	【肉部】5畫	169	171	段4下-23	錯8-9	鉉4下-4
坏此非壞字(培，坯、岯、抔、阫通叚)	pei´	ㄆㄟˊ	土部	【土部】5畫	692	698	段13下-36	錯26-6	鉉13下-5
岵	hu`	ㄏㄨˋ	山部	【山部】5畫	439	443	段9下-4	錯18-2	鉉9下-1
岸(犴，矸通叚)	an`	ㄢˋ	厂部	【山部】5畫	442	446	段9下-10	錯18-4	鉉9下-2
豻(犴、岸，狱通叚)	an`	ㄢˋ	豸部	【豸部】5畫	458	462	段9下-42	錯18-15	鉉9下-7
坡(陂，岥通叚)	po	ㄆㄛ	土部	【土部】5畫	683	689	段13下-18	錯26-2	鉉13下-3
陂(坡、波，岥通叚)	po	ㄆㄛ	𨸏部	【阜部】5畫	731	738	段14下-2	錯28-1	鉉14下-1
同(峒通叚)	tong´	ㄊㄨㄥˊ	𠔼部	【口部】6畫	353	357	段7下-37	錯14-17	鉉7下-7
洞(峒通叚)	dong`	ㄉㄨㄥˋ	水部	【水部】6畫	549	554	段11上貳-8	錯21-15	鉉11上-5
危(峗、桅、捅通叚)	wei´	ㄨㄟˊ	危部	【卩部】6畫	448	453	段9下-23	錯18-8	鉉9下-4
嵬(巋、峇、磈通叚)	wei´	ㄨㄟˊ	嵬部	【山部】6畫	437	441	段9上-44	錯17-15	鉉9上-7
屺(峐，嶇通叚)	qi	ㄑㄧˇ	山部	【山部】6畫	439	443	段9下-4	錯18-2	鉉9下-1
徛(崎、庤)	zhi`	ㄓˋ	人部	【人部】6畫	371	375	段8上-13	錯15-5	鉉8上-2
庤(徛，崎通叚)	zhi`	ㄓˋ	广部	【广部】6畫	445	450	段9下-17	錯18-6	鉉9下-3
峋	xun´	ㄒㄩㄣˊ	山部	【山部】6畫	無	無	無	無	鉉9下-2
旬(眴，峋、昀通叚)	xuan`	ㄒㄩㄢˋ	目部	【目部】6畫	132	134	段4上-7	錯7-4	鉉4上-2
恆(恒、死，峘通叚)	heng´	ㄏㄥˊ	二部	【心部】6畫	681	687	段13下-14	錯26-1	鉉13下-3
陜非陝shan(陜、峽、狹)	xia´	ㄒㄧㄚˊ	𨸏部	【阜部】7畫	732	739	段14下-3	錯28-2	鉉14下-1

篆本字（古文、金文、籀文、俗字，通段、金石）	拼音	注音	說文部首	康熙部首	筆畫	一般頁碼	洪葉頁碼	段注篇章	徐鍇通釋篇章	徐鉉藤花榭篇章
峨(峩、峓通段)	e′	ㄜˊ	山部	【山部】7畫	441	445	段9下-8	鍇18-3	鉉9下-1
庯(峬、逋)	fu	ㄈㄨ	厂部	【厂部】7畫	447	452	段9下-21	鍇18-7	鉉9下-3
陗(峭通段)	qiao`	ㄑㄧㄠˋ	𨸏部	【阜部】7畫	732	739	段14下-3	鍇28-2	鉉14下-1
哨(峭通段)	shao`	ㄕㄠˋ	口部	【口部】7畫	60	61	段2上-25	鍇3-11	鉉2上-5
崋(崋、華)	hua`	ㄏㄨㄚˋ	山部	【山部】7畫	439	443	段9下-4	鍇18-2	鉉9下-1
峯	feng	ㄈㄥ	山部	【山部】7畫	無	無	無	無	鉉9下-1
夆(鏠、峯，桻通段)	feng′	ㄈㄥˊ	夂部	【夂部】7畫	237	239	段5下-43	鍇10-18	鉉5下-8
猱(巙、巎，巤通段)	nao′	ㄋㄠˊ	山部	【山部】7畫	438	442	段9下-2	鍇18-1	鉉9下-1
峼(峼)	gao`	ㄍㄠˋ	山部	【山部】7畫	441	445	段9下-8	鍇18-3	鉉9下-1
硎(硎)	xing′	ㄒㄧㄥˊ	山部	【山部】7畫	441	445	段9下-8	鍇18-3	鉉9下-1
陘(徑、陘)	xing′	ㄒㄧㄥˊ	𨸏部	【阜部】7畫	734	741	段14下-7	鍇28-3	鉉14下-1
垷(挸，峴通段)	xian`	ㄒㄧㄢˋ	土部	【土部】7畫	686	693	段13下-25	鍇26-3	鉉13下-4
陖(峻)	jun`	ㄐㄩㄣˋ	山部	【山部】7畫	440	444	段9下-6	鍇18-2	鉉9下-1
陵(峻、洒)	jun`	ㄐㄩㄣˋ	𨸏部	【阜部】7畫	732	739	段14下-3	鍇28-2	鉉14下-1
嶹(島、隝、隯通段)	dao′	ㄉㄠˇ	山部	【山部】7畫	438	442	段9下-2	鍇18-1	鉉9下-1
鋙(鋙，峿通段)	yu′	ㄩˇ	金部	【山部】7畫	705	712	段14上-8	鍇27-4	鉉14上-2
齬(齟齬ju`述及、鋙、鋙，峿通段)	yu′	ㄩˇ	齒部	【齒部】7畫	79	80	段2下-21	鍇4-12	鉉2下-4
陭(埼、崎、碕、隑通段)	yi′	ㄧˇ	𨸏部	【山部】8畫	735	742	段14下-9	鍇28-3	鉉14下-2
攱(攲、崎、奇、竒，攲通段)	gui′	ㄍㄨㄟˇ	危部	【支部】8畫	448	453	段9下-23	鍇18-8	鉉9下-4
崇(崈、嵩，崧、菘通段)	chong′	ㄔㄨㄥˊ	山部	【山部】8畫	440	444	段9下-6	鍇18-3	鉉9下-2
空(孔、腔鞔man′述及，倥、崆、悾、箜、羫、窾通段)	kong	ㄎㄨㄥ	穴部	【穴部】8畫	344	348	段7下-19	鍇14-8	鉉7下-4
巖(壧、岩通段)	yan′	ㄧㄢˊ	山部	【山部】8畫	440	445	段9下-7	鍇18-2	鉉9下-1

篆本字(古文、金文、籀文、俗字,通叚、金石)	拼音	注音	說文部首	康熙部首	筆畫	一般頁碼	洪葉頁碼	段注篇章	徐鍇通釋篇章	徐鉉藤花榭篇章
嵒非口部嵒nieˋ(岩通叚)	yanˊ	一ㄢˊ	山部	【山部】8畫		440	445	段9下-7	錯18-3	鉉9下-1
崒(崔)	zuˊ	ㄗㄨˊ	山部	【山部】8畫		439	444	段9下-5	錯18-2	鉉9下-1
崔(隹,磪通叚)	cui	ㄘㄨㄟ	山部	【山部】8畫		441	446	段9下-9	錯18-3	鉉9下-2
羌(羪,羌、強通叚)	qiang	ㄑ一ㄤ	羊部	【羊部】8畫		146	148	段4上-35	錯7-16	鉉4上-7
殽(肴、效,崤、淆通叚)	yaoˊ	一ㄠˊ	殳部	【殳部】8畫		120	121	段3下-27	錯6-14	鉉3下-6
崑	kun	ㄎㄨㄣ	山部	【山部】8畫		無	無	無	無	鉉9下-2
昆(崑、猑、騉通叚)	kun	ㄎㄨㄣ	日部	【日部】8畫		308	311	段7上-13	錯13-4	鉉7上-2
崙	lunˊ	ㄌㄨㄣˊ	山部	【山部】8畫		無	無	無	無	鉉9下-2
侖(崘,崙通叚)	lunˊ	ㄌㄨㄣˊ	ㅅ部	【人部】8畫		223	225	段5下-16	錯10-6	鉉5下-3
崛(倔通叚)	jueˊ	ㄐㄩㄝˊ	山部	【山部】8畫		440	444	段9下-6	錯18-2	鉉9下-1
崝(崢)	zheng	ㄓㄥ	山部	【山部】8畫		441	445	段9下-8	錯18-3	鉉9下-1
晻(崦通叚)	anˋ	ㄢˋ	日部	【日部】8畫		305	308	段7上-8	錯13-3	鉉7上-1
弇(㝮、穽,崦通叚)	yanˇ	一ㄢˇ	収部	【廾部】8畫		104	104	段3上-36	錯5-19	鉉3上-8
崞	guo	ㄍㄨㄛ	山部	【山部】8畫		439	443	段9下-4	錯18-2	鉉9下-1
崟(嶔、礹、碒通叚)	yinˊ	一ㄣˊ	山部	【山部】8畫		439	444	段9下-5	錯18-2	鉉9下-1
崫	qiangˊ	ㄑ一ㄤˊ	山部	【山部】8畫		441	446	段9下-9	錯18-3	鉉9下-2
嵎(陾、崩)	beng	ㄅㄥ	山部	【山部】8畫		441	445	段9下-8	錯18-3	鉉9下-1
岡(崗通叚)	gang	ㄍㄤ	山部	【山部】8畫		439	444	段9下-5	錯18-2	鉉9下-1
綾(崚通叚)	lingˊ	ㄌ一ㄥˊ	糸部	【糸部】8畫		649	655	段13上-12	錯25-3	鉉13上-2
崋(崕、華)	huaˋ	ㄏㄨㄚˋ	山部	【山部】8畫		439	443	段9下-4	錯18-2	鉉9下-1
崏(岷、崝、嵋、崏、屻、汶、文,敯通叚)	minˊ	ㄇ一ㄣˊ	山部	【山部】8畫		438	443	段9下-3	錯18-1	鉉9下-1
崖	yaˊ	一ㄚˊ	屵部	【山部】8畫		442	446	段9下-10	錯18-4	鉉9下-2
嶘(嶻)	zhanˋ	ㄓㄢˋ	山部	【山部】8畫		440	444	段9下-6	錯18-2	鉉9下-1
郅(岐、梪)	zhi	ㄓ	邑部	【邑部】8畫		285	287	段6下-26	錯12-14	鉉6下-6

篆本字(古文、金文、籀文、俗字,通叚、金石)	拼音	注音	說文部首	康熙部首	筆畫	一般頁碼	洪葉頁碼	段注篇章	徐鍇通釋篇章	徐鉉藤花榭篇章
鍡(碨,堨、嵔、崴通叚)	wei	ㄨㄟ	金部	【金部】	9畫	713	720	段14上-24	鍇27-8	鉉14上-4
奄(弇,崦通叚)	yan	一ㄢ	大部	【大部】	9畫	492	497	段10下-5	鍇20-1	鉉10下-1
喦非口部喦nie(岩通叚)	yan´	一ㄢ´	山部	【山部】	9畫	440	445	段9下-7	鍇18-3	鉉9下-1
嵒非山部嵒yan(讘)	nie`	ㄋㄧㄝ`	品部	【口部】	9畫	85	85	段2下-32	鍇4-16	鉉2下-7
兹玄部,與艸部兹異,應再確認(嵫通叚)	zi	ㄗ	玄部	【玄部】	9畫	159	161	段4下-4	鍇8-3	鉉4下-2
嵌(kan`)	qian`	ㄑㄧㄢ`	山部	【山部】	9畫	無	無	無	無	鉉9下-2
廞(淫,嵚通叚)	xin	ㄒㄧㄣ	日部	【广部】	9畫	446	450	段9下-18	鍇18-6	鉉9下-3
嵇	ji	ㄐㄧ	山部	【山部】	9畫	無	無	無	無	鉉9下-2
稽(嵇通叚)	ji	ㄐㄧ	稽部	【禾部】	9畫	275	278	段6下-7	鍇12-5	鉉6下-2
隉(陧、臬,嵲通叚)	nie`	ㄋㄧㄝ`	昌部	【阜部】	9畫	733	740	段14下-5	鍇28-2	鉉14下-1
嵐	lan´	ㄌㄢ´	山部	【山部】	9畫	無	無	無	無	鉉9下-2
葻(嵐通叚)	lan´	ㄌㄢ´	艸部	【艸部】	9畫	40	40	段1下-38	鍇2-18	鉉1下-6
崵	yang´	一ㄤ´	山部	【山部】	9畫	439	443	段9下-4	鍇18-2	鉉9下-1
嵍(岷、崏、嵋、峧、汶、文,敃通叚)	min´	ㄇㄧㄣ´	山部	【山部】	9畫	438	443	段9下-3	鍇18-1	鉉9下-1
碣(嵑、嵑,崵通叚)	jie´	ㄐㄧㄝ´	石部	【石部】	9畫	449	454	段9下-25	鍇18-9	鉉9下-4
屵(嵃通叚)	e`	ㄜ`	屵部	【山部】	9畫	442	446	段9下-10	鍇18-4	鉉9下-2
嵍(堥通叚)	wu`	ㄨ`	山部	【山部】	9畫	441	445	段9下-8	鍇18-3	鉉9下-2
嵎	yu´	ㄩ´	山部	【山部】	9畫	438	442	段9下-2	鍇18-1	鉉9下-1
隅(嵎、堣)	yu´	ㄩ´	昌部	【阜部】	9畫	731	738	段14下-2	鍇28-2	鉉14下-1
嵏(崎)	zong	ㄗㄨㄥ	山部	【山部】	9畫	438	443	段9下-3	鍇18-3	鉉9下-2
嵯(嵳)	cuo´	ㄘㄨㄛ´	山部	【山部】	10畫	441	445	段9下-8	鍇18-3	鉉9下-1
厜(厜、屖、崒)	chui´	ㄔㄨㄟ´	厂部	【厂部】	10畫	446	451	段9下-19	鍇18-7	鉉9下-3
陵(峻)	jun`	ㄐㄩㄣ`	山部	【山部】	10畫	440	444	段9下-6	鍇18-2	鉉9下-1

篆本字(古文、金文、籀文、俗字，通段、金石)	拼音	注音	說文部首	康熙部首	筆畫	一般頁碼	洪葉頁碼	段注篇章	徐鍇通釋篇章	徐鉉藤花榭篇章
陳(嵰通段)	yan	一ㄢˇ	皀部	【阜部】	10畫	734	741	段14下-8	錯28-3	鉉14下-1
嶸(嵤，嶸通段)	rong	ㄖㄨㄥˊ	山部	【山部】	10畫	441	445	段9下-8	錯18-3	鉉9下-1
嵩	song	ㄙㄨㄥ	山部	【山部】	10畫	無	無	無	無	鉉9下-2
崇(崈、嵩，崧、菘通段)	chong	ㄔㄨㄥˊ	山部	【山部】	10畫	440	444	段9下-6	錯18-3	鉉9下-2
崔(陮)	cui	ㄘㄨㄟ	屵部	【山部】	10畫	442	446	段9下-10	錯18-4	鉉9下-2
崥(坒、俾通段)	pi	ㄆㄧˇ	屵部	【山部】	10畫	442	446	段9下-10	錯18-4	鉉9下-2
峹(塗)	tu	ㄊㄨˊ	屾部	【山部】	10畫	441	446	段9下-9	錯18-3	鉉9下-2
塗(峹述及)	tu	ㄊㄨˊ	土部	【土部】	10畫	無	無	無	無	鉉13下-5
嵬(巍、嵟、磈通段)	wei	ㄨㄟˊ	嵬部	【山部】	10畫	437	441	段9上-44	錯17-15	鉉9上-7
嶹(島、隯、隝通段)	dao	ㄉㄠˇ	山部	【山部】	11畫	438	442	段9下-2	錯18-1	鉉9下-1
崒(崔)	zu	ㄗㄨˊ	山部	【山部】	11畫	439	444	段9下-5	錯18-2	鉉9下-1
標(剽，嘌通段)	biao	ㄅㄧㄠ	木部	【木部】	11畫	250	252	段6上-24	錯11-11	鉉6上-4
障(嶂、瘴通段)	zhang	ㄓㄤˋ	皀部	【阜部】	11畫	734	741	段14下-8	錯28-3	鉉14下-2
纍(絫、虆、壘，礧、礌通段)	lei	ㄌㄟˇ	山部	【山部】	11畫	440	445	段9下-7	錯18-3	鉉9下-1
廖(廫、嶚、寥、廖通段)	liao	ㄌㄧㄠˊ	广部	【广部】	11畫	446	450	段9下-18	錯18-6	鉉9下-3
塿(婁，嶁、陎通段)	lou	ㄌㄡˇ	土部	【土部】	11畫	691	698	段13下-35	錯26-6	鉉13下-5
婁(嬰、屚，嶁、瞜、慺、屨、鞻通段)	lou	ㄌㄡˊ	女部	【女部】	11畫	624	630	段12下-26	錯24-9	鉉12下-4
羌(衆，羌、彊通段)	qiang	ㄑㄧㄤ	羊部	【羊部】	11畫	146	148	段4上-35	錯7-16	鉉4上-7
愻(殢、嵽、懘通段)	di	ㄉㄧˋ	心部	【心部】	11畫	504	508	段10下-28	錯20-11	鉉10下-6
屺(岓，嶇通段)	qi	ㄑㄧˇ	山部	【山部】	11畫	439	443	段9下-4	錯18-2	鉉9下-1
嘔(嶇，嘔通段)	qu	ㄑㄩ	皀部	【阜部】	11畫	732	739	段14下-4	錯28-2	鉉14下-1
嗷(敖，磝、隞通段)	ao	ㄠˊ	山部	【山部】	11畫	439	444	段9下-5	錯18-2	鉉9下-1
芉(族)	zhuo	ㄓㄨㄛˊ	芉部	【丨部】	11畫	103	103	段3上-34	錯5-17	鉉3上-7

篆本字（古文、金文、籀文、俗字，通叚，金石）	拼音	注音	說文部首	康熙部首	筆畫	一般頁碼	洪葉頁碼	段注篇章	徐鍇通釋篇章	徐鉉藤花榭篇章
族(鏃，簇、簇、瘯通叚)	zuˊ	ㄗㄨˊ	㫃部	【方部】	11畫	312	315	段7上-21	鍇13-7	鉉7上-3
磛(巉、嶃、漸)	chanˊ	ㄔㄢˊ	石部	【石部】	11畫	451	455	段9下-28	鍇18-10	鉉9下-4
爵(隻、焦=爵 糕zhuo述及、嶕嶢yaoˊ述及，焦、膲、蟭通叚)	jiao	ㄐㄧㄠ	火部	【火部】	12畫	484	489	段10上-49	鍇19-16	鉉10上-8
崏(岷、嵍、崏、峵、峧、汶、文，敯通叚)	minˊ	ㄇㄧㄣˊ	山部	【山部】	12畫	438	443	段9下-3	鍇18-1	鉉9下-1
番(頗、叒、播，嶓、蹯通叚)	fanˊ	ㄈㄢˊ	釆部	【田部】	12畫	50	50	段2上-4	鍇3-2	鉉2上-1
岑(嵾通叚)	cenˊ	ㄘㄣˊ	山部	【山部】	12畫	439	444	段9下-5	鍇18-2	鉉9下-1
橛(橜、橜通叚)	jueˊ	ㄐㄩㄝˊ	木部	【木部】	12畫	263	265	段6上-50	鍇11-22	鉉6上-6
厬(嵌，嶔通叚)	yinˊ	ㄧㄣˊ	厂部	【厂部】	12畫	446	451	段9下-19	鍇18-7	鉉9下-3
崟(嵌、磤、碒通叚)	yinˊ	ㄧㄣˊ	山部	【山部】	12畫	439	444	段9下-5	鍇18-2	鉉9下-1
嶘(嶘)	zhan、	ㄓㄢˋ	山部	【山部】	12畫	440	444	段9下-6	鍇18-2	鉉9下-1
繒(綪，綇、嶒通叚)	zeng	ㄗㄥ	糸部	【糸部】	12畫	648	654	段13上-10	鍇25-3	鉉13上-2
澗(潤，㵎、礀通叚)	jian、	ㄐㄧㄢˋ	水部	【水部】	12畫	554	559	段11上貳-18	鍇21-18	鉉11上-6
嶢	yaoˊ	ㄧㄠˊ	山部	【山部】	12畫	441	445	段9下-8	鍇18-3	鉉9下-2
嵼(絫、纍、壘，礨、礧通叚)	leiˇ	ㄌㄟˇ	山部	【山部】	12畫	440	445	段9下-7	鍇18-3	鉉9下-1
崏(岷、嵍、崏、峵、峧、汶、文，敯通叚)	minˊ	ㄇㄧㄣˊ	山部	【山部】	12畫	438	443	段9下-3	鍇18-1	鉉9下-1
隥(墱，磴、嶝通叚)	deng、	ㄉㄥˋ	𨸏部	【阜部】	12畫	732	739	段14下-3	鍇28-2	鉉14下-1

篆本字（古文、金文、籀文、俗字，通叚、金石）	拼音	注音	說文部首	康熙部首	筆畫	一般頁碼	洪葉頁碼	段注篇章	徐鍇通釋篇章	徐鉉藤花榭篇章
封(坒、𡊄、邦，𡉈通叚)	feng	ㄈㄥ	土部	【寸部】	12畫	687	694	段13下-27	錯26-4	鉉13下-4
嶠	jiao ˋ	ㄐㄧㄠˋ	山部	【山部】	12畫	無	無	無	無	鉉9下-2
喬(嶠，簥通叚)	qiao ˊ	ㄑㄧㄠˊ	夭部	【口部】	12畫	494	499	段10下-9	錯20-3	鉉10下-2
橋(㮚gao韓述及，嶠、轎通叚)	qiao ˊ	ㄑㄧㄠˊ	木部	【木部】	12畫	267	269	段6上-58	錯11-26	鉉6上-7
嶏(pi˘)	pei ˋ	ㄆㄟˋ	广部	【山部】	12畫	442	447	段9下-11	錯18-4	鉉9下-2
墮(隓、隨、橢、墬)	duo ˋ	ㄉㄨㄛˋ	山部	【山部】	12畫	440	444	段9下-6	錯18-2	鉉9下-1
嶙	lin ˊ	ㄌㄧㄣˊ	山部	【山部】	12畫	無	無	無	無	鉉9下-2
鱗(鰲，嶙、驎通叚)	lin ˊ	ㄌㄧㄣˊ	魚部	【魚部】	12畫	580	585	段11下-26	錯22-10	鉉11下-6
嶧	yi ˋ	ㄧˋ	山部	【山部】	13畫	438	442	段9下-2	錯18-1	鉉9下-1
嵬(巍、嵿、磈通叚)	wei ˊ	ㄨㄟˊ	嵬部	【山部】	13畫	437	441	段9上-44	錯17-15	鉉9上-7
嶨(𡾮通叚)	xue ˊ	ㄒㄩㄝˊ	山部	【山部】	13畫	439	444	段9下-5	錯18-2	鉉9下-1
礐(嶨)	que ˋ	ㄑㄩㄝˋ	石部	【石部】	13畫	451	455	段9下-28	錯18-9	鉉9下-4
險(嶮通叚)	xian ˘	ㄒㄧㄢ˘	𨸏部	【阜部】	13畫	732	739	段14下-3	錯28-2	鉉14下-1
嶼	yu ˘	ㄩ˘	山部	【山部】	13畫	無	無	無	無	鉉9下-2
淤(嶼通叚)	yu	ㄩ	水部	【水部】	13畫	562	567	段11上貳-33	錯21-23	鉉11上-8
嶰(嶰)	xie ˋ	ㄒㄧㄝˋ	𨸏部	【阜部】	13畫	734	741	段14下-8	錯28-3	鉉14下-2
解(𧤲，廨、嶰、獬、貀、繲、邂通叚)	jie ˘	ㄐㄧㄝ˘	角部	【角部】	13畫	186	188	段4下-58	錯8-20	鉉4下-9
澥今渤海灣(嶰通叚)	xie ˋ	ㄒㄧㄝˋ	水部	【水部】	13畫	544	549	段11上壹-58	錯21-13	鉉11上-4
猺(巎、巎，巎通叚)	nao ˊ	ㄋㄠˊ	山部	【山部】	13畫	438	442	段9下-2	錯18-1	鉉9下-1
嶞(墮)	duo ˋ	ㄉㄨㄛˋ	山部	【山部】	13畫	441	445	段9下-8	錯18-3	鉉9下-1
崒(崒)	zui ˋ	ㄗㄨㄟˋ	山部	【山部】	13畫	440	445	段9下-7	錯18-3	鉉9下-1
嶺	ling ˘	ㄌㄧㄥ˘	山部	【山部】	13畫	無	無	無	無	鉉9下-2
領(蓮，嶺通叚)	ling ˘	ㄌㄧㄥ˘	頁部	【頁部】	13畫	417	421	段9上-4	錯17-2	鉉9上-1
獲(嚄、巙通叚)	huo ˋ	ㄏㄨㄛˋ	犬部	【犬部】	14畫	476	480	段10上-32	錯19-11	鉉10上-6
嶸(嵤，嶸通叚)	rong ˊ	ㄖㄨㄥˊ	山部	【山部】	14畫	441	445	段9下-8	錯18-3	鉉9下-1
嶷(疑)	yi ˊ	ㄧˊ	山部	【山部】	14畫	438	442	段9下-2	錯18-1	鉉9下-1

篆本字(古文、金文、籀文、俗字，通叚、金石)	拼音	注音	說文部首	康熙部首	筆畫	一般頁碼	洪葉頁碼	段注篇章	徐鍇通釋篇章	徐鉉藤花榭篇章
巁(嶵)	li `	ㄌㄧˋ	山部	【山部】	14畫	440	445	段9下-7	鍇18-2	鉉9下-1
嶽(屵、岳)	yue `	ㄩㄝˋ	山部	【山部】	14畫	437	442	段9下-1	鍇18-1	鉉9下-1
熏(熏，焄、燻、臐通叚)	xun	ㄒㄩㄣ	中部	【火部】	14畫	22	22	段1下-2	鍇2-2	鉉1下-1
廖(廫，嵺、寥、廖通叚)	liao ´	ㄌㄧㄠˊ	广部	【广部】	14畫	446	450	段9下-18	鍇18-6	鉉9下-3
邠(豳，妢通叚)	bin	ㄅㄧㄣ	邑部	【邑部】	14畫	285	288	段6下-27	鍇12-14	鉉6下-6
彪(班、豳)	bin	ㄅㄧㄣ	虍部	【虍部】	14畫	209	211	段5上-42	鍇9-17	鉉5上-8
份(邠、豳、彬、斌，玢通叚)	fen `	ㄈㄣˋ	人部	【人部】	14畫	368	372	段8上-7	鍇15-3	鉉8上-1
汃(邠、豳請詳查，湃通叚)	bin	ㄅㄧㄣ	水部	【水部】	14畫	516	521	段11上壹-1	鍇21-2	鉉11上-1
巂(巂、巂、鶺通叚)	gui	ㄍㄨㄟ	隹部	【山部】	15畫	141	142	段4上-24	鍇7-11	鉉4上-5
嶭	nie `	ㄋㄧㄝˋ	山部	【山部】	15畫	438	443	段9下-3	鍇18-2	鉉9下-1
嶻(巀通叚)	jie ´	ㄐㄧㄝˊ	山部	【山部】	15畫	438	443	段9下-3	鍇18-2	鉉9下-1
戲(戲、巇通叚)	xi `	ㄒㄧˋ	戈部	【戈部】	16畫	630	636	段12下-38	鍇24-12	鉉12下-6
隴(巃通叚)	long ˇ	ㄌㄨㄥˇ	昌部	【阜部】	16畫	735	742	段14下-9	鍇28-3	鉉14下-2
嶸(嶘，嶸通叚)	rong ´	ㄖㄨㄥˊ	山部	【山部】	16畫	441	445	段9下-8	鍇18-3	鉉9下-1
鮮(尟、鱻、嶰甗yan˙述及，癬通叚)	xian	ㄒㄧㄢ	魚部	【魚部】	17畫	579	585	段11下-25	鍇22-10	鉉11下-5
礹(巉、嶄、漸)	chan ´	ㄔㄢˊ	石部	【石部】	17畫	451	455	段9下-28	鍇18-10	鉉9下-4
巍(魏、歸、犩通叚)	wei ´	ㄨㄟˊ	嵬部	【山部】	18畫	437	441	段9上-44	鍇17-15	鉉9上-7
顛(顚，巓、傎、偵、癲、瘨、酊、鷏、齻通叚)	dian	ㄉㄧㄢ	頁部	【頁部】	19畫	416	420	段9上-2	鍇17-1	鉉9上-1
巒	luan ´	ㄌㄨㄢˊ	山部	【山部】	19畫	439	444	段9下-5	鍇18-2	鉉9下-1
巁(嶵)	li `	ㄌㄧˋ	山部	【山部】	19畫	440	445	段9下-7	鍇18-2	鉉9下-1
巖(壣、岩通叚)	yan ´	ㄧㄢˊ	山部	【山部】	20畫	440	445	段9下-7	鍇18-2	鉉9下-1

篆本字(古文、金文、籀文、俗字，通叚、金石)	拼音	注音	說文部首	康熙部首	筆畫	一般頁碼	洪葉頁碼	段注篇章	徐鍇通釋篇章	徐鉉藤花榭篇章
礹(巖、嚴暫述及)	yan ˊ	ㄧㄢˊ	石部	【石部】	20畫	451	456	段9下-29	鍇18-10	鉉9下-4
厂(厈、巖广an述及，圹通叚)	han ˇ	ㄏㄢˇ	厂部	【厂部】	20畫	446	450	段9下-18	鍇18-6	鉉9下-3
甗(巘、鮮)	yan ˇ	ㄧㄢˇ	瓦部	【瓦部】	20畫	638	644	段12下-54	鍇24-18	鉉12下-8
峱(嶩、巙，巎通叚)	nao ˊ	ㄋㄠˊ	山部	【山部】	21畫	438	442	段9下-2	鍇18-1	鉉9下-1
壨(嵬、巕、壘，磥、礧通叚)	lei ˇ	ㄌㄟˇ	山部	【山部】	21畫	440	445	段9下-7	鍇18-3	鉉9下-1
【巛(chuan)部】	chuan	ㄔㄨㄢ	川部			568	573	段11下-3	鍇22-1	鉉11下-1
く(甽、畎、甿，甽、畖通叚)	quan ˇ	ㄑㄩㄢˇ	く部	【巛部】		568	573	段11下-2	鍇22-1	鉉11下-1
巜	kuai ˋ	ㄎㄨㄞˋ	巜部	【巛部】		568	573	段11下-2	鍇22-1	鉉11下-1
巛(川、巡)	chuan	ㄔㄨㄢ	川部	【巛部】		568	574	段11下-3	鍇22-1	鉉11下-1
巡(巛)	shun ˋ	ㄕㄨㄣˋ	髟部	【髟部】		428	432	段9上-26	鍇17-9	鉉9上-4
巛(災)	zai	ㄗㄞ	川部	【巛部】	1畫	569	574	段11下-4	鍇22-2	鉉11下-2
子(学、巢从巛囟北人几)	zi ˇ	ㄗˇ	子部	【子部】	3畫	742	749	段14下-24	鍇28-12	鉉14下-6
州(𠕒、洲)	zhou	ㄓㄡ	川部	【巛部】	3畫	569	574	段11下-4	鍇22-2	鉉11下-2
巟(荒，汒、漭、茫通叚)	huang	ㄏㄨㄤ	川部	【巛部】	3畫	568	574	段11下-3	鍇22-2	鉉11下-1
荒(巟)	huang	ㄏㄨㄤ	艸部	【艸部】	3畫	40	40	段1下-38	鍇2-18	鉉1下-6
巤(巤)	lie ˋ	ㄌㄧㄝˋ	川部	【巛部】	3畫	569	574	段11下-4	鍇22-2	鉉11下-2
巠(坙)	jing	ㄐㄧㄥ	川部	【巛部】	4畫	568	574	段11下-3	鍇22-2	鉉11下-1
𡿧	yu ˋ	ㄩˋ	川部	【巛部】	4畫	568	574	段11下-3	鍇22-2	鉉11下-2
𠫓(㐬、突)	tu	ㄊㄨ	𠫓部	【厶部】	4畫	744	751	段14下-27	鍇28-14	鉉14下-6
邕(邕，壅、廱从巛邑通叚)	yong	ㄩㄥ	川部	【邑部】	6畫	569	574	段11下-4	鍇22-2	鉉11下-2
𢀩(或、減)	huo ˋ	ㄏㄨㄛˋ	川部	【巛部】	8畫	568	574	段11下-3	鍇22-2	鉉11下-2
巢(漅通叚)	chao ˊ	ㄔㄠˊ	巢部	【巛部】	8畫	275	278	段6下-7	鍇12-6	鉉6下-3
轈(巢)	chao ˊ	ㄔㄠˊ	車部	【車部】	8畫	721	728	段14上-39	鍇27-12	鉉14上-6
巤(鬣从髟巤)	lie ˋ	ㄌㄧㄝˋ	囟部	【巛部】	12畫	501	505	段10下-22	鍇20-8	鉉10下-5
儠(巤、鬣从髟巤、獵)	lie ˋ	ㄌㄧㄝˋ	人部	【人部】	12畫	368	372	段8上-8	鍇15-3	鉉8上-2

篆本字(古文、金文、籀文、俗字,通叚、金石)	拼音	注音	說文部首	康熙部首	筆畫	一般頁碼	洪葉頁碼	段注篇章	徐鍇通釋篇章	徐鉉藤花榭篇章
鬣从髟巤(巤、獵、儠、𤢹、髦、駐、髭、葛隸變、獵,鬛通叚)	lie ˋ	ㄌㄧㄝˋ	髟部	【髟部】	12畫	427	432	段9上-25	鍇17-8	鉉9上-4
䘸(䘸、䘸、彧)	yu ˋ	ㄩˋ	有部	【巛部】	14畫	314	317	段7上-25	鍇13-10	鉉7上-4
子(𢀇、𡥎从巛囟北人几)	zi ˇ	ㄗˇ	子部	【子部】	15畫	742	749	段14下-24	鍇28-12	鉉14下-6
孶(𡥎从糸甾北人几、孜)	zi	ㄗ	子部	【子部】	24畫	743	750	段14下-25	鍇28-13	鉉14下-6
【工(gong)部】	gong	ㄍㄨㄥ	工部			201	203	段5上-25	鍇9-9	鉉5上-4
工(𢒄)	gong	ㄍㄨㄥ	工部	【工部】		201	203	段5上-25	鍇9-9	鉉5上-4
己(𢀒)	ji ˇ	ㄐㄧˇ	己部	【己部】	1畫	741	748	段14下-21	鍇28-10	鉉14下-5
巨(榘、𢀚、矩,狋、詎、駏通叚)	ju ˋ	ㄐㄩˋ	工部	【工部】	2畫	201	203	段5上-25	鍇9-10	鉉5上-4
鉅(巨業述及)	ju ˋ	ㄐㄩˋ	金部	【金部】	2畫	714	721	段14上-26	鍇27-8	鉉14上-4
巧(丂)	qiao ˇ	ㄑㄧㄠˇ	工部	【工部】	2畫	201	203	段5上-25	鍇9-10	鉉5上-4
丂(亏、巧屮che ˋ 述及)	kao ˇ	ㄎㄠˇ	丂部	【一部】	2畫	203	205	段5上-30	鍇9-12	鉉5上-5
左(佐)	zuo ˇ	ㄗㄨㄛˇ	左部	【工部】	2畫	200	202	段5上-24	鍇9-9	鉉5上-4
𠂇(左、佐)	zuo ˇ	ㄗㄨㄛˇ	𠂇部	【丿部】	2畫	116	117	段3下-20	鍇6-11	鉉3下-4
巩(巩、𢀜)	gong ˇ	ㄍㄨㄥˇ	丮部	【工部】	4畫	113	114	段3下-14	鍇6-8	鉉3下-3
巫(𢓈)	wu	ㄨ	巫部	【工部】	4畫	201	203	段5上-26	鍇9-10	鉉5上-4
𢀩(差,嗟通叚)	cha	ㄔㄚ	左部	【工部】	7畫	200	202	段5上-24	鍇9-9	鉉5上-4
瘥(差,瘥通叚)	chai ˋ	ㄔㄞˋ	疒部	【疒部】	7畫	352	356	段7下-35	鍇14-16	鉉7下-6
㠭(展,搌通叚)	zhan ˇ	ㄓㄢˇ	㠭部	【工部】	9畫	201	203	段5上-26	鍇9-10	鉉5上-4
【己(ji ˇ)部】	ji ˇ	ㄐㄧˇ	己部			741	748	段14下-21	鍇28-10	鉉14下-5
己(𢀒)	ji ˇ	ㄐㄧˇ	己部	【己部】		741	748	段14下-21	鍇28-10	鉉14下-5
䢂(己、忌、記、其、䢂五字通用)	ji ˋ	ㄐㄧˋ	丌部	【辵部】		199	201	段5上-22	鍇9-8	鉉5上-4
巳	si ˋ	ㄙˋ	巳部	【己部】		745	752	段14下-30	鍇28-16	鉉14下-7

篆本字(古文、金文、籀文、俗字，通叚、金石)	拼音	注音	說文部首	康熙部首	筆畫	一般頁碼	洪葉頁碼	段注篇章	徐鍇通釋篇章	徐鉉藤花榭篇章
佀(似、嗣、巳，娌、姒通叚)	si、	ㄙˋ	人部	【人部】		375	379	段8上-21	鍇15-8	鉉8上-3
巴(芭通叚)	ba	ㄅㄚ	巴部	【己部】	1畫	741	748	段14下-22	鍇28-10	鉉14下-5
㠯(以、姒妣yi、如姒姓本作以)	yi、	一ˇ	㠯部	【人部】	2畫	746	753	段14下-31	鍇28-16	鉉14下-8
回(囘、𢖿衺xie、述及，迴、佪通叚)	hui´	ㄏㄨㄟˊ	口部	【口部】	2畫	277	279	段6下-10	鍇12-7	鉉6下-3
卮(巵=觗舶dan、述及)	zhi	ㄓ	卮部	【卩部】	4畫	430	434	段9上-30	鍇17-10	鉉9上-5
巺(巽、㢲，篹、撰通叚)	xun、	ㄒㄩㄣˋ	丌部	【己部】	6畫	200	202	段5上-23	鍇9-9	鉉5上-4
巹(㢝)	jin ˇ	ㄐㄧㄣˇ	己部	【己部】	6畫	741	748	段14下-21	鍇28-10	鉉14下-5
㢝(巹)	jin ˇ	ㄐㄧㄣˇ	豆部	【豆部】	6畫	207	209	段5上-38	鍇9-16	鉉5上-7
𨙨(巷、巷、衖，港通叚)	xiang、	ㄒㄧㄤˋ	𨙨部	【邑部】	6畫	301	303	段6下-58	鍇12-23	鉉6下-9
配(阠，𢇛通叚)	yi´	一ˊ	臣部	【己部】	7畫	593	599	段12上-19	鍇23-8	鉉12上-4
㠱(㞆、跠通叚)	ji、	ㄐㄧˋ	己部	【己部】	8畫	741	748	段14下-21	鍇28-10	鉉14下-5
巺(巽、㢲，篹、撰通叚)	xun、	ㄒㄩㄣˋ	丌部	【己部】	9畫	200	202	段5上-23	鍇9-9	鉉5上-4
【巾(jin)部】	jin	ㄐㄧㄣ	巾部			357	360	段7下-44	鍇14-20	鉉7下-8
巾	jin	ㄐㄧㄣ	巾部	【巾部】		357	360	段7下-44	鍇14-20	鉉7下-8
帀(襍，匝、迊通叚)	za	ㄗㄚ	帀部	【巾部】	1畫	273	275	段6下-2	鍇12-2	鉉6下-1
巿fu´非市shi、(韍、紱、黻、芾、茀、沛)	fu´	ㄈㄨˊ	巿部	【巾部】	1畫	362	366	段7下-55	鍇14-24	鉉7下-9
市	shi、	ㄕˋ	冂部	【巾部】	2畫	228	230	段5下-26	鍇10-10	鉉5下-5
帖(岾)	bi ˇ	ㄅㄧˇ	巾部	【巾部】	2畫	359	362	段7下-48	鍇14-22	鉉7下-9
豕(布)	shi ˇ	ㄕˇ	豕部	【豕部】	2畫	454	459	段9下-35	鍇18-12	鉉9下-5
亥(帀、𠀳)	hai、	ㄏㄞˋ	亥部	【亠部】	2畫	752	759	段14下-44	鍇28-20	鉉14下-10末
帗(布)	bu、	ㄅㄨˋ	巾部	【巾部】	2畫	362	365	段7下-54	鍇14-23	鉉7下-9
尃(布，鷻通叚)	fu	ㄈㄨ	寸部	【寸部】	2畫	121	122	段3下-30	鍇6-16	鉉3下-7
聿	nie、	ㄋㄧㄝˋ	聿部	【聿部】	3畫	117	118	段3下-21	鍇6-11	鉉3下-5

篆本字（古文、金文、籀文、俗字，通叚、金石）	拼音	注音	說文部首	康熙部首	筆畫	一般頁碼	洪葉頁碼	段注篇章	徐鍇通釋篇章	徐鉉藤花榭篇章
颿（帆，篷通叚）	fan	ㄈㄢ	馬部	【馬部】3畫		466	471	段10上-13	鍇19-4	鉉10上-2
籾（悤）	ren`	ㄖㄣˋ	巾部	【巾部】3畫		357	361	段7下-45	鍇14-21	鉉7下-8
殺（㪿、㪔、殺、布、殺、杀）	sha	ㄕㄚ	殺部	【殳部】3畫		120	121	段3下-28	鍇6-15	鉉3下-6
帗（祓通叚）	ge´	ㄍㄜˊ	巾部	【巾部】4畫		361	364	段7下-52	鍇14-23	鉉7下-9
帉（枌、紛）	fen	ㄈㄣ	巾部	【巾部】4畫		357	361	段7下-45	鍇14-20	鉉7下-8
紙（帋通叚）	zhi ˇ	ㄓˇ	糸部	【糸部】4畫		659	666	段13上-33	鍇25-7	鉉13上-4
帔（帗）	bi ˇ	ㄅㄧˇ	巾部	【巾部】4畫		359	362	段7下-48	鍇14-22	鉉7下-9
帊	pa`	ㄆㄚˋ	巾部	【巾部】4畫		無	無	無	無	鉉7下-9
祀（帊、琶、笆通叚）	ba ˇ	ㄅㄚˇ	巴部	【巾部】4畫		741	748	段14下-22	鍇28-10	鉉14下-5
㕚（敝）	bi`	ㄅㄧˋ	㕚部	【巾部】4畫		364	367	段7下-58	鍇14-25	鉉7下-10
髻（髻、紒，帴、嫷通叚）	jie`	ㄐㄧㄝˋ	髟部	【髟部】4畫		427	432	段9上-25	鍇17-8	鉉9上-4
睎（希、斋，鵗通叚）	xi	ㄒㄧ	目部	【目部】4畫		133	135	段4上-9	鍇7-3	鉉4上-2
絺（郗、希繡述及）	chi	ㄔ	糸部	【糸部】4畫		660	666	段13上-34	鍇25-8	鉉13上-4
黹（希疑古文黹、絺）	zhi ˇ	ㄓˇ	黹部	【黹部】4畫		364	367	段7下-58	鍇14-25	鉉7下-10
帝（帝）	di`	ㄉㄧˋ	二(上)部	【巾部】5畫		2	2	段1上-3	鍇1-4	鉉1上-1
帑	yuan	ㄩㄢ	巾部	【巾部】5畫		359	363	段7下-49	鍇14-23	鉉7下-9
帑（奴，孥通叚）	tang ˇ	ㄊㄤˇ	巾部	【巾部】5畫		361	365	段7下-53	鍇14-23	鉉7下-9
奴（伮、妏、帑，儂、駑通叚）	nu ´	ㄋㄨˊ	女部	【女部】5畫		616	622	段12下-10	鍇24-3	鉉12下-2
帔（襬）	pei`	ㄆㄟˋ	巾部	【巾部】5畫		358	361	段7下-46	鍇14-21	鉉7下-8
帖（貼，怗、惉、惵通叚）	tie	ㄊㄧㄝ	巾部	【巾部】5畫		359	362	段7下-48	鍇14-22	鉉7下-9
聑（帖，怗通叚）	tie	ㄊㄧㄝ	耳部	【耳部】5畫		593	599	段12上-19	鍇23-7	鉉12上-4
纀（帕、袙、幞、襆、襥通叚）	pu ´	ㄆㄨˊ	糸部	【巾部】5畫		654	661	段13上-23	鍇25-5	鉉13上-3
鬘从莫（帕）	ma`	ㄇㄚˋ	髟部	【髟部】5畫		427	432	段9上-25	鍇17-8	鉉9上-4

篆本字(古文、金文、籒文、俗字，通叚、金石)	拼音	注音	說文部首	康熙部首	筆畫	一般頁碼	洪葉頁碼	段注篇章	徐鍇通釋篇章	徐鉉藤花榭篇章
帗(翇)	fu´	ㄈㄨˊ	巾部	【巾部】	5畫	357	361	段7下-45	錯14-20	鉉7下-8
翇(帗)	fu´	ㄈㄨˊ	羽部	【羽部】	5畫	140	141	段4上-22	錯7-10	鉉4上-5
帙(袠、袟)	zhi`	ㄓˋ	巾部	【巾部】	5畫	359	362	段7下-48	錯14-22	鉉7下-9
帒	dai`	ㄉㄞˋ	巾部	【巾部】	5畫	無	無	無	無	鉉7下-9
幐(滕，帒、幞、袋通叚)	teng´	ㄊㄥˊ	巾部	【巾部】	5畫	361	364	段7下-52	錯14-23	鉉7下-9
帚(掃、歸通叚)	zhou	ㄓㄡˇ	巾部	【巾部】	5畫	361	364	段7下-52	錯14-22	鉉7下-9
帛	bo´	ㄅㄛˊ	帛部	【巾部】	5畫	363	367	段7下-57	錯14-24	鉉7下-10
帝(帝)	di`	ㄉㄧˋ	二(上)部	【巾部】	6畫	2	2	段1上-3	錯1-4	鉉1上-1
帟	yi`	ㄧˋ	巾部	【巾部】	6畫	無	無	無	無	鉉7下-9
奕(帟通叚)	yi`	ㄧˋ	大部	【大部】	6畫	499	503	段10下-18	錯20-6	鉉10下-4
帉(袘通叚)	xun´	ㄒㄩㄣˊ	巾部	【巾部】	6畫	358	361	段7下-46	錯14-21	鉉7下-8
颭(帉通叚)	zhe´	ㄓㄜˊ	巾部	【巾部】	6畫	362	366	段7下-55	錯14-23	鉉7下-9
貲(帴通叚)	zi	ㄗ	貝部	【貝部】	6畫	282	285	段6下-21	錯12-13	鉉6下-5
帾(統述及，幌通叚)	huang	ㄏㄨㄤ	巾部	【巾部】	6畫	358	361	段7下-46	錯14-21	鉉7下-8
統(帾)	huang	ㄏㄨㄤ	糸部	【糸部】	6畫	644	650	段13上-2	錯25-1	鉉13上-1
卓(帛、皁，鷟通叚)	zhuo´	ㄓㄨㄛˊ	匕部	【十部】	6畫	385	389	段8上-42	錯15-14	鉉8上-6
裂(袈，㓤、裰通叚)	lie`	ㄌㄧㄝˋ	衣部	【衣部】	6畫	395	399	段8上-62	錯16-5	鉉8上-9
楁(帢通叚)	he´	ㄏㄜˊ	木部	【木部】	6畫	258	261	段6上-41	錯11-18	鉉6上-5
帢(韐，帢通叚)	jia´	ㄐㄧㄚˊ	市部	【巾部】	6畫	363	366	段7下-56	錯14-24	鉉7下-10
緆(緥、幫，幫、製通叚)	beng	ㄅㄥˇ	糸部	【糸部】	6畫	661	668	段13上-37	錯25-8	鉉13上-5
帣(絭)	juan`	ㄐㄩㄢˋ	巾部	【巾部】	6畫	360	364	段7下-51	錯14-22	鉉7下-9
絭(卷、帣，綣通叚)	juan`	ㄐㄩㄢˋ	糸部	【糸部】	6畫	657	664	段13上-29	錯25-6	鉉13上-4
帤	ru´	ㄖㄨˊ	巾部	【巾部】	6畫	357	361	段7下-45	錯14-21	鉉7下-8
幟(帨)	zhi`	ㄓˋ	巾部	【巾部】	7畫	357	361	段7下-45	錯14-20	鉉7下-8
帥(帨、率)	shuai`	ㄕㄨㄞˋ	巾部	【巾部】	7畫	357	361	段7下-45	錯14-20	鉉7下-8
衛(率、帥)	shuai`	ㄕㄨㄞˋ	行部	【行部】	7畫	78	79	段2下-19	錯4-10	鉉2下-4
率(帥、遳、衛，㓞通叚)	lü	ㄌㄩˋ	率部	【玄部】	7畫	663	669	段13上-40	錯25-9	鉉13上-5

篆本字(古文、金文、籀文、俗字，通叚、金石)	拼音	注音	說文部首	康熙部首	筆畫	一般頁碼	洪葉頁碼	段注篇章	徐鍇通釋篇章	徐鉉藤花榭篇章
師(睾、率、帥旗述及、獅虓xiao述及)	shi	ㄕ	帀部	【巾部】	7畫	273	275	段6下-2	鍇12-2	鉉6下-1
達(帥、率)	shuaiˋ	ㄕㄨㄞˋ	辵(辶)部	【辵部】	7畫	70	70	段2下-2	鍇4-2	鉉2下-1
帉(帨)	renˋ	ㄖㄣˋ	巾部	【巾部】	7畫	357	361	段7下-45	鍇14-21	鉉7下-8
嫫(嫫、悔)	moˊ	ㄇㄛˊ	女部	【女部】	7畫	625	631	段12下-27	鍇24-9	鉉12下-4
尹(帠)	yinˇ	ㄧㄣˇ	又部	【尸部】	7畫	115	116	段3下-18	鍇6-10	鉉3下-4
㡇(帕通叚)	zheˊ	ㄓㄜˊ	巾部	【巾部】	7畫	362	366	段7下-55	鍇14-23	鉉7下-9
帬(裠、裙)	qunˊ	ㄑㄩㄣˊ	巾部	【巾部】	7畫	358	361	段7下-46	鍇14-21	鉉7下-8
席(㐲)	xiˊ	ㄒㄧˊ	巾部	【巾部】	7畫	361	364	段7下-52	鍇14-23	鉉7下-9
師(睾、率、帥旗述及、獅虓xiao述及)	shi	ㄕ	帀部	【巾部】	7畫	273	275	段6下-2	鍇12-2	鉉6下-1
綌(帢)	xiˋ	ㄒㄧˋ	糸部	【糸部】	7畫	660	666	段13上-34	鍇25-8	鉉13上-4
常(裳，嫦通叚亦作姮)	changˊ	ㄔㄤˊ	巾部	【巾部】	8畫	358	362	段7下-47	鍇14-21	鉉7下-8
帢(韐，帢通叚)	jiaˊ	ㄐㄧㄚˊ	巿部	【巾部】	8畫	363	366	段7下-56	鍇14-24	鉉7下-10
帴	xianˊ	ㄒㄧㄢˊ	巾部	【巾部】	8畫	362	365	段7下-54	鍇14-23	鉉7下-9
帳(張，賬通叚)	zhangˋ	ㄓㄤˋ	巾部	【巾部】	8畫	359	362	段7下-48	鍇14-22	鉉7下-9
帴	jianˇ	ㄐㄧㄢˇ	巾部	【巾部】	8畫	358	362	段7下-47	鍇14-21	鉉7下-8
淺(帴)	qianˇ	ㄑㄧㄢˇ	水部	【水部】	8畫	551	556	段11上貳-12	鍇21-16	鉉11上-5
帶	daiˋ	ㄉㄞˋ	巾部	【巾部】	8畫	358	361	段7下-46	鍇14-21	鉉7下-8
帷(匱、匵)	weiˊ	ㄨㄟˊ	巾部	【巾部】	8畫	359	362	段7下-48	鍇14-22	鉉7下-9
㡘(㡇、幨、裧通叚)	lianˊ	ㄌㄧㄢˊ	巾部	【巾部】	8畫	359	362	段7下-48	鍇14-22	鉉7下-9
幬(幬、燾，幗通叚)	chouˊ	ㄔㄡˊ	巾部	【巾部】	8畫	358	362	段7下-47	鍇14-21	鉉7下-9
幎(冪、羃、冖、鼏，冪、帲、褀通叚)	miˋ	ㄇㄧˋ	巾部	【巾部】	8畫	358	362	段7下-47	鍇14-21	鉉7下-9
𠷎(帲通叚)	pingˊ	ㄆㄧㄥˊ	甾部	【田部】	8畫	637	643	段12下-52	鍇24-17	鉉12下-8
掩(晻通叚)	yanˇ	ㄧㄢˇ	手部	【手部】	8畫	607	612	段12上-48	鍇23-15	鉉12上-7
褚(卒、著絮述及，幘、紵通叚)	chuˇ	ㄔㄨˇ	衣部	【衣部】	8畫	397	401	段8上-65	鍇16-6	鉉8上-9

篆本字(古文、金文、籀文、俗字，通叚、金石)	拼音	注音	說文部首	康熙部首	筆畫	一般頁碼	洪葉頁碼	段注篇章	徐鍇通釋篇章	徐鉉藤花榭篇章
幒(帪、衳，衳通叚)	zhong	ㄓㄨㄥ	巾部	【巾部】	8畫	358	362	段7下-47	鍇14-21	鉉7下-9
冃(帽)	mao ˋ	ㄇㄠˋ	冃部	【冂部】	9畫	353	357	段7下-37	鍇14-17	鉉7下-7
冒(圚、冃，帽、瑁、賵通叚)	mao ˋ	ㄇㄠˋ	冃部	【冂部】	9畫	354	358	段7下-39	鍇14-17	鉉7下-7
帵(絖述及，幌通叚)	huang	ㄏㄨㄤ	巾部	【巾部】	9畫	358	361	段7下-46	鍇14-21	鉉7下-8
帹(鞧通叚)	tou ˊ	ㄊㄡˊ	巾部	【巾部】	9畫	359	362	段7下-48	鍇14-22	鉉7下-9
繻(帹)	ru ˊ	ㄖㄨˊ	糸部	【糸部】	9畫	652	658	段13上-18	鍇25-5	鉉13上-3
帴	jian	ㄐㄧㄢ	巾部	【巾部】	9畫	359	362	段7下-48	鍇14-22	鉉7下-9
帞(囤通叚)	zhun	ㄓㄨㄣ	巾部	【巾部】	9畫	361	364	段7下-52	鍇14-23	鉉7下-9
幝(褌，裩通叚)	kun	ㄎㄨㄣ	巾部	【巾部】	9畫	358	362	段7下-47	鍇14-21	鉉7下-9
帑	mu ˋ	ㄇㄨˋ	巾部	【巾部】	9畫	362	365	段7下-54	鍇14-23	鉉7下-9
幃	wei ˊ	ㄨㄟˊ	巾部	【巾部】	9畫	360	364	段7下-51	鍇14-22	鉉7下-9
楃(幄)	wo ˋ	ㄨㄛˋ	木部	【木部】	9畫	257	260	段6上-39	鍇11-17	鉉6上-5
幅(福非示部福、逼通叚)	fu ˊ	ㄈㄨˊ	巾部	【巾部】	9畫	358	361	段7下-46	鍇14-21	鉉7下-8
剌	la ˋ	ㄌㄚˋ	巾部	【巾部】	9畫	360	363	段7下-50	鍇14-22	鉉7下-9
祀(帊、琶、笆通叚)	ba ˇ	ㄅㄚˇ	巴部	【巾部】	9畫	741	748	段14下-22	鍇28-10	鉉14下-5
㡘(帘、幨、裧通叚)	lian ˊ	ㄌㄧㄢˊ	巾部	【巾部】	10畫	359	362	段7下-48	鍇14-22	鉉7下-9
絛(幍、縧、綯通叚)	tao	ㄊㄠ	糸部	【糸部】	10畫	655	661	段13上-24	鍇25-5	鉉13上-3
圓(园、幁、梋通叚)	yuan ˊ	ㄩㄢˊ	口部	【口部】	10畫	277	279	段6下-10	鍇12-7	鉉6下-3
幐(縢，帒、幐、袋通叚)	teng ˊ	ㄊㄥˊ	巾部	【巾部】	10畫	361	364	段7下-52	鍇14-23	鉉7下-9
櫎(幌、榥)	huang ˇ	ㄏㄨㄤˇ	木部	【木部】	10畫	262	264	段6上-48	鍇11-20	鉉6上-6
禽(禽，檎通叚)	qin ˊ	ㄑㄧㄣˊ	内部	【内部】	10畫	739	746	段14下-17	鍇28-7	鉉14下-4
幋	pan ˊ	ㄆㄢˊ	巾部	【巾部】	10畫	357	361	段7下-45	鍇14-21	鉉7下-8
幬(幬、燾，惆通叚)	chou ˊ	ㄔㄡˊ	巾部	【巾部】	10畫	358	362	段7下-47	鍇14-21	鉉7下-9

篆本字(古文、金文、籀文、俗字,通叚、金石)	拼音	注音	說文部首	康熙部首	筆畫	一般頁碼	洪葉頁碼	段注篇章	徐鍇通釋篇章	徐鉉藤花榭篇章
幎(冪、冖、鼏,幦、帲、祳通叚)	mi	ㄇㄧˋ	巾部	【巾部】	10畫	358	362	段7下-47	鍇14-21	鉉7下-9
皿(幎)	min	ㄇㄧㄣˇ	皿部	【皿部】	10畫	211	213	段5上-46	鍇9-19	鉉5上-9
韝(褠、幠,韝通叚)	gou	ㄍㄡ	韋部	【韋部】	10畫	235	237	段5下-40	鍇10-16	鉉5下-8
藑(蒵、莦)	qiong	ㄑㄩㄥˊ	艸部	【艸部】	10畫	40	41	段1下-39	鍇2-18	鉉1下-6
簾(槏、㥯)	lian	ㄌㄧㄢˊ	竹部	【竹部】	10畫	191	193	段5上-6	鍇9-3	鉉5上-2
幏(賨)	jia	ㄐㄧㄚˋ	巾部	【巾部】	10畫	362	365	段7下-54	鍇14-23	鉉7下-9
賨(幏)	cong	ㄘㄨㄥˊ	貝部	【貝部】	10畫	282	285	段6下-21	鍇12-13	鉉6下-5
幐(縢,帒、幆、袋通叚)	teng	ㄊㄥˊ	巾部	【巾部】	10畫	361	364	段7下-52	鍇14-23	鉉7下-9
纚(䍁通叚)	li	ㄌㄧˊ	糸部	【糸部】	10畫	659	666	段13上-33	鍇25-7	鉉13上-4
幪(幪通叚)	meng	ㄇㄥˊ	巾部	【巾部】	10畫	360	364	段7下-51	鍇14-22	鉉7下-9
幒(蜙、菘,蚣通叚)	zhong	ㄓㄨㄥ	巾部	【巾部】	11畫	358	362	段7下-47	鍇14-21	鉉7下-9
繖(傘,幓、繳、衫、襂、幓、襵通叚)	shan	ㄕㄢ	糸部	【糸部】	11畫	657	663	段13上-28	鍇25-6	鉉13上-4
肂(肂、肂、肂)	yi	ㄧˋ	聿部	【聿部】	11畫	117	118	段3下-21	鍇6-12	鉉3下-5
襜(襝,媸、幨、襤通叚)	cao	ㄘㄠ	衣部	【衣部】	11畫	396	400	段8上-64	鍇16-5	鉉8上-9
幯(縩通叚)	xue	ㄒㄩㄝˇ	巾部	【巾部】	11畫	359	362	段7下-48	鍇14-22	鉉7下-9
微(徽)	hui	ㄏㄨㄟ	巾部	【巾部】	11畫	359	363	段7下-49	鍇14-22	鉉7下-9
幗	guo	ㄍㄨㄛˊ	巾部	【巾部】	11畫	無	無	無	無	鉉7下-9
樻(篋、簂,幗通叚)	gui	ㄍㄨㄟˋ	木部	【木部】	11畫	263	265	段6上-50	鍇11-22	鉉6上-6
幔	man	ㄇㄢˋ	巾部	【巾部】	11畫	358	362	段7下-47	鍇14-21	鉉7下-9
幕(纋通叚)	mu	ㄇㄨˋ	巾部	【巾部】	11畫	359	362	段7下-48	鍇14-22	鉉7下-9
漠(幕)	mo	ㄇㄛˋ	水部	【水部】	11畫	545	550	段11上壹-59	鍇21-13	鉉11上-4
幖(幆、標、剽、表,影通叚)	biao	ㄅㄧㄠ	巾部	【巾部】	11畫	359	363	段7下-49	鍇14-22	鉉7下-9

篆本字(古文、金文、籀文、俗字，通段、金石)	拼音	注音	說文部首	康熙部首	筆畫	一般頁碼	洪葉頁碼	段注篇章	徐鍇通釋篇章	徐鉉藤花榭篇章
幘	ze´	ㄗㄜˊ	巾部	【巾部】	11畫	358	361	段7下-46	錯14-21	鉉7下-8
𢃚(帜)	zhi`	ㄓˋ	巾部	【巾部】	11畫	357	361	段7下-45	錯14-20	鉉7下-8
豫(䰛、㺄、預，澦通段)	yu`	ㄩˋ	象部	【巾部】	11畫	459	464	段9下-44	錯18-16	鉉9下-8
幣(贅通段)	bi`	ㄅㄧˋ	巾部	【巾部】	12畫	358	361	段7下-46	錯14-21	鉉7下-8
幝(綫繟述及)	chan´	ㄔㄢˇ	巾部	【巾部】	12畫	360	364	段7下-51	錯14-22	鉉7下-9
繟(幝繟述及)	chan´	ㄔㄢˇ	糸部	【糸部】	12畫	646	652	段13上-6	錯25-2	鉉13上-1
幠	hu	ㄏㄨ	巾部	【巾部】	12畫	360	364	段7下-51	錯14-22	鉉7下-9
禕(幃、㡚)	wei´	ㄨㄟˊ	衣部	【衣部】	12畫	393	397	段8上-58	錯16-3	鉉8上-8
幩	fen´	ㄈㄣˊ	巾部	【巾部】	12畫	361	364	段7下-52	錯14-23	鉉7下-9
幡(翻通段)	fan	ㄈㄢ	巾部	【巾部】	12畫	360	363	段7下-50	錯14-22	鉉7下-9
旛(幡)	fan	ㄈㄢ	㫃部	【方部】	12畫	312	315	段7上-21	錯13-7	鉉7上-3
廚(厨、幮通段)	chu´	ㄔㄨˊ	广部	【广部】	12畫	443	448	段9下-13	錯18-5	鉉9下-2
幢	chuang´	ㄔㄨㄤˊ	巾部	【巾部】	12畫	無	無	無	無	鉉7下-9
橦(幢通段)	chuang´	ㄔㄨㄤˊ	木部	【巾部】	12畫	257	260	段6上-39	錯11-17	鉉6上-5
幞	fu´	ㄈㄨˊ	巾部	【巾部】	12畫	無	無	無	無	鉉7下-9
襆(帕、袙、幞、襥、襆、襥通段)	pu´	ㄆㄨˊ	糸部	【巾部】	12畫	654	661	段13上-23	錯25-5	鉉13上-3
幟	zhi`	ㄓˋ	巾部	【巾部】	12畫	無	無	無	無	鉉7下-9
識(志、意，幟、痣、誌通段)	shi`	ㄕˋ	言部	【巾部】	12畫	92	92	段3上-12	錯5-7	鉉3上-3
織(識，幟、繶、蟙通段)	zhi	ㄓ	糸部	【糸部】	12畫	644	651	段13上-3	錯25-1	鉉13上-1
襜(裧、幨，絤、裧、袥通段)	chan	ㄔㄢ	衣部	【巾部】	13畫	392	396	段8上-56	錯16-3	鉉8上-8
幨(㡦、幨、裧通段)	lian´	ㄌㄧㄢˊ	巾部	【巾部】	13畫	359	362	段7下-48	錯14-22	鉉7下-9
綠(緑、𦃃、䖂通段)	lü`	ㄌㄩˋ	糸部	【糸部】	13畫	649	656	段13上-13	錯25-4	鉉13上-2
幧	qiao	ㄑㄧㄠ	巾部	【巾部】	13畫	無	無	無	無	鉉7下-9

篆本字(古文、金文、籀文、俗字，通段、金石)	拼音	注音	說文部首	康熙部首	筆畫	一般頁碼	洪葉頁碼	段注篇章	徐鍇通釋篇章	徐鉉藤花榭篇章
綃(宵、繡，幧、綤通段)	xiao	ㄒㄧㄠ	糸部	【糸部】	13畫	643	650	段13上-1	鍇25-1	鉉13上-1
絲(𦀖、𦂱、肆、遂)	si `	ㄙˋ	希部	【互部】	13畫	456	461	段9下-39	鍇18-13	鉉9下-6
簾(縑、帘)	lian ′	ㄌㄧㄢˊ	竹部	【竹部】	13畫	191	193	段5上-6	鍇9-3	鉉5上-2
幪(幪通段)	meng ′	ㄇㄥˊ	巾部	【巾部】	13畫	360	364	段7下-51	鍇14-22	鉉7下-9
幭(幦)	mie `	ㄇㄧㄝˋ	巾部	【巾部】	13畫	360	364	段7下-51	鍇14-22	鉉7下-9
幂(幂)	mi `	ㄇㄧˋ	巾部	【巾部】	13畫	362	365	段7下-54	鍇14-23	鉉7下-9
絣(緊、幫，幇、製通段)	beng ˇ	ㄅㄥˇ	糸部	【糸部】	14畫	661	668	段13上-37	鍇25-8	鉉13上-5
幬(幬、燾，帾通段)	chou ′	ㄔㄡˊ	巾部	【巾部】	14畫	358	362	段7下-47	鍇14-21	鉉7下-9
燾(幬)	dao `	ㄉㄠˋ	火部	【火部】	14畫	486	490	段10上-52	鍇19-17	鉉10上-9
幱(襤)	lan ′	ㄌㄢˊ	巾部	【巾部】	14畫	358	362	段7下-47	鍇14-21	鉉7下-9
襤(幱)	lan ′	ㄌㄢˊ	衣部	【衣部】	14畫	392	396	段8上-55	鍇16-3	鉉8上-8
幭(幦)	mie `	ㄇㄧㄝˋ	巾部	【巾部】	15畫	360	364	段7下-51	鍇14-22	鉉7下-9
幡	fen `	ㄈㄣˋ	巾部	【巾部】	16畫	361	364	段7下-52	鍇14-23	鉉7下-9
幰	xian ˇ	ㄒㄧㄢˇ	巾部	【巾部】	16畫	無	無	無	無	鉉7下-9
軒(幰通段)	xuan	ㄒㄩㄢ	車部	【車部】	16畫	720	727	段14上-37	鍇27-12	鉉14上-6
幓(幧)	jian	ㄐㄧㄢ	巾部	【巾部】	17畫	360	363	段7下-50	鍇14-22	鉉7下-9
幬(幔从夒)	nei ′	ㄋㄟˊ	巾部	【巾部】	18畫	361	365	段7下-53	鍇14-23	鉉7下-9
幖(幖、標、剽、表，影通段)	biao	ㄅㄧㄠ	巾部	【巾部】	19畫	359	363	段7下-49	鍇14-22	鉉7下-9
【干(gan)部】	gan	ㄍㄢ	干部			87	87	段3上-2	鍇5-2	鉉3上-1
干(竿，杆通段)	gan	ㄍㄢ	干部	【干部】		87	87	段3上-2	鍇5-2	鉉3上-1
竿(干、簡，杆通段)	gan	ㄍㄢ	竹部	【竹部】		194	196	段5上-12	鍇9-5	鉉5上-2
羊(揕通段)	ren ˇ	ㄖㄣˇ	干部	【干部】	2畫	87	87	段3上-2	鍇5-2	鉉3上-1
平(𫧮，平便辨通用便述及，評、𬤝通段)	ping ′	ㄆㄧㄥˊ	亏部	【干部】	2畫	205	207	段5上-33	鍇9-14	鉉5上-6
便(便、平、辨，婗、梗通段)	bian `	ㄅㄧㄢˋ	人部	【人部】	2畫	375	379	段8上-22	鍇15-8	鉉8上-3

篆本字（古文、金文、籀文、俗字，通叚、金石）	拼音	注音	說文部首	康熙部首	筆畫	一般頁碼	洪葉頁碼	段注篇章	徐鍇通釋篇章	徐鉉藤花榭篇章
秊(年)	nian´	ㄋㄧㄢˊ	禾部	【干部】3畫		326	329	段7上-50	鍇13-21	鉉7上-8
幵(岍)	jian	ㄐㄧㄢ	幵部	【干部】3畫		715	722	段14上-27	鍇27-9	鉉14上-5
汀(𣲳 或從平)	ting	ㄊㄧㄥ	水部	【干部】4畫		560	565	段11上貳-30	鍇21-22	鉉11上-8
幷(并，拼通叚)	bing`	ㄅㄧㄥˋ	从部	【干部】5畫		386	390	段8上-43	鍇15-14	鉉8上-6
夅(幸，㚔、㚰、倖通叚)	xing`	ㄒㄧㄥˋ	夭部	【丿部】5畫		494	499	段10下-9	鍇20-3	鉉10下-2
㚔(幸通叚)	nie`	ㄋㄧㄝˋ	㚔部	【大部】5畫		496	500	段10下-12	鍇20-4	鉉10下-3
南(峉)	nan´	ㄋㄢˊ	宋部	【干部】5畫		274	276	段6下-4	鍇12-3	鉉6下-2
巺(巽、𢍅、篹、撰通叚)	xun`	ㄒㄩㄣˋ	丌部	【干部】9畫		200	202	段5上-23	鍇9-9	鉉5上-4
榦(幹，斡、杆、笴通叚)	gan`	ㄍㄢˋ	木部	【干部】9畫		253	255	段6上-30	鍇11-14	鉉6上-4
【幺(yao)部】	yao	ㄧㄠ	幺部			158	160	段4下-2	鍇8-2	鉉4下-1
幺(么通叚)	yao	ㄧㄠ	幺部	【幺部】		158	160	段4下-2	鍇8-2	鉉4下-1
糸(糸)	mi`	ㄇㄧˋ	糸部	【糸部】1畫		643	650	段13上-1	鍇25-1	鉉13上-1
𢆶(幻)	huan`	ㄏㄨㄢˋ	予部	【幺部】1畫		160	162	段4下-5	鍇8-3	鉉4下-2
幼(幽、窈)	you`	ㄧㄡˋ	幺部	【幺部】2畫		158	160	段4下-2	鍇8-2	鉉4下-1
丝	you	ㄧㄡ	丝部	【幺部】3畫		158	160	段4下-2	鍇8-2	鉉4下-1
玅(妙、眇)	miao`	ㄇㄧㄠˋ	弦部	【幺部】4畫		642	648	段12下-62	鍇24-20	鉉12下-10
幽(黝)	you	ㄧㄡ	丝部	【幺部】6畫		158	160	段4下-2	鍇8-2	鉉4下-1
黝(幽)	you`	ㄧㄡˇ	黑部	【黑部】6畫		488	492	段10上-56	鍇19-19	鉉10上-10
緦(㶡)	si	ㄙ	糸部	【幺部】7畫		660	667	段13上-35	鍇25-8	鉉13上-5
絭	guan	ㄍㄨㄢ	絲部	【幺部】7畫		663	669	段13上-40	鍇25-9	鉉13上-5
蠿(蠿，繲通叚)	yi`	ㄧˋ	弦部	【幺部】9畫		642	648	段12下-62	鍇24-20	鉉12下-10
幾(圻，磯、邁通叚)	ji	ㄐㄧ	丝部	【幺部】9畫		159	161	段4下-3	鍇8-2	鉉4下-1
覬(幾、驥、冀)	ji`	ㄐㄧˋ	見部	【見部】9畫		409	413	段8下-16	鍇16-14	鉉8下-4
畿(幾、圻)	ji	ㄐㄧ	田部	【田部】9畫		696	702	段13下-44	鍇26-8	鉉13下-6
蟣(幾)	ji	ㄐㄧˇ	虫部	【虫部】9畫		665	671	段13上-44	鍇25-10	鉉13上-6
幾(幾)	qi	ㄑㄧˊ	豈部	【豆部】9畫		207	209	段5上-37	鍇9-15	鉉5上-7
刉(祈、幾)	ji	ㄐㄧ	刀部	【刂部】9畫		179	181	段4下-43	鍇8-16	鉉4下-7
佌(仳、娑)	ci	ㄘˇ	人部	【人部】11畫		378	382	段8上-28	鍇15-10	鉉8上-4
絕(𢇍)	jue´	ㄐㄩㄝˊ	糸部	【幺部】11畫		645	652	段13上-5	鍇25-2	鉉13上-1

篆本字(古文、金文、籀文、俗字，通叚、金石)	拼音	注音	說文部首	康熙部首	筆畫	一般頁碼	洪葉頁碼	段注篇章	徐鍇通釋篇章	徐鉉藤花榭篇章
繼(繼、䌙)	ji`	ㄐㄧˋ	糸部	【幺部】	11畫	645	652	段13上-5	鍇25-2	鉉13上-1
【广(guang˅)部】	guang˅	ㄍㄨㄤˇ	广部			442	447	段9下-11	鍇18-4	鉉9下-2
广(yan˅、an)	guang˅	ㄍㄨㄤˇ	广部	【广部】		442	447	段9下-11	鍇18-4	鉉9下-2
庀(厑)	bi`	ㄅㄧˋ	广部	【广部】	2畫	445	450	段9下-17	鍇18-6	鉉9下-3
宅(厇、侘、侘)	zhai´	ㄓㄞˊ	宀部	【广部】	3畫	338	341	段7下-6	鍇14-3	鉉7下-2
莊(牂、壯、庄俗，糚通叚)	zhuang	ㄓㄨㄤ	艸部	【广部】	3畫	22	22	段1下-2	鍇2-2	鉉1下-1
庂	huan´	ㄏㄨㄢˊ	广部	【广部】	4畫	444	449	段9下-15	鍇18-5	鉉9下-3
庇(厑)	bi`	ㄅㄧˋ	广部	【广部】	4畫	445	450	段9下-17	鍇18-6	鉉9下-3
塊(凷，㙯通叚)	gui˅	ㄍㄨㄟˇ	土部	【土部】	4畫	691	697	段13下-34	鍇26-5	鉉13下-5
展(衼、庋、庪、輾通叚)	ji	ㄐㄧ	履部	【尸部】	4畫	402	407	段8下-3	鍇16-10	鉉8下-1
坙(庈通叚)	jing`	ㄐㄧㄥˋ	厂部	【厂部】	4畫	447	452	段9下-21	鍇18-7	鉉9下-3
庉	dun	ㄉㄨㄣ	广部	【广部】	4畫	443	448	段9下-13	鍇18-4	鉉9下-2
庌	ya˅	ㄧㄚˇ	广部	【广部】	4畫	443	448	段9下-13	鍇18-4	鉉9下-2
序(杼、緒、敘，阼通叚)	xu`	ㄒㄩˋ	广部	【广部】	4畫	444	448	段9下-14	鍇18-5	鉉9下-2
緒(序述及)	xu`	ㄒㄩˋ	糸部	【糸部】	4畫	643	650	段13上-1	鍇25-1	鉉13上-1
敘(敍、序述及，潊通叚)	xu`	ㄒㄩˋ	攴部	【支部】	4畫	126	127	段3下-40	鍇6-19	鉉3下-9
牀(床通叚)	chuang´	ㄔㄨㄤˊ	木部	【广部】	4畫	257	260	段6上-39	鍇11-17	鉉6上-5
坫(店)	dian`	ㄉㄧㄢˋ	土部	【广部】	5畫	686	692	段13下-24	鍇26-3	鉉13下-4
㢴(康)	ju	ㄐㄩ	广部	【广部】	5畫	446	450	段9下-18	鍇18-6	鉉9下-3
底(氐楷zhi述及、厎俗，低通叚)	di˅	ㄉㄧˇ	广部	【广部】	5畫	445	449	段9下-16	鍇18-5	鉉9下-3
氐(低、底楷zhi述及，秪通叚)	di	ㄉㄧ	氐部	【氏部】	5畫	628	634	段12下-34	鍇24-12	鉉12下-5
庖	pao´	ㄆㄠˊ	广部	【广部】	5畫	443	448	段9下-13	鍇18-5	鉉9下-2
府(腑、腐通叚)	fu˅	ㄈㄨˇ	广部	【广部】	5畫	442	447	段9下-11	鍇18-4	鉉9下-2
废(茇、拔)	ba´	ㄅㄚˊ	广部	【广部】	5畫	445	449	段9下-16	鍇18-6	鉉9下-3
茇(废)	ba´	ㄅㄚˊ	艸部	【艸部】	5畫	38	39	段1下-35	鍇2-17	鉉1下-6
庚(鶊通叚)	geng	ㄍㄥ	庚部	【广部】	5畫	741	748	段14下-22	鍇28-10	鉉14下-5
度	du`	ㄉㄨˋ	又部	【广部】	6畫	116	117	段3下-20	鍇6-11	鉉3下-4

篆本字（古文、金文、籀文、俗字，通叚、金石）	拼音	注音	說文部首	康熙部首	筆畫	一般頁碼	洪葉頁碼	段注篇章	徐鍇通釋篇章	徐鉉藤花榭篇章
渡(度)	du`	ㄉㄨˋ	水部	【水部】	6畫	556	561	段11上貳-21	鍇21-19	鉉11上-6
虞(娛、度、忞旅述及，瀘通叚)	yu´	ㄩˊ	虍部	【虍部】	6畫	209	211	段5上-41	鍇9-17	鉉5上-8
庢(厈、斥，鴟通叚)	chi`	ㄔˋ	广部	【广部】	6畫	446	450	段9下-18	鍇18-6	鉉9下-3
刺(刾、庛、鼜通叚)	ci`	ㄘˋ	刀部	【刂部】	6畫	182	184	段4下-50	鍇8-18	鉉4下-7
疵(玼，庛通叚)	ci	ㄘ	广部	【疒部】	6畫	348	352	段7下-27	鍇14-12	鉉7下-5
朿(刺、棘楝yi´述及，庛、蟄、蛓通叚)	ci`	ㄘˋ	朿部	【木部】	6畫	318	321	段7上-33	鍇13-14	鉉7上-6
庠	xiang´	ㄒㄧㄤˊ	广部	【广部】	6畫	443	447	段9下-12	鍇18-4	鉉9下-2
扆(依，庡、庝通叚)	yi˘	ㄧˇ	戶部	【戶部】	6畫	587	593	段12上-7	鍇23-4	鉉12上-2
庢(庢通叚)	zhi`	ㄓˋ	广部	【广部】	6畫	445	449	段9下-16	鍇18-5	鉉9下-3
庤(偫，峙通叚)	zhi`	ㄓˋ	广部	【广部】	6畫	445	450	段9下-17	鍇18-6	鉉9下-3
偫(峙、庤)	zhi`	ㄓˋ	人部	【广部】	6畫	371	375	段8上-13	鍇15-5	鉉8上-2
阰(限、㫴、㫗)	xian`	ㄒㄧㄢˋ	𨸏部	【广部】	6畫	732	739	段14下-3	鍇28-2	鉉14下-1
庰(屏)	bing`	ㄅㄧㄥˋ	广部	【广部】	6畫	444	448	段9下-14	鍇18-5	鉉9下-3
休(庥，咻、貅通叚)	xiu	ㄒㄧㄡ	木部	【广部】	6畫	270	272	段6上-64	鍇11-28	鉉6上-8
庮(庲)	ju	ㄐㄩ	广部	【广部】	7畫	446	450	段9下-18	鍇18-6	鉉9下-3
庫	ku`	ㄎㄨˋ	广部	【广部】	7畫	443	448	段9下-13	鍇18-5	鉉9下-2
坖(堲、坐，座通叚)	zuo`	ㄗㄨㄛˋ	土部	【土部】	7畫	687	693	段13下-26	鍇26-4	鉉13下-4
哮(豞，烋、庨、薂通叚)	xiao	ㄒㄧㄠ	口部	【口部】	7畫	61	62	段2上-27	鍇3-12	鉉2上-6
庮(瘤通叚)	you˘	ㄧㄡˇ	广部	【广部】	7畫	445	450	段9下-17	鍇18-6	鉉9下-3
庪	gui˘	ㄍㄨㄟˇ	广部	【广部】	7畫	無	無	無	無	鉉9下-3
屐(扆、庋、庪、輾通叚)	ji	ㄐㄧ	履部	【尸部】	7畫	402	407	段8下-3	鍇16-10	鉉8下-1
跂(庪、歧通叚)	qi´	ㄑㄧˊ	足部	【足部】	7畫	84	85	段2下-31	鍇4-16	鉉2下-6
庭(廳、廰通叚)	ting´	ㄊㄧㄥˊ	广部	【广部】	7畫	443	448	段9下-13	鍇18-4	鉉9下-2

篆本字(古文、金文、籀文、俗字，通段、金石)	拼音	注音	說文部首	康熙部首	筆畫	一般頁碼	洪葉頁碼	段注篇章	徐鍇通釋篇章	徐鉉藤花榭篇章
寁(摺、庴)	zan˘	ㄗㄢˇ	宀部	【宀部】	8畫	341	344	段7下-12	錯14-6	鉉7下-3
兓(簪=寁庴摺同字、笒)	zen	ㄗㄣ	兓部	【无部】	8畫	405	410	段8下-9	錯16-12	鉉8下-2
盦(庵、罯、菴通段)	an	ㄢ	皿部	【广部】	8畫	213	215	段5上-49	錯9-20	鉉5上-9
侈(㑨)	chi˘	ㄔˇ	人部	【人部】	8畫	379	383	段8上-30	錯15-10	鉉8上-4
庨	tui´	ㄊㄨㄟˊ	广部	【广部】	8畫	445	450	段9下-17	錯18-6	鉉9下-3
庪(秅，秅通段)	cha´	ㄔㄚˊ	广部	【广部】	8畫	444	449	段9下-15	錯18-5	鉉9下-3
庳(椑通段)	bei	ㄅㄟ	广部	【广部】	8畫	445	449	段9下-16	錯18-6	鉉9下-3
頿(俾、庳)	pi˘	ㄆㄧˇ	頁部	【頁部】	8畫	421	425	段9上-12	錯17-4	鉉9上-2
髀(踤、庳、跛)	bi`	ㄅㄧˋ	骨部	【骨部】	8畫	165	167	段4下-15	錯8-7	鉉4下-3
庤	chi˘	ㄔˇ	广部	【广部】	8畫	444	449	段9下-15	錯18-5	鉉9下-3
庶	shu`	ㄕㄨˋ	广部	【广部】	8畫	445	450	段9下-17	錯18-6	鉉9下-3
庾(萸通段)	yu˘	ㄩˇ	广部	【广部】	8畫	444	448	段9下-14	錯18-5	鉉9下-3
庱	cheng˘	ㄔㄥˇ	广部	【广部】	8畫	無	無	無	無	鉉9下-3
夌(淩、凌、陵，庱、輘通段)	ling´	ㄌㄧㄥˊ	夊部	【夊部】	8畫	232	235	段5下-35	錯10-14	鉉5下-7
敞(厰、廠、惝、鷩通段)	chang˘	ㄔㅊˇ	攴部	【广部】	8畫	123	124	段3下-34	錯6-18	鉉3下-8
穅段改从康(康、康、糠，顑、瓶通段)	kang	ㄎㅊ	禾部	【广部】	8畫	324	327	段7上-46	錯13-20	鉉7上-8
庸(墉，㮷、慵通段)	yong	ㄩㄥ	用部	【广部】	8畫	128	129	段3下-43	錯6-21	鉉3下-10
墉(臺、庸，陠通段)	yong	ㄩㄥ	土部	【土部】	8畫	688	695	段13下-29	錯26-4	鉉13下-4
亯(庸)	yong	ㄩㄥ	亯部	【广部】	8畫	229	232	段5下-29	錯10-12	鉉5下-5
鄘(庸)	yong	ㄩㄥ	邑部	【邑部】	8畫	293	296	段6下-43	錯12-18	鉉6下-7
鏞(庸)	yong	ㄩㄥ	金部	【金部】	8畫	709	716	段14上-16	錯27-6	鉉14上-3
鷛(鸙、庸)	yong	ㄩㄥ	鳥部	【鳥部】	8畫	153	155	段4上-49	錯7-21	鉉4上-9
厞(茀、陫，厞通段)	fei`	ㄈㄟˋ	厂部	【厂部】	8畫	448	452	段9下-22	錯18-7	鉉9下-4
寓(庽)	yu`	ㄩˋ	宀部	【广部】	9畫	341	345	段7下-13	錯14-6	鉉7下-3

篆本字(古文、金文、籀文、俗字，通段、金石)	拼音	注音	說文部首	康熙部首	筆畫	一般頁碼	洪葉頁碼	段注篇章	徐鍇通釋篇章	徐鉉藤花榭篇章
厠(側，厠通段)	ce`	ㄘㄜˋ	广部	【广部】	9畫	444	448	段9下-14	錯18-5	鉉9下-3
籃(𥳚)	lan´	ㄌㄢˊ	竹部	【竹部】	9畫	193	195	段5上-9	錯9-4	鉉5上-2
廊	lang´	ㄌㄤˊ	广部	【广部】	9畫	無	無	無	無	鉉9下-3
郎(良，廊通段)	lang´	ㄌㄤˊ	邑部	【邑部】	9畫	297	299	段6下-50	錯12-20	鉉6下-8
厢	xiang	ㄒㄧㄤ	广部	【广部】	9畫	無	無	無	無	鉉9下-3
箱(厢通段、段刪)	xiang	ㄒㄧㄤ	竹部	【竹部】	9畫	195	197	段5上-14	錯9-5	鉉5上-3
厔	ye`	ㄧㄝˋ	广部	【广部】	9畫	446	450	段9下-18	錯18-6	鉉9下-3
窬(窬，牏)	yu´	ㄩˊ	穴部	【穴部】	9畫	345	349	段7下-21	錯14-9	鉉7下-4
廄(㿜，廐、廏通段)	jiu`	ㄐㄧㄡˋ	广部	【广部】	9畫	443	448	段9下-13	錯18-5	鉉9下-2
廟(庿)	miao`	ㄇㄧㄠˋ	广部	【广部】	9畫	446	450	段9下-18	錯18-6	鉉9下-3
摛(搋、扯、掣，摩通段)	chi`	ㄔˋ	手部	【广部】	10畫	602	608	段12上-38	錯23-12	鉉12上-6
捜(搜，廋、趨、鎪通段)	sou	ㄙㄡ	手部	【手部】	10畫	611	617	段12上-55	錯23-17	鉉12上-8
厦(sha`)	xia`	ㄒㄧㄚˋ	广部	【广部】	10畫	無	無	無	無	鉉9下-3
夏(憂、夓，厦、廈通段)	xia`	ㄒㄧㄚˋ	夊部	【夊部】	10畫	233	235	段5下-36	錯10-15	鉉5下-7
廉	lian´	ㄌㄧㄢˊ	广部	【广部】	10畫	444	449	段9下-15	錯18-5	鉉9下-3
廇(霤)	liu`	ㄌㄧㄡˋ	广部	【广部】	10畫	443	448	段9下-13	錯18-4	鉉9下-2
廌(豸、豻)	zhi`	ㄓˋ	廌部	【广部】	10畫	469	474	段10上-19	錯19-6	鉉10上-3
解(廌，廨、嶰、獬、貈、繲、邂通段)	jie`	ㄐㄧㄝˋ	角部	【角部】	10畫	186	188	段4下-58	錯8-20	鉉4下-9
麼	mo´	ㄇㄛˊ	幺部	【糸部】	11畫	無	無	無	無	鉉4下-1
摩(磨、䃺述及，魔、劘、攦、灖、麼、鄿通段)	mo´	ㄇㄛˊ	手部	【手部】	11畫	606	612	段12上-45	錯23-14	鉉12上-7
髍(麼、䯏)	mo´	ㄇㄛˊ	骨部	【骨部】	11畫	166	168	段4下-17	錯8-7	鉉4下-4
蔭(陰，廕通段)	yin`	ㄧㄣˋ	艸部	【艸部】	11畫	39	39	段1下-36	錯2-17	鉉1下-6
廑(僅、勤，厪、廙通段)	jin`	ㄐㄧㄣˇ	广部	【广部】	11畫	446	450	段9下-18	錯18-6	鉉9下-3

篆本字（古文、金文、籀文、俗字，通段、金石）	拼音	注音	說文部首	康熙部首	筆畫	一般頁碼	洪葉頁碼	段注篇章	徐鍇通釋篇章	徐鉉藤花榭篇章
鹿(麗、攦、麗、蠊、轆、轐通段)	lù	ㄌㄨˋ	鹿部	【鹿部】	11畫	470	474	段10上-20	鍇19-6	鉉10上-3
籭(篡，麗通段)	lù	ㄌㄨˋ	竹部	【竹部】	11畫	194	196	段5上-11	鍇9-4	鉉5上-2
㒖(嘶，㒖、甈通段)	si	ㄙ	厂部	【厂部】	11畫	349	352	段7下-28	鍇14-12	鉉7下-5
斯(撕、螄、蟴、嘶、㒖、鐁通段)	si	ㄙ	斤部	【斤部】	11畫	717	724	段14上-31	鍇27-10	鉉14上-5
廔(樓)	lóu	ㄌㄡˊ	广部	【广部】	11畫	445	450	段9下-17	鍇18-6	鉉9下-3
霩(廓)	kuò	ㄎㄨㄛˋ	雨部	【雨部】	11畫	573	579	段11下-13	鍇22-6	鉉11下-4
郭(郭邑部、廓鼓述及)	guo	ㄍㄨㄛ	邑部	【邑部】	11畫	298	301	段6下-53	鍇12-21	鉉6下-8
稾(廓、郭稾部)	guo	ㄍㄨㄛ	稾部	【邑部】	11畫	228	231	段5下-27	鍇10-11	鉉5下-5
廖	liào	ㄌㄧㄠˋ	广部	【广部】	11畫	無	無	無	無	鉉9下-3
膠(廖，嶛、寥、廖通段)	liáo	ㄌㄧㄠˊ	广部	【广部】	11畫	446	450	段9下-18	鍇18-6	鉉9下-3
鷚(鷚，廖通段)	liù	ㄌㄧㄡˋ	鳥部	【鳥部】	11畫	150	151	段4上-42	鍇7-19	鉉4上-8
廙(翼)	yì	ㄧˋ	广部	【广部】	11畫	445	450	段9下-17	鍇18-6	鉉9下-3
廔	cong	ㄘㄨㄥ	广部	【广部】	11畫	444	449	段9下-15	鍇18-5	鉉9下-3
高(顝)	qing	ㄑㄧㄥˇ	高部	【高部】	11畫	227	230	段5下-25	鍇10-10	鉉5下-3
廚(厨、幮通段)	chú	ㄔㄨˊ	广部	【广部】	12畫	443	448	段9下-13	鍇18-5	鉉9下-2
廛(里，壥、壂、瀍、鄽通段)	chán	ㄔㄢˊ	广部	【广部】	12畫	444	449	段9下-15	鍇18-5	鉉9下-3
廟(庿)	miào	ㄇㄧㄠˋ	广部	【广部】	12畫	446	450	段9下-18	鍇18-6	鉉9下-3
廡(廄、䎞、廙，甒通段)	wǔ	ㄨˇ	广部	【广部】	12畫	443	448	段9下-13	鍇18-4	鉉9下-2
廢(癈)	fèi	ㄈㄟˋ	广部	【广部】	12畫	445	450	段9下-17	鍇18-6	鉉9下-3
癈(廢)	fèi	ㄈㄟˋ	厂部	【厂部】	12畫	348	352	段7下-27	鍇14-12	鉉7下-5
廣	guǎng	ㄍㄨㄤˇ	广部	【广部】	12畫	444	448	段9下-14	鍇18-5	鉉9下-2
廇(霤)	liù	ㄌㄧㄡˋ	广部	【广部】	12畫	443	448	段9下-13	鍇18-4	鉉9下-2
廞(淫，嶔通段)	xin	ㄒㄧㄣ	曰部	【广部】	12畫	446	450	段9下-18	鍇18-6	鉉9下-3

篆本字(古文、金文、籀文、俗字，通叚、金石)	拼音	注音	說文部首	康熙部首	筆畫	一般頁碼	洪葉頁碼	段注篇章	徐鍇通釋篇章	徐鉉藤花榭篇章
淫(歈述及，霪通叚)	yin´	一ㄣˊ	水部	【水部】	12畫	551	556	段11上貳-11	錯21-16	鉉11上-5
欽(歈通叚)	qin	ㄑ一ㄣ	欠部	【金部】	12畫	410	415	段8下-19	錯16-15	鉉8下-4
厰(嶔，歈通叚)	yin´	一ㄣˊ	厂部	【厂部】	12畫	446	451	段9下-19	錯18-7	鉉9下-3
解(𧣽，廨、嶰、獬、貈、緀、邂通叚)	jie˘	ㄐ一ㄝˇ	角部	【广部】	13畫	186	188	段4下-58	錯8-20	鉉4下-9
牆(牆、牆从來，墙、嬙、薔、廧、檣通叚)	qiang´	ㄑ一ㅉˊ	嗇部	【爿部】	13畫	231	233	段5下-32	錯10-13	鉉5下-6
廘	lu˘	ㄌㄨˇ	广部	【广部】	13畫	443	448	段9下-13	錯18-5	鉉9下-2
廥	kuai`	ㄎㄨㄞˋ	广部	【广部】	13畫	444	448	段9下-14	錯18-5	鉉9下-2
廦(壁)	bi`	ㄅ一ˋ	广部	【广部】	13畫	444	448	段9下-14	錯18-5	鉉9下-2
廑(僅、勤，厪、廚通叚)	jin˘	ㄐ一ㄣˇ	广部	【广部】	13畫	446	450	段9下-18	錯18-6	鉉9下-3
僅(厪、懂)	jin˘	ㄐ一ㄣˇ	人部	【人部】	13畫	374	378	段8上-20	錯15-8	鉉8上-3
靣(廩、瘰、懍)	lin˘	ㄌ一ㄣˇ	靣部	【一部】	13畫	230	232	段5下-30	錯10-12	鉉5下-6
稟(廩，禀通叚)	bing˘	ㄅ一ㄥˇ	靣部	【禾部】	13畫	230	233	段5下-31	錯10-13	鉉5下-6
廡(庌、蕪、廃，甒通叚)	wu˘	ㄨˇ	广部	【广部】	14畫	443	448	段9下-13	錯18-4	鉉9下-2
廛(里，壥、㕓、瀍、鄽通叚)	chan´	ㄔㄢˊ	广部	【广部】	15畫	444	449	段9下-15	錯18-5	鉉9下-3
廫(廖，嵺、寥、廖通叚)	liao´	ㄌ一ㄠˊ	广部	【广部】	15畫	446	450	段9下-18	錯18-6	鉉9下-3
廬(盧)	lu´	ㄌㄨˊ	广部	【广部】	16畫	443	447	段9下-12	錯18-4	鉉9下-2
簏(盧)	lu´	ㄌㄨˊ	竹部	【竹部】	16畫	195	197	段5上-14	錯9-5	鉉5上-2
盧(盧从囪、廬、矑縣述及，瀘、獹、鑪、轤、鱸通叚)	lu´	ㄌㄨˊ	皿部	【皿部】	16畫	212	214	段5上-47	錯9-19	鉉5上-9
龐(庞、厐通叚)	pang´	ㄆㅉˊ	广部	【广部】	16畫	445	449	段9下-16	錯18-5	鉉9下-3
廱(雝通叚)	yong	ㄩㄥ	广部	【广部】	17畫	442	447	段9下-11	錯18-4	鉉9下-2

篆本字(古文、金文、籀文、俗字，通叚、金石)	拼音	注音	說文部首	康熙部首	筆畫	一般頁碼	洪葉頁碼	段注篇章	徐鍇通釋篇章	徐鉉藤花榭篇章
鮮(尟、鱻、嶰 甗yan˘述及，鱻通叚)	xian	ㄒㄧㄢ	魚部	【魚部】	17畫	579	585	段11下-25	錯22-10	鉉11下-5
廮	ying˘	ㄧㄥˇ	广部	【广部】	18畫	445	449	段9下-16	錯18-6	鉉9下-3
廡(庌、橆、廯，甒通叚)	wu˘	ㄨˇ	广部	【广部】	18畫	443	448	段9下-13	錯18-4	鉉9下-2
蘇(蘓通叚)	su	ㄙㄨ	艸部	【艸部】	19畫	23	24	段1下-5	錯2-22	鉉1下-1
庭(廳、廰通叚)	ting	ㄊㄧㄥˊ	广部	【广部】	22畫	443	448	段9下-13	錯18-4	鉉9下-2
聽(聼、聴通叚)	ting	ㄊㄧㄥ	耳部	【耳部】	22畫	592	598	段12上-17	錯23-7	鉉12上-4
【夂(yin˘)部】	yin˘	ㄧㄣˇ	夂部			77	78	段2下-17	錯4-9	鉉2下-4
夂(引)	yin˘	ㄧㄣˇ	夂部	【夂部】		77	78	段2下-17	錯4-9	鉉2下-4
延(辿)	chan˘	ㄔㄢˇ	延部	【夂部】	4畫	77	78	段2下-17	錯4-10	鉉2下-4
廷	ting	ㄊㄧㄥˊ	夂部	【夂部】	4畫	77	78	段2下-17	錯4-9	鉉2下-4
延與止部延yan´不同(征、延)	zheng	ㄓㄥ	延部	【夂部】	5畫	77	78	段2下-17	錯4-9	鉉2下-4
延非延zheng(莚蔓man`延字多作莚，綖、蜒、蝘通叚)	yan´	ㄧㄢˊ	延部	【夂部】	5畫	77	78	段2下-17	錯4-10	鉉2下-4
羨(衍、延)	xian`	ㄒㄧㄢˋ	次部	【羊部】	5畫	414	418	段8下-26	錯16-18	鉉8下-5
迪(廸通叚)	di´	ㄉㄧˊ	辵(辶)部	【辵部】	5畫	71	72	段2下-5	錯4-3	鉉2下-2
建	jian`	ㄐㄧㄢˋ	夂部	【夂部】	6畫	77	78	段2下-17	錯4-9	鉉2下-4
眮(眲通叚)	yan´	ㄧㄢˊ	目部	【目部】	8畫	131	133	段4上-5	錯7-3	鉉4上-2
【廾(gong˘)部】	gong˘	ㄍㄨㄥˇ	収部			103	104	段3上-35	錯5-19	鉉3上-8
収(廾、拜、捀)	gong˘	ㄍㄨㄥˇ	収部	【廾部】		103	104	段3上-35	錯5-19	鉉3上-8
廿	nian`	ㄋㄧㄢˋ	十部	【廾部】	1畫	89	89	段3上-6	錯5-4	鉉3上-2
疾(痵、𥆧、廿與十部廿nian`篆同，蒺通叚)	ji´	ㄐㄧˊ	疒部	【疒部】	1畫	348	351	段7下-26	錯14-11	鉉7下-5
兒(覓、奐、弁、卞，絣通叚)	bian`	ㄅㄧㄢˋ	兒部	【小部】	2畫	406	410	段8下-10	錯16-12	鉉8下-2
辡(弁)	bian`	ㄅㄧㄢˋ	心部	【心部】	2畫	508	512	段10下-36	錯20-13	鉉10下-7

篆本字(古文、金文、籀文、俗字，通叚、金石)	拼音	注音	說文部首	康熙部首	筆畫	一般頁碼	洪葉頁碼	段注篇章	徐鍇通釋篇章	徐鉉藤花榭篇章
昪(弁，忭通叚)	bian`	ㄅㄧㄢˋ	日部	【日部】2畫		306	309	段7上-9	錯13-3	鉉7上-2
异(異)	yi`	一ˋ	収部	【廾部】3畫		104	104	段3上-36	錯5-19	鉉3上-8
弄	nong`	ㄋㄨㄥˋ	収部	【廾部】4畫		104	104	段3上-36	錯5-19	鉉3上-8
梇(弄)	long`	ㄌㄨㄥˋ	木部	【木部】4畫		248	250	段6上-20	錯11-9	鉉6上-3
夅	kui´	ㄎㄨㄟˊ	収部	【廾部】4畫		104	105	段3上-37	錯5-19	鉉3上-8
蕅(棄、弃)	qi`	ㄑㄧˋ	華部	【木部】4畫		158	160	段4下-1	錯8-1	鉉4下-1
與(㦊，藇、釀通叚)	yu`	ㄩˇ	舁部	【臼部】4畫		105	106	段3上-39	錯5-21	鉉3上-9
兵(兵、俰、姭，倂)	bing	ㄅㄧㄥ	収部	【八部】4畫		104	105	段3上-37	錯5-19	鉉3上-8
厹 厹部qu，與凵部kanˇ不同(筓，弆通叚)	qu	ㄑㄩ	厹部	【凵部】5畫		213	215	段5上-50	錯9-20	鉉5上-9
厺(去，弆通叚)	qu`	ㄑㄩˋ	去部	【厶部】5畫		213	215	段5上-50	錯9-20	鉉5上-9
弇	yu`	ㄩˋ	収部	【廾部】5畫		104	105	段3上-37	錯5-19	鉉3上-8
昇(惎)	qi´	ㄑㄧˊ	収部	【廾部】5畫		104	104	段3上-36	錯5-19	鉉3上-8
畀(畀非畁qiˊ)	bi`	ㄅㄧˋ	丌部	【田部】5畫		200	202	段5上-23	錯9-9	鉉5上-4
弇(寴、筭，崦通叚)	yan`	ㄧㄢˇ	収部	【廾部】6畫		104	104	段3上-36	錯5-19	鉉3上-8
奄(弇，崦通叚)	yan	ㄧㄢ	大部	【大部】6畫		492	497	段10下-5	錯20-1	鉉10下-1
癸(奐，煥通叚)	huan`	ㄏㄨㄢˋ	収部	【大部】6畫		104	104	段3上-36	錯5-19	鉉3上-8
弈(弈)	yi`	一ˋ	収部	【廾部】6畫		104	105	段3上-37	錯5-20	鉉3上-8
舁	yu´	ㄩˊ	舁部	【廾部】6畫		105	106	段3上-39	錯5-21	鉉3上-9
桊	juan`	ㄐㄩㄢˋ	収部	【廾部】7畫		104	105	段3上-37	錯5-19	鉉3上-8
弇(寴、筭，崦通叚)	yan`	ㄧㄢˇ	収部	【廾部】8畫		104	104	段3上-36	錯5-19	鉉3上-8
覍(覓、奦、弁、卞，絣通叚)	bian`	ㄅㄧㄢˋ	兒部	【小部】8畫		406	410	段8下-10	錯16-12	鉉8下-2
箕(𠀠、㠱、𠷤、其、匸)	ji	ㄐㄧ	箕部	【竹部】8畫		199	201	段5上-21	錯9-8	鉉5上-4
寭(蕢)	wei`	ㄨㄟˋ	米部	【廾部】9畫		273	276	段6下-3	錯12-3	鉉6下-1

篆本字(古文、金文、籀文、俗字,通叚、金石)	拼音	注音	說文部首	康熙部首	筆畫	一般頁碼	洪葉頁碼	段注篇章	徐鍇通釋篇章	徐鉉藤花榭篇章
算(尊、罇、樽)	zun	ㄗㄨㄣ	酉部	【廾部】9畫	752	759	段14下-43	鍇28-20	鉉14下-10末
將(獎、獎,犙通叚)	jiangˇ	ㄐㄧㄤˇ	犬部	【犬部】11畫	474	478	段10上-28	鍇19-9	鉉10上-5
獘(獙、弊,獒通叚)	bì	ㄅㄧˋ	犬部	【犬部】11畫	476	480	段10上-32	鍇19-11	鉉10上-6
䇂(登)	deng	ㄉㄥ	豆部	【豆部】11畫	208	210	段5上-39	鍇9-16	鉉5上-7
羃(zheˊ)	yì	ㄧˋ	収部	【廾部】13畫	104	104	段3上-36	鍇5-19	鉉3上-8
巫(覡)	wu	ㄨ	巫部	【工部】13畫	201	203	段5上-26	鍇9-10	鉉5上-4
樊(攀)	luanˊ	ㄌㄨㄢˊ	虤部	【廾部】19畫	105	105	段3上-38	鍇5-20	鉉3上-8
舁(䙴、舉,䙏通叚)	qian	ㄑㄧㄢ	舁部	【臼部】26畫	105	106	段3上-39	鍇5-21	鉉3上-9
【弋(yì)部】	yì	ㄧˋ	厂部			627	633	段12下-32	鍇24-11	鉉12下-5
弋(杙,芅、紩、鳶、默通叚)	yì	ㄧˋ	厂部	【弋部】		627	633	段12下-32	鍇24-11	鉉12下-5
杙(弋)	yì	ㄧˋ	木部	【木部】		243	245	段6上-11	鍇11-5	鉉6上-2
雉(弋,鳶、㲉通叚)	yì	ㄧˋ	隹部	【隹部】		143	145	段4上-29	鍇7-13	鉉4上-6
一(弌)	yi	ㄧ	一部	【一部】		1	1	段1上-1	鍇1-1	鉉1上-1
二(弍)	èr	ㄦˋ	二部	【一部】2畫	681	687	段13下-14	鍇26-1	鉉13下-3
三(弎)	san	ㄙㄢ	三部	【一部】3畫	9	9	段1上-17	鍇1-9	鉉1上-3
式(拭、栻、鵡、鷩从敕通叚)	shì	ㄕˋ	工部	【弋部】3畫	201	203	段5上-25	鍇9-10	鉉5上-4
軾(式)	shì	ㄕˋ	車部	【車部】3畫	722	729	段14上-41	鍇27-12	鉉14上-6
弒(試)	shì	ㄕˋ	殺部	【弋部】9畫	120	121	段3下-28	鍇6-15	鉉3下-7
【弓(gong)部】	gong	ㄍㄨㄥ	弓部			639	645	段12下-56	鍇24-18	鉉12下-9
弓	gong	ㄍㄨㄥ	弓部	【弓部】		639	645	段12下-56	鍇24-18	鉉12下-9
彈(弓、弜)	tanˊ	ㄊㄢˊ	弓部	【弓部】		641	647	段12下-60	鍇24-20	鉉12下-9
厷(厶、肱、弓)	gong	ㄍㄨㄥ	又部	【厶部】		115	116	段3下-17	鍇6-9	鉉3下-4
马(巳)	hàn	ㄏㄢˋ	马部	【弓部】		316	319	段7上-30	鍇13-12	鉉7上-5
丩(弓)	jiu	ㄐㄧㄡ	丩部	【丨部】1畫	88	89	段3上-5	鍇5-3	鉉3上-2

篆本字(古文、金文、籀文、俗字,通叚、金石)	拼音	注音	說文部首	康熙部首	筆畫	一般頁碼	洪葉頁碼	段注篇章	徐鍇通釋篇章	徐鉉藤花榭篇章
卷(裷、弓ㄐ述及,唬、埢、綣、菤通叚)	juan `	ㄐㄩㄢˋ	卩部	【卩部】1畫	431	435	段9上-32	錯17-10	鉉9上-5
弖	xian´	ㄒㄧㄢˊ	马部	【弓部】1畫	無	無	無	錯13-13	鉉7上-5
弔(弔、逪,吊通叚)	diao `	ㄉㄧㄠˋ	人部	【弓部】1畫	383	387	段8上-37	錯15-12	鉉8上-5
引	yin ˇ	ㄧㄣˇ	弓部	【弓部】1畫	640	646	段12下-58	錯24-19	鉉12下-9
㢟(引)	yin ˇ	ㄧㄣˇ	㢟部	【㢟部】1畫	77	78	段2下-17	錯4-9	鉉2下-4
乃(弓、孕)	nai ˇ	ㄋㄞˇ	乃部	【丿部】2畫	203	205	段5上-29	錯9-11	鉉5上-5
弗	fu´	ㄈㄨˊ	丿部	【弓部】2畫	627	633	段12下-32	錯24-11	鉉12下-5
佛(弗)	fu´	ㄈㄨˊ	心部	【心部】2畫	510	514	段10下-40	錯20-14	鉉10下-7
弘(彋、弦,軦、鈜通叚)	hong´	ㄏㄨㄥˊ	弓部	【弓部】2畫	641	647	段12下-59	錯24-19	鉉12下-9
宏(弘、閎,竑通叚)	hong´	ㄏㄨㄥˊ	宀部	【宀部】2畫	339	342	段7下-8	錯14-4	鉉7下-2
旳(的、勺,玓通叚)	di `	ㄉㄧˋ	日部	【日部】3畫	303	306	段7上-4	錯13-2	鉉7上-1
弙(扜)	wu	ㄨ	弓部	【弓部】3畫	641	647	段12下-59	錯24-19	鉉12下-9
弜	jiang `	ㄐㄧㄤˋ	弜部	【弓部】3畫	642	648	段12下-61	錯24-20	鉉12下-9
彈(弓、弾)	tan´	ㄊㄢˊ	弓部	【弓部】3畫	641	647	段12下-60	錯24-20	鉉12下-9
弛(號,弨通叚)	chi´	ㄔˊ	弓部	【弓部】3畫	641	647	段12下-59	錯24-19	鉉12下-9
欨(㱈、哂,嘌、吲通叚)	shen ˇ	ㄕㄣˇ	欠部	【欠部】4畫	411	415	段8下-20	錯16-16	鉉8下-4
弘(彋、弦,軦、鈜通叚)	hong´	ㄏㄨㄥˊ	弓部	【弓部】4畫	641	647	段12下-59	錯24-19	鉉12下-9
弟(丰,悌、第通叚)	di `	ㄉㄧˋ	弟部	【弓部】4畫	236	239	段5下-42	錯10-17	鉉5下-8
第(弟)	di `	ㄉㄧˋ	竹部	【竹部】4畫	199	201	段5上-21	無	鉉5上-3
圛(弟、涕、繹)	yi `	ㄧˋ	口部	【口部】4畫	277	280	段6下-11	錯12-8	鉉6下-3
弦(弦、絃,紒、舷通叚)	xian´	ㄒㄧㄢˊ	弦部	【弓部】5畫	642	648	段12下-61	錯24-20	鉉12下-10
弛(號,弨通叚)	chi´	ㄔˊ	弓部	【弓部】5畫	641	647	段12下-59	錯24-19	鉉12下-9
拊(撫,弣通叚)	fu ˇ	ㄈㄨˇ	手部	【手部】5畫	598	604	段12上-30	錯23-10	鉉12上-5

篆本字（古文、金文、籀文、俗字，通段、金石）	拼音	注音	說文部首	康熙部首	筆畫	一般頁碼	洪葉頁碼	段注篇章	徐鍇通釋篇章	徐鉉藤花榭篇章
刜(拊、咐)	fu˘	ㄈㄨˇ	刀部	【刂部】5畫		178	180	段4下-41	鍇8-15	鉉4下-6
彈(弴、敦、追、弤)	dun	ㄉㄨㄣ	弓部	【弓部】5畫		639	645	段12下-56	鍇24-19	鉉12下-9
弼(弻、弼、彌、敬、弗，弼、弼通段)	biˋ	ㄅㄧˋ	弜部	【弓部】5畫		642	648	段12下-61	鍇24-20	鉉12下-9
弢(韔、韣、弨)	tao	ㄊㄠ	弓部	【弓部】5畫		641	647	段12下-59	鍇24-19	鉉12下-9
韔(弢、弨，韔通段)	changˋ	ㄔㄤˋ	韋部	【韋部】5畫		235	238	段5下-41	鍇10-17	鉉5下-8
弧	hu´	ㄏㄨˊ	弓部	【弓部】5畫		640	646	段12下-57	鍇24-19	鉉12下-9
弨	chao	ㄔㄠ	弓部	【弓部】5畫		640	646	段12下-58	鍇24-19	鉉12下-9
弩(努通段)	nu˘	ㄋㄨˇ	弓部	【弓部】5畫		641	647	段12下-59	鍇24-19	鉉12下-9
疇(畱)	chou	ㄔㄡ	田部	【田部】6畫		695	701	段13下-42	鍇26-8	鉉13下-6
疇(畱、畱、疇)	chou´	ㄔㄡˊ	白部	【白部】6畫		137	138	段4上-16	鍇7-8	鉉4上-4
弭(弰、彌、麛)	mi˘	ㄇㄧˇ	弓部	【弓部】6畫		640	646	段12下-57	鍇24-19	鉉12下-9
翼(弖、翼)	yiˋ	ㄧˋ	羽部	【羽部】6畫		139	140	段4上-20	鍇7-10	鉉4上-4
弖(翼、翼)	yiˋ	ㄧˋ	弓部	【弓部】6畫		641	647	段12下-60	鍇24-20	鉉12下-9
弲	xuan	ㄒㄩㄢ	弓部	【弓部】7畫		640	646	段12下-57	鍇24-19	鉉12下-9
彆(弼)	bieˋ	ㄅㄧㄝˋ	弓部	【弓部】7畫		641	647	段12下-60	無	鉉12下-9
弼(弻、弼、彌、敬、弗，弼、弼通段)	biˋ	ㄅㄧˋ	弜部	【弓部】7畫		642	648	段12下-61	鍇24-20	鉉12下-9
簫(弴、彌、彌通段)	xiao	ㄒㄧㄠ	竹部	【竹部】7畫		197	199	段5上-17	鍇9-6	鉉5上-3
弱	ruoˋ	ㄖㄨㄛˋ	彡部	【弓部】7畫		425	429	段9上-20	鍇17-7	鉉9上-3
弭(弰、彌、麛)	mi˘	ㄇㄧˇ	弓部	【弓部】8畫		640	646	段12下-57	鍇24-19	鉉12下-9
彈(弴、敦、追、弤)	dun	ㄉㄨㄣ	弓部	【弓部】8畫		639	645	段12下-56	鍇24-19	鉉12下-9

篆本字(古文、金文、籀文、俗字，通段、金石)	拼音	注音	說文部首	康熙部首	筆畫	一般頁碼	洪葉頁碼	段注篇章	徐鍇通釋篇章	徐鉉藤花榭篇章
張(脹瘨述及，漲、痕、糧、餦通段)	zhang	ㄓㄤ	弓部	【弓部】8畫		640	646	段12下-58	鍇24-19	鉉12下-9
帳(張，賬通段)	zhang `	ㄓㄤˋ	巾部	【巾部】8畫		359	362	段7下-48	鍇14-22	鉉7下-9
弸	peng ´	ㄆㄥˊ	弓部	【弓部】8畫		640	646	段12下-58	鍇24-19	鉉12下-9
強(彊、疆)	qiang ´	ㄑㄧㄤˊ	虫部	【弓部】8畫		665	672	段13上-45	鍇25-11	鉉13上-6
韘(弽、弝)	she `	ㄕㄜˋ	韋部	【韋部】9畫		235	238	段5下-41	鍇10-16	鉉5下-8
弼(弻、弼、彌、弜、弗，弜、弻通段)	bi `	ㄅㄧˋ	弜部	【弓部】9畫		642	648	段12下-61	鍇24-20	鉉12下-9
即(弼)	bi `	ㄅㄧˋ	卩部	【卩部】10畫		430	435	段9上-31	鍇17-10	鉉9上-5
弛(號，弨通段)	chi ´	ㄔˊ	弓部	【弓部】10畫		641	647	段12下-59	鍇24-19	鉉12下-9
蹇(謇，寋、謇、讜通段)	jian ˇ	ㄐㄧㄢˇ	足部	【足部】10畫		83	84	段2下-29	鍇4-15	鉉2下-6
彀	gou `	ㄍㄡˋ	弓部	【弓部】10畫		641	647	段12下-59	鍇24-19	鉉12下-9
彄	kou	ㄎㄡ	弓部	【弓部】11畫		640	646	段12下-58	鍇24-19	鉉12下-9
鬶(鬶、幬、幬)	chou ´	ㄔㄡˊ	口部	【口部】11畫		58	59	段2上-21	鍇3-9	鉉2上-4
弼(弻、弼、彌、弜、弗，弜、弻通段)	bi `	ㄅㄧˋ	弜部	【弓部】12畫		642	648	段12下-61	鍇24-20	鉉12下-9
彈(畢)	bi `	ㄅㄧˋ	弓部	【弓部】12畫		641	647	段12下-60	鍇24-20	鉉12下-9
弊(弼)	bie `	ㄅㄧㄝˋ	弓部	【弓部】12畫		641	647	段12下-60	無	鉉12下-9
彈(弓、弘)	tan ´	ㄊㄢˊ	弓部	【弓部】12畫		641	647	段12下-60	鍇24-20	鉉12下-9
僤(彈)	dan `	ㄉㄢˋ	人部	【人部】12畫		369	373	段8上-9	鍇15-4	鉉8上-2
彍(彉，擴、霩 从口弓通段)	guo	ㄍㄨㄛ	弓部	【弓部】12畫		641	647	段12下-60	鍇24-20	鉉12下-9
彊(勥)	qiang ´	ㄑㄧㄤˊ	弓部	【弓部】13畫		640	646	段12下-58	鍇24-19	鉉12下-9
強(彊、疆)	qiang ´	ㄑㄧㄤˊ	虫部	【弓部】13畫		665	672	段13上-45	鍇25-11	鉉13上-6
簫(弰、彌、彇 通段)	xiao	ㄒㄧㄠ	竹部	【竹部】13畫		197	199	段5上-17	鍇9-6	鉉5上-3
弘(彍、弦，軦、鈜通段)	hong ´	ㄏㄨㄥˊ	弓部	【弓部】13畫		641	647	段12下-59	鍇24-19	鉉12下-9
璽(彌)	mi ´	ㄇㄧˊ	弓部	【弓部】14畫		641	647	段12下-59	鍇24-20	鉉12下-9

篆本字（古文、金文、籀文、俗字，通叚、金石）	拼音	注音	說文部首	康熙部首	筆畫	一般頁碼	洪葉頁碼	段注篇章	徐鍇通釋篇章	徐鉉藤花榭篇章
镾(彌、瓕、彌、敉、麛，獼通叚)	mí	ㄇㄧˊ	長部	【長部】14畫	453	458	段9下-33	錯18-11	鉉9下-5
聻(彌)	mǐ	ㄇㄧˇ	耳部	【耳部】14畫	592	598	段12上-18	錯23-8	鉉12上-4
弭(兒、彌、靡)	mǐ	ㄇㄧˇ	弓部	【弓部】14畫	640	646	段12下-57	錯24-19	鉉12下-9
彉(彍，擴、霩从口弓通叚)	guo	ㄍㄨㄛ	弓部	【弓部】15畫	641	647	段12下-60	錯24-20	鉉12下-9
鳳(朋、鵬、朋、鶠从翱，鬝通叚)	feng`	ㄈㄥˋ	鳥部	【鳥部】15畫	148	149	段4上-38	錯7-18	鉉4上-8
簫(弨、彇、彇通叚)	xiao	ㄒㄧㄠ	竹部	【竹部】16畫	197	199	段5上-17	錯9-6	鉉5上-3
彈(弴、敦、追、弢)	dun	ㄉㄨㄣ	弓部	【弓部】16畫	639	645	段12下-56	錯24-19	鉉12下-9
璽(彌)	mí	ㄇㄧˊ	弓部	【弓部】17畫	641	647	段12下-59	錯24-20	鉉12下-9
镾(彌、瓕、彌、敉、麛，獼通叚)	mí	ㄇㄧˊ	長部	【長部】17畫	453	458	段9下-33	錯18-11	鉉9下-5
彏	yao´	ㄧㄠˊ	弓部	【弓部】17畫	640	646	段12下-58	錯24-19	鉉12下-9
彠(彏，奞通叚)	quan´	ㄑㄩㄢˊ	弓部	【弓部】18畫	640	646	段12下-58	錯24-19	鉉12下-9
彎(灣通叚)	wan	ㄨㄢ	弓部	【弓部】19畫	640	646	段12下-58	錯24-19	鉉12下-9
彏	jue´	ㄐㄩㄝˊ	弓部	【弓部】20畫	640	646	段12下-58	錯24-19	鉉12下-9
鬵从羔(鬻、鬻从羹geng、羹，朧通叚)	geng	ㄍㄥ	鬻部	【鬲部】22畫	112	113	段3下-11	錯6-6	鉉3下-2
【彑(ji`)部】	ji`	ㄐㄧˋ	彑部			456	461	段9下-39	錯18-13	鉉9下-6
彑(彐)	ji`	ㄐㄧˋ	彑部	【彑部】	456	461	段9下-39	錯18-13	鉉9下-6
叟(彖)	xia	ㄒㄧㄚ	彑部	【彑部】4畫	456	461	段9下-39	錯18-14	鉉9下-6
彖(系，猭、腞通叚)	tuan`	ㄊㄨㄢˋ	彑部	【彑部】5畫	456	461	段9下-39	錯18-14	鉉9下-6
希(彖、豨、肆、狶、脩、豪，豩通叚)	yi`	ㄧˋ	希部	【彑部】5畫	456	460	段9下-38	錯18-13	鉉9下-6

篆本字(古文、金文、籀文、俗字，通叚、金石)	拼音	注音	說文部首	康熙部首	筆畫	一般頁碼	洪葉頁碼	段注篇章	徐鍇通釋篇章	徐鉉藤花榭篇章
彔(彖、錄)	lu`	ㄌㄨˋ	彖部	【彑部】	5畫	320	323	段7上-37	鍇13-16	鉉7上-7
申(串、ㄋ、臼、卧、伸)	shen	ㄕㄣ	申部	【田部】	6畫	746	753	段14下-32	鍇28-16	鉉14下-8
曼(申、臼、卧)	shen	ㄕㄣ	又部	【又部】	6畫	115	116	段3下-18	鍇6-9	鉉3下-4
彖	chi˘	ㄔˇ	彑部	【彑部】	7畫	456	461	段9下-39	鍇18-14	鉉9下-6
魃(魅、彖、彖)	mei`	ㄇㄟˋ	鬼部	【鬼部】	7畫	435	440	段9上-41	鍇17-14	鉉9上-7
彗(篲、篲，彗通叚)	hui`	ㄏㄨㄟˋ	又部	【彑部】	8畫	116	117	段3下-19	鍇6-10	鉉3下-4
習(彗)	xi´	ㄒㄧˊ	習部	【羽部】	8畫	138	139	段4上-18	鍇7-9	鉉4上-4
希(彖、彖、肆、彖、脩、豪，貄通叚)	yi`	ㄧˋ	希部	【彑部】	8畫	456	460	段9下-38	鍇18-13	鉉9下-6
喙(瘃、殰、彙、豪黔述及，餯通叚)	hui`	ㄏㄨㄟˋ	口部	【口部】	9畫	54	54	段2上-12	鍇3-5	鉉2上-3
彘	zhi`	ㄓˋ	彑部	【彑部】	10畫	456	461	段9下-39	鍇18-14	鉉9下-6
彚(蝟、蜎、猬、彙)	hui`	ㄏㄨㄟˋ	希部	【彑部】	11畫	456	461	段9下-39	鍇18-13	鉉9下-6
喙(瘃、殰、彙、豪黔述及，餯通叚)	hui`	ㄏㄨㄟˋ	口部	【口部】	11畫	54	54	段2上-12	鍇3-5	鉉2上-3
彖 回上彖下[合]	hu	ㄏㄨ	希部	【彑部】	13畫	456	460	段9下-38	鍇18-13	鉉9下-6
彖(彖、彖、肆、遂)	si`	ㄙˋ	希部	【彑部】	13畫	456	461	段9下-39	鍇18-13	鉉9下-6
彛(彛从米素、彛从爪絲)	yi´	ㄧˊ	糸部	【彑部】	15畫	662	669	段13上-39	鍇25-8	鉉13上-5
蒦(蒦，蒦通叚)	huo`	ㄏㄨㄛˋ	雈部	【艸部】	22畫	144	146	段4上-31	鍇7-14	鉉4上-6
【彡(shan)部】	shan	ㄕㄢ	彡部			424	428	段9上-18	鍇17-6	鉉9上-3
彡(彭、毟通叚)	shan	ㄕㄢ	彡部	【彡部】		424	428	段9上-18	鍇17-6	鉉9上-3
工(㠭)	gong	ㄍㄨㄥ	工部	【工部】	3畫	201	203	段5上-25	鍇9-9	鉉5上-4
形(型、刑)	xing´	ㄒㄧㄥˊ	彡部	【彡部】	4畫	424	429	段9上-19	鍇17-6	鉉9上-3
彤	tong´	ㄊㄨㄥˊ	丹部	【彡部】	4畫	215	218	段5下-1	鍇10-1	鉉5下-1

篆本字(古文、金文、籀文、俗字，通叚、金石)	拼音	注音	說文部首	康熙部首	筆畫	一般頁碼	洪葉頁碼	段注篇章	徐鍇通釋篇章	徐鉉藤花榭篇章
彣(文，紋通叚)	wen´	ㄨㄣˊ	彣部	【彡部】	4畫	425	429	段9上-20	錯17-7	鉉9上-4
文(紋、彣)	wen´	ㄨㄣˊ	文部	【文部】	4畫	425	429	段9上-20	錯17-7	鉉9上-4
丹(𠁁、彤)	dan	ㄉㄢ	丹部	【丶部】	5畫	215	218	段5下-1	錯10-1	鉉5下-1
彥(盤)	yan`	一ㄢˋ	彣部	【彡部】	6畫	425	429	段9上-20	錯17-7	鉉9上-4
彩	cai˘	ㄘㄞˇ	彡部	【彡部】	8畫	無	無	無	無	鉉9上-4
采(俗字手采作採、五采作彩，垺、寀、棌、綵、髿通叚)	cai˘	ㄘㄞˇ	木部	【采部】	8畫	268	270	段6上-60	錯11-27	鉉6上-7
份(邠、豳、彬、斌，玢通叚)	fen`	ㄈㄣˋ	人部	【人部】	8畫	368	372	段8上-7	錯15-3	鉉8上-1
廖(穆)	mu`	ㄇㄨˋ	乡部	【彡部】	8畫	425	429	段9上-20	錯17-6	鉉9上-3
穆(廖)	mu`	ㄇㄨˋ	禾部	【禾部】	8畫	321	324	段7上-40	錯13-17	鉉7上-7
彫(琱，剮通叚)	diao	ㄉㄧㄠ	乡部	【彡部】	8畫	424	429	段9上-19	錯17-6	鉉9上-3
琱(彫、雕，剮通叚)	diao	ㄉㄧㄠ	玉部	【玉部】	8畫	15	15	段1上-30	錯1-15	鉉1上-5
彭(靚)	jing`	ㄐㄧㄥˋ	乡部	【彡部】	8畫	424	429	段9上-19	錯17-6	鉉9上-3
彪	biao	ㄅㄧㄠ	虎部	【虍部】	8畫	210	212	段5上-44	錯9-18	鉉5上-8
蛓(彧、馘)	huo`	ㄏㄨㄛˋ	川部	【巛部】	8畫	568	574	段11下-3	錯22-2	鉉11下-2
臧(馘、馘、彧)	yu`	ㄩˋ	有部	【巛部】	9畫	314	317	段7上-25	錯13-10	鉉7上-4
郁(馘、彧)	yu`	ㄩˋ	邑部	【邑部】	9畫	286	288	段6下-28	錯12-15	鉉6下-6
彭(䜴)	peng´	ㄆㄥˊ	壴部	【彡部】	9畫	205	207	段5上-34	錯9-14	鉉5上-7
恸(彭)	bing˘	ㄅㄧㄥˇ	心部	【心部】	9畫	513	518	段10下-47	錯20-17	鉉10下-8
馬(影、彩)	ma˘	ㄇㄚˇ	馬部	【馬部】	9畫	460	465	段10上-1	錯19-1	鉉10上-1
彰(章)	zhang	ㄓㄤ	乡部	【彡部】	11畫	424	429	段9上-19	錯17-6	鉉9上-3
幖(幖、標、剽、表，彲通叚)	biao	ㄅㄧㄠ	巾部	【巾部】	11畫	359	363	段7下-49	錯14-22	鉉7下-9
彡(彲、毨通叚)	shan	ㄕㄢ	乡部	【彡部】	11畫	424	428	段9上-18	錯17-6	鉉9上-3
景(影、暻通叚)	jing˘	ㄐㄧㄥˇ	日部	【日部】	12畫	304	307	段7上-5	錯13-2	鉉7上-1
尋(尋)	xun´	ㄒㄩㄣˊ	寸部	【寸部】	12畫	121	122	段3下-30	錯6-15	鉉3下-7

篆本字(古文、金文、籀文、俗字，通段、金石)	拼音	注音	說文部首	康熙部首	筆畫	一般頁碼	洪葉頁碼	段注篇章	徐鍇通釋篇章	徐鉉藤花榭篇章
蜮(蟈、蜮、或)	yu`	ㄩˋ	有部	【巜部】	13畫	314	317	段7上-25	錯13-10	鉉7上-4
郁(蜮、或)	yu`	ㄩˋ	邑部	【邑部】	13畫	286	288	段6下-28	錯12-15	鉉6下-6
鬱(欝从缶鬯彡)	yu`	ㄩˋ	鬯部	【鬯部】	18畫	217	219	段5下-4	錯10-3	鉉5下-2
色(艴)	se`	ㄙㄜˋ	色部	【色部】	19畫	431	436	段9上-33	錯17-11	鉉9上-6
螭(魑，貙、彲通段)	chi	ㄔ	虫部	【虫部】	19畫	670	676	段13上-54	錯25-13	鉉13上-7
【彳(chi`)部】	chi`	ㄔˋ	彳部			76	76	段2下-14	錯4-7	鉉2下-3
彳(躑通段)	chi`	ㄔˋ	彳部	【彳部】		76	76	段2下-14	錯4-7	鉉2下-3
彴(彴)	di´	ㄉㄧˊ	人部	【人部】	3畫	372	376	段8上-15	錯15-6	鉉8上-2
彶(汲)	ji´	ㄐㄧˊ	彳部	【彳部】	4畫	76	77	段2下-15	錯4-7	鉉2下-3
汲(彶)	ji´	ㄐㄧˊ	水部	【水部】	4畫	564	569	段11上貳-37	錯21-24	鉉11上-9
徇(徇、彴，殉、狥、迿通段)	xun`	ㄒㄩㄣˋ	彳部	【彳部】	4畫	77	77	段2下-16	錯4-9	鉉2下-4
復(彻、逿、退)	tui`	ㄊㄨㄟˋ	彳部	【彳部】	4畫	77	77	段2下-16	錯4-8	鉉2下-4
彸(妐、忪，彸通段)	zhong	ㄓㄨㄥ	人部	【人部】	4畫	367	371	段8上-6	錯15-3	鉉8上-1
役(伇，墿通段)	yi`	ㄧˋ	殳部	【彳部】	4畫	120	121	段3下-27	錯6-14	鉉3下-6
穎(役，潁通段)	ying˘	ㄧㄥˇ	禾部	【禾部】	4畫	323	326	段7上-44	錯13-19	鉉7上-8
返(仮)	fan˘	ㄈㄢˇ	辵(辶)部	【辵部】	4畫	72	72	段2下-6	錯4-3	鉉2下-2
述(徙、征、屜、粂、遬)	xi˘	ㄒㄧˇ	辵(辶)部	【辵部】	4畫	72	72	段2下-6	錯4-3	鉉2下-2
仿(放、倆、髣、彷，倣、昉、髴通段)	fang˘	ㄈㄤˇ	人部	【人部】	4畫	370	374	段8上-12	錯15-5	鉉8上-2
徬(傍，彷通段)	pang´	ㄆㄤˊ	彳部	【彳部】	4畫	76	77	段2下-15	錯4-8	鉉2下-3
旁(旁、秀、㝱、㫄、徬傍彷縈述及、方訪述及，磅通段)	pang´	ㄆㄤˊ	二(上)部	【方部】	4畫	2	2	段1上-3	錯1-4	鉉1上-1
彺(跡、宙)	di´	ㄉㄧˊ	彳部	【彳部】	5畫	77	77	段2下-16	錯4-8	鉉2下-3
彼	bi˘	ㄅㄧˇ	彳部	【彳部】	5畫	76	76	段2下-14	錯4-7	鉉2下-3

篆本字(古文、金文、籀文、俗字，通叚、金石)	拼音	注音	說文部首	康熙部首	筆畫	一般頁碼	洪葉頁碼	段注篇章	徐鍇通釋篇章	徐鉉藤花榭篇章
柀(彼、披，籺通叚)	bǐ	ㄅㄧˇ	木部	【木部】5畫		242	244	段6上-8	鍇11-4	鉉6上-2
徍(往、迋，徨、洷、狟通叚)	wǎng	ㄨㄤˇ	彳部	【彳部】5畫		76	76	段2下-14	鍇4-7	鉉2下-3
旺(皇、往，旺通叚)	wǎng	ㄨㄤˇ	日部	【日部】5畫		306	309	段7上-10	鍇13-3	鉉7上-2
殂(徂、勛、勳、殏、殂)	cú	ㄘㄨˊ	歺部	【歹部】5畫		162	164	段4下-9	鍇8-5	鉉4下-3
徂(徂、遣)	cú	ㄘㄨˊ	辵(辶)部	【辵部】5畫		70	71	段2下-3	鍇4-2	鉉2下-1
延與止部延yan´不同(征、延)	zheng	ㄓㄥ	彳部	【彳部】5畫		77	78	段2下-17	鍇4-9	鉉2下-4
延非延yan´(征，征通叚)	zheng	ㄓㄥ	辵(辶)部	【辵部】5畫		70	71	段2下-3	鍇4-2	鉉2下-1
佛(髴，彿通叚)	fó	ㄈㄛˊ	人部	【人部】5畫		370	374	段8上-12	鍇15-5	鉉8上-2
待	dài	ㄉㄞˋ	彳部	【彳部】6畫		76	77	段2下-15	鍇4-8	鉉2下-3
回(囘、夐衺xie´述及，迴、徊通叚)	huí	ㄏㄨㄟˊ	口部	【口部】6畫		277	279	段6下-10	鍇12-7	鉉6下-3
徇(侚、匒，殉、狥、迿通叚)	xùn	ㄒㄩㄣˋ	彳部	【彳部】6畫		77	77	段2下-16	鍇4-9	鉉2下-4
侚(徇)	xùn	ㄒㄩㄣˋ	人部	【人部】6畫		367	371	段8上-6	鍇15-3	鉉8上-1
很	hěn	ㄏㄣˇ	彳部	【彳部】6畫		77	77	段2下-16	鍇4-9	鉉2下-4
狠(很)	hěn	ㄏㄣˇ	犬部	【犬部】6畫		474	478	段10上-28	鍇19-9	鉉10上-5
律	lǜ	ㄌㄩˋ	彳部	【彳部】6畫		77	78	段2下-17	鍇4-9	鉉2下-4
後(逡)	hòu	ㄏㄡˋ	彳部	【彳部】6畫		77	77	段2下-16	鍇4-8	鉉2下-4
后(後，姤通叚)	hòu	ㄏㄡˋ	后部	【口部】6畫		429	434	段9上-29	鍇17-9	鉉9上-5
徥(夷，俟通叚)	yí	ㄧˊ	彳部	【彳部】6畫		76	77	段2下-15	鍇4-8	鉉2下-3
會(佮、儈駔zu`述及)	huì	ㄏㄨㄟˋ	會部	【日部】6畫		223	225	段5下-16	鍇10-6	鉉5下-3
格(垎，佫、烙、敆、橄、落通叚)	gé	ㄍㄜˊ	木部	【木部】6畫		251	254	段6上-27	鍇11-12	鉉6上-4

| 篆本字(古文、金文、籀文、俗字，通叚、金石) | 拼音 | 注音 | 說文部首 | 康熙部首 | 筆畫 | 一般頁碼 | 洪葉頁碼 | 段注篇章 | 徐鍇通釋篇章 | 徐鉉藤花榭篇章 |

篆本字（古文、金文、籀文、俗字，通叚、金石）	拼音	注音	說文部首	康熙部首	筆畫	一般頁碼	洪葉頁碼	段注篇章	徐鍇通釋篇章	徐鉉藤花榭篇章
徦(假、格，佫、遐通叚)	jiǎ	ㄐㄧㄚˇ	彳部	【彳部】6畫	77	77	段2下-16	錯4-8	鉉2下-3
各(佫金石)	gè	ㄍㄜˋ	口部	【口部】6畫	61	60	段2上-26	錯3-11	鉉2上-5
徎(逞)	chéng	ㄔㄥˇ	彳部	【彳部】7畫	76	76	段2下-14	錯4-7	鉉2下-3
徐(途通叚)	xú	ㄒㄩˊ	彳部	【彳部】7畫	76	77	段2下-15	錯4-8	鉉2下-3
鄐(徐)	tú	ㄊㄨˊ	邑部	【邑部】7畫	296	298	段6下-48	錯12-20	鉉6下-8
俆(舒、邻、徐)	xú	ㄒㄩˊ	人部	【人部】7畫	377	381	段8上-26	錯15-9	鉉8上-4
徑(俓、逕、鵛通叚)	jìng	ㄐㄧㄥˋ	彳部	【彳部】7畫	76	76	段2下-14	錯4-7	鉉2下-3
陘(徑、崯)	xíng	ㄒㄧㄥˊ	皀部	【阜部】7畫	734	741	段14下-7	錯28-3	鉉14下-1
逡(後、踆通叚)	qun	ㄑㄩㄣ	辵(辶)部	【辵部】7畫	73	73	段2下-8	錯4-4	鉉2下-2
夆	feng	ㄈㄥ	彳部	【彳部】7畫	76	77	段2下-15	錯4-8	鉉2下-3
復(衲、逻、退)	tuì	ㄊㄨㄟˋ	彳部	【彳部】7畫	77	77	段2下-16	錯4-8	鉉2下-4
徍(往、迬，徨、洭、㣏通叚)	wǎng	ㄨㄤˇ	彳部	【彳部】7畫	76	76	段2下-14	錯4-7	鉉2下-3
迖(徒)	tú	ㄊㄨˊ	辵(辶)部	【辵部】7畫	70	71	段2下-3	錯4-2	鉉2下-1
穌(俟、竢)	sì	ㄙˋ	來部	【矢部】7畫	231	234	段5下-33	錯10-13	鉉5下-6
俳(徘通叚)	pái	ㄆㄞˊ	人部	【人部】8畫	380	384	段8上-31	錯15-10	鉉8上-4
裴(裵、裶、俳、徘)	péi	ㄆㄟˊ	衣部	【衣部】8畫	394	398	段8上-59	錯16-4	鉉8上-8
來(徠、棶、逨、鶆通叚)	lái	ㄌㄞˊ	來部	【人部】8畫	231	233	段5下-32	錯10-13	鉉5下-6
勑(敕俗、徠、倈通叚)	chì	ㄔˋ	力部	【力部】8畫	699	705	段13下-50	錯26-11	鉉13下-7
徎(俜，伻通叚)	ping	ㄆㄧㄥ	彳部	【彳部】8畫	76	77	段2下-15	錯4-8	鉉2下-3
俴(踐)	jiàn	ㄐㄧㄢˋ	彳部	【彳部】8畫	76	77	段2下-15	錯4-8	鉉2下-3
衜(俴)	jiàn	ㄐㄧㄢˋ	行部	【行部】8畫	78	78	段2下-18	錯4-10	鉉2下-4
得(淂、尋)	dé	ㄉㄜˊ	彳部	【彳部】8畫	77	77	段2下-16	錯4-9	鉉2下-4
尋(得，尋通叚)	dé	ㄉㄜˊ	見部	【見部】8畫	408	412	段8下-14	錯16-13	鉉8下-3
德(得)	dé	ㄉㄜˊ	彳部	【彳部】8畫	76	76	段2下-14	錯4-7	鉉2下-3
徛	jì	ㄐㄧˋ	彳部	【彳部】8畫	77	77	段2下-16	錯4-9	鉉2下-4

篆本字(古文、金文、籀文、俗字，通叚、金石)	拼音	注音	說文部首	康熙部首	筆畫	一般頁碼	洪葉頁碼	段注篇章	徐鍇通釋篇章	徐鉉藤花榭篇章
御(馭，迓通叚)	yù	ㄩˋ	彳部	【彳部】	8畫	77	78	段2下-17	錯4-9	鉉2下-4
禦(御)	yù	ㄩˋ	示部	【示部】	8畫	7	7	段1上-13	錯1-7	鉉1上-2
訝(迓、御、迎，呀通叚)	yà	一ㄚˋ	言部	【言部】	8畫	95	96	段3上-19	錯5-10	鉉3上-4
敔(禦、御、圉)	yǔ	ㄩˇ	攴部	【攴部】	8畫	126	127	段3下-39	錯6-19	鉉3下-9
許(鄦古今字、所、御)	xǔ	ㄒㄩˇ	言部	【言部】	8畫	90	90	段3上-8	錯5-5	鉉3上-3
徬(傍，彷通叚)	páng	ㄆㄤˊ	彳部	【彳部】	8畫	76	77	段2下-15	錯4-8	鉉2下-3
旁(旁、㫄、丂、雱、徬偋彷鬃述及、方訪述及，磅通叚)	páng	ㄆㄤˊ	二(上)部	【方部】	8畫	2	2	段1上-3	錯1-4	鉉1上-1
从(從)	cóng	ㄘㄨㄥˊ	从部	【人部】	8畫	386	390	段8上-43	錯15-14	鉉8上-6
縱(從緯述及，慫通叚)	zòng	ㄗㄨㄥˋ	糸部	【糸部】	8畫	646	652	段13上-6	錯25-2	鉉13上-1
從(从、縱、蹤，蓯通叚)	cóng	ㄘㄨㄥˊ	从部	【彳部】	8畫	386	390	段8上-43	錯15-14	鉉8上-6
輚(從、蹤、踪，輚、遜通叚)	zōng	ㄗㄨㄥ	車部	【車部】	8畫	728	735	段14上-54	錯27-14	鉉14上-7
延(徙、征、屣、粂、遷)	xǐ	ㄒㄧˇ	辵(辶)部	【辵部】	9畫	72	72	段2下-6	錯4-3	鉉2下-2
徃(往、逞，徨、洷、狂通叚)	wǎng	ㄨㄤˇ	彳部	【彳部】	9畫	76	76	段2下-14	錯4-7	鉉2下-3
皇(遑，凰、偟、徨、媓、艎、餭、騜通叚)	huáng	ㄏㄨㄤˊ	王部	【白部】	9畫	9	9	段1上-18	錯1-9	鉉1上-3
徲(偋，徲通叚)	chí	ㄔˊ	彳部	【彳部】	9畫	77	77	段2下-16	錯4-9	鉉2下-4
徸(踵)	zhǒng	ㄓㄨㄥˇ	彳部	【彳部】	9畫	77	77	段2下-16	錯4-9	鉉2下-4
徥(是，偍通叚)	shì	ㄕˋ	彳部	【彳部】	9畫	76	77	段2下-15	錯4-8	鉉2下-3
徦(假、格，徦、遐通叚)	jiǎ	ㄐㄧㄚˇ	彳部	【彳部】	9畫	77	77	段2下-16	錯4-8	鉉2下-3

篆本字(古文、金文、籀文、俗字，通叚、金石)	拼音	注音	說文部首	康熙部首	筆畫	一般頁碼	洪葉頁碼	段注篇章	徐鍇通釋篇章	徐鉉藤花榭篇章
假(徦、嘏、嘉、暇)	jiǎ	ㄐㄧㄚˇ	人部	【人部】9畫		374	378	段8上-19	錯15-8	鉉8上-3
徧(辯，漏、遍通叚)	biàn	ㄅㄧㄢˋ	彳部	【彳部】9畫		77	77	段2下-16	錯4-8	鉉2下-3
復	fù	ㄈㄨˋ	彳部	【彳部】9畫		76	76	段2下-14	錯4-7	鉉2下-3
複(復)	fù	ㄈㄨˋ	衣部	【衣部】9畫		393	397	段8上-58	錯16-4	鉉8上-8
蝮(復)	fù	ㄈㄨˋ	虫部	【虫部】9畫		663	670	段13上-41	錯25-10	鉉13上-6
循	xún	ㄒㄩㄣˊ	彳部	【彳部】9畫		76	76	段2下-14	錯4-7	鉉2下-3
徥(狃)	rou	ㄖㄡˇ	彳部	【彳部】9畫		76	76	段2下-14	錯4-7	鉉2下-3
徬(徬，彷通叚)	pang	ㄆㄤˊ	彳部	【彳部】10畫		76	77	段2下-15	錯4-8	鉉2下-3
徺(聳)	song	ㄙㄨㄥˇ	耳部	【彳部】10畫		592	598	段12上-17	錯23-7	鉉12上-4
傜(繇、陶、傜，傜通叚)	yáo	ㄧㄠˊ	人部	【人部】10畫		380	384	段8上-31	錯15-11	鉉8上-4
徲(徟，徲通叚)	chí	ㄔˊ	彳部	【彳部】10畫		77	77	段2下-16	錯4-9	鉉2下-4
微(散，癓通叚)	wēi	ㄨㄟ	彳部	【彳部】10畫		76	77	段2下-15	錯4-7	鉉2下-3
枚(微)	méi	ㄇㄟˊ	木部	【木部】10畫		249	251	段6上-22	錯11-10	鉉6上-4
溦(微，溦通叚)	wei	ㄨㄟ	水部	【水部】10畫		558	563	段11上貳-25	錯21-20	鉉11上-7
尾(微，浘通叚)	wěi	ㄨㄟˇ	尾部	【尸部】10畫		402	406	段8下-2	錯16-9	鉉8下-1
徯(蹊，徯通叚)	xi	ㄒㄧ	彳部	【彳部】10畫		76	77	段2下-15	錯4-8	鉉2下-3
徹(徹，撤、蹠、轍通叚)	chè	ㄔㄜˋ	攴部	【彳部】12畫		122	123	段3下-32	錯6-17	鉉3下-8
徵(敳)	zheng	ㄓㄥ	壬部	【彳部】12畫		387	391	段8上-46	錯15-16	鉉8上-7
懲(徵)	cheng	ㄔㄥˊ	心部	【心部】12畫		515	520	段10下-51	錯20-18	鉉10下-9
澂(澄、徵)	cheng	ㄔㄥˊ	水部	【水部】12畫		550	555	段11上貳-9	錯21-15	鉉11上-5
德(得)	de	ㄉㄜˊ	彳部	【彳部】12畫		76	76	段2下-14	錯4-7	鉉2下-3
悳(德、悳)	de	ㄉㄜˊ	心部	【心部】12畫		502	507	段10下-25	錯20-9	鉉10下-5
徲(徟，徲通叚)	chí	ㄔˊ	彳部	【彳部】13畫		77	77	段2下-16	錯4-9	鉉2下-4
還(環轉述及，儇通叚)	huán	ㄏㄨㄢˊ	辵(辶)部	【辵部】13畫		72	72	段2下-6	錯4-4	鉉2下-2
徼(僥、邀、闝通叚)	jiǎo	ㄐㄧㄠˇ	彳部	【彳部】13畫		76	76	段2下-14	錯4-7	鉉2下-3
憿(僥、徼，傲通叚)	jiǎo	ㄐㄧㄠˇ	心部	【心部】13畫		510	515	段10下-41	錯20-14	鉉10下-7
篆本字(古文、金文、籀文、俗字，通叚、金石)	拼音	注音	說文部首	康熙部首	筆畫	一般頁碼	洪葉頁碼	段注篇章	徐鍇通釋篇章	徐鉉藤花榭篇章

篆本字(古文、金文、籀文、俗字，通段、金石)	拼音	注音	說文部首	康熙部首	筆畫	一般頁碼	洪葉頁碼	段注篇章	徐鍇通釋篇章	徐鉉藤花樹篇章
徹(徹，蹾、轍通段)	che ˋ	ㄔㄜˋ	攴部	【彳部】	14畫	122	123	段3下-32	鍇6-17	鉉3下-8
徽	hui	ㄏㄨㄟ	糸部	【彳部】	14畫	657	663	段13上-28	鍇25-6	鉉13上-4
微(徽)	hui	ㄏㄨㄟ	巾部	【巾部】	14畫	359	363	段7下-49	鍇14-22	鉉7下-9
𢕔(馺)	sa ˋ	ㄙㄚˋ	彳部	【彳部】	14畫	76	77	段2下-15	鍇4-7	鉉2下-3
𢕟(甹，伻通段)	ping	ㄆㄧㄥ	彳部	【彳部】	14畫	76	77	段2下-15	鍇4-8	鉉2下-3
憂(優、優惪述及，懮通段)	you	ㄧㄡ	夊部	【夊部】	15畫	233	235	段5下-36	鍇10-15	鉉5下-7
瞿(躣、趯)	qu ˊ	ㄑㄩˊ	彳部	【彳部】	18畫	76	76	段2下-14	鍇4-7	鉉2下-3
【心(xin)部】	xin	ㄒㄧㄣ	心部			501	506	段10下-23	鍇20-9	鉉10下-5
心(小隸書疛述及，杺通段)	xin	ㄒㄧㄣ	心部	【心部】		501	506	段10下-23	鍇20-9	鉉10下-5
必	bi ˋ	ㄅㄧˋ	八部	【心部】	1畫	49	50	段2上-3	鍇3-2	鉉2上-1
忍(乂、艾)	yi ˋ	ㄧˋ	心部	【心部】	2畫	515	520	段10下-51	鍇20-18	鉉10下-9
忍非忍ren ˇ 字(忉通段)	yi ˋ	ㄧˋ	心部	【心部】	2畫	511	516	段10下-43	鍇20-15	鉉10下-8
忍(肕、腍、韌通段)	ren ˇ	ㄖㄣˇ	心部	【心部】	3畫	515	519	段10下-50	鍇20-18	鉉10下-9
忕(忲、愧，怩、怈通段)	yi ˋ	ㄧˋ	心部	【心部】	3畫	506	511	段10下-33	鍇20-12	鉉10下-6
仁(忎、𡰥)	ren ˊ	ㄖㄣˊ	人部	【人部】	3畫	365	369	段8上-1	鍇15-1	鉉8上-1
忓	gan	ㄍㄢ	心部	【心部】	3畫	507	512	段10下-35	鍇20-13	鉉10下-6
忖	cun ˇ	ㄘㄨㄣˇ	心部	【心部】	3畫	無	無	無	無	鉉10下-9
刌(切、忖)	cun ˇ	ㄘㄨㄣˇ	刀部	【刂部】	3畫	179	181	段4下-43	鍇8-16	鉉4下-7
寸(忖通段)	cun ˋ	ㄘㄨㄣˋ	寸部	【寸部】	3畫	121	122	段3下-29	鍇6-15	鉉3下-7
詑(他、訑、詑、詑通段)	tuo ˊ	ㄊㄨㄛˊ	言部	【言部】	3畫	96	96	段3上-20	鍇5-11	鉉3上-4
愾(忔、疙、忥通段)	kai ˋ	ㄎㄞˋ	心部	【心部】	3畫	512	516	段10下-44	鍇20-16	鉉10下-8
忬(吁、盱)	xu	ㄒㄩ	心部	【心部】	3畫	514	518	段10下-48	鍇20-17	鉉10下-8
忌(䳭、鵋通段)	ji ˋ	ㄐㄧˋ	心部	【心部】	3畫	511	515	段10下-42	鍇20-15	鉉10下-8
諅(忌)	ji ˋ	ㄐㄧˋ	言部	【言部】	3畫	98	99	段3上-25	鍇5-13	鉉3上-5

篆本字（古文、金文、籀文、俗字，通叚、金石）	拼音	注音	說文部首	康熙部首	筆畫	一般頁碼	洪葉頁碼	段注篇章	徐鍇通釋篇章	徐鉉藤花榭篇章
迅(己、忌、記、其、迅五字通用)	ji ˋ	ㄐㄧˋ	丌部	【辵部】3畫		199	201	段5上-22	鍇9-8	鉉5上-4
忍(肕、朠、韌通叚)	ren ˇ	ㄖㄣˇ	心部	【心部】3畫		515	519	段10下-50	鍇20-18	鉉10下-9
忍非忍ren ˇ字(忉通叚)	yi ˋ	一ˋ	心部	【心部】3畫		511	516	段10下-43	鍇20-15	鉉10下-8
忒(蛪)	tui	ㄊㄨㄟ	心部	【心部】3畫		509	513	段10下-38	鍇20-13	鉉10下-7
忕(忲差述及)	te ˋ	ㄊㄜˋ	心部	【心部】3畫		508	513	段10下-37	鍇20-13	鉉10下-7
志(識、意，娡、莣、誌通叚)	zhi ˋ	ㄓˋ	心部	【心部】3畫		502	506	段10下-24	鍇20-9	鉉10下-5
意(億、憶、志識述及，繶、鷾通叚)	yi ˋ	一ˋ	心部	【心部】3畫		502	506	段10下-24	鍇20-9	鉉10下-5
識(志、意，幟、痣、誌通叚)	shi ˋ	ㄕˋ	言部	【言部】3畫		92	92	段3上-12	鍇5-7	鉉3上-3
忘	wang ˋ	ㄨㄤˋ	心部	【心部】3畫		510	514	段10下-40	鍇20-14	鉉10下-7
碙(恐、恐)	kong ˇ	ㄎㄨㄥˇ	心部	【心部】3畫		514	519	段10下-49	鍇20-18	鉉10下-9
恕(惥，伽通叚)	shu ˋ	ㄕㄨˋ	心部	【心部】3畫		504	508	段10下-28	鍇20-10	鉉10下-6
謊(崳、忙、茫)	huang	ㄏㄨㄤ	朙部	【月部】3畫		314	317	段7上-26	鍇13-10	鉉7上-4
芒(芒、鋩，釯、忙、茫通叚)	mang ´	ㄇㄤˊ	艸部	【艸部】3畫		38	39	段1下-35	鍇2-17	鉉1下-6
愛(悉)	ai ˋ	ㄞˋ	夊部	【心部】4畫		233	235	段5下-36	鍇10-15	鉉5下-7
悉(嬡、愛、薆)	ai ˋ	ㄞˋ	心部	【心部】4畫		506	510	段10下-32	鍇20-12	鉉10下-6
旡(旤、旡、悥、憂)	ji ˋ	ㄐㄧˋ	旡部	【旡部】4畫		414	419	段8下-27	鍇16-18	鉉8下-5
怖(邁，俳、懟通叚)	pei	ㄆㄟ	心部	【心部】4畫		511	516	段10下-43	鍇20-15	鉉10下-8

篆本字(古文、金文、籀文、俗字，通叚、金石)	拼音	注音	說文部首	康熙部首	筆畫	一般頁碼	洪葉頁碼	段注篇章	徐鍇通釋篇章	徐鉉藤花榭篇章
佡(妐、忪，伀通叚)	zhong	ㄓㄨㄥ	人部	【人部】4畫	367	371	段8上-6	鍇15-3	鉉8上-1
怢(忲、愧，怩、恎通叚)	yi ˋ	ㄧ ˋ	心部	【心部】4畫	506	511	段10下-33	鍇20-12	鉉10下-6
大不得不殊爲二部(太泰述及，忲通叚)	da ˋ	ㄉㄚ ˋ	大部	【大部】4畫	492	496	段10下-4	鍇20-1	鉉10下-1
忦	jia ˊ	ㄐㄧㄚ ˊ	心部	【心部】4畫	513	517	段10下-46	鍇20-17	鉉10下-8
恊(愶)	xie ˋ	ㄒㄧㄝ ˋ	心部	【心部】4畫	510	514	段10下-40	鍇20-14	鉉10下-7
忧	you	ㄧㄡ	心部	【心部】4畫	513	517	段10下-46	鍇20-16	鉉10下-8
忨(翫，饅通叚)	wan ˊ	ㄨㄢ ˊ	心部	【心部】4畫	510	515	段10下-41	鍇20-15	鉉10下-7
翫(忨)	wan ˊ	ㄨㄢ ˊ	習部	【羽部】4畫	138	139	段4上-18	鍇7-9	鉉4上-4
悇(快、駃)	kuai ˋ	ㄎㄨㄞ ˋ	心部	【心部】4畫	502	507	段10下-25	鍇20-10	鉉10下-5
噲(快)	kuai ˋ	ㄎㄨㄞ ˋ	口部	【口部】4畫	54	54	段2上-12	鍇3-6	鉉2上-3
駃(快通叚)	jue ˊ	ㄐㄩㄝ ˊ	馬部	【馬部】4畫	469	473	段10上-18	鍇19-5	鉉10上-3
忮(伎)	zhi ˋ	ㄓ ˋ	心部	【心部】4畫	509	514	段10下-39	鍇20-14	鉉10下-7
伎(忮)	ji ˋ	ㄐㄧ ˋ	人部	【人部】4畫	379	383	段8上-29	鍇15-10	鉉8上-4
恀(qi ˊ)	shi ˋ	ㄕ ˋ	心部	【心部】4畫	504	508	段10下-28	鍇20-11	鉉10下-6
忱(諶)	chen ˊ	ㄔㄣ ˊ	心部	【心部】4畫	505	509	段10下-30	鍇20-11	鉉10下-6
諶(忱)	chen ˊ	ㄔㄣ ˊ	言部	【言部】4畫	92	93	段3上-13	鍇5-7	鉉3上-3
忻(欣廣韵合為一)	xin	ㄒㄧㄣ	心部	【心部】4畫	503	507	段10下-26	鍇20-10	鉉10下-5
忼(慷)	kang ˋ	ㄎㄤ ˋ	心部	【心部】4畫	503	507	段10下-26	鍇20-10	鉉10下-5
忝(悉)	tian ˇ	ㄊㄧㄢ ˇ	心部	【心部】4畫	515	519	段10下-50	鍇20-18	鉉10下-9
惌(怐)	qiong ˊ	ㄑㄩㄥ ˊ	心部	【心部】4畫	513	518	段10下-47	鍇20-17	鉉10下-8
純(醇，忳、稕通叚)	chun ˊ	ㄔㄨㄣ ˊ	糸部	【糸部】4畫	643	650	段13上-1	鍇25-1	鉉13上-1
諄(諪、敦，忳、綧、訰通叚)	zhun	ㄓㄨㄣ	言部	【言部】4畫	91	91	段3上-10	鍇5-6	鉉3上-3
肫(準、腨、忳、純)	zhun	ㄓㄨㄣ	肉部	【肉部】4畫	167	169	段4下-20	鍇8-8	鉉4下-4
忡(懺、恷、憃通叚)	chong	ㄔㄨㄥ	心部	【心部】4畫	514	518	段10下-48	鍇20-17	鉉10下-9
忠	zhong	ㄓㄨㄥ	心部	【心部】4畫	502	507	段10下-25	鍇20-9	鉉10下-5

篆本字（古文、金文、籀文、俗字，通叚、金石）	拼音	注音	說文部首	康熙部首	筆畫	一般頁碼	洪葉頁碼	段注篇章	徐鍇通釋篇章	徐鉉藤花榭篇章
忞(釁从興酉分，釁通叚)	min˅	ㄇㄧㄣˇ	心部	【心部】	4畫	506	511	段10下-33	鍇20-12	鉉10下-6
狃(忸、蚴、蚟通叚)	niu˅	ㄋㄧㄡˇ	犬部	【犬部】	4畫	475	479	段10上-30	鍇19-10	鉉10上-5
恧(忸、聏、聏、聰、衄通叚)	nǜ	ㄋㄩˋ	心部	【心部】	4畫	515	519	段10下-50	鍇20-18	鉉10下-9
昪(弁，忭通叚)	bian`	ㄅㄧㄢˋ	日部	【日部】	4畫	306	309	段7上-9	鍇13-3	鉉7上-2
念	nian`	ㄋㄧㄢˋ	心部	【心部】	4畫	502	507	段10下-25	鍇20-10	鉉10下-5
諗(念)	shen˅	ㄕㄣˇ	言部	【言部】	4畫	93	93	段3上-14	鍇5-8	鉉3上-3
狂(狅、惺，怳、狂通叚)	kuang´	ㄎㄨㄤˊ	犬部	【犬部】	4畫	476	481	段10上-33	鍇19-11	鉉10上-6
忽(曶，惚、緫、笏通叚)	hu	ㄏㄨ	心部	【心部】	4畫	510	514	段10下-40	鍇20-14	鉉10下-7
榾(榾、忽，楤通叚)	hu	ㄏㄨ	木部	【木部】	4畫	251	253	段6上-26	鍇11-12	鉉6上-4
佼(恔)	xiao`	ㄒㄧㄠˋ	心部	【心部】	4畫	503	508	段10下-27	鍇20-10	鉉10下-5
兇(恟、恼通叚)	xiong	ㄒㄩㄥ	凶部	【儿部】	4畫	334	337	段7上-66	鍇13-27	鉉7上-11
急(伋通叚)	ji´	ㄐㄧ	心部	【心部】	4畫	508	512	段10下-36	鍇20-13	鉉10下-7
忿	fen`	ㄈㄣˋ	心部	【心部】	4畫	511	515	段10下-42	鍇20-15	鉉10下-8
愾(忔、疙、忥通叚)	kai`	ㄎㄞˋ	心部	【心部】	4畫	512	516	段10下-44	鍇20-16	鉉10下-8
悟(啎、仵午述及，忤、悟、捂、牾、逜通叚)	wu˅	ㄨˇ	午部	【口部】	4畫	746	753	段14下-31	鍇28-16	鉉14下-8
午(仵、忤通叚)	wu˅	ㄨˇ	午部	【十部】	4畫	746	753	段14下-31	鍇28-16	鉉14下-8
宄(奺、宪、軌)	gui˅	ㄍㄨㄟˇ	宀部	【宀部】	5畫	342	345	段7下-14	鍇14-6	鉉7下-3
臣(惡)	chen´	ㄔㄣˊ	臣部	【臣部】	5畫	118	119	段3下-24	鍇6-13	鉉3下-6
嘉(美、善、賀，恕通叚)	jia	ㄐㄧㄚ	壴部	【口部】	5畫	205	207	段5上-34	鍇9-14	鉉5上-7
怋(泯、痻、瘖通叚)	min˅	ㄇㄧㄣˇ	心部	【心部】	5畫	511	515	段10下-42	鍇20-15	鉉10下-7

篆本字(古文、金文、籀文、俗字，通叚、金石)	拼音	注音	說文部首	康熙部首	筆畫	一般頁碼	洪葉頁碼	段注篇章	徐鍇通釋篇章	徐鉉藤花榭篇章
帖(貼，怗、惉、愵通叚)	tie	ㄊㄧㄝ	巾部	【巾部】	5畫	359	362	段7下-48	鍇14-22	鉉7下-9
聑(帖，怗通叚)	tie	ㄊㄧㄝ	耳部	【耳部】	5畫	593	599	段12上-19		鉉12上-4
怍(愸通叚)	zuo ˋ	ㄗㄨㄛˋ	心部	【心部】	5畫	515	519	段10下-50	鍇20-18	鉉10下-9
悇(快、駃)	kuai ˋ	ㄎㄨㄞˋ	心部	【心部】	5畫	502	507	段10下-25	鍇20-10	鉉10下-5
怩	ni ˊ	ㄋㄧˊ	心部	【心部】	5畫	無	無	無	無	鉉10下-9
尼(暱、昵，怩通叚)	ni ˊ	ㄋㄧˊ	尸部	【尸部】	5畫	400	404	段8上-71	鍇16-8	鉉8上-11
忕(忲、愧，怩、忕通叚)	yi ˋ	ㄧˋ	心部	【心部】	5畫	506	511	段10下-33	鍇20-12	鉉10下-6
怏(鞅)	yang ˋ	ㄧㄤˋ	心部	【心部】	5畫	512	516	段10下-44	鍇20-16	鉉10下-8
怕(泊)	pa ˋ	ㄆㄚˋ	心部	【心部】	5畫	507	511	段10下-34	鍇20-12	鉉10下-6
怙	hu ˋ	ㄏㄨˋ	心部	【心部】	5畫	506	510	段10下-32	鍇20-12	鉉10下-6
怚	ju ˋ	ㄐㄩˋ	心部	【心部】	5畫	508	513	段10下-37	鍇20-13	鉉10下-7
怛(悬，愁通叚)	da ˊ	ㄉㄚˊ	心部	【心部】	5畫	512	517	段10下-45	鍇20-16	鉉10下-8
怞(妯)	chou ˊ	ㄔㄡˊ	心部	【心部】	5畫	506	511	段10下-33	鍇20-12	鉉10下-6
妯(怞)	zhou ˊ	ㄓㄡˊ	女部	【女部】	5畫	623	629	段12下-23	鍇24-8	鉉12下-3
怡(台)	yi ˊ	ㄧˊ	心部	【心部】	5畫	504	508	段10下-28	鍇20-10	鉉10下-6
怠	dai ˋ	ㄉㄞˋ	心部	【心部】	5畫	509	514	段10下-39	鍇20-14	鉉10下-7
性(生人述及)	xing ˋ	ㄒㄧㄥˋ	心部	【心部】	5畫	502	506	段10下-24	鍇20-9	鉉10下-5
怪(怪，恠通叚)	guai ˋ	ㄍㄨㄞˋ	心部	【心部】	5畫	509	514	段10下-39	鍇20-14	鉉10下-7
怫(弗)	fu ˊ	ㄈㄨˊ	心部	【心部】	5畫	510	514	段10下-40	鍇20-14	鉉10下-7
怮	you	ㄧㄡ	心部	【心部】	5畫	513	517	段10下-46	鍇20-17	鉉10下-8
怲(彭)	bing ˇ	ㄅㄧㄥˇ	心部	【心部】	5畫	513	518	段10下-47	鍇20-17	鉉10下-8
怳(慌、恍通叚)	huang ˇ	ㄏㄨㄤˇ	心部	【心部】	5畫	510	515	段10下-41	鍇20-14	鉉10下-7
憐(憐，怜通叚)	lian ˊ	ㄌㄧㄢˊ	心部	【心部】	5畫	515	519	段10下-50	鍇20-18	鉉10下-9
怵	chu ˋ	ㄔㄨˋ	心部	【心部】	5畫	514	519	段10下-49	鍇20-18	鉉10下-9
訹(鉥、怵)	xu ˋ	ㄒㄩˋ	言部	【言部】	5畫	96	96	段3上-20	鍇5-10	鉉3上-4
恢	nao ˊ	ㄋㄠˊ	心部	【心部】	5畫	511	515	段10下-42	鍇20-15	鉉10下-7
怒(努)	nu ˋ	ㄋㄨˋ	心部	【心部】	5畫	511	516	段10下-43	鍇20-15	鉉10下-8
思(憸)	xian	ㄒㄧㄢ	心部	【心部】	5畫	508	512	段10下-36	鍇20-13，20-4	鉉10下-7
佖(怭通叚)	bi ˋ	ㄅㄧˋ	人部	【人部】	5畫	368	372	段8上-8	鍇15-3	鉉8上-2
怤	fu	ㄈㄨ	心部	【心部】	5畫	503	507	段10下-26	鍇20-10	鉉10下-5
呬(塈，呬通叚)	xi ˋ	ㄒㄧˋ	口部	【口部】	5畫	56	56	段2上-16	鍇3-7	鉉2上-4

篆本字(古文、金文、籀文、俗字，通段、金石)	拼音	注音	說文部首	康熙部首	筆畫	一般頁碼	洪葉頁碼	段注篇章	徐鍇通釋篇章	徐鉉藤花榭篇章
急(伋通段)	jí	ㄐㄧˊ	心部	【心部】5畫	508	512	段10下-36	錯20-13	鉉10下-7
苟非苟gouˇ，古文从羊句(亟、棘，急俗)	jì	ㄐㄧˋ	苟部	【艸部】5畫	434	439	段9上-39	錯17-13	鉉9上-7
怨(惌、㤥、怨)	yuàn	ㄩㄢˋ	心部	【心部】5畫	511	516	段10下-43	錯20-15	鉉10下-8
延非延yanˊ(征，怔通段)	zheng	ㄓㄥ	㢟(辵)部	【辵部】5畫	70	71	段2下-3	錯4-2	鉉2下-1
忒(甙差述及)	tè	ㄊㄜˋ	心部	【心部】5畫	508	513	段10下-37	錯20-13	鉉10下-7
貣(貳、忒差述及、貸)	dài	ㄉㄞˋ	貝部	【貝部】5畫	280	282	段6下-16	錯12-10	鉉6下-4
悤(傯、怱、謥通段)	cong	ㄘㄨㄥ	囱部	【心部】5畫	490	495	段10下-1	錯19-20	鉉10下-1
怊	chao	ㄔㄠ	心部	【心部】5畫	無	無	無	無	鉉10下-9
惆(怊通段)	chouˊ	ㄔㄡˊ	心部	【心部】5畫	512	516	段10下-44	錯20-16	鉉10下-8
超(怊、迢通段)	chao	ㄔㄠ	走部	【走部】5畫	63	64	段2上-31	錯3-14	鉉2上-7
佝(怐、傋、溝、彀、瞉、區)	kòu	ㄎㄡˋ	人部	【人部】5畫	379	383	段8上-30	錯15-10	鉉8上-4
悑(怖)	bù	ㄅㄨˋ	心部	【心部】5畫	514	519	段10下-49	錯20-18	鉉10下-9
懋(忞)	mào	ㄇㄠˋ	心部	【心部】5畫	507	511	段10下-34	錯20-12	鉉10下-6
猰(怯)	què	ㄑㄩㄝˋ	犬部	【犬部】5畫	475	479	段10上-30	錯19-10	鉉10上-5
思(罳、腮、顋、鰓通段)	si	ㄙ	思部	【心部】5畫	501	506	段10下-23	錯20-9	鉉10下-5
忕(忲、愧，怩、忕通段)	yì	ㄧˋ	心部	【心部】6畫	506	511	段10下-33	錯20-12	鉉10下-6
恰	qia	ㄑㄧㄚˋ	心部	【心部】6畫	無	無	無	無	鉉10下-9
恔	hài	ㄏㄞˋ	心部	【心部】6畫	514	519	段10下-49	錯20-18	鉉10下-9
恂(詢、洵、悛)	xúnˊ	ㄒㄩㄣˊ	心部	【心部】6畫	505	509	段10下-30	錯20-11	鉉10下-6
洵(均、恂、敻、泫，詢通段)	xúnˊ	ㄒㄩㄣˊ	水部	【水部】6畫	544	549	段11上壹-57	錯21-12	鉉11上-4
恃	shì	ㄕˋ	心部	【心部】6畫	506	510	段10下-32	錯20-12	鉉10下-6

篆本字（古文、金文、籀文、俗字，通叚、金石）	拼音	注音	說文部首	康熙部首	筆畫	一般頁碼	洪葉頁碼	段注篇章	徐鍇通釋篇章	徐鉉藤花榭篇章
悝(悙、匡，劻通叚)	kuang	ㄎㄨㄤ	心部	【心部】	6畫	514	519	段10下-49	錯20-17	鉉10下-9
恉(旨、指)	zhǐ	ㄓˇ	心部	【心部】	6畫	502	507	段10下-25	錯20-9	鉉10下-5
恑(佹通叚)	guǐ	ㄍㄨㄟˇ	心部	【心部】	6畫	510	515	段10下-41	錯20-14	鉉10下-7
恔(恔)	xiào	ㄒㄧㄠˋ	心部	【心部】	6畫	503	508	段10下-27	錯20-10	鉉10下-5
疏(恘)	shū	ㄕㄨ	广部	【广部】	6畫	352	355	段7下-34	錯14-15	鉉7下-6
兇(恟、愱通叚)	xiong	ㄒㄩㄥ	凶部	【儿部】	6畫	334	337	段7上-66	錯13-27	鉉7上-11
恢(㳟通叚)	hui	ㄏㄨㄟ	心部	【心部】	6畫	503	508	段10下-27	錯20-10	鉉10下-5
叏(恢)	guai	ㄍㄨㄞˋ	多部	【土部】	6畫	316	319	段7上-29	錯13-12	鉉7上-5
念(恝)	xie	ㄒㄧㄝˋ	心部	【心部】	6畫	510	514	段10下-40	錯20-14	鉉10下-7
恤(卹)	xù	ㄒㄩˋ	心部	【心部】	6畫	507	511	段10下-34	錯20-13	鉉10下-6
卹(恤)	xù	ㄒㄩˋ	血部	【血部】	6畫	214	216	段5上-52	錯9-21	鉉5上-10
侐(洫、恤)	xù	ㄒㄩˋ	人部	【人部】	6畫	373	377	段8上-17	錯15-7	鉉8上-3
謐(溢、恤)	mì	ㄇㄧˋ	言部	【言部】	6畫	94	94	段3上-16	錯5-9	鉉3上-4
佻(窕，嬥、恌通叚)	tiao	ㄊㄧㄠ	人部	【人部】	6畫	379	383	段8上-29	錯15-10	鉉8上-4
怳(慌、恍通叚)	huang	ㄏㄨㄤˇ	心部	【心部】	6畫	510	515	段10下-41	錯20-14	鉉10下-7
牟(麰來述及、眸盲述及，恈、鴾通叚)	mou	ㄇㄡˊ	牛部	【牛部】	6畫	51	52	段2上-7	錯3-4	鉉2上-2
恨	hen	ㄏㄣˋ	心部	【心部】	6畫	512	516	段10下-44	錯20-15	鉉10下-8
烈(列、迾，烮通叚)	liè	ㄌㄧㄝˋ	火部	【火部】	6畫	480	485	段10上-41	錯19-14	鉉10上-7
夷(遟夌述及，侇、恞通叚)	yi	ㄧˊ	大部	【大部】	6畫	493	498	段10下-7	錯20-2	鉉10下-2
怨(夗、㤪、惌)	yuan	ㄩㄢˋ	心部	【心部】	6畫	511	516	段10下-43	錯20-15	鉉10下-8
侉(夸、舿，恗、遌通叚)	kua	ㄎㄨㄚˇ	人部	【人部】	6畫	381	385	段8上-33	錯15-11	鉉8上-4
窒(恎、懫通叚)	zhì	ㄓˋ	穴部	【穴部】	6畫	346	349	段7下-22	錯14-9	鉉7下-4
恫(痌、痌、癗通叚)	dong	ㄉㄨㄥˋ	心部	【心部】	6畫	512	517	段10下-45	錯20-16	鉉10下-8
侗(恫)	tong	ㄊㄨㄥˊ	人部	【人部】	6畫	369	373	段8上-9	錯15-4	鉉8上-2

篆本字(古文、金文、籀文、俗字，通段、金石)	拼音	注音	說文部首	康熙部首	筆畫	一般頁碼	洪葉頁碼	段注篇章	徐鍇通釋篇章	徐鉉藤花榭篇章
忡(𢥞、恔、悹通段)	chong	ㄔㄨㄥ	心部	【心部】	6畫	514	518	段10下-48	鍇20-17	鉉10下-9
垑(恀通段)	chi ˇ	ㄔˇ	土部	【土部】	6畫	690	697	段13下-33	鍇26-5	鉉13下-5
恮	quan ˊ	ㄑㄩㄢˊ	心部	【心部】	6畫	504	508	段10下-28	鍇20-11	鉉10下-6
愙(恪)	ke ˋ	ㄎㄜˋ	心部	【心部】	6畫	505	510	段10下-31	鍇20-11	鉉10下-6
恦(恬)	tian ˊ	ㄊㄧㄢˊ	心部	【心部】	6畫	503	508	段10下-27	鍇20-10	鉉10下-5
甛(甜、恬醴述及)	tian ˊ	ㄊㄧㄢˊ	甘部	【甘部】	6畫	202	204	段5上-27	鍇9-10	鉉5上-5
𢖶(恐、志)	kong ˇ	ㄎㄨㄥˇ	心部	【心部】	6畫	514	519	段10下-49	鍇20-18	鉉10下-9
恕(㤿，恕通段)	shu ˋ	ㄕㄨˋ	心部	【心部】	6畫	504	508	段10下-28	鍇20-10	鉉10下-6
恙(㺊通段)	yang ˋ	ㄧㄤˋ	心部	【心部】	6畫	513	517	段10下-46	鍇20-17	鉉10下-8
恚	hui ˋ	ㄏㄨㄟˋ	心部	【心部】	6畫	511	516	段10下-43	鍇20-15	鉉10下-8
恣	zi ˋ	ㄗˋ	心部	【心部】	6畫	510	514	段10下-40	鍇20-14	鉉10下-7
惡(悪通段)	e ˋ	ㄜˋ	心部	【心部】	6畫	511	516	段10下-43	鍇20-15	鉉10下-8
恥(耻通段)	chi ˇ	ㄔˇ	心部	【心部】	6畫	515	519	段10下-50	鍇20-18	鉉10下-9
恧(忸、䎡、聏、聴、𦗓通段)	n ǜ	ㄋㄩˋ	心部	【心部】	6畫	515	519	段10下-50	鍇20-18	鉉10下-9
恩	en	ㄣ	心部	【心部】	6畫	504	508	段10下-28	鍇20-11	鉉10下-6
共(𢍏、恭)	gong ˋ	ㄍㄨㄥˋ	共部	【八部】	6畫	105	105	段3上-38	鍇5-20	鉉3上-8
恭(共)	gong	ㄍㄨㄥ	心部	【心部】	6畫	503	508	段10下-27	鍇20-10	鉉10下-6
恭	gong ˇ	ㄍㄨㄥˇ	心部	【心部】	6畫	514	519	段10下-49	鍇20-18	鉉10下-9
息(蒠、謥、饄通段)	xi ˊ	ㄒㄧˊ	心部	【心部】	6畫	502	506	段10下-24	鍇20-9	鉉10下-5
瘜(息，膆通段)	xi	ㄒㄧ	疒部	【疒部】	6畫	350	353	段7下-30	鍇14-13	鉉7下-5
郋(息)	xi	ㄒㄧ	邑部	【邑部】	6畫	291	294	段6下-39	鍇12-18	鉉6下-7
恊	xie ˊ	ㄒㄧㄝˊ	劦部	【心部】	6畫	701	708	段13下-55	鍇26-12	鉉13下-8
恁	ren ˋ	ㄖㄣˋ	心部	【心部】	6畫	508	513	段10下-37	鍇20-13	鉉10下-7
飪(肛、恁，脍通段)	ren ˋ	ㄖㄣˋ	食部	【食部】	6畫	218	221	段5下-7	鍇10-4	鉉5下-2
恆(恒、死，峘通段)	heng ˊ	ㄏㄥˊ	二部	【心部】	6畫	681	687	段13下-14	鍇26-1	鉉13下-3
吝(咳，悉、悋、悋通段)	lin ˋ	ㄌㄧㄣˋ	口部	【口部】	7畫	61	61	段2上-26	鍇3-11	鉉2上-5

篆本字(古文、金文、籀文、俗字，通段、金石)	拼音	注音	說文部首	康熙部首	筆畫	一般頁碼	洪葉頁碼	段注篇章	徐鍇通釋篇章	徐鉉藤花榭篇章
悌	ti`	ㄊㄧˋ	心部	【心部】	7畫	無	無	無	無	鉉10下-9
弟(丯，悌、第通段)	di`	ㄉㄧˋ	弟部	【弓部】	7畫	236	239	段5下-42	鍇10-17	鉉5下-8
勇(勈、痛、恿，憑通段)	yong`	ㄩㄥˇ	力部	【力部】	7畫	701	707	段13下-54	鍇26-12	鉉13下-8
姦(恳、姧)	jian	ㄐㄧㄢ	女部	【女部】	7畫	626	631	段12下-29	鍇24-10	鉉12下-4
悍	han`	ㄏㄢˋ	心部	【心部】	7畫	509	514	段10下-39	鍇20-14	鉉10下-7
悁(悁)	yuan	ㄩㄢ	心部	【心部】	7畫	511	515	段10下-42	鍇20-16	鉉10下-8
說(悅、悦)	shuo	ㄕㄨㄛ	言部	【言部】	7畫	93	94	段3上-15	鍇5-8	鉉3上-4
悉(恖、螅)	xi	ㄒㄧ	釆部	【心部】	7畫	50	50	段2上-4	鍇3-2	鉉2上-1
戌非戍shu`(悉咸述及)	xu	ㄒㄩ	戌部	【戈部】	7畫	752	759	段14下-43	鍇28-20	鉉14下-10末
悃	kun`	ㄎㄨㄣˇ	心部	【心部】	7畫	503	508	段10下-27	鍇20-10	鉉10下-5
悄(愀通段)	qiao	ㄑㄧㄠ	心部	【心部】	7畫	514	518	段10下-48	鍇20-17	鉉10下-9
欷(唏，悕通段)	xi	ㄒㄧ	欠部	【欠部】	7畫	412	417	段8下-23	鍇16-16	鉉8下-5
唏(悕通段)	xi	ㄒㄧ	口部	【口部】	7畫	57	57	段2上-18	鍇3-8	鉉2上-4
悈(㥛、棘)	jie`	ㄐㄧㄝˋ	心部	【心部】	7畫	504	509	段10下-29	鍇20-11	鉉10下-6
恆(㥛、極、悈、戒、棘)	ji´	ㄐㄧˊ	心部	【心部】	7畫	508	512	段10下-36	鍇20-13	鉉10下-7
悑(怖)	bu`	ㄅㄨˋ	心部	【心部】	7畫	514	519	段10下-49	鍇20-18	鉉10下-9
怍(愳通段)	zuo`	ㄗㄨㄛˋ	心部	【心部】	7畫	515	519	段10下-50	鍇20-18	鉉10下-9
悒(邑、唈)	yi`	ㄧˋ	心部	【心部】	7畫	508	513	段10下-37	鍇20-13	鉉10下-7
悔(痗、悁通段)	hui`	ㄏㄨㄟˇ	心部	【心部】	7畫	512	516	段10下-44	鍇20-16	鉉10下-8
賄(悔，賄通段)	hui`	ㄏㄨㄟˋ	貝部	【貝部】	7畫	279	282	段6下-15	鍇12-9	鉉6下-4
夘(悔宜細讀內文)	hui`	ㄏㄨㄟˋ	卜部	【卜部】	7畫	127	128	段3下-42	鍇6-20	鉉3下-9
悛	quan	ㄑㄩㄢ	心部	【心部】	7畫	507	511	段10下-34	鍇20-12	鉉10下-6
恂(詢、洵、悛)	xun´	ㄒㄩㄣˊ	心部	【心部】	7畫	505	509	段10下-30	鍇20-11	鉉10下-6
悝(詼)	kui	ㄎㄨㄟ	心部	【心部】	7畫	510	514	段10下-40	鍇20-14	鉉10下-7
里(悝，瘞通段)	li`	ㄌㄧˇ	里部	【里部】	7畫	694	701	段13下-41	鍇26-8	鉉13下-6
悟(憅)	wu`	ㄨˋ	心部	【心部】	7畫	506	510	段10下-32	鍇20-12	鉉10下-6

篆本字（古文、金文、籀文、俗字，通叚、金石）	拼音	注音	說文部首	康熙部首	筆畫	一般頁碼	洪葉頁碼	段注篇章	徐鍇通釋篇章	徐鉉藤花榭篇章
悟(訢、仵午述及，忤、悟、捂、㫃通叚)	wuˇ	ㄨˇ	午部	【口部】	7畫	746	753	段14下-31	鍇28-16	鉉14下-8
寤(癏、癗、寢、悟)	wuˋ	ㄨˋ	寢部	【宀部】	7畫	347	351	段7下-25	鍇14-11	鉉7下-5
悻(悻、婞通叚)	xingˋ	ㄒㄧㄥˋ	心部	【心部】	7畫	508	512	段10下-36	鍇20-13	鉉10下-7
恇(guang`)	kuang	ㄎㄨㄤ	心部	【心部】	7畫	510	515	段10下-41	鍇20-14	鉉10下-7
音(杏、欨，恒通叚)	pouˇ	ㄆㄡˇ	、部	【口部】	7畫	215	217	段5上-53	鍇10-1	鉉5上-10
恥(恒、悟)	chiˋ	ㄔˋ	心部	【心部】	7畫	512	516	段10下-44	鍇20-16	鉉10下-8
炱(烋通叚)	tai	ㄊㄞˊ	火部	【火部】	7畫	482	486	段10上-44	鍇19-15	鉉10上-8
悊	qieˋ	ㄑㄧㄝˋ	心部	【心部】	7畫	514	519	段10下-49	鍇20-17	鉉10下-9
悆(悇)	yuˋ	ㄩˋ	心部	【心部】	7畫	509	513	段10下-38	鍇20-13	鉉10下-7
涌(湧、恿通叚)	yongˇ	ㄩㄥˇ	水部	【水部】	7畫	549	554	段11上貳-8	鍇21-15	鉉11上-5
悊(哲)	zheˊ	ㄓㄜˊ	心部	【心部】	7畫	503	508	段10下-27	鍇20-10	鉉10下-5
哲(悊、嚞、喆)	zheˊ	ㄓㄜˊ	口部	【口部】	7畫	57	57	段2上-18	鍇3-7	鉉2上-4
薏(意、億)	yiˋ	ㄧˋ	心部	【心部】	7畫	505	510	段10下-31	鍇20-11	鉉10下-6
悠(攸、脩)	you	ㄧㄡ	心部	【心部】	7畫	513	518	段10下-47	鍇20-17	鉉10下-8
攸(汥、浟、悠、遒、逌，滺通叚)	you	ㄧㄡ	攴部	【攴部】	7畫	124	125	段3下-36	鍇6-18	鉉3下-8
患(悶、懸，漶通叚)	huanˋ	ㄏㄨㄢˋ	心部	【心部】	7畫	514	518	段10下-48	鍇20-17	鉉10下-9
惕(悐)	tiˋ	ㄊㄧˋ	心部	【心部】	7畫	514	519	段10下-49	鍇20-18	鉉10下-9
狂(㹨、惺，忹、狅通叚)	kuangˊ	ㄎㄨㄤˊ	犬部	【犬部】	7畫	476	481	段10上-33	鍇19-11	鉉10上-6
恖(偲、怱、聰通叚)	cong	ㄘㄨㄥ	囪部	【心部】	7畫	490	495	段10下-1	鍇19-20	鉉10下-1
怖(邁，悖、愂通叚)	peiˋ	ㄆㄟˋ	心部	【心部】	7畫	511	516	段10下-43	鍇20-15	鉉10下-8
誖(悖、鑿，伂、愂通叚)	beiˋ	ㄅㄟˋ	言部	【言部】	7畫	97	98	段3上-23	鍇5-12	鉉3上-5

篆本字(古文、金文、籀文、俗字，通叚、金石)	拼音	注音	說文部首	康熙部首	筆畫	一般頁碼	洪葉頁碼	段注篇章	徐鍇通釋篇章	徐鉉藤花榭篇章
慫(慫=聳徙述及、悚)	song˘	ㄙㄨㄥˇ	心部	【心部】	7畫	506	510	段10下-32	鍇20-12	鉉10下-6
黨(曭、尚，儻、讜、倘、惝通叚)	dang˘	ㄉㄤˇ	黑部	【黑部】	8畫	488	493	段10上-57	鍇19-19	鉉10上-10
敞(厰、廠、惝、鷩通叚)	chang˘	ㄔㄤˇ	攴部	【广部】	8畫	123	124	段3下-34	鍇6-18	鉉3下-8
朕(凌，悛通叚)	ling´	ㄌㄧㄥˊ	仌部	【冫部】	8畫	571	576	段11下-8	鍇22-4	鉉11下-3
婞(悻通叚)	xingˋ	ㄒㄧㄥˋ	女部	【女部】	8畫	623	629	段12下-24	鍇24-8	鉉12下-3
悻(悻、婞通叚)	xingˋ	ㄒㄧㄥˋ	心部	【心部】	8畫	508	512	段10下-36	鍇20-13	鉉10下-7
悀(dianˋ)	tuiˋ	ㄊㄨㄟˋ	心部	【心部】	8畫	507	511	段10下-34	鍇20-12	鉉10下-6
怛(悬，憼通叚)	da´	ㄉㄚˊ	心部	【心部】	8畫	512	517	段10下-45	鍇20-16	鉉10下-8
敕(勅、勑，憋、憾、揪通叚)	chiˋ	ㄔˋ	攴部	【攴部】	8畫	124	125	段3下-35	鍇6-18	鉉3下-8
空(孔、腔鞔man´述及，倥、崆、悾、箜、羥、窾通叚)	kong	ㄎㄨㄥ	穴部	【穴部】	8畫	344	348	段7下-19	鍇14-8	鉉7下-4
悱	fei˘	ㄈㄟˇ	心部	【心部】	8畫	無	無	無	無	鉉10下-9
誹(悱通叚)	fei˘	ㄈㄟˇ	言部	【言部】	8畫	97	97	段3上-22	鍇5-11	鉉3上-5
悟(憣)	wuˋ	ㄨˋ	心部	【心部】	8畫	506	510	段10下-32	鍇20-12	鉉10下-6
悿	tian˘	ㄊㄧㄢˇ	心部	【心部】	8畫	515	519	段10下-50	鍇20-18	鉉10下-9
忽(曶，惚、緫、笏通叚)	hu	ㄏㄨ	心部	【心部】	8畫	510	514	段10下-40	鍇20-14	鉉10下-7
臾(臾申部、瘐，悆通叚)	yu´	ㄩˊ	申部	【臼部】	8畫	747	754	段14下-33	鍇28-17	鉉14下-8
惉	zhan	ㄓㄢ	心部	【心部】	8畫	無	無	無	無	鉉10下-9
帖(貼，怗、惉、惵通叚)	tie	ㄊㄧㄝ	巾部	【巾部】	8畫	359	362	段7下-48	鍇14-22	鉉7下-9
苫(惉通叚)	shan	ㄕㄢ	艸部	【艸部】	8畫	43	43	段1下-44	鍇2-20	鉉1下-7
惹	re˘	ㄖㄜˇ	心部	【心部】	8畫	無	無	無	無	鉉10下-9
婩(譀、惹)	yanˋ	ㄧㄢˋ	女部	【女部】	8畫	625	631	段12下-28	鍇24-9	鉉12下-4

篆本字（古文、金文、籒文、俗字，通叚、金石）	拼音	注音	說文部首	康熙部首	筆畫	一般頁碼	洪葉頁碼	段注篇章	徐鍇通釋篇章	徐鉉藤花榭篇章
諸(惹、譇，譇通叚)	zha	ㄓㄚ	言部	【言部】	8畫	96	97	段3上-21	錯5-11	鉉3上-4
諾(惹通叚)	nuo`	ㄋㄨㄛˋ	言部	【言部】	8畫	90	90	段3上-8	錯5-5	鉉3上-3
悆	cai	ㄘㄞˇ	心部	【心部】	8畫	509	514	段10下-39	錯20-13	鉉10下-7
悰	cong	ㄘㄨㄥˊ	心部	【心部】	8畫	503	508	段10下-27	錯20-10	鉉10下-5
憒(悰通叚)	cong	ㄘㄨㄥˊ	心部	【心部】	8畫	506	510	段10下-32	錯20-12	鉉10下-6
悴(瘁通叚)	cui`	ㄘㄨㄟˋ	心部	【心部】	8畫	513	518	段10下-47	錯20-17	鉉10下-8
顇(悴、萃、瘁，顇通叚)	cui`	ㄘㄨㄟˋ	頁部	【頁部】	8畫	421	426	段9上-13	錯17-4	鉉9上-2
悵	chang`	ㄔㄤˋ	心部	【心部】	8畫	512	516	段10下-44	錯20-16	鉉10下-8
悸	ji`	ㄐㄧˋ	心部	【心部】	8畫	510	515	段10下-41	錯20-14	鉉10下-7
瘠(悸)	ji`	ㄐㄧˋ	广部	【广部】	8畫	349	353	段7下-29	錯14-13	鉉7下-5
悼(蹈)	dao`	ㄉㄠˋ	心部	【心部】	8畫	514	519	段10下-49	錯20-18	鉉10下-9
悽	qi	ㄑㄧ	心部	【心部】	8畫	512	517	段10下-45	錯20-16	鉉10下-8
惀	lun	ㄌㄨㄣˊ	心部	【心部】	8畫	505	510	段10下-31	錯20-11	鉉10下-6
惂	kan	ㄎㄢˇ	心部	【心部】	8畫	513	518	段10下-47	錯20-17	鉉10下-8
情	qing	ㄑㄧㄥˊ	心部	【心部】	8畫	502	506	段10下-24	錯20-9	鉉10下-5
惆(悆通叚)	chou	ㄔㄡˊ	心部	【心部】	8畫	512	516	段10下-44	錯20-16	鉉10下-8
网(罔、䍏从糸凵、囚、网，網、惘、輞、輞通叚)	wang	ㄨㄤˇ	网部	【网部】	8畫	355	358	段7下-40	錯14-18	鉉7下-7
惇(憞)	dun	ㄉㄨㄣ	心部	【心部】	8畫	503	507	段10下-26	錯20-10	鉉10下-5
惏(婪)	lin	ㄌㄧㄣˊ	心部	【心部】	8畫	510	515	段10下-41	錯20-15	鉉10下-7
婪(惏，琳通叚)	lan	ㄌㄢˊ	女部	【女部】	8畫	624	630	段12下-26	錯24-9	鉉12下-4
惔(tan´)	dan`	ㄉㄢˋ	心部	【心部】	8畫	513	518	段10下-47	錯20-17	鉉10下-8
惕(悐)	ti`	ㄊㄧˋ	心部	【心部】	8畫	514	519	段10下-49	錯20-18	鉉10下-9
惙	chuo`	ㄔㄨㄛˋ	心部	【心部】	8畫	513	518	段10下-47	錯20-17	鉉10下-8
惛(唇通叚)	hun	ㄏㄨㄣ	心部	【心部】	8畫	511	515	段10下-42	錯20-15	鉉10下-8
惜(xi)	xi´	ㄒㄧˊ	心部	【心部】	8畫	512	517	段10下-45	錯20-16	鉉10下-8
惟(唯、維)	wei´	ㄨㄟˊ	心部	【心部】	8畫	505	509	段10下-30	錯20-11	鉉10下-6
悠(俛)	yi	ㄧ	心部	【心部】	8畫	512	517	段10下-45	錯20-16	鉉10下-8
悲(蕜通叚)	bei	ㄅㄟ	心部	【心部】	8畫	512	517	段10下-45	錯20-16	鉉10下-8
悳(德、惪)	de´	ㄉㄜˊ	心部	【心部】	8畫	502	507	段10下-25	錯20-9	鉉10下-5

篆本字(古文、金文、籀文、俗字，通段、金石)	拼音	注音	說文部首	康熙部首	筆畫	一般頁碼	洪葉頁碼	段注篇章	徐鍇通釋篇章	徐鉉藤花榭篇章
炁(㤅、愛、㤅)	aiˋ	ㄞˋ	心部	【心部】	8畫	506	510	段10下-32	鍇20-12	鉉10下-6
果(猓、惈、菓通段)	guoˇ	ㄍㄨㄛˇ	木部	【木部】	8畫	249	251	段6上-22	鍇11-10	鉉6上-3
悶(惛，燜通段)	menˋ	ㄇㄣˋ	心部	【心部】	8畫	512	516	段10下-44	鍇20-16	鉉10下-8
悹(痯通段)	guanˋ	ㄍㄨㄢˋ	心部	【心部】	8畫	505	510	段10下-31	鍇20-11	鉉10下-6
惄(愵)	niˋ	ㄋㄧˋ	心部	【心部】	8畫	507	512	段10下-35	鍇20-13	鉉10下-7
愵(惄)	niˋ	ㄋㄧˋ	心部	【心部】	8畫	513	518	段10下-47	鍇20-17	鉉10下-8
惎(諅)	jiˋ	ㄐㄧˋ	心部	【心部】	8畫	515	519	段10下-50	鍇20-18	鉉10下-9
憃(恎、愭)	chiˋ	ㄔˋ	心部	【心部】	8畫	512	516	段10下-44	鍇20-16	鉉10下-8
畀(惎)	qiˊ	ㄑㄧˊ	廾部	【廾部】	8畫	104	104	段3上-36	鍇5-19	鉉3上-8
惑(或)	huoˋ	ㄏㄨㄛˋ	心部	【心部】	8畫	511	515	段10下-42	鍇20-15	鉉10下-7
或(域、國、惑𢦏ziˋ述及)	huoˋ	ㄏㄨㄛˋ	戈部	【戈部】	8畫	631	637	段12下-39	鍇24-12	鉉12下-6
惡(悪通段)	eˋ	ㄜˋ	心部	【心部】	8畫	511	516	段10下-43	鍇20-15	鉉10下-8
倦(勌、惓通段)	juanˋ	ㄐㄩㄢˋ	人部	【人部】	8畫	383	387	段8上-37	鍇15-12	鉉8上-5
怨(咎)	qiuˊ	ㄑㄧㄡˊ	心部	【心部】	8畫	513	517	段10下-46	鍇20-17	鉉10下-8
惤	xianˊ	ㄒㄧㄢˊ	心部	【心部】	8畫	508	513	段10下-37	鍇20-13	鉉10下-7
惠(䜓从芔叀心、蕙，憓、蟪、譓、轗通段)	huiˋ	ㄏㄨㄟˋ	叀部	【心部】	8畫	159	161	段4下-3	鍇8-2	鉉4下-1
慧(惠)	huiˋ	ㄏㄨㄟˋ	心部	【心部】	8畫	503	508	段10下-27	鍇20-10	鉉10下-5
惢(蕊、蘂，橤、蘂通段)	ruiˇ	ㄖㄨㄟˇ	惢部	【心部】	8畫	515	520	段10下-51	鍇20-19	鉉10下-9
复(复，愎通段)	fuˊ	ㄈㄨˊ	夊部	【夊部】	9畫	232	235	段5下-35	鍇10-14	鉉5下-7
愛(炁)	aiˋ	ㄞˋ	夊部	【心部】	9畫	233	235	段5下-36	鍇10-15	鉉5下-7
篸(愛、薆，曖、靉通段)	aiˋ	ㄞˋ	竹部	【竹部】	9畫	198	200	段5上-20	鍇9-7	鉉5上-3
炁(㤅、愛、㤅)	aiˋ	ㄞˋ	心部	【心部】	9畫	506	510	段10下-32	鍇20-12	鉉10下-6
慨(愾)	kaiˇ	ㄎㄞˇ	心部	【心部】	9畫	503	507	段10下-26	鍇20-10	鉉10下-5
怖(邁，悖、悖通段)	peiˋ	ㄆㄟˋ	心部	【心部】	9畫	511	516	段10下-43	鍇20-15	鉉10下-8

篆本字(古文、金文、籀文、俗字,通叚、金石)	拼音	注音	說文部首	康熙部首	筆畫	一般頁碼	洪葉頁碼	段注篇章	徐鍇通釋篇章	徐鉉藤花榭篇章
誖(悖、㦊,㤳、㦂通叚)	bei`	ㄅㄟˋ	言部	【言部】	9畫	97	98	段3上-23	錯5-12	鉉3上-5
熒(嬛、惸、睘,憌、㷀通叚)	qiong´	ㄑㄩㄥˊ	丳部	【火部】	9畫	583	588	段11下-32	錯22-12	鉉11下-7
忡(憃、㤵、憃通叚)	chong	ㄔㄨㄥ	心部	【心部】	9畫	514	518	段10下-48	錯20-17	鉉10下-9
湆(湇,愔通叚)	qi`	ㄑㄧˋ	水部	【水部】	9畫	560	565	段11上貳-29	錯21-21	鉉11上-7
懕(懨,愔通叚)	yan	ㄧㄢ	心部	【心部】	9畫	507	511	段10下-34	錯20-12	鉉10下-6
媅(耽、湛,妉、愖通叚)	dan	ㄉㄢ	女部	【女部】	9畫	620	626	段12下-18	錯24-6	鉉12下-3
悁(悁)	yuan	ㄩㄢ	心部	【心部】	9畫	511	515	段10下-42	錯20-16	鉉10下-8
革(䪒,愅、撎通叚)	ge´	ㄍㄜˊ	革部	【革部】	9畫	107	108	段3下-1	錯6-2	鉉3下-1
恇(恇、匡,劻通叚)	kuang	ㄎㄨㄤ	心部	【心部】	9畫	514	519	段10下-49	錯20-17	鉉10下-9
憘(恒、偔)	chi`	ㄔˋ	心部	【心部】	9畫	512	516	段10下-44	錯20-16	鉉10下-8
恆(亟、極、悈、戒、棘)	ji´	ㄐㄧˊ	心部	【心部】	9畫	508	512	段10下-36	錯20-13	鉉10下-7
亟(恆、棘)	ji´	ㄐㄧˊ	二部	【二部】	9畫	681	687	段13下-14	錯26-1	鉉13下-3
怋	mi˘	ㄇㄧˇ	心部	【心部】	9畫	515	519	段10下-50	錯20-18	鉉10下-9
愫(邃,竁通叚)	sui`	ㄙㄨㄟˋ	心部	【心部】	9畫	505	510	段10下-31	錯20-11	鉉10下-6
像从象非象	xie´	ㄒㄧㄝˊ	心部	【心部】	9畫	511	516	段10下-43	錯20-15	鉉10下-8
愲(謵)	xu˘	ㄒㄩˇ	心部	【心部】	9畫	506	510	段10下-32	錯20-12	鉉10下-6
惆	yu´	ㄩˊ	心部	【心部】	9畫	507	512	段10下-35	錯20-13	鉉10下-6
愚	yu´	ㄩˊ	心部	【心部】	9畫	509	514	段10下-39	錯20-13	鉉10下-7
偲(㥓、葸通叚)	cai	ㄘㄞ	人部	【人部】	9畫	370	374	段8上-11	錯15-4	鉉8上-2
惲	yun`	ㄩㄣˋ	心部	【心部】	9畫	503	507	段10下-26	錯20-10	鉉10下-5
惴(鍴通叚)	zhui`	ㄓㄨㄟˋ	心部	【心部】	9畫	513	517	段10下-46	錯20-17	鉉10下-8
惶	huang´	ㄏㄨㄤˊ	心部	【心部】	9畫	514	519	段10下-49	錯20-18	鉉10下-9
惻	ce`	ㄘㄜˋ	心部	【心部】	9畫	512	517	段10下-45	錯20-16	鉉10下-8
愃(喧通叚)	xuan	ㄒㄩㄢ	心部	【心部】	9畫	504	509	段10下-29	錯20-11	鉉10下-6
愉(偷佻逾及,愈通叚)	yu´	ㄩˊ	心部	【心部】	9畫	509	513	段10下-38	錯20-13	鉉10下-7

篆本字(古文、金文、籀文、俗字，通叚、金石)	拼音	注音	說文部首	康熙部首	筆畫	一般頁碼	洪葉頁碼	段注篇章	徐鍇通釋篇章	徐鉉藤花榭篇章
瘉(愈，揄、撽、瘐通叚)	yu、	ㄩˋ	疒部	【疒部】9畫		352	356	段7下-35	錯14-16	鉉7下-6
俞(窬，愈通叚)	yu´	ㄩˊ	舟部	【人部】9畫		403	407	段8下-4	錯16-10	鉉8下-1
愊	bi、	ㄅㄧˋ	心部	【心部】9畫		503	508	段10下-27	錯20-10	鉉10下-5
恤(僶、勔、蠠、蠠、蜜、密、黽)	mian˘	ㄇㄧㄢˇ	心部	【心部】9畫		506	511	段10下-33	錯20-12	鉉10下-6
愒(憩，偈通叚)	qi、	ㄑㄧˋ	心部	【心部】9畫		507	512	段10下-35	錯20-13	鉉10下-7
愓(惕)	dang、	ㄉㄤˋ	心部	【心部】9畫		509	514	段10下-39	錯20-14	鉉10下-7
惕(婸，傷通叚)	dang、	ㄉㄤˋ	心部	【心部】9畫		510	514	段10下-40	錯20-14	鉉10下-7
愞(偄、懦)	nuo、	ㄋㄨㄛˋ	心部	【心部】9畫		508	513	段10下-37	錯20-13	鉉10下-7
偄(耎、愞、懦、輭，軟通叚)	ruan˘	ㄖㄨㄢˇ	人部	【人部】9畫		377	381	段8上-26	錯15-9	鉉8上-4
愱(嫉)	ji˘	ㄐㄧˇ	心部	【心部】9畫		507	512	段10下-35	錯20-13	鉉10下-7
悟	wu˘	ㄨˇ	心部	【心部】9畫		506	511	段10下-33	錯20-12	鉉10下-6
愜(悏)	qie、	ㄑㄧㄝˋ	心部	【心部】9畫		502	507	段10下-25	錯20-10	鉉10下-5
嫝(愜)	qie、	ㄑㄧㄝˋ	女部	【女部】9畫		624	630	段12下-26	錯24-9	鉉12下-4
想	xiang˘	ㄒㄧㄤˇ	心部	【心部】9畫		505	510	段10下-31	錯20-11	鉉10下-6
惷(蠢)	chun˘	ㄔㄨㄣˇ	心部	【心部】9畫		511	515	段10下-42	錯20-15	鉉10下-8
愁(揫，愀通叚)	chou´	ㄔㄡˊ	心部	【心部】9畫		513	518	段10下-47	錯20-17	鉉10下-8
愆(寒、僁籀文从言，㥶通叚)	qian	ㄑㄧㄢ	心部	【心部】9畫		510	515	段10下-41	錯20-15	鉉10下-7
辛(愆)	qian	ㄑㄧㄢ	辛部	【立部】9畫		102	103	段3上-33	錯5-17	鉉3上-7
瞀(霿、霧、愁)	mao、	ㄇㄠˋ	目部	【目部】9畫		132	134	段4上-7	錯7-4	鉉4上-2
愍	min˘	ㄇㄧㄣˇ	心部	【心部】9畫		512	517	段10下-45	錯20-16	鉉10下-8
意(億、憶、志識述及，繶、鷾通叚)	yi、	ㄧˋ	心部	【心部】9畫		502	506	段10下-24	錯20-9	鉉10下-5
億(億、意、意)	yi、	ㄧˋ	人部	【人部】9畫		376	380	段8上-24	錯15-9	鉉8上-3

篆本字(古文、金文、籀文、俗字，通叚、金石)	拼音	注音	說文部首	康熙部首	筆畫	一般頁碼	洪葉頁碼	段注篇章	徐鍇通釋篇章	徐鉉藤花榭篇章
志(識、意，恘、恴、誌通叚)	zhì	ㄓˋ	心部	【心部】	9畫	502	506	段10下-24	鍇20-9	鉉10下-5
識(志、意，幟、痣、誌通叚)	shì	ㄕˋ	言部	【巾部】	9畫	92	92	段3上-12	鍇5-7	鉉3上-3
愙(恪)	kè	ㄎㄜˋ	心部	【心部】	9畫	505	510	段10下-31	鍇20-11	鉉10下-6
感(憾，轗)	gan	ㄍㄢ	心部	【心部】	9畫	513	517	段10下-46	鍇20-16	鉉10下-8
褊(惼通叚)	biǎn	ㄅㄧㄢˇ	衣部	【衣部】	9畫	394	398	段8上-60	鍇16-4	鉉8上-9
懾(慴通叚)	shè	ㄕㄜˋ	心部	【心部】	9畫	514	519	段10下-49	鍇20-17	鉉10下-9
慹(慴通叚)	zhí	ㄓˊ	心部	【心部】	9畫	514	519	段10下-49	鍇20-18	鉉10下-9
宛(惌，惋、蜿、蛪、跑、鵷通叚)	wǎn	ㄨㄢˇ	宀部	【宀部】	9畫	341	344	段7下-12	鍇14-6	鉉7下-2
憂(憂，懮通叚)	you	ㄧㄡ	心部	【心部】	9畫	514	518	段10下-48	鍇20-17	鉉10下-9
慅(騷，愮通叚)	sao	ㄙㄠ	心部	【心部】	9畫	513	517	段10下-46	鍇20-16	鉉10下-8
悄(愀通叚)	qiao	ㄑㄧㄠ	心部	【心部】	9畫	514	518	段10下-48	鍇20-17	鉉10下-9
愁(摮，愀通叚)	chóu	ㄔㄡˊ	心部	【心部】	9畫	513	518	段10下-47	鍇20-17	鉉10下-8
湫(愀通叚)	qiu	ㄑㄧㄡ	水部	【水部】	9畫	560	565	段11上貳-29	鍇21-22	鉉11上-8
嫐(惱，懊通叚)	nǎo	ㄋㄠˇ	女部	【女部】	9畫	626	632	段12下-29	鍇24-10	鉉12下-4
慈(磁通叚)	cí	ㄘˊ	心部	【心部】	9畫	504	508	段10下-28	鍇20-10	鉉10下-6
慽(慼、戚，惄、恝、㥽通叚)	qi	ㄑㄧ	心部	【心部】	9畫	514	518	段10下-48	鍇20-17	鉉10下-9
遻(遌，愕、俉、迕通叚)	è	ㄜˋ	辵(辶)部	【辵部】	9畫	71	72	段2下-5	鍇4-3	鉉2下-2
憜(惰、媠)	duò	ㄉㄨㄛˋ	心部	【心部】	9畫	509	514	段10下-39	鍇20-14	鉉10下-7
醜(讎，媸、憔通叚)	chǒu	ㄔㄡˇ	鬼部	【酉部】	9畫	436	440	段9上-42	鍇17-14	鉉9上-7
憙(喜，憘、憘通叚)	xǐ	ㄒㄧˇ	喜部	【心部】	9畫	205	207	段5上-33	鍇9-14	鉉5上-6
韙(愇)	wěi	ㄨㄟˇ	是部	【韋部】	9畫	69	70	段2下-1	鍇4-1	鉉2下-1
憧(重，懂通叚)	zhong	ㄓㄨㄥ	心部	【心部】	9畫	503	507	段10下-26	鍇20-18	鉉10下-5
匿(慝通叚)	nì	ㄋㄧˋ	匸部	【匸部】	10畫	635	641	段12下-47	鍇24-16	鉉12下-7

篆本字(古文、金文、籀文、俗字，通叚、金石)	拼音	注音	說文部首	康熙部首	筆畫	一般頁碼	洪葉頁碼	段注篇章	徐鍇通釋篇章	徐鉉藤花榭篇章
絹(帽通叚)	gǔ	巜ㄨˇ	糸部	【糸部】10畫		647	653	段13上-8	鍇25-3	鉉13上-2
媿(愧，䩱通叚)	kuì	ㄎㄨㄟˋ	女部	【女部】10畫		626	632	段12下-29	鍇24-10	鉉12下-4
弲(惸)	sǔn	ㄙㄨㄣˇ	弓部	【勹部】10畫		204	206	段5上-31	鍇9-13	鉉5上-6
脅(岬、憦劫述及，胎、脥通叚)	xié	ㄒㄧㄝˊ	肉部	【肉部】10畫		169	171	段4下-23	鍇8-9	鉉4下-4
慌	yì	ㄧˊ	心部	【心部】10畫		504	508	段10下-28	鍇20-16	鉉10下-6
怳(慌、恍通叚)	huǎng	ㄏㄨㄤˇ	心部	【心部】10畫		510	515	段10下-41	鍇20-14	鉉10下-7
惲	yùn	ㄩㄣˋ	心部	【心部】10畫		513	517	段10下-46	鍇20-17	鉉10下-8
愯(愯=聳徶述及、悚)	sǒng	ㄙㄨㄥˇ	心部	【心部】10畫		506	510	段10下-32	鍇20-12	鉉10下-6
竦(愯)	sǒng	ㄙㄨㄥˇ	立部	【立部】10畫		500	504	段10下-20	鍇20-7	鉉10下-4
勇(勈、戜、恿，憑通叚)	yǒng	ㄩㄥˇ	力部	【力部】10畫		701	707	段13下-54	鍇26-12	鉉13下-8
愴	chuàng	ㄔㄨㄤˋ	心部	【心部】10畫		512	517	段10下-45	鍇20-16	鉉10下-8
縈(素，嗉、愫通叚)	sù	ㄙㄨˋ	素部	【糸部】10畫		662	669	段13上-39	鍇25-9	鉉13上-5
惄(怒)	nì	ㄋㄧˋ	心部	【心部】10畫		513	518	段10下-47	鍇20-17	鉉10下-8
怒(惄)	nì	ㄋㄧˋ	心部	【心部】10畫		507	512	段10下-35	鍇20-13	鉉10下-7
慽(慼、戚，惄、恝、鼜通叚)	qī	ㄑㄧ	心部	【心部】10畫		514	518	段10下-48	鍇20-17	鉉10下-9
愷心部(颽通叚)	kǎi	ㄎㄞˇ	心部	【心部】10畫		502	507	段10下-25	鍇20-10	鉉10下-5
愷豈部(凱，颽通叚)	kǎi	ㄎㄞˇ	豈部	【心部】10畫		207	209	段5上-37	鍇9-15	鉉5上-7
豈(䭫、愷，凱通叚)	qǐ	ㄑㄧˇ	豈部	【豆部】10畫		206	208	段5上-36	鍇9-15	鉉5上-7
愾(忔、疙、忥通叚)	kài	ㄎㄞˋ	心部	【心部】10畫		512	516	段10下-44	鍇20-16	鉉10下-8
慨(愾)	kǎi	ㄎㄞˇ	心部	【心部】10畫		503	507	段10下-26	鍇20-10	鉉10下-5
慆(謟通叚)	tāo	ㄊㄠ	心部	【心部】10畫		507	511	段10下-34	鍇20-12	鉉10下-6
慉(畜)	xù	ㄒㄩˋ	心部	【心部】10畫		505	510	段10下-31	鍇20-11	鉉10下-6
慊(嫌)	qiàn	ㄑㄧㄢˋ	心部	【心部】10畫		511	515	段10下-42	鍇20-15	鉉10下-7
慍	yùn	ㄩㄣˋ	心部	【心部】10畫		511	516	段10下-43	鍇20-15	鉉10下-8
憖	yìn	ㄧㄣˋ	心部	【心部】10畫		504	509	段10下-29	鍇20-11	鉉10下-6

篆本字(古文、金文、籀文、俗字,通段、金石)	拼音	注音	說文部首	康熙部首	筆畫	一般頁碼	洪葉頁碼	段注篇章	徐鍇通釋篇章	徐鉉藤花榭篇章
愨	que`	ㄑㄩㄝ`	心部	【心部】	10畫	502	507	段10下-25	錯20-9	鉉10下-5
愻(遜)	xun`	ㄒㄩㄣ`	心部	【心部】	10畫	504	509	段10下-29	錯20-11	鉉10下-6
遜(愻、孫)	xun`	ㄒㄩㄣ`	辵(辶)部	【辵部】	10畫	72	72	段2下-6	錯4-5	鉉2下-2
愼(慎、昚、昚)	shen`	ㄕㄣ`	心部	【心部】	10畫	502	507	段10下-25	錯20-9	鉉10下-5
眞(𣅀、愼)	zhen	ㄓㄣ	七部	【目部】	10畫	384	388	段8上-40	錯15-13	鉉8上-5
愿	yuan`	ㄩㄢ`	心部	【心部】	10畫	503	508	段10下-27	錯20-10	鉉10下-5
慁	hun`	ㄏㄨㄣ`	心部	【心部】	10畫	513	518	段10下-47	錯20-17	鉉10下-8
俒(溷、慁)	hun`	ㄏㄨㄣ`	人部	【人部】	10畫	376	380	段8上-23	錯15-9	鉉8上-3
慇(隱)	yin	ㄧㄣ	心部	【心部】	10畫	512	517	段10下-45	錯20-16	鉉10下-8
恧(忸、聏、聏、聰、𧄩通段)	nü`	ㄋㄩ`	心部	【心部】	10畫	515	519	段10下-50	錯20-18	鉉10下-9
草(蓅、皁、皂 非皂ji´,慒、騲通段)	cao`	ㄘㄠ`	艸部	【艸部】	10畫	47	47	段1下-52	錯2-24	鉉1下-9
哀(悢通段)	ai	ㄞ	口部	【口部】	10畫	61	61	段2上-26	錯3-11	鉉2上-5
搖(愮、遙、飖通段)	yao´	ㄧㄠ´	手部	【手部】	10畫	602	608	段12上-38	錯23-12	鉉12上-6
態(儜)	tai`	ㄊㄞ`	心部	【心部】	10畫	509	514	段10下-39	錯20-14	鉉10下-7
慅(騷,慺通段)	sao	ㄙㄠ	心部	【心部】	10畫	513	517	段10下-46	錯20-16	鉉10下-8
𨀵(透,悠通段)	shu	ㄕㄨ	足部	【足部】	10畫	82	82	段2下-26	錯4-13	鉉2下-5
憖(鬳從獻齒,憗通段)	yin`	ㄧㄣ`	心部	【心部】	10畫	504	508	段10下-28	錯20-11	鉉10下-6
懼(愳)	ju`	ㄐㄩ`	心部	【心部】	10畫	506	510	段10下-32	錯20-12	鉉10下-6
恐(㤅、㣿)	kong	ㄎㄨㄥ	心部	【心部】	10畫	514	519	段10下-49	錯20-18	鉉10下-9
凓(凜,慄通段)	li`	ㄌㄧ`	仌部	【冫部】	10畫	571	577	段11下-9	錯22-4	鉉11下-3
㮚(栗=慄憚述及、䕻、𥻆,鷅、𪆰通段)	li`	ㄌㄧ`	卤部	【木部】	10畫	317	320	段7上-32	錯13-13	鉉7上-6
訌(虹,憒通段)	hong´	ㄏㄨㄥ´	言部	【言部】	10畫	98	99	段3上-25	錯5-13	鉉3上-5
㑵(嫉、疾,㤵、誺通段)	ji´	ㄐㄧ´	人部	【人部】	10畫	380	384	段8上-32	錯15-11	鉉8上-4
塞(寒,僿通段)	se`	ㄙㄜ`	心部	【心部】	10畫	505	509	段10下-30	錯20-11	鉉10下-6

篆本字(古文、金文、籀文、俗字，通段、金石)	拼音	注音	說文部首	康熙部首	筆畫	一般頁碼	洪葉頁碼	段注篇章	徐鍇通釋篇章	徐鉉藤花榭篇章
慾(寋、僭籀文从言，俭通段)	qian	ㄑㄧㄢ	心部	【心部】10畫		510	515	段10下-41	鍇20-15	鉉10下-7
鑒(塞、寒，賽、寨通段)	sai	ㄙㄞ	土部	【土部】10畫		689	696	段13下-31	鍇26-5	鉉13下-5
謏(訴、謝、愬)	su	ㄙㄨˋ	言部	【言部】10畫		100	100	段3上-28	鍇5-15	鉉3上-6
閔(悶、憫，瘖通段)	min	ㄇㄧㄣˇ	門部	【門部】10畫		591	597	段12上-15	鍇23-6	鉉12上-3
忼(慷)	kang	ㄎㄤˋ	心部	【心部】11畫		503	507	段10下-26	鍇20-10	鉉10下-5
慐(憂，優通段)	you	ㄧㄡ	心部	【心部】11畫		514	518	段10下-48	鍇20-17	鉉10下-9
憁(悰通段)	cong	ㄘㄨㄥˊ	心部	【心部】11畫		506	510	段10下-32	鍇20-12	鉉10下-6
傲(敖、嫯，慠、熬通段)	ao	ㄠˋ	人部	【人部】11畫		369	373	段8上-10	鍇15-4	鉉8上-2
摧(催，嗺、慛、擢、謹通段)	cui	ㄘㄨㄟ	手部	【手部】11畫		596	602	段12上-26	鍇23-14	鉉12上-5
摜(貫，慣通段)	guan	ㄍㄨㄢˋ	手部	【手部】11畫		601	607	段12上-35	鍇23-11	鉉12上-6
遦(貫、串，慣通段)	guan	ㄍㄨㄢˋ	辵(辶)部	【辵部】11畫		71	71	段2下-4	鍇4-2	鉉2下-1
僅(廑、懂)	jin	ㄐㄧㄣˇ	人部	【人部】11畫		374	378	段8上-20	鍇15-8	鉉8上-3
謹(懂、勸通段)	jin	ㄐㄧㄣˇ	言部	【言部】11畫		92	92	段3上-12	鍇5-7	鉉3上-3
悔(痗、懰通段)	hui	ㄏㄨㄟˇ	心部	【心部】11畫		512	516	段10下-44	鍇20-16	鉉10下-8
敕(勑、勅，愸、慽、揪通段)	chi	ㄔˋ	攴部	【攴部】11畫		124	125	段3下-35	鍇6-18	鉉3下-8
慵	yong	ㄩㄥ	心部	【心部】11畫		無	無	無	無	鉉10下-9
庸(塘，倊、慵通段)	yong	ㄩㄥ	用部	【广部】11畫		128	129	段3下-43	鍇6-21	鉉3下-10
慓(剽)	piao	ㄆㄧㄠ	心部	【心部】11畫		508	513	段10下-37	鍇20-13	鉉10下-7
慘	can	ㄘㄢˇ	心部	【心部】11畫		512	517	段10下-45	鍇20-16	鉉10下-8
傪(慘)	can	ㄘㄢ	人部	【人部】11畫		369	373	段8上-10	鍇15-4	鉉8上-2
摶(團、專、嫥，慱通段)	tuan	ㄊㄨㄢˊ	手部	【手部】11畫		607	613	段12上-48	鍇23-15	鉉12上-7
慟	tong	ㄊㄨㄥˋ	心部	【心部】11畫		無	無	無	無	鉉10下-9

篆本字(古文、金文、籀文、俗字，通叚、金石)	拼音	注音	說文部首	康熙部首	筆畫	一般頁碼	洪葉頁碼	段注篇章	徐鍇通釋篇章	徐鉉藤花榭篇章
動(運，勭、慟通叚)	dongˋ	ㄉㄨㄥˋ	力部	【力部】	11畫	700	706	段13下-52	鍇26-11	鉉13下-7
憧(重，慟通叚)	zhongˋ	ㄓㄨㄥˋ	心部	【心部】	11畫	503	507	段10下-26	鍇20-18	鉉10下-5
婁(𩮶、𡇎，嶁、瞜、慺、廔、鞻通叚)	louˊ	ㄌㄡˊ	女部	【女部】	11畫	624	630	段12下-26	鍇24-9	鉉12下-4
嘖(謮，幘、賾通叚)	zeˊ	ㄗㄜˊ	口部	【口部】	11畫	60	60	段2上-24	鍇3-10	鉉2上-5
慢	manˋ	ㄇㄢˋ	心部	【心部】	11畫	509	514	段10下-39	鍇20-14	鉉10下-7
𧽉(慢)	manˊ	ㄇㄢˊ	走部	【走部】	11畫	65	66	段2上-35	鍇3-16	鉉2上-7
愓(傷)	shang	ㄕㄤ	心部	【心部】	11畫	513	518	段10下-47	鍇20-17	鉉10下-8
慲(顢通叚)	manˊ	ㄇㄢˊ	心部	【心部】	11畫	510	514	段10下-40	鍇20-14	鉉10下-7
矘(曭，瞠、䁽、憆通叚)	tangˇ	ㄊㄤˇ	目部	【目部】	11畫	131	132	段4上-4	鍇7-2	鉉4上-1
掔(慳，鋻=鏗鎗述及、掔通叚)	qian	ㄑㄧㄢ	手部	【手部】	11畫	603	609	段12上-39	鍇23-12	鉉12上-6
慴	zheˊ	ㄓㄜˊ	心部	【心部】	11畫	514	519	段10下-49	鍇20-18	鉉10下-9
慽(慼、戚，惄、𢘆、𨡸通叚)	qi	ㄑㄧ	心部	【心部】	11畫	514	518	段10下-48	鍇20-17	鉉10下-9
戚(蹙、慽、頔䚦shi述及，𨆰、傶、鏚、顣通叚)	qi	ㄑㄧ	戉部	【戈部】	11畫	632	638	段12下-42	鍇24-13	鉉12下-6
憀(聊)	liaoˊ	ㄌㄧㄠˊ	心部	【心部】	11畫	505	510	段10下-31	鍇20-11	鉉10下-6
慧(惠)	huiˋ	ㄏㄨㄟˋ	心部	【心部】	11畫	503	508	段10下-27	鍇20-10	鉉10下-5
慫(𢡊)	songˇ	ㄙㄨㄥˇ	心部	【心部】	11畫	510	514	段10下-40	鍇20-14	鉉10下-7
縱(從緯述及，慫通叚)	zongˋ	ㄗㄨㄥˋ	糸部	【糸部】	11畫	646	652	段13上-6	鍇25-2	鉉13上-1
欲(慾)	yuˋ	ㄩˋ	欠部	【欠部】	11畫	411	415	段8下-20	鍇16-16	鉉8下-4
慰	weiˋ	ㄨㄟˋ	心部	【心部】	11畫	506	510	段10下-32	鍇20-12	鉉10下-6
慶	qingˋ	ㄑㄧㄥˋ	心部	【心部】	11畫	504	509	段10下-29	鍇20-11	鉉10下-6
憂(𢕄、優慐述及，懮通叚)	you	ㄧㄡ	夊部	【夊部】	11畫	233	235	段5下-36	鍇10-15	鉉5下-7

篆本字(古文、金文、籀文、俗字，通叚、金石)	拼音	注音	說文部首	康熙部首	筆畫	一般頁碼	洪葉頁碼	段注篇章	徐鍇通釋篇章	徐鉉藤花榭篇章
懕(殢，嶜、懘通叚)	di ˋ	ㄉㄧˋ	心部	【心部】11畫	504	508	段10下-28	鍇20-11	鉉10下-6
慹(慴通叚)	zhi ˊ	ㄓˊ	心部	【心部】11畫	514	519	段10下-49	鍇20-18	鉉10下-9
惷	chong	ㄔㄨㄥ	心部	【心部】11畫	509	514	段10下-39	鍇20-14	鉉10下-7
慙(痺通叚)	li ˊ	ㄌㄧˊ	心部	【心部】11畫	513	518	段10下-47	鍇20-17	鉉10下-8
慕从艸(慕)	mu ˋ	ㄇㄨˋ	心部	【心部】11畫	507	511	段10下-34	鍇20-12	鉉10下-6
慔	mu ˋ	ㄇㄨˋ	心部	【心部】11畫	506	511	段10下-33	鍇20-12	鉉10下-6
慮(鑢通叚)	lü ˋ	ㄌㄩˋ	思部	【心部】11畫	501	506	段10下-23	鍇20-9	鉉10下-5
錄(盧、綠，碌、籙通叚)	lu ˋ	ㄌㄨˋ	金部	【金部】11畫	703	710	段14上-3	鍇27-2	鉉14上-1
嫳(憋通叚)	pie ˋ	ㄆㄧㄝˋ	女部	【女部】12畫	623	629	段12下-24	鍇24-8	鉉12下-4
憊(憊、瘠)	bei ˋ	ㄅㄟˋ	心部	【心部】12畫	515	519	段10下-50	鍇20-18	鉉10下-9
愒(憩，偈通叚)	qi ˋ	ㄑㄧˋ	心部	【心部】12畫	507	512	段10下-35	鍇20-13	鉉10下-7
盪(蕩，瀁、盥通叚)	dang ˋ	ㄉㄤˋ	皿部	【皿部】12畫	213	215	段5上-49	鍇9-20	鉉5上-9
瘛(瘈、瘈通叚)	chi ˋ	ㄔˋ	疒部	【疒部】12畫	352	356	段7下-35	鍇14-15	鉉7下-6
醮(嫶、憔、顦、癄通叚)	qiao ˊ	ㄑㄧㄠˊ	面部	【面部】12畫	423	427	段9上-16	鍇17-5	鉉9上-3
悳(德、惪)	de ˊ	ㄉㄜˊ	心部	【心部】12畫	502	507	段10下-25	鍇20-9	鉉10下-5
馮(凭、憑)	feng ˊ	ㄈㄥˊ	馬部	【馬部】12畫	466	470	段10上-12	鍇19-4	鉉10上-2
凭(馮、憑，凴通叚)	ping ˊ	ㄆㄧㄥˊ	几部	【几部】12畫	715	722	段14上-28	鍇27-9	鉉14上-5
覃从鹵(覂、鹵、蕈，憛、膭通叚)	tan ˊ	ㄊㄢˊ	鹵部	【西部】12畫	229	232	段5下-29	鍇10-12	鉉5下-6
嘾(憛通叚)	dan ˋ	ㄉㄢˋ	口部	【口部】12畫	59	59	段2上-22	鍇3-9	鉉2上-4
戇(憃通叚)	zhuang ˋ	ㄓㄨㄤˋ	心部	【心部】12畫	509	514	段10下-39	鍇20-13	鉉10下-7
黯(憨)	han	ㄏㄢ	黑部	【黑部】12畫	489	494	段10上-59	鍇19-20	鉉10上-10
繙(幡、膰通叚)	fan	ㄈㄢ	糸部	【糸部】12畫	646	653	段13上-7	鍇25-2	鉉13上-2
閔(蠠、憫，瘝通叚)	min ˇ	ㄇㄧㄣˇ	門部	【門部】12畫	591	597	段12上-15	鍇23-6	鉉12上-3
悶(憫，燜通叚)	men ˋ	ㄇㄣˋ	心部	【心部】12畫	512	516	段10下-44	鍇20-16	鉉10下-8
遵(漣)	lian ˊ	ㄌㄧㄢˊ	心部	【心部】12畫	515	519	段10下-50	鍇20-18	鉉10下-9
憎	zeng	ㄗㄥ	心部	【心部】12畫	511	516	段10下-43	鍇20-15	鉉10下-8

篆本字(古文、金文、籀文、俗字，通叚、金石)	拼音	注音	說文部首	康熙部首	筆畫	一般頁碼	洪葉頁碼	段注篇章	徐鍇通釋篇章	徐鉉藤花榭篇章
嫐(惱，懊通叚)	nao	ㄋㄠˇ	女部	【女部】	12畫	626	632	段12下-29	錯24-10	鉉12下-4
憐(憐，怜通叚)	lian	ㄌㄧㄢˊ	心部	【心部】	12畫	515	519	段10下-50	錯20-18	鉉10下-9
矜(憐、矜、瘽，瘝通叚)	jin	ㄐㄧㄣ	矛部	【矛部】	12畫	719	726	段14上-36	錯27-11	鉉14上-6
憒(潰)	kui	ㄎㄨㄟˋ	心部	【心部】	12畫	511	515	段10下-42	錯20-15	鉉10下-8
憕	cheng	ㄔㄥˊ	心部	【心部】	12畫	503	507	段10下-26	錯20-10	鉉10下-5
憚(癉)	dan	ㄉㄢˋ	心部	【心部】	12畫	514	519	段10下-49	錯20-17	鉉10下-9
癉(瘅、憚、疸)	dan	ㄉㄢˋ	疒部	【疒部】	12畫	351	355	段7下-33	錯14-15	鉉7下-6
惠(蕙从叀更心、蕙，憓、蟪、譓、轞通叚)	hui	ㄏㄨㄟˋ	叀部	【心部】	12畫	159	161	段4下-3	錯8-2	鉉4下-1
惰(惰、媠)	duo	ㄉㄨㄛˋ	心部	【心部】	12畫	509	514	段10下-39	錯20-14	鉉10下-7
憤	fen	ㄈㄣˋ	心部	【心部】	12畫	512	516	段10下-44	錯20-16	鉉10下-8
憧	chong	ㄔㄨㄥ	心部	【心部】	12畫	510	514	段10下-40	錯20-14	鉉10下-7
憪(閒)	xian	ㄒㄧㄢˊ	心部	【心部】	12畫	509	513	段10下-38	錯20-13	鉉10下-7
憭(了，瞭通叚)	liao	ㄌㄧㄠˇ	心部	【心部】	12畫	503	508	段10下-27	錯20-10	鉉10下-5
憮	wu	ㄨˇ	心部	【心部】	12畫	506	510	段10下-32	錯20-12	鉉10下-6
憯(癏，憯、瘩通叚)	can	ㄘㄢˇ	心部	【心部】	12畫	512	517	段10下-45	錯20-16	鉉10下-8
朁(憯)	can	ㄘㄢˇ	曰部	【曰部】	12畫	203	205	段5上-29	錯9-11	鉉5上-5
獟(憢通叚)	yao	ㄧㄠˋ	犬部	【犬部】	12畫	476	481	段10上-33	錯19-11	鉉10上-6
嘵(憢通叚)	xiao	ㄒㄧㄠ	口部	【口部】	12畫	60	60	段2上-24	錯3-10	鉉2上-5
憼(警)	jing	ㄐㄧㄥˇ	心部	【心部】	12畫	515	520	段10下-51	錯20-18	鉉10下-9
憬(曠，憬通叚)	kuang	ㄎㄨㄤˋ	心部	【心部】	12畫	504	509	段10下-29	錯20-11	鉉10下-6
憰(譎)	jue	ㄐㄩㄝˊ	心部	【心部】	12畫	510	515	段10下-41	錯20-14	鉉10下-7
憭(愓)	dang	ㄉㄤˋ	心部	【心部】	12畫	509	514	段10下-39	錯20-14	鉉10下-7
憝	tui	ㄊㄨㄟˋ	心部	【心部】	12畫	507	512	段10下-35	錯20-13	鉉10下-7
憌(怐)	qiong	ㄑㄩㄥˊ	心部	【心部】	12畫	513	518	段10下-47	錯20-17	鉉10下-8
憖(齸从獻齒，懃通叚)	yin	ㄧㄣˋ	心部	【心部】	12畫	504	508	段10下-28	錯20-11	鉉10下-6
憞(憝、譈)	dui	ㄉㄨㄟˋ	心部	【心部】	12畫	511	516	段10下-43	錯20-15	鉉10下-8
憝(憞，譈通叚)	dui	ㄉㄨㄟˋ	心部	【心部】	12畫	512	516	段10下-44	錯20-16	鉉10下-8
憲(欣)	xian	ㄒㄧㄢˋ	心部	【心部】	12畫	503	507	段10下-26	錯20-10	鉉10下-5

篆本字(古文、金文、籀文、俗字，通叚、金石)	拼音	注音	說文部首	康熙部首	筆畫	一般頁碼	洪葉頁碼	段注篇章	徐鍇通釋篇章	徐鉉藤花榭篇章
愻	cui `	ㄘㄨㄟˋ	心部	【心部】	12畫	506	511	段10下-33	鍇20-12	鉉10下-6
驕(嬌、僑，憍通叚)	jiao	ㄐㄧㄠ	馬部	【馬部】	12畫	463	468	段10上-7	鍇19-2	鉉10上-2
憙(喜，憙、憘通叚)	xi ˇ	ㄒㄧˇ	喜部	【心部】	12畫	205	207	段5上-33	鍇9-14	鉉5上-6
喜(歖、歕，憘通叚)	xi ˇ	ㄒㄧˇ	喜部	【口部】	12畫	205	207	段5上-33	鍇9-14	鉉5上-6
薏(意、億)	yi `	ㄧˋ	心部	【心部】	12畫	505	510	段10下-31	鍇20-11	鉉10下-6
億(億、薏、意)	yi `	ㄧˋ	人部	【人部】	12畫	376	380	段8上-24	鍇15-9	鉉8上-3
意(億、憶、志識述及，繶、鷾通叚)	yi `	ㄧˋ	心部	【心部】	13畫	502	506	段10下-24	鍇20-9	鉉10下-5
㥋(憶通叚)	yi `	ㄧˋ	言部	【立部】	13畫	91	91	段3上-10	鍇5-6	鉉3上-3
凜(懍，凛通叚)	lin ˇ	ㄌㄧㄣˇ	仌部	【广部】	13畫	571	576	段11下-8	鍇22-4	鉉11下-3
㐭(廩、凜、懍)	lin ˇ	ㄌㄧㄣˇ	㐭部	【亠部】	13畫	230	232	段5下-30	鍇10-12	鉉5下-6
厖(尨，庬、硥、懞通叚)	mang ´	ㄇㄤˊ	厂部	【厂部】	13畫	447	452	段9下-21	鍇18-7	鉉9下-3
患(悶、慁，漶通叚)	huan `	ㄏㄨㄢˋ	心部	【心部】	13畫	514	518	段10下-48	鍇20-17	鉉10下-9
遽(懅通叚)	ju `	ㄐㄩˋ	辵(辶)部	【辵部】	13畫	75	76	段2下-13	鍇4-6	鉉2下-3
瘽(勲)	qin ´	ㄑㄧㄣˊ	广部	【广部】	13畫	348	352	段7下-27	鍇14-12	鉉7下-5
謹(懂、勲通叚)	jin ˇ	ㄐㄧㄣˇ	言部	【言部】	13畫	92	92	段3上-12	鍇5-7	鉉3上-3
造(艁，慥通叚)	zao `	ㄗㄠˋ	辵(辶)部	【辵部】	13畫	71	71	段2下-4	鍇4-2	鉉2下-1
懌	yi `	ㄧˋ	心部	【心部】	13畫	無	無	無	無	鉉10下-9
釋采部(斁、醳，懌通叚)	shi `	ㄕˋ	采部	【采部】	13畫	50	50	段2上-4	鍇3-2	鉉2上-1
繹(醳酉述及，懌、襗通叚)	yi `	ㄧˋ	糸部	【糸部】	13畫	643	650	段13上-1	鍇25-1	鉉13上-1
憸	xian	ㄒㄧㄢ	心部	【心部】	13畫	507	512	段10下-35	鍇20-13	鉉10下-7
思(憸)	xian	ㄒㄧㄢ	心部	【心部】	13畫	508	512	段10下-36	鍇20-13，20-4	鉉10下-7
譣(憸、驗識述及)	xian ˇ	ㄒㄧㄢˇ	言部	【言部】	13畫	92	93	段3上-13	鍇5-8	鉉3上-3

篆本字(古文、金文、籀文、俗字，通叚、金石)	拼音	注音	說文部首	康熙部首	筆畫	一般頁碼	洪葉頁碼	段注篇章	徐鍇通釋篇章	徐鉉藤花榭篇章
憺(倓)	dan`	ㄉㄢˋ	心部	【心部】	13畫	507	511	段10下-34	鍇20-12	鉉10下-6
憿(僥、儌，儌通叚)	jiao`	ㄐㄧㄠˇ	心部	【心部】	13畫	510	515	段10下-41	鍇20-14	鉉10下-7
懁(狷、獧)	xuan	ㄒㄩㄢ	心部	【心部】	13畫	508	512	段10下-36	鍇20-13	鉉10下-7
懆	cao`	ㄘㄠˇ	心部	【心部】	13畫	512	516	段10下-44	鍇20-16	鉉10下-8
繩(憴、澠通叚)	sheng´	ㄕㄥˊ	糸部	【糸部】	13畫	657	663	段13上-28	鍇25-6	鉉13上-4
懈(解，蠏通叚)	xie`	ㄒㄧㄝˋ	心部	【心部】	13畫	509	514	段10下-39	鍇20-14	鉉10下-7
資(貲，憤通叚)	zi	ㄗ	貝部	【貝部】	13畫	279	282	段6下-15	鍇12-10	鉉6下-4
憼	jing	ㄐㄧㄥˇ	心部	【心部】	13畫	504	508	段10下-28	鍇20-10	鉉10下-6
罄(磬通叚)	qi`	ㄑㄧˋ	缶部	【缶部】	13畫	226	228	段5下-22	鍇10-8	鉉5下-4
感(憾，轗)	gan	ㄍㄢˇ	心部	【心部】	13畫	513	517	段10下-46	鍇20-16	鉉10下-8
齭(齼、憷、儊)	chu	ㄔㄨˇ	齒部	【齒部】	13畫	80	80	段2下-22	鍇4-12	鉉2下-5
楚(憷、懤通叚)	chu	ㄔㄨˇ	林部	【木部】	13畫	271	274	段6上-67	鍇11-30	鉉6上-9
檚(楚)	chu	ㄔㄨˇ	艸部	【艸部】	13畫	364	368	段7下-59	鍇14-25	鉉7下-10
懇(與，懇通叚)	yu	ㄩˇ	心部	【心部】	13畫	507	511	段10下-34	鍇20-12	鉉10下-6
趣(懇)	yu´	ㄩˊ	走部	【走部】	13畫	65	65	段2上-34	鍇3-15	鉉2上-7
懇	ken	ㄎㄣˇ	心部	【心部】	13畫	無	無	無	無	鉉10下-9
狠(很、懇、懇、墾通叚)	ken	ㄎㄣˇ	豸部	【豸部】	13畫	455	460	段9下-37	鍇18-12	鉉9下-6
頎(懇)	qi´	ㄑㄧˊ	頁部	【頁部】	13畫	418	422	段9上-6	鍇17-2	鉉9上-1
懘	chi`	ㄔˋ	心部	【心部】	13畫	無	無	無	無	鉉10下-9
滯(瘲，懘通叚)	zhi`	ㄓˋ	水部	【水部】	13畫	559	564	段11上貳-27	鍇21-21	鉉11上-7
懯(殢，嵽、懘通叚)	di`	ㄉㄧˋ	心部	【心部】	13畫	504	508	段10下-28	鍇20-11	鉉10下-6
應(應、膺諾述及)	ying`	ㄧㄥˋ	心部	【心部】	13畫	502	507	段10下-25	鍇20-9	鉉10下-5
懋(孞)	mao`	ㄇㄠˋ	心部	【心部】	13畫	507	511	段10下-34	鍇20-12	鉉10下-6
勖(懋，勗通叚)	xu`	ㄒㄩˋ	力部	【力部】	13畫	699	706	段13下-51	鍇26-11	鉉13下-7
愞(偄、懦)	nuo`	ㄋㄨㄛˋ	心部	【心部】	14畫	508	513	段10下-37	鍇20-13	鉉10下-7
偄(耎、愞、懦、頓，軟通叚)	ruan	ㄖㄨㄢˇ	人部	【人部】	14畫	377	381	段8上-26	鍇15-9	鉉8上-4
懜(懜、懵通叚)	meng`	ㄇㄥˋ	心部	【心部】	14畫	510	515	段10下-41	鍇20-15	鉉10下-7

篆本字(古文、金文、籀文、俗字,通叚、金石)	拼音	注音	說文部首	康熙部首	筆畫	一般頁碼	洪葉頁碼	段注篇章	徐鍇通釋篇章	徐鉉藤花榭篇章
懝(癡,儗通叚)	ai `	ㄞˋ	心部	【心部】	14畫	509	514	段10下-39	錯20-14	鉉10下-7
慼	qi `	ㄑㄧˋ	心部	【心部】	14畫	514	519	段10下-49	錯20-18	鉉10下-9
辡(弁)	bian ˇ	ㄅㄧㄢˇ	心部	【心部】	14畫	508	512	段10下-36	錯20-13	鉉10下-7
憐(憐,怜通叚)	lian ´	ㄌㄧㄢˊ	心部	【心部】	14畫	515	519	段10下-50	錯20-18	鉉10下-9
懕(懨,愔通叚)	yan	ㄧㄢ	心部	【心部】	14畫	507	511	段10下-34	錯20-12	鉉10下-6
慖(聝)	guo	ㄍㄨㄛ	心部	【心部】	14畫	510	515	段10下-41	錯20-15	鉉10下-7
嬯(儓、儓、跆通叚)	tai ´	ㄊㄞˊ	女部	【女部】	14畫	624	630	段12下-26	錯24-9	鉉12下-4
齌从火(懠通叚)	ji `	ㄐㄧˋ	火部	【齊部】	14畫	482	487	段10上-45	錯19-15	鉉10上-8
恙(懩通叚)	yang `	ㄧㄤˋ	心部	【心部】	14畫	513	517	段10下-46	錯20-17	鉉10下-8
憝(憨,譈通叚)	dui `	ㄉㄨㄟˋ	心部	【心部】	14畫	512	516	段10下-44	錯20-16	鉉10下-8
懣(滿)	men `	ㄇㄣˋ	心部	【心部】	14畫	512	516	段10下-44	錯20-16	鉉10下-8
鑫(憤,懫通叚)	chi `	ㄔˋ	至部	【至部】	14畫	585	591	段12上-3	錯23-2	鉉12上-1
窒(恎、懫通叚)	zhi `	ㄓˋ	穴部	【穴部】	14畫	346	349	段7下-22	錯14-9	鉉7下-4
懱(礦从面通叚)	mie `	ㄇㄧㄝˋ	心部	【心部】	15畫	509	514	段10下-39	錯20-13	鉉10下-7
憬(廫)	jing ˇ	ㄐㄧㄥˇ	心部	【心部】	15畫	515	520	段10下-51	錯20-18	鉉10下-9
惇(憞)	dun	ㄉㄨㄣ	心部	【心部】	15畫	503	507	段10下-26	錯20-10	鉉10下-5
懬(曠,憬通叚)	kuang `	ㄎㄨㄤˋ	心部	【心部】	15畫	504	509	段10下-29	錯20-11	鉉10下-6
譬(服、嘏,爆通叚)	bo ´	ㄅㄛˊ	言部	【言部】	15畫	99	99	段3上-26	錯5-14	鉉3上-5
慐(憂,懮通叚)	you	ㄧㄡ	心部	【心部】	15畫	514	518	段10下-48	錯20-17	鉉10下-9
憂(優、優慐述及,懮通叚)	you	ㄧㄡ	夊部	【夊部】	15畫	233	235	段5下-36	錯10-15	鉉5下-7
儚(儚,懵通叚)	hong	ㄏㄨㄥ	人部	【人部】	15畫	378	382	段8上-27	錯15-10	鉉8上-4
懜(儚、懵通叚)	meng ´	ㄇㄥˊ	心部	【心部】	15畫	510	515	段10下-41	錯20-15	鉉10下-7
懲(徵)	cheng ´	ㄔㄥˊ	心部	【心部】	15畫	515	520	段10下-51	錯20-18	鉉10下-9
承(懲)	cheng ´	ㄔㄥˊ	手部	【手部】	15畫	600	606	段12上-34	錯23-11	鉉12上-6
黎	li ´	ㄌㄧˊ	心部	【心部】	15畫	511	516	段10下-43	錯20-15	鉉10下-8
瀏(㵿、㵏通叚)	liu ´	ㄌㄧㄡˊ	水部	【水部】	15畫	547	552	段11上貳-4	錯21-14	鉉11上-4
嬾(懶,孄、孏通叚)	lan ˇ	ㄌㄢˇ	女部	【女部】	16畫	624	630	段12下-26	錯24-9	鉉12下-4
懲(薆)	wei `	ㄨㄟˋ	心部	【心部】	16畫	511	515	段10下-42	錯20-15	鉉10下-8
懷(褱)	huai ´	ㄏㄨㄞˊ	心部	【心部】	16畫	505	509	段10下-30	錯20-11	鉉10下-6
褱(懷)	huai ´	ㄏㄨㄞˊ	衣部	【衣部】	16畫	392	396	段8上-56	錯16-3	鉉8上-8

篆本字（古文、金文、籀文、俗字，通段、金石）	拼音	注音	說文部首	康熙部首	筆畫	一般頁碼	洪葉頁碼	段注篇章	徐鍇通釋篇章	徐鉉藤花榭篇章
縣(懸，寰通段)	xian`	ㄒㄧㄢˋ	県部	【糸部】	16畫	423	428	段9上-17	鍇17-6	鉉9上-3
惠(鬳从㞢叀心、蕙，憓、蟪、譓、轓通段)	hui`	ㄏㄨㄟˋ	叀部	【心部】	16畫	159	161	段4下-3	鍇8-2	鉉4下-1
憯(瘠，憯、蹔通段)	can`	ㄘㄢˇ	心部	【心部】	16畫	512	517	段10下-45	鍇20-16	鉉10下-8
晵(憯)	can`	ㄘㄢˇ	日部	【日部】	16畫	203	205	段5上-29	鍇9-11	鉉5上-5
愬	miao`	ㄇㄧㄠˇ	心部	【心部】	16畫	502	507	段10下-25	鍇20-9	鉉10下-5
懿(抑，禕通段)	yi`	ㄧˋ	壹部	【心部】	16畫	496	500	段10下-12	鍇20-4	鉉10下-3
勞(勞、勞，橑通段)	lao´	ㄌㄠˊ	力部	【力部】	17畫	700	706	段13下-52	鍇26-11	鉉13下-7
愯(愯=聳徣述及、悚)	song`	ㄙㄨㄥˇ	心部	【心部】	18畫	506	510	段10下-32	鍇20-12	鉉10下-6
忡(懺、恍、悜通段)	chong	ㄔㄨㄥ	心部	【心部】	18畫	514	518	段10下-48	鍇20-17	鉉10下-9
懼(思)	ju`	ㄐㄩˋ	心部	【心部】	18畫	506	510	段10下-32	鍇20-12	鉉10下-6
懽	huan	ㄏㄨㄢ	心部	【心部】	18畫	507	512	段10下-35	鍇20-13	鉉10下-6
懾(慴通段)	she`	ㄕㄜˋ	心部	【心部】	18畫	514	519	段10下-49	鍇20-17	鉉10下-9
儡(懾)	she`	ㄕㄜˋ	人部	【人部】	18畫	372	376	段8上-15	鍇15-6	鉉8上-2
懈(攜)	xie´	ㄒㄧㄝˊ	心部	【心部】	18畫	510	515	段10下-41	鍇20-14	鉉10下-7
蹇(寒，僿通段)	se`	ㄙㄜˋ	心部	【心部】	18畫	505	509	段10下-30	鍇20-11	鉉10下-6
變(戀)	luan`	ㄌㄨㄢˋ	女部	【女部】	19畫	622	628	段12下-21	鍇24-7	鉉12下-3
戁(㷓)	nan`	ㄋㄢˇ	心部	【心部】	19畫	503	507	段10下-26	鍇20-10	鉉10下-5
熯(嘆、戁)	han`	ㄏㄢˋ	火部	【火部】	19畫	481	485	段10上-42	鍇19-14	鉉10上-7
懟(憝、譈)	dui`	ㄉㄨㄟˋ	心部	【心部】	19畫	511	516	段10下-43	鍇20-15	鉉10下-8
懤(幬)	chou´	ㄔㄡˊ	心部	【心部】	20畫	506	511	段10下-33	鍇20-12	鉉10下-6
矍(懼通段)	jue´	ㄐㄩㄝˊ	瞿部	【目部】	20畫	147	149	段4上-37	鍇7-17	鉉4上-7
戇(憨han通段)	zhuang`	ㄓㄨㄤˋ	心部	【心部】	24畫	509	514	段10下-39	鍇20-13	鉉10下-7
【戈(ge)部】	ge	ㄍㄜ	戈部			628	634	段12下-34	鍇24-12	鉉12下-6
戈	ge	ㄍㄜ	戈部	【戈部】		628	634	段12下-34	鍇24-12	鉉12下-6
戉(鉞)	yue`	ㄩㄝˋ	戉部	【戈部】	1畫	632	638	段12下-42	鍇24-13	鉉12下-6
戊	wu`	ㄨˋ	戊部	【戈部】	1畫	741	748	段14下-21	鍇28-9	鉉14下-5
戌(非戍xu)	shu`	ㄕㄨˋ	戈部	【戈部】	2畫	630	636	段12下-38	鍇24-12	鉉12下-6

篆本字(古文、金文、籀文、俗字，通段、金石)	拼音	注音	說文部首	康熙部首	筆畫	一般頁碼	洪葉頁碼	段注篇章	徐鍇通釋篇章	徐鉉藤花樹篇章
戜(戎，茙、駥通段)	rong′	ㄖㄨㄥˊ	戈部	【戈部】2畫	630	636	段12下-37	鍇24-12	鉉12下-6
戌非戍shu`(悉咸述及)	xu	ㄒㄩ	戌部	【戈部】2畫	752	759	段14下-43	鍇28-20	鉉14下-10末
戋(戔)	zai	ㄗㄞ	戈部	【戈部】3畫	631	637	段12下-40	鍇24-13	鉉12下-6
弆(戒)	jie`	ㄐㄧㄝˋ	収部	【戈部】3畫	104	105	段3上-37	鍇5-19	鉉3上-8
悈(諴、極、愅、戒、棘)	ji′	ㄐㄧˊ	心部	【心部】3畫	508	512	段10下-36	鍇20-13	鉉10下-7
成(戚，賊通段)	cheng′	ㄔㄥˊ	戊部	【戈部】3畫	741	748	段14下-21	鍇28-9	鉉14下-5
盛(成，晟通段)	sheng`	ㄕㄥˋ	皿部	【皿部】3畫	211	213	段5上-46	鍇9-19	鉉5上-9
郕(成、盛)	cheng′	ㄔㄥˊ	邑部	【邑部】3畫	296	299	段6下-49	鍇12-20	鉉6下-8
我(㦱)	wo˘	ㄨㄛˇ	我部	【戈部】3畫	632	638	段12下-42	鍇24-14	鉉12下-6
戫(娞、吺通段)	hua`	ㄏㄨㄚˋ	虯部	【戈部】4畫	114	115	段3下-15	鍇6-8	鉉3下-3
戔	jian	ㄐㄧㄢ	戈部	【戈部】4畫	631	637	段12下-40	鍇24-13	鉉12下-6
殘(戔、歼)	can′	ㄘㄢˊ	歺部	【歹部】4畫	163	165	段4下-12	鍇8-6	鉉4下-3
戔(殘、諓，醆、盞通段)	jian	ㄐㄧㄢ	戈部	【戈部】4畫	632	638	段12下-41	鍇24-13	鉉12下-6
諓(戔)	jian`	ㄐㄧㄢˋ	言部	【言部】4畫	94	94	段3上-16	鍇5-9	鉉3上-4
靖(竫、戔、諓)	jing`	ㄐㄧㄥˋ	立部	【立部】4畫	500	504	段10下-20	鍇20-7	鉉10下-4
竫(靖、戔、諓)	jing`	ㄐㄧㄥˋ	立部	【立部】4畫	500	504	段10下-20	鍇20-7	鉉10下-4
牂(戕通段)	qiang	ㄑㄧㄤ	戈部	【戈部】4畫	631	637	段12下-39	鍇24-13	鉉12下-6
或(域、國、惑欨zi`述及)	huo`	ㄏㄨㄛˋ	戈部	【戈部】4畫	631	637	段12下-39	鍇24-12	鉉12下-6
惑(或)	huo`	ㄏㄨㄛˋ	心部	【心部】4畫	511	515	段10下-42	鍇20-15	鉉10下-7
國(或)	guo′	ㄍㄨㄛˊ	囗部	【囗部】4畫	277	280	段6下-11	鍇12-8	鉉6下-3
武(珷，碔通段)	wu˘	ㄨˇ	戈部	【止部】4畫	632	638	段12下-41	鍇24-13	鉉12下-6
戡(堪)	kan	ㄎㄢ	戈部	【戈部】4畫	631	637	段12下-39	鍇24-13	鉉12下-6
堪(戡、戡)	kan	ㄎㄢ	土部	【土部】4畫	685	692	段13下-23	鍇26-3	鉉13下-4
勇(勈、戜、恿，憑通段)	yong˘	ㄩㄥˇ	力部	【力部】5畫	701	707	段13下-54	鍇26-12	鉉13下-8
戜(戎，茙、駥通段)	rong′	ㄖㄨㄥˊ	戈部	【戈部】5畫	630	636	段12下-37	鍇24-12	鉉12下-6

篆本字(古文、金文、籀文、俗字，通叚、金石)	拼音	注音	說文部首	康熙部首	筆畫	一般頁碼	洪葉頁碼	段注篇章	徐鍇通釋篇章	徐鉉藤花榭篇章
成(戌，𢦩通叚)	cheng´	ㄔㄥˊ	戍部	【戈部】	5畫	741	748	段14下-21	鍇28-9	鉉14下-5
格(垎，佫、烙、敆、橄、落通叚)	ge´	ㄍㄜˊ	木部	【木部】	6畫	251	254	段6上-27	鍇11-12	鉉6上-4
戛	jia´	ㄐㄧㄚˊ	戈部	【戈部】	7畫	630	636	段12下-37	鍇24-12	鉉12下-6
戜(戜、戜)	die´	ㄉㄧㄝˊ	戈部	【戈部】	7畫	630	636	段12下-38	鍇24-12	鉉12下-6
戩(干)	gan	ㄍㄢ	戈部	【戈部】	7畫	630	636	段12下-38	鍇24-12	鉉12下-6
戚(蹙、慽、頪 馘shi述及，蹴、俶、鏚、顣通叚)	qi	ㄑㄧ	戉部	【戈部】	7畫	632	638	段12下-42	鍇24-13	鉉12下-6
慽(感、戚，惄、愵、𢠱通叚)	qi	ㄑㄧ	心部	【心部】	7畫	514	518	段10下-48	鍇20-17	鉉10下-9
驖(鐵、戜)	tie˘	ㄊㄧㄝˇ	馬部	【馬部】	8畫	462	466	段10上-4	鍇19-2	鉉10上-1
戟(㦸，撠通叚)	ji˘	ㄐㄧˇ	戈部	【戈部】	8畫	629	635	段12下-36	鍇24-12	鉉12下-6
戝(戲、吷)	fa´	ㄈㄚˊ	盾部	【目部】	9畫	136	138	段4上-15	鍇7-7	鉉4上-3
戜(戜、戜)	die´	ㄉㄧㄝˊ	戈部	【戈部】	9畫	630	636	段12下-38	鍇24-12	鉉12下-6
戠(埴通叚)	zhi´	ㄓˊ	戈部	【戈部】	9畫	632	638	段12下-41	鍇24-13	鉉12下-6
戡(勘、堪)	kan	ㄎㄢ	戈部	【戈部】	9畫	631	637	段12下-39	鍇24-13	鉉12下-6
堪(戡、弎)	kan	ㄎㄢ	土部	【土部】	9畫	685	692	段13下-23	鍇26-3	鉉13下-4
戠	ji´	ㄐㄧˊ	戈部	【戈部】	9畫	632	638	段12下-41	鍇24-13	鉉12下-6
戣	kui´	ㄎㄨㄟˊ	戈部	【戈部】	9畫	630	636	段12下-37	鍇24-12	鉉12下-6
矛(戵，鉾、鉾通叚)	mao´	ㄇㄠˊ	矛部	【矛部】	9畫	719	726	段14上-36	鍇27-11	鉉14上-6
戜(戜、戜)	die´	ㄉㄧㄝˊ	戈部	【戈部】	9畫	630	636	段12下-38	鍇24-12	鉉12下-6
秩(載、戜)	zhi`	ㄓˋ	禾部	【禾部】	9畫	325	328	段7上-48	鍇13-20	鉉7上-8
戴(戴)	zhi`	ㄓˋ	大部	【戈部】	10畫	493	497	段10下-6	鍇20-1	鉉10下-2
臧(臧、臧、戜)	yu`	ㄩˋ	有部	【巛部】	10畫	314	317	段7上-25	鍇13-10	鉉7上-4
戟(㦸，撠通叚)	ji˘	ㄐㄧˇ	戈部	【戈部】	10畫	629	635	段12下-36	鍇24-12	鉉12下-6
翦(翦、齊、劗)	jian	ㄐㄧㄢ	戈部	【戈部】	10畫	631	637	段12下-40	鍇24-13	鉉12下-6

篆本字(古文、金文、籀文、俗字，通段、金石)	拼音	注音	說文部首	康熙部首	筆畫	一般頁碼	洪葉頁碼	段注篇章	徐鍇通釋篇章	徐鉉藤花榭篇章
翦(翦、齊、歬、前、戩、鬋)	jian ˇ	ㄐㄧㄢˇ	羽部	【羽部】	10畫	138	140	段4上-19	鍇7-9	鉉4上-4
㦰(截)	jie ˊ	ㄐㄧㄝˊ	戈部	【戈部】	11畫	631	637	段12下-39	鍇24-13	鉉12下-6
戲(戲、巇通段)	xi ˋ	ㄒㄧˋ	戈部	【戈部】	11畫	630	636	段12下-38	鍇24-12	鉉12下-6
戭(戭)	yan ˇ	ㄧㄢˇ	戈部	【戈部】	11畫	631	637	段12下-40	鍇24-13	鉉12下-6
戮(翏、勠，剹通段)	lu ˋ	ㄌㄨˋ	戈部	【戈部】	11畫	631	637	段12下-39	鍇24-13	鉉12下-6
翏(戮)	liu ˋ	ㄌㄧㄡˋ	羽部	【羽部】	11畫	139	141	段4上-21	鍇7-10	鉉4上-4
僇(戮、聊，僇通段)	lu ˋ	ㄌㄨˋ	人部	【人部】	11畫	382	386	段8上-36	鍇15-12	鉉8上-5
戴(戴、載)	dai ˋ	ㄉㄞˋ	異部	【戈部】	11畫	105	105	段3上-38	鍇5-20	鉉3上-9
蠢(𢧢、春)	chun ˇ	ㄔㄨㄣˇ	䖵部	【虫部】	11畫	676	682	段13下-4	鍇25-15	鉉13下-1
臧(㓥、贓、藏，臟通段)	zang	ㄗㄤ	臣部	【臣部】	12畫	118	119	段3下-24	鍇6-13	鉉3下-6
戰	zhan ˋ	ㄓㄢˋ	戈部	【戈部】	12畫	630	636	段12下-38	鍇24-12	鉉12下-6
誖(悖、𧬈，倖、㪍通段)	bei ˋ	ㄅㄟˋ	言部	【言部】	12畫	97	98	段3上-23	鍇5-12	鉉3上-5
㦽(或、䌩)	huo ˋ	ㄏㄨㄛˋ	川部	【巛部】	13畫	568	574	段11下-3	鍇22-2	鉉11下-2
戲(戲、巇通段)	xi ˋ	ㄒㄧˋ	戈部	【戈部】	13畫	630	636	段12下-38	鍇24-12	鉉12下-6
戴(戴、載)	dai ˋ	ㄉㄞˋ	異部	【戈部】	14畫	105	105	段3上-38	鍇5-20	鉉3上-9
載(載、戴，縡通段)	zai ˋ	ㄗㄞˋ	車部	【車部】	14畫	727	734	段14上-51	鍇27-14	鉉14上-7
钁(戵通段)	jue ˊ	ㄐㄩㄝˊ	金部	【金部】	22畫	706	713	段14上-10	鍇27-4	鉉14上-2
瞿(䀠，戵、鑺通段)	qu ˊ	ㄑㄩˊ	瞿部	【目部】	22畫	147	149	段4上-37	鍇7-17	鉉4上-7
【戶(hu ˋ)部】	hu ˋ	ㄏㄨˋ	戶部			586	592	段12上-6	鍇23-3	鉉12上-2
戶(床)	hu ˋ	ㄏㄨˋ	戶部	【戶部】		586	592	段12上-6	鍇23-3	鉉12上-2
扈(戶扈鄠三字同、岵，昈、滬、薈通段)	hu ˋ	ㄏㄨˋ	邑部	【戶部】		286	288	段6下-28	鍇12-15	鉉6下-6
戹(厄、蚅通段)	e ˋ	ㄜˋ	戶部	【戶部】	1畫	586	592	段12上-6	鍇23-3	鉉12上-2
巸(戺，砋通段)	yi ˊ	ㄧˊ	臣部	【己部】	3畫	593	599	段12上-19	鍇23-8	鉉12上-4

篆本字(古文、金文、籀文、俗字，通叚、金石)	拼音	注音	說文部首	康熙部首	筆畫	一般頁碼	洪葉頁碼	段注篇章	徐鍇通釋篇章	徐鉉藤花樹篇章
戾非戾li`(侯通叚)	ti`	ㄊㄧˋ	戶部	【戶部】	3畫	586	592	段12上-6	錯23-3	鉉12上-2
戾非戾ti`(侯、喉通叚)	li`	ㄌㄧˋ	犬部	【戶部】	4畫	475	480	段10上-31	錯19-10	鉉10上-5
戶(戸)	hu`	ㄏㄨˋ	戶部	【戶部】	4畫	586	592	段12上-6	錯23-3	鉉12上-2
橌(扅、楄)	qian`	ㄑㄧㄢˋ	木部	【木部】	4畫	255	258	段6上-35	錯11-16	鉉6上-5
房	fang´	ㄈㄤˊ	戶部	【戶部】	4畫	586	592	段12上-6	錯23-3	鉉12上-2
所(許)	suo	ㄙㄨㄛˇ	斤部	【戶部】	4畫	717	724	段14上-31	錯27-10	鉉14上-5
許(鄦古今字、所、御)	xu	ㄒㄩˇ	言部	【言部】	4畫	90	90	段3上-8	錯5-5	鉉3上-3
斗(枓魁述及、陡陗qiao`述及，戽、抖、斟、蚪、阧通叚)	dou	ㄉㄡˇ	斗部	【斗部】	4畫	717	724	段14上-32	錯27-10	鉉14上-5
屋(厏、盧通叚)	qu`	ㄑㄩˋ	戶部	【戶部】	5畫	587	593	段12上-7	錯23-4	鉉12上-2
扃(扃)	jiong	ㄐㄩㄥ	戶部	【戶部】	5畫	587	593	段12上-7	錯23-3	鉉12上-2
鉉(扃)	xuan`	ㄒㄩㄢˋ	金部	【金部】	5畫	704	711	段14上-6	錯27-3	鉉14上-2
扁(匾通叚)	bian	ㄅㄧㄢˇ	冊(册)部	【戶部】	5畫	86	86	段2下-34	錯4-17	鉉2下-7
瘺(扁)	pian	ㄆㄧㄢ	疒部	【疒部】	5畫	351	354	段7下-32	錯14-14	鉉7下-6
扆(依，庡、庝通叚)	yi	ㄧˇ	戶部	【戶部】	6畫	587	593	段12上-7	錯23-4	鉉12上-2
扇(偏，煽通叚)	shan`	ㄕㄢˋ	戶部	【戶部】	6畫	586	592	段12上-6	錯23-3	鉉12上-2
偏(扇，煽通叚)	shan	ㄕㄢ	人部	【人部】	6畫	370	374	段8上-11	錯15-5	鉉8上-2
煽(扇)	shan	ㄕㄢ	火部	【火部】	6畫	無	無	無	無	鉉10上-9
肁(肇)	zhao`	ㄓㄠˋ	戶部	【戶部】	6畫	586	592	段12上-6	錯23-4	鉉12上-2
扈(戶扈鄠三字同、岵，昈、滬、蔰通叚)	hu`	ㄏㄨˋ	邑部	【戶部】	7畫	286	288	段6下-28	錯12-15	鉉6下-6
肥(肥腴yu´述及，淝、屝通叚)	fei´	ㄈㄟˊ	肉部	【肉部】	8畫	171	173	段4下-27	錯8-14	鉉4下-5
扉	fei	ㄈㄟ	戶部	【戶部】	8畫	586	592	段12上-6	錯23-3	鉉12上-2
【手(扌shou ˇ)部】	shou	ㄕㄡˇ	手部			593	599	段12上-20	錯23-8	鉉12上-4

篆本字(古文、金文、籀文、俗字，通叚、金石)	拼音	注音	說文部首	康熙部首	筆畫	一般頁碼	洪葉頁碼	段注篇章	徐鍇通釋篇章	徐鉉藤花榭篇章
才(凡才、材、財、裁、纔字以同音通用)	cai´	ㄘㄞˊ	才部	【手部】		272	274	段6上-68	鍇12-1	鉉6上-9
手(乑)	shou˅	ㄕㄡˇ	手部	【手部】		593	599	段12上-20	鍇23-8	鉉12上-4
百(晢、首、手)	shou˅	ㄕㄡˇ	百部	【自部】		422	426	段9上-14	鍇17-5	鉉9上-2
乑(失)	shi	ㄕ	手部	【大部】	2畫	604	610	段12上-42	鍇23-13	鉉12上-7
扐(仂，芳通叚)	le`	ㄌㄜˋ	手部	【手部】	2畫	607	613	段12上-47	鍇23-15	鉉12上-7
仇(逑，扴通叚)	chou´	ㄔㄡˊ	人部	【人部】	2畫	382	386	段8上-36	鍇15-12	鉉8上-5
打	da˅	ㄉㄚˇ	手部	【手部】	2畫	無	無	無	無	鉉12上-9
朾(揨、打，虰通叚)	cheng´	ㄔㄥˊ	木部	【木部】	2畫	268	271	段6上-61	鍇11-27	鉉6上-8
杷(耙，扒、抓、朳、爬、琶通叚)	pa´	ㄆㄚˊ	木部	【木部】	2畫	259	262	段6上-43	鍇11-19	鉉6上-6
撲(扑、攗、攄通叚)	pu	ㄆㄨ	手部	【手部】	2畫	608	614	段12上-50	鍇23-16	鉉12上-8
攴(剝、朴、扑)	pu	ㄆㄨ	攴部	【攴部】	2畫	122	123	段3下-32	鍇6-17	鉉3下-7
扔(仍)	reng	ㄖㄥ	手部	【手部】	3畫	606	612	段12上-46	鍇23-15	鉉12上-7
扚	diao˅	ㄉㄧㄠˇ	手部	【手部】	3畫	608	614	段12上-50	鍇23-16	鉉12上-8
扛(摜，擺通叚)	gang	ㄍㄤ	手部	【手部】	3畫	603	609	段12上-40	鍇23-13	鉉12上-6
拚(抃、叁、坌帚述及，拌通叚)	bian`	ㄅㄧㄢˋ	手部	【手部】	3畫	604	610	段12上-42	鍇23-13	鉉12上-6
扜	yu	ㄩ	手部	【手部】	3畫	610	616	段12上-54	鍇23-17	鉉12上-8
弙(扜)	wu	ㄨ	弓部	【弓部】	3畫	641	647	段12下-59	鍇24-19	鉉12下-9
託(托通叚)	tuo	ㄊㄨㄛ	言部	【言部】	3畫	95	95	段3上-18	鍇5-9	鉉3上-4
侂(托，任、侘通叚)	tuo	ㄊㄨㄛ	人部	【人部】	3畫	382	386	段8上-36	鍇15-12	鉉8上-5
拕(拖，扡、柂通叚)	tuo	ㄊㄨㄛ	手部	【手部】	3畫	610	616	段12上-53	鍇23-16	鉉12上-8
袉(袘、拖、扡、拕，袘、袘、酡通叚)	tuo´	ㄊㄨㄛˊ	衣部	【衣部】	3畫	392	396	段8上-56	鍇16-3	鉉8上-8

篆本字(古文、金文、籀文、俗字，通叚、金石)	拼音	注音	說文部首	康熙部首	筆畫	一般頁碼	洪葉頁碼	段注篇章	徐鍇通釋篇章	徐鉉藤花榭篇章
扞(捍)	han`	ㄏㄢˋ	手部	【手部】	3畫	609	615	段12上-52	錯23-16	鉉12上-8
敤(扞、捍)	han`	ㄏㄢˋ	攴部	【攴部】	3畫	123	124	段3下-34	錯6-17	鉉3下-8
杚(扢、槩,扢通叚)	gu	ㄍㄨ	木部	【木部】	3畫	260	262	段6上-44	錯11-19	鉉6上-6
扟	shen	ㄕㄣ	手部	【手部】	3畫	605	611	段12上-43	錯23-13	鉉12上-7
扣(叩,訂述及)	kou`	ㄎㄡˋ	手部	【手部】	3畫	611	617	段12上-55	錯23-17	鉉12上-8
扤(卼,虺、杌通叚)	wu`	ㄨˋ	手部	【手部】	3畫	608	614	段12上-49	錯23-15	鉉12上-7
抈(扤)	yue`	ㄩㄝˋ	手部	【手部】	4畫	608	614	段12上-49	錯23-15	鉉12上-7
瘛(瘈、扯、掣,摩通叚)	chi`	ㄔˋ	手部	【疒部】	4畫	602	608	段12上-38	錯23-12	鉉12上-6
爪(抓通叚叉俗)	zhua˅	ㄓㄨㄚˇ	爪部	【爪部】	4畫	113	114	段3下-13	錯6-7	鉉3下-3
抪(ba´)	po	ㄆㄛ	手部	【手部】	4畫	600	606	段12上-34	錯23-11	鉉12上-6
歫(拒,岠通叚)	ju`	ㄐㄩˋ	止部	【止部】	4畫	67	68	段2上-39	錯3-17	鉉2上-8
斗(枓魁述及、陡 陗qiao`述及，厹、抖、蚪、蚪、阧通叚)	dou˅	ㄉㄡˇ	斗部	【斗部】	4畫	717	724	段14上-32	錯27-10	鉉14上-5
烖(灾、抧、災、菑)	zai	ㄗㄞ	火部	【火部】	4畫	484	489	段10上-49	錯19-16	鉉10上-8
扮	ban`	ㄅㄢˋ	手部	【手部】	4畫	604	610	段12上-41	錯23-13	鉉12上-6
切(刌,沏、砌、抐通叚)	qie	ㄑㄧㄝ	刀部	【刂部】	4畫	179	181	段4下-43	錯8-16	鉉4下-7
抛	pao	ㄆㄠ	手部	【手部】	4畫	無	無	無	無	鉉12上-8
扱(插)	xi	ㄒㄧ	手部	【手部】	4畫	608	614	段12上-50	錯23-16	鉉12上-8
扴(砎通叚)	jia´	ㄐㄧㄚˊ	手部	【手部】	4畫	601	607	段12上-36	錯23-12	鉉12上-6
扶(扶)	fu´	ㄈㄨˊ	手部	【手部】	4畫	596	602	段12上-26	錯23-9	鉉12上-5
枎(扶)	fu´	ㄈㄨˊ	木部	【木部】	4畫	250	253	段6上-25	錯11-12	鉉6上-4
杷(棐,扒、抓、朳、爬、琶通叚)	pa´	ㄆㄚˊ	木部	【木部】	4畫	259	262	段6上-43	錯11-19	鉉6上-6
掊(倍、捊,刨、裒、抔、稕通叚)	pou´	ㄆㄡˊ	手部	【手部】	4畫	598	604	段12上-30	錯23-10	鉉12上-5

篆本字(古文、金文、籀文、俗字，通叚、金石)	拼音	注音	說文部首	康熙部首	筆畫	一般頁碼	洪葉頁碼	段注篇章	徐鍇通釋篇章	徐鉉藤花榭篇章

篆本字(古文、金文、籀文、俗字，通段、金石)	拼音	注音	說文部首	康熙部首	筆畫	一般頁碼	洪葉頁碼	段注篇章	徐鍇通釋篇章	徐鉉藤花榭篇章
捊(抱、裒，抔、抛通段)	pou´	ㄆㄡˊ	手部	【手部】4畫	600	606	段12上-33	鍇23-10	鉉12上-5
坏此非壞字(培，坏、岯、抔、阫通段)	pei´	ㄆㄟˊ	土部	【土部】4畫	692	698	段13下-36	鍇26-6	鉉13下-5
抵(提)	zhi˘	ㄓˇ	手部	【手部】4畫	609	615	段12上-51	鍇23-16	鉉12上-8
搰(掐、掘)	hu´	ㄏㄨˊ	手部	【手部】4畫	607	613	段12上-48	鍇23-15	鉉12上-7
刓(园，抏、捥通段)	wan´	ㄨㄢˊ	刀部	【刂部】4畫	181	183	段4下-48	鍇8-17	鉉4下-7
技(伎)	ji`	ㄐㄧˋ	手部	【手部】4畫	607	613	段12上-47	鍇23-15	鉉12上-7
掤(批，琶、阰通段)	pi	ㄆㄧ	手部	【手部】4畫	606	612	段12上-46	鍇23-14	鉉12上-7
搢(抆、攔)	min´	ㄇㄧㄣˊ	手部	【手部】4畫	601	607	段12上-35	鍇23-11	鉉12上-6
捐(抈)	yue`	ㄩㄝˋ	手部	【手部】4畫	608	614	段12上-49	鍇23-15	鉉12上-7
櫛(枊，扻通段)	zhi`	ㄓˋ	木部	【木部】4畫	258	261	段6上-41	鍇11-18	鉉6上-5
抉	jue´	ㄐㄩㄝˊ	手部	【手部】4畫	601	607	段12上-36	鍇23-12	鉉12上-6
把(爬、琶通段)	ba˘	ㄅㄚˇ	手部	【手部】4畫	597	603	段12上-28	鍇23-10	鉉12上-5
抌(揕)	dan˘	ㄉㄢˇ	手部	【手部】4畫	609	615	段12上-51	鍇23-16	鉉12上-8
抎(隕、耺)	yun˘	ㄩㄣˇ	手部	【手部】4畫	602	608	段12上-37	鍇23-12	鉉12上-6
鈔(抄、剿)	chao	ㄔㄠ	金部	【金部】4畫	714	721	段14上-25	鍇27-8	鉉14上-4
抒(紓)	shu	ㄕㄨ	手部	【手部】4畫	604	610	段12上-42	鍇23-13	鉉12上-7
搹(搤、扼)	e`	ㄜˋ	手部	【手部】4畫	597	603	段12上-28	鍇23-14	鉉12上-5
阨(扼、隘霸dian`述及，阸通段)	e`	ㄜˋ	𨸏部	【阜部】4畫	734	741	段14下-8	鍇28-3	鉉14下-1
投(擿)	tou´	ㄊㄡˊ	手部	【手部】4畫	601	607	段12上-35	鍇23-11	鉉12上-6
抗(杭)	kang	ㄎㄤ	手部	【手部】4畫	609	615	段12上-52	鍇23-16	鉉12上-8
承(懲)	cheng´	ㄔㄥˊ	手部	【手部】4畫	600	606	段12上-34	鍇23-11	鉉12上-6
持(承詩述及)	chi´	ㄔˊ	手部	【手部】4畫	596	602	段12上-26	鍇23-9	鉉12上-5
將(撦)	jiang	ㄐㄧㄤ	手部	【手部】4畫	596	602	段12上-26	鍇23-9	鉉12上-5
抍抍(撜、拯)	zheng˘	ㄓㄥˇ	手部	【手部】4畫	603	609	段12上-39	鍇23-13	鉉12上-6
収(廾、拜、捧)	gong˘	ㄍㄨㄥˇ	収部	【廾部】4畫	103	104	段3上-35	鍇5-19	鉉3上-8
归(𢪒、抑、抑)	yi`	ㄧˋ	印部	【卩部】4畫	431	436	段9上-33	鍇17-11	鉉9上-6

篆本字(古文、金文、籀文、俗字,通叚、金石)	拼音	注音	說文部首	康熙部首	筆畫	一般頁碼	洪葉頁碼	段注篇章	徐鍇通釋篇章	徐鉉藤花榭篇章
懿(抑,禕通叚)	yi`	一`	壹部	【心部】	4畫	496	500	段10下-12	錯20-4	鉉10下-3
斯(斷、折,胅通叚)	zhe´	ㄓㄜˊ	艸部	【手部】	4畫	44	45	段1下-47	錯2-22	鉉1下-8
癶(攀、攀、扳)	pan	ㄆㄢ	癶部	【又部】	4畫	104	105	段3上-37	錯5-20	鉉3上-8
摽(拋通叚)	biao	ㄅㄧㄠˋ	手部	【手部】	4畫	601	607	段12上-36	錯23-12	鉉12上-6
捊(抱、裒,抔、拋通叚)	pou´	ㄆㄡˊ	手部	【手部】	5畫	600	606	段12上-33	錯23-10	鉉12上-5
勽(抱)	bao`	ㄅㄠˋ	勹部	【勹部】	5畫	433	438	段9上-37	錯17-12	鉉9上-6
裒(抱)	bao`	ㄅㄠˋ	衣部	【衣部】	5畫	392	396	段8上-56	錯16-3	鉉8上-8
抩(搇)	nan´	ㄋㄢˊ	手部	【手部】	5畫	597	603	段12上-28	錯23-10	鉉12上-5
柟(搇、栴、楠通叚)	nan´	ㄋㄢˊ	木部	【木部】	5畫	239	241	段6上-2	錯11-1	鉉6上-1
末(末,妹、抹、韎通叚)	mo`	ㄇㄛˋ	木部	【木部】	5畫	248	251	段6上-21	錯11-10	鉉6上-3
濊(抹)	mie`	ㄇㄧㄝˋ	水部	【水部】	5畫	560	565	段11上貳-30	錯21-22	鉉11上-8
拗	ao	ㄠˇ	手部	【手部】	5畫	無	無	無	無	鉉12上-8
夭(拗、殀、麌通叚)	yao	ㄧㄠ	夭部	【大部】	5畫	494	498	段10下-8	錯20-3	鉉10下-2
撟(矯,拗通叚)	jiao	ㄐㄧㄠˇ	手部	【手部】	5畫	604	610	段12上-41	錯23-13	鉉12上-6
柙(押、挾通叚)	xia´	ㄒㄧㄚˊ	木部	【木部】	5畫	270	273	段6上-65	錯11-29	鉉6上-8
壓(押通叚)	ya	ㄧㄚ	土部	【土部】	5畫	691	698	段13下-35	錯26-6	鉉13下-5
扷	zhi	ㄓˇ	手部	【手部】	5畫	601	607	段12上-35	錯23-11	鉉12上-6
归(㧭、抑、抑)	yi`	一`	印部	【卩部】	5畫	431	436	段9上-33	錯17-11	鉉9上-6
抨(拼,摒通叚)	peng	ㄆㄥ	手部	【手部】	5畫	608	614	段12上-50	錯23-16	鉉12上-8
抃(扸、㸝、㿝帚述及,拌通叚)	bian`	ㄅㄧㄢˋ	手部	【手部】	5畫	604	610	段12上-42	錯23-13	鉉12上-6
判(拌、牉通叚)	pan`	ㄆㄢˋ	刀部	【刂部】	5畫	180	182	段4下-45	錯8-16	鉉4下-7
捬(扝通叚)	bu`	ㄅㄨˋ	手部	【手部】	5畫	597	603	段12上-28	錯23-10	鉉12上-5
披(陂,翍通叚)	pi	ㄆㄧ	手部	【手部】	5畫	602	608	段12上-38	錯23-12	鉉12上-6
柀(彼、披,殈通叚)	bi	ㄅㄧˇ	木部	【木部】	5畫	242	244	段6上-8	錯11-4	鉉6上-2
担(擔)	zha	ㄓㄚ	手部	【手部】	5畫	605	611	段12上-43	錯23-13	鉉12上-7

篆本字(古文、金文、籀文、俗字，通段、金石)	拼音	注音	說文部首	康熙部首	筆畫	一般頁碼	洪葉頁碼	段注篇章	徐鍇通釋篇章	徐鉉藤花榭篇章
劫(刦，刧、拾通段)	jie´	ㄐㄧㄝˊ	力部	【力部】5畫	701	707	段13下-54	鍇26-12	鉉13下-8
抰	yang˘	ㄧㄤˇ	手部	【手部】5畫	609	615	段12上-51	鍇23-16	鉉12上-8
抲	he	ㄏㄜ	手部	【手部】5畫	606	612	段12上-46	鍇23-12	鉉12上-7
抴(枻、拽，栧通段)	ye`	ㄧㄝˋ	手部	【手部】5畫	610	616	段12上-53	鍇23-16	鉉12上-8
抵	di˘	ㄉㄧˇ	手部	【手部】5畫	596	602	段12上-26	鍇23-14	鉉12上-5
牴(抵、觚)	di˘	ㄉㄧˇ	牛部	【牛部】5畫	52	53	段2上-9	鍇3-4	鉉2上-2
拸	chi`	ㄔˋ	手部	【手部】5畫	609	615	段12上-51	鍇23-16	鉉12上-8
柅(柅，柅、枲通段)	ni˘	ㄋㄧˇ	木部	【木部】5畫	264	266	段6上-52	鍇11-23	鉉6上-7
拂(刜)	fu´	ㄈㄨˊ	手部	【手部】5畫	609	615	段12上-51	鍇23-16	鉉12上-8
拇(挴、踇通段)	mu˘	ㄇㄨˇ	手部	【手部】5畫	593	599	段12上-20	鍇23-8	鉉12上-4
敏(拇)	min˘	ㄇㄧㄣˇ	攴部	【攴部】5畫	122	123	段3下-32	鍇6-17	鉉3下-8
拈	nian	ㄋㄧㄢ	手部	【手部】5畫	598	604	段12上-29	鍇23-10	鉉12上-5
紾(抮、軫)	zhen˘	ㄓㄣˇ	糸部	【糸部】5畫	647	653	段13上-8	鍇25-3	鉉13上-2
拉(拹、擖，菈通段)	la	ㄌㄚ	手部	【手部】5畫	596	602	段12上-26	鍇23-15	鉉12上-5
厱(拉)	la	ㄌㄚ	厂部	【厂部】5畫	447	451	段9下-20	鍇18-7	鉉9下-3
拹(擖、拉)	xie´	ㄒㄧㄝˊ	手部	【手部】5畫	602	608	段12上-37	鍇23-12	鉉12上-6
拊(撫，弣通段)	fu˘	ㄈㄨˇ	手部	【手部】5畫	598	604	段12上-30	鍇23-10	鉉12上-5
撫(㨩、拊，捬通段)	fu˘	ㄈㄨˇ	手部	【手部】5畫	601	607	段12上-35	鍇23-11	鉉12上-6
刜(拊、弣)	fu˘	ㄈㄨˇ	刀部	【刂部】5畫	178	180	段4下-41	鍇8-15	鉉4下-6
拑(鉆)	qian´	ㄑㄧㄢˊ	手部	【手部】5畫	596	602	段12上-26	鍇23-9	鉉12上-5
拓(摭)	tuo`	ㄊㄨㄛˋ	手部	【手部】5畫	605	611	段12上-43	鍇23-13	鉉12上-7
袥(拓)	tuo	ㄊㄨㄛ	衣部	【衣部】5畫	392	396	段8上-56	鍇16-3	鉉8上-8
曳(拽、抴)	ye`	ㄧㄝˋ	申部	【曰部】5畫	747	754	段14下-33	鍇28-17	鉉14下-8
坼(坼，拆通段)	che`	ㄔㄜˋ	土部	【土部】5畫	691	698	段13下-35	鍇26-6	鉉13下-5
㭰(柝、拆)	tuo`	ㄊㄨㄛˋ	木部	【木部】5畫	252	254	段6上-28	鍇11-13	鉉6上-4
拔(挬通段)	ba´	ㄅㄚˊ	手部	【手部】5畫	605	611	段12上-44	鍇23-14	鉉12上-7
废(芰、拔)	ba´	ㄅㄚˊ	广部	【广部】5畫	445	449	段9下-16	鍇18-6	鉉9下-3
跋(拔、沛)	ba´	ㄅㄚˊ	足部	【足部】5畫	83	84	段2下-29	鍇4-16	鉉2下-6

篆本字（古文、金文、籀文、俗字，通段、金石）	拼音	注音	說文部首	康熙部首	筆畫	一般頁碼	洪葉頁碼	段注篇章	徐鍇通釋篇章	徐鉉藤花榭篇章
沛(勃、拔、跋，霈通段)	pei `	ㄆㄟˋ	水部	【水部】5畫		542	547	段11上壹-53	鍇21-11	鉉11上-3
扡(拖，扡、柂通段)	tuo	ㄊㄨㄛ	手部	【手部】5畫		610	616	段12上-53	鍇23-16	鉉12上-8
褫(扡)	chi ˇ	ㄔˇ	衣部	【衣部】5畫		396	400	段8上-63	鍇16-5	鉉8上-9
袉(袘、拖、扡、扡，袘、襃、酡通段)	tuo ´	ㄊㄨㄛˊ	衣部	【衣部】5畫		392	396	段8上-56	鍇16-3	鉉8上-8
拙	zhuo ´	ㄓㄨㄛˊ	手部	【手部】5畫		607	613	段12上-47	鍇23-15	鉉12上-7
炪(拙)	zhuo ´	ㄓㄨㄛˊ	火部	【火部】5畫		480	485	段10上-41	鍇19-14	鉉10上-7
抃(抍、丞、氶帚述及，拌通段)	bian `	ㄅㄧㄢˋ	手部	【手部】5畫		604	610	段12上-42	鍇23-13	鉉12上-6
招	zhao	ㄓㄠ	手部	【手部】5畫		601	607	段12上-35	鍇23-11	鉉12上-6
柖(招)	shao ´	ㄕㄠˊ	木部	【木部】5畫		250	253	段6上-25	鍇11-12	鉉6上-4
韶(招、磬)	shao ´	ㄕㄠˊ	音部	【音部】5畫		102	103	段3上-33	鍇5-17	鉉3上-7
拏(拿)	na ´	ㄋㄚˊ	手部	【手部】5畫		610	616	段12上-53	鍇23-17	鉉12上-8
拍(拍)	pai	ㄆㄞ	手部	【手部】5畫		598	604	段12上-30	鍇23-10	鉉12上-5
搏(捕、拍，拍通段)	bo ´	ㄅㄛˊ	手部	【手部】5畫		597	603	段12上-27	鍇23-9	鉉12上-5
髆(拍)	bo ´	ㄅㄛˊ	骨部	【骨部】5畫		164	166	段4下-14	鍇8-7	鉉4下-3
膊(胉、迫、拍)	bo ´	ㄅㄛˊ	肉部	【肉部】5畫		174	176	段4下-33	鍇8-12	鉉4下-5
搹(搤、扼)	e `	ㄜˋ	手部	【手部】5畫		597	603	段12上-28	鍇23-14	鉉12上-5
搤(搹)	e `	ㄜˋ	手部	【手部】5畫		599	605	段12上-31	鍇23-11	鉉12上-5
捧(拜、䢭、𥪡)	bai `	ㄅㄞˋ	手部	【手部】5畫		595	601	段12上-23	鍇23-9	鉉12上-4
籀(籒、抽讀述及)	zhou	ㄓㄡˋ	竹部	【竹部】5畫		190	192	段5上-3	鍇9-2	鉉5上-1
搯(搯、抽、捸)	chou	ㄔㄡ	手部	【手部】5畫		605	611	段12上-44	鍇23-14	鉉12上-7
紬(抽)	chou ´	ㄔㄡˊ	糸部	【糸部】5畫		648	655	段13上-11	鍇25-3	鉉13上-2
拘	ju	ㄐㄩ	句部	【手部】5畫		88	88	段3上-4	鍇5-3	鉉3上-2
斪(拘欘述及)	qu ´	ㄑㄩˊ	斤部	【斤部】5畫		717	724	段14上-31	鍇27-10	鉉14上-5
舀(抌、㲂)	yao ˇ	ㄧㄠˇ	臼部	【臼部】5畫		334	337	段7上-66	鍇13-27	鉉7上-10

篆本字（古文、金文、籀文、俗字，通叚、金石）	拼音	注音	說文部首	康熙部首	筆畫	一般頁碼	洪葉頁碼	段注篇章	徐鍇通釋篇章	徐鉉藤花榭篇章
柱(拄，砫通叚)	zhu ˋ	ㄓㄨˋ	木部	【木部】5畫		253	256	段6上-31	錯11-14	鉉6上-4
抍抍 (撜、拯)	zheng ˇ	ㄓㄥˇ	手部	【手部】6畫		603	609	段12上-39	錯23-13	鉉12上-6
㥄(拯)	ling ˊ	ㄌㄧㄥˊ	手部	【手部】6畫		608	614	段12上-49	錯23-16	鉉12上-8
幷(并，拼通叚)	bing ˋ	ㄅㄧㄥˋ	从部	【干部】6畫		386	390	段8上-43	錯15-14	鉉8上-6
捆(因)	yin	ㄧㄣ	手部	【手部】6畫		606	612	段12上-46	錯23-15	鉉12上-7
穵从乞(挖通叚)	wa	ㄨㄚ	穴部	【穴部】6畫		345	348	段7下-20	錯14-8	鉉7下-4
刳(挎)	ku	ㄎㄨ	刀部	【刂部】6畫		180	182	段4下-45	錯8-17	鉉4下-7
拊(挎通叚)	bu ˋ	ㄅㄨˋ	手部	【手部】6畫		597	603	段12上-28	錯23-10	鉉12上-5
拽(枻、拽，栧通叚)	ye ˋ	ㄧㄝˋ	手部	【手部】6畫		610	616	段12上-53	錯23-16	鉉12上-8
拮	jie ˊ	ㄐㄧㄝˊ	手部	【手部】6畫		607	613	段12上-48	錯23-15	鉉12上-7
拱(共)	gong ˇ	ㄍㄨㄥˇ	手部	【手部】6畫		595	601	段12上-23	錯23-9	鉉12上-4
摤(恭，栱通叚)	gong ˇ	ㄍㄨㄥˇ	手部	【手部】6畫		610	616	段12上-54	錯23-17	鉉12上-8
拹(撎、拉)	xie ˊ	ㄒㄧㄝˊ	手部	【手部】6畫		602	608	段12上-37	錯23-12	鉉12上-6
拉(拹、撎，菈通叚)	la	ㄌㄚ	手部	【手部】6畫		596	602	段12上-26	錯23-15	鉉12上-5
拾	shi ˊ	ㄕˊ	手部	【手部】6畫		605	611	段12上-43	錯23-10	鉉12上-7
曳(拽、拽)	ye ˋ	ㄧㄝˋ	申部	【曰部】6畫		747	754	段14下-33	錯28-17	鉉14下-8
抨(拼，摒通叚)	peng	ㄆㄥ	手部	【手部】6畫		608	614	段12上-50	錯23-16	鉉12上-8
校(挍，較通叚)	jiao ˋ	ㄐㄧㄠˋ	木部	【木部】6畫		267	270	段6上-59	錯11-27	鉉6上-7
較(較亦作校、挍)	jiao ˋ	ㄐㄧㄠˋ	車部	【車部】6畫		722	729	段14上-41	錯27-12	鉉14上-6
持(承詩述及)	chi ˊ	ㄔˊ	手部	【手部】6畫		596	602	段12上-26	錯23-9	鉉12上-5
詩(詾、持)	shi	ㄕ	言部	【言部】6畫		90	91	段3上-9	錯5-6	鉉3上-3
揥(拍)	pai	ㄆㄞ	手部	【手部】6畫		598	604	段12上-30	錯23-10	鉉12上-5
搏(捕、揥，拍通叚)	bo ˊ	ㄅㄛˊ	手部	【手部】6畫		597	603	段12上-27	錯23-9	鉉12上-5
媠(挆，掇通叚)	duo ˇ	ㄉㄨㄛˇ	女部	【女部】6畫		623	629	段12下-23	錯24-8	鉉12下-3
柙(押、挊通叚)	xia	ㄒㄧㄚ	木部	【木部】6畫		270	273	段6上-65	錯11-29	鉉6上-8
挂(掛，罫通叚)	gua ˋ	ㄍㄨㄚˋ	手部	【手部】6畫		609	615	段12上-52	錯23-16	鉉12上-8
挃(秷通叚)	zhi ˋ	ㄓˋ	手部	【手部】6畫		608	614	段12上-49	錯23-15	鉉12上-7
危(峗、桅、詭通叚)	wei ˊ	ㄨㄟˊ	危部	【卩部】6畫		448	453	段9下-23	錯18-8	鉉9下-4
指(拍)	zhi ˇ	ㄓˇ	手部	【手部】6畫		593	599	段12上-20	錯23-8	鉉12上-4

篆本字(古文、金文、籀文、俗字，通段、金石)	拼音	注音	說文部首	康熙部首	筆畫	一般頁碼	洪葉頁碼	段注篇章	徐鍇通釋篇章	徐鉉藤花榭篇章
恉(旨、指)	zhi ˇ	ㄓˇ	心部	【心部】	6畫	502	507	段10下-25	鍇20-9	鉉10下-5
搑(茸，㧐通段)	rong ˊ	ㄖㄨㄥˊ	手部	【手部】	6畫	606	612	段12上-46	鍇23-14	鉉12上-7
按	an ˋ	ㄢˋ	手部	【手部】	6畫	598	604	段12上-29	鍇23-10	鉉12上-5
飾(拭)	shi ˋ	ㄕˋ	巾部	【食部】	6畫	360	363	段7下-50	鍇14-22	鉉7下-9
式(拭、栻、鳿、鷘从敕通段)	shi ˋ	ㄕˋ	工部	【弋部】	6畫	201	203	段5上-25	鍇9-10	鉉5上-4
挋	zhen ˋ	ㄓㄣˋ	手部	【手部】	6畫	600	606	段12上-34	鍇23-11	鉉12上-6
揳(擩，捅、撋通段)	ruan ˊ	ㄖㄨㄢˊ	手部	【手部】	6畫	604	610	段12上-41	鍇23-13	鉉12上-6
挌(格，敋通段)	ge ˊ	ㄍㄜˊ	手部	【手部】	6畫	610	616	段12上-53	鍇23-17	鉉12上-8
挏	dong ˋ	ㄉㄨㄥˋ	手部	【手部】	6畫	601	607	段12上-35	鍇23-11	鉉12上-6
批非批pi	zi ˇ	ㄗˇ	手部	【手部】	6畫	599	605	段12上-32	鍇23-11	鉉12上-5
崪(啐)	cui ˋ	ㄘㄨㄟˋ	手部	【手部】	6畫	602	608	段12上-38	鍇23-12	鉉12上-6
誂(挑)	tiao ˇ	ㄊㄧㄠˇ	言部	【言部】	6畫	98	99	段3上-25	鍇5-13	鉉3上-5
挑(佻，㧂通段)	tiao	ㄊㄧㄠ	手部	【手部】	6畫	601	607	段12上-36	鍇23-12	鉉12上-6
叜(挑)	tao	ㄊㄠ	又部	【又部】	6畫	116	117	段3下-19	鍇6-10	鉉3下-4
巩(巩、拲)	gong ˇ	ㄍㄨㄥˇ	丮部	【工部】	7畫	113	114	段3下-14	鍇6-8	鉉3下-3
拲	gong ˇ	ㄍㄨㄥˇ	手部	【手部】	6畫	596	602	段12上-25	鍇23-9	鉉12上-5
栫(拵通段)	jian ˋ	ㄐㄧㄢˋ	木部	【木部】	6畫	263	265	段6上-50	鍇11-21	鉉6上-6
搄(揯通段)	geng	ㄍㄥ	手部	【手部】	6畫	605	611	段12上-43	鍇23-14	鉉12上-7
拳	quan ˊ	ㄑㄩㄢˊ	手部	【手部】	6畫	594	600	段12上-21	鍇23-8	鉉12上-4
挈(契、栔)	qie ˋ	ㄑㄧㄝˋ	手部	【手部】	6畫	596	602	段12上-26	鍇23-9	鉉12上-5
契(栔、挈)	qi ˋ	ㄑㄧˋ	大部	【大部】	6畫	493	497	段10下-6	鍇20-2	鉉10下-2
栔(契、挈、鍥、㓞)	qi ˋ	ㄑㄧˋ	㓞部	【木部】	9畫	183	185	段4下-52	鍇8-18	鉉4下-8
拏(拿)	na ˊ	ㄋㄚˊ	手部	【手部】	6畫	610	616	段12上-53	鍇23-17	鉉12上-8
攷(考，拷通段)	kao ˇ	ㄎㄠˇ	攴部	【攴部】	6畫	125	126	段3下-38	鍇6-19	鉉3下-8
挐(拏、拿通段)	na ˊ	ㄋㄚˊ	手部	【手部】	6畫	598	604	段12上-29	鍇23-10	鉉12上-5
㨃(拜、𢱋、𢫶)	bai ˋ	ㄅㄞˋ	手部	【手部】	6畫	595	601	段12上-23	鍇23-9	鉉12上-4
遷(遷、搟、拪，櫏、韆通段)	qian	ㄑㄧㄢ	辵(辶)部	【辵部】	6畫	72	72	段2下-6	鍇4-3	鉉2下-2
捪(括，擓、挄通段)	gua	ㄍㄨㄚ	手部	【手部】	6畫	606	612	段12上-46	鍇23-15	鉉12上-7

篆本字(古文、金文、籀文、俗字，通叚、金石)	拼音	注音	說文部首	康熙部首	筆畫	一般頁碼	洪葉頁碼	段注篇章	徐鍇通釋篇章	徐鉉藤花榭篇章
體(會、括、鬠从會)	kuai ˋ	ㄎㄨㄞˋ	骨部	【骨部】6畫	167	169	段4下-19	鍇8-8	鉉4下-4
摼(摃、揯、拘、鏗通叚)	keng	ㄎㄥ	手部	【手部】6畫	609	615	段12上-51	鍇23-16	鉉12上-8
捌	ba	ㄅㄚ	手部	【手部】7畫	無	無	無	無	鉉12上-8
刐(別，捌、剅通叚)	bie ˊ	ㄅㄧㄝˊ	冎部	【刂部】7畫	164	166	段4下-14	鍇8-6	鉉4下-3
巩(玑、摯)	gong ˇ	ㄍㄨㄥˇ	丮部	【工部】7畫	113	114	段3下-14	鍇6-8	鉉3下-3
摯	gong ˇ	ㄍㄨㄥˇ	手部	【手部】7畫	596	602	段12上-25	鍇23-9	鉉12上-5
莏(蓌，挱、芯通叚)	suo	ㄙㄨㄛ	艸部	【艸部】7畫	45	46	段1下-49	鍇2-22	鉉1下-8
那(冄，郍、那、挪、娜、袎通叚)	na ˋ	ㄋㄚˋ	邑部	【邑部】7畫	294	296	段6下-44	鍇12-19	鉉6下-7
挼(隋、墮、綏、挪，捼、搓、抄通叚)	ruo ˊ	ㄖㄨㄛˊ	手部	【手部】7畫	605	611	段12上-44	鍇23-14	鉉12上-7
挨	ai	ㄞ	手部	【手部】7畫	608	614	段12上-50	鍇23-16	鉉12上-8
扜(捍)	han ˋ	ㄏㄢˋ	手部	【手部】7畫	609	615	段12上-52	鍇23-16	鉉12上-8
敽(扜、捍)	han ˋ	ㄏㄢˋ	攴部	【攴部】7畫	123	124	段3下-34	鍇6-17	鉉3下-8
稇(捆、稛通叚)	kun ˇ	ㄎㄨㄣˇ	禾部	【禾部】7畫	325	328	段7上-48	鍇13-20	鉉7上-8
挫(挫、莝)	cuo ˋ	ㄘㄨㄛˋ	手部	【手部】7畫	596	602	段12上-26	鍇23-16	鉉12上-5
振(震辰述及、賑俗，侲通叚)	zhen ˋ	ㄓㄣˋ	手部	【手部】7畫	603	609	段12上-40	鍇23-13	鉉12上-6
震(震从畾炊云䨲、霆、振辰述及)	zhen ˋ	ㄓㄣˋ	雨部	【雨部】7畫	572	577	段11下-10	鍇22-5	鉉11下-3
跡(振通叚)	zhen ˋ	ㄓㄣˋ	足部	【足部】7畫	83	83	段2下-28	鍇4-14	鉉2下-6
賑(振俗)	zhen ˋ	ㄓㄣˋ	貝部	【貝部】7畫	279	282	段6下-15	鍇12-10	鉉6下-4
啎(䰯、仵午述及，忤、悟、捂、牾、逜通叚)	wu ˇ	ㄨˇ	午部	【口部】7畫	746	753	段14下-31	鍇28-16	鉉14下-8
梧(捂、鼯通叚)	wu ˊ	ㄨˊ	木部	【木部】7畫	247	249	段6上-18	鍇11-8	鉉6上-3

篆本字(古文、金文、籀文、俗字，通段、金石)	拼音	注音	說文部首	康熙部首	筆畫	一般頁碼	洪葉頁碼	段注篇章	徐鍇通釋篇章	徐鉉藤花榭篇章
挶	jú	ㄐㄩˊ	手部	【手部】	7畫	601	607	段12上-36	鍇23-12	鉉12上-6
挹	yì	一ˋ	手部	【手部】	7畫	604	610	段12上-42	鍇23-13	鉉12上-7
拇(挴、踇通段)	mǔ	ㄇㄨˇ	手部	【手部】	7畫	593	599	段12上-20	鍇23-8	鉉12上-4
挺(脡通段)	tǐng	ㄊㄧㄥˇ	手部	【手部】	7畫	605	611	段12上-44	鍇23-14	鉉12上-7
頲(挺)	tǐng	ㄊㄧㄥˇ	頁部	【頁部】	7畫	418	423	段9上-7	鍇17-3	鉉9上-2
挼(隋、墮、綏、挪，挼、搓、抄通段)	ruó	ㄖㄨㄛˊ	手部	【手部】	7畫	605	611	段12上-44	鍇23-14	鉉12上-7
挾(浹)	xié	ㄒㄧㄝˊ	手部	【手部】	7畫	597	603	段12上-28	鍇23-10	鉉12上-5
捀(捧通段)	feng	ㄈㄥ	手部	【手部】	7畫	603	609	段12上-39	鍇23-12	鉉12上-6
梗(梗，挭、硬、鞭通段)	gěng	ㄍㄥˇ	木部	【木部】	7畫	247	250	段6上-19	鍇11-8	鉉6上-3
捄	ju	ㄐㄩ	手部	【手部】	7畫	607	613	段12上-48	鍇23-15	鉉12上-7
撓(嬈、擾、捄)	náo	ㄋㄠˊ	手部	【手部】	7畫	601	607	段12上-36	鍇23-14	鉉12上-6
觓(捄、觩)	qiú	ㄑㄧㄡˊ	角部	【角部】	7畫	185	187	段4下-56	鍇8-19	鉉4下-8
攪(捁通段)	jiǎo	ㄐㄧㄠˇ	手部	【手部】	7畫	606	612	段12上-46	鍇23-14	鉉12上-7
挊	huò	ㄏㄨㄛˋ	手部	【手部】	7畫	607	613	段12上-47	鍇23-15	鉉12上-7
刓(园，抏、捖通段)	wán	ㄨㄢˊ	刀部	【刂部】	7畫	181	183	段4下-48	鍇8-17	鉉4下-7
搲(括，擓、挍通段)	gua	ㄍㄨㄚ	手部	【手部】	7畫	606	612	段12上-46	鍇23-15	鉉12上-7
捾(剜，挖通段)	wò	ㄨㄛˋ	手部	【手部】	7畫	595	601	段12上-24	鍇23-9	鉉12上-5
捈(梌通段)	tú	ㄊㄨˊ	手部	【手部】	7畫	610	616	段12上-53	鍇23-16	鉉12上-8
捉	zhuo	ㄓㄨㄛ	手部	【手部】	7畫	599	605	段12上-31	鍇23-11	鉉12上-5
捊(抱、裒，抔、抛通段)	póu	ㄆㄡˊ	手部	【手部】	7畫	600	606	段12上-33	鍇23-10	鉉12上-5
掊(倍、捊，刨、裒、抔、稖通段)	póu	ㄆㄡˊ	手部	【手部】	7畫	598	604	段12上-30	鍇23-10	鉉12上-5
挐(luo)	lǚ	ㄌㄩˇ	手部	【手部】	7畫	599	605	段12上-31	鍇23-10	鉉12上-5
捎	shao	ㄕㄠ	手部	【手部】	7畫	604	610	段12上-41	鍇23-13	鉉12上-6

篆本字（古文、金文、籀文、俗字，通叚、金石）	拼音	注音	說文部首	康熙部首	筆畫	一般頁碼	洪葉頁碼	段注篇章	徐鍇通釋篇章	徐鉉藤花榭篇章
梢(捎，旓、槊、稍、鞘、鞘通叚)	shao	ㄕㄠ	木部	【木部】7畫	244	247	段6上-13	錯11-6	鉉6上-2
攟(攈，㩯通叚)	jun `	ㄐㄩㄣˋ	手部	【手部】7畫	605	611	段12上-43	錯23-13	鉉12上-7
捐	juan	ㄐㄩㄢ	手部	【手部】7畫	610	616	段12上-54	錯23-17	鉉12上-8
拔(抣通叚)	ba ´	ㄅㄚˊ	手部	【手部】7畫	605	611	段12上-44	錯23-14	鉉12上-7
捕	bu ˇ	ㄅㄨˇ	手部	【手部】7畫	609	615	段12上-52	錯23-16	鉉12上-8
搏(捕、拍，拍通叚)	bo ´	ㄅㄛˊ	手部	【手部】7畫	597	603	段12上-27	錯23-9	鉉12上-5
捘	zun `	ㄗㄨㄣˋ	手部	【手部】7畫	596	602	段12上-25	錯23-9	鉉12上-5
垷(挸，峴通叚)	xian `	ㄒㄧㄢˋ	土部	【土部】7畫	686	693	段13下-25	錯26-3	鉉13下-4
挩(捝、脫)	tuo	ㄊㄨㄛ	手部	【手部】7畫	604	610	段12上-42	錯23-13	鉉12上-7
挤	ji ´	ㄐㄧˊ	手部	【手部】7畫	599	605	段12上-32	錯23-16	鉉12上-5
摘	zhe ´	ㄓㄜˊ	手部	【手部】7畫	598	604	段12上-29	錯23-10	鉉12上-5
挻(埏，脡通叚)	shan	ㄕㄢ	手部	【手部】7畫	599	605	段12上-31	錯23-11	鉉12上-5
梴梴篆本字(挺、埏)	chan	ㄔㄢ	木部	【木部】7畫	251	253	段6上-26	錯11-30	鉉6上-4
歋(擨、揶、邪、攦，揶通叚)	ye	ㄧㄝ	欠部	【欠部】7畫	411	416	段8下-21	錯16-16	鉉8下-4
揸(輵通叚)	ta `	ㄊㄚˋ	手部	【手部】8畫	607	613	段12上-47	錯23-15	鉉12上-7
捦(搻、擒)	qin ´	ㄑㄧㄣˊ	手部	【手部】8畫	597	603	段12上-27	錯23-9	鉉12上-5
采(俗字手采作採、五采作彩，埰、寀、棌、綵、鬃通叚)	cai ˇ	ㄘㄞˇ	木部	【釆部】8畫	268	270	段6上-60	錯11-27	鉉6上-7
捨(舍)	she ˇ	ㄕㄜˇ	手部	【手部】8畫	598	604	段12上-29	錯23-10	鉉12上-5
舍(捨縱逑及)	she `	ㄕㄜˋ	亼部	【舌部】8畫	223	225	段5下-16	錯10-6	鉉5下-3
播(抆、攔)	min ´	ㄇㄧㄣˊ	手部	【手部】8畫	601	607	段12上-35	錯23-11	鉉12上-6
押	men ´	ㄇㄣˊ	手部	【手部】8畫	597	603	段12上-28	錯23-10	鉉12上-5
据(據)	ju	ㄐㄩ	手部	【手部】8畫	602	608	段12上-37	錯23-12	鉉12上-6
據(据)	ju `	ㄐㄩˋ	手部	【手部】8畫	597	603	段12上-27	錯23-10	鉉12上-5
挂(掛，罣通叚)	gua `	ㄍㄨㄚˋ	手部	【手部】8畫	609	615	段12上-52	錯23-16	鉉12上-8
剡(覃，掞通叚)	yan ˇ	ㄧㄢˇ	刀部	【刂部】8畫	178	180	段4下-42	錯8-15	鉉4下-6

篆本字(古文、金文、籀文、俗字，通叚、金石)	拼音	注音	說文部首	康熙部首	筆畫	一般頁碼	洪葉頁碼	段注篇章	徐鍇通釋篇章	徐鉉藤花榭篇章
捲(卷)	juanˇ	ㄐㄩㄢˇ	手部	【手部】8畫		608	614	段12上-50	錯23-16	鉉12上-8
捷(倢)	jie´	ㄐㄧㄝˊ	手部	【手部】8畫		610	616	段12上-54	錯23-17	鉉12上-8
倢(婕、捷)	jie´	ㄐㄧㄝˊ	人部	【人部】8畫		372	376	段8上-16	錯15-6	鉉8上-3
捽(zuo´)	zu´	ㄗㄨˊ	手部	【手部】8畫		599	605	段12上-32	錯23-17	鉉12上-5
捾(剜，挖通叚)	wo`	ㄨㄛˋ	手部	【手部】8畫		595	601	段12上-24	錯23-9	鉉12上-5
斡(捾、斜)	wo`	ㄨㄛˋ	斗部	【斗部】8畫		718	725	段14上-33	錯27-10	鉉14上-6
掀(焮、炘通叚)	xian	ㄒㄧㄢ	手部	【手部】8畫		603	609	段12上-39	錯23-13	鉉12上-6
掄	lun´	ㄌㄨㄣˊ	手部	【手部】8畫		599	605	段12上-31	錯23-10	鉉12上-5
鬆(挷，碰俗)	bang`	ㄅㄤˋ	髟部	【髟部】8畫		429	433	段9上-28	錯17-9	鉉9上-4
掇	duo´	ㄉㄨㄛˊ	手部	【手部】8畫		605	611	段12上-43	錯23-10	鉉12上-7
挑(佻，撬通叚)	tiao	ㄊㄧㄠ	手部	【手部】8畫		601	607	段12上-36	錯23-12	鉉12上-6
授	shou`	ㄕㄡˋ	手部	【手部】8畫		600	606	段12上-34	錯23-11	鉉12上-6
掉	diao`	ㄉㄧㄠˋ	手部	【手部】8畫		602	608	段12上-38	錯23-12	鉉12上-6
掊(倍、捊，刨、裒、抔、稃通叚)	pou´	ㄆㄡˊ	手部	【手部】8畫		598	604	段12上-30	錯23-10	鉉12上-5
掍(hun`棍)	gun`	ㄍㄨㄣˋ	手部	【手部】8畫		611	617	段12上-55	錯23-17	鉉12上-8
掎	jiˇ	ㄐㄧ	手部	【手部】8畫		606	612	段12上-45	錯23-14	鉉12上-7
掐	qia	ㄑㄧㄚ	手部	【手部】8畫		無	無	無	無	鉉12上-8
插(捷、扱，刣、掐通叚)	cha	ㄔㄚ	手部	【手部】8畫		599	605	段12上-31	錯23-10	鉉12上-5
扱(插)	xi	ㄒㄧ	手部	【手部】8畫		608	614	段12上-50	錯23-16	鉉12上-8
陷(掐、銘、隉通叚)	xian`	ㄒㄧㄢˋ	𨸏部	【阜部】8畫		732	739	段14下-4	錯28-2	鉉14下-1
捶(搥，搋通叚)	chui´	ㄔㄨㄟˊ	手部	【手部】8畫		609	615	段12上-51	錯23-16	鉉12上-8
排(㯋、輫通叚)	pai´	ㄆㄞˊ	手部	【手部】8畫		596	602	段12上-26	錯23-14	鉉12上-5
捼(ruo´)	weiˇ	ㄨㄟˇ	手部	【手部】8畫		無	無	無	無	鉉12上-7
挼(隋、墮、綏、挪，捼、搓、抄通叚)	ruo´	ㄖㄨㄛˊ	手部	【手部】8畫		605	611	段12上-44	錯23-14	鉉12上-7
捘(拯)	ling`	ㄌㄧㄥˋ	手部	【手部】8畫		608	614	段12上-49	錯23-16	鉉12上-8
掖(腋，被通叚)	ye`	ㄧㄝˋ	手部	【手部】8畫		611	617	段12上-55	錯23-17	鉉12上-8
掘(捐)	jue´	ㄐㄩㄝ	手部	【手部】8畫		607	613	段12上-48	錯23-15	鉉12上-7
搰(抇、掘)	hu´	ㄏㄨˊ	手部	【手部】8畫		607	613	段12上-48	錯23-15	鉉12上-7

篆本字（古文、金文、籀文、俗字，通叚、金石）	拼音	注音	說文部首	康熙部首	筆畫	一般頁碼	洪葉頁碼	段注篇章	徐鍇通釋篇章	徐鉉藤花榭篇章
埽(掃通叚)	sao˘	ㄙㄠˇ	土部	【土部】8畫		687	693	段13下-26	錯26-4	鉉13下-4
帚(掃、歸通叚)	zhou˘	ㄓㄡˇ	巾部	【巾部】8畫		361	364	段7下-52	錯14-22	鉉7下-9
掠	lüè	ㄌㄩㄝˋ	手部	【手部】8畫		無	無	無	無	鉉12上-8
略(掠、螺、蠱通叚)	lüè	ㄌㄩㄝˋ	田部	【田部】8畫		697	703	段13下-46	錯26-9	鉉13下-6
櫟(掠通叚)	liˋ	ㄌㄧˋ	木部	【木部】8畫		246	249	段6上-17	錯11-8	鉉6上-3
探	tanˋ	ㄊㄢˋ	手部	【手部】8畫		605	611	段12上-44	錯23-14	鉉12上-7
撢(探)	dan˘	ㄉㄢˇ	手部	【手部】8畫		605	611	段12上-44	錯23-14	鉉12上-7
捻	nian˘	ㄋㄧㄢˇ	手部	【手部】8畫		無	無	無	無	鉉12上-8
撚(捻通叚)	nian˘	ㄋㄧㄢˇ	手部	【手部】8畫		609	615	段12上-52	錯23-16	鉉12上-8
敜(涅，捻通叚)	nieˋ	ㄋㄧㄝˋ	攴部	【攴部】8畫		125	126	段3下-37	錯6-19	鉉3下-8
婪(惏，琳通叚)	lan´	ㄌㄢˊ	女部	【女部】8畫		624	630	段12上-26	錯24-9	鉉12下-4
掤(冰)	bing	ㄅㄧㄥ	手部	【手部】8畫		610	616	段12上-54	錯23-17	鉉12上-8
攫(掬)	ju´	ㄐㄩˊ	手部	【手部】8畫		597	603	段12上-27	錯23-9	鉉12上-5
匊(掬)	ju	ㄐㄩ	勹部	【勹部】8畫		433	437	段9上-36	錯17-12	鉉9上-6
鞠(掬通叚)	ju´	ㄐㄩˊ	手部	【手部】8畫		600	606	段12上-33	錯23-11	鉉12上-5
臼非臼jiuˋ(掬通叚)	ju´	ㄐㄩˊ	臼	【臼部】8畫		105	106	段3上-39	錯6-1	鉉3上-9
接	jie	ㄐㄧㄝ	手部	【手部】8畫		600	606	段12上-34	錯23-11	鉉12上-6
椄(接)	jie	ㄐㄧㄝ	木部	【木部】8畫		264	267	段6上-53	錯11-23	鉉6上-7
翣(接、翜，箑、歰、氈通叚)	shaˋ	ㄕㄚˋ	羽部	【羽部】8畫		140	142	段4上-23	錯7-10	鉉4上-5
扛(摀，掍通叚)	gang	ㄍㄤ	手部	【手部】8畫		603	609	段12上-40	錯23-13	鉉12上-6
控(鞚通叚)	kongˋ	ㄎㄨㄥˋ	手部	【手部】8畫		598	604	段12上-30	錯23-10	鉉12上-5
撫(㧈、拊，㧍通叚)	fu˘	ㄈㄨˇ	手部	【手部】8畫		601	607	段12上-35	錯23-11	鉉12上-6
推	tui	ㄊㄨㄟ	手部	【手部】8畫		596	602	段12上-25	錯23-9	鉉12上-5
掩(俺通叚)	yan˘	ㄧㄢˇ	手部	【手部】8畫		607	612	段12上-48	錯23-15	鉉12上-7
撎(掩)	yan˘	ㄧㄢˇ	手部	【手部】8畫		600	606	段12上-34	錯23-10	鉉12上-6
措(錯、厝)	cuoˋ	ㄘㄨㄛˋ	手部	【手部】8畫		599	605	段12上-31	錯23-10	鉉12上-5
厝(錯、措，礎通叚)	cuoˋ	ㄘㄨㄛˋ	厂部	【厂部】8畫		447	452	段9下-21	錯18-7	鉉9下-3
掫(zhou)	zou	ㄗㄡ	手部	【手部】8畫		610	616	段12上-54	錯23-17	鉉12上-8

篆本字（古文、金文、籀文、俗字，通叚、金石）	拼音	注音	說文部首	康熙部首	筆畫	一般頁碼	洪葉頁碼	段注篇章	徐鍇通釋篇章	徐鉉藤花榭篇章
椒(藪，撖、聚通叚)	zou	ㄗㄡ	木部	【木部】8畫		269	272	段6上-63	鍇11-28	鉉6上-8
搯(掏)	tao	ㄊㄠ	手部	【手部】8畫		595	601	段12上-24	鍇23-9	鉉12上-5
輓(晚、挽)	wan ˇ	ㄨㄢˇ	車部	【車部】8畫		730	737	段14上-57	鍇27-15	鉉14上-8
掌	zhang ˇ	ㄓㄤˇ	手部	【手部】8畫		593	599	段12上-20	鍇23-8	鉉12上-4
爪(掌，仉通叚)	zhang ˇ	ㄓㄤˇ	爪部	【爪部】8畫		113	114	段3下-14	鍇6-7	鉉3下-3
掔(慳，鋗＝鏗鎗述及、鞏通叚)	qian	ㄑㄧㄢ	手部	【手部】8畫		603	609	段12上-39	鍇23-12	鉉12上-6
掔(捥、腕)	wan ˋ	ㄨㄢˋ	手部	【手部】8畫		594	600	段12上-21	鍇23-8	鉉12上-4
搊(搯、抽、搑)	chou	ㄔㄡ	手部	【手部】8畫		605	611	段12上-44	鍇23-14	鉉12上-7
摩(摛、扯、撆，摩通叚)	chi ˋ	ㄔˋ	手部	【广部】8畫		602	608	段12上-38	鍇23-12	鉉12上-6
觢(掣通叚)	shi ˋ	ㄕˋ	角部	【角部】8畫		185	187	段4下-55	鍇8-19	鉉4下-8
奉(俸、捧通叚)	feng ˋ	ㄈㄥˋ	収部	【大部】8畫		103	104	段3上-35	鍇5-19	鉉3上-8
捀(捧通叚)	feng	ㄈㄥ	手部	【手部】8畫		603	609	段12上-39	鍇23-12	鉉12上-6
捭(擘，擺通叚)	bai ˇ	ㄅㄞˇ	手部	【手部】8畫		609	615	段12上-51	鍇23-16	鉉12上-8
捊	bu ˇ	ㄅㄨˇ	手部	【手部】9畫		609	615	段12上-51	鍇23-16	鉉12上-8
捸(撼)	han ˋ	ㄏㄢˋ	手部	【手部】9畫		606	612	段12上-45	鍇23-14	鉉12上-7
抌(揕)	dan ˇ	ㄉㄢˇ	手部	【手部】9畫		609	615	段12上-51	鍇23-16	鉉12上-8
羊(揕通叚)	ren ˇ	ㄖㄣˇ	干部	【干部】9畫		87	87	段3上-2	鍇5-2	鉉3上-1
楀(揄)	yu ˇ	ㄩˇ	木部	【木部】9畫		241	244	段6上-7	鍇11-4	鉉6上-2
柬(簡，揀通叚)	jian ˇ	ㄐㄧㄢˇ	束部	【木部】9畫		276	278	段6下-8	鍇12-6	鉉6下-3
掾(象)	yuan ˋ	ㄩㄢˋ	手部	【手部】9畫		598	604	段12上-30	鍇23-10	鉉12上-5
揂(遒)	jiu	ㄐㄧㄡ	手部	【手部】9畫		603	609	段12上-39	鍇23-12	鉉12上-6
革(䩗，愅、撣通叚)	ge ˊ	ㄍㄜˊ	革部	【革部】9畫		107	108	段3下-1	鍇6-2	鉉3下-1
揃(翦、剪)	jian ˇ	ㄐㄧㄢˇ	手部	【手部】9畫		599	605	段12上-32	鍇23-11	鉉12上-5
擿(擲，掃通叚)	zhi ˊ	ㄓˊ	手部	【手部】9畫		601	607	段12上-35	鍇23-11	鉉12上-6
撨(搮，掃通叚)	di ˋ	ㄉㄧˋ	手部	【手部】9畫		600	606	段12上-33	鍇23-11	鉉12上-5
揄(舀)	yu ˊ	ㄩˊ	手部	【手部】9畫		604	610	段12上-42	鍇23-13	鉉12上-6
褕(揄)	yu ˊ	ㄩˊ	衣部	【衣部】9畫		389	393	段8上-49	鍇16-1	鉉8上-7
瘉(愈，揄、撤、瘦通叚)	yu ˋ	ㄩˋ	疒部	【疒部】9畫		352	356	段7下-35	鍇14-16	鉉7下-6

篆本字(古文、金文、籀文、俗字，通叚、金石)	拼音	注音	說文部首	康熙部首	筆畫	一般頁碼	洪葉頁碼	段注篇章	徐鍇通釋篇章	徐鉉藤花榭篇章
遷(遷、攈、挭，櫏、轐通叚)	qian	ㄑㄧㄢ	辵(辶)部	【辵部】	9畫	72	72	段2下-6	鍇4-3	鉉2下-2
揆(葵)	kui ´	ㄎㄨㄟ ´	手部	【手部】	9畫	604	610	段12上-42	鍇23-13	鉉12上-7
楑(揆)	kui ´	ㄎㄨㄟ ´	木部	【木部】	9畫	240	243	段6上-5	鍇11-3	鉉6上-1
癹(撥通叚)	ba ´	ㄅㄚ ´	癶部	【癶部】	9畫	68	68	段2上-40	鍇3-18	鉉2上-8
提	ti ´	ㄊㄧ ´	手部	【手部】	9畫	598	604	段12上-29	鍇23-10	鉉12上-5
抵(提)	zhi ˇ	ㄓ ˇ	手部	【手部】	9畫	609	615	段12上-51	鍇23-16	鉉12上-8
插(捷、扱，刱、掐通叚)	cha	ㄔㄚ	手部	【手部】	9畫	599	605	段12上-31	鍇23-10	鉉12上-5
搉(捶，搥通叚)	chui ´	ㄔㄨㄟ ´	手部	【手部】	9畫	609	615	段12上-51	鍇23-16	鉉12上-8
揗	xun ´	ㄒㄩㄣ ´	手部	【手部】	9畫	598	604	段12上-30	鍇23-10	鉉12上-5
抨(拼，摒通叚)	peng	ㄆㄥ	手部	【手部】	9畫	608	614	段12上-50	鍇23-16	鉉12上-8
屏(摒、迸通叚)	ping ´	ㄆㄧㄥ ´	尸部	【尸部】	9畫	401	405	段8上-73	鍇16-9	鉉8上-11
揙	bian ˇ	ㄅㄧㄢ ˇ	手部	【手部】	9畫	610	616	段12上-53	鍇23-16	鉉12上-8
郇(荀、揗通叚)	xun ´	ㄒㄩㄣ ´	邑部	【邑部】	9畫	290	292	段6下-36	鍇12-17	鉉6下-7
揚(敭)	yang ´	ㄧㄤ ´	手部	【手部】	9畫	603	609	段12上-39	鍇23-17	鉉12上-6
楊(揚)	yang ´	ㄧㄤ ´	木部	【木部】	9畫	245	247	段6上-14	鍇11-7	鉉6上-2
換	huan `	ㄏㄨㄢ `	手部	【手部】	9畫	611	617	段12上-55	鍇23-17	鉉12上-8
趄(轅、爰、換)	yuan ´	ㄩㄢ ´	走部	【走部】	9畫	66	67	段2上-37	鍇3-16	鉉2上-8
捜(搜，廋、趨、鎪通叚)	sou	ㄙㄡ	手部	【手部】	9畫	611	617	段12上-55	鍇23-17	鉉12上-8
楗(犍溫述及，捷通叚)	jian	ㄐㄧㄢ	木部	【木部】	9畫	256	259	段6上-37	鍇11-17	鉉6上-5
揜(掩)	yan ˇ	ㄧㄢ ˇ	手部	【手部】	9畫	600	606	段12上-34	鍇23-10	鉉12上-6
揟(湑)	xu	ㄒㄩ	手部	【手部】	9畫	607	613	段12上-48	鍇23-15	鉉12上-7
揖(擅通叚)	yi	ㄧ	手部	【手部】	9畫	594	600	段12上-22	鍇23-9	鉉12上-4
揠	ya `	ㄧㄚ `	手部	【手部】	9畫	605	611	段12上-44	鍇23-14	鉉12上-7
握(臺，齷通叚)	wo `	ㄨㄛ `	手部	【手部】	9畫	597	603	段12上-28	鍇23-10	鉉12上-5
臺(握，儓通叚)	tai ´	ㄊㄞ ´	至部	【至部】	9畫	585	591	段12上-3	鍇23-2	鉉12上-1
揣(媊、歂、椯，敠通叚)	chuai ˇ	ㄔㄨㄞ ˇ	手部	【手部】	9畫	601	607	段12上-35	鍇23-11	鉉12上-6
竱(揣)	zhuan ˇ	ㄓㄨㄢ ˇ	立部	【立部】	9畫	500	504	段10下-20	鍇20-7	鉉10下-4
揭(曷、擖通叚)	jie	ㄐㄧㄝ	手部	【手部】	9畫	603	609	段12上-39	鍇23-13	鉉12上-6

篆本字（古文、金文、籀文、俗字，通段、金石）	拼音	注音	說文部首	康熙部首	筆畫	一般頁碼	洪葉頁碼	段注篇章	徐鍇通釋篇章	徐鉉藤花榭篇章
楬(揭，毼通段)	jie	ㄐㄧㄝ	木部	【木部】9畫	270	273	段6上-65	鍇11-29	鉉6上-8
桀(榤、揭)	jie´	ㄐㄧㄝ´	桀部	【木部】9畫	237	240	段5下-44	鍇10-18	鉉5下-9
揮(撝通段)	hui	ㄏㄨㄟ	手部	【手部】9畫	606	612	段12上-45	鍇23-14	鉉12上-7
摃(扛通段)	geng	ㄍㄥ	手部	【手部】9畫	605	611	段12上-43	鍇23-14	鉉12上-7
揲	she´	ㄕㄜ´	手部	【手部】9畫	596	602	段12上-26	鍇23-9	鉉12上-5
絜(潔，挈、擳、揳通段)	jie´	ㄐㄧㄝ´	糸部	【糸部】9畫	661	668	段13上-37	鍇25-8	鉉13上-5
總(揔、縱，緫、緫通段)	zong˘	ㄗㄨㄥ˘	糸部	【糸部】9畫	647	653	段13上-8	鍇25-2	鉉13上-2
援(撋、揎纕rang˘述及)	yuan´	ㄩㄢ´	手部	【手部】9畫	605	611	段12上-44	鍇23-14	鉉12上-7
摡	gai`	ㄍㄞ`	手部	【手部】9畫	607	613	段12上-48	鍇23-15	鉉12上-7
揅(撋，揋、揖通段)	ruan´	ㄖㄨㄢ´	手部	【手部】9畫	604	610	段12上-41	鍇23-13	鉉12上-6
撝(華)	hui	ㄏㄨㄟ	手部	【手部】9畫	606	612	段12上-46	鍇23-15	鉉12上-7
掔	xiao	ㄒㄧㄠ	手部	【手部】9畫	594	600	段12上-21	鍇23-9	鉉12上-4
杸(撜、打，虹通段)	cheng´	ㄔㄥ´	木部	【木部】9畫	268	271	段6上-61	鍇11-27	鉉6上-8
擊(捥、腕)	wan`	ㄨㄢ`	手部	【手部】9畫	594	600	段12上-21	鍇23-8	鉉12上-4
揥(捵，掭通段)	di`	ㄉㄧ`	手部	【手部】9畫	600	606	段12上-33	鍇23-11	鉉12上-5
揪(揪、韰从米韋，瘶通段)	jiu	ㄐㄧㄡ	手部	【手部】9畫	602	608	段12上-37	鍇23-12	鉉12上-6
韰从米韋(韲、韲、揪)	jiu	ㄐㄧㄡ	韋部	【韋部】9畫	236	238	段5下-41	鍇10-17	鉉5下-8
愁(揪、愀通段)	chou´	ㄔㄡ´	心部	【心部】9畫	513	518	段10下-47	鍇20-17	鉉10下-8
煣(揉，楺通段)	rou´	ㄖㄡ´	火部	【火部】9畫	484	488	段10上-48	鍇19-16	鉉10上-8
柔(揉、渘、騥通段)	rou´	ㄖㄡ´	木部	【木部】9畫	252	254	段6上-28	鍇11-13	鉉6上-4
輮(揉通段)	rou´	ㄖㄡ´	車部	【車部】9畫	724	731	段14上-45	鍇27-13	鉉14上-7
撞(剬、剚、摐、摐、椿通段)	zhuang`	ㄓㄨㄤ`	手部	【手部】9畫	606	612	段12上-46	鍇23-14	鉉12上-7
収(廾、拜、捧)	gong˘	ㄍㄨㄥ˘	収部	【廾部】10畫	103	104	段3上-35	鍇5-19	鉉3上-8

篆本字(古文、金文、籀文、俗字，通叚、金石)	拼音	注音	說文部首	康熙部首	筆畫	一般頁碼	洪葉頁碼	段注篇章	徐鍇通釋篇章	徐鉉藤花榭篇章
摯	zhì	ㄓˋ	手部	【手部】10畫	608	614	段12上-49	鍇23-15	鉉12上-7
索(索、摤通叚)	suǒ	ㄙㄨㄛˇ	宋部	【糸部】10畫	273	276	段6下-3	鍇12-3	鉉6下-2
搜(搜、廋、趡、鎪通叚)	sou	ㄙㄡ	手部	【手部】10畫	611	617	段12上-55	鍇23-17	鉉12上-8
敲(擎、撽，搞通叚)	qiao	ㄑㄧㄠ	攴部	【攴部】10畫	125	126	段3下-38	鍇6-19	鉉3下-9
槍(鎗，搶、傖通叚)	qiang	ㄑㄧㄤ	木部	【木部】10畫	256	259	段6上-37	鍇11-16	鉉6上-5
挫(挫、莝)	cuò	ㄘㄨㄛˋ	手部	【手部】10畫	596	602	段12上-26	鍇23-16	鉉12上-5
摳	qián	ㄑㄧㄢˊ	手部	【手部】10畫	605	611	段12上-44	鍇23-14	鉉12上-7
搴(攐，搿、捲、掔、搴、搴通叚)	qian	ㄑㄧㄢ	手部	【手部】10畫	605	611	段12上-44	鍇23-14	鉉12上-7
摑	hu′	ㄏㄨˊ	手部	【手部】10畫	607	613	段12上-48	鍇23-15	鉉12上-7
搚(搚、拉)	xie′	ㄒㄧㄝˊ	手部	【手部】10畫	602	608	段12上-37	鍇23-12	鉉12上-6
拉(搚、搚，菈通叚)	la	ㄌㄚ	手部	【手部】10畫	596	602	段12上-26	鍇23-15	鉉12上-5
搈	rong′	ㄖㄨㄥˊ	手部	【手部】10畫	602	608	段12上-38	鍇23-12	鉉12上-6
挼(隋、墮、綏、挪，捼、搓、抄通叚)	ruo′	ㄖㄨㄛˊ	手部	【手部】10畫	605	611	段12上-44	鍇23-14	鉉12上-7
推	què	ㄑㄩㄝˋ	手部	【手部】10畫	609	615	段12上-51	鍇23-16	鉉12上-8
榷(推通叚)	què	ㄑㄩㄝˋ	木部	【木部】10畫	267	269	段6上-58	鍇11-26	鉉6上-7
構(搆、逅通叚)	gòu	ㄍㄡˋ	木部	【木部】10畫	253	256	段6上-31	鍇11-14	鉉6上-4
冓(構、溝，搆通叚)	gòu	ㄍㄡˋ	冓部	【冂部】10畫	158	160	段4下-2	鍇8-1	鉉4下-1
損	sǔn	ㄙㄨㄣˇ	手部	【手部】10畫	604	610	段12上-42	鍇23-13	鉉12上-7
榰(搘、竤通叚)	zhi	ㄓ	木部	【木部】10畫	254	256	段6上-32	鍇11-14	鉉6上-4
搢	jìn	ㄐㄧㄣˋ	手部	【手部】10畫	無	無	無	無	鉉12上-8
晉(晋、箭榗jian、述及，搢、暜通叚)	jìn	ㄐㄧㄣˋ	日部	【日部】10畫	303	306	段7上-4	鍇13-2	鉉7上-1
薦(荐，搢、虆从薦豕、鶼通叚)	jiàn	ㄐㄧㄢˋ	廌部	【艸部】10畫	469	474	段10上-19	鍇19-6	鉉10上-3

篆本字（古文、金文、籀文、俗字，通叚、金石）	拼音	注音	說文部首	康熙部首	筆畫	一般頁碼	洪葉頁碼	段注篇章	徐鍇通釋篇章	徐鉉藤花榭篇章
搏(捕、挿，拍通叚)	bo´	ㄅㄛˊ	手部	【手部】10畫	597	603	段12上-27	鍇23-9	鉉12上-5
桀(榤、揭)	jie´	ㄐㄧㄝˊ	桀部	【木部】10畫	237	240	段5下-44	鍇10-18	鉉5下-9
搄(茸，拔通叚)	rong´	ㄖㄨㄥˊ	手部	【手部】10畫	606	612	段12上-46	鍇23-14	鉉12上-7
搒	bang`	ㄅㄤˋ	手部	【手部】10畫	610	616	段12上-53	鍇23-17	鉉12上-8
搔(瘙、癳)	sao	ㄙㄠ	手部	【手部】10畫	601	607	段12上-36	鍇23-12	鉉12上-6
搖(愮、遙、颻通叚)	yao´	ㄧㄠˊ	手部	【手部】10畫	602	608	段12上-38	鍇23-12	鉉12上-6
搥(搊、抽、揓)	chou	ㄔㄡ	手部	【手部】10畫	605	611	段12上-44	鍇23-14	鉉12上-7
搣(娍通叚)	mie`	ㄇㄧㄝˋ	手部	【手部】10畫	599	605	段12上-32	鍇23-11	鉉12上-5
搤(搹)	e`	ㄜˋ	手部	【手部】10畫	599	605	段12上-31	鍇23-11	鉉12上-5
扛(摑，摆通叚)	gang	ㄍㄤ	手部	【手部】10畫	603	609	段12上-40	鍇23-13	鉉12上-6
搦(橈)	nuo`	ㄋㄨㄛˋ	手部	【手部】10畫	606	612	段12上-45	鍇23-14	鉉12上-7
珡(展，搌通叚)	zhan˘	ㄓㄢˇ	珡部	【工部】10畫	201	203	段5上-26	鍇9-10	鉉5上-4
搯(掏)	tao	ㄊㄠ	手部	【手部】10畫	595	601	段12上-24	鍇23-9	鉉12上-5
搰(抇、掘)	hu´	ㄏㄨˊ	手部	【手部】10畫	607	613	段12上-48	鍇23-15	鉉12上-7
掘(搰)	jue´	ㄐㄩㄝˊ	手部	【手部】10畫	607	613	段12上-48	鍇23-15	鉉12上-7
擊(搩，撽通叚)	qiao`	ㄑㄧㄠˋ	手部	【手部】10畫	608	614	段12上-50	鍇23-16	鉉12上-8
敲(搩、擊，搞通叚)	qiao	ㄑㄧㄠ	攴部	【攴部】10畫	125	126	段3下-38	鍇6-19	鉉3下-9
摼(搷、揁、掯、鏗通叚)	keng	ㄎㄥ	手部	【手部】10畫	609	615	段12上-51	鍇23-16	鉉12上-8
涂(塗、墢、墍，滁、搽、途通叚)	tu´	ㄊㄨˊ	水部	【水部】10畫	520	525	段11上壹-9	鍇21-3	鉉11上-1
搲	hua´	ㄏㄨㄚˊ	手部	【手部】10畫	602	608	段12上-37	鍇23-12	鉉12上-6
叡(摣)	zha	ㄓㄚ	又部	【又部】10畫	115	116	段3下-18	鍇6-10	鉉3下-4
揸(摣)	zha	ㄓㄚ	手部	【手部】10畫	605	611	段12上-43	鍇23-13	鉉12上-7
搵	wen`	ㄨㄣˋ	手部	【手部】10畫	610	616	段12上-53	鍇23-17	鉉12上-8
歋(擨、捓、邪、搋，揶通叚)	ye	ㄧㄝ	欠部	【欠部】10畫	411	416	段8下-21	鍇16-16	鉉8下-4

篆本字(古文、金文、籀文、俗字，通叚、金石)	拼音	注音	說文部首	康熙部首	筆畫	一般頁碼	洪葉頁碼	段注篇章	徐鍇通釋篇章	徐鉉藤花榭篇章
鬄(剔、剃，[illegible]、擿、踢通叚)	ti ˋ	ㄊㄧˋ	髟部	【髟部】	10畫	428	432	段9上-26	鍇17-9	鉉9上-4
擣(擣、𤺺，搗、㨶、檮、𥈠从臼通叚)	dao ˇ	ㄉㄠˇ	手部	【手部】	10畫	605	611	段12上-44	鍇23-14	鉉12上-7
搹(扼、扼)	e ˋ	ㄜˋ	手部	【手部】	10畫	597	603	段12上-28	鍇23-14	鉉12上-5
𢰤(批，琵、阰通叚)	pi	ㄆㄧ	手部	【手部】	10畫	606	612	段12上-46	鍇23-14	鉉12上-7
鎩(摋)	sha	ㄕㄚ	金部	【金部】	10畫	706	713	段14上-9	鍇27-6	鉉14上-2
搫(搬通叚)	pan ˊ	ㄆㄢˊ	手部	【手部】	10畫	604	610	段12上-42	鍇23-13	鉉12上-6
𠦒(搬通叚)	ban	ㄅㄢ	華部	【十部】	10畫	158	160	段4下-1	鍇8-1	鉉4下-1
𢪸(掬通叚)	ju ˊ	ㄐㄩˊ	手部	【手部】	10畫	600	606	段12上-33	鍇23-11	鉉12上-5
拓(摭)	tuo ˋ	ㄊㄨㄛˋ	手部	【手部】	11畫	605	611	段12上-43	鍇23-13	鉉12上-7
掔	yan ˊ	ㄧㄢˊ	手部	【手部】	11畫	606	612	段12上-45	鍇23-14	鉉12上-7
𢵈(𩐞)	jin ˋ	ㄐㄧㄣˋ	手部	【手部】	11畫	600	606	段12上-34	鍇23-11	鉉12上-6
規(摫、槻通叚)	gui	ㄍㄨㄟ	夫部	【見部】	11畫	499	504	段10下-19	鍇20-7	鉉10下-4
摍(縮、宿)	suo	ㄙㄨㄛ	手部	【手部】	11畫	605	611	段12上-43	鍇23-14	鉉12上-7
縮(摍)	suo	ㄙㄨㄛ	糸部	【糸部】	11畫	646	653	段13上-7	鍇25-2	鉉13上-2
縼(𢹲通叚)	xuan ˋ	ㄒㄩㄢˋ	糸部	【糸部】	11畫	658	665	段13上-31	鍇25-7	鉉13上-4
摎(繆)	jiu	ㄐㄧㄡ	手部	【手部】	11畫	608	614	段12上-49	鍇23-15	鉉12上-8
嫪(摎毐ai ˇ 述及)	lao ˋ	ㄌㄠˋ	女部	【女部】	11畫	623	629	段12下-23	鍇24-7	鉉12下-3
鬮从翏(摎)	liu ˊ	ㄌㄧㄡˊ	鬥部	【鬥部】	11畫	114	115	段3下-15	鍇6-8	鉉3下-3
擣(擣、𤺺，搗、㨶、檮、𥈠从臼通叚)	dao ˇ	ㄉㄠˇ	手部	【手部】	11畫	605	611	段12上-44	鍇23-14	鉉12上-7
摼(搷、𢪃、拘、鏗通叚)	keng	ㄎㄥ	手部	【手部】	11畫	609	615	段12上-51	鍇23-16	鉉12上-8
樘(牚、撐、橕、𡪤，摚、𣪉通叚)	tang ˊ	ㄊㄤˊ	木部	【木部】	11畫	254	256	段6上-32	鍇11-14	鉉6上-4
摕(𢴤，揥通叚)	di ˋ	ㄉㄧˋ	手部	【手部】	11畫	600	606	段12上-33	鍇23-11	鉉12上-5
摘	zhai	ㄓㄞ	手部	【手部】	11畫	602	608	段12上-37	鍇23-12	鉉12上-6
摵	se ˋ	ㄙㄜˋ	手部	【手部】	11畫	無	無	無	無	鉉12上-8

篆本字（古文、金文、籀文、俗字，通叚、金石）	拼音	注音	說文部首	康熙部首	筆畫	一般頁碼	洪葉頁碼	段注篇章	徐鍇通釋篇章	徐鉉藤花榭篇章
槭(摵、撼通叚)	qi	ㄑㄧ	木部	【木部】11畫	245	247	段6上-14	鍇11-7	鉉6上-2
摛(攡)	chi	ㄔ	手部	【手部】11畫	598	604	段12上-29	鍇23-10	鉉12上-5
摜(貫，慣通叚)	guan	ㄍㄨㄢˋ	手部	【手部】11畫	601	607	段12上-35	鍇23-11	鉉12上-6
摟	lou	ㄌㄡˇ	手部	【手部】11畫	602	608	段12上-37	鍇23-12	鉉12上-6
庳(椑通叚)	bei	ㄅㄟ	广部	【广部】11畫	445	449	段9下-16	鍇18-6	鉉9下-3
摛(搐、扯、挈，摩通叚)	chi	ㄔˋ	手部	【广部】11畫	602	608	段12上-38	鍇23-12	鉉12上-6
摧(催，嗺、慛、攉、謹通叚)	cui	ㄘㄨㄟ	手部	【手部】11畫	596	602	段12上-26	鍇23-14	鉉12上-5
催(摧)	cui	ㄘㄨㄟ	人部	【人部】11畫	381	385	段8上-33	鍇15-11	鉉8上-4
撎	ying	ㄧㄥˋ	手部	【手部】11畫	609	615	段12上-51	鍇23-16	鉉12上-8
摴	chu	ㄔㄨ	手部	【手部】11畫	無	無	無	無	鉉12上-9
樗(檴、櫧、樺、摴通叚)	chu	ㄔㄨ	木部	【木部】11畫	241	243	段6上-6	鍇11-6	鉉6上-2
摳	kou	ㄎㄡ	手部	【手部】11畫	594	600	段12上-21	鍇23-9	鉉12上-4
摶(團、專、嫥，傳通叚)	tuan	ㄊㄨㄢˊ	手部	【手部】11畫	607	613	段12上-48	鍇23-15	鉉12上-7
摷(㩆)	jiao	ㄐㄧㄠˇ	手部	【手部】11畫	608	614	段12上-50	鍇23-16	鉉12上-8
鹿(麤、摝、麓、蠦、轆、轐通叚)	lu	ㄌㄨˋ	鹿部	【鹿部】11畫	470	474	段10上-20	鍇19-6	鉉10上-3
摺	zhe	ㄓㄜˊ	手部	【手部】11畫	602	608	段12上-37	鍇23-12	鉉12上-6
摻(操)	chan	ㄔㄢ	手部	【手部】11畫	611	617	段12上-55	無	鉉12上-8
棽(摻)	chen	ㄔㄣ	林部	【木部】11畫	271	274	段6上-67	鍇11-30	鉉6上-9
撞(剸、剬、摏、摐、樁通叚)	zhuang	ㄓㄨㄤˋ	手部	【手部】11畫	606	612	段12上-46	鍇23-14	鉉12上-7
摦	hua	ㄏㄨㄚˋ	手部	【手部】11畫	無	無	無	無	鉉12上-8
瓠(匏、壺，槬、摦、窳通叚)	hu	ㄏㄨˋ	瓠部	【瓜部】11畫	337	341	段7下-5	鍇14-2	鉉7下-2
摽(抛通叚)	biao	ㄅㄧㄠˋ	手部	【手部】11畫	601	607	段12上-36	鍇23-12	鉉12上-6
將(搟)	jiang	ㄐㄧㄤ	手部	【手部】11畫	596	602	段12上-26	鍇23-9	鉉12上-5

篆本字(古文、金文、籀文、俗字，通叚、金石)	拼音	注音	說文部首	康熙部首	筆畫	一般頁碼	洪葉頁碼	段注篇章	徐鍇通釋篇章	徐鉉藤花榭篇章
捧(拜、𢷎、𢪔)	baiˋ	ㄅㄞˋ	手部	【手部】	11畫	595	601	段12上-23	鍇23-9	鉉12上-4
摲(攙)	canˊ	ㄘㄢˊ	手部	【手部】	11畫	602	608	段12上-37	鍇23-12	鉉12上-6
慙(慚段注、通叚皆無)	canˊ	ㄘㄢˊ	心部	【心部】	11畫	515	519	段10下-50	鍇20-18	鉉10下-9
芟(攙、𤎼通叚)	shan	ㄕㄢ	艸部	【艸部】	11畫	42	43	段1下-43	鍇2-20	鉉1下-7
摩(磨䃺述及，魔、劘、攠、瀝、麼、鄜通叚)	moˊ	ㄇㄛˊ	手部	【手部】	11畫	606	612	段12上-45	鍇23-14	鉉12上-7
䃺(磨、摩)	moˊ	ㄇㄛˊ	石部	【石部】	11畫	452	457	段9下-31	鍇18-11	鉉9下-5
摯(贄、婺、鷙、墊=輊輖述及)	zhiˋ	ㄓˋ	手部	【手部】	11畫	597	603	段12上-27	鍇23-9	鉉12上-5
敕(勑、勅，憝、惐、擳通叚)	chiˋ	ㄔˋ	攴部	【攴部】	11畫	124	125	段3下-35	鍇6-18	鉉3下-8
樣(樣、㨾、橡)	yangˋ	ㄧㄤˋ	木部	【木部】	11畫	243	245	段6上-10	鍇11-5	鉉6上-2
摹(摸)	moˊ	ㄇㄛˊ	手部	【手部】	11畫	607	613	段12上-47	鍇23-15	鉉12上-7
擎(撇，襒通叚)	pie	ㄆㄧㄝ	手部	【手部】	11畫	606	612	段12上-45	鍇23-14	鉉12上-7
撞(剷、劃、揰、摐、揨通叚)	zhuangˋ	ㄓㄨㄤˋ	手部	【手部】	12畫	606	612	段12上-46	鍇23-14	鉉12上-7
抍拼(撜、拯)	zhengˇ	ㄓㄥˇ	手部	【手部】	12畫	603	609	段12上-39	鍇23-13	鉉12上-6
定(撐，樘、撐通叚)	cheng	ㄔㄥ	止部	【止部】	12畫	67	68	段2上-39	鍇3-17	鉉2上-8
樘(牚、撐、橕、定，揨、敹通叚)	tangˊ	ㄊㄤˊ	木部	【木部】	12畫	254	256	段6上-32	鍇11-14	鉉6上-4
攓(攐，搴、捲、擳、搴、搴通叚)	qian	ㄑㄧㄢ	手部	【手部】	12畫	605	611	段12上-44	鍇23-14	鉉12上-7

篆本字(古文、金文、籀文、俗字，通叚、金石)	拼音	注音	說文部首	康熙部首	筆畫	一般頁碼	洪葉頁碼	段注篇章	徐鍇通釋篇章	徐鉉藤花榭篇章
斯(撕、蜇、蟴、嘶、廝、鐁通叚)	si	ㄙ	斤部	【斤部】	12畫	717	724	段14上-31	錯27-10	鉉14上-5
撅	jue	ㄐㄩㄝ	手部	【手部】	12畫	610	616	段12上-53	錯23-16	鉉12上-8
絜(潔，挈、擷、揳通叚)	jie´	ㄐㄧㄝˊ	糸部	【糸部】	12畫	661	668	段13上-37	錯25-8	鉉13上-5
揝(扱、搳)	min´	ㄇㄧㄣˊ	手部	【手部】	12畫	601	607	段12上-35	錯23-11	鉉12上-6
撎	yi	ㄧ	手部	【手部】	12畫	594	600	段12上-22	錯23-9	鉉12上-4
撋(擩，挻、擖通叚)	ruan´	ㄖㄨㄢˊ	手部	【手部】	12畫	604	610	段12上-41	錯23-13	鉉12上-6
揖(撎通叚)	yi	ㄧ	手部	【手部】	12畫	594	600	段12上-22	錯23-9	鉉12上-4
搥(捶、搉通叚)	chui´	ㄔㄨㄟˊ	手部	【手部】	12畫	609	615	段12上-51	錯23-16	鉉12上-8
戟(戟、𢧢通叚)	ji˘	ㄐㄧˇ	戈部	【戈部】	12畫	629	635	段12下-36	錯24-12	鉉12下-6
撓(嬈、擾、捄)	nao´	ㄋㄠˊ	手部	【手部】	12畫	601	607	段12上-36	錯23-14	鉉12上-6
撚(捻通叚)	nian˘	ㄋㄧㄢˇ	手部	【手部】	12畫	609	615	段12上-52	錯23-16	鉉12上-8
撟(矯，拗通叚)	jiao˘	ㄐㄧㄠˇ	手部	【手部】	12畫	604	610	段12上-41	錯23-13	鉉12上-6
矯(撟通叚)	jiao˘	ㄐㄧㄠˇ	矢部	【矢部】	12畫	226	228	段5下-22	錯10-9	鉉5下-4
擷(攜通叚)	xie´	ㄒㄧㄝˊ	手部	【手部】	12畫	598	604	段12上-29	錯23-10	鉉12上-5
㩡(攜)	xie´	ㄒㄧㄝˊ	心部	【心部】	12畫	510	515	段10下-41	錯20-14	鉉10下-7
遣(錯，撒、戲、皶通叚)	cuo`	ㄘㄨㄛˋ	辵(辶)部	【辵部】	12畫	71	71	段2下-4	錯4-3	鉉2下-1
㮣(殺，撒通叚)	sa`	ㄙㄚˋ	米部	【米部】	12畫	333	336	段7上-64	錯13-26	鉉7上-10
饌从目大食(餐从大良、饌、餕，撰、篹通叚)	zhuan`	ㄓㄨㄢˋ	倉部	【竹部】	12畫	219	222	段5下-9	錯10-4	鉉5下-2
僎(僎，撰通叚)	zhuan`	ㄓㄨㄢˋ	人部	【人部】	12畫	366	370	段8上-3	錯15-2	鉉8上-1
譔(撰通叚)	zhuan`	ㄓㄨㄢˋ	言部	【言部】	12畫	91	91	段3上-10	錯5-6	鉉3上-3
纂(纘、撰，攢、纂、繜通叚)	zuan˘	ㄗㄨㄢˇ	糸部	【糸部】	12畫	654	660	段13上-22	錯25-5	鉉13上-3
算(選、撰、筭計述及，篹通叚)	suan`	ㄙㄨㄢˋ	竹部	【竹部】	12畫	198	200	段5上-20	錯9-8	鉉5下-3

篆本字（古文、金文、籀文、俗字，通叚、金石）	拼音	注音	說文部首	康熙部首	筆畫	一般頁碼	洪葉頁碼	段注篇章	徐鍇通釋篇章	徐鉉藤花榭篇章
援（撋、揎纕rang ˇ 述及）	yuan ˊ	ㄩㄢˊ	手部	【手部】12畫	605	611	段12上-44	鍇23-14	鉉12上-7
撢（探）	dan ˇ	ㄉㄢˇ	手部	【手部】12畫	605	611	段12上-44	鍇23-14	鉉12上-7
揮（嬋通叚）	dan ˋ	ㄉㄢˋ	手部	【手部】12畫	597	603	段12上-28	鍇23-10	鉉12上-5
箠（檛、簻、撾）	zhua	ㄓㄨㄚ	竹部	【竹部】12畫	196	198	段5上-15	鍇9-6	鉉5上-3
撥	bo	ㄅㄛ	手部	【手部】12畫	604	610	段12上-42	鍇23-13	鉉12上-7
撩（料，撈通叚）	liao ˊ	ㄌㄧㄠˊ	手部	【手部】12畫	599	605	段12上-31	鍇23-10	鉉12上-5
捦（撳、擒）	qin ˊ	ㄑㄧㄣˊ	手部	【手部】12畫	597	603	段12上-27	鍇23-9	鉉12上-5
撫（㧱、拊，㧑通叚）	fu ˇ	ㄈㄨˇ	手部	【手部】12畫	601	607	段12上-35	鍇23-11	鉉12上-6
拊（撫，坿通叚）	fu ˇ	ㄈㄨˇ	手部	【手部】12畫	598	604	段12上-30	鍇23-10	鉉12上-5
播（番嗌yi ˋ 述及、敠）	bo	ㄅㄛ	手部	【手部】12畫	608	614	段12上-49	鍇23-15	鉉12上-7
潘（播，瀋通叚）	pan	ㄆㄢ	水部	【水部】12畫	561	566	段11上貳-32	鍇21-23	鉉11上-8
譒（播）	bo ˋ	ㄅㄛˋ	言部	【言部】12畫	95	95	段3上-18	鍇5-9	鉉3上-4
番（蹞、奫、播，嶓、蹯通叚）	fan ˊ	ㄈㄢˊ	釆部	【田部】12畫	50	50	段2上-4	鍇3-2	鉉2上-1
撲（扑、攴、攵通叚）	pu	ㄆㄨ	手部	【手部】12畫	608	614	段12上-50	鍇23-16	鉉12上-8
樸（樸、撲、僕）	pu ˊ	ㄆㄨˊ	木部	【木部】12畫	244	246	段6上-12	鍇11-30	鉉6上-2
撮	cuo	ㄘㄨㄛ	手部	【手部】12畫	599	605	段12上-32	鍇23-15	鉉12上-5
最（冣非取jiu ˋ 、撮，嘬通叚）	zui ˋ	ㄗㄨㄟˋ	月部	【冂部】12畫	354	358	段7下-39	鍇14-17	鉉7下-7
彉（彍，擴、霩从口弓通叚）	guo	ㄍㄨㄛ	弓部	【弓部】12畫	641	647	段12下-60	鍇24-20	鉉12下-9
摯	zhi ˋ	ㄓˋ	手部	【手部】12畫	602	608	段12上-38	鍇23-12	鉉12上-6
搐（搯、抽、挬）	chou	ㄔㄡ	手部	【手部】12畫	605	611	段12上-44	鍇23-14	鉉12上-7
定（撐，撑、樘通叚）	cheng	ㄔㄥ	止部	【止部】12畫	67	68	段2上-39	鍇3-17	鉉2上-8
寁（撍、廥）	zan ˇ	ㄗㄢˇ	宀部	【宀部】12畫	341	344	段7下-12	鍇14-6	鉉7下-3

篆本字(古文、金文、籀文、俗字，通叚、金石)	拼音	注音	說文部首	康熙部首	筆畫	一般頁碼	洪葉頁碼	段注篇章	徐鍇通釋篇章	徐鉉藤花榭篇章
兂(簪=竇竇撍同字、笄)	zen	ㄗㄣ	兂部	【无部】	12畫	405	410	段8下-9	錯16-12	鉉8下-2
勶(撤，轍通叚)	che `	ㄔㄜˋ	力部	【力部】	12畫	700	706	段13下-52	錯26-11	鉉13下-7
徹(㣙，撤、蹢、轍通叚)	che `	ㄔㄜˋ	彳部	【彳部】	12畫	122	123	段3下-32	錯6-17	鉉3下-8
劗(撙)	zun ˇ	ㄗㄨㄣˇ	刀部	【刂部】	12畫	182	184	段4下-50	錯8-17	鉉4下-7
繜(撙通叚)	zun	ㄗㄨㄣ	糸部	【糸部】	12畫	655	661	段13上-24	錯25-5	鉉13上-3
壓(撅、撅)	yan `	ㄧㄢˋ	手部	【手部】	12畫	598	604	段12上-29	錯23-10	鉉12上-5
儋(擔，甔通叚)	dan	ㄉㄢ	人部	【人部】	13畫	371	375	段8上-13	錯15-5	鉉8上-2
賀(嘉、儋、擔)	he `	ㄏㄜˋ	貝部	【貝部】	13畫	280	282	段6下-16	錯12-10	鉉6下-4
捦(撳、擒)	qin ´	ㄑㄧㄣˊ	手部	【手部】	13畫	597	603	段12上-27	錯23-9	鉉12上-5
撻(遯，敊通叚)	ta `	ㄊㄚˋ	手部	【手部】	13畫	608	614	段12上-49	錯23-15	鉉12上-8
撿	jian ˇ	ㄐㄧㄢˇ	手部	【手部】	13畫	595	601	段12上-23	錯23-9	鉉12上-4
僩(撊、瞷)	xian `	ㄒㄧㄢˋ	人部	【人部】	13畫	369	373	段8上-10	錯15-4	鉉8上-2
瞷(瞷、瞷、矙、略，撊通叚)	xian ´	ㄒㄧㄢˊ	目部	【目部】	13畫	134	136	段4上-11	錯7-5	鉉4上-2
擅	shan `	ㄕㄢˋ	手部	【手部】	13畫	604	610	段12上-42	錯23-13	鉉12上-6
擎(檠，撽通叚)	qiao `	ㄑㄧㄠˋ	手部	【手部】	13畫	608	614	段12上-50	錯23-16	鉉12上-8
敲(擎、擊，搞通叚)	qiao	ㄑㄧㄠ	攴部	【攴部】	13畫	125	126	段3下-38	錯6-19	鉉3下-9
擇	ze ´	ㄗㄜˊ	手部	【手部】	13畫	599	605	段12上-31	錯23-11	鉉12上-5
瘉(愈，揄、擻、瘦通叚)	yu `	ㄩˋ	疒部	【疒部】	13畫	352	356	段7下-35	錯14-16	鉉7下-6
操(𢶅通叚)	cao	ㄘㄠ	手部	【手部】	13畫	597	603	段12上-27	錯23-9	鉉12上-5
摻(操)	chan	ㄔㄢ	手部	【手部】	13畫	611	617	段12上-55	無	鉉12上-8
虜(摛通叚)	lu ˇ	ㄌㄨˇ	毌部	【虍部】	13畫	316	319	段7上-30	錯13-12	鉉7上-5
擐	huan `	ㄏㄨㄢˋ	手部	【手部】	13畫	605	611	段12上-43	錯23-13	鉉12上-7
勵(舋，擂、播通叚)	lei `	ㄌㄟˋ	力部	【力部】	13畫	700	706	段13下-52	錯26-11	鉉13下-7
搚	qia	ㄑㄧㄚ	手部	【手部】	13畫	602	608	段12上-37	錯23-12	鉉12上-6
撖(撼)	han `	ㄏㄢˋ	手部	【手部】	13畫	606	612	段12上-45	錯23-14	鉉12上-7

篆本字（古文、金文、籀文、俗字，通段、金石）	拼音	注音	說文部首	康熙部首	筆畫	一般頁碼	洪葉頁碼	段注篇章	徐鍇通釋篇章	徐鉉藤花榭篇章
括(括，擓、捾通段)	gua	ㄍㄨㄚ	手部	【手部】	13畫	606	612	段12上-46	鍇23-15	鉉12上-7
據(据)	ju	ㄐㄩˋ	手部	【手部】	13畫	597	603	段12上-27	鍇23-10	鉉12上-5
据(據)	ju	ㄐㄩ	手部	【手部】	13畫	602	608	段12上-37	鍇23-12	鉉12上-6
簎(擉通段)	ce	ㄘㄜˋ	手部	【竹部】	13畫	609	615	段12上-52	鍇23-16	鉉12上-8
撝	hui	ㄏㄨㄟˇ	手部	【手部】	13畫	609	615	段12上-51	鍇23-16	鉉12上-8
擣(擣、癟，搗、搗、檮、𦥔从臼通段)	dao	ㄉㄠˇ	手部	【手部】	13畫	605	611	段12上-44	鍇23-14	鉉12上-7
𣪠(擣)	chou	ㄔㄡˊ	殳部	【殳部】	13畫	119	120	段3下-26	鍇6-14	鉉3下-6
搴(攓，攐、搟、搴、攐通段)	qian	ㄑㄧㄢ	手部	【手部】	13畫	605	611	段12上-44	鍇23-14	鉉12上-7
擊(隔)	ji	ㄐㄧ	手部	【手部】	13畫	609	615	段12上-52	鍇23-16	鉉12上-8
辟(僻、避、譬、闢、壁、襞，擗、霹通段)	pi	ㄆㄧˋ	辟部	【辛部】	13畫	432	437	段9上-35	鍇17-11	鉉9上-6
擘(擗、薜、辟，鈹通段)	bo	ㄅㄛˋ	手部	【手部】	13畫	606	612	段12上-46	鍇23-15	鉉12上-7
捭(擘，擺通段)	bai	ㄅㄞˇ	手部	【手部】	13畫	609	615	段12上-51	鍇23-16	鉉12上-8
劈(副、薜、擘，鈹、霹通段)	pi	ㄆㄧ	刀部	【刂部】	13畫	180	182	段4下-45	鍇8-16	鉉4下-7
攤(擁、雍，甕、讋)	yong	ㄩㄥˇ	手部	【手部】	13畫	604	610	段12上-41	鍇23-13	鉉12上-6
鈙(擎通段)	qin	ㄑㄧㄣˊ	攴部	【金部】	13畫	126	127	段3下-40	鍇6-19	鉉3下-9
閣(擱通段)	ge	ㄍㄜˊ	門部	【門部】	14畫	589	595	段12上-11	鍇23-5	鉉12上-3
儐(賓、擯)	bin	ㄅㄧㄣˋ	人部	【人部】	14畫	371	375	段8上-14	鍇15-6	鉉8上-2
臚(膚、敷、腴，攄通段)	lu	ㄌㄨˊ	肉部	【肉部】	14畫	167	169	段4下-20	鍇8-8	鉉4下-4
擠(隮)	ji	ㄐㄧ	手部	【手部】	14畫	596	602	段12上-26	鍇23-14	鉉12上-5
擢(棹、籗通段)	zhuo	ㄓㄨㄛˊ	手部	【手部】	14畫	605	611	段12上-44	鍇23-12	鉉12上-7

篆本字(古文、金文、籀文、俗字,通叚、金石)	拼音	注音	說文部首	康熙部首	筆畫	一般頁碼	洪葉頁碼	段注篇章	徐鍇通釋篇章	徐鉉藤花榭篇章
擣(擣、𢱬、搗、搗、檮、𩱨从臼通叚)	dao˙	ㄉㄠˇ	手部	【手部】	14畫	605	611	段12上-44	鍇23-14	鉉12上-7
揱(擩,㧊、掆通叚)	ruan´	ㄖㄨㄢˊ	手部	【手部】	14畫	604	610	段12上-41	鍇23-13	鉉12上-6
擬	ni˙	ㄋㄧˇ	手部	【手部】	14畫	604	610	段12上-42	鍇23-13	鉉12上-7
歋(擨、揶、邪、摍,捓通叚)	ye	ㄧㄝ	欠部	【欠部】	14畫	411	416	段8下-21	鍇16-16	鉉8下-4
擭(濩)	huo`	ㄏㄨㄛˋ	手部	【手部】	14畫	604	610	段12上-42	鍇23-13	鉉12上-6
揭(偈、擖通叚)	jie	ㄐㄧㄝ	手部	【手部】	14畫	603	609	段12上-39	鍇23-13	鉉12上-6
擥(㩜、攬)	lan˙	ㄌㄢˇ	手部	【手部】	14畫	597	603	段12上-28	鍇23-10	鉉12上-5
擧(舉、㩁)	ju˙	ㄐㄩˇ	手部	【手部】	14畫	603	609	段12上-39	鍇23-17	鉉12上-6
擪(擫、𢲫)	yan`	ㄧㄢˋ	手部	【手部】	14畫	598	604	段12上-29	鍇23-10	鉉12上-5
攐(攓,搴、捲、挳、寋、攑通叚)	qian	ㄑㄧㄢ	手部	【手部】	14畫	605	611	段12上-44	鍇23-14	鉉12上-7
撲(扑、攐、攗通叚)	pu	ㄆㄨ	手部	【手部】	14畫	608	614	段12上-50	鍇23-16	鉉12上-8
擸	lie`	ㄌㄧㄝˋ	手部	【手部】	15畫	597	603	段12上-28	鍇23-10	鉉12上-5
槭(摵、撼通叚)	qi	ㄑㄧ	木部	【木部】	15畫	245	247	段6上-14	鍇11-7	鉉6上-2
揮(翬通叚)	hui	ㄏㄨㄟ	手部	【手部】	15畫	606	612	段12上-45	鍇23-14	鉉12上-7
擿(擲,揥通叚)	zhi´	ㄓˊ	手部	【手部】	15畫	601	607	段12上-35	鍇23-11	鉉12上-6
投(擿)	tou´	ㄊㄡˊ	手部	【手部】	15畫	601	607	段12上-35	鍇23-11	鉉12上-6
砳(擿、砓段注、說文作砓皆誤本)	che`	ㄔㄜˋ	石部	【石部】	15畫	452	456	段9下-30	鍇18-10	鉉9下-4
癶(攀、攀、扳)	pan	ㄆㄢ	癶部	【又部】	15畫	104	105	段3上-37	鍇5-20	鉉3上-8
擥(㩜、攬)	lan˙	ㄌㄢˇ	手部	【手部】	15畫	597	603	段12上-28	鍇23-10	鉉12上-5
襭(擷)	xie´	ㄒㄧㄝˊ	衣部	【衣部】	15畫	396	400	段8上-64	鍇16-5	鉉8上-9
捭(擘,擺通叚)	bai˙	ㄅㄞˇ	手部	【手部】	15畫	609	615	段12上-51	鍇23-16	鉉12上-8
擾(㹛,譊通叚)	rao	ㄖㄠ	手部	【手部】	15畫	601	607	段12上-36	鍇23-13	鉉12上-6
㹛(㹛,擾通叚)	rao´	ㄖㄠˊ	牛部	【牛部】	15畫	52	52	段2上-8	鍇3-4	鉉2上-2
攘(攓)	qian	ㄑㄧㄢ	手部	【手部】	16畫	594	600	段12上-21	鍇23-9	鉉12上-4

篆本字(古文、金文、籀文、俗字，通叚、金石)	拼音	注音	說文部首	康熙部首	筆畫	一般頁碼	洪葉頁碼	段注篇章	徐鍇通釋篇章	徐鉉藤花榭篇章
櫳(籠，攏通叚)	longˊ	ㄌㄨㄥˊ	有部	【龍部】	16畫	314	317	段7上-25	鍇13-10	鉉7上-4
攈(攟，捃通叚)	junˋ	ㄐㄩㄣˋ	手部	【手部】	16畫	605	611	段12上-43	鍇23-13	鉉12上-7
摧(催，嗺、慛、擢、誰通叚)	cui	ㄘㄨㄟ	手部	【手部】	16畫	596	602	段12上-26	鍇23-14	鉉12上-5
緂(攔，毯、繝通叚)	tanˇ	ㄊㄢˇ	糸部	【糸部】	16畫	652	658	段13上-18	鍇25-4	鉉13上-3
攎	luˊ	ㄌㄨˊ	手部	【手部】	16畫	610	616	段12上-53	鍇23-17	鉉12上-8
擧	yuˊ	ㄩˊ	手部	【手部】	16畫	無	無	無	鍇23-13	鉉12上-6
擧(舉、擧)	juˇ	ㄐㄩˇ	手部	【手部】	16畫	603	609	段12上-39	鍇23-17	鉉12上-6
攑(攑段增，各本作擧)	qianˊ	ㄑㄧㄢˊ	手部	【手部】	16畫	603	609	段12上-39	鍇23-17	鉉12上-6
嬰(攖、櫻、蘡通叚)	ying	ㄧㄥ	女部	【女部】	17畫	621	627	段12下-20	鍇24-7	鉉12下-3
坌(糞、攢)	fenˋ	ㄈㄣˋ	土部	【土部】	17畫	687	693	段13下-26	鍇26-4	鉉13下-4
糞(糞，攢通叚)	fenˋ	ㄈㄣˋ	華部	【米部】	17畫	158	160	段4下-1	鍇8-1	鉉4下-1
攐(攓)	qian	ㄑㄧㄢ	手部	【手部】	17畫	594	600	段12上-21	鍇23-9	鉉12上-4
搴(攓，攐、捲、擀、搴、搴通叚)	qian	ㄑㄧㄢ	手部	【手部】	17畫	605	611	段12上-44	鍇23-14	鉉12上-7
攕(纖)	jian	ㄐㄧㄢ	手部	【手部】	17畫	594	600	段12上-21	鍇23-8	鉉12上-4
攘(讓、儴，勷、攘通叚)	rangˇ	ㄖㄤˇ	手部	【手部】	17畫	595	601	段12上-23	鍇23-9	鉉12上-4
讓(攘)	rangˋ	ㄖㄤˋ	言部	【言部】	17畫	100	100	段3上-28	鍇5-15	鉉3上-6
襄从工己爻(襄、㚂、攘、驤，儴、勷、襐通叚)	xiang	ㄒㄧㄤ	衣部	【衣部】	17畫	394	398	段8上-60	鍇16-4	鉉8上-9
攑(攑段增，各本作擧)	qianˊ	ㄑㄧㄢˊ	手部	【手部】	17畫	603	609	段12上-39	鍇23-17	鉉12上-6
攙	chan	ㄔㄢ	手部	【手部】	17畫	無	無	無	無	鉉12上-8
儳(攙)	chanˊ	ㄔㄢˊ	人部	【人部】	17畫	380	384	段8上-31	鍇15-10	鉉8上-4
擢(掬)	juˊ	ㄐㄩˊ	手部	【手部】	18畫	597	603	段12上-27	鍇23-9	鉉12上-5
靡(攠通叚)	miˊ	ㄇㄧˊ	非部	【非部】	18畫	583	588	段11下-32	鍇22-12	鉉11下-7

篆本字(古文、金文、籀文、俗字，通段、金石)	拼音	注音	說文部首	康熙部首	筆畫	一般頁碼	洪葉頁碼	段注篇章	徐鍇通釋篇章	徐鉉藤花榭篇章
摩(磨䃺述及，魔、劘、攦、灖、麼、鄜通段)	mo´	ㄇㄛˊ	手部	【手部】18畫	606	612	段12上-45	鍇23-14	鉉12上-7
擾(擾，譨通段)	rao´	ㄖㄠˊ	手部	【手部】18畫	601	607	段12上-36	鍇23-13	鉉12上-6
攤(擁、雍，攀、攣)	yong˘	ㄩㄥˇ	手部	【手部】18畫	604	610	段12上-41	鍇23-13	鉉12上-6
攜(攜通段)	xie´	ㄒㄧㄝˊ	手部	【手部】18畫	598	604	段12上-29	鍇23-10	鉉12上-5
攝	she`	ㄕㄜˋ	手部	【手部】18畫	597	603	段12上-27	鍇23-10	鉉12上-5
撓(嬈、擾、捄)	nao´	ㄋㄠˊ	手部	【手部】19畫	601	607	段12上-36	鍇23-14	鉉12上-6
攤	tan	ㄊㄢ	手部	【手部】19畫	無	無	無	無	鉉12上-8
儺(難，攤通段)	nuo´	ㄋㄨㄛˊ	人部	【人部】19畫	368	372	段8上-8	鍇15-3	鉉8上-2
灘(灘，攤、潬通段)	tan	ㄊㄢ	水部	【水部】19畫	555	560	段11上貳-19	鍇21-18	鉉11上-6
儹(攢通段)	zan˘	ㄗㄢˇ	人部	【人部】19畫	372	376	段8上-16	鍇15-6	鉉8上-3
鑽(䥵、攢通段)	zuan	ㄗㄨㄢ	金部	【金部】19畫	707	714	段14上-12	鍇27-5	鉉14上-3
欑(儹，攢通段)	cuan´	ㄘㄨㄢˊ	木部	【木部】19畫	264	266	段6上-52	鍇11-23	鉉6上-7
纂(纘、撰，攢、纂、繛通段)	zuan˘	ㄗㄨㄢˇ	糸部	【糸部】19畫	654	660	段13上-22	鍇25-5	鉉13上-3
攣(luán)	luan´	ㄌㄨㄢˊ	手部	【手部】19畫	605	611	段12上-44	鍇23-14	鉉12上-7
孿(攣)	luan´	ㄌㄨㄢˊ	丱部	【丬部】19畫	105	105	段3上-38	鍇5-20	鉉3上-8
攈(攟，捃通段)	jun`	ㄐㄩㄣˋ	手部	【手部】19畫	605	611	段12上-43	鍇23-13	鉉12上-7
關(櫼、貫彎述及，攔通段)	guan	ㄍㄨㄢ	門部	【門部】19畫	590	596	段12上-13	鍇23-5	鉉12上-3
摛(攡)	chi	ㄔ	手部	【手部】19畫	598	604	段12上-29	鍇23-10	鉉12上-5
攩(黨、儻，儻通段)	dang˘	ㄉㄤˇ	手部	【手部】20畫	600	606	段12上-34	鍇23-11	鉉12上-6
攪(撟通段)	jiao˘	ㄐㄧㄠˇ	手部	【手部】20畫	606	612	段12上-46	鍇23-14	鉉12上-7
攫	jue´	ㄐㄩㄝˊ	手部	【手部】20畫	605	611	段12上-43	鍇23-13	鉉12上-7
麾(靡)	hui	ㄏㄨㄟ	手部	【麻部】20畫	610	616	段12上-54	鍇23-17	鉉12上-8
擥(擥、攬)	lan˘	ㄌㄢˇ	手部	【手部】21畫	597	603	段12上-28	鍇23-10	鉉12上-5

篆本字（古文、金文、籀文、俗字，通段、金石）	拼音	注音	說文部首	康熙部首	筆畫	一般頁碼	洪葉頁碼	段注篇章	徐鍇通釋篇章	徐鉉藤花榭篇章
【攴(zhi)部】	zhi	ㄓ	攴部			117	118	段3下-21	鍇6-11	鉉3下-5
攴(剝、朴、扑)	pu	ㄆㄨ	攴部	【攴部】		122	123	段3下-32	鍇6-17	鉉3下-7
剝(攴，㓷)	bo	ㄅㄛ	刀部	【刂部】		180	182	段4下-46	鍇8-16	鉉4下-7
攲	qi ˋ	ㄑㄧˋ	七部	【支部】2畫		385	389	段8上-41	鍇15-13	鉉8上-6
支(菷)	zhi	ㄓ	支部	【支部】3畫		117	118	段3下-21	鍇6-11	鉉3下-5
楂(揹、攲通段)	zhi	ㄓ	木部	【木部】5畫		254	256	段6上-32	鍇11-14	鉉6上-4
衹(褆、鼓，衹通段)	zhi ˇ	ㄓˇ	示部	【示部】6畫		3	3	段1上-5	鍇1-6	鉉1上-2
豉(豉卡、豆爲古今字)	chi ˇ	ㄔˇ	尗部	【支部】6畫		336	340	段7下-3	鍇14-1	鉉7下-1
攲(攲、崎、奇、㟒，欹通段)	gui ˇ	ㄍㄨㄟˇ	危部	【支部】6畫		448	453	段9下-23	鍇18-8	鉉9下-4
攲(攲gui ˇ)	qi	ㄑㄧ	支部	【支部】8畫		117	118	段3下-21	鍇6-11	鉉3下-5
鈲(鈲、鐹、鵗通段)	gui ˇ	ㄍㄨㄟˇ	金部	【金部】9畫		706	713	段14上-10	鍇27-4	鉉14上-2
【攴(pu)部】	pu	ㄆㄨ	攴部			122	123	段3下-32	鍇6-17	鉉3下-7
攴(剝、朴、扑)	pu	ㄆㄨ	攴部	【攴部】		122	123	段3下-32	鍇6-17	鉉3下-7
收	shou	ㄕㄡ	攴部	【攴部】2畫		125	126	段3下-38	鍇6-19	鉉3下-8
攷(考，拷通段)	kao ˇ	ㄎㄠˇ	攴部	【攴部】2畫		125	126	段3下-38	鍇6-19	鉉3下-8
攸(汷、浟、悠、遀、逌，滺通段)	you	ㄧㄡ	攴部	【攴部】3畫		124	125	段3下-36	鍇6-18	鉉3下-8
悠(攸、脩)	you	ㄧㄡ	心部	【心部】3畫		513	518	段10下-47	鍇20-17	鉉10下-8
改與攺yi ˇ 不同	gai ˇ	ㄍㄞˇ	攴部	【攴部】3畫		124	125	段3下-35	鍇6-18	鉉3下-8
攺與改gai ˇ 不同	yi ˇ	ㄧˇ	攴部	【攴部】3畫		126	127	段3下-40	鍇6-19	鉉3下-9
攻	gong	ㄍㄨㄥ	攴部	【攴部】3畫		125	126	段3下-38	鍇6-19	鉉3下-9
攺(施)	shi	ㄕ	攴部	【攴部】3畫		123	124	段3下-33	鍇6-17	鉉3下-8
攽	fu ˇ	ㄈㄨˇ	攴部	【攴部】3畫		125	126	段3下-37	鍇6-18	鉉3下-8
鞭(鞭、㪵)	bian	ㄅㄧㄢ	革部	【革部】3畫		110	111	段3下-8	鍇6-5	鉉3下-2
扶(扶)	fu ˊ	ㄈㄨˊ	手部	【手部】4畫		596	602	段12上-26	鍇23-9	鉉12上-5
攽(頒)	ban	ㄅㄢ	攴部	【攴部】4畫		123	124	段3下-34	鍇6-17	鉉3下-8

篆本字(古文、金文、籀文、俗字，通叚、金石)	拼音	注音	說文部首	康熙部首	筆畫	一般頁碼	洪葉頁碼	段注篇章	徐鍇通釋篇章	徐鉉藤花榭篇章
放(仿孝jiao ˋ 述及，倣通叚)	fang ˋ	ㄈㄤˋ	放部	【攴部】	4畫	160	162	段4下-5	鍇8-3	鉉4下-2
仿(放、俩、髣、彷，倣、昉、髣通叚)	fang ˇ	ㄈㄤˇ	人部	【人部】	4畫	370	374	段8上-12	鍇15-5	鉉8上-2
教(𡥉、𢻊、教)	jiao ˋ	ㄐㄧㄠˋ	教部	【攴部】	4畫	127	128	段3下-41	鍇6-20	鉉3下-9
政	zheng ˋ	ㄓㄥˋ	攴部	【攴部】	5畫	123	124	段3下-33	鍇6-17	鉉3下-8
敀(伯、迫)	po ˋ	ㄆㄛˋ	攴部	【攴部】	5畫	122	123	段3下-32	鍇6-17	鉉3下-8
迫(敀、胉脅述及)	po ˋ	ㄆㄛˋ	辵(辶)部	【辵部】	5畫	74	74	段2下-10	鍇4-5	鉉2下-2
敂(叩)	kou ˋ	ㄎㄡˋ	攴部	【攴部】	5畫	125	126	段3下-38	鍇6-19	鉉3下-9
敃(敯、暋)	min ˇ	ㄇㄧㄣˇ	攴部	【攴部】	5畫	122	123	段3下-32	鍇6-17	鉉3下-8
敯(敃)	min ˇ	ㄇㄧㄣˇ	攴部	【攴部】	5畫	126	127	段3下-39	鍇6-19	鉉3下-9
㪅(更)	geng	ㄍㄥ	攴部	【曰部】	5畫	124	125	段3下-35	鍇6-18	鉉3下-8
敄(劺通叚)	wu ˋ	ㄨˋ	攴部	【攴部】	5畫	122	123	段3下-32	鍇6-17	鉉3下-8
故	gu ˋ	ㄍㄨˋ	攴部	【攴部】	5畫	123	124	段3下-33	鍇6-17	鉉3下-8
固(故)	gu ˋ	ㄍㄨˋ	囗部	【囗部】	5畫	278	281	段6下-13	鍇12-8	鉉6下-4
詁(故)	gu ˇ	ㄍㄨˇ	言部	【言部】	5畫	92	93	段3上-13	鍇5-8	鉉3上-3
㣲(微)	wei ˊ	ㄨㄟˊ	人部	【攴部】	6畫	374	378	段8上-19	鍇15-7	鉉8上-3
微(㣲，癓通叚)	wei ˊ	ㄨㄟˊ	彳部	【彳部】	6畫	76	77	段2下-15	鍇4-7	鉉2下-3
致(緻)	zhi ˋ	ㄓˋ	夊部	【至部】	6畫	232	235	段5下-35	鍇10-14	鉉5下-7
䂄(妶、䂄通叚)	hua ˋ	ㄏㄨㄚˋ	丮部	【戈部】	6畫	114	115	段3下-15	鍇6-8	鉉3下-3
敆	he ˊ	ㄏㄜˊ	攴部	【攴部】	6畫	124	125	段3下-35	鍇6-18	鉉3下-8
挌(格，敆通叚)	ge ˊ	ㄍㄜˊ	手部	【手部】	6畫	610	616	段12上-53	鍇23-17	鉉12上-8
效(効、傚，詨、俲通叚)	xiao ˋ	ㄒㄧㄠˋ	攴部	【攴部】	6畫	123	124	段3下-33	鍇6-17	鉉3下-8
殽(肴、效，崤、淆通叚)	yao ˊ	ㄧㄠˊ	殳部	【殳部】	6畫	120	121	段3下-27	鍇6-14	鉉3下-6
敉(侎)	mi ˇ	ㄇㄧˇ	攴部	【攴部】	6畫	125	126	段3下-37	鍇6-18	鉉3下-8
镾(彌、𢏚、彌、敉、靡，獼通叚)	mi ˊ	ㄇㄧˊ	長部	【長部】	6畫	453	458	段9下-33	鍇18-11	鉉9下-5
敎	xie ˋ	ㄒㄧㄝˋ	攴部	【攴部】	6畫	124	125	段3下-35	鍇6-18	鉉3下-8

篆本字(古文、金文、籀文、俗字,通段、金石)	拼音	注音	說文部首	康熙部首	筆畫	一般頁碼	洪葉頁碼	段注篇章	徐鍇通釋篇章	徐鉉藤花榭篇章
窒(趈通段)	qing`	ㄑㄧㄥˋ	穴部	【穴部】	6畫	345	348	段7下-20	錯14-8	鉉7下-4
赦(捨、㪠)	she`	ㄕㄜˋ	攴部	【赤部】	6畫	124	125	段3下-36	錯6-18	鉉3下-8
敇(踈通段)	ce`	ㄘㄜˋ	攴部	【攴部】	6畫	126	127	段3下-40	錯6-20	鉉3下-9
敕(勅、勑,憨、憱、㨙通段)	chi`	ㄔˋ	攴部	【攴部】	7畫	124	125	段3下-35	錯6-18	鉉3下-8
勑(敕俗、徠、倈通段)	chi`	ㄔˋ	力部	【力部】	7畫	699	705	段13下-50	錯26-11	鉉13下-7
尨	wang˘	ㄨㄤˇ	攴部	【攴部】	7畫	126	127	段3下-39	錯6-19	鉉3下-9
敏(拇)	min˘	ㄇㄧㄣˇ	攴部	【攴部】	7畫	122	123	段3下-32	錯6-17	鉉3下-8
歁(啟、顫)	shen`	ㄕㄣˋ	欠部	【欠部】	7畫	413	417	段8下-24	錯16-17	鉉8下-5
救	jiu`	ㄐㄧㄡˋ	攴部	【攴部】	7畫	124	125	段3下-36	錯6-18	鉉3下-8
敒(挕)	shen	ㄕㄣ	攴部	【攴部】	7畫	123	124	段3下-34	錯6-18	鉉3下-8
敓(奪)	duo´	ㄉㄨㄛˊ	攴部	【攴部】	7畫	124	125	段3下-36	錯6-18	鉉3下-8
奪(奪、敓)	duo´	ㄉㄨㄛˊ	奞部	【大部】	7畫	144	145	段4上-30	錯7-14	鉉4上-6
敔(禦、御、圉)	yu`	ㄩˋ	攴部	【攴部】	7畫	126	127	段3下-39	錯6-19	鉉3下-9
赦(捨、㪠)	she`	ㄕㄜˋ	攴部	【赤部】	7畫	124	125	段3下-36	錯6-18	鉉3下-8
敖放部(敖,蝥、遨、鰲通段)	ao´	ㄠˊ	放部	【攴部】	7畫	160	162	段4下-5	錯8-3	鉉4下-2
敖出部(敖,蝥、遨、鰲通段)	ao´	ㄠˊ	出部	【攴部】	7畫	273	275	段6下-2	錯12-2	鉉6下-1
傲(敖、嫯,憿、慠通段)	ao`	ㄠˋ	人部	【人部】	7畫	369	373	段8上-10	錯15-4	鉉8上-2
嶅(敖,磝、隞通段)	ao´	ㄠˊ	山部	【山部】	7畫	439	444	段9下-5	錯18-2	鉉9下-1
敗(敗)	bai`	ㄅㄞˋ	攴部	【攴部】	7畫	125	126	段3下-37	錯6-18	鉉3下-8
退(敗)	bai`	ㄅㄞˋ	辵(辶)部	【辵部】	7畫	74	74	段2下-10	錯4-5	鉉2下-2
敍(敘、序述及,潊通段)	xu`	ㄒㄩˋ	攴部	【攴部】	7畫	126	127	段3下-40	錯6-19	鉉3下-9
序(杼、緒、敍,叙通段)	xu`	ㄒㄩˋ	广部	【广部】	7畫	444	448	段9下-14	錯18-5	鉉9下-2

篆本字(古文、金文、籀文、俗字,通叚、金石)	拼音	注音	說文部首	康熙部首	筆畫	一般頁碼	洪葉頁碼	段注篇章	徐鍇通釋篇章	徐鉉藤花榭篇章
嫠(lí)	xi	ㄒㄧ	攴部	【攴部】7畫	126	127	段3下-39	鍇6-19	鉉3下-9
攼(扞、捍)	han `	ㄏㄢˋ	攴部	【攴部】7畫	123	124	段3下-34	鍇6-17	鉉3下-8
叡(骰、豛、敢,橄通叚)	gan ˇ	ㄍㄢˇ	叉部	【又部】7畫	161	163	段4下-7	鍇8-4	鉉4下-2
奏(䢅、屢、鼜,㬹通叚)	zou `	ㄗㄡˋ	夲部	【大部】7畫	498	502	段10下-16	鍇20-6	鉉10下-3
敎(斆、効、教)	jiao `	ㄐㄧㄠˋ	教部	【攴部】7畫	127	128	段3下-41	鍇6-20	鉉3下-9
殺(㑛、敠、殺、布、毅、杀)	sha	ㄕㄚ	殺部	【殳部】7畫	120	121	段3下-28	鍇6-15	鉉3下-6
攽	bi ˇ	ㄅㄧˇ	攴部	【攴部】8畫	126	127	段3下-40	鍇6-20	鉉3下-9
𢾭	ni ˇ	ㄋㄧˇ	攴部	【攴部】8畫	126	127	段3下-40	鍇6-19	鉉3下-9
撻(遽,㯓通叚)	ta `	ㄊㄚˋ	手部	【手部】8畫	608	614	段12上-49	鍇23-15	鉉12上-8
敤	ke ˇ	ㄎㄜˇ	攴部	【攴部】8畫	126	127	段3下-39	鍇6-19	鉉3下-9
鈙(擎通叚)	qin ´	ㄑㄧㄣˊ	攴部	【金部】8畫	126	127	段3下-40	鍇6-19	鉉3下-9
敜(㘩,捻通叚)	nie `	ㄋㄧㄝˋ	攴部	【攴部】8畫	125	126	段3下-37	鍇6-19	鉉3下-8
涅(敜,篞通叚)	nie `	ㄋㄧㄝˋ	水部	【水部】8畫	552	557	段11上貳-13	鍇21-17	鉉11上-6
敞(厰、廠、惝、鷩通叚)	chang ˇ	ㄔㄤˇ	攴部	【攴部】8畫	123	124	段3下-34	鍇6-18	鉉3下-8
敟(典)	dian ˇ	ㄉㄧㄢˇ	攴部	【攴部】8畫	123	124	段3下-33	鍇6-17	鉉3下-8
敡	yi `	ㄧˋ	攴部	【攴部】8畫	125	126	段3下-37	鍇6-18	鉉3下-8
敦(敦,墩、憝通叚)	dun	ㄉㄨㄣ	攴部	【攴部】8畫	125	126	段3下-37	鍇6-18	鉉3下-8
彈(惇、敦、追、弤)	dun	ㄉㄨㄣ	弓部	【弓部】8畫	639	645	段12下-56	鍇24-19	鉉12下-9
諄(諄、敦,忳、綧、訰通叚)	zhun	ㄓㄨㄣ	言部	【言部】8畫	91	91	段3上-10	鍇5-6	鉉3上-3
敶(敶、陳、陣)	chen ´	ㄔㄣˊ	攴部	【攴部】8畫	124	125	段3下-35	鍇6-18	鉉3下-8
陳(𨺬、阵、敶、敶、田述及)	chen ´	ㄔㄣˊ	𨸏部	【阜部】8畫	735	742	段14下-10	鍇28-4	鉉14下-2

篆本字（古文、金文、籀文、俗字，通段、金石）	拼音	注音	說文部首	康熙部首	筆畫	一般頁碼	洪葉頁碼	段注篇章	徐鍇通釋篇章	徐鉉藤花榭篇章
敃(敯、暋)	mǐn	ㄇㄧㄣˇ	支部	【攴部】8畫		122	123	段3下-32	鍇6-17	鉉3下-8
敯(敃)	mǐn	ㄇㄧㄣˇ	支部	【攴部】8畫		126	127	段3下-39	鍇6-19	鉉3下-9
敪(椓)	zhuó	ㄓㄨㄛˊ	支部	【攴部】8畫		125	126	段3下-38	鍇6-19	鉉3下-9
散(㪔、散)	sàn	ㄙㄢˋ	肉部	【攴部】8畫		176	178	段4下-38	鍇8-14	鉉4下-6
枚(散通段)	sàn	ㄙㄢˋ	林部	【攴部】8畫		336	339	段7下-2	鍇13-28	鉉7下-1
敝	bì	ㄅㄧˋ	㡀部	【攴部】8畫		364	367	段7下-58	鍇14-25	鉉7下-10
㡀(敝)	bì	ㄅㄧˋ	㡀部	【巾部】8畫		364	367	段7下-58	鍇14-25	鉉7下-10
揣(㩵、敠、㪜，㪜通段)	chuǎi	ㄔㄨㄞˇ	手部	【手部】8畫		601	607	段12上-35	鍇23-11	鉉12上-6
敖放部(敖，螯、遨、鰲通段)	áo	ㄠˊ	放部	【攴部】9畫		160	162	段4下-5	鍇8-3	鉉4下-2
敖出部(敖，螯、遨、鰲通段)	áo	ㄠˊ	出部	【攴部】9畫		273	275	段6下-2	鍇12-2	鉉6下-1
毃(殽、敨、敢，橄通段)	gǎn	ㄍㄢˇ	殳部	【又部】9畫		161	163	段4下-7	鍇8-4	鉉4下-2
崟(岷、嵍、嵋、峻、岐、汶、文，敃通段)	mín	ㄇㄧㄣˊ	山部	【山部】9畫		438	443	段9下-3	鍇18-1	鉉9下-1
揚(敭、㱡侇述及)	yáng	ㄧㄤˊ	手部	【手部】9畫		603	609	段12上-39	鍇23-17	鉉12上-6
鼓(鈸通段)	gǔ	ㄍㄨˇ	支部	【攴部】9畫		125	126	段3下-38	鍇6-19	鉉3下-8
敠(剟、杕)	duó	ㄉㄨˊ	支部	【攴部】9畫		125	126	段3下-37	鍇6-19	鉉3下-8
剟	duō	ㄉㄨㄛ	刀部	【刂部】9畫		180	182	段4下-45	鍇8-16	鉉4下-7
揣(㩵、敠、㪜，㪜通段)	chuǎi	ㄔㄨㄞˇ	手部	【手部】9畫		601	607	段12上-35	鍇23-11	鉉12上-6
敳(緯、徽)	wěi	ㄨㄟˇ	支部	【攴部】9畫		125	126	段3下-37	鍇6-18	鉉3下-8
臿(臿，橇、牐、䀎通段)	chā	ㄔㄚ	臼部	【臼部】9畫		334	337	段7上-66	鍇13-27	鉉7上-10
敫放部	jiǎo	ㄐㄧㄠˇ	放部	【攴部】9畫		160	162	段4下-5	鍇8-3	鉉4下-2
敬	jìng	ㄐㄧㄥˋ	苟部	【攴部】9畫		434	439	段9上-39	鍇17-13	鉉9上-7
警(敬、儆)	jǐng	ㄐㄧㄥˇ	言部	【言部】9畫		94	94	段3上-16	鍇5-9	鉉3上-4

篆本字（古文、金文、籀文、俗字，通段、金石）	拼音	注音	說文部首	康熙部首	筆畫	一般頁碼	洪葉頁碼	段注篇章	徐鍇通釋篇章	徐鉉藤花榭篇章
敲(擎、擊，搞通段)	qiao	ㄑㄧㄠ	攴部	【攴部】	10畫	125	126	段3下-38	錯6-19	鉉3下-9
殼(敲)	qiao	ㄑㄧㄠ	殳部	【殳部】	10畫	119	120	段3下-26	錯6-14	鉉3下-6
敳	ai´	ㄞˊ	攴部	【攴部】	10畫	123	124	段3下-34	錯6-17	鉉3下-8
勭(傳通段)	zhi³	ㄓˇ	攴部	【攴部】	10畫	125	126	段3下-37	錯6-19	鉉3下-8
徵(敳)	zheng	ㄓㄥ	壬部	【彳部】	10畫	387	391	段8上-46	錯15-16	鉉8上-7
敷(敷)	fu	ㄈㄨ	攴部	【攴部】	11畫	123	124	段3下-33	錯6-17	鉉3下-8
傅(敷，賻通段)	fu`	ㄈㄨˋ	人部	【人部】	11畫	372	376	段8上-16	錯15-6	鉉8上-3
鋪(敷、痡)	pu`	ㄆㄨˋ	金部	【金部】	11畫	713	720	段14上-24	錯27-8	鉉14上-4
臚(膚、敷、腴，攄通段)	lu´	ㄌㄨˊ	肉部	【肉部】	11畫	167	169	段4下-20	錯8-8	鉉4下-4
灚(魚、鱻、漁、䰇、歔)	yu´	ㄩˊ	鱻部	【水部】	11畫	582	587	段11下-30	錯22-11	鉉11下-6
敵(適)	di´	ㄉㄧˊ	攴部	【攴部】	11畫	124	125	段3下-36	錯6-18	鉉3下-8
數	shu³	ㄕㄨˇ	攴部	【攴部】	11畫	123	124	段3下-33	錯6-17	鉉3下-8
敹	liao´	ㄌㄧㄠˊ	攴部	【攴部】	11畫	124	125	段3下-35	錯6-18	鉉3下-8
戭(敠)	yan³	ㄧㄢˇ	戈部	【戈部】	11畫	631	637	段12下-40	錯24-13	鉉12下-6
整	zheng³	ㄓㄥˇ	攴部	【攴部】	11畫	123	124	段3下-33	錯6-17	鉉3下-8
驅(敺、駈)	qu	ㄑㄩ	馬部	【馬部】	11畫	466	471	段10上-13	錯19-4	鉉10上-2
播(番嗌yi`述及、譒)	bo	ㄅㄛ	手部	【手部】	12畫	608	614	段12上-49	錯23-15	鉉12上-7
斁(畢)	bi`	ㄅㄧˋ	攴部	【攴部】	12畫	125	126	段3下-38	錯6-19	鉉3下-8
敽	jiao³	ㄐㄧㄠˇ	攴部	【攴部】	12畫	124	125	段3下-35	錯6-18	鉉3下-8
敲	qiao	ㄑㄧㄠ	攴部	【攴部】	12畫	126	127	段3下-40	錯6-20	鉉3下-9
殺(儝、攺、殺、布、縱、杀)	sha	ㄕㄚ	殺部	【殳部】	12畫	120	121	段3下-28	錯6-15	鉉3下-6
樘(掌、撐、橕、堂，撑、敠通段)	tang´	ㄊㄤˊ	木部	【木部】	12畫	254	256	段6上-32	錯11-14	鉉6上-4
散(散、散)	san`	ㄙㄢˋ	肉部	【攴部】	12畫	176	178	段4下-38	錯8-14	鉉4下-6
斂(屬、亂、縊)	luan`	ㄌㄨㄢˋ	攴部	【攴部】	12畫	125	126	段3下-37	錯6-19	鉉3下-8
瀲	lian`	ㄌㄧㄢˋ	攴部	【攴部】	12畫	123	124	段3下-33	錯6-17	鉉3下-8

篆本字(古文、金文、籀文、俗字，通段、金石)	拼音	注音	說文部首	康熙部首	筆畫	一般頁碼	洪葉頁碼	段注篇章	徐鍇通釋篇章	徐鉉藤花榭篇章
斸(劚、欘)	zhuo	ㄓㄨㄛˊ	攴部	【攴部】13畫		126	127	段3下-39	錯6-19	鉉3下-9
斁(釋)	yi	一ˋ	攴部	【攴部】13畫		124	125	段3下-36	錯6-18	鉉3下-8
殬(斁)	du	ㄉㄨˋ	歹部	【歹部】13畫		163	165	段4下-12	錯8-6	鉉4下-3
釋采部(斁、醳，懌通段)	shi	ㄕˋ	采部	【采部】13畫		50	50	段2上-4	錯3-2	鉉2上-1
獘(獙、弊，斃通段)	bi	ㄅ一ˋ	犬部	【犬部】13畫		476	480	段10上-32	錯19-11	鉉10上-6
斂(歛、賺、賺通段)	lian	ㄌ一ㄢˋ	攴部	【攴部】13畫		124	125	段3下-35	錯6-18	鉉3下-8
攈	qun	ㄑㄩㄣˊ	攴部	【攴部】13畫		125	126	段3下-37	錯6-18	鉉3下-8
敗(䢜)	bai	ㄅㄞˋ	攴部	【攴部】14畫		125	126	段3下-37	錯6-18	鉉3下-8
敠(㪻、㪔从卤)	chuan	ㄔㄨㄢˋ	攴部	【攴部】14畫		126	127	段3下-40	錯6-20	鉉3下-9
敹(鷚)	chou	ㄔㄡˊ	攴部	【攴部】14畫		126	127	段3下-40	錯6-19	鉉3下-9
鯬(厤，耗、綀通段)	li	ㄌ一ˊ	犛部	【攴部】15畫		53	54	段2上-11	錯3-5	鉉2上-3
斀(敦，墩、憝通段)	dun	ㄉㄨㄣ	攴部	【攴部】16畫		125	126	段3下-37	錯6-18	鉉3下-8
壞(毇、圸)	huai	ㄏㄨㄞˋ	土部	【土部】16畫		691	698	段13下-35	錯6-19	鉉13下-5
變	bian	ㄅ一ㄢˋ	攴部	【言部】16畫		124	125	段3下-35	錯6-18	鉉3下-8
斅(學)	xue	ㄒㄩㄝˊ	教部	【攴部】16畫		127	128	段3下-41	錯6-20	鉉3下-9
攘(讓、儴，勷、孃通段)	rang	ㄖㄤˇ	手部	【手部】17畫		595	601	段12上-23	錯23-9	鉉12上-4
斄(麗，㒑通段)	li	ㄌ一ˇ	攴部	【攴部】19畫		123	124	段3下-33	錯6-17	鉉3下-8
【文(wenˊ)部】	wen	ㄨㄣˊ	文部			425	429	段9上-20	錯17-7	鉉9上-4
文(紋、彣)	wen	ㄨㄣˊ	文部	【文部】		425	429	段9上-20	錯17-7	鉉9上-4
彣(文，紋通段)	wen	ㄨㄣˊ	彣部	【彡部】4畫		425	429	段9上-20	錯17-7	鉉9上-4
罠(岷、崏、嵋、崏、㟭、汶、文，敯通段)	min	ㄇ一ㄣˊ	山部	【山部】4畫		438	443	段9下-3	錯18-1	鉉9下-1
斐	fei	ㄈㄟˇ	文部	【文部】8畫		425	429	段9上-20	錯17-7	鉉9上-4
匪(斐、棐、篚)	fei	ㄈㄟˇ	匚部	【匚部】8畫		636	642	段12下-50	錯24-16	鉉12下-8

篆本字(古文、金文、籀文、俗字，通叚、金石)	拼音	注音	說文部首	康熙部首	筆畫	一般頁碼	洪葉頁碼	段注篇章	徐鍇通釋篇章	徐鉉藤花樹篇章
份(邠、䬫、彬、斌，玢通叚)	fen`	ㄈㄣˋ	人部	【人部】	8畫	368	372	段8上-7	鍇15-3	鉉8上-1
辬(䉪、斑、彪、頒、班陛述及，玢、玼通叚)	ban	ㄅㄢ	文部	【辛部】	9畫	425	430	段9上-21	鍇17-7	鉉9上-4
嫠(嫠、釐)	li´	ㄌㄧˊ	文部	【文部】	11畫	425	430	段9上-21	鍇17-7	鉉9上-4
釁从興酉分(衅、釁㥁min述及、釁瑕述及，璺、璺、釁通叚)	xin`	ㄒㄧㄣˋ	爨部	【酉部】	18畫	106	106	段3上-40	鍇6-2	鉉3上-9
【斗(dou)部】	dou	ㄉㄡˇ	斗部			717	724	段14上-32	鍇27-10	鉉14上-5
斗(料魁述及、陡隋qiao述及，戽、抖、斣、蚪、阧通叚)	dou	ㄉㄡˇ	斗部	【斗部】		717	724	段14上-32	鍇27-10	鉉14上-5
枓(斗)	zhu	ㄓㄨˇ	木部	【木部】	4畫	261	263	段6上-46	鍇11-20	鉉6上-6
斡(䇅通叚)	wo`	ㄨㄛˋ	斗部	【斗部】	5畫	718	725	段14上-33	鍇27-10	鉉14上-6
料(半)	ban	ㄅㄢ	斗部	【斗部】	5畫	718	725	段14上-34	鍇27-11	鉉14上-6
料	liao`	ㄌㄧㄠˋ	斗部	【斗部】	6畫	718	725	段14上-33	鍇27-10	鉉14上-5
撩(料，撈通叚)	liao´	ㄌㄧㄠˊ	手部	【手部】	6畫	599	605	段12上-31	鍇23-10	鉉12上-5
斡(捾、斛)	wo`	ㄨㄛˋ	斗部	【斗部】	6畫	718	725	段14上-33	鍇27-10	鉉14上-6
㪶(斝通叚)	jia	ㄐㄧㄚˇ	斗部	【斗部】	6畫	717	724	段14上-32	鍇27-10	鉉14上-5
斛(斞、槲通叚)	hu´	ㄏㄨˊ	斗部	【斗部】	7畫	717	724	段14上-32	鍇27-10	鉉14上-5
斜(衺)	xie´	ㄒㄧㄝˊ	斗部	【斗部】	7畫	718	725	段14上-34	鍇27-11	鉉14上-6
斗(料魁述及、陡隋qiao述及，戽、抖、斣、蚪、阧通叚)	dou	ㄉㄡˇ	斗部	【斗部】	7畫	717	724	段14上-32	鍇27-10	鉉14上-5
㪶(斝通叚)	jia	ㄐㄧㄚˇ	斗部	【斗部】	8畫	717	724	段14上-32	鍇27-10	鉉14上-5
斣	pang	ㄆㄤ	斗部	【斗部】	8畫	718	725	段14上-34	鍇27-11	鉉14上-6
斟	zhen	ㄓㄣ	斗部	【斗部】	9畫	718	725	段14上-34	鍇27-11	鉉14上-6
斠(斞非是，剕、斢通叚)	tiao	ㄊㄧㄠ	斗部	【斗部】	8畫	719	726	段14上-35	鍇27-11	鉉14上-6

篆本字(古文、金文、籀文、俗字，通段、金石)	拼音	注音	說文部首	康熙部首	筆畫	一般頁碼	洪葉頁碼	段注篇章	徐鍇通釋篇章	徐鉉藤花榭篇章
銚(斛、枭、鋬，鍬通段)	diao`	ㄉㄧㄠˋ	金部	【金部】9畫		704	711	段14上-6	鍇27-3	鉉14上-2
鍜(斛銚diao`述及 銚斛枭三字同。即今鋬字也，鋬通段)	xia´	ㄒㄧㄚˊ	金部	【金部】9畫		711	718	段14上-20	鍇27-7	鉉14上-4
斞(斞通段)	yuˇ	ㄩˇ	斗部	【斗部】9畫		718	725	段14上-33	鍇27-10	鉉14上-6
斡(捾、斝)	wo`	ㄨㄛˋ	斗部	【斗部】10畫		718	725	段14上-33	鍇27-10	鉉14上-6
斠(校，較通段)	jiao`	ㄐㄧㄠˋ	斗部	【斗部】10畫		718	725	段14上-33	鍇27-11	鉉14上-6
魁(𦥑)	kui´	ㄎㄨㄟˊ	斗部	【鬼部】10畫		718	725	段14上-33	鍇27-11	鉉14上-6
斣	dou`	ㄉㄡˋ	斗部	【斗部】13畫		719	726	段14上-35	鍇27-11	鉉14上-6
斔(仇)	ju	ㄐㄩ	斗部	【斗部】13畫		718	725	段14上-34	鍇27-11	鉉14上-6
觳(斛通段)	hu´	ㄏㄨˊ	角部	【角部】13畫		188	190	段4下-61	鍇8-21	鉉4下-9
斖	juan`	ㄐㄩㄢˋ	斗部	【斗部】19畫		718	725	段14上-34	鍇27-11	鉉14上-6
【斤(jin)部】	jin	ㄐㄧㄣ	斤部			716	723	段14上-30	鍇27-10	鉉14上-5
斤	jin	ㄐㄧㄣ	斤部	【斤部】		716	723	段14上-30	鍇27-10	鉉14上-5
庍(斥、斥，鴟通段)	chi`	ㄔˋ	广部	【广部】1畫		446	450	段9下-18	鍇18-6	鉉9下-3
所	yin´	ㄧㄣˊ	斤部	【斤部】4畫		717	724	段14上-32	鍇27-10	鉉14上-5
斧	fuˇ	ㄈㄨˇ	斤部	【斤部】4畫		716	723	段14上-30	鍇27-10	鉉14上-5
斨	qiang	ㄑㄧㄤ	斤部	【斤部】4畫		716	723	段14上-30	鍇27-10	鉉14上-5
斪(拘櫨述及)	qu´	ㄑㄩˊ	斤部	【斤部】5畫		717	724	段14上-31	鍇27-10	鉉14上-5
斫	zhuo´	ㄓㄨㄛˊ	斤部	【斤部】5畫		717	724	段14上-31	鍇27-10	鉉14上-5
斮	luoˇ	ㄌㄨㄛˇ	斤部	【斤部】6畫		717	724	段14上-32	鍇27-10	鉉14上-5
鉻(剠、斮)	luo`	ㄌㄨㄛˋ	金部	【金部】6畫		714	721	段14上-25	鍇27-8	鉉14上-4
断(斷、折，肵通段)	zhe´	ㄓㄜˊ	艸部	【手部】6畫		44	45	段1下-47	鍇2-22	鉉1下-8
斬(獑、钀通段)	zhanˇ	ㄓㄢˇ	車部	【斤部】7畫		730	737	段14上-57	鍇27-15	鉉14上-8
斱(剭通段)	zhuo´	ㄓㄨㄛˊ	斤部	【斤部】8畫		717	724	段14上-31	鍇27-10	鉉14上-5
斯(撕、蜤、蟴、嘶、廝、鐁通段)	si	ㄙ	斤部	【斤部】8畫		717	724	段14上-31	鍇27-10	鉉14上-5
新	xin	ㄒㄧㄣ	斤部	【斤部】9畫		717	724	段14上-32	鍇27-10	鉉14上-5
断(斷、折，肵通段)	zhe´	ㄓㄜˊ	艸部	【手部】10畫		44	45	段1下-47	鍇2-22	鉉1下-8

篆本字(古文、金文、籀文、俗字，通叚、金石)	拼音	注音	說文部首	康熙部首	筆畫	一般頁碼	洪葉頁碼	段注篇章	徐鍇通釋篇章	徐鉉藤花榭篇章
芹(䓠，蘄通叚)	qín	ㄑㄧㄣˊ	艸部	【艸部】	11畫	31	32	段1下-21	鍇2-10	鉉1下-4
斲(斵，斷、劅、斸通叚)	zhuó	ㄓㄨㄛˊ	斤部	【斤部】	12畫	717	724	段14上-31	鍇27-10	鉉14上-5
斷(斷、剬、㪍)	duàn	ㄉㄨㄢˋ	斤部	【斤部】	14畫	717	724	段14上-31	鍇27-10	鉉14上-5
段(鍛、碫、斷，股通叚)	duàn	ㄉㄨㄢˋ	殳部	【殳部】	14畫	120	121	段3下-27	鍇6-14	鉉3下-6
劚(櫡，钃通叚)	zhú	ㄓㄨˊ	斤部	【斤部】	21畫	717	724	段14上-31	鍇27-10	鉉14上-5
櫡(劚)	zhǔ	ㄓㄨˇ	木部	【木部】	21畫	259	262	段6上-43	鍇11-19	鉉6上-6
【方(fang)部】	fang	ㄈㄤ	方部			404	408	段8下-6	鍇16-11	鉉8下-2
方(防、舫、汸、旁訪述及，坊、髣通叚)	fang	ㄈㄤ	方部	【方部】		404	408	段8下-6	鍇16-11	鉉8下-2
謗(方)	bàng	ㄅㄤˋ	言部	【言部】		97	97	段3上-22	鍇5-11	鉉3上-5
舫(方、榜)	fǎng	ㄈㄤˇ	舟部	【舟部】		403	408	段8下-5	鍇16-11	鉉8下-1
匚非匸xì(匠、方)	fang	ㄈㄤ	匚部	【匚部】	—	635	641	段12下-48	鍇24-16	鉉12下-7
㫄(旁、雱、㡐、霶、徬傍彷繫述及、方訪述及，磅通叚)	pang	ㄆㄤˊ	二(上)部	【方部】		2	2	段1上-3	鍇1-4	鉉1上-1
放(偃)	yǎn	ㄧㄢˇ	放部	【方部】	2畫	308	311	段7上-14	鍇13-5	鉉7上-3
𣃘	chǎn	ㄔㄢˇ	丨部	【方部】	3畫	21	21	段1上-41	鍇1-20	鉉1上-7
㫄(旁、雱、㡐、霶、徬傍彷繫述及、方訪述及，磅通叚)	pang	ㄆㄤˊ	二(上)部	【方部】	3畫	2	2	段1上-3	鍇1-4	鉉1上-1
斻(航、杭杭者說文或抗字)	háng	ㄏㄤˊ	方部	【方部】	4畫	404	409	段8下-7	鍇16-11	鉉8下-2
烏(䨅、𪅀、於，嗚、螐、鷠通叚)	wu	ㄨ	烏部	【火部】	4畫	157	158	段4上-56	鍇7-23	鉉4上-10
亐(于、於烏述及)	yú	ㄩˊ	亐部	【二部】	4畫	204	206	段5上-32	鍇9-13	鉉5上-6

篆本字(古文、金文、籀文、俗字,通段、金石)	拼音	注音	說文部首	康熙部首	筆畫	一般頁碼	洪葉頁碼	段注篇章	徐鍇通釋篇章	徐鉉藤花榭篇章
璗(旈、斿)	liu´	ㄌㄧㄡˊ	玉部	【玉部】	5畫	14	14	段1上-28	鍇1-14	鉉1上-4
游(遊、遊、斿、旒、闕匝e´述及,蝣、統通段)	you´	ㄧㄡˊ	㫃部	【水部】	5畫	311	314	段7上-19	鍇13-7	鉉7上-3
施(旎橋yi旎者施之俗也,肔、胣、葹通段)	shi	ㄕ	㫃部	【方部】	5畫	311	314	段7上-19	鍇13-6	鉉7上-3
暆(施)	yi´	ㄧˊ	日部	【日部】	5畫	304	307	段7上-6	鍇13-2	鉉7上-1
攺(施)	shi	ㄕ	攴部	【攴部】	5畫	123	124	段3下-33	鍇6-17	鉉3下-8
旆(茷,斾通段)	pei`	ㄆㄟˋ	㫃部	【方部】	6畫	309	312	段7上-15	鍇13-6	鉉7上-3
坺(伐、斾,墢、垡、垈通段)	fa´	ㄈㄚˊ	土部	【土部】	6畫	684	691	段13下-21	鍇26-3	鉉13下-4
宋(㳖、斾,浡通段)	bei`	ㄅㄟˋ	宋部	【木部】	6畫	273	276	段6下-3	鍇12-3	鉉6下-1
㫄(旁、㫄、雱、徬傍彷縈述及、方訪述及,磅通段)	pang´	ㄆㄤˊ	二(上)部	【方部】	6畫	2	2	段1上-3	鍇1-4	鉉1上-1
方(防、舫、汸、旁訪述及,坊、髣通段)	fang	ㄈㄤ	方部	【方部】	6畫	404	408	段8下-6	鍇16-11	鉉8下-2
傍(並、旁)	bang`	ㄅㄤˋ	人部	【人部】	6畫	375	379	段8上-21	鍇15-8	鉉8上-3
膀(髈、旁脅述及)	pang´	ㄆㄤˊ	肉部	【肉部】	6畫	169	171	段4下-23	鍇8-9	鉉4下-4
勿(㫃、毋、沒、物)	wu`	ㄨˋ	勿部	【勹部】	6畫	453	458	段9下-33	鍇18-11	鉉9下-5
旃(氊)	zhan	ㄓㄢ	㫃部	【方部】	6畫	310	313	段7上-18	鍇13-6	鉉7上-3
氊(氈、旃,毯通段)	tan`	ㄊㄢˇ	毛部	【毛部】	6畫	399	403	段8上-69	鍇16-8	鉉8上-10
瓶(瓴、斾通段)	fang	ㄈㄤˇ	瓦部	【瓦部】	6畫	638	644	段12下-53	鍇24-18	鉉12下-8
旄(麾,翄、耗通段)	mao´	ㄇㄠˊ	㫃部	【方部】	6畫	311	314	段7上-20	鍇13-7	鉉7上-3

篆本字(古文、金文、籀文、俗字，通叚、金石)	拼音	注音	說文部首	康熙部首	筆畫	一般頁碼	洪葉頁碼	段注篇章	徐鍇通釋篇章	徐鉉藤花榭篇章
薹(毦、耄、眊、旄，薹通叚)	mao`	ㄇㄠˋ	老部	【老部】	6畫	398	402	段8上-67	錯16-7	鉉8上-10
楙(旄)	mao`	ㄇㄠˋ	木部	【木部】	6畫	239	242	段6上-3	錯11-2	鉉6上-1
㫃(旅、扸、炏，侶、稆、穭通叚)	lǚ	ㄌㄩˇ	㫃部	【方部】	6畫	312	315	段7上-21	錯13-7	鉉7上-3
秜(穭、稆、旅)	ni´	ㄋㄧˊ	禾部	【禾部】	6畫	323	326	段7上-43	錯13-18	鉉7上-8
矑(盧、旅、旅，矑通叚)	lu´	ㄌㄨˊ	黑部	【黑部】	6畫	487	492	段10上-55	錯19-19	鉉10上-10
魯(鹵、旅、炏 从止刀刀、旅述及)	lu˅	ㄌㄨˇ	白部	【魚部】	6畫	136	138	段4上-15	錯7-8	鉉4上-4
斾(旆通叚)	qi´	ㄑㄧˊ	㫃部	【方部】	6畫	310	313	段7上-17	錯13-6	鉉7上-3
旌(旍通叚)	jing	ㄐㄧㄥ	㫃部	【方部】	7畫	309	312	段7上-16	錯13-6	鉉7上-3
罨(罨，旇通叚)	yan˅	ㄧㄢˇ	网部	【网部】	7畫	355	358	段7下-40	錯14-18	鉉7下-7
尃(布，旉通叚)	fu	ㄈㄨ	寸部	【寸部】	7畫	121	122	段3下-30	錯6-16	鉉3下-7
施(旎橋yi旎者施之俗也，肔、胣、葹通叚)	shi	ㄕ	㫃部	【方部】	7畫	311	314	段7上-19	錯13-6	鉉7上-3
旇(蔽)	pi	ㄆㄧ	㫃部	【方部】	7畫	311	314	段7上-20	錯13-7	鉉7上-3
阿(陒、㥊通叚)	a	ㄚ	𨸏部	【阜部】	7畫	731	738	段14下-2	錯28-1	鉉14下-1
旋	xuan´	ㄒㄩㄢˊ	㫃部	【方部】	7畫	311	314	段7上-20	錯13-7	鉉7上-3
族(鏃，簇、簇、瘯通叚)	zu´	ㄗㄨˊ	㫃部	【方部】	7畫	312	315	段7上-21	錯13-7	鉉7上-3
旐	zhao`	ㄓㄠˋ	㫃部	【方部】	8畫	309	312	段7上-15	錯13-6	鉉7上-3
那(冄，郍、那、挪、娜、𢪒通叚)	na`	ㄋㄚˋ	邑部	【邑部】	8畫	294	296	段6下-44	錯12-19	鉉6下-7
旁(旁、㫄、㫄、雱，徬傍彷縍述及、方訪述及，磅通叚)	pang´	ㄆㄤˊ	二(上)部	【方部】	8畫	2	2	段1上-3	錯1-4	鉉1上-1

篆本字(古文、金文、籀文、俗字，通叚、金石)	拼音	注音	說文部首	康熙部首	筆畫	一般頁碼	洪葉頁碼	段注篇章	徐鍇通釋篇章	徐鉉藤花榭篇章
游(遊、遊、斿、旒、圝𠘧e ˊ述及，蝣、統通叚)	you ˊ	ㄧㄡˊ	㫃部	【水部】	8畫	311	314	段7上-19	鍇13-7	鉉7上-3
瑬(旒、斿)	liu ˊ	ㄌㄧㄡˊ	玉部	【玉部】	8畫	14	14	段1上-28	鍇1-14	鉉1上-4
㫉(旒，統通叚)	you ˊ	ㄧㄡˊ	㫃部	【方部】	8畫	311	314	段7上-19	鍇13-6	鉉7上-3
梢(捎，旓、槊、䈰、鞘、鞘通叚)	shao	ㄕㄠ	木部	【木部】	9畫	244	247	段6上-13	鍇11-6	鉉6上-2
旖(倚、猗、椅)	yi ˇ	ㄧˇ	㫃部	【方部】	10畫	311	314	段7上-19	鍇13-7	鉉7上-3
檹(旖、猗、椅)	yi	ㄧ	木部	【木部】	10畫	250	253	段6上-25	鍇11-12	鉉6上-4
旗	qi ˊ	ㄑㄧˊ	㫃部	【方部】	10畫	309	312	段7上-15	鍇13-5	鉉7上-3
旟	yao ˇ	ㄧㄠˇ	㫃部	【方部】	11畫	311	314	段7上-19	鍇13-6	鉉7上-3
旚(飄、髟)	piao	ㄆㄧㄠ	㫃部	【方部】	13畫	311	314	段7上-19	鍇13-7	鉉7上-3
髟(旚、猋)	biao	ㄅㄧㄠ	髟部	【髟部】	13畫	425	430	段9上-21	鍇17-7	鉉9上-4
旛(幡)	fan	ㄈㄢ	㫃部	【方部】	14畫	312	315	段7上-21	鍇13-7	鉉7上-3
旚	biao	ㄅㄧㄠ	㫃部	【方部】	14畫	311	314	段7上-19	鍇13-7	鉉7上-3
旃(旜)	zhan	ㄓㄢ	㫃部	【方部】	15畫	310	313	段7上-18	鍇13-6	鉉7上-3
旝	kuai ˋ	ㄎㄨㄞˋ	㫃部	【方部】	15畫	310	313	段7上-18	鍇13-6	鉉7上-3
旞(旞)	sui ˋ	ㄙㄨㄟˋ	㫃部	【方部】	15畫	310	313	段7上-17	鍇13-6	鉉7上-3
旟	yu ˊ	ㄩˊ	㫃部	【方部】	16畫	309	312	段7上-16	鍇13-6	鉉7上-3
【无(wu ˊ)部】	wu ˊ	ㄨˊ	亾部			634	640	段12下-46	鍇24-15	鉉12下-7
橆从亡(無、无)	wu ˊ	ㄨˊ	亾部	【火部】	1畫	634	640	段12下-46	鍇24-15	鉉12下-7
兂(簪=疌庢撍同字、笄)	zen	ㄗㄣ	兂部	【无部】	1畫	405	410	段8下-9	鍇16-12	鉉8下-2
旡(旡、兂、㤅、僾)	ji ˋ	ㄐㄧˋ	旡部	【无部】	1畫	414	419	段8下-27	鍇16-18	鉉8下-5
既(既、嘰、禨、气、氣、餼氣述及)	ji ˋ	ㄐㄧˋ	皀部	【无部】	5畫	216	219	段5下-3	鍇10-2	鉉5下-1
琼(諒、涼、亮此四字古多相叚借)	liang ˋ	ㄌㄧㄤˋ	旡部	【无部】	8畫	415	419	段8下-28	鍇16-18	鉉8下-5

篆本字（古文、金文、籀文、俗字，通段、金石）	拼音	注音	說文部首	康熙部首	筆畫	一般頁碼	洪葉頁碼	段注篇章	徐鍇通釋篇章	徐鉉藤花榭篇章
亮(涼、諒、倞 述及古多相段借)	liang `	ㄌㄧㄤˋ	儿部	【一部】8畫		405	409	段8下-8	無	鉉8下-2
諒(亮、涼、倞 述及古多相段借)	liang `	ㄌㄧㄤˋ	言部	【言部】8畫		89	90	段3上-7	錯5-5	鉉3上-3
涼(涼、亮、諒、倞 述及古多相段借)	liang ´	ㄌㄧㄤˊ	水部	【水部】8畫		562	567	段11上貳-34	錯21-23	鉉11上-8
㕊(既)	huo `	ㄏㄨㄛˋ	旡部	【无部】9畫		414	419	段8下-27	錯16-18	鉉8下-5
禍(㕊述及，禑通段)	huo `	ㄏㄨㄛˋ	示部	【示部】9畫		8	8	段1上-16	錯1-8	鉉1上-2
【日(ri `)部】	ri `	ㄖˋ	日部			302	305	段7上-1	錯13-1	鉉7上-1
日(囜)	ri `	ㄖˋ	日部	【日部】		302	305	段7上-1	錯13-1	鉉7上-1
涿(瓬，沰、豚通段)	zhuo ´	ㄓㄨㄛˊ	水部	【水部】1畫		557	562	段11上貳-24	錯21-20	鉉11上-7
旦(姐通段)	dan `	ㄉㄢˋ	旦部	【日部】1畫		308	311	段7上-14	錯13-5	鉉7上-2
旬(𣱼)	xun ´	ㄒㄩㄣˊ	勹部	【日部】2畫		433	437	段9上-36	錯17-12	鉉9上-6
均(袀、鈞、旬，畇、韻通段)	jun	ㄐㄩㄣ	土部	【土部】2畫		683	689	段13下-18	錯26-2	鉉13下-3
臼	yao ˇ	ㄧㄠˇ	日部	【日部】2畫		305	308	段7上-8	錯13-3	鉉7上-2
早(早、草)	zao ˇ	ㄗㄠˇ	日部	【日部】2畫		302	305	段7上-2	錯13-1	鉉7上-1
蚤(蚤、早)	zao ˇ	ㄗㄠˇ	蚰部	【虫部】2畫		674	681	段13下-1	錯25-15	鉉13下-1
旭(好)	xu `	ㄒㄩˋ	日部	【日部】2畫		303	306	段7上-4	錯13-2	鉉7上-1
協(叶、叶)	xie ´	ㄒㄧㄝˊ	劦部	【十部】2畫		701	708	段13下-55	錯26-12	鉉13下-8
旨(香)	zhi ˇ	ㄓˇ	旨部	【日部】2畫		202	204	段5上-28	錯9-14	鉉5上-5
恉(旨、指)	zhi ˇ	ㄓˇ	心部	【心部】2畫		502	507	段10下-25	錯20-9	鉉10下-5
旰	gan `	ㄍㄢˋ	日部	【日部】3畫		304	307	段7上-6	錯13-2	鉉7上-1
暵	han `	ㄏㄢˋ	日部	【日部】3畫		305	308	段7上-8	錯13-3	鉉7上-2
旳(的、勺，玓通段)	di `	ㄉㄧˋ	日部	【日部】3畫		303	306	段7上-4	錯13-2	鉉7上-1
昌(昌，菖通段)	chang	ㄔㄤ	日部	【日部】3畫		306	309	段7上-9	錯13-3	鉉7上-2
垕(厚、㫗)	hou `	ㄏㄡˋ	㫗部	【日部】3畫		229	232	段5下-29	錯10-12	鉉5下-5
厚(厚、𡉥、垕、㫗)	hou `	ㄏㄡˋ	㫗部	【厂部】3畫		229	232	段5下-29	錯10-12	鉉5下-6

篆本字（古文、金文、籀文、俗字，通叚、金石）	拼音	注音	說文部首	康熙部首	筆畫	一般頁碼	洪葉頁碼	段注篇章	徐鍇通釋篇章	徐鉉藤花榭篇章
厒(戻、吳、仄述及)	ze、	ㄗㄜˋ	日部	【日部】	3畫	305	308	段7上-7	鍇13-2	鉉7上-1
期(否、稘、基，萁通叚)	qi´	ㄑㄧˊ	月部	【月部】	3畫	314	317	段7上-25	鍇13-9	鉉7上-4
旨(嘗)	zhiˇ	ㄓˇ	旨部	【日部】	3畫	202	204	段5上-28	鍇9-14	鉉5上-5
豆(昱、皂、菽卡shu´述及，餖通叚)	dou、	ㄉㄡˋ	豆部	【豆部】	3畫	207	209	段5上-37	鍇9-16	鉉5上-7
否(舀，覓、覭、覛通叚)	mi、	ㄇㄧˋ	日部	【日部】	4畫	308	311	段7上-13	鍇13-4	鉉7上-2
覛(脈、眽、脈文選，覓、覭、覛、否、鷺通叚)	mi、	ㄇㄧˋ	辰部	【見部】	4畫	570	575	段11下-6	鍇22-3	鉉11下-2
昄	banˇ	ㄅㄢˇ	日部	【日部】	4畫	306	309	段7上-10	鍇13-4	鉉7上-2
昆(崑、猑、騉通叚)	kun	ㄎㄨㄣ	日部	【日部】	4畫	308	311	段7上-13	鍇13-4	鉉7上-2
翆(晜、昆)	kun	ㄎㄨㄣ	弟部	【目部】	4畫	236	239	段5下-42	鍇10-17	鉉5下-8
琨(瑻、昆)	kun	ㄎㄨㄣ	玉部	【玉部】	4畫	17	17	段1上-34	鍇1-17	鉉1上-5
蚰(昆，蜫通叚)	kun	ㄎㄨㄣ	蚰部	【虫部】	4畫	674	681	段13下-1	鍇25-15	鉉13下-1
昌(昌，菖通叚)	chang	ㄔㄤ	日部	【日部】	4畫	306	309	段7上-9	鍇13-3	鉉7上-2
倡(昌、唱，娼通叚)	chang	ㄔㄤ	人部	【人部】	4畫	379	383	段8上-30	鍇15-10	鉉8上-4
昏(昬，曛通叚)	hun	ㄏㄨㄣ	日部	【日部】	4畫	305	308	段7上-7	鍇13-3	鉉7上-1
吻(曶)	hu	ㄏㄨ	日部	【日部】	4畫	302	305	段7上-2	鍇13-1	鉉7上-1
曶(吻吻述及、囘、圁、曶，笏通叚)	hu	ㄏㄨ	日部	【日部】	4畫	202	204	段5上-28	鍇9-11	鉉5上-5
昧(吻、曶)	mei、	ㄇㄟˋ	日部	【日部】	4畫	302	305	段7上-2	鍇13-1	鉉7上-1
昔(臡、腊、夕、昨，焟、皵通叚)	xi´	ㄒㄧˊ	日部	【日部】	4畫	307	310	段7上-12	鍇13-4	鉉7上-2
昂	ang´	ㄤˊ	日部	【日部】	4畫	無	無	無	無	鉉7上-2

篆本字（古文、金文、籒文、俗字，通叚、金石）	拼音	注音	說文部首	康熙部首	筆畫	一般頁碼	洪葉頁碼	段注篇章	徐鍇通釋篇章	徐鉉藤花榭篇章
卬(印、仰，昂通叚)	yang˘	一尢˘	七部	【卩部】	4畫	385	389	段8上-42	錯15-14	鉉8上-6
昉	fang˘	ㄈㄤ˘	日部	【日部】	4畫	無	無	無	無	鉉7上-2
旴	hu`	ㄏㄨ`	日部	【日部】	4畫	無	無	無	無	鉉7上-2
扈(戶扈鄠三字同、岵，旴、滬、蔰通叚)	hu`	ㄏㄨ`	邑部	【戶部】	4畫	286	288	段6下-28	錯12-15	鉉6下-6
昕	xin	ㄒㄧㄣ	日部	【日部】	4畫	303	306	段7上-3	錯13-1	鉉7上-2
旺(皇、往，旺通叚)	wang˘	ㄨㄤ˘	日部	【日部】	4畫	306	309	段7上-10	錯13-3	鉉7上-2
昃(昗、昊、仄述及)	ze`	ㄗㄜ`	日部	【日部】	4畫	305	308	段7上-7	錯13-2	鉉7上-1
仄(厌、側、昃)	ze`	ㄗㄜ`	厂部	【厂部】	4畫	447	452	段9下-21	錯18-7	鉉9下-4
稷(稅、即、昃)	ji`	ㄐㄧ`	禾部	【禾部】	4畫	321	324	段7上-40	錯13-17	鉉7上-7
時(旹，溡、鰣、鰣通叚)	shi´	ㄕ´	日部	【日部】	4畫	302	305	段7上-1	錯13-1	鉉7上-1
易(蜴、場通叚非場chang˘)	yi`	一`	易部	【日部】	4畫	459	463	段9下-44	錯18-15	鉉9下-7
瘍非瘍yang´(易)	yi`	一`	疒部	【疒部】	4畫	351	355	段7下-33	錯14-15	鉉7下-6
傷(易)	yi`	一`	人部	【人部】	4畫	380	384	段8上-32	錯15-11	鉉8上-4
炅	jiong˘	ㄐㄩㄥ˘	火部	【火部】	4畫	486	490	段10上-52	錯19-17	鉉10上-9
旻(旼通叚)	min´	ㄇㄧㄣ´	日部	【日部】	4畫	302	305	段7上-1	錯13-1	鉉7上-1
朙(明)	ming´	ㄇㄧㄥ´	朙部	【月部】	4畫	314	317	段7上-25	錯13-10	鉉7上-4
昇	sheng	ㄕㄥ	日部	【日部】	4畫	無	無	無	無	鉉7上-2
升(升、陞，昇通叚)	sheng	ㄕㄥ	斗部	【十部】	4畫	719	726	段14上-35	錯27-11	鉉14上-6
昦(昊)	hao`	ㄏㄠ`	夰部	【日部】	4畫	498	503	段10下-17	錯20-6	鉉10下-4
暤(皞、昊，暭、曍通叚)	hao`	ㄏㄠ`	日部	【日部】	5畫	304	307	段7上-6	錯13-2	鉉7上-1
昶	chang˘	ㄔㄤ˘	日部	【日部】	5畫	無	無	無	無	鉉7上-2
暢(暢，昶通叚)	chang`	ㄔㄤ`	田部	【田部】	5畫	698	704	段13下-48	錯26-9	鉉13下-6
映	ying`	一ㄥ`	日部	【日部】	5畫	無	無	無	無	鉉7上-2

篆本字(古文、金文、籀文、俗字，通叚、金石)	拼音	注音	說文部首	康熙部首	筆畫	一般頁碼	洪葉頁碼	段注篇章	徐鍇通釋篇章	徐鉉藤花樹篇章
盎(㼜，映通叚)	angˋ	ㄤˋ	皿部	【皿部】	5畫	212	214	段5上-47	鍇9-19	鉉5上-9
泱(英，映通叚)	yang	ㄧㄤ	水部	【水部】	5畫	557	562	段11上貳-23	鍇21-20	鉉11上-7
皁(早、草)	zaoˇ	ㄗㄠˇ	日部	【日部】	5畫	302	305	段7上-2	鍇13-1	鉉7上-1
昜(陽)	yangˊ	ㄧㄤˊ	勿部	【日部】	5畫	454	458	段9下-34	鍇18-11	鉉9下-5
陽(昜，佯通叚)	yangˊ	ㄧㄤˊ	𨸏部	【阜部】	5畫	731	738	段14下-1	鍇28-1	鉉14下-1
愼(慎、眘、昚)	shenˋ	ㄕㄣˋ	心部	【心部】	5畫	502	507	段10下-25	鍇20-9	鉉10下-5
昧(昒、曶)	meiˋ	ㄇㄟˋ	日部	【日部】	5畫	302	305	段7上-2	鍇13-1	鉉7上-1
昳	dieˊ	ㄉㄧㄝˊ	日部	【日部】	5畫	無	無	無	無	鉉7上-2
跌(昳通叚)	dieˊ	ㄉㄧㄝˊ	足部	【足部】	5畫	83	84	段2下-29	鍇4-15	鉉2下-6
昨(酢)	zuoˊ	ㄗㄨㄛˊ	日部	【日部】	5畫	306	309	段7上-9	鍇13-3	鉉7上-2
昔(𦡼、腊、夕、昨，焟、皵通叚)	xiˊ	ㄒㄧˊ	日部	【日部】	5畫	307	310	段7上-12	鍇13-4	鉉7上-2
是(昰、氏緹述及)	shiˋ	ㄕˋ	是部	【日部】	5畫	69	70	段2下-1	鍇4-1	鉉2下-1
氏(坻、阺、是)	shiˋ	ㄕˋ	氏部	【氏部】	5畫	628	634	段12下-33	鍇24-11	鉉12下-5
寔(是、實)	shiˊ	ㄕˊ	宀部	【宀部】	5畫	339	342	段7下-8	鍇14-4	鉉7下-2
徥(是，偍通叚)	shiˋ	ㄕˋ	彳部	【彳部】	5畫	76	77	段2下-15	鍇4-8	鉉2下-3
諟(是、題)	shiˋ	ㄕˋ	言部	【言部】	5畫	92	92	段3上-12	鍇5-7	鉉3上-3
昪(弁，忭通叚)	bianˋ	ㄅㄧㄢˋ	日部	【日部】	5畫	306	309	段7上-9	鍇13-3	鉉7上-2
昏(昬，曛通叚)	hun	ㄏㄨㄣ	日部	【日部】	5畫	305	308	段7上-7	鍇13-3	鉉7上-1
昫(煦述及)	xuˋ	ㄒㄩˋ	日部	【日部】	5畫	304	307	段7上-5	鍇13-2	鉉7上-1
煦(昫)	xuˋ	ㄒㄩˋ	火部	【火部】	5畫	481	485	段10上-42	鍇19-17	鉉10上-7
良(冃、㫐、亘、筤、筤)	liangˊ	ㄌㄧㄤˊ	富部	【艮部】	5畫	230	232	段5下-30	鍇10-12	鉉5下-6
炥(𩭹从或，曊、咈通叚)	fuˊ	ㄈㄨˊ	火部	【火部】	5畫	481	485	段10上-42	鍇19-14	鉉10上-7
昭(炤通叚)	zhao	ㄓㄠ	日部	【日部】	5畫	303	306	段7上-3	鍇13-1	鉉7上-1
釗(昭)	zhao	ㄓㄠ	刀部	【金部】	5畫	181	183	段4下-48	鍇8-17	鉉4下-7
昱(翌、翼、翊)	yuˋ	ㄩˋ	日部	【日部】	5畫	306	309	段7上-10	鍇13-4	鉉7上-2
炳(昞通叚)	bingˇ	ㄅㄧㄥˇ	火部	【火部】	5畫	485	489	段10上-50	鍇19-17	鉉10上-9

篆本字(古文、金文、籀文、俗字,通叚、金石)	拼音	注音	說文部首	康熙部首	筆畫	一般頁碼	洪葉頁碼	段注篇章	徐鍇通釋篇章	徐鉉藤花榭篇章
昴	mao	ㄇㄠˇ	日部	【日部】	5畫	305	308	段7上-8	錯13-3	鉉7上-2
暱(昵)	ni`	ㄋㄧˋ	日部	【日部】	5畫	307	310	段7上-12	錯13-4	鉉7上-2
尼(暱、昵,怩通叚)	ni´	ㄋㄧˊ	尸部	【尸部】	5畫	400	404	段8上-71	錯16-8	鉉8上-11
䵒(昵、暱、檷、䬳、翔)	ni`	ㄋㄧˋ	黍部	【黍部】	5畫	330	333	段7上-57	錯13-23	鉉7上-9
昦(昊)	hao`	ㄏㄠˋ	夰部	【日部】	5畫	498	503	段10下-17	錯20-6	鉉10下-4
萅(春)	chun	ㄔㄨㄣ	艸部	【日部】	5畫	47	48	段1下-53	錯2-25	鉉1下-9
蠢(截、春)	chun`	ㄔㄨㄣˇ	蝨部	【虫部】	5畫	676	682	段13下-4	錯25-15	鉉13下-1
曐(皨、星,醒通叚)	xing	ㄒㄧㄥ	晶部	【日部】	5畫	312	315	段7上-22	錯13-8	鉉7上-4
晟	sheng`	ㄕㄥˋ	日部	【日部】	6畫	無	無	無	無	鉉7上-2
盛(成,晟通叚)	sheng`	ㄕㄥˋ	皿部	【皿部】	6畫	211	213	段5上-46	錯9-19	鉉5上-9
是(昰、氏緹述及)	shi`	ㄕˋ	是部	【日部】	6畫	69	70	段2下-1	錯4-1	鉉2下-1
皎(皦通叚)	jiao	ㄐㄧㄠˇ	白部	【白部】	6畫	363	367	段7下-57	錯14-24	鉉7下-10
冬(臭,佟通叚)	dong	ㄉㄨㄥ	夂部	【冫部】	6畫	571	576	段11下-8	錯22-4	鉉11下-3
垕(厚、㫗)	hou`	ㄏㄡˋ	垕部	【日部】	6畫	229	232	段5下-29	錯10-12	鉉5下-5
厚(厚、𡕩、㫗、垕)	hou`	ㄏㄡˋ	垕部	【厂部】	6畫	229	232	段5下-29	錯10-12	鉉5下-6
成(𢦏,晠通叚)	cheng´	ㄔㄥˊ	戊部	【戈部】	6畫	741	748	段14下-21	錯28-9	鉉14下-5
時(旹,溡、鰣、鰣通叚)	shi´	ㄕˊ	日部	【日部】	6畫	302	305	段7上-1	錯13-1	鉉7上-1
晃(晄、熿,爌、爌通叚)	huang	ㄏㄨㄤˇ	日部	【日部】	6畫	303	306	段7上-4	錯13-2	鉉7上-1
鼂(䶂从皀鼀、朝、晁)	chao´	ㄔㄠˊ	黽部	【黽部】	6畫	680	686	段13下-12	錯25-18	鉉13下-3
晉(晉、箭楷述及)	jin`	ㄐㄧㄣˋ	日部	【日部】	6畫	303	306	段7上-4	錯13-2	鉉7上-1
箭(晉)	jian`	ㄐㄧㄢˋ	竹部	【竹部】	6畫	189	191	段5上-1	錯9-1	鉉5上-1
郅(晊通叚)	zhi`	ㄓˋ	邑部	【邑部】	6畫	290	293	段6下-37	錯12-17	鉉6下-7
是(昰、氏緹述及)	shi`	ㄕˋ	是部	【日部】	6畫	69	70	段2下-1	錯4-1	鉉2下-1

篆本字(古文、金文、籀文、俗字，通叚、金石)	拼音	注音	說文部首	康熙部首	筆畫	一般頁碼	洪葉頁碼	段注篇章	徐鍇通釋篇章	徐鉉藤花榭篇章
晏(安、宴晏曣古通用，晛xian`述及)	yan`	一ㄢˋ	日部	【日部】6畫		304	307	段7上-5	錯13-2	鉉7上-1
宴(燕、宴晏曣古通用，晛xian`述及，讌、宴、醼通叚)	yan`	一ㄢˋ	宀部	【宀部】6畫		339	343	段7下-9	錯14-4	鉉7下-2
曣(曣、宴晏曣古通用，晛xian`述及)	yan`	一ㄢˋ	日部	【日部】6畫		304	307	段7上-5	錯13-2	鉉7上-1
晐(該、賅，姟通叚)	gai	ㄍㄞ	日部	【日部】6畫		308	311	段7上-13	錯13-4	鉉7上-2
曏(晑shang˘)	xiang`	ㄒ一ㄤˋ	日部	【日部】6畫		306	309	段7上-9	錯13-3	鉉7上-2
曬(晒通叚)	shai`	ㄕㄞˋ	日部	【日部】6畫		307	310	段7上-12	錯13-4	鉉7上-2
暵(熯，晅、暵、艱通叚)	han`	ㄏㄢˋ	日部	【日部】6畫		307	310	段7上-12	錯13-4	鉉7上-2
煖(煗、晅、烜，暖、暄通叚)	nuan˘	ㄋㄨㄢˇ	火部	【火部】6畫		486	490	段10上-52	錯19-17	鉉10上-9
煗(煖，暵、晅通叚)	nuan˘	ㄋㄨㄢˇ	火部	【火部】6畫		486	490	段10上-52	錯19-17	鉉10上-9
暔	nan˘	ㄋㄢˇ	日部	【日部】7畫		306	309	段7上-10	錯13-4	鉉7上-2
晚	wan˘	ㄨㄢˇ	日部	【日部】7畫		305	308	段7上-7	錯13-3	鉉7上-1
輓(晚、挽)	wan˘	ㄨㄢˇ	車部	【車部】7畫		730	737	段14上-57	錯27-15	鉉14上-8
餔(餹，晡通叚)	bu	ㄅㄨ	倉部	【食部】7畫		220	223	段5下-11	錯10-4	鉉5下-2
晛(睍)	xian`	ㄒ一ㄢˋ	日部	【日部】7畫		304	307	段7上-5	錯13-2	鉉7上-1
晞(烯、曦通叚)	xi	ㄒ一	日部	【日部】7畫		307	310	段7上-12	錯13-4	鉉7上-2
晢(晰，晣通叚)	zhe´	ㄓㄜˊ	日部	【日部】7畫		303	306	段7上-3	錯13-1	鉉7上-1
翼(暈、昆)	kun	ㄎㄨㄣ	弟部	【目部】7畫		236	239	段5下-42	錯10-17	鉉5下-8
晙	jun`	ㄐㄩㄣˋ	日部	【日部】7畫		無	無	無	無	鉉7上-2
浚(晙通叚)	jun`	ㄐㄩㄣˋ	水部	【水部】7畫		561	566	段11上貳-32	錯21-23	鉉11上-8
晤(寤)	wu`	ㄨˋ	日部	【日部】7畫		303	306	段7上-3	錯13-1	鉉7上-1
晦	hui`	ㄏㄨㄟˋ	日部	【日部】7畫		305	308	段7上-8	錯13-3	鉉7上-1
晧(皓、澔，暠通叚)	hao`	ㄏㄠˋ	日部	【日部】7畫		304	307	段7上-6	錯13-2	鉉7上-1

篆本字（古文、金文、籀文、俗字，通叚、金石）	拼音	注音	說文部首	康熙部首	筆畫	一般頁碼	洪葉頁碼	段注篇章	徐鍇通釋篇章	徐鉉藤花榭篇章
顥(皓)	hao`	ㄏㄠˋ	頁部	【頁部】7畫		420	424	段9上-10	鍇17-3	鉉9上-2
玄(串，袨)	xuan´	ㄒㄩㄢˊ	玄部	【玄部】7畫		159	161	段4下-4	鍇8-3	鉉4下-1
曟晶部(晨、晨)	chen´	ㄔㄣˊ	晶部	【日部】7畫		313	316	段7上-23	鍇13-8	鉉7上-4
晨晨部(晨)	chen´	ㄔㄣˊ	晨部	【辰部】7畫		105	106	段3上-39	鍇6-1	鉉3上-9
鷐(晨)	chen´	ㄔㄣˊ	鳥部	【鳥部】7畫		155	156	段4上-52	鍇7-22	鉉4上-9
晝(書)	zhou`	ㄓㄡˋ	晝部	【日部】7畫		117	118	段3下-22	鍇6-12	鉉3下-5
普(暜，鱛通叚)	pu`	ㄆㄨˇ	日部	【日部】8畫		308	311	段7上-13	鍇13-5	鉉7上-2
景(影、暎通叚)	jing`	ㄐㄧㄥˇ	日部	【日部】8畫		304	307	段7上-5	鍇13-2	鉉7上-1
姓(晴、暒、精)	qing´	ㄑㄧㄥˊ	夕部	【夕部】8畫		315	318	段7上-28	鍇13-11	鉉7上-5
晵	qi`	ㄑㄧˇ	日部	【日部】8畫		304	307	段7上-5	鍇13-2	鉉7上-1
焯(灼尚書，暭通叚)	zhuo´	ㄓㄨㄛˊ	火部	【火部】8畫		485	489	段10上-50	鍇19-17	鉉10上-9
倬(菿，暭通叚)	zhuo´	ㄓㄨㄛˊ	人部	【人部】8畫		370	374	段8上-11	鍇15-4	鉉8上-2
督(葷，督通叚)	du	ㄉㄨ	目部	【目部】8畫		133	135	段4上-9	鍇7-5	鉉4上-2
晷	gui	ㄍㄨㄟˇ	日部	【日部】8畫		305	308	段7上-7	鍇13-2	鉉7上-1
晬	zui`	ㄗㄨㄟˋ	日部	【日部】8畫		無	無	無	無	鉉7上-2
粹(晬、晬通叚)	cui`	ㄘㄨㄟˋ	米部	【米部】8畫		333	336	段7上-63	鍇13-25	鉉7上-10
暘	yi`	ㄧˋ	日部	【日部】8畫		304	307	段7上-5	鍇13-2	鉉7上-1
晻(崦通叚)	an`	ㄢˋ	日部	【日部】8畫		305	308	段7上-8	鍇13-3	鉉7上-1
暗(闇、晻，陪通叚)	an`	ㄢˋ	日部	【日部】8畫		305	308	段7上-8	鍇13-3	鉉7上-1
旺(皇、往，旺通叚)	wang`	ㄨㄤˋ	日部	【日部】8畫		306	309	段7上-10	鍇13-3	鉉7上-2
矯(智、矯)	zhi`	ㄓˋ	白部	【日部】8畫		137	138	段4上-16	鍇7-8	鉉4上-4
腆(曹、殄、觷)	tian	ㄊㄧㄢˇ	肉部	【肉部】8畫		173	175	段4下-31	鍇8-12	鉉4下-5
晶	jing	ㄐㄧㄥ	晶部	【日部】8畫		312	315	段7上-22	鍇13-8	鉉7上-4
煒(暐通叚)	wei	ㄨㄟˇ	火部	【火部】9畫		485	489	段10上-50	鍇19-17	鉉10上-9
暑	shu	ㄕㄨˇ	日部	【日部】9畫		306	309	段7上-10	鍇13-4	鉉7上-2
睹(署、曙)	shu	ㄕㄨˇ	日部	【日部】9畫		302	305	段7上-2	鍇13-1	鉉7上-1
暆(施)	yi´	ㄧˊ	日部	【日部】9畫		304	307	段7上-6	鍇13-2	鉉7上-1
敃(敏、暋)	min	ㄇㄧㄣˇ	攴部	【攴部】9畫		122	123	段3下-32	鍇6-17	鉉3下-8
暇(假)	xia´	ㄒㄧㄚˊ	日部	【日部】9畫		306	309	段7上-9	鍇13-3	鉉7上-2

篆本字(古文、金文、籀文、俗字，通叚、金石)	拼音	注音	說文部首	康熙部首	筆畫	一般頁碼	洪葉頁碼	段注篇章	徐鍇通釋篇章	徐鉉藤花榭篇章
假(徦、遐、嘉、睱)	jiaˇ	ㄐㄧㄚˇ	人部	【人部】	9畫	374	378	段8上-19	鍇15-8	鉉8上-3
暉	hui	ㄏㄨㄟ	日部	【日部】	9畫	無	無	無	無	鉉7上-1
暈(煇、暉)	yun	ㄩㄣ	日部	【日部】	9畫	304	307	段7上-6	鍇13-2	鉉7上-2
煇(輝、暉、熏，燿通叚)	hui	ㄏㄨㄟ	火部	【火部】	9畫	485	490	段10上-51	鍇19-17	鉉10上-9
暍(ye)	heˋ	ㄏㄜˋ	日部	【日部】	9畫	306	309	段7上-10	鍇13-4	鉉7上-2
睽(揆，暌、蔡通叚)	kuiˊ	ㄎㄨㄟˊ	目部	【目部】	9畫	132	133	段4上-6	鍇7-3	鉉4上-2
姓(晴、暒、精)	qingˊ	ㄑㄧㄥˊ	夕部	【夕部】	9畫	315	318	段7上-28	鍇13-11	鉉7上-5
精(晴、暒姓qingˊ述及，鯖、鶄、鷑从即、鵜、鬛通叚)	jing	ㄐㄧㄥ	米部	【米部】	9畫	331	334	段7上-59	鍇13-24	鉉7上-9
爟(烜、炬，晅通叚)	guanˋ	ㄍㄨㄢˋ	火部	【火部】	9畫	486	490	段10上-52	鍇19-17	鉉10上-9
煖(煗、晅、烜，暖、暄通叚)	nuanˇ	ㄋㄨㄢˇ	火部	【火部】	9畫	486	490	段10上-52	鍇19-17	鉉10上-9
煗(煖，暝、晅通叚)	nuanˇ	ㄋㄨㄢˇ	火部	【火部】	9畫	486	490	段10上-52	鍇19-17	鉉10上-9
暗(闇、晻，陪通叚)	anˋ	ㄢˋ	日部	【日部】	9畫	305	308	段7上-8	鍇13-3	鉉7上-1
闇(暗，菴通叚)	anˋ	ㄢˋ	門部	【門部】	9畫	590	596	段12上-13	鍇23-5	鉉12上-3
暘(陽晞述及)	yangˊ	ㄧㄤˊ	日部	【日部】	9畫	303	306	段7上-4	鍇13-2	鉉7上-1
翯(暀、皜、鶴，翯通叚)	heˋ	ㄏㄜˋ	羽部	【羽部】	10畫	140	141	段4上-22	鍇7-10	鉉4上-5
唬(嚇、翯通叚)	huˇ	ㄏㄨˇ	口部	【口部】	10畫	62	62	段2上-28	鍇3-12	鉉2上-6
㬎(顯，曬通叚)	xianˇ	ㄒㄧㄢˇ	日部	【日部】	10畫	307	310	段7上-11	鍇13-4	鉉7上-2
顯(㬎)	xianˇ	ㄒㄧㄢˇ	頁部	【頁部】	10畫	422	426	段9上-14	鍇17-4	鉉9上-2
暭(皡、昊，暤、曎通叚)	haoˋ	ㄏㄠˋ	日部	【日部】	10畫	304	307	段7上-6	鍇13-2	鉉7上-1
㬥(曃)	naiˋ	ㄋㄞˋ	日部	【日部】	10畫	305	308	段7上-8	鍇13-3	鉉7上-1
韋(葦、違)	weiˊ	ㄨㄟˊ	韋部	【韋部】	10畫	234	237	段5下-39	鍇10-16	鉉5下-8

篆本字（古文、金文、籀文、俗字，通叚、金石）	拼音	注音	說文部首	康熙部首	筆畫	一般頁碼	洪葉頁碼	段注篇章	徐鍇通釋篇章	徐鉉藤花榭篇章
冥(暝、酩通叚)	ming´	ㄇㄧㄥˊ	冥部	【一部】10畫		312	315	段7上-22	錯13-7	鉉7上-3
普(暜，鱛通叚)	pu˘	ㄆㄨˇ	日部	【日部】10畫		308	311	段7上-13	錯13-5	鉉7上-2
瑨(晉、箭楉jian` 述及，搢、暗通叚)	jin`	ㄐㄧㄣˋ	日部	【日部】10畫		303	306	段7上-4	錯13-2	鉉7上-1
暜	ya`	ㄧㄚˋ	亞部	【日部】10畫		738	745	段14下-15	錯28-6	鉉14下-3
暨(曁、泊)	ji`	ㄐㄧˋ	旦部	【日部】10畫		308	311	段7上-14	錯13-5	鉉7上-2
臮(臮、曁、泊)	ji`	ㄐㄧˋ	伙部	【自部】11畫		387	391	段8上-45	錯15-15	鉉8上-6
暫(蹔通叚)	zhan`	ㄓㄢˋ	日部	【日部】11畫		306	309	段7上-9	錯13-3	鉉7上-2
茻(莫，暮通叚)	mo`	ㄇㄛˋ	茻部	【艸部】11畫		48	48	段1下-54	錯2-25	鉉1下-10
豐(丰、豐，灃通叚)	feng	ㄈㄥ	豐部	【豆部】11畫		208	210	段5上-39	錯9-16	鉉5上-8
嘒(噦、嚖，嘒通叚)	hui`	ㄏㄨㄟˋ	口部	【口部】11畫		58	58	段2上-20	錯3-8	鉉2上-4
暱(昵)	ni`	ㄋㄧˋ	日部	【日部】11畫		307	310	段7上-12	錯13-4	鉉7上-2
尼(暱、昵，怩通叚)	ni´	ㄋㄧˊ	尸部	【尸部】11畫		400	404	段8上-71	錯16-8	鉉8上-11
黏(昵、暱、檷、敔、翮)	ni`	ㄋㄧˋ	黍部	【黍部】11畫		330	333	段7上-57	錯13-23	鉉7上-9
鬺(晌shang˘)	xiang`	ㄒㄧㄤˋ	日部	【日部】11畫		306	309	段7上-9	錯13-3	鉉7上-2
暵(熯，晅、暵、蔊通叚)	han`	ㄏㄢˋ	日部	【日部】11畫		307	310	段7上-12	錯13-4	鉉7上-2
菸(暵、蔫矮述及)	yan	ㄧㄢ	艸部	【艸部】11畫		40	41	段1下-39	錯2-18	鉉1下-6
熯(暵、戁)	han`	ㄏㄢˋ	火部	【火部】11畫		481	485	段10上-42	錯19-14	鉉10上-7
暤(皞、昊，皥、曎通叚)	hao`	ㄏㄠˋ	日部	【日部】11畫		304	307	段7上-6	錯13-2	鉉7上-1
暴日部(麕，暴[暴露]、曝、暴通叚)	pu`	ㄆㄨˋ	日部	【日部】11畫		307	310	段7上-11	錯13-4	鉉7上-2
暴本部(暴，虣通叚)	bao`	ㄅㄠˋ	本部	【日部】11畫		497	502	段10下-15	錯20-6	鉉10下-3
暬(褻)	xie`	ㄒㄧㄝˋ	日部	【日部】11畫		308	311	段7上-13	錯13-4	鉉7上-2

篆本字(古文、金文、籀文、俗字，通叚、金石)	拼音	注音	說文部首	康熙部首	筆畫	一般頁碼	洪葉頁碼	段注篇章	徐鍇通釋篇章	徐鉉藤花榭篇章
晉(晉、箭楛jian、述及，搢、暗通叚)	jìn	ㄐㄧㄣˋ	日部	【日部】	12畫	303	306	段7上-4	鍇13-2	鉉7上-1
暟	yì	ㄧˋ	日部	【日部】	12畫	305	308	段7上-8	鍇13-3	鉉7上-2
墰(暟)	yì	ㄧˋ	土部	【土部】	12畫	692	698	段13下-36	鍇26-6	鉉13下-5
曈	tóng	ㄊㄨㄥˊ	日部	【日部】	12畫	無	無	無	無	鉉7上-2
童(童从立黃土、重董述及，犝、曈、瞳通叚)	tóng	ㄊㄨㄥˊ	辛部	【立部】	12畫	102	103	段3上-33	鍇5-17	鉉3上-7
烰(爔从或，曊、晵通叚)	fú	ㄈㄨˊ	火部	【火部】	12畫	481	485	段10上-42	鍇19-14	鉉10上-7
曉	xiǎo	ㄒㄧㄠˇ	日部	【日部】	12畫	303	306	段7上-3	鍇13-1	鉉7上-2
晛(暯)	xiàn	ㄒㄧㄢˋ	日部	【日部】	12畫	304	307	段7上-5	鍇13-2	鉉7上-1
曇	tán	ㄊㄢˊ	日部	【日部】	12畫	無	無	無	無	鉉7上-2
黕(湛，曇通叚)	dǎn	ㄉㄢˇ	黑部	【黑部】	12畫	488	493	段10上-57	鍇19-19	鉉10上-10
曆	lì	ㄌㄧˋ	日部	【日部】	12畫	無	無	無	無	鉉7上-2
歷(曆、瘞、轣、靂通叚)	lì	ㄌㄧˋ	止部	【止部】	12畫	68	68	段2上-40	鍇3-17	鉉2上-8
暚(暳、曄)	yè	ㄧㄝˋ	日部	【日部】	12畫	304	307	段7上-6	鍇13-2	鉉7上-1
曙	shǔ	ㄕㄨˇ	日部	【日部】	13畫	無	無	無	無	鉉7上-2
睹(署、曙)	shǔ	ㄕㄨˇ	日部	【日部】	13畫	302	305	段7上-2	鍇13-1	鉉7上-1
曐(晕、星，醒通叚)	xīng	ㄒㄧㄥ	晶部	【日部】	13畫	312	315	段7上-22	鍇13-8	鉉7上-4
曑(曑、參)	sān	ㄙㄢ	晶部	【日部】	13畫	313	316	段7上-23	鍇13-8	鉉7上-4
暤(皞、昊，暭、曍通叚)	hào	ㄏㄠˋ	日部	【日部】	13畫	304	307	段7上-6	鍇13-2	鉉7上-1
暴本部(暴，虣通叚)	bào	ㄅㄠˋ	本部	【日部】	13畫	497	502	段10下-15	鍇20-6	鉉10下-3
薆(愛、薆，曖、靉通叚)	ài	ㄞˋ	竹部	【竹部】	13畫	198	200	段5上-20	鍇9-7	鉉5上-3
㬎(顯，曢通叚)	xiǎn	ㄒㄧㄢˇ	日部	【日部】	14畫	307	310	段7上-11	鍇13-4	鉉7上-2
燿(曜、爍、耀通叚)	yào	ㄧㄠˋ	火部	【火部】	14畫	485	490	段10上-51	鍇19-17	鉉10上-9

篆本字(古文、金文、籀文、俗字,通段、金石)	拼音	注音	說文部首	康熙部首	筆畫	一般頁碼	洪葉頁碼	段注篇章	徐鍇通釋篇章	徐鉉藤花榭篇章
曡(疊,氎、毠、㲋通段)	die´	ㄉㄧㄝˊ	晶部	【日部】	14畫	313	316	段7上-23	錯13-8	鉉7上-4
纁(纁,曛、煄通段)	xun	ㄒㄩㄣ	糸部	【糸部】	14畫	650	656	段13上-14	錯25-4	鉉13上-2
昏(昬,曛通段)	hun	ㄏㄨㄣ	日部	【日部】	14畫	305	308	段7上-7	錯13-3	鉉7上-1
暴日部(麇,暴[暴露]、曝、暵通段)	pu`	ㄆㄨˋ	日部	【日部】	15畫	307	310	段7上-11	錯13-4	鉉7上-2
曠	kuang`	ㄎㄨㄤˋ	日部	【日部】	15畫	303	306	段7上-4	錯13-1	鉉7上-1
懬(曠,憬通段)	kuang`	ㄎㄨㄤˋ	心部	【心部】	15畫	504	509	段10下-29	錯20-11	鉉10下-6
曟晶部(晨、晨)	chen´	ㄔㄣˊ	晶部	【日部】	15畫	313	316	段7上-23	錯13-8	鉉7上-4
嘗(曣、宴晏曣古通用,睍xian`述及)	yan`	ㄧㄢˋ	日部	【日部】	16畫	304	307	段7上-5	錯13-2	鉉7上-1
宴(燕、宴晏曣古通用,睍xian`述及,讌、㝼、醼通段)	yan`	ㄧㄢˋ	宀部	【宀部】	16畫	339	343	段7下-9	錯14-4	鉉7下-2
晏(安、宴晏曣古通用,睍xian`述及)	yan`	ㄧㄢˋ	日部	【日部】	16畫	304	307	段7上-5	錯13-2	鉉7上-1
羲(羲,曦通段)	xi	ㄒㄧ	兮部	【羊部】	16畫	204	206	段5上-31	錯9-13	鉉5上-6
晞(烯、曦通段)	xi	ㄒㄧ	日部	【日部】	16畫	307	310	段7上-12	錯13-4	鉉7上-2
曨	long´	ㄌㄨㄥˊ	日部	【日部】	16畫	無	無	無	無	鉉7上-2
龍(寵、和、尨買述及、駹騲述及,曨通段)	long´	ㄌㄨㄥˊ	龍部	【龍部】	16畫	582	588	段11下-31	錯22-11	鉉11下-6
曡(疊,氎、毠、㲋通段)	die´	ㄉㄧㄝˊ	晶部	【日部】	17畫	313	316	段7上-23	錯13-8	鉉7上-4
曩	nang˘	ㄋㄤˇ	日部	【日部】	17畫	306	309	段7上-9	錯13-3	鉉7上-2
曮(暵通段)	nan´	ㄋㄢˊ	日部	【日部】	19畫	307	310	段7上-11	錯13-4	鉉7上-2
欒(莦)	luan´	ㄌㄨㄢˊ	日部	【日部】	19畫	305	308	段7上-7	錯13-3	鉉7上-1
曬(晒通段)	shai`	ㄕㄞˋ	日部	【日部】	19畫	307	310	段7上-12	錯13-4	鉉7上-2

篆本字（古文、金文、籀文、俗字，通叚、金石）	拼音	注音	說文部首	康熙部首	筆畫	一般頁碼	洪葉頁碼	段注篇章	徐鍇通釋篇章	徐鉉藤花榭篇章
黨(曭、尚，儻、讜、倘、惝通叚)	dang˘	ㄉㄤˇ	黑部	【黑部】20畫		488	493	段10上-57	錯19-19	鉉10上-10
【曰(yue)部】	yue	ㄩㄝ	曰部			202	204	段5上-28	錯9-11	鉉5上-5
曰(云雲述及，粵于爰曰四字可互相訓，以雙聲疊韵相段借也。)	yue	ㄩㄝ	曰部	【曰部】		202	204	段5上-28	錯9-11	鉉5上-5
粵(越、曰)	yueˋ	ㄩㄝˋ	亏部	【米部】		204	206	段5上-32	錯9-13	鉉5上-6
欥(遹、聿、曰)	yuˋ	ㄩˋ	欠部	【欠部】		413	418	段8下-25	錯16-17	鉉8下-5
謂(曰yue)	weiˋ	ㄨㄟˋ	言部	【言部】		89	90	段3上-7	錯5-5	鉉3上-3
曲(苗、笛、囲)	qu˘	ㄑㄩˇ	曲部	【曰部】2畫		637	643	段12下-51	錯24-17	鉉12下-8
囲(曲，匡、笛通叚)	qu	ㄑㄩ	曲部	【凵部】2畫		637	643	段12下-52	錯24-17	鉉12下-8
曳(抴、拽)	yeˋ	ㄧㄝˋ	申部	【曰部】2畫		747	754	段14下-33	錯28-17	鉉14下-8
㬪(更)	geng	ㄍㄥ	攴部	【曰部】3畫		124	125	段3下-35	錯6-18	鉉3下-8
㫄(厚、㫄)	houˋ	ㄏㄡˋ	㫄部	【曰部】3畫		229	232	段5下-29	錯10-12	鉉5下-5
厚(厚、垕、㫄、㫄)	houˋ	ㄏㄡˋ	㫄部	【厂部】3畫		229	232	段5下-29	錯10-12	鉉5下-6
汨从日，非汩gu˘	miˋ	ㄇㄧˋ	水部	【水部】4畫		529	534	段11上壹-28	錯21-9	鉉11上-2
汩从曰yue，非汨miˋ	gu˘	ㄍㄨˇ	水部	【水部】4畫		567	572	段11上貳-43	錯21-26	鉉11上-9
滑(汩，猾、猾通叚)	huaˊ	ㄏㄨㄚˊ	水部	【水部】4畫		551	556	段11上貳-11	錯21-16	鉉11上-5
曶(昒昒述及、囘、圁、曶，笏通叚)	hu	ㄏㄨ	曰部	【曰部】4畫		202	204	段5上-28	錯9-11	鉉5上-5
昒(曶)	hu	ㄏㄨ	日部	【日部】4畫		302	305	段7上-2	錯13-1	鉉7上-1
忽(曶，惚、緫、笏通叚)	hu	ㄏㄨ	心部	【心部】4畫		510	514	段10下-40	錯20-14	鉉10下-7
昧(昒、曶)	meiˋ	ㄇㄟˋ	日部	【日部】4畫		302	305	段7上-2	錯13-1	鉉7上-1
鐟(沓)	taˋ	ㄊㄚˋ	金部	【金部】4畫		714	721	段14上-25	錯27-8	鉉14上-4

篆本字（古文、金文、籀文、俗字，通段、金石）	拼音	注音	說文部首	康熙部首	筆畫	一般頁碼	洪葉頁碼	段注篇章	徐鍇通釋篇章	徐鉉藤花榭篇章
呭(泄、呭、詍)	yi `	一 `	口部	【口部】4畫		57	58	段2上-19	鍇3-8	鉉2上-4
沓(達)	ta `	ㄊㄚ `	曰部	【水部】4畫		203	205	段5上-29	鍇9-11	鉉5上-5
曷(害、盍，鞨通段)	he ´	ㄏㄜ ´	曰部	【曰部】5畫		202	204	段5上-28	鍇9-11	鉉5上-5
遏(曷頞e ` 述及)	e `	ㄜ `	辵(辶)部	【辵部】5畫		74	75	段2下-11	鍇4-5	鉉2下-2
盍(蓋、曷、盇、盇虖述及，溢、盒通段)	he ´	ㄏㄜ ´	血部	【血部】5畫		214	216	段5上-52	鍇9-21	鉉5上-10
曶(冊)	ce `	ㄘㄜ `	曰部	【曰部】5畫		202	204	段5上-28	鍇9-11	鉉5上-5
書(書)	shu	ㄕㄨ	聿部	【曰部】6畫		117	118	段3下-22	鍇6-12	鉉3下-5
曟(厚、垕)	hou `	ㄏㄡ `	𣆟部	【曰部】6畫		229	232	段5下-29	鍇10-12	鉉5上-5
厚(厚、垕、曟、𠩺)	hou `	ㄏㄡ `	𣆟部	【厂部】6畫		229	232	段5下-29	鍇10-12	鉉5下-6
曼(漫、縵、鬘从曼通段)	man `	ㄇㄢ `	又部	【曰部】7畫		115	116	段3下-18	鍇6-9	鉉3下-4
曺(曹)	cao ´	ㄘㄠ ´	曰部	【曰部】7畫		203	205	段5上-29	鍇9-11	鉉5上-5
槽(皁、曹)	cao ´	ㄘㄠ ´	木部	【木部】7畫		264	267	段6上-53	鍇11-23	鉉6上-7
曾(曾通段)	zeng	ㄗㄥ	八部	【曰部】8畫		49	49	段2上-2	鍇3-1	鉉2上-1
增(曾)	zeng	ㄗㄥ	土部	【土部】8畫		689	696	段13下-31	鍇26-5	鉉13下-4
勖(懋，勗通段)	xu `	ㄒㄩ `	力部	【力部】8畫		699	706	段13下-51	鍇26-11	鉉13下-7
晳(皙)	xi	ㄒㄧ	白部	【白部】8畫		363	367	段7下-57	鍇14-24	鉉7下-10
朁(憯)	can `	ㄘㄢ `	曰部	【曰部】8畫		203	205	段5上-29	鍇9-11	鉉5上-5
替(替、替)	ti `	ㄊㄧ `	竝部	【曰部】8畫		501	505	段10下-22	鍇20-8	鉉10下-5
最(冣非冣jiu ` 、撮，嘬通段)	zui `	ㄗㄨㄟ `	冃部	【冂部】8畫		354	358	段7下-39	鍇14-17	鉉7下-7
會(佮、儈駈zu ` 述及)	hui `	ㄏㄨㄟ `	會部	【曰部】9畫		223	225	段5下-16	鍇10-6	鉉5下-3
髐(會、括、鬠从會)	kuai `	ㄎㄨㄞ `	骨部	【骨部】9畫		167	169	段4下-19	鍇8-8	鉉4下-4
朅	qie `	ㄑㄧㄝ `	去部	【曰部】10畫		213	215	段5上-50	鍇9-20	鉉5上-9
暆(楝)	yin `	ㄧㄣ `	申部	【曰部】10畫		746	753	段14下-32	鍇28-16	鉉14下-8
替(替、替)	ti `	ㄊㄧ `	竝部	【曰部】12畫		501	505	段10下-22	鍇20-8	鉉10下-5
曹(曹)	cao ´	ㄘㄠ ´	曰部	【曰部】16畫		203	205	段5上-29	鍇9-11	鉉5上-5

篆本字(古文、金文、籀文、俗字，通叚、金石)	拼音	注音	說文部首	康熙部首	筆畫	一般頁碼	洪葉頁碼	段注篇章	徐鍇通釋篇章	徐鉉藤花榭篇章
齻(裨、埤)	bì	ㄅㄧˋ	會部	【曰部】16畫		223	226	段5下-17	鍇10-7	鉉5下-3
埤(裨、齻)	pí	ㄆㄧˊ	土部	【土部】16畫		689	696	段13下-31	鍇26-5	鉉13下-4
裨(齻、埤，裨、綼、鷱通叚)	bì	ㄅㄧˋ	衣部	【衣部】16畫		395	399	段8上-61	鍇16-5	鉉8上-9
【月(yuèˋ)部】	yuè	ㄩㄝˋ	月部			313	316	段7上-23	鍇13-9	鉉7上-4
月	yuè	ㄩㄝˋ	月部	【月部】		313	316	段7上-23	鍇13-9	鉉7上-4
有(又、囿述及)	yǒu	ㄧㄡˇ	有部	【月部】2畫		314	317	段7上-25	鍇13-9	鉉7上-4
囿(圃、有)	yòu	ㄧㄡˋ	囗部	【囗部】2畫		278	280	段6下-12	鍇12-8	鉉6下-4
服(服、舣，鵩通叚)	fú	ㄈㄨˊ	舟部	【月部】4畫		404	408	段8下-6	鍇16-11	鉉8下-2
犕(犕、服)	bèi	ㄅㄟˋ	牛部	【牛部】4畫		52	52	段2上-8	鍇3-4	鉉2上-2
箙(服)	fú	ㄈㄨˊ	竹部	【竹部】4畫		196	198	段5上-15	鍇9-6	鉉5上-3
譶(服、伏，爆通叚)	bó	ㄅㄛˊ	言部	【言部】4畫		99	99	段3上-26	鍇5-14	鉉3上-5
胸(胹段刪)	nǜ	ㄋㄩˋ	月部	【月部】4畫		313	316	段7上-24	鍇13-9	鉉7上-4
頒(班、頰、顰，朌通叚)	ban	ㄅㄢ	頁部	【頁部】4畫		417	422	段9上-5	鍇17-2	鉉9上-1
鳳(朋、鵬、䨾、鵬從爾，鬅通叚)	feng	ㄈㄥˋ	鳥部	【鳥部】4畫		148	149	段4上-38	鍇7-18	鉉4上-8
堋(朋結述及，塴通叚)	péng	ㄆㄥˊ	土部	【土部】4畫		692	699	段13下-37	鍇26-6	鉉13下-5
倗(朋)	péng	ㄆㄥˊ	人部	【人部】4畫		370	374	段8上-11	鍇15-5	鉉8上-2
胐月部(朏通叚)	fei	ㄈㄟˇ	月部	【月部】5畫		313	316	段7上-24	鍇13-9	鉉7上-4
胸(胹段刪)	nǜ	ㄋㄩˋ	月部	【月部】6畫		313	316	段7上-24	鍇13-9	鉉7上-4
朓月部	tiao	ㄊㄧㄠˇ	月部	【月部】6畫		313	316	段7上-24	鍇13-9	鉉7上-4
朓肉部(挑，擢通叚)	tiao	ㄊㄧㄠˇ	肉部	【肉部】6畫		172	174	段4下-30	鍇8-11	鉉4下-5
朔	shuo	ㄕㄨㄛˋ	月部	【月部】6畫		313	316	段7上-24	鍇13-9	鉉7上-4
朖(朗)	lang	ㄌㄤˇ	月部	【月部】6畫		313	316	段7上-24	鍇13-9	鉉7上-4
朕(朕、朕，眹通叚)	zhen	ㄓㄣˋ	舟部	【月部】6畫		403	408	段8下-5	鍇16-10	鉉8下-1
望(朢)	wang	ㄨㄤˋ	㐬部	【月部】7畫		634	640	段12下-46	鍇24-15	鉉12下-7

篆本字(古文、金文、籀文、俗字，通叚、金石)	拼音	注音	說文部首	康熙部首	筆畫	一般頁碼	洪葉頁碼	段注篇章	徐鍇通釋篇章	徐鉉藤花榭篇章
朢(𦣠、望)	wang ˋ	ㄨㄤˋ	壬部	【月部】	7畫	387	391	段8上-46	鍇15-16	鉉8上-7
朙(明)	ming ˊ	ㄇㄧㄥˊ	朙部	【月部】	7畫	314	317	段7上-25	鍇13-10	鉉7上-4
𥃯(𥃳、忙、茫)	huang	ㄏㄨㄤ	朙部	【月部】	7畫	314	317	段7上-26	鍇13-10	鉉7上-4
期(𠀇、稘、基，朞通叚)	qi	ㄑㄧ	月部	【月部】	8畫	314	317	段7上-25	鍇13-9	鉉7上-4
稘(期，朞通叚)	ji	ㄐㄧ	禾部	【禾部】	8畫	328	331	段7上-54	鍇13-23	鉉7上-9
基(其祺述及、期)	ji	ㄐㄧ	土部	【土部】	8畫	684	691	段13下-21	鍇26-3	鉉13下-4
霸(䨣、灞滻述及)	ba ˋ	ㄅㄚˋ	月部	【雨部】	8畫	313	316	段7上-24	鍇13-9	鉉7上-4
𠦝(朝、輖)	zhao	ㄓㄠ	倝部	【月部】	8畫	308	311	段7上-14	鍇13-5	鉉7上-3
輖(朝惄ni ˋ 述及，輊、轋通叚)	zhou	ㄓㄡ	車部	【車部】	8畫	727	734	段14上-52	鍇27-14	鉉14上-7
鼂(鼌从皀黽、朝、晁)	chao ˊ	ㄔㄠˊ	黽部	【黽部】	8畫	680	686	段13下-12	鍇25-18	鉉13下-3
𥃯(𥃳、忙、茫)	huang	ㄏㄨㄤ	朙部	【月部】	10畫	314	317	段7上-26	鍇13-10	鉉7上-4
艐(𡰪，𦝫通叚)	zong	ㄗㄨㄥ	舟部	【舟部】	10畫	403	408	段8下-5	鍇16-10	鉉8下-1
朢(𦣠、望)	wang ˋ	ㄨㄤˋ	壬部	【月部】	10畫	387	391	段8上-46	鍇15-16	鉉8上-7
望(朢)	wang ˋ	ㄨㄤˋ	亾部	【月部】	10畫	634	640	段12下-46	鍇24-15	鉉12下-7
孕(𤰈、䗍、𡡞，䙪通叚)	yun ˋ	ㄩㄣˋ	子部	【子部】	13畫	742	749	段14下-24	鍇28-12	鉉14下-6
朦	meng ˊ	ㄇㄥˊ	月部	【月部】	14畫	無	無	無	無	鉉7上-4
蒙(𦽍，朦通叚)	meng ˊ	ㄇㄥˊ	艸部	【艸部】	14畫	46	46	段1下-50	鍇2-23	鉉1下-8
朧	long ˊ	ㄌㄨㄥˊ	月部	【月部】	16畫	無	無	無	無	鉉7上-4
籠(朧通叚)	long ˊ	ㄌㄨㄥˊ	竹部	【竹部】	16畫	195	197	段5上-13	鍇9-5	鉉5上-2
【木(mu ˋ)部】	mu ˋ	ㄇㄨˋ	木部			238	241	段6上-1	鍇11-1	鉉6上-1
木	mu ˋ	ㄇㄨˋ	木部	【木部】		238	241	段6上-1	鍇11-1	鉉6上-1
𣎵(渄、旆，浡通叚)	bei ˋ	ㄅㄟˋ	𣎵部	【木部】		273	276	段6下-3	鍇12-3	鉉6下-1
𣏟	pin ˋ	ㄆㄧㄣˋ	𣏟部	【木部】		335	339	段7下-1	鍇13-27	鉉7下-1
巘(櫱、枿、㭆、 [不]，蘖通叚)	nie ˋ	ㄋㄧㄝˋ	木部	【木部】		268	271	段6上-61	鍇11-27	鉉6上-8

篆本字(古文、金文、籀文、俗字，通叚、金石)	拼音	注音	說文部首	康熙部首	筆畫	一般頁碼	洪葉頁碼	段注篇章	徐鍇通釋篇章	徐鉉藤花榭篇章
末(末，妹、抹、靺通叚)	mo`	ㄇㄛˋ	木部	【木部】1畫		248	251	段6上-21	錯11-10	鉉6上-3
本(夲)	ben˅	ㄅㄣˇ	木部	【木部】1畫		248	251	段6上-21	錯11-9	鉉6上-3
夲非本ben˅	tao	ㄊㄠ	夲部	【大部】2畫		497	502	段10下-15	錯20-5	鉉10下-3
札(蚻、鳦通叚)	zha´	ㄓㄚˊ	木部	【木部】1畫		265	268	段6上-55	錯11-24	鉉6上-7
未	wei`	ㄨㄟˋ	未部	【木部】1畫		746	753	段14下-32	錯28-16	鉉14下-8
秫(朮，术通叚)	shu`	ㄕㄨˋ	禾部	【禾部】1畫		322	325	段7上-42	錯13-18	鉉7上-7
朸	reng´	ㄖㄥˊ	木部	【木部】2畫		244	246	段6上-12	錯11-6	鉉6上-2
匕(比、朼)	bi˅	ㄅㄧˇ	匕部	【匕部】2畫		384	388	段8上-40	錯15-13	鉉8上-5
朱(絑，侏通叚)	zhu	ㄓㄨ	木部	【木部】2畫		248	251	段6上-21	錯11-9	鉉6上-3
絑(朱)	zhu	ㄓㄨ	糸部	【糸部】2畫		650	656	段13上-14	錯25-4	鉉13上-2
朴(樸)	pu˅	ㄆㄨˇ	木部	【木部】2畫		249	251	段6上-22	錯11-10	鉉6上-3
樸(璞、朴，玣通叚)	pu˅	ㄆㄨˇ	木部	【木部】2畫		252	254	段6上-28	錯11-12	鉉6上-4
攴(剝、朴、扑)	pu	ㄆㄨ	攴部	【攴部】2畫		122	123	段3下-32	錯6-17	鉉3下-7
朵(朶，椻通叚)	duo˅	ㄉㄨㄛˇ	木部	【木部】2畫		250	252	段6上-24	錯11-11	鉉6上-4
杷(鈀，扒、抓、朳、爬、琶通叚)	pa´	ㄆㄚˊ	木部	【木部】2畫		259	262	段6上-43	錯11-19	鉉6上-6
朸(棘)	li`	ㄌㄧˋ	木部	【木部】2畫		252	255	段6上-29	錯11-13	鉉6上-4
杀(殺通叚)	sha	ㄕㄚ	木部	【木部】2畫		無	無	無	無	鉉3下-7
殺(徽、敠、縠、希、殺、杀)	sha	ㄕㄚ	殺部	【殳部】2畫		120	121	段3下-28	錯6-15	鉉3下-6
桼(漆，杀、柒、軟通叚)	qi	ㄑㄧ	桼部	【木部】2畫		276	278	段6下-8	錯12-6	鉉6下-3
机(檖)	ji	ㄐㄧ	木部	【木部】2畫		248	250	段6上-20	錯11-8	鉉6上-3
几(机)	ji˅	ㄐㄧˇ	几部	【几部】2畫		715	722	段14上-28	錯27-9	鉉14上-5
杁(樛段刪此字)	jiu	ㄐㄧㄡ	木部	【木部】2畫		250	253	段6上-25	錯11-12	鉉6上-4
朾(揨、打，虰通叚)	cheng´	ㄔㄥˊ	木部	【木部】2畫		268	271	段6上-61	錯11-27	鉉6上-8
歺(朽)	xiu˅	ㄒㄧㄡˇ	歺部	【歹部】2畫		163	165	段4下-11	錯8-5	鉉4下-3

篆本字（古文、金文、籀文、俗字，通叚、金石）	拼音	注音	說文部首	康熙部首	筆畫	一般頁碼	洪葉頁碼	段注篇章	徐鍇通釋篇章	徐鉉藤花榭篇章
朿(刺、棟棟yi˙述及，庇、型、蛓通叚)	ci`	ㄘˋ	朿部	【木部】2畫		318	321	段7上-33	鍇13-14	鉉7上-6
簋（匭、匭、軌、朹、九）	gui˙	ㄍㄨㄟˇ	竹部	【竹部】2畫		193	195	段5上-10	鍇9-4	鉉5上-2
保(保古作呆宷述及、俆、柔、孚古文、堡湳述及)	bao˙	ㄅㄠˇ	人部	【人部】2畫		365	369	段8上-1	鍇15-1	鉉8上-1
柬(東)	han`	ㄏㄢˋ	東部	【木部】2畫		317	320	段7上-31	鍇13-13	鉉7上-5
朴	jiao˙	ㄐㄧㄠˇ	木部	【木部】3畫		251	253	段6上-26	鍇11-12	鉉6上-4
杇(鋘，圬、鏋通叚)	wu	ㄨ	木部	【木部】3畫		256	258	段6上-36	鍇11-16	鉉6上-5
杈	cha	ㄔㄚ	木部	【木部】3畫		249	251	段6上-22	鍇11-10	鉉6上-3
李(杍、梓、理)	li˙	ㄌㄧˇ	木部	【木部】3畫		239	242	段6上-3	鍇11-2	鉉6上-1
杏(荇)	xing`	ㄒㄧㄥˋ	木部	【木部】3畫		239	242	段6上-3	鍇11-1	鉉6上-1
材	cai´	ㄘㄞˊ	木部	【木部】3畫		252	255	段6上-29	鍇11-13	鉉6上-4
才(凡才、材、財、裁、纔字以同音通用)	cai´	ㄘㄞˊ	才部	【手部】3畫		272	274	段6上-68	鍇12-1	鉉6上-9
抙(仇，顀、杌通叚)	wu`	ㄨˋ	手部	【手部】3畫		608	614	段12上-49	鍇23-15	鉉12上-7
阢(仇、岏、杌通叚)	wu`	ㄨˋ	昌部	【阜部】3畫		734	741	段14下-8	鍇28-3	鉉14下-1
柮(杌通叚)	duo`	ㄉㄨㄛˋ	木部	【木部】3畫		269	271	段6上-62	鍇11-28	鉉6上-8
杒(棯通叚)	ren`	ㄖㄣˋ	木部	【木部】3畫		248	250	段6上-20	鍇11-9	鉉6上-3
屎(柅，抳、杘通叚)	ni˙	ㄋㄧˇ	木部	【木部】3畫		264	266	段6上-52	鍇11-23	鉉6上-7
柅(屎、檷，苨、杘通叚)	ni˙	ㄋㄧˇ	木部	【木部】3畫		244	247	段6上-13	鍇11-23	鉉6上-2
杓(biao)	shao´	ㄕㄠˊ	木部	【木部】3畫		261	263	段6上-46	鍇11-20	鉉6上-6
勺(杓)	shao´	ㄕㄠˊ	勺部	【勹部】3畫		715	722	段14上-27	鍇27-9	鉉14上-5
杕(柁、舵)	di`	ㄉㄧˋ	木部	【木部】3畫		251	253	段6上-26	鍇11-12	鉉6上-4

篆本字（古文、金文、籀文、俗字，通叚、金石）	拼音	注音	說文部首	康熙部首	筆畫	一般頁碼	洪葉頁碼	段注篇章	徐鍇通釋篇章	徐鉉藤花榭篇章
杖(仗)	zhang丶	ㄓㄤˋ	木部	【木部】3畫		263	266	段6上-51	錯11-22	鉉6上-7
宗	mang	ㄇㄤˊ	木部	【木部】3畫		256	258	段6上-36	錯11-16	鉉6上-5
杙(弋)	yi丶	一ˋ	木部	【木部】3畫		243	245	段6上-11	錯11-5	鉉6上-2
弋(杙，芅、絨、鳶、黓通叚)	yi丶	一ˋ	厂部	【弋部】3畫		627	633	段12下-32	錯24-11	鉉12下-5
柧(枯、觚，扖通叚)	gu	ㄍㄨ	木部	【木部】3畫		260	262	段6上-44	錯11-19	鉉6上-6
杜(塘、數通叚)	du丶	ㄉㄨˋ	木部	【木部】3畫		240	242	段6上-4	錯11-2	鉉6上-1
斁(劇、杜)	du丶	ㄉㄨˋ	攴部	【攴部】3畫		125	126	段3下-37	錯6-19	鉉3下-8
杝(籬，梔、欏、簃通叚)	yi	一ˊ	木部	【木部】3畫		257	259	段6上-38	錯11-17	鉉6上-5
榹(杝)	si	ㄙ	木部	【木部】3畫		260	263	段6上-45	錯11-19	鉉6上-6
枮(杉、砧、碪通叚)	xian	ㄒ一ㄢ	木部	【木部】3畫		248	250	段6上-20	錯11-8	鉉6上-3
燅(杉通叚)	shan丷	ㄕㄢˇ	炎部	【火部】3畫		487	491	段10上-54	錯19-18	鉉10上-9
樤(杉柀述及，惟段注从木黏)	shan	ㄕㄢ	木部	【木部】3畫		無	無	無	無	鉉6上-2
杞(檵、芑)	qi丷	ㄑ一ˇ	木部	【木部】3畫		246	248	段6上-16	錯11-7	鉉6上-3
檵(杞)	ji	ㄐ一	木部	【木部】3畫		246	248	段6上-16	錯11-7	鉉6上-3
杠(矼通叚)	gang	ㄍㄤ	木部	【木部】3畫		257	260	段6上-39	錯11-17	鉉6上-5
竿(干、簡，杆通叚)	gan	ㄍㄢ	竹部	【竹部】3畫		194	196	段5上-12	錯9-5	鉉5上-2
榦(幹，簳、杆、笴通叚)	gan丶	ㄍㄢˋ	木部	【木部】3畫		253	255	段6上-30	錯11-14	鉉6上-4
干(竿，杆通叚)	gan	ㄍㄢ	干部	【干部】3畫		87	87	段3上-2	錯5-2	鉉3上-1
戩(干)	gan	ㄍㄢ	戈部	【戈部】3畫		630	636	段12下-38	錯24-12	鉉12下-6
綱(棡、杠)	gang	ㄍㄤ	糸部	【糸部】3畫		655	662	段13上-25	錯25-6	鉉13上-3
束	shu丶	ㄕㄨˋ	束部	【木部】3畫		276	278	段6下-8	錯12-6	鉉6下-3
邨(村)	cun	ㄘㄨㄣ	邑部	【邑部】3畫		300	302	段6下-56	錯12-22	鉉6下-8
科(斗)	zhu丷	ㄓㄨˇ	木部	【木部】4畫		261	263	段6上-46	錯11-20	鉉6上-6

篆本字（古文、金文、籀文、俗字，通叚、金石）	拼音	注音	說文部首	康熙部首	筆畫	一般頁碼	洪葉頁碼	段注篇章	徐鍇通釋篇章	徐鉉藤花榭篇章
斗(枓魁述及、陡陗qiao`述及，戽、抖、斜、蚪、阧通叚)	dou˘	ㄉㄡ˘	斗部	【斗部】	4畫	717	724	段14上-32	鍇27-10	鉉14上-5
版(板、反，蝂、鈑通叚)	ban˘	ㄅㄢ˘	片部	【片部】	4畫	318	321	段7上-33	鍇13-14	鉉7上-6
困(朱)	kun`	ㄎㄨㄣ`	囗部	【囗部】	4畫	278	281	段6下-13	鍇12-8	鉉6下-4
內(納，枘通叚)	nei`	ㄋㄟ`	入部	【入部】	4畫	224	226	段5下-18	鍇10-7	鉉5下-3
抗(杭)	kang`	ㄎㄤ`	手部	【手部】	4畫	609	615	段12上-52	鍇23-16	鉉12上-8
斻(航、杭杭者說文或抗字)	hang´	ㄏㄤ´	方部	【方部】	4畫	404	409	段8下-7	鍇16-11	鉉8下-2
朮(鏵、鈥，鍃通叚)	hua´	ㄏㄨㄚ´	木部	【木部】	4畫	258	261	段6上-41	鍇11-18	鉉6上-6
杪	miao˘	ㄇㄧㄠ˘	木部	【木部】	4畫	250	252	段6上-24	鍇11-11	鉉6上-4
枏(抳、枬、楠通叚)	nan´	ㄋㄢ´	木部	【木部】	4畫	239	241	段6上-2	鍇11-1	鉉6上-1
心(小隸書疛述及，杺通叚)	xin	ㄒㄧㄣ	心部	【心部】	4畫	501	506	段10下-23	鍇20-9	鉉10下-5
杵	chu˘	ㄔㄨ˘	木部	【木部】	4畫	260	262	段6上-44	鍇11-19	鉉6上-6
杶(櫄、杻、杻、櫄，椿通叚)	chun	ㄔㄨㄣ	木部	【木部】	4畫	242	245	段6上-9	鍇11-5	鉉6上-2
杻(杽)	chou˘	ㄔㄡ˘	木部	【木部】	4畫	270	272	段6上-64	鍇11-29	鉉6上-8
紐(杻檍yi`述及)	niu˘	ㄋㄧㄡ˘	糸部	【糸部】	4畫	654	660	段13上-22	鍇25-5	鉉13上-3
杷(耙，扒、抓、朳、爬、琶通叚)	pa´	ㄆㄚ´	木部	【木部】	4畫	259	262	段6上-43	鍇11-19	鉉6上-6
杼(梭、梭、柔)	zhu`	ㄓㄨ`	木部	【木部】	4畫	262	265	段6上-49	鍇11-21	鉉6上-6
序(杼、緒、敍，垿通叚)	xu`	ㄒㄩ`	广部	【广部】	4畫	444	448	段9下-14	鍇18-5	鉉9下-2
柔(杼、茅)	shu`	ㄕㄨ`	木部	【木部】	4畫	243	245	段6上-10	鍇11-5	鉉6上-2
松(窠窠作榕，淞通叚)	song	ㄙㄨㄥ	木部	【木部】	4畫	247	250	段6上-19	鍇11-8	鉉6上-3

篆本字（古文、金文、籀文、俗字，通段、金石）	拼音	注音	說文部首	康熙部首	筆畫	一般頁碼	洪葉頁碼	段注篇章	徐鍇通釋篇章	徐鉉藤花榭篇章
极(笈通段)	ji´	ㄐㄧˊ	木部	【木部】	4畫	266	268	段6上-56	錯11-24	鉉6上-7
枅(楄)	ji	ㄐㄧ	木部	【木部】	4畫	254	257	段6上-33	錯11-15	鉉6上-5
枇(琵通段)	pi´	ㄆㄧˊ	木部	【木部】	4畫	243	246	段6上-11	錯11-5	鉉6上-2
楻(枉)	wang˘	ㄨㄤˇ	木部	【木部】	4畫	250	253	段6上-25	錯11-12	鉉6上-4
芫(杬，芫通段)	yuan´	ㄩㄢˊ	艸部	【艸部】	4畫	36	36	段1下-30	錯2-14	鉉1下-5
止(趾、山隸變延述及，杜通段)	zhi˘	ㄓˇ	止部	【止部】	4畫	67	68	段2上-39	錯3-17	鉉2上-8
楷(杜、槎)	sheng˘	ㄕㄥˇ	日部	【木部】	4畫	260	263	段6上-45	錯11-19	鉉6上-6
開(枡通段)	bian`	ㄅㄧㄢˋ	門部	【門部】	4畫	588	594	段12上-9	錯23-5	鉉12上-2
析(枂通段)	xi	ㄒㄧ	木部	【木部】	4畫	269	271	段6上-62	錯11-28	鉉6上-8
枒(椰，楓、椰通段)	ya	ㄧㄚ	木部	【木部】	4畫	246	248	段6上-16	錯11-7	鉉6上-3
柲(柴、觝通段)	bi`	ㄅㄧˋ	木部	【木部】	4畫	263	266	段6上-51	錯11-22	鉉6上-7
柳	ang`	ㄤˋ	木部	【木部】	4畫	267	269	段6上-58	錯11-25	鉉6上-7
枋	fang	ㄈㄤ	木部	【木部】	4畫	244	247	段6上-13	錯11-6	鉉6上-2
枌	fen´	ㄈㄣˊ	木部	【木部】	4畫	247	250	段6上-19	錯11-8	鉉6上-3
枎(扶)	fu´	ㄈㄨˊ	木部	【木部】	4畫	250	253	段6上-25	錯11-12	鉉6上-4
枑	hu`	ㄏㄨˋ	木部	【木部】	4畫	266	268	段6上-56	錯11-24	鉉6上-7
枕	zhen˘	ㄓㄣˇ	木部	【木部】	4畫	258	260	段6上-40	錯11-18	鉉6上-5
枖	yao	ㄧㄠ	木部	【木部】	4畫	249	252	段6上-23	錯11-10	鉉6上-4
枚(微)	mei´	ㄇㄟˊ	木部	【木部】	4畫	249	251	段6上-22	錯11-10	鉉6上-4
枝(岐、跂述及)	zhi	ㄓ	木部	【木部】	4畫	249	251	段6上-22	錯11-10	鉉6上-3
柔(杸、芧)	shu`	ㄕㄨˋ	木部	【木部】	4畫	243	245	段6上-10	錯11-5	鉉6上-2
杼(梭、橕、柔)	zhu`	ㄓㄨˋ	木部	【木部】	4畫	262	265	段6上-49	錯11-21	鉉6上-6
果(猓、祼、菓通段)	guo˘	ㄍㄨㄛˇ	木部	【木部】	4畫	249	251	段6上-22	錯11-10	鉉6上-3
東	dong	ㄅㄨㄥ	東部	【木部】	4畫	271	273	段6上-66	錯11-30	鉉6上-9
杲	gao˘	ㄍㄠˇ	木部	【木部】	4畫	252	255	段6上-29	錯11-13	鉉6上-4
杳	yao˘	ㄧㄠˇ	木部	【木部】	4畫	252	255	段6上-29	錯11-13	鉉6上-4
桮(杯、匹、匼籲方言曰：盃械盞溫閒櫨㯲，桮也，盃、杯通段)	bei	ㄅㄟ	木部	【木部】	4畫	260	263	段6上-45	錯11-19	鉉6上-6

篆本字(古文、金文、籀文、俗字，通叚、金石)	拼音	注音	說文部首	康熙部首	筆畫	一般頁碼	洪葉頁碼	段注篇章	徐鍇通釋篇章	徐鉉藤花榭篇章
銛(枚、欣、橪，餂通叚)	gua	ㄍㄨㄚ	金部	【金部】4畫		706	713	段14上-10	鍇27-4	鉉14上-2
殳	shu	ㄕㄨ	殳部	【木部】4畫		119	120	段3下-25	鍇6-14	鉉3下-6
軛(軶、厄、屄、槅，柅通叚)	e `	ㄜˋ	車部	【車部】4畫		726	733	段14上-49	鍇27-13	鉉14上-7
林非林pai `	lin ´	ㄌㄧㄣˊ	林部	【木部】4畫		271	273	段6上-66	鍇11-30	鉉6上-9
麻非林lin ´(麻)	pai `	ㄆㄞˋ	林部	【木部】4畫		335	339	段7下-1	鍇13-28	鉉7下-1
柿(柿、柿)	fei `	ㄈㄟˋ	木部	【木部】4畫		268	270	段6上-60	鍇11-27	鉉6上-7
柿(柿、柿)	shi `	ㄕˋ	木部	【木部】5畫		239	241	段6上-2	鍇11-1	鉉6上-1
匛(柩、匶从舊、匶)	jiu `	ㄐㄧㄡˋ	匚部	【木部】5畫		637	643	段12下-51	鍇24-17	鉉12下-8
枏(抲、栴、楠通叚)	nan ´	ㄋㄢˊ	木部	【木部】5畫		239	241	段6上-2	鍇11-1	鉉6上-1
樝(查通叚)	zha	ㄓㄚ	木部	【木部】5畫		238	241	段6上-1	鍇11-1	鉉6上-1
柶(梩，耜、耟通叚)	si `	ㄙˋ	木部	【木部】5畫		259	261	段6上-42	鍇11-18	鉉6上-6
析(枂通叚)	xi	ㄒㄧ	木部	【木部】5畫		269	271	段6上-62	鍇11-28	鉉6上-8
漆(柒通叚)	qi	ㄑㄧ	水部	【水部】5畫		523	528	段11上壹-16	鍇21-4	鉉11上-2
桼(漆，杀、柒、軟通叚)	qi	ㄑㄧ	桼部	【木部】5畫		276	278	段6下-8	鍇12-6	鉉6下-3
柭	lu ´	ㄌㄨˊ	木部	【木部】5畫		243	246	段6上-11	鍇11-5	鉉6上-2
枸	qu	ㄑㄩ	木部	【木部】5畫		266	268	段6上-56	鍇11-24	鉉6上-7
柰(奈)	nai `	ㄋㄞˋ	木部	【大部】5畫		239	242	段6上-3	鍇11-2	鉉6上-1
槎(樫，柞、楂通叚)	zuo `	ㄗㄨㄛˋ	木部	【木部】5畫		269	271	段6上-62	鍇11-28	鉉6上-8
柑(杉、砧、礛通叚)	xian	ㄒㄧㄢ	木部	【木部】5畫		248	250	段6上-20	鍇11-8	鉉6上-3
枯(楛，槹、胋通叚)	ku	ㄎㄨ	木部	【木部】5畫		251	254	段6上-27	鍇11-12	鉉6上-4
抴(枻、拽，榠通叚)	ye `	ㄧㄝˋ	手部	【手部】5畫		610	616	段12上-53	鍇23-16	鉉12上-8
柿(柿、柿)	shi `	ㄕˋ	木部	【木部】5畫		239	241	段6上-2	鍇11-1	鉉6上-1
柿(柿、柿)	fei `	ㄈㄟˋ	木部	【木部】5畫		268	270	段6上-60	鍇11-27	鉉6上-7

篆本字(古文、金文、籀文、俗字，通段、金石)	拼音	注音	說文部首	康熙部首	筆畫	一般頁碼	洪葉頁碼	段注篇章	徐鍇通釋篇章	徐鉉藤花榭篇章
枰	pingˊ	ㄆㄧㄥˊ	木部	【木部】	5畫	269	271	段6上-62	鍇11-28	鉉6上-8
枱(鈶、辝、耜)	taiˊ	ㄊㄞˊ	木部	【木部】	5畫	259	261	段6上-42	鍇11-18	鉉6上-6
枳	zhiˇ	ㄓˇ	木部	【木部】	5畫	245	248	段6上-15	鍇11-7	鉉6上-3
積(枳，椇通段)	zhiˇ	ㄓˇ	禾部	【禾部】	5畫	275	277	段6下-6	鍇12-5	鉉6下-2
迟(枳、郤)	qiˋ	ㄑㄧˋ	辵(辶)部	【辵部】	5畫	72	73	段2下-7	鍇4-4	鉉2下-2
匵(櫝方言曰：盃槭盞溫閜盪廅，桮也，盪、柸、盞通段)	gongˋ	ㄍㄨㄥˋ	匚部	【匚部】	5畫	636	642	段12下-49	鍇24-16	鉉12下-8
枵(呺、諤通段)	xiao	ㄒㄧㄠ	木部	【木部】	5畫	250	252	段6上-24	鍇11-11	鉉6上-4
加(架)	jia	ㄐㄧㄚ	力部	【力部】	5畫	700	707	段13下-53	鍇26-11	鉉13下-8
枷(架通段)	jia	ㄐㄧㄚ	木部	【木部】	5畫	260	262	段6上-44	鍇11-19	鉉6上-6
枸(椇，椈通段)	juˇ	ㄐㄩˇ	木部	【木部】	5畫	244	247	段6上-13	鍇11-6	鉉6上-2
蒟(枸，蒟通段)	juˇ	ㄐㄩˇ	艸部	【艸部】	5畫	36	37	段1下-31	鍇2-15	鉉1下-5
枹(bao)	fuˊ	ㄈㄨˊ	木部	【木部】	5畫	265	267	段6上-54	鍇11-24	鉉6上-7
枼	yeˋ	ㄧㄝˋ	木部	【木部】	5畫	269	272	段6上-63	鍇11-28	鉉6上-8
檷(柅)	niˇ	ㄋㄧˇ	木部	【木部】	5畫	262	264	段6上-48	鍇11-21	鉉6上-6
柅(杘、檷，苨、[illegible]通段)	niˇ	ㄋㄧˇ	木部	【木部】	5畫	244	247	段6上-13	鍇11-23	鉉6上-2
杘(柅，抳、[illegible]通段)	niˇ	ㄋㄧˇ	木部	【木部】	5畫	264	266	段6上-52	鍇11-23	鉉6上-7
柀(彼、披，破通段)	biˇ	ㄅㄧˇ	木部	【木部】	5畫	242	244	段6上-8	鍇11-4	鉉6上-2
拕(拖，扡、柁通段)	tuo	ㄊㄨㄛ	手部	【手部】	5畫	610	616	段12上-53	鍇23-16	鉉12上-8
杕(柁、舵)	diˋ	ㄉㄧˋ	木部	【木部】	5畫	251	253	段6上-26	鍇11-12	鉉6上-4
柃	lingˊ	ㄌㄧㄥˊ	木部	【木部】	5畫	260	262	段6上-44	鍇11-19	鉉6上-6
柄(棅)	bingˇ	ㄅㄧㄥˇ	木部	【木部】	5畫	263	266	段6上-51	鍇11-22	鉉6上-7
秉(柄)	bingˇ	ㄅㄧㄥˇ	又部	【禾部】	5畫	115	116	段3下-18	鍇6-10	鉉3下-4
柆	la	ㄌㄚ	木部	【木部】	5畫	269	271	段6上-62	鍇11-28	鉉6上-8
柍(楧通段)	yang	ㄧㄤ	木部	【木部】	5畫	240	243	段6上-5	鍇11-3	鉉6上-1
柎(跗，趺、蚹通段)	fu	ㄈㄨ	木部	【木部】	5畫	265	267	段6上-54	鍇11-24	鉉6上-7

篆本字(古文、金文、籀文、俗字,通叚、金石)	拼音	注音	說文部首	康熙部首	筆畫	一般頁碼	洪葉頁碼	段注篇章	徐鍇通釋篇章	徐鉉藤花榭篇章
柏(栢、檗狛bo′述及)	bo′	ㄅㄛˊ	木部	【木部】5畫		248	250	段6上-20	鍇11-8	鉉6上-3
伯(柏bai˘)	bo′	ㄅㄛˊ	人部	【人部】5畫		367	371	段8上-5	鍇15-2	鉉8上-1
甘(柑通叚)	gan	ㄍㄢ	甘部	【甘部】5畫		202	204	段5上-27	鍇9-10	鉉5上-5
鉗(箝,柑、髡通叚)	qian′	ㄑㄧㄢˊ	金部	【金部】5畫		707	714	段14上-12	鍇27-5	鉉14上-3
某(楳、梅,柑通叚)	mou˘	ㄇㄡˇ	木部	【木部】5畫		248	250	段6上-20	鍇11-9	鉉6上-3
梅(楳、某)	mei′	ㄇㄟˊ	木部	【木部】5畫		239	241	段6上-2	鍇11-1	鉉6上-1
柔(揉、渘、騥通叚)	rou′	ㄖㄡˊ	木部	【木部】5畫		252	254	段6上-28	鍇11-13	鉉6上-4
腬(柔行而腬廢,腢通叚)	rou′	ㄖㄡˊ	百部	【肉部】5畫		422	427	段9上-15	鍇17-5	鉉9上-3
柖(招)	shao′	ㄕㄠˊ	木部	【木部】5畫		250	253	段6上-25	鍇11-12	鉉6上-4
柂(籭,柁、欐、箷通叚)	yi′	ㄧˊ	木部	【木部】5畫		257	259	段6上-38	鍇11-17	鉉6上-5
柘	zhe`	ㄓㄜˋ	木部	【木部】5畫		247	249	段6上-18	鍇11-8	鉉6上-3
樜(柘柧lu′述及)	zhe`	ㄓㄜˋ	木部	【木部】5畫		244	247	段6上-13	鍇11-6	鉉6上-2
柙(押、拶通叚)	xia′	ㄒㄧㄚˊ	木部	【木部】5畫		270	273	段6上-65	鍇11-29	鉉6上-8
匣(柙)	xia′	ㄒㄧㄚˊ	匚部	【匚部】5畫		637	643	段12下-51	鍇24-16	鉉12下-8
柚(櫾,榡通叚)	you`	ㄧㄡˋ	木部	【木部】5畫		238	241	段6上-1	鍇11-1	鉉6上-1
柜(欅、榘渠述及)	ju˘	ㄐㄩˇ	木部	【木部】5畫		246	248	段6上-16	鍇11-7	鉉6上-3
柝(柝、拆)	tuo`	ㄊㄨㄛˋ	木部	【木部】5畫		252	254	段6上-28	鍇11-13	鉉6上-4
櫛(柈,柝通叚)	tuo`	ㄊㄨㄛˋ	木部	【木部】5畫		257	259	段6上-38	鍇11-17	鉉6上-5
柞(棫)	zuo`	ㄗㄨㄛˋ	木部	【木部】5畫		243	246	段6上-11	鍇11-5	鉉6上-2
柢(氐、蒂,秪通叚)	di˘	ㄉㄧˇ	木部	【木部】5畫		248	251	段6上-21	鍇11-9	鉉6上-3
蒂(蘆、柢,蒂通叚)	di`	ㄉㄧˋ	艸部	【艸部】5畫		38	39	段1下-35	鍇2-17	鉉1下-6
邸(柢)	di˘	ㄉㄧˇ	邑部	【邑部】5畫		284	286	段6下-24	鍇12-14	鉉6下-5

篆本字(古文、金文、籀文、俗字，通段、金石)	拼音	注音	說文部首	康熙部首	筆畫	一般頁碼	洪葉頁碼	段注篇章	徐鍇通釋篇章	徐鉉藤花榭篇章
棓(杯、匜、匼 甌方言曰：盌椷盞溫閩棓廡，棓也，盃、柸通段)	bei	ㄅㄟ	木部	【木部】5畫	260	263	段6上-45	錯11-19	鉉6上-6
柤	zha	ㄓㄚ	木部	【木部】5畫	256	259	段6上-37	錯11-16	鉉6上-5
槃(盤、鎜，盌、柈、洀、磐、鉢通段)	pan´	ㄆㄢˊ	木部	【木部】5畫	260	263	段6上-45	錯11-19	鉉6上-6
柧(觚，軱通段)	gu	ㄍㄨ	木部	【木部】5畫	268	271	段6上-61	錯11-27	鉉6上-8
柫	fu´	ㄈㄨˊ	木部	【木部】5畫	260	262	段6上-44	錯11-19	鉉6上-6
槙(顛、積，柛通段)	dian	ㄉㄧㄢ	木部	【木部】5畫	249	252	段6上-23	錯11-11	鉉6上-4
枊	ba	ㄅㄚ	木部	【木部】5畫	263	266	段6上-51	錯11-22	鉉6上-7
柱(拄，砫通段)	zhu ˋ	ㄓㄨˋ	木部	【木部】5畫	253	256	段6上-31	錯11-14	鉉6上-4
柲(柴、觘通段)	bi	ㄅㄧˋ	木部	【木部】5畫	263	266	段6上-51	錯11-22	鉉6上-7
柮(朵通段)	duo ˋ	ㄉㄨㄛˋ	木部	【木部】5畫	269	271	段6上-62	錯11-28	鉉6上-8
柯(笱、舸通段)	ke	ㄎㄜ	木部	【木部】5畫	263	266	段6上-51	錯11-22	鉉6上-7
柵	zha ˋ	ㄓㄚˋ	木部	【木部】5畫	257	259	段6上-38	錯11-17	鉉6上-5
柷(chu ˋ)	zhu ˋ	ㄓㄨˋ	木部	【木部】5畫	265	267	段6上-54	錯11-24	鉉6上-7
柶	si ˋ	ㄙˋ	木部	【木部】5畫	260	263	段6上-45	錯11-19	鉉6上-6
柷(栲)	kao ˇ	ㄎㄠˇ	木部	【木部】5畫	242	245	段6上-9	錯11-5	鉉6上-2
桺(柳、酉，槢、蔓通段)	liu ˇ	ㄌㄧㄡˇ	木部	【木部】5畫	245	247	段6上-14	錯11-7	鉉6上-3
栚(柳)	qiong´	ㄑㄩㄥˊ	木部	【木部】6畫	240	243	段6上-5	錯11-3	鉉6上-1
楮(柠)	chu ˇ	ㄔㄨˇ	木部	【木部】5畫	246	248	段6上-16	錯11-7	鉉6上-3
栀(卮，梔通段)	zhi	ㄓ	木部	【木部】5畫	248	250	段6上-20	錯11-9	鉉6上-3
榍(枻)	xie ˋ	ㄒㄧㄝˋ	木部	【木部】5畫	256	259	段6上-37	錯11-16	鉉6上-5
枲(鸁、蔂通段)	xi ˇ	ㄒㄧˇ	木部	【木部】5畫	335	339	段7下-1	錯13-27	鉉7下-1
繆(枲、穆)	miu ˋ	ㄇㄧㄡˋ	糸部	【糸部】5畫	661	668	段13上-37	錯25-8	鉉13上-5
芓(芓、枲)	zi ˇ	ㄗˇ	艸部	【艸部】5畫	23	23	段1下-4	錯2-22	鉉1下-1
櫱(欂、栲、栓、朩[不]，蘖通段)	nie ˋ	ㄋㄧㄝˋ	木部	【木部】5畫	268	271	段6上-61	錯11-27	鉉6上-8
染	ran ˇ	ㄖㄢˇ	水部	【木部】5畫	565	570	段11上貳-39	錯21-24	鉉11上-9

篆本字(古文、金文、籀文、俗字，通叚、金石)	拼音	注音	說文部首	康熙部首	筆畫	一般頁碼	洪葉頁碼	段注篇章	徐鍇通釋篇章	徐鉉藤花樹篇章
霖(染)	ran˅	ㄖㄢˇ	雨部	【雨部】	5畫	573	579	段11下-13	錯22-6	鉉11下-4
柬(簡，揀通叚)	jian˅	ㄐㄧㄢˇ	柬部	【木部】	5畫	276	278	段6下-8	錯12-6	鉉6下-3
柏(栢、檗狛bo′述及)	bo′	ㄅㄛˊ	木部	【木部】	6畫	248	250	段6上-20	錯11-8	鉉6上-3
拱(恭，栱通叚)	gong˅	ㄍㄨㄥˇ	手部	【手部】	6畫	610	616	段12上-54	錯23-17	鉉12上-8
柗(帢通叚)	he′	ㄏㄜˊ	木部	【木部】	6畫	258	261	段6上-41	錯11-18	鉉6上-5
栲(栲)	kao˅	ㄎㄠˇ	木部	【木部】	6畫	242	245	段6上-9	錯11-5	鉉6上-2
屖(栖)	qi	ㄑㄧ	尸部	【尸部】	6畫	400	404	段8上-72	錯16-9	鉉8上-11
詣(栺通叚)	yi`	ㄧˋ	言部	【言部】	6畫	95	96	段3上-19	錯5-10	鉉3上-4
楝	se`	ㄙㄜˋ	木部	【木部】	6畫	無	無	無	無	鉉6上-8
朿(刺、棘栜yi′述及，庇、蠚、蛓通叚)	ci`	ㄘˋ	朿部	【木部】	6畫	318	321	段7上-33	錯13-14	鉉7上-6
柘(楮、櫧，樜通叚)	zhe′	ㄓㄜˊ	木部	【木部】	6畫	261	264	段6上-47	錯11-20	鉉6上-6
柴(積，㧘通叚)	chai′	ㄔㄞˊ	木部	【木部】	6畫	252	255	段6上-29	錯11-13	鉉6上-4
栘	yi′	ㄧˊ	木部	【木部】	6畫	245	248	段6上-15	錯11-7	鉉6上-3
檀(栚，柝通叚)	tuo`	ㄊㄨㄛˋ	木部	【木部】	6畫	257	259	段6上-38	錯11-17	鉉6上-5
朵(朶，椯通叚)	duo˅	ㄉㄨㄛˇ	木部	【木部】	6畫	250	252	段6上-24	錯11-11	鉉6上-4
桻(桦、跭、跭)	xiang′	ㄒㄧㄤˊ	木部	【木部】	6畫	264	267	段6上-53	錯11-23	鉉6上-7
栚	zhen`	ㄓㄣˋ	木部	【木部】	6畫	261	264	段6上-47	錯11-20	鉉6上-6
栝(桰、栖)	gua	ㄍㄨㄚ	木部	【木部】	6畫	264	267	段6上-53	錯11-23	鉉6上-7
楛(栝、筈，栝、筈通叚)	gua	ㄍㄨㄚ	木部	【木部】	6畫	264	267	段6上-53	錯11-23	鉉6上-7
栟	bing	ㄅㄧㄥ	木部	【木部】	6畫	241	244	段6上-7	錯11-4	鉉6上-2
抴(枻、拽，栧通叚)	ye`	ㄧㄝˋ	手部	【手部】	6畫	610	616	段12上-53	錯23-16	鉉12上-8
栠(荏)	ren˅	ㄖㄣˇ	木部	【木部】	6畫	249	252	段6上-23	錯11-10	鉉6上-4
校(挍，較通叚)	jiao`	ㄐㄧㄠˋ	木部	【木部】	6畫	267	270	段6上-59	錯11-27	鉉6上-7
較(較亦作校、挍)	jiao`	ㄐㄧㄠˋ	車部	【車部】	6畫	722	729	段14上-41	錯27-12	鉉14上-6
斠(校，較通叚)	jiao`	ㄐㄧㄠˋ	斗部	【斗部】	6畫	718	725	段14上-33	錯27-11	鉉14上-6

篆本字(古文、金文、籀文、俗字,通叚、金石)	拼音	注音	說文部首	康熙部首	筆畫	一般頁碼	洪葉頁碼	段注篇章	徐鍇通釋篇章	徐鉉藤花榭篇章
骹(校,骹、齩、跤、骲、髇通叚)	qiao	ㄑㄧㄠ	骨部	【骨部】6畫	165	167	段4下-16	鍇8-7	鉉4下-3
栩	xu	ㄒㄩˇ	木部	【木部】6畫	243	245	段6上-10	鍇11-5	鉉6上-2
株(椿)	zhu	ㄓㄨ	木部	【木部】6畫	248	251	段6上-21	鍇11-9	鉉6上-3
栫(挋通叚)	jian	ㄐㄧㄢˋ	木部	【木部】6畫	263	265	段6上-50	鍇11-21	鉉6上-6
栭(檽、楩通叚)	er	ㄦˊ	木部	【木部】6畫	254	257	段6上-33	鍇11-15	鉉6上-5
栵(荊梨述及)	lie	ㄌㄧㄝˋ	木部	【木部】6畫	254	257	段6上-33	鍇11-15	鉉6上-5
荊(栵梨述及)	lie	ㄌㄧㄝˋ	艸部	【艸部】6畫	34	34	段1下-26	鍇2-12	鉉1下-4
核(槅、覈)	he	ㄏㄜˊ	木部	【木部】6畫	262	265	段6上-49	鍇11-21	鉉6上-6
根	gen	ㄍㄣ	木部	【木部】6畫	248	251	段6上-21	鍇11-9	鉉6上-3
限(限、㫔、泉)	xian	ㄒㄧㄢˋ	昌部	【阜部】6畫	732	739	段14下-3	鍇28-2	鉉14下-1
格(垎,徦、烙、敋、橄、落通叚)	ge	ㄍㄜˊ	木部	【木部】6畫	251	254	段6上-27	鍇11-12	鉉6上-4
挌(格,敆通叚)	ge	ㄍㄜˊ	手部	【手部】6畫	610	616	段12上-53	鍇23-17	鉉12上-8
咯(格)	ge	ㄍㄜˊ	丰部	【口部】6畫	183	185	段4下-52	鍇8-18	鉉4下-8
栽(㦵)	zai	ㄗㄞ	木部	【木部】6畫	252	255	段6上-29	鍇11-13	鉉6上-4
桂	gui	ㄍㄨㄟˋ	木部	【木部】6畫	240	242	段6上-4	鍇11-2	鉉6上-1
式(拭、栻、鵡、鷙從敕通叚)	shi	ㄕˋ	工部	【弋部】6畫	201	203	段5上-25	鍇9-10	鉉5上-4
桃	tao	ㄊㄠˊ	木部	【木部】6畫	239	242	段6上-3	鍇11-2	鉉6上-1
桄(觥、軦通叚)	guang	ㄍㄨㄤ	木部	【木部】6畫	268	271	段6上-61	鍇11-27	鉉6上-8
案木部	an	ㄢˋ	木部	【木部】6畫	260	263	段6上-45	鍇11-20	鉉6上-6
案禾部	an	ㄢˋ	禾部	【禾部】6畫	325	328	段7上-47	鍇13-19	鉉7上-8
桊(棬、益通叚)	juan	ㄐㄩㄢˋ	木部	【木部】6畫	263	265	段6上-50	鍇11-22	鉉6上-6
栘	yi	ㄧˊ	木部	【木部】6畫	241	244	段6上-7	鍇11-4	鉉6上-2
桎	zhi	ㄓˋ	木部	【木部】6畫	270	272	段6上-64	鍇11-29	鉉6上-8
楯(栒、椿、簨、簨通叚)	chun	ㄔㄨㄣ	木部	【木部】6畫	242	245	段6上-9	鍇11-5	鉉6上-2
筍(筠、笋,栒、簨、簨、筠通叚)	sun	ㄙㄨㄣˇ	竹部	【竹部】6畫	189	191	段5上-2	鍇9-1	鉉5上-1

篆本字（古文、金文、籀文、俗字，通叚、金石）	拼音	注音	說文部首	康熙部首	筆畫	一般頁碼	洪葉頁碼	段注篇章	徐鍇通釋篇章	徐鉉藤花榭篇章
枴(柳)	qiong´	ㄑㄩㄥˊ	木部	【木部】	6畫	240	243	段6上-5	鍇11-3	鉉6上-1
薅(薅、茠，媷、栐通叚)	hao	ㄏㄠ	蓐部	【艸部】	6畫	47	48	段1下-53	鍇2-25	鉉1下-9
西(棲、卥、鹵，栖通叚)	xi	ㄒㄧ	西部	【襾部】	6畫	585	591	段12上-4	鍇23-2	鉉12上-1
桐	tong´	ㄊㄨㄥˊ	木部	【木部】	6畫	247	249	段6上-18	鍇11-8	鉉6上-3
桀(榤、揭)	jie´	ㄐㄧㄝˊ	桀部	【木部】	6畫	237	240	段5下-44	鍇10-18	鉉5下-9
桓(查)	huan´	ㄏㄨㄢˊ	木部	【木部】	6畫	257	260	段6上-39	鍇11-17	鉉6上-5
查(桓)	huan´	ㄏㄨㄢˊ	大部	【大部】	6畫	492	497	段10下-5	鍇20-1	鉉10下-1
狟(桓)	huan´	ㄏㄨㄢˊ	犬部	【犬部】	6畫	475	479	段10上-30	鍇19-10	鉉10上-5
桔	jie´	ㄐㄧㄝˊ	木部	【木部】	6畫	243	246	段6上-11	鍇11-5	鉉6上-2
栞(栞)	kan	ㄎㄢ	木部	【木部】	6畫	249	251	段6上-22	鍇11-10	鉉6上-4
栔(契、挈、鍥、剻)	qi `	ㄑㄧˋ	韧部	【木部】	6畫	183	185	段4下-52	鍇8-18	鉉4下-8
契(栔、挈)	qi `	ㄑㄧˋ	大部	【大部】	6畫	493	497	段10下-6	鍇20-2	鉉10下-2
挈(契、栔)	qie `	ㄑㄧㄝˋ	手部	【手部】	6畫	596	602	段12上-26	鍇23-9	鉉12上-5
桑(縔通叚)	sang	ㄙㄤ	叒部	【木部】	6畫	272	275	段6下-1	鍇12-1	鉉6下-1
虐(虐、瘧)	nüè	ㄋㄩㄝˋ	虎部	【虍部】	6畫	209	211	段5上-42	鍇9-17	鉉5上-8
桅	wei´	ㄨㄟˊ	木部	【木部】	6畫	無	無	無	無	鉉6上-3
危(峗、桅、挴通叚)	wei´	ㄨㄟˊ	危部	【卩部】	6畫	448	453	段9下-23	鍇18-8	鉉9下-4
㮚(栗＝慄惴述及、𪔗、𥠊，鶹、㮚通叚)	li `	ㄌㄧˋ	卤部	【木部】	6畫	317	320	段7上-32	鍇13-13	鉉7上-6
笐(桁)	gang	ㄍㄤ	竹部	【竹部】	6畫	190	192	段5上-4	鍇9-2	鉉5上-1
横(桄、橫、衡，桁、軡、鑅通叚)	heng´	ㄏㄥˊ	木部	【木部】	6畫	268	270	段6上-60	鍇11-27	鉉6上-7
衡(衡、奧，桁、蘅通叚)	heng´	ㄏㄥˊ	角部	【行部】	6畫	186	188	段4下-57	鍇8-20	鉉4下-8
梵	fan `	ㄈㄢˋ	林部	【木部】	7畫	無	無	無	無	鉉6上-9
芃(梵)	peng´	ㄆㄥˊ	艸部	【艸部】	7畫	38	39	段1下-35	鍇2-17	鉉1下-6
宸(梣)	chen´	ㄔㄣˊ	宀部	【宀部】	7畫	338	342	段7下-7	鍇14-3	鉉7下-2

篆本字（古文、金文、籀文、俗字，通叚、金石）	拼音	注音	說文部首	康熙部首	筆畫	一般頁碼	洪葉頁碼	段注篇章	徐鍇通釋篇章	徐鉉藤花榭篇章
梠（椏，耜、耛通叚）	si `	ㄙˋ	木部	【木部】7畫		259	261	段6上-42	錯11-18	鉉6上-6
栽（裁）	zai	ㄗㄞ	木部	【木部】7畫		252	255	段6上-29	錯11-13	鉉6上-4
梳（疏）	shu	ㄕㄨ	木部	【木部】7畫		258	261	段6上-41	錯11-18	鉉6上-5
栵	lie `	ㄌㄧㄝˋ	木部	【木部】7畫		244	247	段6上-13	錯11-6	鉉6上-2
桮（杯、匜、匲鼶方言曰：盌椷盞溫閜㯯㯿，桮也，盂、杯通叚）	bei	ㄅㄟ	木部	【木部】7畫		260	263	段6上-45	錯11-19	鉉6上-6
桯	ting	ㄊㄧㄥ	木部	【木部】7畫		257	260	段6上-39	錯11-17	鉉6上-5
楹（桯）	ying ´	ㄧㄥˊ	木部	【木部】7畫		253	256	段6上-31	錯11-14	鉉6上-4
栝（桰、筶，桰、筶通叚）	gua	ㄍㄨㄚ	木部	【木部】7畫		264	267	段6上-53	錯11-23	鉉6上-7
巠	jing `	ㄐㄧㄥˋ	木部	【木部】7畫		257	260	段6上-39	錯11-17	鉉6上-5
夆（鏠、峯，鋒通叚）	feng ´	ㄈㄥˊ	夊部	【夊部】7畫		237	239	段5下-43	錯10-18	鉉5下-8
桴（艀通叚）	fu ´	ㄈㄨˊ	木部	【木部】7畫		253	256	段6上-31	錯11-14	鉉6上-4
泭（桴，㠶、艀通叚）	fu ´	ㄈㄨˊ	水部	【水部】7畫		555	560	段11上貳-20	錯21-19	鉉11上-6
枛（棯通叚）	ren `	ㄖㄣˋ	木部	【木部】7畫		248	250	段6上-20	錯11-9	鉉6上-3
桵	rui ´	ㄖㄨㄟˊ	木部	【木部】7畫		242	245	段6上-9	錯11-5	鉉6上-2
君（㕷，桾通叚）	jun	ㄐㄩㄣ	口部	【口部】7畫		57	57	段2上-18	錯3-7	鉉2上-4
桶（甬）	tong ˇ	ㄊㄨㄥˇ	木部	【木部】7畫		264	267	段6上-53	錯11-23	鉉6上-7
桷	jue ´	ㄐㄩㄝˊ	木部	【木部】7畫		255	257	段6上-34	錯11-15	鉉6上-5
桂（枉）	wang ˇ	ㄨㄤˇ	木部	【木部】7畫		250	253	段6上-25	錯11-12	鉉6上-4
桹（榔）	lang ´	ㄌㄤˊ	木部	【木部】7畫		250	252	段6上-24	錯11-11	鉉6上-4
楝（榡通叚）	cu `	ㄘㄨˋ	木部	【木部】7畫		256	258	段6上-36	錯11-16	鉉6上-5
梁（漆）	liang ´	ㄌㄧㄤˊ	木部	【木部】7畫		267	270	段6上-59	錯11-26	鉉6上-7
梂（莍、銶）	qiu ´	ㄑㄧㄡˊ	木部	【木部】7畫		246	249	段6上-17	錯11-8	鉉6上-3
莍（梂，毬通叚，段刪）	qiu ´	ㄑㄧㄡˊ	艸部	【艸部】7畫		37	37	段1下-32	錯2-15	鉉1下-5
圓（园、幃、桾通叚）	yuan ´	ㄩㄢˊ	口部	【口部】7畫		277	279	段6下-10	錯12-7	鉉6下-3
桯（脡、艇通叚）	ting ˇ	ㄊㄧㄥˇ	木部	【木部】7畫		249	252	段6上-23	錯11-11	鉉6上-4

篆本字（古文、金文、籀文、俗字，通叚、金石）	拼音	注音	說文部首	康熙部首	筆畫	一般頁碼	洪葉頁碼	段注篇章	徐鍇通釋篇章	徐鉉藤花榭篇章
梅（楳、某）	mei ˊ	ㄇㄟˊ	木部	【木部】7畫		239	241	段6上-2	錯11-1	鉉6上-1
某（楳、梅，柑通叚）	mou ˇ	ㄇㄡˇ	木部	【木部】7畫		248	250	段6上-20	錯11-9	鉉6上-3
栟（弄）	long ˋ	ㄌㄨㄥˋ	木部	【木部】7畫		248	250	段6上-20	錯11-9	鉉6上-3
捈（梌通叚）	tu ˊ	ㄊㄨˊ	手部	【手部】7畫		610	616	段12上-53	錯23-16	鉉12上-8
梏	gu ˋ	ㄍㄨˋ	木部	【木部】7畫		270	272	段6上-64	錯11-29	鉉6上-8
梐	bi ˋ	ㄅㄧˋ	木部	【木部】7畫		266	268	段6上-56	錯11-24	鉉6上-7
業（榛、樼）	zhen	ㄓㄣ	木部	【木部】7畫		239	242	段6上-3	錯11-2	鉉6上-1
梓（杍）	zi ˇ	ㄗˇ	木部	【木部】7畫		242	244	段6上-8	錯11-4	鉉6上-2
檔（梓）	jian ˋ	ㄐㄧㄢˋ	木部	【木部】7畫		243	246	段6上-11	錯11-5	鉉6上-2
李（杍、梓、理）	li ˇ	ㄌㄧˇ	木部	【木部】7畫		239	242	段6上-3	錯11-2	鉉6上-1
梔（卮，栀通叚）	zhi	ㄓ	木部	【木部】7畫		248	250	段6上-20	錯11-9	鉉6上-3
梗（梗，挭、硬、鞕通叚）	geng ˇ	ㄍㄥˇ	木部	【木部】7畫		247	250	段6上-19	錯11-8	鉉6上-3
梜	jia	ㄐㄧㄚ	木部	【木部】7畫		268	270	段6上-61	錯11-27	鉉6上-8
條（樤通叚）	tiao ˊ	ㄊㄧㄠˊ	木部	【木部】7畫		249	251	段6上-22	錯11-10	鉉6上-3
滌（條、脩，藗、潟通叚）	di ˊ	ㄉㄧˊ	水部	【水部】7畫		563	568	段11上貳-35	錯21-23	鉉11上-8
梟（嚻、嗥、蠵通叚）	xiao	ㄒㄧㄠ	木部	【木部】7畫		271	273	段6上-66	錯11-29	鉉6上-8
䫷（梟）	jiao	ㄐㄧㄠ	㬱部	【目部】7畫		423	428	段9上-17	錯17-6	鉉9上-3
梠（櫚通叚）	lü ˇ	ㄌㄩˇ	木部	【木部】7畫		255	258	段6上-35	錯11-15	鉉6上-5
梡（輐通叚）	kuan ˇ	ㄎㄨㄢˇ	木部	【木部】7畫		269	272	段6上-63	錯11-28	鉉6上-8
梢（捎，旓、槊、矟、鞘、鞘通叚）	shao	ㄕㄠ	木部	【木部】7畫		244	247	段6上-13	錯11-6	鉉6上-2
梣（檒）	chen ˊ	ㄔㄣˊ	木部	【木部】7畫		241	243	段6上-6	錯11-3	鉉6上-1
欙（桐、橋、樏、虆、輂）	lei ˊ	ㄌㄟˊ	木部	【木部】7畫		267	269	段6上-58	錯11-25	鉉6上-7
梮（桐、欙、虆、轝，檋通叚）	ju ˊ	ㄐㄩˊ	木部	【木部】7畫		262	264	段6上-48	錯11-20	鉉6上-6

篆本字（古文、金文、籀文、俗字，通叚、金石）	拼音	注音	說文部首	康熙部首	筆畫	一般頁碼	洪葉頁碼	段注篇章	徐鍇通釋篇章	徐鉉藤花榭篇章
輂(欅、桐、鼝、鼝、軼，轎通叚)	ju´	ㄐㄩˊ	車部	【車部】7畫	729	736	段14上-56	鍇27-15	鉉14上-8
栟(菜、橤通叚)	fen	ㄈㄣ	木部	【木部】7畫	245	247	段6上-14	鍇11-6	鉉6上-2
櫛(椥，扱通叚)	zhi`	ㄓˋ	木部	【木部】7畫	258	261	段6上-41	鍇11-18	鉉6上-5
梧(捂、齬通叚)	wu´	ㄨˊ	木部	【木部】7畫	247	249	段6上-18	鍇11-8	鉉6上-3
楢(栖通叚)	you´	ㄧㄡˊ	木部	【木部】7畫	240	243	段6上-5	鍇11-2	鉉6上-1
梣	qin´	ㄑㄧㄣˊ	木部	【木部】7畫	239	242	段6上-3	鍇11-2	鉉6上-1
康(糖、窠通叚)	kang	ㄎㄤ	宀部	【宀部】7畫	339	342	段7下-8	鍇14-4	鉉7下-2
楔	ying˘	ㄧㄥˇ	木部	【木部】7畫	238	241	段6上-1	鍇11-1	鉉6上-1
梭(梣，桫通叚)	suo	ㄙㄨㄛ	木部	【木部】7畫	244	247	段6上-13	鍇11-6	鉉6上-2
杼(梭、桫、柔)	zhu`	ㄓㄨˋ	木部	【木部】7畫	262	265	段6上-49	鍇11-21	鉉6上-6
梯	ti	ㄊㄧ	木部	【木部】7畫	263	265	段6上-50	鍇11-22	鉉6上-6
械	xie`	ㄒㄧㄝˋ	木部	【木部】7畫	270	272	段6上-64	鍇11-29	鉉6上-8
梱(閫通叚)	kun˘	ㄎㄨㄣˇ	木部	【木部】7畫	256	259	段6上-37	鍇11-16	鉉6上-5
棳(椏通叚)	zhuo´	ㄓㄨㄛˊ	木部	【木部】7畫	263	266	段6上-51	鍇11-22	鉉6上-7
棿	xi´	ㄒㄧˊ	木部	【木部】7畫	260	262	段6上-44	鍇11-19	鉉6上-6
梐(榴、忽，惚通叚)	hu	ㄏㄨ	木部	【木部】7畫	251	253	段6上-26	鍇11-12	鉉6上-4
梴梴 篆本字(挺、埏)	chan	ㄔㄢ	木部	【木部】7畫	251	253	段6上-26	鍇11-30	鉉6上-4
梪(豆)	dou`	ㄉㄡˋ	豆部	【木部】7畫	207	209	段5上-38	鍇9-16	鉉5上-7
枒(椰，椏、椰通叚)	ya	ㄧㄚ	木部	【木部】7畫	246	248	段6上-16	鍇11-7	鉉6上-3
邪(耶、衺，梛、瑯通叚)	xie´	ㄒㄧㄝˊ	邑部	【邑部】7畫	298	300	段6下-52	鍇12-21	鉉6下-8
桼(漆，杀、柒、軟通叚)	qi	ㄑㄧ	桼部	【木部】7畫	276	278	段6下-8	鍇12-6	鉉6下-3
桺(柳、酉，樏、蔂通叚)	liu˘	ㄌㄧㄡˇ	木部	【木部】7畫	245	247	段6上-14	鍇11-7	鉉6上-3
棃(梨、樆，蜊、黧通叚)	li´	ㄌㄧˊ	木部	【木部】7畫	238	241	段6上-1	鍇11-1	鉉6上-1
驪(黎、梨)	li´	ㄌㄧˊ	馬部	【馬部】7畫	461	466	段10上-3	鍇19-1	鉉10上-1

篆本字(古文、金文、籀文、俗字，通叚、金石)	拼音	注音	說文部首	康熙部首	筆畫	一般頁碼	洪葉頁碼	段注篇章	徐鍇通釋篇章	徐鉉藤花榭篇章
黐(黎、𥝓、梨、犁者gou述及，璃、璨通叚)	li	ㄌㄧˊ	黍部	【黍部】	7畫	330	333	段7上-57	鍇13-23	鉉7上-9
乘(烝、乘，乘通叚)	cheng	ㄔㄥˊ	桀部	【木部】	8畫	237	240	段5下-44	鍇10-18	鉉5下-9
綱(棡、松)	gang	ㄍㄤ	糸部	【糸部】	8畫	655	662	段13上-25	鍇25-6	鉉13上-3
柄(棅)	bing	ㄅㄧㄥˇ	木部	【木部】	8畫	263	266	段6上-51	鍇11-22	鉉6上-7
楜(榾、忽，惚通叚)	hu	ㄏㄨ	木部	【木部】	8畫	251	253	段6上-26	鍇11-12	鉉6上-4
枲(梮、欅、蕐、蕐，櫸通叚)	ju	ㄐㄩˊ	木部	【木部】	8畫	262	264	段6上-48	鍇11-20	鉉6上-6
桊(棬、益通叚)	juan	ㄐㄩㄢˋ	木部	【木部】	8畫	263	265	段6上-50	鍇11-22	鉉6上-6
圈(圏，棬通叚)	quan	ㄑㄩㄢ	口部	【口部】	8畫	277	280	段6下-11	鍇12-8	鉉6下-4
柘(樜、檡，欜通叚)	zhe	ㄓㄜˊ	木部	【木部】	8畫	261	264	段6上-47	鍇11-20	鉉6上-6
盌(椀，碗、盌通叚)	wan	ㄨㄢˇ	皿部	【皿部】	8畫	211	213	段5上-46	鍇9-19	鉉5上-9
甂(椀、盌，碗通叚)	wan	ㄨㄢˇ	瓦部	【瓦部】	8畫	639	645	段12下-55	鍇24-18	鉉12下-8
觜(嘴廣雅作紫zui，蠵通叚)	zui	ㄗㄨㄟˇ	角部	【角部】	8畫	186	188	段4下-58	鍇8-20	鉉4下-9
揣(膞、敠、貒，敪通叚)	chuai	ㄔㄨㄞˇ	手部	【手部】	8畫	601	607	段12上-35	鍇23-11	鉉12上-6
棊(碁通叚)	qi	ㄑㄧˊ	木部	【木部】	8畫	264	267	段6上-53	鍇11-23	鉉6上-7
棓(棒，榔通叚)	pou	ㄆㄡˇ	木部	【木部】	8畫	263	266	段6上-51	鍇11-22	鉉6上-7
甾(甶，淄、椔、緇、簹、鶅通叚)	zi	ㄗ	甾部	【田部】	8畫	637	643	段12下-52	鍇24-17	鉉12下-8
輿(轝、轝窭述及，栎通叚)	yu	ㄩˊ	車部	【車部】	8畫	721	728	段14上-40	鍇27-12	鉉14上-6
茮(椒)	jiao	ㄐㄧㄠ	艸部	【艸部】	8畫	37	37	段1下-32	鍇2-15	鉉1下-5
棳(楹俗)	zhuo	ㄓㄨㄛˊ	木部	【木部】	8畫	241	243	段6上-6	鍇11-3	鉉6上-1
梲(棳通叚)	zhuo	ㄓㄨㄛˊ	木部	【木部】	8畫	263	266	段6上-51	鍇11-22	鉉6上-7

篆本字(古文、金文、籀文、俗字，通段、金石)	拼音	注音	說文部首	康熙部首	筆畫	一般頁碼	洪葉頁碼	段注篇章	徐鍇通釋篇章	徐鉉藤花榭篇章
棆	lun´	ㄌㄨㄣˊ	木部	【木部】	8畫	240	243	段6上-5	錯11-3	鉉6上-1
棐	fei˘	ㄈㄟˇ	木部	【木部】	8畫	271	273	段6上-66	錯11-29	鉉6上-8
匪(斐、棐、篚)	fei˘	ㄈㄟˇ	匚部	【匚部】	8畫	636	642	段12下-50	錯24-16	鉉12下-8
棖	cheng´	ㄔㄥˊ	木部	【木部】	8畫	263	265	段6上-50	錯11-22	鉉6上-6
棚	peng´	ㄆㄥˊ	木部	【木部】	8畫	262	265	段6上-49	錯11-21	鉉6上-6
梱	gu`	ㄍㄨˋ	木部	【木部】	8畫	267	269	段6上-58	錯11-25	鉉6上-7
棟	dong`	ㄉㄨㄥˋ	木部	【木部】	8畫	253	256	段6上-31	錯11-14	鉉6上-4
棣	di`	ㄉㄧˋ	木部	【木部】	8畫	245	248	段6上-15	錯11-7	鉉6上-3
棪	yan˘	ㄧㄢˇ	木部	【木部】	8畫	241	243	段6上-6	錯11-3	鉉6上-1
棫	yu`	ㄩˋ	木部	【木部】	8畫	243	245	段6上-10	錯11-5	鉉6上-2
柞(棫)	zuo`	ㄗㄨㄛˋ	木部	【木部】	8畫	243	246	段6上-11	錯11-5	鉉6上-2
棨(綮述及)	qi˘	ㄑㄧˇ	木部	【木部】	8畫	266	268	段6上-56	錯11-24	鉉6上-7
綮(棨，肇通段)	qi˘	ㄑㄧˇ	糸部	【糸部】	8畫	649	655	段13上-12	錯25-3	鉉13上-2
擢(棹、籊通段)	zhuo´	ㄓㄨㄛˊ	手部	【手部】	8畫	605	611	段12上-44	錯23-12	鉉12上-7
濯(浣、櫂段刪。楫ji´ 說文無櫂字，棹又櫂之俗)	zhuo´	ㄓㄨㄛˊ	水部	【水部】	8畫	564	569	段11上貳-38	錯21-24	鉉11上-9
棠(棖通段)	tang´	ㄊㄤˊ	木部	【木部】	8畫	240	242	段6上-4	錯11-2	鉉6上-1
來(徠、棶、逨、鶆通段)	lai´	ㄌㄞˊ	來部	【人部】	8畫	231	233	段5下-32	錯10-13	鉉5下-6
椋(棶)	liang´	ㄌㄧㄤˊ	木部	【木部】	8畫	241	243	段6上-6	錯11-3	鉉6上-1
桹(榔)	lang´	ㄌㄤˊ	木部	【木部】	8畫	250	252	段6上-24	錯11-11	鉉6上-4
棧(碊、輚、輴通段)	zhan`	ㄓㄢˋ	木部	【木部】	8畫	262	265	段6上-49	錯11-21	鉉6上-6
稙(枳，棋通段)	zhi˘	ㄓˇ	禾部	【禾部】	8畫	275	277	段6下-6	錯12-5	鉉6下-2
枸(棋，栒通段)	ju˘	ㄐㄩˇ	木部	【木部】	8畫	244	247	段6上-13	錯11-6	鉉6上-2
稘(棋)	ju˘	ㄐㄩˇ	禾部	【禾部】	8畫	275	277	段6下-6	錯12-5	鉉6下-2
石(碩、祏，楉通段)	shi´	ㄕˊ	石部	【石部】	8畫	448	453	段9下-23	錯18-8	鉉9下-4
采(俗字手采作採、五采作彩，埰、寀、採、綵、髟通段)	cai˘	ㄘㄞˇ	木部	【采部】	8畫	268	270	段6上-60	錯11-27	鉉6上-7

篆本字（古文、金文、籀文、俗字，通叚、金石）	拼音	注音	說文部首	康熙部首	筆畫	一般頁碼	洪葉頁碼	段注篇章	徐鍇通釋篇章	徐鉉藤花榭篇章
棱(楞，稜、蔆 通叚)	ling′	ㄌㄥˊ	木部	【木部】8畫	268	271	段6上-61	錯11-27	鉉6上-8
栝(桥、栖)	gua	ㄍㄨㄚ	木部	【木部】8畫	264	267	段6上-53	錯11-23	鉉6上-7
楛(栝、箬，桥、箬 通叚)	gua	ㄍㄨㄚ	木部	【木部】8畫	264	267	段6上-53	錯11-23	鉉6上-7
椒(藪，撒、聚 通叚)	zou	ㄗㄡ	木部	【木部】8畫	269	272	段6上-63	錯11-28	鉉6上-8
椁(槨，槨 通叚)	guo ˇ	ㄍㄨㄛˇ	木部	【木部】8畫	270	273	段6上-65	錯11-29	鉉6上-8
槏(扆、槏)	qian ˇ	ㄑㄧㄢˇ	木部	【木部】8畫	255	258	段6上-35	錯11-16	鉉6上-5
樠(楠)	man′	ㄇㄢˊ	木部	【木部】8畫	247	250	段6上-19	錯11-8	鉉6上-3
棺	guan	ㄍㄨㄢ	木部	【木部】8畫	270	273	段6上-65	錯11-29	鉉6上-8
椄(接)	jie	ㄐㄧㄝ	木部	【木部】8畫	264	267	段6上-53	錯11-23	鉉6上-7
椅(檹)	yi ˇ	一ˇ	木部	【木部】8畫	241	244	段6上-7	錯11-7	鉉6上-2
檹(旑、猗、椅)	yi	一	木部	【木部】8畫	250	253	段6上-25	錯11-12	鉉6上-4
旑(倚、猗、椅)	yi ˇ	一ˇ	㫃部	【方部】8畫	311	314	段7上-19	錯13-7	鉉7上-3
椆	chou′	ㄔㄡˊ	木部	【木部】8畫	241	243	段6上-6	錯11-3	鉉6上-1
椋(楝)	liang′	ㄌㄧㄤˊ	木部	【木部】8畫	241	243	段6上-6	錯11-3	鉉6上-1
椌	qiang	ㄑㄧㄤ	木部	【木部】8畫	265	267	段6上-54	錯11-24	鉉6上-7
椑	pi′	ㄆㄧˊ	木部	【木部】8畫	261	264	段6上-47	錯11-20	鉉6上-6
椐	ju	ㄐㄩ	木部	【木部】8畫	243	245	段6上-10	錯11-5	鉉6上-2
椇	gao	ㄍㄠ	木部	【木部】8畫	240	243	段6上-5	錯11-3	鉉6上-1
棥(樊)	fan′	ㄈㄢˊ	爻部	【木部】8畫	128	129	段3下-44	錯6-21	鉉3下-10
樊(棥，襻 通叚)	fan′	ㄈㄢˊ	収部	【木部】8畫	104	105	段3上-37	錯5-20	鉉3上-8
植(櫃)	zhi′	ㄓˊ	木部	【木部】8畫	255	258	段6上-35	錯11-15	鉉6上-5
置(置、植)	zhi `	ㄓˋ	网部	【网部】8畫	356	360	段7下-43	錯14-19	鉉7下-8
椎(鎚 通叚)	zhui	ㄓㄨㄟ	木部	【木部】8畫	263	266	段6上-51	錯11-22	鉉6上-7
椓(諑 通叚)	zhuo′	ㄓㄨㄛˊ	木部	【木部】8畫	268	271	段6上-61	錯11-27	鉉6上-8
剢(椓)	zhuo′	ㄓㄨㄛˊ	攴部	【攴部】8畫	125	126	段3下-38	錯6-19	鉉3下-9
斀(劅、椓)	zhuo′	ㄓㄨㄛˊ	攴部	【攴部】8畫	126	127	段3下-39	錯6-19	鉉3下-9
栞(栞)	kan	ㄎㄢ	木部	【木部】8畫	249	251	段6上-22	錯11-10	鉉6上-4
椶(棕 通叚)	zong	ㄗㄨㄥ	木部	【木部】8畫	241	244	段6上-7	錯11-4	鉉6上-2

篆本字（古文、金文、籀文、俗字，通叚、金石）	拼音	注音	說文部首	康熙部首	筆畫	一般頁碼	洪葉頁碼	段注篇章	徐鍇通釋篇章	徐鉉藤花榭篇章
櫱(枿、栦、櫱、朩[不]，孽通叚)	nie`	ㄋㄧㄝˋ	木部	【木部】8畫	268	271	段6上-61	錯11-27	鉉6上-8
枅(榰)	ji	ㄐㄧ	木部	【木部】8畫	254	257	段6上-33	錯11-15	鉉6上-5
棗(棘)	zao˅	ㄗㄠˇ	朿部	【木部】8畫	318	321	段7上-33	錯13-14	鉉7上-6
棘(亟、棗，蕀、㯉通叚)	ji´	ㄐㄧˊ	朿部	【木部】8畫	318	321	段7上-33	錯13-14	鉉7上-6
恆(亟、極、悈、戒、棘)	ji´	ㄐㄧˊ	心部	【心部】8畫	508	512	段10下-36	錯20-13	鉉10下-7
悈(亟、棘)	jie`	ㄐㄧㄝˋ	心部	【心部】8畫	504	509	段10下-29	錯20-11	鉉10下-6
亟(恆、棘)	ji´	ㄐㄧˊ	二部	【二部】8畫	681	687	段13下-14	錯26-1	鉉13下-3
杣(棘)	li`	ㄌㄧˋ	木部	【木部】8畫	252	255	段6上-29	錯11-13	鉉6上-4
苟非苟gou˅，古文從羊句(亟、棘，急俗)	ji`	ㄐㄧˋ	苟部	【艸部】8畫	434	439	段9上-39	錯17-13	鉉9上-7
觜	zui˅	ㄗㄨㄟˇ	此部	【木部】8畫	69	69	段2上-42	錯3-18	鉉2上-8
西(棲、卥、鹵，栖通叚)	xi	ㄒㄧ	西部	【西部】8畫	585	591	段12上-4	錯23-2	鉉12上-1
輗(軨、輨、棿)	ni´	ㄋㄧˊ	車部	【車部】8畫	729	736	段14上-55	錯27-15	鉉14上-7
華(棄、弃)	qi`	ㄑㄧˋ	華部	【木部】8畫	158	160	段4下-1	錯8-1	鉉4下-1
榜(榜、舫，牓、篣通叚)	bang˅	ㄅㄤˇ	木部	【木部】8畫	264	266	段6上-52	錯11-23	鉉6上-7
森	sen	ㄙㄣ	林部	【木部】8畫	272	274	段6上-68	錯11-31	鉉6上-9
棽(摻)	chen	ㄔㄣ	林部	【木部】8畫	271	274	段6上-67	錯11-30	鉉6上-9
棼(段借爲紛亂字)	fen´	ㄈㄣˊ	林部	【木部】8畫	272	274	段6上-68	錯11-31	鉉6上-9
紛	fen	ㄈㄣ	糸部	【糸部】4畫	658	664	段13上-30	錯25-7	鉉13上-4
帉(帉、紛)	fen	ㄈㄣ	巾部	【巾部】4畫	357	361	段7下-45	錯14-20	鉉7下-8
鬩從豩bin(紛)	fen	ㄈㄣ	鬥部	【鬥部】4畫	114	115	段3下-16	錯6-9	鉉3下-3
掍(hun`棍)	gun`	ㄍㄨㄣˋ	手部	【手部】8畫	611	617	段12上-55	錯23-17	鉉12上-8
枒(椰，椏、椰通叚)	ya	ㄧㄚ	木部	【木部】9畫	246	248	段6上-16	錯11-7	鉉6上-3
㭊(柝、拆)	tuo`	ㄊㄨㄛˋ	木部	【木部】9畫	252	254	段6上-28	錯11-13	鉉6上-4

篆本字(古文、金文、籀文、俗字,通叚、金石)	拼音	注音	說文部首	康熙部首	筆畫	一般頁碼	洪葉頁碼	段注篇章	徐鍇通釋篇章	徐鉉藤花榭篇章
槀(栗=慄慄遬及、靈、蠥,鵋、孷通叚)	li`	ㄌㄧˋ	卤部	【木部】9畫	317	320	段7上-32	錯13-13	鉉7上-6
楻(梗,挭、硬、鞕通叚)	geng˘	ㄍㄥˇ	木部	【木部】9畫	247	250	段6上-19	錯11-8	鉉6上-3
楀(搞)	yu˘	ㄩˇ	木部	【木部】9畫	241	244	段6上-7	錯11-4	鉉6上-2
直(稾)	zhi´	ㄓˊ	ㄥ部	【目部】9畫	634	640	段12下-45	錯24-15	鉉12下-7
值(直)	zhi´	ㄓˊ	人部	【人部】9畫	382	386	段8上-36	錯15-12	鉉8上-5
楷(杜、樴)	sheng˘	ㄕㄥˇ	日部	【木部】9畫	260	263	段6上-45	錯11-19	鉉6上-6
渻(省、媘、楷)	sheng˘	ㄕㄥˇ	水部	【水部】9畫	551	556	段11上貳-12	錯21-16	鉉11上-5
本(岙)	ben˘	ㄅㄣˇ	木部	【木部】9畫	248	251	段6上-21	錯11-9	鉉6上-3
梅(楳、某)	mei´	ㄇㄟˊ	木部	【木部】9畫	239	241	段6上-2	錯11-1	鉉6上-1
楮(柠)	chu˘	ㄔㄨˇ	木部	【木部】9畫	246	248	段6上-16	錯11-7	鉉6上-3
楕	duo	ㄉㄨㄛ	木部	【木部】9畫	263	265	段6上-50	錯11-22	鉉6上-6
壖(楕)	zhuan˘	ㄓㄨㄢˇ	厄部	【而部】9畫	430	434	段9上-30	錯17-10	鉉9上-5
椸	yi´	ㄧˊ	木部	【木部】9畫	無	無	無	無	鉉6上-8
楀	yu´	ㄩˊ	木部	【木部】9畫	248	250	段6上-20	錯11-9	鉉6上-3
栖(亙,堩通叚)	gen`	ㄍㄣˋ	木部	【木部】9畫	270	272	段6上-64	錯11-28	鉉6上-8
楸(旄)	mao`	ㄇㄠˋ	木部	【木部】9畫	239	242	段6上-3	錯11-2	鉉6上-1
楷(槐通叚)	jie´	ㄐㄧㄝˊ	木部	【木部】9畫	254	256	段6上-32	錯11-14	鉉6上-5
籧(箠、垂,菙、棰、種通叚)	chui´	ㄔㄨㄟˊ	竹部	【竹部】9畫	196	198	段5上-15	錯9-6	鉉5上-3
枏(抩、柟、楠通叚)	nan´	ㄋㄢˊ	木部	【木部】9畫	239	241	段6上-2	錯11-1	鉉6上-1
柍(楧通叚)	yang	ㄧㄤ	木部	【木部】9畫	240	243	段6上-5	錯11-3	鉉6上-1
楅(複)	fu`	ㄈㄨˋ	木部	【木部】9畫	262	265	段6上-49	錯11-21	鉉6上-6
燥(揉,楺通叚)	rou˘	ㄖㄡˇ	火部	【火部】9畫	484	488	段10上-48	錯19-16	鉉10上-8
楲	wei˘	ㄨㄟˇ	木部	【木部】9畫	240	242	段6上-4	錯11-2	鉉6上-1
葚(椹通叚)	shen`	ㄕㄣˋ	艸部	【艸部】9畫	36	37	段1下-31	錯2-15	鉉1下-5
椳	wei	ㄨㄟ	木部	【木部】9畫	256	258	段6上-36	錯11-16	鉉6上-5
偋(便、平、辨,婢、梗通叚)	bian`	ㄅㄧㄢˋ	人部	【人部】9畫	375	379	段8上-22	錯15-8	鉉8上-3

篆本字(古文、金文、籀文、俗字，通段、金石)	拼音	注音	說文部首	康熙部首	筆畫	一般頁碼	洪葉頁碼	段注篇章	徐鍇通釋篇章	徐鉉藤花榭篇章
棱(楞，稜、薐通段)	ling´	ㄌㄧㄥˊ	木部	【木部】9畫	268	271	段6上-61	鍇11-27	鉉6上-8
椵	jia˅	ㄐㄧㄚˇ	木部	【木部】9畫	244	246	段6上-12	鍇11-6	鉉6上-2
椶(棕通段)	zong	ㄗㄨㄥ	木部	【木部】9畫	241	244	段6上-7	鍇11-4	鉉6上-2
械(含)	jian	ㄐㄧㄢ	木部	【木部】9畫	261	263	段6上-46	鍇11-20	鉉6上-6
槎(樫，柞、楂通段)	zuo`	ㄗㄨㄛˋ	木部	【木部】9畫	269	271	段6上-62	鍇11-28	鉉6上-8
椽	chuan´	ㄔㄨㄢˊ	木部	【木部】9畫	255	257	段6上-34	鍇11-15	鉉6上-5
楀(撊)	yu˅	ㄩˇ	木部	【木部】9畫	241	244	段6上-7	鍇11-4	鉉6上-2
楃(幄)	wo`	ㄨㄛˋ	木部	【木部】9畫	257	260	段6上-39	鍇11-17	鉉6上-5
楄	pian´	ㄆㄧㄢˊ	木部	【木部】9畫	269	272	段6上-63	鍇11-28	鉉6上-8
薁(檽、楩)	ruan´	ㄖㄨㄢˊ	艸部	【艸部】9畫	36	37	段1下-31	鍇2-15	鉉1下-5
栭(檽、楩通段)	er´	ㄦˊ	木部	【木部】9畫	254	257	段6上-33	鍇11-15	鉉6上-5
楅	bi	ㄅㄧ	木部	【木部】9畫	269	272	段6上-63	鍇11-28	鉉6上-8
楇(過、輠、鍋，輷、鐹通段)	guo	ㄍㄨㄛ	木部	【木部】9畫	266	269	段6上-57	鍇11-24	鉉6上-7
過(楇、輠、鍋，渦、蝸、禍通段)	guo`	ㄍㄨㄛˋ	辵(辶)部	【辵部】9畫	71	71	段2下-4	鍇4-2	鉉2下-1
楈	xu	ㄒㄩ	木部	【木部】9畫	240	243	段6上-5	鍇11-3	鉉6上-1
楊(敭、媵俟述及)	yang´	ㄧㄤˊ	木部	【木部】9畫	245	247	段6上-14	鍇11-7	鉉6上-2
匙(鍉、提)	chi´	ㄔˊ	匕部	【匕部】9畫	385	389	段8上-41	鍇15-13	鉉8上-6
楋	la`	ㄌㄚˋ	木部	【木部】9畫	244	247	段6上-13	鍇11-6	鉉6上-2
楎	hui	ㄏㄨㄟ	木部	【木部】9畫	259	261	段6上-42	鍇11-18	鉉6上-6
棠(樘通段)	tang´	ㄊㄤˊ	木部	【木部】9畫	240	242	段6上-4	鍇11-2	鉉6上-1
楑(揆)	kui´	ㄎㄨㄟˊ	木部	【木部】9畫	240	243	段6上-5	鍇11-3	鉉6上-1
楓	feng	ㄈㄥ	木部	【木部】9畫	245	248	段6上-15	鍇11-7	鉉6上-3
楔(椻)	xie	ㄒㄧㄝ	木部	【木部】9畫	257	259	段6上-38	鍇11-17	鉉6上-5
楗(犍溫述及，捷通段)	jian`	ㄐㄧㄢˋ	木部	【木部】9畫	256	259	段6上-37	鍇11-17	鉉6上-5
犍(楗溫述及)	jian	ㄐㄧㄢ	牛部	【牛部】9畫	無	無	無	無	鉉2上-3

篆本字(古文、金文、籀文、俗字，通叚、金石)	拼音	注音	說文部首	康熙部首	筆畫	一般頁碼	洪葉頁碼	段注篇章	徐鍇通釋篇章	徐鉉藤花榭篇章
甚(㞷、㞶、椹弓述及，砧、碪通叚)	shen`	ㄕㄣˋ	甘部	【甘部】9畫	202	204	段5上-27	鍇9-11	鉉5上-5
槃	mu`	ㄇㄨˋ	木部	【木部】9畫	266	268	段6上-56	鍇11-24	鉉6上-7
鞪(槃)	mu`	ㄇㄨˋ	革部	【革部】9畫	108	109	段3下-4	鍇6-3	鉉3下-1
楛	hu`	ㄏㄨˋ	木部	【木部】9畫	244	246	段6上-12	鍇11-6	鉉6上-2
枯(楛，樺、骷通叚)	ku	ㄎㄨ	木部	【木部】9畫	251	254	段6上-27	鍇11-12	鉉6上-4
楢(栖通叚)	you´	ㄧㄡˊ	木部	【木部】9畫	240	243	段6上-5	鍇11-2	鉉6上-1
楣	mei´	ㄇㄟˊ	木部	【木部】9畫	255	257	段6上-34	鍇11-15	鉉6上-5
楥(楦)	yuan´	ㄩㄢˊ	木部	【木部】9畫	262	265	段6上-49	鍇11-21	鉉6上-6
楨	zhen	ㄓㄣ	木部	【木部】9畫	252	254	段6上-28	鍇11-13	鉉6上-4
楫(輯、橈、櫂，檝通叚)	ji´	ㄐㄧˊ	木部	【木部】9畫	267	270	段6上-59	鍇11-27	鉉6上-7
楬(揭，骱通叚)	jie	ㄐㄧㄝ	木部	【木部】9畫	270	273	段6上-65	鍇11-29	鉉6上-8
顅(鬜、楬、骱)	qian	ㄑㄧㄢ	頁部	【頁部】9畫	420	425	段9上-11	鍇17-4	鉉9上-2
鬜(顅、骱、楬，鬚通叚)	qian	ㄑㄧㄢ	髟部	【髟部】9畫	428	432	段9上-26	鍇17-9	鉉9上-4
楯(盾，橁、輴通叚)	shun`	ㄕㄨㄣˇ	木部	【木部】9畫	256	258	段6上-36	鍇11-14	鉉6上-5
楢(楎、椿、簨、箟通叚)	chun	ㄔㄨㄣ	木部	【木部】9畫	242	245	段6上-9	鍇11-5	鉉6上-2
荼(蒤，茶、檟、瑹、搽、鵌通叚)	tu´	ㄊㄨˊ	艸部	【艸部】9畫	46	47	段1下-51	鍇2-24	鉉1下-8
楲	wei	ㄨㄟ	木部	【木部】9畫	258	260	段6上-40	鍇11-18	鉉6上-5
極	ji´	ㄐㄧˊ	木部	【木部】9畫	253	256	段6上-31	鍇11-14	鉉6上-4
殛(極)	ji´	ㄐㄧˊ	歹部	【歹部】9畫	162	164	段4下-10	鍇8-5	鉉4下-3
亟(亟、極、悈、戒、棘)	ji´	ㄐㄧˊ	心部	【心部】9畫	508	512	段10下-36	鍇20-13	鉉10下-7
楷	kai	ㄎㄞˇ	木部	【木部】9畫	239	242	段6上-3	鍇11-2	鉉6上-1
欄(棟，蘭通叚)	lan´	ㄌㄢˊ	木部	【木部】9畫	246	249	段6上-17	鍇11-8	鉉6上-3
楸(檝通叚)	qiu	ㄑㄧㄡ	木部	【木部】9畫	242	244	段6上-8	鍇11-4	鉉6上-2

篆本字(古文、金文、籀文、俗字，通段、金石)	拼音	注音	說文部首	康熙部首	筆畫	一般頁碼	洪葉頁碼	段注篇章	徐鍇通釋篇章	徐鉉藤花榭篇章
楰	yu ˊ	ㄩˊ	木部	【木部】	9畫	247	249	段6上-18	鍇11-8	鉉6上-3
𦥑(要、𡡉、𡵨，喓、䁏、腰、㜺、楆、騕通段)	yao	ㄧㄠ	臼部	【襾部】	9畫	105	106	段3上-39	鍇6-1	鉉3上-9
楣	mao ˋ	ㄇㄠˋ	木部	【木部】	9畫	256	258	段6上-36	鍇11-16	鉉6上-5
椽(檖)	sui ˋ	ㄙㄨㄟˋ	木部	【木部】	9畫	243	246	段6上-11	鍇11-5	鉉6上-2
槖	tuo ˋ	ㄊㄨㄛˋ	木部	【木部】	9畫	251	254	段6上-27	鍇11-12	鉉6上-4
橢(隋，椭通段)	tuo ˇ	ㄊㄨㄛˇ	木部	【木部】	9畫	261	264	段6上-47	鍇11-20	鉉6上-6
槩(概)	gai ˋ	ㄍㄞˋ	木部	【木部】	9畫	260	262	段6上-44	鍇11-19	鉉6上-6
杚(扢、槩，扢通段)	gu	ㄍㄨ	木部	【木部】	9畫	260	262	段6上-44	鍇11-19	鉉6上-6
柬	jian ˇ	ㄐㄧㄢˇ	柬部	【木部】	9畫	276	279	段6下-9	鍇12-6	鉉6下-3
楙(茂)	mao ˋ	ㄇㄠˋ	林部	【木部】	9畫	271	274	段6上-67	鍇11-31	鉉6上-9
楚(儊、憷通段)	chu ˇ	ㄔㄨˇ	林部	【木部】	9畫	271	274	段6上-67	鍇11-30	鉉6上-9
業(䢃、牃)	ye ˋ	ㄧㄝˋ	丵部	【木部】	9畫	103	103	段3上-34	鍇5-18	鉉3上-8
杶(櫄、杻、杻、橁，椿通段)	chun	ㄔㄨㄣ	木部	【木部】	9畫	242	245	段6上-9	鍇11-5	鉉6上-2
梭(棷，艘通段)	sou	ㄙㄡ	木部	【木部】	9畫	267	270	段6上-59	鍇11-26	鉉6上-7
机(榿)	ji	ㄐㄧ	木部	【木部】	10畫	248	250	段6上-20	鍇11-8	鉉6上-3
𡫳(塞、寋，賽、寨通段)	sai	ㄙㄞ	土部	【土部】	10畫	689	696	段13下-31	鍇26-5	鉉13下-5
榭	xie ˋ	ㄒㄧㄝˋ	木部	【木部】	10畫	無	無	無	無	鉉6上-8
謝(謝、榭)	xie ˋ	ㄒㄧㄝˋ	言部	【言部】	10畫	95	95	段3上-18	鍇5-9	鉉3上-4
䠶(射，榭、賭通段)	she ˋ	ㄕㄜˋ	矢部	【身部】	10畫	226	228	段5下-22	鍇10-9	鉉5下-4
巨(榘、𢀜、矩，狟、詎、駏通段)	ju ˋ	ㄐㄩˋ	工部	【工部】	10畫	201	203	段5上-25	鍇9-10	鉉5上-4
柜(欅、榘渠述及)	ju ˇ	ㄐㄩˇ	木部	【木部】	10畫	246	248	段6上-16	鍇11-7	鉉6上-3
松(𥤽𥤽作榕，淞通段)	song	ㄙㄨㄥ	木部	【木部】	10畫	247	250	段6上-19	鍇11-8	鉉6上-3

篆本字（古文、金文、籀文、俗字，通段、金石）	拼音	注音	說文部首	康熙部首	筆畫	一般頁碼	洪葉頁碼	段注篇章	徐鍇通釋篇章	徐鉉藤花榭篇章
某(槑、梅，柑通段)	mou˘	ㄇㄡˇ	木部	【木部】10畫		248	250	段6上-20	錯11-9	鉉6上-3
棃(梨、檕，蜊、黧通段)	li´	ㄌㄧˊ	木部	【木部】10畫		238	241	段6上-1	錯11-1	鉉6上-1
離(樆、鷅、驪，罹、穲、蘺、鑷、鸝从麗通段)	li´	ㄌㄧˊ	佳部	【佳部】10畫		142	144	段4上-27	錯7-12	鉉4上-5
檴(欂、樺、華)	huo`	ㄏㄨㄛˋ	木部	【木部】10畫		244	247	段6上-13	錯11-6	鉉6上-2
樗(櫖、檴、樺、摴通段)	chu	ㄔㄨ	木部	【木部】10畫		241	243	段6上-6	錯11-6	鉉6上-2
槊	shuo`	ㄕㄨㄛˋ	木部	【木部】10畫		無	無	無	無	鉉6上-8
梢(捎，旓、槊、稍、鞘、鞘通段)	shao	ㄕㄠ	木部	【木部】10畫		244	247	段6上-13	錯11-6	鉉6上-2
箾(簫，槊通段)	shuo`	ㄕㄨㄛˋ	竹部	【竹部】10畫		196	198	段5上-16	錯9-6	鉉5上-3
梓(榟)	zi˘	ㄗˇ	木部	【木部】10畫		242	244	段6上-8	錯11-4	鉉6上-2
楹(桯)	ying´	ㄧㄥˊ	木部	【木部】10畫		253	256	段6上-31	錯11-14	鉉6上-4
棳(梲俗)	zhuo´	ㄓㄨㄛˊ	木部	【木部】10畫		241	243	段6上-6	錯11-3	鉉6上-1
梭(㯩，艘通段)	sou	ㄙㄡ	木部	【木部】10畫		267	270	段6上-59	錯11-26	鉉6上-7
楔(柣)	xie`	ㄒㄧㄝˋ	木部	【木部】10畫		256	259	段6上-37	錯11-16	鉉6上-5
轒(轒)	fen´	ㄈㄣˊ	車部	【車部】10畫		729	736	段14上-56	錯27-15	鉉14上-8
梛	he´	ㄏㄜˊ	木部	【木部】10畫		252	255	段6上-29	錯11-13	鉉6上-4
桮(棓，椑通段)	pou˘	ㄆㄡˇ	木部	【木部】10畫		263	266	段6上-51	錯11-22	鉉6上-7
檕	ji`	ㄐㄧˋ	木部	【木部】10畫		249	251	段6上-22	錯11-10	鉉6上-3
柘(棏、樜，樜通段)	zhe´	ㄓㄜˊ	木部	【木部】10畫		261	264	段6上-47	錯11-20	鉉6上-6
跱(踌，樜、踟、跢、踤通段)	zhi`	ㄓˋ	止部	【止部】10畫		67	68	段2上-39	錯3-17	鉉2上-8
槢	xi	ㄒㄧ	木部	【木部】10畫		243	245	段6上-10	錯11-5	鉉6上-2

篆本字（古文、金文、籀文、俗字，通段、金石）	拼音	注音	說文部首	康熙部首	筆畫	一般頁碼	洪葉頁碼	段注篇章	徐鍇通釋篇章	徐鉉藤花榭篇章
皋(臯从夲木、高、告、號、嗥，皐、槹通段)	gao	《ㄠ	本部	【白部】	10畫	498	502	段10下-16	鍇20-6	鉉10下-3
楇	hua´	ㄏㄨㄚ´	木部	【木部】	10畫	269	272	段6上-63	鍇11-28	鉉6上-8
敊(散、鼓、敢，橄通段)	gan˘	《ㄢ˘	攴部	【又部】	10畫	161	163	段4下-7	鍇8-4	鉉4下-2
格(垎，佫、烙、峈、橄、落通段)	ge´	《ㄜ´	木部	【木部】	10畫	251	254	段6上-27	鍇11-12	鉉6上-4
椁(槨，椁通段)	guo˘	《ㄨㄛ˘	木部	【木部】	10畫	270	273	段6上-65	鍇11-29	鉉6上-8
椑	pi´	ㄆㄧ´	木部	【木部】	10畫	255	258	段6上-35	鍇11-15	鉉6上-5
虔(槈通段)	qian´	ㄑㄧㄢ´	虍部	【虍部】	10畫	209	211	段5上-42	鍇9-17	鉉5上-8
榑	fu´	ㄈㄨ´	木部	【木部】	10畫	252	255	段6上-29	鍇11-13	鉉6上-4
條(樤通段)	tiao´	ㄊㄧㄠ´	木部	【木部】	10畫	249	251	段6上-22	鍇11-10	鉉6上-3
楗(梓)	jian`	ㄐㄧㄢ`	木部	【木部】	10畫	243	246	段6上-11	鍇11-5	鉉6上-2
楷(桋通段)	jie´	ㄐㄧㄝ´	木部	【木部】	10畫	254	256	段6上-32	鍇11-14	鉉6上-5
榙(荅)	ta	ㄊㄚ	木部	【木部】	10畫	248	250	段6上-20	鍇11-9	鉉6上-3
横(幌、榥)	huang´	ㄏㄨㄤˇ	木部	【木部】	10畫	262	264	段6上-48	鍇11-20	鉉6上-6
榛	zhen	ㄓㄣ	木部	【木部】	10畫	242	245	段6上-9	鍇11-4	鉉6上-2
業(榛、欂)	zhen	ㄓㄣ	木部	【木部】	10畫	239	242	段6上-3	鍇11-2	鉉6上-1
榜(榜、舫，牓、篣通段)	bang˘	ㄅㄤˇ	木部	【木部】	10畫	264	266	段6上-52	鍇11-23	鉉6上-7
舫(方、榜)	fang˘	ㄈㄤˇ	舟部	【舟部】	10畫	403	408	段8下-5	鍇16-11	鉉8下-1
樧(莍通段)	sha	ㄕㄚ	木部	【木部】	10畫	245	247	段6上-14	鍇11-7	鉉6上-2
楔(樧)	xie	ㄒㄧㄝ	木部	【木部】	10畫	257	259	段6上-38	鍇11-17	鉉6上-5
骨(榾通段)	gu˘	《ㄨˇ	骨部	【骨部】	10畫	164	166	段4下-14	鍇8-7	鉉4下-3
榣(颻通段)	yao´	ㄧㄠ´	木部	【木部】	10畫	250	253	段6上-25	鍇11-12	鉉6上-4
櫾(榣、繇)	you´	ㄧㄡ´	木部	【木部】	10畫	248	251	段6上-21	鍇11-9	鉉6上-3
榦(幹，檊、杆、笴通段)	gan`	《ㄢ`	木部	【木部】	10畫	253	255	段6上-30	鍇11-14	鉉6上-4
肝(幹)	gan	《ㄢ	肉部	【肉部】	10畫	168	170	段4下-22	鍇8-8	鉉4下-4
骭(幹)	gan`	《ㄢ`	骨部	【骨部】	10畫	166	168	段4下-17	鍇8-7	鉉4下-3

篆本字（古文、金文、籀文、俗字，通叚、金石）	拼音	注音	說文部首	康熙部首	筆畫	一般頁碼	洪葉頁碼	段注篇章	徐鍇通釋篇章	徐鉉藤花榭篇章
翰(幹骭gan`述及，瀚通叚)	han`	ㄏㄢˋ	羽部	【羽部】	10畫	138	139	段4上-18	錯7-9	鉉4上-4
榮(蠑通叚)	rong´	ㄖㄨㄥˊ	木部	【木部】	10畫	247	249	段6上-18	錯11-8	鉉6上-3
楮(褚、竚通叚)	zhi	ㄓ	木部	【木部】	10畫	254	256	段6上-32	錯11-14	鉉6上-4
榱	cui	ㄘㄨㄟ	木部	【木部】	10畫	255	257	段6上-34	錯11-15	鉉6上-5
榷(推通叚)	que`	ㄑㄩㄝˋ	木部	【木部】	10畫	267	269	段6上-58	錯11-26	鉉6上-7
榹(柌)	si	ㄙ	木部	【木部】	10畫	260	263	段6上-45	錯11-19	鉉6上-6
檟(榎)	jia`	ㄐㄧㄚˇ	木部	【木部】	10畫	242	244	段6上-8	錯11-4	鉉6上-2
榺(勝)	sheng`	ㄕㄥˋ	木部	【木部】	10畫	262	265	段6上-49	錯11-21	鉉6上-6
梭(桫，桵通叚)	suo	ㄙㄨㄛ	木部	【木部】	10畫	244	247	段6上-13	錯11-6	鉉6上-2
榼	ke	ㄎㄜ	木部	【木部】	10畫	261	264	段6上-47	錯11-20	鉉6上-6
槀(槁、犒，殠、笴、篙、皜通叚)	gao	ㄍㄠˇ	木部	【木部】	10畫	252	254	段6上-28	錯11-12	鉉6上-4
蒿(薅、槁)	hao`	ㄏㄠˋ	艸部	【艸部】	10畫	39	39	段1下-36	錯2-17	鉉1下-6
槃(盤、鎜，盌、柈、洀、磐、鉢通叚)	pan´	ㄆㄢˊ	木部	【木部】	10畫	260	263	段6上-45	錯11-19	鉉6上-6
槅(鬲、鬲)	ge´	ㄍㄜˊ	木部	【木部】	10畫	266	268	段6上-56	錯11-24	鉉6上-7
覈(覈、槅、核，覈通叚)	he´	ㄏㄜˊ	襾部	【襾部】	10畫	357	360	段7下-44	錯14-20	鉉7下-8
核(槅、覈)	he´	ㄏㄜˊ	木部	【木部】	10畫	262	265	段6上-49	錯11-21	鉉6上-6
軶(軛、厄、鬲、槅，枙通叚)	e`	ㄜˋ	車部	【車部】	10畫	726	733	段14上-49	錯27-13	鉉14上-7
槇(顛、積，柛通叚)	dian	ㄉㄧㄢ	木部	【木部】	10畫	249	252	段6上-23	錯11-11	鉉6上-4
槈(鎒，耨通叚)	nou`	ㄋㄡˋ	木部	【木部】	10畫	258	261	段6上-41	錯11-18	鉉6上-5
楝(槭通叚)	cu`	ㄘㄨˋ	木部	【木部】	10畫	256	258	段6上-36	錯11-16	鉉6上-5
構(搆、逅通叚)	gou`	ㄍㄡˋ	木部	【木部】	10畫	253	256	段6上-31	錯11-14	鉉6上-4
冓(構、溝，搆通叚)	gou`	ㄍㄡˋ	冓部	【冂部】	10畫	158	160	段4下-2	錯8-1	鉉4下-1
榻	ta`	ㄊㄚˋ	木部	【木部】	10畫	無	無	無	無	鉉6上-8
闒(闥，榻通叚)	ta`	ㄊㄚˋ	門部	【門部】	10畫	587	593	段12上-8	錯23-4	鉉12上-2

篆本字(古文、金文、籀文、俗字，通段、金石)	拼音	注音	說文部首	康熙部首	筆畫	一般頁碼	洪葉頁碼	段注篇章	徐鍇通釋篇章	徐鉉藤花榭篇章
𦐇(䍇，榻、毾通段)	taˋ	ㄊㄚˋ	羽部	【羽部】	10畫	139	141	段4上-21	鍇7-10	鉉4上-4
鼛(鞈、榻、闒)	taˋ	ㄊㄚˋ	鼓部	【鼓部】	10畫	206	208	段5上-36	鍇9-15	鉉5上-7
槌	chuiˊ	ㄔㄨㄟˊ	木部	【木部】	10畫	261	264	段6上-47	鍇11-20	鉉6上-6
槍(鎗，搶、傖通段)	qiang	ㄑㄧㄤ	木部	【木部】	10畫	256	259	段6上-37	鍇11-16	鉉6上-5
槎(㯊，柞、楂通段)	zuoˋ	ㄗㄨㄛˋ	木部	【木部】	10畫	269	271	段6上-62	鍇11-28	鉉6上-8
槏(㡛、㮞)	qianˇ	ㄑㄧㄢˇ	木部	【木部】	10畫	255	258	段6上-35	鍇11-16	鉉6上-5
槐(櫰)	huaiˊ	ㄏㄨㄞˊ	木部	【木部】	10畫	246	248	段6上-16	鍇11-7	鉉6上-3
榖(穀木部)	guˇ	ㄍㄨˇ	木部	【木部】	10畫	246	248	段6上-16	鍇11-7	鉉6上-3
穀禾部	guˇ	ㄍㄨˇ	禾部	【禾部】	10畫	326	329	段7上-50	鍇13-21	鉉7上-8
槫	xunˊ	ㄒㄩㄣˊ	木部	【木部】	10畫	245	248	段6上-15	鍇11-7	鉉6上-3
章(嫜、樟通段)	zhang	ㄓㄤ	音部	【立部】	11畫	102	103	段3上-33	鍇5-17	鉉3上-7
彰(章)	zhang	ㄓㄤ	彡部	【彡部】	11畫	424	429	段9上-19	鍇17-6	鉉9上-3
棤(朾、樎)	shengˇ	ㄕㄥˇ	日部	【木部】	11畫	260	263	段6上-45	鍇11-19	鉉6上-6
瓴(櫺通段)	lingˊ	ㄌㄧㄥˊ	瓦部	【瓦部】	11畫	639	645	段12下-55	鍇24-18	鉉12下-8
董(堇，槿通段)	jinˇ	ㄐㄧㄣˇ	艸部	【艸部】	11畫	45	46	段1下-49	鍇2-23	鉉1下-8
梣(棎)	chenˊ	ㄔㄣˊ	木部	【木部】	11畫	241	243	段6上-6	鍇11-3	鉉6上-1
樿	biˋ	ㄅㄧˋ	木部	【木部】	11畫	244	247	段6上-13	鍇11-6	鉉6上-2
樺(檴、樺、華)	huoˋ	ㄏㄨㄛˋ	木部	【木部】	11畫	244	247	段6上-13	鍇11-6	鉉6上-2
樗(檴、樺、樺、摴通段)	chu	ㄔㄨ	木部	【木部】	11畫	241	243	段6上-6	鍇11-6	鉉6上-2
槔(橰)	gao	ㄍㄠ	木部	【木部】	11畫	無	無	無	無	鉉6上-8
槢	xiˊ	ㄒㄧˊ	木部	【木部】	11畫	240	242	段6上-4	鍇11-2	鉉6上-1
槤(璉通段)	lianˊ	ㄌㄧㄢˊ	木部	【木部】	11畫	262	264	段6上-48	鍇11-20	鉉6上-6
阿(旖、橠通段)	a	ㄚ	𨸏部	【阜部】	11畫	731	738	段14下-2	鍇28-1	鉉14下-1
欙(梮、橋、樏、蘽、輂)	leiˊ	ㄌㄟˊ	木部	【木部】	11畫	267	269	段6上-58	鍇11-25	鉉6上-7
樏(樏)	leiˊ	ㄌㄟˊ	木部	【木部】	11畫	249	251	段6上-22	鍇11-10	鉉6上-3
槥(櫝)	huiˋ	ㄏㄨㄟˋ	木部	【木部】	11畫	270	273	段6上-65	鍇11-29	鉉6上-8

篆本字（古文、金文、籀文、俗字，通叚、金石）	拼音	注音	說文部首	康熙部首	筆畫	一般頁碼	洪葉頁碼	段注篇章	徐鍇通釋篇章	徐鉉藤花榭篇章
速(遬、警、楝楾yan˘述及，觫通叚)	su`	ㄙㄨˋ	辵(辶)部	【辵部】	11畫	71	72	段2下-5	鍇4-3	鉉2下-1
槧	qian`	ㄑㄧㄢˋ	木部	【木部】	11畫	265	268	段6上-55	鍇11-24	鉉6上-7
槭(摵、撼通叚)	qi	ㄑㄧ	木部	【木部】	11畫	245	247	段6上-14	鍇11-7	鉉6上-2
槮(蔘)	sen	ㄙㄣ	木部	【木部】	11畫	251	253	段6上-26	鍇11-12	鉉6上-4
罧(罧、槮)	shen	ㄕㄣ	网部	【网部】	11畫	356	359	段7下-42	鍇14-19	鉉7下-8
槶(簂、蕌，幗通叚)	gui`	ㄍㄨㄟˋ	木部	【木部】	11畫	263	265	段6上-50	鍇11-22	鉉6上-6
槷(埶、槸)	yi`	ㄧˋ	木部	【木部】	11畫	251	254	段6上-27	鍇11-12	鉉6上-4
闑(槷)	nie`	ㄋㄧㄝˋ	門部	【門部】	11畫	588	594	段12上-9	鍇23-5	鉉12上-2
臬(藝、槷、隉、陧)	nie`	ㄋㄧㄝˋ	木部	【自部】	11畫	264	267	段6上-53	鍇11-23	鉉6上-7
槽(皁、曹)	cao´	ㄘㄠˊ	木部	【木部】	11畫	264	267	段6上-53	鍇11-23	鉉6上-7
槾(墁通叚)	man`	ㄇㄢˋ	木部	【木部】	11畫	256	258	段6上-36	鍇11-16	鉉6上-5
鏝(槾)	man`	ㄇㄢˋ	金部	【金部】	11畫	707	714	段14上-12	鍇27-5	鉉14上-3
樂(yue`)	le`	ㄌㄜˋ	木部	【木部】	11畫	265	267	段6上-54	鍇11-24	鉉6上-7
樅	cong	ㄘㄨㄥ	木部	【木部】	11畫	247	250	段6上-19	鍇11-8	鉉6上-3
簀(籨、蔡)	jiang˘	ㄐㄧㄤˇ	竹部	【竹部】	11畫	190	192	段5上-4	鍇9-2	鉉5上-1
樓	lou´	ㄌㄡˊ	木部	【木部】	11畫	255	258	段6上-35	鍇11-16	鉉6上-5
樘(掌、撑、檔、堂，撐、敳通叚)	tang´	ㄊㄤˊ	木部	【木部】	11畫	254	256	段6上-32	鍇11-14	鉉6上-4
樔	chao´	ㄔㄠˊ	木部	【木部】	11畫	268	270	段6上-60	鍇11-27	鉉6上-7
棻(蒶，棻通叚)	fen	ㄈㄣ	木部	【木部】	11畫	245	247	段6上-14	鍇11-6	鉉6上-2
樕	su`	ㄙㄨˋ	木部	【木部】	11畫	241	243	段6上-6	鍇11-3	鉉6上-1
標(剽，幖通叚)	biao	ㄅㄧㄠ	木部	【木部】	11畫	250	252	段6上-24	鍇11-11	鉉6上-4
幖(標、標、剽、表，影通叚)	biao	ㄅㄧㄠ	巾部	【巾部】	11畫	359	363	段7下-49	鍇14-22	鉉7下-9
樜(柘枰lu´述及)	zhe`	ㄓㄜˋ	木部	【木部】	11畫	244	247	段6上-13	鍇11-6	鉉6上-2
樝(查通叚)	zha	ㄓㄚ	木部	【木部】	11畫	238	241	段6上-1	鍇11-1	鉉6上-1
樞	shu	ㄕㄨ	木部	【木部】	11畫	255	258	段6上-35	鍇11-16	鉉6上-5
尃(榑)	shuan`	ㄕㄨㄢˋ	厄部	【寸部】	11畫	430	434	段9上-30	鍇17-10	鉉9上-5

篆本字(古文、金文、籀文、俗字，通叚、金石)	拼音	注音	說文部首	康熙部首	筆畫	一般頁碼	洪葉頁碼	段注篇章	徐鍇通釋篇章	徐鉉藤花榭篇章
構(構)	man´	ㄇㄢ´	木部	【木部】11畫		247	250	段6上-19	鍇11-8	鉉6上-3
瓠(匏、壺，槬、擜、瓤通叚)	hu´	ㄏㄨ´	瓠部	【瓜部】11畫		337	341	段7下-5	鍇14-2	鉉7下-2
模(橅，㒦通叚)	mo´	ㄇㄛ´	木部	【木部】11畫		253	256	段6上-31	鍇11-14	鉉6上-4
規(槻、槻通叚)	gui	ㄍㄨㄟ	夫部	【見部】11畫		499	504	段10下-19	鍇20-7	鉉10下-4
槔	hao´	ㄏㄠ´	木部	【木部】11畫		241	243	段6上-6	鍇11-3	鉉6上-1
杍(樛段刪此字)	jiu	ㄐㄧㄡ	木部	【木部】11畫		250	253	段6上-25	鍇11-12	鉉6上-4
槱(㮇，褎通叚)	you	ㄧㄡˇ	木部	【木部】11畫		269	272	段6上-63	鍇11-28	鉉6上-8
斛(斜、槲通叚)	hu´	ㄏㄨ´	斗部	【斗部】11畫		717	724	段14上-32	鍇27-10	鉉14上-5
樀(樀)	di´	ㄉㄧ´	木部	【木部】11畫		255	258	段6上-35	鍇11-15	鉉6上-5
櫓(樐，艫通叚)	lu	ㄌㄨˇ	木部	【木部】11畫		265	267	段6上-54	鍇11-23	鉉6上-7
樊(柎，驎通叚)	fan´	ㄈㄢ´	㸚部	【木部】11畫		104	105	段3上-37	鍇5-20	鉉3上-8
棥(樊)	fan´	ㄈㄢ´	爻部	【木部】11畫		128	129	段3下-44	鍇6-21	鉉3下-10
蔦(樢)	niao	ㄋㄧㄠˇ	艸部	【艸部】11畫		31	32	段1下-21	鍇2-10	鉉1下-4
樁	zhuang	ㄓㄨㄤ	木部	【木部】11畫		無	無	無	無	鉉6上-8
株(樁)	zhu	ㄓㄨ	木部	【木部】11畫		248	251	段6上-21	鍇11-9	鉉6上-3
舂(樁通叚)	chong	ㄔㄨㄥ	臼部	【臼部】11畫		334	337	段7上-65	鍇13-27	鉉7上-10
㽎(櫎，磌通叚)	han´	ㄏㄢ´	瓦部	【瓦部】11畫		639	645	段12下-56	鍇24-18	鉉12下-9
樣(樣、㨾、橡)	yang`	ㄧㄤ`	木部	【木部】12畫		243	245	段6上-10	鍇11-5	鉉6上-2
象(像，橡通叚)	xiang`	ㄒㄧㄤ`	象部	【豕部】12畫		459	464	段9下-45	鍇18-16	鉉9下-7
橫(桄、横、衡，桁、軦、鐄通叚)	heng´	ㄏㄥ´	木部	【木部】12畫		268	270	段6上-60	鍇11-27	鉉6上-7
樿(樿通叚)	tan´	ㄊㄢ´	木部	【木部】12畫		255	258	段6上-35	鍇11-15	鉉6上-5
樘(牚、撐、橕、敠，撑、嶅通叚)	tang´	ㄊㄤ´	木部	【木部】12畫		254	256	段6上-32	鍇11-14	鉉6上-4
赬(撐，撑、橕通叚)	cheng	ㄔㄥ	止部	【止部】12畫		67	68	段2上-39	鍇3-17	鉉2上-8
枯(楛、樟、胋通叚)	ku	ㄎㄨ	木部	【木部】12畫		251	254	段6上-27	鍇11-12	鉉6上-4

篆本字(古文、金文、籀文、俗字,通叚、金石)	拼音	注音	說文部首	康熙部首	筆畫	一般頁碼	洪葉頁碼	段注篇章	徐鍇通釋篇章	徐鉉藤花榭篇章
蕊(蕊、蘂,蕣、蘂通叚)	rui	ㄖㄨㄟˇ	蕊部	【心部】	12畫	515	520	段10下-51	鍇20-19	鉉10下-9
榭	xi	ㄒㄧ	木部	【木部】	12畫	270	273	段6上-65	鍇11-29	鉉6上-8
檍(檍)	yi	ㄧˋ	木部	【木部】	12畫	242	244	段6上-8	鍇11-4	鉉6上-2
樲	er	ㄦˋ	木部	【木部】	12畫	244	246	段6上-12	鍇11-6	鉉6上-2
楯(盾,楯、輴通叚)	shun	ㄕㄨㄣˇ	木部	【木部】	12畫	256	258	段6上-36	鍇11-14	鉉6上-5
桺(柳、酉,橮、蔞通叚)	liu	ㄌㄧㄡˇ	木部	【木部】	12畫	245	247	段6上-14	鍇11-7	鉉6上-3
叢(藂、蕘通叚)	cong	ㄘㄨㄥˊ	丵部	【又部】	12畫	103	103	段3上-34	鍇5-18	鉉3上-8
樴(職)	zhi	ㄓˊ	木部	【木部】	12畫	263	265	段6上-50	鍇11-22	鉉6上-7
黏(昵、暱、樴、黏、翹)	ni	ㄋㄧˋ	黍部	【黍部】	12畫	330	333	段7上-57	鍇13-23	鉉7上-9
樵(蕉,劁、藮、蘸通叚)	qiao	ㄑㄧㄠˊ	木部	【木部】	12畫	247	250	段6上-19	鍇11-8	鉉6上-3
樸(璞、朴,玣通叚)	pu	ㄆㄨˇ	木部	【木部】	12畫	252	254	段6上-28	鍇11-12	鉉6上-4
朴(樸)	pu	ㄆㄨˇ	木部	【木部】	2畫	249	251	段6上-22	鍇11-10	鉉6上-3
樸(樸、撲、僕)	pu	ㄆㄨˊ	木部	【木部】	12畫	244	246	段6上-12	鍇11-30	鉉6上-2
僕(㒒、樸、襆,鏷通叚)	pu	ㄆㄨˊ	菐部	【人部】	12畫	103	104	段3上-35	鍇5-18	鉉3上-8
樹(尌、豎、豎)	shu	ㄕㄨˋ	木部	【木部】	12畫	248	251	段6上-21	鍇11-9	鉉6上-3
尌(侸、樹)	shu	ㄕㄨˋ	壴部	【寸部】	12畫	205	207	段5上-34	鍇9-14	鉉5上-7
樻	kui	ㄎㄨㄟˋ	木部	【木部】	12畫	243	245	段6上-10	鍇11-5	鉉6上-2
禽(㝝,檎通叚)	qin	ㄑㄧㄣˊ	内部	【内部】	12畫	739	746	段14下-17	鍇28-7	鉉14下-4
越(粵,狘、樾通叚)	yue	ㄩㄝˋ	走部	【走部】	12畫	64	64	段2上-32	鍇3-14	鉉2上-7
樿	shan	ㄕㄢˋ	木部	【木部】	12畫	240	242	段6上-4	鍇11-2	鉉6上-1
柘(樜、櫔,樜通叚)	zhe	ㄓㄜˊ	木部	【木部】	12畫	261	264	段6上-47	鍇11-20	鉉6上-6
櫄(枸、椿、篅、簨通叚)	chun	ㄔㄨㄣ	木部	【木部】	12畫	242	245	段6上-9	鍇11-5	鉉6上-2

篆本字(古文、金文、籀文、俗字，通段、金石)	拼音	注音	說文部首	康熙部首	筆畫	一般頁碼	洪葉頁碼	段注篇章	徐鍇通釋篇章	徐鉉藤花榭篇章
橃(筏，橃通段)	fa ˊ	ㄈㄚˊ	木部	【木部】	12畫	267	270	段6上-59	鍇11-27	鉉6上-7
臿(臿，槎、牐、臿通段)	cha	ㄔㄚ	臼部	【臼部】	12畫	334	337	段7上-66	鍇13-27	鉉7上-10
橈(rao ˊ)	nao ˊ	ㄋㄠˊ	木部	【木部】	12畫	250	253	段6上-25	鍇11-12	鉉6上-4
搦(橈)	nuo ˋ	ㄋㄨㄛˋ	手部	【手部】	12畫	606	612	段12上-45	鍇23-14	鉉12上-7
楫(輯、橈、櫂，檝通段)	ji ˊ	ㄐㄧˊ	木部	【木部】	12畫	267	270	段6上-59	鍇11-27	鉉6上-7
槔(槹)	gao	ㄍㄠ	木部	【木部】	12畫	無	無	無	無	鉉6上-8
橋(槹gao韓述及，嶠、轎通段)	qiao ˊ	ㄑㄧㄠˊ	木部	【木部】	12畫	267	269	段6上-58	鍇11-26	鉉6上-7
欙(梠、橋、樏、虆、輂)	lei ˊ	ㄌㄟˊ	木部	【木部】	12畫	267	269	段6上-58	鍇11-25	鉉6上-7
勞(𢔌、𤇾，憥通段)	lao ˊ	ㄌㄠˊ	力部	【力部】	12畫	700	706	段13下-52	鍇26-11	鉉13下-7
橌	xian ˋ	ㄒㄧㄢˋ	木部	【木部】	12畫	250	252	段6上-24	鍇11-11	鉉6上-4
簻(檛、篙、撾)	zhua	ㄓㄨㄚ	竹部	【竹部】	12畫	196	198	段5上-15	鍇9-6	鉉5上-3
橎	fan ˇ	ㄈㄢˇ	木部	【木部】	12畫	247	249	段6上-18	鍇11-8	鉉6上-3
橑	lao ˇ	ㄌㄠˇ	木部	【木部】	12畫	255	257	段6上-34	鍇11-15	鉉6上-5
醯(橀、醓通段)	xi	ㄒㄧ	皿部	【酉部】	12畫	212	214	段5上-48	鍇9-19	鉉5上-9
橘	ju ˊ	ㄐㄩˊ	木部	【木部】	12畫	238	241	段6上-1	鍇11-1	鉉6上-1
橙	cheng ˊ	ㄔㄥˊ	木部	【木部】	12畫	238	241	段6上-1	鍇11-1	鉉6上-1
亲(榛、樼)	zhen	ㄓㄣ	木部	【木部】	12畫	239	242	段6上-3	鍇11-2	鉉6上-1
橜(蕨、橛通段)	jue ˊ	ㄐㄩㄝˊ	木部	【木部】	12畫	263	265	段6上-50	鍇11-22	鉉6上-6
氒(橜)	jue ˊ	ㄐㄩㄝˊ	氏部	【氏部】	12畫	628	634	段12下-34	鍇24-12	鉉12下-5
亅(橜)	jue ˊ	ㄐㄩㄝˊ	亅部	【亅部】	12畫	633	639	段12下-44	鍇24-14	鉉12下-7
移(侈、迻，橠、簃通段)	yi ˊ	ㄧˊ	禾部	【禾部】	12畫	323	326	段7上-44	鍇13-19	鉉7上-8
橞	hui ˋ	ㄏㄨㄟˋ	木部	【木部】	12畫	244	246	段6上-12	鍇11-6	鉉6上-2
機	ji	ㄐㄧ	木部	【木部】	12畫	262	264	段6上-48	鍇11-21	鉉6上-6
橢(隋，椭通段)	tuo ˇ	ㄊㄨㄛˇ	木部	【木部】	12畫	261	264	段6上-47	鍇11-20	鉉6上-6
橦(幢通段)	chuang ˊ	ㄔㄨㄤˊ	木部	【木部】	12畫	257	260	段6上-39	鍇11-17	鉉6上-5
橪	ran ˇ	ㄖㄢˇ	木部	【木部】	12畫	244	247	段6上-13	鍇11-5	鉉6上-2
樻	fei ˋ	ㄈㄟˋ	木部	【木部】	12畫	241	243	段6上-6	無	鉉6上-2

篆本字(古文、金文、籀文、俗字，通段、金石)	拼音	注音	說文部首	康熙部首	筆畫	一般頁碼	洪葉頁碼	段注篇章	徐鍇通釋篇章	徐鉉藤花榭篇章
樏(樏)	lei´	ㄌㄟˊ	木部	【木部】12畫		249	251	段6上-22	錯11-10	鉉6上-3
檡(樀)	di´	ㄉㄧˊ	木部	【木部】12畫		255	258	段6上-35	錯11-15	鉉6上-5
稸(欈、欚通段)	xu	ㄒㄩ	木部	【木部】12畫		258	261	段6上-41	錯11-18	鉉6上-6
檮(檮)	tao´	ㄊㄠˊ	木部	【木部】12畫		269	271	段6上-62	錯11-28	鉉6上-8
檇(檇)	zui`	ㄗㄨㄟˋ	木部	【木部】12畫		268	271	段6上-61	錯11-27	鉉6上-8
竲(橧通段)	ceng´	ㄘㄥˊ	立部	【立部】12畫		501	505	段10下-22	錯20-8	鉉10下-4
棘	cao´	ㄘㄠˊ	東部	【木部】12畫		271	273	段6上-66	錯11-30	鉉6上-9
麭	pao`	ㄆㄠˋ	黍部	【木部】12畫		276	278	段6下-8	錯12-6	鉉6下-3
模(橅，墲通段)	mo´	ㄇㄛˊ	木部	【木部】12畫		253	256	段6上-31	錯11-14	鉉6上-4
燊	shen	ㄕㄣ	焱部	【木部】12畫		490	495	段10下-1	錯19-20	鉉10下-1
橐(沰涿zhuo´述及、託鸝sui`述及)	tuo´	ㄊㄨㄛˊ	囊部	【木部】12畫		276	279	段6下-9	錯12-7	鉉6下-3
算(尊、罇、樽)	zun	ㄗㄨㄣ	酋部	【廾部】12畫		752	759	段14下-43	錯28-20	鉉14下-10末
麓(㯂)	lu`	ㄌㄨˋ	林部	【鹿部】12畫		271	274	段6上-67	錯11-31	鉉6上-9
畱(留、駠、流 繆li`述及，榴通段)	liu´	ㄌㄧㄡˊ	田部	【田部】13畫		697	704	段13下-47	錯26-9	鉉13下-6
鎦(鎦、劉，榴通段)	liu´	ㄌㄧㄡˊ	金部	【刂部】13畫		714	721	段14上-25	錯27-8	鉉14上-4
甌(檳方言曰：盌械盞溫閒楹廐，栖也，溫、杚、盞通段)	gong`	ㄍㄨㄥ	匚部	【匚部】13畫		636	642	段12下-49	錯24-16	鉉12下-8
輿(椉、轝篗述及，梇通段)	yu´	ㄩˊ	車部	【車部】13畫		721	728	段14上-40	錯27-12	鉉14上-6
植(櫃)	zhi´	ㄓˊ	木部	【木部】13畫		255	258	段6上-35	錯11-15	鉉6上-5
櫹(欘)	su`	ㄙㄨˋ	木部	【木部】13畫		251	253	段6上-26	錯11-12	鉉6上-4
檍	yi`	ㄧˋ	木部	【木部】13畫	無	無	無	無	鉉6上-2
檍(檍)	yi`	ㄧˋ	木部	【木部】13畫		242	244	段6上-8	錯11-4	鉉6上-2
楫(輯、橈、檝，檝通段)	ji´	ㄐㄧˊ	木部	【木部】13畫		267	270	段6上-59	錯11-27	鉉6上-7

篆本字(古文、金文、籀文、俗字，通段、金石)	拼音	注音	說文部首	康熙部首	筆畫	一般頁碼	洪葉頁碼	段注篇章	徐鍇通釋篇章	徐鉉藤花榭篇章
牆(牆、牆从來，墻、嬙、嗇、廧、檣通段)	qiang′	ㄑㄧㄤˊ	嗇部	【爿部】	13畫	231	233	段5下-32	錯10-13	鉉5下-6
橵(檠)	qing′	ㄑㄧㄥˊ	木部	【木部】	13畫	264	266	段6上-52	錯11-23	鉉6上-7
澤(釋，檡、鸅通段)	ze′	ㄗㄜˊ	水部	【水部】	13畫	551	556	段11上貳-11	錯21-16	鉉11上-5
樞	shu	ㄕㄨ	木部	【木部】	13畫	266	269	段6上-57	錯11-24	鉉6上-7
柚(櫾，榣通段)	you`	ㄧㄡˋ	木部	【木部】	13畫	238	241	段6上-1	錯11-1	鉉6上-1
橿	jiang	ㄐㄧㄤ	木部	【木部】	13畫	244	247	段6上-13	錯11-6	鉉6上-2
隸(隸、𨽿、隷)	li`	ㄌㄧˋ	隶部	【隶部】	13畫	118	119	段3下-23	錯6-13	鉉3下-5
檀	tan′	ㄊㄢˊ	木部	【木部】	13畫	246	249	段6上-17	錯11-8	鉉6上-3
韇(韥，櫝通段)	du′	ㄉㄨˊ	革部	【革部】	13畫	110	111	段3下-8	錯6-5	鉉3下-2
檄	xi′	ㄒㄧˊ	木部	【木部】	13畫	265	268	段6上-55	錯11-24	鉉6上-7
籢(奩，匲、櫑、㮂通段)	lian′	ㄌㄧㄢˊ	竹部	【竹部】	13畫	193	195	段5上-10	錯9-4	鉉5上-2
樥(杉柀述及，惟段注从木黏)	shan	ㄕㄢ	木部	【木部】	13畫	無	無	無	無	鉉6上-2
黏(溓、樥柀述及，惟段注从木黏，粘通段)	nian′	ㄋㄧㄢˊ	黍部	【黍部】	13畫	330	333	段7上-57	錯13-23	鉉7上-9
檈	xuan′	ㄒㄩㄢˊ	木部	【木部】	13畫	261	263	段6上-46	錯11-20	鉉6上-6
䅹	cheng	ㄔㄥ	木部	【木部】	13畫	245	247	段6上-14	錯11-7	鉉6上-3
檐(簷，榴通段)	yan′	ㄧㄢˊ	木部	【木部】	13畫	255	258	段6上-35	錯11-15	鉉6上-5
檘(蘗)	bo`	ㄅㄛˋ	木部	【木部】	13畫	245	247	段6上-14	錯11-6	鉉6上-2
柏(栢、檘狛bo′述及)	bo′	ㄅㄛˊ	木部	【木部】	13畫	248	250	段6上-20	錯11-8	鉉6上-3
檜	kuai`	ㄎㄨㄞˋ	木部	【木部】	13畫	247	250	段6上-19	錯11-8	鉉6上-3
鄶(檜)	kuai`	ㄎㄨㄞˋ	邑部	【邑部】	13畫	295	298	段6下-47	錯12-20	鉉6下-7
檟(榎)	jia	ㄐㄧㄚˇ	木部	【木部】	13畫	242	244	段6上-8	錯11-4	鉉6上-2
檢(籢通段)	jian	ㄐㄧㄢˇ	木部	【木部】	13畫	265	268	段6上-55	錯11-24	鉉6上-7
椽(橞)	sui`	ㄙㄨㄟˋ	木部	【木部】	13畫	243	246	段6上-11	錯11-5	鉉6上-2
檥(艤通段)	yi	ㄧˇ	木部	【木部】	13畫	253	256	段6上-31	錯11-14	鉉6上-4
櫛(梛，抧通段)	zhi`	ㄓˋ	木部	【木部】	13畫	258	261	段6上-41	錯11-18	鉉6上-5

篆本字（古文、金文、籀文、俗字，通叚、金石）	拼音	注音	說文部首	康熙部首	筆畫	一般頁碼	洪葉頁碼	段注篇章	徐鍇通釋篇章	徐鉉藤花榭篇章
櫏	chuan	ㄔㄨㄢ	木部	【木部】13畫		241	243	段6上-6	錯11-3	鉉6上-1
楒(桐、欟、葏、轝，櫸通叚)	ju	ㄐㄩ	木部	【木部】13畫		262	264	段6上-48	錯11-20	鉉6上-6
轝(櫸、桐、轝、轝、輖，轎通叚)	ju	ㄐㄩ	車部	【車部】13畫		729	736	段14上-56	錯27-15	鉉14上-8
梭(棱，桫通叚)	suo	ㄙㄨㄛ	木部	【木部】13畫		244	247	段6上-13	錯11-6	鉉6上-2
杼(梭、棱、柔)	zhu	ㄓㄨ	木部	【木部】13畫		262	265	段6上-49	錯11-21	鉉6上-6
榭	qi	ㄑㄧ	木部	【木部】13畫		247	249	段6上-18	錯11-8	鉉6上-3
檃(檃，檃通叚)	yin	ㄧㄣ	木部	【木部】13畫		264	266	段6上-52	錯11-23	鉉6上-7
檵(杞)	ji	ㄐㄧ	木部	【木部】13畫		246	248	段6上-16	錯11-7	鉉6上-3
杞(檵、芑)	qi	ㄑㄧ	木部	【木部】13畫		246	248	段6上-16	錯11-7	鉉6上-3
橐(囊biao)	pao	ㄆㄠ	橐部	【木部】13畫		276	279	段6下-9	錯12-7	鉉6下-3
杶(櫄、杻、杻、櫄，椿通叚)	chun	ㄔㄨㄣ	木部	【木部】14畫		242	245	段6上-9	錯11-5	鉉6上-2
檴(欔、樺、華)	huo	ㄏㄨㄛ	木部	【木部】14畫		244	247	段6上-13	錯11-6	鉉6上-2
樗(欔、檴、樺、摴通叚)	chu	ㄔㄨ	木部	【木部】14畫		241	243	段6上-6	錯11-6	鉉6上-2
匱(櫃、鐀)	gui	ㄍㄨㄟ	匚部	【匚部】14畫		636	642	段12下-50	錯24-16	鉉12下-8
觴(觴、鬺，醹通叚)	shang	ㄕㄤ	角部	【角部】14畫		187	189	段4下-60	錯8-20	鉉4下-9
槃	ji	ㄐㄧ	木部	【木部】14畫		262	264	段6上-48	錯11-21	鉉6上-6
梠(櫚通叚)	lu	ㄌㄩ	木部	【木部】14畫		255	258	段6上-35	錯11-15	鉉6上-5
箜(櫽通叚)	gong	ㄍㄨㄥ	竹部	【竹部】14畫		193	195	段5上-10	錯9-4	鉉5上-2
樸(樸、撲、僕)	pu	ㄆㄨ	木部	【木部】14畫		244	246	段6上-12	錯11-30	鉉6上-2
僕(鏷、樸、樸，鏷通叚)	pu	ㄆㄨ	業部	【人部】14畫		103	104	段3上-35	錯5-18	鉉3上-8
檮(檺)	tao	ㄊㄠ	木部	【木部】14畫		269	271	段6上-62	錯11-28	鉉6上-8

篆本字(古文、金文、籀文、俗字，通叚、金石)	拼音	注音	說文部首	康熙部首	筆畫	一般頁碼	洪葉頁碼	段注篇章	徐鍇通釋篇章	徐鉉藤花榭篇章
擣(擣、𢭆，搗、搗、檮、𦥈從臼通叚)	dao˅	ㄉㄠ˅	手部	【手部】14畫		605	611	段12上-44	錯23-14	鉉12上-7
栭(檽、楥通叚)	er´	ㄦ´	木部	【木部】14畫		254	257	段6上-33	錯11-15	鉉6上-5
薁(檽、楥)	ruan´	ㄖㄨㄢ´	艸部	【艸部】14畫		36	37	段1下-31	錯2-15	鉉1下-5
橢(旑、猗、椅)	yi	ㄧ	木部	【木部】14畫		250	253	段6上-25	錯11-12	鉉6上-4
椅(橢)	yi˅	ㄧ˅	木部	【木部】14畫		241	244	段6上-7	錯11-7	鉉6上-2
檻(櫼、㯘、艦、轞通叚)	jian`	ㄐㄧㄢ`	木部	【木部】14畫		270	273	段6上-65	錯11-29	鉉6上-8
濫(檻)	lan`	ㄌㄢ`	水部	【水部】14畫		549	554	段11上貳-7	錯21-15	鉉11上-5
檼	yin˅	ㄧㄣ˅	木部	【木部】14畫		255	257	段6上-34	錯11-15	鉉6上-5
檿(槷)	yan˅	ㄧㄢ˅	木部	【木部】14畫		247	249	段6上-18	錯11-8	鉉6上-3
酓(檿)	yan˅	ㄧㄢ˅	酉部	【酉部】14畫		748	755	段14下-36	錯28-18	鉉14下-8
檕	ji	ㄐㄧ	木部	【木部】14畫		244	246	段6上-12	錯11-30	鉉6上-2
榻	ta`	ㄊㄚ`	木部	【木部】14畫		248	250	段6上-20	錯11-9	鉉6上-3
橋(橌，縣)	mian´	ㄇㄧㄢ´	木部	【木部】14畫		255	258	段6上-35	錯11-15	鉉6上-5
檷(柅)	ni˅	ㄋㄧ˅	木部	【木部】14畫		262	264	段6上-48	錯11-21	鉉6上-6
柅(𡰪、檷，苨、㮏通叚)	ni˅	ㄋㄧ˅	木部	【木部】14畫		244	247	段6上-13	錯11-23	鉉6上-2
櫂(棹又櫂之俗)	zhao`	ㄓㄠ`	木部	【木部】14畫	無	無	無	無		鉉6上-8
濯(浣、櫂段刪。楫ji´說文無櫂字，棹又櫂之俗)	zhuo´	ㄓㄨㄛ´	水部	【水部】14畫		564	569	段11上貳-38	錯21-24	鉉11上-9
樽(櫜通叚)	bi`	ㄅㄧ`	木部	【木部】14畫		254	256	段6上-32	錯11-16	鉉6上-4
櫜(樽通叚)	bo´	ㄅㄛ´	木部	【木部】14畫		254	256	段6上-32	錯11-14	鉉6上-5
檾(䔛、穎，藾通叚)	qing˅	ㄑㄧㄥ˅	棥部	【木部】14畫		335	339	段7下-1	錯13-28	鉉7下-1
橐從圂木(橐，稇通叚)	gun˅	ㄍㄨㄣ˅	橐部	【木部】14畫		276	279	段6下-9	錯12-7	鉉6下-3
緷(橐從豕)	yun`	ㄩㄣ`	糸部	【糸部】14畫		644	651	段13上-3	錯25-2	鉉13上-1
睹(覩，糵通叚)	du˅	ㄉㄨ˅	目部	【目部】15畫		132	133	段4上-6	錯7-3	鉉4上-2
藷(糵通叚)	zhu	ㄓㄨ	艸部	【艸部】15畫		29	29	段1下-16	錯2-8	鉉1下-3

篆本字(古文、金文、籀文、俗字，通段、金石)	拼音	注音	說文部首	康熙部首	筆畫	一般頁碼	洪葉頁碼	段注篇章	徐鍇通釋篇章	徐鉉藤花榭篇章
箸(者弋述及，著、䈞、筯、竚通叚)	zhuˋ	ㄓㄨˋ	竹部	【竹部】	15畫	193	195	段5上-9	鍇9-4	鉉5上-2
槸(埶、藝)	yiˋ	一ˋ	木部	【木部】	15畫	251	254	段6上-27	鍇11-12	鉉6上-4
槎(櫐，柞、楂通叚)	zuoˋ	ㄗㄨㄛˋ	木部	【木部】	15畫	269	271	段6上-62	鍇11-28	鉉6上-8
排(橐、韛通叚)	paiˊ	ㄆㄞˊ	手部	【手部】	15畫	596	602	段12上-26	鍇23-14	鉉12上-5
櫡(鐯，鍩通叚)	zhuoˊ	ㄓㄨㄛˊ	木部	【木部】	15畫	259	262	段6上-43	鍇11-19	鉉6上-6
櫌(耰)	you	一ㄡ	木部	【木部】	15畫	259	262	段6上-43	鍇11-19	鉉6上-6
橫(幌、榥)	huangˇ	ㄏㄨㄤˇ	木部	【木部】	15畫	262	264	段6上-48	鍇11-20	鉉6上-6
虆(纍、櫐)	leiˊ	ㄌㄟˊ	木部	【艸部】	15畫	241	244	段6上-7	鍇11-4	鉉6上-2
櫑(罍、罍、靁、鸓、罍)	leiˊ	ㄌㄟˊ	木部	【木部】	15畫	261	263	段6上-46	鍇11-20	鉉6上-6
杶(櫄、[illegible]、杻、櫄，椿通叚)	chun	ㄔㄨㄣ	木部	【木部】	15畫	242	245	段6上-9	鍇11-5	鉉6上-2
櫝(匵)	duˊ	ㄉㄨˊ	木部	【木部】	15畫	258	260	段6上-40	鍇11-18	鉉6上-5
匵(櫝)	duˊ	ㄉㄨˊ	匚部	【匚部】	15畫	636	642	段12下-50	鍇24-16	鉉12下-8
槥(櫝)	huiˋ	ㄏㄨㄟˋ	木部	【木部】	15畫	270	273	段6上-65	鍇11-29	鉉6上-8
櫟(掠通叚)	liˋ	ㄌ一ˋ	木部	【木部】	15畫	246	249	段6上-17	鍇11-8	鉉6上-3
櫜从咎木(韟通叚)	gao	ㄍㄠ	櫜部	【木部】	15畫	276	279	段6下-9	鍇12-7	鉉6下-3
皋(櫜从咎木、高、告、號、嗥，臯、槔通叚)	gao	ㄍㄠ	夲部	【白部】	15畫	498	502	段10下-16	鍇20-6	鉉10下-3
櫋(櫋，緜)	mianˊ	ㄇ一ㄢˊ	木部	【木部】	15畫	255	258	段6上-35	鍇11-15	鉉6上-5
緜(櫋)	mianˊ	ㄇ一ㄢˊ	系部	【糸部】	15畫	643	649	段12下-63	鍇24-21	鉉12下-10
銛(杴、欣、櫏，餂通叚)	gua	ㄍㄨㄚ	金部	【金部】	15畫	706	713	段14上-10	鍇27-4	鉉14上-2
甍(甍、甑从雨留，檬通叚)	mengˊ	ㄇㄥˊ	瓦部	【瓦部】	15畫	638	644	段12下-53	鍇24-18	鉉12下-8
遷(遷、擖、拪，櫏、韆通叚)	qian	ㄑ一ㄢ	辵(辶)部	【辵部】	15畫	72	72	段2下-6	鍇4-3	鉉2下-2
霖(無、霖从亡)	wuˊ	ㄨˊ	林部	【木部】	15畫	271	274	段6上-67	鍇11-30	鉉6上-9

篆本字(古文、金文、籀文、俗字，通叚、金石)	拼音	注音	說文部首	康熙部首	筆畫	一般頁碼	洪葉頁碼	段注篇章	徐鍇通釋篇章	徐鉉藤花榭篇章
廡(廡、𣡸、𢋁，甒通叚)	wuˇ	ㄨˇ	广部	【广部】	15畫	443	448	段9下-13	鍇18-4	鉉9下-2
櫍	zhiˋ	ㄓˋ	木部	【木部】	15畫	無	無	無	無	鉉6上-8
質(櫍、鑕通叚)	zhiˊ	ㄓˊ	貝部	【貝部】	15畫	281	284	段6下-19	鍇12-11	鉉6下-5
緣(純，櫞、褖通叚)	yuanˊ	ㄩㄢˊ	糸部	【糸部】	15畫	654	661	段13上-23	鍇25-5	鉉13上-3
櫇(檳)	pinˊ	ㄆㄧㄣˊ	木部	【木部】	15畫	244	246	段6上-12	鍇11-6	鉉6上-2
賓(賔、𡧍，檳通叚)	bin	ㄅㄧㄣ	貝部	【貝部】	15畫	281	283	段6下-18	鍇12-11	鉉6下-5
柜(櫸、榘渠述及)	juˇ	ㄐㄩˇ	木部	【木部】	16畫	246	248	段6上-16	鍇11-7	鉉6上-3
櫓(樐，艣通叚)	luˇ	ㄌㄨˇ	木部	【木部】	16畫	265	267	段6上-54	鍇11-23	鉉6上-7
橚(櫹)	suˋ	ㄙㄨˋ	木部	【木部】	16畫	251	253	段6上-26	鍇11-12	鉉6上-4
楸(櫹通叚)	qiu	ㄑㄧㄡ	木部	【木部】	16畫	242	244	段6上-8	鍇11-4	鉉6上-2
⿱龍木	longˊ	ㄌㄨㄥˊ	木部	【木部】	16畫	256	258	段6上-36	鍇11-16	鉉6上-5
櫳	longˊ	ㄌㄨㄥˊ	木部	【木部】	16畫	270	273	段6上-65	鍇11-29	鉉6上-8
櫨	luˊ	ㄌㄨˊ	木部	【木部】	16畫	254	257	段6上-33	鍇11-14	鉉6上-5
籢(匲，匳、檶、槏通叚)	lianˊ	ㄌㄧㄢˊ	竹部	【竹部】	16畫	193	195	段5上-10	鍇9-4	鉉5上-2
櫪	liˋ	ㄌㄧˋ	木部	【木部】	16畫	270	272	段6上-64	鍇11-29	鉉6上-8
櫬	chenˋ	ㄔㄣˋ	木部	【木部】	16畫	270	273	段6上-65	鍇11-29	鉉6上-8
檐(簷，櫩通叚)	yanˊ	ㄧㄢˊ	木部	【木部】	16畫	255	258	段6上-35	鍇11-15	鉉6上-5
橐(柝，柝通叚)	tuoˋ	ㄊㄨㄛˋ	木部	【木部】	16畫	257	259	段6上-38	鍇11-17	鉉6上-5
欁(櫱、枿、栓、 [不]，蘖通叚)	nieˋ	ㄋㄧㄝˋ	木部	【木部】	16畫	268	271	段6上-61	鍇11-27	鉉6上-8
枲(⿰糸枲，葈通叚)	xiˇ	ㄒㄧˇ	朩部	【木部】	16畫	335	339	段7下-1	鍇13-27	鉉7下-1
槐(櫰)	huaiˊ	ㄏㄨㄞˊ	木部	【木部】	16畫	246	248	段6上-16	鍇11-7	鉉6上-3
櫻	ying	ㄧㄥ	木部	【木部】	17畫	無	無	無	無	鉉6上-8
嬰(攖、櫻、孆通叚)	ying	ㄧㄥ	女部	【女部】	17畫	621	627	段12下-20	鍇24-7	鉉12下-3
鶯(櫻、鸚通叚)	ying	ㄧㄥ	鳥部	【鳥部】	17畫	155	156	段4上-52	鍇7-22	鉉4上-9
棣	liˋ	ㄌㄧˋ	木部	【木部】	17畫	244	247	段6上-13	鍇11-6	鉉6上-2
櫺(欞通叚)	lingˊ	ㄌㄧㄥˊ	木部	【木部】	17畫	256	258	段6上-36	鍇11-16	鉉6上-5

篆本字(古文、金文、籀文、俗字，通叚、金石)	拼音	注音	說文部首	康熙部首	筆畫	一般頁碼	洪葉頁碼	段注篇章	徐鍇通釋篇章	徐鉉藤花榭篇章
闗(櫎、貫彎述及，擱通叚)	guan	ㄍㄨㄢ	門部	【門部】	17畫	590	596	段12上-13	鍇23-5	鉉12上-3
櫼(尖通叚)	jian	ㄐㄧㄢ	木部	【木部】	17畫	257	259	段6上-38	鍇11-17	鉉6上-5
櫾(榣、繇)	you ˊ	ㄧㄡˊ	木部	【木部】	17畫	248	251	段6上-21	鍇11-9	鉉6上-3
柚(櫾，榛通叚)	you ˋ	ㄧㄡˋ	木部	【木部】	17畫	238	241	段6上-1	鍇11-1	鉉6上-1
毚(欃通叚)	chan ˊ	ㄔㄢˊ	㲋部	【比部】	17畫	472	477	段10上-25	鍇19-7	鉉10上-4
鑱(欃通叚)	chan ˊ	ㄔㄢˊ	金部	【金部】	17畫	707	714	段14上-12	鍇27-4	鉉14上-3
欂(欂通叚)	bo ˊ	ㄅㄛˊ	木部	【木部】	17畫	254	256	段6上-32	鍇11-14	鉉6上-5
欂(欂通叚)	bi ˋ	ㄅㄧˋ	木部	【木部】	17畫	254	256	段6上-32	鍇11-16	鉉6上-4
欄(楝，欗通叚)	lan ˊ	ㄌㄢˊ	木部	【木部】	17畫	246	249	段6上-17	鍇11-8	鉉6上-3
闌(欄)	lan ˊ	ㄌㄢˊ	門部	【門部】	17畫	589	595	段12上-12	鍇23-5	鉉12上-3
檈(還)	xuan ˊ	ㄒㄩㄢˊ	木部	【木部】	17畫	247	249	段6上-18	鍇11-8	鉉6上-3
𣞤从亡(無、无)	wu ˊ	ㄨˊ	亾部	【火部】	18畫	634	640	段12下-46	鍇24-15	鉉12下-7
𣞤(無、𣞤从亡)	wu ˊ	ㄨˊ	林部	【木部】	18畫	271	274	段6上-67	鍇11-30	鉉6上-9
權(顴肫zhun述及，權俗作顴)	quan ˊ	ㄑㄩㄢˊ	木部	【木部】	18畫	246	248	段6上-16	鍇11-7	鉉6上-3
垂(垂、陲、權銓述及，倕、菙通叚)	chui ˊ	ㄔㄨㄟˊ	土部	【土部】	18畫	693	700	段13下-39	鍇26-7	鉉13下-5
㮚(櫂、欆通叚)	xu	ㄒㄩ	木部	【木部】	18畫	258	261	段6上-41	鍇11-18	鉉6上-6
椁(槨，槨通叚)	guo ˇ	ㄍㄨㄛˇ	木部	【木部】	18畫	270	273	段6上-65	鍇11-29	鉉6上-8
橐从圂木(橐，稛通叚)	gun ˇ	ㄍㄨㄣˇ	橐部	【木部】	18畫	276	279	段6下-9	鍇12-7	鉉6下-3
欇	she ˋ	ㄕㄜˋ	木部	【木部】	18畫	249	252	段6上-23	鍇11-10	鉉6上-4
檃(隱，櫽通叚)	yin ˇ	ㄧㄣˇ	木部	【木部】	18畫	264	266	段6上-52	鍇11-23	鉉6上-7
𣝕从米糸	yi ˊ	ㄧˊ	木部	【木部】	19畫	241	243	段6上-6	鍇11-3	鉉6上-1
欚(欐，艬通叚)	li ˇ	ㄌㄧˇ	木部	【木部】	19畫	267	270	段6上-59	鍇11-27	鉉6上-7
麗(丽、𠅹、離，儷、娌、欐通叚)	li ˋ	ㄌㄧˋ	鹿部	【鹿部】	19畫	471	476	段10上-23	鍇19-7	鉉10上-4
欑(儹，攢通叚)	cuan ˊ	ㄘㄨㄢˊ	木部	【木部】	19畫	264	266	段6上-52	鍇11-23	鉉6上-7
杝(籬，柂、欏、箷通叚)	yi ˊ	ㄧˊ	木部	【木部】	19畫	257	259	段6上-38	鍇11-17	鉉6上-5
欒	luan ˊ	ㄌㄨㄢˊ	木部	【木部】	19畫	245	244	段6上-15	鍇11-7	鉉6上-3

篆本字（古文、金文、籀文、俗字，通叚、金石）	拼音	注音	說文部首	康熙部首	筆畫	一般頁碼	洪葉頁碼	段注篇章	徐鍇通釋篇章	徐鉉藤花榭篇章
䜌(變、絲、鸞)	luan´	ㄌㄨㄢˊ	言部	【言部】	19畫	97	98	段3上-23	鍇5-12	鉉3上-5
櫱(𣚕、枿、栍、朩[不]，蘗通叚)	nie`	ㄋㄧㄝ`	木部	【木部】	20畫	268	271	段6上-61	鍇11-27	鉉6上-8
稸(欘、檽通叚)	xu	ㄒㄩ	木部	【木部】	20畫	258	261	段6上-41	鍇11-18	鉉6上-6
欄(棟，欗通叚)	lan´	ㄌㄢˊ	木部	【木部】	20畫	246	249	段6上-17	鍇11-8	鉉6上-3
欘(斸)	zhu˘	ㄓㄨˇ	木部	【木部】	21畫	259	262	段6上-43	鍇11-19	鉉6上-6
斸(欘，钃通叚)	zhu´	ㄓㄨˊ	斤部	【斤部】	21畫	717	724	段14上-31	鍇27-10	鉉14上-5
覽(擥通叚)	lan˘	ㄌㄢˇ	見部	【見部】	21畫	408	412	段8下-14	鍇16-13	鉉8下-3
欙(桐、橋、樏、藟、轠)	lei	ㄌㄟˊ	木部	【木部】	21畫	267	269	段6上-58	鍇11-25	鉉6上-7
㯱(桐、欛、轠、氍，樺通叚)	ju´	ㄐㄩˊ	木部	【木部】	21畫	262	264	段6上-48	鍇11-20	鉉6上-6
鬱(宛、菀，欝从爻、灪、欎从林缶一韋通叚)	yu`	ㄩ`	林部	【鬯部】	21畫	271	274	段6上-67	鍇11-30	鉉6上-9
欚(欐，艫通叚)	li˘	ㄌㄧˇ	木部	【木部】	21畫	267	270	段6上-59	鍇11-27	鉉6上-7
㮚(栗=慄慄述及、藟、櫐，鶒、麜通叚)	li`	ㄌㄧ`	卤部	【木部】	24畫	317	320	段7上-32	鍇13-13	鉉7上-6
欞(櫺通叚)	ling´	ㄌㄧㄥˊ	木部	【木部】	24畫	256	258	段6上-36	鍇11-16	鉉6上-5
虆(䕬、蔂)	lei´	ㄌㄟˊ	木部	【艸部】	26畫	241	244	段6上-7	鍇11-4	鉉6上-2
驫（三馬一木）	ji´	ㄐㄧˊ	木部	【木部】	30畫	250	252	段6上-24	鍇11-11	鉉6上-4
【欠(qian`)部】	qian`	ㄑㄧㄢ`	欠部			410	414	段8下-18	鍇16-15	鉉8下-4
欠(嚏異音同義)	qian`	ㄑㄧㄢ`	欠部	【欠部】		410	414	段8下-18	鍇16-15	鉉8下-4
嚏(欠異音同義)	ti`	ㄊㄧ`	口部	【口部】		56	57	段2上-17	鍇3-7	鉉2上-4
次从二不从仌(䊒、佽)	ci`	ㄘ`	欠部	【欠部】	2畫	413	418	段8下-25	鍇16-17	鉉8下-5
佽(次)	ci`	ㄘ`	人部	【人部】	2畫	372	376	段8上-16	鍇15-6	鉉8上-3
唌(次)	xian´	ㄒㄧㄢˊ	口部	【口部】	2畫	60	61	段2上-25	鍇3-11	鉉2上-5
趑(次，屖、跂、趀通叚)	ci	ㄘ	走部	【走部】	2畫	64	64	段2上-32	鍇3-14	鉉2上-7

篆本字(古文、金文、籀文、俗字，通叚、金石)	拼音	注音	說文部首	康熙部首	筆畫	一般頁碼	洪葉頁碼	段注篇章	徐鍇通釋篇章	徐鉉藤花榭篇章
吹欠部	chui	ㄔㄨㄟ	欠部	【口部】	3畫	410	415	段8下-19	鍇16-15	鉉8下-4
吹口部	chui	ㄔㄨㄟ	口部	【口部】	3畫	56	56	段2上-16	鍇3-7	鉉2上-4
弞(改、哂，嗔、吲通叚)	shenˇ	ㄕㄣˇ	欠部	【欠部】	3畫	411	415	段8下-20	鍇16-16	鉉8下-4
蚩欠(嗤、歖，改、咍通叚)	chi	ㄔ	欠部	【欠部】	4畫	412	416	段8下-22	鍇16-16	鉉8下-5
歧(覬、冀)	ji ˋ	ㄐㄧˋ	欠部	【欠部】	4畫	411	415	段8下-20	鍇16-16	鉉8下-4
欣(訢)	xin	ㄒㄧㄣ	欠部	【欠部】	4畫	411	415	段8下-20	鍇16-15	鉉8下-4
訢(欣)	xin	ㄒㄧㄣ	言部	【言部】	4畫	93	94	段3上-15	鍇5-8	鉉3上-4
忻(欣廣韵合為一)	xin	ㄒㄧㄣ	心部	【心部】	4畫	503	507	段10下-26	鍇20-10	鉉10下-5
憲(欣)	xian ˋ	ㄒㄧㄢˋ	心部	【心部】	4畫	503	507	段10下-26	鍇20-10	鉉10下-5
吹(遹、聿、曰)	yu ˋ	ㄩˋ	欠部	【欠部】	4畫	413	418	段8下-25	鍇16-17	鉉8下-5
欦	qian	ㄑㄧㄢ	欠部	【欠部】	4畫	411	416	段8下-21	鍇16-16	鉉8下-4
呦(嫰、泑)	you	ㄧㄡ	口部	【口部】	5畫	62	62	段2上-28	鍇3-12	鉉2上-6
嫰(欸通叚)	you	ㄧㄡ	欠部	【欠部】	5畫	413	418	段8下-25	鍇16-17	鉉8下-5
欨(嘔通叚)	xu	ㄒㄩ	欠部	【欠部】	5畫	410	415	段8下-19	鍇16-15	鉉8下-4
欪	chu ˋ	ㄔㄨˋ	欠部	【欠部】	5畫	413	418	段8下-25	鍇16-17	鉉8下-5
訶(苛、荷詆述及，呵、啁、歌通叚)	he	ㄏㄜ	言部	【言部】	5畫	100	100	段3上-28	鍇5-14	鉉3上-6
伊(𠙅、㱅，蛜通叚)	yi	ㄧ	人部	【人部】	6畫	367	371	段8上-5	鍇15-2	鉉8上-1
欪	zi ˋ	ㄗˋ	欠部	【欠部】	6畫	412	416	段8下-22	鍇16-16	鉉8下-5
欬(ai ˋ)	kai ˋ	ㄎㄞˋ	欠部	【欠部】	6畫	413	417	段8下-24	鍇16-17	鉉8下-5
欭又音yi ˋ(噎)	yin	ㄧㄣ	欠部	【欠部】	6畫	413	417	段8下-24	鍇16-17	鉉8下-5
噎(欭，咽、餲通叚)	ye	ㄧㄝ	口部	【口部】	6畫	59	59	段2上-22	鍇3-9	鉉2上-4
欯(kai ˋ)	xi ˋ	ㄒㄧˋ	欠部	【欠部】	6畫	410	415	段8下-19	鍇16-15	鉉8下-4
攱(敧、崎、奇、竒，攲通叚)	gui ˇ	ㄍㄨㄟˇ	危部	【支部】	6畫	448	453	段9下-23	鍇18-8	鉉9下-4
欱(哈、齡通叚)	he	ㄏㄜ	欠部	【欠部】	6畫	413	417	段8下-24	鍇16-17	鉉8下-5
欶(蹵，感通叚)	cu ˋ	ㄘㄨˋ	欠部	【欠部】	6畫	411	416	段8下-21	鍇16-16	鉉8下-4

篆本字(古文、金文、籀文、俗字,通叚、金石)	拼音	注音	說文部首	康熙部首	筆畫	一般頁碼	洪葉頁碼	段注篇章	徐鍇通釋篇章	徐鉉藤花榭篇章
瘚(欮)	jue′	ㄐㄩㄝˊ	疒部	【疒部】6畫		349	353	段7下-29	鍇14-13	鉉7下-5
音(杏、吜,恆通叚)	pou′	ㄆㄡˇ	、部	【口部】7畫		215	217	段5上-53	鍇10-1	鉉5上-10
欰(啟、瓹)	shen`	ㄕㄣˋ	欠部	【欠部】7畫		413	417	段8下-24	鍇16-17	鉉8下-5
欲(慾)	yu`	ㄩˋ	欠部	【欠部】7畫		411	415	段8下-20	鍇16-16	鉉8下-4
欶(嗽欶kai`述及,瘶通叚)	shuo	ㄕㄨㄛˋ	欠部	【欠部】7畫		413	417	段8下-24	鍇16-17	鉉8下-5
漱(欶欶kai`述及、涷,嗽通叚)	shu`	ㄕㄨˋ	水部	【水部】7畫		563	568	段11上貳-36	鍇21-24	鉉11上-8
欷(唏,悕通叚)	xi	ㄒㄧ	欠部	【欠部】7畫		412	417	段8下-23	鍇16-16	鉉8下-5
欸(唉、誒)	ai′	ㄞˇ	欠部	【欠部】7畫		412	416	段8下-22	鍇16-16	鉉8下-5
誒(唉、欸)	ai	ㄞ	言部	【言部】7畫		97	98	段3上-23	鍇5-12	鉉3上-5
唉(欸、誒)	ai	ㄞ	口部	【口部】7畫		57	58	段2上-19	鍇3-8	鉉2上-4
款(欵、歀、窽,欯通叚)	kuan′	ㄎㄨㄢˇ	欠部	【欠部】7畫		411	415	段8下-20	鍇16-16	鉉8下-4
欲	yu`	ㄩˋ	欠部	【欠部】8畫		410	415	段8下-19	鍇16-15	鉉8下-4
欲(咯、歐、嘔)	you′	ㄧㄡˇ	欠部	【欠部】8畫		413	418	段8下-25	鍇16-17	鉉8下-5
欺(鶀通叚)	qi	ㄑㄧ	欠部	【欠部】8畫		414	418	段8下-26	鍇16-17	鉉8下-5
諆(欺)	qi	ㄑㄧ	言部	【言部】8畫		99	100	段3上-27	鍇5-14	鉉3上-6
欨	xu	ㄒㄩ	欠部	【欠部】8畫		411	416	段8下-21	鍇16-16	鉉8下-4
欽(廞通叚)	qin	ㄑㄧㄣ	欠部	【金部】8畫		410	415	段8下-19	鍇16-15	鉉8下-4
欿(坎)	kan′	ㄎㄢˇ	欠部	【欠部】8畫		413	417	段8下-24	鍇16-17	鉉8下-5
湮(歅通叚)	yan	ㄧㄢ	水部	【水部】9畫		557	562	段11上貳-23	鍇21-20	鉉11上-7
歈	yu′	ㄩˊ	欠部	【欠部】9畫		無	無	無	無	鉉8下-5
歊(激)	jiao`	ㄐㄧㄠˋ	欠部	【欠部】9畫		412	417	段8下-23	鍇16-16	鉉8下-5
歁	kan′	ㄎㄢˇ	欠部	【欠部】9畫		413	417	段8下-24	鍇16-17	鉉8下-5
歂	chuan′	ㄔㄨㄢˇ	欠部	【欠部】9畫		411	416	段8下-21	鍇16-16	鉉8下-4
歃(欶、啑、呷通叚)	sha`	ㄕㄚˋ	欠部	【欠部】9畫		413	417	段8下-24	鍇16-17	鉉8下-5
歆	xin	ㄒㄧㄣ	欠部	【欠部】9畫		414	418	段8下-26	鍇16-17	鉉8下-5
歇	xie	ㄒㄧㄝ	欠部	【欠部】9畫		410	415	段8下-19	鍇16-15	鉉8下-4
喜(歖、歕,憘通叚)	xi′	ㄒㄧˇ	喜部	【口部】9畫		205	207	段5上-33	鍇9-14	鉉5上-6

篆本字(古文、金文、籀文、俗字,通叚、金石)	拼音	注音	說文部首	康熙部首	筆畫	一般頁碼	洪葉頁碼	段注篇章	徐鍇通釋篇章	徐鉉藤花榭篇章
歀(款、欵、窾,欿通叚)	kuan˘	ㄎㄨㄢˇ	欠部	【欠部】9畫		411	415	段8下-20	錯16-16	鉉8下-4
歃(ya`)	wa	ㄨㄚ	欠部	【欠部】10畫		413	417	段8下-24	錯16-17	鉉8下-5
歉(嗛)	qian`	ㄑㄧㄢˋ	欠部	【欠部】10畫		413	417	段8下-24	錯16-17	鉉8下-5
嗛(銜、歉、謙,嗛通叚)	qian`	ㄑㄧㄢˋ	口部	【口部】10畫		55	55	段2上-14	錯3-6	鉉2上-3
欼(嗤、歡,攺、哈通叚)	chi	ㄔ	欠部	【欠部】10畫		412	416	段8下-22	錯16-16	鉉8下-5
歊(歒、蒿)	xiao	ㄒㄧㄠ	欠部	【欠部】10畫		411	416	段8下-21	錯16-16	鉉8下-4
歋(擨、捓、邪、擨,捓通叚)	ye	ㄧㄝ	欠部	【欠部】10畫		411	416	段8下-21	錯16-16	鉉8下-4
歌(謌)	ge	ㄍㄜ	欠部	【欠部】10畫		411	416	段8下-21	錯16-16	鉉8下-4
欭(噁,嗚通叚)	wu	ㄨ	欠部	【欠部】10畫		411	416	段8下-21	錯16-17	鉉8下-4
歆(嘈通叚)	xie´	ㄒㄧㄝˊ	欠部	【欠部】10畫		410	415	段8下-19	錯16-15	鉉8下-4
歒	yao´	ㄧㄠˊ	欠部	【欠部】10畫		412	416	段8下-22	錯16-16	鉉8下-5
歐	you˘	ㄧㄡˇ	欠部	【欠部】10畫		412	417	段8下-23	錯16-16	鉉8下-5
歍	kang	ㄎㄤ	欠部	【欠部】11畫		414	418	段8下-26	錯16-17	鉉8下-5
歎(歏)	tan`	ㄊㄢˋ	欠部	【欠部】11畫		412	416	段8下-22	錯16-16	鉉8下-5
嘆(歎今通用)	tan`	ㄊㄢˋ	口部	【口部】11畫		60	61	段2上-25	錯3-11	鉉2上-5
歐(嘔、喀歐述及)	ou	ㄡ	欠部	【欠部】11畫		412	416	段8下-22	錯16-17	鉉8下-5
歒(喀、歐、嘔)	you˘	ㄧㄡˇ	欠部	【欠部】11畫		413	418	段8下-25	錯16-17	鉉8下-5
歑	hu	ㄏㄨ	欠部	【欠部】11畫		410	415	段8下-19	錯16-15	鉉8下-4
猷(㱃、餐、飲)	yin˘	ㄧㄣˇ	猷部	【欠部】11畫		414	418	段8下-26	錯16-18	鉉8下-5
歗(嘯)	xiao`	ㄒㄧㄠˋ	欠部	【欠部】12畫		412	416	段8下-22	錯16-16	鉉8下-5
嘯(歗)	xiao`	ㄒㄧㄠˋ	口部	【口部】12畫		58	58	段2上-20	錯3-8	鉉2上-4
歖(喜)	xi˘	ㄒㄧˇ	欠部	【欠部】12畫		412	416	段8下-22	錯16-16	鉉8下-5
喜(歖、歕,憘通叚)	xi˘	ㄒㄧˇ	喜部	【口部】12畫		205	207	段5上-33	錯9-14	鉉5上-6
歊(歒、蒿)	xiao	ㄒㄧㄠ	欠部	【欠部】12畫		411	416	段8下-21	錯16-16	鉉8下-4
歔	xu	ㄒㄩ	欠部	【欠部】12畫		412	416	段8下-22	錯16-16	鉉8下-5

篆本字(古文、金文、籀文、俗字，通段、金石)	拼音	注音	說文部首	康熙部首	筆畫	一般頁碼	洪葉頁碼	段注篇章	徐鍇通釋篇章	徐鉉藤花榭篇章
歕	pen	ㄆㄣ	欠部	【欠部】	12畫	410	415	段8下-19	鍇16-15	鉉8下-4
歙(she ˋ)	xi	ㄒㄧ	欠部	【欠部】	12畫	413	418	段8下-25	鍇16-17	鉉8下-5
歟(與)	yu ˊ	ㄩˊ	欠部	【欠部】	13畫	410	415	段8下-19	鍇16-15	鉉8下-4
歮(色)	se ˋ	ㄙㄜˋ	欠部	【欠部】	13畫	412	417	段8下-23	鍇16-16	鉉8下-5
歜(𪔂)	chu ˋ	ㄔㄨˋ	欠部	【欠部】	13畫	412	417	段8下-23	鍇16-16	鉉8下-5
𪔂(噈、歜，顣通段)	cu ˋ	ㄘㄨˋ	欠部	【欠部】	13畫	411	416	段8下-21	鍇16-16	鉉8下-4
斂(歛、賺、䝨通段)	lian ˋ	ㄌㄧㄢˋ	攴部	【攴部】	13畫	124	125	段3下-35	鍇6-18	鉉3下-8
歖	xi ˋ	ㄒㄧˋ	欠部	【欠部】	14畫	413	418	段8下-25	鍇16-17	鉉8下-5
嚘(𣤊，嗄通段)	you	ㄧㄡ	口部	【口部】	15畫	59	59	段2上-22	鍇3-9	鉉2上-5
𣤹从咸糸	jian	ㄐㄧㄢ	欠部	【欠部】	15畫	412	417	段8下-23	鍇16-17	鉉8下-5
歠从叕(吷)	chuo ˋ	ㄔㄨㄛˋ	歠部	【欠部】	15畫	414	418	段8下-26	鍇16-18	鉉8下-5
龡(龡)	chui	ㄔㄨㄟ	龠部	【龠部】	17畫	85	86	段2下-33	鍇4-17	鉉2下-7
歡(驩)	huan	ㄏㄨㄢ	欠部	【欠部】	18畫	411	415	段8下-20	鍇16-15	鉉8下-4
驩(歡)	huan	ㄏㄨㄢ	馬部	【馬部】	18畫	464	468	段10上-8	鍇19-3	鉉10上-2
𪔂(噈、歜，顣通段)	cu ˋ	ㄘㄨˋ	欠部	【欠部】	18畫	411	416	段8下-21	鍇16-16	鉉8下-4
歜(𪔂)	chu ˋ	ㄔㄨˋ	欠部	【欠部】	18畫	412	417	段8下-23	鍇16-16	鉉8下-5
𣤶从糕(釂)	jiao ˋ	ㄐㄧㄠˋ	欠部	【欠部】	18畫	412	417	段8下-23	鍇16-17	鉉8下-5
釂(𣤶)	jiao ˋ	ㄐㄧㄠˋ	酉部	【酉部】	18畫	749	756	段14下-37	鍇28-18	鉉14下-9
𣤹从䜌	luan ˊ	ㄌㄨㄢˊ	欠部	【欠部】	19畫	410	415	段8下-19	鍇16-15	鉉8下-4
歎(𣦍)	tan ˋ	ㄊㄢˋ	欠部	【欠部】	21畫	412	416	段8下-22	鍇16-16	鉉8下-5
𣣋从鰥	kun	ㄎㄨㄣ	欠部	【欠部】	21畫	413	417	段8下-24	鍇16-17	鉉8下-5
【止(zhi ˇ)部】	zhi ˇ	ㄓˇ	止部			67	68	段2上-39	鍇3-17	鉉2上-8
止(趾、山隸變延述及，杫通段)	zhi ˇ	ㄓˇ	止部	【止部】		67	68	段2上-39	鍇3-17	鉉2上-8
沚(止湜述及)	zhi ˇ	ㄓˇ	水部	【水部】		553	558	段11上貳-15	鍇21-17	鉉11上-6
少(𣥠 類似丑，从反正，蹋通段)	ta ˋ	ㄊㄚˋ	止部	【止部】		68	68	段2上-40	鍇3-17	鉉2上-8
正(𤴓、𤴔古文正从一足)	zheng ˋ	ㄓㄥˋ	正部	【止部】	1畫	69	70	段2下-1	鍇4-1	鉉2下-1
乏(𤴔)	fa ˊ	ㄈㄚˊ	正部	【丿部】	1畫	69	70	段2下-1	鍇4-1	鉉2下-1
此	ci ˇ	ㄘˇ	此部	【止部】	2畫	68	69	段2上-41	鍇3-18	鉉2上-8

篆本字(古文、金文、籀文、俗字,通段、金石)	拼音	注音	說文部首	康熙部首	筆畫	一般頁碼	洪葉頁碼	段注篇章	徐鍇通釋篇章	徐鉉藤花榭篇章
步	bù	ㄅㄨˋ	步部	【止部】	3畫	68	69	段2上-41	錯3-18	鉉2上-8
歪(走,趑通段)	zǒu	ㄗㄡˇ	走部	【走部】	3畫	63	64	段2上-31	錯3-14	鉉2上-6
赴(逮)	jié	ㄐㄧㄝˊ	止部	【辵部】	3畫	68	68	段2上-40	錯3-17	鉉2上-8
近(岸)	jìn	ㄐㄧㄣˋ	辵(辶)部	【辵部】	4畫	74	74	段2下-10	錯4-5	鉉2下-2
旅(旅、表、㫃,侶、稆、穭通段)	lǚ	ㄌㄩˇ	放部	【方部】	4畫	312	315	段7上-21	錯13-7	鉉7上-3
魯(鹵、旅、㫃从止刀刀、旅述及)	lǔ	ㄌㄨˇ	白部	【魚部】	4畫	136	138	段4上-15	錯7-8	鉉4上-4
武(珷,碔通段)	wǔ	ㄨˇ	戈部	【止部】	4畫	632	638	段12下-41	錯24-13	鉉12下-6
跂(庪、歧通段)	qí	ㄑㄧˊ	足部	【足部】	4畫	84	85	段2下-31	錯4-16	鉉2下-6
距(拒,岠通段)	jù	ㄐㄩˋ	止部	【止部】	5畫	67	68	段2上-39	錯3-17	鉉2上-8
苛(訶呧述及,岢、茍通段)	ke	ㄎㄜ	艸部	【艸部】	5畫	40	40	段1下-38	錯2-18	鉉1下-6
𪭑(歪)	wai	ㄨㄞ	立部	【立部】	5畫	500	505	段10下-21	錯20-8	鉉10下-4
錗(歪)	nei	ㄋㄟˋ	金部	【金部】	5畫	715	722	段14上-27	錯27-8	鉉14上-4
𣥂(前、翦)	qian	ㄑㄧㄢˊ	止部	【止部】	6畫	68	68	段2上-40	錯3-17	鉉2上-8
跟(䟭)	gen	ㄍㄣ	足部	【足部】	6畫	81	81	段2下-24	錯4-12	鉉2下-5
歭(踌,梼、踟、跱、跱通段)	zhì	ㄓˋ	止部	【止部】	6畫	67	68	段2上-39	錯3-17	鉉2上-8
歫(撐,撑、橕通段)	cheng	ㄔㄥ	止部	【止部】	8畫	67	68	段2上-39	錯3-17	鉉2上-8
踧	chù	ㄔㄨˋ	止部	【止部】	8畫	68	68	段2上-40	錯3-17	鉉2上-8
歸(歸,皈通段)	gui	ㄍㄨㄟ	止部	【止部】	9畫	68	68	段2上-40	錯3-17	鉉2上-8
歱(踵,踵通段)	zhong	ㄓㄨㄥˇ	止部	【止部】	9畫	67	68	段2上-39	錯3-17	鉉2上-8
歲(崴通段)	sui	ㄙㄨㄟˋ	步部	【止部】	9畫	68	69	段2上-41	錯3-18	鉉2上-8
歰(澀)	se	ㄙㄜˋ	止部	【止部】	10畫	68	68	段2上-40	錯3-17	鉉2上-8
濇(歰、轖,澁、澀通段)	se	ㄙㄜˋ	水部	【水部】	10畫	551	556	段11上貳-11	錯21-16	鉉11上-5
翜(接、歰,箑、翣、騇通段)	sha	ㄕㄚˋ	羽部	【羽部】	10畫	140	142	段4上-23	錯7-10	鉉4上-5

篆本字(古文、金文、籀文、俗字，通叚、金石)	拼音	注音	說文部首	康熙部首	筆畫	一般頁碼	洪葉頁碼	段注篇章	徐鍇通釋篇章	徐鉉藤花榭篇章
歷(曆、瀝、轣、靂通叚)	li`	ㄌㄧˋ	止部	【止部】	12畫	68	68	段2上-40	錯3-17	鉉2上-8
曆(礰、歴)	li`	ㄌㄧˋ	石部	【石部】	12畫	451	455	段9下-28	錯18-10	鉉9下-4
秝(歷)	li`	ㄌㄧˋ	秝部	【禾部】	12畫	329	332	段7上-55	錯13-23	鉉7上-9
酈(歷、瀝)	li`	ㄌㄧˋ	酉部	【酉部】	12畫	747	754	段14下-34	錯28-17	鉉14下-8
壁(躃、辟，躄通叚)	bi`	ㄅㄧˋ	止部	【止部】	13畫	68	68	段2上-40	錯3-17	鉉2上-8
歸(婦，皈通叚)	gui	ㄍㄨㄟ	止部	【止部】	14畫	68	68	段2上-40	錯3-17	鉉2上-8
夔(歸)	kui´	ㄎㄨㄟˊ	夂部	【夂部】	14畫	233	236	段5下-37	錯10-15	鉉5下-7
饋(歸、餽)	kui`	ㄎㄨㄟˋ	倉部	【食部】	14畫	220	223	段5下-11	錯10-5	鉉5下-2
【歺(dai˘)部】	e`	ㄜˋ	歺部			161	163	段4下-8	錯8-5	鉉4下-2
歺(歹)	e`	ㄜˋ	歺部	【歹部】		161	163	段4下-8	錯8-5	鉉4下-2
歺(朽)	xiu˘	ㄒㄧㄡˇ	歺部	【歹部】	2畫	163	165	段4下-11	錯8-5	鉉4下-3
死(冗)	si˘	ㄙˇ	死部	【歹部】	2畫	164	166	段4下-13	錯8-6	鉉4下-3
叔	can´	ㄘㄢˊ	叔部	【歹部】	2畫	161	163	段4下-7	錯8-4	鉉4下-2
殀(殉凡殘餘字當作殀)	can´	ㄘㄢˊ	歺部	【歹部】	4畫	163	165	段4下-12	錯8-6	鉉4下-3
殘(戔、殀)	can´	ㄘㄢˊ	歺部	【歹部】	4畫	163	165	段4下-12	錯8-6	鉉4下-3
凶(㐫、殈通叚)	xiong	ㄒㄩㄥ	凶部	【凵部】	4畫	334	337	段7上-66	錯13-27	鉉7上-11
歾(嫂、歿，刎通叚)	mo`	ㄇㄛˋ	歺部	【歹部】	4畫	161	163	段4下-8	錯8-5	鉉4下-2
夭(拗、妖、巏通叚)	yao	ㄧㄠ	夭部	【大部】	4畫	494	498	段10下-8	錯20-3	鉉10下-2
殆(辜)	ku	ㄎㄨ	歺部	【歹部】	5畫	164	166	段4下-13	錯8-6	鉉4下-3
辜(㱠、咕、殆，估通叚)	gu	ㄍㄨ	辛部	【辛部】	5畫	741	748	段14下-22	錯28-11	鉉14下-5
殂(徂、勛、勳、殑、歾)	cu´	ㄘㄨˊ	歺部	【歹部】	5畫	162	164	段4下-9	錯8-5	鉉4下-3
殃(抰通叚)	yang	ㄧㄤ	歺部	【歹部】	5畫	163	165	段4下-12	錯8-5	鉉4下-3
殄(刂、脉)	tian˘	ㄊㄧㄢˇ	歺部	【歹部】	5畫	163	165	段4下-12	錯8-6	鉉4下-3
脉(曹、殄、費)	tian˘	ㄊㄧㄢˇ	肉部	【肉部】	5畫	173	175	段4下-31	錯8-12	鉉4下-5
殙(殕、殠，殟通叚)	hun	ㄏㄨㄣ	歺部	【歹部】	5畫	161	163	段4下-8	錯8-5	鉉4下-2

篆本字(古文、金文、籀文、俗字，通叚、金石)	拼音	注音	說文部首	康熙部首	筆畫	一般頁碼	洪葉頁碼	段注篇章	徐鍇通釋篇章	徐鉉藤花榭篇章
始(殆)	shǐ	ㄕˇ	女部	【女部】5畫		617	623	段12下-12	鍇24-4	鉉12下-2
殆(始)	dài	ㄉㄞˋ	夕部	【歹部】5畫		163	165	段4下-12	鍇8-5	鉉4下-3
隸(迨、殆)	dài	ㄉㄞˋ	隶部	【隶部】5畫		117	118	段3下-22	鍇6-13	鉉3下-5
柀(彼、披，破通叚)	bǐ	ㄅㄧˇ	木部	【木部】5畫		242	244	段6上-8	鍇11-4	鉉6上-2
魑(魋、殊)	chī	ㄔˋ	鬼部	【鬼部】5畫		435	439	段9上-40	鍇17-13	鉉9上-7
殊(挑殛述及)	shū	ㄕㄨ	夕部	【歹部】6畫		161	163	段4下-8	鍇8-5	鉉4下-2
落(絡，砮通叚)	luò	ㄌㄨㄛˋ	艸部	【艸部】6畫		40	40	段1下-38	鍇2-18	鉉1下-6
殀(殙凡殘餘字當作殀)	cán	ㄘㄢˊ	夕部	【歹部】6畫		163	165	段4下-12	鍇8-6	鉉4下-3
殟(殦、瘟通叚)	wēn	ㄨㄣ	夕部	【歹部】6畫		162	164	段4下-9	鍇8-5	鉉4下-3
瑕(殦、段)	duàn	ㄉㄨㄢˋ	卵部	【殳部】6畫		680	687	段13下-13	鍇25-18	鉉13下-3
徇(徇、侚，殉、狥、迥通叚)	xùn	ㄒㄩㄣˋ	彳部	【彳部】6畫		77	77	段2下-16	鍇4-9	鉉2下-4
欼(甦通叚)	zǐ	ㄗˋ	死部	【歹部】6畫		164	166	段4下-14	鍇8-6	鉉4下-3
荸(苃、殍、莩通叚)	fú	ㄈㄨˊ	艸部	【艸部】7畫		29	29	段1下-16	鍇2-8	鉉1下-3
受(苃，殍通叚)	biào	ㄅㄧㄠˋ	叉部	【又部】7畫		160	162	段4下-5	鍇8-4	鉉4下-2
唁(殚通叚)	yàn	ㄧㄢˋ	口部	【口部】7畫		61	61	段2上-26	鍇3-11	鉉2上-5
殂(徂、勛、勯、殢、艉)	cú	ㄘㄨˊ	夕部	【歹部】7畫		162	164	段4下-9	鍇8-5	鉉4下-3
殢(eˋ)	qí	ㄑㄧ	夕部	【歹部】8畫		164	166	段4下-13	鍇8-6	鉉4下-3
殔(建)	yì	ㄧˋ	夕部	【歹部】8畫		163	165	段4下-11	鍇8-5	鉉4下-3
殙(殕、殙，殉通叚)	hūn	ㄏㄨㄣ	夕部	【歹部】8畫		161	163	段4下-8	鍇8-5	鉉4下-2
殖(膱、職，殕通叚)	zhí	ㄓˊ	夕部	【歹部】8畫		164	166	段4下-13	鍇8-6	鉉4下-3
戔(殘、諓，醆、盞通叚)	jiān	ㄐㄧㄢ	戈部	【戈部】8畫		632	638	段12下-41	鍇24-13	鉉12下-6
殘(戔、殀)	cán	ㄘㄢˊ	夕部	【歹部】8畫		163	165	段4下-12	鍇8-6	鉉4下-3
殀(殙凡殘餘字當作殀)	cán	ㄘㄢˊ	夕部	【歹部】8畫		163	165	段4下-12	鍇8-6	鉉4下-3

篆本字（古文、金文、籀文、俗字，通叚、金石）	拼音	注音	說文部首	康熙部首	筆畫	一般頁碼	洪葉頁碼	段注篇章	徐鍇通釋篇章	徐鉉藤花榭篇章
歾(𣨛、歿，刎通叚)	mo、	ㄇㄛˋ	歺部	【歹部】8畫		161	163	段4下-8	鍇8-5	鉉4下-2
矮(萎)	wei˅	ㄨㄟˇ	歺部	【歹部】8畫		161	163	段4下-8	鍇8-5	鉉4下-2
萎(餧、矮)	wei˅	ㄨㄟˇ	艸部	【艸部】8畫		44	44	段1下-46	鍇2-22	鉉1下-8
殚(卒)	zu´	ㄗㄨˊ	歺部	【歹部】8畫		161	163	段4下-8	鍇8-5	鉉4下-2
瘂(㾓、㾞通叚)	e、	ㄜˋ	疒部	【疒部】8畫		351	354	段7下-32	鍇14-14	鉉7下-6
飧(飱、殥)	sun	ㄙㄨㄣ	倉部	【食部】9畫		220	222	段5下-10	鍇10-4	鉉5下-2
殙(殙、殙，殟通叚)	hun	ㄏㄨㄣ	歺部	【歹部】9畫		161	163	段4下-8	鍇8-5	鉉4下-2
殛(極)	ji´	ㄐㄧˊ	歺部	【歹部】9畫		162	164	段4下-10	鍇8-5	鉉4下-3
喙(瘏、豫、彚、豪黔述及，餯通叚)	hui、	ㄏㄨㄟˋ	口部	【口部】9畫		54	54	段2上-12	鍇3-5	鉉2上-3
辜(㾺、估通叚)	gu	ㄍㄨ	辛部	【辛部】9畫		741	748	段14下-22	鍇28-11	鉉14下-5
隕(殞、岉通叚)	yun˅	ㄩㄣˇ	𨸏部	【阜部】10畫		733	740	段14下-5	鍇28-2	鉉14下-1
殗	ai´	ㄞˊ	歺部	【歹部】10畫		163	165	段4下-12	鍇8-6	鉉4下-3
殪(㱩)	yi、	ㄧˋ	歺部	【歹部】10畫		163	165	段4下-11	鍇8-5	鉉4下-3
瘥(差，殘通叚)	chai	ㄔㄞˋ	疒部	【疒部】10畫		352	356	段7下-35	鍇14-16	鉉7下-6
薧(殠通叚)	hao	ㄏㄠ	死部	【艸部】10畫		164	166	段4下-13	鍇8-6	鉉4下-3
槀(槗、犒，殠、筶、篙、醘通叚)	gao˅	ㄍㄠˇ	木部	【木部】10畫		252	254	段6上-28	鍇11-12	鉉6上-4
殟(殟、瘟通叚)	wen	ㄨㄣ	歺部	【歹部】10畫		162	164	段4下-9	鍇8-5	鉉4下-3
殠(臭)	chou、	ㄔㄡˋ	歺部	【歹部】10畫		163	165	段4下-11	鍇8-5	鉉4下-3
殢(殢，嚹、憊通叚)	di、	ㄉㄧˋ	心部	【心部】11畫		504	508	段10下-28	鍇20-11	鉉10下-6
薨(冡通叚)	mo、	ㄇㄛˋ	歺部	【歹部】11畫		163	165	段4下-11	鍇8-5	鉉4下-3
蔫(殢、蔦通叚)	nian	ㄋㄧㄢ	艸部	【艸部】11畫		40	41	段1下-39	鍇2-18	鉉1下-6
殣(墐)	jin、	ㄐㄧㄣˋ	歺部	【歹部】11畫		163	165	段4下-11	鍇8-5	鉉4下-3
殤	shang	ㄕㄤ	歺部	【歹部】11畫		162	164	段4下-9	鍇8-5	鉉4下-3
骴(殨、漬、髊、胔、脊、瘠)	ci	ㄘ	骨部	【歹部】11畫		166	168	段4下-18	鍇8-7	鉉4下-4
殨(潰)	kui、	ㄎㄨㄟˋ	歺部	【歹部】12畫		163	165	段4下-11	鍇8-5	鉉4下-3

篆本字（古文、金文、籀文、俗字，通叚、金石）	拼音	注音	說文部首	康熙部首	筆畫	一般頁碼	洪葉頁碼	段注篇章	徐鍇通釋篇章	徐鉉藤花榭篇章
澌(賜、傷，儩、廝通叚)	si	ㄙ	水部	【水部】	12畫	559	564	段11上貳-28	錯21-21	鉉11上-7
殪(瘞)	yi ˋ	ㄧˋ	歺部	【歹部】	12畫	163	165	段4下-11	錯8-5	鉉4下-3
殫(單，勯通叚)	dan	ㄉㄢ	歺部	【歹部】	12畫	163	165	段4下-12	錯8-6	鉉4下-3
僵(殭，傹通叚)	jiang	ㄐㄧㄤ	人部	【歹部】	13畫	380	384	段8上-32	錯15-11	鉉8上-4
獘(斃、弊，獙通叚)	bi ˋ	ㄅㄧˋ	犬部	【歹部】	13畫	476	480	段10上-32	錯19-11	鉉10上-6
殬(斁)	du ˋ	ㄉㄨˋ	歺部	【歹部】	13畫	163	165	段4下-12	錯8-6	鉉4下-3
殯	bin ˋ	ㄅㄧㄣˋ	歺部	【歹部】	14畫	163	165	段4下-11	錯8-5	鉉4下-3
殰(膭，犢通叚)	du ˊ	ㄉㄨˊ	歺部	【歹部】	15畫	161	163	段4下-8	錯8-5	鉉4下-2
殲(瀸)	jian	ㄐㄧㄢ	歺部	【歹部】	17畫	163	165	段4下-12	錯8-6	鉉4下-3
殰段从歺羸luoˇ(瘰)	luo ˇ	ㄌㄨㄛˇ	歺部	【歹部】	19畫	163	165	段4下-12	錯8-6	鉉4下-3
【殳(shu)部】	shu	ㄕㄨ	殳部			118	119	段3下-24	錯6-13	鉉3下-6
殳	shu	ㄕㄨ	殳部	【殳部】		118	119	段3下-24	錯6-13	鉉3下-6
殌(zhenˇ)	dan ˋ	ㄉㄢˋ	殳部	【殳部】	4畫	119	120	段3下-25	錯6-14	鉉3下-6
般(班、磑aiˊ述及、舥，股、磐通叚)	ban	ㄅㄢ	舟部	【舟部】	4畫	404	408	段8下-6	錯16-11	鉉8下-2
段(鍛、碫、斲，股通叚)	duan ˋ	ㄉㄨㄢˋ	殳部	【殳部】	5畫	120	121	段3下-27	錯6-14	鉉3下-6
碫(段、碬、鍛)	duan ˋ	ㄉㄨㄢˋ	石部	【石部】	5畫	449	454	段9下-25	錯18-9	鉉9下-4
鍛(段，煅通叚)	duan ˋ	ㄉㄨㄢˋ	金部	【金部】	5畫	703	710	段14上-3	錯27-2	鉉14上-1
毈(殰、段)	duan ˋ	ㄉㄨㄢˋ	卵部	【殳部】	5畫	680	687	段13下-13	錯25-18	鉉13下-3
妓	gai	ㄍㄞ	殳部	【殳部】	6畫	120	121	段3下-27	錯6-14	鉉3下-6
殷(碬、黔、郼、黫通叚)	yin	ㄧㄣ	肙部	【殳部】	6畫	388	392	段8上-48	錯15-17	鉉8上-7
羥(黫、殷)	yan	ㄧㄢ	羊部	【羊部】	6畫	146	148	段4上-35	錯7-16	鉉4上-7
殼(殻、㱿、瞉)	ke ˊ	ㄎㄜˊ	殳部	【殳部】	6畫	119	120	段3下-25	錯6-14	鉉3下-6
殺(憝、敊、㪉、布、殺、杀)	sha	ㄕㄚ	殺部	【殳部】	7畫	120	121	段3下-28	錯6-15	鉉3下-6

篆本字(古文、金文、籀文、俗字，通叚、金石)	拼音	注音	說文部首	康熙部首	筆畫	一般頁碼	洪葉頁碼	段注篇章	徐鍇通釋篇章	徐鉉藤花榭篇章
黬(殺，撒通叚)	sa丶	ㄙㄚ丶	米部	【米部】7畫	333	336	段7上-64	鍇13-26	鉉7上-10
毆	yi丶	一丶	殳部	【殳部】7畫	119	120	段3下-26	鍇6-14	鉉3下-6
投	tou´	ㄊㄡ´	殳部	【殳部】7畫	119	120	段3下-25	鍇6-14	鉉3下-6
磬(殸、硜、硻、䃽)	qing丶	ㄑㄧㄥ丶	石部	【石部】7畫	451	456	段9下-29	鍇18-10	鉉9下-4
叡(設、敨、敢，橄通叚)	gan	ㄍㄢ	殳部	【又部】7畫	161	163	段4下-7	鍇8-4	鉉4下-2
毻(毈)	tong´	ㄊㄨㄥ´	殳部	【殳部】8畫	120	121	段3下-27	鍇6-14	鉉3下-6
叞	jiu丶	ㄐㄧㄡ丶	殳部	【殳部】8畫	120	121	段3下-27	鍇6-14	鉉3下-6
殽(肴、效，嶕、淆通叚)	yao´	一ㄠ´	殳部	【殳部】8畫	120	121	段3下-27	鍇6-14	鉉3下-6
肴(殽)	yao´	一ㄠ´	肉部	【肉部】8畫	173	175	段4下-31	鍇8-11	鉉4下-5
毒	du´	ㄉㄨ´	殳部	【殳部】8畫	119	120	段3下-26	鍇6-14	鉉3下-6
殷(礆、磤、郼、黫通叚)	yin	一ㄣ	㐆部	【殳部】8畫	388	392	段8上-48	鍇15-17	鉉8上-7
殼(殼、殻、觳)	ke´	ㄎㄜ´	殳部	【殳部】8畫	119	120	段3下-25	鍇6-14	鉉3下-6
係(繫、繫、系述及)	xi丶	ㄒㄧ丶	人部	【人部】9畫	381	385	段8上-34	鍇15-11	鉉8上-4
系(𦃟从處、絲、係、繫、繫)	xi丶	ㄒㄧ丶	系部	【系部】9畫	642	648	段12下-62	鍇24-20	鉉12下-10
殿	dian丶	ㄉㄧㄢ丶	殳部	【殳部】9畫	119	120	段3下-26	鍇6-14	鉉3下-6
唸(殿)	nian丶	ㄋㄧㄢ丶	口部	【口部】9畫	60	60	段2上-24	鍇3-10	鉉2上-5
毈(毻)	tong´	ㄊㄨㄥ´	殳部	【殳部】9畫	120	121	段3下-27	鍇6-14	鉉3下-6
殺(徼、攴、殺、布、縶、杀)	sha	ㄕㄚ	殺部	【殳部】9畫	120	121	段3下-28	鍇6-15	鉉3下-6
毀(毁)	hui˘	ㄏㄨㄟ˘	土部	【殳部】9畫	691	698	段13下-35	鍇26-6	鉉13下-5
敲(毃)	qiao	ㄑㄧㄠ	殳部	【殳部】10畫	119	120	段3下-26	鍇6-14	鉉3下-6
毄	ji´	ㄐㄧ´	殳部	【殳部】10畫	119	120	段3下-25	鍇6-14	鉉3下-6
毅(毅)	yi丶	一丶	殳部	【殳部】11畫	120	121	段3下-27	鍇6-14	鉉3下-6
毆(敺)	ou	ㄡ	殳部	【殳部】11畫	119	120	段3下-26	鍇6-14	鉉3下-6
毈(殰、段)	duan丶	ㄉㄨㄢ丶	卵部	【殳部】12畫	680	687	段13下-13	鍇25-18	鉉13下-3

篆本字(古文、金文、籀文、俗字，通叚、金石)	拼音	注音	說文部首	康熙部首	筆畫	一般頁碼	洪葉頁碼	段注篇章	徐鍇通釋篇章	徐鉉藤花榭篇章
鞀(鞉、鼗、磬，鼗通叚)	tao´	ㄊㄠˊ	革部	【革部】12畫		108	109	段3下-4	錯6-3	鉉3下-1
韶(招、磬)	shao´	ㄕㄠˊ	音部	【音部】12畫		102	103	段3上-33	錯5-17	鉉3上-7
毇	hui˘	ㄏㄨㄟˇ	毇部	【殳部】12畫		334	337	段7上-65	錯13-26	鉉7上-10
㱿(殼、殻、㲉)	ke´	ㄎㄜˊ	殳部	【殳部】13畫		119	120	段3下-25	錯6-14	鉉3下-6
毅(𣪠)	yi	ㄧˋ	殳部	【殳部】14畫		120	121	段3下-27	錯6-14	鉉3下-6
㲃(搊)	chou´	ㄔㄡˊ	殳部	【殳部】14畫		119	120	段3下-26	錯6-14	鉉3下-6
系(繫从處、絲、係、繫、毄)	xi	ㄒㄧˋ	系部	【系部】20畫		642	648	段12下-62	錯24-20	鉉12下-10
【毋(wu´)部】	wu´	ㄨˊ	毋部			626	319	段12下-30	錯24-10	鉉12下-5
毌(串、貫)	guan	ㄍㄨㄢˋ	毋部	【毋部】		316	319	段7上-29	錯13-12	鉉7上-5
貫(毌、摜、宦、串)	guan	ㄍㄨㄢˋ	毋部	【貝部】		316	319	段7上-29	錯13-12	鉉7上-5
毋(無)	wu´	ㄨˊ	毋部	【毋部】		626	632	段12下-30	錯24-10	鉉12下-5
勿(旆、毋、沒、物)	wu	ㄨˋ	勿部	【勹部】		453	458	段9下-33	錯18-11	鉉9下-5
母(姆)	mu˘	ㄇㄨˇ	女部	【毋部】1畫		614	620	段12下-6	錯24-2	鉉12下-1
鵡(鸚、母)	wu˘	ㄨˇ	鳥部	【鳥部】1畫		156	157	段4上-54	錯7-23	鉉4上-9
每	mei˘	ㄇㄟˇ	屮部	【毋部】3畫		21	22	段1下-1	錯2-1	鉉1下-1
毐	ai˘	ㄞˇ	毋部	【毋部】3畫		626	632	段12下-30	錯24-10	鉉12下-5
毒(𤯡，玳、瑇、𧄸、蝳通叚)	du´	ㄉㄨˊ	屮部	【毋部】4畫		22	22	段1下-2	錯2-1	鉉1下-1
育(毓)	yu	ㄩˋ	㐬部	【肉部】9畫		744	751	段14下-28	錯28-14	鉉14下-7
【比(bi˘)部】	bi˘	ㄅㄧˇ	比部			386	390	段8上-43	錯15-14	鉉8上-6
比(篦笓jì述及、匕鹿述及，夶)	bi˘	ㄅㄧˇ	比部	【比部】		386	390	段8上-43	錯15-14	鉉8上-6
篦(比笓jì述及，笓通叚)	bi	ㄅㄧˋ	竹部	【竹部】		無	無	無	無	鉉5上-3
匕(比、朼)	bi˘	ㄅㄧˇ	匕部	【匕部】2畫		384	388	段8上-40	錯15-13	鉉8上-5
毖	bi	ㄅㄧˋ	比部	【比部】5畫		386	390	段8上-43	錯15-14	鉉8上-6
泌(毖)	bi	ㄅㄧˋ	水部	【水部】5畫		547	552	段11上貳-3	錯21-14	鉉11上-4

篆本字(古文、金文、籀文、俗字，通叚、金石)	拼音	注音	說文部首	康熙部首	筆畫	一般頁碼	洪葉頁碼	段注篇章	徐鍇通釋篇章	徐鉉藤花榭篇章
䀣(毖、泌、祕)	biˋ	ㄅㄧˋ	目部	【目部】	5畫	131	132	段4上-4	鍇7-2	鉉4上-1
㲋(𠂢、𡗾)	chuoˋ	ㄔㄨㄛˋ	㲋部	【比部】	5畫	472	476	段10上-24	鍇19-7	鉉10上-4
𡿺(毗，𨈟通叚)	piˊ	ㄆㄧˊ	囟部	【比部】	6畫	501	506	段10下-23	鍇20-9	鉉10下-5
琵	piˊ	ㄆㄧˊ	琴部	【玉部】	8畫	無	無	無	無	鉉12下-7
枇(琵通叚)	piˊ	ㄆㄧˊ	木部	【木部】	8畫	243	246	段6上-11	鍇11-5	鉉6上-2
鼙(琵通叚)	piˊ	ㄆㄧˊ	鼓部	【鼓部】	8畫	206	208	段5上-35	鍇9-15	鉉5上-7
㨽(批，琵、阰通叚)	pi	ㄆㄧ	手部	【手部】	8畫	606	612	段12上-46	鍇23-14	鉉12上-7
𤟹	jueˊ	ㄐㄩㄝˊ	㲋部	【比部】	9畫	472	477	段10上-25	鍇19-7	鉉10上-4
𪋮沙青巖收錄	shiˋ	ㄕˋ	㲋部	【比部】	10畫	無	無			
𢱭(拜、𢷎、𢁋)	baiˋ	ㄅㄞˋ	手部	【手部】	11畫	595	601	段12上-23	鍇23-9	鉉12上-4
𤟿	xieˇ	ㄒㄧㄝˇ	㲋部	【比部】	12畫	472	477	段10上-25	鍇19-7	鉉10上-4
毚(欃通叚)	chanˊ	ㄔㄢˊ	㲋部	【比部】	13畫	472	477	段10上-25	鍇19-7	鉉10上-4
【毛(maoˊ)部】	maoˊ	ㄇㄠˊ	毛部			398	402	段8上-68	鍇16-7	鉉8上-10
毛(髦)	maoˊ	ㄇㄠˊ	毛部	【毛部】		398	402	段8上-68	鍇16-7	鉉8上-10
髦(毛，齠通叚)	maoˊ	ㄇㄠˊ	髟部	【髟部】	4畫	426	430	段9上-22	鍇17-8	鉉9上-4
紕(毞，𦁄通叚)	biˇ	ㄅㄧˇ	糸部	【糸部】	4畫	662	668	段13上-38	鍇25-8	鉉13上-5
毨	xianˇ	ㄒㄧㄢˇ	毛部	【毛部】	6畫	399	403	段8上-69	鍇16-7	鉉8上-10
毦	erˇ	ㄦˇ	毛部	【毛部】	6畫	無	無	無	無	鉉8上-10
眊(𦉸、耄、𧃵)	maoˋ	ㄇㄠˋ	目部	【目部】	6畫	131	132	段4上-4	鍇7-2	鉉4上-1
旄(麾，𦉸、軞通叚)	maoˊ	ㄇㄠˊ	㫃部	【方部】	6畫	311	314	段7上-20	鍇13-7	鉉7上-3
𧰽(豪、毫、豪)	haoˊ	ㄏㄠˊ	希部	【高部】	7畫	456	460	段9下-38	鍇18-13	鉉9下-6
鬌从左月(𩬊、毻，𩭦通叚)	duoˇ	ㄉㄨㄛˇ	髟部	【髟部】	7畫	428	432	段9上-26	鍇17-9	鉉9上-4
毬	qiuˊ	ㄑㄧㄡˊ	毛部	【毛部】	7畫	無	無	無	無	鉉8上-10
莍(梂，毬通叚，段刪)	qiuˊ	ㄑㄧㄡˊ	艸部	【艸部】	7畫	37	37	段1下-32	鍇2-15	鉉1下-5

篆本字(古文、金文、籀文、俗字,通叚、金石)	拼音	注音	說文部首	康熙部首	筆畫	一般頁碼	洪葉頁碼	段注篇章	徐鍇通釋篇章	徐鉉藤花榭篇章
鞠(鞠从革、毬、鞫、鞫,𮉤、踘通叚)	ju	ㄐㄩ	革部	【革部】8畫	108	109	段3下-3	鍇6-3	鉉3下-1
䀹(睫、䁝,眨、瞸、瞼通叚)	jie´	ㄐㄧㄝˊ	目部	【目部】8畫	130	131	段4上-2	鍇7-2	鉉4上-1
毳	cui`	ㄘㄨㄟˋ	毳部	【毛部】8畫	399	403	段8上-70	鍇16-8	鉉8上-10
氈(氊、毹,毯通叚)	tan´	ㄊㄢˇ	毛部	【毛部】8畫	399	403	段8上-69	鍇16-8	鉉8上-10
綖(擱,毯、繝通叚)	tan´	ㄊㄢˇ	糸部	【糸部】8畫	652	658	段13上-18	鍇25-4	鉉13上-3
㹈(屎,耗、練通叚)	li´	ㄌㄧˊ	犛部	【攴部】8畫	53	54	段2上-11	鍇3-5	鉉2上-3
毹	shu	ㄕㄨ	毛部	【毛部】9畫	無	無	無	無	鉉8上-10
褐(毼、褐通叚)	he`	ㄏㄜˋ	衣部	【衣部】9畫	397	401	段8上-65	鍇16-6	鉉8上-9
楬(揭,毼通叚)	jie	ㄐㄧㄝ	木部	【木部】9畫	270	273	段6上-65	鍇11-29	鉉6上-8
顅(鬜、楬、毼)	qian	ㄑㄧㄢ	頁部	【頁部】9畫	420	425	段9上-11	鍇17-4	鉉9上-2
鬜(顅、毼、楬,鬟通叚)	qian	ㄑㄧㄢ	髟部	【髟部】9畫	428	432	段9上-26	鍇17-9	鉉9上-4
鬣从髟巤(巤、獵、儠、䯵、髦、髹、鬣、葛隸變、獵,犣通叚)	lie`	ㄌㄧㄝˋ	髟部	【髟部】9畫	427	432	段9上-25	鍇17-8	鉉9上-4
鬌从左月(毻、髽,鬌通叚)	duo´	ㄉㄨㄛˇ	髟部	【髟部】9畫	428	432	段9上-26	鍇17-9	鉉9上-4
髻(髻、紒,帤、髶通叚)	jie`	ㄐㄧㄝˋ	髟部	【髟部】9畫	427	432	段9上-25	鍇17-8	鉉9上-4
毾	ta`	ㄊㄚˋ	毛部	【毛部】10畫	無	無	無	無	鉉8上-10
曡(疊,氎、毲、毾通叚)	die´	ㄉㄧㄝˊ	晶部	【日部】10畫	313	316	段7上-23	鍇13-8	鉉7上-4
毼(翰)	han`	ㄏㄢˋ	毛部	【毛部】10畫	399	403	段8上-69	鍇16-7	鉉8上-10
毷(氄)	rong´	ㄖㄨㄥˇ	毛部	【毛部】10畫	399	403	段8上-69	鍇16-7	鉉8上-10

篆本字（古文、金文、籀文、俗字，通叚、金石）	拼音	注音	說文部首	康熙部首	筆畫	一般頁碼	洪葉頁碼	段注篇章	徐鍇通釋篇章	徐鉉藤花榭篇章
鞃(氄、毿、毦 通叚)	rong´	ㄖㄨㄥˊ	革部	【革部】	10畫	110	111	段3下-7	鍇6-4	鉉3下-2
璊	men´	ㄇㄣˊ	毛部	【毛部】	11畫	399	403	段8上-69	鍇16-7	鉉8上-10
彡(彯、毿 通叚)	shan	ㄕㄢ	彡部	【彡部】	11畫	424	428	段9上-18	鍇17-6	鉉9上-3
氂	mao´	ㄇㄠˊ	犛部	【毛部】	11畫	53	54	段2上-11	鍇3-5	鉉2上-3
釐(禧、氂、賚、理，嫠 通叚)	li´	ㄌㄧˊ	里部	【里部】	11畫	694	701	段13下-41	鍇26-8	鉉13下-6
毲	deng	ㄉㄥ	毛部	【毛部】	12畫	無	無	無	無	鉉8上-10
氅	chang˘	ㄔㄤˇ	毛部	【毛部】	12畫	無	無	無	無	鉉8上-10
氄(毧)	rong˘	ㄖㄨㄥˇ	毛部	【毛部】	12畫	399	403	段8上-69	鍇16-7	鉉8上-10
氈(氊、旃，毯 通叚)	tan˘	ㄊㄢˇ	毛部	【毛部】	13畫	399	403	段8上-69	鍇16-8	鉉8上-10
翜(接、澀，箑、歃、馺 通叚)	sha`	ㄕㄚˋ	羽部	【羽部】	13畫	140	142	段4上-23	鍇7-10	鉉4上-5
鬣 從髟巤(巤、獵、儠、臘、髦、駺、鬛、葛 隸變、獵，犣 通叚)	lie`	ㄌㄧㄝˋ	髟部	【髟部】	15畫	427	432	段9上-25	鍇17-8	鉉9上-4
氍	qu´	ㄑㄩˊ	毛部	【毛部】	18畫	無	無	無	無	鉉8上-10
裘(求，俅、氍 通叚)	qiu´	ㄑㄧㄡˊ	裘部	【衣部】	18畫	398	402	段8上-67	鍇16-6	鉉8上-10
疊(曡，氎、㲲、毦 通叚)	die´	ㄉㄧㄝˊ	晶部	【日部】	22畫	313	316	段7上-23	鍇13-8	鉉7上-4
【氏(shi`)部】	shi`	ㄕˋ	氏部			628	634	段12下-33	鍇24-11	鉉12下-5
氏(坁、阺、是)	shi`	ㄕˋ	氏部	【氏部】		628	634	段12下-33	鍇24-11	鉉12下-5
是(昰、氏 緹 述及)	shi`	ㄕˋ	是部	【日部】		69	70	段2下-1	鍇4-1	鉉2下-1
氐(低、底 楮 zhi 述及，秪 通叚)	di	ㄉㄧ	氏部	【氏部】	1畫	628	634	段12下-34	鍇24-12	鉉12下-5

篆本字（古文、金文、籀文、俗字，通叚、金石）	拼音	注音	說文部首	康熙部首	筆畫	一般頁碼	洪葉頁碼	段注篇章	徐鍇通釋篇章	徐鉉藤花榭篇章
底(氐楮zhi述及、底俗，低通叚)	dǐ	ㄉㄧˇ	广部	【广部】1畫		445	449	段9下-16	錯18-5	鉉9下-3
柢(氐、蒂，秪通叚)	dǐ	ㄉㄧˇ	木部	【木部】1畫		248	251	段6上-21	錯11-9	鉉6上-3
民(兜)	mín	ㄇㄧㄣˊ	民部	【氏部】1畫		627	633	段12下-31	錯24-10	鉉12下-5
氒(𥟇)	jué	ㄐㄩㄝˊ	氏部	【氏部】2畫		628	634	段12下-34	錯24-12	鉉12下-5
氓(meng´)	máng	ㄇㄤˊ	民部	【氏部】4畫		627	633	段12下-31	錯24-10	鉉12下-5
姪	dié	ㄉㄧㄝˊ	氏部	【氏部】6畫		628	634	段12下-34	錯24-12	鉉12下-5
垔	yìn	ㄧㄣˋ	氏部	【氏部】10畫		628	634	段12下-34	錯24-12	鉉12下-5
𩏪	xiào	ㄒㄧㄠˋ	氏部	【氏部】14畫		628	634	段12下-34	錯24-12	鉉12下-5
【气(qìˋ)部】	qì	ㄑㄧˋ	气部			20	20	段1上-39	錯1-19	鉉1上-6
气(乞、餼、氣餼kai`述及，㤅通叚)	qì	ㄑㄧˋ	气部	【气部】		20	20	段1上-39	錯1-19	鉉1上-6
氛(雰)	fen	ㄈㄣ	气部	【气部】4畫		20	20	段1上-39	錯1-19	鉉1上-6
忥	xì	ㄒㄧˋ	心部	【气部】4畫		511	515	段10下-42	錯20-15	鉉10下-8
氣(气既述及、槩、餼)	qì	ㄑㄧˋ	米部	【气部】6畫		333	336	段7上-63	錯13-25	鉉7上-10
既(旣、嘰、機、气、氣、餼氣述及)	jì	ㄐㄧˋ	皀部	【无部】6畫		216	219	段5下-3	錯10-2	鉉5下-1
壹(氤、氲)	yun	ㄩㄣ	壺部	【士部】9畫		495	500	段10下-11	錯20-4	鉉10下-3
熅(氲)	yun	ㄩㄣ	火部	【火部】9畫		484	489	段10上-49	錯19-16	鉉10上-8
縕(氲通叚)	yùn	ㄩㄣˋ	糸部	【糸部】9畫		662	668	段13上-38	錯25-8	鉉13上-5
【水(shuiˇ)部】	shuǐ	ㄕㄨㄟˇ	水部			516	521	段11上壹-1	錯21-1	鉉11上-1
水	shuǐ	ㄕㄨㄟˇ	水部	【水部】		516	521	段11上壹-1	錯21-1	鉉11上-1
氾(汎)	fàn	ㄈㄢˋ	水部	【水部】2畫		549	554	段11上貳-7	錯21-15	鉉11上-5
汍(𡿪、溑，泍、坬、阭通叚)	guǐ	ㄍㄨㄟˇ	水部	【水部】2畫		552	557	段11上貳-14	錯21-17	鉉11上-6
九(汍𡿪gui˘述及)	jiǔ	ㄐㄧㄡˇ	九部	【乙部】2畫		738	745	段14下-16	錯28-7	鉉14下-3
𡿪(汍，溑通叚)	guǐ	ㄍㄨㄟˇ	厂部	【厂部】2畫		446	451	段9下-19	錯18-7	鉉9下-3
汀(𣲠)	ting	ㄊㄧㄥ	水部	【水部】2畫		560	565	段11上貳-30	錯21-22	鉉11上-8
汁(叶，渣通叚)	zhi	ㄓ	水部	【水部】2畫		563	568	段11上貳-35	錯21-24	鉉11上-8

篆本字(古文、金文、籀文、俗字，通叚、金石)	拼音	注音	說文部首	康熙部首	筆畫	一般頁碼	洪葉頁碼	段注篇章	徐鍇通釋篇章	徐鉉藤花榭篇章
汃(邠、𣲏請詳查，湃通叚)	bin	ㄅㄧㄣ	水部	【水部】2畫	516	521	段11上壹-1	錯21-2	鉉11上-1
休(溺)	ni`	ㄋㄧˋ	水部	【水部】2畫	557	562	段11上貳-23	錯21-20	鉉11上-7
永	yong˘	ㄩㄥˇ	永部	【水部】2畫	569	575	段11下-5	錯22-3	鉉11下-2
裘(求，宋、氍通叚)	qiu´	ㄑㄧㄡˊ	裘部	【衣部】2畫	398	402	段8上-67	錯16-6	鉉8上-10
逑(𣏟、仇、求，宋通叚)	qiu´	ㄑㄧㄡˊ	辵(辶)部	【辵部】2畫	73	74	段2下-9	錯4-5	鉉2下-2
坁(汑、渚)	chi´	ㄔˊ	土部	【土部】3畫	689	695	段13下-30	錯26-4	鉉13下-4
沑(恧)	nian`	ㄋㄧㄢˋ	水部	【水部】3畫	544	549	段11上壹-57	錯21-12	鉉11上-4
汋(淖、液)	zhuo´	ㄓㄨㄛˊ	水部	【水部】3畫	550	555	段11上貳-9	錯21-15	鉉11上-5
瀹(鬻从翟、汋)	yue`	ㄩㄝˋ	水部	【水部】3畫	562	567	段11上貳-33	錯21-23	鉉11上-8
鬻从翟(煠、瀹、汋)	yue`	ㄩㄝˋ	鬲部	【鬲部】3畫	113	114	段3下-13	錯6-7	鉉3下-3
汎(渢通叚)	fan`	ㄈㄢˋ	水部	【水部】3畫	548	553	段11上貳-5	錯21-14	鉉11上-4
氾(汎)	fan`	ㄈㄢˋ	水部	【水部】3畫	549	554	段11上貳-7	錯21-15	鉉11上-5
汰(泰，汏俗)	tai`	ㄊㄞˋ	水部	【水部】3畫	561	566	段11上貳-31	錯21-22	鉉11上-8
泰(夳、太、汏，汰通叚)	tai`	ㄊㄞˋ	水部	【水部】3畫	565	570	段11上貳-39	錯21-24	鉉11上-9
汓(泅、沒)	qiu´	ㄑㄧㄡˊ	水部	【水部】3畫	556	561	段11上貳-22	錯21-19	鉉11上-7
汕	shan`	ㄕㄢˋ	水部	【水部】3畫	555	560	段11上貳-19	錯21-19	鉉11上-6
汗(瀚通叚)	han`	ㄏㄢˋ	水部	【水部】3畫	565	570	段11上貳-40	錯21-25	鉉11上-9
汘	qian	ㄑㄧㄢ	水部	【水部】3畫	544	549	段11上壹-58	錯21-13	鉉11上-4
汙(洿濁述及，涴、鶩通叚)	wu	ㄨ	水部	【水部】3畫	560	565	段11上貳-29	錯21-22	鉉11上-8
洿(汙)	wu	ㄨ	水部	【水部】3畫	560	565	段11上貳-29	錯21-22	鉉11上-8
紆(汙)	yu	ㄩ	糸部	【糸部】3畫	646	652	段13上-6	錯25-2	鉉13上-1
汛(泋、洒、灑)	xun`	ㄒㄩㄣˋ	水部	【水部】3畫	565	570	段11上貳-39	錯21-24	鉉11上-9
汜(坁)	si`	ㄙˋ	水部	【水部】3畫	553	558	段11上貳-15	錯21-17	鉉11上-6
坁(汜)	yi´	ㄧˊ	土部	【土部】3畫	693	700	段13下-39	錯26-7	鉉13下-5
汝	ru˘	ㄖㄨˇ	水部	【水部】3畫	525	530	段11上壹-20	錯21-5	鉉11上-2
江(汪通叚)	jiang	ㄐㄧㄤ	水部	【水部】3畫	517	522	段11上壹-4	錯21-2	鉉11上-1
汍	wan´	ㄨㄢˊ	水部	【水部】3畫	無	無	無	無	鉉11上-9

篆本字（古文、金文、籀文、俗字，通叚、金石）	拼音	注音	說文部首	康熙部首	筆畫	一般頁碼	洪葉頁碼	段注篇章	徐鍇通釋篇章	徐鉉藤花榭篇章
洹(汍)	huánˊ	ㄏㄨㄢˊ	水部	【水部】3畫		537	542	段11上壹-44	鍇21-5	鉉11上-3
萑(汍通叚)	huánˊ	ㄏㄨㄢˊ	艸部	【艸部】3畫		45	46	段1下-49	鍇2-23	鉉1下-8
雚(鸛、觀，汍通叚)	guàn	ㄍㄨㄢˋ	萑部	【隹部】3畫		144	146	段4上-31	鍇7-14	鉉4上-6
夕(汐通叚)	xi `	ㄒㄧˋ	夕部	【夕部】3畫		315	318	段7上-27	鍇13-11	鉉7上-4
澒(汞)	hong `	ㄏㄨㄥˋ	水部	【水部】3畫		566	571	段11上貳-42	鍇21-25	鉉11上-9
池各本無，通叚作沱 tuo	chiˊ	ㄔˊ	水部	【水部】3畫		553	558	段11上貳-16	無	鉉11上-6
沱(池、沱、跎通叚)	tuoˊ	ㄊㄨㄛˊ	水部	【水部】3畫		517	522	段11上壹-4	鍇21-2	鉉11上-1
巟(荒，汒、漭、茫通叚)	huang	ㄏㄨㄤ	川部	【巛部】3畫		568	574	段11下-3	鍇22-2	鉉11下-1
汷(終，冬通叚)	zhong	ㄓㄨㄥ	水部	【水部】3畫		544	549	段11上壹-58	鍇21-13	鉉11上-4
泰(夳、太、汰，汏通叚)	tai `	ㄊㄞˋ	水部	【水部】4畫		565	570	段11上貳-39	鍇21-24	鉉11上-9
汏(泰，汰俗)	tai `	ㄊㄞˋ	水部	【水部】4畫		561	566	段11上貳-31	鍇21-22	鉉11上-8
切(刌，沏、砌、抑通叚)	qie	ㄑㄧㄝ	刀部	【刂部】4畫		179	181	段4下-43	鍇8-16	鉉4下-7
阱(宑、汬，洴通叚)	jing ˇ	ㄐㄧㄥˇ	井部	【阜部】4畫		216	218	段5下-2	鍇10-2	鉉5下-1
攸(汥、浟、悠、遫、逌，滺通叚)	you	ㄧㄡ	攴部	【支部】4畫		124	125	段3下-36	鍇6-18	鉉3下-8
方(防、舫、汸、旁訪述及，坊、髣通叚)	fang	ㄈㄤ	方部	【方部】4畫		404	408	段8下-6	鍇16-11	鉉8下-2
汥	zhi	ㄓ	水部	【水部】4畫		554	559	段11上貳-17	鍇21-18	鉉11上-6
泜	zhi ˇ	ㄓˇ	水部	【水部】4畫		559	564	段11上貳-27	鍇21-21	鉉11上-7
濔(汨mi`)	mi `	ㄇㄧˋ	水部	【水部】4畫		529	534	段11上壹-28	鍇21-9	鉉11上-2
汨從日，非汩gu ˇ	mi `	ㄇㄧˋ	水部	【水部】4畫		529	534	段11上壹-28	鍇21-9	鉉11上-2
汩從曰yue，非汨mi `	gu ˇ	ㄍㄨˇ	水部	【水部】4畫		567	572	段11上貳-43	鍇21-26	鉉11上-9
滑(汨，猾、猏通叚)	huaˊ	ㄏㄨㄚˊ	水部	【水部】4畫		551	556	段11上貳-11	鍇21-16	鉉11上-5

篆本字(古文、金文、籀文、俗字，通段、金石)	拼音	注音	說文部首	康熙部首	筆畫	一般頁碼	洪葉頁碼	段注篇章	徐鍇通釋篇章	徐鉉藤花樹篇章
沓(達)	tà	ㄊㄚˋ	曰部	【水部】4畫		203	205	段5上-29	鍇9-11	鉉5上-5
鐽(沓)	tà	ㄊㄚˋ	金部	【金部】4畫		714	721	段14上-25	鍇27-8	鉉14上-4
浬(汪)	wang	ㄨㄤ	水部	【水部】4畫		547	552	段11上貳-4	鍇21-14	鉉11上-4
汭(芮、內)	ruì	ㄖㄨㄟˋ	水部	【水部】4畫		546	551	段11上貳-2	鍇21-13	鉉11上-4
汲(彶)	jí	ㄐㄧˊ	水部	【水部】4畫		564	569	段11上貳-37	鍇21-24	鉉11上-9
彶(汲)	jí	ㄐㄧˊ	彳部	【彳部】4畫		76	77	段2下-15	鍇4-7	鉉2下-3
汳(汴)	biàn	ㄅㄧㄢˋ	水部	【水部】4畫		535	540	段11上壹-39	鍇21-11	鉉11上-3
汶	wèn	ㄨㄣˋ	水部	【水部】4畫		539	544	段11上壹-48	鍇21-6	鉉11上-3
崏(岷、嵤、崏、崲、崏、汶、文，嵤通段)	mín	ㄇㄧㄣˊ	山部	【山部】4畫		438	443	段9下-3	鍇18-1	鉉9下-1
決(决、訣通段)	jué	ㄐㄩㄝˊ	水部	【水部】4畫		555	560	段11上貳-19	鍇21-19	鉉11上-6
汻(滸)	hǔ	ㄏㄨˇ	水部	【水部】4畫		552	557	段11上貳-14	鍇21-17	鉉11上-6
汽	qì	ㄑㄧˋ	水部	【水部】4畫		559	564	段11上貳-28	鍇21-21	鉉11上-7
汾(墳)	fén	ㄈㄣˊ	水部	【水部】4畫		526	531	段11上壹-21	鍇21-5	鉉11上-2
沁	qìn	ㄑㄧㄣˋ	水部	【水部】4畫		526	531	段11上壹-21	鍇21-7	鉉11上-2
沂(圻，簛、齗通段)	yí	ㄧˊ	水部	【水部】4畫		538	543	段11上壹-46	鍇21-6	鉉11上-3
沄	yún	ㄩㄣˊ	水部	【水部】4畫		548	553	段11上貳-5	鍇21-14	鉉11上-4
沅	yuán	ㄩㄢˊ	水部	【水部】4畫		520	525	段11上壹-10	鍇21-3	鉉11上-1
沆(亢)	hàng	ㄏㄤˋ	水部	【水部】4畫		548	553	段11上貳-5	鍇21-14	鉉11上-4
沇(兗、沿、台、濡)	yǎn	ㄧㄢˇ	水部	【水部】4畫		527	532	段11上壹-24	鍇21-8	鉉11上-2
沿(均、沇，汾通段)	yán	ㄧㄢˊ	水部	【水部】4畫		556	561	段11上貳-21	鍇21-19	鉉11上-6
台(容、兗、沇)	yǎn	ㄧㄢˇ	口部	【口部】4畫		62	62	段2上-28	鍇3-12	鉉2上-6
潏(沇)	jué	ㄐㄩㄝˊ	水部	【水部】4畫		548	553	段11上貳-6	鍇21-14	鉉11上-4
沈(瀋、湛、黕，沉俗、邥通段)	chén	ㄔㄣˊ	水部	【水部】4畫		558	563	段11上貳-25	鍇21-20	鉉11上-7
霃(沈，霅、霛通段)	chén	ㄔㄣˊ	雨部	【雨部】4畫		573	578	段11下-12	鍇22-6	鉉11下-3
瀋(沈)	shěn	ㄕㄣˇ	水部	【水部】4畫		563	568	段11上貳-36	鍇21-24	鉉11上-8

篆本字（古文、金文、籀文、俗字，通段、金石）	拼音	注音	說文部首	康熙部首	筆畫	一般頁碼 洪葉頁碼	段注篇章	徐鍇通釋篇章	徐鉉藤花榭篇章
湛(澬、沈淑述及)	zhan丶	ㄓㄢˋ	水部	【水部】4畫		556 561	段11上貳-22	錯21-19	鉉11上-7
淪(率，沌通段)	lun′	ㄌㄨㄣˊ	水部	【水部】4畫		549 554	段11上貳-7	錯21-15	鉉11上-5
沈	you′	ㄧㄡˊ	水部	【水部】4畫		544 549	段11上壹-57	錯21-12	鉉11上-4
沐(𣲳通段)	mu丶	ㄇㄨˋ	水部	【水部】4畫		563 568	段11上貳-36	錯21-24	鉉11上-9
泏(nǚ)	niu˘	ㄋㄧㄡˇ	水部	【水部】4畫		560 565	段11上貳-30	錯21-22	鉉11上-8
沒(湀、浸、叜、頮述及)	mei′	ㄇㄟˊ	水部	【水部】4畫		557 562	段11上貳-23	錯21-20	鉉11上-7
頮(沒、叜)	mo丶	ㄇㄛˋ	頁部	【頁部】4畫		418 423	段9上-7	錯17-3	鉉9上-2
勿(旞、毋、沒、物)	wu丶	ㄨˋ	勿部	【勹部】4畫		453 458	段9下-33	錯18-11	鉉9下-5
沔(瀰，泗通段)	mian˘	ㄇㄧㄢˇ	水部	【水部】4畫		522 527	段11上壹-14	錯21-4	鉉11上-1
涸(灂、沍、冱、凅通段)	he′	ㄏㄜˊ	水部	【水部】4畫		559 564	段11上貳-28	錯21-21	鉉11上-7
泮(判、畔，沜、冸、牉、頖通段)	pan丶	ㄆㄢˋ	水部	【水部】4畫		566 571	段11上貳-42	錯21-25	鉉11上-9
沖(盅，冲、沖、翀通段)	chong	ㄔㄨㄥ	水部	【水部】4畫		547 552	段11上貳-4	錯21-14	鉉11上-4
盅(沖)	zhong	ㄓㄨㄥ	皿部	【皿部】4畫		212 214	段5上-48	錯9-20	鉉5上-9
沙(沁，坺、砂、硰、紗、裟、魦通段)	sha	ㄕㄚ	水部	【水部】4畫		552 557	段11上貳-14	錯21-17	鉉11上-6
沚(止浞述及)	zhi˘	ㄓˇ	水部	【水部】4畫		553 558	段11上貳-15	錯21-17	鉉11上-6
沶(沚)	zhi˘	ㄓˇ	水部	【水部】4畫		551 556	段11上貳-12	錯21-16	鉉11上-5
沛(勃、拔、跋，霈通段)	pei丶	ㄆㄟˋ	水部	【水部】4畫		542 547	段11上壹-53	錯21-11	鉉11上-3
邶(沛)	pei丶	ㄆㄟˋ	邑部	【邑部】4畫		294 297	段6下-45	錯12-19	鉉6下-7
跋(拔、沛)	ba′	ㄅㄚˊ	足部	【足部】4畫		83 84	段2下-29	錯4-16	鉉2下-6
市fu′非市shi丶(韍、紱、黻、芾、茀、沛)	fu′	ㄈㄨˊ	市部	【巾部】4畫		362 366	段7下-55	錯14-24	鉉7下-9
淦(汵)	gan丶	ㄍㄢˋ	水部	【水部】4畫		556 561	段11上貳-22	錯21-19	鉉11上-7
沃(沃)	wo丶	ㄨㄛˋ	水部	【水部】4畫		555 560	段11上貳-20	錯21-19	鉉11上-6

篆本字（古文、金文、籀文、俗字，通段、金石）	拼音	注音	說文部首	康熙部首	筆畫	一般頁碼	洪葉頁碼	段注篇章	徐鍇通釋篇章	徐鉉藤花榭篇章
鋈(沃、沢)	wu`	ㄨˋ	金部	【金部】	4畫	702	709	段14上-1	鍇27-1	鉉14上-1
湃(泚，埤通段)	pi	ㄆㄧ	水部	【水部】	4畫	533	538	段11上壹-35	鍇21-10	鉉11上-2
洄(溜、湣，沕通段)	hu	ㄏㄨ	水部	【水部】	4畫	552	557	段11上貳-13	鍇21-17	鉉11上-6
漿(冰、漿，饗通段)	jiang	ㄐㄧㄤ	水部	【水部】	4畫	562	567	段11上貳-34	鍇21-23	鉉11上-8
次(㳄、㰤从水、涎、哣，泪、漾通段)	xian'	ㄒㄧㄢˊ	次部	【水部】	4畫	414	418	段8下-26	鍇16-18	鉉8下-5
林	zhui	ㄓㄨㄟ	林部	【水部】	4畫	567	573	段11下-1	鍇21-26	鉉11下-1
歓(㱃、㱃、飲)	yin	ㄧㄣ	歓部	【欠部】	4畫	414	418	段8下-26	鍇16-18	鉉8下-5
汓(泅、没)	qiu'	ㄑㄧㄡˊ	水部	【水部】	5畫	556	561	段11上貳-22	鍇21-19	鉉11上-7
沫	mo`	ㄇㄛˋ	水部	【水部】	5畫	519	524	段11上壹-7	鍇21-3	鉉11上-1
沬(頮、湏、靧)	mei	ㄇㄟ	水部	【水部】	5畫	563	568	段11上貳-36	鍇21-24	鉉11上-9
沭	shu	ㄕㄨ	水部	【水部】	5畫	538	543	段11上壹-45	鍇21-6	鉉11上-3
沮(雎，渣通段)	ju	ㄐㄩ	水部	【水部】	5畫	519	524	段11上壹-8	鍇21-3	鉉11上-1
瀘(沮)	ju	ㄐㄩ	水部	【水部】	5畫	542	547	段11上壹-54	鍇21-12	鉉11上-3
没(湈、浸、叹、頷述及)	mei'	ㄇㄟˊ	水部	【水部】	5畫	557	562	段11上貳-23	鍇21-20	鉉11上-7
汓(泅、没)	qiu'	ㄑㄧㄡˊ	水部	【水部】	5畫	556	561	段11上貳-22	鍇21-19	鉉11上-7
沱(池、沰、跎通段)	tuo'	ㄊㄨㄛˊ	水部	【水部】	5畫	517	522	段11上壹-4	鍇21-2	鉉11上-1
池各本無，通段作沱 tuo'	chi'	ㄔˊ	水部	【水部】	5畫	553	558	段11上貳-16	無	鉉11上-6
汶(終，冬通段)	zhong	ㄓㄨㄥ	水部	【水部】	5畫	544	549	段11上壹-58	鍇21-13	鉉11上-4
河	he'	ㄏㄜˊ	水部	【水部】	5畫	516	521	段11上壹-1	鍇21-1	鉉11上-1
沴(灃通段)	li`	ㄌㄧˋ	水部	【水部】	5畫	551	556	段11上貳-12	鍇21-16	鉉11上-5
沸(灢，潰通段)	fei`	ㄈㄟˋ	水部	【水部】	5畫	553	558	段11上貳-15	鍇21-17	鉉11上-6
灢(沸)	fei`	ㄈㄟˋ	鬲部	【鬲部】	5畫	111	112	段3下-10	鍇6-6	鉉3下-2
砅(瀝、礪)	li`	ㄌㄧˋ	水部	【水部】	5畫	556	561	段11上貳-22	鍇21-19	鉉11上-7
泊(泪通段)	ji`	ㄐㄧ	水部	【水部】	5畫	560	565	段11上貳-30	鍇21-22	鉉11上-8
油	you'	ㄧㄡˊ	水部	【水部】	5畫	530	535	段11上壹-29	鍇21-9	鉉11上-2

篆本字（古文、金文、籀文、俗字，通叚、金石）	拼音	注音	說文部首	康熙部首	筆畫	一般頁碼	洪葉頁碼	段注篇章	徐鍇通釋篇章	徐鉉藤花榭篇章
治	zhì	ㄓˋ	水部	【水部】5畫		540	545	段11上壹-49	錯21-6	鉉11上-3
沼	zhǎo	ㄓㄠˇ	水部	【水部】5畫		553	558	段11上貳-16	錯21-18	鉉11上-6
沽	gu	ㄍㄨ	水部	【水部】5畫		541	546	段11上壹-52	錯21-11	鉉11上-3
賈(沽、價，估通叚)	jiǎ	ㄐㄧㄚˇ	貝部	【貝部】5畫		281	284	段6下-19	錯12-12	鉉6下-5
酤(沽)	gu	ㄍㄨ	酉部	【酉部】5畫		748	755	段14下-35	錯28-18	鉉14下-8
叚(沽、姑)	gǔ	ㄍㄨˇ	攵部	【攵部】5畫		237	239	段5下-43	錯10-18	鉉5下-8
沾(添、霑)	zhan	ㄓㄢ	水部	【水部】5畫		526	531	段11上壹-22	錯21-7	鉉11上-2
霑(沾，添、酤通叚)	zhan	ㄓㄢ	雨部	【雨部】5畫		573	579	段11下-13	錯22-6	鉉11下-4
覘(沾，佔、貼通叚)	chan	ㄔㄢ	見部	【見部】5畫		408	413	段8下-15	錯16-14	鉉8下-3
沿(均、沇，沿通叚)	yán	ㄧㄢˊ	水部	【水部】5畫		556	561	段11上貳-21	錯21-19	鉉11上-6
沇(兖、沿、台、濥)	yán	ㄧㄢˊ	水部	【水部】5畫		527	532	段11上壹-24	錯21-8	鉉11上-2
台(容、兖、沇)	yǎn	ㄧㄢˇ	口部	【口部】5畫		62	62	段2上-28	錯3-12	鉉2上-6
況(况，貺通叚)	kuàng	ㄎㄨㄤˋ	水部	【水部】5畫		547	552	段11上貳-4	錯21-14	鉉11上-4
兄(況、貺、况)	xiong	ㄒㄩㄥ	兄部	【儿部】5畫		405	410	段8下-9	錯16-12	鉉8下-2
泂(迥)	jiǒng	ㄐㄩㄥˇ	水部	【水部】5畫		563	568	段11上貳-36	錯21-24	鉉11上-8
迥(泂)	jiǒng	ㄐㄩㄥˇ	辵(辶)部	【辵部】5畫		75	75	段2下-12	錯4-6	鉉2下-3
泄(詍，洩通叚)	xiè	ㄒㄧㄝˋ	水部	【水部】5畫		534	539	段11上壹-38	錯21-11	鉉11上-3
渫(泄，牒通叚)	xiè	ㄒㄧㄝˋ	水部	【水部】5畫		564	569	段11上貳-37	錯21-24	鉉11上-9
呭(泄、沓、詍)	yì	ㄧˋ	口部	【口部】5畫		57	58	段2上-19	錯3-8	鉉2上-4
泆(迭)	yì	ㄧˋ	水部	【水部】5畫		551	556	段11上貳-12	錯21-16	鉉11上-5
佚(古失佚逸泆字多通用，劮通叚)	yì	ㄧˋ	人部	【人部】5畫		380	384	段8上-31	錯15-10	鉉8上-4
泌(毖)	bì	ㄅㄧˋ	水部	【水部】5畫		547	552	段11上貳-3	錯21-14	鉉11上-4
眇(毖、泌、祕)	bì	ㄅㄧˋ	目部	【目部】5畫		131	132	段4上-4	錯7-2	鉉4上-1
泏(chù)	zhú	ㄓㄨˊ	水部	【水部】5畫		551	556	段11上貳-11	錯21-16	鉉11上-5

篆本字（古文、金文、籀文、俗字，通段、金石）	拼音	注音	說文部首	康熙部首	筆畫	一般頁碼	洪葉頁碼	段注篇章	徐鍇通釋篇章	徐鉉藤花榭篇章
泐	le`	ㄌㄜˋ	水部	【水部】5畫	559	564	段11上貳-27	鍇21-21	鉉11上-7
泑(呦)	you	一ㄡ	水部	【水部】5畫	516	521	段11上壹-2	鍇21-2	鉉11上-1
呦(㘱、泑)	you	一ㄡ	口部	【口部】5畫	62	62	段2上-28	鍇3-12	鉉2上-6
沽(濡通段)	gu	ㄍㄨ	水部	【水部】5畫	543	548	段11上壹-55	鍇21-12	鉉11上-3
泓(浤通段)	hong´	ㄏㄨㄥˊ	水部	【水部】5畫	549	554	段11上貳-8	鍇21-15	鉉11上-5
泔	gan	ㄍㄢ	水部	【水部】5畫	562	567	段11上貳-33	鍇21-23	鉉11上-8
泗	si`	ㄙˋ	水部	【水部】5畫	537	542	段11上壹-43	鍇21-5	鉉11上-3
洟(泗)	yi´	一ˊ	水部	【水部】5畫	565	570	段11上貳-40	鍇21-25	鉉11上-9
泙(洴金石)	ping´	ㄆㄧㄥˊ	水部	【水部】5畫	551	556	段11上貳-11	鍇21-16	鉉11上-5
氾(泛、覂)	fan`	ㄈㄢˋ	水部	【水部】5畫	556	561	段11上貳-22	鍇21-19	鉉11上-7
覂(泛)	feng˘	ㄈㄥˇ	襾部	【襾部】5畫	357	360	段7下-44	鍇14-20	鉉7下-8
泜	zhi	ㄓ	水部	【水部】5畫	541	546	段11上壹-51	鍇21-7	鉉11上-3
滍(泜)	zhi`	ㄓˋ	水部	【水部】5畫	532	537	段11上壹-34	鍇21-10	鉉11上-2
溯(沂、遡、涉，溯、㴑通段)	su`	ㄙㄨˋ	水部	【水部】5畫	556	561	段11上貳-21	鍇21-19	鉉11上-6
泠(伶，翎通段)	ling´	ㄌㄧㄥˊ	水部	【水部】5畫	531	536	段11上壹-32	鍇21-9	鉉11上-2
伶(泠)	ling´	ㄌㄧㄥˊ	人部	【人部】5畫	376	380	段8上-24	鍇15-9	鉉8上-3
泡	pao`	ㄆㄠˋ	水部	【水部】5畫	536	541	段11上壹-42	鍇21-5	鉉11上-3
波(陂)	po	ㄆㄛ	水部	【水部】5畫	548	553	段11上貳-6	鍇21-15	鉉11上-5
陂(坡、波，岥通段)	po	ㄆㄛ	𨸏部	【阜部】5畫	731	738	段14下-2	鍇28-1	鉉14下-1
泣	qi`	ㄑㄧˋ	水部	【水部】5畫	565	570	段11上貳-40	鍇21-25	鉉11上-9
泥(坭通段)	ni´	ㄋㄧˊ	水部	【水部】5畫	543	548	段11上壹-56	鍇21-12	鉉11上-3
屔(泥、尼，坭通段)	ni´	ㄋㄧˊ	丘部	【尸部】5畫	387	391	段8上-45	鍇15-15	鉉8上-6
泧(瀎通段)	yue`	ㄩㄝˋ	水部	【水部】5畫	560	565	段11上貳-30	鍇21-22	鉉11上-8
注(註，疰、紸、鞋通段)	zhu`	ㄓㄨˋ	水部	【水部】5畫	555	560	段11上貳-19	鍇21-19	鉉11上-6
咮(注述及)	zhou`	ㄓㄡˋ	口部	【口部】5畫	61	62	段2上-27	鍇3-12	鉉2上-6
泫(洶)	xuan`	ㄒㄩㄢˋ	水部	【水部】5畫	547	552	段11上貳-3	鍇21-14	鉉11上-4
洵(均、恂、敻、泫，詢通段)	xun´	ㄒㄩㄣˊ	水部	【水部】5畫	544	549	段11上壹-57	鍇21-12	鉉11上-4
沢(jue´)	xue`	ㄒㄩㄝˋ	水部	【水部】5畫	548	553	段11上貳-5	鍇21-14	鉉11上-4

篆本字(古文、金文、籀文、俗字，通段、金石)	拼音	注音	說文部首	康熙部首	筆畫	一般頁碼	洪葉頁碼	段注篇章	徐鍇通釋篇章	徐鉉藤花榭篇章
遹(述、聿吷述及、穴、沇、馭，僪通段)	yu`	ㄩˋ	辵(辶)部	【辵部】	5畫	73	73	段2下-8	鍇4-4	鉉2下-2
泭(桴，洀、艀通段)	fu´	ㄈㄨˊ	水部	【水部】	5畫	555	560	段11上貳-20	鍇21-19	鉉11上-6
泮(判、畔，沜、冸、頖、頖通段)	pan`	ㄆㄢˋ	水部	【水部】	5畫	566	571	段11上貳-42	鍇21-25	鉉11上-9
頮(靧、頯、泮、鬢)	bei	ㄅㄟ	須部	【頁部】	5畫	424	428	段9上-18	鍇17-6	鉉9上-3
泱(英，映通段)	yang	一ㄤ	水部	【水部】	5畫	557	562	段11上貳-23	鍇21-20	鉉11上-7
英(泱述及)	ying	一ㄥ	艸部	【艸部】	5畫	38	38	段1下-34	鍇2-16	鉉1下-6
泲(濟)	ji˘	ㄐ一ˇ	水部	【水部】	5畫	528	533	段11上壹-25	鍇21-8	鉉11上-2
泯	min˘	ㄇ一ㄣˇ	水部	【水部】	5畫	無	無	無	無	鉉11上-9
沔(泯、湎通段)	mian˘	ㄇ一ㄢˇ	水部	【水部】	5畫	562	567	段11上貳-34	鍇21-23	鉉11上-8
怋(泯、痻、瘼通段)	min˘	ㄇ一ㄣˇ	心部	【心部】	5畫	511	515	段10下-42	鍇20-15	鉉10下-7
涿(㕿，沰、豚通段)	zhuo´	ㄓㄨㄛˊ	水部	【水部】	5畫	557	562	段11上貳-24	鍇21-20	鉉11上-7
橐(沰涿zhuo´述及、託籧sui`述及)	tuo´	ㄊㄨㄛˊ	橐部	【木部】	5畫	276	279	段6下-9	鍇12-7	鉉6下-3
赭(丹、沰)	zhe˘	ㄓㄜˇ	赤部	【赤部】	5畫	492	496	段10下-4	鍇19-21	鉉10下-1
洦(泊、狛俗、薄，岶通段)	po`	ㄆㄛˋ	水部	【水部】	5畫	544	549	段11上壹-58	鍇21-13	鉉11上-4
怕(泊)	pa	ㄆㄚ	心部	【心部】	5畫	507	511	段10下-34	鍇20-12	鉉10下-6
濼(泊)	luo`	ㄌㄨㄛˋ	水部	【水部】	5畫	535	540	段11上壹-40	鍇21-11	鉉11上-3
泉(錢貝述及，湶、洤、蝝通段)	quan´	ㄑㄩㄢˊ	泉部	【水部】	5畫	569	575	段11下-5	鍇22-2	鉉11下-2
錢(泉貝述及，籛通段)	qian´	ㄑ一ㄢˊ	金部	【金部】	5畫	706	713	段14上-10	鍇27-4	鉉14上-2
泳	yong˘	ㄩㄥˇ	水部	【水部】	5畫	556	561	段11上貳-21	鍇21-19	鉉11上-7
砅(濿、礪)	li`	ㄌ一ˋ	水部	【水部】	5畫	556	561	段11上貳-22	鍇21-19	鉉11上-7

篆本字(古文、金文、籀文、俗字,通叚、金石)	拼音	注音	說文部首	康熙部首	筆畫	一般頁碼	洪葉頁碼	段注篇章	徐鍇通釋篇章	徐鉉藤花榭篇章
泰(夳、太、汰,汱通叚)	tai`	ㄊㄞˋ	水部	【水部】5畫	565	570	段11上貳-39	錯21-24	鉉11上-9
汱(泰,汰俗)	tai`	ㄊㄞˋ	水部	【水部】5畫	561	566	段11上貳-31	錯21-22	鉉11上-8
岱(太、泰)	dai`	ㄉㄞˋ	山部	【山部】5畫	437	442	段9下-1	錯18-1	鉉9下-1
泝(泟)	cheng	ㄔㄥ	赤部	【水部】5畫	492	496	段10下-4	錯19-21	鉉10下-1
灋(法、佱)	fa`	ㄈㄚˇ	廌部	【水部】5畫	470	474	段10上-20	錯19-6	鉉10上-3
州(川、洲)	zhou	ㄓㄡ	川部	【巛部】6畫	569	574	段11下-4	錯22-2	鉉11下-2
汧(岍)	qian	ㄑㄧㄢ	水部	【水部】6畫	523	528	段11上壹-16	錯21-4	鉉11上-1
洺	ming´	ㄇㄧㄥˊ	水部	【水部】6畫	無	無	無	無	鉉11上-9
泚(玼)	ci`	ㄘˇ	水部	【水部】6畫	547	552	段11上貳-4	錯21-14	鉉11上-4
洄	hui´	ㄏㄨㄟˊ	水部	【水部】6畫	556	561	段11上貳-21	錯21-19	鉉11上-6
褨(幢、洄)	wei´	ㄨㄟˊ	衣部	【衣部】6畫	393	397	段8上-58	錯16-3	鉉8上-8
洅	zai`	ㄗㄞˋ	水部	【水部】6畫	558	563	段11上貳-25	錯21-20	鉉11上-7
洇(洆)	yin	ㄧㄣ	水部	【水部】6畫	544	549	段11上壹-57	錯21-12	鉉11上-4
洈	wei´	ㄨㄟˊ	水部	【水部】6畫	528	533	段11上壹-26	錯21-8	鉉11上-2
洋	yang´	ㄧㄤˊ	水部	【水部】6畫	538	543	段11上壹-46	錯21-6	鉉11上-3
洌(冽通叚)	lie`	ㄌㄧㄝˋ	水部	【水部】6畫	550	555	段11上貳-9	錯21-15	鉉11上-5
洎(泪通叚)	ji`	ㄐㄧˋ	水部	【水部】6畫	560	565	段11上貳-30	錯21-22	鉉11上-8
暨(曁、洎)	ji`	ㄐㄧˋ	旦部	【日部】6畫	308	311	段7上-14	錯13-5	鉉7上-2
臮(臮、曁、洎)	ji`	ㄐㄧˋ	似部	【自部】6畫	387	391	段8上-45	錯15-15	鉉8上-6
洼(汪)	wang	ㄨㄤ	水部	【水部】6畫	547	552	段11上貳-4	錯21-14	鉉11上-4
洏(胹)	er´	ㄦˊ	水部	【水部】6畫	561	566	段11上貳-31	錯21-22	鉉11上-8
衍(羨,衒通叚)	yan`	ㄧㄢˇ	水部	【水部】6畫	546	551	段11上貳-1	錯21-13	鉉11上-4
洐	xing´	ㄒㄧㄥˊ	水部	【水部】6畫	554	559	段11上貳-18	錯21-18	鉉11上-6
泄(詍,洩通叚)	xie`	ㄒㄧㄝˋ	水部	【水部】6畫	534	539	段11上壹-38	錯21-11	鉉11上-3
洒(灑)	sa`	ㄙㄚˇ	水部	【水部】6畫	563	568	段11上貳-35	錯21-23	鉉11上-8
洗(洒)	xi`	ㄒㄧˇ	水部	【水部】6畫	564	569	段11上貳-37	錯21-24	鉉11上-9
瘁(洒、洗、銑)	shen`	ㄕㄣˇ	疒部	【疒部】6畫	349	352	段7下-28	錯14-12	鉉7下-5
陵(埈、洒)	jun`	ㄐㄩㄣˋ	昌部	【阜部】6畫	732	739	段14下-3	錯28-2	鉉14下-1
汛(㲊、洒、灑)	xun`	ㄒㄩㄣˋ	水部	【水部】6畫	565	570	段11上貳-39	錯21-24	鉉11上-9
涑非涑su`(湅)	se`	ㄙㄜˋ	水部	【水部】6畫	557	562	段11上貳-24	錯21-20	鉉11上-7

篆本字（古文、金文、籀文、俗字，通叚、金石）	拼音	注音	說文部首	康熙部首	筆畫	一般頁碼	洪葉頁碼	段注篇章	徐鍇通釋篇章	徐鉉藤花榭篇章
泉(錢貝述及，湶、洤、螈通叚)	quán	ㄑㄩㄢˊ	泉部	【水部】6畫		569	575	段11下-5	鍇22-2	鉉11下-2
氿(厬、漸，沇、坈、阬通叚)	guǐ	ㄍㄨㄟˇ	水部	【水部】6畫		552	557	段11上貳-14	鍇21-17	鉉11上-6
槃(盤、鎜，盋、柈、洀、磐、鉢通叚)	pán	ㄆㄢˊ	木部	【木部】6畫		260	263	段6上-45	鍇11-19	鉉6上-6
泙(洴金石)	píng	ㄆㄧㄥˊ	水部	【水部】6畫		551	556	段11上貳-11	鍇21-16	鉉11上-5
洔(沚)	zhǐ	ㄓˇ	水部	【水部】6畫		551	556	段11上貳-12	鍇21-16	鉉11上-5
洗(洒)	xǐ	ㄒㄧˇ	水部	【水部】6畫		564	569	段11上貳-37	鍇21-24	鉉11上-9
痒(洒、洗、銑)	shěn	ㄕㄣˇ	疒部	【疒部】6畫		349	352	段7下-28	鍇14-12	鉉7下-5
洙	zhū	ㄓㄨ	水部	【水部】6畫		538	543	段11上壹-45	鍇21-6	鉉11上-3
浲(降、夅)	jiàng	ㄐㄧㄤˋ	水部	【水部】6畫		546	551	段11上貳-1	鍇21-13	鉉11上-4
洛(雒)	luò	ㄌㄨㄛˋ	水部	【水部】6畫		524	529	段11上壹-18	鍇21-4	鉉11上-2
潞(洛)	lù	ㄌㄨˋ	水部	【水部】13畫		526	531	段11上壹-22	鍇21-7	鉉11上-2
洝(安)	àn	ㄢˋ	水部	【水部】6畫		561	566	段11上貳-31	鍇21-22	鉉11上-8
洞(峒通叚)	dòng	ㄉㄨㄥˋ	水部	【水部】6畫		549	554	段11上貳-8	鍇21-15	鉉11上-5
洟(泗)	yí	ㄧˊ	水部	【水部】6畫		565	570	段11上貳-40	鍇21-25	鉉11上-9
灂(洊、荐)	jiàn	ㄐㄧㄢˋ	水部	【水部】6畫		551	556	段11上貳-11	鍇21-16	鉉11上-5
荐(洊、薦)	jiàn	ㄐㄧㄢˋ	艸部	【艸部】6畫		42	43	段1下-43	鍇2-20	鉉1下-7
溍(津、盡、艥，艅通叚)	jīn	ㄐㄧㄣ	水部	【水部】6畫		555	560	段11上貳-20	鍇21-19	鉉11上-6
盡(盡、津)	jìn	ㄐㄧㄣ	血部	【血部】6畫		214	216	段5上-51	鍇9-21	鉉5上-9
洦(泊、狛俗、薄，岶通叚)	pò	ㄆㄛˋ	水部	【水部】6畫		544	549	段11上壹-58	鍇21-13	鉉11上-4
洧	wěi	ㄨㄟˇ	水部	【水部】6畫		534	539	段11上壹-37	鍇21-10	鉉11上-3
洨	xiáo	ㄒㄧㄠˊ	水部	【水部】6畫		540	545	段11上壹-50	鍇21-7	鉉11上-3
洪(谼)	hóng	ㄏㄨㄥˊ	水部	【水部】6畫		546	551	段11上貳-1	鍇21-13	鉉11上-4
洫(減、閾)	xū	ㄒㄩ	水部	【水部】6畫		554	559	段11上貳-17	鍇21-18	鉉11上-6
淢(洫)	yù	ㄩˋ	水部	【水部】6畫		547	552	段11上貳-3	鍇21-14	鉉11上-4
侐(洫、恤)	xù	ㄒㄩˋ	人部	【人部】6畫		373	377	段8上-17	鍇15-7	鉉8上-3

篆本字（古文、金文、籀文、俗字，通段、金石）	拼音	注音	說文部首	康熙部首	筆畫	一般頁碼	洪葉頁碼	段注篇章	徐鍇通釋篇章	徐鉉藤花榭篇章
洭	kuang	ㄎㄨㄤ	水部	【水部】6畫		528	533	段11上壹-25	錯21-8	鉉11上-2
洮(淘通段)	tao′	ㄊㄠˊ	水部	【水部】6畫		521	526	段11上壹-11	錯21-3	鉉11上-1
洵(均、恂、夐、泫，詢通段)	xun′	ㄒㄩㄣˊ	水部	【水部】6畫		544	549	段11上壹-57	錯21-12	鉉11上-4
泫(洵)	xuan`	ㄒㄩㄢˋ	水部	【水部】6畫		547	552	段11上貳-3	錯21-14	鉉11上-4
恂(詢、洵、悛)	xun′	ㄒㄩㄣˊ	心部	【心部】6畫		505	509	段10下-30	錯20-11	鉉10下-6
洶	xiong	ㄒㄩㄥ	水部	【水部】6畫		549	554	段11上貳-8	錯21-15	鉉11上-5
洸(滉通段)	guang	ㄍㄨㄤ	水部	【水部】6畫		548	553	段11上貳-6	錯21-14	鉉11上-5
洹(汍)	huan′	ㄏㄨㄢˊ	水部	【水部】6畫		537	542	段11上壹-44	錯21-5	鉉11上-3
湉(活、湉)	huo′	ㄏㄨㄛˊ	水部	【水部】6畫		547	552	段11上貳-3	錯21-14	鉉11上-4
洼	wa	ㄨㄚ	水部	【水部】6畫		553	558	段11上貳-16	錯21-18	鉉11上-6
濡(洳)	ru`	ㄖㄨˋ	水部	【水部】6畫		558	563	段11上貳-26	錯21-21	鉉11上-7
洽(郃、合)	qia`	ㄑㄧㄚˋ	水部	【水部】6畫		559	564	段11上貳-27	錯21-26	鉉11上-7
郃(洽、合)	he′	ㄏㄜˊ	邑部	【邑部】6畫		286	289	段6下-29	錯12-15	鉉6下-6
派(辰)	pai`	ㄆㄞˋ	水部	【水部】6畫		553	558	段11上貳-15	錯21-17	鉉11上-6
辰(派)	pai`	ㄆㄞˋ	辰部	【丿部】6畫		570	575	段11下-6	錯22-3	鉉11下-2
洿(汙)	wu	ㄨ	水部	【水部】6畫		560	565	段11上貳-29	錯21-22	鉉11上-8
汙(洿潤述及，浼、鵐通段)	wu	ㄨ	水部	【水部】6畫		560	565	段11上貳-29	錯21-22	鉉11上-8
洫(細)	xi`	ㄒㄧˋ	水部	【水部】6畫		533	538	段11上壹-36	錯21-10	鉉11上-2
細(洫)	xi`	ㄒㄧˋ	糸部	【糸部】6畫		646	653	段13上-7	錯25-2	鉉13上-2
洍	si`	ㄙˋ	水部	【水部】6畫		544	549	段11上壹-58	錯21-13	鉉11上-4
攸(汥、浟、悠、遖、逌，滺通段)	you	ㄧㄡ	攴部	【攴部】7畫		124	125	段3下-36	錯6-18	鉉3下-8
羕	yang`	ㄧㄤˋ	永部	【羊部】7畫		570	575	段11下-6	錯22-3	鉉11下-2
尾(微，浘通段)	wei′	ㄨㄟˇ	尾部	【尸部】7畫		402	406	段8下-2	錯16-9	鉉8下-1
赫(㷔、爀，嚇、焃、茭通段)	he`	ㄏㄜˋ	赤部	【赤部】7畫		492	496	段10下-4	錯19-21	鉉10下-1
沖(盅，冲、沖、翀通段)	chong	ㄔㄨㄥ	水部	【水部】7畫		547	552	段11上貳-4	錯21-14	鉉11上-4

| 篆本字 | 拼音 | 注音 | 說文部首 | 康熙部首 | 筆畫 | 一般頁碼 | 洪葉頁碼 | 段注篇章 | 徐鍇通釋篇章 | 徐鉉藤花榭篇章 |

篆本字(古文、金文、籀文、俗字，通段、金石)	拼音	注音	說文部首	康熙部首	筆畫	一般頁碼	洪葉頁碼	段注篇章	徐鍇通釋篇章	徐鉉藤花榭篇章
湉(活、湉)	huo´	ㄏㄨㄛˊ	水部	【水部】	7畫	547	552	段11上貳-3	鍇21-14	鉉11上-4
淀(漩)	xuan´	ㄒㄩㄢˊ	水部	【水部】	7畫	550	555	段11上貳-10	鍇21-16	鉉11上-5
浙	zhe`	ㄓㄜˋ	水部	【水部】	7畫	518	523	段11上壹-5	鍇21-2	鉉11上-1
淺(減)	zai	ㄗㄞ	水部	【水部】	7畫	518	523	段11上壹-5	無	鉉11上-1
浚(晙通段)	jun`	ㄐㄩㄣˋ	水部	【水部】	7畫	561	566	段11上貳-32	鍇21-23	鉉11上-8
滂	mang´	ㄇㄤˊ	水部	【水部】	7畫	544	549	段11上壹-57	鍇21-12	鉉11上-4
浞(足)	zhuo´	ㄓㄨㄛˊ	水部	【水部】	7畫	558	563	段11上貳-26	鍇21-21	鉉11上-7
浥	yi`	一ˋ	水部	【水部】	7畫	552	557	段11上貳-13	鍇21-17	鉉11上-6
浦(蒲藪述及)	pu`	ㄆㄨˇ	水部	【水部】	7畫	553	558	段11上貳-15	鍇21-17	鉉11上-6
蒲(圃、浦藪述及、葡萄字述及)	pu´	ㄆㄨˊ	艸部	【艸部】	7畫	28	28	段1下-14	鍇2-7	鉉1下-3
浩	hao`	ㄏㄠˋ	水部	【水部】	7畫	548	553	段11上貳-5	鍇21-14	鉉11上-4
汈(涊)	nian`	ㄋㄧㄢˋ	水部	【水部】	7畫	544	549	段11上壹-57	鍇21-12	鉉11上-4
沒(漫、浸、叟、頯述及)	mei´	ㄇㄟˊ	水部	【水部】	7畫	557	562	段11上貳-23	鍇21-20	鉉11上-7
埒(浮、畤通段)	lie`	ㄌㄧㄝˋ	土部	【土部】	7畫	685	692	段13下-23	鍇26-3	鉉13下-4
浪(蒗通段)	lang`	ㄌㄤˋ	水部	【水部】	7畫	522	527	段11上壹-14	鍇21-3	鉉11上-1
洇(涸)	yin	一ㄣ	水部	【水部】	7畫	544	549	段11上壹-57	鍇21-12	鉉11上-4
酒	jiu`	ㄐㄧㄡˇ	酉部	【酉部】	7畫	747	754	段14下-33	鍇28-17	鉉14下-8
浮(琈、蜉通段)	fu´	ㄈㄨˊ	水部	【水部】	7畫	549	554	段11上貳-7	鍇21-15	鉉11上-5
烰(浮)	fu´	ㄈㄨˊ	火部	【火部】	7畫	481	485	段10上-42	鍇19-15	鉉10上-7
浯	wu´	ㄨˊ	水部	【水部】	7畫	539	544	段11上壹-48	鍇21-6	鉉11上-3
浴	yu`	ㄩˋ	水部	【水部】	7畫	564	569	段11上貳-37	鍇21-24	鉉11上-9
海	hai`	ㄏㄞˇ	水部	【水部】	7畫	545	550	段11上壹-59	鍇21-13	鉉11上-4
泓(浤通段)	hong´	ㄏㄨㄥˊ	水部	【水部】	7畫	549	554	段11上貳-8	鍇21-15	鉉11上-5
浼(湎，醅通段)	mei`	ㄇㄟˇ	水部	【水部】	7畫	565	570	段11上貳-40	鍇21-25	鉉11上-8
澗(浼，泯、潣、湣通段)	min`	ㄇㄧㄣˇ	水部	【水部】	7畫	550	555	段11上貳-10	鍇21-16	鉉11上-5
次(㳄、㳀從水、涎、唌，沿、漾通段)	xian´	ㄒㄧㄢˊ	次部	【水部】	7畫	414	418	段8下-26	鍇16-18	鉉8下-5
寖(濅、浸)	jin`	ㄐㄧㄣˋ	水部	【宀部】	7畫	540	545	段11上壹-49	鍇21-6	鉉11上-3
侵(侵、浸)	qin	ㄑㄧㄣ	人部	【人部】	7畫	374	378	段8上-20	鍇15-8	鉉8上-3
湏	pei`	ㄆㄟˋ	水部	【水部】	7畫	542	547	段11上壹-53	鍇21-11	鉉11上-3

篆本字(古文、金文、籀文、俗字，通叚、金石)	拼音	注音	說文部首	康熙部首	筆畫	一般頁碼	洪葉頁碼	段注篇章	徐鍇通釋篇章	徐鉉藤花榭篇章
涂(塗、𡍬、墍，滁、搽、途通叚)	tu ˊ	ㄊㄨˊ	水部	【水部】	7畫	520	525	段11上壹-9	鍇21-3	鉉11上-1
湼(敜，篞通叚)	nie ˋ	ㄋㄧㄝˋ	水部	【水部】	7畫	552	557	段11上貳-13	鍇21-17	鉉11上-6
敜(湼，捻通叚)	nie ˋ	ㄋㄧㄝˋ	攴部	【攴部】	7畫	125	126	段3下-37	鍇6-19	鉉3下-8
涇(俓通叚)	jing	ㄐㄧㄥ	水部	【水部】	7畫	521	526	段11上壹-11	鍇21-4	鉉11上-1
消(霄，逍通叚)	xiao	ㄒㄧㄠ	水部	【水部】	7畫	559	564	段11上貳-28	鍇21-21	鉉11上-7
霄(消)	xiao	ㄒㄧㄠ	雨部	【雨部】	7畫	572	578	段11下-11	鍇22-5	鉉11下-3
涌(湧、悀通叚)	yong ˇ	ㄩㄥˇ	水部	【水部】	7畫	549	554	段11上貳-8	鍇21-15	鉉11上-5
涑非涑se ˋ (漱)	su ˋ	ㄙㄨˋ	水部	【水部】	7畫	564	569	段11上貳-38	鍇21-24	鉉11上-9
漱(欶欬kai ˋ 述及、涑，嗽通叚)	shu ˋ	ㄕㄨˋ	水部	【水部】	7畫	563	568	段11上貳-36	鍇21-24	鉉11上-8
涒	tun	ㄊㄨㄣ	水部	【水部】	7畫	563	568	段11上貳-35	鍇21-23	鉉11上-8
涓	juan	ㄐㄩㄢ	水部	【水部】	7畫	546	551	段11上貳-2	鍇21-13	鉉11上-4
涔	cen ˊ	ㄘㄣˊ	水部	【水部】	7畫	558	563	段11上貳-26	鍇21-21	鉉11上-7
涻(涔桴lu ˊ 述及)	she ˋ	ㄕㄜˋ	水部	【水部】	7畫	544	549	段11上壹-57	鍇21-12	鉉11上-4
涗(湄)	shui ˋ	ㄕㄨㄟˋ	水部	【水部】	7畫	561	566	段11上貳-31	鍇21-22	鉉11上-8
涘	si ˋ	ㄙˋ	水部	【水部】	7畫	552	557	段11上貳-14	鍇21-17	鉉11上-6
郖(逗)	dou ˋ	ㄉㄡˋ	邑部	【邑部】	7畫	287	290	段6下-31	鍇12-16	鉉6下-6
瀚(浣、澣)	huan ˋ	ㄏㄨㄢˋ	水部	【水部】	7畫	564	569	段11上貳-38	鍇21-24	鉉11上-9
垸(浣、睆，皖通叚)	huan ˊ	ㄏㄨㄢˊ	土部	【土部】	7畫	688	694	段13下-28	鍇26-4	鉉13下-4
濯(浣、櫂段刪。楫ji ˊ 說文無櫂字，棹又櫂之俗)	zhuo ˊ	ㄓㄨㄛˊ	水部	【水部】	7畫	564	569	段11上貳-38	鍇21-24	鉉11上-9
浾(泟)	cheng	ㄔㄥ	赤部	【水部】	7畫	492	496	段10下-4	鍇19-21	鉉10下-1
涐	e ˊ	ㄜˊ	水部	【水部】	7畫	無	無	無	鍇21-3	鉉11上-1
浹	jia	ㄐㄧㄚ	水部	【水部】	7畫	無	無	無	無	鉉11下-1
挾(浹)	xie ˊ	ㄒㄧㄝˊ	手部	【手部】	7畫	597	603	段12上-28	鍇23-10	鉉12上-5
竦(涖、莅、泣)	li ˋ	ㄌㄧˋ	立部	【立部】	7畫	500	504	段10下-20	鍇20-7	鉉10下-4
㳅(㴬、流，㳅通叚)	liu ˊ	ㄌㄧㄡˊ	林部	【水部】	7畫	567	573	段11下-1	鍇21-26	鉉11下-1

篆本字(古文、金文、籀文、俗字，通叚、金石)	拼音	注音	說文部首	康熙部首	筆畫	一般頁碼	洪葉頁碼	段注篇章	徐鍇通釋篇章	徐鉉藤花榭篇章
畱(留、駵、流 緎li`述及，榴通叚)	liu´	ㄌㄧㄡˊ	田部	【田部】7畫		697	704	段13下-47	鍇26-9	鉉13下-6
楳(涉)	she`	ㄕㄜˋ	林部	【水部】7畫		567	573	段11下-1	鍇21-26	鉉11下-1
㳇(沂、遡、涉，溯、傃通叚)	su`	ㄙㄨˋ	水部	【水部】7畫		556	561	段11上貳-21	鍇21-19	鉉11上-6
宋(渼、斾，浡通叚)	bei`	ㄅㄟˋ	宋部	【木部】7畫		273	276	段6下-3	鍇12-3	鉉6下-1
勃(孛，浡、渤、鵓通叚)	bo´	ㄅㄛˊ	力部	【力部】7畫		701	707	段13下-54	鍇26-12	鉉13下-8
巠(滓通叚)	yin´	ㄧㄣˊ	壬部	【爪部】7畫		387	391	段8上-46	鍇15-16	鉉8上-7
瀰(瀰、洋，灦通叚)	mi˘	ㄇㄧˇ	水部	【水部】7畫		551	556	段11上貳-11	鍇21-16	鉉11上-5
邯(艵，浀通叚)	han´	ㄏㄢˊ	邑部	【邑部】7畫		290	292	段6下-36	鍇12-17	鉉6下-6
涕(淚、鼽通叚)	ti`	ㄊㄧˋ	水部	【水部】7畫		565	570	段11上貳-40	鍇21-25	鉉11上-9
圛(弟、涕、繹)	yi`	ㄧˋ	口部	【口部】7畫		277	280	段6下-11	鍇12-8	鉉6下-3
淯	yu`	ㄩˋ	水部	【水部】8畫		525	530	段11上壹-19	鍇21-5	鉉11上-2
泃(醹)	gou`	ㄍㄡˋ	水部	【水部】8畫		544	549	段11上壹-57	鍇21-12	鉉11上-4
洄(溜、渭，汩通叚)	hu	ㄏㄨ	水部	【水部】8畫		552	557	段11上貳-13	鍇21-17	鉉11上-6
泎	ze´	ㄗㄜˊ	水部	【水部】8畫		555	560	段11上貳-20	鍇21-19	鉉11上-6
涪	fu´	ㄈㄨˊ	水部	【水部】8畫		517	522	段11上壹-3	鍇21-2	鉉11上-1
沃(沃)	wo`	ㄨㄛˋ	水部	【水部】8畫		555	560	段11上貳-20	鍇21-19	鉉11上-6
鋈(沃、沃)	wu`	ㄨˋ	金部	【金部】8畫		702	709	段14上-1	鍇27-1	鉉14上-1
鐐(沃鋈述及)	liao´	ㄌㄧㄠˊ	金部	【金部】8畫		702	709	段14上-1	鍇27-1	鉉14上-1
洮(淘通叚)	tao´	ㄊㄠˊ	水部	【水部】8畫		521	526	段11上壹-11	鍇21-3	鉉11上-1
涫(觀、滾灙述及)	guan`	ㄍㄨㄢˋ	水部	【水部】8畫		561	566	段11上貳-31	鍇21-22	鉉11上-8
沾(添、霑)	zhan	ㄓㄢ	水部	【水部】8畫		526	531	段11上壹-22	鍇21-7	鉉11上-2
霑(沾，添、酟通叚)	zhan	ㄓㄢ	雨部	【雨部】8畫		573	579	段11下-13	鍇22-6	鉉11下-4
涕(淚、鼽通叚)	ti`	ㄊㄧˋ	水部	【水部】8畫		565	570	段11上貳-40	鍇21-25	鉉11上-9
液(yi``)	ye`	ㄧㄝˋ	水部	【水部】8畫		563	568	段11上貳-35	鍇21-23	鉉11上-8

篆本字(古文、金文、籀文、俗字，通段、金石)	拼音	注音	說文部首	康熙部首	筆畫	一般頁碼	洪葉頁碼	段注篇章	徐鍇通釋篇章	徐鉉藤花榭篇章
汋(淖、液)	zhuo	ㄓㄨㄛˊ	水部	【水部】8畫	550	555	段11上貳-9	鍇21-15	鉉11上-5
涳	kong	ㄎㄨㄥ	水部	【水部】8畫	550	555	段11上貳-9	鍇21-15	鉉11上-5
涵(涵，澉通段)	han	ㄏㄢˊ	水部	【水部】8畫	558	563	段11上貳-26	鍇21-21	鉉11上-7
凍	dong	ㄉㄨㄥ	水部	【水部】8畫	516	521	段11上壹-2	鍇21-2	鉉11上-1
消(齛，逍通段)	xiao	ㄒㄧㄠ	水部	【水部】8畫	559	564	段11上貳-28	鍇21-21	鉉11上-7
涸(灂，沍、沍、涸通段)	he	ㄏㄜˊ	水部	【水部】8畫	559	564	段11上貳-28	鍇21-21	鉉11上-7
澱(淀洋yangˊ述及、黜)	dian	ㄉㄧㄢˋ	水部	【水部】8畫	562	567	段11上貳-33	鍇21-23	鉉11上-8
定(奠、淀洋述及，頗通段)	ding	ㄉㄧㄥˋ	宀部	【宀部】8畫	339	342	段7下-8	鍇14-4	鉉7下-2
涺	ju	ㄐㄩ	水部	【水部】8畫	544	549	段11上壹-57	鍇21-12	鉉11上-4
涻(涔枒luˊ述及)	she	ㄕㄜˋ	水部	【水部】8畫	544	549	段11上壹-57	鍇21-12	鉉11上-4
涼(凉、亮、諒、倞述及古多相叚借)	liang	ㄌㄧㄤˊ	水部	【水部】8畫	562	567	段11上貳-34	鍇21-23	鉉11上-8
倞(諒、涼、亮此四字古多相叚借)	liang	ㄌㄧㄤˋ	旡部	【无部】8畫	415	419	段8下-28	鍇16-18	鉉8下-5
亮(涼、諒、倞述及古多相叚借)	liang	ㄌㄧㄤˋ	儿部	【一部】8畫	405	409	段8下-8	無	鉉8下-2
諒(亮、涼、倞述及古多相叚借)	liang	ㄌㄧㄤˋ	言部	【言部】8畫	89	90	段3上-7	鍇5-5	鉉3上-3
醇(涼)	liang	ㄌㄧㄤˊ	酉部	【酉部】8畫	751	758	段14下-42	鍇28-20	鉉14下-9
飈(涼)	liang	ㄌㄧㄤˊ	風部	【風部】8畫	677	684	段13下-7	鍇25-16	鉉13下-2
輬(涼，輬通段)	liang	ㄌㄧㄤˊ	車部	【車部】8畫	721	728	段14上-39	鍇27-12	鉉14上-6
渚	ta	ㄊㄚˋ	水部	【水部】8畫	561	566	段11上貳-31	鍇21-22	鉉11上-8
涿(氒，沰、豚通段)	zhuo	ㄓㄨㄛˊ	水部	【水部】8畫	557	562	段11上貳-24	鍇21-20	鉉11上-7
淁	qie	ㄑㄧㄝˋ	水部	【水部】8畫	544	549	段11上壹-57	鍇21-12	鉉11上-4
淅	xi	ㄒㄧ	水部	【水部】8畫	561	566	段11上貳-32	鍇21-22	鉉11上-8
淇(瀷)	qi	ㄑㄧˊ	水部	【水部】8畫	527	532	段11上壹-24	鍇21-7	鉉11上-2
淈	gu	ㄍㄨˇ	水部	【水部】8畫	550	555	段11上貳-10	鍇21-16	鉉11上-5
淉	guo	ㄍㄨㄛˇ	水部	【水部】8畫	544	549	段11上壹-57	無	鉉11上-4

篆本字(古文、金文、籀文、俗字,通叚、金石)	拼音	注音	說文部首	康熙部首	筆畫	一般頁碼	洪葉頁碼	段注篇章	徐鍇通釋篇章	徐鉉藤花榭篇章
松(㮃㮃作榕,淞通叚)	song	ㄙㄨㄥ	木部	【木部】8畫	247	250	段6上-19	錯11-8	鉉6上-3
洤	han`	ㄏㄢˋ	水部	【水部】8畫	558	563	段11上貳-26	錯21-21	鉉11上-7
淋	lin´	ㄌㄧㄣˊ	水部	【水部】8畫	564	569	段11上貳-37	錯21-24	鉉11上-9
淑	shu´	ㄕㄨˊ	水部	【水部】8畫	550	555	段11上貳-9	錯21-15	鉉11上-5
俶(淑,俶、倜通叚)	chu`	ㄔㄨˋ	人部	【人部】8畫	370	374	段8上-12	錯15-5	鉉8上-2
淒(萋,淒通叚)	qi	ㄑㄧ	水部	【水部】8畫	557	562	段11上貳-23	錯21-20	鉉11上-7
渲	chi`	ㄔˋ	水部	【水部】8畫	544	549	段11上壹-57	錯21-12	鉉11上-4
淖	nao`	ㄋㄠˋ	水部	【水部】8畫	551	556	段11上貳-12	錯21-17	鉉11上-5
汋(淖、液)	zhuo´	ㄓㄨㄛˊ	水部	【水部】8畫	550	555	段11上貳-9	錯21-15	鉉11上-5
淈(淖、稠)	ge	ㄍㄜ	水部	【水部】8畫	563	568	段11上貳-35	錯21-23	鉉11上-8
淙	cong´	ㄘㄨㄥˊ	水部	【水部】8畫	549	554	段11上貳-8	錯21-15	鉉11上-5
淜(馮)	peng´	ㄆㄥˊ	水部	【水部】8畫	555	560	段11上貳-20	錯21-19	鉉11上-6
渒(沘,淠通叚)	pi	ㄆㄧ	水部	【水部】8畫	533	538	段11上壹-35	錯21-10	鉉11上-2
宋(渒、旆,浡通叚)	bei`	ㄅㄟˋ	宋部	【木部】8畫	273	276	段6下-3	錯12-3	鉉6下-1
淡(瞻,痰通叚)	dan`	ㄉㄢˋ	水部	【水部】8畫	562	567	段11上貳-34	錯21-23	鉉11上-8
澹(淡)	dan`	ㄉㄢˋ	水部	【水部】8畫	551	556	段11上貳-11	錯21-16	鉉11上-5
淢(洫)	yu`	ㄩˋ	水部	【水部】8畫	547	552	段11上貳-3	錯21-14	鉉11上-4
洫(淢、閾)	xu`	ㄒㄩˋ	水部	【水部】8畫	554	559	段11上貳-17	錯21-18	鉉11上-6
淤(嶼通叚)	yu	ㄩ	水部	【水部】8畫	562	567	段11上貳-33	錯21-23	鉉11上-8
淦(泠)	gan`	ㄍㄢˋ	水部	【水部】8畫	556	561	段11上貳-22	錯21-19	鉉11上-7
淨(瀞、埩、爭)	jing`	ㄐㄧㄥˋ	水部	【水部】8畫	536	541	段11上壹-41	錯21-11	鉉11上-3
埩(淨)	zheng	ㄓㄥ	土部	【土部】8畫	690	696	段13下-32	錯26-5	鉉13下-5
汃(邠、豳請詳查,湃通叚)	bin	ㄅㄧㄣ	水部	【水部】8畫	516	521	段11上壹-1	錯21-2	鉉11上-1
濞(儐、湃通叚)	bi`	ㄅㄧˋ	水部	【水部】8畫	548	553	段11上貳-5	錯21-14	鉉11上-4
肥(肥腴yu´述及,淝、屁通叚)	fei´	ㄈㄟˊ	肉部	【肉部】8畫	171	173	段4下-27	錯8-14	鉉4下-5
淼	miao`	ㄇㄧㄠˇ	水部	【水部】8畫	無	無	無	無	鉉11下-1
涯	ya´	ㄧㄚˊ	水部	【水部】8畫	無	無	無	無	鉉11下-1
厓(涯、睚通叚)	ya´	ㄧㄚˊ	厂部	【厂部】8畫	446	451	段9下-19	錯18-7	鉉9下-3

篆本字(古文、金文、籀文、俗字，通段、金石)	拼音	注音	說文部首	康熙部首	筆畫	一般頁碼	洪葉頁碼	段注篇章	徐鍇通釋篇章	徐鉉藤花榭篇章
淩	ling′	ㄌㄧㄥˊ	水部	【水部】	8畫	535	540	段11上壹-40	錯21-11	鉉11上-3
夌(淩、凌、陵，廢、輘通段)	ling′	ㄌㄧㄥˊ	夂部	【夂部】	8畫	232	235	段5下-35	錯10-14	鉉5下-7
淪(率，沌通段)	lun′	ㄌㄨㄣˊ	水部	【水部】	8畫	549	554	段11上貳-7	錯21-15	鉉11上-5
陯(淪)	lun′	ㄌㄨㄣˊ	𨸏部	【阜部】	8畫	736	743	段14下-12	錯28-4	鉉14下-2
淫(㛥述及，霪通段)	yin′	ㄧㄣˊ	水部	【水部】	8畫	551	556	段11上貳-11	錯21-16	鉉11上-5
霒(霠、淫，霪通段)	yin′	ㄧㄣˊ	雨部	【雨部】	8畫	573	578	段11下-12	錯22-6	鉉11下-3
婬(淫)	yin′	ㄧㄣˊ	女部	【女部】	8畫	625	631	段12下-28	錯24-10	鉉12下-4
㛥(淫，嶔通段)	xin	ㄒㄧㄣ	日部	【广部】	8畫	446	450	段9下-18	錯18-6	鉉9下-3
冘(猶、淫，跅、踚通段)	yin′	ㄧㄣˊ	冂部	【一部】	8畫	228	230	段5下-26	錯10-10	鉉5下-5
淬(焠)	cui`	ㄘㄨㄟˋ	水部	【水部】	8畫	563	568	段11上貳-36	錯21-24	鉉11上-9
焠(淬文選)	cui`	ㄘㄨㄟˋ	火部	【火部】	8畫	484	488	段10上-48	錯19-16	鉉10上-8
淮(維)	huai′	ㄏㄨㄞˊ	水部	【水部】	8畫	532	537	段11上壹-34	錯21-10	鉉11上-2
淰	nian˘	ㄋㄧㄢˇ	水部	【水部】	8畫	562	567	段11上貳-33	錯21-23	鉉11上-8
深(㴱)	shen	ㄕㄣ	水部	【水部】	8畫	529	534	段11上壹-28	錯21-9	鉉11上-2
突(罙、㴱、深)	shen	ㄕㄣ	穴部	【一部】	8畫	344	347	段7下-18	錯14-8	鉉7下-4
淲(滮)	biao	ㄅㄧㄠ	水部	【水部】	8畫	547	552	段11上貳-3	錯21-14	鉉11上-4
濴(潩、涮，潠、噀通段)	suo	ㄙㄨㄛ	水部	【水部】	8畫	563	568	段11上貳-36	錯21-24	鉉11上-8
漘(淳、純、醇)	chun′	ㄔㄨㄣˊ	水部	【水部】	8畫	564	569	段11上貳-37	錯21-24	鉉11上-9
燇(焞、淳、燉)	tun	ㄊㄨㄣ	火部	【火部】	8畫	485	489	段10上-50	錯19-17	鉉10上-8
淵(𣶒、囦，蜎通段)	yuan	ㄩㄢ	水部	【水部】	8畫	550	555	段11上貳-10	錯21-16	鉉11上-5
鼘从𣶒(咽、淵，鼝鼟通段)	yuan	ㄩㄢ	鼓部	【鼓部】	8畫	206	208	段5上-36	錯9-15	鉉5上-7
畐(冨、偪、逼，湢通段)	bi	ㄅㄧ	畐部	【田部】	8畫	230	232	段5下-30	錯10-12	鉉5下-6
渫(泄，渜通段)	xie`	ㄒㄧㄝˋ	水部	【水部】	8畫	564	569	段11上貳-37	錯21-24	鉉11上-9

篆本字(古文、金文、籀文、俗字，通段、金石)	拼音	注音	說文部首	康熙部首	筆畫	一般頁碼	洪葉頁碼	段注篇章	徐鍇通釋篇章	徐鉉藤花榭篇章
汙(洿潤述及，涴、鴮通段)	wu	ㄨ	水部	【水部】	8畫	560	565	段11上貳-29	鍇21-22	鉉11上-8
淶	lai ˊ	ㄌㄞˊ	水部	【水部】	8畫	543	548	段11上壹-55	鍇21-12	鉉11上-3
漚(渥、溇)	ou ˋ	ㄡˋ	水部	【水部】	8畫	558	563	段11上貳-26	鍇21-24	鉉11上-7
混(滾、渾、溷)	hun ˋ	ㄏㄨㄣˋ	水部	【水部】	8畫	546	551	段11上貳-2	鍇21-13	鉉11上-4
淹	yan	ㄧㄢ	水部	【水部】	8畫	520	525	段11上壹-10	鍇21-3	鉉11上-1
腌(淹，醃通段)	a	ㄚ	肉部	【肉部】	8畫	176	178	段4下-38	鍇8-14	鉉4下-6
渮(荷)	he ˊ	ㄏㄜˊ	水部	【艸部】	8畫	536	541	段11上壹-42	鍇21-5	鉉11上-3
淺(帴)	qian ˇ	ㄑㄧㄢˇ	水部	【水部】	8畫	551	556	段11上貳-12	鍇21-16	鉉11上-5
清(圊槭述及，瀞)	qing	ㄑㄧㄥ	水部	【水部】	8畫	550	555	段11上貳-9	鍇21-15	鉉11上-5
瀞(淨、清，圊、淨通段)	jing ˋ	ㄐㄧㄥˋ	水部	【水部】	8畫	560	565	段11上貳-30	鍇21-22	鉉11上-8
徃(往、迬，徨、洼、徍通段)	wang ˇ	ㄨㄤˇ	彳部	【彳部】	8畫	76	76	段2下-14	鍇4-7	鉉2下-3
奔(奔，犇、渀通段)	ben	ㄅㄣ	夭部	【大部】	8畫	494	499	段10下-9	鍇20-3	鉉10下-2
淖(濤，潮通段)	chao ˊ	ㄔㄠˊ	水部	【水部】	8畫	546	551	段11上貳-1	鍇21-13	鉉11上-4
滓(淄通段)	zi ˇ	ㄗˇ	水部	【水部】	8畫	562	567	段11上貳-33	鍇21-23	鉉11上-8
甾(由，淄、椔、緇、菑、鶅通段)	zi	ㄗ	甾部	【田部】	8畫	637	643	段12下-52	鍇24-17	鉉12下-8
港(港通段)	gang ˇ	ㄍㄤˇ	水部	【水部】	8畫	無	無	無	無	鉉11上-9
䢽(巷、巷、衖，港通段)	xiang ˋ	ㄒㄧㄤˋ	䢴部	【邑部】	8畫	301	303	段6下-58	鍇12-23	鉉6下-9
將(牀、漿，醬通段)	jiang	ㄐㄧㄤ	水部	【水部】	8畫	562	567	段11上貳-34	鍇21-23	鉉11上-8
漉(淥，盝、盪通段)	lu ˋ	ㄌㄨˋ	水部	【水部】	8畫	561	566	段11上貳-32	鍇21-23	鉉11上-8
次(保、㳄从水、涎、唌，洎、㳄通段)	xian ˊ	ㄒㄧㄢˊ	次部	【水部】	8畫	414	418	段8下-26	鍇16-18	鉉8下-5

篆本字(古文、金文、籀文、俗字,通段、金石)	拼音	注音	說文部首	康熙部首	筆畫	一般頁碼	洪葉頁碼	段注篇章	徐鍇通釋篇章	徐鉉藤花榭篇章
殽(肴、効,崤、淆通段)	yáo	一ㄠˊ	殳部	【殳部】8畫	120	121	段3下-27	鍇6-14	鉉3下-6
嫣(媯,溈通段)	gui	ㄍㄨㄟ	女部	【女部】9畫	613	619	段12下-3	鍇24-1	鉉12下-1
梁(涼)	liáng	ㄌㄧㄤˊ	木部	【木部】9畫	267	270	段6上-59	鍇11-26	鉉6上-7
烖(灾)	zai	ㄗㄞ	水部	【水部】9畫	518	523	段11上壹-5	無	鉉11上-1
餐(湌)	can	ㄘㄢ	倉部	【食部】9畫	220	223	段5下-11	鍇10-4	鉉5下-2
柔(揉、渘、騥通段)	róu	ㄖㄡˊ	木部	【木部】9畫	252	254	段6上-28	鍇11-13	鉉6上-4
沬(頮、湏、靧)	mei	ㄇㄟˋ	水部	【水部】9畫	563	568	段11上貳-36	鍇21-24	鉉11上-9
臭(淚、槇、瞑、齅通段)	ju	ㄐㄩˊ	犬部	【犬部】9畫	474	478	段10上-28	鍇19-9	鉉10上-5
徧(辯,漏、遍通段)	bian	ㄅㄧㄢˋ	彳部	【彳部】9畫	77	77	段2下-16	鍇4-8	鉉2下-3
勃(李,浡、渤、鵓通段)	bó	ㄅㄛˊ	力部	【力部】9畫	701	707	段13下-54	鍇26-12	鉉13下-8
郭(埻、渤通段)	bó	ㄅㄛˊ	邑部	【邑部】9畫	299	301	段6下-54	鍇12-22	鉉6下-8
泉(錢貝述及,湶、洤、螈通段)	quán	ㄑㄩㄢˊ	泉部	【水部】9畫	569	575	段11下-5	鍇22-2	鉉11下-2
氿(厬、漸,沭、坈、阢通段)	gui	ㄍㄨㄟˇ	水部	【水部】9畫	552	557	段11上貳-14	鍇21-17	鉉11上-6
厬(氿,漸通段)	gui	ㄍㄨㄟˇ	厂部	【厂部】9畫	446	451	段9下-19	鍇18-7	鉉9下-3
津(津、盡、艖,膌通段)	jin	ㄐㄧㄣ	水部	【水部】9畫	555	560	段11上貳-20	鍇21-19	鉉11上-6
佺(偧、湹)	zhan	ㄓㄢˋ	人部	【人部】9畫	368	372	段8上-8	鍇15-3	鉉8上-2
孱(潺,湹通段)	chán	ㄔㄢˊ	孨部	【子部】9畫	744	751	段14下-27	鍇28-13	鉉14下-6
渚(諸)	zhu	ㄓㄨˇ	水部	【水部】9畫	540	545	段11上壹-50	鍇21-7	鉉11上-3
陼(渚)	zhu	ㄓㄨˇ	自部	【阜部】9畫	735	742	段14下-10	鍇28-4	鉉14下-2
涶(唾)	tuo	ㄊㄨㄛˋ	水部	【水部】9畫	544	549	段11上壹-57	鍇21-12	鉉11上-4
唾(涶)	tuo	ㄊㄨㄛˋ	口部	【口部】9畫	56	56	段2上-16	鍇3-7	鉉2上-4
汎(渢通段)	fan	ㄈㄢˋ	水部	【水部】9畫	548	553	段11上貳-5	鍇21-14	鉉11上-4
沔(灛,泗通段)	mian	ㄇㄧㄢˇ	水部	【水部】9畫	522	527	段11上壹-14	鍇21-4	鉉11上-1

篆本字(古文、金文、籀文、俗字，通叚、金石)	拼音	注音	說文部首	康熙部首	筆畫	一般頁碼	洪葉頁碼	段注篇章	徐鍇通釋篇章	徐鉉藤花榭篇章
湲	yuan´	ㄩㄢˊ	水部	【水部】9畫	無	無	無	無		鉉11上-9
渙	huan`	ㄏㄨㄢˋ	水部	【水部】9畫	547	552	段11上貳-3	鍇21-13	鉉11上-4
減(咸)	jian˘	ㄐㄧㄢˇ	水部	【水部】9畫	566	571	段11上貳-41	鍇21-25	鉉11上-9
湪(湪、湄㳧述及)	nuan˘	ㄋㄨㄢˇ	水部	【水部】9畫	561	566	段11上貳-31	鍇21-22	鉉11上-8
湄(湪㳧述及，堳、湝通叚)	mei´	ㄇㄟˊ	水部	【水部】9畫	554	559	段11上貳-18	鍇21-18	鉉11上-6
渝(渝通叚)	yu´	ㄩˊ	水部	【水部】9畫	566	571	段11上貳-41	鍇21-25	鉉11上-9
渠(璩、繰、藁、詎、轈通叚)	qu´	ㄑㄩˊ	水部	【水部】9畫	554	559	段11上貳-18	鍇21-18	鉉11上-6
渡(度)	du`	ㄉㄨˋ	水部	【水部】9畫	556	561	段11上貳-21	鍇21-19	鉉11上-6
渥	wo`	ㄨㄛˋ	水部	【水部】9畫	558	563	段11上貳-26	鍇21-21	鉉11上-7
漚(渥、湡)	ou`	ㄡˋ	水部	【水部】9畫	558	563	段11上貳-26	鍇21-24	鉉11上-7
渨	wei˘	ㄨㄟˇ	水部	【水部】9畫	557	562	段11上貳-23	鍇21-20	鉉11上-7
渫(泄，渫通叚)	xie`	ㄒㄧㄝˋ	水部	【水部】9畫	564	569	段11上貳-37	鍇21-24	鉉11上-9
沮(雎，渣通叚)	ju	ㄐㄩ	水部	【水部】9畫	519	524	段11上壹-8	鍇21-3	鉉11上-1
汁(叶，渣通叚)	zhi	ㄓ	水部	【水部】9畫	563	568	段11上貳-35	鍇21-24	鉉11上-8
盆(溢，蓋通叚)	pen´	ㄆㄣˊ	皿部	【皿部】9畫	212	214	段5上-47	鍇9-19	鉉5上-9
涌(湧、恿通叚)	yong˘	ㄩㄥˇ	水部	【水部】9畫	549	554	段11上貳-8	鍇21-15	鉉11上-5
測	ce`	ㄘㄜˋ	水部	【水部】9畫	549	554	段11上貳-8	鍇21-15	鉉11上-5
畟(測，謖通叚)	ce`	ㄘㄜˋ	夊部	【田部】9畫	233	236	段5下-37	鍇10-15	鉉5下-7
渭	wei`	ㄨㄟˋ	水部	【水部】9畫	521	526	段11上壹-12	鍇21-4	鉉11上-1
渰(黤)	yan˘	ㄧㄢˇ	水部	【水部】9畫	557	562	段11上貳-23	鍇21-20	鉉11上-7
洣	mi˘	ㄇㄧˇ	水部	【水部】9畫	563	568	段11上貳-36	鍇21-24	鉉11上-8
渴(竭、潐)	ke˘	ㄎㄜˇ	水部	【水部】9畫	559	564	段11上貳-28	鍇21-21	鉉11上-7
竭(渴)	jie´	ㄐㄧㄝˊ	立部	【立部】9畫	500	505	段10下-21	鍇20-8	鉉10下-4
潐(渴)	ke˘	ㄎㄜˇ	欠部	【水部】9畫	412	417	段8下-23	鍇16-16	鉉8下-5
渻(省、婧、楮)	sheng˘	ㄕㄥˇ	水部	【水部】9畫	551	556	段11上貳-12	鍇21-16	鉉11上-5
婧(渻亦作省xing˘)	sheng˘	ㄕㄥˇ	女部	【女部】9畫	623	629	段12下-23	鍇24-8	鉉12下-3
渾	hun´	ㄏㄨㄣˊ	水部	【水部】9畫	550	555	段11上貳-9	鍇21-15	鉉11上-5
混(滾、渾、溷)	hun`	ㄏㄨㄣˋ	水部	【水部】9畫	546	551	段11上貳-2	鍇21-13	鉉11上-4

篆本字(古文、金文、籀文、俗字，通段、金石)	拼音	注音	說文部首	康熙部首	筆畫	一般頁碼	洪葉頁碼	段注篇章	徐鍇通釋篇章	徐鉉藤花榭篇章
㴏	nai `	ㄋㄞˋ	水部	【水部】9畫		558	563	段11上貳-25	鍇21-20	鉉11上-7
潀	gui ˇ	ㄍㄨㄟˇ	水部	【水部】9畫		553	558	段11上貳-16	鍇21-17	鉉11上-6
湁(濈潝述及，霅通段)	chi `	ㄔˋ	水部	【水部】9畫		549	554	段11上貳-8	鍇21-15	鉉11上-5
湄(澳沇述及，堳、湆通段)	mei ´	ㄇㄟˊ	水部	【水部】9畫		554	559	段11上貳-18	鍇21-18	鉉11上-6
澳(湪、湄沇述及)	nuan ´	ㄋㄨㄢˊ	水部	【水部】9畫		561	566	段11上貳-31	鍇21-22	鉉11上-8
沇(湄)	shui `	ㄕㄨㄟˋ	水部	【水部】9畫		561	566	段11上貳-31	鍇21-22	鉉11上-8
湅(練)	lian `	ㄌㄧㄢˋ	水部	【水部】9畫		566	571	段11上貳-41	鍇21-25	鉉11上-9
練(湅)	lian `	ㄌㄧㄢˋ	糸部	【糸部】9畫		648	655	段13上-11	鍇25-3	鉉13上-2
湆(湇，悋通段)	qi `	ㄑㄧˋ	水部	【水部】9畫		560	565	段11上貳-29	鍇21-21	鉉11上-7
湊(湊、腠、輳通段)	cou `	ㄘㄡˋ	水部	【水部】9畫		556	561	段11上貳-22	鍇21-19	鉉11上-7
湋	wei ´	ㄨㄟˊ	水部	【水部】9畫		549	554	段11上貳-8	鍇21-15	鉉11上-5
湍	tuan	ㄊㄨㄢ	水部	【水部】9畫		549	554	段11上貳-8	鍇21-15	鉉11上-5
湎(泯、酾通段)	mian ˇ	ㄇㄧㄢˇ	水部	【水部】9畫		562	567	段11上貳-34	鍇21-23	鉉11上-8
湑(醑通段)	xu ˇ	ㄒㄩˇ	水部	【水部】9畫		562	567	段11上貳-34	鍇21-23	鉉11上-8
揟(湑)	xu	ㄒㄩ	手部	【手部】9畫		607	613	段12上-48	鍇23-15	鉉12上-7
湔(濺灒zan ` 述及，瑵、盞通段)	jian	ㄐㄧㄢ	水部	【水部】9畫		519	573	段11上壹-7	鍇21-3	鉉11上-1
眇(妙，渺通段)	miao ˇ	ㄇㄧㄠˇ	目部	【目部】9畫		135	136	段4上-12	鍇7-6	鉉4上-3
湖	hu ´	ㄏㄨˊ	水部	【水部】9畫		554	559	段11上貳-17	鍇21-18	鉉11上-6
湘(鬺)	xiang	ㄒㄧㄤ	水部	【水部】9畫		530	535	段11上壹-29	鍇21-9	鉉11上-2
湛(潫、沈淑述及)	zhan `	ㄓㄢˋ	水部	【水部】9畫		556	561	段11上貳-22	鍇21-19	鉉11上-7
沈(瀋、湛、黕，沉俗、邟通段)	chen ´	ㄔㄣˊ	水部	【水部】9畫		558	563	段11上貳-25	鍇21-20	鉉11上-7
燂(燖、湛)	chen ´	ㄔㄣˊ	火部	【火部】9畫		482	486	段10上-44	鍇19-15	鉉10上-8
酖(耽、湛)	dan	ㄉㄢ	酉部	【酉部】9畫		749	756	段14下-37	鍇28-18	鉉14下-9
媅(耽、湛，妉、愖通段)	dan	ㄉㄢ	女部	【女部】9畫		620	626	段12下-18	鍇24-6	鉉12下-3
黕(湛，曇通段)	dan ˇ	ㄉㄢˇ	黑部	【黑部】9畫		488	493	段10上-57	鍇19-19	鉉10上-10
湜	shi ´	ㄕˊ	水部	【水部】9畫		550	555	段11上貳-9	鍇21-16	鉉11上-5

篆本字(古文、金文、籀文、俗字，通叚、金石)	拼音	注音	說文部首	康熙部首	筆畫	一般頁碼	洪葉頁碼	段注篇章	徐鍇通釋篇章	徐鉉藤花榭篇章
湝	jie	ㄐㄧㄝ	水部	【水部】9畫	547	552	段11上貳-3	鍇21-14	鉉11上-4
湞	zhen	ㄓㄣ	水部	【水部】9畫	529	534	段11上壹-27	鍇21-9	鉉11上-2
湟	huang´	ㄏㄨㄤˊ	水部	【水部】9畫	523	528	段11上壹-15	鍇21-4	鉉11上-1
湡	yu´	ㄩˊ	水部	【水部】9畫	540	545	段11上壹-49	鍇21-7	鉉11上-3
隅(嵎、湡)	yu´	ㄩˊ	𨸏部	【阜部】9畫	731	738	段14下-2	鍇28-2	鉉14下-1
滴(滳、渧)	di	ㄉㄧ	水部	【水部】9畫	555	560	段11上貳-19	鍇21-19	鉉11上-6
溪(谿)	xi	ㄒㄧ	水部	【水部】9畫	548	553	段11上貳-5	鍇21-14	鉉11上-4
瀞(淨)	jing`	ㄐㄧㄥˋ	水部	【水部】9畫	563	568	段11上貳-36	鍇21-24	鉉11上-9
溲(溲，溞、蜦、醙通叚)	sou	ㄙㄡ	水部	【水部】9畫	561	566	段11上貳-32	鍇21-23	鉉11上-8
湩(重、童)	dong`	ㄉㄨㄥˋ	水部	【水部】9畫	565	570	段11上貳-40	鍇21-25	鉉11上-9
湫(愀通叚)	qiu	ㄑㄧㄡ	水部	【水部】9畫	560	565	段11上貳-29	鍇21-22	鉉11上-8
湮(歅通叚)	yan	ㄧㄢ	水部	【水部】9畫	557	562	段11上貳-23	鍇21-20	鉉11上-7
漕(漕，酒通叚)	cao´	ㄘㄠˊ	水部	【水部】9畫	566	571	段11上貳-42	鍇21-25	鉉11上-9
湯	tang	ㄊㄤ	水部	【水部】9畫	561	566	段11上貳-31	無	鉉11上-8
溉(漑，濺通叚)	gai`	ㄍㄞˋ	水部	【水部】9畫	539	544	段11上壹-47	鍇21-6	鉉11上-3
遂(述吹述及，逯、漆、璲、繸、隧通叚)	sui`	ㄙㄨㄟˋ	辵(辶)部	【辵部】9畫	74	74	段2下-10	鍇4-5	鉉2下-2
湳(nanˇ)	nan´	ㄋㄢˊ	水部	【水部】9畫	543	548	段11上壹-56	鍇21-12	鉉11上-3
亭(停、渟，婷、葶通叚)	ting´	ㄊㄧㄥˊ	高部	【亠部】9畫	227	230	段5下-25	鍇10-10	鉉5下-5
游(逰、遊、斿、旒、圝囮e´述及，蝣、統通叚)	you´	ㄧㄡˊ	㫃部	【水部】9畫	311	314	段7上-19	鍇13-7	鉉7上-3
濄(渦通叚)	guo	ㄍㄨㄛ	水部	【水部】9畫	534	539	段11上壹-38	鍇21-11	鉉11上-3
過(楇、輠、鍋，渦、蝸、薖通叚)	guo`	ㄍㄨㄛˋ	辵(辶)部	【辵部】9畫	71	71	段2下-4	鍇4-2	鉉2下-1
溯(泝、遡、涉，溯、愫通叚)	su`	ㄙㄨˋ	水部	【水部】10畫	556	561	段11上貳-21	鍇21-19	鉉11上-6
匯(滙通叚)	hui`	ㄏㄨㄟˋ	匚部	【匚部】10畫	637	643	段12下-51	鍇24-17	鉉12下-8
坻(汷、渚)	chi´	ㄔˊ	土部	【土部】10畫	689	695	段13下-30	鍇26-4	鉉13下-4

篆本字(古文、金文、籀文、俗字，通叚、金石)	拼音	注音	說文部首	康熙部首	筆畫	一般頁碼	洪葉頁碼	段注篇章	徐鍇通釋篇章	徐鉉藤花榭篇章
深(㴱)	shen	ㄕㄣ	水部	【水部】	10畫	529	534	段11上壹-28	鍇21-9	鉉11上-2
突(罙、㴱、深)	shen	ㄕㄣ	穴部	【宀部】	10畫	344	347	段7下-18	鍇14-8	鉉7下-4
湛(潗、沈淑述及)	zhan `	ㄓㄢˋ	水部	【水部】	10畫	556	561	段11上貳-22	鍇21-19	鉉11上-7
時(旹，溡、鰣、鰤通叚)	shi ´	ㄕˊ	日部	【日部】	10畫	302	305	段7上-1	鍇13-1	鉉7上-1
皚(澄通叚)	ai ´	ㄞˊ	白部	【白部】	10畫	364	367	段7下-58	鍇14-24	鉉7下-10
谿(溪、磎通叚)	xi	ㄒㄧ	谷部	【谷部】	10畫	570	575	段11下-6	鍇22-3	鉉11下-2
醨(漓)	li ´	ㄌㄧˊ	酉部	【酉部】	10畫	751	758	段14下-41	鍇28-19	鉉14下-9
窊(瓜、滵通叚)	wa	ㄨㄚ	穴部	【穴部】	10畫	345	348	段7下-20	鍇14-8	鉉7下-4
滁	chu ´	ㄔㄨˊ	水部	【水部】	10畫	無	無	無	無	鉉11上-9
涂(塗、堡、墍，滁、搽、途通叚)	tu ´	ㄊㄨˊ	水部	【水部】	10畫	520	525	段11上壹-9	鍇21-3	鉉11上-1
滋(兹)	zi	ㄗ	水部	【水部】	10畫	552	557	段11上貳-13	鍇21-17	鉉11上-6
溲(溲，潘、螋、醙通叚)	sou	ㄙㄡ	水部	【水部】	10畫	561	566	段11上貳-32	鍇21-23	鉉11上-8
壟水部(澎)	long ˇ	ㄌㄨㄥˇ	水部	【水部】	10畫	564	569	段11上壹-38	鍇21-24	鉉11上-9
壟土部	long ˇ	ㄌㄨㄥˇ	土部	【土部】	10畫	686	693	段13下-25	鍇26-3	鉉13下-4
澌	si	ㄙ	水部	【水部】	10畫	540	545	段11上壹-50	鍇21-7	鉉11上-3
淮	que `	ㄑㄩㄝˋ	水部	【水部】	10畫	558	563	段11上貳-26	鍇21-21	鉉11上-7
湏	suo ˇ	ㄙㄨㄛˇ	水部	【水部】	10畫	544	549	段11上壹-57	鍇21-12	鉉11上-4
溓(濂、濓)	lian ´	ㄌㄧㄢˊ	水部	【水部】	10畫	559	564	段11上貳-27	鍇21-21	鉉11上-7
黏(溓、樴柀述及，惟段注从木黏，粘通叚)	nian ´	ㄋㄧㄢˊ	黍部	【黍部】	10畫	330	333	段7上-57	鍇13-23	鉉7上-9
準(准、壿臬述及)	zhun ˇ	ㄓㄨㄣˇ	水部	【水部】	10畫	560	565	段11上貳-29	鍇21-22	鉉11上-8
肫(準、腨、忳、純)	zhun	ㄓㄨㄣ	肉部	【肉部】	10畫	167	169	段4下-20	鍇8-8	鉉4下-4
壿(墫、準臬述及，墊通叚)	zhun ˇ	ㄓㄨㄣˇ	土部	【土部】	10畫	688	695	段13下-29	鍇26-4	鉉13下-4
頯(準)	zhuo ´	ㄓㄨㄛˊ	頁部	【頁部】	10畫	420	424	段9上-10	鍇17-3	鉉9上-2

篆本字(古文、金文、籀文、俗字，通叚、金石)	拼音	注音	說文部首	康熙部首	筆畫	一般頁碼	洪葉頁碼	段注篇章	徐鍇通釋篇章	徐鉉藤花榭篇章
溘	ke`	ㄎㄜˋ	水部	【水部】10畫		無	無	無	無	鉉11下-1
盍(葢、曷、盇、厷虩述及，溘、盒通叚)	he´	ㄏㄜˊ	血部	【血部】10畫		214	216	段5上-52	錯9-21	鉉5上-10
畢(畢，澤、罼通叚)	bi`	ㄅㄧˋ	華部	【田部】10畫		158	160	段4下-1	錯8-1	鉉4下-1
溝(鞲通叚)	gou	ㄍㄡ	水部	【水部】10畫		554	559	段11上貳-17	錯21-18	鉉11上-6
佝(怐、傋、溝、穀、瞉、區)	kou`	ㄎㄡˋ	人部	【人部】10畫		379	383	段8上-30	錯15-10	鉉8上-4
冓(構、溝，搆通叚)	gou`	ㄍㄡˋ	冓部	【门部】10畫		158	160	段4下-2	錯8-1	鉉4下-1
溟(冥)	ming´	ㄇㄧㄥˊ	水部	【水部】10畫		557	562	段11上貳-24	錯21-20	鉉11上-7
溠	zha`	ㄓㄚˋ	水部	【水部】10畫		528	533	段11上壹-25	錯21-8	鉉11上-2
溢(鎰，佾通叚)	yi`	ㄧˋ	水部	【水部】10畫		563	568	段11上貳-35	錯21-23	鉉11上-8
溥(鱄、鱒通叚)	pu^	ㄆㄨˇ	水部	【水部】10畫		546	551	段11上貳-1	錯21-13	鉉11上-4
溦(微，濊通叚)	wei	ㄨㄟ	水部	【水部】10畫		558	563	段11上貳-25	錯21-20	鉉11上-7
溧	li`	ㄌㄧˋ	水部	【水部】10畫		531	536	段11上壹-32	錯21-9	鉉11上-2
溫(昷)	wen	ㄨㄣ	水部	【水部】10畫		519	524	段11上壹-7	錯21-3	鉉11上-1
昷(溫)	wen	ㄨㄣ	皿部	【皿部】10畫		213	215	段5上-49	錯9-20	鉉5上-9
緜(溫、縕靺mei、述及)	quan´	ㄑㄩㄢˊ	糸部	【糸部】10畫		650	657	段13上-15	錯25-4	鉉13上-3
蓄(蓫，畜、滀、稸通叚)	xu`	ㄒㄩˋ	艸部	【艸部】10畫		47	48	段1下-53	錯2-24	鉉1下-9
溱(秦)	zhen	ㄓㄣ	水部	【水部】10畫		529	534	段11上壹-27	錯21-9	鉉11上-2
臻(溱)	zhen	ㄓㄣ	至部	【至部】10畫		585	591	段12上-3	錯23-2	鉉12上-1
溳	yun´	ㄩㄣˊ	水部	【水部】10畫		533	538	段11上壹-35	錯21-10	鉉11上-2
溶	rong´	ㄖㄨㄥˊ	水部	【水部】10畫		550	555	段11上貳-9	錯21-15	鉉11上-5
溷	hun`	ㄏㄨㄣˋ	水部	【水部】10畫		550	555	段11上貳-10	錯21-16	鉉11上-5
混(滾、渾、溷)	hun`	ㄏㄨㄣˋ	水部	【水部】10畫		546	551	段11上貳-2	錯21-13	鉉11上-4
倱(溷、悶)	hun`	ㄏㄨㄣˋ	人部	【人部】10畫		376	380	段8上-23	錯15-9	鉉8上-3
圂(豢、溷)	hun`	ㄏㄨㄣˋ	口部	【口部】10畫		278	281	段6下-13	錯12-9	鉉6下-4
溺(屍、尿)	ni`	ㄋㄧˋ	水部	【水部】10畫		520	525	段11上壹-10	錯21-3	鉉11上-1

篆本字（古文、金文、籒文、俗字，通叚、金石）	拼音	注音	說文部首	康熙部首	筆畫	一般頁碼	洪葉頁碼	段注篇章	徐鍇通釋篇章	徐鉉藤花榭篇章
伙(溺)	niˋ	ㄋㄧˋ	水部	【水部】10畫	557	562	段11上貳-23	鍇21-20	鉉11上-7
涵(㴑，㵼通叚)	han´	ㄏㄢˊ	水部	【水部】10畫	558	563	段11上貳-26	鍇21-21	鉉11上-7
溼(濕)	shi	ㄕ	水部	【水部】10畫	559	564	段11上貳-28	鍇21-21	鉉11上-7
溽(辱)	ruˋ	ㄖㄨˋ	水部	【水部】10畫	552	557	段11上貳-13	鍇21-17	鉉11上-5
滂(澎、磅、霶通叚)	pang	ㄆㄤ	水部	【水部】10畫	547	552	段11上貳-4	鍇21-14	鉉11上-4
滃(翁)	weng˘	ㄨㄥˇ	水部	【水部】10畫	557	562	段11上貳-23	鍇21-20	鉉11上-7
翁(滃、公，㺝、頷通叚)	weng	ㄨㄥ	羽部	【羽部】10畫	138	140	段4上-19	鍇7-9	鉉4上-4
滄(滄，凔通叚)	cang	ㄘㄤ	水部	【水部】10畫	563	568	段11上貳-36	鍇21-24	鉉11上-9
滅	mieˋ	ㄇㄧㄝˋ	水部	【水部】10畫	566	571	段11上貳-41	鍇21-25	鉉11上-9
蔑(莧、滅，篾通叚)	miˋ	ㄇㄧˋ	艸部	【艸部】10畫	34	35	段1下-27	鍇2-13	鉉1下-4
滇	dian	ㄉㄧㄢ	水部	【水部】10畫	520	525	段11上壹-9	鍇21-3	鉉11上-1
滈(鎬，暠、澔、灝通叚)	haoˋ	ㄏㄠˋ	水部	【水部】10畫	558	563	段11上貳-25	鍇21-20	鉉11上-7
滍(泜)	zhiˋ	ㄓˋ	水部	【水部】10畫	532	537	段11上壹-34	鍇21-10	鉉11上-2
滜(㶏、㴬)	yin˘	ㄧㄣˇ	水部	【水部】10畫	534	539	段11上壹-38	鍇21-10	鉉11上-3
滑(汩，猾、猾通叚)	hua´	ㄏㄨㄚˊ	水部	【水部】10畫	551	556	段11上貳-11	鍇21-16	鉉11上-5
滆(淖、稠)	ge	ㄍㄜ	水部	【水部】10畫	563	568	段11上貳-35	鍇21-23	鉉11上-8
滓(淄通叚)	zi˘	ㄗˇ	水部	【水部】10畫	562	567	段11上貳-33	鍇21-23	鉉11上-8
緇(紂、純、滓述及)	zi	ㄗ	糸部	【糸部】10畫	651	658	段13上-17	鍇25-4	鉉13上-3
滔	tao	ㄊㄠ	水部	【水部】10畫	546	551	段11上貳-2	鍇21-13	鉉11上-4
溽(洳)	ru´	ㄖㄨˊ	水部	【水部】10畫	558	563	段11上貳-26	鍇21-21	鉉11上-7
橊(瀏、流，梳通叚)	liu´	ㄌㄧㄡˊ	林部	【水部】10畫	567	573	段11下-1	鍇21-26	鉉11下-1
滎(淡、熒，濴、濙、瀅通叚)	xing´	ㄒㄧㄥˊ	水部	【水部】10畫	553	558	段11上貳-16	鍇21-18	鉉11上-6
熒(滎，螢通叚)	ying´	ㄧㄥˊ	焱部	【火部】10畫	490	495	段10下-1	鍇19-20	鉉10下-1
洸(滉通叚)	guang	ㄍㄨㄤ	水部	【水部】10畫	548	553	段11上貳-6	鍇21-14	鉉11上-5
滕(騰)	teng´	ㄊㄥˊ	水部	【水部】10畫	548	553	段11上貳-5	鍇21-14	鉉11上-4

篆本字（古文、金文、籀文、俗字，通段、金石）	拼音	注音	說文部首	康熙部首	筆畫	一般頁碼	洪葉頁碼	段注篇章	徐鍇通釋篇章	徐鉉藤花榭篇章
莽(漭、瞙、蟒通段)	mǎng	ㄇㄤˇ	茻部	【艸部】10畫		48	48	段1下-54	無	鉉1下-10
㠗(荒，汸、漭、茫通段)	huāng	ㄏㄨㄤ	川部	【巛部】10畫		568	574	段11下-3	鍇22-2	鉉11下-1
溜(溜)	liù	ㄌㄧㄡˋ	水部	【水部】10畫		530	535	段11上壹-30	鍇21-9	鉉11上-2
厵(厡、原、源，羱、蠠、騵通段)	yuán	ㄩㄢˊ	灥部	【厂部】10畫		569	575	段11下-5	鍇22-3	鉉11下-2
謜(源、原)	yuán	ㄩㄢˊ	言部	【言部】10畫		91	91	段3上-10	鍇5-6	鉉3上-3
宗(誄、家、寂，淑、諔通段)	jì	ㄐㄧˋ	宀部	【宀部】10畫		339	343	段7下-9	鍇14-4	鉉7下-2
淀(漩)	xuán	ㄒㄩㄢˊ	水部	【水部】10畫		550	555	段11上貳-10	鍇21-16	鉉11上-5
滄(淒，溹通段)	cāng	ㄘㄤ	仌部	【冫部】11畫		571	576	段11下-8	鍇22-4	鉉11下-3
淲(滮)	biāo	ㄅㄧㄠ	水部	【水部】11畫		547	552	段11上貳-3	鍇21-14	鉉11上-4
巢(漅通段)	cháo	ㄔㄠˊ	巢部	【巛部】11畫		275	278	段6下-7	鍇12-6	鉉6下-3
滫(灖、穗通段)	xiǔ	ㄒㄧㄡˇ	水部	【水部】11畫		562	567	段11上貳-33	鍇21-23	鉉11上-8
浮(桴，泭、稃通段)	fú	ㄈㄨˊ	水部	【水部】11畫		555	560	段11上貳-20	鍇21-19	鉉11上-6
猗(倚，漪通段)	yǐ	ㄧˇ	犬部	【犬部】11畫		473	478	段10上-27	鍇19-9	鉉10上-5
潊	xù	ㄒㄩˋ	水部	【水部】11畫		無	無	無	無	鉉11上-9
敘(敍、序述及，漵通段)	xù	ㄒㄩˋ	攴部	【攴部】11畫		126	127	段3下-40	鍇6-19	鉉3下-9
攸(汥、浟、悠、逌、遒，滺通段)	yōu	ㄧㄡ	攴部	【攴部】11畫		124	125	段3下-36	鍇6-18	鉉3下-8
患(悶、愳，漶通段)	huàn	ㄏㄨㄢˋ	心部	【心部】11畫		514	518	段10下-48	鍇20-17	鉉10下-9
扈(戶扈鄠三字同、岵，昈、滬、蔰通段)	hù	ㄏㄨˋ	邑部	【戶部】11畫		286	288	段6下-28	鍇12-15	鉉6下-6
閒(間、閞、閜，澗通段)	xián	ㄒㄧㄢˊ	門部	【門部】11畫		589	595	段12上-12	鍇23-5	鉉12上-3
溥	tuán	ㄊㄨㄢˊ	水部	【水部】11畫		無	無	無	無	鉉11上-9

篆本字(古文、金文、籀文、俗字，通叚、金石)	拼音	注音	說文部首	康熙部首	筆畫	一般頁碼	洪葉頁碼	段注篇章	徐鍇通釋篇章	徐鉉藤花榭篇章
團(塼，漙、博、霫通叚)	tuan′	ㄊㄨㄢˊ	囗部	【囗部】11畫	277	279	段6下-10	錯12-7	鉉6下-3
專(甎、塼，劃、漙、磚、鄟通叚)	zhuan	ㄓㄨㄢ	寸部	【寸部】11畫	121	122	段3下-30	錯6-16	鉉3下-7
滯(瘯，懘通叚)	zhi`	ㄓˋ	水部	【水部】11畫	559	564	段11上貳-27	錯21-21	鉉11上-7
涫(觀、滾濤述及)	guan`	ㄍㄨㄢˋ	水部	【水部】11畫	561	566	段11上貳-31	錯21-22	鉉11上-8
混(滾、渾、溷)	hun`	ㄏㄨㄣˋ	水部	【水部】11畫	546	551	段11上貳-2	錯21-13	鉉11上-4
淽	jiang`	ㄐㄧㄤˋ	水部	【水部】11畫	561	566	段11上貳-32	錯21-22	鉉11上-8
滱(嘔、漚)	kou`	ㄎㄡˋ	水部	【水部】11畫	543	548	段11上壹-55	錯21-12	鉉11上-3
滲	shen`	ㄕㄣˋ	水部	【水部】11畫	550	555	段11上貳-10	錯21-16	鉉11上-5
汻(滸)	hu˘	ㄏㄨˇ	水部	【水部】11畫	552	557	段11上貳-14	錯21-17	鉉11上-6
㴉(滴、渧)	di	ㄉㄧ	水部	【水部】11畫	555	560	段11上貳-19	錯21-19	鉉11上-6
漱	ao′	ㄠˊ	水部	【水部】11畫	532	537	段11上壹-33	錯21-10	鉉11上-2
滻(產)	chan˘	ㄔㄢˇ	水部	【水部】11畫	524	529	段11上壹-17	錯21-4	鉉11上-2
鹵(滷通叚)	lu˘	ㄌㄨˇ	鹵部	【鹵部】11畫	586	592	段12上-5	錯23-2	鉉12上-2
曼(漫滔述及，縵、鬘從曼通叚)	man`	ㄇㄢˋ	又部	【曰部】11畫	115	116	段3下-18	錯6-9	鉉3下-4
滿(漫通叚)	man˘	ㄇㄢˇ	水部	【水部】11畫	551	556	段11上貳-11	錯21-16	鉉11上-5
懣(滿)	men`	ㄇㄣˋ	心部	【心部】11畫	512	516	段10下-44	錯20-16	鉉10下-8
漂(澳，瘭、膘通叚)	piao	ㄆㄧㄠ	水部	【水部】11畫	549	554	段11上貳-7	錯21-15	鉉11上-5
漆(柒通叚)	qi	ㄑㄧ	水部	【水部】11畫	523	528	段11上壹-16	錯21-4	鉉11上-2
桼(漆，杀、柒、軟通叚)	qi	ㄑㄧ	桼部	【木部】11畫	276	278	段6下-8	錯12-6	鉉6下-3
漉(淥，盝、盝通叚)	lu`	ㄌㄨˋ	水部	【水部】11畫	561	566	段11上貳-32	錯21-23	鉉11上-8
漊(縷)	lü˘	ㄌㄩˇ	水部	【水部】11畫	558	563	段11上貳-25	錯21-20	鉉11上-7
漏(屚)	lou`	ㄌㄡˋ	水部	【水部】11畫	566	571	段11上貳-42	錯21-25	鉉11上-9
屚(漏)	lou`	ㄌㄡˋ	雨部	【雨部】11畫	573	579	段11下-13	錯22-6	鉉11下-4
漑(溉，滧通叚)	gai`	ㄍㄞˋ	水部	【水部】11畫	539	544	段11上壹-47	錯21-6	鉉11上-3
演	yan˘	ㄧㄢˇ	水部	【水部】11畫	547	552	段11上貳-3	錯21-13	鉉11上-4

篆本字（古文、金文、籀文、俗字，通叚、金石）	拼音	注音	說文部首	康熙部首	筆畫	一般頁碼	洪葉頁碼	段注篇章	徐鍇通釋篇章	徐鉉藤花榭篇章
濱(演文選)	yǐn	ㄧㄣˇ	水部	【水部】11畫	546	551	段11上貳-1	鍇21-13	鉉11上-4
漕(漕，酒通叚)	cáo	ㄘㄠˊ	水部	【水部】11畫	566	571	段11上貳-42	鍇21-25	鉉11上-9
漘	chún	ㄔㄨㄣˊ	水部	【水部】11畫	552	557	段11上貳-14	鍇21-17	鉉11上-6
漚(渥、湿)	òu	ㄡˋ	水部	【水部】11畫	558	563	段11上貳-26	鍇21-24	鉉11上-7
滱(嘔、漚)	kòu	ㄎㄡˋ	水部	【水部】11畫	543	548	段11上壹-55	鍇21-12	鉉11上-3
鷗(鷗、漚)	ōu	ㄡ	鳥部	【鳥部】11畫	153	155	段4上-49	鍇7-21	鉉4上-9
漠(幕)	mò	ㄇㄛˋ	水部	【水部】11畫	545	550	段11上壹-59	鍇21-13	鉉11上-4
漢(灘)	hàn	ㄏㄢˋ	水部	【水部】11畫	522	527	段11上壹-14	鍇21-4	鉉11上-1
漥	wa	ㄨㄚ	水部	【水部】11畫	553	558	段11上貳-16	鍇21-18	鉉11上-6
漬(骴漬胔瘠四字、古同音通用，當是骴爲正字也)	zì	ㄗˋ	水部	【水部】11畫	558	563	段11上貳-26	鍇21-24	鉉11上-7
骴(殨、漬、髊、胔、脊、瘠)	cī	ㄘ	骨部	【骨部】11畫	166	168	段4下-18	鍇8-7	鉉4下-4
漮	kang	ㄎㄤ	水部	【水部】11畫	559	564	段11上貳-28	鍇21-21	鉉11上-7
漱(欶欬kai`述及、涑，嗽通叚)	shù	ㄕㄨˋ	水部	【水部】11畫	563	568	段11上貳-36	鍇21-24	鉉11上-8
涑非涑se`(漱)	sù	ㄙㄨˋ	水部	【水部】11畫	564	569	段11上貳-38	鍇21-24	鉉11上-9
漳	zhang	ㄓㄤ	水部	【水部】11畫	527	532	段11上壹-23	鍇21-8	鉉11上-2
漷(huo˘)	kuò	ㄎㄨㄛˋ	水部	【水部】11畫	536	541	段11上壹-41	鍇21-11	鉉11上-3
漸(趣)	jiàn	ㄐㄧㄢˋ	水部	【水部】11畫	531	536	段11上壹-31	鍇21-9	鉉11上-2
磛(巉、嶄、漸)	chán	ㄔㄢˊ	石部	【石部】11畫	451	455	段9下-28	鍇18-10	鉉9下-4
蔪(薻、漸，蘮通叚)	jian	ㄐㄧㄢ	艸部	【艸部】11畫	42	42	段1下-42	鍇2-19	鉉1下-7
漹	yan	ㄧㄢ	水部	【水部】11畫	543	548	段11上壹-56	鍇21-12	鉉11上-4
漻(瀏通叚)	liáo	ㄌㄧㄠˊ	水部	【水部】11畫	547	552	段11上貳-4	鍇21-14	鉉11上-4
漼	cuǐ	ㄘㄨㄟˇ	水部	【水部】11畫	550	555	段11上貳-10	鍇21-16	鉉11上-5
漾(瀁、瀁)	yàng	ㄧㄤˋ	水部	【水部】11畫	521	526	段11上壹-12	鍇21-4	鉉11上-1
滬(沮)	ju	ㄐㄩ	水部	【水部】11畫	542	547	段11上壹-54	鍇21-12	鉉11上-3
漀	qǐng	ㄑㄧㄥˇ	水部	【水部】11畫	562	567	段11上貳-34	鍇21-23	鉉11上-8
漦(chi´)	lí	ㄌㄧˊ	水部	【水部】11畫	546	551	段11上貳-2	鍇21-13	鉉11上-4

篆本字（古文、金文、籀文、俗字，通段、金石）	拼音	注音	說文部首	康熙部首	筆畫	一般頁碼	洪葉頁碼	段注篇章	徐鍇通釋篇章	徐鉉藤花榭篇章
張(脹瘨述及，漲、痕、粻、餦通段)	zhang	ㄓㄤ	弓部	【弓部】	11畫	640	646	段12下-58	鍇24-19	鉉12下-9
潁	ying	ㄧㄥˇ	水部	【水部】	11畫	534	539	段11上壹-37	鍇21-10	鉉11上-2
潀(潨，灇通段)	cong	ㄘㄨㄥˊ	水部	【水部】	11畫	553	558	段11上貳-15	鍇21-17	鉉11上-6
澆(潳通段)	jiao	ㄐㄧㄠ	水部	【水部】	11畫	563	568	段11上貳-35	鍇21-23	鉉11上-8
濕(潔)	shi	ㄕ	水部	【水部】	11畫	536	541	段11上壹-41	鍇21-5	鉉11上-3
瀾(漣)	lan	ㄌㄢˊ	水部	【水部】	11畫	549	554	段11上貳-7	鍇21-15	鉉11上-5
戀(漣)	lian	ㄌㄧㄢˊ	心部	【心部】	11畫	515	519	段10下-50	鍇20-18	鉉10下-9
槱(漻、流，褅通段)	liu	ㄌㄧㄡˊ	林部	【水部】	11畫	567	573	段11下-1	鍇21-26	鉉11下-1
楙(涉)	she	ㄕㄜˋ	林部	【水部】	11畫	567	573	段11下-1	鍇21-26	鉉11下-1
滌(條、脩，藤、潟通段)	di	ㄉㄧˊ	水部	【水部】	11畫	563	568	段11上貳-35	鍇21-23	鉉11上-8
灥(魚、鱻、漁、敘、戲)	yu	ㄩˊ	鱻部	【水部】	11畫	582	587	段11下-30	鍇22-11	鉉11下-6
晧(皓、澔，皞通段)	hao	ㄏㄠˋ	日部	【日部】	11畫	304	307	段7上-6	鍇13-2	鉉7上-1
呼(滹通段)	hu	ㄏㄨ	口部	【口部】	11畫	56	56	段2上-16	鍇3-7	鉉2上-4
虖(唬、乎，滹通段)	hu	ㄏㄨ	虍部	【虍部】	11畫	209	211	段5上-42	鍇9-17	鉉5上-8
沽(滹通段)	gu	ㄍㄨ	水部	【水部】	11畫	543	548	段11上壹-55	鍇21-12	鉉11上-3
舄(雒、雜，潟、磶、碣、蕮、鵲通段)	xi	ㄒㄧˋ	烏部	【臼部】	12畫	157	158	段4上-56	鍇7-23	鉉4上-10
菽(菽、滌)	di	ㄉㄧˊ	艸部	【艸部】	12畫	39	39	段1下-36	鍇2-17	鉉1下-6
滂(澎、磅、霶通段)	pang	ㄆㄤ	水部	【水部】	12畫	547	552	段11上貳-4	鍇21-14	鉉11上-4
潎(澼通段)	pie	ㄆㄧㄝ	水部	【水部】	12畫	564	569	段11上貳-38	鍇21-24	鉉11上-9
滌(條、脩，藤、潟通段)	di	ㄉㄧˊ	水部	【水部】	12畫	563	568	段11上貳-35	鍇21-23	鉉11上-8
湣(汨mi ˋ)	mi	ㄇㄧˋ	水部	【水部】	12畫	529	534	段11上壹-28	鍇21-9	鉉11上-2
潏(沇)	jue	ㄐㄩㄝˊ	水部	【水部】	12畫	548	553	段11上貳-6	鍇21-14	鉉11上-4
涑非涑su ˋ(漱)	se	ㄙㄜˋ	水部	【水部】	12畫	557	562	段11上貳-24	鍇21-20	鉉11上-7

篆本字（古文、金文、籀文、俗字，通段、金石）	拼音	注音	說文部首	康熙部首	筆畫	一般頁碼	洪葉頁碼	段注篇章	徐鍇通釋篇章	徐鉉藤花榭篇章
潐	jiao`	ㄐㄧㄠˋ	水部	【水部】12畫		559	564	段11上貳-28	錯21-21	鉉11上-7
潒(蕩)	dang	ㄉㄤˋ	水部	【水部】12畫		546	551	段11上貳-2	錯21-13	鉉11上-4
盪(蕩，濕、盈通段)	dang`	ㄉㄤˋ	皿部	【皿部】12畫		213	215	段5上-49	錯9-20	鉉5上-9
蕩與蕩不同	dang`	ㄉㄤˋ	水部	【水部】12畫		527	532	段11上壹-24	錯21-8	鉉11上-2
渧(滴、渧)	di	ㄉㄧ	水部	【水部】12畫		555	560	段11上貳-19	錯21-19	鉉11上-6
沸(潰，潰通段)	fei`	ㄈㄟˋ	水部	【水部】12畫		553	558	段11上貳-15	錯21-17	鉉11上-6
湒(潗洽述及，霫通段)	ji′	ㄐㄧˊ	水部	【水部】12畫		557	562	段11上貳-24	錯21-20	鉉11上-7
潨(潀，灇通段)	cong′	ㄘㄨㄥˊ	水部	【水部】12畫		553	558	段11上貳-15	錯21-17	鉉11上-6
澑(溜)	liu`	ㄌㄧㄡˋ	水部	【水部】12畫		530	535	段11上壹-30	錯21-9	鉉11上-2
潓	hui`	ㄏㄨㄟˋ	水部	【水部】12畫		531	536	段11上壹-31	錯21-9	鉉11上-2
潔	jie′	ㄐㄧㄝˊ	水部	【水部】12畫		無	無	無	無	鉉11下-1
絜(潔，挈、擦、揳通段)	jie′	ㄐㄧㄝˊ	糸部	【糸部】12畫		661	668	段13上-37	錯25-8	鉉13上-5
次(㳄、漱從水、涎、唌，泹、漾通段)	xian′	ㄒㄧㄢˊ	次部	【水部】12畫		414	418	段8下-26	錯16-18	鉉8下-5
潠	xun`	ㄒㄩㄣˋ	水部	【水部】12畫		無	無	無	無	鉉11下-1
瀡(濬、涮，濺、噀通段)	suo	ㄙㄨㄛ	水部	【水部】12畫		563	568	段11上貳-36	錯21-24	鉉11上-8
涵(涵，澉通段)	han′	ㄏㄢˊ	水部	【水部】12畫		558	563	段11上貳-26	錯21-21	鉉11上-7
潕	wu`	ㄨˇ	水部	【水部】12畫		532	537	段11上壹-33	錯21-10	鉉11上-2
潘(播，藩通段)	pan	ㄆㄢ	水部	【水部】12畫		561	566	段11上貳-32	錯21-23	鉉11上-8
潛(熸通段)	qian′	ㄑㄧㄢˊ	水部	【水部】12畫		556	561	段11上貳-21	錯21-19	鉉11上-7
潝(翕)	xi	ㄒㄧ	水部	【水部】12畫		548	553	段11上貳-5	錯21-14	鉉11上-4
湄(溦況述及，堳、湝通段)	mei′	ㄇㄟˊ	水部	【水部】12畫		554	559	段11上貳-18	錯21-18	鉉11上-6
灘(灘，攤、潬通段)	tan	ㄊㄢ	水部	【水部】12畫		555	560	段11上貳-19	錯21-18	鉉11上-6
潢	huang′	ㄏㄨㄤˊ	水部	【水部】12畫		553	558	段11上貳-16	錯21-18	鉉11上-6
潤	run`	ㄖㄨㄣˋ	水部	【水部】12畫		560	565	段11上貳-29	錯21-22	鉉11上-8
潦(澇)	liao′	ㄌㄧㄠˊ	水部	【水部】12畫		557	562	段11上貳-24	錯21-20	鉉11上-7
澇(潦)	lao′	ㄌㄠˊ	水部	【水部】12畫		523	528	段11上壹-16	錯21-4	鉉11上-2

篆本字（古文、金文、籀文、俗字，通段、金石）	拼音	注音	說文部首	康熙部首	筆畫	一般頁碼	洪葉頁碼	段注篇章	徐鍇通釋篇章	徐鉉藤花榭篇章
潧	zhen	ㄓㄣ	水部	【水部】	12畫	535	540	段11上壹-39	鍇21-11	鉉11上-3
潤(浼，泯、湣、瞀通段)	min˘	ㄇㄧㄣ˘	水部	【水部】	12畫	550	555	段11上貳-10	鍇21-16	鉉11上-5
浼(潤，瀎通段)	mei˘	ㄇㄟ˘	水部	【水部】	12畫	565	570	段11上貳-40	鍇21-25	鉉11上-8
漸(渧通段)	di´	ㄉㄧ´	水部	【水部】	12畫	551	556	段11上貳-11	鍇21-16	鉉11上-5
溧(勅)	yi`	ㄧ`	水部	【水部】	12畫	525	530	段11上壹-20	鍇21-5	鉉11上-2
淖(濤，潮通段)	chao´	ㄔㄠ´	水部	【水部】	12畫	546	551	段11上貳-1	鍇21-13	鉉11上-4
潯(燖通段)	xun´	ㄒㄩㄣ´	水部	【水部】	12畫	551	556	段11上貳-11	鍇21-16	鉉11上-5
潭(瀳)	tan´	ㄊㄢ´	水部	【水部】	12畫	530	535	段11上壹-30	鍇21-9	鉉11上-2
潰(遂、襀襠述及)	kui`	ㄎㄨㄟ`	水部	【水部】	12畫	551	556	段11上貳-12	鍇21-16	鉉11上-5
憒(潰)	kui`	ㄎㄨㄟ`	心部	【心部】	12畫	511	515	段10下-42	鍇20-15	鉉10下-8
殨(潰)	kui`	ㄎㄨㄟ`	歹部	【歹部】	12畫	163	165	段4下-11	鍇8-5	鉉4下-3
讚(讀、潰訌述及)	hui`	ㄏㄨㄟ`	言部	【言部】	12畫	98	99	段3上-25	鍇5-9	鉉3上-5
潬	shan	ㄕㄢ	水部	【水部】	12畫	566	571	段11上貳-41	鍇21-25	鉉11上-9
潺	chan´	ㄔㄢ´	水部	【水部】	12畫	無	無	無	無	鉉11上-9
孱(潺，潺通段)	chan´	ㄔㄢ´	孨部	【子部】	12畫	744	751	段14下-27	鍇28-13	鉉14下-6
潼	tong´	ㄊㄨㄥ´	水部	【水部】	12畫	517	522	段11上壹-3	鍇21-2	鉉11上-1
潿	wei´	ㄨㄟ´	水部	【水部】	12畫	550	555	段11上貳-10	鍇21-16	鉉11上-5
澄(澂、徵)	cheng´	ㄔㄥ´	水部	【水部】	12畫	550	555	段11上貳-9	鍇21-15	鉉11上-5
澆(潒通段)	jiao	ㄐㄧㄠ	水部	【水部】	12畫	563	568	段11上貳-35	鍇21-23	鉉11上-8
潩(澺)	yi`	ㄧ`	水部	【水部】	12畫	533	538	段11上壹-36	鍇21-10	鉉11上-2
澇(潦)	lao´	ㄌㄠ´	水部	【水部】	12畫	523	528	段11上壹-16	鍇21-4	鉉11上-2
潦(澇)	liao´	ㄌㄧㄠ´	水部	【水部】	12畫	557	562	段11上貳-24	鍇21-20	鉉11上-7
濇(澀、轖，澁、澀通段)	se`	ㄙㄜ`	水部	【水部】	12畫	551	556	段11上貳-11	鍇21-16	鉉11上-5
澌(賜、傂，儩、嘶通段)	si	ㄙ	水部	【水部】	12畫	559	564	段11上貳-28	鍇21-21	鉉11上-7
澍	shu`	ㄕㄨ`	水部	【水部】	12畫	557	562	段11上貳-24	鍇21-20	鉉11上-7
澐	yun´	ㄩㄣ´	水部	【水部】	12畫	549	554	段11上貳-7	鍇21-15	鉉11上-5
潰(墳)	fen´	ㄈㄣ´	水部	【水部】	12畫	552	557	段11上貳-14	鍇21-17	鉉11上-6
墳(坋、潰、蚡嚻述及，羵通段)	fen´	ㄈㄣ´	土部	【土部】	12畫	693	699	段13下-38	鍇26-7	鉉13下-5

篆本字（古文、金文、籀文、俗字，通叚、金石）	拼音	注音	說文部首	康熙部首	筆畫	一般頁碼	洪葉頁碼	段注篇章	徐鍇通釋篇章	徐鉉藤花榭篇章
澒(汞)	hong丶	ㄏㄨㄥˋ	水部	【水部】	12畫	566	571	段11上貳-42	錯21-25	鉉11上-9
澗(潤，峀、礀 通叚)	jian丶	ㄐㄧㄢˋ	水部	【水部】	12畫	554	559	段11上貳-18	錯21-18	鉉11上-6
濟	ji丶	ㄐㄧˋ	水部	【水部】	12畫	544	549	段11上壹-57	錯21-12	鉉11上-4
容(滒、濬)	jun丶	ㄐㄩㄣˋ	谷部	【谷部】	12畫	570	576	段11下-7	錯22-4	鉉11下-2
鵙(睢，灘通叚)	ju	ㄐㄩ	鳥部	【鳥部】	13畫	154	156	段4上-51	錯7-22	鉉4上-9
睢非且部睢ju鵙字(灘、眭通叚)	sui	ㄙㄨㄟ	目部	【目部】	13畫	132	134	段4上-7	錯7-4	鉉4上-2
溦(微，濊通叚)	wei	ㄨㄟ	水部	【水部】	13畫	558	563	段11上貳-25	錯21-20	鉉11上-7
豫(蹸、豫、預，澦通叚)	yu丶	ㄩˋ	象部	【豕部】	13畫	459	464	段9下-44	錯18-16	鉉9下-8
湝(活、濔)	huo	ㄏㄨㄛˊ	水部	【水部】	13畫	547	552	段11上貳-3	錯21-14	鉉11上-4
歇(渴)	ke	ㄎㄜˇ	欠部	【水部】	13畫	412	417	段8下-23	錯16-16	鉉8下-5
渴(竭、歇)	ke	ㄎㄜˇ	水部	【水部】	13畫	559	564	段11上貳-28	錯21-21	鉉11上-7
潚(瀟通叚)	su丶	ㄙㄨˋ	水部	【水部】	13畫	546	551	段11上貳-2	錯21-13	鉉11上-4
溢(澺)	yi丶	ㄧˋ	水部	【水部】	13畫	533	538	段11上壹-36	錯21-10	鉉11上-2
浸(濅、浸)	jin丶	ㄐㄧㄣˋ	水部	【宀部】	13畫	540	545	段11上壹-49	錯21-6	鉉11上-3
瀸(湅通叚)	jian	ㄐㄧㄢ	水部	【水部】	13畫	551	556	段11上貳-11	錯21-16	鉉11上-5
港(港)	gang	ㄍㄤˇ	水部	【水部】	13畫	無	無	無	無	鉉11上-9
愁	chou	ㄔㄡˊ	水部	【水部】	13畫	565	570	段11上貳-40	錯21-25	鉉11上-9
潞(洛)	lu丶	ㄌㄨˋ	水部	【水部】	13畫	526	531	段11上壹-22	錯21-7	鉉11上-2
澡(繰)	zao	ㄗㄠˇ	水部	【水部】	13畫	564	569	段11上貳-37	錯21-24	鉉11上-9
澤(釋，檡、鸅 通叚)	ze	ㄗㄜˊ	水部	【水部】	13畫	551	556	段11上貳-11	錯21-16	鉉11上-5
臭(澤)	gao	ㄍㄠ	大部	【大部】	13畫	499	503	段10下-18	錯20-6	鉉10下-4
襗(澤 襦亦述及)	duo	ㄉㄨㄛˊ	衣部	【衣部】	13畫	393	397	段8上-57	錯16-3	鉉8上-8
澥今渤海灣(嶰通叚)	xie丶	ㄒㄧㄝˋ	水部	【水部】	13畫	544	549	段11上壹-58	錯21-13	鉉11上-4
澧(醴)	li	ㄌㄧˇ	水部	【水部】	13畫	533	538	段11上壹-35	錯21-10	鉉11上-2
澨	shi丶	ㄕˋ	水部	【水部】	13畫	555	560	段11上貳-20	錯21-19	鉉11上-6
濆(隤，霣通叚)	zi	ㄗ	水部	【水部】	13畫	557	562	段11上貳-24	錯21-20	鉉11上-7
霣(隤，霣、濆 通叚)	zi	ㄗ	雨部	【雨部】	13畫	573	578	段11下-12	錯22-6	鉉11下-3
澮	kuai丶	ㄎㄨㄞˋ	水部	【水部】	13畫	526	531	段11上壹-21	錯21-7	鉉11上-2

篆本字(古文、金文、籀文、俗字，通叚、金石)	拼音	注音	說文部首	康熙部首	筆畫	一般頁碼	洪葉頁碼	段注篇章	徐鍇通釋篇章	徐鉉藤花榭篇章
澱(淀洋yangˊ述及、黗)	dianˋ	ㄉㄧㄢˋ	水部	【水部】	13畫	562	567	段11上貳-33	鍇21-23	鉉11上-8
黗(澱，黗通叚)	dianˋ	ㄉㄧㄢˋ	黑部	【黑部】	13畫	489	493	段10上-58	鍇19-20	鉉10上-10
瀚(浣、澣)	huanˋ	ㄏㄨㄢˋ	水部	【水部】	13畫	564	569	段11上貳-38	鍇21-24	鉉11上-9
黽(鼉，僶、澠通叚)	minˇ	ㄇㄧㄣˇ	黽部	【黽部】	13畫	679	685	段13下-10	鍇25-17	鉉13下-2
繩(憴、澠通叚)	shengˊ	ㄕㄥˊ	糸部	【糸部】	13畫	657	663	段13上-28	鍇25-6	鉉13上-4
澳(隩)	aoˋ	ㄠˋ	水部	【水部】	13畫	554	559	段11上貳-18	鍇21-18	鉉11上-6
澶	chanˊ	ㄔㄢˊ	水部	【水部】	13畫	538	543	段11上壹-45	鍇21-6	鉉11上-3
澹(淡)	danˋ	ㄉㄢˋ	水部	【水部】	13畫	551	556	段11上貳-11	鍇21-16	鉉11上-5
激(礉通叚)	ji	ㄐㄧ	水部	【水部】	13畫	549	554	段11上貳-8	鍇21-15	鉉11上-5
敫(激)	jiaoˋ	ㄐㄧㄠˋ	欠部	【欠部】	13畫	412	417	段8下-23	鍇16-16	鉉8下-5
濁(灟通叚)	zhuoˊ	ㄓㄨㄛˊ	水部	【水部】	13畫	539	544	段11上壹-47	鍇21-6	鉉11上-3
濃(醲通叚)	nongˊ	ㄋㄨㄥˊ	水部	【水部】	13畫	559	564	段11上貳-27	鍇21-21	鉉11上-7
濄(渦通叚)	guo	ㄍㄨㄛ	水部	【水部】	13畫	534	539	段11上壹-38	鍇21-11	鉉11上-3
濇(澀、轖，澁、澀通叚)	seˋ	ㄙㄜˋ	水部	【水部】	13畫	551	556	段11上貳-11	鍇21-16	鉉11上-5
溓(濂、濂)	lianˊ	ㄌㄧㄢˊ	水部	【水部】	13畫	559	564	段11上貳-27	鍇21-21	鉉11上-7
濈	jiˊ	ㄐㄧˊ	水部	【水部】	13畫	563	568	段11上貳-36	鍇21-24	鉉11上-8
濊(瀐、濊)	huiˋ	ㄏㄨㄟˋ	水部	【水部】	13畫	547	552	段11上貳-4	鍇21-14 濊21-26	鉉11上-9
滜(滜通叚)	cuiˇ	ㄘㄨㄟˇ	水部	【水部】	13畫	560	565	段11上貳-30	鍇21-22	鉉11上-8
虞(娛、度、众旅述及，澞通叚)	yuˊ	ㄩˊ	虍部	【虍部】	13畫	209	211	段5上-41	鍇9-17	鉉5上-8
澩(澩)	xueˊ	ㄒㄩㄝˊ	水部	【水部】	13畫	555	560	段11上貳-19	鍇21-18	鉉11上-6
僻(辟，澼、癖通叚)	piˋ	ㄆㄧˋ	人部	【人部】	13畫	379	383	段8上-29	鍇15-10	鉉8上-4
潎(澼通叚)	pie	ㄆㄧㄝ	水部	【水部】	13畫	564	569	段11上貳-38	鍇21-24	鉉11上-9
節(卪，嘟、瀄通叚)	jieˊ	ㄐㄧㄝˊ	竹部	【竹部】	13畫	189	191	段5上-2	鍇9-1	鉉5上-1
灉(澭)	yong	ㄩㄥ	水部	【水部】	13畫	537	542	段11上壹-44	鍇21-6	鉉11上-3
䋣(瀿通叚)	fanˋ	ㄈㄢˋ	泉部	【水部】	13畫	569	575	段11下-5	鍇22-2	鉉11下-2
濤	tao	ㄊㄠ	水部	【水部】	14畫	無	無	無	無	鉉11上-9
淖(濤，潮通叚)	chaoˊ	ㄔㄠˊ	水部	【水部】	14畫	546	551	段11上貳-1	鍇21-13	鉉11上-4
漾(瀁、瀁)	yangˋ	ㄧㄤˋ	水部	【水部】	14畫	521	526	段11上壹-12	鍇21-4	鉉11上-1

篆本字（古文、金文、籀文、俗字，通叚、金石）	拼音	注音	說文部首	康熙部首	筆畫	一般頁碼	洪葉頁碼	段注篇章	徐鍇通釋篇章	徐鉉藤花榭篇章
淇(濝)	qí	ㄑㄧˊ	水部	【水部】14畫	527	532	段11上壹-24	錯21-7	鉉11上-2
潷(牌、樺通叚)	pai´	ㄆㄞˊ	水部	【水部】14畫	531	536	段11上壹-32	錯21-9	鉉11上-2
瀰(瀰、洋，灟通叚)	mǐ	ㄇㄧˇ	水部	【水部】14畫	551	556	段11上貳-11	錯21-16	鉉11上-5
沔(灟，泗通叚)	mian˘	ㄇㄧㄢˇ	水部	【水部】14畫	522	527	段11上壹-14	錯21-4	鉉11上-1
濕(潔)	shī	ㄕ	水部	【水部】14畫	536	541	段11上壹-41	錯21-5	鉉11上-3
溼(濕)	shī	ㄕ	水部	【水部】14畫	559	564	段11上貳-28	錯21-21	鉉11上-7
濘	ning´	ㄋㄧㄥˋ	水部	【水部】14畫	553	558	段11上貳-16	錯21-17	鉉11上-6
滈(鎬，鄠、潒、灟通叚)	hao`	ㄏㄠˋ	水部	【水部】14畫	558	563	段11上貳-25	錯21-20	鉉11上-7
濛(霿从雨蒙，霿通叚从蒙)	meng´	ㄇㄥˊ	水部	【水部】14畫	558	563	段11上貳-25	錯21-20	鉉11上-7
濞(儐、湃通叚)	bi`	ㄅㄧˋ	水部	【水部】14畫	548	553	段11上貳-5	錯21-14	鉉11上-4
濩(鑊、護，䕶通叚)	huo`	ㄏㄨㄛˋ	水部	【水部】14畫	557	562	段11上貳-24	錯21-20	鉉11上-7
擭(濩)	huo`	ㄏㄨㄛˋ	手部	【手部】14畫	604	610	段12上-42	錯23-13	鉉12上-6
濟	ji˘	ㄐㄧˇ	水部	【水部】14畫	540	545	段11上壹-50	錯21-7	鉉11上-3
泲(濟)	ji˘	ㄐㄧˇ	水部	【水部】14畫	528	533	段11上壹-25	錯21-8	鉉11上-2
霽(濟)	ji`	ㄐㄧˋ	雨部	【雨部】14畫	573	579	段11下-13	錯22-6	鉉11下-4
濡	ru´	ㄖㄨˊ	水部	【水部】14畫	541	546	段11上壹-51	錯21-7	鉉11上-3
胹(濡、臑、胹)	er´	ㄦˊ	肉部	【肉部】14畫	175	177	段4下-36	錯8-13	鉉4下-5
襦(濡，襖通叚)	ru´	ㄖㄨˊ	衣部	【衣部】14畫	394	398	段8上-60	錯16-4	鉉8上-9
濙(潹、涮，濯、噀通叚)	suo	ㄙㄨㄛ	水部	【水部】14畫	563	568	段11上貳-36	錯21-24	鉉11上-8
勢(豪，濠通叚)	hao´	ㄏㄠˊ	力部	【力部】14畫	701	707	段13下-54	錯26-11	鉉13下-8
潷(牌、樺通叚)	pai´	ㄆㄞˊ	水部	【水部】14畫	531	536	段11上壹-32	錯21-9	鉉11上-2
濢	cui`	ㄘㄨㄟˋ	水部	【水部】14畫	552	557	段11上貳-13	錯21-17	鉉11上-5
濱(演文選)	yin˘	ㄧㄣˇ	水部	【水部】14畫	546	551	段11上貳-1	錯21-13	鉉11上-4
濦(濦、溵)	yin˘	ㄧㄣˇ	水部	【水部】14畫	534	539	段11上壹-38	錯21-10	鉉11上-3
濫(檻)	lan`	ㄌㄢˋ	水部	【水部】14畫	549	554	段11上貳-7	錯21-15	鉉11上-5
嬾(濫)	lan`	ㄌㄢˋ	女部	【女部】14畫	625	631	段12下-28	錯24-9	鉉12下-4
濮	pu´	ㄆㄨ	水部	【水部】14畫	535	540	段11上壹-40	錯21-11	鉉11上-3
煢(熒)	ying˘	ㄧㄥˇ	井部	【火部】14畫	216	218	段5下-2	錯10-2	鉉5下-1

篆本字(古文、金文、籀文、俗字，通叚、金石)	拼音	注音	說文部首	康熙部首	筆畫	一般頁碼	洪葉頁碼	段注篇章	徐鍇通釋篇章	徐鉉藤花榭篇章
熒(淡、焱，濚、濴、濚通叚)	xing´	ㄒㄧㄥˊ	水部	【水部】14畫		553	558	段11上貳-16	錯21-18	鉉11上-6
濯(浣、櫂段刪。楫ji´說文無櫂字，棹又櫂之俗)	zhuo´	ㄓㄨㄛˊ	水部	【水部】14畫		564	569	段11上貳-38	錯21-24	鉉11上-9
濰	wei´	ㄨㄟˊ	水部	【水部】14畫		539	544	段11上壹-47	錯21-6	鉉11上-3
濬(濬、濬)	jun`	ㄐㄩㄣˋ	谷部	【谷部】14畫		570	576	段11下-7	錯22-4	鉉11下-2
歰(澀)	se`	ㄙㄜˋ	止部	【止部】14畫		68	68	段2上-40	錯3-17	鉉2上-8
濇(歰、轖，澀、澀通叚)	se`	ㄙㄜˋ	水部	【水部】14畫		551	556	段11上貳-11	錯21-16	鉉11上-5
顮(瀕、濱、頻)	bin	ㄅㄧㄣ	瀕部	【水部】14畫		567	573	段11下-1	錯21-26	鉉11下-1
髓(髓，髄、瀡通叚)	sui´	ㄙㄨㄟˇ	骨部	【骨部】14畫		166	168	段4下-17	錯8-7	鉉4下-4
灒(濺jian`)	zan`	ㄗㄢˋ	水部	【水部】15畫		565	570	段11上貳-40	錯21-25	鉉11上-9
湔(濺灒zan`述及，瑴、盞通叚)	jian	ㄐㄧㄢ	水部	【水部】15畫		519	573	段11上壹-7	錯21-3	鉉11上-1
廛(里，廛、廛、壈、瀍、鄽通叚)	chan´	ㄔㄢˊ	广部	【广部】15畫		444	449	段9下-15	錯18-5	鉉9下-3
砅(濿、礪)	li`	ㄌㄧˋ	水部	【水部】15畫		556	561	段11上貳-22	錯21-19	鉉11上-7
厤(厲、厲、癘、蠆、薑、勵、礪、瀨、烈、例，唳通叚)	li`	ㄌㄧˋ	厂部	【厂部】15畫		446	451	段9下-19	錯18-7	鉉9下-3
漾(瀁、瀁)	yang`	ㄧㄤˋ	水部	【水部】15畫		521	526	段11上壹-12	錯21-4	鉉11上-1
漻(膠通叚)	liao´	ㄌㄧㄠˊ	水部	【水部】15畫		547	552	段11上貳-4	錯21-14	鉉11上-4
寫(瀉)	xie˘	ㄒㄧㄝˇ	宀部	【宀部】15畫		340	344	段7下-11	錯14-5	鉉7下-3
瀞(淨)	jing`	ㄐㄧㄥˋ	水部	【水部】15畫		563	568	段11上貳-36	錯21-24	鉉11上-9
濼(泊)	luo`	ㄌㄨㄛˋ	水部	【水部】15畫		535	540	段11上壹-40	錯21-11	鉉11上-3
瀀(優)	you	ㄧㄡ	水部	【水部】15畫		558	563	段11上貳-26	錯21-21	鉉11上-7
優(瀀)	you	ㄧㄡ	人部	【人部】15畫		375	379	段8上-22	錯15-8	鉉8上-3

篆本字(古文、金文、籀文、俗字，通叚、金石)	拼音	注音	說文部首	康熙部首	筆畫	一般頁碼	洪葉頁碼	段注篇章	徐鍇通釋篇章	徐鉉藤花榭篇章
瀆	du´	ㄉㄨˊ	水部	【水部】	15畫	554	559	段11上貳-18	鍇21-18	鉉11上-6
竇(瀆)	dou`	ㄉㄡˋ	穴部	【穴部】	15畫	344	348	段7下-19	鍇14-8	鉉7下-4
遺(黷、瀆、嬻)	du´	ㄉㄨˊ	辵(辶)部	【辵部】	15畫	71	71	段2下-4	鍇4-2	鉉2下-1
黷(瀆、嬻)	du´	ㄉㄨˊ	黑部	【黑部】	15畫	489	493	段10上-58	鍇19-19	鉉10上-10
嬻(瀆、黷)	du´	ㄉㄨˊ	女部	【女部】	15畫	622	628	段12下-22	鍇24-7	鉉12下-3
瀋(沈)	shen	ㄕㄣˇ	水部	【水部】	15畫	563	568	段11上貳-36	鍇21-24	鉉11上-8
沈(瀋、湛、默，沉俗、邥通叚)	chen´	ㄔㄣˊ	水部	【水部】	15畫	558	563	段11上貳-25	鍇21-20	鉉11上-7
瀌(麃)	biao	ㄅㄧㄠ	水部	【水部】	15畫	559	564	段11上貳-27	鍇21-21	鉉11上-7
懱(抹)	mie`	ㄇㄧㄝˋ	水部	【水部】	15畫	560	565	段11上貳-30	鍇21-22	鉉11上-8
瀏(嫽、懰通叚)	liu´	ㄌㄧㄡˊ	水部	【水部】	15畫	547	552	段11上貳-4	鍇21-14	鉉11上-4
瀑	pu´	ㄆㄨˋ	水部	【水部】	15畫	557	562	段11上貳-24	鍇21-20	鉉11上-7
漸(潪通叚)	di´	ㄉㄧˊ	水部	【水部】	15畫	551	556	段11上貳-11	鍇21-16	鉉11上-5
漍	guo´	ㄍㄨㄛˊ	水部	【水部】	15畫	559	564	段11上貳-28	鍇21-21	鉉11上-7
瀨(濑通叚)	lai`	ㄌㄞˋ	水部	【水部】	15畫	552	557	段11上貳-14	鍇21-17	鉉11上-6
潴	zhu	ㄓㄨ	水部	【水部】	15畫	無	無	無	無	鉉11上-9
豬(腊衧述及、豚，潴通叚)	zhu	ㄓㄨ	豕部	【豕部】	15畫	454	459	段9下-35	鍇18-12	鉉9下-6
都(瀦、賭、闍通叚)	du	ㄉㄨ	邑部	【邑部】	15畫	283	286	段6下-23	鍇12-13	鉉6下-5
滈(鎬，鄗、滜、潏通叚)	hao`	ㄏㄠˋ	水部	【水部】	16畫	558	563	段11上貳-25	鍇21-20	鉉11上-7
濥(灦、澱)	yin	ㄧㄣˇ	水部	【水部】	16畫	534	539	段11上壹-38	鍇21-10	鉉11上-3
嶨(澩)	xue´	ㄒㄩㄝˊ	水部	【水部】	16畫	555	560	段11上貳-19	鍇21-18	鉉11上-6
瀟	xiao	ㄒㄧㄠ	水部	【水部】	16畫	無	無	無	無	鉉11上-9
潚(瀟通叚)	su`	ㄙㄨˋ	水部	【水部】	16畫	546	551	段11上貳-2	鍇21-13	鉉11上-4
濊	hui`	ㄏㄨㄟˋ	水部	【水部】	16畫	無	無	無	無	鉉11上-9
濊(濊、濊)	hui`	ㄏㄨㄟˋ	水部	【水部】	16畫	547	552	段11上貳-4	鍇21-14 濊21-26	鉉11上-9
羷(濊通叚)	huo`	ㄏㄨㄛˋ	大部	【大部】	16畫	493	497	段10上-6	鍇20-1	鉉10下-1
泧(濊通叚)	yue`	ㄩㄝˋ	水部	【水部】	16畫	560	565	段11上貳-30	鍇21-22	鉉11上-8
汗(瀚通叚)	han`	ㄏㄢˋ	水部	【水部】	16畫	565	570	段11上貳-40	鍇21-25	鉉11上-9
翰(斡肝gan`述及，瀚通叚)	han`	ㄏㄢˋ	羽部	【羽部】	16畫	138	139	段4上-18	鍇7-9	鉉4上-4

篆本字(古文、金文、籀文、俗字，通叚、金石)	拼音	注音	說文部首	康熙部首	筆畫	一般頁碼	洪葉頁碼	段注篇章	徐鍇通釋篇章	徐鉉藤花榭篇章
瀣	xie`	ㄒㄧㄝ`	水部	【水部】	16畫	無	無	無	無	鉉11上-9
濪(淳、純、醇)	chun´	ㄔㄨㄣˊ	水部	【水部】	16畫	564	569	段11上貳-37	鍇21-24	鉉11上-9
溉(漑，濪通叚)	gai`	ㄍㄞˋ	水部	【水部】	16畫	539	544	段11上壹-47	鍇21-6	鉉11上-3
瀛	ying´	ㄧㄥˊ	水部	【水部】	16畫	無	無	無	無	鉉11上-9
瀘	lu´	ㄌㄨˊ	水部	【水部】	16畫			無	無	鉉11上-9
盧(盧从囪、盧、矑縣述及，瀘、獹、鑪、轤、鱸通叚)	lu´	ㄌㄨˊ	皿部	【皿部】	16畫	212	214	段5上-47	鍇9-19	鉉5上-9
瀕(瀬、濱、頻)	bin	ㄅㄧㄣ	瀕部	【水部】	16畫	567	573	段11下-1	鍇21-26	鉉11下-1
灛	yan´	ㄧㄢˊ	水部	【水部】	16畫	565	570	段11上貳-39	鍇21-25	鉉11上-9
澋	heng´	ㄏㄥˊ	水部	【水部】	16畫	555	560	段11上貳-20	鍇21-19	鉉11上-6
濅	qin`	ㄑㄧㄣˋ	水部	【水部】	16畫	532	537	段11上壹-33	鍇21-10	鉉11上-2
瀝	li`	ㄌㄧˋ	水部	【水部】	16畫	561	566	段11上貳-32	鍇21-23	鉉11上-8
酈(歷、瀝)	li`	ㄌㄧˋ	酉部	【酉部】	16畫	747	754	段14下-34	鍇28-17	鉉14下-8
瀞(淨、清，圊、凈通叚)	jing`	ㄐㄧㄥˋ	水部	【水部】	16畫	560	565	段11上貳-30	鍇21-22	鉉11上-8
清(圊械述及，瀞)	qing	ㄑㄧㄥ	水部	【水部】	16畫	550	555	段11上貳-9	鍇21-15	鉉11上-5
淨(瀞、埩、爭)	jing`	ㄐㄧㄥˋ	水部	【水部】	16畫	536	541	段11上壹-41	鍇21-11	鉉11上-3
澴	huai´	ㄏㄨㄞˊ	水部	【水部】	16畫	542	547	段11上壹-53	鍇21-11	鉉11上-3
瀧	long´	ㄌㄨㄥˊ	水部	【水部】	16畫	558	563	段11上貳-25	鍇21-20	鉉11上-7
瀨(瀨通叚)	lai`	ㄌㄞˋ	水部	【水部】	16畫	552	557	段11上貳-14	鍇21-17	鉉11上-6
滎(淡、熒，濴、濙、濚通叚)	xing´	ㄒㄧㄥˊ	水部	【水部】	16畫	553	558	段11上貳-16	鍇21-18	鉉11上-6
濄(潧、涮，潠、噀通叚)	suo	ㄙㄨㄛ	水部	【水部】	16畫	563	568	段11上貳-36	鍇21-24	鉉11上-8
瀺(潐)	jiao˘	ㄐㄧㄠˇ	水部	【水部】	16畫	562	567	段11上貳-33	鍇21-23	鉉11上-8
瀼	rang´	ㄖㄤˊ	水部	【水部】	17畫	無	無	無	無	鉉11上-9
穰(瀼通叚)	rang´	ㄖㄤˊ	禾部	【禾部】	17畫	326	329	段7上-49	鍇13-20	鉉7上-8

篆本字(古文、金文、籀文、俗字，通叚、金石)	拼音	注音	說文部首	康熙部首	筆畫	一般頁碼	洪葉頁碼	段注篇章	徐鍇通釋篇章	徐鉉藤花榭篇章
涸(𣶭，冱、沍、涸通叚)	heˊ	ㄏㄜˊ	水部	【水部】	17畫	559	564	段11上貳-28	鍇21-21	鉉11上-7
沇(兖、沿、㕣、潾)	yanˊ	ㄧㄢˊ	水部	【水部】	17畫	527	532	段11上壹-24	鍇21-8	鉉11上-2
瀱(罽)	jiˋ	ㄐㄧˋ	水部	【水部】	17畫	550	555	段11上貳-9	鍇21-21	鉉11上-5
瀳(洊、荐)	jianˋ	ㄐㄧㄢˋ	水部	【水部】	17畫	551	556	段11上貳-11	鍇21-16	鉉11上-5
濔(瀰、洋，瀰通叚)	miˇ	ㄇㄧˇ	水部	【水部】	17畫	551	556	段11上貳-11	鍇21-16	鉉11上-5
瀿(瀿通叚)	fan	ㄈㄢ	水部	【水部】	17畫	549	554	段11上貳-8	鍇21-15	鉉11上-5
瀵	fenˋ	ㄈㄣˋ	水部	【水部】	17畫	560	565	段11上貳-30	鍇21-22	鉉11上-8
瀷	yiˋ	ㄧˋ	水部	【水部】	17畫	532	537	段11上壹-33	鍇21-9	鉉11上-2
瀸(瀲通叚)	jian	ㄐㄧㄢ	水部	【水部】	17畫	551	556	段11上貳-11	鍇21-16	鉉11上-5
殲(瀸)	jian	ㄐㄧㄢ	歺部	【歹部】	17畫	163	165	段4下-12	鍇8-6	鉉4下-3
瀹(鬻从翟、汋)	yueˋ	ㄩㄝˋ	水部	【水部】	17畫	562	567	段11上貳-33	鍇21-23	鉉11上-8
鬻从翟(煠、瀹、汋)	yueˋ	ㄩㄝˋ	鬻部	【鬲部】	17畫	113	114	段3下-13	鍇6-7	鉉3下-3
瀾(漣)	lanˊ	ㄌㄢˊ	水部	【水部】	17畫	549	554	段11上貳-7	鍇21-15	鉉11上-5
灡(瀾)	lanˊ	ㄌㄢˊ	水部	【水部】	17畫	562	567	段11上貳-33	鍇21-23	鉉11上-8
濣(浣、澣)	huanˋ	ㄏㄨㄢˋ	水部	【水部】	17畫	564	569	段11上貳-38	鍇21-24	鉉11上-9
𤃷	anˇ	ㄢˇ	水部	【水部】	17畫	546	551	段11上貳-1	鍇21-13	鉉11上-4
瀶	linˊ	ㄌㄧㄣˊ	水部	【水部】	18畫	554	559	段11上貳-18	鍇21-18	鉉11上-6
灂	zhuoˊ	ㄓㄨㄛˊ	水部	【水部】	18畫	548	553	段11上貳-5	鍇21-14	鉉11上-4
瀽	jianˇ	ㄐㄧㄢˇ	水部	【水部】	18畫	561	566	段11上貳-32	鍇21-22	鉉11上-8
灅	leiˇ	ㄌㄟˇ	水部	【水部】	18畫	541	546	段11上壹-52	鍇21-11	鉉11上-3
潐(潐)	jiaoˇ	ㄐㄧㄠˇ	水部	【水部】	18畫	562	567	段11上貳-33	鍇21-23	鉉11上-8
豐(丰、豊，灃通叚)	feng	ㄈㄥ	豐部	【豆部】	18畫	208	210	段5上-39	鍇9-16	鉉5上-8
潀(潨，灇通叚)	congˊ	ㄘㄨㄥˊ	水部	【水部】	18畫	553	558	段11上貳-15	鍇21-17	鉉11上-6
漂(澳，瘭、膘通叚)	piao	ㄆㄧㄠ	水部	【水部】	18畫	549	554	段11上貳-7	鍇21-15	鉉11上-5
灈	quˊ	ㄑㄩˊ	水部	【水部】	18畫	533	538	段11上壹-36	鍇21-10	鉉11上-2
灉(澭)	yong	ㄩㄥ	水部	【水部】	18畫	537	542	段11上壹-44	鍇21-6	鉉11上-3
灊	qianˊ	ㄑㄧㄢˊ	水部	【水部】	18畫	519	524	段11上壹-8	鍇21-3	鉉11上-1
瀿(瀿通叚)	fan	ㄈㄢ	水部	【水部】	18畫	549	554	段11上貳-8	鍇21-15	鉉11上-5

篆本字（古文、金文、籀文、俗字，通叚、金石）	拼音	注音	說文部首	康熙部首	筆畫	一般頁碼	洪葉頁碼	段注篇章	徐鍇通釋篇章	徐鉉藤花榭篇章
潘(播，潘通叚)	pan	ㄆㄢ	水部	【水部】18畫		561	566	段11上貳-32	鍇21-23	鉉11上-8
灌(鑵通叚)	guan、	ㄍㄨㄢˋ	水部	【水部】18畫		531	536	段11上壹-31	鍇21-9	鉉11上-2
鱕(瀿通叚)	fan	ㄈㄢˊ	泉部	【水部】18畫		569	575	段11下-5	鍇22-2	鉉11下-2
灋(法、佱)	fa˅	ㄈㄚˇ	廌部	【水部】18畫		470	474	段10上-20	鍇19-6	鉉10上-3
灘(灘，攤、潬通叚)	tan	ㄊㄢ	水部	【水部】19畫		555	560	段11上貳-19	鍇21-18	鉉11上-6
㴻(灑通叚)	li、	ㄌㄧˋ	水部	【水部】19畫		551	556	段11上貳-12	鍇21-16	鉉11上-5
摩(磨䃺述及，魔、劘、攦、攠、麼、䣖通叚)	mo´	ㄇㄛˊ	手部	【手部】19畫		606	612	段12上-45	鍇23-14	鉉12上-7
灑(莏通叚)	sa˅	ㄙㄚˇ	水部	【水部】19畫		565	570	段11上貳-39	鍇21-24	鉉11上-9
洒(灑)	sa˅	ㄙㄚˇ	水部	【水部】19畫		563	568	段11上貳-35	鍇21-23	鉉11上-8
汛(汛、洒、灑)	xun、	ㄒㄩㄣˋ	水部	【水部】19畫		565	570	段11上貳-39	鍇21-24	鉉11上-9
釃(灑，麗通叚)	shi	ㄕ	西部	【西部】19畫		747	754	段14下-34	鍇28-17	鉉14下-8
灒(濺jian、)	zan、	ㄗㄢˋ	水部	【水部】19畫		565	570	段11上貳-40	鍇21-25	鉉11上-9
灓(灤通叚)	luan´	ㄌㄨㄢˊ	水部	【水部】19畫		555	560	段11上貳-19	鍇21-19	鉉11上-6
灟	yu´	ㄩˊ	水部	【水部】20畫		544	549	段11上壹-57	鍇21-12	鉉11上-4
漕(漕，酒通叚)	cao´	ㄘㄠˊ	水部	【水部】20畫		566	571	段11上貳-42	鍇21-25	鉉11上-9
闡(灛通叚)	chan˅	ㄔㄢˇ	門部	【門部】20畫		588	594	段12上-10	鍇23-5	鉉12上-3
灦(讞)	yan、	ㄧㄢˋ	水部	【水部】20畫		566	571	段11上貳-41	鍇21-25	鉉11上-9
灅	lei˅	ㄌㄟˇ	水部	【水部】21畫		542	547	段11上壹-53	鍇21-11	鉉11上-3
灝	hao、	ㄏㄠˋ	水部	【水部】21畫		563	568	段11上貳-35	鍇21-23	鉉11上-8
灡(瀾)	lan´	ㄌㄢˊ	水部	【水部】21畫		562	567	段11上貳-33	鍇21-23	鉉11上-8
濁(灟通叚)	zhuo´	ㄓㄨㄛˊ	水部	【水部】21畫		539	544	段11上壹-47	鍇21-6	鉉11上-3
霸(胛、灞瀍述及)	ba、	ㄅㄚˋ	月部	【雨部】21畫		313	316	段7上-24	鍇13-9	鉉7上-4
灖	mi´	ㄇㄧˊ	水部	【水部】21畫		無	無	無	無	鉉11下-1
灖(灒、洋，灟通叚)	mi´	ㄇㄧˊ	水部	【水部】21畫		551	556	段11上貳-11	鍇21-16	鉉11上-5
灘(灘，攤、潬通叚)	tan	ㄊㄢ	水部	【水部】22畫		555	560	段11上貳-19	鍇21-18	鉉11上-6
彎(灣通叚)	wan	ㄨㄢ	弓部	【弓部】22畫		640	646	段12下-58	鍇24-19	鉉12下-9

篆本字（古文、金文、籀文、俗字，通叚、金石）	拼音	注音	說文部首	康熙部首	筆畫	一般頁碼	洪葉頁碼	段注篇章	徐鍇通釋篇章	徐鉉藤花榭篇章
灪(魚、鱟、漁、敽、歔)	yu´	ㄩˊ	鱟部	【水部】	22畫	582	587	段11下-30	錯22-11	鉉11下-6
灓(灤通叚)	luan´	ㄌㄨㄢˊ	水部	【水部】	23畫	555	560	段11上貳-19	錯21-19	鉉11上-6
灥(xun´)	quan´	ㄑㄩㄢˊ	灥部	【水部】	23畫	569	575	段11下-5	錯22-3	鉉11下-2
鬱(宛、菀，欝从爻、灪、欎从林缶冖韋通叚)	yu`	ㄩˋ	林部	【鬯部】	26畫	271	274	段6上-67	錯11-30	鉉6上-9
【火(huoˇ)部】	huo	ㄏㄨㄛˇ	火部			480	484	段10上-40	錯19-14	鉉10上-7
火	huo	ㄏㄨㄛˇ	火部	【火部】		480	484	段10上-40	錯19-14	鉉10上-7
灰	hui	ㄏㄨㄟ	火部	【火部】	2畫	482	486	段10上-44	錯19-15	鉉10上-8
燥(熮、灯、鑢通叚)	zao`	ㄗㄠˋ	火部	【火部】	2畫	486	490	段10上-52	錯19-17	鉉10上-9
巛(災)	zai	ㄗㄞ	川部	【巛部】	3畫	569	574	段11下-4	錯22-2	鉉11下-2
光(羹、灮，茪、胱、航通叚)	guang	ㄍㄨㄤ	火部	【儿部】	3畫	485	490	段10上-51	錯19-17	鉉10上-9
灸(久)	jiuˇ	ㄐㄧㄡˇ	火部	【火部】	3畫	483	488	段10上-47	錯19-16	鉉10上-8
久(灸)	jiuˇ	ㄐㄧㄡˇ	久部	【丿部】	3畫	237	239	段5下-43	錯10-18	鉉5下-9
羴(羠)	chan´	ㄔㄢˊ	火部	【火部】	3畫	481	486	段10上-43	錯19-14	鉉10上-8
灻(赤、烾、尺)	chi`	ㄔˋ	赤部	【赤部】	3畫	491	496	段10下-3	錯19-21	鉉10下-1
炧(炨通叚)	xie`	ㄒㄧㄝˋ	火部	【火部】	3畫	484	488	段10上-48	錯19-16	鉉10上-8
灼(焯)	zhuo´	ㄓㄨㄛˊ	火部	【火部】	3畫	483	488	段10上-47	錯19-16	鉉10上-8
焯(灼尚書，晫通叚)	zhuo´	ㄓㄨㄛˊ	火部	【火部】	3畫	485	489	段10上-50	錯19-17	鉉10上-9
烖(灾、烌、災、蕾)	zai	ㄗㄞ	火部	【火部】	3畫	484	489	段10上-49	錯19-16	鉉10上-8
气(乞、餼、氣、鎎kai`述及，炁通叚)	qi`	ㄑㄧˋ	气部	【气部】	4畫	20	20	段1上-39	錯1-19	鉉1上-6
焚(燓、燌、炃通叚)	fen´	ㄈㄣˊ	火部	【火部】	4畫	484	488	段10上-48	錯19-16	鉉10上-8
炅	jiongˇ	ㄐㄩㄥˇ	火部	【火部】	4畫	486	490	段10上-52	錯19-17	鉉10上-9
炊	chui	ㄔㄨㄟ	火部	【火部】	4畫	482	487	段10上-45	錯19-15	鉉10上-8

篆本字(古文、金文、籀文、俗字，通段、金石)	拼音	注音	說文部首	康熙部首	筆畫	一般頁碼	洪葉頁碼	段注篇章	徐鍇通釋篇章	徐鉉藤花榭篇章
炕	kang`	ㄎㄤˋ	火部	【火部】	4畫	486	490	段10上-52	鍇19-17	鉉10上-9
炎	yan´	ㄧㄢˊ	炎部	【火部】	4畫	487	491	段10上-54	鍇19-18	鉉10上-9
焆(烋通段)	juan	ㄐㄩㄢ	火部	【火部】	4畫	484	489	段10上-49	鍇19-16	鉉10上-8
掀(掀、炘通段)	xian	ㄒㄧㄢ	手部	【手部】	4畫	603	609	段12上-39	鍇23-13	鉉12上-6
炙(鍊，㷇通段)	zhi`	ㄓˋ	炙部	【火部】	4畫	491	495	段10下-2	鍇19-15，19-20	鉉10下-1
鬻从鬲(炒、麨、㷅、㷅、㷅，煔、爆、爚通段)	chao˘	ㄔㄠˇ	鬻部	【鬲部】	4畫	112	113	段3下-12	鍇6-7	鉉3下-3
訬(吵、炒)	chao˘	ㄔㄠˇ	言部	【言部】	4畫	99	100	段3上-27	鍇5-14	鉉3上-5
炟	da´	ㄉㄚˊ	火部	【火部】	5畫	480	484	段10上-40	鍇19-14	鉉10上-7
烳(燹从或，曊、晡通段)	fu´	ㄈㄨˊ	火部	【火部】	5畫	481	485	段10上-42	鍇19-14	鉉10上-7
燹(烳，熮通段)	fu´	ㄈㄨˊ	火部	【火部】	5畫	480	485	段10上-41	鍇19-14	鉉10上-7
炧(炮通段)	xie`	ㄒㄧㄝˋ	火部	【火部】	5畫	484	488	段10上-48	鍇19-16	鉉10上-8
炦	ba´	ㄅㄚˊ	火部	【火部】	5畫	482	486	段10上-44	鍇19-15	鉉10上-8
炪(拙)	zhuo´	ㄓㄨㄛˊ	火部	【火部】	5畫	480	485	段10上-41	鍇19-14	鉉10上-7
炫(玄)	xuan`	ㄒㄩㄢˋ	火部	【火部】	5畫	485	490	段10上-51	鍇19-17	鉉10上-9
炭	tan`	ㄊㄢˋ	火部	【火部】	5畫	482	486	段10上-44	鍇19-15	鉉10上-8
炯	jiong˘	ㄐㄩㄥˇ	火部	【火部】	5畫	485	490	段10上-51	鍇19-17	鉉10上-9
炱(烾通段)	tai´	ㄊㄞˊ	火部	【火部】	5畫	482	486	段10上-44	鍇19-15	鉉10上-8
爲(為、舀、偽、譌述及)	wei´	ㄨㄟˊ	爪部	【爪部】	5畫	113	114	段3下-13	鍇6-7	鉉3下-3
譌(為、偽、訛俗)	e´	ㄜˊ	言部	【言部】	5畫	99	99	段3上-26	鍇5-14	鉉3上-5
偽(僞、為、譌述及)	wei´	ㄨㄟˊ	人部	【人部】	5畫	379	383	段8上-30	鍇15-10	鉉8上-4
照(炤、㷓通段)	zhao`	ㄓㄠˋ	火部	【火部】	5畫	485	489	段10上-50	鍇19-17	鉉10上-9
昭(炤通段)	zhao	ㄓㄠ	日部	【日部】	5畫	303	306	段7上-3	鍇13-1	鉉7上-1
炮(炰、焦、炰)	pao`	ㄆㄠˋ	火部	【火部】	5畫	482	487	段10上-45	鍇19-15	鉉10上-8
苣(炬，蒿通段)	ju`	ㄐㄩˋ	艸部	【艸部】	5畫	44	45	段1下-47	鍇2-22	鉉1下-8
主(丶、宔祐述及、炷，黈通段)	zhu˘	ㄓㄨˇ	丶部	【丶部】	5畫	214	216	段5上-52	鍇10-1	鉉5上-10

篆本字(古文、金文、籀文、俗字，通叚、金石)	拼音	注音	說文部首	康熙部首	筆畫	一般頁碼	洪葉頁碼	段注篇章	徐鍇通釋篇章	徐鉉藤花榭篇章
宝(主，炷通叚)	zhǔ	ㄓㄨˇ	宀部	【宀部】5畫	342	346	段7下-15	錯14-7	鉉7下-3
炳(昞通叚)	bǐng	ㄅㄧㄥˇ	火部	【火部】5畫	485	489	段10上-50	錯19-17	鉉10上-9
炎(灵)	chán	ㄔㄢˊ	火部	【火部】5畫	481	486	段10上-43	錯19-14	鉉10上-8
燼(燼，熸通叚)	jìn	ㄐㄧㄣˋ	火部	【火部】6畫	484	488	段10上-48	錯19-16	鉉10上-8
融(䗡、彤，炯、蝸通叚)	róng	ㄖㄨㄥˊ	鬲部	【虫部】6畫	111	112	段3下-10	錯6-6	鉉3下-2
哮(豞，烋、庨、薅通叚)	xiào	ㄒㄧㄠˋ	口部	【口部】6畫	61	62	段2上-27	錯3-12	鉉2上-6
照(炤、炤通叚)	zhào	ㄓㄠˋ	火部	【火部】6畫	485	489	段10上-50	錯19-17	鉉10上-9
烾(煤通叚)	chì	ㄔˋ	火部	【火部】6畫	485	489	段10上-50	錯19-17	鉉10上-9
炊(敪)	jiǎo	ㄐㄧㄠˇ	火部	【火部】6畫	481	486	段10上-43	錯19-14	鉉10上-8
敪(炊)	jiǎo	ㄐㄧㄠˇ	火部	【火部】6畫	482	486	段10上-44	錯19-15	鉉10上-8
烈(列、迾，㤠通叚)	liè	ㄌㄧㄝˋ	火部	【火部】6畫	480	485	段10上-41	錯19-14	鉉10上-7
厤(厲、厱、瘑、蠹、蕫、勵、礪、濿、烈、例，唳通叚)	lì	ㄌㄧˋ	厂部	【厂部】6畫	446	451	段9下-19	錯18-7	鉉9下-3
烓	wéi	ㄨㄟ	火部	【火部】6畫	482	486	段10上-44	錯19-15	鉉10上-8
烕(烍xu ˋ)	miè	ㄇㄧㄝˋ	火部	【火部】6畫	486	490	段10上-52	錯19-17	鉉10上-9
烘	hōng	ㄏㄨㄥ	火部	【火部】6畫	482	487	段10上-45	錯19-15	鉉10上-8
炮(炰、炰、煏)	páo	ㄆㄠˋ	火部	【火部】6畫	482	487	段10上-45	錯19-15	鉉10上-8
烙	lào	ㄌㄠˋ	火部	【火部】6畫	無	無	無	無	鉉10上-9
格(垎，佫、烙、茖、橄、落通叚)	gé	ㄍㄜˊ	木部	【木部】6畫	251	254	段6上-27	錯11-12	鉉6上-4
烝(蒸)	zhēng	ㄓㄥ	火部	【火部】6畫	480	485	段10上-41	錯19-14	鉉10上-7
脀(烝，脙通叚)	chéng	ㄔㄥˊ	肉部	【肉部】6畫	171	173	段4下-28	錯8-11	鉉4下-5
倏(儵，倐通叚)	shù	ㄕㄨˋ	犬部	【人部】6畫	475	479	段10上-30	錯19-10	鉉10上-5
衮(燜，熅通叚)	en	ㄣ	火部	【火部】6畫	482	487	段10上-45	錯19-15	鉉10上-8
炟(焆)	dí	ㄉㄧˊ	火部	【火部】6畫	484	489	段10上-49	錯19-17	鉉10上-8

篆本字（古文、金文、籀文、俗字，通叚、金石）	拼音	注音	說文部首	康熙部首	筆畫	一般頁碼	洪葉頁碼	段注篇章	徐鍇通釋篇章	徐鉉藤花榭篇章
煙(烟、窒、㶳，黫通叚)	yan	一ㄢ	火部	【火部】6畫	484	489	段10上-49	鍇19-16	鉉10上-8
爟(烜、烜，晅通叚)	guan	ㄍㄨㄢˋ	火部	【火部】6畫	486	490	段10上-52	鍇19-17	鉉10上-9
煖(煗、晅、烜，暖、暄通叚)	nuan	ㄋㄨㄢˇ	火部	【火部】6畫	486	490	段10上-52	鍇19-17	鉉10上-9
鬻从芻(炒、爨、焣、聚、煼，焻、爝、爚通叚)	chao	ㄔㄠˇ	鬻部	【鬲部】6畫	112	113	段3下-12	鍇6-7	鉉3下-3
烏(纑、怣、於，嗚、螐、鷞通叚)	wu	ㄨ	烏部	【火部】6畫	157	158	段4上-56	鍇7-23	鉉4上-10
黃(炗)	huang	ㄏㄨㄤˊ	黃部	【黃部】6畫	698	704	段13下-48	鍇26-10	鉉13下-7
烖(灾、烾、災、菑)	zai	ㄗㄞ	火部	【火部】7畫	484	489	段10上-49	鍇19-16	鉉10上-8
菑(葘、甾、烖)	zi	ㄗ	艸部	【艸部】7畫	41	42	段1下-41	鍇2-19	鉉1下-7
葷(焄、薰，獯、獝通叚)	hun	ㄏㄨㄣ	艸部	【艸部】7畫	24	25	段1下-7	鍇2-4	鉉1下-2
舄(兒、㝵、㝵)	si	ㄙˋ	舄部	【火部】7畫	458	463	段9下-43	鍇18-15	鉉9下-7
爟(烜、烜，晅通叚)	guan	ㄍㄨㄢˋ	火部	【火部】7畫	486	490	段10上-52	鍇19-17	鉉10上-9
烰(浮)	fu	ㄈㄨˊ	火部	【火部】7畫	481	485	段10上-42	鍇19-15	鉉10上-7
焅	ku	ㄎㄨˋ	火部	【火部】7畫	486	490	段10上-52	鍇19-17	鉉10上-9
炟(煏)	di	ㄉㄧˊ	火部	【火部】7畫	484	489	段10上-49	鍇19-17	鉉10上-8
焆(焆通叚)	juan	ㄐㄩㄢ	火部	【火部】7畫	484	489	段10上-49	鍇19-16	鉉10上-8
銷(焇通叚)	xiao	ㄒㄧㄠ	金部	【金部】7畫	703	710	段14上-3	鍇27-2	鉉14上-1
燮(烽通叚)	feng	ㄈㄥ	火部	【火部】7畫	486	491	段10上-53	鍇19-18	鉉10上-9
焌	jun	ㄐㄩㄣˋ	火部	【火部】7畫	480	484	段10上-40	鍇19-14	鉉10上-7
烜(燬)	hui	ㄏㄨㄟˇ	火部	【火部】7畫	480	484	段10上-40	鍇19-14	鉉10上-7
燬(烜)	hui	ㄏㄨㄟˇ	火部	【火部】7畫	480	484	段10上-40	鍇19-14	鉉10上-7
㷡(羨)	zha	ㄓㄚˇ	火部	【火部】7畫	482	486	段10上-44	鍇19-15	鉉10上-8

篆本字(古文、金文、籀文、俗字，通段、金石)	拼音	注音	說文部首	康熙部首	筆畫	一般頁碼	洪葉頁碼	段注篇章	徐鍇通釋篇章	徐鉉藤花榭篇章
炙(赤、㚔、尺)	chi`	ㄔˋ	赤部	【赤部】7畫		491	496	段10下-3	鍇19-21	鉉10下-1
薈(鬺、鬺从將鼎、烹、亨，餹通段)	shang	ㄕㄤ	鬲部	【鬲部】7畫		111	112	段3下-10	鍇6-6	鉉3下-2
鬻从芻(炒、爨、㷭、㷅、㷺，煜、爝、饊通段)	chao˘	ㄔㄠˇ	弼部	【鬲部】7畫		112	113	段3下-12	鍇6-7	鉉3下-3
熏(熏，煮、燻、膴通段)	xun	ㄒㄩㄣ	屮部	【火部】7畫		22	22	段1下-2	鍇2-2	鉉1下-1
晞(烯、曦通段)	xi	ㄒㄧ	日部	【日部】7畫		307	310	段7上-12	鍇13-4	鉉7上-2
焉	yan	ㄧㄢ	烏部	【火部】7畫		157	159	段4上-57	鍇7-23	鉉4上-10
焚(燓、燌、炃通段)	fen´	ㄈㄣˊ	火部	【火部】8畫		484	488	段10上-48	鍇19-16	鉉10上-8
債(焚、賁)	fen`	ㄈㄣˋ	人部	【人部】8畫		380	384	段8上-32	鍇15-11	鉉8上-4
昔(𦜉、腊、夕、昨，焟、皵通段)	xi´	ㄒㄧˊ	日部	【日部】8畫		307	310	段7上-12	鍇13-4	鉉7上-2
焜	kun	ㄎㄨㄣ	火部	【火部】8畫		485	490	段10上-51	鍇19-17	鉉10上-9
燇(焞、淳、燉)	tun	ㄊㄨㄣ	火部	【火部】8畫		485	489	段10上-50	鍇19-17	鉉10上-8
焠(淬文選)	cui`	ㄘㄨㄟˋ	火部	【火部】8畫		484	488	段10上-48	鍇19-16	鉉10上-8
淬(焠)	cui`	ㄘㄨㄟˋ	水部	【水部】8畫		563	568	段11上貳-36	鍇21-24	鉉11上-9
焯(灼尚書，晫通段)	zhuo´	ㄓㄨㄛˊ	火部	【火部】8畫		485	489	段10上-50	鍇19-17	鉉10上-9
灼(焯)	zhuo´	ㄓㄨㄛˊ	火部	【火部】8畫		483	488	段10上-47	鍇19-16	鉉10上-8
蘺(然)	nan´	ㄋㄢˊ	艸部	【艸部】8畫		36	37	段1下-31	鍇2-15	鉉1下-5
然(蘺、難、𤉡、燃俗)	ran´	ㄖㄢˊ	火部	【火部】8畫		480	485	段10上-41	鍇19-14	鉉10上-7
嘫(然)	ran´	ㄖㄢˊ	口部	【口部】8畫		58	58	段2上-20	鍇3-8	鉉2上-4
敥(烄)	jiao˘	ㄐㄧㄠˇ	火部	【火部】8畫		482	486	段10上-44	鍇19-15	鉉10上-8
烄(敥)	jiao˘	ㄐㄧㄠˇ	火部	【火部】6畫		481	486	段10上-43	鍇19-14	鉉10上-8

篆本字（古文、金文、籀文、俗字，通叚、金石）	拼音	注音	說文部首	康熙部首	筆畫	一般頁碼	洪葉頁碼	段注篇章	徐鍇通釋篇章	徐鉉藤花榭篇章
爵(隼、焦=爵糕zhuo述及、嶕嶢yao´述及，僬、膲、蟭通叚)	jiao	ㄐㄧㄠ	火部	【火部】8畫		484	489	段10上-49	錯19-16	鉉10上-8
橆从亡(無、无)	wu´	ㄨˊ	凵部	【火部】8畫		634	640	段12下-46	錯24-15	鉉12下-7
橆(無、橆从亡)	wu´	ㄨˊ	林部	【木部】8畫		271	274	段6上-67	錯11-30	鉉6上-9
毋(無)	wu´	ㄨˊ	毋部	【毋部】8畫		626	632	段12下-30	錯24-10	鉉12下-5
亾(無、亡)	wang´	ㄨㄤˊ	凵部	【亠部】8畫		634	640	段12下-45	錯24-15	鉉12下-7
焱(爛、焰，掞通叚)	yan`	ㄧㄢˋ	炎部	【火部】8畫		487	491	段10上-54	錯19-18	鉉10上-9
爛(焰)	yan`	ㄧㄢˋ	火部	【火部】8畫		485	490	段10上-51	錯19-17	鉉10上-9
掀(焮、炘通叚)	xian	ㄒㄧㄢ	手部	【手部】8畫		603	609	段12上-39	錯23-13	鉉12上-6
爇(藝，焫通叚)	ruo`	ㄖㄨㄛˋ	火部	【火部】8畫		480	485	段10上-41	錯19-14	鉉10上-7
稫(饙、煏、焙，聚、備通叚)	bi`	ㄅㄧˋ	火部	【火部】8畫		483	487	段10上-46	錯19-15	鉉10上-8
烾(煤通叚)	chi`	ㄔˋ	火部	【火部】8畫		485	489	段10上-50	錯19-17	鉉10上-9
焱(姦燊述及古互譌)	yan`	ㄧㄢˋ	焱部	【火部】8畫		490	495	段10下-1	錯19-20	鉉10下-1
猋(焱古互譌，飈通叚)	biao	ㄅㄧㄠ	犬部	【犬部】8畫		478	482	段10上-36	錯19-12	鉉10上-6
煢(嬛、惸、睘，倞、𤲃通叚)	qiong´	ㄑㄩㄥˊ	丮部	【火部】9畫		583	588	段11下-32	錯22-12	鉉11下-7
嬛(煢，孉、婘、娟通叚)	huan´	ㄏㄨㄢˊ	女部	【女部】9畫		619	625	段12下-15	錯24-5	鉉12下-2
趜(煢)	qiong´	ㄑㄩㄥˊ	走部	【走部】9畫		65	65	段2上-34	錯3-15	鉉2上-7
煁(諶、湛)	chen´	ㄔㄣˊ	火部	【火部】9畫		482	486	段10上-44	錯19-15	鉉10上-8
輝(輝、暉、熏，爐通叚)	hui	ㄏㄨㄟ	火部	【火部】9畫		485	490	段10上-51	錯19-17	鉉10上-9
暈(輝、暉)	yun	ㄩㄣ	日部	【日部】9畫		304	307	段7上-6	錯13-2	鉉7上-2
煉(鍊)	lian`	ㄌㄧㄢˋ	火部	【火部】9畫		483	488	段10上-47	錯19-16	鉉10上-8
稫(饙、煏、焙，聚、備通叚)	bi`	ㄅㄧˋ	火部	【火部】9畫		483	487	段10上-46	錯19-15	鉉10上-8
尉(尉，熨通叚)	wei`	ㄨㄟˋ	火部	【寸部】9畫		483	487	段10上-46	錯19-16	鉉10上-8
塺(堁、煤通叚)	mei´	ㄇㄟˊ	土部	【土部】9畫		691	698	段13下-35	錯26-6	鉉13下-5

篆本字(古文、金文、籀文、俗字，通叚、金石)	拼音	注音	說文部首	康熙部首	筆畫	一般頁碼 洪葉頁碼	段注篇章	徐鍇通釋篇章	徐鉉藤花榭篇章
燺(烌，感通叚)	fu´	ㄈㄨˊ	火部	【火部】9畫	480 485	段10上-41	錯19-14	鉉10上-7
焕	huan`	ㄏㄨㄢˋ	火部	【火部】9畫	無 無	無	無	鉉10上-9
奂(奐，焕通叚)	huan`	ㄏㄨㄢˋ	収部	【大部】9畫	104 104	段3上-36	錯5-19	鉉3上-8
煌	huang´	ㄏㄨㄤˊ	火部	【火部】9畫	485 490	段10上-51	錯19-17	鉉10上-9
煎	jian	ㄐㄧㄢ	火部	【火部】9畫	482 487	段10上-45	錯19-15	鉉10上-8
煒(暐通叚)	wei˘	ㄨㄟˇ	火部	【火部】9畫	485 489	段10上-50	錯19-17	鉉10上-9
煖(煗、咺、烜，暖、暄通叚)	nuan˘	ㄋㄨㄢˇ	火部	【火部】9畫	486 490	段10上-52	錯19-17	鉉10上-9
煗(煖，暖、咺通叚)	nuan˘	ㄋㄨㄢˇ	火部	【火部】9畫	486 490	段10上-52	錯19-17	鉉10上-9
煙(烟、窒、㷠，甄通叚)	yan	ㄧㄢ	火部	【火部】9畫	484 489	段10上-49	錯19-16	鉉10上-8
煜	yu`	ㄩˋ	火部	【火部】9畫	485 489	段10上-50	錯19-17	鉉10上-9
煣(揉，楺通叚)	rou´	ㄖㄡˊ	火部	【火部】9畫	484 488	段10上-48	錯19-16	鉉10上-8
鍛(段，煆通叚)	duan`	ㄉㄨㄢˋ	金部	【金部】9畫	703 710	段14上-3	錯27-2	鉉14上-1
煦(呴)	xu`	ㄒㄩˋ	火部	【火部】9畫	481 485	段10上-42	錯19-17	鉉10上-7
呴(煦述及)	xu`	ㄒㄩˋ	日部	【日部】9畫	304 307	段7上-5	錯13-2	鉉7上-1
照(炤、烑通叚)	zhao`	ㄓㄠˋ	火部	【火部】9畫	485 489	段10上-50	錯19-17	鉉10上-9
煨	wei	ㄨㄟ	火部	【火部】9畫	482 486	段10上-44	錯19-15	鉉10上-8
煬(yang`)	yang´	ㄧㄤˊ	火部	【火部】9畫	483 487	段10上-46	錯19-15	鉉10上-8
鬻从翟(煠、瀹、汋)	yue`	ㄩㄝˋ	弼部	【鬲部】9畫	113 114	段3下-13	錯6-7	鉉3下-3
燮(爕、𤎩，煠通叚)	xie`	ㄒㄧㄝˋ	又部	【又部】9畫	115 116	段3下-17	錯6-9	鉉3下-4
夑(燎、尞，蟟、螃通叚)	liao´	ㄌㄧㄠˊ	火部	【火部】9畫	480 485	段10上-41	錯19-14	鉉10上-7
熙	xi	ㄒㄧ	火部	【火部】9畫	486 491	段10上-53	錯19-18	鉉10上-9
娭(熙)	xi	ㄒㄧ	女部	【女部】9畫	620 626	段12下-17	錯24-6	鉉12下-3
熹(譆、熙，熺通叚)	xi	ㄒㄧ	火部	【火部】9畫	482 487	段10上-45	錯19-15	鉉10上-8
炶(杉通叚)	shan˘	ㄕㄢˇ	炎部	【火部】9畫	487 491	段10上-54	錯19-18	鉉10上-9
煩	fan´	ㄈㄢˊ	頁部	【火部】9畫	421 426	段9上-13	錯17-4	鉉9上-2
鬻从者(鬻、煮、鬻从者水)	zhu˘	ㄓㄨ	弼部	【鬲部】9畫	113 114	段3下-13	錯6-7	鉉3下-3

篆本字（古文、金文、籀文、俗字，通叚、金石）	拼音	注音	說文部首	康熙部首	筆畫	一般頁碼	洪葉頁碼	段注篇章	徐鍇通釋篇章	徐鉉藤花榭篇章
鬻从叞(炒、爨、聚、取、㷶，焆、爝、鬺通叚)	chao	ㄔㄠˇ	弼部	【鬲部】	10畫	112	113	段3下-12	鍇6-7	鉉3下-3
熏(熏，焄、燻、臐通叚)	xun	ㄒㄩㄣ	屮部	【火部】	10畫	22	22	段1下-2	鍇2-2	鉉1下-1
煇(輝、暉、熏，燻通叚)	hui	ㄏㄨㄟ	火部	【火部】	10畫	485	490	段10上-51	鍇19-17	鉉10上-9
衮(焖，熅通叚)	en	ㄣ	火部	【火部】	10畫	482	487	段10上-45	鍇19-15	鉉10上-8
粦(舜、燐，蟒通叚)	lin´	ㄌㄧㄣˊ	炎部	【米部】	10畫	487	492	段10上-55	鍇19-18	鉉10上-9
烊(淡)	ying	ㄧㄥˇ	井部	【火部】	10畫	216	218	段5下-2	鍇10-2	鉉5下-1
燅(ci羡)	zha	ㄓㄚˇ	火部	【火部】	10畫	482	486	段10上-44	鍇19-15	鉉10上-8
熬(爨从敖麥、熝)	ao´	ㄠˊ	火部	【火部】	10畫	482	487	段10上-45	鍇19-15	鉉10上-8
纁(纁，曛、煼通叚)	xun	ㄒㄩㄣ	糸部	【糸部】	10畫	650	656	段13上-14	鍇25-4	鉉13上-2
熅(氳)	yun	ㄩㄣ	火部	【火部】	10畫	484	489	段10上-49	鍇19-16	鉉10上-8
煽(扇)	shan	ㄕㄢ	火部	【火部】	10畫	無	無	無	無	鉉10上-9
偏(煽通叚)	shan	ㄕㄢ	人部	【人部】	10畫	370	374	段8上-11	鍇15-5	鉉8上-2
扇(偏，煽通叚)	shan`	ㄕㄢˋ	戶部	【戶部】	10畫	586	592	段12上-6	鍇23-3	鉉12上-2
猌(爓通叚)	gan`	ㄍㄢˋ	猌部	【人部】	10畫	308	311	段7上-14	鍇13-5	鉉7上-2
閃(爓通叚)	shan	ㄕㄢˇ	門部	【門部】	10畫	590	596	段12上-14	鍇23-6	鉉12上-3
熄	xi	ㄒㄧ	火部	【火部】	10畫	482	486	段10上-44	鍇19-15	鉉10上-8
熇(嗃，謞通叚)	he`	ㄏㄜˋ	火部	【火部】	10畫	481	486	段10上-43	鍇19-14	鉉10上-8
㷂	hu´	ㄏㄨˊ	火部	【火部】	10畫	483	487	段10上-46	鍇19-15	鉉10上-8
烟(烠)	tian`	ㄊㄧㄢˋ	炎部	【火部】	10畫	487	491	段10上-54	鍇19-18	鉉10上-9
熒(榮，螢通叚)	ying´	ㄧㄥˊ	焱部	【火部】	10畫	490	495	段10下-1	鍇19-20	鉉10下-1
滎(淡、熒，濴、濙、濚通叚)	xing´	ㄒㄧㄥˊ	水部	【水部】	10畫	553	558	段11上貳-16	鍇21-18	鉉11上-6
熊(能疑或)	xiong´	ㄒㄩㄥˊ	熊部	【火部】	10畫	479	484	段10上-39	鍇19-13	鉉10上-7
茦(寮)	zi	ㄗˇ	艸部	【艸部】	10畫	43	44	段1下-45	鍇2-21	鉉1下-7
燫(爁)	lian´	ㄌㄧㄢˊ	火部	【火部】	10畫	484	488	段10上-48	鍇19-16	鉉10上-8

篆本字(古文、金文、籀文、俗字,通叚、金石)	拼音	注音	說文部首	康熙部首	筆畫	一般頁碼	洪葉頁碼	段注篇章	徐鍇通釋篇章	徐鉉藤花榭篇章
燹(烽通叚)	feng	ㄈㄥ	火部	【火部】	11畫	486	491	段10上-53	鍇19-18	鉉10上-9
炙(煉、爐通叚)	zhi ˋ	ㄓˋ	炙部	【火部】	11畫	491	495	段10下-2	鍇19-15,19-20	鉉10下-1
燥(熮、炒、鐐通叚)	zao ˋ	ㄗㄠˋ	火部	【火部】	11畫	486	490	段10上-52	鍇19-17	鉉10上-9
鬻从芻(炒、爨、聚、焣、㷶,焸、爝、㸑通叚)	chao ˇ	ㄔㄠˇ	粥部	【鬲部】	11畫	112	113	段3下-12	鍇6-7	鉉3下-3
燻	zao	ㄗㄠ	火部	【火部】	11畫	484	489	段10上-49	鍇19-16	鉉10上-8
熚	bi ˋ	ㄅㄧˋ	火部	【火部】	11畫	480	485	段10上-41	鍇19-14	鉉10上-7
熛(票、猋)	biao	ㄅㄧㄠ	火部	【火部】	11畫	481	486	段10上-43	鍇19-14	鉉10上-8
熜(燇通叚)	cong	ㄘㄨㄥ	火部	【火部】	11畫	483	488	段10上-47	鍇19-16	鉉10上-8
熠	yi ˋ	ㄧˋ	火部	【火部】	11畫	485	489	段10上-50	鍇19-17	鉉10上-9
熭(燷通叚)	wei ˋ	ㄨㄟˋ	火部	【火部】	11畫	486	491	段10上-53	鍇19-18	鉉10上-9
熮	liao ˊ	ㄌㄧㄠˊ	火部	【火部】	11畫	481	485	段10上-42	鍇19-14	鉉10上-7
熯(暵、戁)	han ˋ	ㄏㄢˋ	火部	【火部】	11畫	481	485	段10上-42	鍇19-14	鉉10上-7
戁(熯)	nan ˇ	ㄋㄢˇ	心部	【心部】	11畫	503	507	段10下-26	鍇20-10	鉉10下-5
暵(熯,晅、嘆、熯通叚)	han ˋ	ㄏㄢˋ	日部	【日部】	11畫	307	310	段7上-12	鍇13-4	鉉7上-2
尉(熨,熨通叚)	wei ˋ	ㄨㄟˋ	火部	【寸部】	11畫	483	487	段10上-46	鍇19-16	鉉10上-8
飍从亯羊(孰、熟,塾通叚)	shu ˊ	ㄕㄨˊ	丮部	【土部】	11畫	113	114	段3下-14	鍇6-8	鉉3下-3
熱	re ˋ	ㄖㄜˋ	火部	【火部】	11畫	485	490	段10上-51	鍇19-17	鉉10上-9
熲	jiong ˇ	ㄐㄩㄥˇ	火部	【火部】	11畫	481	486	段10上-43	鍇19-14	鉉10上-8
熾(戠)	chi ˋ	ㄔˋ	火部	【火部】	11畫	485	490	段10上-51	鍇19-17	鉉10上-9
燁(爗,煒、㷿通叚)	hua ˊ	ㄏㄨㄚˊ	火部	【火部】	11畫	485	490	段10上-51	鍇19-17	鉉10上-9
光(羹、芡,炗、胱、㫃通叚)	guang	ㄍㄨㄤ	火部	【儿部】	12畫	485	490	段10上-51	鍇19-17	鉉10上-9
燄(熖、焰,掞通叚)	yan ˋ	ㄧㄢˋ	炎部	【火部】	12畫	487	491	段10上-54	鍇19-18	鉉10上-9
㷡(贋从鴈,贗通叚)	yan ˋ	ㄧㄢˋ	火部	【火部】	12畫	481	485	段10上-42	鍇19-14	鉉10上-8

篆本字（古文、金文、籀文、俗字，通段、金石）	拼音	注音	說文部首	康熙部首	筆畫	一般頁碼	洪葉頁碼	段注篇章	徐鍇通釋篇章	徐鉉藤花榭篇章
熹(憘、熙，熺 通段)	xi	ㄒㄧ	火部	【火部】12畫		482	487	段10上-45	錯19-15	鉉10上-8
晃(晄、爌，爌、欟通段)	huang	ㄏㄨㄤˇ	日部	【日部】12畫		303	306	段7上-4	錯13-2	鉉7上-1
焚(燓、燌、炎 通段)	fen	ㄈㄣˊ	火部	【火部】12畫		484	488	段10上-48	錯19-16	鉉10上-8
鐙(燈通段)	deng	ㄉㄥ	金部	【金部】12畫		705	712	段14上-7	錯27-3	鉉14上-2
熾(戠)	chi	ㄔˋ	火部	【火部】12畫		485	490	段10上-51	錯19-17	鉉10上-9
燀	chan	ㄔㄢˇ	火部	【火部】12畫		482	486	段10上-44	錯19-15	鉉10上-8
穤(爕、焙、焙，聚、㷯通段)	bi	ㄅㄧˋ	火部	【火部】12畫		483	487	段10上-46	錯19-15	鉉10上-8
糒(精，㷯通段)	bei	ㄅㄟˋ	米部	【米部】12畫		332	335	段7上-62	錯13-25	鉉7上-10
然(蘸、爇、爨、燃俗)	ran	ㄖㄢˊ	火部	【火部】12畫		480	485	段10上-41	錯19-14	鉉10上-7
燉(焞、淳、燉)	tun	ㄊㄨㄣ	火部	【火部】12畫		485	489	段10上-50	錯19-17	鉉10上-8
衮(熌，熅通段)	en	ㄣ	火部	【火部】12畫		482	487	段10上-45	錯19-15	鉉10上-8
熜(熄通段)	cong	ㄘㄨㄥ	火部	【火部】12畫		483	488	段10上-47	錯19-16	鉉10上-8
翕(噏、熻通段)	xi	ㄒㄧ	羽部	【羽部】12畫		139	140	段4上-20	錯7-10	鉉4上-4
潛(熸通段)	qian	ㄑㄧㄢˊ	水部	【水部】12畫		556	561	段11上貳-21	錯21-19	鉉11上-7
燂(燖通段)	tan	ㄊㄢˊ	火部	【火部】12畫		485	489	段10上-50	錯19-17	鉉10上-8
潯(燖通段)	xun	ㄒㄩㄣˊ	水部	【水部】12畫		551	556	段11上貳-11	錯21-16	鉉11上-5
燋(燭)	jiao	ㄐㄧㄠ	火部	【火部】12畫		481	486	段10上-43	錯19-14	鉉10上-8
燎	liao	ㄌㄧㄠˇ	火部	【火部】12畫		484	488	段10上-48	錯19-16	鉉10上-8
尞(燎、寮，蟟、蟧通段)	liao	ㄌㄧㄠˊ	火部	【火部】12畫		480	485	段10上-41	錯19-14	鉉10上-7
燒	shao	ㄕㄠ	火部	【火部】12畫		480	485	段10上-41	錯19-14	鉉10上-7
燔(膰通段)	fan	ㄈㄢˊ	火部	【火部】12畫		480	485	段10上-41	錯19-14	鉉10上-7
䋣(燔、膰)	fan	ㄈㄢˊ	炙部	【火部】12畫		491	495	段10下-2	錯19-21	鉉10下-1
熷(熷)	zeng	ㄗㄥ	火部	【火部】12畫		482	487	段10上-45	錯19-15	鉉10上-8
燠(奥，噢、襖通段)	yu	ㄩˋ	火部	【火部】12畫		486	490	段10上-52	錯19-17	鉉10上-9
煅(烠)	hui	ㄏㄨㄟˇ	火部	【火部】12畫		480	484	段10上-40	錯19-14	鉉10上-7
烠(煅)	hui	ㄏㄨㄟˇ	火部	【火部】12畫		480	484	段10上-40	錯19-14	鉉10上-7

篆本字（古文、金文、籀文、俗字，通叚、金石）	拼音	注音	說文部首	康熙部首	筆畫	一般頁碼	洪葉頁碼	段注篇章	徐鍇通釋篇章	徐鉉藤花榭篇章
芟(撕、煅通叚)	shan	ㄕㄢ	艸部	【艸部】	12畫	42	43	段1下-43	鍇2-20	鉉1下-7
燭	zhú	ㄓㄨˊ	火部	【火部】	12畫	483	488	段10上-47	鍇19-16	鉉10上-8
燋(燭)	jiao	ㄐㄧㄠ	火部	【火部】	12畫	481	486	段10上-43	鍇19-14	鉉10上-8
粦(舜、燐，蟒通叚)	lin	ㄌㄧㄣˊ	炎部	【米部】	12畫	487	492	段10上-55	鍇19-18	鉉10上-9
爛(爤、燗，糷、粲通叚)	lan	ㄌㄢˋ	火部	【火部】	12畫	483	487	段10上-46	鍇19-16	鉉10上-8
膞(煎)	juan	ㄐㄩㄢˇ	肉部	【肉部】	12畫	176	178	段4下-37	鍇8-13	鉉4下-6
燅(鐈、尋、燖，膶通叚)	xian	ㄒㄧㄢˊ	炎部	【火部】	12畫	487	491	段10上-54	鍇19-18	鉉10上-9
燅	lin	ㄌㄧㄣˇ	炎部	【火部】	12畫	487	491	段10上-54	鍇19-18	鉉10上-9
燕(宴)	yan	ㄧㄢˋ	燕部	【火部】	12畫	582	587	段11下-30	鍇22-11	鉉11下-6
暥(晏、燕，瞔、瞁通叚)	yan	ㄧㄢ	目部	【目部】	12畫	133	134	段4上-8	鍇7-4	鉉4上-2
隊从遂火(燧、隊，燧通叚)	sui	ㄙㄨㄟˋ	𨸏部	【阜部】	12畫	737	744	段14下-13	鍇28-5	鉉14下-2
燫(爈)	lian	ㄌㄧㄢˊ	火部	【火部】	13畫	484	488	段10上-48	鍇19-16	鉉10上-8
爆(爆，燁、燡通叚)	hua	ㄏㄨㄚˊ	火部	【火部】	13畫	485	490	段10上-51	鍇19-17	鉉10上-9
燮(爕、燮，煤通叚)	xie	ㄒㄧㄝˋ	又部	【又部】	13畫	115	116	段3下-17	鍇6-9	鉉3下-4
燦	can	ㄘㄢˋ	火部	【火部】	13畫	無	無	無	無	鉉10上-9
粲(餐，燦、璨通叚)	can	ㄘㄢˋ	米部	【米部】	13畫	331	334	段7上-59	鍇13-24	鉉7上-9
妻(爐、爥通叚)	jin	ㄐㄧㄣˋ	火部	【火部】	13畫	484	488	段10上-48	鍇19-16	鉉10上-8
鏖(燶、鏖)	ao	ㄠˊ	金部	【金部】	13畫	704	711	段14上-6	鍇27-3	鉉14上-2
燥(熝、灯、鏪通叚)	zao	ㄗㄠˋ	火部	【火部】	13畫	486	490	段10上-52	鍇19-17	鉉10上-9
營(闤、闠)	ying	ㄧㄥˊ	宮部	【火部】	13畫	342	346	段7下-15	鍇14-7	鉉7下-3
瞢(營)	ying	ㄧㄥˊ	目部	【目部】	13畫	135	137	段4上-13	鍇7-6	鉉4上-3
謍(營)	ying	ㄧㄥˊ	言部	【言部】	13畫	95	96	段3上-19	鍇5-10	鉉3上-4
爨(熶)	cuan	ㄘㄨㄢˋ	爨部	【火部】	13畫	106	106	段3上-40	鍇6-2	鉉3上-9
熛(票)	piao	ㄆㄧㄠˋ	火部	【示部】	14畫	484	489	段10上-49	鍇19-16	鉉10上-8
燹	xian	ㄒㄧㄢˇ	火部	【火部】	14畫	480	484	段10上-40	鍇19-14	鉉10上-7

篆本字（古文、金文、籀文、俗字，通段、金石）	拼音	注音	說文部首	康熙部首	筆畫	一般頁碼	洪葉頁碼	段注篇章	徐鍇通釋篇章	徐鉉藤花樹篇章
齎从火(懠通段)	ji ˋ	ㄐㄧˋ	火部	【齊部】	14畫	482	487	段10上-45	錯19-15	鉉10上-8
燿(曜、爍、耀通段)	yao ˋ	ㄧㄠˋ	火部	【火部】	14畫	485	490	段10上-51	錯19-17	鉉10上-9
爚(爍、燿、鑠)	yue ˋ	ㄩㄝˋ	火部	【火部】	14畫	481	486	段10上-43	錯19-14	鉉10上-8
燾(幬)	dao ˋ	ㄉㄠˋ	火部	【火部】	14畫	486	490	段10上-52	錯19-17	鉉10上-9
幬(幬、燾，幗通段)	chou ´	ㄔㄡˊ	巾部	【巾部】	14畫	358	362	段7下-47	錯14-21	鉉7下-9
燁(爗，燁、燡通段)	hua ´	ㄏㄨㄚˊ	火部	【火部】	14畫	485	490	段10上-51	錯19-17	鉉10上-9
晃(晄、熿，爌、櫎通段)	huang ˇ	ㄏㄨㄤˇ	日部	【日部】	14畫	303	306	段7上-4	錯13-2	鉉7上-1
熏(熏，煮、燻、臐通段)	xun	ㄒㄩㄣ	屮部	【火部】	14畫	22	22	段1下-2	錯2-2	鉉1下-1
稬(爨、焗、焙，聚、備通段)	bi `	ㄅㄧ	火部	【火部】	14畫	483	487	段10上-46	錯19-15	鉉10上-8
炙(煉，爐通段)	zhi ˋ	ㄓˋ	炙部	【火部】	14畫	491	495	段10下-2	錯19-15，19-20	鉉10下-1
業(叢、牒)	ye ˋ	ㄧㄝˋ	丵部	【木部】	14畫	103	103	段3上-34	錯5-18	鉉3上-8
爆	bao `	ㄅㄠ	火部	【火部】	15畫	483	487	段10上-46	錯19-15	鉉10上-8
爇(藝，焫通段)	ruo `	ㄖㄨㄛ	火部	【火部】	15畫	480	485	段10上-41	錯19-14	鉉10上-7
爍	shuo `	ㄕㄨㄛˋ	火部	【火部】	15畫	無	無	無	無	鉉10上-9
鑠(爍通段)	shuo `	ㄕㄨㄛˋ	金部	【金部】	15畫	703	710	段14上-3	錯27-2	鉉14上-1
爚(爍、燿、鑠)	yue `	ㄩㄝˋ	火部	【火部】	15畫	481	486	段10上-43	錯19-14	鉉10上-8
燿(曜、爍、耀通段)	yao `	ㄧㄠˋ	火部	【火部】	15畫	485	490	段10上-51	錯19-17	鉉10上-9
妻(爐，燼通段)	jin `	ㄐㄧㄣˋ	火部	【火部】	15畫	484	488	段10上-48	錯19-16	鉉10上-8
輝(輝、暉、熏，燀通段)	hui	ㄏㄨㄟ	火部	【火部】	15畫	485	490	段10上-51	錯19-17	鉉10上-9
爓(焰)	yan `	ㄧㄢˋ	火部	【火部】	16畫	485	490	段10上-51	錯19-17	鉉10上-9
燄(爓、焰，掞通段)	yan `	ㄧㄢˋ	炎部	【火部】	16畫	487	491	段10上-54	錯19-18	鉉10上-9
燅(銛、尋、燖，燖通段)	xian ´	ㄒㄧㄢˊ	炎部	【火部】	16畫	487	491	段10上-54	錯19-18	鉉10上-9

篆本字(古文、金文、籀文、俗字,通段、金石)	拼音	注音	說文部首	康熙部首	筆畫	一般頁碼	洪葉頁碼	段注篇章	徐鍇通釋篇章	徐鉉藤花榭篇章
煙(烟、窒、黰,黰通段)	yan	ㄧㄢ	火部	【火部】16畫	484	489	段10上-49	錯19-16	鉉10上-8
爗(爧,爗、爎通段)	hua´	ㄏㄨㄚˊ	火部	【火部】16畫	485	490	段10上-51	錯19-17	鉉10上-9
鑪(爐、罏通段)	lu´	ㄌㄨˊ	金部	【金部】16畫	705	712	段14上-8	錯27-4	鉉14上-2
燱(沸,熨通段)	fu´	ㄈㄨˊ	火部	【火部】16畫	480	485	段10上-41	錯19-14	鉉10上-7
沸(燱从或,瞶、㵙通段)	fu´	ㄈㄨˊ	火部	【火部】16畫	481	485	段10上-42	錯19-14	鉉10上-7
爒(爑)	jiao	ㄐㄧㄠ	火部	【火部】16畫	483	487	段10上-46	錯19-16	鉉10上-8
繙(燔、膰)	fan´	ㄈㄢˊ	炙部	【火部】16畫	491	495	段10下-2	錯19-21	鉉10下-1
爒	liao´	ㄌㄧㄠˊ	炙部	【火部】16畫	491	496	段10下-3	錯19-21	鉉10下-1
爚(爍、燿、鑠)	yue`	ㄩㄝˋ	火部	【火部】17畫	481	486	段10上-43	錯19-14	鉉10上-8
𨸏从遂火(燧、陸,燧通段)	sui`	ㄙㄨㄟˋ	𨸏部	【阜部】17畫	737	744	段14下-13	錯28-5	鉉14下-2
爤(爛、爛,糷、粼通段)	lan`	ㄌㄢˋ	火部	【火部】17畫	483	487	段10上-46	錯19-16	鉉10上-8
燴(焞、淳、燉)	tun	ㄊㄨㄣ	火部	【火部】17畫	485	489	段10上-50	錯19-17	鉉10上-8
爝(嚼通段)	jue´	ㄐㄩㄝˊ	火部	【火部】17畫	486	491	段10上-53	錯19-18	鉉10上-9
爟(烜、烜,烜通段)	guan`	ㄍㄨㄢˋ	火部	【火部】18畫	486	490	段10上-52	錯19-17	鉉10上-9
然(蘰、爇、爇、燃俗)	ran´	ㄖㄢˊ	火部	【火部】19畫	480	485	段10上-41	錯19-14	鉉10上-7
爢(糜)	mi´	ㄇㄧˊ	火部	【火部】19畫	483	487	段10上-46	錯19-16	鉉10上-8
糜(靡)	mi´	ㄇㄧˊ	米部	【米部】19畫	333	336	段7上-64	錯13-26	鉉7上-10
稫(飶、煏、焙,聚、煏通段)	bi`	ㄅㄧˋ	火部	【火部】21畫	483	487	段10上-46	錯19-15	鉉10上-8
爤(爛、爛,糷、粼通段)	lan`	ㄌㄢˋ	火部	【火部】21畫	483	487	段10上-46	錯19-16	鉉10上-8
爵(隻、焦=爵 糕zhuo述及、嶕嶢yao´述及,焦、膲、蟭通段)	jiao	ㄐㄧㄠ	火部	【火部】24畫	484	489	段10上-49	錯19-16	鉉10上-8

篆本字（古文、金文、籀文、俗字，通段、金石）	拼音	注音	說文部首	康熙部首	筆畫	一般頁碼	洪葉頁碼	段注篇章	徐鍇通釋篇章	徐鉉藤花榭篇章
爨(爨)	cuan ˋ	ㄘㄨㄢˋ	爨部	【火部】26畫		106	106	段3上-40	鍇6-2	鉉3上-9
【爪(zhuaˇ)部】	zhua ˇ	ㄓㄨㄚˇ	爪部			113	114	段3下-13	鍇6-7	鉉3下-3
爪(抓通段叉俗)	zhua ˇ	ㄓㄨㄚˇ	爪部	【爪部】		113	114	段3下-13	鍇6-7	鉉3下-3
叉(爪)	zhao ˇ	ㄓㄠˇ	又部	【又部】		115	116	段3下-17	鍇6-9	鉉3下-4
爪(掌，仉通段)	zhang ˇ	ㄓㄤˇ	爪部	【爪部】		113	114	段3下-14	鍇6-7	鉉3下-3
孚(采，菢通段)	fu ˊ	ㄈㄨˊ	爪部	【子部】3畫		113	114	段3下-13	鍇6-7	鉉3下-3
保(保古作呆宗述及、俵、柔、孚古文、堡浦述及)	bao ˇ	ㄅㄠˇ	人部	【人部】3畫		365	369	段8上-1	鍇15-1	鉉8上-1
妥(㝎)	lie ˋ	ㄌㄧㄝˋ	叉部	【爪部】3畫		160	162	段4下-6	鍇8-4	鉉4下-2
坙(滓通段)	yin ˊ	ㄧㄣˊ	壬部	【爪部】4畫		387	391	段8上-46	鍇15-16	鉉8上-7
否(㝠，覓、覓、覓通段)	mi ˋ	ㄇㄧˋ	日部	【日部】4畫		308	311	段7上-13	鍇13-4	鉉7上-2
爭(埩)	zheng	ㄓㄥ	叉部	【爪部】4畫		160	162	段4下-6	鍇8-4	鉉4下-2
淨(瀞、埩、爭)	jing ˋ	ㄐㄧㄥˋ	水部	【水部】4畫		536	541	段11上壹-41	鍇21-11	鉉11上-3
把(爬、琶通段)	ba ˇ	ㄅㄚˇ	手部	【手部】4畫		597	603	段12上-28	鍇23-10	鉉12上-5
杷(耙，扒、抓、朳、爬、琶通段)	pa ˊ	ㄆㄚˊ	木部	【木部】4畫		259	262	段6上-43	鍇11-19	鉉6上-6
爰(轅、袁，篗、鶢通段)	yuan ˊ	ㄩㄢˊ	叉部	【爪部】5畫		160	162	段4下-5	鍇8-4	鉉4下-2
袁(爰)	yuan ˊ	ㄩㄢˊ	衣部	【衣部】5畫		394	398	段8上-59	鍇16-4	鉉8上-8
趄(轅、爰、換)	yuan ˊ	ㄩㄢˊ	走部	【走部】5畫		66	67	段2上-37	鍇3-16	鉉2上-8
曰(云雲述及，粵于爰曰四字可互相訓，以雙聲疊韵相段借也。)	yue	ㄩㄝ	曰部	【曰部】5畫		202	204	段5上-28	鍇9-11	鉉5上-5
冓(稱、偁)	cheng	ㄔㄥ	冓部	【爪部】5畫		158	160	段4下-2	鍇8-1	鉉4下-1
稱(冓、偁、秤)	cheng	ㄔㄥ	禾部	【禾部】5畫		327	330	段7上-51	鍇13-22	鉉7上-8
孚(采，菢通段)	fu ˊ	ㄈㄨˊ	爪部	【子部】6畫		113	114	段3下-13	鍇6-7	鉉3下-3

篆本字（古文、金文、籀文、俗字，通段、金石）	拼音	注音	說文部首	康熙部首	筆畫	一般頁碼	洪葉頁碼	段注篇章	徐鍇通釋篇章	徐鉉藤花榭篇章
㬻(隱、穩)	yin˅	一ㄣ˅	受部	【爪部】6畫		160	162	段4下-6	鍇8-4	鉉4下-2
隱(㬻，穩通段)	yin˅	一ㄣ˅	𨸏部	【阜部】6畫		734	741	段14下-8	鍇28-3	鉉14下-2
爲(為、𡢃、偽、譌述及)	wei´	ㄨㄟ´	爪部	【爪部】8畫		113	114	段3下-13	鍇6-7	鉉3下-3
𤔔(𤔲、爰)	luan`	ㄌㄨㄢ`	受部	【爪部】8畫		160	162	段4下-6	鍇8-4	鉉4下-2
敵(𤔔、亂、䜌)	luan`	ㄌㄨㄢ`	攴部	【攴部】12畫		125	126	段3下-37	鍇6-19	鉉3下-8
辭(辤、辥述及)	ci´	ㄘ´	辛部	【辛部】13畫		742	749	段14下-23	鍇28-11	鉉14下-5
爵从㔫(𤔲、爵、雀)	jue´	ㄐㄩㄝ´	㔫部	【爪部】13畫		217	220	段5下-5	鍇10-3	鉉5下-2
雀(爵)	que`	ㄑㄩㄝ`	隹部	【隹部】13畫		141	143	段4上-25	鍇7-11	鉉4上-5
雥(隻、焦=爵糕zhuo述及、礁嶢yao´述及，僬、膲、蟭通段)	jiao	ㄐㄧㄠ	火部	【火部】13畫		484	489	段10上-49	鍇19-16	鉉10上-8
緅(爵)	zou	ㄗㄡ	糸部	【糸部】13畫		無	無	無	無	鉉13上-5
纔(緅=爵)	cai´	ㄘㄞ´	糸部	【糸部】13畫		651	658	段13上-17	鍇25-4	鉉13上-3
爵从㔫(𤔲、爵、雀)	jue´	ㄐㄩㄝ´	㔫部	【爪部】13畫		217	220	段5下-5	鍇10-3	鉉5下-2
觴(𧣨、𩵋，𨡆通段)	shang	ㄕㄤ	角部	【角部】14畫		187	189	段4下-60	鍇8-20	鉉4下-9
【父(fu`)部】	fu`	ㄈㄨ`	又部			115	116	段3下-17	鍇6-9	鉉3下-4
父(甫咀述及，蚥通段)	fu`	ㄈㄨ`	又部	【父部】		115	116	段3下-17	鍇6-9	鉉3下-4
甫(圃藪述及、父咀亦述及)	fu˅	ㄈㄨ˅	用部	【用部】2畫		128	129	段3下-43	鍇6-21	鉉3下-10
㛥(妣，爹通段)	chi˅	ㄔ˅	女部	【女部】6畫		616	622	段12下-9	鍇24-3	鉉12下-1
【爻(yao´)部】	yao´	一ㄠ´	爻部			128	129	段3下-44	鍇6-21	鉉3下-10
爻	yao´	一ㄠ´	爻部	【爻部】		128	129	段3下-44	鍇6-21	鉉3下-10
㸚	li˅	ㄌㄧ˅	㸚部	【爻部】4畫		128	129	段3下-44	鍇6-21	鉉3下-10
延(疏、㳛，疎通段)	shu	ㄕㄨ	疋部	【疋部】5畫		85	85	段2下-32	鍇4-16	鉉2下-7

篆本字(古文、金文、籀文、俗字，通叚、金石)	拼音	注音	說文部首	康熙部首	筆畫	一般頁碼	洪葉頁碼	段注篇章	徐鍇通釋篇章	徐鉉藤花榭篇章
疏(疏、疏、蔬䟽述及，疏、練通叚)	shu	ㄕㄨ	厷部	【疋部】5畫		744	751	段14下-28	鍇28-14	鉉14下-7
俎(爼通叚)	zu	ㄗㄨˇ	且部	【人部】5畫		716	723	段14上-30	鍇27-9	鉉14上-5
爽(奭，莢通叚)	shuang	ㄕㄨㄤˇ	㸚部	【爻部】7畫		128	129	段3下-44	鍇6-21	鉉3下-10
爾(尒)	er	ㄦˇ	㸚部	【爻部】10畫		128	129	段3下-44	鍇6-21	鉉3下-10
尒(爾)	er	ㄦˇ	八部	【小部】10畫		48	49	段2上-1	鍇3-1	鉉2上-1
耳(爾唐譌亂至今，咡、駬通叚)	er	ㄦˇ	耳部	【耳部】10畫		591	597	段12上-15	鍇23-6	鉉12上-3
嬰(㜣)	ning	ㄋㄧㄥˊ	皿部	【爻部】12畫		62	63	段2上-29	鍇3-13	鉉2上-6
【爿(qiangˊ)部】	qiang	ㄑㄧㄤˊ	片部			319	322	段7上-35	鍇13-15	鉉7上-6
爿牀詳述	qiang	ㄑㄧㄤˊ	片部	【爿部】		319	322	段7上-35	鍇13-15	鉉7上-6
牀(床通叚)	chuang	ㄔㄨㄤˊ	木部	【爿部】4畫		257	260	段6上-39	鍇11-17	鉉6上-5
泮(判、畔，沜、泮、牉、頖通叚)	pan	ㄆㄢˋ	水部	【水部】4畫		566	571	段11上貳-42	鍇21-25	鉉11上-9
漿(泭、漿，饗通叚)	jiang	ㄐㄧㄤ	水部	【水部】4畫		562	567	段11上貳-34	鍇21-23	鉉11上-8
牂	zang	ㄗㄤ	羊部	【爿部】6畫		146	147	段4上-34	鍇7-15	鉉4上-7
斮(㓷，衡通叚)	zhuo	ㄓㄨㄛˊ	角部	【角部】7畫		185	187	段4下-56	鍇8-19	鉉4下-8
疾(瘇、矤、廿與十部廿nianˋ篆同，蒺通叚)	ji	ㄐㄧˊ	疒部	【疒部】7畫		348	351	段7下-26	鍇14-11	鉉7下-5
莊(將、壯、庄俗，糚通叚)	zhuang	ㄓㄨㄤ	艸部	【艸部】8畫		22	22	段1下-2	鍇2-2	鉉1下-1
漿(泭、漿，饗通叚)	jiang	ㄐㄧㄤ	水部	【水部】8畫		562	567	段11上貳-34	鍇21-23	鉉11上-8
牄	qiang	ㄑㄧㄤ	倉部	【爿部】10畫		223	226	段5下-17	鍇10-7	鉉5下-3
醬(醬、牆、牆)	jiang	ㄐㄧㄤˋ	酉部	【酉部】12畫		751	758	段14下-41	鍇28-19	鉉14下-9
牆(牆、牆从來，墙、嬙、廧、廧、檣通叚)	qiang	ㄑㄧㄤˊ	嗇部	【爿部】13畫		231	233	段5下-32	鍇10-13	鉉5下-6

篆本字（古文、金文、籀文、俗字，通段、金石）	拼音	注音	說文部首	康熙部首	筆畫	一般頁碼	洪葉頁碼	段注篇章	徐鍇通釋篇章	徐鉉藤花榭篇章
【片(pian`)部】	pian`	ㄆㄧㄢˋ	片部			318	321	段7上-33	鍇13-14	鉉7上-6
片(牉、判)	pian`	ㄆㄧㄢˋ	片部	【片部】		318	321	段7上-33	鍇13-14	鉉7上-6
判(拌、牉通段)	pan`	ㄆㄢˋ	刀部	【刂部】5畫		180	182	段4下-45	鍇8-16	鉉4下-7
版(板、反，蝂、鈑通段)	ban`	ㄅㄢˇ	片部	【片部】4畫		318	321	段7上-33	鍇13-14	鉉7上-6
銛(枮、欣、櫮，餂通段)	gua	ㄍㄨㄚ	金部	【金部】6畫		706	713	段14上-10	鍇27-4	鉉14上-2
箋(牋通段)	jian	ㄐㄧㄢ	竹部	【竹部】8畫		191	193	段5上-5	鍇9-2	鉉5上-1
閘(牐通段)	zha´	ㄓㄚˊ	門部	【門部】9畫		588	594	段12上-10	鍇23-5	鉉12上-3
臿(臿，橇、牐、歃通段)	cha	ㄔㄚ	臼部	【臼部】9畫		334	337	段7上-66	鍇13-27	鉉7上-10
牏(裕)	yu´	ㄩˊ	片部	【片部】9畫		318	321	段7上-34	鍇13-15	鉉7上-6
窬(窬，牏)	yu´	ㄩˊ	穴部	【穴部】9畫		345	349	段7下-21	鍇14-9	鉉7下-4
牑	bian	ㄅㄧㄢ	片部	【片部】9畫		318	321	段7上-34	鍇13-15	鉉7上-6
牒(諜)	die´	ㄉㄧㄝˊ	片部	【片部】9畫		318	321	段7上-34	鍇13-15	鉉7上-6
諜(牒，喋通段)	die´	ㄉㄧㄝˊ	言部	【言部】9畫		101	102	段3上-31	鍇5-16	鉉3上-6
牅	bi`	ㄅㄧˋ	片部	【片部】9畫		318	321	段7上-33	鍇13-14	鉉7上-6
榜(榜、舫，牓、篣通段)	bang`	ㄅㄤˇ	木部	【木部】10畫		264	266	段6上-52	鍇11-23	鉉6上-7
囱(囪、窗、囧，牎通段)	chuang	ㄔㄨㄤ	囱部	【囗部】11畫		490	495	段10下-1	鍇19-20	鉉10下-1
牖(誘)	you`	ㄧㄡˇ	片部	【片部】11畫		318	321	段7上-34	鍇13-15	鉉7上-6
羑(羑、誘、牖)	you`	ㄧㄡˇ	羊部	【羊部】11畫		147	148	段4上-36	鍇7-16	鉉4上-7
㕛(誘、牖、䛶、羑，諛通段)	you`	ㄧㄡˋ	厶部	【厶部】11畫		436	441	段9上-43	鍇17-15	鉉9上-7
業(䚇、牒)	ye`	ㄧㄝˋ	丵部	【木部】13畫		103	103	段3上-34	鍇5-18	鉉3上-8
潷(牌、欂通段)	pai´	ㄆㄞˊ	水部	【水部】14畫		531	536	段11上壹-32	鍇21-9	鉉11上-2
牘	du´	ㄉㄨˊ	片部	【片部】15畫		318	321	段7上-34	鍇13-14	鉉7上-6
【牙(ya´)部】	ya´	ㄧㄚˊ	牙部			80	81	段2下-23	鍇4-12	鉉2下-5
牙(齒、齖、芽管述及，呀通段)	ya´	ㄧㄚˊ	牙部	【牙部】		80	81	段2下-23	鍇4-12	鉉2下-5
犄	qi	ㄑㄧ	牙部	【牙部】8畫		80	81	段2下-23	鍇4-12	鉉2下-5

篆本字（古文、金文、籀文、俗字，通段、金石）	拼音	注音	說文部首	康熙部首	筆畫	一般頁碼	洪葉頁碼	段注篇章	徐鍇通釋篇章	徐鉉藤花榭篇章
樘(堂、撐、橕、牚，撞、轂通段)	tang´	ㄊㄤ´	木部	【木部】8畫	254	256	段6上-32	鍇11-14	鉉6上-4
㹴(齵)	qu˘	ㄑㄩ˘	牙部	【牙部】9畫	81	81	段2下-24	鍇4-12	鉉2下-5
【牛(niu´)部】	niu´	ㄋㄧㄡ´	牛部		50	51	段2上-5	鍇3-3	鉉2上-2
牛	niu´	ㄋㄧㄡ´	牛部	【牛部】	50	51	段2上-5	鍇3-3	鉉2上-2
牝	pin`	ㄆㄧㄣ`	牛部	【牛部】2畫	50	51	段2上-5	鍇3-4	鉉2上-2
牟(麰來述及、眸盲述及，悴、鵟通段)	mou´	ㄇㄡ´	牛部	【牛部】2畫	51	52	段2上-7	鍇3-4	鉉2上-2
牡	mu˘	ㄇㄨ˘	牛部	【牛部】3畫	50	51	段2上-5	鍇3-3	鉉2上-2
牢(窂通段)	lao´	ㄌㄠ´	牛部	【牛部】3畫	52	52	段2上-8	鍇3-4	鉉2上-2
牣	ren`	ㄖㄣ`	牛部	【牛部】3畫	53	53	段2上-10	鍇3-4	鉉2上-2
仞(牣、軔，認、韌通段)	ren`	ㄖㄣ`	人部	【人部】3畫	365	369	段8上-2	鍇15-1	鉉8上-1
牧	mu`	ㄇㄨ`	攴部	【牛部】4畫	126	127	段3下-40	鍇6-20	鉉3下-9
物	wu`	ㄨ`	牛部	【牛部】4畫	53	53	段2上-10	鍇3-4	鉉2上-2
勿(㫍、毋、沒、物)	wu`	ㄨ`	勿部	【勹部】4畫	453	458	段9下-33	鍇18-11	鉉9下-5
牫(䬓)	jin`	ㄐㄧㄣ`	牛部	【牛部】4畫	52	53	段2上-9	鍇3-4	鉉2上-2
牬(牰)	bei`	ㄅㄟ`	牛部	【牛部】4畫	51	51	段2上-6	鍇3-3	鉉2上-2
褎(袖、褏，軸通段)	xiu`	ㄒㄧㄡ`	衣部	【衣部】5畫	392	396	段8上-55	鍇16-3	鉉8上-8
牭(䄷)	si`	ㄙ`	牛部	【牛部】5畫	51	51	段2上-6	鍇3-3	鉉2上-2
牲	sheng	ㄕㄥ	牛部	【牛部】5畫	51	52	段2上-7	鍇3-4	鉉2上-2
牴(抵、觝)	di˘	ㄉㄧ˘	牛部	【牛部】5畫	52	53	段2上-9	鍇3-4	鉉2上-2
字(牸通段)	zi`	ㄗ`	子部	【子部】5畫	743	750	段14下-25	鍇28-12	鉉14下-6
牰	tao	ㄊㄠ	牛部	【牛部】5畫	51	52	段2上-7	鍇3-4	鉉2上-2
牫	peng	ㄆㄥ	牛部	【牛部】5畫	51	52	段2上-7	鍇3-4	鉉2上-2
牷	quan´	ㄑㄩㄢ´	牛部	【牛部】6畫	51	52	段2上-7	鍇3-4	鉉2上-2
特(犆)	te`	ㄊㄜ`	牛部	【牛部】6畫	50	51	段2上-5	鍇3-3	鉉2上-2
駕(挌)	jia`	ㄐㄧㄚ`	馬部	【馬部】6畫	464	469	段10上-9	鍇19-3	鉉10上-2
牸(lie`)	lei`	ㄌㄟ`	牛部	【牛部】7畫	51	52	段2上-7	鍇3-4	鉉2上-2

篆本字（古文、金文、籀文、俗字，通叚、金石）	拼音	注音	說文部首	康熙部首	筆畫	一般頁碼 洪葉頁碼	段注篇章	徐鍇通釋篇章	徐鉉藤花榭篇章
牾(啎、仵午述及，忤、悟、捂、逜通叚)	wu˘	ㄨˇ	午部	【口部】7畫		746 753	段14下-31	錯28-16	鉉14下-8
犁(犂、犛，斄通叚)	li´	ㄌㄧˊ	牛部	【牛部】7畫		52 52	段2上-8	錯3-4	鉉2上-2
遴(黎、犁、遲麦述及)	li´	ㄌㄧˊ	辵(辶)部	【辵部】7畫		72 73	段2下-7	錯4-4	鉉2下-2
黎(黎、黧、梨、犁耆gou述及，璃、瓈通叚)	li´	ㄌㄧˊ	黍部	【黍部】7畫		330 333	段7上-57	錯13-23	鉉7上-9
牐(觕，衕通叚)	zhuo´	ㄓㄨㄛˊ	角部	【角部】7畫		185 187	段4下-56	錯8-19	鉉4下-8
粗(觕述及、麤从鹿)	cu	ㄘㄨ	米部	【米部】7畫		331 334	段7上-60	錯13-24	鉉7上-10
牻(尨)	mang´	ㄇㄤˊ	牛部	【牛部】7畫		51 51	段2上-6	錯3-3	鉉2上-2
牼	keng	ㄎㄥ	牛部	【牛部】7畫		52 53	段2上-9	錯3-4	鉉2上-2
羥(牼)	qiang˘	ㄑㄧㄤˇ	羊部	【羊部】7畫		146 147	段4上-34	錯7-16	鉉4上-7
覴(靚同覞yao、、顅、牼)	qian	ㄑㄧㄢ	覞部	【見部】7畫		410 414	段8下-18	錯16-15	鉉8下-4
牽(縴通叚)	qian	ㄑㄧㄢ	牛部	【牛部】7畫		52 52	段2上-8	錯3-4	鉉2上-2
牿	gu`	ㄍㄨˋ	牛部	【牛部】7畫		52 52	段2上-8	錯3-4	鉉2上-2
牷	tu´	ㄊㄨˊ	牛部	【牛部】7畫		51 51	段2上-6	錯3-3	鉉2上-2
椋	liang´	ㄌㄧㄤˊ	牛部	【牛部】8畫		51 51	段2上-6	錯3-3	鉉2上-2
牼(ci`)	qian˘	ㄑㄧㄢˇ	牛部	【牛部】8畫		52 53	段2上-9	錯3-4	鉉2上-2
辈	fei`	ㄈㄟˋ	牛部	【牛部】8畫		52 53	段2上-9	錯3-4	鉉2上-2
犀	xi	ㄒㄧ	牛部	【牛部】8畫		52 53	段2上-9	錯3-4	鉉2上-2
牰	gang	ㄍㄤ	牛部	【牛部】8畫		50 51	段2上-5	錯3-3	鉉2上-2
特(犆)	te`	ㄊㄜˋ	牛部	【牛部】8畫		50 51	段2上-5	錯3-3	鉉2上-2
犁(犂、犛，斄通叚)	li´	ㄌㄧˊ	牛部	【牛部】8畫		52 52	段2上-8	錯3-4	鉉2上-2
奔(奔，犇、渀通叚)	ben	ㄅㄣ	夭部	【大部】8畫		494 499	段10下-9	錯20-3	鉉10下-2
犉(犝，駗通叚)	chun´	ㄔㄨㄣˊ	牛部	【牛部】8畫		51 52	段2上-7	錯3-4	鉉2上-2

篆本字（古文、金文、籀文、俗字，通叚、金石）	拼音	注音	說文部首	康熙部首	筆畫	一般頁碼	洪葉頁碼	段注篇章	徐鍇通釋篇章	徐鉉藤花榭篇章
臭(溴、㺜、瞁、齅通叚)	ju´	ㄐㄩˋ	犬部	【犬部】9畫	474	478	段10上-28	鍇19-9	鉉10上-5
犍(楗溫述及)	jian	ㄐㄧㄢ	牛部	【牛部】9畫	無	無	無	無	鉉2上-3
楗(犍溫述及，揵通叚)	jian`	ㄐㄧㄢˋ	木部	【木部】9畫	256	259	段6上-37	鍇11-17	鉉6上-5
牦	yue`	ㄩㄝˋ	牛部	【牛部】10畫	51	52	段2上-7	鍇3-4	鉉2上-2
犓(芻)	chu´	ㄔㄨˊ	牛部	【牛部】10畫	52	52	段2上-8	鍇3-4	鉉2上-2
犕(犕、服)	bei`	ㄅㄟˋ	牛部	【牛部】10畫	52	52	段2上-8	鍇3-4	鉉2上-2
槀(槁、犒，殠、筁、篙、醊通叚)	gao`	ㄍㄠˇ	木部	【木部】10畫	252	254	段6上-28	鍇11-12	鉉6上-4
犖	luo`	ㄌㄨㄛˋ	牛部	【牛部】10畫	51	51	段2上-6	鍇3-3	鉉2上-2
犗(騸)	jie`	ㄐㄧㄝˋ	牛部	【牛部】10畫	51	51	段2上-6	鍇3-3	鉉2上-2
犚	chan	ㄔㄢˇ	牛部	【牛部】11畫	51	52	段2上-7	鍇3-4	鉉2上-2
犙	san	ㄙㄢ	牛部	【牛部】11畫	51	51	段2上-6	鍇3-3	鉉2上-2
犛	mao´	ㄇㄠˊ	犛部	【牛部】11畫	53	53	段2上-10	鍇3-5	鉉2上-3
犕(犕、服)	bei`	ㄅㄟˋ	牛部	【牛部】11畫	52	52	段2上-8	鍇3-4	鉉2上-2
獞(犕、獞通叚)	yong	ㄩㄥ	豸部	【豸部】11畫	457	462	段9下-41	鍇18-15	鉉9下-7
牭(䩱)	si`	ㄙˋ	牛部	【牛部】12畫	51	51	段2上-6	鍇3-3	鉉2上-2
犝	tong´	ㄊㄨㄥˊ	牛部	【牛部】12畫	無	無	無	無	鉉2上-3
童(𠧺从立黃土、重董述及，犝、瞳、瞳通叚)	tong´	ㄊㄨㄥˊ	辛部	【立部】12畫	102	103	段3上-33	鍇5-17	鉉3上-7
犟	jiang	ㄐㄧㄤ	牛部	【牛部】13畫	51	52	段2上-7	鍇3-4	鉉2上-2
犢	tao´	ㄊㄠˊ	牛部	【牛部】14畫	52	53	段2上-9	鍇3-4	鉉2上-2
犡	li`	ㄌㄧˋ	牛部	【牛部】15畫	51	51	段2上-6	鍇3-3	鉉2上-2
犢	du´	ㄉㄨˊ	牛部	【牛部】15畫	51	51	段2上-6	鍇3-3	鉉2上-2
瓝(瓞、㼩、㼆)	bei`	ㄅㄟˋ	瓜部	【瓜部】15畫	337	340	段7下-4	鍇14-2	鉉7下-2
鬣从髟巤(巤、獵、儠、鱲、髦、鬛、髩、葛隸變、獵，犣通叚)	lie`	ㄌㄧㄝˋ	髟部	【髟部】15畫	427	432	段9上-25	鍇17-8	鉉9上-4

篆本字(古文、金文、籀文、俗字，通叚、金石)	拼音	注音	說文部首	康熙部首	筆畫	一般頁碼	洪葉頁碼	段注篇章	徐鍇通釋篇章	徐鉉藤花榭篇章
犥(㸘)	piao	ㄆㄧㄠ	牛部	【牛部】	15畫	51	52	段2上-7	錯3-4	鉉2上-2
犂(犁、犂，犛 通叚)	li´	ㄌㄧˊ	牛部	【牛部】	15畫	52	52	段2上-8	錯3-4	鉉2上-2
犩(㸬)	wei`	ㄨㄟˋ	牛部	【牛部】	16畫	52	53	段2上-9	錯3-4	鉉2上-2
㜚(犩)	wei`	ㄨㄟˋ	足部	【足部】	16畫	82	83	段2下-27	錯4-14	鉉2下-6
犧(犠)	xi	ㄒㄧ	牛部	【牛部】	16畫	53	53	段2上-10	錯3-5	鉉2上-2
犉(㸄，駩 通叚)	chun´	ㄔㄨㄣˊ	牛部	【牛部】	16畫	51	52	段2上-7	錯3-4	鉉2上-2
巍(魏、巋、犪 通叚)	wei´	ㄨㄟˊ	嵬部	【山部】	18畫	437	441	段9上-44	錯17-15	鉉9上-7
犪(擾，擾 通叚)	rao´	ㄖㄠˊ	牛部	【牛部】	21畫	52	52	段2上-8	錯3-4	鉉2上-2
犨(犫从隹言)	chou	ㄔㄡ	牛部	【牛部】	23畫	51	52	段2上-7	錯3-4	鉉2上-2
【犬(quan˘)部】	quan˘	ㄑㄩㄢˇ	犬部			473	477	段10上-26	錯19-8	鉉10上-4
犬(㹸 通叚)	quan˘	ㄑㄩㄢˇ	犬部	【犬部】		473	477	段10上-26	錯19-8	鉉10上-4
犮(址)	ba´	ㄅㄚˊ	犬部	【犬部】	1畫	475	480	段10上-31	錯19-10	鉉10上-5
犯	fan`	ㄈㄢˋ	犬部	【犬部】	2畫	475	479	段10上-30	錯19-10	鉉10上-5
豻(犴、岸，狱 通叚)	an`	ㄢˋ	豸部	【豸部】	3畫	458	462	段9下-42	錯18-15	鉉9下-7
岸(犴，矸 通叚)	an`	ㄢˋ	屵部	【山部】	3畫	442	446	段9下-10	錯18-4	鉉9下-2
雅(鵶、鴉)	ya´	ㄧㄚˊ	隹部	【犬部】	3畫	141	143	段4上-25	錯7-11	鉉4上-5
豺(犲 通叚)	chai´	ㄔㄞˊ	豸部	【豸部】	3畫	457	462	段9下-41	錯18-14	鉉9下-7
狺(猦，嚚 通叚)	yin´	ㄧㄣˊ	犬部	【犬部】	4畫	474	479	段10上-29	錯19-9	鉉10上-5
狀	zhuang`	ㄓㄨㄤˋ	犬部	【犬部】	4畫	474	479	段10上-29	錯19-9	鉉10上-5
犺	kang`	ㄎㄤˋ	犬部	【犬部】	4畫	475	479	段10上-30	錯19-10	鉉10上-5
狛	bo´	ㄅㄛˊ	犬部	【犬部】	4畫	475	480	段10上-31	錯19-10	鉉10上-5
狂(狂、惶，忹、㹙 通叚)	kuang´	ㄎㄨㄤˊ	犬部	【犬部】	4畫	476	481	段10上-33	錯19-11	鉉10上-6
巨(榘、㠯、矩，狟、詎、駏 通叚)	ju`	ㄐㄩˋ	工部	【工部】	4畫	201	203	段5上-25	錯9-10	鉉5上-4
獪(狯，猶 通叚)	kuai`	ㄎㄨㄞˋ	犬部	【犬部】	4畫	475	479	段10上-30	錯19-10	鉉10上-5
狃(忸、䶔、蚴 通叚)	niu˘	ㄋㄧㄡˇ	犬部	【犬部】	4畫	475	479	段10上-30	錯19-10	鉉10上-5
柔(狃)	rou´	ㄖㄡˊ	彳部	【彳部】	4畫	76	76	段2下-14	錯4-7	鉉2下-3
狄	di´	ㄉㄧˊ	犬部	【犬部】	4畫	476	481	段10上-33	錯19-11	鉉10上-6

篆本字(古文、金文、籀文、俗字，通叚、金石)	拼音	注音	說文部首	康熙部首	筆畫	一般頁碼	洪葉頁碼	段注篇章	徐鍇通釋篇章	徐鉉藤花榭篇章
翟(狄，鸐、鷩通叚)	di´	ㄉㄧˊ	羽部	【羽部】	4畫	138	140	段4上-19	鍇7-9	鉉4上-4
逖(逷、狄)	ti`	ㄊㄧ`	辵(辶)部	【辵部】	4畫	75	75	段2下-12	鍇4-6	鉉2下-3
犴	yan`	ㄧㄢ`	犬部	【犬部】	4畫	476	481	段10上-33	鍇19-11	鉉10上-6
豚从巾(豚、豚从小，狱、狱通叚)	tun´	ㄊㄨㄣˊ	豚部	【豕部】	4畫	457	461	段9下-40	鍇18-14	鉉9下-7
允(狁通叚)	yun˘	ㄩㄣ˘	儿部	【儿部】	4畫	405	409	段8下-8	鍇16-11	鉉8下-2
狀	yin´	ㄧㄣˊ	狀部	【犬部】	4畫	478	482	段10上-36	鍇19-12	鉉10上-6
蜼(狖、貁)	wei`	ㄨㄟ`	虫部	【虫部】	5畫	673	679	段13上-60	鍇25-14	鉉13上-8
貁(蜼、狖)	you`	ㄧㄡ`	豸部	【豸部】	5畫	458	463	段9下-43	鍇18-15	鉉9下-7
猛(怯)	que`	ㄑㄩㄝ`	犬部	【犬部】	5畫	475	479	段10上-30	鍇19-10	鉉10上-5
猩(狌，獂通叚)	xing	ㄒㄧㄥ	犬部	【犬部】	5畫	474	478	段10上-28	鍇19-9	鉉10上-5
狆	zhu´	ㄓㄨ`	犬部	【犬部】	5畫	473	478	段10上-27	鍇19-9	鉉10上-5
狋	yi´	ㄧˊ	犬部	【犬部】	5畫	474	479	段10上-29	鍇19-9	鉉10上-5
狎(甲)	xia´	ㄒㄧㄚˊ	犬部	【犬部】	5畫	475	479	段10上-30	鍇19-10	鉉10上-5
狐	hu´	ㄏㄨˊ	犬部	【犬部】	5畫	478	482	段10上-36	鍇19-11	鉉10上-6
狗(豿通叚)	gou˘	ㄍㄡ˘	犬部	【犬部】	5畫	473	477	段10上-26	鍇19-8	鉉10上-5
狘	xue`	ㄒㄩㄝ`	犬部	【犬部】	5畫	無	無	無	無	鉉10上-6
越(粵，狘、樾通叚)	yue`	ㄩㄝ`	走部	【走部】	5畫	64	64	段2上-32	鍇3-14	鉉2上-7
狙(覻)	ju	ㄐㄩ	犬部	【犬部】	5畫	477	481	段10上-34	鍇19-11	鉉10上-6
狊(湨、猳、瞁、鶪通叚)	ju´	ㄐㄩˊ	犬部	【犬部】	5畫	474	478	段10上-28	鍇19-9	鉉10上-5
狛(猷)	bo´	ㄅㄛˊ	犬部	【犬部】	5畫	477	482	段10上-35	鍇19-11	鉉10上-6
洦(泊、狛俗、薄，岶通叚)	po`	ㄆㄛ`	水部	【水部】	5畫	544	549	段11上壹-58	鍇21-13	鉉11上-4
貘(貊、狛，獏、貃通叚)	mo`	ㄇㄛ`	豸部	【豸部】	6畫	457	462	段9下-41	鍇18-14	鉉9下-7
臭(嗅、螑通叚)	chou`	ㄔㄡ`	犬部	【自部】	6畫	476	480	段10上-32	鍇19-11	鉉10上-5
殠(臭)	chou`	ㄔㄡ`	歺部	【歹部】	6畫	163	165	段4下-11	鍇8-5	鉉4下-3
狧(猾)	ta`	ㄊㄚ`	犬部	【犬部】	6畫	474	479	段10上-29	鍇19-10	鉉10上-5
鍚(舓、舐、狧，咶通叚)	shi`	ㄕ`	舌部	【舌部】	6畫	87	87	段3上-2	鍇5-1	鉉3上-1
狟(桓)	huan´	ㄏㄨㄢˊ	犬部	【犬部】	6畫	475	479	段10上-30	鍇19-10	鉉10上-5

篆本字（古文、金文、籀文、俗字，通叚、金石）	拼音	注音	說文部首	康熙部首	筆畫	一般頁碼	洪葉頁碼	段注篇章	徐鍇通釋篇章	徐鉉藤花榭篇章
狠(很)	hen˘	ㄏㄣˇ	犬部	【犬部】6畫		474	478	段10上-28	鍇19-9	鉉10上-5
徇(徇、佝，殉、狥、逈通叚)	xun`	ㄒㄩㄣˋ	彳部	【彳部】6畫		77	77	段2下-16	鍇4-9	鉉2下-4
狡	jiao˘	ㄐㄧㄠˇ	犬部	【犬部】6畫		473	478	段10上-27	鍇19-8	鉉10上-5
狦(狦)	shan	ㄕㄢ	犬部	【犬部】6畫		474	478	段10上-28	鍇19-9	鉉10上-5
狩(守)	shou`	ㄕㄡˋ	犬部	【犬部】6畫		476	480	段10上-32	鍇19-11	鉉10上-5
狾(猘、狙、瘈、瘛、齂通叚)	zhi`	ㄓˋ	犬部	【犬部】6畫		476	481	段10上-33	鍇19-11	鉉10上-6
貉(貈，狢、貌通叚)	mo`	ㄇㄛˋ	豸部	【豸部】6畫		458	463	段9下-43	鍇18-15	鉉9下-7
狷(獧述及)	juan`	ㄐㄩㄢˋ	犬部	【犬部】7畫		無	無	無	無	鉉10上-6
獧(狷)	juan`	ㄐㄩㄢˋ	犬部	【犬部】7畫		475	479	段10上-30	鍇19-10	鉉10上-5
懁(狷、獧)	xuan	ㄒㄩㄢ	心部	【心部】7畫		508	512	段10下-36	鍇20-13	鉉10下-7
狺(猰，嚚通叚)	yin´	ㄧㄣˊ	犬部	【犬部】7畫		474	479	段10上-29	鍇19-9	鉉10上-5
貍(狸)	li´	ㄌㄧˊ	豸部	【豸部】7畫		458	462	段9下-42	鍇18-15	鉉9下-7
陜非陝shan˘(陜、峽、狹)	xia´	ㄒㄧㄚˊ	𨸏部	【阜部】7畫		732	739	段14下-3	鍇28-2	鉉14下-1
猲(狋、猎)	xi	ㄒㄧ	犬部	【犬部】7畫		474	479	段10上-29	鍇19-9	鉉10上-5
豻(犴、岸，狱通叚)	an`	ㄢˋ	豸部	【豸部】7畫		458	462	段9下-42	鍇18-15	鉉9下-7
狻	suan	ㄙㄨㄢ	犬部	【犬部】7畫		477	481	段10上-34	鍇19-11	鉉10上-6
狼(䠙通叚)	lang´	ㄌㄤˊ	犬部	【犬部】7畫		477	482	段10上-35	鍇19-11	鉉10上-6
跟(狽通叚)	bei`	ㄅㄟˋ	足部	【足部】7畫		83	83	段2下-28	鍇4-14	鉉2下-6
豨(狶通叚)	xi	ㄒㄧ	豕部	【豕部】7畫		455	460	段9下-37	鍇18-13	鉉9下-6
獪(狯，猾通叚)	kuai`	ㄎㄨㄞˋ	犬部	【犬部】7畫		475	479	段10上-30	鍇19-10	鉉10上-5
奘犬部	zang`	ㄗㄤˋ	犬部	【犬部】7畫		474	479	段10上-29	鍇19-9	鉉10上-5
奘大部，玄奘。	zang`	ㄗㄤˋ	大部	【大部】7畫		499	503	段10下-18	鍇20-6	鉉10下-4
狂(狂、悻，忹、抂通叚)	kuang´	ㄎㄨㄤˊ	犬部	【犬部】7畫		476	481	段10上-33	鍇19-11	鉉10上-6
狾(猘、狙、瘈、瘛、齂通叚)	zhi`	ㄓˋ	犬部	【犬部】7畫		476	481	段10上-33	鍇19-11	鉉10上-6

| 篆本字（古文、金文、籀文、俗字，通叚、金石） | 拼音 | 注音 | 說文部首 | 康熙部首 | 筆畫 | 一般頁碼 | 洪葉頁碼 | 段注篇章 | 徐鍇通釋篇章 | 徐鉉藤花榭篇章 |

篆本字(古文、金文、籀文、俗字，通叚、金石)	拼音	注音	說文部首	康熙部首	筆畫	一般頁碼	洪葉頁碼	段注篇章	徐鍇通釋篇章	徐鉉藤花榭篇章
狢	yuˋ	ㄩˋ	犬部	【犬部】	7畫	475	480	段10上-31	鍇19-10	鉉10上-5
猚(犽、豞)	yaˊ	ㄧㄚˊ	隹部	【犬部】	8畫	141	143	段4上-25	鍇7-11	鉉4上-5
陛(狴)	biˋ	ㄅㄧˋ	非部	【阜部】	8畫	583	588	段11下-32	鍇22-12	鉉11下-7
獑	chanˇ	ㄔㄢˇ	犬部	【犬部】	8畫	474	478	段10上-28	鍇19-9	鉉10上-5
猈	baiˋ	ㄅㄞˋ	犬部	【犬部】	8畫	473	478	段10上-27	鍇19-9	鉉10上-5
狾(猘、狛、瘈、瘛、𤜆通叚)	zhiˋ	ㄓˋ	犬部	【犬部】	8畫	476	481	段10上-33	鍇19-11	鉉10上-6
果(猓、倮、菓通叚)	guoˇ	ㄍㄨㄛˇ	木部	【木部】	8畫	249	251	段6上-22	鍇11-10	鉉6上-3
獡(猳、猎)	xi	ㄒㄧ	犬部	【犬部】	8畫	474	479	段10上-29	鍇19-9	鉉10上-5
昆(崑、猑、騉通叚)	kun	ㄎㄨㄣ	日部	【日部】	8畫	308	311	段7上-13	鍇13-4	鉉7上-2
猗(倚，漪通叚)	yiˇ	ㄧˇ	犬部	【犬部】	8畫	473	478	段10上-27	鍇19-9	鉉10上-5
兮(猗、也述及)	xi	ㄒㄧ	兮部	【八部】	8畫	204	206	段5上-31	鍇9-13	鉉5上-6
旖(倚、猗、椅)	yiˇ	ㄧˇ	㫃部	【方部】	8畫	311	314	段7上-19	鍇13-7	鉉7上-3
檹(旖、猗、椅)	yi	ㄧ	木部	【木部】	8畫	250	253	段6上-25	鍇11-12	鉉6上-4
狧(狫)	taˋ	ㄊㄚˋ	犬部	【犬部】	8畫	474	479	段10上-29	鍇19-10	鉉10上-5
猛	mengˇ	ㄇㄥˇ	犬部	【犬部】	8畫	475	479	段10上-30	鍇19-10	鉉10上-5
麑(猊通叚)	niˊ	ㄋㄧˊ	鹿部	【鹿部】	8畫	471	476	段10上-23	鍇19-7	鉉10上-4
虓(猇通叚)	xiao	ㄒㄧㄠ	虎部	【虍部】	8畫	211	213	段5上-45	鍇9-18	鉉5上-8
倀(猖通叚)	chang	ㄔㄤ	人部	【人部】	8畫	378	382	段8上-27	鍇15-10	鉉8上-4
猜	cai	ㄘㄞ	犬部	【犬部】	8畫	475	479	段10上-30	鍇19-10	鉉10上-5
猝(卒)	cuˋ	ㄘㄨˋ	犬部	【犬部】	8畫	474	478	段10上-28	鍇19-9	鉉10上-5
卒(猝，倅通叚)	zuˊ	ㄗㄨˊ	衣部	【十部】	8畫	397	401	段8上-65	鍇16-6	鉉8上-9
猲	tiˋ	ㄊㄧˋ	犬部	【犬部】	8畫	475	480	段10上-31	鍇19-10	鉉10上-5
猋(猋古互譌，贆通叚)	biao	ㄅㄧㄠ	犬部	【犬部】	8畫	478	482	段10上-36	鍇19-12	鉉10上-6
髟(旚、猋)	biao	ㄅㄧㄠ	髟部	【髟部】	8畫	425	430	段9上-21	鍇17-7	鉉9上-4
焱(猋桑述及古互譌)	yanˋ	ㄧㄢˋ	焱部	【火部】	8畫	490	495	段10下-1	鍇19-20	鉉10下-1
熛(票、猋)	biao	ㄅㄧㄠ	火部	【火部】	8畫	481	486	段10上-43	鍇19-14	鉉10上-8

篆本字（古文、金文、籀文、俗字，通叚、金石）	拼音	注音	說文部首	康熙部首	筆畫	一般頁碼	洪葉頁碼	段注篇章	徐鍇通釋篇章	徐鉉藤花榭篇章
猌	yin`	ㄧㄣˋ	犬部	【犬部】8畫		475	480	段10上-31	錯19-10	鉉10上-5
獎(獎、奬，弉通叚)	jiang`	ㄐㄧㄤˇ	犬部	【犬部】8畫		474	478	段10上-28	錯19-9	鉉10上-5
猒(猒、饜，厭通叚)	yan`	ㄧㄢˋ	甘部	【犬部】8畫		202	204	段5上-27	錯9-11	鉉5上-5
猾(汩，猧、猾通叚)	hua´	ㄏㄨㄚˊ	水部	【水部】9畫		551	556	段11上貳-11	錯21-16	鉉11上-5
猩(狌，鼪通叚)	xing	ㄒㄧㄥ	犬部	【犬部】9畫		474	478	段10上-28	錯19-9	鉉10上-5
蜚(狒通叚)	fei`	ㄈㄟˋ	内部	【内部】9畫		739	746	段14下-18	錯28-7	鉉14下-4
猲(獥、獩)	xie	ㄒㄧㄝ	犬部	【犬部】9畫		473	478	段10上-27	錯19-8	鉉10上-5
猰(ya`)	jia´	ㄐㄧㄚˊ	犬部	【犬部】9畫		無	無	無	無	鉉10上-6
窫(猰、猰通叚)	yi`	ㄧˋ	宀部	【宀部】9畫		339	343	段7下-9	錯14-4	鉉7下-2
夒(猱、獿)	nao´	ㄋㄠˊ	夂部	【夂部】9畫		233	236	段5下-37	錯10-15	鉉5下-7
諰(偲、葸，鰓通叚)	xi`	ㄒㄧˇ	言部	【言部】9畫		94	95	段3上-17	錯5-9	鉉3上-4
鼺(猢、鶘、胡)	hu´	ㄏㄨˊ	鼠部	【鼠部】9畫		479	484	段10上-39	錯19-13	鉉10上-7
胡(猢、葫、鶘通叚)	hu´	ㄏㄨˊ	肉部	【肉部】9畫		173	175	段4下-31	錯8-12	鉉4下-5
蝯(猿、猨)	yuan´	ㄩㄢˊ	虫部	【虫部】9畫		673	679	段13上-60	錯25-14	鉉13上-8
獳(㺀通叚)	ru´	ㄖㄨˊ	犬部	【犬部】9畫		474	479	段10上-29	錯19-10	鉉10上-5
豣(豣、肩，猏通叚)	jian	ㄐㄧㄢ	豕部	【豕部】9畫		455	459	段9下-36	錯18-12	鉉9下-6
猴	hou´	ㄏㄡˊ	犬部	【犬部】9畫		477	482	段10上-35	錯19-11	鉉10上-6
矦(侯、医，堠、猴、篌通叚)	hou´	ㄏㄡˊ	矢部	【人部】9畫		226	229	段5下-23	錯10-9	鉉5下-4
猚	hui	ㄏㄨㄟ	犬部	【犬部】9畫		無	無	無	無	鉉10上-6
葷(焄、薰，獚、獯通叚)	hun	ㄏㄨㄣ	艸部	【艸部】9畫		24	25	段1下-7	錯2-4	鉉1下-2
麙(羬、羬通叚)	xian´	ㄒㄧㄢˊ	鹿部	【鹿部】9畫		471	476	段10上-23	錯19-7	鉉10上-4
彖(系，猭、腞通叚)	tuan`	ㄊㄨㄢˋ	彑部	【彑部】9畫		456	461	段9下-39	錯18-14	鉉9下-6
掾(彖)	yuan`	ㄩㄢˋ	手部	【手部】9畫		598	604	段12上-30	錯23-10	鉉12上-5

篆本字(古文、金文、籀文、俗字，通叚、金石)	拼音	注音	說文部首	康熙部首	筆畫	一般頁碼	洪葉頁碼	段注篇章	徐鍇通釋篇章	徐鉉藤花榭篇章
猵(獱)	bian	ㄅㄧㄢ	犬部	【犬部】9畫	478	482	段10上-36	錯19-12	鉉10上-6
猶(猷、尤)	you´	ㄧㄡ´	犬部	【犬部】9畫	477	481	段10上-34	錯19-11	鉉10上-6
尤(猶、淫，跈、躈通叚)	yin´	ㄧㄣ´	冂部	【一部】9畫	228	230	段5下-26	錯10-10	鉉5下-5
猨	yan	ㄧㄢ	犬部	【犬部】9畫	474	478	段10上-28	錯19-9	鉉10上-5
獀(獂)	sou	ㄙㄡ	犬部	【犬部】9畫	473	477	段10上-26	錯19-8	鉉10上-5
猥	wei˘	ㄨㄟ˘	犬部	【犬部】9畫	474	478	段10上-28	錯19-9	鉉10上-5
騤(猤通叚)	kui´	ㄎㄨㄟ´	馬部	【馬部】9畫	466	470	段10上-12	錯19-3	鉉10上-2
猣(豵、瘲通叚)	zong	ㄗㄨㄥ	豕部	【豕部】9畫	455	459	段9下-36	錯18-12	鉉9下-6
鸓(鼺、貁、留)	liu´	ㄌㄧㄡ´	鼠部	【鼠部】10畫	478	483	段10上-37	錯19-12	鉉10上-6
師(䰉、率、帥旗述及、獅虓xiao述及)	shi	ㄕ	帀部	【巾部】10畫	273	275	段6下-2	錯12-2	鉉6下-1
蝯(猿、猨)	yuan´	ㄩㄢ´	虫部	【虫部】10畫	673	679	段13上-60	錯25-14	鉉13上-8
彙(蝟、蝟、猬、彚)	hui`	ㄏㄨㄟ`	希部	【彑部】10畫	456	461	段9下-39	錯18-13	鉉9下-6
嗥(獆，譹通叚)	hao´	ㄏㄠ´	口部	【口部】10畫	61	62	段2上-27	錯3-12	鉉2上-5
滑(汨，猾、猾通叚)	hua´	ㄏㄨㄚ´	水部	【水部】10畫	551	556	段11上貳-11	錯21-16	鉉11上-5
嗀(獟)	hu`	ㄏㄨ`	犬部	【犬部】10畫	477	482	段10上-35	錯19-11	鉉10上-6
獫	xian`	ㄒㄧㄢ`	犬部	【犬部】10畫	474	478	段10上-28	錯19-9	鉉10上-5
狊(伺、覗)	si	ㄙ	狀部	【犬部】10畫	478	482	段10上-36	錯19-12	鉉10上-6
獄	yu`	ㄩ`	狀部	【犬部】10畫	478	482	段10上-36	錯19-12	鉉10上-6
獎(奬、獎，將通叚)	jiang˘	ㄐㄧㄤ˘	犬部	【犬部】11畫	474	478	段10上-28	錯19-9	鉉10上-5
猣(豵、瘲通叚)	zong	ㄗㄨㄥ	豕部	【豕部】11畫	455	459	段9下-36	錯18-12	鉉9下-6
繰(繰，獟、魈通叚)	sao	ㄙㄠ	糸部	【糸部】11畫	643	650	段13上-1	錯25-1	鉉13上-1
麞(獐)	zhang	ㄓㄤ	鹿部	【鹿部】11畫	471	475	段10上-22	錯19-6	鉉10上-3
虛(虖、墟，圩、獹、驢、鱸通叚)	xu	ㄒㄩ	丘部	【虍部】11畫	386	390	段8上-44	錯15-15	鉉8上-6
嗀(獟)	hu`	ㄏㄨ`	犬部	【犬部】11畫	477	482	段10上-35	錯19-11	鉉10上-6

篆本字（古文、金文、籀文、俗字，通叚、金石）	拼音	注音	說文部首	康熙部首	筆畫	一般頁碼	洪葉頁碼	段注篇章	徐鍇通釋篇章	徐鉉藤花榭篇章
獟	can´	ㄘㄢˊ	犬部	【犬部】11畫		474	478	段10上-28	鍇19-9	鉉10上-5
獠(xiao)	liao`	ㄌㄧㄠˋ	犬部	【犬部】11畫		474	478	段10上-28	鍇19-11	鉉10上-5
獌(蟃、曼，貓通叚)	man`	ㄇㄢˋ	犬部	【犬部】11畫		477	482	段10上-35	鍇19-11	鉉10上-6
獒	ao´	ㄠˊ	犬部	【犬部】11畫		474	479	段10上-29	鍇19-9	鉉10上-5
鏡(獍通叚)	jing`	ㄐㄧㄥˋ	金部	【金部】11畫		703	710	段14上-4	鍇27-2	鉉14上-1
獷(獚、黃)	guang˘	ㄍㄨㄤˇ	犬部	【犬部】11畫		474	479	段10上-29	鍇19-9	鉉10上-5
貘(貃、狛，獏、狛通叚)	mo`	ㄇㄛˋ	豸部	【豸部】11畫		457	462	段9下-41	鍇18-14	鉉9下-7
獘(獙，斃、弊通叚)	bi`	ㄅㄧˋ	犬部	【犬部】11畫		476	480	段10上-32	鍇19-11	鉉10上-6
蠗(玃、獲)	zhuo´	ㄓㄨㄛˊ	虫部	【虫部】11畫		673	679	段13上-60	鍇25-14	鉉13上-8
㺎(犝、猸通叚)	yong	ㄩㄥ	豸部	【豸部】11畫		457	462	段9下-41	鍇18-15	鉉9下-7
斬(獑、巇通叚)	zhan˘	ㄓㄢˇ	車部	【斤部】11畫		730	737	段14上-57	鍇27-15	鉉14上-8
獦	fan´	ㄈㄢˊ	犬部	【犬部】12畫		474	479	段10上-29	鍇19-9	鉉10上-5
獥	han	ㄏㄢ	犬部	【犬部】12畫		474	478	段10上-28	鍇19-9	鉉10上-5
獜(獜通叚)	lin´	ㄌㄧㄣˊ	犬部	【犬部】12畫		475	479	段10上-30	鍇19-10	鉉10上-5
獟(憢通叚)	yao`	ㄧㄠˋ	犬部	【犬部】12畫		476	481	段10上-33	鍇19-11	鉉10上-6
獠(獠通叚)	liao´	ㄌㄧㄠˊ	犬部	【犬部】12畫		476	480	段10上-32	鍇19-11	鉉10上-5
獵(獦、躐通叚)	lie`	ㄌㄧㄝˋ	犬部	【犬部】12畫		476	480	段10上-32	鍇19-10	鉉10上-5
猲(狋、猎)	xi	ㄒㄧ	犬部	【犬部】12畫		474	479	段10上-29	鍇19-9	鉉10上-5
㹟(猲)	que`	ㄑㄩㄝˋ	立部	【立部】12畫		500	505	段10下-21	鍇20-8	鉉10下-4
獢(驕)	xiao	ㄒㄧㄠ	犬部	【犬部】12畫		473	478	段10上-27	鍇19-8	鉉10上-5
趡(猶，翻通叚)	ju´	ㄐㄩˊ	走部	【走部】12畫		65	66	段2上-35	鍇3-16	鉉2上-7
獳	nong´	ㄋㄨㄥˊ	犬部	【犬部】13畫		473	478	段10上-27	鍇19-8	鉉10上-5
猲(獃、獃)	xie	ㄒㄧㄝ	犬部	【犬部】13畫		473	478	段10上-27	鍇19-8	鉉10上-5
解(觟，廨、嶰、獬、貀、繲、邂通叚)	jie˘	ㄐㄧㄝˇ	角部	【广部】13畫		186	188	段4下-58	鍇8-20	鉉4下-9
玁(狝、獮，襺从糸虫、禰通叚)	xian˘	ㄒㄧㄢˇ	犬部	【犬部】13畫		475	480	段10上-31	鍇19-10	鉉10上-5
獧(狷)	juan`	ㄐㄩㄢˋ	犬部	【犬部】13畫		475	479	段10上-30	鍇19-10	鉉10上-5
狷(獧述及)	juan`	ㄐㄩㄢˋ	犬部	【犬部】13畫		無	無	無	無	鉉10上-6
懁(狷、獧)	xuan	ㄒㄩㄢ	心部	【心部】13畫		508	512	段10下-36	鍇20-13	鉉10下-7

篆本字（古文、金文、籀文、俗字，通段、金石）	拼音	注音	說文部首	康熙部首	筆畫	一般頁碼	洪葉頁碼	段注篇章	徐鍇通釋篇章	徐鉉藤花樹篇章
獨(竹萹述及)	du´	ㄉㄨˊ	犬部	【犬部】	13畫	475	480	段10上-31	鍇19-10	鉉10上-5
獪(狡，猾通段)	kuai`	ㄎㄨㄞˋ	犬部	【犬部】	13畫	475	479	段10上-30	鍇19-10	鉉10上-5
獫(玁通段)	xian˘	ㄒㄧㄢˇ	犬部	【犬部】	13畫	473	478	段10上-27	鍇19-8	鉉10上-5
猵(獱)	bian	ㄅㄧㄢ	犬部	【犬部】	14畫	478	482	段10上-36	鍇19-12	鉉10上-6
葷(焄、薰，獯、獝通段)	hun	ㄏㄨㄣ	艸部	【艸部】	14畫	24	25	段1下-7	鍇2-4	鉉1下-2
獲(嚄、嶨通段)	huo`	ㄏㄨㄛˋ	犬部	【犬部】	14畫	476	480	段10上-32	鍇19-11	鉉10上-6
獳(㹔通段)	ru´	ㄖㄨˊ	犬部	【犬部】	14畫	474	479	段10上-29	鍇19-10	鉉10上-5
鸓(䴎从回鳥、鷽、蠝、玃、䴎)	lei˘	ㄌㄟˇ	鳥部	【鳥部】	15畫	156	158	段4上-55	鍇7-23	鉉4上-9
獵(㹜、躐通段)	lie`	ㄌㄧㄝˋ	犬部	【犬部】	15畫	476	480	段10上-32	鍇19-10	鉉10上-5
儠(巤、鬛从髟巤、獵)	lie`	ㄌㄧㄝˋ	人部	【人部】	15畫	368	372	段8上-8	鍇15-3	鉉8上-2
鬛从髟巤(巤、獵、儠、氊、髦、䯮、䰇、葛隸變、獵，犣通段)	lie`	ㄌㄧㄝˋ	髟部	【髟部】	15畫	427	432	段9上-25	鍇17-8	鉉9上-4
夒(猱、獿)	nao´	ㄋㄠˊ	夊部	【夊部】	15畫	233	236	段5下-37	鍇10-15	鉉5下-7
獷(猤、黃)	guang˘	ㄍㄨㄤˇ	犬部	【犬部】	15畫	474	479	段10上-29	鍇19-9	鉉10上-5
獸	shou`	ㄕㄡˋ	嘼部	【犬部】	15畫	739	746	段14下-18	鍇28-8	鉉14下-4
盧(盧从囪、𥬔、曥縣述及，濾、獹、壚、轤、鱸通段)	lu´	ㄌㄨˊ	皿部	【皿部】	16畫	212	214	段5上-47	鍇9-19	鉉5上-9
獺	ta˘	ㄊㄚˇ	犬部	【犬部】	16畫	478	482	段10上-36	鍇19-11	鉉10上-6
獻	xian`	ㄒㄧㄢˋ	犬部	【犬部】	16畫	476	480	段10上-32	鍇19-11	鉉10上-6
镾(彌、彊、彌、㣕、麢，獼通段)	mi´	ㄇㄧˊ	長部	【長部】	17畫	453	458	段9下-33	鍇18-11	鉉9下-5
獮(祼、獺，襺从糸虫、禪通段)	xian˘	ㄒㄧㄢˇ	犬部	【犬部】	17畫	475	480	段10上-31	鍇19-10	鉉10上-5
獿	nao´	ㄋㄠˊ	犬部	【犬部】	19畫	474	478	段10上-28	鍇19-9	鉉10上-5

篆本字（古文、金文、籀文、俗字，通段、金石）	拼音	注音	說文部首	康熙部首	筆畫	一般頁碼	洪葉頁碼	段注篇章	徐鍇通釋篇章	徐鉉藤花榭篇章
獫(玁通段)	xian	ㄒ一ㄢˇ	犬部	【犬部】19畫		473	478	段10上-27	鍇19-8	鉉10上-5
玃(蠼通段)	jue´	ㄐㄩㄝˊ	犬部	【犬部】20畫		477	481	段10上-34	鍇19-11	鉉10上-6
蠗(玃、玃)	zhuo´	ㄓㄨㄛˊ	虫部	【虫部】20畫		673	679	段13上-60	鍇25-14	鉉13上-8
【玄(xuan´)部】	xuan´	ㄒㄩㄢˊ	玄部			159	161	段4下-4	鍇8-3	鉉4下-1
玄(串，袨)	xuan´	ㄒㄩㄢˊ	玄部	【玄部】		159	161	段4下-4	鍇8-3	鉉4下-1
炫(玄)	xuan`	ㄒㄩㄢˋ	火部	【火部】		485	490	段10上-51	鍇19-17	鉉10上-9
玅(妙、纱)	miao`	ㄇ一ㄠˋ	弦部	【玄部】4畫		642	648	段12下-62	鍇24-20	鉉12下-10
兹玄部，與艸部兹異，應再確認(嵫通段)	zi	ㄗ	玄部	【玄部】5畫		159	161	段4下-4	鍇8-3	鉉4下-2
兹艸部、與玄部兹異，應再確認。	zi	ㄗ	艸部	【艸部】6畫		39	39	段1下-36	鍇2-17	鉉1下-6
旅	lu´	ㄌㄨˊ	玄部	【玄部】6畫		無	無	無	無	鉉4下-2
黸(盧、旅、旅，矑通段)	lu´	ㄌㄨˊ	黑部	【黑部】6畫		487	492	段10上-55	鍇19-19	鉉10上-10
率(帥、遙、衛，剿通段)	lü`	ㄌㄩˋ	率部	【玄部】6畫		663	669	段13上-40	鍇25-9	鉉13上-5
師(𠂤、率、帥旗述及、獅虒xiao述及)	shi	ㄕ	帀部	【巾部】6畫		273	275	段6下-2	鍇12-2	鉉6下-1
衛(率、帥)	shuai`	ㄕㄨㄞˋ	行部	【行部】6畫		78	79	段2下-19	鍇4-10	鉉2下-4
帥(帨、率)	shuai`	ㄕㄨㄞˋ	巾部	【巾部】6畫		357	361	段7下-45	鍇14-20	鉉7下-8
遙(帥、率)	shuai`	ㄕㄨㄞˋ	辵(辶)部	【辵部】6畫		70	70	段2下-2	鍇4-2	鉉2下-1
淪(率，沌通段)	lun´	ㄌㄨㄣˊ	水部	【水部】6畫		549	554	段11上貳-7	鍇21-15	鉉11上-5
鍰(率、遷、饌、垸、荆)	huan´	ㄏㄨㄢˊ	金部	【金部】6畫		708	715	段14上-13	鍇27-5	鉉14上-3
竭(曷，羯通段)	yi`	一ˋ	弦部	【玄部】9畫		642	648	段12下-62	鍇24-20	鉉12下-10
【玉(yu`)部】	yu`	ㄩˋ	玉部			10	10	段1上-19	鍇1-10	鉉1上-3
王(玉)	wang´	ㄨㄤˊ	王部	【玉部】		9	9	段1上-18	鍇1-9	鉉1上-3
玉(王)	yu`	ㄩˋ	玉部	【玉部】1畫		10	10	段1上-19	鍇1-10	鉉1上-3
王(琇xiu`唐本但作玉、不作琇)	su`	ㄙㄨ	玉部	【玉部】1畫		11	11	段1上-22	鍇1-11	鉉1上-4
樸(璞、朴，朽通段)	pu´	ㄆㄨˊ	木部	【木部】2畫		252	254	段6上-28	鍇11-12	鉉6上-4

篆本字（古文、金文、籀文、俗字，通段、金石）	拼音	注音	說文部首	康熙部首	筆畫	一般頁碼	洪葉頁碼	段注篇章	徐鍇通釋篇章	徐鉉藤花榭篇章
厹	si	ㄙ	玉部	【玉部】	2畫	17	17	段1上-33	鍇1-16	鉉1上-5
玎(丁)	ding	ㄉㄧㄥ	玉部	【玉部】	2畫	16	16	段1上-31	鍇1-15	鉉1上-5
鞥(玏通段)	le`	ㄌㄜˋ	玉部	【玉部】	2畫	16	16	段1上-32	鍇1-16	鉉1上-5
玘	qi˘	ㄑㄧˇ	玉部	【玉部】	3畫	無	無	無	無	鉉1上-6
玒	hong´	ㄏㄨㄥˊ	玉部	【玉部】	3畫	10	10	段1上-20	鍇1-10	鉉1上-4
玓	di`	ㄉㄧˋ	玉部	【玉部】	3畫	18	18	段1上-35	鍇1-17	鉉1上-5
玕(琱)	gan	ㄍㄢ	玉部	【玉部】	3畫	18	18	段1上-36	鍇1-18	鉉1上-6
玖	jiu˘	ㄐㄧㄡˇ	玉部	【玉部】	3畫	16	16	段1上-32	鍇1-16	鉉1上-5
玗(玗、華，璵通段)	yu´	ㄩˊ	玉部	【玉部】	3畫	17	17	段1上-34	鍇1-16	鉉1上-5
玫(砇、瑂、碈珉述及，玫)	mei´	ㄇㄟˊ	玉部	【玉部】	4畫	18	18	段1上-36	鍇1-17	鉉1上-6
玠	jie`	ㄐㄧㄝˋ	玉部	【玉部】	4畫	12	12	段1上-24	鍇1-12	鉉1上-4
份(邠、豳、彬、斌，玢通段)	fen`	ㄈㄣˋ	人部	【人部】	4畫	368	372	段8上-7	鍇15-3	鉉8上-1
辡(蝙、斑、彪、頒、班隉述及，玢、瑼通段)	ban	ㄅㄢ	文部	【辛部】	4畫	425	430	段9上-21	鍇17-7	鉉9上-4
玤	bang`	ㄅㄤˋ	玉部	【玉部】	4畫	16	16	段1上-32	鍇1-16	鉉1上-5
玦(訣通段)	jue´	ㄐㄩㄝˊ	玉部	【玉部】	4畫	13	13	段1上-26	鍇1-18	鉉1上-4
玩(貦)	wan´	ㄨㄢˊ	玉部	【玉部】	4畫	16	16	段1上-31	鍇1-15	鉉1上-5
玭(蠙)	pin´	ㄆㄧㄣˊ	玉部	【玉部】	4畫	18	18	段1上-35	鍇1-17	鉉1上-5
玱	mo`	ㄇㄛˋ	玉部	【玉部】	4畫	17	17	段1上-34	鍇1-17	鉉1上-5
瑁(玥、珇)	mao`	ㄇㄠˋ	玉部	【玉部】	4畫	13	13	段1上-25	鍇1-13	鉉1上-4
夫(扶、砆、芙、鳺通段)	fu	ㄈㄨ	夫部	【大部】	4畫	499	504	段10下-19	鍇20-7	鉉10下-4
璊(玧yun˘)	men´	ㄇㄣˊ	玉部	【玉部】	4畫	15	15	段1上-30	鍇1-15	鉉1上-5
珏(瑴)	jue´	ㄐㄩㄝˊ	珏部	【玉部】	4畫	19	19	段1上-38	鍇1-19	鉉1上-6
鈕(扭)	niu˘	ㄋㄧㄡˇ	金部	【金部】	4畫	706	713	段14上-9	鍇27-4	鉉14上-2
珂	ke	ㄎㄜ	玉部	【玉部】	5畫	無	無	無	無	鉉1上-6
玲	ling´	ㄌㄧㄥˊ	玉部	【玉部】	5畫	16	16	段1上-31	鍇1-15	鉉1上-5

篆本字(古文、金文、籀文、俗字，通叚、金石)	拼音	注音	說文部首	康熙部首	筆畫	一般頁碼	洪葉頁碼	段注篇章	徐鍇通釋篇章	徐鉉藤花榭篇章
毒(箁，玳、瑇、蕫、螙通叚)	du´	ㄉㄨˊ	中部	【毋部】5畫	22	22	段1下-2	錯2-1	鉉1下-1
珋(珋、瑠，瑠、琉通叚)	liu´	ㄌㄧㄡˊ	玉部	【玉部】5畫	19	19	段1上-37	錯1-18	鉉1上-6
頗(詖中述及，玻通叚)	po´	ㄆㄛˇ	頁部	【頁部】5畫	421	425	段9上-12	錯17-4	鉉9上-2
見(現通叚)	jian`	ㄐㄧㄢˋ	見部	【見部】5畫	407	412	段8下-13	錯16-13	鉉8下-3
玪(瑊)	jian	ㄐㄧㄢ	玉部	【玉部】5畫	16	16	段1上-32	錯1-16	鉉1上-5
刐(玷)	dian	ㄉㄧㄢ	刀部	【刂部】5畫	182	184	段4下-49	錯8-17	鉉4下-7
鉆(玷通叚)	dian`	ㄉㄧㄢˇ	缶部	【缶部】5畫	225	228	段5下-21	錯10-8	鉉5下-4
點(玷，葴通叚)	dian`	ㄉㄧㄢˇ	黑部	【黑部】5畫	488	492	段10上-56	錯19-19	鉉10上-10
瑁(玥、珇)	mao`	ㄇㄠˋ	玉部	【玉部】5畫	13	13	段1上-25	錯1-13	鉉1上-4
魄(珀、粕、礴通叚)	po`	ㄆㄛˋ	鬼部	【鬼部】5畫	435	439	段9上-40	錯17-13	鉉9上-7
珈	jia	ㄐㄧㄚ	玉部	【玉部】5畫	無	無	無	無	鉉1上-6
哿(珈通叚)	ge˘	ㄍㄜˇ	可部	【口部】5畫	204	206	段5上-31	錯9-12	鉉5上-6
珣	gou˘	ㄍㄡˇ	玉部	【玉部】5畫	17	17	段1上-33	錯1-16	鉉1上-5
珇(駔)	zu˘	ㄗㄨˇ	玉部	【玉部】5畫	14	14	段1上-28	錯1-14	鉉1上-4
珉(瑉、瑤、碈、磻通叚)	min´	ㄇㄧㄣˊ	玉部	【玉部】5畫	17	17	段1上-34	錯1-17	鉉1上-5
珊	shan	ㄕㄢ	玉部	【玉部】5畫	18	18	段1上-36	錯1-18	鉉1上-6
珌(瑾)	bi`	ㄅㄧˋ	玉部	【玉部】5畫	14	14	段1上-27	錯1-14	鉉1上-4
珍(鉁通叚)	zhen	ㄓㄣ	玉部	【玉部】5畫	16	16	段1上-31	錯1-15	鉉1上-5
王(珛xiu`唐本但作玉、不作珛)	su`	ㄙㄨˋ	玉部	【玉部】6畫	11	11	段1上-22	錯1-11	鉉1上-4
圭(珪，袿通叚)	gui	ㄍㄨㄟ	土部	【土部】6畫	693	700	段13下-39	錯26-7	鉉13下-5
佩(珮)	pei`	ㄆㄟˋ	人部	【人部】6畫	366	370	段8上-3	錯15-2	鉉8上-1
邪(耶、衺，梛、琊通叚)	xie´	ㄒㄧㄝˊ	邑部	【邑部】6畫	298	300	段6下-52	錯12-21	鉉6下-8
卲(玟，筶通叚)	shao`	ㄕㄠˋ	卜部	【卜部】6畫	127	128	段3下-42	錯6-20	鉉3下-9
交(迯、佼，珓通叚)	jiao	ㄐㄧㄠ	交部	【亠部】6畫	494	499	段10下-9	錯20-3	鉉10下-2

篆本字(古文、金文、籀文、俗字，通段、金石)	拼音	注音	說文部首	康熙部首	筆畫	一般頁碼	洪葉頁碼	段注篇章	徐鍇通釋篇章	徐鉉藤花榭篇章
玼(瑳=磋䃾qie`述及)	ci	ㄘ	玉部	【玉部】	6畫	15	15	段1上-29	鍇1-14	鉉1上-5
泚(玼)	ci˅	ㄘˇ	水部	【水部】	6畫	547	552	段11上貳-4	鍇21-14	鉉11上-4
疵(玼，庇通段)	ci	ㄘ	疒部	【疒部】	6畫	348	352	段7下-27	鍇14-12	鉉7下-5
珋(聊、瑠、瑠、琉通段)	liu'	ㄌㄧㄡˊ	玉部	【玉部】	6畫	19	19	段1上-37	鍇1-18	鉉1上-6
玏	li`	ㄌㄧˋ	玉部	【玉部】	6畫	18	18	段1上-35	鍇1-17	鉉1上-6
珠	zhu	ㄓㄨ	玉部	【玉部】	6畫	17	17	段1上-34	鍇1-17	鉉1上-5
珢	yin'	ㄧㄣˊ	玉部	【玉部】	6畫	17	17	段1上-33	鍇1-16	鉉1上-5
珣(宣，瑄通段)	xun'	ㄒㄩㄣˊ	玉部	【玉部】	6畫	11	11	段1上-21	鍇1-11	鉉1上-4
珥(咡、衈通段)	er˅	ㄦˇ	玉部	【玉部】	6畫	13	13	段1上-26	鍇1-13	鉉1上-4
珙	gong˅	ㄍㄨㄥˇ	玉部	【玉部】	6畫	無	無	無	無	鉉1上-6
珝	xu˅	ㄒㄩˇ	玉部	【玉部】	6畫	無	無	無	無	鉉1上-6
珦	xiang`	ㄒㄧㄤˋ	玉部	【玉部】	6畫	11	11	段1上-21	鍇1-11	鉉1上-4
珧	yao'	ㄧㄠˊ	玉部	【玉部】	6畫	18	18	段1上-35	鍇1-17	鉉1上-6
珩(衡)	heng'	ㄏㄥˊ	玉部	【玉部】	6畫	13	13	段1上-26	鍇1-18	鉉1上-4
玴	yi`	ㄧˋ	玉部	【玉部】	6畫	17	17	段1上-33	鍇1-16	鉉1上-5
班(班、般磑ai'述及)	ban	ㄅㄢ	玨部	【玉部】	6畫	19	19	段1上-38	鍇1-19	鉉1上-6
般(班磑ai'述及、舨，股、磐通段)	ban	ㄅㄢ	舟部	【舟部】	6畫	404	408	段8下-6	鍇16-11	鉉8下-2
辡(煸、斑、彪、頒、班陘述及，玢、瑸通段)	ban	ㄅㄢ	文部	【辛部】	6畫	425	430	段9上-21	鍇17-7	鉉9上-4
頒(班、頻、顰，盼通段)	ban	ㄅㄢ	頁部	【頁部】	6畫	417	422	段9上-5	鍇17-2	鉉9上-1
彪(班、豳)	bin	ㄅㄧㄣ	虍部	【虍部】	6畫	209	211	段5上-42	鍇9-17	鉉5上-8
琴(珡、鑒)	qin'	ㄑㄧㄣˊ	琴部	【玉部】	6畫	633	639	段12下-44	鍇24-14	鉉12下-7
玕(玗)	gan	ㄍㄢ	玉部	【玉部】	7畫	18	18	段1上-36	鍇1-18	鉉1上-6
珽(珵)	ting˅	ㄊㄧㄥˇ	玉部	【玉部】	7畫	13	13	段1上-25	鍇1-13	鉉1上-4
浮(㭬、蜉通段)	fu'	ㄈㄨˊ	水部	【水部】	7畫	549	554	段11上貳-7	鍇21-15	鉉11上-5
瓊(璚、瓗，琁通釋)	qiong'	ㄑㄩㄥˊ	玉部	【玉部】	7畫	10	10	段1上-20	鍇1-11	鉉1上-4

篆本字(古文、金文、籀文、俗字，通叚、金石)	拼音	注音	說文部首	康熙部首	筆畫	一般頁碼	洪葉頁碼	段注篇章	徐鍇通釋篇章	徐鉉藤花榭篇章
琀(含、唅)	han´	ㄏㄢˊ	玉部	【玉部】	7畫	19	19	段1上-37	錯1-18	鉉1上-6
珁	yi´	一ˊ	玉部	【玉部】	7畫	17	17	段1上-33	錯1-16	鉉1上-5
琂	yan´	一ㄢˊ	玉部	【玉部】	7畫	17	17	段1上-33	錯1-16	鉉1上-5
球(璆)	qiu´	ㄑㄧㄡˊ	玉部	【玉部】	7畫	12	12	段1上-23	錯1-11	鉉1上-4
琅(瑯通叚)	lang´	ㄌㄤˊ	玉部	【玉部】	7畫	18	18	段1上-36	錯1-17	鉉1上-6
理	li˘	ㄌㄧˇ	玉部	【玉部】	7畫	15	15	段1上-30	錯1-15	鉉1上-5
釐(禧、氂、賚、理，嫠通叚)	li´	ㄌㄧˊ	里部	【里部】	7畫	694	701	段13下-41	錯26-8	鉉13下-6
俚(聊、理)	li˘	ㄌㄧˇ	人部	【人部】	7畫	369	373	段8上-10	錯15-4	鉉8上-2
李(杍、梓、理)	li˘	ㄌㄧˇ	木部	【木部】	7畫	239	242	段6上-3	錯11-2	鉉6上-1
珋(聊、瑠，瑠、琉通叚)	liu´	ㄌㄧㄡˊ	玉部	【玉部】	7畫	19	19	段1上-37	錯1-18	鉉1上-6
璿(璇、叡、琁、璇)	xuan´	ㄒㄩㄢˊ	玉部	【玉部】	7畫	11	11	段1上-22	錯1-11	鉉1上-4
鞙(琄通叚)	juan	ㄐㄩㄢ	革部	【革部】	7畫	110	111	段3下-7	錯6-4	鉉3下-2
琴(珡、鑒)	qin´	ㄑㄧㄣˊ	琴部	【玉部】	8畫	633	639	段12下-44	錯24-14	鉉12下-7
琶	pa´	ㄆㄚˊ	琴部	【玉部】	8畫	無	無	無	無	鉉12下-7
枇(琵通叚)	pi´	ㄆㄧˊ	木部	【木部】	8畫	243	246	段6上-11	錯11-5	鉉6上-2
杷(柫，扒、抓、朳、爬、琶通叚)	pa´	ㄆㄚˊ	木部	【木部】	8畫	259	262	段6上-43	錯11-19	鉉6上-6
把(爬、琶通叚)	ba˘	ㄅㄚˇ	手部	【手部】	8畫	597	603	段12上-28	錯23-10	鉉12上-5
祀(帊、琶、笆通叚)	ba˘	ㄅㄚˇ	巴部	【巾部】	8畫	741	748	段14下-22	錯28-10	鉉14下-5
媻(婆娑述及，琶通叚)	po´	ㄆㄛˊ	女部	【女部】	8畫	621	627	段12下-20	錯24-6	鉉12下-3
琚	ju	ㄐㄩ	玉部	【玉部】	8畫	16	16	段1上-32	錯1-16	鉉1上-5
瓗	wei´	ㄨㄟˊ	玉部	【玉部】	8畫	17	17	段1上-33	錯1-16	鉉1上-5
瑱(瑱)	tian˘	ㄊㄧㄢˇ	玉部	【玉部】	8畫	10	10	段1上-19	錯1-10	鉉1上-3
琢	zhuo´	ㄓㄨㄛˊ	玉部	【玉部】	8畫	15	15	段1上-30	錯1-15	鉉1上-5
武(珷，碔通叚)	wu˘	ㄨˇ	戈部	【止部】	8畫	632	638	段12下-41	錯24-13	鉉12下-6
琛	chen	ㄔㄣ	玉部	【玉部】	8畫	無	無	無	無	鉉1上-6

篆本字(古文、金文、籀文、俗字，通段、金石)	拼音	注音	說文部首	康熙部首	筆畫	一般頁碼	洪葉頁碼	段注篇章	徐鍇通釋篇章	徐鉉藤花榭篇章
瑑	zhan˘	ㄓㄢˇ	玉部	【玉部】8畫		無	無	無	無	鉉1上-6
湔(濺灒zanˋ 述及，瑑、盞通段)	jian	ㄐㄧㄢ	水部	【水部】8畫		519	573	段11上壹-7	鍇21-3	鉉11上-1
珉(瑉、瑉、碈、碈通段)	min´	ㄇㄧㄣˊ	玉部	【玉部】8畫		17	17	段1上-34	鍇1-17	鉉1上-5
玫(砇、瑉、碈珉述及，玫)	mei´	ㄇㄟˊ	玉部	【玉部】8畫		18	18	段1上-36	鍇1-17	鉉1上-6
琤(瑲)	cheng	ㄔㄥ	玉部	【玉部】8畫		16	16	段1上-31	鍇1-15	鉉1上-5
琥	hu˘	ㄏㄨˇ	玉部	【玉部】8畫		12	12	段1上-23	鍇1-12	鉉1上-4
琨(瑻、昆)	kun	ㄎㄨㄣ	玉部	【玉部】8畫		17	17	段1上-34	鍇1-17	鉉1上-5
琫(韸，韎通段)	beng˘	ㄅㄥˇ	玉部	【玉部】8畫		13	13	段1上-26	鍇1-14	鉉1上-4
琬	wan˘	ㄨㄢˇ	玉部	【玉部】8畫		12	12	段1上-24	鍇1-12	鉉1上-4
琪(瑃、琪)	qi´	ㄑㄧˊ	玉部	【玉部】8畫		14	14	段1上-28	鍇1-14	鉉1上-4
辬(綷，䘐通段)	zuiˋ	ㄗㄨㄟˋ	黹部	【黹部】8畫		364	368	段7下-59	鍇14-25	鉉7下-10
琮(璭通段)	cong´	ㄘㄨㄥˊ	玉部	【玉部】8畫		12	12	段1上-23	鍇1-12	鉉1上-4
琰	yan˘	ㄧㄢˇ	玉部	【玉部】8畫		12	12	段1上-24	鍇1-12	鉉1上-4
琇(琇)	xiuˋ	ㄒㄧㄡˋ	玉部	【玉部】8畫		16	16	段1上-32	鍇1-16	鉉1上-5
琱(彫、雕，剮通段)	diao	ㄉㄧㄠ	玉部	【玉部】8畫		15	15	段1上-30	鍇1-15	鉉1上-5
彫(琱，剮通段)	diao	ㄉㄧㄠ	彡部	【彡部】8畫		424	429	段9上-19	鍇17-6	鉉9上-3
雕(鵰、琱、凋、舟)	diao	ㄉㄧㄠ	隹部	【隹部】8畫		142	144	段4上-27	鍇7-12	鉉4上-5
琳	lin´	ㄌㄧㄣˊ	玉部	【玉部】8畫		12	12	段1上-23	鍇1-18	鉉1上-4
琜	lai´	ㄌㄞˊ	玉部	【玉部】8畫		10	10	段1上-20	鍇1-11	鉉1上-4
鞞(鞸，琕通段)	bing˘	ㄅㄧㄥˇ	革部	【革部】8畫		108	109	段3下-4	鍇6-3	鉉3下-1
管(琯)	guan˘	ㄍㄨㄢˇ	竹部	【竹部】8畫		197	199	段5上-18	鍇9-7	鉉5上-3
琲	beiˋ	ㄅㄟˋ	玉部	【玉部】8畫		無	無	無	無	鉉1上-6
琡	shu	ㄕㄨ	玉部	【玉部】8畫		無	無	無	無	鉉1上-6
璹(琡)	shu´	ㄕㄨˊ	玉部	【玉部】8畫		15	15	段1上-29	鍇1-14	鉉1上-4
玪(瑊)	jian	ㄐㄧㄢ	玉部	【玉部】9畫		16	16	段1上-32	鍇1-16	鉉1上-5
碝(瓀、瓃、礝通段)	ruan˘	ㄖㄨㄢˇ	石部	【石部】9畫		449	453	段9下-24	鍇18-9	鉉9下-4
瑄	xuan	ㄒㄩㄢ	玉部	【玉部】9畫		無	無	無	無	鉉1上-6
宣(瑄)	xuan	ㄒㄩㄢ	宀部	【宀部】9畫		338	341	段7下-6	鍇14-3	鉉7下-2

篆本字(古文、金文、籀文、俗字，通叚、金石)	拼音	注音	說文部首	康熙部首	筆畫	一般頁碼	洪葉頁碼	段注篇章	徐鍇通釋篇章	徐鉉藤花榭篇章
珣(亘，瑄通叚)	xun´	ㄒㄩㄣ´	玉部	【玉部】	9畫	11	11	段1上-21	鍇1-11	鉉1上-4
珉(瑉、瑻、碈、碣通叚)	min´	ㄇㄧㄣ´	玉部	【玉部】	9畫	17	17	段1上-34	鍇1-17	鉉1上-5
瑓	la`	ㄌㄚ`	玉部	【玉部】	9畫	11	11	段1上-21	鍇1-11	鉉1上-4
瑀	yuˇ	ㄩˇ	玉部	【玉部】	9畫	16	16	段1上-31	鍇1-16	鉉1上-5
瑁(玥、珇)	mao`	ㄇㄠ`	玉部	【玉部】	9畫	13	13	段1上-25	鍇1-13	鉉1上-4
冒(圄、冃，帽、瑁、賵通叚)	mao`	ㄇㄠ`	冃部	【冂部】	9畫	354	358	段7下-39	鍇14-17	鉉7下-7
瑂	mei´	ㄇㄟ´	玉部	【玉部】	9畫	17	17	段1上-33	鍇1-16	鉉1上-5
瑎	xie´	ㄒㄧㄝ´	玉部	【玉部】	9畫	17	17	段1上-34	鍇1-17	鉉1上-5
瑑	zhuan`	ㄓㄨㄢ`	玉部	【玉部】	9畫	14	14	段1上-28	鍇1-14	鉉1上-4
瑒	chang`	ㄔㄤ`	玉部	【玉部】	9畫	12	12	段1上-24	鍇1-12	鉉1上-4
璗(瑒)	dang`	ㄉㄤ`	玉部	【玉部】	9畫	19	19	段1上-37	鍇1-18	鉉1上-6
瑕(椵、霞通叚)	xia´	ㄒㄧㄚ´	玉部	【玉部】	9畫	15	15	段1上-30	鍇1-15	鉉1上-5
鰕(椵、蝦、瑕)	xia´	ㄒㄧㄚ´	魚部	【魚部】	9畫	580	586	段11下-27	鍇22-10	鉉11下-6
瑗	yuan`	ㄩㄢ`	玉部	【玉部】	9畫	12	12	段1上-23	鍇1-12	鉉1上-4
瑚	hu´	ㄏㄨ´	玉部	【玉部】	9畫	19	19	段1上-37	鍇1-18	鉉1上-6
瑛	ying	ㄧㄥ	玉部	【玉部】	9畫	11	11	段1上-21	鍇1-11	鉉1上-4
瑜	yu´	ㄩ´	玉部	【玉部】	9畫	10	10	段1上-20	鍇1-10	鉉1上-4
瑝	huang´	ㄏㄨㄤ´	玉部	【玉部】	9畫	16	16	段1上-31	鍇1-16	鉉1上-5
辬(媥、斑、彪、頒、班陧述及，玢、瑞通叚)	ban	ㄅㄢ	文部	【辛部】	9畫	425	430	段9上-21	鍇17-7	鉉9上-4
瑞(璲、繸綬shou`述及)	rui`	ㄖㄨㄟ`	玉部	【玉部】	9畫	13	13	段1上-25	鍇1-13	鉉1上-4
咼(瑀、喎通叚)	guo	ㄍㄨㄛ	口部	【口部】	9畫	61	61	段2上-26	鍇3-11	鉉2上-5
毒(篤，玳、瑇、蓋、蝳通叚)	du´	ㄉㄨ´	屮部	【毋部】	9畫	22	22	段1下-2	鍇2-1	鉉1下-1
琞	wan`	ㄨㄢ`	玉部	【玉部】	9畫	17	17	段1上-33	鍇1-16	鉉1上-5
瑟(爽、璱)	se`	ㄙㄜ`	琴部	【玉部】	9畫	634	640	段12下-45	鍇24-14	鉉12下-7
璏(瑑通叚)	zhi`	ㄓ`	玉部	【玉部】	9畫	14	14	段1上-27	鍇1-14	鉉1上-4

篆本字(古文、金文、籀文、俗字，通段、金石)	拼音	注音	說文部首	康熙部首	筆畫	一般頁碼	洪葉頁碼	段注篇章	徐鍇通釋篇章	徐鉉藤花榭篇章
偉(瑋)	wei	ㄨㄟˇ	人部	【人部】	9畫	368	372	段8上-7	鍇15-3	鉉8上-1
諱(瑋膿述及)	hui	ㄏㄨㄟˋ	言部	【言部】	9畫	101	102	段3上-31	鍇5-16	鉉3上-6
瑣(鎖鎭述及，鏁通段)	suo	ㄙㄨㄛˇ	玉部	【玉部】	10畫	16	16	段1上-31	鍇1-15	鉉1上-5
貨(瑣)	suo	ㄙㄨㄛˇ	貝部	【貝部】	10畫	279	282	段6下-15	鍇12-9	鉉6下-4
瑤(䔄通段)	yao	ㄧㄠˊ	玉部	【玉部】	10畫	17	17	段1上-34	鍇1-17	鉉1上-5
珷	wu	ㄨˇ	玉部	【玉部】	10畫	17	17	段1上-33	鍇1-16	鉉1上-5
鎏(旒、斿)	liu	ㄌㄧㄡˊ	玉部	【玉部】	10畫	14	14	段1上-28	鍇1-14	鉉1上-4
琅(瑯通段)	lang	ㄌㄤˊ	玉部	【玉部】	10畫	18	18	段1上-36	鍇1-17	鉉1上-6
琍	li	ㄌㄧˋ	玉部	【玉部】	10畫	15	15	段1上-29	鍇1-15	鉉1上-5
瑰(瓌通段)	gui	ㄍㄨㄟ	玉部	【玉部】	10畫	18	18	段1上-36	鍇1-17	鉉1上-6
瑳(磋䃺qieˋ述及)	cuo	ㄘㄨㄛ	玉部	【玉部】	10畫	無	無	無	無	鉉1上-4
玼(瑳=磋䃺qieˋ述及)	ci	ㄘ	玉部	【玉部】	10畫	15	15	段1上-29	鍇1-14	鉉1上-5
瑱(顚，碩通段)	tian	ㄊㄧㄢˋ	玉部	【玉部】	10畫	13	13	段1上-26	鍇1-13	鉉1上-4
瑵	zhao	ㄓㄠˇ	玉部	【玉部】	10畫	14	14	段1上-27	鍇1-14	鉉1上-4
瑩	ying	ㄧㄥˊ	玉部	【玉部】	10畫	15	15	段1上-30	鍇1-15	鉉1上-5
瑾(瑨通段)	jin	ㄐㄧㄣ	玉部	【玉部】	10畫	17	17	段1上-33	鍇1-16	鉉1上-5
玨(瑴)	jue	ㄐㄩㄝˊ	玨部	【玉部】	10畫	19	19	段1上-38	鍇1-19	鉉1上-6
黎(黎、藜、梨、犂者gouˇ述及，璃、瓈通段)	li	ㄌㄧˊ	黍部	【黍部】	10畫	330	333	段7上-57	鍇13-23	鉉7上-9
瑲(鏘、鎗、鶬，瑲通段)	qiang	ㄑㄧㄤ	玉部	【玉部】	10畫	16	16	段1上-31	鍇1-15	鉉1上-5
鎗(鏘、鶬、將、瑲述及)	qiang	ㄑㄧㄤ	金部	【金部】	10畫	709	716	段14上-16	鍇27-6	鉉14上-3
琤(瑲)	cheng	ㄔㄥ	玉部	【玉部】	10畫	16	16	段1上-31	鍇1-15	鉉1上-5
槤(璉通段)	lian	ㄌㄧㄢˊ	木部	【木部】	11畫	262	264	段6上-48	鍇11-20	鉉6上-6
珌(璮)	bi	ㄅㄧˋ	玉部	【玉部】	11畫	14	14	段1上-27	鍇1-14	鉉1上-4
球(璆)	qiu	ㄑㄧㄡˊ	玉部	【玉部】	11畫	12	12	段1上-23	鍇1-11	鉉1上-4
琨(瑻、昆)	kun	ㄎㄨㄣ	玉部	【玉部】	11畫	17	17	段1上-34	鍇1-17	鉉1上-5
珋(聊、瑠，瑠、琉通段)	liu	ㄌㄧㄡˊ	玉部	【玉部】	11畫	19	19	段1上-37	鍇1-18	鉉1上-6

篆本字(古文、金文、籀文、俗字，通叚、金石)	拼音	注音	說文部首	康熙部首	筆畫	一般頁碼	洪葉頁碼	段注篇章	徐鍇通釋篇章	徐鉉藤花榭篇章
玗(玗、華，瑮通叚)	yu'	ㄩˊ	玉部	【玉部】	11畫	17	17	段1上-34	鍇1-16	鉉1上-5
荼(蒤，茶、榇、瑹、藘、鵌通叚)	tu'	ㄊㄨˊ	艸部	【艸部】	11畫	46	47	段1下-51	鍇2-24	鉉1下-8
瑾	jin'	ㄐㄧㄣˇ	玉部	【玉部】	11畫	10	10	段1上-20	鍇1-10	鉉1上-4
璀	cui'	ㄘㄨㄟˇ	玉部	【玉部】	11畫	無	無	無	無	鉉1上-6
翠(膵髊述及，璀通叚)	cui`	ㄘㄨㄟˋ	羽部	【羽部】	11畫	138	140	段4上-19	鍇7-9	鉉4上-4
璿(璇、睿、琁、璇)	xuan'	ㄒㄩㄢˊ	玉部	【玉部】	11畫	11	11	段1上-22	鍇1-11	鉉1上-4
璁	cong	ㄘㄨㄥ	玉部	【玉部】	11畫	17	17	段1上-33	鍇1-16	鉉1上-5
瑣	suo'	ㄙㄨㄛˇ	玉部	【玉部】	11畫	17	17	段1上-33	鍇1-16	鉉1上-5
璊(玧yun')	men'	ㄇㄣˊ	玉部	【玉部】	11畫	15	15	段1上-30	鍇1-15	鉉1上-5
璋	zhang	ㄓㄤ	玉部	【玉部】	11畫	12	12	段1上-24	鍇1-12	鉉1上-4
璓(琇)	xiu`	ㄒㄧㄡˋ	玉部	【玉部】	11畫	16	16	段1上-32	鍇1-16	鉉1上-5
瓅(玏通叚)	le`	ㄌㄜˋ	玉部	【玉部】	11畫	16	16	段1上-32	鍇1-16	鉉1上-5
璂(瑻、琪)	qi'	ㄑㄧˊ	玉部	【玉部】	11畫	14	14	段1上-28	鍇1-14	鉉1上-4
瑲(鏘、鎗、鶬，瑧通叚)	qiang	ㄑㄧㄤ	玉部	【玉部】	11畫	16	16	段1上-31	鍇1-15	鉉1上-5
瑞(璏、繸綬shou`述及)	rui`	ㄖㄨㄟˋ	玉部	【玉部】	12畫	13	13	段1上-25	鍇1-13	鉉1上-4
遂(述吹述及，遀、漆、璲、繸、隊通叚)	sui`	ㄙㄨㄟˋ	辵(辶)部	【辵部】	12畫	74	74	段2下-10	鍇4-5	鉉2下-2
樸(璞、朴，环通叚)	pu'	ㄆㄨˊ	木部	【木部】	12畫	252	254	段6上-28	鍇11-12	鉉6上-4
棘(瓼、棗，蕀、璗通叚)	ji'	ㄐㄧˊ	束部	【木部】	12畫	318	321	段7上-33	鍇13-14	鉉7上-6
璿(璇、睿、琁、璇)	xuan'	ㄒㄩㄢˊ	玉部	【玉部】	12畫	11	11	段1上-22	鍇1-11	鉉1上-4
璶	zen	ㄗㄣ	玉部	【玉部】	12畫	17	17	段1上-33	鍇1-16	鉉1上-5
璏(瑑通叚)	zhi`	ㄓˋ	玉部	【玉部】	12畫	14	14	段1上-27	鍇1-14	鉉1上-4
璑	wu'	ㄨˊ	玉部	【玉部】	12畫	11	11	段1上-21	鍇1-11	鉉1上-4

篆本字（古文、金文、籀文、俗字，通叚、金石）	拼音	注音	說文部首	康熙部首	筆畫	一般頁碼	洪葉頁碼	段注篇章	徐鍇通釋篇章	徐鉉藤花榭篇章
璒	deng	ㄉㄥ	玉部	【玉部】	12畫	17	17	段1上-33	鍇1-16	鉉1上-5
璙	liao´	ㄌㄧㄠˊ	玉部	【玉部】	12畫	10	10	段1上-19	鍇1-10	鉉1上-3
璜(鐄hong´)	huang´	ㄏㄨㄤˊ	玉部	【玉部】	12畫	12	12	段1上-23	鍇1-12	鉉1上-4
璠	fan´	ㄈㄢˊ	玉部	【玉部】	12畫	10	10	段1上-20	鍇1-10	鉉1上-3
璡(璕通叚)	jin	ㄐㄧㄣ	玉部	【玉部】	12畫	17	17	段1上-33	鍇1-16	鉉1上-5
琮(璤通叚)	cong´	ㄘㄨㄥˊ	玉部	【玉部】	12畫	12	12	段1上-23	鍇1-12	鉉1上-4
璣	ji	ㄐㄧ	玉部	【玉部】	12畫	18	18	段1上-36	鍇1-17	鉉1上-6
璗(瑒)	dang`	ㄉㄤˋ	玉部	【玉部】	12畫	19	19	段1上-37	鍇1-18	鉉1上-6
瓊(璚、瓗，琁通釋)	qiong´	ㄑㄩㄥˊ	玉部	【玉部】	12畫	10	10	段1上-20	鍇1-11	鉉1上-4
璐	lu`	ㄌㄨˋ	玉部	【玉部】	13畫	11	11	段1上-21	鍇1-11	鉉1上-4
璥	jing˘	ㄐㄧㄥˇ	玉部	【玉部】	13畫	10	10	段1上-19	鍇1-10	鉉1上-3
璩	qu´	ㄑㄩˊ	玉部	【玉部】	13畫	無	無	無	無	鉉1上-6
虡(虙、鐻、鉅，簴、璩通叚)	ju`	ㄐㄩ	虍部	【虍部】	13畫	210	212	段5上-43	鍇9-17	鉉5上-8
渠(璩、縢、藻、詎、轒通叚)	qu´	ㄑㄩˊ	水部	【水部】	13畫	554	559	段11上貳-18	鍇21-18	鉉11上-6
璳(璳)	tian˘	ㄊㄧㄢˇ	玉部	【玉部】	13畫	10	10	段1上-19	鍇1-10	鉉1上-3
璨	can`	ㄘㄢˋ	玉部	【玉部】	13畫	無	無	無	無	鉉1上-6
粲(餐，燦、璨通叚)	can`	ㄘㄢˋ	米部	【米部】	13畫	331	334	段7上-59	鍇13-24	鉉7上-9
璪(璪通叚)	zao˘	ㄗㄠˇ	玉部	【玉部】	13畫	14	14	段1上-28	鍇1-14	鉉1上-4
藻(璪、繰、藻，轒通叚)	zao˘	ㄗㄠˇ	艸部	【艸部】	13畫	46	46	段1下-50	鍇2-23	鉉1下-8
璬	jiao˘	ㄐㄧㄠˇ	玉部	【玉部】	13畫	13	13	段1上-25	鍇1-13	鉉1上-4
璵(璵从車通叚)	yu´	ㄩˊ	玉部	【玉部】	13畫	無	無	段刪	鍇1-10	鉉1上-3
環(還繯述及，鐶、鬟通叚)	huan´	ㄏㄨㄢˊ	玉部	【玉部】	13畫	12	12	段1上-23	鍇1-12	鉉1上-4
還(環轉述及，儇通叚)	huan´	ㄏㄨㄢˊ	辵(辶)部	【辵部】	13畫	72	72	段2下-6	鍇4-4	鉉2下-2
璫	dang	ㄉㄤ	玉部	【玉部】	13畫	無	無	無	無	鉉1上-6
當(璫、簹、襠通叚)	dang	ㄉㄤ	田部	【田部】	13畫	697	703	段13下-46	鍇26-9	鉉13下-6

篆本字(古文、金文、籀文、俗字，通叚、金石)	拼音	注音	說文部首	康熙部首	筆畫	一般頁碼	洪葉頁碼	段注篇章	徐鍇通釋篇章	徐鉉藤花榭篇章
瑟	se`	ㄙㄜˋ	玉部	【玉部】	13畫	15	15	段1上-29	錯1-15	鉉1上-5
璐	hao`	ㄏㄠˋ	玉部	【玉部】	13畫	17	17	段1上-33	錯1-16	鉉1上-5
璧	bi`	ㄅㄧˋ	玉部	【玉部】	13畫	12	12	段1上-23	錯1-12	鉉1上-4
壐(璽，鈢金石)	xi`	ㄒㄧˇ	土部	【土部】	14畫	688	694	段13下-28	錯26-4	鉉13下-4
瑾	jin`	ㄐㄧㄣˋ	玉部	【玉部】	14畫	17	17	段1上-33	錯1-16	鉉1上-5
璹(俶)	shu´	ㄕㄨˊ	玉部	【玉部】	14畫	15	15	段1上-29	錯1-14	鉉1上-4
璿(璇、叡、琁、璇)	xuan´	ㄒㄩㄢˊ	玉部	【玉部】	14畫	11	11	段1上-22	錯1-11	鉉1上-4
碝(瓀、瓀、礝通叚)	ruan`	ㄖㄨㄢˇ	石部	【石部】	14畫	449	453	段9下-24	錯18-9	鉉9下-4
璺(瓥)	li`	ㄌㄧ	玉部	【玉部】	14畫	10	10	段1上-20	錯1-10	鉉1上-3
璂(瑅、琪)	qi´	ㄑㄧˊ	玉部	【玉部】	14畫	14	14	段1上-28	錯1-14	鉉1上-4
瑕	xia´	ㄒㄧㄚˊ	玉部	【玉部】	14畫	17	17	段1上-33	錯1-16	鉉1上-5
瑬	you`	ㄧㄡˇ	玉部	【玉部】	14畫	19	19	段1上-37	錯1-18	鉉1上-6
釁从興酉分(衅、釁态min˘述及、璺瑕述及，釁、衅、釁通叚)	xin`	ㄒㄧㄣˋ	爨部	【酉部】	14畫	106	106	段3上-40	錯6-2	鉉3上-9
瓃	lei´	ㄌㄟˊ	玉部	【玉部】	15畫	15	15	段1上-29	錯1-14	鉉1上-4
璑(瑙从心通叚)	nao´	ㄋㄠˊ	玉部	【玉部】	15畫	10	10	段1上-19	錯1-10	鉉1上-3
賣(賣、賣、鬻，瓄、賣通叚)	yu`	ㄩˋ	貝部	【貝部】	15畫	282	285	段6下-21	錯12-13	鉉6下-5
傀(儡、瓌、壞、磈通叚)	kui˘	ㄎㄨㄟˇ	人部	【人部】	15畫	368	372	段8上-7	錯15-3	鉉8上-1
劙(黎、鬶、梨、犁耆gou˘述及，璃、瓈通叚)	li´	ㄌㄧˊ	黍部	【黍部】	15畫	330	333	段7上-57	錯13-23	鉉7上-9
礫(礫通叚)	li`	ㄌㄧˋ	玉部	【玉部】	15畫	18	18	段1上-35	錯1-17	鉉1上-5
瓊(璚、瓗，琁通釋)	qiong´	ㄑㄩㄥˊ	玉部	【玉部】	15畫	10	10	段1上-20	錯1-11	鉉1上-4
瑰(瓌通叚)	gui	ㄍㄨㄟ	玉部	【玉部】	16畫	18	18	段1上-36	錯1-17	鉉1上-6
傀(儡、瓌、壞、磈通叚)	kui˘	ㄎㄨㄟˇ	人部	【人部】	16畫	368	372	段8上-7	錯15-3	鉉8上-1

篆本字（古文、金文、籀文、俗字，通叚、金石）	拼音	注音	說文部首	康熙部首	筆畫	一般頁碼	洪葉頁碼	段注篇章	徐鍇通釋篇章	徐鉉藤花榭篇章
璿(璇、叡、玹、璇)	xuan´	ㄒㄩㄢˊ	玉部	【玉部】	16畫	11	11	段1上-22	鍇1-11	鉉1上-4
瓏(蠬通叚)	long´	ㄌㄨㄥˊ	玉部	【玉部】	16畫	12	12	段1上-24	鍇1-12	鉉1上-4
璵(璵從車通叚)	yu´	ㄩˊ	玉部	【玉部】	17畫	無	無	段刪	鍇1-10	鉉1上-3
賏(瓔通叚)	ying	ㄧㄥ	貝部	【貝部】	17畫	282	285	段6下-22	鍇12-13	鉉6下-5
瓥	xie`	ㄒㄧㄝˋ	玉部	【玉部】	17畫	17	17	段1上-33	鍇1-16	鉉1上-5
靈(靈)	ling´	ㄌㄧㄥˊ	玉部	【玉部】	17畫	19	19	段1上-38	鍇1-18	鉉1上-6
瓙(璗從心通叚)	nao´	ㄋㄠˊ	玉部	【玉部】	17畫	10	10	段1上-19	鍇1-10	鉉1上-3
纕(瓤通叚)	rang´	ㄖㄤˊ	糸部	【糸部】	17畫	655	662	段13上-25	鍇25-6	鉉13上-3
瓊(璚、瓗，琁通釋)	qiong´	ㄑㄩㄥˊ	玉部	【玉部】	18畫	10	10	段1上-20	鍇1-11	鉉1上-4
瓘	guan`	ㄍㄨㄢˋ	玉部	【玉部】	18畫	10	10	段1上-19	鍇1-10	鉉1上-3
瓚(贊)	zan`	ㄗㄢˋ	玉部	【玉部】	19畫	11	11	段1上-21	鍇1-11	鉉1上-4
瓛	huan´	ㄏㄨㄢˊ	玉部	【玉部】	20畫	13	13	段1上-25	鍇1-13	鉉1上-4
【瓜(gua)部】	gua	ㄍㄨㄚ	瓜部			337	340	段7下-4	鍇14-2	鉉7下-2
瓜	gua	ㄍㄨㄚ	瓜部	【瓜部】		337	340	段7下-4	鍇14-2	鉉7下-2
瓝(㼖、㼕、爆)	bei`	ㄅㄟˋ	瓜部	【瓜部】	3畫	337	340	段7下-4	鍇14-2	鉉7下-2
瓝(服、㼕，爆通叚)	bo´	ㄅㄛˊ	言部	【言部】	3畫	99	99	段3上-26	鍇5-14	鉉3上-5
瓟	yu	ㄩˇ	瓜部	【瓜部】	5畫	337	341	段7下-5	鍇14-2	鉉7下-2
匏(壺，皰通叚)	pao´	ㄆㄠˊ	包部	【勹部】	5畫	434	438	段9上-38	鍇17-13	鉉9上-6
瓞(㼖、㼒)	die´	ㄉㄧㄝˊ	瓜部	【瓜部】	5畫	337	340	段7下-4	鍇14-2	鉉7下-2
瓝(㼖、㼕、爆)	bei`	ㄅㄟˋ	瓜部	【瓜部】	6畫	337	340	段7下-4	鍇14-2	鉉7下-2
瓠(匏、壺，櫨、摢、瓤通叚)	hu`	ㄏㄨˋ	瓠部	【瓜部】	6畫	337	341	段7下-5	鍇14-2	鉉7下-2
甇	xing´	ㄒㄧㄥˊ	瓜部	【瓜部】	10畫	337	341	段7下-5	鍇14-2	鉉7下-2
瓢(瓤、飄)	piao´	ㄆㄧㄠˊ	瓠部	【瓜部】	11畫	337	341	段7下-5	鍇14-3	鉉7下-2
絲	yao´	ㄧㄠˊ	瓜部	【瓜部】	11畫	337	341	段7下-5	鍇14-2	鉉7下-2
瓣	ban`	ㄅㄢˋ	瓜部	【瓜部】	14畫	337	341	段7下-5	鍇14-2	鉉7下-2
簍(瓤通叚)	rang´	ㄖㄤˊ	竹部	【竹部】	17畫	195	197	段5上-13	鍇9-5	鉉5上-2
瓢(瓤、飄)	piao´	ㄆㄧㄠˊ	瓠部	【瓜部】	17畫	337	341	段7下-5	鍇14-3	鉉7下-2

篆本字(古文、金文、籀文、俗字，通叚、金石)	拼音	注音	說文部首	康熙部首	筆畫	一般頁碼	洪葉頁碼	段注篇章	徐鍇通釋篇章	徐鉉藤花榭篇章
蠡(蠫、蠃、離、劙、鱺)	li	ㄌㄧˇ	蚰部	【虫部】	21畫	675	682	段13下-3	鍇25-15	鉉13下-1
【瓦(waˇ)部】	wa	ㄨㄚˇ	瓦部			638	644	段12下-53	鍇24-17	鉉12下-8
瓦	wa	ㄨㄚˇ	瓦部	【瓦部】		638	644	段12下-53	鍇24-17	鉉12下-8
瓨(缸)	xiang	ㄒㄧㄤˊ	瓦部	【瓦部】	3畫	639	645	段12下-55	鍇24-18	鉉12下-8
缸(瓨)	gang	ㄍㄤ	缶部	【缶部】	3畫	225	228	段5下-21	鍇10-8	鉉5下-4
瓪	ban	ㄅㄢˇ	瓦部	【瓦部】	4畫	639	645	段12下-56	鍇24-18	鉉12下-9
瓬(抙、旊通叚)	fang	ㄈㄤ	瓦部	【瓦部】	4畫	638	644	段12下-53	鍇24-18	鉉12下-8
瓮(罋、甕，甕通叚)	weng	ㄨㄥˋ	瓦部	【瓦部】	4畫	638	644	段12下-54	鍇24-18	鉉12下-8
瓻(檻，甉通叚)	han	ㄏㄢˊ	瓦部	【瓦部】	4畫	639	645	段12下-56	鍇24-18	鉉12下-9
甌(椀、盌，碗通叚)	wan	ㄨㄢˇ	瓦部	【瓦部】	5畫	639	645	段12下-55	鍇24-18	鉉12下-8
瓴(檁通叚)	ling	ㄌㄧㄥˊ	瓦部	【瓦部】	5畫	639	645	段12下-55	鍇24-18	鉉12下-8
盎(瓮，坱通叚)	ang	ㄤˋ	皿部	【皿部】	5畫	212	214	段5上-47	鍇9-19	鉉5上-9
瓵(台，甌、甈通叚)	yi	ㄧˊ	瓦部	【瓦部】	5畫	638	644	段12下-54	鍇24-18	鉉12下-8
缾(瓶、甁)	ping	ㄆㄧㄥˊ	缶部	【缶部】	6畫	225	227	段5下-20	鍇10-8	鉉5下-4
瓹(躐，甋通叚)	lie	ㄌㄧㄝˋ	瓦部	【瓦部】	6畫	639	645	段12下-56	鍇24-18	鉉12下-9
瓷	ci	ㄘˊ	瓦部	【瓦部】	6畫	無	無	無	無	鉉12下-9
塗(聖、瓷，磁通叚)	ci	ㄘˊ	土部	【土部】	6畫	689	696	段13下-31	鍇26-5	鉉13下-4
夒(甂、阴、甂，莚通叚)	ruan	ㄖㄨㄢˇ	夒部	【瓦部】	6畫	122	123	段3下-31	鍇6-16	鉉3下-7
瓻(檻，甉通叚)	han	ㄏㄢˊ	瓦部	【瓦部】	7畫	639	645	段12下-56	鍇24-18	鉉12下-9
甍(瓱、甍从雨雷，檽通叚)	meng	ㄇㄥˊ	瓦部	【瓦部】	7畫	638	644	段12下-53	鍇24-18	鉉12下-8
瓵(台，甌、甈通叚)	yi	ㄧˊ	瓦部	【瓦部】	7畫	638	644	段12下-54	鍇24-18	鉉12下-8
甒	chi	ㄔ	瓦部	【瓦部】	7畫	無	無	無	無	鉉12下-9
雎(鴟，甒通叚)	chi	ㄔ	隹部	【隹部】	7畫	142	144	段4上-27	鍇7-12	鉉4上-5
窊(瓾肙yuan述及)	wa	ㄨㄚ	穴部	【穴部】	7畫	344	347	段7下-18	鍇14-8	鉉7下-4
甓	pi	ㄆㄧˊ	瓦部	【瓦部】	8畫	639	645	段12下-55	鍇24-18	鉉12下-8
甓	dang	ㄉㄤˋ	瓦部	【瓦部】	8畫	638	644	段12下-54	鍇24-18	鉉12下-8

篆本字(古文、金文、籀文、俗字，通段、金石)	拼音	注音	說文部首	康熙部首	筆畫	一般頁碼	洪葉頁碼	段注篇章	徐鍇通釋篇章	徐鉉藤花榭篇章
瓿	pou	ㄆㄡˇ	瓦部	【瓦部】8畫	639	645	段12下-55	鍇24-18	鉉12下-8
瓹(碎)	sui	ㄙㄨㄟˋ	瓦部	【瓦部】8畫	639	645	段12下-56	鍇24-18	鉉12下-9
碎(瓹)	sui	ㄙㄨㄟˋ	石部	【石部】8畫	452	456	段9下-30	鍇18-10	鉉9下-5
錘(錘、甀通段)	chui	ㄔㄨㄟˊ	缶部	【缶部】8畫	225	227	段5下-20	鍇10-8	鉉5下-4
缾(瓶、甁)	ping	ㄆㄧㄥˊ	缶部	【缶部】8畫	225	227	段5下-20	鍇10-8	鉉5下-4
瓹(甄，瓼通段)	lie	ㄌㄧㄝˋ	瓦部	【瓦部】9畫	639	645	段12下-56	鍇24-18	鉉12下-9
甂	bian	ㄅㄧㄢ	瓦部	【瓦部】9畫	639	645	段12下-55	鍇24-18	鉉12下-8
甃	zhou	ㄓㄡ	瓦部	【瓦部】9畫	639	645	段12下-55	鍇24-18	鉉12下-9
甄(震)	zhen	ㄓㄣ	瓦部	【瓦部】9畫	638	644	段12下-53	鍇24-18	鉉12下-8
鄄(甄)	juan	ㄐㄩㄢˋ	邑部	【邑部】9畫	295	297	段6下-46	鍇12-19	鉉6下-7
匬(甋通段)	yu	ㄩˇ	匚部	【匚部】9畫	636	642	段12下-50	鍇24-16	鉉12下-8
夒(甈、叞、畟，蕘通段)	ruan	ㄖㄨㄢˇ	夒部	【瓦部】9畫	122	123	段3下-31	鍇6-16	鉉3下-7
瓵	rong	ㄖㄨㄥˊ	瓦部	【瓦部】10畫	639	645	段12下-55	鍇24-18	鉉12下-9
罌(甇，甖通段)	ying	ㄧㄥ	缶部	【缶部】10畫	225	227	段5下-20	鍇10-8	鉉5下-4
罃(甇通段)	ying	ㄧㄥ	缶部	【缶部】10畫	225	228	段5下-21	鍇10-8	鉉5下-4
甈(甈)	qi	ㄑㄧˋ	瓦部	【瓦部】11畫	639	645	段12下-55	鍇24-18	鉉12下-9
甍(甋、甂從雨畾，欖通段)	meng	ㄇㄥˊ	瓦部	【瓦部】11畫	638	644	段12下-53	鍇24-18	鉉12下-8
甐(磢)	chuang	ㄔㄨㄤˇ	瓦部	【瓦部】11畫	639	645	段12下-56	鍇24-18	鉉12下-9
適(甋通段)	shi	ㄕˋ	辵(辶)部	【辵部】11畫	71	71	段2下-4	鍇4-2	鉉2下-1
甌	ou	ㄡ	瓦部	【瓦部】11畫	638	644	段12下-54	鍇24-18	鉉12下-8
專(甎、塼，剸、漙、磚、鄟通段)	zhuan	ㄓㄨㄢ	寸部	【寸部】11畫	121	122	段3下-30	鍇6-16	鉉3下-7
穅段改從康(康、糠，甌、瓺通段)	kang	ㄎㄤ	禾部	【禾部】11畫	324	327	段7上-46	鍇13-20	鉉7上-8
鬲(甋、翮、歷，膈通段)	li	ㄌㄧˋ	鬲部	【鬲部】12畫	111	112	段3下-9	鍇6-5	鉉3下-2
甑(甓從曾)	zeng	ㄗㄥˋ	瓦部	【瓦部】12畫	638	644	段12下-54	鍇24-18	鉉12下-8
鬵(甑)	zeng	ㄗㄥˋ	鬲部	【鬲部】12畫	111	112	段3下-10	鍇6-6	鉉3下-2
廝(嘶，厮、甓通段)	si	ㄙ	广部	【广部】12畫	349	352	段7下-28	鍇14-12	鉉7下-5

篆本字(古文、金文、籀文、俗字,通段、金石)	拼音	注音	說文部首	康熙部首	筆畫	一般頁碼	洪葉頁碼	段注篇章	徐鍇通釋篇章	徐鉉藤花榭篇章
廡(廄、㯢、廱,甒通段)	wu	ㄨˇ	广部	【广部】	12畫	443	448	段9下-13	鍇18-4	鉉9下-2
粼(㵥、磷、簨通段)	lin	ㄌㄧㄣˊ	巛部	【米部】	12畫	568	574	段11下-3	鍇22-1	鉉11下-1
鄰(厸、甐、轔通段)	lin	ㄌㄧㄣˊ	邑部	【邑部】	12畫	284	286	段6下-24	鍇12-14	鉉6下-5
甓	pi	ㄆㄧˋ	瓦部	【瓦部】	12畫	639	645	段12下-55	鍇24-18	鉉12下-9
儋(擔,甔通段)	dan	ㄉㄢ	人部	【人部】	13畫	371	375	段8上-13	鍇15-5	鉉8上-2
甖(甕、罋)	weng	ㄨㄥˋ	缶部	【瓦部】	13畫	225	227	段5下-20	鍇10-8	鉉5下-4
瓮(甖、罌,甕通段)	weng	ㄨㄥˋ	瓦部	【瓦部】	14畫	638	644	段12下-54	鍇24-18	鉉12下-8
罌(甇,甖通段)	ying	ㄧㄥ	缶部	【缶部】	14畫	225	227	段5下-20	鍇10-8	鉉5下-4
鑑(鑒、鑒、監,鑞通段)	jian	ㄐㄧㄢˋ	金部	【金部】	14畫	703	710	段14上-4	鍇27-2	鉉14上-1
甗(巘、鮮)	yan	ㄧㄢˇ	瓦部	【瓦部】	16畫	638	644	段12下-54	鍇24-18	鉉12下-8
甑从北穴wang瓦(甕从舟弅zhuan)	jun	ㄐㄩㄣˋ	甎部	【瓦部】	17畫	122	123	段3下-32	鍇6-16	鉉3下-7
霤(霤,甊从雨雷通段)	liu	ㄌㄧㄡˋ	雨部	【雨部】	18畫	573	579	段11下-13	鍇22-6	鉉11下-4
甍(瓵、甋从雨雷,橚通段)	meng	ㄇㄥˊ	瓦部	【瓦部】	19畫	638	644	段12下-53	鍇24-18	鉉12下-8
【甘(gan)部】	gan	ㄍㄢ	甘部			202	204	段5上-27	鍇9-10	鉉5上-5
甘(柑通段)	gan	ㄍㄢ	甘部	【甘部】		202	204	段5上-27	鍇9-10	鉉5上-5
昏(昏、舌隸變)	gua	ㄍㄨㄚ	口部	【口部】	4畫	61	61	段2上-26	鍇3-11	鉉2上-5
甚(是、是、椹弓述及,砧、碪通段)	shen	ㄕㄣˋ	甘部	【甘部】	4畫	202	204	段5上-27	鍇9-11	鉉5上-5
甜(甜、恬體述及)	tian	ㄊㄧㄢˊ	甘部	【甘部】	6畫	202	204	段5上-27	鍇9-10	鉉5上-5
嘗(甞通段)	chang	ㄔㄤˊ	旨部	【口部】	8畫	202	204	段5上-28	鍇9-14	鉉5上-5
甝(虋,魕通段)	mi	ㄇㄧˋ	虎部	【虍部】	10畫	210	212	段5上-44	鍇9-18	鉉5上-8
甝(魕)	han	ㄏㄢˋ	虎部	【虍部】	10畫	210	212	段5上-44	鍇9-18	鉉5上-8
蔗(蹠通段)	zhe	ㄓㄜˋ	艸部	【艸部】	11畫	29	29	段1下-16	鍇2-8	鉉1下-3
曆	gan	ㄍㄢ	甘部	【甘部】	12畫	202	204	段5上-27	鍇9-10	鉉5上-5

篆本字（古文、金文、籀文、俗字，通段、金石）	拼音	注音	說文部首	康熙部首	筆畫	一般頁碼	洪葉頁碼	段注篇章	徐鍇通釋篇章	徐鉉藤花榭篇章
醰从鹵覃(醇、曋通段)	tan'	ㄊㄢˊ	酉部	【酉部】	12畫	748	755	段14下-36	鍇28-18	鉉14下-9
【生(sheng)部】	sheng	ㄕㄥ	生部			274	276	段6下-4	鍇12-3	鉉6下-2
生	sheng	ㄕㄥ	生部	【生部】		274	276	段6下-4	鍇12-3	鉉6下-2
性(生人述及)	xing`	ㄒㄧㄥˋ	心部	【心部】		502	506	段10下-24	鍇20-9	鉉10下-5
甡(駪、侁、詵、莘)	shen	ㄕㄣ	生部	【生部】	5畫	274	276	段6下-4	鍇12-4	鉉6下-2
兟(甡)	shen	ㄕㄣ	先部	【儿部】	5畫	407	411	段8下-12	鍇16-13	鉉8下-3
產(産通段)	chan~	ㄔㄢˇ	生部	【生部】	6畫	274	276	段6下-4	鍇12-4	鉉6下-2
滻(產)	chan~	ㄔㄢˇ	水部	【水部】	6畫	524	529	段11上壹-17	鍇21-4	鉉11上-2
甤(蕤)	rui'	ㄖㄨㄟˊ	生部	【生部】	7畫	274	276	段6下-4	鍇12-4	鉉6下-2
蕤(甤、緌)	rui'	ㄖㄨㄟˊ	艸部	【艸部】	7畫	38	38	段1下-34	鍇2-16	鉉1下-6
甥	sheng	ㄕㄥ	男部	【生部】	7畫	698	705	段13下-49	鍇26-10	鉉13下-7
姊(甡通段)	zi`	ㄗˋ	死部	【歹部】	7畫	164	166	段4下-14	鍇8-6	鉉4下-3
【用(yong`)部】	yong`	ㄩㄥˋ	用部			128	129	段3下-43	鍇6-21	鉉3下-9
用(甩)	yong`	ㄩㄥˋ	用部	【用部】		128	129	段3下-43	鍇6-21	鉉3下-9
甫(圃藪述及、父咀亦述及)	fu~	ㄈㄨˇ	用部	【用部】	2畫	128	129	段3下-43	鍇6-21	鉉3下-10
父(甫咀述及，蚥通段)	fu`	ㄈㄨˋ	又部	【父部】	2畫	115	116	段3下-17	鍇6-9	鉉3下-4
圃(蒲、甫藪述及、囿通段)	pu~	ㄆㄨˇ	口部	【口部】	2畫	278	280	段6下-12	鍇12-8	鉉6下-4
甬	yong~	ㄩㄥˇ	马部	【用部】	2畫	317	320	段7上-31	鍇13-13	鉉7上-5
桶(甬)	tong~	ㄊㄨㄥˇ	木部	【木部】	2畫	264	267	段6上-53	鍇11-23	鉉6上-7
葡(備)	bei`	ㄅㄟˋ	用部	【用部】	6畫	128	129	段3下-43	鍇6-21	鉉3下-10
甯(寧，寍通段)	ning`	ㄋㄧㄥˋ	用部	【用部】	7畫	128	129	段3下-44	鍇6-21	鉉3下-10
【田(tian')部】	tian'	ㄊㄧㄢˊ	田部			694	701	段13下-41	鍇26-8	鉉13下-6
田(陳，鈿、鷏通段)	tian'	ㄊㄧㄢˊ	田部	【田部】		694	701	段13下-41	鍇26-8	鉉13下-6
畋(田)	tian'	ㄊㄧㄢˊ	攴部	【田部】		126	127	段3下-40	鍇6-19	鉉3下-9
陳(𨸏、陣、敶、敕、田述及)	chen'	ㄔㄣˊ	㠯部	【阜部】		735	742	段14下-10	鍇28-4	鉉14下-2

篆本字(古文、金文、籀文、俗字，通段、金石)	拼音	注音	說文部首	康熙部首	筆畫	一般頁碼	洪葉頁碼	段注篇章	徐鍇通釋篇章	徐鉉藤花榭篇章
甲(甶、宁、胛 髆述及)	jiaˇ	ㄐㄧㄚˇ	甲部	【田部】		740	747	段14下-19	錯28-8	鉉14下-4
狎(甲)	xiaˊ	ㄒㄧㄚˊ	犬部	【犬部】		475	479	段10上-30	錯19-10	鉉10上-5
申(串、𠃑、㫃、㽈、伸)	shen	ㄕㄣ	申部	【田部】	1畫	746	753	段14下-32	錯28-16	鉉14下-8
㝃(申、㫃、㽈)	shen	ㄕㄣ	又部	【又部】	1畫	115	116	段3下-18	錯6-9	鉉3下-4
伸(申、㽈、信)	shen	ㄕㄣ	人部	【人部】	1畫	377	381	段8上-26	錯15-9	鉉8上-4
甹(甹、由)	youˊ	ㄧㄡˊ	马部	【田部】	1畫	316	319	段7上-30	錯13-13	鉉7上-5
繇(由=繇陁eˊ述及、䌛、遙毀touˊ述及，趨、遊、飆、鵐通段)	youˊ	ㄧㄡˊ	系部	【糸部】	1畫	643	649	段12下-63	錯24-21	鉉12下-10
甶	fuˊ	ㄈㄨˊ	由部	【田部】	1畫	436	441	段9上-43	錯17-14	鉉9上-7
く(畎、甽、畉，畖、甽通段)	quanˇ	ㄑㄩㄢˇ	く部	【巛部】	2畫	568	573	段11下-2	錯22-1	鉉11下-1
甹(俜)	ping	ㄆㄧㄥ	丂部	【田部】	2畫	203	205	段5上-30	錯9-12	鉉5上-5
俜(甹)	ping	ㄆㄧㄥ	人部	【人部】	2畫	373	377	段8上-17	錯15-7	鉉8上-3
甹(甹、由)	youˊ	ㄧㄡˊ	马部	【田部】	2畫	316	319	段7上-30	錯13-13	鉉7上-5
甸	dianˋ	ㄉㄧㄢˋ	田部	【田部】	2畫	696	702	段13下-44	錯26-8	鉉13下-6
町(圢通段)	ding	ㄉㄧㄥ	田部	【田部】	2畫	695	701	段13下-42	錯26-8	鉉13下-6
男	nanˊ	ㄋㄢˊ	男部	【田部】	2畫	698	705	段13下-49	錯26-10	鉉13下-7
畀(畁非畁qiˊ)	biˋ	ㄅㄧˋ	丌部	【田部】	3畫	200	202	段5上-23	錯9-9	鉉5上-4
甿(萌)	mengˊ	ㄇㄥˊ	田部	【田部】	3畫	697	704	段13下-47	錯26-9	鉉13下-6
畏(畏)	weiˋ	ㄨㄟˋ	由部	【田部】	3畫	436	441	段9上-43	錯17-14	鉉9上-7
く(畎、甽、畉，畖、甽通段)	quanˇ	ㄑㄩㄢˇ	く部	【巛部】	3畫	568	573	段11下-2	錯22-1	鉉11下-1
蕃(蕾、甾、栽)	zi	ㄗ	艸部	【艸部】	3畫	41	42	段1下-41	錯2-19	鉉1下-7
甾(由，淄、緇、稵、簹、鯔通段)	zi	ㄗ	甾部	【田部】	3畫	637	643	段12下-52	錯24-17	鉉12下-8

篆本字(古文、金文、籀文、俗字，通叚、金石)	拼音	注音	說文部首	康熙部首	筆畫	一般頁碼	洪葉頁碼	段注篇章	徐鍇通釋篇章	徐鉉藤花榭篇章
畐(畐、偪、逼，湢通叚)	bi	ㄅㄧ	畐部	【田部】4畫	230	232	段5下-30	鍇10-12	鉉5下-6
威(𡟍、𡞏、𡙴通叚，娗金石)	wei	ㄨㄟ	女部	【女部】4畫	615	621	段12下-7	鍇24-2	鉉12下-1
申(𢎮、𦥔昌、𢑞、伸)	shen	ㄕㄣ	申部	【田部】4畫	746	753	段14下-32	鍇28-16	鉉14下-8
畋(田)	tian ˊ	ㄊㄧㄢˊ	攴部	【田部】4畫	126	127	段3下-40	鍇6-19	鉉3下-9
甿	gang ˇ	ㄍㄤˇ	田部	【田部】4畫	696	703	段13下-45	鍇26-9	鉉13下-6
畛(畇、甽通叚)	zhen ˇ	ㄓㄣˇ	田部	【田部】4畫	696	703	段13下-45	鍇26-9	鉉13下-6
均(袀、鈞、旬，畇、韻通叚)	jun	ㄐㄩㄣ	土部	【土部】4畫	683	689	段13下-18	鍇26-2	鉉13下-3
介(圿、界)	jie ˋ	ㄐㄧㄝˋ	八部	【人部】4畫	49	49	段2上-2	鍇3-2	鉉2上-1
界(介、圿)	jie ˋ	ㄐㄧㄝˋ	田部	【田部】4畫	696	703	段13下-45	鍇26-9	鉉13下-6
〈(甽、甽、畎，畎、𤰃通叚)	quan ˇ	ㄑㄩㄢˇ	〈部	【巛部】4畫	568	573	段11下-2	鍇22-1	鉉11下-1
畏(㽼)	wei ˋ	ㄨㄟˋ	甶部	【田部】4畫	436	441	段9上-43	鍇17-14	鉉9上-7
邦(邦=封國述及、𨛜)	bang	ㄅㄤ	邑部	【邑部】4畫	283	285	段6下-22	鍇12-13	鉉6下-5
紕(毗、膍，貔通叚)	pi ˊ	ㄆㄧˊ	囟部	【比部】4畫	501	506	段10下-23	鍇20-9	鉉10下-5
𡼏(測，謥通叚)	ce ˋ	ㄘㄜˋ	夂部	【田部】5畫	233	236	段5下-37	鍇10-15	鉉5下-7
𡧝(𡧄)	zhu ˇ	ㄓㄨˇ	宁部	【田部】5畫	738	745	段14下-15	鍇28-6	鉉14下-3
畔(叛)	pan ˋ	ㄆㄢˋ	田部	【田部】5畫	696	703	段13下-45	鍇26-9	鉉13下-6
叛(畔)	pan ˋ	ㄆㄢˋ	半部	【又部】5畫	50	51	段2上-5	鍇3-2	鉉2上-2
泮(判、畔，沜、沠、牉、頖通叚)	pan ˋ	ㄆㄢˋ	水部	【水部】5畫	566	571	段11上貳-42	鍇21-25	鉉11上-9
畛(畇、甽通叚)	zhen ˇ	ㄓㄣˇ	田部	【田部】5畫	696	703	段13下-45	鍇26-9	鉉13下-6
畜(蓄、嘼，褍通叚)	xu ˋ	ㄒㄩˋ	田部	【田部】5畫	697	704	段13下-47	鍇26-9	鉉13下-6
嘼(畜)	chu ˋ	ㄔㄨˋ	嘼部	【口部】5畫	739	746	段14下-18	鍇28-8	鉉14下-4
慉(畜)	xu ˋ	ㄒㄩˋ	心部	【心部】5畫	505	510	段10下-31	鍇20-11	鉉10下-6
媔(畜)	xu ˋ	ㄒㄩˋ	女部	【女部】5畫	618	624	段12下-13	鍇24-4	鉉12下-2

篆本字(古文、金文、籀文、俗字，通段、金石)	拼音	注音	說文部首	康熙部首	筆畫	一般頁碼	洪葉頁碼	段注篇章	徐鍇通釋篇章	徐鉉藤花榭篇章
畮(畞、畮，畂 通段)	mu˘	ㄇㄨˇ	田部	【田部】	5畫	695	702	段13下-43	鍇26-8	鉉13下-6
畱(留、駠、流 緇liˋ述及，榴通段)	liu´	ㄌㄧㄡˊ	田部	【田部】	5畫	697	704	段13下-47	鍇26-9	鉉13下-6
鼺(鸓、貁、留)	liu´	ㄌㄧㄡˊ	鼠部	【鼠部】	5畫	478	483	段10上-37	鍇19-12	鉉10上-6
畚(畚)	ben˘	ㄅㄣˇ	甾部	【田部】	5畫	637	643	段12下-52	鍇24-17	鉉12下-8
畺	jiang	ㄐㄧㄤ	畕部	【田部】	5畫	698	704	段13下-48	鍇26-9	鉉13下-7
富(畐、偪、逼，湢通段)	bi	ㄅㄧ	富部	【田部】	5畫	230	232	段5下-30	鍇10-12	鉉5下-6
畤	zhiˋ	ㄓˋ	田部	【田部】	6畫	697	703	段13下-46	鍇26-9	鉉13下-6
略(掠、螺、蠡 通段)	lüè	ㄌㄩㄝˋ	田部	【田部】	6畫	697	703	段13下-46	鍇26-9	鉉13下-6
蚼(略)	lüè	ㄌㄩㄝˋ	虫部	【虫部】	6畫	669	675	段13上-52	鍇25-12	鉉13上-7
鄱(畨fan)	po´	ㄆㄛˊ	邑部	【邑部】	6畫	294	297	段6下-45	鍇12-19	鉉6下-7
畦	qi´	ㄑㄧˊ	田部	【田部】	6畫	696	702	段13下-44	鍇26-9	鉉13下-6
垓(畡，侅、姟 通段)	gai	ㄍㄞ	土部	【土部】	6畫	682	689	段13下-17	鍇26-2	鉉13下-3
畢(畢，滭、罼 通段)	bi`	ㄅㄧˋ	華部	【田部】	6畫	158	160	段4下-1	鍇8-1	鉉4下-1
彃(畢)	bi`	ㄅㄧˋ	弓部	【弓部】	6畫	641	647	段12下-60	鍇24-20	鉉12下-9
敤(畢)	bi`	ㄅㄧˋ	支部	【支部】	6畫	125	126	段3下-38	鍇6-19	鉉3下-8
異	yi`	ㄧˋ	異部	【田部】	6畫	105	105	段3上-38	鍇5-20	鉉3上-9
异(異)	yi`	ㄧˋ	収部	【廾部】	6畫	104	104	段3上-36	鍇5-19	鉉3上-8
畫(畫、劃，騞 通段)	hua`	ㄏㄨㄚˋ	畫部	【田部】	6畫	117	118	段3下-22	鍇6-12	鉉3下-5
畬(she)	yu´	ㄩˊ	田部	【田部】	7畫	695	702	段13下-43	鍇26-8	鉉13下-6
埒(浖、畍通段)	lie`	ㄌㄧㄝˋ	土部	【土部】	7畫	685	692	段13下-23	鍇26-3	鉉13下-4
畮(畞、畮，畂 通段)	mu˘	ㄇㄨˇ	田部	【田部】	7畫	695	702	段13下-43	鍇26-8	鉉13下-6
畯	jun`	ㄐㄩㄣˋ	田部	【田部】	7畫	697	704	段13下-47	鍇26-9	鉉13下-6
鬽(魅、彔、泉)	mei`	ㄇㄟˋ	鬼部	【鬼部】	7畫	435	440	段9上-41	鍇17-14	鉉9上-7

篆本字（古文、金文、籀文、俗字，通段、金石）	拼音	注音	說文部首	康熙部首	筆畫	一般頁碼	洪葉頁碼	段注篇章	徐鍇通釋篇章	徐鉉藤花榭篇章
番(蹞、𤳳、播，嶓、蹯通段)	fan´	ㄈㄢˊ	釆部	【田部】7畫		50	50	段2上-4	鍇3-2	鉉2上-1
播(番嗌yiˋ述及、敽)	bo	ㄅㄛ	手部	【手部】7畫		608	614	段12上-49	鍇23-15	鉉12上-7
畫(書、劃，騞通段)	hua`	ㄏㄨㄚˋ	畫部	【田部】7畫		117	118	段3下-22	鍇6-12	鉉3下-5
畢(畢，澤、罼通段)	bi`	ㄅㄧˋ	華部	【田部】7畫		158	160	段4下-1	鍇8-1	鉉4下-1
當(瓄、簹、襠通段)	dang	ㄉㄤ	田部	【田部】8畫		697	703	段13下-46	鍇26-9	鉉13下-6
疀(臿，鍤通段)	cha	ㄔㄚ	畾部	【田部】8畫		637	643	段12下-52	鍇24-17	鉉12下-8
㽰(㝍)	zhu˘	ㄓㄨˇ	宁部	【田部】8畫		738	745	段14下-15	鍇28-6	鉉14下-3
畷(zhui`)	zhuo´	ㄓㄨㄛˊ	田部	【田部】8畫		696	703	段13下-45	鍇26-9	鉉13下-6
畚(畚)	ben˘	ㄅㄣˇ	畾部	【田部】8畫		637	643	段12下-52	鍇24-17	鉉12下-8
畸	ji	ㄐㄧ	田部	【田部】8畫		695	702	段13下-43	鍇26-8	鉉13下-6
畹	wan˘	ㄨㄢˇ	田部	【田部】8畫		696	703	段13下-45	鍇26-9	鉉13下-6
畺(疆，壃通段)	jiang	ㄐㄧㄤ	畕部	【田部】8畫		698	704	段13下-48	鍇26-9	鉉13下-7
㽥	rou´	ㄖㄡˊ	田部	【田部】9畫		695	702	段13下-43	鍇26-8	鉉13下-6
暢(暢，昶通段)	chang`	ㄔㄤˋ	田部	【田部】9畫		698	704	段13下-48	鍇26-9	鉉13下-6
蘜(暢、暢)	chang`	ㄔㄤˋ	艸部	【艸部】9畫		39	39	段1下-36	鍇2-17	鉉1下-6
躖(斷、疃，暖通段)	duan`	ㄉㄨㄢˋ	足部	【足部】9畫		81	82	段2下-25	鍇4-13	鉉2下-5
疃(暖、斷，疃通段)	tuan˘	ㄊㄨㄢˇ	田部	【田部】9畫		697	704	段13下-47	鍇26-9	鉉13下-6
㽗(堧、壖、壖)	ruan´	ㄖㄨㄢˊ	田部	【田部】9畫		695	701	段13下-42	鍇26-8	鉉13下-6
鮃(䢍通段)	ping´	ㄆㄧㄥˊ	畾部	【田部】9畫		637	643	段12下-52	鍇24-17	鉉12下-8
畜(蓄、畾，褡通段)	xu`	ㄒㄩˋ	田部	【田部】10畫		697	704	段13下-47	鍇26-9	鉉13下-6
畛(畇、畛通段)	zhen˘	ㄓㄣˇ	田部	【田部】10畫		696	703	段13下-45	鍇26-9	鉉13下-6
瘥(瘥)	cuo´	ㄘㄨㄛˊ	田部	【田部】10畫		695	702	段13下-43	鍇26-8	鉉13下-6
畿(幾、圻)	ji	ㄐㄧ	田部	【田部】10畫		696	702	段13下-44	鍇26-8	鉉13下-6
嗇(穡、穯)	se`	ㄙㄜˋ	嗇部	【口部】10畫		230	233	段5下-31	鍇10-13	鉉5下-6

| 篆本字（古文、金文、籀文、俗字，通段、金石） | 拼音 | 注音 | 說文部首 | 康熙部首 | 筆畫 | 一般頁碼 | 洪葉頁碼 | 段注篇章 | 徐鍇通釋篇章 | 徐鉉藤花榭篇章 |

篆本字（古文、金文、籀文、俗字，通段、金石）	拼音	注音	說文部首	康熙部首	筆畫	一般頁碼	洪葉頁碼	段注篇章	徐鍇通釋篇章	徐鉉藤花榭篇章
暵(熯，暊、嘆、蕻通段)	han`	ㄏㄢˋ	日部	【日部】	11畫	307	310	段7上-12	鍇13-4	鉉7上-2
嘦	liu'	ㄌㄧㄡˊ	田部	【田部】	11畫	695	702	段13下-43	鍇26-8	鉉13下-6
鑢(㽁，鑢通段)	cha	ㄔㄚ	甾部	【田部】	11畫	637	643	段12下-52	鍇24-17	鉉12下-8
疃(暖、躖，畽通段)	tuan`	ㄊㄨㄢˇ	田部	【田部】	12畫	697	704	段13下-47	鍇26-9	鉉13下-6
蹴(躖、疃，暖通段)	duan`	ㄉㄨㄢˋ	足部	【足部】	12畫	81	82	段2下-25	鍇4-13	鉉2下-5
疄(䎡，轔通段)	lin'	ㄌㄧㄣˊ	田部	【田部】	12畫	697	704	段13下-47	鍇26-9	鉉13下-6
畺(疆，壃通段)	jiang	ㄐㄧㄤ	畕部	【田部】	13畫	698	704	段13下-48	鍇26-9	鉉13下-7
疇(畻)	chou'	ㄔㄡˊ	田部	【田部】	14畫	695	701	段13下-42	鍇26-8	鉉13下-6
𤲃(畻、畻、疇)	chou'	ㄔㄡˊ	白部	【白部】	14畫	137	138	段4上-16	鍇7-8	鉉4上-4
𠷎(畻、疇、𤲃从田)	chou'	ㄔㄡˊ	口部	【口部】	14畫	58	59	段2上-21	鍇3-9	鉉2上-4
儔(翿、翻旟述及、疇从田)	chou'	ㄔㄡˊ	人部	【人部】	14畫	378	382	段8上-27	鍇15-10	鉉8上-4
鑢(㽁，鑢通段)	cha	ㄔㄚ	甾部	【田部】	14畫	637	643	段12下-52	鍇24-17	鉉12下-8
副(福、疈)	fu`	ㄈㄨˋ	刀部	【刂部】	15畫	179	181	段4下-44	鍇8-16	鉉4下-7
畷(塝、疄、壖)	ruan'	ㄖㄨㄢˊ	田部	【田部】	16畫	695	701	段13下-42	鍇26-8	鉉13下-6
鑢(䰇、鑢)	lu'	ㄌㄨˊ	甾部	【虍部】	19畫	638	644	段12下-53	鍇24-17	鉉12下-8
畾(雷、靁、壘、纍从田回，蕾通段)	lei'	ㄌㄟˊ	雨部	【雨部】	27畫	571	577	段11下-9	鍇22-5	鉉11下-3
【疋(shu)部】	shu	ㄕㄨ	疋部			84	85	段2下-31	鍇4-16	鉉2下-7
疋(疏、足、胥、雅)	shu	ㄕㄨ	疋部	【疋部】		84	85	段2下-31	鍇4-16	鉉2下-7
疌(疌)	jie'	ㄐㄧㄝˊ	止部	【疋部】	3畫	68	68	段2上-40	鍇3-17	鉉2上-8
疏(㽰、㽺、蔬 饉述及，疎、練通段)	shu	ㄕㄨ	厶部	【疋部】	7畫	744	751	段14下-28	鍇28-14	鉉14下-7
梳(疏)	shu	ㄕㄨ	木部	【木部】	7畫	258	261	段6上-41	鍇11-18	鉉6上-5
㽰(疏)	shu	ㄕㄨ	疋部	【疋部】	7畫	85	85	段2下-32	鍇4-16	鉉2下-7

篆本字(古文、金文、籀文、俗字，通段、金石)	拼音	注音	說文部首	康熙部首	筆畫	一般頁碼	洪葉頁碼	段注篇章	徐鍇通釋篇章	徐鉉藤花榭篇章
延(疏、疋，疎通段)	shu	ㄕㄨ	疋部	【疋部】	7畫	85	85	段2下-32	鍇4-16	鉉2下-7
疋(疏、足、胥、雅)	shu	ㄕㄨ	疋部	【疋部】	7畫	84	85	段2下-31	鍇4-16	鉉2下-7
疐(躓，蹪、蟄、駤通段)	zhi ˋ	ㄓˋ	叀部	【疋部】	9畫	159	161	段4下-3	鍇8-2	鉉4下-1
躓(疐，蹪通段)	zhi ˋ	ㄓˋ	足部	【足部】	9畫	83	83	段2下-28	鍇4-14	鉉2下-6
蔕(疐、柢，蒂通段)	di ˋ	ㄉㄧˋ	艸部	【艸部】	9畫	38	39	段1下-35	鍇2-17	鉉1下-6
疑	yi ˊ	ㄧˊ	子部	【疋部】	9畫	743	750	段14下-26	鍇28-13	鉉14下-6
匕(疑)	yi ˊ	ㄧˊ	七部	【匕部】	9畫	384	388	段8上-39	鍇15-13	鉉8上-5
嶷(疑)	yi ˊ	ㄧˊ	山部	【山部】	9畫	438	442	段9下-2	鍇18-1	鉉9下-1
【疒(chuang ˊ)部】	chuang ˊ	ㄔㄨㄤˊ	疒部			348	351	段7下-26	鍇14-11	鉉7下-5
疒(ne ˋ)	chuang ˊ	ㄔㄨㄤˊ	疒部	【疒部】		348	351	段7下-26	鍇14-11	鉉7下-5
疝(咎)	jiao ˇ	ㄐㄧㄠˇ	疒部	【疒部】	2畫	348	352	段7下-27	鍇14-12	鉉7下-5
疕	bi ˇ	ㄅㄧˇ	疒部	【疒部】	2畫	349	352	段7下-28	鍇14-12	鉉7下-5
疚(疣)	you ˋ	ㄧㄡˋ	疒部	【疒部】	2畫	349	353	段7下-29	鍇14-13	鉉7下-5
疛(疇)	zhou ˇ	ㄓㄡˇ	疒部	【疒部】	3畫	349	353	段7下-29	鍇14-13	鉉7下-5
疝	shan ˋ	ㄕㄢˋ	疒部	【疒部】	3畫	349	353	段7下-29	鍇14-13	鉉7下-5
痙(疜)	jing ˋ	ㄐㄧㄥˋ	疒部	【疒部】	3畫	351	355	段7下-33	鍇14-15	鉉7下-6
灾(疚)	jiu ˋ	ㄐㄧㄡˋ	宀部	【宀部】	3畫	341	345	段7下-13	鍇14-6	鉉7下-3
疣(疣)	you ˋ	ㄧㄡˋ	疒部	【疒部】	4畫	349	353	段7下-29	鍇14-13	鉉7下-5
頄(疣、頑)	you ˋ	ㄧㄡˋ	頁部	【頁部】	4畫	421	425	段9上-12	鍇17-4	鉉9上-2
疲	ji ˊ	ㄐㄧˊ	疒部	【疒部】	4畫	352	355	段7下-34	鍇14-15	鉉7下-6
疥(蚧，蜴通段)	jie ˋ	ㄐㄧㄝˋ	疒部	【疒部】	4畫	350	353	段7下-30	鍇14-13	鉉7下-6
痺(疪)	bi ˋ	ㄅㄧˋ	疒部	【疒部】	4畫	350	354	段7下-31	鍇14-14	鉉7下-6
疦	jue ˊ	ㄐㄩㄝˊ	疒部	【疒部】	4畫	349	352	段7下-28	鍇14-12	鉉7下-5
疧(疷通段)	qi ˊ	ㄑㄧˊ	疒部	【疒部】	4畫	352	355	段7下-34	鍇14-15	鉉7下-6
疫	yi ˋ	ㄧˋ	疒部	【疒部】	4畫	352	355	段7下-34	鍇14-15	鉉7下-6
愾(訖，忔、疙、忥通段)	kai ˋ	ㄎㄞˋ	心部	【心部】	4畫	512	516	段10下-44	鍇20-16	鉉10下-8
肬(默，疣通段)	you ˊ	ㄧㄡˊ	肉部	【肉部】	4畫	171	173	段4下-28	鍇8-11	鉉4下-5
疢(疹、疹通段)	chen ˋ	ㄔㄣˋ	疒部	【疒部】	5畫	351	355	段7下-33	鍇14-15	鉉7下-6
痄(痕)	chan	ㄔㄢ	疒部	【疒部】	5畫	351	354	段7下-32	鍇14-14	鉉7下-6

篆本字(古文、金文、籀文、俗字，通叚、金石)	拼音	注音	說文部首	康熙部首	筆畫	一般頁碼	洪葉頁碼	段注篇章	徐鍇通釋篇章	徐鉉藤花榭篇章
痏	gu`	ㄍㄨ`	疒部	【疒部】	5畫	無	無	無	無	鉉7下-6
痼(固，段改痏通叚)	gu`	ㄍㄨ`	疒部	【疒部】	5畫	352	356	段7下-35	錯14-15	鉉7下-6
痦	wu`	ㄨ`	疒部	【疒部】	5畫	348	352	段7下-27	錯14-12	鉉7下-5
痳(㤜)	shu`	ㄕㄨ`	疒部	【疒部】	5畫	352	355	段7下-34	錯14-15	鉉7下-6
痑(疿)	zi˘	ㄗ˘	疒部	【疒部】	5畫	352	355	段7下-34	錯14-15	鉉7下-6
府	fu`	ㄈㄨ`	疒部	【疒部】	5畫	349	353	段7下-29	錯14-13	鉉7下-5
疲(罷)	pi´	ㄆㄧ´	疒部	【疒部】	5畫	352	355	段7下-34	錯14-15	鉉7下-6
疴(痾通叚)	ke	ㄎㄜ	疒部	【疒部】	5畫	348	352	段7下-27	錯14-12	鉉7下-5
疧(底通叚)	qi´	ㄑㄧ´	疒部	【疒部】	5畫	352	355	段7下-34	錯14-15	鉉7下-6
疸	dan˘	ㄉㄢ˘	疒部	【疒部】	5畫	351	355	段7下-33	錯14-15	鉉7下-6
癉(癚、憚、疸)	dan`	ㄉㄢ`	疒部	【疒部】	5畫	351	355	段7下-33	錯14-15	鉉7下-6
疷	zhi˘	ㄓ˘	疒部	【疒部】	5畫	351	354	段7下-32	錯14-14	鉉7下-6
疽	ju	ㄐㄩ	疒部	【疒部】	5畫	350	353	段7下-30	錯14-13	鉉7下-5
疾(㣎、矤、廿 與十部廿nian`篆同，蒺通叚)	ji´	ㄐㄧ´	疒部	【疒部】	5畫	348	351	段7下-26	錯14-11	鉉7下-5
廿與疾古篆同	nian`	ㄋㄧㄢ`	十部	【卄部】	5畫	89	89	段3上-6	錯5-4	鉉3上-2
嫉(嫉、疾，㣎、誺通叚)	ji´	ㄐㄧ´	人部	【人部】	5畫	380	384	段8上-32	錯15-11	鉉8上-4
痀(傴通叚)	gou	ㄍㄡ	疒部	【疒部】	5畫	349	353	段7下-29	錯14-13	鉉7下-5
疝	shan	ㄕㄢ	疒部	【疒部】	5畫	350	354	段7下-31	錯14-13	鉉7下-6
痂	jia	ㄐㄧㄚ	疒部	【疒部】	5畫	350	353	段7下-30	錯14-13	鉉7下-6
注(註，疰、紸、黇通叚)	zhu`	ㄓㄨ`	水部	【水部】	5畫	555	560	段11上貳-19	錯21-19	鉉11上-6
忞(泯、痻、瘠通叚)	min˘	ㄇㄧㄣ˘	心部	【心部】	5畫	511	515	段10下-42	錯20-15	鉉10下-7
病	bing`	ㄅㄧㄥ`	疒部	【疒部】	5畫	348	351	段7下-26	錯14-11	鉉7下-5
疵(玼，庛通叚)	ci	ㄘ	疒部	【疒部】	5畫	348	352	段7下-27	錯14-12	鉉7下-5
胗(疹)	zhen	ㄓㄣ	肉部	【肉部】	5畫	171	173	段4下-28	錯8-11	鉉4下-5
皰(皯，疱、皷通叚)	pao`	ㄆㄠ`	皮部	【皮部】	5畫	122	123	段3下-31	錯6-16	鉉3下-7
痋(疼)	chong´	ㄔㄨㄥ´	疒部	【疒部】	5畫	351	355	段7下-33	錯14-15	鉉7下-6

篆本字(古文、金文、籀文、俗字，通叚、金石)	拼音	注音	說文部首	康熙部首	筆畫	一般頁碼	洪葉頁碼	段注篇章	徐鍇通釋篇章	徐鉉藤花榭篇章
癑(疼通叚)	nong´	ㄋㄨㄥˊ	疒部	【疒部】5畫		351	355	段7下-33	錯14-14	鉉7下-6
仝(全、亼，痊通叚)	tong´	ㄊㄨㄥˊ	入部	【人部】5畫		224	226	段5下-18	錯10-7	鉉5下-3
痍(夷)	yi´	一ˊ	疒部	【疒部】6畫		351	355	段7下-33	錯14-14	鉉7下-6
疖	jie	ㄐ一ㄝ	疒部	【疒部】6畫		350	354	段7下-31	錯14-14	鉉7下-6
痏(㕧侑yao´ 述及)	wei˘	ㄨㄟˇ	疒部	【疒部】6畫		351	354	段7下-32	錯14-14	鉉7下-6
痑(壇，㾪通叚)	tan	ㄊㄢ	疒部	【疒部】6畫		352	356	段7下-35	錯14-15	鉉7下-6
痒(蛘、癢)	yang˘	一ㄤˇ	疒部	【疒部】6畫		349	352	段7下-28	錯14-12	鉉7下-5
蛘(痒、癢)	yang´	一ㄤˊ	虫部	【虫部】6畫		669	676	段13上-53	錯25-13	鉉13上-7
痔	zhi`	ㄓˋ	疒部	【疒部】6畫		350	354	段7下-31	錯14-14	鉉7下-6
痕	hen´	ㄏㄣˊ	疒部	【疒部】6畫		351	355	段7下-33	錯14-14	鉉7下-6
恫(㗋、痌、瘍通叚)	dong`	ㄉㄨㄥˋ	心部	【心部】6畫		512	517	段10下-45	錯20-16	鉉10下-8
癃(癃)	long´	ㄌㄨㄥˊ	疒部	【疒部】6畫		352	355	段7下-34	錯14-15	鉉7下-6
膌(瘠、膌，瘠、齊通叚)	ji´	ㄐ一ˊ	肉部	【肉部】6畫		171	173	段4下-28	錯8-10	鉉4下-5
癘(厲、蠆、痢，癩通叚)	li`	ㄌ一ˋ	疒部	【疒部】6畫		350	354	段7下-31	錯14-16	鉉7下-6
痻	yuan	ㄩㄢ	疒部	【疒部】7畫		352	355	段7下-34	無	鉉7下-6
疹(洒、洗、铣)	shen˘	ㄕㄣˇ	疒部	【疒部】7畫		349	352	段7下-28	錯14-12	鉉7下-5
識(志、意，幟、痣、誌通叚)	shi`	ㄕˋ	言部	【言部】7畫		92	92	段3上-12	錯5-7	鉉3上-3
痎	qie`	ㄑ一ㄝˋ	疒部	【疒部】7畫		351	355	段7下-33	錯14-15	鉉7下-6
痙(疢)	jing`	ㄐ一ㄥˋ	疒部	【疒部】7畫		351	355	段7下-33	錯14-15	鉉7下-6
厖(尨，痝、硥、懞通叚)	mang´	ㄇㄤˊ	厂部	【厂部】7畫		447	452	段9下-21	錯18-7	鉉9下-3
慭(癉通叚)	li´	ㄌ一ˊ	心部	【心部】7畫		513	518	段10下-47	錯20-17	鉉10下-8
里(悝，瘤通叚)	li˘	ㄌ一ˇ	里部	【里部】7畫		694	701	段13下-41	錯26-8	鉉13下-6
悔(痐、憒通叚)	hui˘	ㄏㄨㄟˇ	心部	【心部】7畫		512	516	段10下-44	錯20-16	鉉10下-8
痛	tong`	ㄊㄨㄥˋ	疒部	【疒部】7畫		348	351	段7下-26	錯14-11	鉉7下-5
痞(脴通叚)	pi˘	ㄆ一ˇ	疒部	【疒部】7畫		351	355	段7下-33	錯14-15	鉉7下-6
胗(疹、瘀通叚)	xin`	ㄒ一ㄣˋ	肉部	【肉部】7畫		172	174	段4下-29	錯8-11	鉉4下-5

篆本字（古文、金文、籀文、俗字，通叚、金石）	拼音	注音	說文部首	康熙部首	筆畫	一般頁碼	洪葉頁碼	段注篇章	徐鍇通釋篇章	徐鉉藤花榭篇章
痟	xiao	ㄒㄧㄠ	疒部	【疒部】7畫		349	352	段7下-28	鍇14-13	鉉7下-5
痡	pu	ㄆㄨ	疒部	【疒部】7畫		348	352	段7下-27	鍇14-11	鉉7下-5
鋪(敷、痡)	pu `	ㄆㄨ `	金部	【金部】7畫		713	720	段14上-24	鍇27-8	鉉14上-4
痤	cuo ´	ㄘㄨㄛ ´	疒部	【疒部】7畫		350	353	段7下-30	鍇14-13	鉉7下-5
痥	duo ´	ㄉㄨㄛ ´	疒部	【疒部】7畫		352	356	段7下-35	鍇14-15	鉉7下-6
瘍非瘍yang ´ (易)	yi `	ㄧ `	疒部	【疒部】8畫		351	355	段7下-33	鍇14-15	鉉7下-6
痱(腓、疿)	fei `	ㄈㄟ `	疒部	【疒部】8畫		349	353	段7下-29	鍇14-13	鉉7下-5
狾(猘、狛、瘈、瘛、齧通叚)	zhi `	ㄓ `	犬部	【犬部】8畫		476	481	段10上-33	鍇19-11	鉉10上-6
痳	lin ´	ㄌㄧㄣ ´	疒部	【疒部】8畫		350	354	段7下-31	鍇14-14	鉉7下-6
閔(慁、憫，痻通叚)	min ˇ	ㄇㄧㄣ ˇ	門部	【門部】8畫		591	597	段12上-15	鍇23-6	鉉12上-3
淡(瞻，痰通叚)	dan `	ㄉㄢ `	水部	【水部】8畫		562	567	段11上貳-34	鍇21-23	鉉11上-8
臾(臾申部、瘐，㿗通叚)	yu ´	ㄩ ´	申部	【臼部】8畫		747	754	段14下-33	鍇28-17	鉉14下-8
瘉(愈，揄、撤、痠通叚)	yu `	ㄩ `	疒部	【疒部】8畫		352	356	段7下-35	鍇14-16	鉉7下-6
省(𣕥、瘖)	sheng ˇ	ㄕㄥ ˇ	目部	【目部】8畫		136	137	段4上-14	鍇7-7	鉉4上-3
眚(瘖、省)	sheng ˇ	ㄕㄥ ˇ	目部	【目部】8畫		134	135	段4上-10	鍇7-5	鉉4上-2
疴(痾通叚)	ke	ㄎㄜ	疒部	【疒部】8畫		348	352	段7下-27	鍇14-12	鉉7下-5
啞(瘂通叚)	ya ˇ	ㄧㄚ ˇ	口部	【口部】8畫		57	57	段2上-18	鍇3-8	鉉2上-4
瘈(悸)	ji `	ㄐㄧ `	疒部	【疒部】8畫		349	353	段7下-29	鍇14-13	鉉7下-5
痹(痲)	bi `	ㄅㄧ `	疒部	【疒部】8畫		350	354	段7下-31	鍇14-14	鉉7下-6
痿(痕通叚)	wei ˇ	ㄨㄟ ˇ	疒部	【疒部】8畫		350	354	段7下-31	鍇14-14	鉉7下-6
痼(固，段改痁通叚)	gu `	ㄍㄨ `	疒部	【疒部】8畫		352	356	段7下-35	鍇14-15	鉉7下-6
悴(瘁通叚)	cui `	ㄘㄨㄟ `	心部	【心部】8畫		513	518	段10下-47	鍇20-17	鉉10下-8
萃(倅籆cuo ` 述及，秷、瘁通叚)	cui `	ㄘㄨㄟ `	艸部	【艸部】8畫		40	40	段1下-38	鍇2-18	鉉1下-6
顇(悴、萃、瘁，誶通叚)	cui `	ㄘㄨㄟ `	頁部	【頁部】8畫		421	426	段9上-13	鍇17-4	鉉9上-2

篆本字(古文、金文、籀文、俗字，通段、金石)	拼音	注音	說文部首	康熙部首	筆畫	一般頁碼	洪葉頁碼	段注篇章	徐鍇通釋篇章	徐鉉藤花榭篇章
張(脹瘬述及，漲、痕、粻、餦通段)	zhang	ㄓㄤ	弓部	【弓部】8畫	640	646	段12下-58	鍇24-19	鉉12下-9
悹(瘝通段)	guan`	ㄍㄨㄢˋ	心部	【心部】8畫	505	510	段10下-31	鍇20-11	鉉10下-6
瘀	yu	ㄩ	疒部	【疒部】8畫	349	353	段7下-29	鍇14-13	鉉7下-5
咎(瘔金石)	jiu`	ㄐㄧㄡˋ	人部	【口部】8畫	382	386	段8上-36	鍇15-12	鉉8上-5
瘃(瘵通段)	zhu´	ㄓㄨˊ	疒部	【疒部】8畫	351	354	段7下-32	鍇14-14	鉉7下-6
瘉	xu`	ㄒㄩˋ	疒部	【疒部】8畫	349	352	段7下-28	鍇14-12	鉉7下-5
瘏	tu´	ㄊㄨˊ	疒部	【疒部】9畫	348	352	段7下-27	鍇14-12	鉉7下-5
瘺(扁)	pian	ㄆㄧㄢ	疒部	【疒部】9畫	351	354	段7下-32	鍇14-14	鉉7下-6
喙(瘣、殨、彚、㣇黔述及，餯通段)	hui`	ㄏㄨㄟˋ	口部	【口部】9畫	54	54	段2上-12	鍇3-5	鉉2上-3
庮(瘤通段)	you~	ㄧㄡˇ	广部	【广部】9畫	445	450	段9下-17	鍇18-6	鉉9下-3
揫(揪、韱从米韋，瘦通段)	jiu	ㄐㄧㄡ	手部	【手部】9畫	602	608	段12上-37	鍇23-12	鉉12上-6
風(凬，瘋、飌通段)	feng	ㄈㄥ	風部	【風部】9畫	677	683	段13下-6	鍇25-16	鉉13下-2
腫(瘇通段)	zhong~	ㄓㄨㄥˇ	肉部	【肉部】9畫	172	174	段4下-29	鍇8-11	鉉4下-5
痿(痕通段)	wei~	ㄨㄟˇ	疒部	【疒部】9畫	350	354	段7下-31	鍇14-14	鉉7下-6
瘉(愈，揄、撖、瘐通段)	yu`	ㄩˋ	疒部	【疒部】9畫	352	356	段7下-35	鍇14-16	鉉7下-6
瘌(辣，粹通段)	la`	ㄌㄚˋ	疒部	【疒部】9畫	352	356	段7下-35	鍇14-15	鉉7下-6
怋(泯、痻、瞀通段)	min~	ㄇㄧㄣˇ	心部	【心部】9畫	511	515	段10下-42	鍇20-15	鉉10下-7
瘍非瘍yi`	yang´	ㄧㄤˊ	疒部	【疒部】9畫	349	352	段7下-28	鍇14-12	鉉7下-5
瘕	jia~	ㄐㄧㄚˇ	疒部	【疒部】9畫	350	353	段7下-30	鍇14-13	鉉7下-6
癊	yin	ㄧㄣ	疒部	【疒部】9畫	349	352	段7下-28	鍇14-12	鉉7下-5
癡(痴通段)	chi	ㄔ	疒部	【疒部】9畫	353	356	段7下-36	鍇14-16	鉉7下-6
瘛(瘈、瘲通段)	chi`	ㄔˋ	疒部	【疒部】10畫	352	356	段7下-35	鍇14-15	鉉7下-6
狾(猘、猖、瘈、瘛、觢通段)	zhi`	ㄓˋ	犬部	【犬部】10畫	476	481	段10上-33	鍇19-11	鉉10上-6

篆本字（古文、金文、籀文、俗字，通叚、金石）	拼音	注音	說文部首	康熙部首	筆畫	一般頁碼	洪葉頁碼	段注篇章	徐鍇通釋篇章	徐鉉藤花榭篇章
刅刃部(創、瘡，刱通叚)	chuang	ㄔㄨㄤ	刃部	【刂部】	10畫	183	185	段4下-51	鍇8-18	鉉4下-8
瘞	yi`	一ˋ	土部	【疒部】	10畫	692	699	段13下-37	鍇26-6	鉉13下-5
瘛(瘈、扯、掣，瘛通叚)	chi`	ㄔˋ	手部	【疒部】	10畫	602	608	段12上-38	鍇23-12	鉉12上-6
搔(瘙、癑)	sao	ㄙㄠ	手部	【手部】	10畫	601	607	段12上-36	鍇23-12	鉉12上-6
窘(瘑通叚)	jiong`	ㄐㄩㄥˇ	穴部	【穴部】	10畫	346	349	段7下-22	鍇14-9	鉉7下-4
瘧	nüè	ㄋㄩㄝˋ	疒部	【疒部】	10畫	350	354	段7下-31	鍇14-13	鉉7下-6
殟(殥、瘟通叚)	wen	ㄨㄣ	歹部	【歹部】	10畫	162	164	段4下-9	鍇8-5	鉉4下-3
痲	ma`	ㄇㄚˋ	疒部	【疒部】	10畫	349	352	段7下-28	鍇14-12	鉉7下-5
瘚(欮)	jue´	ㄐㄩㄝˊ	疒部	【疒部】	10畫	349	353	段7下-29	鍇14-13	鉉7下-5
瘜(息，膼通叚)	xi	ㄒㄧ	疒部	【疒部】	10畫	350	353	段7下-30	鍇14-13	鉉7下-5
癍	ban	ㄅㄢ	疒部	【疒部】	10畫	351	355	段7下-33	鍇14-14	鉉7下-6
瘣(壞，蘬通叚)	hui`	ㄏㄨㄟˋ	疒部	【疒部】	10畫	348	351	段7下-26	鍇14-11	鉉7下-5
瘥(差，殝通叚)	chai`	ㄔㄞˋ	疒部	【疒部】	10畫	352	356	段7下-35	鍇14-16	鉉7下-6
疃(瘥)	cuo´	ㄘㄨㄛˊ	田部	【田部】	10畫	695	702	段13下-43	鍇26-8	鉉13下-6
瘨(顛)	dian	ㄉㄧㄢ	疒部	【疒部】	10畫	348	352	段7下-27	鍇14-12	鉉7下-5
瘨	yun`	ㄩㄣˋ	疒部	【疒部】	10畫	348	352	段7下-27	鍇14-12	鉉7下-5
瘒(衰)	shuai	ㄕㄨㄞ	疒部	【疒部】	10畫	352	356	段7下-35	鍇14-16	鉉7下-6
瘂(殗、殜通叚)	e`	ㄜˋ	疒部	【疒部】	10畫	351	354	段7下-32	鍇14-14	鉉7下-6
瘤(瘤，腦通叚)	liu´	ㄌㄧㄡˊ	疒部	【疒部】	10畫	350	353	段7下-30	鍇14-13	鉉7下-5
歇(嶰通叚)	xie´	ㄒㄧㄝˊ	欠部	【欠部】	10畫	410	415	段8下-19	鍇16-15	鉉8下-4
瘦(瘦，膄通叚)	shou`	ㄕㄡˋ	疒部	【疒部】	10畫	351	355	段7下-33	鍇14-15	鉉7下-6
膌(瘠、瘠，瀆、齏通叚)	ji´	ㄐㄧˊ	肉部	【肉部】	10畫	171	173	段4下-28	鍇8-10	鉉4下-5
瀆(骴瀆脊瘠四字、古同音通用，當是骴為正字也)	zi`	ㄗˋ	水部	【水部】	10畫	558	563	段11上貳-26	鍇21-24	鉉11上-7
骴(殨、瀆、髊、胔、脊、瘠)	ci	ㄘ	骨部	【骨部】	10畫	166	168	段4下-18	鍇8-7	鉉4下-4

篆本字(古文、金文、籀文、俗字，通叚、金石)	拼音	注音	說文部首	康熙部首	筆畫	一般頁碼	洪葉頁碼	段注篇章	徐鍇通釋篇章	徐鉉藤花榭篇章
顛(顚，巓、儑、傎、癲、瘨、酊、鷏、齻通叚)	dian	ㄉㄧㄢ	頁部	【頁部】	10畫	416	420	段9上-2	鍇17-1	鉉9上-1
憊(憊、瀿)	bei ˋ	ㄅㄟˋ	心部	【心部】	11畫	515	519	段10下-50	鍇20-18	鉉10下-9
欶(嗽、㰎kai ˋ 述及，瘷通叚)	shuo ˋ	ㄕㄨㄛˋ	欠部	【欠部】	11畫	413	417	段8下-24	鍇16-17	鉉8下-5
恫(痌、痌、癊通叚)	dong	ㄉㄨㄥ	心部	【心部】	11畫	512	517	段10下-45	鍇20-16	鉉10下-8
族(鏃，蔟、簇、瘯通叚)	zu ˊ	ㄗㄨˊ	㫃部	【方部】	11畫	312	315	段7上-21	鍇13-7	鉉7上-3
膌(瘈、瘠，癪、瘠通叚)	ji ˊ	ㄐㄧˊ	肉部	【肉部】	11畫	171	173	段4下-28	鍇8-10	鉉4下-5
脊(脊、鷑雁jian 述及，瘠、鶺、鶺通叚)	ji ˇ	ㄐㄧˇ	㐱部	【肉部】	11畫	611	617	段12上-56	鍇23-17	鉉12上-9
癮(嬮)	yi ˋ	ㄧˋ	心部	【疒部】	11畫	503	508	段10下-27	鍇20-10	鉉10下-5
漂(澟，瘭、膘通叚)	piao	ㄆㄧㄠ	水部	【水部】	11畫	549	554	段11上貳-7	鍇21-15	鉉11上-5
㾐段从歹赢luo ˊ(瘰)	luo ˇ	ㄌㄨㄛˇ	歺部	【歹部】	11畫	163	165	段4下-12	鍇8-6	鉉4下-3
厽(參，瘰通叚)	lei ˇ	ㄌㄟˇ	厽部	【厶部】	11畫	737	744	段14下-13	鍇28-5	鉉14下-2
障(嶂、瘴通叚)	zhang ˋ	ㄓㄤˋ	𨸏部	【阜部】	11畫	734	741	段14下-8	鍇28-3	鉉14下-2
癌	ai ˋ	ㄞˋ	疒部	【疒部】	11畫	352	355	段7下-34	鍇14-15	鉉7下-6
瘲	zong ˋ	ㄗㄨㄥˋ	疒部	【疒部】	11畫	349	352	段7下-28	鍇14-12	鉉7下-5
瘳	chou	ㄔㄡ	疒部	【疒部】	11畫	352	356	段7下-35	鍇14-16	鉉7下-6
瘵(際)	zhai ˋ	ㄓㄞˋ	疒部	【疒部】	11畫	348	352	段7下-27	鍇14-12	鉉7下-5
際(瘵)	ji ˋ	ㄐㄧˋ	𨸏部	【阜部】	11畫	736	743	段14下-11	鍇28-4	鉉14下-2
瘻	lou ˋ	ㄌㄡˋ	疒部	【疒部】	11畫	349	353	段7下-29	鍇14-12	鉉7下-5
瘼	mo ˋ	ㄇㄛˋ	疒部	【疒部】	11畫	348	352	段7下-27	鍇14-12	鉉7下-5
瘽(勤)	qin ˊ	ㄑㄧㄣˊ	疒部	【疒部】	11畫	348	352	段7下-27	鍇14-12	鉉7下-5
癬(蘚、瘲通叚)	xian ˇ	ㄒㄧㄢˇ	疒部	【疒部】	11畫	350	353	段7下-30	鍇14-13	鉉7下-6
痹	bi ˋ	ㄅㄧˋ	疒部	【疒部】	11畫	350	354	段7下-31	鍇14-14	鉉7下-6
痿	wei ˇ	ㄨㄟˇ	疒部	【疒部】	12畫	349	352	段7下-28	鍇14-12	鉉7下-5

篆本字(古文、金文、籀文、俗字，通段、金石)	拼音	注音	說文部首	康熙部首	筆畫	一般頁碼	洪葉頁碼	段注篇章	徐鍇通釋篇章	徐鉉藤花榭篇章
癃(瘙)	long´	ㄌㄨㄥˊ	疒部	【疒部】	12畫	352	355	段7下-34	鍇14-15	鉉7下-6
癆	lao´	ㄌㄠˊ	疒部	【疒部】	12畫	352	356	段7下-35	鍇14-16	鉉7下-6
癇(痫)	xian´	ㄒㄧㄢˊ	疒部	【疒部】	12畫	348	352	段7下-27	鍇14-12	鉉7下-5
癉(疸、憚、疸)	dan`	ㄉㄢˋ	疒部	【疒部】	12畫	351	355	段7下-33	鍇14-15	鉉7下-6
憚(癉)	dan`	ㄉㄢˋ	心部	【心部】	12畫	514	519	段10下-49	鍇20-17	鉉10下-9
滯(癉，懘通段)	zhi`	ㄓˋ	水部	【水部】	12畫	559	564	段11上貳-27	鍇21-21	鉉11上-7
癈(廢)	fei`	ㄈㄟˋ	疒部	【疒部】	12畫	348	352	段7下-27	鍇14-12	鉉7下-5
廢(癈)	fei`	ㄈㄟˋ	广部	【广部】	12畫	445	450	段9下-17	鍇18-6	鉉9下-3
瘇(尰、歱、尰)	zhong˘	ㄓㄨㄥˇ	疒部	【疒部】	12畫	351	354	段7下-32	鍇14-14	鉉7下-6
廝(嘶，廝、敮通段)	si	ㄙ	疒部	【疒部】	12畫	349	352	段7下-28	鍇14-12	鉉7下-5
憯(瘥，憯、曆通段)	can˘	ㄘㄢˇ	心部	【心部】	12畫	512	517	段10下-45	鍇20-16	鉉10下-8
醮(嫶，憔、顦、瘶通段)	qiao´	ㄑㄧㄠˊ	面部	【面部】	12畫	423	427	段9上-16	鍇17-5	鉉9上-3
療(療)	liao´	ㄌㄧㄠˊ	疒部	【疒部】	12畫	352	356	段7下-35	鍇14-15	鉉7下-6
鰥(矜，癏、瘝、鰥、鰥、鯤通段)	guan	ㄍㄨㄢ	魚部	【魚部】	13畫	576	581	段11下-18	鍇22-8	鉉11下-5
矜(憐、矜、稂，癏通段)	jin	ㄐㄧㄣ	矛部	【矛部】	13畫	719	726	段14上-36	鍇27-11	鉉14上-6
搔(瘙、癢)	sao	ㄙㄠ	手部	【手部】	13畫	601	607	段12上-36	鍇23-12	鉉12上-6
㾕(懍，凜通段)	lin˘	ㄌㄧㄣˇ	仌部	【疒部】	13畫	571	576	段11下-8	鍇22-4	鉉11下-3
靣(廩、㾕、懍)	lin˘	ㄌㄧㄣˇ	靣部	【一部】	13畫	230	232	段5下-30	鍇10-12	鉉5下-6
癑(疼通段)	nong´	ㄋㄨㄥˊ	疒部	【疒部】	13畫	351	355	段7下-33	鍇14-14	鉉7下-6
僻(辟，澼、癖通段)	pi`	ㄆㄧˋ	人部	【人部】	13畫	379	383	段8上-29	鍇15-10	鉉8上-4
微(散，癓通段)	wei´	ㄨㄟˊ	彳部	【彳部】	13畫	76	77	段2下-15	鍇4-7	鉉2下-3
癉(疸、憚、疸)	dan`	ㄉㄢˋ	疒部	【疒部】	13畫	351	355	段7下-33	鍇14-15	鉉7下-6
鼠(癙)	shu˘	ㄕㄨˇ	鼠部	【鼠部】	13畫	478	483	段10上-37	鍇19-12	鉉10上-6

篆本字(古文、金文、籀文、俗字，通段、金石)	拼音	注音	說文部首	康熙部首	筆畫	一般頁碼	洪葉頁碼	段注篇章	徐鍇通釋篇章	徐鉉藤花榭篇章
癘(厲、蠆、痢，癩通段)	li、	ㄌㄧ、	疒部	【疒部】13畫	350	354	段7下-31	錯14-16	鉉7下-6
厤(厲、厲、癘、蠆、蕫、勵、礪、漏、烈、例，喉通段)	li、	ㄌㄧ、	厂部	【厂部】13畫	446	451	段9下-19	錯18-7	鉉9下-3
癭(應、膺諾述及)	ying、	ㄧㄥ、	心部	【心部】13畫	502	507	段10下-25	錯20-9	鉉10下-5
疛(癟)	zhou˘	ㄓㄡ˘	疒部	【疒部】14畫	349	353	段7下-29	錯14-13	鉉7下-5
擣(擣、癟，搗、搗、檮、疇从臼通段)	dao˘	ㄉㄠ˘	手部	【手部】14畫	605	611	段12上-44	錯23-14	鉉12上-7
歷(曆、瘑、轣、靂通段)	li、	ㄌㄧ、	止部	【止部】14畫	68	68	段2上-40	錯3-17	鉉2上-8
膌(瘠、瘠，瘠、癠通段)	ji´	ㄐㄧ´	肉部	【肉部】14畫	171	173	段4下-28	錯8-10	鉉4下-5
癡(痴通段)	chi	ㄔ	疒部	【疒部】14畫	353	356	段7下-36	錯14-16	鉉7下-6
懝(癡，儗通段)	ai、	ㄞ、	心部	【心部】14畫	509	514	段10下-39	錯20-14	鉉10下-7
痒(蛘、癢)	yang˘	ㄧㄤ˘	疒部	【疒部】14畫	349	352	段7下-28	錯14-12	鉉7下-5
蛘(痒、癢)	yang´	ㄧㄤ´	虫部	【虫部】14畫	669	676	段13上-53	錯25-13	鉉13上-7
療(療)	liao´	ㄌㄧㄠ´	疒部	【疒部】15畫	352	356	段7下-35	錯14-15	鉉7下-6
癘(厲、蠆、痢，癩通段)	li、	ㄌㄧ、	疒部	【疒部】16畫	350	354	段7下-31	錯14-16	鉉7下-6
癬(蘚、瘲通段)	xian˘	ㄒㄧㄢ˘	疒部	【疒部】17畫	350	353	段7下-30	錯14-13	鉉7下-6
癭	ying˘	ㄧㄥ˘	疒部	【疒部】17畫	349	352	段7下-28	錯14-12	鉉7下-5
癜(羸，癖通段)	pi、	ㄆㄧ、	疒部	【疒部】18畫	349	353	段7下-29	錯14-13	鉉7下-5
癰	yong	ㄩㄥ	疒部	【疒部】18畫	350	353	段7下-30	錯14-13	鉉7下-5
癟	wei˘	ㄨㄟ˘	疒部	【疒部】18畫	351	354	段7下-32	錯14-14	鉉7下-6
臒(癯通段)	qu´	ㄑㄩ´	肉部	【肉部】18畫	171	173	段4下-27	錯8-10	鉉4下-5
顛(顛，巔、儞、偵、癲、瘨、酊、鷏、顚通段)	dian	ㄉㄧㄢ	頁部	【頁部】19畫	416	420	段9上-2	錯17-1	鉉9上-1

篆本字(古文、金文、籀文、俗字，通段、金石)	拼音	注音	說文部首	康熙部首	筆畫	一般頁碼	洪葉頁碼	段注篇章	徐鍇通釋篇章	徐鉉藤花榭篇章
癘	lì	ㄌㄧˋ	疒部	【疒部】19畫		350	353	段7下-30	鍇14-13	鉉7下-5
秕(癟)	bǐ	ㄅㄧˇ	禾部	【禾部】23畫		326	329	段7上-49	鍇13-20	鉉7上-8
癵(羱，癈通段)	pì	ㄆㄧˋ	疒部	【疒部】24畫		349	353	段7下-29	鍇14-13	鉉7下-5
臠(臠、癵通段)	luán	ㄌㄨㄢˊ	肉部	【肉部】25畫		171	173	段4下-28	鍇8-10	鉉4下-5
【癶(bo)部】	bo	ㄅㄛ	癶部			68	68	段2上-40	鍇3-18	鉉2上-8
癶(址)	bo	ㄅㄛ	癶部	【癶部】		68	68	段2上-40	鍇3-18	鉉2上-8
犮(址)	bá	ㄅㄚˊ	犬部	【犬部】1畫		475	480	段10上-31	鍇19-10	鉉10上-5
癹(撥通段)	bá	ㄅㄚˊ	癶部	【癶部】4畫		68	68	段2上-40	鍇3-18	鉉2上-8
癸(꿈、癸)	guǐ	ㄍㄨㄟˇ	部	【癶部】4畫		742	749	段14下-24	鍇28-12	鉉14下-6
發(废澤bì 述及)	fa	ㄈㄚ	弓部	【癶部】7畫		641	647	段12下-60	鍇24-20	鉉12下-9
登(豋、镫、鐙)	deng	ㄉㄥ	癶部	【癶部】7畫		68	68	段2上-40	鍇3-18	鉉2上-8
【白(bai´)部】	bái	ㄅㄞˊ	白部			363	138	段7下-57	鍇14-24	鉉7下-10
白(皁，請詳查)	bái	ㄅㄞˊ	白部	【白部】		363	367	段7下-57	鍇14-24	鉉7下-10
百(百、白)	bǎi	ㄅㄞˇ	白部	【白部】1畫		137	138	段4上-16	鍇7-8	鉉4上-4
皀(自【80年代段注多以白代之】)	zì	ㄗˋ	自部	【自部】1畫		136	138	段4上-15	鍇7-7	鉉4上-3
皀非皁zao`(薌通段)	jí	ㄐㄧˊ	皀部	【白部】2畫		216	219	段5下-3	鍇10-2	鉉5下-1
草(蕈、皁、皂非皁jí´，幬、驊通段)	cǎo	ㄘㄠˇ	艸部	【艸部】2畫		47	47	段1下-52	鍇2-24	鉉1下-9
槽(皁、曹)	cáo	ㄘㄠˊ	木部	【木部】2畫		264	267	段6上-53	鍇11-23	鉉6上-7
皃(額、貌)	mào	ㄇㄠˋ	皃部	【白部】2畫		406	410	段8下-10	鍇16-12	鉉8下-2
旳(的、勺，玓通段)	dì	ㄉㄧˋ	日部	【日部】3畫		303	306	段7上-4	鍇13-2	鉉7上-1
皇(遑，凰、偟、徨、煌、艎、餭、騜通段)	huáng	ㄏㄨㄤˊ	王部	【白部】4畫		9	9	段1上-18	鍇1-9	鉉1上-3
翌(皇)	huáng	ㄏㄨㄤˊ	羽部	【羽部】4畫		140	141	段4上-22	鍇7-10	鉉4上-5
旺(皇、往，旺通段)	wàng	ㄨㄤˋ	日部	【日部】4畫		306	309	段7上-10	鍇13-3	鉉7上-2

篆本字（古文、金文、籀文、俗字，通段、金石）	拼音	注音	說文部首	康熙部首	筆畫	一般頁碼	洪葉頁碼	段注篇章	徐鍇通釋篇章	徐鉉藤花榭篇章
豆(昱、㽅、尗shu˘述及，餖通段)	dou`	ㄉㄡˋ	豆部	【豆部】	4畫	207	209	段5上-37	鍇9-16	鉉5上-7
歸(歸，皈通段)	gui	ㄍㄨㄟ	止部	【止部】	4畫	68	68	段2上-40	鍇3-17	鉉2上-8
皅(葩，蘤通段)	pa	ㄆㄚ	白部	【白部】	4畫	364	367	段7下-58	鍇14-24	鉉7下-10
葩(皅，芭通段)	pa	ㄆㄚ	艸部	【艸部】	4畫	37	38	段1下-33	鍇2-16	鉉1下-5
皆(偕)	jie	ㄐㄧㄝ	白部	【白部】	4畫	136	138	段4上-15	鍇7-8	鉉4上-4
皋(櫜从咎木、高、告、號、嗥，皐、槔通段)	gao	ㄍㄠ	本部	【白部】	5畫	498	502	段10下-16	鍇20-6	鉉10下-3
鼛从咎(皋)	gao	ㄍㄠ	鼓部	【鼓部】	6畫	206	208	段5上-35	鍇9-15	鉉5上-7
皎(晈通段)	jiao˘	ㄐㄧㄠˇ	白部	【白部】	6畫	363	367	段7下-57	鍇14-24	鉉7下-10
晧(皓、澔，皜通段)	hao`	ㄏㄠˋ	日部	【日部】	7畫	304	307	段7上-6	鍇13-2	鉉7上-1
垸(浣、睆，皖通段)	huan´	ㄏㄨㄢˊ	土部	【土部】	7畫	688	694	段13下-28	鍇26-4	鉉13下-4
旰(皔通段)	gan`	ㄍㄢˋ	目部	【目部】	7畫	130	132	段4上-3	鍇7-2	鉉4上-1
皕	bi`	ㄅㄧˋ	皕部	【白部】	7畫	137	139	段4上-17	鍇7-8	鉉4上-4
晳(皙)	xi	ㄒㄧ	白部	【白部】	8畫	363	367	段7下-57	鍇14-24	鉉7下-10
疇(𥟑、𤲶、疇)	chou´	ㄔㄡˊ	白部	【白部】	9畫	137	138	段4上-16	鍇7-8	鉉4上-4
皠(確、皠通段)	hu´	ㄏㄨˊ	白部	【白部】	10畫	363	367	段7下-57	鍇14-24	鉉7下-10
皚(溰通段)	ai´	ㄞˊ	白部	【白部】	10畫	364	367	段7下-58	鍇14-24	鉉7下-10
皛	xiao˘	ㄒㄧㄠˇ	白部	【白部】	10畫	364	367	段7下-58	鍇14-25	鉉7下-10
替(替、暜)	ti`	ㄊㄧˋ	竝部	【日部】	10畫	501	505	段10下-22	鍇20-8	鉉10下-5
皠(確、皠通段)	hu´	ㄏㄨˊ	白部	【白部】	10畫	363	367	段7下-57	鍇14-24	鉉7下-10
翯(皠、皠、鶴，暠通段)	he`	ㄏㄜˋ	羽部	【羽部】	10畫	140	141	段4上-22	鍇7-10	鉉4上-5
晧(皓、澔，皜通段)	hao`	ㄏㄠˋ	日部	【日部】	10畫	304	307	段7上-6	鍇13-2	鉉7上-1
暤(皞、昊，暭、皡通段)	hao`	ㄏㄠˋ	日部	【日部】	11畫	304	307	段7上-6	鍇13-2	鉉7上-1
皤(頨)	fan´	ㄈㄢˊ	白部	【白部】	12畫	363	367	段7下-57	鍇14-24	鉉7下-10

篆本字（古文、金文、籀文、俗字，通叚、金石）	拼音	注音	說文部首	康熙部首	筆畫	一般頁碼	洪葉頁碼	段注篇章	徐鍇通釋篇章	徐鉉藤花樹篇章
皣	ye`	一ㄝ`	華部	【白部】	12畫	275	277	段6下-6	鍇12-5	鉉6下-2
曉	xiao	ㄒㄧㄠˇ	白部	【白部】	12畫	363	367	段7下-57	鍇14-24	鉉7下-10
皦(曉)	jiao	ㄐㄧㄠˇ	白部	【白部】	13畫	364	367	段7下-58	鍇14-25	鉉7下-10
疇(畤、鼂、疇)	chou´	ㄔㄡ´	白部	【白部】	14畫	137	138	段4上-16	鍇7-8	鉉4上-4
㸚(皫)	piao	ㄆㄧㄠ	牛部	【牛部】	15畫	51	52	段2上-7	鍇3-4	鉉2上-2
瓅(皪通叚)	li`	ㄌㄧ`	玉部	【玉部】	15畫	18	18	段1上-35	鍇1-17	鉉1上-5
皠(皠、皬通叚)	hu´	ㄏㄨ´	白部	【白部】	16畫	363	367	段7下-57	鍇14-24	鉉7下-10
爝(皭通叚)	jue´	ㄐㄩㄝ´	火部	【火部】	17畫	486	491	段10上-53	鍇19-18	鉉10上-9
	pi´	ㄆㄧ´	皮部			122	123	段3下-31	鍇6-16	鉉3下-7
皮(筊、㿠)	pi´	ㄆㄧ´	皮部	【皮部】		122	123	段3下-31	鍇6-16	鉉3下-7
皯(䵟通叚)	gan	ㄍㄢˇ	皮部	【皮部】	3畫	122	123	段3下-31	鍇6-16	鉉3下-7
丸(㡃通叚)	wan	ㄨㄢˊ	丸部	【丶部】	3畫	448	452	段9下-22	鍇18-8	鉉9下-4
皰(皰，疱、皺通叚)	pao`	ㄆㄠ`	皮部	【皮部】	5畫	122	123	段3下-31	鍇6-16	鉉3下-7
韤(韤、襪，妺通叚)	wa`	ㄨㄚ`	韋部	【韋部】	5畫	236	238	段5下-41	鍇10-17	鉉5下-8
皴	cun	ㄘㄨㄣ	皮部	【网部】	7畫	無	無	無	無	鉉3下-7
鞹(鞹、鞠，皸、皺、履、靴、韗通叚)	yun`	ㄩㄣ`	革部	【革部】	7畫	107	108	段3下-2	鍇6-2	鉉3下-1
遣(錯，撒、皽、皶通叚)	cuo`	ㄘㄨㄛ`	辵(辶)部	【辵部】	8畫	71	71	段2下-4	鍇4-3	鉉2下-1
昔(臂、腊、夕、昨，焟、皵通叚)	xi´	ㄒㄧ´	日部	【日部】	8畫	307	310	段7上-12	鍇13-4	鉉7上-2
皲	jun	ㄐㄩㄣ	皮部	【网部】	9畫	無	無	無	無	鉉3下-7
鞹(鞹、鞠，皸、皺、履、靴、韗通叚)	yun`	ㄩㄣ`	革部	【革部】	9畫	107	108	段3下-2	鍇6-2	鉉3下-1
踾(皸)	kun	ㄎㄨㄣˇ	足部	【足部】	9畫	84	84	段2下-30	鍇4-15	鉉2下-6
鼓(皷通叚)	gu	ㄍㄨˇ	支部	【支部】	9畫	125	126	段3下-38	鍇6-19	鉉3下-8
皷(鼓、皷、鼛从古)	gu	ㄍㄨˇ	鼓部	【鼓部】	9畫	206	208	段5上-35	鍇9-15	鉉5上-7

篆本字(古文、金文、籀文、俗字、通叚、金石)	拼音	注音	說文部首	康熙部首	筆畫	一般頁碼	洪葉頁碼	段注篇章	徐鍇通釋篇章	徐鉉藤花榭篇章
杜(塶、皷通叚)	du`	ㄉㄨˋ	木部	【木部】9畫	240	242	段6上-4	錯11-2	鉉6上-1
羆(羆、髲)	pi´	ㄆㄧˊ	熊部	【网部】10畫	480	484	段10上-40	錯19-13	鉉10上-7
縐(皺通叚)	zhou`	ㄓㄡˋ	糸部	【糸部】10畫	660	666	段13上-34	錯25-8	鉉13上-4
遳(錯,撒、戲、皷通叚)	cuo`	ㄘㄨㄛˋ	辵(辶)部	【辵部】12畫	71	71	段2下-4	錯4-3	鉉2下-1
孕(孕、腪、媺,媺通叚)	yun`	ㄩㄣˋ	子部	【子部】12畫	742	749	段14下-24	錯28-12	鉉14下-6
膻(襢、袒,皽通叚)	shan	ㄕㄢ	肉部	【肉部】13畫	171	173	段4下-27	錯8-10	鉉4下-5
韇(皽,櫝通叚)	du´	ㄉㄨˊ	革部	【革部】15畫	110	111	段3下-8	錯6-5	鉉3下-2
皰(皰,疱、皴通叚)	pao`	ㄆㄠˋ	皮部	【皮部】15畫	122	123	段3下-31	錯6-16	鉉3下-7
【皿(min˘)部】	min˘	ㄇㄧㄣˇ	皿部		211	213	段5上-46	錯9-19	鉉5上-9
皿(幎)	min˘	ㄇㄧㄣˇ	皿部	【皿部】	211	213	段5上-46	錯9-19	鉉5上-9
盂(𥂖、盓)	yu´	ㄩˊ	皿部	【皿部】3畫	211	213	段5上-46	錯9-19	鉉5上-9
盄	zhao	ㄓㄠ	皿部	【皿部】4畫	212	214	段5上-47	錯9-19	鉉5上-9
盅(沖)	zhong	ㄓㄨㄥ	皿部	【皿部】4畫	212	214	段5上-48	錯9-20	鉉5上-9
沖(盅,冲、沖、翀通叚)	chong	ㄔㄨㄥ	水部	【水部】4畫	547	552	段11上貳-4	錯21-14	鉉11上-4
盍(蓋、曷、盇、盍琥述及,溢、盒通叚)	he´	ㄏㄜˊ	血部	【血部】4畫	214	216	段5上-52	錯9-21	鉉5上-10
盆(湓,葐通叚)	pen´	ㄆㄣˊ	皿部	【皿部】4畫	212	214	段5上-47	錯9-19	鉉5上-9
盓(盢)	you`	ㄧㄡˋ	皿部	【皿部】4畫	212	214	段5上-47	錯9-19	鉉5上-9
桮(杯、匼、匼 椑方言曰:盃械盞溫閒櫨廡,桮也,盃、杯通叚)	bei	ㄅㄟ	木部	【木部】4畫	260	263	段6上-45	錯11-19	鉉6上-6
㼚(槓方言曰:盃械盞溫閒櫨廡,桮也,溫、杠、盞通叚)	gong`	ㄍㄨㄥˋ	匚部	【匚部】5畫	636	642	段12下-49	錯24-16	鉉12下-8
盈	ying´	ㄧㄥˊ	皿部	【皿部】5畫	212	214	段5上-48	錯9-19	鉉5上-9
嬴(盈郯tan´述及)	ying´	ㄧㄥˊ	女部	【女部】5畫	612	618	段12下-2	錯24-1	鉉12下-1

篆本字（古文、金文、籀文、俗字，通段、金石）	拼音	注音	說文部首	康熙部首	筆畫	一般頁碼	洪葉頁碼	段注篇章	徐鍇通釋篇章	徐鉉藤花榭篇章
宔	zhù	ㄓㄨˋ	皿部	【皿部】5畫		212	214	段5上-47	鍇9-19	鉉5上-9
盉(和)	hé	ㄏㄜˊ	皿部	【皿部】5畫		212	214	段5上-48	鍇9-19	鉉5上-9
益(葢、鎰通段)	yì	一ˋ	皿部	【皿部】5畫		212	214	段5上-48	鍇9-19	鉉5上-9
嗌(蕬、益，膉通段)	yì	一ˋ	口部	【口部】5畫		54	55	段2上-13	鍇3-6	鉉2上-3
盎(瓫，映通段)	àng	ㄤˋ	皿部	【皿部】5畫		212	214	段5上-47	鍇9-19	鉉5上-9
醠(盎)	àng	ㄤˋ	酉部	【酉部】5畫		748	755	段14下-35	鍇28-18	鉉14下-8
盍	mǐ	ㄇ一ˇ	皿部	【皿部】5畫		212	214	段5上-48	鍇9-19	鉉5上-9
盈(溫)	wen	ㄨㄣ	皿部	【皿部】5畫		213	215	段5上-49	鍇9-20	鉉5上-9
溫(盈)	wen	ㄨㄣ	水部	【水部】5畫		519	524	段11上壹-7	鍇21-3	鉉11上-1
盌(椀，碗、窫通段)	wǎn	ㄨㄢˇ	皿部	【皿部】5畫		211	213	段5上-46	鍇9-19	鉉5上-9
甕(椀、盌，碗通段)	wǎn	ㄨㄢˇ	瓦部	【瓦部】5畫		639	645	段12下-55	鍇24-18	鉉12下-8
盇(葢、曷、盍、盍虓述及，溢、盒通段)	hé	ㄏㄜˊ	血部	【血部】5畫		214	216	段5上-52	鍇9-21	鉉5上-10
曷(害、盇，鞨通段)	hé	ㄏㄜˊ	曰部	【曰部】5畫		202	204	段5上-28	鍇9-11	鉉5上-5
盇(葢、曷、盍、盍虓述及，溢、盒通段)	hé	ㄏㄜˊ	血部	【血部】5畫		214	216	段5上-52	鍇9-21	鉉5上-10
盋	bo	ㄅㄛ	皿部	【皿部】5畫		無	無	無	無	鉉5上-9
槃(盤、鑋，盋、柈、洀、磐、鉢通段)	pán	ㄆㄢˊ	木部	【木部】5畫		260	263	段6上-45	鍇11-19	鉉6上-6
盒(盇)	yòu	一ㄡˋ	皿部	【皿部】6畫		212	214	段5上-47	鍇9-19	鉉5上-9
盛(成，晟通段)	shèng	ㄕㄥˋ	皿部	【皿部】6畫		211	213	段5上-46	鍇9-19	鉉5上-9
郕(成、盛)	cheng	ㄔㄥˊ	邑部	【邑部】6畫		296	299	段6下-49	鍇12-20	鉉6下-8
盜(盗通段)	dào	ㄉㄠˋ	次部	【皿部】6畫		414	419	段8下-27	鍇16-18	鉉8下-5
盇(葢、曷、盍、盍虓述及，溢、盒通段)	hé	ㄏㄜˊ	血部	【血部】6畫		214	216	段5上-52	鍇9-21	鉉5上-10

篆本字(古文、金文、籀文、俗字,通段、金石)	拼音	注音	說文部首	康熙部首	筆畫	一般頁碼	洪葉頁碼	段注篇章	徐鍇通釋篇章	徐鉉藤花榭篇章
盦(庵、罨、盒、菴通段)	an	ㄢ	皿部	【皿部】6畫		213	215	段5上-49	鍇9-20	鉉5上-9
盌(椀,碗、盋通段)	wan`	ㄨㄢˇ	皿部	【皿部】6畫		211	213	段5上-46	鍇9-19	鉉5上-9
桊(捲、盎通段)	juan`	ㄐㄩㄢˋ	木部	【木部】6畫		263	265	段6上-50	鍇11-22	鉉6上-6
盜(盗通段)	dao`	ㄉㄠˋ	次部	【皿部】7畫		414	419	段8下-27	鍇16-18	鉉8下-5
盨(醓,盜通段)	tan`	ㄊㄢˇ	血部	【血部】7畫		214	216	段5上-51	鍇9-21	鉉5上-9
茋(盉)	zhi	ㄓ	艸部	【艸部】8畫		43	43	段1下-44	鍇2-20	鉉1下-7
戔(殘、錢,醆、盞通段)	jian	ㄐㄧㄢ	戈部	【戈部】8畫		632	638	段12下-41	鍇24-13	鉉12下-6
湔(濺瓚zan`述及,瑑、盞通段)	jian	ㄐㄧㄢ	水部	【水部】8畫		519	573	段11上壹-7	鍇21-3	鉉11上-1
顉(橄方言曰:盌械盞盈閒榻廬,桮也,盈、柧、盞通段)	gong`	ㄍㄨㄥˋ	匚部	【匚部】8畫		636	642	段12下-49	鍇24-16	鉉12下-8
盟(盟、盟从血、盟从皿)	meng'	ㄇㄥˊ	囧部	【血部】8畫		314	317	段7上-26	鍇13-10	鉉7上-4
敦(敦,墩、盨通段)	dun	ㄉㄨㄣ	攴部	【攴部】8畫		125	126	段3下-37	鍇6-18	鉉3下-8
漉(淥,盝、盨通段)	lu`	ㄌㄨˋ	水部	【水部】8畫		561	566	段11上貳-32	鍇21-23	鉉11上-8
盡(儘、儩賜述及)	jin`	ㄐㄧㄣˋ	皿部	【皿部】9畫		212	214	段5上-48	鍇9-20	鉉5上-9
監(毉)	jian	ㄐㄧㄢ	臥部	【皿部】9畫		388	392	段8上-47	鍇15-16	鉉8上-7
瞷(監)	jian	ㄐㄧㄢ	目部	【目部】9畫		132	134	段4上-7	鍇7-4	鉉4上-2
鑑(鑒、鑒、監,覽通段)	jian`	ㄐㄧㄢˋ	金部	【金部】9畫		703	710	段14上-4	鍇27-2	鉉14上-1
槃(盤、鎜,盉、柈、泮、磐、鉢通段)	pan'	ㄆㄢˊ	木部	【木部】10畫		260	263	段6上-45	鍇11-19	鉉6上-6
彥(盤)	yan`	ㄧㄢˋ	彣部	【彡部】10畫		425	429	段9上-20	鍇17-7	鉉9上-4
餔(餔,晡通段)	bu	ㄅㄨ	倉部	【食部】10畫		220	223	段5下-11	鍇10-4	鉉5下-2
盬	gu`	ㄍㄨˇ	皿部	【皿部】11畫		212	214	段5上-47	鍇9-19	鉉5上-9

篆本字(古文、金文、籀文、俗字，通叚、金石)	拼音	注音	說文部首	康熙部首	筆畫	一般頁碼	洪葉頁碼	段注篇章	徐鍇通釋篇章	徐鉉藤花榭篇章
盥	guan`	ㄍㄨㄢˋ	皿部	【皿部】	11畫	213	215	段5上-49	錯9-20	鉉5上-9
盦(庵、罯、盒、菴通叚)	an	ㄢ	皿部	【皿部】	11畫	213	215	段5上-49	錯9-20	鉉5上-9
瀘(淥，盠、盨通叚)	lu`	ㄌㄨˋ	水部	【水部】	11畫	561	566	段11上貳-32	錯21-23	鉉11上-8
盧(盧从囪、盧、矑䚰述及，瀘、獹、蠦、轤、鱸通叚)	lu´	ㄌㄨˊ	皿部	【皿部】	11畫	212	214	段5上-47	錯9-19	鉉5上-9
廬(盧)	lu´	ㄌㄨˊ	广部	【广部】	11畫	443	447	段9下-12	錯18-4	鉉9下-2
顱(盧，髗通叚)	lu´	ㄌㄨˊ	頁部	【頁部】	11畫	416	420	段9上-2	錯17-1	鉉9上-1
黸(盧、旅、旙，矑通叚)	lu´	ㄌㄨˊ	黑部	【黑部】	11畫	487	492	段10上-55	錯19-19	鉉10上-10
盟(盟、盟从血、盟从皿)	meng´	ㄇㄥˊ	囧部	【血部】	11畫	314	317	段7上-26	錯13-10	鉉7上-4
盨	xu`	ㄒㄩˇ	皿部	【皿部】	12畫	212	214	段5上-47	錯9-19	鉉5上-9
盪(蕩，濿、盌通叚)	dang`	ㄉㄤˋ	皿部	【皿部】	12畫	213	215	段5上-49	錯9-20	鉉5上-9
蘁从血(薀从血)	ju´	ㄐㄩˊ	血部	【血部】	12畫	214	216	段5上-51	錯9-21	鉉5上-10
鬻从血，隸从皿	zhou	ㄓㄡ	弅部	【皿部】	12畫	496	501	段10下-13	錯20-5	鉉10下-3
盭从幺𡴥(戾、盭)	li`	ㄌㄧˋ	弦部	【皿部】	12畫	642	648	段12下-61	錯24-20	鉉12下-10
鹽	gu`	ㄍㄨˇ	鹽部	【皿部】	13畫	586	592	段12上-5	錯23-3	鉉12上-2
盪	jiao	ㄐㄧㄠˇ	皿部	【皿部】	14畫	212	214	段5上-48	錯9-19	鉉5上-9
齍从皿(粢)	zi	ㄗ	皿部	【齊部】	14畫	211	213	段5上-46	錯9-19	鉉5上-9
櫑(蠱、罍、櫑、鸓、鼺)	lei´	ㄌㄟˊ	木部	【木部】	15畫	261	263	段6上-46	錯11-20	鉉6上-6
盧(盧从囪、盧、矑䚰述及，瀘、獹、蠦、轤、鱸通叚)	lu´	ㄌㄨˊ	皿部	【皿部】	15畫	212	214	段5上-47	錯9-19	鉉5上-9
盭从幺𡴥(戾、盭)	li`	ㄌㄧˋ	弦部	【皿部】	15畫	642	648	段12下-61	錯24-20	鉉12下-10
莫(盭从幺𡴥)	li`	ㄌㄧˋ	艸部	【艸部】	15畫	27	27	段1下-12	錯2-6	鉉1下-2

篆本字（古文、金文、籀文、俗字，通叚、金石）	拼音	注音	說文部首	康熙部首	筆畫	一般頁碼	洪葉頁碼	段注篇章	徐鍇通釋篇章	徐鉉藤花榭篇章
【目(mu`)部】	mu`	ㄇㄨˋ	目部			129	131	段4上-1	鍇7-1	鉉4上-1
目(囿，苜通叚)	mu`	ㄇㄨˋ	目部	【目部】		129	131	段4上-1	鍇7-1	鉉4上-1
晵(䀛，瞗、瞜通叚)	chou	ㄔㄡ	目部	【目部】2畫		134	136	段4上-11	鍇7-5	鉉4上-2
旬(眴，峋、眅通叚)	xuan`	ㄒㄩㄢˋ	目部	【目部】2畫		132	134	段4上-7	鍇7-4	鉉4上-2
直(稟)	zhi´	ㄓˊ	ㄥ部	【目部】3畫		634	640	段12下-45	鍇24-15	鉉12下-7
值(直)	zhi´	ㄓˊ	人部	【人部】3畫		382	386	段8上-36	鍇15-12	鉉8上-5
肝(盰通叚)	gan`	ㄍㄢˋ	目部	【目部】3畫		130	132	段4上-3	鍇7-2	鉉4上-1
盱	xu	ㄒㄩ	目部	【目部】3畫		131	133	段4上-5	鍇7-3	鉉4上-2
忬(吁、盱)	xu	ㄒㄩ	心部	【心部】3畫		514	518	段10下-48	鍇20-17	鉉10下-8
盲	mang´	ㄇㄤˊ	目部	【目部】3畫		135	136	段4上-12	鍇7-6	鉉4上-3
夐	xue`	ㄒㄩㄝˋ	夐部	【目部】3畫		129	131	段4上-1	鍇7-1	鉉4上-1
省(嵜、瘖)	sheng	ㄕㄥˇ	目部	【目部】4畫		136	137	段4上-14	鍇7-7	鉉4上-3
眚(瘖、省)	sheng˘	ㄕㄥˇ	目部	【目部】4畫		134	135	段4上-10	鍇7-5	鉉4上-2
渻(省、婘、楷)	sheng˘	ㄕㄥˇ	水部	【水部】4畫		551	556	段11上貳-12	鍇21-16	鉉11上-5
眣(觖通叚)	jue´	ㄐㄩㄝˊ	目部	【目部】4畫		134	135	段4上-10	鍇7-5	鉉4上-2
眒(mei`)	wu`	ㄨˋ	目部	【目部】4畫		131	133	段4上-5	鍇7-3	鉉4上-2
曊(眒)	fei`	ㄈㄟˋ	目部	【目部】4畫		135	137	段4上-13	鍇7-6	鉉4上-3
相(xiang`)	xiang	ㄒㄧㄤ	目部	【目部】4畫		133	134	段4上-8	鍇7-4	鉉4上-2
胥(相，偦通叚)	xu	ㄒㄩ	肉部	【肉部】4畫		175	177	段4下-35	鍇8-12	鉉4下-5
冒(圂、冃，帽、瑁、膡通叚)	mao`	ㄇㄠˋ	冃部	【冂部】4畫		354	358	段7下-39	鍇14-17	鉉7下-7
眅(朌)	pan	ㄆㄢˇ	目部	【目部】4畫		134	135	段4上-10	鍇7-6	鉉4上-2
盼	pan`	ㄆㄢˋ	目部	【目部】4畫		130	132	段4上-3	鍇7-2	鉉4上-1
眂(昏)	shi`	ㄕˋ	目部	【目部】4畫		131	132	段4上-4	鍇7-3	鉉4上-2
盺(眢)	xi´	ㄒㄧˊ	目部	【目部】4畫		131	132	段4上-4	鍇7-3	鉉4上-1
眄	mian˘	ㄇㄧㄢˇ	目部	【目部】4畫		135	136	段4上-12	鍇7-6	鉉4上-3
販(瞥)	pan	ㄆㄢ	目部	【目部】4畫		130	132	段4上-3	鍇7-2	鉉4上-1
瞥(販述及)	pan´	ㄆㄢˊ	目部	【目部】4畫		132	133	段4上-6	鍇7-3	鉉4上-2
眇(妙，渺通叚)	miao˘	ㄇㄧㄠˇ	目部	【目部】4畫		135	136	段4上-12	鍇7-6	鉉4上-3
眈(躭通叚)	dan	ㄉㄢ	目部	【目部】4畫		131	133	段4上-5	鍇7-3	鉉4上-2

篆本字（古文、金文、籀文、俗字，通段、金石）	拼音	注音	說文部首	康熙部首	筆畫	一般頁碼	洪葉頁碼	段注篇章	徐鍇通釋篇章	徐鉉藤花榭篇章
覘(眈)	dan	ㄉㄢ	見部	【見部】	4畫	408	413	段8下-15	錯16-14	鉉8下-3
眊(眊、耄、薹)	mao ˋ	ㄇㄠˋ	目部	【目部】	4畫	131	132	段4上-4	錯7-2	鉉4上-1
看(翰)	kan ˋ	ㄎㄢˋ	目部	【目部】	4畫	133	135	段4上-9	錯7-5	鉉4上-2
䀡	wo ˋ	ㄨㄛˋ	目部	【目部】	4畫	135	137	段4上-13	錯7-6	鉉4上-3
薹(耄、耄、眊、旄，薹通段)	mao ˋ	ㄇㄠˋ	老部	【老部】	4畫	398	402	段8上-67	錯16-7	鉉8上-10
盾(鶞通段)	dun ˋ	ㄉㄨㄣˋ	盾部	【目部】	4畫	136	137	段4上-14	錯7-7	鉉4上-3
楯(盾，楯、輴通段)	shun ˇ	ㄕㄨㄣˇ	木部	【木部】	4畫	256	258	段6上-36	錯11-14	鉉6上-5
瞀(眉)	mei ˊ	ㄇㄟˊ	眉部	【目部】	4畫	136	137	段4上-14	錯7-7	鉉4上-3
臮(梟)	jiao	ㄐㄧㄠ	臮部	【目部】	4畫	423	428	段9上-17	錯17-6	鉉9上-3
視(示、眂、眡)	shi ˋ	ㄕˋ	見部	【見部】	4畫	407	412	段8下-13	錯16-13	鉉8下-3
眨	zha ˇ	ㄓㄚˇ	目部	【目部】	4畫	無	無	無	無	鉉4上-3
䀫(睫、眣，眨、瞵、瞼通段)	jie ˊ	ㄐㄧㄝˊ	目部	【目部】	4畫	130	131	段4上-2	錯7-2	鉉4上-1
眞(𠤎、慎)	zhen	ㄓㄣ	匕部	【目部】	5畫	384	388	段8上-40	錯15-13	鉉8上-5
䀼(毖、泌、祕)	bi ˋ	ㄅㄧˋ	目部	【目部】	5畫	131	132	段4上-4	錯7-2	鉉4上-1
䀩(豁)	huo ˋ	ㄏㄨㄛˋ	目部	【目部】	5畫	131	133	段4上-5	錯7-3	鉉4上-2
眔(隶)	da ˋ	ㄉㄚˋ	目部	【目部】	5畫	132	133	段4上-6	錯7-3	鉉4上-2
眕	zhen ˇ	ㄓㄣˇ	目部	【目部】	5畫	131	133	段4上-5	錯7-3	鉉4上-2
眙(瞪)	chi ˋ	ㄔˋ	目部	【目部】	5畫	133	135	段4上-9	錯7-6	鉉4上-2
視(示、眂、眡)	shi ˋ	ㄕˋ	見部	【見部】	5畫	407	412	段8下-13	錯16-13	鉉8下-3
題(眡坂fa ˊ 述及，鶙通段)	ti ˊ	ㄊㄧˊ	頁部	【頁部】	5畫	416	421	段9上-3	錯17-1	鉉9上-1
告(瘖、省)	sheng ˇ	ㄕㄥˇ	目部	【目部】	5畫	134	135	段4上-10	錯7-5	鉉4上-2
眛	mei ˋ	ㄇㄟˋ	目部	【目部】	5畫	134	136	段4上-11	錯7-5	鉉4上-2
眜	mo ˋ	ㄇㄛˋ	目部	【目部】	5畫	132	133	段4上-6	錯7-3	鉉4上-2
眝(佇、竚)	zhu ˋ	ㄓㄨˋ	目部	【目部】	5畫	133	135	段4上-9	錯7-5	鉉4上-2

篆本字（古文、金文、籀文、俗字，通叚、金石）	拼音	注音	說文部首	康熙部首	筆畫	一般頁碼	洪葉頁碼	段注篇章	徐鍇通釋篇章	徐鉉藤花榭篇章
宁(貯、䘰、著，竚、佇、眝通叚)	zhù	ㄓㄨˋ	宁部	【宀部】5畫	737	744	段14下-14	鍇28-5	鉉14下-3
智(腕通叚)	yuan	ㄩㄢ	目部	【目部】5畫	132	134	段4上-7	鍇7-4	鉉4上-2
眣(眣，姪通叚)	dié	ㄅ一ㄝˊ	目部	【目部】5畫	134	136	段4上-11	鍇7-5	鉉4上-2
瞑(mingˊ眠)	miánˊ	ㄇ一ㄢˊ	目部	【目部】5畫	134	135	段4上-10	鍇7-5	鉉4上-2
眩	xuàn	ㄒㄩㄢˋ	目部	【目部】5畫	130	131	段4上-2	鍇7-1	鉉4上-1
曹(眲)	fèi	ㄈㄟˋ	目部	【目部】5畫	135	137	段4上-13	鍇7-6	鉉4上-3
窅窅朕=坳突=凹凸(眑、容通叚)	yǎo	一ㄠˇ	目部	【穴部】5畫	130	132	段4上-3	鍇7-2	鉉4上-1
覘(沾，佔、貼通叚)	chan	ㄔㄢˋ	見部	【見部】5畫	408	413	段8下-15	鍇16-14	鉉8下-3
眗(瞿juˋ)	quˊ	ㄑㄩˊ	眮部	【目部】5畫	135	137	段4上-13	鍇7-6	鉉4上-3
瞿(眗，戳、鑺通叚)	quˊ	ㄑㄩˊ	瞿部	【目部】5畫	147	149	段4上-37	鍇7-17	鉉4上-7
旬(晌，峋、旳通叚)	xuàn	ㄒㄩㄢˋ	目部	【目部】6畫	132	134	段4上-7	鍇7-4	鉉4上-2
眵(晳)	xiˊ	ㄒ一ˊ	目部	【目部】6畫	131	132	段4上-4	鍇7-3	鉉4上-1
硌	luò	ㄌㄨㄛˋ	目部	【目部】6畫	134	135	段4上-10	鍇7-4	鉉4上-2
眥(眦通叚)	zì	ㄗˋ	目部	【目部】6畫	130	131	段4上-2	鍇7-2	鉉4上-1
眮	tóng	ㄊㄨㄥˊ	目部	【目部】6畫	131	132	段4上-4	鍇7-2	鉉4上-1
眯	mi	ㄇ一	目部	【目部】6畫	134	136	段4上-11	鍇7-5	鉉4上-2
孋从米(寐、眯)	miˇ	ㄇ一ˇ	寢部	【宀部】6畫	347	351	段7下-25	鍇14-11	鉉7下-5
窅窅朕=坳突=凹凸(眑、容通叚)	yǎo	一ㄠˇ	目部	【穴部】6畫	130	132	段4上-3	鍇7-2	鉉4上-1
眵(胑通叚)	chi	ㄔ	目部	【目部】6畫	134	135	段4上-10	鍇7-5	鉉4上-2
眷(睠、婘)	juàn	ㄐㄩㄢˋ	目部	【目部】6畫	133	135	段4上-9	鍇7-5	鉉4上-2
眺(覜)	tiào	ㄊ一ㄠˋ	目部	【目部】6畫	134	136	段4上-11	鍇7-5	鉉4上-2
恧(忸、聏、聏、聰、衄通叚)	nǜ	ㄋㄩˋ	心部	【心部】6畫	515	519	段10下-50	鍇20-18	鉉10下-9
眹	zhèn	ㄓㄣˋ	目部	【目部】6畫	無	無	無	無	鉉4上-3
朕(媵、眹，眹通叚)	zhèn	ㄓㄣˋ	舟部	【月部】6畫	403	408	段8下-5	鍇16-10	鉉8下-1

篆本字（古文、金文、籀文、俗字，通叚、金石）	拼音	注音	說文部首	康熙部首	筆畫	一般頁碼	洪葉頁碼	段注篇章	徐鍇通釋篇章	徐鉉藤花榭篇章
睇(睼)	di`	ㄉㄧˋ	目部	【目部】	6畫	133	135	段4上-9	錯7-6	鉉4上-2
眼	yan`	ㄧㄢˇ	目部	【目部】	6畫	129	131	段4上-1	錯7-1	鉉4上-1
睴(眼)	hun`	ㄏㄨㄣˋ	目部	【目部】	6畫	130	131	段4上-2	錯7-2	鉉4上-1
眸	mou´	ㄇㄡˊ	目部	【目部】	6畫	無	無	無	無	鉉4上-3
牟(犛來述及、眸盲述及，恈、鶜通叚)	mou´	ㄇㄡˊ	牛部	【牛部】	6畫	51	52	段2上-7	錯3-4	鉉2上-2
瞷(瞯、瞯、騆、睯，擱通叚)	xian´	ㄒㄧㄢˊ	目部	【目部】	6畫	134	136	段4上-11	錯7-5	鉉4上-2
匡(匤、筐，眶通叚)	kuang	ㄎㄨㄤ	匚部	【匚部】	6畫	636	642	段12下-49	錯24-16	鉉12下-8
眽(覛)	mo`	ㄇㄛˋ	目部	【目部】	6畫	132	133	段4上-6	錯7-3	鉉4上-2
覛(覛、眽、脈文選，覓、覔、覔、否、鸞通叚)	mi`	ㄇㄧˋ	辰部	【見部】	6畫	570	575	段11下-6	錯22-3	鉉11下-2
哉(哉，截通叚)	zai	ㄗㄞ	口部	【口部】	6畫	57	58	段2上-19	錯3-8	鉉2上-4
瞋(瞋)	chen	ㄔㄣ	目部	【目部】	6畫	133	134	段4上-8	錯7-4	鉉4上-2
眭	gui`	ㄍㄨㄟˋ	目部	【目部】	6畫	無	無	無	無	鉉4上-3
睢非且部睢ju鵙字(灘、睦通叚)	sui	ㄙㄨㄟ	目部	【目部】	6畫	132	134	段4上-7	錯7-4	鉉4上-2
眾	zhong`	ㄓㄨㄥˋ	㐺部	【目部】	6畫	387	391	段8上-45	錯15-15	鉉8上-6
夏	xi`	ㄒㄧˋ	夏部	【目部】	6畫	129	131	段4上-1	錯7-1	鉉4上-1
睙	lang`	ㄌㄤˇ	目部	【目部】	7畫	134	136	段4上-11	錯7-5	鉉4上-2
睞(睫、眊，眨、睫、瞼通叚)	jie´	ㄐㄧㄝˊ	目部	【目部】	7畫	130	131	段4上-2	錯7-2	鉉4上-1
睯(䀩，瞞、瞻通叚)	chou	ㄔㄡ	目部	【目部】	7畫	134	136	段4上-11	錯7-5	鉉4上-2
督(眉)	mei´	ㄇㄟˊ	眉部	【目部】	7畫	136	137	段4上-14	錯7-7	鉉4上-3
睅(睆)	han`	ㄏㄢˋ	目部	【目部】	7畫	130	131	段4上-2	錯7-2	鉉4上-1
垸(浣、睆，皖通叚)	huan´	ㄏㄨㄢˊ	土部	【土部】	7畫	688	694	段13下-28	錯26-4	鉉13下-4

篆本字（古文、金文、籀文、俗字，通段、金石）	拼音	注音	說文部首	康熙部首	筆畫	一般頁碼	洪葉頁碼	段注篇章	徐鍇通釋篇章	徐鉉藤花榭篇章
睇(睼)	di ˋ	ㄉㄧˋ	目部	【目部】7畫	133	135	段4上-9	鍇7-6	鉉4上-2
䀥(脞通段)	cuo ˊ	ㄘㄨㄛˊ	目部	【目部】7畫	135	137	段4上-13	鍇7-6	鉉4上-3
睊	juan ˋ	ㄐㄩㄢˋ	目部	【目部】7畫	133	134	段4上-8	鍇7-4	鉉4上-2
睍	xian ˋ	ㄒㄧㄢˋ	目部	【目部】7畫	130	132	段4上-3	鍇7-2	鉉4上-1
睎(希、㭒，鵗通段)	xi	ㄒㄧ	目部	【目部】7畫	133	135	段4上-9	鍇7-3	鉉4上-2
䀾(䁐通段)	yan ˊ	ㄧㄢˊ	目部	【目部】7畫	131	133	段4上-5	鍇7-3	鉉4上-2
眄	mian ˇ	ㄇㄧㄢˇ	目部	【目部】8畫	131	132	段4上-4	鍇7-3	鉉4上-2
臤	xian ˋ	ㄒㄧㄢˋ	目部	【目部】8畫	130	131	段4上-2	鍇7-2	鉉4上-1
精(晴、暒姓qingˊ述及，鯖、鶺、鷶从即、鶄、䶁通段)	jing	ㄐㄧㄥ	米部	【米部】8畫	331	334	段7上-59	鍇13-24	鉉7上-9
䀹(睫、毧，眨、睫、瞼通段)	jie ˊ	ㄐㄧㄝˊ	目部	【目部】8畫	130	131	段4上-2	鍇7-2	鉉4上-1
晢(晣，晰通段)	zhe ˊ	ㄓㄜˊ	日部	【日部】8畫	303	306	段7上-3	鍇13-1	鉉7上-1
䁝(睕通段)	yuan	ㄩㄢ	目部	【目部】8畫	132	134	段4上-7	鍇7-4	鉉4上-2
粹(晬、晬通段)	cui ˋ	ㄘㄨㄟˋ	米部	【米部】8畫	333	336	段7上-63	鍇13-25	鉉7上-10
睚	ya ˊ	ㄧㄚˊ	目部	【目部】8畫	無	無	無	無	鉉4上-3
厓(涯、睚通段)	ya ˊ	ㄧㄚˊ	厂部	【厂部】8畫	446	451	段9下-19	鍇18-7	鉉9下-3
睠(睊、婘)	juan ˋ	ㄐㄩㄢˋ	目部	【目部】8畫	133	135	段4上-9	鍇7-5	鉉4上-2
晵	qi ˋ	ㄑㄧˋ	目部	【目部】8畫	133	134	段4上-8	鍇7-4	鉉4上-2
睒(覢、瞲)	shan ˇ	ㄕㄢˇ	目部	【目部】8畫	131	132	段4上-4	鍇7-2	鉉4上-1
覢(睒)	shan ˇ	ㄕㄢˇ	見部	【見部】8畫	408	413	段8下-15	鍇16-14	鉉8下-3
睔	gun ˋ	ㄍㄨㄣˋ	目部	【目部】8畫	130	132	段4上-3	鍇7-2	鉉4上-1
睗	shi ˋ	ㄕˋ	目部	【目部】8畫	133	134	段4上-8	鍇7-4	鉉4上-2
睘(睘)	qiong ˊ	ㄑㄩㄥˊ	目部	【目部】8畫	131	133	段4上-5	鍇7-3	鉉4上-2
熒(嬛、惸、睘，煢、嫈通段)	qiong ˊ	ㄑㄩㄥˊ	炏部	【火部】8畫	583	588	段11下-32	鍇22-12	鉉11下-7
睞	lai ˋ	ㄌㄞˋ	目部	【目部】8畫	134	136	段4上-11	鍇7-5	鉉4上-2
睢非且部雎ju鴡字(濉、睢通段)	sui	ㄙㄨㄟ	目部	【目部】8畫	132	134	段4上-7	鍇7-4	鉉4上-2

篆本字(古文、金文、籀文、俗字，通叚、金石)	拼音	注音	說文部首	康熙部首	筆畫	一般頁碼	洪葉頁碼	段注篇章	徐鍇通釋篇章	徐鉉藤花榭篇章
俾(卑、裨，睤、鞞通叚)	bi ˇ	ㄅㄧˇ	人部	【人部】8畫	376	380	段8上-24	錯15-9	鉉8上-3
督(𧮫，睯通叚)	du	ㄉㄨ	目部	【目部】8畫	133	135	段4上-9	錯7-5	鉉4上-2
裻(督)	du ˇ	ㄉㄨˇ	衣部	【衣部】8畫	393	397	段8上-58	錯16-4	鉉8上-8
菫(董、督)	dong ˇ	ㄉㄨㄥˇ	艸部	【艸部】8畫	32	32	段1下-22	錯2-10	鉉1下-4
裯(褵、督，褶通叚)	du ´	ㄉㄨ´	衣部	【衣部】8畫	392	396	段8上-55	錯16-3	鉉8上-8
睦(𡜬)	mu `	ㄇㄨ`	目部	【目部】8畫	132	134	段4上-7	錯7-4	鉉4上-2
睨(䪴，堄通叚)	ni `	ㄋㄧ`	目部	【目部】8畫	131	133	段4上-5	錯7-3	鉉4上-2
䪴(睨)	ni `	ㄋㄧ`	見部	【見部】8畫	407	412	段8下-13	錯16-13	鉉8下-3
倪(睨、題，堄通叚)	ni ´	ㄋㄧ´	人部	【人部】8畫	376	380	段8上-24	錯15-10	鉉8上-3
睩	lu `	ㄌㄨ`	目部	【目部】8畫	134	136	段4上-11	錯7-4	鉉4上-2
睹(覩，䁅通叚)	du ˇ	ㄉㄨˇ	目部	【目部】8畫	132	133	段4上-6	錯7-3	鉉4上-2
晵	fei	ㄈㄟ	目部	【目部】8畫	130	131	段4上-2	錯7-2	鉉4上-1
䁪(睴)	zhun	ㄓㄨㄣ	目部	【目部】8畫	132	133	段4上-6	錯7-4	鉉4上-2
睪(睪)	yi `	ㄧ`	䇂部	【目部】8畫	496	500	段10下-12	錯20-5	鉉10下-3
䁝(覵)	juan `	ㄐㄩㄢ`	眀部	【目部】8畫	136	137	段4上-14	錯7-6	鉉4上-3
覵(䀜、䁝、䁝述及)	mian ˇ	ㄇㄧㄢˇ	面部	【面部】8畫	422	427	段9上-15	錯17-5	鉉9上-3
䀀	ju	ㄐㄩ	眀部	【目部】8畫	136	137	段4上-14	錯7-6	鉉4上-3
睰	wo `	ㄨㄛ`	目部	【目部】9畫	133	134	段4上-8	錯7-5	鉉4上-2
睷	qia `	ㄑㄧㄚ`	目部	【目部】9畫	135	136	段4上-12	錯7-6	鉉4上-3
睕(han `)	huan ˇ	ㄏㄨㄢˇ	目部	【目部】9畫	130	131	段4上-2	錯7-2	鉉4上-1
睡	shui `	ㄕㄨㄟ`	目部	【目部】9畫	134	135	段4上-10	錯7-5	鉉4上-2
睴(眼)	hun `	ㄏㄨㄣ`	目部	【目部】9畫	130	131	段4上-2	錯7-2	鉉4上-1
睼(題)	ti ´	ㄊㄧ´	目部	【目部】9畫	133	134	段4上-8	錯7-4	鉉4上-2
睮(晏、燕，睰、睴通叚)	yan `	ㄧㄢ`	目部	【目部】9畫	133	134	段4上-8	錯7-4	鉉4上-2
睽(傒，暌、藈通叚)	kui ´	ㄎㄨㄟ´	目部	【目部】9畫	132	133	段4上-6	錯7-3	鉉4上-2
傒(睽)	kui ´	ㄎㄨㄟ´	人部	【人部】9畫	376	380	段8上-24	錯15-9	鉉8上-3
瞀(霧、霿、愁)	mao `	ㄇㄠ`	目部	【目部】9畫	132	134	段4上-7	錯7-4	鉉4上-2

篆本字（古文、金文、籀文、俗字，通叚、金石）	拼音	注音	說文部首	康熙部首	筆畫	一般頁碼	洪葉頁碼	段注篇章	徐鍇通釋篇章	徐鉉藤花榭篇章
霿从敄目(蒙、瞀)	meng′	ㄇㄥˊ	雨部	【雨部】9畫	574	579	段11下-14	鍇22-6	鉉11下-4
瞀(冒)	mao`	ㄇㄠˋ	目部	【目部】9畫	131	133	段4上-5	鍇7-3	鉉4上-2
瞞(謾，睧、顢通叚)	man′	ㄇㄢˊ	目部	【目部】9畫	130	131	段4上-2	鍇7-2	鉉4上-1
謾(瞞，睧通叚)	man′	ㄇㄢˊ	言部	【言部】9畫	96	97	段3上-21	鍇5-11	鉉3上-4
叡(睿、叡)	rui`	ㄖㄨㄟˋ	奴部	【又部】9畫	161	163	段4下-7	鍇8-4	鉉4下-2
臭(湨、猰、瞁、矍通叚)	ju′	ㄐㄩˊ	犬部	【犬部】9畫	474	478	段10上-28	鍇19-9	鉉10上-5
睞(睫、髲，眨、睫、瞼通叚)	jie′	ㄐㄧㄝˊ	目部	【目部】9畫	130	131	段4上-2	鍇7-2	鉉4上-1
瞂(瞂、吠)	fa′	ㄈㄚˊ	盾部	【目部】9畫	136	138	段4上-15	鍇7-7	鉉4上-3
睃(瞍)	sou`	ㄙㄡˇ	目部	【目部】10畫	135	137	段4上-13	鍇7-6	鉉4上-3
睘(睘)	qiong′	ㄑㄩㄥˊ	目部	【目部】10畫	131	133	段4上-5	鍇7-3	鉉4上-2
看(矔)	kan`	ㄎㄢˋ	目部	【目部】10畫	133	135	段4上-9	鍇7-5	鉉4上-2
晏(晏、燕，睕、瞁通叚)	yan`	ㄧㄢˋ	目部	【目部】10畫	133	134	段4上-8	鍇7-4	鉉4上-2
甞(營)	ying′	ㄧㄥˊ	目部	【目部】10畫	135	137	段4上-13	鍇7-6	鉉4上-3
瞋(眅)	chen	ㄔㄣ	目部	【目部】10畫	133	134	段4上-8	鍇7-4	鉉4上-2
瞑(ming′眠)	mian′	ㄇㄧㄢˊ	目部	【目部】10畫	134	135	段4上-10	鍇7-5	鉉4上-2
瞥(眅述及)	pan′	ㄆㄢˊ	目部	【目部】10畫	132	133	段4上-6	鍇7-3	鉉4上-2
眅(瞥)	pan	ㄆㄢ	目部	【目部】10畫	130	132	段4上-3	鍇7-2	鉉4上-1
瞡	jue`	ㄐㄩㄝˋ	目部	【目部】10畫	133	134	段4上-8	鍇7-4	鉉4上-2
媿(愧，瑰通叚)	kui`	ㄎㄨㄟˋ	女部	【女部】10畫	626	632	段12下-29	鍇24-10	鉉12下-4
轝	ju′	ㄐㄩˊ	車部	【目部】10畫	726	733	段14上-49	鍇27-13	鉉14上-7
睇(睼通叚，瞗通釋)	ti`	ㄊㄧˋ	目部	【目部】10畫	132	133	段4上-6	鍇7-4	鉉4上-2
督(叴，瞗、瞤通叚)	chou	ㄔㄡ	目部	【目部】10畫	134	136	段4上-11	鍇7-5	鉉4上-2
瞞(謾，睧、顢通叚)	man′	ㄇㄢˊ	目部	【目部】11畫	130	131	段4上-2	鍇7-2	鉉4上-1
謾(瞞，睧通叚)	man′	ㄇㄢˊ	言部	【言部】11畫	96	97	段3上-21	鍇5-11	鉉3上-4
瞗	diao	ㄉㄧㄠ	目部	【目部】11畫	133	134	段4上-8	鍇7-4	鉉4上-2

篆本字(古文、金文、籀文、俗字，通叚、金石)	拼音	注音	說文部首	康熙部首	筆畫	一般頁碼	洪葉頁碼	段注篇章	徐鍇通釋篇章	徐鉉藤花榭篇章
瞚(瞬)	shun`	ㄕㄨㄣˋ	目部	【目部】11畫		135	137	段4上-13	鍇7-6	鉉4上-3
瞟(覮)	piao`	ㄆㄧㄠˇ	目部	【目部】11畫		132	133	段4上-6	鍇7-3	鉉4上-2
覮(瞟)	piao`	ㄆㄧㄠˇ	見部	【見部】11畫		408	412	段8下-14	鍇16-14	鉉8下-3
瞥(覕)	pie	ㄆㄧㄝ	目部	【目部】11畫		134	135	段4上-10	鍇7-5	鉉4上-2
睇(眱通叚，睼通釋)	ti`	ㄊㄧˋ	目部	【目部】11畫		132	133	段4上-6	鍇7-4	鉉4上-2
睩	qi`	ㄑㄧˋ	目部	【目部】11畫		132	133	段4上-6	鍇7-3	鉉4上-2
覷(矖，瞴通叚)	li`	ㄌㄧˋ	見部	【見部】11畫		407	412	段8下-13	鍇16-13	鉉8下-3
睒(覢、瞻)	shan`	ㄕㄢˇ	目部	【目部】11畫		131	132	段4上-4	鍇7-2	鉉4上-1
闞(瞰、矙、鬫通叚)	kan`	ㄎㄢˋ	門部	【門部】11畫		590	596	段12上-14	鍇23-6	鉉12上-3
窺(覝通叚)	kui	ㄎㄨㄟ	穴部	【穴部】11畫		345	349	段7下-21	鍇14-9	鉉7下-4
翳(瑿、饐通叚)	yi`	ㄧˋ	羽部	【羽部】11畫		140	142	段4上-23	鍇7-10	鉉4上-5
薈(夢)	meng´	ㄇㄥˊ	首部	【目部】11畫		145	146	段4上-32	鍇7-15	鉉4上-6
婁(嬰、婁，嶁、瞜、慺、屢、鞻通叚)	lou´	ㄌㄡˊ	女部	【女部】11畫		624	630	段12下-26	鍇24-9	鉉12下-4
莽(漭、瞄、蟒通叚)	mang`	ㄇㄤˇ	茻部	【艸部】11畫		48	48	段1下-54	無	鉉1下-10
瞠(曭，瞠、瞚、愓通叚)	tang`	ㄊㄤˇ	目部	【目部】12畫		131	132	段4上-4	鍇7-2	鉉4上-1
眙(瞠)	chi`	ㄔˋ	目部	【目部】12畫		133	135	段4上-9	鍇7-6	鉉4上-2
瞒(瞒)	mai´	ㄇㄞˊ	目部	【目部】12畫		132	134	段4上-7	鍇7-4	鉉4上-2
瞤	run´	ㄖㄨㄣˊ	目部	【目部】12畫		132	133	段4上-6	鍇7-4	鉉4上-2
僮(童經傳，瞳、倲通叚)	tong´	ㄊㄨㄥˊ	人部	【人部】12畫		365	369	段8上-1	鍇15-1	鉉8上-1
童(䇂从立黃土、重童述及，犝、瞳、曈通叚)	tong´	ㄊㄨㄥˊ	辛部	【立部】12畫		102	103	段3上-33	鍇5-17	鉉3上-7
瞦	xi	ㄒㄧ	目部	【目部】12畫		130	131	段4上-2	鍇7-2	鉉4上-1
瞫	shen`	ㄕㄣˇ	目部	【目部】12畫		133	135	段4上-9	鍇7-5	鉉4上-2
憭(了，瞭通叚)	liao`	ㄌㄧㄠˇ	心部	【心部】12畫		503	508	段10下-27	鍇20-10	鉉10下-5
閑(瞷，鷳通叚)	xian´	ㄒㄧㄢˊ	門部	【門部】12畫		589	595	段12上-12	鍇11-29，23-5	鉉12上-3

篆本字(古文、金文、籀文、俗字，通叚、金石)	拼音	注音	說文部首	康熙部首	筆畫	一般頁碼	洪葉頁碼	段注篇章	徐鍇通釋篇章	徐鉉藤花榭篇章
瞷(瞯、瞯、騆、眳，搁通叚)	xian´	ㄒㄧㄢˊ	目部	【目部】12畫		134	136	段4上-11	錯7-5	鉉4上-2
倜(搁、瞷)	xian`	ㄒㄧㄢˋ	人部	【人部】12畫		369	373	段8上-10	錯15-4	鉉8上-2
騆(瞷、騆)	xian´	ㄒㄧㄢˊ	馬部	【馬部】12畫		461	465	段10上-2	錯19-1	鉉10上-1
瞴	wu˘	ㄨˇ	目部	【目部】12畫		131	132	段4上-4	錯7-3	鉉4上-1
瞵	lin´	ㄌㄧㄣˊ	目部	【目部】12畫		130	132	段4上-3	錯7-2	鉉4上-1
矈	bian`	ㄅㄧㄢˋ	目部	【目部】12畫		130	131	段4上-2	錯7-1	鉉4上-1
罤(晜、昆)	kun	ㄎㄨㄣ	弟部	【目部】12畫		236	239	段5下-42	錯10-17	鉉5下-8
瞼	jian˘	ㄐㄧㄢˇ	目部	【目部】13畫		無	無	無	無	鉉4上-3
睞(睫、毿，眨、睫、瞼通叚)	jie´	ㄐㄧㄝˊ	目部	【目部】13畫		130	131	段4上-2	錯7-2	鉉4上-1
矊(鰢)	xuan`	ㄒㄩㄢˋ	目部	【目部】13畫		130	131	段4上-2	錯7-2	鉉4上-1
矏(矏，鰢、顱通叚)	mian´	ㄇㄧㄢˊ	目部	【目部】13畫		130	131	段4上-2	錯7-2	鉉4上-1
矆(矆)	huo`	ㄏㄨㄛˋ	目部	【目部】13畫		132	134	段4上-7	錯7-4	鉉4上-2
瞞(瞞)	mai´	ㄇㄞˊ	目部	【目部】13畫		132	134	段4上-7	錯7-4	鉉4上-2
瞻	zhan˘	ㄓㄢˇ	目部	【目部】13畫		131	133	段4上-5	錯7-3	鉉4上-2
瞻	zhan	ㄓㄢ	目部	【目部】13畫		132	134	段4上-7	錯7-4	鉉4上-2
瞽	gu˘	ㄍㄨˇ	目部	【目部】13畫		135	136	段4上-12	錯7-6	鉉4上-3
瞿(昍，戵、鑺通叚)	qu´	ㄑㄩˊ	瞿部	【目部】13畫		147	149	段4上-37	錯7-17	鉉4上-7
昍(瞿ju`)	qu´	ㄑㄩˊ	昍部	【目部】13畫		135	137	段4上-13	錯7-6	鉉4上-3
界(瞿，矆通叚)	ju`	ㄐㄩˋ	夰部	【大部】13畫		498	503	段10下-17	錯20-6	鉉10下-4
瞤(瞤)	wei´	ㄨㄟˊ	見部	【見部】13畫		408	413	段8下-15	錯16-14	鉉8下-3
瞢(瞘)	mie`	ㄇㄧㄝˋ	目部	【目部】14畫		134	135	段4上-10	錯7-5	鉉4上-2
蔑(瞘、蠛、鄸、鱴通叚)	mie`	ㄇㄧㄝˋ	苜部	【艸部】14畫		145	146	段4上-32	錯7-15	鉉4上-6
矇	meng´	ㄇㄥˊ	目部	【目部】14畫		135	136	段4上-12	錯7-6	鉉4上-3
矉(頻、顰)	pin´	ㄆㄧㄣˊ	目部	【目部】14畫		132	133	段4上-6	錯7-4	鉉4上-2
顰(卑、頻、矉、嚬)	pin´	ㄆㄧㄣˊ	瀕部	【頁部】14畫		567	573	段11下-1	錯21-26	鉉11下-1
辡	pan`	ㄆㄢˋ	目部	【目部】14畫		132	133	段4上-6	錯7-3	鉉4上-2

篆本字（古文、金文、籀文、俗字，通叚、金石）	拼音	注音	說文部首	康熙部首	筆畫	一般頁碼	洪葉頁碼	段注篇章	徐鍇通釋篇章	徐鉉藤花榭篇章
夐(矎通叚)	xiong	ㄒㄩㄥ	夐部	【夊部】	14畫	129	131	段4上-1	鍇7-1	鉉4上-1
矏(瞑，瞴、顲通叚)	mian	ㄇㄧㄢ	目部	【目部】	14畫	130	131	段4上-2	鍇7-2	鉉4上-1
瞚(瞬)	shun	ㄕㄨㄣ	目部	【目部】	15畫	135	137	段4上-13	鍇7-6	鉉4上-3
瞯(矙)	jian	ㄐㄧㄢ	目部	【目部】	15畫	132	134	段4上-7	鍇7-4	鉉4上-2
矍(懼通叚)	jue	ㄐㄩㄝ	瞿部	【目部】	15畫	147	149	段4上-37	鍇7-17	鉉4上-7
黸(盧、旅、旅，矑通叚)	lu	ㄌㄨ	黑部	【黑部】	16畫	487	492	段10上-55	鍇19-19	鉉10上-10
盧(盧从囪、廬、矑縣述及，瀘、獹、蘆、轤、鱸通叚)	lu	ㄌㄨ	皿部	【皿部】	16畫	212	214	段5上-47	鍇9-19	鉉5上-9
憯(瘩，憯、朁通叚)	can	ㄘㄢ	心部	【心部】	16畫	512	517	段10下-45	鍇20-16	鉉10下-8
瞕(暙)	zhun	ㄓㄨㄣ	目部	【目部】	16畫	132	133	段4上-6	鍇7-4	鉉4上-2
瞏(睘)	xuan	ㄒㄩㄢ	目部	【目部】	16畫	130	131	段4上-2	鍇7-2	鉉4上-1
矔	guan	ㄍㄨㄢ	目部	【目部】	18畫	130	132	段4上-3	鍇7-2	鉉4上-1
矕	man	ㄇㄢ	目部	【目部】	19畫	130	132	段4上-3	鍇7-2	鉉4上-1
業(轟通叚)	pu	ㄆㄨ	業部	【大部】	19畫	103	104	段3上-35	鍇5-18	鉉3上-8
闞(瞰、矙、鋡通叚)	kan	ㄎㄢ	門部	【門部】	19畫	590	596	段12上-14	鍇23-6	鉉12上-3
覶(矖，睼通叚)	li	ㄌㄧ	見部	【見部】	19畫	407	412	段8下-13	鍇16-13	鉉8下-3
矆(矐)	huo	ㄏㄨㄛ	目部	【目部】	20畫	132	134	段4上-7	鍇7-4	鉉4上-2
界(瞿，矍通叚)	ju	ㄐㄩ	夰部	【大部】	20畫	498	503	段10下-17	鍇20-6	鉉10下-4
瞠(矘，瞪、矇、愓通叚)	tang	ㄊㄤ	目部	【目部】	20畫	131	132	段4上-4	鍇7-2	鉉4上-1
屬(矚通叚)	shu	ㄕㄨ	尾部	【尸部】	21畫	402	406	段8下-2	鍇16-9	鉉8下-1
【矛(mao)部】	mao	ㄇㄠ	矛部			719	726	段14上-36	鍇27-11	鉉14上-6
矛(戟，鉾、鉾通叚)	mao	ㄇㄠ	矛部	【矛部】		719	726	段14上-36	鍇27-11	鉉14上-6
秒	niu	ㄋㄧㄡ	矛部	【矛部】	4畫	720	727	段14上-37	鍇27-11	鉉14上-6
矝(憐、矜、稽，癏通叚)	jin	ㄐㄧㄣ	矛部	【矛部】	4畫	719	726	段14上-36	鍇27-11	鉉14上-6

篆本字(古文、金文、籀文、俗字，通叚、金石)	拼音	注音	說文部首	康熙部首	筆畫	一般頁碼	洪葉頁碼	段注篇章	徐鍇通釋篇章	徐鉉藤花榭篇章
鰥(矜，瘝、瘝、鰥、鱞、鯤通叚)	guan	ㄍㄨㄢ	魚部	【魚部】5畫		576	581	段11下-18	鍇22-8	鉉11下-5
鉈(鉈、鉈，鉈通叚)	ta	ㄊㄚ	金部	【金部】5畫		711	718	段14上-19	鍇27-6	鉉14上-3
稂	lang´	ㄌㄤ´	矛部	【矛部】7畫		719	726	段14上-36	鍇27-11	鉉14上-6
裔(霱通叚)	yu`	ㄩ`	矞部	【矛部】7畫		88	88	段3上-4	鍇5-3	鉉3上-2
梢(捎，旓、槊、稍、鞘、鞘通叚)	shao	ㄕㄠ	木部	【木部】7畫		244	247	段6上-13	鍇11-6	鉉6上-2
稭(稍通叚)	ze´	ㄗㄜ´	矛部	【矛部】8畫		719	726	段14上-36	鍇27-11	鉉14上-6
鏦(鋄、欑、欑从爨，種通叚)	cong	ㄘㄨㄥ	金部	【金部】9畫		711	718	段14上-19	鍇27-6	鉉14上-3
稭	kai`	ㄎㄞ`	矛部	【矛部】10畫		719	726	段14上-36	鍇27-11	鉉14上-6
矜(憐、矜、種，瘝通叚)	jin	ㄐㄧㄣ	矛部	【矛部】11畫		719	726	段14上-36	鍇27-11	鉉14上-6
鏦(鋄、欑、欑从爨，種通叚)	cong	ㄘㄨㄥ	金部	【金部】19畫		711	718	段14上-19	鍇27-6	鉉14上-3
【矢(shiˇ)部】	shiˇ	ㄕˇ	矢部			226	228	段5下-22	鍇10-9	鉉5下-4
矢(吴古文矤述及)	shiˇ	ㄕˇ	矢部	【矢部】		226	228	段5下-22	鍇10-9	鉉5下-4
菡(矢，屎通叚)	shiˇ	ㄕˇ	艸部	【艸部】		44	45	段1下-47	鍇2-22	鉉1下-8
矣	yiˇ	ㄧˇ	矢部	【矢部】2畫		227	230	段5下-25	鍇10-9	鉉5下-4
矦(侯、医，堠、猴、篌通叚)	hou´	ㄏㄡ´	矢部	【人部】2畫		226	229	段5下-23	鍇10-9	鉉5下-4
知(矯从智)	zhi	ㄓ	矢部	【矢部】3畫		227	230	段5下-25	鍇10-9	鉉5下-4
矤(矧)	shenˇ	ㄕㄣˇ	矢部	【矢部】5畫		227	229	段5下-24	鍇10-9	鉉5下-4
斷(矧，齦通叚)	yin	ㄧㄣ	齒部	【齒部】5畫		78	79	段2下-19	鍇4-11	鉉2下-4
巨(榘、㠯、矩，狟、詎、駏通叚)	ju`	ㄐㄩ`	工部	【工部】5畫		201	203	段5上-25	鍇9-10	鉉5下-4
裯(裯，晨通叚)	diaoˇ	ㄉㄧㄠˇ	衣部	【衣部】5畫		394	398	段8上-59	鍇16-4	鉉8上-8
躲(射，榭、賭通叚)	she`	ㄕㄜ`	矢部	【身部】5畫		226	228	段5下-22	鍇10-9	鉉5下-4

篆本字(古文、金文、籀文、俗字，通叚、金石)	拼音	注音	說文部首	康熙部首	筆畫	一般頁碼	洪葉頁碼	段注篇章	徐鍇通釋篇章	徐鉉藤花榭篇章
短	duan	ㄉㄨㄢˇ	矢部	【矢部】	7畫	227	229	段5下-24	錯10-9	鉉5下-4
鯀(肄、鯀、鯀)	yi	一ˋ	聿部	【聿部】	8畫	117	118	段3下-21	錯6-12	鉉3下-5
矮	ai	ㄞˇ	矢部	【矢部】	8畫	無	無	無	無	鉉5下-4
竨(罷、繺，䡾、矮通叚)	ba	ㄅㄚˋ	立部	【立部】	8畫	500	505	段10下-21	錯20-8	鉉10下-4
雉(鯔，坄、矮通叚)	zhi	ㄓˋ	佳部	【佳部】	8畫	141	143	段4上-25	錯7-11	鉉4上-5
緆(鎬)	shang	ㄕㄤ	矢部	【矢部】	9畫	227	229	段5下-24	錯10-9	鉉5下-4
穦(俟、竢)	si	ㄙˋ	來部	【矢部】	10畫	231	234	段5下-33	錯10-13	鉉5下-6
疾(痎、矯、廿 與十部廿nianˋ篆同，蒺通叚)	ji	ㄐㄧˊ	疒部	【疒部】	10畫	348	351	段7下-26	錯14-11	鉉7下-5
矯(智、矯)	zhi	ㄓˋ	白部	【矢部】	10畫	137	138	段4上-16	錯7-8	鉉4上-4
知(矯从智)	zhi	ㄓ	矢部	【矢部】	10畫	227	230	段5下-25	錯10-9	鉉5下-4
緆(鎬)	shang	ㄕㄤ	矢部	【矢部】	11畫	227	229	段5下-24	錯10-9	鉉5下-4
矯(撟通叚)	jiao	ㄐㄧㄠˇ	矢部	【矢部】	12畫	226	228	段5下-22	錯10-9	鉉5下-4
撟(矯，拗通叚)	jiao	ㄐㄧㄠˇ	手部	【手部】	12畫	604	610	段12上-41	錯23-13	鉉12上-6
嬌(矯)	jiao	ㄐㄧㄠˇ	女部	【女部】	12畫	619	625	段12下-16	錯24-5	鉉12下-2
矰	zeng	ㄗㄥ	矢部	【矢部】	12畫	226	228	段5下-22	錯10-9	鉉5下-4
蒦(嚄，穫通叚)	huo	ㄏㄨㄛˋ	雈部	【艸部】	14畫	144	146	段4上-31	錯7-14	鉉4上-6
竨(罷、繺，䡾、矮通叚)	ba	ㄅㄚˋ	立部	【立部】	15畫	500	505	段10下-21	錯20-8	鉉10下-4
【石(shiˊ)部】	shi	ㄕˊ	石部			448	453	段9下-23	錯18-8	鉉9下-4
石(碩、祏，楛通叚)	shi	ㄕˊ	石部	【石部】		448	453	段9下-23	錯18-8	鉉9下-4
碩(石)	shuo	ㄕㄨㄛˋ	頁部	【石部】		417	422	段9上-5	錯17-2	鉉9上-1
祏(石)	dan	ㄉㄢ	禾部	【禾部】		328	331	段7上-54	錯13-23	鉉7上-9
礴(矺tuo)	zhe	ㄓㄜˊ	桀部	【石部】	3畫	237	240	段5下-44	錯10-18	鉉5下-9
杠(矼通叚)	gang	ㄍㄤ	木部	【木部】	3畫	257	260	段6上-39	錯11-17	鉉6上-5
岸(犴，矸通叚)	an	ㄢˋ	屵部	【山部】	3畫	442	446	段9下-10	錯18-4	鉉9下-2
配(𢑚，矵通叚)	yi	一ˇ	臣部	【己部】	3畫	593	599	段12上-19	錯23-8	鉉12上-4
仡(疙，矻、硈通叚)	yi	一ˋ	人部	【人部】	3畫	369	373	段8上-10	錯15-4	鉉8上-2

篆本字(古文、金文、籀文、俗字,通叚、金石)	拼音	注音	說文部首	康熙部首	筆畫	一般頁碼	洪葉頁碼	段注篇章	徐鍇通釋篇章	徐鉉藤花榭篇章
沙(沁,坐、砂、硰、紗、袈、鯋通叚)	sha	ㄕㄚ	水部	【水部】3畫		552	557	段11上貳-14	鍇21-17	鉉11上-6
研(硯,硎通叚)	yan´	ㄧㄢˊ	石部	【石部】4畫		452	457	段9下-31	鍇18-10	鉉9下-5
硯(研)	yan`	ㄧㄢˋ	石部	【石部】4畫		453	457	段9下-32	鍇18-10	鉉9下-5
跰(研)	jian˘	ㄐㄧㄢˇ	足部	【足部】4畫		84	85	段2下-31	鍇4-16	鉉2下-6
夫(玞、砆、芙、鳺通叚)	fu	ㄈㄨ	夫部	【大部】4畫		499	504	段10下-19	鍇20-7	鉉10下-4
玫(砇、瑂、碈珉述及,玫)	mei´	ㄇㄟˊ	玉部	【玉部】4畫		18	18	段1上-36	鍇1-17	鉉1上-6
谼(谹,硡通叚)	hong´	ㄏㄨㄥˊ	谷部	【谷部】4畫		570	576	段11下-7	鍇22-3	鉉11下-2
砌	qi`	ㄑㄧˋ	石部	【石部】4畫		無	無	無	無	鉉9下-5
切(刌,沏、砌、抑通叚)	qie	ㄑㄧㄝ	刀部	【刂部】4畫		179	181	段4下-43	鍇8-16	鉉4下-7
劃(耆、騞通叚)	hua´	ㄏㄨㄚˊ	刀部	【刂部】4畫		180	182	段4下-46	鍇8-17	鉉4下-7
扴(砎通叚)	jia´	ㄐㄧㄚˊ	手部	【手部】4畫		601	607	段12上-36	鍇23-12	鉉12上-6
厎(砥、耆)	di˘	ㄉㄧˇ	厂部	【厂部】5畫		446	451	段9下-19	鍇18-7	鉉9下-3
砢(luo˘)	ke	ㄎㄜ	石部	【石部】5畫		453	457	段9下-32	鍇18-11	鉉9下-5
柱(拄,硅通叚)	zhu`	ㄓㄨˋ	木部	【木部】5畫		253	256	段6上-31	鍇11-14	鉉6上-4
岨(砠、礆)	ju	ㄐㄩ	山部	【山部】5畫		439	444	段9下-5	鍇18-2	鉉9下-1
砧	zhen	ㄓㄣ	石部	【石部】5畫		無	無	無	無	鉉9下-5
枯(杉、砧、礘通叚)	xian	ㄒㄧㄢ	木部	【木部】5畫		248	250	段6上-20	鍇11-8	鉉6上-3
甚(旻、是、椹弓述及,砧、礘通叚)	shen`	ㄕㄣˋ	甘部	【甘部】5畫		202	204	段5上-27	鍇9-11	鉉5上-5
塡(填,砯通叚)	tian´	ㄊㄧㄢˊ	土部	【土部】5畫		687	694	段13下-27	鍇26-4	鉉13下-4
砭	bian	ㄅㄧㄢ	石部	【石部】5畫		453	457	段9下-32	鍇18-10	鉉9下-5
砮	nu˘	ㄋㄨˇ	石部	【石部】5畫		449	453	段9下-24	鍇18-9	鉉9下-4
斫	zhuo´	ㄓㄨㄛˊ	斤部	【斤部】5畫		717	724	段14上-31	鍇27-10	鉉14上-5
破(坡、陂,礆通叚)	po`	ㄆㄛˋ	石部	【石部】5畫		452	456	段9下-30	鍇18-10	鉉9下-5

篆本字(古文、金文、籀文、俗字,通叚、金石)	拼音	注音	說文部首	康熙部首	筆畫	一般頁碼	洪葉頁碼	段注篇章	徐鍇通釋篇章	徐鉉藤花榭篇章
硻(硜、鏗=鋗鎗述及、硁、磬,礥、砰通叚)	keng	ㄎㄥ	石部	【石部】5畫	451	455	段9下-28	鍇18-10	鉉9下-4
碙	gong˘	ㄍㄨㄥˇ	石部	【石部】6畫	450	454	段9下-26	鍇18-9	鉉9下-4
硈	qia˘	ㄑㄧㄚˇ	石部	【石部】6畫	451	455	段9下-28	鍇18-10	鉉9下-4
銓(硂通叚)	quan´	ㄑㄩㄢˊ	金部	【金部】6畫	707	714	段14上-12	鍇27-5	鉉14上-3
沙(沁,坔、砂、砂、紗、袋、鈔通叚)	sha	ㄕㄚ	水部	【水部】6畫	552	557	段11上貳-14	鍇21-17	鉉11上-6
礙(硋,碍、輆通叚)	ai`	ㄞˋ	石部	【石部】6畫	452	456	段9下-30	鍇18-10	鉉9下-4
陘(硎)	xing´	ㄒㄧㄥˊ	山部	【山部】6畫	441	445	段9下-8	鍇18-3	鉉9下-1
研(硯,硎通叚)	yan´	ㄧㄢˊ	石部	【石部】6畫	452	457	段9下-31	鍇18-10	鉉9下-5
硍(硍俗體,說文作硍lang´)	ken`	ㄎㄣˋ	石部	【石部】6畫	450	455	段9下-27	鍇18-9	鉉9下-4
硍	lang´	ㄌㄤˊ	石部	【石部】7畫	無	無	無	無	鉉9下-4
硞(ke`)	que`	ㄑㄩㄝˋ	石部	【石部】7畫	450	455	段9下-27	鍇18-9	鉉9下-4
硪(礒)	e´	ㄜˊ	石部	【石部】7畫	451	456	段9下-29	鍇18-10	鉉9下-4
硩(擿、砓段注、說文作硩皆誤本)	che`	ㄔㄜˋ	石部	【石部】7畫	452	456	段9下-30	鍇18-10	鉉9下-4
梗(梗,挭、硬、鞕通叚)	geng˘	ㄍㄥˇ	木部	【木部】7畫	247	250	段6上-19	鍇11-8	鉉6上-3
仡(忔,砐、硈通叚)	yi`	ㄧ	人部	【人部】7畫	369	373	段8上-10	鍇15-4	鉉8上-2
确(㱿、確、塙獄yu`述及)	que`	ㄑㄩㄝˋ	石部	【石部】7畫	451	456	段9下-29	鍇18-10	鉉9下-4
硯(研)	yan`	ㄧㄢˋ	石部	【石部】7畫	453	457	段9下-32	鍇18-10	鉉9下-5
磬(殸、硁、硜、磬)	qing`	ㄑㄧㄥˋ	石部	【石部】7畫	451	456	段9下-29	鍇18-10	鉉9下-4
硻(硜、鏗=鋗鎗述及、硁、磬,礥、砰通叚)	keng	ㄎㄥ	石部	【石部】7畫	451	455	段9下-28	鍇18-10	鉉9下-4
厖(尨,痝、硥、懞通叚)	mang´	ㄇㄤˊ	厂部	【厂部】7畫	447	452	段9下-21	鍇18-7	鉉9下-3

篆本字(古文、金文、籀文、俗字，通段、金石)	拼音	注音	說文部首	康熙部首	筆畫	一般頁碼	洪葉頁碼	段注篇章	徐鍇通釋篇章	徐鉉藤花榭篇章
磛(礛)	chan`	ㄔㄢˋ	石部	【石部】7畫	452	456	段9下-30	鍇18-10	鉉9下-5
罋(椀、盌，碗通段)	wan`	ㄨㄢˇ	瓦部	【瓦部】8畫	639	645	段12下-55	鍇24-18	鉉12下-8
盌(椀，碗、窊通段)	wan`	ㄨㄢˇ	皿部	【皿部】8畫	211	213	段5上-46	鍇9-19	鉉5上-9
礙(硋，碍、輆通段)	ai`	ㄞˋ	石部	【石部】8畫	452	456	段9下-30	鍇18-10	鉉9下-4
䃺(擿、䃺段注、說文作哲皆誤本)	che`	ㄔㄜˋ	石部	【石部】8畫	452	456	段9下-30	鍇18-10	鉉9下-4
武(珷，碔通段)	wu`	ㄨˇ	戈部	【止部】8畫	632	638	段12下-41	鍇24-13	鉉12下-6
棊(碁通段)	qi´	ㄑㄧˊ	木部	【木部】8畫	264	267	段6上-53	鍇11-23	鉉6上-7
碏	que`	ㄑㄩㄝˋ	石部	【石部】8畫	無	無	無	無	鉉9下-5
硈	lu`	ㄌㄨˋ	石部	【石部】8畫	無	無	無	無	鉉9下-5
坴(陸，磟通段)	lu`	ㄌㄨˋ	土部	【土部】8畫	684	690	段13下-20	鍇26-2	鉉13下-4
娽(碌、祿通段)	lu`	ㄌㄨˋ	女部	【女部】8畫	622	628	段12下-21	鍇24-7	鉉12下-3
錄(慮、綠，碌、籙通段)	lu`	ㄌㄨˋ	金部	【金部】8畫	703	710	段14上-3	鍇27-2	鉉14上-1
陭(埼、崎、碕、隑通段)	yi`	ㄧˇ	皀部	【山部】8畫	735	742	段14下-9	鍇28-3	鉉14下-2
磬(殸、硁、硜、罄)	qing`	ㄑㄧㄥˋ	石部	【石部】8畫	451	456	段9下-29	鍇18-10	鉉9下-4
棧(碊、輚、轏通段)	zhan`	ㄓㄢˋ	木部	【木部】8畫	262	265	段6上-49	鍇11-21	鉉6上-6
珉(瑉、瑉、碈、磻通段)	min´	ㄇㄧㄣˊ	玉部	【玉部】8畫	17	17	段1上-34	鍇1-17	鉉1上-5
玫(砇、瑉、碈珉述及，玟)	mei´	ㄇㄟˊ	玉部	【玉部】8畫	18	18	段1上-36	鍇1-17	鉉1上-6
硰	suo`	ㄙㄨㄛˇ	石部	【石部】8畫	450	455	段9下-27	鍇18-9	鉉9下-4
研(硯，硎通段)	yan´	ㄧㄢˊ	石部	【石部】8畫	452	457	段9下-31	鍇18-10	鉉9下-5
磻(碆，磐通段)	pan´	ㄆㄢˊ	石部	【石部】8畫	452	457	段9下-31	鍇18-10	鉉9下-5
磍	ta`	ㄊㄚˋ	石部	【石部】8畫	452	457	段9下-31	鍇18-10	鉉9下-5
硻(硜、鏗=鎗鎗述及、硜、磬，礥、硟通段)	keng	ㄎㄥ	石部	【石部】8畫	451	455	段9下-28	鍇18-10	鉉9下-4

篆本字(古文、金文、籀文、俗字,通段、金石)	拼音	注音	說文部首	康熙部首	筆畫	一般頁碼	洪葉頁碼	段注篇章	徐鍇通釋篇章	徐鉉藤花榭篇章
崟(嶔、礉、碒通段)	yín	ㄧㄣˊ	山部	【山部】8畫		439	444	段9下-5	鍇18-2	鉉9下-1
碎(瓶)	suì	ㄙㄨㄟˋ	石部	【石部】8畫		452	456	段9下-30	鍇18-10	鉉9下-5
瓶(碎)	suì	ㄙㄨㄟˋ	瓦部	【瓦部】8畫		639	645	段12下-56	鍇24-18	鉉12下-9
碑(碑)	bei	ㄅㄟ	石部	【石部】8畫		450	454	段9下-26	鍇18-9	鉉9下-4
髼(挷、碰俗)	bang	ㄅㄤ	髟部	【髟部】8畫		429	433	段9上-28	鍇17-9	鉉9上-4
碓	duì	ㄉㄨㄟˋ	石部	【石部】8畫		452	457	段9下-31	鍇18-10	鉉9下-5
碧	bì	ㄅㄧˋ	玉部	【石部】9畫		17	17	段1上-34	鍇1-17	鉉1上-5
磔(墜、隊,墜通段)	zhuì	ㄓㄨㄟˋ	石部	【石部】9畫		450	454	段9下-26	鍇18-9	鉉9下-4
隊(墜、磔,墜通段)	duì	ㄉㄨㄟˋ	𨸏部	【阜部】9畫		732	739	段14下-4	鍇28-2	鉉14下-1
碝(瑌、瓀、礝通段)	ruǎn	ㄖㄨㄢˇ	石部	【石部】9畫		449	453	段9下-24	鍇18-9	鉉9下-4
匘(腦、剳,碯通段)	nǎo	ㄋㄠˇ	匕部	【匕部】9畫		385	389	段8上-41	鍇15-14	鉉8上-6
甚(是、是、椹弓述及,砧、碪通段)	shèn	ㄕㄣˋ	甘部	【甘部】9畫		202	204	段5上-27	鍇9-11	鉉5上-5
枮(杉、砧、碪通段)	xian	ㄒㄧㄢ	木部	【木部】9畫		248	250	段6上-20	鍇11-8	鉉6上-3
硾	zhuì	ㄓㄨㄟˋ	石部	【石部】9畫		無	無	無	無	鉉9下-5
縋(硾通段)	zhuì	ㄓㄨㄟˋ	糸部	【糸部】9畫		657	664	段13上-29	鍇25-6	鉉13上-4
慈(磁通段)	cí	ㄘˊ	心部	【心部】9畫		504	508	段10下-28	鍇20-10	鉉10下-6
埑(聖、瓷,磁通段)	cí	ㄘˊ	土部	【土部】9畫		689	696	段13下-31	鍇26-5	鉉13下-4
碞(礥)	yán	ㄧㄢˊ	石部	【石部】9畫		451	456	段9下-29	鍇18-10	鉉9下-4
碣(礣、礏,崿通段)	jie	ㄐㄧㄝˊ	石部	【石部】9畫		449	454	段9下-25	鍇18-9	鉉9下-4
碫(段、碬、鍛)	duan	ㄉㄨㄢˋ	石部	【石部】9畫		449	454	段9下-25	鍇18-9	鉉9下-4
段(鍛、碫、斷,股通段)	duan	ㄉㄨㄢˋ	殳部	【殳部】9畫		120	121	段3下-27	鍇6-14	鉉3下-6

篆本字(古文、金文、籀文、俗字，通叚、金石)	拼音	注音	說文部首	康熙部首	筆畫	一般頁碼	洪葉頁碼	段注篇章	徐鍇通釋篇章	徐鉉藤花榭篇章
珉(瑉、瑈、碈、磻通叚)	min´	ㄇㄧㄣˊ	玉部	【玉部】9畫		17	17	段1上-34	錯1-17	鉉1上-5
碭(碭通叚)	dang`	ㄉㄤˋ	石部	【石部】9畫		449	453	段9下-24	錯18-9	鉉9下-4
碩(石)	shuo`	ㄕㄨㄛˋ	頁部	【石部】9畫		417	422	段9上-5	錯17-2	鉉9上-1
石(碩、祏，楛通叚)	shi´	ㄕˊ	石部	【石部】9畫		448	453	段9下-23	錯18-8	鉉9下-4
鍡(碨，塸、嵔、巋通叚)	wei´	ㄨㄟˇ	金部	【金部】9畫		713	720	段14上-24	錯27-8	鉉14上-4
旁(旁、㫄、㫄、雱、徬徬彷縶述及、方訪述及，磅通叚)	pang´	ㄆㄤˊ	二(上)部	【方部】10畫		2	2	段1上-3	錯1-4	鉉1上-1
滂(澎、磅、霶通叚)	pang	ㄆㄤ	水部	【水部】10畫		547	552	段11上貳-4	錯21-14	鉉11上-4
嵬(巍、㟞、魂通叚)	wei´	ㄨㄟˇ	嵬部	【山部】10畫		437	441	段9上-44	錯17-15	鉉9上-7
傀(儽、瓌、瑰、魂通叚)	kui´	ㄎㄨㄟˇ	人部	【人部】10畫		368	372	段8上-7	錯15-3	鉉8上-1
磻(砱，磐通叚)	pan´	ㄆㄢˊ	石部	【石部】10畫		452	457	段9下-31	錯18-10	鉉9下-5
槃(盤、鎜，盆、柈、洀、磐、鉢通叚)	pan´	ㄆㄢˊ	木部	【木部】10畫		260	263	段6上-45	錯11-19	鉉6上-6
般(班礣ai´述及、舨，股、磐通叚)	ban	ㄅㄢ	舟部	【舟部】10畫		404	408	段8下-6	錯16-11	鉉8下-2
确(㲉、確、埆獄yu`述及)	que`	ㄑㄩㄝˋ	石部	【石部】10畫		451	456	段9下-29	錯18-10	鉉9下-4
塙(確，碻、礭通叚)	que`	ㄑㄩㄝˋ	土部	【土部】10畫		683	690	段13下-19	錯26-2	鉉13下-4
厝(錯、措，磋通叚)	cuo`	ㄘㄨㄛˋ	厂部	【厂部】10畫		447	452	段9下-21	錯18-7	鉉9下-3
瑳(磋糲qie`述及)	cuo	ㄘㄨㄛ	玉部	【玉部】10畫		無	無	無	無	鉉1上-4
玼(瑳=磋糲qie`述及)	ci	ㄘ	玉部	【玉部】10畫		15	15	段1上-29	錯1-14	鉉1上-5

篆本字(古文、金文、籀文、俗字，通叚、金石)	拼音	注音	說文部首	康熙部首	筆畫	一般頁碼	洪葉頁碼	段注篇章	徐鍇通釋篇章	徐鉉藤花榭篇章
鎕(磄通叚)	tang´	ㄊㄤˊ	金部	【金部】	10畫	714	721	段14上-26	鍇27-8	鉉14上-4
唐(喝、塘，磄、蜣、隚、鷵通叚)	tang´	ㄊㄤˊ	口部	【口部】	10畫	58	59	段2上-21	鍇3-9	鉉2上-4
碣(塥)	he´	ㄏㄜˊ	石部	【石部】	10畫	453	457	段9下-32	鍇18-10	鉉9下-5
隖(塢，碼通叚)	wu`	ㄨˋ	昌部	【阜部】	10畫	736	743	段14下-12	鍇28-4	鉉14下-2
磏(礛)	lian´	ㄌㄧㄢˊ	石部	【石部】	10畫	449	454	段9下-25	鍇18-9	鉉9下-4
瑱(顚，磌通叚)	tian`	ㄊㄧㄢˋ	玉部	【玉部】	10畫	13	13	段1上-26	鍇1-13	鉉1上-4
岨(砠、碏)	ju	ㄐㄩ	山部	【山部】	10畫	439	444	段9下-5	鍇18-2	鉉9下-1
蹏(蹄，碮通叚)	ti´	ㄊㄧˊ	足部	【足部】	10畫	81	81	段2下-24	鍇4-12	鉉2下-5
磊(礧，礌、礨、礨通叚)	lei˘	ㄌㄟˇ	石部	【石部】	10畫	453	457	段9下-32	鍇18-10	鉉9下-5
報(輾軋ya`，報大徐作輾，碾通叚)	nian˘	ㄋㄧㄢˇ	車部	【車部】	10畫	728	735	段14上-53	鍇27-14	鉉14上-7
磑(wei`)	ai´	ㄞˊ	石部	【石部】	10畫	452	457	段9下-31	鍇18-10	鉉9下-5
磒(隕)	yun˘	ㄩㄣˇ	石部	【石部】	10畫	450	454	段9下-26	鍇18-9	鉉9下-4
磆(礚)	ke	ㄎㄜ	石部	【石部】	10畫	451	455	段9下-28	鍇18-10	鉉9下-4
磔(矺tuo)	zhe´	ㄓㄜˊ	桀部	【石部】	10畫	237	240	段5下-44	鍇10-18	鉉5下-9
嶃(巉、嶄、漸)	chan´	ㄔㄢˊ	石部	【石部】	11畫	451	455	段9下-28	鍇18-10	鉉9下-4
甂(碤)	chuang˘	ㄔㄨㄤˇ	瓦部	【瓦部】	11畫	639	645	段12下-56	鍇24-18	鉉12下-9
磧	qi`	ㄑㄧˋ	石部	【石部】	11畫	450	454	段9下-26	鍇18-9	鉉9下-4
磯	ji	ㄐㄧ	石部	【石部】	11畫	無	無	無	無	鉉9下-5
幾(圻，磯、遴通叚)	ji	ㄐㄧ	絲部	【幺部】	11畫	159	161	段4下-3	鍇8-2	鉉4下-1
垠(圻，塾、磯通叚)	yin´	ㄧㄣˊ	土部	【土部】	11畫	690	697	段13下-33	鍇26-5	鉉13下-5
磬(殸、硜、硈、磬)	qing`	ㄑㄧㄥˋ	石部	【石部】	11畫	451	456	段9下-29	鍇18-10	鉉9下-4
罄(磬)	qing`	ㄑㄧㄥˋ	缶部	【缶部】	11畫	225	228	段5下-21	鍇10-8	鉉5下-4
倪(磬、罄)	qian`	ㄑㄧㄢˋ	人部	【人部】	11畫	375	379	段8上-22	鍇15-8	鉉8上-3
硻(硜、鏗=鎗鎗述及、硁、磬，礄、砼通叚)	keng	ㄎㄥ	石部	【石部】	11畫	451	455	段9下-28	鍇18-10	鉉9下-4

篆本字（古文、金文、籀文、俗字，通叚、金石）	拼音	注音	說文部首	康熙部首	筆畫	一般頁碼	洪葉頁碼	段注篇章	徐鍇通釋篇章	徐鉉藤花榭篇章
礳(磨、摩)	mo´	ㄇㄛˊ	石部	【石部】	11畫	452	457	段9下-31	錯18-11	鉉9下-5
摩(磨䃺述及，魔、劘、攌、灖、麼、䕳通叚)	mo´	ㄇㄛˊ	手部	【手部】	11畫	606	612	段12上-45	錯23-14	鉉12上-7
磊(礧，礌、礹、礨通叚)	lei˘	ㄌㄟˇ	石部	【石部】	11畫	453	457	段9下-32	錯18-10	鉉9下-5
絫(纍、纝、壘，磊、礧通叚)	lei˘	ㄌㄟˇ	山部	【山部】	11畫	440	445	段9下-7	錯18-3	鉉9下-1
壘(磊通叚)	lei˘	ㄌㄟˇ	土部	【土部】	11畫	691	697	段13下-34	錯26-5	鉉13下-5
硻(硜、鏗=鎗鎗述及、硜、磬，礥、砼通叚)	keng	ㄎㄥ	石部	【石部】	11畫	451	455	段9下-28	錯18-10	鉉9下-4
崔(隹，確通叚)	cui	ㄘㄨㄟ	山部	【山部】	11畫	441	446	段9下-9	錯18-3	鉉9下-2
嶅(敖，磝、隞通叚)	ao´	ㄠˊ	山部	【山部】	11畫	439	444	段9下-5	錯18-2	鉉9下-1
專(瓻、塼，剸、漙、磚、鄟通叚)	zhuan	ㄓㄨㄢ	寸部	【寸部】	11畫	121	122	段3下-30	錯6-16	鉉3下-7
磺(卝古文礦，鑛通叚)	huang´	ㄏㄨㄤˊ	石部	【石部】	11畫	448	453	段9下-23	錯18-8	鉉9下-4
卵(卝、鯤鱒duo、述及，峻通叚)	luan˘	ㄌㄨㄢˇ	卵部	【卩部】	5畫	680	686	段13下-12	錯25-18	鉉13下-3
磻(碆，磐通叚)	pan´	ㄆㄢˊ	石部	【石部】	12畫	452	457	段9下-31	錯18-10	鉉9下-5
磕(礚)	ke	ㄎㄜ	石部	【石部】	12畫	451	455	段9下-28	錯18-10	鉉9下-4
磽(墝，墽通叚)	qiao	ㄑㄧㄠ	石部	【石部】	12畫	451	456	段9下-29	錯18-10	鉉9下-4
破(碆通叚)	po`	ㄆㄛˋ	石部	【石部】	12畫	452	456	段9下-30	錯18-10	鉉9下-5
舄(雒、誰，潟、磶、碣、蕮、鵲通叚)	xi`	ㄒㄧˋ	烏部	【臼部】	12畫	157	158	段4上-56	錯7-23	鉉4上-10
崟(嶔、礥、碒通叚)	yin´	ㄧㄣˊ	山部	【山部】	12畫	439	444	段9下-5	錯18-2	鉉9下-1
粼(甐、磷、䊨通叚)	lin´	ㄌㄧㄣˊ	《《部	【米部】	12畫	568	574	段11下-3	錯22-1	鉉11下-1

篆本字（古文、金文、籀文、俗字，通段、金石）	拼音	注音	說文部首	康熙部首	筆畫	一般頁碼	洪葉頁碼	段注篇章	徐鍇通釋篇章	徐鉉藤花榭篇章
䃯(礰、歷)	li`	ㄌㄧˋ	石部	【石部】12畫		451	455	段9下-28	鍇18-10	鉉9下-4
隥(墱，磴、嶝通段)	deng`	ㄉㄥˋ	皀部	【阜部】12畫		732	739	段14下-3	鍇28-2	鉉14下-1
礐(嶨)	que`	ㄑㄩㄝˋ	石部	【石部】13畫		451	455	段9下-28	鍇18-9	鉉9下-4
磏(礛)	lian´	ㄌㄧㄢˊ	石部	【石部】13畫		449	454	段9下-25	鍇18-9	鉉9下-4
礎	chu`	ㄔㄨˇ	石部	【石部】13畫		無	無	無	無	鉉9下-5
舄(雒、誰，潟、礎、碣、蕮、鵲通段)	xi`	ㄒㄧˋ	烏部	【臼部】13畫		157	158	段4上-56	鍇7-23	鉉4上-10
磊(礌，礧、礨、畾通段)	lei`	ㄌㄟˇ	石部	【石部】13畫		453	457	段9下-32	鍇18-10	鉉9下-5
激(礉通段)	ji	ㄐㄧ	水部	【水部】13畫		549	554	段11上貳-8	鍇21-15	鉉11上-5
硪(礒)	e´	ㄜˊ	石部	【石部】13畫		451	456	段9下-29	鍇18-10	鉉9下-4
壇(禪、礹通段)	tan´	ㄊㄢˊ	土部	【土部】13畫		693	699	段13下-38	鍇26-7	鉉13下-5
磺(卝古文礦，鑛通段)	huang´	ㄏㄨㄤˊ	石部	【石部】14畫		448	453	段9下-23	鍇18-8	鉉9下-4
碝(瑌、瓀、礝通段)	ruan`	ㄖㄨㄢˇ	石部	【石部】14畫		449	453	段9下-24	鍇18-9	鉉9下-4
礊	ke`	ㄎㄜˋ	石部	【石部】14畫		451	456	段9下-29	鍇18-10	鉉9下-4
厱(礛)	qian	ㄑㄧㄢ	厂部	【厂部】14畫		447	451	段9下-20	鍇18-7	鉉9下-3
礙(硋，碍、輆通段)	ai`	ㄞˋ	石部	【石部】14畫		452	456	段9下-30	鍇18-10	鉉9下-4
侅(胲、礙、賌，賅通段)	gai	ㄍㄞ	人部	【人部】14畫		368	372	段8上-7	鍇15-3	鉉8上-1
礜	yu`	ㄩˋ	石部	【石部】14畫		449	454	段9下-25	鍇18-9	鉉9下-4
礛(鐕)	zhuo´	ㄓㄨㄛˊ	石部	【石部】14畫		452	457	段9下-31	鍇18-10	鉉9下-5
礩	zhi`	ㄓˋ	石部	【石部】15畫		無	無	無	無	鉉9下-5
礪	li`	ㄌㄧˋ	石部	【石部】15畫		無	無	無	無	鉉9下-5
厲(厲、蠣、癘、蠆、蕫、勵、礪、濿、烈、例，唳通段)	li`	ㄌㄧˋ	厂部	【厂部】15畫		446	451	段9下-19	鍇18-7	鉉9下-3
砅(濿、礪)	li`	ㄌㄧˋ	水部	【水部】15畫		556	561	段11上貳-22	鍇21-19	鉉11上-7

篆本字(古文、金文、籀文、俗字，通段、金石)	拼音	注音	說文部首	康熙部首	筆畫	一般頁碼	洪葉頁碼	段注篇章	徐鍇通釋篇章	徐鉉藤花榭篇章
殷(磤、殷、鄞、黫通段)	yin	ㄧㄣ	㐆部	【殳部】	15畫	388	392	段8上-48	鍇15-17	鉉8上-7
硻(硜、鏗=鎶鎗述及、硜、磬，礥、砾通段)	keng	ㄎㄥ	石部	【石部】	15畫	451	455	段9下-28	鍇18-10	鉉9下-4
礫	liˋ	ㄌㄧˋ	石部	【石部】	15畫	450	454	段9下-26	鍇18-9	鉉9下-4
鑸(礧鍡weiˇ述及)	leiˇ	ㄌㄟˇ	金部	【金部】	15畫	713	720	段14上-24	鍇27-8	鉉14上-4
磊(磥，礧、礌、礨通段)	leiˇ	ㄌㄟˇ	石部	【石部】	15畫	453	457	段9下-32	鍇18-10	鉉9下-5
壘(嵔、巎、壘，磥、礧通段)	leiˇ	ㄌㄟˇ	山部	【山部】	15畫	440	445	段9下-7	鍇18-3	鉉9下-1
魄(珀、粕、礴通段)	poˋ	ㄆㄛˋ	鬼部	【鬼部】	16畫	435	439	段9上-40	鍇17-13	鉉9上-7
薄(襩𥢧liangˋ述及、箔簾述及，礴通段)	boˊ	ㄅㄛˊ	艸部	【艸部】	16畫	41	41	段1下-40	鍇2-19	鉉1下-7
塙(確，碻、礭通段)	queˋ	ㄑㄩㄝˋ	土部	【土部】	16畫	683	690	段13下-19	鍇26-2	鉉13下-4
磿(礰、歷)	liˋ	ㄌㄧˋ	石部	【石部】	16畫	451	455	段9下-28	鍇18-10	鉉9下-4
礱	longˊ	ㄌㄨㄥˊ	石部	【石部】	16畫	452	457	段9下-31	鍇18-10	鉉9下-5
礹(巖、嚴壍述及)	yanˊ	ㄧㄢˊ	石部	【石部】	19畫	451	456	段9下-29	鍇18-10	鉉9下-4
䃺(磨、摩)	moˊ	ㄇㄛˊ	石部	【石部】	19畫	452	457	段9下-31	鍇18-11	鉉9下-5
【示(shiˋ)部】	shiˋ	ㄕˋ	示部			2	2	段1上-4	鍇1-4	鉉1上-1
示(視述及、𡕀)	shiˋ	ㄕˋ	示部	【示部】		2	2	段1上-4	鍇1-4	鉉1上-1
視(示、眎、眡)	shiˋ	ㄕˋ	見部	【見部】		407	412	段8下-13	鍇16-13	鉉8下-3
禮(𠙵、礼、禮)	liˇ	ㄌㄧˇ	示部	【示部】	1畫	2	2	段1上-4	鍇1-5	鉉1上-1
仍(乃，礽通段)	rengˊ	ㄖㄥˊ	人部	【人部】	2畫	372	376	段8上-16	鍇15-6	鉉8上-3
扔(仍)	reng	ㄖㄥ	手部	【手部】	3畫	606	612	段12上-46	鍇23-15	鉉12上-7
社(䄯)	sheˋ	ㄕㄜˋ	示部	【示部】	3畫	8	8	段1上-15	鍇1-8	鉉1上-2
礿(禴)	yueˋ	ㄩㄝˋ	示部	【示部】	3畫	5	5	段1上-10	鍇1-6	鉉1上-2
祀(禩，禩通段)	siˋ	ㄙˋ	示部	【示部】	3畫	3	3	段1上-6	鍇1-6	鉉1上-2

篆本字(古文、金文、籀文、俗字，通段、金石)	拼音	注音	說文部首	康熙部首	筆畫	一般頁碼	洪葉頁碼	段注篇章	徐鍇通釋篇章	徐鉉藤花榭篇章
祠(祀)	ci´	ㄘˊ	示部	【示部】	3畫	5	5	段1上-10	鍇1-6	鉉1上-2
役	dui`	ㄉㄨㄟˋ	殳部	【示部】	4畫	119	120	段3下-25	鍇6-14	鉉3下-6
祕	bi	ㄅㄧ	示部	【示部】	4畫	5	5	段1上-9	鍇1-6	鉉1上-2
縈(祊，閟通段)	beng	ㄅㄥ	示部	【示部】	4畫	4	4	段1上-8	鍇1-6	鉉1上-2
祇(禔、祋，祇通段)	zhi	ㄓˇ	示部	【示部】	4畫	3	3	段1上-5	鍇1-6	鉉1上-2
禔示部(祇)	ti´	ㄊㄧˊ	示部	【示部】	4畫	3	3	段1上-5	鍇1-5	鉉1上-2
只(祇)	zhi	ㄓˇ	只部	【口部】	4畫	87	88	段3上-3	鍇5-2	鉉3上-1
禹(离，螭通段)	yu	ㄩˇ	内部	【内部】	4畫	739	746	段14下-18	鍇28-7	鉉14下-4
祈	qi´	ㄑㄧˊ	示部	【示部】	4畫	6	6	段1上-12	鍇1-7	鉉1上-2
蘄(芹、祈)	qi´	ㄑㄧˊ	艸部	【艸部】	4畫	27	28	段1下-13	鍇2-7	鉉1下-3
刉(祈、幾)	ji	ㄐㄧ	刀部	【刂部】	4畫	179	181	段4下-43	鍇8-16	鉉4下-7
祉	zhi	ㄓˇ	示部	【示部】	4畫	3	3	段1上-5	鍇1-5	鉉1上-2
祆从示天	xian	ㄒㄧㄢ	示部	【示部】	4畫	無	無	段刪	鍇1-8	鉉1上-3
祅(祆从夭yao)	yao	ㄧㄠ	示部	【示部】	4畫	8	8	段1上-16	鍇1-8	鉉1上-3
夭(祆从夭tian通段)	tian	ㄊㄧㄢ	一部	【大部】	4畫	1	1	段1上-1	鍇1-1	鉉1上-1
屐(茭、庋、庪、輾通段)	ji	ㄐㄧ	履部	【尸部】	4畫	402	407	段8下-3	鍇16-10	鉉8下-1
祏	shi´	ㄕˊ	示部	【示部】	5畫	4	4	段1上-8	鍇1-6	鉉1上-2
祐(右)	you`	ㄧㄡˋ	示部	【示部】	5畫	3	3	段1上-5	鍇1-5	鉉1上-2
祓(禊通段)	fu´	ㄈㄨˊ	示部	【示部】	5畫	6	6	段1上-12	鍇1-7	鉉1上-2
祔	fu´	ㄈㄨˊ	示部	【示部】	5畫	4	4	段1上-8	鍇1-6	鉉1上-2
祕(閟，秘通段)	mi`	ㄇㄧˋ	示部	【示部】	5畫	3	3	段1上-6	鍇1-6	鉉1上-2
閟(祕)	bi`	ㄅㄧˋ	門部	【門部】	5畫	588	594	段12上-10	鍇23-5	鉉12上-3
眽(覕、泌、祕)	bi`	ㄅㄧˋ	目部	【目部】	5畫	131	132	段4上-4	鍇7-2	鉉4上-1
祖示部非祖ju`(襐通段)	mi`	ㄙㄨ	示部	【示部】	5畫	4	4	段1上-8	鍇1-6	鉉1上-2
祖衣部非祖zu˘	ju`	ㄐㄩˋ	衣部	【衣部】	5畫	395	399	段8上-61	鍇16-5	鉉8上-9
祗	zhi	ㄓ	示部	【示部】	5畫	3	3	段1上-5	鍇1-5	鉉1上-2
祘(筭)	suan`	ㄙㄨㄢˋ	示部	【示部】	5畫	8	8	段1上-16	鍇1-8	鉉1上-3
殃(鞅通段)	yang	ㄧㄤ	歹部	【歹部】	5畫	163	165	段4下-12	鍇8-5	鉉4下-3
祚	zuo`	ㄗㄨㄛˋ	示部	【示部】	5畫	無	無	段刪	鍇1-8	鉉1上-3
胙(祚通段)	zuo`	ㄗㄨㄛˋ	肉部	【肉部】	5畫	172	174	段4下-30	鍇8-11	鉉4下-5

篆本字（古文、金文、籀文、俗字，通段、金石）	拼音	注音	說文部首	康熙部首	筆畫	一般頁碼	洪葉頁碼	段注篇章	徐鍇通釋篇章	徐鉉藤花榭篇章
祜	hù	ㄏㄨˋ	示部	【示部】5畫	2	2	段1上-4	錯1-5	鉉1上-1
褞(褶、袖)	liù	ㄌㄡˋ	示部	【示部】5畫	6	6	段1上-12	錯1-7	鉉1上-2
詴(袖示部)	zhòu	ㄓㄡˋ	言部	【言部】5畫	97	97	段3上-22	錯5-11	鉉3上-5
祝(呪、詛訓述及，咒通段)	zhù	ㄓㄨˋ	示部	【示部】5畫	6	6	段1上-12	錯1-7	鉉1上-2
詶(呪、酬，咒、祝通段)	chóu	ㄔㄡˊ	言部	【言部】5畫	97	97	段3上-22	錯5-11	鉉3上-5
詛(祝訓述及，襐通段)	zǔ	ㄗㄨˋ	言部	【言部】5畫	97	97	段3上-22	錯5-11	鉉3上-5
祛(裾，袪通段)	qu	ㄑㄩ	衣部	【衣部】5畫	392	396	段8上-55	錯16-3	鉉8上-8
神	shén	ㄕㄣˊ	示部	【示部】5畫	3	3	段1上-5	錯1-5	鉉1上-2
魖(神)	shén	ㄕㄣˊ	鬼部	【鬼部】5畫	435	439	段9上-40	錯17-13	鉉9上-7
祟(襚从眞夊)	suì	ㄙㄨㄟˋ	示部	【示部】5畫	8	8	段1上-16	錯1-8	鉉1上-3
祠(祀)	cí	ㄘˊ	示部	【示部】5畫	5	5	段1上-10	錯1-6	鉉1上-2
禍(祸)	huó	ㄏㄨㄛˊ	示部	【示部】6畫	7	7	段1上-13	錯1-7	鉉1上-2
祡(褈)	chái	ㄔㄞˊ	示部	【示部】6畫	4	4	段1上-7	錯1-6	鉉1上-2
祥	xiáng	ㄒㄧㄤˊ	示部	【示部】6畫	3	3	段1上-5	錯1-5	鉉1上-1
詳(祥，佯通段)	xiáng	ㄒㄧㄤˊ	言部	【言部】6畫	92	92	段3上-12	錯5-7	鉉3上-3
祪	gui	ㄍㄨㄟˇ	示部	【示部】6畫	4	4	段1上-7	錯1-6	鉉1上-2
祫(合)	xiá	ㄒㄧㄚˊ	示部	【示部】6畫	6	6	段1上-11	錯1-6	鉉1上-2
祧	tiao	ㄊㄧㄠ	示部	【示部】6畫	無	無	段刪	錯1-8	鉉1上-3
朓肉部(祧，糶通段)	tiao	ㄊㄧㄠˇ	肉部	【肉部】6畫	172	174	段4下-30	錯8-11	鉉4下-5
祭(傺通段)	jì	ㄐㄧˋ	示部	【示部】6畫	3	3	段1上-6	錯1-6	鉉1上-2
鄒(祭jì)	zhài	ㄓㄞˋ	邑部	【邑部】6畫	287	290	段6下-31	錯12-16	鉉6下-6
奧(票)	piào	ㄆㄧㄠˋ	火部	【示部】6畫	484	489	段10上-49	錯19-16	鉉10上-8
嫖(剽、票)	piáo	ㄆㄧㄠˊ	女部	【女部】6畫	624	630	段12下-25	錯24-8	鉉12下-4
熛(票、猋)	biao	ㄅㄧㄠ	火部	【火部】6畫	481	486	段10上-43	錯19-14	鉉10上-8
譸(袾通段)	zhou	ㄓㄡ	言部	【言部】6畫	97	97	段3上-22	錯5-11	鉉3上-5
橚(褠，褕通段)	you	ㄧㄡˇ	木部	【木部】7畫	269	272	段6上-63	錯11-28	鉉6上-8
獂(祼、獮，襺从糸虫、禩通段)	xian	ㄒㄧㄢˇ	犬部	【犬部】7畫	475	480	段10上-31	錯19-10	鉉10上-5
社(祍)	shè	ㄕㄜˋ	示部	【示部】7畫	8	8	段1上-15	錯1-8	鉉1上-2
餀(祝，饙通段)	duì	ㄉㄨㄟˋ	倉部	【食部】7畫	222	225	段5下-15	錯10-6	鉉5下-3

篆本字(古文、金文、籀文、俗字,通叚、金石)	拼音	注音	說文部首	康熙部首	筆畫	一般頁碼	洪葉頁碼	段注篇章	徐鍇通釋篇章	徐鉉藤花榭篇章
視(示、眡、眂)	shì	ㄕˋ	見部	【見部】7畫		407	412	段8下-13	錯16-13	鉉8下-3
示(視述及、兀)	shì	ㄕˋ	示部	【示部】7畫		2	2	段1上-4	錯1-4	鉉1上-1
袥(祏)	huó	ㄏㄨㄛˊ	示部	【示部】7畫		7	7	段1上-13	錯1-7	鉉1上-2
祰	gào	ㄍㄠˋ	示部	【示部】7畫		4	4	段1上-8	錯1-6	鉉1上-2
祲	jìn	ㄐㄧㄣ	示部	【示部】7畫		8	8	段1上-16	錯1-8	鉉1上-2
祳(蜃、脤)	shèn	ㄕㄣˋ	示部	【示部】7畫		7	7	段1上-14	錯1-7	鉉1上-2
祴	gāi	ㄍㄞ	示部	【示部】7畫		7	7	段1上-14	錯1-7	鉉1上-2
祅(袄从夭yao)	yāo	ㄧㄠ	示部	【示部】8畫		8	8	段1上-16	錯1-8	鉉1上-3
祺(禥)	qí	ㄑㄧˊ	示部	【示部】8畫		3	3	段1上-5	錯1-5	鉉1上-2
祼非裸luo	guàn	ㄍㄨㄢˋ	示部	【示部】8畫		6	6	段1上-11	錯1-7	鉉1上-2
蠃从衣(裸非祼guanˋ,倮、蠃从果、躶通叚)	luǒ	ㄌㄨㄛˇ	衣部	【衣部】8畫		396	400	段8上-63	錯16-5	鉉8上-9
禍(旤述及,禂通叚)	huò	ㄏㄨㄛˋ	示部	【示部】8畫		8	8	段1上-16	錯1-8	鉉1上-2
祿	lù	ㄌㄨˋ	示部	【示部】8畫		3	3	段1上-5	錯1-5	鉉1上-1
稟(廩,禀通叚)	bǐng	ㄅㄧㄥˇ	㐭部	【禾部】8畫		230	233	段5下-31	錯10-13	鉉5下-6
禁(𥙿蓋古以綝chen爲禁字,仱通叚)	jìn	ㄐㄧㄣˋ	示部	【示部】8畫		9	9	段1上-17	錯1-8	鉉1上-3
綝(禁)	chen	ㄔㄣ	糸部	【糸部】8畫		647	654	段13上-9	錯25-3	鉉13上-2
紟(縎、繪、衿、禁、襟)	jìn	ㄐㄧㄣ	糸部	【糸部】8畫		654	661	段13上-23	錯25-5	鉉13上-3
蜡(蛆、胆、褙,蟲通叚)	là	ㄌㄚˋ	虫部	【虫部】8畫		669	675	段13上-52	錯25-13	鉉13上-7
裨(鵧、埤,裨、綼、鵧通叚)	bì	ㄅㄧˋ	衣部	【衣部】8畫		395	399	段8上-61	錯16-5	鉉8上-9
禂(騭、騳)	dǎo	ㄉㄠˇ	示部	【示部】8畫		7	7	段1上-14	錯1-8	鉉1上-2
諝(縃)	xǔ	ㄒㄩˇ	示部	【示部】8畫		7	7	段1上-14	錯1-7	鉉1上-2
祡(禋)	chái	ㄔㄞˊ	示部	【示部】9畫		4	4	段1上-7	錯1-6	鉉1上-2
禋(禋从弓囧土,諲通叚)	yīn	ㄧㄣ	示部	【示部】9畫		3	3	段1上-6	錯1-6	鉉1上-2

篆本字(古文、金文、籀文、俗字，通段、金石)	拼音	注音	說文部首	康熙部首	筆畫	一般頁碼	洪葉頁碼	段注篇章	徐鍇通釋篇章	徐鉉藤花榭篇章
祓(禊通段)	fu´	ㄈㄨˊ	示部	【示部】9畫	6	6	段1上-12	鍇1-7	鉉1上-2
頮(禊、褉通段)	qi`	ㄑㄧˋ	頁部	【頁部】9畫	421	425	段9上-12	鍇17-4	鉉9上-2
禍(旤述及，禥通段)	huo`	ㄏㄨㄛˋ	示部	【示部】9畫	8	8	段1上-16	鍇1-8	鉉1上-2
禎	zhen	ㄓㄣ	示部	【示部】9畫	3	3	段1上-5	鍇1-5	鉉1上-1
福非衣部福fu`	fu´	ㄈㄨˊ	示部	【示部】9畫	3	3	段1上-5	鍇1-5	鉉1上-2
禓	yang´	ㄧㄤˊ	示部	【示部】9畫	8	8	段1上-16	鍇1-8	鉉1上-2
祇(禔、敔，秪通段)	zhi`	ㄓˇ	示部	【示部】9畫	3	3	段1上-5	鍇1-6	鉉1上-2
禔示部(祇)	ti´	ㄊㄧˊ	示部	【示部】9畫	3	3	段1上-5	鍇1-5	鉉1上-2
褆衣部	ti´	ㄊㄧˊ	衣部	【衣部】9畫	393	397	段8上-58	鍇16-4	鉉8上-8
禖(媒)	mei´	ㄇㄟˊ	示部	【示部】9畫	7	7	段1上-13	鍇1-7	鉉1上-2
禘	di`	ㄉㄧˋ	示部	【示部】9畫	5	5	段1上-10	鍇1-6	鉉1上-2
斎(齋、齍从齋眞乂，齏通段)	zhai	ㄓㄞ	示部	【齊部】9畫	3	3	段1上-6	鍇1-6	鉉1上-2
𪗴(齊、斎、臍，隮通段)	qi´	ㄑㄧˊ	齊部	【齊部】9畫	317	320	段7上-32	鍇13-14	鉉7上-6
楢(梄，禉通段)	you˘	ㄧㄡˇ	木部	【木部】9畫	269	272	段6上-63	鍇11-28	鉉6上-8
懿(抑，禕通段)	yi`	ㄧˋ	壹部	【心部】9畫	496	500	段10下-12	鍇20-4	鉉10下-3
褘(禕通段)	hui	ㄏㄨㄟ	衣部	【衣部】9畫	390	394	段8上-52	鍇16-2	鉉8上-8
禱(祷、䮞从邑chou´眞乂)	dao˘	ㄉㄠˇ	示部	【示部】10畫	6	6	段1上-12	鍇1-7	鉉1上-2
禛	zhen	ㄓㄣ	示部	【示部】10畫	2	2	段1上-4	鍇1-5	鉉1上-1
禜(yong˘)	ying´	ㄧㄥˊ	示部	【示部】10畫	6	6	段1上-12	鍇1-7	鉉1上-2
禠	si	ㄙ	示部	【示部】10畫	3	3	段1上-5	鍇1-5	鉉1上-1
禡	ma`	ㄇㄚˋ	示部	【示部】10畫	7	7	段1上-14	鍇1-7	鉉1上-2
禂(禉、袖)	liu`	ㄌㄧㄡˋ	示部	【示部】10畫	6	6	段1上-12	鍇1-7	鉉1上-2
穛(穱)	zhuo´	ㄓㄨㄛˊ	禾部	【禾部】10畫	325	328	段7上-48	鍇13-20	鉉7上-8
鬼(槐从示)	gui˘	ㄍㄨㄟˇ	鬼部	【鬼部】10畫	434	439	段9上-39	鍇17-13	鉉9上-7
祀(禩，禫通段)	si`	ㄙˋ	示部	【示部】11畫	3	3	段1上-6	鍇1-6	鉉1上-2
趩(禪、蹕，僢、禅通段)	bi`	ㄅㄧˋ	走部	【走部】11畫	67	67	段2上-38	鍇3-16	鉉2上-8
祺(禥)	qi´	ㄑㄧˊ	示部	【示部】11畫	3	3	段1上-5	鍇1-5	鉉1上-2

篆本字（古文、金文、籀文、俗字，通叚、金石）	拼音	注音	說文部首	康熙部首	筆畫	一般頁碼	洪葉頁碼	段注篇章	徐鍇通釋篇章	徐鉉藤花榭篇章
祖示部非祖ju`（禠通叚）	zuˇ	ㄗㄨˇ	示部	【示部】11畫		4	4	段1上-8	錯1-6	鉉1上-2
詛（祝訓述及，禠通叚）	zuˇ	ㄗㄨˇ	言部	【言部】11畫		97	97	段3上-22	錯5-11	鉉3上-5
禠	zǔ	ㄗㄨˇ	示部	【示部】11畫		無	無	段刪	錯1-8	無
膢（褸）	lǘ	ㄌㄩˊ	肉部	【肉部】11畫		172	174	段4下-29	錯8-11	鉉4下-5
禦（御）	yu`	ㄩˋ	示部	【示部】11畫		7	7	段1上-13	錯1-7	鉉1上-2
敔（禦、御、圉）	yu`	ㄩˋ	攴部	【攴部】11畫		126	127	段3下-39	錯6-19	鉉3下-9
祽	cui`	ㄘㄨㄟˋ	示部	【示部】12畫		6	6	段1上-12	錯1-7	鉉1上-2
禧	xiˇ	ㄒㄧˇ	示部	【示部】12畫		2	2	段1上-4	錯1-5	鉉1上-1
釐（禧、氂、貄、理，嫠通叚）	liˊ	ㄌㄧˊ	里部	【里部】12畫		694	701	段13下-41	錯26-8	鉉13下-6
禫（導）	dan`	ㄉㄢˋ	示部	【示部】12畫		9	9	段1上-17	錯1-8	鉉1上-3
導（禫）	dao`ˇ	ㄉㄠˇ	寸部	【寸部】12畫		121	122	段3下-30	錯6-16	鉉3下-7
嘰（機）	ji	ㄐㄧ	口部	【口部】12畫		55	56	段2上-15	錯3-6	鉉2上-3
鬾（機）	qiˊ	ㄑㄧˊ	鬼部	【鬼部】12畫		436	440	段9上-42	錯17-14	鉉9上-7
既（旣、嘰、機、气、氣、餼氣述及）	ji`	ㄐㄧˋ	皀部	【无部】12畫		216	219	段5下-3	錯10-2	鉉5下-1
褵（褶、袖）	liu`	ㄌㄧㄡˋ	示部	【示部】12畫		6	6	段1上-12	錯1-7	鉉1上-2
絣（祊，閉通叚）	beng	ㄅㄥ	示部	【示部】12畫		4	4	段1上-8	錯1-6	鉉1上-2
醮（譙，蘸通叚）	jiao`	ㄐㄧㄠˋ	酉部	【酉部】12畫		748	755	段14下-36	錯28-18	鉉14下-9
墠（壇、禪、禮）	shan`	ㄕㄢˋ	土部	【土部】12畫		690	697	段13下-33	錯26-5	鉉13下-5
禪（禮、墠）	shan`	ㄕㄢˋ	示部	【示部】13畫		7	7	段1上-13	錯1-7	鉉1上-2
壇（禮、礴通叚）	tanˊ	ㄊㄢˊ	土部	【土部】13畫		693	699	段13下-38	錯26-7	鉉13下-5
繹（醳酉述及，懌、澤通叚）	yi`	ㄧˋ	糸部	【糸部】13畫		643	650	段13上-1	錯25-1	鉉13上-1
禬	gui`	ㄍㄨㄟˋ	示部	【示部】13畫		7	7	段1上-13	錯1-7	鉉1上-2
禮（礼、礼、禮）	liˇ	ㄌㄧˇ	示部	【示部】13畫		2	2	段1上-4	錯1-5	鉉1上-1
禰	miˊ	ㄇㄧˊ	示部	【示部】14畫		無	無	段刪	錯1-8	鉉1上-3

篆本字(古文、金文、籀文、俗字，通叚、金石)	拼音	注音	說文部首	康熙部首	筆畫	一般頁碼	洪葉頁碼	段注篇章	徐鍇通釋篇章	徐鉉藤花榭篇章
胅肉部(桃，㰾通叚)	tiaoˇ	ㄊㄧㄠˇ	肉部	【肉部】	14畫	172	174	段4下-30	錯8-11	鉉4下-5
禱(褶、䙆從邑chouˊ眞攵)	daoˇ	ㄅㄠˇ	示部	【示部】	14畫	6	6	段1上-12	錯1-7	鉉1上-2
齋(齋、䙆從齋眞攵，禬通叚)	zhai	ㄓㄞ	示部	【示部】	14畫	3	3	段1上-6	錯1-6	鉉1上-2
祀(禩，禷通叚)	siˋ	ㄙˋ	示部	【示部】	16畫	3	3	段1上-6	錯1-6	鉉1上-2
禳	rangˊ	ㄖㄤˊ	示部	【示部】	17畫	7	7	段1上-13	錯1-7	鉉1上-2
礿(禴)	yueˋ	ㄩㄝˋ	示部	【示部】	17畫	5	5	段1上-10	錯1-6	鉉1上-2
獮(祳、獮，襺從糸虫、禋通叚)	xianˇ	ㄒㄧㄢˇ	犬部	【犬部】	17畫	475	480	段10上-31	錯19-10	鉉10上-5
禮(瓃、礼、豊)	liˇ	ㄌㄧˇ	示部	【示部】	18畫	2	2	段1上-4	錯1-5	鉉1上-1
祟(䙆從眞攵)	suiˋ	ㄙㄨㄟˋ	示部	【示部】	18畫	8	8	段1上-16	錯1-8	鉉1上-3
禲(類)	leiˋ	ㄌㄟˋ	示部	【示部】	18畫	4	4	段1上-7	錯1-6	鉉1上-2
禱(褶、䙆從邑chouˊ眞攵)	daoˇ	ㄅㄠˇ	示部	【示部】	20畫	6	6	段1上-12	錯1-7	鉉1上-2
【内(rouˊ)部】	rouˊ	ㄖㄡˊ	内部			739	746	段14下-17	錯28-7	鉉14下-4
内(蹂、厹，鶔通叚)	rouˊ	ㄖㄡˊ	内部	【内部】		739	746	段14下-17	錯28-7	鉉14下-4
禹	yuˇ	ㄩˇ	由部	【内部】	4畫	436	441	段9上-43	錯17-14	鉉9上-7
偶(耦、寓、禹)	ouˇ	ㄡˇ	人部	【人部】	4畫	383	387	段8上-37	錯15-12	鉉8上-5
禹(㘞，蝺通叚)	yuˇ	ㄩˇ	内部	【内部】	4畫	739	746	段14下-18	錯28-7	鉉14下-4
禼(離，魖通叚)	liˊ	ㄌㄧˊ	内部	【内部】	6畫	739	746	段14下-17	錯28-7	鉉14下-4
卨(嵩)	xieˋ	ㄒㄧㄝˋ	内部	【内部】	8畫	739	746	段14下-18	錯28-7	鉉14下-4
偰(契、卨)	xieˋ	ㄒㄧㄝˋ	人部	【人部】	8畫	367	371	段8上-5	錯15-2	鉉8上-1
禽(擒，檎通叚)	qinˊ	ㄑㄧㄣˊ	内部	【内部】	8畫	739	746	段14下-17	錯28-7	鉉14下-4
萬(万)	wanˋ	ㄨㄢˋ	内部	【艸部】	8畫	739	746	段14下-18	錯28-7	鉉14下-4
禸(狒通叚)	feiˋ	ㄈㄟˋ	内部	【内部】	9畫	739	746	段14下-18	錯28-7	鉉14下-4
【禾(heˊ)部】	heˊ	ㄏㄜˊ	禾部			320	323	段7上-37	錯13-16	鉉7上-7
禾	heˊ	ㄏㄜˊ	禾部	【禾部】		320	323	段7上-37	錯13-16	鉉7上-7
禾	ji	ㄐㄧ	禾部	【禾部】		275	277	段6下-6	錯12-5	鉉6下-2
私(厶)	si	ㄙ	禾部	【禾部】	2畫	321	324	段7上-40	錯13-17	鉉7上-7

篆本字(古文、金文、籀文、俗字，通段、金石)	拼音	注音	說文部首	康熙部首	筆畫	一般頁碼	洪葉頁碼	段注篇章	徐鍇通釋篇章	徐鉉藤花榭篇章
厶(私)	si	ㄙ	厶部	【厶部】2畫		436	441	段9上-43	錯17-14	鉉9上-7
禿	tu	ㄊㄨ	禿部	【禾部】2畫		407	411	段8下-12	錯16-13	鉉8下-3
秊(年)	nian´	ㄋㄧㄢ´	禾部	【干部】3畫		326	329	段7上-50	錯13-21	鉉7上-8
㤯(秀，蜏通段)	xiu`	ㄒㄧㄡ`	禾部	【禾部】3畫		320	323	段7上-38	錯13-16	鉉7上-7
莠(秀)	you`	ㄧㄡ`	艸部	【艸部】3畫		23	23	段1下-4	錯2-3	鉉1下-1
利(㓞)	li`	ㄌㄧ`	刀部	【刂部】3畫		178	180	段4下-42	錯8-15	鉉4下-6
秉(柄)	bing˘	ㄅㄧㄥ˘	又部	【禾部】3畫		115	116	段3下-18	錯6-10	鉉3下-4
秈(籼)	xian	ㄒㄧㄢ	禾部	【禾部】3畫		323	326	段7上-43	錯13-18	鉉7上-7
秔(稉、粳=秈秈稴穬秈xian´述及、粳)	jing	ㄐㄧㄥ	禾部	【禾部】3畫		323	326	段7上-43	錯13-18	鉉7上-7
秀(chuo`)	diao	ㄉㄧㄠ˘	禾部	【禾部】3畫		324	327	段7上-45	錯13-19	鉉7上-8
秄(芓、籽、薿)	zi˘	ㄗ˘	禾部	【禾部】3畫		325	328	段7上-47	錯13-19	鉉7上-8
秅	cha´	ㄔㄚ´	禾部	【禾部】3畫		328	331	段7上-53	錯13-23	鉉7上-9
芑(萁，杞通段)	qi˘	ㄑㄧ˘	艸部	【艸部】3畫		46	47	段1下-51	錯2-23	鉉1下-8
秎	he´	ㄏㄜ´	禾部	【禾部】3畫		325	328	段7上-48	錯13-20	鉉7上-8
稈(秆)	gan˘	ㄍㄢ˘	禾部	【禾部】3畫		326	329	段7上-49	錯13-20	鉉7上-8
秌(龝、秋，鞦通段)	qiu	ㄑㄧㄡ	禾部	【禾部】4畫		327	330	段7上-51	錯13-21	鉉7上-8
秠(稃，杯通段)	pi	ㄆㄧ	禾部	【禾部】4畫		324	327	段7上-46	錯13-19	鉉7上-8
秏(耗)	hao`	ㄏㄠ`	禾部	【禾部】4畫		323	326	段7上-43	錯13-18	鉉7上-8
蔜(耗、槁)	hao`	ㄏㄠ`	艸部	【艸部】4畫		39	39	段1下-36	錯2-17	鉉1下-6
科(蝌通段)	ke	ㄎㄜ	禾部	【禾部】4畫		327	330	段7上-52	錯13-22	鉉7上-9
窠(窼、科、薖)	ke	ㄎㄜ	穴部	【穴部】4畫		345	348	段7下-20	錯14-8	鉉7下-4
仲(中，种通段)	zhong`	ㄓㄨㄥ`	人部	【人部】4畫		367	371	段8上-5	錯15-2	鉉8上-1
祇(褆、祋，秖通段)	zhi˘	ㄓ˘	示部	【示部】4畫		3	3	段1上-5	錯1-6	鉉1上-2
緹(祇、祗，醍通段)	ti´	ㄊㄧ´	糸部	【糸部】4畫		650	657	段13上-15	錯25-4	鉉13上-2
秒(薸、穮)	miao˘	ㄇㄧㄠ˘	禾部	【禾部】4畫		324	327	段7上-45	錯13-19	鉉7上-8
薸(秒，蓣、藻通段)	biao	ㄅㄧㄠ	艸部	【艸部】4畫		38	38	段1下-34	錯2-16	鉉1下-6

篆本字(古文、金文、籀文、俗字，通叚、金石)	拼音	注音	說文部首	康熙部首	筆畫	一般頁碼	洪葉頁碼	段注篇章	徐鍇通釋篇章	徐鉉藤花榭篇章
秔(稉、稉=秈秈秏穤粳xian´述及、粳)	jing	ㄐㄧㄥ	禾部	【禾部】4畫		323	326	段7上-43	錯13-18	鉉7上-7
秕(瘕)	bi˘	ㄅㄧˇ	禾部	【禾部】4畫		326	329	段7上-49	錯13-20	鉉7上-8
采(穗)	sui`	ㄙㄨㄟˋ	禾部	【禾部】4畫		324	327	段7上-45	錯13-19	鉉7上-8
秙(石)	dan`	ㄉㄢˋ	禾部	【禾部】5畫		328	331	段7上-54	錯13-23	鉉7上-9
石(碩、秙，楛通叚)	shi´	ㄕˊ	石部	【石部】5畫		448	453	段9下-23	錯18-8	鉉9下-4
秜(穭、稆、旅)	ni´	ㄋㄧˊ	禾部	【禾部】5畫		323	326	段7上-43	錯13-18	鉉7上-8
租	zu	ㄗㄨ	禾部	【禾部】5畫		326	329	段7上-50	錯13-21	鉉7上-8
秠(秠，秠通叚)	pi	ㄆㄧ	禾部	【禾部】5畫		324	327	段7上-46	錯13-19	鉉7上-8
柢(氐、蒂，秪通叚)	di˘	ㄉㄧˇ	木部	【木部】5畫		248	251	段6上-21	錯11-9	鉉6上-3
氐(低、底楮zhi述及，秪通叚)	di	ㄉㄧ	氐部	【氐部】5畫		628	634	段12下-34	錯24-12	鉉12下-5
秦(榛)	qin´	ㄑㄧㄣˊ	禾部	【禾部】5畫		327	330	段7上-51	錯13-21	鉉7上-8
溱(秦)	zhen	ㄓㄣ	水部	【水部】5畫		529	534	段11上壹-27	錯21-9	鉉11上-2
秧	yang	ㄧㄤ	禾部	【禾部】5畫		326	329	段7上-49	錯13-20	鉉7上-8
祕(閟，秘通叚)	mi`	ㄇㄧˋ	示部	【示部】5畫		3	3	段1上-6	錯1-6	鉉1上-2
柞	zuo´	ㄗㄨㄛˊ	禾部	【禾部】5畫		325	328	段7上-47	錯13-19	鉉7上-8
秩(載、戴)	zhi`	ㄓˋ	禾部	【禾部】5畫		325	328	段7上-48	錯13-20	鉉7上-8
趰(秩)	zhi`	ㄓˋ	走部	【走部】5畫		64	65	段2上-33	錯3-15	鉉2上-7
秫(朮，术通叚)	shu´	ㄕㄨˊ	禾部	【禾部】5畫		322	325	段7上-42	錯13-18	鉉7上-7
稱(爯、偁、秤)	cheng	ㄔㄥ	禾部	【禾部】5畫		327	330	段7上-51	錯13-22	鉉7上-8
偁(稱、秤)	cheng	ㄔㄥ	人部	【人部】5畫		373	377	段8上-18	錯15-7	鉉8上-3
秭	zi˘	ㄗˇ	禾部	【禾部】5畫		328	331	段7上-53	錯13-22	鉉7上-9
餘(秣)	mo`	ㄇㄛˋ	倉部	【食部】5畫		222	225	段5下-15	錯10-6	鉉5下-3
秝(歷)	li`	ㄌㄧˋ	秝部	【禾部】5畫		329	332	段7上-55	錯13-23	鉉7上-9
簴从虡(秬)	ju	ㄐㄩ	艸部	【艸部】5畫		218	220	段5下-6	錯10-3	鉉5下-2
案禾部	an`	ㄢˋ	禾部	【禾部】6畫		325	328	段7上-47	錯13-19	鉉7上-8
案木部	an`	ㄢˋ	木部	【木部】6畫		260	263	段6上-45	錯11-20	鉉6上-6
稆(秮)	huo´	ㄏㄨㄛˊ	禾部	【禾部】6畫		325	328	段7上-48	錯13-20	鉉7上-8

篆本字（古文、金文、籀文、俗字，通叚、金石）	拼音	注音	說文部首	康熙部首	筆畫	一般頁碼	洪葉頁碼	段注篇章	徐鍇通釋篇章	徐鉉藤花榭篇章
稭(秸、鞈、鞊)	jie	ㄐㄧㄝ	禾部	【禾部】6畫		325	328	段7上-48	鍇13-20	鉉7上-8
穉(稚，稊、穉通叚)	zhi`	ㄓˋ	禾部	【禾部】6畫		321	324	段7上-39	鍇13-17	鉉7上-7
挃(秷通叚)	zhi`	ㄓˋ	手部	【手部】6畫		608	614	段12上-49	鍇23-15	鉉12上-7
迻(移)	yi´	ㄧˊ	辵(辶)部	【辵部】6畫		72	72	段2下-6	鍇4-3	鉉2下-2
移(侈、迻，橠、簃通叚)	yi´	ㄧˊ	禾部	【禾部】6畫		323	326	段7上-44	鍇13-19	鉉7上-8
袳(袲、移、侈)	chi˘	ㄔˇ	衣部	【衣部】6畫		394	398	段8上-59	鍇16-4	鉉8上-8
稷(稅、綵，穂、糭通叚)	zong	ㄗㄨㄥ	禾部	【禾部】6畫		327	330	段7上-52	鍇13-22	鉉7上-9
齍从皿(粢)	zi	ㄗ	皿部	【齊部】6畫		211	213	段5上-46	鍇9-19	鉉5上-9
齋从禾(秶、粢、齍)	zi	ㄗ	禾部	【齊部】6畫		322	325	段7上-41	鍇13-18	鉉7上-7
㛚(列)	lie`	ㄌㄧㄝˋ	禾部	【禾部】6畫		326	329	段7上-49	鍇13-20	鉉7上-8
厏(秅，秅通叚)	cha´	ㄔㄚˊ	广部	【广部】6畫		444	449	段9下-15	鍇18-5	鉉9下-3
稍(蠲)	juan	ㄐㄩㄢ	禾部	【禾部】7畫		326	329	段7上-49	鍇13-20	鉉7上-8
稀	xi	ㄒㄧ	禾部	【禾部】7畫		321	324	段7上-40	鍇13-18	鉉7上-7
稅	shui`	ㄕㄨㄟˋ	禾部	【禾部】7畫		326	329	段7上-50	鍇13-21	鉉7上-8
稈(秆)	gan˘	ㄍㄢˇ	禾部	【禾部】7畫		326	329	段7上-49	鍇13-20	鉉7上-8
程	cheng´	ㄔㄥˊ	禾部	【禾部】7畫		327	330	段7上-52	鍇13-22	鉉7上-9
裎(程)	cheng´	ㄔㄥˊ	衣部	【衣部】7畫		396	400	段8上-63	鍇16-5	鉉8上-9
郢(邧、程)	ying˘	ㄧㄥˇ	邑部	【邑部】7畫		292	295	段6下-41	鍇12-18	鉉6下-7
㫃(旅、袤、炭，侶、稆、穭通叚)	lu˘	ㄌㄩˇ	㫃部	【方部】7畫		312	315	段7上-21	鍇13-7	鉉7上-3
秜(穭、稆、旅)	ni´	ㄋㄧˊ	禾部	【禾部】7畫		323	326	段7上-43	鍇13-18	鉉7上-8
稛从囷木(稛，稇通叚)	gun˘	ㄍㄨㄣˇ	稛部	【木部】7畫		276	279	段6下-9	鍇12-7	鉉6下-3
稡(秮)	huo`	ㄏㄨㄛˊ	禾部	【禾部】7畫		325	328	段7上-48	鍇13-20	鉉7上-8
稌	tu´	ㄊㄨˊ	禾部	【禾部】7畫		322	325	段7上-42	鍇13-18	鉉7上-7
稍	shao	ㄕㄠ	禾部	【禾部】7畫		327	330	段7上-51	鍇13-21	鉉7上-8

篆本字(古文、金文、籀文、俗字，通叚、金石)	拼音	注音	說文部首	康熙部首	筆畫	一般頁碼	洪葉頁碼	段注篇章	徐鍇通釋篇章	徐鉉藤花榭篇章
娋(稍)	shao ˋ	ㄕㄠˋ	女部	【女部】7畫	623	629	段12下-23	鍇24-8	鉉12下-3
蕛(稊通叚)	ti ˊ	ㄊㄧˊ	艸部	【艸部】7畫	36	36	段1下-30	鍇2-14	鉉1下-5
稷(稅、即、畟)	ji ˋ	ㄐㄧˋ	禾部	【禾部】7畫	321	324	段7上-40	鍇13-17	鉉7上-7
秲(椇)	ju ˇ	ㄐㄩˇ	禾部	【禾部】7畫	275	277	段6下-6	鍇12-5	鉉6下-2
莨(稂)	lang ˊ	ㄌㄤˊ	艸部	【艸部】7畫	23	23	段1下-4	鍇2-2	鉉1下-1
秔(稉、粳=秈粊秏穦xianˊ述及、粳)	jing	ㄐㄧㄥ	禾部	【禾部】7畫	323	326	段7上-43	鍇13-18	鉉7上-7
稃(籵、孚)	fu	ㄈㄨ	禾部	【禾部】8畫	324	327	段7上-46	鍇13-19	鉉7上-8
秛(稃，杯通叚)	pi	ㄆㄧ	禾部	【禾部】8畫	324	327	段7上-46	鍇13-19	鉉7上-8
秾(來)	lai ˊ	ㄌㄞˊ	禾部	【禾部】8畫	323	326	段7上-44	鍇13-19	鉉7上-8
稾(稿，稒、藁通叚)	gao ˇ	ㄍㄠˇ	禾部	【禾部】8畫	326	329	段7上-49	鍇13-20	鉉7上-8
稘(期，朞通叚)	ji	ㄐㄧ	禾部	【禾部】8畫	328	331	段7上-54	鍇13-23	鉉7上-9
期(百、稘、基，朞通叚)	qi ˊ	ㄑㄧˊ	月部	【月部】8畫	314	317	段7上-25	鍇13-9	鉉7上-4
稑(穋)	lu ˋ	ㄌㄨˋ	禾部	【禾部】8畫	321	324	段7上-39	鍇13-17	鉉7上-7
稔	ren ˇ	ㄖㄣˇ	禾部	【禾部】8畫	326	329	段7上-50	鍇13-21	鉉7上-8
萃(倅籧cuoˋ述及，稡、瘁通叚)	cui ˋ	ㄘㄨㄟˋ	艸部	【艸部】8畫	40	40	段1下-38	鍇2-18	鉉1下-6
稗	bai ˋ	ㄅㄞˋ	禾部	【禾部】8畫	323	326	段7上-44	鍇13-18	鉉7上-8
稙	zhi ˊ	ㄓˊ	禾部	【禾部】8畫	321	324	段7上-39	鍇13-17	鉉7上-7
稚(稚，稺、穉通叚)	zhi ˋ	ㄓˋ	禾部	【禾部】8畫	321	324	段7上-39	鍇13-17	鉉7上-7
稕	zhun ˋ	ㄓㄨㄣˋ	禾部	【禾部】8畫	無	無	無	無	鉉7上-9
稛(捆、稇通叚)	kun ˇ	ㄎㄨㄣˇ	禾部	【禾部】8畫	325	328	段7上-48	鍇13-20	鉉7上-8
純(醇，忳、稕通叚)	chun ˊ	ㄔㄨㄣˊ	糸部	【糸部】8畫	643	650	段13上-1	鍇25-1	鉉13上-1
稞	ke	ㄎㄜ	禾部	【禾部】8畫	325	328	段7上-48	鍇13-20	鉉7上-8
棱(楞，稜、箖通叚)	ling ˊ	ㄌㄧㄥˊ	木部	【木部】8畫	268	271	段6上-61	鍇11-27	鉉6上-8
稠(綢)	chou ˊ	ㄔㄡˊ	禾部	【禾部】8畫	321	324	段7上-40	鍇13-17	鉉7上-7
綢(稠)	chou ˊ	ㄔㄡˊ	糸部	【糸部】8畫	661	668	段13上-37	鍇25-8	鉉13上-5

篆本字（古文、金文、籀文、俗字，通叚、金石）	拼音	注音	說文部首	康熙部首	筆畫	一般頁碼	洪葉頁碼	段注篇章	徐鍇通釋篇章	徐鉉藤花榭篇章
淉(淖、稠)	ge	ㄍㄜ	水部	【水部】8畫	563	568	段11上貳-35	鍇21-23	鉉11上-8
稟(廩，禀通叚)	bing˅	ㄅㄧㄥˇ	㐭部	【禾部】8畫	230	233	段5下-31	鍇10-13	鉉5下-6
程	huang´	ㄏㄨㄤˊ	禾部	【禾部】9畫	326	329	段7上-50	鍇13-21	鉉7上-8
箠(箠、𥰭，菙、棰、種通叚)	chui´	ㄔㄨㄟˊ	竹部	【竹部】9畫	196	198	段5上-15	鍇9-6	鉉5上-3
稭	jie´	ㄐㄧㄝˊ	禾部	【禾部】9畫	324	327	段7上-45	鍇13-19	鉉7上-8
縃(稰通叚)	xu˅	ㄒㄩˇ	米部	【米部】9畫	333	336	段7上-63	鍇13-25	鉉7上-10
賒(縃)	shu˅	ㄕㄨˇ	貝部	【貝部】9畫	282	285	段6下-21	鍇12-13	鉉6下-5
稬(糯通叚)	nuo`	ㄋㄨㄛˋ	禾部	【禾部】9畫	322	325	段7上-42	鍇13-18	鉉7上-7
秔(稉、粳=秈秈秏穅xian´述及、粳)	jing	ㄐㄧㄥ	禾部	【禾部】9畫	323	326	段7上-43	鍇13-18	鉉7上-7
稭(秸、藍、鞂)	jie	ㄐㄧㄝ	禾部	【禾部】9畫	325	328	段7上-48	鍇13-20	鉉7上-8
種(種)	zhong˅	ㄓㄨㄥˇ	禾部	【禾部】9畫	321	324	段7上-39	鍇13-17	鉉7上-7
稷(稅、緵，穗、糭通叚)	zong	ㄗㄨㄥ	禾部	【禾部】9畫	327	330	段7上-52	鍇13-22	鉉7上-9
繐(總=稷=緵絑tiao述及)	zong	ㄗㄨㄥ	鬲部	【鬲部】9畫	111	112	段3下-9	鍇6-5	鉉3下-2
爯(稱、偁)	cheng	ㄔㄥ	冓部	【爪部】9畫	158	160	段4下-2	鍇8-1	鉉4下-1
稱(爯、偁、秤)	cheng	ㄔㄥ	禾部	【禾部】9畫	327	330	段7上-51	鍇13-22	鉉7上-8
偁(稱、秤)	cheng	ㄔㄥ	人部	【人部】9畫	373	377	段8上-18	鍇15-7	鉉8上-3
耑	duan	ㄉㄨㄢ	禾部	【禾部】9畫	324	327	段7上-45	鍇13-19	鉉7上-8
頮(稧、禊通叚)	qi`	ㄑㄧˋ	頁部	【頁部】9畫	421	425	段9上-12	鍇17-4	鉉9上-2
稙(枳，棋通叚)	zhi˅	ㄓˇ	禾部	【禾部】9畫	275	277	段6下-6	鍇12-5	鉉6下-2
秦(螼)	qin´	ㄑㄧㄣˊ	禾部	【禾部】10畫	327	330	段7上-51	鍇13-21	鉉7上-8
榜	pang´	ㄆㄤˊ	禾部	【禾部】10畫	326	329	段7上-50	鍇13-20	鉉7上-8
穛(禚)	zhuo´	ㄓㄨㄛˊ	禾部	【禾部】10畫	325	328	段7上-48	鍇13-20	鉉7上-8
稴(秈)	xian´	ㄒㄧㄢˊ	禾部	【禾部】10畫	323	326	段7上-43	鍇13-18	鉉7上-7
稷(稅、即、畟)	ji`	ㄐㄧˋ	禾部	【禾部】10畫	321	324	段7上-40	鍇13-17	鉉7上-7
穄(稷俗誤作)	ji`	ㄐㄧˋ	禾部	【禾部】10畫	322	325	段7上-42	鍇13-18	鉉7上-7

篆本字(古文、金文、籀文、俗字，通叚、金石)	拼音	注音	說文部首	康熙部首	筆畫	一般頁碼	洪葉頁碼	段注篇章	徐鍇通釋篇章	徐鉉藤花榭篇章
蓄(藁，傗、滀、稸通叚)	xù	ㄒㄩˋ	艸部	【艸部】10畫	47	48	段1下-53	鍇2-24	鉉1下-9
稹(縝通叚)	zhěn	ㄓㄣˇ	禾部	【禾部】10畫	321	324	段7上-40	鍇13-17	鉉7上-7
槇(顚、稹，柛通叚)	dian	ㄉㄧㄢ	木部	【木部】10畫	249	252	段6上-23	鍇11-11	鉉6上-4
稺(稚，秪、穉通叚)	zhì	ㄓˋ	禾部	【禾部】10畫	321	324	段7上-39	鍇13-17	鉉7上-7
稻	dào	ㄉㄠˋ	禾部	【禾部】10畫	322	325	段7上-42	鍇13-18	鉉7上-7
芻(蒭、蒭通叚)	chú	ㄔㄨˊ	艸部	【艸部】10畫	44	44	段1下-46	鍇2-21	鉉1下-8
稼	jià	ㄐㄧㄚˋ	禾部	【禾部】10畫	320	323	段7上-38	鍇13-16	鉉7上-7
稾(稿，稓、藁通叚)	gǎo	ㄍㄠˇ	禾部	【禾部】10畫	326	329	段7上-49	鍇13-20	鉉7上-8
穀禾部	gǔ	ㄍㄨˇ	禾部	【禾部】10畫	326	329	段7上-50	鍇13-21	鉉7上-8
糓(穀木部)	gǔ	ㄍㄨˇ	木部	【木部】10畫	246	248	段6上-16	鍇11-7	鉉6上-3
穚(荒)	huang	ㄏㄨㄤ	禾部	【禾部】10畫	327	330	段7上-51	鍇13-21	鉉7上-8
稽(秙通叚)	ji	ㄐㄧ	稽部	【禾部】10畫	275	278	段6下-7	鍇12-5	鉉6下-2
䭫(稽)	qǐ	ㄑㄧˇ	首部	【首部】10畫	423	427	段9上-16	鍇17-5	鉉9上-3
稑(穋)	lù	ㄌㄨˋ	禾部	【禾部】11畫	321	324	段7上-39	鍇13-17	鉉7上-7
穊	ji	ㄐㄧ	禾部	【禾部】11畫	321	324	段7上-40	鍇13-18	鉉7上-7
秒(薻、穮)	miǎo	ㄇㄧㄠˇ	禾部	【禾部】11畫	324	327	段7上-45	鍇13-19	鉉7上-8
穄(稷俗誤作)	jì	ㄐㄧˋ	禾部	【禾部】11畫	322	325	段7上-42	鍇13-18	鉉7上-7
穅段改从康(康、康、糠，𩢾、瓶通叚)	kang	ㄎㄤ	禾部	【禾部】11畫	324	327	段7上-46	鍇13-20	鉉7上-8
穆(繆)	mù	ㄇㄨˋ	禾部	【禾部】11畫	321	324	段7上-40	鍇13-17	鉉7上-7
㣎(穆)	mù	ㄇㄨˋ	彡部	【彡部】11畫	425	429	段9上-20	鍇17-6	鉉9上-3
繆(枲、穆)	miù	ㄇㄧㄡˋ	糸部	【糸部】11畫	661	668	段13上-37	鍇25-8	鉉13上-5
秝(兼、傔、鶼通叚)	jian	ㄐㄧㄢ	秝部	【八部】11畫	329	332	段7上-56	鍇13-23	鉉7上-9
稯(稅、縬，穗、糭通叚)	zong	ㄗㄨㄥ	禾部	【禾部】11畫	327	330	段7上-52	鍇13-22	鉉7上-9
穌(蘇)	su	ㄙㄨ	禾部	【禾部】11畫	327	330	段7上-51	鍇13-21	鉉7上-8

篆本字(古文、金文、籀文、俗字，通叚、金石)	拼音	注音	說文部首	康熙部首	筆畫	一般頁碼	洪葉頁碼	段注篇章	徐鍇通釋篇章	徐鉉藤花榭篇章
離(樆、鴷、驪，罹、穲、離、驪、鸝从麗通叚)	li ˊ	ㄌㄧˊ	隹部	【隹部】	11畫	142	144	段4上-27	鍇7-12	鉉4上-5
積(簀，蹟、襀通叚)	ji	ㄐㄧ	禾部	【禾部】	11畫	325	328	段7上-48	鍇13-20	鉉7上-8
簀(積)	ze ˊ	ㄗㄜˊ	竹部	【竹部】	11畫	192	194	段5上-7	鍇9-3	鉉5上-2
柴(積，偨通叚)	chai ˊ	ㄔㄞˊ	木部	【木部】	11畫	252	255	段6上-29	鍇11-13	鉉6上-4
儲(蓄、具、積)	chu ˇ	ㄔㄨˇ	人部	【人部】	11畫	371	375	段8上-14	鍇15-5	鉉8上-2
虋从興西分(穈、穈、虋通叚)	men ˊ	ㄇㄣˊ	艸部	【艸部】	11畫	22	23	段1下-3	鍇2-2	鉉1下-1
穎(役，潁通叚)	ying ˇ	ㄧㄥˇ	禾部	【禾部】	11畫	323	326	段7上-44	鍇13-19	鉉7上-8
穛(穛、穱)	zhuo	ㄓㄨㄛ	米部	【米部】	12畫	330	333	段7上-58	鍇13-24	鉉7上-9
采(穗)	sui ˋ	ㄙㄨㄟˋ	禾部	【禾部】	12畫	324	327	段7上-45	鍇13-19	鉉7上-8
穖	ji ˇ	ㄐㄧˇ	禾部	【禾部】	12畫	324	327	段7上-45	鍇13-19	鉉7上-8
黴(黴，穤、霉、黣通叚)	mei ˊ	ㄇㄟˊ	黑部	【黑部】	12畫	489	493	段10上-58	鍇19-19	鉉10上-10
穜(種通叚)	tong ˊ	ㄊㄨㄥˊ	禾部	【禾部】	12畫	321	324	段7上-39	鍇13-17	鉉7上-7
稺(稚，稊、穉通叚)	zhi ˋ	ㄓˋ	禾部	【禾部】	12畫	321	324	段7上-39	鍇13-17	鉉7上-7
稾	gao ˇ	ㄍㄠˇ	稽部	【禾部】	12畫	275	278	段6下-7	鍇12-5	鉉6下-2
稈(卓)	zhuo ˊ	ㄓㄨㄛˊ	稽部	【禾部】	12畫	275	278	段6下-7	鍇12-5	鉉6下-2
稻	dao ˋ	ㄉㄠˋ	禾部	【禾部】	13畫	326	329	段7上-50	鍇13-21	鉉7上-8
襛(襛，穠、纕、絨、穠通叚)	nong ˊ	ㄋㄨㄥˊ	衣部	【衣部】	13畫	393	397	段8上-58	鍇16-4	鉉8上-8
穡(嗇)	se ˋ	ㄙㄜˋ	禾部	【禾部】	13畫	321	324	段7上-39	鍇13-16	鉉7上-7
嗇(嗇、穡)	se ˋ	ㄙㄜˋ	嗇部	【口部】	13畫	230	233	段5下-31	鍇10-13	鉉5下-6
穦	zi	ㄗ	禾部	【禾部】	13畫	325	328	段7上-48	鍇13-20	鉉7上-8
穟(蓫)	sui ˋ	ㄙㄨㄟˋ	禾部	【禾部】	13畫	324	327	段7上-45	鍇13-19	鉉7上-8
穭	kuai ˋ	ㄎㄨㄞˋ	禾部	【禾部】	13畫	324	327	段7上-46	鍇13-20	鉉7上-8
薉(穢，葳通叚)	hui ˋ	ㄏㄨㄟˋ	艸部	【艸部】	13畫	40	40	段1下-38	鍇2-18	鉉1下-6
穧	ji ˋ	ㄐㄧˋ	禾部	【禾部】	14畫	325	328	段7上-47	鍇13-19	鉉7上-8

篆本字（古文、金文、籀文、俗字，通段、金石）	拼音	注音	說文部首	康熙部首	筆畫	一般頁碼	洪葉頁碼	段注篇章	徐鍇通釋篇章	徐鉉藤花榭篇章
穩	wen	ㄨㄣˇ	禾部	【禾部】	14畫	無	無	無	無	鉉7上-9
㬎(隱、穩)	yin	ㄧㄣˇ	攴部	【爪部】	14畫	160	162	段4下-6	鍇8-4	鉉4下-2
隱(㬎，穩通段)	yin	ㄧㄣˇ	𨸏部	【阜部】	14畫	734	741	段14下-8	鍇28-3	鉉14下-2
穫	huo	ㄏㄨㄛˋ	禾部	【禾部】	14畫	325	328	段7上-47	鍇13-20	鉉7上-8
穬(䆏通段)	kuang	ㄎㄨㄤˋ	禾部	【禾部】	14畫	323	326	段7上-43	鍇13-18	鉉7上-8
穨(頹、穨)	tui	ㄊㄨㄟˊ	禿部	【禾部】	14畫	407	411	段8下-12	鍇16-13	鉉8下-3
齌从禾(秖、粢、齍)	zi	ㄗ	禾部	【齊部】	14畫	322	325	段7上-41	鍇13-18	鉉7上-7
穮(麃、穮通段)	biao	ㄅㄧㄠ	禾部	【禾部】	15畫	325	328	段7上-47	鍇13-19	鉉7上-8
秜(稴、秜、穭)	ni	ㄋㄧˊ	禾部	【禾部】	15畫	323	326	段7上-44	鍇13-18	鉉7上-8
旅(旅、袤、㳚，侶、稆、穭通段)	lü	ㄌㄩˇ	㫃部	【方部】	15畫	312	315	段7上-21	鍇13-7	鉉7上-3
穧	mie	ㄇㄧㄝˋ	禾部	【禾部】	15畫	321	324	段7上-40	鍇13-18	鉉7上-7
穰(瀼通段)	rang	ㄖㄤˊ	禾部	【禾部】	17畫	326	329	段7上-49	鍇13-20	鉉7上-8
鄴(穰)	rang	ㄖㄤˊ	邑部	【邑部】	17畫	292	295	段6下-41	鍇12-18	鉉6下-7
穮	fei	ㄈㄟˋ	禾部	【禾部】	18畫	321	324	段7上-40	鍇13-17	鉉7上-7
烁(䵻、秋，鞦通段)	qiu	ㄑㄧㄡ	禾部	【禾部】	18畫	327	330	段7上-51	鍇13-21	鉉7上-8
穨(頹、穨)	tui	ㄊㄨㄟˊ	禿部	【禾部】	18畫	407	411	段8下-12	鍇16-13	鉉8下-3
糳(穛、穱)	zhuo	ㄓㄨㄛ	米部	【米部】	18畫	330	333	段7上-58	鍇13-24	鉉7上-9
【穴(xueˋ)部】	xue	ㄒㄩㄝˋ	穴部			343	347	段7下-17	鍇14-7	鉉7下-4
穴(xueˊ)	xue	ㄒㄩㄝˋ	穴部	【穴部】		343	347	段7下-17	鍇14-7	鉉7下-4
閱(穴)	yue	ㄩㄝˋ	門部	【門部】		590	596	段12上-14	鍇23-6	鉉12上-3
遹(述、聿吹述及、穴、泬、鴥，僪通段)	yu	ㄩˋ	辵(辶)部	【辵部】		73	73	段2下-8	鍇4-4	鉉2下-2
窊从乞(挖通段)	wa	ㄨㄚ	穴部	【穴部】	1畫	345	348	段7下-20	鍇14-8	鉉7下-4
究	jiu	ㄐㄧㄡˋ	穴部	【穴部】	2畫	346	350	段7下-23	鍇14-10	鉉7下-4
窊(xi)	xi	ㄒㄧˋ	穴部	【穴部】	3畫	347	350	段7下-24	鍇14-10	鉉7下-4
穹	qiong	ㄑㄩㄥˊ	穴部	【穴部】	3畫	346	350	段7下-23	鍇14-9	鉉7下-4

篆本字(古文、金文、籀文、俗字，通叚、金石)	拼音	注音	說文部首	康熙部首	筆畫	一般頁碼	洪葉頁碼	段注篇章	徐鍇通釋篇章	徐鉉藤花榭篇章
空(孔、腔鞔man述及，倥、崆、悾、箜、羥、窾通叚)	kong	ㄎㄨㄥ	穴部	【穴部】	3畫	344	348	段7下-19	錯14-8	鉉7下-4
孔(空)	kong˘	ㄎㄨㄥˇ	乙部	【子部】	3畫	584	590	段12上-1	錯23-1	鉉12上-1
阱(窂、宎，洴通叚)	jing˘	ㄐㄧㄥˇ	井部	【阜部】	4畫	216	218	段5下-2	錯10-2	鉉5下-1
穴	yue`	ㄩㄝˋ	穴部	【穴部】	4畫	344	348	段7下-19	錯14-8	鉉7下-4
穿	chuan	ㄔㄨㄢ	穴部	【穴部】	4畫	344	348	段7下-19	錯14-8	鉉7下-4
窀	zhun	ㄓㄨㄣ	穴部	【穴部】	4畫	347	350	段7下-24	錯14-10	鉉7下-4
突(埃、葖、鷍、黵通叚)	tu´	ㄊㄨˊ	穴部	【穴部】	4畫	346	349	段7下-22	錯14-9	鉉7下-4
厽(烾、突)	tu	ㄊㄨ	去部	【厶部】	4畫	744	751	段14下-27	錯28-14	鉉14下-6
宎(宎、突，実通叚)	yao˘	ㄧㄠˇ	宀部	【宀部】	4畫	338	341	段7下-6	錯14-3	鉉7下-2
牢(窂通叚)	lao´	ㄌㄠˊ	牛部	【牛部】	4畫	52	52	段2上-8	錯3-4	鉉2上-2
筰(筰=迮述及)	zuo´	ㄗㄨㄛˊ	竹部	【竹部】	5畫	191	193	段5上-6	錯9-3	鉉5上-2
迮(乍、作、筰)	zhai˘	ㄓㄞˇ	辵(辶)部	【辵部】	5畫	71	71	段2下-4	錯4-3	鉉2下-1
突(罙、深、深)	shen	ㄕㄣ	穴部	【宀部】	5畫	344	347	段7下-18	錯14-8	鉉7下-4
岫(宙)	xiu`	ㄒㄧㄡˋ	山部	【山部】	5畫	440	444	段9下-6	錯18-2	鉉9下-1
窅窅朕=坳突=凹凸(眑、宎通叚)	yao˘	ㄧㄠˇ	目部	【穴部】	5畫	130	132	段4上-3	錯7-2	鉉4上-1
朕窅朕=坳突=凹凸(突通叚)	die´	ㄉㄧㄝˊ	肉部	【肉部】	5畫	172	174	段4下-29	錯8-11	鉉4下-5
穵(cuan´)	ya	ㄧㄚ	穴部	【穴部】	5畫	347	350	段7下-24	錯14-10	鉉7下-4
窆	bian˘	ㄅㄧㄢˇ	穴部	【穴部】	5畫	347	350	段7下-24	錯14-10	鉉7下-4
覆(窞通叚)	fu`	ㄈㄨˋ	穴部	【穴部】	5畫	343	347	段7下-17	錯14-8	鉉7下-4
窈(窅窱述及)	yao˘	ㄧㄠˇ	穴部	【穴部】	5畫	346	350	段7下-23	錯14-9	鉉7下-4
窊(瓜、滵通叚)	wa	ㄨㄚ	穴部	【穴部】	5畫	345	348	段7下-20	錯14-8	鉉7下-4
窋	zhu´	ㄓㄨˊ	穴部	【穴部】	5畫	346	349	段7下-22	錯14-9	鉉7下-4
窌(卯)	jiao`	ㄐㄧㄠˋ	穴部	【穴部】	5畫	345	349	段7下-21	錯14-9	鉉7下-4
卯(窌)	pao´	ㄆㄠˊ	大部	【大部】	5畫	493	497	段10下-6	錯20-1	鉉10下-2

篆本字（古文、金文、籀文、俗字，通段、金石）	拼音	注音	說文部首	康熙部首	筆畫	一般頁碼	洪葉頁碼	段注篇章	徐鍇通釋篇章	徐鉉藤花榭篇章
窊(窳通段)	ming	ㄇㄧㄥˇ	穴部	【穴部】5畫	343	347	段7下-17	鍇14-8	鉉7下-4
窻(窗，窓通段)	chuang	ㄔㄨㄤ	穴部	【穴部】6畫	345	348	段7下-20	鍇14-8	鉉7下-4
窅	yao	ㄧㄠˇ	穴部	【穴部】6畫	346	350	段7下-23	鍇14-9	鉉7下-4
窅窅胅=坳突=凹凸（眑、窅通段）	yao	ㄧㄠˇ	目部	【穴部】6畫	130	132	段4上-3	鍇7-2	鉉4上-1
窯(匋、陶，窰、窑通段)	yao	ㄧㄠˊ	穴部	【穴部】6畫	344	347	段7下-18	鍇14-8	鉉7下-4
窪(瓰目yuan述及)	wa	ㄨㄚ	穴部	【穴部】6畫	344	347	段7下-18	鍇14-8	鉉7下-4
窒(恎、愤通段)	zhi	ㄓˋ	穴部	【穴部】6畫	346	349	段7下-22	鍇14-9	鉉7下-4
窔(突通段)	yao	ㄧㄠˋ	穴部	【穴部】6畫	346	350	段7下-23	鍇14-9	鉉7下-4
窕	tiao	ㄊㄧㄠˇ	穴部	【穴部】6畫	346	349	段7下-22	鍇14-9	鉉7下-4
佻(窕，嬥、恌通段)	tiao	ㄊㄧㄠ	人部	【人部】6畫	379	383	段8上-29	鍇15-10	鉉8上-4
窢	yue	ㄩㄝˋ	穴部	【穴部】7畫	344	348	段7下-19	鍇14-8	鉉7下-4
窖	jiao	ㄐㄧㄠˋ	穴部	【穴部】7畫	345	349	段7下-21	鍇14-9	鉉7下-4
窈(窱篠述及)	yao	ㄧㄠˇ	穴部	【穴部】7畫	346	350	段7下-23	鍇14-9	鉉7下-4
窘(癐通段)	jiong	ㄐㄩㄥˇ	穴部	【穴部】7畫	346	349	段7下-22	鍇14-9	鉉7下-4
窒(娗通段)	qing	ㄑㄧㄥˋ	穴部	【穴部】7畫	345	348	段7下-20	鍇14-8	鉉7下-4
窻(窗，窓通段)	chuang	ㄔㄨㄤ	穴部	【穴部】7畫	345	348	段7下-20	鍇14-8	鉉7下-4
囪(囱、窗、囘，牕通段)	chuang	ㄔㄨㄤ	囪部	【口部】7畫	490	495	段10下-1	鍇19-20	鉉10下-1
弇(寞、弈，崦通段)	yan	ㄧㄢˇ	収部	【廾部】8畫	104	104	段3上-36	鍇5-19	鉉3上-8
窞(窜通段)	dan	ㄉㄢˋ	穴部	【穴部】8畫	345	349	段7下-21	鍇14-9	鉉7下-4
窠(顆、科、薖)	ke	ㄎㄜ	穴部	【穴部】8畫	345	348	段7下-20	鍇14-8	鉉7下-4
窡	zhuo	ㄓㄨㄛˊ	穴部	【穴部】8畫	345	349	段7下-21	鍇14-9	鉉7下-4
窣	su	ㄙㄨ	穴部	【穴部】8畫	346	349	段7下-22	鍇14-9	鉉7下-4
堀(窟通段)	ku	ㄎㄨ	土部	【土部】8畫	685	692	段13下-23	鍇26-3	鉉13下-4
窨(xun)	yin	ㄧㄣˋ	穴部	【穴部】9畫	343	347	段7下-17	鍇14-8	鉉7下-4
窬(窳，牗)	yu	ㄩˊ	穴部	【穴部】9畫	345	349	段7下-21	鍇14-9	鉉7下-4
牏(窬)	yu	ㄩˊ	片部	【片部】9畫	318	321	段7上-34	鍇13-15	鉉7上-6
俞(窬，愈通段)	yu	ㄩˊ	舟部	【人部】9畫	403	407	段8下-4	鍇16-10	鉉8下-1

篆本字(古文、金文、籀文、俗字，通叚、金石)	拼音	注音	說文部首	康熙部首	筆畫	一般頁碼	洪葉頁碼	段注篇章	徐鍇通釋篇章	徐鉉藤花榭篇章
窰(匋、陶，窑、窯通叚)	yao´	一ㄠ´	穴部	【穴部】10畫		344	347	段7下-18	錯14-8	鉉7下-4
匋(陶、窰述及)	tao´	ㄊㄠ´	缶部	【勹部】10畫		224	227	段5下-19	錯10-8	鉉5下-4
窳(瘉通叚)	yu³	ㄩ³	穴部	【穴部】10畫		345	348	段7下-20	錯14-8	鉉7下-4
邃(遂)	sui`	ㄙㄨㄟ`	穴部	【辵部】10畫		346	350	段7下-23	錯14-9	鉉7下-4
愫(邃，窲通叚)	sui`	ㄙㄨㄟ`	心部	【心部】10畫		505	510	段10下-31	錯20-11	鉉10下-6
窴(窶、填)	tian´	ㄊㄧㄢ´	穴部	【穴部】10畫		346	349	段7下-22	錯14-9	鉉7下-4
窮(窮、躬、躳)	qiong´	ㄑㄩㄥ´	穴部	【穴部】10畫		346	350	段7下-23	錯14-9	鉉7下-4
邛(窮、窮)	qiong´	ㄑㄩㄥ´	邑部	【邑部】10畫		284	287	段6下-25	錯12-14	鉉6下-6
窻(窗，窓通叚)	chuang	ㄔㄨㄤ	穴部	【穴部】11畫		345	348	段7下-20	錯14-8	鉉7下-4
窡(豩)	chuo`	ㄔㄨㄛ`	女部	【穴部】11畫		622	628	段12下-22	錯24-7	鉉12下-3
窱	tiao³	ㄊㄧㄠ³	穴部	【穴部】11畫		346	350	段7下-23	錯14-9	鉉7下-4
瓠(匏、壺，楜、摳、瓡通叚)	hu`	ㄏㄨ`	瓠部	【瓜部】11畫		337	341	段7下-5	錯14-2	鉉7下-2
寠(窭通叚)	ju`	ㄐㄩ`	宀部	【宀部】11畫		341	345	段7下-13	錯14-7	鉉7下-3
康(穅、糠通叚)	kang	ㄎㄤ	宀部	【宀部】11畫		339	342	段7下-8	錯14-4	鉉7下-2
隆(隆，窿通叚)	long´	ㄌㄨㄥ´	生部	【阜部】11畫		274	276	段6下-4	錯12-4	鉉6下-2
窵	diao`	ㄉㄧㄠ`	穴部	【穴部】11畫		345	349	段7下-21	錯14-9	鉉7下-4
窺(覝通叚)	kui	ㄎㄨㄟ	穴部	【穴部】11畫		345	349	段7下-21	錯14-9	鉉7下-4
趌(跬、頍、頃、䠫)	gui³	ㄍㄨㄟ³	走部	【走部】11畫		66	66	段2上-36	錯3-16	鉉2上-8
寤(癮、悟、窹、悟)	wu`	ㄨ`	寢部	【宀部】11畫		347	351	段7下-25	錯14-11	鉉7下-5
歀(款、歀、窾，欿通叚)	kuan³	ㄎㄨㄢ³	欠部	【欠部】12畫		411	415	段8下-20	錯16-16	鉉8下-4
窠(窼、科、薖)	ke	ㄎㄜ	穴部	【穴部】12畫		345	348	段7下-20	錯14-8	鉉7下-4
空(孔、腔鞔man´述及，倥、崆、悾、箜、羥、窾通叚)	kong	ㄎㄨㄥ	穴部	【穴部】12畫		344	348	段7下-19	錯14-8	鉉7下-4
窬(xue`)	yu`	ㄩ`	穴部	【穴部】12畫		345	348	段7下-20	錯14-8	鉉7下-4

篆本字(古文、金文、籀文、俗字，通段、金石)	拼音	注音	說文部首	康熙部首	筆畫	一般頁碼	洪葉頁碼	段注篇章	徐鍇通釋篇章	徐鉉藤花榭篇章
竀	cheng	ㄔㄥ	穴部	【穴部】12畫		345	349	段7下-21	錯14-9	鉉7下-4
窞(竇通段)	dan ˋ	ㄉㄢˋ	穴部	【穴部】12畫		345	349	段7下-21	錯14-9	鉉7下-4
竁	cui ˋ	ㄘㄨㄟˋ	穴部	【穴部】12畫		346	350	段7下-23	錯14-9	鉉7下-4
寮(僚、寮)	liao ´	ㄌㄧㄠˊ	穴部	【穴部】12畫		344	348	段7下-19	錯14-8	鉉7下-4
僚(寮)	liao ´	ㄌㄧㄠˊ	人部	【人部】12畫		368	372	段8上-8	錯15-3	鉉8上-2
覆(宨通段)	fu ˋ	ㄈㄨˋ	穴部	【穴部】12畫		343	347	段7下-17	錯14-8	鉉7下-4
竈(竈从土、竈从先、造)	zao ˋ	ㄗㄠˋ	穴部	【穴部】12畫		343	347	段7下-17	錯14-8	鉉7下-4
竄	cuan ˋ	ㄘㄨㄢˋ	穴部	【穴部】13畫		346	349	段7下-22	錯14-9	鉉7下-4
竆(窮、躳、躬)	qiong ´	ㄑㄩㄥˊ	穴部	【穴部】13畫		346	350	段7下-23	錯14-9	鉉7下-4
竆(竆、窮)	qiong ´	ㄑㄩㄥˊ	邑部	【邑部】13畫		284	287	段6下-25	錯12-14	鉉6下-6
竅	qiao ˋ	ㄑㄧㄠˋ	穴部	【穴部】13畫		344	348	段7下-19	錯14-8	鉉7下-4
竇(瀆)	dou ˋ	ㄉㄡˋ	穴部	【穴部】15畫		344	348	段7下-19	錯14-8	鉉7下-4
窶(窶、鞠)	ju	ㄐㄩ	宀部	【宀部】16畫		341	345	段7下-13	錯14-6	鉉7下-3
竈(竈从土、竈从先、造)	zao ˋ	ㄗㄠˋ	穴部	【穴部】16畫		343	347	段7下-17	錯14-8	鉉7下-4
竊从米禼(竊)	qie ˋ	ㄑㄧㄝˋ	米部	【穴部】17畫		333	336	段7上-64	錯13-26	鉉7上-10
【立(li ˋ)部】	li ˋ	ㄌㄧˋ	立部			500	504	段10下-20	錯20-7	鉉10下-4
立(位述及)	li ˋ	ㄌㄧˋ	立部	【立部】		500	504	段10下-20	錯20-7	鉉10下-4
位(立)	wei ˋ	ㄨㄟˋ	人部	【人部】		371	375	段8上-14	錯15-6	鉉8上-2
粒(竦、立)	li ˋ	ㄌㄧˋ	米部	【米部】		331	334	段7上-60	錯13-25	鉉7上-10
辛(愆)	qian	ㄑㄧㄢ	辛部	【立部】1畫		102	103	段3上-33	錯5-17	鉉3上-7
竢(竢、俟)	si ˋ	ㄙˋ	立部	【立部】3畫		500	505	段10下-21	錯20-8	鉉10下-4
紘(紭，竑通段)	hong ´	ㄏㄨㄥˊ	糸部	【糸部】4畫		652	659	段13上-19	錯25-5	鉉13上-3
宏(弘、閎，竑通段)	hong ´	ㄏㄨㄥˊ	宀部	【宀部】4畫		339	342	段7下-8	錯14-4	鉉7下-2
奇(竒)	qi ´	ㄑㄧˊ	可部	【大部】5畫		204	206	段5上-31	錯9-12	鉉5上-6
攲(敧、崎、奇、竒，欹通段)	gui ˇ	ㄍㄨㄟˇ	危部	【支部】4畫		448	453	段9下-23	錯18-8	鉉9下-4
竘	qu ˇ	ㄑㄩˇ	立部	【立部】5畫		500	505	段10下-21	錯20-8	鉉10下-4
竝(並)	bing ˋ	ㄅㄧㄥˋ	竝部	【立部】5畫		501	505	段10下-22	錯20-8	鉉10下-5
眝(佇、竚)	zhu ˋ	ㄓㄨˋ	目部	【目部】5畫		133	135	段4上-9	錯7-5	鉉4上-2

篆本字(古文、金文、籕文、俗字，通叚、金石)	拼音	注音	說文部首	康熙部首	筆畫	一般頁碼	洪葉頁碼	段注篇章	徐鍇通釋篇章	徐鉉藤花榭篇章
宁(貯、𥫱、著，㝊、佇、竚通叚)	zhù	ㄓㄨˋ	宁部	【宀部】5畫		737	744	段14下-14	鍇28-5	鉉14下-3
竟(境通叚)	jìng	ㄐㄧㄥˋ	音部	【立部】6畫		102	103	段3上-33	鍇5-17	鉉3上-7
章(嫜、樟通叚)	zhang	ㄓㄤ	音部	【立部】6畫		102	103	段3上-33	鍇5-17	鉉3上-7
竢(竢、俟)	sì	ㄙˋ	立部	【立部】7畫		500	505	段10下-21	鍇20-8	鉉10下-4
俟(竢、騃)	sì	ㄙˋ	人部	【人部】7畫		369	373	段8上-9	鍇15-4	鉉8上-2
𥢯(俟、竢)	sì	ㄙˋ	來部	【矢部】7畫		231	234	段5下-33	鍇10-13	鉉5下-6
竣(踆通叚)	jun	ㄐㄩㄣ	立部	【立部】7畫		500	505	段10下-21	鍇20-8	鉉10下-4
竦(愯)	song	ㄙㄨㄥˇ	立部	【立部】7畫		500	504	段10下-20	鍇20-7	鉉10下-4
童(𥫍从立黃土、重董述及，犝、瞳、僮通叚)	tong	ㄊㄨㄥˊ	辛部	【立部】7畫		102	103	段3上-33	鍇5-17	鉉3上-7
重(童董述及)	zhong	ㄓㄨㄥˋ	重部	【里部】7畫		388	392	段8上-47	鍇15-16	鉉8上-7
湩(重、童)	dong	ㄉㄨㄥˋ	水部	【水部】7畫		565	570	段11上貳-40	鍇21-25	鉉11上-9
僮(童經傳，瞳、偅通叚)	tong	ㄊㄨㄥˊ	人部	【人部】7畫		365	369	段8上-1	鍇15-1	鉉8上-1
意(憶通叚)	yì	ㄧˋ	言部	【立部】7畫		91	91	段3上-10	鍇5-6	鉉3上-3
䇎(獡)	que	ㄑㄩㄝˋ	立部	【立部】8畫		500	505	段10下-21	鍇20-8	鉉10下-4
豎(豐，竪通叚)	shu	ㄕㄨ	臤部	【豆部】8畫		118	119	段3下-24	鍇6-13	鉉3下-6
埻	dui	ㄉㄨㄟˋ	立部	【立部】8畫		500	504	段10下-20	鍇20-7	鉉10下-4
䇐(蒞、涖、𣸣)	lì	ㄌㄧˋ	立部	【立部】8畫		500	504	段10下-20	鍇20-7	鉉10下-4
㿅(罷、羅，婢、矮通叚)	ba	ㄅㄚˋ	立部	【立部】8畫		500	505	段10下-21	鍇20-8	鉉10下-4
竫(靖、䛒、諓)	jing	ㄐㄧㄥˋ	立部	【立部】8畫		500	504	段10下-20	鍇20-7	鉉10下-4
靖(竫、䛒、諓)	jing	ㄐㄧㄥˋ	立部	【立部】8畫		500	504	段10下-20	鍇20-7	鉉10下-4
靜(竫)	jing	ㄐㄧㄥˋ	青部	【青部】8畫		215	218	段5下-1	鍇10-2	鉉5下-1
䇖	fu	ㄈㄨˊ	立部	【立部】8畫		500	505	段10下-21	鍇20-8	鉉10下-4
頾(㜤、𡢃、需、須，頨通叚)	xu	ㄒㄩ	立部	【立部】9畫		500	505	段10下-21	鍇20-8	鉉10下-4

篆本字(古文、金文、籀文、俗字，通段、金石)	拼音	注音	說文部首	康熙部首	筆畫	一般頁碼	洪葉頁碼	段注篇章	徐鍇通釋篇章	徐鉉藤花榭篇章
竭(渴)	jie´	ㄐㄧㄝˊ	立部	【立部】	9畫	500	505	段10下-21	錯20-8	鉉10下-4
渴(竭、潹)	ke˘	ㄎㄜˇ	水部	【水部】	9畫	559	564	段11上貳-28	錯21-21	鉉11上-7
端(耑)	duan	ㄉㄨㄢ	立部	【立部】	9畫	500	504	段10下-20	錯20-7	鉉10下-4
耑(端、專)	duan	ㄉㄨㄢ	耑部	【而部】	9畫	336	340	段7下-3	錯14-1	鉉7下-1
觶(端)	duan	ㄉㄨㄢ	角部	【角部】	9畫	186	188	段4下-57	錯8-20	鉉4下-8
粒(䊏、立)	li`	ㄌㄧˋ	米部	【米部】	9畫	331	334	段7上-60	錯13-25	鉉7上-10
暜(替、暜)	ti`	ㄊㄧˋ	竝部	【曰部】	10畫	501	505	段10下-22	錯20-8	鉉10下-5
頪(頮、顡、需、須，頖通段)	xu	ㄒㄩ	立部	【立部】	10畫	500	505	段10下-21	錯20-8	鉉10下-4
竱(揣)	zhuan˘	ㄓㄨㄢˇ	立部	【立部】	11畫	500	504	段10下-20	錯20-7	鉉10下-4
揣(竱、敠、歂，敨通段)	chuai˘	ㄔㄨㄞˇ	手部	【手部】	11畫	601	607	段12上-35	錯23-11	鉉12上-6
童(僮从立黃土、重董述及，犝、瞳、瞳通段)	tong´	ㄊㄨㄥˊ	辛部	【立部】	11畫	102	103	段3上-33	錯5-17	鉉3上-7
竲(橧通段)	ceng´	ㄘㄥˊ	立部	【立部】	12畫	501	505	段10下-22	錯20-8	鉉10下-4
頪(頮、顡、需、須，頖通段)	xu	ㄒㄩ	立部	【立部】	12畫	500	505	段10下-21	錯20-8	鉉10下-4
須(頮需述及、鬚，蘋通段)	xu	ㄒㄩ	須部	【頁部】	12畫	424	428	段9上-18	錯17-6	鉉9上-3
贏	luo`	ㄌㄨㄛˋ	立部	【立部】	13畫	500	505	段10下-21	錯20-8	鉉10下-4
㒵(歪)	wai	ㄨㄞ	立部	【立部】	13畫	500	505	段10下-21	錯20-8	鉉10下-4
競	jing`	ㄐㄧㄥˋ	誩部	【立部】	15畫	102	102	段3上-32	錯5-16	鉉3上-7
倞(競、傹，亮通段)	jing`	ㄐㄧㄥˋ	人部	【人部】	15畫	369	373	段8上-9	錯15-4	鉉8上-2
【竹(zhu´)部】	zhu´	ㄓㄨˊ	竹部			189	191	段5上-1	錯9-1	鉉5上-1
竹	zhu´	ㄓㄨˊ	竹部	【竹部】		189	191	段5上-1	錯9-1	鉉5上-1
蒮(蓧、竹篇pian述及)	du´	ㄉㄨˊ	艸部	【艸部】	2畫	25	26	段1下-9	錯2-5	鉉1下-2
獨(竹篇述及)	du´	ㄉㄨˊ	犬部	【犬部】	2畫	475	480	段10上-31	錯19-10	鉉10上-5
竺(篤)	zhu´	ㄓㄨˊ	二部	【竹部】	2畫	681	688	段13下-15	錯26-1	鉉13下-3
篤(竺述及、管)	du˘	ㄉㄨˇ	馬部	【竹部】	2畫	465	470	段10上-11	錯19-3	鉉10上-2

篆本字(古文、金文、籀文、俗字,通段,金石)	拼音	注音	說文部首	康熙部首	筆畫	一般頁碼	洪葉頁碼	段注篇章	徐鍇通釋篇章	徐鉉藤花榭篇章
籭从虒(簁、筛)	chí	ㄔˊ	龠部	【龠部】	2畫	85	86	段2下-33	鍇4-17	鉉2下-7
竽	yú	ㄩˊ	竹部	【竹部】	3畫	196	198	段5上-16	鍇9-6	鉉5上-3
竿(干、簡,杆通段)	gan	ㄍㄢ	竹部	【竹部】	3畫	194	196	段5上-12	鍇9-5	鉉5上-2
干(竿,杆通段)	gan	ㄍㄢ	干部	【干部】	3畫	87	87	段3上-2	鍇5-2	鉉3上-1
笠(互=觚鮧jiu述及)	hu	ㄏㄨˋ	竹部	【竹部】	4畫	195	197	段5上-13	鍇9-5	鉉5上-2
箆(比笸ji述及,笓通段)	bi	ㄅㄧˋ	竹部	【竹部】	4畫	無	無	無	無	鉉5上-3
笄(筓)	ji	ㄐㄧ	竹部	【竹部】	4畫	191	193	段5上-5	鍇9-3	鉉5上-1
极(笈通段)	ji	ㄐㄧˊ	木部	【木部】	4畫	266	268	段6上-56	鍇11-24	鉉6上-7
帢(祫、笈通段)	ge	ㄍㄜˊ	巾部	【巾部】	4畫	361	364	段7下-52	鍇14-23	鉉7下-9
祀(帊、琶、笆通段)	ba	ㄅㄚˋ	巴部	【巾部】	4畫	741	748	段14下-22	鍇28-10	鉉14下-5
笍(錣)	zhui	ㄓㄨㄟˋ	竹部	【竹部】	4畫	196	198	段5上-15	鍇9-6	鉉5上-3
笏	hu	ㄏㄨˋ	竹部	【竹部】	4畫	無	無	無	無	鉉5上-3
曶(吻吻述及、囘、圁、召,笏通段)	hu	ㄏㄨ	日部	【日部】	4畫	202	204	段5上-28	鍇9-11	鉉5上-5
忽(曶,惚、總、笏通段)	hu	ㄏㄨ	心部	【心部】	4畫	510	514	段10下-40	鍇20-14	鉉10下-7
筊(莢,笅通段)	jiao	ㄐㄧㄠˇ	竹部	【竹部】	4畫	194	196	段5上-12	鍇9-5	鉉5上-2
筍(筠、笋,枸、簨、篔、箰通段)	sun	ㄙㄨㄣˇ	竹部	【竹部】	4畫	189	191	段5上-2	鍇9-1	鉉5上-1
筤(桁)	gang	ㄍㄤ	竹部	【竹部】	4畫	190	192	段5上-4	鍇9-2	鉉5上-1
笑(咲,关通段)	xiao	ㄒㄧㄠˋ	竹部	【竹部】	4畫	198	200	段5上-20	鍇9-8	鉉5上-3
笔(囤通段)	dun	ㄉㄨㄣˋ	竹部	【竹部】	4畫	194	196	段5上-11	鍇9-4	鉉5上-2
厶 厶部qu,與凵部kan不同(笶,弄通段)	qu	ㄑㄩ	厶部	【凵部】	5畫	213	215	段5上-50	鍇9-20	鉉5上-9
笱	gou	ㄍㄡˇ	句部	【竹部】	5畫	88	88	段3上-4	鍇5-3	鉉3上-2
笘	shan	ㄕㄢ	竹部	【竹部】	5畫	196	198	段5上-16	鍇9-6	鉉5上-3
笙	sheng	ㄕㄥ	竹部	【竹部】	5畫	197	199	段5上-17	鍇9-6	鉉5上-3

篆本字(古文、金文、籀文、俗字，通叚、金石)	拼音	注音	說文部首	康熙部首	筆畫	一般頁碼	洪葉頁碼	段注篇章	徐鍇通釋篇章	徐鉉藤花榭篇章
笞	chi	ㄔ	竹部	【竹部】	5畫	196	198	段5上-16	錯9-6	鉉5上-3
笛(邃)	diˊ	ㄅㄧˊ	竹部	【竹部】	5畫	197	199	段5上-18	錯9-7	鉉5上-3
皮(笈、昃)	piˊ	ㄆㄧˊ	皮部	【皮部】	5畫	122	123	段3下-31	錯6-16	鉉3下-7
邛(笻通叚)	qiongˊ	ㄑㄩㄥˊ	邑部	【邑部】	5畫	295	297	段6下-46	錯12-20	鉉6下-7
茀(蔽，第、苐通叚)	fuˊ	ㄈㄨˊ	艸部	【艸部】	5畫	42	42	段1下-42	錯2-19	鉉1下-7
市fuˊ非市shiˋ(韍、紱、黻、芾、茀、沛)	fuˊ	ㄈㄨˊ	市部	【巾部】	5畫	362	366	段7下-55	錯14-24	鉉7下-9
叴(玅，箈通叚)	shaoˋ	ㄕㄠˋ	卜部	【卜部】	5畫	127	128	段3下-42	錯6-20	鉉3下-9
箈(箈)	taiˊ	ㄊㄞˊ	竹部	【竹部】	5畫	189	191	段5上-2	錯9-1	鉉5上-1
柯(笟、舸通叚)	ke	ㄎㄜ	木部	【木部】	5畫	263	266	段6上-51	錯11-22	鉉6上-7
薇(菽、簑、蘠、苬)	weiˊ	ㄨㄟˊ	竹部	【竹部】	5畫	189	191	段5上-2	錯9-1	鉉5上-1
槀(槁、犒，殠、笴、篙、醩通叚)	gaoˇ	ㄍㄠˇ	木部	【木部】	5畫	252	254	段6上-28	錯11-12	鉉6上-4
榦(幹，簳、杆、笴通叚)	ganˋ	ㄍㄢˋ	木部	【木部】	5畫	253	255	段6上-30	錯11-14	鉉6上-4
苦(笟通叚)	kuˇ	ㄎㄨˇ	艸部	【艸部】	5畫	27	27	段1下-12	錯2-7	鉉1下-2
箸(者弋述及，著、藸、筯、筡通叚)	zhuˋ	ㄓㄨˋ	竹部	【竹部】	5畫	193	195	段5上-9	錯9-4	鉉5上-2
葭(蕸、笳通叚)	jia	ㄐㄧㄚ	艸部	【艸部】	5畫	46	46	段1下-50	錯2-23	鉉1下-8
筑(竹部，築通叚)	zhuˊ	ㄓㄨˊ	竹部	【竹部】	5畫	198	200	段5上-19	錯9-7	鉉5上-3
籓(笲通叚)	fan	ㄈㄢ	竹部	【竹部】	5畫	192	194	段5上-7	錯9-3	鉉5上-2
第(弟)	diˋ	ㄅㄧˋ	竹部	【竹部】	5畫	199	201	段5上-21	無	鉉5上-3
弟(丯，悌、第通叚)	diˋ	ㄅㄧˋ	弟部	【弓部】	5畫	236	239	段5下-42	錯10-17	鉉5下-8
笠(鵣通叚)	liˋ	ㄌㄧˋ	竹部	【竹部】	5畫	195	197	段5上-14	錯9-5	鉉5上-2
筤(筍筠蒗籅笱筞，簡、籛、籢、笴通叚)	minˇ	ㄇㄧㄣˇ	竹部	【竹部】	5畫	190	192	段5上-3	錯9-1	鉉5上-1
笥	siˋ	ㄙˋ	竹部	【竹部】	5畫	192	194	段5上-8	錯9-4	鉉5上-2

篆本字(古文、金文、籀文、俗字,通叚、金石)	拼音	注音	說文部首	康熙部首	筆畫	一般頁碼	洪葉頁碼	段注篇章	徐鍇通釋篇章	徐鉉藤花榭篇章
符(傅,苻通叚)	fu´	ㄈㄨˊ	竹部	【竹部】5畫		191	193	段5上-5	鍇9-2	鉉5上-1
笨	ben`	ㄅㄣˋ	竹部	【竹部】5畫		190	192	段5上-3	鍇9-2	鉉5上-1
笪	da´	ㄉㄚˊ	竹部	【竹部】5畫		196	198	段5上-16	鍇9-6	鉉5上-3
第(肺)	zi`	ㄗˇ	竹部	【竹部】5畫		192	194	段5上-7	鍇9-3	鉉5上-2
笭	ling´	ㄌㄧㄥˊ	竹部	【竹部】5畫		196	198	段5上-15	鍇9-6	鉉5上-3
筰(笮=迮述及)	zuo´	ㄗㄨㄛˊ	竹部	【竹部】5畫		191	193	段5上-6	鍇9-3	鉉5上-2
笮(筰,苲通叚)	zuo´	ㄗㄨㄛˊ	竹部	【竹部】5畫		195	197	段5上-13	鍇9-5	鉉5上-2
笯	nu´	ㄋㄨˊ	竹部	【竹部】5畫		194	196	段5上-12	鍇9-5	鉉5上-2
笵(軓、範)	fan`	ㄈㄢˋ	竹部	【竹部】5畫		191	193	段5上-5	鍇9-2	鉉5上-1
軓(軓、笵)	fan`	ㄈㄢˋ	車部	【車部】5畫		721	728	段14上-40	鍇27-12	鉉14上-6
範(軓、笵)	fan`	ㄈㄢˋ	車部	【竹部】5畫		727	734	段14上-52	鍇27-14	鉉14上-7
笏(腱,劤、籤通叚)	jian`	ㄐㄧㄢˋ	筋部	【竹部】5畫		178	180	段4下-41	鍇8-15	鉉4下-6
荅(答,嗒通叚)	da´	ㄉㄚˊ	艸部	【艸部】6畫		22	23	段1下-3	鍇2-2	鉉1下-1
匡(匡、筐,眶通叚)	kuang	ㄎㄨㄤ	匚部	【匚部】6畫		636	642	段12下-49	鍇24-16	鉉12下-8
筭(檌通叚)	gong`	ㄍㄨㄥˋ	竹部	【竹部】6畫		193	195	段5上-10	鍇9-4	鉉5上-2
笄(笄)	ji	ㄐㄧ	竹部	【竹部】6畫		191	193	段5上-5	鍇9-3	鉉5上-1
兂(簪=寁㢉撍同字、笄)	zen	ㄗㄣ	兂部	【无部】6畫		405	410	段8下-9	鍇16-12	鉉8下-2
筮(shu)	zhu	ㄓㄨ	竹部	【竹部】6畫		196	198	段5上-16	鍇9-6	鉉5上-3
筶(絡、落)	luo`	ㄌㄨㄛˋ	竹部	【竹部】6畫		193	195	段5上-9	鍇9-4	鉉5上-2
荃(筌、蓀通叚)	quan´	ㄑㄩㄢˊ	艸部	【艸部】6畫		43	43	段1下-44	鍇2-20	鉉1下-7
苗(齬、笝通叚)	qu	ㄑㄩ	艸部	【艸部】6畫		44	44	段1下-46	鍇2-22	鉉1下-8
曲(苗、笝、凷)	qu	ㄑㄩˇ	曲部	【曰部】6畫		637	643	段12下-51	鍇24-17	鉉12下-8
凷(曲,匡、笝通叚)	qu	ㄑㄩ	曲部	【凵部】6畫		637	643	段12下-52	鍇24-17	鉉12下-8
等	deng	ㄉㄥˇ	竹部	【竹部】6畫		191	193	段5上-5	鍇9-2	鉉5上-1
筊(茭,笅通叚)	jiao	ㄐㄧㄠˇ	竹部	【竹部】6畫		194	196	段5上-12	鍇9-5	鉉5上-2
橃(筏、艴通叚)	fa´	ㄈㄚˊ	木部	【木部】6畫		267	270	段6上-59	鍇11-27	鉉6上-7
筍(筠、笋,桷、簨、篅、簩通叚)	sun	ㄙㄨㄣˇ	竹部	【竹部】6畫		189	191	段5上-2	鍇9-1	鉉5上-1

篆本字(古文、金文、籀文、俗字，通叚、金石)	拼音	注音	說文部首	康熙部首	筆畫	一般頁碼	洪葉頁碼	段注篇章	徐鍇通釋篇章	徐鉉藤花榭篇章
笢(筍筠蔑䈟靲筡，簢、篾、䉂、靲通叚)	min ˇ	ㄇㄧㄣˇ	竹部	【竹部】	6畫	190	192	段5上-3	鍇9-1	鉉5上-1
筑(竹部，筑通叚)	zhu ˊ	ㄓㄨˊ	竹部	【竹部】	6畫	198	200	段5上-19	鍇9-7	鉉5上-3
筒	tong ˇ	ㄊㄨㄥˇ	竹部	【竹部】	6畫	197	199	段5上-17	鍇9-6	鉉5上-3
筡(荼俗，筎通叚)	tu ˊ	ㄊㄨˊ	竹部	【竹部】	6畫	189	191	段5上-2	鍇9-1	鉉5上-1
策(冊、笧)	ce ˋ	ㄘㄜˋ	竹部	【竹部】	6畫	196	198	段5上-15	鍇9-6	鉉5上-3
莢(筴通叚，釋文筴本又作冊，亦作策，或笧)	jia ˊ	ㄐㄧㄚˊ	艸部	【艸部】	6畫	38	39	段1下-35	鍇2-16	鉉1下-6
冊(笧、册、筴亦作策)	ce ˋ	ㄘㄜˋ	冊(册)部	【冂部】	6畫	85	86	段2下-34	鍇4-17	鉉2下-7
笊(檛、簻、撾)	zhua	ㄓㄨㄚ	竹部	【竹部】	6畫	196	198	段5上-15	鍇9-6	鉉5上-3
笄	ji	ㄐㄧ	竹部	【竹部】	6畫	191	193	段5上-6	鍇9-3	鉉5上-1
𠧞(兆、垗，筄、駣通叚)	zhao ˋ	ㄓㄠˋ	卜部	【卜部】	6畫	127	128	段3下-42	鍇6-20	鉉3下-9
筆	bi ˇ	ㄅㄧˇ	聿部	【竹部】	6畫	117	118	段3下-22	鍇6-12	鉉3下-5
筋(䈥)	jin	ㄐㄧㄣ	筋部	【竹部】	6畫	178	180	段4下-41	鍇8-15	鉉4下-6
桰(栝、筈，㮇、筈通叚)	gua	ㄍㄨㄚ	木部	【木部】	7畫	264	267	段6上-53	鍇11-23	鉉6上-7
筟	fu	ㄈㄨ	竹部	【竹部】	7畫	191	193	段5上-6	鍇9-3	鉉5上-2
筤	lang ˊ	ㄌㄤˊ	竹部	【竹部】	7畫	193	195	段5上-9	鍇9-4	鉉5上-2
筥([illegible]箾shao述及)	ju ˇ	ㄐㄩˇ	竹部	【竹部】	7畫	192	194	段5上-8	鍇9-4	鉉5上-2
籧(筥，籅通叚)	ju ˇ	ㄐㄩˇ	竹部	【竹部】	7畫	195	197	段5上-13	鍇9-5	鉉5上-2
箾(筲，稍通叚)	shao	ㄕㄠ	竹部	【竹部】	7畫	192	194	段5上-8	鍇9-3	鉉5上-2
捎(箾、筲、籯)	shao	ㄕㄠ	竹部	【竹部】	7畫	192	194	段5上-8	鍇9-4	鉉5上-2
筠	yun ˊ	ㄩㄣˊ	竹部	【竹部】	7畫	無	無	無	無	鉉5上-3
筍(筠、笋，栒、簨、箰、洿通叚)	sun ˇ	ㄙㄨㄣˇ	竹部	【竹部】	7畫	189	191	段5上-2	鍇9-1	鉉5上-1

篆本字(古文、金文、籀文、俗字，通段、金石)	拼音	注音	說文部首	康熙部首	筆畫	一般頁碼	洪葉頁碼	段注篇章	徐鍇通釋篇章	徐鉉藤花榭篇章
箟(筍筠蒝簍靲笨，簡、篾、簉、靲通段)	min˅	ㄇㄧㄣˇ	竹部	【竹部】7畫	190	192	段5上-3	鍇9-1	鉉5上-1
筦	guan˅	ㄍㄨㄢˇ	竹部	【竹部】7畫	191	193	段5上-6	鍇9-3	鉉5上-1
筩	tong˅	ㄊㄨㄥˇ	竹部	【竹部】7畫	194	196	段5上-11	鍇9-5	鉉5上-2
箸(者弋述及，著、藸、筯、笠通段)	zhu`	ㄓㄨˋ	竹部	【竹部】7畫	193	195	段5上-9	鍇9-4	鉉5上-2
笇	suan`	ㄙㄨㄢˋ	竹部	【竹部】7畫	198	200	段5上-20	鍇9-8	鉉5上-3
算(選、撰、籑計述及，篹通段)	suan`	ㄙㄨㄢˋ	竹部	【竹部】7畫	198	200	段5上-20	鍇9-8	鉉5上-3
簭(筮滋shi`述及，簎通段)	shi`	ㄕˋ	竹部	【竹部】7畫	191	193	段5上-5	鍇9-3	鉉5上-1
莢(筴通段，釋文筴本又作冊，亦作策，或箂)	jia´	ㄐㄧㄚˊ	艸部	【艸部】7畫	38	39	段1下-35	鍇2-16	鉉1下-6
冊(笧、册、筴亦作策)	ce`	ㄘㄜˋ	冊(册)部	【冂部】7畫	85	86	段2下-34	鍇4-17	鉉2下-7
筰(筦，莋通段)	zuo´	ㄗㄨㄛˊ	竹部	【竹部】7畫	195	197	段5上-13	鍇9-5	鉉5上-2
筊(篠)	xiao˅	ㄒㄧㄠˇ	竹部	【竹部】7畫	189	191	段5上-1	鍇9-1	鉉5上-1
言(箟通段)	yan´	ㄧㄢˊ	言部	【言部】7畫	89	90	段3上-7	鍇5-5	鉉3上-2
沂(圻，笲、魽通段)	yi´	ㄧˊ	水部	【水部】7畫	538	543	段11上壹-46	鍇21-6	鉉11上-3
筳	ting´	ㄊㄧㄥˊ	竹部	【竹部】7畫	191	193	段5上-6	鍇9-3	鉉5上-1
節(卪，嘀、瀄通段)	jie´	ㄐㄧㄝˊ	竹部	【竹部】7畫	189	191	段5上-2	鍇9-1	鉉5上-1
卪(卪、節)	jie´	ㄐㄧㄝˊ	卪部	【卩部】7畫	430	435	段9上-31	鍇17-10	鉉9上-5
筡(茶俗，笝通段)	tu´	ㄊㄨˊ	竹部	【竹部】7畫	189	191	段5上-2	鍇9-1	鉉5上-1
箟(筍筠蒝簍靲笨，簡、篾、簉、靲通段)	min˅	ㄇㄧㄣˇ	竹部	【竹部】7畫	190	192	段5上-3	鍇9-1	鉉5上-1
簅	san	ㄙㄢ	竹部	【竹部】7畫	193	195	段5上-10	鍇9-4	鉉5上-2

篆本字(古文、金文、籀文、俗字，通叚、金石)	拼音	注音	說文部首	康熙部首	筆畫	一般頁碼	洪葉頁碼	段注篇章	徐鍇通釋篇章	徐鉉藤花榭篇章
良(㠯、㿝、㠰、筤、𥳑)	liang´	ㄌㄧㄤ´	畗部	【艮部】	7畫	230	232	段5下-30	鍇10-12	鉉5下-6
筋(肑)	bo´	ㄅㄛ´	筋部	【竹部】	7畫	178	180	段4下-41	鍇8-15	鉉4下-6
㒺(典、籅，萠通叚)	dian ˇ	ㄉㄧㄢˇ	丌部	【八部】	8畫	200	202	段5上-23	鍇9-9	鉉5上-4
箁	pou´	ㄆㄡ´	竹部	【竹部】	8畫	189	191	段5上-2	鍇9-1	鉉5上-1
薄(礡䁗liang`述及、箔簾述及，礴通叚)	bo´	ㄅㄛ´	艸部	【艸部】	8畫	41	41	段1下-40	鍇2-19	鉉1下-7
菭(苔、篙，箈通叚)	tai´	ㄊㄞ´	艸部	【艸部】	8畫	37	37	段1下-32	鍇2-15	鉉1下-5
筵	yan´	ㄧㄢ´	竹部	【竹部】	8畫	192	194	段5上-7	鍇9-3	鉉5上-2
箄(pai´)	bei	ㄅㄟ	竹部	【竹部】	8畫	193	195	段5上-9	鍇9-4	鉉5上-2
箅	bi`	ㄅㄧ`	竹部	【竹部】	8畫	192	194	段5上-8	鍇9-3	鉉5上-2
箇(个、個)	ge`	ㄍㄜ`	竹部	【竹部】	8畫	194	196	段5上-12	鍇9-5	鉉5上-2
箋(牋通叚)	jian	ㄐㄧㄢ	竹部	【竹部】	8畫	191	193	段5上-5	鍇9-2	鉉5上-1
籢(匳)	yan´	ㄧㄢ´	竹部	【竹部】	8畫	198	200	段5上-20	鍇9-7	鉉5上-3
箏	zheng	ㄓㄥ	竹部	【竹部】	8畫	198	200	段5上-19	鍇9-7	鉉5上-3
箑(篓、翣)	sha`	ㄕㄚ`	竹部	【竹部】	8畫	195	197	段5上-13	鍇9-5	鉉5上-2
算(選、撰、筭計述及，篹通叚)	suan`	ㄙㄨㄢ`	竹部	【竹部】	8畫	198	200	段5上-20	鍇9-8	鉉5上-3
箘(簬)	jun`	ㄐㄩㄣ`	竹部	【竹部】	8畫	189	191	段5上-1	鍇9-1	鉉5上-1
空(孔、腔鞔man´述及，倥、崆、悾、箜、羫、窾通叚)	kong	ㄎㄨㄥ	穴部	【穴部】	8畫	344	348	段7下-19	鍇14-8	鉉7下-4
箙(服)	fu´	ㄈㄨ´	竹部	【竹部】	8畫	196	198	段5上-15	鍇9-6	鉉5上-3
罩(罩，箌、箪、罺、籗通叚)	zhao`	ㄓㄠ`	网部	【网部】	8畫	355	359	段7下-41	鍇14-19	鉉7下-7
菿(箌通叚，蓺說文)	dao`	ㄉㄠ`	艸部	【艸部】	8畫	41	42	段1下-41	鍇2-25	鉉1下-9
倬(菿，晫通叚)	zhuo´	ㄓㄨㄛ´	人部	【人部】	8畫	370	374	段8上-11	鍇15-4	鉉8上-2
箛	gu	ㄍㄨ	竹部	【竹部】	8畫	198	200	段5上-19	鍇9-7	鉉5上-3

篆本字（古文、金文、籀文、俗字，通叚、金石）	拼音	注音	說文部首	康熙部首	筆畫	一般頁碼	洪葉頁碼	段注篇章	徐鍇通釋篇章	徐鉉藤花榭篇章
粼(甐、磷、鏻通叚)	lin´	ㄌㄧㄣˊ	《部	【米部】	8畫	568	574	段11下-3	錯22-1	鉉11下-1
箝(鉗)	qian´	ㄑㄧㄢˊ	竹部	【竹部】	8畫	195	197	段5上-14	錯9-5	鉉5上-2
鉗(箝，柑、髻通叚)	qian´	ㄑㄧㄢˊ	金部	【金部】	8畫	707	714	段14上-12	錯27-5	鉉14上-3
管(琯)	guan˘	ㄍㄨㄢˇ	竹部	【竹部】	8畫	197	199	段5上-18	錯9-7	鉉5上-3
箸(者弋述及，著、簎、筯、竚通叚)	zhu`	ㄓㄨˋ	竹部	【竹部】	8畫	193	195	段5上-9	錯9-4	鉉5上-2
者(這、箸弋述及)	zhe˘	ㄓㄜˇ	白部	【老部】	8畫	137	138	段4上-16	錯7-8	鉉4上-4
箈(qian´)	zhan	ㄓㄢ	竹部	【竹部】	8畫	195	197	段5上-13	錯9-5	鉉5上-2
簏(簶，麃通叚)	lu`	ㄌㄨˋ	竹部	【竹部】	8畫	194	196	段5上-11	錯9-4	鉉5上-2
箕(𠀩、𠀠、𠔾、丌、其、匩)	ji	ㄐㄧ	箕部	【竹部】	8畫	199	201	段5上-21	錯9-8	鉉5上-4
匧(篋)	qie`	ㄑㄧㄝˋ	匸部	【匸部】	9畫	636	642	段12下-49	錯24-16	鉉12下-8
格(垎，佫、烙、敋、橄、落通叚)	ge´	ㄍㄜˊ	木部	【木部】	9畫	251	254	段6上-27	錯11-12	鉉6上-4
箈(箈)	tai´	ㄊㄞˊ	竹部	【竹部】	9畫	189	191	段5上-2	錯9-1	鉉5上-1
箠(箣、𡑭，菙、棰、種通叚)	chui´	ㄔㄨㄟˊ	竹部	【竹部】	9畫	196	198	段5上-15	錯9-6	鉉5上-3
矦(侯、医，堠、猴、篌通叚)	hou´	ㄏㄡˊ	矢部	【人部】	9畫	226	229	段5下-23	錯10-9	鉉5下-4
筍(筠、筝，栒、簨、箰、笋通叚)	sun˘	ㄙㄨㄣˇ	竹部	【竹部】	9畫	189	191	段5上-2	錯9-1	鉉5上-1
爰(轅、袁，簑、鶏通叚)	yuan´	ㄩㄢˊ	叜部	【爪部】	9畫	160	162	段4下-5	錯8-4	鉉4下-2
箾(簫，槊通叚)	shuo`	ㄕㄨㄛˋ	竹部	【竹部】	9畫	196	198	段5上-16	錯9-6	鉉5上-3
箱(廂通叚、段刪)	xiang	ㄒㄧㄤ	竹部	【竹部】	9畫	195	197	段5上-14	錯9-5	鉉5上-3

篆本字(古文、金文、籀文、俗字，通叚、金石)	拼音	注音	說文部首	康熙部首	筆畫	一般頁碼	洪葉頁碼	段注篇章	徐鍇通釋篇章	徐鉉藤花榭篇章
蠡(蟸、蠃、離、劙、𧒽)	li	ㄌㄧˇ	蚰部	【虫部】9畫		675	682	段13下-3	鍇25-15	鉉13下-1
喬(嶠，簥通叚)	qiao	ㄑㄧㄠˊ	夭部	【口部】9畫		494	499	段10下-9	鍇20-3	鉉10下-2
籔(籔，籓通叚)	shu	ㄕㄨˇ	竹部	【竹部】9畫		192	194	段5上-8	鍇9-3	鉉5上-2
篎(篎通叚)	miao	ㄇㄧㄠˇ	竹部	【竹部】9畫		197	199	段5上-18	鍇9-7	鉉5上-3
範(軓、笵)	fan	ㄈㄢˋ	車部	【竹部】9畫		727	734	段14上-52	鍇27-14	鉉14上-7
笵(軓、範)	fan	ㄈㄢˋ	竹部	【竹部】9畫		191	193	段5上-5	鍇9-2	鉉5上-1
篦(比箆ji述及，笓通叚)	bi	ㄅㄧˋ	竹部	【竹部】9畫		無	無	無	無	鉉5上-3
比(篦箆ji述及、匕鹿述及，夶)	bi	ㄅㄧˇ	比部	【比部】9畫		386	390	段8上-43	鍇15-14	鉉8上-6
篪	chi	ㄔˊ	竹部	【竹部】9畫		197	199	段5上-17	鍇9-6	鉉5上-3
篥(頁、葉)	ye	ㄧㄝˋ	竹部	【竹部】9畫		190	192	段5上-4	鍇9-2	鉉5上-1
箬	ruo	ㄖㄨㄛˋ	竹部	【竹部】9畫		189	191	段5上-2	鍇9-1	鉉5上-1
箭(晉)	jian	ㄐㄧㄢˋ	竹部	【竹部】9畫		189	191	段5上-1	鍇9-1	鉉5上-1
晉(晉、箭樼jian述及，搢、暗通叚)	jin	ㄐㄧㄣˋ	日部	【日部】9畫		303	306	段7上-4	鍇13-2	鉉7上-1
箯	bian	ㄅㄧㄢ	竹部	【竹部】9畫		194	196	段5上-11	鍇9-5	鉉5上-2
箴(鍼，葴通叚)	zhen	ㄓㄣ	竹部	【竹部】9畫		196	198	段5上-16	鍇9-6	鉉5上-3
鍼(針、箴述及)	zhen	ㄓㄣ	金部	【金部】9畫		706	713	段14上-9	鍇27-4	鉉14上-2
黬(葴、箴)	jian	ㄐㄧㄢ	黑部	【黑部】9畫		488	492	段10上-56	鍇19-19	鉉10上-10
鵪(鰔、箴)	zhen	ㄓㄣ	鳥部	【鳥部】9畫		154	155	段4上-50	鍇7-22	鉉4上-9
籥	yue	ㄩㄝ	竹部	【竹部】9畫		197	199	段5上-18	鍇9-7	鉉5上-3
篁	huang	ㄏㄨㄤˊ	竹部	【竹部】9畫		190	192	段5上-4	鍇9-2	鉉5上-1
篅(圌)	chuan	ㄔㄨㄢˊ	竹部	【竹部】9畫		194	196	段5上-11	鍇9-4	鉉5上-2
篆	zhuan	ㄓㄨㄢˋ	竹部	【竹部】9畫		190	192	段5上-3	鍇9-2	鉉5上-1
篇	pian	ㄆㄧㄢ	竹部	【竹部】9畫		190	192	段5上-4	鍇9-2	鉉5上-1
篍	qiu	ㄑㄧㄡ	竹部	【竹部】9畫		198	200	段5上-19	鍇9-7	鉉5上-3
簜	dang	ㄉㄤˋ	竹部	【竹部】9畫		194	196	段5上-11	鍇9-5	鉉5上-2
管(篤)	du	ㄉㄨˇ	亯部	【竹部】9畫		229	232	段5下-29	鍇10-12	鉉5下-5
篤(竺述及、管)	du	ㄉㄨˇ	馬部	【竹部】9畫		465	470	段10上-11	鍇19-3	鉉10上-2
橁(枸、椿、箉、簨通叚)	chun	ㄔㄨㄣ	木部	【木部】9畫		242	245	段6上-9	鍇11-5	鉉6上-2

篆本字(古文、金文、籀文、俗字，通叚、金石)	拼音	注音	說文部首	康熙部首	筆畫	一般頁碼	洪葉頁碼	段注篇章	徐鍇通釋篇章	徐鉉藤花榭篇章
薇(筬、簹、簹、筍)	wei ˊ	ㄨㄟˊ	竹部	【竹部】	10畫	189	191	段5上-2	鍇9-1	鉉5上-1
筱(篠)	xiao ˇ	ㄒㄧㄠˇ	竹部	【竹部】	10畫	189	191	段5上-1	鍇9-1	鉉5上-1
員(鼎、云，賆 通叚)	yuan ˊ	ㄩㄢˊ	員部	【口部】	10畫	279	281	段6下-14	鍇12-9	鉉6下-4
筥(簗稭shao述及)	ju ˇ	ㄐㄩˇ	竹部	【竹部】	10畫	192	194	段5上-8	鍇9-4	鉉5上-2
篙	gao	ㄍㄠ	竹部	【竹部】	10畫	無	無	無	無	鉉5上-3
槀(槁、犒，殠、筈、篙、醣通叚)	gao ˇ	ㄍㄠˇ	木部	【木部】	10畫	252	254	段6上-28	鍇11-12	鉉6上-4
涅(敜，篊通叚)	nie ˋ	ㄋㄧㄝˋ	水部	【水部】	10畫	552	557	段11上貳-13	鍇21-17	鉉11上-6
篡	cuan ˋ	ㄘㄨㄢˋ	厶部	【竹部】	10畫	436	441	段9上-43	鍇17-15	鉉9上-7
築木部(簗)	zhu ˊ	ㄓㄨˊ	木部	【竹部】	10畫	253	255	段6上-30	鍇11-13	鉉6上-4
筲(籍、筲、籭)	shao	ㄕㄠ	竹部	【竹部】	10畫	192	194	段5上-8	鍇9-4	鉉5上-2
笛(篴)	di ˊ	ㄉㄧˊ	竹部	【竹部】	10畫	197	199	段5上-18	鍇9-7	鉉5上-3
颿(帆，篷通叚)	fan	ㄈㄢ	馬部	【馬部】	10畫	466	471	段10上-13	鍇19-4	鉉10上-2
榜(榜、舫，艕、篣通叚)	bang ˇ	ㄅㄤˇ	木部	【木部】	10畫	264	266	段6上-52	鍇11-23	鉉6上-7
箹(蓊通叚)	weng	ㄨㄥ	竹部	【竹部】	10畫	190	192	段5上-3	鍇9-2	鉉5上-1
蒤(篨)	chou ˊ	ㄔㄡˊ	艸部	【艸部】	10畫	39	39	段1下-36	鍇2-17	鉉1下-6
簭(筮濫shi述及，籓通叚)	shi ˋ	ㄕˋ	竹部	【竹部】	10畫	191	193	段5上-5	鍇9-3	鉉5上-1
篚(茀、厞)	fei ˇ	ㄈㄟˇ	竹部	【竹部】	10畫	195	197	段5上-14	鍇9-5	鉉5上-3
匪(斐、棐、篚)	fei ˇ	ㄈㄟˇ	匚部	【匚部】	10畫	636	642	段12下-50	鍇24-16	鉉12下-8
匴(籑，籆通叚)	suan ˇ	ㄙㄨㄢˇ	匚部	【匚部】	10畫	636	642	段12下-49	鍇24-16	鉉12下-8
算(選、撰、籌計述及，籑通叚)	suan ˋ	ㄙㄨㄢˋ	竹部	【竹部】	10畫	198	200	段5上-20	鍇9-8	鉉5上-3
巺(巽、舁，篹、撰通叚)	xun ˋ	ㄒㄩㄣˋ	丌部	【己部】	10畫	200	202	段5上-23	鍇9-9	鉉5上-4
籑从目大食(饌从大良、饌、餕，撰、籑通叚)	zhuan ˋ	ㄓㄨㄢˋ	倉部	【竹部】	10畫	219	222	段5下-9	鍇10-4	鉉5下-2

篆本字（古文、金文、籀文、俗字，通段、金石）	拼音	注音	說文部首	康熙部首	筆畫	一般頁碼	洪葉頁碼	段注篇章	徐鍇通釋篇章	徐鉉藤花榭篇章
簼（簿、篝通段）	gou	《ㄡ	竹部	【竹部】10畫		193	195	段5上-9	鍇9-3	鉉5上-2
篨	chu´	ㄔㄨˊ	竹部	【竹部】10畫		192	194	段5上-7	鍇9-3	鉉5上-2
籭（簁、篩）	shai	ㄕㄞ	竹部	【竹部】10畫		192	194	段5上-7	鍇9-3	鉉5上-2
篎（竗通段）	miao˘	ㄇㄧㄠˇ	竹部	【竹部】10畫		197	199	段5上-18	鍇9-7	鉉5上-3
箈	tan´	ㄊㄢˊ	竹部	【竹部】10畫		196	198	段5上-15	鍇9-6	鉉5上-3
籗（篧、籱）	zhuo´	ㄓㄨㄛˊ	竹部	【竹部】10畫		194	196	段5上-12	鍇9-5	鉉5上-2
鞠（𩎌、鞠、鞠，諊通段）	ju	ㄐㄩ	夆部	【竹部】10畫		496	501	段10下-13	鍇20-5	鉉10下-3
篤（竺述及、管）	du˘	ㄉㄨˇ	馬部	【竹部】10畫		465	470	段10上-11	鍇19-3	鉉10上-2
竺（篤）	zhu´	ㄓㄨˊ	二部	【竹部】10畫		681	688	段13下-15	鍇26-1	鉉13下-3
管（篤）	du˘	ㄉㄨˇ	亯部	【竹部】10畫		229	232	段5下-29	鍇10-12	鉉5下-5
鬳從虎（簏、笓）	chi´	ㄔˊ	鬲部	【鬲部】10畫		85	86	段2下-33	鍇4-17	鉉2下-7
彗（篲、嘒，彗通段）	hui`	ㄏㄨㄟˋ	又部	【彐部】11畫		116	117	段3下-19	鍇6-10	鉉3下-4
樻（簣、蕢，樻通段）	gui`	《ㄨㄟˋ	木部	【木部】11畫		263	265	段6上-50	鍇11-22	鉉6上-6
甾（凷，淄、椔、緇、簹、鶅通段）	zi	ㄗ	甾部	【田部】11畫		637	643	段12下-52	鍇24-17	鉉12下-8
簁（筵，莲通段）	shai	ㄕㄞ	竹部	【竹部】11畫		193	195	段5上-9	鍇9-4	鉉5上-2
籭（簁、篩）	shai	ㄕㄞ	竹部	【竹部】11畫		192	194	段5上-7	鍇9-3	鉉5上-2
籔（籔，籔通段）	shu˘	ㄕㄨˇ	竹部	【竹部】11畫		192	194	段5上-8	鍇9-3	鉉5上-2
族（鏃，崒、簇、瘯通段）	zu´	ㄗㄨˊ	㫃部	【方部】11畫		312	315	段7上-21	鍇13-7	鉉7上-3
蔟（簇通段）	cu`	ㄘㄨˋ	艸部	【艸部】11畫		44	45	段1下-47	鍇2-22	鉉1下-8
㒼（簼、滿通段）	man´	ㄇㄢˊ	㒼部	【冂部】11畫		354	358	段7下-39	鍇14-18	鉉7下-7
篗（筍筎蔑簍靬箖，簡、篯、篯、鞚通段）	min˘	ㄇㄧㄣˇ	竹部	【竹部】11畫		190	192	段5上-3	鍇9-1	鉉5上-1
篿（tuan´）	zhuan	ㄓㄨㄢ	竹部	【竹部】11畫		193	195	段5上-9	鍇9-4	鉉5上-2
箁（簿）	bu`	ㄅㄨˋ	竹部	【竹部】11畫		190	192	段5上-4	鍇9-2	鉉5上-1
產（產通段）	chan˘	ㄔㄢˇ	生部	【生部】11畫		274	276	段6下-4	鍇12-4	鉉6下-2
簘（筲，籟通段）	shao	ㄕㄠ	竹部	【竹部】11畫		192	194	段5上-8	鍇9-3	鉉5上-2
簃	yi´	ㄧˊ	竹部	【竹部】11畫		無	無	無	無	鉉5上-3

篆本字(古文、金文、籀文、俗字，通段、金石)	拼音	注音	說文部首	康熙部首	筆畫	一般頁碼	洪葉頁碼	段注篇章	徐鍇通釋篇章	徐鉉藤花榭篇章
移(侈、迻，樣、簃通段)	yi´	一´	禾部	【禾部】11畫	323	326	段7上-44	錯13-19	鉉7上-8
誃(謻、簃、哆)	chi˘	ㄔˇ	言部	【言部】11畫	97	97	段3上-22	錯5-11	鉉3上-5
篃(篗，籰、篾、蔑通段)	mi´	ㄇ一´	竹部	【竹部】12畫	190	192	段5上-3	錯9-1	鉉5上-1
筺(筍筠蒢籢斡筿，簡、篾、簢、斡通段)	min˘	ㄇ一ㄣˇ	竹部	【竹部】12畫	190	192	段5上-3	錯9-1	鉉5上-1
蔑(莧、滅，篾通段)	mi`	ㄇ一`	艸部	【艸部】12畫	34	35	段1下-27	錯2-13	鉉1下-4
幭(篾)	mie`	ㄇ一ㄝ`	巾部	【巾部】12畫	360	364	段7下-51	錯14-22	鉉7下-9
蔣(籹、槳)	jiang˘	ㄐ一ㄤˇ	竹部	【竹部】12畫	190	192	段5上-4	錯9-2	鉉5上-1
箷(篩，莚通段)	shai	ㄕㄞ	竹部	【竹部】12畫	193	195	段5上-9	錯9-4	鉉5上-2
箠(箷、棰，萑、棰、種通段)	chui´	ㄔㄨㄟ´	竹部	【竹部】12畫	196	198	段5上-15	錯9-6	鉉5上-3
毒(箭，玳、瑇、蕫、蝳通段)	du´	ㄉㄨ´	屮部	【毋部】12畫	22	22	段1下-2	錯2-1	鉉1下-1
先(簪=寁鐕擶同字、笲)	zen	ㄗㄣ	先部	【无部】12畫	405	410	段8下-9	錯16-12	鉉8下-2
鐕(釘、簪先述及)	zan	ㄗㄢ	金部	【金部】12畫	707	714	段14上-12	錯27-5	鉉14上-3
簡(蕑通段)	jian˘	ㄐ一ㄢˇ	心部	【竹部】12畫	513	517	段10下-46	錯20-16	鉉10下-8
箐(擉通段)	ce`	ㄘㄜ`	手部	【竹部】12畫	609	615	段12上-52	錯23-16	鉉12上-8
築木部(箋)	zhu´	ㄓㄨ´	木部	【竹部】12畫	253	255	段6上-30	錯11-13	鉉6上-4
筆(華通段)	bi`	ㄅ一`	竹部	【竹部】12畫	198	200	段5上-20	錯9-7	鉉5上-3
筍(筠、笋，枸、簨、箰、筭通段)	sun˘	ㄙㄨㄣˇ	竹部	【竹部】12畫	189	191	段5上-2	錯9-1	鉉5上-1
櫄(枸、椿、簨、箰通段)	chun	ㄔㄨㄣ	木部	【木部】12畫	242	245	段6上-9	錯11-5	鉉6上-2
匴(篹，籑通段)	suan˘	ㄙㄨㄢˇ	匸部	【匸部】12畫	636	642	段12下-49	錯24-16	鉉12下-8

篆本字（古文、金文、籀文、俗字，通叚、金石）	拼音	注音	說文部首	康熙部首	筆畫	一般頁碼	洪葉頁碼	段注篇章	徐鍇通釋篇章	徐鉉藤花樹篇章
笏(腱，劜、韄通叚)	jian `	ㄐㄧㄢˋ	筋部	【竹部】12畫	178	180	段4下-41	鍇8-15	鉉4下-6
築(櫥、簻、撾)	zhua	ㄓㄨㄚ	竹部	【竹部】12畫	196	198	段5上-15	鍇9-6	鉉5上-3
篸(參)	cen	ㄘㄣ	竹部	【竹部】12畫	190	192	段5上-3	鍇9-2	鉉5上-1
筤	dou	ㄉㄡ	竹部	【竹部】12畫	195	197	段5上-14	鍇9-5	鉉5上-2
簎(魺、籲)	yu `	ㄩˋ	竹部	【竹部】12畫	198	200	段5上-20	鍇9-7	鉉5上-3
簀(積)	ze ´	ㄗㄜˊ	竹部	【竹部】12畫	192	194	段5上-7	鍇9-3	鉉5上-2
積(簀，積、禝通叚)	ji	ㄐㄧ	禾部	【禾部】12畫	325	328	段7上-48	鍇13-20	鉉7上-8
簋(匭、甌、軌、杋、九)	gui ˇ	ㄍㄨㄟˇ	竹部	【竹部】12畫	193	195	段5上-10	鍇9-4	鉉5上-2
簍	lou ˇ	ㄌㄡˇ	竹部	【竹部】12畫	193	195	段5上-9	鍇9-4	鉉5上-2
簏(篆，麗通叚)	lu `	ㄌㄨˋ	竹部	【竹部】12畫	194	196	段5上-11	鍇9-4	鉉5上-2
篽(臣)	yu `	ㄩˋ	竹部	【竹部】12畫	192	194	段5上-7	鍇9-3	鉉5上-2
簙(博)	bo ´	ㄅㄛˊ	竹部	【竹部】12畫	198	200	段5上-20	鍇9-7	鉉5上-3
簜	dang `	ㄉㄤˋ	竹部	【竹部】12畫	189	191	段5上-1	鍇9-1	鉉5上-1
蕢(臾从臼人，此字與申部臾義異，簣通叚)	kui `	ㄎㄨㄟˋ	艸部	【艸部】12畫	44	44	段1下-46	鍇2-21	鉉1下-7
簝	liao ´	ㄌㄧㄠˊ	竹部	【竹部】12畫	195	197	段5上-13	鍇9-5	鉉5上-2
簞	dan	ㄉㄢ	竹部	【竹部】12畫	192	194	段5上-8	鍇9-4	鉉5上-2
簟(簟)	dian `	ㄉㄧㄢˋ	竹部	【竹部】12畫	192	194	段5上-7	鍇9-3	鉉5上-2
籃(匩)	fu ˇ	ㄈㄨˇ	竹部	【竹部】12畫	194	196	段5上-11	鍇9-4	鉉5上-2
柬(簡，揀通叚)	jian ˇ	ㄐㄧㄢˇ	束部	【木部】12畫	276	278	段6下-8	鍇12-6	鉉6下-3
簡(簡、襇、襴縳述及，襇通叚)	jian ˇ	ㄐㄧㄢˇ	竹部	【竹部】12畫	190	192	段5上-4	鍇9-2	鉉5上-1
竿(干、簡，杆通叚)	gan	ㄍㄢ	竹部	【竹部】12畫	194	196	段5上-12	鍇9-5	鉉5上-2
簦	deng	ㄉㄥ	竹部	【竹部】12畫	195	197	段5上-14	鍇9-5	鉉5上-2
簧	huang ´	ㄏㄨㄤˊ	竹部	【竹部】12畫	197	199	段5上-17	鍇9-6	鉉5上-3
籍(笛，簫通叚)	shao	ㄕㄠ	竹部	【竹部】12畫	192	194	段5上-8	鍇9-3	鉉5上-2
箾(籍、笛、簫)	shao	ㄕㄠ	竹部	【竹部】12畫	192	194	段5上-8	鍇9-4	鉉5上-2

篆本字(古文、金文、籀文、俗字，通叚、金石)	拼音	注音	說文部首	康熙部首	筆畫	一般頁碼	洪葉頁碼	段注篇章	徐鍇通釋篇章	徐鉉藤花榭篇章
簴(筥，籧通叚)	juˇ	ㄐㄩˇ	竹部	【竹部】12畫	195	197	段5上-13	鍇9-5	鉉5上-2
篰(簿)	buˋ	ㄅㄨˋ	竹部	【竹部】12畫	190	192	段5上-4	鍇9-2	鉉5上-1
薇(筬、管、䉲、笴)	weiˊ	ㄨㄟˊ	竹部	【竹部】13畫	189	191	段5上-2	鍇9-1	鉉5上-1
簫(弰、彇、彇通叚)	xiao	ㄒㄧㄠ	竹部	【竹部】13畫	197	199	段5上-17	鍇9-6	鉉5上-3
箾(簫，槊通叚)	shuoˋ	ㄕㄨㄛˋ	竹部	【竹部】13畫	196	198	段5上-16	鍇9-6	鉉5上-3
當(瑺、簹、襠通叚)	dang	ㄉㄤ	田部	【田部】13畫	697	703	段13下-46	鍇26-9	鉉13下-6
簬(簵)	luˋ	ㄌㄨˋ	竹部	【竹部】13畫	189	191	段5上-1	鍇9-1	鉉5上-1
簺	saiˋ	ㄙㄞˋ	竹部	【竹部】13畫	198	200	段5上-19	鍇9-7	鉉5上-3
檐(簷，櫋通叚)	yanˊ	ㄧㄢˊ	木部	【木部】13畫	255	258	段6上-35	鍇11-15	鉉6上-5
簾(槏、慊)	lianˊ	ㄌㄧㄢˊ	竹部	【竹部】13畫	191	193	段5上-6	鍇9-3	鉉5上-2
僾(愛、薆，曖、靉通叚)	aiˋ	ㄞˋ	竹部	【竹部】13畫	198	200	段5上-20	鍇9-7	鉉5上-3
簟(tunˊ)	dianˋ	ㄉㄧㄢˋ	竹部	【竹部】13畫	196	198	段5上-16	鍇9-6	鉉5上-3
籰從竹蒦(觕、籰從竹明隻)	yueˋ	ㄩㄝˋ	竹部	【竹部】13畫	191	192	段5上-6	鍇9-3	鉉5上-1
筤(筍筠葭篗籋箖，簡、篊、籢、軡通叚)	minˇ	ㄇㄧㄣˇ	竹部	【竹部】13畫	190	192	段5上-3	鍇9-1	鉉5上-1
虡(虞、鐻、鉅，簴、璩通叚)	juˋ	ㄐㄩˋ	虍部	【虍部】13畫	210	212	段5上-43	鍇9-17	鉉5上-8
籀(籕、抽讀述及)	zhouˋ	ㄓㄡˋ	竹部	【竹部】13畫	190	192	段5上-3	鍇9-2	鉉5上-1
檢(簽通叚)	jianˇ	ㄐㄧㄢˇ	木部	【木部】13畫	265	268	段6上-55	鍇11-24	鉉6上-7
榦(幹，斡、杆、笴通叚)	ganˋ	ㄍㄢˋ	木部	【木部】13畫	253	255	段6上-30	鍇11-14	鉉6上-4
簸	boˇ	ㄅㄛˇ	箕部	【竹部】13畫	199	201	段5上-21	鍇9-8	鉉5上-4
簴(筥，籧通叚)	juˇ	ㄐㄩˇ	竹部	【竹部】13畫	195	197	段5上-13	鍇9-5	鉉5上-2
籃(盾)	lanˊ	ㄌㄢˊ	竹部	【竹部】14畫	193	195	段5上-9	鍇9-4	鉉5上-2
蠻(籬、簫通叚)	manˊ	ㄇㄢˊ	兩部	【冂部】14畫	354	358	段7下-39	鍇14-18	鉉7下-7
籂(噬段改此字，邍通叚)	shiˋ	ㄕˋ	口部	【口部】14畫	55	56	段2上-15	鍇3-6	鉉2上-3

篆本字(古文、金文、籀文、俗字，通叚、金石)	拼音	注音	說文部首	康熙部首	筆畫	一般頁碼	洪葉頁碼	段注篇章	徐鍇通釋篇章	徐鉉藤花榭篇章
翜(接、翜，籑、翜、馺通叚)	sha ˋ	ㄕㄚˋ	羽部	【羽部】	14畫	140	142	段4上-23	鍇7-10	鉉4上-5
擢(棹、籊通叚)	zhuo ˊ	ㄓㄨㄛˊ	手部	【手部】	14畫	605	611	段12上-44	鍇23-12	鉉12上-7
篝(篝、構通叚)	gou	ㄍㄡ	竹部	【竹部】	14畫	193	195	段5上-9	鍇9-3	鉉5上-2
籋(鑷，鑭通叚)	nie ˋ	ㄋㄧㄝˋ	竹部	【竹部】	14畫	195	197	段5上-14	鍇9-5	鉉5上-2
籌	chou ˊ	ㄔㄡˊ	竹部	【竹部】	14畫	198	200	段5上-19	鍇9-7	鉉5上-3
籍	ji ˊ	ㄐㄧˊ	竹部	【竹部】	14畫	190	192	段5上-4	鍇9-2	鉉5上-1
篾(篡，籃、篾、簡通叚)	mi ˋ	ㄇㄧˋ	竹部	【竹部】	14畫	190	192	段5上-3	鍇9-1	鉉5上-1
蔣(籇、槳)	jiang ˇ	ㄐㄧㄤˇ	竹部	【竹部】	15畫	190	192	段5上-4	鍇9-2	鉉5上-1
縢(藤，籘、藤通叚)	teng ˊ	ㄊㄥˊ	糸部	【糸部】	15畫	657	664	段13上-29	鍇25-6	鉉13上-4
劉	liu ˊ	ㄌㄧㄡˊ	竹部	【竹部】	15畫	190	192	段5上-4	鍇9-2	鉉5上-1
柂(籬，柂、欐、箷通叚)	yi ˊ	ㄧˊ	木部	【木部】	15畫	257	259	段6上-38	鍇11-17	鉉6上-5
籀(籀、抽讀述及)	zhou ˋ	ㄓㄡˋ	竹部	【竹部】	15畫	190	192	段5上-3	鍇9-2	鉉5上-1
籓(笲通叚)	fan	ㄈㄢ	竹部	【竹部】	15畫	192	194	段5上-7	鍇9-3	鉉5上-2
籔(籔，籟通叚)	shu ˇ	ㄕㄨˇ	竹部	【竹部】	15畫	192	194	段5上-8	鍇9-3	鉉5上-2
饌从目大食(饌从大良、饌、餕，撰、簨通叚)	zhuan ˋ	ㄓㄨㄢˋ	皀部	【竹部】	15畫	219	222	段5下-9	鍇10-4	鉉5下-2
錢(泉貝述及，籛通叚)	qian ˊ	ㄑㄧㄢˊ	金部	【金部】	16畫	706	713	段14上-10	鍇27-4	鉉14上-2
錄(慮、綠，碌、籙通叚)	lu ˋ	ㄌㄨˋ	金部	【金部】	16畫	703	710	段14上-3	鍇27-2	鉉14上-1
萚(籜通叚)	tuo ˋ	ㄊㄨㄛˋ	艸部	【艸部】	16畫	40	41	段1下-39	鍇2-18	鉉1下-6
籠(朧通叚)	long ˊ	ㄌㄨㄥˊ	竹部	【竹部】	16畫	195	197	段5上-13	鍇9-5	鉉5上-2
龓(籠，攏通叚)	long ˊ	ㄌㄨㄥˊ	有部	【龍部】	16畫	314	317	段7上-25	鍇13-10	鉉7上-4
籚(盧)	lu ˊ	ㄌㄨˊ	竹部	【竹部】	16畫	195	197	段5上-14	鍇9-5	鉉5上-2
籟	lai ˋ	ㄌㄞˋ	竹部	【竹部】	16畫	197	199	段5上-17	鍇9-6	鉉5上-3
籢(瓤通叚)	rang ˊ	ㄖㄤˊ	竹部	【竹部】	17畫	195	197	段5上-13	鍇9-5	鉉5上-2

篆本字(古文、金文、籀文、俗字，通叚、金石)	拼音	注音	說文部首	康熙部首	筆畫	一般頁碼	洪葉頁碼	段注篇章	徐鍇通釋篇章	徐鉉藤花榭篇章
簭(笶滋shiˋ迻及，箞通叚)	shiˋ	ㄕˋ	竹部	【竹部】	17畫	191	193	段5上-5	錯9-3	鉉5上-1
籢(奩，匳、槏、槾通叚)	lianˊ	ㄌㄧㄢˊ	竹部	【竹部】	17畫	193	195	段5上-10	錯9-4	鉉5上-2
籑从目大食(籑从大良、饌、餕，撰、籄通叚)	zhuanˋ	ㄓㄨㄢˋ	倉部	【竹部】	17畫	219	222	段5下-9	錯10-4	鉉5下-2
籣(韊、鞴，韝通叚)	lanˊ	ㄌㄢˊ	竹部	【竹部】	17畫	196	198	段5上-15	錯9-6	鉉5上-3
罩(罩，箌、箈、羉、籗通叚)	zhaoˋ	ㄓㄠˋ	网部	【网部】	17畫	355	359	段7下-41	錯14-19	鉉7下-7
簟(簟)	dianˋ	ㄉㄧㄢˋ	竹部	【竹部】	17畫	192	194	段5上-7	錯9-3	鉉5上-2
籤	qian	ㄑㄧㄢ	竹部	【竹部】	17畫	196	198	段5上-16	錯9-6	鉉5上-3
幟(籤)	jian	ㄐㄧㄢ	巾部	【巾部】	17畫	360	363	段7下-50	錯14-22	鉉7下-9
鍾(鐘通叚)	zhong	ㄓㄨㄥ	金部	【金部】	17畫	703	710	段14上-4	錯27-2	鉉14上-1
籥(鑰通叚)	yueˋ	ㄩㄝˋ	竹部	【竹部】	17畫	190	192	段5上-4	錯9-2	鉉5上-1
龠(籥經傳)	yueˋ	ㄩㄝˋ	龠部	【龠部】	17畫	85	85	段2下-32	錯4-17	鉉2下-7
闟(籥，鑰通叚)	yueˋ	ㄩㄝˋ	門部	【門部】	17畫	590	596	段12上-13	錯23-6	鉉12上-3
籧	quˊ	ㄑㄩˊ	竹部	【竹部】	17畫	192	194	段5上-7	錯9-3	鉉5上-2
籅(籔、籔)	yuˋ	ㄩˋ	竹部	【竹部】	17畫	198	200	段5上-20	錯9-7	鉉5上-3
籚(箹、鞠、鞠，諊通叚)	ju	ㄐㄩ	卒部	【竹部】	17畫	496	501	段10下-13	錯20-5	鉉10下-3
雙(雙、鮆、躨通叚)	shuang	ㄕㄨㄤ	雔部	【隹部】	18畫	148	149	段4上-38	錯7-17	鉉4上-7
籰(籆、篗)	zhuoˊ	ㄓㄨㄛˊ	竹部	【竹部】	18畫	194	196	段5上-12	錯9-5	鉉5上-2
麴(麴从麥、麯，麴通叚)	qu	ㄑㄩ	米部	【竹部】	18畫	332	335	段7上-62	錯13-25	鉉7上-10
籩从鼻(籩从臣鼻、籩)	bian	ㄅㄧㄢ	竹部	【竹部】	19畫	194	196	段5上-11	錯9-4	鉉5上-2
柂(籬，柂、欏、箷通叚)	yiˊ	ㄧˊ	木部	【木部】	19畫	257	259	段6上-38	錯11-17	鉉6上-5
蘺(籬通叚)	liˊ	ㄌㄧˊ	艸部	【艸部】	19畫	25	26	段1下-9	錯2-5	鉉1下-2
籫	zuanˋ	ㄗㄨㄢˋ	竹部	【竹部】	19畫	193	195	段5上-10	錯9-4	鉉5上-2

篆本字(古文、金文、籀文、俗字，通段、金石)	拼音	注音	說文部首	康熙部首	筆畫	一般頁碼	洪葉頁碼	段注篇章	徐鍇通釋篇章	徐鉉藤花榭篇章
籭(篩、篩)	shai	ㄕㄞ	竹部	【竹部】19畫		192	194	段5上-7	鍇9-3	鉉5上-2
簚(篾，簜、篾、蕑通段)	mi ˊ	ㄇㄧˊ	竹部	【竹部】20畫		190	192	段5上-3	鍇9-1	鉉5上-1
籰从竹蒦(觵、籰从竹昍隻)	yue ˋ	ㄩㄝˋ	竹部	【竹部】20畫		191	192	段5上-6	鍇9-3	鉉5上-1
簷(檐)	yan ˊ	ㄧㄢˊ	竹部	【竹部】20畫		198	200	段5上-20	鍇9-7	鉉5上-3
籯从月貝廾	ying ˊ	ㄧㄥˊ	竹部	【竹部】21畫		193	195	段5上-10	鍇9-4	鉉5上-2
籍(藉、筲、簻)	shao	ㄕㄠ	竹部	【竹部】21畫		192	194	段5上-8	鍇9-4	鉉5上-2
鸇(難、雖、蠸、籱从竹雝、雛)	nan ˊ	ㄋㄢˊ	鳥部	【鳥部】24畫		151	152	段4上-44	鍇7-20	鉉4上-8
籱(篧、籗)	zhuo ˊ	ㄓㄨㄛˊ	竹部	【竹部】24畫		194	196	段5上-12	鍇9-5	鉉5上-2
籲	yu ˋ	ㄩˋ	頁部	【竹部】26畫		422	426	段9上-14	鍇17-4	鉉9上-2
【米(mi ˇ)部】	mi ˇ	ㄇㄧˇ	米部			330	333	段7上-58	鍇13-24	鉉7上-9
米	mi ˇ	ㄇㄧˇ	米部	【米部】		330	333	段7上-58	鍇13-24	鉉7上-9
番(蹞、𤲮、播，嶓、蹯通段)	fan ˊ	ㄈㄢˊ	釆部	【田部】2畫		50	50	段2上-4	鍇3-2	鉉2上-1
紅(紅，粍通段)	hong ˊ	ㄏㄨㄥˊ	米部	【米部】3畫		333	336	段7上-64	鍇13-25	鉉7上-10
秔(稉、粳=秈秈秜粫xian ˊ述及、粳)	jing	ㄐㄧㄥ	禾部	【禾部】3畫		323	326	段7上-43	鍇13-18	鉉7上-7
籹	nˇ	ㄋㄩˇ	米部	【米部】3畫	無	無	無	無		鉉7上-10
黍(粆通段)	shu ˇ	ㄕㄨˇ	黍部	【黍部】3畫		329	332	段7上-55	鍇13-23	鉉7上-9
粈(餰、糅)	rou ˊ	ㄖㄡˊ	米部	【米部】4畫		333	336	段7上-63	鍇13-25	鉉7上-10
餐(粈、糅)	niu ˋ	ㄋㄧㄡˋ	倉部	【食部】4畫		220	222	段5下-10	鍇10-4	鉉5下-2
氣(气既述及、槩、餼)	qi ˋ	ㄑㄧˋ	米部	【气部】4畫		333	336	段7上-63	鍇13-25	鉉7上-10
气(乞、餼、氣餼kai ˋ述及，炁通段)	qi ˋ	ㄑㄧˋ	气部	【气部】4畫		20	20	段1上-39	鍇1-19	鉉1上-6
旣(既、嘰、機、气、氣、餼氣述及)	ji ˋ	ㄐㄧˋ	皀部	【无部】4畫		216	219	段5下-3	鍇10-2	鉉5下-1

篆本字（古文、金文、籀文、俗字，通叚、金石）	拼音	注音	說文部首	康熙部首	筆畫	一般頁碼	洪葉頁碼	段注篇章	徐鍇通釋篇章	徐鉉藤花榭篇章
粉	fen˘	ㄈㄣˇ	米部	【米部】	4畫	333	336	段7上-64	鍇13-26	鉉7上-10
黺(粉)	fen˘	ㄈㄣˇ	黹部	【黹部】	4畫	364	368	段7下-59	鍇14-25	鉉7下-10
粊(韭、韭、粓)	bi`	ㄅㄧˋ	米部	【米部】	4畫	331	334	段7上-60	鍇13-25	鉉7上-10
粔	ju`	ㄐㄩˋ	米部	【米部】	4畫	無	無	無	無	鉉7上-10
稃(秿、孚)	fu	ㄈㄨ	禾部	【禾部】	5畫	324	327	段7上-46	鍇13-19	鉉7上-8
粒(䊉、立)	li`	ㄌㄧˋ	米部	【米部】	5畫	331	334	段7上-60	鍇13-25	鉉7上-10
黏(溓、樹述及，惟段注从木黏，粘通叚)	nian´	ㄋㄧㄢˊ	黍部	【黍部】	5畫	330	333	段7上-57	鍇13-23	鉉7上-9
秔(稉、粳=秈秏粞稴xian´述及、粳)	jing	ㄐㄧㄥ	禾部	【禾部】	5畫	323	326	段7上-43	鍇13-18	鉉7上-7
粕	po`	ㄆㄛˋ	米部	【米部】	5畫	無	無	無	無	鉉7上-10
魄(珀、粕、礴通叚)	po`	ㄆㄛˋ	鬼部	【鬼部】	5畫	435	439	段9上-40	鍇17-13	鉉9上-7
粗(觕述及、麤从鹿)	cu	ㄘㄨ	米部	【米部】	5畫	331	334	段7上-60	鍇13-24	鉉7上-10
麤(麁、粗，麄、麆通叚)	cu	ㄘㄨ	麤部	【鹿部】	5畫	472	476	段10上-24	鍇19-7	鉉10上-4
佢(粗)	qu	ㄑㄩ	人部	【人部】	5畫	377	381	段8上-26	鍇15-9	鉉8上-4
粠(麗)	ming´	ㄇㄧㄥˊ	米部	【米部】	5畫	332	335	段7上-62	鍇13-25	鉉7上-10
黏(粘、糊，麭通叚)	hu´	ㄏㄨˊ	黍部	【黍部】	5畫	330	333	段7上-57	鍇13-23	鉉7上-9
鬻从古(粘、麭通叚)	hu´	ㄏㄨˊ	鬲部	【鬲部】	5畫	112	113	段3下-11	鍇6-6	鉉3下-2
鬻从幭(糕)	mie`	ㄇㄧㄝˋ	鬲部	【鬲部】	5畫	112	113	段3下-12	鍇6-7	鉉3下-3
粟(罙、槑，采通叚)	mi´	ㄇㄧˊ	网部	【网部】	5畫	355	358	段7下-40	鍇14-18	鉉7下-7
粵(越、曰)	yue`	ㄩㄝˋ	亏部	【米部】	6畫	204	206	段5上-32	鍇9-13	鉉5上-6
越(粵，狘、樾通叚)	yue`	ㄩㄝˋ	走部	【走部】	6畫	64	64	段2上-32	鍇3-14	鉉2上-7

篆本字(古文、金文、籀文、俗字，通段、金石)	拼音	注音	說文部首	康熙部首	筆畫	一般頁碼	洪葉頁碼	段注篇章	徐鍇通釋篇章	徐鉉藤花榭篇章
曰(云雲述及，粤于爰曰四字可互相訓，以雙聲疊韵相叚借也。)	yue	ㄩㄝ	曰部	【曰部】6畫		202	204	段5上-28	鍇9-11	鉉5上-5
臼	jiuˋ	ㄐㄧㄡˋ	米部	【米部】6畫		333	336	段7上-63	鍇13-25	鉉7上-10
粱	liangˊ	ㄌㄧㄤˊ	米部	【米部】6畫		330	333	段7上-58	鍇13-24	鉉7上-9
紅(紅，粠通段)	hongˊ	ㄏㄨㄥˊ	米部	【米部】6畫		333	336	段7上-64	鍇13-25	鉉7上-10
燐(舜、燐，蟒通段)	linˊ	ㄌㄧㄣˊ	炎部	【米部】6畫		487	492	段10上-55	鍇19-18	鉉10上-9
粟(㮚从卥、粟)	suˋ	ㄙㄨˋ	卥部	【米部】6畫		317	320	段7上-32	鍇13-13	鉉7上-6
餐(餈、粢)	ciˊ	ㄘˊ	倉部	【食部】6畫		219	221	段5下-8	鍇10-4	鉉5下-2
鬻(粥、䭈，精、餰通段)	yuˋ	ㄩˋ	弜部	【鬲部】6畫		112	113	段3下-11	鍇6-6	鉉3下-2
粥(粥)	zhou	ㄓㄡ	吅部	【口部】6畫		63	63	段2上-30	鍇3-13	鉉2上-6
妝(粧，糚、奘、粧通段)	zhuang	ㄓㄨㄤ	女部	【女部】6畫		622	628	段12下-21	鍇24-7	鉉12下-3
糧(粮，粻通段)	liangˊ	ㄌㄧㄤˊ	米部	【米部】7畫		333	336	段7上-63	鍇13-25	鉉7上-10
秔(稷、粳=秈秈㘽稴xianˊ述及、粳)	jing	ㄐㄧㄥ	禾部	【禾部】7畫		323	326	段7上-43	鍇13-18	鉉7上-7
穅段改从康(康、康、糠，甐、瓹通段)	kang	ㄎㄤ	禾部	【广部】7畫		324	327	段7上-46	鍇13-20	鉉7上-8
粌(粌)	quanˇ	ㄑㄩㄢˇ	米部	【米部】7畫		333	336	段7上-64	鍇13-26	鉉7上-10
粲(餐，燦、璨通段)	canˋ	ㄘㄢˋ	米部	【米部】7畫		331	334	段7上-59	鍇13-24	鉉7上-9
粻	zhang	ㄓㄤ	米部	【米部】8畫		無	無	無	無	鉉7上-10
糧(粮，粻通段)	liangˊ	ㄌㄧㄤˊ	米部	【米部】8畫		333	336	段7上-63	鍇13-25	鉉7上-10
張(脹瘬述及，漲、痕、粻、餦通段)	zhang	ㄓㄤ	弓部	【弓部】8畫		640	646	段12下-58	鍇24-19	鉉12下-9
糂(糣、糝、糁，餷、餚、粽通段)	shen	ㄕㄣ	米部	【米部】8畫		332	335	段7上-61	鍇13-25	鉉7上-10

篆本字(古文、金文、籀文、俗字，通叚、金石)	拼音	注音	說文部首	康熙部首	筆畫	一般頁碼	洪葉頁碼	段注篇章	徐鍇通釋篇章	徐鉉藤花榭篇章
粼(粼瓦、磷、粦邑通叚)	lin ˊ	ㄌㄧㄣˊ	巜部	【米部】	8畫	568	574	段11下-3	鍇22-1	鉉11下-1
鬻(粥、鬻，粥、餰通叚)	yu ˋ	ㄩˋ	䰜部	【鬲部】	8畫	112	113	段3下-11	鍇6-6	鉉3下-2
粊(粊、棐、粸)	bi ˋ	ㄅㄧˋ	米部	【米部】	8畫	331	334	段7上-60	鍇13-25	鉉7上-10
糗(糰通叚)	qiu ˇ	ㄑㄧㄡˇ	米部	【米部】	8畫	332	335	段7上-62	鍇13-25	鉉7上-10
粻(粽)	quan ˇ	ㄑㄩㄢˇ	米部	【米部】	8畫	333	336	段7上-64	鍇13-26	鉉7上-10
粹(睟、晬通叚)	cui ˋ	ㄘㄨㄟˋ	米部	【米部】	8畫	333	336	段7上-63	鍇13-25	鉉7上-10
粺	bai ˋ	ㄅㄞˋ	米部	【米部】	8畫	331	334	段7上-59	鍇13-24	鉉7上-10
精(睛、暒姓qingˊ述及，鯖、鶄、鶺从即、鵜、鶄通叚)	jing	ㄐㄧㄥ	米部	【米部】	8畫	331	334	段7上-59	鍇13-24	鉉7上-9
姓(晴、暒、精)	qing ˊ	ㄑㄧㄥˊ	夕部	【夕部】	8畫	315	318	段7上-28	鍇13-11	鉉7上-5
糂(糣、糝、粽，餕、餛、粽通叚)	shen	ㄕㄣ	米部	【米部】	9畫	332	335	段7上-61	鍇13-25	鉉7上-10
糉	zong ˋ	ㄗㄨㄥˋ	米部	【米部】	9畫	無	無	無	無	鉉7上-10
稯(稅、緵，穗、糉通叚)	zong	ㄗㄨㄥ	禾部	【禾部】	9畫	327	330	段7上-52	鍇13-22	鉉7上-9
㮚(䴽从卤、粟)	su ˋ	ㄙㄨˋ	卤部	【米部】	9畫	317	320	段7上-32	鍇13-13	鉉7上-6
糈(稰通叚)	xu ˇ	ㄒㄩˇ	米部	【米部】	9畫	333	336	段7上-63	鍇13-25	鉉7上-10
禑(糈)	xu ˇ	ㄒㄩˇ	示部	【示部】	9畫	7	7	段1上-14	鍇1-7	鉉1上-2
飷(粈、糅)	niu ˋ	ㄋㄧㄡˋ	食部	【食部】	9畫	220	222	段5下-10	鍇10-4	鉉5下-2
粈(飷、糅)	rou ˊ	ㄖㄡˊ	米部	【米部】	9畫	333	336	段7上-63	鍇13-25	鉉7上-10
黏(粘、糊，麴通叚)	hu ˊ	ㄏㄨˊ	黍部	【黍部】	9畫	330	333	段7上-57	鍇13-23	鉉7上-9
餬(糊、醐、餂通叚)	hu ˊ	ㄏㄨˊ	食部	【食部】	9畫	221	223	段5下-12	鍇10-5	鉉5下-2
滫(瀡、糔通叚)	xiu ˇ	ㄒㄧㄡˇ	水部	【水部】	9畫	562	567	段11上貳-33	鍇21-23	鉉11上-8
餱(餱，糇通叚)	hou ˊ	ㄏㄡˊ	食部	【食部】	9畫	219	221	段5下-8	鍇10-4	鉉5下-2

篆本字(古文、金文、籀文、俗字,通段、金石)	拼音	注音	說文部首	康熙部首	筆畫	一般頁碼	洪葉頁碼	段注篇章	徐鍇通釋篇章	徐鉉藤花榭篇章
爤(爛、爁,糷、粲通段)	lan ˋ	ㄌㄢˋ	火部	【火部】9畫	483	487	段10上-46	鍇19-16	鉉10上-8
糗(糑通段)	qiu ˇ	ㄑㄧㄡˇ	米部	【米部】10畫	332	335	段7上-62	鍇13-25	鉉7上-10
糒(糒,𥹍通段)	bei ˋ	ㄅㄟˋ	米部	【米部】10畫	332	335	段7上-62	鍇13-25	鉉7上-10
膏(糕、餻通段)	gao	ㄍㄠ	肉部	【肉部】10畫	169	171	段4下-23	鍇8-9	鉉4下-4
糖	tang ˊ	ㄊㄤˊ	米部	【米部】10畫	無	無	無	無	鉉7上-10
餳(糖、餹)	xing ˊ	ㄒㄧㄥˊ	倉部	【食部】10畫	218	221	段5下-7	鍇10-4	鉉5下-2
粲(殺,撒通段)	sa ˋ	ㄙㄚˋ	米部	【米部】10畫	333	336	段7上-64	鍇13-26	鉉7上-10
妝(粧,糚、婞、粧通段)	zhuang	ㄓㄨㄤ	女部	【女部】11畫	622	628	段12下-21	鍇24-7	鉉12下-3
莊(牂、壯、庄俗,糚通段)	zhuang	ㄓㄨㄤ	艸部	【艸部】11畫	22	22	段1下-2	鍇2-2	鉉1下-1
穅段改从康(康、康、糠,𪎭、瓶通段)	kang	ㄎㄤ	禾部	【禾部】11畫	324	327	段7上-46	鍇13-20	鉉7上-8
氣(气既述及、槩、餼)	qi ˋ	ㄑㄧˋ	米部	【气部】11畫	333	336	段7上-63	鍇13-25	鉉7上-10
緤	xie ˋ	ㄒㄧㄝˋ	米部	【米部】11畫	333	336	段7上-64	鍇13-26	鉉7上-10
糒(糒,𥹍通段)	bei ˋ	ㄅㄟˋ	米部	【米部】11畫	332	335	段7上-62	鍇13-25	鉉7上-10
麋(麞通段)	mi ˊ	ㄇㄧˊ	米部	【米部】11畫	332	335	段7上-61	鍇13-25	鉉7上-10
爢(麋)	mi ˊ	ㄇㄧˊ	火部	【火部】11畫	483	487	段10上-46	鍇19-16	鉉10上-8
糟(糟、醩、蒥,醨通段)	zao	ㄗㄠ	米部	【米部】11畫	332	335	段7上-62	鍇13-25	鉉7上-10
轟(冀,撰通段)	fen ˋ	ㄈㄣˋ	華部	【米部】11畫	158	160	段4下-1	鍇8-1	鉉4下-1
坴(冀、撰)	fen ˋ	ㄈㄣˋ	土部	【土部】11畫	687	693	段13下-26	鍇26-4	鉉13下-4
糂(糝、糁、粓,餂、餁、粽通段)	shen	ㄕㄣ	米部	【米部】12畫	332	335	段7上-61	鍇13-25	鉉7上-10
糰	tan ˊ	ㄊㄢˊ	米部	【米部】12畫	332	335	段7上-62	鍇13-25	鉉7上-10
糧(粮,粻通段)	liang ˊ	ㄌㄧㄤˊ	米部	【米部】12畫	333	336	段7上-63	鍇13-25	鉉7上-10
糕(穛、稻)	zhuo	ㄓㄨㄛ	米部	【米部】12畫	330	333	段7上-58	鍇13-24	鉉7上-9
糲(糲、蠆)	li ˋ	ㄌㄧˋ	米部	【米部】12畫	331	334	段7上-59	鍇13-24	鉉7上-9
饎(鱷、糦、餽)	xi	ㄒㄧ	倉部	【食部】12畫	219	222	段5下-9	鍇10-4	鉉5下-2

篆本字(古文、金文、籀文、俗字，通段、金石)	拼音	注音	說文部首	康熙部首	筆畫	一般頁碼	洪葉頁碼	段注篇章	徐鍇通釋篇章	徐鉉藤花榭篇章
檗	bo´	ㄅㄛˊ	米部	【米部】	13畫	332	335	段7上-61	錯13-25	鉉7上-10
饘(餰通段)	zhan	ㄓㄢ	倉部	【食部】	13畫	219	221	段5下-8	錯10-4	鉉5下-2
釋米部(釋段借字也，醳通段)	shi`	ㄕˋ	米部	【米部】	13畫	332	335	段7上-61	錯13-25	鉉7上-10
贛(幹，憨通段)	gan`	ㄍㄢˋ	艸部	【艸部】	13畫	29	30	段1下-17	錯2-9	鉉1下-3
稬(糯通段)	nuo	ㄋㄨㄛˋ	禾部	【禾部】	14畫	322	325	段7上-42	錯13-18	鉉7上-7
糲(糲、糲)	li`	ㄌㄧˋ	米部	【米部】	14畫	331	334	段7上-59	錯13-24	鉉7上-9
糴	di´	ㄉㄧ	米部	【米部】	14畫	333	336	段7上-63	錯13-25	鉉7上-10
糢(麩)	mo`	ㄇㄛˋ	米部	【米部】	15畫	333	336	段7上-63	錯13-25	鉉7上-10
糴	di´	ㄉㄧˊ	入部	【米部】	16畫	224	226	段5下-18	錯10-7	鉉5下-3
糵	nie`	ㄋㄧㄝˋ	米部	【米部】	16畫	331	334	段7上-60	錯13-25	鉉7上-10
籔(籭、籬从鹵)	chuan`	ㄔㄨㄢˋ	攴部	【攴部】	17畫	126	127	段3下-40	錯6-20	鉉3下-9
釀(釀通段)	niang`	ㄋㄧㄤˋ	酉部	【酉部】	17畫	747	754	段14下-34	錯28-17	鉉14下-8
糶	tiao`	ㄊㄧㄠˋ	出部	【米部】	18畫	273	275	段6下-2	錯12-3	鉉6下-1
纚(麛)	mi´	ㄇㄧˊ	米部	【米部】	19畫	333	336	段7上-64	錯13-26	鉉7上-10
糟(糟、醬、酒，醩通段)	zao	ㄗㄠ	米部	【米部】	20畫	332	335	段7上-62	錯13-25	鉉7上-10
籔(籭、籬从鹵)	chuan`	ㄔㄨㄢˋ	攴部	【攴部】	20畫	126	127	段3下-40	錯6-20	鉉3下-9
爛(爛、爤，糷、粿通段)	lan`	ㄌㄢˋ	火部	【火部】	20畫	483	487	段10上-46	錯19-16	鉉10上-8
韲从米韋(韲、齏、擎)	jiu	ㄐㄧㄡ	韋部	【韋部】	21畫	236	238	段5下-41	錯10-17	鉉5下-8
糳(鑿)	zuo`	ㄗㄨㄛˋ	毇部	【米部】	21畫	334	337	段7上-65	錯13-26	鉉7上-10
櫐(蘽从鹵、粟)	su`	ㄙㄨˋ	鹵部	【米部】	27畫	317	320	段7上-32	錯13-13	鉉7上-6
【糸(mi`)部】	mi`	ㄇㄧˋ	糸部			643	650	段13上-1	錯25-1	鉉13上-1
糸(糹)	mi`	ㄇㄧˋ	糸部	【糸部】		643	650	段13上-1	錯25-1	鉉13上-1
系(繫从處、絲、係、繫、毄)	xi`	ㄒㄧˋ	糸部	【糸部】		642	648	段12下-62	錯24-20	鉉12下-10
係(毄、繫、系述及)	xi`	ㄒㄧˋ	人部	【人部】		381	385	段8上-34	錯15-11	鉉8上-4
繫(系)	xi`	ㄒㄧˋ	糸部	【糸部】		659	666	段13上-33	錯25-7	鉉13上-4
彖(系，猭、腞通段)	tuan`	ㄊㄨㄢˋ	彑部	【彑部】		456	461	段9下-39	錯18-14	鉉9下-6

篆本字(古文、金文、籀文、俗字，通叚、金石)	拼音	注音	說文部首	康熙部首	筆畫	一般頁碼	洪葉頁碼	段注篇章	徐鍇通釋篇章	徐鉉藤花榭篇章
紏(繆綸述及、甌簋gui˘述及，糺通叚)	jiu	ㄐㄧㄡ	丩部	【糸部】	2畫	88	89	段3上-5	錯5-3	鉉3上-2
絿(紌通叚)	qiu´	ㄑㄧㄡ´	糸部	【糸部】	2畫	647	654	段13上-9	錯25-3	鉉13上-2
弥(弦、絃，紒、舷通叚)	xian´	ㄒㄧㄢ´	弦部	【弓部】	3畫	642	648	段12下-61	錯24-20	鉉12下-10
紀	ji`	ㄐㄧ`	糸部	【糸部】	3畫	645	651	段13上-4	錯25-2	鉉13上-1
紂	zhou`	ㄓㄡ`	糸部	【糸部】	3畫	658	665	段13上-31	錯25-7	鉉13上-4
紃	xun´	ㄒㄩㄣ´	糸部	【糸部】	3畫	655	661	段13上-24	錯25-6	鉉13上-3
約	yue	ㄩㄝ	糸部	【糸部】	3畫	647	653	段13上-8	錯25-2	鉉13上-2
紅(葒、鴻通叚)	hong´	ㄏㄨㄥ´	糸部	【糸部】	3畫	651	657	段13上-16	錯25-4	鉉13上-3
粠(紅，粎通叚)	hong´	ㄏㄨㄥ´	米部	【米部】	3畫	333	336	段7上-64	錯13-25	鉉7上-10
紆(汙)	yu	ㄩ	糸部	【糸部】	3畫	646	652	段13上-6	錯25-2	鉉13上-1
紇	he´	ㄏㄜ´	糸部	【糸部】	3畫	644	650	段13上-2	錯25-1	鉉13上-1
紈	wan´	ㄨㄢ´	糸部	【糸部】	3畫	648	654	段13上-10	錯25-3	鉉13上-2
紉(韌通叚)	ren`	ㄖㄣ`	糸部	【糸部】	3畫	657	663	段13上-28	錯25-6	鉉13上-4
緇(紂、純、滓述及)	zi	ㄗ	糸部	【糸部】	3畫	651	658	段13上-17	錯25-4	鉉13上-3
索(索，摗通叚)	suo˘	ㄙㄨㄛˇ	宋部	【糸部】	4畫	273	276	段6下-3	錯12-3	鉉6下-2
索(索)	suo˘	ㄙㄨㄛˇ	宀部	【宀部】	4畫	341	345	段7下-13	錯14-6	鉉7下-3
緪(綆，絚通叚)	geng˘	ㄍㄥˇ	糸部	【糸部】	4畫	659	665	段13上-32	錯25-7	鉉13上-4
姒(歈通叚)	you	ㄧㄡ	欠部	【欠部】	4畫	413	418	段8下-25	錯16-17	鉉8下-5
統(髧鬆述及，忧、統、衴通叚)	dan˘	ㄉㄢˇ	糸部	【糸部】	4畫	652	659	段13上-19	錯25-5	鉉13上-3
文(紋、彣)	wen´	ㄨㄣ´	文部	【文部】	4畫	425	429	段9上-20	錯17-7	鉉9上-4
彣(文，紋通叚)	wen´	ㄨㄣ´	彣部	【彡部】	4畫	425	429	段9上-20	錯17-7	鉉9上-4
緬(絻通叚)	mian˘	ㄇㄧㄢˇ	糸部	【糸部】	4畫	643	650	段13上-1	錯25-1	鉉13上-1
絞(綏、鉸通叚)	jiao˘	ㄐㄧㄠˇ	交部	【糸部】	4畫	495	499	段10下-10	錯20-3	鉉10下-2
貟(絹)	yun´	ㄩㄣ´	員部	【貝部】	4畫	279	281	段6下-14	錯12-9	鉉6下-4
絴	hua`	ㄏㄨㄚ`	糸部	【糸部】	4畫	661	668	段13上-37	錯25-8	鉉13上-5
紊	wen`	ㄨㄣ`	糸部	【糸部】	4畫	646	653	段13上-7	錯25-2	鉉13上-2
納(內，衲通叚)	na`	ㄋㄚ`	糸部	【糸部】	4畫	645	652	段13上-5	錯25-2	鉉13上-1
內(納，枘通叚)	nei`	ㄋㄟ`	入部	【入部】	4畫	224	226	段5下-18	錯10-7	鉉5下-3

篆本字(古文、金文、籀文、俗字，通叚、金石)	拼音	注音	說文部首	康熙部首	筆畫	一般頁碼	洪葉頁碼	段注篇章	徐鍇通釋篇章	徐鉉藤花榭篇章
紐(杻檿yi`述及)	niu˘	ㄋㄧㄡˇ	糸部	【糸部】4畫		654	660	段13上-22	鍇25-5	鉉13上-3
紑	fou´	ㄈㄡˊ	糸部	【糸部】4畫		652	658	段13上-18	鍇25-4	鉉13上-3
紓(舒)	shu	ㄕㄨ	糸部	【糸部】4畫		646	652	段13上-6	鍇25-2	鉉13上-1
舒(紓)	shu	ㄕㄨ	予部	【舌部】4畫		160	162	段4下-5	鍇8-3	鉉4下-2
抒(紓)	shu	ㄕㄨ	手部	【手部】4畫		604	610	段12上-42	鍇23-13	鉉12上-7
紾(綯，繡通叚)	zhen`	ㄓㄣˋ	糸部	【糸部】4畫		658	665	段13上-31	鍇25-7	鉉13上-4
級	ji´	ㄐㄧˊ	糸部	【糸部】4畫		646	653	段13上-7	鍇25-2	鉉13上-2
紛	fen	ㄈㄣ	糸部	【糸部】4畫		658	664	段13上-30	鍇25-7	鉉13上-4
鬮从豩bin(紛)	fen	ㄈㄣ	鬥部	【鬥部】4畫		114	115	段3下-16	鍇6-9	鉉3下-3
棼(叚借爲紛亂字)	fen´	ㄈㄣˊ	林部	【木部】4畫		272	274	段6上-68	鍇11-31	鉉6上-9
純(醇，忳、稕通叚)	chun´	ㄔㄨㄣˊ	糸部	【糸部】4畫		643	650	段13上-1	鍇25-1	鉉13上-1
醇(醇、純，酏通叚)	chun´	ㄔㄨㄣˊ	酉部	【酉部】4畫		748	755	段14下-35	鍇28-17	鉉14下-8
臺(臺、純、醇)	chun´	ㄔㄨㄣˊ	言部	【羊部】4畫		229	232	段5下-29	鍇10-11	鉉5下-5
潡(淳、純、醇)	chun´	ㄔㄨㄣˊ	水部	【水部】4畫		564	569	段11上貳-37	鍇21-24	鉉11上-9
緣(純，櫞、褖通叚)	yuan´	ㄩㄢˊ	糸部	【糸部】4畫		654	661	段13上-23	鍇25-5	鉉13上-3
肫(準、腨、忳、純)	zhun	ㄓㄨㄣ	肉部	【肉部】4畫		167	169	段4下-20	鍇8-8	鉉4下-4
緇(紂、純、滓述及)	zi	ㄗ	糸部	【糸部】4畫		651	658	段13上-17	鍇25-4	鉉13上-3
紕(毞，縪通叚)	bi˘	ㄅㄧˇ	糸部	【糸部】4畫		662	668	段13上-38	鍇25-8	鉉13上-5
紘(紭，竑通叚)	hong´	ㄏㄨㄥˊ	糸部	【糸部】4畫		652	659	段13上-19	鍇25-5	鉉13上-3
紙(帋通叚)	zhi˘	ㄓˇ	糸部	【糸部】4畫		659	666	段13上-33	鍇25-7	鉉13上-4
紝(絍，鵀通叚)	ren`	ㄖㄣˋ	糸部	【糸部】4畫		644	651	段13上-3	鍇25-1	鉉13上-1
絢(約、繘)	xuan`	ㄒㄩㄢˋ	糸部	【糸部】4畫		649	655	段13上-12	鍇25-4	鉉13上-2
紞(髧鬖述及，伔、紞、祝通叚)	dan˘	ㄉㄢˇ	糸部	【糸部】4畫		652	659	段13上-19	鍇25-5	鉉13上-3
紟(縉、繪、衿、禁、襟)	jin	ㄐㄧㄣ	糸部	【糸部】4畫		654	661	段13上-23	鍇25-5	鉉13上-3

篆本字（古文、金文、籀文、俗字，通叚、金石）	拼音	注音	說文部首	康熙部首	筆畫	一般頁碼	洪葉頁碼	段注篇章	徐鍇通釋篇章	徐鉉藤花榭篇章
紡(綁通叚)	fang	ㄈㄤˇ	糸部	【糸部】4畫		645	652	段13上-5	鍇25-2	鉉13上-1
沙(沁，垈、砂、砂、紗、裟、魦通叚)	sha	ㄕㄚ	水部	【水部】4畫		552	557	段11上貳-14	鍇21-17	鉉11上-6
紒(髻、紛，帉、鬏通叚)	jie`	ㄐㄧㄝˋ	髟部	【髟部】4畫		427	432	段9上-25	鍇17-8	鉉9上-4
結(紛、髻，鵠通叚)	jie´	ㄐㄧㄝˊ	糸部	【糸部】4畫		647	653	段13上-8	鍇25-3	鉉13上-2
繀(素，嗉、愫通叚)	su`	ㄙㄨˋ	素部	【糸部】4畫		662	669	段13上-39	鍇25-9	鉉13上-5
絫(縲、累、纍，纝通叚)	lei	ㄌㄟˇ	厽部	【糸部】5畫		737	744	段14下-13	鍇28-5	鉉14下-3
纍(累俗)	lei´	ㄌㄟˊ	糸部	【糸部】5畫		656	663	段13上-27	鍇25-6	鉉13上-4
紘(紭，翃通叚)	hong´	ㄏㄨㄥˊ	糸部	【糸部】5畫		652	659	段13上-19	鍇25-5	鉉13上-3
市fu´非市shi`(韍、紱、黻、芾、茀、沛)	fu´	ㄈㄨˊ	市部	【巾部】5畫		362	366	段7下-55	鍇14-24	鉉7下-9
弬(弦、絃，紃、舷通叚)	xian´	ㄒㄧㄢˊ	弦部	【弓部】5畫		642	648	段12下-61	鍇24-20	鉉12下-10
佗(他、駝、馱，紽、駞、鮀通叚)	tuo´	ㄊㄨㄛˊ	人部	【人部】5畫		371	375	段8上-13	鍇15-5	鉉8上-2
絮(袽、袈通叚)	ru´	ㄖㄨˊ	糸部	【糸部】5畫		661	668	段13上-37	鍇25-7	鉉13上-5
冤(宛、絤繙述及，寃通叚)	yuan	ㄩㄢ	兔部	【宀部】5畫		472	477	段10上-25	鍇19-8	鉉10上-4
絕	jue´	ㄐㄩㄝˊ	糸部	【糸部】5畫		656	662	段13上-26	鍇25-6	鉉13上-3
紙	zheng	ㄓㄥ	糸部	【糸部】5畫		658	664	段13上-30	鍇25-7	鉉13上-4
組(綻)	zhan`	ㄓㄢˋ	糸部	【糸部】5畫		656	662	段13上-26	鍇25-6	鉉13上-3
絨	yue`	ㄩㄝˋ	糸部	【糸部】5畫		655	661	段13上-24	鍇25-5	鉉13上-3
紨	fu	ㄈㄨ	糸部	【糸部】5畫		660	666	段13上-34	鍇25-8	鉉13上-4
紩(鉄通叚，非今鐵之簡體)	zhi`	ㄓˋ	糸部	【糸部】5畫		656	662	段13上-26	鍇25-6	鉉13上-3
紬(抽)	chou´	ㄔㄡˊ	糸部	【糸部】5畫		648	655	段13上-11	鍇25-3	鉉13上-2
細(泚)	xi`	ㄒㄧˋ	糸部	【糸部】5畫		646	653	段13上-7	鍇25-2	鉉13上-2

篆本字(古文、金文、籀文、俗字，通段、金石)	拼音	注音	說文部首	康熙部首	筆畫	一般頁碼	洪葉頁碼	段注篇章	徐鍇通釋篇章	徐鉉藤花榭篇章
洶(細)	xi `	ㄒㄧˋ	水部	【水部】	5畫	533	538	段11上壹-36	鍇21-10	鉉11上-2
緤(緤，緳、鞢通段)	xie `	ㄒㄧㄝˋ	糸部	【糸部】	5畫	658	665	段13上-31	鍇25-7	鉉13上-4
紳	shen	ㄕㄣ	糸部	【糸部】	5畫	653	659	段13上-20	鍇25-5	鉉13上-3
緷	bo	ㄅㄛ	糸部	【糸部】	5畫	655	661	段13上-24	鍇25-5	鉉13上-3
絑(縛、褚，苧、秷通段)	zhu `	ㄓㄨˋ	糸部	【糸部】	5畫	660	667	段13上-35	鍇25-8	鉉13上-4
覍(覓、覐、弁、卞，絣通段)	bian `	ㄅㄧㄢˋ	兒部	【小部】	5畫	406	410	段8下-10	鍇16-12	鉉8下-2
紹(綤，繠通段)	shao `	ㄕㄠˋ	糸部	【糸部】	5畫	646	652	段13上-6	鍇25-2	鉉13上-1
紺(緂通段)	gan `	ㄍㄢˋ	糸部	【糸部】	5畫	651	657	段13上-16	鍇25-4	鉉13上-3
襜(裧、幨，紳、裇、袥通段)	chan	ㄔㄢ	衣部	【衣部】	5畫	392	396	段8上-56	鍇16-3	鉉8上-8
紻	yang	ㄧㄤ	糸部	【糸部】	5畫	653	659	段13上-20	鍇25-5	鉉13上-3
紼(綍通段)	fu ´	ㄈㄨˊ	糸部	【糸部】	5畫	662	668	段13上-38	鍇25-8	鉉13上-5
紾(抮、軫)	zhen ˇ	ㄓㄣˇ	糸部	【糸部】	5畫	647	653	段13上-8	鍇25-3	鉉13上-2
紿	dai `	ㄉㄞˋ	糸部	【糸部】	5畫	645	652	段13上-5	鍇25-2	鉉13上-1
絀(黜)	chu `	ㄔㄨˋ	糸部	【糸部】	5畫	650	656	段13上-14	鍇25-4	鉉13上-2
黜(絀、詘)	chu `	ㄔㄨˋ	黑部	【黑部】	5畫	489	493	段10上-58	鍇19-19	鉉10上-10
終(終、夅、冬，蔠通段)	zhong	ㄓㄨㄥ	糸部	【糸部】	5畫	647	654	段13上-9	鍇25-3	鉉13上-2
汶(終，冬通段)	zhong	ㄓㄨㄥ	水部	【水部】	5畫	544	549	段11上壹-58	鍇21-13	鉉11上-4
組	zu ˇ	ㄗㄨˇ	糸部	【糸部】	5畫	653	660	段13上-21	鍇25-5	鉉13上-3
絅(褧，穎通段)	jiong ˇ	ㄐㄩㄥˇ	糸部	【糸部】	5畫	647	654	段13上-9	鍇25-3	鉉13上-2
褧(絅、穎)	jiong ˇ	ㄐㄩㄥˇ	衣部	【衣部】	5畫	391	395	段8上-54	鍇16-2	鉉8上-8
絆(靽通段)	ban `	ㄅㄢˋ	糸部	【糸部】	5畫	658	665	段13上-31	鍇25-7	鉉13上-4
絇(句)	qu ´	ㄑㄩˊ	糸部	【糸部】	5畫	657	664	段13上-29	鍇25-6	鉉13上-4
紙	di	ㄉㄧ	糸部	【糸部】	5畫	644	650	段13上-2	鍇25-1	鉉13上-1
紫(茈)	zi ˇ	ㄗˇ	糸部	【糸部】	5畫	651	657	段13上-16	鍇25-4	鉉13上-3
茈(紫)	zi ˇ	ㄗˇ	艸部	【艸部】	5畫	30	31	段1下-19	鍇2-9	鉉1下-3
絁(絁)	shi	ㄕ	糸部	【糸部】	5畫	648	655	段13上-11	鍇25-3	鉉13上-2

篆本字(古文、金文、籀文、俗字，通叚、金石)	拼音	注音	說文部首	康熙部首	筆畫	一般頁碼	洪葉頁碼	段注篇章	徐鍇通釋篇章	徐鉉藤花榭篇章
注(註，疰、絓、軴通叚)	zhuˋ	ㄓㄨˋ	水部	【水部】	5畫	555	560	段11上貳-19	鍇21-19	鉉11上-6
絫(縲、累、纍，纝通叚)	leiˇ	ㄌㄟˇ	厽部	【糸部】	6畫	737	744	段14下-13	鍇28-5	鉉14下-3
絞(絞、鉸通叚)	jiaoˇ	ㄐㄧㄠˇ	交部	【糸部】	6畫	495	499	段10下-10	鍇20-3	鉉10下-2
紝(絍，鵀通叚)	renˋ	ㄖㄣˋ	糸部	【糸部】	6畫	644	651	段13上-3	鍇25-1	鉉13上-1
紡(綁通叚)	fangˇ	ㄈㄤˇ	糸部	【糸部】	6畫	645	652	段13上-5	鍇25-2	鉉13上-1
結(紒、髻，詯通叚)	jïeˊ	ㄐㄧㄝˊ	糸部	【糸部】	6畫	647	653	段13上-8	鍇25-3	鉉13上-2
統	tongˇ	ㄊㄨㄥˇ	糸部	【糸部】	6畫	645	651	段13上-4	鍇25-2	鉉13上-1
絲(𦈌通叚)	miˊ	ㄇㄧˊ	糸部	【糸部】	6畫	649	656	段13上-13	鍇25-4	鉉13上-2
絑(朱)	zhu	ㄓㄨ	糸部	【糸部】	6畫	650	656	段13上-14	鍇25-4	鉉13上-2
朱(絑，侏通叚)	zhu	ㄓㄨ	木部	【木部】	6畫	248	251	段6上-21	鍇11-9	鉉6上-3
絓(罣、袿、褂通叚)	guaˋ	ㄍㄨㄚˋ	糸部	【糸部】	6畫	644	650	段13上-2	鍇25-1	鉉13上-1
絙(綄通叚)	huanˊ	ㄏㄨㄢˊ	糸部	【糸部】	6畫	654	661	段13上-23	鍇25-5	鉉13上-3
絕(𢇍)	jueˊ	ㄐㄩㄝˊ	糸部	【糸部】	6畫	645	652	段13上-5	鍇25-2	鉉13上-1
絘(𦃓)	ciˋ	ㄘˋ	糸部	【糸部】	6畫	660	666	段13上-34	鍇25-8	鉉13上-4
絚(緪、恆)	geng	ㄍㄥ	糸部	【糸部】	6畫	659	665	段13上-32	鍇25-7	鉉13上-4
絜(潔，挈、擦、揳通叚)	jïeˊ	ㄐㄧㄝˊ	糸部	【糸部】	6畫	661	668	段13上-37	鍇25-8	鉉13上-5
絝(袴，褲通叚)	kuˋ	ㄎㄨˋ	糸部	【糸部】	6畫	654	661	段13上-23	鍇25-5	鉉13上-3
絢(約、縞)	xuanˋ	ㄒㄩㄢˋ	糸部	【糸部】	6畫	649	655	段13上-12	鍇25-4	鉉13上-2
紱(茯、鞴，韍、韛通叚)	fuˊ	ㄈㄨˊ	糸部	【糸部】	6畫	658	664	段13上-30	鍇25-7	鉉13上-4
絟(荃)	quanˊ	ㄑㄩㄢˊ	糸部	【糸部】	6畫	660	667	段13上-35	鍇25-8	鉉13上-4
絠	gaiˇ	ㄍㄞˇ	糸部	【糸部】	6畫	659	665	段13上-32	鍇25-7	鉉13上-4
絡(落，縈通叚)	luoˋ	ㄌㄨㄛˋ	糸部	【糸部】	6畫	659	666	段13上-33	鍇25-7	鉉13上-4
落(絡，殆通叚)	luoˋ	ㄌㄨㄛˋ	艸部	【艸部】	9畫	40	40	段1下-38	鍇2-18	鉉1下-6
箬(絡、落)	luoˋ	ㄌㄨㄛˋ	竹部	【竹部】	6畫	193	195	段5上-9	鍇9-4	鉉5上-2
絣	beng	ㄅㄥ	糸部	【糸部】	6畫	662	668	段13上-38	鍇25-8	鉉13上-5
給(jiˇ)	geiˇ	ㄍㄟˇ	糸部	【糸部】	6畫	647	654	段13上-9	鍇25-3	鉉13上-2
絩	tiaoˋ	ㄊㄧㄠˋ	糸部	【糸部】	6畫	648	654	段13上-10	鍇25-3	鉉13上-2
絬(褻)	xieˋ	ㄒㄧㄝˋ	糸部	【糸部】	6畫	656	663	段13上-27	鍇25-6	鉉13上-4

篆本字(古文、金文、籀文、俗字，通段、金石)	拼音	注音	說文部首	康熙部首	筆畫	一般頁碼	洪葉頁碼	段注篇章	徐鍇通釋篇章	徐鉉藤花榭篇章
絭(卷、帣，綣通段)	juan ˋ	ㄐㄩㄢˋ	糸部	【糸部】	6畫	657	664	段13上-29	鍇25-6	鉉13上-4
帣(絭)	juan ˋ	ㄐㄩㄢˋ	巾部	【巾部】	6畫	360	364	段7下-51	鍇14-22	鉉7下-9
絮	xu ˋ	ㄒㄩˋ	糸部	【糸部】	6畫	659	665	段13上-32	鍇25-7	鉉13上-4
絰	die ˊ	ㄉㄧㄝˊ	糸部	【糸部】	6畫	661	667	段13上-36	鍇25-8	鉉13上-5
絳(袶通段)	jiang ˋ	ㄐㄧㄤˋ	糸部	【糸部】	6畫	650	656	段13上-14	鍇25-4	鉉13上-2
絖(幌)	huang	ㄏㄨㄤ	糸部	【糸部】	6畫	644	650	段13上-2	鍇25-1	鉉13上-1
幌(絖述及，幌通段)	huang	ㄏㄨㄤ	巾部	【巾部】	6畫	358	361	段7下-46	鍇14-21	鉉7下-8
絒	pai ˋ	ㄆㄞˋ	糸部	【糸部】	6畫	647	654	段13上-9	鍇25-3	鉉13上-2
紲(緤，絏、靾通段)	xie ˋ	ㄒㄧㄝˋ	糸部	【糸部】	6畫	658	665	段13上-31	鍇25-7	鉉13上-4
斿(旒，統通段)	you ˊ	ㄧㄡˊ	㫃部	【方部】	6畫	311	314	段7上-19	鍇13-6	鉉7上-3
游(逕、遊、斿、旒、圝𡆥e ˊ 述及，蝣、統通段)	you ˊ	ㄧㄡˊ	㫃部	【水部】	6畫	311	314	段7上-19	鍇13-7	鉉7上-3
該(餧，絯、餩通段)	gai	ㄍㄞ	言部	【言部】	6畫	101	102	段3上-31	鍇5-16	鉉3上-6
茵(鞇，絪、裀通段)	yin	ㄧㄣ	艸部	【艸部】	6畫	44	44	段1下-46	鍇2-21	鉉1下-8
綫(線，絤通段)	xian ˋ	ㄒㄧㄢˋ	糸部	【糸部】	6畫	656	662	段13上-26	鍇25-6	鉉13上-3
襛(禯，穠、繷、絨、䵜通段)	nong ˊ	ㄋㄨㄥˊ	衣部	【衣部】	6畫	393	397	段8上-58	鍇16-4	鉉8上-8
弋(杙，芅、絏、鳶、黓通段)	yi ˋ	ㄧˋ	厂部	【弋部】	6畫	627	633	段12下-32	鍇24-11	鉉12下-5
縻(絼)	mi ˊ	ㄇㄧˊ	糸部	【糸部】	6畫	658	665	段13上-31	鍇25-7	鉉13上-4
纊(絖)	kuang ˋ	ㄎㄨㄤˋ	糸部	【糸部】	6畫	659	666	段13上-33	鍇25-7	鉉13上-4
絲	si	ㄙ	絲部	【糸部】	6畫	663	669	段13上-40	鍇25-9	鉉13上-5
紹(綤，綤通段)	shao ˋ	ㄕㄠˋ	糸部	【糸部】	7畫	646	652	段13上-6	鍇25-2	鉉13上-1
緐(繁、緐)	fan ˊ	ㄈㄢˊ	糸部	【糸部】	7畫	658	664	段13上-30	鍇25-7	鉉13上-4
紕(毞，緋通段)	bi ˇ	ㄅㄧˇ	糸部	【糸部】	7畫	662	668	段13上-38	鍇25-8	鉉13上-5

篆本字(古文、金文、籀文、俗字,通叚、金石)	拼音	注音	說文部首	康熙部首	筆畫	一般頁碼	洪葉頁碼	段注篇章	徐鍇通釋篇章	徐鉉藤花榭篇章
紾(綹,縝通叚)	zhen`	ㄓㄣˋ	糸部	【糸部】7畫	658	665	段13上-31	鍇25-7	鉉13上-4
練	shu	ㄕㄨ	糸部	【糸部】7畫	無	無	無	無	鉉13上-5
疏(𤴕、䟽、蔬餥述及,疎、練通叚)	shu	ㄕㄨ	厹部	【疋部】7畫	744	751	段14下-28	鍇28-14	鉉14下-7
綃(宵、繡,幧、綤通叚)	xiao	ㄒㄧㄠ	糸部	【糸部】7畫	643	650	段13上-1	鍇25-1	鉉13上-1
延非延zheng(莚蔓man`延字多作莚,綖、蜒、蝘通叚)	yan´	ㄧㄢˊ	延部	【廴部】7畫	77	78	段2下-17	鍇4-10	鉉2下-4
緁(緀)	qin	ㄑㄧㄣ	糸部	【糸部】7畫	655	662	段13上-25	鍇25-6	鉉13上-3
組(綄通叚)	huan´	ㄏㄨㄢˊ	糸部	【糸部】7畫	654	661	段13上-23	鍇25-5	鉉13上-3
繯(綄通叚)	huan´	ㄏㄨㄢˊ	糸部	【糸部】7畫	647	653	段13上-8	鍇25-3	鉉13上-2
綈(ti´)	ti`	ㄊㄧˋ	糸部	【糸部】7畫	648	655	段13上-11	鍇25-3	鉉13上-2
紼(綍通叚)	fu´	ㄈㄨˊ	糸部	【糸部】7畫	662	668	段13上-38	鍇25-8	鉉13上-5
彞	yue`	ㄩㄝˋ	素部	【糸部】7畫	662	669	段13上-39	鍇25-9	鉉13上-5
絭	ju´	ㄐㄩˊ	素部	【糸部】7畫	662	669	段13上-39	鍇25-9	鉉13上-5
綆(綆,絙通叚)	geng˘	ㄍㄥˇ	糸部	【糸部】7畫	659	665	段13上-32	鍇25-7	鉉13上-4
蠻从䜌人糸(絜)	bie`	ㄅㄧㄝˋ	糸部	【糸部】7畫	657	663	段13上-28	鍇25-6	鉉13上-4
絹(繯,罥通叚)	juan`	ㄐㄩㄢˋ	糸部	【糸部】7畫	649	656	段13上-13	鍇25-4	鉉13上-2
罠(罠、罥、絹,羂、羉通叚)	juan`	ㄐㄩㄢˋ	网部	【网部】7畫	355	358	段7下-40	鍇14-18	鉉7下-7
絺(郗、希繡述及)	chi	ㄔ	糸部	【糸部】7畫	660	666	段13上-34	鍇25-8	鉉13上-4
黹(希疑古文黹、絺)	zhi˘	ㄓˇ	黹部	【黹部】7畫	364	367	段7下-58	鍇14-25	鉉7下-10
郗(絺)	chi	ㄔ	邑部	【邑部】7畫	288	290	段6下-32	鍇12-16	鉉6下-6
綠(绹通叚)	qiu´	ㄑㄧㄡˊ	糸部	【糸部】7畫	647	654	段13上-9	鍇25-3	鉉13上-2
絏	xie´	ㄒㄧㄝˊ	糸部	【糸部】7畫	658	664	段13上-30	鍇25-7	鉉13上-4
綌(帠)	xi`	ㄒㄧˋ	糸部	【糸部】7畫	660	666	段13上-34	鍇25-8	鉉13上-4
綎	ting	ㄊㄧㄥ	糸部	【糸部】7畫	654	661	段13上-23	鍇25-5	鉉13上-3
綏(荾通叚)	sui	ㄙㄨㄟ	糸部	【糸部】7畫	662	668	段13上-38	鍇25-8	鉉13上-5
夊(綏)	sui	ㄙㄨㄟ	夊部	【夊部】7畫	232	235	段5下-35	鍇10-14	鉉5下-7

篆本字(古文、金文、籀文、俗字，通叚、金石)	拼音	注音	說文部首	康熙部首	筆畫	一般頁碼	洪葉頁碼	段注篇章	徐鍇通釋篇章	徐鉉藤花榭篇章
挼(隋、墮、綏、挪，捼、搓、抄通叚)	ruo´	ㄖㄨㄛˊ	手部	【手部】7畫	605	611	段12上-44	鍇23-14	鉉12上-7
緌(蕤、綏)	rui´	ㄖㄨㄟˊ	糸部	【糸部】7畫	653	659	段13上-20	鍇25-5	鉉13上-3
莙(綏，蕨、荺、菱、陵通叚)	jun`	ㄐㄩㄣˋ	艸部	【艸部】7畫	25	26	段1下-9	鍇2-5	鉉1下-2
經	jing	ㄐㄧㄥ	糸部	【糸部】7畫	644	650	段13上-2	鍇25-1	鉉13上-1
緊(緊，繁通叚)	jin˘	ㄐㄧㄣˇ	臤部	【糸部】7畫	118	119	段3下-23	鍇6-13	鉉3下-6
綖(綎)	ying´	ㄧㄥˊ	糸部	【糸部】7畫	646	652	段13上-6	鍇25-2	鉉13上-1
繒(綪，縡、嶒通叚)	zeng	ㄗㄥ	糸部	【糸部】7畫	648	654	段13上-10	鍇25-3	鉉13上-2
繭(視从彳見，璽通叚)	jian˘	ㄐㄧㄢˇ	糸部	【糸部】7畫	643	650	段13上-1	鍇25-1	鉉13上-1
緋	fei	ㄈㄟ	糸部	【糸部】8畫	無	無	無	無	鉉13上-5
非(緋通叚)	fei	ㄈㄟ	非部	【非部】8畫	583	588	段11下-32	鍇22-12	鉉11下-7
綣	quan˘	ㄑㄩㄢˇ	糸部	【糸部】8畫	無	無	無	無	鉉13上-5
紫(卷、帣，綣通叚)	juan	ㄐㄩㄢ	糸部	【糸部】8畫	657	664	段13上-29	鍇25-6	鉉13上-4
卷(袞、弓ㄐ述及，婘、埢、綣、菤通叚)	juan`	ㄐㄩㄢˋ	卩部	【卩部】8畫	431	435	段9上-32	鍇17-10	鉉9上-5
冕(絻)	mian˘	ㄇㄧㄢˇ	冃部	【冂部】8畫	354	357	段7下-38	鍇14-17	鉉7下-7
緅(爵)	zou	ㄗㄡ	糸部	【糸部】8畫	無	無	無	無	鉉13上-5
纔(緅=爵)	cai´	ㄘㄞˊ	糸部	【糸部】8畫	651	658	段13上-17	鍇25-4	鉉13上-3
紹(璽，繁通叚)	shao`	ㄕㄠˋ	糸部	【糸部】8畫	646	652	段13上-6	鍇25-2	鉉13上-1
裨(韠、埤，裨、綼、鶵通叚)	bi`	ㄅㄧˋ	衣部	【衣部】8畫	395	399	段8上-61	鍇16-5	鉉8上-9
忽(曶，惚、緫、笏通叚)	hu	ㄏㄨ	心部	【心部】8畫	510	514	段10下-40	鍇20-14	鉉10下-7
紟(繲、繪、衿、禁、襟)	jin	ㄐㄧㄣ	糸部	【糸部】8畫	654	661	段13上-23	鍇25-5	鉉13上-3
縩(綷，崒通叚)	zui`	ㄗㄨㄟˋ	帶部	【帶部】8畫	364	368	段7下-59	鍇14-25	鉉7下-10

篆本字(古文、金文、籀文、俗字，通段、金石)	拼音	注音	說文部首	康熙部首	筆畫	一般頁碼	洪葉頁碼	段注篇章	徐鍇通釋篇章	徐鉉藤花榭篇章
网(罔、䍏从糸凵、囚、网，網、惘、輞、輞通段)	wang	ㄨㄤˇ	网部	【网部】8畫	355	358	段7下-40	錯14-18	鉉7下-7
采(俗字手采作採、五采作彩，埰、寀、棌、綵、髮通段)	cai	ㄘㄞˇ	木部	【采部】8畫	268	270	段6上-60	錯11-27	鉉6上-7
鬑(厤，耗、練通段)	li	ㄌㄧˊ	聲部	【攴部】8畫	53	54	段2上-11	錯3-5	鉉2上-3
絛(帉、緃、綯通段)	tao	ㄊㄠ	糸部	【糸部】8畫	655	661	段13上-24	錯25-5	鉉13上-3
諄(諄、敦，忳、綧、訰通段)	zhun	ㄓㄨㄣ	言部	【言部】8畫	91	91	段3上-10	錯5-6	鉉3上-3
繘	yu	ㄩˋ	糸部	【糸部】8畫	649	656	段13上-13	錯25-4	鉉13上-2
絥	fu	ㄈㄨˋ	糸部	【糸部】8畫	659	666	段13上-33	錯25-7	鉉13上-4
絟	zheng	ㄓㄥ	糸部	【糸部】8畫	657	664	段13上-29	錯25-6	鉉13上-4
絭(韏)	ju	ㄐㄩˊ	糸部	【糸部】8畫	647	653	段13上-8	錯25-2	鉉13上-2
綜	zong	ㄗㄨㄥˋ	糸部	【糸部】8畫	644	651	段13上-3	錯25-1	鉉13上-1
綝(禁)	chen	ㄔㄣ	糸部	【糸部】8畫	647	654	段13上-9	錯25-3	鉉13上-2
禁(褧蓋古以綝chen爲禁字，今通段)	jin	ㄐㄧㄣˋ	示部	【示部】8畫	9	9	段1上-17	錯1-8	鉉1上-3
緄	li	ㄌㄧˋ	糸部	【糸部】8畫	652	658	段13上-18	錯25-4	鉉13上-3
綢(稠)	chou	ㄔㄡˊ	糸部	【糸部】8畫	661	668	段13上-37	錯25-8	鉉13上-5
稠(綢)	chou	ㄔㄡˊ	禾部	【禾部】8畫	321	324	段7上-40	錯13-17	鉉7上-7
髫(綢，髻、鬠从壽通段)	tiao	ㄊㄧㄠˊ	髟部	【髟部】8畫	426	431	段9上-23	錯17-8	鉉9上-4
綨(綦)	qi	ㄑㄧˊ	糸部	【糸部】8畫	651	657	段13上-16	錯25-4	鉉13上-3
騏(綦，騹通段)	qi	ㄑㄧˊ	馬部	【馬部】8畫	461	465	段10上-2	錯19-1	鉉10上-1
綪(蒨、茜，靗通段)	qian	ㄑㄧㄢˋ	糸部	【糸部】8畫	650	657	段13上-15	錯25-4	鉉13上-2

篆本字（古文、金文、籀文、俗字，通段、金石）	拼音	注音	說文部首	康熙部首	筆畫	一般頁碼	洪葉頁碼	段注篇章	徐鍇通釋篇章	徐鉉藤花榭篇章
茜(蒨、綪，蕟通段)	qian`	ㄑㄧㄢˋ	艸部	【艸部】8畫	31	31	段1下-20	錯2-10	鉉1下-4
黝(緎，繪、罻通段)	yu`	ㄩˋ	黑部	【黑部】8畫	489	493	段10上-58	錯19-19	鉉10上-10
綫(線，綖通段)	xian`	ㄒㄧㄢˋ	糸部	【糸部】8畫	656	662	段13上-26	錯25-6	鉉13上-3
綬	shou`	ㄕㄡˋ	糸部	【糸部】8畫	653	660	段13上-21	錯25-5	鉉13上-3
維	wei´	ㄨㄟˊ	糸部	【糸部】8畫	658	664	段13上-30	錯25-6	鉉13上-4
惟(唯、維)	wei´	ㄨㄟˊ	心部	【心部】8畫	505	509	段10下-30	錯20-11	鉉10下-6
淮(維)	huai´	ㄏㄨㄞˊ	水部	【水部】8畫	532	537	段11上壹-34	錯21-10	鉉11上-2
綮(綮，膌通段)	qi`	ㄑㄧˇ	糸部	【糸部】8畫	649	655	段13上-12	錯25-3	鉉13上-2
棨(綮述及)	qi`	ㄑㄧˇ	木部	【木部】8畫	266	268	段6上-56	錯11-24	鉉6上-7
綰	wan`	ㄨㄢˇ	糸部	【糸部】8畫	650	656	段13上-14	錯25-4	鉉13上-2
綱(棡、杠)	gang	ㄍㄤ	糸部	【糸部】8畫	655	662	段13上-25	錯25-6	鉉13上-3
綸(lun´)	guan	ㄍㄨㄢ	糸部	【糸部】8畫	654	660	段13上-22	錯25-5	鉉13上-3
綹	liu`	ㄌㄧㄡˇ	糸部	【糸部】8畫	644	651	段13上-3	錯25-1	鉉13上-1
綺	qi`	ㄑㄧˇ	糸部	【糸部】8畫	648	654	段13上-10	錯25-3	鉉13上-2
繃(綳通段)	beng	ㄅㄥ	糸部	【糸部】8畫	647	654	段13上-9	錯25-3	鉉13上-2
綾(崚通段)	ling´	ㄌㄧㄥˊ	糸部	【糸部】8畫	649	655	段13上-12	錯25-3	鉉13上-2
緀	qi	ㄑㄧ	糸部	【糸部】8畫	649	656	段13上-13	錯25-4	鉉13上-2
緁(緝、緝)	ji	ㄐㄧ	糸部	【糸部】8畫	656	662	段13上-26	錯25-6	鉉13上-3
綊(擱，毯、繝通段)	tan`	ㄊㄢˇ	糸部	【糸部】8畫	652	658	段13上-18	錯25-4	鉉13上-3
緃(總，蹤通段)	zong	ㄗㄨㄥ	糸部	【糸部】8畫	655	661	段13上-24	錯25-5	鉉13上-3
總(揔、緃，繱、緵通段)	zong`	ㄗㄨㄥˇ	糸部	【糸部】8畫	647	653	段13上-8	錯25-2	鉉13上-2
緄(袞)	gun`	ㄍㄨㄣˇ	糸部	【糸部】8畫	653	659	段13上-20	錯25-5	鉉13上-3
緆(鬺、錫)	xi	ㄒㄧ	糸部	【糸部】8畫	660	667	段13上-35	錯25-8	鉉13上-5
緇(紂、純、淄述及)	zi	ㄗ	糸部	【糸部】8畫	651	658	段13上-17	錯25-4	鉉13上-3
緈	xing`	ㄒㄧㄥˋ	糸部	【糸部】8畫	646	652	段13上-6	錯25-2	鉉13上-1
緉	liang`	ㄌㄧㄤˇ	糸部	【糸部】8畫	661	668	段13上-37	錯25-8	鉉13上-5
緌(蕤、綏)	rui´	ㄖㄨㄟˊ	糸部	【糸部】8畫	653	659	段13上-20	錯25-5	鉉13上-3
蕤(甤、緌)	rui´	ㄖㄨㄟˊ	艸部	【艸部】8畫	38	38	段1下-34	錯2-16	鉉1下-6

篆本字(古文、金文、籀文、俗字，通段、金石)	拼音	注音	說文部首	康熙部首	筆畫	一般頁碼	洪葉頁碼	段注篇章	徐鍇通釋篇章	徐鉉藤花榭篇章
緡(罠述及，緜通段)	min´	ㄇㄧㄣˊ	糸部	【糸部】	8畫	659	665	段13上-32	鍇25-7	鉉13上-4
罠(罠、緡、羉)	min´	ㄇㄧㄣˊ	网部	【网部】	8畫	356	359	段7下-42	鍇14-19	鉉7下-8
綠(緑、醁、騄通段)	lǜ	ㄌㄩˋ	糸部	【糸部】	8畫	649	656	段13上-13	鍇25-4	鉉13上-2
菉(綠)	lu`	ㄌㄨˋ	艸部	【艸部】	8畫	46	46	段1下-50	鍇2-23	鉉1下-8
錄(慮、綠，碌、籙通段)	lu`	ㄌㄨˋ	金部	【金部】	8畫	703	710	段14上-3	鍇27-2	鉉14上-1
緧(緅，緫、綯、鞧、鞦通段)	qiu	ㄑㄧㄡ	糸部	【糸部】	8畫	658	665	段13上-31	鍇25-7	鉉13上-4
綴(贅)	zhui`	ㄓㄨㄟˋ	叕部	【糸部】	8畫	738	745	段14下-15	鍇28-6	鉉14下-3
贅(綴)	zhui`	ㄓㄨㄟˋ	貝部	【貝部】	8畫	281	284	段6下-19	鍇12-11	鉉6下-5
緊(綑，繄通段)	jin˘	ㄐㄧㄣˇ	臤部	【糸部】	8畫	118	119	段3下-23	鍇6-13	鉉3下-6
綽(繛)	chuo	ㄔㄨㄛˋ	素部	【糸部】	8畫	662	669	段13上-39	鍇25-9	鉉13上-5
袒(綻、袒)	tan˘	ㄊㄢˇ	衣部	【衣部】	8畫	395	399	段8上-62	鍇16-5	鉉8上-9
綻(綻)	zhan`	ㄓㄢˋ	糸部	【糸部】	8畫	656	662	段13上-26	鍇25-6	鉉13上-3
紲(緤，緤、靾通段)	xie`	ㄒㄧㄝˋ	糸部	【糸部】	9畫	658	665	段13上-31	鍇25-7	鉉13上-4
紵(緒、褚，苧、佇通段)	zhu`	ㄓㄨˋ	糸部	【糸部】	9畫	660	667	段13上-35	鍇25-8	鉉13上-4
綫(線，絤通段)	xian`	ㄒㄧㄢˋ	糸部	【糸部】	9畫	656	662	段13上-26	鍇25-6	鉉13上-3
鞙(緞)	duan`	ㄉㄨㄢˋ	韋部	【韋部】	9畫	235	238	段5下-41	鍇10-17	鉉5下-8
綃(宵、繡，幧、綃通段)	xiao	ㄒㄧㄠ	糸部	【糸部】	9畫	643	650	段13上-1	鍇25-1	鉉13上-1
綳(繃、幫，帮、綳通段)	beng˘	ㄅㄥˇ	糸部	【糸部】	9畫	661	668	段13上-37	鍇25-8	鉉13上-5
斿(旒，統通段)	you´	ㄧㄡˊ	㫃部	【方部】	9畫	311	314	段7上-19	鍇13-6	鉉7上-3
緦(宰)	si	ㄙ	糸部	【糸部】	9畫	660	667	段13上-35	鍇25-8	鉉13上-5
緧(緅，緫、綯、鞧、鞦通段)	qiu	ㄑㄧㄡ	糸部	【糸部】	9畫	658	665	段13上-31	鍇25-7	鉉13上-4
竭(竭，緆通段)	yi`	ㄧˋ	弦部	【玄部】	9畫	642	648	段12下-62	鍇24-20	鉉12下-10

篆本字(古文、金文、籀文、俗字，通叚、金石)	拼音	注音	說文部首	康熙部首	筆畫	一般頁碼	洪葉頁碼	段注篇章	徐鍇通釋篇章	徐鉉藤花榭篇章
綆(綆，絚通叚)	geng	ㄍㄥˇ	糸部	【糸部】9畫	659	665	段13上-32	鍇25-7	鉉13上-4
緘(咸，城通叚)	jian	ㄐㄧㄢ	糸部	【糸部】9畫	657	664	段13上-29	鍇25-6	鉉13上-4
緡(罠述及，緍通叚)	min´	ㄇㄧㄣˊ	糸部	【糸部】9畫	659	665	段13上-32	鍇25-7	鉉13上-4
緣(純，橼、褖通叚)	yuan´	ㄩㄢˊ	糸部	【糸部】9畫	654	661	段13上-23	鍇25-5	鉉13上-3
渠(璖、繰、蕖、詎、轐通叚)	qu´	ㄑㄩˊ	水部	【水部】9畫	554	559	段11上貳-18	鍇21-18	鉉11上-6
緗	xiang	ㄒㄧㄤ	糸部	【糸部】9畫	無	無	無	無	鉉13上-5
桑(緗通叚)	sang	ㄙㄤ	叒部	【木部】9畫	272	275	段6下-1	鍇12-1	鉉6下-1
菵(緷)	jun	ㄐㄩㄣ	艸部	【艸部】9畫	28	28	段1下-14	鍇2-7	鉉1下-3
緊(絚，繁通叚)	jin ˇ	ㄐㄧㄣˇ	臤部	【糸部】9畫	118	119	段3下-23	鍇6-13	鉉3下-6
緝(ji)	qi	ㄑㄧ	糸部	【糸部】9畫	659	666	段13上-33	鍇25-7	鉉13上-4
咠(緝，呫通叚)	qi `	ㄑㄧˋ	口部	【口部】9畫	57	58	段2上-19	鍇3-8	鉉2上-4
緁(緰、緝)	ji	ㄐㄧ	糸部	【糸部】9畫	656	662	段13上-26	鍇25-6	鉉13上-3
緛	ruan ˇ	ㄖㄨㄢˇ	糸部	【糸部】9畫	656	662	段13上-26	鍇25-6	鉉13上-3
緒(序述及)	xu `	ㄒㄩˋ	糸部	【糸部】9畫	643	650	段13上-1	鍇25-1	鉉13上-1
序(杼、緒、敍，阾通叚)	xu `	ㄒㄩˋ	广部	【广部】9畫	444	448	段9下-14	鍇18-5	鉉9下-2
緟(重)	chong´	ㄔㄨㄥˊ	糸部	【糸部】9畫	655	662	段13上-25	鍇25-6	鉉13上-3
締	di `	ㄉㄧˋ	糸部	【糸部】9畫	647	654	段13上-9	鍇25-3	鉉13上-2
緢	miao´	ㄇㄧㄠˊ	糸部	【糸部】9畫	646	653	段13上-7	鍇25-2	鉉13上-2
緥(褓)	bao ˇ	ㄅㄠˇ	糸部	【糸部】9畫	654	661	段13上-23	鍇25-5	鉉13上-3
編	bian	ㄅㄧㄢ	糸部	【糸部】9畫	658	664	段13上-30	鍇25-6	鉉13上-4
緪(絚、恆)	geng	ㄍㄥ	糸部	【糸部】9畫	659	665	段13上-32	鍇25-7	鉉13上-4
緬(絻通叚)	mian ˇ	ㄇㄧㄢˇ	糸部	【糸部】9畫	643	650	段13上-1	鍇25-1	鉉13上-1
緭	wei `	ㄨㄟˋ	糸部	【糸部】9畫	648	654	段13上-10	鍇25-3	鉉13上-2
緯	wei ˇ	ㄨㄟˇ	糸部	【糸部】9畫	644	651	段13上-3	鍇25-2	鉉13上-1
敳(緯、徽)	wei´	ㄨㄟˊ	攴部	【攴部】9畫	125	126	段3下-37	鍇6-18	鉉3下-8
緰(shu)	tou´	ㄊㄡˊ	糸部	【糸部】9畫	661	667	段13上-36	鍇25-8	鉉13上-5
練(湅)	lian `	ㄌㄧㄢˋ	糸部	【糸部】9畫	648	655	段13上-11	鍇25-3	鉉13上-2
湅(練)	lian `	ㄌㄧㄢˋ	水部	【水部】9畫	566	571	段11上貳-41	鍇21-25	鉉11上-9
緶(緥)	bian `	ㄅㄧㄢˋ	糸部	【糸部】9畫	661	668	段13上-37	鍇25-8	鉉13上-5

篆本字(古文、金文、籀文、俗字，通段、金石)	拼音	注音	說文部首	康熙部首	筆畫	一般頁碼	洪葉頁碼	段注篇章	徐鍇通釋篇章	徐鉉藤花榭篇章
緷(橐从豕)	yun`	ㄩㄣˋ	糸部	【糸部】	9畫	644	651	段13上-3	鍇25-2	鉉13上-1
緹(衹、袛，醍通叚)	ti´	ㄊㄧˊ	糸部	【糸部】	9畫	650	657	段13上-15	鍇25-4	鉉13上-2
緺(gua)	wo	ㄨㄛ	糸部	【糸部】	9畫	654	660	段13上-22	鍇25-5	鉉13上-3
緒	kai	ㄎㄞ	糸部	【糸部】	9畫	644	650	段13上-2	鍇25-1	鉉13上-1
緱	gou	ㄍㄡ	糸部	【糸部】	9畫	656	663	段13上-27	鍇25-5	鉉13上-4
緜(槢)	mian´	ㄇㄧㄢˊ	糸部	【糸部】	9畫	643	649	段12下-63	鍇24-21	鉉12下-10
槢(楆，緜)	mian´	ㄇㄧㄢˊ	木部	【木部】	9畫	255	258	段6上-35	鍇11-15	鉉6上-5
總(揔、縱，緫、縥通叚)	zong˘	ㄗㄨㄥˇ	糸部	【糸部】	9畫	647	653	段13上-8	鍇25-2	鉉13上-2
稯(總=稯=緫緢tiao述及)	zong	ㄗㄨㄥ	禸部	【禸部】	9畫	111	112	段3下-9	鍇6-5	鉉3下-2
縣(懸，寰通叚)	xian`	ㄒㄧㄢˋ	㬫部	【糸部】	9畫	423	428	段9上-17	鍇17-6	鉉9上-3
繯(繾、緩)	huan´	ㄏㄨㄢˊ	素部	【糸部】	9畫	662	669	段13上-39	鍇25-9	鉉13上-5
縊(絽)	ying´	ㄧㄥˊ	糸部	【糸部】	10畫	646	652	段13上-6	鍇25-2	鉉13上-1
絢(約、繡)	xuan`	ㄒㄩㄢˋ	糸部	【糸部】	10畫	649	655	段13上-12	鍇25-4	鉉13上-2
曼(漫滔述及，縵、鬘从曼通叚)	man`	ㄇㄢˋ	又部	【曰部】	10畫	115	116	段3下-18	鍇6-9	鉉3下-4
参(鬒、顀，縝通叚)	zhen˘	ㄓㄣˇ	彡部	【人部】	10畫	424	429	段9上-19	鍇17-6	鉉9上-3
稹(縝通叚)	zhen˘	ㄓㄣˇ	禾部	【禾部】	10畫	321	324	段7上-40	鍇13-17	鉉7上-7
縈(素，嗉、愫通叚)	su`	ㄙㄨˋ	素部	【糸部】	10畫	662	669	段13上-39	鍇25-9	鉉13上-5
綇	zai`	ㄗㄞˋ	糸部	【糸部】	10畫	無	無	無	無	鉉13上-5
繒(綇，繂、嶒通叚)	zeng	ㄗㄥ	糸部	【糸部】	10畫	648	654	段13上-10	鍇25-3	鉉13上-2
載(載、戴述及，綇通叚)	zai`	ㄗㄞˋ	車部	【車部】	10畫	727	734	段14上-51	鍇27-14	鉉14上-7
縐(綾)	qin	ㄑㄧㄣ	糸部	【糸部】	10畫	655	662	段13上-25	鍇25-6	鉉13上-3
縋(硾通叚)	zhui`	ㄓㄨㄟˋ	糸部	【糸部】	10畫	657	664	段13上-29	鍇25-6	鉉13上-4
絹(悁通叚)	gu˘	ㄍㄨˇ	糸部	【糸部】	10畫	647	653	段13上-8	鍇25-3	鉉13上-2
縐(皺通叚)	zhou	ㄓㄡ	糸部	【糸部】	10畫	660	666	段13上-34	鍇25-8	鉉13上-4
緻	zhi`	ㄓˋ	糸部	【糸部】	10畫	無	無	無	鍇25-9	鉉13上-5
致(緻)	zhi`	ㄓˋ	夂部	【至部】	10畫	232	235	段5下-35	鍇10-14	鉉5下-7

| 篆本字(古文、金文、籀文、俗字，通段、金石) | 拼音 | 注音 | 說文部首 | 康熙部首 | 筆畫 | 一般頁碼 | 洪葉頁碼 | 段注篇章 | 徐鍇通釋篇章 | 徐鉉藤花榭篇章 |

篆本字(古文、金文、籀文、俗字，通叚、金石)	拼音	注音	說文部首	康熙部首	筆畫	一般頁碼	洪葉頁碼	段注篇章	徐鍇通釋篇章	徐鉉藤花榭篇章
襧(緻)	zhi˅	ㄓ˅	衣部	【衣部】	10畫	396	400	段8上-63	錯16-5	鉉8上-9
縈	ying´	一ㄥ´	糸部	【糸部】	10畫	657	664	段13上-29	錯25-6	鉉13上-4
藑(蔡、帯)	qiong´	ㄑㄩㄥ´	艸部	【艸部】	10畫	40	41	段1下-39	錯2-18	鉉1下-6
縉	jin`	ㄐㄧㄣ`	糸部	【糸部】	10畫	650	656	段13上-14	錯25-4	鉉13上-2
縊	yi`	一`	糸部	【糸部】	10畫	662	668	段13上-38	錯25-8	鉉13上-5
縌	ni`	ㄋㄧ`	糸部	【糸部】	10畫	654	660	段13上-22	錯25-5	鉉13上-3
縑	jian	ㄐㄧㄢ	糸部	【糸部】	10畫	648	655	段13上-11	錯25-3	鉉13上-2
縒	ci	ㄘ	糸部	【糸部】	10畫	646	653	段13上-7	錯25-2	鉉13上-2
縕(氲通叚)	yun`	ㄩㄣ`	糸部	【糸部】	10畫	662	668	段13上-38	錯25-8	鉉13上-5
縓(溫、緼鞪mei`述及)	quan´	ㄑㄩㄢ´	糸部	【糸部】	10畫	650	657	段13上-15	錯25-4	鉉13上-3
縗(衰)	cui	ㄘㄨㄟ	糸部	【糸部】	10畫	661	667	段13上-36	錯25-8	鉉13上-5
縛	fu`	ㄈㄨ`	糸部	【糸部】	10畫	647	654	段13上-9	錯25-3	鉉13上-2
縜	yun´	ㄩㄣ´	糸部	【糸部】	10畫	655	662	段13上-25	錯25-6	鉉13上-3
縞(蒿通叚)	gao˅	ㄍㄠ˅	糸部	【糸部】	10畫	648	655	段13上-11	錯25-3	鉉13上-2
縟	ru`	ㄖㄨ`	糸部	【糸部】	10畫	652	658	段13上-18	錯25-5	鉉13上-3
縠	hu´	ㄏㄨ´	糸部	【糸部】	10畫	648	654	段13上-10	錯25-3	鉉13上-2
穀(縠)	bo´	ㄅㄛ´	豕部	【豕部】	10畫	455	459	段9下-36	錯18-12	鉉9下-6
緂(菼)	tan˅	ㄊㄢ˅	糸部	【糸部】	10畫	652	658	段13上-18	錯25-4	鉉13上-3
鞶(縏)	pan´	ㄆㄢ´	革部	【革部】	10畫	107	108	段3下-2	錯6-3	鉉3下-1
幕(縸通叚)	mu`	ㄇㄨ`	巾部	【巾部】	10畫	359	362	段7下-48	錯14-22	鉉7下-9
縢(藤，籐、藤通叚)	teng´	ㄊㄥ´	糸部	【糸部】	10畫	657	664	段13上-29	錯25-6	鉉13上-4
幐(滕，帒、幡、袋通叚)	teng´	ㄊㄥ´	巾部	【巾部】	10畫	361	364	段7下-52	錯14-23	鉉7下-9
縭(帾通叚)	li´	ㄌㄧ´	糸部	【糸部】	10畫	659	666	段13上-33	錯25-7	鉉13上-4
韜(襓，縚通叚)	tao	ㄊㄠ	韋部	【韋部】	10畫	235	237	段5下-40	錯10-16	鉉5下-8
暴糸部从日出大糸(襮)	bo´	ㄅㄛ´	糸部	【糸部】	10畫	654	661	段13上-23	錯25-5	鉉13上-3
襮(暴从日出大糸)	bo´	ㄅㄛ´	衣部	【衣部】	10畫	390	394	段8上-51	錯16-2	鉉8上-8
系(毄从處、絲、係、繫、毄)	xi`	ㄒㄧ`	糸部	【糸部】	10畫	642	648	段12下-62	錯24-20	鉉12下-10

篆本字(古文、金文、籀文、俗字,通叚、金石)	拼音	注音	說文部首	康熙部首	筆畫	一般頁碼	洪葉頁碼	段注篇章	徐鍇通釋篇章	徐鉉藤花榭篇章
繇(由=繇囮e´述及、繇、遙叞tou´述及,趬、遒、飆、鵆通叚)	you´	一ㄡˊ	系部	【糸部】10畫	643	649	段12下-63	鍇24-21	鉉12下-10
樥(榣、繇)	you´	一ㄡˊ	木部	【木部】11畫	248	251	段6上-21	鍇11-9	鉉6上-3
傜(繇、陶、傜,傜通叚)	yao´	一ㄠˊ	人部	【人部】11畫	380	384	段8上-31	鍇15-11	鉉8上-4
終(終、宎、冬,菳通叚)	zhong	ㄓㄨㄥ	糸部	【糸部】11畫	647	654	段13上-9	鍇25-3	鉉13上-2
緝(縋、緝)	ji	ㄐㄧ	糸部	【糸部】11畫	656	662	段13上-26	鍇25-6	鉉13上-3
縪	bi`	ㄅㄧˋ	糸部	【糸部】11畫	647	654	段13上-9	鍇25-3	鉉13上-2
縫(鞻通叚)	feng´	ㄈㄥˊ	糸部	【糸部】11畫	656	662	段13上-26	鍇25-6	鉉13上-3
縭(褵、纚通叚)	li´	ㄌㄧˊ	糸部	【糸部】11畫	656	663	段13上-27	鍇25-6	鉉13上-4
縮(摍)	suo	ㄙㄨㄛ	糸部	【糸部】11畫	646	653	段13上-7	鍇25-2	鉉13上-2
摍(縮、宿)	suo	ㄙㄨㄛ	手部	【手部】11畫	605	611	段12上-43	鍇23-14	鉉12上-7
茜(蕭、縮、茜)	su`	ㄙㄨˋ	西部	【艸部】11畫	750	757	段14下-40	鍇28-19	鉉14下-9
縱(從緯述及,慫通叚)	zong`	ㄗㄨㄥˋ	糸部	【糸部】11畫	646	652	段13上-6	鍇25-2	鉉13上-1
從(从、縱、輊,蓯通叚)	cong´	ㄘㄨㄥˊ	从部	【彳部】11畫	386	390	段8上-43	鍇15-14	鉉8上-6
縳(蟤通叚)	zhuan`	ㄓㄨㄢˋ	糸部	【糸部】11畫	648	655	段13上-11	鍇25-3	鉉13上-2
縵	man`	ㄇㄢˋ	糸部	【糸部】11畫	649	655	段13上-12	鍇25-3	鉉13上-2
縷(褸繊述及,蘰通叚)	lü	ㄌㄩˇ	糸部	【糸部】11畫	656	662	段13上-26	鍇25-6	鉉13上-3
溇(縷)	lü	ㄌㄩˇ	水部	【水部】11畫	558	563	段11上貳-25	鍇21-20	鉉11上-7
縜(緶)	bian`	ㄅㄧㄢˋ	糸部	【糸部】11畫	661	668	段13上-37	鍇25-8	鉉13上-5
縹	piao	ㄆㄧㄠˇ	糸部	【糸部】11畫	649	656	段13上-13	鍇25-4	鉉13上-2
縗	sui`	ㄙㄨㄟˋ	糸部	【糸部】11畫	644	650	段13上-2	鍇25-1	鉉13上-1
繄	yi	一	糸部	【糸部】11畫	656	663	段13上-27	鍇25-6	鉉13上-4
鷖(繄)	yi	一	鳥部	【鳥部】11畫	152	154	段4上-47	鍇7-21	鉉4上-9
繈(鏹通叚)	qiang	ㄑㄧㄤˇ	糸部	【糸部】11畫	645	651	段13上-4	鍇25-2	鉉13上-1
縡	sui`	ㄙㄨㄟˋ	糸部	【糸部】11畫	660	666	段13上-34	鍇25-8	鉉13上-4

篆本字(古文、金文、籀文、俗字,通叚、金石)	拼音	注音	說文部首	康熙部首	筆畫	一般頁碼	洪葉頁碼	段注篇章	徐鍇通釋篇章	徐鉉藤花榭篇章
糜(縻)	mi´	ㄇㄧˊ	糸部	【糸部】11畫	658	665	段13上-31	鍇25-7	鉉13上-4
縼(撋通叚)	xuan	ㄒㄩㄢˋ	糸部	【糸部】11畫	658	665	段13上-31	鍇25-7	鉉13上-4
絫(縲、累、纍,纝通叚)	lei˘	ㄌㄟˇ	厽部	【糸部】11畫	737	744	段14下-13	鍇28-5	鉉14下-3
總(摠、縦,緫、緵通叚)	zong˘	ㄗㄨㄥˇ	糸部	【糸部】11畫	647	653	段13上-8	鍇25-2	鉉13上-2
縦(總,蹤通叚)	zong	ㄗㄨㄥ	糸部	【糸部】11畫	655	661	段13上-24	鍇25-5	鉉13上-3
稯(稅、緵,穂、椶通叚)	zong	ㄗㄨㄥ	禾部	【禾部】11畫	327	330	段7上-52	鍇13-22	鉉7上-9
絛(帉、縧、綯通叚)	tao	ㄊㄠ	糸部	【糸部】11畫	655	661	段13上-24	鍇25-5	鉉13上-3
紾(縉,繵通叚)	zhen`	ㄓㄣˋ	糸部	【糸部】11畫	658	665	段13上-31	鍇25-7	鉉13上-4
績(勣通叚)	ji	ㄐㄧ	糸部	【糸部】11畫	660	666	段13上-34	鍇25-8	鉉13上-4
緙(繕、縡)	l ü	ㄌㄩˋ	素部	【糸部】11畫	662	669	段13上-39	鍇25-9	鉉13上-5
絡(落,繁通叚)	luo`	ㄌㄨㄛˋ	糸部	【糸部】11畫	659	666	段13上-33	鍇25-7	鉉13上-4
幦(緻通叚)	xue˘	ㄒㄩㄝˇ	巾部	【巾部】11畫	359	362	段7下-48	鍇14-22	鉉7下-9
纚(縰)	li´	ㄌㄧˊ	糸部	【糸部】11畫	652	659	段13上-19	鍇25-5	鉉13上-3
聯(聯,連,縺通叚)	lian´	ㄌㄧㄢˊ	耳部	【耳部】11畫	591	597	段12上-16	鍇23-7	鉉12上-4
緐(繁、緐)	fan´	ㄈㄢˊ	糸部	【糸部】11畫	658	664	段13上-30	鍇25-7	鉉13上-4
牽(縴通叚)	qian	ㄑㄧㄢ	牛部	【牛部】11畫	52	52	段2上-8	鍇3-4	鉉2上-2
繃(綳通叚)	beng	ㄅㄥ	糸部	【糸部】11畫	647	654	段13上-9	鍇25-3	鉉13上-2
繅(獟、魈通叚)	sao	ㄙㄠ	糸部	【糸部】11畫	643	650	段13上-1	鍇25-1	鉉13上-1
繰(澡、繅)	zao˘	ㄗㄠˇ	糸部	【糸部】11畫	651	658	段13上-17	鍇25-4	鉉13上-3
藻(璪、繅、藻,轃通叚)	zao˘	ㄗㄠˇ	艸部	【艸部】11畫	46	46	段1下-50	鍇2-23	鉉1下-8
繆(枲、穆)	miu`	ㄇㄧㄡˋ	糸部	【糸部】11畫	661	668	段13上-37	鍇25-8	鉉13上-5
摎(繆)	jiu	ㄐㄧㄡ	手部	【手部】11畫	608	614	段12上-49	鍇23-15	鉉12上-8
糾(繆綸述及、甌簋gui˘述及,糺通叚)	jiu	ㄐㄧㄡ	丩部	【糸部】11畫	88	89	段3上-5	鍇5-3	鉉3上-2
謬(繆)	miu`	ㄇㄧㄡˋ	言部	【言部】11畫	99	99	段3上-26	鍇5-14	鉉3上-5
徽	hui	ㄏㄨㄟ	糸部	【彳部】11畫	657	663	段13上-28	鍇25-6	鉉13上-4
幑(徽)	hui	ㄏㄨㄟ	巾部	【巾部】11畫	359	363	段7下-49	鍇14-22	鉉7下-9

篆本字（古文、金文、籀文、俗字，通段、金石）	拼音	注音	說文部首	康熙部首	筆畫	一般頁碼	洪葉頁碼	段注篇章	徐鍇通釋篇章	徐鉉藤花榭篇章
敱（緯、徽）	wei˘	ㄨㄟˇ	攴部	【攴部】	11畫	125	126	段3下-37	鍇6-18	鉉3下-8
纂（纘、撰，攢、纂、纗通段）	zuan˘	ㄗㄨㄢˇ	糸部	【糸部】	11畫	654	660	段13上-22	鍇25-5	鉉13上-3
馽（罵、縶、縶，跩、靮通段）	zhi´	ㄓˊ	馬部	【馬部】	11畫	467	472	段10上-15	鍇19-5	鉉10上-2
繖	san˘	ㄙㄢˇ	糸部	【糸部】	12畫	無	無	無	無	鉉13上-5
歡（繖，傘通段）	san`	ㄙㄢˋ	隹部	【隹部】	12畫	143	145	段4上-29	鍇7-13	鉉4上-6
縿（傘，幓、繖、衫、裓、摻、襂通段）	shan	ㄕㄢ	糸部	【糸部】	12畫	657	663	段13上-28	鍇25-6	鉉13上-4
緤	jie´	ㄐㄧㄝˊ	糸部	【糸部】	12畫	648	654	段13上-10	鍇25-3	鉉13上-2
繎	ran´	ㄖㄢˊ	糸部	【糸部】	12畫	646	652	段13上-6	鍇25-2	鉉13上-1
繐	sui`	ㄙㄨㄟˋ	糸部	【糸部】	12畫	661	667	段13上-36	鍇25-5	鉉13上-5
繑	qiao	ㄑㄧㄠ	糸部	【糸部】	12畫	654	661	段13上-23	鍇25-5	鉉13上-3
絲（繁、緐）	fan´	ㄈㄢˊ	糸部	【糸部】	12畫	658	664	段13上-30	鍇25-7	鉉13上-4
繒（綪，綷、矰通段）	zeng	ㄗㄥ	糸部	【糸部】	12畫	648	654	段13上-10	鍇25-3	鉉13上-2
鄫（繒）	ceng´	ㄘㄥˊ	邑部	【邑部】	12畫	298	300	段6下-52	鍇12-21	鉉6下-8
織（識，幟、繶、蟙通段）	zhi	ㄓ	糸部	【糸部】	12畫	644	651	段13上-3	鍇25-1	鉉13上-1
繕	shan`	ㄕㄢˋ	糸部	【糸部】	12畫	656	663	段13上-27	鍇25-6	鉉13上-4
繘（纗、纝从矛囧）	yu`	ㄩˋ	糸部	【糸部】	12畫	659	665	段13上-32	鍇25-7	鉉13上-4
繙（幡、膰通段）	fan	ㄈㄢ	糸部	【糸部】	12畫	646	653	段13上-7	鍇25-2	鉉13上-2
繚	liao´	ㄌㄧㄠˊ	糸部	【糸部】	12畫	647	653	段13上-8	鍇25-2	鉉13上-2
墥（繚）	liao´	ㄌㄧㄠˊ	土部	【土部】	12畫	685	691	段13下-22	鍇26-3	鉉13下-4
繜（撙通段）	zun	ㄗㄨㄣ	糸部	【糸部】	12畫	655	661	段13上-24	鍇25-5	鉉13上-3
繞（襓、遶通段）	rao`	ㄖㄠˋ	糸部	【糸部】	12畫	647	653	段13上-8	鍇25-3	鉉13上-2
繟	chan˘	ㄔㄢˇ	糸部	【糸部】	12畫	653	660	段13上-21	鍇25-5	鉉13上-3
繡	xiu`	ㄒㄧㄡˋ	糸部	【糸部】	12畫	649	655	段13上-12	鍇25-3	鉉13上-2
綃（宵、繡，幧、綃通段）	xiao	ㄒㄧㄠ	糸部	【糸部】	12畫	643	650	段13上-1	鍇25-1	鉉13上-1
繢（繪）	hui`	ㄏㄨㄟˋ	糸部	【糸部】	12畫	645	651	段13上-4	鍇25-2	鉉13上-1

篆本字(古文、金文、籀文、俗字，通叚、金石)	拼音	注音	說文部首	康熙部首	筆畫	一般頁碼	洪葉頁碼	段注篇章	徐鍇通釋篇章	徐鉉藤花榭篇章
纆(繹)	mo`	ㄇㄛˋ	糸部	【糸部】	12畫	659	665	段13上-32	錯25-7	鉉13上-4
纈(纈)	xuˇ	ㄒㄩˇ	糸部	【糸部】	12畫	658	665	段13上-31	錯25-7	鉉13上-4
繭(絸从糸見，璽通叚)	jianˇ	ㄐㄧㄢˇ	糸部	【糸部】	12畫	643	650	段13上-1	錯25-1	鉉13上-1
襺(繭)	jianˇ	ㄐㄧㄢˇ	衣部	【衣部】	12畫	391	395	段8上-53	錯16-2	鉉8上-8
黸(繭)	jianˇ	ㄐㄧㄢˇ	黑部	【黑部】	12畫	488	493	段10上-57	錯19-19	鉉10上-10
綽(綽)	chuo`	ㄔㄨㄛˋ	素部	【素部】	12畫	662	669	段13上-39	錯25-9	鉉13上-5
瑞(璲、繸綏shou述及)	rui`	ㄖㄨㄟˋ	玉部	【玉部】	12畫	13	13	段1上-25	錯1-13	鉉1上-4
遂(述吹述及，逾、漀、璲、繸、隧通叚)	sui`	ㄙㄨㄟˋ	辵(辶)部	【辵部】	12畫	74	74	段2下-10	錯4-5	鉉2下-2
襆(帕、袙、幞、襆、襆、襆通叚)	pu´	ㄆㄨˊ	糸部	【糸部】	12畫	654	661	段13上-23	錯25-5	鉉13上-3
蕊(蕋蘂suoˇ述及，蘂通叚)	ruiˇ	ㄖㄨㄟˇ	惢部	【糸部】	12畫	515	520	段10下-51	錯20-19	鉉10下-9
繩(憴、澠通叚)	sheng´	ㄕㄥˊ	糸部	【糸部】	13畫	657	663	段13上-28	錯25-6	鉉13上-4
黫(緎，繪、罭通叚)	yu`	ㄩˋ	黑部	【黑部】	13畫	489	493	段10上-58	錯19-19	鉉10上-10
襛(襛，穠、繷、絨、穠通叚)	nong´	ㄋㄨㄥˊ	衣部	【衣部】	13畫	393	397	段8上-58	錯16-4	鉉8上-8
繾	qianˇ	ㄑㄧㄢˇ	糸部	【糸部】	13畫	無	無	無	無	鉉13上-5
遣(繾通叚)	qianˇ	ㄑㄧㄢˇ	辵(辶)部	【辵部】	13畫	72	73	段2下-7	錯4-4	鉉2下-2
紺(綊通叚)	gan`	ㄍㄢˋ	糸部	【糸部】	13畫	651	657	段13上-16	錯25-4	鉉13上-3
織(識，幟、繶、蟙通叚)	zhi	ㄓ	糸部	【糸部】	13畫	644	651	段13上-3	錯25-1	鉉13上-1
意(億、憶、志識述及，繶、鷾通叚)	yi`	ㄧˋ	心部	【心部】	13畫	502	506	段10下-24	錯20-9	鉉10下-5
縭(褵、纚通叚)	li´	ㄌㄧˊ	糸部	【糸部】	13畫	656	663	段13上-27	錯25-6	鉉13上-4

篆本字(古文、金文、籀文、俗字，通段、金石)	拼音	注音	說文部首	康熙部首	筆畫	一般頁碼	洪葉頁碼	段注篇章	徐鍇通釋篇章	徐鉉藤花榭篇章
解(廌，廨、嶰、獬、貀、觟、邂通段)	jie˘	ㄐㄧㄝ˘	角部	【角部】	13畫	186	188	段4下-58	鍇8-20	鉉4下-9
繪	hui`	ㄏㄨㄟ`	糸部	【糸部】	13畫	649	656	段13上-13	鍇25-4	鉉13上-2
繮(韁通段)	jiang	ㄐㄧㄤ	糸部	【糸部】	13畫	658	664	段13上-30	鍇25-7	鉉13上-4
繯(綰通段)	huan´	ㄏㄨㄢ´	糸部	【糸部】	13畫	647	653	段13上-8	鍇25-3	鉉13上-2
繰(澡、纝)	zao˘	ㄗㄠ˘	糸部	【糸部】	13畫	651	658	段13上-17	鍇25-4	鉉13上-3
澡(繰)	zao˘	ㄗㄠ˘	水部	【水部】	13畫	564	569	段11上貳-37	鍇21-24	鉉11上-9
繅(繰，獳、魈通段)	sao	ㄙㄠ	糸部	【糸部】	13畫	643	650	段13上-1	鍇25-1	鉉13上-1
繴	bi`	ㄅㄧ`	糸部	【糸部】	13畫	659	665	段13上-32	鍇25-7	鉉13上-4
纂(纘、撰，攢、藂、繘通段)	zuan˘	ㄗㄨㄢ˘	糸部	【糸部】	13畫	654	660	段13上-22	鍇25-5	鉉13上-3
繹(醳酉述及，懌、襗通段)	yi`	ㄧ`	糸部	【糸部】	13畫	643	650	段13上-1	鍇25-1	鉉13上-1
圛(弟、涕、繹)	yi`	ㄧ`	口部	【口部】	13畫	277	280	段6下-11	鍇12-8	鉉6下-3
肜(彤、融、繹)	chen	ㄔㄣ	舟部	【舟部】	13畫	403	407	段8下-4	鍇16-10	鉉8下-1
纏(纆、繵通段)	chan´	ㄔㄢ´	糸部	【糸部】	13畫	647	653	段13上-8	鍇25-2	鉉13上-2
繁(繳jiao˘)	zhuo´	ㄓㄨㄛ´	糸部	【糸部】	13畫	659	665	段13上-32	鍇25-7	鉉13上-4
繟(幝繟述及)	chan˘	ㄔㄢ˘	糸部	【糸部】	13畫	646	652	段13上-6	鍇25-2	鉉13上-1
幝(繟繟述及)	chan˘	ㄔㄢ˘	巾部	【巾部】	13畫	360	364	段7下-51	鍇14-22	鉉7下-9
緩(綬、緩)	huan˘	ㄏㄨㄢ˘	素部	【糸部】	13畫	662	669	段13上-39	鍇25-9	鉉13上-5
繫(系)	xi`	ㄒㄧ`	糸部	【糸部】	14畫	659	666	段13上-33	鍇25-7	鉉13上-4
係(毃、繫、系述及)	xi`	ㄒㄧ`	人部	【人部】	14畫	381	385	段8上-34	鍇15-11	鉉8上-4
系(鼕从處、繇、係、繫、毃)	xi`	ㄒㄧ`	糸部	【糸部】	14畫	642	648	段12下-62	鍇24-20	鉉12下-10
繻(褕)	ru´	ㄖㄨ´	糸部	【糸部】	14畫	652	658	段13上-18	鍇25-5	鉉13上-3
繼(繼、𢇍)	ji`	ㄐㄧ`	糸部	【糸部】	14畫	645	652	段13上-5	鍇25-2	鉉13上-1
黹从㡀人糸(絜)	bie`	ㄅㄧㄝ`	糸部	【糸部】	14畫	657	663	段13上-28	鍇25-6	鉉13上-4

篆本字（古文、金文、籀文、俗字，通段、金石）	拼音	注音	說文部首	康熙部首	筆畫	一般頁碼	洪葉頁碼	段注篇章	徐鍇通釋篇章	徐鉉藤花榭篇章
纀(帕、袙、幞、襆、襥、襆通段)	pú	ㄆㄨˊ	糸部	【糸部】	14畫	654	661	段13上-23	鍇25-5	鉉13上-3
纁(窬，曛、熉通段)	xun	ㄒㄩㄣ	糸部	【糸部】	14畫	650	656	段13上-14	鍇25-4	鉉13上-2
纂(纉、撰，攢、篹、繕通段)	zuan	ㄗㄨㄢˇ	糸部	【糸部】	14畫	654	660	段13上-22	鍇25-5	鉉13上-3
纉(纂，纘通段)	zuan	ㄗㄨㄢˇ	糸部	【糸部】	14畫	646	652	段13上-6	鍇25-2	鉉13上-1
蕝(蕞、纂、鄌)	jue	ㄐㄩㄝˊ	艸部	【艸部】	14畫	42	43	段1下-43	鍇2-20	鉉1下-7
辡	bian	ㄅㄧㄢˋ	糸部	【辛部】	14畫	647	653	段13上-8	鍇25-3	鉉13上-2
彝(纛从米素、䌛从爪絲)	yi	ㄧˊ	糸部	【彑部】	14畫	662	669	段13上-39	鍇25-8	鉉13上-5
闑从丏貝(繽、繽)	pin	ㄆㄧㄣ	鬥部	【鬥部】	15畫	114	115	段3下-16	鍇6-9	鉉3下-3
纏(纆、繵通段)	chan	ㄔㄢˊ	糸部	【糸部】	15畫	647	653	段13上-8	鍇25-2	鉉13上-2
纆(繹)	mo	ㄇㄛˋ	糸部	【糸部】	15畫	659	665	段13上-32	鍇25-7	鉉13上-4
纅(yao`)	li	ㄌㄧˋ	糸部	【糸部】	15畫	644	650	段13上-2	鍇25-1	鉉13上-1
纇(類)	lei	ㄌㄟˋ	糸部	【糸部】	15畫	645	651	段13上-4	鍇25-2	鉉13上-1
纊(絖)	kuang	ㄎㄨㄤˋ	糸部	【糸部】	15畫	659	666	段13上-33	鍇25-7	鉉13上-4
纘(纂，纉通段)	zuan	ㄗㄨㄢˇ	糸部	【糸部】	15畫	646	652	段13上-6	鍇25-2	鉉13上-1
續(賡)	xu	ㄒㄩˋ	糸部	【糸部】	15畫	645	652	段13上-5	鍇25-2	鉉13上-1
纍(累俗)	lei	ㄌㄟˊ	糸部	【糸部】	15畫	656	663	段13上-27	鍇25-6	鉉13上-4
絫(縲、累、纍，纝通段)	lei	ㄌㄟˇ	厽部	【糸部】	15畫	737	744	段14下-13	鍇28-5	鉉14下-3
羸(纝、蠃)	lei	ㄌㄟˊ	羊部	【羊部】	15畫	146	148	段4上-35	鍇7-16	鉉4上-7
繱	cong	ㄘㄨㄥ	糸部	【糸部】	15畫	651	657	段13上-16	鍇25-4	鉉13上-3
縷(纑、縡)	lǚ	ㄌㄩˇ	素部	【糸部】	15畫	662	669	段13上-39	鍇25-9	鉉13上-5
綌(擖，毯、繈通段)	tan	ㄊㄢˇ	糸部	【糸部】	16畫	652	658	段13上-18	鍇25-4	鉉13上-3
翿(翢、纛从毒縣、纛从毒縣，翢、翿通段)	dao	ㄉㄠˋ	羽部	【羽部】	16畫	140	142	段4上-23	鍇7-10	鉉4上-5

篆本字（古文、金文、籀文、俗字，通叚、金石）	拼音	注音	說文部首	康熙部首	筆畫	一般頁碼	洪葉頁碼	段注篇章	徐鍇通釋篇章	徐鉉藤花榭篇章
彝(𩰫从米素、𢑴从爪絲)	yi ˊ	ㄧˊ	糸部	【彑部】	16畫	662	669	段13上-39	鍇25-8	鉉13上-5
纏(纒、繵通叚)	chan ˊ	ㄔㄢˊ	糸部	【糸部】	16畫	647	653	段13上-8	鍇25-2	鉉13上-2
繢(績)	hui ˋ	ㄏㄨㄟˋ	糸部	【糸部】	16畫	645	651	段13上-4	鍇25-2	鉉13上-1
纑	lu ˊ	ㄌㄨˊ	糸部	【糸部】	16畫	660	666	段13上-34	鍇25-8	鉉13上-4
纓	ying	ㄧㄥ	糸部	【糸部】	17畫	653	659	段13上-20	鍇25-5	鉉13上-3
纔(緅=爵)	cai ˊ	ㄘㄞˊ	糸部	【糸部】	17畫	651	658	段13上-17	鍇25-4	鉉13上-3
才(凡才、材、財、裁、纔字以同音通用)	cai ˊ	ㄘㄞˊ	才部	【手部】	17畫	272	274	段6上-68	鍇12-1	鉉6上-9
財(纔)	cai ˊ	ㄘㄞˊ	貝部	【貝部】	17畫	279	282	段6下-15	鍇12-9	鉉6下-4
纕(瓖通叚)	rang ˇ	ㄖㄤˇ	糸部	【糸部】	17畫	655	662	段13上-25	鍇25-6	鉉13上-3
纖(孅)	xian	ㄒㄧㄢ	糸部	【糸部】	17畫	646	652	段13上-6	鍇25-2	鉉13上-1
孅(纖)	xian	ㄒㄧㄢ	女部	【女部】	17畫	619	625	段12下-15	鍇24-5	鉉12下-2
攕(纖)	jian	ㄐㄧㄢ	手部	【手部】	17畫	594	600	段12上-21	鍇23-8	鉉12上-4
𦄒(罽)	ji ˋ	ㄐㄧˋ	糸部	【糸部】	17畫	662	668	段13上-38	鍇25-8	鉉13上-5
繘(𦃁、𦄶从矛冏)	yu ˋ	ㄩˋ	糸部	【糸部】	18畫	659	665	段13上-32	鍇25-7	鉉13上-4
翿(𦑟、𦇁从亩縣、𦇂从毒縣，翢、翢通叚)	dao ˋ	ㄉㄠˋ	羽部	【羽部】	18畫	140	142	段4上-23	鍇7-10	鉉4上-5
纗	zui	ㄗㄨㄟ	糸部	【糸部】	18畫	655	662	段13上-25	鍇25-6	鉉13上-3
纚(絁)	shi	ㄕ	糸部	【糸部】	19畫	648	655	段13上-11	鍇25-3	鉉13上-2
𦃃(䰉、緩)	huan ˇ	ㄏㄨㄢˇ	素部	【糸部】	19畫	662	669	段13上-39	鍇25-9	鉉13上-5
纙	luo ˋ	ㄌㄨㄛˋ	糸部	【糸部】	19畫	647	654	段13上-9	鍇25-3	鉉13上-2
纘(纂，纉通叚)	zuan ˇ	ㄗㄨㄢˇ	糸部	【糸部】	19畫	646	652	段13上-6	鍇25-2	鉉13上-1
纂(纘、撰，攢、纂、纗通叚)	zuan ˇ	ㄗㄨㄢˇ	糸部	【糸部】	19畫	654	660	段13上-22	鍇25-5	鉉13上-3
纚(縰)	li ˊ	ㄌㄧˊ	糸部	【糸部】	19畫	652	659	段13上-19	鍇25-5	鉉13上-3
絫(縲、累、纍，纝通叚)	lei ˇ	ㄌㄟˇ	厽部	【糸部】	21畫	737	744	段14下-13	鍇28-5	鉉14下-3
孳(𢀈从糸甾北人几、孜)	zi	ㄗ	子部	【子部】	24畫	743	750	段14下-25	鍇28-13	鉉14下-6

篆本字(古文、金文、籀文、俗字，通段、金石)	拼音	注音	說文部首	康熙部首	筆畫	一般頁碼	洪葉頁碼	段注篇章	徐鍇通釋篇章	徐鉉藤花榭篇章
繘(繎、纊从矛囧)	yu `	ㄩ `	糸部	【糸部】25畫		659	665	段13上-32	錯25-7	鉉13上-4
【缶(fou ˇ)部】	fou ˇ	ㄈㄡ ˇ	缶部			224	227	段5下-19	錯10-7	鉉5下-4
缶(瓿)	fou ˇ	ㄈㄡ ˇ	缶部	【缶部】		224	227	段5下-19	錯10-7	鉉5下-4
缸(瓨)	gang	ㄍㄤ	缶部	【缶部】3畫		225	228	段5下-21	錯10-8	鉉5下-4
瓨(缸)	xiang '	ㄒㄧㄤ '	瓦部	【瓦部】3畫		639	645	段12下-55	錯24-18	鉉12下-8
䍃	you '	ㄧㄡ '	缶部	【缶部】4畫		225	228	段5下-21	錯10-8	鉉5下-4
缺(闕，䎸通段)	que	ㄑㄩㄝ	缶部	【缶部】4畫		225	228	段5下-21	錯10-8	鉉5下-4
闕(缺述及)	que `	ㄑㄩㄝ `	門部	【門部】4畫		588	594	段12上-9	錯23-4	鉉12上-2
缶(瓿)	fou ˇ	ㄈㄡ ˇ	缶部	【缶部】4畫		224	227	段5下-19	錯10-7	鉉5下-4
缸(玷通段)	dian ˇ	ㄉㄧㄢ ˇ	缶部	【缶部】5畫		225	228	段5下-21	錯10-8	鉉5下-4
鉈	ta `	ㄊㄚ `	缶部	【缶部】5畫		225	227	段5下-20	錯10-8	鉉5下-4
器(噐、咢通段)	qi `	ㄑㄧ `	品部	【口部】6畫		86	87	段3上-1	錯5-1	鉉3上-1
缾(瓶、瓶)	ping '	ㄆㄧㄥ '	缶部	【缶部】6畫		225	227	段5下-20	錯10-8	鉉5下-4
缿	xiang `	ㄒㄧㄤ `	缶部	【缶部】6畫		226	228	段5下-22	錯10-8	鉉5下-4
䍌	pou ˇ	ㄆㄡ ˇ	缶部	【缶部】8畫		225	227	段5下-20	錯10-8	鉉5下-4
鹹	yu `	ㄩ `	缶部	【缶部】8畫		225	228	段5下-21	錯10-8	鉉5下-4
錘(錘、甀通段)	chui '	ㄔㄨㄟ '	缶部	【缶部】8畫		225	227	段5下-20	錯10-8	鉉5下-4
鷇(gu ˇ)	kou `	ㄎㄡ `	缶部	【缶部】10畫		224	227	段5下-19	錯10-8	鉉5下-4
罃(甇通段)	ying	ㄧㄥ	缶部	【缶部】10畫		225	228	段5下-21	錯10-8	鉉5下-4
罄(磬)	qing `	ㄑㄧㄥ `	缶部	【缶部】11畫		225	228	段5下-21	錯10-8	鉉5下-4
磬(殸、硜、磬、䃘)	qing `	ㄑㄧㄥ `	石部	【石部】11畫		451	456	段9下-29	錯18-10	鉉9下-4
倪(磬、罄)	qian `	ㄑㄧㄢ `	人部	【人部】11畫		375	379	段8上-22	錯15-8	鉉8上-3
罅(墟)	xia `	ㄒㄧㄚ `	缶部	【缶部】11畫		225	228	段5下-21	錯10-8	鉉5下-4
墟(陜、罅)	xia `	ㄒㄧㄚ `	土部	【土部】11畫		691	698	段13下-35	錯26-6	鉉13下-5
尊(尊、鐏、樽)	zun	ㄗㄨㄣ	酋部	【廾部】12畫		752	759	段14下-43	錯28-20	鉉14下-10末
罊(憨通段)	qi `	ㄑㄧ `	缶部	【缶部】13畫		226	228	段5下-22	錯10-8	鉉5下-4
甖(甕、甕)	weng	ㄨㄥ `	缶部	【瓦部】13畫		225	227	段5下-20	錯10-8	鉉5下-4
瓮(罌、罌，甕通段)	weng `	ㄨㄥ `	瓦部	【瓦部】14畫		638	644	段12下-54	錯24-18	鉉12下-8
罌(罌通段)	ying	ㄧㄥ	缶部	【缶部】14畫		225	227	段5下-20	錯10-8	鉉5下-4

篆本字（古文、金文、籀文、俗字，通段、金石）	拼音	注音	說文部首	康熙部首	筆畫	一般頁碼	洪葉頁碼	段注篇章	徐鍇通釋篇章	徐鉉藤花榭篇章
櫑（蠱、罍、靁、鷽、纇）	lei ´	ㄌㄟˊ	木部	【木部】15畫	261	263	段6上-46	鍇11-20	鉉6上-6
鑪（爐、鱸通段）	lu ´	ㄌㄨˊ	金部	【金部】16畫	705	712	段14上-8	鍇27-4	鉉14上-2
膚（鑪、鱸）	lu ´	ㄌㄨˊ	甾部	【虍部】16畫	638	644	段12下-53	鍇24-17	鉉12下-8
罇	cun `	ㄘㄨㄣˋ	缶部	【缶部】17畫	225	228	段5下-21	鍇10-8	鉉5下-4
罐	ling ´	ㄌㄧㄥˊ	缶部	【缶部】17畫	225	228	段5下-21	鍇10-8	鉉5下-4
罐	guan `	ㄍㄨㄢˋ	缶部	【缶部】18畫	無	無	無	無	鉉5下-4
灌（罐通段）	guan `	ㄍㄨㄢˋ	水部	【水部】18畫	531	536	段11上壹-31	鍇21-9	鉉11上-2
甖（甕、甕）	weng `	ㄨㄥˋ	缶部	【瓦部】18畫	225	227	段5下-20	鍇10-8	鉉5下-4
櫑（蠱、罍、靁、鷽、纇）	lei ´	ㄌㄟˊ	木部	【木部】21畫	261	263	段6上-46	鍇11-20	鉉6上-6
【网(wang ˇ)部】	wang ˇ	ㄨㄤˇ	网部		355	358	段7下-40	鍇14-18	鉉7下-7
网（罔、𦉪从糸亾、囚、㒹，網、惘、輞、輞通段）	wang ˇ	ㄨㄤˇ	网部	【网部】	355	358	段7下-40	鍇14-18	鉉7下-7
罕（罕、䍐）	han ˇ	ㄏㄢˇ	网部	【网部】3畫	355	358	段7下-40	鍇14-18	鉉7下-7
罟（罟）	hu `	ㄏㄨˋ	网部	【网部】4畫	356	360	段7下-43	鍇14-19	鉉7下-8
罦（罦、罘）	fu ´	ㄈㄨˊ	网部	【网部】4畫	356	359	段7下-42	鍇14-19	鉉7下-8
罜（罜）	zhu ˇ	ㄓㄨˇ	网部	【网部】5畫	355	359	段7下-41	鍇14-19	鉉7下-7
罠（罠、緡、纙）	min ´	ㄇㄧㄣˊ	网部	【网部】5畫	356	359	段7下-42	鍇14-19	鉉7下-8
緡（罠述及，緍通段）	min ´	ㄇㄧㄣˊ	糸部	【糸部】5畫	659	665	段13上-32	鍇25-7	鉉13上-4
罛（罛）	gu ˇ	ㄍㄨˇ	网部	【网部】5畫	355	359	段7下-41	鍇14-20	鉉7下-7
罦（罦fou ´、罞、罞）	fu ´	ㄈㄨˊ	网部	【网部】5畫	356	359	段7下-42	鍇14-19	鉉7下-8
罜（眾）	gu	ㄍㄨ	网部	【网部】5畫	355	359	段7下-41	鍇14-19	鉉7下-7
茅（茅、蕯、鶎通段）	mao ´	ㄇㄠˊ	艸部	【艸部】5畫	27	28	段1下-13	鍇2-7	鉉1下-3
罝（罝、羅、罝）	ju	ㄐㄩ	网部	【网部】5畫	356	360	段7下-43	鍇14-19	鉉7下-8
罶（罶、罶，罪通段）	liu ´	ㄌㄧㄡˇ	网部	【网部】5畫	355	359	段7下-41	鍇14-19	鉉7下-7

篆本字(古文、金文、籀文、俗字，通叚、金石)	拼音	注音	說文部首	康熙部首	筆畫	一般頁碼	洪葉頁碼	段注篇章	徐鍇通釋篇章	徐鉉藤花榭篇章
粆(粆、槑，采通叚)	mi´	ㄇㄧˊ	网部	【网部】6畫	355	358	段7下-40	錯14-18	鉉7下-7
絓(罣、袿、褂通叚)	gua`	ㄍㄨㄚˋ	糸部	【糸部】6畫	644	650	段13上-2	錯25-1	鉉13上-1
詿(罣通叚)	gua	ㄍㄨㄚˋ	言部	【言部】6畫	97	98	段3上-23	錯5-12	鉉3上-5
罘	mei´	ㄇㄟˊ	网部	【网部】7畫	355	358	段7下-40	錯14-18	鉉7下-7
罥(羂、罥、絹，羂、羉通叚)	juan`	ㄐㄩㄢˋ	网部	【网部】7畫	355	358	段7下-40	錯14-18	鉉7下-7
絹(羂，罥通叚)	juan`	ㄐㄩㄢˋ	糸部	【糸部】7畫	649	656	段13上-13	錯25-4	鉉13上-2
罦(罦、罘)	fu´	ㄈㄨˊ	网部	【网部】7畫	356	359	段7下-42	錯14-19	鉉7下-8
罦(罦fou´、罜、罜)	fu´	ㄈㄨˊ	网部	【网部】7畫	356	359	段7下-42	錯14-19	鉉7下-8
罬(罬、輟)	zhuo´	ㄓㄨㄛˊ	网部	【网部】8畫	356	359	段7下-42	錯14-19	鉉7下-8
輟(罬)	chuo`	ㄔㄨㄛˋ	車部	【車部】8畫	728	735	段14上-54	錯27-15	鉉14上-7
罧(罧、槮)	shen	ㄕㄣ	网部	【网部】8畫	356	359	段7下-42	錯14-19	鉉7下-8
挂(掛，罫通叚)	gua`	ㄍㄨㄚˋ	手部	【手部】8畫	609	615	段12上-52	錯23-16	鉉12上-8
置(置、植)	zhi`	ㄓˋ	网部	【网部】8畫	356	360	段7下-43	錯14-19	鉉7下-8
罭(罭)	yu`	ㄩˋ	网部	【网部】8畫	無	無	無	無	鉉7下-8
䵍(緎，繜、罭通叚)	yu`	ㄩˋ	黑部	【黑部】8畫	489	493	段10上-58	錯19-19	鉉10上-10
罨(罨，施通叚)	yan´	ㄧㄢˇ	网部	【网部】8畫	355	358	段7下-40	錯14-18	鉉7下-7
罩(罩，箌、箄、簹、籗通叚)	zhao`	ㄓㄠˋ	网部	【网部】8畫	355	359	段7下-41	錯14-19	鉉7下-7
翟(罹、罩)	zhao`	ㄓㄠˋ	隹部	【网部】8畫	144	145	段4上-30	錯7-13	鉉4上-6
罪(罪、辠)	zui`	ㄗㄨㄟˋ	网部	【网部】8畫	355	359	段7下-41	錯14-18	鉉7下-7
辠(罪)	zui`	ㄗㄨㄟˋ	辛部	【辛部】8畫	741	748	段14下-22	錯28-11	鉉14下-5
罯(罯)	shu`	ㄕㄨˇ	网部	【网部】8畫	356	360	段7下-43	錯14-19	鉉7下-8
晇(署、曙)	shu`	ㄕㄨˇ	日部	【日部】8畫	302	305	段7上-2	錯13-1	鉉7上-1
翟(罹、罩)	zhao`	ㄓㄠˋ	隹部	【网部】8畫	144	145	段4上-30	錯7-13	鉉4上-6
网(罔、䍐从糸乚、囚、网，網、惘、輞、輞通叚)	wang´	ㄨㄤˇ	网部	【网部】9畫	355	358	段7下-40	錯14-18	鉉7下-7

篆本字（古文、金文、籀文、俗字，通段、金石）	拼音	注音	說文部首	康熙部首	筆畫	一般頁碼	洪葉頁碼	段注篇章	徐鍇通釋篇章	徐鉉藤花榭篇章
図(圂)	nian˅	ㄋㄧㄢ˅	囗部	【囗部】	9畫	278	280	段6下-12	鍇12-8	鉉6下-4
罳(罳)	si	ㄙ	网部	【网部】	9畫	無	無	無	無	鉉7下-8
思(罳、腮、顋、鬤通段)	si	ㄙ	思部	【心部】	9畫	501	506	段10下-23	鍇20-9	鉉10下-5
罨(罨)	an˅	ㄢ˅	网部	【网部】	9畫	356	360	段7下-43	鍇14-20	鉉7下-8
盦(庵、罨、菴通段)	an	ㄢ	皿部	【广部】	9畫	213	215	段5上-49	鍇9-20	鉉5上-9
罸(罰、罰，罸、蕽，俏通段)	fa´	ㄈㄚ´	刀部	【网部】	9畫	182	184	段4下-49	鍇8-17	鉉4下-7
罵(罵、罵、傌通段)	maˋ	ㄇㄚˋ	网部	【网部】	10畫	356	360	段7下-43	鍇14-20	鉉7下-8
畢(畢，潷、篳通段)	biˋ	ㄅㄧˋ	華部	【田部】	10畫	158	160	段4下-1	鍇8-1	鉉4下-1
罷(罷)	baˋ	ㄅㄚˋ	网部	【网部】	10畫	356	360	段7下-43	鍇14-20	鉉7下-8
疲(罷)	pi´	ㄆㄧˊ	疒部	【疒部】	10畫	352	355	段7下-34	鍇14-15	鉉7下-6
婢(罷、矲，牌、矮通段)	baˋ	ㄅㄚˋ	立部	【立部】	10畫	500	505	段10下-21	鍇20-8	鉉10下-4
罶(罶、篗，罪通段)	liu˅	ㄌㄧㄡ˅	网部	【网部】	10畫	355	359	段7下-41	鍇14-19	鉉7下-7
罝(罝、羅、置)	ju	ㄐㄩ	网部	【网部】	11畫	356	360	段7下-43	鍇14-19	鉉7下-8
罹(罹)	li´	ㄌㄧˊ	网部	【网部】	11畫	無	無	無	無	鉉7下-8
羅(羅、罹，邏通段)	luo´	ㄌㄨㄛˊ	网部	【网部】	11畫	356	359	段7下-42	鍇14-19	鉉7下-8
離(樆、鷬、驪，罹、穲、攡、欐、鸝從麗通段)	li´	ㄌㄧˊ	隹部	【隹部】	11畫	142	144	段4上-27	鍇7-12	鉉4上-5
罻	weiˋ	ㄨㄟˋ	网部	【网部】	11畫	356	359	段7下-42	鍇14-19	鉉7下-8
麗(麗)	luˋ	ㄌㄨˋ	网部	【网部】	11畫	356	359	段7下-42	鍇14-19	鉉7下-8
罽(罽)	jiˋ	ㄐㄧˋ	网部	【网部】	11畫	355	359	段7下-41	鍇14-18	鉉7下-7
瀱(罽)	jiˋ	ㄐㄧˋ	水部	【水部】	11畫	550	555	段11上貳-9	鍇21-21	鉉11上-5
繼(罽)	jiˋ	ㄐㄧˋ	糸部	【糸部】	11畫	662	668	段13上-38	鍇25-8	鉉13上-5

篆本字（古文、金文、籀文、俗字,通叚、金石）	拼音	注音	說文部首	康熙部首	一般頁碼	洪葉頁碼	段注篇章	徐鍇通釋篇章	徐鉉藤花榭篇章
巽(巽、蹝)	xuan˘	ㄒㄩㄢˇ	网部	【网部】12畫	355	358	段7下-40	鍇14-18	鉉7下-7
罿(罿)	chong	ㄔㄨㄥ	网部	【网部】12畫	356	359	段7下-42	鍇14-19	鉉7下-8
罾(罾)	zeng	ㄗㄥ	网部	【网部】12畫	355	359	段7下-41	鍇14-18	鉉7下-7
䍗(䍗、罥、絹,羂、䋝通叚)	juan`	ㄐㄩㄢˋ	网部	【网部】13畫	355	358	段7下-40	鍇14-18	鉉7下-7
幎(幂、冪、冖、鼏,幂、㡢、裓通叚)	mi`	ㄇㄧˋ	巾部	【巾部】13畫	358	362	段7下-47	鍇14-21	鉉7下-9
羈(羈、羅、羇,鞿、羇通叚)	ji	ㄐㄧ	网部	【网部】13畫	356	360	段7下-43	鍇14-20	鉉7下-8
舞(舞)	wu˘	ㄨˇ	网部	【网部】14畫	356	360	段7下-43	鍇14-19	鉉7下-8
羅(羅、罹,邏通叚)	luo˘	ㄌㄨㄛˊ	网部	【网部】14畫	356	359	段7下-42	鍇14-19	鉉7下-8
羆(羆、䍷)	pi˘	ㄆㄧˊ	熊部	【网部】14畫	480	484	段10上-40	鍇19-13	鉉10上-7
罩(罩,箌、筄、籗、籗通叚)	zhao`	ㄓㄠˋ	网部	【网部】14畫	355	359	段7下-41	鍇14-19	鉉7下-7
羈(羈、羅、羇,鞿、羇通叚)	ji	ㄐㄧ	网部	【网部】19畫	356	360	段7下-43	鍇14-20	鉉7下-8
罠(罠、緡、䋈)	min´	ㄇㄧㄣˊ	网部	【网部】19畫	356	359	段7下-42	鍇14-19	鉉7下-8
䍗(䍗、罥、絹,羂、䋝通叚)	juan`	ㄐㄩㄢˋ	网部	【网部】19畫	355	358	段7下-40	鍇14-18	鉉7下-7
絹(羂,罥通叚)	juan`	ㄐㄩㄢˋ	糸部	【糸部】19畫	649	656	段13上-13	鍇25-4	鉉13上-2
釃(灑,釃通叚)	shi	ㄕ	酉部	【酉部】19畫	747	754	段14下-34	鍇28-17	鉉14下-8
羈(羈、羅、羇,鞿、羇通叚)	ji	ㄐㄧ	网部	【网部】23畫	356	360	段7下-43	鍇14-20	鉉7下-8
【羊(yang´)部】	yang´	ㄧㄤˊ	羊部		145	146	段4上-32	鍇7-15	鉉4上-6
羊	yang´	ㄧㄤˊ	羊部	【羊部】	145	146	段4上-32	鍇7-15	鉉4上-6
芈(蛘通叚)	mi˘	ㄇㄧˇ	羊部	【羊部】2畫	145	147	段4上-33	鍇7-15	鉉4上-6
羌(羌,羗、強通叚)	qiang	ㄑㄧㄤ	羊部	【羊部】2畫	146	148	段4上-35	鍇7-16	鉉4上-7
羍(羍、達)	da´	ㄉㄚˊ	羊部	【羊部】3畫	145	147	段4上-33	鍇7-15	鉉4上-7
美	mei˘	ㄇㄟˇ	羊部	【羊部】3畫	146	148	段4上-35	鍇7-16	鉉4上-7

篆本字(古文、金文、籀文、俗字,通叚、金石)	拼音	注音	說文部首	康熙部首	筆畫	一般頁碼	洪葉頁碼	段注篇章	徐鍇通釋篇章	徐鉉藤花榭篇章
嘉(美、善、賀,恕通叚)	jia	ㄐㄧㄚ	壴部	【口部】3畫		205	207	段5上-34	鍇9-14	鉉5上-7
羑(羐、誘、牖)	you	ㄧㄡˇ	羊部	【羊部】3畫		147	148	段4上-36	鍇7-16	鉉4上-7
厽(誘、牖、誚、羑,諏通叚)	you	ㄧㄡˇ	厶部	【厶部】3畫		436	441	段9上-43	鍇17-15	鉉9上-7
羒	fen	ㄈㄣˊ	羊部	【羊部】4畫		146	147	段4上-34	鍇7-15	鉉4上-7
羔	gao	ㄍㄠ	羊部	【羊部】4畫		145	147	段4上-33	鍇7-15	鉉4上-6
羖	gu	ㄍㄨˇ	羊部	【羊部】4畫		146	147	段4上-34	鍇7-16	鉉4上-7
萈(㲯,芫、芫、羺通叚)	huan	ㄏㄨㄢˊ	萈部	【艸部】4畫		473	477	段10上-26	鍇19-8	鉉10上-4
羞(䐸通叚)	xiu	ㄒㄧㄡ	丑部	【羊部】5畫		745	752	段14下-29	鍇28-14	鉉14下-7
羜	zhu	ㄓㄨˇ	羊部	【羊部】5畫		145	147	段4上-33	鍇7-15	鉉4上-6
羝	di	ㄉㄧ	羊部	【羊部】5畫		146	147	段4上-34	鍇7-15	鉉4上-7
羋	ci	ㄘ	羊部	【羊部】5畫		146	148	段4上-35	鍇7-16	鉉4上-7
麤从鹿靁(羚,麠从鹿零通叚)	ling	ㄌㄧㄥˊ	鹿部	【鹿部】5畫		471	476	段10上-23	鍇19-7	鉉10上-4
義(羛、誼、儀 yiˊ今時所謂義、古書爲誼)	yi	ㄧˋ	我部	【羊部】5畫		633	639	段12下-43	鍇24-14	鉉12下-6
羕	yang	ㄧㄤˋ	永部	【羊部】6畫		570	575	段11下-6	鍇22-3	鉉11下-2
羳	zhao	ㄓㄠˋ	羊部	【羊部】6畫		145	147	段4上-33	鍇7-15	鉉4上-7
羠	yi	ㄧˊ	羊部	【羊部】6畫		146	147	段4上-34	鍇7-16	鉉4上-7
羥(牼)	qiang	ㄑㄧㄤˇ	羊部	【羊部】6畫		146	147	段4上-34	鍇7-16	鉉4上-7
養(敥)	yang	ㄧㄤˇ	倉部	【食部】6畫		220	222	段5下-10	鍇10-4	鉉5下-2
譱(譱、善)	shan	ㄕㄢˋ	誩部	【言部】6畫		102	102	段3上-32	鍇5-16	鉉3上-7
嘉(美、善、賀,恕通叚)	jia	ㄐㄧㄚ	壴部	【口部】6畫		205	207	段5上-34	鍇9-14	鉉5上-7
羣(群)	qun	ㄑㄩㄣˊ	羊部	【羊部】7畫		146	148	段4上-35	鍇7-16	鉉4上-7
羡(衍、延)	xian	ㄒㄧㄢˋ	次部	【羊部】7畫		414	418	段8下-26	鍇16-18	鉉8下-5
衍(羡,衒通叚)	yan	ㄧㄢˇ	水部	【水部】7畫		546	551	段11上貳-1	鍇21-13	鉉11上-4

篆本字(古文、金文、籀文、俗字，通叚、金石)	拼音	注音	說文部首	康熙部首	筆畫	一般頁碼	洪葉頁碼	段注篇章	徐鍇通釋篇章	徐鉉藤花榭篇章
義(羛、誼、儀 yi´今時所謂義、古書爲誼)	yi`	一`	我部	【羊部】	7畫	633	639	段12下-43	錯24-14	鉉12下-6
儀(義，俄通叚)	yi´	一´	人部	【人部】	7畫	375	379	段8上-21	錯15-8	鉉8上-3
空(孔、腔鞔man´述及，倥、崆、悾、箜、羫、窾通叚)	kong	ㄎㄨㄥ	穴部	【穴部】	8畫	344	348	段7下-19	錯14-8	鉉7下-4
臺(羣、純、醇)	chun´	ㄔㄨㄣ´	㐭部	【羊部】	8畫	229	232	段5下-29	錯10-11	鉉5下-5
羠(羒)	duo`	ㄉㄨㄛ`	羊部	【羊部】	8畫	146	148	段4上-35	錯7-16	鉉4上-7
麙(㺑、羬通叚)	xian´	ㄒㄧㄢ´	鹿部	【鹿部】	9畫	471	476	段10上-23	錯19-7	鉉10上-4
羭	yu´	ㄩ´	羊部	【羊部】	9畫	146	147	段4上-34	錯7-16	鉉4上-7
羯	jie´	ㄐㄧㄝ´	羊部	【羊部】	9畫	146	147	段4上-34	錯7-16	鉉4上-7
羥(羫、羭)	yan	一ㄢ	羊部	【羊部】	9畫	146	148	段4上-35	錯7-16	鉉4上-7
羠	wu`	ㄨ`	羊部	【羊部】	9畫	145	147	段4上-33	錯7-15	鉉4上-7
臺(羣、純、醇)	chun´	ㄔㄨㄣ´	㐭部	【羊部】	9畫	229	232	段5下-29	錯10-11	鉉5下-5
驫(原、厵、源，羱、羴、羱通叚)	yuan´	ㄩㄢ´	灥部	【厂部】	10畫	569	575	段11下-5	錯22-3	鉉11下-2
莧(羱，羦、羱、羬通叚)	huan´	ㄏㄨㄢ´	莧部	【艸部】	10畫	473	477	段10上-26	錯19-8	鉉10上-4
莧(羬通叚)	xian`	ㄒㄧㄢ`	艸部	【艸部】	10畫	24	24	段1下-6	錯2-3	鉉1下-2
羲(羲，曦通叚)	xi	ㄒㄧ	兮部	【羊部】	10畫	204	206	段5上-31	錯9-13	鉉5上-6
犧(羲)	xi	ㄒㄧ	牛部	【牛部】	10畫	53	53	段2上-10	錯3-5	鉉2上-2
羷	jin`	ㄐㄧㄣ`	羊部	【羊部】	11畫	146	148	段4上-35	錯7-16	鉉4上-7
羵	zi`	ㄗ`	羊部	【羊部】	11畫	146	148	段4上-35	錯7-16	鉉4上-7
羳	fan´	ㄈㄢ´	羊部	【羊部】	12畫	146	147	段4上-34	錯7-16	鉉4上-7
墳(坋、濆、蚠 豶述及，羵通叚)	fen´	ㄈㄣ´	土部	【土部】	12畫	693	699	段13下-38	錯26-7	鉉13下-5
羴(羶)	shan	ㄕㄢ	羴部	【羊部】	12畫	147	149	段4上-37	錯7-17	鉉4上-7
羸(纍、虆)	lei´	ㄌㄟ´	羊部	【羊部】	13畫	146	148	段4上-35	錯7-16	鉉4上-7

篆本字(古文、金文、籀文、俗字，通叚、金石)	拼音	注音	說文部首	康熙部首	筆畫	一般頁碼	洪葉頁碼	段注篇章	徐鍇通釋篇章	徐鉉藤花榭篇章
鬻从羔(鬻、鬻从羹geng、羹，膌通叚)	geng	《ㄥ	鬻部	【鬲部】13畫	112	113	段3下-11	鍇6-6	鉉3下-2
譱(譱、善)	shan˙	ㄕㄢˋ	誩部	【言部】14畫	102	102	段3上-32	鍇5-16	鉉3上-7
羼	chan˙	ㄔㄢˋ	羴部	【羊部】15畫	147	149	段4上-37	鍇7-17	鉉4上-7
孰从㐭羊(孰、熟，塾通叚)	shu´	ㄕㄨˊ	丮部	【土部】15畫	113	114	段3下-14	鍇6-8	鉉3下-3
【羽(yu˘)部】	yu˘	ㄩˇ	羽部			138	139	段4上-18	鍇7-9	鉉4上-4
羽(羾)	yu˘	ㄩˇ	羽部	【羽部】	138	139	段4上-18	鍇7-9	鉉4上-4
羿(羿、羿)	yi˙	一ˋ	羽部	【羽部】3畫	139	140	段4上-20	鍇7-10	鉉4上-4
弭(羿、羿)	yi˙	一ˋ	弓部	【弓部】3畫	641	647	段12下-60	鍇24-20	鉉12下-9
舞(翌、儛)	wu˘	ㄨˇ	舛部	【舛部】3畫	234	236	段5下-38	鍇10-15	鉉5下-7
雩(雩、翌)	yu´	ㄩˊ	雨部	【雨部】3畫	574	580	段11下-15	鍇22-7	鉉11下-4
翀	hong´	ㄏㄨㄥˊ	羽部	【羽部】3畫	無	無	無	無	鉉4上-5
翁(滃、公，翀、額通叚)	weng	ㄨㄥ	羽部	【羽部】3畫	138	140	段4上-19	鍇7-9	鉉4上-4
虹(蚈、蝐，翀通叚)	hong´	ㄏㄨㄥˊ	虫部	【虫部】3畫	673	680	段13上-61	鍇25-14	鉉13上-8
翌(皇)	huang´	ㄏㄨㄤˊ	羽部	【羽部】4畫	140	141	段4上-22	鍇7-10	鉉4上-5
雩(雩、翌)	yu´	ㄩˊ	雨部	【雨部】4畫	574	580	段11下-15	鍇22-7	鉉11下-4
翄(翅、翄)	chi˙	ㄔˋ	羽部	【羽部】4畫	138	140	段4上-19	鍇7-9	鉉4上-4
啻(商、翅疧qi´述及，螭通叚)	chi˙	ㄔˋ	口部	【口部】4畫	58	59	段2上-21	鍇3-9	鉉2上-4
翨(翅)	chi˙	ㄔˋ	羽部	【羽部】4畫	138	139	段4上-18	鍇7-9	鉉4上-4
薨(翃、翤、蕢通叚)	hong	ㄏㄨㄥ	死部	【艸部】4畫	164	166	段4下-13	鍇8-6	鉉4下-3
翁(滃、公，翀、額通叚)	weng	ㄨㄥ	羽部	【羽部】4畫	138	140	段4上-19	鍇7-9	鉉4上-4
滃(翁)	weng˘	ㄨㄥˇ	水部	【水部】4畫	557	562	段11上貳-23	鍇21-20	鉉11上-7
鳻(翂，翁、鴒通叚)	fen´	ㄈㄣˊ	鳥部	【鳥部】4畫	157	158	段4上-56	鍇7-23	鉉4上-9
沖(盅，冲、沖、翀通叚)	chong	ㄔㄨㄥ	水部	【水部】4畫	547	552	段11上貳-4	鍇21-14	鉉11上-4

篆本字(古文、金文、籀文、俗字，通叚、金石)	拼音	注音	說文部首	康熙部首	筆畫	一般頁碼	洪葉頁碼	段注篇章	徐鍇通釋篇章	徐鉉藤花榭篇章
翄(翪，榻、翭通叚)	ta、	ㄊㄚˋ	羽部	【羽部】4畫	139	141	段4上-21	錯7-10	鉉4上-4
翄	chi	ㄔ	羽部	【羽部】4畫	139	141	段4上-21	錯7-10	鉉4上-4
翇(帗)	fu´	ㄈㄨˊ	羽部	【羽部】5畫	140	141	段4上-22	錯7-10	鉉4上-5
帗(翇)	fu´	ㄈㄨˊ	巾部	【巾部】5畫	357	361	段7下-45	錯14-20	鉉7下-8
翣(霎，翜通叚)	sha、	ㄕㄚˋ	羽部	【羽部】5畫	139	141	段4上-21	錯7-10	鉉4上-4
披(陂，翍通叚)	pi	ㄆㄧ	手部	【手部】5畫	602	608	段12上-38	錯23-12	鉉12上-6
翎	ling´	ㄌㄧㄥˊ	羽部	【羽部】5畫	無	無	無	無	鉉4上-5
泠(伶，翎通叚)	ling´	ㄌㄧㄥˊ	水部	【水部】5畫	531	536	段11上壹-32	錯21-9	鉉11上-2
零(霝軨述及，翎通叚)	ling´	ㄌㄧㄥˊ	雨部	【雨部】5畫	572	578	段11下-11	錯22-6	鉉11下-3
翊(翌、翍)	yi、	一ˋ	羽部	【羽部】5畫	139	141	段4上-21	錯7-10	鉉4上-4
昱(翌、翼、翊)	yu、	ㄩˋ	日部	【日部】5畫	306	309	段7上-10	錯13-4	鉉7上-2
翏(戮)	liu、	ㄌㄧㄡˋ	羽部	【羽部】5畫	139	141	段4上-21	錯7-10	鉉4上-4
戮(翏、勠，剹通叚)	lu、	ㄌㄨˋ	戈部	【戈部】5畫	631	637	段12下-39	錯24-13	鉉12下-6
翑(䎬)	qu´	ㄑㄩˊ	羽部	【羽部】5畫	139	140	段4上-20	錯7-10	鉉4上-4
習(彗)	xi´	ㄒㄧˊ	習部	【羽部】5畫	138	139	段4上-18	錯7-9	鉉4上-4
友(羿、𦥑)	you˘	一ㄡˇ	又部	【又部】6畫	116	117	段3下-20	錯6-11	鉉3下-4
翼(翌、翊)	yi、	一ˋ	羽部	【羽部】6畫	139	140	段4上-20	錯7-10	鉉4上-4
弋(翌、翊)	yi、	一ˋ	弓部	【弓部】6畫	641	647	段12下-60	錯24-20	鉉12下-9
翔(鸏通叚)	xiang´	ㄒㄧㄤˊ	羽部	【羽部】6畫	140	141	段4上-22	錯7-10	鉉4上-4
翕(噏、熻通叚)	xi	ㄒㄧ	羽部	【羽部】6畫	139	140	段4上-20	錯7-10	鉉4上-4
翣(霎，翜通叚)	sha、	ㄕㄚˋ	羽部	【羽部】7畫	139	141	段4上-21	錯7-10	鉉4上-4
脩(修，翛、餐通叚)	xiu	ㄒㄧㄡ	肉部	【肉部】7畫	174	176	段4下-33	錯8-12	鉉4下-5
翿(翢、纛从毐縣、纛从毒縣，翢、翿通叚)	dao、	ㄉㄠˋ	羽部	【羽部】8畫	140	142	段4上-23	錯7-10	鉉4上-5
儔(翢、翿旐述及、疇)	chou´	ㄔㄡˊ	人部	【人部】8畫	378	382	段8上-27	錯15-10	鉉8上-4
翟(狄，鸐、鷑通叚)	di´	ㄉㄧˊ	羽部	【羽部】8畫	138	140	段4上-19	錯7-9	鉉4上-4

篆本字(古文、金文、籀文、俗字，通段、金石)	拼音	注音	說文部首	康熙部首	筆畫	一般頁碼	洪葉頁碼	段注篇章	徐鍇通釋篇章	徐鉉藤花榭篇章
翠(膵髓述及，璀通段)	cui `	ㄘㄨㄟˋ	羽部	【羽部】	8畫	138	140	段4上-19	鍇7-9	鉉4上-4
翡	fei ˇ	ㄈㄟˇ	羽部	【羽部】	8畫	138	140	段4上-19	鍇7-9	鉉4上-4
翜(接、澀，籋、氍、髦通段)	sha `	ㄕㄚˋ	羽部	【羽部】	8畫	140	142	段4上-23	鍇7-10	鉉4上-5
箑(簍、翜)	sha `	ㄕㄚˋ	竹部	【竹部】	8畫	195	197	段5上-13	鍇9-5	鉉5上-2
翥	zhu `	ㄓㄨˋ	羽部	【羽部】	9畫	139	140	段4上-20	鍇7-10	鉉4上-4
嵏(騣通段)	zong	ㄗㄨㄥ	夊部	【夊部】	9畫	233	236	段5下-37	鍇10-15	鉉5下-7
翾(儇，翧通段)	xuan	ㄒㄩㄢ	羽部	【羽部】	9畫	139	140	段4上-20	鍇7-10	鉉4上-4
翅(翄)	chi `	ㄔˋ	羽部	【羽部】	9畫	138	139	段4上-18	鍇7-9	鉉4上-4
翩(翻、鶣通段)	pian	ㄆㄧㄢ	羽部	【羽部】	9畫	139	141	段4上-21	鍇7-10	鉉4上-4
偏(翩)	pian	ㄆㄧㄢ	人部	【人部】	9畫	378	382	段8上-27	鍇15-10	鉉8上-4
翬	hui	ㄏㄨㄟ	羽部	【羽部】	9畫	139	141	段4上-21	鍇7-10	鉉4上-4
翱(革)	ge ´	ㄍㄜˊ	羽部	【革部】	9畫	139	140	段4上-20	鍇7-9	鉉4上-4
翭(猴、鍭)	hou ´	ㄏㄡˊ	羽部	【羽部】	9畫	139	140	段4上-20	鍇7-9	鉉4上-4
鍭(鏃、翭述及)	hou ´	ㄏㄡˊ	金部	【金部】	9畫	711	718	段14上-19	鍇27-8	鉉14上-4
翫(忨)	wan ´	ㄨㄢˊ	習部	【羽部】	9畫	138	139	段4上-18	鍇7-9	鉉4上-4
忨(翫，餀通段)	wan ´	ㄨㄢˊ	心部	【心部】	9畫	510	515	段10下-41	鍇20-15	鉉10下-7
翦(翥、齊、歬、前、戩、鬋)	jian ˇ	ㄐㄧㄢˇ	羽部	【羽部】	9畫	138	140	段4上-19	鍇7-9	鉉4上-4
戩(翦、齊、前)	jian ˇ	ㄐㄧㄢˇ	戈部	【戈部】	9畫	631	637	段12下-40	鍇24-13	鉉12下-6
揃(翦、前)	jian ˇ	ㄐㄧㄢˇ	手部	【手部】	9畫	599	605	段12上-32	鍇23-11	鉉12上-5
歬(前、翦)	qian ´	ㄑㄧㄢˊ	止部	【止部】	9畫	68	68	段2上-40	鍇3-17	鉉2上-8
鬋从歬(鬋、翦)	jian ˇ	ㄐㄧㄢˇ	彡部	【彡部】	9畫	426	431	段9上-23	鍇17-8	鉉9上-4
薨(翃、翁、薨通段)	hong	ㄏㄨㄥ	死部	【艸部】	10畫	164	166	段4下-13	鍇8-6	鉉4下-3
翮	he ´	ㄏㄜˊ	羽部	【羽部】	10畫	139	140	段4上-20	鍇7-9	鉉4上-4
熒(嫈、惸、睘，傹、翁通段)	qiong ´	ㄑㄩㄥˊ	炏部	【火部】	10畫	583	588	段11下-32	鍇22-12	鉉11下-7
翯(隺、暠、鶴，暠通段)	he `	ㄏㄜˋ	羽部	【羽部】	10畫	140	141	段4上-22	鍇7-10	鉉4上-5

篆本字(古文、金文、籀文、俗字，通叚、金石)	拼音	注音	說文部首	康熙部首	筆畫	一般頁碼	洪葉頁碼	段注篇章	徐鍇通釋篇章	徐鉉藤花榭篇章
滈(鎬，鄗、濠、灝通叚)	hao`	ㄏㄠˋ	水部	【水部】10畫		558	563	段11上貳-25	鍇21-20	鉉11上-7
翋(挧，搨、毻通叚)	ta`	ㄊㄚˋ	羽部	【羽部】10畫		139	141	段4上-21	鍇7-10	鉉4上-4
鬲(瓹、翮、歷，膈通叚)	li`	ㄌㄧˋ	鬲部	【鬲部】10畫		111	112	段3下-9	鍇6-5	鉉3下-2
翰(榦骭gan`述及，瀚通叚)	han`	ㄏㄢˋ	羽部	【羽部】10畫		138	139	段4上-18	鍇7-9	鉉4上-4
毼(翰)	han`	ㄏㄢˋ	毛部	【毛部】10畫		399	403	段8上-69	鍇16-7	鉉8上-10
騛(翰)	han`	ㄏㄢˋ	馬部	【馬部】10畫		463	467	段10上-6	鍇19-2	鉉10上-1
鶾(翰雗述及)	han`	ㄏㄢˋ	隹部	【隹部】10畫		141	143	段4上-25	鍇7-11	鉉4上-5
翳(瑿、繄通叚)	yi`	ㄧˋ	羽部	【羽部】11畫		140	142	段4上-23	鍇7-10	鉉4上-5
医非古醫字(翳)	yi	ㄧ	匸部	【匸部】11畫		635	641	段12下-48	鍇24-16	鉉12下-7
飄(飆，翲通叚)	piao	ㄆㄧㄠ	風部	【風部】11畫		677	684	段13下-7	鍇25-16	鉉13下-2
鷾(翼、釳鬲li`述及)	yi`	ㄧˋ	飛部	【飛部】11畫		582	588	段11下-31	鍇22-12	鉉11下-7
廙(翼)	yi`	ㄧˋ	广部	【广部】11畫		445	450	段9下-17	鍇18-6	鉉9下-3
昱(翌、翼、翊)	yu`	ㄩˋ	日部	【日部】11畫		306	309	段7上-10	鍇13-4	鉉7上-2
翺	ao´	ㄠˊ	羽部	【羽部】12畫		140	141	段4上-22	鍇7-10	鉉4上-4
翹(藋通叚)	qiao`	ㄑㄧㄠˋ	羽部	【羽部】12畫		139	140	段4上-20	鍇7-9	鉉4上-4
蹻(翹)	qiao	ㄑㄧㄠ	足部	【足部】12畫		81	82	段2下-25	鍇4-13	鉉2下-5
翻	fan	ㄈㄢ	羽部	【羽部】12畫		無	無	無	無	鉉4上-5
幡(翻通叚)	fan	ㄈㄢ	巾部	【巾部】12畫		360	363	段7下-50	鍇14-22	鉉7下-9
趫(獝，翻通叚)	ju´	ㄐㄩˊ	走部	【走部】12畫		65	66	段2上-35	鍇3-16	鉉2上-7
翽	hui`	ㄏㄨㄟˋ	羽部	【羽部】13畫		140	141	段4上-22	鍇7-10	鉉4上-4
翾(儇，翲通叚)	xuan	ㄒㄩㄢ	羽部	【羽部】13畫		139	140	段4上-20	鍇7-10	鉉4上-4
肅(肅、蕭，翻、鷫、驌通叚)	su`	ㄙㄨˋ	聿部	【聿部】13畫		117	118	段3下-21	鍇6-12	鉉3下-5
燿(曜、爍、耀通叚)	yao`	ㄧㄠˋ	火部	【火部】14畫		485	490	段10上-51	鍇19-17	鉉10上-9
翩(翩、鶣通叚)	pian	ㄆㄧㄢ	羽部	【羽部】14畫		139	141	段4上-21	鍇7-10	鉉4上-4

篆本字(古文、金文、籀文、俗字，通叚、金石)	拼音	注音	說文部首	康熙部首	筆畫	一般頁碼	洪葉頁碼	段注篇章	徐鍇通釋篇章	徐鉉藤花榭篇章
翏(翿、纛从宀縣、纛从毒縣，翍、翩通叚)	dao ˋ	ㄉㄠˋ	羽部	【羽部】14畫		140	142	段4上-23	錯7-10	鉉4上-5
儔(翿、翩旄述及、疇)	chou ´	ㄔㄡˊ	人部	【人部】14畫		378	382	段8上-27	錯15-10	鉉8上-4
【老(lao ˇ)部】	lao ˇ	ㄌㄠˇ	老部			398	402	段8上-67	錯16-7	鉉8上-10
老	lao ˇ	ㄌㄠˇ	老部	【老部】		398	402	段8上-67	錯16-7	鉉8上-10
考(孝)	kao ˇ	ㄎㄠˇ	老部	【老部】		398	402	段8上-68	錯16-7	鉉8上-10
攷(考，拷通叚)	kao ˇ	ㄎㄠˇ	攴部	【攴部】		125	126	段3下-38	錯6-19	鉉3下-8
者(這、箸弋述及)	zhe ˇ	ㄓㄜˇ	白部	【老部】4畫		137	138	段4上-16	錯7-8	鉉4上-4
箸(者弋述及，著、虪、筯、竺通叚)	zhu ˋ	ㄓㄨˋ	竹部	【竹部】4畫		193	195	段5上-9	錯9-4	鉉5上-2
諸(者，蜍、蠩通叚)	zhu	ㄓㄨ	言部	【言部】4畫		90	90	段3上-8	錯5-5	鉉3上-3
耂	shu ˋ	ㄕㄨˋ	老部	【老部】4畫		398	402	段8上-68	錯16-7	鉉8上-10
耄(髦、眊、眊、旄，薹通叚)	mao ˋ	ㄇㄠˋ	老部	【老部】4畫		398	402	段8上-67	錯16-7	鉉8上-10
眊(翟、眊、薹)	mao ˋ	ㄇㄠˋ	目部	【目部】4畫		131	132	段4上-4	錯7-2	鉉4上-1
耇(耈通叚)	gou ˇ	ㄍㄡˇ	老部	【老部】5畫		398	402	段8上-68	錯16-7	鉉8上-10
耊	dian ˋ	ㄉㄧㄢˋ	老部	【老部】5畫		398	402	段8上-68	錯16-7	鉉8上-10
耆(鬐从耆、嗜，鰭通叚)	qi ´	ㄑㄧˊ	老部	【老部】6畫		398	402	段8上-67	錯16-7	鉉8上-10
嗜(耆)	shi ˋ	ㄕˋ	口部	【口部】6畫		59	59	段2上-22	錯3-9	鉉2上-5
鄝(黎、耆、阞、飢)	li ´	ㄌㄧˊ	邑部	【邑部】6畫		288	291	段6下-33	錯12-16	鉉6下-6
底(砥、耆)	di ˇ	ㄉㄧˇ	厂部	【厂部】6畫		446	451	段9下-19	錯18-7	鉉9下-3
耊(耋、耊通叚)	die ´	ㄉㄧㄝˊ	老部	【老部】6畫		398	402	段8上-67	錯16-7	鉉8上-10
【而(er ´)部】	er ´	ㄦˊ	而部			454	458	段9下-34	錯18-12	鉉9下-5
而(能、如歃述及，髵通叚)	er ´	ㄦˊ	而部	【而部】		454	458	段9下-34	錯18-12	鉉9下-5

篆本字(古文、金文、籀文、俗字，通段、金石)	拼音	注音	說文部首	康熙部首	筆畫	一般頁碼	洪葉頁碼	段注篇章	徐鍇通釋篇章	徐鉉藤花榭篇章
如(而歠述及)	ru´	ㄖㄨˊ	女部	【女部】		620	626	段12下-18	鍇24-6	鉉12下-3
㖠(nuo´)	er´	ㄦˊ	丸部	【而部】3畫		448	453	段9下-23	鍇18-8	鉉9下-4
奭(輭，軟通段)	ruan˘	ㄖㄨㄢˇ	大部	【而部】3畫		499	503	段10下-18	鍇20-7	鉉10下-4
偄(奭、愞、懦、輭，軟通段)	ruan˘	ㄖㄨㄢˇ	人部	【人部】3畫		377	381	段8上-26	鍇15-9	鉉8上-4
㞋(戹、奭)	nian˘	ㄋㄧㄢˇ	尸部	【尸部】3畫		400	404	段8上-72	鍇16-8	鉉8上-11
耏(耐、能而述及)	er´	ㄦˊ	而部	【而部】3畫		454	458	段9下-34	鍇18-12	鉉9下-5
耑(端、專)	duan	ㄉㄨㄢ	耑部	【而部】3畫		336	340	段7下-3	鍇14-1	鉉7下-1
端(耑)	duan	ㄉㄨㄢ	立部	【立部】3畫		500	504	段10下-20	鍇20-7	鉉10下-4
黻(黺通段)	fu´	ㄈㄨˊ	黹部	【黹部】8畫		364	368	段7下-59	鍇14-25	鉉7下-10
歂(惴)	zhuan˘	ㄓㄨㄢˇ	厄部	【而部】8畫		430	434	段9上-30	鍇17-10	鉉9上-5
黼(黼通段)	fu˘	ㄈㄨˇ	黹部	【黹部】10畫		364	368	段7下-59	鍇14-25	鉉7下-10
【耒(lei˘)部】	lei˘	ㄌㄟˇ	耒部			183	185	段4下-52	鍇8-18	鉉4下-8
耒	lei˘	ㄌㄟˇ	耒部	【耒部】		183	185	段4下-52	鍇8-18	鉉4下-8
秄(芓、籽、蓘)	zi˘	ㄗˇ	禾部	【禾部】3畫		325	328	段7上-47	鍇13-19	鉉7上-8
耗(耗)	hao`	ㄏㄠˋ	禾部	【禾部】4畫		323	326	段7上-43	鍇13-18	鉉7上-8
頹(蔙、耘)	yun´	ㄩㄣˊ	耒部	【耒部】4畫		184	186	段4下-53	鍇8-19	鉉4下-8
抎(隕、耘)	yun˘	ㄩㄣˇ	手部	【手部】4畫		602	608	段12上-37	鍇23-12	鉉12上-6
耕(耤耦述及)	geng	ㄍㄥ	耒部	【耒部】4畫		184	186	段4下-53	鍇8-19	鉉4下-8
枱(鈶、辝、耜)	tai´	ㄊㄞˊ	木部	【木部】5畫		259	261	段6上-42	鍇11-18	鉉6上-6
枱(梩，耜、耛通段)	si`	ㄙˋ	木部	【木部】5畫		259	261	段6上-42	鍇11-18	鉉6上-6
鑼(钂，鈀通段)	ba`	ㄅㄚˋ	金部	【金部】5畫		707	714	段14上-11	鍇27-5	鉉14上-3
耮	gui	ㄍㄨㄟ	耒部	【耒部】6畫		184	186	段4下-53	鍇8-19	鉉4下-8
杷(耮，扒、抓、朳、爬、琶通段)	pa´	ㄆㄚˊ	木部	【木部】6畫		259	262	段6上-43	鍇11-19	鉉6上-6
耡(莇)	chu´	ㄔㄨˊ	耒部	【耒部】7畫		184	186	段4下-54	鍇8-19	鉉4下-8
耤(藉)	ji´	ㄐㄧˊ	耒部	【耒部】8畫		184	186	段4下-53	鍇8-19	鉉4下-8

篆本字(古文、金文、籀文、俗字，通叚、金石)	拼音	注音	說文部首	康熙部首	筆畫	一般頁碼	洪葉頁碼	段注篇章	徐鍇通釋篇章	徐鉉藤花榭篇章
掊(倍、捊，刨、裒、抔、稖通叚)	pou´	ㄆㄡˊ	手部	【手部】8畫		598	604	段12上-30	鍇23-10	鉉12上-5
甾(甶，淄、椔、稦、簹、鶅通叚)	zi	ㄗ	甾部	【田部】8畫		637	643	段12下-52	鍇24-17	鉉12下-8
耦(偶)	ou˘	ㄡˇ	耒部	【耒部】9畫		184	186	段4下-53	鍇8-19	鉉4下-8
偶(耦、寓、禺)	ou˘	ㄡˇ	人部	【人部】9畫		383	387	段8上-37	鍇15-12	鉉8上-5
堫(糉)	zong	ㄗㄨㄥ	土部	【土部】9畫		684	690	段13下-20	鍇26-2	鉉13下-4
種(種)	zhong˘	ㄓㄨㄥˇ	禾部	【禾部】9畫		321	324	段7上-39	鍇13-17	鉉7上-7
穜(種通叚)	tong´	ㄊㄨㄥˊ	禾部	【禾部】9畫		321	324	段7上-39	鍇13-17	鉉7上-7
賴(耘、耺)	yun´	ㄩㄣˊ	耒部	【耒部】10畫		184	186	段4下-53	鍇8-19	鉉4下-8
檽(鎒，耨通叚)	nou`	ㄋㄡˋ	木部	【木部】10畫		258	261	段6上-41	鍇11-18	鉉6上-5
暵(熯，暊、暯、蓳通叚)	han`	ㄏㄢˋ	日部	【日部】11畫		307	310	段7上-12	鍇13-4	鉉7上-2
廔(樓)	lou´	ㄌㄡˊ	广部	【广部】11畫		445	450	段9下-17	鍇18-6	鉉9下-3
櫌(耰)	you	ㄧㄡ	木部	【木部】15畫		259	262	段6上-43	鍇11-19	鉉6上-6
穮(麃、穮通叚)	biao	ㄅㄧㄠ	禾部	【禾部】15畫		325	328	段7上-47	鍇13-19	鉉7上-8
【耳(er˘)部】	er˘	ㄦˇ	耳部			591	597	段12上-15	鍇23-6	鉉12上-3
耳(爾唐謁亂至今，咡、駬通叚)	er˘	ㄦˇ	耳部	【耳部】		591	597	段12上-15	鍇23-6	鉉12上-3
耴	yi`	ㄧˋ	耳部	【耳部】1畫		591	597	段12上-15	鍇23-6	鉉12上-3
刵(聉通叚)	er`	ㄦˋ	刀部	【刂部】2畫		182	184	段4下-49	鍇8-17	鉉4下-7
咠(緝，呫通叚)	qi`	ㄑㄧˋ	口部	【口部】3畫		57	58	段2上-19	鍇3-8	鉉2上-4
朙(wa`)	yue`	ㄩㄝˋ	耳部	【耳部】4畫		592	598	段12上-18	鍇23-7	鉉12上-4
聆	qin´	ㄑㄧㄣˊ	耳部	【耳部】4畫		593	599	段12上-19	鍇23-8	鉉12上-4
耽(瞻)	dan	ㄉㄢ	耳部	【耳部】4畫		591	597	段12上-16	鍇23-6	鉉12上-3
瞻(耽、儋)	dan	ㄉㄢ	耳部	【耳部】4畫		591	597	段12上-16	鍇23-7	鉉12上-3
酖(耽、湛)	dan	ㄉㄢ	酉部	【酉部】4畫		749	756	段14下-37	鍇28-18	鉉14下-9
媅(耽、湛，妉、憪通叚)	dan	ㄉㄢ	女部	【女部】4畫		620	626	段12下-18	鍇24-6	鉉12下-3
耿(螢通叚)	geng˘	ㄍㄥˇ	耳部	【耳部】4畫		591	597	段12上-16	鍇23-7	鉉12上-4
恥(耻通叚)	chi˘	ㄔˇ	心部	【心部】4畫		515	519	段10下-50	鍇20-18	鉉10下-9

篆本字(古文、金文、籀文、俗字，通叚、金石)	拼音	注音	說文部首	康熙部首	筆畫	一般頁碼	洪葉頁碼	段注篇章	徐鍇通釋篇章	徐鉉藤花榭篇章
聑(聃、耼)	dan	ㄉㄢ	耳部	【耳部】5畫		591	597	段12上-16	錯23-7	鉉12上-3
趽	che`	ㄔㄜˋ	耳部	【耳部】5畫		592	598	段12上-18	錯23-8	鉉12上-4
聆(鈴，齡通叚)	ling´	ㄌㄧㄥˊ	耳部	【耳部】5畫		592	598	段12上-17	錯23-7	鉉12上-4
聉	wa`	ㄨㄚˋ	耳部	【耳部】5畫		592	598	段12上-18	錯23-7	鉉12上-4
聊(聊，膠、聹通叚)	liao´	ㄌㄧㄠˊ	耳部	【耳部】5畫		591	597	段12上-16	錯23-7	鉉12上-4
憀(聊)	liao´	ㄌㄧㄠˊ	心部	【心部】5畫		505	510	段10下-31	錯20-11	鉉10下-6
俚(聊、理)	li˘	ㄌㄧˇ	人部	【人部】5畫		369	373	段8上-10	錯15-4	鉉8上-2
僇(戮、聊，膠通叚)	lu`	ㄌㄨˋ	人部	【人部】5畫		382	386	段8上-36	錯15-12	鉉8上-5
聖	dian	ㄉㄧㄢ	耳部	【耳部】5畫		591	597	段12上-16	錯23-6	鉉12上-3
恧(忸、聏、聏、聰、衄通叚)	nü˘	ㄋㄩˇ	心部	【心部】6畫		515	519	段10下-50	錯20-18	鉉10下-9
壻(婿，媮、聋、埳通叚)	xu`	ㄒㄩˋ	士部	【女部】6畫		20	20	段1上-40	錯1-19	鉉1上-6
聑(帖，怗通叚)	tie	ㄊㄧㄝ	耳部	【耳部】6畫		593	599	段12上-19	錯23-7	鉉12上-4
聒(guo)	gua	ㄍㄨㄚ	耳部	【耳部】6畫		592	598	段12上-17	錯23-7	鉉12上-4
聖(聲)	sheng`	ㄕㄥˋ	耳部	【耳部】7畫		592	598	段12上-17	錯23-7	鉉12上-4
聊(聊，膠、聹通叚)	liao´	ㄌㄧㄠˊ	耳部	【耳部】7畫		591	597	段12上-16	錯23-7	鉉12上-4
憀(聊)	liao´	ㄌㄧㄠˊ	心部	【心部】7畫		505	510	段10下-31	錯20-11	鉉10下-6
聘(娉)	pin`	ㄆㄧㄣˋ	耳部	【耳部】7畫		592	598	段12上-17	錯23-7	鉉12上-4
娉(聘)	ping	ㄆㄧㄥ	女部	【女部】7畫		622	628	段12下-21	錯24-7	鉉12下-3
聚(冣、堅)	ju`	ㄐㄩˋ	似部	【耳部】8畫		387	391	段8上-45	錯15-15	鉉8上-6
冣(聚段不作冣zui`，儹zan`下曰：各本誤作最，冣通叚)	ju`	ㄐㄩˋ	冖部	【冖部】8畫		353	356	段7下-36	錯14-16	鉉7下-6
堅(聚)	ju`	ㄐㄩˋ	土部	【土部】8畫		690	696	段13下-32	錯26-5	鉉13下-5
聝(馘)	guo´	ㄍㄨㄛˊ	耳部	【耳部】8畫		592	598	段12上-18	錯23-8	鉉12上-4
聞(聐)	wen´	ㄨㄣˊ	耳部	【耳部】8畫		592	598	段12上-17	錯23-7	鉉12上-4
聵(聾、聭)	kui`	ㄎㄨㄟˋ	耳部	【耳部】9畫		592	598	段12上-18	錯23-7	鉉12上-4
聥	ju˘	ㄐㄩˇ	耳部	【耳部】9畫		592	598	段12上-17	錯23-7	鉉12上-4

篆本字（古文、金文、籀文、俗字，通叚、金石）	拼音	注音	說文部首	康熙部首	筆畫	一般頁碼	洪葉頁碼	段注篇章	徐鍇通釋篇章	徐鉉藤花榭篇章
恧(忸、聏、聏、聰、聏通叚)	nǜ	ㄋㄩˋ	心部	【心部】	10畫	515	519	段10下-50	鍇20-18	鉉10下-9
瑱(顛，磌通叚)	tian`	ㄊㄧㄢˋ	玉部	【玉部】	10畫	13	13	段1上-26	鍇1-13	鉉1上-4
聬	zaiˇ	ㄗㄞˇ	耳部	【耳部】	10畫	592	598	段12上-18	鍇23-7	鉉12上-4
聱(謷)	ao´	ㄠˊ	耳部	【耳部】	10畫	無	無	無	無	鉉12上-4
謷(囂、聱)	ao´	ㄠˊ	言部	【言部】	10畫	96	96	段3上-20	鍇5-10	鉉3上-4
聊(聊，膠、聤通叚)	liao´	ㄌㄧㄠˊ	耳部	【耳部】	11畫	591	597	段12上-16	鍇23-7	鉉12上-4
聯(聯，連，縺通叚)	lian´	ㄌㄧㄢˊ	耳部	【耳部】	11畫	591	597	段12上-16	鍇23-7	鉉12上-4
連(輦、聯，健通叚)	lian´	ㄌㄧㄢˊ	辵(辶)部	【辵部】	11畫	73	74	段2下-9	鍇4-5	鉉2下-2
徖(聳)	songˇ	ㄙㄨㄥˇ	耳部	【彳部】	11畫	592	598	段12上-17	鍇23-7	鉉12上-4
慫(慫=聳徖述及、悚)	songˇ	ㄙㄨㄥˇ	心部	【心部】	11畫	506	510	段10下-32	鍇20-12	鉉10下-6
聰	cong	ㄘㄨㄥ	耳部	【耳部】	11畫	592	598	段12上-17	鍇23-7	鉉12上-4
聲(聖)	sheng	ㄕㄥ	耳部	【耳部】	11畫	592	598	段12上-17	鍇23-7	鉉12上-4
聖(聲)	sheng`	ㄕㄥˋ	耳部	【耳部】	11畫	592	598	段12上-17	鍇23-7	鉉12上-4
聏(彌)	miˇ	ㄇㄧˇ	耳部	【耳部】	11畫	592	598	段12上-18	鍇23-8	鉉12上-4
镾(彌、彊、彊、敉、聏，獼通叚)	mi´	ㄇㄧˊ	長部	【長部】	11畫	453	458	段9下-33	鍇18-11	鉉9下-5
聵(聾、聤)	kui`	ㄎㄨㄟˋ	耳部	【耳部】	12畫	592	598	段12上-18	鍇23-7	鉉12上-4
聶	nie`	ㄋㄧㄝˋ	耳部	【耳部】	12畫	593	599	段12上-19	鍇23-8	鉉12上-4
聯(聯，連，縺通叚)	lian´	ㄌㄧㄢˊ	耳部	【耳部】	12畫	591	597	段12上-16	鍇23-7	鉉12上-4
職(職、蘵、識通叚)	zhi´	ㄓˊ	耳部	【耳部】	12畫	592	598	段12上-17	鍇23-7	鉉12上-4
樴(職)	zhi´	ㄓˊ	木部	【木部】	12畫	263	265	段6上-50	鍇11-22	鉉6上-7
瞻(耽、儋)	dan	ㄉㄢ	耳部	【耳部】	13畫	591	597	段12上-16	鍇23-7	鉉12上-3
耽(瞻)	dan	ㄉㄢ	耳部	【耳部】	13畫	591	597	段12上-16	鍇23-6	鉉12上-3
慁(聲)	guo	ㄍㄨㄛ	心部	【心部】	14畫	510	515	段10下-41	鍇20-15	鉉10下-7
聵(聾、聤)	kui`	ㄎㄨㄟˋ	耳部	【耳部】	14畫	592	598	段12上-18	鍇23-7	鉉12上-4

篆本字(古文、金文、籀文、俗字，通段、金石)	拼音	注音	說文部首	康熙部首	筆畫	一般頁碼	洪葉頁碼	段注篇章	徐鍇通釋篇章	徐鉉藤花榭篇章
聽(廳、廰通叚)	ting	ㄊㄧㄥ	耳部	【耳部】	16畫	592	598	段12上-17	鍇23-7	鉉12上-4
聾	long ˊ	ㄌㄨㄥˊ	耳部	【耳部】	16畫	592	598	段12上-17	鍇23-7	鉉12上-4
聵从癸(wai ˋ)	wa ˋ	ㄨㄚˋ	耳部	【耳部】	17畫	592	598	段12上-18	鍇23-7	鉉12上-4
【聿(yu ˋ)部】	yu ˋ	ㄩˋ	聿部			117	118	段3下-21	鍇6-12	鉉3下-5
聿	nie ˋ	ㄋㄧㄝˋ	聿部	【聿部】		117	118	段3下-21	鍇6-11	鉉3下-5
聿(遹欥述及)	yu ˋ	ㄩˋ	聿部	【聿部】		117	118	段3下-21	鍇6-12	鉉3下-5
欥(遹、聿、曰)	yu ˋ	ㄩˋ	欠部	【欠部】		413	418	段8下-25	鍇16-17	鉉8下-5
遹(述、聿欥述及、穴、泬、鴥，僪通叚)	yu ˋ	ㄩˋ	辵(辶)部	【辵部】		73	73	段2下-8	鍇4-4	鉉2下-2
㶳	jin	ㄐㄧㄣ	聿部	【聿部】	3畫	117	118	段3下-22	鍇6-12	鉉3下-5
殔(肂)	yi ˋ	ㄧˋ	歺部	【歹部】	4畫	163	165	段4下-11	鍇8-5	鉉4下-3
肈(肁、肇)	zhao ˋ	ㄓㄠˋ	戈部	【聿部】	4畫	629	635	段12下-35	鍇24-12 肇6-17	鉉12下-6
肁(肇)	zhao ˋ	ㄓㄠˋ	戶部	【戶部】	6畫	586	592	段12上-6	鍇23-4	鉉12上-2
垗(肇、兆)	zhao ˋ	ㄓㄠˋ	土部	【土部】	6畫	693	699	段13下-38	鍇26-7	鉉13下-5
晝(𦘠)	zhou ˋ	ㄓㄡˋ	畫部	【日部】	7畫	117	118	段3下-22	鍇6-12	鉉3下-5
肅(𦘒、蕭，翿、飂、驌通叚)	su ˋ	ㄙㄨˋ	聿部	【聿部】	7畫	117	118	段3下-21	鍇6-12	鉉3下-5
蕭(肅)	xiao	ㄒㄧㄠ	艸部	【艸部】	7畫	35	35	段1下-28	鍇2-13	鉉1下-5
𦘔(肄、𦘓、肆)	yi ˋ	ㄧˋ	聿部	【聿部】	7畫	117	118	段3下-21	鍇6-12	鉉3下-5
肆(肆、镸、遂、鬄、肄)	si ˋ	ㄙˋ	長部	【隶部】	7畫	453	457	段9下-32	鍇18-11	鉉9下-5
𢑱(𢑲、𢑳、肆、遂)	si ˋ	ㄙˋ	㣇部	【彐部】	7畫	456	461	段9下-39	鍇18-13	鉉9下-6
㣇(𧰲、𢑐、肆、𨽸、脩、豪，𢑓通叚)	yi ˋ	ㄧˋ	㣇部	【彐部】	7畫	456	460	段9下-38	鍇18-13	鉉9下-6
書(書)	shu	ㄕㄨ	聿部	【曰部】	8畫	117	118	段3下-22	鍇6-12	鉉3下-5
肇(肁、肇)	zhao ˋ	ㄓㄠˋ	戈部	【聿部】	8畫	629	635	段12下-35	鍇24-12 肇6-17	鉉12下-6
斲(斵，斮、斸、斵通叚)	zhuo ˊ	ㄓㄨㄛˊ	斤部	【斤部】	9畫	717	724	段14上-31	鍇27-10	鉉14上-5

篆本字（古文、金文、籀文、俗字，通叚、金石）	拼音	注音	說文部首	康熙部首	筆畫	一般頁碼	洪葉頁碼	段注篇章	徐鍇通釋篇章	徐鉉藤花榭篇章
【肉(rou`)部】	rou`	ㄖㄡˋ	肉部			167	169	段4下-19	鍇8-8	鉉4下-4
肉	rou`	ㄖㄡˋ	肉部	【肉部】		167	169	段4下-19	鍇8-8	鉉4下-4
肊(臆、髕)	yi`	一ˋ	肉部	【肉部】1畫		169	171	段4下-23	鍇8-9	鉉4下-4
肔(俐通叚)	yi`	一ˋ	肉部	【肉部】2畫		171	173	段4下-27	鍇8-10	鉉4下-5
肋(lei`)	le`	ㄌㄜˋ	肉部	【肉部】2畫		169	171	段4下-23	鍇8-9	鉉4下-4
肌(蚑通叚)	ji	ㄐㄧ	肉部	【肉部】2畫		167	169	段4下-20	鍇8-8	鉉4下-4
肍	qiu´	ㄑㄧㄡˊ	肉部	【肉部】2畫		175	177	段4下-35	鍇8-13	鉉4下-5
肎(肎、肯)	ken`	ㄎㄣˇ	肉部	【肉部】3畫		177	179	段4下-40	鍇8-14	鉉4下-6
肒	huan`	ㄏㄨㄢˋ	肉部	【肉部】3畫		172	174	段4下-29	鍇8-11	鉉4下-5
肓	huang	ㄏㄨㄤ	肉部	【肉部】3畫		168	170	段4下-21	鍇8-8	鉉4下-4
肖(俏)	xiao	ㄒㄧㄠ	肉部	【肉部】3畫		170	172	段4下-26	鍇8-10	鉉4下-4
宵(肖)	xiao	ㄒㄧㄠ	宀部	【宀部】3畫		340	344	段7下-11	鍇14-5	鉉7下-3
肘	zhou`	ㄓㄡˇ	肉部	【肉部】3畫		170	172	段4下-25	鍇8-9	鉉4下-4
施(旎橢yi旎者施之俗也，肔、脪、葹通叚)	shi	ㄕ	㫃部	【方部】3畫		311	314	段7上-19	鍇13-6	鉉7上-3
仜(肛、肜、胖通叚)	hong´	ㄏㄨㄥˊ	人部	【人部】3畫		369	373	段8上-9	鍇15-4	鉉8上-2
肥(肥腴yu´述及，淝、屁通叚)	fei´	ㄈㄟˊ	肉部	【肉部】3畫		171	173	段4下-27	鍇8-14	鉉4下-5
肙(蜎)	yuan	ㄩㄢ	肉部	【肉部】3畫		177	179	段4下-40	鍇8-14	鉉4下-6
蜎(肙)	yuan	ㄩㄢ	虫部	【虫部】3畫		671	678	段13上-57	鍇25-13	鉉13上-8
肝(榦)	gan	ㄍㄢ	肉部	【肉部】3畫		168	170	段4下-22	鍇8-8	鉉4下-4
彤(肜、融、繹)	chen	ㄔㄣ	舟部	【舟部】3畫		403	407	段8下-4	鍇16-10	鉉8下-1
箈(肑)	bo´	ㄅㄛˊ	筋部	【肉部】3畫		178	180	段4下-41	鍇8-15	鉉4下-6
忍(肕、胭、韌通叚)	ren`	ㄖㄣˇ	心部	【心部】3畫		515	519	段10下-50	鍇20-18	鉉10下-9
匈(胸、臅、胷)	xiong	ㄒㄩㄥ	勹部	【肉部】4畫		433	438	段9上-37	鍇17-12	鉉9上-6
亢(頏、肮、吭)	kang`	ㄎㄤˋ	亢部	【肉部】4畫		497	501	段10下-14	鍇20-5	鉉10下-3
肸	xi	ㄒㄧ	十部	【肉部】4畫		89	89	段3上-6	鍇5-4	鉉3上-2
盼(肨)	pan`	ㄆㄢˇ	目部	【目部】4畫		134	135	段4上-10	鍇7-6	鉉4上-2

篆本字(古文、金文、籀文、俗字，通叚、金石)	拼音	注音	說文部首	康熙部首	筆畫	一般頁碼	洪葉頁碼	段注篇章	徐鍇通釋篇章	徐鉉藤花榭篇章
厷(厶、肱、弓)	gong	《ㄨㄥ	又部	【厶部】	4畫	115	116	段3下-17	鍇6-9	鉉3下-4
圅(函、肣)	han´	ㄏㄢˊ	马部	【囗部】	4畫	316	319	段7上-30	鍇13-12	鉉7上-5
育(毓)	yu`	ㄩˋ	云部	【肉部】	4畫	744	751	段14下-28	鍇28-14	鉉14下-7
肚	niuˇ	ㄋㄧㄡˇ	丑部	【肉部】	4畫	744	751	段14下-28	鍇28-14	鉉14下-7
肎(肎、肯)	kenˇ	ㄎㄣˇ	肉部	【肉部】	4畫	177	179	段4下-40	鍇8-14	鉉4下-6
肤	jue´	ㄐㄩㄝˊ	肉部	【肉部】	4畫	170	172	段4下-25	鍇8-10	鉉4下-4
肕(肿、膃)	yin`	ㄧㄣˋ	肉部	【肉部】	4畫	172	174	段4下-29	鍇8-11	鉉4下-5
肰(盬从血、醓)	tanˇ	ㄊㄢˇ	肉部	【肉部】	4畫	177	179	段4下-39	鍇8-14	鉉4下-6
股(膉脛述及)	guˇ	《ㄨˇ	肉部	【肉部】	4畫	170	172	段4下-26	鍇8-10	鉉4下-4
仜(肛、胮、胖通叚)	hong´	ㄏㄨㄥˊ	人部	【人部】	4畫	369	373	段8上-9	鍇15-4	鉉8上-2
肥(肥腴yu´述及，淝、屁通叚)	fei´	ㄈㄟˊ	肉部	【肉部】	4畫	171	173	段4下-27	鍇8-14	鉉4下-5
腓(肥)	fei´	ㄈㄟˊ	肉部	【肉部】	4畫	170	172	段4下-26	鍇8-10	鉉4下-4
断(斲、折，斦通叚)	zhe´	ㄓㄜˊ	艸部	【手部】	4畫	44	45	段1下-47	鍇2-22	鉉1下-8
肧(胚)	pei	ㄆㄟ	肉部	【肉部】	4畫	167	169	段4下-20	鍇8-8	鉉4下-4
肪	fang´	ㄈㄤˊ	肉部	【肉部】	4畫	169	171	段4下-23	鍇8-9	鉉4下-4
肫(準、腨、忳、純)	zhun	ㄓㄨㄣ	肉部	【肉部】	4畫	167	169	段4下-20	鍇8-8	鉉4下-4
腨(膊、肫、臋)	shuan`	ㄕㄨㄢˋ	肉部	【肉部】	4畫	170	172	段4下-26	鍇8-10	鉉4下-4
肬(默，疣通叚)	you´	ㄧㄡˊ	肉部	【肉部】	4畫	171	173	段4下-28	鍇8-11	鉉4下-5
肰(胹、朕)	ran´	ㄖㄢˊ	肉部	【肉部】	4畫	177	179	段4下-39	鍇8-14	鉉4下-6
肴(殽)	yao´	ㄧㄠˊ	肉部	【肉部】	4畫	173	175	段4下-31	鍇8-11	鉉4下-5
殽(肴、效，崤、淆通叚)	yao´	ㄧㄠˊ	殳部	【殳部】	4畫	120	121	段3下-27	鍇6-14	鉉3下-6
肺(胇通叚)	fei`	ㄈㄟˋ	肉部	【肉部】	4畫	168	170	段4下-21	鍇8-8	鉉4下-4
朁(胏、胏)	ziˇ	ㄗˇ	肉部	【肉部】	4畫	176	178	段4下-38	鍇8-14	鉉4下-6
第(胏)	ziˇ	ㄗˇ	竹部	【竹部】	4畫	192	194	段5上-7	鍇9-3	鉉5上-2
膘(脟、臕、髀通叚)	biao	ㄅㄧㄠ	肉部	【肉部】	4畫	173	175	段4下-32	鍇8-12	鉉4下-5
胑(肢)	zhi	ㄓ	肉部	【肉部】	4畫	170	172	段4下-26	鍇8-10	鉉4下-4

篆本字（古文、金文、籀文、俗字，通叚、金石）	拼音	注音	說文部首	康熙部首	筆畫	一般頁碼	洪葉頁碼	段注篇章	徐鍇通釋篇章	徐鉉藤花榭篇章
肩(肩)	jian	ㄐㄧㄢ	肉部	【肉部】4畫		169	171	段4下-24	錯8-9	鉉4下-4
豣(豣、肩，狷通叚)	jian	ㄐㄧㄢ	豕部	【豕部】4畫		455	459	段9下-36	錯18-12	鉉9下-6
膍(肶、脾)	pi ´	ㄆㄧ´	肉部	【肉部】4畫		173	175	段4下-31	錯8-12	鉉4下-5
飪(胜、恁，腍通叚)	ren `	ㄖㄣ`	倉部	【食部】4畫		218	221	段5下-7	錯10-4	鉉5下-2
胞(脬)	bao	ㄅㄠ	包部	【肉部】5畫		434	438	段9上-38	錯17-13	鉉9上-6
脬(胞)	pao	ㄆㄠ	肉部	【肉部】5畫		168	170	段4下-22	錯8-9	鉉4下-4
胖	pang `	ㄆㄤ`	半部	【肉部】5畫		50	50	段2上-4	錯3-2	鉉2上-2
伴(胖、般)	ban `	ㄅㄢ`	人部	【人部】5畫		369	373	段8上-10	錯15-4	鉉8上-2
肧(胚)	pei	ㄆㄟ	肉部	【肉部】5畫		167	169	段4下-20	錯8-8	鉉4下-4
胇	bie ´	ㄅㄧㄝ´	肉部	【肉部】5畫		173	175	段4下-31	錯8-12	鉉4下-5
甲(甶、甲 、胛髀述及)	jia ˇ	ㄐㄧㄚˇ	甲部	【田部】5畫		740	747	段14下-19	錯28-8	鉉14下-4
枯(楛，槹、骷通叚)	ku	ㄎㄨ	木部	【木部】5畫		251	254	段6上-27	錯11-12	鉉6上-4
胆(蜡、蛆)	qu	ㄑㄩ	肉部	【肉部】5畫		177	179	段4下-40	錯8-14	鉉4下-6
蜡(蛆、胆、褯，蠚通叚)	la `	ㄌㄚ`	虫部	【虫部】5畫		669	675	段13上-52	錯25-13	鉉13上-7
尻(脽，后、脈、豚、犯、狾通叚)	kao	ㄎㄠ	尸部	【尸部】5畫		400	404	段8上-71	錯16-8	鉉8上-11
府(腑、胕通叚)	fu ˇ	ㄈㄨˇ	广部	【广部】5畫		442	447	段9下-11	錯18-4	鉉9下-2
囟(脾、顖、顋、囟，胸通叚)	xin `	ㄒㄧㄣ`	囟部	【囗部】5畫		501	505	段10下-22	錯20-8	鉉10下-5
胊(蒻、胸通叚)	qu ´	ㄑㄩ´	肉部	【肉部】5畫		174	176	段4下-33	錯8-12	鉉4下-5
胂(蜃、脤)	shen `	ㄕㄣ`	肉部	【肉部】5畫		169	171	段4下-23	錯8-9	鉉4下-4
胃(腗通叚)	wei `	ㄨㄟ`	肉部	【肉部】5畫		168	170	段4下-22	錯8-9	鉉4下-4
胄肉部，非甲胄	zhou	ㄓㄡ`	肉部	【肉部】5畫		171	173	段4下-27	錯8-10	鉉4下-5
施(旆橋yi旆者施之俗也，肔、胇、菔通叚)	shi	ㄕ	㫃部	【方部】5畫		311	314	段7上-19	錯13-6	鉉7上-3

篆本字(古文、金文、籀文、俗字，通叚、金石)	拼音	注音	說文部首	康熙部首	筆畫	一般頁碼	洪葉頁碼	段注篇章	徐鍇通釋篇章	徐鉉藤花榭篇章
胅窅胅=坳突=凹凸(突通叚)	die´	ㄉㄧㄝˊ	肉部	【肉部】5畫	172	174	段4下-29	錯8-11	鉉4下-5
衁(脈、衇，脉通叚)	mai`	ㄇㄞˋ	辰部	【血部】5畫	570	575	段11下-6	錯22-3	鉉11下-2
背(偝通叚)	bei`	ㄅㄟˋ	肉部	【肉部】5畫	169	171	段4下-23	錯8-9	鉉4下-4
北(古字背)	bei˘	ㄅㄟˇ	北部	【匕部】5畫	386	390	段8上-44	錯15-15	鉉8上-6
倍(偝、背、陪、培述及)	bei`	ㄅㄟˋ	人部	【人部】5畫	378	382	段8上-27	錯15-9	鉉8上-4
胎(蛤通叚)	tai	ㄊㄞ	肉部	【肉部】5畫	167	169	段4下-20	錯8-8	鉉4下-4
胑(肢)	zhi	ㄓ	肉部	【肉部】5畫	170	172	段4下-26	錯8-10	鉉4下-4
胗(疹)	zhen	ㄓㄣ	肉部	【肉部】5畫	171	173	段4下-28	錯8-11	鉉4下-5
胘	xian´	ㄒㄧㄢˊ	肉部	【肉部】5畫	173	175	段4下-31	錯8-12	鉉4下-5
胙(祚通叚)	zuo`	ㄗㄨㄛˋ	肉部	【肉部】5畫	172	174	段4下-30	錯8-11	鉉4下-5
肺(胇通叚)	fei`	ㄈㄟˋ	肉部	【肉部】5畫	168	170	段4下-21	錯8-8	鉉4下-4
膊(胉、迫、拍)	bo´	ㄅㄛˊ	肉部	【肉部】5畫	174	176	段4下-33	錯8-12	鉉4下-5
迫(敀、胉脅述及)	po`	ㄆㄛˋ	辵(辶)部	【辵部】5畫	74	74	段2下-10	錯4-5	鉉2下-2
胜(此字應作腥)	sheng	ㄕㄥ	肉部	【肉部】5畫	175	177	段4下-36	錯8-13	鉉4下-5
胝	zhi	ㄓ	肉部	【肉部】5畫	171	173	段4下-28	錯8-11	鉉4下-5
膽(胆通叚)	dan˘	ㄉㄢˇ	肉部	【肉部】5畫	168	170	段4下-22	錯8-8	鉉4下-4
胠(呿通叚)	qu	ㄑㄩ	肉部	【肉部】5畫	169	171	段4下-24	錯8-9	鉉4下-4
胡(猢、葫、鶘通叚)	hu´	ㄏㄨˊ	肉部	【肉部】5畫	173	175	段4下-31	錯8-12	鉉4下-5
鼯(猢、鶘、胡)	hu´	ㄏㄨˊ	鼠部	【鼠部】5畫	479	484	段10上-39	錯19-13	鉉10上-7
胤(胤、胤)	yin`	ㄧㄣˋ	肉部	【肉部】5畫	171	173	段4下-27	錯8-10	鉉4下-4
胥(相，偦通叚)	xu	ㄒㄩ	肉部	【肉部】5畫	175	177	段4下-35	錯8-12	鉉4下-5
諝(胥)	xu	ㄒㄩ	言部	【言部】5畫	93	93	段3上-14	錯5-8	鉉3上-3
疋(疏、足、胥、雅)	shu	ㄕㄨ	疋部	【疋部】5畫	84	85	段2下-31	錯4-16	鉉2下-7
肩(肩)	jian	ㄐㄧㄢ	肉部	【肉部】5畫	169	171	段4下-24	錯8-9	鉉4下-4
胏(胐、胏)	zi˘	ㄗˇ	肉部	【肉部】5畫	176	178	段4下-38	錯8-14	鉉4下-6

篆本字（古文、金文、籀文、俗字，通叚、金石）	拼音	注音	說文部首	康熙部首	筆畫	一般頁碼	洪葉頁碼	段注篇章	徐鍇通釋篇章	徐鉉藤花榭篇章
骴(殨、漬、髊、𩨗、胔、瘠)	ci	ㄘ	骨部	【骨部】6畫	166	168	段4下-18	鍇8-7	鉉4下-4
觜(觜)	cuiˋ	ㄘㄨㄟˋ	手部	【手部】6畫	602	608	段12上-38	鍇23-12	鉉12上-6
朓月部	tiaoˇ	ㄊㄧㄠˇ	月部	【月部】6畫	313	316	段7上-24	鍇13-9	鉉7上-4
朓肉部(挑，櫂通叚)	tiaoˇ	ㄊㄧㄠˇ	肉部	【肉部】6畫	172	174	段4下-30	鍇8-11	鉉4下-5
峒(峒，胴通叚)	dongˋ	ㄉㄨㄥˋ	女部	【女部】6畫	619	625	段12下-15	鍇24-5	鉉12下-2
仜(肛、胮、胖通叚)	hongˊ	ㄏㄨㄥˊ	人部	【人部】6畫	369	373	段8上-9	鍇15-4	鉉8上-2
眵(胤通叚)	chi	ㄔ	目部	【目部】6畫	134	135	段4上-10	鍇7-5	鉉4上-2
朐	chun	ㄔㄨㄣˊ	肉部	【肉部】6畫	無	無	無	無	鉉4下-6
朐(蒟、胊通叚)	quˊ	ㄑㄩˊ	肉部	【肉部】6畫	174	176	段4下-33	鍇8-12	鉉4下-5
胯(跨、冎)	kuaˋ	ㄎㄨㄚˋ	肉部	【肉部】6畫	170	172	段4下-26	鍇8-15	鉉4下-4
跨(踦、胯)	kuaˋ	ㄎㄨㄚˋ	足部	【足部】6畫	82	82	段2下-26	鍇4-13	鉉2下-6
冎(胯跨述及)	kuaˋ	ㄎㄨㄚˋ	夂部	【夂部】6畫	237	239	段5下-43	鍇10-18	鉉5下-8
胲(骸)	gai	ㄍㄞ	肉部	【肉部】6畫	170	172	段4下-26	鍇8-10	鉉4下-4
𩨂(頢、胲)	ji	ㄐㄧ	肉部	【肉部】6畫	167	169	段4下-20	鍇8-8	鉉4下-4
侅(胲、礙、賌，賅通叚)	gai	ㄍㄞ	人部	【人部】6畫	368	372	段8上-7	鍇15-3	鉉8上-1
胳(骼、袼)	ge	ㄍㄜ	肉部	【肉部】6畫	169	171	段4下-24	鍇8-9	鉉4下-4
骼(胳、骱、髂、骸)	geˊ	ㄍㄜˊ	骨部	【骨部】6畫	166	168	段4下-18	鍇8-7	鉉4下-4
胵	chi	ㄔ	肉部	【肉部】6畫	173	175	段4下-32	鍇8-14	鉉4下-5
胹(濡、臑、胹)	erˊ	ㄦˊ	肉部	【肉部】6畫	175	177	段4下-36	鍇8-13	鉉4下-5
洏(胹)	erˊ	ㄦˊ	水部	【水部】6畫	561	566	段11上貳-31	鍇21-22	鉉11上-8
胻	hengˊ	ㄏㄥˊ	肉部	【肉部】6畫	170	172	段4下-26	鍇8-10	鉉4下-4
脂	zhi	ㄓ	肉部	【肉部】6畫	175	177	段4下-36	鍇8-13	鉉4下-5
脃(脆、脺通叚)	cuiˋ	ㄘㄨㄟˋ	肉部	【肉部】6畫	176	178	段4下-38	鍇8-14	鉉4下-6
膬(脆、脃)	cuiˋ	ㄘㄨㄟˋ	肉部	【肉部】6畫	176	178	段4下-38	鍇8-14	鉉4下-6
至(𦤶，胵通叚)	zhiˋ	ㄓˋ	至部	【至部】6畫	584	590	段12上-2	鍇23-2	鉉12上-1
咽(胭、嚥通叚)	yan	ㄧㄢ	口部	【口部】6畫	54	55	段2上-13	鍇3-5	鉉2上-3
胾(臌通叚)	ziˋ	ㄗˋ	肉部	【肉部】6畫	176	178	段4下-37	鍇8-14	鉉4下-6

篆本字（古文、金文、籀文、俗字，通叚，金石）	拼音	注音	說文部首	康熙部首	筆畫	一般頁碼	洪葉頁碼	段注篇章	徐鍇通釋篇章	徐鉉藤花榭篇章
脀(烝，脭通叚)	cheng´	ㄔㄥ´	肉部	【肉部】6畫		171	173	段4下-28	錯8-11	鉉4下-5
脠(脡)	shan	ㄕㄢ	肉部	【肉部】6畫		175	177	段4下-35	錯8-13	鉉4下-5
脄(脢)	mei´	ㄇㄟ´	肉部	【肉部】6畫		169	171	段4下-24	錯8-9	鉉4下-4
餲(腸、胺、鶡、鰪通叚)	ai`	ㄞ`	倉部	【食部】6畫		222	224	段5下-14	錯10-6	鉉5下-3
光(羑、炗，芫、胱、舩通叚)	guang	ㄍㄨㄤ	火部	【儿部】6畫		485	490	段10上-51	錯19-17	鉉10上-9
匈(胸、胷、臅)	xiong	ㄒㄩㄥ	勹部	【勹部】6畫		433	438	段9上-37	錯17-12	鉉9上-6
衇(脈、眽，脉通叚)	mai`	ㄇㄞ`	辰部	【血部】6畫		570	575	段11下-6	錯22-3	鉉11下-2
覛(賑、眽、脈文選，覓、覒、覓、否、鷩通叚)	mi`	ㄇㄧ`	辰部	【見部】6畫		570	575	段11下-6	錯22-3	鉉11下-2
能	neng´	ㄋㄥ´	能部	【肉部】6畫		479	484	段10上-39	錯19-13	鉉10上-7
而(能、如歂述及，髵通叚)	er´	ㄦ´	而部	【而部】6畫		454	458	段9下-34	錯18-12	鉉9下-5
耏(耐、能而述及)	er´	ㄦ´	而部	【而部】6畫		454	458	段9下-34	錯18-12	鉉9下-5
熊(能疑或)	xiong´	ㄒㄩㄥ´	熊部	【火部】6畫		479	484	段10上-39	錯19-13	鉉10上-7
脊(脊、鷺雁jian述及，瘠、鶺、鷑通叚)	ji˘	ㄐㄧ˘	㐱部	【肉部】6畫		611	617	段12上-56	錯23-17	鉉12上-9
漬(骴漬脊瘠四字、古同音通用，當是骴為正字也)	zi`	ㄗ`	水部	【水部】6畫		558	563	段11上貳-26	錯21-24	鉉11上-7
骴(殨、漬、髊、胔、脊、瘠)	ci	ㄘ	骨部	【骨部】6畫		166	168	段4下-18	錯8-7	鉉4下-4
骿(駢、駢，胼、跰通叚)	pian´	ㄆㄧㄢ´	骨部	【骨部】6畫		165	167	段4下-15	錯8-7	鉉4下-3

篆本字(古文、金文、籀文、俗字，通段、金石)	拼音	注音	說文部首	康熙部首	筆畫	一般頁碼	洪葉頁碼	段注篇章	徐鍇通釋篇章	徐鉉藤花榭篇章
脅(岬、憛劫述及，胎、脥通段)	xie'	ㄒㄧㄝˊ	肉部	【肉部】	6畫	169	171	段4下-23	鍇8-9	鉉4下-4
肰(臄、腴)	ran'	ㄖㄢˊ	肉部	【肉部】	7畫	177	179	段4下-39	鍇8-14	鉉4下-6
朒	ren	ㄖㄣˇ	肉部	【肉部】	7畫	無	無	無	無	鉉4下-6
忍(朎、朒、韌通段)	ren	ㄖㄣˇ	心部	【心部】	7畫	515	519	段10下-50	鍇20-18	鉉10下-9
朿(胏、肺)	zi	ㄗˇ	肉部	【肉部】	7畫	176	178	段4下-38	鍇8-14	鉉4下-6
睉(脞通段)	cuo'	ㄘㄨㄛˊ	目部	【目部】	7畫	135	137	段4上-13	鍇7-6	鉉4上-3
膹(脞通段)	suo	ㄙㄨㄛˇ	肉部	【肉部】	7畫	176	178	段4下-37	鍇8-13	鉉4下-6
挺(脡通段)	ting	ㄊㄧㄥˇ	手部	【手部】	7畫	605	611	段12上-44	鍇23-14	鉉12上-7
挻(埏，脡通段)	shan	ㄕㄢ	手部	【手部】	7畫	599	605	段12上-31	鍇23-11	鉉12上-5
梃(脡、艇通段)	ting	ㄊㄧㄥˇ	木部	【木部】	7畫	249	252	段6上-23	鍇11-11	鉉6上-4
脠(脡)	shan	ㄕㄢ	肉部	【肉部】	7畫	175	177	段4下-35	鍇8-13	鉉4下-5
祳(蜃、脤)	shen`	ㄕㄣˋ	示部	【示部】	7畫	7	7	段1上-14	鍇1-7	鉉1上-2
痞(胚通段)	pi	ㄆㄧˇ	疒部	【疒部】	7畫	351	355	段7下-33	鍇14-15	鉉7下-6
脘(宛)	wan	ㄨㄢˇ	肉部	【肉部】	7畫	174	176	段4下-33	鍇8-12	鉉4下-5
脙	xiu	ㄒㄧㄡ	肉部	【肉部】	7畫	171	173	段4下-28	鍇8-10	鉉4下-5
脟(臠)	lie`	ㄌㄧㄝˋ	肉部	【肉部】	7畫	169	171	段4下-23	鍇8-9	鉉4下-4
脛(踁、䯒鑒字述及，經通段)	jing`	ㄐㄧㄥˋ	肉部	【肉部】	7畫	170	172	段4下-26	鍇8-10	鉉4下-4
脢(脄)	mei'	ㄇㄟˊ	肉部	【肉部】	7畫	169	171	段4下-24	鍇8-9	鉉4下-4
脣(顅)	chun'	ㄔㄨㄣˊ	肉部	【肉部】	7畫	167	169	段4下-20	鍇8-8	鉉4下-4
朘(屡、峻通段)	juan	ㄐㄩㄢ	肉部	【肉部】	7畫	177	179	段4下-40	無	鉉4下-6
脩(䐈、餐通段)	xiu	ㄒㄧㄡ	肉部	【肉部】	7畫	174	176	段4下-33	鍇8-12	鉉4下-5
修(脩)	xiu	ㄒㄧㄡ	彡部	【人部】	7畫	424	429	段9上-19	鍇17-6	鉉9上-3
悠(攸、脩)	you	ㄧㄡ	心部	【心部】	7畫	513	518	段10下-47	鍇20-17	鉉10下-8
滌(條、脩，藋、潟通段)	di'	ㄉㄧˊ	水部	【水部】	7畫	563	568	段11上貳-35	鍇21-23	鉉11上-8
希(彖、豨、肆、貄、脩、豪，貄通段)	yi`	ㄧˋ	希部	【互部】	7畫	456	460	段9下-38	鍇18-13	鉉9下-6
脪(痛、脪通段)	xin`	ㄒㄧㄣˋ	肉部	【肉部】	7畫	172	174	段4下-29	鍇8-11	鉉4下-5
脫(莌通段)	tuo	ㄊㄨㄛ	肉部	【肉部】	7畫	171	173	段4下-27	鍇8-11	鉉4下-5
挩(捝、脫)	tuo	ㄊㄨㄛ	手部	【手部】	7畫	604	610	段12上-42	鍇23-13	鉉12上-7

篆本字(古文、金文、籀文、俗字,通叚、金石)	拼音	注音	說文部首	康熙部首	筆畫	一般頁碼	洪葉頁碼	段注篇章	徐鍇通釋篇章	徐鉉藤花榭篇章
脬(胞)	pao	ㄆㄠ	肉部	【肉部】7畫		168	170	段4下-22	鍇8-9	鉉4下-4
胞(脬)	bao	ㄅㄠ	包部	【肉部】7畫		434	438	段9上-38	鍇17-13	鉉9上-6
吻(脗、脣、胭)	wen ˇ	ㄨㄣˇ	口部	【口部】7畫		54	54	段2上-12	鍇3-5	鉉2上-3
胤(𦙄、𦜣)	yin `	ㄧㄣ`	肉部	【肉部】7畫		171	173	段4下-27	鍇8-10	鉉4下-4
腝(臡,脼通叚)	ruan `	ㄖㄨㄢˇ	肉部	【肉部】7畫		175	177	段4下-35	鍇8-13	鉉4下-5
脯	fu ˇ	ㄈㄨˇ	肉部	【肉部】7畫		174	176	段4下-33	鍇8-12	鉉4下-5
脰(頭)	dou `	ㄉㄡ`	肉部	【肉部】7畫		168	170	段4下-21	鍇8-8	鉉4下-4
脜(柔行而脜廢,膄通叚)	rou ´	ㄖㄡˊ	百部	【肉部】7畫		422	427	段9上-15	鍇17-5	鉉9上-3
豚从巾(豚、豚从小,狪、㹠通叚)	tun ´	ㄊㄨㄣˊ	豚部	【豕部】7畫		457	461	段9下-40	鍇18-14	鉉9下-7
豬(豬祉述及、豚,潴通叚)	zhu	ㄓㄨ	豕部	【豕部】7畫		454	459	段9下-35	鍇18-12	鉉9下-6
吻(脗、脣、胭)	wen ˇ	ㄨㄣˇ	口部	【口部】8畫		54	54	段2上-12	鍇3-5	鉉2上-3
昔(臡、腊、夕、昨,焟、皵通叚)	xi ´	ㄒㄧˊ	日部	【日部】8畫		307	310	段7上-12	鍇13-4	鉉7上-2
殖(膱、職,殕通叚)	zhi ´	ㄓˊ	歹部	【歹部】8畫		164	166	段4下-13	鍇8-6	鉉4下-3
腤(腤)	bu `	ㄅㄨ`	肉部	【肉部】8畫		175	177	段4下-35	鍇8-13	鉉4下-5
跂(膌,踑通叚)	ji `	ㄐㄧ`	足部	【足部】8畫		81	81	段2下-24	鍇4-13	鉉2下-5
胘(胘通叚)	xian `	ㄒㄧㄢ`	肉部	【肉部】8畫		177	179	段4下-39	鍇8-14	鉉4下-6
衉(䘓、胳)	kan `	ㄎㄢ`	血部	【血部】8畫		214	216	段5上-52	鍇9-21	鉉5上-10
腌(淹,醃通叚)	a	ㄚ	肉部	【肉部】8畫		176	178	段4下-38	鍇8-14	鉉4下-6
府(腑、胕通叚)	fu ˇ	ㄈㄨˇ	广部	【广部】8畫		442	447	段9下-11	鍇18-4	鉉9下-2
胂(痻、脒通叚)	xin `	ㄒㄧㄣ`	肉部	【肉部】8畫		172	174	段4下-29	鍇8-11	鉉4下-5
脃(脆、脺通叚)	cui `	ㄘㄨㄟ`	肉部	【肉部】8畫		176	178	段4下-38	鍇8-14	鉉4下-6
飪(恁、恁,腍通叚)	ren `	ㄖㄣ`	食部	【食部】8畫		218	221	段5下-7	鍇10-4	鉉5下-2
掖(腋,袚通叚)	ye `	ㄧㄝ`	手部	【手部】8畫		611	617	段12上-55	鍇23-17	鉉12上-8
亦(腋同掖、袼,佾通叚)	yi `	ㄧ`	亦部	【亠部】8畫		493	498	段10下-7	鍇20-2	鉉10下-2

篆本字(古文、金文、籀文、俗字，通叚、金石)	拼音	注音	說文部首	康熙部首	筆畫	一般頁碼	洪葉頁碼	段注篇章	徐鍇通釋篇章	徐鉉藤花榭篇章
豬(䐗袛述及、豚，瀦通叚)	zhu	ㄓㄨ	豕部	【豕部】8畫	454	459	段9下-35	錯18-12	鉉9下-6
脼	liang˘	ㄌㄧㄤˇ	肉部	【肉部】8畫	174	176	段4下-33	錯8-14	鉉4下-5
脽	shui´	ㄕㄨㄟˊ	肉部	【肉部】8畫	170	172	段4下-25	錯8-10	鉉4下-4
郂(脽)	kui´	ㄎㄨㄟˊ	邑部	【邑部】8畫	289	291	段6下-34	錯12-17	鉉6下-6
脾(髀肝述及)	pi´	ㄆㄧˊ	肉部	【肉部】8畫	168	170	段4下-22	錯8-8	鉉4下-4
腗(肶、脾)	pi´	ㄆㄧˊ	肉部	【肉部】8畫	173	175	段4下-31	錯8-12	鉉4下-5
腆(曡、殄、餮)	tian˘	ㄊㄧㄢˇ	肉部	【肉部】8畫	173	175	段4下-31	錯8-12	鉉4下-5
殄(㐱、腆)	tian˘	ㄊㄧㄢˇ	歹部	【歹部】8畫	163	165	段4下-12	錯8-6	鉉4下-3
腎	shen`	ㄕㄣˋ	肉部	【肉部】8畫	168	170	段4下-21	錯8-8	鉉4下-4
腏	chuo`	ㄔㄨㄛˋ	肉部	【肉部】8畫	176	178	段4下-38	錯8-14	鉉4下-6
腒	ju	ㄐㄩ	肉部	【肉部】8畫	174	176	段4下-34	錯8-12	鉉4下-5
腓(肥)	fei´	ㄈㄟˊ	肉部	【肉部】8畫	170	172	段4下-26	錯8-10	鉉4下-4
痱(腓、疿)	fei`	ㄈㄟˋ	疒部	【疒部】8畫	349	353	段7下-29	錯14-13	鉉7下-5
腴	yu´	ㄩˊ	肉部	【肉部】8畫	170	172	段4下-25	錯8-10	鉉4下-4
臚(膚、敷、腴，攄通叚)	lu´	ㄌㄨˊ	肉部	【肉部】8畫	167	169	段4下-20	錯8-8	鉉4下-4
腐	fu˘	ㄈㄨˇ	肉部	【肉部】8畫	177	179	段4下-40	錯8-14	鉉4下-6
脐	qi´	ㄑㄧˊ	肉部	【肉部】8畫	無	無	無	無	鉉4下-6
腨(膞、肫、臇)	shuan`	ㄕㄨㄢˋ	肉部	【肉部】8畫	170	172	段4下-26	錯8-10	鉉4下-4
綮(綮，臇通叚)	qi˘	ㄑㄧˇ	糸部	【糸部】8畫	649	655	段13上-12	錯25-3	鉉13上-2
髃(腢)	ou˘	ㄡˇ	骨部	【骨部】8畫	165	167	段4下-15	錯8-7	鉉4下-3
掔(捥、腕)	wan`	ㄨㄢˋ	手部	【手部】8畫	594	600	段12上-21	錯23-8	鉉12上-4
張(脹瘨述及，漲、痕、粻、餦通叚)	zhang	ㄓㄤ	弓部	【弓部】8畫	640	646	段12下-58	錯24-19	鉉12下-9
涿(叩，沰、豚通叚)	zhuo´	ㄓㄨㄛˊ	水部	【水部】8畫	557	562	段11上貳-24	錯21-20	鉉11上-7
腔	qiang	ㄑㄧㄤ	肉部	【肉部】8畫	無	無	無	無	鉉4下-6

篆本字（古文、金文、籀文、俗字，通叚、金石）	拼音	注音	說文部首	康熙部首	筆畫	一般頁碼	洪葉頁碼	段注篇章	徐鍇通釋篇章	徐鉉藤花榭篇章
空(孔、腔鞔man ˊ述及，倥、崆、悾、箜、羫、窾通叚)	kong	ㄎㄨㄥ	穴部	【穴部】	8畫	344	348	段7下-19	錯14-8	鉉7下-4
吻(脗、脗、肳)	wen ˇ	ㄨㄣˇ	口部	【口部】	9畫	54	54	段2上-12	錯3-5	鉉2上-3
夒(要、覉、嘼，喓、霄、腰、孁、樓、騕通叚)	yao	ㄧㄠ	臼部	【襾部】	9畫	105	106	段3上-39	錯6-1	鉉3上-9
囟(腦、剟，磁通叚)	nao ˇ	ㄋㄠˇ	匕部	【匕部】	9畫	385	389	段8上-41	錯15-14	鉉8上-6
餲(腸、胺、羯、鰪通叚)	ai ˋ	ㄞˋ	倉部	【食部】	9畫	222	224	段5下-14	錯10-6	鉉5下-3
湊(凑、腠、輳通叚)	cou ˋ	ㄘㄡˋ	水部	【水部】	9畫	556	561	段11上貳-22	錯21-19	鉉11上-7
奏(羍、屚、敖，腠通叚)	zou ˋ	ㄗㄡˋ	本部	【大部】	9畫	498	502	段10下-16	錯20-6	鉉10下-3
腯(豚)	tu ˊ	ㄊㄨˊ	肉部	【肉部】	9畫	173	175	段4下-31	錯8-12	鉉4下-5
彖(系，猭、腞通叚)	tuan ˋ	ㄊㄨㄢˋ	彑部	【彑部】	9畫	456	461	段9下-39	錯18-14	鉉9下-6
追(鎚，腿、頧通叚)	zhui	ㄓㄨㄟ	辵(辶)部	【辵部】	9畫	74	74	段2下-10	錯4-5	鉉2下-2
思(罳、腮、顋、鬠通叚)	si	ㄙ	思部	【心部】	9畫	501	506	段10下-23	錯20-9	鉉10下-5
隨(骸=腿通叚)	sui ˊ	ㄙㄨㄟˊ	辵(辶)部	【阜部】	9畫	70	71	段2下-3	錯4-2	鉉2下-1
腏(膞通叚)	zhe ˊ	ㄓㄜˊ	肉部	【肉部】	9畫	176	178	段4下-38	錯8-14	鉉4下-6
腄(腄)	chui ˊ	ㄔㄨㄟˊ	肉部	【肉部】	9畫	171	173	段4下-28	錯8-11	鉉4下-5
腜	mei ˊ	ㄇㄟˊ	肉部	【肉部】	9畫	167	169	段4下-20	錯8-8	鉉4下-4
腝(臡，脕通叚)	ruan ˇ	ㄖㄨㄢˇ	肉部	【肉部】	9畫	175	177	段4下-35	錯8-13	鉉4下-5
腬(柔行而腬廢，顃通叚)	rou ˊ	ㄖㄡˊ	百部	【肉部】	9畫	422	427	段9上-15	錯17-5	鉉9上-3
俜(侚、娉、俜)	ying ˋ	ㄧㄥˋ	人部	【人部】	9畫	377	381	段8上-25	錯15-9	鉉8上-4

篆本字(古文、金文、籀文、俗字，通叚、金石)	拼音	注音	說文部首	康熙部首	筆畫	一般頁碼	洪葉頁碼	段注篇章	徐鍇通釋篇章	徐鉉藤花榭篇章
揚(敭、𣽓侯述及)	yang′	一尢′	木部	【木部】9畫	245	247	段6上-14	錯11-7	鉉6上-2
騰(騬、乘、塍侯述及)	teng′	ㄊㄥ′	馬部	【馬部】9畫	468	473	段10上-17	錯19-5	鉉10上-3
肰(䏸、狵)	ran′	ㄖㄢ′	肉部	【肉部】9畫	177	179	段4下-39	錯8-14	鉉4下-6
腥	xing	ㄒㄧㄥ	肉部	【肉部】9畫	175	177	段4下-36	錯8-13	鉉4下-5
胜(此字應作腥)	sheng`	ㄕㄥ`	肉部	【肉部】9畫	175	177	段4下-36	錯8-13	鉉4下-5
腨(膞、肫、脾)	shuan`	ㄕㄨㄢ`	肉部	【肉部】9畫	170	172	段4下-26	錯8-10	鉉4下-4
肫(準、腨、忳、純)	zhun	ㄓㄨㄣ	肉部	【肉部】9畫	167	169	段4下-20	錯8-8	鉉4下-4
膞(腨胚述及)	zhuan	ㄓㄨㄢ	肉部	【肉部】9畫	176	178	段4下-38	錯8-14	鉉4下-6
腫(瘇通叚)	zhong′	ㄓㄨㄥˇ	肉部	【肉部】9畫	172	174	段4下-29	錯8-11	鉉4下-5
腬	rou′	ㄖㄡ′	肉部	【肉部】9畫	172	174	段4下-30	錯8-11	鉉4下-5
腯(腞)	tu′	ㄊㄨ′	肉部	【肉部】9畫	173	175	段4下-31	錯8-12	鉉4下-5
腳	jiao′	ㄐㄧㄠˇ	肉部	【肉部】9畫	170	172	段4下-26	錯8-10	鉉4下-4
腸	chang′	ㄔㄤ′	肉部	【肉部】9畫	168	170	段4下-22	錯8-9	鉉4下-4
腹	fu`	ㄈㄨ`	肉部	【肉部】9畫	170	172	段4下-25	錯8-10	鉉4下-4
輹(轐、腹、輻)	fu`	ㄈㄨ`	車部	【車部】9畫	724	731	段14上-45	錯27-13	鉉14上-7
腊	jie	ㄐㄧㄝ	肉部	【肉部】9畫	171	173	段4下-27	錯8-10	鉉4下-5
臀(膟)	lü`	ㄌㄩ`	肉部	【肉部】9畫	173	175	段4下-32	錯8-12	鉉4下-5
蠃(贏从月馬卂)	luo′	ㄌㄨㄛ′	肉部	【肉部】9畫	177	179	段4下-39	錯8-14	鉉4下-6
塍(塖、艐通叚)	cheng′	ㄔㄥ′	土部	【土部】9畫	684	690	段13下-20	錯26-3	鉉13下-4
段(鍛、碬、斷，煅通叚)	duan`	ㄉㄨㄢ`	殳部	【殳部】9畫	120	121	段3下-27	錯6-14	鉉3下-6
胃(膈通叚)	wei`	ㄨㄟ`	肉部	【肉部】9畫	168	170	段4下-22	錯8-9	鉉4下-4
笏(腱，劤、籚通叚)	jian`	ㄐㄧㄢ`	筋部	【竹部】9畫	178	180	段4下-41	錯8-15	鉉4下-6
屍(脾、臋从殿骨、臎，臀)	tun′	ㄊㄨㄣ′	尸部	【尸部】10畫	400	404	段8上-71	錯16-8	鉉8上-11
尻(脾，启、朓、豚、犯、狨通叚)	kao	ㄎㄠ	尸部	【尸部】10畫	400	404	段8上-71	錯16-8	鉉8上-11

篆本字（古文、金文、籀文、俗字，通段、金石）	拼音	注音	說文部首	康熙部首	筆畫	一般頁碼	洪葉頁碼	段注篇章	徐鍇通釋篇章	徐鉉藤花榭篇章
囟(膟、顖、頤、屮，胴通段)	xìn	ㄒㄧㄣˋ	囟部	【囗部】	10畫	501	505	段10下-22	鍇20-8	鉉10下-5
胤(臂、臂)	yìn	ㄧㄣˋ	肉部	【肉部】	10畫	171	173	段4下-27	鍇8-10	鉉4下-4
瘦(瘦，膄通段)	shòu	ㄕㄡˋ	疒部	【疒部】	10畫	351	355	段7下-33	鍇14-15	鉉7下-6
嗌(薀、益，膉通段)	yì	ㄧˋ	口部	【口部】	10畫	54	55	段2上-13	鍇3-6	鉉2上-3
股(胯胜述及)	gǔ	ㄍㄨˇ	肉部	【肉部】	10畫	170	172	段4下-26	鍇8-10	鉉4下-4
䐍	chen	ㄔㄣ	肉部	【肉部】	10畫	177	179	段4下-39	鍇8-14	鉉4下-6
膌(胜通段)	suǒ	ㄙㄨㄛˇ	肉部	【肉部】	10畫	176	178	段4下-37	鍇8-13	鉉4下-6
膼	ruò	ㄖㄨㄛˋ	肉部	【肉部】	10畫	176	178	段4下-37	鍇8-13	鉉4下-6
膞(膞)	sǔn	ㄙㄨㄣˇ	肉部	【肉部】	10畫	175	177	段4下-36	鍇8-13	鉉4下-5
羞(饈通段)	xiu	ㄒㄧㄡ	丑部	【羊部】	10畫	745	752	段14下-29	鍇28-14	鉉14下-7
瘤(瘤，腏通段)	liú	ㄌㄧㄡˊ	疒部	【疒部】	10畫	350	353	段7下-30	鍇14-13	鉉7下-5
瘜(息，腮通段)	xi	ㄒㄧ	疒部	【疒部】	10畫	350	353	段7下-30	鍇14-13	鉉7下-5
隔(膈通段)	ge	ㄍㄜˊ	自部	【阜部】	10畫	734	741	段14下-8	鍇28-3	鉉14下-1
鬲(甂、翮、曆，膈通段)	lì	ㄌㄧˋ	鬲部	【鬲部】	10畫	111	112	段3下-9	鍇6-5	鉉3下-2
膀(髈、旁脅述及)	pang	ㄆㄤˊ	肉部	【肉部】	10畫	169	171	段4下-23	鍇8-9	鉉4下-4
膊(胉、迫、拍)	bo	ㄅㄛˊ	肉部	【肉部】	10畫	174	176	段4下-33	鍇8-12	鉉4下-5
膌(痍、瘠，瘠、癠通段)	jí	ㄐㄧˊ	肉部	【肉部】	10畫	171	173	段4下-28	鍇8-10	鉉4下-5
膍(肶、脾)	pí	ㄆㄧˊ	肉部	【肉部】	10畫	173	175	段4下-31	鍇8-12	鉉4下-5
毗(毗、膍，毗通段)	pí	ㄆㄧˊ	囟部	【比部】	10畫	501	506	段10下-23	鍇20-9	鉉10下-5
膎(鮭)	xie	ㄒㄧㄝˊ	肉部	【肉部】	10畫	174	176	段4下-33	鍇8-14	鉉4下-5
膏(糕、餻通段)	gao	ㄍㄠ	肉部	【肉部】	10畫	169	171	段4下-23	鍇8-9	鉉4下-4
膗(臛膗述及)	he	ㄏㄜˋ	肉部	【肉部】	10畫	176	178	段4下-37	鍇8-13	鉉4下-6
膫(膋)	liao	ㄌㄧㄠˊ	肉部	【肉部】	10畫	173	175	段4下-32	鍇8-12	鉉4下-5
呂(膂，侶通段)	lǚ	ㄌㄩˇ	呂部	【口部】	10畫	343	346	段7下-16	鍇14-7	鉉7下-3
桼(膝)	xi	ㄒㄧ	卩部	【卩部】	11畫	431	435	段9上-32	鍇17-10	鉉9上-5
胂(胗、膹)	shen	ㄕㄣ	肉部	【肉部】	11畫	169	171	段4下-23	鍇8-9	鉉4下-4

篆本字(古文、金文、籀文、俗字，通叚、金石)	拼音	注音	說文部首	康熙部首	筆畫	一般頁碼 洪葉頁碼	段注篇章	徐鍇通釋篇章	徐鉉藤花榭篇章
臋(脟)	lǚ	ㄌㄩˋ	肉部	【肉部】	11畫	173 175	段4下-32	錯8-12	鉉4下-5
膘(胁、骲、髐通叚)	biao	ㄅㄧㄠ	肉部	【肉部】	11畫	173 175	段4下-32	錯8-12	鉉4下-5
香(香=腳橃xiao述及、薌)	xiang	ㄒㄧㄤ	香部	【香部】	11畫	330 333	段7上-57	錯13-24	鉉7上-9
膜	mo	ㄇㄛˊ	肉部	【肉部】	11畫	176 178	段4下-37	錯8-13	鉉4下-6
膞(腨脰述及)	zhuan	ㄓㄨㄢ	肉部	【肉部】	11畫	176 178	段4下-38	錯8-14	鉉4下-6
腨(膞、肫、臗)	shuan	ㄕㄨㄢˋ	肉部	【肉部】	11畫	170 172	段4下-26	錯8-10	鉉4下-4
膠(轇通叚)	jiao	ㄐㄧㄠ	肉部	【肉部】	11畫	177 179	段4下-39	錯8-14	鉉4下-6
膢(褸)	lǘ	ㄌㄩˊ	肉部	【肉部】	11畫	172 174	段4下-29	錯8-11	鉉4下-5
膌(脊、鶺雅jian述及，瘠、鵲、鶺通叚)	jǐ	ㄐㄧˇ	夲部	【肉部】	11畫	611 617	段12上-56	錯23-17	鉉12上-9
窭(奧，腴通叚)	ao	ㄠˋ	宀部	【大部】	11畫	338 341	段7下-6	錯14-3	鉉7下-2
臚(膚、敷、腴，攄通叚)	lu	ㄌㄨˊ	肉部	【肉部】	11畫	167 169	段4下-20	錯8-8	鉉4下-4
膩	ni	ㄋㄧˋ	肉部	【肉部】	12畫	176 178	段4下-37	錯8-13	鉉4下-6
膫(營)	liao	ㄌㄧㄠˊ	肉部	【肉部】	12畫	173 175	段4下-32	錯8-12	鉉4下-5
膬(脆、脃)	cui	ㄘㄨㄟˋ	肉部	【肉部】	12畫	176 178	段4下-38	錯8-14	鉉4下-6
膮	xiao	ㄒㄧㄠ	肉部	【肉部】	12畫	175 177	段4下-36	錯8-13	鉉4下-5
爵(隹、焦=爵 糕zhuo述及、噍嶢yao述及，僬、膲、蟭通叚)	jiao	ㄐㄧㄠ	火部	【火部】	12畫	484 489	段10上-49	錯19-16	鉉10上-8
漂(澩，瘭、膘通叚)	piao	ㄆㄧㄠ	水部	【水部】	12畫	549 554	段11上貳-7	錯21-15	鉉11上-5
胹(濡、臑、胹)	er	ㄦˊ	肉部	【肉部】	12畫	175 177	段4下-36	錯8-13	鉉4下-5
燅(鐕、尋、燖，腩通叚)	xian	ㄒㄧㄢˊ	炎部	【火部】	12畫	487 491	段10上-54	錯19-18	鉉10上-9
燔(膰通叚)	fan	ㄈㄢˊ	火部	【火部】	12畫	480 485	段10上-41	錯19-14	鉉10上-7
燓(燔、膰)	fan	ㄈㄢˊ	炎部	【火部】	12畫	491 495	段10下-2	錯19-21	鉉10下-1
繙(幡、膰通叚)	fan	ㄈㄢ	糸部	【糸部】	12畫	646 653	段13上-7	錯25-2	鉉13上-2

篆本字(古文、金文、籀文、俗字，通段、金石)	拼音	注音	說文部首	康熙部首	筆畫	一般頁碼	洪葉頁碼	段注篇章	徐鍇通釋篇章	徐鉉藤花榭篇章
臘(蜡，臈通段)	la ˋ	ㄌㄚˋ	肉部	【肉部】	12畫	172	174	段4下-29	鍇8-11	鉉4下-5
饐(⿰月壹、餈通段)	yi ˋ	ㄧˋ	食部	【食部】	12畫	222	224	段5下-14	鍇10-6	鉉5下-3
⿰酉晉(⿰月晉通段)	jin ˇ	ㄐㄧㄣˇ	酉部	【酉部】	12畫	748	755	段14下-36	鍇28-18	鉉14下-9
殖(⿰月直、膱，殕通段)	zhi ˊ	ㄓˊ	歺部	【歹部】	12畫	164	166	段4下-13	鍇8-6	鉉4下-3
胾(膱通段)	zi ˋ	ㄗˋ	肉部	【肉部】	12畫	176	178	段4下-37	鍇8-14	鉉4下-6
𩫖从㫗(覃、𠧟、蕈，憛、⿰月覃通段)	tan ˊ	ㄊㄢˊ	㫗部	【襾部】	12畫	229	232	段5下-29	鍇10-12	鉉5下-6
巺(巽、𢁉，⿱竹巽、⿰月巽通段)	xun ˋ	ㄒㄩㄣˋ	丌部	【己部】	12畫	200	202	段5上-23	鍇9-9	鉉5上-4
䐣(⿰月巽)	sun ˇ	ㄙㄨㄣˇ	肉部	【肉部】	12畫	175	177	段4下-36	鍇8-13	鉉4下-5
昔(⿱昔肉、腊、夕、昨，焟、皵通段)	xi ˊ	ㄒㄧˊ	日部	【日部】	12畫	307	310	段7上-12	鍇13-4	鉉7上-2
膳(饍通段)	shan ˋ	ㄕㄢˋ	肉部	【肉部】	12畫	172	174	段4下-30	鍇8-11	鉉4下-5
⿰月厜(腄)	chui ˊ	ㄔㄨㄟˊ	肉部	【肉部】	12畫	171	173	段4下-28	鍇8-11	鉉4下-5
膴	hu	ㄏㄨ	肉部	【肉部】	12畫	174	176	段4下-34	鍇8-12	鉉4下-5
⿰月幾(頦、胲)	ji	ㄐㄧ	肉部	【肉部】	12畫	167	169	段4下-20	鍇8-8	鉉4下-4
胲(⿰月幾)	gai	ㄍㄞ	肉部	【肉部】	12畫	170	172	段4下-26	鍇8-10	鉉4下-4
臇(⿰火巽)	juan ˇ	ㄐㄩㄢˇ	肉部	【肉部】	12畫	176	178	段4下-37	鍇8-13	鉉4下-6
𡱂(脽、𩪍从殿骨、臀，臋)	tun ˊ	ㄊㄨㄣˊ	尸部	【尸部】	13畫	400	404	段8上-71	鍇16-8	鉉8上-11
肊(臆、⿰骨意)	yi ˋ	ㄧˋ	肉部	【肉部】	13畫	169	171	段4下-23	鍇8-9	鉉4下-4
膹	fen ˋ	ㄈㄣˋ	肉部	【肉部】	13畫	176	178	段4下-37	鍇8-13	鉉4下-6
⿱敄肉(段增)	wu ˋ	ㄨˋ	肉部	【肉部】	13畫	176	178	段4下-37	無	鉉4下-6
膻(襢、袒，皽通段)	shan	ㄕㄢ	肉部	【肉部】	13畫	171	173	段4下-27	鍇8-10	鉉4下-5
膽(胆通段)	dan ˇ	ㄉㄢˇ	肉部	【肉部】	13畫	168	170	段4下-22	鍇8-8	鉉4下-4
⿰月肅(鱐)	sao ˋ	ㄙㄠˋ	肉部	【肉部】	13畫	174	176	段4下-34	鍇8-13	鉉4下-5
膾(鱠通段)	kuai ˋ	ㄎㄨㄞˋ	肉部	【肉部】	13畫	176	178	段4下-38	鍇8-14	鉉4下-6
臂	bi ˋ	ㄅㄧˋ	肉部	【肉部】	13畫	169	171	段4下-24	鍇8-9	鉉4下-4
臊	sao	ㄙㄠ	肉部	【肉部】	13畫	175	177	段4下-36	鍇8-13	鉉4下-5
⿰兼頁(臉通段)	lian ˇ	ㄌㄧㄢˇ	頁部	【頁部】	13畫	417	421	段9上-4	鍇17-2	鉉9上-1

篆本字(古文、金文、籀文、俗字，通叚、金石)	拼音	注音	說文部首	康熙部首	筆畫	一般頁碼	洪葉頁碼	段注篇章	徐鍇通釋篇章	徐鉉藤花榭篇章
蜀(蠋，臅通叚)	shuˇ	ㄕㄨˇ	虫部	【虫部】	13畫	665	672	段13上-45	鍇25-11	鉉13上-6
孕(㜯、胅、娠，㛥通叚)	yun、	ㄩㄣˋ	子部	【子部】	13畫	742	749	段14下-24	鍇28-12	鉉14下-6
膺(鷹)	ying	ㄧㄥ	肉部	【肉部】	13畫	169	171	段4下-23	鍇8-9	鉉4下-4
衉(膿)	nongˊ	ㄋㄨㄥˊ	血部	【血部】	13畫	214	216	段5上-51	鍇9-21	鉉5上-9
谷非谷guˇ(㕁、臄)	jueˊ	ㄐㄩㄝˊ	谷部	【谷部】	13畫	87	87	段3上-2	鍇5-2	鉉3上-1
臑	nao、	ㄋㄠ	肉部	【肉部】	14畫	169	171	段4下-24	鍇8-9	鉉4下-4
齎(臍)	qiˊ	ㄑㄧˊ	肉部	【肉部】	14畫	170	172	段4下-25	鍇8-9	鉉4下-4
旂(齊、粢、臍，隮通叚)	qiˊ	ㄑㄧˊ	齊部	【齊部】	14畫	317	320	段7上-32	鍇13-14	鉉7上-6
髕(臏、荆)	bin、	ㄅㄧㄣˋ	骨部	【骨部】	14畫	165	167	段4下-16	鍇8-7	鉉4下-3
熏(熏，煮、燻、臐通叚)	xun	ㄒㄩㄣ	屮部	【火部】	14畫	22	22	段1下-2	鍇2-2	鉉1下-1
詯(咱，嚊、臎通叚)	hui、	ㄏㄨㄟˋ	言部	【言部】	14畫	97	98	段3上-23	鍇5-12	鉉3上-5
翠(膵髒述及，璀通叚)	cui、	ㄘㄨㄟˋ	羽部	【羽部】	14畫	138	140	段4上-19	鍇7-9	鉉4上-4
臘(蜡，臈通叚)	la、	ㄌㄚˋ	肉部	【肉部】	14畫	172	174	段4下-29	鍇8-11	鉉4下-5
膺(鷹)	ying	ㄧㄥ	肉部	【肉部】	15畫	169	171	段4下-23	鍇8-9	鉉4下-4
髖(臗通叚)	kuan	ㄎㄨㄢ	骨部	【骨部】	15畫	165	167	段4下-16	鍇8-7	鉉4下-3
殰(瀆，牘通叚)	duˊ	ㄉㄨˊ	歹部	【歹部】	15畫	161	163	段4下-8	鍇8-5	鉉4下-2
臚(膚、敷、胅，攄通叚)	luˊ	ㄌㄨˊ	肉部	【肉部】	16畫	167	169	段4下-20	鍇8-8	鉉4下-4
脽(臞臛述及)	he、	ㄏㄜˋ	肉部	【肉部】	16畫	176	178	段4下-37	鍇8-13	鉉4下-6
羹從羔(鬻、𩱧從鬲geng、羹，臛通叚)	geng	ㄍㄥ	弻部	【鬲部】	16畫	112	113	段3下-11	鍇6-6	鉉3下-2
贏從衣(裸非裸guan、，倮、贏從果、躶通叚)	luoˇ	ㄌㄨㄛˇ	衣部	【衣部】	17畫	396	400	段8上-63	鍇16-5	鉉8上-9
瀼(壞)	rangˇ	ㄖㄤˇ	肉部	【肉部】	17畫	171	173	段4下-27	鍇8-10	鉉4下-5
臒(癯通叚)	quˊ	ㄑㄩˊ	肉部	【肉部】	18畫	171	173	段4下-27	鍇8-10	鉉4下-5
膔(臇通叚)	zheˊ	ㄓㄜˊ	肉部	【肉部】	18畫	176	178	段4下-38	鍇8-14	鉉4下-6

篆本字（古文、金文、籀文、俗字，通叚、金石）	拼音	注音	說文部首	康熙部首	筆畫	一般頁碼	洪葉頁碼	段注篇章	徐鍇通釋篇章	徐鉉藤花榭篇章
臧(𠥼、贓、藏，臟通叚)	zang	ㄗㄤ	臣部	【臣部】18畫		118	119	段3下-24	錯6-13	鉉3下-6
彎(臠、癵通叚)	luan´	ㄌㄨㄢˊ	肉部	【肉部】19畫		171	173	段4下-28	錯8-10	鉉4下-5
胬(臠)	lie`	ㄌㄧㄝˋ	肉部	【肉部】19畫		169	171	段4下-23	錯8-9	鉉4下-4
腝(臡，腞通叚)	ruan˘	ㄖㄨㄢˇ	肉部	【肉部】19畫		175	177	段4下-35	錯8-13	鉉4下-5
【臣(chen´)部】	chen´	ㄔㄣˊ	臣部			118	119	段3下-24	錯6-13	鉉3下-6
臣(𢘓)	chen´	ㄔㄣˊ	臣部	【臣部】		118	119	段3下-24	錯6-13	鉉3下-6
臣(頤、𦣞，頤通叚)	yi´	ㄧˊ	臣部	【臣部】1畫		593	599	段12上-19	錯23-8	鉉12上-4
臤(賢，鏗通叚)	qian	ㄑㄧㄢ	臤部	【臣部】2畫		118	119	段3下-23	錯6-13	鉉3下-5
賢(臤古文賢字)	xian´	ㄒㄧㄢˊ	貝部	【貝部】2畫		279	282	段6下-15	錯12-10	鉉6下-4
臥	wo`	ㄨㄛˋ	臥部	【臣部】2畫		388	392	段8上-47	錯15-16	鉉8上-7
配(𦣧，𦣝通叚)	yi´	ㄧˊ	臣部	【己部】3畫		593	599	段12上-19	錯23-8	鉉12上-4
望(𡦦、朢)	wang`	ㄨㄤˋ	壬部	【月部】4畫		387	391	段8上-46	錯15-16	鉉8上-7
𦥻	guang`	ㄍㄨㄤˋ	臣部	【臣部】6畫		118	119	段3下-24	錯6-13	鉉3下-6
臧(𠥼、贓、藏，臟通叚)	zang	ㄗㄤ	臣部	【臣部】8畫		118	119	段3下-24	錯6-13	鉉3下-6
臨	lin´	ㄌㄧㄣˊ	臥部	【臣部】11畫		388	392	段8上-47	錯15-16	鉉8上-7
臦(囧)	guang˘	ㄍㄨㄤˇ	夰部	【臣部】11畫		498	503	段10下-17	錯20-6	鉉10下-4
囧(冏、臦)	jiong˘	ㄐㄩㄥˇ	囧部	【冂部】11畫		314	317	段7上-26	錯13-10	鉉7上-4
僕(𣪠、樸、𦍞，鏷通叚)	pu´	ㄆㄨˊ	業部	【人部】12畫		103	104	段3上-35	錯5-18	鉉3上-8
【自(zi`)部】	zi`	ㄗˋ	自部			136	138	段4上-15	錯7-7	鉉4上-3
鼻(自皇述及，襣通叚)	bi´	ㄅㄧˊ	鼻部	【鼻部】		137	139	段4上-17	錯7-8	鉉4上-4
𦣹(自〔凵〕請詳查內容、𦣹、鼻皇述及)	zi`	ㄗˋ	自部	【自部】		136	138	段4上-15	錯7-7	鉉4上-3
𦣹(自【80年代段注多以白代之】)	zi`	ㄗˋ	自部	【自部】		136	138	段4上-15	錯7-7	鉉4上-3
百(𦣻、首、手)	shou˘	ㄕㄡˇ	百部	【自部】1畫		422	426	段9上-14	錯17-5	鉉9上-2
百(𦣻、白)	bai˘	ㄅㄞˇ	白部	【白部】1畫		137	138	段4上-16	錯7-8	鉉4上-4

篆本字（古文、金文、籀文、俗字，通叚、金石）	拼音	注音	說文部首	康熙部首	筆畫	一般頁碼	洪葉頁碼	段注篇章	徐鍇通釋篇章	徐鉉藤花榭篇章
槷(藝、埶、陧、陧)	nie`	ㄋㄧㄝˋ	木部	【自部】4畫		264	267	段6上-53	鍇11-23	鉉6上-7
陧(陧、槷，嵲通叚)	nie`	ㄋㄧㄝˋ	𨸏部	【阜部】4畫		733	740	段14下-5	鍇28-2	鉉14下-1
臭(嗅、螑通叚)	chou`	ㄔㄡˋ	犬部	【自部】4畫		476	480	段10上-32	鍇19-11	鉉10上-5
皋(櫜从咎木、高、告、號、嗥，皐、橰通叚)	gao	ㄍㄠ	本部	【白部】6畫		498	502	段10下-16	鍇20-6	鉉10下-3
臮(𣍘、暨、洎)	ji`	ㄐㄧˋ	似部	【自部】6畫		387	391	段8上-45	鍇15-15	鉉8上-6
臱(臱)	mian´	ㄇㄧㄢˊ	自部	【自部】9畫		136	138	段4上-15	鍇7-7	鉉4上-3
𦫖(臲，𨹟通叚)	wa`	ㄨㄚˋ	出部	【自部】9畫		273	275	段6下-2	鍇12-3	鉉6下-1
餲(腸、胺、䚛、鱠通叚)	ai`	ㄞˋ	倉部	【食部】9畫		222	224	段5下-14	鍇10-6	鉉5下-3
亶(庸)	yong	ㄩㄥ	㐭部	【一部】9畫		229	232	段5下-29	鍇10-12	鉉5下-5
【至(zhi`)部】	zhi`	ㄓˋ	至部			584	590	段12上-2	鍇23-2	鉉12上-1
至(𠃉，胵通叚)	zhi`	ㄓˋ	至部	【至部】		584	590	段12上-2	鍇23-2	鉉12上-1
致	zhi`	ㄓˋ	夂部	【至部】3畫		232	235	段5下-35	鍇10-14	鉉5下-7
迭(載)	die´	ㄉㄧㄝˊ	辵(辶)部	【辵部】6畫		73	74	段2下-9	鍇4-4	鉉2下-2
秩(載、戴)	zhi`	ㄓˋ	禾部	【禾部】6畫		325	328	段7上-48	鍇13-20	鉉7上-8
耊(耋、載通叚)	die´	ㄉㄧㄝˊ	老部	【老部】6畫		398	402	段8上-67	鍇16-7	鉉8上-10
銍(臸)	zhi`	ㄓˋ	至部	【至部】6畫		585	591	段12上-3	鍇23-2	鉉12上-1
屋(屋、臺，剭、𡱁通叚)	wu	ㄨ	尸部	【尸部】6畫		400	404	段8上-72	鍇16-9	鉉8上-11
握(臺，𥥔通叚)	wo`	ㄨㄛˋ	手部	【手部】6畫		597	603	段12上-28	鍇23-10	鉉12上-5
臺(握，儓通叚)	tai´	ㄊㄞˊ	至部	【至部】8畫		585	591	段12上-3	鍇23-2	鉉12上-1
臻(溱)	zhen	ㄓㄣ	至部	【至部】10畫		585	591	段12上-3	鍇23-2	鉉12上-1
𦥔(懫，懥通叚)	chi`	ㄔˋ	至部	【至部】10畫		585	591	段12上-3	鍇23-2	鉉12上-1
輊(轃、摯、軽通叚)	zhi`	ㄓˋ	車部	【車部】11畫		728	735	段14上-54	鍇27-15	鉉14上-7
摯(贄、藝、鷙、𡪍=軽輖逑及)	zhi`	ㄓˋ	手部	【手部】11畫		597	603	段12上-27	鍇23-9	鉉12上-5

篆本字(古文、金文、籀文、俗字，通叚、金石)	拼音	注音	說文部首	康熙部首	筆畫	一般頁碼	洪葉頁碼	段注篇章	徐鍇通釋篇章	徐鉉藤花榭篇章
【臼(jiu ˋ)部】	jiu ˋ	ㄐㄧㄡˋ	臼部			334	337	段7上-65	鍇13-26	鉉7上-10
臼非臼ju ˊ(𦤳通叚)	jiu ˋ	ㄐㄧㄡˋ	臼部	【臼部】		334	337	段7上-65	鍇13-26	鉉7上-10
臼非臼jiu ˋ(掬通叚)	ju ˊ	ㄐㄩˊ	臼	【臼部】		105	106	段3上-39	鍇6-1	鉉3上-9
申(𠁩、𢁾、𦥔、𤰱、伸)	shen	ㄕㄣ	申部	【田部】	1畫	746	753	段14下-32	鍇28-16	鉉14下-8
伸(申、𤰱、信)	shen	ㄕㄣ	人部	【人部】	1畫	377	381	段8上-26	鍇15-9	鉉8上-4
𦥔(申、𦥔、𤰱)	shen	ㄕㄣ	又部	【又部】	1畫	115	116	段3下-18	鍇6-9	鉉3下-4
臾(臾申部、瘐，㥚通叚)	yu ˊ	ㄩˊ	申部	【臼部】	2畫	747	754	段14下-33	鍇28-17	鉉14下-8
蕢(臾从臼人，此字與申部臾義異，簣通叚)	kui ˋ	ㄎㄨㄟˋ	艸部	【艸部】	2畫	44	44	段1下-46	鍇2-21	鉉1下-7
臽	xian ˋ	ㄒㄧㄢˋ	臼部	【臼部】	2畫	334	337	段7上-66	鍇13-27	鉉7上-11
齒(𦥒)	chi ˇ	ㄔˇ	齒部	【齒部】	2畫	78	79	段2下-19	鍇4-10	鉉2下-4
臿(𣝫，𣀔、牐、㪕通叚)	cha	ㄔㄚ	臼部	【臼部】	3畫	334	337	段7上-66	鍇13-27	鉉7上-10
舀(抗、䑛)	yao ˇ	ㄧㄠˇ	臼部	【臼部】	4畫	334	337	段7上-66	鍇13-27	鉉7上-10
揄(舀)	yu ˊ	ㄩˊ	手部	【手部】	4畫	604	610	段12上-42	鍇23-13	鉉12上-6
舂(樁通叚)	chong	ㄔㄨㄥ	臼部	【臼部】	5畫	334	337	段7上-65	鍇13-27	鉉7上-10
爲(為、𦥮、僞、譌述及)	wei ˊ	ㄨㄟˊ	爪部	【爪部】	6畫	113	114	段3下-13	鍇6-7	鉉3下-3
臽	po ˋ	ㄆㄛˋ	臼部	【臼部】	6畫	334	337	段7上-66	鍇13-27	鉉7上-10
舄(雒、䧿，潟、磶、碣、蕮、鵲通叚)	xi ˋ	ㄒㄧˋ	烏部	【臼部】	6畫	157	158	段4上-56	鍇7-23	鉉4上-10
舅	jiu ˋ	ㄐㄧㄡˋ	男部	【臼部】	7畫	698	705	段13下-49	鍇26-10	鉉13下-7
與(𢌿，藇、䤾通叚)	yu ˇ	ㄩˇ	舁部	【臼部】	7畫	105	106	段3上-39	鍇5-21	鉉3上-9
与(與)	yu ˇ	ㄩˇ	勺部	【一部】	7畫	715	722	段14上-27	鍇27-9	鉉14上-5
歟(與)	yu ˊ	ㄩˊ	欠部	【欠部】	7畫	410	415	段8下-19	鍇16-15	鉉8下-4

篆本字（古文、金文、籀文、俗字，通段、金石）	拼音	注音	說文部首	康熙部首	筆畫	一般頁碼	洪葉頁碼	段注篇章	徐鍇通釋篇章	徐鉉藤花榭篇章
予（與、余）	yu˘	ㄩˇ	予部	【亅部】	7畫	159	161	段4下-4	鍇8-3	鉉4下-2
懇（與，懎通段）	yu˘	ㄩˇ	心部	【心部】	7畫	507	511	段10下-34	鍇20-12	鉉10下-6
舁（要、覂、嗂，喓、霄、腰、婹、楆、騕通段）	yao	ㄧㄠ	臼部	【西部】	7畫	105	106	段3上-39	鍇6-1	鉉3上-9
臤（臤，陜通段）	qian˘	ㄑㄧㄢˇ	臼部	【阜部】	7畫	734	741	段14下-8	鍇28-3	鉉14下-2
興（娹）	xing	ㄒㄧㄥ	舁部	【臼部】	9畫	105	106	段3上-39	鍇5-21	鉉3上-9
娹（興）	xing`	ㄒㄧㄥˋ	女部	【女部】	9畫	618	624	段12下-13	鍇24-4	鉉12下-2
舁（罌、舉，罨通段）	qian	ㄑㄧㄢ	舁部	【臼部】	9畫	105	106	段3上-39	鍇5-21	鉉3上-9
舉（舉、擧）	ju˘	ㄐㄩˇ	手部	【手部】	10畫	603	609	段12上-39	鍇23-17	鉉12上-6
臦	qiong'	ㄑㄩㄥˊ	攀部	【臼部】	11畫	106	106	段3上-40	鍇6-2	鉉3上-9
舊（鵂）	jiu`	ㄐㄧㄡˋ	萑部	【臼部】	12畫	144	146	段4上-31	鍇7-14	鉉4上-6
晨（農、辳、䢉、蕽）	nong'	ㄋㄨㄥˊ	晨部	【辰部】	13畫	106	106	段3上-40	鍇6-1	鉉3上-9
爨从興酉分（釁、䰩忞min˘述及、璺瑕述及，釁、釁、釁通段）	xin`	ㄒㄧㄣˋ	攀部	【酉部】	13畫	106	106	段3上-40	鍇6-2	鉉3上-9
擣（擣、擣，搗、搗、檮、擣从臼通段）	dao˘	ㄉㄠˇ	手部	【手部】	14畫	605	611	段12上-44	鍇23-14	鉉12上-7
【舌(she')部】	she'	ㄕㄜˊ	舌部			86	87	段3上-1	鍇5-1	鉉3上-1
舌與后互譌	she'	ㄕㄜˊ	舌部	【舌部】		86	87	段3上-1	鍇5-1	鉉3上-1
昏（昏、舌隸變）	gua	ㄍㄨㄚ	口部	【口部】		61	61	段2上-26	鍇3-11	鉉2上-5
舍（捨縱述及）	she`	ㄕㄜˋ	亼部	【舌部】	2畫	223	225	段5下-16	鍇10-6	鉉5下-3
捨（舍）	she˘	ㄕㄜˇ	手部	【手部】	2畫	598	604	段12上-29	鍇23-10	鉉12上-5
舓（酏、舐、狧，咶通段）	shi`	ㄕˋ	舌部	【舌部】	3畫	87	87	段3上-2	鍇5-1	鉉3上-1
牣（舲）	jin`	ㄐㄧㄣˋ	牛部	【牛部】	4畫	52	53	段2上-9	鍇3-4	鉉2上-2
西（圅，甜、餂通段）	tian˘	ㄊㄧㄢˇ	合部	【一部】	4畫	87	88	段3上-3	鍇5-2	鉉3上-1
紓（舒）	shu	ㄕㄨ	糸部	【糸部】	4畫	646	652	段13上-6	鍇25-2	鉉13上-1

篆本字(古文、金文、籀文、俗字，通叚、金石)	拼音	注音	說文部首	康熙部首	筆畫	一般頁碼	洪葉頁碼	段注篇章	徐鍇通釋篇章	徐鉉藤花榭篇章
舒(紓)	shu	ㄕㄨ	予部	【舌部】	6畫	160	162	段4下-5	錯8-3	鉉4下-2
郤(舒)	shu	ㄕㄨ	邑部	【邑部】	8畫	300	302	段6下-56	錯12-22	鉉6下-8
徐(舒、郤、徐)	xu´	ㄒㄩˊ	人部	【人部】	8畫	377	381	段8上-26	錯15-9	鉉8上-4
館(觀，舘通叚)	guan	ㄍㄨㄢˇ	倉部	【食部】	8畫	221	224	段5下-13	錯10-5	鉉5下-3
舓(訑、舐、狧，咶通叚)	shi`	ㄕˋ	舌部	【舌部】	8畫	87	87	段3上-2	錯5-1	鉉3上-1
舚(噾，嗒通叚)	ta`	ㄊㄚˋ	舌部	【舌部】	8畫	87	87	段3上-2	錯5-1	鉉3上-1
諙(話、譮，舙通叚)	hua`	ㄏㄨㄚˋ	言部	【言部】	12畫	93	94	段3上-15	錯5-8	鉉3上-4
【舛(chuan)部】	chuan	ㄔㄨㄢˇ	舛部			234	236	段5下-38	錯10-15	鉉5下-7
舛(蹎、踳、僢)	chuan	ㄔㄨㄢˇ	舛部	【舛部】		234	236	段5下-38	錯10-15	鉉5下-7
舜(㒹、舜=俊)	shun`	ㄕㄨㄣˋ	舜部	【舛部】	6畫	234	236	段5下-38	錯10-16	鉉5下-7
蕣(舜)	shun`	ㄕㄨㄣˋ	艸部	【艸部】	6畫	37	37	段1下-32	錯2-15	鉉1下-5
粦(燐、燐，蟒通叚)	lin´	ㄌㄧㄣˊ	炎部	【米部】	6畫	487	492	段10上-55	錯19-18	鉉10上-9
舞(䟻、儛)	wu	ㄨˇ	舛部	【舛部】	8畫	234	236	段5下-38	錯10-15	鉉5下-7
舝(轄，鎋通叚)	xia´	ㄒㄧㄚˊ	舛部	【舛部】	10畫	234	236	段5下-38	錯10-16	鉉5下-7
轄(舝、螛，鎋通叚)	xia´	ㄒㄧㄚˊ	車部	【車部】	10畫	727	734	段14上-52	錯27-14	鉉14上-7
舜(㒹、舜=俊)	shun`	ㄕㄨㄣˋ	舜部	【舛部】	10畫	234	236	段5下-38	錯10-16	鉉5下-7
雞(雛、堇述及)	huang	ㄏㄨㄤˊ	舜部	【舛部】	11畫	234	236	段5下-38	錯10-16	鉉5下-7
【舟(zhou)部】	zhou	ㄓㄡ	舟部			403	407	段8下-4	錯16-10	鉉8下-1
舟(周)	zhou	ㄓㄡ	舟部	【舟部】		403	407	段8下-4	錯16-10	鉉8下-1
雕(鵰、琱、凋、舟)	diao	ㄉㄧㄠ	隹部	【隹部】		142	144	段4上-27	錯7-12	鉉4上-5
服(服、舣，鵩通叚)	fu´	ㄈㄨˊ	舟部	【月部】	2畫	404	408	段8下-6	錯16-11	鉉8下-2
舠(舤)	wu`	ㄨˋ	舟部	【舟部】	2畫	403	408	段8下-5	錯16-10	鉉8下-1
彤(肜、融、繹)	chen	ㄔㄣ	舟部	【舟部】	3畫	403	407	段8下-4	錯16-10	鉉8下-1
融(螎、肜，烔、蝸通叚)	rong´	ㄖㄨㄥˊ	鬲部	【虫部】	3畫	111	112	段3下-10	錯6-6	鉉3下-2

篆本字(古文、金文、籀文、俗字，通叚、金石)	拼音	注音	說文部首	康熙部首	筆畫	一般頁碼	洪葉頁碼	段注篇章	徐鍇通釋篇章	徐鉉藤花榭篇章
舫(方、榜)	fang˘	ㄈㄤˇ	舟部	【舟部】4畫		403	408	段8下-5	錯16-11	鉉8下-1
方(防、舫、汸、旁訪述及，坊、髣通叚)	fang	ㄈㄤ	方部	【方部】4畫		404	408	段8下-6	錯16-11	鉉8下-2
般(班磑ai˘述及、舣，股、磐通叚)	ban	ㄅㄢ	舟部	【舟部】4畫		404	408	段8下-6	錯16-11	鉉8下-2
班(班、般磑ai˘述及)	ban	ㄅㄢ	玨部	【玉部】4畫		19	19	段1上-38	錯1-19	鉉1上-6
蟠(般)	pan´	ㄆㄢˊ	虫部	【虫部】4畫		667	674	段13上-49	錯25-12	鉉13上-7
伴(胖、般)	ban`	ㄅㄢˋ	人部	【人部】4畫		369	373	段8上-10	錯15-4	鉉8上-2
服(服、舟凡，鵬通叚)	fu´	ㄈㄨˊ	舟部	【月部】4畫		404	408	段8下-6	錯16-11	鉉8下-2
斻(航、杭杭者說文或抗字)	hang´	ㄏㄤˊ	方部	【方部】4畫		404	409	段8下-7	錯16-11	鉉8下-2
舳(zhou´)	zhu´	ㄓㄨˊ	舟部	【舟部】5畫		403	407	段8下-4	錯16-10	鉉8下-1
柮(柁、舵)	di`	ㄉㄧˋ	木部	【木部】5畫		251	253	段6上-26	錯11-12	鉉6上-4
船	chuan´	ㄔㄨㄢˊ	舟部	【舟部】5畫		403	407	段8下-4	錯16-10	鉉8下-1
舸	ge˘	ㄍㄜˇ	舟部	【舟部】5畫		無	無	無		鉉8下-2
柯(笴、舸通叚)	ke	ㄎㄜ	木部	【木部】5畫		263	266	段6上-51	錯11-22	鉉6上-7
弦(弦、絃，紒、舷通叚)	xian´	ㄒㄧㄢˊ	弦部	【弓部】5畫		642	648	段12下-61	錯24-20	鉉12下-10
光(炗、茪，茫、胱、舿通叚)	guang	ㄍㄨㄤ	火部	【儿部】6畫		485	490	段10上-51	錯19-17	鉉10上-9
桄(舿、軦通叚)	guang	ㄍㄨㄤ	木部	【木部】6畫		268	271	段6上-61	錯11-27	鉉6上-8
桻(觪、䶀、踤)	xiang´	ㄒㄧㄤˊ	木部	【木部】6畫		264	267	段6上-53	錯11-23	鉉6上-7
朕(朕、㑄，䑪通叚)	zhen`	ㄓㄣˋ	舟部	【月部】6畫		403	408	段8下-5	錯16-10	鉉8下-1
艇	ting˘	ㄊㄧㄥˇ	舟部	【舟部】7畫		無	無	無		鉉8下-2
梃(脡、艇通叚)	ting˘	ㄊㄧㄥˇ	木部	【木部】7畫		249	252	段6上-23	錯11-11	鉉6上-4
造(艁，慥通叚)	zao`	ㄗㄠˋ	辵(辶)部	【辵部】7畫		71	71	段2下-4	錯4-2	鉉2下-1
艅	yu´	ㄩˊ	舟部	【舟部】7畫		無	無	無		鉉8下-2

篆本字(古文、金文、籀文、俗字，通叚、金石)	拼音	注音	說文部首	康熙部首	筆畫	一般頁碼	洪葉頁碼	段注篇章	徐鍇通釋篇章	徐鉉藤花榭篇章
餘(餘、雜通叚)	yu´	ㄩˊ	倉部	【食部】	7畫	221	224	段5下-13	錯10-5	鉉5下-3
桴(稃通叚)	fu´	ㄈㄨˊ	木部	【木部】	7畫	253	256	段6上-31	錯11-14	鉉6上-4
輪(輪通叚)	lun´	ㄌㄨㄣˊ	車部	【車部】	8畫	724	731	段14上-46	錯27-13	鉉14上-7
舟周	zhou	ㄓㄡ	舟部	【舟部】	8畫	404	408	段8下-6	無	鉉8下-2
刀(舟周、鳰鷸述及，刁、刂、刐、剆)	dao	ㄉㄠ	刀部	【刂部】	8畫	178	180	段4下-41	錯8-15	鉉4下-6
津(津、盠、艖，艖通叚)	jin	ㄐㄧㄣ	水部	【水部】	8畫	555	560	段11上貳-20	錯21-19	鉉11上-6
艐(屆，朡通叚)	zong	ㄗㄨㄥ	舟部	【舟部】	9畫	403	408	段8下-5	錯16-10	鉉8下-1
屆(艐)	jie`	ㄐㄧㄝˋ	尸部	【尸部】	9畫	400	404	段8上-71	錯16-8	鉉8上-11
艎	huang´	ㄏㄨㄤˊ	舟部	【舟部】	9畫	無	無	無	無	鉉8下-2
皇(遑，凰、偟、徨、媓、艎、餭、騜通叚)	huang´	ㄏㄨㄤˊ	王部	【白部】	9畫	9	9	段1上-18	錯1-9	鉉1上-3
輈(朝、輖)	zhao	ㄓㄠ	軌部	【月部】	10畫	308	311	段7上-14	錯13-5	鉉7上-3
鷁(鷊、鶂、鶃、鷊，艤、鴨通叚)	yi`	ㄧˋ	鳥部	【鳥部】	10畫	153	155	段4上-49	錯7-21	鉉4上-9
榒(槮，艘通叚)	sou	ㄙㄡ	木部	【木部】	10畫	267	270	段6上-59	錯11-26	鉉6上-7
津(津、盠、艖，艖通叚)	jin	ㄐㄧㄣ	水部	【水部】	11畫	555	560	段11上貳-20	錯21-19	鉉11上-6
泭(桴，淭、艀通叚)	fu´	ㄈㄨˊ	水部	【水部】	11畫	555	560	段11上貳-20	錯21-19	鉉11上-6
橃(筏，艬通叚)	fa´	ㄈㄚˊ	木部	【木部】	12畫	267	270	段6上-59	錯11-27	鉉6上-7
塍(堘、艔通叚)	cheng´	ㄔㄥˊ	土部	【土部】	12畫	684	690	段13下-20	錯26-3	鉉13下-4
檥(艤通叚)	yi˘	ㄧˇ	木部	【木部】	13畫	253	256	段6上-31	錯11-14	鉉6上-4
檻(櫩、壏、艦、轞通叚)	jian`	ㄐㄧㄢˋ	木部	【木部】	14畫	270	273	段6上-65	錯11-29	鉉6上-8
櫓(樐，艣通叚)	lu˘	ㄌㄨˇ	木部	【木部】	15畫	265	267	段6上-54	錯11-23	鉉6上-7
艫	lu´	ㄌㄨˊ	舟部	【舟部】	16畫	403	408	段8下-5	錯16-10	鉉8下-1
雙(雙、艭、躟通叚)	shuang	ㄕㄨㄤ	雔部	【隹部】	18畫	148	149	段4上-38	錯7-17	鉉4上-7
欐(櫃，艛通叚)	li˘	ㄌㄧˇ	木部	【木部】	21畫	267	270	段6上-59	錯11-27	鉉6上-7

篆本字(古文、金文、籀文、俗字，通叚、金石)	拼音	注音	說文部首	康熙部首	筆畫	一般頁碼	洪葉頁碼	段注篇章	徐鍇通釋篇章	徐鉉藤花榭篇章
【艮(gen ˋ)部】	gen ˋ	ㄍㄣˋ	匕部			385	389	段8上-42	鍇15-14	鉉8上-6
皀(艮)	gen ˋ	ㄍㄣˋ	匕部	【艮部】		385	389	段8上-42	鍇15-14	鉉8上-6
良(㠃、𡆥、𡇒、筤、𥲝)	liang ˊ	ㄌㄧㄤˊ	畗部	【艮部】	1畫	230	232	段5下-30	鍇10-12	鉉5下-6
郎(良，廊通叚)	lang ˊ	ㄌㄤˊ	邑部	【邑部】	1畫	297	299	段6下-50	鍇12-20	鉉6下-8
艱(囏)	jian	ㄐㄧㄢ	堇部	【艮部】	11畫	694	700	段13下-40	鍇26-8	鉉13下-6
【色(se ˋ)部】	se ˋ	ㄙㄜˋ	色部			431	436	段9上-33	鍇17-11	鉉9上-6
色(𢒚)	se ˋ	ㄙㄜˋ	色部	【色部】		431	436	段9上-33	鍇17-11	鉉9上-6
歁(色)	se ˋ	ㄙㄜˋ	欠部	【欠部】		412	417	段8下-23	鍇16-16	鉉8下-5
艴(勃、孛)	fu ˊ	ㄈㄨˊ	色部	【色部】	5畫	432	436	段9上-34	鍇17-11	鉉9上-6
艵(頩)	ping	ㄆㄧㄥ	色部	【色部】	6畫	432	436	段9上-34	鍇17-11	鉉9上-6
豔(豓，艷通叚)	yan ˋ	ㄧㄢˋ	豐部	【豆部】	18畫	208	210	段5上-40	鍇9-17	鉉5上-8
【艸(cao ˇ)部】	cao ˇ	ㄘㄠˇ	艸部			22	22	段1下-2	鍇2-2	鉉1下-1
艸(草)	cao ˇ	ㄘㄠˇ	艸部	【艸部】		22	22	段1下-2	鍇2-2	鉉1下-1
𦫳	guai ˇ	ㄍㄨㄞˇ	𦫳部	【艸部】	1畫	144	146	段4上-31	鍇7-14	鉉4上-6
靑(㞕)	que ˋ	ㄑㄩㄝˋ	冃部	【土部】	1畫	353	357	段7下-37	鍇14-17	鉉7下-7
艾(乂，䒷通叚)	ai ˋ	ㄞˋ	艸部	【艸部】	2畫	31	32	段1下-21	鍇2-10	鉉1下-4
忞(乂、艾)	yi ˋ	ㄧˋ	心部	【心部】	2畫	515	520	段10下-51	鍇20-18	鉉10下-9
乂(嬖、刈、艾)	yi ˋ	ㄧˋ	丿部	【丿部】	2畫	627	633	段12下-31	鍇24-11	鉉12下-5
嬖(乂、艾)	yi ˋ	ㄧˋ	辟部	【辛部】	2畫	432	437	段9上-35	鍇17-11	鉉9上-6
艻(苕)	tiao ˊ	ㄊㄧㄠˊ	艸部	【艸部】	2畫	34	34	段1下-26	鍇2-12	鉉1下-4
艼	ting	ㄊㄧㄥ	艸部	【艸部】	2畫	36	36	段1下-30	鍇2-14	鉉1下-5
扐(仂，艻通叚)	le ˋ	ㄌㄜˋ	手部	【手部】	2畫	607	613	段12上-47	鍇23-15	鉉12上-7
艽(芁、艽通叚)	qiu ˊ	ㄑㄧㄡˊ	艸部	【艸部】	2畫	45	45	段1下-48	鍇2-22	鉉1下-8
𦯧(芁通叚)	jiu	ㄐㄧㄡ	丩部	【艸部】	2畫	88	89	段3上-5	鍇5-3	鉉3上-2
艿(仍)	nai ˇ	ㄋㄞˇ	艸部	【艸部】	2畫	46	46	段1下-50	鍇2-23	鉉1下-8
𦫵	mian ˊ	ㄇㄧㄢˊ	𦫳部	【艸部】	3畫	144	146	段4上-31	鍇7-14	鉉4上-6
芞	qi ˋ	ㄑㄧˋ	艸部	【艸部】	3畫	26	26	段1下-10	鍇2-5	鉉1下-2
芃(梵)	peng ˊ	ㄆㄥˊ	艸部	【艸部】	3畫	38	39	段1下-35	鍇2-17	鉉1下-6
芄	wan ˊ	ㄨㄢˊ	艸部	【艸部】	3畫	25	26	段1下-9	鍇2-5	鉉1下-2
土(芏通叚)	tu ˇ	ㄊㄨˇ	土部	【土部】	3畫	682	688	段13下-16	鍇26-1	鉉13下-3
芊	qian	ㄑㄧㄢ	艸部	【艸部】	3畫	無	無	無	無	鉉1下-9

篆本字(古文、金文、籀文、俗字,通叚、金石)	拼音	注音	說文部首	康熙部首	筆畫	一般頁碼	洪葉頁碼	段注篇章	徐鍇通釋篇章	徐鉉藤花榭篇章
千(芊俗qian述及,仟、阡通叚)	qian	ㄑㄧㄢ	十部	【十部】	3畫	89	89	段3上-6	鍇5-4	鉉3上-2
祒(芊,仟通叚)	qian	ㄑㄧㄢ	谷部	【谷部】	3畫	570	576	段11下-7	鍇22-4	鉉11下-2
弋(杙,芅、絏、鳶、黓通叚)	yi ˋ	ㄧˋ	厂部	【弋部】	3畫	627	633	段12下-32	鍇24-11	鉉12下-5
芌(芋)	yu ˋ	ㄩˋ	艸部	【艸部】	3畫	24	25	段1下-7	鍇2-3	鉉1下-2
卉(卉)	hui ˋ	ㄏㄨㄟˋ	艸部	【十部】	3畫	44	45	段1下-47	鍇2-22	鉉1下-8
芍	shao ´	ㄕㄠˊ	艸部	【艸部】	3畫	35	35	段1下-28	鍇2-13	鉉1下-5
苄(苦)	hu ˋ	ㄏㄨˋ	艸部	【艸部】	3畫	32	32	段1下-22	鍇2-11	鉉1下-4
芑(萶,杞通叚)	qi ˇ	ㄑㄧˇ	艸部	【艸部】	3畫	46	47	段1下-51	鍇2-23	鉉1下-8
杞(檵、芑)	qi ˇ	ㄑㄧˇ	木部	【木部】	3畫	246	248	段6上-16	鍇11-7	鉉6上-3
薑(芑)	qi ˇ	ㄑㄧˇ	艸部	【艸部】	3畫	23	24	段1下-5	鍇2-3	鉉1下-1
芒(芒、鋩,釯、忙、茫通叚)	mang ´	ㄇㄤˊ	艸部	【艸部】	3畫	38	39	段1下-35	鍇2-17	鉉1下-6
茡(茡、枲)	zi ˇ	ㄗˇ	艸部	【艸部】	3畫	23	23	段1下-4	鍇2-22	鉉1下-1
秄(茡、籽、薐)	zi ˇ	ㄗˇ	禾部	【禾部】	3畫	325	328	段7上-47	鍇13-19	鉉7上-8
營(芎)	gong	ㄍㄨㄥ	艸部	【艸部】	3畫	25	25	段1下-8	鍇2-4	鉉1下-2
芬(芬)	fen	ㄈㄣ	屮部	【屮部】	4畫	22	22	段1下-2	鍇2-1	鉉1下-1
芆(茐)	nai ˇ	ㄋㄞˇ	艸部	【艸部】	4畫	46	46	段1下-50	鍇2-23	鉉1下-8
茝(茞通叚)	chai ˇ	ㄔㄞˇ	艸部	【艸部】	4畫	25	26	段1下-9	鍇2-5	鉉1下-2
巴(芭通叚)	ba	ㄅㄚ	巴部	【己部】	4畫	741	748	段14下-22	鍇28-10	鉉14下-5
葩(皅,芭通叚)	pa	ㄆㄚ	艸部	【艸部】	4畫	37	38	段1下-33	鍇2-16	鉉1下-5
夬(叏,英、觖通叚)	guai ˋ	ㄍㄨㄞˋ	又部	【大部】	4畫	115	116	段3下-18	鍇6-10	鉉3下-4
芚(苀通叚)	chen ´	ㄔㄣˊ	艸部	【艸部】	4畫	35	36	段1下-29	鍇2-13	鉉1下-5
茚(茚通叚)	ang ´	ㄤˊ	艸部	【艸部】	4畫	34	34	段1下-26	鍇2-12	鉉1下-4
芾(茇,第、蒂通叚)	fu ´	ㄈㄨˊ	艸部	【艸部】	4畫	42	42	段1下-42	鍇2-19	鉉1下-7
市fu´非市shiˋ(韍、紱、黻、芾、茀、沛)	fu ´	ㄈㄨˊ	市部	【巾部】	4畫	362	366	段7下-55	鍇14-24	鉉7下-9

篆本字(古文、金文、籀文、俗字，通段、金石)	拼音	注音	說文部首	康熙部首	筆畫	一般頁碼	洪葉頁碼	段注篇章	徐鍇通釋篇章	徐鉉藤花榭篇章
芘(pi´)	bi ˋ	ㄅㄧˋ	艸部	【艸部】4畫	37	37	段1下-32	鍇2-15	鉉1下-5
萎	wei ˇ	ㄨㄟˇ	艸部	【艸部】4畫	37	38	段1下-33	鍇2-16	鉉1下-5
芝	zhi	ㄓ	艸部	【艸部】4畫	22	23	段1下-3	鍇2-2	鉉1下-1
芟(撕、煭通段)	shan	ㄕㄢ	艸部	【艸部】4畫	42	43	段1下-43	鍇2-20	鉉1下-7
芡	qian ˋ	ㄑㄧㄢˋ	艸部	【艸部】4畫	33	33	段1下-24	鍇2-12	鉉1下-4
苹	fu ´	ㄈㄨ´	艸部	【艸部】4畫	37	38	段1下-33	鍇2-16	鉉1下-5
芥(蕳)	jie ˋ	ㄐㄧㄝˋ	艸部	【艸部】4畫	45	45	段1下-48	鍇2-22	鉉1下-8
芨	ji	ㄐㄧ	艸部	【艸部】4畫	26	27	段1下-11	鍇2-6	鉉1下-2
芩(蓚、蘝)	qin ´	ㄑㄧㄣ´	艸部	【艸部】4畫	32	33	段1下-23	鍇2-11	鉉1下-4
荃(芩)	jin	ㄐㄧㄣ	艸部	【艸部】4畫	32	33	段1下-23	鍇2-11	鉉1下-4
芪	qi ´	ㄑㄧ´	艸部	【艸部】4畫	35	36	段1下-29	鍇2-14	鉉1下-5
芫(杬，芫通段)	yuan ´	ㄩㄢ´	艸部	【艸部】4畫	36	36	段1下-30	鍇2-14	鉉1下-5
芮	rui ˋ	ㄖㄨㄟˋ	艸部	【艸部】4畫	39	40	段1下-37	鍇2-17	鉉1下-6
汭(芮、內)	rui ˋ	ㄖㄨㄟˋ	水部	【水部】4畫	546	551	段11上貳-2	鍇21-13	鉉11上-4
芰(薆)	ji ˋ	ㄐㄧˋ	艸部	【艸部】4畫	33	33	段1下-24	鍇2-11	鉉1下-4
芳	fang	ㄈㄤ	艸部	【艸部】4畫	42	42	段1下-42	鍇2-20	鉉1下-7
芴(蕪)	wu ˋ	ㄨˋ	艸部	【艸部】4畫	45	46	段1下-49	鍇2-23	鉉1下-8
芸	yun ´	ㄩㄣ´	艸部	【艸部】4畫	31	32	段1下-21	鍇2-10	鉉1下-4
芹(薽，蘄通段)	qin ´	ㄑㄧㄣ´	艸部	【艸部】4畫	31	32	段1下-21	鍇2-10	鉉1下-4
薽(芹)	qin ´	ㄑㄧㄣ´	艸部	【艸部】4畫	24	24	段1下-6	鍇2-3	鉉1下-2
蘄(芹、祈)	qi ´	ㄑㄧ´	艸部	【艸部】4畫	27	28	段1下-13	鍇2-7	鉉1下-3
芺	ao ˇ	ㄠˇ	艸部	【艸部】4畫	29	29	段1下-16	鍇2-8	鉉1下-3
芼	mao ´	ㄇㄠ´	艸部	【艸部】4畫	39	40	段1下-37	鍇2-18	鉉1下-6
覒(芼)	mao ˋ	ㄇㄠˋ	見部	【見部】4畫	409	414	段8下-17	鍇16-14	鉉8下-4
芽(牙齧nie ˋ 述及)	ya	ㄧㄚ	艸部	【艸部】4畫	37	38	段1下-33	鍇2-15	鉉1下-5
牙(齵、齖、芽管述及，呀通段)	ya ´	ㄧㄚ´	牙部	【牙部】4畫	80	81	段2下-23	鍇4-12	鉉2下-5
苆	zhong	ㄓㄨㄥ	艸部	【艸部】4畫	29	29	段1下-16	鍇2-8	鉉1下-3
芺	fu ´	ㄈㄨ´	艸部	【艸部】4畫	無	無	無	無	鉉1下-9
夫(玞、砆、芺、鴺通段)	fu	ㄈㄨ	夫部	【大部】4畫	499	504	段10下-19	鍇20-7	鉉10下-4
莎(蓌，挱、芯通段)	suo	ㄙㄨㄛ	艸部	【艸部】4畫	45	46	段1下-49	鍇2-22	鉉1下-8
芻(蒭、犓通段)	chu ´	ㄔㄨ´	艸部	【艸部】4畫	44	44	段1下-46	鍇2-21	鉉1下-8

篆本字(古文、金文、籀文、俗字，通段、金石)	拼音	注音	說文部首	康熙部首	筆畫	一般頁碼	洪葉頁碼	段注篇章	徐鍇通釋篇章	徐鉉藤花榭篇章
犓(蒭)	chú	ㄔㄨˊ	牛部	【牛部】	4畫	52	52	段2上-8	錯3-4	鉉2上-2
芋(苧)	xù	ㄒㄩˋ	艸部	【艸部】	4畫	26	26	段1下-10	錯2-5	鉉1下-2
柔(杍、芧)	shù	ㄕㄨˋ	木部	【木部】	4畫	243	245	段6上-10	錯11-5	鉉6上-2
琴(荂、花，蘤通段)	hua	ㄏㄨㄚ	琴部	【艸部】	4畫	274	277	段6下-5	錯12-4	鉉6下-2
華(花，陓、驊通段)	hua	ㄏㄨㄚ	華部	【艸部】	4畫	275	277	段6下-6	錯12-5	鉉6下-2
芝	fan	ㄈㄢ	艸部	【艸部】	5畫	40	41	段1下-39	錯2-19	鉉1下-7
芺	shi	ㄕˇ	艸部	【艸部】	5畫	23	24	段1下-5	錯2-3	鉉1下-1
苑	yuan	ㄩㄢˋ	艸部	【艸部】	5畫	41	41	段1下-40	錯2-19	鉉1下-7
蒀(菀、苑、蕴，韞通段)	yun	ㄩㄣˋ	艸部	【艸部】	5畫	40	41	段1下-39	錯2-18	鉉1下-6
苓(蘦軤述及)	ling	ㄌㄧㄥˊ	艸部	【艸部】	5畫	29	30	段1下-17	錯2-9	鉉1下-3
苞(包柚述及、蔍)	bao	ㄅㄠ	艸部	【艸部】	5畫	31	31	段1下-20	錯2-10	鉉1下-4
包(苞)	bao	ㄅㄠ	包部	【勹部】	5畫	434	438	段9上-38	錯17-12	鉉9上-6
蔍(藨、苞)	biao	ㄅㄧㄠ	艸部	【艸部】	5畫	32	33	段1下-23	錯2-11	鉉1下-4
苟非茍jì	gou	ㄍㄡˇ	艸部	【艸部】	5畫	45	46	段1下-49	錯2-22	鉉1下-8
茍非苟gouˇ，古文从羊句(亟、棘，急俗)	ji	ㄐㄧˋ	茍部	【艸部】	5畫	434	439	段9上-39	錯17-13	鉉9上-7
苕(荳，迢通段)	tiao	ㄊㄧㄠˊ	艸部	【艸部】	5畫	46	47	段1下-51	錯2-24	鉉1下-8
芀(苕)	tiao	ㄊㄧㄠˊ	艸部	【艸部】	5畫	34	34	段1下-26	錯2-12	鉉1下-4
苗(茅)	miao	ㄇㄧㄠˊ	艸部	【艸部】	5畫	40	40	段1下-38	錯2-18	鉉1下-6
苖(蓄、蓫菫述及，菫通段)	di	ㄉㄧˊ	艸部	【艸部】	5畫	29	30	段1下-17	錯2-9，2-24	鉉1下-3
苢(苡)	yi	ㄧˇ	艸部	【艸部】	5畫	28	29	段1下-15	錯2-7	鉉1下-3
苣(炬，蒢通段)	ju	ㄐㄩˋ	艸部	【艸部】	5畫	44	45	段1下-47	錯2-22	鉉1下-8
茀(蔽，第、茀通段)	fu	ㄈㄨˊ	艸部	【艸部】	5畫	42	42	段1下-42	錯2-19	鉉1下-7
篚(茀、厞)	fei	ㄈㄟˇ	竹部	【竹部】	5畫	195	197	段5上-14	錯9-5	鉉5上-3
市fúˊ非市shìˋ(韍、紱、黻、茀、韠、沛)	fu	ㄈㄨˊ	市部	【巾部】	5畫	362	366	段7下-55	錯14-24	鉉7下-9

篆本字(古文、金文、籀文、俗字，通段、金石)	拼音	注音	說文部首	康熙部首	筆畫	一般頁碼	洪葉頁碼	段注篇章	徐鍇通釋篇章	徐鉉藤花榭篇章
扉(萉、陫，扉通段)	fei丶	ㄈㄟˋ	厂部	【厂部】5畫	448	452	段9下-22	鍇18-7	鉉9下-4
茬(荏)	cha´	ㄔㄚˊ	艸部	【艸部】5畫	39	40	段1下-37	鍇2-17	鉉1下-6
鬮从爾(茶)	ni˘	ㄋㄧˇ	鬥部	【鬥部】5畫	114	115	段3下-16	鍇6-8	鉉3下-3
苦(筶通段)	ku˘	ㄎㄨˇ	艸部	【艸部】5畫	27	27	段1下-12	鍇2-7	鉉1下-2
芐(苦)	hu丶	ㄏㄨˋ	艸部	【艸部】5畫	32	32	段1下-22	鍇2-11	鉉1下-4
莓(苺通段)	mei´	ㄇㄟˊ	艸部	【艸部】5畫	26	26	段1下-10	鍇2-5	鉉1下-2
苾(咇、柲、馥通段)	bi丶	ㄅㄧˋ	艸部	【艸部】5畫	42	42	段1下-42	鍇2-19	鉉1下-7
茅(罞、蕦、鶜通段)	mao´	ㄇㄠˊ	艸部	【艸部】5畫	27	28	段1下-13	鍇2-7	鉉1下-3
苗(茆)	miao´	ㄇㄧㄠˊ	艸部	【艸部】5畫	40	40	段1下-38	鍇2-18	鉉1下-6
苛(訶呧述及，岢、苟通段)	ke	ㄎㄜ	艸部	【艸部】5畫	40	40	段1下-38	鍇2-18	鉉1下-6
訶(苛、荷詆述及，呵、嗬、歌通段)	he	ㄏㄜ	言部	【言部】5畫	100	100	段3上-28	鍇5-14	鉉3上-6
芧(苧)	xu丶	ㄒㄩˋ	艸部	【艸部】5畫	26	26	段1下-10	鍇2-5	鉉1下-2
紵(綧、褚，苧、竚通段)	zhu丶	ㄓㄨˋ	糸部	【糸部】5畫	660	667	段13上-35	鍇25-8	鉉13上-4
茝(芷通段)	zhi丶	ㄓˋ	艸部	【艸部】5畫	43	44	段1下-45	鍇2-21	鉉1下-7
菌(茵通段)	jun丶	ㄐㄩㄣˋ	艸部	【艸部】5畫	36	37	段1下-31	鍇2-15	鉉1下-5
若	ruo丶	ㄖㄨㄛˋ	艸部	【艸部】5畫	43	44	段1下-45	鍇2-21	鉉1下-7
苫(煔通段)	shan	ㄕㄢ	艸部	【艸部】5畫	43	43	段1下-44	鍇2-20	鉉1下-7
英(泱述及)	ying	ㄧㄥ	艸部	【艸部】5畫	38	38	段1下-34	鍇2-16	鉉1下-6
泱(英，映通段)	yang	ㄧㄤ	水部	【水部】5畫	557	562	段11上貳-23	鍇21-20	鉉11上-7
苳(菄)	dong	ㄉㄨㄥ	艸部	【艸部】5畫	46	47	段1下-51	鍇2-23	鉉1下-8
苣(蕖通段)	ju	ㄐㄩ	艸部	【艸部】5畫	44	44	段1下-46	鍇2-21	鉉1下-7
租(苴)	zu	ㄗㄨ	艸部	【艸部】5畫	42	43	段1下-43	鍇2-20	鉉1下-7
苵	die´	ㄉㄧㄝˊ	艸部	【艸部】5畫	36	36	段1下-30	鍇2-14	鉉1下-5
苷	gan	ㄍㄢ	艸部	【艸部】5畫	26	26	段1下-10	鍇2-5	鉉1下-2
苹(萍、蓱)	ping´	ㄆㄧㄥˊ	艸部	【艸部】5畫	25	25	段1下-8	鍇2-4	鉉1下-2
蓱(萍、苹)	ping´	ㄆㄧㄥˊ	艸部	【艸部】5畫	45	46	段1下-49	鍇2-23	鉉1下-8
萍(苹、蓱)	ping´	ㄆㄧㄥˊ	水部	【艸部】5畫	567	572	段11上貳-43	鍇21-26	鉉11上-9

篆本字(古文、金文、籀文、俗字，通段、金石)	拼音	注音	說文部首	康熙部首	筆畫	一般頁碼	洪葉頁碼	段注篇章	徐鍇通釋篇章	徐鉉藤花榭篇章
軿(荓)	ping´	ㄆㄧㄥˊ	車部	【車部】5畫		720	727	段14上-38	錯27-12	鉉14上-6
苽(菰通段)	gu	ㄍㄨ	艸部	【艸部】5畫		36	36	段1下-30	錯2-14	鉉1下-5
茁	zhuo´	ㄓㄨㄛˊ	艸部	【艸部】5畫		37	38	段1下-33	錯2-16	鉉1下-5
茂(楙)	mao`	ㄇㄠˋ	艸部	【艸部】5畫		39	39	段1下-36	錯2-17	鉉1下-6
楙(茂)	mao`	ㄇㄠˋ	林部	【木部】5畫		271	274	段6上-67	錯11-31	鉉6上-9
蔚(茂、鬱)	wei`	ㄨㄟˋ	艸部	【艸部】5畫		35	35	段1下-28	錯2-13	鉉1下-5
莪(茂、荔)	mao`	ㄇㄠˋ	艸部	【艸部】5畫		39	40	段1下-37	錯2-18	鉉1下-6
范(蔰通段)	fan`	ㄈㄢˋ	艸部	【艸部】5畫		46	46	段1下-50	錯2-23	鉉1下-8
茄(荷)	qie´	ㄑㄧㄝˊ	艸部	【艸部】5畫		34	34	段1下-26	錯2-13	鉉1下-4
茇(庋)	ba´	ㄅㄚˊ	艸部	【艸部】5畫		38	39	段1下-35	錯2-17	鉉1下-6
庋(茇、拔)	ba´	ㄅㄚˊ	广部	【广部】5畫		445	449	段9下-16	錯18-6	鉉9下-3
茿	zhu´	ㄓㄨˊ	艸部	【艸部】5畫		35	36	段1下-29	錯2-14	鉉1下-5
茆(茚)	mao~	ㄇㄠˇ	艸部	【艸部】5畫		46	47	段1下-51	錯2-24	鉉1下-8
目(睯，首通段)	mu`	ㄇㄨˋ	目部	【目部】5畫		129	131	段4上-1	錯7-1	鉉4上-1
冉(冄，莯通段)	ran~	ㄖㄢˇ	冉部	【冂部】5畫		454	458	段9下-34	錯18-11	鉉9下-5
荂(荶、殍、苻通段)	fu´	ㄈㄨˊ	艸部	【艸部】5畫		29	29	段1下-16	錯2-8	鉉1下-3
符(傳，苻通段)	fu´	ㄈㄨˊ	竹部	【竹部】5畫		191	193	段5上-5	錯9-2	鉉5上-1
菭(苔、簦，箈通段)	tai´	ㄊㄞˊ	艸部	【艸部】5畫		37	37	段1下-32	錯2-15	鉉1下-5
鞃(鞪、靫，弘、軐、輑通段)	hong´	ㄏㄨㄥˊ	革部	【革部】5畫		108	109	段3下-4	錯6-3	鉉3下-1
薁(苐、夷薾ti`述及)	yi´	ㄧˊ	艸部	【艸部】5畫		27	27	段1下-12	錯2-6	鉉1下-2
柅(屔、檷，苨、㮨通段)	ni~	ㄋㄧˇ	木部	【木部】5畫		244	247	段6上-13	錯11-23	鉉6上-2
苜	mo`	ㄇㄛˋ	首部	【艸部】5畫		145	146	段4上-32	錯7-15	鉉4上-6
茡(莩、枲)	zi~	ㄗˇ	艸部	【艸部】6畫		23	23	段1下-4	錯2-22	鉉1下-1
韭(芇通段)	jiu	ㄐㄧㄡ	丩部	【艸部】6畫		88	89	段3上-5	錯5-3	鉉3上-2
茚(茻通段)	ang´	ㄤˊ	艸部	【艸部】6畫		34	34	段1下-26	錯2-12	鉉1下-4
芨(芰)	ji`	ㄐㄧˋ	艸部	【艸部】6畫		33	33	段1下-24	錯2-11	鉉1下-4
江(洚通段)	jiang	ㄐㄧㄤ	水部	【水部】6畫		517	522	段11上壹-4	錯21-2	鉉11上-1

篆本字（古文、金文、籀文、俗字，通叚、金石）	拼音	注音	說文部首	康熙部首	筆畫	一般頁碼	洪葉頁碼	段注篇章	徐鍇通釋篇章	徐鉉藤花榭篇章
紱(茀、韍，靴、鞴通叚)	fu´	ㄈㄨˊ	糸部	【糸部】6畫	658	664	段13上-30	鍇25-7	鉉13上-4
次从二不从仌(㳄、佽)	ci`	ㄘˋ	欠部	【欠部】6畫	413	418	段8下-25	鍇16-17	鉉8下-5
莔(xian´)	xue`	ㄒㄩㄝˋ	艸部	【艸部】6畫	46	47	段1下-51	鍇2-23	鉉1下-8
苗(蘜、笛通叚)	qu	ㄑㄩ	艸部	【艸部】6畫	44	44	段1下-46	鍇2-22	鉉1下-8
曲(苗、笛、囲)	qu˘	ㄑㄩˇ	曲部	【曰部】6畫	637	643	段12下-51	鍇24-17	鉉12下-8
茗	ming´	ㄇㄧㄥˊ	艸部	【艸部】6畫	無	無	無	無	鉉1下-9
萌(萌，茗通叚)	meng´	ㄇㄥˊ	艸部	【艸部】6畫	37	38	段1下-33	鍇2-15	鉉1下-5
光(炗、灮，茪、胱、侊通叚)	guang	ㄍㄨㄤ	火部	【儿部】6畫	485	490	段10上-51	鍇19-17	鉉10上-9
茜(蒨、綪，蕓通叚)	qian`	ㄑㄧㄢˋ	艸部	【艸部】6畫	31	31	段1下-20	鍇2-10	鉉1下-4
綪(蒨、茜，輤通叚)	qian`	ㄑㄧㄢˋ	糸部	【糸部】6畫	650	657	段13上-15	鍇25-4	鉉13上-2
戎(戎，莪、駥通叚)	rong´	ㄖㄨㄥˊ	戈部	【戈部】6畫	630	636	段12下-37	鍇24-12	鉉12下-6
蕙(煖、萱，萱、蕿、蘐通叚)	xuan	ㄒㄩㄢ	艸部	【艸部】6畫	25	25	段1下-8	鍇2-4	鉉1下-2
荀	xun´	ㄒㄩㄣˊ	艸部	【艸部】6畫	無	無	無	無	鉉1下-9
郇(荀、揗通叚)	xun´	ㄒㄩㄣˊ	邑部	【邑部】6畫	290	292	段6下-36	鍇12-17	鉉6下-7
茾	guai	ㄍㄨㄞ	屮部	【艸部】6畫	144	146	段4上-31	鍇7-14	鉉4上-6
苦(苦)	gua	ㄍㄨㄚ	艸部	【艸部】6畫	31	32	段1下-21	鍇2-10	鉉1下-4
茉	lei`	ㄌㄟˋ	艸部	【艸部】6畫	41	42	段1下-41	鍇2-19	鉉1下-7
茈(紫)	zi˘	ㄗˇ	艸部	【艸部】6畫	30	31	段1下-19	鍇2-9	鉉1下-3
紫(茈)	zi˘	ㄗˇ	糸部	【糸部】6畫	651	657	段13上-16	鍇25-4	鉉13上-3
茖	ge`	ㄍㄜˋ	艸部	【艸部】6畫	26	26	段1下-10	鍇2-5	鉉1下-2
苨	chen´	ㄔㄣˊ	艸部	【艸部】6畫	25	25	段1下-8	鍇2-4	鉉1下-2
茢(栵梨述及)	lie`	ㄌㄧㄝˋ	艸部	【艸部】6畫	34	34	段1下-26	鍇2-12	鉉1下-4
栵(茢梨述及)	lie`	ㄌㄧㄝˋ	木部	【木部】6畫	254	257	段6上-33	鍇11-15	鉉6上-5
茥	gui	ㄍㄨㄟ	艸部	【艸部】6畫	28	28	段1下-14	鍇2-7	鉉1下-3

篆本字(古文、金文、籀文、俗字，通叚、金石)	拼音	注音	說文部首	康熙部首	筆畫	一般頁碼	洪葉頁碼	段注篇章	徐鍇通釋篇章	徐鉉藤花榭篇章
茦	ci ˋ	ㄘˋ	艸部	【艸部】	6畫	31	32	段1下-21	鍇2-10	鉉1下-4
茨	ci ˊ	ㄘˊ	艸部	【艸部】	6畫	42	43	段1下-43	鍇2-20	鉉1下-7
薋(茨)	ci ˊ	ㄘˊ	艸部	【艸部】	6畫	39	40	段1下-37	鍇2-17	鉉1下-6
茩	hou ˋ	ㄏㄡˋ	艸部	【艸部】	6畫	33	33	段1下-24	鍇2-12	鉉1下-4
茬(茌)	cha ˊ	ㄔㄚˊ	艸部	【艸部】	6畫	39	40	段1下-37	鍇2-17	鉉1下-6
茭	jiao	ㄐㄧㄠ	艸部	【艸部】	6畫	44	44	段1下-46	鍇2-21	鉉1下-8
筊(茭，笅通叚)	jiao ˇ	ㄐㄧㄠˇ	竹部	【竹部】	6畫	194	196	段5上-12	鍇9-5	鉉5上-2
茮(椒)	jiao	ㄐㄧㄠ	艸部	【艸部】	6畫	37	37	段1下-32	鍇2-15	鉉1下-5
茱	zhu	ㄓㄨ	艸部	【艸部】	6畫	37	37	段1下-32	鍇2-15	鉉1下-5
茲艸部、與玄部玆異，應再確認。	zi	ㄗ	艸部	【艸部】	6畫	39	39	段1下-36	鍇2-17	鉉1下-6
玆玄部，與艸部茲異，應再確認(嗞通叚)	zi	ㄗ	玄部	【玄部】	5畫	159	161	段4下-4	鍇8-3	鉉4下-2
滋(茲)	zi	ㄗ	水部	【水部】	6畫	552	557	段11上貳-13	鍇21-17	鉉11上-6
嗞(茲、嗟、咨，諮通叚)	zi	ㄗ	口部	【口部】	6畫	60	61	段2上-25	鍇3-11	鉉2上-5
茵(鞇，絪、裀通叚)	yin	ㄧㄣ	艸部	【艸部】	6畫	44	44	段1下-46	鍇2-21	鉉1下-8
茷	fa ˊ	ㄈㄚˊ	艸部	【艸部】	6畫	40	41	段1下-39	鍇2-18	鉉1下-6
旆(茷，斾通叚)	pei ˋ	ㄆㄟˋ	㫃部	【方部】	6畫	309	312	段7上-15	鍇13-6	鉉7上-3
茸(髶)	rong ˊ	ㄖㄨㄥˊ	艸部	【艸部】	6畫	47	47	段1下-52	鍇2-24	鉉1下-9
搑(茸，㧨通叚)	rong ˊ	ㄖㄨㄥˊ	手部	【手部】	6畫	606	612	段12上-46	鍇23-14	鉉12上-7
茹	ru ˊ	ㄖㄨˊ	艸部	【艸部】	6畫	44	44	段1下-46	鍇2-22	鉉1下-8
茿	zhu ˊ	ㄓㄨˊ	艸部	【艸部】	6畫	26	26	段1下-10	無	鉉1下-2
荃(筌、蓀通叚)	quan ˊ	ㄑㄩㄢˊ	艸部	【艸部】	6畫	43	43	段1下-44	鍇2-20	鉉1下-7
絟(荃)	quan ˊ	ㄑㄩㄢˊ	糸部	【糸部】	6畫	660	667	段13上-35	鍇25-8	鉉13上-4
荄	gai	ㄍㄞ	艸部	【艸部】	6畫	38	39	段1下-35	鍇2-17	鉉1下-6
荅(答，嗒通叚)	da ˊ	ㄉㄚˊ	艸部	【艸部】	6畫	22	23	段1下-3	鍇2-2	鉉1下-1
榙(荅)	ta	ㄊㄚ	木部	【木部】	6畫	248	250	段6上-20	鍇11-9	鉉6上-3
荼(䔢，茶、梌、瑹、蒤、鵌通叚)	tu ˊ	ㄊㄨˊ	艸部	【艸部】	6畫	46	47	段1下-51	鍇2-24	鉉1下-8

篆本字（古文、金文、籀文、俗字，通叚、金石）	拼音	注音	說文部首	康熙部首	筆畫	一般頁碼	洪葉頁碼	段注篇章	徐鍇通釋篇章	徐鉉藤花榭篇章
鶘(崩、忙、茫)	huang	ㄏㄨㄤ	鶘部	【月部】	6畫	314	317	段7上-26	鍇13-10	鉉7上-4
芒(芒、鋩，釾、忙、茫通叚)	mang´	ㄇㄤ´	艸部	【艸部】	6畫	38	39	段1下-35	鍇2-17	鉉1下-6
巟(荒，汒、漭、茫通叚)	huang	ㄏㄨㄤ	川部	【巛部】	6畫	568	574	段11下-3	鍇22-2	鉉11下-1
草(藼、皁、皂非皁jī´，慒、騲通叚)	cao˘	ㄘㄠ˘	艸部	【艸部】	6畫	47	47	段1下-52	鍇2-24	鉉1下-9
艸(草)	cao˘	ㄘㄠ˘	艸部	【艸部】	6畫	22	22	段1下-2	鍇2-2	鉉1下-1
皁(早、草)	zao˘	ㄗㄠ˘	日部	【日部】	6畫	302	305	段7上-2	鍇13-1	鉉7上-1
蒔	er´	ㄦ´	艸部	【艸部】	6畫	40	41	段1下-39	鍇2-19	鉉1下-7
荌	an`	ㄢ`	艸部	【艸部】	6畫	29	29	段1下-16	鍇2-8	鉉1下-3
芑(萁，秜通叚)	qi˘	ㄑㄧ˘	艸部	【艸部】	6畫	46	47	段1下-51	鍇2-23	鉉1下-8
莜	qiao´	ㄑㄧㄠ´	艸部	【艸部】	6畫	27	27	段1下-12	鍇2-6	鉉1下-2
茬	chi´	ㄔ´	艸部	【艸部】	6畫	35	36	段1下-29	鍇2-14	鉉1下-5
荏	ren˘	ㄖㄣ˘	艸部	【艸部】	6畫	23	24	段1下-5	鍇2-3	鉉1下-1
集(荏)	ren˘	ㄖㄣ˘	木部	【木部】	6畫	249	252	段6上-23	鍇11-10	鉉6上-4
薦(荐，搢、虋從薦豕、韉通叚)	jian`	ㄐㄧㄢ`	廌部	【艸部】	6畫	469	474	段10上-19	鍇19-6	鉉10上-3
荐(洊、薦)	jian`	ㄐㄧㄢ`	艸部	【艸部】	6畫	42	43	段1下-43	鍇2-20	鉉1下-7
瀳(洊、荐)	jian`	ㄐㄧㄢ`	水部	【水部】	6畫	551	556	段11上貳-11	鍇21-16	鉉11上-5
荇(荇、莕)	xing`	ㄒㄧㄥ`	艸部	【艸部】	6畫	36	36	段1下-30	鍇2-14	鉉1下-5
荒(巟)	huang	ㄏㄨㄤ	艸部	【艸部】	6畫	40	40	段1下-38	鍇2-18	鉉1下-6
巟(荒，汒、漭、茫通叚)	huang	ㄏㄨㄤ	川部	【巛部】	6畫	568	574	段11下-3	鍇22-2	鉉11下-1
稫(荒)	huang	ㄏㄨㄤ	禾部	【禾部】	6畫	327	330	段7上-51	鍇13-21	鉉7上-8
荓	ping´	ㄆㄧㄥ´	艸部	【艸部】	6畫	29	29	段1下-16	鍇2-8	鉉1下-3
荔(蕬)	li`	ㄌㄧ`	艸部	【艸部】	6畫	46	46	段1下-50	鍇2-23	鉉1下-8
萸(苐、荑蕛ti`述及)	yi´	ㄧ´	艸部	【艸部】	6畫	27	27	段1下-12	鍇2-6	鉉1下-2
茞(芮通叚)	zhi`	ㄓ`	艸部	【艸部】	6畫	43	44	段1下-45	鍇2-21	鉉1下-7
茝(茝通叚)	chai˘	ㄔㄞ˘	艸部	【艸部】	6畫	25	26	段1下-9	鍇2-5	鉉1下-2

| 篆本字（古文、金文、籀文、俗字，通叚、金石） | 拼音 | 注音 | 說文部首 | 康熙部首 | 筆畫 | 一般頁碼 | 洪葉頁碼 | 段注篇章 | 徐鍇通釋篇章 | 徐鉉藤花榭篇章 |

篆本字(古文、金文、籀文、俗字，通叚、金石)	拼音	注音	說文部首	康熙部首	筆畫	一般頁碼	洪葉頁碼	段注篇章	徐鍇通釋篇章	徐鉉藤花榭篇章
妥(芺，殍通叚)	biao`	ㄅㄧㄠˋ	妥部	【又部】6畫		160	162	段4下-5	鍇8-4	鉉4下-2
苻(芺、殍、苻通叚)	fu´	ㄈㄨˊ	艸部	【艸部】6畫		29	29	段1下-16	鍇2-8	鉉1下-3
蔬(茂)	shu`	ㄕㄨˋ	艸部	【艸部】6畫		26	26	段1下-10	鍇2-5	鉉1下-2
荊(荊)	jing	ㄐㄧㄥ	艸部	【艸部】6畫		37	37	段1下-32	鍇2-15	鉉1下-5
蒸(莁)	zheng	ㄓㄥ	艸部	【艸部】6畫		44	45	段1下-47	鍇2-22	鉉1下-8
堇(墐、蓳菫)	jin`	ㄐㄧㄣˇ	堇部	【土部】6畫		694	700	段13下-40	鍇26-7	鉉13下-6
麰(䅘，麰通叚)	mou´	ㄇㄡˊ	麥部	【麥部】6畫		231	234	段5下-33	鍇10-14	鉉5下-7
莽(漭、瞢、蟒通叚)	mang	ㄇㄤˇ	茻部	【艸部】6畫		48	48	段1下-54	無	鉉1下-10
茻	mang	ㄇㄤˇ	茻部	【艸部】6畫		47	48	段1下-53	鍇2-25	鉉1下-9
蕚(荂、花，蘤通叚)	hua	ㄏㄨㄚ	琴部	【艸部】6畫		274	277	段6下-5	鍇12-4	鉉6下-2
薅(蔉、莱，媷、林通叚)	hao	ㄏㄠ	蓐部	【艸部】6畫		47	48	段1下-53	鍇2-25	鉉1下-9
延非延zheng(莚蔓man`延字多作莚，綖、蜒、蜑通叚)	yan´	ㄧㄢˊ	延部	【廴部】7畫		77	78	段2下-17	鍇4-10	鉉2下-4
葰(綏，荾、荽、菱、薩通叚)	jun`	ㄐㄩㄣˋ	艸部	【艸部】7畫		25	26	段1下-9	鍇2-5	鉉1下-2
綏(荾通叚)	sui	ㄙㄨㄟ	糸部	【糸部】7畫		662	668	段13上-38	鍇25-8	鉉13上-5
荼(蒤，茶、梌、瑹、潥、鵌通叚)	tu´	ㄊㄨˊ	艸部	【艸部】7畫		46	47	段1下-51	鍇2-24	鉉1下-8
筡(茶俗，笗通叚)	tu´	ㄊㄨˊ	竹部	【竹部】7畫		189	191	段5上-2	鍇9-1	鉉5上-1
狋(菣)	yin´	ㄧㄣˊ	艸部	【艸部】7畫		39	39	段1下-36	鍇2-17	鉉1下-6
莯	ye´	ㄧㄝˊ	艸部	【艸部】7畫		34	34	段1下-26	鍇2-12	鉉1下-4
茆(茚)	mao	ㄇㄠˇ	艸部	【艸部】7畫		46	47	段1下-51	鍇2-24	鉉1下-8
茜(蕭、縮、莤)	su`	ㄙㄨˋ	酉部	【艸部】7畫		750	757	段14下-40	鍇28-19	鉉14下-9
菩(莁)	wu´	ㄨˊ	艸部	【艸部】7畫		46	46	段1下-50	鍇2-23	鉉1下-8

篆本字（古文、金文、籀文、俗字，通叚、金石）	拼音	注音	說文部首	康熙部首	筆畫	一般頁碼	洪葉頁碼	段注篇章	徐鍇通釋篇章	徐鉉藤花榭篇章
苺(莓通叚)	mei	ㄇㄟˊ	艸部	【艸部】7畫	26	26	段1下-10	鍇2-5	鉉1下-2
萯(苦)	gua	ㄍㄨㄚ	艸部	【艸部】7畫	31	32	段1下-21	鍇2-10	鉉1下-4
菫	li	ㄌㄧˊ	艸部	【艸部】7畫	26	27	段1下-11	鍇2-6	鉉1下-2
苗(蓄、蓫菫述及，菫通叚)	di	ㄉㄧˊ	艸部	【艸部】7畫	29	30	段1下-17	鍇2-9，2-24	鉉1下-3
藜(藜，莉、莉、蔾通叚)	li	ㄌㄧˊ	艸部	【艸部】7畫	47	47	段1下-52	鍇2-24	鉉1下-9
刖(別，捌、劁通叚)	bie	ㄅㄧㄝˊ	冎部	【刂部】7畫	164	166	段4下-14	鍇8-6	鉉4下-3
兌(閱，莌、脫通叚)	dui	ㄉㄨㄟˋ	儿部	【儿部】7畫	405	409	段8下-8	鍇16-11	鉉8下-2
脫(莌通叚)	tuo	ㄊㄨㄛ	肉部	【肉部】7畫	171	173	段4下-27	鍇8-11	鉉4下-5
志(識、意，痣、莣、誌通叚)	zhi	ㄓˋ	心部	【心部】7畫	502	506	段10下-24	鍇20-9	鉉10下-5
荏	ren	ㄖㄣˇ	艸部	【艸部】7畫	26	26	段1下-10	鍇2-5	鉉1下-2
荷	he	ㄏㄜˊ	艸部	【艸部】7畫	34	35	段1下-27	鍇2-13	鉉1下-4
茄(荷)	qie	ㄑㄧㄝˊ	艸部	【艸部】7畫	34	34	段1下-26	鍇2-13	鉉1下-4
菏(荷)	he	ㄏㄜˊ	水部	【艸部】7畫	536	541	段11上壹-42	鍇21-5	鉉11上-3
何(荷、呵，蚵通叚)	he	ㄏㄜˊ	人部	【人部】7畫	371	375	段8上-13	鍇15-5	鉉8上-2
訶(苛、荷詆述及，呵、嗬、歌通叚)	he	ㄏㄜ	言部	【言部】7畫	100	100	段3上-28	鍇5-14	鉉3上-6
莩	bu	ㄅㄨˋ	艸部	【艸部】7畫	44	44	段1下-46	鍇2-21	鉉1下-8
荺	yun	ㄩㄣˇ	艸部	【艸部】7畫	38	39	段1下-35	鍇2-17	鉉1下-6
菥	xi	ㄒㄧ	艸部	【艸部】7畫	29	30	段1下-17	鍇2-8	鉉1下-3
莆	pu	ㄆㄨˊ	艸部	【艸部】7畫	22	22	段1下-3	鍇2-24	鉉1下-1
莊(牂、壯、庄俗，糚通叚)	zhuang	ㄓㄨㄤ	艸部	【艸部】7畫	22	22	段1下-2	鍇2-2	鉉1下-1
壯(奘、莊顗yiˇ述及)	zhuang	ㄓㄨㄤˋ	士部	【士部】7畫	20	20	段1上-40	鍇1-19	鉉1上-6
萩(楸，梂通叚，段刪)	qiu	ㄑㄧㄡˊ	艸部	【艸部】7畫	37	37	段1下-32	鍇2-15	鉉1下-5

篆本字（古文、金文、籀文、俗字，通叚、金石）	拼音	注音	說文部首	康熙部首	筆畫	一般頁碼	洪葉頁碼	段注篇章	徐鍇通釋篇章	徐鉉藤花榭篇章
樛(莍、銶)	qiú	ㄑㄧㄡˊ	木部	【木部】7畫	246	249	段6上-17	鍇11-8	鉉6上-3
莎(莏，挱、芯通叚)	suo	ㄙㄨㄛ	艸部	【艸部】7畫	45	46	段1下-49	鍇2-22	鉉1下-8
莒	jǔ	ㄐㄩˇ	艸部	【艸部】7畫	24	25	段1下-7	鍇2-3	鉉1下-2
茵(蝱)	meng	ㄇㄥˊ	艸部	【艸部】7畫	35	36	段1下-29	鍇2-14	鉉1下-5
荇(莕、荥)	xing	ㄒㄧㄥˋ	艸部	【艸部】7畫	36	36	段1下-30	鍇2-14	鉉1下-5
芩(蓁、蘮)	qín	ㄑㄧㄣˊ	艸部	【艸部】7畫	32	33	段1下-23	鍇2-11	鉉1下-4
莖(誙通叚)	jing	ㄐㄧㄥ	艸部	【艸部】7畫	37	38	段1下-33	鍇2-16	鉉1下-5
菌(縜)	jun	ㄐㄩㄣ	艸部	【艸部】7畫	28	28	段1下-14	鍇2-7	鉉1下-3
莛	ting	ㄊㄧㄥˊ	艸部	【艸部】7畫	37	38	段1下-33	鍇2-16	鉉1下-5
莜(蓧通叚)	diao	ㄉㄧㄠˋ	艸部	【艸部】7畫	43	44	段1下-45	鍇2-21	鉉1下-7
匬(莜)	diao	ㄉㄧㄠˋ	匚部	【匚部】7畫	636	642	段12下-50	鍇24-16	鉉12下-8
莝	cuò	ㄘㄨㄛˋ	艸部	【艸部】7畫	44	44	段1下-46	鍇2-22	鉉1下-8
挫(挫、莝)	cuò	ㄘㄨㄛˋ	手部	【手部】7畫	596	602	段12上-26	鍇23-16	鉉12上-5
莋	zuó	ㄗㄨㄛˊ	艸部	【艸部】7畫	無	無	無	無	鉉1下-9
筰(筜，莋通叚)	zuó	ㄗㄨㄛˊ	竹部	【竹部】7畫	195	197	段5上-13	鍇9-5	鉉5上-2
莞(guan ˇ)	guan	ㄍㄨㄢ	艸部	【艸部】7畫	27	28	段1下-13	鍇2-7	鉉1下-3
薍(莞，薍通叚)	huan	ㄏㄨㄢˊ	艸部	【艸部】7畫	28	29	段1下-15	鍇2-7	鉉1下-3
蔧(蔺通叚)	wang	ㄨㄤˊ	艸部	【艸部】7畫	31	31	段1下-20	鍇2-10	鉉1下-4
莥	niu	ㄋㄧㄡˇ	艸部	【艸部】7畫	23	23	段1下-4	鍇2-2	鉉1下-1
莦(shao)	xiao	ㄒㄧㄠ	艸部	【艸部】7畫	39	40	段1下-37	鍇2-17	鉉1下-6
莨	liang	ㄌㄧㄤˊ	艸部	【艸部】7畫	36	37	段1下-31	鍇2-15	鉉1下-5
莩(莩、殍、荂通叚)	fú	ㄈㄨˊ	艸部	【艸部】7畫	29	29	段1下-16	鍇2-8	鉉1下-3
駪(莘)	shen	ㄕㄣ	馬部	【馬部】7畫	469	473	段10上-18	鍇19-5	鉉10上-3
甡(駪、侁、詵、莘)	shen	ㄕㄣ	生部	【生部】7畫	274	276	段6下-4	鍇12-4	鉉6下-2
詵(莘、駪、莘、侁)	shen	ㄕㄣ	言部	【言部】7畫	90	90	段3上-8	鍇5-5	鉉3上-3
侁(莘通叚)	shen	ㄕㄣ	人部	【人部】7畫	373	377	段8上-17	鍇15-7	鉉8上-3
姺(娎、莘通叚)	shen	ㄕㄣ	女部	【女部】7畫	613	619	段12下-4	鍇24-1	鉉12下-1
薪(莘通叚)	xin	ㄒㄧㄣ	艸部	【艸部】7畫	44	45	段1下-47	鍇2-22	鉉1下-8
芚(莀通叚)	chen	ㄔㄣˊ	艸部	【艸部】7畫	35	36	段1下-29	鍇2-13	鉉1下-5
菆(茦通叚)	zou	ㄗㄡ	艸部	【艸部】7畫	47	48	段1下-53	鍇2-24	鉉1下-9

篆本字（古文、金文、籀文、俗字，通叚、金石）	拼音	注音	說文部首	康熙部首	筆畫	一般頁碼	洪葉頁碼	段注篇章	徐鍇通釋篇章	徐鉉藤花榭篇章
萩(荻、藡通叚)	qiu	ㄑㄧㄡ	艸部	【艸部】7畫	35	35	段1下-28	鍇2-13	鉉1下-5
蕪(蕪通叚)	wu´	ㄨˊ	艸部	【艸部】7畫	40	40	段1下-38	鍇2-18	鉉1下-6
耡(莇)	chu´	ㄔㄨˊ	耒部	【耒部】7畫	184	186	段4下-54	鍇8-19	鉉4下-8
莪(義通叚)	e´	ㄜˊ	艸部	【艸部】7畫	35	35	段1下-28	鍇2-13	鉉1下-5
耜	si	ㄙ	艸部	【艸部】7畫	33	34	段1下-25	鍇2-12	鉉1下-4
萁(稘)	qi´	ㄑㄧˊ	艸部	【艸部】7畫	23	23	段1下-4	鍇2-2	鉉1下-1
菦	qin`	ㄑㄧㄣˇ	艸部	【艸部】7畫	44	44	段1下-46	鍇2-21	鉉1下-8
茝(薀)	zhi	ㄓ	艸部	【艸部】7畫	43	43	段1下-44	鍇2-20	鉉1下-7
莢(筴通叚，釋文筴本又作冊，亦作策，或䇡)	jia´	ㄐㄧㄚˊ	艸部	【艸部】7畫	38	39	段1下-35	鍇2-16	鉉1下-6
赫(頳、赩，嚇、烯、莃通叚)	he`	ㄏㄜˋ	赤部	【赤部】7畫	492	496	段10下-4	鍇19-21	鉉10下-1
蓬(䕃)	peng´	ㄆㄥˊ	艸部	【艸部】7畫	47	47	段1下-52	鍇2-24	鉉1下-9
莠(秀)	you`	ㄧㄡˋ	艸部	【艸部】7畫	23	23	段1下-4	鍇2-3	鉉1下-1
酉(蕭、縮、茜)	su`	ㄙㄨˋ	酉部	【艸部】7畫	750	757	段14下-40	鍇28-19	鉉14下-9
蕕(酉)	you´	ㄧㄡˊ	艸部	【艸部】7畫	29	29	段1下-16	鍇2-8	鉉1下-3
莫(莫，暮通叚)	mo`	ㄇㄛˋ	茻部	【艸部】7畫	48	48	段1下-54	鍇2-25	鉉1下-10
彎(筭)	luan´	ㄌㄨㄢˊ	日部	【日部】7畫	305	308	段7上-7	鍇13-3	鉉7上-1
芥(薺)	jie`	ㄐㄧㄝˋ	艸部	【艸部】7畫	45	45	段1下-48	鍇2-22	鉉1下-8
萅(春)	chun	ㄔㄨㄣ	艸部	【日部】8畫	47	48	段1下-53	鍇2-25	鉉1下-9
荊(菥)	jing	ㄐㄧㄥ	艸部	【艸部】8畫	37	37	段1下-32	鍇2-15	鉉1下-5
萍(苹、莾)	ping´	ㄆㄧㄥˊ	水部	【艸部】8畫	567	572	段11上貳-43	鍇21-26	鉉11上-9
苹(萍、莾)	ping´	ㄆㄧㄥˊ	艸部	【艸部】8畫	25	25	段1下-8	鍇2-4	鉉1下-2
莾(萍、苹)	ping´	ㄆㄧㄥˊ	艸部	【艸部】8畫	45	46	段1下-49	鍇2-23	鉉1下-8
共(龏、恭)	gong`	ㄍㄨㄥˋ	共部	【八部】8畫	105	105	段3上-38	鍇5-20	鉉3上-8
豆(尗、菽、赤shu´述及，餖通叚)	dou`	ㄉㄡˋ	豆部	【豆部】8畫	207	209	段5上-37	鍇9-16	鉉5上-7
尗(菽、豆古今語，亦古今字。)	shu´	ㄕㄨˊ	尗部	【小部】8畫	336	339	段7下-2	鍇14-1	鉉7下-1

篆本字（古文、金文、籀文、俗字，通叚、金石）	拼音	注音	說文部首	康熙部首	筆畫	一般頁碼	洪葉頁碼	段注篇章	徐鍇通釋篇章	徐鉉藤花榭篇章
叔(村、鯍鮥述及，菽通叚)	shu´	ㄕㄨˊ	又部	【又部】8畫	116	117	段3下-19	鍇6-10	鉉3下-4
竦(涖、涖、淕)	li`	ㄌㄧ丶	立部	【立部】8畫	500	504	段10下-20	鍇20-7	鉉10下-4
奏(羍、屬、敊，腠通叚)	zou`	ㄗㄡ丶	本部	【大部】8畫	498	502	段10下-16	鍇20-6	鉉10下-3
拉(搚、撛，菈通叚)	la	ㄌㄚ	手部	【手部】8畫	596	602	段12上-26	鍇23-15	鉉12上-5
愼(慎、睿、昚)	shen`	ㄕㄣ丶	心部	【心部】8畫	502	507	段10下-25	鍇20-9	鉉10下-5
昌(昌，菖通叚)	chang	ㄔㄤ	日部	【日部】8畫	306	309	段7上-9	鍇13-3	鉉7上-2
崇(崈、嵩，崧、菘通叚)	chong´	ㄔㄨㄥˊ	山部	【山部】8畫	440	444	段9下-6	鍇18-3	鉉9下-2
封(豐，菶)	feng	ㄈㄥ	艸部	【艸部】8畫	32	32	段1下-22	鍇2-10	鉉1下-4
孚(采，菢通叚)	fu´	ㄈㄨˊ	爪部	【子部】8畫	113	114	段3下-13	鍇6-7	鉉3下-3
苣(炬，藬通叚)	ju`	ㄐㄩ丶	艸部	【艸部】8畫	44	45	段1下-47	鍇2-22	鉉1下-8
苕(葟，迢通叚)	tiao´	ㄊㄧㄠˊ	艸部	【艸部】8畫	46	47	段1下-51	鍇2-24	鉉1下-8
蔣(菰苽述及)	jiang˘	ㄐㄧㄤˇ	艸部	【艸部】8畫	36	36	段1下-30	鍇2-14	鉉1下-5
苽(菰通叚)	gu	ㄍㄨ	艸部	【艸部】8畫	36	36	段1下-30	鍇2-14	鉉1下-5
觚(菰通叚)	gu	ㄍㄨ	角部	【角部】8畫	187	189	段4下-60	鍇8-20	鉉4下-9
闇(暗，菴通叚)	an`	ㄢ丶	門部	【門部】8畫	590	596	段12上-13	鍇23-5	鉉12上-3
盦(庵、罯、菴通叚)	an	ㄢ	皿部	【广部】8畫	213	215	段5上-49	鍇9-20	鉉5上-9
蒝(薗通叚)	wang´	ㄨㄤˊ	艸部	【艸部】8畫	31	31	段1下-20	鍇2-10	鉉1下-4
莧(羬通叚)	xian`	ㄒㄧㄢ丶	艸部	【艸部】8畫	24	24	段1下-6	鍇2-3	鉉1下-2
莧(羱，羱、羱、羬通叚)	huan´	ㄏㄨㄢˊ	莧部	【艸部】8畫	473	477	段10上-26	鍇19-8	鉉10上-4
苳(菄)	dong	ㄉㄨㄥ	艸部	【艸部】8畫	46	47	段1下-51	鍇2-23	鉉1下-8
蕍	yu`	ㄩ丶	艸部	【艸部】8畫	36	36	段1下-30	鍇2-15	鉉1下-5
蕗(fu˘)	qu	ㄑㄩ	艸部	【艸部】8畫	43	43	段1下-44	鍇2-20	鉉1下-7
莫(藜从幺牵)	li`	ㄌㄧ丶	艸部	【艸部】8畫	27	27	段1下-12	鍇2-6	鉉1下-2
菌	gu`	ㄍㄨ丶	艸部	【艸部】8畫	29	29	段1下-16	鍇2-8	鉉1下-3
莿	ci`	ㄘ丶	艸部	【艸部】8畫	32	32	段1下-22	鍇2-10	鉉1下-4
菀(鬱)	wan˘	ㄨㄢˇ	艸部	【艸部】8畫	35	36	段1下-29	鍇2-14	鉉1下-5

篆本字（古文、金文、籀文、俗字，通叚、金石）	拼音	注音	說文部首	康熙部首	筆畫	一般頁碼	洪葉頁碼	段注篇章	徐鍇通釋篇章	徐鉉藤花榭篇章
鬱（宛、菀，欝从爻、灪、灣从林缶一韋通叚）	yu ˋ	ㄩˋ	林部	【鬯部】8畫		271	274	段6上-67	錯11-30	鉉6上-9
蒀（菀、苑、蘊，韞通叚）	yun ˋ	ㄩㄣˊ	艸部	【艸部】8畫		40	41	段1下-39	錯2-18	鉉1下-6
菁	jing	ㄐㄧㄥ	艸部	【艸部】8畫		24	25	段1下-7	錯2-4	鉉1下-2
菅（蕑通叚）	jian	ㄐㄧㄢ	艸部	【艸部】8畫		27	28	段1下-13	錯2-7	鉉1下-3
菆（菹通叚）	zou	ㄗㄡ	艸部	【艸部】8畫		47	48	段1下-53	錯2-24	鉉1下-9
菉（綠）	lu ˋ	ㄌㄨˋ	艸部	【艸部】8畫		46	46	段1下-50	錯2-23	鉉1下-8
菊	ju ˊ	ㄐㄩˊ	艸部	【艸部】8畫		24	25	段1下-7	錯2-3	鉉1下-2
菋	wei ˋ	ㄨㄟˋ	艸部	【艸部】8畫		35	36	段1下-29	錯2-14	鉉1下-5
菌（茵通叚）	jun ˋ	ㄐㄩㄣˋ	艸部	【艸部】8畫		36	37	段1下-31	錯2-15	鉉1下-5
藁（蕎）	gao	ㄍㄠ	艸部	【艸部】8畫		36	36	段1下-30	錯2-14	鉉1下-5
菔（蔔）	fu ˊ	ㄈㄨˊ	艸部	【艸部】8畫		25	25	段1下-8	錯2-4	鉉1下-2
菜（古多以采爲菜）	cai ˋ	ㄘㄞˋ	艸部	【艸部】8畫		40	41	段1下-39	錯2-18	鉉1下-7
采（俗字手采作採、五采作彩，埰、寀、採、綵、髟通叚）	cai ˇ	ㄘㄞˇ	木部	【采部】		268	270	段6上-60	錯11-27	鉉6上-7
箸（者弋述及，著、糱、筯、竿通叚）	zhu ˋ	ㄓㄨˋ	竹部	【竹部】8畫		193	195	段5上-9	錯9-4	鉉5上-2
宁（貯、䑢、著，竚、佇、眝通叚）	zhu ˋ	ㄓㄨˋ	宁部	【宀部】8畫		737	744	段14下-14	錯28-5	鉉14下-3
褚（卒、著絮述及，帾、袻通叚）	chu ˇ	ㄔㄨˇ	衣部	【衣部】8畫		397	401	段8上-65	錯16-6	鉉8上-9
典（㸒、簊，黃通叚）	dian ˇ	ㄉㄧㄢˇ	丌部	【八部】8畫		200	202	段5上-23	錯9-9	鉉5上-4
果（猓、倮、菓通叚）	guo ˇ	ㄍㄨㄛˇ	木部	【木部】8畫		249	251	段6上-22	錯11-10	鉉6上-3
菣（蘉，蕡通叚）	qin ˋ	ㄑㄧㄣˋ	艸部	【艸部】8畫		35	35	段1下-28	錯2-13	鉉1下-5
菦（芹）	qin ˊ	ㄑㄧㄣˊ	艸部	【艸部】8畫		24	24	段1下-6	錯2-3	鉉1下-2
芹（菦，蘄通叚）	qin ˊ	ㄑㄧㄣˊ	艸部	【艸部】8畫		31	32	段1下-21	錯2-10	鉉1下-4

篆本字(古文、金文、籀文、俗字，通叚、金石)	拼音	注音	說文部首	康熙部首	筆畫	一般頁碼	洪葉頁碼	段注篇章	徐鍇通釋篇章	徐鉉藤花榭篇章
菨	jie	ㄐㄧㄝ	艸部	【艸部】8畫		36	36	段1下-30	錯2-14	鉉1下-5
菩(蔀，蓓通叚)	pu´	ㄆㄨˊ	艸部	【艸部】8畫		27	28	段1下-13	錯2-7	鉉1下-2
菬(qiao´)	zhao	ㄓㄠˇ	艸部	【艸部】8畫		46	46	段1下-50	錯2-23	鉉1下-8
菭(苔、簣，箈通叚)	tai´	ㄊㄞˊ	艸部	【艸部】8畫		37	37	段1下-32	錯2-15	鉉1下-5
菲(霏、緋通叚)	fei	ㄈㄟ	艸部	【艸部】8畫		45	46	段1下-49	錯2-23	鉉1下-8
扉(菲)	fei`	ㄈㄟˋ	尸部	【尸部】8畫		400	404	段8上-72	錯16-9	鉉8上-11
菳(芩)	jin	ㄐㄧㄣ	艸部	【艸部】8畫		32	33	段1下-23	錯2-11	鉉1下-4
菶(唪)	beng	ㄅㄥˇ	艸部	【艸部】8畫		38	38	段1下-34	錯2-16	鉉1下-6
菸(暵、蔫矮述及)	yan	ㄧㄢ	艸部	【艸部】8畫		40	41	段1下-39	錯2-18	鉉1下-6
蓤(蘦，菱、陵通叚)	ling´	ㄌㄧㄥˊ	艸部	【艸部】8畫		32	33	段1下-23	錯2-11	鉉1下-4
卷(袞、弓ㄐ述及，嘮、埢、綣、菤通叚)	juan`	ㄐㄩㄢˋ	卩部	【卩部】8畫		431	435	段9上-32	錯17-10	鉉9上-5
舄(雒、誰，潟、礎、碏、蕮、鵲通叚)	xi`	ㄒㄧˋ	烏部	【臼部】8畫		157	158	段4上-56	錯7-23	鉉4上-10
萩(藆)	lin	ㄌㄧㄣˇ	艸部	【艸部】8畫		35	35	段1下-28	錯2-13	鉉1下-5
菿(箌通叚，莪說文)	dao`	ㄉㄠˋ	艸部	【艸部】8畫		41	42	段1下-41	錯2-25	鉉1下-9
萁(藄)	qi´	ㄑㄧˊ	艸部	【艸部】8畫		23	23	段1下-4	錯2-2	鉉1下-1
萃(倅簑cuo`述及，稡、瘁通叚)	cui`	ㄘㄨㄟˋ	艸部	【艸部】8畫		40	40	段1下-38	錯2-18	鉉1下-6
顇(悴、萃、瘁，誶通叚)	cui`	ㄘㄨㄟˋ	頁部	【頁部】8畫		421	426	段9上-13	錯17-4	鉉9上-2
萄(葡)	tao´	ㄊㄠˊ	艸部	【艸部】8畫		46	47	段1下-51	錯2-23	鉉1下-8
萆(薜、襞，蓽通叚)	bi`	ㄅㄧˋ	艸部	【艸部】8畫		43	44	段1下-45	錯2-21	鉉1下-7
萇	chang´	ㄔㅤˊ	艸部	【艸部】8畫		26	27	段1下-11	錯2-6	鉉1下-2
萉(顅、蠜)	fei`	ㄈㄟˋ	艸部	【艸部】8畫		23	23	段1下-4	錯2-3	鉉1下-1
萊(葬，郲通叚)	lai´	ㄌㄞˊ	艸部	【艸部】8畫		46	46	段1下-50	錯2-23	鉉1下-8
萋	qi	ㄑㄧ	艸部	【艸部】8畫		38	38	段1下-34	錯2-16	鉉1下-6

篆本字(古文、金文、籀文、俗字，通叚、金石)	拼音	注音	說文部首	康熙部首	筆畫	一般頁碼	洪葉頁碼	段注篇章	徐鍇通釋篇章	徐鉉藤花榭篇章
淒(萋，凄通叚)	qi	ㄑㄧ	水部	【水部】8畫	557	562	段11上貳-23	鍇21-20	鉉11上-7
萠(萌，茗通叚)	meng´	ㄇㄥˊ	艸部	【艸部】8畫	37	38	段1下-33	鍇2-15	鉉1下-5
甿(萌)	meng´	ㄇㄥˊ	田部	【田部】8畫	697	704	段13下-47	鍇26-9	鉉13下-6
萎(餒、矮)	wei˘	ㄨㄟˇ	艸部	【艸部】8畫	44	44	段1下-46	鍇2-22	鉉1下-8
矮(萎)	wei˘	ㄨㄟˇ	夕部	【歹部】8畫	161	163	段4下-8	鍇8-5	鉉4下-2
菨	sha`	ㄕㄚˋ	艸部	【艸部】8畫	22	23	段1下-3	鍇2-2	鉉1下-1
萑艸部(萑)	huan´	ㄏㄨㄢˊ	艸部	【艸部】8畫	47	47	段1下-52	鍇2-24	鉉1下-9
萑萑部	huan´	ㄏㄨㄢˊ	萑部	【佳部】8畫	144	145	段4上-30	鍇7-14	鉉4上-6
荶	xian´	ㄒㄧㄢˊ	艸部	【艸部】8畫	29	29	段1下-16	鍇2-8	鉉1下-3
菰	gu	ㄍㄨ	艸部	【艸部】8畫	無	無	無	無	鉉1下-9
荶(菰)	yin´	ㄧㄣˊ	艸部	【艸部】8畫	39	39	段1下-36	鍇2-17	鉉1下-6
莑(擎、鬘通叚)	zheng	ㄓㄥ	艸部	【艸部】8畫	40	40	段1下-38	鍇2-18	鉉1下-6
薫(菎通叚)	kun	ㄎㄨㄣ	艸部	【艸部】8畫	36	36	段1下-30	鍇2-14	鉉1下-5
蓖(莊，莊通叚)	bi`	ㄅㄧˋ	艸部	【艸部】8畫	27	27	段1下-12	鍇2-6	鉉1下-2
菑(葘、甾、栽)	zi	ㄗ	艸部	【艸部】8畫	41	42	段1下-41	鍇2-19	鉉1下-7
薂(菼)	tan˘	ㄊㄢˇ	艸部	【艸部】8畫	33	34	段1下-25	鍇2-12	鉉1下-4
緂(菼)	tan˘	ㄊㄢˇ	糸部	【糸部】8畫	652	658	段13上-18	鍇25-4	鉉13上-3
蕑(菡)	dan`	ㄉㄢˋ	艸部	【艸部】8畫	34	34	段1下-26	鍇2-13	鉉1下-4
菡(菡)	han`	ㄏㄢˋ	艸部	【艸部】8畫	34	34	段1下-26	鍇2-13	鉉1下-4
華(花，陓、驊通叚)	hua	ㄏㄨㄚ	華部	【艸部】8畫	275	277	段6下-6	鍇12-5	鉉6下-2
崋(崋、華)	hua`	ㄏㄨㄚˋ	山部	【山部】8畫	439	443	段9下-4	鍇18-2	鉉9下-1
撝(華)	hui	ㄏㄨㄟ	手部	【手部】8畫	606	612	段12上-46	鍇23-15	鉉12上-7
玗(玗、華，瑀通叚)	yu´	ㄩˊ	玉部	【玉部】8畫	17	17	段1上-34	鍇1-16	鉉1上-5
樗(欅、樺、華)	huo`	ㄏㄨㄛˋ	木部	【木部】8畫	244	247	段6上-13	鍇11-6	鉉6上-2
菹(蒩、蘁皆从血，葅、葅通叚)	zu	ㄗㄨ	艸部	【艸部】9畫	43	43	段1下-44	鍇2-20	鉉1下-7
兔(菟，毚、鵌通叚)	tu`	ㄊㄨˋ	兔部	【儿部】9畫	472	477	段10上-25	鍇19-8	鉉10上-4
蕍	yu´	ㄩˊ	艸部	【艸部】9畫	無	無	無	無	無
萬(万)	wan`	ㄨㄢˋ	内部	【艸部】9畫	739	746	段14下-18	鍇28-7	鉉14下-4

篆本字(古文、金文、籀文、俗字，通叚、金石)	拼音	注音	說文部首	康熙部首	筆畫	一般頁碼	洪葉頁碼	段注篇章	徐鍇通釋篇章	徐鉉藤花榭篇章
莕(荇、蕂)	xìng	ㄒㄧㄥˋ	艸部	【艸部】9畫	36	36	段1下-30	鍇2-14	鉉1下-5
杏(蕂)	xìng	ㄒㄧㄥˋ	木部	【木部】9畫	239	242	段6上-3	鍇11-1	鉉6上-1
薔(薔、甾、栽)	zī	ㄗ	艸部	【艸部】9畫	41	42	段1下-41	鍇2-19	鉉1下-7
烖(灾、扻、災、薔)	zāi	ㄗㄞ	火部	【火部】9畫	484	489	段10上-49	鍇19-16	鉉10上-8
萸	yú	ㄩˊ	艸部	【艸部】9畫	37	37	段1下-32	鍇2-15	鉉1下-5
莪(茂、蒚)	mào	ㄇㄠˋ	艸部	【艸部】9畫	39	40	段1下-37	鍇2-18	鉉1下-6
耎(檽、楑)	ruǎn	ㄖㄨㄢˇ	艸部	【艸部】9畫	36	37	段1下-31	鍇2-15	鉉1下-5
紅(葒、茳通叚)	hóng	ㄏㄨㄥˊ	糸部	【糸部】9畫	651	657	段13上-16	鍇25-4	鉉13上-3
威(畏、葳、喊通叚，媁金石)	wēi	ㄨㄟ	女部	【女部】9畫	615	621	段12下-7	鍇24-2	鉉12下-1
諰(偲、葸，鰓通叚)	xǐ	ㄒㄧˇ	言部	【言部】9畫	94	95	段3上-17	鍇5-9	鉉3上-4
偲(愢、葸通叚)	cāi	ㄘㄞ	人部	【人部】9畫	370	374	段8上-11	鍇15-4	鉉8上-2
坙(垂、陲、權銓述及，倕、葟通叚)	chuí	ㄔㄨㄟˊ	土部	【土部】9畫	693	700	段13下-39	鍇26-7	鉉13下-5
籆(篗、坙，葟、桘、種通叚)	chuí	ㄔㄨㄟˊ	竹部	【竹部】9畫	196	198	段5上-15	鍇9-6	鉉5上-3
萩(荻、藡通叚)	qiū	ㄑㄧㄡ	艸部	【艸部】9畫	35	35	段1下-28	鍇2-13	鉉1下-5
銳(劙互jì述及，蓪通叚)	ruì	ㄖㄨㄟˋ	金部	【金部】9畫	707	714	段14上-12	鍇27-5	鉉14上-3
荔(藜)	lì	ㄌㄧˋ	艸部	【艸部】9畫	46	46	段1下-50	鍇2-23	鉉1下-8
萭	yǔ	ㄩˇ	艸部	【艸部】9畫	27	27	段1下-12	鍇2-6	鉉1下-2
蕡	fù	ㄈㄨˋ	艸部	【艸部】9畫	29	29	段1下-16	鍇2-8	鉉1下-3
萷	cè	ㄘㄜˋ	艸部	【艸部】9畫	30	31	段1下-19	鍇2-9	鉉1下-4
萹	biān	ㄅㄧㄢ	艸部	【艸部】9畫	26	26	段1下-10	鍇2-5	鉉1下-2
萺(蕵)	mào	ㄇㄠˋ	艸部	【艸部】9畫	46	47	段1下-51	鍇2-24	鉉1下-8
突(埃、葵、鴆、鼨通叚)	tú	ㄊㄨˊ	穴部	【穴部】9畫	346	349	段7下-22	鍇14-9	鉉7下-4
蕥(蒕通叚)	yòu	ㄧㄡˋ	艸部	【艸部】9畫	29	29	段1下-16	鍇2-8	鉉1下-3
薊(葥通叚)	jì	ㄐㄧˋ	艸部	【艸部】9畫	26	27	段1下-11	鍇2-6	鉉1下-2

篆本字（古文、金文、籀文、俗字，通叚、金石）	拼音	注音	說文部首	康熙部首	筆畫	一般頁碼	洪葉頁碼	段注篇章	徐鍇通釋篇章	徐鉉藤花榭篇章
蒟(枸，蒟通叚)	jǔ	ㄐㄩˇ	艸部	【艸部】9畫	36	37	段1下-31	鍇2-15	鉉1下-5
胡(猢、葫、鶘通叚)	hú	ㄏㄨˊ	肉部	【肉部】9畫	173	175	段4下-31	鍇8-12	鉉4下-5
朐(蒟、胊通叚)	qú	ㄑㄩˊ	肉部	【肉部】9畫	174	176	段4下-33	鍇8-12	鉉4下-5
施(㫼橋yi㫼者施之俗也，肔、胣、葹通叚)	shi	ㄕ	㫃部	【方部】9畫	311	314	段7上-19	鍇13-6	鉉7上-3
藜(藜，菞、莉、犁通叚)	li	ㄌㄧˊ	艸部	【艸部】9畫	47	47	段1下-52	鍇2-24	鉉1下-9
亭(停、渟，婷、葶通叚)	ting	ㄊㄧㄥˊ	高部	【亠部】9畫	227	230	段5下-25	鍇10-10	鉉5下-5
薂(甂、㼚、甐，甎通叚)	ruan	ㄖㄨㄢˇ	瓬部	【瓦部】9畫	122	123	段3下-31	鍇6-16	鉉3下-7
落(絡，殆通叚)	luo	ㄌㄨㄛˋ	艸部	【艸部】9畫	40	40	段1下-38	鍇2-18	鉉1下-6
零(落)	luo	ㄌㄨㄛˋ	雨部	【雨部】9畫	572	578	段11下-11	鍇22-6	鉉11下-3
絡(落，繁通叚)	luo	ㄌㄨㄛˋ	糸部	【糸部】9畫	659	666	段13上-33	鍇25-7	鉉13上-4
筶(絡、落)	luo	ㄌㄨㄛˋ	竹部	【竹部】9畫	193	195	段5上-9	鍇9-4	鉉5上-2
葆(堡、褓通叚)	bao	ㄅㄠˇ	艸部	【艸部】9畫	47	47	段1下-52	鍇2-24	鉉1下-9
葉	ye	ㄧㄝˋ	艸部	【艸部】9畫	37	38	段1下-33	鍇2-16	鉉1下-5
箬(頁、葉)	ye	ㄧㄝˋ	竹部	【竹部】9畫	190	192	段5上-4	鍇9-2	鉉5上-1
菱	jian	ㄐㄧㄢ	艸部	【艸部】9畫	25	25	段1下-8	鍇2-5	鉉1下-2
菖(蒩通叚)	fu	ㄈㄨˊ	艸部	【艸部】9畫	29	30	段1下-17	鍇2-9	鉉1下-3
葎	lǜ	ㄌㄩˋ	艸部	【艸部】9畫	31	32	段1下-21	鍇2-10	鉉1下-4
蓳(漌)	jin	ㄐㄧㄣ	艸部	【艸部】9畫	47	47	段1下-52	鍇2-24	鉉1下-9
葑(豐，菘)	feng	ㄈㄥ	艸部	【艸部】9畫	32	32	段1下-22	鍇2-10	鉉1下-4
葚(椹通叚)	shen	ㄕㄣˋ	艸部	【艸部】9畫	36	37	段1下-31	鍇2-15	鉉1下-5
黮(葚，霮通叚)	shen	ㄕㄣˋ	黑部	【黑部】9畫	489	493	段10上-58	鍇19-20	鉉10上-10
葛(轕通叚)	ge	ㄍㄜˇ	艸部	【艸部】9畫	35	36	段1下-29	鍇2-14	鉉1下-5
鬣從髟巤(巤、獵、儠、鬛、髦、馲、鬛、葛隸變、獵，犣通叚)	lie	ㄌㄧㄝˋ	髟部	【髟部】9畫	427	432	段9上-25	鍇17-8	鉉9上-4
蕁(蔘)	shen	ㄕㄣ	艸部	【艸部】9畫	44	45	段1下-47	鍇2-22	鉉1下-8

篆本字(古文、金文、籀文、俗字,通叚、金石)	拼音	注音	說文部首	康熙部首	筆畫	一般頁碼	洪葉頁碼	段注篇章	徐鍇通釋篇章	徐鉉藤花榭篇章
葢(蓋)	gai `	ㄍㄞˋ	艸部	【艸部】9畫		42	43	段1下-43	錯2-20	鉉1下-7
盇(葢、曷、盍、盇號述及,溢、盒通叚)	he ´	ㄏㄜˊ	血部	【血部】9畫		214	216	段5上-52	錯9-21	鉉5上-10
郃(蓋)	he ´	ㄏㄜˊ	邑部	【邑部】9畫		300	302	段6下-56	錯12-22	鉉6下-8
蒨(蒨)	qian ´	ㄑㄧㄢˊ	艸部	【艸部】9畫		26	27	段1下-11	錯2-6	鉉1下-2
葦(葦)	wei ˇ	ㄨㄟˇ	艸部	【艸部】9畫		45	46	段1下-49	錯2-23	鉉1下-8
葩(皅,芭通叚)	pa	ㄆㄚ	艸部	【艸部】9畫		37	38	段1下-33	錯2-16	鉉1下-5
皅(葩,皅通叚)	pa	ㄆㄚ	白部	【白部】9畫		364	367	段7下-58	錯14-24	鉉7下-10
葭(葭、笳通叚)	jia	ㄐㄧㄚ	艸部	【艸部】9畫		46	46	段1下-50	錯2-23	鉉1下-8
葰(綏,葰、葰、葰、葰通叚)	jun `	ㄐㄩㄣˋ	艸部	【艸部】9畫		25	26	段1下-9	錯2-5	鉉1下-2
葴	zhen	ㄓㄣ	艸部	【艸部】9畫		30	30	段1下-18	錯2-9	鉉1下-3
黬(葴、箴)	jian	ㄐㄧㄢ	黑部	【黑部】9畫		488	492	段10上-56	錯19-19	鉉10上-10
葷(焄、薰,獯、獯通叚)	hun	ㄏㄨㄣ	艸部	【艸部】9畫		24	25	段1下-7	錯2-4	鉉1下-2
葺	qi `	ㄑㄧˋ	艸部	【艸部】9畫		42	43	段1下-43	錯2-20	鉉1下-7
葻(嵐通叚)	lan ´	ㄌㄢˊ	艸部	【艸部】9畫		40	40	段1下-38	錯2-18	鉉1下-6
葼	zong	ㄗㄨㄥ	艸部	【艸部】9畫		38	38	段1下-34	錯2-16	鉉1下-6
蔕(蔕、柢,蒂通叚)	di `	ㄉㄧˋ	艸部	【艸部】9畫		38	39	段1下-35	錯2-17	鉉1下-6
柢(氐、蒂,秪通叚)	di ˇ	ㄉㄧˇ	木部	【木部】9畫		248	251	段6上-21	錯11-9	鉉6上-3
葽	yao	ㄧㄠ	艸部	【艸部】9畫		36	37	段1下-31	錯2-15	鉉1下-5
蒁(茂)	shu `	ㄕㄨˋ	艸部	【艸部】9畫		26	26	段1下-10	錯2-5	鉉1下-2
蒗(稂)	lang ´	ㄌㄤˊ	艸部	【艸部】9畫		23	23	段1下-4	錯2-3	鉉1下-1
薅(䈞、竹萹pian述及)	du ´	ㄉㄨˊ	艸部	【艸部】9畫		25	26	段1下-9	錯2-5	鉉1下-2
毒(箁,玳、璹、蓄、蝳通叚)	du ´	ㄉㄨˊ	屮部	【毋部】9畫		22	22	段1下-2	錯2-1	鉉1下-1
蓾(矢,屎通叚)	shi ˇ	ㄕˇ	艸部	【艸部】9畫		44	45	段1下-47	錯2-22	鉉1下-8
葵(蒸)	kui ´	ㄎㄨㄟˊ	艸部	【艸部】9畫		23	24	段1下-5	錯2-3	鉉1下-1

篆本字(古文、金文、籀文、俗字,通叚、金石)	拼音	注音	說文部首	康熙部首	筆畫	一般頁碼	洪葉頁碼	段注篇章	徐鍇通釋篇章	徐鉉藤花榭篇章
揆(葵)	kui´	ㄎㄨㄟˊ	手部	【手部】9畫		604	610	段12上-42	鍇23-13	鉉12上-7
藨(蔈、苞)	biao	ㄅㄧㄠ	艸部	【艸部】9畫		32	33	段1下-23	鍇2-11	鉉1下-4
蔥(蓖,𦸷通叚)	bi`	ㄅㄧ	艸部	【艸部】9畫		27	27	段1下-12	鍇2-6	鉉1下-2
枌(棻,橨通叚)	fen	ㄈㄣ	木部	【木部】9畫		245	247	段6上-14	鍇11-6	鉉6上-2
蔫(殢、蔫通叚)	nian	ㄋㄧㄢ	艸部	【艸部】9畫		40	41	段1下-39	鍇2-18	鉉1下-6
盆(溢,盇通叚)	pen´	ㄆㄣˊ	皿部	【皿部】9畫		212	214	段5上-47	鍇9-19	鉉5上-9
蒲(圃、浦藪述及、葡萄字述及)	pu´	ㄆㄨˊ	艸部	【艸部】9畫		28	28	段1下-14	鍇2-7	鉉1下-3
菫(菫、督)	dong˘	ㄉㄨㄥˇ	艸部	【艸部】9畫		32	32	段1下-22	鍇2-10	鉉1下-4
督(菫,督通叚)	du	ㄉㄨ	目部	【目部】9畫		133	135	段4上-9	鍇7-5	鉉4上-2
蒯(蒯通叚)	kuai˘	ㄎㄨㄞˇ	艸部	【艸部】9畫		30	30	段1下-18	鍇2-9	鉉1下-3
募(蕩)	dang`	ㄉㄤˋ	艸部	【艸部】9畫		29	30	段1下-17	鍇2-9	鉉1下-3
寯(菁)	wei`	ㄨㄟˋ	宋部	【廾部】9畫		273	276	段6下-3	鍇12-3	鉉6下-1
葅(菹、蕰今之香菜,蕰通叚)	zu˘	ㄗㄨˇ	艸部	【艸部】9畫		23	24	段1下-5	鍇2-3	鉉1下-1
萱(芑)	qi˘	ㄑㄧˇ	艸部	【艸部】9畫		23	24	段1下-5	鍇2-3	鉉1下-1
蓏	luo˘	ㄌㄨㄛˇ	艸部	【艸部】9畫		22	23	段1下-3	鍇2-2	鉉1下-1
莫(蔑)	mie`	ㄇㄧㄝˋ	首部	【艸部】9畫		145	146	段4上-32	鍇7-15	鉉4上-6
葬	zang`	ㄗㄤˋ	茻部	【艸部】9畫		48	48	段1下-54	鍇2-26	鉉1下-10
洴(萍、苹)	ping´	ㄆㄧㄥˊ	艸部	【艸部】9畫		45	46	段1下-49	鍇2-23	鉉1下-8
苹(萍、洴)	ping´	ㄆㄧㄥˊ	艸部	【艸部】9畫		25	25	段1下-8	鍇2-4	鉉1下-2
萍(苹、洴)	ping´	ㄆㄧㄥˊ	水部	【艸部】9畫		567	572	段11上貳-43	鍇21-26	鉉11上-9
葚	chi´	ㄔˊ	艸部	【艸部】9畫		43	44	段1下-45	鍇2-21	鉉1下-7
营(芎)	gong	ㄍㄨㄥ	艸部	【艸部】9畫		25	25	段1下-8	鍇2-4	鉉1下-2
茸(蒻)	rong´	ㄖㄨㄥˊ	艸部	【艸部】9畫		47	47	段1下-52	鍇2-24	鉉1下-9
葳(穢,葳通叚)	hui`	ㄏㄨㄟˋ	艸部	【艸部】9畫		40	40	段1下-38	鍇2-18	鉉1下-6
咢(咢、蕚轉wei˘述及,噩、堮、壛、蕚、諤通叚)	e`	ㄜˋ	吅部	【口部】9畫		62	63	段2上-29	鍇3-13	鉉2上-6
蕙(煖、萱,萱、蔑、護通叚)	xuan	ㄒㄩㄢ	艸部	【艸部】9畫		25	25	段1下-8	鍇2-4	鉉1下-2
枲(檾,葈通叚)	xi˘	ㄒㄧˇ	木部	【木部】9畫		335	339	段7下-1	鍇13-27	鉉7下-1

篆本字（古文、金文、籀文、俗字，通叚、金石）	拼音	注音	說文部首	康熙部首	筆畫	一般頁碼	洪葉頁碼	段注篇章	徐鍇通釋篇章	徐鉉藤花榭篇章
黌(雞、葟)	huang´	ㄏㄨㄤˊ	舜部	【舛部】9畫	234	236	段5下-38	鍇10-16	鉉5下-7
草（菒、皁、皂非皂jí，慔、騲通叚）	cao˘	ㄘㄠˇ	艸部	【艸部】10畫	47	47	段1下-52	鍇2-24	鉉1下-9
葰（綏，薐、荽、菱、陵通叚）	jun`	ㄐㄩㄣˋ	艸部	【艸部】10畫	25	26	段1下-9	鍇2-5	鉉1下-2
蒯（蒯通叚）	kuai˘	ㄎㄨㄞˇ	艸部	【艸部】10畫	30	30	段1下-18	鍇2-9	鉉1下-3
蓊（蓊通叚）	weng	ㄨㄥ	竹部	【竹部】10畫	190	192	段5上-3	鍇9-2	鉉5上-1
蓟（葧通叚，菽說文）	dao`	ㄉㄠˋ	艸部	【艸部】10畫	41	42	段1下-41	鍇2-25	鉉1下-9
茜（蒨、綪，蕾通叚）	qian`	ㄑㄧㄢˋ	艸部	【艸部】10畫	31	31	段1下-20	鍇2-10	鉉1下-4
綪（蒨、茜，輤通叚）	qian`	ㄑㄧㄢˋ	糸部	【糸部】10畫	650	657	段13上-15	鍇25-4	鉉13上-2
哮（狗，烋、庨、猇通叚）	xiao`	ㄒㄧㄠˋ	口部	【口部】10畫	61	62	段2上-27	鍇3-12	鉉2上-6
茶（蒤，茶、檟、瑹、蒤、鵌通叚）	tu´	ㄊㄨˊ	艸部	【艸部】10畫	46	47	段1下-51	鍇2-24	鉉1下-8
嗌（嗌、益，膉通叚）	yi`	ㄧˋ	口部	【口部】10畫	54	55	段2上-13	鍇3-6	鉉2上-3
挐（拏、拿通叚）	na´	ㄋㄚˊ	手部	【手部】10畫	598	604	段12上-29	鍇23-10	鉉12上-5
菩（蔀，蓓通叚）	pu´	ㄆㄨˊ	艸部	【艸部】10畫	27	28	段1下-13	鍇2-7	鉉1下-2
苖（蒂、蔕菫述及，菫通叚）	di`	ㄉㄧˋ	艸部	【艸部】10畫	29	30	段1下-17	鍇2-9，2-24	鉉1下-3
蓖（芘，茈通叚）	bi`	ㄅㄧˋ	艸部	【艸部】10畫	27	27	段1下-12	鍇2-6	鉉1下-2
埭（莅、蒞、涖）	li`	ㄌㄧˋ	立部	【立部】10畫	500	504	段10下-20	鍇20-7	鉉10下-4
蓻	zhi`	ㄓˋ	艸部	【艸部】10畫	無	無	無	鍇2-19	鉉1下-7
菩（葊）	wu´	ㄨˊ	艸部	【艸部】10畫	46	46	段1下-50	鍇2-23	鉉1下-8
菡（萏）	han`	ㄏㄢˋ	艸部	【艸部】10畫	34	34	段1下-26	鍇2-13	鉉1下-4
葵（蕵）	kui´	ㄎㄨㄟˊ	艸部	【艸部】10畫	23	24	段1下-5	鍇2-3	鉉1下-1
蒨（菺）	qian´	ㄑㄧㄢˊ	艸部	【艸部】10畫	26	27	段1下-11	鍇2-6	鉉1下-2

篆本字(古文、金文、籀文、俗字,通叚、金石)	拼音	注音	說文部首	康熙部首	筆畫	一般頁碼	洪葉頁碼	段注篇章	徐鍇通釋篇章	徐鉉藤花榭篇章
蕑(葌)	jian˘	ㄐㄧㄢˇ	艸部	【艸部】10畫	35	35	段1下-28	鍇2-13	鉉1下-5
葢(蓋)	gai`	ㄍㄞ	艸部	【艸部】10畫	42	43	段1下-43	鍇2-20	鉉1下-7
郃(蓋)	he´	ㄏㄜˊ	邑部	【邑部】10畫	300	302	段6下-56	鍇12-22	鉉6下-8
葘(菑)	zi	ㄗ	艸部	【艸部】10畫	43	44	段1下-45	鍇2-21	鉉1下-7
蒙(蘩,朦通叚)	meng´	ㄇㄥˊ	艸部	【艸部】10畫	46	46	段1下-50	鍇2-23	鉉1下-8
冡(蒙)	meng´	ㄇㄥˊ	冃部	【冖部】10畫	353	357	段7下-37	鍇14-17	鉉7下-7
霿从敄目(蒙、瞀)	meng´	ㄇㄥˊ	雨部	【雨部】10畫	574	579	段11下-14	鍇22-6	鉉11下-4
尨(龍、駹、蒙 牻mang´述及)	long´	ㄌㄨㄥˊ	犬部	【尢部】10畫	473	478	段10上-27	鍇19-8	鉉10上-5
厖(尨,痝、硥、懞通叚)	mang´	ㄇㄤˊ	厂部	【厂部】10畫	447	452	段9下-21	鍇18-7	鉉9下-3
莎(蓌,挱、芯通叚)	suo	ㄙㄨㄛ	艸部	【艸部】10畫	45	46	段1下-49	鍇2-22	鉉1下-8
蓀	sun	ㄙㄨㄣ	艸部	【艸部】10畫	無	無	無	無	鉉1下-9
荃(筌、蓀通叚)	quan´	ㄑㄩㄢˊ	艸部	【艸部】10畫	43	43	段1下-44	鍇2-20	鉉1下-7
浪(蒗通叚)	lang`	ㄌㄤˋ	水部	【水部】10畫	522	527	段11上壹-14	鍇21-3	鉉11上-1
點(玷,蔵通叚)	dian˘	ㄅㄧㄢˇ	黑部	【黑部】10畫	488	492	段10上-56	鍇19-19	鉉10上-10
蓨(蓚通叚)	tiao´	ㄊㄧㄠˊ	艸部	【艸部】10畫	29	30	段1下-17	鍇2-9	鉉1下-3
瑤(䔄通叚)	yao´	ㄧㄠˊ	玉部	【玉部】10畫	17	17	段1上-34	鍇1-17	鉉1上-5
樧(莍通叚)	sha	ㄕㄚ	木部	【木部】10畫	245	247	段6上-14	鍇11-7	鉉6上-2
缺(闕,蒛通叚)	que	ㄑㄩㄝ	缶部	【缶部】10畫	225	228	段5下-21	鍇10-8	鉉5下-4
姓(莝通叚)	zuo`	ㄗㄨㄛˋ	女部	【女部】10畫	624	630	段12下-25	鍇24-8	鉉12下-4
藁(蒿)	gao	ㄍㄠ	艸部	【艸部】10畫	36	36	段1下-30	鍇2-14	鉉1下-5
蒐	sou	ㄙㄡ	艸部	【艸部】10畫	31	31	段1下-20	鍇2-10	鉉1下-4
薆(薁,蒐通叚)	sao˘	ㄙㄠˇ	艸部	【艸部】10畫	32	32	段1下-22	鍇2-11	鉉1下-4
蒔(shi`)	shi´	ㄕˊ	艸部	【艸部】10畫	40	40	段1下-38	鍇2-18	鉉1下-6
蔾	li`	ㄌㄧˋ	艸部	【艸部】10畫	28	29	段1下-15	鍇2-7	鉉1下-3
蒜	suan`	ㄙㄨㄢˋ	艸部	【艸部】10畫	45	45	段1下-48	鍇2-22	鉉1下-8
蒝	yuan´	ㄩㄢˊ	艸部	【艸部】10畫	38	38	段1下-34	鍇2-16	鉉1下-6
蒟(枸,蒟通叚)	ju˘	ㄐㄩˇ	艸部	【艸部】10畫	36	37	段1下-31	鍇2-15	鉉1下-5
蒢	chu´	ㄔㄨˊ	艸部	【艸部】10畫	28	28	段1下-14	鍇2-7	鉉1下-3
菹(葅)	zu	ㄗㄨ	艸部	【艸部】10畫	42	43	段1下-43	鍇2-20	鉉1下-7
蒬	yuan	ㄩㄢ	艸部	【艸部】10畫	30	31	段1下-19	鍇2-9	鉉1下-3

篆本字(古文、金文、籀文、俗字，通叚、金石)	拼音	注音	說文部首	康熙部首	筆畫	一般頁碼	洪葉頁碼	段注篇章	徐鍇通釋篇章	徐鉉藤花榭篇章
藋(蘿)	yu`	ㄩˋ	艸部	【艸部】	10畫	45	45	段1下-48	鍇2-22	鉉1下-8
蒲(圃、浦藪述及、葡萄字述及)	pu´	ㄆㄨˊ	艸部	【艸部】	10畫	28	28	段1下-14	鍇2-7	鉉1下-3
浦(蒲藪述及)	pu˘	ㄆㄨˇ	水部	【水部】	10畫	553	558	段11上貳-15	鍇21-17	鉉11上-6
圃(蒲、甫藪述及、囿通叚)	pu˘	ㄆㄨˇ	口部	【口部】	10畫	278	280	段6下-12	鍇12-8	鉉6下-4
蒸(莁)	zheng	ㄓㄥ	艸部	【艸部】	10畫	44	45	段1下-47	鍇2-22	鉉1下-8
烝(蒸)	zheng	ㄓㄥ	火部	【火部】	10畫	480	485	段10上-41	鍇19-14	鉉10上-7
蒹	jian	ㄐㄧㄢ	艸部	【艸部】	10畫	33	34	段1下-25	鍇2-12	鉉1下-4
蒻	ruo`	ㄖㄨㄛˋ	艸部	【艸部】	10畫	28	28	段1下-14	鍇2-7	鉉1下-3
蒼	cang	ㄘㄤ	艸部	【艸部】	10畫	40	40	段1下-38	鍇2-18	鉉1下-6
蒿(藃)	hao	ㄏㄠ	艸部	【艸部】	10畫	47	47	段1下-52	鍇2-24	鉉1下-9
郊(蒿)	jiao	ㄐㄧㄠ	邑部	【邑部】	10畫	284	286	段6下-24	鍇12-14	鉉6下-5
歊(歇、蒿)	xiao	ㄒㄧㄠ	欠部	【欠部】	10畫	411	416	段8下-21	鍇16-16	鉉8下-4
蓁	zhen	ㄓㄣ	艸部	【艸部】	10畫	39	40	段1下-37	鍇2-17	鉉1下-6
蓂	ming´	ㄇㄧㄥˊ	艸部	【艸部】	10畫	35	36	段1下-29	鍇2-14	鉉1下-5
蓆	xi´	ㄒㄧˊ	艸部	【艸部】	10畫	42	42	段1下-42	鍇2-20	鉉1下-7
蒭(簉)	chou´	ㄔㄡˊ	艸部	【艸部】	10畫	39	39	段1下-36	鍇2-17	鉉1下-6
蓍	shi	ㄕ	艸部	【艸部】	10畫	34	35	段1下-27	鍇2-13	鉉1下-4
萩	ce`	ㄘㄜˋ	艸部	【艸部】	10畫	44	44	段1下-46	鍇2-22	鉉1下-8
蔋(潎、滌)	di´	ㄉㄧˊ	艸部	【艸部】	10畫	39	39	段1下-36	鍇2-17	鉉1下-6
蓲(蓲)	you´	ㄧㄡˊ	艸部	【艸部】	10畫	46	46	段1下-50	鍇2-23	鉉1下-8
蓎(葵)	tan˘	ㄊㄢˇ	艸部	【艸部】	10畫	33	34	段1下-25	鍇2-12	鉉1下-4
蓴(純、鞏述及)	chun´	ㄔㄨㄣˊ	艸部	【艸部】	10畫	43	44	段1下-45	鍇2-21	鉉1下-7
蓄(藁，俙、滀、稸通叚)	xu`	ㄒㄩˋ	艸部	【艸部】	10畫	47	48	段1下-53	鍇2-24	鉉1下-9
苗(蓄、蓫菫述及，菫通叚)	di´	ㄉㄧˊ	艸部	【艸部】	10畫	29	30	段1下-17	鍇2-9，2-24	鉉1下-3
薓(蔓、蔘)	shen	ㄕㄣ	艸部	【艸部】	10畫	26	27	段1下-11	鍇2-6	鉉1下-2
須(顠需述及、鬚，鬚通叚)	xu	ㄒㄩ	須部	【頁部】	10畫	424	428	段9上-18	鍇17-6	鉉9上-3
薇(薇)	wei	ㄨㄟ	艸部	【艸部】	10畫	24	24	段1下-6	鍇2-3	鉉1下-1
息(蒠、諰、餲通叚)	xi´	ㄒㄧˊ	心部	【心部】	10畫	502	506	段10下-24	鍇20-9	鉉10下-5

篆本字(古文、金文、籀文、俗字，通段、金石)	拼音	注音	說文部首	康熙部首	筆畫	一般頁碼	洪葉頁碼	段注篇章	徐鍇通釋篇章	徐鉉藤花榭篇章
芻(蒭、犓通段)	chuˊ	ㄔㄨˊ	艸部	【艸部】	10畫	44	44	段1下-46	鍇2-21	鉉1下-8
耘(蕓、耘)	yunˊ	ㄩㄣˊ	耒部	【耒部】	10畫	184	186	段4下-53	鍇8-19	鉉4下-8
衰(𦮐、衰、蓑)	shuai	ㄕㄨㄞ	衣部	【衣部】	10畫	397	401	段8上-65	鍇16-6	鉉8上-9
糟(糟、醩、蒩，醩通段)	zao	ㄗㄠ	米部	【米部】	10畫	332	335	段7上-62	鍇13-25	鉉7上-10
奚(豯，傒、蒵通段)	xi	ㄒㄧ	大部	【大部】	10畫	499	503	段10下-18	鍇20-6	鉉10下-4
藗(蓫、遬，蔌通段)	su`	ㄙㄨ`	艸部	【艸部】	10畫	33	34	段1下-25	鍇2-12	鉉1下-4
蘜(鞠、蘜)	juˊ	ㄐㄩˊ	艸部	【艸部】	10畫	33	33	段1下-24	鍇2-12	鉉1下-4
益(蒕、鎰通段)	yi`	ㄧ`	皿部	【皿部】	10畫	212	214	段5上-48	鍇9-19	鉉5上-9
蓉	rongˊ	ㄖㄨㄥˊ	艸部	【艸部】	10畫	無	無	無	無	鉉1下-9
容(宏、頌，蓉通段)	rongˊ	ㄖㄨㄥˊ	宀部	【宀部】	10畫	340	343	段7下-10	鍇14-5	鉉7下-2
趖(娑、蓌通段)	suo	ㄙㄨㄛ	走部	【走部】	10畫	64	65	段2上-33	鍇3-15	鉉2上-7
蒦(蠖，矱通段)	huo`	ㄏㄨㄛ`	萑部	【艸部】	10畫	144	146	段4上-31	鍇7-14	鉉4上-6
衡(衡、奧，桁、蘅通段)	hengˊ	ㄏㄥˊ	角部	【行部】	10畫	186	188	段4下-57	鍇8-20	鉉4下-8
疾(𤕫、𤶅、廿與十部廿nian`篆同，蒺通段)	jiˊ	ㄐㄧˊ	疒部	【疒部】	10畫	348	351	段7下-26	鍇14-11	鉉7下-5
荼(𦯬，茶、梌、瑹、涂、䳜通段)	tuˊ	ㄊㄨˊ	艸部	【艸部】	10畫	46	47	段1下-51	鍇2-24	鉉1下-8
蓐(𦵾，褥通段)	ru`	ㄖㄨ`	蓐部	【艸部】	10畫	47	48	段1下-53	鍇2-25	鉉1下-9
薅(蔙、茠，媷、栿通段)	hao	ㄏㄠ	蓐部	【艸部】	10畫	47	48	段1下-53	鍇2-25	鉉1下-9
蘗(蓴、蒓，蓴通段)	luanˊ	ㄌㄨㄢˊ	艸部	【艸部】	10畫	26	27	段1下-11	鍇2-6	鉉1下-2
萄(𦾓)	taoˊ	ㄊㄠˊ	艸部	【艸部】	10畫	46	47	段1下-51	鍇2-23	鉉1下-8
蓴(蒓、蘗述及)	chunˊ	ㄔㄨㄣˊ	艸部	【艸部】	11畫	43	44	段1下-45	鍇2-21	鉉1下-7
𦾟(萌，茗通段)	mengˊ	ㄇㄥˊ	艸部	【艸部】	11畫	37	38	段1下-33	鍇2-15	鉉1下-5
蓡(蓡、蔘)	shen	ㄕㄣ	艸部	【艸部】	11畫	26	27	段1下-11	鍇2-6	鉉1下-2

篆本字(古文、金文、籀文、俗字，通段、金石)	拼音	注音	說文部首	康熙部首	筆畫	一般頁碼	洪葉頁碼	段注篇章	徐鍇通釋篇章	徐鉉藤花榭篇章
槮(蔘)	sen	ㄙㄣ	木部	【木部】11畫		251	253	段6上-26	錯11-12	鉉6上-4
芴(葧)	wu`	ㄨˋ	艸部	【艸部】11畫		45	46	段1下-49	錯2-23	鉉1下-8
菔(蔔)	fu´	ㄈㄨˊ	艸部	【艸部】11畫		25	25	段1下-8	錯2-4	鉉1下-2
莜(蓧通段)	diao`	ㄉㄧㄠˋ	艸部	【艸部】11畫		43	44	段1下-45	錯2-21	鉉1下-7
萊(蔾，郲通段)	lai´	ㄌㄞˊ	艸部	【艸部】11畫		46	46	段1下-50	錯2-23	鉉1下-8
薌	xiang	ㄒㄧㄤ	艸部	【艸部】11畫		無	無	無	無	鉉1下-9
薌(香=腳膮xiao述及、薌)	xiang	ㄒㄧㄤ	香部	【香部】11畫		330	333	段7上-57	錯13-24	鉉7上-9
皀非皂zao`(薌通段)	ji´	ㄐㄧˊ	皀部	【白部】11畫		216	219	段5下-3	錯10-2	鉉5下-1
菣(莖，藈通段)	qin`	ㄑㄧㄣˋ	艸部	【艸部】11畫		35	35	段1下-28	錯2-13	鉉1下-5
彗(篲、篿，蔧通段)	hui`	ㄏㄨㄟˋ	又部	【彐部】11畫		116	117	段3下-19	錯6-10	鉉3下-4
藜(蔾，莉、莉、梨通段)	li´	ㄌㄧˊ	艸部	【艸部】11畫		47	47	段1下-52	錯2-24	鉉1下-9
藟(藥，蔂、蘽通段)	lei˅	ㄌㄟˇ	艸部	【艸部】11畫		30	31	段1下-19	錯2-9	鉉1下-3
渠(璩、繉、藁、詎、轈通段)	qu´	ㄑㄩˊ	水部	【水部】11畫		554	559	段11上貳-18	錯21-18	鉉11上-6
蘧(藘从虎異，蘧通段)	qu´	ㄑㄩˊ	艸部	【艸部】11畫		24	24	段1下-6	錯2-3	鉉1下-1
繇(終、宆、冬，蔠通段)	zhong	ㄓㄨㄥ	糸部	【糸部】11畫		647	654	段13上-9	錯25-3	鉉13上-2
篩(筵，蓰通段)	shai	ㄕㄞ	竹部	【竹部】11畫		193	195	段5上-9	錯9-4	鉉5上-2
灑(蓰通段)	sa˅	ㄙㄚˇ	水部	【水部】11畫		565	570	段11上貳-39	錯21-24	鉉11上-9
蕅(藕、蕮通段)	ou˅	ㄡˇ	艸部	【艸部】11畫		34	35	段1下-27	錯2-13	鉉1下-4
爽(奭，萪通段)	shuang˅	ㄕㄨㄤˇ	㸚部	【爻部】11畫		128	129	段3下-44	錯6-21	鉉3下-10
寇(寇、蔲通段)	kou`	ㄎㄡˋ	攴部	【宀部】11畫		125	126	段3下-37	錯6-19	鉉3下-8
宿(宿、夙鹽述及，蓿通段)	su`	ㄙㄨˋ	宀部	【宀部】11畫		340	344	段7下-11	錯14-5	鉉7下-3
鬻从速(餗、蔌)	su`	ㄙㄨˋ	鬲部	【鬲部】11畫		112	113	段3下-11	錯6-6	鉉3下-3
遬(蓮、遫，蔌通段)	su`	ㄙㄨˋ	艸部	【艸部】11畫		33	34	段1下-25	錯2-12	鉉1下-4

篆本字（古文、金文、籀文、俗字，通叚、金石）	拼音	注音	說文部首	康熙部首	筆畫	一般頁碼	洪葉頁碼	段注篇章	徐鍇通釋篇章	徐鉉藤花榭篇章
菽(蔋、滌)	dí	ㄉㄧˊ	艸部	【艸部】	11畫	39	39	段1下-36	鍇2-17	鉉1下-6
檾(䕠、穎，藾通叚)	qǐng	ㄑㄧㄥˇ	林部	【木部】	11畫	335	339	段7下-1	鍇13-28	鉉7下-1
樻(簂、蒉，幗通叚)	guì	ㄍㄨㄟˋ	木部	【木部】	11畫	263	265	段6上-50	鍇11-22	鉉6上-6
薹(毣、眊、眊、旄，氂通叚)	mao	ㄇㄠˋ	老部	【老部】	11畫	398	402	段8上-67	鍇16-7	鉉8上-10
眊(翆、耄、薹)	mao	ㄇㄠˋ	目部	【目部】	11畫	131	132	段4上-4	鍇7-2	鉉4上-1
袞(衮、褒、卷，蓑、蓑、褑通叚)	gun	ㄍㄨㄣˇ	衣部	【衣部】	11畫	388	392	段8上-48	鍇16-1	鉉8上-7
秄(芓、籽、蓑)	zǐ	ㄗˇ	禾部	【禾部】	11畫	325	328	段7上-47	鍇13-19	鉉7上-8
商(矞、矞、矞，蔐、螪、謫通叚)	shang	ㄕㄤ	商部	【口部】	11畫	88	88	段3上-4	鍇5-3	鉉3上-2
鹿(麁、攎、麗、蠦、轤、轆通叚)	lù	ㄌㄨˋ	鹿部	【鹿部】	11畫	470	474	段10上-20	鍇19-6	鉉10上-3
扈(戶扈鄠三字同、岋，昈、滬、蔰通叚)	hù	ㄏㄨˋ	邑部	【戶部】	11畫	286	288	段6下-28	鍇12-15	鉉6下-6
薰(秒，藨、藻通叚)	biao	ㄅㄧㄠ	艸部	【艸部】	11畫	38	38	段1下-34	鍇2-16	鉉1下-6
秒(薰、穮)	miao	ㄇㄧㄠˇ	禾部	【禾部】	11畫	324	327	段7上-45	鍇13-19	鉉7上-8
兌(閱，莌、膬通叚)	dui	ㄉㄨㄟˋ	儿部	【儿部】	11畫	405	409	段8下-8	鍇16-11	鉉8下-2
埶(蓺、藝)	yì	ㄧˋ	丮部	【土部】	11畫	113	114	段3下-14	鍇6-8	鉉3下-3
庾(蓃通叚)	yǔ	ㄩˇ	广部	【广部】	11畫	444	448	段9下-14	鍇18-5	鉉9下-3
從(从、縱、蓗，蓰通叚)	cóng	ㄘㄨㄥˊ	从部	【彳部】	11畫	386	390	段8上-43	鍇15-14	鉉8上-6
苴(蓆通叚)	ju	ㄐㄩ	艸部	【艸部】	11畫	44	44	段1下-46	鍇2-21	鉉1下-7

篆本字（古文、金文、籀文、俗字，通段、金石）	拼音	注音	說文部首	康熙部首	筆畫	一般頁碼	洪葉頁碼	段注篇章	徐鍇通釋篇章	徐鉉藤花榭篇章
蓽(薜、襞，蘼通段)	bi`	ㄅㄧˋ	艸部	【艸部】	11畫	43	44	段1下-45	鍇2-21	鉉1下-7
悲(蕜通段)	bei	ㄅㄟ	心部	【心部】	11畫	512	517	段10下-45	鍇20-16	鉉10下-8
萑艸部(萑)	huan´	ㄏㄨㄢˊ	艸部	【艸部】	11畫	47	47	段1下-52	鍇2-24	鉉1下-9
蓨(蓚通段)	tiao´	ㄊㄧㄠˊ	艸部	【艸部】	11畫	29	30	段1下-17	鍇2-9	鉉1下-3
蓲(蓲通段)	qiu	ㄑㄧㄡ	艸部	【艸部】	11畫	28	29	段1下-15	鍇2-8	鉉1下-3
嫗(傴、嫗)	yu`	ㄩˋ	女部	【女部】	11畫	614	620	段12下-6	鍇24-2	鉉12下-1
蓬(䒀)	peng´	ㄆㄥˊ	艸部	【艸部】	11畫	47	47	段1下-52	鍇2-24	鉉1下-9
綦(基)	qi´	ㄑㄧˊ	艸部	【艸部】	11畫	29	29	段1下-16	鍇2-8	鉉1下-3
桺(柳、酉，橮、蔞通段)	liu˘	ㄌㄧㄡˇ	木部	【木部】	11畫	245	247	段6上-14	鍇11-7	鉉6上-3
蔇	ji`	ㄐㄧˋ	艸部	【艸部】	11畫	39	40	段1下-37	鍇2-17	鉉1下-6
萓	yi´	ㄧˊ	艸部	【艸部】	11畫	38	38	段1下-34	鍇2-16	鉉1下-6
異	yi`	ㄧˋ	艸部	【艸部】	11畫	23	24	段1下-5	鍇2-22	鉉1下-1
蓩(藝)	mao˘	ㄇㄠˇ	艸部	【艸部】	11畫	26	27	段1下-11	鍇2-6	鉉1下-2
萩(茂、蔱)	mao`	ㄇㄠˋ	艸部	【艸部】	11畫	39	40	段1下-37	鍇2-18	鉉1下-6
蓮(蕳、領述及)	lian´	ㄌㄧㄢˊ	艸部	【艸部】	11畫	34	34	段1下-26	鍇2-13	鉉1下-4
領(蓮，嶺通段)	ling˘	ㄌㄧㄥˇ	頁部	【頁部】	11畫	417	421	段9上-4	鍇17-2	鉉9上-1
萉	wei´	ㄨㄟˊ	艸部	【艸部】	11畫	24	24	段1下-6	鍇2-3	鉉1下-2
菲(璀通段)	tui	ㄊㄨㄟ	艸部	【艸部】	11畫	28	28	段1下-14	鍇2-7	鉉1下-3
曹(蓸)	cao´	ㄘㄠˊ	艸部	【艸部】	11畫	46	46	段1下-50	鍇2-23	鉉1下-8
茡(ji´)	zi´	ㄗˊ	艸部	【艸部】	11畫	38	39	段1下-35	鍇2-17	鉉1下-6
蓼	liao˘	ㄌㄧㄠˇ	艸部	【艸部】	11畫	23	24	段1下-5	鍇2-3	鉉1下-1
鄝(蓼)	liao˘	ㄌㄧㄠˇ	邑部	【邑部】	11畫	299	302	段6下-55	鍇12-22	鉉6下-8
葦	zhang	ㄓㄤ	艸部	【艸部】	11畫	31	32	段1下-21	鍇2-10	鉉1下-4
蔎	she`	ㄕㄜˋ	艸部	【艸部】	11畫	42	42	段1下-42	鍇2-19	鉉1下-7
蔓(曼)	man`	ㄇㄢˋ	艸部	【艸部】	11畫	35	36	段1下-29	鍇2-14	鉉1下-5
蔚(茂、鬱)	wei`	ㄨㄟˋ	艸部	【艸部】	11畫	35	35	段1下-28	鍇2-13	鉉1下-5
蔞(虆通段)	lou´	ㄌㄡˊ	艸部	【艸部】	11畫	30	31	段1下-19	鍇2-9	鉉1下-3
蔡	cai`	ㄘㄞˋ	艸部	【艸部】	11畫	40	41	段1下-39	鍇2-18	鉉1下-6
蔣(菰苽述及)	jiang˘	ㄐㄧㄤˇ	艸部	【艸部】	11畫	36	36	段1下-30	鍇2-14	鉉1下-5
蔑(薎、滅，篾通段)	mi`	ㄇㄧ	艸部	【艸部】	11畫	34	35	段1下-27	鍇2-13	鉉1下-4
藚	yin´	ㄧㄣˊ	艸部	【艸部】	11畫	29	29	段1下-16	鍇2-8	鉉1下-3

篆本字（古文、金文、籀文、俗字，通段、金石）	拼音	注音	說文部首	康熙部首	筆畫	一般頁碼	洪葉頁碼	段注篇章	徐鍇通釋篇章	徐鉉藤花榭篇章
潎	shen	ㄕㄣ	艸部	【艸部】	11畫	28	28	段1下-14	鍇2-7	鉉1下-3
蔕(蔕、柢，蒂通段)	di`	ㄉㄧˋ	艸部	【艸部】	11畫	38	39	段1下-35	鍇2-17	鉉1下-6
堇(堇，槿通段)	jin^	ㄐㄧㄣˇ	艸部	【艸部】	11畫	45	46	段1下-49	鍇2-23	鉉1下-8
蔗(蝩通段)	zhe`	ㄓㄜˋ	艸部	【艸部】	11畫	29	29	段1下-16	鍇2-8	鉉1下-3
薐(薐，菱、蔆通段)	ling'	ㄌㄧㄥˊ	艸部	【艸部】	11畫	32	33	段1下-23	鍇2-11	鉉1下-4
蔟(簇通段)	cu`	ㄘㄨˋ	艸部	【艸部】	11畫	44	45	段1下-47	鍇2-22	鉉1下-8
蔥(蘴从蔥)	cong	ㄘㄨㄥ	艸部	【艸部】	11畫	45	45	段1下-48	鍇2-22	鉉1下-8
蔦(樢)	niao^	ㄋㄧㄠˇ	艸部	【艸部】	11畫	31	32	段1下-21	鍇2-10	鉉1下-4
蕲(蘽、漸，漸通段)	jian	ㄐㄧㄢ	艸部	【艸部】	11畫	42	42	段1下-42	鍇2-19	鉉1下-7
蔫(殢、蔥通段)	nian	ㄋㄧㄢ	艸部	【艸部】	11畫	40	41	段1下-39	鍇2-18	鉉1下-6
菸(暵、蔫矮述及)	yan	ㄧㄢ	艸部	【艸部】	11畫	40	41	段1下-39	鍇2-18	鉉1下-6
蔭(陰，廕通段)	yin`	ㄧㄣˋ	艸部	【艸部】	11畫	39	39	段1下-36	鍇2-17	鉉1下-6
蕾(蔺)	lu^	ㄌㄨˇ	艸部	【艸部】	11畫	30	30	段1下-18	鍇2-9	鉉1下-3
蔑(曥、蠛、鄸、鱴通段)	mie`	ㄇㄧㄝˋ	首部	【艸部】	11畫	145	146	段4上-32	鍇7-15	鉉4上-6
莫(蔑)	mie`	ㄇㄧㄝˋ	首部	【艸部】	11畫	145	146	段4上-32	鍇7-15	鉉4上-6
筬(筍筠蔑籆軡筡，簡、篾、篋、軡通段)	min^	ㄇㄧㄣˇ	竹部	【竹部】	11畫	190	192	段5上-3	鍇9-1	鉉5上-1
蕩與蕩不同	dang`	ㄉㄤˋ	水部	【水部】	12畫	527	532	段11上壹-24	鍇21-8	鉉11上-2
蔽(獘通段)	bi`	ㄅㄧˋ	艸部	【艸部】	12畫	40	40	段1下-38	鍇2-18	鉉1下-6
茀(蔽，第、茀通段)	fu'	ㄈㄨˊ	艸部	【艸部】	12畫	42	42	段1下-42	鍇2-19	鉉1下-7
葦(蕇)	wei^	ㄨㄟˇ	艸部	【艸部】	12畫	45	46	段1下-49	鍇2-23	鉉1下-8
萺(蕧)	mao`	ㄇㄠˋ	艸部	【艸部】	12畫	46	47	段1下-51	鍇2-24	鉉1下-8
菫(蓳)	jin	ㄐㄧㄣ	艸部	【艸部】	12畫	47	47	段1下-52	鍇2-24	鉉1下-9
薮	mao`	ㄇㄠˋ	艸部	【艸部】	12畫	無	無	無	無	鉉1下-2
薅(薮)	mao^	ㄇㄠˇ	艸部	【艸部】	12畫	26	27	段1下-11	鍇2-6	鉉1下-2
萜	hu'	ㄏㄨˊ	艸部	【艸部】	12畫	43	43	段1下-44	鍇2-20	鉉1下-7
菖	fu`	ㄈㄨˋ	艸部	【艸部】	12畫	29	30	段1下-17	鍇2-9	鉉1下-3

篆本字(古文、金文、籀文、俗字，通叚、金石)	拼音	注音	說文部首	康熙部首	筆畫	一般頁碼	洪葉頁碼	段注篇章	徐鍇通釋篇章	徐鉉藤花榭篇章
藪	ce`	ㄘㄜ`	艸部	【艸部】12畫	31	32	段1下-21	錯2-10	鉉1下-4
蔧	wei´	ㄨㄟˊ	艸部	【艸部】12畫	38	39	段1下-35	錯2-17	鉉1下-6
藹(靄，靄通叚)	ai`	ㄞ`	艸部	【艸部】12畫	43	43	段1下-44	錯2-20	鉉1下-7
蓴	zun~	ㄗㄨㄣˇ	艸部	【艸部】12畫	43	44	段1下-45	錯2-21	鉉1下-7
僔(噂、蓴)	zun~	ㄗㄨㄣˇ	人部	【人部】12畫	383	387	段8上-37	錯15-12	鉉8上-5
葭(蕸、笳通叚)	jia	ㄐㄧㄚ	艸部	【艸部】12畫	46	46	段1下-50	錯2-23	鉉1下-8
棘(亟、棗，蕀、㯛通叚)	ji´	ㄐㄧˊ	朿部	【木部】12畫	318	321	段7上-33	錯13-14	鉉7上-6
葅(菹、蘁今之香菜，蒩通叚)	zu~	ㄗㄨˇ	艸部	【艸部】12畫	23	24	段1下-5	錯2-3	鉉1下-1
蔬	shu	ㄕㄨ	艸部	【艸部】12畫	無	無	無	無	鉉1下-9
疏(疎、疋、蔬饉述及，疎、練通叚)	shu	ㄕㄨ	厶部	【疋部】12畫	744	751	段14下-28	錯28-14	鉉14下-7
舄(雒、誰，潟、磶、礐、蕮、鵲通叚)	xi`	ㄒㄧ`	烏部	【臼部】12畫	157	158	段4上-56	錯7-23	鉉4上-10
薏(薏)	yi`	ㄧ`	艸部	【艸部】12畫	27	28	段1下-13	錯2-7	鉉1下-3
葠(蒅)	shen	ㄕㄣ	艸部	【艸部】12畫	44	45	段1下-47	錯2-22	鉉1下-8
蔿(蓶)	wei~	ㄨㄟˇ	艸部	【艸部】12畫	35	36	段1下-29	錯2-13	鉉1下-5
蕁(藫)	xun´	ㄒㄩㄣˊ	艸部	【艸部】12畫	28	29	段1下-15	錯2-8	鉉1下-3
蕃(蘛)	fan´	ㄈㄢˊ	艸部	【艸部】12畫	47	47	段1下-52	錯2-24	鉉1下-9
藕(藕、蕅通叚)	ou~	ㄡˇ	艸部	【艸部】12畫	34	35	段1下-27	錯2-13	鉉1下-4
蕇(蕽)	dian~	ㄉㄧㄢˇ	艸部	【艸部】12畫	45	46	段1下-49	錯2-22	鉉1下-8
蕈(蕃通叚)	xun`	ㄒㄩㄣ`	艸部	【艸部】12畫	36	37	段1下-31	錯2-15	鉉1下-5
覃从早(覃、酉、蕈，憛、醰通叚)	tan´	ㄊㄢˊ	早部	【西部】12畫	229	232	段5下-29	錯10-12	鉉5下-6
蕉	jiao	ㄐㄧㄠ	艸部	【艸部】12畫	44	45	段1下-47	錯2-22	鉉1下-8
樵(蕉，剿、藮、蘱通叚)	qiao´	ㄑㄧㄠˊ	木部	【木部】12畫	247	250	段6上-19	錯11-8	鉉6上-3
蕕(茜)	you´	ㄧㄡˊ	艸部	【艸部】12畫	29	29	段1下-16	錯2-8	鉉1下-3
蕘	rao´	ㄖㄠˊ	艸部	【艸部】12畫	44	45	段1下-47	錯2-22	鉉1下-8
稊(稀通叚)	ti´	ㄊㄧˊ	艸部	【艸部】12畫	36	36	段1下-30	錯2-14	鉉1下-5

篆本字（古文、金文、籀文、俗字，通叚、金石）	拼音	注音	說文部首	康熙部首	筆畫	一般頁碼	洪葉頁碼	段注篇章	徐鍇通釋篇章	徐鉉藤花榭篇章
蕢(臾从臼人，此字與申部臾義異，簣通叚)	kui `	ㄎㄨㄟˋ	艸部	【艸部】	12畫	44	44	段1下-46	錯2-21	鉉1下-7
蕣(舜)	shun `	ㄕㄨㄣˋ	艸部	【艸部】	12畫	37	37	段1下-32	錯2-15	鉉1下-5
蕤(豨、綏)	rui ´	ㄖㄨㄟˊ	艸部	【艸部】	12畫	38	38	段1下-34	錯2-16	鉉1下-6
豨(蕤)	rui ´	ㄖㄨㄟˊ	生部	【生部】	12畫	274	276	段6下-4	錯12-4	鉉6下-2
綏(蕤、綏)	rui ´	ㄖㄨㄟˊ	糸部	【糸部】	12畫	653	659	段13上-20	錯25-5	鉉13上-3
葍	fu `	ㄈㄨ	艸部	【艸部】	12畫	29	30	段1下-17	錯2-9	鉉1下-3
蕨	jue ´	ㄐㄩㄝˊ	艸部	【艸部】	12畫	45	46	段1下-49	錯2-22	鉉1下-8
蕪(莁通叚)	wu ´	ㄨˊ	艸部	【艸部】	12畫	40	40	段1下-38	錯2-18	鉉1下-6
董(董、督)	dong ˇ	ㄉㄨㄥˇ	艸部	【艸部】	12畫	32	32	段1下-22	錯2-10	鉉1下-4
蓨(蕎、竹篇pian述及)	du ´	ㄉㄨ	艸部	【艸部】	12畫	25	26	段1下-9	錯2-5	鉉1下-2
蒪	fu	ㄈㄨ	艸部	【艸部】	12畫	38	39	段1下-35	錯2-17	鉉1下-6
蔃(莞，萈通叚)	huan ´	ㄏㄨㄢˊ	艸部	【艸部】	12畫	28	29	段1下-15	錯2-7	鉉1下-3
蕑(菅)	jian ˇ	ㄐㄧㄢˇ	艸部	【艸部】	12畫	35	35	段1下-28	錯2-13	鉉1下-5
蕡(墳)	fen ´	ㄈㄣˊ	艸部	【艸部】	12畫	42	42	段1下-42	錯2-20	鉉1下-7
蕀(蕀通叚)	ji `	ㄐㄧ	艸部	【艸部】	12畫	37	38	段1下-33	錯2-16	鉉1下-5
鼎(丁、貝，蕭通叚)	ding ˇ	ㄉㄧㄥˇ	鼎部	【鼎部】	12畫	319	322	段7上-35	錯13-15	鉉7上-6
渝(蕭通叚)	yu ´	ㄩˊ	水部	【水部】	12畫	566	571	段11上貳-41	錯21-25	鉉11上-9
蕆	chan ˇ	ㄔㄢˇ	艸部	【艸部】	12畫	無	無	無	無	鉉1下-9
箴(鍼，蔵通叚)	zhen	ㄓㄣ	竹部	【竹部】	12畫	196	198	段5上-16	錯9-6	鉉5上-3
筆(華通叚)	bi `	ㄅㄧ	竹部	【竹部】	12畫	198	200	段5上-20	錯9-7	鉉5上-3
薴(薴)	ning ´	ㄋㄧㄥˊ	艸部	【艸部】	12畫	40	40	段1下-38	錯2-18	鉉1下-6
蕝(蕞、纂、酅)	jue ´	ㄐㄩㄝˊ	艸部	【艸部】	12畫	42	43	段1下-43	錯2-20	鉉1下-7
寒(襄通叚)	han ´	ㄏㄢˊ	宀部	【宀部】	12畫	341	345	段7下-13	錯14-6	鉉7下-3
菅(蘭通叚)	jian	ㄐㄧㄢ	艸部	【艸部】	12畫	27	28	段1下-13	錯2-7	鉉1下-3
蘭(蘭通叚)	lan ´	ㄌㄢˊ	艸部	【艸部】	12畫	25	25	段1下-8	錯2-4	鉉1下-2
蓮(蘭、領述及)	lian ´	ㄌㄧㄢˊ	艸部	【艸部】	12畫	34	34	段1下-26	錯2-13	鉉1下-4
箇(蕑通叚)	jian ˇ	ㄐㄧㄢˇ	心部	【竹部】	12畫	513	517	段10下-46	錯20-16	鉉10下-8
萑(汍通叚)	huan ´	ㄏㄨㄢˊ	艸部	【艸部】	12畫	45	46	段1下-49	錯2-23	鉉1下-8
憝(憨、譈)	dui `	ㄉㄨㄟˋ	心部	【心部】	12畫	511	516	段10下-43	錯20-15	鉉10下-8

篆本字(古文、金文、籀文、俗字，通段、金石)	拼音	注音	說文部首	康熙部首	筆畫	一般頁碼	洪葉頁碼	段注篇章	徐鍇通釋篇章	徐鉉藤花榭篇章
葰(綏，薞、荽、菱、陵通段)	jùn	ㄐㄩㄣˋ	艸部	【艸部】	12畫	25	26	段1下-9	鍇2-5	鉉1下-2
咢(咢、蕚轉wei述及，噩、堮、壥、蕚、諤通段)	è	ㄜˋ	吅部	【口部】	12畫	62	63	段2上-29	鍇3-13	鉉2上-6
鄂(鄂，讍、蕚、諤通段)	è	ㄜˋ	邑部	【邑部】	12畫	293	295	段6下-42	鍇12-18	鉉6下-7
惢(蕊、蘂，橤、蘃通段)	ruǐ	ㄖㄨㄟˇ	惢部	【心部】	12畫	515	520	段10下-51	鍇20-19	鉉10下-9
繠(蕊蕊suoˇ述及，蘃通段)	ruǐ	ㄖㄨㄟˇ	惢部	【糸部】	12畫	515	520	段10下-51	鍇20-19	鉉10下-9
惠(鸞从叀更心、蕙，憓、蟪、譓、蟪通段)	huì	ㄏㄨㄟˋ	叀部	【心部】	12畫	159	161	段4下-3	鍇8-2	鉉4下-1
薻(薻，蒐通段)	sǎo	ㄙㄠˇ	艸部	【艸部】	12畫	32	32	段1下-22	鍇2-11	鉉1下-4
穟(蓫)	suì	ㄙㄨㄟˋ	禾部	【禾部】	13畫	324	327	段7上-45	鍇13-19	鉉7上-8
蕩(蕩)	dàng	ㄉㄤˋ	艸部	【艸部】	13畫	29	30	段1下-17	鍇2-9	鉉1下-3
蒙(蕠，朦通段)	méng	ㄇㄥˊ	艸部	【艸部】	13畫	46	46	段1下-50	鍇2-23	鉉1下-8
薓(蔘、蔘)	shēn	ㄕㄣ	艸部	【艸部】	13畫	26	27	段1下-11	鍇2-6	鉉1下-2
蒕从血(蘁从血)	jǔ	ㄐㄩˊ	血部	【血部】	13畫	214	216	段5上-51	鍇9-21	鉉5上-10
菹(蒕、蘁皆从血，葅、菹通段)	zū	ㄗㄨ	艸部	【艸部】	13畫	43	43	段1下-44	鍇2-20	鉉1下-7
屜(屟，屉、藤通段)	tì	ㄊㄧˋ	尸部	【尸部】	13畫	400	404	段8上-72	鍇16-9	鉉8上-11
薨(薧通段)	hāo	ㄏㄠ	死部	【艸部】	13畫	164	166	段4下-13	鍇8-6	鉉4下-3
薨(翃、羾、薨通段)	hōng	ㄏㄨㄥ	死部	【艸部】	13畫	164	166	段4下-13	鍇8-6	鉉4下-3
蓄(蓄，俈、滀、稸通段)	xù	ㄒㄩˋ	艸部	【艸部】	13畫	47	48	段1下-53	鍇2-24	鉉1下-9
覈(覈、槅、核，薂通段)	hé	ㄏㄜˊ	襾部	【襾部】	13畫	357	360	段7下-44	鍇14-20	鉉7下-8

篆本字(古文、金文、籀文、俗字，通叚、金石)	拼音	注音	說文部首	康熙部首	筆畫	一般頁碼	洪葉頁碼	段注篇章	徐鍇通釋篇章	徐鉉藤花榭篇章
畾(雷、靁、䨓、畾从田回，蕾通叚)	lei´	ㄌㄟˊ	雨部	【雨部】	13畫	571	577	段11下-9	鍇22-5	鉉11下-3
與(舁，歟、轝通叚)	yu˘	ㄩˇ	舁部	【臼部】	13畫	105	106	段3上-39	鍇5-21	鉉3上-9
滌(條、脩，藤、潟通叚)	di´	ㄉㄧˊ	水部	【水部】	13畫	563	568	段11上貳-35	鍇21-23	鉉11上-8
贛(榦，繉通叚)	gan`	ㄍㄢˋ	艸部	【艸部】	13畫	29	30	段1下-17	鍇2-9	鉉1下-3
蔑(苜、滅，篾通叚)	mi`	ㄇㄧˋ	艸部	【艸部】	13畫	34	35	段1下-27	鍇2-13	鉉1下-4
蒮(虆)	yu`	ㄩˋ	艸部	【艸部】	13畫	45	45	段1下-48	鍇2-22	鉉1下-8
蒿(藃)	hao	ㄏㄠ	艸部	【艸部】	13畫	47	47	段1下-52	鍇2-24	鉉1下-9
葍(薊通叚)	fu´	ㄈㄨˊ	艸部	【艸部】	13畫	29	30	段1下-17	鍇2-9	鉉1下-3
縞(藃通叚)	gao˘	ㄍㄠˇ	糸部	【糸部】	13畫	648	655	段13上-11	鍇25-3	鉉13上-2
莪(義通叚)	e´	ㄜˊ	艸部	【艸部】	13畫	35	35	段1下-28	鍇2-13	鉉1下-5
蒏(蓶)	you´	ㄧㄡˊ	艸部	【艸部】	13畫	46	46	段1下-50	鍇2-23	鉉1下-8
蕭(肅)	xiao	ㄒㄧㄠ	艸部	【艸部】	13畫	35	35	段1下-28	鍇2-13	鉉1下-5
肅(肅、蕭，翿、飀、驌通叚)	su`	ㄙㄨˋ	聿部	【聿部】	13畫	117	118	段3下-21	鍇6-12	鉉3下-5
茜(蕭、縮、莤)	su`	ㄙㄨˋ	酉部	【艸部】	13畫	750	757	段14下-40	鍇28-19	鉉14下-9
蒀(菀、苑、蘊，韞通叚)	yun`	ㄩㄣˋ	艸部	【艸部】	13畫	40	41	段1下-39	鍇2-18	鉉1下-6
薏(薏)	yi`	ㄧˋ	艸部	【艸部】	13畫	27	28	段1下-13	鍇2-7	鉉1下-3
薑(薑)	jiang	ㄐㄧㄤ	艸部	【艸部】	13畫	23	24	段1下-5	鍇2-3	鉉1下-1
薁	yu`	ㄩˋ	艸部	【艸部】	13畫	30	30	段1下-18	鍇2-9	鉉1下-3
薄(襮椋liang`述及、箔簾述及，礴通叚)	bo´	ㄅㄛˊ	艸部	【艸部】	13畫	41	41	段1下-40	鍇2-19	鉉1下-7
洦(泊、狛俗、薄，岶通叚)	po`	ㄆㄛˋ	水部	【水部】	13畫	544	549	段11上壹-58	鍇21-13	鉉11上-4
亳(薄)	bo´	ㄅㄛˊ	高部	【亠部】	13畫	227	230	段5下-25	鍇10-10	鉉5下-5
薇(蔽)	wei	ㄨㄟ	艸部	【艸部】	13畫	24	24	段1下-6	鍇2-3	鉉1下-1

篆本字(古文、金文、籀文、俗字，通叚、金石)	拼音	注音	說文部首	康熙部首	筆畫	一般頁碼	洪葉頁碼	段注篇章	徐鍇通釋篇章	徐鉉藤花樹篇章
薈	huì	ㄏㄨㄟˋ	艸部	【艸部】	13畫	39	40	段1下-37	鍇2-18	鉉1下-6
蔧(穢，薉通叚)	huì	ㄏㄨㄟˋ	艸部	【艸部】	13畫	40	40	段1下-38	鍇2-18	鉉1下-6
薊(蓟通叚)	jì	ㄐㄧˋ	艸部	【艸部】	13畫	26	27	段1下-11	鍇2-6	鉉1下-2
筋(薊)	jin	ㄐㄧㄣ	筋部	【竹部】	13畫	178	180	段4下-41	鍇8-15	鉉4下-6
鄭(薊)	jì	ㄐㄧˋ	邑部	【邑部】	13畫	284	287	段6下-25	鍇12-14	鉉6下-6
薋(茨)	cí	ㄘˊ	艸部	【艸部】	13畫	39	40	段1下-37	鍇2-17	鉉1下-6
薍(wàn)	luàn	ㄌㄨㄢˋ	艸部	【艸部】	13畫	33	34	段1下-25	鍇2-12	鉉1下-4
薔(蘠)	qiáng	ㄑㄧㄤˊ	艸部	【艸部】	13畫	46	47	段1下-51	鍇2-23	鉉1下-8
薕	lián	ㄌㄧㄢˊ	艸部	【艸部】	13畫	33	34	段1下-25	鍇2-12	鉉1下-4
薖(蝸通叚)	ke	ㄎㄜ	艸部	【艸部】	13畫	36	37	段1下-31	鍇2-15	鉉1下-5
窠(窼、科、薖)	ke	ㄎㄜ	穴部	【穴部】	13畫	345	348	段7下-20	鍇14-8	鉉7下-4
薙(雉)	tì	ㄊㄧˋ	艸部	【艸部】	13畫	41	42	段1下-41	鍇2-19	鉉1下-7
薛	bì	ㄅㄧˋ	艸部	【艸部】	13畫	31	31	段1下-20	鍇2-10	鉉1下-4
萆(薛、襞，蓽通叚)	bì	ㄅㄧˋ	艸部	【艸部】	13畫	43	44	段1下-45	鍇2-21	鉉1下-7
劈(副、薛、擘，鈹、霹通叚)	pi	ㄆㄧ	刀部	【刂部】	13畫	180	182	段4下-45	鍇8-16	鉉4下-7
擘(擗、薛、辟，鈹通叚)	bò	ㄅㄛˋ	手部	【手部】	13畫	606	612	段12上-46	鍇23-15	鉉12上-7
薟(蘞)	xian	ㄒㄧㄢ	艸部	【艸部】	13畫	32	33	段1下-23	鍇2-11	鉉1下-4
薠	fán	ㄈㄢˊ	艸部	【艸部】	13畫	33	34	段1下-25	鍇2-12	鉉1下-4
薢	xiè	ㄒㄧㄝˋ	艸部	【艸部】	13畫	33	33	段1下-24	鍇2-12	鉉1下-4
薆(愛、薆，曖、靉通叚)	ài	ㄞˋ	竹部	【竹部】	13畫	198	200	段5上-20	鍇9-7	鉉5上-3
僾(薆，曖通叚)	ài	ㄞˋ	人部	【人部】	13畫	370	374	段8上-12	鍇15-5	鉉8上-2
薙(薙)	sì	ㄙˋ	艸部	【艸部】	13畫	31	31	段1下-20	鍇2-10	鉉1下-4
薪(芯通叚)	xin	ㄒㄧㄣ	艸部	【艸部】	13畫	44	45	段1下-47	鍇2-22	鉉1下-8
薾(薾)	mào	ㄇㄠˋ	艸部	【艸部】	13畫	46	47	段1下-51	鍇2-24	鉉1下-8
蕖(蘆从虍異，蕠通叚)	qú	ㄑㄩˊ	艸部	【艸部】	13畫	24	24	段1下-6	鍇2-3	鉉1下-1
薢(蓄)	qiè	ㄑㄧㄝˋ	艸部	【艸部】	13畫	26	26	段1下-10	鍇2-5	鉉1下-2
薽	zhen	ㄓㄣ	艸部	【艸部】	13畫	31	32	段1下-21	鍇2-10	鉉1下-4
蕃(藣，繁通叚)	fán	ㄈㄢˊ	艸部	【艸部】	13畫	46	47	段1下-51	鍇2-24	鉉1下-9

| 篆本字(古文、金文、籀文、俗字，通叚、金石) | 拼音 | 注音 | 說文部首 | 康熙部首 | 筆畫 | 一般頁碼 | 洪葉頁碼 | 段注篇章 | 徐鍇通釋篇章 | 徐鉉藤花樹篇章 |

篆本字(古文、金文、籀文、俗字，通叚、金石)	拼音	注音	說文部首	康熙部首	筆畫	一般頁碼	洪葉頁碼	段注篇章	徐鍇通釋篇章	徐鉉藤花榭篇章
夢艸部	meng´	ㄇㄥˊ	艸部	【艸部】13畫		29	30	段1下-17	錯2-8	鉉1下-3
薛(薛，薩通叚)	xue	ㄒㄩㄝ	艸部	【艸部】13畫		27	27	段1下-12	錯2-6	鉉1下-2
蕙(蝯、萱、萱、菱、護通叚)	xuan	ㄒㄩㄢ	艸部	【艸部】13畫		25	25	段1下-8	錯2-4	鉉1下-2
薦(荐，搢、廌从薦豕、轞通叚)	jian`	ㄐㄧㄢˋ	廌部	【艸部】13畫		469	474	段10上-19	錯19-6	鉉10上-3
荐(洊、薦)	jian`	ㄐㄧㄢˋ	艸部	【艸部】13畫		42	43	段1下-43	錯2-20	鉉1下-7
蘽(蔃、茠，嫭、林通叚)	hao	ㄏㄠ	蘽部	【艸部】13畫		47	48	段1下-53	錯2-25	鉉1下-9
韰(薤，鑘通叚)	xie`	ㄒㄧㄝˋ	韭部	【韭部】13畫		337	340	段7下-4	錯14-2	鉉7下-1
罰(罰、罸，罸、蕭，佱通叚)	fa´	ㄈㄚˊ	刀部	【网部】13畫		182	184	段4下-49	錯8-17	鉉4下-7
葅(菹、蒞今之香菜，蒩通叚)	zu	ㄗㄨˇ	艸部	【艸部】14畫		23	24	段1下-5	錯2-3	鉉1下-1
葷(焄、薰，狟、獯通叚)	hun	ㄏㄨㄣ	艸部	【艸部】14畫		24	25	段1下-7	錯2-4	鉉1下-2
藨(秒，藨、藻通叚)	biao	ㄅㄧㄠ	艸部	【艸部】14畫		38	38	段1下-34	錯2-16	鉉1下-6
蔪(蘄、漸，薌通叚)	jian	ㄐㄧㄢ	艸部	【艸部】14畫		42	42	段1下-42	錯2-19	鉉1下-7
睽(侯，暌、葵通叚)	kui´	ㄎㄨㄟˊ	目部	【目部】14畫		132	133	段4上-6	錯7-3	鉉4上-2
萩(荻、藡通叚)	qiu	ㄑㄧㄡ	艸部	【艸部】14畫		35	35	段1下-28	錯2-13	鉉1下-5
閭(壛，藺通叚)	lü´	ㄌㄩˊ	門部	【門部】14畫		587	593	段12上-8	錯23-4	鉉12上-2
苗(蔺、笛通叚)	qu	ㄑㄩ	艸部	【艸部】14畫		44	44	段1下-46	錯2-22	鉉1下-8
薰	xun	ㄒㄩㄣ	艸部	【艸部】14畫		25	26	段1下-9	錯2-5	鉉1下-2
蓸(蕈)	cao´	ㄘㄠˊ	艸部	【艸部】14畫		46	46	段1下-50	錯2-23	鉉1下-8
蔥(葱从蔥)	cong	ㄘㄨㄥ	艸部	【艸部】14畫		45	45	段1下-48	錯2-22	鉉1下-8
蘋(蘋)	pin´	ㄆㄧㄣˊ	艸部	【艸部】14畫		25	25	段1下-8	錯2-4	鉉1下-2
蓫(wei)	yuan	ㄩㄢˇ	艸部	【艸部】14畫	無	無	無	無	鉉1下-9
蒍(蓫)	wei	ㄨㄟˇ	艸部	【艸部】14畫		35	36	段1下-29	錯2-13	鉉1下-5
薴(薴)	ning´	ㄋㄧㄥˊ	艸部	【艸部】14畫		40	40	段1下-38	錯2-18	鉉1下-6

篆本字(古文、金文、籀文、俗字，通叚、金石)	拼音	注音	說文部首	康熙部首	筆畫	一般頁碼	洪葉頁碼	段注篇章	徐鍇通釋篇章	徐鉉藤花榭篇章
薶(貍、埋)	mai ˊ	ㄇㄞˊ	艸部	【艸部】14畫	44	45	段1下-47	鍇2-22	鉉1下-8
薺	ji ˋ	ㄐㄧˋ	艸部	【艸部】14畫	32	32	段1下-22	鍇2-10	鉉1下-4
藻(璪、繅、藻，轍通叚)	zao ˇ	ㄗㄠˇ	艸部	【艸部】14畫	46	46	段1下-50	鍇2-23	鉉1下-8
薾	er ˇ	ㄦˇ	艸部	【艸部】14畫	38	38	段1下-34	鍇2-16	鉉1下-6
薿	ni ˇ	ㄋㄧˇ	艸部	【艸部】14畫	38	38	段1下-34	鍇2-16	鉉1下-6
薧(耗、槁)	hao ˋ	ㄏㄠˋ	艸部	【艸部】14畫	39	39	段1下-36	鍇2-17	鉉1下-6
綦(基)	qi ˊ	ㄑㄧˊ	艸部	【艸部】14畫	29	29	段1下-16	鍇2-8	鉉1下-3
藉(躤通叚)	jie ˋ	ㄐㄧㄝˋ	艸部	【艸部】14畫	42	43	段1下-43	鍇2-20	鉉1下-7
借(藉)	jie ˋ	ㄐㄧㄝˋ	人部	【人部】14畫	374	378	段8上-20	鍇15-8	鉉8上-3
耤(藉)	ji ˊ	ㄐㄧˊ	耒部	【耒部】14畫	184	186	段4下-53	鍇8-19	鉉4下-8
藋(藋通叚)	diao ˋ	ㄉㄧㄠˋ	艸部	【艸部】14畫	26	27	段1下-11	鍇2-6	鉉1下-2
薅(薭)	qie ˋ	ㄑㄧㄝˋ	艸部	【艸部】14畫	26	26	段1下-10	鍇2-5	鉉1下-2
藍說文重字	lan ˊ	ㄌㄢˊ	艸部	【艸部】14畫	25	25	段1下-8	鍇2-4	鉉1下-2
薀說文重字段正	lan ˊ	ㄌㄢˊ	艸部	【艸部】17畫	43	43	段1下-44	鍇2-20	鉉1下-7
藎(進)	jin ˋ	ㄐㄧㄣˋ	艸部	【艸部】14畫	26	26	段1下-10	鍇2-5	鉉1下-2
蘇	gan ˋ	ㄍㄢˋ	艸部	【艸部】14畫	29	29	段1下-16	鍇2-8	鉉1下-3
藭(藑、蒡)	qiong ˊ	ㄑㄩㄥˊ	艸部	【艸部】14畫	40	41	段1下-39	鍇2-18	鉉1下-6
藄	ji	ㄐㄧ	艸部	【艸部】14畫	28	29	段1下-15	鍇2-8	鉉1下-3
蘬(藬)	gui	ㄍㄨㄟ	艸部	【艸部】14畫	47	47	段1下-52	鍇2-24	鉉1下-9
瘣(壞，藬通叚)	hui ˋ	ㄏㄨㄟˋ	疒部	【疒部】14畫	348	351	段7下-26	鍇14-11	鉉7下-5
熭(蔓通叚)	wei ˋ	ㄨㄟˋ	火部	【火部】14畫	486	491	段10上-53	鍇19-18	鉉10上-9
碭(蕩通叚)	dang ˋ	ㄉㄤˋ	石部	【石部】14畫	449	453	段9下-24	鍇18-9	鉉9下-4
暢(暘、暢)	chang ˋ	ㄔㄤˋ	艸部	【艸部】14畫	39	39	段1下-36	鍇2-17	鉉1下-6
藐(貌，邈、邈通叚)	miao ˇ	ㄇㄧㄠˇ	艸部	【艸部】14畫	30	31	段1下-19	鍇2-9	鉉1下-3
叢(藂、藂通叚)	cong ˊ	ㄘㄨㄥˊ	丵部	【又部】14畫	103	103	段3上-34	鍇5-18	鉉3上-8
蕲(藅、漸，蕲通叚)	jian	ㄐㄧㄢ	艸部	【艸部】15畫	42	42	段1下-42	鍇2-19	鉉1下-7
縢(藤，籐、藤通叚)	teng ˊ	ㄊㄥˊ	糸部	【糸部】15畫	657	664	段13上-29	鍇25-6	鉉13上-4
薰(秒，蘒、藻通叚)	biao	ㄅㄧㄠ	艸部	【艸部】15畫	38	38	段1下-34	鍇2-16	鉉1下-6
藏	cang ˊ	ㄘㄤˊ	艸部	【艸部】15畫	無	無	無	無	鉉1下-9

篆本字(古文、金文、籀文、俗字，通叚、金石)	拼音	注音	說文部首	康熙部首	筆畫	一般頁碼	洪葉頁碼	段注篇章	徐鍇通釋篇章	徐鉉藤花榭篇章
臧(臧、賘、藏，臟通叚)	zang	ㄗㄤ	臣部	【臣部】	15畫	118	119	段3下-24	錯6-13	鉉3下-6
稾(稿，稒、藁通叚)	gao	ㄍㄠˇ	禾部	【禾部】	15畫	326	329	段7上-49	錯13-20	鉉7上-8
攑(攓，攐、撬、揃、搴、攓通叚)	qian	ㄑㄧㄢ	手部	【手部】	15畫	605	611	段12上-44	錯23-14	鉉12上-7
蕅(藕、蕅通叚)	ou	ㄡˇ	艸部	【艸部】	15畫	34	35	段1下-27	錯2-13	鉉1下-4
藡(蓳、蘷通叚)	qin	ㄑㄧㄣˊ	艸部	【艸部】	15畫	35	35	段1下-28	錯2-13	鉉1下-5
蔌(蓮、遬，薂通叚)	su	ㄙㄨˋ	艸部	【艸部】	15畫	33	34	段1下-25	錯2-12	鉉1下-4
蕈(蕫)	dian	ㄉㄧㄢˇ	艸部	【艸部】	15畫	45	46	段1下-49	錯2-22	鉉1下-8
蕦	xu	ㄒㄩˋ	艸部	【艸部】	15畫	46	47	段1下-51	錯2-23	鉉1下-8
藑	qiong	ㄑㄩㄥˊ	艸部	【艸部】	15畫	29	30	段1下-17	錯2-9	鉉1下-3
藜(蔾，莉、蔾通叚)	li	ㄌㄧˊ	艸部	【艸部】	15畫	47	47	段1下-52	錯2-24	鉉1下-9
蘽(虆，藟、蘲通叚)	lei	ㄌㄟˇ	艸部	【艸部】	15畫	30	31	段1下-19	錯2-9	鉉1下-3
蕜	bei	ㄅㄟ	艸部	【艸部】	15畫	36	37	段1下-31	錯2-15	鉉1下-5
旇(蕜)	pi	ㄆㄧ	放部	【方部】	15畫	311	314	段7上-20	錯13-7	鉉7上-3
藥	yao	ㄧㄠˋ	艸部	【艸部】	15畫	42	42	段1下-42	錯2-20	鉉1下-7
藩(轓，奮通叚)	fan	ㄈㄢ	艸部	【艸部】	15畫	43	43	段1下-44	錯2-20	鉉1下-7
藪	sou	ㄙㄡˇ	艸部	【艸部】	15畫	41	41	段1下-40	錯2-19	鉉1下-7
橶(藪，撖、聚通叚)	zou	ㄗㄡ	木部	【木部】	15畫	269	272	段6上-63	錯11-28	鉉6上-8
藭	qiong	ㄑㄩㄥˊ	艸部	【艸部】	15畫	25	25	段1下-8	錯2-4	鉉1下-2
藚	si	ㄙˋ	艸部	【艸部】	15畫	29	29	段1下-16	錯2-8	鉉1下-3
藺	lin	ㄌㄧㄣˋ	艸部	【艸部】	15畫	27	28	段1下-13	錯2-7	鉉1下-3
蕗(菡)	lu	ㄌㄨˇ	艸部	【艸部】	15畫	30	30	段1下-18	錯2-9	鉉1下-3
藨(蔍、苞)	biao	ㄅㄧㄠ	艸部	【艸部】	15畫	32	33	段1下-23	錯2-11	鉉1下-4
苞(包柚述及、藨)	bao	ㄅㄠ	艸部	【艸部】	15畫	31	31	段1下-20	錯2-10	鉉1下-4
隸(肆)	si	ㄙˋ	艸部	【艸部】	15畫	31	31	段1下-20	錯2-10	鉉1下-4
㝱(夢，瞢通叚)	meng	ㄇㄥˋ	瘳部	【宀部】	15畫	347	350	段7下-24	錯14-10	鉉7下-4

篆本字（古文、金文、籀文、俗字，通段、金石）	拼音	注音	說文部首	康熙部首	筆畫	一般頁碼	洪葉頁碼	段注篇章	徐鍇通釋篇章	徐鉉藤花榭篇章
蔽(蔜通段)	bì	ㄅㄧˋ	艸部	【艸部】15畫	40	40	段1下-38	鍇2-18	鉉1下-6
蘆(蘆通段)	lú	ㄌㄨˊ	艸部	【艸部】15畫	25	25	段1下-8	鍇2-4	鉉1下-2
藙(毅)	yì	ㄧˋ	艸部	【艸部】15畫	43	43	段1下-44	鍇2-21	鉉1下-7
蕃(蕃)	fán	ㄈㄢˊ	艸部	【艸部】15畫	47	47	段1下-52	鍇2-24	鉉1下-9
蓲(藲通段)	qiu	ㄑㄧㄡ	艸部	【艸部】15畫	28	29	段1下-15	鍇2-8	鉉1下-3
藸(藸通段)	zhu	ㄓㄨ	艸部	【艸部】15畫	29	29	段1下-16	鍇2-8	鉉1下-3
骹(校，骹、嚆、跤、骲、骲通段)	qiao	ㄑㄧㄠ	骨部	【骨部】15畫	165	167	段4下-16	鍇8-7	鉉4下-3
薰(蕈通段)	xūn	ㄒㄩㄣˋ	艸部	【艸部】15畫	36	37	段1下-31	鍇2-15	鉉1下-5
埶(藝、藝)	yì	ㄧˋ	丮部	【土部】15畫	113	114	段3下-14	鍇6-8	鉉3下-3
臬(藝、槷、隉、陧)	niè	ㄋㄧㄝˋ	木部	【自部】15畫	264	267	段6上-53	鍇11-23	鉉6上-7
櫱(糱、栭、槷、朩[不]，蘖通段)	niè	ㄋㄧㄝˋ	木部	【木部】15畫	268	271	段6上-61	鍇11-27	鉉6上-8
蒫从血(蒫从血)	jú	ㄐㄩˊ	血部	【血部】15畫	214	216	段5上-51	鍇9-21	鉉5上-10
菹(蒫、蒫皆从血，葅、菹通段)	zu	ㄗㄨ	艸部	【艸部】15畫	43	43	段1下-44	鍇2-20	鉉1下-7
薛(薛，薩通段)	xue	ㄒㄩㄝ	艸部	【艸部】16畫	27	27	段1下-12	鍇2-6	鉉1下-2
蕘(藗)	lao	ㄌㄠ	艸部	【艸部】16畫	43	43	段1下-44	鍇2-20	鉉1下-7
薔(薔)	qiang	ㄑㄧㄤˊ	艸部	【艸部】16畫	46	47	段1下-51	鍇2-23	鉉1下-8
薲(蘋)	pín	ㄆㄧㄣˊ	艸部	【艸部】16畫	25	25	段1下-8	鍇2-4	鉉1下-2
薀(菀、苑、蕰，韞通段)	yùn	ㄩㄣˋ	艸部	【艸部】16畫	40	41	段1下-39	鍇2-18	鉉1下-6
醞(蕰，韞通段)	yùn	ㄩㄣˋ	酉部	【酉部】16畫	747	754	段14下-34	鍇28-17	鉉14下-8
驥(冀，蘎从雨，通段)	jì	ㄐㄧˋ	馬部	【馬部】16畫	463	467	段10上-6	鍇19-2	鉉10上-1
積(簀，藉、襀通段)	ji	ㄐㄧ	禾部	【禾部】16畫	325	328	段7上-48	鍇13-20	鉉7上-8
藐(貌，邈、邈通段)	miao	ㄇㄧㄠˇ	艸部	【艸部】16畫	30	31	段1下-19	鍇2-9	鉉1下-3
鞠(鞠、蓻)	jú	ㄐㄩˊ	艸部	【艸部】16畫	33	33	段1下-24	鍇2-12	鉉1下-4
蕁(薚)	xún	ㄒㄩㄣˊ	艸部	【艸部】16畫	28	29	段1下-15	鍇2-8	鉉1下-3

篆本字(古文、金文、籀文、俗字，通叚、金石)	拼音	注音	說文部首	康熙部首	筆畫	一般頁碼	洪葉頁碼	段注篇章	徐鍇通釋篇章	徐鉉藤花榭篇章
藃(藃)	mao ˋ	ㄇㄠˋ	艸部	【艸部】16畫	46	47	段1下-51	鍇2-24	鉉1下-8
檾(穎、穎，藾通叚)	qing ˇ	ㄑㄧㄥˇ	棥部	【木部】16畫	335	339	段7下-1	鍇13-28	鉉7下-1
蕊(蕊、蘂，榮、藥通叚)	rui ˇ	ㄖㄨㄟˇ	惢部	【心部】16畫	515	520	段10下-51	鍇20-19	鉉10下-9
繠(蕊蕊蕊suoˇ 述及，藥通叚)	rui ˇ	ㄖㄨㄟˇ	惢部	【糸部】16畫	515	520	段10下-51	鍇20-19	鉉10下-9
藷(shu ˇ)	zhu	ㄓㄨ	艸部	【艸部】16畫	29	29	段1下-16	鍇2-8	鉉1下-3
藻(璪、繅、藻，轍通叚)	zao ˇ	ㄗㄠˇ	艸部	【艸部】16畫	46	46	段1下-50	鍇2-23	鉉1下-8
諼(蕙，護、誼通叚)	xuan	ㄒㄩㄢ	言部	【言部】16畫	96	96	段3上-20	鍇5-10	鉉3上-4
蕙(煖、萱，萲、蔉、護通叚)	xuan	ㄒㄩㄢ	艸部	【艸部】16畫	25	25	段1下-8	鍇2-4	鉉1下-2
藿(藿)	huo ˋ	ㄏㄨㄛˋ	艸部	【艸部】16畫	23	23	段1下-4	鍇2-2	鉉1下-1
撢(撢通叚)	tuo ˋ	ㄊㄨㄛˋ	艸部	【艸部】16畫	40	41	段1下-39	鍇2-18	鉉1下-6
薹(毫、耄、眊、旄，薹通叚)	mao ˋ	ㄇㄠˋ	老部	【老部】16畫	398	402	段8上-67	鍇16-7	鉉8上-10
薑(薑)	jiang	ㄐㄧㄤ	艸部	【艸部】16畫	23	24	段1下-5	鍇2-3	鉉1下-1
蘄(芹、祈)	qi ´	ㄑㄧˊ	艸部	【艸部】16畫	27	28	段1下-13	鍇2-7	鉉1下-3
蘆(蔍通叚)	lu ´	ㄌㄨˊ	艸部	【艸部】16畫	25	25	段1下-8	鍇2-4	鉉1下-2
蘢	long ´	ㄌㄨㄥˊ	艸部	【艸部】16畫	34	35	段1下-27	鍇2-13	鉉1下-4
蘜	ju ´	ㄐㄩˊ	艸部	【艸部】16畫	35	36	段1下-29	鍇2-13	鉉1下-5
藸	ning ´	ㄋㄧㄥˊ	艸部	【艸部】16畫	29	29	段1下-16	鍇2-8	鉉1下-3
蘇(蘓通叚)	su	ㄙㄨ	艸部	【艸部】16畫	23	24	段1下-5	鍇2-22	鉉1下-1
穌(蘇)	su	ㄙㄨ	禾部	【禾部】16畫	327	330	段7上-51	鍇13-21	鉉7上-8
藺(薝)	dan ˋ	ㄉㄢˋ	艸部	【艸部】16畫	34	34	段1下-26	鍇2-13	鉉1下-4
孼(孽，嶪通叚)	nie ˋ	ㄋㄧㄝˋ	子部	【子部】16畫	743	750	段14下-25	鍇28-13	鉉14下-6
菻(薲)	lin ˋ	ㄌㄧㄣˋ	艸部	【艸部】16畫	35	35	段1下-28	鍇2-13	鉉1下-5
藹(靄通叚)	ai ˇ	ㄞˇ	言部	【艸部】16畫	93	93	段3上-14	鍇5-8	鉉3上-3
縢(藤，籐、藤通叚)	teng ´	ㄊㄥˊ	糸部	【糸部】16畫	657	664	段13上-29	鍇25-6	鉉13上-4

篆本字（古文、金文、籀文、俗字，通叚，金石）	拼音	注音	說文部首	康熙部首	筆畫	一般頁碼	洪葉頁碼	段注篇章	徐鍇通釋篇章	徐鉉藤花榭篇章
薨(翃、翯、薧通叚)	hong	ㄏㄨㄥ	死部	【艸部】16畫	164	166	段4下-13	鍇8-6	鉉4下-3
鄂(鄂，蘁、萼、諤通叚)	e`	ㄜˋ	邑部	【邑部】16畫	293	295	段6下-42	鍇12-18	鉉6下-7
薟(薟)	xian	ㄒㄧㄢ	艸部	【艸部】17畫	32	33	段1下-23	鍇2-11	鉉1下-4
蘮(蕑通叚)	ji`	ㄐㄧˋ	艸部	【艸部】17畫	37	38	段1下-33	鍇2-16	鉉1下-5
蘁从血(蘁从血)	ju'	ㄐㄩˊ	血部	【血部】17畫	214	216	段5上-51	鍇9-21	鉉5上-10
翳(瑿、翳通叚)	yi`	ㄧˋ	羽部	【羽部】17畫	140	142	段4上-23	鍇7-10	鉉4上-5
癬(蘚、瘯通叚)	xian˅	ㄒㄧㄢˇ	疒部	【疒部】17畫	350	353	段7下-30	鍇14-13	鉉7下-6
蘧(虇从虍異，蘬通叚)	qu'	ㄑㄩˊ	艸部	【艸部】17畫	24	24	段1下-6	鍇2-3	鉉1下-1
蘇(蘨，繁通叚)	fan'	ㄈㄢˊ	艸部	【艸部】17畫	46	47	段1下-51	鍇2-24	鉉1下-9
嬰(攖、櫻、賏通叚)	ying	ㄧㄥ	女部	【女部】17畫	621	627	段12下-20	鍇24-7	鉉12下-3
芛(荂、花，蕐通叚)	hua	ㄏㄨㄚ	琴部	【人部】17畫	274	277	段6下-5	鍇12-4	鉉6下-2
皅(葩，蘤通叚)	pa	ㄆㄚ	白部	【白部】17畫	364	367	段7下-58	鍇14-24	鉉7下-10
樵(蕉，劁、蘸、藮通叚)	qiao'	ㄑㄧㄠˊ	木部	【木部】17畫	247	250	段6上-19	鍇11-8	鉉6上-3
虉(鼃，虈通叚)	hui	ㄏㄨㄟ	艸部	【艸部】17畫	37	38	段1下-33	鍇2-16	鉉1下-5
縷(褸縲述及，纀通叚)	lü˅	ㄌㄩˇ	糸部	【糸部】17畫	656	662	段13上-26	鍇25-6	鉉13上-3
攪(攪)	jiao˅	ㄐㄧㄠˇ	手部	【手部】17畫	608	614	段12上-50	鍇23-16	鉉12上-8
蘘	rang'	ㄖㄤˊ	艸部	【艸部】17畫	24	25	段1下-7	鍇2-4	鉉1下-2
檗(蘗)	bo`	ㄅㄛˋ	木部	【木部】17畫	245	247	段6上-14	鍇11-6	鉉6上-2
蘠	qiang'	ㄑㄧㄤˊ	艸部	【艸部】17畫	35	36	段1下-29	鍇2-14	鉉1下-5
蘥(鸙通叚)	yue`	ㄩㄝˋ	艸部	【艸部】17畫	33	33	段1下-24	鍇2-12	鉉1下-4
蘦	ling'	ㄌㄧㄥˊ	艸部	【艸部】17畫	36	36	段1下-30	鍇2-14	鉉1下-5
苓(蘦軨述及)	ling'	ㄌㄧㄥˊ	艸部	【艸部】17畫	29	30	段1下-17	鍇2-9	鉉1下-3
蘧	qu'	ㄑㄩˊ	艸部	【艸部】17畫	24	25	段1下-7	鍇2-3	鉉1下-2
蘪(蘼通叚)	mi'	ㄇㄧˊ	艸部	【艸部】17畫	25	26	段1下-9	鍇2-5	鉉1下-2
藍說文重字	lan'	ㄌㄢˊ	艸部	【艸部】14畫	25	25	段1下-8	鍇2-4	鉉1下-2
蘫說文重字段正	lan'	ㄌㄢˊ	艸部	【艸部】17畫	43	43	段1下-44	鍇2-20	鉉1下-7
蘭(蕑通叚)	lan'	ㄌㄢˊ	艸部	【艸部】17畫	25	25	段1下-8	鍇2-4	鉉1下-2

篆本字（古文、金文、籀文、俗字，通叚、金石）	拼音	注音	說文部首	康熙部首	筆畫	一般頁碼	洪葉頁碼	段注篇章	徐鍇通釋篇章	徐鉉藤花榭篇章
闗从戀(蘭、闌)	lan´	ㄌㄢˊ	門部	【門部】17畫	590	596	段12上-14	錯23-6	鉉12上-3
薫(菎通叚)	kun	ㄎㄨㄣ	艸部	【艸部】17畫	36	36	段1下-30	錯2-14	鉉1下-5
藗(蘨)	yao´	ㄧㄠˊ	艸部	【艸部】18畫	41	42	段1下-41	錯2-19	鉉1下-7
䓒(豐，菶)	feng	ㄈㄥ	艸部	【艸部】18畫	32	32	段1下-22	錯2-10	鉉1下-4
叢(藂)	cong	ㄘㄨㄥˊ	艸部	【艸部】18畫	47	47	段1下-52	錯2-24	鉉1下-9
寤(癙、𥧄、窹、悟)	wu`	ㄨˋ	㝱部	【宀部】18畫	347	351	段7下-25	錯14-11	鉉7下-5
職(䑏、蕺、識 通叚)	zhi´	ㄓˊ	耳部	【耳部】18畫	592	598	段12上-17	錯23-7	鉉12上-4
稭(秸、䕸、秆)	jie	ㄐㄧㄝ	禾部	【禾部】18畫	325	328	段7上-48	錯13-20	鉉7上-8
䕚(蘬)	gui	ㄍㄨㄟ	艸部	【艸部】18畫	47	47	段1下-52	錯2-24	鉉1下-9
䓡(䕹，䕻通叚)	hui	ㄏㄨㄟ	艸部	【艸部】18畫	37	38	段1下-33	錯2-16	鉉1下-5
翹(鷸通叚)	qiao`	ㄑㄧㄠˋ	羽部	【羽部】18畫	139	140	段4上-20	錯7-9	鉉4上-4
藟(虆，蔂、蘽 通叚)	lei ̌	ㄌㄟˇ	艸部	【艸部】18畫	30	31	段1下-19	錯2-9	鉉1下-3
蠻(蕈、蒓，蠻 通叚)	luan´	ㄌㄨㄢˊ	艸部	【艸部】19畫	26	27	段1下-11	錯2-6	鉉1下-2
薐(蓤，菱、蔆 通叚)	ling´	ㄌㄧㄥˊ	艸部	【艸部】19畫	32	33	段1下-23	錯2-11	鉉1下-4
職(䑏、蕺、識 通叚)	zhi´	ㄓˊ	耳部	【耳部】19畫	592	598	段12上-17	錯23-7	鉉12上-4
贊(賛，囋、讚、贊、囐、嘈通叚)	zan`	ㄗㄢˋ	貝部	【貝部】19畫	280	282	段6下-16	錯12-10	鉉6下-4
芩(䒷、蘮)	qin´	ㄑㄧㄣˊ	艸部	【艸部】19畫	32	33	段1下-23	錯2-11	鉉1下-4
蘸	zhan`	ㄓㄢˋ	艸部	【艸部】19畫	無	無	無	無	鉉1下-9
醮(䃶，蘸通叚)	jiao`	ㄐㄧㄠˋ	酉部	【酉部】19畫	748	755	段14下-36	錯28-18	鉉14下-9
霰(蘸通叚)	jian	ㄐㄧㄢ	雨部	【雨部】19畫	573	579	段11下-13	錯22-6	鉉11下-3
藋(藿通叚)	diao`	ㄉㄧㄠˋ	艸部	【艸部】19畫	26	27	段1下-11	錯2-6	鉉1下-2
蘪(蘼通叚)	mi´	ㄇㄧˊ	艸部	【艸部】19畫	25	26	段1下-9	錯2-5	鉉1下-2
類(頪，蘱通叚)	lei`	ㄌㄟˋ	犬部	【頁部】19畫	476	481	段10上-33	錯19-11	鉉10上-6
藶(ge´)	li`	ㄌㄧˋ	艸部	【艸部】19畫	42	42	段1下-42	錯2-20	鉉1下-7
蘺(籬通叚)	li´	ㄌㄧˊ	艸部	【艸部】19畫	25	26	段1下-9	錯2-5	鉉1下-2

篆本字(古文、金文、籀文、俗字，通叚、金石)	拼音	注音	說文部首	康熙部首	筆畫	一般頁碼	洪葉頁碼	段注篇章	徐鍇通釋篇章	徐鉉藤花榭篇章
藟(櫑、櫐)	lei'	ㄌㄟˊ	木部	【艸部】	19畫	241	244	段6上-7	錯11-4	鉉6上-2
虋从興西分(穲、糜、虋通叚)	men'	ㄇㄣˊ	艸部	【艸部】	19畫	22	23	段1下-3	錯2-2	鉉1下-1
然(蘸、爇、爤、燃俗)	ran'	ㄖㄢˊ	火部	【火部】	19畫	480	485	段10上-41	錯19-14	鉉10上-7
蘸(然)	nan'	ㄋㄢˊ	艸部	【艸部】	19畫	36	37	段1下-31	錯2-15	鉉1下-5
蘱	ji'	ㄐㄧˋ	艸部	【艸部】	19畫	32	32	段1下-22	錯2-10	鉉1下-4
蘿	luo'	ㄌㄨㄛˊ	艸部	【艸部】	19畫	35	35	段1下-28	錯2-13	鉉1下-5
蕕(蒩通叚)	you`	ㄧㄡˋ	艸部	【艸部】	20畫	29	29	段1下-16	錯2-8	鉉1下-3
藙(藙)	yi`	ㄧˋ	艸部	【艸部】	20畫	43	43	段1下-44	錯2-21	鉉1下-7
薦(荐，揃、藨从薦豕、韉通叚)	jian`	ㄐㄧㄢˋ	廌部	【艸部】	20畫	469	474	段10上-19	錯19-6	鉉10上-3
韱(藖通叚)	xian	ㄒㄧㄢ	韭部	【韭部】	20畫	337	340	段7下-4	錯14-2	鉉7下-2
彠(蓶，韄通叚)	quan'	ㄑㄩㄢˊ	弓部	【弓部】	20畫	640	646	段12下-58	錯24-19	鉉12下-9
薿(藞)	yi`	ㄧˋ	艸部	【艸部】	21畫	32	33	段1下-23	錯2-11	鉉1下-4
藃(藃)	xiao	ㄒㄧㄠ	艸部	【艸部】	21畫	25	26	段1下-9	錯2-5	鉉1下-2
蘲(虆，蘽、蘽通叚)	lei゛	ㄌㄟˇ	艸部	【艸部】	21畫	30	31	段1下-19	錯2-9	鉉1下-3
欙(桐、橋、樏、虆、輂)	lei'	ㄌㄟˊ	木部	【木部】	21畫	267	269	段6上-58	錯11-25	鉉6上-7
羸(纝、虆)	lei'	ㄌㄟˊ	羊部	【羊部】	21畫	146	148	段4上-35	錯7-16	鉉4上-7
虪(蘫)	han`	ㄏㄢˋ	艸部	【艸部】	22畫	45	46	段1下-49	錯2-23	鉉1下-8
醢(盬从鹵有)	hai゛	ㄏㄞˇ	酉部	【酉部】	22畫	751	758	段14下-42	錯28-19	鉉14下-9
然(蘸、爇、爤、燃俗)	ran'	ㄖㄢˊ	火部	【火部】	23畫	480	485	段10上-41	錯19-14	鉉10上-7
孿(藆、蒓，蠻通叚)	luan'	ㄌㄨㄢˊ	艸部	【艸部】	23畫	26	27	段1下-11	錯2-6	鉉1下-2
蒓(蒓、孿述及)	chun'	ㄔㄨㄣˊ	艸部	【艸部】	23畫	43	44	段1下-45	錯2-21	鉉1下-7
稠(蘜)	juan	ㄐㄩㄢ	禾部	【禾部】	23畫	326	329	段7上-49	錯13-20	鉉7上-8
鼈(鼈从蔽，蕨述及，蟞、鱉通叚)	bie	ㄅㄧㄝ	黽部	【黽部】	23畫	679	686	段13下-11	錯25-17	鉉13下-3
釀	niang`	ㄋㄧㄤˋ	艸部	【艸部】	24畫	24	24	段1下-6	錯2-3	鉉1下-2
贛(幹，橄通叚)	gan`	ㄍㄢˋ	艸部	【艸部】	24畫	29	30	段1下-17	錯2-9	鉉1下-3
蘿(藿)	huo`	ㄏㄨㄛˋ	艸部	【艸部】	24畫	23	23	段1下-4	錯2-2	鉉1下-1

篆本字（古文、金文、籀文、俗字，通段、金石）	拼音	注音	說文部首	康熙部首	筆畫	一般頁碼	洪葉頁碼	段注篇章	徐鍇通釋篇章	徐鉉藤花榭篇章
虉(蘱)	han`	ㄏㄢˋ	艸部	【艸部】25畫		45	46	段1下-49	鍇2-23	鉉1下-8
虋从興酉分(穈、䵙、虋通段)	men´	ㄇㄣˊ	艸部	【艸部】26畫		22	23	段1下-3	鍇2-2	鉉1下-1
麤(麤)	cu	ㄘㄨ	艸部	【艸部】33畫		44	44	段1下-46	鍇2-21	鉉1下-7
【虍(hu)部】	hu	ㄏㄨ	虍部			209	211	段5上-41	鍇9-17	鉉5上-8
虍	hu	ㄏㄨ	虍部	【虍部】		209	211	段5上-41	鍇9-17	鉉5上-8
虎(虪、𪖶)	hu˘	ㄏㄨˇ	虎部	【虍部】2畫		210	212	段5上-43	鍇9-18	鉉5上-8
虐(虐、唶)	nüè	ㄋㄩㄝˋ	虍部	【虍部】3畫		209	211	段5上-42	鍇9-17	鉉5上-8
虔(楗通段)	qian´	ㄑㄧㄢˊ	虍部	【虍部】4畫		209	211	段5上-42	鍇9-17	鉉5上-8
虓	yi`	ㄧˋ	虎部	【虍部】4畫		211	213	段5上-45	鍇9-18	鉉5上-8
虒(傂、螔通段、虎金石)	si	ㄙ	虎部	【虍部】4畫		211	213	段5上-45	鍇9-18	鉉5上-8
虓(猇通段)	xiao	ㄒㄧㄠ	虎部	【虍部】4畫		211	213	段5上-45	鍇9-18	鉉5上-8
処(處)	chu˘	ㄔㄨˇ	几部	【几部】5畫		716	723	段14上-29	鍇27-9	鉉14上-5
虛(虚、墟，圩、獹、驢、鱸通段)	xu	ㄒㄩ	丘部	【虍部】5畫		386	390	段8上-44	鍇15-15	鉉8上-6
虐(虐、唶)	nüè	ㄋㄩㄝˋ	虍部	【虍部】5畫		209	211	段5上-42	鍇9-17	鉉5上-8
乎(虖)	hu	ㄏㄨ	兮部	【丿部】5畫		204	206	段5上-31	鍇9-13	鉉5上-6
虖(唬、乎，滹通段)	hu	ㄏㄨ	虍部	【虍部】5畫		209	211	段5上-42	鍇9-17	鉉5上-8
虘	cuo´	ㄘㄨㄛˊ	虍部	【虍部】5畫		209	211	段5上-42	鍇9-17	鉉5上-8
虙(伏、宓)	fu´	ㄈㄨˊ	虍部	【虍部】5畫		209	211	段5上-41	鍇9-17	鉉5上-8
伏(虙述及)	fu´	ㄈㄨˊ	人部	【人部】5畫		381	385	段8上-34	鍇15-11	鉉8上-4
彪	biao	ㄅㄧㄠ	虎部	【虍部】5畫		210	212	段5上-44	鍇9-18	鉉5上-8
虉(虠)	yi`	ㄧˋ	虎部	【虍部】5畫		211	213	段5上-45	鍇9-18	鉉5上-8
虡(虡、鐻、鉅，簴、璩通段)	ju`	ㄐㄩˋ	虍部	【虍部】6畫		210	212	段5上-43	鍇9-17	鉉5上-8
虤	yin´	ㄧㄣˊ	虎部	【虍部】6畫		211	213	段5上-45	鍇9-18	鉉5上-8
魈(麛，魈通段)	mi`	ㄇㄧˋ	虎部	【虍部】6畫		210	212	段5上-44	鍇9-18	鉉5上-8
虞(娛、度、㠯旅述及，濾通段)	yu´	ㄩˊ	虍部	【虍部】7畫		209	211	段5上-41	鍇9-17	鉉5上-8
娛(虞)	yu´	ㄩˊ	女部	【女部】7畫		620	626	段12下-17	鍇24-6	鉉12下-3
虩(魈)	han`	ㄏㄢˋ	虎部	【虍部】7畫		210	212	段5上-44	鍇9-18	鉉5上-8

篆本字(古文、金文、籀文、俗字，通叚、金石)	拼音	注音	說文部首	康熙部首	筆畫	一般頁碼	洪葉頁碼	段注篇章	徐鍇通釋篇章	徐鉉藤花榭篇章
虜(摣通叚)	lu	ㄌㄨˇ	毌部	【虍部】7畫	316	319	段7上-30	鍇13-12	鉉7上-5
號(諕通叚)	hao´	ㄏㄠˊ	号部	【虍部】7畫	204	206	段5上-32	鍇9-13	鉉5上-6
号(號)	hao´	ㄏㄠˊ	号部	【口部】7畫	204	206	段5上-32	鍇9-13	鉉5上-6
皋(櫜从咎木、高、告、號、嘷，皐、槹通叚)	gao	ㄍㄠ	本部	【白部】7畫	498	502	段10下-16		鍇20-6　鉉10下-3
虗	xi	ㄒㄧ	虗部	【虍部】7畫	208	210	段5上-40	鍇9-17	鉉5上-8
虣	bao	ㄅㄠˋ	虎部	【虍部】8畫	無	無	無	無	鉉5上-8
虎兔	tu´	ㄊㄨˊ	虎部	【虍部】8畫	無	無	無	無	鉉5上-8
兔(菟，虎兔、鵵通叚)	tu`	ㄊㄨˋ	兔部	【儿部】8畫	472	477	段10上-25		鍇19-8　鉉10上-4
姑(媀、䳎通叚)	gu	ㄍㄨ	女部	【女部】8畫	615	621	段12下-7	鍇24-2	鉉12下-1
盧(鑪、鱸)	lu´	ㄌㄨˊ	甾部	【虍部】8畫	638	644	段12下-53		鍇24-17　鉉12下-8
虢	guo´	ㄍㄨㄛˊ	虎部	【虍部】9畫	211	213	段5上-45	鍇9-18	鉉5上-8
虪从儵(虦)	shu`	ㄕㄨˋ	虎部	【虍部】9畫	210	212	段5上-44	鍇9-18	鉉5上-8
虦(虥)	zhan`	ㄓㄢˋ	虎部	【虍部】10畫	210	212	段5上-44	鍇9-18	鉉5上-8
暴本部(暴，虣通叚)	bao`	ㄅㄠˋ	本部	【日部】10畫	497	502	段10下-15		鍇20-6　鉉10下-3
虪(麠，虦通叚)	mi`	ㄇㄧˋ	虎部	【虍部】10畫	210	212	段5上-44	鍇9-18	鉉5上-8
虤	yan´	ㄧㄢˊ	虤部	【虍部】10畫	211	213	段5上-46	鍇9-18	鉉5上-8
彪(斑、虨)	bin	ㄅㄧㄣ	虍部	【虍部】11畫	209	211	段5上-42	鍇9-17	鉉5上-8
辬(斒、斑、彪、頒、班陘述及，玢、瑅通叚)	ban	ㄅㄢ	文部	【辛部】11畫	425	430	段9上-21	鍇17-7	鉉9上-4
虡(虞、鐻、鉅，簴、璩通叚)	ju`	ㄐㄩˋ	虍部	【虍部】11畫	210	212	段5上-43	鍇9-17	鉉5上-8
虧(虧)	kui	ㄎㄨㄟ	亏部	【虍部】11畫	204	206	段5上-32	鍇9-13	鉉5上-6
虘且	zu`	ㄗㄨˋ	且部	【虍部】12畫	716	723	段14上-30		鍇27-9　鉉14上-5
號(豐，虥通叚)	hao`	ㄏㄠˋ	虗部	【虍部】12畫	209	211	段5上-41	鍇9-17	鉉5上-8
虩(覤通叚)	xi`	ㄒㄧˋ	虎部	【虍部】13畫	211	213	段5上-45	鍇9-18	鉉5上-8
虤	yin´	ㄧㄣˊ	虤部	【虍部】14畫	211	213	段5上-46	鍇9-19	鉉5上-8
虦从毂	ge´	ㄍㄜˊ	虎部	【虍部】16畫	210	212	段5上-44	鍇9-18	鉉5上-8
虘虘	zhu`	ㄓㄨˋ	虗部	【虍部】17畫	209	211	段5上-41	鍇9-17	鉉5上-8

篆本字（古文、金文、籀文、俗字，通叚、金石）	拼音	注音	說文部首	康熙部首	筆畫	一般頁碼	洪葉頁碼	段注篇章	徐鍇通釋篇章	徐鉉藤花榭篇章
虦	xuan`	ㄒㄩㄢ`	虢部	【虍部】17畫		211	213	段5上-46	鍇9-19	鉉5上-8
鱳从獻(餮)	shu`	ㄕㄨ`	虎部	【虍部】20畫		210	212	段5上-44	鍇9-18	鉉5上-8
驣从騰	teng´	ㄊㄥ´	虎部	【虍部】22畫		211	213	段5上-45	鍇9-18	鉉5上-8
【虫(chong´)部】	chong´	ㄔㄨㄥ´	虫部			663	669	段13上-40	鍇25-9	鉉13上-6
虫(虺)	chong´	ㄔㄨㄥ´	虫部	【虫部】		663	669	段13上-40	鍇25-9	鉉13上-6
虬(蟉，虯通叚)	qiu´	ㄑㄧㄡ´	虫部	【虫部】1畫		670	676	段13上-54	鍇25-13	鉉13上-7
个(丁，虰、飣通叚)	ding	ㄉㄧㄥ	丁部	【人部】2畫		740	747	段14下-20	鍇28-9	鉉14下-4
朾(揨、打，虰通叚)	cheng´	ㄔㄥ´	木部	【木部】2畫		268	271	段6上-61	鍇11-27	鉉6上-8
蝨(虱通叚)	shi	ㄕ	蚰部	【虫部】2畫		674	681	段13下-1	鍇25-15	鉉13下-1
虬(蟉，虯通叚)	qiu´	ㄑㄧㄡ´	虫部	【虫部】2畫		670	676	段13上-54	鍇25-13	鉉13上-7
蛁(蚼通叚)	diao	ㄉㄧㄠ	虫部	【虫部】2畫		664	670	段13上-42	鍇25-10	鉉13上-6
虹(蜺、螮，翁通叚)	hong´	ㄏㄨㄥ´	虫部	【虫部】3畫		673	680	段13上-61	鍇25-14	鉉13上-8
訌(虹，憤通叚)	hong´	ㄏㄨㄥ´	言部	【言部】3畫		98	99	段3上-25	鍇5-13	鉉3上-5
蛅	zhe´	ㄓㄜ´	虫部	【虫部】3畫		無	無	無	無	鉉13上-8
蟅(蝗，蚱、蛅、蝶通叚)	zhe`	ㄓㄜ`	虫部	【虫部】3畫		668	674	段13上-50	鍇25-12	鉉13上-7
蟲(蟊)	meng´	ㄇㄥ´	蚰部	【虫部】3畫		675	682	段13下-3	鍇25-15	鉉13下-1
虺	hui˘	ㄏㄨㄟ˘	虫部	【虫部】3畫		664	670	段13上-42	鍇25-10	鉉13上-6
蛫(虺)	gui˘	ㄍㄨㄟ˘	虫部	【虫部】3畫		664	670	段13上-42	鍇25-10	鉉13上-6
虫(虺)	chong´	ㄔㄨㄥ´	虫部	【虫部】3畫		663	669	段13上-40	鍇25-9	鉉13上-6
蚕	chan˘	ㄔㄢ˘	虫部	【虫部】3畫		669	676	段13上-53	鍇25-13	鉉13上-7
蟘(蟘、螣，蟘、蚮、蛯通叚)	te`	ㄊㄜ`	虫部	【虫部】3畫		664	671	段13上-43	鍇25-10	鉉13上-6
狃(忸、䖟、䖚通叚)	niu˘	ㄋㄧㄡ˘	犬部	【犬部】4畫		475	479	段10上-30	鍇19-10	鉉10上-5
尺(蚇通叚)	chi˘	ㄔ˘	尺部	【尸部】4畫		401	406	段8下-1	鍇16-9	鉉8下-1
炙(赤、䞓、尺)	chi`	ㄔ`	赤部	【赤部】4畫		491	496	段10下-3	鍇19-21	鉉10下-1

篆本字(古文、金文、籀文、俗字，通叚、金石)	拼音	注音	說文部首	康熙部首	筆畫	一般頁碼	洪葉頁碼	段注篇章	徐鍇通釋篇章	徐鉉藤花榭篇章
蠹从缶木(蜉，虾、蝥、蠹通叚)	fu´	ㄈㄨˊ	蚰部	【虫部】4畫	676	682	段13下-4	錯25-15	鉉13下-1	
蚌(蜯，蜂、鮮通叚)	bang`	ㄅㄤˋ	虫部	【虫部】4畫	671	677	段13上-56	錯25-13	鉉13上-8	
蜃(蚌、蠯)	shen`	ㄕㄣˋ	虫部	【虫部】4畫	670	677	段13上-55	錯25-13	鉉13上-7	
蛕(蛔，蚘通叚)	hui´	ㄏㄨㄟˊ	虫部	【虫部】4畫	664	670	段13上-42	錯25-10	鉉13上-6	
螆(蚝)	ci	ㄘ	虫部	【虫部】4畫	665	671	段13上-44	錯25-11	鉉13上-6	
蚳(䗃、賑通叚)	zhi˘	ㄓˇ	虫部	【虫部】4畫	665	672	段13上-45	錯25-11	鉉13上-6	
戹(厄、蚅通叚)	e`	ㄜˋ	戶部	【戶部】4畫	586	592	段12上-6	錯23-3	鉉12上-2	
蚖(螈)	yuan´	ㄩㄢˊ	虫部	【虫部】4畫	664	671	段13上-43	錯25-10	鉉13上-6	
蚚	qi´	ㄑㄧˊ	虫部	【虫部】4畫	665	672	段13上-45	錯25-11	鉉13上-6	
蚨	fu´	ㄈㄨˊ	虫部	【虫部】4畫	671	678	段13上-57	錯25-14	鉉13上-8	
蚩(媸通叚)	chi	ㄔ	虫部	【虫部】4畫	667	674	段13上-49	錯25-12	鉉13上-7	
蛄	mian´	ㄇㄧㄢˊ	虫部	【虫部】4畫	668	675	段13上-51	錯25-12	鉉13上-7	
蚑	qi´	ㄑㄧˊ	虫部	【虫部】4畫	669	676	段13上-53	錯25-13	鉉13上-7	
肌(蚑通叚)	ji	ㄐㄧ	肉部	【肉部】4畫	167	169	段4下-20	錯8-8	鉉4下-4	
疥(蚧，螺通叚)	jie`	ㄐㄧㄝˋ	疒部	【疒部】4畫	350	353	段7下-30	錯14-13	鉉7下-6	
沐(蛛通叚)	mu`	ㄇㄨˋ	水部	【水部】4畫	563	568	段11上貳-36	錯21-24	鉉11上-9	
父(甫咀述及，蚊通叚)	fu`	ㄈㄨˋ	又部	【父部】4畫	115	116	段3下-17	錯6-9	鉉3下-4	
蜹(蚋通叚)	rui`	ㄖㄨㄟˋ	虫部	【虫部】4畫	669	675	段13上-52	錯25-12	鉉13上-7	
蠶(蚕通叚)	can´	ㄘㄢˊ	蚰部	【虫部】4畫	674	681	段13下-1	錯25-15	鉉13下-1	
蚇(蚸通叚)	yi	ㄧ	虫部	【虫部】4畫	667	674	段13上-49	錯25-12	鉉13上-7	
蚗(蚗，蛥通叚)	jue´	ㄐㄩㄝˊ	虫部	【虫部】4畫	668	675	段13上-51	錯25-12	鉉13上-7	
蝩(蚣)	zhong	ㄓㄨㄥ	虫部	【虫部】4畫	668	674	段13上-50	錯25-12	鉉13上-7	
螾(蚓，蚿、蚚、蟜、蚰通叚)	yin˘	ㄧㄣˇ	虫部	【虫部】4畫	663	670	段13上-41	錯25-10	鉉13上-6	
蚤(蚤、早)	zao˘	ㄗㄠˇ	蚰部	【虫部】4畫	674	681	段13下-1	錯25-15	鉉13下-1	
蟁(蝨、蟲、蚊，鴖通叚)	wen´	ㄨㄣˊ	蚰部	【虫部】4畫	675	682	段13下-3	錯25-15	鉉13下-1	
魟(蚢)	hang´	ㄏㄤˊ	魚部	【魚部】4畫	581	586	段11下-28	錯22-10	鉉11下-6	

篆本字（古文、金文、籀文、俗字，通段、金石）	拼音	注音	說文部首	康熙部首	筆畫	一般頁碼	洪葉頁碼	段注篇章	徐鍇通釋篇章	徐鉉藤花榭篇章
鼢(蚡、蚠，鱝通段)	fen´	ㄈㄣˊ	鼠部	【鼠部】4畫	478	483	段10上-37	鍇19-12	鉉10上-6
墳(坋、濆、蚠鼢述及，蕡通段)	fen´	ㄈㄣˊ	土部	【土部】4畫	693	699	段13下-38	鍇26-7	鉉13下-5
蠯从蚍(蚍)	pi´	ㄆㄧˊ	蟲部	【虫部】4畫	676	683	段13下-5	鍇25-16	鉉13下-1
蚦(蚺，蝻通段)	ran´	ㄖㄢˊ	虫部	【虫部】5畫	663	670	段13上-41	鍇25-10	鉉13上-6
它(蛇、佗、他)	ta	ㄊㄚ	它部	【宀部】5畫	678	684	段13下-8	鍇25-17	鉉13下-2
斗(枓魁述及、陡陗qiao`述及，厗、抖、斟、蚪、阧通段)	dou˅	ㄉㄡˇ	斗部	【斗部】5畫	717	724	段14上-32	鍇27-10	鉉14上-5
螾(蚓，蚿、蚚、螘、蚰通段)	yin˅	ㄧㄣˇ	虫部	【虫部】5畫	663	670	段13上-41	鍇25-10	鉉13上-6
蟉(蚴)	you	ㄧㄡ	虫部	【虫部】5畫	671	678	段13上-57	鍇25-13	鉉13上-8
蛆(蛆)	qu	ㄑㄩ	虫部	【虫部】5畫	665	671	段13上-44	鍇25-10	鉉13上-6
柎(跗，趺、蚹通段)	fu	ㄈㄨ	木部	【木部】5畫	265	267	段6上-54	鍇11-24	鉉6上-7
螣(蟘，蟒、蚮通段)	teng´	ㄊㄥˊ	虫部	【虫部】5畫	663	670	段13上-41	鍇25-10	鉉13上-6
蟘(蟦、螣，蚮、蚮、蚰通段)	te`	ㄊㄜˋ	虫部	【虫部】5畫	664	671	段13上-43	鍇25-10	鉉13上-6
北(丘、坓、坒，蚯通段)	qiu	ㄑㄧㄡ	丘部	【一部】5畫	386	390	段8上-44	鍇15-15	鉉8上-6
蚳(蝨、螷)	chi´	ㄔˊ	虫部	【虫部】5畫	666	673	段13上-47	鍇25-11	鉉13上-6
且(几，蒩、趄通段)	qie˅	ㄑㄧㄝˇ	且部	【一部】5畫	716	723	段14上-29	鍇27-9	鉉14上-5
胆(蛆、蛆)	qu	ㄑㄩ	肉部	【肉部】5畫	177	179	段4下-40	鍇8-14	鉉4下-6
蜡(蛆、胆、褯，蠆通段)	la`	ㄌㄚˋ	虫部	【虫部】5畫	669	675	段13上-52	鍇25-13	鉉13上-7

篆本字（古文、金文、籀文、俗字，通段、金石）	拼音	注音	說文部首	康熙部首	筆畫	一般頁碼	洪葉頁碼	段注篇章	徐鍇通釋篇章	徐鉉藤花榭篇章
宛(怨，惋、蜿、蜎、蜿、鵷通段)	wan˅	ㄨㄢˇ	宀部	【宀部】5畫		341	344	段7下-12	錯14-6	鉉7下-2
夗(蜿、蜎通段)	yuan˅	ㄩㄢˇ	夕部	【夕部】5畫		315	318	段7上-27	錯13-11	鉉7上-5
蟅(蝗，蚱、蚝、蠊通段)	zhe˙	ㄓㄜˋ	虫部	【虫部】5畫		668	674	段13上-50	錯25-12	鉉13上-7
蚼(蜩、鼩、鼩)	gou˅	ㄍㄡˇ	虫部	【虫部】5畫		673	679	段13上-60	錯25-14	鉉13上-8
蛁(蚼通段)	diao	ㄉㄧㄠ	虫部	【虫部】5畫		664	670	段13上-42	錯25-10	鉉13上-6
胎(蛤通段)	tai	ㄊㄞ	肉部	【肉部】5畫		167	169	段4下-20	錯8-8	鉉4下-4
札(蚻、鳦通段)	zha˙	ㄓㄚˊ	木部	【木部】5畫		265	268	段6上-55	錯11-24	鉉6上-7
蠿(蚻，蟹通段)	jie˙	ㄐㄧㄝˊ	蚰部	【虫部】5畫		674	681	段13下-1	錯25-15	鉉13下-1
何(荷、呵，蚵通段)	he˙	ㄏㄜˊ	人部	【人部】5畫		371	375	段8上-13	錯15-5	鉉8上-2
蜅(蚋通段)	yu˙	ㄩˋ	虫部	【虫部】5畫		667	673	段13上-48	錯25-11	鉉13上-7
蛄	gu	ㄍㄨ	虫部	【虫部】5畫		666	672	段13上-46	錯25-11	鉉13上-6
蛅(ran˙)	zhan	ㄓㄢ	虫部	【虫部】5畫		667	673	段13上-48	錯25-11	鉉13上-7
蛉(蜻、蜓)	ling˙	ㄌㄧㄥˊ	虫部	【虫部】5畫		668	675	段13上-51	錯25-12	鉉13上-7
蜓(蜻、蛉)	ting˙	ㄊㄧㄥˊ	虫部	【虫部】5畫		664	671	段13上-43	錯25-10	鉉13上-6
螾(蚓，蚿、蚚、蟤、蚰通段)	yin˅	ㄧㄣˇ	虫部	【虫部】6畫		663	670	段13上-41	錯25-10	鉉13上-6
蝧(wa)	kui˙	ㄎㄨㄟˊ	虫部	【虫部】6畫		665	671	段13上-44	錯25-11	鉉13上-6
束(刺、棟棟yi˙述及，庇、槷、棶通段)	ci˙	ㄘˋ	束部	【木部】6畫		318	321	段7上-33	錯13-14	鉉7上-6
蛕(蛔，蚘通段)	hui˙	ㄏㄨㄟˊ	虫部	【虫部】6畫		664	670	段13上-42	錯25-10	鉉13上-6
衍(羨，衒通段)	yan˅	ㄧㄢˇ	水部	【水部】6畫		546	551	段11上貳-1	錯21-13	鉉11上-4
伊(恞、歕，蚔通段)	yi	ㄧ	人部	【人部】6畫		367	371	段8上-5	錯15-2	鉉8上-1
蛦(蚔通段)	yi	ㄧ	虫部	【虫部】6畫		667	674	段13上-49	錯25-12	鉉13上-7
蚗(蛦，蚗通段)	jue˙	ㄐㄩㄝˊ	虫部	【虫部】6畫		668	675	段13上-51	錯25-12	鉉13上-7
蛘(痒、癢)	yang˙	ㄧㄤˊ	虫部	【虫部】6畫		669	676	段13上-53	錯25-13	鉉13上-7
痒(蛘、癢)	yang˅	ㄧㄤˇ	疒部	【疒部】6畫		349	352	段7下-28	錯14-12	鉉7下-5

篆本字（古文、金文、籀文、俗字，通叚、金石）	拼音	注音	說文部首	康熙部首	筆畫	一般頁碼	洪葉頁碼	段注篇章	徐鍇通釋篇章	徐鉉藤花榭篇章
蛚	lie ˋ	ㄌㄧㄝˋ	虫部	【虫部】6畫		668	675	段13上-51	鍇25-12	鉉13上-7
蛟(鮫)	jiao	ㄐㄧㄠ	虫部	【虫部】6畫		670	676	段13上-54	鍇25-13	鉉13上-7
鮫(蛟)	jiao	ㄐㄧㄠ	魚部	【魚部】6畫		580	585	段11下-26	鍇22-10	鉉11下-5
蚲	ping ˊ	ㄆㄧㄥˊ	虫部	【虫部】6畫		666	673	段13上-47	鍇25-11	鉉13上-7
蛄	jie ˊ	ㄐㄧㄝˊ	虫部	【虫部】6畫		665	671	段13上-44	鍇25-10	鉉13上-6
鮚(蛄)	jie ˊ	ㄐㄧㄝˊ	魚部	【魚部】6畫		581	586	段11下-28	鍇22-10	鉉11下-6
蝄(罔、魍，魍通叚)	wang ˇ	ㄨㄤˇ	虫部	【虫部】6畫		672	679	段13上-59	鍇25-14	鉉13上-8
蛩(蜷通叚)	qiong ˊ	ㄑㄩㄥˊ	虫部	【虫部】6畫		673	679	段13上-60	鍇25-14	鉉13上-8
蛫	gui ˇ	ㄍㄨㄟˇ	虫部	【虫部】6畫		672	678	段13上-58	鍇25-14	鉉13上-8
蛭	zhi ˋ	ㄓˋ	虫部	【虫部】6畫		665	671	段13上-44	鍇25-10	鉉13上-6
𣎵(阜、厱，量、量通叚)	fu ˋ	ㄈㄨˋ	𣎵部	【阜部】6畫		731	738	段14下-1	鍇28-1	鉉14下-1
蜌(蝁、鰐、鼉)	e ˋ	ㄜˋ	虫部	【虫部】6畫		672	679	段13上-59	鍇25-14	鉉13上-8
蚵(蝎、蓋通叚)	he	ㄏㄜ	虫部	【虫部】6畫		669	676	段13上-53	鍇25-13	鉉13上-7
盒(蛤)	ge ˊ	ㄍㄜˊ	虫部	【虫部】6畫		670	677	段13上-55	鍇25-13	鉉13上-7
蜩(蚼)	tiao ˊ	ㄊㄧㄠˊ	虫部	【虫部】6畫		668	674	段13上-50	鍇25-12	鉉13上-7
蠁(蚼)	xiang ˇ	ㄒㄧㄤˇ	虫部	【虫部】6畫		664	670	段13上-42	鍇25-10	鉉13上-6
蚰(昆，蜫通叚)	kun	ㄎㄨㄣ	蚰部	【虫部】6畫		674	681	段13下-1	鍇25-15	鉉13下-1
黽(蛙、鼃)	wa	ㄨㄚ	黽部	【黽部】6畫		679	685	段13下-10	鍇25-17	鉉13下-3
鼄(蛛、蝃鼅述及)	zhu	ㄓㄨ	黽部	【黽部】6畫		680	686	段13下-12	鍇25-18	鉉13下-3
蟲(蝥、蟊、蛑，蝥通叚)	mao ˊ	ㄇㄠˊ	蟲部	【虫部】6畫		676	682	段13下-4	鍇25-16	鉉13下-1
蛓(蛪)	ci ˋ	ㄘˋ	虫部	【虫部】7畫		665	671	段13上-44	鍇25-11	鉉13上-6
蛵	xing ˊ	ㄒㄧㄥˊ	虫部	【虫部】7畫		665	671	段13上-44	鍇25-10	鉉13上-6
蛚(lüè、lie ˋ)	jie ˋ	ㄐㄧㄝˋ	虫部	【虫部】7畫		669	675	段13上-52	鍇25-13	鉉13上-7
蛹	yong ˇ	ㄩㄥˇ	虫部	【虫部】7畫		664	670	段13上-42	鍇25-10	鉉13上-6
蛺	jia ˊ	ㄐㄧㄚˊ	虫部	【虫部】7畫		667	674	段13上-49	鍇25-12	鉉13上-7
蛻	tui ˋ	ㄊㄨㄟˋ	虫部	【虫部】7畫		669	676	段13上-53	鍇25-13	鉉13上-7
吳(芡，蜈通叚)	wu ˊ	ㄨˊ	矢部	【口部】7畫		494	498	段10下-8	鍇20-2	鉉10下-2
尨(龍、駹、蒙，牻mang ˊ述及)	long ˊ	ㄌㄨㄥˊ	犬部	【尢部】7畫		473	478	段10上-27	鍇19-8	鉉10上-5

篆本字（古文、金文、籀文、俗字，通叚、金石）	拼音	注音	說文部首	康熙部首	筆畫	一般頁碼	洪葉頁碼	段注篇章	徐鍇通釋篇章	徐鉉藤花榭篇章
駹(尨，蛖通叚)	mang´	ㄇㄤ´	馬部	【馬部】7畫		462	466	段10上-4	鍇19-2	鉉10上-1
蚌(蜯，蛖、鮮通叚)	bang`	ㄅㄤ`	虫部	【虫部】7畫		671	677	段13上-56	鍇25-13	鉉13上-8
諸(者，蜍、蠩通叚)	zhu	ㄓㄨ	言部	【言部】7畫		90	90	段3上-8	鍇5-5	鉉3上-3
余(予，蜍、鵨通叚)	yu´	ㄩ´	八部	【人部】7畫		49	50	段2上-3	鍇3-2	鉉2上-1
螘(蛾、蟻)	yi˘	ㄧ˘	虫部	【虫部】7畫		666	673	段13上-47	鍇25-11	鉉13上-6
蛾(螘、蟻)	e´	ㄜ´	虫部	【虫部】7畫		666	672	段13上-46	鍇25-11	鉉13上-6
俄(蛾，頩通叚)	e´	ㄜ´	人部	【人部】7畫		380	384	段8上-31	鍇15-11	鉉8上-4
蠭(螽、蜂、蠮、螽蠭述及)	feng	ㄈㄥ	蚰部	【虫部】7畫		675	681	段13下-2	鍇25-15	鉉13下-1
蜀(蠋，腸通叚)	shu˘	ㄕㄨ˘	虫部	【虫部】7畫		665	672	段13上-45	鍇25-11	鉉13上-6
蜃(蚌、蟁)	shen`	ㄕㄣ`	虫部	【虫部】7畫		670	677	段13上-55	鍇25-13	鉉13上-7
祳(蜃、脤)	shen`	ㄕㄣ`	示部	【示部】7畫		7	7	段1上-14	鍇1-7	鉉1上-2
蜆	xian˘	ㄒㄧㄢ˘	虫部	【虫部】7畫		667	673	段13上-48	鍇25-12	鉉13上-7
蜋(螂通叚)	lang´	ㄌㄤ´	虫部	【虫部】7畫		666	673	段13上-47	鍇25-11	鉉13上-7
蛸	xiao	ㄒㄧㄠ	虫部	【虫部】7畫		666	673	段13上-47	鍇25-11	鉉13上-7
芈(蟬通叚)	mi˘	ㄇㄧ˘	羊部	【羊部】7畫		145	147	段4上-33	鍇7-15	鉉4上-6
蠨(蛸、蠪)	xiao	ㄒㄧㄠ	虫部	【虫部】7畫		669	675	段13上-52	鍇25-12	鉉13上-7
蜎(肙)	yuan	ㄩㄢ	虫部	【虫部】7畫		671	678	段13上-57	鍇25-13	鉉13上-8
肙(蜎)	yuan	ㄩㄢ	肉部	【肉部】7畫		177	179	段4下-40	鍇8-14	鉉4下-6
蜓(蝏、蛉)	ting´	ㄊㄧㄥ´	虫部	【虫部】7畫		664	671	段13上-43	鍇25-10	鉉13上-6
蛉(蝏、蜓)	ling´	ㄌㄧㄥ´	虫部	【虫部】7畫		668	675	段13上-51	鍇25-12	鉉13上-7
蜑	dan`	ㄉㄢ`	虫部	【虫部】7畫		無	無	無	無	鉉13上-8
蟄(蛅、蜇)	zhe	ㄓㄜ	虫部	【虫部】7畫		669	676	段13上-53	鍇25-13	鉉13上-7
蠆(蠤、蠚、蜇)	chai`	ㄔㄞ`	虫部	【虫部】7畫		665	672	段13上-45	鍇25-11	鉉13上-6
蟲(蛋、蛷)	qiu´	ㄑㄧㄡ´	蚰部	【虫部】7畫		675	682	段13下-3	鍇25-15	鉉13下-1
棃(梨、櫟，蜊、蟍通叚)	li´	ㄌㄧ´	木部	【木部】7畫		238	241	段6上-1	鍇11-1	鉉6上-1
蠹从缶木(蜉，虾、蜉、蠹通叚)	fu´	ㄈㄨ´	蚰部	【虫部】7畫		676	682	段13下-4	鍇25-15	鉉13下-1

篆本字(古文、金文、籀文、俗字，通叚、金石)	拼音	注音	說文部首	康熙部首	筆畫	一般頁碼	洪葉頁碼	段注篇章	徐鍇通釋篇章	徐鉉藤花榭篇章
浮(㴐、孵通叚)	fu´	ㄈㄨ´	水部	【水部】7畫		549	554	段11上貳-7	錯21-15	鉉11上-5
卽(即，唧通叚)	ji´	ㄐㄧ´	皀部	【卩部】7畫		216	219	段5下-3	錯10-2	鉉5下-1
陛(堟、阰通叚)	bi`	ㄅㄧ`	皀部	【阜部】7畫		736	743	段14下-11	錯28-4	鉉14下-2
蠯(蚌、蜌，蠪、魶通叚)	pi´	ㄆㄧ´	虫部	【虫部】8畫		671	677	段13上-56	錯25-13	鉉13上-7
蚰(蟩)	qu	ㄑㄩ	虫部	【虫部】8畫		665	671	段13上-44	錯25-10	鉉13上-6
虹(蚌、蝪，螮通叚)	hong´	ㄏㄨㄥ´	虫部	【虫部】8畫		673	680	段13上-61	錯25-14	鉉13上-8
蜛	ju´	ㄐㄩ´	虫部	【虫部】8畫		671	678	段13上-57	錯25-14	鉉13上-8
螽(蚣)	zhong	ㄓㄨㄥ	虫部	【虫部】8畫		668	674	段13上-50	錯25-12	鉉13上-7
范(蠠通叚)	fan`	ㄈㄢ`	艸部	【艸部】8畫		46	46	段1下-50	錯2-23	鉉1下-8
蟲(昆，蜫通叚)	kun	ㄎㄨㄣ	蚰部	【虫部】8畫		674	681	段13下-1	錯25-15	鉉13下-1
宛(惌，惋、蜿、蜿、踠、鵷通叚)	wan˅	ㄨㄢ˅	宀部	【宀部】8畫		341	344	段7下-12	錯14-6	鉉7下-2
夗(蜿、蜿通叚)	yuan`	ㄩㄢ`	夕部	【夕部】8畫		315	318	段7上-27	錯13-11	鉉7上-5
朿(刺、棘棟yi´逑及，庛、型、蓬通叚)	ci`	ㄘ`	朿部	【木部】8畫		318	321	段7上-33	錯13-14	鉉7上-6
蜡(蛆、胆、褙，蟲通叚)	la`	ㄌㄚ`	虫部	【虫部】8畫		669	675	段13上-52	錯25-13	鉉13上-7
胆(蜡、蛆)	qu	ㄑㄩ	肉部	【肉部】8畫		177	179	段4下-40	錯8-14	鉉4下-6
臘(蜡，臅通叚)	la`	ㄌㄚ`	肉部	【肉部】8畫		172	174	段4下-29	錯8-11	鉉4下-5
延非延zheng(莚蔓man`延字多作莚，綖、蜒、蜑通叚)	yan´	ㄧㄢ´	延部	【廴部】8畫		77	78	段2下-17	錯4-10	鉉2下-4
蚌(蜯，蛢、鮮通叚)	bang`	ㄅㄤ`	虫部	【虫部】8畫		671	677	段13上-56	錯25-13	鉉13上-8
版(板、反，蝂、鈑通叚)	ban˅	ㄅㄢ˅	片部	【片部】8畫		318	321	段7上-33	錯13-14	鉉7上-6
陶(匋，鞠、蜪通叚)	tao´	ㄊㄠ´	皀部	【阜部】8畫		735	742	段14下-10	錯28-4	鉉14下-2

篆本字(古文、金文、籀文、俗字，通段、金石)	拼音	注音	說文部首	康熙部首	筆畫	一般頁碼	洪葉頁碼	段注篇章	徐鍇通釋篇章	徐鉉藤花榭篇章
蚼(蜪、齣、齣)	gou˘	ㄍㄡˇ	虫部	【虫部】	8畫	673	679	段13上-60	鍇25-14	鉉13上-8
秀(秀，蟒通段)	xiu`	ㄒㄧㄡˋ	禾部	【禾部】	8畫	320	323	段7上-38	鍇13-16	鉉7上-7
委(蜲通段)	wei˘	ㄨㄟˇ	女部	【女部】	8畫	619	625	段12下-15	鍇24-5	鉉12下-2
蜢	meng˘	ㄇㄥˇ	虫部	【虫部】	8畫	無	無	無	無	鉉13上-8
螟(蜢通段)	ming´	ㄇㄧㄥˊ	虫部	【虫部】	8畫	664	671	段13上-43	鍇25-10	鉉13上-6
囷(蜠通段)	qun	ㄑㄩㄣ	口部	【囗部】	8畫	277	280	段6下-11	鍇12-8	鉉6下-3
蜥(蝎)	xi	ㄒㄧ	虫部	【虫部】	8畫	664	671	段13上-43	鍇25-10	鉉13上-6
易(蜴、塲通段非塲chang˘)	yi`	ㄧˋ	易部	【日部】	8畫	459	463	段9下-44	鍇18-15	鉉9下-7
蜦(蜧li`)	lun´	ㄌㄨㄣˊ	虫部	【虫部】	8畫	670	676	段13上-54	鍇25-13	鉉13上-7
蝶(蝶)	die´	ㄉㄧㄝˊ	虫部	【虫部】	8畫	667	674	段13上-49	鍇25-12	鉉13上-7
蜩(蚗)	tiao´	ㄊㄧㄠˊ	虫部	【虫部】	8畫	668	674	段13上-50	鍇25-12	鉉13上-7
蛤	han`	ㄏㄢˋ	虫部	【虫部】	8畫	665	671	段13上-44	鍇25-10	鉉13上-6
蜮(蟈，魊通段)	yu`	ㄩˋ	虫部	【虫部】	8畫	672	678	段13上-58	鍇25-14	鉉13上-8
蜚	fei`	ㄈㄟˋ	虫部	【虫部】	8畫	667	673	段13上-48	鍇25-12	鉉13上-7
蜹(蚋通段)	rui`	ㄖㄨㄟˋ	虫部	【虫部】	8畫	669	675	段13上-52	鍇25-12	鉉13上-7
蜺	ni´	ㄋㄧˊ	虫部	【虫部】	8畫	668	674	段13上-50	鍇25-12	鉉13上-7
蜻(蟒顈jing`述及)	qing	ㄑㄧㄥ	虫部	【虫部】	8畫	668	675	段13上-51	鍇25-12	鉉13上-7
顈(蟒、蜻)	jing`	ㄐㄧㄥˋ	頁部	【頁部】	8畫	420	425	段9上-11	鍇17-3	鉉9上-2
蜼(狖、貁)	wei`	ㄨㄟˋ	虫部	【虫部】	8畫	673	679	段13上-60	鍇25-14	鉉13上-8
貁(蜼、狖)	you`	ㄧㄡˋ	豸部	【豸部】	8畫	458	463	段9下-43	鍇18-15	鉉9下-7
𨸏(阜、厈，皀、㿝通段)	fu`	ㄈㄨˋ	𨸏部	【阜部】	8畫	731	738	段14下-1	鍇28-1	鉉14下-1
螾(蚓，蚒、蝘、蚰通段)	yin˘	ㄧㄣˇ	虫部	【虫部】	8畫	663	670	段13上-41	鍇25-10	鉉13上-6
蜽(魎蛧wang˘述及)	liang˘	ㄌㄧㄤˇ	虫部	【虫部】	8畫	672	679	段13上-59	鍇25-14	鉉13上-8
毒(箮，玳、瑇、蕫、纛通段)	du´	ㄉㄨˊ	屮部	【毋部】	8畫	22	22	段1下-2	鍇2-1	鉉1下-1
蝀	dong	ㄉㄨㄥ	虫部	【虫部】	8畫	673	680	段13上-61	鍇25-14	鉉13上-8
蝁	e`	ㄜˋ	虫部	【虫部】	8畫	669	676	段13上-53	鍇25-13	鉉13上-7

篆本字(古文、金文、籀文、俗字,通叚、金石)	拼音	注音	說文部首	康熙部首	筆畫	一般頁碼	洪葉頁碼	段注篇章	徐鍇通釋篇章	徐鉉藤花榭篇章
蜐(蛚)	jue´	ㄐㄩㄝˊ	虫部	【虫部】8畫		667	673	段13上-48	錯25-12	鉉13上-7
蠕(蝃)	di`	ㄉㄧˋ	虫部	【虫部】8畫		673	680	段13上-61	錯25-14	鉉13上-8
鼀(蛛、蝃鼀述及)	zhu	ㄓㄨ	黽部	【黽部】8畫		680	686	段13下-12	錯25-18	鉉13下-3
蠣(蜾)	guo˘	ㄍㄨㄛˇ	虫部	【虫部】8畫		667	673	段13上-48	錯25-12	鉉13上-7
蟲(螷,螵通叚)	pi´	ㄆㄧˊ	蚰部	【虫部】8畫		675	681	段13下-2	錯25-15	鉉13下-1
蠠從鼎(蜜,蠠、蠠通叚)	mi´	ㄇㄧˊ	蚰部	【虫部】8畫		675	681	段13下-2	錯25-15	鉉13下-1
恤(偭、勔、蠠、蠠、蜜、密、黽)	mian˘	ㄇㄧㄢˇ	心部	【心部】8畫		506	511	段10下-33	錯20-12	鉉10下-6
鼏(密、蜜)	mi`	ㄇㄧˋ	鼎部	【鼎部】8畫		319	322	段7上-36	錯13-15	鉉7上-7
蠆(蠚、蠆、蜇)	chai`	ㄔㄞˋ	虫部	【虫部】8畫		665	672	段13上-45	錯25-11	鉉13上-6
厲(厲、厤、癘、蠤、蠆、勵、礪、濿、烈、例,唳通叚)	li`	ㄌㄧˋ	厂部	【厂部】8畫		446	451	段9下-19	錯18-7	鉉9下-3
蟲(蜚、飛)	fei˘	ㄈㄟˇ	蟲部	【虫部】8畫		676	683	段13下-5	錯25-16	鉉13下-1
飛(蜚,霏通叚)	fei	ㄈㄟ	飛部	【飛部】8畫		582	588	段11下-31	錯22-12	鉉11下-6
觠(蜷、踡通叚)	quan´	ㄑㄩㄢˊ	角部	【角部】8畫		185	187	段4下-55	錯8-19	鉉4下-8
蝎(蠚、蓋通叚)	he	ㄏㄜ	虫部	【虫部】8畫		669	676	段13上-53	錯25-13	鉉13上-7
厲(厲、厤、癘、蠤、蠆、勵、礪、濿、烈、例,唳通叚)	li`	ㄌㄧˋ	厂部	【厂部】8畫		446	451	段9下-19	錯18-7	鉉9下-3
鼅從知于(鼅、蟹,蜘通叚)	zhi	ㄓ	黽部	【黽部】8畫		679	686	段13下-11	錯25-18	鉉13下-3
斯(撕、蜇、蟴、嘶、廝、鐁通叚)	si	ㄙ	斤部	【斤部】8畫		717	724	段14上-31	錯27-10	鉉14上-5

篆本字(古文、金文、籀文、俗字,通叚、金石)	拼音	注音	說文部首	康熙部首	筆畫	一般頁碼	洪葉頁碼	段注篇章	徐鍇通釋篇章	徐鉉藤花榭篇章
負(傊,蟵、蜔通叚)	fu`	ㄈㄨˋ	貝部	【貝部】	9畫	281	283	段6下-18	錯12-11	鉉6下-5
游(遶、遊、斿、旒、斿㘡e ˊ述及,蝣、統通叚)	youˊ	ㄧㄡˊ	㫃部	【水部】	9畫	311	314	段7上-19	錯13-7	鉉7上-3
蝍	shi	ㄕ	虫部	【虫部】	9畫	667	673	段13上-48	錯25-11	鉉13上-7
蝎	heˊ	ㄏㄜˊ	虫部	【虫部】	9畫	665	672	段13上-45	錯25-12	鉉13上-6
蝑	xu	ㄒㄩ	虫部	【虫部】	9畫	668	674	段13上-50	錯25-12	鉉13上-7
蝒(蟁通叚)	mianˊ	ㄇㄧㄢˊ	虫部	【虫部】	9畫	666	673	段13上-47	錯25-11	鉉13上-7
蜨(蝶)	dieˊ	ㄉㄧㄝˊ	虫部	【虫部】	9畫	667	674	段13上-49	錯25-12	鉉13上-7
蠹从缶木(蜉,虾、蝥、蠹通叚)	fuˊ	ㄈㄨˊ	蚰部	【虫部】	9畫	676	682	段13下-4	錯25-15	鉉13下-1
泉(錢貝述及,湶、洤、㵘通叚)	quanˊ	ㄑㄩㄢˊ	泉部	【水部】	9畫	569	575	段11下-5	錯22-2	鉉11下-2
蝓	yuˊ	ㄩˊ	虫部	【虫部】	9畫	671	677	段13上-56	錯25-13	鉉13上-8
蝗	huangˊ	ㄏㄨㄤˊ	虫部	【虫部】	9畫	668	674	段13上-50	錯25-12	鉉13上-7
蟅(蝗,蚱、蚅、蠜通叚)	zhe`	ㄓㄜˋ	虫部	【虫部】	9畫	668	674	段13上-50	錯25-12	鉉13上-7
蝘(蟴从匽)	yanˇ	ㄧㄢˇ	虫部	【虫部】	9畫	664	671	段13上-43	錯25-10	鉉13上-6
蜼(蝁、鰐、鱷)	e`	ㄜˋ	虫部	【虫部】	9畫	672	679	段13上-59	錯25-14	鉉13上-8
延非延zheng(莚蔓man`延字多作莚,綖、蜒、蜑通叚)	yanˊ	ㄧㄢˊ	延部	【廴部】	9畫	77	78	段2下-17	錯4-10	鉉2下-4
蝙	bian	ㄅㄧㄢ	虫部	【虫部】	9畫	673	680	段13上-61	錯25-14	鉉13上-8
溲(溲,潲、蓃、醙通叚)	sou	ㄙㄡ	水部	【水部】	9畫	561	566	段11上貳-32	錯21-23	鉉11上-8
蠭(蠡、蜂、蠭、盋鎈述及)	feng	ㄈㄥ	蚰部	【虫部】	9畫	675	681	段13下-2	錯25-15	鉉13下-1
蝚	rouˊ	ㄖㄡˊ	虫部	【虫部】	9畫	665	671	段13上-44	錯25-10	鉉13上-6

篆本字(古文、金文、籀文、俗字，通叚、金石)	拼音	注音	說文部首	康熙部首	筆畫	一般頁碼	洪葉頁碼	段注篇章	徐鍇通釋篇章	徐鉉藤花榭篇章
蝝	yuanˊ	ㄩㄢˊ	虫部	【虫部】	9畫	666	672	段13上-46	鍇25-11	鉉13上-6
蝠	fuˊ	ㄈㄨˊ	虫部	【虫部】	9畫	673	680	段13上-61	鍇25-14	鉉13上-8
蝡(蠕通叚)	ruˊ	ㄖㄨˊ	虫部	【虫部】	9畫	669	676	段13上-53	鍇25-13	鉉13上-7
蝤	qiuˊ	ㄑㄧㄡˊ	虫部	【虫部】	9畫	665	672	段13上-45	鍇25-11	鉉13上-6
蜓(蝏、蛉)	tingˊ	ㄊㄧㄥˊ	虫部	【虫部】	9畫	664	671	段13上-43	鍇25-10	鉉13上-6
蛉(蝏、蜓)	lingˊ	ㄌㄧㄥˊ	虫部	【虫部】	9畫	668	675	段13上-51	鍇25-12	鉉13上-7
惴(⿰虫耑通叚)	zhuiˋ	ㄓㄨㄟˋ	心部	【心部】	9畫	513	517	段10下-46	鍇20-17	鉉10下-8
科(蝌通叚)	ke	ㄎㄜ	禾部	【禾部】	9畫	327	330	段7上-52	鍇13-22	鉉7上-9
蝥(⿱艹蝥通叚)	maoˊ	ㄇㄠˊ	虫部	【虫部】	9畫	667	674	段13上-49	鍇25-12	鉉13上-7
⿱矛䖵(蝥、蟊、蛑，⿱艹蝥通叚)	maoˊ	ㄇㄠˊ	蟲部	【虫部】	9畫	676	682	段13下-4	鍇25-16	鉉13下-1
蝦(霞，赮通叚)	xia	ㄒㄧㄚ	虫部	【虫部】	9畫	671	678	段13上-57	鍇25-14	鉉13上-8
鰕(赮、蝦)	xia	ㄒㄧㄚ	魚部	【魚部】	9畫	580	586	段11下-27	鍇22-10	鉉11下-6
疥(蚧，⿰虫界通叚)	jieˋ	ㄐㄧㄝˋ	疒部	【疒部】	9畫	350	353	段7下-30	鍇14-13	鉉7下-6
蚦(蚺，蝻通叚)	ranˊ	ㄖㄢˊ	虫部	【虫部】	9畫	663	670	段13上-41	鍇25-10	鉉13上-6
禹(⿱亼禸，蝺通叚)	yuˇ	ㄩˇ	内部	【内部】	9畫	739	746	段14下-18	鍇28-7	鉉14下-4
蝮(復)	fuˋ	ㄈㄨˋ	虫部	【虫部】	9畫	663	670	段13上-41	鍇25-10	鉉13上-6
蝯(猿、猨)	yuanˊ	ㄩㄢˊ	虫部	【虫部】	9畫	673	679	段13上-60	鍇25-14	鉉13上-8
蝸(wo)	gua	ㄍㄨㄚ	虫部	【虫部】	9畫	671	677	段13上-56	鍇25-13	鉉13上-8
⿱率虫(蟀蟋蟀皆俗字，通叚蟋作悉xi)	shuaiˋ	ㄕㄨㄞˋ	虫部	【虫部】	9畫	666	673	段13上-47	鍇25-11	鉉13上-6
⿰虫卻(⿰虫尭)	jueˊ	ㄐㄩㄝˊ	虫部	【虫部】	9畫	667	673	段13上-48	鍇25-12	鉉13上-7
蝑	shengˇ	ㄕㄥˇ	虫部	【虫部】	9畫	669	675	段13上-52	鍇25-12	鉉13上-7
⿰虫幽(蚴)	you	ㄧㄡ	虫部	【虫部】	9畫	671	678	段13上-57	鍇25-13	鉉13上-8
螽(⿱冬虫、⿰虫眾，蝩通叚)	zhong	ㄓㄨㄥ	蚰部	【虫部】	9畫	674	681	段13下-1	鍇25-15	鉉13下-1
蠆(⿱萬䖵、⿱萬虫、蜇)	chaiˋ	ㄔㄞˋ	虫部	【虫部】	9畫	665	672	段13上-45	鍇25-11	鉉13上-6
彙(蝟、蝟、猬、彚)	huiˋ	ㄏㄨㄟˋ	希部	【彑部】	9畫	456	461	段9下-39	鍇18-13	鉉9下-6
蝨(虱通叚)	shi	ㄕ	蚰部	【虫部】	9畫	674	681	段13下-1	鍇25-15	鉉13下-1
蝱(虻)	mengˊ	ㄇㄥˊ	蚰部	【虫部】	9畫	675	682	段13下-3	鍇25-15	鉉13下-1
莔(蝱)	mengˊ	ㄇㄥˊ	艸部	【艸部】	9畫	35	36	段1下-29	鍇2-14	鉉1下-5
螊(⿰虫咸，蠊通叚)	lianˊ	ㄌㄧㄢˊ	虫部	【虫部】	10畫	670	677	段13上-55	鍇25-13	鉉13上-7

篆本字（古文、金文、籀文、俗字，通叚、金石）	拼音	注音	說文部首	康熙部首	筆畫	一般頁碼	洪葉頁碼	段注篇章	徐鍇通釋篇章	徐鉉藤花榭篇章
臭(嗅、螑通叚)	chou ˋ	ㄔㄡˋ	犬部	【自部】	10畫	476	480	段10上-32	錯19-11	鉉10上-5
蚖(螈)	yuan ˊ	ㄩㄢˊ	虫部	【虫部】	10畫	664	671	段13上-43	錯25-10	鉉13上-6
蜋(螂通叚)	lang ˊ	ㄌㄤˊ	虫部	【虫部】	10畫	666	673	段13上-47	錯25-11	鉉13上-7
蜻(蝫頴jing ˋ述及)	qing	ㄑㄧㄥ	虫部	【虫部】	10畫	668	675	段13上-51	錯25-12	鉉13上-7
頴(蝫、蜻)	jing ˋ	ㄐㄧㄥˋ	頁部	【頁部】	10畫	420	425	段9上-11	錯17-3	鉉9上-2
鶾(翰通叚)	han ˋ	ㄏㄢˋ	鳥部	【鳥部】	10畫	156	158	段4上-55	錯7-23	鉉4上-9
務(蓩通叚)	wu ˋ	ㄨˋ	力部	【力部】	10畫	699	706	段13下-51	錯26-11	鉉13下-7
蔞(蟉通叚)	lou ˊ	ㄌㄡˊ	虫部	【虫部】	10畫	666	672	段13上-46	錯25-11	鉉13上-6
蟅(蝗，蚱、蚝、蟧通叚)	zhe ˋ	ㄓㄜˋ	虫部	【虫部】	10畫	668	674	段13上-50	錯25-12	鉉13上-7
熒(榮，螢通叚)	ying ˊ	ㄧㄥˊ	焱部	【火部】	10畫	490	495	段10下-1	錯19-20	鉉10下-1
蠲(圭，螢通叚)	juan	ㄐㄩㄢ	虫部	【虫部】	10畫	665	672	段13上-45	錯25-11	鉉13上-6
蠿从䖵(蟹通叚)	xia ˊ	ㄒㄧㄚˊ	蚰部	【虫部】	10畫	675	681	段13下-2	錯25-15	鉉13下-1
螇	xi	ㄒㄧ	虫部	【虫部】	10畫	668	675	段13上-51	錯25-12	鉉13上-7
螉	weng	ㄨㄥ	虫部	【虫部】	10畫	664	670	段13上-42	錯25-10	鉉13上-6
螌	ban	ㄅㄢ	虫部	【虫部】	10畫	667	674	段13上-49	錯25-12	鉉13上-7
螕	bi	ㄅㄧ	虫部	【虫部】	10畫	666	672	段13上-46	錯25-11	鉉13上-6
螘(蛾、蟻)	yi ˇ	ㄧˇ	虫部	【虫部】	10畫	666	673	段13上-47	錯25-11	鉉13上-6
蛾(螘、蟻)	e ˊ	ㄜˊ	虫部	【虫部】	10畫	666	672	段13上-46	錯25-11	鉉13上-6
螝(虺)	gui ˋ	ㄍㄨㄟˋ	虫部	【虫部】	10畫	664	670	段13上-42	錯25-10	鉉13上-6
螟(蟲通叚)	ming ˊ	ㄇㄧㄥˊ	虫部	【虫部】	10畫	664	671	段13上-43	錯25-10	鉉13上-6
敖放部(敖，螯、遨、鰲通叚)	ao ˊ	ㄠˊ	放部	【攴部】	10畫	160	162	段4下-5	錯8-3	鉉4下-2
敖出部(敖，螯、遨、鰲通叚)	ao ˊ	ㄠˊ	出部	【攴部】	10畫	273	275	段6下-2	錯12-2	鉉6下-1
轄(鎋、螛，鍇通叚)	xia ˊ	ㄒㄧㄚˊ	車部	【車部】	10畫	727	734	段14上-52	錯27-14	鉉14上-7
虒(傂、螔通叚、㑛金石)	si	ㄙ	虎部	【虍部】	10畫	211	213	段5上-45	錯9-18	鉉5上-8
蚰从玨(蠿，蠆通叚)	zhan ˇ	ㄓㄢˇ	蚰部	【虫部】	10畫	674	681	段13下-1	錯25-15	鉉13下-1

篆本字(古文、金文、籀文、俗字，通叚、金石)	拼音	注音	說文部首	康熙部首	筆畫	一般頁碼	洪葉頁碼	段注篇章	徐鍇通釋篇章	徐鉉藤花榭篇章
螣(蟘，蠵、蚚通叚)	teng´	ㄊㄥˊ	虫部	【虫部】10畫	663	670	段13上-41	鍇25-10	鉉13上-6
蟷(螳、蠰)	dang	ㄉㄤ	虫部	【虫部】10畫	666	673	段13上-47	鍇25-11	鉉13上-7
唐(喝、塘，磄、螗、隒、鶶通叚)	tang´	ㄊㄤˊ	口部	【口部】10畫	58	59	段2上-21	鍇3-9	鉉2上-4
蟲(蝶通叚)	qu´	ㄑㄩˊ	蚰部	【虫部】10畫	675	682	段13下-3	鍇25-15	鉉13下-1
蟮	shan`	ㄕㄢˋ	虫部	【虫部】10畫	669	676	段13上-53	鍇25-13	鉉13上-7
蝷(略)	lüè	ㄌㄩㄝˋ	虫部	【虫部】10畫	669	675	段13上-52	鍇25-12	鉉13上-7
蟘(蟘、螣，蚉、蚚、蝥通叚)	te`	ㄊㄜˋ	虫部	【虫部】10畫	664	671	段13上-43	鍇25-10	鉉13上-6
螣(蟘，蠵、蚚通叚)	teng´	ㄊㄥˊ	虫部	【虫部】10畫	663	670	段13上-41	鍇25-10	鉉13上-6
烏(繿、終、於，嗚、塢、鷓通叚)	wu	ㄨ	烏部	【火部】10畫	157	158	段4上-56	鍇7-23	鉉4上-10
莽(漭、瞒、蟒通叚)	mang	ㄇㄤˇ	茻部	【艸部】10畫	48	48	段1下-54	無	鉉1下-10
融(蟲、彤，炯、蝸通叚)	rong´	ㄖㄨㄥˊ	鬲部	【虫部】10畫	111	112	段3下-10	鍇6-6	鉉3下-2
蚤(蚤、早)	zao˘	ㄗㄠˇ	蚰部	【虫部】10畫	674	681	段13下-1	鍇25-15	鉉13下-1
蠹(蝥，蠹通叚)	du`	ㄉㄨˋ	蚰部	【虫部】10畫	675	682	段13下-3	鍇25-15	鉉13下-1
蚳(蝵、螀)	chi´	ㄔˊ	虫部	【虫部】11畫	666	673	段13上-47	鍇25-11	鉉13上-6
鱉(鼇从敝，蕨述及，蟞、鷩通叚)	bie	ㄅㄧㄝ	黽部	【黽部】11畫	679	686	段13下-11	鍇25-17	鉉13下-3
蠃从虫(蠡蝸述及，倮、螺、蠃从鳥通叚)	luo˘	ㄌㄨㄛˇ	虫部	【虫部】11畫	667	674	段13上-49	鍇25-12	鉉13上-7
蠡(蟸、蠃、蘺、劙、纚)	li˘	ㄌㄧˇ	蚰部	【虫部】11畫	675	682	段13下-3	鍇25-15	鉉13下-1
鰿(鯽、鱭，蹟通叚)	ji`	ㄐㄧˋ	魚部	【魚部】11畫	577	583	段11下-21	鍇22-8	鉉11下-5
蠹(蟲，蜱通叚)	pi´	ㄆㄧˊ	蚰部	【虫部】11畫	675	681	段13下-2	鍇25-15	鉉13下-1

篆本字(古文、金文、籀文、俗字，通段、金石)	拼音	注音	說文部首	康熙部首	筆畫	一般頁碼	洪葉頁碼	段注篇章	徐鍇通釋篇章	徐鉉藤花樹篇章
賾(賣、債，蟥、鰿通段)	ze´	ㄗㄜˊ	貝部	【貝部】	11畫	281	284	段6下-19	錯12-12	鉉6下-5
鹿(麃、摭、麚、蟷、轆、轐通段)	lu`	ㄌㄨˋ	鹿部	【鹿部】	11畫	470	474	段10上-20	錯19-6	鉉10上-3
蜮(蟈，魊通段)	yu`	ㄩˋ	虫部	【虫部】	11畫	672	678	段13上-58	錯25-14	鉉13上-8
螳	tang´	ㄊㄤˊ	虫部	【虫部】	11畫	無	無	無	無	鉉13上-8
堂(坣、臺，螳通段)	tang´	ㄊㄤˊ	土部	【土部】	11畫	685	692	段13下-23	錯26-3	鉉13下-4
蝬	zong	ㄗㄨㄥ	虫部	【虫部】	11畫	664	670	段13上-42	錯25-10	鉉13上-6
螫(蠚、蜇)	zhe	ㄓㄜ	虫部	【虫部】	11畫	669	676	段13上-53	錯25-13	鉉13上-7
蟀(蟀蟋蟀皆俗字，通段蟋作悉xi)	shuai`	ㄕㄨㄞˋ	虫部	【虫部】	11畫	666	673	段13上-47	錯25-11	鉉13上-6
梟(嘵、嗥、蟂通段)	xiao	ㄒㄧㄠ	木部	【木部】	11畫	271	273	段6上-66	錯11-29	鉉6上-8
商(䎵、矞、䙾，蔏、螪、謪通段)	shang	ㄕㄤ	㕯部	【口部】	11畫	88	88	段3上-4	錯5-3	鉉3上-2
螭(魑，貙、彲通段)	chi	ㄔ	虫部	【虫部】	11畫	670	676	段13上-54	錯25-13	鉉13上-7
獌(蟃、獂，貓通段)	man`	ㄇㄢˋ	犬部	【犬部】	11畫	477	482	段10上-35	錯19-11	鉉10上-6
啻(啇、翅痕qi´述及，螪通段)	chi`	ㄔˋ	口部	【口部】	11畫	58	59	段2上-21	錯3-9	鉉2上-4
縛(蟤通段)	zhuan`	ㄓㄨㄢˋ	糸部	【糸部】	11畫	648	655	段13上-11	錯25-3	鉉13上-2
鮫(交，蟂、鵁通段)	jiao	ㄐㄧㄠ	鳥部	【鳥部】	11畫	154	155	段4上-50	錯7-22	鉉4上-9
蝃(蝃)	di`	ㄉㄧˋ	虫部	【虫部】	11畫	673	680	段13上-61	錯25-14	鉉13上-8
螸	yu´	ㄩˊ	虫部	【虫部】	11畫	669	676	段13上-53	錯25-13	鉉13上-7
蝛	jian`	ㄐㄧㄢˋ	虫部	【虫部】	11畫	672	678	段13上-58	錯25-14	鉉13上-8
蝼(蟉通段)	lou´	ㄌㄡˊ	虫部	【虫部】	11畫	666	672	段13上-46	錯25-11	鉉13上-6
螼	qin`	ㄑㄧㄣˇ	虫部	【虫部】	11畫	663	670	段13上-41	錯25-10	鉉13上-6
蟅(蝗，蚱、蚝、蟒通段)	zhe`	ㄓㄜˋ	虫部	【虫部】	11畫	668	674	段13上-50	錯25-12	鉉13上-7

篆本字(古文、金文、籀文、俗字，通叚、金石)	拼音	注音	說文部首	康熙部首	筆畫	一般頁碼	洪葉頁碼	段注篇章	徐鍇通釋篇章	徐鉉藤花榭篇章
螾(蚓，蚿、蚚、螼、蚰通叚)	yǐn	一ㄣˇ	虫部	【虫部】	11畫	663	670	段13上-41	錯25-10	鉉13上-6
蟄(zhe´)	zhí	ㄓˊ	虫部	【虫部】	11畫	671	678	段13上-57	錯25-13	鉉13上-8
蟆(蟇蠅wa述及)	ma´	ㄇㄚˊ	虫部	【虫部】	11畫	672	678	段13上-58	錯25-14	鉉13上-8
蟉	liu´	ㄌㄧㄡˊ	虫部	【虫部】	11畫	671	678	段13上-57	錯25-13	鉉13上-8
蟋	xi	ㄒㄧ	虫部	【虫部】	11畫	無	無	無	無	鉉13上-8
悉(恖、蟋)	xi	ㄒㄧ	釆部	【心部】	11畫	50	50	段2上-4	錯3-2	鉉2上-1
蝕(蝕通叚)	shi´	ㄕˊ	虫部	【虫部】	11畫	670	676	段13上-54	錯25-13	鉉13上-7
蟲(螽、蝩，螷通叚)	zhong	ㄓㄨㄥ	蚰部	【虫部】	11畫	674	681	段13下-1	錯25-15	鉉13下-1
蠭(螽、蜂、蠭、蠭蟹述及)	feng	ㄈㄥ	蚰部	【虫部】	11畫	675	681	段13下-2	錯25-15	鉉13下-1
略(掠、螺、蠡通叚)	lüè	ㄌㄩㄝˋ	田部	【田部】	11畫	697	703	段13下-46	錯26-9	鉉13下-6
過(楇、輠、鍋，渦、蝸、薖通叚)	guò	ㄍㄨㄛˋ	辵(辶)部	【辵部】	11畫	71	71	段2下-4	錯4-2	鉉2下-1
蠢(蝶通叚)	qu´	ㄑㄩˊ	蚰部	【虫部】	11畫	675	682	段13下-3	錯25-15	鉉13下-1
蟲(蟹通叚)	wei`	ㄨㄟˋ	蚰部	【虫部】	11畫	676	682	段13下-4	無	鉉13下-1
蟲(蝱、蟁、蚊，鴖通叚)	wen´	ㄨㄣˊ	蚰部	【虫部】	11畫	675	682	段13下-3	錯25-15	鉉13下-1
蟊	mao´	ㄇㄠˊ	蚰部	【虫部】	11畫	675	681	段13下-2	錯25-15	鉉13下-1
蟊(蝥、蟊、蜂，蝥通叚)	mao´	ㄇㄠˊ	蟲部	【虫部】	11畫	676	682	段13下-4	錯25-16	鉉13下-1
鼅从知于(鼅、蟹，蜘通叚)	zhi	ㄓ	黽部	【黽部】	11畫	679	686	段13下-11	錯25-18	鉉13下-3
蠹(蟲，蠐通叚)	cao´	ㄘㄠˊ	蚰部	【虫部】	11畫	675	681	段13下-2	錯25-15	鉉13下-1
蠯(蚍、蚍，蠯、魾通叚)	pi´	ㄆㄧˊ	虫部	【虫部】	12畫	671	677	段13上-56	錯25-13	鉉13上-7
粦(粦、燐，蟒通叚)	lin´	ㄌㄧㄣˊ	炎部	【米部】	12畫	487	492	段10上-55	錯19-18	鉉10上-9

篆本字（古文、金文、籀文、俗字，通叚、金石）	拼音	注音	說文部首	康熙部首	筆畫	一般頁碼	洪葉頁碼	段注篇章	徐鍇通釋篇章	徐鉉藤花榭篇章
斯(撕、蜤、蟴、嘶、廝、鐁通叚)	si	ㄙ	斤部	【斤部】	12畫	717	724	段14上-31	鍇27-10	鉉14上-5
蟜	jiaoˇ	ㄐㄧㄠ	虫部	【虫部】	12畫	665	671	段13上-44	鍇25-11	鉉13上-6
蟠(般)	panˊ	ㄆㄢˊ	虫部	【虫部】	12畫	667	674	段13上-49	鍇25-12	鉉13上-7
鼺(蟠)	fanˊ	ㄈㄢˊ	鼠部	【鼠部】	12畫	478	483	段10上-37	鍇19-12	鉉10上-6
蟣(幾)	jiˇ	ㄐㄧ	虫部	【虫部】	12畫	665	671	段13上-44	鍇25-10	鉉13上-6
蝗	huangˊ	ㄏㄨㄤˊ	虫部	【虫部】	12畫	667	673	段13上-48	鍇25-11	鉉13上-7
蠽	jueˊ	ㄐㄩㄝˊ	虫部	【虫部】	12畫	673	679	段13上-60	鍇25-14	鉉13上-8
逶(蟡、過通叚)	wei	ㄨㄟ	辵(辶)部	【辵部】	12畫	73	73	段2下-8	鍇4-4	鉉2下-2
蟫	yinˊ	ㄧㄣˊ	虫部	【虫部】	12畫	665	671	段13上-44	鍇25-10	鉉13上-6
孓(蟩)	jueˊ	ㄐㄩㄝˊ	了部	【子部】	12畫	744	751	段14下-27	鍇28-13	鉉14下-6
盪(蕩，濄、盪通叚)	dangˋ	ㄉㄤˋ	皿部	【皿部】	12畫	213	215	段5上-49	鍇9-20	鉉5上-9
螣(蟘，蟺、蚮通叚)	tengˊ	ㄊㄥˊ	虫部	【虫部】	12畫	663	670	段13上-41	鍇25-10	鉉13上-6
蟘(蟦、螣，蚅、蚮、蛥通叚)	teˋ	ㄊㄜˋ	虫部	【虫部】	12畫	664	671	段13上-43	鍇25-10	鉉13上-6
織(識，幟、繶、蟙通叚)	zhi	ㄓ	糸部	【糸部】	12畫	644	651	段13上-3	鍇25-1	鉉13上-1
蟪	huiˋ	ㄏㄨㄟˋ	虫部	【虫部】	12畫	無	無	無	無	鉉13上-8
惠(鏏从屮叀心、蕙，憓、蟪、譓、轀通叚)	huiˋ	ㄏㄨㄟˋ	叀部	【心部】	12畫	159	161	段4下-3	鍇8-2	鉉4下-1
尞(燎、寮，蹽、嫽通叚)	liaoˊ	ㄌㄧㄠˊ	火部	【火部】	12畫	480	485	段10上-41	鍇19-14	鉉10上-7
爝(隻、焦=爵 糕zhuo述及、嶕嶢yaoˊ述及，僬、膲、蟭通叚)	jiao	ㄐㄧㄠ	火部	【火部】	12畫	484	489	段10上-49	鍇19-16	鉉10上-8
觜(嘴廣雅作柴zuiˇ，蠵通叚)	zuiˇ	ㄗㄨㄟˇ	角部	【角部】	12畫	186	188	段4下-58	鍇8-20	鉉4下-9
蟬(嬋通叚)	chanˊ	ㄔㄢˊ	虫部	【虫部】	12畫	668	674	段13上-50	鍇25-12	鉉13上-7

篆本字（古文、金文、籀文、俗字，通叚、金石）	拼音	注音	說文部首	康熙部首	筆畫	一般頁碼	洪葉頁碼	段注篇章	徐鍇通釋篇章	徐鉉藤花榭篇章
蟺(蟮通叚)	shan、	ㄕㄢˋ	虫部	【虫部】	12畫	671	678	段13上-57	錯25-13	鉉13上-8
羀(黑，螺通叚)	hei	ㄏㄟ	黑部	【黑部】	12畫	487	492	段10上-55	錯19-18	鉉10上-9
墨(螺、螷通叚)	mo、	ㄇㄛˋ	土部	【土部】	12畫	688	694	段13下-28	錯26-4	鉉13下-4
蟯(nao´)	rao´	ㄖㄠˊ	虫部	【虫部】	12畫	664	670	段13上-42	錯25-10	鉉13上-6
繀	cui、	ㄘㄨㄟˋ	虫部	【虫部】	12畫	664	670	段13上-42	錯25-10	鉉13上-6
蟨(蚨通叚)	yu、	ㄩˋ	虫部	【虫部】	12畫	667	673	段13上-48	錯25-11	鉉13上-7
耿(螫通叚)	geng˅	ㄍㄥˇ	耳部	【耳部】	12畫	591	597	段12上-16	錯23-7	鉉12上-4
蟲(爩通叚)	chong´	ㄔㄨㄥˊ	蟲部	【虫部】	12畫	676	682	段13下-4	錯25-16	鉉13下-1
螽(蝨、蠓，蝩通叚)	zhong	ㄓㄨㄥ	蚰部	【虫部】	13畫	674	681	段13下-1	錯25-15	鉉13下-1
蟰(蛸、蠨)	xiao	ㄒㄧㄠ	虫部	【虫部】	13畫	669	675	段13上-52	錯25-12	鉉13上-7
蠁(蚓)	xiang˅	ㄒㄧㄤˇ	虫部	【虫部】	13畫	664	670	段13上-42	錯25-10	鉉13上-6
蜃(蜄、蠯)	shen、	ㄕㄣˋ	虫部	【虫部】	13畫	670	677	段13上-55	錯25-13	鉉13上-7
蠃从虫(蠡蝸述及，俲、螺、蠃从鳥通叚)	luo˅	ㄌㄨㄛˇ	虫部	【虫部】	13畫	667	674	段13上-49	錯25-12	鉉13上-7
蟸(蠣通叚)	li、	ㄌㄧˋ	虫部	【虫部】	13畫	671	677	段13上-56	錯25-13	鉉13上-8
䊪(糲、䉼)	li、	ㄌㄧˋ	米部	【米部】	13畫	331	334	段7上-59	錯13-24	鉉7上-9
蠉	xuan	ㄒㄩㄢ	虫部	【虫部】	13畫	669	676	段13上-53	錯25-13	鉉13上-7
蠏(鱰、蟹)	xie、	ㄒㄧㄝˋ	虫部	【虫部】	13畫	672	678	段13上-58	錯25-14	鉉13上-8
彙(蝟、蝟、猬、彚)	hui、	ㄏㄨㄟˋ	希部	【彑部】	13畫	456	461	段9下-39	錯18-13	鉉9下-6
螽(蠡、蜂、蜜、蠡篷述及)	feng	ㄈㄥ	蚰部	【虫部】	13畫	675	681	段13下-2	錯25-15	鉉13下-1
蝸(蜾)	guo˅	ㄍㄨㄛˇ	虫部	【虫部】	13畫	667	673	段13上-48	錯25-12	鉉13上-7
蠆(蠚、蠤、蠚)	chai、	ㄔㄞˋ	虫部	【虫部】	13畫	665	672	段13上-45	錯25-11	鉉13上-6
癘(厲、蠆、痢，癩通叚)	li、	ㄌㄧˋ	疒部	【疒部】	13畫	350	354	段7下-31	錯14-16	鉉7下-6
詹(蟾、譫、詀通叚)	zhan	ㄓㄢ	八部	【言部】	13畫	49	49	段2上-2	錯3-2	鉉2上-1
蔝(蠚，蠊通叚)	lian´	ㄌㄧㄢˊ	虫部	【虫部】	13畫	670	677	段13上-55	錯25-13	鉉13上-7
蠐(蠐，蟦通叚)	qi´	ㄑㄧˊ	虫部	【虫部】	13畫	665	672	段13上-45	錯25-11	鉉13上-6

篆本字(古文、金文、籀文、俗字，通叚、金石)	拼音	注音	說文部首	康熙部首	筆畫	一般頁碼	洪葉頁碼	段注篇章	徐鍇通釋篇章	徐鉉藤花榭篇章
鼉从珏(鼉，蠆通叚)	zhan˘	ㄓㄢˇ	蚰部	【虫部】13畫	674	681	段13下-1	鍇25-15	鉉13下-1
蜀(蠋，髑通叚)	shu˘	ㄕㄨˇ	虫部	【虫部】13畫	665	672	段13上-45	鍇25-11	鉉13上-6
蝁(蟷、蟷)	dang	ㄉㄤ	虫部	【虫部】13畫	666	673	段13上-47	鍇25-11	鉉13上-7
蛾(螘、蟻)	e´	ㄜˊ	虫部	【虫部】13畫	666	672	段13上-46	鍇25-11	鉉13上-6
螘(蛾、蟻)	yi˘	一ˇ	虫部	【虫部】13畫	666	673	段13上-47	鍇25-11	鉉13上-6
鼓(鼞从鼓蚤)	qi	ㄑㄧ	壴部	【虫部】13畫	205	207	段5上-34	鍇9-14	鉉5上-7
蝁	e´	ㄜˊ	蚰部	【虫部】13畫	674	681	段13下-1	鍇25-15	鉉13下-1
蟊(蝥、蛷)	qiu´	ㄑㄧㄡˊ	蚰部	【虫部】13畫	675	682	段13下-3	鍇25-15	鉉13下-1
蠅	ying´	一ㄥˊ	黽部	【虫部】13畫	679	686	段13下-11	鍇25-18	鉉13下-3
蝥(蝥通叚)	mao´	ㄇㄠˊ	虫部	【虫部】13畫	667	674	段13上-49	鍇25-12	鉉13上-7
蟊(蝥、蟊、蜂，蝥通叚)	mao´	ㄇㄠˊ	蟲部	【虫部】13畫	676	682	段13下-4	鍇25-16	鉉13下-1
蟺(蟮通叚)	shan`	ㄕㄢˋ	虫部	【虫部】13畫	671	678	段13上-57	鍇25-13	鉉13上-8
玭(蠙)	pin´	ㄆㄧㄣˊ	玉部	【玉部】14畫	18	18	段1上-35	鍇1-17	鉉1上-5
蠓	meng˘	ㄇㄥˇ	虫部	【虫部】14畫	668	675	段13上-51	鍇25-12	鉉13上-7
蠖	huo`	ㄏㄨㄛˋ	虫部	【虫部】14畫	666	672	段13上-46	鍇25-11	鉉13上-6
斔(斞通叚)	yu˘	ㄩˇ	斗部	【斗部】14畫	718	725	段14上-33	鍇27-10	鉉14上-6
榮(蠑通叚)	rong´	ㄖㄨㄥˊ	木部	【木部】14畫	247	249	段6上-18	鍇11-8	鉉6上-3
蝡(蠕通叚)	ru´	ㄖㄨˊ	虫部	【虫部】14畫	669	676	段13上-53	鍇25-13	鉉13上-7
蠗(玃、貜)	zhuo´	ㄓㄨㄛˊ	虫部	【虫部】14畫	673	679	段13上-60	鍇25-14	鉉13上-8
蠐(蠐，蠐通叚)	qi´	ㄑㄧˊ	虫部	【虫部】14畫	665	672	段13上-45	鍇25-11	鉉13上-6
蠛	mie`	ㄇㄧㄝˋ	虫部	【虫部】14畫	無	無	無	無	鉉13上-8
蔑(瞲、蠛、鄇、鱴通叚)	mie`	ㄇㄧㄝˋ	苜部	【艸部】14畫	145	146	段4上-32	鍇7-15	鉉4上-6
厤(厲、厲、癘、蠆、蠆、勵、礪、濿、烈、例，唳通叚)	li`	ㄌㄧˋ	厂部	【厂部】14畫	446	451	段9下-19	鍇18-7	鉉9下-3
蓋(蓋、蠚通叚)	he	ㄏㄜ	虫部	【虫部】14畫	669	676	段13上-53	鍇25-13	鉉13上-7
繭(絸从糸見，蠒通叚)	jian˘	ㄐㄧㄢˇ	糸部	【糸部】14畫	643	650	段13上-1	鍇25-1	鉉13上-1
蠰(蠦，螵通叚)	pi´	ㄆㄧˊ	蚰部	【虫部】14畫	675	681	段13下-2	鍇25-15	鉉13下-1

篆本字（古文、金文、籀文、俗字，通段、金石）	拼音	注音	說文部首	康熙部首	筆畫	一般頁碼	洪葉頁碼	段注篇章	徐鍇通釋篇章	徐鉉藤花榭篇章
茅(罞、蘪、鶜 通段)	mao´	ㄇㄠˊ	艸部	【艸部】14畫	27	28	段1下-13	鍇2-7	鉉1下-3
蜡(蛆、胆、褙，蠢 通段)	la`	ㄌㄚˋ	虫部	【虫部】14畫	669	675	段13上-52	鍇25-13	鉉13上-7
蚊(蟲、蟲、蚊，鼏 通段)	wen´	ㄨㄣˊ	蚰部	【虫部】14畫	675	682	段13下-3	鍇25-15	鉉13下-1
閩(蟲)	min˘	ㄇㄧㄣˇ	虫部	【門部】14畫	673	680	段13上-61	鍇25-14	鉉13上-8
鷽(鼺从回鳥、鸓、蠝、貓、䶂)	lei´	ㄌㄟˇ	鳥部	【鳥部】15畫	156	158	段4上-55	鍇7-23	鉉4上-9
蝘(蝘)	yan˘	ㄧㄢˇ	虫部	【虫部】15畫	664	671	段13上-43	鍇25-10	鉉13上-6
蟠	fan´	ㄈㄢˊ	虫部	【虫部】15畫	666	673	段13上-47	鍇25-11	鉉13上-6
慮(櫖 通段)	lü˘	ㄌㄩˇ	思部	【心部】15畫	501	506	段10下-23	鍇20-9	鉉10下-5
蟣(蠣 通段)	li`	ㄌㄧˋ	虫部	【虫部】15畫	671	677	段13上-56	鍇25-13	鉉13上-8
蝒(蝒 通段)	mian´	ㄇㄧㄢˊ	虫部	【虫部】15畫	666	673	段13上-47	鍇25-11	鉉13上-7
蠠从鼏(蜜，蠠、蠠 通段)	mi`	ㄇㄧˋ	蚰部	【虫部】15畫	675	681	段13下-2	鍇25-15	鉉13下-1
恛(偭、勔、蠠、蠠、蜜、密、甝)	mian˘	ㄇㄧㄢˇ	心部	【心部】15畫	506	511	段10下-33	鍇20-12	鉉10下-6
蟢(螇)	xi	ㄒㄧ	虫部	【虫部】15畫	672	678	段13上-58	鍇25-14	鉉13上-8
蠽(蛓，螫 通段)	jie´	ㄐㄧㄝˊ	蚰部	【虫部】15畫	674	681	段13下-1	鍇25-15	鉉13下-1
墨(螺、蠼 通段)	mo`	ㄇㄛˋ	土部	【土部】15畫	688	694	段13下-28	鍇26-4	鉉13下-4
諸(者，蜍、蠩 通段)	zhu	ㄓㄨ	言部	【言部】15畫	90	90	段3上-8	鍇5-5	鉉3上-3
蠡(蠡、蠡、離、劙、矖)	li˘	ㄌㄧˇ	蚰部	【虫部】15畫	675	682	段13下-3	鍇25-15	鉉13下-1
蠃从虫(蠃蝸述及，倮、螺、蠃从鳥 通段)	luo˘	ㄌㄨㄛˇ	虫部	【虫部】15畫	667	674	段13上-49	鍇25-12	鉉13上-7
鑗(蠡、劙)	li´	ㄌㄧˊ	金部	【金部】15畫	703	710	段14上-3	鍇27-2	鉉14上-1
蠢(截、春)	chun˘	ㄔㄨㄣˇ	蚰部	【虫部】15畫	676	682	段13下-4	鍇25-15	鉉13下-1
偆(蠢)	chun˘	ㄔㄨㄣˇ	人部	【人部】15畫	376	380	段8上-23	鍇15-9	鉉8上-3
惷(蠢)	chun˘	ㄔㄨㄣˇ	心部	【心部】15畫	511	515	段10下-42	鍇20-15	鉉10下-8

篆本字(古文、金文、籀文、俗字，通叚、金石)	拼音	注音	說文部首	康熙部首	筆畫	一般頁碼	洪葉頁碼	段注篇章	徐鍇通釋篇章	徐鉉藤花榭篇章
蠥(孼、孽)	nie`	ㄋㄧㄝˋ	虫部	【虫部】	16畫	673	680	段13上-61	錯25-14	鉉13上-8
蠪	long´	ㄌㄨㄥˊ	虫部	【虫部】	16畫	666	672	段13上-46	錯25-11	鉉13上-6
蠹(螙，蠧通叚)	du`	ㄉㄨˋ	蚰部	【虫部】	16畫	675	682	段13下-3	錯25-15	鉉13下-1
蠨(蛸、蟰)	xiao	ㄒㄧㄠ	虫部	【虫部】	16畫	669	675	段13上-52	錯25-12	鉉13上-7
騵(原、厡、源，羱、羉、騵通叚)	yuan´	ㄩㄢˊ	驫部	【厂部】	16畫	569	575	段11下-5	錯22-3	鉉11下-2
盧(盧从囪、盧、矑縣述及，瀘、獹、鑪、轤、鱸通叚)	lu´	ㄌㄨˊ	皿部	【皿部】	16畫	212	214	段5上-47	錯9-19	鉉5上-9
蟊(蝥、蟊、蛑，蝥通叚)	mao´	ㄇㄠˊ	蟲部	【虫部】	16畫	676	682	段13下-4	錯25-16	鉉13下-1
蠰	nang´	ㄋㄤˊ	虫部	【虫部】	17畫	666	673	段13上-47	錯25-11	鉉13上-7
蠲(圭，螢通叚)	juan	ㄐㄩㄢ	虫部	【虫部】	17畫	665	672	段13上-45	錯25-11	鉉13上-6
蠶	ling´	ㄌㄧㄥˊ	虫部	【虫部】	17畫	667	674	段13上-49	錯25-12	鉉13上-7
蠿(蠿，蟎通叚)	cao´	ㄘㄠˊ	蚰部	【虫部】	17畫	675	681	段13下-2	錯25-15	鉉13下-1
蠭(螽、蜂、螽、蠭篆述及)	feng	ㄈㄥ	蚰部	【虫部】	17畫	675	681	段13下-2	錯25-15	鉉13下-1
略(掠、擽、蠜通叚)	lüè	ㄌㄩㄝˋ	田部	【田部】	17畫	697	703	段13下-46	錯26-9	鉉13下-6
蝛(蝛通叚)	wei`	ㄨㄟˋ	蚰部	【虫部】	17畫	676	682	段13下-4	無	鉉13下-1
蠱	gu`	ㄍㄨˇ	蟲部	【虫部】	17畫	676	683	段13下-5	錯25-16	鉉13下-1
冶(蠱)	ye	ㄧㄝˇ	仌部	【冫部】	17畫	571	576	段11下-8	錯22-4	鉉11下-3
蟋(蠘)	xi	ㄒㄧ	虫部	【虫部】	18畫	672	678	段13上-58	錯25-14	鉉13上-8
蠸	quan´	ㄑㄩㄢˊ	虫部	【虫部】	18畫	664	671	段13上-43	錯25-10	鉉13上-6
蠶(蚕通叚)	can´	ㄘㄢˊ	蚰部	【虫部】	18畫	674	681	段13下-1	錯25-15	鉉13下-1
鼉(蟶、鼉通叚)	tuo´	ㄊㄨㄛˊ	黽部	【黽部】	18畫	679	686	段13下-11	錯25-17	鉉13下-3
蠯(蚌、蜌，蠯、蚹通叚)	pi´	ㄆㄧˊ	虫部	【虫部】	18畫	671	677	段13上-56	錯25-13	鉉13上-7
蠠从鼏(蜜，蘉、蠠通叚)	mi`	ㄇㄧˋ	蚰部	【虫部】	18畫	675	681	段13下-2	錯25-15	鉉13下-1
蠹(螙，蠧通叚)	du`	ㄉㄨˋ	蚰部	【虫部】	18畫	675	682	段13下-3	錯25-15	鉉13下-1
蠰	ning´	ㄋㄧㄥˊ	蚰部	【虫部】	18畫	675	681	段13下-2	錯25-15	鉉13下-1

篆本字(古文、金文、籀文、俗字，通叚、金石)	拼音	注音	說文部首	康熙部首	筆畫	一般頁碼	洪葉頁碼	段注篇章	徐鍇通釋篇章	徐鉉藤花榭篇章
蠲	juanˇ	ㄐㄩㄢˇ	䖵部	【虫部】	18畫	676	682	段13下-4	鍇25-15	鉉13下-1
蠻	manˊ	ㄇㄢˊ	虫部	【虫部】	19畫	673	680	段13上-61	鍇25-14	鉉13上-8
𧓽从睾(螢通叚)	xiaˊ	ㄒㄧㄚˊ	䖵部	【虫部】	19畫	675	681	段13下-2	鍇25-15	鉉13下-1
𧖅从缶木(蜉，虾、蝥、𧖅通叚)	fuˊ	ㄈㄨˊ	䖵部	【虫部】	19畫	676	682	段13下-4	鍇25-15	鉉13下-1
𧔥(蜚、飛)	feiˇ	ㄈㄟˇ	蟲部	【虫部】	20畫	676	683	段13下-5	鍇25-16	鉉13下-1
玃(蠼通叚)	jueˊ	ㄐㄩㄝˊ	犬部	【犬部】	20畫	477	481	段10上-34	鍇19-11	鉉10上-6
𧓛从珏(𧒕，𧓢通叚)	zhanˇ	ㄓㄢˇ	䖵部	【虫部】	20畫	674	681	段13下-1	鍇25-15	鉉13下-1
𧕲从鼏(蜜，𧒂、𧔢通叚)	miˋ	ㄇㄧˋ	䖵部	【虫部】	20畫	675	681	段13下-2	鍇25-15	鉉13下-1
愐(僶、勔、𧒂、𧕲、蜜、密、黽)	mianˇ	ㄇㄧㄢˇ	心部	【心部】	20畫	506	511	段10下-33	鍇20-12	鉉10下-6
𧕫(𧉃，蠽通叚)	jieˊ	ㄐㄧㄝˊ	䖵部	【虫部】	21畫	674	681	段13下-1	鍇25-15	鉉13下-1
強(彊、𧔥)	qiangˊ	ㄑㄧㄤˊ	虫部	【弓部】	22畫	665	672	段13上-45	鍇25-11	鉉13上-6
𧖀	zhaˊ	ㄓㄚˊ	䖵部	【虫部】	22畫	675	681	段13下-2	鍇25-15	鉉13下-1
𧖅从缶木(蜉，虾、蝥、𧖅通叚)	fuˊ	ㄈㄨˊ	䖵部	【虫部】	22畫	676	682	段13下-4	鍇25-15	鉉13下-1
𧖟	linˋ	ㄌㄧㄣˋ	蟲部	【虫部】	22畫	676	683	段13下-5	鍇25-16	鉉13下-1
𧖣从䗪(蚍)	piˊ	ㄆㄧˊ	蟲部	【虫部】	22畫	676	683	段13下-5	鍇25-16	鉉13下-1
𧖴(𧕎，螬通叚)	caoˊ	ㄘㄠˊ	䖵部	【虫部】	24畫	675	681	段13下-2	鍇25-15	鉉13下-1
【血(xieˇ)部】	xieˇ	ㄒㄧㄝˇ	血部			213	215	段5上-50	鍇9-20	鉉5上-9
血(xueˋ)	xieˇ	ㄒㄧㄝˇ	血部	【血部】		213	215	段5上-50	鍇9-20	鉉5上-9
甹	tingˊ	ㄊㄧㄥˊ	血部	【血部】	2畫	214	216	段5上-51	鍇9-21	鉉5上-9
卹(恤)	xuˋ	ㄒㄩˋ	血部	【血部】	2畫	214	216	段5上-52	鍇9-21	鉉5上-10
恤(卹)	xuˋ	ㄒㄩˋ	心部	【心部】	2畫	507	511	段10下-34	鍇20-13	鉉10下-6
衁	huang	ㄏㄨㄤ	血部	【血部】	3畫	213	215	段5上-50	鍇9-21	鉉5上-9
盍(蓋、曷、盇、厺䖍述及，溘、盒通叚)	heˊ	ㄏㄜˊ	血部	【血部】	3畫	214	216	段5上-52	鍇9-21	鉉5上-10
衄(衂通叚)	nǜ	ㄋㄩˋ	血部	【血部】	4畫	214	216	段5上-51	鍇9-21	鉉5上-9

篆本字(古文、金文、籀文、俗字，通叚、金石)	拼音	注音	說文部首	康熙部首	筆畫	一般頁碼	洪葉頁碼	段注篇章	徐鍇通釋篇章	徐鉉藤花榭篇章
衃	pei	ㄆㄟ	血部	【血部】	4畫	213	215	段5上-50	鍇9-21	鉉5上-9
釁从興酉分(衅、釁念min̆述及、璺瑕述及，衅、釁、衅通叚)	xin`	ㄒㄧㄣˋ	爨部	【酉部】	5畫	106	106	段3上-40	鍇6-2	鉉3上-9
刵(聏、衈通叚)	er`	ㄦˋ	刀部	【刂部】	6畫	182	184	段4下-49	鍇8-17	鉉4下-7
珥(咡、衈通叚)	er̆	ㄦˇ	玉部	【玉部】	6畫	13	13	段1上-26	鍇1-13	鉉1上-4
衇(脈、衇，脉通叚)	mai`	ㄇㄞˋ	辰部	【血部】	6畫	570	575	段11下-6	鍇22-3	鉉11下-2
卵(卝、鯤鱪duo、述及，峻通叚)	luan̆	ㄌㄨㄢˇ	卵部	【卩部】	7畫	680	686	段13下-12	鍇25-18	鉉13下-3
朘(屢、峻通叚)	juan	ㄐㄩㄢ	肉部	【肉部】	7畫	177	179	段4下-40	無	鉉4下-6
盟(盟、盟从血、盟从皿)	meng´	ㄇㄥˊ	囧部	【血部】	8畫	314	317	段7上-26	鍇13-10	鉉7上-4
衉(衉、胎)	kan`	ㄎㄢˋ	血部	【血部】	8畫	214	216	段5上-52	鍇9-21	鉉5上-10
衉(衉，盜通叚)	tan̆	ㄊㄢˇ	血部	【血部】	8畫	214	216	段5上-51	鍇9-21	鉉5上-9
肷(衉从血、衉)	tan̆	ㄊㄢˇ	肉部	【肉部】	8畫	177	179	段4下-39	鍇8-14	鉉4下-6
盡(衉、津)	jin	ㄐㄧㄣ	血部	【血部】	9畫	214	216	段5上-51	鍇9-21	鉉5上-9
津(津、盡、雉，雉通叚)	jin	ㄐㄧㄣ	水部	【水部】	9畫	555	560	段11上貳-20	鍇21-19	鉉11上-6
蕰从血(蘁从血)	ju´	ㄐㄩˊ	血部	【血部】	12畫	214	216	段5上-51	鍇9-21	鉉5上-10
菹(蕰、蘁皆从血，葅、菹通叚)	zu	ㄗㄨ	艸部	【艸部】	12畫	43	43	段1下-44	鍇2-20	鉉1下-7
盩从血，隸从皿	zhou	ㄓㄡ	㚔部	【皿部】	12畫	496	501	段10下-13	鍇20-5	鉉10下-3
衉(刏)	ji	ㄐㄧ	血部	【血部】	12畫	214	216	段5上-51	鍇9-21	鉉5上-10
衉(膿)	nong´	ㄋㄨㄥˊ	血部	【血部】	13畫	214	216	段5上-51	鍇9-21	鉉5上-9
衊	mie`	ㄇㄧㄝˋ	血部	【血部】	15畫	214	216	段5上-52	鍇9-21	鉉5上-10
蕰从血(蘁从血)	ju´	ㄐㄩˊ	血部	【血部】	15畫	214	216	段5上-51	鍇9-21	鉉5上-10
菹(蕰、蘁皆从血，葅、菹通叚)	zu	ㄗㄨ	艸部	【艸部】	15畫	43	43	段1下-44	鍇2-20	鉉1下-7
衉(从百)	xi`	ㄒㄧˋ	血部	【血部】	18畫	214	216	段5上-52	鍇9-21	鉉5上-10
衉(衉、胎)	kan`	ㄎㄢˋ	血部	【血部】	22畫	214	216	段5上-52	鍇9-21	鉉5上-10
【行(xing´)部】	xing´	ㄒㄧㄥˊ	行部	行部		78	78	段2下-18	鍇4-10	鉉2下-4
行(hang´)	xing´	ㄒㄧㄥˊ	行部	【行部】		78	78	段2下-18	鍇4-10	鉉2下-4

篆本字(古文、金文、籀文、俗字,通叚、金石)	拼音	注音	說文部首	康熙部首	筆畫	一般頁碼	洪葉頁碼	段注篇章	徐鍇通釋篇章	徐鉉藤花榭篇章
衍(羨,衏通叚)	yan ˇ	一ㄢˇ	水部	【水部】3畫		546	551	段11上貳-1	錯21-13	鉉11上-4
羨(衍、延)	xian ˋ	ㄒㄧㄢˋ	次部	【羊部】3畫		414	418	段8下-26	錯16-18	鉉8下-5
衎(侃)	kan ˋ	ㄎㄢˋ	行部	【行部】3畫		78	78	段2下-18	錯4-10	鉉2下-4
侃(衎)	kan ˇ	ㄎㄢˇ	川部	【人部】3畫		569	574	段11下-4	錯22-2	鉉11下-2
術	shu ˋ	ㄕㄨˋ	行部	【行部】5畫		78	78	段2下-18	錯4-10	鉉2下-4
述(遹、術、遂、遹古文多以遹yuˋ為述)	shu ˋ	ㄕㄨˋ	辵(辶)部	【辵部】5畫		70	71	段2下-3	錯4-2	鉉2下-1
衒(衙)	xuan ˋ	ㄒㄩㄢˋ	行部	【行部】5畫		78	78	段2下-18	錯4-10	鉉2下-4
街	jie	ㄐㄧㄝ	行部	【行部】6畫		78	78	段2下-18	錯4-10	鉉2下-4
䜌(巷、巷、衖,港通叚)	xiang ˋ	ㄒㄧㄤˋ	㗊部	【邑部】6畫		301	303	段6下-58	錯12-23	鉉6下-9
衕(衖通叚)	tong ˊ	ㄊㄨㄥˊ	行部	【行部】7畫		78	78	段2下-18	錯4-10	鉉2下-4
衙	ya ˊ	一ㄚˊ	行部	【行部】7畫		78	78	段2下-18	錯4-10	鉉2下-4
衒(衙)	xuan ˋ	ㄒㄩㄢˋ	行部	【行部】7畫		78	78	段2下-18	錯4-10	鉉2下-4
衝	juan ˋ	ㄐㄩㄢˋ	車部	【車部】7畫		727	734	段14上-51	錯27-14	鉉14上-7
衚(衕)	jian ˋ	ㄐㄧㄢˋ	行部	【行部】8畫		78	78	段2下-18	錯4-10	鉉2下-4
銜(啣通叚)	xian ˊ	ㄒㄧㄢˊ	金部	【行部】8畫		713	720	段14上-23	錯27-7	鉉14上-4
嗛(銜、歉、謙,喚通叚)	qian ˋ	ㄑㄧㄢˋ	口部	【口部】8畫		55	55	段2上-14	錯3-6	鉉2上-3
衝(衝)	chong	ㄔㄨㄥ	行部	【行部】9畫		78	78	段2下-18	錯4-10	鉉2下-4
轕(衝)	chong	ㄔㄨㄥ	車部	【車部】9畫		721	728	段14上-39	錯27-12	鉉14上-6
衞(衛)	wei ˋ	ㄨㄟˋ	行部	【行部】10畫		78	79	段2下-19	錯4-10	鉉2下-4
衡(衡、奥,桁、蘅通叚)	heng ˊ	ㄏㄥˊ	角部	【行部】10畫		186	188	段4下-57	錯8-20	鉉4下-8
珩(衡)	heng ˊ	ㄏㄥˊ	玉部	【玉部】10畫		13	13	段1上-26	錯1-18	鉉1上-4
衛(率、帥)	shuai ˋ	ㄕㄨㄞˋ	行部	【行部】11畫		78	79	段2下-19	錯4-10	鉉2下-4
率(帥、遱、衛,綷通叚)	lü ˋ	ㄌㄩˋ	率部	【玄部】11畫		663	669	段13上-40	錯25-9	鉉13上-5
衝(衝)	chong	ㄔㄨㄥ	行部	【行部】12畫		78	78	段2下-18	錯4-10	鉉2下-4
衢	qu ˊ	ㄑㄩˊ	行部	【行部】18畫		78	78	段2下-18	錯4-10	鉉2下-4
【衣(yi)部】	yi	一	衣部			388	392	段8上-48	錯16-1	鉉8上-7
衣	yi	一	衣部	【衣部】		388	392	段8上-48	錯16-1	鉉8上-7

篆本字(古文、金文、籀文、俗字，通叚、金石)	拼音	注音	說文部首	康熙部首	筆畫	一般頁碼	洪葉頁碼	段注篇章	徐鍇通釋篇章	徐鉉藤花榭篇章
裔(裔、㲵，襃通叚)	yì	ㄧˋ	衣部	【衣部】2畫		394	398	段8上-59	鍇16-4	鉉8上-8
卒(猝，倅通叚)	zú	ㄗㄨˊ	衣部	【十部】2畫		397	401	段8上-65	鍇16-6	鉉8上-9
殨(卒)	zú	ㄗㄨˊ	歺部	【歹部】2畫		161	163	段4下-8	鍇8-5	鉉4下-2
猝(卒)	cù	ㄘㄨˋ	犬部	【犬部】2畫		474	478	段10上-28	鍇19-9	鉉10上-5
褚(卒、著絮述及，帾、袆通叚)	chǔ	ㄔㄨˇ	衣部	【衣部】2畫		397	401	段8上-65	鍇16-6	鉉8上-9
衦	gan	ㄍㄢ	衣部	【衣部】3畫		395	399	段8上-62	鍇16-5	鉉8上-9
袢(衧、衧、于)	yú	ㄩˊ	衣部	【衣部】3畫		393	397	段8上-57	鍇16-3	鉉8上-8
叉(釵，衩、舣、靫通叚)	cha	ㄔㄚ	又部	【又部】3畫		115	116	段3下-17	鍇6-9	鉉3下-4
袉(衪、拖、扡、拕，衭、袘、酡通叚)	tuó	ㄊㄨㄛˊ	衣部	【衣部】3畫		392	396	段8上-56	鍇16-3	鉉8上-8
衫	shan	ㄕㄢ	衣部	【衣部】3畫		無	無	無	無	鉉8上-10
繖(傘，幓、繸、衫、幓、幓、襂通叚)	shan	ㄕㄢ	糸部	【糸部】3畫		657	663	段13上-28	鍇25-6	鉉13上-4
裱(表、襓、俵通叚)	biǎo	ㄅㄧㄠˇ	衣部	【衣部】3畫		389	393	段8上-50	鍇16-2	鉉8上-7
幖(幖、標、剽、表，影通叚)	biao	ㄅㄧㄠ	巾部	【巾部】3畫		359	363	段7下-49	鍇14-22	鉉7下-9
幒(崧、裬，松通叚)	zhong	ㄓㄨㄥ	巾部	【巾部】4畫		358	362	段7下-47	鍇14-21	鉉7下-9
緹(衹、秖，醍通叚)	tí	ㄊㄧˊ	糸部	【糸部】4畫		650	657	段13上-15	鍇25-4	鉉13上-2
只(衹)	zhǐ	ㄓˇ	只部	【口部】4畫		87	88	段3上-3	鍇5-2	鉉3上-1
袑	diao	ㄅㄧㄠ	衣部	【衣部】4畫		397	401	段8上-66	鍇16-6	鉉8上-9
袡	fu	ㄈㄨ	衣部	【衣部】4畫		391	395	段8上-53	鍇16-2	鉉8上-8
衯(褎)	fen	ㄈㄣ	衣部	【衣部】4畫		394	398	段8上-59	鍇16-4	鉉8上-8
衵	rì	ㄖˋ	衣部	【衣部】4畫		395	399	段8上-61	鍇16-4	鉉8上-9
衷(中)	zhong	ㄓㄨㄥ	衣部	【衣部】4畫		395	399	段8上-61	鍇16-5	鉉8上-9

篆本字(古文、金文、籀文、俗字，通段、金石)	拼音	注音	說文部首	康熙部首	筆畫	一般頁碼	洪葉頁碼	段注篇章	徐鍇通釋篇章	徐鉉藤花榭篇章
袥(褉通段)	jie`	ㄐㄧㄝˋ	衣部	【衣部】4畫	392	396	段8上-56	鍇16-3	鉉8上-8
袤(邪)	xie´	ㄒㄧㄝˊ	衣部	【衣部】4畫	396	400	段8上-64	鍇16-5	鉉8上-9
斜(衺)	xie´	ㄒㄧㄝˊ	斗部	【斗部】4畫	718	725	段14上-34	鍇27-11	鉉14上-6
邪(耶、衺，梛、琊通段)	xie´	ㄒㄧㄝˊ	邑部	【邑部】4畫	298	300	段6下-52	鍇12-21	鉉6下-8
帗(祓、笈通段)	ge´	ㄍㄜˊ	巾部	【巾部】4畫	361	364	段7下-52	鍇14-23	鉉7下-9
衽(袵通段)	ren`	ㄖㄣˋ	衣部	【衣部】4畫	390	394	段8上-51	鍇16-2	鉉8上-8
納(內，衲通段)	na`	ㄋㄚˋ	糸部	【糸部】4畫	645	652	段13上-5	鍇25-2	鉉13上-1
衾	qin	ㄑㄧㄣ	衣部	【衣部】4畫	395	399	段8上-61	鍇16-6	鉉8上-9
均(袀、鈞、旬，畇、韻通段)	jun	ㄐㄩㄣ	土部	【土部】4畫	683	689	段13下-18	鍇26-2	鉉13下-3
袀(均)	jun	ㄐㄩㄣ	衣部	【衣部】4畫	389	393	段8上-50	無	鉉8上-7
袗(袀、裖)	zhen˘	ㄓㄣˇ	衣部	【衣部】4畫	389	393	段8上-50	鍇16-2	鉉8上-7
袂(襼,襭通段)	mei`	ㄇㄟˋ	衣部	【衣部】4畫	392	396	段8上-56	鍇16-3	鉉8上-8
紞(髧髿述及，忱、統、枕通段)	dan˘	ㄉㄢˇ	糸部	【糸部】4畫	652	659	段13上-19	鍇25-5	鉉13上-3
襘(袷=衿、襟段不認同)	jin	ㄐㄧㄣ	衣部	【衣部】4畫	390	394	段8上-52	鍇16-2	鉉8上-8
袷(衿襘述及，裌、褶通段)	jia´	ㄐㄧㄚˊ	衣部	【衣部】4畫	394	398	段8上-60	鍇16-4	鉉8上-9
紟(縊、繪、衿、禁、襟)	jin	ㄐㄧㄣ	糸部	【糸部】4畫	654	661	段13上-23	鍇25-5	鉉13上-3
縗(膏、衰、蓑)	shuai	ㄕㄨㄞ	衣部	【衣部】4畫	397	401	段8上-65	鍇16-6	鉉8上-9
瘒(衰)	shuai	ㄕㄨㄞ	疒部	【疒部】4畫	352	356	段7下-35	鍇14-16	鉉7下-6
縗(衰)	cui	ㄘㄨㄟ	糸部	【糸部】4畫	661	667	段13上-36	鍇25-8	鉉13上-5
袞(裷、褒、卷，蓑、蓘、褶通段)	gun˘	ㄍㄨㄣˇ	衣部	【衣部】4畫	388	392	段8上-48	鍇16-1	鉉8上-7
卷(袞、弓ㄐ述及，埢、埢、綣、蓍通段)	juan`	ㄐㄩㄢˋ	卩部	【卩部】4畫	431	435	段9上-32	鍇17-10	鉉9上-5
緄(袞)	gun˘	ㄍㄨㄣˇ	糸部	【糸部】4畫	653	659	段13上-20	鍇25-5	鉉13上-3

篆本字(古文、金文、籀文、俗字，通段、金石)	拼音	注音	說文部首	康熙部首	筆畫	一般頁碼	洪葉頁碼	段注篇章	徐鍇通釋篇章	徐鉉藤花榭篇章
帙(袠、袟)	zhi`	ㄓˋ	巾部	【巾部】	5畫	359	362	段7下-48	錯14-22	鉉7下-9
袨	xuan`	ㄒㄩㄢˋ	衣部	【衣部】	5畫	無	無	無	無	鉉8上-10
玄(串，袨)	xuan´	ㄒㄩㄢˊ	玄部	【玄部】	5畫	159	161	段4下-4	錯8-3	鉉4下-1
縢(幐，帒、幨、袋通段)	teng´	ㄊㄥˊ	巾部	【巾部】	5畫	361	364	段7下-52	錯14-23	鉉7下-9
袁(爰)	yuan´	ㄩㄢˊ	衣部	【衣部】	5畫	394	398	段8上-59	錯16-4	鉉8上-8
爰(轅、袁，篗、鶢通段)	yuan´	ㄩㄢˊ	叉部	【爪部】	5畫	160	162	段4下-5	錯8-4	鉉4下-2
袉(袘、拖、扡、拕，袥、袉、酡通段)	tuo´	ㄊㄨㄛˊ	衣部	【衣部】	5畫	392	396	段8上-56	錯16-3	鉉8上-8
褒(抱)	bao`	ㄅㄠˋ	衣部	【衣部】	5畫	392	396	段8上-56	錯16-3	鉉8上-8
袍	pao´	ㄆㄠˊ	衣部	【衣部】	5畫	391	395	段8上-53	錯16-2	鉉8上-8
袑	shao`	ㄕㄠˋ	衣部	【衣部】	5畫	393	397	段8上-57	錯16-3	鉉8上-8
袒(綻、襢)	tan`	ㄊㄢˇ	衣部	【衣部】	5畫	395	399	段8上-62	錯16-5	鉉8上-9
但(袒，襢通段)	dan`	ㄉㄢˋ	人部	【人部】	5畫	382	386	段8上-35	錯15-11	鉉8上-4
膻(襢、袒，羴通段)	shan	ㄕㄢ	肉部	【肉部】	5畫	171	173	段4下-27	錯8-10	鉉4下-5
袓衣部非祖zu	ju`	ㄐㄩ	衣部	【衣部】	5畫	395	399	段8上-61	錯16-5	鉉8上-9
祖示部非祖ju`(襦通段)	mi`	ㄇㄨˇ	示部	【示部】	5畫	4	4	段1上-8	錯1-6	鉉1上-2
袞(裷、褒、卷，蔉、蓘、捲通段)	gun`	ㄍㄨㄣˇ	衣部	【衣部】	5畫	388	392	段8上-48	錯16-1	鉉8上-7
袗(袀、裖)	zhen`	ㄓㄣˇ	衣部	【衣部】	5畫	389	393	段8上-50	錯16-2	鉉8上-7
袯	bo	ㄅㄛ	衣部	【衣部】	5畫	397	401	段8上-66	錯16-6	鉉8上-9
袛	di	ㄅㄧ	衣部	【衣部】	5畫	391	395	段8上-54	錯16-3	鉉8上-8
袢(襻通段)	pan`	ㄆㄢˋ	衣部	【衣部】	5畫	395	399	段8上-61	錯16-5	鉉8上-9
袤(楙)	mao`	ㄇㄠˋ	衣部	【衣部】	5畫	391	395	段8上-54	錯16-2	鉉8上-8
袥(拓)	tuo	ㄊㄨㄛ	衣部	【衣部】	5畫	392	396	段8上-56	錯16-3	鉉8上-8
迦(袈、迦通段)	jia	ㄐㄧㄚ	辵(辶)部	【辵部】	5畫	74	75	段2下-11	錯4-6	鉉2下-3
袪(裾，袪通段)	qu	ㄑㄩ	衣部	【衣部】	5畫	392	396	段8上-55	錯16-3	鉉8上-8
被	bei`	ㄅㄟˋ	衣部	【衣部】	5畫	394	398	段8上-60	錯16-4	鉉8上-9
鞁(被)	bei`	ㄅㄟˋ	革部	【革部】	5畫	109	110	段3下-5	錯6-4	鉉3下-1

篆本字（古文、金文、籀文、俗字，通段、金石）	拼音	注音	說文部首	康熙部首	筆畫	一般頁碼	洪葉頁碼	段注篇章	徐鍇通釋篇章	徐鉉藤花榭篇章
髲(被)	bì	ㄅㄧˋ	髟部	【髟部】	5畫	427	431	段9上-24	錯17-8	鉉9上-4
袈(衲、褹)	na	ㄋㄚˊ	衣部	【衣部】	5畫	395	399	段8上-62	錯16-5	鉉8上-9
紵(絟、褚，苧、竚通段)	zhù	ㄓㄨˋ	糸部	【糸部】	5畫	660	667	段13上-35	錯25-8	鉉13上-4
褚(卒、著絮述及，幬、竚通段)	chǔ	ㄔㄨˇ	衣部	【衣部】	5畫	397	401	段8上-65	錯16-6	鉉8上-9
褏(袖、褎，䋁通段)	xiù	ㄒㄧㄡˋ	衣部	【衣部】	5畫	392	396	段8上-55	錯16-3	鉉8上-8
襜(裧、幨，紳、裨、祒通段)	chan	ㄔㄢ	衣部	【衣部】	5畫	392	396	段8上-56	錯16-3	鉉8上-8
絝(袴，褌通段)	kù	ㄎㄨˋ	糸部	【糸部】	6畫	654	661	段13上-23	錯25-5	鉉13上-3
充(袥、骳通段)	chong	ㄔㄨㄥ	儿部	【儿部】	6畫	405	409	段8下-8	錯16-11	鉉8下-2
衽(袵通段)	rèn	ㄖㄣˋ	衣部	【衣部】	6畫	390	394	段8上-51	錯16-2	鉉8上-8
佰(袹、陌通段)	bǎi	ㄅㄞˇ	人部	【人部】	6畫	374	378	段8上-19	錯15-7	鉉8上-3
帉(袑通段)	xún	ㄒㄩㄣˊ	巾部	【巾部】	6畫	358	361	段7下-46	錯14-21	鉉7下-8
袳(袲、移、侈)	chǐ	ㄔˇ	衣部	【衣部】	6畫	394	398	段8上-59	錯16-4	鉉8上-8
袺	jié	ㄐㄧㄝˊ	衣部	【衣部】	6畫	396	400	段8上-64	錯16-5	鉉8上-9
袾(姝)	zhu	ㄓㄨ	衣部	【衣部】	6畫	395	399	段8上-61	錯16-5	鉉8上-9
袷(衿裣述及，裌、褶通段)	jiá	ㄐㄧㄚˊ	衣部	【衣部】	6畫	394	398	段8上-60	錯16-4	鉉8上-9
裣(袷=衿、襟段不認同)	jin	ㄐㄧㄣ	衣部	【衣部】	6畫	390	394	段8上-52	錯16-2	鉉8上-8
沙(沁，坶、砂、砂、紗、裟、魦通段)	sha	ㄕㄚ	水部	【水部】	6畫	552	557	段11上貳-14	錯21-17	鉉11上-6
茵(鞇，絪、裀通段)	yin	ㄧㄣ	艸部	【艸部】	6畫	44	44	段1下-46	錯2-21	鉉1下-8
圭(珪、裓通段)	gui	ㄍㄨㄟ	土部	【土部】	6畫	693	700	段13下-39	錯26-7	鉉13下-5
絓(罣、袿、褂通段)	guà	ㄍㄨㄚˋ	糸部	【糸部】	6畫	644	650	段13上-2	錯25-1	鉉13上-1

篆本字(古文、金文、籀文、俗字，通叚、金石)	拼音	注音	說文部首	康熙部首	筆畫	一般頁碼	洪葉頁碼	段注篇章	徐鍇通釋篇章	徐鉉藤花榭篇章
纀(帕、袹、幞、纀、襆、䙚通叚)	pu ˊ	ㄆㄨˊ	糸部	【糸部】	6畫	654	661	段13上-23	鍇25-5	鉉13上-3
襱(襩，裥通叚)	long ˊ	ㄌㄨㄥˊ	衣部	【衣部】	6畫	393	397	段8上-57	鍇16-3	鉉8上-8
裂(𧛧，𦁆、𧙜通叚)	lie ˋ	ㄌㄧㄝˋ	衣部	【衣部】	6畫	395	399	段8上-62	鍇16-5	鉉8上-9
䘫(袽、𧛃)	na ˊ	ㄋㄚˊ	衣部	【衣部】	6畫	395	399	段8上-62	鍇16-5	鉉8上-9
絮(袽、𧛃通叚)	ru ˊ	ㄖㄨˊ	糸部	【糸部】	6畫	661	668	段13上-37	鍇25-7	鉉13上-5
裦(褒、裒，𧝏通叚)	bao	ㄅㄠ	衣部	【衣部】	6畫	393	397	段8上-57	鍇16-3	鉉8上-8
捊(抱、裒，抔、抛通叚)	pou ˊ	ㄆㄡˊ	手部	【手部】	6畫	600	606	段12上-33	鍇23-10	鉉12上-5
掊(倍、捊，刨、裒、抔、𥺅通叚)	pou ˊ	ㄆㄡˊ	手部	【手部】	6畫	598	604	段12上-30	鍇23-10	鉉12上-5
袷(衿裣述及，裌、褶通叚)	jia ˊ	ㄐㄧㄚˊ	衣部	【衣部】	7畫	394	398	段8上-60	鍇16-4	鉉8上-9
𧜏(𥏟，褭通叚)	diao ˇ	ㄉㄧㄠˇ	衣部	【衣部】	7畫	394	398	段8上-59	鍇16-4	鉉8上-8
帬(裠、裙)	qun ˊ	ㄑㄩㄣˊ	巾部	【巾部】	7畫	358	361	段7下-46	鍇14-21	鉉7下-8
袗(袀、裖)	zhen ˇ	ㄓㄣˇ	衣部	【衣部】	7畫	389	393	段8上-50	鍇16-2	鉉8上-7
裁(裁)	cai ˊ	ㄘㄞˊ	衣部	【衣部】	7畫	388	392	段8上-48	鍇16-1	鉉8上-7
才(凡才、材、財、裁、纔字以同音通用)	cai ˊ	ㄘㄞˊ	才部	【手部】	7畫	272	274	段6上-68	鍇12-1	鉉6上-9
裋(𧞔通叚)	shu ˋ	ㄕㄨˋ	衣部	【衣部】	7畫	396	400	段8上-64	鍇16-6	鉉8上-9
裎(程)	cheng ˊ	ㄔㄥˊ	衣部	【衣部】	7畫	396	400	段8上-63	鍇16-5	鉉8上-9
呈(裎通叚)	cheng ˊ	ㄔㄥˊ	口部	【口部】	7畫	58	59	段2上-21	鍇3-8	鉉2上-4
衸(𧛓通叚)	jie ˋ	ㄐㄧㄝˋ	衣部	【衣部】	7畫	392	396	段8上-56	鍇16-3	鉉8上-8
絳(袶通叚)	jiang ˋ	ㄐㄧㄤˋ	糸部	【糸部】	7畫	650	656	段13上-14	鍇25-4	鉉13上-2
裏	li ˇ	ㄌㄧˇ	衣部	【衣部】	7畫	390	394	段8上-51	鍇16-2	鉉8上-8
裂(𧛧，𦁆、𧙜通叚)	lie ˋ	ㄌㄧㄝˋ	衣部	【衣部】	7畫	395	399	段8上-62	鍇16-5	鉉8上-9
𣻇(㳅、流，䄋通叚)	liu ˊ	ㄌㄧㄡˊ	沝部	【水部】	7畫	567	573	段11下-1	鍇21-26	鉉11下-1

篆本字(古文、金文、籀文、俗字，通叚、金石)	拼音	注音	說文部首	康熙部首	筆畫	一般頁碼	洪葉頁碼	段注篇章	徐鍇通釋篇章	徐鉉藤花榭篇章
裔(𧘇、𠅩，褎通叚)	yi ˋ	ㄧˋ	衣部	【衣部】	7畫	394	398	段8上-59	鍇16-4	鉉8上-8
裕(衮)	yu ˋ	ㄩˋ	衣部	【衣部】	7畫	395	399	段8上-62	鍇16-5	鉉8上-9
裛	yi ˋ	ㄧˋ	衣部	【衣部】	7畫	396	400	段8上-64	鍇16-5	鉉8上-9
補	bu ˇ	ㄅㄨˇ	衣部	【衣部】	7畫	396	400	段8上-63	鍇16-5	鉉8上-9
裝	zhuang	ㄓㄨㄤ	衣部	【衣部】	7畫	396	400	段8上-64	鍇16-5	鉉8上-9
祱(襚)	shui ˋ	ㄕㄨㄟˋ	衣部	【衣部】	7畫	397	401	段8上-66	鍇16-6	鉉8上-9
裗	shan	ㄕㄢ	衣部	【衣部】	7畫	397	401	段8上-66	鍇16-6	鉉8上-9
裘(求，求、氍通叚)	qiu ˊ	ㄑㄧㄡˊ	裘部	【衣部】	7畫	398	402	段8上-67	鍇16-6	鉉8上-10
常(裳，嫦通叚亦作姮)	chang ˊ	ㄔㄤˊ	巾部	【巾部】	8畫	358	362	段7下-47	鍇14-21	鉉7下-8
衮(衮、𧘝、卷，蓘、蔉、裷通叚)	gun ˇ	ㄍㄨㄣˇ	衣部	【衣部】	8畫	388	392	段8上-48	鍇16-1	鉉8上-7
胳(骼、袼)	ge	ㄍㄜ	肉部	【肉部】	8畫	169	171	段4下-24	鍇8-9	鉉4下-4
亦(腋同掖、袼，亱通叚)	yi ˋ	ㄧˋ	亦部	【亠部】	8畫	493	498	段10下-7	鍇20-2	鉉10下-2
裣(袷=衿、襟段不認同)	jin	ㄐㄧㄣ	衣部	【衣部】	8畫	390	394	段8上-52	鍇16-2	鉉8上-8
裨(鼙、埤，裨、綼、鵧通叚)	bi ˋ	ㄅㄧˋ	衣部	【衣部】	8畫	395	399	段8上-61	鍇16-5	鉉8上-9
埤(裨、鼙)	pi ˊ	ㄆㄧˊ	土部	【土部】	8畫	689	696	段13下-31	鍇26-5	鉉13下-4
鼙(裨、埤)	bi ˋ	ㄅㄧˋ	會部	【曰部】	8畫	223	226	段5下-17	鍇10-7	鉉5下-3
俾(卑、裨，睥、鞞通叚)	bi ˇ	ㄅㄧˇ	人部	【人部】	8畫	376	380	段8上-24	鍇15-9	鉉8上-3
裯	chou ˊ	ㄔㄡˊ	衣部	【衣部】	8畫	391	395	段8上-54	鍇16-3	鉉8上-8
裴(裵、裶、俳、徘)	pei ˊ	ㄆㄟˊ	衣部	【衣部】	8畫	394	398	段8上-59	鍇16-4	鉉8上-8
郥(裴)	pei ˊ	ㄆㄟˊ	邑部	【邑部】	8畫	289	291	段6下-34	鍇12-16	鉉6下-6
袒(綻、綻)	tan ˇ	ㄊㄢˇ	衣部	【衣部】	8畫	395	399	段8上-62	鍇16-5	鉉8上-9
裹	guo ˇ	ㄍㄨㄛˇ	衣部	【衣部】	8畫	396	400	段8上-64	鍇16-5	鉉8上-9
𧝓(襋)	ji ˊ	ㄐㄧˊ	衣部	【衣部】	8畫	390	394	段8上-51	鍇16-2	鉉8上-8

篆本字(古文、金文、籀文、俗字,通叚、金石)	拼音	注音	說文部首	康熙部首	筆畫	一般頁碼	洪葉頁碼	段注篇章	徐鍇通釋篇章	徐鉉藤花榭篇章
裺(an)	yan˘	ㄧㄢˇ	衣部	【衣部】8畫	390	394	段8上-51	錯16-2	鉉8上-9
絓(罣、袿、褂通叚)	gua`	ㄍㄨㄚˋ	糸部	【糸部】8畫	644	650	段13上-2	錯25-1	鉉13上-1
袉(袘、拖、拕、扡,衪、襬、酏通叚)	tuo´	ㄊㄨㄛˊ	衣部	【衣部】8畫	392	396	段8上-56	錯16-3	鉉8上-8
襜(裧、幨,紳、裑、袩通叚)	chan	ㄔㄢ	衣部	【衣部】8畫	392	396	段8上-56	錯16-3	鉉8上-8
帣(帴、幨、裧通叚)	lian´	ㄌㄧㄢˊ	巾部	【巾部】8畫	359	362	段7下-48	錯14-22	鉉7下-9
袞(裷、褒、卷,蓑、蓉、捲通叚)	gun˘	ㄍㄨㄣˇ	衣部	【衣部】8畫	388	392	段8上-48	錯16-1	鉉8上-7
裁(裁)	cai´	ㄘㄞˊ	衣部	【衣部】8畫	388	392	段8上-48	錯16-1	鉉8上-7
裻(督)	du˘	ㄉㄨˇ	衣部	【衣部】8畫	393	397	段8上-58	錯16-4	鉉8上-8
褉(禧)	xi	ㄒㄧ	衣部	【衣部】8畫	396	400	段8上-63	錯16-5	鉉8上-9
褅(褉、褅)	ti`	ㄊㄧˋ	衣部	【衣部】8畫	393	397	段8上-58	錯16-4	鉉8上-8
製	zhi`	ㄓˋ	衣部	【衣部】8畫	397	401	段8上-65	錯16-6	鉉8上-9
裾	ju	ㄐㄩ	衣部	【衣部】8畫	392	396	段8上-56	錯16-3	鉉8上-8
袪(裾,祛通叚)	qu	ㄑㄩ	衣部	【衣部】8畫	392	396	段8上-55	錯16-3	鉉8上-8
褄	qi`	ㄑㄧˋ	衣部	【衣部】8畫	390	394	段8上-52	錯16-2	鉉8上-8
詘(誳,裾通叚)	qu	ㄑㄩ	言部	【言部】8畫	100	101	段3上-29	錯5-15	鉉3上-6
掖(腋,被通叚)	ye`	ㄧㄝˋ	手部	【手部】8畫	611	617	段12上-55	錯23-17	鉉12上-8
褚(卒、著絮述及,幨、袗通叚)	chu˘	ㄔㄨˇ	衣部	【衣部】8畫	397	401	段8上-65	錯16-6	鉉8上-9
紵(緒、褚,苧、袗通叚)	zhu`	ㄓㄨˋ	糸部	【糸部】8畫	660	667	段13上-35	錯25-8	鉉13上-4
襄从工己爻(襄、孃、攘、驤,儴、勷、禳通叚)	xiang	ㄒㄧㄤ	衣部	【衣部】8畫	394	398	段8上-60	錯16-4	鉉8上-9

篆本字（古文、金文、籀文、俗字，通叚、金石）	拼音	注音	說文部首	康熙部首	筆畫	一般頁碼	洪葉頁碼	段注篇章	徐鍇通釋篇章	徐鉉藤花榭篇章
羸从衣(裸非裸guan ˋ，倮、蠃从果、躶通叚)	luo ˇ	ㄌㄨㄛˇ	衣部	【衣部】8畫	396	400	段8上-63	錯16-5	鉉8上-9
裸非裸luo ˇ	guan ˋ	ㄍㄨㄢˋ	示部	【示部】8畫	6	6	段1上-11	錯1-7	鉉1上-2
幒(蜙、蒐，鬆通叚)	zhong	ㄓㄨㄥ	巾部	【巾部】8畫	358	362	段7下-47	錯14-21	鉉7下-9
幝(褌，裩通叚)	kun	ㄎㄨㄣ	巾部	【巾部】9畫	358	362	段7下-47	錯14-21	鉉7下-9
襃(褒、裒，褎通叚)	bao	ㄅㄠ	衣部	【衣部】9畫	393	397	段8上-57	錯16-3	鉉8上-8
緣(純，橼、褖通叚)	yuan ˊ	ㄩㄢˊ	糸部	【糸部】9畫	654	661	段13上-23	錯25-5	鉉13上-3
襑(襗、督，褶通叚)	du ˊ	ㄉㄨˊ	衣部	【衣部】9畫	392	396	段8上-55	錯16-3	鉉8上-8
襗(襉通叚)	duo ˋ	ㄉㄨㄛˋ	衣部	【衣部】9畫	392	396	段8上-55	錯16-3	鉉8上-8
禔示部(祇)	ti ˊ	ㄊㄧˊ	示部	【示部】9畫	3	3	段1上-5	錯1-5	鉉1上-2
禔衣部	ti ˊ	ㄊㄧˊ	衣部	【衣部】9畫	393	397	段8上-58	錯16-4	鉉8上-8
複(復)	fu ˋ	ㄈㄨˋ	衣部	【衣部】9畫	393	397	段8上-58	錯16-4	鉉8上-8
榎(複)	fu ˋ	ㄈㄨˋ	木部	【木部】9畫	262	265	段6上-49	錯11-21	鉉6上-6
禘(褐、褅)	ti ˋ	ㄊㄧˋ	衣部	【衣部】9畫	393	397	段8上-58	錯16-4	鉉8上-8
褊(幅通叚)	bian ˇ	ㄅㄧㄢˇ	衣部	【衣部】9畫	394	398	段8上-60	錯16-4	鉉8上-9
褍	duan	ㄉㄨㄢ	衣部	【衣部】9畫	393	397	段8上-58	錯16-3	鉉8上-8
副(福、疈)	fu ˋ	ㄈㄨˋ	刀部	【刂部】9畫	179	181	段4下-44	錯8-16	鉉4下-7
幅(福非示部福、逼通叚)	fu ˊ	ㄈㄨˊ	巾部	【巾部】9畫	358	361	段7下-46	錯14-21	鉉7下-8
福非衣部福fu ˊ	fu ˊ	ㄈㄨˊ	示部	【示部】9畫	3	3	段1上-5	錯1-5	鉉1上-2
綳(緊、幫，幫、製通叚)	beng ˇ	ㄅㄥˇ	糸部	【糸部】9畫	661	668	段13上-37	錯25-8	鉉13上-5
繖(傘，幓、繖、褼、襂、襳通叚)	shan	ㄕㄢ	糸部	【糸部】9畫	657	663	段13上-28	錯25-6	鉉13上-4
褎(袖、褏，柚通叚)	xiu ˋ	ㄒㄧㄡˋ	衣部	【衣部】9畫	392	396	段8上-55	錯16-3	鉉8上-8
褐(毼、曷通叚)	he ˋ	ㄏㄜˋ	衣部	【衣部】9畫	397	401	段8上-65	錯16-6	鉉8上-9
褕(揄)	yu ˊ	ㄩˊ	衣部	【衣部】9畫	389	393	段8上-49	錯16-1	鉉8上-7

篆本字(古文、金文、籀文、俗字,通叚、金石)	拼音	注音	說文部首	康熙部首	筆畫	一般頁碼	洪葉頁碼	段注篇章	徐鍇通釋篇章	徐鉉藤花榭篇章
褗(偃)	yan˘	一ㄢ˘	衣部	【衣部】9畫		390	394	段8上-51	鍇16-2	鉉8上-8
褘(禕通叚)	hui	ㄏㄨㄟ	衣部	【衣部】9畫		390	394	段8上-52	鍇16-2	鉉8上-8
葆(堡、褓通叚)	bao˘	ㄅㄠ˘	艸部	【艸部】9畫		47	47	段1下-52	鍇2-24	鉉1下-9
緥(褓)	bao˘	ㄅㄠ˘	糸部	【糸部】9畫		654	661	段13上-23	鍇25-5	鉉13上-3
褋(襟,褶通叚)	die´	ㄉ一ㄝ´	衣部	【衣部】9畫		391	395	段8上-54	鍇16-2	鉉8上-8
褱	huai´	ㄏㄨㄞ´	衣部	【衣部】10畫		392	396	段8上-56	鍇16-3	鉉8上-8
褧(絅、檾)	jiong˘	ㄐㄩㄥ˘	衣部	【衣部】10畫		391	395	段8上-54	鍇16-2	鉉8上-8
絅(褧、檾通叚)	jiong˘	ㄐㄩㄥ˘	糸部	【糸部】10畫		647	654	段13上-9	鍇25-3	鉉13上-2
畜(蓄、㽖,滀通叚)	xu˘	ㄒㄩ˘	田部	【田部】10畫		697	704	段13下-47	鍇26-9	鉉13下-6
韝(韛、韛,鞲通叚)	gou	ㄍㄡ	韋部	【韋部】10畫		235	237	段5下-40	鍇10-16	鉉5下-8
蓐(薅,褥通叚)	ru˘	ㄖㄨ˘	蓐部	【艸部】10畫		47	48	段1下-53	鍇2-25	鉉1下-9
褫(扡)	chi˘	ㄔˇ	衣部	【衣部】10畫		396	400	段8上-63	鍇16-5	鉉8上-9
裊	niao˘	ㄋ一ㄠ˘	衣部	【衣部】10畫		397	401	段8上-66	鍇16-6	鉉8上-9
褮	ying	一ㄥ	衣部	【衣部】10畫		397	401	段8上-66	鍇16-6	鉉8上-9
褰(騫,襓通叚)	qian	ㄑ一ㄢ	衣部	【衣部】10畫		393	397	段8上-57	鍇16-3	鉉8上-8
騫(褰,騚通叚)	qian	ㄑ一ㄢ	馬部	【馬部】10畫		467	471	段10上-14	鍇19-4	鉉10上-2
褱(懷)	huai´	ㄏㄨㄞ´	衣部	【衣部】10畫		392	396	段8上-56	鍇16-3	鉉8上-8
懷(褱)	huai´	ㄏㄨㄞ´	心部	【心部】10畫		505	509	段10下-30	鍇20-11	鉉10下-6
薄(欂㯗liang`述及、箔簾述及,礴通叚)	bo´	ㄅㄛ´	艸部	【艸部】10畫		41	41	段1下-40	鍇2-19	鉉1下-7
幎(幂、冪、冖、鼏,幦、帓、幭通叚)	mi`	ㄇ一`	巾部	【巾部】10畫		358	362	段7下-47	鍇14-21	鉉7下-9
褒(褒、裒,襃通叚)	bao	ㄅㄠ	衣部	【衣部】10畫		393	397	段8上-57	鍇16-3	鉉8上-8
褽(褽)	wei`	ㄨㄟ`	衣部	【衣部】11畫		395	399	段8上-62	鍇16-5	鉉8上-8
褕	yu´	ㄩ´	衣部	【衣部】11畫		397	401	段8上-65	鍇16-6	鉉8上-9
綺(袴,褲通叚)	ku`	ㄎㄨ`	糸部	【糸部】11畫		654	661	段13上-23	鍇25-5	鉉13上-3
趩(襅、蹕,韠、襅通叚)	bi`	ㄅ一`	走部	【走部】11畫		67	67	段2上-38	鍇3-16	鉉2上-8

篆本字（古文、金文、籀文、俗字，通叚、金石）	拼音	注音	說文部首	康熙部首	筆畫	一般頁碼	洪葉頁碼	段注篇章	徐鍇通釋篇章	徐鉉藤花榭篇章
縿(傘，幓、繖、衫、襳、襂、襳通叚)	shan	ㄕㄢ	糸部	【糸部】11畫	657	663	段13上-28	鍇25-6	鉉13上-4
褸	lǚ	ㄌㄩˇ	衣部	【衣部】11畫	390	394	段8上-52	鍇16-2	鉉8上-8
縷(褸繼述及，蔞通叚)	lǚ	ㄌㄩˇ	糸部	【糸部】11畫	656	662	段13上-26	鍇25-6	鉉13上-3
積(簀，積、襀通叚)	ji	ㄐㄧ	禾部	【禾部】11畫	325	328	段7上-48	鍇13-20	鉉7上-8
撆(撇，襒通叚)	pie	ㄆㄧㄝ	手部	【手部】11畫	606	612	段12上-45	鍇23-14	鉉12上-7
褋(襵，褶通叚)	die´	ㄉㄧㄝˊ	衣部	【衣部】11畫	391	395	段8上-54	鍇16-2	鉉8上-8
袷(衿裣述及，袂、褶通叚)	jia´	ㄐㄧㄚˊ	衣部	【衣部】11畫	394	398	段8上-60	鍇16-4	鉉8上-9
襲(襲、褶)	xi´	ㄒㄧˊ	衣部	【衣部】11畫	391	395	段8上-53	鍇16-2	鉉8上-8
袂(襪，襊通叚)	mei`	ㄇㄟˋ	衣部	【衣部】11畫	392	396	段8上-56	鍇16-3	鉉8上-8
縭(褵、纚通叚)	li´	ㄌㄧˊ	糸部	【糸部】11畫	656	663	段13上-27	鍇25-6	鉉13上-4
褺(襲、墊)	die´	ㄉㄧㄝˊ	衣部	【衣部】11畫	394	398	段8上-59	鍇16-4	鉉8上-9
墊(褺)	dian`	ㄉㄧㄢˋ	土部	【土部】11畫	689	695	段13下-30	鍇26-4	鉉13下-4
褻(媟)	xie`	ㄒㄧㄝˋ	衣部	【衣部】11畫	395	399	段8上-61	鍇16-4	鉉8上-9
媟(褻)	xie`	ㄒㄧㄝˋ	女部	【女部】11畫	622	628	段12下-22	鍇24-7	鉉12下-3
暬(褻)	xie`	ㄒㄧㄝˋ	日部	【日部】11畫	308	311	段7上-13	鍇13-4	鉉7上-2
絬(褻)	xie`	ㄒㄧㄝˋ	糸部	【糸部】11畫	656	663	段13上-27	鍇25-6	鉉13上-4
褿(襧，嘈、幨、襜通叚)	cao´	ㄘㄠˊ	衣部	【衣部】11畫	396	400	段8上-64	鍇16-5	鉉8上-9
裰(襊通叚)	duo`	ㄉㄨㄛˋ	衣部	【衣部】11畫	392	396	段8上-55	鍇16-3	鉉8上-8
襁	qiang	ㄑㄧㄤˇ	衣部	【衣部】11畫	390	394	段8上-51	鍇16-2	鉉8上-8
裔(旁、兗，襄通叚)	yi`	ㄧˋ	衣部	【衣部】11畫	394	398	段8上-59	鍇16-4	鉉8上-8
襄从工己爻(襄、嬢、攘、驤，儴、勷、褾通叚)	xiang	ㄒㄧㄤ	衣部	【衣部】11畫	394	398	段8上-60	鍇16-4	鉉8上-9
驤(襄)	xiang	ㄒㄧㄤ	馬部	【馬部】11畫	464	469	段10上-9	鍇19-3	鉉10上-2
褍(紹，裊通叚)	diao	ㄉㄧㄠˇ	衣部	【衣部】11畫	394	398	段8上-59	鍇16-4	鉉8上-8
褘(幃、袆)	wei´	ㄨㄟˊ	衣部	【衣部】12畫	393	397	段8上-58	鍇16-3	鉉8上-8

篆本字(古文、金文、籀文、俗字，通叚、金石)	拼音	注音	說文部首	康熙部首	筆畫	一般頁碼	洪葉頁碼	段注篇章	徐鍇通釋篇章	徐鉉藤花榭篇章
襋(㮣)	ji´	ㄐㄧˊ	衣部	【衣部】	12畫	390	394	段8上-51	錯16-2	鉉8上-8
襌衣部	dan	ㄉㄢ	衣部	【衣部】	12畫	394	398	段8上-60	錯16-4	鉉8上-9
襍(雜)	za´	ㄗㄚˊ	衣部	【佳部】	12畫	395	399	段8上-62	錯16-5	鉉8上-9
雧(集、襍)	ji´	ㄐㄧˊ	雥部	【佳部】	12畫	148	149	段4上-38	錯7-17	鉉4上-8
帀(襍，匝、迊通叚)	za	ㄗㄚ	帀部	【巾部】	12畫	273	275	段6下-2	錯12-2	鉉6下-1
纀(帕、袙、幞、纀、襆、襥通叚)	pu´	ㄆㄨˊ	糸部	【糸部】	12畫	654	661	段13上-23	錯25-5	鉉13上-3
當(瑒、簹、襠通叚)	dang	ㄉㄤ	田部	【田部】	12畫	697	703	段13下-46	錯26-9	鉉13下-6
襐	xiang`	ㄒㄧㄤˋ	衣部	【衣部】	12畫	395	399	段8上-61	錯16-4	鉉8上-9
襑	xin´	ㄒㄧㄣˊ	衣部	【衣部】	12畫	393	397	段8上-57	錯16-3	鉉8上-8
襧(緻)	zhi˘	ㄓˇ	衣部	【衣部】	12畫	396	400	段8上-63	錯16-5	鉉8上-9
禘(裼、褅)	ti`	ㄊㄧˋ	衣部	【衣部】	12畫	393	397	段8上-58	錯16-4	鉉8上-8
裼(禘)	xi	ㄒㄧ	衣部	【衣部】	12畫	396	400	段8上-63	錯16-5	鉉8上-9
襄(禓、展)	zhan`	ㄓㄢˋ	衣部	【衣部】	12畫	389	393	段8上-49	錯16-1	鉉8上-7
韜(襓，綢通叚)	tao	ㄊㄠ	韋部	【韋部】	12畫	235	237	段5下-40	錯10-16	鉉5下-8
繞(襓、遶通叚)	rao`	ㄖㄠˋ	糸部	【糸部】	12畫	647	653	段13上-8	錯25-3	鉉13上-2
褐(毼、竭通叚)	he`	ㄏㄜˋ	衣部	【衣部】	12畫	397	401	段8上-65	錯16-6	鉉8上-9
簡(簡、襇、襉纁述及，襇通叚)	jian˘	ㄐㄧㄢˇ	竹部	【竹部】	12畫	190	192	段5上-4	錯9-2	鉉5上-1
襖	ao˘	ㄠˇ	衣部	【衣部】	12畫	無	無	無	無	鉉8上-10
襦(濡，襖通叚)	ru´	ㄖㄨˊ	衣部	【衣部】	12畫	394	398	段8上-60	錯16-4	鉉8上-9
燠(奧，噢、襖通叚)	yu`	ㄩˋ	火部	【火部】	12畫	486	490	段10上-52	錯19-17	鉉10上-9
潰(遂、襀襕述及)	kui`	ㄎㄨㄟˋ	水部	【水部】	12畫	551	556	段11上貳-12	錯21-16	鉉11上-5
璪(繰通叚)	zao˘	ㄗㄠˇ	玉部	【玉部】	13畫	14	14	段1上-28	錯1-14	鉉1上-4
裋(襑通叚)	shu`	ㄕㄨˋ	衣部	【衣部】	13畫	396	400	段8上-64	錯16-6	鉉8上-9
甀从北卂wang˘瓦(甓从舟并zhuan`)	jun˘	ㄐㄩㄣˇ	甃部	【瓦部】	13畫	122	123	段3下-32	錯6-16	鉉3下-7
褋(襒，褶通叚)	die´	ㄅㄧㄝˊ	衣部	【衣部】	13畫	391	395	段8上-54	錯16-2	鉉8上-8
袤(襃)	mao`	ㄇㄠˋ	衣部	【衣部】	13畫	391	395	段8上-54	錯16-2	鉉8上-8

篆本字(古文、金文、籀文、俗字，通叚、金石)	拼音	注音	說文部首	康熙部首	筆畫	一般頁碼	洪葉頁碼	段注篇章	徐鍇通釋篇章	徐鉉藤花榭篇章
襗(澤襦亦述及)	duo´	ㄉㄨㄛˊ	衣部	【衣部】	13畫	393	397	段8上-57	鍇16-3	鉉8上-8
襘	gui`	ㄍㄨㄟˋ	衣部	【衣部】	13畫	391	395	段8上-54	鍇16-2	鉉8上-8
襚	sui`	ㄙㄨㄟˋ	衣部	【衣部】	13畫	397	401	段8上-66	鍇16-6	鉉8上-9
祱(襚)	shui`	ㄕㄨㄟˋ	衣部	【衣部】	13畫	397	401	段8上-66	鍇16-6	鉉8上-9
裯(幬、督，襡通叚)	du´	ㄉㄨˊ	衣部	【衣部】	13畫	392	396	段8上-55	鍇16-3	鉉8上-8
襟(袷=衿、襋段不認同)	jin	ㄐㄧㄣ	衣部	【衣部】	13畫	390	394	段8上-52	鍇16-2	鉉8上-8
紟(綊、繪、衿、禁、襟)	jin	ㄐㄧㄣ	糸部	【糸部】	13畫	654	661	段13上-23	鍇25-5	鉉13上-3
襛(襱，穠、繷、絨、醲通叚)	nong´	ㄋㄨㄥˊ	衣部	【衣部】	13畫	393	397	段8上-58	鍇16-4	鉉8上-8
襜(裧、幨，紳、袡、袩通叚)	chan	ㄔㄢ	衣部	【衣部】	13畫	392	396	段8上-56	鍇16-3	鉉8上-8
襞(辟)	bi`	ㄅㄧˋ	衣部	【衣部】	13畫	395	399	段8上-62	鍇16-5	鉉8上-9
辟(僻、避、譬、闢、壁、襞，擗、霹通叚)	pi`	ㄆㄧˋ	辟部	【辛部】	13畫	432	437	段9上-35	鍇17-11	鉉9上-6
薜(薜、襞，藦通叚)	bi`	ㄅㄧˋ	艸部	【艸部】	13畫	43	44	段1下-45	鍇2-21	鉉1下-7
襡(襩通叚)	shu´	ㄕㄨˇ	衣部	【衣部】	13畫	394	398	段8上-60	鍇16-4	鉉8上-9
蠃从衣(裸非裸guan`，俕、蠃从果、躶通叚)	luo˘	ㄌㄨㄛˇ	衣部	【衣部】	13畫	396	400	段8上-63	鍇16-5	鉉8上-9
襢(襌、展)	zhan`	ㄓㄢˋ	衣部	【衣部】	13畫	389	393	段8上-49	鍇16-1	鉉8上-7
膻(襢、袒，羶通叚)	shan	ㄕㄢ	肉部	【肉部】	13畫	171	173	段4下-27	鍇8-10	鉉4下-5
但(袒，襢通叚)	dan`	ㄉㄢˋ	人部	【人部】	13畫	382	386	段8上-35	鍇15-11	鉉8上-4
襤(襤)	lan´	ㄌㄢˊ	衣部	【衣部】	14畫	392	396	段8上-55	鍇16-3	鉉8上-8
襤(襤)	lan´	ㄌㄢˊ	巾部	【巾部】	14畫	358	362	段7下-47	鍇14-21	鉉7下-9
襦(濡、檽通叚)	ru´	ㄖㄨˊ	衣部	【衣部】	14畫	394	398	段8上-60	鍇16-4	鉉8上-9

篆本字(古文、金文、籀文、俗字，通段、金石)	拼音	注音	說文部首	康熙部首	筆畫	一般頁碼	洪葉頁碼	段注篇章	徐鍇通釋篇章	徐鉉藤花榭篇章
裻从斲衣	zhuo´	ㄓㄨㄛˊ	衣部	【衣部】	14畫	394	398	段8上-60	錯16-4	鉉8上-9
鼻(自皇述及，襣通段)	bi´	ㄅㄧˊ	鼻部	【鼻部】	14畫	137	139	段4上-17	錯7-8	鉉4上-4
纀(帕、袙、幞、纀、襆、襥通段)	pu´	ㄆㄨˊ	糸部	【糸部】	14畫	654	661	段13上-23	錯25-5	鉉13上-3
裱(表、襮、俵通段)	biao˘	ㄅㄧㄠˇ	衣部	【衣部】	15畫	389	393	段8上-50	錯16-2	鉉8上-7
齏从衣(齊，齎通段)	zi	ㄗ	衣部	【齊部】	15畫	396	400	段8上-64	錯16-5	鉉8上-9
帔(襬)	pei`	ㄆㄟˋ	巾部	【巾部】	15畫	358	361	段7下-46	錯14-21	鉉7下-8
襭(擷)	xie´	ㄒㄧㄝˊ	衣部	【衣部】	15畫	396	400	段8上-64	錯16-5	鉉8上-9
襮(暴从日出大糸)	bo´	ㄅㄛˊ	衣部	【衣部】	15畫	390	394	段8上-51	錯16-2	鉉8上-8
暴糸部从日出大糸(襮)	bo´	ㄅㄛˊ	糸部	【糸部】	15畫	654	661	段13上-23	錯25-5	鉉13上-3
奭(奭，襫、赩通段)	shi`	ㄕˋ	皕部	【大部】	15畫	137	139	段4上-17	錯7-8	鉉4上-4
裻(簜、督，褶通段)	du´	ㄉㄨˊ	衣部	【衣部】	15畫	392	396	段8上-55	錯16-3	鉉8上-8
韤(韈、襪，妹通段)	wa`	ㄨㄚˋ	韋部	【韋部】	15畫	236	238	段5下-41	錯10-17	鉉5下-8
襄从工己爻(襄、嬰、攘、驤，儴、勷、褤通段)	xiang	ㄒㄧㄤ	衣部	【衣部】	16畫	394	398	段8上-60	錯16-4	鉉8上-9
褻(褻、墊)	die´	ㄉㄧㄝˊ	衣部	【衣部】	16畫	394	398	段8上-59	錯16-4	鉉8上-9
襲(襲、褶)	xi´	ㄒㄧˊ	衣部	【衣部】	16畫	391	395	段8上-53	錯16-2	鉉8上-8
襱(襩，襩通段)	long´	ㄌㄨㄥˊ	衣部	【衣部】	16畫	393	397	段8上-57	錯16-3	鉉8上-8
繆(傘，幓、繖、衫、褐、褨、襳通段)	shan	ㄕㄢ	糸部	【糸部】	17畫	657	663	段13上-28	錯25-6	鉉13上-4
褰(騫，褲通段)	qian	ㄑㄧㄢ	衣部	【衣部】	17畫	393	397	段8上-57	錯16-3	鉉8上-8
簡(簡、襉、襇繏述及，襴通段)	jian˘	ㄐㄧㄢˇ	竹部	【竹部】	18畫	190	192	段5上-4	錯9-2	鉉5上-1

篆本字(古文、金文、籀文、俗字，通叚、金石)	拼音	注音	說文部首	康熙部首	筆畫	一般頁碼	洪葉頁碼	段注篇章	徐鍇通釋篇章	徐鉉藤花榭篇章
袂(襪，襹通叚)	mei `	ㄇㄟˋ	衣部	【衣部】18畫		392	396	段8上-56	鍇16-3	鉉8上-8
襱(襛，袧通叚)	long ´	ㄌㄨㄥˊ	衣部	【衣部】19畫		393	397	段8上-57	鍇16-3	鉉8上-8
袢(襻通叚)	pan `	ㄆㄢˋ	衣部	【衣部】19畫		395	399	段8上-61	鍇16-5	鉉8上-9
繭(繭)	jian ˇ	ㄐㄧㄢˇ	衣部	【衣部】19畫		391	395	段8上-53	鍇16-2	鉉8上-8
褿(襹，媷、幧、褖通叚)	cao ´	ㄘㄠˊ	衣部	【衣部】20畫		396	400	段8上-64	鍇16-5	鉉8上-9
襡(襦通叚)	shu ˇ	ㄕㄨˇ	衣部	【衣部】21畫		394	398	段8上-60	鍇16-4	鉉8上-9
襲(襲、褶)	xi ´	ㄒㄧ	衣部	【衣部】32畫		391	395	段8上-53	鍇16-2	鉉8上-8
【襾(ya`)部】	ya `	ㄧㄚˋ	襾部			357	360	段7下-44	鍇14-20	鉉7下-8
襾	ya `	ㄧㄚˋ	襾部	【襾部】		357	360	段7下-44	鍇14-20	鉉7下-8
西(棲、卤、卥，栖通叚)	xi	ㄒㄧ	西部	【襾部】		585	591	段12上-4	鍇23-2	鉉12上-1
臾(要、覈、嚻，嘜、䀩、腰、孁、楔、騕通叚)	yao	ㄧㄠ	臼部	【襾部】3畫		105	106	段3上-39	鍇6-1	鉉3上-9
覂(泛)	feng ˇ	ㄈㄥˇ	襾部	【襾部】5畫		357	360	段7下-44	鍇14-20	鉉7下-8
汎(泛、覂)	fan `	ㄈㄢˋ	水部	【水部】5畫		556	561	段11上貳-22	鍇21-19	鉉11上-7
舁(舉、舉，覂通叚)	qian	ㄑㄧㄢ	舁部	【臼部】5畫		105	106	段3上-39	鍇5-21	鉉3上-9
覃从鹵(覃、鹵、蕈，憛、膛通叚)	tan ´	ㄊㄢˊ	鹵部	【襾部】6畫		229	232	段5下-29	鍇10-12	鉉5下-6
剡(覃，掞通叚)	yan ˇ	ㄧㄢˇ	刀部	【刂部】6畫		178	180	段4下-42	鍇8-15	鉉4下-6
覀	xi	ㄒㄧ	西部	【襾部】6畫		585	591	段12上-4	鍇23-2	鉉12上-2
覆	fu `	ㄈㄨˋ	襾部	【襾部】12畫		357	360	段7下-44	鍇14-20	鉉7下-8
覈(覈、槅、核，覈通叚)	he ´	ㄏㄜˊ	襾部	【襾部】13畫		357	360	段7下-44	鍇14-20	鉉7下-8
核(槅、覈)	he ´	ㄏㄜˊ	木部	【木部】13畫		262	265	段6上-49	鍇11-21	鉉6上-6
槅(覈、鬲)	ge ´	ㄍㄜˊ	木部	【木部】13畫		266	268	段6上-56	鍇11-24	鉉6上-7
【見(jian`)部】	jian `	ㄐㄧㄢˋ	見部			407	412	段8下-13	鍇16-13	鉉8下-3
見(現通叚)	jian `	ㄐㄧㄢˋ	見部	【見部】		407	412	段8下-13	鍇16-13	鉉8下-3
尋(得，尋通叚)	de ´	ㄉㄜˊ	見部	【見部】3畫		408	412	段8下-14	鍇16-13	鉉8下-3
得(得、尋)	de ´	ㄉㄜˊ	彳部	【彳部】3畫		77	77	段2下-16	鍇4-9	鉉2下-4

篆本字(古文、金文、籀文、俗字，通段、金石)	拼音	注音	說文部首	康熙部首	筆畫	一般頁碼	洪葉頁碼	段注篇章	徐鍇通釋篇章	徐鉉藤花榭篇章
覒(覒)	mao	ㄇㄠˋ	見部	【見部】	3畫	409	413	段8下-16	鍇16-14 覒14-14	鉉8下-4
規(槻、槼通段)	gui	ㄍㄨㄟ	夫部	【見部】	4畫	499	504	段10下-19	鍇20-7	鉉10下-4
覒(芼)	mao	ㄇㄠˋ	見部	【見部】	4畫	409	414	段8下-17	鍇16-14	鉉8下-4
視(示、眡、眎)	shi	ㄕˋ	見部	【見部】	4畫	407	412	段8下-13	鍇16-13	鉉8下-3
示(視述及、礻)	shi	ㄕˋ	示部	【示部】	4畫	2	2	段1上-4	鍇1-4	鉉1上-1
脣(昏，覕、覭、覛通段)	mi	ㄇㄧˋ	日部	【日部】	4畫	308	311	段7上-13	鍇13-4	鉉7上-2
覛(賑、眽、脈文選，覕、覭、覛、昏、鷩通段)	mi	ㄇㄧˋ	辰部	【見部】	4畫	570	575	段11下-6	鍇22-3	鉉11下-2
覒(覒)	mao	ㄇㄠˋ	見部	【見部】	4畫	409	413	段8下-16	鍇16-14 覒14-14	鉉8下-4
覕(pie)	mie	ㄇㄧㄝˋ	見部	【見部】	5畫	410	414	段8下-18	鍇16-15	鉉8下-4
瞥(覕)	pie	ㄆㄧㄝ	目部	【目部】	5畫	134	135	段4上-10	鍇7-5	鉉4上-2
覘(沾，佔、貼通段)	chan	ㄔㄢ	見部	【見部】	5畫	408	413	段8下-15	鍇16-14	鉉8下-3
覗(覗通段)	ci	ㄘ	見部	【見部】	5畫	408	412	段8下-14	鍇16-14	鉉8下-3
見(現通段)	jian	ㄐㄧㄢˋ	見部	【見部】	5畫	407	412	段8下-13	鍇16-13	鉉8下-3
覛(覛)	mi	ㄇㄧˊ	見部	【見部】	5畫	409	413	段8下-16	鍇16-14	鉉8下-3
司(伺、覗)	si	ㄙ	司部	【口部】	5畫	429	434	段9上-29	鍇17-9	鉉9上-5
獄(伺、覗)	si	ㄙ	狀部	【犬部】	5畫	478	482	段10上-36	鍇19-12	鉉10上-6
覗(覗通段)	shi	ㄕ	見部	【見部】	5畫	410	414	段8下-18	鍇16-15	鉉8下-4
覗(覗通段)	ci	ㄘ	見部	【見部】	6畫	408	412	段8下-14	鍇16-14	鉉8下-3
覛(賑、眽、脈文選，覕、覭、覛、昏、鷩通段)	mi	ㄇㄧˋ	辰部	【見部】	6畫	570	575	段11下-6	鍇22-3	鉉11下-2
脣(昏，覕、覭、覛通段)	mi	ㄇㄧˋ	日部	【日部】	6畫	308	311	段7上-13	鍇13-4	鉉7上-2
眽(覛)	mo	ㄇㄛˋ	目部	【目部】	6畫	132	133	段4上-6	鍇7-3	鉉4上-2
覜	tiao	ㄊㄧㄠˋ	見部	【見部】	6畫	409	414	段8下-17	鍇16-14	鉉8下-4
眺(覜)	tiao	ㄊㄧㄠˋ	目部	【目部】	6畫	134	136	段4上-11	鍇7-5	鉉4上-2
覡	xi	ㄒㄧ	巫部	【見部】	7畫	201	203	段5上-26	鍇9-10	鉉5上-5

篆本字（古文、金文、籀文、俗字，通段、金石）	拼音	注音	說文部首	康熙部首	筆畫	一般頁碼	洪葉頁碼	段注篇章	徐鍇通釋篇章	徐鉉藤花榭篇章
覝(覝)	lian′	ㄌㄧㄢˊ	見部	【見部】7畫		407	412	段8下-13	鍇16-13	鉉8下-3
覗(覵通段同覵qian)	yao`	ㄧㄠˋ	覗部	【見部】7畫		410	414	段8下-18	鍇16-15	鉉8下-4
覵(覵同覗yao`、顅、輕)	qian	ㄑㄧㄢ	覗部	【見部】7畫		410	414	段8下-18	鍇16-15	鉉8下-4
睹(覩，甕通段)	du˘	ㄉㄨˇ	目部	【目部】8畫		132	133	段4上-6	鍇7-3	鉉4上-2
虓(覤通段)	xi`	ㄒㄧˋ	虎部	【虍部】8畫		211	213	段5上-45	鍇9-18	鉉5上-8
覙	lu`	ㄌㄨˋ	見部	【見部】8畫		407	412	段8下-13	鍇16-13	鉉8下-3
覜(賴通段)	lai′	ㄌㄞˊ	見部	【見部】8畫		408	412	段8下-14	鍇16-14	鉉8下-3
覢(睒)	shan˘	ㄕㄢˇ	見部	【見部】8畫		408	413	段8下-15	鍇16-14	鉉8下-3
睒(覢、瞰)	shan˘	ㄕㄢˇ	目部	【目部】8畫		131	132	段4上-4	鍇7-2	鉉4上-1
覣	wei	ㄨㄟ	見部	【見部】8畫		407	412	段8下-13	鍇16-13	鉉8下-3
覗(請)	jing`	ㄐㄧㄥˋ	見部	【見部】8畫		409	413	段8下-16	鍇16-14	鉉8下-4
彭(覗)	jing`	ㄐㄧㄥˋ	彡部	【彡部】8畫		424	429	段9上-19	鍇17-6	鉉9上-3
覞(睨)	ni′	ㄋㄧˊ	見部	【見部】8畫		407	412	段8下-13	鍇16-13	鉉8下-3
睨(覞，堄通段)	ni`	ㄋㄧˋ	目部	【目部】8畫		131	133	段4上-5	鍇7-3	鉉4上-2
覦	yu′	ㄩˊ	見部	【見部】9畫		409	413	段8下-16	鍇16-14	鉉8下-4
親(窺，儭通段)	qin	ㄑㄧㄣ	見部	【見部】9畫		409	414	段8下-17	鍇16-14	鉉8下-4
窺(親)	qin	ㄑㄧㄣ	宀部	【宀部】9畫		339	343	段7下-9	鍇14-4	鉉7下-2
題(題)	ti′	ㄊㄧˊ	見部	【見部】9畫		408	412	段8下-14	鍇16-14	鉉8下-3
覢	huan˘	ㄏㄨㄢˇ	見部	【見部】9畫		407	412	段8下-13	鍇16-13	鉉8下-3
覢(眈)	dan	ㄉㄢ	見部	【見部】9畫		408	413	段8下-15	鍇16-14	鉉8下-4
覵	chen	ㄔㄣ	見部	【見部】9畫		409	413	段8下-16	鍇16-14	鉉8下-4
覵	yun`	ㄩㄣˋ	見部	【見部】10畫		407	412	段8下-13	鍇16-13	鉉8下-3
覬(幾、驥、冀)	ji`	ㄐㄧˋ	見部	【見部】10畫		409	413	段8下-16	鍇16-14	鉉8下-4
欯(覬、冀)	ji`	ㄐㄧˋ	欠部	【欠部】10畫		411	415	段8下-20	鍇16-16	鉉8下-4
冀(覬，覬通段)	ji`	ㄐㄧˋ	北部	【八部】10畫		386	390	段8上-44	鍇15-15	鉉8上-6
覭	ming′	ㄇㄧㄥˊ	見部	【見部】10畫		408	413	段8下-15	鍇16-14	鉉8下-3
覯(逅通段)	gou`	ㄍㄡˋ	見部	【見部】10畫		408	413	段8下-15	鍇16-14	鉉8下-3
覷	you′	ㄧㄡˊ	見部	【見部】10畫		409	413	段8下-16	鍇16-14	鉉8下-4
覬(兜)	dou	ㄉㄡ	見部	【見部】10畫		410	414	段8下-18	鍇16-15	鉉8下-4
兜(覬)	dou	ㄉㄡ	兜部	【儿部】10畫		406	411	段8下-11	鍇16-12	鉉8下-3
覷(覷、覷)	qu`	ㄑㄩˋ	見部	【見部】11畫		408	412	段8下-14	鍇16-14	鉉8下-3
狙(覷)	ju	ㄐㄩ	犬部	【犬部】11畫		477	481	段10上-34	鍇19-11	鉉10上-6

篆本字（古文、金文、籀文、俗字，通叚、金石）	拼音	注音	說文部首	康熙部首	筆畫	一般頁碼	洪葉頁碼	段注篇章	徐鍇通釋篇章	徐鉉藤花榭篇章
覲	jin `	ㄐㄧㄣˋ	見部	【見部】	11畫	409	414	段8下-17	錯16-14	鉉8下-4
請(覲)	qing ˇ	ㄑㄧㄥˇ	言部	【言部】	11畫	90	90	段3上-8	錯5-5	鉉3上-3
覹(瞟)	piao ˇ	ㄆㄧㄠˇ	見部	【見部】	11畫	408	412	段8下-14	錯16-14	鉉8下-3
瞟(覹)	piao ˇ	ㄆㄧㄠˇ	目部	【目部】	11畫	132	133	段4上-6	錯7-3	鉉4上-2
覩(覥)	chuang	ㄔㄨㄤ	見部	【見部】	11畫	409	413	段8下-16	錯16-14	鉉8下-4
覬	ji ´	ㄐㄧˊ	見部	【見部】	12畫	409	413	段8下-16	錯16-14	鉉8下-4
覕(槻)	fan ´	ㄈㄢˊ	見部	【見部】	12畫	409	413	段8下-16	錯16-14	鉉8下-3
覶(覶)	luo ´	ㄌㄨㄛˊ	見部	【見部】	12畫	407	412	段8下-13	錯16-13	鉉8下-3
覜(覷通叚同覷qian)	yao `	ㄧㄠ	覞部	【見部】	12畫	410	414	段8下-18	錯16-15	鉉8下-4
覷(覷同覜yao ` 、顧、輕)	qian	ㄑㄧㄢ	覞部	【見部】	12畫	410	414	段8下-18	錯16-15	鉉8下-4
覹(覹)	wei ´	ㄨㄟ	見部	【見部】	13畫	408	413	段8下-15	錯16-14	鉉8下-3
覰(覰、覷)	qu `	ㄑㄩ	見部	【見部】	13畫	408	412	段8下-14	錯16-14	鉉8下-3
覺	jue ´	ㄐㄩㄝˊ	見部	【見部】	13畫	409	413	段8下-16	錯16-14	鉉8下-4
覵(額通叚)	bin	ㄅㄧㄣ	見部	【見部】	14畫	408	413	段8下-15	錯16-14	鉉8下-3
覶(覶)	luo ´	ㄌㄨㄛˊ	見部	【見部】	14畫	407	412	段8下-13	錯16-13	鉉8下-3
覽(欖通叚)	lan ˇ	ㄌㄢˇ	見部	【見部】	14畫	408	412	段8下-14	錯16-13	鉉8下-3
覿	di ´	ㄉㄧ	見部	【見部】	15畫	無	無	無	無	鉉8下-4
債(鬻、覿)	yu `	ㄩ	人部	【人部】	15畫	374	378	段8上-20	錯15-8	鉉8上-3
覕(槻)	fan ´	ㄈㄢˊ	見部	【見部】	15畫	409	413	段8下-16	錯16-14	鉉8下-3
覷(覷同覜yao ` 、顧、輕)	qian	ㄑㄧㄢ	覞部	【見部】	15畫	410	414	段8下-18	錯16-15	鉉8下-4
覞(覗通叚同	yao `	ㄧㄠˋ	覞部	【見部】	15畫	410	414	段8下-18	錯16-15	鉉8下-4
覦(論通叚)	yao `	ㄧㄠˋ	見部	【見部】	17畫	409	413	段8下-16	錯16-14	鉉8下-4
觀(雚从人廿佳)	guan	ㄍㄨㄢ	見部	【見部】	18畫	408	412	段8下-14	錯16-13	鉉8下-3
館(觀，舘通叚)	guan ˇ	ㄍㄨㄢˇ	倉部	【食部】	18畫	221	224	段5下-13	錯10-5	鉉5下-3
涫(觀、滾灌述及)	guan `	ㄍㄨㄢ	水部	【水部】	18畫	561	566	段11上貳-31	錯21-22	鉉11上-8
雚(鸛、觀，汍通叚)	guan `	ㄍㄨㄢ	雚部	【佳部】	18畫	144	146	段4上-31	錯7-14	鉉4上-6
覺	kui	ㄎㄨㄟ	見部	【見部】	18畫	408	413	段8下-15	錯16-14	鉉8下-3
覿(矖，矖通叚)	li `	ㄌㄧ	見部	【見部】	19畫	407	412	段8下-13	錯16-13	鉉8下-3
【角(jiao ˇ)部】	jiao ˇ	ㄐㄧㄠˇ	角部			184	186	段4下-54	錯8-19	鉉4下-8
訇(角)	jiao ˇ	ㄐㄧㄠˇ	角部	【角部】		184	186	段4下-54	錯8-19	鉉4下-8

篆本字（古文、金文、籀文、俗字，通叚、金石）	拼音	注音	說文部首	康熙部首	筆畫	一般頁碼	洪葉頁碼	段注篇章	徐鍇通釋篇章	徐鉉藤花榭篇章
觓(捄、觩)	qiu´	ㄑㄧㄡ´	角部	【角部】	2畫	185	187	段4下-56	鍇8-19	鉉4下-8
叉(釵，衩、衩、靫通叚)	cha	ㄔㄚ	又部	【又部】	3畫	115	116	段3下-17	鍇6-9	鉉3下-4
舡(舡)	gang	ㄍㄤ	角部	【角部】	4畫	186	188	段4下-57	鍇8-20	鉉4下-8
觶(觝、觛，觪通叚)	zhi`	ㄓˋ	角部	【角部】	4畫	187	189	段4下-59	鍇8-20	鉉4下-9
厄(厄=觛觛dan`述及)	zhi	ㄓ	厄部	【卩部】	4畫	430	434	段9上-30	鍇17-10	鉉9上-5
䀹(䀹通叚)	jue´	ㄐㄩㄝ´	目部	【目部】	4畫	134	135	段4上-10	鍇7-5	鉉4上-2
叏(夬，英、觖通叚)	guai`	ㄍㄨㄞˋ	又部	【大部】	4畫	115	116	段3下-18	鍇6-10	鉉3下-4
觸(犝通叚)	chu`	ㄔㄨˋ	角部	【角部】	4畫	185	187	段4下-56	鍇8-20	鉉4下-8
斲(斮，斠通叚)	zhuo´	ㄓㄨㄛ´	角部	【角部】	4畫	185	187	段4下-56	鍇8-19	鉉4下-8
牴(抵、觝)	di	ㄉㄧˇ	牛部	【牛部】	5畫	52	53	段2上-9	鍇3-4	鉉2上-2
距(駏、䟫)	ju`	ㄐㄩˋ	足部	【足部】	5畫	84	84	段2下-30	鍇4-15	鉉2下-6
觚(菰通叚)	gu	ㄍㄨ	角部	【角部】	5畫	187	189	段4下-60	鍇8-20	鉉4下-9
柧(觚，軱通叚)	gu	ㄍㄨ	木部	【木部】	5畫	268	271	段6上-61	鍇11-27	鉉6上-8
觛(酖通叚)	dan`	ㄉㄢˋ	角部	【角部】	5畫	186	188	段4下-58	鍇8-20	鉉4下-9
觷(觸)	nuo`	ㄋㄨㄛˋ	角部	【角部】	5畫	188	190	段4下-61	鍇8-21	鉉4下-9
觜(嘴廣雅作紫zui,蠟通叚)	zui	ㄗㄨㄟˇ	角部	【角部】	5畫	186	188	段4下-58	鍇8-20	鉉4下-9
觛	xuan	ㄒㄩㄢ	角部	【角部】	6畫	187	189	段4下-60	鍇8-20	鉉4下-9
觟	hua`	ㄏㄨㄚˋ	角部	【角部】	6畫	186	188	段4下-57	鍇8-20	鉉4下-9
觓(捄、觩)	qiu´	ㄑㄧㄡ´	角部	【角部】	6畫	185	187	段4下-56	鍇8-19	鉉4下-8
觠(蜷、踡通叚)	quan´	ㄑㄩㄢ´	角部	【角部】	6畫	185	187	段4下-55	鍇8-19	鉉4下-8
觡	ge´	ㄍㄜ´	角部	【角部】	6畫	186	188	段4下-58	鍇8-20	鉉4下-9
觢(挈通叚)	shi`	ㄕˋ	角部	【角部】	6畫	185	187	段4下-55	鍇8-19	鉉4下-8
解(廌，廨、嶰、獬、貕、繲、邂通叚)	jie	ㄐㄧㄝˇ	角部	【角部】	6畫	186	188	段4下-58	鍇8-20	鉉4下-9
懈(解，懘通叚)	xie`	ㄒㄧㄝˋ	心部	【心部】	6畫	509	514	段10下-39	鍇20-14	鉉10下-7
觤	gui	ㄍㄨㄟˇ	角部	【角部】	6畫	186	188	段4下-57	鍇8-20	鉉4下-9
觵(觥)	gong	ㄍㄨㄥ	角部	【角部】	6畫	186	188	段4下-58	鍇8-20	鉉4下-9
侊(觥)	guang	ㄍㄨㄤ	人部	【人部】	6畫	378	382	段8上-28	鍇15-10	鉉8上-4

篆本字（古文、金文、籀文、俗字，通叚、金石）	拼音	注音	說文部首	康熙部首	筆畫	一般頁碼	洪葉頁碼	段注篇章	徐鍇通釋篇章	徐鉉藤花榭篇章
鵠(鮕通叚)	huˊ	ㄏㄨˊ	鳥部	【鳥部】7畫		151	153	段4上-45	鍇7-20	鉉4上-8
觪(騂，觲通叚)	xing	ㄒㄧㄥ	角部	【角部】7畫		185	187	段4下-56	鍇8-20	鉉4下-8
觶(觗、觗，觙通叚)	zhiˋ	ㄓˋ	角部	【角部】7畫		187	189	段4下-59	鍇8-20	鉉4下-9
速(遬、警、樏楼yanˇ迹及，㩢通叚)	suˋ	ㄙㄨˋ	辵(辶)部	【辵部】7畫		71	72	段2下-5	鍇4-3	鉉2下-1
距(岠、䟿)	juˋ	ㄐㄩˋ	足部	【足部】8畫		84	84	段2下-30	鍇4-15	鉉2下-6
棱(楞，稜、輘通叚)	lingˊ	ㄌㄧㄥˊ	木部	【木部】8畫		268	271	段6上-61	鍇11-27	鉉6上-8
觬	niˊ	ㄋㄧˊ	角部	【角部】8畫		185	187	段4下-55	鍇8-19	鉉4下-8
觭	ji	ㄐㄧ	角部	【角部】8畫		185	187	段4下-55	鍇8-19	鉉4下-8
觰	zha	ㄓㄚ	角部	【角部】9畫		186	188	段4下-57	鍇8-20	鉉4下-9
䚡(鰓通叚)	sai	ㄙㄞ	角部	【角部】9畫		185	187	段4下-55	鍇8-19	鉉4下-8
觓	qiuˊ	ㄑㄧㄡˊ	角部	【角部】9畫		188	190	段4下-61	鍇8-21	鉉4下-9
觟	wei	ㄨㄟ	角部	【角部】9畫		185	187	段4下-56	鍇8-19	鉉4下-8
觿(端)	duan	ㄉㄨㄢ	角部	【角部】9畫		186	188	段4下-57	鍇8-20	鉉4下-8
觱从或角(觷)	biˋ	ㄅㄧˋ	角部	【角部】9畫		188	190	段4下-61	鍇8-21	鉉4下-9
潷(觱)	biˋ	ㄅㄧˋ	夂部	【丶部】9畫		571	577	段11下-9	鍇22-4	鉉11下-3
觗	zhiˋ	ㄓˋ	角部	【角部】10畫		185	187	段4下-55	鍇8-19	鉉4下-8
觡(觼)	nuo	ㄋㄨㄛˋ	角部	【角部】10畫		188	190	段4下-61	鍇8-21	鉉4下-9
觲(騂，觲通叚)	xing	ㄒㄧㄥ	角部	【角部】10畫		185	187	段4下-56	鍇8-20	鉉4下-8
鰥(矜，瘝、瘝、鰥、鰥、鯤通叚)	guan	ㄍㄨㄢ	魚部	【魚部】10畫		576	581	段11下-18	鍇22-8	鉉11下-5
觳(斛通叚)	huˊ	ㄏㄨˊ	角部	【角部】10畫		188	190	段4下-61	鍇8-21	鉉4下-9
觴(觞、觴，醻通叚)	shang	ㄕㄤ	角部	【角部】11畫		187	189	段4下-60	鍇8-20	鉉4下-9
籆从竹蒦(觸、籰从竹眀隻)	yueˋ	ㄩㄝˋ	竹部	【竹部】12畫		191	192	段5上-6	鍇9-3	鉉5上-1
觹	feiˋ	ㄈㄟˋ	角部	【角部】12畫		188	190	段4下-61	鍇8-21	鉉4下-9
觼(鐍=玦、觼遹述及、捐)	jueˊ	ㄐㄩㄝˊ	角部	【角部】12畫		188	190	段4下-61	鍇8-21	鉉4下-9
趨(觼、觼)	juˊ	ㄐㄩˊ	走部	【走部】12畫		65	66	段2上-35	鍇3-15	鉉2上-7

篆本字(古文、金文、籀文、俗字，通叚、金石)	拼音	注音	說文部首	康熙部首	筆畫	一般頁碼	洪葉頁碼	段注篇章	徐鍇通釋篇章	徐鉉藤花榭篇章
觵(觥)	gong	ㄍㄨㄥ	角部	【角部】	12畫	186	188	段4下-58	鍇8-20	鉉4下-9
觶(⿰角辰、觗，⿰角支通叚)	zhiˋ	ㄓˋ	角部	【角部】	12畫	187	189	段4下-59	鍇8-20	鉉4下-9
⿰角厥(⿸厂⿱辟角、厥)	jueˊ	ㄐㄩㄝˊ	角部	【角部】	12畫	185	187	段4下-56	鍇8-20	鉉4下-8
厥(⿰角厥)	jueˊ	ㄐㄩㄝˊ	厂部	【厂部】	12畫	447	451	段9下-20	鍇18-7	鉉9下-3
觷(huˋ)	xueˊ	ㄒㄩㄝˊ	角部	【角部】	13畫	無	無	無	鍇8-20	鉉4下-8
⿱敖角(xiˊ)	aoˊ	ㄠˊ	角部	【角部】	13畫	187	189	段4下-60	鍇8-20	鉉4下-9
觸(皐通叚)	chuˋ	ㄔㄨˋ	角部	【角部】	13畫	185	187	段4下-56	鍇8-20	鉉4下-8
觻	liˋ	ㄌㄧˋ	角部	【角部】	15畫	185	187	段4下-55	鍇8-19	鉉4下-8
觼(鐍、⿰角矞)	jueˊ	ㄐㄩㄝˊ	角部	【角部】	15畫	188	190	段4下-61	鍇8-21	鉉4下-9
⿺走夐(觼、⿰角矞)	juˊ	ㄐㄩˊ	走部	【走部】	15畫	65	66	段2上-35	鍇3-15	鉉2上-7
鑣(⿰角麃)	biao	ㄅㄧㄠ	金部	【金部】	15畫	713	720	段14上-23	鍇27-7	鉉14上-4
⿱⿲弓咸弓角从或角(觱)	biˋ	ㄅㄧˋ	角部	【角部】	16畫	188	190	段4下-61	鍇8-21	鉉4下-9
⿰角雚	xuan	ㄒㄩㄢ	角部	【角部】	16畫	185	187	段4下-55	鍇8-19	鉉4下-8
觿(鑴)	xi	ㄒㄧ	角部	【角部】	18畫	186	188	段4下-58	鍇8-20	鉉4下-9
【言(yanˊ)部】	yanˊ	ㄧㄢˊ	言部			89	90	段3上-7	鍇5-5	鉉3上-2
言(⿱竹言通叚)	yanˊ	ㄧㄢˊ	言部	【言部】		89	90	段3上-7	鍇5-5	鉉3上-2
⿰言乃	rengˊ	ㄖㄥˊ	言部	【言部】	2畫	92	92	段3上-12	鍇5-7	鉉3上-3
訂	dingˋ	ㄉㄧㄥˋ	言部	【言部】	2畫	92	92	段3上-12	鍇5-7	鉉3上-3
訄	qiuˊ	ㄑㄧㄡˊ	言部	【言部】	2畫	102	102	段3上-32	鍇5-16	鉉3上-6
赴(訃，⿺走孚通叚)	fuˋ	ㄈㄨˋ	走部	【走部】	2畫	63	64	段2上-31	鍇3-14	鉉2上-7
訆(叫、⿰吅言)	jiaoˋ	ㄐㄧㄠˋ	言部	【言部】	2畫	99	99	段3上-26	鍇5-13	鉉3上-5
⿰吅言(訆)	jiaoˋ	ㄐㄧㄠˋ	吅部	【口部】	2畫	86	87	段3上-1	鍇5-1	鉉3上-1
訇(⿹勹言，⿴囗言通叚)	hong	ㄏㄨㄥ	言部	【言部】	2畫	98	98	段3上-24	鍇5-12	鉉3上-5
計	jiˋ	ㄐㄧˋ	言部	【言部】	2畫	93	94	段3上-15	鍇5-8	鉉3上-4
訊(⿰言囟、⿰言西)	xunˋ	ㄒㄩㄣˋ	言部	【言部】	3畫	92	92	段3上-12	鍇5-7	鉉3上-3
訌(虹，⿰忄貢通叚)	hongˊ	ㄏㄨㄥˊ	言部	【言部】	3畫	98	99	段3上-25	鍇5-13	鉉3上-5
討	taoˇ	ㄊㄠˇ	言部	【言部】	3畫	101	101	段3上-30	鍇5-15	鉉3上-6
訏	xu	ㄒㄩ	言部	【言部】	3畫	99	100	段3上-27	鍇5-14	鉉3上-6
訐	jieˊ	ㄐㄧㄝˊ	言部	【言部】	3畫	100	100	段3上-28	鍇5-14	鉉3上-6
訒(認通叚)	renˋ	ㄖㄣˋ	言部	【言部】	3畫	95	96	段3上-19	鍇5-10	鉉3上-4
訓(古馴、訓、順三字互相叚借)	xunˋ	ㄒㄩㄣˋ	言部	【言部】	3畫	91	91	段3上-10	鍇5-6	鉉3上-3

篆本字（古文、金文、籀文、俗字，通叚、金石）	拼音	注音	說文部首	康熙部首	筆畫	一般頁碼	洪葉頁碼	段注篇章	徐鍇通釋篇章	徐鉉藤花榭篇章
馴（古馴、訓、順三字互相叚借）	xun´	ㄒㄩㄣˊ	馬部	【馬部】3畫		467	471	段10上-14	鍇19-4	鉉10上-2
順（古馴、訓、順三字互相叚借）	shun`	ㄕㄨㄣˋ	頁部	【頁部】3畫		418	423	段9上-7	鍇17-3	鉉9上-2
訕（姍）	shan`	ㄕㄢˋ	言部	【言部】3畫		96	97	段3上-21	鍇5-11	鉉3上-5
姍（訕，跚通叚）	shan	ㄕㄢ	女部	【女部】3畫		625	631	段12下-27	鍇24-9	鉉12下-4
訖（迄通叚）	qi`	ㄑㄧˋ	言部	【言部】3畫		95	95	段3上-18	鍇5-9	鉉3上-4
愾（訖，忔、疙、忥通叚）	kai`	ㄎㄞˋ	心部	【心部】3畫		512	516	段10下-44	鍇20-16	鉉10下-8
託（托通叚）	tuo	ㄊㄨㄛ	言部	【言部】3畫		95	95	段3上-18	鍇5-9	鉉3上-4
橐（沰涿zhuo´述及、託轠sui`述及）	tuo´	ㄊㄨㄛˊ	橐部	【木部】3畫		276	279	段6下-9	鍇12-7	鉉6下-3
誕（這，讀通叚）	dan`	ㄉㄢˋ	言部	【言部】3畫		98	99	段3上-25	鍇5-13	鉉3上-5
詑（忚、訑、訑、訑通叚）	tuo´	ㄊㄨㄛˊ	言部	【言部】3畫		96	96	段3上-20	鍇5-11	鉉3上-4
記	ji`	ㄐㄧˋ	言部	【言部】3畫		95	95	段3上-18	鍇5-9	鉉3上-4
迁（己、忌、記、其、迁五字通用）	ji`	ㄐㄧˋ	丌部	【辵部】3畫		199	201	段5上-22	鍇9-8	鉉5上-4
訆（叫）	kou`	ㄎㄡˋ	言部	【言部】3畫		98	99	段3上-25	鍇5-13	鉉3上-5
吟（䪩、訡）	yin´	ㄧㄣˊ	口部	【口部】4畫		60	61	段2上-25	鍇3-10	鉉2上-5
訇（訇，詗通叚）	hong	ㄏㄨㄥ	言部	【言部】4畫		98	98	段3上-24	鍇5-12	鉉3上-5
訟（䛟、頌）	song`	ㄙㄨㄥˋ	言部	【言部】4畫		100	100	段3上-28	鍇5-14	鉉3上-6
䚻（謠、謠）	yao´	ㄧㄠˊ	言部	【言部】4畫		93	93	段3上-14	鍇5-8	鉉3上-4
訝（迓、御、迎，呀通叚）	ya`	ㄧㄚˋ	言部	【言部】4畫		95	96	段3上-19	鍇5-10	鉉3上-4
譌（為、偽、訛俗）	e´	ㄜˊ	言部	【言部】4畫		99	99	段3上-26	鍇5-14	鉉3上-5
吪（訛通叚）	e´	ㄜˊ	口部	【口部】4畫		60	61	段2上-25	鍇3-11	鉉2上-5
囮（鬴，訛通叚）	e´	ㄜˊ	口部	【口部】4畫		278	281	段6下-13	鍇12-9	鉉6下-4
誆（誑，証通叚）	kuang´	ㄎㄨㄤˊ	言部	【言部】4畫		96	97	段3上-21	鍇5-11	鉉3上-4
訣	jue´	ㄐㄩㄝˊ	言部	【言部】4畫		無	無	無	無	鉉3上-7
決（决、訣通叚）	jue´	ㄐㄩㄝˊ	水部	【水部】4畫		555	560	段11上貳-19	鍇21-19	鉉11上-6
玦（訣通叚）	jue´	ㄐㄩㄝˊ	玉部	【玉部】4畫		13	13	段1上-26	鍇1-18	鉉1上-4

篆本字(古文、金文、籀文、俗字，通叚、金石)	拼音	注音	說文部首	康熙部首	筆畫	一般頁碼	洪葉頁碼	段注篇章	徐鍇通釋篇章	徐鉉藤花榭篇章
訢(欣)	xin	ㄒㄧㄣ	言部	【言部】	4畫	93	94	段3上-15	鍇5-8	鉉3上-4
欣(訢)	xin	ㄒㄧㄣ	欠部	【欠部】	4畫	411	415	段8下-20	鍇16-15	鉉8下-4
信(伸蠖huo`述及、㐰、訫)	xin	ㄒㄧㄣˋ	言部	【人部】	4畫	92	93	段3上-13	鍇5-7	鉉3上-3
訥(吶、㕯)	ne`	ㄋㄜˋ	言部	【言部】	4畫	95	96	段3上-19	鍇5-10	鉉3上-4
㕯(吶、訥)	ne`	ㄋㄜˋ	㕯部	【口部】	4畫	88	88	段3上-4	鍇5-3	鉉3上-2
訦	chen´	ㄔㄣˊ	言部	【言部】	4畫	92	93	段3上-13	鍇5-7	鉉3上-3
訧(郵、尤)	you´	ㄧㄡˊ	言部	【言部】	4畫	101	101	段3上-30	鍇5-15	鉉3上-6
郵(訧、尤，郵通叚)	you´	ㄧㄡˊ	邑部	【邑部】	4畫	284	286	段6下-24	鍇12-14	鉉6下-5
訪	fang˘	ㄈㄤˇ	言部	【言部】	4畫	91	92	段3上-11	鍇5-7	鉉3上-3
讛(諄、敦，忳、綧、訰通叚)	zhun	ㄓㄨㄣ	言部	【言部】	4畫	91	91	段3上-10	鍇5-6	鉉3上-3
訷(喃、呻、訥、詽、諵通叚)	nan´	ㄋㄢˊ	言部	【言部】	4畫	98	98	段3上-24	鍇5-12	鉉3上-5
訬(吵、炒)	chao˘	ㄔㄠˇ	言部	【言部】	4畫	99	100	段3上-27	鍇5-14	鉉3上-5
設	she`	ㄕㄜˋ	言部	【言部】	4畫	94	95	段3上-17	鍇5-9	鉉3上-4
許(鄦古今字、所、御)	xu˘	ㄒㄩˇ	言部	【言部】	4畫	90	90	段3上-8	鍇5-5	鉉3上-3
鄦(鄦、許古今字)	xu˘	ㄒㄩˇ	邑部	【邑部】	4畫	290	293	段6下-37	鍇12-17	鉉6下-7
所(許)	suo˘	ㄙㄨㄛˇ	斤部	【戶部】	4畫	717	724	段14上-31	鍇27-10	鉉14上-5
詩(詘、持)	shi	ㄕ	言部	【言部】	4畫	90	91	段3上-9	鍇5-6	鉉3上-3
訮(訶、妍)	yan´	ㄧㄢˊ	言部	【言部】	4畫	98	98	段3上-24	鍇5-12	鉉3上-5
詢(諏、說，呴通叚)	xiong	ㄒㄩㄥ	言部	【言部】	4畫	100	100	段3上-28	鍇5-14	鉉3上-6
詎	ju`	ㄐㄩˋ	言部	【言部】	5畫	無	無	無	無	鉉3上-7
巨(榘、㠱、矩，狟、詎、駏通叚)	ju`	ㄐㄩˋ	工部	【工部】	5畫	201	203	段5上-25	鍇9-10	鉉5上-4

篆本字（古文、金文、籀文、俗字，通叚、金石）	拼音	注音	說文部首	康熙部首	筆畫	一般頁碼	洪葉頁碼	段注篇章	徐鍇通釋篇章	徐鉉藤花榭篇章
渠(璩、繉、藻、詎、轈通叚)	qu′	ㄑㄩˊ	水部	【水部】5畫		554	559	段11上貳-18	鍇21-18	鉉11上-6
䛐(詞、辭)	ci′	ㄘˊ	司部	【言部】5畫		429	434	段9上-29	鍇17-9	鉉9上-5
詈(罵)	li`	ㄌㄧˋ	网部	【言部】5畫		356	360	段7下-43	鍇14-20	鉉7下-8
訰(詧)	yuan`	ㄩㄢˋ	言部	【言部】5畫		100	101	段3上-29	鍇5-15	鉉3上-6
詶(袖示部)	zhou`	ㄓㄡˋ	言部	【言部】5畫		97	97	段3上-22	鍇5-11	鉉3上-5
訶(苛、荷詆述及，呵、嗬、歌通叚)	he	ㄏㄜ	言部	【言部】5畫		100	100	段3上-28	鍇5-14	鉉3上-6
苛(訶詆述及，嗬、蓏通叚)	ke	ㄎㄜ	艸部	【艸部】5畫		40	40	段1下-38	鍇2-18	鉉1下-6
訹(鉥、怵)	xu`	ㄒㄩˋ	言部	【言部】5畫		96	96	段3上-20	鍇5-10	鉉3上-4
診	zhen˘	ㄓㄣˇ	言部	【言部】5畫		101	101	段3上-30	鍇5-15	鉉3上-6
注(註，痒、絑、尌通叚)	zhu`	ㄓㄨˋ	水部	【水部】5畫		555	560	段11上貳-19	鍇21-19	鉉11上-6
証(證)	zheng`	ㄓㄥˋ	言部	【言部】5畫		93	93	段3上-14	鍇5-8	鉉3上-3
詁(故)	gu`	ㄍㄨˋ	言部	【言部】5畫		92	93	段3上-13	鍇5-8	鉉3上-3
詄(呹通叚)	die′	ㄉㄧㄝˊ	言部	【言部】5畫		98	99	段3上-25	鍇5-13	鉉3上-5
詆(呧述及)	di˘	ㄉㄧˇ	言部	【言部】5畫		100	101	段3上-29	鍇5-15	鉉3上-6
呧(詆)	di˘	ㄉㄧˇ	口部	【口部】5畫		59	60	段2上-23	鍇3-9	鉉2上-5
詇	yang`	ㄧㄤˋ	言部	【言部】5畫		91	91	段3上-10	鍇5-6	鉉3上-3
詍(yi`)	shi`	ㄕˋ	言部	【言部】5畫		97	98	段3上-23	鍇5-12	鉉3上-5
泄(詍，洩通叚)	xie`	ㄒㄧㄝˋ	水部	【水部】5畫		534	539	段11上壹-38	鍇21-11	鉉11上-3
呭(泄、沓、詍)	yi`	ㄧˋ	口部	【口部】5畫		57	58	段2上-19	鍇3-8	鉉2上-4
詐	zha`	ㄓㄚˋ	言部	【言部】5畫		99	100	段3上-27	鍇5-14	鉉3上-6
詑(忚、訑、訑、訵通叚)	tuo′	ㄊㄨㄛˊ	言部	【言部】5畫		96	96	段3上-20	鍇5-11	鉉3上-4
詒(貽)	yi′	ㄧˊ	言部	【言部】5畫		96	97	段3上-21	鍇5-11	鉉3上-4
詖(頗)	bi`	ㄅㄧˋ	言部	【言部】5畫		91	91	段3上-10	鍇5-6	鉉3上-3
頗(詖中述及，玻通叚)	po˘	ㄆㄛˇ	頁部	【頁部】5畫		421	425	段9上-12	鍇17-4	鉉9上-2
辯(䜌通叚)	bian`	ㄅㄧㄢˋ	辡部	【辛部】5畫		742	749	段14下-23	鍇28-11	鉉14下-5

篆本字(古文、金文、籀文、俗字，通叚、金石)	拼音	注音	說文部首	康熙部首	筆畫	一般頁碼	洪葉頁碼	段注篇章	徐鍇通釋篇章	徐鉉藤花榭篇章
詗(偵)	xiong	ㄒㄩㄥˋ	言部	【言部】	5畫	100	101	段3上-29	鍇5-15	鉉3上-6
詹(蟾、譫、詀通叚)	zhan	ㄓㄢ	八部	【言部】	5畫	49	49	段2上-2	鍇3-2	鉉2上-1
平(秂，平便辨通用便述及，評、頩通叚)	ping	ㄆㄧㄥˊ	亏部	【干部】	5畫	205	207	段5上-33	鍇9-14	鉉5上-6
枵(哮、詨通叚)	xiao	ㄒㄧㄠ	木部	【木部】	5畫	250	252	段6上-24	鍇11-11	鉉6上-4
譀(誴，詽通叚)	han	ㄏㄢˋ	言部	【言部】	5畫	98	99	段3上-25	鍇5-13	鉉3上-5
詘(諨，褔通叚)	qu	ㄑㄩ	言部	【言部】	5畫	100	101	段3上-29	鍇5-15	鉉3上-6
黜(絀、詘)	chu	ㄔㄨˋ	黑部	【黑部】	5畫	489	493	段10上-58	鍇19-19	鉉10上-10
詛(祝訓述及，禣通叚)	zu	ㄗㄨˇ	言部	【言部】	5畫	97	97	段3上-22	鍇5-11	鉉3上-5
諏(詛、諑，娵通叚)	zou	ㄗㄡ	言部	【言部】	5畫	91	92	段3上-11	鍇5-7	鉉3上-3
祝(呪、詛訓述及，咒通叚)	zhu	ㄓㄨˋ	示部	【示部】	5畫	6	6	段1上-12	鍇1-7	鉉1上-2
詠(咏)	yong	ㄩㄥˋ	言部	【言部】	5畫	95	95	段3上-18	鍇5-9	鉉3上-4
詔	zhao	ㄓㄠˋ	言部	【言部】	5畫	無	無	無	無	鉉3上-3
誥古文从言肘(叡、告、詔)	gao	ㄍㄠˋ	言部	【言部】	5畫	92	93	段3上-13	鍇5-7	鉉3上-3
評(呼，乎金石)	hu	ㄏㄨ	言部	【言部】	5畫	95	95	段3上-18	鍇5-10	鉉3上-4
詬(訽)	gou	ㄍㄡˋ	言部	【言部】	5畫	101	102	段3上-31	鍇5-16	鉉3上-6
誧(喃、呭、誧、詽、讇通叚)	nan	ㄋㄢˊ	言部	【言部】	5畫	98	98	段3上-24	鍇5-12	鉉3上-5
詷(訽)	tao	ㄊㄠˊ	言部	【言部】	5畫	98	98	段3上-24	鍇5-12	鉉3上-5
謀(呣、譬)	mou	ㄇㄡˊ	言部	【言部】	5畫	91	92	段3上-11	鍇5-6	鉉3上-3
謉(訴、謜、愬)	su	ㄙㄨˋ	言部	【言部】	5畫	100	100	段3上-28	鍇5-15	鉉3上-6
詹(蟾、譫、詀通叚)	zhan	ㄓㄢ	八部	【言部】	6畫	49	49	段2上-2	鍇3-2	鉉2上-1
宗(誅、家、寂，淑、諔通叚)	ji	ㄐㄧˋ	宀部	【宀部】	6畫	339	343	段7下-9	鍇14-4	鉉7下-2
訊(誶、誜)	xun	ㄒㄩㄣˋ	言部	【言部】	6畫	92	92	段3上-12	鍇5-7	鉉3上-3

篆本字(古文、金文、籀文、俗字，通段、金石)	拼音	注音	說文部首	康熙部首	筆畫	一般頁碼	洪葉頁碼	段注篇章	徐鍇通釋篇章	徐鉉藤花榭篇章
詎(詎)	zhi ˇ	ㄓˇ	言部	【言部】	6畫	100	100	段3上-28	鍇5-14	鉉3上-6
訾(呰、訿)	zi	ㄗ	言部	【言部】	6畫	98	98	段3上-24	鍇5-12	鉉3上-5
呰(訾，呲、些通段)	zi ˇ	ㄗˇ	口部	【口部】	6畫	59	60	段2上-23	鍇3-9	鉉2上-5
詡(吁)	xu ˇ	ㄒㄩˇ	言部	【言部】	6畫	94	94	段3上-16	鍇5-9	鉉3上-4
詣(栺通段)	yi ˋ	一ˋ	言部	【言部】	6畫	95	96	段3上-19	鍇5-10	鉉3上-4
詤(謊)	huang ˇ	ㄏㄨㄤˇ	言部	【言部】	6畫	99	99	段3上-26	鍇5-14	鉉3上-5
詽(訮、妍)	yan ˊ	一ㄢˊ	言部	【言部】	6畫	98	98	段3上-24	鍇5-12	鉉3上-5
詥	he ˊ	ㄏㄜˊ	言部	【言部】	6畫	93	94	段3上-15	鍇5-8	鉉3上-4
試	shi ˋ	ㄕˋ	言部	【言部】	6畫	93	93	段3上-14	鍇5-8	鉉3上-4
弒(試)	shi ˋ	ㄕˋ	殺部	【弋部】	6畫	120	121	段3下-28	鍇6-15	鉉3下-7
詧	cha ˊ	ㄔㄚˊ	言部	【言部】	6畫	92	92	段3上-12	鍇5-7	鉉3上-3
詩(訨、持)	shi	ㄕ	言部	【言部】	6畫	90	91	段3上-9	鍇5-6	鉉3上-3
邿(詩)	shi	ㄕ	邑部	【邑部】	6畫	296	299	段6下-49	鍇12-20	鉉6下-8
詪	hen ˇ	ㄏㄣˇ	言部	【言部】	6畫	98	99	段3上-25	鍇5-13	鉉3上-5
詬(訽)	gou ˋ	ㄍㄡˋ	言部	【言部】	6畫	101	102	段3上-31	鍇5-16	鉉3上-6
詭(佹通段)	gui ˇ	ㄍㄨㄟˇ	言部	【言部】	6畫	100	101	段3上-29	鍇5-15	鉉3上-6
詮	quan ˊ	ㄑㄩㄢˊ	言部	【言部】	6畫	93	94	段3上-15	鍇5-8	鉉3上-4
詢	xun ˊ	ㄒㄩㄣˊ	言部	【言部】	6畫	無	無	無	無	鉉3上-7
洵(均、恂、敻、泫，詢通段)	xun ˊ	ㄒㄩㄣˊ	水部	【水部】	6畫	544	549	段11上壹-57	鍇21-12	鉉11上-4
恂(詢、洵、悛)	xun ˊ	ㄒㄩㄣˊ	心部	【心部】	6畫	505	509	段10下-30	鍇20-11	鉉10下-6
吒(咤，嗻、詫通段)	zha ˋ	ㄓㄚˋ	口部	【口部】	6畫	60	60	段2上-24	鍇3-10	鉉2上-5
鬻(餌，咡、誀通段)	er ˇ	ㄦˇ	䰜部	【鬲部】	6畫	112	113	段3下-12	鍇6-7	鉉3下-3
詯(咱，嘷、膭通段)	hui ˋ	ㄏㄨㄟˋ	言部	【言部】	6畫	97	98	段3上-23	鍇5-12	鉉3上-5
詰	jie ˊ	ㄐ一ㄝˊ	言部	【言部】	6畫	100	101	段3上-29	鍇5-15	鉉3上-6
叫(訆通段)	jiao ˋ	ㄐ一ㄠˋ	口部	【口部】	6畫	60	61	段2上-25	鍇3-11	鉉2上-5
效(効、俲，詨、傚通段)	xiao ˋ	ㄒ一ㄠˋ	攴部	【攴部】	6畫	123	124	段3下-33	鍇6-17	鉉3下-8

篆本字(古文、金文、籀文、俗字，通段、金石)	拼音	注音	說文部首	康熙部首	筆畫	一般頁碼	洪葉頁碼	段注篇章	徐鍇通釋篇章	徐鉉藤花榭篇章
諙(話、譮，䚗通段)	hua、	ㄏㄨㄚˋ	言部	【言部】	6畫	93	94	段3上-15	鍇5-8	鉉3上-4
該(餄，絯、餕通段)	gai	ㄍㄞ	言部	【言部】	6畫	101	102	段3上-31	鍇5-16	鉉3上-6
晐(該、賅，絯通段)	gai	ㄍㄞ	日部	【日部】	6畫	308	311	段7上-13	鍇13-4	鉉7上-2
詶(呪、酬，咒、祝通段)	chou、	ㄔㄡˊ	言部	【言部】	6畫	97	97	段3上-22	鍇5-11	鉉3上-5
詳(祥，佯通段)	xiang、	ㄒㄧㄤˊ	言部	【言部】	6畫	92	92	段3上-12	鍇5-7	鉉3上-3
詵(莘、駪、莘、侁)	shen	ㄕㄣ	言部	【言部】	6畫	90	90	段3上-8	鍇5-5	鉉3上-3
姓(駪、侁、詵、莘)	shen	ㄕㄣ	生部	【生部】	6畫	274	276	段6下-4	鍇12-4	鉉6下-2
詷(侗通段)	tong、	ㄊㄨㄥˊ	言部	【言部】	6畫	94	95	段3上-17	鍇5-9	鉉3上-4
詻	e、	ㄜˋ	言部	【言部】	6畫	91	92	段3上-11	鍇5-6	鉉3上-3
詾(訩、說，啕通段)	xiong	ㄒㄩㄥ	言部	【言部】	6畫	100	100	段3上-28	鍇5-14	鉉3上-6
詿(罣通段)	gua、	ㄍㄨㄚˋ	言部	【言部】	6畫	97	98	段3上-23	鍇5-12	鉉3上-5
䛥(詿)	gua、	ㄍㄨㄚˋ	言部	【言部】	6畫	96	97	段3上-21	鍇5-11	鉉3上-5
誂(挑)	tiao	ㄊㄧㄠˇ	言部	【言部】	6畫	98	99	段3上-25	鍇5-13	鉉3上-5
誃(謻、簃、哆)	chi	ㄔˇ	言部	【言部】	6畫	97	97	段3上-22	鍇5-11	鉉3上-5
誥古文从言肘(𠧗、告、詔)	gao、	ㄍㄠˋ	言部	【言部】	6畫	92	93	段3上-13	鍇5-7	鉉3上-3
誅	zhu	ㄓㄨ	言部	【言部】	6畫	101	101	段3上-30	鍇5-15	鉉3上-6
誇	kua	ㄎㄨㄚ	言部	【言部】	6畫	98	99	段3上-25	鍇5-13	鉉3上-5
誠	cheng、	ㄔㄥˊ	言部	【言部】	6畫	93	93	段3上-14	鍇5-7	鉉3上-4
諫	ci、	ㄘˋ	言部	【言部】	6畫	100	101	段3上-29	鍇5-15	鉉3上-6
誄	lei	ㄌㄟˇ	言部	【言部】	6畫	101	102	段3上-31	鍇5-16	鉉3上-6
譱(譱、善)	shan、	ㄕㄢˋ	誩部	【言部】	6畫	102	102	段3上-32	鍇5-16	鉉3上-7
訟(詠、頌)	song、	ㄙㄨㄥˋ	言部	【言部】	7畫	100	100	段3上-28	鍇5-14	鉉3上-6
悝(詼)	kui	ㄎㄨㄟ	心部	【心部】	7畫	510	514	段10下-40	鍇20-14	鉉10下-7
訖	ji、	ㄐㄧˋ	言部	【言部】	7畫	92	93	段3上-13	鍇5-7	鉉3上-3
惎(諅)	ji、	ㄐㄧˋ	心部	【心部】	7畫	515	519	段10下-50	鍇20-18	鉉10下-9

篆本字（古文、金文、籀文、俗字，通叚、金石）	拼音	注音	說文部首	康熙部首	筆畫	一般頁碼	洪葉頁碼	段注篇章	徐鍇通釋篇章	徐鉉藤花榭篇章
諫	cu`	ㄘㄨˋ	言部	【言部】7畫		93	93	段3上-14	鍇5-8	鉉3上-3
譺(假，哦通叚)	e´	ㄜˊ	言部	【言部】7畫		94	95	段3上-17	鍇5-9	鉉3上-4
誆(誑，訨通叚)	kuang´	ㄎㄨㄤˊ	言部	【言部】7畫		96	97	段3上-21	鍇5-11	鉉3上-4
迂(誆)	wang`	ㄨㄤˋ	辵(辶)部	【辵部】7畫		70	71	段2下-3	鍇4-2	鉉2下-1
誒(唉、欸)	ai	ㄞ	言部	【言部】7畫		97	98	段3上-23	鍇5-12	鉉3上-5
唉(欸、誒)	ai	ㄞ	口部	【口部】7畫		57	58	段2上-19	鍇3-8	鉉2上-4
欸(唉、誒)	ai`	ㄞ	欠部	【欠部】7畫		412	416	段8下-22	鍇16-16	鉉8下-5
誓	shi`	ㄕˋ	言部	【言部】7畫		92	93	段3上-13	鍇5-7	鉉3上-3
誖(悖、鬶，俘、懇通叚)	bei`	ㄅㄟˋ	言部	【言部】7畫		97	98	段3上-23	鍇5-12	鉉3上-5
語	yu`	ㄩˇ	言部	【言部】7畫		89	90	段3上-7	鍇5-5	鉉3上-3
誡(喊通叚)	jie`	ㄐㄧㄝˋ	言部	【言部】7畫		92	93	段3上-13	鍇5-7	鉉3上-3
誣	wu	ㄨ	言部	【言部】7畫		97	97	段3上-22	鍇5-11	鉉3上-5
誤	wu`	ㄨˋ	言部	【言部】7畫		97	98	段3上-23	鍇5-12	鉉3上-5
誥古文从言肘(叡、告、詔)	gao`	ㄍㄠˋ	言部	【言部】7畫		92	93	段3上-13	鍇5-7	鉉3上-3
誦	song`	ㄙㄨㄥˋ	言部	【言部】7畫		90	91	段3上-9	鍇5-6	鉉3上-3
誧	bu	ㄅㄨ	言部	【言部】7畫		94	95	段3上-17	鍇5-9	鉉3上-4
誨	hui`	ㄏㄨㄟˋ	言部	【言部】7畫		91	91	段3上-10	鍇5-6	鉉3上-3
誌	zhi`	ㄓˋ	言部	【言部】7畫		無	無	無	無	鉉3上-7
志(識、意，娡、蕙、誌通叚)	zhi`	ㄓˋ	心部	【心部】7畫		502	506	段10下-24	鍇20-9	鉉10下-5
識(志、意，幟、痣、誌通叚)	shi`	ㄕˋ	言部	【言部】7畫		92	92	段3上-12	鍇5-7	鉉3上-3
譮(話、譮，䛡通叚)	hua`	ㄏㄨㄚˋ	言部	【言部】7畫		93	94	段3上-15	鍇5-8	鉉3上-4
說(悅、悦)	shuo	ㄕㄨㄛ	言部	【言部】7畫		93	94	段3上-15	鍇5-8	鉉3上-4
僖	xi`	ㄒㄧˋ	言部	【言部】7畫		95	96	段3上-19	鍇5-10	鉉3上-4
名(銘，詺、顝通叚)	ming´	ㄇㄧㄥˊ	口部	【口部】7畫		56	57	段2上-17	鍇3-7	鉉2上-4
仞(牣、軔，認、靭通叚)	ren`	ㄖㄣˋ	人部	【人部】7畫		365	369	段8上-2	鍇15-1	鉉8上-1

篆本字(古文、金文、籀文、俗字，通叚、金石)	拼音	注音	說文部首	康熙部首	筆畫	一般頁碼	洪葉頁碼	段注篇章	徐鍇通釋篇章	徐鉉藤花榭篇章
訒(認通叚)	ren、	ㄖㄣˋ	言部	【言部】	7畫	95	96	段3上-19	錯5-10	鉉3上-4
脛(踁、聲鑒字述及，誙通叚)	jing、	ㄐㄧㄥˋ	肉部	【肉部】	7畫	170	172	段4下-26	錯8-10	鉉4下-4
誼(誼)	yi ˊ	ㄧˊ	言部	【言部】	7畫	94	94	段3上-16	錯5-9	鉉3上-4
詐(咋)	zha、	ㄓㄚˋ	言部	【言部】	7畫	96	97	段3上-21	錯5-11	鉉3上-4
譀(詌，詌通叚)	han、	ㄏㄢˋ	言部	【言部】	7畫	98	99	段3上-25	錯5-13	鉉3上-5
譙(誚)	qiao、	ㄑㄧㄠˋ	言部	【言部】	7畫	100	101	段3上-29	錯5-15	鉉3上-6
教(羛、效、教)	jiao、	ㄐㄧㄠˋ	教部	【攴部】	7畫	127	128	段3下-41	錯6-20	鉉3下-9
誩	jing、	ㄐㄧㄥˋ	誩部	【言部】	7畫	102	102	段3上-32	錯5-16	鉉3上-7
誕(迧，譠通叚)	dan、	ㄉㄢˋ	言部	【言部】	7畫	98	99	段3上-25	錯5-13	鉉3上-5
羑(羐、誘、牖)	you、	ㄧㄡˋ	羊部	【羊部】	7畫	147	148	段4上-36	錯7-16	鉉4上-7
羐(誘、牖、誘、羑，誘通叚)	you、	ㄧㄡˋ	厶部	【厶部】	7畫	436	441	段9上-43	錯17-15	鉉9上-7
牖(誘)	you、	ㄧㄡˋ	片部	【片部】	7畫	318	321	段7上-34	錯13-15	鉉7上-6
愆(寋、僁籀文从言，㥏通叚)	qian	ㄑㄧㄢ	心部	【心部】	8畫	510	515	段10下-41	錯20-15	鉉10下-7
俶(寂、諔通叚)	ji、	ㄐㄧˋ	口部	【口部】	8畫	61	61	段2上-26	錯3-11	鉉2上-5
宗(誅、家、寂，淑、諔通叚)	ji、	ㄐㄧˋ	宀部	【宀部】	8畫	339	343	段7下-9	錯14-4	鉉7下-2
籟(籔、鞠、鞫，諊通叚)	ju	ㄐㄩ	牵部	【竹部】	8畫	496	501	段10下-13	錯20-5	鉉10下-3
諎(惹、諳，譇通叚)	zha	ㄓㄚ	言部	【言部】	8畫	96	97	段3上-21	錯5-11	鉉3上-4
媕(諳、惹)	yan、	ㄧㄢˋ	女部	【女部】	8畫	625	631	段12下-28	錯24-9	鉉12下-4
娽(碌、祿通叚)	lu、	ㄌㄨˋ	女部	【女部】	8畫	622	628	段12下-21	錯24-7	鉉12下-3
訊(誶、誶)	xun、	ㄒㄩㄣˋ	言部	【言部】	8畫	92	92	段3上-12	錯5-7	鉉3上-3
誼(誼)	yi ˊ	ㄧˊ	言部	【言部】	8畫	94	94	段3上-16	錯5-9	鉉3上-4
義(羛、誼、儀yiˊ今時所謂義、古書爲誼)	yi、	ㄧˋ	我部	【羊部】	8畫	633	639	段12下-43	錯24-14	鉉12下-6
誣	wu、	ㄨˋ	言部	【言部】	8畫	99	100	段3上-27	錯5-14	鉉3上-6

篆本字(古文、金文、籀文、俗字，通段、金石)	拼音	注音	說文部首	康熙部首	筆畫	一般頁碼	洪葉頁碼	段注篇章	徐鍇通釋篇章	徐鉉藤花榭篇章
誂(訋)	tao´	ㄊㄠ	言部	【言部】8畫	98	98	段3上-24	錯5-12	鉉3上-5
誰(shui´)	shei´	ㄕㄟ	言部	【言部】8畫	101	101	段3上-30	錯5-15	鉉3上-6
課	ke`	ㄎㄜ`	言部	【言部】8畫	93	93	段3上-14	錯5-8	鉉3上-4
誶	sui`	ㄙㄨㄟ`	言部	【言部】8畫	100	101	段3上-29	錯5-15	鉉3上-6
誹(悱通段)	feiˇ	ㄈㄟˇ	言部	【言部】8畫	97	97	段3上-22	錯5-11	鉉3上-5
譡	ta`	ㄊㄚ`	言部	【言部】8畫	98	98	段3上-24	錯5-12	鉉3上-5
誽	ni`	ㄋㄧ`	言部	【言部】8畫	98	99	段3上-25	錯5-13	鉉3上-5
誾	yin´	ㄧㄣ´	言部	【言部】8畫	91	92	段3上-11	錯5-6	鉉3上-3
調(diao`)	tiao´	ㄊㄧㄠ´	言部	【言部】8畫	93	94	段3上-15	錯5-8	鉉3上-4
諄(諱、敦，忳、綧、訰通段)	zhun	ㄓㄨㄣ	言部	【言部】8畫	91	91	段3上-10	錯5-6	鉉3上-3
諅(忌)	ji`	ㄐㄧ`	言部	【言部】8畫	98	99	段3上-25	錯5-13	鉉3上-5
諆(欺)	qi	ㄑㄧ	言部	【言部】8畫	99	100	段3上-27	錯5-14	鉉3上-6
談(譚通段)	tan´	ㄊㄢ´	言部	【言部】8畫	89	90	段3上-7	錯5-5	鉉3上-3
諉	weiˇ	ㄨㄟˇ	言部	【言部】8畫	94	94	段3上-16	錯5-9	鉉3上-4
請(覩)	qingˇ	ㄑㄧㄥˇ	言部	【言部】8畫	90	90	段3上-8	錯5-5	鉉3上-3
靚(請)	jing`	ㄐㄧㄥ`	見部	【見部】8畫	409	413	段8下-16	錯16-14	鉉8下-4
諍(zheng`)	zheng	ㄓㄥ	言部	【言部】8畫	95	95	段3上-18	錯5-9	鉉3上-4
諎(唶、借再證)	ze´	ㄗㄜ´	言部	【言部】8畫	96	96	段3上-20	錯5-10	鉉3上-4
諏(詛、諑，娵通段)	zou	ㄗㄡ	言部	【言部】8畫	91	92	段3上-11	錯5-7	鉉3上-3
諒(亮、涼、悢述及古多相段借)	liang`	ㄌㄧㄤ`	言部	【言部】8畫	89	90	段3上-7	錯5-5	鉉3上-3
亮(涼、諒、悢述及古多相段借)	liang`	ㄌㄧㄤ`	儿部	【亠部】8畫	405	409	段8下-8	無	鉉8下-2
涼(涼、亮、諒、悢述及古多相段借)	liang´	ㄌㄧㄤ´	水部	【水部】8畫	562	567	段11上貳-34	錯21-23	鉉11上-8
悢(諒、涼、亮此四字古多相段借)	liang`	ㄌㄧㄤ`	旡部	【无部】8畫	415	419	段8下-28	錯16-18	鉉8下-5
諓(戔)	jian`	ㄐㄧㄢ`	言部	【言部】8畫	94	94	段3上-16	錯5-9	鉉3上-4
戔(殘、諓，醆、盞通段)	jian	ㄐㄧㄢ	戈部	【戈部】8畫	632	638	段12下-41	錯24-13	鉉12下-6

篆本字(古文、金文、籀文、俗字，通段、金石)	拼音	注音	說文部首	康熙部首	筆畫	一般頁碼	洪葉頁碼	段注篇章	徐鍇通釋篇章	徐鉉藤花榭篇章
竫(靖、㣧、諓)	jing`	ㄐㄧㄥˋ	立部	【立部】8畫	500	504	段10下-20	鍇20-7	鉉10下-4
靖(竫、㣧、諓)	jing`	ㄐㄧㄥˋ	立部	【立部】8畫	500	504	段10下-20	鍇20-7	鉉10下-4
諕(xia`)	hao´	ㄏㄠˊ	言部	【言部】8畫	99	99	段3上-26	鍇5-13	鉉3上-5
論	lun`	ㄌㄨㄣˋ	言部	【言部】8畫	91	92	段3上-11	鍇5-7	鉉3上-3
諗(念)	shen˅	ㄕㄣˇ	言部	【言部】8畫	93	93	段3上-14	鍇5-8	鉉3上-3
諂(讇)	chan˅	ㄔㄢˇ	言部	【言部】8畫	96	96	段3上-20	鍇5-10	鉉3上-4
監(瞽)	jian	ㄐㄧㄢ	臥部	【皿部】8畫	388	392	段8上-47	鍇15-16	鉉8上-7
椓(諑)通段	zhuo´	ㄓㄨㄛˊ	木部	【木部】8畫	268	271	段6上-61	鍇11-27	鉉6上-8
諮	xiao˅	ㄒㄧㄠˇ	言部	【言部】9畫	無	無	無	無	鉉3上-7
鴕(誘、牖、諭、羑，諮通段)	you`	ㄧㄡˋ	厶部	【厶部】9畫	436	441	段9上-43	鍇17-15	鉉9上-7
鄂(鄂，矗、薻、諤通段)	e`	ㄜˋ	邑部	【邑部】9畫	293	295	段6下-42	鍇12-18	鉉6下-7
咢(咢、薻轉wei˅述及，噩、堮、壧、薻、諤通段)	e`	ㄜˋ	吅部	【口部】9畫	62	63	段2上-29	鍇3-13	鉉2上-6
喃(喃、呻、諵、諵、諵通段)	nan´	ㄋㄢˊ	言部	【言部】9畫	98	98	段3上-24	鍇5-12	鉉3上-5
諏(詛、諆，娵通段)	zou	ㄗㄡ	言部	【言部】9畫	91	92	段3上-11	鍇5-7	鉉3上-3
諛	yu´	ㄩˊ	言部	【言部】9畫	96	96	段3上-20	鍇5-10	鉉3上-4
諸(者，蜍、蠩通段)	zhu	ㄓㄨ	言部	【言部】9畫	90	90	段3上-8	鍇5-5	鉉3上-3
渚(諸)	zhu˅	ㄓㄨˇ	水部	【水部】9畫	540	545	段11上壹-50	鍇21-7	鉉11上-3
諈	zhui`	ㄓㄨㄟˋ	言部	【言部】9畫	93	94	段3上-15	鍇5-8	鉉3上-4
娷(諈)	zhui`	ㄓㄨㄟˋ	女部	【女部】9畫	626	632	段12下-29	鍇24-10	鉉12下-4
諝(胥)	xu	ㄒㄩ	言部	【言部】9畫	93	93	段3上-14	鍇5-8	鉉3上-3
惛(諝)	xu˅	ㄒㄩˇ	心部	【心部】9畫	506	510	段10下-32	鍇20-12	鉉10下-6
諞	pian˅	ㄆㄧㄢˇ	言部	【言部】9畫	98	98	段3上-24	鍇5-13	鉉3上-5

篆本字（古文、金文、籀文、俗字，通叚、金石）	拼音	注音	說文部首	康熙部首	筆畫	一般頁碼	洪葉頁碼	段注篇章	徐鍇通釋篇章	徐鉉藤花榭篇章
諟(是、題)	shì	ㄕˋ	言部	【言部】9畫		92	92	段3上-12	錯5-7	鉉3上-3
諦(諟来shen˘述及，諪通叚)	dì	ㄉㄧˋ	言部	【言部】9畫		92	92	段3上-12	錯5-7	鉉3上-3
譁	huà	ㄏㄨㄚˋ	言部	【言部】9畫		99	99	段3上-26	錯5-13	鉉3上-5
諧	xié	ㄒㄧㄝˊ	言部	【言部】9畫		93	94	段3上-15	錯5-8	鉉3上-4
龤(諧)	xié	ㄒㄧㄝˊ	龠部	【龠部】9畫		85	86	段2下-33	錯4-17	鉉2下-7
諫	jiàn	ㄐㄧㄢˋ	言部	【言部】9畫		93	93	段3上-14	錯5-8	鉉3上-3
諭(喻)	yù	ㄩˋ	言部	【言部】9畫		91	91	段3上-10	錯5-6	鉉3上-3
諯	zhuan	ㄓㄨㄢ	言部	【言部】9畫		100	100	段3上-28	錯5-15	鉉3上-6
諰(偲、葸，鰓通叚)	xǐ	ㄒㄧˇ	言部	【言部】9畫		94	95	段3上-17	錯5-9	鉉3上-4
諱(瑋孃述及)	huì	ㄏㄨㄟˋ	言部	【言部】9畫		101	102	段3上-31	錯5-16	鉉3上-6
諳	an	ㄢ	言部	【言部】9畫		101	101	段3上-30	錯5-16	鉉3上-6
諴	xián	ㄒㄧㄢˊ	言部	【言部】9畫		93	93	段3上-14	錯5-8	鉉3上-4
諶(忱)	chén	ㄔㄣˊ	言部	【言部】9畫		92	93	段3上-13	錯5-7	鉉3上-3
忱(諶)	chén	ㄔㄣˊ	心部	【心部】9畫		505	509	段10下-30	錯20-11	鉉10下-6
煁(諶、湛)	chén	ㄔㄣˊ	火部	【火部】9畫		482	486	段10上-44	錯19-15	鉉10上-8
諷	feng˘	ㄈㄥˇ	言部	【言部】9畫		90	91	段3上-9	錯5-6	鉉3上-3
諺(喭)	yàn	ㄧㄢˋ	言部	【言部】9畫		95	95	段3上-18	錯5-10	鉉3上-4
諽	gé	ㄍㄜˊ	言部	【言部】9畫		101	101	段3上-30	錯5-15	鉉3上-6
禋(禋从弓囚土，諲通叚)	yin	ㄧㄣ	示部	【示部】9畫		3	3	段1上-6	錯1-6	鉉1上-2
吅(喧、吅與諠通，嚾、誼通叚)	xuan	ㄒㄩㄢ	吅部	【口部】9畫		62	63	段2上-29	錯3-13	鉉2上-6
諼(蕿，護、誼通叚)	xuan	ㄒㄩㄢ	言部	【言部】9畫		96	96	段3上-20	錯5-10	鉉3上-4
謎	mí	ㄇㄧˊ	言部	【言部】9畫		無	無	無	無	鉉3上-7
迷(謎通叚)	mí	ㄇㄧˊ	辵(辶)部	【辵部】9畫		73	74	段2下-9	錯4-4	鉉2下-2
纇(類，謎通叚)	lèi	ㄌㄟˋ	頁部	【頁部】9畫		421	426	段9上-13	錯17-4	鉉9上-2
喤(諻、韹通叚)	huáng	ㄏㄨㄤˊ	口部	【口部】9畫		54	55	段2上-13	錯3-6	鉉2上-3
謚(諡)	shì	ㄕˋ	言部	【言部】9畫		101	102	段3上-31	錯5-16	鉉3上-6
咨(諮通叚)	zi	ㄗ	口部	【口部】9畫		57	57	段2上-18	錯3-7	鉉2上-4
嗞(茲、嗟、咨，諮通叚)	zi	ㄗ	口部	【口部】9畫		60	61	段2上-25	錯3-11	鉉2上-5

篆本字（古文、金文、籀文、俗字，通叚、金石）	拼音	注音	說文部首	康熙部首	筆畫	一般頁碼	洪葉頁碼	段注篇章	徐鍇通釋篇章	徐鉉藤花榭篇章
諜(牒，喋通叚)	die´	ㄉㄧㄝˊ	言部	【言部】9畫	101	102	段3上-31	鍇5-16	鉉3上-6
牒(諜)	die´	ㄉㄧㄝˊ	片部	【片部】9畫	318	321	段7上-34	鍇13-15	鉉7上-6
諾(喏通叚)	nuo`	ㄋㄨㄛˋ	言部	【言部】9畫	90	90	段3上-8	鍇5-5	鉉3上-3
謀(昬、𧨏)	mou´	ㄇㄡˊ	言部	【言部】9畫	91	92	段3上-11	鍇5-6	鉉3上-3
謁	ye`	ㄧㄝˋ	言部	【言部】9畫	90	90	段3上-8	鍇5-5	鉉3上-3
謂(曰yue)	wei`	ㄨㄟˋ	言部	【言部】9畫	89	90	段3上-7	鍇5-5	鉉3上-3
歌(謌)	ge	ㄍㄜ	欠部	【欠部】10畫	411	416	段8下-21	鍇16-16	鉉8下-4
謔(xue`)	nüè	ㄋㄩㄝˋ	言部	【言部】10畫	98	99	段3上-25	鍇5-13	鉉3上-5
誑(迋，訑通叚)	kuang´	ㄎㄨㄤˊ	言部	【言部】10畫	96	97	段3上-21	鍇5-11	鉉3上-4
息(蒠、憩、餼通叚)	xi´	ㄒㄧˊ	心部	【心部】10畫	502	506	段10下-24	鍇20-9	鉉10下-5
嗁(啼，諦通叚)	ti´	ㄊㄧˊ	口部	【口部】10畫	61	61	段2上-26	鍇3-11	鉉2上-5
熇(嗃，謞通叚)	he`	ㄏㄜˋ	火部	【火部】10畫	481	486	段10上-43	鍇19-14	鉉10上-8
諑(訴、謏、愬)	su`	ㄙㄨˋ	言部	【言部】10畫	100	100	段3上-28	鍇5-15	鉉3上-6
嫉(嫉、疾，恢、痰通叚)	ji´	ㄐㄧˊ	人部	【人部】10畫	380	384	段8上-32	鍇15-11	鉉8上-4
諡	shi`	ㄕˋ	言部	【言部】10畫	無	無	無	無	鉉3上-6
謚(諡)	shi`	ㄕˋ	言部	【言部】10畫	101	102	段3上-31	鍇5-16	鉉3上-6
畟(測，謖通叚)	ce`	ㄘㄜˋ	夊部	【田部】10畫	233	236	段5下-37	鍇10-15	鉉5下-7
慆(謟通叚)	tao	ㄊㄠ	心部	【心部】10畫	507	511	段10下-34	鍇20-12	鉉10下-6
譽(服、𩓥，㬥通叚)	bo´	ㄅㄛˊ	言部	【言部】10畫	99	99	段3上-26	鍇5-14	鉉3上-5
譶(誻通叚)	ta	ㄊㄚ	言部	【言部】10畫	100	100	段3上-28	鍇5-14	鉉3上-6
嗑(謚通叚)	ke	ㄎㄜ	口部	【口部】10畫	59	60	段2上-23	鍇3-10	鉉2上-5
䍃(謠、謠)	yao´	ㄧㄠˊ	言部	【言部】10畫	93	93	段3上-14	鍇5-8	鉉3上-4
詤(謊)	huang	ㄏㄨㄤˇ	言部	【言部】10畫	99	99	段3上-26	鍇5-14	鉉3上-5
謍(營)	ying´	ㄧㄥˊ	言部	【言部】10畫	95	96	段3上-19	鍇5-10	鉉3上-4
謐(溢、恤)	mi`	ㄇㄧˋ	言部	【言部】10畫	94	94	段3上-16	鍇5-9	鉉3上-4
謄	teng´	ㄊㄥˊ	言部	【言部】10畫	95	96	段3上-19	鍇5-10	鉉3上-4
謑(謨、奊)	xi	ㄒㄧˇ	言部	【言部】10畫	101	102	段3上-31	鍇5-16	鉉3上-6
蹇(謇，寋、謇、謰通叚)	jian	ㄐㄧㄢˇ	足部	【足部】10畫	83	84	段2下-29	鍇4-15	鉉2下-6
謓	chen	ㄔㄣ	言部	【言部】10畫	100	100	段3上-28	鍇5-14	鉉3上-6

篆本字（古文、金文、籀文、俗字，通叚、金石）	拼音	注音	說文部首	康熙部首	筆畫	一般頁碼	洪葉頁碼	段注篇章	徐鍇通釋篇章	徐鉉藤花榭篇章
謗(方)	bang`	ㄅㄤˋ	言部	【言部】	10畫	97	97	段3上-22	錯5-11	鉉3上-5
諆	chi´	ㄔˊ	言部	【言部】	10畫	91	91	段3上-10	錯5-11	鉉3上-3
謙(嗛)	qian	ㄑㄧㄢ	言部	【言部】	10畫	94	94	段3上-16	錯5-9	鉉3上-4
嗛(銜、歉、謙，喴通叚)	qian`	ㄑㄧㄢˋ	口部	【口部】	10畫	55	55	段2上-14	錯3-6	鉉2上-3
講(媾，顜通叚)	jiang˘	ㄐㄧㄤˇ	言部	【言部】	10畫	95	96	段3上-19	錯5-10	鉉3上-4
媾(講)	gou`	ㄍㄡˋ	女部	【女部】	10畫	616	622	段12下-9	錯24-3	鉉12下-1
謜(源、原)	yuan´	ㄩㄢˊ	言部	【言部】	10畫	91	91	段3上-10	錯5-6	鉉3上-3
䜎(謝、榭)	xie`	ㄒㄧㄝˋ	言部	【言部】	10畫	95	95	段3上-18	錯5-9	鉉3上-4
譽(譇，嗟通叚)	jie	ㄐㄧㄝ	言部	【言部】	10畫	99	100	段3上-27	錯5-14	鉉3上-6
諤(謣)	yu´	ㄩˊ	言部	【言部】	10畫	99	99	段3上-26	錯5-14	鉉3上-5
警(囂、聱)	ao´	ㄠˊ	言部	【言部】	10畫	96	96	段3上-20	錯5-10	鉉3上-4
聱(謷)	ao´	ㄠˊ	耳部	【耳部】	10畫	無	無	無	無	鉉12上-4
謣(謣)	yu´	ㄩˊ	言部	【言部】	11畫	99	99	段3上-26	錯5-14	鉉3上-5
誃(謻、移、哆)	chi˘	ㄔˇ	言部	【言部】	11畫	97	97	段3上-22	錯5-11	鉉3上-5
諦(諟案shen˘述及，譕通叚)	di`	ㄉㄧˋ	言部	【言部】	11畫	92	92	段3上-12	錯5-7	鉉3上-3
嘖(讀，幘、賾通叚)	ze´	ㄗㄜˊ	口部	【口部】	11畫	60	60	段2上-24	錯3-10	鉉2上-5
謾(瞞，暪通叚)	man´	ㄇㄢˊ	言部	【言部】	11畫	96	97	段3上-21	錯5-11	鉉3上-4
瞞(謾，暪、顢通叚)	man´	ㄇㄢˊ	目部	【目部】	11畫	130	131	段4上-2	錯7-2	鉉4上-1
商(啻、簡、鬺，蕎、螪、謫通叚)	shang	ㄕㄤ	㕯部	【口部】	11畫	88	88	段3上-4	錯5-3	鉉3上-2
悤(傯、怱、憁通叚)	cong	ㄘㄨㄥ	囪部	【心部】	11畫	490	495	段10下-1	錯19-20	鉉10下-1
謨(暮、謩、譕通叚)	mo´	ㄇㄛˊ	言部	【言部】	11畫	91	92	段3上-11	錯5-7	鉉3上-3
摧(催，嗺、慛、擢、譙通叚)	cui	ㄘㄨㄟ	手部	【手部】	11畫	596	602	段12上-26	錯23-14	鉉12上-5
讁(謫，讍通叚)	zhe´	ㄓㄜˊ	言部	【言部】	11畫	100	100	段3上-28	錯5-15	鉉3上-6

篆本字（古文、金文、籀文、俗字，通叚、金石）	拼音	注音	說文部首	康熙部首	筆畫	一般頁碼	洪葉頁碼	段注篇章	徐鍇通釋篇章	徐鉉藤花榭篇章
謦	qing	ㄑㄧㄥˇ	言部	【言部】11畫	89	90	段3上-7	錯5-5	鉉3上-3
謧	li	ㄌㄧˊ	言部	【言部】11畫	97	98	段3上-23	錯5-12	鉉3上-5
謬(繆)	miu	ㄇㄧㄡˋ	言部	【言部】11畫	99	99	段3上-26	錯5-14	鉉3上-5
誱	jie	ㄐㄧㄝ	言部	【言部】11畫	95	96	段3上-19	錯5-10	鉉3上-4
謰	lian	ㄌㄧㄢˊ	言部	【言部】11畫	96	97	段3上-21	錯5-11	鉉3上-4
謱	lou	ㄌㄡˊ	言部	【言部】11畫	96	97	段3上-21	錯5-11	鉉3上-4
謲	can	ㄘㄢˋ	言部	【言部】11畫	96	97	段3上-21	錯5-11	鉉3上-4
謳	ou	ㄡ	言部	【言部】11畫	95	95	段3上-18	錯5-9	鉉3上-4
謵	xi	ㄒㄧˊ	言部	【言部】11畫	99	100	段3上-27	錯5-11	鉉3上-6
謼(嘑)	hu	ㄏㄨ	言部	【言部】11畫	95	95	段3上-18	錯5-10	鉉3上-4
嘑(謼)	hu	ㄏㄨ	口部	【口部】11畫	58	58	段2上-20	錯3-8	鉉2上-4
謹(譶)	wang	ㄨㄤˋ	言部	【言部】11畫	100	101	段3上-29	錯5-15	鉉3上-6
謹(慬、勤通叚)	jin	ㄐㄧㄣˇ	言部	【言部】11畫	92	92	段3上-12	錯5-7	鉉3上-3
謺(呫、喋通叚)	zhe	ㄓㄜˊ	言部	【言部】11畫	96	97	段3上-21	錯5-11	鉉3上-4
譜	pu	ㄆㄨˇ	言部	【言部】12畫	無	無	無	無	鉉3上-7
嘶(謷、嘶)	xi	ㄒㄧ	言部	【言部】12畫	101	101	段3上-30	錯5-15	鉉3上-6
謪(謫，讁通叚)	zhe	ㄓㄜˊ	言部	【言部】12畫	100	100	段3上-28	錯5-15	鉉3上-6
諸(惹、淹，謯通叚)	zha	ㄓㄚ	言部	【言部】12畫	96	97	段3上-21	錯5-11	鉉3上-4
鄲(譚)	tan	ㄊㄢˊ	邑部	【邑部】12畫	299	301	段6下-54	錯12-22	鉉6下-8
談(譚通叚)	tan	ㄊㄢˊ	言部	【言部】12畫	89	90	段3上-7	錯5-5	鉉3上-3
譮(讀、潰訌述及)	hui	ㄏㄨㄟˋ	言部	【言部】12畫	98	99	段3上-25	錯5-9	鉉3上-5
孿(變、嫠、欒)	luan	ㄌㄨㄢˊ	言部	【言部】12畫	97	98	段3上-23	錯5-12	鉉3上-5
敽(屬、亂、戀)	luan	ㄌㄨㄢˋ	攴部	【攴部】12畫	125	126	段3下-37	錯6-19	鉉3下-8
謝(謝、榭)	xie	ㄒㄧㄝˋ	言部	【言部】12畫	95	95	段3上-18	錯5-9	鉉3上-4
譀(諴，詌通叚)	han	ㄏㄢˋ	言部	【言部】12畫	98	99	段3上-25	錯5-13	鉉3上-5
譁	hua	ㄏㄨㄚˊ	言部	【言部】12畫	99	99	段3上-26	錯5-13	鉉3上-5
譄	zeng	ㄗㄥ	言部	【言部】12畫	98	99	段3上-25	錯5-13	鉉3上-5
吸(噏通叚)	xi	ㄒㄧ	口部	【口部】12畫	56	56	段2上-16	錯3-7	鉉2上-4
翕(噏、熻通叚)	xi	ㄒㄧ	羽部	【羽部】12畫	139	140	段4上-20	錯7-10	鉉4上-4
憘(嘻通叚)	xi	ㄒㄧ	言部	【言部】12畫	97	98	段3上-23	錯5-12	鉉3上-5

篆本字(古文、金文、籀文、俗字，通叚、金石)	拼音	注音	說文部首	康熙部首	筆畫	一般頁碼	洪葉頁碼	段注篇章	徐鍇通釋篇章	徐鉉藤花榭篇章
熹(譆、熙，熺通叚)	xi	ㄒㄧ	火部	【火部】	12畫	482	487	段10上-45	鍇19-15	鉉10上-8
證	zheng `	ㄓㄥ `	言部	【言部】	12畫	100	101	段3上-29	鍇5-15	鉉3上-6
証(證)	zheng `	ㄓㄥ `	言部	【言部】	12畫	93	93	段3上-14	鍇5-8	鉉3上-3
譊	nao ´	ㄋㄠ ´	言部	【言部】	12畫	95	96	段3上-19	鍇5-10	鉉3上-4
譌(為、偽、訛俗)	e ´	ㄜ ´	言部	【言部】	12畫	99	99	段3上-26	鍇5-14	鉉3上-5
僞(偽、為、譌述及)	wei ´	ㄨㄟ ´	人部	【人部】	12畫	379	383	段8上-30	鍇15-10	鉉8上-4
爲(為、舀、偽、譌述及)	wei ´	ㄨㄟ ´	爪部	【爪部】	12畫	113	114	段3下-13	鍇6-7	鉉3下-3
譎	jue ´	ㄐㄩㄝ ´	言部	【言部】	12畫	99	100	段3上-27	鍇5-14	鉉3上-6
憰(譎)	jue ´	ㄐㄩㄝ ´	心部	【心部】	12畫	510	515	段10下-41	鍇20-14	鉉10下-7
譏	ji	ㄐㄧ	言部	【言部】	12畫	97	97	段3上-22	鍇5-11	鉉3上-5
譒(播)	bo `	ㄅㄛ `	言部	【言部】	12畫	95	95	段3上-18	鍇5-9	鉉3上-4
譔(撰通叚)	zhuan `	ㄓㄨㄢ `	言部	【言部】	12畫	91	91	段3上-10	鍇5-6	鉉3上-3
譖(僭)	zen `	ㄗㄣ `	言部	【言部】	12畫	100	100	段3上-28	鍇5-11	鉉3上-6
僭(譖)	jian `	ㄐㄧㄢ `	人部	【人部】	12畫	378	382	段8上-27	鍇15-9	鉉8上-4
譙(誚)	qiao `	ㄑㄧㄠ `	言部	【言部】	12畫	100	101	段3上-29	鍇5-15	鉉3上-6
讕(譋，誾通叚)	lan ´	ㄌㄢ ´	言部	【言部】	12畫	101	101	段3上-30	鍇5-15	鉉3上-6
惠(蠹從屮叀心、蕙，憓、蟪、譓、轞通叚)	hui `	ㄏㄨㄟ `	叀部	【心部】	12畫	159	161	段4下-3	鍇8-2	鉉4下-1
謨(暮，謩、譕通叚)	mo ´	ㄇㄛ ´	言部	【言部】	12畫	91	92	段3上-11	鍇5-7	鉉3上-3
啁(嘲，謿通叚)	zhou	ㄓㄡ	口部	【口部】	12畫	59	60	段2上-23	鍇3-9	鉉2上-5
速(遬、警、樕楝yan ˇ 述及，㑛通叚)	su `	ㄙㄨ `	辵(辶)部	【辵部】	12畫	71	72	段2下-5	鍇4-3	鉉2下-1
擾(擾，譨通叚)	rao ˇ	ㄖㄠ ˇ	手部	【手部】	13畫	601	607	段12上-36	鍇23-13	鉉12上-6
話(話、譮，䚵通叚)	hua `	ㄏㄨㄚ `	言部	【言部】	13畫	93	94	段3上-15	鍇5-8	鉉3上-4
詹(蟾、譫、詀通叚)	zhan	ㄓㄢ	八部	【言部】	13畫	49	49	段2上-2	鍇3-2	鉉2上-1

篆本字（古文、金文、籀文、俗字，通叚、金石）	拼音	注音	說文部首	康熙部首	筆畫	一般頁碼	洪葉頁碼	段注篇章	徐鍇通釋篇章	徐鉉藤花榭篇章
譓	hui	ㄏㄨㄟ	言部	【言部】	13畫	99	100	段3上-27	鍇5-14	鉉3上-6
識(志、意，幟、痣、誌通叚)	shi `	ㄕˋ	言部	【言部】	13畫	92	92	段3上-12	鍇5-7	鉉3上-3
織(識，幟、繶、蟙通叚)	zhi	ㄓ	糸部	【糸部】	13畫	644	651	段13上-3	鍇25-1	鉉13上-1
志(識、意，姞、萒、誌通叚)	zhi `	ㄓˋ	心部	【心部】	13畫	502	506	段10下-24	鍇20-9	鉉10下-5
噫(餩，讀、譩通叚)	yi	ㄧ	口部	【口部】	13畫	55	56	段2上-15	鍇3-7	鉉2上-4
誕(迒，讀通叚)	dan `	ㄉㄢˋ	言部	【言部】	13畫	98	99	段3上-25	鍇5-13	鉉3上-5
讆(讆通叚)	mai `	ㄇㄞˋ	言部	【言部】	13畫	98	99	段3上-25	鍇5-13	鉉3上-5
譞	xuan	ㄒㄩㄢ	言部	【言部】	13畫	94	95	段3上-17	鍇5-9	鉉3上-4
譟(噪、鬧通叚)	zao `	ㄗㄠˋ	言部	【言部】	13畫	99	99	段3上-26	鍇5-10	鉉3上-5
譣(憸、驗讖述及)	xian ˇ	ㄒㄧㄢˇ	言部	【言部】	13畫	92	93	段3上-13	鍇5-8	鉉3上-3
驗(譣)	yan `	ㄧㄢˋ	馬部	【馬部】	13畫	464	468	段10上-8	鍇19-3	鉉10上-2
譥	jiao `	ㄐㄧㄠˋ	言部	【言部】	13畫	95	96	段3上-19	鍇5-10	鉉3上-4
警(敬、儆)	jing ˇ	ㄐㄧㄥˇ	言部	【言部】	13畫	94	94	段3上-16	鍇5-9	鉉3上-4
儆(警)	jing ˇ	ㄐㄧㄥˇ	人部	【人部】	13畫	370	374	段8上-11	鍇15-5	鉉8上-2
驚(警俗)	jing	ㄐㄧㄥ	馬部	【馬部】	13畫	467	471	段10上-14	鍇19-4	鉉10上-2
譬	pi `	ㄆㄧˋ	言部	【言部】	13畫	91	91	段3上-10	鍇5-6	鉉3上-3
辟(僻、避、譬、闢、壁、襞，擗、霹通叚)	pi `	ㄆㄧˋ	辟部	【辛部】	13畫	432	437	段9上-35	鍇17-11	鉉9上-6
譯	yi `	ㄧˋ	言部	【言部】	13畫	101	102	段3上-31	鍇5-16	鉉3上-6
議	yi `	ㄧˋ	言部	【言部】	13畫	92	92	段3上-12	鍇5-7	鉉3上-3
譭	hui `	ㄏㄨㄟˋ	言部	【言部】	13畫	99	99	段3上-26	鍇5-13	鉉3上-5
謋(詿)	gua `	ㄍㄨㄚˋ	言部	【言部】	13畫	96	97	段3上-21	鍇5-11	鉉3上-5
詘(讈，裘通叚)	qu	ㄑㄩ	言部	【言部】	13畫	100	101	段3上-29	鍇5-15	鉉3上-6
譱(譱、善)	shan `	ㄕㄢˋ	誩部	【言部】	13畫	102	102	段3上-32	鍇5-16	鉉3上-7
謹(謹)	wang `	ㄨㄤˋ	言部	【言部】	14畫	100	101	段3上-29	鍇5-15	鉉3上-6

篆本字(古文、金文、籀文、俗字，通叚、金石)	拼音	注音	說文部首	康熙部首	筆畫	一般頁碼	洪葉頁碼	段注篇章	徐鍇通釋篇章	徐鉉藤花榭篇章
號(譹通叚)	hao´	ㄏㄠ´	号部	【虍部】	14畫	204	206	段5上-32	錯9-13	鉉5上-6
嗥(獋，譹通叚)	hao´	ㄏㄠ´	口部	【口部】	14畫	61	62	段2上-27	錯3-12	鉉2上-5
謫(讁，讅通叚)	zhe´	ㄓㄜ´	言部	【言部】	14畫	100	100	段3上-28	錯5-15	鉉3上-6
對(憝，譵通叚)	dui`	ㄉㄨㄟ`	心部	【心部】	14畫	512	516	段10下-44	錯20-16	鉉10下-8
辯(詍通叚)	bian`	ㄅㄧㄢ`	辡部	【辛部】	14畫	742	749	段14下-23	錯28-11	鉉14下-5
徧(辯，漏、遍通叚)	bian`	ㄅㄧㄢ`	彳部	【彳部】	14畫	77	77	段2下-16	錯4-8	鉉2下-3
誻	ta`	ㄊㄚ`	言部	【言部】	14畫	98	98	段3上-24	錯5-12	鉉3上-5
譴	qian˅	ㄑㄧㄢˇ	言部	【言部】	14畫	100	100	段3上-28	錯5-15	鉉3上-6
譶	ta`	ㄊㄚ`	言部	【言部】	14畫	102	102	段3上-32	錯5-16	鉉3上-7
護	hu`	ㄏㄨ`	言部	【言部】	14畫	94	95	段3上-17	錯5-9	鉉3上-4
濩(鑊、鐬，頀通叚)	huo`	ㄏㄨㄛ`	水部	【水部】	14畫	557	562	段11上貳-24	錯21-20	鉉11上-7
譸(袾通叚)	zhou	ㄓㄡ	言部	【言部】	14畫	97	97	段3上-22	錯5-11	鉉3上-5
倜(譸)	zhou	ㄓㄡ	人部	【人部】	14畫	378	382	段8上-28	錯15-10	鉉8上-4
譺	ai`	ㄞ`	言部	【言部】	14畫	96	97	段3上-21	錯5-11	鉉3上-4
譻	ying	ㄧㄥ	言部	【言部】	14畫	89	90	段3上-7	錯5-5	鉉3上-3
譽	yu`	ㄩ`	言部	【言部】	14畫	95	95	段3上-18	錯5-9	鉉3上-4
䜝	ying	ㄧㄥ	言部	【言部】	15畫	無	無	無	錯5-5	鉉3上-3
癭(應、䜝諸述及)	ying`	ㄧㄥ`	心部	【心部】	15畫	502	507	段10下-25	錯20-9	鉉10下-5
讀	du´	ㄉㄨ´	言部	【言部】	15畫	90	91	段3上-9	錯5-6	鉉3上-3
譞(xuan)	juan`	ㄐㄩㄢ`	言部	【言部】	15畫	100	101	段3上-29	錯5-15	鉉3上-6
讄(讅)	lei˅	ㄌㄟˇ	言部	【言部】	15畫	101	101	段3上-30	錯5-16	鉉3上-6
讀(䜬通叚)	mai`	ㄇㄞ`	言部	【言部】	15畫	98	99	段3上-25	錯5-13	鉉3上-5
諄(諄、敦，忳、綧、訰通叚)	zhun	ㄓㄨㄣ	言部	【言部】	15畫	91	91	段3上-10	錯5-6	鉉3上-3
宴(燕、宴晏曣古通用，睍xian`述及，讌、宴、醼通叚)	yan`	ㄧㄢ`	宀部	【宀部】	16畫	339	343	段7下-9	錯14-4	鉉7下-2
讇(諂)	chan˅	ㄔㄢˇ	言部	【言部】	16畫	96	96	段3上-20	錯5-10	鉉3上-4
讋(讐)	zhe´	ㄓㄜ´	言部	【言部】	16畫	99	100	段3上-27	錯5-14	鉉3上-6

篆本字（古文、金文、籀文、俗字，通叚、金石）	拼音	注音	說文部首	康熙部首	筆畫	一般頁碼	洪葉頁碼	段注篇章	徐鍇通釋篇章	徐鉉藤花榭篇章
讎(仇，售通叚)	chou´	ㄔㄡˊ	言部	【言部】16畫	90	90	段3上-8	鍇5-10	鉉3上-3
譓(讗、潰訌述及)	hui`	ㄏㄨㄟˋ	言部	【言部】16畫	98	99	段3上-25	鍇5-9	鉉3上-5
變	bian`	ㄅㄧㄢˋ	攴部	【言部】16畫	124	125	段3下-35	鍇6-18	鉉3下-8
譬	pin´	ㄆㄧㄣˊ	言部	【言部】16畫	98	98	段3上-24	鍇5-13	鉉3上-5
讒	chan´	ㄔㄢˊ	言部	【言部】17畫	100	100	段3上-28	鍇5-16	鉉3上-6
謇(謇，蹇、謇、讘通叚)	jian´	ㄐㄧㄢˇ	足部	【足部】17畫	83	84	段2下-29	鍇4-15	鉉2下-6
讓(攘)	rang`	ㄖㄤˋ	言部	【言部】17畫	100	100	段3上-28	鍇5-15	鉉3上-6
攘(讓、儴，勷、㩀通叚)	rang´	ㄖㄤˇ	手部	【手部】17畫	595	601	段12上-23	鍇23-9	鉉12上-4
覾(論通叚)	yao`	ㄧㄠˋ	見部	【見部】17畫	409	413	段8下-16	鍇16-14	鉉8下-4
讕(謭，𧮰通叚)	lan´	ㄌㄢˊ	言部	【言部】17畫	101	101	段3上-30	鍇5-15	鉉3上-6
讖	chen`	ㄔㄣˋ	言部	【言部】17畫	90	91	段3上-9	鍇5-6	鉉3上-3
譄	xie´	ㄒㄧㄝˊ	言部	【言部】18畫	98	98	段3上-24	鍇5-12	鉉3上-5
讘(囁通叚)	nie`	ㄋㄧㄝˋ	言部	【言部】18畫	100	100	段3上-28	鍇5-14	鉉3上-6
嵒非山部嵒yan´(讘)	nie`	ㄋㄧㄝˋ	品部	【口部】18畫	85	85	段2下-32	鍇4-16	鉉2下-7
讙(嚾、喚通叚)	huan	ㄏㄨㄢ	言部	【言部】18畫	99	99	段3上-26	鍇5-13	鉉3上-5
吅(喧、吅與讙通，嚾、誼通叚)	xuan	ㄒㄩㄢ	吅部	【口部】18畫	62	63	段2上-29	鍇3-13	鉉2上-6
讄(誻通叚)	ta`	ㄊㄚˋ	言部	【言部】18畫	100	100	段3上-28	鍇5-14	鉉3上-6
讉	tui´	ㄊㄨㄟˊ	言部	【言部】18畫	99	99	段3上-26	鍇5-13	鉉3上-5
噫(餩，醷、懿通叚)	yi	ㄧ	口部	【口部】18畫	55	56	段2上-15	鍇3-7	鉉2上-4
贊(賛，囋、讚、贊、囐、哱通叚)	zan`	ㄗㄢˋ	貝部	【貝部】19畫	280	282	段6下-16	鍇12-10	鉉6下-4
灔(灨)	yan`	ㄧㄢˋ	水部	【水部】20畫	566	571	段11上貳-41	鍇21-25	鉉11上-9
讜	dang	ㄉㄤˇ	言部	【言部】20畫	無	無	無	無	鉉3上-7
黨(曭、尚，儻、讜、倘、惝通叚)	dang	ㄉㄤˇ	黑部	【黑部】20畫	488	493	段10上-57	鍇19-19	鉉10上-10
讄(纝)	lei	ㄌㄟˇ	言部	【言部】21畫	101	101	段3上-30	鍇5-16	鉉3上-6

篆本字(古文、金文、籀文、俗字，通叚、金石)	拼音	注音	說文部首	康熙部首	筆畫	一般頁碼	洪葉頁碼	段注篇章	徐鍇通釋篇章	徐鉉藤花榭篇章
讀	du´	ㄉㄨˊ	誩部	【言部】22畫		102	102	段3上-32	錯5-16	鉉3上-7
䜅(讋)	zhe´	ㄓㄜˊ	言部	【言部】32畫		99	100	段3上-27	錯5-14	鉉3上-6
【谷(guˇ)部】	gu	ㄍㄨˇ	谷部			570	575	段3上-2	錯5-2	鉉11下-2
谷非谷guˇ(㕁、臄)	jue´	ㄐㄩㄝˊ	谷部	【谷部】		87	87	段3上-2	錯5-2	鉉3上-1
谷非谷jue´(輵)	gu	ㄍㄨˇ	谷部	【谷部】		570	575	段11下-6	錯22-3	鉉11下-2
㳄(芊，仟通叚)	qian	ㄑㄧㄢ	谷部	【谷部】3畫		570	576	段11下-7	錯22-4	鉉11下-2
㕣(睿、兗、沇)	yanˇ	ㄧㄢˇ	口部	【口部】4畫		62	62	段2上-28	錯3-12	鉉2上-6
臄	jue´	ㄐㄩㄝˊ	卂部	【谷部】4畫		114	115	段3下-15	錯6-8	鉉3下-3
㒄(㑿、臄)	jue´	ㄐㄩㄝˊ	人部	【人部】4畫		380	384	段8上-32	錯15-11	鉉8上-4
㲃(㶏，硈通叚)	hong	ㄏㄨㄥ	谷部	【谷部】4畫		570	576	段11下-7	錯22-3	鉉11下-2
睿(濬、濬)	jun	ㄐㄩㄣ	谷部	【谷部】5畫		570	576	段11下-7	錯22-4	鉉11下-2
洪(澋)	hong´	ㄏㄨㄥˊ	水部	【水部】6畫		546	551	段11上貳-1	錯21-13	鉉11上-4
叡(he`鑿)	huo`	ㄏㄨㄛ`	奴部	【谷部】7畫		161	163	段4下-7	錯8-4	鉉4下-2
谾(谾)	long´	ㄌㄨㄥˊ	谷部	【谷部】8畫		570	576	段11下-7	錯22-3	鉉11下-2
谿(溪、磎通叚)	xi	ㄒㄧ	谷部	【谷部】10畫		570	575	段11下-6	錯22-3	鉉11下-2
豁(豁)	huo`	ㄏㄨㄛ`	谷部	【谷部】10畫		570	576	段11下-7	錯22-3	鉉11下-2
䁅(豁)	huo`	ㄏㄨㄛ`	目部	【目部】10畫		131	133	段4上-5	錯7-3	鉉4上-2
豂	liao´	ㄌㄧㄠˊ	谷部	【谷部】11畫		570	576	段11下-7	錯22-3	鉉11下-2
澗(潤，嵤、㵎通叚)	jian`	ㄐㄧㄢ`	水部	【水部】12畫		554	559	段11上貳-18	錯21-18	鉉11上-6
隫(瀆)	du´	ㄉㄨˊ	𥎦部	【阜部】15畫		733	740	段14下-6	錯28-2	鉉14下-1
谾(谾)	long´	ㄌㄨㄥˊ	谷部	【谷部】16畫		570	576	段11下-7	錯22-3	鉉11下-2
【豆(dou`)部】	dou`	ㄉㄡ`	豆部			207	209	段5上-37	錯9-16	鉉5上-7
豆(荳、梪、菽尗shu´述及，餖通叚)	dou`	ㄉㄡ`	豆部	【豆部】		207	209	段5上-37	錯9-16	鉉5上-7
尗(菽、豆古今語，亦古今字。)	shu´	ㄕㄨˊ	尗部	【小部】		336	339	段7下-2	錯14-1	鉉7下-1
梪(豆)	dou	ㄉㄡ	豆部	【木部】		207	209	段5上-38	錯9-16	鉉5上-7
壴	zhu`	ㄓㄨ`	壴部	【豆部】2畫		205	207	段5上-33	錯9-14	鉉5上-6
豈(騩、愷，凱通叚)	qiˇ	ㄑㄧˇ	豈部	【豆部】3畫		206	208	段5上-36	錯9-15	鉉5上-7

篆本字（古文、金文、籀文、俗字，通叚、金石）	拼音	注音	說文部首	康熙部首	筆畫	一般頁碼	洪葉頁碼	段注篇章	徐鍇通釋篇章	徐鉉藤花榭篇章
敊(豉卡、豆爲古今字)	chǐ	ㄔˇ	卡部	【支部】4畫		336	340	段7下-3	鍇14-1	鉉7下-1
䇺(䬷，豌通叚)	wan	ㄨㄢ	豆部	【豆部】5畫		207	209	段5上-38	鍇9-16	鉉5上-7
桻(觲、踡、踡)	xiáng	ㄒㄧㄤˊ	木部	【木部】6畫		264	267	段6上-53	鍇11-23	鉉6上-7
桊	juàn	ㄐㄩㄢˋ	豆部	【豆部】6畫		207	209	段5上-38	鍇9-16	鉉5上-7
豊(豊)	li	ㄌㄧˇ	豊部	【豆部】6畫		208	210	段5上-39	鍇9-16	鉉5上-7
彝(登)	deng	ㄉㄥ	豆部	【豆部】6畫		208	210	段5上-39	鍇9-16	鉉5上-7
豎(豎，竪通叚)	shù	ㄕㄨˋ	臤部	【豆部】8畫		118	119	段3下-24	鍇6-13	鉉3下-6
樹(尌、尌、豎)	shù	ㄕㄨˋ	木部	【木部】8畫		248	251	段6上-21	鍇11-9	鉉6上-3
䇺(䬷，豌通叚)	wan	ㄨㄢ	豆部	【豆部】8畫		207	209	段5上-38	鍇9-16	鉉5上-7
䜅(氊)	jin	ㄐㄧㄣˇ	豆部	【豆部】9畫		207	209	段5上-38	鍇9-16	鉉5上-7
氊(䜅)	jin	ㄐㄧㄣˇ	己部	【己部】9畫		741	748	段14下-21	鍇28-10	鉉14下-5
豐(豐)	li	ㄌㄧˇ	豊部	【豆部】10畫		208	210	段5上-39	鍇9-16	鉉5上-7
豐(丰、豐，灃通叚)	feng	ㄈㄥ	豐部	【豆部】11畫		208	210	段5上-39	鍇9-16	鉉5上-8
酆(豐)	feng	ㄈㄥ	邑部	【邑部】11畫		286	289	段6下-29	鍇12-15	鉉6下-6
豎(豎，竪通叚)	shù	ㄕㄨˋ	臤部	【豆部】11畫		118	119	段3下-24	鍇6-13	鉉3下-6
登(䊣、䐣、舉)	deng	ㄉㄥ	癶部	【癶部】12畫		68	68	段2上-40	鍇3-18	鉉2上-8
豑	zhì	ㄓˋ	豊部	【豆部】13畫		208	210	段5上-39	鍇9-16	鉉5上-7
號(豐，壕通叚)	hao	ㄏㄠˋ	虍部	【虍部】13畫		209	211	段5上-41	鍇9-17	鉉5上-8
豔(豔，艷通叚)	yan	ㄧㄢˋ	豐部	【豆部】13畫		208	210	段5上-40	鍇9-17	鉉5上-8
豈(幾)	qí	ㄑㄧˊ	豈部	【豆部】15畫		207	209	段5上-37	鍇9-15	鉉5上-7
雙(雙、艭、䠶通叚)	shuang	ㄕㄨㄤ	雔部	【隹部】18畫		148	149	段4上-38	鍇7-17	鉉4上-7
豔(豔，艷通叚)	yan	ㄧㄢˋ	豐部	【豆部】21畫		208	210	段5上-40	鍇9-17	鉉5上-8
【豕(shǐ)部】	shi	ㄕˇ	豕部			454	459	段9下-35	鍇18-12	鉉9下-5
豕(芾)	shi	ㄕˇ	豕部	【豕部】		454	459	段9下-35	鍇18-12	鉉9下-5
亥(芾、𠀉)	hai	ㄏㄞˋ	亥部	【亠部】		752	759	段14下-44	鍇28-20	鉉14下-10末
豖	chu	ㄔㄨ	豕部	【豕部】1畫		455	460	段9下-37	鍇18-13	鉉9下-6
㒸(遂)	sui	ㄙㄨㄟˋ	八部	【八部】2畫		49	49	段2上-2	鍇3-2	鉉2上-1

篆本字(古文、金文、籀文、俗字，通叚、金石)	拼音	注音	說文部首	康熙部首	筆畫	一般頁碼	洪葉頁碼	段注篇章	徐鍇通釋篇章	徐鉉藤花榭篇章
彖(系，豫、腞通叚)	tuan`	ㄊㄨㄢˋ	彑部	【彑部】2畫	456	461	段9下-39	錯18-14	鉉9下-6
彖	chi`	ㄔˋ	彑部	【彑部】3畫	456	461	段9下-39	錯18-14	鉉9下-6
叚(彖)	xia	ㄒㄧㄚ	彑部	【彑部】3畫	456	461	段9下-39	錯18-14	鉉9下-6
尻(脾，启、朓、豚、豝、豼通叚)	kao	ㄎㄠ	尸部	【尸部】3畫	400	404	段8上-71	錯16-8	鉉8上-11
殺	yi`	ㄧˋ	豕部	【豕部】4畫	455	459	段9下-36	錯18-12	鉉9下-6
豝	ba	ㄅㄚ	豕部	【豕部】4畫	455	459	段9下-36	錯18-12	鉉9下-6
豜(豣、肩，狷通叚)	jian	ㄐㄧㄢ	豕部	【豕部】4畫	455	459	段9下-36	錯18-12	鉉9下-6
豙(豤)	yi`	ㄧˋ	豕部	【豕部】4畫	456	460	段9下-38	錯18-13	鉉9下-6
豩從巾(豚、豩從小，狪、狽通叚)	tun´	ㄊㄨㄣˊ	豩部	【豕部】4畫	457	461	段9下-40	錯18-14	鉉9下-7
舄(兕、眾、兝)	si`	ㄙˋ	舄部	【豕部】4畫	458	463	段9下-43	錯18-15	鉉9下-7
豠	chu´	ㄔㄨˊ	豕部	【豕部】5畫	455	460	段9下-37	錯18-13	鉉9下-6
哮(豞，烋、庨、獢通叚)	xiao`	ㄒㄧㄠˋ	口部	【口部】5畫	61	62	段2上-27	錯3-12	鉉2上-6
狗(豞通叚)	gou˘	ㄍㄡˇ	犬部	【犬部】5畫	473	477	段10上-26	錯19-8	鉉10上-5
艾(乂，狨通叚)	ai`	ㄞˋ	艸部	【艸部】5畫	31	32	段1下-21	錯2-10	鉉1下-4
象(像，橡通叚)	xiang`	ㄒㄧㄤˋ	象部	【豕部】5畫	459	464	段9下-45	錯18-16	鉉9下-7
像(象)	xiang`	ㄒㄧㄤˋ	人部	【人部】5畫	375	379	段8上-21	錯15-12	鉉8上-5
豢(圂)	huan`	ㄏㄨㄢˋ	豕部	【豕部】6畫	455	460	段9下-37	錯18-12	鉉9下-6
圂(豢、溷)	hun`	ㄏㄨㄣˋ	口部	【口部】6畫	278	281	段6下-13	錯12-9	鉉6下-4
豜(豣、肩，狷通叚)	jian	ㄐㄧㄢ	豕部	【豕部】6畫	455	459	段9下-36	錯18-12	鉉9下-6
豤(狠、懇、懇、墾通叚)	ken˘	ㄎㄣˇ	豕部	【豕部】6畫	455	460	段9下-37	錯18-12	鉉9下-6
豦	ju`	ㄐㄩˋ	豕部	【豕部】6畫	456	460	段9下-38	錯18-13	鉉9下-6
勢(豪，濠通叚)	hao´	ㄏㄠˊ	力部	【力部】7畫	701	707	段13下-54	錯26-11	鉉13下-8
希(彖、豨、肆、豩、脩、豪，貄通叚)	yi`	ㄧˋ	希部	【彑部】7畫	456	460	段9下-38	錯18-13	鉉9下-6

篆本字（古文、金文、籀文、俗字，通段、金石）	拼音	注音	說文部首	康熙部首	筆畫	一般頁碼	洪葉頁碼	段注篇章	徐鍇通釋篇章	徐鉉藤花榭篇章
毫(豪、毫、豪)	hao ´	ㄏㄠˊ	希部	【高部】	7畫	456	460	段9下-38	鍇18-13	鉉9下-6
豧	fu	ㄈㄨ	豕部	【豕部】	7畫	455	460	段9下-37	鍇18-12	鉉9下-6
豨(狶通段)	xi	ㄒㄧ	豕部	【豕部】	7畫	455	460	段9下-37	鍇18-13	鉉9下-6
尻(脽，启、脢、豚、犯、豴通段)	kao	ㄎㄠ	尸部	【尸部】	7畫	400	404	段8上-71	鍇16-8	鉉8上-11
豙(豙)	yi `	ㄧˋ	豕部	【豕部】	7畫	456	460	段9下-38	鍇18-13	鉉9下-6
豩	bin	ㄅㄧㄣ	豕部	【豕部】	7畫	456	460	段9下-38	鍇18-13	鉉9下-6
豬(腊祉述及、豚，豬通段)	zhu	ㄓㄨ	豕部	【豕部】	8畫	454	459	段9下-35	鍇18-12	鉉9下-6
豚从巾(豚、豚从小，独、犉通段)	tun ´	ㄊㄨㄣˊ	豚部	【豕部】	9畫	457	461	段9下-40	鍇18-14	鉉9下-7
豭	jia	ㄐㄧㄚ	豕部	【豕部】	9畫	455	459	段9下-36	鍇18-12	鉉9下-6
豫(蹂、豫、預，澦通段)	yu `	ㄩˋ	象部	【豕部】	9畫	459	464	段9下-44	鍇18-16	鉉9下-8
豯(豯通段)	xi	ㄒㄧ	豕部	【豕部】	10畫	455	459	段9下-36	鍇18-12	鉉9下-6
奚(豯，傒、蒵通段)	xi	ㄒㄧ	大部	【大部】	10畫	499	503	段10下-18	鍇20-6	鉉10下-4
豰(縠)	bo ´	ㄅㄛˊ	豕部	【豕部】	10畫	455	459	段9下-36	鍇18-12	鉉9下-6
豲	huan ´	ㄏㄨㄢˊ	豕部	【豕部】	10畫	455	460	段9下-37	鍇18-13	鉉9下-6
蹢(蹄、躕，豴、躑通段)	di ´	ㄉㄧˊ	足部	【足部】	11畫	82	83	段2下-27	鍇4-14	鉉2下-6
肄(肆、豴、肆)	yi `	ㄧˋ	聿部	【聿部】	11畫	117	118	段3下-21	鍇6-12	鉉3下-5
豵(豵、豯通段)	zong	ㄗㄨㄥ	豕部	【豕部】	11畫	455	459	段9下-36	鍇18-12	鉉9下-6
獜(獜通段)	lin ´	ㄌㄧㄣˊ	犬部	【犬部】	12畫	475	479	段10上-30	鍇19-10	鉉10上-5
豷	wei ´	ㄨㄟˊ	豕部	【豕部】	12畫	455	459	段9下-36	鍇18-12	鉉9下-6
豶	fen ´	ㄈㄣˊ	豕部	【豕部】	12畫	455	459	段9下-36	鍇18-12	鉉9下-6
豷	yi `	ㄧˋ	豕部	【豕部】	12畫	455	460	段9下-37	鍇18-12	鉉9下-6

篆本字(古文、金文、籀文、俗字，通叚，金石)	拼音	注音	說文部首	康熙部首	筆畫	一般頁碼	洪葉頁碼	段注篇章	徐鍇通釋篇章	徐鉉藤花榭篇章
鬣从髟鼠(鼠、獵、儠、鬣、髦、馲、髭、葛隸變、獵，犣通叚)	lie`	ㄌㄧㄝˋ	髟部	【髟部】	15畫	427	432	段9上-25	錯17-8	鉉9上-4
豴	wei`	ㄨㄟˋ	豩部	【豕部】	16畫	457	461	段9下-40	錯18-14	鉉9下-7
【豸(zhi`)部】	zhi`	ㄓˋ	豸部			457	461	段9下-40	錯18-14	鉉9下-7
豸(廌)	zhi`	ㄓˋ	豸部	【豸部】		457	461	段9下-40	錯18-14	鉉9下-7
廌(豸、豸)	zhi`	ㄓˋ	廌部	【广部】		469	474	段10上-19	錯19-6	鉉10上-3
豹	bao`	ㄅㄠˋ	豸部	【豸部】	3畫	457	462	段9下-41	錯18-14	鉉9下-7
豺(犲通叚)	chai´	ㄔㄞˊ	豸部	【豸部】	3畫	457	462	段9下-41	錯18-14	鉉9下-7
豻(犴、岸，狱通叚)	an`	ㄢˋ	豸部	【豸部】	3畫	458	462	段9下-42	錯18-15	鉉9下-7
貔(豼、貔，貔通叚)	pi´	ㄆㄧˊ	豸部	【豸部】	4畫	457	462	段9下-41	錯18-14	鉉9下-7
豽(貀通叚)	na`	ㄋㄚˋ	豸部	【豸部】	5畫	458	462	段9下-42	錯18-15	鉉9下-7
貁(蜼、狖)	you`	ㄧㄡˋ	豸部	【豸部】	5畫	458	463	段9下-43	錯18-15	鉉9下-7
蜼(狖、貁)	wei`	ㄨㄟˋ	虫部	【虫部】	5畫	673	679	段13上-60	錯25-14	鉉13上-8
貂(鼦鼬you`述及)	diao	ㄉㄧㄠ	豸部	【豸部】	5畫	458	463	段9下-43	錯18-15	鉉9下-7
貆	huan´	ㄏㄨㄢˊ	豸部	【豸部】	6畫	458	462	段9下-42	錯18-15	鉉9下-7
豤(狠、懇、懇、墾通叚)	ken`	ㄎㄣˇ	豕部	【豕部】	6畫	455	460	段9下-37	錯18-12	鉉9下-6
休(庥，咻、貅通叚)	xiu	ㄒㄧㄡ	木部	【人部】	6畫	270	272	段6上-64	錯11-28	鉉6上-8
貈(貉、貊，貐通叚)	he´	ㄏㄜˊ	豸部	【豸部】	6畫	458	462	段9下-42	錯18-15	鉉9下-7
貉(貊，狢、貐通叚)	mo`	ㄇㄛˋ	豸部	【豸部】	6畫	458	463	段9下-43	錯18-15	鉉9下-7
貘(貊、狛，獏、狛通叚)	mo`	ㄇㄛˋ	豸部	【豸部】	6畫	457	462	段9下-41	錯18-14	鉉9下-7
嗼(寞、貘通叚)	mo`	ㄇㄛˋ	口部	【口部】	6畫	61	61	段2上-26	錯3-11	鉉2上-5
貔(豼、貔，貔通叚)	pi´	ㄆㄧˊ	豸部	【豸部】	7畫	457	462	段9下-41	錯18-14	鉉9下-7

篆本字（古文、金文、籀文、俗字，通叚、金石）	拼音	注音	說文部首	康熙部首	筆畫	一般頁碼	洪葉頁碼	段注篇章	徐鍇通釋篇章	徐鉉藤花榭篇章
解(廌，廨、嶰、獬、貑、繲、邂通叚)	jiě	ㄐㄧㄝˇ	角部	【角部】7畫	186	188	段4下-58	鍇8-20	鉉4下-9
廌(豸、豴)	zhì	ㄓˋ	廌部	【广部】7畫	469	474	段10上-19	鍇19-6	鉉10上-3
豸(廌)	zhì	ㄓˋ	豸部	【豸部】7畫	457	461	段9下-40	鍇18-14	鉉9下-7
兒(貊、貌)	mao	ㄇㄠˋ	兒部	【白部】7畫	406	410	段8下-10	鍇16-12	鉉8下-2
狸(貍)	lí	ㄌㄧˊ	豸部	【豸部】7畫	458	462	段9下-42	鍇18-15	鉉9下-7
薶(貍、埋)	mái	ㄇㄞˊ	艸部	【艸部】7畫	44	45	段1下-47	鍇2-22	鉉1下-8
希(彖、𥅻、肆、豙、脩、豪，犖通叚)	yì	ㄧˋ	希部	【互部】8畫	456	460	段9下-38	鍇18-13	鉉9下-6
麚(麠，貑通叚)	jia	ㄐㄧㄚ	鹿部	【鹿部】9畫	470	474	段10上-20	鍇19-6	鉉10上-3
貓	mao	ㄇㄠ	豸部	【豸部】9畫	無	無	無	無	鉉9下-7
貐	yǔ	ㄩˇ	豸部	【豸部】9畫	457	462	段9下-41	鍇18-14	鉉9下-7
貒(貛)	tuan	ㄊㄨㄢ	豸部	【豸部】9畫	458	462	段9下-42	鍇18-15	鉉9下-7
貛(貒)	huan	ㄏㄨㄢ	豸部	【豸部】9畫	458	462	段9下-42	鍇18-15	鉉9下-7
卑(貏、鵯通叚)	bei	ㄅㄟ	ナ部	【十部】9畫	116	117	段3下-20	鍇6-11	鉉3下-4
窫(㺍、獥通叚)	yì	ㄧˋ	宀部	【宀部】9畫	339	343	段7下-9	鍇14-4	鉉7下-2
豯(貕通叚)	xi	ㄒㄧ	豕部	【豕部】10畫	455	459	段9下-36	鍇18-12	鉉9下-6
貔(豼、貃，貔通叚)	pí	ㄆㄧˊ	豸部	【豸部】10畫	457	462	段9下-41	鍇18-14	鉉9下-7
鼦(貂)	è	ㄜˋ	鼠部	【鼠部】10畫	479	483	段10上-38	鍇19-13	鉉10上-6
貘(貊、狛，獏、狢通叚)	mò	ㄇㄛˋ	豸部	【豸部】11畫	457	462	段9下-41	鍇18-14	鉉9下-7
獌(蟃、玁，貙通叚)	man	ㄇㄢˋ	犬部	【犬部】11畫	477	482	段10上-35	鍇19-11	鉉10上-6
貙(貗通叚)	chu	ㄔㄨ	豸部	【豸部】11畫	457	462	段9下-41	鍇18-14	鉉9下-7
貑(犑、獻通叚)	yong	ㄩㄥ	豸部	【豸部】11畫	457	462	段9下-41	鍇18-15	鉉9下-7
獠(獠通叚)	liáo	ㄌㄧㄠˊ	犬部	【犬部】12畫	476	480	段10上-32	鍇19-11	鉉10上-5
貉(貃，貈通叚)	hé	ㄏㄜˊ	豸部	【豸部】12畫	458	462	段9下-42	鍇18-15	鉉9下-7
貈(貉，狢、貈通叚)	mò	ㄇㄛˋ	豸部	【豸部】12畫	458	463	段9下-43	鍇18-15	鉉9下-7
貚	tan	ㄊㄢˊ	豸部	【豸部】12畫	457	462	段9下-41	鍇18-14	鉉9下-7

篆本字（古文、金文、籀文、俗字，通段、金石）	拼音	注音	說文部首	康熙部首	筆畫	一般頁碼	洪葉頁碼	段注篇章	徐鍇通釋篇章	徐鉉藤花榭篇章
螭(魑，貙、彲通段)	chi	ㄔ	虫部	【虫部】	13畫	670	676	段13上-54	錯25-13	鉉13上-7
貆(貒)	huan	ㄏㄨㄢ	豸部	【豸部】	18畫	458	462	段9下-42	錯18-15	鉉9下-7
貒(貆)	tuan	ㄊㄨㄢ	豸部	【豸部】	18畫	458	462	段9下-42	錯18-15	鉉9下-7
貜	jue´	ㄐㄩㄝˊ	豸部	【豸部】	20畫	458	462	段9下-42	錯18-15	鉉9下-7
【貝(bei˙)部】	bei`	ㄅㄟˋ	貝部			279	281	段6下-14	錯12-9	鉉6下-4
貝(鼎述及，唄通段)	bei`	ㄅㄟˋ	貝部	【貝部】		279	281	段6下-14	錯12-9	鉉6下-4
鼎(丁、貝，鼑通段)	ding˙	ㄉㄧㄥˇ	鼎部	【鼎部】		319	322	段7上-35	錯13-15	鉉7上-6
貞(偵通段)	zhen	ㄓㄣ	卜部	【貝部】	2畫	127	128	段3下-42	錯6-20	鉉3下-9
負(偩，蕡、蝜通段)	fu`	ㄈㄨˋ	貝部	【貝部】	2畫	281	283	段6下-18	錯12-11	鉉6下-5
員(鼎、云，箮通段)	yuan´	ㄩㄢˊ	員部	【口部】	3畫	279	281	段6下-14	錯12-9	鉉6下-4
圓(圜、員、圞述及)	yuan´	ㄩㄢˊ	口部	【口部】	3畫	277	279	段6下-10	錯12-7	鉉6下-3
財(纔)	cai´	ㄘㄞˊ	貝部	【貝部】	3畫	279	282	段6下-15	錯12-9	鉉6下-4
才(凡才、材、財、裁、纔字以同音通用)	cai´	ㄘㄞˊ	才部	【手部】	3畫	272	274	段6上-68	錯12-1	鉉6上-9
貢	gong`	ㄍㄨㄥˋ	貝部	【貝部】	3畫	280	282	段6下-16	錯12-10	鉉6下-4
贛从夅(贛、貢)	gong`	ㄍㄨㄥˋ	貝部	【貝部】	3畫	280	283	段6下-17	錯12-11	鉉6下-4
貣(貳、忒差述及、貸)	dai`	ㄉㄞˋ	貝部	【貝部】	3畫	280	282	段6下-16	錯12-10	鉉6下-4
貸(貣)	dai`	ㄉㄞˋ	貝部	【貝部】	3畫	280	282	段6下-16	錯12-10	鉉6下-4
忒(貣)	tui	ㄊㄨㄟ	心部	【心部】	3畫	509	513	段10下-38	錯20-13	鉉10下-7
貤(貽通段)	yi`	ㄧˋ	貝部	【貝部】	3畫	281	283	段6下-18	錯12-11	鉉6下-4
貟(瑣)	suo˙	ㄙㄨㄛˇ	貝部	【貝部】	3畫	279	282	段6下-15	錯12-9	鉉6下-4
責(責、債，蹟、鰿通段)	ze´	ㄗㄜˊ	貝部	【貝部】	4畫	281	284	段6下-19	錯12-12	鉉6下-5
貫(毌、摜、宦、串)	guan`	ㄍㄨㄢˋ	毌部	【貝部】	4畫	316	319	段7上-29	錯13-12	鉉7上-5
毌(串、貫)	guan`	ㄍㄨㄢˋ	毌部	【毌部】	4畫	316	319	段7上-29	錯13-12	鉉7上-5

篆本字（古文、金文、籀文、俗字，通段、金石）	拼音	注音	說文部首	康熙部首	筆畫	一般頁碼	洪葉頁碼	段注篇章	徐鍇通釋篇章	徐鉉藤花榭篇章
遺(貫、串，慣通段)	guan `	《ㄨㄢˋ	辵(辶)部	【辵部】	4畫	71	71	段2下-4	錯4-2	鉉2下-1
關(櫏、貫彎述及，攔通段)	guan	《ㄨㄢ	門部	【門部】	4畫	590	596	段12上-13	錯23-5	鉉12上-3
玩(翫)	wan ´	ㄨㄢˊ	玉部	【玉部】	4畫	16	16	段1上-31	錯1-15	鉉1上-5
貧(穷)	pin ´	ㄆㄧㄣˊ	貝部	【貝部】	4畫	282	285	段6下-21	錯12-12	鉉6下-5
鐠(购通段)	min ´	ㄇㄧㄣˊ	金部	【金部】	4畫	714	721	段14上-26	錯27-8	鉉14上-4
蚳(賦、賦通段)	zhi ˇ	ㄓˇ	虫部	【虫部】	4畫	665	672	段13上-45	錯25-11	鉉13上-6
貪	tan	ㄊㄢ	貝部	【貝部】	4畫	282	284	段6下-20	錯12-12	鉉6下-5
貨(賯)	huo `	ㄏㄨㄛˋ	貝部	【貝部】	4畫	279	282	段6下-15	錯12-9	鉉6下-4
賒(貨，脆通段)	gui ˇ	《ㄨㄟˇ	貝部	【貝部】	4畫	279	282	段6下-15	錯12-10	鉉6下-4
販	fan `	ㄈㄢˋ	貝部	【貝部】	4畫	282	284	段6下-20	錯12-12	鉉6下-5
寽(寽、貶)	bian ˇ	ㄅㄧㄢˇ	巢部	【寸部】	4畫	275	278	段6下-7	錯12-6	鉉6下-3
贮(糈)	shu ˇ	ㄕㄨˇ	貝部	【貝部】	5畫	282	285	段6下-21	錯12-13	鉉6下-5
貯(渚、宁)	zhu `	ㄓㄨˋ	貝部	【貝部】	5畫	281	283	段6下-18	錯12-11	鉉6下-5
宁(貯、渚、著，竚、佇、貯通段)	zhu `	ㄓㄨˋ	宁部	【宀部】	5畫	737	744	段14下-14	錯28-5	鉉14下-3
貰	shi `	ㄕˋ	貝部	【貝部】	5畫	281	284	段6下-19	錯12-11	鉉6下-5
賊	bi `	ㄅㄧˋ	貝部	【貝部】	5畫	280	283	段6下-17	錯12-10	鉉6下-4
貺	kuang `	ㄎㄨㄤˋ	貝部	【貝部】	5畫	無	無	無	無	鉉6下-5
況(况，貺通段)	kuang `	ㄎㄨㄤˋ	水部	【水部】	5畫	547	552	段11上貳-4	錯21-14	鉉11上-4
兄(況、貺、况)	xiong	ㄒㄩㄥ	兄部	【儿部】	5畫	405	410	段8下-9	錯16-12	鉉8下-2
貤(賖通段)	yi `	ㄧˋ	貝部	【貝部】	5畫	281	283	段6下-18	錯12-11	鉉6下-4
貳(樲通段)	er `	ㄦˋ	貝部	【貝部】	5畫	281	283	段6下-18	錯12-11	鉉6下-5
賮(貴)	gui `	《ㄨㄟˋ	貝部	【貝部】	5畫	282	284	段6下-20	錯12-13	鉉6下-5
蚳(賦、賦通段)	zhi ˇ	ㄓˇ	虫部	【虫部】	5畫	665	672	段13上-45	錯25-11	鉉13上-6
貶	bian ˇ	ㄅㄧㄢˇ	貝部	【貝部】	5畫	282	284	段6下-20	錯12-12	鉉6下-5
買(鷶通段)	mai ˇ	ㄇㄞˇ	貝部	【貝部】	5畫	282	284	段6下-20	錯12-12	鉉6下-5
貸(貣)	dai `	ㄉㄞˋ	貝部	【貝部】	5畫	280	282	段6下-16	錯12-10	鉉6下-4
貣(貳、忒差述及、貸)	dai `	ㄉㄞˋ	貝部	【貝部】	5畫	280	282	段6下-16	錯12-10	鉉6下-4
費	fei `	ㄈㄟˋ	貝部	【貝部】	5畫	281	284	段6下-19	錯12-12	鉉6下-5

篆本字（古文、金文、籀文、俗字，通叚、金石）	拼音	注音	說文部首	康熙部首	筆畫	一般頁碼	洪葉頁碼	段注篇章	徐鍇通釋篇章	徐鉉藤花榭篇章
貼	tie	ㄊㄧㄝ	貝部	【貝部】5畫	無	無	無	無	鉉6下-5
帖(貼，怗、㡠、愒通叚)	tie	ㄊㄧㄝ	巾部	【巾部】5畫	359	362	段7下-48	鍇14-22	鉉7下-9
貽	yi´	ㄧˊ	貝部	【貝部】5畫	無	無	無	無	鉉6下-5
詒(貽)	yi´	ㄧˊ	言部	【言部】5畫	96	97	段3上-21	鍇5-11	鉉3上-4
貿	mao`	ㄇㄠ	貝部	【貝部】5畫	281	284	段6下-19	鍇12-11	鉉6下-5
賀(嘉、儋、擔)	he`	ㄏㄜˋ	貝部	【貝部】5畫	280	282	段6下-16	鍇12-10	鉉6下-4
嘉(美、善、賀，恕通叚)	jia	ㄐㄧㄚ	壴部	【口部】5畫	205	207	段5上-34	鍇9-14	鉉5上-7
賁(奔)	bi`	ㄅㄧˋ	貝部	【貝部】5畫	279	282	段6下-15	鍇12-10	鉉6下-4
僨(焚、賁)	fen`	ㄈㄣˋ	人部	【人部】5畫	380	384	段8上-32	鍇15-11	鉉8上-4
賊(賊)	zei´	ㄗㄟˊ	戈部	【貝部】6畫	630	636	段12下-38	鍇24-12	鉉12下-6
貲(呰通叚)	zi	ㄗ	貝部	【貝部】6畫	282	285	段6下-21	鍇12-13	鉉6下-5
晐(該、賅，姟通叚)	gai	ㄍㄞ	日部	【日部】6畫	308	311	段7上-13	鍇13-4	鉉7上-2
佴(胲、礙、貪，賅通叚)	gai	ㄍㄞ	人部	【人部】6畫	368	372	段8上-7	鍇15-3	鉉8上-1
賾(責、債，蹟、鰿通叚)	ze´	ㄗㄜˊ	貝部	【貝部】6畫	281	284	段6下-19	鍇12-12	鉉6下-5
賂	lu`	ㄌㄨˋ	貝部	【貝部】6畫	280	283	段6下-17	鍇12-10	鉉6下-4
賃	lin`	ㄌㄧㄣˋ	貝部	【貝部】6畫	282	285	段6下-21	鍇12-12	鉉6下-5
賄(悔，脄通叚)	hui`	ㄏㄨㄟˋ	貝部	【貝部】6畫	279	282	段6下-15	鍇12-9	鉉6下-4
資(齎，憤通叚)	zi	ㄗ	貝部	【貝部】6畫	279	282	段6下-15	鍇12-10	鉉6下-4
齎从貝(資，賷通叚)	ji	ㄐㄧ	貝部	【齊部】6畫	280	282	段6下-16	鍇12-10	鉉6下-4
賄(貨，詭通叚)	gui	ㄍㄨㄟ	貝部	【貝部】6畫	279	282	段6下-15	鍇12-10	鉉6下-4
賈(沽、價，估通叚)	jia	ㄐㄧㄚ	貝部	【貝部】6畫	281	284	段6下-19	鍇12-12	鉉6下-5
賏(瓔通叚)	ying	ㄧㄥ	貝部	【貝部】7畫	283	285	段6下-22	鍇12-13	鉉6下-5
賑(振俗)	zhen`	ㄓㄣˋ	貝部	【貝部】7畫	279	282	段6下-15	鍇12-10	鉉6下-4
振(震辰述及、賑俗，侲通叚)	zhen`	ㄓㄣˋ	手部	【手部】7畫	603	609	段12上-40	鍇23-13	鉉12上-6

篆本字(古文、金文、籀文、俗字，通段、金石)	拼音	注音	說文部首	康熙部首	筆畫	一般頁碼	洪葉頁碼	段注篇章	徐鍇通釋篇章	徐鉉藤花榭篇章
賓(賔、賔，檳通段)	bin	ㄅㄧㄣ	貝部	【貝部】7畫	281	283	段6下-18	錯12-11	鉉6下-5
賕	qiu′	ㄑㄧㄡˊ	貝部	【貝部】7畫	282	285	段6下-21	錯12-12	鉉6下-5
賒	she	ㄕㄜ	貝部	【貝部】7畫	281	283	段6下-18	錯12-11	鉉6下-5
叡	gai`	ㄍㄞˋ	奴部	【貝部】7畫	161	163	段4下-7	錯8-4	鉉4下-2
賱(紜)	yun′	ㄩㄣˊ	員部	【貝部】7畫	279	281	段6下-14	錯12-9	鉉6下-4
賄(悔，賄通段)	hui`	ㄏㄨㄟˋ	貝部	【貝部】7畫	279	282	段6下-15	錯12-9	鉉6下-4
賣(賣與賣yu`易混淆)	mai`	ㄇㄞˋ	出部	【貝部】8畫	273	275	段6下-2	錯12-2	鉉6下-1
賣(賮、賣、鬻，瀆、賣通段)	yu`	ㄩˋ	貝部	【貝部】8畫	282	285	段6下-21	錯12-13	鉉6下-5
續(賡)	xu`	ㄒㄩˋ	糸部	【糸部】8畫	645	652	段13上-5	錯25-2	鉉13上-1
賚(釐)	lai`	ㄌㄞˋ	貝部	【貝部】8畫	280	283	段6下-17	錯12-11	鉉6下-4
釐(禧、氂、賚、理，嫠通段)	li′	ㄌㄧˊ	里部	【里部】8畫	694	701	段13下-41	錯26-8	鉉13下-6
賜(錫，儩通段)	si`	ㄙˋ	貝部	【貝部】8畫	280	283	段6下-17	錯12-11	鉉6下-4
錫(賜)	xi′	ㄒㄧˊ	金部	【金部】8畫	702	709	段14上-1	錯27-1	鉉14上-1
澌(賜、儩，禠、㣊通段)	si	ㄙ	水部	【水部】8畫	559	564	段11上貳-28	錯21-21	鉉11上-7
賞	shang~	ㄕㄤˇ	貝部	【貝部】8畫	280	283	段6下-17	錯12-11	鉉6下-4
賢(臤古文賢字)	xian′	ㄒㄧㄢˊ	貝部	【貝部】8畫	279	282	段6下-15	錯12-10	鉉6下-4
臤(賢，鏗通段)	qian	ㄑㄧㄢ	臤部	【臣部】8畫	118	119	段3下-23	錯6-13	鉉3下-5
倓(倒、賧)	tan′	ㄊㄢˊ	人部	【人部】8畫	367	371	段8上-6	錯15-3	鉉8上-1
周(啁，賙、週通段)	zhou	ㄓㄡ	口部	【口部】8畫	58	59	段2上-21	錯3-9	鉉2上-4
賤	jian`	ㄐㄧㄢˋ	貝部	【貝部】8畫	282	284	段6下-20	錯12-12	鉉6下-5
賦	fu`	ㄈㄨˋ	貝部	【貝部】8畫	282	284	段6下-20	錯12-12	鉉6下-5
賨(帗)	cong′	ㄘㄨㄥˊ	貝部	【貝部】8畫	282	285	段6下-21	錯12-13	鉉6下-5
帗(賨)	jia`	ㄐㄧㄚˋ	巾部	【巾部】8畫	362	365	段7下-54	錯14-23	鉉7下-9
贊(替，囋、讚、賛、䜺、哜通段)	zan`	ㄗㄢˋ	貝部	【貝部】8畫	280	282	段6下-16	錯12-10	鉉6下-4

篆本字（古文、金文、籀文、俗字，通叚、金石）	拼音	注音	說文部首	康熙部首	筆畫	一般頁碼	洪葉頁碼	段注篇章	徐鍇通釋篇章	徐鉉藤花榭篇章
賣(䝬、𧷜、鬻，瓄、賣通叚)	yu`	ㄩˋ	貝部	【貝部】8畫		282	285	段6下-21	錯12-13	鉉6下-5
賭	du˅	ㄉㄨˇ	貝部	【貝部】8畫		無	無	無	無	鉉6下-5
都(瀦、賭、鄜通叚)	du	ㄉㄨ	邑部	【邑部】8畫		283	286	段6下-23	錯12-13	鉉6下-5
躲(射，榭、賭通叚)	she`	ㄕㄜˋ	矢部	【身部】8畫		226	228	段5下-22	錯10-9	鉉5下-4
䝿(貴)	gui`	ㄍㄨㄟˋ	貝部	【貝部】8畫		282	284	段6下-20	錯12-13	鉉6下-5
帳(張，賬通叚)	zhang`	ㄓㄤˋ	巾部	【巾部】8畫		359	362	段7下-48	錯14-22	鉉7下-9
齎從貝(資，賷通叚)	ji´	ㄐㄧˊ	貝部	【齊部】8畫		280	282	段6下-16	錯12-10	鉉6下-4
質(櫍、鑕通叚)	zhi´	ㄓˊ	貝部	【貝部】8畫		281	284	段6下-19	錯12-11	鉉6下-5
隲(騭、陟、質)	zhi`	ㄓˋ	馬部	【馬部】8畫		460	465	段10上-1	錯19-1	鉉10上-1
賞(賞、商)	shang	ㄕㄤ	貝部	【貝部】8畫		282	284	段6下-20	錯12-12	鉉6下-5
賮(進，賮通叚)	jin`	ㄐㄧㄣˋ	貝部	【貝部】9畫		280	282	段6下-16	錯12-10	鉉6下-4
賵	feng`	ㄈㄥˋ	貝部	【貝部】9畫		無	無	無	無	鉉6下-5
冒(冐、冃，帽、瑁、賵通叚)	mao`	ㄇㄠˋ	冃部	【冂部】9畫		354	358	段7下-39	錯14-17	鉉7下-7
賴(頼通叚)	lai`	ㄌㄞˋ	貝部	【貝部】9畫		281	283	段6下-18	錯12-11	鉉6下-4
賸(剩)	sheng`	ㄕㄥˋ	貝部	【貝部】10畫		280	282	段6下-17	錯12-10	鉉6下-4
賻	fu`	ㄈㄨˋ	貝部	【貝部】10畫		無	無	無	無	鉉6下-5
傅(敷，賻通叚)	fu`	ㄈㄨˋ	人部	【人部】10畫		372	376	段8上-16	錯15-6	鉉8上-3
購	gou`	ㄍㄡˋ	貝部	【貝部】10畫		282	285	段6下-21	錯12-12	鉉6下-5
鬻(䝬、𧷜、鬻，瓄、賣通叚)	yu`	ㄩˋ	貝部	【貝部】10畫		282	285	段6下-21	錯12-13	鉉6下-5
斂(歛、賺、賺通叚)	lian`	ㄌㄧㄢˋ	攴部	【攴部】10畫		124	125	段3下-35	錯6-18	鉉3下-8
居(踞段刪、屁，凥、賭、踞、鶋通叚)	ju	ㄐㄩ	尸部	【尸部】10畫		399	403	段8上-70	錯16-8	鉉8上-11
賽	sai`	ㄙㄞˋ	貝部	【貝部】10畫		無	無	無	無	鉉6下-5

篆本字(古文、金文、籀文、俗字,通叚、金石)	拼音	注音	說文部首	康熙部首	筆畫	一般頁碼	洪葉頁碼	段注篇章	徐鍇通釋篇章	徐鉉藤花榭篇章
窢(塞、寒, 賽、寨通叚)	sai	ㄙㄞ	土部	【土部】	10畫	689	696	段13下-31	錯26-5	鉉13下-5
贅(綴)	zhui `	ㄓㄨㄟˋ	貝部	【貝部】	11畫	281	284	段6下-19	錯12-11	鉉6下-5
綴(贅)	zhui `	ㄓㄨㄟˋ	叕部	【糸部】	11畫	738	745	段14下-15	錯28-6	鉉14下-3
都(豬、賭、鄹通叚)	du	ㄉㄨ	邑部	【邑部】	11畫	283	286	段6下-23	錯12-13	鉉6下-5
嚢(賣與賣yu ` 易混淆)	mai `	ㄇㄞˋ	出部	【貝部】	11畫	273	275	段6下-2	錯12-2	鉉6下-1
資(賣、商)	shang	ㄕㄤ	貝部	【貝部】	11畫	282	284	段6下-20	錯12-12	鉉6下-5
摯(贄通叚)	zhi `	ㄓˋ	女部	【女部】	11畫	621	627	段12下-19	錯24-6	鉉12下-3
摯(贄、摰、鷙、鞤=輊輖述及)	zhi `	ㄓˋ	手部	【手部】	11畫	597	603	段12上-27	錯23-9	鉉12上-5
嘖(讀,憤、賾通叚)	ze ´	ㄗㄜˊ	口部	【口部】	11畫	60	60	段2上-24	錯3-10	鉉2上-5
幣(賮通叚)	bi `	ㄅㄧˋ	巾部	【巾部】	12畫	358	361	段7下-46	錯14-21	鉉7下-8
焱(焱古互譌,賟通叚)	biao	ㄅㄧㄠ	犬部	【犬部】	12畫	478	482	段10上-36	錯19-12	鉉10上-6
賄(貨,詭通叚)	gui ˇ	ㄍㄨㄟˇ	貝部	【貝部】	12畫	279	282	段6下-15	錯12-10	鉉6下-4
貨(賄)	huo `	ㄏㄨㄛˋ	貝部	【貝部】	12畫	279	282	段6下-15	錯12-9	鉉6下-4
贈	zeng `	ㄗㄥˋ	貝部	【貝部】	12畫	280	283	段6下-17	錯12-10	鉉6下-4
爓(爓从鴈,贋通叚)	yan `	ㄧㄢˋ	火部	【火部】	12畫	481	485	段10上-42	錯19-14	鉉10上-8
贊(賛,囋、讚、瓚、䜌、唪通叚)	zan `	ㄗㄢˋ	貝部	【貝部】	12畫	280	282	段6下-16	錯12-10	鉉6下-4
瓚(贊)	zan `	ㄗㄢˋ	玉部	【玉部】	12畫	11	11	段1上-21	錯1-11	鉉1上-4
賣(賣、賣、鬻,瀆、竇通叚)	yu `	ㄩˋ	貝部	【貝部】	12畫	282	285	段6下-21	錯12-13	鉉6下-5
贍	shan `	ㄕㄢˋ	貝部	【貝部】	13畫	無	無	無	無	鉉6下-5
淡(贍,痰通叚)	dan `	ㄉㄢˋ	水部	【水部】	13畫	562	567	段11上貳-34	錯21-23	鉉11上-8
購	wan `	ㄨㄢˋ	貝部	【貝部】	13畫	279	282	段6下-15	錯12-10	鉉6下-4
贏	ying ´	ㄧㄥˊ	貝部	【貝部】	13畫	281	283	段6下-18	錯12-11	鉉6下-4

篆本字(古文、金文、籀文、俗字，通叚、金石)	拼音	注音	說文部首	康熙部首	筆畫	一般頁碼	洪葉頁碼	段注篇章	徐鍇通釋篇章	徐鉉藤花榭篇章
齎从貝(資，賷通叚)	ji´	ㄐㄧˊ	貝部	【齊部】	13畫	280	282	段6下-16	錯12-10	鉉6下-4
賺	zhuan`	ㄓㄨㄢˋ	貝部	【貝部】	13畫	無	無	無	無	鉉6下-5
斂(歛、賺、賺通叚)	lian`	ㄌㄧㄢˋ	支部	【支部】	13畫	124	125	段3下-35	錯6-18	鉉3下-8
奰(奰，贔通叚)	bi`	ㄅㄧˋ	大部	【大部】	14畫	499	504	段10下-19	錯20-7	鉉10下-4
賮(進，贐通叚)	jin`	ㄐㄧㄣˋ	貝部	【貝部】	14畫	280	282	段6下-16	錯12-10	鉉6下-4
贖	shu´	ㄕㄨˊ	貝部	【貝部】	15畫	281	284	段6下-19	錯12-13	鉉6下-5
殰(贕，贖通叚)	du´	ㄉㄨˊ	歺部	【歹部】	15畫	161	163	段4下-8	錯8-5	鉉4下-2
爓(爓从鳫，贋通叚)	yan`	ㄧㄢˋ	火部	【火部】	15畫	481	485	段10上-42	錯19-14	鉉10上-8
臧(臧、賍、藏，臟通叚)	zang	ㄗㄤ	臣部	【臣部】	15畫	118	119	段3下-24	錯6-13	鉉3下-6
贙	xuan`	ㄒㄩㄢˋ	虤部	【虍部】	16畫	211	213	段5上-46	錯9-19	鉉5上-8
贛从夅(贛、貢)	gong`	ㄍㄨㄥˋ	貝部	【貝部】	17畫	280	283	段6下-17	錯12-11	鉉6下-4
【赤(chi`)部】	chi`	ㄔˋ	赤部			491	496	段10下-3	錯19-21	鉉10下-1
炎(赤、䞣、尺)	chi`	ㄔˋ	赤部	【赤部】		491	496	段10下-3	錯19-21	鉉10下-1
䞣(赤)	tong´	ㄊㄨㄥˊ	赤部	【赤部】		491	496	段10下-3	錯19-21	鉉10下-1
經(頳、䞓)	cheng	ㄔㄥ	赤部	【赤部】	2畫	491	496	段10下-3	錯19-21	鉉10下-1
赦(㪴、㲋)	she`	ㄕㄜˋ	支部	【赤部】	4畫	124	125	段3下-36	錯6-18	鉉3下-8
赧	nan˅	ㄋㄢˇ	赤部	【赤部】	4畫	491	496	段10下-3	錯19-21	鉉10下-1
䞡(赤)	tong´	ㄊㄨㄥˊ	赤部	【赤部】	6畫	491	496	段10下-3	錯19-21	鉉10下-1
赩	xi`	ㄒㄧˋ	赤部	【赤部】	6畫	無	無	無	無	鉉10下-1
赫(奭、赩，嚇、炼、荝通叚)	he`	ㄏㄜˋ	赤部	【赤部】	7畫	492	496	段10下-4	錯19-21	鉉10下-1
奭(奭，襫、赩通叚)	shi`	ㄕˋ	皕部	【大部】	7畫	137	139	段4上-17	錯7-8	鉉4上-4
經(頳、䞓)	cheng	ㄔㄥ	赤部	【赤部】	9畫	491	496	段10下-3	錯19-21	鉉10下-1
赭(丹、泚)	zhe˅	ㄓㄜˇ	赤部	【赤部】	9畫	492	496	段10下-4	錯19-21	鉉10下-1
赮	xia´	ㄒㄧㄚˊ	赤部	【赤部】	9畫	無	無	無	無	鉉10下-1
鰕(鰕、蝦)	xia	ㄒㄧㄚ	魚部	【魚部】	9畫	580	586	段11下-27	錯22-10	鉉11下-6
蝦(霞，鰕通叚)	xia	ㄒㄧㄚ	虫部	【虫部】	9畫	671	678	段13上-57	錯25-14	鉉13上-8

篆本字（古文、金文、籀文、俗字，通叚、金石）	拼音	注音	說文部首	康熙部首	筆畫	一般頁碼	洪葉頁碼	段注篇章	徐鍇通釋篇章	徐鉉藤花榭篇章
瑕(䮓、霞通叚)	xia´	ㄒㄧㄚˊ	玉部	【玉部】9畫		15	15	段1上-30	錯1-15	鉉1上-5
觳从赤	hu`	ㄏㄨ`	赤部	【赤部】10畫		491	496	段10下-3	錯19-21	鉉10下-1
韓	gan`	ㄍㄢ`	赤部	【赤部】10畫		492	496	段10下-4	錯19-21	鉉10下-1
【走(zou˅)部】	zou˅	ㄗㄡˇ	走部			63	64	段2上-31	錯3-14	鉉2上-6
歪(走，跿通叚)	zou˅	ㄗㄡˇ	走部	【走部】		63	64	段2上-31	錯3-14	鉉2上-6
赳	jiu	ㄐㄧㄡ	走部	【走部】2畫		64	64	段2上-32	錯3-14	鉉2上-7
赴(訃，趛通叚)	fu`	ㄈㄨ`	走部	【走部】2畫		63	64	段2上-31	錯3-14	鉉2上-7
毚(趥、赴)	fu`	ㄈㄨ`	兔部	【儿部】2畫		472	477	段10上-25	錯19-8	鉉10上-4
報(報、赴)	bao`	ㄅㄠ`	幸部	【土部】2畫		496	501	段10下-13	錯20-5	鉉10下-3
赸	cai	ㄘㄞ	走部	【走部】3畫		64	65	段2上-33	錯3-15	鉉2上-7
赺	ji´	ㄐㄧˊ	走部	【走部】3畫		65	65	段2上-34	錯3-15	鉉2上-7
赶(趕通叚)	gan˅	ㄍㄢˇ	走部	【走部】3畫		67	67	段2上-38	錯3-16	鉉2上-8
起(起)	qi˅	ㄑㄧˇ	走部	【走部】3畫		65	65	段2上-34	錯3-15	鉉2上-7
赽	qi´	ㄑㄧˊ	走部	【走部】4畫		64	64	段2上-32	錯3-14	鉉2上-7
趄(煢)	qiong´	ㄑㄩㄥˊ	走部	【走部】4畫		65	65	段2上-34	錯3-15	鉉2上-7
赽	jue´	ㄐㄩㄝˊ	走部	【走部】4畫		65	65	段2上-34	錯3-15	鉉2上-7
赾(靳)	qin˅	ㄑㄧㄣˇ	走部	【走部】4畫		65	66	段2上-35	錯3-15	鉉2上-7
𧺆(跛、趛)	bo´	ㄅㄛˊ	辵(辶)部	【辵部】4畫		70	71	段2下-3	錯4-2	鉉2下-1
趀(次，屑、跤、赻通叚)	ci	ㄘ	走部	【走部】4畫		64	64	段2上-32	錯3-14	鉉2上-7
趀(赾、趌、趣)	che˅	ㄔㄜˇ	走部	【庚部】5畫		66	66	段2上-36	錯3-16	鉉2上-8
趁(駗，跈、躔、迍通叚)	chen`	ㄔㄣ`	走部	【走部】5畫		64	64	段2上-32	錯3-14	鉉2上-7
趄	ju	ㄐㄩ	走部	【走部】5畫		66	66	段2上-36	錯3-16	鉉2上-7
趑(跰、趄、跙)	zi	ㄗ	走部	【走部】5畫		65	66	段2上-35	錯3-16	鉉2上-7
超(怊、迢通叚)	chao	ㄔㄠ	走部	【走部】5畫		63	64	段2上-31	錯3-14	鉉2上-7
趆	di	ㄉㄧ	走部	【走部】5畫		65	65	段2上-34	錯3-15	鉉2上-7
趉(踚通叚)	jue´	ㄐㄩㄝˊ	走部	【走部】5畫		65	66	段2上-35	錯3-16	鉉2上-7
趈(趑)	fu´	ㄈㄨˊ	走部	【走部】5畫		65	66	段2上-35	錯3-16	鉉2上-7
越(粵，狘、樾通叚)	yue`	ㄩㄝ`	走部	【走部】5畫		64	64	段2上-32	錯3-14	鉉2上-7
粵(越、曰)	yue`	ㄩㄝ`	亏部	【米部】5畫		204	206	段5上-32	錯9-13	鉉5上-6

篆本字(古文、金文、籀文、俗字，通叚、金石)	拼音	注音	說文部首	康熙部首	筆畫	一般頁碼	洪葉頁碼	段注篇章	徐鍇通釋篇章	徐鉉藤花榭篇章
姘(屏，趙、跰通叚)	pin	ㄆㄧㄣ	女部	【女部】6畫	625	631	段12下-28	錯24-10	鉉12下-4
赻	you ˋ	ㄧㄡˋ	走部	【走部】6畫	64	65	段2上-33	錯3-15	鉉2上-7
趌(跬、窺、頃、頍)	gui ˇ	ㄍㄨㄟˇ	走部	【走部】6畫	66	66	段2上-36	錯3-16	鉉2上-8
趏	jiang ˋ	ㄐㄧㄤˋ	走部	【走部】6畫	64	65	段2上-33	錯3-14	鉉2上-7
趌	ji ´	ㄐㄧˊ	走部	【走部】6畫	65	65	段2上-34	錯3-15	鉉2上-7
趍(踌通叚)	chi ´	ㄔˊ	走部	【走部】6畫	65	65	段2上-34	錯3-15	鉉2上-7
趒(跳)	tiao ˋ	ㄊㄧㄠˋ	走部	【走部】6畫	67	67	段2上-38	錯3-16	鉉2上-8
趀(跐通叚)	ci ˇ	ㄘˇ	走部	【走部】6畫	65	65	段2上-34	錯3-15	鉉2上-7
趄(轅、爰、援)	yuan ´	ㄩㄢˊ	走部	【走部】6畫	66	67	段2上-37	錯3-16	鉉2上-8
趑(趹、趄、跙)	zi	ㄗ	走部	【走部】6畫	65	66	段2上-35	錯3-16	鉉2上-7
趀(次，屍、趹、趀通叚)	ci	ㄘ	走部	【走部】6畫	64	64	段2上-32	錯3-14	鉉2上-7
趌(蹐，趹通叚)	qi `	ㄑㄧˋ	走部	【走部】7畫	66	66	段2上-36	錯3-16	鉉2上-8
蹟(趌)	ji ´	ㄐㄧˊ	足部	【足部】7畫	83	84	段2下-29	錯4-15	鉉2下-6
趣(起、踉通叚)	qu `	ㄑㄩˋ	走部	【走部】7畫	63	64	段2上-31	錯3-14	鉉2上-7
趨(qiu ˇ)	qun	ㄑㄩㄣ	走部	【走部】7畫	66	66	段2上-36	錯3-16	鉉2上-7
趖(裰、蓑通叚)	suo	ㄙㄨㄛ	走部	【走部】7畫	64	65	段2上-33	錯3-15	鉉2上-7
毚(趏、赴)	fu `	ㄈㄨˋ	兔部	【儿部】7畫	472	477	段10上-25	錯19-8	鉉10上-4
赴(訃，趏通叚)	fu `	ㄈㄨˋ	走部	【走部】7畫	63	64	段2上-31	錯3-14	鉉2上-7
赶(趕通叚)	gan ˇ	ㄍㄢˇ	走部	【走部】7畫	67	67	段2上-38	錯3-16	鉉2上-8
趙(踃通叚)	zhao `	ㄓㄠˋ	走部	【走部】7畫	65	66	段2上-35	錯3-15	鉉2上-7
趡	hai ´	ㄏㄞˊ	走部	【走部】7畫	65	65	段2上-34	錯3-15	鉉2上-7
踊	yong ˇ	ㄩㄥˇ	走部	【走部】7畫	67	67	段2上-38	錯3-16	鉉2上-8
趵(踣)	bo ´	ㄅㄛˊ	走部	【走部】8畫	66	66	段2上-36	錯3-16	鉉2上-8
踣(趵)	bo ´	ㄅㄛˊ	足部	【足部】8畫	83	84	段2下-29	錯4-15	鉉2下-6
趛	yin ˇ	ㄧㄣˇ	走部	【走部】8畫	65	65	段2上-34	錯3-15	鉉2上-7
趜	ju ´	ㄐㄩˊ	走部	【走部】8畫	65	66	段2上-35	錯3-16	鉉2上-7
趉	que `	ㄑㄩㄝˋ	走部	【走部】8畫	64	64	段2上-32	錯3-14	鉉2上-7
趠(踔)	chuo	ㄔㄨㄛ	走部	【走部】8畫	65	66	段2上-35	錯3-15	鉉2上-7
踔(趠)	chuo	ㄔㄨㄛ	足部	【足部】8畫	82	83	段2下-27	錯4-14	鉉2下-6

篆本字(古文、金文、籀文、俗字，通叚、金石)	拼音	注音	說文部首	康熙部首	筆畫	一般頁碼	洪葉頁碼	段注篇章	徐鍇通釋篇章	徐鉉藤花榭篇章
趡(趡，跊通叚)	cuǐ	ㄘㄨㄟˇ	走部	【走部】8畫	66	67	段2上-37	錯3-16	鉉2上-8
趢	lù	ㄌㄨˋ	走部	【走部】8畫	66	66	段2上-36	錯3-16	鉉2上-7
趣(趉、跜通叚)	qù	ㄑㄩˋ	走部	【走部】8畫	63	64	段2上-31	錯3-14	鉉2上-7
趨(趣)	qu	ㄑㄩ	走部	【走部】8畫	63	64	段2上-31	錯3-14	鉉2上-7
騶(趣)	zou	ㄗㄡ	馬部	【馬部】8畫	468	472	段10上-16	錯19-5	鉉10上-2
驟(騶)	zou`	ㄗㄡˋ	馬部	【馬部】8畫	466	471	段10上-13	錯19-4	鉉10上-2
趝	xian´	ㄒㄧㄢˊ	走部	【走部】8畫	64	64	段2上-32	錯3-14	鉉2上-7
趛(yunˇ)	qun´	ㄑㄩㄣˊ	走部	【走部】8畫	64	65	段2上-33	錯3-14	鉉2上-7
趣	qinˇ	ㄑㄧㄣˇ	走部	【走部】8畫	64	65	段2上-33	錯3-14	鉉2上-7
趧(趧)	fu´	ㄈㄨˊ	走部	【走部】8畫	65	66	段2上-35	錯3-16	鉉2上-7
趹	qian	ㄑㄧㄢ	走部	【走部】8畫	66	66	段2上-36	錯3-16	鉉2上-7
趥	qiu	ㄑㄧㄡ	走部	【走部】9畫	64	65	段2上-33	錯3-14	鉉2上-7
趰(趌、趌、趰)	cheˇ	ㄔㄜˇ	走部	【走部】9畫	66	66	段2上-36	錯3-16	鉉2上-8
掓(搜，廀、蒐、鎪通叚)	sou	ㄙㄡ	手部	【手部】9畫	611	617	段12上-55	錯23-17	鉉12上-8
趧	ti´	ㄊㄧˊ	走部	【走部】9畫	67	67	段2上-38	錯3-16	鉉2上-8
趨	jie´	ㄐㄧㄝˊ	走部	【走部】9畫	65	65	段2上-34	錯3-15	鉉2上-7
趠(跇)	chi`	ㄔˋ	走部	【走部】9畫	65	66	段2上-35	錯3-15	鉉2上-7
繇(由=䌛䋃e´述及、䌛、遙殳tou´述及，䌛、迶、飆、嶋通叚)	you´	ㄧㄡˊ	系部	【系部】10畫	643	649	段12下-63	錯24-21	鉉12下-10
趩	chi´	ㄔˊ	走部	【走部】10畫	66	66	段2上-36	錯3-16	鉉2上-8
蹇	qian	ㄑㄧㄢ	走部	【走部】10畫	64	65	段2上-33	錯3-15	鉉2上-7
趨(趣)	qu	ㄑㄩ	走部	【走部】10畫	63	64	段2上-31	錯3-14	鉉2上-7
趌	wuˇ	ㄨˇ	走部	【走部】10畫	64	65	段2上-33	錯3-15	鉉2上-7
蹎(蹎)	dian	ㄉㄧㄢ	走部	【走部】10畫	67	67	段2上-38	錯3-16	鉉2上-8
趨(蹎通叚)	xiong`	ㄒㄩㄥˋ	走部	【走部】10畫	65	65	段2上-34	錯3-15	鉉2上-7
趨(慢)	man´	ㄇㄢˊ	走部	【走部】11畫	65	66	段2上-35	錯3-16	鉉2上-7
趨(襌、躃，僻、襌通叚)	bi`	ㄅㄧˋ	走部	【走部】11畫	67	67	段2上-38	錯3-16	鉉2上-8
趮	piao	ㄆㄧㄠ	走部	【走部】11畫	64	65	段2上-33	錯3-14	鉉2上-7

篆本字（古文、金文、籀文、俗字，通叚、金石）	拼音	注音	說文部首	康熙部首	筆畫	一般頁碼	洪葉頁碼	段注篇章	徐鍇通釋篇章	徐鉉藤花榭篇章
趣(趐)	jian `	ㄐㄧㄢˋ	走部	【走部】11畫		67	67	段2上-38	錯3-16	鉉2上-8
漸(趣)	jian `	ㄐㄧㄢˋ	水部	【水部】11畫		531	536	段11上壹-31	錯21-9	鉉11上-2
趢	chi `	ㄔˋ	走部	【走部】12畫		65	65	段2上-34	錯3-16	鉉2上-7
趢	ji	ㄐㄧ	走部	【走部】12畫		65	66	段2上-35	錯3-15	鉉2上-7
趫(僑)	qiao ´	ㄑㄧㄠˊ	走部	【走部】12畫		63	64	段2上-31	錯3-14	鉉2上-7
趬	qiao	ㄑㄧㄠ	走部	【走部】12畫		64	64	段2上-32	錯3-14	鉉2上-7
趫	jue ´	ㄐㄩㄝˊ	走部	【走部】12畫		64	64	段2上-32	錯3-14	鉉2上-7
趀(趓、趂、趫)	che ˇ	ㄔㄜˇ	走部	【走部】12畫		66	66	段2上-36	錯3-16	鉉2上-8
趡(趞，躠通叚)	cui ˇ	ㄘㄨㄟˇ	走部	【走部】12畫		66	67	段2上-37	錯3-16	鉉2上-8
趜(獝，翻通叚)	ju ´	ㄐㄩˊ	走部	【走部】12畫		65	66	段2上-35	錯3-16	鉉2上-7
趍	zhu ´	ㄓㄨˊ	走部	【走部】13畫		64	65	段2上-33	錯3-14	鉉2上-7
趮(躁)	zao `	ㄗㄠˋ	走部	【走部】13畫		64	64	段2上-32	錯3-14	鉉2上-7
趖(邅通叚)	zhan	ㄓㄢ	走部	【走部】13畫		64	64	段2上-32	錯3-14	鉉2上-7
趭(還)	xuan	ㄒㄩㄢ	走部	【走部】13畫		65	65	段2上-34	錯3-15	鉉2上-7
趬(懊)	yu ´	ㄩˊ	走部	【走部】13畫		65	65	段2上-34	錯3-15	鉉2上-7
趚(趠从容)	xun ´	ㄒㄩㄣˊ	走部	【走部】14畫		64	65	段2上-33	錯3-14	鉉2上-7
趏(秩)	zhi `	ㄓˋ	走部	【走部】14畫		64	65	段2上-33	錯3-15	鉉2上-7
趯(ti `)	yue `	ㄩㄝˋ	走部	【走部】14畫		64	64	段2上-32	錯3-14	鉉2上-7
趫(躒)	li `	ㄌㄧˋ	走部	【走部】15畫		66	67	段2上-37	錯3-16	鉉2上-8
趮(艍、艍)	ju ´	ㄐㄩˊ	走部	【走部】15畫		65	66	段2上-35	錯3-15	鉉2上-7
趭(趬)	bian	ㄅㄧㄢ	走部	【走部】16畫		64	65	段2上-33	錯3-15	鉉2上-7
趭	xian `	ㄒㄧㄢˋ	走部	【走部】16畫		64	65	段2上-33	錯3-15	鉉2上-7
趚(趚从容)	xun ´	ㄒㄩㄣˊ	走部	【走部】16畫		64	65	段2上-33	錯3-14	鉉2上-7
趫(躤，蹻通叚)	yue `	ㄩㄝˋ	走部	【走部】17畫		65	66	段2上-35	錯3-15	鉉2上-7
趫	jie ´	ㄐㄧㄝˊ	走部	【走部】17畫		64	65	段2上-33	錯3-14	鉉2上-7
趫	yi `	ㄧˋ	走部	【走部】18畫		65	65	段2上-34	錯3-15	鉉2上-7
趩	quan ´	ㄑㄩㄢˊ	走部	【走部】18畫		66	66	段2上-36	錯3-16	鉉2上-7
趩	qu ´	ㄑㄩˊ	走部	【走部】18畫		64	65	段2上-33	錯3-15	鉉2上-7
瞿(躍、趯)	qu ´	ㄑㄩˊ	彳部	【彳部】18畫		76	76	段2下-14	錯4-7	鉉2下-3
趯	jue ´	ㄐㄩㄝˊ	走部	【走部】20畫		65	66	段2上-35	錯3-15	鉉2上-7
【足(zu ´)部】	zu ´	ㄗㄨˊ	足部			81	81	段2下-24	錯4-12	鉉2下-5
足	zu ´	ㄗㄨˊ	足部	【足部】		81	81	段2下-24	錯4-12	鉉2下-5
浞(足)	zhuo ´	ㄓㄨㄛˊ	水部	【水部】		558	563	段11上貳-26	錯21-21	鉉11上-7

篆本字(古文、金文、籀文、俗字，通叚、金石)	拼音	注音	說文部首	康熙部首	筆畫	一般頁碼	洪葉頁碼	段注篇章	徐鍇通釋篇章	徐鉉藤花榭篇章
疋(疏、足、胥、雅)	shu	ㄕㄨ	疋部	【疋部】		84	85	段2下-31	鍇4-16	鉉2下-7
正(㱏、𧾺古文正从一足)	zheng `	ㄓㄥˋ	正部	【止部】1畫		69	70	段2下-1	鍇4-1	鉉2下-1
趺	fu `	ㄈㄨˋ	足部	【足部】2畫		81	82	段2下-25	鍇4-13	鉉2下-5
跀(刖、跪)	yue `	ㄩㄝˋ	足部	【足部】3畫		84	84	段2下-30	鍇4-15	鉉2下-6
踶	shi `	ㄕˋ	足部	【足部】4畫		82	83	段2下-27	鍇4-14	鉉2下-6
趹	jue ´	ㄐㄩㄝˊ	足部	【足部】4畫		84	85	段2下-31	鍇4-16	鉉2下-6
柎(跗，跌、蚹通叚)	fu	ㄈㄨ	木部	【木部】4畫		265	267	段6上-54	鍇11-24	鉉6上-7
止(趾、山隸變延述及，杫通叚)	zhi ˇ	ㄓˇ	止部	【止部】4畫		67	68	段2上-39	鍇3-17	鉉2上-8
尣(猶、淫，跨、踮通叚)	yin ´	ㄧㄣˊ	冂部	【一部】4畫		228	230	段5下-26	鍇10-10	鉉5下-5
迫(𨃬、趚)	bo ´	ㄅㄛˊ	辵(辶)部	【辵部】4畫		70	71	段2下-3	鍇4-2	鉉2下-1
趼(研)	jian ˇ	ㄐㄧㄢˇ	足部	【足部】4畫		84	85	段2下-31	鍇4-16	鉉2下-6
趽	fang	ㄈㄤ	足部	【足部】4畫		84	85	段2下-31	鍇4-16	鉉2下-6
跶	ta	ㄊㄚ	足部	【足部】4畫		83	83	段2下-28	鍇4-14	鉉2下-6
跀(刖、跪)	yue `	ㄩㄝˋ	足部	【足部】4畫		84	84	段2下-30	鍇4-15	鉉2下-6
刖(跀)	yue `	ㄩㄝˋ	刀部	【刂部】4畫		181	183	段4下-48	鍇8-17	鉉4下-7
跂(庪、歧通叚)	qi ´	ㄑㄧˊ	足部	【足部】4畫		84	85	段2下-31	鍇4-16	鉉2下-6
枝(岐、跂述及)	zhi	ㄓ	木部	【木部】4畫		249	251	段6上-22	鍇11-10	鉉6上-3
企(𠈮、跂，蹄通叚)	qi `	ㄑㄧˋ	人部	【人部】4畫		365	369	段8上-2	鍇15-1	鉉8上-1
呈(撐，撑、樘通叚)	cheng ´	ㄔㄥˊ	止部	【止部】5畫		67	68	段2上-39	鍇3-17	鉉2上-8
樘(掌、撐、撑、呈，摚、敳通叚)	tang ´	ㄊㄤˊ	木部	【木部】5畫		254	256	段6上-32	鍇11-14	鉉6上-4
蹉(蹀、喋、啑，蹂、跕通叚)	die ´	ㄉㄧㄝˊ	足部	【足部】5畫		82	83	段2下-27	鍇4-14	鉉2下-6
柎(跗，跌、蚹通叚)	fu	ㄈㄨ	木部	【木部】5畫		265	267	段6上-54	鍇11-24	鉉6上-7

篆本字(古文、金文、籀文、俗字，通叚、金石)	拼音	注音	說文部首	康熙部首	筆畫	一般頁碼	洪葉頁碼	段注篇章	徐鍇通釋篇章	徐鉉藤花榭篇章
且(𠀃，蛆、跙通叚)	qie ˇ	ㄑㄧㄝˇ	且部	【一部】	5畫	716	723	段14上-29	鍇27-9	鉉14上-5
趑(跌、趄、跙)	zi	ㄗ	走部	【走部】	5畫	65	66	段2上-35	鍇3-16	鉉2上-7
跎	tuo ˊ	ㄊㄨㄛˊ	足部	【足部】	5畫	無	無	無	無	鉉2下-6
沱(池、沲、跎通叚)	tuo ˊ	ㄊㄨㄛˊ	水部	【水部】	5畫	517	522	段11上壹-4	鍇21-2	鉉11上-1
跋	yue ˋ	ㄩㄝˋ	足部	【足部】	5畫	81	82	段2下-25	鍇4-15	鉉2下-5
跇	yi ˋ	ㄧˋ	足部	【足部】	5畫	83	83	段2下-28	鍇4-15	鉉2下-6
趩(跇)	chi ˋ	ㄔˋ	走部	【走部】	5畫	65	66	段2上-35	鍇3-15	鉉2上-7
跋(拔、沛)	ba ˊ	ㄅㄚˊ	足部	【足部】	5畫	83	84	段2下-29	鍇4-16	鉉2下-6
沛(勃、拔、跋，霈通叚)	pei ˋ	ㄆㄟˋ	水部	【水部】	5畫	542	547	段11上壹-53	鍇21-11	鉉11上-3
軷(跋)	ba ˊ	ㄅㄚˊ	車部	【車部】	5畫	727	734	段14上-51	鍇27-14	鉉14上-7
跌(眣通叚)	die ˊ	ㄉㄧㄝˊ	足部	【足部】	5畫	83	84	段2下-29	鍇4-15	鉉2下-6
跔(跼通叚)	ju	ㄐㄩ	足部	【足部】	5畫	84	84	段2下-30	鍇4-15	鉉2下-6
跖(蹠、蹊)	zhi ˊ	ㄓˊ	足部	【足部】	5畫	81	81	段2下-24	鍇4-13	鉉2下-5
跛	bo ˇ	ㄅㄛˇ	足部	【足部】	5畫	無	無	無	鍇4-15	鉉2下-6
尳(跛，佊通叚)	bo ˇ	ㄅㄛˇ	尢部	【尢部】	5畫	495	499	段10下-10	鍇20-3	鉉10下-2
髀(踔、庳、跛)	bi ˋ	ㄅㄧˋ	骨部	【骨部】	5畫	165	167	段4下-15	鍇8-7	鉉4下-3
姍(訕，跚通叚)	shan	ㄕㄢ	女部	【女部】	5畫	625	631	段12下-27	鍇24-9	鉉12下-4
阼(跸通叚)	zuo ˋ	ㄗㄨㄛˋ	𨸏部	【阜部】	5畫	736	743	段14下-11	鍇28-4	鉉14下-2
駘(跆通叚)	tai ˊ	ㄊㄞˊ	馬部	【馬部】	5畫	468	472	段10上-16	鍇19-5	鉉10上-2
嬯(儓、懛、跆通叚)	tai ˊ	ㄊㄞˊ	女部	【女部】	5畫	624	630	段12下-26	鍇24-9	鉉12下-4
辵(躇，踱、跅通叚)	chuo ˋ	ㄔㄨㄛˋ	辵(辶)部	【辵部】	5畫	70	70	段2下-2	鍇4-1	鉉2下-1
趁(駗，跈、蹍、迍通叚)	chen ˋ	ㄔㄣˋ	走部	【走部】	5畫	64	64	段2上-32	鍇3-14	鉉2上-7
距(歫、鮔)	ju ˋ	ㄐㄩˋ	足部	【足部】	5畫	84	84	段2下-30	鍇4-15	鉉2下-6
踾	fu ˊ	ㄈㄨˊ	足部	【足部】	5畫	83	83	段2下-28	鍇4-14	鉉2下-6
跟(垠)	gen	ㄍㄣ	足部	【足部】	6畫	81	81	段2下-24	鍇4-12	鉉2下-5
匐(跌通叚)	fu ˊ	ㄈㄨˊ	勹部	【勹部】	6畫	433	437	段9上-36	鍇17-12	鉉9上-6

篆本字(古文、金文、籀文、俗字，通段、金石)	拼音	注音	說文部首	康熙部首	筆畫	一般頁碼	洪葉頁碼	段注篇章	徐鍇通釋篇章	徐鉉藤花榭篇章
越(跐通段)	ciˇ	ㄘˇ	走部	【走部】	6畫	65	65	段2上-34	鍇3-15	鉉2上-7
企(定、跂，跧通段)	qiˋ	ㄑㄧˋ	人部	【人部】	6畫	365	369	段8上-2	鍇15-1	鉉8上-1
曩(屡、踑通段)	jiˋ	ㄐㄧˋ	己部	【己部】	6畫	741	748	段14下-21	鍇28-10	鉉14下-5
趑(跌、趄、跙)	zi	ㄗ	走部	【走部】	6畫	65	66	段2上-35	鍇3-16	鉉2上-7
趀(次，屎、跌、趑通段)	ci	ㄘ	走部	【走部】	6畫	64	64	段2上-32	鍇3-14	鉉2上-7
趚(蹐，跌通段)	qiˋ	ㄑㄧˋ	走部	【走部】	6畫	66	66	段2上-36	鍇3-16	鉉2上-8
踧(跦、蹜、顣通段)	cuˋ	ㄘㄨˋ	足部	【足部】	6畫	81	82	段2下-25	鍇4-13	鉉2下-5
趍(趍通段)	chiˊ	ㄔˊ	走部	【走部】	6畫	65	65	段2上-34	鍇3-15	鉉2上-7
峙(跱，榯、踟、趍、跦通段)	zhiˋ	ㄓˋ	止部	【止部】	6畫	67	68	段2上-39	鍇3-17	鉉2上-8
姘(屏，趚、跰通段)	pin	ㄆㄧㄣ	女部	【女部】	6畫	625	631	段12下-28	鍇24-10	鉉12下-4
骿(駢、騈，胼、跰通段)	pianˊ	ㄆㄧㄢˊ	骨部	【骨部】	6畫	165	167	段4下-15	鍇8-7	鉉4下-3
栙(舽、跭、跭)	xiangˊ	ㄒㄧㄤˊ	木部	【木部】	6畫	264	267	段6上-53	鍇11-23	鉉6上-7
骹(校，鼟、嘺、跤、骲、髐通段)	qiao	ㄑㄧㄠ	骨部	【骨部】	6畫	165	167	段4下-16	鍇8-7	鉉4下-3
趌(跬、窺、頃、蹞)	guiˇ	ㄍㄨㄟˇ	走部	【走部】	6畫	66	66	段2上-36	鍇3-16	鉉2上-8
跣	xianˇ	ㄒㄧㄢˇ	足部	【足部】	6畫	84	84	段2下-30	鍇4-15	鉉2下-6
跧	quanˊ	ㄑㄩㄢˊ	足部	【足部】	6畫	82	82	段2下-26	鍇4-13	鉉2下-6
迹(迹、蹟、速非速suˋ、踈，跡通段)	ji	ㄐㄧ	辵(辶)部	【辵部】	6畫	70	70	段2下-2	鍇4-2	鉉2下-1
跨(踤、胯)	kuaˋ	ㄎㄨㄚˋ	足部	【足部】	6畫	82	82	段2下-26	鍇4-13	鉉2下-6
踌(跨)	kuaˋ	ㄎㄨㄚˋ	足部	【足部】	6畫	83	84	段2下-29	鍇4-15	鉉2下-6
胯(跨、午)	kuaˋ	ㄎㄨㄚˋ	肉部	【肉部】	6畫	170	172	段4下-26	鍇8-15	鉉4下-4

篆本字(古文、金文、籀文、俗字，通叚、金石)	拼音	注音	說文部首	康熙部首	筆畫	一般頁碼	洪葉頁碼	段注篇章	徐鍇通釋篇章	徐鉉藤花榭篇章
夸(跨亐kuaˋ述及，姱、嫭、骻通叚)	kua	ㄎㄨㄚ	大部	【大部】6畫		492	497	段10下-5	錯20-1	鉉10下-1
跪	gui˘	ㄍㄨㄟˇ	足部	【足部】6畫		81	81	段2下-24	錯4-13	鉉2下-5
路	luˋ	ㄌㄨˋ	足部	【足部】6畫		84	85	段2下-31	錯4-16	鉉2下-6
露(路)	luˋ	ㄌㄨˋ	雨部	【雨部】6畫		573	579	段11下-13	錯22-6	鉉11下-4
跲	jia´	ㄐㄧㄚˊ	足部	【足部】6畫		83	83	段2下-28	錯4-14	鉉2下-6
跳	tiaoˋ	ㄊㄧㄠˋ	足部	【足部】6畫		83	83	段2下-28	錯4-14	鉉2下-6
趒(跳)	tiao´	ㄊㄧㄠˊ	走部	【走部】6畫		67	67	段2上-38	錯3-16	鉉2上-8
跛	bo˘	ㄅㄛˇ	足部	【足部】6畫		82	83	段2下-27	錯4-13	鉉2下-6
跟(振通叚)	zhenˋ	ㄓㄣˋ	足部	【足部】7畫		83	83	段2下-28	錯4-14	鉉2下-6
跬(跠通叚)	kui´	ㄎㄨㄟˊ	足部	【足部】7畫		84	84	段2下-30	錯4-15	鉉2下-6
跟(狽通叚)	bei´	ㄅㄟ´	足部	【足部】7畫		83	83	段2下-28	錯4-14	鉉2下-6
趣(趑、踞通叚)	quˋ	ㄑㄩˋ	走部	【走部】7畫		63	64	段2上-31	錯3-14	鉉2上-7
跔(跼通叚)	ju	ㄐㄩ	足部	【足部】7畫		84	84	段2下-30	錯4-15	鉉2下-6
局(侷、跼通叚)	ju´	ㄐㄩˊ	口部	【尸部】7畫		62	62	段2上-28	錯3-12	鉉2上-6
跽(膌，跱通叚)	jiˋ	ㄐㄧˋ	足部	【足部】7畫		81	81	段2下-24	錯4-13	鉉2下-5
拇(栂、踇通叚)	mu˘	ㄇㄨˇ	手部	【手部】7畫		593	599	段12上-20	錯23-8	鉉12上-4
歪(走，踓通叚)	zou˘	ㄗㄡˇ	走部	【走部】7畫		63	64	段2上-31	錯3-14	鉉2上-6
踃(透，悠通叚)	shu	ㄕㄨ	足部	【足部】7畫		82	82	段2下-26	錯4-13	鉉2下-5
踊(踴通叚)	yong˘	ㄩㄥˇ	足部	【足部】7畫		82	82	段2下-26	錯4-13	鉉2下-5
远(踉，逮通叚)	hang´	ㄏㄤ´	辵(辶)部	【辵部】7畫		75	76	段2下-13	錯4-6	鉉2下-3
蹲(踆竣字述及，鷷通叚)	dun	ㄉㄨㄣ	足部	【足部】7畫		83	84	段2下-29	錯4-15	鉉2下-6
竣(踆通叚)	junˋ	ㄐㄩㄣˋ	立部	【立部】7畫		500	505	段10下-21	錯20-8	鉉10下-4
逡(後、踆通叚)	qun	ㄑㄩㄣ	辵(辶)部	【辵部】7畫		73	73	段2下-8	錯4-4	鉉2下-2
趙(踃通叚)	zhaoˋ	ㄓㄠˋ	走部	【走部】7畫		65	66	段2上-35	錯3-15	鉉2上-7
輒(踂、輙通叚)	zhe´	ㄓㄜˊ	車部	【車部】7畫		722	729	段14上-42	錯27-13	鉉14上-6
馬(氤、繺、𩡬，踂、靮通叚)	zhi´	ㄓ´	馬部	【馬部】7畫		467	472	段10上-15	錯19-5	鉉10上-2
脛(踁、蹼鑒字述及，踁通叚)	jingˋ	ㄐㄧㄥˋ	肉部	【肉部】7畫		170	172	段4下-26	錯8-10	鉉4下-4
踾(踠)	kun˘	ㄎㄨㄣˇ	足部	【足部】8畫		84	84	段2下-30	錯4-15	鉉2下-6
踼(荆)	feiˋ	ㄈㄟˋ	足部	【足部】8畫		84	84	段2下-30	錯4-15	鉉2下-6

篆本字(古文、金文、籀文、俗字，通叚、金石)	拼音	注音	說文部首	康熙部首	筆畫	一般頁碼	洪葉頁碼	段注篇章	徐鍇通釋篇章	徐鉉藤花榭篇章
踐(躔通叚)	jian`	ㄐㄧㄢˋ	足部	【足部】8畫	82	83	段2下-27	鍇4-14	鉉2下-6
㣤(踐)	jian`	ㄐㄧㄢˋ	彳部	【彳部】8畫	76	77	段2下-15	鍇4-8	鉉2下-3
踔(趠)	chuo	ㄔㄨㄛ	足部	【足部】8畫	82	83	段2下-27	鍇4-14	鉉2下-6
趠(踔)	chuo	ㄔㄨㄛ	走部	【走部】8畫	65	66	段2上-35	鍇3-15	鉉2上-7
逴(踔)	chuo`	ㄔㄨㄛˋ	辵(辶)部	【辵部】8畫	75	75	段2下-12	鍇4-6	鉉2下-3
踖(躤通叚)	ji´	ㄐㄧˊ	足部	【足部】8畫	81	82	段2下-25	鍇4-13	鉉2下-5
踝	huai´	ㄏㄨㄞˊ	足部	【足部】8畫	81	81	段2下-24	鍇4-13	鉉2下-5
赽(踋通叚)	jue´	ㄐㄩㄝˊ	走部	【走部】8畫	65	66	段2上-35	鍇3-16	鉉2上-7
蹞(蹉通叚)	kui´	ㄎㄨㄟˊ	足部	【足部】8畫	84	84	段2下-30	鍇4-15	鉉2下-6
踬(蹉通叚)	zhi´	ㄓˊ	足部	【足部】8畫	83	83	段2下-28	鍇4-14	鉉2下-6
跖(蹠、蹉)	zhi´	ㄓˊ	足部	【足部】8畫	81	81	段2下-24	鍇4-13	鉉2下-5
趡(趨，踓通叚)	cui˘	ㄘㄨㄟˇ	走部	【走部】8畫	66	67	段2上-37	鍇3-16	鉉2上-8
跽(膌，踑通叚)	ji`	ㄐㄧˋ	足部	【足部】8畫	81	81	段2下-24	鍇4-13	鉉2下-5
觠(蜷、踡通叚)	quan´	ㄑㄩㄢˊ	角部	【角部】8畫	185	187	段4下-55	鍇8-19	鉉4下-8
宛(惌，惋、蜿、蝪、跑、鵷通叚)	wan˘	ㄨㄢˇ	宀部	【宀部】8畫	341	344	段7下-12	鍇14-6	鉉7下-2
踒(踠通叚)	wo	ㄨㄛ	足部	【足部】8畫	84	84	段2下-30	鍇4-15	鉉2下-6
踞	ju`	ㄐㄩˋ	足部	【足部】8畫	無	無	無	鍇4-15	鉉2下-6
居(踞段刪、屈，㝒、賬、蹴、鶋通叚)	ju	ㄐㄩ	尸部	【尸部】8畫	399	403	段8上-70	鍇16-8	鉉8上-11
蹋(踏，剔、蹓通叚)	ta`	ㄊㄚˋ	足部	【足部】8畫	82	82	段2下-26	鍇4-13	鉉2下-6
蹩(蹀、喋、啑，踕、跕通叚)	die´	ㄅㄧㄝˊ	足部	【足部】8畫	82	83	段2下-27	鍇4-14	鉉2下-6
鞠(籟从革、毬、鞫、鞭，毱、踘通叚)	ju	ㄐㄩ	革部	【革部】8畫	108	109	段3下-3	鍇6-3	鉉3下-1
踣(趌)	bo´	ㄅㄛˊ	足部	【足部】8畫	83	84	段2下-29	鍇4-15	鉉2下-6
趌(踣)	bo´	ㄅㄛˊ	走部	【走部】8畫	66	66	段2上-36	鍇3-16	鉉2上-8
踤	zu´	ㄗㄨˊ	足部	【足部】8畫	82	83	段2下-27	鍇4-14	鉉2下-6
踦(騎通叚)	qi	ㄑㄧ	足部	【足部】8畫	81	81	段2下-24	鍇4-13	鉉2下-5

篆本字（古文、金文、籀文、俗字，通段、金石）	拼音	注音	說文部首	康熙部首	筆畫	一般頁碼	洪葉頁碼	段注篇章	徐鍇通釋篇章	徐鉉藤花榭篇章
踧(趚、踏、顣通段)	cù	ㄘㄨˋ	足部	【足部】8畫	81	82	段2下-25	鍇4-13	鉉2下-5
䏖(踧、宙)	dí	ㄉㄧˊ	彳部	【彳部】8畫	77	77	段2下-16	鍇4-8	鉉2下-3
樅(從、蹤、踪，輳、遜通段)	zong	ㄗㄨㄥ	車部	【車部】8畫	728	735	段14上-54	鍇27-14	鉉14上-7
峙(跱，榯、跐、跢、跦通段)	zhì	ㄓˋ	止部	【止部】8畫	67	68	段2上-39	鍇3-17	鉉2上-8
鞨(屣、跿、蹝通段)	xǐ	ㄒㄧˇ	革部	【革部】8畫	108	109	段3下-3	鍇6-3	鉉3下-1
躧(𨈠，屣、跿、跐、鞨通段)	xǐ	ㄒㄧˇ	足部	【足部】8畫	84	84	段2下-30	鍇4-15	鉉2下-6
逭(爟、踾)	huàn	ㄏㄨㄢˋ	辵(辶)部	【辵部】8畫	74	74	段2下-10	鍇4-5	鉉2下-2
髀(踔、庳、跛)	bì	ㄅㄧˋ	骨部	【骨部】8畫	165	167	段4下-15	鍇8-7	鉉4下-3
内(蹂、厹，鶔通段)	róu	ㄖㄡˊ	内部	【内部】9畫	739	746	段14下-17	鍇28-7	鉉14下-4
舛(蹖、踳、僢)	chuǎn	ㄔㄨㄢˇ	舛部	【舛部】9畫	234	236	段5下-38	鍇10-15	鉉5下-7
辵(蹢，躇、跡通段)	chuò	ㄔㄨㄛˋ	辵(辶)部	【辵部】9畫	70	70	段2下-2	鍇4-1	鉉2下-1
跬(qiáˊ)	xiá	ㄒㄧㄚ	足部	【足部】9畫	84	84	段2下-30	鍇4-15	鉉2下-6
踰	yú	ㄩˊ	足部	【足部】9畫	81	82	段2下-25	鍇4-13	鉉2下-5
踵(蹱通段)	zhǒng	ㄓㄨㄥˇ	足部	【足部】9畫	82	83	段2下-27	鍇4-14	鉉2下-6
歱(踵，蹱通段)	zhǒng	ㄓㄨㄥˇ	止部	【止部】9畫	67	68	段2上-39	鍇3-17	鉉2上-8
徸(踵)	zhǒng	ㄓㄨㄥˇ	彳部	【彳部】9畫	77	77	段2下-16	鍇4-9	鉉2下-4
踆	chèn	ㄔㄣˇ	足部	【足部】9畫	無	無	無	無	鉉2下-7
冘(猶、淫，趻、踸通段)	yín	ㄧㄣˊ	冂部	【冖部】9畫	228	230	段5下-26	鍇10-10	鉉5下-5
趌(跬、䞨、頃、蹞)	guǐ	ㄍㄨㄟˇ	走部	【走部】9畫	66	66	段2上-36	鍇3-16	鉉2上-8
踊(踴通段)	yǒng	ㄩㄥˇ	足部	【足部】9畫	82	82	段2下-26	鍇4-13	鉉2下-5
踶	dì	ㄉㄧˋ	足部	【足部】9畫	82	83	段2下-27	鍇4-14	鉉2下-6

篆本字(古文、金文、籀文、俗字，通段、金石)	拼音	注音	說文部首	康熙部首	筆畫	一般頁碼	洪葉頁碼	段注篇章	徐鍇通釋篇章	徐鉉藤花榭篇章
踼	tang´	ㄊㄤˊ	足部	【足部】9畫	83	84	段2下-29	鍇4-15	鉉2下-6
踽(偊通段)	ju˘	ㄐㄩˇ	足部	【足部】9畫	81	82	段2下-25	鍇4-13	鉉2下-5
蹁	pian´	ㄆㄧㄢˊ	足部	【足部】9畫	83	84	段2下-29	鍇4-15	鉉2下-6
夏(憂、夓，厦、廈通段)	xia`	ㄒㄧㄚ`	夊部	【夊部】9畫	233	235	段5下-36	鍇10-15	鉉5下-7
蹀(蹽、喋、啑，蹅、跕通段)	die´	ㄉㄧㄝˊ	足部	【足部】9畫	82	83	段2下-27	鍇4-14	鉉2下-6
踶(蹄，碾通段)	ti´	ㄊㄧˊ	足部	【足部】9畫	81	81	段2下-24	鍇4-12	鉉2下-5
徯(蹊，傒通段)	xi	ㄒㄧ	彳部	【彳部】10畫	76	77	段2下-15	鍇4-8	鉉2下-3
趨(遉通段)	xiong`	ㄒㄩㄥ`	走部	【走部】10畫	65	65	段2上-34	鍇3-15	鉉2上-7
蹉	cuo	ㄘㄨㄛ	足部	【足部】10畫	無	無	無	無	鉉2下-6
踊	yao´	ㄧㄠˊ	足部	【足部】10畫	83	83	段2下-28	鍇4-14	鉉2下-6
蹇(謇，寋、骞、謱通段)	jian˘	ㄐㄧㄢˇ	足部	【足部】10畫	83	84	段2下-29	鍇4-15	鉉2下-6
蹈	dao˘	ㄉㄠˇ	足部	【足部】10畫	82	83	段2下-27	鍇4-13	鉉2下-6
悼(蹈)	dao`	ㄉㄠ`	心部	【心部】10畫	514	519	段10下-49	鍇20-18	鉉10下-9
蹋(踏，剔、蹹通段)	ta`	ㄊㄚ`	足部	【足部】10畫	82	82	段2下-26	鍇4-13	鉉2下-6
蹌	qiang	ㄑㄧㄤ	足部	【足部】10畫	82	82	段2下-26	鍇4-13	鉉2下-5
蹩(蹌)	qiang	ㄑㄧㄤ	足部	【足部】10畫	81	82	段2下-25	鍇4-13	鉉2下-5
蹎(顛)	dian	ㄉㄧㄢ	足部	【足部】10畫	83	83	段2下-28	鍇4-15	鉉2下-6
趐(蹎)	dian	ㄉㄧㄢ	走部	【走部】10畫	67	67	段2上-38	鍇3-16	鉉2上-8
蹐(趚)	ji´	ㄐㄧˊ	足部	【足部】10畫	83	84	段2下-29	鍇4-15	鉉2下-6
趌(蹐，趿通段)	qi`	ㄑㄧ`	走部	【走部】10畫	66	66	段2上-36	鍇3-16	鉉2上-8
趁(駗，跈、蹑、迍通段)	chen`	ㄔㄣ`	走部	【走部】10畫	64	64	段2上-32	鍇3-14	鉉2上-7
踐(躖通段)	jian`	ㄐㄧㄢ`	足部	【足部】10畫	82	83	段2下-27	鍇4-14	鉉2下-6
躅(蹢、躕通段)	zhu´	ㄓㄨˊ	足部	【足部】10畫	82	83	段2下-27	鍇4-14	鉉2下-6
跨(胯)	kua`	ㄎㄨㄚ`	足部	【足部】10畫	83	84	段2下-29	鍇4-15	鉉2下-6
蹋	ta`	ㄊㄚ`	足部	【足部】10畫	83	83	段2下-28	鍇4-14	鉉2下-6
翼(翼、蹕)	xuan˘	ㄒㄩㄢˇ	网部	【网部】10畫	355	358	段7下-40	鍇14-18	鉉7下-7
輚(從、蹤、踪，輚、遜通段)	zong	ㄗㄨㄥ	車部	【車部】11畫	728	735	段14上-54	鍇27-14	鉉14上-7
縱(總，蹤通段)	zong	ㄗㄨㄥ	糸部	【糸部】11畫	655	661	段13上-24	鍇25-5	鉉13上-3

篆本字（古文、金文、籀文、俗字，通叚、金石）	拼音	注音	說文部首	康熙部首	筆畫	一般頁碼	洪葉頁碼	段注篇章	徐鍇通釋篇章	徐鉉藤花榭篇章
迹(速、蹟、速非速su`、疎，跡通叚)	ji	ㄐㄧ	辵(辶)部	【辵部】	11畫	70	70	段2下-2	錯4-2	鉉2下-1
舛(蹲、踳、僢)	chuan`	ㄔㄨㄢˇ	舛部	【舛部】	11畫	234	236	段5下-38	錯10-15	鉉5下-7
趩(襅、躩，僪、襅通叚)	bi`	ㄅㄧˋ	走部	【走部】	11畫	67	67	段2上-38	錯3-16	鉉2上-8
蹩(蹀、喋、啑，蹀、踮通叚)	die´	ㄉㄧㄝˊ	足部	【足部】	11畫	82	83	段2下-27	錯4-14	鉉2下-6
疐(躓，躓、蟄、駤通叚)	zhi`	ㄓˋ	叀部	【疋部】	11畫	159	161	段4下-3	錯8-2	鉉4下-1
鞦(屣、跿、蹝通叚)	xi´	ㄒㄧˇ	革部	【革部】	11畫	108	109	段3下-3	錯6-3	鉉3下-1
躧(纚，屣、蹝、跿、鞦通叚)	xi´	ㄒㄧˇ	足部	【足部】	11畫	84	84	段2下-30	錯4-15	鉉2下-6
隃(嶇，嶇通叚)	qu	ㄑㄩ	𨸏部	【阜部】	11畫	732	739	段14下-4	錯28-2	鉉14下-1
踧(踿、蹜、顣通叚)	cu`	ㄘㄨˋ	足部	【足部】	11畫	81	82	段2下-25	錯4-13	鉉2下-5
蹛(蠆)	dai`	ㄉㄞˋ	足部	【足部】	11畫	82	83	段2下-27	錯4-14	鉉2下-6
麧	cu`	ㄘㄨˋ	足部	【足部】	11畫	無	無	無	無	鉉2下-6
戚(蹙、慽、頳觬shi迹及，蹴、傶、鏚、顣通叚)	qi	ㄑㄧ	戉部	【戈部】	11畫	632	638	段12下-42	錯24-13	鉉12下-6
蹴(蹵、蹙、蹴通叚)	cu`	ㄘㄨˋ	足部	【足部】	11畫	82	82	段2下-26	錯4-13	鉉2下-6
促(蹴通叚)	cu`	ㄘㄨˋ	人部	【人部】	11畫	381	385	段8上-34	錯15-11	鉉8上-4
躓(跂通叚)	zhi´	ㄓˊ	足部	【足部】	11畫	83	83	段2下-28	錯4-14	鉉2下-6
跖(蹠、跅)	zhi´	ㄓˊ	足部	【足部】	11畫	81	81	段2下-24	錯4-13	鉉2下-5
蹢(躑、躊，蹢、躑通叚)	di´	ㄉㄧˊ	足部	【足部】	11畫	82	83	段2下-27	錯4-14	鉉2下-6
蹩(蹾)	bie´	ㄅㄧㄝˊ	足部	【足部】	11畫	82	83	段2下-27	錯4-14	鉉2下-6
蹡(蹡)	qiang	ㄑㄧㄤ	足部	【足部】	11畫	81	82	段2下-25	錯4-13	鉉2下-5

篆本字(古文、金文、籀文、俗字，通叚、金石)	拼音	注音	說文部首	康熙部首	筆畫	一般頁碼	洪葉頁碼	段注篇章	徐鍇通釋篇章	徐鉉藤花榭篇章
暫(蹔通叚)	zhan ˋ	ㄓㄢˋ	日部	【日部】	11畫	306	309	段7上-9	鍇13-3	鉉7上-2
蹬	deng	ㄉㄥ	足部	【足部】	12畫	無	無	無	無	鉉2下-6
躚	xian	ㄒㄧㄢ	足部	【足部】	12畫	無	無	無	無	鉉2下-6
蹭	ceng ˋ	ㄘㄥˋ	足部	【足部】	12畫	無	無	無	無	鉉2下-6
蹲(踆竣字述及，鷷通叚)	dun	ㄉㄨㄣ	足部	【足部】	12畫	83	84	段2下-29	鍇4-15	鉉2下-6
躓(疐，蹪通叚)	zhi ˋ	ㄓˋ	足部	【足部】	12畫	83	83	段2下-28	鍇4-14	鉉2下-6
踵(蹱通叚)	zhong ˇ	ㄓㄨㄥˇ	足部	【足部】	12畫	82	83	段2下-27	鍇4-14	鉉2下-6
歱(踵，蹱通叚)	zhong ˇ	ㄓㄨㄥˇ	止部	【止部】	12畫	67	68	段2上-39	鍇3-17	鉉2上-8
蹷(蹶、躝)	jue ˊ	ㄐㄩㄝˊ	足部	【足部】	12畫	83	83	段2下-28	鍇4-14	鉉2下-6
觼(蹷、厥)	jue ˊ	ㄐㄩㄝˊ	角部	【角部】	12畫	185	187	段4下-56	鍇8-20	鉉4下-8
徹(徹，撤、蹾、轍通叚)	che ˋ	ㄔㄜˋ	攴部	【彳部】	12畫	122	123	段3下-32	鍇6-17	鉉3下-8
番(蹞、𤰕、播，嶓、蹯通叚)	fan ˊ	ㄈㄢˊ	釆部	【田部】	12畫	50	50	段2上-4	鍇3-2	鉉2上-1
蹋(踏，䠀、蹹通叚)	ta ˋ	ㄊㄚˋ	足部	【足部】	12畫	82	82	段2下-26	鍇4-13	鉉2下-6
少(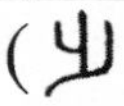 類似𤣩，从反正，躂通叚)	ta ˋ	ㄊㄚˋ	止部	【止部】	12畫	68	68	段2上-40	鍇3-17	鉉2上-8
蹴(蹵、蹙、蹴通叚)	cu ˋ	ㄘㄨˋ	足部	【足部】	12畫	82	82	段2下-26	鍇4-13	鉉2下-6
欶(蹵，慼通叚)	cu ˋ	ㄘㄨˋ	欠部	【欠部】	12畫	411	416	段8下-21	鍇16-16	鉉8下-4
蹸(躪、轥从車藺、轔通叚)	lin ˋ	ㄌㄧㄣˋ	足部	【足部】	12畫	84	85	段2下-31	鍇4-16	鉉2下-6
蹻(翹)	qiao	ㄑㄧㄠ	足部	【足部】	12畫	81	82	段2下-25	鍇4-13	鉉2下-5
屩(蹻)	jue	ㄐㄩㄝ	履部	【尸部】	12畫	402	407	段8下-3	鍇16-10	鉉8下-1
躇(躇、躕通叚)	chu ˊ	ㄔㄨˊ	足部	【足部】	12畫	83	83	段2下-28	鍇4-14	鉉2下-6
辵(躇，踱、跅通叚)	chuo ˋ	ㄔㄨㄛˋ	辵(辶)部	【辵部】	12畫	70	70	段2下-2	鍇4-1	鉉2下-1
躅(蹢、躅通叚)	zhu ˊ	ㄓㄨˊ	足部	【足部】	13畫	82	83	段2下-27	鍇4-14	鉉2下-6
趮(躁)	zao ˋ	ㄗㄠˋ	走部	【走部】	13畫	64	64	段2上-32	鍇3-14	鉉2上-7
噭(躈通叚)	jiao ˋ	ㄐㄧㄠˋ	口部	【口部】	13畫	54	54	段2上-12	鍇3-5	鉉2上-3
壁(躃、辟，躄通叚)	bi ˋ	ㄅㄧˋ	止部	【止部】	13畫	68	68	段2上-40	鍇3-17	鉉2上-8

篆本字（古文、金文、籀文、俗字，通段、金石）	拼音	注音	說文部首	康熙部首	筆畫	一般頁碼	洪葉頁碼	段注篇章	徐鍇通釋篇章	徐鉉藤花榭篇章
居(踞段刪、屁，㝢、腒、躆、鶋通段)	ju	ㄐㄩ	尸部	【尸部】	13畫	399	403	段8上-70	鍇16-8	鉉8上-11
番(顢、宷、播，嶓、蹯通段)	fan'	ㄈㄢˊ	釆部	【田部】	13畫	50	50	段2上-4	鍇3-2	鉉2上-1
躖(蹣、瞳，暖通段)	duan`	ㄉㄨㄢˋ	足部	【足部】	14畫	81	82	段2下-25	鍇4-13	鉉2下-5
彳(躑通段)	chi`	ㄔˋ	彳部	【彳部】	14畫	76	76	段2下-14	鍇4-7	鉉2下-3
蹢(蹄、躊，猏、躑通段)	di'	ㄉㄧˊ	足部	【足部】	14畫	82	83	段2下-27	鍇4-14	鉉2下-6
脛(踁、䯒鑒字述及，䟈通段)	jing`	ㄐㄧㄥˋ	肉部	【肉部】	14畫	170	172	段4下-26	鍇8-10	鉉4下-4
鑋(䯒通段)	qing	ㄑㄧㄥ	金部	【金部】	14畫	710	717	段14上-17	鍇27-6	鉉14上-3
躋(隮)	ji	ㄐㄧ	足部	【足部】	14畫	82	82	段2下-26	鍇4-13	鉉2下-5
躍	yue`	ㄩㄝˋ	足部	【足部】	14畫	82	82	段2下-26	鍇4-13	鉉2下-5
躓(疐，蹟通段)	zhi`	ㄓˋ	足部	【足部】	15畫	83	83	段2下-28	鍇4-14	鉉2下-6
疐(躓，躑、蟄、駤通段)	zhi`	ㄓˋ	叀部	【疋部】	15畫	159	161	段4下-3	鍇8-2	鉉4下-1
躔	chan'	ㄔㄢˊ	足部	【足部】	15畫	82	83	段2下-27	鍇4-13	鉉2下-6
趫(躒)	li`	ㄌㄧˋ	走部	【走部】	15畫	66	67	段2上-37	鍇3-16	鉉2上-8
甄(躐，瓵通段)	lie`	ㄌㄧㄝˋ	瓦部	【瓦部】	15畫	639	645	段12下-56	鍇24-18	鉉12下-9
遱(躐通段)	la	ㄌㄚ	辵(辶)部	【辵部】	15畫	74	74	段2下-10	鍇4-5	鉉2下-2
獵(獦、躐通段)	lie`	ㄌㄧㄝˋ	犬部	【犬部】	15畫	476	480	段10上-32	鍇19-10	鉉10上-5
躇(蹯、躕通段)	chu'	ㄔㄨˊ	足部	【足部】	15畫	83	83	段2下-28	鍇4-14	鉉2下-6
趫(躤，躝通段)	yue`	ㄩㄝˋ	走部	【走部】	16畫	65	66	段2上-35	鍇3-15	鉉2上-7
躛(犚)	wei`	ㄨㄟˋ	足部	【足部】	16畫	82	83	段2下-27	鍇4-14	鉉2下-6
犚(躛)	wei`	ㄨㄟˋ	牛部	【牛部】	16畫	52	53	段2上-9	鍇3-4	鉉2上-2
懲(躛)	wei`	ㄨㄟˋ	心部	【心部】	16畫	511	515	段10下-42	鍇20-15	鉉10下-8
踖(躤通段)	ji'	ㄐㄧˊ	足部	【足部】	17畫	81	82	段2下-25	鍇4-13	鉉2下-5
藉(躤通段)	jie`	ㄐㄧㄝˋ	艸部	【艸部】	17畫	42	43	段1下-43	鍇2-20	鉉1下-7
蹶(蹙、躝)	jue'	ㄐㄩㄝˊ	足部	【足部】	18畫	83	83	段2下-28	鍇4-14	鉉2下-6
躡	nie`	ㄋㄧㄝˋ	足部	【足部】	18畫	82	82	段2下-26	鍇4-13	鉉2下-6
躣	qu'	ㄑㄩˊ	足部	【足部】	18畫	81	82	段2下-25	鍇4-13	鉉2下-5
戄(躩、趯)	qu'	ㄑㄩˊ	彳部	【彳部】	18畫	76	76	段2下-14	鍇4-7	鉉2下-3

篆本字(古文、金文、籀文、俗字，通叚、金石)	拼音	注音	說文部首	康熙部首	筆畫	一般頁碼	洪葉頁碼	段注篇章	徐鍇通釋篇章	徐鉉藤花榭篇章
躩	jue′	ㄐㄩㄝˊ	足部	【足部】18畫		83	84	段2下-29	鍇4-15	鉉2下-6
躖(蹃、疃，暖通叚)	duan′	ㄉㄨㄢˋ	足部	【足部】18畫		81	82	段2下-25	鍇4-13	鉉2下-5
疃(暖、蹃，腄通叚)	tuan ̌	ㄊㄨㄢˇ	田部	【田部】18畫		697	704	段13下-47	鍇26-9	鉉13下-6
蹸(躏、轥从車藺、轔通叚)	lin′	ㄌㄧㄣˋ	足部	【足部】19畫		84	85	段2下-31	鍇4-16	鉉2下-6
趰(躍，蹸通叚)	yue′	ㄩㄝˋ	走部	【走部】19畫		65	66	段2上-35	鍇3-15	鉉2上-7
躧(躧，屣、跿、踱、鞋通叚)	xi ̌	ㄒㄧˇ	足部	【足部】19畫		84	84	段2下-30	鍇4-15	鉉2下-6
躅(蹙、躅通叚)	zhu′	ㄓㄨˊ	足部	【足部】21畫		82	83	段2下-27	鍇4-14	鉉2下-6
【身(shen)部】	shen	ㄕㄣ	身部			388	392	段8上-47	鍇15-17	鉉8上-7
身	shen	ㄕㄣ	身部	【身部】		388	392	段8上-47	鍇15-17	鉉8上-7
偍(身)	shen	ㄕㄣ	人部	【人部】		383	387	段8上-38	鍇15-13	鉉8上-5
肙(胃)	yi	ㄧ	肙部	【身部】		388	392	段8上-48	鍇15-17	鉉8上-7
躲(射，榭、賭通叚)	she ̀	ㄕㄜˋ	矢部	【身部】3畫		226	228	段5下-22	鍇10-9	鉉5下-4
躬(躳)	gong	ㄍㄨㄥ	呂部	【身部】3畫		343	347	段7下-17	鍇14-7	鉉7下-3
窮(窮、躳、躬)	qiong′	ㄑㄩㄥˊ	穴部	【穴部】3畫		346	350	段7下-23	鍇14-9	鉉7下-4
眈(躭通叚)	dan	ㄉㄢ	目部	【目部】4畫		131	133	段4上-5	鍇7-3	鉉4上-2
毗(毗、膍，躰通叚)	pi′	ㄆㄧˊ	囟部	【比部】4畫		501	506	段10下-23	鍇20-9	鉉10下-5
躲(射，榭、賭通叚)	she ̀	ㄕㄜˋ	矢部	【身部】5畫		226	228	段5下-22	鍇10-9	鉉5下-4
躬(躳)	gong	ㄍㄨㄥ	呂部	【身部】6畫		343	347	段7下-17	鍇14-7	鉉7下-3
窮(窮、躳、躬)	qiong′	ㄑㄩㄥˊ	穴部	【穴部】6畫		346	350	段7下-23	鍇14-9	鉉7下-4
夸(跨于kua ̀ 述及，姱、嫮、骻通叚)	kua	ㄎㄨㄚ	大部	【大部】6畫		492	497	段10下-5	鍇20-1	鉉10下-1
侉(夸、骻，恗、遝通叚)	kua ̌	ㄎㄨㄚˇ	人部	【人部】6畫		381	385	段8上-33	鍇15-11	鉉8上-4

篆本字（古文、金文、籀文、俗字，通叚、金石）	拼音	注音	說文部首	康熙部首	筆畫	一般頁碼	洪葉頁碼	段注篇章	徐鍇通釋篇章	徐鉉藤花榭篇章
臝从衣(裸非裸 guan`，倮、臝 从果、躶通叚)	luo˅	ㄌㄨㄛˇ	衣部	【衣部】8畫		396	400	段8上-63	鍇16-5	鉉8上-9
踦(騎通叚)	qi	ㄑㄧ	足部	【足部】8畫		81	81	段2下-24	鍇4-13	鉉2下-5
軀	qu	ㄑㄩ	身部	【身部】11畫		388	392	段8上-48	鍇15-17	鉉8上-7
鬌(髻，軃通叚)	duo˅	ㄉㄨㄛˇ	耆部	【大部】12畫		497	501	段10下-14	鍇20-5	鉉10下-3
顫(軃通叚)	zhan`	ㄓㄢˋ	頁部	【頁部】13畫		421	426	段9上-13	鍇17-4	鉉9上-2
體(軆通叚)	ti˅	ㄊㄧˇ	骨部	【骨部】13畫		166	168	段4下-17	鍇8-7	鉉4下-4
【車(che)部】	che	ㄔㄜ	車部			720	727	段14上-37	鍇27-12	鉉14上-6
車(轂)	che	ㄔㄜ	車部	【車部】		720	727	段14上-37	鍇27-12	鉉14上-6
軋(zha´、ya`)	ga´	ㄍㄚˊ	車部	【車部】1畫		728	735	段14上-53	鍇27-14	鉉14上-7
乙(軋、軋，鳦通叚)	yi˅	ㄧˇ	乙部	【乙部】1畫		740	747	段14下-19	鍇28-8	鉉14下-4
軌	gui˅	ㄍㄨㄟˇ	車部	【車部】2畫		728	735	段14上-53	鍇27-14	鉉14上-7
宄(奾、宯、軌)	gui˅	ㄍㄨㄟˇ	宀部	【宀部】2畫		342	345	段7下-14	鍇14-6	鉉7下-3
簋(匭、朹、軌、朹、九)	gui˅	ㄍㄨㄟˇ	竹部	【竹部】2畫		193	195	段5上-10	鍇9-4	鉉5上-2
軍	jun	ㄐㄩㄣ	車部	【車部】2畫		727	734	段14上-51	鍇27-14	鉉14上-7
笵(軓、範)	fan`	ㄈㄢˋ	竹部	【竹部】2畫		191	193	段5上-5	鍇9-2	鉉5上-1
範(軓、笵)	fan`	ㄈㄢˋ	車部	【竹部】2畫		727	734	段14上-52	鍇27-14	鉉14上-7
軓(軋、笵)	fan`	ㄈㄢˋ	車部	【車部】2畫		721	728	段14上-40	鍇27-12	鉉14上-6
軎(車、轊，裏、轛通叚)	wei`	ㄨㄟˋ	車部	【車部】3畫		725	732	段14上-47	鍇27-13	鉉14上-7
軘(輴)	chun	ㄔㄨㄣ	車部	【車部】3畫		722	729	段14上-42	鍇27-13	鉉14上-6
軏(輓)	yue`	ㄩㄝˋ	車部	【車部】3畫		726	733	段14上-49	鍇27-13	鉉14上-7
軑	dai`	ㄉㄞˋ	車部	【車部】3畫		725	732	段14上-48	鍇27-13	鉉14上-7
軒(幰通叚)	xuan	ㄒㄩㄢ	車部	【車部】3畫		720	727	段14上-37	鍇27-12	鉉14上-6
軔	ren`	ㄖㄣˋ	車部	【車部】3畫		728	735	段14上-54	鍇27-15	鉉14上-7
仞(牣、軔，認、韌通叚)	ren`	ㄖㄣˋ	人部	【人部】3畫		365	369	段8上-2	鍇15-1	鉉8上-1
耎(輭，軟通叚)	ruan˅	ㄖㄨㄢˇ	大部	【而部】4畫		499	503	段10下-18	鍇20-7	鉉10下-4

篆本字(古文、金文、籀文、俗字，通段、金石)	拼音	注音	說文部首	康熙部首	筆畫	一般頁碼	洪葉頁碼	段注篇章	徐鍇通釋篇章	徐鉉藤花榭篇章
偄(耎、愞、懦、輭，軟通段)	ruanˇ	ㄖㄨㄢˇ	人部	【人部】	4畫	377	381	段8上-26	鍇15-9	鉉8上-4
媆(輭、嫩，軟通段)	ruanˇ	ㄖㄨㄢˇ	女部	【女部】	4畫	625	631	段12下-28	鍇24-9	鉉12下-4
鞃(鞨、鞡，弦、軡、軦通段)	hongˊ	ㄏㄨㄥˊ	革部	【革部】	4畫	108	109	段3下-4	鍇6-3	鉉3下-1
軏(軓)	yueˋ	ㄩㄝˋ	車部	【車部】	4畫	726	733	段14上-49	鍇27-13	鉉14上-7
軬(轓通段)	fanˇ	ㄈㄢˇ	車部	【車部】	4畫	722	729	段14上-42	鍇27-12	鉉14上-6
斬(獑、龖通段)	zhanˇ	ㄓㄢˇ	車部	【斤部】	4畫	730	737	段14上-57	鍇27-15	鉉14上-8
軖(軭)	kuangˊ	ㄎㄨㄤˊ	車部	【車部】	4畫	730	737	段14上-57	鍇27-15	鉉14上-8
軘	tunˊ	ㄊㄨㄣˊ	車部	【車部】	4畫	721	728	段14上-39	鍇27-12	鉉14上-6
軜	naˋ	ㄋㄚˋ	車部	【車部】	4畫	726	733	段14上-49	鍇27-14	鉉14上-7
軝(軧、軹、軿)	qiˊ	ㄑㄧˊ	車部	【車部】	4畫	725	732	段14上-47	鍇27-13	鉉14上-7
軹(軿軎weiˋ述及)	zhiˇ	ㄓˇ	車部	【車部】	4畫	725	732	段14上-47	鍇27-13	鉉14上-7
旄(麾，罞、軞通段)	maoˊ	ㄇㄠˊ	㫃部	【方部】	4畫	311	314	段7上-20	鍇13-7	鉉7上-3
軶(軛、戹、鬲、槅，枙通段)	eˋ	ㄜˋ	車部	【車部】	4畫	726	733	段14上-49	鍇27-13	鉉14上-7
較(較亦作校、挍)	jiaoˋ	ㄐㄧㄠˋ	車部	【車部】	4畫	722	729	段14上-41	鍇27-12	鉉14上-6
轟(軥、輷、軥、軥)	hong	ㄏㄨㄥ	車部	【車部】	4畫	730	737	段14上-58	鍇27-15	鉉14上-8
网(罔、䋄从糸亾、囚、罓，網、惘、輞、輞通段)	wangˇ	ㄨㄤˇ	网部	【网部】	4畫	355	358	段7下-40	鍇14-18	鉉7下-7
軥	quˊ	ㄑㄩˊ	車部	【車部】	5畫	726	733	段14上-49	鍇27-14	鉉14上-7
軧	diˇ	ㄉㄧˇ	車部	【車部】	5畫	729	736	段14上-56	鍇27-15	鉉14上-7
軨(轠、輪、轔，齡通段)	lingˊ	ㄌㄧㄥˊ	車部	【車部】	5畫	723	730	段14上-43	鍇27-13	鉉14上-6

篆本字(古文、金文、籀文、俗字，通叚、金石)	拼音	注音	說文部首	康熙部首	筆畫	一般頁碼	洪葉頁碼	段注篇章	徐鍇通釋篇章	徐鉉藤花榭篇章
軫	zhen	ㄓㄣˇ	車部	【車部】	5畫	723	730	段14上-44	錯27-13	鉉14上-7
紾(抮、軫)	zhen	ㄓㄣˇ	糸部	【糸部】	5畫	647	653	段13上-8	錯25-3	鉉13上-2
軵(輎、輯)	rong	ㄖㄨㄥˇ	車部	【車部】	5畫	729	736	段14上-55	錯27-15	鉉14上-7
藩(轓，奮通叚)	fan	ㄈㄢ	艸部	【艸部】	5畫	43	43	段1下-44	錯2-20	鉉1下-7
柧(觚，軱通叚)	gu	ㄍㄨ	木部	【木部】	5畫	268	271	段6上-61	錯11-27	鉉6上-8
鞃(鞇、鞩，弘、軨、輄通叚)	hong	ㄏㄨㄥˊ	革部	【革部】	5畫	108	109	段3下-4	錯6-3	鉉3下-1
弘(彋、弦，軨、鈜通叚)	hong	ㄏㄨㄥˊ	弓部	【弓部】	5畫	641	647	段12下-59	錯24-19	鉉12下-9
軶(軛、厄、鬲、槅，柢通叚)	e	ㄜˋ	車部	【車部】	5畫	726	733	段14上-49	錯27-13	鉉14上-7
軷(跋)	ba	ㄅㄚˊ	車部	【車部】	5畫	727	734	段14上-51	錯27-14	鉉14上-7
軸	zhou	ㄓㄡˊ	車部	【車部】	5畫	724	731	段14上-45	錯27-13	鉉14上-7
軹(軒書wei述及)	zhi	ㄓˇ	車部	【車部】	5畫	725	732	段14上-47	錯27-13	鉉14上-7
軝(軧、軹、軒)	qi	ㄑㄧˊ	車部	【車部】	5畫	725	732	段14上-47	錯27-13	鉉14上-7
軺	yao	ㄧㄠˊ	車部	【車部】	5畫	721	728	段14上-39	錯27-12	鉉14上-6
軻	ke	ㄎㄜ	車部	【車部】	5畫	729	736	段14上-55	錯27-15	鉉14上-7
軼(迭泆述及)	yi	ㄧˋ	車部	【車部】	5畫	728	735	段14上-54	錯27-14	鉉14上-7
駃(軼、逸俗)	yi	ㄧˋ	馬部	【馬部】	5畫	467	471	段10上-14	錯19-4	鉉10上-2
輾(輾軋ya，報大徐作輾，碾通叚)	nian	ㄋㄧㄢˇ	車部	【車部】	5畫	728	735	段14上-53	錯27-14	鉉14上-7
軾(式)	shi	ㄕˋ	車部	【車部】	5畫	722	729	段14上-41	錯27-12	鉉14上-6
輩(軰，靅通叚)	bei	ㄅㄟˋ	車部	【車部】	5畫	728	735	段14上-53	錯27-14	鉉14上-7
軭	kuang	ㄎㄨㄤˊ	車部	【車部】	6畫	728	735	段14上-54	錯27-15	鉉14上-7
輧(軿)	ping	ㄆㄧㄥˊ	車部	【車部】	6畫	720	727	段14上-38	錯27-12	鉉14上-6
梮(梮、欜、轝，櫸通叚)	ju	ㄐㄩˊ	木部	【木部】	6畫	262	264	段6上-48	錯11-20	鉉6上-6
輂(櫸、轝、梮、轝、軗，轎通叚)	ju	ㄐㄩˊ	車部	【車部】	6畫	729	736	段14上-56	錯27-15	鉉14上-8

篆本字(古文、金文、籀文、俗字，通叚、金石)	拼音	注音	說文部首	康熙部首	筆畫	一般頁碼	洪葉頁碼	段注篇章	徐鍇通釋篇章	徐鉉藤花榭篇章
較(較亦作校、挍)	jiao`	ㄐㄧㄠˋ	車部	【車部】6畫		722	729	段14上-41	鍇27-12	鉉14上-6
校(挍，較通叚)	jiao`	ㄐㄧㄠˋ	木部	【木部】6畫		267	270	段6上-59	鍇11-27	鉉6上-7
斠(校，較通叚)	jiao`	ㄐㄧㄠˋ	斗部	【斗部】6畫		718	725	段14上-33	鍇27-11	鉉14上-6
礙(硋，碍、輆通叚)	ai`	ㄞˋ	石部	【石部】6畫		452	456	段9下-30	鍇18-10	鉉9下-4
輅	lu`	ㄌㄨˋ	車部	【車部】6畫		722	729	段14上-41	鍇27-12	鉉14上-6
衡	juan	ㄐㄩㄢ	車部	【車部】6畫		727	734	段14上-51	鍇27-14	鉉14上-7
輇(輲通叚)	quan´	ㄑㄩㄢˊ	車部	【車部】6畫		729	736	段14上-55	鍇27-15	鉉14上-7
輈(轙从炎舟)	zhou	ㄓㄡ	車部	【車部】6畫		725	732	段14上-48	鍇27-13	鉉14上-7
軬	cheng´	ㄔㄥˊ	車部	【車部】6畫		727	734	段14上-51	鍇27-14	鉉14上-7
軝(輢通叚)	qi˘	ㄑㄧˇ	車部	【車部】6畫		729	736	段14上-55	鍇27-15	鉉14上-7
梡(輐通叚)	kuan˘	ㄎㄨㄢˇ	木部	【木部】6畫		269	272	段6上-63	鍇11-28	鉉6上-8
桄(絖、軖通叚)	guang	ㄍㄨㄤ	木部	【木部】6畫		268	271	段6上-61	鍇11-27	鉉6上-8
橫(桄、横、衡，桁、軖、鱹通叚)	heng´	ㄏㄥˊ	木部	【木部】6畫		268	270	段6上-60	鍇11-27	鉉6上-7
桼(漆，杀、柒、軟通叚)	qi	ㄑㄧ	桼部	【木部】6畫		276	278	段6下-8	鍇12-6	鉉6下-3
摯(贄、埶、鷙、墊=軽輖述及)	zhi`	ㄓˋ	手部	【手部】6畫		597	603	段12上-27	鍇23-9	鉉12上-5
輖(朝怒ni`述及，輊、轈通叚)	zhou	ㄓㄡ	車部	【車部】6畫		727	734	段14上-52	鍇27-14	鉉14上-7
輊(轅，墊、輖通叚)	zhi`	ㄓˋ	車部	【車部】6畫		728	735	段14上-54	鍇27-15	鉉14上-7
輀(轜，輛、輌通叚)	er´	ㄦˊ	車部	【車部】6畫		730	737	段14上-58	鍇27-15	鉉14上-8
載(戴、戴述及，縡通叚)	zai`	ㄗㄞˋ	車部	【車部】6畫		727	734	段14上-51	鍇27-14	鉉14上-7
戴(戴、載)	dai`	ㄉㄞˋ	異部	【戈部】6畫		105	105	段3上-38	鍇5-20	鉉3上-9
飪(載)	zai`	ㄗㄞˋ	丮部	【食部】6畫		113	114	段3下-14	鍇6-8	鉉3下-3
轟(輷、輷、軯、軯)	hong	ㄏㄨㄥ	車部	【車部】7畫		730	737	段14上-58	鍇27-15	鉉14上-8

篆本字(古文、金文、籀文、俗字，通叚、金石)	拼音	注音	說文部首	康熙部首	筆畫	一般頁碼	洪葉頁碼	段注篇章	徐鍇通釋篇章	徐鉉藤花榭篇章
輑(輠、輢，輶通叚)	keng	ㄎㄥ	車部	【車部】7畫		728	735	段14上-54	鍇27-14	鉉14上-7
軖(軠)	kuang´	ㄎㄨㄤ´	車部	【車部】7畫		730	737	段14上-57	鍇27-15	鉉14上-8
輑	yin˘	ㄧㄣ˘	車部	【車部】7畫		723	730	段14上-44	鍇27-13	鉉14上-6
軙(跊、軭通叚)	zhe´	ㄓㄜ´	車部	【車部】7畫		722	729	段14上-42	鍇27-13	鉉14上-6
輓(晚、挽)	wan˘	ㄨㄢ˘	車部	【車部】7畫		730	737	段14上-57	鍇27-15	鉉14上-8
輔(俌)	fu˘	ㄈㄨ˘	車部	【車部】7畫		726	733	段14上-50	鍇27-14	鉉14上-7
俌(輔)	fu˘	ㄈㄨ˘	人部	【人部】7畫		372	376	段8上-16	鍇15-6	鉉8上-3
酺(輔)	fu˘	ㄈㄨ˘	面部	【面部】7畫		422	427	段9上-15	鍇17-5	鉉9上-3
骸(輔)	hai´	ㄏㄞ´	骨部	【骨部】7畫		166	168	段4下-17	鍇8-7	鉉4下-4
輕	qing	ㄑㄧㄥ	車部	【車部】7畫		721	728	段14上-39	鍇27-12	鉉14上-6
軝(軧通叚)	qi´	ㄑㄧ´	車部	【車部】7畫		729	736	段14上-55	鍇27-15	鉉14上-7
鼛(臺，罿通叚)	chai´	ㄔㄞ´	車部	【車部】7畫		730	737	段14上-57	鍇27-15	鉉14上-8
輗(軶、輒、棿)	ni´	ㄋㄧ´	車部	【車部】7畫		729	736	段14上-55	鍇27-15	鉉14上-7
輑(輠、輢，輶通叚)	keng	ㄎㄥ	車部	【車部】8畫		728	735	段14上-54	鍇27-14	鉉14上-7
輐(輼)	yuan	ㄩㄢ	車部	【車部】8畫		729	736	段14上-56	鍇27-15	鉉14上-8
輼(輐)	wen	ㄨㄣ	車部	【車部】8畫		720	727	段14上-38	鍇27-12	鉉14上-6
輈(朝怓ni˘述及，輈、轍通叚)	zhou	ㄓㄡ	車部	【車部】8畫		727	734	段14上-52	鍇27-14	鉉14上-7
輈(朝、輈)	zhao	ㄓㄠ	倝部	【月部】8畫		308	311	段7上-14	鍇13-5	鉉7上-3
輗(軶、輒、棿)	ni´	ㄋㄧ´	車部	【車部】8畫		729	736	段14上-55	鍇27-15	鉉14上-7
楇(過、輠、鍋，輠、鐹通叚)	guo	ㄍㄨㄛ	木部	【木部】8畫		266	269	段6上-57	鍇11-24	鉉6上-7
過(楇、輠、鍋，渦、蝸、薖通叚)	guo`	ㄍㄨㄛ`	辵(辶_)部	【辵部】8畫		71	71	段2下-4	鍇4-2	鉉2下-1
网(罔、罔从糸亾、囚、网，網、惘、輞、輞通叚)	wang˘	ㄨㄤ˘	网部	【网部】8畫		355	358	段7下-40	鍇14-18	鉉7下-7
兩(輛通叚)	liang˘	ㄌㄧㄤ˘	兩部	【入部】8畫		354	358	段7下-39	鍇14-18	鉉7下-7

篆本字（古文、金文、籀文、俗字，通段、金石）	拼音	注音	說文部首	康熙部首	筆畫	一般頁碼	洪葉頁碼	段注篇章	徐鍇通釋篇章	徐鉉藤花榭篇章
輜	zi	ㄗ	車部	【車部】8畫		720	727	段14上-38	錯27-12	鉉14上-6
輟(掇)	chuo	ㄔㄨㄛˋ	車部	【車部】8畫		728	735	段14上-54	錯27-15	鉉14上-7
叕(叕、輟)	zhuo	ㄓㄨㄛˊ	网部	【网部】8畫		356	359	段7下-42	錯14-19	鉉7下-8
輢	yi	一ˇ	車部	【車部】8畫		722	729	段14上-42	錯27-13	鉉14上-6
輒(跠、輙通段)	zhe	ㄓㄜˊ	車部	【車部】8畫		722	729	段14上-42	錯27-13	鉉14上-6
夌(淩、凌、陵，庱、輘通段)	ling	ㄌㄧㄥˊ	夊部	【夊部】8畫		232	235	段5下-35	錯10-14	鉉5下-7
輝(輝、暉、熏，燀通段)	hui	ㄏㄨㄟ	火部	【火部】8畫		485	490	段10上-51	錯19-17	鉉10上-9
輣	peng	ㄆㄥˊ	車部	【車部】8畫		721	728	段14上-39	錯27-12	鉉14上-6
輥	gun	ㄍㄨㄣˇ	車部	【車部】8畫		724	731	段14上-46	錯27-13	鉉14上-7
輦(連)	nian	ㄋㄧㄢˇ	車部	【車部】8畫		730	737	段14上-57	錯27-15	鉉14上-8
連(輦、聯，健通段)	lian	ㄌㄧㄢˊ	辵(辶)部	【辵部】8畫		73	74	段2下-9	錯4-5	鉉2下-2
輨(錧通段)	guan	ㄍㄨㄢˇ	車部	【車部】8畫		725	732	段14上-48	錯27-13	鉉14上-7
棧(碊、輚、轏通段)	zhan	ㄓㄢˋ	木部	【木部】8畫		262	265	段6上-49	錯11-21	鉉6上-6
輩(軰，緋通段)	bei	ㄅㄟˋ	車部	【車部】8畫		728	735	段14上-53	錯27-14	鉉14上-7
輪(輪通段)	lun	ㄌㄨㄣˊ	車部	【車部】8畫		724	731	段14上-46	錯27-13	鉉14上-7
軨(轜、輪、轔，齡通段)	ling	ㄌㄧㄥˊ	車部	【車部】8畫		723	730	段14上-43	錯27-13	鉉14上-6
輬(涼，轃通段)	liang	ㄌㄧㄤˊ	車部	【車部】8畫		721	728	段14上-39	錯27-12	鉉14上-6
輯從麏古文婚(輯，輨通段)	min	ㄇㄧㄣˇ	車部	【車部】8畫		724	731	段14上-45	錯27-13	鉉14上-7
樅(從、蹤、踪，樅、縱通段)	zong	ㄗㄨㄥ	車部	【車部】8畫		728	735	段14上-54	錯27-14	鉉14上-7
從(从、縱、樅，蓯通段)	cong	ㄘㄨㄥˊ	从部	【彳部】8畫		386	390	段8上-43	錯15-14	鉉8上-6
俾(卑、裨，睥、輺通段)	bi	ㄅㄧˇ	人部	【人部】8畫		376	380	段8上-24	錯15-9	鉉8上-3
瑂(轐從畐通段)	fu	ㄈㄨˊ	玨部	【車部】8畫		20	20	段1上-39	錯1-19	鉉1上-6
範(軓、范)	fan	ㄈㄢˋ	車部	【竹部】8畫		727	734	段14上-52	錯27-14	鉉14上-7
范(軓、範)	fan	ㄈㄢˋ	竹部	【竹部】8畫		191	193	段5上-5	錯9-2	鉉5上-1
輮(揉通段)	rou	ㄖㄨˊ	車部	【車部】9畫		724	731	段14上-45	錯27-13	鉉14上-7

篆本字(古文、金文、籀文、俗字，通叚、金石)	拼音	注音	說文部首	康熙部首	筆畫	一般頁碼	洪葉頁碼	段注篇章	徐鍇通釋篇章	徐鉉藤花榭篇章
奭(輭，軟通叚)	ruanˇ	ㄖㄨㄢˇ	大部	【而部】	9畫	499	503	段10下-18	錯20-7	鉉10下-4
偄(奭、愞、懦、輭，軟通叚)	ruanˇ	ㄖㄨㄢˇ	人部	【人部】	9畫	377	381	段8上-26	錯15-9	鉉8上-4
㛖(輭、嫩，軟通叚)	ruanˇ	ㄖㄨㄢˇ	女部	【女部】	9畫	625	631	段12下-28	錯24-9	鉉12下-4
轜(輀，輀、輭通叚)	erˊ	ㄦˊ	車部	【車部】	9畫	730	737	段14上-58	錯27-15	鉉14上-8
輱(輱、輬，輈通叚)	keng	ㄎㄥ	車部	【車部】	9畫	728	735	段14上-54	錯27-14	鉉14上-7
軵(軥、輯)	rongˇ	ㄖㄨㄥˇ	車部	【車部】	9畫	729	736	段14上-55	錯27-15	鉉14上-7
輯	jiˊ	ㄐㄧˊ	車部	【車部】	9畫	721	728	段14上-39	錯27-12	鉉14上-6
計(輯)	jiˊ	ㄐㄧˊ	十部	【十部】	9畫	89	89	段3上-6	錯5-4	鉉3上-2
楫(輯、橈、櫂，檝通叚)	jiˊ	ㄐㄧˊ	木部	【木部】	9畫	267	270	段6上-59	錯11-27	鉉6上-7
輶	youˊ	ㄧㄡˊ	車部	【車部】	9畫	721	728	段14上-39	錯27-12	鉉14上-6
輸	shu	ㄕㄨ	車部	【車部】	9畫	727	734	段14上-52	錯27-14	鉉14上-7
輻	fuˊ	ㄈㄨˊ	車部	【車部】	9畫	725	732	段14上-48	錯27-13	鉉14上-7
輹(轐、腹、輻)	fuˋ	ㄈㄨˋ	車部	【車部】	9畫	724	731	段14上-45	錯27-13	鉉14上-7
轐(輹)	buˊ	ㄅㄨˊ	車部	【車部】	9畫	724	731	段14上-45	錯27-13	鉉14上-7
楇(過、輠、鍋，輠、鐹通叚)	guo	ㄍㄨㄛ	木部	【木部】	9畫	266	269	段6上-57	錯11-24	鉉6上-7
輴(輲)	chun	ㄔㄨㄣ	車部	【車部】	9畫	722	729	段14上-42	錯27-13	鉉14上-6
楯(盾，輴、輲通叚)	shunˇ	ㄕㄨㄣˇ	木部	【木部】	9畫	256	258	段6上-36	錯11-14	鉉6上-5
轜從慁古文婚(輴，輲通叚)	minˇ	ㄇㄧㄣˇ	車部	【車部】	9畫	724	731	段14上-45	錯27-13	鉉14上-7
輇(輲通叚)	quanˊ	ㄑㄩㄢˊ	車部	【車部】	9畫	729	736	段14上-55	錯27-15	鉉14上-7
輼(輼)	wen	ㄨㄣ	車部	【車部】	9畫	720	727	段14上-38	錯27-12	鉉14上-6
輐(輼)	yuan	ㄩㄢ	車部	【車部】	8畫	729	736	段14上-56	錯27-15	鉉14上-8
湊(湊、腠、輳通叚)	couˋ	ㄘㄡˋ	水部	【水部】	9畫	556	561	段11上貳-22	錯21-19	鉉11上-7

篆本字（古文、金文、籀文、俗字,通段、金石）	拼音	注音	說文部首	康熙部首	筆畫	一般頁碼	洪葉頁碼	段注篇章	徐鍇通釋篇章	徐鉉藤花榭篇章
轟(輷、輷、輷、輷)	hong	ㄏㄨㄥ	車部	【車部】9畫		730	737	段14上-58	錯27-15	鉉14上-8
谷非谷jue´(輷)	gu˘	ㄍㄨˇ	谷部	【谷部】9畫		570	575	段11下-6	錯22-3	鉉11下-2
肇(輂,䡅通段)	chai´	ㄔㄞˊ	車部	【車部】9畫		730	737	段14上-57	錯27-15	鉉14上-8
瞿	ju´	ㄐㄩˊ	車部	【目部】10畫		726	733	段14上-49	錯27-13	鉉14上-7
絜(瞿)	ju´	ㄐㄩˊ	糸部	【糸部】10畫		647	653	段13上-8	錯25-2	鉉13上-2
輥	hun´	ㄏㄨㄣˊ	車部	【車部】10畫		726	733	段14上-49	錯27-14	鉉14上-7
輷(輷、輷,輷通段)	keng	ㄎㄥ	車部	【車部】10畫		728	735	段14上-54	錯27-14	鉉14上-7
輿(轝、轝笒述及,㭬通段)	yu´	ㄩˊ	車部	【車部】10畫		721	728	段14上-40	錯27-12	鉉14上-6
轂	gu˘	ㄍㄨˇ	車部	【車部】10畫		724	731	段14上-46	錯27-13	鉉14上-7
輾(輾軋ya`,報大徐作輾,碾通段)	nian	ㄋㄧㄢˇ	車部	【車部】10畫		728	735	段14上-53	錯27-14	鉉14上-7
屢(展、輾)	zhan˘	ㄓㄢˇ	尸部	【尸部】10畫		400	404	段8上-71	錯16-8	鉉8上-11
轃	zhen	ㄓㄣ	車部	【車部】10畫		729	736	段14上-56	錯27-15	鉉14上-8
轄(輂、蛥,鎋通段)	xia´	ㄒㄧㄚˊ	車部	【車部】10畫		727	734	段14上-52	錯27-14	鉉14上-7
舝(轄,鎋通段)	xia´	ㄒㄧㄚˊ	舛部	【舛部】10畫		234	236	段5下-38	錯10-16	鉉5下-7
轅	yuan´	ㄩㄢˊ	車部	【車部】10畫		725	732	段14上-48	錯27-13	鉉14上-7
爰(轅、袁,篏、鶍通段)	yuan´	ㄩㄢˊ	夊部	【爪部】10畫		160	162	段4下-5	錯8-4	鉉4下-2
趄(轅、爰、換)	yuan´	ㄩㄢˊ	走部	【走部】10畫		66	67	段2上-37	錯3-16	鉉2上-8
輩	qiong´	ㄑㄩㄥˊ	車部	【車部】10畫		724	731	段14上-46	錯27-13	鉉14上-7
甹(畫、轊,甹、轊通段)	wei`	ㄨㄟˋ	車部	【車部】11畫		725	732	段14上-47	錯27-13	鉉14上-7
藻(璪、繅、藻,轍通段)	zao˘	ㄗㄠˇ	艸部	【艸部】11畫		46	46	段1下-50	錯2-23	鉉1下-8
錝(從、蹤、踪,錝、縱通段)	zong	ㄗㄨㄥ	車部	【車部】11畫		728	735	段14上-54	錯27-14	鉉14上-7
鹿(麗、攎、蔍、蟖、轆、轒通段)	lu`	ㄌㄨˋ	鹿部	【鹿部】11畫		470	474	段10上-20	錯19-6	鉉10上-3

篆本字（古文、金文、籀文、俗字，通叚、金石）	拼音	注音	說文部首	康熙部首	筆畫	一般頁碼	洪葉頁碼	段注篇章	徐鍇通釋篇章	徐鉉藤花榭篇章
轋	man`	ㄇㄢˋ	車部	【車部】11畫		721	728	段14上-40	鍇27-12	鉉14上-6
鏗	keng	ㄎㄥ	車部	【車部】11畫		729	736	段14上-55	鍇27-15	鉉14上-7
轈(巢)	chao´	ㄔㄠˊ	車部	【車部】11畫		721	728	段14上-39	鍇27-12	鉉14上-6
鏓(鏓)	cong	ㄘㄨㄥ	金部	【金部】11畫		709	716	段14上-16	鍇27-6	鉉14上-3
軓(轓通叚)	fan	ㄈㄢ	車部	【車部】11畫		722	729	段14上-42	鍇27-12	鉉14上-6
輬(涼，輬通叚)	liang´	ㄌㄧㄤˊ	車部	【車部】11畫		721	728	段14上-39	鍇27-12	鉉14上-6
膠(轇通叚)	jiao	ㄐㄧㄠ	肉部	【肉部】11畫		177	179	段4下-39	鍇8-14	鉉4下-6
轉(嘾通叚)	zhuan	ㄓㄨㄢˇ	車部	【車部】11畫		727	734	段14上-52	鍇27-14	鉉14上-7
摯(轚，鷙、輊通叚)	zhi`	ㄓˋ	車部	【車部】11畫		728	735	段14上-54	鍇27-15	鉉14上-7
䡴(衝)	chong	ㄔㄨㄥ	車部	【車部】12畫		721	728	段14上-39	鍇27-12	鉉14上-6
轐(轐)	bu´	ㄅㄨˊ	車部	【車部】12畫		724	731	段14上-45	鍇27-13	鉉14上-7
輹(轐、腹、輻)	fu`	ㄈㄨˋ	車部	【車部】12畫		724	731	段14上-45	鍇27-13	鉉14上-7
轑	lao´	ㄌㄠˇ	車部	【車部】12畫		726	733	段14上-50	鍇27-14	鉉14上-7
轒(橨)	fen´	ㄈㄣˊ	車部	【車部】12畫		729	736	段14上-56	鍇27-15	鉉14上-8
轔	lin´	ㄌㄧㄣˊ	車部	【車部】12畫		無	無	無	無	鉉14上-8
疄(闉，轔通叚)	lin´	ㄌㄧㄣˊ	田部	【田部】12畫		697	704	段13下-47	鍇26-9	鉉13下-6
鄰(厸、阾、轔通叚)	lin´	ㄌㄧㄣˊ	邑部	【邑部】12畫		284	286	段6下-24	鍇12-14	鉉6下-5
蹸(躪、轠从車闌、轔通叚)	lin`	ㄌㄧㄣˋ	足部	【足部】12畫		84	85	段2下-31	鍇4-16	鉉2下-6
軨(轋、輪、轔，齡通叚)	ling´	ㄌㄧㄥˊ	車部	【車部】12畫		723	730	段14上-43	鍇27-13	鉉14上-6
輾	zhan`	ㄓㄢˋ	車部	【車部】12畫		無	無	無	無	鉉14上-8
棧(碊、輚、輾通叚)	zhan`	ㄓㄢˋ	木部	【木部】12畫		262	265	段6上-49	鍇11-21	鉉6上-6
輀(轜，輀、輀通叚)	er´	ㄦˊ	車部	【車部】12畫		730	737	段14上-58	鍇27-15	鉉14上-8
轡(彎)	pei`	ㄆㄟˋ	絲部	【車部】12畫		663	669	段13上-40	鍇25-9	鉉13上-5
葛(轕通叚)	ge	ㄍㄜˇ	艸部	【艸部】12畫		35	36	段1下-29	鍇2-14	鉉1下-5
藩(轓，笨通叚)	fan	ㄈㄢ	艸部	【艸部】12畫		43	43	段1下-44	鍇2-20	鉉1下-7
橋(㮦gao韓述及，嶠、轎通叚)	qiao´	ㄑㄧㄠˊ	木部	【木部】12畫		267	269	段6上-58	鍇11-26	鉉6上-7

篆本字(古文、金文、籀文、俗字，通段，金石)	拼音	注音	說文部首	康熙部首	筆畫	一般頁碼	洪葉頁碼	段注篇章	徐鍇通釋篇章	徐鉉藤花榭篇章
簺(輋，輋通段)	chai´	ㄔㄞˊ	車部	【車部】	12畫	730	737	段14上-57	鍇27-15	鉉14上-8
惠(蟪从屮叀心、蕙，憓蟪、諀、轊通段)	hui`	ㄏㄨㄟˋ	叀部	【心部】	12畫	159	161	段4下-3	鍇8-2	鉉4下-1
輂(槫、轝、桐、轝、軕，轎通段)	ju´	ㄐㄩˊ	車部	【車部】	12畫	729	736	段14上-56	鍇27-15	鉉14上-8
轍(zhe´)	che`	ㄔㄜˋ	車部	【車部】	12畫	無	無	無	無	鉉14上-8
徹(彻，撤、蹴、轍通段)	che`	ㄔㄜˋ	支部	【彳部】	12畫	122	123	段3下-32	鍇6-17	鉉3下-8
勶(撤，轍通段)	che`	ㄔㄜˋ	力部	【力部】	12畫	700	706	段13下-52	鍇26-11	鉉13下-7
渠(璩、繰、蕖、詎、轈通段)	qu´	ㄑㄩˊ	水部	【水部】	12畫	554	559	段11上貳-18	鍇21-18	鉉11上-6
轖	se`	ㄙㄜˋ	車部	【車部】	13畫	723	730	段14上-43	鍇27-13	鉉14上-6
濇(歰、轖，澀、澁通段)	se`	ㄙㄜˋ	水部	【水部】	13畫	551	556	段11上貳-11	鍇21-16	鉉11上-5
轘	huan`	ㄏㄨㄢˋ	車部	【車部】	13畫	730	737	段14上-57	鍇27-15	鉉14上-8
轙(钀从獻)	yi˘	ㄧˇ	車部	【車部】	13畫	726	733	段14上-49	鍇27-14	鉉14上-7
轚	ji´	ㄐㄧˊ	車部	【車部】	13畫	729	736	段14上-55	鍇27-15	鉉14上-7
感(憾，轗)	gan˘	ㄍㄢˇ	心部	【心部】	13畫	513	517	段10下-46	鍇20-16	鉉10下-8
輿(轝、轝箯述及，梌通段)	yu´	ㄩˊ	車部	【車部】	13畫	721	728	段14上-40	鍇27-12	鉉14上-6
梮(桐、欙、轝、轝，檋通段)	ju´	ㄐㄩˊ	木部	【木部】	14畫	262	264	段6上-48	鍇11-20	鉉6上-6
轝(槫、桐、轝、轝、軕，轎通段)	ju´	ㄐㄩˊ	車部	【車部】	14畫	729	736	段14上-56	鍇27-15	鉉14上-8
對	dui`	ㄉㄨㄟˋ	車部	【車部】	14畫	722	729	段14上-42	鍇27-12	鉉14上-6
轜(轜，輀、輀通段)	er´	ㄦˊ	車部	【車部】	14畫	730	737	段14上-58	鍇27-15	鉉14上-8
轛(轛，轙、軽通段)	zhi`	ㄓˋ	車部	【車部】	14畫	728	735	段14上-54	鍇27-15	鉉14上-7

篆本字(古文、金文、籀文、俗字，通叚、金石)	拼音	注音	說文部首	康熙部首	筆畫	一般頁碼	洪葉頁碼	段注篇章	徐鍇通釋篇章	徐鉉藤花樹篇章
輈(朝惄ni` 述及，輊、轋通叚)	zhou	ㄓㄡ	車部	【車部】	14畫	727	734	段14上-52	鍇27-14	鉉14上-7
檻(檻、壏、艦、轞通叚)	jïan`	ㄐㄧㄢˋ	木部	【木部】	14畫	270	273	段6上-65	鍇11-29	鉉6上-8
轟(輷、軥、軥、輷)	hong	ㄏㄨㄥ	車部	【車部】	14畫	730	737	段14上-58	鍇27-15	鉉14上-8
䡵从竹目大車	shuan`	ㄕㄨㄢˋ	車部	【車部】	14畫	729	736	段14上-55	鍇27-15	鉉14上-7
車(𨏥)	che	ㄔㄜ	車部	【車部】	15畫	720	727	段14上-37	鍇27-12	鉉14上-6
轢	li`	ㄌㄧˋ	車部	【車部】	15畫	728	735	段14上-53	鍇27-14	鉉14上-7
轡(轡)	pei`	ㄆㄟˋ	絲部	【車部】	15畫	663	669	段13上-40	鍇25-9	鉉13上-5
鹿(麃、摝、蔍、螰、轆、轒通叚)	lu`	ㄌㄨˋ	鹿部	【鹿部】	15畫	470	474	段10上-20	鍇19-6	鉉10上-3
𨊻(軎、轊，軎、轊通叚)	wei`	ㄨㄟˋ	車部	【車部】	15畫	725	732	段14上-47	鍇27-13	鉉14上-7
琗(轐从畐通叚)	fu´	ㄈㄨˊ	玨部	【車部】	16畫	20	20	段1上-39	鍇1-19	鉉1上-6
盧(盧从囟、廬、矑臚述及，瀘、獹、蠦、轤、鱸通叚)	lu´	ㄌㄨˊ	皿部	【皿部】	16畫	212	214	段5上-47	鍇9-19	鉉5上-9
歷(曆、瀝、轣、靂通叚)	li`	ㄌㄧˋ	止部	【止部】	16畫	68	68	段2上-40	鍇3-17	鉉2上-8
軨(轜、輪、轔，齡通叚)	ling´	ㄌㄧㄥˊ	車部	【車部】	17畫	723	730	段14上-43	鍇27-13	鉉14上-6
輂(檋、梮、轝、轝、輁，轎通叚)	ju´	ㄐㄩˊ	車部	【車部】	17畫	729	736	段14上-56	鍇27-15	鉉14上-8
巂(轠、驨、鴂通叚)	gui	ㄍㄨㄟ	隹部	【山部】	18畫	141	142	段4上-24	鍇7-11	鉉4上-5
蹸(躪、轥从車藺、轔通叚)	lin`	ㄌㄧㄣˋ	足部	【足部】	19畫	84	85	段2下-31	鍇4-16	鉉2下-6
轗从𤅿古文婚(輯，輯通叚)	min˘	ㄇㄧㄣˇ	車部	【車部】	19畫	724	731	段14上-45	鍇27-13	鉉14上-7
轍(孽)	nie`	ㄋㄧㄝˋ	車部	【車部】	20畫	727	734	段14上-52	鍇27-14	鉉14上-7

篆本字（古文、金文、籀文、俗字，通叚、金石）	拼音	注音	說文部首	康熙部首	筆畫	一般頁碼	洪葉頁碼	段注篇章	徐鍇通釋篇章	徐鉉藤花榭篇章
輈(轇从戔舟)	zhou	ㄓㄡ	車部	【車部】21畫		725	732	段14上-48	鍇27-13	鉉14上-7
【辛(xin)部】	xin	ㄒㄧㄣ	辛部			741	748	段14下-22	鍇28-11	鉉14下-5
辛	xin	ㄒㄧㄣ	辛部	【辛部】		741	748	段14下-22	鍇28-11	鉉14下-5
辝(辭、辭)	ci´	ㄘˊ	辛部	【辛部】5畫		742	749	段14下-23	鍇28-11	鉉14下-5
辜(辝、砧，估通叚)	gu	ㄍㄨ	辛部	【辛部】5畫		741	748	段14下-22	鍇28-11	鉉14下-5
砧(辜)	ku	ㄎㄨ	歺部	【歹部】5畫		164	166	段4下-13	鍇8-6	鉉4下-3
嫴(辜，估通叚)	gu	ㄍㄨ	女部	【女部】5畫		621	627	段12下-19	鍇24-6	鉉12下-3
辟(僻、避、譬、闢、壁、襞，擗、霹通叚)	pi`	ㄆㄧˋ	辟部	【辛部】5畫		432	437	段9上-35	鍇17-11	鉉9上-6
僻(辟，澼、癖通叚)	pi`	ㄆㄧˋ	人部	【人部】5畫		379	383	段8上-29	鍇15-10	鉉8上-4
擘(擗、薜、辟，鈹通叚)	bo`	ㄅㄛˋ	手部	【手部】5畫		606	612	段12上-46	鍇23-15	鉉12上-7
避(辟)	bi`	ㄅㄧˋ	辵(辶)部	【辵部】5畫		73	73	段2下-8	鍇4-4	鉉2下-2
襞(辟)	bi`	ㄅㄧˋ	衣部	【衣部】5畫		395	399	段8上-62	鍇16-5	鉉8上-9
闢(闢、辟)	pi`	ㄆㄧˋ	門部	【門部】5畫		588	594	段12上-10	鍇23-5	鉉12上-3
壁(躄、辟，躃通叚)	bi`	ㄅㄧˋ	止部	【止部】5畫		68	68	段2上-40	鍇3-17	鉉2上-8
辠(罪)	zui`	ㄗㄨㄟˋ	辛部	【辛部】6畫		741	748	段14下-22	鍇28-11	鉉14下-5
罪(罪、辠)	zui`	ㄗㄨㄟˋ	网部	【网部】6畫		355	359	段7下-41	鍇14-18	鉉7下-7
詵(姺、駪、莘、侁)	shen	ㄕㄣ	言部	【言部】6畫		90	90	段3上-8	鍇5-5	鉉3上-3
瘌(辣，辢通叚)	la`	ㄌㄚˋ	疒部	【疒部】7畫		352	356	段7下-35	鍇14-15	鉉7下-6
嬖(乂、艾)	yi`	ㄧˋ	辟部	【辛部】7畫		432	437	段9上-35	鍇17-11	鉉9上-6
乂(嬖、刈、艾)	yi`	ㄧˋ	丿部	【丿部】7畫		627	633	段12下-31	鍇24-11	鉉12下-5
辡	bian˘	ㄅㄧㄢˇ	辡部	【辛部】7畫		742	749	段14下-23	鍇28-11	鉉14下-5
辭(辝、辭)	ci´	ㄘˊ	辛部	【辛部】8畫		742	749	段14下-23	鍇28-11	鉉14下-5
辭(嗣、辝述及)	ci´	ㄘˊ	辛部	【辛部】8畫		742	749	段14下-23	鍇28-11	鉉14下-5
柏(鉛、辝、耜)		ㄊㄞˊ	木部	【木部】9畫		259	261	段6上-42	鍇11-18	鉉6上-6

篆本字（古文、金文、籀文、俗字，通段、金石）	拼音	注音	說文部首	康熙部首	筆畫	一般頁碼	洪葉頁碼	段注篇章	徐鍇通釋篇章	徐鉉藤花榭篇章
辦	ban`	ㄅㄢˋ	力部	【辛部】9畫		無	無	無	無	鉉13下-8
辧(辨平便通用便述及、辦，辬通段)	bian`	ㄅㄧㄢˋ	刀部	【辛部】9畫		180	182	段4下-45	鍇8-16	鉉4下-7
辯(辨、昚通段)	bian`	ㄅㄧㄢˋ	釆部	【辛部】9畫		742	749	段14下-23	鍇28-11	鉉14下-5
采(乎、㛒、辨，弞juan`述及)	bian`	ㄅㄧㄢˋ	釆部	【釆部】9畫		50	50	段2上-4	鍇3-2	鉉2上-1
偋(便、平、辨，媥、梗通段)	bian`	ㄅㄧㄢˋ	人部	【人部】9畫		375	379	段8上-22	鍇15-8	鉉8上-3
平(亐，平便辨通用便述及，評、頪通段)	ping´	ㄆㄧㄥˊ	亏部	【干部】9畫		205	207	段5上-33	鍇9-14	鉉5上-6
辥	xue	ㄒㄩㄝ	辛部	【辛部】9畫		742	749	段14下-23	鍇28-11	鉉14下-5
辟	bi`	ㄅㄧˋ	辟部	【辛部】10畫		432	437	段9上-35	鍇17-11	鉉9上-6
辡(猵、斑、虨、頒、班陛述及，玢、璘通段)	ban	ㄅㄢ	文部	【辛部】11畫		425	430	段9上-21	鍇17-7	鉉9上-4
辬(辨平便通用便述及、辦，辧通段)	bian`	ㄅㄧㄢˋ	刀部	【辛部】11畫		180	182	段4下-45	鍇8-16	鉉4下-7
辭(嗣、辝述及)	ci´	ㄘˊ	辛部	【辛部】12畫		742	749	段14下-23	鍇28-11	鉉14下-5
辝(辞、辭)	ci´	ㄘˊ	辛部	【辛部】12畫		742	749	段14下-23	鍇28-11	鉉14下-5
詞(詞、辭)	ci´	ㄘˊ	司部	【言部】12畫		429	434	段9上-29	鍇17-9	鉉9上-5
辮	bian`	ㄅㄧㄢˋ	糸部	【辛部】13畫		647	653	段13上-8	鍇25-3	鉉13上-2
辯(辨、昚通段)	bian`	ㄅㄧㄢˋ	釆部	【辛部】14畫		742	749	段14下-23	鍇28-11	鉉14下-5
【辰(chen´)部】	chen´	ㄔㄣˊ	辰部			745	752	段14下-30	鍇28-15	鉉14下-7
辰(厎)	chen´	ㄔㄣˊ	辰部	【辰部】		745	752	段14下-30	鍇28-15	鉉14下-7
辱(黦黷述及)	ru`	ㄖㄨˋ	辰部	【辰部】3畫		745	752	段14下-30	鍇28-15	鉉14下-7
溽(辱)	ru`	ㄖㄨˋ	水部	【水部】3畫		552	557	段11上貳-13	鍇21-17	鉉11上-5
晨晨部(晨)	chen´	ㄔㄣˊ	晨部	【辰部】6畫		105	106	段3上-39	鍇6-1	鉉3上-9
晨晶部(晨、曟)	chen´	ㄔㄣˊ	晶部	【日部】6畫		313	316	段7上-23	鍇13-8	鉉7上-4
農(農、㛫、辳、莀)	nong´	ㄋㄨㄥˊ	晨部	【辰部】6畫		106	106	段3上-40	鍇6-1	鉉3上-9
蚳(蚔、蟅)	chi´	ㄔˊ	虫部	【虫部】9畫		666	673	段13上-47	鍇25-11	鉉13上-6

篆本字(古文、金文、籀文、俗字，通叚、金石)	拼音	注音	說文部首	康熙部首	筆畫	一般頁碼	洪葉頁碼	段注篇章	徐鍇通釋篇章	徐鉉藤花榭篇章
歆(啟、歅)	shen`	ㄕㄣˋ	欠部	【欠部】12畫		413	417	段8下-24	錯16-17	鉉8下-5
襛(襛，穠、繷、絨、襛通叚)	nong´	ㄋㄨㄥˊ	衣部	【衣部】13畫		393	397	段8上-58	錯16-4	鉉8上-8
曟	chen´	ㄔㄣˊ	晶部	【辰部】13畫		223	226	段5下-17	錯10-7	鉉5下-3
農(農、辳从林凶、襛、莀)	nong´	ㄋㄨㄥˊ	晨部	【辰部】13畫		106	106	段3上-40	錯6-1	鉉3上-9
【辵(chuo`)部】	chuo`	ㄔㄨㄛˋ	辵(辶)部			70	70	段2下-2	錯4-1	鉉2下-1
辵(蹢，蹰、跰通叚)	chuo`	ㄔㄨㄛˋ	辵(辶)部	【辵部】		70	70	段2下-2	錯4-1	鉉2下-1
迅(己、忌、記、其、迅五字通用)	ji`	ㄐㄧˋ	丌部	【辵部】3畫		199	201	段5上-22	錯9-8	鉉5上-4
撫(拯、拊，撫通叚)	fu˘	ㄈㄨˇ	手部	【手部】3畫		601	607	段12上-35	錯23-11	鉉12上-6
起(起)	qi˘	ㄑㄧˇ	走部	【走部】3畫		65	65	段2上-34	錯3-15	鉉2上-7
巡(鉛沿迷及)	xun´	ㄒㄩㄣˊ	辵(辶)部	【辵部】3畫		70	70	段2下-2	錯4-2	鉉2下-1
迁	gan	ㄍㄢ	辵(辶)部	【辵部】3畫		74	75	段2下-11	錯4-5	鉉2下-2
迂	yu	ㄩ	辵(辶)部	【辵部】3畫		75	75	段2下-12	錯4-6	鉉2下-3
迅	xun`	ㄒㄩㄣˋ	辵(辶)部	【辵部】3畫		71	72	段2下-5	錯4-3	鉉2下-1
迆(迤通叚)	yi˘	ㄧˇ	辵(辶)部	【辵部】3畫		73	73	段2下-8	錯4-4	鉉2下-2
达(徒)	tu´	ㄊㄨˊ	辵(辶)部	【辵部】3畫		70	71	段2下-3	錯4-2	鉉2下-1
遟(逞、遟=遲夌迷及、夷夌迷及、迉，迡通叚)	chi´	ㄔˊ	辵(辶)部	【辵部】3畫		72	73	段2下-7	錯4-4	鉉2下-2
延(辿)	chan˘	ㄔㄢˇ	延部	【廴部】3畫		77	78	段2下-17	錯4-10	鉉2下-4
達(达，闥通叚)	da´	ㄉㄚˊ	辵(辶)部	【辵部】3畫		73	73	段2下-8	錯4-4	鉉2下-2
迄	qi`	ㄑㄧˋ	辵(辶)部	【辵部】3畫		無	無	無	無	鉉2下-3
訖(迄通叚)	qi`	ㄑㄧˋ	言部	【言部】3畫		95	95	段3上-18	錯5-9	鉉3上-4
迹(跡、蹟)	bo´	ㄅㄛˊ	辵(辶)部	【辵部】4畫		70	71	段2下-3	錯4-2	鉉2下-1
迻(徙、徏、屣、粙、遷)	xi˘	ㄒㄧˇ	辵(辶)部	【辵部】4畫		72	72	段2下-6	錯4-3	鉉2下-2
遌(遷，愕、俉、迕通叚)	e`	ㄜˋ	辵(辶)部	【辵部】4畫		71	72	段2下-5	錯4-3	鉉2下-2

篆本字(古文、金文、籒文、俗字，通叚、金石)	拼音	注音	說文部首	康熙部首	筆畫	一般頁碼	洪葉頁碼	段注篇章	徐鍇通釋篇章	徐鉉藤花榭篇章
趁(駗，跈、躔、迍通叚)	chen`	彳ㄣˋ	走部	【走部】	4畫	64	64	段2上-32	鍇3-14	鉉2上-7
駗(迍通叚)	zhen`	ㄓㄣˇ	馬部	【馬部】	4畫	467	472	段10上-15	鍇19-4	鉉10上-2
迋(誑)	wang`	ㄨㄤˋ	辵(辶)部	【辵部】	4畫	70	71	段2下-3	鍇4-2	鉉2下-1
迎	ying´	ㄧㄥˊ	辵(辶)部	【辵部】	4畫	71	72	段2下-5	鍇4-3	鉉2下-2
逆(屰、逢、迎)	ni`	ㄋㄧˋ	辵(辶)部	【辵部】	4畫	71	72	段2下-5	鍇4-3	鉉2下-1
訝(迓、御、迎，呀通叚)	ya`	ㄧㄚˋ	言部	【言部】	4畫	95	96	段3上-19	鍇5-10	鉉3上-4
御(馭，迓通叚)	yu`	ㄩˋ	彳部	【彳部】	4畫	77	78	段2下-17	鍇4-9	鉉2下-4
近(岸)	jin`	ㄐㄧㄣˋ	辵(辶)部	【辵部】	4畫	74	74	段2下-10	鍇4-5	鉉2下-2
迒(𨀡、逛通叚)	hang´	ㄏㄤˊ	辵(辶)部	【辵部】	4畫	75	76	段2下-13	鍇4-6	鉉2下-3
返(仮)	fan`	ㄈㄢˇ	辵(辶)部	【辵部】	4畫	72	72	段2下-6	鍇4-3	鉉2下-2
迪	di`	ㄉㄧˋ	辵(辶)部	【辵部】	4畫	75	76	段2下-13	鍇4-6	鉉2下-3
弔(弗、迢，吊通叚)	diao`	ㄉㄧㄠˋ	人部	【弓部】	4畫	383	387	段8上-37	鍇15-12	鉉8上-5
帀(褯，匝、迊通叚)	za	ㄗㄚ	帀部	【巾部】	4畫	273	275	段6下-2	鍇12-2	鉉6下-1
徂(徂、遁)	cu´	ㄘㄨˊ	辵(辶)部	【辵部】	5畫	70	71	段2下-3	鍇4-2	鉉2下-1
诋	di˘	ㄉㄧˇ	辵(辶)部	【辵部】	5畫	73	73	段2下-8	鍇4-4	鉉2下-2
迣(逝)	zhi`	ㄓˋ	辵(辶)部	【辵部】	5畫	74	75	段2下-11	鍇4-5	鉉2下-2
迾(厲、列、迣)	lie`	ㄌㄧㄝˋ	辵(辶)部	【辵部】	5畫	74	75	段2下-11	鍇4-5	鉉2下-2
迥(泂)	jiong˘	ㄐㄩㄥˇ	辵(辶)部	【辵部】	5畫	75	75	段2下-12	鍇4-6	鉉2下-3
迢	tiao´	ㄊㄧㄠˊ	辵(辶)部	【辵部】	5畫	無	無	無	無	鉉2下-3
超(怊、迢通叚)	chao	彳ㄠ	走部	【走部】	5畫	63	64	段2上-31	鍇3-14	鉉2上-7
苕(葦，迢通叚)	tiao´	ㄊㄧㄠˊ	艸部	【艸部】	5畫	46	47	段1下-51	鍇2-24	鉉1下-8
迪(廸通叚)	di´	ㄉㄧˊ	辵(辶)部	【辵部】	5畫	71	72	段2下-5	鍇4-3	鉉2下-2
迫(敀、胉臂述及)	po`	ㄆㄛˋ	辵(辶)部	【辵部】	5畫	74	74	段2下-10	鍇4-5	鉉2下-2
敀(伯、迫)	po`	ㄆㄛˋ	攴部	【攴部】	5畫	122	123	段3下-32	鍇6-17	鉉3下-8
膊(胉、迫、拍)	bo´	ㄅㄛˊ	肉部	【肉部】	5畫	174	176	段4下-33	鍇8-12	鉉4下-5
迭(載)	die´	ㄉㄧㄝˊ	辵(辶)部	【辵部】	5畫	73	74	段2下-9	鍇4-4	鉉2下-2

篆本字(古文、金文、籀文、俗字，通段、金石)	拼音	注音	說文部首	康熙部首	筆畫	一般頁碼	洪葉頁碼	段注篇章	徐鍇通釋篇章	徐鉉藤花榭篇章
洗(迻)	yi丶	一丶	水部	【水部】5畫		551	556	段11上貳-12	錯21-16	鉉11上-5
軼(迻洗述及)	yi丶	一丶	車部	【車部】5畫		728	735	段14上-54	錯27-14	鉉14上-7
迮(乍、作、窄)	zhai˅	ㄓㄞˇ	辵(辶)部	【辵部】5畫		71	71	段2下-4	錯4-3	鉉2下-1
筰(窄=迮述及)	zuo´	ㄗㄨㄛˊ	竹部	【竹部】5畫		191	193	段5上-6	錯9-3	鉉5上-2
作(迮、乍)	zuo丶	ㄗㄨㄛˋ	人部	【人部】5畫		374	378	段8上-19	錯15-7	鉉8上-3
述(鉥、術、遂、遹古文多以遹yu丶爲述)	shu丶	ㄕㄨˋ	辵(辶)部	【辵部】5畫		70	71	段2下-3	錯4-2	鉉2下-1
遹(述、聿吷述及、穴、沇、馼，僪通段)	yu丶	ㄩˋ	辵(辶)部	【辵部】5畫		73	73	段2下-8	錯4-4	鉉2下-2
遂(述吷述及，遀、㳬、璲、繸、隧通段)	sui丶	ㄙㄨㄟˋ	辵(辶)部	【辵部】5畫		74	74	段2下-10	錯4-5	鉉2下-2
迟(枳、郗)	qi丶	ㄑㄧˋ	辵(辶)部	【辵部】5畫		72	73	段2下-7	錯4-4	鉉2下-2
越	yue丶	ㄩㄝˋ	辵(辶)部	【辵部】5畫		75	75	段2下-12	錯4-6	鉉2下-3
迦(袈、迦通段)	jia	ㄐㄧㄚ	辵(辶)部	【辵部】5畫		74	75	段2下-11	錯4-6	鉉2下-3
延非延yan´(征、怔通段)	zheng	ㄓㄥ	辵(辶)部	【辵部】5畫		70	71	段2下-3	錯4-2	鉉2下-1
延與止部延yan´不同(征、延)	zheng	ㄓㄥ	夂部	【夂部】5畫		77	78	段2下-17	錯4-9	鉉2下-4
遲(迡、遲=邌夌述及、夷夌述及、迉，泥通段)	chi´	ㄔˊ	辵(辶)部	【辵部】5畫		72	73	段2下-7	錯4-4	鉉2下-2
迹(速、蹟、速非速su丶、踈，跡通段)	ji	ㄐㄧ	辵(辶)部	【辵部】5畫		70	70	段2下-2	錯4-2	鉉2下-1
迤(迻通段)	yi˅	一˅	辵(辶)部	【辵部】5畫		73	73	段2下-8	錯4-4	鉉2下-2
隶(逮，迨通段)	dai丶	ㄉㄞˋ	隶部	【隶部】5畫		117	118	段3下-22	錯6-13	鉉3下-5
隸(迨、殆)	dai丶	ㄉㄞˋ	隶部	【隶部】5畫		117	118	段3下-22	錯6-13	鉉3下-5
逮(迨、靆通段)	dai丶	ㄉㄞˋ	辵(辶)部	【辵部】5畫		72	73	段2下-7	錯4-4	鉉2下-2
邇(迩)	er˅	ㄦˇ	辵(辶)部	【辵部】5畫		74	75	段2下-11	錯4-5	鉉2下-2
逢(逢通段)	feng´	ㄈㄥˊ	辵(辶)部	【辵部】6畫		71	72	段2下-5	錯4-3	鉉2下-2

篆本字（古文、金文、籀文、俗字，通叚、金石）	拼音	注音	說文部首	康熙部首	筆畫	一般頁碼	洪葉頁碼	段注篇章	徐鍇通釋篇章	徐鉉藤花榭篇章
後(逡)	hou`	ㄏㄡˋ	彳部	【彳部】	6畫	77	77	段2下-16	錯4-8	鉉2下-4
復(彴、逇、退)	tui`	ㄊㄨㄟˋ	彳部	【彳部】	6畫	77	77	段2下-16	錯4-8	鉉2下-4
游(遊、遊、斿、旒、鰡囮e´述及，蝣、統 通叚)	you´	ㄧㄡˊ	㫃部	【水部】	6畫	311	314	段7上-19	錯13-7	鉉7上-3
逅(hou`)	gou`	ㄍㄡˋ	辵(辶)部	【辵部】	6畫	無	無	無	無	鉉2下-3
覯(逅通叚)	gou`	ㄍㄡˋ	見部	【見部】	6畫	408	413	段8下-15	錯16-14	鉉8下-3
構(搆、逅通叚)	gou`	ㄍㄡˋ	木部	【木部】	6畫	253	256	段6上-31	錯11-14	鉉6上-4
迒(交)	jiao	ㄐㄧㄠ	辵(辶)部	【辵部】	6畫	71	72	段2下-5	錯4-3	鉉2下-2
交(迒、佼，珓 通叚)	jiao	ㄐㄧㄠ	交部	【亠部】	6畫	494	499	段10下-9	錯20-3	鉉10下-2
迲	he´	ㄏㄜˊ	辵(辶)部	【辵部】	6畫	71	71	段2下-4	錯4-3	鉉2下-1
迵	dong`	ㄉㄨㄥˋ	辵(辶)部	【辵部】	6畫	73	74	段2下-9	錯4-4	鉉2下-2
恛(迴通叚)	hui	ㄏㄨㄟ	心部	【心部】	6畫	503	508	段10下-27	錯20-10	鉉10下-5
迷(謎通叚)	mi´	ㄇㄧˊ	辵(辶)部	【辵部】	6畫	73	74	段2下-9	錯4-4	鉉2下-2
姰(迿通叚)	jun	ㄐㄩㄣ	女部	【女部】	6畫	621	627	段12下-20	錯24-7	鉉12下-3
徇(徇、佝，殉、狥、迿通叚)	xun`	ㄒㄩㄣˋ	彳部	【彳部】	6畫	77	77	段2下-16	錯4-9	鉉2下-4
追(鎚，腿、頧 通叚)	zhui	ㄓㄨㄟ	辵(辶)部	【辵部】	6畫	74	74	段2下-10	錯4-5	鉉2下-2
彈(弴、敦、追、弤)	dun	ㄉㄨㄣ	弓部	【弓部】	6畫	639	645	段12下-56	錯24-19	鉉12下-9
迸	beng`	ㄅㄥˋ	辵(辶)部	【辵部】	6畫	無	無	無	無	鉉2下-3
屏(摒、迸通叚)	ping´	ㄆㄧㄥˊ	尸部	【尸部】	6畫	401	405	段8上-73	錯16-9	鉉8上-11
卤(卥、酉)	reng´	ㄖㄥˊ	乃部	【卜部】	6畫	203	205	段5上-29	錯9-11	鉉5上-5
遾(送、迭)	song`	ㄙㄨㄥˋ	辵(辶)部	【辵部】	6畫	72	73	段2下-7	錯4-4	鉉2下-2
迾(厲、列、迣)	lie`	ㄌㄧㄝˋ	辵(辶)部	【辵部】	6畫	74	75	段2下-11	錯4-5	鉉2下-2
烈(列、迾，烮 通叚)	lie`	ㄌㄧㄝˋ	火部	【火部】	6畫	480	485	段10上-41	錯19-14	鉉10上-7
迻(移)	yi´	ㄧˊ	辵(辶)部	【辵部】	6畫	72	72	段2下-6	錯4-3	鉉2下-2

篆本字（古文、金文、籀文、俗字，通叚、金石）	拼音	注音	說文部首	康熙部首	筆畫	一般頁碼	洪葉頁碼	段注篇章	徐鍇通釋篇章	徐鉉藤花榭篇章
移(侈、逸，穆、稼通叚)	yi´	一´	禾部	【禾部】6畫		323	326	段7上-44	錯13-19	鉉7上-8
遁(适非適通叚)	gua	ㄍㄨㄚ	辵(辶)部	【辵部】6畫		71	72	段2下-5	錯4-3	鉉2下-1
逃	tao´	ㄊㄠ´	辵(辶)部	【辵部】6畫		74	74	段2下-10	錯4-5	鉉2下-2
逆(屰、逢、迎)	ni`	ㄋㄧ`	辵(辶)部	【辵部】6畫		71	72	段2下-5	錯4-3	鉉2下-1
屰(逆)	ni`	ㄋㄧ`	干部	【屮部】6畫		87	87	段3上-2	錯5-2	鉉3上-1
回(囘、蔓衰xie´述及，迴、徊通叚)	hui´	ㄏㄨㄟ´	囗部	【囗部】6畫		277	279	段6下-10	錯12-7	鉉6下-3
迹(速、蹟、速非速su`、踈，跡通叚)	ji	ㄐㄧ	辵(辶)部	【辵部】6畫		70	70	段2下-2	錯4-2	鉉2下-1
速(遫、警、楝梀yan`述及，悚通叚)	su`	ㄙㄨ`	辵(辶)部	【辵部】7畫		71	72	段2下-5	錯4-3	鉉2下-1
復(徆、逯、退)	tui`	ㄊㄨㄟ`	彳部	【彳部】7畫		77	77	段2下-16	錯4-8	鉉2下-4
繇(由=繇凪e´述及、繇、遙毀tou´述及，趬、遒、飅、鷂通叚)	you´	一ㄡ´	系部	【糸部】7畫		643	649	段12下-63	錯24-21	鉉12下-10
悟(啎、仵午述及，忤、悟、捂、牾、逜通叚)	wu`	ㄨ`	午部	【口部】7畫		746	753	段14下-31	錯28-16	鉉14下-8
退(敗)	bai`	ㄅㄞ`	辵(辶)部	【辵部】7畫		74	74	段2下-10	錯4-5	鉉2下-2
逋(逜)	bu	ㄅㄨ	辵(辶)部	【辵部】7畫		74	74	段2下-10	錯4-5	鉉2下-2
庸(峬、逋)	fu	ㄈㄨ	厂部	【厂部】7畫		447	452	段9下-21	錯18-7	鉉9下-3
遒(逎、遒迊ji`述及)	qiu´	ㄑㄧㄡ´	辵(辶)部	【辵部】7畫		74	74	段2下-10	錯4-5	鉉2下-2
逐(鱁通叚)	zhu´	ㄓㄨ´	辵(辶)部	【辵部】7畫		74	74	段2下-10	錯4-5	鉉2下-2

篆本字(古文、金文、籀文、俗字，通叚、金石)	拼音	注音	說文部首	康熙部首	筆畫	一般頁碼	洪葉頁碼	段注篇章	徐鍇通釋篇章	徐鉉藤花榭篇章
逑(捄、仇、求，宋通叚)	qiu'	ㄑㄧㄡˊ	辵(辶)部	【辵部】	7畫	73	74	段2下-9	錯4-5	鉉2下-2
鳩(勼、逑)	jiu	ㄐㄧㄡ	鳥部	【鳥部】	7畫	149	150	段4上-40	錯7-19	鉉4上-8
仇(逑，捄通叚)	chou'	ㄔㄡˊ	人部	【人部】	7畫	382	386	段8上-36	錯15-12	鉉8上-5
逖(逷、狄)	ti`	ㄊㄧˋ	辵(辶)部	【辵部】	7畫	75	75	段2下-12	錯4-6	鉉2下-3
逗(住)	dou`	ㄉㄡˋ	辵(辶)部	【辵部】	7畫	72	73	段2下-7	錯4-4	鉉2下-2
通	tong	ㄊㄨㄥ	辵(辶)部	【辵部】	7畫	71	72	段2下-5	錯4-3	鉉2下-2
送(送、㪚)	song`	ㄙㄨㄥˋ	辵(辶)部	【辵部】	7畫	72	73	段2下-7	錯4-4	鉉2下-2
徐(途通叚)	xu'	ㄒㄩˊ	彳部	【彳部】	7畫	76	77	段2下-15	錯4-8	鉉2下-3
涂(塗、塗、墍，滁、搽、途通叚)	tu'	ㄊㄨˊ	水部	【水部】	7畫	520	525	段11上壹-9	錯21-3	鉉11上-1
攸(汥、浟、悠、逌、逎，滺通叚)	you	ㄧㄡ	攴部	【攴部】	7畫	124	125	段3下-36	錯6-18	鉉3下-8
卤(逌、逎迺ji`述及)	you'	ㄧㄡˊ	乃部	【卜部】	7畫	203	205	段5上-30	錯9-12	鉉5上-5
逎(逎、逌迺ji`述及)	qiu'	ㄑㄧㄡˊ	辵(辶)部	【辵部】	7畫	74	74	段2下-10	錯4-5	鉉2下-2
适(适非適通叚)	gua	ㄍㄨㄚ	辵(辶)部	【辵部】	7畫	71	72	段2下-5	錯4-3	鉉2下-1
逝从斯艸(遾通叚)	shi`	ㄕˋ	辵(辶)部	【辵部】	7畫	70	71	段2下-3	錯4-2	鉉2下-1
遞(遰通叚)	di`	ㄉㄧˋ	辵(辶)部	【辵部】	7畫	71	72	段2下-5	錯4-3	鉉2下-2
逞	cheng	ㄔㄥˇ	辵(辶)部	【辵部】	7畫	75	75	段2下-12	錯4-6	鉉2下-3
徎(逞)	cheng	ㄔㄥˇ	彳部	【彳部】	7畫	76	76	段2下-14	錯4-7	鉉2下-3
逍	xiao	ㄒㄧㄠ	辵(辶)部	【辵部】	7畫	無	無	無	無	鉉2下-3
消(㰽，逍通叚)	xiao	ㄒㄧㄠ	水部	【水部】	7畫	559	564	段11上貳-28	錯21-21	鉉11上-7
迒(骯，迋通叚)	hang'	ㄏㄤˊ	辵(辶)部	【辵部】	7畫	75	76	段2下-13	錯4-6	鉉2下-3
徑(俓、逕、鵛通叚)	jing`	ㄐㄧㄥˋ	彳部	【彳部】	7畫	76	76	段2下-14	錯4-7	鉉2下-3
透	tou`	ㄊㄡˋ	辵(辶)部	【辵部】	7畫	無	無	無	無	鉉2下-3
𨓚(透，悠通叚)	shu	ㄕㄨ	足部	【足部】	7畫	82	82	段2下-26	錯4-13	鉉2下-5
造(艁，慥通叚)	zao`	ㄗㄠˋ	辵(辶)部	【辵部】	7畫	71	71	段2下-4	錯4-2	鉉2下-1
竈(竈从土、竈从无、造)	zao`	ㄗㄠˋ	穴部	【穴部】	7畫	343	347	段7下-17	錯14-8	鉉7下-4

篆本字(古文、金文、籀文、俗字，通段、金石)	拼音	注音	說文部首	康熙部首	筆畫	一般頁碼	洪葉頁碼	段注篇章	徐鍇通釋篇章	徐鉉藤花榭篇章
逡(俊、踆通段)	qun	ㄑㄩㄣ	辵(辶)部	【辵部】7畫		73	73	段2下-8	鍇4-4	鉉2下-2
逢(逢通段)	feng ˊ	ㄈㄥ ˊ	辵(辶)部	【辵部】7畫		71	72	段2下-5	鍇4-3	鉉2下-2
逆(屰、逢、迎)	ni ˋ	ㄋㄧ ˋ	辵(辶)部	【辵部】7畫		71	72	段2下-5	鍇4-3	鉉2下-1
夆(逢)	feng	ㄈㄥ	麥部	【麥部】7畫		232	234	段5下-34	鍇10-14	鉉5下-7
聯(聯，連，縺通段)	lian ˊ	ㄌㄧㄢ ˊ	耳部	【耳部】7畫		591	597	段12上-16	鍇23-7	鉉12上-4
連(輦、聯，健通段)	lian ˊ	ㄌㄧㄢ ˊ	辵(辶)部	【辵部】7畫		73	74	段2下-9	鍇4-5	鉉2下-2
輦(連)	nian ˇ	ㄋㄧㄢ ˇ	車部	【車部】7畫		730	737	段14上-57	鍇27-15	鉉14上-8
者(這、箸弋述及)	zhe ˇ	ㄓㄜ ˇ	白部	【老部】7畫		137	138	段4上-16	鍇7-8	鉉4上-4
馗(逵)	kui ˊ	ㄎㄨㄟ ˊ	九部	【首部】8畫		738	745	段14下-16	鍇28-7	鉉14下-3
逷(逿、狄)	ti ˋ	ㄊㄧ ˋ	辵(辶)部	【辵部】8畫		75	75	段2下-12	鍇4-6	鉉2下-3
遣(錯，撒、戲、敆通段)	cuo ˋ	ㄘㄨㄛ ˋ	辵(辶)部	【辵部】8畫		71	71	段2下-4	鍇4-3	鉉2下-1
錯(遣、厝，鍍通段)	cuo ˋ	ㄘㄨㄛ ˋ	金部	【金部】8畫		705	712	段14上-8	鍇27-4	鉉14上-2
徍(往、遑，徨、洔、徉通段)	wang ˇ	ㄨㄤ ˇ	彳部	【彳部】8畫		76	76	段2下-14	鍇4-7	鉉2下-3
來(徠、棶、逨、鶆通段)	lai ˊ	ㄌㄞ ˊ	來部	【人部】8畫		231	233	段5下-32	鍇10-13	鉉5下-6
逭(爟、踷)	huan ˋ	ㄏㄨㄢ ˋ	辵(辶)部	【辵部】8畫		74	74	段2下-10	鍇4-5	鉉2下-2
逮(迨、靆通段)	dai ˋ	ㄉㄞ ˋ	辵(辶)部	【辵部】8畫		72	73	段2下-7	鍇4-4	鉉2下-2
隶(逮，迨通段)	dai ˋ	ㄉㄞ ˋ	隶部	【隶部】8畫		117	118	段3下-22	鍇6-13	鉉3下-5
逯	lu ˋ	ㄌㄨ ˋ	辵(辶)部	【辵部】8畫		73	74	段2下-9	鍇4-4	鉉2下-2
進	jin ˋ	ㄐㄧㄣ ˋ	辵(辶)部	【辵部】8畫		71	71	段2下-4	鍇4-2	鉉2下-1
藎(進)	jin ˋ	ㄐㄧㄣ ˋ	艸部	【艸部】8畫		26	26	段1下-10	鍇2-5	鉉1下-2
賮(進，贐通段)	jin ˋ	ㄐㄧㄣ ˋ	貝部	【貝部】8畫		280	282	段6下-16	鍇12-10	鉉6下-4
遜(送、遴)	song ˋ	ㄙㄨㄥ ˋ	辵(辶)部	【辵部】8畫		72	73	段2下-7	鍇4-4	鉉2下-2
逴(踔)	chuo ˋ	ㄔㄨㄛ ˋ	辵(辶)部	【辵部】8畫		75	75	段2下-12	鍇4-6	鉉2下-3
逶(蟡、遹通段)	wei	ㄨㄟ	辵(辶)部	【辵部】8畫		73	73	段2下-8	鍇4-4	鉉2下-2
逪	yuan	ㄩㄢ	辵(辶)部	【辵部】8畫		72	73	段2下-7	鍇4-4	鉉2下-2

篆本字(古文、金文、籀文、俗字，通段、金石)	拼音	注音	說文部首	康熙部首	筆畫	一般頁碼	洪葉頁碼	段注篇章	徐鍇通釋篇章	徐鉉藤花榭篇章
䢦	qian	ㄑㄧㄢ	辵(辶)部	【辵部】	8畫	74	75	段2下-11	鍇4-5	鉉2下-3
逸	yi ˋ	ㄧˋ	兔部	【辵部】	8畫	472	477	段10上-25	鍇19-8	鉉10上-4
駃(軼、逸俗)	yi ˋ	ㄧˋ	馬部	【馬部】	8畫	467	471	段10上-14	鍇19-4	鉉10上-2
佚(古失佚逸泆字多通用，劮通段)	yi ˋ	ㄧˋ	人部	【人部】	8畫	380	384	段8上-31	鍇15-10	鉉8上-4
匊(周、週)	zhou	ㄓㄡ	勹部	【勹部】	8畫	433	438	段9上-37	鍇17-12	鉉9上-6
周(䎻，賙、週通段)	zhou	ㄓㄡ	口部	【口部】	8畫	58	59	段2上-21	鍇3-9	鉉2上-4
動(連，勭、慟通段)	dong ˋ	ㄉㄨㄥˋ	力部	【力部】	9畫	700	706	段13下-52	鍇26-11	鉉13下-7
侉(夸、舿，恗、䠸通段)	kua ˇ	ㄎㄨㄚˇ	人部	【人部】	9畫	381	385	段8上-33	鍇15-11	鉉8上-4
逎(遒、逌迈ji ˋ 述及)	qiu ˊ	ㄑㄧㄡˊ	辵(辶)部	【辵部】	9畫	74	74	段2下-10	鍇4-5	鉉2下-2
卣(逌、遒迈ji ˋ 述及)	you ˊ	ㄧㄡˊ	乃部	【卜部】	9畫	203	205	段5上-30	鍇9-12	鉉5上-5
揂(遒)	jiu	ㄐㄧㄡ	手部	【手部】	9畫	603	609	段12上-39	鍇23-12	鉉12上-6
傮(遒)	zao	ㄗㄠ	人部	【人部】	9畫	383	387	段8上-37	鍇15-12	鉉8上-5
遳	xie ˋ	ㄒㄧㄝˋ	辵(辶)部	【辵部】	9畫	74	75	段2下-11	鍇4-6	鉉2下-3
逼	bi	ㄅㄧ	辵(辶)部	【辵部】	9畫	無	無	無	無	鉉2下-3
畐(畗、偪、逼，湢通段)	bi	ㄅㄧ	畐部	【田部】	9畫	230	232	段5下-30	鍇10-12	鉉5下-6
幅(福非示部福、逼通段)	fu ˊ	ㄈㄨˊ	巾部	【巾部】	9畫	358	361	段7下-46	鍇14-21	鉉7下-8
逾(yu ˊ)	yu ˋ	ㄩˋ	辵(辶)部	【辵部】	9畫	71	71	段2下-4	鍇4-2	鉉2下-1
遁	dun ˋ	ㄉㄨㄣˋ	辵(辶)部	【辵部】	9畫	72	72	段2下-6	鍇4-7	鉉2下-2
遯(遂通段)	dun ˋ	ㄉㄨㄣˋ	辵(辶)部	【辵部】	9畫	74	74	段2下-10	鍇4-5	鉉2下-2
遂(述昳述及，逪、潒、璲、繸、隧通段)	sui ˋ	ㄙㄨㄟˋ	辵(辶)部	【辵部】	9畫	74	74	段2下-10	鍇4-5	鉉2下-2
㒸(遂)	sui ˋ	ㄙㄨㄟˋ	八部	【八部】	9畫	49	49	段2上-2	鍇3-2	鉉2上-1
㣇(𢑱、𧰨、肆、遂)	si ˋ	ㄙˋ	㣇部	【彑部】	9畫	456	461	段9下-39	鍇18-13	鉉9下-6

篆本字（古文、金文、籀文、俗字，通叚、金石）	拼音	注音	說文部首	康熙部首	筆畫	一般頁碼	洪葉頁碼	段注篇章	徐鍇通釋篇章	徐鉉藤花樹篇章
潰(遂、襀襴述及)	kui ˋ	ㄎㄨㄟˋ	水部	【水部】9畫	551	556	段11上貳-12	鍇21-16	鉉11上-5
鐩(遂)	sui ˋ	ㄙㄨㄟˋ	金部	【金部】9畫	704	711	段14上-5	鍇27-3	鉉14上-2
隸(肆、鬚、遂、鬣、肄)	si ˋ	ㄙˋ	長部	【隶部】9畫	453	457	段9下-32	鍇18-11	鉉9下-5
徧(辯，漏、遍通叚)	bian ˋ	ㄅㄧㄢˋ	彳部	【彳部】9畫	77	77	段2下-16	鍇4-8	鉉2下-3
遐	xia ´	ㄒㄧㄚˊ	辵(辶)部	【辵部】9畫	無	無	無	無	鉉2下-3
假(假、格，徦、遐通叚)	jia ˇ	ㄐㄧㄚˇ	彳部	【彳部】9畫	77	77	段2下-16	鍇4-8	鉉2下-3
遄	chuan ´	ㄔㄨㄢˊ	辵(辶)部	【辵部】9畫	71	72	段2下-5	鍇4-3	鉉2下-1
遇	yu ˋ	ㄩˋ	辵(辶)部	【辵部】9畫	71	72	段2下-5	鍇4-3	鉉2下-2
運	yun ˋ	ㄩㄣˋ	辵(辶)部	【辵部】9畫	72	72	段2下-6	鍇4-3	鉉2下-2
鄆(運)	yun ˋ	ㄩㄣˋ	邑部	【邑部】9畫	288	290	段6下-32	鍇12-16	鉉6下-6
過(楇、輠、鍋，渦、蝸、禍通叚)	guo ˋ	ㄍㄨㄛˋ	辵(辶)部	【辵部】9畫	71	71	段2下-4	鍇4-2	鉉2下-1
楇(過、輠、鍋，輞、鍋通叚)	guo	ㄍㄨㄛ	木部	【木部】9畫	266	269	段6上-57	鍇11-24	鉉6上-7
游(遊、遊、斿、旒、䲷㫍e ´ 述及，蝣、統通叚)	you ´	ㄧㄡˊ	认部	【水部】9畫	311	314	段7上-19	鍇13-7	鉉7上-3
遑(偟通叚)	huang ´	ㄏㄨㄤ	辵(辶)部	【辵部】9畫	無	無	無	無	鉉2下-3
皇(遑，凰、偟、徨、媓、艎、餭、騜通叚)	huang ´	ㄏㄨㄤ	王部	【白部】9畫	9	9	段1上-18	鍇1-9	鉉1上-3
遏(曷頞e ˋ 述及)	e ˋ	ㄜˋ	辵(辶)部	【辵部】9畫	74	75	段2下-11	鍇4-5	鉉2下-2
堨(遏，塂通叚)	e ˋ	ㄜˋ	土部	【土部】9畫	685	693	段13下-23	鍇26-3	鉉13下-4
閼(遏)	yan	ㄧㄢ	門部	【門部】9畫	589	595	段12上-12	鍇23-5	鉉12上-3
攸(泧、浟、悠、遹、逌，浟通叚)	you	ㄧㄡ	攴部	【攴部】9畫	124	125	段3下-36	鍇6-18	鉉3下-8

篆本字(古文、金文、籀文、俗字，通叚、金石)	拼音	注音	說文部首	康熙部首	筆畫	一般頁碼	洪葉頁碼	段注篇章	徐鍇通釋篇章	徐鉉藤花榭篇章
道(衟)	dao`	ㄉㄠˋ	辵(辶)部	【辵部】	9畫	75	76	段2下-13	錯4-6	鉉2下-3
達(达，躂通叚)	da´	ㄉㄚˊ	辵(辶)部	【辵部】	9畫	73	73	段2下-8	錯4-4	鉉2下-2
沓(達)	ta`	ㄊㄚˋ	日部	【水部】	9畫	203	205	段5上-29	錯9-11	鉉5上-5
羍(羍、達)	da´	ㄉㄚˊ	羊部	【羊部】	3畫	145	147	段4上-33	錯7-15	鉉4上-7
違	wei´	ㄨㄟˊ	辵(辶)部	【辵部】	9畫	73	73	段2下-8	錯4-4	鉉2下-2
韋(奠、違)	wei´	ㄨㄟˊ	韋部	【韋部】	9畫	234	237	段5下-39	錯10-16	鉉5下-8
迦(袈、迦通叚)	jia	ㄐㄧㄚ	辵(辶)部	【辵部】	9畫	74	75	段2下-11	錯4-6	鉉2下-3
逮	jian	ㄐㄧㄢ	辵(辶)部	【辵部】	9畫	75	75	段2下-12	錯4-6	鉉2下-3
顈(還)	zhuan`	ㄓㄨㄢˋ	頁部	【頁部】	9畫	422	426	段9上-14	錯17-4	鉉9上-2
鍰(率、還、饌、垸、荆)	huan´	ㄏㄨㄢˊ	金部	【金部】	9畫	708	715	段14上-13	錯27-5	鉉14上-3
及(弋、弓非弓、逮)	ji´	ㄐㄧˊ	又部	【又部】	10畫	115	116	段3下-18	錯6-10	鉉3下-4
泝(沂、遡、涉，溯、傃通叚)	su`	ㄙㄨˋ	水部	【水部】	10畫	556	561	段11上貳-21	錯21-19	鉉11上-6
述(逑、術、遂、遹古文多以遹yu`爲述)	shu`	ㄕㄨˋ	辵(辶)部	【辵部】	10畫	70	71	段2下-3	錯4-2	鉉2下-1
遙(遥)	yao´	ㄧㄠˊ	辵(辶)部	【辵部】	10畫	無	無	無	無	鉉2下-3
繇(由=䌛囮e´述及、䌛、遙敠tou´述及，趒、遺、飆、鵗通叚)	you´	ㄧㄡˊ	系部	【糸部】	10畫	643	649	段12下-63	錯24-21	鉉12下-10
搖(愮、遙、飆通叚)	yao´	ㄧㄠˊ	手部	【手部】	10畫	602	608	段12上-38	錯23-12	鉉12上-6
逋(逋)	bu	ㄅㄨ	辵(辶)部	【辵部】	10畫	74	74	段2下-10	錯4-5	鉉2下-2
遘(姤通叚)	gou`	ㄍㄡˋ	辵(辶)部	【辵部】	10畫	71	72	段2下-5	錯4-3	鉉2下-2
遜(愻、孫)	xun`	ㄒㄩㄣˋ	辵(辶)部	【辵部】	10畫	72	72	段2下-6	錯4-5	鉉2下-2
愻(遜)	xun`	ㄒㄩㄣˋ	心部	【心部】	10畫	504	509	段10下-29	錯20-11	鉉10下-6
孫(遜俗)	sun	ㄙㄨㄣ	系部	【子部】	10畫	642	648	段12下-62	錯24-20	鉉12下-10
遝	ta`	ㄊㄚˋ	辵(辶)部	【辵部】	10畫	71	71	段2下-4	錯4-3	鉉2下-1
遞(逓通叚)	di`	ㄉㄧˋ	辵(辶)部	【辵部】	10畫	71	72	段2下-5	錯4-3	鉉2下-2
遠(遬)	yuan`	ㄩㄢˇ	辵(辶)部	【辵部】	10畫	75	75	段2下-12	錯4-6	鉉2下-3

篆本字（古文、金文、籀文、俗字，通叚、金石）	拼音	注音	說文部首	康熙部首	筆畫	一般頁碼	洪葉頁碼	段注篇章	徐鍇通釋篇章	徐鉉藤花榭篇章
遣(繾通叚)	qian˅	ㄑㄧㄢˇ	辵(辶)部	【辵部】	10畫	72	73	段2下-7	鍇4-4	鉉2下-2
敖放部(敖,鰲、遨、驁通叚)	ao´	ㄠˊ	放部	【攴部】	10畫	160	162	段4下-5	鍇8-3	鉉4下-2
敖出部(敖,鰲、遨、驁通叚)	ao´	ㄠˊ	出部	【攴部】	10畫	273	275	段6下-2	鍇12-2	鉉6下-1
遷(遻,愕、俉、迕通叚)	eˋ	ㄜˋ	辵(辶)部	【辵部】	10畫	71	72	段2下-5	鍇4-3	鉉2下-2
遲(迡、遅=遟夌述及、夷夌述及、迟,呢通叚)	chi´	ㄔˊ	辵(辶)部	【辵部】	10畫	72	73	段2下-7	鍇4-4	鉉2下-2
夷(遲夌述及,恞、恌通叚)	yi´	ㄧˊ	大部	【大部】	10畫	493	498	段10下-7	鍇20-2	鉉10下-2
遰(黎、犁、遟夌述及)	li´	ㄌㄧˊ	辵(辶)部	【辵部】	10畫	72	73	段2下-7	鍇4-4	鉉2下-2
徂(徂、遣)	cu´	ㄘㄨˊ	辵(辶)部	【辵部】	11畫	70	71	段2下-3	鍇4-2	鉉2下-1
速(遬、警、樕樕yan˅述及,餗通叚)	suˋ	ㄙㄨˋ	辵(辶)部	【辵部】	11畫	71	72	段2下-5	鍇4-3	鉉2下-1
蔌(蓮、遬,萩通叚)	suˋ	ㄙㄨˋ	艸部	【艸部】	11畫	33	34	段1下-25	鍇2-12	鉉1下-4
達(帥、率)	shuaiˋ	ㄕㄨㄞˋ	辵(辶)部	【辵部】	11畫	70	70	段2下-2	鍇4-2	鉉2下-1
率(帥、達、衛,剎通叚)	lü˙	ㄌㄩˋ	率部	【玄部】	11畫	663	669	段13上-40	鍇25-9	鉉13上-5
遺(貫、串,慣通叚)	guanˋ	ㄍㄨㄢˋ	辵(辶)部	【辵部】	11畫	71	71	段2下-4	鍇4-2	鉉2下-1
適(甋通叚)	shiˋ	ㄕˋ	辵(辶)部	【辵部】	11畫	71	71	段2下-4	鍇4-2	鉉2下-1
嫡(適)	di´	ㄉㄧˊ	女部	【女部】	11畫	620	626	段12下-18	鍇24-6	鉉12下-3
敵(適)	di´	ㄉㄧˊ	攴部	【攴部】	11畫	124	125	段3下-36	鍇6-18	鉉3下-8
遒(遛通叚)	you´	ㄧㄡˊ	辵(辶)部	【辵部】	11畫	70	71	段2下-3	鍇4-2	鉉2下-1
遭	zao	ㄗㄠ	辵(辶)部	【辵部】	11畫	71	72	段2下-5	鍇4-3	鉉2下-1
遮(鷓通叚)	zhe	ㄓㄜ	辵(辶)部	【辵部】	11畫	74	75	段2下-11	鍇4-5	鉉2下-2
遯(遂通叚)	dunˋ	ㄉㄨㄣˋ	辵(辶)部	【辵部】	11畫	74	74	段2下-10	鍇4-5	鉉2下-2

篆本字（古文、金文、籀文、俗字，通叚、金石）	拼音	注音	說文部首	康熙部首	筆畫	一般頁碼	洪葉頁碼	段注篇章	徐鍇通釋篇章	徐鉉藤花榭篇章
遰(遟通叚)	diˋ	ㄉㄧˋ	辵(辶)部	【辵部】	11畫	72	73	段2下-7	鍇4-4	鉉2下-2
遱	lou´	ㄌㄡˊ	辵(辶)部	【辵部】	11畫	74	75	段2下-11	鍇4-5	鉉2下-3
蹤(從、蹤、踪，蹝、縱通叚)	zong	ㄗㄨㄥ	車部	【車部】	11畫	728	735	段14上-54	鍇27-14	鉉14上-7
遷(遷、搴、拪，櫏、韆通叚)	qian	ㄑㄧㄢ	辵(辶)部	【辵部】	11畫	72	72	段2下-6	鍇4-3	鉉2下-2
遒	jiuˋ	ㄐㄧㄡˋ	辵(辶)部	【辵部】	11畫	70	71	段2下-3	鍇4-2	鉉2下-1
遠(逺)	yuan˅	ㄩㄢˇ	辵(辶)部	【辵部】	12畫	75	75	段2下-12	鍇4-6	鉉2下-3
遲(迡、遟=邌夌述及、夷夌述及、阤，迡通叚)	chi´	ㄔˊ	辵(辶)部	【辵部】	12畫	72	73	段2下-7	鍇4-4	鉉2下-2
遴(僯)	lin´	ㄌㄧㄣˊ	辵(辶)部	【辵部】	12畫	73	73	段2下-8	鍇4-4	鉉2下-2
遵	zun	ㄗㄨㄣ	辵(辶)部	【辵部】	12畫	71	71	段2下-4	鍇4-2	鉉2下-1
選	xuan˅	ㄒㄩㄢˇ	辵(辶)部	【辵部】	12畫	72	72	段2下-6	鍇4-4	鉉2下-2
算(選、撰、筭計述及，篹通叚)	suanˋ	ㄙㄨㄢˋ	竹部	【竹部】	12畫	198	200	段5上-20	鍇9-8	鉉5上-3
遹(述、聿吹述及、穴、沇、馱，僪通叚)	yuˋ	ㄩˋ	辵(辶)部	【辵部】	12畫	73	73	段2下-8	鍇4-4	鉉2下-2
述(遹、術、遂、遹古文多以遹yuˋ爲述)	shuˋ	ㄕㄨˋ	辵(辶)部	【辵部】	12畫	70	71	段2下-3	鍇4-2	鉉2下-1
聿(遹吹述及)	yuˋ	ㄩˋ	聿部	【聿部】	12畫	117	118	段3下-21	鍇6-12	鉉3下-5
吹(遹、聿、曰)	yuˋ	ㄩˋ	欠部	【欠部】	12畫	413	418	段8下-25	鍇16-17	鉉8下-5
過(楇、輠、鍋，渦、蝸、禍通叚)	guoˋ	ㄍㄨㄛˋ	辵(辶)部	【辵部】	12畫	71	71	段2下-4	鍇4-2	鉉2下-1
繞(襓、遶通叚)	raoˋ	ㄖㄠˋ	糸部	【糸部】	12畫	647	653	段13上-8	鍇25-3	鉉13上-2
幾(圻，磯、璣通叚)	ji	ㄐㄧ	丝部	【幺部】	12畫	159	161	段4下-3	鍇8-2	鉉4下-1
逶(蟡、蟡通叚)	wei	ㄨㄟ	辵(辶)部	【辵部】	12畫	73	73	段2下-8	鍇4-4	鉉2下-2
遺	yi´	ㄧˊ	辵(辶)部	【辵部】	12畫	74	74	段2下-10	鍇4-5	鉉2下-2

篆本字(古文、金文、籀文、俗字，通段、金石)	拼音	注音	說文部首	康熙部首	筆畫	一般頁碼	洪葉頁碼	段注篇章	徐鍇通釋篇章	徐鉉藤花榭篇章
遻(遌，愕、俉、迕通段)	eˋ	ㄜˋ	辵(辶)部	【辵部】	12畫	71	72	段2下-5	鍇4-3	鉉2下-2
遼(勞)	liaoˊ	ㄌㄧㄠˊ	辵(辶)部	【辵部】	12畫	75	75	段2下-12	鍇4-6	鉉2下-3
遷(馹)	zhiˋ	ㄓˋ	辵(辶)部	【辵部】	12畫	74	74	段2下-10	鍇4-5	鉉2下-2
遂	yanˋ	ㄧㄢˋ	辵(辶)部	【辵部】	13畫	74	75	段2下-11	鍇4-5	鉉2下-2
遽(懅通段)	juˋ	ㄐㄩˋ	辵(辶)部	【辵部】	13畫	75	76	段2下-13	鍇4-6	鉉2下-3
避(辟)	biˋ	ㄅㄧˋ	辵(辶)部	【辵部】	13畫	73	73	段2下-8	鍇4-4	鉉2下-2
辟(僻、避、譬、闢、壁、襞，擗、霹通段)	piˋ	ㄆㄧˋ	辟部	【辛部】	13畫	432	437	段9上-35	鍇17-11	鉉9上-6
邁(邁从萬虫)	maiˋ	ㄇㄞˋ	辵(辶)部	【辵部】	13畫	70	70	段2下-2	鍇4-2	鉉2下-1
怖(邁，倖、愂通段)	peiˋ	ㄆㄟˋ	心部	【心部】	13畫	511	516	段10下-43	鍇20-15	鉉10下-8
勱(邁，勵通段)	maiˋ	ㄇㄞˋ	力部	【力部】	13畫	699	706	段13下-51	鍇26-11	鉉13下-7
還(環轉述及，儇通段)	huanˊ	ㄏㄨㄢˊ	辵(辶)部	【辵部】	13畫	72	72	段2下-6	鍇4-4	鉉2下-2
檈(還)	xuanˊ	ㄒㄩㄢˊ	木部	【木部】	13畫	247	249	段6上-18	鍇11-8	鉉6上-3
趧(還)	xuan	ㄒㄩㄢ	走部	【走部】	13畫	65	65	段2上-34	鍇3-15	鉉2上-7
環(還繯述及，鐶、鬟通段)	huanˊ	ㄏㄨㄢˊ	玉部	【玉部】	13畫	12	12	段1上-23	鍇1-12	鉉1上-4
趲(邅通段)	zhan	ㄓㄢ	走部	【走部】	13畫	64	64	段2上-32	鍇3-14	鉉2上-7
驙(邅通段)	zhan	ㄓㄢ	馬部	【馬部】	13畫	467	472	段10上-15	鍇19-4	鉉10上-2
亶(邅驙述及)	danˇ	ㄉㄢˇ	亩部	【亠部】	13畫	230	233	段5下-31	鍇10-13	鉉5下-6
遰(遾通段)	diˋ	ㄉㄧˋ	辵(辶)部	【辵部】	13畫	72	73	段2下-7	鍇4-4	鉉2下-2
徼(僥、邀、闄通段)	jiaoˇ	ㄐㄧㄠˇ	彳部	【彳部】	13畫	76	76	段2下-14	鍇4-7	鉉2下-3
逝从斷艸(遾通段)	shiˋ	ㄕˋ	辵(辶)部	【辵部】	13畫	70	71	段2下-3	鍇4-2	鉉2下-1
簭(噬段改此字，遾通段)	shiˋ	ㄕˋ	口部	【口部】	13畫	55	56	段2上-15	鍇3-6	鉉2上-3
辿(徙、征、屎、粲、遾)	xiˇ	ㄒㄧˇ	辵(辶)部	【辵部】	13畫	72	72	段2下-6	鍇4-3	鉉2下-2
邂	xieˋ	ㄒㄧㄝˋ	辵(辶)部	【辵部】	13畫	無	無	無	無	鉉2下-3

篆本字(古文、金文、籀文、俗字，通段、金石)	拼音	注音	說文部首	康熙部首	筆畫	一般頁碼	洪葉頁碼	段注篇章	徐鍇通釋篇章	徐鉉藤花榭篇章
解(廌，廨、嶰、獬、貊、繲、邂通段)	jiě	ㄐㄧㄝˇ	角部	【角部】	13畫	186	188	段4下-58	鍇8-20	鉉4下-9
窸(邃通段)	suì	ㄙㄨㄟˋ	穴部	【辵部】	14畫	346	350	段7下-23	鍇14-9	鉉7下-4
愫(邃，窸通段)	suì	ㄙㄨㄟˋ	心部	【心部】	14畫	505	510	段10下-31	鍇20-11	鉉10下-6
邇(迩)	ěr	ㄦˇ	辵(辶)部	【辵部】	14畫	74	75	段2下-11	鍇4-5	鉉2下-2
撻(達，𣪏通段)	tà	ㄊㄚˋ	手部	【手部】	14畫	608	614	段12上-49	鍇23-15	鉉12上-8
藐(薎，邈、邈通段)	miǎo	ㄇㄧㄠˇ	艸部	【艸部】	14畫	30	31	段1下-19	鍇2-9	鉉1下-3
鑋	huì	ㄏㄨㄟˋ	辵(辶)部	【辵部】	14畫	70	70	段2下-2	鍇4-2	鉉2下-1
遺(貴、潰、嬇)	dú	ㄉㄨˊ	辵(辶)部	【辵部】	15畫	71	71	段2下-4	鍇4-2	鉉2下-1
邋(躐通段)	lā	ㄌㄚ	辵(辶)部	【辵部】	15畫	74	74	段2下-10	鍇4-5	鉉2下-2
遲(黎、犁、遲麦述及)	lí	ㄌㄧˊ	辵(辶)部	【辵部】	15畫	72	73	段2下-7	鍇4-4	鉉2下-2
遲(迡、遲=邌麦述及、夷麦述及、迉，迡通段)	chí	ㄔˊ	辵(辶)部	【辵部】	15畫	72	73	段2下-7	鍇4-4	鉉2下-2
邊(边)	bian	ㄅㄧㄢ	辵(辶)部	【辵部】	15畫	75	76	段2下-13	鍇4-6	鉉2下-3
邍从辵备彔(原)	yuán	ㄩㄢˊ	辵(辶)部	【辵部】	16畫	75	75	段2下-12	鍇4-6	鉉2下-3
邈	miǎo	ㄇㄧㄠˇ	辵(辶)部	【辵部】	16畫	無	無	無	無	鉉2下-3
藐(薎，邈、邈通段)	miǎo	ㄇㄧㄠˇ	艸部	【艸部】	16畫	30	31	段1下-19	鍇2-9	鉉1下-3
邎(遙通段)	yóu	ㄧㄡˊ	辵(辶)部	【辵部】	18畫	70	71	段2下-3	鍇4-2	鉉2下-1
遷(遷、搗、扦，櫏、韆通段)	qian	ㄑㄧㄢ	辵(辶)部	【辵部】	18畫	72	72	段2下-6	鍇4-3	鉉2下-2
鷸(鴥从鷸、鸉从遹、鷊)	yù	ㄩˋ	鳥部	【鳥部】	19畫	153	154	段4上-48	鍇7-21	鉉4上-9
邏	luó	ㄌㄨㄛˊ	辵(辶)部	【辵部】	19畫	無	無	無	無	鉉2下-3
羅(羅、罹，邏通段)	luó	ㄌㄨㄛˊ	网部	【网部】	19畫	356	359	段7下-42	鍇14-19	鉉7下-8
邁(躉从萬虫)	mài	ㄇㄞˋ	辵(辶)部	【辵部】	19畫	70	70	段2下-2	鍇4-2	鉉2下-1
邌	lí	ㄌㄧˊ	辵(辶)部	【辵部】	19畫	72	73	段2下-7	鍇4-4	鉉2下-2
邍从驪(住通段)	zhù	ㄓㄨˋ	辵(辶)部	【辵部】	19畫	72	73	段2下-7	鍇4-4	鉉2下-2

篆本字（古文、金文、籀文、俗字，通段、金石）	拼音	注音	說文部首	康熙部首	筆畫	一般頁碼	洪葉頁碼	段注篇章	徐鍇通釋篇章	徐鉉藤花榭篇章
【邑(yiˋ)部】	yiˋ	一ˋ	邑部			283	285	段6下-22	鍇12-13	鉉6下-5
邑(唈旡jiˋ述及)	yiˋ	一ˋ	邑部	【邑部】		283	285	段6下-22	鍇12-13	鉉6下-5
悒(邑、唈)	yiˋ	一ˋ	心部	【心部】		508	513	段10下-37	鍇20-13	鉉10下-7
㠯	yiˋ	一ˋ	邑部	【邑部】		300	303	段6下-57	鍇12-23	鉉6下-8
邔(阢)	jiˇ	ㄐㄧˇ	邑部	【邑部】	2畫	299	302	段6下-55	鍇12-22	鉉6下-8
邕(𨜁，壅、巂 从巛邑通段)	yong	ㄩㄥ	川部	【邑部】	3畫	569	574	段11下-4	鍇22-2	鉉11下-2
邟(印譌)	qiˇ	ㄑㄧˇ	邑部	【邑部】	3畫	293	295	段6下-42	鍇12-18	鉉6下-7
邖	shan	ㄕㄢ	邑部	【邑部】	3畫	300	302	段6下-56	鍇12-22	鉉6下-8
邗	han´	ㄏㄢˊ	邑部	【邑部】	3畫	297	300	段6下-51	鍇12-21	鉉6下-8
邘	yu´	ㄩˊ	邑部	【邑部】	3畫	288	291	段6下-33	鍇12-16	鉉6下-6
邙	mang´	ㄇㄤˊ	邑部	【邑部】	3畫	288	290	段6下-32	鍇12-16	鉉6下-6
邛(笻通段)	qiong´	ㄑㄩㄥˊ	邑部	【邑部】	3畫	295	297	段6下-46	鍇12-20	鉉6下-7
邝(叩通段)	kouˇ	ㄎㄡˇ	邑部	【邑部】	3畫	286	289	段6下-29	鍇12-15	鉉6下-6
鄉(郷)	xiangˋ	ㄒㄧㄤˋ	𨛜部	【邑部】	3畫	300	303	段6下-57	鍇12-23	鉉6下-8
邞	fu	ㄈㄨ	邑部	【邑部】	4畫	298	301	段6下-53	鍇12-21	鉉6下-8
邟	kangˋ	ㄎㄤˋ	邑部	【邑部】	4畫	291	293	段6下-38	鍇12-17	鉉6下-7
邠(豳，妢通段)	bin	ㄅㄧㄣ	邑部	【邑部】	4畫	285	288	段6下-27	鍇12-14	鉉6下-6
份(邠、豳、彬、斌，玢通段)	fenˋ	ㄈㄣˋ	人部	【人部】	4畫	368	372	段8上-7	鍇15-3	鉉8上-1
汃(邠、豳請詳查，湃通段)	bin	ㄅㄧㄣ	水部	【水部】	4畫	516	521	段11上壹-1	鍇21-2	鉉11上-1
邡	fang	ㄈㄤ	邑部	【邑部】	4畫	294	296	段6下-44	鍇12-19	鉉6下-7
邦(邦=封國述及、𨚵)	bang	ㄅㄤ	邑部	【邑部】	4畫	283	285	段6下-22	鍇12-13	鉉6下-5
封(坺、𡉚、邦，葑通段)	feng	ㄈㄥ	土部	【寸部】	4畫	687	694	段13下-27	鍇26-4	鉉13下-4
鄆(邧)	yun´	ㄩㄣˊ	邑部	【邑部】	4畫	293	296	段6下-43	鍇12-18	鉉6下-7
邧	yuan´	ㄩㄢˊ	邑部	【邑部】	4畫	295	298	段6下-47	鍇12-20	鉉6下-7
邨(村)	cun	ㄘㄨㄣ	邑部	【邑部】	4畫	300	302	段6下-56	鍇12-22	鉉6下-8
邩	huoˇ	ㄏㄨㄛˇ	邑部	【邑部】	4畫	299	302	段6下-55	鍇12-22	鉉6下-8
邪(耶、衺，梛、琊通段)	xie´	ㄒㄧㄝˊ	邑部	【邑部】	4畫	298	300	段6下-52	鍇12-21	鉉6下-8

篆本字(古文、金文、籀文、俗字，通叚、金石)	拼音	注音	說文部首	康熙部首	筆畫	一般頁碼	洪葉頁碼	段注篇章	徐鍇通釋篇章	徐鉉藤花榭篇章
衺(邪)	xie´	ㄒㄧㄝˊ	衣部	【衣部】4畫		396	400	段8上-64	錯16-5	鉉8上-9
歋(撽、揶、邪、擨，揶通叚)	ye	ㄧㄝ	欠部	【欠部】4畫		411	416	段8下-21	錯16-16	鉉8下-4
邶(沛)	pei`	ㄆㄟˋ	邑部	【邑部】4畫		294	297	段6下-45	錯12-19	鉉6下-7
邢(井)	jing˘	ㄐㄧㄥˇ	邑部	【邑部】4畫		290	292	段6下-36	錯12-17	鉉6下-6
邥(岐、梔)	zhi	ㄓ	邑部	【邑部】4畫		285	287	段6下-26	錯12-14	鉉6下-6
邲	shao	ㄕㄠˇ	邑部	【邑部】4畫		295	297	段6下-46	錯12-19	鉉6下-7
邭	niu	ㄋㄧㄡˇ	邑部	【邑部】4畫		299	302	段6下-55	錯12-22	鉉6下-8
邢(邢)	xing´	ㄒㄧㄥˊ	邑部	【邑部】4畫		289	292	段6下-35	錯12-17	鉉6下-6
郢(邳、程)	ying	ㄧㄥˇ	邑部	【邑部】4畫		292	295	段6下-41	錯12-18	鉉6下-7
沈(瀋、湛、黕，沉俗、邥通叚)	chen´	ㄔㄣˊ	水部	【水部】4畫		558	563	段11上貳-25	錯21-20	鉉11上-7
邢(冄，郍、那、挪、娜、髿通叚)	na`	ㄋㄚˋ	邑部	【邑部】5畫		294	296	段6下-44	錯12-19	鉉6下-7
邦(邦=封國述及、峀)	bang	ㄅㄤ	邑部	【邑部】5畫		283	285	段6下-22	錯12-13	鉉6下-5
邔	ju	ㄐㄩ	邑部	【邑部】5畫		286	289	段6下-29	錯12-15	鉉6下-6
祁	qi´	ㄑㄧˊ	邑部	【邑部】5畫		289	292	段6下-35	錯12-17	鉉6下-6
麎(祁)	chen´	ㄔㄣˊ	鹿部	【鹿部】5畫		471	475	段10上-22	錯19-6	鉉10上-3
邭	ju	ㄐㄩˋ	邑部	【邑部】5畫		299	301	段6下-54	錯12-22	鉉6下-8
邸di´ 非簡字郵	di´	ㄉㄧˊ	邑部	【邑部】5畫		287	289	段6下-30	錯12-15	鉉6下-6
郵(訧、尤，邮通叚)	you´	ㄧㄡˊ	邑部	【邑部】9畫		284	286	段6下-24	錯12-14	鉉6下-5
邯(呭，淊通叚)	han´	ㄏㄢˊ	邑部	【邑部】5畫		290	292	段6下-36	錯12-17	鉉6下-6
邰(斄)	tai´	ㄊㄞˊ	邑部	【邑部】5畫		285	287	段6下-26	錯12-14	鉉6下-6
邱	qiu	ㄑㄧㄡ	邑部	【邑部】5畫		299	302	段6下-55	錯12-22	鉉6下-8
邲	bi`	ㄅㄧˋ	邑部	【邑部】5畫		289	291	段6下-34	錯12-16	鉉6下-6
卲(邲通叚)	bi`	ㄅㄧˋ	卩部	【卩部】5畫		431	435	段9上-32	錯17-10	鉉9上-5
邳	pi	ㄆㄧ	邑部	【邑部】5畫		297	299	段6下-50	錯12-21	鉉6下-8
邴	bing	ㄅㄧㄥˇ	邑部	【邑部】5畫		294	297	段6下-45	錯12-19	鉉6下-7
邵(召俗)	shao`	ㄕㄠˋ	邑部	【邑部】5畫		288	291	段6下-33	錯12-16	鉉6下-6
邶(鄁通叚)	bei`	ㄅㄟˋ	邑部	【邑部】5畫		288	291	段6下-33	錯12-16	鉉6下-6

篆本字(古文、金文、籀文、俗字，通叚、金石)	拼音	注音	說文部首	康熙部首	筆畫	一般頁碼	洪葉頁碼	段注篇章	徐鍇通釋篇章	徐鉉藤花榭篇章
邸(柢)	diˇ	ㄉㄧˇ	邑部	【邑部】5畫	284	286	段6下-24	鍇12-14	鉉6下-5
刨	bao	ㄅㄠ	邑部	【邑部】5畫	294	296	段6下-44	鍇12-19	鉉6下-7
鄂	haoˊ	ㄏㄠˊ	邑部	【邑部】5畫	292	294	段6下-40	鍇12-18	鉉6下-7
郕	chenˊ	ㄔㄣˊ	邑部	【邑部】6畫	295	297	段6下-46	鍇12-19	鉉6下-7
邘	yuˊ	ㄩˊ	邑部	【邑部】6畫	292	295	段6下-41	鍇12-18	鉉6下-7
耒(郲通叚)	leiˇ	ㄌㄟˇ	邑部	【邑部】6畫	294	297	段6下-45	鍇12-19	鉉6下-7
邼	kuang	ㄎㄨㄤ	邑部	【邑部】6畫	289	291	段6下-34	鍇12-17	鉉6下-6
邢(邢)	xingˊ	ㄒㄧㄥˊ	邑部	【邑部】6畫	289	292	段6下-35	鍇12-17	鉉6下-6
邽	gui	ㄍㄨㄟ	邑部	【邑部】6畫	287	289	段6下-30	鍇12-15	鉉6下-6
邾	zhu	ㄓㄨ	邑部	【邑部】6畫	293	296	段6下-43	鍇12-18	鉉6下-7
郋(詩)	shi	ㄕ	邑部	【邑部】6畫	296	299	段6下-49	鍇12-20	鉉6下-8
郁(賊、或)	yuˋ	ㄩˋ	邑部	【邑部】6畫	286	288	段6下-28	鍇12-15	鉉6下-6
邪(耶、衺，梛、琊通叚)	xieˊ	ㄒㄧㄝˊ	邑部	【邑部】6畫	298	300	段6下-52	鍇12-21	鉉6下-8
郂	gai	ㄍㄞ	邑部	【邑部】6畫	299	301	段6下-54	鍇12-22	鉉6下-8
部(洽、合)	heˊ	ㄏㄜˊ	邑部	【邑部】6畫	286	289	段6下-29	鍇12-15	鉉6下-6
洽(部、合)	qiaˋ	ㄑㄧㄚˋ	水部	【水部】6畫	559	564	段11上貳-27	鍇21-26	鉉11上-7
匌(部)	geˊ	ㄍㄜˊ	勹部	【勹部】6畫	433	438	段9上-37	鍇17-12	鉉9上-6
存(邨通叚)	cunˊ	ㄘㄨㄣˊ	子部	【子部】6畫	743	750	段14下-26	鍇28-13	鉉14下-6
郅(晊通叚)	zhiˋ	ㄓˋ	邑部	【邑部】6畫	290	293	段6下-37	鍇12-17	鉉6下-7
郇(筍、揗通叚)	xunˊ	ㄒㄩㄣˊ	邑部	【邑部】6畫	290	292	段6下-36	鍇12-17	鉉6下-7
邱	houˋ	ㄏㄡˋ	邑部	【邑部】6畫	297	300	段6下-51	鍇12-21	鉉6下-8
郊(蒿)	jiao	ㄐㄧㄠ	邑部	【邑部】6畫	284	286	段6下-24	鍇12-14	鉉6下-5
郋	xiˊ	ㄒㄧˊ	邑部	【邑部】6畫	291	294	段6下-39	鍇12-18	鉉6下-7
郎(良，廊通叚)	langˊ	ㄌㄤˊ	邑部	【邑部】6畫	297	299	段6下-50	鍇12-20	鉉6下-8
郕(成、盛)	chengˊ	ㄔㄥˊ	邑部	【邑部】6畫	296	299	段6下-49	鍇12-20	鉉6下-8
郱(駢、骿)	pingˊ	ㄆㄧㄥˊ	邑部	【邑部】6畫	299	302	段6下-55	鍇12-22	鉉6下-8
娜	ruˊ	ㄖㄨˊ	邑部	【邑部】6畫	299	302	段6下-55	鍇12-22	鉉6下-8
戴(戴)	zaiˋ	ㄗㄞˋ	邑部	【邑部】6畫	299	302	段6下-55	鍇12-22	鉉6下-8
郱(邟)	nianˊ	ㄋㄧㄢˊ	邑部	【邑部】6畫	287	289	段6下-30	鍇12-15	鉉6下-6
郤非卻queˋ(郤通叚)	xiˋ	ㄒㄧˋ	邑部	【邑部】6畫	289	291	段6下-34	鍇12-16	鉉6下-6
巷(巷、巷、衖，港通叚)	xiangˋ	ㄒㄧㄤˋ	㔿部	【邑部】6畫	301	303	段6下-58	鍇12-23	鉉6下-9

篆本字（古文、金文、籀文、俗字，通段、金石）	拼音	注音	說文部首	康熙部首	筆畫	一般頁碼	洪葉頁碼	段注篇章	徐鍇通釋篇章	徐鉉藤花榭篇章
雅(犽、邪)	ya'	一Yˊ	佳部	【犬部】	7畫	141	143	段4上-25	錯7-11	鉉4上-5
邿(徐)	tu'	ㄊㄨˊ	邑部	【邑部】	7畫	296	298	段6下-48	錯12-20	鉉6下-8
徐(舒、邾、徐)	xu'	ㄒㄩˊ	人部	【人部】	7畫	377	381	段8上-26	錯15-9	鉉8上-4
邾	qiu'	ㄑ一ㄡˊ	邑部	【邑部】	7畫	299	302	段6下-55	錯12-22	鉉6下-8
郖(逗)	dou`	ㄉㄡˋ	邑部	【邑部】	7畫	287	290	段6下-31	錯12-16	鉉6下-6
郗(絺)	chi	彳	邑部	【邑部】	7畫	288	290	段6下-32	錯12-16	鉉6下-6
絺(郗、希繡述及)	chi	彳	糸部	【糸部】	7畫	660	666	段13上-34	錯25-8	鉉13上-4
鄜	fu	ㄈㄨˇ	邑部	【邑部】	7畫	300	303	段6下-57	錯12-22	鉉6下-8
郚	wu'	ㄨˊ	邑部	【邑部】	7畫	298	300	段6下-52	錯12-21	鉉6下-8
酨(酨)	zai`	ㄗㄞˋ	邑部	【邑部】	7畫	299	302	段6下-55	錯12-22	鉉6下-8
郛(垺通段)	fu'	ㄈㄨˊ	邑部	【邑部】	7畫	284	286	段6下-24	錯12-14	鉉6下-5
郜	gao`	ㄍㄠˋ	邑部	【邑部】	7畫	295	297	段6下-46	錯12-19	鉉6下-7
郝	hao	ㄏㄠˇ	邑部	【邑部】	7畫	286	289	段6下-29	錯12-15	鉉6下-6
郟	jia'	ㄐ一Yˊ	邑部	【邑部】	7畫	291	294	段6下-39	錯12-17	鉉6下-7
郠(郹)	geng	ㄍㄥˇ	邑部	【邑部】	7畫	295	298	段6下-47	錯12-20	鉉6下-7
郡	jun`	ㄐㄩㄣˋ	邑部	【邑部】	7畫	283	285	段6下-22	錯12-13	鉉6下-5
郢(邨、程)	ying	一ㄥˇ	邑部	【邑部】	7畫	292	295	段6下-41	錯12-18	鉉6下-7
郣(垺、渤通段)	bo'	ㄅㄛˊ	邑部	【邑部】	7畫	299	301	段6下-54	錯12-22	鉉6下-8
郤非卻que`(郤通段)	xi`	ㄒ一ˋ	邑部	【邑部】	7畫	289	291	段6下-34	錯12-16	鉉6下-6
隙(郤)	xi`	ㄒ一ˋ	𨸏部	【阜部】	7畫	736	743	段14下-11	錯28-4	鉉14下-2
迟(杚、郤)	qi`	ㄑ一ˋ	辵(辶)部	【辵部】	7畫	72	73	段2下-7	錯4-4	鉉2下-2
郦	li	ㄌ一ˇ	邑部	【邑部】	7畫	292	295	段6下-41	錯12-18	鉉6下-7
郮	shao`	ㄕㄠˋ	邑部	【邑部】	7畫	284	287	段6下-25	錯12-14	鉉6下-6
鄶	kuai`	ㄎㄨㄞˋ	邑部	【邑部】	7畫	300	302	段6下-56	錯12-22	鉉6下-8
郔	yan'	一ㄢˊ	邑部	【邑部】	7畫	295	298	段6下-47	錯12-20	鉉6下-7
鄉(邩)	xiang`	ㄒ一ㄤˋ	𨛜部	【邑部】	7畫	300	303	段6下-57	錯12-23	鉉6下-8
郴(邟)	nian'	ㄋ一ㄢˊ	邑部	【邑部】	8畫	287	289	段6下-30	錯12-15	鉉6下-6
鄶(䣜、鄲)	dang	ㄉㄤˇ	邑部	【邑部】	8畫	299	302	段6下-55	錯12-22	鉉6下-8
郾(奄)	yan	一ㄢˇ	邑部	【邑部】	8畫	296	299	段6下-49	錯12-20	鉉6下-8
部	bu`	ㄅㄨˋ	邑部	【邑部】	8畫	287	289	段6下-30	錯12-16	鉉6下-6
郪	qi	ㄑ一	邑部	【邑部】	8畫	291	294	段6下-39	錯12-18	鉉6下-7

篆本字（古文、金文、籀文、俗字，通段、金石）	拼音	注音	說文部首	康熙部首	筆畫	一般頁碼	洪葉頁碼	段注篇章	徐鍇通釋篇章	徐鉉藤花榭篇章
郫	pi′	ㄆ一′	邑部	【邑部】8畫		293	296	段6下-43	錯12-19	鉉6下-7
鄰(郭邑部、廓鼓述及)	guo	ㄍㄨㄛ	邑部	【邑部】8畫		298	301	段6下-53	錯12-21	鉉6下-8
臺(廓、郭臺部)	guo	ㄍㄨㄛ	臺部	【邑部】8畫		228	231	段5下-27	錯10-11	鉉5下-5
郲(郲通段)	lei′	ㄌㄟ′	邑部	【邑部】8畫		294	297	段6下-45	錯12-19	鉉6下-7
萊(葬，郲通段)	lai′	ㄌㄞ′	艸部	【艸部】8畫		46	46	段1下-50	錯2-23	鉉1下-8
郯	tan′	ㄊㄢ′	邑部	【邑部】8畫		298	300	段6下-52	錯12-21	鉉6下-8
郰(鄹)	zou	ㄗㄡ	邑部	【邑部】8畫		296	299	段6下-49	錯12-20	鉉6下-8
郳	ni′	ㄋ一′	邑部	【邑部】8畫		298	301	段6下-53	錯12-22	鉉6下-8
郴	chen	ㄔㄣ	邑部	【邑部】8畫		294	297	段6下-45	錯12-19	鉉6下-7
郐(舒)	shu	ㄕㄨ	邑部	【邑部】8畫		300	302	段6下-56	錯12-22	鉉6下-8
鄝(黎、耆、阢、飢)	li′	ㄌ一′	邑部	【邑部】8畫		288	291	段6下-33	錯12-16	鉉6下-6
郥(裴)	pei′	ㄆㄟ′	邑部	【邑部】8畫		289	291	段6下-34	錯12-16	鉉6下-6
都(瀦、賭、鄑通段)	du	ㄉㄨ	邑部	【邑部】8畫		283	286	段6下-23	錯12-13	鉉6下-5
郵(訧、尤，鄠通段)	you′	一ㄡ′	邑部	【邑部】8畫		284	286	段6下-24	錯12-14	鉉6下-5
訧(郵、尤)	you′	一ㄡ′	言部	【言部】8畫		101	101	段3上-30	錯5-15	鉉3上-6
郹	ju′	ㄐㄩ′	邑部	【邑部】9畫		292	294	段6下-40	錯12-18	鉉6下-7
郾	yan˘	一ㄢ˘	邑部	【邑部】9畫		291	294	段6下-39	錯12-17	鉉6下-7
郿	mei′	ㄇㄟ′	邑部	【邑部】9畫		286	288	段6下-28	錯12-15	鉉6下-6
鄂(鄂，蠚、蕚、諤通段)	e`	ㄜ`	邑部	【邑部】9畫		293	295	段6下-42	錯12-18	鉉6下-7
殷(磤、㲃、鄞、黰通段)	yin	一ㄣ	月部	【殳部】9畫		388	392	段8上-48	錯15-17	鉉8上-7
邶(鄁通段)	bei`	ㄅㄟ`	邑部	【邑部】9畫		288	291	段6下-33	錯12-16	鉉6下-6
鄄(鄄)	geng˘	ㄍㄥ˘	邑部	【邑部】9畫		295	298	段6下-47	錯12-20	鉉6下-7
鄃(俞)	shu	ㄕㄨ	邑部	【邑部】9畫		290	292	段6下-36	錯12-17	鉉6下-7
鄄(甄)	juan`	ㄐㄩㄢ`	邑部	【邑部】9畫		295	297	段6下-46	錯12-19	鉉6下-7
鄅	yu˘	ㄩ˘	邑部	【邑部】9畫		295	298	段6下-47	錯12-20	鉉6下-7
鄆(運)	yun`	ㄩㄣ`	邑部	【邑部】9畫		288	290	段6下-32	錯12-16	鉉6下-6
鄇(鄇)	hou`	ㄏㄡ`	邑部	【邑部】9畫		289	291	段6下-34	錯12-16	鉉6下-6
鄈(腄)	kui′	ㄎㄨㄟ′	邑部	【邑部】9畫		289	291	段6下-34	錯12-17	鉉6下-6

篆本字(古文、金文、籀文、俗字，通叚、金石)	拼音	注音	說文部首	康熙部首	筆畫	一般頁碼	洪葉頁碼	段注篇章	徐鍇通釋篇章	徐鉉藤花榭篇章
郪(薊)	ji`	ㄐㄧˋ	邑部	【邑部】9畫		284	287	段6下-25	鍇12-14	鉉6下-6
鄡(鄡)	qiao	ㄑㄧㄠ	邑部	【邑部】9畫		290	292	段6下-36	鍇12-17	鉉6下-7
鱻(鄉)	xiang	ㄒㄧㄤ	𨛜部	【邑部】9畫		300	303	段6下-57	鍇12-23	鉉6下-9
響(鄉，韺通叚)	xiang˙	ㄒㄧㄤˇ	音部	【音部】9畫		102	102	段3上-32	鍇5-17	鉉3上-7
向(鄉，嚮金石)	xiang`	ㄒㄧㄤˋ	宀部	【口部】9畫		338	341	段7下-6	鍇14-3	鉉7下-2
郒(鄋)	sou	ㄙㄡ	邑部	【邑部】9畫		290	293	段6下-37	鍇12-17	鉉6下-7
郵(訧、尤，邮通叚)	you´	ㄧㄡˊ	邑部	【邑部】10畫		284	286	段6下-24	鍇12-14	鉉6下-5
鄢	ma`	ㄇㄚˋ	邑部	【邑部】10畫		294	296	段6下-44	鍇12-19	鉉6下-7
鄍	ming´	ㄇㄧㄥˊ	邑部	【邑部】10畫		289	291	段6下-34	鍇12-16	鉉6下-6
郋(息)	xi	ㄒㄧ	邑部	【邑部】10畫		291	294	段6下-39	鍇12-18	鉉6下-7
鄏	ru˙	ㄖㄨˇ	邑部	【邑部】10畫		287	290	段6下-31	鍇12-16	鉉6下-6
鄐	chu`	ㄔㄨˋ	邑部	【邑部】10畫		289	291	段6下-34	鍇12-16	鉉6下-6
鄑(zi)	jin`	ㄐㄧㄣˋ	邑部	【邑部】10畫		295	297	段6下-46	鍇12-19	鉉6下-7
鄒(騶)	zou	ㄗㄡ	邑部	【邑部】10畫		296	298	段6下-48	鍇12-20	鉉6下-8
鄔	wu	ㄨ	邑部	【邑部】10畫		289	292	段6下-35	鍇12-17	鉉6下-6
鄆(邳)	yun´	ㄩㄣˊ	邑部	【邑部】10畫		293	296	段6下-43	鍇12-18	鉉6下-7
部	hao	ㄏㄠ	邑部	【邑部】10畫		290	292	段6下-36	鍇12-17	鉉6下-7
郃(蓋)	he´	ㄏㄜˊ	邑部	【邑部】10畫		300	302	段6下-56	鍇12-22	鉉6下-8
郒	pang´	ㄆㄤˊ	邑部	【邑部】10畫		292	294	段6下-40	鍇12-18	鉉6下-7
鄐	qian´	ㄑㄧㄢˊ	邑部	【邑部】10畫		289	291	段6下-34	鍇12-16	鉉6下-6
郳	pei´	ㄆㄟˊ	邑部	【邑部】11畫		286	288	段6下-28	鍇12-15	鉉6下-6
專(甎、塼，剸、漙、磚、鄟通叚)	zhuan	ㄓㄨㄢ	寸部	【寸部】11畫		121	122	段3下-30	鍇6-16	鉉3下-7
鄇(鄒)	hou`	ㄏㄡˋ	邑部	【邑部】11畫		289	291	段6下-34	鍇12-16	鉉6下-6
鄹	lou´	ㄌㄡˊ	邑部	【邑部】11畫		292	295	段6下-41	鍇12-18	鉉6下-7
郪	qi	ㄑㄧ	邑部	【邑部】11畫		298	301	段6下-53	鍇12-21	鉉6下-8
鄌(酇)	cuo´	ㄘㄨㄛˊ	邑部	【邑部】11畫		294	297	段6下-45	鍇12-19	鉉6下-7
酇(鄌)	zan`	ㄗㄢˋ	邑部	【邑部】11畫		284	286	段6下-24	鍇12-14	鉉6下-5
鄘(庸)	yong	ㄩㄥ	邑部	【邑部】11畫		293	296	段6下-43	鍇12-18	鉉6下-7
鄙(啚、否)	bi˙	ㄅㄧˇ	邑部	【邑部】11畫		284	286	段6下-24	鍇12-14	鉉6下-5
啚(畐、鄙)	bi˙	ㄅㄧˇ	㐭部	【口部】11畫		230	233	段5下-31	鍇10-13	鉉5下-6
鄚	mo`	ㄇㄛˋ	邑部	【邑部】11畫		290	293	段6下-37	鍇12-17	鉉6下-7

篆本字（古文、金文、籀文、俗字，通段、金石）	拼音	注音	說文部首	康熙部首	筆畫	一般頁碼	洪葉頁碼	段注篇章	徐鍇通釋篇章	徐鉉藤花榭篇章
鄛	chao′	ㄔㄠˊ	邑部	【邑部】	11畫	292	294	段6下-40	錯12-18	鉉6下-7
鄝(蓼)	liao′	ㄌㄧㄠˇ	邑部	【邑部】	11畫	299	302	段6下-55	錯12-22	鉉6下-8
鄞(堇)	yin′	ㄧㄣˊ	邑部	【邑部】	11畫	294	297	段6下-45	錯12-19	鉉6下-7
鄠	hu`	ㄏㄨˋ	邑部	【邑部】	11畫	286	288	段6下-28	錯12-15	鉉6下-6
扈(戶扈鄠三字同、岵，昈、滬、蔰通段)	hu`	ㄏㄨˋ	邑部	【戶部】	3畫	286	288	段6下-28	錯12-15	鉉6下-6
夢(癚，鄸通段)	meng`	ㄇㄥˋ	夕部	【夕部】	11畫	315	318	段7上-27	錯13-11	鉉7上-5
蔑(瞑、蠛、鄸、鱴通段)	mie`	ㄇㄧㄝˋ	苜部	【艸部】	11畫	145	146	段4上-32	錯7-15	鉉4上-6
鄍(鄥通段)	wan′	ㄨㄢˊ	邑部	【邑部】	11畫	294	296	段6下-44	錯12-19	鉉6下-7
鄡(鄥)	qiao	ㄑㄧㄠ	邑部	【邑部】	11畫	290	292	段6下-36	錯12-17	鉉6下-7
鄢(傿)	yan	ㄧㄢ	邑部	【邑部】	11畫	293	295	段6下-42	錯12-23	鉉6下-7
傿(隬䰻xuan述及，隬通段)	yan`	ㄧㄢ	人部	【人部】	11畫	378	382	段8上-27	錯15-9	鉉8上-4
鄣	zhang	ㄓㄤ	邑部	【邑部】	11畫	297	300	段6下-51	錯12-21	鉉6下-8
鄒(祭jiˋ)	zhai`	ㄓㄞˋ	邑部	【邑部】	11畫	287	290	段6下-31	錯12-16	鉉6下-6
鄰	gan	ㄍㄢ	邑部	【邑部】	11畫	300	302	段6下-56	錯12-22	鉉6下-8
鄏	hu′	ㄏㄨˇ	邑部	【邑部】	11畫	299	302	段6下-55	錯12-22	鉉6下-8
鄐(鄧)	tang′	ㄊㄤˊ	邑部	【邑部】	11畫	300	302	段6下-56	錯12-22	鉉6下-8
鄜(鄜)	fu	ㄈㄨ	邑部	【邑部】	11畫	287	289	段6下-30	錯12-15	鉉6下-6
鄒(鄒)	qian	ㄑㄧㄢ	邑部	【邑部】	11畫	300	303	段6下-57	錯12-23	鉉6下-8
鄔	wei′	ㄨㄟˊ	邑部	【邑部】	12畫	300	302	段6下-56	錯12-22	鉉6下-8
鄳(鄳)	meng′	ㄇㄥˊ	邑部	【邑部】	12畫	293	295	段6下-42	錯12-18	鉉6下-7
隗(鄈)	hui′	ㄏㄨㄟˊ	昌部	【阜部】	12畫	735	742	段14下-10	錯28-3	鉉14下-2
鄍(屠)	tu′	ㄊㄨˊ	邑部	【邑部】	12畫	287	289	段6下-30	錯12-15	鉉6下-6
譻(鄦、許古今字)	xu′	ㄒㄩˇ	邑部	【邑部】	12畫	290	293	段6下-37	錯12-17	鉉6下-7
許(鄦古今字、所、御)	xu′	ㄒㄩˇ	言部	【言部】	12畫	90	90	段3上-8	錯5-5	鉉3上-3
鄧	deng`	ㄉㄥˋ	邑部	【邑部】	12畫	292	294	段6下-40	錯12-18	鉉6下-7
鄩	xun′	ㄒㄩㄣˊ	邑部	【邑部】	12畫	288	290	段6下-32	錯12-16	鉉6下-6
鄫(繒)	ceng′	ㄘㄥˊ	邑部	【邑部】	12畫	298	300	段6下-52	錯12-21	鉉6下-8
鄭	zheng`	ㄓㄥˋ	邑部	【邑部】	12畫	286	289	段6下-29	錯12-15	鉉6下-6

篆本字(古文、金文、籀文、俗字，通叚、金石)	拼音	注音	說文部首	康熙部首	筆畫	一般頁碼	洪葉頁碼	段注篇章	徐鍇通釋篇章	徐鉉藤花榭篇章
鄮	mao `	ㄇㄠˋ	邑部	【邑部】12畫		294	297	段6下-45	錯12-19	鉉6下-7
鄯	shan `	ㄕㄢˋ	邑部	【邑部】12畫		284	287	段6下-25	錯12-14	鉉6下-6
鄰(厸、鱗、轔通叚)	lin ´	ㄌㄧㄣˊ	邑部	【邑部】12畫		284	286	段6下-24	錯12-14	鉉6下-5
鄱(番fan)	po ´	ㄆㄛˊ	邑部	【邑部】12畫		294	297	段6下-45	錯12-19	鉉6下-7
鄲(單)	dan	ㄉㄢ	邑部	【邑部】12畫		290	292	段6下-36	錯12-17	鉉6下-7
鄂(鄂，蕚、萼、諤通叚)	e `	ㄜˋ	邑部	【邑部】12畫		293	295	段6下-42	錯12-18	鉉6下-7
鄐(xi `)	she `	ㄕㄜˋ	邑部	【邑部】12畫		299	302	段6下-55	錯12-22	鉉6下-8
酆	feng ´	ㄈㄥˊ	邑部	【邑部】12畫		300	302	段6下-56	錯12-22	鉉6下-8
鄲(譚)	tan ´	ㄊㄢˊ	邑部	【邑部】12畫		299	301	段6下-54	錯12-22	鉉6下-8
鄪	bi `	ㄅㄧˋ	邑部	【邑部】12畫		294	296	段6下-44	錯12-19	鉉6下-7
藭(藭、窮)	qiong ´	ㄑㄩㄥˊ	邑部	【邑部】12畫		284	287	段6下-25	錯12-14	鉉6下-6
鄴	yi ´	ㄧˊ	邑部	【邑部】13畫		297	300	段6下-51	錯12-21	鉉6下-8
鄳(鄳)	meng ´	ㄇㄥˊ	邑部	【邑部】13畫		293	295	段6下-42	錯12-18	鉉6下-7
操(鄵通叚)	cao	ㄘㄠ	手部	【手部】13畫		597	603	段12上-27	錯23-9	鉉12上-5
鄴	ye `	ㄧㄝˋ	邑部	【邑部】13畫		290	292	段6下-36	錯12-17	鉉6下-6
鄶(檜)	kuai `	ㄎㄨㄞˋ	邑部	【邑部】13畫		295	298	段6下-47	錯12-20	鉉6下-7
鄷	ge ´	ㄍㄜˊ	邑部	【邑部】13畫		292	295	段6下-41	錯12-18	鉉6下-7
巷(巷、巷、衖，港通叚)	xiang `	ㄒㄧㄤˋ	邑部	【邑部】13畫		301	303	段6下-58	錯12-23	鉉6下-9
鄹(鄹)	zou	ㄗㄡ	邑部	【邑部】14畫		296	299	段6下-49	錯12-20	鉉6下-8
鄿	ji ´	ㄐㄧ´	邑部	【邑部】14畫		294	296	段6下-44	錯12-19	鉉6下-7
鄭	chou ´	ㄔㄡˊ	邑部	【邑部】14畫		293	296	段6下-43	錯12-19	鉉6下-7
鄤(鄤通叚)	wan `	ㄨㄢˋ	邑部	【邑部】14畫		294	296	段6下-44	錯12-19	鉉6下-7
廛(里，㕓、塵、壥、瀍、鄽通叚)	chan ´	ㄔㄢˊ	广部	【广部】15畫		444	449	段9下-15	錯18-5	鉉9下-3
鄻	lian ˇ	ㄌㄧㄢˇ	邑部	【邑部】15畫		287	290	段6下-31	錯12-16	鉉6下-6
蕝(蕞、纂、鄾)	jue ´	ㄐㄩㄝˊ	艸部	【艸部】15畫		42	43	段1下-43	錯2-20	鉉1下-7
鄾	you	ㄧㄡ	邑部	【邑部】15畫		292	294	段6下-40	錯12-18	鉉6下-7
鄜(鄜)	fu	ㄈㄨ	邑部	【邑部】15畫		287	289	段6下-30	錯12-15	鉉6下-6
酀	fan ´	ㄈㄢˊ	邑部	【邑部】15畫		286	289	段6下-29	錯12-15	鉉6下-6

篆本字（古文、金文、籀文、俗字，通段、金石）	拼音	注音	說文部首	康熙部首	筆畫	一般頁碼	洪葉頁碼	段注篇章	徐鍇通釋篇章	徐鉉藤花榭篇章
鄢	yan	一ㄢ	邑部	【邑部】16畫		299	302	段6下-55	鍇12-22	鉉6下-8
鬻(鄉)	xiang	ㄒ一ㄤ	㘚部	【邑部】16畫		300	303	段6下-57	鍇12-23	鉉6下-9
鄃	xing	ㄒ一ㄥ	邑部	【邑部】16畫		300	302	段6下-56	鍇12-22	鉉6下-8
摩(磨䃺述及，魔、劘、攦、灖、麼、麿通段)	mo´	ㄇㄛˊ	手部	【手部】16畫		606	612	段12上-45		鍇23-14　鉉12上-7
鄅(郭邑部、廓鼓述及)	guo	ㄍㄨㄛ	邑部	【邑部】16畫		298	301	段6下-53	鍇12-21	鉉6下-8
鄮	yin´	一ㄣˊ	邑部	【邑部】16畫		300	302	段6下-56	鍇12-22	鉉6下-8
鄺(鄧)	tang´	ㄊㄤˊ	邑部	【邑部】16畫		300	302	段6下-56	鍇12-22	鉉6下-8
鄻	chan´	ㄔㄢˊ	邑部	【邑部】17畫		295	297	段6下-46	鍇12-19	鉉6下-7
酃(醽通段)	ling´	ㄌ一ㄥˊ	邑部	【邑部】17畫		294	297	段6下-45	鍇12-19	鉉6下-7
鄹	ying	一ㄥ	邑部	【邑部】17畫		299	302	段6下-55	鍇12-22	鉉6下-8
鄴(穰)	rang´	ㄖㄤˊ	邑部	【邑部】17畫		292	295	段6下-41	鍇12-18	鉉6下-7
酄	huan	ㄏㄨㄢ	邑部	【邑部】18畫		297	299	段6下-50	鍇12-20	鉉6下-8
酅	xi	ㄒ一	邑部	【邑部】18畫		298	300	段6下-52	鍇12-21	鉉6下-8
酆(豐)	feng	ㄈㄥ	邑部	【邑部】18畫		286	289	段6下-29	鍇12-15	鉉6下-6
酇(酂)	zan`	ㄗㄢˋ	邑部	【邑部】19畫		284	286	段6下-24	鍇12-14	鉉6下-5
酂(酇)	cuo´	ㄘㄨㄛˊ	邑部	【邑部】19畫		294	297	段6下-45	鍇12-19	鉉6下-7
酀(鄿)	qian	ㄑ一ㄢ	邑部	【邑部】19畫		300	303	段6下-57	鍇12-23	鉉6下-8
酈	li`	ㄌ一ˋ	邑部	【邑部】19畫		300	303	段6下-57	鍇12-22	鉉6下-8
酄(酄、酄)	dang˘	ㄉㄤˇ	邑部	【邑部】20畫		299	302	段6下-55	鍇12-22	鉉6下-8
【酉(you˘)部】	you˘	一ㄡˇ	酉部			747	754	段14下-33		鍇28-17　鉉14下-8
酉(丣)	you˘	一ㄡˇ	酉部	【酉部】		747	754	段14下-33		鍇28-17　鉉14下-8
桺(柳、酉，櫹、蓲通段)	liu˘	ㄌ一ㄡˇ	木部	【木部】		245	247	段6上-14	鍇11-7	鉉6上-3
丣(卯、非、酉昴述及)	mao˘	ㄇㄠˇ	卯部	【卩部】		745	752	段14下-29		鍇28-15　鉉14下-7
酋(醔通段)	qiu´	ㄑ一ㄡˊ	酋部	【酉部】2畫		752	759	段14下-43		鍇28-20　鉉14下-9
酊	ding	ㄉ一ㄥ	酉部	【酉部】2畫		無	無	無	無	鉉14下-9

篆本字（古文、金文、籀文、俗字，通叚、金石）	拼音	注音	說文部首	康熙部首	筆畫	一般頁碼	洪葉頁碼	段注篇章	徐鍇通釋篇章	徐鉉藤花榭篇章
顚(顛，巓、儼、傎、癲、瘨、酊、鷏、䫜通叚)	dian	ㄉㄧㄢ	頁部	【頁部】2畫		416	420	段9上-2	錯17-1	鉉9上-1
酏(黓通叚)	yi `	ㄧˋ	酉部	【酉部】3畫		748	755	段14下-36	錯28-18	鉉14下-9
酌	zhuo ´	ㄓㄨㄛˊ	酉部	【酉部】3畫		748	755	段14下-36	錯28-18	鉉14下-9
配(妃)	pei `	ㄆㄟˋ	酉部	【酉部】3畫		748	755	段14下-36	錯28-18	鉉14下-9
酎	zhou `	ㄓㄡˋ	酉部	【酉部】3畫		748	755	段14下-35	錯28-17	鉉14下-8
酏(酏通叚)	yi ´	ㄧˊ	酉部	【酉部】3畫		751	758	段14下-41	錯28-19	鉉14下-9
酒	jiu ˇ	ㄐㄧㄡˇ	酉部	【酉部】3畫		747	754	段14下-33	錯28-17	鉉14下-8
酛	po `	ㄆㄛˋ	酉部	【酉部】4畫		748	755	段14下-36	錯28-18	鉉14下-9
酓(檿)	yan ˇ	ㄧㄢˇ	酉部	【酉部】4畫		748	755	段14下-36	錯28-18	鉉14下-8
酖(耽、湛)	dan	ㄉㄢ	酉部	【酉部】4畫		749	756	段14下-37	錯28-18	鉉14下-9
鴆(酖)	zhen `	ㄓㄣˋ	鳥部	【鳥部】4畫		156	158	段4上-55	錯7-23	鉉4上-9
酗(酌)	xu `	ㄒㄩˋ	酉部	【酉部】4畫		750	757	段14下-39	錯28-19	鉉14下-9
醹(酘通叚)	ru ´	ㄖㄨˊ	酉部	【酉部】4畫		748	755	段14下-35	錯28-17	鉉14下-8
醬(醬、牆、牆)	jiang `	ㄐㄧㄤˋ	酉部	【酉部】4畫		751	758	段14下-41	錯28-19	鉉14下-9
醇(醇、純，酏通叚)	chun ´	ㄔㄨㄣˊ	酉部	【酉部】4畫		748	755	段14下-35	錯28-17	鉉14下-8
酳(酳)	yin `	ㄧㄣˋ	酉部	【酉部】4畫		749	756	段14下-37	錯28-18	鉉14下-9
酢(醋，酪通叚)	zuo `	ㄗㄨㄛˋ	酉部	【酉部】5畫		751	758	段14下-41	錯28-19	鉉14下-9
醋(醋、酢)	cu `	ㄘㄨˋ	酉部	【酉部】5畫		749	756	段14下-37	錯28-18	鉉14下-9
昨(酢)	zuo ´	ㄗㄨㄛˊ	日部	【日部】5畫		306	309	段7上-9	錯13-3	鉉7上-2
酏(酏通叚)	yi ´	ㄧˊ	酉部	【酉部】5畫		751	758	段14下-41	錯28-19	鉉14下-9
霑(沾，添、酟通叚)	zhan	ㄓㄢ	雨部	【雨部】5畫		573	579	段11下-13	錯22-6	鉉11下-4
酗(酌)	xu `	ㄒㄩˋ	酉部	【酉部】5畫		750	757	段14下-39	錯28-19	鉉14下-9
觛(酖通叚)	dan `	ㄉㄢˋ	角部	【角部】5畫		186	188	段4下-58	錯8-20	鉉4下-9
酣(佄通叚)	han	ㄏㄢ	酉部	【酉部】5畫		749	756	段14下-37	錯28-18	鉉14下-9
袉(袘、拕、扡、拖，袕、袘、酡通叚)	tuo ´	ㄊㄨㄛˊ	衣部	【衣部】5畫		392	396	段8上-56	錯16-3	鉉8上-8
酤(沽)	gu	ㄍㄨ	酉部	【酉部】5畫		748	755	段14下-35	錯28-18	鉉14下-8

篆本字（古文、金文、籀文、俗字，通段、金石）	拼音	注音	說文部首	康熙部首	筆畫	一般頁碼	洪葉頁碼	段注篇章	徐鍇通釋篇章	徐鉉藤花榭篇章
畚	fan ˋ	ㄈㄢˋ	酉部	【酉部】5畫	747	754	段14下-34	鍇28-17	鉉14下-8
釀(酊)	ju ˋ	ㄐㄩˋ	酉部	【酉部】5畫	750	757	段14下-39	鍇28-18	鉉14下-9
酊(醀)	er ˋ	ㄦˋ	酉部	【酉部】6畫	748	755	段14下-35	鍇28-18	鉉14下-8
醠	ran ˇ	ㄖㄢˇ	酉部	【酉部】6畫	751	758	段14下-42	鍇28-20	鉉14下-9
截	zai ˋ	ㄗㄞˋ	酉部	【酉部】6畫	751	758	段14下-41	鍇28-19	鉉14下-9
酌(酳)	yin ˋ	ㄧㄣˋ	酉部	【酉部】6畫	749	756	段14下-37	鍇28-18	鉉14下-9
醻从壽(醻、酬，酵 通段)	chou ´	ㄔㄡ´	酉部	【酉部】6畫	749	756	段14下-37	鍇28-18	鉉14下-9
酪	lao ˋ	ㄌㄠˋ	酉部	【酉部】6畫	無	無	無	無	鉉14下-9
酢(醋，酪 通段)	zuo ˋ	ㄗㄨㄛˋ	酉部	【酉部】6畫	751	758	段14下-41	鍇28-19	鉉14下-9
酩	ming ˇ	ㄇㄧㄥˇ	酉部	【酉部】6畫	無	無	無	無	鉉14下-9
冥(暝、酩 通段)	ming ´	ㄇㄧㄥ´	冥部	【一部】6畫	312	315	段7上-22	鍇13-7	鉉7上-3
酮	juan ˋ	ㄐㄩㄢˋ	酉部	【酉部】7畫	747	754	段14下-34	鍇28-17	鉉14下-8
醒(醒)	cheng ´	ㄔㄥ´	酉部	【酉部】7畫	750	757	段14下-40	鍇28-19	鉉14下-9
酴	tu ´	ㄊㄨ´	酉部	【酉部】7畫	747	754	段14下-34	鍇28-17	鉉14下-8
酷	ku ˋ	ㄎㄨˋ	酉部	【酉部】7畫	748	755	段14下-36	鍇28-18	鉉14下-8
酸(痠)	suan	ㄙㄨㄢ	酉部	【酉部】7畫	751	758	段14下-41	鍇28-19	鉉14下-9
醫(臀 通段)	yi	ㄧ	酉部	【酉部】7畫	750	757	段14下-40	鍇28-19	鉉14下-9
醅	lei ˋ	ㄌㄟˋ	酉部	【酉部】7畫	751	758	段14下-42	鍇28-19	鉉14下-9
酺	pu ´	ㄆㄨ´	酉部	【酉部】7畫	750	757	段14下-39	鍇28-19	鉉14下-9
醇(涼)	liang ´	ㄌㄧㄤ´	酉部	【酉部】8畫	751	758	段14下-42	鍇28-20	鉉14下-9
戔(殘、諓，醆、盞 通段)	jian	ㄐㄧㄢ	戈部	【戈部】8畫	632	638	段12下-41	鍇24-13	鉉12下-6
腌(淹，醃 通段)	a	ㄚ	肉部	【肉部】8畫	176	178	段4下-38	鍇8-14	鉉4下-6
醬(醤 通段)	zhi	ㄓ	酉部	【酉部】8畫	748	755	段14下-35	鍇28-18	鉉14下-8
醅	pei	ㄆㄟ	酉部	【酉部】8畫	750	757	段14下-39	鍇28-19	鉉14下-9
綠(縣、醁、騄 通段)	lü ˇ	ㄌㄩˇ	糸部	【糸部】8畫	649	656	段13上-13	鍇25-4	鉉13上-2
純(醇，忳、稕 通段)	chun ´	ㄔㄨㄣ´	糸部	【糸部】8畫	643	650	段13上-1	鍇25-1	鉉13上-1
醇(醇、純，酏 通段)	chun ´	ㄔㄨㄣ´	酉部	【酉部】8畫	748	755	段14下-35	鍇28-17	鉉14下-8
渟(淳、純、醇)	chun ´	ㄔㄨㄣ´	水部	【水部】8畫	564	569	段11上貳-37	鍇21-24	鉉11上-9

篆本字（古文、金文、籀文、俗字，通叚、金石）	拼音	注音	說文部首	康熙部首	筆畫	一般頁碼	洪葉頁碼	段注篇章	徐鍇通釋篇章	徐鉉藤花榭篇章
臺（臺、純、醇）	chun´	ㄔㄨㄣˊ	㐭部	【羊部】	8畫	229	232	段5下-29	錯10-11	鉉5下-5
醉	zui`	ㄗㄨㄟˋ	酉部	【酉部】	8畫	750	757	段14下-39	錯28-19	鉉14下-9
檇（醉）	zui`	ㄗㄨㄟˋ	木部	【木部】	8畫	268	271	段6上-61	錯11-27	鉉6上-8
酢（醋，酪通叚）	zuo`	ㄗㄨㄛˋ	酉部	【酉部】	8畫	751	758	段14下-41	錯28-19	14下-9
醋（醋、酢）	cu`	ㄘㄨˋ	酉部	【酉部】	8畫	749	756	段14下-37	錯28-18	鉉14下-9
餟（醊）	chuo`	ㄔㄨㄛˋ	倉部	【食部】	8畫	222	225	段5下-15	錯10-6	鉉5下-3
醞（醞、飫，饇通叚）	yu`	ㄩˋ	酉部	【酉部】	8畫	749	756	段14下-37	錯28-18	鉉14下-9
醬（醬、牆、牆）	jiang`	ㄐㄧㄤˋ	酉部	【酉部】	9畫	751	758	段14下-41	錯28-19	鉉14下-9
醒	xing˘	ㄒㄧㄥˇ	酉部	【酉部】	9畫	無	無	無	無	鉉14下-9
䞓（醒）	cheng´	ㄔㄥˊ	酉部	【酉部】	9畫	750	757	段14下-40	錯28-19	鉉14下-9
曐（曐、星，醒通叚）	xing	ㄒㄧㄥ	晶部	【日部】	9畫	312	315	段7上-22	錯13-8	鉉7上-4
醍	ti´	ㄊㄧˊ	酉部	【酉部】	9畫	無	無	無	無	鉉14下-9
緹（祇、衹，醍通叚）	ti´	ㄊㄧˊ	糸部	【糸部】	9畫	650	657	段13上-15	錯25-4	鉉13上-2
醶	cen	ㄘㄣ	酉部	【酉部】	9畫	747	754	段14下-34	錯28-17	鉉14下-8
湑（醑通叚）	xu˘	ㄒㄩˇ	水部	【水部】	9畫	562	567	段11上貳-34	錯21-23	鉉11上-8
酋（醜通叚）	qiu´	ㄑㄧㄡˊ	酋部	【酉部】	9畫	752	759	段14下-43	錯28-20	鉉14下-9
鹹（醎通叚）	xian´	ㄒㄧㄢˊ	鹵部	【鹵部】	9畫	586	592	段12上-5	錯23-3	鉉12上-2
醪（醙通叚）	lao´	ㄌㄠˊ	酉部	【酉部】	9畫	748	755	段14下-35	錯28-17	鉉14下-8
浚（溲，溞、螋、醙通叚）	sou	ㄙㄡ	水部	【水部】	9畫	561	566	段11上貳-32	錯21-23	鉉11上-8
糟（糟、蕾、薼，醩通叚）	zao	ㄗㄠ	米部	【米部】	9畫	332	335	段7上-62	錯13-25	鉉7上-10
醓（醓，湆通叚）	tan˘	ㄊㄢˇ	血部	【血部】	9畫	214	216	段5上-51	錯9-21	鉉5上-9
肬（醓从血、醓）	tan˘	ㄊㄢˇ	肉部	【肉部】	9畫	177	179	段4下-39	錯8-14	鉉4下-6
醐	hu´	ㄏㄨˊ	酉部	【酉部】	9畫	無	無	無	無	鉉14下-9
餬（糊、醐、飳通叚）	hu´	ㄏㄨˊ	倉部	【食部】	9畫	221	223	段5下-12	錯10-5	鉉5下-2
醯（醯、醯通叚）	xi	ㄒㄧ	皿部	【酉部】	9畫	212	214	段5上-48	錯9-19	鉉5上-9
湎（泯、醀通叚）	mian˘	ㄇㄧㄢˇ	水部	【水部】	9畫	562	567	段11上貳-34	錯21-23	鉉11上-8

篆本字（古文、金文、籀文、俗字，通叚、金石）	拼音	注音	說文部首	康熙部首	筆畫	一般頁碼	洪葉頁碼	段注篇章	徐鍇通釋篇章	徐鉉藤花榭篇章
䤅	tu´	ㄊㄨˊ	酉部	【酉部】9畫		751	758	段14下-42	鍇28-19	鉉14下-9
䣥	mu´	ㄇㄨˊ	酉部	【酉部】9畫		751	758	段14下-42	鍇28-19	鉉14下-9
醔	mi`	ㄇㄧˋ	酉部	【酉部】10畫		749	756	段14下-37	鍇28-18	鉉14下-9
醖(蘊，韞通叚)	yun`	ㄩㄣˋ	酉部	【酉部】10畫		747	754	段14下-34	鍇28-17	鉉14下-8
醟	yong`	ㄩㄥˋ	酉部	【酉部】10畫		750	757	段14下-39	鍇28-19	鉉14下-9
醠(盎)	ang`	ㄤˋ	酉部	【酉部】10畫		748	755	段14下-35	鍇28-18	鉉14下-8
醢(𩤖從鹵有)	hai	ㄏㄞ	酉部	【酉部】10畫		751	758	段14下-42	鍇28-19	鉉14下-9
酳(䤖通叚)	meng´	ㄇㄥˊ	酉部	【酉部】10畫		747	754	段14下-34	鍇28-17	鉉14下-8
䤊(歷、瀝)	li`	ㄌㄧˋ	酉部	【酉部】10畫		747	754	段14下-34	鍇28-17	鉉14下-8
酛(醓)	er`	ㄦˋ	酉部	【酉部】10畫		748	755	段14下-35	鍇28-18	鉉14下-8
槀(槁、犒，殈、笴、篙、醹通叚)	gao˘	ㄍㄠˇ	木部	【木部】10畫		252	254	段6上-28	鍇11-12	鉉6上-4
醜(魗，媸、愗通叚)	chou˘	ㄔㄡˇ	鬼部	【酉部】10畫		436	440	段9上-42	鍇17-14	鉉9上-7
醧(醖、飫，饇通叚)	yu`	ㄩˋ	酉部	【酉部】11畫		749	756	段14下-37	鍇28-18	鉉14下-9
醨(漓)	li´	ㄌㄧˊ	酉部	【酉部】11畫		751	758	段14下-41	鍇28-19	鉉14下-9
醪(醙通叚)	lao´	ㄌㄠˊ	酉部	【酉部】11畫		748	755	段14下-35	鍇28-17	鉉14下-8
醫(毉通叚)	yi	ㄧ	酉部	【酉部】11畫		750	757	段14下-40	鍇28-19	鉉14下-9
觴(觥、𧣾，醻通叚)	shang	ㄕㄤ	角部	【角部】11畫		187	189	段4下-60	鍇8-20	鉉4下-9
醳	bi`	ㄅㄧˋ	酉部	【酉部】11畫		751	758	段14下-42	鍇28-19	鉉14下-9
醬(䞇通叚)	zhi	ㄓ	酉部	【酉部】11畫		748	755	段14下-35	鍇28-18	鉉14下-8
醶(醦通叚)	chan˘	ㄔㄢˇ	酉部	【酉部】11畫		751	758	段14下-41	鍇28-19	鉉14下-9
圮(醉)	pi˘	ㄆㄧˇ	土部	【土部】12畫		691	697	段13下-34	鍇26-5	鉉13下-5
醯(醯、醘通叚)	xi	ㄒㄧ	皿部	【酉部】12畫		212	214	段5上-48	鍇9-19	鉉5上-9
醋(醋、酢)	cu`	ㄘㄨˋ	酉部	【酉部】12畫		749	756	段14下-37	鍇28-18	鉉14下-9
酸(痠)	suan	ㄙㄨㄢ	酉部	【酉部】12畫		751	758	段14下-41	鍇28-19	鉉14下-9
醨	ju´	ㄐㄩˊ	酉部	【酉部】12畫		751	758	段14下-42	鍇28-19	鉉14下-9
醢(臏通叚)	jin˘	ㄐㄧㄣˇ	酉部	【酉部】12畫		748	755	段14下-36	鍇28-18	鉉14下-9
醬(醬、牆、牆)	jiang`	ㄐㄧㄤˋ	酉部	【酉部】12畫		751	758	段14下-41	鍇28-19	鉉14下-9
醮(醮，釄通叚)	jiao`	ㄐㄧㄠˋ	酉部	【酉部】12畫		748	755	段14下-36	鍇28-18	鉉14下-9

篆本字(古文、金文、籀文、俗字，通叚、金石)	拼音	注音	說文部首	康熙部首	筆畫	一般頁碼	洪葉頁碼	段注篇章	徐鍇通釋篇章	徐鉉藤花榭篇章
醰从鹵㫗(醰、撢通叚)	tan ˊ	ㄊㄢˊ	酉部	【酉部】	12畫	748	755	段14下-36	鍇28-18	鉉14下-9
醻从𠷎(醻、酬，酧通叚)	chou ˊ	ㄔㄡˊ	酉部	【酉部】	12畫	749	756	段14下-37	鍇28-18	鉉14下-9
繹(醳酉述及，懌、襗通叚)	yi ˋ	ㄧˋ	糸部	【糸部】	13畫	643	650	段13上-1	鍇25-1	鉉13上-1
釋采部(斁、醳，懌通叚)	shi ˋ	ㄕˋ	采部	【采部】	13畫	50	50	段2上-4	鍇3-2	鉉2上-1
釋米部(釋叚借字也，醳通叚)	shi ˋ	ㄕˋ	米部	【米部】	13畫	332	335	段7上-61	鍇13-25	鉉7上-10
與(舁，藇、䤄通叚)	yu ˇ	ㄩˇ	舁部	【臼部】	13畫	105	106	段3上-39	鍇5-21	鉉3上-9
宴(燕、宴晏曣古通用，晛xian ˋ 述及，讌、㝪、醼通叚)	yan ˋ	ㄧㄢˋ	宀部	【宀部】	13畫	339	343	段7下-9	鍇14-4	鉉7下-2
醲	nong ˊ	ㄋㄨㄥˊ	酉部	【酉部】	13畫	748	755	段14下-35	鍇28-18	鉉14下-8
醴	li ˇ	ㄌㄧˇ	酉部	【酉部】	13畫	747	754	段14下-34	鍇28-17	鉉14下-8
澧(醴)	li ˇ	ㄌㄧˇ	水部	【水部】	13畫	533	538	段11上壹-35	鍇21-10	鉉11上-2
醵(䣐)	ju ˋ	ㄐㄩˋ	酉部	【酉部】	13畫	750	757	段14下-39	鍇28-18	鉉14下-9
醶(釅)	yan ˋ	ㄧㄢˋ	酉部	【酉部】	13畫	751	758	段14下-41	鍇28-19	鉉14下-9
䤔	jian ˋ	ㄐㄧㄢˋ	酉部	【酉部】	14畫	751	758	段14下-42	鍇28-20	鉉14下-9
醹(酘通叚)	ru ˊ	ㄖㄨˊ	酉部	【酉部】	14畫	748	755	段14下-35	鍇28-17	鉉14下-8
泃(醹)	gou ˋ	ㄍㄡˋ	水部	【水部】	14畫	544	549	段11上壹-57	鍇21-12	鉉11上-4
醺	xun	ㄒㄩㄣ	酉部	【酉部】	14畫	750	757	段14下-39	鍇28-19	鉉14下-9
醻从𠷎(醻、酬，酧通叚)	chou ˊ	ㄔㄡˊ	酉部	【酉部】	14畫	749	756	段14下-37	鍇28-18	鉉14下-9
𨣨	lan ˋ	ㄌㄢˋ	酉部	【酉部】	14畫	748	755	段14下-35	鍇28-18	鉉14下-8
醕(醇、純，䣋通叚)	chun ˊ	ㄔㄨㄣˊ	酉部	【酉部】	16畫	748	755	段14下-35	鍇28-17	鉉14下-8
䊬(糟、𨣩、莤，醙通叚)	zao	ㄗㄠ	米部	【米部】	16畫	332	335	段7上-62	鍇13-25	鉉7上-10
䣹	gan ˇ	ㄍㄢˇ	酉部	【酉部】	17畫	748	755	段14下-36	鍇28-18	鉉14下-8
𨢽(醦通叚)	chan ˇ	ㄔㄢˇ	酉部	【酉部】	17畫	751	758	段14下-41	鍇28-19	鉉14下-9

篆本字（古文、金文、籀文、俗字，通段、金石）	拼音	注音	說文部首	康熙部首	筆畫	一般頁碼	洪葉頁碼	段注篇章	徐鍇通釋篇章	徐鉉藤花榭篇章
釀(糵通段)	niang`	ㄋㄧㄤˋ	酉部	【酉部】17畫		747	754	段14下-34	鍇28-17	鉉14下-8
酃(醽通段)	ling´	ㄌㄧㄥˊ	邑部	【邑部】17畫		294	297	段6下-45	鍇12-19	鉉6下-7
醮(歗)	jiao	ㄐㄧㄠˋ	酉部	【酉部】18畫		749	756	段14下-37	鍇28-18	鉉14下-9
歗从糕(醮)	jiao`	ㄐㄧㄠˋ	欠部	【欠部】18畫		412	417	段8下-23	鍇16-17	鉉8下-5
釁从興酉分(衅、釁忞min˘述及、璺瑕述及，釁、釁、釁通段)	xin`	ㄒㄧㄣˋ	爨部	【酉部】18畫		106	106	段3上-40	鍇6-2	鉉3上-9
忞(釁从興酉分，釁通段)	min˘	ㄇㄧㄣˇ	心部	【心部】18畫		506	511	段10下-33	鍇20-12	鉉10下-6
勉(俛頿述及、釁娓述及)	mian˘	ㄇㄧㄢˇ	力部	【力部】18畫		699	706	段13下-51	鍇26-11	鉉13下-7
釃(灑，麗通段)	shi	ㄕ	酉部	【酉部】19畫		747	754	段14下-34	鍇28-17	鉉14下-8
釅(釅)	yan`	ㄧㄢˋ	酉部	【酉部】20畫		751	758	段14下-41	鍇28-19	鉉14下-9
醰从鹵覃(醰、墫通段)	tan´	ㄊㄢˊ	酉部	【酉部】21畫		748	755	段14下-36	鍇28-18	鉉14下-9
【采(bian`)部】	bian`	ㄅㄧㄢˋ	采部			50	50	段2上-4	鍇3-2	鉉2上-1
采(乎、丂、辨弮juan`述及)	bian`	ㄅㄧㄢˋ	采部	【采部】		50	50	段2上-4	鍇3-2	鉉2上-1
采(俗字手采作採、五采作彩，埰、寀、棌、綵、髿通段)	cai˘	ㄘㄞˇ	木部	【采部】		268	270	段6上-60	鍇11-27	鉉6上-7
菜(古多以采為菜)	cai`	ㄘㄞˋ	艸部	【艸部】		40	41	段1下-39	鍇2-18	鉉1下-7
粤(越、曰)	yue`	ㄩㄝˋ	亏部	【米部】6畫		204	206	段5上-32	鍇9-13	鉉5上-6
攺(釋)	yi`	ㄧˋ	攴部	【攴部】13畫		124	125	段3下-36	鍇6-18	鉉3下-8
釋采部(攺、醳，懌通段)	shi`	ㄕˋ	采部	【采部】13畫		50	50	段2上-4	鍇3-2	鉉2上-1
釋米部(釋段借字也，醳通段)	shi`	ㄕˋ	米部	【米部】13畫		332	335	段7上-61	鍇13-25	鉉7上-10
澤(釋，檡、鸅通段)	ze´	ㄗㄜˊ	水部	【水部】13畫		551	556	段11上貳-11	鍇21-16	鉉11上-5
【里(li˘)部】	li˘	ㄌㄧˇ	里部			694	701	段13下-41	鍇26-8	鉉13下-6
里(悝，痓通段)	li˘	ㄌㄧˇ	里部	【里部】		694	701	段13下-41	鍇26-8	鉉13下-6

篆本字（古文、金文、籀文、俗字，通叚，金石）	拼音	注音	說文部首	康熙部首	筆畫	一般頁碼	洪葉頁碼	段注篇章	徐鍇通釋篇章	徐鉉藤花榭篇章
廛(里，厘、廛、壥、瀍、鄽通叚)	chan´	ㄔㄢˊ	广部	【广部】		444	449	段9下-15	鍇18-5	鉉9下-3
重(童董述及)	zhong`	ㄓㄨㄥˋ	重部	【里部】	2畫	388	392	段8上-47	鍇15-16	鉉8上-7
緟(重)	chong´	ㄔㄨㄥˊ	糸部	【糸部】	2畫	655	662	段13上-25	鍇25-6	鉉13上-3
湩(重、童)	dong`	ㄉㄨㄥˋ	水部	【水部】	2畫	565	570	段11上貳-40	鍇21-25	鉉11上-9
憅(重，慟通叚)	zhong`	ㄓㄨㄥˋ	心部	【心部】	2畫	503	507	段10下-26	鍇20-18	鉉10下-5
野(壄、埜，墅通叚)	ye`	一ㄝˇ	里部	【里部】	4畫	694	701	段13下-41	鍇26-8	鉉13下-6
量(量)	liang´	ㄌㄧㄤˊ	重部	【里部】	5畫	388	392	段8上-47	鍇15-16	鉉8上-7
釐(禧、氂、賚、理，嫠通叚)	li´	ㄌㄧˊ	里部	【里部】	11畫	694	701	段13下-41	鍇26-8	鉉13下-6
賚(釐)	lai`	ㄌㄞˋ	貝部	【貝部】	11畫	280	283	段6下-17	鍇12-11	鉉6下-4
嫠(嫠、釐)	li´	ㄌㄧˊ	文部	【文部】	11畫	425	430	段9上-21	鍇17-7	鉉9上-4
【金(jin)部】	jin	ㄐㄧㄣ	金部			702	709	段14上-1	鍇27-1	鉉14上-1
金(䤾)	jin	ㄐㄧㄣ	金部	【金部】		702	709	段14上-1	鍇27-1	鉉14上-1
釗(昭)	zhao	ㄓㄠ	刀部	【金部】	2畫	181	183	段4下-48	鍇8-17	鉉4下-7
劭(釗、邵)	shao`	ㄕㄠˋ	力部	【力部】	2畫	699	706	段13下-51	鍇26-11	鉉13下-7
釘(鉼通叚)	ding	ㄉㄧㄥ	金部	【金部】	2畫	703	710	段14上-3	鍇27-2	鉉14上-1
鐕(釘、簪先述及)	zan	ㄗㄢ	金部	【金部】	2畫	707	714	段14上-12	鍇27-5	鉉14上-3
鍼(針、箴述及)	zhen	ㄓㄣ	金部	【金部】	2畫	706	713	段14上-9	鍇27-4	鉉14上-2
䰕(釜)	fu`	ㄈㄨˇ	鬲部	【鬲部】	2畫	111	112	段3下-10	鍇6-6	鉉3下-2
鍑(釜)	fu`	ㄈㄨˋ	金部	【金部】	2畫	704	711	段14上-5	鍇27-3	鉉14上-2
孑(釨)	jie´	ㄐㄧㄝˊ	了部	【子部】	3畫	743	750	段14下-26	鍇28-13	鉉14下-6
苿(鏵、鈣，鎈通叚)	hua´	ㄏㄨㄚˊ	木部	【木部】	3畫	258	261	段6上-41	鍇11-18	鉉6上-6
杇(鈣，圬、鎢通叚)	wu	ㄨ	木部	【木部】	3畫	256	258	段6上-36	鍇11-16	鉉6上-5
翼(翼、釴鬲li`述及)	yi`	一ˋ	飛部	【飛部】	3畫	582	588	段11下-31	鍇22-12	鉉11下-7
釧	chuan`	ㄔㄨㄢˋ	金部	【金部】	3畫	無	無	無	無	鉉14上-4
釵	chai	ㄔㄞ	金部	【金部】	3畫	無	無	無	無	鉉14上-4

篆本字(古文、金文、籀文、俗字，通叚、金石)	拼音	注音	說文部首	康熙部首	筆畫	一般頁碼	洪葉頁碼	段注篇章	徐鍇通釋篇章	徐鉉藤花榭篇章
叉(釵，衩、艆、靫通叚)	cha	ㄔㄚ	又部	【又部】	3畫	115	116	段3下-17	鍇6-9	鉉3下-4
釣	diao ˋ	ㄉㄧㄠˋ	金部	【金部】	3畫	713	720	段14上-23	鍇27-7	鉉14上-4
釦	kou ˋ	ㄎㄡˋ	金部	【金部】	3畫	705	712	段14上-8	鍇27-4	鉉14上-2
釬	han ˋ	ㄏㄢˋ	金部	【金部】	3畫	711	718	段14上-20	鍇27-7	鉉14上-4
釭	gang	ㄍㄤ	金部	【金部】	3畫	711	718	段14上-20	鍇27-7	鉉14上-4
莣(芒、鋩，釯、忙、茫通叚)	mang ˊ	ㄇㄤˊ	艸部	【艸部】	3畫	38	39	段1下-35	鍇2-17	鉉1下-6
釱(鈦通叚)	di ˋ	ㄉㄧˋ	金部	【金部】	3畫	707	714	段14上-12	鍇27-5	鉉14上-3
釳(釳)	xi ˋ	ㄒㄧˋ	金部	【金部】	3畫	712	719	段14上-21	鍇27-7	鉉14上-4
鈙(擎通叚)	qin ˊ	ㄑㄧㄣˊ	攴部	【金部】	4畫	126	127	段3下-40	鍇6-19	鉉3下-9
釽	pi	ㄆㄧ	金部	【金部】	4畫	無	無	無	無	鉉14上-4
釿	jin	ㄐㄧㄣ	斤部	【金部】	4畫	717	724	段14上-31	鍇27-10	鉉14上-5
欽(廞通叚)	qin	ㄑㄧㄣ	欠部	【金部】	4畫	410	415	段8下-19	鍇16-15	鉉8下-4
釾(鋣)	ye ˊ	ㄧㄝˊ	金部	【金部】	4畫	710	717	段14上-18	鍇27-6	鉉14上-3
鈀	ba	ㄅㄚ	金部	【金部】	4畫	708	715	段14上-14	鍇27-5	鉉14上-3
鈁	fang	ㄈㄤ	金部	【金部】	4畫	709	716	段14上-16	鍇27-6	鉉14上-3
鈂	chen ˊ	ㄔㄣˊ	金部	【金部】	4畫	706	713	段14上-10	鍇27-4	鉉14上-2
鈇	fu	ㄈㄨ	金部	【金部】	4畫	713	720	段14上-23	鍇27-7	鉉14上-4
鈋	e ˊ	ㄜˊ	金部	【金部】	4畫	714	721	段14上-26	鍇27-8	鉉14上-4
鈌	jue ˊ	ㄐㄩㄝˊ	金部	【金部】	4畫	714	721	段14上-25	鍇27-8	鉉14上-4
鈍(頓)	dun ˋ	ㄉㄨㄣˋ	金部	【金部】	4畫	714	721	段14上-26	鍇27-8	鉉14上-4
頓(鈍，墩通叚)	dun ˋ	ㄉㄨㄣˋ	頁部	【頁部】	4畫	419	423	段9上-8	鍇17-3	鉉9上-2
釿	yin ˇ	ㄧㄣˇ	金部	【金部】	4畫	702	709	段14上-1	鍇27-1	鉉14上-1
鈐	qian ˊ	ㄑㄧㄢˊ	金部	【金部】	4畫	707	714	段14上-11	鍇27-4	鉉14上-2
鈒	sa ˋ	ㄙㄚˋ	金部	【金部】	4畫	710	717	段14上-18	鍇27-6	鉉14上-3
鉹(鉹通叚)	chi ˇ	ㄔˇ	金部	【金部】	4畫	703	710	段14上-4	鍇27-2	鉉14上-1
版(板、反，蝂、鈑通叚)	ban ˇ	ㄅㄢˇ	片部	【片部】	4畫	318	321	段7上-33	鍇13-14	鉉7上-6
鈔(抄、剿)	chao	ㄔㄠ	金部	【金部】	4畫	714	721	段14上-25	鍇27-8	鉉14上-4
鈕(珇)	niu ˇ	ㄋㄧㄡˇ	金部	【金部】	4畫	706	713	段14上-9	鍇27-4	鉉14上-2
鈗	yun ˇ	ㄩㄣˇ	金部	【金部】	4畫	710	717	段14上-18	鍇27-6	鉉14上-3
鈞(銞)	jun	ㄐㄩㄣ	金部	【金部】	4畫	708	715	段14上-14	鍇27-5	鉉14上-3

篆本字(古文、金文、籀文、俗字，通叚、金石)	拼音	注音	說文部首	康熙部首	筆畫	一般頁碼	洪葉頁碼	段注篇章	徐鍇通釋篇章	徐鉉藤花榭篇章
均(袀、鈞、旬，昀、韻通叚)	jun	ㄐㄩㄣ	土部	【土部】	4畫	683	689	段13下-18	錯26-2	鉉13下-3
鈒(鈒)	xi `	ㄒㄧˋ	金部	【金部】	4畫	712	719	段14上-21	錯27-7	鉉14上-4
鉛(鈆通叚)	qian	ㄑㄧㄢ	金部	【金部】	4畫	702	709	段14上-1	錯27-1	鉉14上-1
巡(鉛沿述及)	xun ´	ㄒㄩㄣ	辵(辶)部	【辵部】	4畫	70	70	段2下-2	錯4-2	鉉2下-1
鈃(鈃)	xing ´	ㄒㄧㄥˊ	金部	【金部】	4畫	703	710	段14上-4	錯27-2	鉉14上-1
鉶(鉶、鈃、荊)	xing ´	ㄒㄧㄥˊ	金部	【金部】	4畫	704	711	段14上-5	錯27-3	鉉14上-2
枱(鈶、辝、耜)	tai ´	ㄊㄞˊ	木部	【木部】	5畫	259	261	段6上-42	錯11-18	鉉6上-6
矛(戟，鉾、鉾通叚)	mao ´	ㄇㄠˊ	矛部	【矛部】	5畫	719	726	段14上-36	錯27-11	鉉14上-6
鉤	gou	ㄍㄡ	句部	【金部】	5畫	88	88	段3上-4	錯5-3	鉉3上-2
刉(鉤)	gou	ㄍㄡ	刀部	【刂部】	5畫	178	180	段4下-41	錯8-15	鉉4下-6
鈴	ling ´	ㄌㄧㄥˊ	金部	【金部】	5畫	708	715	段14上-14	錯27-6	鉉14上-3
聆(鈴，齡通叚)	ling ´	ㄌㄧㄥˊ	耳部	【耳部】	5畫	592	598	段12上-17	錯23-7	鉉12上-4
鈹(鈲、鑸通叚)	pi ´	ㄆㄧˊ	金部	【金部】	5畫	706	713	段14上-9	錯27-4	鉉14上-2
鉅(巨業述及)	ju `	ㄐㄩˋ	金部	【金部】	5畫	714	721	段14上-26	錯27-8	鉉14上-4
虡(虡、鐻、鉅，簴、𪔙通叚)	ju `	ㄐㄩˋ	虍部	【虍部】	5畫	210	212	段5上-43	錯9-17	鉉5上-8
鉆	zuan	ㄗㄨㄢ	金部	【金部】	5畫	707	714	段14上-11	錯27-5	鉉14上-3
拑(鉆)	qian ´	ㄑㄧㄢˊ	手部	【手部】	5畫	596	602	段12上-26	錯23-9	鉉12上-5
珍(鉁通叚)	zhen	ㄓㄣ	玉部	【玉部】	5畫	16	16	段1上-31	錯1-15	鉉1上-5
鈿	dian `	ㄉㄧㄢˋ	金部	【金部】	5畫	無	無	無	無	鉉14上-4
田(陳，鈿、鷏通叚)	tian ´	ㄊㄧㄢˊ	田部	【田部】	5畫	694	701	段13下-41	錯26-8	鉉13下-6
央(鉠通叚)	yang	ㄧㄤ	冂部	【大部】	5畫	228	230	段5下-26	錯10-10	鉉5下-5
鈦(鈹通叚)	di `	ㄉㄧˋ	金部	【金部】	5畫	707	714	段14上-12	錯27-5	鉉14上-3
絰(鉄通叚，非今鐵之簡體)	zhi `	ㄓˋ	糸部	【糸部】	5畫	656	662	段13上-26	錯25-6	鉉13上-3
鐵(銕、銕)	tie ˇ	ㄊㄧㄝˇ	金部	【金部】	11畫	702	709	段14上-2	錯27-1	鉉14上-1
驖(鐵、戜)	tie ˇ	ㄊㄧㄝˇ	馬部	【馬部】	11畫	462	466	段10上-4	錯19-2	鉉10上-1
匜(鏂、鈍通叚)	yi ´	ㄧˊ	匚部	【匚部】	5畫	636	642	段12下-49	錯24-17	鉉12下-8

篆本字(古文、金文、籀文、俗字,通叚、金石)	拼音	注音	說文部首	康熙部首	筆畫	一般頁碼	洪葉頁碼	段注篇章	徐鍇通釋篇章	徐鉉藤花榭篇章
鉈(鏚、秔,鉈通叚)	ta	ㄊㄚ	金部	【金部】5畫	711	718	段14上-19	鍇27-6	鉉14上-3
弘(彊、弦,軾、鈜通叚)	hong	ㄏㄨㄥˊ	弓部	【弓部】5畫	641	647	段12下-59	鍇24-19	鉉12下-9
鉉(局)	xuan	ㄒㄩㄢˋ	金部	【金部】5畫	704	711	段14上-6	鍇27-3	鉉14上-2
鉊(鐮,鉊通叚)	zhao	ㄓㄠ	金部	【金部】5畫	707	714	段14上-11	鍇27-5	鉉14上-3
鉏(鋤)	chu	ㄔㄨˊ	金部	【金部】5畫	706	713	段14上-10	鍇27-5	鉉14上-2
鉗(箝,柑、髻通叚)	qian	ㄑㄧㄢˊ	金部	【金部】5畫	707	714	段14上-12	鍇27-5	鉉14上-3
箝(鉗)	qian	ㄑㄧㄢˊ	竹部	【竹部】5畫	195	197	段5上-14	鍇9-5	鉉5上-2
鉛(鈆通叚)	qian	ㄑㄧㄢ	金部	【金部】5畫	702	709	段14上-1	鍇27-1	鉉14上-1
鉞(鉞、鏚)	yue	ㄩㄝˋ	金部	【金部】5畫	712	719	段14上-22	鍇27-7	鉉14上-4
戉(鉞)	yue	ㄩㄝˋ	戉部	【戈部】5畫	632	638	段12下-42	鍇24-13	鉉12下-6
槃(盤、鋻,盈、柈、洀、磐、鉢通叚)	pan	ㄆㄢˊ	木部	【木部】5畫	260	263	段6上-45	鍇11-19	鉉6上-6
鉣	jie	ㄐㄧㄝˊ	金部	【金部】5畫	713	720	段14上-23	鍇27-7	鉉14上-4
鉥	shu	ㄕㄨˋ	金部	【金部】5畫	706	713	段14上-9	鍇27-4	鉉14上-2
誠(鉥、怵)	xu	ㄒㄩˋ	言部	【言部】5畫	96	96	段3上-20	鍇5-10	鉉3上-4
壐(璽,鈢金石)	xi	ㄒㄧˇ	土部	【土部】5畫	688	694	段13下-28	鍇26-4	鉉13下-4
鉦	zheng	ㄓㄥ	金部	【金部】5畫	708	715	段14上-14	鍇27-6	鉉14上-3
鈰(齊)	qi	ㄑㄧˊ	金部	【金部】5畫	715	722	段14上-27	鍇27-8	鉉14上-4
鉶(鉶)	xing	ㄒㄧㄥˊ	金部	【金部】6畫	703	710	段14上-4	鍇27-2	鉉14上-1
鈞(銎)	jun	ㄐㄩㄣ	金部	【金部】6畫	708	715	段14上-14	鍇27-5	鉉14上-3
鈁(鄒)	ye	ㄧㄝˊ	金部	【金部】6畫	710	717	段14上-18	鍇27-6	鉉14上-3
釘(鉼通叚)	ding	ㄉㄧㄥ	金部	【金部】6畫	703	710	段14上-3	鍇27-2	鉉14上-1
餅(飥、餦、餛、鉼釘述及,麷通叚)	bing	ㄅㄧㄥˇ	倉部	【食部】6畫	219	221	段5下-8	鍇10-4	鉉5下-2
鈍(鈹、鎘、鵒通叚)	gui	ㄍㄨㄟˇ	金部	【金部】6畫	706	713	段14上-10	鍇27-4	鉉14上-2
鉂	zi	ㄗ	金部	【金部】6畫	706	713	段14上-9	鍇27-4	鉉14上-2
鈤	tong	ㄊㄨㄥˊ	金部	【金部】6畫	707	714	段14上-11	鍇27-5	鉉14上-2
鉹(紙通叚)	chi	ㄔˇ	金部	【金部】6畫	703	710	段14上-4	鍇27-2	鉉14上-1

篆本字（古文、金文、籀文、俗字，通叚、金石）	拼音	注音	說文部首	康熙部首	筆畫	一般頁碼	洪葉頁碼	段注篇章	徐鍇通釋篇章	徐鉉藤花榭篇章
鉻(剉、斛)	luo`	ㄌㄨㄛˋ	金部	【金部】	6畫	714	721	段14上-25	錯27-8	鉉14上-4
銀	yin´	ㄧㄣˊ	金部	【金部】	6畫	702	709	段14上-1	錯27-1	鉉14上-1
芒(芒、鋩，釯、忙、茫通叚)	mang´	ㄇㄤˊ	艸部	【艸部】	6畫	38	39	段1下-35	錯2-17	鉉1下-6
杇(釫，圬、鋘通叚)	wu	ㄨ	木部	【木部】	6畫	256	258	段6上-36	錯11-16	鉉6上-5
枠(鏵、釫，鋘通叚)	hua´	ㄏㄨㄚˊ	木部	【木部】	6畫	258	261	段6上-41	錯11-18	鉉6上-6
銅	tong´	ㄊㄨㄥˊ	金部	【金部】	6畫	702	709	段14上-1	錯27-1	鉉14上-1
鑢(鐧，鋁金石)	lü	ㄌㄩˋ	金部	【金部】	6畫	707	714	段14上-12	錯27-5	鉉14上-3
銍(餁通叚)	zhi`	ㄓˋ	金部	【金部】	6畫	707	714	段14上-11	錯27-5	鉉14上-3
鉞(鉞、鏚)	yue`	ㄩㄝˋ	金部	【金部】	6畫	712	719	段14上-22	錯27-7	鉉14上-4
銘	ming´	ㄇㄧㄥˊ	金部	【金部】	6畫	無	無	無	無	鉉14上-4
名(銘，詺、顝通叚)	ming´	ㄇㄧㄥˊ	口部	【口部】	6畫	56	57	段2上-17	錯3-7	鉉2上-4
絞(綹、鉸通叚)	jiao`	ㄐㄧㄠˇ	交部	【糸部】	6畫	495	499	段10下-10	錯20-3	鉉10下-2
劈(副、薜、擘，鈹、霹通叚)	pi	ㄆㄧ	刀部	【刂部】	6畫	180	182	段4下-45	錯8-16	鉉4下-7
擘(擗、薜、辟，鈹通叚)	bo`	ㄅㄛˋ	手部	【手部】	6畫	606	612	段12上-46	錯23-15	鉉12上-7
銎(銃通叚)	qiong	ㄑㄩㄥ	金部	【金部】	6畫	706	713	段14上-9	錯27-4	鉉14上-2
銑(鐥通叚)	xian`	ㄒㄧㄢˇ	金部	【金部】	6畫	702	709	段14上-2	錯27-2	鉉14上-1
瘆(洒、洗、銑)	shen`	ㄕㄣˇ	疒部	【疒部】	6畫	349	352	段7下-28	錯14-12	鉉7下-5
銓(硂通叚)	quan´	ㄑㄩㄢˊ	金部	【金部】	6畫	707	714	段14上-12	錯27-5	鉉14上-3
銖	zhu	ㄓㄨ	金部	【金部】	6畫	707	714	段14上-12	錯27-5	鉉14上-3
銚(斛、枭、鍫，鍬通叚)	diao`	ㄉㄧㄠˋ	金部	【金部】	6畫	704	711	段14上-6	錯27-3	鉉14上-2
鍜(斛銚diao`述及 銚斛枭三字同。卽今鍫字也，鍪通叚)	xia´	ㄒㄧㄚˊ	金部	【金部】	6畫	711	718	段14上-20	錯27-7	鉉14上-4
銛(枚、欣、櫚，餂通叚)	gua	ㄍㄨㄚ	金部	【金部】	6畫	706	713	段14上-10	錯27-4	鉉14上-2

篆本字(古文、金文、籀文、俗字，通叚、金石)	拼音	注音	說文部首	康熙部首	筆畫	一般頁碼	洪葉頁碼	段注篇章	徐鍇通釋篇章	徐鉉藤花榭篇章
錟(銛)	tan'	ㄊㄢˊ	金部	【金部】6畫		711	718	段14上-19	鍇27-7	鉉14上-3
銜(啣通叚)	xian'	ㄒㄧㄢˊ	金部	【行部】6畫		713	720	段14上-23	鍇27-7	鉉14上-4
矛(瞂，鉾、鉾通叚)	mao'	ㄇㄠˊ	矛部	【矛部】6畫		719	726	段14上-36	鍇27-11	鉉14上-6
鐵(鐡、銕)	tie˘	ㄊㄧㄝˇ	金部	【金部】6畫		702	709	段14上-2	鍇27-1	鉉14上-1
鉶(鉶、銒、鉼)	xing'	ㄒㄧㄥˊ	金部	【金部】6畫		704	711	段14上-5	鍇27-3	鉉14上-2
鋞(xing')	jing	ㄐㄧㄥ	日部	【金部】7畫		704	711	段14上-5	鍇27-3	鉉14上-2
鉏(鋤)	chu'	ㄔㄨˊ	金部	【金部】7畫		706	713	段14上-10	鍇27-5	鉉14上-2
梂(菜、銶)	qiu'	ㄑㄧㄡˊ	木部	【木部】7畫		246	249	段6上-17	鍇11-8	鉉6上-3
銳(剟互ji`述及，兊通叚)	rui	ㄖㄨㄟ	金部	【金部】7畫		707	714	段14上-12	鍇27-5	鉉14上-3
鈹(鈶、鎞通叚)	pi'	ㄆㄧ	金部	【金部】7畫		706	713	段14上-9	鍇27-4	鉉14上-2
鉈	shi`	ㄕˋ	金部	【金部】7畫		711	718	段14上-20	鍇27-7	鉉14上-4
銷(焇通叚)	xiao	ㄒㄧㄠ	金部	【金部】7畫		703	710	段14上-3	鍇27-2	鉉14上-1
鉬	zhe	ㄓㄜˊ	金部	【金部】7畫		707	714	段14上-12	鍇27-5	鉉14上-3
銻	ti	ㄊㄧ	金部	【金部】7畫		714	721	段14上-26	鍇27-8	鉉14上-4
厗(銻)	ti'	ㄊㄧˊ	厂部	【厂部】7畫		447	451	段9下-20	鍇18-7	鉉9下-3
銼	cuo`	ㄘㄨㄛˋ	金部	【金部】7畫		704	711	段14上-5	鍇27-3	鉉14上-2
鋯	gua	ㄍㄨㄚ	金部	【金部】7畫		714	721	段14上-25	鍇27-8	鉉14上-4
鋂	mei'	ㄇㄟˊ	金部	【金部】7畫		713	720	段14上-24	鍇27-7	鉉14上-4
鋃	lang'	ㄌㄤˊ	金部	【金部】7畫		713	720	段14上-24	鍇27-7	鉉14上-4
鋈(沃、渷)	wu`	ㄨˋ	金部	【金部】7畫		702	709	段14上-1	鍇27-1	鉉14上-1
鋊	yu`	ㄩˋ	金部	【金部】7畫		705	712	段14上-7	鍇27-3	鉉14上-2
鋌	ding`	ㄉㄧㄥˋ	金部	【金部】7畫		703	710	段14上-4	鍇27-2	鉉14上-1
鋏	jia'	ㄐㄧㄚˊ	金部	【金部】7畫		703	710	段14上-3	鍇27-2	鉉14上-1
鋗	xuan	ㄒㄩㄢ	金部	【金部】7畫		704	711	段14上-6	鍇27-3	鉉14上-2
鋀(鋀，鈕通叚)	dou`	ㄉㄡˋ	金部	【金部】7畫		704	711	段14上-6	鍇27-3	鉉14上-2
掔(慳，鋗=鏗鎗述及、鞏通叚)	qian	ㄑㄧㄢ	手部	【手部】7畫		603	609	段12上-39	鍇23-12	鉉12上-6
硻(硜、鏗=鎗鎗述及、硜、磬，硜、砊通叚)	keng	ㄎㄥ	石部	【石部】7畫		451	455	段9下-28	鍇18-10	鉉9下-4
銚(銚，鍫通叚)	tiao'	ㄊㄧㄠˊ	金部	【金部】7畫		702	709	段14上-2	鍇27-1	鉉14上-1

篆本字（古文、金文、籀文、俗字，通叚、金石）	拼音	注音	說文部首	康熙部首	筆畫	一般頁碼	洪葉頁碼	段注篇章	徐鍇通釋篇章	徐鉉藤花榭篇章
銊	lüè	ㄌㄩㄝˋ	金部	【金部】7畫		708	715	段14上-13	鍇27-5	鉉14上-3
鋪(敷、痡)	pù	ㄆㄨˋ	金部	【金部】7畫		713	720	段14上-24	鍇27-8	鉉14上-4
鋋	chán	ㄔㄢˊ	金部	【金部】7畫		710	717	段14上-18	鍇27-6	鉉14上-3
鋙(鋙，峿通叚)	yǔ	ㄩˇ	金部	【金部】7畫		705	712	段14上-8	鍇27-4	鉉14上-2
齬(齖齟juˇ述及、鋙、鋙，峿通叚)	yǔ	ㄩˇ	齒部	【齒部】7畫		79	80	段2下-21	鍇4-12	鉉2下-4
鐫(鐫通叚)	juan	ㄐㄩㄢ	金部	【金部】7畫		706	713	段14上-9	鍇27-4	鉉14上-2
鋒(鋒、夆)	feng	ㄈㄥ	金部	【金部】7畫		711	718	段14上-19	鍇27-7	鉉14上-3
鐵(尖，鍃通叚)	jian	ㄐㄧㄢ	金部	【金部】7畫		705	712	段14上-7	鍇27-3	鉉14上-2
鐘(鍾、鋪)	zhong	ㄓㄨㄥ	金部	【金部】7畫		709	716	段14上-16	鍇27-6	鉉14上-3
錦	jǐn	ㄐㄧㄣˇ	帛部	【金部】8畫		363	367	段7下-57	鍇14-24	鉉7下-10
鋸	jù	ㄐㄩˋ	金部	【金部】8畫		707	714	段14上-12	鍇27-5	鉉14上-3
鑒(鑑俗)	jiàn	ㄐㄧㄢˋ	金部	【金部】8畫		702	709	段14上-2	鍇27-2	鉉14上-1
錄(慮、綠，碌、籙通叚)	lù	ㄌㄨˋ	金部	【金部】8畫		703	710	段14上-3	鍇27-2	鉉14上-1
彔(彔、錄)	lù	ㄌㄨˋ	彔部	【彑部】8畫		320	323	段7上-37	鍇13-16	鉉7上-7
闞(矙、瞰、虤通叚)	kàn	ㄎㄢˋ	門部	【門部】8畫		590	596	段12上-14	鍇23-6	鉉12上-3
鍲(鉤通叚)	mín	ㄇㄧㄣˊ	金部	【金部】8畫		714	721	段14上-26	鍇27-8	鉉14上-4
笍(錣)	zhuì	ㄓㄨㄟˋ	竹部	【竹部】8畫		196	198	段5上-15	鍇9-6	鉉5上-3
鷙(錣)	zhi	ㄓ	金部	【金部】8畫		713	720	段14上-23	鍇27-7	鉉14上-4
釗(鎌，鐕通叚)	zhao	ㄓㄠ	金部	【金部】8畫		707	714	段14上-11	鍇27-5	鉉14上-3
陷(掐、錎、隡通叚)	xiàn	ㄒㄧㄢˋ	𨸏部	【阜部】8畫		732	739	段14下-4	鍇28-2	鉉14下-1
輨(錧通叚)	guǎn	ㄍㄨㄢˇ	車部	【車部】8畫		725	732	段14上-48	鍇27-13	鉉14上-7
剛(伭，鋼、鋼通叚)	gang	ㄍㄤ	刀部	【刂部】8畫		179	181	段4下-43	鍇8-16	鉉4下-7
鎚(鎚，鎚通叚)	chuí	ㄔㄨㄟˊ	金部	【金部】8畫		708	715	段14上-14	鍇27-5	鉉14上-3
錍	bei	ㄅㄟ	金部	【金部】8畫		706	713	段14上-9	鍇27-4	鉉14上-2
錏	ya	ㄧㄚ	金部	【金部】8畫		711	718	段14上-20	鍇27-7	鉉14上-4
錐	zhuì	ㄓㄨㄟ	金部	【金部】8畫		707	714	段14上-12	鍇27-5	鉉14上-3
錔(沓)	ta	ㄊㄚˋ	金部	【金部】8畫		714	721	段14上-25	鍇27-8	鉉14上-4
錢(歪)	nei	ㄋㄟˋ	金部	【金部】8畫		715	722	段14上-27	鍇27-8	鉉14上-4

篆本字（古文、金文、籀文、俗字，通叚、金石）	拼音	注音	說文部首	康熙部首	筆畫	一般頁碼	洪葉頁碼	段注篇章	徐鍇通釋篇章	徐鉉藤花榭篇章
鎗	zheng	ㄓㄥ	金部	【金部】8畫		710	717	段14上-17	鍇27-6	鉉14上-3
錟(銛)	tan´	ㄊㄢˊ	金部	【金部】8畫		711	718	段14上-19	鍇27-7	鉉14上-3
錠	ding`	ㄉㄧㄥˋ	金部	【金部】8畫		705	712	段14上-7	鍇27-3	鉉14上-2
錡(奇)	qi´	ㄑㄧˊ	金部	【金部】8畫		705	712	段14上-8	鍇27-4	鉉14上-2
鑒(鑑俗)	jian`	ㄐㄧㄢˋ	金部	【金部】8畫		702	709	段14上-2	鍇27-2	鉉14上-1
鑑(鑒、鑒、監，甕通叚)	jian`	ㄐㄧㄢˋ	金部	【金部】8畫		703	710	段14上-4	鍇27-2	鉉14上-1
錢(泉貝述及，籛通叚)	qian´	ㄑㄧㄢˊ	金部	【金部】8畫		706	713	段14上-10	鍇27-4	鉉14上-2
泉(錢貝述及，湶、洤、蜏通叚)	quan´	ㄑㄩㄢˊ	泉部	【水部】8畫		569	575	段11下-5	鍇22-2	鉉11下-2
錪	tian´	ㄊㄧㄢˇ	金部	【金部】8畫		704	711	段14上-5	鍇27-3	鉉14上-2
錫(賜)	xi´	ㄒㄧˊ	金部	【金部】8畫		702	709	段14上-1	鍇27-1	鉉14上-1
賜(錫，偒通叚)	si`	ㄙˋ	貝部	【貝部】8畫		280	283	段6下-17	鍇12-11	鉉6下-4
緆(鸝、錫)	xi	ㄒㄧ	糸部	【糸部】8畫		660	667	段13上-35	鍇25-8	鉉13上-5
錭	diao	ㄉㄧㄠ	金部	【金部】8畫		714	721	段14上-26	鍇27-8	鉉14上-4
錮	gu`	ㄍㄨˋ	金部	【金部】8畫		703	710	段14上-3	鍇27-2	鉉14上-1
錯(遳、厝，鍍通叚)	cuo	ㄘㄨㄛˋ	金部	【金部】8畫		705	712	段14上-8	鍇27-4	鉉14上-2
遳(錯，撒、歔、皵通叚)	cuo`	ㄘㄨㄛˋ	辵(辶)部	【辵部】8畫		71	71	段2下-4	鍇4-3	鉉2下-1
措(錯、厝)	cuo`	ㄘㄨㄛˋ	手部	【手部】8畫		599	605	段12上-31	鍇23-10	鉉12上-5
厝(錯、措，磋通叚)	cuo`	ㄘㄨㄛˋ	厂部	【厂部】8畫		447	452	段9下-21	鍇18-7	鉉9下-3
錙	zi	ㄗ	金部	【金部】9畫		708	715	段14上-14	鍇27-5	鉉14上-3
錘(錘，鎚通叚)	chui´	ㄔㄨㄟˊ	金部	【金部】9畫		708	715	段14上-14	鍇27-5	鉉14上-3
追(鎚，膇、頧通叚)	zhui	ㄓㄨㄟ	辵(辶)部	【辵部】9畫		74	74	段2下-10	鍇4-5	鉉2下-2
椎(鎚通叚)	zhui	ㄓㄨㄟ	木部	【木部】9畫		263	266	段6上-51	鍇11-22	鉉6上-7
鏑(鍉)	di´	ㄉㄧˊ	金部	【金部】9畫		711	718	段14上-20	鍇27-8	鉉14上-4
匙(鍉、椻)	chi´	ㄔˊ	匕部	【匕部】9畫		385	389	段8上-41	鍇15-13	鉉8上-6
鍇	kai	ㄎㄞˇ	金部	【金部】9畫		702	709	段14上-2	鍇27-1	鉉14上-1
鍊	lian`	ㄌㄧㄢˋ	金部	【金部】9畫		703	710	段14上-3	鍇27-2	鉉14上-1

篆本字(古文、金文、籀文、俗字，通段、金石)	拼音	注音	說文部首	康熙部首	筆畫	一般頁碼	洪葉頁碼	段注篇章	徐鍇通釋篇章	徐鉉藤花榭篇章
煉(鍊)	lian ˋ	ㄌㄧㄢˋ	火部	【火部】	9畫	483	488	段10上-47	鍇19-16	鉉10上-8
鍑(釜)	fu ˋ	ㄈㄨˋ	金部	【金部】	9畫	704	711	段14上-5	鍇27-3	鉉14上-2
鐓从亯羊(鐓、鐔、錞)	dui	ㄉㄨㄟ	金部	【金部】	9畫	711	718	段14上-19	鍇27-7	鉉14上-3
鋚(鋚，鎥通段)	tiao ˊ	ㄊㄧㄠˊ	金部	【金部】	9畫	702	709	段14上-2	鍇27-1	鉉14上-1
剻(剻、鍔)	e ˋ	ㄜˋ	刀部	【刂部】	9畫	178	180	段4下-41	鍇8-15	鉉4下-6
匜(鍦、鉇通段)	yi ˊ	ㄧˊ	匚部	【匚部】	9畫	636	642	段12下-49	鍇24-17	鉉12下-8
鉈(鍦、䙵，鉇通段)	ta	ㄊㄚ	金部	【金部】	9畫	711	718	段14上-19	鍇27-6	鉉14上-3
銚(斛、喿、鍫，鍬通段)	diao ˋ	ㄉㄧㄠˋ	金部	【金部】	9畫	704	711	段14上-6	鍇27-3	鉉14上-2
鍜(斛銚diao ˋ 述及銚斛喿三字同。即今鍫字也，鍫通段)	xia ˊ	ㄒㄧㄚˊ	金部	【金部】	9畫	711	718	段14上-20	鍇27-7	鉉14上-4
斛(斛非是，斛、鍫通段)	tiao	ㄊㄧㄠ	斗部	【斗部】	9畫	719	726	段14上-35	鍇27-11	鉉14上-6
鍒	rou ˊ	ㄖㄡˊ	金部	【金部】	9畫	714	721	段14上-26	鍇27-8	鉉14上-4
錯(逪、厝，鍍通段)	cuo ˋ	ㄘㄨㄛˋ	金部	【金部】	9畫	705	712	段14上-8	鍇27-4	鉉14上-2
鍛(段，煅通段)	duan ˋ	ㄉㄨㄢˋ	金部	【金部】	9畫	703	710	段14上-3	鍇27-2	鉉14上-1
段(鍛、碫、斷，腶通段)	duan ˋ	ㄉㄨㄢˋ	殳部	【殳部】	9畫	120	121	段3下-27	鍇6-14	鉉3下-6
碫(段、碬、鍛)	duan ˋ	ㄉㄨㄢˋ	石部	【石部】	9畫	449	454	段9下-25	鍇18-9	鉉9下-4
鍠(喤，鐄、諻通段)	huang ˊ	ㄏㄨㄤˊ	金部	【金部】	9畫	709	716	段14上-16	鍇27-6	鉉14上-3
鍡(碨，㙮、㟪、崴通段)	wei ˇ	ㄨㄟˇ	金部	【金部】	9畫	713	720	段14上-24	鍇27-8	鉉14上-4
鍤	cha	ㄔㄚ	金部	【金部】	9畫	706	713	段14上-9	鍇27-4	鉉14上-2
鍥	qie ˋ	ㄑㄧㄝˋ	金部	【金部】	9畫	707	714	段14上-11	鍇27-5	鉉14上-3
鍪(堥鍑述及)	mou ˊ	ㄇㄡˊ	金部	【金部】	9畫	704	711	段14上-5	鍇27-3	鉉14上-2
鍭(鏃、猴述及)	hou ˊ	ㄏㄡˊ	金部	【金部】	9畫	711	718	段14上-19	鍇27-8	鉉14上-4
翭(猴、鍭)	hou ˊ	ㄏㄡˊ	羽部	【羽部】	9畫	139	140	段4上-20	鍇7-9	鉉4上-4

篆本字(古文、金文、籀文、俗字,通段、金石)	拼音	注音	說文部首	康熙部首	筆畫	一般頁碼	洪葉頁碼	段注篇章	徐鍇通釋篇章	徐鉉藤花榭篇章
鋝(率、選、饌、垸、荆)	huan´	ㄏㄨㄢˊ	金部	【金部】9畫	708	715	段14上-13	鍇27-5	鉉14上-3
鐯(錥通段)	duo`	ㄉㄨㄛˋ	金部	【金部】9畫	707	714	段14上-11	鍇27-5	鉉14上-2
鏶(鑠通段)	ye`	一ㄝˋ	金部	【金部】9畫	705	712	段14上-8	鍇27-4	鉉14上-2
鬴(鍋)	guo	ㄍㄨㄛ	鬲部	【鬲部】9畫	111	112	段3下-10	鍇6-5	鉉3下-2
楇(過、輠、鍋,輷、鐹通段)	guo	ㄍㄨㄛ	木部	【木部】9畫	266	269	段6上-57	鍇11-24	鉉6上-7
過(楇、輠、鍋,渦、蝸、禍通段)	guo`	ㄍㄨㄛˋ	辵(辶)部	【辵部】9畫	71	71	段2下-4	鍇4-2	鉉2下-1
鍵(鏻通段)	jian`	ㄐ一ㄢˋ	金部	【金部】9畫	704	711	段14上-6	鍇27-3	鉉14上-2
鍼(針、箴述及)	zhen	ㄓㄣ	金部	【金部】9畫	706	713	段14上-9	鍇27-4	鉉14上-2
箴(鍼,葴通段)	zhen	ㄓㄣ	竹部	【竹部】9畫	196	198	段5上-16	鍇9-6	鉉5上-3
鍾(鐘通段)	zhong	ㄓㄨㄥ	金部	【金部】9畫	703	710	段14上-4	鍇27-2	鉉14上-1
鐘(鍾、鋪)	zhong	ㄓㄨㄥ	金部	【金部】9畫	709	716	段14上-16	鍇27-6	鉉14上-3
鍯(鏠、欑、攢从爨,種通段)	cong	ㄘㄨㄥ	金部	【金部】9畫	711	718	段14上-19	鍇27-6	鉉14上-3
鍚(錫)	yang´	一ㄤˊ	金部	【金部】9畫	712	719	段14上-22	鍇27-7	鉉14上-4
鍓(鍓)	ji´	ㄐ一ˊ	金部	【金部】9畫	705	712	段14上-8	鍇27-3	鉉14上-2
鼒(鎡)	zi	ㄗ	鼎部	【鼎部】9畫	319	322	段7上-36	鍇13-15	鉉7上-6
槃(盤、鎜,盆、柈、洀、磐、鉢通段)	pan´	ㄆㄢˊ	木部	【木部】10畫	260	263	段6上-45	鍇11-19	鉉6上-6
槈(鎒,耨通段)	nou`	ㄋㄡˋ	木部	【木部】10畫	258	261	段6上-41	鍇11-18	鉉6上-5
剛(信,鋼、鋼通段)	gang	ㄍㄤ	刀部	【刂部】10畫	179	181	段4下-43	鍇8-16	鉉4下-7
瑣(鎖銀述及,鏁通段)	suo`	ㄙㄨㄛˇ	玉部	【玉部】10畫	16	16	段1上-31	鍇1-15	鉉1上-5
鎌(鐮)	lian´	ㄌ一ㄢˊ	金部	【金部】10畫	707	714	段14上-11	鍇27-5	鉉14上-3
鉊(鎌,鐁通段)	zhao	ㄓㄠ	金部	【金部】10畫	707	714	段14上-11	鍇27-5	鉉14上-3
鎖	suo`	ㄙㄨㄛˇ	金部	【金部】10畫	無	無	無	無	鉉14上-4
鎎	kai`	ㄎㄞˋ	金部	【金部】10畫	713	720	段14上-24	鍇27-8	鉉14上-4
鎔	rong´	ㄖㄨㄥˊ	金部	【金部】10畫	703	710	段14上-3	鍇27-2	鉉14上-1
溝(鑄通段)	gou	ㄍㄡ	水部	【水部】10畫	554	559	段11上貳-17	鍇21-18	鉉11上-6

篆本字（古文、金文、籀文、俗字，通叚、金石）	拼音	注音	說文部首	康熙部首	筆畫	一般頁碼	洪葉頁碼	段注篇章	徐鍇通釋篇章	徐鉉藤花榭篇章
鏶(磄通叚)	tang´	ㄊㄤ´	金部	【金部】10畫		714	721	段14上-26	鍇27-8	鉉14上-4
鎗(鏘、鶬、將、瑲述及)	qiang	ㄑㄧㄤ	金部	【金部】10畫		709	716	段14上-16	鍇27-6	鉉14上-3
鐺(鎗)	dang	ㄉㄤ	金部	【金部】10畫		713	720	段14上-24	鍇27-7	鉉14上-4
瑲(鏘、鎗、鶬，瑲通叚)	qiang	ㄑㄧㄤ	玉部	【玉部】10畫		16	16	段1上-31	鍇1-15	鉉1上-5
槍(鎗，搶、傖通叚)	qiang	ㄑㄧㄤ	木部	【木部】10畫		256	259	段6上-37	鍇11-16	鉉6上-5
挍(搜，廋、趣、鎪通叚)	sou	ㄙㄡ	手部	【手部】10畫		611	617	段12上-55	鍇23-17	鉉12上-8
轄(䡅、蝦，鍇通叚)	xia´	ㄒㄧㄚ´	車部	【車部】10畫		727	734	段14上-52	鍇27-14	鉉14上-7
螫(轄，鍇通叚)	xia´	ㄒㄧㄚ´	舛部	【舛部】10畫		234	236	段5下-38	鍇10-16	鉉5下-7
鎦(鎦、劉，榴通叚)	liu´	ㄌㄧㄡ´	金部	【刂部】10畫		714	721	段14上-25	鍇27-8	鉉14上-4
溢(鎰，佾通叚)	yi`	ㄧ`	水部	【水部】10畫		563	568	段11上貳-35	鍇21-23	鉉11上-8
益(溢、鎰通叚)	yi`	ㄧ`	皿部	【皿部】10畫		212	214	段5上-48	鍇9-19	鉉5上-9
鎛(鏄)	bo´	ㄅㄛ´	金部	【金部】10畫		709	716	段14上-16	鍇27-6	鉉14上-3
鏄(鎛)	bo´	ㄅㄛ´	金部	【金部】10畫		709	716	段14上-15	鍇27-6	鉉14上-3
鎣	ying`	ㄧㄥ`	金部	【金部】10畫		705	712	段14上-7	鍇27-3	鉉14上-2
鎧	kai˘	ㄎㄞ˘	金部	【金部】10畫		711	718	段14上-20	鍇27-7	鉉14上-4
鎬(hao`)	gao˘	ㄍㄠ˘	金部	【金部】10畫		704	711	段14上-5	鍇27-3	鉉14上-2
鎮	zhen`	ㄓㄣ`	金部	【金部】10畫		707	714	段14上-11	鍇27-5	鉉14上-3
鎕	ti´	ㄊㄧ´	金部	【金部】10畫		705	712	段14上-8	鍇27-4	鉉14上-2
鎩(摋)	sha	ㄕㄚ	金部	【金部】10畫		706	713	段14上-9	鍇27-6	鉉14上-2
鎦(鎏通叚)	liu´	ㄌㄧㄡ´	金部	【金部】10畫		711	718	段14上-19	鍇27-7	鉉14上-3
鏠(鋒、夆)	feng	ㄈㄥ	金部	【金部】10畫		711	718	段14上-19	鍇27-7	鉉14上-3
夆(鏠、峯，烽通叚)	feng´	ㄈㄥ´	夂部	【夂部】10畫		237	239	段5下-43	鍇10-18	鉉5下-8
鏂(鋀，鉬通叚)	dou`	ㄉㄡ`	金部	【金部】10畫		704	711	段14上-6	鍇27-3	鉉14上-2
琴(珡、鑋)	qin´	ㄑㄧㄣ´	琴部	【玉部】10畫		633	639	段12下-44	鍇24-14	鉉12下-7
鎗(鏘、鶬、將、瑲述及)	qiang	ㄑㄧㄤ	金部	【金部】11畫		709	716	段14上-16	鍇27-6	鉉14上-3

篆本字（古文、金文、籀文、俗字，通叚、金石）	拼音	注音	說文部首	康熙部首	筆畫	一般頁碼	洪葉頁碼	段注篇章	徐鍇通釋篇章	徐鉉藤花榭篇章
瑲(鏘、鎗、鶬，瑲通叚)	qiang	ㄑㄧㄤ	玉部	【玉部】	11畫	16	16	段1上-31	鍇1-15	鉉1上-5
鋙(鋙，峿通叚)	yu˘	ㄩˇ	金部	【金部】	11畫	705	712	段14上-8	鍇27-4	鉉14上-2
齬(齖齬ju˘述及、鋙、鋙，峿通叚)	yu˘	ㄩˇ	齒部	【齒部】	11畫	79	80	段2下-21	鍇4-12	鉉2下-4
戚(蹙、慽、頯馘shi述及，蹴、傶、鏚、顣通叚)	qi	ㄑㄧ	戉部	【戈部】	11畫	632	638	段12下-42	鍇24-13	鉉12下-6
燥(熶、灲、鐰通叚)	zaoˋ	ㄗㄠˋ	火部	【火部】	11畫	486	490	段10上-52	鍇19-17	鉉10上-9
棁(鐯，鐯通叚)	zhuo´	ㄓㄨㄛˊ	木部	【木部】	11畫	259	262	段6上-43	鍇11-19	鉉6上-6
鏃(zu´)	cuˋ	ㄘㄨˋ	金部	【金部】	11畫	714	721	段14上-25	鍇27-8	鉉14上-4
族(鏃，嫉、簇、瘯通叚)	zu´	ㄗㄨˊ	㫃部	【方部】	11畫	312	315	段7上-21	鍇13-7	鉉7上-3
鏇	xuanˋ	ㄒㄩㄢˋ	金部	【金部】	11畫	705	712	段14上-8	鍇27-4	鉉14上-2
鏈	lianˋ	ㄌㄧㄢˋ	金部	【金部】	11畫	702	709	段14上-2	鍇27-1	鉉14上-1
鏉	shouˋ	ㄕㄡˋ	金部	【金部】	11畫	714	721	段14上-25	鍇27-8	鉉14上-4
鏌	moˋ	ㄇㄛˋ	金部	【金部】	11畫	710	717	段14上-17	鍇27-6	鉉14上-3
鏏	weiˋ	ㄨㄟˋ	金部	【金部】	11畫	704	711	段14上-6	鍇27-3	鉉14上-2
鏐(鎏通叚)	liu´	ㄌㄧㄡˊ	金部	【金部】	11畫	711	718	段14上-19	鍇27-7	鉉14上-3
鏑(鍉)	di´	ㄉㄧˊ	金部	【金部】	11畫	711	718	段14上-20	鍇27-8	鉉14上-4
鏓(鏓)	cong	ㄘㄨㄥ	金部	【金部】	11畫	709	716	段14上-16	鍇27-6	鉉14上-3
鏜(闛、闛)	tang´	ㄊㄤˊ	金部	【金部】	11畫	710	717	段14上-17	鍇27-6	鉉14上-3
鼞(闛、鏜、闛)	tang	ㄊㄤ	鼓部	【鼓部】	11畫	206	208	段5上-36	鍇9-15	鉉5上-7
樠(墁通叚)	manˋ	ㄇㄢˋ	木部	【木部】	11畫	256	258	段6上-36	鍇11-16	鉉6上-5
鏝(樠)	manˋ	ㄇㄢˋ	金部	【金部】	11畫	707	714	段14上-12	鍇27-5	鉉14上-3
鏞(庸)	yong	ㄩㄥ	金部	【金部】	11畫	709	716	段14上-16	鍇27-6	鉉14上-3
鏟(剗，劗通叚)	chan˘	ㄔㄢˇ	金部	【金部】	11畫	705	712	段14上-8	鍇27-3	鉉14上-2
鏡(獍通叚)	jingˋ	ㄐㄧㄥˋ	金部	【金部】	11畫	703	710	段14上-4	鍇27-2	鉉14上-1
鏢(鑣、鑣)	biao	ㄅㄧㄠ	金部	【金部】	11畫	710	717	段14上-18	鍇27-6	鉉14上-3

篆本字（古文、金文、籀文、俗字，通叚、金石）	拼音	注音	說文部首	康熙部首	筆畫	一般頁碼	洪葉頁碼	段注篇章	徐鍇通釋篇章	徐鉉藤花榭篇章
鍠(喤，鏜、韹通叚)	huang´	ㄏㄨㄤˊ	金部	【金部】	11畫	709	716	段14上-16	錯27-6	鉉14上-3
繦(鏹通叚)	qiang´	ㄑㄧㄤˇ	糸部	【糸部】	11畫	645	651	段13上-4	錯25-2	鉉13上-1
瑣(鎖銼述及，鏁通叚)	suo´	ㄙㄨㄛˇ	玉部	【玉部】	11畫	16	16	段1上-31	錯1-15	鉉1上-5
鏤(鎘通叚)	lou`	ㄌㄡˋ	金部	【金部】	11畫	702	709	段14上-2	錯27-1	鉉14上-1
臤(賢，鏗通叚)	qian	ㄑㄧㄢ	臤部	【臣部】	11畫	118	119	段3下-23	錯6-13	鉉3下-5
摼(摡、捾、拘、鏗通叚)	keng	ㄎㄥ	手部	【手部】	11畫	609	615	段12上-51	錯23-16	鉉12上-8
掔(慳，鋻=鏗鎗述及、鞏通叚)	qian	ㄑㄧㄢ	手部	【手部】	11畫	603	609	段12上-39	錯23-12	鉉12上-6
硻(硜、鏗=鋻鎗述及、硜、磬，礥、砊通叚)	keng	ㄎㄥ	石部	【石部】	11畫	451	455	段9下-28	錯18-10	鉉9下-4
鏓(鏦、鑹、欉从爨，穜通叚)	cong	ㄘㄨㄥ	金部	【金部】	11畫	711	718	段14上-19	錯27-6	鉉14上-3
鏨	zan`	ㄗㄢˋ	金部	【金部】	11畫	706	713	段14上-9	錯27-4	鉉14上-2
鋷(錣)	zhi`	ㄓˋ	金部	【金部】	11畫	713	720	段14上-23	錯27-7	鉉14上-4
鐵(銕、銕)	tie´	ㄊㄧㄝˇ	金部	【金部】	11畫	702	709	段14上-2	錯27-1	鉉14上-1
鑼(鏍)	luo´	ㄌㄨㄛˊ	金部	【金部】	11畫	704	711	段14上-5	錯27-3	鉉14上-2
鏖(熝、䥝)	ao´	ㄠˊ	金部	【金部】	11畫	704	711	段14上-6	錯27-3	鉉14上-2
僕(墣、樸、樸，鏷通叚)	pu´	ㄆㄨˊ	業部	【人部】	12畫	103	104	段3上-35	錯5-18	鉉3上-8
鎦(鎦、劉，榴通叚)	liu´	ㄌㄧㄡˊ	金部	【刂部】	12畫	714	721	段14上-25	錯27-8	鉉14上-4
銶(䤵、鎬、鷤通叚)	gui	ㄍㄨㄟˇ	金部	【金部】	12畫	706	713	段14上-10	錯27-4	鉉14上-2
斯(撕、蜤、蜤、嘶、廝、鐁通叚)	si	ㄙ	斤部	【斤部】	12畫	717	724	段14上-31	錯27-10	鉉14上-5
觼(鐍、觽)	jue´	ㄐㄩㄝˊ	角部	【角部】	12畫	188	190	段4下-61	錯8-21	鉉4下-9
茥(鏵、鈁，鍨通叚)	hua´	ㄏㄨㄚˊ	木部	【木部】	12畫	258	261	段6上-41	錯11-18	鉉6上-6
鋝(錘，鎚通叚)	chui´	ㄔㄨㄟˊ	金部	【金部】	12畫	708	715	段14上-14	錯27-5	鉉14上-3

篆本字（古文、金文、籀文、俗字，通段、金石）	拼音	注音	說文部首	康熙部首	筆畫	一般頁碼	洪葉頁碼	段注篇章	徐鍇通釋篇章	徐鉉藤花榭篇章
銑(鋧通叚)	xiǎn	ㄒㄧㄢˇ	金部	【金部】	12畫	702	709	段14上-2	鍇27-2	鉉14上-1
鍱(鏷通叚)	yè	ㄧㄝˋ	金部	【金部】	12畫	705	712	段14上-8	鍇27-4	鉉14上-2
剴(鐖通叚)	kǎi	ㄎㄞˇ	刀部	【刂部】	12畫	178	180	段4下-42	鍇8-15	鉉4下-6
鐩(遂)	suì	ㄙㄨㄟˋ	金部	【金部】	12畫	704	711	段14上-5	鍇27-3	鉉14上-2
鏶(鍓)	jí	ㄐㄧˊ	金部	【金部】	12畫	705	712	段14上-8	鍇27-3	鉉14上-2
鏺	po	ㄆㄛ	金部	【金部】	12畫	707	714	段14上-11	鍇27-5	鉉14上-2
鐃	nao	ㄋㄠˊ	金部	【金部】	12畫	709	716	段14上-15	鍇27-6	鉉14上-3
匱(櫃、鑽)	guì	ㄍㄨㄟˋ	匚部	【匚部】	12畫	636	642	段12下-50	鍇24-16	鉉12下-8
鐅	piě	ㄆㄧㄝˇ	金部	【金部】	12畫	706	713	段14上-10	鍇27-4	鉉14上-2
鐈	qiáo	ㄑㄧㄠˊ	金部	【金部】	12畫	704	711	段14上-5	鍇27-3	鉉14上-2
鏷	quan	ㄑㄩㄢ	金部	【金部】	12畫	714	721	段14上-25	鍇27-8	鉉14上-4
鍚(錫)	yáng	ㄧㄤˊ	金部	【金部】	12畫	712	719	段14上-22	鍇27-7	鉉14上-4
鐎	jiao	ㄐㄧㄠ	金部	【金部】	12畫	704	711	段14上-6	鍇27-3	鉉14上-2
鐏	zun	ㄗㄨㄣ	金部	【金部】	12畫	711	718	段14上-19	鍇27-7	鉉14上-3
鐐(渁鎏述及)	liáo	ㄌㄧㄠˊ	金部	【金部】	12畫	702	709	段14上-1	鍇27-1	鉉14上-1
鐆从高羋(鐓、鐜、錞)	dui	ㄉㄨㄟ	金部	【金部】	12畫	711	718	段14上-19	鍇27-7	鉉14上-3
鐜从高羋(鐜、鐓)	duì	ㄉㄨㄟˋ	金部	【金部】	12畫	714	721	段14上-26	鍇27-8	鉉14上-4
鐔	xín	ㄒㄧㄣˊ	金部	【金部】	12畫	710	717	段14上-17	鍇27-6	鉉14上-3
鐕(釘、簪先述及)	zan	ㄗㄢ	金部	【金部】	12畫	707	714	段14上-12	鍇27-5	鉉14上-3
鐼	fén	ㄈㄣˊ	金部	【金部】	12畫	702	709	段14上-2	鍇27-2	鉉14上-1
鐘(鍾、鏞)	zhong	ㄓㄨㄥ	金部	【金部】	12畫	709	716	段14上-16	鍇27-6	鉉14上-3
鐙(燈通叚)	deng	ㄉㄥ	金部	【金部】	12畫	705	712	段14上-7	鍇27-3	鉉14上-2
鐧	jiàn	ㄐㄧㄢˋ	金部	【金部】	12畫	711	718	段14上-20	鍇27-7	鉉14上-4
鐉(鋿通叚)	duò	ㄉㄨㄛˋ	金部	【金部】	12畫	707	714	段14上-11	鍇27-5	鉉14上-2
虞(虡、鐻、鉅，簴、璩通叚)	jù	ㄐㄩˋ	虍部	【虍部】	13畫	210	212	段5上-43	鍇9-17	鉉5上-8
鏖(熬、鏖)	áo	ㄠˊ	金部	【金部】	13畫	704	711	段14上-6	鍇27-3	鉉14上-2
鑪	lǔ	ㄌㄨˇ	金部	【金部】	13畫	705	712	段14上-8	鍇27-4	鉉14上-2
鐫(鋑通叚)	juan	ㄐㄩㄢ	金部	【金部】	13畫	706	713	段14上-9	鍇27-4	鉉14上-2
環(還繯述及，鐶、鬟通叚)	huán	ㄏㄨㄢˊ	玉部	【玉部】	13畫	12	12	段1上-23	鍇1-12	鉉1上-4

篆本字（古文、金文、籀文、俗字，通叚、金石）	拼音	注音	說文部首	康熙部首	筆畫	一般頁碼	洪葉頁碼	段注篇章	徐鍇通釋篇章	徐鉉藤花榭篇章
區(丘、堀町述及，鏂通叚)	qu	ㄑㄩ	匸部	【匸部】	13畫	635	641	段12下-47	鍇24-16	鉉12下-7
鎌(鐮)	lian´	ㄌㄧㄢˊ	金部	【金部】	13畫	707	714	段14上-11	鍇27-5	鉉14上-3
鐲	zhuo´	ㄓㄨㄛˊ	金部	【金部】	13畫	708	715	段14上-14	鍇27-5	鉉14上-3
鐸	duo´	ㄉㄨㄛˊ	金部	【金部】	13畫	709	716	段14上-15	鍇27-6	鉉14上-3
鑣(鏢、鑥)	biao	ㄅㄧㄠ	金部	【金部】	13畫	710	717	段14上-18	鍇27-6	鉉14上-3
鉞(鈇、鏚)	yue`	ㄩㄝˋ	金部	【金部】	13畫	712	719	段14上-22	鍇27-7	鉉14上-4
噦(鐬通叚)	hui`	ㄏㄨㄟˋ	口部	【口部】	13畫	59	59	段2上-22	鍇3-9	鉉2上-5
鐺(鎗)	dang	ㄉㄤ	金部	【金部】	13畫	713	720	段14上-24	鍇27-7	鉉14上-4
鐔	zhan`	ㄓㄢˇ	金部	【金部】	13畫	714	721	段14上-25	鍇27-8	鉉14上-4
鐵(銕、銕)	tie	ㄊㄧㄝˇ	金部	【金部】	13畫	702	709	段14上-2	鍇27-1	鉉14上-1
鑄	zhu`	ㄓㄨˋ	金部	【金部】	14畫	703	710	段14上-3	鍇27-2	鉉14上-1
鑢(鋁，鉛金石)	lü	ㄌㄩ	金部	【金部】	14畫	707	714	段14上-12	鍇27-5	鉉14上-3
碏(錯)	zhuo´	ㄓㄨㄛˊ	石部	【石部】	14畫	452	457	段9下-31	鍇18-10	鉉9下-5
椓(鐯，鐯通叚)	zhuo´	ㄓㄨㄛˊ	木部	【木部】	14畫	259	262	段6上-43	鍇11-19	鉉6上-6
籋(鑷，鑷通叚)	nie`	ㄋㄧㄝˋ	竹部	【竹部】	14畫	195	197	段5上-14	鍇9-5	鉉5上-2
鑊(鍠通叚)	huo`	ㄏㄨㄛˋ	金部	【金部】	14畫	704	711	段14上-5	鍇27-3	鉉14上-2
濩(鑊、護，頀通叚)	huo`	ㄏㄨㄛˋ	水部	【水部】	14畫	557	562	段11上貳-24	鍇21-20	鉉11上-7
鑿(鏧通叚)	qing	ㄑㄧㄥ	金部	【金部】	14畫	710	717	段14上-17	鍇27-6	鉉14上-3
磺(卝古文礦，鑛通叚)	huang´	ㄏㄨㄤˊ	石部	【石部】	14畫	448	453	段9下-23	鍇18-8	鉉9下-4
鑑(鑒、鑾、監，覽通叚)	jian`	ㄐㄧㄢˋ	金部	【金部】	14畫	703	710	段14上-4	鍇27-2	鉉14上-1
鑒(鑒俗)	jian`	ㄐㄧㄢˋ	金部	【金部】	14畫	702	709	段14上-2	鍇27-2	鉉14上-1
鑭(鑞，鈒通叚)	ba`	ㄅㄚˋ	金部	【金部】	15畫	707	714	段14上-11	鍇27-5	鉉14上-3
質(櫍、鑕通叚)	zhi´	ㄓˊ	貝部	【貝部】	15畫	281	284	段6下-19	鍇12-11	鉉6下-5
鑗(蠡、劙)	li´	ㄌㄧˊ	金部	【金部】	15畫	703	710	段14上-3	鍇27-2	鉉14上-1
鑠(爍通叚)	shuo`	ㄕㄨㄛˋ	金部	【金部】	15畫	703	710	段14上-3	鍇27-2	鉉14上-1
爚(爍、燿、鑠)	yue`	ㄩㄝˋ	火部	【火部】	15畫	481	486	段10上-43	鍇19-14	鉉10上-8
鑢(鋁，鉛金石)	lü	ㄌㄩˋ	金部	【金部】	15畫	707	714	段14上-12	鍇27-5	鉉14上-3
鑣(䲉)	biao	ㄅㄧㄠ	金部	【金部】	15畫	713	720	段14上-23	鍇27-7	鉉14上-4

篆本字（古文、金文、籀文、俗字，通叚、金石）	拼音	注音	說文部首	康熙部首	筆畫	一般頁碼	洪葉頁碼	段注篇章	徐鍇通釋篇章	徐鉉藤花榭篇章
鐜从畗羋(鐵、鐟、錞)	dui	ㄉㄨㄟ	金部	【金部】	16畫	711	718	段14上-19	鍇27-7	鉉14上-3
鑊(鑺通叚)	huo	ㄏㄨㄛˋ	金部	【金部】	16畫	704	711	段14上-5	鍇27-3	鉉14上-2
鏄(鎛)	bo	ㄅㄛˊ	金部	【金部】	16畫	709	716	段14上-15	鍇27-6	鉉14上-3
鎛(鏄)	bo	ㄅㄛˊ	金部	【金部】	16畫	709	716	段14上-16	鍇27-6	鉉14上-3
鐃	xiao	ㄒㄧㄠˇ	金部	【金部】	16畫	703	710	段14上-4	鍇27-2	鉉14上-1
鑪(爐、罏通叚)	lu	ㄌㄨˊ	金部	【金部】	16畫	705	712	段14上-8	鍇27-4	鉉14上-2
鐵(尖，錢通叚)	jian	ㄐㄧㄢ	金部	【金部】	17畫	705	712	段14上-7	鍇27-3	鉉14上-2
兓(鐵、尖)	qin	ㄑㄧㄣ	兂部	【儿部】	17畫	406	410	段8下-10	鍇16-12	鉉8下-2
鑱(櫼通叚)	chan	ㄔㄢˊ	金部	【金部】	17畫	707	714	段14上-12	鍇27-4	鉉14上-3
闠(籥，鑰通叚)	yue	ㄩㄝˋ	門部	【門部】	17畫	590	596	段12上-13	鍇23-6	鉉12上-3
籥(鑰通叚)	yue	ㄩㄝˋ	竹部	【竹部】	17畫	190	192	段5上-4	鍇9-2	鉉5上-1
鑲	xiang	ㄒㄧㄤ	金部	【金部】	17畫	703	710	段14上-3	鍇27-2	鉉14上-1
鑴	xi	ㄒㄧ	金部	【金部】	18畫	704	711	段14上-5	鍇27-3	鉉14上-2
觿(鑴)	xi	ㄒㄧ	角部	【角部】	18畫	186	188	段4下-58	鍇8-20	鉉4下-9
爞	chong	ㄔㄨㄥˊ	火部	【火部】	18畫	無	無	無	無	鉉10上-9
蟲(爞通叚)	chong	ㄔㄨㄥˊ	蟲部	【虫部】	18畫	676	682	段13下-4	鍇25-16	鉉13下-1
籋(鑷，鑈通叚)	nie	ㄋㄧㄝˋ	竹部	【竹部】	18畫	195	197	段5上-14	鍇9-5	鉉5上-2
鑺	qu	ㄑㄩ	金部	【金部】	18畫	無	無	無	無	鉉14上-4
瞿(昍，戵、鑺通叚)	qu	ㄑㄩˊ	瞿部	【目部】	18畫	147	149	段4上-37	鍇7-17	鉉4上-7
鑸(礧鏍wei 述及)	lei	ㄌㄟˇ	金部	【金部】	18畫	713	720	段14上-24	鍇27-8	鉉14上-4
鏢(鐰、鐰)	biao	ㄅㄧㄠ	金部	【金部】	18畫	710	717	段14上-18	鍇27-6	鉉14上-3
鑾(鸞)	luan	ㄌㄨㄢˊ	金部	【金部】	18畫	712	719	段14上-21	鍇27-7	鉉14上-4
鑽(厱、攢通叚)	zuan	ㄗㄨㄢ	金部	【金部】	19畫	707	714	段14上-12	鍇27-5	鉉14上-3
鐜从畗羋(鐜、鐩)	dui	ㄉㄨㄟˋ	金部	【金部】	19畫	714	721	段14上-26	鍇27-8	鉉14上-4
鐜从畗羋(鐵、鐟、錞)	dui	ㄉㄨㄟ	金部	【金部】	19畫	711	718	段14上-19	鍇27-7	鉉14上-3
鑼(鑼，耚通叚)	ba	ㄅㄚˋ	金部	【金部】	19畫	707	714	段14上-11	鍇27-5	鉉14上-3
鑼(鏍)	luo	ㄌㄨㄛˊ	金部	【金部】	19畫	704	711	段14上-5	鍇27-3	鉉14上-2
轙(鑶从獻)	yi	ㄧˇ	車部	【車部】	20畫	726	733	段14上-49	鍇27-14	鉉14上-7
鑿从殸	zao	ㄗㄠˊ	金部	【金部】	20畫	706	713	段14上-10	鍇27-4	鉉14上-2
繫(鑿)	zuo	ㄗㄨㄛˋ	殸部	【米部】	20畫	334	337	段7上-65	鍇13-26	鉉7上-10

篆本字（古文、金文、籀文、俗字，通叚、金石）	拼音	注音	說文部首	康熙部首	筆畫	一般頁碼	洪葉頁碼	段注篇章	徐鍇通釋篇章	徐鉉藤花榭篇章
钁(戵通叚)	jue´	ㄐㄩㄝˊ	金部	【金部】	20畫	706	713	段14上-10	錯27-4	鉉14上-2
斸(钃通叚)	zhu´	ㄓㄨˊ	斤部	【斤部】	21畫	717	724	段14上-31	錯27-10	鉉14上-5
【長(chang´)部】	chang´	ㄔㄤˊ	長部			453	457	段9下-32	錯18-11	鉉9下-5
長(夫、𠕞、镸)	chang´	ㄔㄤˊ	長部	【長部】		453	457	段9下-32	錯18-11	鉉9下-5
镻	die´	ㄉㄧㄝˊ	長部	【長部】	5畫	453	458	段9下-33	錯18-11	鉉9下-5
鬖(𩯆、鑔通叚)	cha˘	ㄔㄚˇ	髟部	【髟部】	5畫	426	430	段9上-22	錯17-7	鉉9上-4
肆(肆、鬚、遂、鬀、肄)	si`	ㄙˋ	長部	【隶部】	6畫	453	457	段9下-32	錯18-11	鉉9下-5
絲(𥾤、𣝗、肆、遂)	si`	ㄙˋ	希部	【互部】	6畫	456	461	段9下-39	錯18-13	鉉9下-6
髻从左月(毻、髦，鬌通叚)	duo˘	ㄉㄨㄛˇ	髟部	【髟部】	9畫	428	432	段9上-26	錯17-9	鉉9上-4
鬀(剔、剃，髪、揥、鬄通叚)	ti`	ㄊㄧˋ	髟部	【髟部】	10畫	428	432	段9上-26	錯17-9	鉉9上-4
鬖(𩯆、鑔通叚)	cha˘	ㄔㄚˇ	髟部	【髟部】	10畫	426	430	段9上-22	錯17-7	鉉9上-4
镾(彌、㺫、彊、敉、麼，獼通叚)	mi´	ㄇㄧˊ	長部	【長部】	14畫	453	458	段9下-33	錯18-11	鉉9下-5
【門(men´)部】	men´	ㄇㄣˊ	門部			587	593	段12上-7	錯23-4	鉉12上-2
門	men´	ㄇㄣˊ	門部	【門部】		587	593	段12上-7	錯23-4	鉉12上-2
閃(焀通叚)	shan˘	ㄕㄢˇ	門部	【門部】	2畫	590	596	段12上-14	錯23-6	鉉12上-3
閅(閆)	zhen`	ㄓㄣˋ	門部	【門部】	2畫	590	596	段12上-14	錯23-6	鉉12上-3
閈	han`	ㄏㄢˋ	門部	【門部】	3畫	587	593	段12上-8	錯23-4	鉉12上-2
閉(閟、閇)	bi`	ㄅㄧˋ	門部	【門部】	3畫	590	596	段12上-13	錯23-5	鉉12上-3
熌	lin`	ㄌㄧㄣˋ	火部	【門部】	4畫	481	485	段10上-42	錯19-14	鉉10上-7
閏	run`	ㄖㄨㄣˋ	王部	【門部】	4畫	9	9	段1上-18	錯1-9	鉉1上-3
閕	xie`	ㄒㄧㄝˋ	門部	【門部】	4畫	588	594	段12上-9	錯23-5	鉉12上-2
開(開)	kai	ㄎㄞ	門部	【門部】	4畫	588	594	段12上-10	錯23-5	鉉12上-3
閎	hong´	ㄏㄨㄥˊ	門部	【門部】	4畫	587	593	段12上-8	錯23-4	鉉12上-2
宏(弘、閎，竑通叚)	hong´	ㄏㄨㄥˊ	宀部	【宀部】	4畫	339	342	段7下-8	錯14-4	鉉7下-2
閑(瞯，鵬通叚)	xian´	ㄒㄧㄢˊ	門部	【門部】	4畫	589	595	段12上-12	錯11-29，23-5	鉉12上-3

篆本字(古文、金文、籀文、俗字，通段，金石)	拼音	注音	說文部首	康熙部首	筆畫	一般頁碼	洪葉頁碼	段注篇章	徐鍇通釋篇章	徐鉉藤花榭篇章
閌(阬閌述及)	kang	ㄎㄤ	門部	【門部】4畫	無	無	無	無	鉉12上-3
伉(閌通段)	kang`	ㄎㄤ`	人部	【人部】4畫	367	371	段8上-5	錯15-2	鉉8上-1
阬(坑、陱、閌、閌閌述及)	keng	ㄎㄥ	昌部	【阜部】4畫	733	740	段14下-6	錯28-2	鉉14下-1
祊(祊，閍通段)	beng	ㄅㄥ	示部	【示部】4畫	4	4	段1上-8	錯1-6	鉉1上-2
閉(閇、閈)	bi`	ㄅㄧ`	門部	【門部】4畫	590	596	段12上-13	錯23-5	鉉12上-3
閒(間、閑、閔，瀾通段)	xian´	ㄒㄧㄢ´	門部	【門部】4畫	589	595	段12上-12	錯23-5	鉉12上-3
閔(愍、憫，瘝通段)	min˘	ㄇㄧㄣˇ	門部	【門部】4畫	591	597	段12上-15	錯23-6	鉉12上-3
閘(牐通段)	zha´	ㄓㄚ´	門部	【門部】5畫	588	594	段12上-10	錯23-5	鉉12上-3
閜(xia˘)	ke˘	ㄎㄜˇ	門部	【門部】5畫	588	594	段12上-10	錯23-5	鉉12上-3
閜(閜)	e˘	ㄜˇ	門部	【門部】5畫	589	595	段12上-12	錯23-5	鉉12上-3
閞(杅通段)	bian`	ㄅㄧㄢ`	門部	【門部】5畫	588	594	段12上-9	錯23-5	鉉12上-2
閟(祕)	bi`	ㄅㄧ`	門部	【門部】5畫	588	594	段12上-10	錯23-5	鉉12上-3
祕(閟，秘通段)	mi`	ㄇㄧ`	示部	【示部】5畫	3	3	段1上-6	錯1-6	鉉1上-2
開(閞)	kai	ㄎㄞ	門部	【門部】5畫	588	594	段12上-10	錯23-5	鉉12上-3
閒(間、閑、閔，瀾通段)	xian´	ㄒㄧㄢ´	門部	【門部】5畫	589	595	段12上-12	錯23-5	鉉12上-3
閥	fa´	ㄈㄚ´	門部	【門部】6畫	無	無	無	無	鉉12上-3
伐(閥，坺通段)	fa´	ㄈㄚ´	人部	【人部】6畫	381	385	段8上-34	錯15-11	鉉8上-4
閩(蠠)	min˘	ㄇㄧㄣˇ	虫部	【門部】6畫	673	680	段13上-61	錯25-14	鉉13上-8
閡	he´	ㄏㄜ´	門部	【門部】6畫	590	596	段12上-13	錯23-5	鉉12上-3
閣(擱通段)	ge´	ㄍㄜ´	門部	【門部】6畫	589	595	段12上-11	錯23-5	鉉12上-3
閤	ge´	ㄍㄜ´	門部	【門部】6畫	587	593	段12上-8	錯23-4	鉉12上-2
閨	gui	ㄍㄨㄟ	門部	【門部】6畫	587	593	段12上-8	錯23-4	鉉12上-2
聞(睯)	wen´	ㄨㄣ´	耳部	【耳部】6畫	592	598	段12上-17	錯23-7	鉉12上-4
闢(闗、辟)	pi`	ㄆㄧ`	門部	【門部】6畫	588	594	段12上-10	錯23-5	鉉12上-3
閬	lang`	ㄌㄤ`	門部	【門部】7畫	588	594	段12上-10	錯23-5	鉉12上-3
阬(坑、陱、閌、閌閌述及)	keng	ㄎㄥ	昌部	【阜部】7畫	733	740	段14下-6	錯28-2	鉉14下-1
梱(閫通段)	kun˘	ㄎㄨㄣˇ	木部	【木部】7畫	256	259	段6上-37	錯11-16	鉉6上-5
閭(㗦，藺通段)	lǘ	ㄌㄩˊ	門部	【門部】7畫	587	593	段12上-8	錯23-4	鉉12上-2
閲(穴)	yue`	ㄩㄝ`	門部	【門部】7畫	590	596	段12上-14	錯23-6	鉉12上-3

篆本字(古文、金文、籀文、俗字，通段、金石)	拼音	注音	說文部首	康熙部首	筆畫	一般頁碼	洪葉頁碼	段注篇章	徐鍇通釋篇章	徐鉉藤花榭篇章
兌(閲，莌、蔮 通段)	dui`	ㄉㄨㄟˋ	儿部	【儿部】	7畫	405	409	段8下-8	鍇16-11	鉉8下-2
患(悶、懸，瀗 通段)	huan`	ㄏㄨㄢˋ	心部	【心部】	8畫	514	518	段10下-48	鍇20-17	鉉10下-9
閶	chang	ㄔㄤ	門部	【門部】	8畫	587	593	段12上-7	鍇23-4	鉉12上-2
闛(閶)	tang´	ㄊㄤˊ	門部	【門部】	8畫	590	596	段12上-13	鍇23-6	鉉12上-3
鐋(闛、閶)	tang´	ㄊㄤˊ	金部	【金部】	8畫	710	717	段14上-17	鍇27-6	鉉14上-3
鼞(閶、鐋、闛)	tang	ㄊㄤ	鼓部	【鼓部】	8畫	206	208	段5上-36	鍇9-15	鉉5上-7
閹	yan	ㄧㄢ	門部	【門部】	8畫	590	596	段12上-13	鍇23-6	鉉12上-3
閼(遏)	yan	ㄧㄢ	門部	【門部】	8畫	589	595	段12上-12	鍇23-5	鉉12上-3
閽(勳)	hun	ㄏㄨㄣ	門部	【門部】	8畫	590	596	段12上-14	鍇23-6	鉉12上-3
閻(壛)	yan´	ㄧㄢˊ	門部	【門部】	8畫	587	593	段12上-8	鍇23-4	鉉12上-2
閾(閫)	yu`	ㄩˋ	門部	【門部】	8畫	588	594	段12上-9	鍇23-5	鉉12上-3
闍	du	ㄉㄨ	門部	【門部】	8畫	588	594	段12上-9	鍇23-4	鉉12上-2
閜(閒)	e`	ㄜˋ	門部	【門部】	8畫	589	595	段12上-12	鍇23-5	鉉12上-3
閵(䳇)	lin`	ㄌㄧㄣˋ	隹部	【門部】	8畫	141	142	段4上-24	鍇7-11	鉉4上-5
疄(閵，轔 通段)	lin´	ㄌㄧㄣˊ	田部	【田部】	8畫	697	704	段13下-47	鍇26-9	鉉13下-6
夏(閿)	wen´	ㄨㄣˊ	夏部	【門部】	8畫	129	131	段4上-1	鍇7-1	鉉4上-1
閘(圔)	ya`	ㄧㄚˋ	門部	【門部】	9畫	589	595	段12上-12	鍇23-5	鉉12上-3
鍵(鐽 通段)	jian`	ㄐㄧㄢˋ	金部	【金部】	9畫	704	711	段14上-6	鍇27-3	鉉14上-2
闈(闋 通段)	wei´	ㄨㄟˊ	門部	【門部】	9畫	588	594	段12上-10	鍇23-5	鉉12上-3
闇(暗，菴 通段)	an`	ㄢˋ	門部	【門部】	9畫	590	596	段12上-13	鍇23-5	鉉12上-3
暗(闇、晻，陪 通段)	an`	ㄢˋ	日部	【日部】	9畫	305	308	段7上-8	鍇13-3	鉉7上-1
闔(盍，鞨 通段)	he´	ㄏㄜˊ	門部	【門部】	9畫	588	594	段12上-9	鍇23-5	鉉12上-2
徼(僥、邀、闄 通段)	jiao˘	ㄐㄧㄠˇ	彳部	【彳部】	9畫	76	76	段2下-14	鍇4-7	鉉2下-3
閾(閫)	yu`	ㄩˋ	門部	【門部】	9畫	588	594	段12上-9	鍇23-5	鉉12上-3
洫(淢、閾)	xu`	ㄒㄩˋ	水部	【水部】	9畫	554	559	段11上貳-17	鍇21-18	鉉11上-6
闃	qu`	ㄑㄩˋ	門部	【門部】	9畫	無	無	無	無	鉉12上-3
闈	wei´	ㄨㄟˊ	門部	【門部】	9畫	587	593	段12上-7	鍇23-4	鉉12上-2
闉	yin	ㄧㄣ	門部	【門部】	9畫	588	594	段12上-9	鍇23-4	鉉12上-2
闋	que`	ㄑㄩㄝˋ	門部	【門部】	9畫	590	596	段12上-14	鍇23-6	鉉12上-3

篆本字(古文、金文、籀文、俗字，通叚、金石)	拼音	注音	說文部首	康熙部首	筆畫	一般頁碼	洪葉頁碼	段注篇章	徐鍇通釋篇章	徐鉉藤花榭篇章
闌(欄)	lan´	ㄌㄢˊ	門部	【門部】9畫	589	595	段12上-12	鍇23-5	鉉12上-3
闗从縊(蘭、闌)	lan´	ㄌㄢˊ	門部	【門部】9畫	590	596	段12上-14	鍇23-6	鉉12上-3
闊(濶)	kuo`	ㄎㄨㄛˋ	門部	【門部】9畫	591	597	段12上-15	鍇23-6	鉉12上-3
闛(鬮)	lin`	ㄌㄧㄣˋ	隹部	【門部】10畫	141	142	段4上-24	鍇7-11	鉉4上-5
闐(顚)	tian´	ㄊㄧㄢˊ	門部	【門部】10畫	590	596	段12上-13	鍇23-6	鉉12上-3
嗔(闐)	chen	ㄔㄣ	口部	【口部】10畫	58	58	段2上-20	鍇3-8	鉉2上-4
闑(槷)	nie`	ㄋㄧㄝˋ	門部	【門部】10畫	588	594	段12上-9	鍇23-5	鉉12上-2
闒(闥，榻通叚)	ta`	ㄊㄚˋ	門部	【門部】10畫	587	593	段12上-8	鍇23-4	鉉12上-2
鞳(鞈、榻、闒)	ta`	ㄊㄚˋ	鼓部	【鼓部】10畫	206	208	段5上-36	鍇9-15	鉉5上-7
闓	kai˘	ㄎㄞˇ	門部	【門部】10畫	588	594	段12上-10	鍇23-6	鉉12上-3
闔(闥，闔通叚)	he´	ㄏㄜˊ	門部	【門部】10畫	588	594	段12上-9	鍇23-5	鉉12上-2
闕(缺述及)	que`	ㄑㄩㄝˋ	門部	【門部】10畫	588	594	段12上-9	鍇23-4	鉉12上-2
缺(闕，𡙇通叚)	que	ㄑㄩㄝ	缶部	【缶部】10畫	225	228	段5下-21	鍇10-8	鉉5下-4
缺(𡙇、闕)	que	ㄑㄩㄝ	亯部	【高部】10畫	228	231	段5下-27	鍇10-11	鉉5下-5
闖	chuang˘	ㄔㄨㄤˇ	門部	【門部】10畫	591	597	段12上-15	鍇23-6	鉉12上-3
闚(覻通叚)	kui	ㄎㄨㄟ	門部	【門部】11畫	590	596	段12上-14	鍇23-6	鉉12上-3
启(啟，闚通叚)	qi˘	ㄑㄧˇ	口部	【口部】11畫	58	58	段2上-20	鍇3-8	鉉2上-4
濶(闊)	kuo`	ㄎㄨㄛˋ	門部	【門部】11畫	591	597	段12上-15	鍇23-6	鉉12上-3
闛(閶)	tang´	ㄊㄤˊ	門部	【門部】11畫	590	596	段12上-13	鍇23-6	鉉12上-3
鏜(闛、閶)	tang´	ㄊㄤˊ	金部	【金部】11畫	710	717	段14上-17	鍇27-6	鉉14上-3
鼞(閶、鏜、闛)	tang	ㄊㄤ	鼓部	【鼓部】11畫	206	208	段5上-36	鍇9-15	鉉5上-7
關(櫼、貫彎述及，攔通叚)	guan	ㄍㄨㄢ	門部	【門部】11畫	590	596	段12上-13	鍇23-5	鉉12上-3
闞(瞰、矙、鬫通叚)	kan`	ㄎㄢˋ	門部	【門部】12畫	590	596	段12上-14	鍇23-6	鉉12上-3
闤	huan´	ㄏㄨㄢˊ	門部	【門部】12畫	無	無	無	無	鉉12上-3
闠	hui`	ㄏㄨㄟˋ	門部	【門部】12畫	588	594	段12上-9	鍇23-4	鉉12上-2
營(闤、闠)	ying´	ㄧㄥˊ	宮部	【火部】12畫	342	346	段7下-15	鍇14-7	鉉7下-3
闥	ta`	ㄊㄚˋ	門部	【門部】12畫	無	無	無	無	鉉12上-3
闒(闥，榻通叚)	ta`	ㄊㄚˋ	門部	【門部】12畫	587	593	段12上-8	鍇23-4	鉉12上-2
達(达，闥通叚)	da´	ㄉㄚˊ	辵(辶)部	【辵部】12畫	73	73	段2下-8	鍇4-4	鉉2下-2
闔(闔，闔通叚)	he´	ㄏㄜˊ	門部	【門部】12畫	588	594	段12上-9	鍇23-5	鉉12上-2

篆本字（古文、金文、籀文、俗字，通叚、金石）	拼音	注音	說文部首	康熙部首	筆畫	一般頁碼	洪葉頁碼	段注篇章	徐鍇通釋篇章	徐鉉藤花榭篇章
闡(灛通叚)	chan˘	ㄔㄢˇ	門部	【門部】12畫		588	594	段12上-10	鍇23-5	鉉12上-3
闚(覝通叚)	kui	ㄎㄨㄟ	門部	【門部】12畫		590	596	段12上-14	鍇23-6	鉉12上-3
闈(闔通叚)	wei˘	ㄨㄟˇ	門部	【門部】12畫		588	594	段12上-10	鍇23-5	鉉12上-3
闤(hang`)	xiang`	ㄒㄧㄤˋ	門部	【門部】13畫		589	595	段12上-12	鍇23-5	鉉12上-3
闇	yan´	ㄧㄢˊ	門部	【門部】13畫		587	593	段12上-7	鍇23-4	鉉12上-2
闢(閵、辟)	pi`	ㄆㄧˋ	門部	【門部】13畫		588	594	段12上-10	鍇23-5	鉉12上-3
辟(僻、避、譬、闢、壁、襞，擗、霹通叚)	pi`	ㄆㄧˋ	辟部	【辛部】13畫		432	437	段9上-35	鍇17-11	鉉9上-6
關	zhuan˘	ㄓㄨㄢˇ	門部	【門部】17畫		589	595	段12上-12	鍇23-5	鉉12上-3
闟(籥，鑰通叚)	yue`	ㄩㄝˋ	門部	【門部】17畫		590	596	段12上-13	鍇23-6	鉉12上-3
鬮(闧通叚)	jiu	ㄐㄧㄡ	鬥部	【鬥部】18畫		114	115	段3下-15	鍇6-8	鉉3下-3
闌從戀(蘭、闌)	lan´	ㄌㄢˊ	門部	【門部】19畫		590	596	段12上-14	鍇23-6	鉉12上-3
【皀(fu`)部】	fu`	ㄈㄨˋ	皀部			731	738	段14下-1	鍇28-1	鉉14下-1
皀(阜、厒，峊、𨸏通叚)	fu`	ㄈㄨˋ	皀部	【阜部】		731	738	段14下-1	鍇28-1	鉉14下-1
阰	ding	ㄉㄧㄥ	皀部	【阜部】2畫		735	742	段14下-10	鍇28-3	鉉14下-2
阞(仂通叚)	le`	ㄌㄜˋ	皀部	【阜部】2畫		731	738	段14下-1	鍇28-1	鉉14下-1
邔(阤)	ji˘	ㄐㄧˇ	邑部	【邑部】2畫		299	302	段6下-55	鍇12-22	鉉6下-8
邌(黎、耆、阞、飢)	li´	ㄌㄧˊ	邑部	【邑部】2畫		288	291	段6下-33	鍇12-16	鉉6下-6
阠	xin`	ㄒㄧㄣˋ	皀部	【阜部】3畫		無	無	無	無	鉉14下-2
阢(仉、屼、杌通叚)	wu`	ㄨˋ	皀部	【阜部】3畫		734	741	段14下-8	鍇28-3	鉉14下-1
阡	qian	ㄑㄧㄢ	皀部	【阜部】3畫		無	無	無	無	鉉14下-2
千(芊裕qian述及，仟、阡通叚)	qian	ㄑㄧㄢ	十部	【十部】3畫		89	89	段3上-6	鍇5-4	鉉3上-2
阤(陀、陁)	tuo´	ㄊㄨㄛˊ	皀部	【阜部】3畫		733	740	段14下-5	鍇28-2	鉉14下-1
阱(穽、汫，洴通叚)	jing˘	ㄐㄧㄥˇ	井部	【阜部】4畫		216	218	段5下-2	鍇10-2	鉉5下-1
阪(坡、陂、反，坂通叚)	ban˘	ㄅㄢˇ	皀部	【阜部】4畫		731	738	段14下-2	鍇28-1	鉉14下-1

篆本字(古文、金文、籀文、俗字，通叚、金石)	拼音	注音	說文部首	康熙部首	筆畫	一般頁碼	洪葉頁碼	段注篇章	徐鍇通釋篇章	徐鉉藤花榭篇章
阪(坡、陂、反，坂通叚)	ban˅	ㄅㄢˇ	𨸏部	【阜部】4畫		731	738	段14下-2	錯28-1	鉉14下-1
阬(坑、陒、閌、閜閜述及)	keng	ㄎㄥ	𨸏部	【阜部】4畫		733	740	段14下-6	錯28-2	鉉14下-1
閜(阬閜述及)	kang	ㄎㄤ	門部	【門部】4畫		無	無	無	無	鉉12上-3
陛(蛫、阰通叚)	bi`	ㄅㄧˋ	𨸏部	【阜部】4畫		736	743	段14下-11	錯28-4	鉉14下-2
搋(批，琵、阰通叚)	pi	ㄆㄧ	手部	【手部】4畫		606	612	段12上-46	錯23-14	鉉12上-7
氏(坻、汦、是)	shi`	ㄕˋ	氏部	【氏部】4畫		628	634	段12下-33	錯24-11	鉉12下-5
阭	yun˅	ㄩㄣˇ	𨸏部	【阜部】4畫		732	739	段14下-3	錯28-2	鉉14下-1
阮(原)	ruan	ㄖㄨㄢ	𨸏部	【阜部】4畫		735	742	段14下-9	錯28-3	鉉14下-2
序(杼、緒、敍，阾通叚)	xu`	ㄒㄩˋ	广部	【广部】4畫		444	448	段9下-14	錯18-5	鉉9下-2
阯(址)	zhi˅	ㄓˇ	𨸏部	【阜部】4畫		734	741	段14下-7	錯28-3	鉉14下-1
斗(枓魁述及、陡 陗qiao`述及，戽、抖、斟、蚪、阧通叚)	dou˅	ㄉㄡˇ	斗部	【斗部】4畫		717	724	段14上-32	錯27-10	鉉14上-5
防(陟、坊，堕通叚)	fang´	ㄈㄤˊ	𨸏部	【阜部】4畫		733	740	段14下-6	錯28-3	鉉14下-1
方(防、舫、汸、旁訪述及，坊、髣通叚)	fang	ㄈㄤ	方部	【方部】4畫		404	408	段8下-6	錯16-11	鉉8下-2
阹	qu	ㄑㄩ	𨸏部	【阜部】5畫		736	743	段14下-12	錯28-4	鉉14下-2
阺(坻)	di˅	ㄉㄧˇ	𨸏部	【阜部】5畫		734	741	段14下-8	錯28-3	鉉14下-1
阻(俎)	zu˅	ㄗㄨˇ	𨸏部	【阜部】5畫		732	739	段14下-3	錯28-2	鉉14下-1
阼(阼通叚)	zuo`	ㄗㄨㄛˋ	𨸏部	【阜部】5畫		736	743	段14下-11	錯28-4	鉉14下-2
阽	dian`	ㄉㄧㄢˋ	𨸏部	【阜部】5畫		736	743	段14下-11	錯28-4	鉉14下-2
阨(扼、隘騞dian`述及，阸通叚)	e`	ㄜˋ	𨸏部	【阜部】5畫		734	741	段14下-8	錯28-3	鉉14下-1
阤(陀、陊)	tuo´	ㄊㄨㄛˊ	𨸏部	【阜部】5畫		733	740	段14下-5	錯28-2	鉉14下-1
隩(坳、阰)	ao`	ㄠˋ	𨸏部	【阜部】5畫		734	741	段14下-8	錯28-3	鉉14下-2

篆本字(古文、金文、籀文、俗字,通叚、金石)	拼音	注音	說文部首	康熙部首	筆畫	一般頁碼	洪葉頁碼	段注篇章	徐鍇通釋篇章	徐鉉藤花榭篇章
氿(厬、漸,泍、坑、阮通叚)	gui	ㄍㄨㄟˇ	水部	【水部】	5畫	552	557	段11上貳-14	鍇21-17	鉉11上-6
坏此非壞字(培,坯、㟷、抔、阫通叚)	pei	ㄆㄟˊ	土部	【土部】	5畫	692	698	段13下-36	鍇26-6	鉉13下-5
阿(𨻶、㙪通叚)	a	ㄚ	𨸏部	【阜部】	5畫	731	738	段14下-2	鍇28-1	鉉14下-1
娿(阿)	e	ㄜ	女部	【女部】	5畫	616	622	段12下-9	鍇24-3	鉉12下-1
陂(坡、波,岥通叚)	po	ㄆㄛ	𨸏部	【阜部】	5畫	731	738	段14下-2	鍇28-1	鉉14下-1
坡(陂,岥通叚)	po	ㄆㄛ	土部	【土部】	5畫	683	689	段13下-18	鍇26-2	鉉13下-3
波(陂)	po	ㄆㄛ	水部	【水部】	5畫	548	553	段11上貳-6	鍇21-15	鉉11上-5
破(坡、陂,磻通叚)	po	ㄆㄛˋ	石部	【石部】	5畫	452	456	段9下-30	鍇18-10	鉉9下-5
披(陂,耚通叚)	pi	ㄆㄧ	手部	【手部】	5畫	602	608	段12上-38	鍇23-12	鉉12上-6
附(坿)	fu	ㄈㄨˋ	𨸏部	【阜部】	5畫	734	741	段14下-7	鍇28-3	鉉14下-1
坿(附)	fu	ㄈㄨˋ	土部	【土部】	5畫	689	696	段13下-31	鍇26-5	鉉13下-4
駙(附、傅)	fu	ㄈㄨˋ	馬部	【馬部】	5畫	465	470	段10上-11	鍇19-3	鉉10上-2
陳(𨸏、陣、敶、敕、田述及)	chen	ㄔㄣˊ	𨸏部	【阜部】	5畫	735	742	段14下-10	鍇28-4	鉉14下-2
垝(隉,庋通叚)	gui	ㄍㄨㄟˇ	土部	【土部】	6畫	691	697	段13下-34	鍇26-5	鉉13下-5
陾(陑)	reng	ㄖㄥˊ	𨸏部	【阜部】	6畫	736	743	段14下-12	鍇28-4	鉉14下-2
垔(𡐦、堙、陻、陙)	yin	ㄧㄣ	土部	【土部】	6畫	691	697	段13下-34	鍇26-5	鉉13下-5
佰(袹、陌通叚)	bai	ㄅㄞˇ	人部	【人部】	6畫	374	378	段8上-19	鍇15-7	鉉8上-3
垛(垜,陊通叚)	duo	ㄉㄨㄛˇ	土部	【土部】	6畫	686	693	段13下-24	鍇26-3	鉉13下-4
陇	yi	ㄧˋ	𨸏部	【阜部】	6畫	735	742	段14下-9	鍇28-3	鉉14下-2
陋(陋)	lou	ㄌㄡˋ	𨸏部	【阜部】	6畫	732	739	段14下-3	鍇28-2	鉉14下-1
陊(墮,憜通叚)	duo	ㄉㄨㄛˋ	𨸏部	【阜部】	6畫	733	740	段14下-6	鍇28-2	鉉14下-1
隋(隨隳述及、陊、墮)	sui	ㄙㄨㄟˊ	肉部	【阜部】	6畫	172	174	段4下-30	鍇8-11	鉉4下-5
華(花,陓、驊通叚)	hua	ㄏㄨㄚ	華部	【艸部】	6畫	275	277	段6下-6	鍇12-5	鉉6下-2

篆本字(古文、金文、籀文、俗字，通段、金石)	拼音	注音	說文部首	康熙部首	筆畫	一般頁碼	洪葉頁碼	段注篇章	徐鍇通釋篇章	徐鉉藤花榭篇章
降投夅(隆通段)	xiangˊ	ㄒㄧㄤˊ	𨸏部	【阜部】	6畫	732	739	段14下-4	鍇28-2	鉉14下-1
洚(降、夅)	jiangˋ	ㄐㄧㄤˋ	水部	【水部】	6畫	546	551	段11上貳-1	鍇21-13	鉉11上-4
夅降服字，當作此。	jiangˋ	ㄐㄧㄤˋ	夊部	【夊部】	6畫	237	239	段5下-43	鍇10-18	鉉5下-8
限(限、㡉、𣅈)	xianˋ	ㄒㄧㄢˋ	𨸏部	【阜部】	6畫	732	739	段14下-3	鍇28-2	鉉14下-1
阬(坑、限、閬、閌閬述及)	keng	ㄎㄥ	𨸏部	【阜部】	6畫	733	740	段14下-6	鍇28-2	鉉14下-1
陔	gai	ㄍㄞ	𨸏部	【阜部】	6畫	736	743	段14下-11	鍇28-4	鉉14下-2
陪	ku	ㄎㄨ	𨸏部	【阜部】	7畫	735	742	段14下-10	鍇28-3	鉉14下-2
陖(峻、洒)	junˋ	ㄐㄩㄣˋ	𨸏部	【阜部】	7畫	732	739	段14下-3	鍇28-2	鉉14下-1
陗(峭通段)	qiaoˋ	ㄑㄧㄠˋ	𨸏部	【阜部】	7畫	732	739	段14下-3	鍇28-2	鉉14下-1
升(升、陞，昇通段)	sheng	ㄕㄥ	斗部	【十部】	7畫	719	726	段14上-35	鍇27-11	鉉14上-6
防(陸、坊，埅通段)	fangˊ	ㄈㄤˊ	𨸏部	【阜部】	7畫	733	740	段14下-6	鍇28-3	鉉14下-1
陘(徑、巠)	xingˊ	ㄒㄧㄥˊ	𨸏部	【阜部】	7畫	734	741	段14下-7	鍇28-3	鉉14下-1
陙	chunˊ	ㄔㄨㄣˊ	𨸏部	【阜部】	7畫	736	743	段14下-12	鍇28-4	鉉14下-2
陋(陋)	louˋ	ㄌㄡˋ	𨸏部	【阜部】	7畫	732	739	段14下-3	鍇28-2	鉉14下-1
㔷(陋)	louˋ	ㄌㄡˋ	匸部	【匸部】	7畫	635	641	段12下-47	鍇24-16	鉉12下-7
陛(蜌、阰通段)	biˋ	ㄅㄧˋ	𨸏部	【阜部】	7畫	736	743	段14下-11	鍇28-4	鉉14下-2
陜非陝shanˇ(陿、峽、狹)	xiaˊ	ㄒㄧㄚˊ	𨸏部	【阜部】	7畫	732	739	段14下-3	鍇28-2	鉉14下-1
陝古虢國	shanˇ	ㄕㄢˇ	𨸏部	【阜部】	7畫	735	742	段14下-9	鍇28-3	鉉14下-2
陟(億、騭述及)	zhiˋ	ㄓˋ	𨸏部	【阜部】	7畫	732	739	段14下-4	鍇28-2	鉉14下-1
騭(騭、陟、質)	zhiˋ	ㄓˋ	馬部	【馬部】	7畫	460	465	段10上-1	鍇19-1	鉉10上-1
寏(院)	huanˊ	ㄏㄨㄢˊ	宀部	【宀部】	7畫	338	342	段7下-7	鍇14-4	鉉7下-2
院(寏)	yuanˋ	ㄩㄢˋ	𨸏部	【阜部】	7畫	736	743	段14下-12	鍇28-4	鉉14下-2
除	chuˊ	ㄔㄨˊ	𨸏部	【阜部】	7畫	736	743	段14下-11	鍇28-4	鉉14下-2
陚	fuˋ	ㄈㄨˋ	𨸏部	【阜部】	7畫	735	742	段14下-10	鍇28-3	鉉14下-2
斗(枓魁述及、陡陗qiaoˋ述及，㪷、抖、戽、蚪、阧通段)	douˇ	ㄉㄡˇ	斗部	【斗部】	7畫	717	724	段14上-32	鍇27-10	鉉14上-5

篆本字（古文、金文、籀文、俗字，通段、金石）	拼音	注音	說文部首	康熙部首	筆畫	一般頁碼	洪葉頁碼	段注篇章	徐鍇通釋篇章	徐鉉藤花榭篇章
臬(藝、埶、陧、隉)	nie `	ㄋㄧㄝˋ	木部	【自部】	7畫	264	267	段6上-53	錯11-23	鉉6上-7
隉(陧、臬，嵲通段)	nie `	ㄋㄧㄝˋ	㠯部	【阜部】	7畫	733	740	段14下-5	錯28-2	鉉14下-1
餔	fu `	ㄈㄨˋ	餔部	【阜部】	7畫	737	744	段14下-13	錯28-5	鉉14下-2
嵆(屾、崩)	beng	ㄅㄥ	山部	【山部】	8畫	441	445	段9下-8	錯18-3	鉉9下-1
湔	jian `	ㄐㄧㄢˋ	㠯部	【阜部】	8畫	736	743	段14下-12	錯28-4	鉉14下-2
陪(倍、培述及)	pei ´	ㄆㄟˊ	㠯部	【阜部】	8畫	736	743	段14下-11	錯28-4	鉉14下-2
培(陪、倍)	pei ´	ㄆㄟˊ	土部	【土部】	8畫	690	696	段13下-32	錯26-5	鉉13下-5
倍(偝、背、陪、培述及)	bei `	ㄅㄟˋ	人部	【人部】	8畫	378	382	段8上-27	錯15-9	鉉8上-4
陬(娵通段)	zou	ㄗㄡ	㠯部	【阜部】	8畫	731	738	段14下-2	錯28-2	鉉14下-1
陭(埼、崎、碕、隑通段)	yi ˇ	ㄧˇ	㠯部	【阜部】	8畫	735	742	段14下-9	錯28-3	鉉14下-2
陮	dui `	ㄉㄨㄟˋ	㠯部	【阜部】	8畫	732	739	段14下-3	錯28-2	鉉14下-1
崔(陮)	cui	ㄘㄨㄟ	屵部	【山部】	8畫	442	446	段9下-10	錯18-4	鉉9下-2
陯(淪)	lun ´	ㄌㄨㄣˊ	㠯部	【阜部】	8畫	736	743	段14下-12	錯28-4	鉉14下-2
陰(霒、霠、侌)	yin	ㄧㄣ	㠯部	【阜部】	8畫	731	738	段14下-1	錯28-1	鉉14下-1
霒(侌、霠、霠、陰)	yin	ㄧㄣ	雲部	【雨部】	8畫	575	580	段11下-16	錯22-7	鉉11下-4
蔭(陰，廕通段)	yin `	ㄧㄣˋ	艸部	【艸部】	8畫	39	39	段1下-36	錯2-17	鉉1下-6
陳(敶、陣、敶、敕、田述及)	chen ´	ㄔㄣˊ	㠯部	【阜部】	8畫	735	742	段14下-10	錯28-4	鉉14下-2
田(陳，鈿、鷏通段)	tian ´	ㄊㄧㄢˊ	田部	【田部】	8畫	694	701	段13下-41	錯26-8	鉉13下-6
敶(敕、陳、陣)	chen ´	ㄔㄣˊ	攴部	【攴部】	8畫	124	125	段3下-35	錯6-18	鉉3下-8
陴(䬾、壤)	pi	ㄆㄧ	㠯部	【阜部】	8畫	736	743	段14下-12	錯28-4	鉉14下-2
陵(夌，鲮通段)	ling ´	ㄌㄧㄥˊ	㠯部	【阜部】	8畫	731	738	段14下-1	錯28-1	鉉14下-1
夌(淩、凌、陵，庱、輘通段)	ling ´	ㄌㄧㄥˊ	夊部	【夊部】	8畫	232	235	段5下-35	錯10-14	鉉5下-7
隄(隉通段)	di	ㄉㄧ	㠯部	【阜部】	8畫	733	740	段14下-6	錯28-3	鉉14下-1

篆本字（古文、金文、籀文、俗字，通段、金石）	拼音	注音	說文部首	康熙部首	筆畫	一般頁碼	洪葉頁碼	段注篇章	徐鍇通釋篇章	徐鉉藤花榭篇章
臤(臤，陜通段)	qiǎn	ㄑㄧㄢˇ	𨸏部	【阜部】8畫	734	741	段14下-8	鍇28-3	鉉14下-2
厞(菲、陫，厞通段)	fèi	ㄈㄟˋ	厂部	【厂部】8畫	448	452	段9下-22	鍇18-7	鉉9下-4
陶(匋，鞠、蜪通段)	táo	ㄊㄠˊ	𨸏部	【阜部】8畫	735	742	段14下-10	鍇28-4	鉉14下-2
匋(陶、窯述及)	táo	ㄊㄠˊ	缶部	【勹部】8畫	224	227	段5下-19	鍇10-8	鉉5下-4
傗(繇、陶、傜，傜通段)	yáo	ㄧㄠˊ	人部	【人部】8畫	380	384	段8上-31	鍇15-11	鉉8上-4
陷(掐、錎、臽通段)	xiàn	ㄒㄧㄢˋ	𨸏部	【阜部】8畫	732	739	段14下-4	鍇28-2	鉉14下-1
陸(𨽱从中兀)	lù	ㄌㄨˋ	𨸏部	【阜部】8畫	731	738	段14下-1	鍇28-1	鉉14下-1
坴(陸，碌通段)	lù	ㄌㄨˋ	土部	【土部】8畫	684	690	段13下-20	鍇26-2	鉉13下-4
陖	juǎn	ㄐㄩㄢˇ	𨸏部	【阜部】8畫	735	742	段14下-9	鍇28-3	鉉14下-2
隉	zhào	ㄓㄠˋ	𨸏部	【阜部】8畫	735	742	段14下-10	鍇28-4	鉉14下-2
堊(塞、堙、陻、陻)	yīn	ㄧㄣ	土部	【土部】9畫	691	697	段13下-34	鍇26-5	鉉13下-5
隆(隆，窿通段)	lóng	ㄌㄨㄥˊ	生部	【阜部】9畫	274	276	段6下-4	鍇12-4	鉉6下-2
𨽍(限、㫔、㫁)	xiàn	ㄒㄧㄢˋ	𨸏部	【阜部】9畫	732	739	段14下-3	鍇28-2	鉉14下-1
陝非陝shan（陜、峽、狹）	xiá	ㄒㄧㄚˊ	𨸏部	【阜部】9畫	732	739	段14下-3	鍇28-2	鉉14下-1
威(豊、葳、𡚽通段，媁金石)	wēi	ㄨㄟ	女部	【女部】9畫	615	621	段12下-7	鍇24-2	鉉12下-1
暗(闇、晻，陪通段)	àn	ㄢˋ	日部	【日部】9畫	305	308	段7上-8	鍇13-3	鉉7上-1
隋(隨隓述及、㥃、墮)	suí	ㄙㄨㄟˊ	肉部	【阜部】9畫	172	174	段4下-30	鍇8-11	鉉4下-5
挼(隋、墮、綏、挪，捼、搓、抄通段)	ruó	ㄖㄨㄛˊ	手部	【手部】9畫	605	611	段12上-44	鍇23-14	鉉12上-7
橢(隋，楕通段)	tuǒ	ㄊㄨㄛˇ	木部	【木部】9畫	261	264	段6上-47	鍇11-20	鉉6上-6
墮(隋、隨、橢、墮)	duǒ	ㄉㄨㄛˇ	山部	【山部】9畫	440	444	段9下-6	鍇18-2	鉉9下-1
陼(渚)	zhǔ	ㄓㄨˇ	𨸏部	【阜部】9畫	735	742	段14下-10	鍇28-4	鉉14下-2

篆本字(古文、金文、籀文、俗字，通叚、金石)	拼音	注音	說文部首	康熙部首	筆畫	一般頁碼	洪葉頁碼	段注篇章	徐鍇通釋篇章	徐鉉藤花樹篇章
隊	zhuan`	ㄓㄨㄢˋ	𨸏部	【阜部】	9畫	736	743	段14下-12	鍇28-4	鉉14下-2
陲(陲、垂)	chui´	ㄔㄨㄟˊ	𨸏部	【阜部】	9畫	736	743	段14下-12	鍇28-4	鉉14下-2
𡍮(垂、陲、權 銓述及，倕、菙 通叚)	chui´	ㄔㄨㄟˊ	土部	【土部】	9畫	693	700	段13下-39	鍇26-7	鉉13下-5
陽(易，佯 通叚)	yang´	ㄧㄤˊ	𨸏部	【阜部】	9畫	731	738	段14下-1	鍇28-1	鉉14下-1
昜(陽)	yang´	ㄧㄤˊ	勿部	【日部】	9畫	454	458	段9下-34	鍇18-11	鉉9下-5
暘(陽晞述及)	yang´	ㄧㄤˊ	日部	【日部】	9畫	303	306	段7上-4	鍇13-2	鉉7上-1
陾(陃)	reng´	ㄖㄥˊ	𨸏部	【阜部】	9畫	736	743	段14下-12	鍇28-4	鉉14下-2
隃(瑜 通叚)	yu´	ㄩˊ	𨸏部	【阜部】	9畫	735	742	段14下-9	鍇28-3	鉉14下-2
隄(陡 通叚)	di	ㄉㄧ	𨸏部	【阜部】	9畫	733	740	段14下-6	鍇28-3	鉉14下-1
隅(嵎、堣)	yu´	ㄩˊ	𨸏部	【阜部】	9畫	731	738	段14下-2	鍇28-2	鉉14下-1
隈	wei	ㄨㄟ	𨸏部	【阜部】	9畫	734	741	段14下-8	鍇28-3	鉉14下-2
陧(隉、臬，峴 通叚)	nie`	ㄋㄧㄝˋ	𨸏部	【阜部】	9畫	733	740	段14下-5	鍇28-2	鉉14下-1
臬(藝、𓎟、 隉、陧)	nie`	ㄋㄧㄝˋ	木部	【自部】	9畫	264	267	段6上-53	鍇11-23	鉉6上-7
隊(墜、碳，墜 通叚)	dui`	ㄉㄨㄟˋ	𨸏部	【阜部】	9畫	732	739	段14下-4	鍇28-2	鉉14下-1
碳(墜、隊，墜 通叚)	zhui`	ㄓㄨㄟˋ	石部	【石部】	9畫	450	454	段9下-26	鍇18-9	鉉9下-4
隍(堭 通叚)	huang´	ㄏㄨㄤˊ	𨸏部	【阜部】	9畫	736	743	段14下-12	鍇28-4	鉉14下-2
階(堦 通叚)	jie	ㄐㄧㄝ	𨸏部	【阜部】	9畫	736	743	段14下-11	鍇28-4	鉉14下-2
隕(zheng)	zhen	ㄓㄣ	𨸏部	【阜部】	9畫	735	742	段14下-10	鍇28-3	鉉14下-2
隒(嶘 通叚)	yan˅	ㄧㄢˇ	𨸏部	【阜部】	10畫	734	741	段14下-8	鍇28-3	鉉14下-1
隓(墮、憜、 嶞)	hui	ㄏㄨㄟ	𨸏部	【阜部】	10畫	733	740	段14下-5	鍇28-2	鉉14下-1
陭(埼、崎、 碕、隑 通叚)	yi˅	ㄧˇ	𨸏部	【阜部】	10畫	735	742	段14下-9	鍇28-3	鉉14下-2
唐(喝、塘、 磄、螗、隚、 鶶 通叚)	tang´	ㄊㄤˊ	口部	【口部】	10畫	58	59	段2上-21	鍇3-9	鉉2上-4
隔(膈 通叚)	ge´	ㄍㄜˊ	𨸏部	【阜部】	10畫	734	741	段14下-8	鍇28-3	鉉14下-1
擊(隔)	ji	ㄐㄧ	手部	【手部】	10畫	609	615	段12上-52	鍇23-16	鉉12上-8

篆本字(古文、金文、籀文、俗字,通叚、金石)	拼音	注音	說文部首	康熙部首	筆畫	一般頁碼	洪葉頁碼	段注篇章	徐鍇通釋篇章	徐鉉藤花榭篇章
隕(殞、圽通叚)	yun	ㄩㄣˇ	𨸏部	【阜部】	10畫	733	740	段14下-5	鍇28-2	鉉14下-1
抎(隕、耘)	yun	ㄩㄣˇ	手部	【手部】	10畫	602	608	段12上-37	鍇23-12	鉉12上-6
磒(隕)	yun	ㄩㄣˇ	石部	【石部】	10畫	450	454	段9下-26	鍇18-9	鉉9下-4
霣(霣、隕)	yun	ㄩㄣˇ	雨部	【雨部】	10畫	572	577	段11下-10	鍇22-5	鉉11下-3
隖(塢,碼通叚)	wu	ㄨˋ	𨸏部	【阜部】	10畫	736	743	段14下-12	鍇28-4	鉉14下-2
偃(隁㰍xuan述及,隁通叚)	yan	ㄧㄢˋ	人部	【人部】	10畫	378	382	段8上-27	鍇15-9	鉉8上-4
隗(kui´)	wei	ㄨㄟˇ	𨸏部	【阜部】	10畫	732	739	段14下-3	鍇28-2	鉉14下-1
陒	lei	ㄌㄟˇ	𨸏部	【阜部】	10畫	732	739	段14下-3	鍇28-2	鉉14下-1
隙(郤)	xi	ㄒㄧˋ	𨸏部	【阜部】	10畫	736	743	段14下-11	鍇28-4	鉉14下-2
𨺵从廿月(隘)	ai	ㄞˋ	舘部	【阜部】	10畫	737	744	段14下-13	鍇28-5	鉉14下-2
阸(扼、隘霸dian、述及,阨通叚)	e	ㄜˋ	𨸏部	【阜部】	10畫	734	741	段14下-8	鍇28-3	鉉14下-1
隆(隆,窿通叚)	long	ㄌㄨㄥˊ	生部	【阜部】	11畫	274	276	段6下-4	鍇12-4	鉉6下-2
墟(陜、罅)	xia	ㄒㄧㄚˋ	土部	【土部】	11畫	691	698	段13下-35	鍇26-6	鉉13下-5
陛(狴)	bi	ㄅㄧˋ	非部	【阜部】	11畫	583	588	段11下-32	鍇22-12	鉉11下-7
嶇(嶇,嶇通叚)	qu	ㄑㄩ	𨸏部	【阜部】	11畫	732	739	段14下-4	鍇28-2	鉉14下-1
際(察)	ji	ㄐㄧˋ	𨸏部	【阜部】	11畫	736	743	段14下-11	鍇28-4	鉉14下-2
察(際)	zhai	ㄓㄞˋ	广部	【广部】	11畫	348	352	段7下-27	鍇14-12	鉉7下-5
障(嶂、瘴通叚)	zhang	ㄓㄤˋ	𨸏部	【阜部】	11畫	734	741	段14下-8	鍇28-3	鉉14下-2
墉(臺、庸,陠通叚)	yong	ㄩㄥ	土部	【土部】	11畫	688	695	段13下-29	鍇26-4	鉉13下-4
㠀(島、隝、隯通叚)	dao	ㄉㄠˇ	山部	【山部】	11畫	438	442	段9下-2	鍇18-1	鉉9下-1
塿(婁,嶁、陋通叚)	lou	ㄌㄡˇ	土部	【土部】	11畫	691	698	段13下-35	鍇26-6	鉉13下-5
嶅(敖,磝、隞通叚)	ao	ㄠˊ	山部	【山部】	11畫	439	444	段9下-5	鍇18-2	鉉9下-1
偃(隁㰍xuan述及,隁通叚)	yan	ㄧㄢˋ	人部	【人部】	11畫	378	382	段8上-27	鍇15-9	鉉8上-4
陓(頃)	qing	ㄑㄧㄥ	𨸏部	【阜部】	11畫	733	740	段14下-6	鍇28-2	鉉14下-1
隓(嫷)	hui	ㄏㄨㄟ	𨸏部	【阜部】	12畫	735	742	段14下-10	鍇28-3	鉉14下-2
隤(墤通叚)	tui	ㄊㄨㄟˊ	𨸏部	【阜部】	12畫	732	739	段14下-4	鍇28-2	鉉14下-1
陲(陲、垂)	chui	ㄔㄨㄟˊ	𨸏部	【阜部】	12畫	736	743	段14下-12	鍇28-4	鉉14下-2

篆本字(古文、金文、籀文、俗字,通叚、金石)	拼音	注音	說文部首	康熙部首	筆畫	一般頁碼	洪葉頁碼	段注篇章	徐鍇通釋篇章	徐鉉藤花榭篇章
隥(嶝,磴、嶝通叚)	deng`	ㄉㄥˋ	𨸏部	【阜部】	12畫	732	739	段14下-3	鍇28-2	鉉14下-1
遂(述吹述及,逑、濾、璲、繜、隧通叚)	sui`	ㄙㄨㄟˋ	辵(辶)部	【辵部】	12畫	74	74	段2下-10	鍇4-5	鉉2下-2
敶(敕、陳、陣)	chen´	ㄔㄣˊ	攴部	【攴部】	12畫	124	125	段3下-35	鍇6-18	鉉3下-8
陳(𨸏、陣、敶、敕、田述及)	chen´	ㄔㄣˊ	𨸏部	【阜部】	12畫	735	742	段14下-10	鍇28-4	鉉14下-2
隦	wu´	ㄨˊ	𨸏部	【阜部】	12畫	735	742	段14下-9	鍇28-3	鉉14下-2
𨺗	jue´	ㄐㄩㄝˊ	鼸部	【阜部】	12畫	737	744	段14下-13	鍇28-5	鉉14下-2
隨(骽=腿通叚)	sui´	ㄙㄨㄟˊ	辵(辶)部	【阜部】	13畫	70	71	段2下-3	鍇4-2	鉉2下-1
隋(隨隋述及、陊、墮)	sui´	ㄙㄨㄟˊ	肉部	【阜部】	13畫	172	174	段4下-30	鍇8-11	鉉4下-5
隩(垇、阮)	ao`	ㄠˋ	𨸏部	【阜部】	13畫	734	741	段14下-8	鍇28-3	鉉14下-2
澳(隩)	ao`	ㄠˋ	水部	【水部】	13畫	554	559	段11上貳-18	鍇21-18	鉉11上-6
嶰(嶰)	xie`	ㄒㄧㄝˋ	𨸏部	【阜部】	13畫	734	741	段14下-8	鍇28-3	鉉14下-2
陷(臽、錎、隓通叚)	xian`	ㄒㄧㄢˋ	𨸏部	【阜部】	13畫	732	739	段14下-4	鍇28-2	鉉14下-1
險(嶮通叚)	xian˘	ㄒㄧㄢˇ	𨸏部	【阜部】	13畫	732	739	段14下-3	鍇28-2	鉉14下-1
儉(險)	jian˘	ㄐㄧㄢˇ	人部	【人部】	13畫	376	380	段8上-23	鍇15-9	鉉8上-3
隵	xi´	ㄒㄧˊ	𨸏部	【阜部】	14畫	732	739	段14下-4	鍇28-2	鉉14下-1
嶹(島、隝、隝通叚)	dao˘	ㄉㄠˇ	山部	【山部】	14畫	438	442	段9下-2	鍇18-1	鉉9下-1
躋(隮)	ji	ㄐㄧ	足部	【足部】	14畫	82	82	段2下-26	鍇4-13	鉉2下-5
𪗉(齊、𪗉、臍,隮通叚)	qi´	ㄑㄧˊ	齊部	【齊部】	14畫	317	320	段7上-32	鍇13-14	鉉7上-6
擠(隮)	ji˘	ㄐㄧˇ	手部	【手部】	14畫	596	602	段12上-26	鍇23-14	鉉12上-5
隱(𡥏,穩通叚)	yin˘	ㄧㄣˇ	𨸏部	【阜部】	14畫	734	741	段14下-8	鍇28-3	鉉14下-2
𡥏(隱、穩)	yin˘	ㄧㄣˇ	叉部	【爪部】	14畫	160	162	段4下-6	鍇8-4	鉉4下-2
憗(隱)	yin	ㄧㄣ	心部	【心部】	14畫	512	517	段10下-45	鍇20-16	鉉10下-8
檼(隱,櫽通叚)	yin˘	ㄧㄣˇ	木部	【木部】	14畫	264	266	段6上-52	鍇11-23	鉉6上-7
隫(瀆)	du´	ㄉㄨˊ	𨸏部	【阜部】	15畫	733	740	段14下-6	鍇28-2	鉉14下-1

篆本字(古文、金文、籀文、俗字，通段、金石)	拼音	注音	說文部首	康熙部首	筆畫	一般頁碼	洪葉頁碼	段注篇章	徐鍇通釋篇章	徐鉉藤花榭篇章
隓(墮、憜、隳)	hui	ㄏㄨㄟ	𨸏部	【阜部】15畫		733	740	段14下-5	鍇28-2	鉉14下-1
隴(壟通段)	long	ㄌㄨㄥˇ	𨸏部	【阜部】16畫		735	742	段14下-9	鍇28-3	鉉14下-2
𨷻从廿月(隘)	ai	ㄞˋ	𨶜部	【阜部】16畫		737	744	段14下-13	鍇28-5	鉉14下-2
隲(騭、陟、質)	zhi	ㄓˋ	馬部	【馬部】17畫		460	465	段10上-1	鍇19-1	鉉10上-1
陟(偫、隲述及)	zhi	ㄓˋ	𨸏部	【阜部】17畫		732	739	段14下-4	鍇28-2	鉉14下-1
鰈	hun	ㄏㄨㄣˋ	𨸏部	【阜部】18畫		731	738	段14下-1	鍇28-1	鉉14下-1
𨷻从遂火(㸒、隊，燧通段)	sui	ㄙㄨㄟˋ	𨶜部	【阜部】25畫		737	744	段14下-13	鍇28-5	鉉14下-2
【隶(daiˋ)部】	dai	ㄉㄞˋ	隶部			117	118	段3下-22	鍇6-13	鉉3下-5
隶(逮，迨通段)	dai	ㄉㄞˋ	隶部	【隶部】		117	118	段3下-22	鍇6-13	鉉3下-5
眔(隶)	da	ㄉㄚˋ	目部	【目部】		132	133	段4上-6	鍇7-3	鉉4上-2
肆(肆、鬆、遂、鬍、肂)	si	ㄙˋ	長部	【隶部】7畫		453	457	段9下-32	鍇18-11	鉉9下-5
肅(肂、隸、肂)	yi	ㄧˋ	聿部	【聿部】7畫		117	118	段3下-21	鍇6-12	鉉3下-5
隸(隷、𥡴、隷)	li	ㄌㄧˋ	隶部	【隶部】9畫		118	119	段3下-23	鍇6-13	鉉3下-5
隸(迨、殆)	dai	ㄉㄞˋ	隶部	【隶部】9畫		117	118	段3下-22	鍇6-13	鉉3下-5
【隹(zhui)部】	zhui	ㄓㄨㄟ	隹部			141	142	段4上-24	鍇7-11	鉉4上-5
隹(鵻)	zhui	ㄓㄨㄟ	隹部	【隹部】		141	142	段4上-24	鍇7-11	鉉4上-5
崔(隹，嗺通段)	cui	ㄘㄨㄟ	山部	【山部】		441	446	段9下-9	鍇18-3	鉉9下-2
雖(隼、隹、鷦)	zhui	ㄓㄨㄟ	鳥部	【鳥部】2畫		149	151	段4上-41	鍇7-19	鉉4上-8
雞(鶉、鷻、鷒、鷙从敦、隼雊述及)	tuan	ㄊㄨㄢˊ	鳥部	【鳥部】2畫		154	155	段4上-50	鍇7-22	鉉4上-9
雓(鶉、鷒、鷻、鷙=隼雊述及、雞奄chunˊ述及)	chun	ㄔㄨㄣˊ	隹部	【隹部】2畫		143	145	段4上-29	鍇7-13	鉉4上-5
隻	zhi	ㄓ	隹部	【隹部】2畫		141	142	段4上-24	鍇7-11	鉉4上-5
萑	hu	ㄏㄨˊ	冂部	【隹部】3畫		228	231	段5下-27	鍇10-11	鉉5下-5

篆本字(古文、金文、籀文、俗字，通叚、金石)	拼音	注音	說文部首	康熙部首	筆畫	一般頁碼	洪葉頁碼	段注篇章	徐鍇通釋篇章	徐鉉藤花榭篇章
雅(邪、邪)	ya´	一ㄚˊ	佳部	【犬部】	3畫	141	143	段4上-25	錯7-11	鉉4上-5
奊(奊通叚)	xie´	ㄒㄧㄝˊ	矢部	【大部】	3畫	494	498	段10下-8	錯20-2	鉉10下-2
隿(弋，鳶、蔱通叚)	yi`	一`	隹部	【隹部】	3畫	143	145	段4上-29	錯7-13	鉉4上-6
雀(爵)	que`	ㄑㄩㄝˋ	隹部	【隹部】	3畫	141	143	段4上-25	錯7-11	鉉4上-5
爵从嵒(鳳、爵、雀)	jue´	ㄐㄩㄝˊ	嵒部	【爪部】	3畫	217	220	段5下-5	錯10-3	鉉5下-2
項(頧)	xiang`	ㄒㄧㄤˋ	頁部	【頁部】	3畫	417	421	段9上-4	錯17-2	鉉9上-1
雊(鳿、鴻)	hong´	ㄏㄨㄥˊ	佳部	【佳部】	3畫	143	145	段4上-29	錯7-13	鉉4上-5
雉(鶨)	zhi	ㄓ	佳部	【佳部】	4畫	143	145	段4上-29	錯7-13	鉉4上-5
雁(鴈)	yan`	一ㄢ`	佳部	【佳部】	4畫	143	144	段4上-28	錯7-12	鉉4上-5
雂(鴒通叚)	qin´	ㄑㄧㄣˊ	佳部	【佳部】	4畫	143	144	段4上-28	錯7-12	鉉4上-5
雃	jian	ㄐㄧㄢ	佳部	【佳部】	4畫	142	144	段4上-27	錯7-12	鉉4上-5
雄	xiong´	ㄒㄩㄥˊ	佳部	【佳部】	4畫	143	145	段4上-29	錯7-13	鉉4上-6
雅(鴉、鵶通叚)	ya²	一ㄚˇ	佳部	【佳部】	4畫	141	142	段4上-24	錯7-11	鉉4上-5
疋(疏、足、胥、雅)	shu	ㄕㄨ	疋部	【疋部】	4畫	84	85	段2下-31	錯4-16	鉉2下-7
雇(鳸、鴈，僱通叚)	gu`	ㄍㄨˋ	佳部	【佳部】	4畫	143	144	段4上-28	錯7-13	鉉4上-5
旊	fang	ㄈㄤ	佳部	【佳部】	4畫	141	143	段4上-25	錯7-11	鉉4上-5
萑	huan´	ㄏㄨㄢˊ	萑部	【佳部】	4畫	144	145	段4上-30	錯7-14	鉉4上-6
雥(集、襍)	ji´	ㄐㄧˊ	雥部	【佳部】	4畫	148	149	段4上-38	錯7-17	鉉4上-8
雊(呴通叚)	gou`	ㄍㄡˋ	佳部	【佳部】	5畫	142	143	段4上-26	錯7-12	鉉4上-5
雉(鶗，埃、矮通叚)	zhi`	ㄓˋ	佳部	【佳部】	5畫	141	143	段4上-25	錯7-11	鉉4上-5
薙(雉)	ti`	ㄊㄧˋ	艸部	【艸部】	5畫	41	42	段1下-41	錯2-19	鉉1下-7
雋	jun`	ㄐㄩㄣˋ	佳部	【佳部】	5畫	144	145	段4上-30	錯7-13	鉉4上-6
鴡(雎，濉通叚)	ju	ㄐㄩ	鳥部	【鳥部】	5畫	154	156	段4上-51	錯7-22	鉉4上-9
沮(雎，渣通叚)	ju³	ㄐㄩˇ	水部	【水部】	5畫	519	524	段11上壹-8	錯21-3	鉉11上-1
雖(睢)	sui	ㄙㄨㄟ	虫部	【佳部】	5畫	664	670	段13上-42	錯25-10	鉉13上-6
雌(鴜，甈通叚)	chi	ㄔ	佳部	【佳部】	5畫	142	144	段4上-27	錯7-12	鉉4上-5
雐(鴑、鴽)	ru´	ㄖㄨˊ	佳部	【佳部】	5畫	143	144	段4上-28	錯7-13	鉉4上-5
雝(雍，噰、雍通叚)	yong	ㄩㄥ	佳部	【佳部】	5畫	143	144	段4上-28	錯7-12	鉉4上-5

篆本字（古文、金文、籀文、俗字，通叚、金石）	拼音	注音	說文部首	康熙部首	筆畫	一般頁碼	洪葉頁碼	段注篇章	徐鍇通釋篇章	徐鉉藤花榭篇章
擁(擁、雍，𡕘、𢸴)	yong	ㄩㄥˇ	手部	【手部】5畫		604	610	段12上-41	鍇23-13	鉉12上-6
雌	ci	ㄘ	隹部	【隹部】6畫		143	145	段4上-29	鍇7-13	鉉4上-6
雐	hu	ㄏㄨ	隹部	【隹部】6畫		143	144	段4上-28	鍇7-12	鉉4上-5
翟(狄，鸐、鸐通叚)	diˊ	ㄉㄧˊ	羽部	【羽部】6畫		138	140	段4上-19	鍇7-9	鉉4上-4
雒(鵅)	luoˋ	ㄌㄨㄛˋ	隹部	【隹部】6畫		141	142	段4上-24	鍇7-11	鉉4上-5
洛(雒)	luoˋ	ㄌㄨㄛˋ	水部	【水部】6畫		524	529	段11上壹-18	鍇21-4	鉉11上-2
鵅(雒)	luoˋ	ㄌㄨㄛˋ	鳥部	【鳥部】6畫		151	153	段4上-45	鍇7-20	鉉4上-8
駱(雒)	luoˋ	ㄌㄨㄛˋ	馬部	【馬部】6畫		461	466	段10上-3	鍇19-1	鉉10上-1
餘(艅、雒通叚)	yuˊ	ㄩˊ	倉部	【食部】7畫		221	224	段5下-13	鍇10-5	鉉5下-3
雁(鷹、鷹)	ying	ㄧㄥ	隹部	【隹部】7畫		142	144	段4上-27	鍇7-12	鉉4上-5
雉(餝，埃、矮通叚)	zhiˋ	ㄓˋ	隹部	【隹部】7畫		141	143	段4上-25	鍇7-11	鉉4上-5
雕(鵰、琱、凋、舟)	diao	ㄉㄧㄠ	隹部	【隹部】8畫		142	144	段4上-27	鍇7-12	鉉4上-5
琱(彫、雕，剮通叚)	diao	ㄉㄧㄠ	玉部	【玉部】8畫		15	15	段1上-30	鍇1-15	鉉1上-5
雒(鴛、翟，鷝、鸝從麗通叚)	liˊ	ㄌㄧˊ	隹部	【隹部】8畫		143	144	段4上-28	鍇7-12	鉉4上-5
雊(鶉、鷻、鶼、鷙=隼雒述及、雞奄chunˊ述及)	chunˊ	ㄔㄨㄣˊ	隹部	【隹部】8畫		143	145	段4上-29	鍇7-13	鉉4上-5
舄(雒、雞，潟、礎、碣、蕮、鵲通叚)	xiˋ	ㄒㄧˋ	烏部	【臼部】8畫		157	158	段4上-56	鍇7-23	鉉4上-10
鴝(雓)	yuˊ	ㄩˊ	鳥部	【鳥部】8畫		155	157	段4上-53	鍇7-22	鉉4上-9
雔(售通叚)	chouˊ	ㄔㄡˊ	雔部	【隹部】8畫		147	149	段4上-37	鍇7-17	鉉4上-7
雖(睢)	sui	ㄙㄨㄟ	虫部	【隹部】8畫		664	670	段13上-42	鍇25-10	鉉13上-6
嫴(雖、佳)	hui	ㄏㄨㄟ	女部	【女部】8畫		624	630	段12下-25	鍇24-8	鉉12下-4
雖	shuiˋ	ㄕㄨㄟˋ	隹部	【隹部】9畫		142	144	段4上-27	鍇7-12	鉉4上-5

篆本字（古文、金文、籀文、俗字，通叚、金石）	拼音	注音	說文部首	康熙部首	筆畫	一般頁碼	洪葉頁碼	段注篇章	徐鍇通釋篇章	徐鉉藤花榭篇章
離(樆、鷅、驪，羅、穲、離、驪、麗从麗通叚)	li´	ㄌㄧˊ	隹部	【隹部】9畫		142	144	段4上-27	鍇7-12	鉉4上-5
鶋(雎、鳩，鵙、鵤通叚)	ju´	ㄐㄩˊ	鳥部	【鳥部】9畫		150	151	段4上-42	鍇7-19	鉉4上-8
臒	huo`	ㄏㄨㄛˋ	丹部	【隹部】10畫		215	218	段5下-1	鍇10-1	鉉5下-1
襍(雜)	za´	ㄗㄚˊ	衣部	【隹部】10畫		395	399	段8上-62	鍇16-5	鉉8上-9
雗(翰雗述及)	han`	ㄏㄢˋ	隹部	【隹部】10畫		141	143	段4上-25	鍇7-11	鉉4上-5
雛(鶵)	chu´	ㄔㄨˊ	隹部	【隹部】10畫		142	143	段4上-26	鍇7-12	鉉4上-5
雝(雍，噰、嗈通叚)	yong	ㄩㄥ	隹部	【隹部】10畫		143	144	段4上-28	鍇7-12	鉉4上-5
雞(鷄)	ji	ㄐㄧ	隹部	【隹部】10畫		142	143	段4上-26	鍇7-12	鉉4上-5
鶬(鴰)	cang	ㄘㄤ	鳥部	【鳥部】10畫		154	155	段4上-50	鍇7-22	鉉4上-9
鷞(難、鸂、鷯、籬从竹鷯、雛)	nan´	ㄋㄢˊ	鳥部	【鳥部】10畫		151	152	段4上-44	鍇7-20	鉉4上-8
雈(鸛、觀，汍通叚)	guan`	ㄍㄨㄢˋ	雈部	【隹部】10畫		144	146	段4上-31	鍇7-14	鉉4上-6
雙(雙、艭、䠓通叚)	shuang	ㄕㄨㄤ	雔部	【隹部】10畫		148	149	段4上-38	鍇7-17	鉉4上-7
嶲(鑴、巂、鵙通叚)	gui	ㄍㄨㄟ	隹部	【山部】10畫		141	142	段4上-24	鍇7-11	鉉4上-5
瞿(昍，戵、鸜通叚)	qu´	ㄑㄩˊ	瞿部	【目部】10畫		147	149	段4上-37	鍇7-17	鉉4上-7
昍(瞿ju`)	qu´	ㄑㄩˊ	昍部	【目部】10畫		135	137	段4上-13	鍇7-6	鉉4上-3
魋	tui´	ㄊㄨㄟˊ	隹部	【鬼部】10畫		144	145	段4上-30	鍇17-14	鉉9上-7
離(樆、鷅、驪，羅、穲、離、驪、麗从麗通叚)	li´	ㄌㄧˊ	隹部	【隹部】11畫		142	144	段4上-27	鍇7-12	鉉4上-5
离(離，魑通叚)	li´	ㄌㄧˊ	内部	【内部】11畫		739	746	段14下-17	鍇28-7	鉉14下-4

篆本字(古文、金文、籀文、俗字，通叚、金石)	拼音	注音	說文部首	康熙部首	筆畫	一般頁碼	洪葉頁碼	段注篇章	徐鍇通釋篇章	徐鉉藤花榭篇章
麗(丽、𠀡、離，儷、娌、欐通叚)	li ˋ	ㄌㄧˋ	鹿部	【鹿部】	11畫	471	476	段10上-23	鍇19-7	鉉10上-4
儷(離，孋通叚)	li ˋ	ㄌㄧˋ	人部	【人部】	11畫	376	380	段8上-24	鍇15-9	鉉8上-3
蠡(𧑒、蠃、離、劙、𠩺)	li ˇ	ㄌㄧˇ	䖵部	【虫部】	11畫	675	682	段13下-3	鍇25-15	鉉13下-1
䧴(䳺、鵪，鶕通叚)	an	ㄢ	隹部	【隹部】	11畫	143	145	段4上-29	鍇7-13	鉉4上-5
雡(鷚)	liu ˋ	ㄌㄧㄡˋ	隹部	【隹部】	11畫	142	144	段4上-27	鍇7-12	鉉4上-5
鷬(難、𪂴、𪄂、𪈞从竹難、雖)	nan ˊ	ㄋㄢˊ	鳥部	【鳥部】	11畫	151	152	段4上-44	鍇7-20	鉉4上-8
儺(難，攤通叚)	nuo ˊ	ㄋㄨㄛˊ	人部	【人部】	11畫	368	372	段8上-8	鍇15-3	鉉8上-2
𢿋(糤，傘通叚)	san ˋ	ㄙㄢˋ	隹部	【隹部】	12畫	143	145	段4上-29	鍇7-13	鉉4上-6
舄(雒、䧿，潟、礎、磶、蕮、䧿鳥通叚)	xi ˋ	ㄒㄧˋ	烏部	【臼部】	12畫	157	158	段4上-56	鍇7-23	鉉4上-10
雟从陸	wei ˊ	ㄨㄟˊ	隹部	【隹部】	13畫	144	145	段4上-30	鍇17-14	鉉4上-6
鷽(雤)	xue ˊ	ㄒㄩㄝˊ	鳥部	【鳥部】	13畫	150	151	段4上-42	鍇7-19	鉉4上-8
鷬(難、𪂴、𪄂、𪈞从竹難、雖)	nan ˊ	ㄋㄢˊ	鳥部	【鳥部】	14畫	151	152	段4上-44	鍇7-20	鉉4上-8
鷻(鶉、鷒、雗、鷔从敦、隼鵻述及)	tuan ˊ	ㄊㄨㄢˊ	鳥部	【鳥部】	14畫	154	155	段4上-50	鍇7-22	鉉4上-9
雡(鵹、䅻，鴷、鸝从麗通叚)	li ˊ	ㄌㄧˊ	隹部	【隹部】	15畫	143	144	段4上-28	鍇7-12	鉉4上-5
逭(爟、踣)	huan ˋ	ㄏㄨㄢˋ	辵(辶)部	【辵部】	16畫	74	74	段2下-10	鍇4-5	鉉2下-2
雥	za ˊ	ㄗㄚˊ	雥部	【隹部】	16畫	148	149	段4上-38	鍇7-17	鉉4上-7
觀(雚从人廿隹)	guan	ㄍㄨㄢ	見部	【見部】	19畫	408	412	段8下-14	鍇16-13	鉉8下-3
雧(集、襍)	ji ˊ	ㄐㄧˊ	雥部	【隹部】	20畫	148	149	段4上-38	鍇7-17	鉉4上-8
鷬(難、𪂴、𪄂、𪈞从竹難、雖)	nan ˊ	ㄋㄢˊ	鳥部	【鳥部】	20畫	151	152	段4上-44	鍇7-20	鉉4上-8

篆本字（古文、金文、籀文、俗字，通叚、金石）	拼音	注音	說文部首	康熙部首	筆畫	一般頁碼	洪葉頁碼	段注篇章	徐鍇通釋篇章	徐鉉藤花榭篇章
鼥从㸚	yuan	ㄩㄢ	龗部	【隹部】24畫		148	149	段4上-38	錯7-17	鉉4上-7
【雨(yuˇ)部】	yuˇ	ㄩˇ	雨部			571	577	段11下-9	錯22-5	鉉11下-3
雨(⻗)	yuˇ	ㄩˇ	雨部	【雨部】		571	577	段11下-9	錯22-5	鉉11下-3
屚(漏)	lou	ㄌㄡˋ	雨部	【雨部】3畫		573	579	段11下-13	錯22-6	鉉11下-4
漏(屚)	lou	ㄌㄡˋ	水部	【水部】3畫		566	571	段11上貳-42	錯21-25	鉉11上-9
雩(䨪、翌)	yu	ㄩˊ	雨部	【雨部】3畫		574	580	段11下-15	錯22-7	鉉11下-4
䨮(雪)	xueˇ	ㄒㄩㄝˇ	雨部	【雨部】3畫		572	578	段11下-11	錯22-5	鉉11下-3
旁(徬、㫄、㫃、㫃、徬傍彷髣述及、方訪述及，磅通叚)	pang	ㄆㄤˊ	二(上)部	【方部】4畫		2	2	段1上-3	錯1-4	鉉1上-1
氛(雰)	fen	ㄈㄣ	气部	【气部】4畫		20	20	段1上-39	錯1-19	鉉1上-6
雲(云古文、云)	yun	ㄩㄣˊ	雲部	【雨部】4畫		575	580	段11下-16	錯22-7	鉉11下-4
零(霝軡述及，翎通叚)	ling	ㄌㄧㄥˊ	雨部	【雨部】5畫		572	578	段11下-11	錯22-6	鉉11下-3
霝(零、靈)	ling	ㄌㄧㄥˊ	雨部	【雨部】5畫		572	578	段11下-11	錯22-5	鉉11下-3
雹(䨔)	bao	ㄅㄠˊ	雨部	【雨部】5畫		572	578	段11下-11	錯22-5	鉉11下-3
電(电)	dian	ㄉㄧㄢˋ	雨部	【雨部】5畫		572	577	段11下-10	錯22-5	鉉11下-3
霚(雺、霧)	wu	ㄨˋ	雨部	【雨部】5畫		574	579	段11下-14	錯22-6	鉉11下-4
靁(雷、䨄、䨘、畾从田回，蕾通叚)	lei	ㄌㄟˊ	雨部	【雨部】5畫		571	577	段11下-9	錯22-5	鉉11下-3
霸	yuˇ	ㄩˇ	雨部	【雨部】6畫		574	580	段11下-15	錯22-7	鉉11下-4
需(須述及，劃通叚)	xu	ㄒㄩ	雨部	【雨部】6畫		574	580	段11下-15	錯22-7	鉉11下-4
頾(䨺、䰂、需、須，頾通叚)	xu	ㄒㄩ	立部	【立部】6畫		500	505	段10下-21	錯20-8	鉉10下-4
霃(霪、淫，霪通叚)	yin	ㄧㄣˊ	雨部	【雨部】6畫		573	578	段11下-12	錯22-6	鉉11下-3
零(落)	luo	ㄌㄨㄛˋ	雨部	【雨部】6畫		572	578	段11下-11	錯22-6	鉉11下-3
霂	mu	ㄇㄨˋ	雨部	【雨部】7畫		573	578	段11下-12	錯22-6	鉉11下-3
霅(霎)	sha	ㄕㄚˋ	雨部	【雨部】7畫		572	577	段11下-10	錯22-5	鉉11下-3

篆本字(古文、金文、籀文、俗字，通叚、金石)	拼音	注音	說文部首	康熙部首	筆畫	一般頁碼	洪葉頁碼	段注篇章	徐鍇通釋篇章	徐鉉藤花榭篇章
霃(沈，霵、黮通叚)	chen´	ㄔㄣˊ	雨部	【雨部】	7畫	573	578	段11下-12	鍇22-6	鉉11下-3
霄(消)	xiao	ㄒㄧㄠ	雨部	【雨部】	7畫	572	578	段11下-11	鍇22-5	鉉11下-3
霆	ting´	ㄊㄧㄥˊ	雨部	【雨部】	7畫	572	577	段11下-10	鍇22-5	鉉11下-3
震(䨮从㷅炊云鬲、霆、振辰述及)	zhen`	ㄓㄣˋ	雨部	【雨部】	7畫	572	577	段11下-10	鍇22-5	鉉11下-3
振(震辰述及、賑俗，侲通叚)	zhen`	ㄓㄣˋ	手部	【手部】	7畫	603	609	段12上-40	鍇23-13	鉉12上-6
唇驚也(震)	chun´	ㄔㄨㄣˊ	口部	【口部】	7畫	60	60	段2上-24	鍇3-10	鉉2上-5
甄(震)	zhen	ㄓㄣ	瓦部	【瓦部】	7畫	638	644	段12下-53	鍇24-18	鉉12下-8
沛(勃、拔、跋，霈通叚)	pei`	ㄆㄟˋ	水部	【水部】	7畫	542	547	段11上壹-53	鍇21-11	鉉11上-3
黴(黣，穤、霉、黴通叚)	mei´	ㄇㄟˊ	黑部	【黑部】	7畫	489	493	段10上-58	鍇19-19	鉉10上-10
霰(䨘、霚)	xian`	ㄒㄧㄢˋ	雨部	【雨部】	7畫	572	578	段11下-11	鍇22-5	鉉11下-3
電(䨑)	dian`	ㄉㄧㄢˋ	雨部	【雨部】	8畫	572	577	段11下-10	鍇22-5	鉉11下-3
霋	qi	ㄑㄧ	雨部	【雨部】	8畫	573	579	段11下-13	鍇22-6	鉉11下-4
霑(沾，添、酟通叚)	zhan	ㄓㄢ	雨部	【雨部】	8畫	573	579	段11下-13	鍇22-6	鉉11下-4
沾(添、霑)	zhan	ㄓㄢ	水部	【水部】	8畫	526	531	段11上壹-22	鍇21-7	鉉11上-2
霓	ni´	ㄋㄧˊ	雨部	【雨部】	8畫	574	579	段11下-14	鍇22-7	鉉11下-4
霖	lin´	ㄌㄧㄣˊ	雨部	【雨部】	8畫	573	578	段11下-12	鍇22-6	鉉11下-3
霘(霚通叚)	jian	ㄐㄧㄢ	雨部	【雨部】	8畫	573	578	段11下-12	鍇22-6	鉉11下-3
霅(霫)	han´	ㄏㄢˊ	雨部	【雨部】	8畫	573	578	段11下-12	鍇22-6	鉉11下-3
霏	fei	ㄈㄟ	雨部	【雨部】	8畫	無	無	無	無	鉉11下-4
菲(霏、䨾通叚)	fei	ㄈㄟ	艸部	【艸部】	8畫	45	46	段1下-49	鍇2-23	鉉1下-8
霎	sha`	ㄕㄚˋ	雨部	【雨部】	8畫	無	無	無	無	鉉11下-4
霅(霎)	sha`	ㄕㄚˋ	雨部	【雨部】	8畫	572	577	段11下-10	鍇22-5	鉉11下-3
翜(霎，翣通叚)	sha`	ㄕㄚˋ	羽部	【羽部】	8畫	139	141	段4上-21	鍇7-10	鉉4上-4
霒(侌、仌、黔、陰)	yin	ㄧㄣ	雲部	【雨部】	8畫	575	580	段11下-16	鍇22-7	鉉11下-4
陰(霒、黔、仌)	yin	ㄧㄣ	𨸏部	【阜部】	8畫	731	738	段14下-1	鍇28-1	鉉14下-1

篆本字(古文、金文、籀文、俗字,通段、金石)	拼音	注音	說文部首	康熙部首	筆畫	一般頁碼	洪葉頁碼	段注篇章	徐鍇通釋篇章	徐鉉藤花榭篇章
靃(霍)	huo`	ㄏㄨㄛˋ	雥部	【雨部】8畫		148	149	段4上-38	鍇7-17	鉉4上-7
雩	yu´	ㄩˊ	雨部	【雨部】9畫		573	579	段11下-13	鍇22-6	鉉11下-3
雴	ge´	ㄍㄜˊ	雨部	【雨部】9畫		573	579	段11下-13	鍇22-6	鉉11下-4
霃(沈,霑、鼽 通段)	chen´	ㄔㄣˊ	雨部	【雨部】9畫		573	578	段11下-12	鍇22-6	鉉11下-3
藹(靄,靄 通段)	ai`	ㄞˋ	艸部	【艸部】9畫		43	43	段1下-44	鍇2-20	鉉1下-7
霞	xia´	ㄒㄧㄚˊ	雨部	【雨部】9畫		無	無	無	無	鉉11下-4
蝦(霞,鰕 通段)	xia	ㄒㄧㄚ	虫部	【虫部】9畫		671	678	段13上-57	鍇25-14	鉉13上-8
瑕(鰕、霞 通段)	xia´	ㄒㄧㄚˊ	玉部	【玉部】9畫		15	15	段1上-30	鍇1-15	鉉1上-5
霧(霚、霧)	wu`	ㄨˋ	雨部	【雨部】9畫		574	579	段11下-14	鍇22-6	鉉11下-4
霜(孀 通段)	shuang	ㄕㄨㄤ	雨部	【雨部】9畫		573	579	段11下-13	鍇22-6	鉉11下-4
飛(蜚,霏 通段)	fei	ㄈㄟ	飛部	【飛部】9畫		582	588	段11下-31	鍇22-12	鉉11下-6
霝(零、靈)	ling´	ㄌㄧㄥˊ	雨部	【雨部】9畫		572	578	段11下-11	鍇22-5	鉉11下-3
令(靈、霝 軨述及,鴒 通段)	ling`	ㄌㄧㄥˋ	卪部	【人部】9畫		430	435	段9上-31	鍇17-10	鉉9上-5
零(霝 軨述及,翎 通段)	ling´	ㄌㄧㄥˊ	雨部	【雨部】9畫		572	578	段11下-11	鍇22-6	鉉11下-3
染(染)	ran˅	ㄖㄢˇ	雨部	【雨部】9畫		573	579	段11下-13	鍇22-6	鉉11下-4
霡(霢 通段)	mai`	ㄇㄞˋ	雨部	【雨部】10畫		573	578	段11下-12	鍇22-6	鉉11下-3
霣(霱、隕)	yun˅	ㄩㄣˇ	雨部	【雨部】10畫		572	577	段11下-10	鍇22-5	鉉11下-3
霠(霒)	han´	ㄏㄢˊ	雨部	【雨部】10畫		573	578	段11下-12	鍇22-6	鉉11下-3
霣(靦,霽、濱 通段)	zi	ㄗ	雨部	【雨部】10畫		573	578	段11下-12	鍇22-6	鉉11下-3
霖	lian´	ㄌㄧㄢˊ	雨部	【雨部】10畫		573	578	段11下-12	鍇22-6	鉉11下-3
霤(霤,甐 從雨 畱通段)	liu`	ㄌㄧㄡˋ	雨部	【雨部】10畫		573	579	段11下-13	鍇22-6	鉉11下-4
霅(雪)	xue˅	ㄒㄩㄝˇ	雨部	【雨部】11畫		572	578	段11下-11	鍇22-5	鉉11下-3
霧(霚、霧)	wu`	ㄨˋ	雨部	【雨部】11畫		574	579	段11下-14	鍇22-6	鉉11下-4
瞀(霧、霧、愁)	mao`	ㄇㄠˋ	目部	【目部】11畫		132	134	段4上-7	鍇7-4	鉉4上-2
淫(歞 述及,霪 通段)	yin´	ㄧㄣˊ	水部	【水部】11畫		551	556	段11上貳-11	鍇21-16	鉉11上-5
霪(霒、淫,霒 通段)	yin´	ㄧㄣˊ	雨部	【雨部】11畫		573	578	段11下-12	鍇22-6	鉉11下-3

篆本字(古文、金文、籀文、俗字，通段、金石)	拼音	注音	說文部首	康熙部首	筆畫	一般頁碼	洪葉頁碼	段注篇章	徐鍇通釋篇章	徐鉉藤花榭篇章
團(專，溥、博、霫通段)	tuan´	ㄊㄨㄢˊ	口部	【口部】	11畫	277	279	段6下-10	錯12-7	鉉6下-3
霩(廓)	kuo`	ㄎㄨㄛˋ	雨部	【雨部】	11畫	573	579	段11下-13	錯22-6	鉉11下-4
霣	dian`	ㄉㄧㄢˋ	雨部	【雨部】	11畫	574	580	段11下-15	錯22-7	鉉11下-4
霿	zhong	ㄓㄨㄥ	雨部	【雨部】	11畫	573	578	段11下-12	錯22-6	鉉11下-3
雹(靁)	bao´	ㄅㄠˊ	雨部	【雨部】	12畫	572	578	段11下-11	錯22-5	鉉11下-3
裔(裕通段)	yu`	ㄩˋ	冏部	【矛部】	12畫	88	88	段3上-4	錯5-3	鉉3上-2
霃(沈，霮、靆通段)	chen´	ㄔㄣˊ	雨部	【雨部】	12畫	573	578	段11下-12	錯22-6	鉉11下-3
黮(葚，霮通段)	shen`	ㄕㄣˋ	黑部	【黑部】	12畫	489	493	段10上-58	錯19-20	鉉10上-10
湒(潗洽述及，霵通段)	ji´	ㄐㄧˊ	水部	【水部】	12畫	557	562	段11上貳-24	錯21-20	鉉11上-7
霰(霓、霚)	xian`	ㄒㄧㄢˋ	雨部	【雨部】	12畫	572	578	段11下-11	錯22-5	鉉11下-3
霣(䨏，霣、濱通段)	zi	ㄗ	雨部	【雨部】	13畫	573	578	段11下-12	錯22-6	鉉11下-3
濱(䨏，霣通段)	zi	ㄗ	水部	【水部】	13畫	557	562	段11上貳-24	錯21-20	鉉11上-7
霸(胃、灞滙述及)	ba`	ㄅㄚˋ	月部	【雨部】	13畫	313	316	段7上-24	錯13-9	鉉7上-4
覈(覈、槅、核，敷通段)	he´	ㄏㄜˊ	両部	【襾部】	13畫	357	360	段7下-44	錯14-20	鉉7下-8
滂(澎、磅、霶通段)	pang	ㄆㄤ	水部	【水部】	13畫	547	552	段11上貳-4	錯21-14	鉉11上-4
濃(震通段)	nong´	ㄋㄨㄥˊ	水部	【水部】	13畫	559	564	段11上貳-27	錯21-21	鉉11上-7
辟(僻、避、譬、闢、壁、襞，擗、霹通段)	pi`	ㄆㄧˋ	辟部	【辛部】	13畫	432	437	段9上-35	錯17-11	鉉9上-6
劈(副、薜、擘，鈚、霹通段)	pi	ㄆㄧ	刀部	【刂部】	13畫	180	182	段4下-45	錯8-16	鉉4下-7
露(路)	lu`	ㄌㄨˋ	雨部	【雨部】	13畫	573	579	段11下-13	錯22-6	鉉11下-4
霗(蘸通段)	jian	ㄐㄧㄢ	雨部	【雨部】	13畫	573	579	段11下-13	錯22-6	鉉11下-3
璽(靈)	ling´	ㄌㄧㄥˊ	玉部	【玉部】	14畫	19	19	段1上-38	錯1-18	鉉1上-6
霴	dui`	ㄉㄨㄟˋ	雨部	【雨部】	14畫	無	無	無	無	鉉11下-4
對(對，霴通段)	dui`	ㄉㄨㄟˋ	丵部	【寸部】	14畫	103	103	段3上-34	錯5-18	鉉3上-8

篆本字（古文、金文、籀文、俗字，通叚、金石）	拼音	注音	說文部首	康熙部首	筆畫	一般頁碼	洪葉頁碼	段注篇章	徐鍇通釋篇章	徐鉉藤花榭篇章
濛(靀从雨蒙，靀通叚从蒙)	meng´	ㄇㄥˊ	水部	【水部】	14畫	558	563	段11上貳-25	錯21-20	鉉11上-7
霽(濟)	ji`	ㄐㄧˋ	雨部	【雨部】	14畫	573	579	段11下-13	錯22-6	鉉11下-4
霾	mai´	ㄇㄞˊ	雨部	【雨部】	14畫	574	579	段11下-14	錯22-6	鉉11下-4
霧从敄目(蒙、瞀)	meng´	ㄇㄥˊ	雨部	【雨部】	14畫	574	579	段11下-14	錯22-6	鉉11下-4
瞀(霧、霧、愁)	mao`	ㄇㄠˋ	目部	【目部】	14畫	132	134	段4上-7	錯7-4	鉉4上-2
霰	suan	ㄙㄨㄢ	雨部	【雨部】	14畫	573	578	段11下-12	錯22-6	鉉11下-3
覬	xi`	ㄒㄧˋ	覞部	【雨部】	14畫	410	414	段8下-18	錯16-15	鉉8下-4
皆(嚜)	nai`	ㄋㄞˋ	日部	【日部】	15畫	305	308	段7上-8	錯13-3	鉉7上-1
逮(迨、嚜通叚)	dai`	ㄉㄞˋ	辵(辶)部	【辵部】	15畫	72	73	段2下-7	錯4-4	鉉2下-2
靁(雷、霝、𩇩、靐从田回，蕾通叚)	lei´	ㄌㄟˊ	雨部	【雨部】	15畫	571	577	段11下-9	錯22-5	鉉11下-3
櫑(蠱、罍、罍、鑸、甖)	lei´	ㄌㄟˊ	木部	【木部】	15畫	261	263	段6上-46	錯11-20	鉉6上-6
濛(靀从雨蒙，靀通叚从蒙)	meng´	ㄇㄥˊ	水部	【水部】	15畫	558	563	段11上貳-25	錯21-20	鉉11上-7
璽(靈)	ling´	ㄌㄧㄥˊ	玉部	【玉部】	16畫	19	19	段1上-38	錯1-18	鉉1上-6
孁(靈)	ling´	ㄌㄧㄥˊ	女部	【女部】	16畫	617	623	段12下-12	錯24-4	鉉12下-2
霝(零、靈)	ling´	ㄌㄧㄥˊ	雨部	【雨部】	16畫	572	578	段11下-11	錯22-5	鉉11下-3
令(靈、霝轉述及，鴒通叚)	ling`	ㄌㄧㄥˋ	卪部	【人部】	16畫	430	435	段9上-31	錯17-10	鉉9上-5
歷(曆、瀝、轣、靂通叚)	li`	ㄌㄧ	止部	【止部】	16畫	68	68	段2上-40	錯3-17	鉉2上-8
霰(霓、霓)	xian`	ㄒㄧㄢˋ	雨部	【雨部】	16畫	572	578	段11下-11	錯22-5	鉉11下-3
賈(霣、隕)	yun`	ㄩㄣˋ	雨部	【雨部】	16畫	572	577	段11下-10	錯22-5	鉉11下-3
靄	ai´	ㄞˇ	雨部	【雨部】	16畫	無	無	無	無	鉉11下-4
藹(靄，靉通叚)	ai`	ㄞˋ	艸部	【艸部】	16畫	43	43	段1下-44	錯2-20	鉉1下-7
譪(靄通叚)	ai´	ㄞˇ	言部	【艸部】	16畫	93	93	段3上-14	錯5-8	鉉3上-3
靃(霍)	huo`	ㄏㄨㄛˋ	雥部	【雨部】	16畫	148	149	段4上-38	錯7-17	鉉4上-7
埃(靉皆nai`述及)	ai	ㄞ	土部	【土部】	17畫	691	698	段13下-35	錯26-6	鉉13下-5

篆本字（古文、金文、籀文、俗字，通叚、金石）	拼音	注音	說文部首	康熙部首	筆畫	一般頁碼	洪葉頁碼	段注篇章	徐鍇通釋篇章	徐鉉藤花樹篇章
簑(愛、薆，曖、靉通叚)	ai`	ㄞˋ	竹部	【竹部】17畫		198	200	段5上-20	鍇9-7	鉉5上-3
霙(靃通叚)	jian	ㄐㄧㄢ	雨部	【雨部】17畫		573	578	段11下-12	鍇22-6	鉉11下-3
霹(si)	xian`	ㄒㄧㄢˋ	雨部	【雨部】17畫		572	578	段11下-11	鍇22-6	鉉11下-3
彉(彏，擴、礦从口弓通叚)	guo	ㄍㄨㄛ	弓部	【弓部】18畫		641	647	段12下-60	鍇24-20	鉉12下-9
儵(倐，鯈从儵通叚)	shu	ㄕㄨ	黑部	【人部】18畫		489	493	段10上-58	鍇19-19	鉉10上-10
震(霣从敠炃云禼、霆、振辰述及)	zhen`	ㄓㄣˋ	雨部	【雨部】30畫		572	577	段11下-10	鍇22-5	鉉11下-3
靁(雷、霝、畾、櫑从田回，蕾通叚)	lei´	ㄌㄟˊ	雨部	【雨部】32畫		571	577	段11下-9	鍇22-5	鉉11下-3
【靑(qing)部】	qing	ㄑㄧㄥ	靑部			215	218	段5下-1	鍇10-2	鉉5下-1
靑(青、岺)	qing	ㄑㄧㄥ	靑部	【靑部】		215	218	段5下-1	鍇10-2	鉉5下-1
靖(竫、䇏、諓)	jing`	ㄐㄧㄥˋ	立部	【立部】8畫		500	504	段10下-20	鍇20-7	鉉10下-4
竫(靖、䇏、諓)	jing`	ㄐㄧㄥˋ	立部	【立部】8畫		500	504	段10下-20	鍇20-7	鉉10下-4
靜(竫)	jing`	ㄐㄧㄥˋ	靑部	【靑部】8畫		215	218	段5下-1	鍇10-2	鉉5下-1
【非(fei)部】	fei	ㄈㄟ	非部			583	588	段11下-32	鍇22-12	鉉11下-7
非(緋通叚)	fei	ㄈㄟ	非部	【非部】		583	588	段11下-32	鍇22-12	鉉11下-7
丣(卯、非、酉昴述及)	mao`	ㄇㄠˇ	卯部	【卩部】		745	752	段14下-29	鍇28-15	鉉14下-7
斐	fei`	ㄈㄟˇ	非部	【非部】3畫		583	588	段11下-32	鍇22-12	鉉11下-7
靠	kao`	ㄎㄠˋ	非部	【非部】7畫		583	588	段11下-32	鍇22-12	鉉11下-7
靡(攠通叚)	mi´	ㄇㄧˊ	非部	【非部】11畫		583	588	段11下-32	鍇22-12	鉉11下-7
弭(㢌、彌、麛)	mi`	ㄇㄧˇ	弓部	【弓部】11畫		640	646	段12下-57	鍇24-19	鉉12下-9
䯽	fei	ㄈㄟ	髟部	【非部】12畫		399	403	段8上-70	鍇16-8	鉉8上-10
【面(mian`)部】	mian`	ㄇㄧㄢˋ	面部			422	427	段9上-15	鍇17-5	鉉9上-3
面	mian`	ㄇㄧㄢˋ	面部	【面部】		422	427	段9上-15	鍇17-5	鉉9上-3
偭(面)	mian`	ㄇㄧㄢˋ	人部	【人部】		376	380	段8上-23	鍇15-9	鉉8上-3

篆本字（古文、金文、籀文、俗字，通叚、金石）	拼音	注音	說文部首	康熙部首	筆畫	一般頁碼	洪葉頁碼	段注篇章	徐鍇通釋篇章	徐鉉藤花榭篇章
皰（皰，疱、皴通叚）	pao`ˋ	ㄆㄠˋ	皮部	【皮部】5畫		122	123	段3下-31	鍇6-16	鉉3下-7
靦（酺、齻、瞤述及）	mian˘	ㄇㄧㄢˇ	面部	【面部】7畫		422	427	段9上-15	鍇17-5	鉉9上-3
瞤（靦）	juan`	ㄐㄩㄢˋ	眲部	【目部】7畫		136	137	段4上-14	鍇7-6	鉉4上-3
浼（澗，酺通叚）	mei˘	ㄇㄟˇ	水部	【水部】7畫		565	570	段11上貳-40	鍇21-25	鉉11上-8
酺（輔）	fu˘	ㄈㄨˇ	面部	【面部】7畫		422	427	段9上-15	鍇17-5	鉉9上-3
慽（感、戚，慼、𢝊、𢞪通叚）	qi	ㄑㄧ	心部	【心部】7畫		514	518	段10下-48	鍇20-17	鉉10下-9
沫（頮、湏、靧）	mei`	ㄇㄟˋ	水部	【水部】12畫		563	568	段11上貳-36	鍇21-24	鉉11上-9
醮（嫶、憔、顦、癄通叚）	qiao´	ㄑㄧㄠˊ	面部	【面部】12畫		423	427	段9上-16	鍇17-5	鉉9上-3
靦（酺、齻、瞤述及）	mian˘	ㄇㄧㄢˇ	面部	【面部】13畫		422	427	段9上-15	鍇17-5	鉉9上-3
靨	ye`	ㄧㄝˋ	面部	【面部】14畫		無	無	無	無	鉉9上-3
嬮（靨从面通叚）	yan`	ㄧㄢˋ	女部	【女部】14畫		618	624	段12下-13	鍇24-4	鉉12下-2
懱（礣从面通叚）	mie`	ㄇㄧㄝˋ	心部	【心部】15畫		509	514	段10下-39	鍇20-13	鉉10下-7
【革(ge´)部】	ge´	ㄍㄜˊ	革部			107	108	段3下-1	鍇6-2	鉉3下-1
革（䩐，愅、撠通叚）	ge´	ㄍㄜˊ	革部	【革部】		107	108	段3下-1	鍇6-2	鉉3下-1
翺（革）	ge´	ㄍㄜˊ	羽部	【革部】		139	140	段4上-20	鍇7-9	鉉4上-4
靪	ding	ㄉㄧㄥ	革部	【革部】2畫		108	109	段3下-3	鍇6-3	鉉3下-1
勒	le`	ㄌㄜˋ	革部	【力部】2畫		110	111	段3下-7	鍇6-4	鉉3下-2
叉（釵，衩、靫、靫通叚）	cha	ㄔㄚ	又部	【又部】3畫		115	116	段3下-17	鍇6-9	鉉3下-4
靬	yu´	ㄩˊ	革部	【革部】3畫		109	110	段3下-6	鍇6-4	鉉3下-1
靬	jian	ㄐㄧㄢ	革部	【革部】3畫		107	108	段3下-1	鍇6-2	鉉3下-1
靮	di´	ㄉㄧˊ	革部	【革部】3畫		無	無	無	無	鉉3下-2
馽（𩢍、縶、馰，跩、靮通叚）	zhi´	ㄓˊ	馬部	【馬部】3畫		467	472	段10上-15	鍇19-5	鉉10上-2

篆本字(古文、金文、籀文、俗字，通叚、金石)	拼音	注音	說文部首	康熙部首	筆畫	一般頁碼	洪葉頁碼	段注篇章	徐鍇通釋篇章	徐鉉藤花榭篇章
鞃(鞱、鞃，弦、軚、軚通叚)	hongˊ	ㄏㄨㄥˊ	革部	【革部】	4畫	108	109	段3下-4	鍇6-3	鉉3下-1
鞅	angˊ	ㄤˊ	革部	【革部】	4畫	108	109	段3下-3	鍇6-3	鉉3下-1
靲	qinˊ	ㄑㄧㄣˊ	革部	【革部】	4畫	110	111	段3下-7	鍇6-5	鉉3下-2
笢(筍篘蔑篾靲筡，篢、篾、篋、靲通叚)	minˇ	ㄇㄧㄣˇ	竹部	【竹部】	4畫	190	192	段5上-3	鍇9-1	鉉5上-1
靳	jinˋ	ㄐㄧㄣˋ	革部	【革部】	4畫	109	110	段3下-6	鍇6-4	鉉3下-1
赾(靳)	qinˇ	ㄑㄧㄣˇ	走部	【走部】	4畫	65	66	段2上-35	鍇3-15	鉉2上-7
靶	baˇ	ㄅㄚˇ	革部	【革部】	4畫	109	110	段3下-5	鍇6-4	鉉3下-1
靷(鞎从𠘨了口又)	yinˇ	ㄧㄣˇ	革部	【革部】	4畫	109	110	段3下-6	鍇6-4	鉉3下-1
靸	saˇ	ㄙㄚˇ	革部	【革部】	4畫	108	109	段3下-3	鍇6-3	鉉3下-1
韗(韗、鞠，皸、皴、屦、靴、韡通叚)	yunˋ	ㄩㄣˋ	革部	【革部】	4畫	107	108	段3下-2	鍇6-2	鉉3下-1
軝(軝、軹、軿)	qiˊ	ㄑㄧˊ	車部	【車部】	4畫	725	732	段14上-47	鍇27-13	鉉14上-7
鞾(毦、毷、毦通叚)	rongˊ	ㄖㄨㄥˊ	革部	【革部】	4畫	110	111	段3下-7	鍇6-4	鉉3下-2
冑月yueˋ部(蟗)	zhouˋ	ㄓㄡˋ	冃部	【冂部】	5畫	354	357	段7下-38	鍇14-17	鉉7下-7
胄肉部，非甲冑	zhouˋ	ㄓㄡˋ	肉部	【肉部】	5畫	171	173	段4下-27	鍇8-10	鉉4下-5
鞑	biˋ		革部	【革部】	5畫	108	109	段3下-4	鍇6-4	鉉3下-1
鞊	nianˊ	ㄋㄧㄢˊ	革部	【革部】	5畫	110	111	段3下-7	鍇6-4	鉉3下-2
笢(筍篘蔑篾靲筡，篢、篾、篋、靲通叚)	minˇ	ㄇㄧㄣˇ	竹部	【竹部】	5畫	190	192	段5上-3	鍇9-1	鉉5上-1
靼(韇)	daˊ	ㄉㄚˊ	革部	【革部】	5畫	107	108	段3下-2	鍇6-2	鉉3下-1
絆(靽通叚)	banˋ	ㄅㄢˋ	糸部	【糸部】	5畫	658	665	段13上-31	鍇25-7	鉉13上-4
鞔(靿通叚)	manˊ	ㄇㄢˊ	革部	【革部】	5畫	108	109	段3下-3	鍇6-3	鉉3下-1
紲(緤，絏、靾通叚)	xieˋ	ㄒㄧㄝˋ	糸部	【糸部】	5畫	658	665	段13上-31	鍇25-7	鉉13上-4
鞀(鞉、鼗、磬，鼗通叚)	taoˊ	ㄊㄠˊ	革部	【革部】	5畫	108	109	段3下-4	鍇6-3	鉉3下-1

篆本字（古文、金文、籀文、俗字，通叚、金石）	拼音	注音	說文部首	康熙部首	筆畫	一般頁碼	洪葉頁碼	段注篇章	徐鍇通釋篇章	徐鉉藤花榭篇章
稭（秸、藍、鞂）	jie	ㄐㄧㄝ	禾部	【禾部】5畫	325	328	段7上-48	鍇13-20	鉉7上-8
末（末，妹、抹、鞣通叚）	mo`	ㄇㄛˋ	木部	【木部】5畫	248	251	段6上-21	鍇11-10	鉉6上-3
鞁（被）	bei`	ㄅㄟˋ	革部	【革部】5畫	109	110	段3下-5	鍇6-4	鉉3下-1
靲（靲、靴，弦、鞃、軡通叚）	hong´	ㄏㄨㄥˊ	革部	【革部】5畫	108	109	段3下-4	鍇6-3	鉉3下-1
鞄（鮑）	pao´	ㄆㄠˊ	革部	【革部】5畫	107	108	段3下-1	鍇6-2	鉉3下-1
鞅	yang	ㄧㄤ	革部	【革部】5畫	110	111	段3下-8	鍇6-5	鉉3下-2
怏（鞅）	yang`	ㄧㄤˋ	心部	【心部】5畫	512	516	段10下-44	鍇20-16	鉉10下-8
鞑	tuo´	ㄊㄨㄛˊ	革部	【革部】5畫	111	112	段3下-9	鍇6-5	鉉3下-2
鞉（鞀、鼗、磬，鼗通叚）	tao´	ㄊㄠˊ	革部	【革部】6畫	108	109	段3下-4	鍇6-3	鉉3下-1
翺（革）	ge´	ㄍㄜˊ	羽部	【革部】6畫	139	140	段4上-20	鍇7-9	鉉4上-4
茵（鞇，絪、裀通叚）	yin	ㄧㄣ	艸部	【艸部】6畫	44	44	段1下-46	鍇2-21	鉉1下-8
紱（茯、鞴，鞇、韛通叚）	fu´	ㄈㄨˊ	糸部	【糸部】6畫	658	664	段13上-30	鍇25-7	鉉13上-4
鞈（鞳，鞈、鞈通叚）	ge´	ㄍㄜˊ	革部	【革部】6畫	110	111	段3下-7	鍇6-4	鉉3下-2
鞳（鞈、榻、闒）	ta	ㄊㄚ	鼓部	【鼓部】6畫	206	208	段5上-36	鍇9-15	鉉5上-7
鞵（鞋通叚）	xie´	ㄒㄧㄝˊ	革部	【革部】6畫	108	109	段3下-3	鍇6-3	鉉3下-1
鞌（鞍）	an	ㄢ	革部	【革部】6畫	109	110	段3下-6	鍇6-4	鉉3下-2
鞎	hen´	ㄏㄣˊ	革部	【革部】6畫	108	109	段3下-4	鍇6-3	鉉3下-1
鞏	gong˘	ㄍㄨㄥˇ	革部	【革部】6畫	107	108	段3下-2	鍇6-3	鉉3下-1
鞈	luo`	ㄌㄨㄛˋ	革部	【革部】6畫	107	108	段3下-1	鍇6-2	鉉3下-1
鞊	zhi`	ㄓˋ	革部	【革部】6畫	109	110	段3下-5	鍇6-4	鉉3下-1
鞅（韢）	jia	ㄐㄧㄚˊ	革部	【革部】7畫	108	109	段3下-3	鍇6-3	鉉3下-1
鞙（xi`）	xie´	ㄒㄧㄝˊ	革部	【革部】7畫	111	112	段3下-9	鍇6-5	鉉3下-2
鞔（鞤通叚）	man´	ㄇㄢˊ	革部	【革部】7畫	108	109	段3下-3	鍇6-3	鉉3下-1
銚（肇，鏉通叚）	tiao´	ㄊㄧㄠˊ	金部	【金部】7畫	702	709	段14上-2	鍇27-1	鉉14上-1

篆本字(古文、金文、籀文、俗字，通叚、金石)	拼音	注音	說文部首	康熙部首	筆畫	一般頁碼	洪葉頁碼	段注篇章	徐鍇通釋篇章	徐鉉藤花榭篇章
沙(沁，坔、砂、砂、紗、裟、鈔通叚)	sha	ㄕㄚ	水部	【水部】7畫		552	557	段11上貳-14	鍇21-17	鉉11上-6
楩(梗，挭、硬、鞕通叚)	geng˘	ㄍㄥˇ	木部	【木部】7畫		247	250	段6上-19	鍇11-8	鉉6上-3
鞒	qiaoˋ	ㄑㄧㄠˋ	革部	【革部】7畫		無	無	無	無	鉉3下-2
梢(捎，旓、槊、稍、鞘、鞘通叚)	shao	ㄕㄠ	木部	【木部】7畫		244	247	段6上-13	鍇11-6	鉉6上-2
削(鞘、鞘)	xiao	ㄒㄧㄠ	刀部	【刂部】7畫		178	180	段4下-41	鍇8-15	鉉4下-6
鞙(琄通叚)	juan	ㄐㄩㄢ	革部	【革部】7畫		110	111	段3下-7	鍇6-4	鉉3下-2
䩭	douˋ	ㄉㄡˋ	革部	【革部】7畫		109	110	段3下-6	鍇6-4	鉉3下-1
鞔	guan˘	ㄍㄨㄢˇ	革部	【革部】8畫		109	110	段3下-6	鍇6-4	鉉3下-1
韔(弢、韔，韔通叚)	changˋ	ㄔㄤˋ	韋部	【韋部】8畫		235	238	段5下-41	鍇10-17	鉉5下-8
鞞(鞞，琕通叚)	bing˘	ㄅㄧㄥˇ	革部	【革部】8畫		108	109	段3下-4	鍇6-3	鉉3下-1
鞠(籬从革、毱、鞫、鞪，鞠、踘通叚)	ju	ㄐㄩ	革部	【革部】8畫		108	109	段3下-3	鍇6-3	鉉3下-1
匊(鞠)	ju	ㄐㄩ	勹部	【勹部】8畫		432	437	段9上-35	鍇17-12	鉉9上-6
鞠(籔、鞫、鞠，諊通叚)	ju	ㄐㄩ	㚔部	【竹部】8畫		496	501	段10下-13	鍇20-5	鉉10下-3
羈(羈、羈、羈，鞿、羇通叚)	ji	ㄐㄧ	网部	【网部】8畫		356	360	段7下-43	鍇14-20	鉉7下-8
琫(鞛，韸通叚)	beng˘	ㄅㄥˇ	玉部	【玉部】8畫		13	13	段1上-26	鍇1-14	鉉1上-4
鞹从亭回(鞹，鞟通叚)	kuoˋ	ㄎㄨㄛˋ	革部	【革部】8畫		107	108	段3下-1	鍇6-2	鉉3下-1
控(鞚通叚)	kongˋ	ㄎㄨㄥˋ	手部	【手部】8畫		598	604	段12上-30	鍇23-10	鉉12上-5
輟	zhuo´	ㄓㄨㄛˊ	革部	【革部】8畫		109	110	段3下-6	鍇6-4	鉉3下-2
䩩	eˋ	ㄜˋ	革部	【革部】8畫		109	110	段3下-6	鍇6-4	鉉3下-1
鞙(鞔)	yuan	ㄩㄢ	革部	【革部】8畫		108	109	段3下-4	鍇6-3	鉉3下-1
韗(韗、鞠，皸、皴、履、靴、韗通叚)	yunˋ	ㄩㄣˋ	革部	【革部】8畫		107	108	段3下-2	鍇6-2	鉉3下-1

篆本字(古文、金文、籀文、俗字，通叚、金石)	拼音	注音	說文部首	康熙部首	筆畫	一般頁碼	洪葉頁碼	段注篇章	徐鍇通釋篇章	徐鉉藤花榭篇章
陶(匋，鞠、蜪 通叚)	tao′	ㄊㄠˊ	𨸏部	【阜部】8畫		735	742	段14下-10	鍇28-4	鉉14下-2
籟(籔、鞠、鞫，諊 通叚)	ju	ㄐㄩ	㚔部	【竹部】9畫		496	501	段10下-13	鍇20-5	鉉10下-3
鞠(籟从革、毬、鞫、鞤，匑、踘 通叚)	ju	ㄐㄩ	革部	【革部】9畫		108	109	段3下-3	鍇6-3	鉉3下-1
窶(窛、鞠)	ju	ㄐㄩ	宀部	【宀部】9畫		341	345	段7下-13	鍇14-6	鉉7下-3
緧(緅，綃、緫、鞧、鞦 通叚)	qiu	ㄑㄧㄡ	糸部	【糸部】9畫		658	665	段13上-31	鍇25-7	鉉13上-4
秌(龝、秋，鞧 通叚)	qiu	ㄑㄧㄡ	禾部	【禾部】9畫		327	330	段7上-51	鍇13-21	鉉7上-8
掔(慳，鋻=鏗鎗述及、鞕 通叚)	qian	ㄑㄧㄢ	手部	【手部】9畫		603	609	段12上-39	鍇23-12	鉉12上-6
鞈(韐，鞳、鼛 通叚)	ge′	ㄍㄜˊ	革部	【革部】9畫		110	111	段3下-7	鍇6-4	鉉3下-2
鍮(鞲 通叚)	tou′	ㄊㄡˊ	巾部	【巾部】9畫		359	362	段7下-48	鍇14-22	鉉7下-9
曷(害、盍，鞨 通叚)	he′	ㄏㄜˊ	曰部	【曰部】9畫		202	204	段5上-28	鍇9-11	鉉5上-5
鞿	ji′	ㄐㄧˊ	革部	【革部】9畫		110	111	段3下-8	鍇6-5	鉉3下-2
韂	chan˅	ㄔㄢˇ	革部	【革部】9畫		109	110	段3下-6	鍇6-4	鉉3下-1
鞣	rou′	ㄖㄡˊ	革部	【革部】9畫		107	108	段3下-2	鍇6-2	鉉3下-1
鞥	eng	ㄥ	革部	【革部】9畫		109	110	段3下-5	鍇6-4	鉉3下-1
鞪(㮯)	mu`	ㄇㄨˋ	革部	【革部】9畫		108	109	段3下-4	鍇6-3	鉉3下-1
鞬	jian	ㄐㄧㄢ	革部	【革部】9畫		110	111	段3下-8	鍇6-5	鉉3下-2
鞭(鞕、𩋆)	bian	ㄅㄧㄢ	革部	【革部】9畫		110	111	段3下-8	鍇6-5	鉉3下-2
鞮	di	ㄉㄧ	革部	【革部】9畫		108	109	段3下-3	鍇6-3	鉉3下-1
鞔	mian˅	ㄇㄧㄢˇ	革部	【革部】9畫		110	111	段3下-7	鍇6-5	鉉3下-2
鞲(毦、毬、䶅 通叚)	rong′	ㄖㄨㄥˊ	革部	【革部】9畫		110	111	段3下-7	鍇6-4	鉉3下-2
鞾	xue	ㄒㄩㄝ	革部	【革部】10畫		無	無	無	無	鉉3下-2

篆本字（古文、金文、籀文、俗字，通叚、金石）	拼音	注音	說文部首	康熙部首	筆畫	一般頁碼	洪葉頁碼	段注篇章	徐鍇通釋篇章	徐鉉藤花榭篇章
鞆(鞞、鞠，鞁、皱、屦、靴、鞾通叚)	yun ˋ	ㄩㄣˋ	革部	【革部】10畫		107	108	段3下-2	鍇6-2	鉉3下-1
韝(褠、幬，鞲通叚)	gou	ㄍㄡ	韋部	【韋部】10畫		235	237	段5下-40	鍇10-16	鉉5下-8
鞈(韐)	jia ˊ	ㄐㄧㄚˊ	革部	【革部】10畫		108	109	段3下-3	鍇6-3	鉉3下-1
鞵(鞋通叚)	xie ˊ	ㄒㄧㄝˊ	革部	【革部】10畫		108	109	段3下-3	鍇6-3	鉉3下-1
鞶(繁)	pan ˊ	ㄆㄢˊ	革部	【革部】10畫		107	108	段3下-2	鍇6-3	鉉3下-1
鞨	bo ˊ	ㄅㄛˊ	革部	【革部】10畫		109	110	段3下-6	鍇6-4	鉉3下-1
鞙(鞍)	yuan	ㄩㄢ	革部	【革部】10畫		108	109	段3下-4	鍇6-3	鉉3下-1
鞠(鞠从革、毱、鞫、鞫，毬、踘通叚)	ju	ㄐㄩ	革部	【革部】11畫		108	109	段3下-3	鍇6-3	鉉3下-1
紱(茀、韍，韨、韛通叚)	fu ˊ	ㄈㄨˊ	糸部	【糸部】11畫		658	664	段13上-30	鍇25-7	鉉13上-4
縫(韃通叚)	feng ˊ	ㄈㄥˊ	糸部	【糸部】11畫		656	662	段13上-26	鍇25-6	鉉13上-3
鞭(鞕、㣹)	bian	ㄅㄧㄢ	革部	【革部】11畫		110	111	段3下-8	鍇6-5	鉉3下-2
鞹从亭回(鞹，鞟通叚)	kuo ˋ	ㄎㄨㄛˋ	革部	【革部】11畫		107	108	段3下-1	鍇6-2	鉉3下-1
履(履，屨通叚)	ju ˋ	ㄐㄩˋ	履部	【尸部】11畫		402	407	段8下-3	鍇16-10	鉉8下-1
婁(㜣、㜺，嶁、瞜、慺、屨、韗通叚)	lou ˊ	ㄌㄡˊ	女部	【女部】11畫		624	630	段12下-26	鍇24-9	鉉12下-4
鞮(屟、趿、踥通叚)	xi	ㄒㄧ	革部	【革部】11畫		108	109	段3下-3	鍇6-3	鉉3下-1
躧(韗，屟、趿、踥、鞮通叚)	xi ˇ	ㄒㄧˇ	足部	【足部】11畫		84	84	段2下-30	鍇4-15	鉉2下-6
鞼	gui ˋ	ㄍㄨㄟˋ	革部	【革部】12畫		107	108	段3下-2	鍇6-2	鉉3下-1
鼖(韇)	fen ˊ	ㄈㄣˊ	鼓部	【鼓部】12畫		206	208	段5上-35	鍇9-15	鉉5上-7
羈(羈、羈、羈，鞲、韉通叚)	ji	ㄐㄧ	网部	【网部】12畫		356	360	段7下-43	鍇14-20	鉉7下-8
麴(鞠从麥、麯，麯通叚)	qu	ㄑㄩ	米部	【竹部】13畫		332	335	段7上-62	鍇13-25	鉉7上-10

篆本字(古文、金文、籀文、俗字，通叚、金石)	拼音	注音	說文部首	康熙部首	筆畫	一般頁碼	洪葉頁碼	段注篇章	徐鍇通釋篇章	徐鉉藤花榭篇章
繮(韁通叚)	jiang	ㄐㄧㄤ	糸部	【糸部】13畫		658	664	段13上-30	鍇25-7	鉉13上-4
靼(韃)	da′	ㄉㄚ′	革部	【革部】13畫		107	108	段3下-2	鍇6-2	鉉3下-1
靷(鞕从宀了口又)	yin˙	ㄧㄣˇ	革部	【革部】14畫		109	110	段3下-6	鍇6-4	鉉3下-1
鞙(韅)	xian˙	ㄒㄧㄢˇ	革部	【革部】14畫		109	110	段3下-5	鍇6-4	鉉3下-1
鞻	hu`	ㄏㄨ`	革部	【革部】14畫		110	111	段3下-8	鍇6-5	鉉3下-2
韇(皾，櫝通叚)	du′	ㄉㄨ′	革部	【革部】15畫		110	111	段3下-8	鍇6-5	鉉3下-2
遷(遷、搗、抰，櫏、韆通叚)	qian	ㄑㄧㄢ	辵(辶)部	【辵部】15畫		72	72	段2下-6	鍇4-3	鉉2下-2
韤(韈、襪，袜通叚)	wa`	ㄨㄚ`	韋部	【韋部】15畫		236	238	段5下-41	鍇10-17	鉉5下-8
韉	jian	ㄐㄧㄢ	革部	【革部】16畫		無	無	無	無	鉉3下-2
薦(荐，揖、廌从薦豸、韉通叚)	jian`	ㄐㄧㄢ`	廌部	【艸部】16畫		469	474	段10上-19	鍇19-6	鉉10上-3
鞠(鞠从革、毱、鞫、鞫，蹂、踘通叚)	ju	ㄐㄩ	革部	【革部】16畫		108	109	段3下-3	鍇6-3	鉉3下-1
籣(韊、韊，韊通叚)	lan′	ㄌㄢ′	竹部	【竹部】17畫		196	198	段5上-15	鍇9-6	鉉5上-3
韉	sui	ㄙㄨㄟ	革部	【革部】18畫		110	111	段3下-8	鍇6-5	鉉3下-2
躧(韄，屣、蹝、蹝、鞭通叚)	xi˙	ㄒㄧˇ	足部	【足部】19畫		84	84	段2下-30	鍇4-15	鉉2下-6
爨从興林大火(韢)	zuan	ㄗㄨㄢ	革部	【革部】19畫		109	110	段3下-5	鍇6-4	鉉3下-1
籣(韊、韊，韊通叚)	lan′	ㄌㄢ′	竹部	【竹部】20畫		196	198	段5上-15	鍇9-6	鉉5上-3
鞙(韅)	xian˙	ㄒㄧㄢˇ	革部	【革部】23畫		109	110	段3下-5	鍇6-4	鉉3下-1
韢从亭回(鞹，鞟通叚)	kuo`	ㄎㄨㄛ`	革部	【革部】24畫		107	108	段3下-1	鍇6-2	鉉3下-1
爨从興林大火(韢)	zuan	ㄗㄨㄢ	革部	【革部】29畫		109	110	段3下-5	鍇6-4	鉉3下-1
【韋(wei′)部】	wei′	ㄨㄟ′	韋部			234	237	段5下-39	鍇10-16	鉉5下-8
韋(𩏑、違)	wei′	ㄨㄟ′	韋部	【韋部】		234	237	段5下-39	鍇10-16	鉉5下-8
韌	ren`	ㄖㄣ`	韋部	【韋部】3畫		無	無	無	無	鉉5下-8
刃(韌通叚)	ren`	ㄖㄣ`	刃部	【刂部】3畫		183	185	段4下-51	鍇8-18	鉉4下-7

篆本字（古文、金文、籀文、俗字，通叚、金石）	拼音	注音	說文部首	康熙部首	筆畫	一般頁碼	洪葉頁碼	段注篇章	徐鍇通釋篇章	徐鉉藤花榭篇章
仞(牣、軔，認、韌通叚)	ren`	ㄖㄣˋ	人部	【人部】	3畫	365	369	段8上-2	鍇15-1	鉉8上-1
忍(朲、腍、靭通叚)	ren˘	ㄖㄣˇ	心部	【心部】	3畫	515	519	段10下-50	鍇20-18	鉉10下-9
紉(韌通叚)	ren`	ㄖㄣˋ	糸部	【糸部】	3畫	657	663	段13上-28	鍇25-6	鉉13上-4
市fu´非巿shì(韍、紱、黻、芾、韍、沛)	fu´	ㄈㄨˊ	市部	【巾部】	5畫	362	366	段7下-55	鍇14-24	鉉7下-9
韠(韍)	bi`	ㄅㄧˋ	韋部	【韋部】	5畫	234	237	段5下-39	鍇10-16	鉉5下-8
柲(柴、祕通叚)	bi`	ㄅㄧˋ	木部	【木部】	5畫	263	266	段6上-51	鍇11-22	鉉6上-7
靺(wa`)	mei`	ㄇㄟˋ	韋部	【韋部】	5畫	234	237	段5下-39	鍇10-16	鉉5下-8
夐从圍又(韇从韋又)	wei´	ㄨㄟˊ	交部	【韋部】	6畫	494	499	段10下-9	鍇20-3	鉉10下-2
回(囘、夐衺xie´述及，迴、徊通叚)	hui´	ㄏㄨㄟˊ	口部	【口部】	6畫	277	279	段6下-10	鍇12-7	鉉6下-3
袷(韐，帢通叚)	jia´	ㄐㄧㄚˊ	市部	【巾部】	6畫	363	366	段7下-56	鍇14-24	鉉7下-10
韏	quan`	ㄑㄩㄢˇ	韋部	【韋部】	6畫	236	238	段5下-41	鍇10-17	鉉5下-8
韋(韋、韋)	wei˘	ㄨㄟˇ	東部	【韋部】	6畫	317	320	段7上-31	鍇13-13	鉉7上-6
梢(捎，旓、槊、稍、鞘、鞘通叚)	shao	ㄕㄠ	木部	【木部】	7畫	244	247	段6上-13	鍇11-6	鉉6上-2
削(鞘、韒)	xiao	ㄒㄧㄠ	刀部	【刂部】	7畫	178	180	段4下-41	鍇8-15	鉉4下-6
韍(韍)	fu´	ㄈㄨˊ	韋部	【韋部】	7畫	236	238	段5下-41	鍇10-17	鉉5下-8
鞞(鞸，琕通叚)	bing˘	ㄅㄧㄥˇ	革部	【革部】	8畫	108	109	段3下-4	鍇6-3	鉉3下-1
韔(弢、韔，韔通叚)	chang`	ㄔㄤˋ	韋部	【韋部】	8畫	235	238	段5下-41	鍇10-17	鉉5下-8
弢(韔、韣、韔)	tao	ㄊㄠ	弓部	【弓部】	8畫	641	647	段12下-59	鍇24-19	鉉12下-9
搨(韞通叚)	ta`	ㄊㄚˋ	手部	【手部】	8畫	607	613	段12上-47	鍇23-15	鉉12上-7
鞈(韐、鞠，鞁、韍、屨、靴、韓通叚)	yun`	ㄩㄣˋ	革部	【革部】	9畫	107	108	段3下-2	鍇6-2	鉉3下-1
韓(韓通叚)	han´	ㄏㄢˊ	韋部	【韋部】	9畫	236	238	段5下-41	鍇10-17	鉉5下-8

篆本字(古文、金文、籀文、俗字，通叚、金石)	拼音	注音	說文部首	康熙部首	筆畫	一般頁碼	洪葉頁碼	段注篇章	徐鍇通釋篇章	徐鉉藤花榭篇章
韅	xia´	ㄒㄧㄚˊ	韋部	【韋部】9畫	無	無	無	無	鉉5下-8	
鍛(緞)	duan`	ㄉㄨㄢˋ	韋部	【韋部】9畫	235	238	段5下-41	鍇10-17	鉉5下-8
韙(愇)	wei˘	ㄨㄟˇ	是部	【韋部】9畫	69	70	段2下-1	鍇4-1	鉉2下-1
韘(弽、韘)	she`	ㄕㄜˋ	韋部	【韋部】9畫	235	238	段5下-41	鍇10-16	鉉5下-8
韑(楻、韑)	wei˘	ㄨㄟˇ	東部	【韋部】10畫	317	320	段7上-31	鍇13-13	鉉7上-6
橐从咎木(韟通叚)	gao	ㄍㄠ	橐部	【木部】10畫	276	279	段6下-9	鍇12-7	鉉6下-3
韡从丞亏(韡)	wei˘	ㄨㄟˇ	琴部	【韋部】10畫	274	277	段6下-5	鍇12-4	鉉6下-2
韝(韠)	fu´	ㄈㄨˊ	韋部	【韋部】10畫	236	238	段5下-41	鍇10-17	鉉5下-8
醞(蘊，醞通叚)	yun`	ㄩㄣˋ	酉部	【酉部】10畫	747	754	段14下-34	鍇28-17	鉉14下-8
薀(菀、苑、蘊，醞通叚)	yun`	ㄩㄣˋ	艸部	【艸部】10畫	40	41	段1下-39	鍇2-18	鉉1下-6
韜(襓，綯通叚)	tao	ㄊㄠ	韋部	【韋部】10畫	235	237	段5下-40	鍇10-16	鉉5下-8
韝(褠、幬，韝通叚)	gou	ㄍㄡ	韋部	【韋部】10畫	235	237	段5下-40	鍇10-16	鉉5下-8
排(囊、韛通叚)	pai´	ㄆㄞˊ	手部	【手部】10畫	596	602	段12上-26	鍇23-14	鉉12上-5
紱(茀、韍，靺、韛通叚)	fu´	ㄈㄨˊ	糸部	【糸部】10畫	658	664	段13上-30	鍇25-7	鉉13上-4
韓(韓通叚)	han´	ㄏㄢˊ	韋部	【韋部】11畫	236	238	段5下-41	鍇10-17	鉉5下-8
韠(韍)	bi`	ㄅㄧˋ	韋部	【韋部】11畫	234	237	段5下-39	鍇10-16	鉉5下-8
韢	sui`	ㄙㄨㄟˋ	韋部	【韋部】12畫	235	237	段5下-40	鍇10-16	鉉5下-8
韣	du´	ㄉㄨˊ	韋部	【韋部】13畫	235	238	段5下-41	鍇10-17	鉉5下-8
弢(韔、韣、弴)	tao	ㄊㄠ	弓部	【弓部】13畫	641	647	段12下-59	鍇24-19	鉉12下-9
韡从丞亏(韡)	wei˘	ㄨㄟˇ	琴部	【韋部】13畫	274	277	段6下-5	鍇12-4	鉉6下-2
韤(韤、襪，妺通叚)	wa`	ㄨㄚˋ	韋部	【韋部】15畫	236	238	段5下-41	鍇10-17	鉉5下-8
韉从米韋(韉、韉、揫)	jiu	ㄐㄧㄡ	韋部	【韋部】18畫	236	238	段5下-41	鍇10-17	鉉5下-8
揫(揪、韉从米韋，瘳通叚)	jiu	ㄐㄧㄡ	手部	【手部】18畫	602	608	段12上-37	鍇23-12	鉉12上-6
鬱(宛、菀，欝从爻、灪、欎从林缶一韋通叚)	yu`	ㄩˋ	林部	【鬯部】18畫	271	274	段6上-67	鍇11-30	鉉6上-9

篆本字（古文、金文、籀文、俗字，通叚、金石）	拼音	注音	說文部首	康熙部首	筆畫	一般頁碼	洪葉頁碼	段注篇章	徐鍇通釋篇章	徐鉉藤花榭篇章
【韭(jiuˇ)部】	jiuˇ	ㄐㄧㄡˇ	韭部			336	340	段7下-3	錯14-1	鉉7下-1
韭	jiuˇ	ㄐㄧㄡˇ	韭部	【韭部】		336	340	段7下-3	錯14-1	鉉7下-1
韱(藖通叚)	xian	ㄒㄧㄢ	韭部	【韭部】8畫		337	340	段7下-4	錯14-2	鉉7下-2
韲(韲、虀，鳖通叚)	ji	ㄐㄧ	韭部	【韭部】11畫		336	340	段7下-3	錯14-2	鉉7下-1
韇	dui	ㄉㄨㄟ	韭部	【韭部】12畫		336	340	段7下-3	錯14-2	鉉7下-1
䪢	fan	ㄈㄢˊ	韭部	【韭部】12畫		337	340	段7下-4	錯14-2	鉉7下-2
韰(薤，韰通叚)	xie	ㄒㄧㄝˋ	韭部	【韭部】14畫		337	340	段7下-4	錯14-2	鉉7下-1
【音(yin)部】	yin	ㄧㄣ	音部			102	102	段3上-32	錯5-17	鉉3上-7
音	yin	ㄧㄣ	音部	【音部】		102	102	段3上-32	錯5-17	鉉3上-7
吟(詥、誇)	yinˊ	ㄧㄣˊ	口部	【口部】4畫		60	61	段2上-25	錯3-10	鉉2上-5
韶(招、磬)	shaoˊ	ㄕㄠˊ	音部	【音部】5畫		102	103	段3上-33	錯5-17	鉉3上-7
莖(莖通叚)	jing	ㄐㄧㄥ	艸部	【艸部】7畫		37	38	段1下-33	錯2-16	鉉1下-5
彭(韸)	pengˊ	ㄆㄥˊ	壴部	【彡部】7畫		205	207	段5上-34	錯9-14	鉉5上-7
鍠(喤，鐄、韹通叚)	huangˊ	ㄏㄨㄤˊ	金部	【金部】9畫		709	716	段14上-16	錯27-6	鉉14上-3
喤(諻、韹通叚)	huangˊ	ㄏㄨㄤˊ	口部	【口部】9畫		54	55	段2上-13	錯3-6	鉉2上-3
韻	yun	ㄩㄣˋ	音部	【音部】10畫		無	無	無	無	鉉3上-7
均(袀、鈞、旬，畇、韻通叚)	jun	ㄐㄩㄣ	土部	【土部】10畫		683	689	段13下-18	錯26-2	鉉13下-3
韽	an	ㄢˋ	音部	【音部】11畫		102	103	段3上-33	錯5-17	鉉3上-7
響(鄉，韺通叚)	xiangˇ	ㄒㄧㄤˇ	音部	【音部】12畫		102	102	段3上-32	錯5-17	鉉3上-7
濩(鑊、護，韄通叚)	huo	ㄏㄨㄛˋ	水部	【水部】14畫		557	562	段11上貳-24	錯21-20	鉉11上-7
【頁(yeˋ)部】	ye	ㄧㄝˋ	頁部			415	420	段9上-1	錯17-1	鉉9上-1
頁(頁、𩑛、𩕾)	ye	ㄧㄝˋ	頁部	【頁部】		415	420	段9上-1	錯17-1	鉉9上-1
篜(頁、葉)	ye	ㄧㄝˋ	竹部	【竹部】		190	192	段5上-4	錯9-2	鉉5上-1
頃(傾)	qingˇ	ㄑㄧㄥˇ	匕部	【頁部】2畫		385	389	段8上-41	錯15-14	鉉8上-6
傾(頃)	qing	ㄑㄧㄥ	人部	【人部】2畫		373	377	段8上-17	錯15-7	鉉8上-3
陒(頃)	qing	ㄑㄧㄥ	𨸏部	【阜部】2畫		733	740	段14下-6	錯28-2	鉉14下-1
趌(跬、窺、頃、頍)	guiˇ	ㄍㄨㄟˇ	走部	【走部】2畫		66	66	段2上-36	錯3-16	鉉2上-8

篆本字（古文、金文、籀文、俗字，通叚、金石）	拼音	注音	說文部首	康熙部首	筆畫	一般頁碼	洪葉頁碼	段注篇章	徐鍇通釋篇章	徐鉉藤花榭篇章
頮(頧，頨、頯通叚)	kui´	ㄎㄨㄟˊ	頁部	【頁部】2畫		416	421	段9上-3	錯17-1	鉉9上-1
頂(顁、顎、定，頔通叚)	ding˅	ㄉㄧㄥ˅	頁部	【頁部】2畫		416	420	段9上-2	錯17-1	鉉9上-1
頄(疣、頯)	you`	ㄧㄡ`	頁部	【頁部】2畫		421	425	段9上-12	錯17-4	鉉9上-2
項(頏)	xiang`	ㄒㄧㄤ`	頁部	【頁部】3畫		417	421	段9上-4	錯17-2	鉉9上-1
順(古馴、訓、順三字互相段借)	shun`	ㄕㄨㄣ`	頁部	【頁部】3畫		418	423	段9上-7	錯17-3	鉉9上-2
馴(古馴、訓、順三字互相段借)	xun´	ㄒㄩㄣˊ	馬部	【馬部】3畫		467	471	段10上-14	錯19-4	鉉10上-2
訓(古馴、訓、順三字互相段借)	xun`	ㄒㄩㄣ`	言部	【言部】3畫		91	91	段3上-10	錯5-6	鉉3上-3
碩	duo´	ㄉㄨㄛˊ	頁部	【頁部】3畫		416	420	段9上-2	錯17-1	鉉9上-1
領(頦)	ku	ㄎㄨ	頁部	【頁部】3畫		421	425	段9上-12	錯17-4	鉉9上-2
朡(頉、胲)	ji	ㄐㄧ	肉部	【肉部】3畫		167	169	段4下-20	錯8-8	鉉4下-4
須(顉需述及、鬚，䫇通叚)	xu	ㄒㄩ	須部	【頁部】3畫		424	428	段9上-18	錯17-6	鉉9上-3
需(須述及，劍通叚)	xu	ㄒㄩ	雨部	【雨部】3畫		574	580	段11下-15	錯22-7	鉉11下-4
頨(顉、竭、需、須，頨通叚)	xu	ㄒㄩ	立部	【立部】3畫		500	505	段10下-21	錯20-8	鉉10下-4
鼾(預通叚)	han	ㄏㄢ	鼻部	【鼻部】3畫		137	139	段4上-17	錯7-8	鉉4上-4
亢(頏、肮、吭)	kang`	ㄎㄤ`	亢部	【頁部】4畫		497	501	段10下-14	錯20-5	鉉10下-3
頵	yun˅	ㄩㄣ˅	頁部	【頁部】4畫		417	422	段9上-5	錯17-2	鉉9上-1
頍	zhen˅	ㄓㄣ˅	頁部	【頁部】4畫		417	421	段9上-4	錯17-2	鉉9上-1
頊	xu	ㄒㄩ	頁部	【頁部】4畫		419	423	段9上-8	錯17-3	鉉9上-2
頌(額、容)	song`	ㄙㄨㄥ`	頁部	【頁部】4畫		416	420	段9上-2	錯17-1	鉉9上-1
容(宓、頌，蓉通叚)	rong´	ㄖㄨㄥˊ	宀部	【宀部】4畫		340	343	段7下-10	錯14-5	鉉7下-2
訟(詥、頌)	song`	ㄙㄨㄥ`	言部	【言部】4畫		100	100	段3上-28	錯5-14	鉉3上-6
頯	kui˅	ㄎㄨㄟ˅	頁部	【頁部】4畫		418	423	段9上-7	錯17-3	鉉9上-2
頎(懇)	qi´	ㄑㄧˊ	頁部	【頁部】4畫		418	422	段9上-6	錯17-2	鉉9上-1

篆本字(古文、金文、籀文、俗字,通段、金石)	拼音	注音	說文部首	康熙部首	筆畫	一般頁碼	洪葉頁碼	段注篇章	徐鍇通釋篇章	徐鉉藤花榭篇章
預	yù	ㄩˋ	頁部	【頁部】	4畫	無	無	無	無	鉉9上-2
豫(蓄、豫、預,澦通段)	yù	ㄩˋ	象部	【亅部】	4畫	459	464	段9下-44	錯18-16	鉉9下-8
頑	wán	ㄨㄢˊ	頁部	【頁部】	4畫	418	422	段9上-6	錯17-2	鉉9上-1
頒(班、頗、纇,盼通段)	ban	ㄅㄢ	頁部	【頁部】	4畫	417	422	段9上-5	錯17-2	鉉9上-1
攽(頒)	ban	ㄅㄢ	攴部	【攴部】	4畫	123	124	段3下-34	錯6-17	鉉3下-8
頖(纇、頒、泮、鬢)	bei	ㄅㄟ	須部	【頁部】	4畫	424	428	段9上-18	錯17-6	鉉9上-3
辡(媥、斑、斒、頒、班陿述及,玢、瑞通段)	ban	ㄅㄢ	文部	【辛部】	4畫	425	430	段9上-21	錯17-7	鉉9上-4
頓(鈍,墩通段)	dùn	ㄉㄨㄣˋ	頁部	【頁部】	4畫	419	423	段9上-8	錯17-3	鉉9上-2
鈍(頓)	dùn	ㄉㄨㄣˋ	金部	【金部】	4畫	714	721	段14上-26	錯27-8	鉉14上-4
頠	pei	ㄆㄟˊ	頁部	【頁部】	4畫	417	421	段9上-4	錯17-2	鉉9上-1
頯(疣、頄)	you	ㄧㄡˊ	頁部	【頁部】	4畫	421	425	段9上-12	錯17-4	鉉9上-2
顃(髯、髥、鬺)	rán	ㄖㄢˊ	須部	【頁部】	4畫	424	428	段9上-18	錯17-6	鉉9上-3
腬(柔行而腬廢,腶通段)	rou	ㄖㄡˊ	肉部	【肉部】	4畫	422	427	段9上-15	錯17-5	鉉9上-3
頞(沒、殁)	mò	ㄇㄛˋ	頁部	【頁部】	4畫	418	423	段9上-7	錯17-3	鉉9上-2
沒(湏、没、殁、頞述及)	mei	ㄇㄟˊ	水部	【水部】	4畫	557	562	段11上貳-23	錯21-20	鉉11上-7
髮(䰂、頾)	fà	ㄈㄚˋ	髟部	【髟部】	4畫	425	430	段9上-21	錯17-7	鉉9上-4
頂(顁、顛、定,顁通段)	dǐng	ㄉㄧㄥˇ	頁部	【頁部】	5畫	416	420	段9上-2	錯17-1	鉉9上-1
泮(判、畔,沜、汴、冸、頖通段)	pàn	ㄆㄢˋ	水部	【水部】	5畫	566	571	段11上貳-42	錯21-25	鉉11上-9
平(秂,平便辯通用便述及,評、頩通段)	píng	ㄆㄧㄥˊ	亏部	【干部】	5畫	205	207	段5上-33	錯9-14	鉉5上-6
頝(準)	zhuo	ㄓㄨㄛˊ	頁部	【頁部】	5畫	420	424	段9上-10	錯17-3	鉉9上-2

篆本字(古文、金文、籀文、俗字，通叚、金石)	拼音	注音	說文部首	康熙部首	筆畫	一般頁碼	洪葉頁碼	段注篇章	徐鍇通釋篇章	徐鉉藤花榭篇章
頯(𩑔，頄、頯通叚)	kui ˊ	ㄎㄨㄟˊ	頁部	【頁部】	5畫	416	421	段9上-3	鍇17-1	鉉9上-1
痀(𩑢通叚)	gou	ㄍㄡ	疒部	【疒部】	5畫	349	353	段7下-29	鍇14-13	鉉7下-5
碩(石)	shuo ˋ	ㄕㄨㄛˋ	頁部	【石部】	5畫	417	422	段9上-5	鍇17-2	鉉9上-1
石(碩、祏，楉通叚)	shi ˊ	ㄕˊ	石部	【石部】	5畫	448	453	段9下-23	鍇18-8	鉉9下-4
𩑺(須通叚)	zhen ˇ	ㄓㄣˇ	頁部	【頁部】	5畫	419	423	段9上-8	鍇17-3	鉉9上-2
頗(詖中述及，玻通叚)	po ˇ	ㄆㄛˇ	頁部	【頁部】	5畫	421	425	段9上-12	鍇17-4	鉉9上-2
詖(頗)	bi ˋ	ㄅㄧˋ	言部	【言部】	5畫	91	91	段3上-10	鍇5-6	鉉3上-3
領(蓮，嶺通叚)	ling ˇ	ㄌㄧㄥˇ	頁部	【頁部】	5畫	417	421	段9上-4	鍇17-2	鉉9上-1
蓮(蕑、領述及)	lian ˊ	ㄌㄧㄢˊ	艸部	【艸部】	5畫	34	34	段1下-26	鍇2-13	鉉1下-4
𦣝(頤、𦣞，頥通叚)	yi ˊ	ㄧˊ	𦣝部	【臣部】	6畫	593	599	段12上-19	鍇23-8	鉉12上-4
頣與頤yi ˊ 不同	shen ˇ	ㄕㄣˇ	頁部	【頁部】	6畫	420	424	段9上-10	鍇17-3	鉉9上-2
頪(類)	lei ˋ	ㄌㄟˋ	頁部	【頁部】	6畫	421	425	段9上-12	鍇17-4	鉉9上-2
類(頪，蘱通叚)	lei ˋ	ㄌㄟˋ	犬部	【頁部】	6畫	476	481	段10上-33	鍇19-11	鉉10上-6
頜(頷)	han ˋ	ㄏㄢˋ	頁部	【頁部】	6畫	417	421	段9上-4	鍇17-2	鉉9上-1
顉(頜)	qin	ㄑㄧㄣ	頁部	【頁部】	6畫	419	423	段9上-8	鍇17-3	鉉9上-2
𩒱(𩒱)	gen ˇ	ㄍㄣˇ	頁部	【頁部】	6畫	417	421	段9上-4	鍇17-1	鉉9上-1
頞(齃)	e ˋ	ㄜˋ	頁部	【頁部】	6畫	416	421	段9上-3	鍇17-1	鉉9上-1
頟(額)	e ˊ	ㄜˊ	頁部	【頁部】	6畫	416	421	段9上-3	鍇17-1	鉉9上-1
頠	wei ˇ	ㄨㄟˇ	頁部	【頁部】	6畫	418	423	段9上-7	鍇17-3	鉉9上-2
頡	jie ˊ	ㄐㄧㄝˊ	頁部	【頁部】	6畫	420	424	段9上-10	鍇17-3	鉉9上-2
頦	hai ˊ	ㄏㄞˊ	頁部	【頁部】	6畫	422	426	段9上-14	鍇17-4	鉉9上-2
頨	yu ˇ	ㄩˇ	頁部	【頁部】	6畫	420	425	段9上-11	鍇17-3	鉉9上-2
艵(頩)	ping	ㄆㄧㄥ	色部	【色部】	6畫	432	436	段9上-34	鍇17-11	鉉9上-6
頸(䫐通叚)	jing ˇ	ㄐㄧㄥˇ	頁部	【頁部】	6畫	417	421	段9上-4	鍇17-2	鉉9上-1
戚(𧮰、慼、頼䚂shi述及，蹙、傶、鏚、顣通叚)	qi	ㄑㄧ	戉部	【戈部】	6畫	632	638	段12下-42	鍇24-13	鉉12下-6
追(鎚，膇、頧通叚)	zhui	ㄓㄨㄟ	辵(辶)部	【辵部】	6畫	74	74	段2下-10	鍇4-5	鉉2下-2

篆本字（古文、金文、籀文、俗字，通叚、金石）	拼音	注音	說文部首	康熙部首	筆畫	一般頁碼	洪葉頁碼	段注篇章	徐鍇通釋篇章	徐鉉藤花榭篇章
頛(纇，謎通叚)	lei`	ㄌㄟˋ	頁部	【頁部】	6畫	421	426	段9上-13	鍇17-4	鉉9上-2
囟(脖、顖、顋、甶，胂通叚)	xin`	ㄒㄧㄣˋ	囟部	【囗部】	6畫	501	505	段10下-22	鍇20-8	鉉10下-5
頫(俛、俯)	fu`	ㄈㄨˇ	頁部	【頁部】	6畫	419	424	段9上-9	鍇17-3	鉉9上-2
頢(頡)	kuo	ㄎㄨㄛ	頁部	【頁部】	6畫	418	423	段9上-7	鍇17-3	鉉9上-2
沫(頮、湏、靧)	mei`	ㄇㄟˋ	水部	【水部】	7畫	563	568	段11上貳-36	鍇21-24	鉉11上-9
臣(頤、𦣞，顊通叚)	yi´	ㄧˊ	臣部	【臣部】	7畫	593	599	段12上-19	鍇23-8	鉉12上-4
顮(瀕、濱、頻)	bin	ㄅㄧㄣ	瀕部	【水部】	7畫	567	573	段11下-1	鍇21-26	鉉11下-1
矉(頻、顰)	pin´	ㄆㄧㄣˊ	目部	【目部】	7畫	132	133	段4上-6	鍇7-4	鉉4上-2
顰(卑、頻、矉、嚬)	pin´	ㄆㄧㄣˊ	瀕部	【頁部】	7畫	567	573	段11下-1	鍇21-26	鉉11下-1
賴(頼通叚)	lai`	ㄌㄞˋ	貝部	【貝部】	7畫	281	283	段6下-18	鍇12-11	鉉6下-4
脣(顧)	chun´	ㄔㄨㄣˊ	肉部	【肉部】	7畫	167	169	段4下-20	鍇8-8	鉉4下-4
頖(頣)	gen`	ㄍㄣˇ	頁部	【頁部】	7畫	417	421	段9上-4	鍇17-1	鉉9上-1
穨(頹、積)	tui´	ㄊㄨㄟˊ	禿部	【禾部】	7畫	407	411	段8下-12	鍇16-13	鉉8下-3
頄(頯)	ku	ㄎㄨ	頁部	【頁部】	7畫	421	425	段9上-12	鍇17-4	鉉9上-2
俅(頯通叚)	qiu´	ㄑㄧㄡˊ	人部	【人部】	7畫	366	370	段8上-3	鍇15-2	鉉8上-1
俄(蛾，頯通叚)	e´	ㄜˊ	人部	【人部】	7畫	380	384	段8上-31	鍇15-11	鉉8上-4
穎(役，頴通叚)	ying`	ㄧㄥˇ	禾部	【禾部】	7畫	323	326	段7上-44	鍇13-19	鉉7上-8
頯(頄，頄、頯通叚)	kui´	ㄎㄨㄟˊ	頁部	【頁部】	7畫	416	421	段9上-3	鍇17-1	鉉9上-1
頰(䵓)	jia´	ㄐㄧㄚˊ	頁部	【頁部】	7畫	416	421	段9上-3	鍇17-1	鉉9上-1
頒(班、頖、鬢，朌通叚)	ban	ㄅㄢ	頁部	【頁部】	7畫	417	422	段9上-5	鍇17-2	鉉9上-1
頭	tou´	ㄊㄡˊ	頁部	【頁部】	7畫	415	420	段9上-1	鍇17-1	鉉9上-1
脰(頭)	dou`	ㄉㄡˋ	肉部	【肉部】	7畫	168	170	段4下-21	鍇8-8	鉉4下-4
頲(挺)	ting`	ㄊㄧㄥˇ	頁部	【頁部】	7畫	418	423	段9上-7	鍇17-3	鉉9上-2
䪴	yun	ㄩㄣ	頁部	【頁部】	7畫	417	422	段9上-5	鍇17-2	鉉9上-1
頷(顄)	han`	ㄏㄢˋ	頁部	【頁部】	7畫	417	421	段9上-4	鍇17-2	鉉9上-1
頜(頤)	han`	ㄏㄢˋ	頁部	【頁部】	7畫	418	423	段9上-7	鍇17-3	鉉9上-2

篆本字(古文、金文、籀文、俗字，通叚、金石)	拼音	注音	說文部首	康熙部首	筆畫	一般頁碼	洪葉頁碼	段注篇章	徐鍇通釋篇章	徐鉉藤花樹篇章
顄(頷、頟)	hanˋ	ㄏㄢˋ	頁部	【頁部】	7畫	417	421	段9上-4	鍇17-2	鉉9上-1
頸(頳通叚)	jingˇ	ㄐㄧㄥˇ	頁部	【頁部】	7畫	417	421	段9上-4	鍇17-2	鉉9上-1
顋	huiˋ	ㄏㄨㄟˋ	頁部	【頁部】	7畫	418	422	段9上-6	鍇17-2	鉉9上-1
頧	yueˋ	ㄩㄝˋ	頁部	【頁部】	7畫	418	422	段9上-6	鍇17-2	鉉9上-1
頿(髥、髯、頩)	ranˊ	ㄖㄢˊ	須部	【頁部】	7畫	424	428	段9上-18	鍇17-6	鉉9上-3
顊(俾、庳)	piˇ	ㄆㄧˇ	頁部	【頁部】	8畫	421	425	段9上-12	鍇17-4	鉉9上-2
頬(魌、僛，倛通叚)	qi	ㄑㄧ	頁部	【頁部】	8畫	422	426	段9上-14	鍇17-4	鉉9上-2
娸(頬)	qi	ㄑㄧ	女部	【女部】	8畫	613	619	段12下-4	鍇24-1	鉉12下-1
頂(顶、顚、定，頲通叚)	dingˇ	ㄉㄧㄥˇ	頁部	【頁部】	8畫	416	420	段9上-2	鍇17-1	鉉9上-1
定(奠、淀洋述及，頲通叚)	dingˋ	ㄉㄧㄥˋ	宀部	【宀部】	8畫	339	342	段7下-8	鍇14-4	鉉7下-2
覫(賴通叚)	laiˊ	ㄌㄞˊ	見部	【見部】	8畫	408	412	段8下-14	鍇16-14	鉉8下-3
顅	menˊ	ㄇㄣˊ	頁部	【頁部】	8畫	421	426	段9上-13	鍇17-4	鉉9上-2
顀	chuiˊ	ㄔㄨㄟˊ	頁部	【頁部】	8畫	417	421	段9上-4	鍇17-2	鉉9上-1
顄(頷、頟)	hanˋ	ㄏㄢˋ	頁部	【頁部】	8畫	417	421	段9上-4	鍇17-2	鉉9上-1
頟(頷)	hanˋ	ㄏㄢˋ	頁部	【頁部】	8畫	418	423	段9上-7	鍇17-3	鉉9上-2
顅(鬜、楬、髡)	qian	ㄑㄧㄢ	頁部	【頁部】	8畫	420	425	段9上-11	鍇17-4	鉉9上-2
覵(䁂同覞yaoˋ、顅、㹕)	qian	ㄑㄧㄢ	覞部	【見部】	8畫	410	414	段8下-18	鍇16-15	鉉8下-4
顆(堁)	ke	ㄎㄜ	頁部	【頁部】	8畫	418	423	段9上-7	鍇17-3	鉉9上-2
褧(絅、顈)	jiongˇ	ㄐㄩㄥˇ	衣部	【衣部】	8畫	391	395	段8上-54	鍇16-2	鉉8上-8
絅(褧，顈通叚)	jiongˇ	ㄐㄩㄥˇ	糸部	【糸部】	8畫	647	654	段13上-9	鍇25-3	鉉13上-2
檾(蹟、顈，蘔通叚)	qingˇ	ㄑㄧㄥˇ	林部	【木部】	8畫	335	339	段7下-1	鍇13-28	鉉7下-1
顇(悴、萃、瘁，饆通叚)	cuiˋ	ㄘㄨㄟˋ	頁部	【頁部】	8畫	421	426	段9上-13	鍇17-4	鉉9上-2
顉(頷)	qin	ㄑㄧㄣ	頁部	【頁部】	8畫	419	423	段9上-8	鍇17-3	鉉9上-2
䫖(螓、蜻)	jingˋ	ㄐㄧㄥˋ	頁部	【頁部】	8畫	420	425	段9上-11	鍇17-3	鉉9上-2
顝(顡、櫇)	gui	ㄍㄨㄟ	頁部	【頁部】	8畫	418	422	段9上-6	鍇17-2	鉉9上-2
䫟(顐通叚)	kun	ㄎㄨㄣ	頁部	【頁部】	8畫	420	425	段9上-11	鍇17-4	鉉9上-2

篆本字（古文、金文、籀文、俗字，通叚、金石）	拼音	注音	說文部首	康熙部首	筆畫	一般頁碼	洪葉頁碼	段注篇章	徐鍇通釋篇章	徐鉉藤花榭篇章
頍(稧、禊通叚)	qi`	ㄑㄧˋ	頁部	【頁部】9畫	9畫	421	425	段9上-12	鍇17-4	鉉9上-2
頟(額)	e´	ㄜˊ	頁部	【頁部】9畫	9畫	416	421	段9上-3	鍇17-1	鉉9上-1
題(眡坁fa´述及，鶗通叚)	ti´	ㄊㄧˊ	頁部	【頁部】9畫	9畫	416	421	段9上-3	鍇17-1	鉉9上-1
睼(題)	ti´	ㄊㄧˊ	目部	【目部】9畫	9畫	133	134	段4上-8	鍇7-4	鉉4上-2
題(題)	ti´	ㄊㄧˊ	見部	【見部】9畫	9畫	408	412	段8下-14	鍇16-14	鉉8下-3
倪(睨、題，堄通叚)	ni´	ㄋㄧˊ	人部	【人部】9畫	9畫	376	380	段8上-24	鍇15-10	鉉8上-3
諟(是、題)	shi`	ㄕˋ	言部	【言部】9畫	9畫	92	92	段3上-12	鍇5-7	鉉3上-3
顑(顲从咸心)	kan˘	ㄎㄢˇ	頁部	【頁部】9畫	9畫	421	426	段9上-13	鍇17-4	鉉9上-2
顒	yong´	ㄩㄥˊ	頁部	【頁部】9畫	9畫	417	422	段9上-5	鍇17-4	鉉9上-1
顓(專)	zhuan	ㄓㄨㄢ	頁部	【頁部】9畫	9畫	419	423	段9上-8	鍇17-3	鉉9上-2
顏(顔)	yan´	ㄧㄢˊ	頁部	【頁部】9畫	9畫	415	420	段9上-1	鍇17-1	鉉9上-1
頠	wai`	ㄨㄞˋ	頁部	【頁部】9畫	9畫	418	422	段9上-6	鍇17-2	鉉9上-1
願	yuan˘	ㄩㄢˇ	頁部	【頁部】9畫	9畫	418	423	段9上-7	鍇17-3	鉉9上-2
顉(選)	zhuan`	ㄓㄨㄢˋ	頁部	【頁部】9畫	9畫	422	426	段9上-14	鍇17-4	鉉9上-2
頾(髭)	zi	ㄗ	須部	【頁部】9畫	9畫	424	428	段9上-18	鍇17-6	鉉9上-3
思(罳、䰄、顋、鬒通叚)	si	ㄙ	思部	【心部】9畫	9畫	501	506	段10下-23	鍇20-9	鉉10下-5
頵(顐通叚)	kun	ㄎㄨㄣ	頁部	【頁部】9畫	9畫	420	425	段9上-11	鍇17-4	鉉9上-2
類(賴，蘱通叚)	lei`	ㄌㄟˋ	犬部	【頁部】10畫	10畫	476	481	段10上-33	鍇19-11	鉉10上-6
頛(類，謧通叚)	lei`	ㄌㄟˋ	頁部	【頁部】10畫	10畫	421	426	段9上-13	鍇17-4	鉉9上-2
禷(類)	lei`	ㄌㄟˋ	示部	【示部】10畫	10畫	4	4	段1上-7	鍇1-6	鉉1上-2
纇(類)	lei`	ㄌㄟˋ	糸部	【糸部】10畫	10畫	645	651	段13上-4	鍇25-2	鉉13上-1
顡(類)	lei`	ㄌㄟˋ	頁部	【頁部】10畫	10畫	421	425	段9上-12	鍇17-4	鉉9上-2
翁(滃、公，㿅、顲通叚)	weng	ㄨㄥ	羽部	【羽部】10畫	10畫	138	140	段4上-19	鍇7-9	鉉4上-4
頌(額、容)	song`	ㄙㄨㄥˋ	頁部	【頁部】10畫	10畫	416	420	段9上-2	鍇17-1	鉉9上-1
顤(燆通叚)	rao´	ㄖㄠˊ	頁部	【頁部】10畫	10畫	417	422	段9上-5	鍇17-2	鉉9上-1
講(媾，顜通叚)	jiang˘	ㄐㄧㄤˇ	言部	【言部】10畫	10畫	95	96	段3上-19	鍇5-10	鉉3上-4
顤(顥通叚)	yao´	ㄧㄠˊ	頁部	【頁部】10畫	10畫	418	422	段9上-6	鍇17-2	鉉9上-1
名(銘，詺、顤通叚)	ming´	ㄇㄧㄥˊ	口部	【口部】10畫	10畫	56	57	段2上-17	鍇3-7	鉉2上-4

篆本字(古文、金文、籀文、俗字，通叚、金石)	拼音	注音	說文部首	康熙部首	筆畫	一般頁碼	洪葉頁碼	段注篇章	徐鍇通釋篇章	徐鉉藤花榭篇章
囟(膟、顖、頤、屮，詷通叚)	xìn	ㄒㄧㄣˋ	囟部	【囗部】	10畫	501	505	段10下-22	錯20-8	鉉10下-5
頷(頤、頜)	hàn	ㄏㄢˋ	頁部	【頁部】	10畫	417	421	段9上-4	錯17-2	鉉9上-1
頔	hùn	ㄏㄨㄣˋ	頁部	【頁部】	10畫	417	422	段9上-5	錯17-2	鉉9上-1
顏(顔)	yán	ㄧㄢˊ	頁部	【頁部】	10畫	417	422	段9上-5	錯17-2	鉉9上-1
頠	kuǐ	ㄎㄨㄟˇ	頁部	【頁部】	10畫	421	425	段9上-12	錯17-4	鉉9上-2
顗	yǐ	ㄧˇ	頁部	【頁部】	10畫	420	425	段9上-11	錯17-3	鉉9上-2
願(顐)	yuàn	ㄩㄢˋ	頁部	【頁部】	10畫	418	422	段9上-6	錯17-2	鉉9上-1
顠(願)	yuàn	ㄩㄢˋ	頁部	【頁部】	10畫	416	420	段9上-2	錯17-1	鉉9上-1
顙	sǎng	ㄙㄤˇ	頁部	【頁部】	10畫	416	421	段9上-3	錯17-1	鉉9上-1
顛(顚，巔、傎、値、癲、瘨、酊、鷏、齻通叚)	dian	ㄉㄧㄢ	頁部	【頁部】	10畫	416	420	段9上-2	錯17-1	鉉9上-1
闐(顛)	tián	ㄊㄧㄢˊ	門部	【門部】	10畫	590	596	段12上-13	錯23-6	鉉12上-3
瘨(顛)	dian	ㄉㄧㄢ	疒部	【疒部】	10畫	348	352	段7下-27	錯14-12	鉉7下-5
蹎(顛)	dian	ㄉㄧㄢ	足部	【足部】	10畫	83	83	段2下-28	錯4-15	鉉2下-6
槙(顛、積，柛通叚)	dian	ㄉㄧㄢ	木部	【木部】	10畫	249	252	段6上-23	錯11-11	鉉6上-4
頯	kui	ㄎㄨㄟ	頁部	【頁部】	10畫	417	422	段9上-5	錯17-2	鉉9上-1
頯(頮)	péi	ㄆㄟˊ	須部	【頁部】	10畫	424	428	段9上-18	錯17-6	鉉9上-3
顡(顬)	ào	ㄠˋ	頁部	【頁部】	11畫	418	422	段9上-6	錯17-2	鉉9上-1
頠(頛)	wài	ㄨㄞˋ	頁部	【頁部】	11畫	421	426	段9上-13	錯17-4	鉉9上-2
戚(慼、慽、頹 覷shi述及，蹴、傶、鏚、顣通叚)	qī	ㄑㄧ	戉部	【戈部】	11畫	632	638	段12下-42	錯24-13	鉉12下-6
蹴(踀、蹜、顣通叚)	cù	ㄘㄨˋ	足部	【足部】	11畫	81	82	段2下-25	錯4-13	鉉2下-5
歡(嘁，顣通叚)	cù	ㄘㄨˋ	欠部	【欠部】	11畫	411	416	段8下-21	錯16-16	鉉8下-4
瞞(謾，暪、顢通叚)	mán	ㄇㄢˊ	目部	【目部】	11畫	130	131	段4上-2	錯7-2	鉉4上-1
懑(顢通叚)	mán	ㄇㄢˊ	心部	【心部】	11畫	510	514	段10下-40	錯20-14	鉉10下-7

篆本字(古文、金文、籀文、俗字，通叚、金石)	拼音	注音	說文部首	康熙部首	筆畫	一般頁碼	洪葉頁碼	段注篇章	徐鍇通釋篇章	徐鉉藤花榭篇章
頯(顝、頒、泮、鬓)	bei	ㄅㄟ	須部	【須部】	11畫	424	428	段9上-18	鍇17-6	鉉9上-3
頒(班、頰、顝，朌通叚)	ban	ㄅㄢ	頁部	【頁部】	11畫	417	422	段9上-5	鍇17-2	鉉9上-1
舜	xun `	ㄒㄩㄣˋ	丌部	【頁部】	12畫	200	202	段5上-23	鍇9-9	鉉5上-4
皤(顤)	fan ´	ㄈㄢˊ	白部	【白部】	12畫	363	367	段7下-57	鍇14-24	鉉7下-10
顏(顔)	yan ´	ㄧㄢˊ	頁部	【頁部】	12畫	415	420	段9上-1	鍇17-1	鉉9上-1
顤	qiao ´	ㄑㄧㄠˊ	頁部	【頁部】	12畫	無	無	無	無	鉉9上-2
醮(嫶，憔、顤、癄通叚)	qiao ´	ㄑㄧㄠˊ	面部	【面部】	12畫	423	427	段9上-16	鍇17-5	鉉9上-3
嶙	lin `	ㄌㄧㄣˋ	頁部	【頁部】	12畫	419	423	段9上-8	鍇17-3	鉉9上-2
顤(顒通叚)	yao ´	ㄧㄠˊ	頁部	【頁部】	12畫	418	422	段9上-6	鍇17-2	鉉9上-1
顥(皓)	hao `	ㄏㄠˋ	頁部	【頁部】	12畫	420	424	段9上-10	鍇17-3	鉉9上-2
顧	gu `	ㄍㄨˋ	頁部	【頁部】	12畫	418	423	段9上-7	鍇17-3	鉉9上-2
顛	zhan ˇ	ㄓㄢˇ	頁部	【頁部】	12畫	420	424	段9上-10	鍇17-3	鉉9上-2
頂(顁、顠、定，顝通叚)	ding ˇ	ㄉㄧㄥˇ	頁部	【頁部】	13畫	416	420	段9上-2	鍇17-1	鉉9上-1
瀕(濒、濱、頻)	bin	ㄅㄧㄣ	瀕部	【水部】	13畫	567	573	段11下-1	鍇21-26	鉉11下-1
顩(臉通叚)	lian ˇ	ㄌㄧㄢˇ	頁部	【頁部】	13畫	417	421	段9上-4	鍇17-2	鉉9上-1
顡(顩)	yan ´	ㄧㄢˊ	頁部	【頁部】	13畫	417	422	段9上-5	鍇17-2	鉉9上-1
顫(膻通叚)	zhan `	ㄓㄢˋ	頁部	【頁部】	13畫	421	426	段9上-13	鍇17-4	鉉9上-2
噤(顉齘xie ` 述及)	jin `	ㄐㄧㄣˋ	口部	【口部】	13畫	56	57	段2上-17	鍇3-7	鉉2上-4
顑(顑从咸心)	kan ˇ	ㄎㄢˇ	頁部	【頁部】	13畫	421	426	段9上-13	鍇17-4	鉉9上-2
履(履、顠从舟足)	lü ˇ	ㄌㄩˇ	履部	【尸部】	13畫	402	407	段8下-3	鍇16-10	鉉8下-1
顤(顡)	wai `	ㄨㄞˋ	頁部	【頁部】	14畫	421	426	段9上-13	鍇17-4	鉉9上-2
顯(㬎)	xian ˇ	ㄒㄧㄢˇ	頁部	【頁部】	14畫	422	426	段9上-14	鍇17-4	鉉9上-2
㬎(顯，曬通叚)	xian ˇ	ㄒㄧㄢˇ	日部	【日部】	14畫	307	310	段7上-11	鍇13-4	鉉7上-2
覴(顝通叚)	bin	ㄅㄧㄣ	見部	【見部】	14畫	408	413	段8下-15	鍇16-14	鉉8下-3
頻	fan ´	ㄈㄢˊ	頁部	【頁部】	15畫	420	425	段9上-11	鍇17-3	鉉9上-2
顠(願)	yuan `	ㄩㄢˋ	頁部	【頁部】	15畫	416	420	段9上-2	鍇17-1	鉉9上-1
願(顠)	yuan `	ㄩㄢˋ	頁部	【頁部】	15畫	418	422	段9上-6	鍇17-2	鉉9上-1

篆本字(古文、金文、籀文、俗字,通叚,金石)	拼音	注音	說文部首	康熙部首	筆畫	一般頁碼	洪葉頁碼	段注篇章	徐鍇通釋篇章	徐鉉藤花榭篇章
顰(卑、頻、矉、嚬)	pin´	ㄆㄧㄣˊ	瀕部	【頁部】	15畫	567	573	段11下-1	鍇21-26	鉉11下-1
矉(頻、顰)	pin´	ㄆㄧㄣˊ	目部	【目部】	15畫	132	133	段4上-6	鍇7-4	鉉4上-2
瞑(瞑,瞴、顢通叚)	mian´	ㄇㄧㄢˊ	目部	【目部】	15畫	130	131	段4上-2	鍇7-2	鉉4上-1
孿(健、孿、顤通叚)	luan´	ㄌㄨㄢˊ	子部	【子部】	15畫	743	750	段14下-25	鍇28-13	鉉14下-6
顱(盧,髗通叚)	lu´	ㄌㄨˊ	頁部	【頁部】	16畫	416	420	段9上-2	鍇17-1	鉉9上-1
顲	lan˘	ㄌㄢˇ	頁部	【頁部】	16畫	421	426	段9上-13	鍇17-4	鉉9上-2
靈	ling´	ㄌㄧㄥˊ	頁部	【頁部】	17畫	418	422	段9上-6	鍇17-2	鉉9上-1
權(顴肫zhun述及,權俗作顴)	quan´	ㄑㄩㄢˊ	木部	【木部】	18畫	246	248	段6上-16	鍇11-7	鉉6上-3
【風(feng)部】	feng	ㄈㄥ	風部			677	683	段13下-6	鍇25-16	鉉13下-2
風(咸,瘋、颿通叚)	feng	ㄈㄥ	風部	【風部】		677	683	段13下-6	鍇25-16	鉉13下-2
颭	yu`	ㄩˋ	風部	【風部】	4畫	678	684	段13下-8	鍇25-16	鉉13下-2
颯	sa`	ㄙㄚˋ	風部	【風部】	5畫	678	684	段13下-8	鍇25-16	鉉13下-2
颭	zhan˘	ㄓㄢˇ	風部	【風部】	5畫	無	無	無	無	鉉13下-2
占(颭通叚)	zhan`	ㄓㄢˋ	卜部	【卜部】	5畫	127	128	段3下-42	鍇6-20	鉉3下-9
颬(颲)	xue`	ㄒㄩㄝˋ	風部	【風部】	5畫	677	684	段13下-7	鍇25-16	鉉13下-2
飆(飈从犬、颮)	biao	ㄅㄧㄠ	風部	【風部】	5畫	677	684	段13下-7	鍇25-16	鉉13下-2
劦(颮枴lu´述及)	xie´	ㄒㄧㄝˊ	劦部	【力部】	6畫	701	708	段13下-55	鍇26-12	鉉13下-8
颲	lie`	ㄌㄧㄝˋ	風部	【風部】	6畫	678	684	段13下-8	鍇25-17	鉉13下-2
颲	li`	ㄌㄧˋ	風部	【風部】	7畫	678	684	段13下-8	鍇25-16	鉉13下-2
颽(涼)	liang´	ㄌㄧㄤˊ	風部	【風部】	8畫	677	684	段13下-7	鍇25-16	鉉13下-2
颸	si	ㄙ	風部	【風部】	9畫	無	無	無	無	鉉13下-2
颮(颶、颶、颷)	hu	ㄏㄨ	風部	【風部】	9畫	678	684	段13下-8	鍇25-16	鉉13下-2
颳	wei`	ㄨㄟˋ	風部	【風部】	9畫	678	684	段13下-8	鍇25-16	鉉13下-2
颺	yang´	ㄧㄤˊ	風部	【風部】	9畫	678	684	段13下-8	鍇25-16	鉉13下-2
颼	sou	ㄙㄡ	風部	【風部】	9畫	無	無	無	無	鉉13下-2
騷(颼通叚)	sao	ㄙㄠ	馬部	【馬部】	9畫	467	472	段10上-15	鍇19-5	鉉10上-2
搖(颻通叚)	yao´	ㄧㄠˊ	木部	【木部】	10畫	250	253	段6上-25	鍇11-12	鉉6上-4

篆本字(古文、金文、籀文、俗字，通叚、金石)	拼音	注音	說文部首	康熙部首	筆畫	一般頁碼	洪葉頁碼	段注篇章	徐鍇通釋篇章	徐鉉藤花榭篇章
搖(愮、遙、䬙通叚)	yao ˊ	一ㄠˊ	手部	【手部】	10畫	602	608	段12上-38	鍇23-12	鉉12上-6
䌛(由=䌛匜e ˊ 述及、䌛、遙殹tou ˊ 述及，䌛、逌、䬙、䲾通叚)	you ˊ	一ㄡˊ	系部	【系部】	10畫	643	649	段12下-63	鍇24-21	鉉12下-10
愷心部(颽通叚)	kai ˇ	ㄎㄞˇ	心部	【心部】	10畫	502	507	段10下-25	鍇20-10	鉉10下-5
愷豈部(凱，颽通叚)	kai ˇ	ㄎㄞˇ	豈部	【心部】	10畫	207	209	段5上-37	鍇9-15	鉉5上-7
飂(飀从劉、飉通叚)	liu ˊ	ㄌ一ㄡˊ	風部	【風部】	11畫	678	684	段13下-8	鍇25-16	鉉13下-2
飄(飃，翲通叚)	piao	ㄆ一ㄠ	風部	【風部】	11畫	677	684	段13下-7	鍇25-16	鉉13下-2
旚(飃、彯)	piao	ㄆ一ㄠ	㫃部	【方部】	11畫	311	314	段7上-19	鍇13-7	鉉7上-3
飆(飇从犬、颮)	biao	ㄅ一ㄠ	風部	【風部】	12畫	677	684	段13下-7	鍇25-16	鉉13下-2
肅(𦘔、蕭，翿、飌、驌通叚)	su ˋ	ㄙㄨˋ	聿部	【聿部】	13畫	117	118	段3下-21	鍇6-12	鉉3下-5
飂(飀从劉、飉通叚)	liu ˊ	ㄌ一ㄡˊ	風部	【風部】	15畫	678	684	段13下-8	鍇25-16	鉉13下-2
風(凬，瘋、䬍通叚)	feng	ㄈㄥ	風部	【風部】	17畫	677	683	段13下-6	鍇25-16	鉉13下-2
飄(飃，翲通叚)	piao	ㄆ一ㄠ	風部	【風部】	18畫	677	684	段13下-7	鍇25-16	鉉13下-2
【飛(fei)部】	fei	ㄈㄟ	飛部			582	588	段11下-31	鍇22-12	鉉11下-6
飛(蜚，霏通叚)	fei	ㄈㄟ	飛部	【飛部】		582	588	段11下-31	鍇22-12	鉉11下-6
蠹(蜚、飛)	fei ˇ	ㄈㄟˇ	蟲部	【虫部】		676	683	段13下-5	鍇25-16	鉉13下-1
翼(翼、鉽鬲li ˋ 述及)	yi ˋ	一ˋ	飛部	【飛部】	11畫	582	588	段11下-31	鍇22-12	鉉11下-7
【食(shi ˊ)部】	shi ˊ	ㄕˊ	食部			218	220	段5下-6	鍇10-3	鉉5下-2
食(食，飼通叚)	shi ˊ	ㄕˊ	食部	【食部】		218	220	段5下-6	鍇10-3	鉉5下-2
飤(食、飼)	si ˋ	ㄙˋ	食部	【食部】	2畫	220	222	段5下-10	鍇10-4	鉉5下-2
个(丁，虰、飣通叚)	ding	ㄉ一ㄥ	丁部	【人部】	2畫	740	747	段14下-20	鍇28-9	鉉14下-4
飢(饑，飥通叚)	ji	ㄐ一	食部	【食部】	2畫	222	225	段5下-15	鍇10-6	鉉5下-3

篆本字(古文、金文、籀文、俗字，通叚、金石)	拼音	注音	說文部首	康熙部首	筆畫	一般頁碼	洪葉頁碼	段注篇章	徐鍇通釋篇章	徐鉉藤花榭篇章
饑(飢)	ji	ㄐㄧ	倉部	【食部】	2畫	222	224	段5下-14	錯10-6	鉉5下-3
邌(黎、耆、阞、飢)	li'	ㄌㄧˊ	邑部	【邑部】	2畫	288	291	段6下-33	錯12-16	鉉6下-6
饕(叨、號，釖通叚)	tao	ㄊㄠ	倉部	【食部】	2畫	221	224	段5下-13	錯10-5	鉉5下-3
飧(飱、殮)	sun	ㄙㄨㄣ	倉部	【食部】	3畫	220	222	段5下-10	錯10-4	鉉5下-2
饐(膉、饐通叚)	yi`	ㄧˋ	倉部	【食部】	3畫	222	224	段5下-14	錯10-6	鉉5下-3
鬻从弜侃(餰、飦、鍵)	jian	ㄐㄧㄢ	鬻部	【鬲部】	3畫	112	113	段3下-11	錯6-6	鉉3下-2
餅(飥、飥、餛、餅釘述及，麭通叚)	bing'	ㄅㄧㄥˇ	倉部	【食部】	3畫	219	221	段5下-8	錯10-4	鉉5下-2
饡(餍、餍)	zan	ㄗㄢ	倉部	【食部】	3畫	220	222	段5下-10	錯10-4	鉉5下-2
鑽(餍、攢通叚)	zuan	ㄗㄨㄢ	金部	【金部】	3畫	707	714	段14上-12	錯27-5	鉉14上-3
飭(飾)	chi`	ㄔˋ	力部	【食部】	4畫	701	707	段13下-54	錯26-12	鉉13下-8
飢(饑，餲通叚)	ji	ㄐㄧ	倉部	【食部】	4畫	222	225	段5下-15	錯10-6	鉉5下-3
飪(胚、恁、腍通叚)	ren`	ㄖㄣˋ	倉部	【食部】	4畫	218	221	段5下-7	錯10-4	鉉5下-2
飯(餴、飰)	fan`	ㄈㄢˋ	倉部	【食部】	4畫	220	222	段5下-10	錯10-4	鉉5下-2
飳(粈、糅)	niu`	ㄋㄧㄡˋ	倉部	【食部】	4畫	220	222	段5下-10	錯10-4	鉉5下-2
粈(飳、糅)	rou'	ㄖㄡˊ	米部	【米部】	4畫	333	336	段7上-63	錯13-25	鉉7上-10
餘(飫、饇)	yu`	ㄩˋ	倉部	【食部】	4畫	221	223	段5下-12	錯10-5	鉉5下-2
醧(醓、飫，饇通叚)	yu`	ㄩˋ	酉部	【酉部】	4畫	749	756	段14下-37	錯28-18	鉉14下-9
歆(㱃、龡、飲)	yin'	ㄧㄣˇ	歙部	【欠部】	4畫	414	418	段8下-26	錯16-18	鉉8下-5
飾(拭)	shi`	ㄕˋ	巾部	【食部】	5畫	360	363	段7下-50	錯14-22	鉉7下-9
飭(飾)	chi`	ㄔˋ	力部	【食部】	5畫	701	707	段13下-54	錯26-12	鉉13下-8
飤(食、飼)	si	ㄙ	倉部	【食部】	5畫	220	222	段5下-10	錯10-4	鉉5下-2
食(食，飼通叚)	shi'	ㄕˊ	倉部	【食部】	5畫	218	220	段5下-6	錯10-3	鉉5下-2
餬(糊、醐、飴通叚)	hu'	ㄏㄨˊ	倉部	【食部】	5畫	221	223	段5下-12	錯10-5	鉉5下-2
飯(餴、飰)	fan`	ㄈㄢˋ	倉部	【食部】	5畫	220	222	段5下-10	錯10-4	鉉5下-2
飴(餂通叚)	nian'	ㄋㄧㄢˊ	倉部	【食部】	5畫	221	223	段5下-12	錯10-5	鉉5下-2

篆本字(古文、金文、籀文、俗字，通段、金石)	拼音	注音	說文部首	康熙部首	筆畫	一般頁碼	洪葉頁碼	段注篇章	徐鍇通釋篇章	徐鉉藤花榭篇章
䬴(秣)	mo ˋ	ㄇㄛˋ	食部	【食部】	5畫	222	225	段5下-15	鍇10-6	鉉5下-3
飴(𩟺，䬵)	yi ˊ	ㄧˊ	食部	【食部】	5畫	218	221	段5下-7	鍇10-4	鉉5下-2
飵	zuo ˋ	ㄗㄨㄛˋ	食部	【食部】	5畫	221	223	段5下-12	鍇10-5	鉉5下-2
飶	bi ˋ	ㄅㄧˋ	食部	【食部】	5畫	221	223	段5下-12	鍇10-5	鉉5下-2
飻(餮)	tie ˋ	ㄊㄧㄝˋ	食部	【食部】	5畫	222	224	段5下-14	鍇10-5	鉉5下-3
飽(𩛾、𩞢，𩜫通段)	bao ˇ	ㄅㄠˇ	食部	【食部】	5畫	221	223	段5下-12	鍇10-5	鉉5下-2
䬲	e ˋ	ㄜˋ	食部	【食部】	5畫	222	224	段5下-14	鍇10-6	鉉5下-3
蝕(蝕通段)	shi ˊ	ㄕˊ	虫部	【虫部】	6畫	670	676	段13上-54	鍇25-13	鉉13上-7
䬯(餂通段)	nian ˊ	ㄋㄧㄢˊ	食部	【食部】	6畫	221	223	段5下-12	鍇10-5	鉉5下-2
銛(杴、欣、𣚺，餂通段)	gua	ㄍㄨㄚ	金部	【金部】	6畫	706	713	段14上-10	鍇27-4	鉉14上-2
㐁(𠧪，甛、餂通段)	tian ˇ	ㄊㄧㄢˇ	谷部	【一部】	6畫	87	88	段3上-3	鍇5-2	鉉3上-1
飴(𩟺，䬵)	yi ˊ	ㄧˊ	食部	【食部】	6畫	218	221	段5下-7	鍇10-4	鉉5下-2
該(䬵，絯、䬵通段)	gai	ㄍㄞ	言部	【言部】	6畫	101	102	段3上-31	鍇5-16	鉉3上-6
餀	hai ˋ	ㄏㄞˋ	食部	【食部】	6畫	221	224	段5下-13	鍇10-5	鉉5下-3
銍(䬹通段)	zhi ˋ	ㄓˋ	金部	【金部】	6畫	707	714	段14上-11	鍇27-5	鉉14上-3
餅(飥、餦、餛、鉼釘述及，䴵通段)	bing ˇ	ㄅㄧㄥˇ	食部	【食部】	6畫	219	221	段5下-8	鍇10-4	鉉5下-2
餉(饟通段)	xiang ˇ	ㄒㄧㄤˇ	食部	【食部】	6畫	220	223	段5下-11	鍇10-5	鉉5下-2
餈(𩟐、粢)	ci ˊ	ㄘˊ	食部	【食部】	6畫	219	221	段5下-8	鍇10-4	鉉5下-2
養(羪)	yang ˇ	ㄧㄤˇ	食部	【食部】	6畫	220	222	段5下-10	鍇10-4	鉉5下-2
䰍(餌，咡、誀通段)	er ˇ	ㄦˇ	䰜部	【鬲部】	6畫	112	113	段3下-12	鍇6-7	鉉3下-3
䬰(載)	zai ˋ	ㄗㄞˋ	丮部	【食部】	7畫	113	114	段3下-14	鍇6-8	鉉3下-3
䬼(噮)	yuan ˋ	ㄩㄢˋ	食部	【食部】	7畫	221	224	段5下-13	鍇10-5	鉉5下-2
䬽(祱，䭔通段)	dui ˋ	ㄉㄨㄟˋ	食部	【食部】	7畫	222	225	段5下-15	鍇10-6	鉉5下-3
餒(餧，鯘、鮾通段)	nei ˇ	ㄋㄟˇ	食部	【食部】	7畫	222	224	段5下-14	鍇10-6	鉉5下-3
䭋(餾，餐通段)	liu ˋ	ㄌㄧㄡˋ	食部	【食部】	7畫	218	221	段5下-7	鍇10-3	鉉5下-2

篆本字(古文、金文、籕文、俗字，通叚、金石)	拼音	注音	說文部首	康熙部首	筆畫	一般頁碼	洪葉頁碼	段注篇章	徐鍇通釋篇章	徐鉉藤花榭篇章
脩(修，俏、飻通叚)	xiu	ㄒㄧㄡ	肉部	【肉部】	7畫	174	176	段4下-33	鍇8-12	鉉4下-5
餗(飫、饇)	yu丶	ㄩ丶	倉部	【食部】	7畫	221	223	段5下-12	鍇10-5	鉉5下-2
豆(豆、昱、菽 尗shu´述及，餖通叚)	dou丶	ㄉㄡ丶	豆部	【豆部】	7畫	207	209	段5上-37	鍇9-16	鉉5上-7
飽(餯、饜，餔通叚)	bao	ㄅㄠ	倉部	【食部】	7畫	221	223	段5下-12	鍇10-5	鉉5下-2
餕	jun丶	ㄐㄩㄣ丶	倉部	【食部】	7畫	無	無	無	無	鉉5下-3
饌从目大食(饌从大良、饌、餕，撰、籑通叚)	zhuan丶	ㄓㄨㄢ丶	倉部	【竹部】	7畫	219	222	段5下-9	鍇10-4	鉉5下-2
餓	e丶	ㄜ丶	倉部	【食部】	7畫	222	225	段5下-15	鍇10-6	鉉5下-3
餐(湌)	can	ㄘㄢ	倉部	【食部】	7畫	220	223	段5下-11	鍇10-4	鉉5下-2
粲(餐，燦、璨通叚)	can丶	ㄘㄢ丶	米部	【米部】	7畫	331	334	段7上-59	鍇13-24	鉉7上-9
餔(鋪，晡通叚)	bu	ㄅㄨ	倉部	【食部】	7畫	220	223	段5下-11	鍇10-4	鉉5下-2
餘(餘、雜通叚)	yu´	ㄩ´	倉部	【食部】	7畫	221	224	段5下-13	鍇10-5	鉉5下-3
鬻从速(餗、蔌)	su丶	ㄙㄨ丶	弼部	【鬲部】	7畫	112	113	段3下-11	鍇6-6	鉉3下-3
該(餩，絯、餀通叚)	gai	ㄍㄞ	言部	【言部】	8畫	101	102	段3上-31	鍇5-16	鉉3上-6
噫(餩，醷、譩通叚)	yi	ㄧ	口部	【口部】	8畫	55	56	段2上-15	鍇3-7	鉉2上-4
鬻(粥、鬻，糔、䊠通叚)	yu丶	ㄩ丶	弼部	【鬲部】	8畫	112	113	段3下-11	鍇6-6	鉉3下-2
啖(噉，餤通叚)	dan丶	ㄉㄢ丶	口部	【口部】	8畫	59	59	段2上-22	鍇3-9	鉉2上-5
萎(餧、矮)	wei	ㄨㄟ	艸部	【艸部】	8畫	44	44	段1下-46	鍇2-22	鉉1下-8
餒(餧，鮾、鯘通叚)	nei	ㄋㄟ	倉部	【食部】	8畫	222	224	段5下-14	鍇10-6	鉉5下-3
餅(飥、餛、餛、鉼釘述及，麷通叚)	bing	ㄅㄧㄥ	倉部	【食部】	8畫	219	221	段5下-8	鍇10-4	鉉5下-2
顩	ne丶	ㄋㄜ丶	臥部	【食部】	8畫	388	392	段8上-47	鍇15-16	鉉8上-7
餞	jian丶	ㄐㄧㄢ丶	倉部	【食部】	8畫	221	224	段5下-13	鍇10-5	鉉5下-3

篆本字（古文、金文、籀文、俗字，通段、金石）	拼音	注音	說文部首	康熙部首	筆畫	一般頁碼	洪葉頁碼	段注篇章	徐鍇通釋篇章	徐鉉藤花榭篇章
餟(醊)	chuo	ㄔㄨㄛˋ	倉部	【食部】8畫	222	225	段5下-15	錯10-6	鉉5下-3
餉(餉通段)	xiang	ㄒㄧㄤˇ	倉部	【食部】8畫	220	223	段5下-11	錯10-5	鉉5下-2
䘺(䬦，豌通段)	wan	ㄨㄢ	豆部	【豆部】8畫	207	209	段5上-38	錯9-16	鉉5上-7
鬻从弜侃(餰、飦、鍵)	jian	ㄐㄧㄢ	弼部	【鬲部】8畫	112	113	段3下-11	錯6-6	鉉3下-2
噎(歐，喈、餉通段)	ye	ㄧㄝ	口部	【口部】8畫	59	59	段2上-22	錯3-9	鉉2上-4
張(脹瘨述及，漲、痕、粮、餦通段)	zhang	ㄓㄤ	弓部	【弓部】8畫	640	646	段12下-58	錯24-19	鉉12下-9
館(觀，舘通段)	guan	ㄍㄨㄢˇ	倉部	【食部】8畫	221	224	段5下-13	錯10-5	鉉5下-3
餕	ling	ㄌㄧㄥˊ	倉部	【食部】8畫	222	225	段5下-15	錯10-6	鉉5下-3
餥	fei	ㄈㄟ	倉部	【食部】8畫	219	222	段5下-9	錯10-4	鉉5下-2
饙(饋、餴)	fen	ㄈㄣ	倉部	【食部】8畫	218	220	段5下-6	錯10-3	鉉5下-2
頹(悴、萃、瘁，餐通段)	cui	ㄘㄨㄟˋ	頁部	【頁部】8畫	421	426	段9上-13	錯17-4	鉉9上-2
饡(屜、屒)	zan	ㄗㄢˋ	倉部	【食部】8畫	220	222	段5下-10	錯10-4	鉉5下-2
饎(餰、糦、餏)	xi	ㄒㄧ	倉部	【食部】9畫	219	222	段5下-9	錯10-4	鉉5下-2
飻(餮)	tie	ㄊㄧㄝˋ	倉部	【食部】9畫	222	224	段5下-14	錯10-5	鉉5下-3
餫	yun	ㄩㄣˋ	倉部	【食部】9畫	221	224	段5下-13	錯10-5	鉉5下-3
餬(糊、醐、飴通段)	hu	ㄏㄨˊ	倉部	【食部】9畫	221	223	段5下-12	錯10-5	鉉5下-2
餱(餯，糇通段)	hou	ㄏㄡˊ	倉部	【食部】9畫	219	221	段5下-8	錯10-4	鉉5下-2
餲(胺、胺、鰑、鰛通段)	ai	ㄞˋ	倉部	【食部】9畫	222	224	段5下-14	錯10-6	鉉5下-3
餳(糖、餹)	xing	ㄒㄧㄥˊ	倉部	【食部】9畫	218	221	段5下-7	錯10-4	鉉5下-2
鬻从弜侃(餰、飦、鍵)	jian	ㄐㄧㄢ	弼部	【鬲部】9畫	112	113	段3下-11	錯6-6	鉉3下-2
糂(糌、糝、粓，餐、餱、粽通段)	shen	ㄕㄣ	米部	【米部】9畫	332	335	段7上-61	錯13-25	鉉7上-10

篆本字(古文、金文、籀文、俗字，通叚、金石)	拼音	注音	說文部首	康熙部首	筆畫	一般頁碼	洪葉頁碼	段注篇章	徐鍇通釋篇章	徐鉉藤花榭篇章
皇(遑，凰、偟、徨、媓、艎、餭、騜通叚)	huáng	ㄏㄨㄤˊ	王部	【白部】	9畫	9	9	段1上-18	錯1-9	鉉1上-3
喙(瘷、殠、彙、豪黔述及，餯通叚)	huì	ㄏㄨㄟˋ	口部	【口部】	9畫	54	54	段2上-12	錯3-5	鉉2上-3
氣(气既述及、槩、餼)	qì	ㄑㄧˋ	米部	【气部】	10畫	333	336	段7上-63	錯13-25	鉉7上-10
气(乞、餼、氣餼kai述及，炁通叚)	qì	ㄑㄧˋ	气部	【气部】	10畫	20	20	段1上-39	錯1-19	鉉1上-6
旣(既、嘰、餞、气、氣、餼氣述及)	jì	ㄐㄧˋ	皀部	【无部】	10畫	216	219	段5下-3	錯10-2	鉉5下-1
餻	gao	ㄍㄠ	倉部	【食部】	10畫	無	無	無	無	鉉5下-3
膏(糕、餻通叚)	gao	ㄍㄠ	肉部	【肉部】	10畫	169	171	段4下-23	錯8-9	鉉4下-4
息(蒠、諰、餏通叚)	xi	ㄒㄧˊ	心部	【心部】	10畫	502	506	段10下-24	錯20-9	鉉10下-5
飽(餘、饗，餱通叚)	bǎo	ㄅㄠˇ	倉部	【食部】	10畫	221	223	段5下-12	錯10-5	鉉5下-2
饙(饋、餴)	fen	ㄈㄣ	倉部	【食部】	10畫	218	220	段5下-6	錯10-3	鉉5下-2
忨(貦，餽通叚)	wan	ㄨㄢˊ	心部	【心部】	10畫	510	515	段10下-41	錯20-15	鉉10下-7
鎌(鐮通叚)	lian	ㄌㄧㄢˊ	倉部	【食部】	10畫	220	223	段5下-11	錯10-5	鉉5下-2
餀	en	ㄣˋ	倉部	【食部】	10畫	221	223	段5下-12	錯10-5	鉉5下-2
餽(饋)	kuì	ㄎㄨㄟˋ	倉部	【食部】	10畫	222	225	段5下-15	錯10-6	鉉5下-3
饋(歸、餽)	kuì	ㄎㄨㄟˋ	倉部	【食部】	10畫	220	223	段5下-11	錯10-5	鉉5下-2
饁	ye	ㄧㄝˋ	倉部	【食部】	10畫	220	223	段5下-11	錯10-5	鉉5下-2
餾(饀，餐通叚)	liu	ㄌㄧㄡˋ	倉部	【食部】	10畫	218	221	段5下-7	錯10-3	鉉5下-2
餳(糖、餹)	xing	ㄒㄧㄥˊ	倉部	【食部】	10畫	218	221	段5下-7	錯10-4	鉉5下-2
匓(甌通叚)	jiu	ㄐㄧㄡ	勹部	【勹部】	11畫	433	438	段9上-37	錯17-12	鉉9上-6
醞(醢、飫，饇通叚)	yu	ㄩˋ	酉部	【酉部】	11畫	749	756	段14下-37	錯28-18	鉉14下-9
餘(飫，饇通叚)	yu	ㄩˋ	倉部	【食部】	11畫	221	223	段5下-12	錯10-5	鉉5下-2

篆本字（古文、金文、籀文、俗字，通叚、金石）	拼音	注音	說文部首	康熙部首	筆畫	一般頁碼	洪葉頁碼	段注篇章	徐鍇通釋篇章	徐鉉藤花榭篇章
漿(冰、漿，饗通叚)	jiang	ㄐㄧㄤ	水部	【水部】11畫		562	567	段11上貳-34	鍇21-23	鉉11上-8
饉	jin˘	ㄐㄧㄣ˘	食部	【食部】11畫		222	224	段5下-14	鍇10-6	鉉5下-3
餦(餳)	shang˘	ㄕㄤ˘	食部	【食部】11畫		220	222	段5下-10	鍇10-4	鉉5下-2
麋(饜通叚)	mi´	ㄇㄧˊ	米部	【米部】11畫		332	335	段7上-61	鍇13-25	鉉7上-10
糂(糝、糁、糂，餷、餬、粽通叚)	shen	ㄕㄣ	米部	【米部】11畫		332	335	段7上-61	鍇13-25	鉉7上-10
饕(叨、號，飻通叚)	tao	ㄊㄠ	食部	【食部】11畫		221	224	段5下-13	鍇10-5	鉉5下-3
饋(歸、餽)	kui`	ㄎㄨㄟˋ	食部	【食部】12畫		220	223	段5下-11	鍇10-5	鉉5下-2
餽(饋)	kui`	ㄎㄨㄟˋ	食部	【食部】12畫		222	225	段5下-15	鍇10-6	鉉5下-3
餾(餾，餐通叚)	liu`	ㄌㄧㄡˋ	食部	【食部】12畫		218	221	段5下-7	鍇10-3	鉉5下-2
饌从目大食(饌从大良、饌、餕，撰、篹通叚)	zhuan`	ㄓㄨㄢˋ	食部	【竹部】12畫		219	222	段5下-9	鍇10-4	鉉5下-2
鍰(率、選、饌、垸、荆)	huan´	ㄏㄨㄢˊ	金部	【金部】12畫		708	715	段14上-13	鍇27-5	鉉14上-3
饎(餌、糦、膈)	xi	ㄒㄧ	食部	【食部】12畫		219	222	段5下-9	鍇10-4	鉉5下-2
饐(膭、餐通叚)	yi`	ㄧˋ	食部	【食部】12畫		222	224	段5下-14	鍇10-6	鉉5下-3
膳(饍通叚)	shan`	ㄕㄢˋ	肉部	【肉部】12畫		172	174	段4下-30	鍇8-11	鉉4下-5
饑(飢)	ji	ㄐㄧ	食部	【食部】12畫		222	224	段5下-14	鍇10-6	鉉5下-3
飢(饑，餒通叚)	ji	ㄐㄧ	食部	【食部】12畫		222	225	段5下-15	鍇10-6	鉉5下-3
饒	rao´	ㄖㄠˊ	食部	【食部】12畫		221	224	段5下-13	鍇10-5	鉉5下-3
餦(餳)	shang˘	ㄕㄤ˘	食部	【食部】12畫		220	222	段5下-10	鍇10-4	鉉5下-2
饊(饊)	san˘	ㄙㄢ˘	食部	【食部】12畫		219	221	段5下-8	鍇10-4	鉉5下-2
饙(饙、餴)	fen	ㄈㄣ	食部	【食部】13畫		218	220	段5下-6	鍇10-3	鉉5下-2
饗(富、享)	xiang˘	ㄒㄧㄤ˘	食部	【食部】13畫		220	223	段5下-11	鍇10-5	鉉5下-2
馦(馦通叚)	lian´	ㄌㄧㄢˊ	食部	【食部】13畫		220	223	段5下-11	鍇10-5	鉉5下-2
饘(饘通叚)	zhan	ㄓㄢ	食部	【食部】13畫		219	221	段5下-8	鍇10-4	鉉5下-2
饕(叨、號，飻通叚)	tao	ㄊㄠ	食部	【食部】13畫		221	224	段5下-13	鍇10-5	鉉5下-3
饔从邕隹(饔)	yong	ㄩㄥ	食部	【食部】13畫		218	221	段5下-7	鍇10-4	鉉5下-2

篆本字（古文、金文、籀文、俗字，通段、金石）	拼音	注音	說文部首	康熙部首	筆畫	一般頁碼	洪葉頁碼	段注篇章	徐鍇通釋篇章	徐鉉藤花榭篇章
饖	wei `	ㄨㄟˋ	倉部	【食部】	14畫	222	224	段5下-14	錯10-5	鉉5下-3
饐(en`)	wen `	ㄨㄣˋ	倉部	【食部】	14畫	221	223	段5下-12	錯10-5	鉉5下-2
饛	meng ´	ㄇㄥˊ	倉部	【食部】	14畫	221	223	段5下-12	錯10-5	鉉5下-2
饎(餏、糦、饏)	xi	ㄒㄧ	倉部	【食部】	14畫	219	222	段5下-9	錯10-4	鉉5下-2
猒(猒、厴，厭 通段)	yan `	ㄧㄢ	甘部	【犬部】	14畫	202	204	段5上-27	錯9-11	鉉5上-5
厭(魘、壓，靨 通段)	yan `	ㄧㄢˋ	厂部	【厂部】	14畫	448	452	段9下-22	錯18-8	鉉9下-4
餈(饡、粢)	ci ´	ㄘˊ	倉部	【食部】	15畫	219	221	段5下-8	錯10-4	鉉5下-2
饊(馓)	san ˇ	ㄙㄢˇ	倉部	【食部】	16畫	219	221	段5下-8	錯10-4	鉉5下-2
饟(rang´)	xiang ˇ	ㄒㄧㄤ	倉部	【食部】	17畫	220	223	段5下-11	錯10-5	鉉5下-2
籑从目大食(籑从大良、饌、餕，撰、篡 通段)	zhuan `	ㄓㄨㄢˋ	倉部	【竹部】	17畫	219	222	段5下-9	錯10-4	鉉5下-2
嚵(饞 通段)	chan ´	ㄔㄢˊ	口部	【口部】	17畫	55	56	段2上-15	錯3-6	鉉2上-3
饔从邕隹(饔)	yong	ㄩㄥ	倉部	【食部】	18畫	218	221	段5下-7	錯10-4	鉉5下-2
餀(祝，饖 通段)	dui `	ㄉㄨㄟˋ	倉部	【食部】	18畫	222	225	段5下-15	錯10-6	鉉5下-3
饡(屩、屪)	zan `	ㄗㄢˋ	倉部	【食部】	19畫	220	222	段5下-10	錯10-4	鉉5下-2
【首(shouˇ)部】	shou ˇ	ㄕㄡˇ	首部			423	427	段9上-16	錯17-5	鉉9上-3
𩠐(首)	shou ˇ	ㄕㄡˇ	首部	【首部】		423	427	段9上-16	錯17-5	鉉9上-3
百(𩠐、首、手)	shou ˇ	ㄕㄡˇ	百部	【自部】		422	426	段9上-14	錯17-5	鉉9上-2
頁(頁、䫌、𩠐)	ye `	ㄧㄝ	頁部	【頁部】	1畫	415	420	段9上-1	錯17-1	鉉9上-1
馗(逵)	kui ´	ㄎㄨㄟˊ	九部	【首部】	2畫	738	745	段14下-16	錯28-7	鉉14下-3
髮(𩮓、頾)	fa `	ㄈㄚˋ	髟部	【髟部】	5畫	425	430	段9上-21	錯17-7	鉉9上-4
䪿(稽)	qi ˇ	ㄑㄧˇ	首部	【首部】	6畫	423	427	段9上-16	錯17-5	鉉9上-3
頁(頁、䫌、𩠐)	ye `	ㄧㄝ	頁部	【頁部】	6畫	415	420	段9上-1	錯17-1	鉉9上-1
頰(䐊)	jia ´	ㄐㄧㄚˊ	頁部	【頁部】	7畫	416	421	段9上-3	錯17-1	鉉9上-1
臣(頤、𦣞，頤 通段)	yi ´	ㄧˊ	臣部	【臣部】	7畫	593	599	段12上-19	錯23-8	鉉12上-4
聝(馘)	guo ´	ㄍㄨㄛˊ	耳部	【耳部】	8畫	592	598	段12上-18	錯23-8	鉉12上-4

篆本字(古文、金文、籀文、俗字，通叚、金石)	拼音	注音	說文部首	康熙部首	筆畫	一般頁碼	洪葉頁碼	段注篇章	徐鍇通釋篇章	徐鉉藤花榭篇章
顏(顔)	yan´	一ㄢ´	頁部	【頁部】9畫		415	420	段9上-1	鍇17-1	鉉9上-1
斷从斷首(剸)	tuan´	ㄊㄨㄢ´	首部	【首部】18畫		423	428	段9上-17	鍇17-5	鉉9上-3
【香(xiang)部】	xiang	ㄒㄧㄤ	香部			330	333	段7上-57	鍇13-24	鉉7上-9
香(香=腳蹺xiao述及、薌)	xiang	ㄒㄧㄤ	香部	【香部】		330	333	段7上-57	鍇13-24	鉉7上-9
菲(霏、誹通叚)	fei	ㄈㄟ	艸部	【艸部】8畫		45	46	段1下-49	鍇2-23	鉉1下-8
馥	fu`	ㄈㄨˋ	香部	【香部】9畫		無	無	無	無	鉉7上-9
苾(咇、馝、馥通叚)	bi`	ㄅㄧˋ	艸部	【艸部】9畫		42	42	段1下-42	鍇2-19	鉉1下-7
馨	xin	ㄒㄧㄣ	香部	【香部】11畫		330	333	段7上-58	鍇13-24	鉉7上-9
馫(馨)	xin	ㄒㄧㄣ	只部	【口部】11畫		87	88	段3上-3	鍇5-2	鉉3上-2
【馬(ma˘)部】	ma˘	ㄇㄚˇ	馬部			460	465	段10上-1	鍇19-1	鉉10上-1
馬(影、𢒠)	ma˘	ㄇㄚˇ	馬部	【馬部】		460	465	段10上-1	鍇19-1	鉉10上-1
馬(𩢨、駺)	huan´	ㄏㄨㄢ´	馬部	【馬部】2畫		460	465	段10上-1	鍇19-1	鉉10上-1
馮(凭、憑)	feng´	ㄈㄥ´	馬部	【馬部】2畫		466	470	段10上-12	鍇19-4	鉉10上-2
凭(馮、憑，凴通叚)	ping´	ㄆㄧㄥ´	几部	【几部】		715	722	段14上-28	鍇27-9	鉉14上-5
溯(馮)	peng´	ㄆㄥ´	水部	【水部】2畫		555	560	段11上貳-20	鍇21-19	鉉11上-6
御(馭，迓通叚)	yu`	ㄩˋ	彳部	【彳部】2畫		77	78	段2下-17	鍇4-9	鉉2下-4
馭	ba	ㄅㄚ	馬部	【馬部】2畫		461	465	段10上-2	鍇19-1	鉉10上-1
馰	di´	ㄅㄧ´	馬部	【馬部】3畫		462	467	段10上-5	鍇19-2	鉉10上-1
馳	chi´	ㄔ´	馬部	【馬部】3畫		467	471	段10上-14	鍇19-4	鉉10上-2
馱	tuo´	ㄊㄨㄛ´	馬部	【馬部】3畫		無	無	無	無	鉉10上-3
佗(他、駝、馱，紽、馳、鮀通叚)	tuo´	ㄊㄨㄛ´	人部	【人部】3畫		371	375	段8上-13	鍇15-5	鉉8上-2
馴(古馴、訓、順三字互相叚借)	xun´	ㄒㄩㄣ´	馬部	【馬部】3畫		467	471	段10上-14	鍇19-4	鉉10上-2
順(古馴、訓、順三字互相叚借)	shun`	ㄕㄨㄣˋ	頁部	【頁部】3畫		418	423	段9上-7	鍇17-3	鉉9上-2
訓(古馴、訓、順三字互相叚借)	xun`	ㄒㄩㄣˋ	言部	【言部】3畫		91	91	段3上-10	鍇5-6	鉉3上-3
翆	zhu`	ㄓㄨˋ	馬部	【馬部】3畫		462	467	段10上-5	鍇19-2	鉉10上-1
馯(駻)	han`	ㄏㄢˋ	馬部	【馬部】3畫		467	471	段10上-14	鍇19-4	鉉10上-2

篆本字（古文、金文、籀文、俗字，通叚、金石）	拼音	注音	說文部首	康熙部首	筆畫	一般頁碼	洪葉頁碼	段注篇章	徐鍇通釋篇章	徐鉉藤花榭篇章
騭(騭、縶、縶，蹦、靮通叚)	zhi ˋ	ㄓˋ	馬部	【馬部】4畫		467	472	段10上-15	錯19-5	鉉10上-2
翣(接、霎，箑、簍、翄通叚)	sha ˋ	ㄕㄚˋ	羽部	【羽部】4畫		140	142	段4上-23	錯7-10	鉉4上-5
鬣从髟巤(巤、獵、儠、邋、毼、鬣、䰩、葛隸變、獵，犣通叚)	lie ˋ	ㄌㄧㄝˋ	髟部	【髟部】4畫		427	432	段9上-25	錯17-8	鉉9上-4
馻	ang ˊ	ㄤˊ	馬部	【馬部】4畫		464	469	段10上-9	錯19-3	鉉10上-2
馶	zhi	ㄓ	馬部	【馬部】4畫		464	468	段10上-8	錯19-3	鉉10上-2
馹(驛)	ri ˋ	ㄖˋ	馬部	【馬部】4畫		468	473	段10上-17	錯19-5	鉉10上-3
遳(馹)	zhi ˋ	ㄓˋ	辵(辶)部	【辵部】4畫		74	74	段2下-10	錯4-5	鉉2下-2
馺(岌)	sa ˋ	ㄙㄚˋ	馬部	【馬部】4畫		466	470	段10上-12	錯19-4	鉉10上-2
䎱(馺)	sa ˋ	ㄙㄚˋ	彳部	【彳部】4畫		76	77	段2下-15	錯4-7	鉉2下-3
馼(駽)	wen ˊ	ㄨㄣˊ	馬部	【馬部】4畫		464	468	段10上-8	錯19-3	鉉10上-2
馼	bo ˊ	ㄅㄛˊ	馬部	【馬部】4畫		462	467	段10上-5	錯19-2	鉉10上-1
駃(快通叚)	jue ˊ	ㄐㄩㄝˊ	馬部	【馬部】4畫		469	473	段10上-18	錯19-5	鉉10上-3
恔(快、駃)	kuai ˋ	ㄎㄨㄞˋ	心部	【心部】4畫		502	507	段10下-25	錯20-10	鉉10下-5
馻(介)	jie ˋ	ㄐㄧㄝˋ	馬部	【馬部】4畫		467	472	段10上-15	錯19-5	鉉10上-2
馬(𢒉、駤)	huan ˊ	ㄏㄨㄢˊ	馬部	【馬部】5畫		460	465	段10上-1	錯19-1	鉉10上-1
駓(駍，騉通叚)	pi	ㄆㄧ	馬部	【馬部】5畫		462	466	段10上-4	錯19-2	鉉10上-1
駃(軼、逸俗)	yi ˋ	ㄧˋ	馬部	【馬部】5畫		467	471	段10上-14	錯19-4	鉉10上-2
駉	jiong	ㄐㄩㄥ	馬部	【馬部】5畫		468	473	段10上-17	錯19-5	鉉10上-3
駫(駉)	jiong	ㄐㄩㄥ	馬部	【馬部】5畫		464	468	段10上-8	錯19-3	鉉10上-2
驍(駉)	xiao	ㄒㄧㄠ	馬部	【馬部】5畫		463	468	段10上-7	錯19-2	鉉10上-1
駊	po ˇ	ㄆㄛˇ	馬部	【馬部】5畫		465	470	段10上-11	錯19-3	鉉10上-2
駐(住，佇)	zhu ˋ	ㄓㄨˋ	馬部	【馬部】5畫		467	471	段10上-14	錯19-4	鉉10上-2
佗(他、駝、馱，紽、馳、鮀通叚)	tuo ˊ	ㄊㄨㄛˊ	人部	【人部】5畫		371	375	段8上-13	錯15-5	鉉8上-2

篆本字(古文、金文、籀文、俗字，通段、金石)	拼音	注音	說文部首	康熙部首	筆畫	一般頁碼	洪葉頁碼	段注篇章	徐鍇通釋篇章	徐鉉藤花榭篇章
巨(榘、㞏、矩，狟、詎、駏通段)	ju`	ㄐㄩˋ	工部	【工部】5畫	201	203	段5上-25	錯9-10	鉉5上-4
駒	ju	ㄐㄩ	馬部	【馬部】5畫	461	465	段10上-2	錯19-1	鉉10上-1
駔(儯)	zang˘	ㄗㄤˇ	馬部	【馬部】5畫	468	472	段10上-16	錯19-5	鉉10上-2
珇(駔)	zu˘	ㄗㄨˇ	玉部	【玉部】5畫	14	14	段1上-28	錯1-14	鉉1上-4
駕(犕)	jia`	ㄐㄧㄚˋ	馬部	【馬部】5畫	464	469	段10上-9	錯19-3	鉉10上-2
駛从邕(駛，駛通段)	shi˘	ㄕˇ	邕部	【邕部】5畫	218	220	段5下-6	錯10-3	鉉5下-2
使(駛)	shi˘	ㄕˇ	人部	【人部】5畫	376	380	段8上-24	錯15-9	鉉8上-3
駗(迍通段)	zhen˘	ㄓㄣˇ	馬部	【馬部】5畫	467	472	段10上-15	錯19-4	鉉10上-2
趁(駗，跈、躔、迍通段)	chen`	ㄔㄣˋ	走部	【走部】5畫	64	64	段2上-32	錯3-14	鉉2上-7
駘(跆通段)	tai´	ㄊㄞˊ	馬部	【馬部】5畫	468	472	段10上-16	錯19-5	鉉10上-2
駙(附、傅)	fu`	ㄈㄨˋ	馬部	【馬部】5畫	465	470	段10上-11	錯19-3	鉉10上-2
駜	bi`	ㄅㄧˋ	馬部	【馬部】5畫	464	468	段10上-8	錯19-3	鉉10上-2
駟	si`	ㄙˋ	馬部	【馬部】5畫	465	470	段10上-11	錯19-3	鉉10上-2
駎	ge˘	ㄍㄜˇ	馬部	【馬部】5畫	466	471	段10上-13	錯19-4	鉉10上-2
此馬	ci˘	ㄘˇ	馬部	【馬部】5畫	464	468	段10上-8	錯19-3	鉉10上-2
騁(馳通段)	cheng˘	ㄔㄥˇ	馬部	【馬部】5畫	467	471	段10上-14	錯19-4	鉉10上-2
騧(䯄、騧)	gua	ㄍㄨㄚ	馬部	【馬部】5畫	462	466	段10上-4	錯19-2	鉉10上-1
奴(𡚴、𡚬、帑，𠣧、駑通段)	nu´	ㄋㄨˊ	女部	【女部】5畫	616	622	段12下-10	錯24-3	鉉12下-2
駵(騮、驑、駵通段)	liu´	ㄌㄧㄡˊ	馬部	【馬部】5畫	461	466	段10上-3	錯19-1	鉉10上-1
驅(敺、駈)	qu	ㄑㄩ	馬部	【馬部】5畫	466	471	段10上-13	錯19-4	鉉10上-2
駓(駓，騹通段)	pi	ㄆㄧ	馬部	【馬部】6畫	462	466	段10上-4	錯19-2	鉉10上-1
疐(躓，蹛、墊、騺通段)	zhi`	ㄓˋ	叀部	【疋部】6畫	159	161	段4下-3	錯8-2	鉉4下-1
騺(駤、鷙史記)	zhi`	ㄓˋ	馬部	【馬部】6畫	467	472	段10上-15	錯19-4	鉉10上-2
篤(竺述及、管)	du˘	ㄉㄨˇ	馬部	【竹部】6畫	465	470	段10上-11	錯19-3	鉉10上-2
駧	dong`	ㄉㄨㄥˋ	馬部	【馬部】6畫	467	471	段10上-14	錯19-4	鉉10上-2
駫(駉)	jiong	ㄐㄩㄥ	馬部	【馬部】6畫	464	468	段10上-8	錯19-3	鉉10上-2
駪(莘)	shen	ㄕㄣ	馬部	【馬部】6畫	469	473	段10上-18	錯19-5	鉉10上-3

篆本字(古文、金文、籀文、俗字，通段、金石)	拼音	注音	說文部首	康熙部首	筆畫	一般頁碼	洪葉頁碼	段注篇章	徐鍇通釋篇章	徐鉉藤花榭篇章
甡(駪、侁、詵、莘)	shen	ㄕㄣ	生部	【生部】	6畫	274	276	段6下-4	鍇12-4	鉉6下-2
詵(𧪑、駪、莘、侁)	shen	ㄕㄣ	言部	【言部】	6畫	90	90	段3上-8	鍇5-5	鉉3上-3
駭(駴)	hai ˋ	ㄏㄞˋ	馬部	【馬部】	6畫	467	471	段10上-14	鍇19-4	鉉10上-2
駮	bo ˊ	ㄅㄛˊ	馬部	【馬部】	6畫	469	473	段10上-18	鍇19-5	鉉10上-3
駰	yin	ㄧㄣ	馬部	【馬部】	6畫	461	466	段10上-3	鍇19-2	鉉10上-1
駱(雒)	luo ˋ	ㄌㄨㄛˋ	馬部	【馬部】	6畫	461	466	段10上-3	鍇19-1	鉉10上-1
㒖	xiu	ㄒㄧㄡ	馬部	【馬部】	6畫	464	468	段10上-8	鍇19-3	鉉10上-2
耳(爾唐譌亂至今，咡、駬通段)	er ˇ	ㄦˇ	耳部	【耳部】	6畫	591	597	段12上-15	鍇23-6	鉉12上-3
𠧪(兆、垗，筄、駣通段)	zhao ˋ	ㄓㄠˋ	卜部	【卜部】	6畫	127	128	段3下-42	鍇6-20	鉉3下-9
犉(𤚩，駩通段)	chun ˊ	ㄔㄨㄣˊ	牛部	【牛部】	6畫	51	52	段2上-7	鍇3-4	鉉2上-2
駥	rong ˊ	ㄖㄨㄥˊ	馬部	【馬部】	6畫	無	無	無	無	鉉10上-3
龍(寵、和、尨買述及、駥騋述及，曨通段)	long ˊ	ㄌㄨㄥˊ	龍部	【龍部】	6畫	582	588	段11下-31	鍇22-11	鉉11下-6
戎(戎，茙、駥通段)	rong ˊ	ㄖㄨㄥˊ	戈部	【戈部】	6畫	630	636	段12下-37	鍇24-12	鉉12下-6
駛	shi ˋ	ㄕˋ	馬部	【馬部】	6畫	無	無	無	無	鉉10上-3
𩙿从㕣(駚，駛通段)	shi ˇ	ㄕˇ	㕣部	【㕣部】	6畫	218	220	段5下-6	鍇10-3	鉉5下-2
駫(𩡴)	huang	ㄏㄨㄤ	馬部	【馬部】	6畫	467	471	段10上-14	鍇19-4	鉉10上-2
鴷(駠)	lie ˋ	ㄌㄧㄝˋ	馬部	【馬部】	6畫	467	471	段10上-14	鍇19-4	鉉10上-2
齨(駨)	jiu ˋ	ㄐㄧㄡˋ	齒部	【齒部】	6畫	80	81	段2下-23	鍇4-12	鉉2下-5
敇(騋通段)	ce ˋ	ㄘㄜˋ	攴部	【攴部】	6畫	126	127	段3下-40	鍇6-20	鉉3下-9
郱(駢、駢)	ping ˊ	ㄆㄧㄥˊ	邑部	【邑部】	6畫	299	302	段6下-55	鍇12-22	鉉6下-8
骿(駢、駢，胼、跰通段)	pian ˊ	ㄆㄧㄢˊ	骨部	【骨部】	6畫	165	167	段4下-15	鍇8-7	鉉4下-3
驈(騟通段)	yu ˋ	ㄩˋ	馬部	【馬部】	6畫	462	466	段10上-4	鍇19-2	鉉10上-1
駸(駸)	qin	ㄑㄧㄣ	馬部	【馬部】	7畫	466	470	段10上-12	鍇19-4	鉉10上-2
駭(駴)	hai ˋ	ㄏㄞˋ	馬部	【馬部】	7畫	467	471	段10上-14	鍇19-4	鉉10上-2
狼(駺通段)	lang ˊ	ㄌㄤˊ	犬部	【犬部】	7畫	477	482	段10上-35	鍇19-11	鉉10上-6

篆本字(古文、金文、籀文、俗字，通叚、金石)	拼音	注音	說文部首	康熙部首	筆畫	一般頁碼	洪葉頁碼	段注篇章	徐鍇通釋篇章	徐鉉藤花榭篇章
駹(尨，蛖通叚)	mang´	ㄇㄤˊ	馬部	【馬部】7畫		462	466	段10上-4	鍇19-2	鉉10上-1
騁(騬通叚)	cheng˘	ㄔㄥˇ	馬部	【馬部】7畫		467	471	段10上-14	鍇19-4	鉉10上-2
騅(驦通叚)	nie`	ㄋㄧㄝˋ	馬部	【馬部】7畫		466	471	段10上-13	鍇19-4	鉉10上-2
騂(駻)	han`	ㄏㄢˋ	馬部	【馬部】7畫		467	471	段10上-14	鍇19-4	鉉10上-2
駼	tu´	ㄊㄨˊ	馬部	【馬部】7畫		469	474	段10上-19	鍇19-5	鉉10上-3
駽	xuan	ㄒㄩㄢ	馬部	【馬部】7畫		461	466	段10上-3	鍇19-1	鉉10上-1
駾	tui`	ㄊㄨㄟˋ	馬部	【馬部】7畫		467	471	段10上-14	鍇19-4	鉉10上-2
駿	jun`	ㄐㄩㄣˋ	馬部	【馬部】7畫		463	467	段10上-6	鍇19-2	鉉10上-1
騀	e˘	ㄜˇ	馬部	【馬部】7畫		465	470	段10上-11	鍇19-3	鉉10上-2
駟(俟)	si`	ㄙˋ	馬部	【馬部】7畫		466	471	段10上-13	鍇19-4	鉉10上-2
俟(竢、騃)	si`	ㄙˋ	人部	【人部】7畫		369	373	段8上-9	鍇15-4	鉉8上-2
駠(騮、驑、駵通叚)	liu´	ㄌㄧㄡˊ	馬部	【馬部】7畫		461	466	段10上-3	鍇19-1	鉉10上-1
畱(留、駠、流緆li`述及，榴通叚)	liu´	ㄌㄧㄡˊ	田部	【田部】7畫		697	704	段13下-47	鍇26-9	鉉13下-6
駓(駆，駍通叚)	pi	ㄆㄧ	馬部	【馬部】7畫		462	466	段10上-4	鍇19-2	鉉10上-1
觲(騂，觧通叚)	xing	ㄒㄧㄥ	角部	【角部】7畫		185	187	段4下-56	鍇8-20	鉉4下-8
垶(埩、騂、觲通叚)	xing	ㄒㄧㄥ	土部	【土部】7畫		683	690	段13下-19	鍇26-2	鉉13下-4
駻	an`	ㄢˋ	馬部	【馬部】8畫		462	467	段10上-5	鍇19-2	鉉10上-1
騅	zhui	ㄓㄨㄟ	馬部	【馬部】8畫		461	466	段10上-3	鍇19-1	鉉10上-1
騊	tao´	ㄊㄠˊ	馬部	【馬部】8畫		469	474	段10上-19	鍇19-5	鉉10上-3
騋	lai´	ㄌㄞˊ	馬部	【馬部】8畫		463	468	段10上-7	鍇19-2	鉉10上-2
騎	qi´	ㄑㄧˊ	馬部	【馬部】8畫		464	469	段10上-9	鍇19-3	鉉10上-2
骿	pian´	ㄆㄧㄢˊ	馬部	【馬部】8畫		465	469	段10上-10	鍇19-3	鉉10上-2
邒(駢、騈)	ping´	ㄆㄧㄥˊ	邑部	【邑部】8畫		299	302	段6下-55	鍇12-22	鉉6下-8
骿(駢、騈，胼、跰通叚)	pian´	ㄆㄧㄢˊ	骨部	【骨部】8畫		165	167	段4下-15	鍇8-7	鉉4下-3
騏(綦，騹通叚)	qi´	ㄑㄧˊ	馬部	【馬部】8畫		461	465	段10上-2	鍇19-1	鉉10上-1
騫(褰，騝通叚)	qian	ㄑㄧㄢ	馬部	【馬部】8畫		467	471	段10上-14	鍇19-4	鉉10上-2
綠(菉、醁、騄通叚)	lü`	ㄌㄩ`	糸部	【糸部】8畫		649	656	段13上-13	鍇25-4	鉉13上-2

篆本字（古文、金文、籀文、俗字，通叚、金石）	拼音	注音	說文部首	康熙部首	筆畫	一般頁碼	洪葉頁碼	段注篇章	徐鍇通釋篇章	徐鉉藤花榭篇章
昆(崑、猑、騉通叚)	kun	ㄎㄨㄣ	日部	【日部】8畫	308	311	段7上-13	錯13-4	鉉7上-2
騑	fei	ㄈㄟ	馬部	【馬部】8畫	464	469	段10上-9	錯19-3	鉉10上-2
斐(騑)	fei	ㄈㄟ	女部	【女部】8畫	625	631	段12下-27	錯24-9	鉉12下-4
騢	xia´	ㄒㄧㄚˊ	馬部	【馬部】8畫	461	466	段10上-3	錯19-1	鉉10上-1
騩(騅)	zui	ㄗㄨㄟ	馬部	【馬部】9畫	463	468	段10上-7	錯19-2	鉉10上-2
騌	zong	ㄗㄨㄥ	馬部	【馬部】9畫	無	無	無	無	鉉10上-3
妟(騌通叚)	mian˘	ㄇㄧㄢˇ	女部	【女部】9畫	233	235	段5下-36	錯10-15	鉉5下-7
禂(騙、驕)	dao˘	ㄉㄠˇ	示部	【示部】9畫	7	7	段1上-14	錯1-8	鉉1上-2
颿(帆，篷通叚)	fan	ㄈㄢ	馬部	【馬部】9畫	466	471	段10上-13	錯19-4	鉉10上-2
皇(遑，凰、偟、徨、媓、艎、餭、騜通叚)	huang´	ㄏㄨㄤˊ	王部	【白部】9畫	9	9	段1上-18	錯1-9	鉉1上-3
臾(要、覈、䍃，喓、嶅、腰、嬰、楆、騕通叚)	yao	ㄧㄠ	臼部	【襾部】9畫	105	106	段3上-39	錯6-1	鉉3上-9
柔(揉、渘、騥通叚)	rou´	ㄖㄡˊ	木部	【木部】9畫	252	254	段6上-28	錯11-13	鉉6上-4
草(菒、皁、皂非皂ji´，慅、騲通叚)	cao˘	ㄘㄠˇ	艸部	【艸部】9畫	47	47	段1下-52	錯2-24	鉉1下-9
畫(畵、劃，騞通叚)	hua`	ㄏㄨㄚˋ	畫部	【田部】9畫	117	118	段3下-22	錯6-12	鉉3下-5
劃(畫、騞通叚)	hua´	ㄏㄨㄚˊ	刀部	【刂部】9畫	180	182	段4下-46	錯8-17	鉉4下-7
鶩	wu`	ㄨˋ	馬部	【馬部】9畫	467	471	段10上-14	錯19-4	鉉10上-2
騛	fei	ㄈㄟ	馬部	【馬部】9畫	463	467	段10上-6	錯19-2	鉉10上-1
騠	ti´	ㄊㄧˊ	馬部	【馬部】9畫	469	473	段10上-18	錯19-5	鉉10上-3
騤(獙通叚)	kui´	ㄎㄨㄟˊ	馬部	【馬部】9畫	466	470	段10上-12	錯19-3	鉉10上-2
騧(驒、駆)	gua	ㄍㄨㄚ	馬部	【馬部】9畫	462	466	段10上-4	錯19-2	鉉10上-1
騱	xie´	ㄒㄧㄝˊ	馬部	【馬部】9畫	465	470	段10上-11	錯19-3	鉉10上-2
騅(騅)	zui	ㄗㄨㄟ	馬部	【馬部】10畫	463	468	段10上-7	錯19-2	鉉10上-2
騴	di´	ㄉㄧˊ	馬部	【馬部】10畫	468	473	段10上-17	錯19-5	鉉10上-3

篆本字(古文、金文、籀文、俗字，通段、金石)	拼音	注音	說文部首	康熙部首	筆畫	一般頁碼	洪葉頁碼	段注篇章	徐鍇通釋篇章	徐鉉藤花榭篇章
鶾(翰)	hanˋ	ㄏㄢˋ	馬部	【馬部】	10畫	463	467	段10上-6	鍇19-2	鉉10上-1
騩	gui	ㄍㄨㄟ	馬部	【馬部】	10畫	461	466	段10上-3	鍇19-1	鉉10上-1
騫(褰，騝通段)	qian	ㄑㄧㄢ	馬部	【馬部】	10畫	467	471	段10上-14	鍇19-4	鉉10上-2
褰(騫，襳通段)	qian	ㄑㄧㄢ	衣部	【衣部】	10畫	393	397	段8上-57	鍇16-3	鉉8上-8
騯	pengˊ	ㄆㄥˊ	馬部	【馬部】	10畫	464	469	段10上-9	鍇19-3	鉉10上-2
騬	chengˊ	ㄔㄥˊ	馬部	【馬部】	10畫	467	472	段10上-15	鍇19-5	鉉10上-2
騰(騬、乘、塍俟述及)	tengˊ	ㄊㄥˊ	馬部	【馬部】	10畫	468	473	段10上-17	鍇19-5	鉉10上-3
滕(騰)	tengˊ	ㄊㄥˊ	水部	【水部】	10畫	548	553	段11上貳-5	鍇21-14	鉉11上-4
騱	xiˊ	ㄒㄧˊ	馬部	【馬部】	10畫	469	474	段10上-19	鍇19-5	鉉10上-3
騶(趣)	zou	ㄗㄡ	馬部	【馬部】	10畫	468	472	段10上-16	鍇19-5	鉉10上-2
鄒(騶)	zou	ㄗㄡ	邑部	【邑部】	10畫	296	298	段6下-48	鍇12-20	鉉6下-8
駸(駸)	qin	ㄑㄧㄣ	馬部	【馬部】	10畫	466	470	段10上-12	鍇19-4	鉉10上-2
騷(颾通段)	sao	ㄙㄠ	馬部	【馬部】	10畫	467	472	段10上-15	鍇19-5	鉉10上-2
慅(騷，慅通段)	sao	ㄙㄠ	心部	【心部】	10畫	513	517	段10下-46	鍇20-16	鉉10下-8
犗(騸)	jieˋ	ㄐㄧㄝˋ	牛部	【牛部】	10畫	51	51	段2上-6	鍇3-3	鉉2上-2
驐(驁)	aoˋ	ㄠˋ	馬部	【馬部】	10畫	463	467	段10上-6	鍇19-2	鉉10上-1
隲(騭、陟、質)	zhiˋ	ㄓˋ	馬部	【馬部】	10畫	460	465	段10上-1	鍇19-1	鉉10上-1
陟(億、隲述及)	zhiˋ	ㄓˋ	𨸏部	【阜部】	10畫	732	739	段14下-4	鍇28-2	鉉14下-1
騵	mengˊ	ㄇㄥˊ	馬部	【馬部】	10畫	469	473	段10上-18	鍇19-5	鉉10上-3
駋(駋)	tao	ㄊㄠ	馬部	【馬部】	10畫	465	470	段10上-11	鍇19-3	鉉10上-2
騂	xing	ㄒㄧㄥ	馬部	【馬部】	10畫	無	無	無	無	鉉10上-3
垟(垶、騂、騂通段)	xing	ㄒㄧㄥ	土部	【土部】	10畫	683	690	段13下-19	鍇26-2	鉉13下-4
豈(豈、愷，凱通段)	qiˇ	ㄑㄧˇ	豈部	【豆部】	10畫	206	208	段5上-36	鍇9-15	鉉5上-7
覬(幾、豈、冀)	jiˋ	ㄐㄧˋ	見部	【見部】	10畫	409	413	段8下-16	鍇16-14	鉉8下-4
厵(原、原、源，羱、邍、騵通段)	yuanˊ	ㄩㄢˊ	灥部	【厂部】	10畫	569	575	段11下-5	鍇22-3	鉉11下-2
華(花，陓、騂通段)	hua	ㄏㄨㄚ	華部	【艸部】	10畫	275	277	段6下-6	鍇12-5	鉉6下-2

篆本字（古文、金文、籀文、俗字，通叚、金石）	拼音	注音	說文部首	康熙部首	筆畫	一般頁碼	洪葉頁碼	段注篇章	徐鍇通釋篇章	徐鉉藤花榭篇章
騙（各本無此篆）	zhan `	ㄓㄢˋ	馬部	【馬部】10畫	467	472	段10上-15		鍇19-5	鉉10上-2
駵（騮、驑、駵通叚）	liu ´	ㄌㄧㄡˊ	馬部	【馬部】10畫	461	466	段10上-3	鍇19-1	鉉10上-1
虛（虗、墟，圩、獹、驢、鱸通叚）	xu	ㄒㄩ	丘部	【虍部】11畫	386	390	段8上-44	鍇15-15	鉉8上-6
魚（䲣、䱁通叚）	yu ´	ㄩˊ	魚部	【魚部】11畫	575	580	段11下-16	鍇22-7	鉉11下-4
驁（驁）	ao `	ㄠˋ	馬部	【馬部】11畫	463	467	段10上-6	鍇19-2	鉉10上-1
騺（駤、鷙史記）	zhi `	ㄓˋ	馬部	【馬部】11畫	467	472	段10上-15	鍇19-4	鉉10上-2
驨	xi ´	ㄒㄧˊ	馬部	【馬部】11畫	463	467	段10上-6	鍇19-2	鉉10上-1
驙（驙、騴）	dian `	ㄉㄧㄢˋ	馬部	【馬部】11畫	462	467	段10上-5	鍇19-2	鉉10上-1
驀	mo `	ㄇㄛˋ	馬部	【馬部】11畫	464	469	段10上-9	鍇19-3	鉉10上-2
驂	can	ㄘㄢ	馬部	【馬部】11畫	465	469	段10上-10	鍇19-3	鉉10上-2
驃	piao `	ㄆㄧㄠˋ	馬部	【馬部】11畫	462	466	段10上-4	鍇19-2	鉉10上-1
驄	cong	ㄘㄨㄥ	馬部	【馬部】11畫	462	466	段10上-4	鍇19-2	鉉10上-1
騏（綦，驥通叚）	qi ´	ㄑㄧˊ	馬部	【馬部】11畫	461	465	段10上-2	鍇19-1	鉉10上-1
驅（歐、駈）	qu	ㄑㄩ	馬部	【馬部】11畫	466	471	段10上-13	鍇19-4	鉉10上-2
贏从月馬卂（驘从月芈卂、㹋）	luo ´	ㄌㄨㄛˊ	馬部	【馬部】11畫	469	473	段10上-18	鍇19-5	鉉10上-3
禂（騊、駋）	dao ˇ	ㄉㄠˇ	示部	【示部】12畫	7	7	段1上-14	鍇1-8	鉉1上-2
騕（駬通叚）	yu `	ㄩˋ	馬部	【馬部】12畫	462	466	段10上-4	鍇19-2	鉉10上-1
驍（駉）	xiao	ㄒㄧㄠ	馬部	【馬部】12畫	463	468	段10上-7	鍇19-2	鉉10上-1
驒	tuo ´	ㄊㄨㄛˊ	馬部	【馬部】12畫	469	473	段10上-18	鍇19-5	鉉10上-3
驙（驙、騴）	dian `	ㄉㄧㄢˋ	馬部	【馬部】12畫	462	467	段10上-5	鍇19-2	鉉10上-1
驕（嬌、僑，憍通叚）	jiao	ㄐㄧㄠ	馬部	【馬部】12畫	463	468	段10上-7	鍇19-2	鉉10上-2
猇（驕）	xiao	ㄒㄧㄠ	犬部	【犬部】12畫	473	478	段10上-27	鍇19-8	鉉10上-5
鱗（鰲，嶙、驎通叚）	lin ´	ㄌㄧㄣˊ	魚部	【魚部】12畫	580	585	段11下-26	鍇22-10	鉉11下-6
瞷（瞷、瞯、騆、略，揇通叚）	xian ´	ㄒㄧㄢˊ	目部	【目部】12畫	134	136	段4上-11	鍇7-5	鉉4上-2
騆（瞷、騆）	xian ´	ㄒㄧㄢˊ	馬部	【馬部】12畫	461	465	段10上-2	鍇19-1	鉉10上-1
騧（䯂、騧）	gua	ㄍㄨㄚ	馬部	【馬部】13畫	462	466	段10上-4	鍇19-2	鉉10上-1

篆本字(古文、金文、籀文、俗字，通叚、金石)	拼音	注音	說文部首	康熙部首	筆畫	一般頁碼	洪葉頁碼	段注篇章	徐鍇通釋篇章	徐鉉藤花榭篇章
騧	wo`	ㄨㄛˋ	馬部	【馬部】	13畫	467	471	段10上-14	鍇19-4	鉉10上-2
驗(譣)	yan`	一ㄢˋ	馬部	【馬部】	13畫	464	468	段10上-8	鍇19-3	鉉10上-2
譣(憸、驗識述及)	xian˘	ㄒㄧㄢˇ	言部	【言部】	13畫	92	93	段3上-13	鍇5-8	鉉3上-3
驙(邅通叚)	zhan	ㄓㄢ	馬部	【馬部】	13畫	467	472	段10上-15	鍇19-4	鉉10上-2
驚(警俗)	jing	ㄐㄧㄥ	馬部	【馬部】	13畫	467	471	段10上-14	鍇19-4	鉉10上-2
驛	yi`	一ˋ	馬部	【馬部】	13畫	468	473	段10上-17	鍇19-5	鉉10上-3
馹(驛)	ri`	ㄖˋ	馬部	【馬部】	13畫	468	473	段10上-17	鍇19-5	鉉10上-3
鬻	yu´	ㄩˊ	馬部	【馬部】	13畫	466	470	段10上-12	無	鉉10上-2
肅(肅、蕭，翻、颷、驌通叚)	su`	ㄙㄨˋ	聿部	【聿部】	13畫	117	118	段3下-21	鍇6-12	鉉3下-5
鷫(鵨，驌通叚)	su`	ㄙㄨˋ	鳥部	【鳥部】	13畫	149	150	段4上-40	鍇7-18	鉉4上-8
贏從月馬丮(驘從月芈丮、騾)	luo´	ㄌㄨㄛˊ	馬部	【馬部】	13畫	469	473	段10上-18	鍇19-5	鉉10上-3
蠃(贏從月馬丮)	luo´	ㄌㄨㄛˊ	肉部	【肉部】	13畫	177	179	段4下-39	鍇8-14	鉉4下-6
騶(騶)	zou`	ㄗㄡˋ	馬部	【馬部】	14畫	466	471	段10上-13	鍇19-4	鉉10上-2
驖(鐵、戴)	tie˘	ㄊㄧㄝˇ	馬部	【馬部】	14畫	462	466	段10上-4	鍇19-2	鉉10上-1
樊(棥，攀通叚)	fan´	ㄈㄢˊ	𠬞部	【木部】	15畫	104	105	段3上-37	鍇5-20	鉉3上-8
驠	yan`	一ㄢˋ	馬部	【馬部】	16畫	463	467	段10上-6	鍇19-2	鉉10上-1
驢	lü´	ㄌㄩˊ	馬部	【馬部】	16畫	469	473	段10上-18	鍇19-5	鉉10上-3
驥(冀，蘁從雨，通叚)	ji`	ㄐㄧˋ	馬部	【馬部】	17畫	463	467	段10上-6	鍇19-2	鉉10上-1
驤(襄)	xiang	ㄒㄧㄤ	馬部	【馬部】	17畫	464	469	段10上-9	鍇19-3	鉉10上-2
襄從工己爻(襄、𤪸、攘、驤，儴、勷、褗通叚)	xiang	ㄒㄧㄤ	衣部	【衣部】	17畫	394	398	段8上-60	鍇16-4	鉉8上-9
驧(驧從鞠)	ju´	ㄐㄩˊ	馬部	【馬部】	17畫	467	472	段10上-15	鍇19-4	鉉10上-2
䮥(驨通叚)	nie`	ㄋㄧㄝˋ	馬部	【馬部】	18畫	466	471	段10上-13	鍇19-4	鉉10上-2
驪(黎、梨)	li´	ㄌㄧˊ	馬部	【馬部】	18畫	461	466	段10上-3	鍇19-1	鉉10上-1

篆本字（古文、金文、籀文、俗字，通叚、金石）	拼音	注音	說文部首	康熙部首	筆畫	一般頁碼	洪葉頁碼	段注篇章	徐鍇通釋篇章	徐鉉藤花榭篇章
離(樆、鷅、䍦，罹、稬、雝、䍻、麗从麗通叚)	li´	ㄌㄧˊ	佳部	【佳部】18畫		142	144	段4上-27	鍇7-12	鉉4上-5
嶲(蟤、鵗、鶹通叚)	gui	ㄍㄨㄟ	佳部	【山部】18畫		141	142	段4上-24	鍇7-11	鉉4上-5
驩(歡)	huan	ㄏㄨㄢ	馬部	【馬部】19畫		464	468	段10上-8	鍇19-3	鉉10上-2
歡(驩)	huan	ㄏㄨㄢ	欠部	【欠部】19畫		411	415	段8下-20	鍇16-15	鉉8下-4
驫	biao	ㄅㄧㄠ	馬部	【馬部】20畫		469	474	段10上-19	鍇19-5	鉉10上-3
驒(驙、驔)	dian`	ㄅㄧㄢˋ	馬部	【馬部】21畫		462	467	段10上-5	鍇19-2	鉉10上-1
贏从月馬卂(騾从月芉卂、驘)	luo´	ㄌㄨㄛˊ	馬部	【馬部】21畫		469	473	段10上-18	鍇19-5	鉉10上-3
【骨(guˇ)部】	guˇ	ㄍㄨˇ	骨部			164	166	段4下-14	鍇8-7	鉉4下-3
骨(榾通叚)	guˇ	ㄍㄨˇ	骨部	【骨部】		164	166	段4下-14	鍇8-7	鉉4下-3
鶻(骨)	guˇ	ㄍㄨˇ	鳥部	【鳥部】		149	151	段4上-41	鍇7-19	鉉4上-8
肌	weiˇ	ㄨㄟˇ	骨部	【骨部】3畫		167	169	段4下-19	鍇8-7	鉉4下-4
骭(骭)	gan`	ㄍㄢˋ	骨部	【骨部】3畫		166	168	段4下-17	鍇8-7	鉉4下-3
骹(校，薂、嚆、跤、骲、髐通叚)	qiao	ㄑㄧㄠ	骨部	【骨部】5畫		165	167	段4下-16	鍇8-7	鉉4下-3
鮌(骹、緜，鮌通叚)	gunˇ	ㄍㄨㄣ	魚部	【魚部】5畫		576	581	段11下-18	鍇22-8	鉉11下-5
髁(骱、骼，骹通叚)	ke	ㄎㄜ	骨部	【骨部】5畫		165	167	段4下-15	鍇8-7	鉉4下-3
骼(胳、骱、髂、骹通叚)	ge´	ㄍㄜˊ	骨部	【骨部】5畫		166	168	段4下-18	鍇8-7	鉉4下-4
膘(胁、骲、髂通叚)	biao	ㄅㄧㄠ	肉部	【肉部】6畫		173	175	段4下-32	鍇8-12	鉉4下-5
骴(殨、漬、髊、骴、胔、瘠)	ci	ㄘ	骨部	【骨部】6畫		166	168	段4下-18	鍇8-7	鉉4下-4
漬(骴漬胔瘠四字、古同音通用，當是骴爲正字也)	zi`	ㄗˋ	水部	【水部】6畫		558	563	段11上貳-26	鍇21-24	鉉11上-7

篆本字（古文、金文、籀文、俗字，通段、金石）	拼音	注音	說文部首	康熙部首	筆畫	一般頁碼	洪葉頁碼	段注篇章	徐鍇通釋篇章	徐鉉藤花榭篇章
骷	gua	ㄍㄨㄚ	骨部	【骨部】6畫	165	167	段4下-16	鍇8-7	鉉4下-3
骸(輔)	hai´	ㄏㄞˊ	骨部	【骨部】6畫	166	168	段4下-17	鍇8-7	鉉4下-4
骹(校，薂、嚆、跤、骲、髐通段)	qiao	ㄑㄧㄠ	骨部	【骨部】6畫	165	167	段4下-16	鍇8-7	鉉4下-3
骼(胳、骱、髂、骴)	ge´	ㄍㄜˊ	骨部	【骨部】6畫	166	168	段4下-18	鍇8-7	鉉4下-4
胳(骼、袼)	ge	ㄍㄜ	肉部	【肉部】6畫	169	171	段4下-24	鍇8-9	鉉4下-4
骿(駢、騈，胼、跰通段)	pian´	ㄆㄧㄢˊ	骨部	【骨部】6畫	165	167	段4下-15	鍇8-7	鉉4下-3
鯀(骾、縣，鮌通段)	gun˘	ㄍㄨㄣˇ	魚部	【魚部】7畫	576	581	段11下-18	鍇22-8	鉉11下-5
隨(骽=腿通段)	sui´	ㄙㄨㄟˊ	辵(辶)部	【阜部】7畫	70	71	段2下-3	鍇4-2	鉉2下-1
骾(骾、鯁)	geng˘	ㄍㄥˇ	骨部	【骨部】7畫	166	168	段4下-17	鍇8-7	鉉4下-4
鯁(鯁、骾)	geng˘	ㄍㄥˇ	魚部	【魚部】7畫	580	585	段11下-26	鍇22-10	鉉11下-5
骺	ti`	ㄊㄧˋ	骨部	【骨部】8畫	166	168	段4下-17	鍇8-7	鉉4下-4
髀(踔、庳、跛)	bi`	ㄅㄧˋ	骨部	【骨部】8畫	165	167	段4下-15	鍇8-7	鉉4下-3
脾(髀肝述及)	pi´	ㄆㄧˊ	肉部	【肉部】8畫	168	170	段4下-22	鍇8-8	鉉4下-4
髃(膒)	ou˘	ㄡˇ	骨部	【骨部】8畫	165	167	段4下-15	鍇8-7	鉉4下-3
骼(胳、骱、髂、骴)	ge´	ㄍㄜˊ	骨部	【骨部】9畫	166	168	段4下-18	鍇8-7	鉉4下-4
髁(骱、髂，骴通段)	ke	ㄎㄜ	骨部	【骨部】9畫	165	167	段4下-15	鍇8-7	鉉4下-3
髓(髓，髇、瀡通段)	sui˘	ㄙㄨㄟˇ	骨部	【骨部】9畫	166	168	段4下-17	鍇8-7	鉉4下-4
骾(骾、鯁)	geng˘	ㄍㄥˇ	骨部	【骨部】9畫	166	168	段4下-17	鍇8-7	鉉4下-4
膀(髈、旁脅述及)	pang´	ㄆㄤˊ	肉部	【肉部】10畫	169	171	段4下-23	鍇8-9	鉉4下-4
髆(拍)	bo´	ㄅㄛˊ	骨部	【骨部】10畫	164	166	段4下-14	鍇8-7	鉉4下-3
骴(殨、漬、髊、胔、脊、瘠)	ci	ㄘ	骨部	【骨部】10畫	166	168	段4下-18	鍇8-7	鉉4下-4
髍(麼、麞)	mo´	ㄇㄛˊ	骨部	【骨部】11畫	166	168	段4下-17	鍇8-7	鉉4下-4

篆本字（古文、金文、籀文、俗字，通段、金石）	拼音	注音	說文部首	康熙部首	筆畫	一般頁碼	洪葉頁碼	段注篇章	徐鍇通釋篇章	徐鉉藤花榭篇章
髑(髗通段)	du´	ㄉㄨˊ	骨部	【骨部】11畫		164	166	段4下-14	鍇8-7	鉉4下-3
髏	lou´	ㄌㄡˊ	骨部	【骨部】11畫		164	166	段4下-14	鍇8-7	鉉4下-3
髖	kui`	ㄎㄨㄟˋ	骨部	【骨部】12畫		165	167	段4下-16	鍇8-7	鉉4下-3
肊(臆、𦞦)	yi`	一ˋ	肉部	【肉部】12畫		169	171	段4下-23	鍇8-9	鉉4下-4
蹶(厥)	jue´	ㄐㄩㄝˊ	骨部	【骨部】12畫		165	167	段4下-15	鍇8-7	鉉4下-3
骹(校，骹、嚆、跤、骲、髐通段)	qiao	ㄑㄧㄠ	骨部	【骨部】12畫		165	167	段4下-16	鍇8-7	鉉4下-3
屍(胂、臋從殿骨、臀，臀)	tun´	ㄊㄨㄣˊ	尸部	【尸部】13畫		400	404	段8上-71	鍇16-8	鉉8上-11
體(會、括、䯏從會)	kuai`	ㄎㄨㄞˋ	骨部	【骨部】13畫		167	169	段4下-19	鍇8-8	鉉4下-4
髑(髗通段)	du´	ㄉㄨˊ	骨部	【骨部】13畫		164	166	段4下-14	鍇8-7	鉉4下-3
體(軆通段)	ti̇	ㄊㄧˇ	骨部	【骨部】13畫		166	168	段4下-17	鍇8-7	鉉4下-4
髓從隓hui(髓，骺、瀡通段)	sui̇	ㄙㄨㄟˇ	骨部	【骨部】13畫		166	168	段4下-17	鍇8-7	鉉4下-4
髕(臏、剕)	bin`	ㄅㄧㄣˋ	骨部	【骨部】14畫		165	167	段4下-16	鍇8-7	鉉4下-3
髖(臗通段)	kuan	ㄎㄨㄢ	骨部	【骨部】15畫		165	167	段4下-16	鍇8-7	鉉4下-3
顱(盧，髗通段)	lu´	ㄌㄨˊ	頁部	【頁部】16畫		416	420	段9上-2	鍇17-1	鉉9上-1
【高(gao)部】	gao	ㄍㄠ	高部			227	230	段5下-25	鍇10-10	鉉5下-4
高	gao	ㄍㄠ	高部	【高部】		227	230	段5下-25	鍇10-10	鉉5下-4
皋(櫜從咎木、高、告、號、嗥，皐、橰通段)	gao	ㄍㄠ	本部	【白部】		498	502	段10下-16	鍇20-6	鉉10下-3
髙(顜)	qinġ	ㄑㄧㄥˇ	高部	【高部】2畫		227	230	段5下-25	鍇10-10	鉉5下-5
鄭(郭邑部、廓鼓述及)	guo	ㄍㄨㄛ	邑部	【邑部】6畫		298	301	段6下-53	鍇12-21	鉉6下-8
𩫖(廓、郭𩫖部)	guo	ㄍㄨㄛ	𩫖部	【高部】7畫		228	231	段5下-27	鍇10-11	鉉5下-5
墉(𩫖、庸，陠通段)	yong	ㄩㄥ	土部	【土部】7畫		688	695	段13下-29	鍇26-4	鉉13下-4
𩫗(𩫗、闕)	que	ㄑㄩㄝ	𩫖部	【高部】9畫		228	231	段5下-27	鍇10-11	鉉5下-5
𩫭(豪、毫、豪)	hao´	ㄏㄠˊ	希部	【高部】10畫		456	460	段9下-38	鍇18-13	鉉9下-6

篆本字（古文、金文、籀文、俗字，通叚、金石）	拼音	注音	說文部首	康熙部首	筆畫	一般頁碼	洪葉頁碼	段注篇章	徐鍇通釋篇章	徐鉉藤花榭篇章
顤(顬通叚)	yao´	一ㄠˊ	頁部	【頁部】	10畫	418	422	段9上-6	鍇17-2	鉉9上-1
垣(䕘)	yuan´	ㄩㄢˊ	土部	【土部】	12畫	684	691	段13下-21	鍇26-3	鉉13下-4
城(䧘)	cheng´	ㄔㄥˊ	土部	【土部】	13畫	688	695	段13下-29	鍇26-4	鉉13下-4
堵(𡐉)	du	ㄉㄨˇ	土部	【土部】	14畫	685	691	段13下-22	鍇26-3	鉉13下-4
藁(豪、毫、豪)	hao´	ㄏㄠˊ	希部	【高部】	15畫	456	460	段9下-38	鍇18-13	鉉9下-6
陴(䤪、壣)	pi	ㄆㄧ	𨸏部	【阜部】	16畫	736	743	段14下-12	鍇28-4	鉉14下-2
【髟(biao)部】	biao	ㄅㄧㄠ	髟部			425	430	段9上-21	鍇17-7	鉉9上-4
髟(𩭖、焱)	biao	ㄅㄧㄠ	髟部	【髟部】		425	430	段9上-21	鍇17-7	鉉9上-4
旚(飄、髟)	piao	ㄆㄧㄠ	㫃部	【方部】	3畫	311	314	段7上-19	鍇13-7	鉉7上-3
鬀從易(髡)	ti	ㄊㄧˋ	髟部	【髟部】	3畫	427	431	段9上-24	鍇17-8	鉉9上-4
髡(髨，髡通叚)	kun	ㄎㄨㄣ	髟部	【髟部】	3畫	428	433	段9上-27	鍇17-9	鉉9上-4
鬚從㣇(鬌、髹)	xiu	ㄒㄧㄡ	㣇部	【髟部】	4畫	276	278	段6下-8	鍇12-6	鉉6下-3
仿(放、倣、鬣、彷，倣、昉、髣通叚)	fang	ㄈㄤˇ	人部	【人部】	4畫	370	374	段8上-12	鍇15-5	鉉8上-2
髻(䯰、紒，帤、鬐通叚)	jie	ㄐㄧㄝˋ	髟部	【髟部】	4畫	427	432	段9上-25	鍇17-8	鉉9上-4
髦(毛，齷通叚)	mao´	ㄇㄠˊ	髟部	【髟部】	4畫	426	430	段9上-22	鍇17-8	鉉9上-4
毛(髦)	mao´	ㄇㄠˊ	毛部	【毛部】	4畫	398	402	段8上-68	鍇16-7	鉉8上-10
髳(𣫦、髳)	mao´	ㄇㄠˊ	髟部	【髟部】	4畫	426	431	段9上-23	鍇17-8	鉉9上-4
鬣從髟巤(巤、獵、儠、躐、鬛、馲、䶟、葛隸變、獵，犣通叚)	lie	ㄌㄧㄝˋ	髟部	【髟部】	4畫	427	432	段9上-25	鍇17-8	鉉9上-4
紞(髧鬇述及，优、統、衻通叚)	dan	ㄉㄢˇ	糸部	【糸部】	4畫	652	659	段13上-19	鍇25-5	鉉13上-3
方(防、舫、汸、旁訪述及，坊、髣通叚)	fang	ㄈㄤ	方部	【方部】	4畫	404	408	段8下-6	鍇16-11	鉉8下-2
顐(髯、髥、䫇)	ran´	ㄖㄢˊ	須部	【頁部】	4畫	424	428	段9上-18	鍇17-6	鉉9上-3

篆本字(古文、金文、籀文、俗字，通段、金石)	拼音	注音	說文部首	康熙部首	筆畫	一般頁碼	洪葉頁碼	段注篇章	徐鍇通釋篇章	徐鉉藤花榭篇章
髮(𩮿、須)	fa ˋ	ㄈㄚˋ	髟部	【髟部】5畫	425	430	段9上-21	鍇17-7	鉉9上-4
仿(放、倣、髣、彷，倣、昉、髴通段)	fang ˇ	ㄈㄤˇ	人部	【人部】5畫	370	374	段8上-12	鍇15-5	鉉8上-2
髲(被)	bi ˋ	ㄅㄧˋ	髟部	【髟部】5畫	427	431	段9上-24	鍇17-8	鉉9上-4
髴(佛fu ˊ)	fo ˊ	ㄈㄛˊ	髟部	【髟部】5畫	428	432	段9上-26	鍇17-9	鉉9上-4
佛(髴，佛通段)	fo ˊ	ㄈㄛˊ	人部	【人部】5畫	370	374	段8上-12	鍇15-5	鉉8上-2
髫	tiao ˊ	ㄊㄧㄠˊ	髟部	【髟部】5畫	無	無	無	無	鉉9上-5
髾(綢，髫、鬄從壽通段)	tiao ˊ	ㄊㄧㄠˊ	髟部	【髟部】5畫	426	431	段9上-23	鍇17-8	鉉9上-4
髴	fu ˋ	ㄈㄨˋ	髟部	【髟部】5畫	427	432	段9上-25	鍇17-8	鉉9上-4
髻(髽通段)	pou ˊ	ㄆㄡˊ	髟部	【髟部】5畫	426	431	段9上-23	鍇17-8	鉉9上-4
頯(髲)	pei ˊ	ㄆㄟˊ	須部	【頁部】5畫	424	428	段9上-18	鍇17-6	鉉9上-3
鉗(箝，柑、髶通段)	qian ˊ	ㄑㄧㄢˊ	金部	【金部】5畫	707	714	段14上-12	鍇27-5	鉉14上-3
頾(髭)	zi	ㄗ	須部	【頁部】5畫	424	428	段9上-18	鍇17-6	鉉9上-3
髦(髳、髶)	mao ˊ	ㄇㄠˊ	髟部	【髟部】5畫	426	431	段9上-23	鍇17-8	鉉9上-4
髹從桼(髤、髹)	xiu	ㄒㄧㄡ	桼部	【髟部】6畫	276	278	段6下-8	鍇12-6	鉉6下-3
髭	ci ˋ	ㄘˋ	髟部	【髟部】6畫	427	431	段9上-24	鍇17-8	鉉9上-4
而(能、如歃述及，髵通段)	er ˊ	ㄦˊ	而部	【而部】6畫	454	458	段9下-34	鍇18-12	鉉9下-5
髶(髶從茸、鬤從恩、鬞從農通段)	er ˋ	ㄦˋ	髟部	【髟部】6畫	428	432	段9上-26	鍇17-9	鉉9上-4
髺(鬠從會)	kuo ˋ	ㄎㄨㄛˋ	髟部	【髟部】6畫	427	431	段9上-24	鍇17-8	鉉9上-4
髻	ji ˋ	ㄐㄧˋ	髟部	【髟部】6畫	無	無	無	無	鉉9上-5
髻(髻、紒，帍、鬙通段)	jie ˋ	ㄐㄧㄝˋ	髟部	【髟部】6畫	427	432	段9上-25	鍇17-8	鉉9上-4
結(紒、髻，鴶通段)	jie ˊ	ㄐㄧㄝˊ	糸部	【糸部】6畫	647	653	段13上-8	鍇25-3	鉉13上-2
髽	zhua	ㄓㄨㄚ	髟部	【髟部】7畫	429	433	段9上-28	鍇17-9	鉉9上-4
鬀(剃)	ti ˋ	ㄊㄧˋ	髟部	【髟部】7畫	429	433	段9上-28	鍇17-9	鉉9上-4
肆(肆、鬃、遂、鬜、肄)	si ˋ	ㄙˋ	長部	【隶部】8畫	453	457	段9下-32	鍇18-11	鉉9下-5
髻(髽通段)	pou ˊ	ㄆㄡˊ	髟部	【髟部】8畫	426	431	段9上-23	鍇17-8	鉉9上-4

篆本字（古文、金文、籀文、俗字，通叚、金石）	拼音	注音	說文部首	康熙部首	筆畫	一般頁碼	洪葉頁碼	段注篇章	徐鍇通釋篇章	徐鉉藤花榭篇章
髫(綢，髻、鬚從壽通叚)	tiao´	ㄊㄧㄠˊ	髟部	【髟部】8畫	426	431	段9上-23	錯17-8	鉉9上-4
茡(摯、鑾通叚)	zheng	ㄓㄥ	艸部	【艸部】8畫	40	40	段1下-38	錯2-18	鉉1下-6
鳳(朋、鵬、鷳、鸞從翮，髻通叚)	feng`	ㄈㄥˋ	鳥部	【鳥部】8畫	148	149	段4上-38	錯7-18	鉉4上-8
采(俗字手采作採、五采作彩，寀、棌、綵、髮通叚)	cai`	ㄘㄞˇ	木部	【采部】8畫	268	270	段6上-60	錯11-27	鉉6上-7
鬘從彔	fei`	ㄈㄟˋ	髟部	【髟部】8畫	429	433	段9上-28	錯17-9	鉉9上-4
髰從易(髢)	ti`	ㄊㄧˋ	髟部	【髟部】8畫	427	431	段9上-24	錯17-8	鉉9上-4
鬈從卷	quan´	ㄑㄩㄢˊ	髟部	【髟部】8畫	426	430	段9上-22	錯17-7	鉉9上-4
鬏從㣎(髹、髤)	xiu	ㄒㄧㄡ	㣎部	【髟部】8畫	276	278	段6下-8	錯12-6	鉉6下-3
鬊(巛)	shun`	ㄕㄨㄣˋ	髟部	【髟部】9畫	428	432	段9上-26	錯17-9	鉉9上-4
巛(川、鬊)	chuan	ㄔㄨㄢ	川部	【巛部】9畫	568	574	段11下-3	錯22-1	鉉11下-1
鬋從湔(髻、翦)	jian˘	ㄐㄧㄢˇ	髟部	【髟部】9畫	426	431	段9上-23	錯17-8	鉉9上-4
翦(翦、齊、湔、前、戩、鬋)	jian˘	ㄐㄧㄢˇ	羽部	【羽部】9畫	138	140	段4上-19	錯7-9	鉉4上-4
鬋(顧、髻、楬，鬛通叚)	qian	ㄑㄧㄢ	髟部	【髟部】9畫	428	432	段9上-26	錯17-9	鉉9上-4
鬌從左月(毻、髺，鬌通叚)	duo˘	ㄉㄨㄛˇ	髟部	【髟部】9畫	428	432	段9上-26	錯17-9	鉉9上-4
思(罳、腮、顋、慇通叚)	si	ㄙ	思部	【心部】9畫	501	506	段10下-23	錯20-9	鉉10下-5
髳(髦、髦)	mao´	ㄇㄠˊ	髟部	【髟部】9畫	426	431	段9上-23	錯17-8	鉉9上-4
㐱(鬒、顠，縝通叚)	zhen˘	ㄓㄣˇ	㐱部	【人部】10畫	424	429	段9上-19	錯17-6	鉉9上-3
鬖(鬖、鎈通叚)	cha˘	ㄔㄚˇ	髟部	【髟部】10畫	426	430	段9上-22	錯17-7	鉉9上-4
髶(髶從茸、鬟從恩、鬷從農通叚)	er	ㄦ	髟部	【髟部】10畫	428	432	段9上-26	錯17-9	鉉9上-4
鬐從耆	qi´	ㄑㄧˊ	髟部	【髟部】10畫	無	無	無	無	鉉9上-5

篆本字(古文、金文、籀文、俗字，通叚、金石)	拼音	注音	說文部首	康熙部首	筆畫	一般頁碼	洪葉頁碼	段注篇章	徐鍇通釋篇章	徐鉉藤花榭篇章
耆(鬐从耆、嗜，鰭通叚)	qí	ㄑㄧˊ	老部	【老部】	10畫	398	402	段8上-67	鍇16-7	鉉8上-10
鬋从寿(鬋、翦)	jiǎn	ㄐㄧㄢˇ	髟部	【髟部】	10畫	426	431	段9上-23	鍇17-8	鉉9上-4
鬆从般	pán	ㄆㄢˊ	髟部	【髟部】	10畫	427	432	段9上-25	鍇17-8	鉉9上-4
頧(頖、頖、泮、鬢)	bei	ㄅㄟ	須部	【頁部】	10畫	424	428	段9上-18	鍇17-6	鉉9上-3
鬑从兼	lián	ㄌㄧㄢˊ	髟部	【髟部】	10畫	427	431	段9上-24	鍇17-8	鉉9上-4
鬔(挷，碰俗)	peng	ㄆㄥ	髟部	【髟部】	10畫	429	433	段9上-28	鍇17-9	鉉9上-4
鬀(剔、剃，劈、揥、剔通叚)	tì	ㄊㄧˋ	髟部	【髟部】	10畫	428	432	段9上-26	鍇17-9	鉉9上-4
隸(肆、鬃、遂、鬚、肄)	sì	ㄙˋ	長部	【隶部】	10畫	453	457	段9下-32	鍇18-11	鉉9下-5
鬘(鬋从鼻、鬘从曼通叚)	mián	ㄇㄧㄢˊ	髟部	【髟部】	11畫	426	431	段9上-23	鍇17-8	鉉9上-4
髶(髶从茸、鬞从恩、鬡从農通叚)	er	ㄦˋ	髟部	【髟部】	11畫	428	432	段9上-26	鍇17-9	鉉9上-4
鬓从莫(帕)	ma	ㄇㄚˋ	髟部	【髟部】	11畫	427	432	段9上-25	鍇17-8	鉉9上-4
鬋从㒼(鬘从曼通叚)	mán	ㄇㄢˊ	髟部	【髟部】	11畫	426	430	段9上-22	鍇17-7	鉉9上-4
曼(漫滔述及，縵、鬘从曼通叚)	màn	ㄇㄢˋ	又部	【曰部】	11畫	115	116	段3下-18	鍇6-9	鉉3下-4
須(頾需述及、鬚，蒩通叚)	xu	ㄒㄩ	須部	【頁部】	12畫	424	428	段9上-18	鍇17-6	鉉9上-3
鬜(顀、髨、楬，鬀通叚)	qian	ㄑㄧㄢ	髟部	【髟部】	12畫	428	432	段9上-26	鍇17-9	鉉9上-4
顀(鬜、楬、髨)	qian	ㄑㄧㄢ	頁部	【頁部】	12畫	420	425	段9上-11	鍇17-4	鉉9上-2
曾(鬵通叚)	zeng	ㄗㄥ	八部	【曰部】	12畫	49	49	段2上-2	鍇3-1	鉉2上-1
鬢从髟貴	guì	ㄍㄨㄟˋ	髟部	【髟部】	12畫	427	432	段9上-25	鍇17-8	鉉9上-4
髶(髶从茸、鬞从恩、鬡从農通叚)	er	ㄦˋ	髟部	【髟部】	13畫	428	432	段9上-26	鍇17-9	鉉9上-4
鬟从睘	huán	ㄏㄨㄢˊ	髟部	【髟部】	13畫	無	無	無	無	鉉9上-5

篆本字（古文、金文、籀文、俗字，通叚、金石）	拼音	注音	說文部首	康熙部首	筆畫	一般頁碼	洪葉頁碼	段注篇章	徐鍇通釋篇章	徐鉉藤花榭篇章
環(還繯述及，鐶、鬟通叚)	huan´	ㄏㄨㄢˊ	玉部	【玉部】	13畫	12	12	段1上-23	鍇1-12	鉉1上-4
䯰(鬘从髟、鬘从曼通叚)	mian´	ㄇㄧㄢˊ	髟部	【髟部】	13畫	426	431	段9上-23	鍇17-8	鉉9上-4
髺(鬠从會)	kuo`	ㄎㄨㄛˋ	髟部	【髟部】	13畫	427	431	段9上-24	鍇17-8	鉉9上-4
體(會、括、鬠从會)	kuai`	ㄎㄨㄞˋ	骨部	【骨部】	13畫	167	169	段4下-19	鍇8-8	鉉4下-4
䰐从髟監	lan´	ㄌㄢˊ	髟部	【髟部】	14畫	426	430	段9上-22	鍇17-7	鉉9上-4
鬢从髟賓	bin`	ㄅㄧㄣˋ	髟部	【髟部】	14畫	425	430	段9上-21	鍇17-7	鉉9上-4
茅(擊、鬤从寧通叚)	zheng	ㄓㄥ	艸部	【艸部】	14畫	40	40	段1下-38	鍇2-18	鉉1下-6
髫(綢，髫、鬤从壽通叚)	tiao´	ㄊㄧㄠˊ	髟部	【髟部】	14畫	426	431	段9上-23	鍇17-8	鉉9上-4
鬜(孀，奶通叚)	ni˘	ㄋㄧˇ	髟部	【髟部】	14畫	426	431	段9上-23	鍇17-8	鉉9上-4
鬘从髟(鬘从曼通叚)	mian´	ㄇㄧㄢˊ	髟部	【髟部】	15畫	426	431	段9上-23	鍇17-8	鉉9上-4
鬣从髟巤(巤、獵、儠、犣、髦、馱、䯰、葛隸變、獵，犣通叚)	lie`	ㄌㄧㄝˋ	髟部	【髟部】	15畫	427	432	段9上-25	鍇17-8	鉉9上-4
巤(鬣从髟巤)	lie`	ㄌㄧㄝˋ	囟部	【巛部】	15畫	501	505	段10下-22	鍇20-8	鉉10下-5
儠(巤、鬣从髟巤、獵)	lie`	ㄌㄧㄝˋ	人部	【人部】	15畫	368	372	段8上-8	鍇15-3	鉉8上-2
䯰(鬘从髟、鬘从曼通叚)	mian´	ㄇㄧㄢˊ	髟部	【髟部】	15畫	426	431	段9上-23	鍇17-8	鉉9上-4
鬝从截	jie´	ㄐㄧㄝˊ	髟部	【髟部】	15畫	427	431	段9上-24	鍇17-8	鉉9上-4
鬑从盧	lu´	ㄌㄨˊ	髟部	【髟部】	16畫	428	432	段9上-26	鍇17-9	鉉9上-4
孃(娘，鬤通叚)	niang´	ㄋㄧㄤˊ	女部	【女部】	17畫	625	631	段12下-27	鍇24-9	鉉12下-4
【鬥(dou`)部】	dou`	ㄉㄡˋ	鬥部			114	115	段3下-15	鍇6-8	鉉3下-3
鬥	dou`	ㄉㄡˋ	鬥部	【鬥部】		114	115	段3下-15	鍇6-8	鉉3下-3
鬫从斲(鬥)	dou`	ㄉㄡˋ	鬥部	【鬥部】		114	115	段3下-15	鍇6-8	鉉3下-3
鬨(xuan´)	weng	ㄨㄥ	鬥部	【鬥部】	4畫	114	115	段3下-16	鍇6-9	鉉3下-3
鬧	nao`	ㄋㄠˋ	鬥部	【鬥部】	5畫	無	無	無	無	鉉3下-3

篆本字(古文、金文、籀文、俗字，通叚、金石)	拼音	注音	說文部首	康熙部首	筆畫	一般頁碼	洪葉頁碼	段注篇章	徐鍇通釋篇章	徐鉉藤花榭篇章
譟(噪、鬧通叚)	zao`	ㄗㄠˋ	言部	【言部】5畫		99	99	段3上-26	鍇5-10	鉉3上-5
鬨	hong`	ㄏㄨㄥˋ	鬥部	【鬥部】6畫		114	115	段3下-15	鍇6-8	鉉3下-3
鬩	xi`	ㄒㄧˋ	鬥部	【鬥部】8畫		114	115	段3下-16	鍇6-9	鉉3下-3
鬮从翏(摎)	liu´	ㄌㄧㄡˊ	鬥部	【鬥部】11畫		114	115	段3下-15	鍇6-8	鉉3下-3
鬠从丏貝(繽、繽)	pin	ㄆㄧㄣ	鬥部	【鬥部】11畫		114	115	段3下-16	鍇6-9	鉉3下-3
鬫从爾(茶)	ni`	ㄋㄧˇ	鬥部	【鬥部】14畫		114	115	段3下-16	鍇6-8	鉉3下-3
鬪从斲(鬥)	dou`	ㄉㄡ`	鬥部	【鬥部】14畫		114	115	段3下-15	鍇6-8	鉉3下-3
鬮(鬮通叚)	jiu	ㄐㄧㄡ	鬥部	【鬥部】16畫		114	115	段3下-15	鍇6-8	鉉3下-3
鬩从豩bin(紛)	fen	ㄈㄣ	鬥部	【鬥部】18畫		114	115	段3下-16	鍇6-9	鉉3下-3
【匚(chang`)部】	chang`	ㄔㄤˋ	匚部			217	219	段5下-4	鍇10-3	鉉5下-1
匚	chang`	ㄔㄤˋ	匚部	【匚部】		217	219	段5下-4	鍇10-3	鉉5下-1
弢(韜、韔、匚)	tao	ㄊㄠ	弓部	【弓部】		641	647	段12下-59	鍇24-19	鉉12下-9
韔(弢、匚，韔通叚)	chang`	ㄔㄤˋ	韋部	【韋部】		235	238	段5下-41	鍇10-17	鉉5下-8
匜从匚(駛，駛通叚)	shi`	ㄕˇ	匚部	【匚部】6畫		218	220	段5下-6	鍇10-3	鉉5下-2
匫从匚(秬)	ju`	ㄐㄩˋ	匚部	【匚部】9畫		218	220	段5下-6	鍇10-3	鉉5下-2
鬱(鬱从缶匚彡)	yu`	ㄩˋ	匚部	【匚部】18畫		217	219	段5下-4	鍇10-3	鉉5下-2
鬱(宛、菀，欝从爻、灪、欝从林缶冖韋通叚)	yu`	ㄩˋ	林部	【匚部】19畫		271	274	段6上-67	鍇11-30	鉉6上-9
菀(鬱)	wan`	ㄨㄢˇ	艸部	【艸部】19畫		35	36	段1下-29	鍇2-14	鉉1下-5
蔚(茂、鬱)	wei`	ㄨㄟˋ	艸部	【艸部】19畫		35	35	段1下-28	鍇2-13	鉉1下-5
【鬲(li`)部】	li`	ㄌㄧˋ	鬲部			111	112	段3下-9	鍇6-5	鉉3下-2
鬲(瓹、䰜、歷，膈通叚)	li`	ㄌㄧˋ	鬲部	【鬲部】		111	112	段3下-9	鍇6-5	鉉3下-2
彌(鬲)	li`	ㄌㄧˋ	弼部	【鬲部】		112	113	段3下-11	鍇6-6	鉉3下-2
槅(覈、鬲)	ge´	ㄍㄜˊ	木部	【木部】		266	268	段6上-56	鍇11-24	鉉6上-7
軛(軶、厄、鬲、槅，柅通叚)	e`	ㄜˋ	車部	【車部】		726	733	段14上-49	鍇27-13	鉉14上-7
融(鍋)	guo	ㄍㄨㄛ	鬲部	【鬲部】3畫		111	112	段3下-10	鍇6-5	鉉3下-2

篆本字（古文、金文、籀文、俗字，通段、金石）	拼音	注音	說文部首	康熙部首	筆畫	一般頁碼	洪葉頁碼	段注篇章	徐鍇通釋篇章	徐鉉藤花榭篇章
瓾	yiˇ	一ˇ	鬲部	【鬲部】	4畫	111	112	段3下-9	鍇6-5	鉉3下-2
鬲(甂、翮、歷，膈通段)	liˋ	ㄌㄧˋ	鬲部	【鬲部】	5畫	111	112	段3下-9	鍇6-5	鉉3下-2
鬺(鷊、鬵從將鼎、烹、亨，鬺通段)	shang	ㄕㄤ	鬲部	【鬲部】	6畫	111	112	段3下-10	鍇6-6	鉉3下-2
胹(濡、臑、胹)	erˊ	ㄦˊ	肉部	【肉部】	6畫	175	177	段4下-36	鍇8-13	鉉4下-5
融(蟲、肜，炯、蝸通段)	rongˊ	ㄖㄨㄥˊ	鬲部	【虫部】	6畫	111	112	段3下-10	鍇6-6	鉉3下-2
肜(肜、融、繹)	chen	ㄔㄣ	舟部	【舟部】	6畫	403	407	段8下-4	鍇16-10	鉉8下-1
鬳(juanˋ)	yanˋ	一ㄢˋ	鬲部	【鬲部】	6畫	111	112	段3下-10	鍇6-6	鉉3下-2
鬵(鬲)	liˋ	ㄌㄧˋ	弼部	【鬲部】	6畫	112	113	段3下-11	鍇6-6	鉉3下-2
鬴(釜)	fuˇ	ㄈㄨˇ	鬲部	【鬲部】	7畫	111	112	段3下-10	鍇6-6	鉉3下-2
鬻(鬻、鬵從鬲焌)	xunˊ	ㄒㄩㄣˊ	鬲部	【鬲部】	8畫	111	112	段3下-10	鍇6-5	鉉3下-2
鬻(沸)	feiˋ	ㄈㄟˋ	鬲部	【鬲部】	8畫	111	112	段3下-10	鍇6-6	鉉3下-2
沸(鬻，潰通段)	feiˋ	ㄈㄟˋ	水部	【水部】	8畫	553	558	段11上貳-15	鍇21-17	鉉11上-6
鬷(總=稯=緵綃tiao述及)	zong	ㄗㄨㄥ	鬲部	【鬲部】	9畫	111	112	段3下-9	鍇6-5	鉉3下-2
鬻從羔(鬻、鬻從羹geng、羹，臕通段)	geng	ㄍㄥ	弼部	【鬲部】	10畫	112	113	段3下-11	鍇6-6	鉉3下-2
鬻從芻(炒、煼、聚、聚、焣，煸、爝、鬻通段)	chaoˇ	ㄔㄠˇ	弼部	【鬲部】	10畫	112	113	段3下-12	鍇6-7	鉉3下-3
鬺(鷊、鬵從將鼎、烹、亨，鬺通段)	shang	ㄕㄤ	鬲部	【鬲部】	11畫	111	112	段3下-10	鍇6-6	鉉3下-2
湘(鬺)	xiang	ㄒㄧㄤ	水部	【水部】	11畫	530	535	段11上壹-29	鍇21-9	鉉11上-2
鬶	gui	ㄍㄨㄟ	鬲部	【鬲部】	11畫	111	112	段3下-9	鍇6-5	鉉3下-2

篆本字(古文、金文、籀文、俗字，通叚、金石)	拼音	注音	說文部首	康熙部首	筆畫	一般頁碼	洪葉頁碼	段注篇章	徐鍇通釋篇章	徐鉉藤花榭篇章
鬻从古(粘、䊀通叚)	hu ˊ	ㄏㄨˊ	㽘部	【鬲部】	11畫	112	113	段3下-11	鍇6-6	鉉3下-2
䰝(甑)	zeng ˋ	ㄗㄥˋ	鬲部	【鬲部】	12畫	111	112	段3下-10	鍇6-6	鉉3下-2
鬵(鬵、鬻从鬲兓)	xun ˊ	ㄒㄩㄣˊ	鬲部	【鬲部】	12畫	111	112	段3下-10	鍇6-5	鉉3下-2
鬻(粥、鬻，粥、餰通叚)	yu ˋ	ㄩˋ	㽘部	【鬲部】	12畫	112	113	段3下-11	鍇6-6	鉉3下-2
賣(𧶠、賣、鬻，瓄、賣通叚)	yu ˋ	ㄩˋ	貝部	【貝部】	12畫	282	285	段6下-21	鍇12-13	鉉6下-5
儥(鬻、覿)	yu ˋ	ㄩˋ	人部	【人部】	12畫	374	378	段8上-20	鍇15-8	鉉8上-3
鬻(餌，咡、誀通叚)	er ˇ	ㄦˇ	㽘部	【鬲部】	12畫	112	113	段3下-12	鍇6-7	鉉3下-3
䰞	ke ˋ	ㄎㄜˋ	裘部	【鬲部】	13畫	398	402	段8上-67	鍇16-6	鉉8上-10
鬻从孛	bo ˊ	ㄅㄛˊ	㽘部	【鬲部】	13畫	113	114	段3下-13	鍇6-7	鉉3下-3
鬻从毓(鬻)	yu ˋ	ㄩˋ	㽘部	【鬲部】	13畫	112	113	段3下-12	鍇6-7	鉉3下-3
鬵(鬵、鬻从鬲兓)	zeng ˋ	ㄗㄥˋ	鬲部	【鬲部】	14畫	111	112	段3下-10	鍇6-5	鉉3下-2
鬻从弜侃(衎、飦、餰)	jian	ㄐㄧㄢ	㽘部	【鬲部】	14畫	112	113	段3下-11	鍇6-6	鉉3下-2
鬻从者(煑、煮、鬻从者水)	zhu ˇ	ㄓㄨˇ	㽘部	【鬲部】	15畫	113	114	段3下-13	鍇6-7	鉉3下-3
鬻从芻(炒、𩰲、㷅、焣、㷅，煼、燭、鬻通叚)	chao ˇ	ㄔㄠˇ	㽘部	【鬲部】	16畫	112	113	段3下-12	鍇6-7	鉉3下-3
鬻从羔(羹、鬻从羹geng、羹，臛通叚)	geng	ㄍㄥ	㽘部	【鬲部】	16畫	112	113	段3下-11	鍇6-6	鉉3下-2
鬻从速(餗、蔌)	su ˋ	ㄙㄨˋ	㽘部	【鬲部】	17畫	112	113	段3下-11	鍇6-6	鉉3下-3
甑(鬻从曾)	zeng ˋ	ㄗㄥˋ	瓦部	【瓦部】	18畫	638	644	段12下-54	鍇24-18	鉉12下-8
融(融、彤，烔、螎通叚)	rong ˊ	ㄖㄨㄥˊ	鬲部	【虫部】	18畫	111	112	段3下-10	鍇6-6	鉉3下-2
鬻从者(煑、煮、鬻从者水)	zhu ˇ	ㄓㄨˇ	㽘部	【鬲部】	19畫	113	114	段3下-13	鍇6-7	鉉3下-3

篆本字(古文、金文、籀文、俗字，通叚、金石)	拼音	注音	說文部首	康熙部首	筆畫	一般頁碼	洪葉頁碼	段注篇章	徐鍇通釋篇章	徐鉉藤花榭篇章
鬻从毓(鬻)	yu ˋ	ㄩˋ	弼部	【鬲部】20畫		112	113	段3下-12	鍇6-7	鉉3下-3
鬻从翟(煠、瀹、汋)	yue ˋ	ㄩㄝˋ	弼部	【鬲部】20畫		113	114	段3下-13	鍇6-7	鉉3下-3
瀹(鬻从翟、汋)	yue ˋ	ㄩㄝˋ	水部	【水部】20畫		562	567	段11上貳-33	鍇21-23	鉉11上-8
鬻从頁	xiao	ㄒㄧㄠ	鬲部	【鬲部】21畫		111	112	段3下-10	鍇6-6	鉉3下-2
鬻从糵(𥼶)	mie ˋ	ㄇㄧㄝˋ	弼部	【鬲部】27畫		112	113	段3下-12	鍇6-7	鉉3下-3
【鬼(gui ˇ)部】	gui ˇ	ㄍㄨㄟˇ	鬼部			434	439	段9上-39	鍇17-13	鉉9上-3
鬼(鬼从示)	gui ˇ	ㄍㄨㄟˇ	鬼部	【鬼部】		434	439	段9上-39	鍇17-13	鉉9上-7
彪(魅、𢇯、𢇜)	mei ˋ	ㄇㄟˋ	鬼部	【鬼部】3畫		435	440	段9上-41	鍇17-14	鉉9上-7
魁(白)	kui ˊ	ㄎㄨㄟˊ	斗部	【鬼部】4畫		718	725	段14上-33	鍇27-11	鉉14上-6
蒐(魂、伝通叚)	hun ˊ	ㄏㄨㄣˊ	鬼部	【鬼部】4畫		435	439	段9上-40	鍇17-13	鉉9上-7
魝	ji ˋ	ㄐㄧˋ	鬼部	【鬼部】4畫		435	440	段9上-41	鍇17-14	鉉9上-7
傀	hua	ㄏㄨㄚˊ	鬼部	【鬼部】4畫		436	440	段9上-42	鍇17-14	鉉9上-7
彪(魅、𢇯、𢇜)	mei ˋ	ㄇㄟˋ	鬼部	【鬼部】5畫		435	440	段9上-41	鍇17-14	鉉9上-7
魶(神)	shen ˊ	ㄕㄣˊ	鬼部	【鬼部】5畫		435	439	段9上-40	鍇17-13	鉉9上-7
魅(媿、殊)	chi ˋ	ㄔˋ	鬼部	【鬼部】5畫		435	439	段9上-40	鍇17-13	鉉9上-7
魃(妭)	ba ˊ	ㄅㄚˊ	鬼部	【鬼部】5畫		435	440	段9上-41	鍇17-14	鉉9上-7
魄(珀、粕、礴通叚)	po ˋ	ㄆㄛˋ	鬼部	【鬼部】5畫		435	439	段9上-40	鍇17-13	鉉9上-7
醜(魗，嬥、愁通叚)	chou ˇ	ㄔㄡˇ	鬼部	【酉部】7畫		436	440	段9上-42	鍇17-14	鉉9上-7
繰(繰，獿、魈通叚)	sao	ㄙㄠ	糸部	【糸部】7畫		643	650	段13上-1	鍇25-1	鉉13上-1
蜽(罔、魍，魍通叚)	wang ˇ	ㄨㄤˇ	虫部	【虫部】8畫		672	679	段13上-59	鍇25-14	鉉13上-8
蜽(魎蜽wangˇ述及)	liang ˇ	ㄌㄧㄤˇ	虫部	【虫部】8畫		672	679	段13上-59	鍇25-14	鉉13上-8
頯(魋、齹，俱通叚)	qi	ㄑㄧ	頁部	【頁部】8畫		422	426	段9上-14	鍇17-4	鉉9上-2
巍(魏、巋、犙通叚)	wei ˊ	ㄨㄟˊ	嵬部	【山部】8畫		437	441	段9上-44	鍇17-15	鉉9上-7
蛢(蜽，魊通叚)	yu ˋ	ㄩˋ	虫部	【虫部】8畫		672	678	段13上-58	鍇25-14	鉉13上-8
魋	tui ˊ	ㄊㄨㄟˊ	隹部	【鬼部】8畫		144	145	段4上-30	無	鉉9上-7

篆本字(古文、金文、籀文、俗字，通叚、金石)	拼音	注音	說文部首	康熙部首	筆畫	一般頁碼	洪葉頁碼	段注篇章	徐鍇通釋篇章	徐鉉藤花榭篇章
魖	hu	ㄏㄨ	鬼部	【鬼部】	8畫	436	440	段9上-42	錯17-14	鉉9上-7
鬾(襪)	qí	ㄑㄧˊ	鬼部	【鬼部】	10畫	436	440	段9上-42	錯17-14	鉉9上-7
魑	chi	ㄔ	鬼部	【鬼部】	10畫	無	無	無	無	鉉9上-7
螭(魑、貙、彲 通叚)	chi	ㄔ	虫部	【虫部】	11畫	670	676	段13上-54	錯25-13	鉉13上-7
离(離，魑 通叚)	lí	ㄌㄧˊ	内部	【内部】	11畫	739	746	段14下-17	錯28-7	鉉14下-4
魔	mo	ㄇㄛˊ	鬼部	【鬼部】	11畫	無	無	無	無	鉉9上-7
摩(磨魘述及，魔、劘、攦、灖、麼、䃺 通叚)	mo	ㄇㄛˊ	手部	【手部】	11畫	606	612	段12上-45	錯23-14	鉉12上-7
魖	nuo	ㄋㄨㄛˊ	鬼部	【鬼部】	11畫	436	440	段9上-42	錯17-14	鉉9上-7
魖(勦)	chao	ㄔㄠˊ	鬼部	【鬼部】	12畫	436	440	段9上-42	錯17-14	鉉9上-7
魖	xu	ㄒㄩ	鬼部	【鬼部】	12畫	435	439	段9上-40	錯17-14	鉉9上-7
醜(魗，媰、慒 通叚)	chou	ㄔㄡˇ	鬼部	【酉部】	14畫	436	440	段9上-42	錯17-14	鉉9上-7
歞(魗)	chou	ㄔㄡˊ	攴部	【攴部】	14畫	126	127	段3下-40	錯6-19	鉉3下-9
魘	yan	ㄧㄢˇ	鬼部	【鬼部】	14畫	無	無	無	無	鉉9上-7
厭(魘、壓，黶 通叚)	yan	ㄧㄢˋ	厂部	【厂部】	14畫	448	452	段9下-22	錯18-8	鉉9下-4
懝(癡，魖 通叚)	ai	ㄞˋ	心部	【心部】	14畫	509	514	段10下-39	錯20-14	鉉10下-7
魖	ru	ㄖㄨˊ	鬼部	【鬼部】	14畫	436	440	段9上-42	錯17-14	鉉9上-7
魖	bin	ㄅㄧㄣ	鬼部	【鬼部】	14畫	436	440	段9上-42	錯17-14	鉉9上-7
【魚(yúˊ)部】	yú	ㄩˊ	魚部			575	580	段11下-16	錯22-7	鉉11下-4
魚(歔，䲣 通叚)	yú	ㄩˊ	魚部	【魚部】		575	580	段11下-16	錯22-7	鉉11下-4
灥(魚、鱻、漁、敆、歔)	yú	ㄩˊ	灥部	【水部】		582	587	段11下-30	錯22-11	鉉11下-6
䰺(魛，鱭 通叚)	ci	ㄘˇ	魚部	【魚部】	2畫	578	583	段11下-22	錯22-9	鉉11下-5
刀(綢、鴅鶝述及，刁、刅、魛)	dao	ㄉㄠ	刀部	【刂部】	2畫	178	180	段4下-41	錯8-15	鉉4下-6
劍	jie	ㄐㄧㄝˊ	刀部	【魚部】	2畫	182	184	段4下-50	錯8-17	鉉4下-7
籲(籔、籲)	yu	ㄩˋ	竹部	【竹部】	2畫	198	200	段5上-20	錯9-7	鉉5上-3
魤	hua	ㄏㄨㄚˋ	魚部	【魚部】	2畫	581	587	段11下-29	錯22-11	鉉11下-6
魠	tuo	ㄊㄨㄛ	魚部	【魚部】	3畫	578	583	段11下-22	錯22-9	鉉11下-5

篆本字(古文、金文、籀文、俗字，通叚、金石)	拼音	注音	說文部首	康熙部首	筆畫	一般頁碼	洪葉頁碼	段注篇章	徐鍇通釋篇章	徐鉉藤花榭篇章
魯(鹵、旅、炭 从止刀刀、旅述及)	lu˘	ㄌㄨˇ	白部	【魚部】	4畫	136	138	段4上-15	鍇7-8	鉉4上-4
鮻(鰺通叚)	qin´	ㄑㄧㄣˊ	魚部	【魚部】	4畫	580	586	段11下-27	鍇22-10	鉉11下-6
魶	bei`	ㄅㄟˋ	魚部	【魚部】	4畫	579	584	段11下-24	鍇22-9	鉉11下-5
魦(鯊)	sha	ㄕㄚ	魚部	【魚部】	4畫	579	585	段11下-25	鍇22-9	鉉11下-5
魶(魶)	na`	ㄋㄚˋ	魚部	【魚部】	4畫	575	581	段11下-17	鍇22-11	鉉11下-4
魧(魧)	hang´	ㄏㄤˊ	魚部	【魚部】	4畫	581	586	段11下-28	鍇22-10	鉉11下-6
黿(魭通叚)	yuan´	ㄩㄢˊ	黽部	【黽部】	4畫	679	686	段13下-11	鍇25-17	鉉13下-3
魴(鰟、鱄)	fang´	ㄈㄤˊ	魚部	【魚部】	4畫	577	582	段11下-20	鍇22-8	鉉11下-5
蚌(蠯，蜌、鮮通叚)	bang`	ㄅㄤˋ	虫部	【虫部】	4畫	671	677	段13上-56	鍇25-13	鉉13上-8
鰨(魶，鱠、鰈通叚)	ta˘	ㄊㄚˇ	魚部	【魚部】	4畫	575	581	段11下-17	鍇22-7	鉉11下-4
笠(互=魱鮯jiu`述及)	hu`	ㄏㄨˋ	竹部	【竹部】	4畫	195	197	段5上-13	鍇9-5	鉉5上-2
魮	pi´	ㄆㄧˊ	魚部	【魚部】	4畫	無	無	無	無	鉉11下-6
魵	fen´	ㄈㄣˊ	魚部	【魚部】	4畫	579	584	段11下-24	鍇22-9	鉉11下-5
魥	fu	ㄈㄨ	魚部	【魚部】	4畫	581	587	段11下-29	鍇22-11	鉉11下-6
魷(鰇)	you´	ㄧㄡˊ	魚部	【魚部】	5畫	577	583	段11下-21	鍇22-8	鉉11下-5
鮕(鱸通叚)	qu	ㄑㄩ	魚部	【魚部】	5畫	575	581	段11下-17	鍇22-7	鉉11下-4
魾	pi	ㄆㄧ	魚部	【魚部】	5畫	577	583	段11下-21	鍇22-9	鉉11下-5
鮏	ling´	ㄌㄧㄥˊ	魚部	【魚部】	5畫	580	586	段11下-27	鍇22-10	鉉11下-6
鮀(鯊)	tuo´	ㄊㄨㄛˊ	魚部	【魚部】	5畫	578	584	段11下-23	鍇22-9	鉉11下-5
佗(他、駝、馱，紽、馳、鮀通叚)	tuo´	ㄊㄨㄛˊ	人部	【人部】	5畫	371	375	段8上-13	鍇15-5	鉉8上-2
魃(鱍)	ba`	ㄅㄚˋ	魚部	【魚部】	5畫	581	587	段11下-29	鍇22-11	鉉11下-6
鮅	bi`	ㄅㄧˋ	魚部	【魚部】	5畫	581	587	段11下-29	鍇22-11	鉉11下-6
鮊(鮍，鰤通叚)	bo´	ㄅㄛˊ	魚部	【魚部】	5畫	580	585	段11下-26	鍇22-10	鉉11下-5
鮍	pi´	ㄆㄧˊ	魚部	【魚部】	5畫	577	583	段11下-21	鍇22-8	鉉11下-5
鯀(骸、縣，鉉通叚)	gun˘	ㄍㄨㄣˇ	魚部	【魚部】	5畫	576	581	段11下-18	鍇22-8	鉉11下-5
鰷(鮍、鮋、鰷，鮂、鯈通叚)	tiao´	ㄊㄧㄠˊ	魚部	【魚部】	5畫	577	582	段11下-20	鍇22-8	鉉11下-5

| 篆本字(古文、金文、籀文、俗字，通叚、金石) | 拼音 | 注音 | 說文部首 | 康熙部首 | 筆畫 | 一般頁碼 | 洪葉頁碼 | 段注篇章 | 徐鍇通釋篇章 | 徐鉉藤花榭篇章 |

篆本字（古文、金文、籀文、俗字，通叚、金石）	拼音	注音	說文部首	康熙部首	筆畫	一般頁碼	洪葉頁碼	段注篇章	徐鍇通釋篇章	徐鉉藤花榭篇章
鮎(鰋)	nian	ㄋㄧㄢˊ	魚部	【魚部】5畫		578	584	段11下-23	錯22-9	鉉11下-5
鰋(鰋、鮎)	yan	ㄧㄢˇ	魚部	【魚部】5畫		578	584	段11下-23	錯22-9	鉉11下-5
鱓(鱔、鮰)	shan	ㄕㄢˋ	魚部	【魚部】5畫		579	584	段11下-24	錯22-9	鉉11下-5
鮏(鯹)	xing	ㄒㄧㄥ	魚部	【魚部】5畫		580	585	段11下-26	錯22-10	鉉11下-6
鮺(鮓)	zha	ㄓㄚˇ	魚部	【魚部】5畫		580	586	段11下-27	錯22-10	鉉11下-6
鯫(鮲)	tou	ㄊㄡˇ	魚部	【魚部】5畫		577	582	段11下-20	錯22-8	鉉11下-5
鮐(台，鮔通叚)	tai	ㄊㄞˊ	魚部	【魚部】5畫		580	585	段11下-26	錯22-10	鉉11下-5
鮑	bao	ㄅㄠˋ	魚部	【魚部】5畫		580	586	段11下-27	錯22-10	鉉11下-6
鞄(鮑)	pao	ㄆㄠˊ	革部	【革部】5畫		107	108	段3下-1	錯6-2	鉉3下-1
鮒	fu	ㄈㄨˋ	魚部	【魚部】5畫		577	583	段11下-21	錯22-8	鉉11下-5
鮪	bing	ㄅㄧㄥˇ	魚部	【魚部】5畫		581	586	段11下-28	錯22-10	鉉11下-6
蠯(蛢、蜌，蠃、鮪通叚)	pi	ㄆㄧˊ	虫部	【虫部】5畫		671	677	段13上-56	錯25-13	鉉13上-7
鮆(魛，鱭通叚)	ci	ㄘˇ	魚部	【魚部】6畫		578	583	段11下-22	錯22-9	鉉11下-5
鮚(蛣)	jie	ㄐㄧㄝˊ	魚部	【魚部】6畫		581	586	段11下-28	錯22-10	鉉11下-6
鮞(鯬)	er	ㄦˊ	魚部	【魚部】6畫		575	581	段11下-17	錯22-7	鉉11下-4
鮡	zhao	ㄓㄠˋ	魚部	【魚部】6畫		581	587	段11下-29	錯22-11	鉉11下-6
膎(鮭)	xie	ㄒㄧㄝˊ	肉部	【肉部】6畫		174	176	段4下-33	錯8-14	鉉4下-5
鯢(鮭通叚)	ni	ㄋㄧˊ	魚部	【魚部】6畫		578	583	段11下-22	錯22-9	鉉11下-5
鮦(鱃通叚)	tong	ㄊㄨㄥˊ	魚部	【魚部】6畫		576	582	段11下-19	錯22-8	鉉11下-5
魦(鯊)	sha	ㄕㄚ	魚部	【魚部】6畫		579	585	段11下-25	錯22-9	鉉11下-5
鮀(鯊)	tuo	ㄊㄨㄛˊ	魚部	【魚部】6畫		578	584	段11下-23	錯22-9	鉉11下-5
鮪(鱣鮥geng ˋ 述及)	wei	ㄨㄟˇ	魚部	【魚部】6畫		576	581	段11下-18	錯22-8	鉉11下-4
鮨(鰭、鮪)	yi	ㄧˋ	魚部	【魚部】6畫		580	586	段11下-27	錯22-10	鉉11下-6
鮫(蛟)	jiao	ㄐㄧㄠ	魚部	【魚部】6畫		580	585	段11下-26	錯22-10	鉉11下-5
蛟(鮫)	jiao	ㄐㄧㄠ	虫部	【虫部】6畫		670	676	段13上-54	錯25-13	鉉13上-7
鮷(鮧、鯷、鯑)	ti	ㄊㄧˊ	魚部	【魚部】6畫		578	584	段11下-23	錯22-9	鉉11下-5
鮶(鯁，鮈通叚)	geng	ㄍㄥˋ	魚部	【魚部】6畫		576	581	段11下-18	錯22-8	鉉11下-4
鰷(鮍、鮋、鰺，鮂、鯈通叚)	tiao	ㄊㄧㄠˊ	魚部	【魚部】6畫		577	582	段11下-20	錯22-8	鉉11下-5

篆本字（古文、金文、籀文、俗字，通叚、金石）	拼音	注音	說文部首	康熙部首	筆畫	一般頁碼	洪葉頁碼	段注篇章	徐鍇通釋篇章	徐鉉藤花榭篇章
鮮(尠、鱻、巤魚) 甗yan˅述及，廯通叚)	xian	ㄒㄧㄢ	魚部	【魚部】6畫		579	585	段11下-25	鍇22-10	鉉11下-5
鱻(鮮)	xian	ㄒㄧㄢ	魚部	【魚部】6畫		581	587	段11下-29	鍇22-11	鉉11下-6
尠(尟、鮮)	xian˅	ㄒㄧㄢ˅	是部	【小部】6畫		69	70	段2下-1	鍇4-1	鉉2下-1
甗(巤魚、鮮)	yan˅	ㄧㄢ˅	瓦部	【瓦部】6畫		638	644	段12下-54	鍇24-18	鉉12下-8
鮼	qing′	ㄑㄧㄥ′	魚部	【魚部】6畫		577	583	段11下-21	鍇22-8	鉉11下-5
時(旹，溡、鰣、鰣通叚)	shi′	ㄕ′	日部	【日部】6畫		302	305	段7上-1	鍇13-1	鉉7上-1
鮥(鮛)	luo`	ㄌㄨㄛ`	魚部	【魚部】6畫		576	581	段11下-18	鍇22-8	鉉11下-4
叔(尗、鮛鮥述及，菽通叚)	shu′	ㄕㄨ′	又部	【又部】6畫		116	117	段3下-19	鍇6-10	鉉3下-4
鯍(鯭、鱦)	meng′	ㄇㄥ′	魚部	【魚部】6畫		576	581	段11下-18	鍇22-8	鉉11下-4
鮐(台，鮔通叚)	tai′	ㄊㄞ′	魚部	【魚部】7畫		580	585	段11下-26	鍇22-10	鉉11下-5
鯸(鮭)	tou˅	ㄊㄡ˅	魚部	【魚部】7畫		577	582	段11下-20	鍇22-8	鉉11下-5
鮷(鮧、鯷、鯑)	ti′	ㄊㄧ′	魚部	【魚部】7畫		578	584	段11下-23	鍇22-9	鉉11下-5
鮸	mian˅	ㄇㄧㄢ˅	魚部	【魚部】7畫		579	584	段11下-24	鍇22-9	鉉11下-5
餒(餧，鯘、鮾通叚)	nei˅	ㄋㄟ˅	倉部	【食部】7畫		222	224	段5下-14	鍇10-6	鉉5下-3
鰂(鯽、鰔从賊)	zei′	ㄗㄟ′	魚部	【魚部】7畫		579	585	段11下-25	鍇22-10	鉉11下-5
鯽(鯽、鰿，蟦通叚)	ji′	ㄐㄧ′	魚部	【魚部】7畫		577	583	段11下-21	鍇22-8	鉉11下-5
鮺(鮓)	zha˅	ㄓㄚ˅	魚部	【魚部】7畫		580	586	段11下-27	鍇22-10	鉉11下-6
鰱(鰆通叚)	qin′	ㄑㄧㄣ′	魚部	【魚部】7畫		580	586	段11下-27	鍇22-10	鉉11下-6
鯀(骸、鯀，鮌通叚)	gun˅	ㄍㄨㄣ˅	魚部	【魚部】7畫		576	581	段11下-18	鍇22-8	鉉11下-5
鯁(骾、骾)	geng˅	ㄍㄥ˅	魚部	【魚部】7畫		580	585	段11下-26	鍇22-10	鉉11下-5
骾(骾、鯁)	geng˅	ㄍㄥ˅	骨部	【骨部】7畫		166	168	段4下-17	鍇8-7	鉉4下-4
鯫(鯫)	zou	ㄗㄡ	魚部	【魚部】7畫		579	584	段11下-24	鍇22-9	鉉11下-5
鯇(鯶)	huan`	ㄏㄨㄢ`	魚部	【魚部】7畫		578	583	段11下-22	鍇22-9	鉉11下-5
鯈(鰷、鮋、鰺，鮋、鯈通叚)	tiao′	ㄊㄧㄠ′	魚部	【魚部】7畫		577	582	段11下-20	鍇22-8	鉉11下-5
鯉	li˅	ㄌㄧ˅	魚部	【魚部】7畫		576	582	段11下-19	鍇22-8	鉉11下-5

篆本字(古文、金文、籀文、俗字，通段、金石)	拼音	注音	說文部首	康熙部首	筆畫	一般頁碼	洪葉頁碼	段注篇章	徐鍇通釋篇章	徐鉉藤花榭篇章
⿰魚晏(鰋、鮎)	yan ˇ	ㄧㄢˇ	魚部	【魚部】	7畫	578	584	段11下-23	鍇22-9	鉉11下-5
鮈	ju ˊ	ㄐㄩˊ	魚部	【魚部】	8畫	579	585	段11下-25	鍇22-9	鉉11下-5
鮎	xian ˋ	ㄒㄧㄢˋ	魚部	【魚部】	8畫	578	584	段11下-23	鍇22-9	鉉11下-5
鯕	qi ˊ	ㄑㄧˊ	魚部	【魚部】	8畫	581	587	段11下-29	鍇22-11	鉉11下-6
鯛	diao	ㄉㄧㄠ	魚部	【魚部】	8畫	581	587	段11下-29	鍇22-11	鉉11下-6
鯜	qie ˋ	ㄑㄧㄝˋ	魚部	【魚部】	8畫	579	584	段11下-24	鍇22-9	鉉11下-5
鯢(鮭通段)	ni ˊ	ㄋㄧˊ	魚部	【魚部】	8畫	578	583	段11下-22	鍇22-9	鉉11下-5
鯦	jiu ˋ	ㄐㄧㄡˋ	魚部	【魚部】	8畫	581	586	段11下-28	鍇22-10	鉉11下-6
鯫(鮿)	zou	ㄗㄡ	魚部	【魚部】	8畫	579	584	段11下-24	鍇22-9	鉉11下-5
⿰魚卓	zhuo ˊ	ㄓㄨㄛˊ	魚部	【魚部】	8畫	581	587	段11下-29	鍇22-11	鉉11下-6
帚(掃、鯞通段)	zhou ˇ	ㄓㄡˇ	巾部	【巾部】	8畫	361	364	段7下-52	鍇14-22	鉉7下-9
陵(夌，鯪通段)	ling ˊ	ㄌㄧㄥˊ	𠂤部	【阜部】	8畫	731	738	段14下-1	鍇28-1	鉉14下-1
鱺(鯬通段)	li ˊ	ㄌㄧˊ	魚部	【魚部】	8畫	577	583	段11下-21	鍇22-8	鉉11下-5
鮊(鮁，⿰魚帛通段)	bo ˊ	ㄅㄛˊ	魚部	【魚部】	8畫	580	585	段11下-26	鍇22-10	鉉11下-5
餒(餧，鯘、鮾通段)	nei ˇ	ㄋㄟˇ	食部	【食部】	8畫	222	224	段5下-14	鍇10-6	鉉5下-3
精(睛、暒姓qingˊ述及，鯖、⿰目鳥、⿱即鳥从即、鶄、⿵鬥青通段)	jing	ㄐㄧㄥ	米部	【米部】	8畫	331	334	段7上-59	鍇13-24	鉉7上-9
魴(鰟、鰟)	fang ˊ	ㄈㄤˊ	魚部	【魚部】	8畫	577	582	段11下-20	鍇22-8	鉉11下-5
鰥(矜，瘝、瘝、⿰角眔、鱞、鯤通段)	guan	ㄍㄨㄢ	魚部	【魚部】	8畫	576	581	段11下-18	鍇22-8	鉉11下-5
⿰魚果	hua ˋ	ㄏㄨㄚˋ	魚部	【魚部】	8畫	577	583	段11下-21	鍇22-9	鉉11下-5
鰖(鰖)	duo ˋ	ㄉㄨㄛˋ	魚部	【魚部】	8畫	575	580	段11下-16	鍇22-7	鉉11下-4
⿰魚畺(鯨、京)	jing	ㄐㄧㄥ	魚部	【魚部】	8畫	580	585	段11下-26	鍇22-10	鉉11下-5
剌非刺ciˋ字(⿱剌魚通段)	la ˋ	ㄌㄚˋ	束部	【刂部】	9畫	276	279	段6下-9	鍇12-6	鉉6下-3
鯇(鯶)	huan ˋ	ㄏㄨㄢˋ	魚部	【魚部】	9畫	578	583	段11下-22	鍇22-9	鉉11下-5
鮏(鯹)	xing	ㄒㄧㄥ	魚部	【魚部】	9畫	580	585	段11下-26	鍇22-10	鉉11下-6
⿰魚晏(鰋、鮎)	yan ˇ	ㄧㄢˇ	魚部	【魚部】	9畫	578	584	段11下-23	鍇22-9	鉉11下-5
鮎(鰋)	nian ˊ	ㄋㄧㄢˊ	魚部	【魚部】	9畫	578	584	段11下-23	鍇22-9	鉉11下-5
䚡(鰓通段)	sai	ㄙㄞ	角部	【角部】	9畫	185	187	段4下-55	鍇8-19	鉉4下-8

篆本字（古文、金文、籀文、俗字，通叚、金石）	拼音	注音	說文部首	康熙部首	筆畫	一般頁碼	洪葉頁碼	段注篇章	徐鍇通釋篇章	徐鉉藤花榭篇章
諰（偲、葸，鰓通叚）	xi	ㄒㄧˇ	言部	【言部】9畫		94	95	段3上-17	鍇5-9	鉉3上-4
餲（膓、胺、鶍、鰑通叚）	ai	ㄞˋ	倉部	【食部】9畫		222	224	段5下-14	鍇10-6	鉉5下-3
鯷（鮧、鯷、鯑）	ti	ㄊㄧˊ	魚部	【魚部】9畫		578	584	段11下-23	鍇22-9	鉉11下-5
鮊（鮍，鮹通叚）	bo	ㄅㄛˊ	魚部	【魚部】9畫		580	585	段11下-26	鍇22-10	鉉11下-5
鱮	xu	ㄒㄩ	魚部	【魚部】9畫		576	581	段11下-18	鍇22-8	鉉11下-4
魱（鮔，鮔通叚）	geng	ㄍㄥˋ	魚部	【魚部】9畫		576	581	段11下-18	鍇22-8	鉉11下-4
鯸	hou	ㄏㄡˊ	魚部	【魚部】9畫		581	587	段11下-29	鍇22-11	鉉11下-6
鯁（鯿）	bian	ㄅㄧㄢ	魚部	【魚部】9畫		577	582	段11下-20	鍇22-8	鉉11下-5
鰂（鯽、鰍从賊）	zei	ㄗㄟˊ	魚部	【魚部】9畫		579	585	段11下-25	鍇22-10	鉉11下-5
鰅	yu	ㄩˊ	魚部	【魚部】9畫		579	585	段11下-25	鍇22-10	鉉11下-5
鰈	die	ㄅㄧㄝˊ	魚部	【魚部】9畫		無	無	無	無	鉉11下-6
鰨（魶，鱠、鰈通叚）	ta	ㄊㄚˇ	魚部	【魚部】9畫		575	581	段11下-17	鍇22-7	鉉11下-4
鰌（鰍、鰷、鰒通叚）	qiu	ㄑㄧㄡ	魚部	【魚部】9畫		578	583	段11下-22	鍇22-9	鉉11下-5
鰒	fu	ㄈㄨˋ	魚部	【魚部】9畫		580	585	段11下-26	鍇22-10	鉉11下-5
鰕（鰕、蝦、瑕）	xia	ㄒㄧㄚˊ	魚部	【魚部】9畫		580	586	段11下-27	鍇22-10	鉉11下-6
蜳（蝁、鰐、鼉）	e	ㄜˋ	虫部	【虫部】9畫		672	679	段13上-59	鍇25-14	鉉13上-8
魴（鰟、鰟）	fang	ㄈㄤˊ	魚部	【魚部】10畫		577	582	段11下-20	鍇22-8	鉉11下-5
灥（魚、鱟、漁、敼、歔）	yu	ㄩˊ	鱟部	【水部】10畫		582	587	段11下-30	鍇22-11	鉉11下-6
魚（歔，騾通叚）	yu	ㄩˊ	魚部	【魚部】10畫		575	580	段11下-16	鍇22-7	鉉11下-4
鰩	yao	ㄧㄠˊ	魚部	【魚部】10畫		無	無	無	無	鉉11下-6
鰯	weng	ㄨㄥ	魚部	【魚部】10畫		578	584	段11下-23	鍇22-9	鉉11下-5
鰜（鰜通叚）	jian	ㄐㄧㄢ	魚部	【魚部】10畫		577	582	段11下-20	鍇22-8	鉉11下-5
鰝	hao	ㄏㄠˋ	魚部	【魚部】10畫		581	586	段11下-28	鍇22-10	鉉11下-6
鰷（鮍、鮋、鰷，鮰、鯵通叚）	tiao	ㄊㄧㄠˊ	魚部	【魚部】10畫		577	582	段11下-20	鍇22-8	鉉11下-5

篆本字(古文、金文、籀文、俗字，通段、金石)	拼音	注音	說文部首	康熙部首	筆畫	一般頁碼	洪葉頁碼	段注篇章	徐鍇通釋篇章	徐鉉藤花榭篇章
敖放部(敖，螯、遨、鰲通段)	ao´	ㄠˊ	放部	【支部】	10畫	160	162	段4下-5	鍇8-3	鉉4下-2
敖出部(敖，螯、遨、鰲通段)	ao´	ㄠˊ	出部	【支部】	10畫	273	275	段6下-2	鍇12-2	鉉6下-1
鰥(矜，瘝、瘰、鰥、鰀、鯤通段)	guan	ㄍㄨㄢ	魚部	【魚部】	10畫	576	581	段11下-18	鍇22-8	鉉11下-5
鰨(魶，鰪、鰈通段)	taˇ	ㄊㄚˇ	魚部	【魚部】	10畫	575	581	段11下-17	鍇22-7	鉉11下-4
時(旹，溡、鰣、鰣通段)	shi´	ㄕˊ	日部	【日部】	10畫	302	305	段7上-1	鍇13-1	鉉7上-1
烏(繇、於、於，嗚、螐、鰞通段)	wu	ㄨ	烏部	【火部】	10畫	157	158	段4上-56	鍇7-23	鉉4上-10
鰫	yong´	ㄩㄥˊ	魚部	【魚部】	10畫	575	581	段11下-17	鍇22-8	鉉11下-4
鰨(魶)	na`	ㄋㄚˋ	魚部	【魚部】	10畫	575	581	段11下-17	鍇22-11	鉉11下-4
鮨(鰭)	yi`	ㄧˋ	魚部	【魚部】	10畫	580	586	段11下-27	鍇22-10	鉉11下-6
耆(鬐从耆、嗜，鰭通段)	qi´	ㄑㄧˊ	老部	【老部】	10畫	398	402	段8上-67	鍇16-7	鉉8上-10
溥(鰽、鱄通段)	puˇ	ㄆㄨˇ	水部	【水部】	10畫	546	551	段11上貳-1	鍇21-13	鉉11上-4
逐(鱁通段)	zhu´	ㄓㄨˊ	辵(辶)部	【辵部】	10畫	74	74	段2下-10	鍇4-5	鉉2下-2
鰿(鯽、鰿，蠀通段)	ji`	ㄐㄧˋ	魚部	【魚部】	10畫	577	583	段11下-21	鍇22-8	鉉11下-5
賷(責、債，蠀、鰿通段)	ze´	ㄗㄜˊ	貝部	【貝部】	10畫	281	284	段6下-19	鍇12-12	鉉6下-5
鰷(鮴、鮋、鰷，鮂、鰷通段)	tiao´	ㄊㄧㄠˊ	魚部	【魚部】	11畫	577	582	段11下-20	鍇22-8	鉉11下-5
鰌(鰍、鱃、鰺通段)	qiu	ㄑㄧㄡ	魚部	【魚部】	11畫	578	583	段11下-22	鍇22-9	鉉11下-5
魼(鱋通段)	qu	ㄑㄩ	魚部	【魚部】	11畫	575	581	段11下-17	鍇22-7	鉉11下-4

篆本字(古文、金文、籀文、俗字，通段、金石)	拼音	注音	說文部首	康熙部首	筆畫	一般頁碼	洪葉頁碼	段注篇章	徐鍇通釋篇章	徐鉉藤花榭篇章
虛(虗、墟，圩、獹、驢、鱸通段)	xu	ㄒㄩ	丘部	【虍部】	11畫	386	390	段8上-44	鍇15-15	鉉8上-6
鼈(鱉从蔽，蕨述及，螫、鱉通段)	bie	ㄅㄧㄝ	黽部	【黽部】	11畫	679	686	段13下-11	鍇25-17	鉉13下-3
鱯(鳠，鰗通段)	hu `	ㄏㄨˋ	魚部	【魚部】	11畫	577	583	段11下-21	鍇22-9	鉉11下-5
鷜	lou ´	ㄌㄡˊ	魚部	【魚部】	11畫	577	582	段11下-20	鍇22-8	鉉11下-5
鰱	lian ´	ㄌㄧㄢˊ	魚部	【魚部】	11畫	577	583	段11下-21	鍇22-8	鉉11下-5
鰸	qu	ㄑㄩ	魚部	【魚部】	11畫	579	584	段11下-24	鍇22-9	鉉11下-5
鰻	man ´	ㄇㄢˊ	魚部	【魚部】	11畫	577	583	段11下-21	鍇22-8	鉉11下-5
鰼	xi ´	ㄒㄧˊ	魚部	【魚部】	11畫	578	583	段11下-22	鍇22-9	鉉11下-5
鱄	zhuan	ㄓㄨㄢ	魚部	【魚部】	11畫	576	582	段11下-19	鍇22-8	鉉11下-5
鱅	yong	ㄩㄥ	魚部	【魚部】	11畫	579	585	段11下-25	鍇22-10	鉉11下-5
鱻	yu ´	ㄩˊ	鱻部	【魚部】	11畫	582	587	段11下-30	鍇22-11	鉉11下-6
灚(魚、鱻、漁、鮫、斔)	yu ´	ㄩˊ	鱻部	【水部】	11畫	582	587	段11下-30	鍇22-11	鉉11下-6
鱓(鰌)	duo `	ㄉㄨㄛˋ	魚部	【魚部】	12畫	575	580	段11下-16	鍇22-7	鉉11下-4
鱏从鹵lu˘尋huo`(鱘、鱘)	xun ´	ㄒㄩㄣˊ	魚部	【魚部】	12畫	578	583	段11下-22	鍇22-9	鉉11下-5
鱒	zun	ㄗㄨㄣ	魚部	【魚部】	12畫	575	581	段11下-17	鍇22-7	鉉11下-4
鮁(鱍)	ba `	ㄅㄚˋ	魚部	【魚部】	12畫	581	587	段11下-29	鍇22-11	鉉11下-6
鮦(鱪通段)	tong ´	ㄊㄨㄥˊ	魚部	【魚部】	12畫	576	582	段11下-19	鍇22-8	鉉11下-5
鱓(鱔、鮰)	shan `	ㄕㄢˋ	魚部	【魚部】	12畫	579	584	段11下-24	鍇22-9	鉉11下-5
溥(鱝、鱄通段)	pu ˘	ㄆㄨˇ	水部	【水部】	12畫	546	551	段11上貳-1	鍇21-13	鉉11上-4
普(普，鱛通段)	pu ˘	ㄆㄨˇ	日部	【日部】	12畫	308	311	段7上-13	鍇13-5	鉉7上-2
鱖	gui `	ㄍㄨㄟˋ	魚部	【魚部】	12畫	578	584	段11下-23	鍇22-9	鉉11下-5
鱗(鰲，嶙、驎通段)	lin ´	ㄌㄧㄣˊ	魚部	【魚部】	12畫	580	585	段11下-26	鍇22-10	鉉11下-6
鰲(鱗)	lin ´	ㄌㄧㄣˊ	魚部	【魚部】	12畫	575	581	段11下-17	鍇22-8	鉉11下-4
鰨(鮎，鱛、鰈通段)	ta ˘	ㄊㄚˇ	魚部	【魚部】	12畫	575	581	段11下-17	鍇22-7	鉉11下-4
鱏	cen ´	ㄘㄣˊ	魚部	【魚部】	12畫	578	584	段11下-23	鍇22-9	鉉11下-5
鱯(鳠，鰗通段)	hu `	ㄏㄨˋ	魚部	【魚部】	13畫	577	583	段11下-21	鍇22-9	鉉11下-5
鮋(鰌)	you ˘	ㄧㄡˇ	魚部	【魚部】	13畫	577	583	段11下-21	鍇22-8	鉉11下-5

篆本字(古文、金文、籀文、俗字,通段、金石)	拼音	注音	說文部首	康熙部首	筆畫	一般頁碼	洪葉頁碼	段注篇章	徐鍇通釋篇章	徐鉉藤花榭篇章
鮞(鮞)	er '	ㄦˊ	魚部	【魚部】	13畫	575	581	段11下-17	鍇22-7	鉉11下-4
臊(鱢)	sao `	ㄙㄠˋ	肉部	【肉部】	13畫	174	176	段4下-34	鍇8-13	鉉4下-5
鰜(鰜通段)	jian	ㄐㄧㄢ	魚部	【魚部】	13畫	577	582	段11下-20	鍇22-8	鉉11下-5
膾(鱠通段)	kuai `	ㄎㄨㄞˋ	肉部	【肉部】	13畫	176	178	段4下-38	鍇8-14	鉉4下-6
蠏(鮭、蟹)	xie `	ㄒㄧㄝˋ	虫部	【虫部】	13畫	672	678	段13上-58	鍇25-14	鉉13上-8
鱸	lu ˇ	ㄌㄨˇ	魚部	【魚部】	13畫	579	584	段11下-24	鍇22-9	鉉11下-5
鱷(鯨、京)	jing	ㄐㄧㄥ	魚部	【魚部】	13畫	580	585	段11下-26	鍇22-10	鉉11下-5
鰥(矜,癏、瘝、鰥、鰥、鯤通段)	guan	ㄍㄨㄢ	魚部	【魚部】	13畫	576	581	段11下-18	鍇22-8	鉉11下-5
鱢	sao	ㄙㄠ	魚部	【魚部】	13畫	580	586	段11下-27	鍇22-10	鉉11下-6
鱣(鱣)	zhan	ㄓㄢ	魚部	【魚部】	13畫	576	582	段11下-19	鍇22-8	鉉11下-5
鮪(鱣鮥geng ` 述及)	wei ˇ	ㄨㄟˇ	魚部	【魚部】	13畫	576	581	段11下-18	鍇22-8	鉉11下-4
鰂(鯽、鰂從賊)	zei '	ㄗㄟˊ	魚部	【魚部】	13畫	579	585	段11下-25	鍇22-10	鉉11下-5
鱧	li ˇ	ㄌㄧˇ	魚部	【魚部】	13畫	577	583	段11下-21	鍇22-9	鉉11下-5
鱻(鱧)	li ˇ	ㄌㄧˇ	魚部	【魚部】	13畫	577	582	段11下-20	鍇22-8	鉉11下-5
鱨(鰃,鱨通段)	chang '	ㄔㄤˊ	魚部	【魚部】	13畫	577	583	段11下-21	鍇22-9	鉉11下-5
鱮	xu `	ㄒㄩˋ	魚部	【魚部】	14畫	577	583	段11下-21	鍇22-8	鉉11下-5
蔑(曀、蠛、鄸、鱴通段)	mie `	ㄇㄧㄝˋ	苜部	【艸部】	14畫	145	146	段4上-32	鍇7-15	鉉4上-6
鱯(鰗,鱯通段)	hu `	ㄏㄨˋ	魚部	【魚部】	14畫	577	583	段11下-21	鍇22-9	鉉11下-5
鮆(魛,鱭通段)	ci ˇ	ㄘˇ	魚部	【魚部】	14畫	578	583	段11下-22	鍇22-9	鉉11下-5
鯭(鯭、鱛)	meng '	ㄇㄥˊ	魚部	【魚部】	15畫	576	581	段11下-18	鍇22-8	鉉11下-4
鱳	le `	ㄌㄜˋ	魚部	【魚部】	15畫	579	585	段11下-25	鍇22-10	鉉11下-5
鱺	lai `	ㄌㄞˋ	魚部	【魚部】	16畫	578	584	段11下-23	鍇22-9	鉉11下-5
盧(盧從囪、廬、矑矙述及,瀘、獹、鑪、轤、鱸通段)	lu '	ㄌㄨˊ	皿部	【皿部】	16畫	212	214	段5上-47	鍇9-19	鉉5上-9
蜥(蝳、鰐、鱷)	e `	ㄜˋ	虫部	【虫部】	16畫	672	679	段13上-59	鍇25-14	鉉13上-8
鱋	qu '	ㄑㄩˊ	魚部	【魚部】	18畫	581	587	段11下-29	鍇22-11	鉉11下-6
鱺(鬢通段)	li '	ㄌㄧˊ	魚部	【魚部】	19畫	577	583	段11下-21	鍇22-8	鉉11下-5

篆本字（古文、金文、籀文、俗字，通叚、金石）	拼音	注音	說文部首	康熙部首	筆畫	一般頁碼	洪葉頁碼	段注篇章	徐鍇通釋篇章	徐鉉藤花榭篇章
鱣(鱓)	zhan	ㄓㄢ	魚部	【魚部】19畫		576	582	段11下-19	鍇22-8	鉉11下-5
鱘从鹵luˇ荨huoˋ(鱏、鱏)	xun´	ㄒㄩㄣ´	魚部	【魚部】21畫		578	583	段11下-22	鍇22-9	鉉11下-5
鱶(鱧)	liˇ	ㄌㄧˇ	魚部	【魚部】21畫		577	582	段11下-20	鍇22-8	鉉11下-5
鱻(鮮)	xian	ㄒㄧㄢ	魚部	【魚部】22畫		581	587	段11下-29	鍇22-11	鉉11下-6
鮮(尟、鱻、鱻鼬yanˇ述及，鱻通叚)	xian	ㄒㄧㄢ	魚部	【魚部】22畫		579	585	段11下-25	鍇22-10	鉉11下-5
【鳥(niaoˇ)部】	niaoˇ	ㄋㄧㄠˇ	鳥部			148	149	段4上-38	鍇7-18	鉉4上-8
鳥	niaoˇ	ㄋㄧㄠˇ	鳥部	【鳥部】		148	149	段4上-38	鍇7-18	鉉4上-8
乙(yaˋ鳦)	yiˇ	一ˇ	乙部	【乙部】1畫		584	590	段12上-1	鍇23-1	鉉12上-1
乙(軋、軋，鳦通叚)	yiˇ	一ˇ	乙部	【乙部】1畫		740	747	段14下-19	鍇28-8	鉉14下-4
札(蛶、鳦通叚)	zha´	ㄓㄚ´	木部	【木部】1畫		265	268	段6上-55	鍇11-24	鉉6上-7
卜(卜，鳪通叚)	buˇ	ㄅㄨˇ	卜部	【卜部】2畫		127	128	段3下-41	鍇6-20	鉉3下-9
隹(瑪、鴻)	hong´	ㄏㄨㄥ´	隹部	【隹部】2畫		143	145	段4上-29	鍇7-13	鉉4上-5
鳧	fu´	ㄈㄨ´	几部	【鳥部】2畫		121	122	段3下-29	鍇6-15	鉉3下-7
刀(鯛、鵃鶋述及，刁、刈、剞)	dao	ㄉㄠ	刀部	【刂部】2畫		178	180	段4下-41	鍇8-15	鉉4下-6
鳩(勼、逑)	jiu	ㄐㄧㄡ	鳥部	【鳥部】2畫		149	150	段4上-40	鍇7-19	鉉4上-8
勼(鳩)	jiu	ㄐㄧㄡ	勹部	【勹部】2畫		433	437	段9上-36	鍇17-12	鉉9上-6
尸(屍，鳲通叚)	shi	ㄕ	尸部	【尸部】3畫		399	403	段8上-70	鍇16-8	鉉8上-11
隹(瑪、鴻)	hong´	ㄏㄨㄥ´	隹部	【隹部】3畫		143	145	段4上-29	鍇7-13	鉉4上-5
鴻(瑪)	hong´	ㄏㄨㄥ´	鳥部	【鳥部】3畫		152	153	段4上-46	鍇7-20	鉉4上-8
鳳(朋、鵬、鷁、鸓从鷁，鬴通叚)	feng`	ㄈㄥˋ	鳥部	【鳥部】3畫		148	149	段4上-38	鍇7-18	鉉4上-8
鳥(鶚、鳶)	e`	ㄜˋ	鳥部	【鳥部】3畫		154	155	段4上-50	鍇7-22	鉉4上-9
隿(弋，鳶、鷻通叚)	yi`	一ˋ	隹部	【隹部】3畫		143	145	段4上-29	鍇7-13	鉉4上-6
弋(杙，芅、鳶、黓通叚)	yi`	一ˋ	厂部	【弋部】3畫		627	633	段12下-32	鍇24-11	鉉12下-5

篆本字(古文、金文、籀文、俗字，通叚、金石)	拼音	注音	說文部首	康熙部首	筆畫	一般頁碼	洪葉頁碼	段注篇章	徐鍇通釋篇章	徐鉉藤花榭篇章
雚(鸛，鴋、鵮通叚)	huan	ㄏㄨㄢ	鳥部	【鳥部】3畫		154	156	段4上-51	錯7-22	鉉4上-9
鳴	ming	ㄇㄧㄥˊ	鳥部	【鳥部】3畫		157	158	段4上-56	錯7-23	鉉4上-9
雇(鳸、鴅，僱通叚)	gu	ㄍㄨˋ	隹部	【隹部】4畫		143	144	段4上-28	錯7-13	鉉4上-5
不(鴀、鴀、鴀通叚)	bu	ㄅㄨˋ	不部	【一部】4畫		584	590	段12上-2	錯23-1	鉉12上-1
夫(玞、砆、芙、鳺通叚)	fu	ㄈㄨ	夫部	【大部】4畫		499	504	段10下-19	錯20-7	鉉10下-4
雚(鸛，鴋、鵮通叚)	huan	ㄏㄨㄢ	鳥部	【鳥部】4畫		154	156	段4上-51	錯7-22	鉉4上-9
鮫(交，蟂、鳼通叚)	jiao	ㄐㄧㄠ	鳥部	【鳥部】4畫		154	155	段4上-50	錯7-22	鉉4上-9
雅(鴉、鵶通叚)	ya	ㄧㄚˇ	隹部	【隹部】4畫		141	142	段4上-24	錯7-11	鉉4上-5
魴(鴋、鴛)	fang	ㄈㄤˇ	鳥部	【鳥部】4畫		150	152	段4上-43	錯7-19	鉉4上-8
匹(鴄通叚)	pi	ㄆㄧˇ	匸部	【匸部】4畫		635	641	段12下-48	錯24-16	鉉12下-7
雂(鵅通叚)	qin	ㄑㄧㄣˊ	隹部	【隹部】4畫		143	144	段4上-28	錯7-12	鉉4上-5
鳲(鳲)	jie	ㄐㄧㄝˋ	鳥部	【鳥部】4畫		156	157	段4上-54	錯7-22	鉉4上-9
鵳	jian	ㄐㄧㄢ	鳥部	【鳥部】4畫		154	155	段4上-50	錯7-22	鉉4上-9
鴂(鷢)	jue	ㄐㄩㄝˊ	鳥部	【鳥部】4畫		150	152	段4上-43	錯7-19	鉉4上-8
鴡(雎、鴂，鵙、鶋通叚)	ju	ㄐㄩˊ	鳥部	【鳥部】4畫		150	151	段4上-42	錯7-19	鉉4上-8
鴆(酖)	zhen	ㄓㄣˋ	鳥部	【鳥部】4畫		156	158	段4上-55	錯7-23	鉉4上-9
鴇(駂、鴒、鵅)	bao	ㄅㄠˇ	鳥部	【鳥部】4畫		153	155	段4上-49	錯7-21	鉉4上-9
雉(鴙)	zhi	ㄓ	隹部	【隹部】4畫		143	145	段4上-29	錯7-13	鉉4上-5
鴈	yan	ㄧㄢˋ	鳥部	【鳥部】4畫		152	154	段4上-47	錯7-21	鉉4上-9
雁(鴈)	yan	ㄧㄢˋ	隹部	【隹部】4畫		143	144	段4上-28	錯7-12	鉉4上-5
鴛(紛，翁、鶲通叚)	fen	ㄈㄣˊ	鳥部	【鳥部】4畫		157	158	段4上-56	錯7-23	鉉4上-9
雌(鷗，瓻通叚)	chi	ㄔ	隹部	【隹部】5畫		142	144	段4上-27	錯7-12	鉉4上-5
不(鴀、鴀、鴀通叚)	bu	ㄅㄨˋ	不部	【一部】5畫		584	590	段12上-2	錯23-1	鉉12上-1

篆本字(古文、金文、籀文、俗字，通叚、金石)	拼音	注音	說文部首	康熙部首	筆畫	一般頁碼	洪葉頁碼	段注篇章	徐鍇通釋篇章	徐鉉藤花榭篇章
繇(甶=繇囮e´述及、繇、遙攸tou´述及，趫、遹、飆、鷂通叚)	you´	一ㄡˊ	系部	【糸部】	5畫	643	649	段12下-63	鍇24-21	鉉12下-10
鼬(鼫，鷂通叚)	you`	一ㄡˋ	鼠部	【鼠部】	5畫	479	483	段10上-38	鍇19-13	鉉10上-7
鴨	ya	一ㄚ	鳥部	【鳥部】	5畫	無	無	無	無	鉉4上-10
鷊(鷊、鴗、鷁、鳨，鵤、鴨通叚)	yi`	一ˋ	鳥部	【鳥部】	5畫	153	155	段4上-49	鍇7-21	鉉4上-9
鴣	gu	ㄍㄨ	鳥部	【鳥部】	5畫	無	無	無	無	鉉4上-10
姑(嫴、鴣通叚)	gu	ㄍㄨ	女部	【女部】	5畫	615	621	段12下-7	鍇24-2	鉉12下-1
庲(厈、斥，鴚通叚)	chi`	ㄔˋ	广部	【广部】	5畫	446	450	段9下-18	鍇18-6	鉉9下-3
令(靈、霝輪述及，鴒通叚)	ling`	ㄌㄧㄥˋ	卩部	【人部】	5畫	430	435	段9上-31	鍇17-10	鉉9上-5
雤(鴑、鴽)	ru´	ㄖㄨˊ	隹部	【隹部】	5畫	143	144	段4上-28	鍇7-13	鉉4上-5
鷟(鴟通叚)	zhuo´	ㄓㄨㄛˊ	鳥部	【鳥部】	5畫	149	150	段4上-40	鍇7-18	鉉4上-8
鴇(鴀、鴇、鴇)	bao˅	ㄅㄠˇ	鳥部	【鳥部】	5畫	153	155	段4上-49	鍇7-21	鉉4上-9
鴩	die´	ㄅㄧㄝˊ	鳥部	【鳥部】	5畫	151	152	段4上-44	鍇7-19	鉉4上-8
鴲	ba´	ㄅㄚˊ	鳥部	【鳥部】	5畫	153	155	段4上-49	鍇7-21	鉉4上-9
鵡(鵡、母)	wu˅	ㄨˇ	鳥部	【鳥部】	5畫	156	157	段4上-54	鍇7-23	鉉4上-9
鳿(鵹通叚)	li`	ㄌㄧˋ	鳥部	【鳥部】	5畫	154	155	段4上-50	鍇7-21	鉉4上-9
鴚(鳴、鵝，鴚通叚)	ge	ㄍㄜ	鳥部	【鳥部】	5畫	152	153	段4上-46	鍇7-21	鉉4上-9
鶕(鷗、鶿)	min´	ㄇㄧㄣˊ	鳥部	【鳥部】	5畫	151	153	段4上-45	鍇7-20	鉉4上-8
蚤(蟊、蠹、蚊，鴍通叚)	wen´	ㄨㄣˊ	蚰部	【虫部】	5畫	675	682	段13下-3	鍇25-15	鉉13下-1
鴛(鵷通叚)	yuan	ㄩㄢ	鳥部	【鳥部】	5畫	152	153	段4上-46	鍇7-20	鉉4上-8
鴝(鸜、鸛)	qu´	ㄑㄩˊ	鳥部	【鳥部】	5畫	155	156	段4上-52	鍇7-22	鉉4上-9
鴞	xiao	ㄒㄧㄠ	鳥部	【鳥部】	5畫	150	152	段4上-43	鍇7-19	鉉4上-8
鴠	dan`	ㄉㄢˋ	鳥部	【鳥部】	5畫	150	151	段4上-42	鍇7-19	鉉4上-8
雎(雎，灘通叚)	ju	ㄐㄩ	鳥部	【鳥部】	5畫	154	156	段4上-51	鍇7-22	鉉4上-9

篆本字(古文、金文、籀文、俗字，通叚、金石)	拼音	注音	說文部首	康熙部首	筆畫	一般頁碼	洪葉頁碼	段注篇章	徐鍇通釋篇章	徐鉉藤花榭篇章
䳑(鴥)	yu`	ㄩˋ	鳥部	【鳥部】5畫	155	156	段4上-52	鍇7-22	鉉4上-9
遹(述、聿吹述及、穴、泬、鴥，僪通叚)	yu`	ㄩˋ	辵(辶)部	【辵部】5畫	73	73	段2下-8	鍇4-4	鉉2下-2
鴦	yang	ㄧㄤ	鳥部	【鳥部】5畫	152	153	段4上-46	鍇7-20	鉉4上-8
鴾	tou`	ㄊㄡˇ	鳥部	【鳥部】5畫	151	153	段4上-45	鍇7-20	鉉4上-8
鴜	ci´	ㄘˊ	鳥部	【鳥部】5畫	154	155	段4上-50	鍇7-22	鉉4上-9
鳧	fu´	ㄈㄨˊ	鳥部	【鳥部】5畫	153	154	段4上-48	鍇7-21	鉉4上-9
鴰	gua	ㄍㄨㄚ	鳥部	【鳥部】6畫	154	155	段4上-50	鍇7-22	鉉4上-9
鴲	zhi	ㄓ	鳥部	【鳥部】6畫	151	153	段4上-45	鍇7-20	鉉4上-8
鴳(鷃)	yan`	ㄧㄢˋ	鳥部	【鳥部】6畫	156	158	段4上-55	鍇7-23	鉉4上-9
牟(麰來述及、眸盲述及，恈、鴾通叚)	mou´	ㄇㄡˊ	牛部	【牛部】6畫	51	52	段2上-7	鍇3-4	鉉2上-2
裨(鵯、埤，裨、綼、鵧通叚)	bi`	ㄅㄧˋ	衣部	【衣部】6畫	395	399	段8上-61	鍇16-5	鉉8上-9
鶇(鵜、夷，鶗、鷉通叚)	yi´	ㄧˊ	鳥部	【鳥部】6畫	153	155	段4上-49	鍇7-21	鉉4上-9
隹(弋，鳶、戴通叚)	yi`	ㄧˋ	隹部	【隹部】6畫	143	145	段4上-29	鍇7-13	鉉4上-6
雂(鴽、鴐)	ru´	ㄖㄨˊ	隹部	【隹部】6畫	143	144	段4上-28	鍇7-13	鉉4上-5
鴡(雎、鳩，鵙、鵙通叚)	ju	ㄐㄩ	鳥部	【鳥部】6畫	150	151	段4上-42	鍇7-19	鉉4上-8
臼非臼ju´(䳭通叚)	jiu`	ㄐㄧㄡˋ	臼部	【臼部】6畫	334	337	段7上-65	鍇13-26	鉉7上-10
鴻(鴻)	hong´	ㄏㄨㄥˊ	鳥部	【鳥部】6畫	152	153	段4上-46	鍇7-20	鉉4上-8
傭(鴻)	yong	ㄩㄥ	人部	【人部】6畫	370	374	段8上-12	鍇15-5	鉉8上-2
鴿	ge	ㄍㄜ	鳥部	【鳥部】6畫	150	151	段4上-42	鍇7-19	鉉4上-8
鵃	zhou	ㄓㄡ	鳥部	【鳥部】6畫	149	151	段4上-41	鍇7-19	鉉4上-8
鵅(雒)	luo`	ㄌㄨㄛˋ	鳥部	【鳥部】6畫	151	153	段4上-45	鍇7-20	鉉4上-8
雒(鵅)	luo`	ㄌㄨㄛˋ	隹部	【隹部】6畫	141	142	段4上-24	鍇7-11	鉉4上-5
鶖(鷲)	qiu	ㄑㄧㄡ	鳥部	【鳥部】6畫	152	153	段4上-46	鍇7-20	鉉4上-8
匞(鶬通叚)	jiang`	ㄐㄧㄤˋ	匸部	【匸部】6畫	635	641	段12下-48	鍇24-16	鉉12下-8

篆本字(古文、金文、籀文、俗字，通叚、金石)	拼音	注音	說文部首	康熙部首	筆畫	一般頁碼	洪葉頁碼	段注篇章	徐鍇通釋篇章	徐鉉藤花榭篇章
吉(鴶通叚)	jí	ㄐㄧˊ	口部	【口部】	6畫	58	59	段2上-21	鍇3-9	鉉2上-4
翔(鴹通叚)	xiáng	ㄒㄧㄤˊ	羽部	【羽部】	6畫	140	141	段4上-22	鍇7-10	鉉4上-4
䳗(鶚、鳶)	è	ㄜˋ	鳥部	【鳥部】	6畫	154	155	段4上-50	鍇7-22	鉉4上-9
紝(𥿊，鵀通叚)	rèn	ㄖㄣˋ	糸部	【糸部】	6畫	644	651	段13上-3	鍇25-1	鉉13上-1
汙(洿潪述及，涴、鴮通叚)	wu	ㄨ	水部	【水部】	6畫	560	565	段11上貳-29	鍇21-22	鉉11上-8
結(紒、髻，鴶通叚)	jié	ㄐㄧㄝˊ	糸部	【糸部】	6畫	647	653	段13上-8	鍇25-3	鉉13上-2
𪀄	chì	ㄔˋ	鳥部	【鳥部】	6畫	無	無	無	無	鉉4上-10
式(拭、栻、𪀄、鷘从敕通叚)	shì	ㄕˋ	工部	【弋部】	6畫	201	203	段5上-25	鍇9-10	鉉5上-4
𨥖(𢼋、鎢、鵤通叚)	guǐ	ㄍㄨㄟˇ	金部	【金部】	6畫	706	713	段14上-10	鍇27-4	鉉14上-2
駮(交，蟂、鵁通叚)	jiao	ㄐㄧㄠ	鳥部	【鳥部】	6畫	154	155	段4上-50	鍇7-22	鉉4上-9
舊(鵂)	jiù	ㄐㄧㄡˋ	萑部	【臼部】	6畫	144	146	段4上-31	鍇7-14	鉉4上-6
鴺(鵜、夷，鶗、鷤通叚)	yí	ㄧˊ	鳥部	【鳥部】	7畫	153	155	段4上-49	鍇7-21	鉉4上-9
勃(孛，浡、渤、鵓通叚)	bó	ㄅㄛˊ	力部	【力部】	7畫	701	707	段13下-54	鍇26-12	鉉13下-8
余(予，蜍、駼通叚)	yú	ㄩˊ	八部	【人部】	7畫	49	50	段2上-3	鍇3-2	鉉2上-1
忌(鵋、鶀通叚)	jì	ㄐㄧˋ	心部	【心部】	7畫	511	515	段10下-42	鍇20-15	鉉10下-8
鷙(鷙通叚)	zhì	ㄓˋ	鳥部	【鳥部】	7畫	155	156	段4上-52	鍇7-22	鉉4上-9
鳩	jiù	ㄐㄧㄡˋ	鳥部	【鳥部】	7畫	151	152	段4上-44	鍇7-20	鉉4上-8
䳘(鵝)	é	ㄜˊ	鳥部	【鳥部】	7畫	152	154	段4上-47	鍇7-21	鉉4上-9
鵒(䳢)	yù	ㄩˋ	鳥部	【鳥部】	7畫	155	157	段4上-53	鍇7-22	鉉4上-9
鵔	jùn	ㄐㄩㄣˋ	鳥部	【鳥部】	7畫	155	157	段4上-53	鍇7-22	鉉4上-9
鵖	bi	ㄅㄧ	鳥部	【鳥部】	7畫	153	155	段4上-49	鍇7-21	鉉4上-9
鵠(艁通叚)	hú	ㄏㄨˊ	鳥部	【鳥部】	7畫	151	153	段4上-45	鍇7-20	鉉4上-8
鴇(駂、鴄、鳵)	bǎo	ㄅㄠˇ	鳥部	【鳥部】	7畫	153	155	段4上-49	鍇7-21	鉉4上-9
鴂	yuè	ㄩㄝˋ	鳥部	【鳥部】	7畫	151	153	段4上-45	鍇7-20	鉉4上-8

篆本字（古文、金文、籀文、俗字，通叚、金石）	拼音	注音	說文部首	康熙部首	筆畫	一般頁碼	洪葉頁碼	段注篇章	徐鍇通釋篇章	徐鉉藤花榭篇章
嶲（蠵、䲹、鵑通叚）	gui	ㄍㄨㄟ	隹部	【山部】7畫		141	142	段4上-24	鍇7-11	鉉4上-5
徑（俓、逕、鵛通叚）	jing`	ㄐㄧㄥˋ	彳部	【彳部】7畫		76	76	段2下-14	鍇4-7	鉉2下-3
雒（鵟、翟，鴷、鸝从麗通叚）	li´	ㄌㄧˊ	隹部	【隹部】7畫		143	144	段4上-28	鍇7-12	鉉4上-5
離（樆、鵟、驪，罹、稿、雝、鸝、鸝从麗通叚）	li´	ㄌㄧˊ	隹部	【隹部】7畫		142	144	段4上-27	鍇7-12	鉉4上-5
睎（希、㣄，鵗通叚）	xi	ㄒㄧ	目部	【目部】7畫		133	135	段4上-9	鍇7-3	鉉4上-2
鶪（雖、鵙，䳢、鵊通叚）	ju´	ㄐㄩˊ	鳥部	【鳥部】7畫		150	151	段4上-42	鍇7-19	鉉4上-8
不（鴀、鳺、鴚通叚）	bu`	ㄅㄨˋ	不部	【一部】7畫		584	590	段12上-2	鍇23-1	鉉12上-1
脊（膌、鷑雁jian述及，瘠、鶺、鵗通叚）	ji˘	ㄐㄧˇ	㐱部	【肉部】7畫		611	617	段12上-56	鍇23-17	鉉12上-9
精（晴、暒姓qingˊ述及，鯖、鶺、鷑从即、鯖、鸍通叚）	jing	ㄐㄧㄥ	米部	【米部】7畫		331	334	段7上-59	鍇13-24	鉉7上-9
鶂（鷊、鷊、鸐、鴼，艗、鴨通叚）	yi`	ㄧˋ	鳥部	【鳥部】7畫		153	155	段4上-49	鍇7-21	鉉4上-9
雕（鵰、琱、凋、舟）	diao	ㄉㄧㄠ	隹部	【隹部】8畫		142	144	段4上-27	鍇7-12	鉉4上-5
茅（冇、蘁、鶜通叚）	mao´	ㄇㄠˊ	艸部	【艸部】8畫		27	28	段1下-13	鍇2-7	鉉1下-3
甾（由，淄、椔、稛、簹、鶅通叚）	zi	ㄗ	甾部	【田部】8畫		637	643	段12下-52	鍇24-17	鉉12下-8

篆本字(古文、金文、籀文、俗字，通段、金石)	拼音	注音	說文部首	康熙部首	筆畫	一般頁碼	洪葉頁碼	段注篇章	徐鍇通釋篇章	徐鉉藤花榭篇章
離(鷃、鶉，鷃通段)	an	ㄢ	隹部	【隹部】8畫	143	145	段4上-29	鍇7-13	鉉4上-5
鶉(鷻、鷻、鶨、鷙=隼雛述及、雖奄chun´述及)	chun´	ㄔㄨㄣˊ	隹部	【隹部】8畫	143	145	段4上-29	鍇7-13	鉉4上-5
鷻(鷻、鷻、雖、鷙从敦、隼雛述及)	tuan´	ㄊㄨㄢˊ	鳥部	【鳥部】8畫	154	155	段4上-50	鍇7-22	鉉4上-9
鳳(朋、鵬、鷯、鶢从爾，鶺通段)	feng`	ㄈㄥˋ	鳥部	【鳥部】8畫	148	149	段4上-38	鍇7-18	鉉4上-8
服(服、舣，鵬通段)	fu´	ㄈㄨ	舟部	【月部】8畫	404	408	段8下-6	鍇16-11	鉉8下-2
兔(菟，毚、鵵通段)	tu`	ㄊㄨˋ	兔部	【儿部】8畫	472	477	段10上-25	鍇19-8	鉉10上-4
卓(帛、皁，鵫通段)	zhuo´	ㄓㄨㄛˊ	七部	【十部】8畫	385	389	段8上-42	鍇15-14	鉉8上-6
居(踞段刪、屄，寙、賮、踡、鵾通段)	ju	ㄐㄩ	尸部	【尸部】8畫	399	403	段8上-70	鍇16-8	鉉8上-11
來(徠、棶、逨、鶆通段)	lai´	ㄌㄞˊ	來部	【人部】8畫	231	233	段5下-32	鍇10-13	鉉5下-6
鷸(鶺从鷸、鷸从遹、鷸)	yu`	ㄩˋ	鳥部	【鳥部】8畫	153	154	段4上-48	鍇7-21	鉉4上-9
雅(鴉、鵶通段)	ya	ㄧㄚˇ	隹部	【隹部】8畫	141	142	段4上-24	鍇7-11	鉉4上-5
忌(誋、鵋通段)	ji`	ㄐㄧˋ	心部	【心部】8畫	511	515	段10下-42	鍇20-15	鉉10下-8
庚(鶊通段)	geng	ㄍㄥ	庚部	【广部】8畫	741	748	段14下-22	鍇28-10	鉉14下-5
鵡(鵡、母)	wu	ㄨˇ	鳥部	【鳥部】8畫	156	157	段4上-54	鍇7-23	鉉4上-9
隹(隼、佳、鶴)	zhui	ㄓㄨㄟ	鳥部	【鳥部】8畫	149	151	段4上-41	鍇7-19	鉉4上-8
佳(雖)	zhui	ㄓㄨㄟ	隹部	【隹部】8畫	141	142	段4上-24	鍇7-11	鉉4上-5
雦	duo`	ㄉㄨㄛˋ	鳥部	【鳥部】8畫	152	153	段4上-46	鍇7-20	鉉4上-8

篆本字(古文、金文、籀文、俗字，通叚、金石)	拼音	注音	說文部首	康熙部首	筆畫	一般頁碼	洪葉頁碼	段注篇章	徐鍇通釋篇章	徐鉉藤花榭篇章
鶂(鷊、鶃、鷁、鶪，艗、鴨通叚)	yi ˋ	ㄧˋ	鳥部	【鳥部】	8畫	153	155	段4上-49	鍇7-21	鉉4上-9
鶩(鶩、翟，鴷、鸝从麗通叚)	li ˊ	ㄌㄧˊ	隹部	【隹部】	8畫	143	144	段4上-28	鍇7-12	鉉4上-5
宛(惌，惋、蜿、蛩、踠、鵷通叚)	wan ˇ	ㄨㄢˇ	宀部	【宀部】	8畫	341	344	段7下-12	鍇14-6	鉉7下-2
鴛(鵷通叚)	yuan	ㄩㄢ	鳥部	【鳥部】	8畫	152	153	段4上-46	鍇7-20	鉉4上-8
鶤(鵾)	kun	ㄎㄨㄣ	鳥部	【鳥部】	9畫	151	152	段4上-44	鍇7-19	鉉4上-8
鶌	qu	ㄑㄩ	鳥部	【鳥部】	8畫	149	150	段4上-40	鍇7-19	鉉4上-8
鶪(鶪)	ju ˊ	ㄐㄩˊ	鳥部	【鳥部】	8畫	149	151	段4上-41	鍇7-19	鉉4上-8
鷔	ao ˇ	ㄠˇ	鳥部	【鳥部】	8畫	151	152	段4上-44	鍇7-20	鉉4上-8
鶻(鴖、鶓)	min ˊ	ㄇㄧㄣˊ	鳥部	【鳥部】	8畫	151	153	段4上-45	鍇7-20	鉉4上-8
鯥(鵱)	lu ˋ	ㄌㄨˋ	鳥部	【鳥部】	8畫	152	153	段4上-46	鍇7-23	鉉4上-9
鶄(鶄)	jing	ㄐㄧㄥ	鳥部	【鳥部】	8畫	154	155	段4上-50	鍇7-22	鉉4上-9
鶖(鶩)	qiu	ㄑㄧㄡ	鳥部	【鳥部】	9畫	152	153	段4上-46	鍇7-20	鉉4上-8
鶠	yan ˇ	ㄧㄢˇ	鳥部	【鳥部】	9畫	151	153	段4上-45	鍇7-20	鉉4上-8
鶡	he ˊ	ㄏㄜˊ	鳥部	【鳥部】	9畫	155	157	段4上-53	鍇7-22	鉉4上-9
鵂(鶡)	jie ˋ	ㄐㄧㄝˋ	鳥部	【鳥部】	9畫	156	157	段4上-54	鍇7-22	鉉4上-9
鶤(鵾)	kun	ㄎㄨㄣ	鳥部	【鳥部】	9畫	151	152	段4上-44	鍇7-19	鉉4上-8
鶨	chuan ˋ	ㄔㄨㄢˋ	鳥部	【鳥部】	9畫	151	152	段4上-44	鍇7-20	鉉4上-8
鶩	wu ˋ	ㄨˋ	鳥部	【鳥部】	9畫	152	154	段4上-47	鍇7-21	鉉4上-9
膌(脊、鶺鴒jian述及，瘠、鶺、鶺通叚)	ji ˇ	ㄐㄧˇ	𠦬部	【肉部】	9畫	611	617	段12上-56	鍇23-17	鉉12上-9
精(睛、暒姓qing ˊ述及，鯖、鶄、鶩从即、鶄、鵏通叚)	jing	ㄐㄧㄥ	米部	【米部】	9畫	331	334	段7上-59	鍇13-24	鉉7上-9
鶪(䳟、鵙，䴗、鶪通叚)	ju ˊ	ㄐㄩˊ	鳥部	【鳥部】	9畫	150	151	段4上-42	鍇7-19	鉉4上-8
鵙(鶪)	jue ˊ	ㄐㄩㄝˊ	鳥部	【鳥部】	9畫	150	152	段4上-43	鍇7-19	鉉4上-8
鶪	jie ˊ	ㄐㄧㄝˊ	鳥部	【鳥部】	9畫	152	154	段4上-47	鍇7-21	鉉4上-9

篆本字(古文、金文、籀文、俗字，通段、金石)	拼音	注音	說文部首	康熙部首	筆畫	一般頁碼	洪葉頁碼	段注篇章	徐鍇通釋篇章	徐鉉藤花榭篇章
鶓	miao˅	ㄇㄧㄠ˅	鳥部	【鳥部】9畫		151	152	段4上-44	鍇7-20	鉉4上-8
鴈(鶱、鶴，鵪通段)	an	ㄢ	隹部	【隹部】9畫		143	145	段4上-29	鍇7-13	鉉4上-5
盾(鶞通段)	dunˋ	ㄉㄨㄣˋ	盾部	【目部】9畫		136	137	段4上-14	鍇7-7	鉉4上-3
題(眡坽fa˙述及，鵜通段)	ti˙	ㄊㄧ˙	頁部	【頁部】9畫		416	421	段9上-3	鍇17-1	鉉9上-1
鷈(鶙通段)	ti	ㄊㄧ	鳥部	【鳥部】9畫		153	154	段4上-48	鍇7-21	鉉4上-9
鷫(鵐，驌通段)	suˋ	ㄙㄨˋ	鳥部	【鳥部】9畫		149	150	段4上-40	鍇7-18	鉉4上-8
突(堗、葖、鴥、㺤通段)	tu˙	ㄊㄨ˙	穴部	【穴部】9畫		346	349	段7下-22	鍇14-9	鉉7下-4
胡(猢、葫、鶘通段)	hu˙	ㄏㄨ˙	肉部	【肉部】9畫		173	175	段4下-31	鍇8-12	鉉4下-5
翩(翲、鶣通段)	pian	ㄆㄧㄢ	羽部	【羽部】9畫		139	141	段4上-21	鍇7-10	鉉4上-4
爰(轅、袁，篧、鶢通段)	yuan˙	ㄩㄢ˙	爻部	【爪部】9畫		160	162	段4下-5	鍇8-4	鉉4下-2
卑(貏、鵯通段)	bei	ㄅㄟ	ナ部	【十部】9畫		116	117	段3下-20	鍇6-11	鉉3下-4
鶂(鶃、夷，鷁、鷊通段)	yi˙	ㄧ˙	鳥部	【鳥部】9畫		153	155	段4上-49	鍇7-21	鉉4上-9
覛(脈、眽、脈文選，覓、覓、覛、否、鷩通段)	miˋ	ㄇㄧˋ	辰部	【見部】9畫		570	575	段11下-6	鍇22-3	鉉11下-2
鳶(羒，翁、鶲通段)	fen˙	ㄈㄣ˙	鳥部	【鳥部】9畫		157	158	段4上-56	鍇7-23	鉉4上-9
肉(蹂、厹，鶵通段)	rou˙	ㄖㄡ˙	肉部	【肉部】9畫		739	746	段14下-17	鍇28-7	鉉14下-4
雇(鶚、鳸，僱通段)	guˋ	ㄍㄨˋ	隹部	【隹部】10畫		143	144	段4上-28	鍇7-13	鉉4上-5
鴚(鳴、駕，鵝通段)	ge	ㄍㄜ	鳥部	【鳥部】10畫		152	153	段4上-46	鍇7-21	鉉4上-9
雛(鶵)	chu˙	ㄔㄨ˙	隹部	【隹部】10畫		142	143	段4上-26	鍇7-12	鉉4上-5
雞(鷄)	ji	ㄐㄧ	隹部	【隹部】10畫		142	143	段4上-26	鍇7-12	鉉4上-5
田(陳，鈿、鷏通段)	tian˙	ㄊㄧㄢ˙	田部	【田部】10畫		694	701	段13下-41	鍇26-8	鉉13下-6

篆本字（古文、金文、籀文、俗字，通叚、金石）	拼音	注音	說文部首	康熙部首	筆畫	一般頁碼	洪葉頁碼	段注篇章	徐鍇通釋篇章	徐鉉藤花榭篇章
顛(顚，巓、傎、傎、癲、瘨、酊、鷏、齻通叚)	dian	ㄉㄧㄢ	頁部	【頁部】	10畫	416	420	段9上-2	鍇17-1	鉉9上-1
鶂(鷊、鶃、鷁、鵙，鶃、鴨通叚)	yi ˋ	ㄧˋ	鳥部	【鳥部】	10畫	153	155	段4上-49	鍇7-21	鉉4上-9
膌(脊、鷁雁jian述及，瘠、鶺、鶺通叚)	ji ˇ	ㄐㄧˇ	𡿨部	【肉部】	10畫	611	617	段12上-56	鍇23-17	鉉12上-9
精(晴、暒姓qing ˊ述及，鯖、鶺、鷁從即、鶺、䴭通叚)	jing	ㄐㄧㄥ	米部	【米部】	10畫	331	334	段7上-59	鍇13-24	鉉7上-9
唐(啺、塘，磄、螗、隚、鶶通叚)	tang ˊ	ㄊㄤˊ	口部	【口部】	10畫	58	59	段2上-21	鍇3-9	鉉2上-4
㮚(栗=慄惴述及、䪔、蠶，鷅、欚通叚)	li ˋ	ㄌㄧˋ	卤部	【木部】	10畫	317	320	段7上-32	鍇13-13	鉉7上-6
荼(蒤，茶、𣗪、瑹、溙、鵌通叚)	tu ˊ	ㄊㄨˊ	艸部	【艸部】	10畫	46	47	段1下-51	鍇2-24	鉉1下-8
鳸(鴉、鳶)	e ˋ	ㄜˋ	鳥部	【鳥部】	10畫	154	155	段4上-50	鍇7-22	鉉4上-9
鴋(鳩、鷺)	fang ˇ	ㄈㄤˇ	鳥部	【鳥部】	10畫	150	152	段4上-43	鍇7-19	鉉4上-8
鴥	xu ˋ	ㄒㄩˋ	鳥部	【鳥部】	10畫	150	152	段4上-43	鍇7-19	鉉4上-8
鶬(鴬)	cang	ㄘㄤ	鳥部	【鳥部】	10畫	154	155	段4上-50	鍇7-22	鉉4上-9
瑲(鏘、鎗、鶬，璐通叚)	qiang	ㄑㄧㄤ	玉部	【玉部】	10畫	16	16	段1上-31	鍇1-15	鉉1上-5
鎗(鏘、鶬、將、瑲述及)	qiang	ㄑㄧㄤ	金部	【金部】	10畫	709	716	段14上-16	鍇27-6	鉉14上-3
鶑(櫻、鸎通叚)	ying	ㄧㄥ	鳥部	【鳥部】	10畫	155	156	段4上-52	鍇7-22	鉉4上-9
鴳(鷃)	yan ˋ	ㄧㄢˋ	鳥部	【鳥部】	10畫	156	158	段4上-55	鍇7-23	鉉4上-9
鶱	xian	ㄒㄧㄢ	鳥部	【鳥部】	10畫	157	158	段4上-56	鍇7-23	鉉4上-9

篆本字（古文、金文、籀文、俗字，通叚、金石）	拼音	注音	說文部首	康熙部首	筆畫	一般頁碼	洪葉頁碼	段注篇章	徐鍇通釋篇章	徐鉉藤花榭篇章
鶴（鵠通叚）	he ˋ	ㄏㄜˋ	鳥部	【鳥部】10畫	151	153	段4上-45	鍇7-20	鉉4上-8
翯（隺、暠、鶴，暠通叚）	he ˋ	ㄏㄜˋ	羽部	【羽部】10畫	140	141	段4上-22	鍇7-10	鉉4上-5
秚（兼、傔、鶼通叚）	jian	ㄐㄧㄢ	秝部	【八部】10畫	329	332	段7上-56	鍇13-23	鉉7上-9
鶻（骨）	gu ˇ	ㄍㄨˇ	鳥部	【鳥部】10畫	149	151	段4上-41	鍇7-19	鉉4上-8
鸇（鸇从廛、鷆）	zhan	ㄓㄢ	鳥部	【鳥部】10畫	155	156	段4上-52	鍇7-22	鉉4上-9
鶾（翰通叚）	han ˋ	ㄏㄢˋ	鳥部	【鳥部】10畫	156	158	段4上-55	鍇7-23	鉉4上-9
鷀	ci ˊ	ㄘˊ	鳥部	【鳥部】10畫	153	154	段4上-48	鍇7-21	鉉4上-9
鷂（鷂）	yao ˋ	ㄧㄠˋ	鳥部	【鳥部】10畫	154	156	段4上-51	鍇7-22	鉉4上-9
鷈（鷉通叚）	ti	ㄊㄧ	鳥部	【鳥部】10畫	153	154	段4上-48	鍇7-21	鉉4上-9
鶹（鶹）	liu ˊ	ㄌㄧㄡˊ	鳥部	【鳥部】10畫	151	152	段4上-44	鍇7-20	鉉4上-8
雃（鷃、鶠，鳱通叚）	an	ㄢ	隹部	【隹部】11畫	143	145	段4上-29	鍇7-13	鉉4上-5
式（拭、栻、鵡、鶿从敕通叚）	shi ˋ	ㄕˋ	工部	【弋部】11畫	201	203	段5上-25	鍇9-10	鉉5上-4
蔞（鸚通叚）	lou ˊ	ㄌㄡˊ	艸部	【艸部】11畫	30	31	段1下-19	鍇2-9	鉉1下-3
鷓	zhe ˋ	ㄓㄜˋ	鳥部	【鳥部】11畫	無	無	無	無	鉉4上-10
遮（鷓通叚）	zhe	ㄓㄜ	辵(辶)部	【辵部】11畫	74	75	段2下-11	鍇4-5	鉉2下-2
鳨（鷅通叚）	li ˋ	ㄌㄧ	鳥部	【鳥部】11畫	154	155	段4上-50	鍇7-21	鉉4上-9
笠（鷅通叚）	li ˋ	ㄌㄧˋ	竹部	【竹部】11畫	195	197	段5上-14	鍇9-5	鉉5上-2
屠（鷵通叚）	tu ˊ	ㄊㄨˊ	尸部	【尸部】11畫	400	404	段8上-72	鍇16-9	鉉8上-11
鷗（鷗、漚）	ou	ㄡ	鳥部	【鳥部】11畫	153	155	段4上-49	鍇7-21	鉉4上-9
鷐（晨）	chen ˊ	ㄔㄣˊ	鳥部	【鳥部】11畫	155	156	段4上-52	鍇7-22	鉉4上-9
鷖（繄）	yi	ㄧ	鳥部	【鳥部】11畫	152	154	段4上-47	鍇7-21	鉉4上-9
嫛（鷖）	yi	ㄧ	女部	【女部】11畫	614	620	段12下-6	鍇24-2	鉉12下-1
鷙（鴲通叚）	zhi ˋ	ㄓˋ	鳥部	【鳥部】11畫	155	156	段4上-52	鍇7-22	鉉4上-9
騺（駤、鷙史記）	zhi ˋ	ㄓˋ	馬部	【馬部】11畫	467	472	段10上-15	鍇19-4	鉉10上-2
摯（贄、埶、鷙、墊=輊輖述及）	zhi ˋ	ㄓˋ	手部	【手部】11畫	597	603	段12上-27	鍇23-9	鉉12上-5
鷚（鷚，廖通叚）	liu ˋ	ㄌㄧㄡˋ	鳥部	【鳥部】11畫	150	151	段4上-42	鍇7-19	鉉4上-8
雡（鷚）	liu ˋ	ㄌㄧㄡˋ	隹部	【隹部】11畫	142	144	段4上-27	鍇7-12	鉉4上-5
鷞（鸘通叚）	shuang	ㄕㄨㄤ	鳥部	【鳥部】11畫	149	150	段4上-40	鍇7-19	鉉4上-8

篆本字（古文、金文、籀文、俗字，通叚、金石）	拼音	注音	說文部首	康熙部首	筆畫	一般頁碼	洪葉頁碼	段注篇章	徐鍇通釋篇章	徐鉉藤花榭篇章
鸀(瑪通叚)	zhuó	ㄓㄨㄛˊ	鳥部	【鳥部】	11畫	149	150	段4上-40	鍇7-18	鉉4上-8
鷩	bì	ㄅㄧˋ	鳥部	【鳥部】	11畫	155	157	段4上-53	鍇7-22	鉉4上-9
鵡	qi	ㄑㄧ	鳥部	【鳥部】	11畫	150	152	段4上-43	鍇7-19	鉉4上-8
鷏	dí	ㄉㄧˊ	鳥部	【鳥部】	11畫	155	157	段4上-53	鍇7-22	鉉4上-9
鷕(鷕)	yǎo	ㄧㄠˇ	鳥部	【鳥部】	11畫	156	157	段4上-54	鍇7-23	鉉4上-9
鷞(難、鸏、鷞、鷟从竹難、雛)	nán	ㄋㄢˊ	鳥部	【鳥部】	11畫	151	152	段4上-44	鍇7-20	鉉4上-8
鱅(鷛、庸)	yong	ㄩㄥ	鳥部	【鳥部】	11畫	153	155	段4上-49	鍇7-21	鉉4上-9
鶹(鶹)	liú	ㄌㄧㄡˊ	鳥部	【鳥部】	12畫	151	152	段4上-44	鍇7-20	鉉4上-8
鷢	jué	ㄐㄩㄝˊ	鳥部	【鳥部】	12畫	154	156	段4上-51	鍇7-22	鉉4上-9
鷮	jiao	ㄐㄧㄠ	鳥部	【鳥部】	12畫	156	157	段4上-54	鍇7-23	鉉4上-9
鷯	liáo	ㄌㄧㄠˊ	鳥部	【鳥部】	12畫	151	153	段4上-45	鍇7-20	鉉4上-8
欺(鶀通叚)	qi	ㄑㄧ	欠部	【欠部】	12畫	414	418	段8下-26	鍇16-17	鉉8下-5
買(鷶通叚)	mǎi	ㄇㄞˇ	貝部	【貝部】	12畫	282	284	段6下-20	鍇12-12	鉉6下-5
閑(瞯，鷳通叚)	xián	ㄒㄧㄢˊ	門部	【門部】	12畫	589	595	段12上-12	鍇11-29，23-5	鉉12上-3
鷳(鷳通叚)	xián	ㄒㄧㄢˊ	鳥部	【鳥部】	12畫	154	156	段4上-51	鍇7-22	鉉4上-9
鷂(鷂)	yào	ㄧㄠˋ	鳥部	【鳥部】	12畫	154	156	段4上-51	鍇7-22	鉉4上-9
鶠(鴖、鷵)	mín	ㄇㄧㄣˊ	鳥部	【鳥部】	12畫	151	153	段4上-45	鍇7-20	鉉4上-8
鷸(鷸从鷸、鷸从遹、鷸)	yù	ㄩˋ	鳥部	【鳥部】	12畫	153	154	段4上-48	鍇7-21	鉉4上-9
敞(厰、廠、惝、鷩通叚)	chǎng	ㄔㄤˇ	攴部	【攴部】	12畫	123	124	段3下-34	鍇6-18	鉉3下-8
鷾(鶂、夷，鶃、鷊通叚)	yì	ㄧˋ	鳥部	【鳥部】	12畫	153	155	段4上-49	鍇7-21	鉉4上-9
鷻(鷻、鷻、雖、鷻从敦、隼雛述及)	tuán	ㄊㄨㄢˊ	鳥部	【鳥部】	12畫	154	155	段4上-50	鍇7-22	鉉4上-9
雦(鷻、鷻、鷻、鷻=隼雛述及、雦奄chún述及)	chún	ㄔㄨㄣˊ	隹部	【隹部】	12畫	143	145	段4上-29	鍇7-13	鉉4上-5
蹲(踆竣字述及，鷻通叚)	dun	ㄉㄨㄣ	足部	【足部】	12畫	83	84	段2下-29	鍇4-15	鉉2下-6

篆本字(古文、金文、籀文、俗字，通段、金石)	拼音	注音	說文部首	康熙部首	筆畫	一般頁碼	洪葉頁碼	段注篇章	徐鍇通釋篇章	徐鉉藤花榭篇章
鷦(鷦)	jiao	ㄐㄧㄠ	鳥部	【鳥部】	12畫	151	152	段4上-44	鍇7-20	鉉4上-8
鷧	yi ˋ	ㄧˋ	鳥部	【鳥部】	12畫	153	154	段4上-48	鍇7-22	鉉4上-9
鷲(鷲)	jiu ˋ	ㄐㄧㄡˋ	鳥部	【鳥部】	12畫	150	152	段4上-43	鍇7-19	鉉4上-8
鸈	qu ˊ	ㄑㄩˊ	鳥部	【鳥部】	12畫	153	155	段4上-49	鍇7-21	鉉4上-9
鷺(鸕通段)	lu ˋ	ㄌㄨˋ	鳥部	【鳥部】	12畫	151	153	段4上-45	鍇7-20	鉉4上-8
鷇(鷇从㱿鳥)	kou ˋ	ㄎㄡˋ	鳥部	【鳥部】	12畫	157	158	段4上-56	鍇7-23	鉉4上-9
鸑(鸀)	yue ˋ	ㄩㄝˋ	鳥部	【鳥部】	13畫	148	150	段4上-39	鍇7-18	鉉4上-8
鷽(鷽)	xue ˊ	ㄒㄩㄝˊ	鳥部	【鳥部】	13畫	150	151	段4上-42	鍇7-19	鉉4上-8
鸃(𪇔通段)	yi ˊ	ㄧˊ	鳥部	【鳥部】	13畫	155	157	段4上-53	鍇7-22	鉉4上-9
鸇(鸇从廛、䲦)	zhan	ㄓㄢ	鳥部	【鳥部】	13畫	155	156	段4上-52	鍇7-22	鉉4上-9
澤(釋，檡、鸅通段)	ze ˊ	ㄗㄜˊ	水部	【水部】	13畫	551	556	段11上貳-11	鍇21-16	鉉11上-5
鷫(鷞，驌通段)	su ˋ	ㄙㄨˋ	鳥部	【鳥部】	13畫	149	150	段4上-40	鍇7-18	鉉4上-8
𩀱(鶉、鶉、驐、鷔=隼雕述及、雗奄chun ˊ 述及)	chun ˊ	ㄔㄨㄣˊ	隹部	【隹部】	13畫	143	145	段4上-29	鍇7-13	鉉4上-5
驐(鶉、鶉、雗、鷔从敦、隼雕述及)	tuan ˊ	ㄊㄨㄢˊ	鳥部	【鳥部】	13畫	154	155	段4上-50	鍇7-22	鉉4上-9
蠃从虫(蠡蝸述及，倮、螺、𩿡从鳥通段)	luo ˇ	ㄌㄨㄛˇ	虫部	【虫部】	13畫	667	674	段13上-49	鍇25-12	鉉13上-7
意(億、憶、志識述及，繶、鷾通段)	yi ˋ	ㄧˋ	心部	【心部】	13畫	502	506	段10下-24	鍇20-9	鉉10下-5
鸊	jia ˊ	ㄐㄧㄚˊ	鳥部	【鳥部】	13畫	153	154	段4上-48	鍇7-21	鉉4上-9
嚶(鸎)	ying	ㄧㄥ	口部	【口部】	14畫	61	62	段2上-27	鍇3-12	鉉2上-6
鸏(鸏)	meng ˊ	ㄇㄥˊ	鳥部	【鳥部】	14畫	153	154	段4上-48	鍇7-21	鉉4上-9
鸃(𪇔从壽通段)	yi ˊ	ㄧˊ	鳥部	【鳥部】	14畫	155	157	段4上-53	鍇7-22	鉉4上-9
寧(寍，鸋通段)	ning ˊ	ㄋㄧㄥˊ	丂部	【宀部】	14畫	203	205	段5上-30	鍇9-12	鉉5上-5
鶯(櫻、鸎通段)	ying	ㄧㄥ	鳥部	【鳥部】	14畫	155	156	段4上-52	鍇7-22	鉉4上-9
鸑(鸀)	yue ˋ	ㄩㄝˋ	鳥部	【鳥部】	14畫	148	150	段4上-39	鍇7-18	鉉4上-8
鸒从與	yu ˋ	ㄩˋ	鳥部	【鳥部】	14畫	150	151	段4上-42	鍇7-19	鉉4上-8

篆本字(古文、金文、籀文、俗字，通叚、金石)	拼音	注音	說文部首	康熙部首	筆畫	一般頁碼	洪葉頁碼	段注篇章	徐鍇通釋篇章	徐鉉藤花榭篇章
翟(狄，鸐、䳩通叚)	di ˊ	ㄉㄧˊ	羽部	【羽部】	15畫	138	140	段4上-19	鍇7-9	鉉4上-4
𤺀(鷹、鷹)	ying	ㄧㄥ	隹部	【隹部】	15畫	142	144	段4上-27	鍇7-12	鉉4上-5
鸇(鸇从廛、䳠)	zhan	ㄓㄢ	鳥部	【鳥部】	15畫	155	156	段4上-52	鍇7-22	鉉4上-9
鸊	pi ˋ	ㄆㄧˋ	鳥部	【鳥部】	15畫	153	154	段4上-48	鍇7-21	鉉4上-9
鸓(鸓从回鳥、鸓、蠝、𤢭、鼺)	lei ˇ	ㄌㄟˇ	鳥部	【鳥部】	15畫	156	158	段4上-55	鍇7-23	鉉4上-9
櫑(罍、罍、靁、鸓、罍)	lei ˊ	ㄌㄟˊ	木部	【木部】	15畫	261	263	段6上-46	鍇11-20	鉉6上-6
鶛	jie ˊ	ㄐㄧㄝˊ	鳥部	【鳥部】	15畫	150	152	段4上-43	鍇7-19	鉉4上-8
鷏(䳲、葴)	zhen	ㄓㄣ	鳥部	【鳥部】	15畫	154	155	段4上-50	鍇7-22	鉉4上-9
鷸(䴒从鷸、䴒从遹、鷸)	yu ˋ	ㄩˋ	鳥部	【鳥部】	16畫	153	154	段4上-48	鍇7-21	鉉4上-9
鸕(鸕)	lu ˊ	ㄌㄨˊ	鳥部	【鳥部】	16畫	153	154	段4上-48	鍇7-21	鉉4上-9
鷺(鸕通叚)	lu ˋ	ㄌㄨˋ	鳥部	【鳥部】	16畫	151	153	段4上-45	鍇7-20	鉉4上-8
鶪(鶪)	ju ˊ	ㄐㄩˊ	鳥部	【鳥部】	16畫	149	151	段4上-41	鍇7-19	鉉4上-8
鸔(鸔通叚)	bu ˇ	ㄅㄨˇ	鳥部	【鳥部】	17畫	151	153	段4上-45	鍇7-20	鉉4上-8
蘥(鸙通叚)	yue ˋ	ㄩㄝˋ	艸部	【艸部】	17畫	33	33	段1下-24	鍇2-12	鉉1下-4
鷞(鸘通叚)	shuang	ㄕㄨㄤ	鳥部	【鳥部】	17畫	149	150	段4上-40	鍇7-19	鉉4上-8
鸛(鸛，鳿、鴅通叚)	huan	ㄏㄨㄢ	鳥部	【鳥部】	17畫	154	156	段4上-51	鍇7-22	鉉4上-9
鴝(鸜、鸜)	qu ˊ	ㄑㄩˊ	鳥部	【鳥部】	17畫	155	156	段4上-52	鍇7-22	鉉4上-9
雚(鸛、觀，汍通叚)	guan ˋ	ㄍㄨㄢˋ	雈部	【隹部】	17畫	144	146	段4上-31	鍇7-14	鉉4上-6
𤺀(鷹、鷹、鴈)	ying	ㄧㄥ	隹部	【隹部】	17畫	142	144	段4上-27	鍇7-12	鉉4上-5
鴝(鸜、鸜)	qu ˊ	ㄑㄩˊ	鳥部	【鳥部】	18畫	155	156	段4上-52	鍇7-22	鉉4上-9
鸚	ying	ㄧㄥ	鳥部	【鳥部】	18畫	156	157	段4上-54	鍇7-23	鉉4上-9
鸞	luan ˊ	ㄌㄨㄢˊ	鳥部	【鳥部】	19畫	148	150	段4上-39	鍇7-18	鉉4上-8
鑾(鸞)	luan ˊ	ㄌㄨㄢˊ	金部	【金部】	19畫	712	719	段14上-21	鍇27-7	鉉14上-4

篆本字（古文、金文、籀文、俗字，通叚、金石）	拼音	注音	說文部首	康熙部首	筆畫	一般頁碼	洪葉頁碼	段注篇章	徐鍇通釋篇章	徐鉉藤花榭篇章
離(樆、鷅、驪,罹、穰、䍦、魖、鸝从麗通叚)	li´	ㄌㄧ´	隹部	【隹部】19畫		142	144	段4上-27	鍇7-12	鉉4上-5
雞(鵱、䳂,鷅、鸝从麗通叚)	li´	ㄌㄧ´	隹部	【隹部】19畫		143	144	段4上-28	鍇7-12	鉉4上-5
鳳(朋、鵬、鶅、鸓从翰,鶺通叚)	feng`	ㄈㄥ`	鳥部	【鳥部】20畫		148	149	段4上-38	鍇7-18	鉉4上-8
鸓(鼺从回鳥、鸓、鼺、貁、鼺)	lei˘	ㄌㄟ˘	鳥部	【鳥部】25畫		156	158	段4上-55	鍇7-23	鉉4上-9
【鹵(lu˘)部】	lu˘	ㄌㄨ˘	鹵部			586	592	段12上-5	鍇23-2	鉉12上-2
鹵(滷通叚)	lu˘	ㄌㄨ˘	鹵部	【鹵部】		586	592	段12上-5	鍇23-2	鉉12上-2
魯(鹵、旅、炑从止刀刀、旅述及)	lu˘	ㄌㄨ˘	白部	【魚部】		136	138	段4上-15	鍇7-8	鉉4上-4
覃从鹵(覃、鹽、覃,憛、膻通叚)	tan´	ㄊㄢ´	鹵部	【襾部】4畫		229	232	段5下-29	鍇10-12	鉉5下-6
鹺(鹾)	cuo´	ㄘㄨㄛ´	鹵部	【鹵部】7畫		586	592	段12上-5	鍇23-3	鉉12上-2
鹹(醎通叚)	xian´	ㄒㄧㄢ´	鹵部	【鹵部】9畫		586	592	段12上-5	鍇23-3	鉉12上-2
覃从鹵(覃、鹽、覃,憛、膻通叚)	tan´	ㄊㄢ´	鹵部	【襾部】9畫		229	232	段5下-29	鍇10-12	鉉5下-6
盬	gu˘	ㄍㄨ˘	鹽部	【皿部】12畫		586	592	段12上-5	鍇23-3	鉉12上-2
鹽(塩通叚)	yan´	ㄧㄢ´	鹽部	【鹵部】12畫		586	592	段12上-5	鍇23-3	鉉12上-2
鹼	jian˘	ㄐㄧㄢ˘	鹽部	【鹵部】13畫		586	592	段12上-6	鍇23-3	鉉12上-2
【鹿(lu`)部】	lu`	ㄌㄨ`	鹿部			470	474	段10上-20	鍇19-6	鉉10上-3
鹿(麀、攈、麓、蠊、轆、轒通叚)	lu`	ㄌㄨ`	鹿部	【鹿部】		470	474	段10上-20	鍇19-6	鉉10上-3
麀(麀从幽)	you	ㄧㄡ	鹿部	【鹿部】2畫		470	474	段10上-20	鍇19-7	鉉10上-4
麂(麂)	ji˘	ㄐㄧ˘	鹿部	【鹿部】2畫		471	475	段10上-22	鍇19-6	鉉10上-3

篆本字(古文、金文、籀文、俗字，通叚、金石)	拼音	注音	說文部首	康熙部首	筆畫	一般頁碼	洪葉頁碼	段注篇章	徐鍇通釋篇章	徐鉉藤花榭篇章
麤(麁、粗，麄、麤通叚)	cu	ㄘㄨ	麤部	【鹿部】	4畫	472	476	段10上-24	錯19-7	鉉10上-4
夭(拗、殀、麇通叚)	yao	一ㄠ	夭部	【大部】	4畫	494	498	段10下-8	錯20-3	鉉10下-2
虎(虝、甝)	hu	ㄏㄨˇ	虎部	【虍部】	4畫	210	212	段5上-43	錯9-18	鉉5上-8
麒(麒金石)	qi	ㄑㄧˊ	鹿部	【鹿部】	4畫	470	475	段10上-21	錯19-6	鉉10上-3
麃(儦)	biao	ㄅㄧㄠ	鹿部	【鹿部】	4畫	471	475	段10上-22	錯19-6	鉉10上-4
瀌(麃)	biao	ㄅㄧㄠ	水部	【水部】	4畫	559	564	段11上貳-27	錯21-21	鉉11上-7
穮(麃、糯通叚)	biao	ㄅㄧㄠ	禾部	【禾部】	4畫	325	328	段7上-47	錯13-19	鉉7上-8
麉(麣)	jian	ㄐㄧㄢ	鹿部	【鹿部】	4畫	470	475	段10上-21	錯19-6	鉉10上-3
麇(麕，麏、囷通叚)	jun	ㄐㄩㄣ	鹿部	【鹿部】	5畫	471	475	段10上-22	錯19-6	鉉10上-3
麈(麈)	zhu	ㄓㄨˇ	鹿部	【鹿部】	5畫	471	475	段10上-22	錯19-7	鉉10上-4
麤(麁、粗，麄、麤通叚)	cu	ㄘㄨ	麤部	【鹿部】	5畫	472	476	段10上-24	錯19-7	鉉10上-4
麚(麚，貑通叚)	jia	ㄐㄧㄚ	鹿部	【鹿部】	5畫	470	474	段10上-20	錯19-6	鉉10上-3
麉(麣)	jian	ㄐㄧㄢ	鹿部	【鹿部】	6畫	470	475	段10上-21	錯19-6	鉉10上-3
麛	mi	ㄇㄧˊ	鹿部	【鹿部】	6畫	471	475	段10上-22	錯19-6	鉉10上-3
麈(麈)	zhu	ㄓㄨˇ	鹿部	【鹿部】	6畫	471	475	段10上-22	錯19-7	鉉10上-4
麊(麊)	ming	ㄇㄧㄥˊ	米部	【米部】	6畫	332	335	段7上-62	錯13-25	鉉7上-10
麑	gui	ㄍㄨㄟ	鹿部	【鹿部】	6畫	471	476	段10上-23	錯19-7	鉉10上-4
麛(麑)	ji	ㄐㄧˇ	鹿部	【鹿部】	6畫	471	475	段10上-22	錯19-6	鉉10上-3
麎(祳)	chen	ㄔㄣˊ	鹿部	【鹿部】	7畫	471	475	段10上-22	錯19-6	鉉10上-3
麐(麟)	lin	ㄌㄧㄣˊ	鹿部	【鹿部】	7畫	470	475	段10上-21	錯19-6	鉉10上-3
麟(麐)	lin	ㄌㄧㄣˊ	鹿部	【鹿部】	7畫	470	474	段10上-20	錯19-6	鉉10上-3
噳(麌)	yu	ㄩˇ	口部	【口部】	7畫	62	62	段2上-28	錯3-12	鉉2上-6
麗(丽、㸚、離，儷、孋、欐通叚)	li	ㄌㄧˋ	鹿部	【鹿部】	8畫	471	476	段10上-23	錯19-7	鉉10上-4
斄(麗，儷通叚)	li	ㄌㄧˇ	攴部	【攴部】	8畫	123	124	段3下-33	錯6-17	鉉3下-8
麇(麕，麏、囷通叚)	jun	ㄐㄩㄣ	鹿部	【鹿部】	8畫	471	475	段10上-22	錯19-6	鉉10上-3
麠从京(麖)	jing	ㄐㄧㄥ	鹿部	【鹿部】	8畫	471	475	段10上-22	錯19-6	鉉10上-3
麓(樚)	lu	ㄌㄨˋ	林部	【鹿部】	8畫	271	274	段6上-67	錯11-31	鉉6上-9

篆本字(古文、金文、籀文、俗字,通叚、金石)	拼音	注音	說文部首	康熙部首	筆畫	一般頁碼	洪葉頁碼	段注篇章	徐鍇通釋篇章	徐鉉藤花榭篇章
麑(猊通叚)	ni´	ㄋㄧˊ	鹿部	【鹿部】8畫		471	476	段10上-23	鍇19-7	鉉10上-4
麛(麋)	mi´	ㄇㄧˊ	鹿部	【鹿部】8畫		470	475	段10上-21	鍇19-6	鉉10上-3
麒(斷金石)	qi´	ㄑㄧˊ	鹿部	【鹿部】8畫		470	475	段10上-21	鍇19-6	鉉10上-3
麔	jiu`	ㄐㄧㄡˋ	鹿部	【鹿部】8畫		471	475	段10上-22	鍇19-6	鉉10上-3
麠(麖)	jing	ㄐㄧㄥ	鹿部	【鹿部】8畫		471	475	段10上-22	鍇19-6	鉉10上-3
麀(麀从幽)	you	ㄧㄡ	鹿部	【鹿部】9畫		470	474	段10上-20	鍇19-7	鉉10上-4
麙(獫、羬通叚)	xian´	ㄒㄧㄢˊ	鹿部	【鹿部】9畫		471	476	段10上-23	鍇19-7	鉉10上-4
麚(麠,豭通叚)	jia	ㄐㄧㄚ	鹿部	【鹿部】9畫		470	474	段10上-20	鍇19-6	鉉10上-3
麛(麋)	mi´	ㄇㄧˊ	鹿部	【鹿部】9畫		470	475	段10上-21	鍇19-6	鉉10上-3
麑(麢从需)	nuan`	ㄋㄨㄢˋ	鹿部	【鹿部】9畫		470	475	段10上-21	鍇19-6	鉉10上-3
麈从速	su`	ㄙㄨˋ	鹿部	【鹿部】10畫		無	無	無	無	鉉10上-3
麝(麝)	she`	ㄕㄜˋ	鹿部	【鹿部】10畫		471	476	段10上-23	鍇19-7	鉉10上-4
㮚(栗=慄慄述及、栗、㮚,鷅、麗通叚)	li`	ㄌㄧˋ	鹵部	【木部】10畫		317	320	段7上-32	鍇13-13	鉉7上-6
麞(獐)	zhang	ㄓㄤ	鹿部	【鹿部】11畫		471	475	段10上-22	鍇19-6	鉉10上-3
麝(麝)	she`	ㄕㄜˋ	鹿部	【鹿部】12畫		471	476	段10上-23	鍇19-7	鉉10上-4
麟(麐)	lin´	ㄌㄧㄣˊ	鹿部	【鹿部】12畫		470	474	段10上-20	鍇19-6	鉉10上-3
麐(麟)	lin´	ㄌㄧㄣˊ	鹿部	【鹿部】12畫		470	475	段10上-21	鍇19-6	鉉10上-3
麠从鹿霝(羚,麢从鹿零通叚)	ling´	ㄌㄧㄥˊ	鹿部	【鹿部】13畫		471	476	段10上-23	鍇19-7	鉉10上-4
麠从畺(麖)	jing	ㄐㄧㄥ	鹿部	【鹿部】13畫		471	475	段10上-22	鍇19-6	鉉10上-3
麜	yu`	ㄩˋ	鹿部	【鹿部】14畫		471	476	段10上-23	鍇19-7	鉉10上-4
麢(麢从需)	nuan`	ㄋㄨㄢˋ	鹿部	【鹿部】14畫		470	475	段10上-21	鍇19-6	鉉10上-3
麢从鹿霝(羚,麢从鹿零通叚)	ling´	ㄌㄧㄥˊ	鹿部	【鹿部】17畫		471	476	段10上-23	鍇19-7	鉉10上-4
麤(麁、粗,麄、麤通叚)	cu	ㄘㄨ	麤部	【鹿部】22畫		472	476	段10上-24	鍇19-7	鉉10上-4
粗(牰述及、麤从鹿)	cu	ㄘㄨ	米部	【米部】22畫		331	334	段7上-60	鍇13-24	鉉7上-10
麤(麤)	cu	ㄘㄨ	艸部	【艸部】22畫		44	44	段1下-46	鍇2-21	鉉1下-7
麤(麤、塵)	chen´	ㄔㄣˊ	麤部	【鹿部】25畫		472	476	段10上-24	鍇19-7	鉉10上-4
【麥(mai`)部】	mai`	ㄇㄞˋ	麥部			231	234	段5下-33	鍇10-13	鉉5下-6
麥	mai`	ㄇㄞˋ	麥部	【麥部】		231	234	段5下-33	鍇10-13	鉉5下-6

篆本字（古文、金文、籀文、俗字，通叚、金石）	拼音	注音	說文部首	康熙部首	筆畫	一般頁碼	洪葉頁碼	段注篇章	徐鍇通釋篇章	徐鉉藤花榭篇章
麨	cai´	ㄘㄞˊ	麥部	【麥部】3畫		232	235	段5下-35	鍇10-14	鉉5下-7
麩(麵)	fu	ㄈㄨ	麥部	【麥部】4畫		232	234	段5下-34	鍇10-14	鉉5下-7
麪(麵通叚)	mian`	ㄇㄧㄢˋ	麥部	【麥部】4畫		232	234	段5下-34	鍇10-14	鉉5下-7
麧(麧)	he´	ㄏㄜˊ	麥部	【麥部】5畫		231	234	段5下-33	鍇10-14	鉉5下-7
麮	qu`	ㄑㄩˋ	麥部	【麥部】5畫		232	234	段5下-34	鍇10-14	鉉5下-7
麫	hua´	ㄏㄨㄚˊ	麥部	【麥部】5畫		232	235	段5下-35	鍇10-14	鉉5下-7
麰(莝，麰通叚)	mou´	ㄇㄡˊ	麥部	【麥部】6畫		231	234	段5下-33	鍇10-14	鉉5下-7
牟(麰來述及、眸盲述及，恈、鶜通叚)	mou´	ㄇㄡˊ	牛部	【牛部】6畫		51	52	段2上-7	鍇3-4	鉉2上-2
餅(飥、餦、餛、鉼釘述及，麷通叚)	bing˘	ㄅㄧㄥˇ	食部	【食部】6畫		219	221	段5下-8	鍇10-4	鉉5下-2
麩(麵)	fu	ㄈㄨ	麥部	【麥部】7畫		232	234	段5下-34	鍇10-14	鉉5下-7
麴(鞠從麥、麯，麴通叚)	qu	ㄑㄩ	米部	【竹部】8畫		332	335	段7上-62	鍇13-25	鉉7上-10
麪(麵通叚)	mian`	ㄇㄧㄢˋ	麥部	【麥部】9畫		232	234	段5下-34	鍇10-14	鉉5下-7
麰(莝，麰通叚)	mou´	ㄇㄡˊ	麥部	【麥部】9畫		231	234	段5下-33	鍇10-14	鉉5下-7
鬳從古(粘、糊通叚)	hu´	ㄏㄨˊ	鬲部	【鬲部】9畫		112	113	段3下-11	鍇6-6	鉉3下-2
黏(粘、糊，糊通叚)	hu´	ㄏㄨˊ	黍部	【黍部】9畫		330	333	段7上-57	鍇13-23	鉉7上-9
麨	cuo´	ㄘㄨㄛˊ	麥部	【麥部】10畫		232	234	段5下-34	鍇10-14	鉉5下-7
麷	suo˘	ㄙㄨㄛˇ	麥部	【麥部】10畫		231	234	段5下-33	鍇10-14	鉉5下-7
麷	ku	ㄎㄨ	麥部	【麥部】10畫		232	235	段5下-35	鍇10-14	鉉5下-7
醿(麷通叚)	meng´	ㄇㄥˊ	酉部	【酉部】10畫		747	754	段14下-34	鍇28-17	鉉14下-8
熬(爨從敖麥、麨)	ao´	ㄠˊ	火部	【火部】11畫		482	487	段10上-45	鍇19-15	鉉10上-8
麵	zhi´	ㄓˊ	麥部	【麥部】11畫		232	234	段5下-34	鍇10-14	鉉5下-7
穬(麷通叚)	kuang˘	ㄎㄨㄤˇ	禾部	【禾部】14畫		323	326	段7上-43	鍇13-18	鉉7上-8
纊(麩)	mo`	ㄇㄛˋ	米部	【米部】15畫		333	336	段7上-63	鍇13-25	鉉7上-10
麷(逢)	feng	ㄈㄥ	麥部	【麥部】18畫		232	234	段5下-34	鍇10-14	鉉5下-7
【麻(ma´)部】	ma´	ㄇㄚˊ	麻部			336	339	段7下-2	鍇13-28	鉉7下-1
麻	ma´	ㄇㄚˊ	麻部	【麻部】		336	339	段7下-2	鍇13-28	鉉7下-1

篆本字(古文、金文、籀文、俗字，通段、金石)	拼音	注音	說文部首	康熙部首	筆畫	一般頁碼	洪葉頁碼	段注篇章	徐鍇通釋篇章	徐鉉藤花榭篇章
𣏟非林lin´(𣏟)	pai `	ㄆㄞˋ	𣏟部	【木部】		335	339	段7下-1	鍇13-28	鉉7下-1
摩(麾)	hui	ㄏㄨㄟ	手部	【麻部】	4畫	610	616	段12上-54	鍇23-17	鉉12上-8
旄(麾，毣、軞通段)	mao ´	ㄇㄠˊ	㫃部	【方部】	4畫	311	314	段7上-20	鍇13-7	鉉7上-3
緆(𪎊、錫)	xi	ㄒㄧ	糸部	【糸部】	8畫	660	667	段13上-35	鍇25-8	鉉13上-5
𪎌	zou	ㄗㄡ	𣏟部	【麻部】	8畫	336	339	段7下-2	鍇13-28	鉉7下-1
𪎎	ku `	ㄎㄨˋ	𣏟部	【麻部】	9畫	336	339	段7下-2	鍇13-28	鉉7下-1
𪎏	tou ´	ㄊㄡˊ	𣏟部	【麻部】	9畫	336	339	段7下-2	鍇13-28	鉉7下-1
摩(麾)	hui	ㄏㄨㄟ	手部	【麻部】	12畫	610	616	段12上-54	鍇23-17	鉉12上-8
萉(黂、𪎪)	fei `	ㄈㄟˋ	艸部	【艸部】	12畫	23	23	段1下-4	鍇2-3	鉉1下-1
【黃(huang´)部】	huang ´	ㄏㄨㄤˊ	黃部			698	704	段13下-48	鍇26-10	鉉13下-7
黃(炗)	huang ´	ㄏㄨㄤˊ	黃部	【黃部】		698	704	段13下-48	鍇26-10	鉉13下-7
獷(獚、黃)	guang ˇ	ㄍㄨㄤˇ	犬部	【犬部】		474	479	段10上-29	鍇19-9	鉉10上-5
黔(黅通段)	jin	ㄐㄧㄣ	黑部	【黑部】	4畫	488	492	段10上-56	鍇19-19	鉉10上-10
黗(䵒，𪏽通段)	tun ´	ㄊㄨㄣˊ	黑部	【黑部】	5畫	488	492	段10上-56	鍇19-19	鉉10上-10
黇	tian	ㄊㄧㄢ	黃部	【黃部】	5畫	698	705	段13下-49	鍇26-10	鉉13下-7
主(丶、宔祏述及、炷，黈通段)	zhu ˇ	ㄓㄨˇ	丶部	【丶部】	5畫	214	216	段5上-52	鍇10-1	鉉5上-10
注(註，疰、紸、黈通段)	zhu `	ㄓㄨˋ	水部	【水部】	5畫	555	560	段11上貳-19	鍇21-19	鉉11上-6
黊(黈通段)	hua `	ㄏㄨㄚˋ	黃部	【黃部】	5畫	698	705	段13下-49	鍇26-10	鉉13下-7
蘳(黊，䕇通段)	hui	ㄏㄨㄟ	艸部	【艸部】	6畫	37	38	段1下-33	鍇2-16	鉉1下-5
充(珫、䵜通段)	chong	ㄔㄨㄥ	儿部	【儿部】	6畫	405	409	段8下-8	鍇16-11	鉉8下-2
䵋	wei ˇ	ㄨㄟˇ	黃部	【黃部】	6畫	698	705	段13下-49	鍇26-10	鉉13下-7
䵉(䵃通段)	xian	ㄒㄧㄢ	黃部	【黃部】	7畫	698	704	段13下-48	鍇26-10	鉉13下-7
黗(䵒，𪏽通段)	tun ´	ㄊㄨㄣˊ	黑部	【黑部】	8畫	488	492	段10上-56	鍇19-19	鉉10上-10
䵍	tuan	ㄊㄨㄢ	黃部	【黃部】	9畫	698	705	段13下-49	鍇26-10	鉉13下-7
璜(黌hong´)	huang ´	ㄏㄨㄤˊ	玉部	【玉部】	13畫	12	12	段1上-23	鍇1-12	鉉1上-4
橫(桄、横、衡，桁、輄、黌通段)	heng ´	ㄏㄥˊ	木部	【木部】	13畫	268	270	段6上-60	鍇11-27	鉉6上-7
【黍(shu ˇ)部】	shu ˇ	ㄕㄨˇ	黍部			329	332	段7上-55	鍇13-23	鉉7上-9
黍(粖通段)	shu ˇ	ㄕㄨˇ	黍部	【黍部】		329	332	段7上-55	鍇13-23	鉉7上-9

篆本字（古文、金文、籀文、俗字，通叚、金石）	拼音	注音	說文部首	康熙部首	筆畫	一般頁碼	洪葉頁碼	段注篇章	徐鍇通釋篇章	徐鉉藤花榭篇章
黐(昵、暱、檷、敉、剓）	ni`	ㄋㄧˋ	黍部	【黍部】3畫		330	333	段7上-57	鍇13-23	鉉7上-9
黎(黎、鑗、梨、犁者gou˘述及，璃、瓈通叚）	li´	ㄌㄧˊ	黍部	【黍部】3畫		330	333	段7上-57	鍇13-23	鉉7上-9
邌(黎、犁、遲夌述及）	li´	ㄌㄧˊ	辵(辶)部	【辵部】3畫		72	73	段2下-7	鍇4-4	鉉2下-2
邌(黎、耆、阞、飢）	li´	ㄌㄧˊ	邑部	【邑部】3畫		288	291	段6下-33	鍇12-16	鉉6下-6
驪(黎、梨）	li´	ㄌㄧˊ	馬部	【馬部】3畫		461	466	段10上-3	鍇19-1	鉉10上-1
犁(犁、犂，犁通叚）	li´	ㄌㄧˊ	牛部	【牛部】4畫		52	52	段2上-8	鍇3-4	鉉2上-2
黐(昵、暱、檷、敉、剓）	ni`	ㄋㄧˋ	黍部	【黍部】4畫		330	333	段7上-57	鍇13-23	鉉7上-9
黏(溓，粘通叚）	nian´	ㄋㄧㄢˊ	黍部	【黍部】5畫		330	333	段7上-57	鍇13-23	鉉7上-9
黏(粘、糊，翸通叚）	hu´	ㄏㄨˊ	黍部	【黍部】5畫		330	333	段7上-57	鍇13-23	鉉7上-9
番(香=腳膮xiao述及、蘜）	xiang	ㄒㄧㄤ	香部	【香部】5畫		330	333	段7上-57	鍇13-24	鉉7上-9
稗	bai`	ㄅㄞˋ	黍部	【黍部】8畫		330	333	段7上-57	鍇13-23	鉉7上-9
黼	fu´	ㄈㄨˊ	黍部	【黍部】9畫		330	333	段7上-57	鍇13-24	鉉7上-9
麿	mei´	ㄇㄟˊ	黍部	【黍部】11畫		330	333	段7上-57	鍇13-23	鉉7上-9
【黑(hei)部】	hei	ㄏㄟ	黑部			487	492	段10上-55	鍇19-18	鉉10上-9
冕(黑，螺通叚）	hei	ㄏㄟ	黑部	【黑部】		487	492	段10上-55	鍇19-18	鉉10上-9
黥(黥，剠通叚）	qing´	ㄑㄧㄥˊ	黑部	【黑部】2畫		489	494	段10上-59	鍇19-20	鉉10上-10
弋(杙，芅、綖、鳶、黓通叚）	yi`	ㄧˋ	厂部	【弋部】3畫		627	633	段12下-32	鍇24-11	鉉12下-5
酓(黓通叚）	yi`	ㄧˋ	酉部	【酉部】3畫		748	755	段14下-36	鍇28-18	鉉14下-9
奸(黚通叚）	gan	ㄍㄢ	皮部	【皮部】3畫		122	123	段3下-31	鍇6-16	鉉3下-7
默(嘿，嚜通叚）	mo`	ㄇㄛˋ	犬部	【黑部】4畫		474	478	段10上-28	鍇19-9	鉉10上-5
肬(黓，疣通叚）	you´	ㄧㄡˊ	肉部	【肉部】4畫		171	173	段4下-28	鍇8-11	鉉4下-5
冕(黑，螺通叚）	hei	ㄏㄟ	黑部	【黑部】4畫		487	492	段10上-55	鍇19-18	鉉10上-9
黔(黬）	qian´	ㄑㄧㄢˊ	黑部	【黑部】4畫		488	493	段10上-57	鍇19-19	鉉10上-10

篆本字（古文、金文、籀文、俗字，通叚、金石）	拼音	注音	說文部首	康熙部首	筆畫	一般頁碼	洪葉頁碼	段注篇章	徐鍇通釋篇章	徐鉉藤花榭篇章
黚(黔)	qian′	ㄑㄧㄢˊ	黑部	【黑部】4畫		488	492	段10上-56	鍇19-20	鉉10上-10
黕(湛，曇通叚)	dan`	ㄉㄢˇ	黑部	【黑部】4畫		488	493	段10上-57	鍇19-19	鉉10上-10
沈(潘、湛、黕，沉俗、邥通叚)	chen′	ㄔㄣˊ	水部	【水部】4畫		558	563	段11上貳-25	鍇21-20	鉉11上-7
黗(黗，黁通叚)	tun′	ㄊㄨㄣˊ	黑部	【黑部】4畫		488	492	段10上-56	鍇19-19	鉉10上-10
黱(黛)	dai`	ㄉㄞˋ	黑部	【黑部】5畫		489	493	段10上-58	鍇19-19	鉉10上-10
黤	da′	ㄉㄚˊ	黑部	【黑部】5畫		488	492	段10上-56	鍇19-19	鉉10上-10
黚(黔)	qian′	ㄑㄧㄢˊ	黑部	【黑部】5畫		488	492	段10上-56	鍇19-20	鉉10上-10
黔(黚)	qian′	ㄑㄧㄢˊ	黑部	【黑部】5畫		488	493	段10上-57	鍇19-19	鉉10上-10
黜(絀、詘)	chu`	ㄔㄨˋ	黑部	【黑部】5畫		489	493	段10上-58	鍇19-19	鉉10上-10
絀(黜)	chu`	ㄔㄨˋ	糸部	【糸部】5畫		650	656	段13上-14	鍇25-4	鉉13上-2
點(玷，蔵通叚)	dian`	ㄉㄧㄢˇ	黑部	【黑部】5畫		488	492	段10上-56	鍇19-19	鉉10上-10
黝(幽)	you`	ㄧㄡˇ	黑部	【黑部】5畫		488	492	段10上-56	鍇19-19	鉉10上-10
幽(黝)	you`	ㄧㄡ	丝部	【幺部】6畫		158	160	段4下-2	鍇8-2	鉉4下-1
薰(繭)	jian`	ㄐㄧㄢˇ	黑部	【黑部】6畫		488	493	段10上-57	鍇19-19	鉉10上-10
黟	yi′	ㄧ	黑部	【黑部】6畫		489	494	段10上-59	鍇19-20	鉉10上-10
黠	xia′	ㄒㄧㄚˊ	黑部	【黑部】6畫		488	493	段10上-57	鍇19-19	鉉10上-10
黴(黣，穈、霉、黣通叚)	mei′	ㄇㄟˊ	黑部	【黑部】7畫		489	493	段10上-58	鍇19-19	鉉10上-10
黤	yan`	ㄧㄢˇ	黑部	【黑部】8畫		488	492	段10上-56	鍇19-19	鉉10上-10
渰(黤)	yan`	ㄧㄢˇ	水部	【水部】8畫		557	562	段11上貳-23	鍇21-20	鉉11上-7
刺(刺、庇、褩通叚)	ci`	ㄘˋ	刀部	【刂部】8畫		182	184	段4下-50	鍇8-18	鉉4下-7
黥(剠，剕通叚)	qing′	ㄑㄧㄥˊ	黑部	【黑部】8畫		489	494	段10上-59	鍇19-20	鉉10上-10
黨(曭、尚，儻、讜、倘、惝通叚)	dang`	ㄉㄤˇ	黑部	【黑部】8畫		488	493	段10上-57	鍇19-19	鉉10上-10
攩(黨、儻，儻通叚)	dang`	ㄉㄤˇ	手部	【手部】8畫		600	606	段12上-34	鍇23-11	鉉12上-6
黦(薲、黦)	yue`	ㄩㄝˋ	黑部	【黑部】8畫		488	492	段10上-56	鍇19-19	鉉10上-10
纁(薲，曛、燻通叚)	xun	ㄒㄩㄣ	糸部	【糸部】8畫		650	656	段13上-14	鍇25-4	鉉13上-2
黴(黣，穈、霉、黣通叚)	mei′	ㄇㄟˊ	黑部	【黑部】8畫		489	493	段10上-58	鍇19-19	鉉10上-10

篆本字(古文、金文、籀文、俗字，通叚、金石)	拼音	注音	說文部首	康熙部首	筆畫	一般頁碼	洪葉頁碼	段注篇章	徐鍇通釋篇章	徐鉉藤花榭篇章
犁(黎、黧、梨、犁者gou˘述及，璃、璨通叚)	li´	ㄌㄧ´	黍部	【黍部】8畫		330	333	段7上-57	錯13-23	鉉7上-9
黎(梨、檅，蜊、黧通叚)	li´	ㄌㄧ´	木部	【木部】8畫		238	241	段6上-1	錯11-1	鉉6上-1
黔(黗通叚)	jin	ㄐㄧㄣ	黑部	【黑部】8畫		488	492	段10上-56	錯19-19	鉉10上-10
黬(緎，繘、罭通叚)	yu`	ㄩ`	黑部	【黑部】8畫		489	493	段10上-58	錯19-19	鉉10上-10
黓	yang`	ㄧㄤ`	黑部	【黑部】9畫		488	492	段10上-56	錯19-19	鉉10上-10
黫	yan˘	ㄧㄢ˘	黑部	【黑部】9畫		489	494	段10上-59	錯19-20	鉉10上-10
黮(甚，霠通叚)	shen`	ㄕㄣ`	黑部	【黑部】9畫		489	493	段10上-58	錯19-20	鉉10上-10
屋(屋、臺，劚、齷通叚)	wu	ㄨ	尸部	【尸部】9畫		400	404	段8上-72	錯16-9	鉉8上-11
煙(烟、窒、㷑，黫通叚)	yan	ㄧㄢ	火部	【火部】9畫		484	489	段10上-49	錯19-16	鉉10上-8
羥(黫、殷)	yan	ㄧㄢ	羊部	【羊部】9畫		146	148	段4上-35	錯7-16	鉉4上-7
殷(碬、殸、郼、黫通叚)	yin	ㄧㄣ	肩部	【殳部】9畫		388	392	段8上-48	錯15-17	鉉8上-7
黯	an`	ㄢ`	黑部	【黑部】9畫		487	492	段10上-55	錯19-19	鉉10上-10
黵(澱，黗通叚)	dian`	ㄉㄧㄢ`	黑部	【黑部】9畫		489	493	段10上-58	錯19-20	鉉10上-10
彡(鬒、顯，縝通叚)	zhen˘	ㄓㄣ˘	彡部	【人部】9畫		424	429	段9上-19	錯17-6	鉉9上-3
辱(黰黷述及)	ru`	ㄖㄨ`	辰部	【辰部】10畫		745	752	段14下-30	錯28-15	鉉14下-7
黱(黛)	dai`	ㄉㄞ`	黑部	【黑部】10畫		489	493	段10上-58	錯19-19	鉉10上-10
黂	pan´	ㄆㄢ´	黑部	【黑部】10畫		489	493	段10上-58	錯19-19	鉉10上-10
黦(窫、黦)	yue`	ㄩㄝ`	黑部	【黑部】11畫		488	492	段10上-56	錯19-19	鉉10上-10
黪(墋通叚)	can˘	ㄘㄢ˘	黑部	【黑部】11畫		488	492	段10上-56	錯19-19	鉉10上-10
黳	yi	ㄧ	黑部	【黑部】11畫		488	492	段10上-56	錯19-19	鉉10上-10
黴(黣，穈、霉、黣通叚)	mei´	ㄇㄟ´	黑部	【黑部】11畫		489	493	段10上-58	錯19-19	鉉10上-10
黵(憨)	han	ㄏㄢ	黑部	【黑部】12畫		489	494	段10上-59	錯19-20	鉉10上-10
戇(憨通叚)	zhuang`	ㄓㄨㄤ`	心部	【心部】12畫		509	514	段10下-39	錯20-13	鉉10下-7
黵	wei`	ㄨㄟ`	黑部	【黑部】13畫		487	492	段10上-55	錯19-19	鉉10上-10
黵	dan˘	ㄉㄢ˘	黑部	【黑部】13畫		489	493	段10上-58	錯19-19	鉉10上-10

篆本字（古文、金文、籀文、俗字，通段、金石）	拼音	注音	說文部首	康熙部首	筆畫	一般頁碼	洪葉頁碼	段注篇章	徐鍇通釋篇章	徐鉉藤花榭篇章
黰(澱，黫通段)	dian、	ㄉㄧㄢˋ	黑部	【黑部】	13畫	489	493	段10上-58	鍇19-20	鉉10上-10
澱(淀洋yangˊ述及、黫)	dian、	ㄉㄧㄢˋ	水部	【水部】	13畫	562	567	段11上貳-33	鍇21-23	鉉11上-8
簻从竹目大黑	zhaˊ	ㄓㄚˊ	黑部	【黑部】	14畫	488	493	段10上-57	鍇19-19	鉉10上-10
黶	yanˇ	ㄧㄢˇ	黑部	【黑部】	14畫	487	492	段10上-55	鍇19-19	鉉10上-10
黷(瀆、嬻)	duˊ	ㄉㄨˊ	黑部	【黑部】	15畫	489	493	段10上-58	鍇19-19	鉉10上-10
遺(黷、瀆、嬻)	duˊ	ㄉㄨˊ	辵(辶)部	【辵部】	15畫	71	71	段2下-4	鍇4-2	鉉2下-1
嬻(瀆、黷)	duˊ	ㄉㄨˊ	女部	【女部】	15畫	622	628	段12下-22	鍇24-7	鉉12下-3
黬(蔵、箴)	jian	ㄐㄧㄢ	黑部	【黑部】	15畫	488	492	段10上-56	鍇19-19	鉉10上-10
黸(盧、旅、旅，矑通段)	luˊ	ㄌㄨˊ	黑部	【黑部】	16畫	487	492	段10上-55	鍇19-19	鉉10上-10
【黹(zhiˇ)部】	zhiˇ	ㄓˇ	黹部			364	367	段7下-58	鍇14-25	鉉7下-10
黹(希疑古文黹、絺)	zhiˇ	ㄓˇ	黹部	【黹部】		364	367	段7下-58	鍇14-25	鉉7下-10
黺(粉)	fenˇ	ㄈㄣˇ	黹部	【黹部】	4畫	364	368	段7下-59	鍇14-25	鉉7下-10
黻(黻通段)	fuˊ	ㄈㄨˊ	黹部	【黹部】	5畫	364	368	段7下-59	鍇14-25	鉉7下-10
市fuˊ非市shi、(韍、紱、黻、芾、茀、沛)	fuˊ	ㄈㄨˊ	市部	【巾部】	5畫	362	366	段7下-55	鍇14-24	鉉7下-9
絥(紼通段)	miˊ	ㄇㄧˊ	糸部	【糸部】	6畫	649	656	段13上-13	鍇25-4	鉉13上-2
黼(黼通段)	fuˇ	ㄈㄨˇ	黹部	【黹部】	7畫	364	368	段7下-59	鍇14-25	鉉7下-10
黼(綷，𦇧通段)	zui、	ㄗㄨㄟˋ	黹部	【黹部】	8畫	364	368	段7下-59	鍇14-25	鉉7下-10
黼(楚)	chuˇ	ㄔㄨˇ	黹部	【黹部】	11畫	364	368	段7下-59	鍇14-25	鉉7下-10
【黽(minˇ)部】	minˇ	ㄇㄧㄣˇ	黽部			679	685	段13下-10	鍇25-17	鉉13下-2
黽(鼃，黾、澠通段)	minˇ	ㄇㄧㄣˇ	黽部	【黽部】		679	685	段13下-10	鍇25-17	鉉13下-2
恓(黽、勔、蠠、蠠、蜜、密、黽)	mianˇ	ㄇㄧㄢˇ	心部	【心部】		506	511	段10下-33	鍇20-12	鉉10下-6
虯(黿，虬通段)	qiuˊ	ㄑㄧㄡˊ	虫部	【虫部】	4畫	670	676	段13上-54	鍇25-13	鉉13上-7
黿(鼋通段)	yuanˊ	ㄩㄢˊ	黽部	【黽部】	4畫	679	686	段13下-11	鍇25-17	鉉13下-3
鼅(鼀)	quˊ	ㄑㄩˊ	黽部	【黽部】	5畫	679	686	段13下-11	鍇25-18	鉉13下-3
鼀(鼀，鼀通段)	cu、	ㄘㄨˋ	黽部	【黽部】	5畫	679	685	段13下-10	鍇25-17	鉉13下-3

篆本字(古文、金文、籀文、俗字，通叚、金石)	拼音	注音	說文部首	康熙部首	筆畫	一般頁碼	洪葉頁碼	段注篇章	徐鍇通釋篇章	徐鉉藤花榭篇章
鼂(鼂从皀黽、朝、晁)	chao ˊ	ㄔㄠˊ	黽部	【黽部】	5畫	680	686	段13下-12	鍇25-18	鉉13下-3
黽(黽，僶、澠通叚)	min ˇ	ㄇㄧㄣˇ	黽部	【黽部】	5畫	679	685	段13下-10	鍇25-17	鉉13下-2
鼃(蛙、䵷)	wa	ㄨㄚ	黽部	【黽部】	6畫	679	685	段13下-10	鍇25-17	鉉13下-3
哇(䵷)	wa	ㄨㄚ	口部	【口部】	6畫	59	60	段2上-23	鍇3-9	鉉2上-5
鼄(蛛、蝃鼅述及)	zhu	ㄓㄨ	黽部	【黽部】	6畫	680	686	段13下-12	鍇25-18	鉉13下-3
鼀(䵸，鼀通叚)	cu ˋ	ㄘㄨˋ	黽部	【黽部】	7畫	679	685	段13下-10	鍇25-17	鉉13下-3
鼂(鼂从皀黽、朝、晁)	chao ˊ	ㄔㄠˊ	黽部	【黽部】	7畫	680	686	段13下-12	鍇25-18	鉉13下-3
鼅从知于(鼅、蜘，蜘通叚)	zhi	ㄓ	黽部	【黽部】	8畫	679	686	段13下-11	鍇25-18	鉉13下-3
鼀(䵸，鼀通叚)	cu ˋ	ㄘㄨˋ	黽部	【黽部】	9畫	679	685	段13下-10	鍇25-17	鉉13下-3
鼆	meng ˇ	ㄇㄥˇ	冥部	【黽部】	10畫	312	315	段7上-22	鍇13-8	鉉7上-3
鼷	xi ˊ	ㄒㄧˊ	黽部	【黽部】	10畫	679	686	段13下-11	鍇25-18	鉉13下-3
鼇	ao ˊ	ㄠˊ	黽部	【黽部】	10畫	無	無	無	無	鉉13下-3
龜(𠁴，鼇通叚)	gui	ㄍㄨㄟ	龜部	【龜部】	11畫	678	685	段13下-9	鍇25-17	鉉13下-2
鼅从知于(鼅、蜘，蜘通叚)	zhi	ㄓ	黽部	【黽部】	11畫	679	686	段13下-11	鍇25-18	鉉13下-3
鼈(鼈从蔽，蔽述及，蟞、鱉通叚)	bie	ㄅㄧㄝ	黽部	【黽部】	11畫	679	686	段13下-11	鍇25-17	鉉13下-3
鼉(蟲、鼉通叚)	tuo ˊ	ㄊㄨㄛˊ	黽部	【黽部】	12畫	679	686	段13下-11	鍇25-17	鉉13下-3
䵹从爾	shi	ㄕ	黽部	【黽部】	14畫	679	686	段13下-11	鍇25-17	鉉13下-3
【鼎(ding ˇ)部】	ding ˇ	ㄉㄧㄥˇ	鼎部			319	322	段7上-35	鍇13-15	鉉7上-6
鼎(丁、貝，鼑通叚)	ding ˇ	ㄉㄧㄥˇ	鼎部	【鼎部】		319	322	段7上-35	鍇13-15	鉉7上-6
貝(鼎述及，唄通叚)	bei ˋ	ㄅㄟˋ	貝部	【貝部】		279	281	段6下-14	鍇12-9	鉉6下-4
鼏(密，冪通叚)	mi ˋ	ㄇㄧˋ	鼎部	【鼎部】	2畫	319	322	段7上-36	鍇13-15	鉉7上-7
扃(鼏)	jiong	ㄐㄩㄥ	戶部	【戶部】	2畫	587	593	段12上-7	鍇23-3	鉉12上-2
員(鼎、云，篔通叚)	yuan ˊ	ㄩㄢˊ	員部	【口部】	3畫	279	281	段6下-14	鍇12-9	鉉6下-4
鼐	nai ˋ	ㄋㄞˋ	鼎部	【鼎部】	3畫	319	322	段7上-36	鍇13-15	鉉7上-6

篆本字（古文、金文、籀文、俗字，通叚、金石）	拼音	注音	說文部首	康熙部首	筆畫	一般頁碼	洪葉頁碼	段注篇章	徐鍇通釋篇章	徐鉉藤花榭篇章
鼒(鎡)	zi	ㄗ	鼎部	【鼎部】	3畫	319	322	段7上-36	錯13-15	鉉7上-6
鼏(密、蜜)	mi丶	ㄇㄧ丶	鼎部	【鼎部】	3畫	319	322	段7上-36	錯13-15	鉉7上-7
妘(䢵、媇)	yun´	ㄩㄣ´	女部	【女部】	6畫	613	619	段12下-3	錯24-1	鉉12下-1
䰞(鬺、䰵从將鼎、烹、亨，䰼通叚)	shang	ㄕㄤ	鬲部	【鬲部】	11畫	111	112	段3下-10	錯6-6	鉉3下-2
【鼓(gu˅)部】	gu˅	ㄍㄨ˅	鼓部			206	208	段5上-35	錯9-15	鉉5上-7
鼓(皷、皼、鼕从古)	gu˅	ㄍㄨ˅	鼓部	【鼓部】		206	208	段5上-35	錯9-15	鉉5上-7
鼛(鼞ca丶)	ta丶	ㄊㄚ丶	鼓部	【鼓部】	5畫	206	208	段5上-36	錯9-15	鉉5上-7
鼟从隆(鼛，鼟从夆通叚)	long´	ㄌㄨㄥ´	鼓部	【鼓部】	5畫	206	208	段5上-36	錯9-15	鉉5上-7
鞀(鞉、䩚、磬，鼗通叚)	tao´	ㄊㄠ´	革部	【革部】	6畫	108	109	段3下-4	錯6-3	鉉3下-1
鼓(皷、皼、鼕从古)	gu˅	ㄍㄨ˅	鼓部	【鼓部】	6畫	206	208	段5上-35	錯9-15	鉉5上-7
鼖(鞼)	fen´	ㄈㄣ´	鼓部	【鼓部】	6畫	206	208	段5上-35	錯9-15	鉉5上-7
鼛(鞈、鞳、闟)	ta丶	ㄊㄚ丶	鼓部	【鼓部】	6畫	206	208	段5上-36	錯9-15	鉉5上-7
鞈(鼛，鞳、鼞通叚)	ge´	ㄍㄜ´	革部	【革部】	6畫	110	111	段3下-7	錯6-4	鉉3下-2
鼞(鼛)	ta丶	ㄊㄚ丶	鼓部	【鼓部】	6畫	206	208	段5上-36	錯9-15	鉉5上-7
鼟从隆(鼛，鼟从夆通叚)	long´	ㄌㄨㄥ´	鼓部	【鼓部】	8畫	206	208	段5上-36	錯9-15	鉉5上-7
鼘从肙(咽、淵，鼘通叚)	yuan	ㄩㄢ	鼓部	【鼓部】	8畫	206	208	段5上-36	錯9-15	鉉5上-7
鼙(鞞通叚)	pi´	ㄆㄧ´	鼓部	【鼓部】	8畫	206	208	段5上-35	錯9-15	鉉5上-7
鼛从咎(皋)	gao	ㄍㄠ	鼓部	【鼓部】	8畫	206	208	段5上-35	錯9-15	鉉5上-7
鼜(䶆)	qi丶	ㄑㄧ丶	鼓部	【鼓部】	9畫	206	208	段5上-36	錯9-15	鉉5上-7
蟿(鼜从鼓蚤)	qi	ㄑㄧ	克部	【虫部】	9畫	205	207	段5上-34	錯9-14	鉉5上-7
鼟(闛、鏜、闛)	tang	ㄊㄤ	鼓部	【鼓部】	11畫	206	208	段5上-36	錯9-15	鉉5上-7
鼘从肙(咽、淵，鼘通叚)	yuan	ㄩㄢ	鼓部	【鼓部】	11畫	206	208	段5上-36	錯9-15	鉉5上-7

篆本字(古文、金文、籀文、俗字，通叚、金石)	拼音	注音	說文部首	康熙部首	筆畫	一般頁碼	洪葉頁碼	段注篇章	徐鍇通釋篇章	徐鉉藤花榭篇章
𪔵从隆(鼕，𪔂从夆通叚)	long ˊ	ㄌㄨㄥˊ	鼓部	【鼓部】	12畫	206	208	段5上-36	鍇9-15	鉉5上-7
【鼠(shu ˇ)部】	shu ˇ	ㄕㄨˇ	鼠部			478	483	段10上-37	鍇19-12	鉉10上-6
鼠(癙)	shu ˇ	ㄕㄨˇ	鼠部	【鼠部】		478	483	段10上-37	鍇19-12	鉉10上-6
䶂	zhuo ˊ	ㄓㄨㄛˊ	鼠部	【鼠部】	3畫	479	483	段10上-38	鍇19-13	鉉10上-7
蚼(蜪、鼩、䶂)	gou ˇ	ㄍㄡˇ	虫部	【虫部】	3畫	673	679	段13上-60	鍇25-14	鉉13上-8
犬(鼣通叚)	quan ˇ	ㄑㄩㄢˇ	犬部	【犬部】	4畫	473	477	段10上-26	鍇19-8	鉉10上-4
䶃(𪕍)	han ˊ	ㄏㄢˊ	鼠部	【鼠部】	4畫	479	483	段10上-38	鍇19-13	鉉10上-7
鼨(𪕊、鼮)	zhong	ㄓㄨㄥ	鼠部	【鼠部】	4畫	479	483	段10上-38	鍇19-12	鉉10上-6
鼢(蚡、坌，𪖈通叚)	fen ˊ	ㄈㄣˊ	鼠部	【鼠部】	4畫	478	483	段10上-37	鍇19-12	鉉10上-6
貂(鼦鼬you ˋ 述及)	diao	ㄉㄧㄠ	豸部	【豸部】	5畫	458	463	段9下-43	鍇18-15	鉉9下-7
鼬(鼦，𪀔通叚)	you ˋ	ㄧㄡˋ	鼠部	【鼠部】	5畫	479	483	段10上-38	鍇19-13	鉉10上-7
猩(狌，鼪通叚)	xing	ㄒㄧㄥ	犬部	【犬部】	5畫	474	478	段10上-28	鍇19-9	鉉10上-5
䶄	ping ˊ	ㄆㄧㄥˊ	鼠部	【鼠部】	5畫	478	483	段10上-37	鍇19-12	鉉10上-6
鼩	qu ˊ	ㄑㄩˊ	鼠部	【鼠部】	5畫	479	483	段10上-38	鍇19-13	鉉10上-7
蚼(蜪、鼩、䶂)	gou ˇ	ㄍㄡˇ	虫部	【虫部】	5畫	673	679	段13上-60	鍇25-14	鉉13上-8
鼫	shi ˊ	ㄕˊ	鼠部	【鼠部】	5畫	478	483	段10上-37	鍇19-12	鉉10上-6
𪕉(𪕎通叚)	rong ˇ	ㄖㄨㄥˇ	鼠部	【鼠部】	5畫	479	484	段10上-39	鍇19-13	鉉10上-7
𪕒(鼦、䶉、留)	liu ˊ	ㄌㄧㄡˊ	鼠部	【鼠部】	5畫	478	483	段10上-37	鍇19-12	鉉10上-6
鼨(𪕊、鼮)	zhong	ㄓㄨㄥ	鼠部	【鼠部】	5畫	479	483	段10上-38	鍇19-12	鉉10上-6
𪕕	he ˊ	ㄏㄜˊ	鼠部	【鼠部】	6畫	478	483	段10上-37	鍇19-12	鉉10上-6
鼭	zi	ㄗ	鼠部	【鼠部】	6畫	479	484	段10上-39	鍇19-13	鉉10上-7
䶃(𪕍)	han ˊ	ㄏㄢˊ	鼠部	【鼠部】	7畫	479	483	段10上-38	鍇19-13	鉉10上-7
梧(捂、鼯通叚)	wu ˊ	ㄨˊ	木部	【木部】	7畫	247	249	段6上-18	鍇11-8	鉉6上-3
精(睛、暒姓qing ˊ 述及，鯖、鶄、鵖从即、鶄、鼱通叚)	jing	ㄐㄧㄥ	米部	【米部】	8畫	331	334	段7上-59	鍇13-24	鉉7上-9
匽(堰、鼴通叚)	yan ˇ	ㄧㄢˇ	匸部	【匸部】	7畫	635	641	段12下-47	鍇24-16	鉉12下-7

篆本字（古文、金文、籀文、俗字，通叚、金石）	拼音	注音	說文部首	康熙部首	筆畫	一般頁碼	洪葉頁碼	段注篇章	徐鍇通釋篇章	徐鉉藤花榭篇章
偃(堰筍述及、鼴齈述及，鼴从匽通叚)	yan˘	一ㄢ˘	人部	【人部】7畫		381	385	段8上-33	錯15-11	鉉8上-4
突(堗、葖、鴥、鼥通叚)	tu´	ㄊㄨ´	穴部	【穴部】9畫		346	349	段7下-22	錯14-9	鉉7下-4
鼲	hun´	ㄏㄨㄣ´	鼠部	【鼠部】9畫		479	484	段10上-39	錯19-13	鉉10上-7
臭(湨、猽、瞁、鼳通叚)	ju´	ㄐㄩ´	犬部	【犬部】9畫		474	478	段10上-28	錯19-9	鉉10上-5
鼤(猢、鼯、胡)	hu´	ㄏㄨ´	鼠部	【鼠部】9畫		479	484	段10上-39	錯19-13	鉉10上-7
鼶	si	ㄙ	鼠部	【鼠部】10畫		478	483	段10上-37	錯19-12	鉉10上-6
鼸	xian˘	ㄒ一ㄢ˘	鼠部	【鼠部】10畫		479	483	段10上-38	錯19-13	鉉10上-7
鼬(鼺、貁、留)	liu´	ㄌ一ㄡ´	鼠部	【鼠部】10畫		478	483	段10上-37	錯19-12	鉉10上-6
鼷(貖)	e`	ㄜ`	鼠部	【鼠部】10畫		479	483	段10上-38	錯19-13	鉉10上-6
鼢(蚡、鼖，鼣通叚)	fen´	ㄈㄣ´	鼠部	【鼠部】12畫		478	483	段10上-37	錯19-12	鉉10上-6
鼩(蟠)	fan´	ㄈㄢ´	鼠部	【鼠部】12畫		478	483	段10上-37	錯19-12	鉉10上-6
鷽(鸁从回鳥、鸓、蠝、貁、鼺)	lei˘	ㄌㄟ˘	鳥部	【鳥部】15畫		156	158	段4上-55	錯7-23	鉉4上-9
鼹	xi	ㄒ一	鼠部	【鼠部】16畫		479	483	段10上-38	錯19-13	鉉10上-6
斬(獑、鐉通叚)	zhan˘	ㄓㄢ˘	車部	【斤部】17畫		730	737	段14上-57	錯27-15	鉉14上-8
【鼻(biˊ)部】	bi´	ㄅ一´	鼻部			137	139	段4上-17	錯7-8	鉉4上-4
鼻(自皇述及，褹通叚)	bi´	ㄅ一´	鼻部	【鼻部】		137	139	段4上-17	錯7-8	鉉4上-4
臼(自〔臼〕請詳查內容、臽、鼻皇述及)	zi`	ㄗ`	自部	【自部】		136	138	段4上-15	錯7-7	鉉4上-3
鼽	qiu´	ㄑ一ㄡ´	鼻部	【鼻部】2畫		137	139	段4上-17	錯7-8	鉉4上-4
鼾(頯通叚)	han	ㄏㄢ	鼻部	【鼻部】3畫		137	139	段4上-17	錯7-8	鉉4上-4
涕(淚、鼽通叚)	ti`	ㄊ一`	水部	【水部】7畫		565	570	段11上貳-40	錯21-25	鉉11上-9
齂	xie`	ㄒ一ㄝ`	鼻部	【鼻部】8畫		137	139	段4上-17	錯7-8	鉉4上-4
頞(齃)	e`	ㄜ`	頁部	【頁部】9畫		416	421	段9上-3	錯17-1	鉉9上-1

篆本字(古文、金文、籀文、俗字，通段、金石)	拼音	注音	說文部首	康熙部首	筆畫	一般頁碼	洪葉頁碼	段注篇章	徐鍇通釋篇章	徐鉉藤花榭篇章
齅(嗅通段)	xiu`	ㄒㄧㄡˋ	鼻部	【鼻部】	10畫	137	139	段4上-17	錯7-8	鉉4上-4
邕(㠱，壅、䲷 从巜邑通段)	yong	ㄩㄥ	川部	【邑部】	10畫	569	574	段11下-4	錯22-2	鉉11下-2
【齊(qi´)部】	qi´	ㄑㄧˊ	齊部			317	320	段7上-32	錯13-14	鉉7上-6
齊(㿝、齎、臍，隮通段)	qi´	ㄑㄧˊ	齊部	【齊部】		317	320	段7上-32	錯13-14	鉉7上-6
劑(齊)	ji`	ㄐㄧˋ	刀部	【刂部】		181	183	段4下-47	錯8-16	鉉4下-7
嫧从女(齊)	qi´	ㄑㄧˊ	女部	【齊部】		619	625	段12下-16	錯24-6	鉉12下-3
齏从妻(齊)	qi´	ㄑㄧˊ	齊部	【齊部】		317	320	段7上-32	錯13-14	鉉7上-6
齏从皿(齋、齊)	zi	ㄗ	皿部	【齊部】		211	213	段5上-46	錯9-19	鉉5上-9
齎从衣(齊，襀通段)	zi	ㄗ	衣部	【齊部】		396	400	段8上-64	錯16-5	鉉8上-9
翦(翦、齊、䎒、前、戩、鬋)	jian˘	ㄐㄧㄢˇ	羽部	【羽部】		138	140	段4上-19	錯7-9	鉉4上-4
戩(翦、齊、䎒)	jian˘	ㄐㄧㄢˇ	戈部	【戈部】		631	637	段12下-40	錯24-13	鉉12下-6
鈰(齊)	qi´	ㄑㄧˊ	金部	【金部】		715	722	段14上-27	錯27-8	鉉14上-4
齋(齋、齋从齋真夊，襀通段)	zhai	ㄓㄞ	示部	【齊部】	2畫	3	3	段1上-6	錯1-6	鉉1上-2
齊(㿝、齎、臍，隮通段)	qi´	ㄑㄧˊ	齊部	【齊部】	3畫	317	320	段7上-32	錯13-14	鉉7上-6
嫧从女(齊)	qi´	ㄑㄧˊ	女部	【齊部】	3畫	619	625	段12下-16	錯24-6	鉉12下-3
齏从火(懠通段)	ji`	ㄐㄧˋ	火部	【齊部】	4畫	482	487	段10上-45	錯19-15	鉉10上-8
齎从衣(齊，襀通段)	zi	ㄗ	衣部	【齊部】	6畫	396	400	段8上-64	錯16-5	鉉8上-9
齋从禾(秶、齋、齏)	zi	ㄗ	禾部	【齊部】	7畫	322	325	段7上-41	錯13-18	鉉7上-7
齏从皿(齋、齊)	zi	ㄗ	皿部	【齊部】	7畫	211	213	段5上-46	錯9-19	鉉5上-9
齎从貝(賫通段)	ji´	ㄐㄧˊ	貝部	【齊部】	7畫	280	282	段6下-16	錯12-10	鉉6下-4
資(齎，憤通段)	zi	ㄗ	貝部	【貝部】	7畫	279	282	段6下-15	錯12-10	鉉6下-4
齏从妻(齊)	qi´	ㄑㄧˊ	齊部	【齊部】	8畫	317	320	段7上-32	錯13-14	鉉7上-6
韲(齏、齏，虀通段)	ji	ㄐㄧ	韭部	【韭部】	9畫	336	340	段7下-3	錯14-2	鉉7下-1

篆本字（古文、金文、籀文、俗字，通段、金石）	拼音	注音	說文部首	康熙部首	筆畫	一般頁碼	洪葉頁碼	段注篇章	徐鍇通釋篇章	徐鉉藤花榭篇章
齋(齋、齋从齋眞攵，齎通段)	zhai	ㄓㄞ	示部	【示部】16畫		3	3	段1上-6	錯1-6	鉉1上-2
【齒(chiˇ)部】	chiˇ	ㄔˇ	齒部			78	79	段2下-19	錯4-10	鉉2下-4
齒(凷)	chiˇ	ㄔˇ	齒部	【齒部】		78	79	段2下-19	錯4-10	鉉2下-4
齔(齓通段)	chen`	ㄔㄣ`	齒部	【齒部】2畫		78	79	段2下-19	錯4-11	鉉2下-4
齕	he´	ㄏㄜ´	齒部	【齒部】3畫		80	80	段2下-22	錯4-12	鉉2下-5
齗	yanˇ	ㄧㄢˇ	齒部	【齒部】3畫		80	80	段2下-22	錯4-11	鉉2下-5
齗(矧，齦通段)	yin	ㄧㄣ	齒部	【齒部】4畫		78	79	段2下-19	錯4-11	鉉2下-4
齦(齗、狠)	yin´	ㄧㄣ´	齒部	【齒部】4畫		80	80	段2下-22	錯4-11	鉉2下-5
齬(齟齬juˇ述及、鋤、鋙，峿通段)	yuˇ	ㄩˇ	齒部	【齒部】4畫		79	80	段2下-21	錯4-12	鉉2下-4
齘	xie`	ㄒㄧㄝ`	齒部	【齒部】4畫		79	79	段2下-20	錯4-11	鉉2下-4
齟	ju`	ㄐㄩ`	齒部	【齒部】5畫		79	80	段2下-21	錯4-11	鉉2下-5
齛(齥)	xie`	ㄒㄧㄝ`	齒部	【齒部】5畫		80	81	段2下-23	錯4-12	鉉2下-5
齡	ling´	ㄌㄧㄥ´	齒部	【齒部】5畫	無	無	無	無		鉉2下-5
聆(鈴，齡通段)	ling´	ㄌㄧㄥ´	耳部	【耳部】5畫		592	598	段12上-17	錯23-7	鉉12上-4
軩(轜、輪、轔，齡通段)	ling´	ㄌㄧㄥ´	車部	【車部】5畫		723	730	段14上-43	錯27-13	鉉14上-6
髦(毛，齠通段)	mao´	ㄇㄠ´	髟部	【髟部】5畫		426	430	段9上-22	錯17-8	鉉9上-4
齠(齠、齮通段)	chi	ㄔ	齒部	【齒部】5畫		80	80	段2下-22	錯4-12	鉉2下-5
齞	yanˇ	ㄧㄢˇ	齒部	【齒部】5畫		79	79	段2下-20	錯4-11	鉉2下-4
齟	zhi´	ㄓ´	齒部	【齒部】5畫		80	80	段2下-22	錯4-11	鉉2下-5
齚(齰，咋通段)	ze´	ㄗㄜ´	齒部	【齒部】5畫		80	80	段2下-22	錯4-11	鉉2下-5
齟(齟)	ju	ㄐㄩ	齒部	【齒部】5畫		79	79	段2下-20	錯4-11	鉉2下-4
齜	zi	ㄗ	齒部	【齒部】6畫		79	79	段2下-20	錯4-11	鉉2下-4
齤	quan´	ㄑㄩㄢ´	齒部	【齒部】6畫		79	80	段2下-21	錯4-11	鉉2下-4
欱(哈、齡通段)	he	ㄏㄜ	欠部	【欠部】6畫		413	417	段8下-24	錯16-17	鉉8下-5
齝(齝、齝通段)	chi	ㄔ	齒部	【齒部】6畫		80	80	段2下-22	錯4-12	鉉2下-5
齛(齥)	xie`	ㄒㄧㄝ`	齒部	【齒部】6畫		80	81	段2下-23	錯4-12	鉉2下-5
齦(齗、狠)	yin´	ㄧㄣ´	齒部	【齒部】6畫		80	80	段2下-22	錯4-11	鉉2下-5
齗(矧，齦通段)	yin	ㄧㄣ	齒部	【齒部】6畫		78	79	段2下-19	錯4-11	鉉2下-4
齧(嚙通段)	nie`	ㄋㄧㄝ`	齒部	【齒部】6畫		80	80	段2下-22	錯4-12	鉉2下-5
齨(齨)	jiu`	ㄐㄧㄡ`	齒部	【齒部】6畫		80	81	段2下-23	錯4-12	鉉2下-5

篆本字(古文、金文、籀文、俗字，通段、金石)	拼音	注音	說文部首	康熙部首	筆畫	一般頁碼	洪葉頁碼	段注篇章	徐鍇通釋篇章	徐鉉藤花榭篇章
齩(咬，齟通段)	yao˘	一ㄠ˘	齒部	【齒部】6畫		80	80	段2下-22	錯4-11	鉉2下-5
齷	zhi˘	ㄓ˘	齒部	【齒部】6畫		80	81	段2下-23	錯4-12	鉉2下-5
齼	kuo˘	ㄎㄨㄜ˘	齒部	【齒部】6畫		80	81	段2下-23	錯4-12	鉉2下-5
齛	xia´	ㄒㄧㄚ´	齒部	【齒部】6畫		80	80	段2下-22	錯4-11	鉉2下-5
齣(齛)	la`	ㄌㄚ`	齒部	【齒部】6畫		80	80	段2下-22	錯4-11	鉉2下-5
齬(齵齲ju˘述及、鋙、鋙，峿通段)	yu˘	ㄩ˘	齒部	【齒部】7畫		79	80	段2下-21	錯4-12	鉉2下-4
齹从佐(齹从差)	cuo´	ㄘㄨㄜ´	齒部	【齒部】7畫		79	80	段2下-21	錯4-11	鉉2下-4
齳(齫)	yun˘	ㄩㄣ˘	齒部	【齒部】7畫		79	80	段2下-21	錯4-11	鉉2下-4
齱(齺、齱通段)	zou	ㄗㄡ	齒部	【齒部】7畫		79	79	段2下-20	錯4-11	鉉2下-4
齭(齼、憷、傶)	chu˘	ㄔㄨ˘	齒部	【齒部】8畫		80	80	段2下-22	錯4-12	鉉2下-5
狾(猘、狛、瘈、瘛、觢通段)	zhi`	ㄓ`	犬部	【犬部】8畫		476	481	段10上-33	錯19-11	鉉10上-6
齮	yi˘	一˘	齒部	【齒部】8畫		79	80	段2下-21	錯4-11	鉉2下-5
齯(兒)	ni´	ㄋㄧ´	齒部	【齒部】8畫		79	80	段2下-21	錯4-11	鉉2下-5
齰(齚，咋通段)	ze´	ㄗㄜ´	齒部	【齒部】8畫		80	80	段2下-22	錯4-11	鉉2下-5
齱(cuo`)	zu´	ㄗㄨ´	齒部	【齒部】8畫		80	80	段2下-22	錯4-11	鉉2下-5
齲(齲)	qu˘	ㄑㄩ˘	牙部	【牙部】9畫		81	81	段2下-24	錯4-12	鉉2下-5
齸(喊通段)	xian´	ㄒㄧㄢ´	齒部	【齒部】9畫		80	80	段2下-22	錯4-11	鉉2下-5
偓(齷通段)	wo`	ㄨㄛ`	人部	【人部】9畫		372	376	段8上-15	錯15-6	鉉8上-2
握(臺，齷通段)	wo`	ㄨㄛ`	手部	【手部】9畫		597	603	段12上-28	錯23-10	鉉12上-5
齳(齫)	yun˘	ㄩㄣ˘	齒部	【齒部】9畫		79	80	段2下-21	錯4-11	鉉2下-4
齵	yu´	ㄩ´	齒部	【齒部】9畫		79	79	段2下-20	錯4-11	鉉2下-4
齾	ai´	ㄞ´	齒部	【齒部】10畫		80	80	段2下-22	錯4-11	鉉2下-5
齰	hua´	ㄏㄨㄚ´	齒部	【齒部】10畫		80	81	段2下-23	錯4-12	鉉2下-5
齸(嗌)	yi`	一`	齒部	【齒部】10畫		80	81	段2下-23	錯4-12	鉉2下-5
顛(顚，巔、傎、傎、癲、瘨、酊、鷏、齻通段)	dian	ㄉㄧㄢ	頁部	【頁部】10畫		416	420	段9上-2	錯17-1	鉉9上-1
齹从佐(齹从差)	cuo´	ㄘㄨㄜ´	齒部	【齒部】10畫		79	80	段2下-21	錯4-11	鉉2下-4

篆本字(古文、金文、籀文、俗字，通段、金石)	拼音	注音	說文部首	康熙部首	筆畫	一般頁碼	洪葉頁碼	段注篇章	徐鍇通釋篇章	徐鉉藤花榭篇章
齵	zou	ㄗㄡ	齒部	【齒部】	10畫	79	79	段2下-20	鍇4-11	鉉2下-4
齴	yan ˋ	一ㄢˋ	齒部	【齒部】	10畫	79	79	段2下-20	鍇4-11	鉉2下-4
齛(齸、切)	qie ˋ	ㄑㄧㄝˋ	齒部	【齒部】	10畫	80	80	段2下-22	鍇4-11	鉉2下-5
齙(嚙)	bo ˊ	ㄅㄛˊ	齒部	【齒部】	10畫	80	81	段2下-23	鍇4-12	鉉2下-5
齟(齟)	ju ˇ	ㄐㄩˇ	齒部	【齒部】	11畫	79	79	段2下-20	鍇4-11	鉉2下-4
齰	ze ˊ	ㄗㄜˊ	齒部	【齒部】	11畫	79	79	段2下-20	鍇4-11	鉉2下-4
齩(咬，齞通段)	yao ˇ	一ㄠˇ	齒部	【齒部】	11畫	80	80	段2下-22	鍇4-11	鉉2下-5
听非聽(齾通段)	ting	ㄊㄧㄥ	口部	【口部】	12畫	57	57	段2上-18	鍇3-8	鉉2上-4
齭(齼、憷、憷)	chu ˇ	ㄔㄨˇ	齒部	【齒部】	13畫	80	80	段2下-22	鍇4-12	鉉2下-5
齾從聯	lian ˊ	ㄌㄧㄢˊ	齒部	【齒部】	16畫	80	80	段2下-22	鍇4-12	鉉2下-5
齾從獻(齾從獻)	ya ˋ	一ㄚˋ	齒部	【齒部】	20畫	79	80	段2下-21	鍇4-11	鉉2下-5
憗(齾從獻齒，憖通段)	yin ˋ	一ㄣˋ	心部	【心部】	20畫	504	508	段10下-28	鍇20-11	鉉10下-6
【龍(long ˊ)部】	long ˊ	ㄌㄨㄥˊ	龍部			582	588	段11下-31	鍇22-11	鉉11下-6
龍(寵、和、尨 買述及、駹騤述及，曨通段)	long ˊ	ㄌㄨㄥˊ	龍部	【龍部】		582	588	段11下-31	鍇22-11	鉉11下-6
尨(龍、駹、蒙 牻mang ˊ 述及)	long ˊ	ㄌㄨㄥˊ	犬部	【尢部】		473	478	段10上-27	鍇19-8	鉉10上-5
龏	gong	ㄍㄨㄥ	収部	【龍部】	3畫	104	105	段3上-37	鍇5-19	鉉3上-8
龔(供)	gong	ㄍㄨㄥ	共部	【龍部】	4畫	105	105	段3上-38	鍇5-20	鉉3上-8
供(龔)	gong	ㄍㄨㄥ	人部	【人部】	4畫	371	375	段8上-13	鍇15-5	鉉8上-2
龕(龕、堪)	kan	ㄎㄢ	龍部	【龍部】	4畫	582	588	段11下-31	鍇22-12	鉉11下-6
龓(籠，攏通段)	long ˊ	ㄌㄨㄥˊ	有部	【龍部】	6畫	314	317	段7上-25	鍇13-10	鉉7上-4
瓏(瓏通段)	long ˊ	ㄌㄨㄥˊ	玉部	【玉部】	6畫	12	12	段1上-24	鍇1-12	鉉1上-4
龍	jian	ㄐㄧㄢ	龍部	【龍部】	6畫	582	588	段11下-31	鍇22-12	鉉11下-6
龘	da ˊ	ㄉㄚˊ	龍部	【龍部】	16畫	582	588	段11下-31	鍇22-12	鉉11下-6
龗從霝	ling ˊ	ㄌㄧㄥˊ	龍部	【龍部】	17畫	582	588	段11下-31	鍇22-12	鉉11下-6
【龜(gui)部】	gui	ㄍㄨㄟ	龜部			678	685	段13下-9	鍇25-17	鉉13下-2
龜(圞，鼇通段)	gui	ㄍㄨㄟ	龜部	【龜部】		678	685	段13下-9	鍇25-17	鉉13下-2
繿(鼕)	tong ˊ	ㄊㄨㄥˊ	龜部	【龜部】	3畫	678	685	段13下-9	鍇25-17	鉉13下-2
鼃(鼀)	ran ˊ	ㄖㄢˊ	龜部	【龜部】	5畫	678	685	段13下-9	鍇25-17	鉉13下-2

篆本字(古文、金文、籀文、俗字,通叚、金石)	拼音	注音	說文部首	康熙部首	筆畫	一般頁碼	洪葉頁碼	段注篇章	徐鍇通釋篇章	徐鉉藤花榭篇章
【龠(yue`)部】	yue`	ㄩㄝˋ	龠部			85	85	段2下-32	錯4-17	鉉2下-7
龠(籥經傳)	yue`	ㄩㄝˋ	龠部	【龠部】		85	85	段2下-32	錯4-17	鉉2下-7
沂(圻,筅、龂 通叚)	yi´	ㄧˊ	水部	【水部】	4畫	538	543	段11上壹-46	錯21-6	鉉11上-3
龢(和)	he´	ㄏㄜˊ	龠部	【龠部】	5畫	85	86	段2下-33	錯4-17	鉉2下-7
龡从炊(歠)	chui	ㄔㄨㄟ	龠部	【龠部】	8畫	85	86	段2下-33	錯4-17	鉉2下-7
龤(諧)	xie´	ㄒㄧㄝˊ	龠部	【龠部】	9畫	85	86	段2下-33	錯4-17	鉉2下-7
龥从虒(籬、笹)	chi´	ㄔˊ	龠部	【龠部】	10畫	85	86	段2下-33	錯4-17	鉉2下-7

說文五百四十部目檢索表

篆本字(古文、金文、籀文，通叚)	拼音	注音	部首通檢目次	康熙部首	說文大字典	漢京頁碼	洪葉頁碼	段注篇章	徐鍇通釋篇章	徐鉉藤花榭篇章
說文解字弟一					1	765	773	段15上-25	繫傳31部敍-1-1	標目-1
一(弌)	yi	一	1	【一部】	1	1	1	段1上-1	錯1-1	鉉1上-1
二(上、丄)	shang`	ㄕㄤˋ	1	【一部】	1	1	1	段1上-2	錯1-2	鉉1上-1
示(視述及、祄)	shi`	ㄕˋ	2	【示部】	1	2	2	段1上-4	錯1-4	鉉1上-1
三(弎)	san	ㄙㄢ	1	【一部】	2	9	9	段1上-17	錯1-9	鉉1上-3
王(玊)	wang´	ㄨㄤˊ	407	【玉部】	2	9	9	段1上-18	錯1-9	鉉1上-3
玉(王)	yu`	ㄩˋ	407	【玉部】	2	10	10	段1上-19	錯1-10	鉉1上-3
玨(瑴)	jue´	ㄐㄩㄝˊ	407	【玉部】	2	19	19	段1上-38	錯1-19	鉉1上-6
气(乞、餼、氣鎎kai`述及，炁通叚)	qi`	ㄑㄧˋ	339	【气部】	2	20	20	段1上-39	錯1-19	鉉1上-6
士	shi`	ㄕˋ	120	【士部】	2	20	20	段1上-39	錯1-19	鉉1上-6
｜	gun`	ㄍㄨㄣˇ	2	【｜部】	2	20	20	段1上-40	錯1-20	鉉1上-7
屮	che`	ㄔㄜˋ	159	【屮部】	2	21	22	段1下-1	錯2-1	鉉1下-1
艸(草)	cao`	ㄘㄠˇ	566	【艸部】	2	22	22	段1下-2	錯2-2	鉉1下-1
蓐(薅，褥通叚)	ru	ㄖㄨˋ	566	【艸部】	3	47	48	段1下-53	錯2-25	鉉1下-9
茻	mang`	ㄇㄤˇ	566	【艸部】	3	47	48	段1下-53	錯2-25	鉉1下-9
說文解字弟二					3	766	773	段15上-26	繫傳31部敍-1-1	標目-1
小(少)	xiao`	ㄒㄧㄠˇ	153	【小部】	3	48	49	段2上-1	錯3-1	鉉2上-1
八	ba	ㄅㄚ	42	【八部】	3	48	49	段2上-1	錯3-1	鉉2上-1
釆(乎、㕥、辨釆juan`述及)	bian`	ㄅㄧㄢˋ	740	【釆部】	3	50	50	段2上-4	錯3-2	鉉2上-1
半	ban`	ㄅㄢˋ	66	【十部】	4	50	50	段2上-4	錯3-2	鉉2上-1
牛	niu´	ㄋㄧㄡˊ	396	【牛部】	4	50	51	段2上-5	錯3-3	鉉2上-2
犛	mao´	ㄇㄠˊ	396	【牛部】	4	53	53	段2上-10	錯3-5	鉉2上-3
告	gao`	ㄍㄠˋ	77	【口部】	4	53	54	段2上-11	錯3-5	鉉2上-3
口	kou`	ㄎㄡˇ	77	【口部】	4	54	54	段2上-12	錯3-5	鉉2上-3
凵qian`凵部，與凵部qu不同	kan`	ㄎㄢˇ	49	【凵部】	4	62	63	段2上-29	錯3-13	鉉2上-6

篆本字(古文、金文、籀文，通叚)	拼音	注音	部首通檢目次	康熙部首	說文大字典	漢京頁碼	洪葉頁碼	段注篇章	徐鍇通釋篇章	徐鉉藤花榭篇章
吅(喧、吅與讙通，嚾、誼通叚)	xuan	ㄒㄩㄢ	77	【口部】	4	62	63	段2上-29	鍇3-13	鉉2上-6
哭	ku	ㄎㄨ	77	【口部】	4	63	63	段2上-30	鍇3-13	鉉2上-6
歪(走，趏通叚)	zou˘	ㄗㄡ˘	684	【走部】	4	63	64	段2上-31	鍇3-14	鉉2上-6
止(趾、山隸變延述及，杫通叚)	zhi˘	ㄓ˘	328	【止部】	5	67	68	段2上-39	鍇3-17	鉉2上-8
癶(址)	bo	ㄅㄛ	437	【癶部】	5	68	68	段2上-40	鍇3-18	鉉2上-8
步	bu`	ㄅㄨ`	328	【止部】	5	68	69	段2上-41	鍇3-18	鉉2上-8
此	ci˘	ㄘ˘	328	【止部】	5	68	69	段2上-41	鍇3-18	鉉2上-8
正(㲋、㐫古文从足)	zheng`	ㄓㄥ`	328	【止部】	5	69	70	段2下-1	鍇4-1	鉉2下-1
是(昰、氏緹述及)	shi`	ㄕ`	271	【日部】	5	69	70	段2下-1	鍇4-1	鉉2下-1
辵(躇，躩、跡通叚)	chuo`	ㄔㄨㄛ`	712	【辵部】	5	70	70	段2下-2	鍇4-1	鉉2下-1
彳(躑通叚)	chi`	ㄔˋ	195	【彳部】	5	76	76	段2下-14	鍇4-7	鉉2下-3
廴(引)	yin˘	ㄧㄣ˘	186	【廴部】	5	77	78	段2下-17	鍇4-9	鉉2下-4
延(辿)	chan	ㄔㄢˇ	186	【廴部】	6	78	78	段2下-17	鍇4-10	鉉2下-4
行(hang´)	xing´	ㄒㄧㄥ´	631	【行部】	6	78	78	段2下-18	鍇4-10	鉉2下-4
齒(歯)	chi˘	ㄔˇ	866	【齒部】	6	78	79	段2下-19	鍇4-10	鉉2下-4
牙(䶥、䶣、芽管述及，呀通叚)	ya´	ㄧㄚ´	395	【牙部】	6	80	81	段2下-23	鍇4-12	鉉2下-5
足	zu´	ㄗㄨ´	687	【足部】	6	81	81	段2下-24	鍇4-12	鉉2下-5
疋(疏、足、胥、雅)	shu	ㄕㄨ	427	【疋部】	6	84	85	段2下-31	鍇4-16	鉉2下-7
品	pin˘	ㄆㄧㄣ˘	77	【口部】	6	85	85	段2下-32	鍇4-16	鉉2下-7
龠(籥經傳)	yue`	ㄩㄝ`	869	【龠部】	6	85	85	段2下-32	鍇4-17	鉉2下-7
冊(簡、册、筴策段注亦作策)	ce`	ㄘㄜ`	44	【冂部】	6	85	86	段2下-34	鍇4-17	鉉2下-7
說文解字弟三					7	767	774	段15上-28	繫傳31部敘-1-2	標目-1
品	ji´	ㄐㄧ´	77	【口部】	7	86	87	段3上-1	鍇5-1	鉉3上-1

篆本字（古文、金文、籀文，通段）	拼音	注音	部首通檢目次	康熙部首	說文大字典	漢京頁碼	洪葉頁碼	段注篇章	徐鍇通釋篇章	徐鉉藤花樹篇章
舌與后互謁	she´	ㄕㄜˊ	562	【舌部】	7	86	87	段3上-1	鍇5-1	鉉3上-1
干(竿，杆通段)	gan	ㄍㄢ	178	【干部】	7	87	87	段3上-2	鍇5-2	鉉3上-1
谷非谷gu˅(喞、膠)	jue´	ㄐㄩㄝˊ	671	【谷部】	7	87	87	段3上-2	鍇5-2	鉉3上-1
只(衹)	zhi˅	ㄓˇ	77	【口部】	7	87	88	段3上-3	鍇5-2	鉉3上-1
商(吶、訥)	ne`	ㄋㄜˋ	77	【口部】	7	88	88	段3上-4	鍇5-3	鉉3上-2
句(勾、劬、岣通段)	gou	ㄍㄡ	77	【口部】	8	88	88	段3上-4	鍇5-3	鉉3上-2
丩	jiu	ㄐㄧㄡ	2	【丨部】	8	88	89	段3上-5	鍇5-3	鉉3上-2
古(𠖠)	gu˅	ㄍㄨˇ	77	【口部】	8	88	89	段3上-5	鍇5-4	鉉3上-2
十	shi´	ㄕˊ	66	【十部】	8	88	89	段3上-5	鍇5-4	鉉3上-2
卅(卅)	sa`	ㄙㄚˋ	66	【十部】	8	89	90	段3上-7	鍇5-5	鉉3上-2
言(䇾通段)	yan´	ㄧㄢˊ	652	【言部】	8	89	90	段3上-7	鍇5-5	鉉3上-2
誩	jing`	ㄐㄧㄥˋ	652	【言部】	8	102	102	段3上-32	鍇5-16	鉉3上-7
音	yin	ㄧㄣ	790	【音部】	8	102	102	段3上-32	鍇5-17	鉉3上-7
辛(愆)	qian	ㄑㄧㄢ	482	【立部】	8	102	103	段3上-33	鍇5-17	鉉3上-7
丵(䇂)	zhuo´	ㄓㄨㄛˊ	2	【丨部】	9	103	103	段3上-34	鍇5-17	鉉3上-7
業(轟通段)	pu´	ㄆㄨˊ	123	【大部】	9	103	104	段3上-35	鍇5-18	鉉3上-8
収(廾、拜、捧)	gong˅	ㄍㄨㄥˇ	186	【廾部】	9	103	104	段3上-35	鍇5-19	鉉3上-8
癶(攥、攀、扳)	pan	ㄆㄢ	75	【又部】	9	104	105	段3上-37	鍇5-20	鉉3上-8
共(龔、恭)	gong`	ㄍㄨㄥˋ	42	【八部】	9	105	105	段3上-38	鍇5-20	鉉3上-8
異	yi`	ㄧˋ	422	【田部】	9	105	105	段3上-38	鍇5-20	鉉3上-9
舁	yu´	ㄩˊ	186	【廾部】	9	105	106	段3上-39	鍇5-21	鉉3上-9
臼非臼jiu`(掬通段)	ju´	ㄐㄩˊ	561	【臼部】	9	105	106	段3上-39	鍇6-1	鉉3上-9
晨晨部(晨)	chen´	ㄔㄣˊ	711	【辰部】	9	105	106	段3上-39	鍇6-1	鉉3上-9
爨(爨)	cuan`	ㄘㄨㄢˋ	379	【火部】	10	106	106	段3上-40	鍇6-2	鉉3上-9
革(䩭，㪬、撣通段)	ge´	ㄍㄜˊ	781	【革部】	10	107	108	段3下-1	鍇6-2	鉉3下-1

篆本字(古文、金文、籀文，通段)	拼音	注音	部首通檢目次	康熙部首	說文大字典	漢京頁碼	洪葉頁碼	段注篇章	徐鍇通釋篇章	徐鉉藤花榭篇章
鬲(䰛、翮、歷，膈通段)	li `	ㄌㄧˋ	825	【鬲部】	10	111	112	段3下-9	鍇6-5	鉉3下-2
鬻(鬲)	li `	ㄌㄧˋ	825	【鬲部】	10	112	113	段3下-11	鍇6-6	鉉3下-2
爪(抓通段叉俗)	zhua ˇ	ㄓㄨㄚˇ	392	【爪部】	10	113	114	段3下-13	鍇6-7	鉉3下-3
丮	ji ´	ㄐㄧˊ	2	【丨部】	10	113	114	段3下-14	鍇6-8	鉉3下-3
鬥	dou `	ㄉㄡˋ	824	【鬥部】	10	114	115	段3下-15	鍇6-8	鉉3下-3
又(右)	you `	ㄧㄡˋ	75	【又部】	10	114	115	段3下-16	鍇6-9	鉉3下-4
屮(左、佐)	zuo ˇ	ㄗㄨㄛˇ	4	【丿部】	10	116	117	段3下-20	鍇6-11	鉉3下-4
史(叏)	shi ˇ	ㄕˇ	77	【口部】	11	116	117	段3下-20	鍇6-11	鉉3下-4
支(𠦼)	zhi	ㄓ	258	【支部】	11	117	118	段3下-21	鍇6-11	鉉3下-5
聿	nie `	ㄋㄧㄝˋ	543	【聿部】	11	117	118	段3下-21	鍇6-11	鉉3下-5
聿(遹䬅述及)	yu `	ㄩˋ	543	【聿部】	11	117	118	段3下-21	鍇6-12	鉉3下-5
畫(畵、劃，騞通段)	hua `	ㄏㄨㄚˋ	422	【田部】	11	117	118	段3下-22	鍇6-12	鉉3下-5
隶(逮，迨通段)	dai `	ㄉㄞˋ	770	【隶部】	11	117	118	段3下-22	鍇6-13	鉉3下-5
臤(賢，鏗通段)	qian	ㄑㄧㄢ	559	【臣部】	11	118	119	段3下-23	鍇6-13	鉉3下-5
臣(恖)	chen ´	ㄔㄣˊ	559	【臣部】	11	118	119	段3下-24	鍇6-13	鉉3下-6
殳	shu	ㄕㄨ	333	【殳部】	11	118	119	段3下-24	鍇6-13	鉉3下-6
殺(攦、㪁、殺、希、㹐、杀)	sha	ㄕㄚ	333	【殳部】	12	120	121	段3下-28	鍇6-15	鉉3下-6
几(𠘧)	shu	ㄕㄨ	48	【几部】	12	120	121	段3下-28	鍇6-15	鉉3下-7
寸(忖通段)	cun `	ㄘㄨㄣˋ	152	【寸部】	12	121	122	段3下-29	鍇6-15	鉉3下-7
皮(𡰥、𡱂)	pi ´	ㄆㄧˊ	439	【皮部】	12	122	123	段3下-31	鍇6-16	鉉3下-7
㼜(甍、𡰫、甇，莞通段)	ruan ˇ	ㄖㄨㄢˇ	419	【瓦部】	12	122	123	段3下-31	鍇6-16	鉉3下-7
攴(剝、朴、扑)	pu	ㄆㄨ	258	【攴部】	12	122	123	段3下-32	鍇6-17	鉉3下-7
教(㤥、效、敎)	jiao `	ㄐㄧㄠˋ	258	【攴部】	12	127	128	段3下-41	鍇6-20	鉉3下-9
卜(𠁡，鵯通段)	bu ˇ	ㄅㄨˇ	68	【卜部】	12	127	128	段3下-41	鍇6-20	鉉3下-9
用(甪)	yong `	ㄩㄥˋ	422	【用部】	12	127	129	段3下-43	鍇6-21	鉉3下-9

篆本字(古文、金文、籀文，通段)	拼音	注音	部首通檢目次	康熙部首	說文大字典	漢京頁碼	洪葉頁碼	段注篇章	徐鍇通釋篇章	徐鉉藤花榭篇章
爻	yao´	一ㄠ´	393	【爻部】	13	128	129	段3下-44	鍇6-21	鉉3下-10
爻爻	liˇ	ㄌ一ˇ	393	【爻部】	13	128	129	段3下-44	鍇6-21	鉉3下-10
說文解字弟四					13	768	776	段15上-31	繫傳31部敘-1-3	標目-2
夏	xue`	ㄒㄩㄝˋ	444	【目部】	13	129	131	段4上-1	鍇7-1	鉉4上-1
目(圁，首通段)	mu`	ㄇㄨˋ	444	【目部】	13	129	131	段4上-1	鍇7-1	鉉4上-1
䀠(瞿ju`)	qu´	ㄑㄩ´	444	【目部】	13	135	137	段4上-13	鍇7-6	鉉4上-3
眥(眉)	mei´	ㄇㄟ´	444	【目部】	14	136	137	段4上-14	鍇7-7	鉉4上-3
盾(鶞通段)	dun`	ㄉㄨㄣˋ	444	【目部】	14	136	137	段4上-14	鍇7-7	鉉4上-3
臽(自〔臼〕請詳查內容、皛、鼻皇述及)	zi`	ㄗˋ	559	【自部】	14	136	138	段4上-15	鍇7-7	鉉4上-3
臼(自【80年代段注多以白代之】)	zi`	ㄗˋ	559	【自部】	14	136	138	段4上-15	鍇7-7	鉉4上-3
鼻(自皇述及，襣通段)	bi´	ㄅ一´	864	【鼻部】	14	137	139	段4上-17	鍇7-8	鉉4上-4
皕	bi`	ㄅ一ˋ	437	【白部】	14	137	139	段4上-17	鍇7-8	鉉4上-4
習(彗)	xi´	ㄒ一´	534	【羽部】	14	138	139	段4上-18	鍇7-9	鉉4上-4
羽(羾)	yuˇ	ㄩˇ	534	【羽部】	14	138	139	段4上-18	鍇7-9	鉉4上-4
隹(雛)	zhui	ㄓㄨㄟ	770	【隹部】	14	141	142	段4上-24	鍇7-11	鉉4上-5
奞	zhui`	ㄓㄨㄟˋ	123	【大部】	15	144	145	段4上-30	鍇7-14	鉉4上-6
萑崔部	huan´	ㄏㄨㄢ´	770	【隹部】	15	144	145	段4上-30	鍇7-14	鉉4上-6
艹	guai	ㄍㄨㄞ	566	【艸部】	15	144	146	段4上-31	鍇7-14	鉉4上-6
苜	mo`	ㄇㄛˋ	566	【艸部】	15	145	146	段4上-32	鍇7-15	鉉4上-6
羊	yang´	一ㄤ´	531	【羊部】	15	145	146	段4上-32	鍇7-15	鉉4上-6
羴(羶)	shan	ㄕㄢ	531	【羊部】	15	147	149	段4上-37	鍇7-17	鉉4上-7
瞿(䀠，戵、鑺通段)	qu´	ㄑㄩ´	444	【目部】	15	147	149	段4上-37	鍇7-17	鉉4上-7
雔(售通段)	chou´	ㄔㄡ´	770	【隹部】	15	147	149	段4上-37	鍇7-17	鉉4上-7
雥	za´	ㄗㄚ´	770	【隹部】	15	148	149	段4上-38	鍇7-17	鉉4上-7
鳥	niaoˇ	ㄋ一ㄠˇ	838	【鳥部】	16	148	149	段4上-38	鍇7-18	鉉4上-8

篆本字(古文、金文、籀文，通叚)	拼音	注音	部首通檢目次	康熙部首	說文大字典	漢京頁碼	洪葉頁碼	段注篇章	徐鍇通釋篇章	徐鉉藤花榭篇章
烏(繜、䜌、於，嗚、蔦、鷞通叚)	wu	ㄨ	379	【火部】	16	157	158	段4上-56	鍇7-23	鉉4上-10
芈(搬通叚)	ban	ㄅㄢ	66	【十部】	16	158	160	段4下-1	鍇8-1	鉉4下-1
冓(構、溝，搆通叚)	gou	ㄍㄡˋ	44	【冂部】	16	158	160	段4下-2	鍇8-1	鉉4下-1
幺(么通叚)	yao	ㄧㄠ	179	【幺部】	16	158	160	段4下-2	鍇8-2	鉉4下-1
丝	you	ㄧㄡ	179	【幺部】	16	158	160	段4下-2	鍇8-2	鉉4下-1
叀(玄、皀、專)	zhuan	ㄓㄨㄢ	74	【厶部】	16	159	161	段4下-3	鍇8-2	鉉4下-1
玄(串，袨)	xuan	ㄒㄩㄢˊ	407	【玄部】	16	159	161	段4下-4	鍇8-3	鉉4下-1
予(與、余)	yu	ㄩˇ	7	【亅部】	16	159	161	段4下-4	鍇8-3	鉉4下-2
放(仿泵jiaoˋ述及，倣通叚)	fang	ㄈㄤˋ	258	【攴部】	17	160	162	段4下-5	鍇8-3	鉉4下-2
受(荌，殍通叚)	biao	ㄅㄧㄠˋ	75	【又部】	17	160	162	段4下-5	鍇8-4	鉉4下-2
奴	can	ㄘㄢˊ	330	【歹部】	17	161	163	段4下-7	鍇8-4	鉉4下-2
歺(戸)	e	ㄜˋ	330	【歹部】	17	161	163	段4下-8	鍇8-5	鉉4下-2
死(𣦸)	si	ㄙˇ	330	【歹部】	17	164	166	段4下-13	鍇8-6	鉉4下-3
冎(剐，咼通叚)	gua	ㄍㄨㄚˇ	44	【冂部】	17	164	166	段4下-14	鍇8-6	鉉4下-3
骨(榾通叚)	gu	ㄍㄨˇ	817	【骨部】	17	164	166	段4下-14	鍇8-7	鉉4下-3
肉	rou	ㄖㄡˋ	544	【肉部】	17	167	169	段4下-19	鍇8-8	鉉4下-4
筋(薊)	jin	ㄐㄧㄣ	484	【竹部】	17	178	180	段4下-41	鍇8-15	鉉4下-6
刀(舠、鳭鷯述及，刁、刏、釖)	dao	ㄉㄠ	50	【刂部】	18	178	180	段4下-41	鍇8-15	鉉4下-6
刃(韌通叚)	ren	ㄖㄣˋ	50	【刂部】	18	183	185	段4下-51	鍇8-18	鉉4下-7
韧(剏qiˋ)	qia	ㄑㄧㄚˋ	50	【刂部】	18	183	185	段4下-51	鍇8-18	鉉4下-8
丰	jie	ㄐㄧㄝˋ	2	【丨部】	18	183	185	段4下-52	鍇8-18	鉉4下-8
耒	lei	ㄌㄟˇ	539	【耒部】	18	183	185	段4下-52	鍇8-18	鉉4下-8
肏(角)	jiao	ㄐㄧㄠˇ	649	【角部】	18	184	186	段4下-54	鍇8-19	鉉4下-8
說文解字弟五					18	769	777	段15上-33	繫傳31部敘-14	標目-2
竹	zhu	ㄓㄨˊ	484	【竹部】	19	189	191	段5上-1	鍇9-1	鉉5上-1

篆本字(古文、金文、籀文，通叚)	拼音	注音	部首通檢目次	康熙部首	說文大字典	漢京頁碼	洪葉頁碼	段注篇章	徐鍇通釋篇章	徐鉉藤花樹篇章
箕(𠀠、𣑽、𠔼、𠀠、其、匰)	ji	ㄐㄧ	484	【竹部】	19	199	201	段5上-21	鍇9-8	鉉5上-4
丌(亓qi´=其)	ji	ㄐㄧ	1	【一部】	19	199	201	段5上-22	鍇9-8	鉉5上-4
左(佐)	zuo˘	ㄗㄨㄛ˘	170	【工部】	19	200	202	段5上-24	鍇9-9	鉉5上-4
工(𢒄)	gong	ㄍㄨㄥ	170	【工部】	19	201	203	段5上-25	鍇9-9	鉉5上-4
㞡(展，㩴通叚)	zhan˘	ㄓㄢ˘	170	【工部】	19	201	203	段5上-26	鍇9-10	鉉5上-4
巫(𤕝)	wu	ㄨ	170	【工部】	19	201	203	段5上-26	鍇9-10	鉉5上-4
甘(柑通叚)	gan	ㄍㄢ	421	【甘部】	19	202	204	段5上-27	鍇9-10	鉉5上-5
曰(云雲述及，粵于爰曰四字可互相訓，以雙聲疊韵相叚借也。)	yue	ㄩㄝ	282	【曰部】	19	202	204	段5上-28	鍇9-11	鉉5上-5
乃(弓、孖)	nai˘	ㄋㄞ˘	4	【丿部】	20	203	205	段5上-29	鍇9-11	鉉5上-5
丂(亏、巧屮che`述及)	kao˘	ㄎㄠ˘	1	【一部】	20	203	205	段5上-30	鍇9-12	鉉5上-5
可从口丂㫃	ke˘	ㄎㄜ˘	77	【口部】	20	204	206	段5上-31	鍇9-12	鉉5上-5
兮(猗、也述及)	xi	ㄒㄧ	42	【八部】	20	204	206	段5上-31	鍇9-13	鉉5上-6
号(號)	hao´	ㄏㄠ´	77	【口部】	20	204	206	段5上-32	鍇9-13	鉉5上-6
亏(于、於烏述及)	yu´	ㄩ´	7	【二部】	20	204	206	段5上-32	鍇9-13	鉉5上-6
旨(香)	zhi˘	ㄓ˘	271	【日部】	20	202	204	段5上-28	鍇9-14	鉉5上-5
喜(歖、歗，憙通叚)	xi	ㄒㄧ	77	【口部】	20	205	207	段5上-33	鍇9-14	鉉5上-6
壴	zhu`	ㄓㄨ`	671	【豆部】	20	205	207	段5上-33	鍇9-14	鉉5上-6
鼓(鼓、皷、鼜从古)	gu˘	ㄍㄨ˘	862	【鼓部】	21	206	208	段5上-35	鍇9-15	鉉5上-7
豈(驑、愷，凱通叚)	qi˘	ㄑㄧ˘	671	【豆部】	21	206	208	段5上-36	鍇9-15	鉉5上-7
豆(昰、㲎、菽尗shu´述及，飳通叚)	dou`	ㄉㄡ`	671	【豆部】	21	207	209	段5上-37	鍇9-16	鉉5上-7

篆本字(古文、金文、籀文，通叚)	拼音	注音	部首通檢目次	康熙部首	說文大字典	漢京頁碼	洪葉頁碼	段注篇章	徐鍇通釋篇章	徐鉉藤花榭篇章
豐(豊)	li	ㄌㄧ	671	【豆部】	21	208	210	段5上-39	鍇9-16	鉉5上-7
豐(丰、䝴，灃通叚)	feng	ㄈㄥ	671	【豆部】	21	208	210	段5上-39	鍇9-16	鉉5上-8
虛	xi	ㄒㄧ	608	【虍部】	21	208	210	段5上-40	鍇9-17	鉉5上-8
虍	hu	ㄏㄨ	608	【虍部】	21	209	211	段5上-41	鍇9-17	鉉5上-8
虎(虝、甝)	hu	ㄏㄨˇ	608	【虍部】	21	210	212	段5上-43	鍇9-18	鉉5上-8
虤	yan	ㄧㄢˊ	608	【虍部】	21	211	213	段5上-46	鍇9-18	鉉5上-8
皿(𥂤)	min	ㄇㄧㄣˇ	440	【皿部】	22	211	213	段5上-46	鍇9-19	鉉5上-9
凵(凵部qu，與凵部kan不同、筕，弆通叚)	qu	ㄑㄩ	49	【凵部】	22	213	215	段5上-50	鍇9-20	鉉5上-9
厺(去，弆通叚)	qu	ㄑㄩˋ	74	【厶部】	22	213	215	段5上-50	鍇9-20	鉉5上-9
血(xue)	xie	ㄒㄧㄝˇ	630	【血部】	22	213	215	段5上-50	鍇9-20	鉉5上-9
丶(主)	zhu	ㄓㄨˇ	3	【丶部】	22	214	216	段5上-52	鍇10-1	鉉5上-10
丹(𠁿、彤)	dan	ㄉㄢ	3	【丶部】	22	215	218	段5下-1	鍇10-1	鉉5下-1
青(靑、岺)	qing	ㄑㄧㄥ	780	【青部】	22	215	218	段5下-1	鍇10-2	鉉5下-1
井(丼)	jing	ㄐㄧㄥˇ	7	【二部】	22	216	218	段5下-2	鍇10-2	鉉5下-1
皀非皂zao(薌通叚)	ji	ㄐㄧˊ	437	【白部】	22	216	219	段5下-3	鍇10-2	鉉5下-1
鬯	chang	ㄔㄤˋ	825	【鬯部】	23	217	219	段5下-4	鍇10-3	鉉5下-1
食(飠，飼通叚)	shi	ㄕˊ	800	【食部】	23	218	220	段5下-6	鍇10-3	鉉5下-2
亼	ji	ㄐㄧˊ	42	【人部】	23	222	225	段5下-15	鍇10-6	鉉5下-3
會(㣛、㐣駔zu述及)	hui	ㄏㄨㄟˋ	282	【曰部】	23	223	225	段5下-16	鍇10-6	鉉5下-3
倉(仓，傖通叚)	cang	ㄘㄤ	10	【人部】	23	223	226	段5下-17	鍇10-7	鉉5下-3
入	ru	ㄖㄨˋ	42	【入部】	23	224	226	段5下-18	鍇10-7	鉉5下-3
缶(瓺)	fou	ㄈㄡˇ	527	【缶部】	23	224	227	段5下-19	鍇10-7	鉉5下-4
矢(吴古文𥏵述及)	shi	ㄕˇ	454	【矢部】	23	226	228	段5下-22	鍇10-9	鉉5下-4
高	gao	ㄍㄠ	819	【高部】	23	227	230	段5下-25	鍇10-10	鉉5下-4
冂(冋、冏、坰)	jiong	ㄐㄩㄥ	44	【冂部】	24	228	230	段5下-26	鍇10-10	鉉5下-5
稾(廓、郭稾部)	guo	ㄍㄨㄛ	726	【邑部】	24	228	231	段5下-27	鍇10-11	鉉5下-5

篆本字(古文、金文、籀文，通叚)	拼音	注音	部首通檢目次	康熙部首	說文大字典	漢京頁碼	洪葉頁碼	段注篇章	徐鍇通釋篇章	徐鉉藤花榭篇章
京	jing	ㄐㄧㄥ	8	【亠部】	24	229	231	段5下-28	鍇10-11	鉉5下-5
言(亯、享、亨)	xiang	ㄒㄧㄤˇ	8	【亠部】	24	229	231	段5下-28	鍇10-11	鉉5下-5
㫄(厚、𪊽)	hou	ㄏㄡˋ	646	【襾部】	24	229	232	段5下-29	鍇10-12	鉉5下-5
富(畐、偪、逼，湢通叚)	bi	ㄅㄧ	422	【田部】	24	230	232	段5下-30	鍇10-12	鉉5下-6
㐭(廩、癛、懍)	lin	ㄌㄧㄣˇ	8	【亠部】	24	230	232	段5下-30	鍇10-12	鉉5下-6
嗇(薔、穡)	se	ㄙㄜˋ	77	【口部】	24	230	233	段5下-31	鍇10-13	鉉5下-6
來(倈，棶、逨、鶆通叚)	lai	ㄌㄞˊ	10	【人部】	24	231	233	段5下-32	鍇10-13	鉉5下-6
麥	mai	ㄇㄞˋ	854	【麥部】	25	231	234	段5下-33	鍇10-13	鉉5下-6
夊(綏)	sui	ㄙㄨㄟ	121	【夊部】	25	232	235	段5下-35	鍇10-14	鉉5下-7
舛(蹳、踳、僢)	chuan	ㄔㄨㄢˇ	563	【舛部】	25	234	236	段5下-38	鍇10-15	鉉5下-7
舜(䑞、𡖊、舜=俊)	shun	ㄕㄨㄣˋ	563	【舛部】	25	234	236	段5下-38	鍇10-16	鉉5下-7
韋(𩊚、違)	wei	ㄨㄟˊ	787	【韋部】	25	234	237	段5下-39	鍇10-16	鉉5下-8
弟(丰，悌、第通叚)	di	ㄉㄧˋ	188	【弓部】	25	236	239	段5下-42	鍇10-17	鉉5下-8
夂	zhi	ㄓˇ	121	【夊部】	25	237	239	段5下-43	鍇10-17	鉉5下-8
久(灸)	jiu	ㄐㄧㄡˇ	4	【丿部】	25	237	239	段5下-43	鍇10-18	鉉5下-9
桀(榤、揭)	jie	ㄐㄧㄝˊ	285	【木部】	25	237	240	段5下-44	鍇10-18	鉉5下-9
說文解字弟六					26	771	779	段15上-37	繫傳31部敘-1-標目-36	
木	mu	ㄇㄨˋ	285	【木部】	26	238	241	段6上-1	鍇11-1	鉉6上-1
東	dong	ㄉㄨㄥ	285	【木部】	26	271	273	段6上-66	鍇11-30	鉉6上-9
林非林pai	lin	ㄌㄧㄣˊ	285	【木部】	26	271	273	段6上-66	鍇11-30	鉉6上-9
才(凡才、材、財、裁、纔字以同音通用)	cai	ㄘㄞˊ	229	【手部】	26	272	274	段6上-68	鍇12-1	鉉6上-9
叒(爵)	ruo	ㄖㄨㄛˋ	75	【又部】	26	272	275	段6下-1	鍇12-1	鉉6下-1
之	zhi	ㄓ	4	【丿部】	26	272	275	段6下-1	鍇12-2	鉉6下-1

篆本字(古文、金文、籒文，通叚)	拼音	注音	部首通檢目次	康熙部首	說文大字典	漢京頁碼	洪葉頁碼	段注篇章	徐鍇通釋篇章	徐鉉藤花榭篇章
市(襍，匝、迊 通叚)	za	ㄗㄚ	171	【巾部】	27	273	275	段6下-2	鍇12-2	鉉6下-1
出从山(出从屮)	chu	ㄔㄨ	49	【屮部】	27	273	275	段6下-2	鍇12-2	鉉6下-1
宋(浡、𣏓，浡 通叚)	bei、	ㄅㄟˋ	285	【木部】	27	273	276	段6下-3	鍇12-3	鉉6下-1
生	sheng	ㄕㄥ	422	【生部】	27	274	276	段6下-4	鍇12-3	鉉6下-2
乇(zhe´)	tuo	ㄊㄨㄛ	4	【丿部】	27	274	277	段6下-5	鍇12-4	鉉6下-2
烝(㧟、垂、𡍮)	chui´	ㄔㄨㄟˊ	4	【丿部】	27	274	277	段6下-5	鍇12-4	鉉6下-2
㯟(蓁、花，蘤 通叚)	hua	ㄏㄨㄚ	10	【人部】	27	274	277	段6下-5	鍇12-4	鉉6下-2
華(花，陓、驊 通叚)	hua	ㄏㄨㄚ	566	【艸部】	27	275	277	段6下-6	鍇12-5	鉉6下-2
禾	ji	ㄐㄧ	470	【禾部】	27	275	277	段6下-6	鍇12-5	鉉6下-2
稽(秸通叚)	ji	ㄐㄧ	470	【禾部】	28	275	278	段6下-7	鍇12-5	鉉6下-2
巢(漅通叚)	chao´	ㄔㄠˊ	169	【巛部】	28	275	278	段6下-7	鍇12-6	鉉6下-3
桼(漆，柒、柒、軟通叚)	qi	ㄑㄧ	285	【木部】	28	276	278	段6下-8	鍇12-6	鉉6下-3
束	shu、	ㄕㄨˋ	285	【木部】	28	276	278	段6下-8	鍇12-6	鉉6下-3
橐从圂木(橐，梱通叚)	gun、	ㄍㄨㄣˇ	238	【木部】	28	276	279	段6下-9	鍇12-7	鉉6下-3
囗非口kou(圍)	wei´	ㄨㄟˊ	77	【囗部】	28	276	279	段6下-9	鍇12-7	鉉6下-3
員(鼏、云，篔通叚)	yuan´	ㄩㄢˊ	77	【口部】	28	279	281	段6下-14	鍇12-9	鉉6下-4
貝(鼎述及，唄通叚)	bei、	ㄅㄟˋ	677	【貝部】	28	279	281	段6下-14	鍇12-9	鉉6下-4
邑(唱旡ji述及)	yi、	ㄧˋ	726	【邑部】	28	283	285	段6下-22	鍇12-13	鉉6下-5
㘝(郷)	xiang、	ㄒㄧㄤˋ	726	【邑部】	29	300	303	段6下-57	鍇12-23	鉉6下-8
說文解字弟七					29	772	779	段15上-38	繫傳31部敘-1-	標目-36
日(囘)	ri、	ㄖˋ	271	【日部】	29	302	305	段7上-1	鍇13-1	鉉7上-1
旦(妲通叚)	dan、	ㄉㄢˋ	271	【日部】	29	308	311	段7上-14	鍇13-5	鉉7上-2

篆本字(古文、金文、籀文，通叚)	拼音	注音	部首通檢目次	康熙部首	說文大字典	漢京頁碼	洪葉頁碼	段注篇章	徐鍇通釋篇章	徐鉉藤花榭篇章
軌(烔通叚)	gan`	ㄍㄢˋ	10	【人部】	29	308	311	段7上-14	鍇13-5	鉉7上-2
㐱(偃)	yan˘	ㄧㄢˇ	267	【方部】	30	308	311	段7上-14	鍇13-5	鉉7上-3
冥(暝、酩通叚)	ming´	ㄇㄧㄥˊ	45	【一部】	30	312	315	段7上-22	鍇13-7	鉉7上-3
晶	jing	ㄐㄧㄥ	271	【日部】	30	312	315	段7上-22	鍇13-8	鉉7上-4
月	yue`	ㄩㄝˋ	284	【月部】	30	313	316	段7上-23	鍇13-9	鉉7上-4
有(又、囿述及)	you˘	ㄧㄡˇ	284	【月部】	30	314	317	段7上-25	鍇13-9	鉉7上-4
朙(明)	ming´	ㄇㄧㄥˊ	284	【月部】	30	314	317	段7上-25	鍇13-10	鉉7上-4
囧(冏、驫)	jiong˘	ㄐㄩㄥˇ	44	【冂部】	30	314	317	段7上-26	鍇13-10	鉉7上-4
夕(汐通叚)	xi`	ㄒㄧˋ	122	【夕部】	30	315	318	段7上-27	鍇13-11	鉉7上-4
多(夛)	duo	ㄉㄨㄛ	122	【夕部】	30	316	319	段7上-29	鍇13-11	鉉7上-5
毌(串、貫)	guan`	ㄍㄨㄢˋ	335	【毋部】	31	316	319	段7上-29	鍇13-12	鉉7上-5
马(㔾)	han`	ㄏㄢˋ	188	【弓部】	31	316	319	段7上-30	鍇13-12	鉉7上-5
㯥(柬)	han`	ㄏㄢˋ	285	【木部】	31	317	320	段7上-31	鍇13-13	鉉7上-5
卤(卣、鹵)	you˘	ㄧㄡˇ	68	【卜部】	31	317	320	段7上-31	鍇13-13	鉉7上-6
㫄(齊、齋、臍，隮通叚)	qi´	ㄑㄧˊ	865	【齊部】	31	317	320	段7上-32	鍇13-14	鉉7上-6
朿(刺、棘梜yi´述及，庛、蛓、蜊通叚)	ci`	ㄘˋ	285	【木部】	31	318	321	段7上-33	鍇13-14	鉉7上-6
片(牉、判)	pian`	ㄆㄧㄢˋ	395	【片部】	31	318	321	段7上-33	鍇13-14	鉉7上-6
鼎(丁、貝，蕭通叚)	ding˘	ㄉㄧㄥˇ	861	【鼎部】	31	319	322	段7上-35	鍇13-15	鉉7上-6
克(亨、桌、剋)	ke`	ㄎㄜˋ	40	【儿部】	31	320	323	段7上-37	鍇13-16	鉉7上-7
彔(彖、錄)	lu`	ㄌㄨˋ	192	【互部】	32	320	323	段7上-37	鍇13-16	鉉7上-7
禾	he´	ㄏㄜˊ	470	【禾部】	32	320	323	段7上-37	鍇13-16	鉉7上-7
秝(歷)	li`	ㄌㄧˋ	470	【禾部】	32	329	332	段7上-55	鍇13-23	鉉7上-9
黍(粓通叚)	shu˘	ㄕㄨˇ	856	【黍部】	32	329	332	段7上-55	鍇13-23	鉉7上-9
番(香=腳膮xiao述及、薌)	xiang	ㄒㄧㄤ	808	【香部】	32	330	333	段7上-57	鍇13-24	鉉7上-9
米	mi˘	ㄇㄧˇ	500	【米部】	32	330	333	段7上-58	鍇13-24	鉉7上-9
毇	hui˘	ㄏㄨㄟˇ	333	【殳部】	32	334	337	段7上-65	鍇13-26	鉉7上-10

篆本字（古文、金文、籀文，通叚）	拼音	注音	部首通檢目次	康熙部首	說文大字典	漢京頁碼	洪葉頁碼	段注篇章	徐鍇通釋篇章	徐鉉藤花榭篇章
臼非𦥑ju´（鴟通叚）	jiu`	ㄐㄧㄡˋ	561	【臼部】	32	334	337	段7上-65	錯13-26	鉉7上-10
凶（㐫、𣧲通叚）	xiong	ㄒㄩㄥ	49	【凵部】	32	334	337	段7上-66	錯13-27	鉉7上-11
朩	pin`	ㄆㄧㄣˋ	285	【木部】	33	335	339	段7下-1	錯13-27	鉉7下-1
㭇非林lin´（麻）	pai`	ㄆㄞˋ	285	【木部】	33	335	339	段7下-1	錯13-28	鉉7下-1
麻	ma´	ㄇㄚˊ	855	【麻部】	33	336	339	段7下-2	錯13-28	鉉7下-1
尗（菽、豆古今語，亦古今字。）	shu´	ㄕㄨˊ	153	【小部】	33	336	339	段7下-2	錯14-1	鉉7下-1
耑（端、專）	duan	ㄉㄨㄢ	538	【而部】	33	336	340	段7下-3	錯14-1	鉉7下-1
韭	jiu˘	ㄐㄧㄡˇ	790	【韭部】	33	336	340	段7下-3	錯14-1	鉉7下-1
瓜	gua	ㄍㄨㄚ	418	【瓜部】	33	337	340	段7下-4	錯14-2	鉉7下-2
瓠（匏、壺，槬、㼐、𧖅通叚）	hu`	ㄏㄨˋ	418	【瓜部】	33	337	341	段7下-5	錯14-2	鉉7下-2
宀	mian´	ㄇㄧㄢˊ	144	【宀部】	33	337	341	段7下-5	錯14-3	鉉7下-2
宮	gong	ㄍㄨㄥ	144	【宀部】	34	342	346	段7下-15	錯14-7	鉉7下-3
呂（𦛹，侶通叚）	lü˘	ㄌㄩˇ	77	【口部】	34	343	346	段7下-16	錯14-7	鉉7下-3
穴（xue´）	xue`	ㄒㄩㄝˋ	478	【穴部】	34	343	347	段7下-17	錯14-7	鉉7下-4
㝱（夢，蕾通叚）	meng`	ㄇㄥˋ	144	【宀部】	34	347	350	段7下-24	錯14-10	鉉7下-4
疒（ne`）	chuang´	ㄔㄨㄤˊ	428	【疒部】	34	348	351	段7下-26	錯14-11	鉉7下-5
冖（冪通叚）	mi`	ㄇㄧˋ	45	【冖部】	34	353	356	段7下-36	錯14-16	鉉7下-6
冃	mao˘	ㄇㄠˇ	44	【冂部】	34	353	357	段7下-37	錯14-16	鉉7下-7
冒（帽）	mao`	ㄇㄠˋ	44	【冂部】	34	353	357	段7下-37	錯14-17	鉉7下-7
㒳（輛通叚）	liang˘	ㄌㄧㄤˇ	42	【入部】	34	354	358	段7下-39	錯14-18	鉉7下-7
网（罔、𦞹从糸𠤲、囚、𠔉，網、惘、輞、蝄通叚）	wang˘	ㄨㄤˇ	528	【网部】	35	355	358	段7下-40	錯14-18	鉉7下-7
襾	ya`	ㄧㄚˋ	646	【襾部】	35	357	360	段7下-44	錯14-20	鉉7下-8
巾	jin	ㄐㄧㄣ	171	【巾部】	35	357	360	段7下-44	錯14-20	鉉7下-8

篆本字(古文、金文、籀文，通段)	拼音	注音	部首通檢目次	康熙部首	說文大字典	漢京頁碼	洪葉頁碼	段注篇章	徐鍇通釋篇章	徐鉉藤花樹篇章
巿fu ˊ 非市shi ˋ (韍、紱、黻、芾、茀、沛)	fu ˊ	ㄈㄨˊ	171	【巾部】	35	362	366	段7下-55	鍇14-24	鉉7下-9
帛	bo ˊ	ㄅㄛˊ	171	【巾部】	35	363	367	段7下-57	鍇14-24	鉉7下-10
白(𣅀，請詳查)	bai ˊ	ㄅㄞˊ	437	【白部】	35	363	367	段7下-57	鍇14-24	鉉7下-10
㡀(敝)	bi ˋ	ㄅㄧˋ	171	【巾部】	35	364	367	段7下-58	鍇14-25	鉉7下-10
黹(希疑古文黹)	zhi ˇ	ㄓˇ	860	【黹部】	35	364	367	段7下-58	鍇14-25	鉉7下-10
說文解字弟八					36	773	781	段15上-41	繫傳31部敘-2-1	標目-4
人(仁果人，宋元以前無不作人字、儿大　述及)	ren ˊ	ㄖㄣˊ	10	【人部】	36	365	369	段8上-1	鍇15-1	鉉8上-1
七變化(化)	hua ˋ	ㄏㄨㄚˋ	63	【匕部】	36	384	388	段8上-39	鍇15-13	鉉8上-5
匕(比、朼)	bi ˇ	ㄅㄧˇ	63	【匕部】	36	384	388	段8上-40	鍇15-13	鉉8上-5
从(從)	cong ˊ	ㄘㄨㄥˊ	10	【人部】	36	386	390	段8上-43	鍇15-14	鉉8上-6
比(篦笸ji述及、匕鹿述及，夶)	bi ˇ	ㄅㄧˇ	335	【比部】	36	386	390	段8上-43	鍇15-14	鉉8上-6
北(古字背)	bei ˇ	ㄅㄟˇ	63	【匕部】	36	386	390	段8上-44	鍇15-15	鉉8上-6
丠(丘、坴、垕，蚯通段)	qiu	ㄑㄧㄡ	1	【一部】	37	386	390	段8上-44	鍇15-15	鉉8上-6
㐺(zhong ˋ)	yin ˊ	ㄧㄣˊ	10	【人部】	37	387	391	段8上-45	鍇15-15	鉉8上-6
𡈼非壬ren ˊ	ting ˇ	ㄊㄧㄥˇ	103	【土部】	37	387	391	段8上-46	鍇15-16	鉉8上-7
重(童董述及)	zhong ˋ	ㄓㄨㄥˋ	740	【里部】	37	388	392	段8上-47	鍇15-16	鉉8上-7
臥	wo ˋ	ㄨㄛˋ	559	【臣部】	37	388	392	段8上-47	鍇15-16	鉉8上-7
身	shen	ㄕㄣ	698	【身部】	37	388	392	段8上-47	鍇15-17	鉉8上-7
㐆(㐆)	yi	ㄧ	698	【身部】	37	388	392	段8上-48	鍇15-17	鉉8上-7
衣	yi	ㄧ	632	【衣部】	37	388	392	段8上-48	鍇16-1	鉉8上-7
裘(求，㦲、氍通段)	qiu ˊ	ㄑㄧㄡˊ	632	【衣部】	37	398	402	段8上-67	鍇16-6	鉉8上-10
老	lao ˇ	ㄌㄠˇ	538	【老部】	38	398	402	段8上-67	鍇16-7	鉉8上-10
毛(髦)	mao ˊ	ㄇㄠˊ	336	【毛部】	38	398	402	段8上-68	鍇16-7	鉉8上-10
毳	cui ˋ	ㄘㄨㄟˋ	336	【毛部】	38	399	403	段8上-70	鍇16-8	鉉8上-10

篆本字（古文、金文、籀文，通段）	拼音	注音	部首通檢目次	康熙部首	說文大字典	漢京頁碼	洪葉頁碼	段注篇章	徐鍇通釋篇章	徐鉉藤花樹篇章
尸（尸，鳲通段）	shi	ㄕ	155	【尸部】	38	399	403	段8上-70	鍇16-8	鉉8上-11
尺（𡳐通段）	chi˘	ㄔˇ	155	【尸部】	38	401	406	段8下-1	鍇16-9	鉉8下-1
尾（微，浘通段）	wei˘	ㄨㄟˇ	155	【尸部】	38	402	406	段8下-2	鍇16-9	鉉8下-1
履（履、顠从舟足）	lü˘	ㄌㄩˇ	155	【尸部】	38	402	407	段8下-3	鍇16-10	鉉8下-1
舟（周）	zhou	ㄓㄡ	563	【舟部】	38	403	407	段8下-4	鍇16-10	鉉8下-1
方（防、舫、汸、旁訪述及，坊、髣通段）	fang	ㄈㄤ	267	【方部】	38	404	408	段8下-6	鍇16-11	鉉8下-2
儿（人大𠒆述及）	er´	ㄦˊ	40	【儿部】	39	404	409	段8下-7	鍇16-11	鉉8下-2
兄（況、貺、況）	xiong	ㄒㄩㄥ	40	【儿部】	39	405	410	段8下-9	鍇16-12	鉉8下-2
兂（簪=寁庴撍同字、笲）	zen	ㄗㄣ	270	【无部】	39	405	410	段8下-9	鍇16-12	鉉8下-2
皃（貌、貌）	mao`	ㄇㄠˋ	437	【白部】	39	406	410	段8下-10	鍇16-12	鉉8下-2
兜（兜）	gu˘	ㄍㄨˇ	40	【儿部】	39	406	411	段8下-11	鍇16-12	鉉8下-3
先	xian	ㄒㄧㄢ	40	【儿部】	39	406	411	段8下-11	鍇16-12	鉉8下-3
禿	tu	ㄊㄨ	470	【禾部】	39	407	411	段8下-12	鍇16-13	鉉8下-3
見（現通段）	jian`	ㄐㄧㄢˋ	646	【見部】	39	407	412	段8下-13	鍇16-13	鉉8下-3
覞（覹通段同	yao`	ㄧㄠˋ	646	【見部】	39	410	414	段8下-18	鍇16-15	鉉8下-4
欠（嚏異音同義）	qian`	ㄑㄧㄢˋ	324	【欠部】	40	410	414	段8下-18	鍇16-15	鉉8下-4
歙（㱃、𩚃、飲）	yin˘	ㄧㄣˇ	324	【欠部】	40	414	418	段8下-26	鍇16-18	鉉8下-5
次（㳄、㰈、㳄、㖠，㳄、漾通段）	xian´	ㄒㄧㄢˊ	339	【水部】	40	414	418	段8下-26	鍇16-18	鉉8下-5
旡（㒫、兂、㤩、憂）	ji`	ㄐㄧˋ	270	【无部】	40	414	419	段8下-27	鍇16-18	鉉8下-5
說文解字弟九					40	775	782	段15上-44	繫傳31部敘-2-2	標目-42
頁（頁、𩠐、𦣻）	ye`	ㄧㄝˋ	790	【頁部】	41	415	420	段9上-1	鍇17-1	鉉9上-1

篆本字(古文、金文、籀文，通叚)	拼音	注音	部首通檢目次	康熙部首	說文大字典	漢京頁碼	洪葉頁碼	段注篇章	徐鍇通釋篇章	徐鉉藤花榭篇章
百(𦣻、首、手)	shǒu	ㄕㄡˇ	807	【首部】	41	422	426	段9上-14	鍇17-5	鉉9上-2
面	miàn	ㄇㄧㄢˋ	780	【面部】	41	422	427	段9上-15	鍇17-5	鉉9上-3
丏(與丐gaiˋ不同)	miǎn	ㄇㄧㄢˇ	1	【一部】	41	423	427	段9上-16	鍇17-5	鉉9上-3
𦣻(首)	shǒu	ㄕㄡˇ	807	【首部】	41	423	427	段9上-16	鍇17-5	鉉9上-3
縣(梟)	jiao	ㄐㄧㄠ	444	【目部】	41	423	428	段9上-17	鍇17-6	鉉9上-3
須(湏需述及、鬚，頾通叚)	xu	ㄒㄩ	790	【頁部】	41	424	428	段9上-18	鍇17-6	鉉9上-3
彡(彭、毵通叚)	shan	ㄕㄢ	193	【彡部】	41	424	428	段9上-18	鍇17-6	鉉9上-3
彣(文，紋通叚)	wén	ㄨㄣˊ	193	【彡部】	41	425	429	段9上-20	鍇17-7	鉉9上-4
文(紋、彣)	wén	ㄨㄣˊ	264	【文部】	42	425	429	段9上-20	鍇17-7	鉉9上-4
髟(旚、猋)	biao	ㄅㄧㄠ	820	【髟部】	42	425	430	段9上-21	鍇17-7	鉉9上-4
后(後，姤通叚)	hòu	ㄏㄡˋ	77	【口部】	42	429	434	段9上-29	鍇17-9	鉉9上-5
司(伺，覗通叚)	si	ㄙ	77	【口部】	42	429	434	段9上-29	鍇17-9	鉉9上-5
卮(巵=觛觛danˋ述及)	zhi	ㄓ	68	【卩部】	42	430	434	段9上-30	鍇17-10	鉉9上-5
卪(卩、節)	jié	ㄐㄧㄝˊ	68	【卩部】	42	430	435	段9上-31	鍇17-10	鉉9上-5
印(归)	yìn	ㄧㄣˋ	68	【卩部】	42	431	436	段9上-33	鍇17-11	鉉9上-5
色(𩔖)	sè	ㄙㄜˋ	566	【色部】	42	431	436	段9上-33	鍇17-11	鉉9上-6
卯	qing	ㄑㄧㄥ	68	【卩部】	42	432	436	段9上-34	鍇17-11	鉉9上-6
辟(僻、避、譬、闢、壁、襞，擗、霹通叚)	pì	ㄆㄧˋ	710	【辛部】	43	432	437	段9上-35	鍇17-11	鉉9上-6
勹(包)	bao	ㄅㄠ	62	【勹部】	43	432	437	段9上-35	鍇17-12	鉉9上-6
包(苞)	bao	ㄅㄠ	62	【勹部】	43	434	438	段9上-38	鍇17-12	鉉9上-6
苟非苟gouˇ，古文從羊句(亟、棘，急俗)	jì	ㄐㄧˋ	566	【艸部】	43	434	439	段9上-39	鍇17-13	鉉9上-7
鬼(槐從示)	guǐ	ㄍㄨㄟˇ	828	【鬼部】	43	434	439	段9上-39	鍇17-13	鉉9上-7
甶	fú	ㄈㄨˊ	422	【田部】	43	436	441	段9上-43	鍇17-14	鉉9上-7
厶(私)	si	ㄙ	74	【厶部】	43	436	441	段9上-43	鍇17-14	鉉9上-7

篆本字（古文、金文、籀文，通叚）	拼音	注音	部首通檢目次	康熙部首	說文大字典	漢京頁碼	洪葉頁碼	段注篇章	徐鍇通釋篇章	徐鉉藤花榭篇章
嵬（巋、峞、磈通叚）	wei ´	ㄨㄟ ´	159	【山部】	43	437	441	段9上-44	鍇17-15	鉉9上-7
山	shan	ㄕㄢ	159	【山部】	43	437	442	段9下-1	鍇18-1	鉉9下-1
屾	shen	ㄕㄣ	159	【山部】	44	441	446	段9下-9	鍇18-3	鉉9下-2
屵（嶰通叚）	e `	ㄜ `	159	【山部】	44	442	446	段9下-10	鍇18-4	鉉9下-2
广（yan ˇ、an）	guang ˇ	ㄍㄨㄤ ˇ	180	【广部】	44	442	447	段9下-11	鍇18-4	鉉9下-2
厂（屵、巖广an述及，圹通叚）	han ˇ	ㄏㄢ ˇ	70	【厂部】	44	446	450	段9下-18	鍇18-6	鉉9下-3
丸（埶通叚）	wan ´	ㄨㄢ ´	3	【丶部】	44	448	452	段9下-22	鍇18-8	鉉9下-4
危（峗、桅、捼通叚）	wei ´	ㄨㄟ ´	68	【卩部】	44	448	453	段9下-23	鍇18-8	鉉9下-4
石（碩、秙，楉通叚）	shi ´	ㄕ ´	455	【石部】	44	448	453	段9下-23	鍇18-8	鉉9下-4
長（髟、镻、镸）	chang ´	ㄔㄤ ´	757	【長部】	44	453	457	段9下-32	鍇18-11	鉉9下-5
勿（旆、毋、沒、物）	wu `	ㄨ `	62	【勹部】	44	453	458	段9下-33	鍇18-11	鉉9下-5
冄（冉，苒通叚）	ran ˇ	ㄖㄢ ˇ	44	【冂部】	45	454	458	段9下-34	鍇18-11	鉉9下-5
而（能、如歃述及，髵通叚）	er ´	ㄦ ´	538	【而部】	45	454	458	段9下-34	鍇18-12	鉉9下-5
豕（帀）	shi ˇ	ㄕ ˇ	672	【豕部】	45	454	459	段9下-35	鍇18-12	鉉9下-5
希（彖、彖、肆、豨、脩、豪，猍通叚）	yi `	ㄧ `	192	【彑部】	45	456	460	段9下-38	鍇18-13	鉉9下-6
彑（彐）	ji `	ㄐㄧ `	192	【彑部】	45	456	461	段9下-39	鍇18-13	鉉9下-6
㒸从巾（豚、㒸从小，㹠、㹠通叚）	tun ´	ㄊㄨㄣ ´	672	【豕部】	45	457	461	段9下-40	鍇18-14	鉉9下-7
豸（廌）	zhi `	ㄓ `	675	【豸部】	45	457	461	段9下-40	鍇18-14	鉉9下-7
舄（兕、㕙，兜通叚）	si `	ㄙ `	379	【火部】	45	458	463	段9下-43	鍇18-15	鉉9下-7
易（蜴、場通叚非場chang ˇ）	yi `	ㄧ `	271	【日部】	45	459	463	段9下-44	鍇18-15	鉉9下-7

篆本字（古文、金文、籀文，通叚）	拼音	注音	部首通檢目次	康熙部首	說文大字典	漢京頁碼	洪葉頁碼	段注篇章	徐鍇通釋篇章	徐鉉藤花樹篇章
象(像，橡通叚)	xiang`	ㄒㄧㄤˋ	672	【豕部】	46	459	464	段9下-45	錯18-16	鉉9下-7
說文解字弟十					46	776	783	段15上-46	繫傳31 部敘-2-3	標目-4
馬(影、影)	ma	ㄇㄚˇ	808	【馬部】	46	460	465	段10上-1	錯19-1	鉉10上-1
廌(豸、豠)	zhi`	ㄓˋ	180	【广部】	46	469	474	段10上-19	錯19-6	鉉10上-3
鹿(麀、摝、蔍、蟺、轆、犢通叚)	lu`	ㄌㄨˋ	852	【鹿部】	46	470	474	段10上-20	錯19-6	鉉10上-3
麤(麄、粗，麁、麈通叚)	cu	ㄘㄨ	852	【鹿部】	47	472	476	段10上-24	錯19-7	鉉10上-4
怠(皂、臭)	chuo	ㄔㄨㄛ	335	【比部】	47	472	476	段10上-24	錯19-7	鉉10上-4
兔(菟，毚、鵵通叚)	tu`	ㄊㄨˋ	40	【儿部】	47	472	477	段10上-25	錯19-8	鉉10上-4
萈(羱，羦、羳通叚)	huan´	ㄏㄨㄢˊ	566	【艸部】	47	473	477	段10上-26	錯19-8	鉉10上-4
犬(猒通叚)	quan	ㄑㄩㄢˇ	399	【犬部】	47	473	477	段10上-26	錯19-8	鉉10上-4
狀	yin´	ㄧㄣˊ	399	【犬部】	47	478	482	段10上-36	錯19-12	鉉10上-6
鼠(癙)	shu	ㄕㄨˇ	863	【鼠部】	47	478	483	段10上-37	錯19-12	鉉10上-6
能	neng´	ㄋㄥˊ	544	【肉部】	47	479	484	段10上-39	錯19-13	鉉10上-7
熊(能疑或)	xiong´	ㄒㄩㄥˊ	379	【火部】	47	479	484	段10上-39	錯19-13	鉉10上-7
火	huo	ㄏㄨㄛˇ	379	【火部】	48	480	484	段10上-40	錯19-14	鉉10上-7
炎	yan´	ㄧㄢˊ	379	【火部】	48	487	491	段10上-54	錯19-18	鉉10上-9
炱(黑，螺通叚)	hei	ㄏㄟ	857	【黑部】	48	487	492	段10上-55	錯19-18	鉉10上-9
囪(囱、窗、囧，悤通叚)	chuang	ㄔㄨㄤ	100	【口部】	48	490	495	段10下-1	錯19-20	鉉10下-1
焱(猋燊述及古互譌)	yan`	ㄧㄢˋ	379	【火部】	48	490	495	段10下-1	錯19-20	鉉10下-1
炙(煉，爐通叚)	zhi`	ㄓˋ	379	【火部】	48	491	495	段10下-2	錯19-15,19-20	鉉10下-1
赤(烾、䞓、尺)	chi`	ㄔˋ	683	【赤部】	48	491	496	段10下-3	錯19-21	鉉10下-1

篆本字(古文、金文、籀文，通段)	拼音	注音	部首通檢目次	康熙部首	說文大字典	漢京頁碼	洪葉頁碼	段注篇章	徐鍇通釋篇章	徐鉉藤花榭篇章
大不得不殊爲二部										
(太泰述及，忕通段)	da`	ㄉㄚˋ	123	【大部】	48	492	496	段10下-4	鍇20-1	鉉10下-1
亦(腋同掖、袼，伮通段)	yi`	一ˋ	8	【亠部】	48	493	498	段10下-7	鍇20-2	鉉10下-2
矢	ze`	ㄗㄜˋ	123	【大部】	49	494	498	段10下-8	鍇20-2	鉉10下-2
夭(拗、殀、麇通段)	yao	一ㄠ	123	【大部】	49	494	498	段10下-8	鍇20-3	鉉10下-2
交(逿、佼，玟通段)	jiao	ㄐㄧㄠ	8	【亠部】	49	494	499	段10下-9	鍇20-3	鉉10下-2
尢(尣、尷、尪，㒫通段)	wang	ㄨㄤ	154	【尢部】	49	495	499	段10下-10	鍇20-3	鉉10下-2
壺(壷非壼kun˘)	hu´	ㄏㄨˊ	120	【士部】	49	495	500	段10下-11	鍇20-4	鉉10下-3
壹(壹)	yi	一	120	【士部】	49	496	500	段10下-12	鍇20-4	鉉10下-3
夲(幸通段)	nie`	ㄋㄧㄝˋ	123	【大部】	49	496	500	段10下-12	鍇20-4	鉉10下-3
奢(奓)	she	ㄕㄜ	123	【大部】	49	497	501	段10下-14	鍇20-5	鉉10下-3
亢(頏、肮、吭)	kang`	ㄎㄤˋ	8	【亠部】	49	497	501	段10下-14	鍇20-5	鉉10下-3
夲非本ben˘	tao	ㄊㄠ	123	【大部】	50	497	502	段10下-15	鍇20-5	鉉10下-3
夰	gao˘	ㄍㄠˇ	123	【大部】	50	498	503	段10下-17	鍇20-6	鉉10下-4
大(亣籀文大、太泰述及)	da`	ㄉㄚˋ	123	【大部】	50	498	503	段10下-17	鍇20-6	鉉10下-4
夫(玞、砆、芺、鳺通段)	fu	ㄈㄨ	123	【大部】	50	499	504	段10下-19	鍇20-7	鉉10下-4
立(位述及)	li`	ㄌㄧˋ	482	【立部】	50	500	504	段10下-20	鍇20-7	鉉10下-4
竝(並)	bing`	ㄅㄧㄥˋ	482	【立部】	50	501	505	段10下-22	鍇20-8	鉉10下-5
囟(䏴、顖、顋、出，胮通段)	xin`	ㄒㄧㄣˋ	100	【囗部】	50	501	505	段10下-22	鍇20-8	鉉10下-5
思(愳、偲、題、鬠通段)	si	ㄙ	200	【心部】	50	501	506	段10下-23	鍇20-9	鉉10下-5

篆本字（古文、金文、籀文，通叚）	拼音	注音	部首通檢目次	康熙部首	說文大字典	漢京頁碼	洪葉頁碼	段注篇章	徐鍇通釋篇章	徐鉉藤花榭篇章
心（小隸書疒迖及，杺通叚）	xin	ㄒㄧㄣ	200	【心部】	50	501	506	段10下-23	鍇20-9	鉉10下-5
惢（蕊、蘂，橤、蘂通叚）	rui˅	ㄖㄨㄟ˅	200	【心部】	51	515	520	段10下-51	鍇20-19	鉉10下-9
說文解字弟十一					51	777	784	段15上-48	繫傳31 部敘-2-4	標目-54
水	shui˅	ㄕㄨㄟ˅	339	【水部】	51	516	521	段11上壹-1	鍇21-1	鉉11上-1
沝	zhui˅	ㄓㄨㄟ˅	339	【水部】	51	567	573	段11下-1	鍇21-26	鉉11下-1
瀕（瀕、濱、頻）	bin	ㄅㄧㄣ	339	【水部】	51	567	573	段11下-1	鍇21-26	鉉11下-1
巜（甽、甽、畎，甽、畎通叚）	quan˅	ㄑㄩㄢ˅	169	【巛部】	52	568	573	段11下-2	鍇22-1	鉉11下-1
巜	kuaiˋ	ㄎㄨㄞˋ	169	【巛部】	52	568	573	段11下-2	鍇22-1	鉉11下-1
巛（川、鬊）	chuan	ㄔㄨㄢ	169	【巛部】	52	568	574	段11下-3	鍇22-1	鉉11下-1
泉（錢貝迖及，湶、洤、蝝通叚）	quan´	ㄑㄩㄢ´	339	【水部】	52	569	575	段11下-5	鍇22-2	鉉11下-2
灥（xun´）	quan´	ㄑㄩㄢ´	339	【水部】	52	569	575	段11下-5	鍇22-3	鉉11下-2
永	yong˅	ㄩㄥ˅	339	【水部】	52	569	575	段11下-5	鍇22-3	鉉11下-2
辰（派）	paiˋ	ㄆㄞˋ	4	【丿部】	52	570	575	段11下-6	鍇22-3	鉉11下-2
谷非谷jue´（輴）	gu˅	ㄍㄨ˅	671	【谷部】	52	570	575	段11下-6	鍇22-3	鉉11下-2
仌	bing	ㄅㄧㄥ	46	【冫部】	52	570	576	段11下-7	鍇22-4	鉉11下-3
雨（屚）	yu˅	ㄩ˅	775	【雨部】	53	571	577	段11下-9	鍇22-5	鉉11下-3
雲（古文、云）	yun´	ㄩㄣ´	775	【雨部】	53	575	580	段11下-16	鍇22-7	鉉11下-4
魚（䰻、鱻通叚）	yu´	ㄩ´	829	【魚部】	53	575	580	段11下-16	鍇22-7	鉉11下-4
鱻	yu´	ㄩ´	829	【魚部】	53	582	587	段11下-30	鍇22-11	鉉11下-6
燕（宴）	yanˋ	ㄧㄢˋ	379	【火部】	53	582	587	段11下-30	鍇22-11	鉉11下-6
龍（寵、和、尨 買迖及、駹騋迖及，曨通叚）	long´	ㄌㄨㄥ´	868	【龍部】	53	582	588	段11下-31	鍇22-11	鉉11下-6
飛（蜚，霏通叚）	fei	ㄈㄟ	800	【飛部】	53	582	588	段11下-31	鍇22-12	鉉11下-6
非（緋通叚）	fei	ㄈㄟ	780	【非部】	53	583	588	段11下-32	鍇22-12	鉉11下-7

篆本字(古文、金文、籀文，通段)	拼音	注音	部首通檢目次	康熙部首	說文大字典	漢京頁碼	洪葉頁碼	段注篇章	徐鍇通釋篇章	徐鉉藤花榭篇章
卂	xun ˋ	ㄒㄩㄣˋ	66	【十部】	53	583	588	段11下-32	鍇22-12	鉉11下-7
說文解字弟十二					54	778	785	段15上-50	繫傳31部敘-2-4	標目-5
乙(ya ˋ 鳦)	yi ˇ	一ˇ	6	【乙部】	54	584	590	段12上-1	鍇23-1	鉉12上-1
不(鴀、鳺、鵧通段)	bu ˋ	ㄅㄨˋ	1	【一部】	54	584	590	段12上-2	鍇23-1	鉉12上-1
至(𡆵，胵通段)	zhi ˋ	ㄓˋ	560	【至部】	54	584	590	段12上-2	鍇23-2	鉉12上-1
西(棲、卤、卥，栖通段)	xi	ㄒ一	646	【襾部】	54	585	591	段12上-4	鍇23-2	鉉12上-1
鹵(滷通段)	lu ˇ	ㄌㄨˇ	852	【鹵部】	54	586	592	段12上-5	鍇23-2	鉉12上-2
鹽(塩通段)	yan ˊ	一ㄢˊ	852	【鹵部】	54	586	592	段12上-5	鍇23-3	鉉12上-2
戶(㦾)	hu ˋ	ㄏㄨˋ	228	【戶部】	55	586	592	段12上-6	鍇23-3	鉉12上-2
門	men ˊ	ㄇㄣˊ	757	【門部】	55	587	593	段12上-7	鍇23-4	鉉12上-2
耳(爾唐譌亂至今，咡、駬通段)	er ˇ	ㄦˇ	540	【耳部】	55	591	597	段12上-15	鍇23-6	鉉12上-3
𦣝(頤、䶗，顊通段)	yi ˊ	一ˊ	559	【臣部】	55	593	599	段12上-19	鍇23-8	鉉12上-4
手(𠂿)	shou ˇ	ㄕㄡˇ	229	【手部】	55	593	599	段12上-20	鍇23-8	鉉12上-4
𠦬(乖)	guai	ㄍㄨㄞ	4	【丿部】	55	611	617	段12上-55	鍇23-17	鉉12上-9
女	nǔ	ㄋㄩˇ	128	【女部】	55	612	618	段12下-1	鍇24-1	鉉12下-1
毋(無)	wu ˊ	ㄨˊ	335	【毋部】	55	626	632	段12下-30	鍇24-10	鉉12下-5
民(𠬝)	min ˊ	ㄇ一ㄣˊ	338	【氏部】	55	627	633	段12下-31	鍇24-10	鉉12下-5
丿	pie ˇ	ㄆ一ㄝˇ	4	【丿部】	56	627	633	段12下-31	鍇24-11	鉉12下-5
𠂆	yi ˋ	一ˋ	4	【丿部】	56	627	633	段12下-32	鍇24-11	鉉12下-5
㇏(古文及字，見市shi ˋ)	yi ˊ	一ˊ	4	【丿部】	56	627	633	段12下-32	鍇24-11	鉉12下-5
氏(坁、阺、是)	shi ˋ	ㄕˋ	338	【氏部】	56	628	634	段12下-33	鍇24-11	鉉12下-5
氐(低、底榰zhi述及，秪通段)	di	ㄉ一	338	【氏部】	56	628	634	段12下-34	鍇24-12	鉉12下-5
戈	ge	ㄍㄜ	225	【戈部】	56	628	634	段12下-34	鍇24-12	鉉12下-6
戉(鉞)	yue ˋ	ㄩㄝˋ	225	【戈部】	56	632	638	段12下-42	鍇24-13	鉉12下-6

篆本字(古文、金文、籀文，通叚)	拼音	注音	部首通檢目次	康熙部首	說文大字典	漢京頁碼	洪葉頁碼	段注篇章	徐鍇通釋篇章	徐鉉藤花榭篇章
我(戈)	wǒ	ㄨㄛˇ	225	【戈部】	56	632	638	段12下-42	鍇24-14	鉉12下-6
丿(糜)	jué	ㄐㄩㄝˊ	7	【丿部】	56	633	639	段12下-44	鍇24-14	鉉12下-7
琴(珡、鑒)	qín	ㄑㄧㄣˊ	407	【玉部】	57	633	639	段12下-44	鍇24-14	鉉12下-7
乚(乙)	yǐn	ㄧㄣˇ	6	【乙部】	57	634	640	段12下-45	鍇24-14	鉉12下-7
亾(無、亡)	wáng	ㄨㄤˊ	8	【亠部】	57	634	640	段12下-45	鍇24-15	鉉12下-7
匸非匚fang	xì	ㄒㄧˋ	64	【匸部】	57	635	641	段12下-47	鍇24-16	鉉12下-7
匚非匸xì (匠、方)	fang	ㄈㄤ	64	【匸部】	57	635	641	段12下-48	鍇24-16	鉉12下-7
曲(苗、笛、囲)	qū	ㄑㄩˇ	282	【曰部】	57	637	643	段12下-51	鍇24-17	鉉12下-8
甾(屮，淄、榴、稻、簹、鶅通叚)	zi	ㄗ	422	【田部】	57	637	643	段12下-52	鍇24-17	鉉12下-8
瓦	wǎ	ㄨㄚˇ	419	【瓦部】	57	638	644	段12下-53	鍇24-17	鉉12下-8
弓	gong	ㄍㄨㄥ	188	【弓部】	57	639	645	段12下-56	鍇24-18	鉉12下-9
弜	jiàng	ㄐㄧㄤˋ	188	【弓部】	58	642	648	段12下-61	鍇24-20	鉉12下-9
弦(弦、絃，紭、舷通叚)	xián	ㄒㄧㄢˊ	188	【弓部】	58	642	648	段12下-61	鍇24-20	鉉12下-10
系(轡从處、繠、係、繫、縠)	xì	ㄒㄧˋ	505	【糸部】	58	642	648	段12下-62	鍇24-20	鉉12下-10
說文解字弟十三					58	779	786	段15上-52	繫傳31部敘-2-5	標目-5
糸(幺)	mì	ㄇㄧˋ	505	【糸部】	58	643	650	段13上-1	鍇25-1	鉉13上-1
緐(素，嗉、愫通叚)	sù	ㄙㄨˋ	505	【糸部】	58	662	669	段13上-39	鍇25-9	鉉13上-5
絲	si	ㄙ	505	【糸部】	58	663	669	段13上-40	鍇25-9	鉉13上-5
率(帥、達、衛，剗通叚)	lǜ	ㄌㄩˋ	407	【玄部】	59	663	669	段13上-40	鍇25-9	鉉13上-5
虫(虺hui ˇ)	chóng	ㄔㄨㄥˊ	610	【虫部】	59	663	669	段13上-40	鍇25-9	鉉13上-6
蚰(昆，蚰通叚)	kun	ㄎㄨㄣ	610	【虫部】	59	674	681	段13下-1	鍇25-15	鉉13下-1
蟲(爁通叚)	chóng	ㄔㄨㄥˊ	610	【虫部】	59	676	682	段13下-4	鍇25-16	鉉13下-1

篆本字（古文、金文、籀文，通叚）	拼音	注音	部首通檢目次	康熙部首	說文大字典	漢京頁碼	洪葉頁碼	段注篇章	徐鍇通釋篇章	徐鉉藤花榭篇章
風（颪，瘋、飌通叚）	feng	ㄈㄥ	799	【風部】	59	677	683	段13下-6	鍇25-16	鉉13下-2
它（蛇、佗、他）	ta	ㄊㄚ	144	【宀部】	59	678	684	段13下-8	鍇25-17	鉉13下-2
龜（𪚧，鼊通叚）	gui	ㄍㄨㄟ	868	【龜部】	59	678	685	段13下-9	鍇25-17	鉉13下-2
黽（鼀、𪓵，澠通叚）	min	ㄇㄧㄣˇ	860	【黽部】	59	679	685	段13下-10	鍇25-17	鉉13下-2
卵（㕚、鯤鱗duo、述及，峻通叚）	luan	ㄌㄨㄢˇ	68	【卩部】	59	680	686	段13下-12	鍇25-18	鉉13下-3
二（弍）	er	ㄦˋ	7	【二部】	60	681	687	段13下-14	鍇26-1	鉉13下-3
土（茟通叚）	tu	ㄊㄨˇ	103	【土部】	60	682	688	段13下-16	鍇26-1	鉉13下-3
垚	yao	ㄧㄠˊ	103	【土部】	60	694	700	段13下-40	鍇26-7	鉉13下-6
堇（墐、𡏳𦰩）	jin	ㄐㄧㄣˇ	103	【土部】	60	694	700	段13下-40	鍇26-7	鉉13下-6
里（悝，𤶠通叚）	li	ㄌㄧˇ	740	【里部】	60	694	701	段13下-41	鍇26-8	鉉13下-6
田（陳，鈿、鷏通叚）	tian	ㄊㄧㄢˊ	422	【田部】	60	694	701	段13下-41	鍇26-8	鉉13下-6
畕	jiang	ㄐㄧㄤ	422	【田部】	60	698	704	段13下-48	鍇26-9	鉉13下-7
黃（炗）	huang	ㄏㄨㄤˊ	856	【黃部】	60	698	704	段13下-48	鍇26-10	鉉13下-7
男	nan	ㄋㄢˊ	422	【田部】	60	698	705	段13下-49	鍇26-10	鉉13下-7
力（仂通叚）	li	ㄌㄧˋ	58	【力部】	61	699	705	段13下-50	鍇26-10	鉉13下-7
劦（飍枵lu、述及）	xie	ㄒㄧㄝˊ	58	【力部】	61	701	708	段13下-55	鍇26-12	鉉13下-8
說文解字弟十四					61	779	787	段15上-53	繫傳31部敘-2-5	標目-6
金（𨤾）	jin	ㄐㄧㄣ	741	【金部】	61	702	709	段14上-1	鍇27-1	鉉14上-1
幵（岍）	jian	ㄐㄧㄢ	178	【干部】	61	715	722	段14上-27	鍇27-9	鉉14上-5
勺（杓）	shao	ㄕㄠˊ	62	【勹部】	61	715	722	段14上-27	鍇27-9	鉉14上-5
几（机）	ji	ㄐㄧˇ	48	【几部】	62	715	722	段14上-28	鍇27-9	鉉14上-5
且（𠱾，蛆、跙通叚）	qie	ㄑㄧㄝˇ	1	【一部】	62	716	723	段14上-29	鍇27-9	鉉14上-5
斤	jin	ㄐㄧㄣ	266	【斤部】	62	716	723	段14上-30	鍇27-10	鉉14上-5

篆本字（古文、金文、籀文，通叚）	拼音	注音	部首通檢目次	康熙部首	說文大字典	漢京頁碼	洪葉頁碼	段注篇章	徐鍇通釋篇章	徐鉉藤花榭篇章
斗(枓魁述及、陡陗qiao`述及，斝、抖、斚、蚪、阧通叚)	dou˅	ㄉㄡˇ	265	【斗部】	62	717	724	段14上-32	錯27-10	鉉14上-5
矛(戰，釾、鉾通叚)	mao´	ㄇㄠˊ	453	【矛部】	62	719	726	段14上-36	錯27-11	鉉14上-6
車(轟)	che	ㄔㄜ	699	【車部】	62	720	727	段14上-37	錯27-12	鉉14上-6
𠂤(堆，塠、雁通叚)	dui	ㄉㄨㄟ	4	【丿部】	62	730	737	段14上-58	錯28-1	鉉14上-8
𨸏(阜、壓，峊、峊通叚)	fu`	ㄈㄨˋ	761	【阜部】	62	731	738	段14下-1	錯28-1	鉉14下-1
𨺅	fu`	ㄈㄨˋ	761	【阜部】	62	737	744	段14下-13	錯28-5	鉉14下-2
厽(參，壘通叚)	lei˅	ㄌㄟˇ	74	【厶部】	63	737	744	段14下-13	錯28-5	鉉14下-2
四(𦉭、三)	si`	ㄙˋ	100	【囗部】	63	737	744	段14下-14	錯28-5	鉉14下-3
宁(貯、䘥、著，竚、佇、貯通叚)	zhu`	ㄓㄨˋ	144	【宀部】	63	737	744	段14下-14	錯28-5	鉉14下-3
叕	zhuo´	ㄓㄨㄛˊ	75	【又部】	63	738	745	段14下-15	錯28-6	鉉14下-3
亞(婭通叚)	ya`	一ㄚˋ	7	【二部】	63	738	745	段14下-15	錯28-6	鉉14下-3
五(乂)	wu˅	ㄨˇ	7	【二部】	63	738	745	段14下-15	錯28-6	鉉14下-3
六	liu`	ㄌ一ㄡˋ	42	【八部】	63	738	745	段14下-16	錯28-6	鉉14下-3
七	qi	ㄑ一	1	【一部】	63	738	745	段14下-16	錯28-6	鉉14下-3
九(氿厬gui˅述及)	jiu˅	ㄐ一ㄡˇ	6	【乙部】	63	738	745	段14下-16	錯28-7	鉉14下-3
内(蹂、厹，鶔通叚)	rou´	ㄖㄡˊ	470	【内部】	64	739	746	段14下-17	錯28-7	鉉14下-4
嘼(畜)	chu`	ㄔㄨˋ	77	【口部】	64	739	746	段14下-18	錯28-8	鉉14下-4
甲(𠇚、𠇚、胛髀述及)	jia˅	ㄐ一ㄚˇ	422	【田部】	64	740	747	段14下-19	錯28-8	鉉14下-4
乙(軋軋，鳦通叚)	yi˅	一ˇ	6	【乙部】	64	740	747	段14下-19	錯28-8	鉉14下-4
丙	bing˅	ㄅ一ㄥˇ	1	【一部】	64	740	747	段14下-20	錯28-9	鉉14下-4

篆本字（古文、金文、籀文，通叚）	拼音	注音	部首通檢目次	康熙部首	說文大字典	漢京頁碼	洪葉頁碼	段注篇章	徐鍇通釋篇章	徐鉉藤花榭篇章
个(丁，虹、釘通叚)	ding	ㄉㄧㄥ	10	【人部】	64	740	747	段14下-20	鍇28-9	鉉14下-4
戊	wù	ㄨˋ	225	【戈部】	64	741	748	段14下-21	鍇28-9	鉉14下-5
己(㠱)	jǐ	ㄐㄧˇ	170	【己部】	64	741	748	段14下-21	鍇28-10	鉉14下-5
巴(芭通叚)	ba	ㄅㄚ	170	【己部】	64	741	748	段14下-22	鍇28-10	鉉14下-5
庚(鶊通叚)	geng	ㄍㄥ	180	【广部】	65	741	748	段14下-22	鍇28-10	鉉14下-5
辛	xin	ㄒㄧㄣ	710	【辛部】	65	741	748	段14下-22	鍇28-11	鉉14下-5
辡	biàn	ㄅㄧㄢˇ	710	【辛部】	65	742	749	段14下-23	鍇28-11	鉉14下-5
壬非壬ting	rén	ㄖㄣˊ	120	【士部】	65	742	749	段14下-23	鍇28-11	鉉14下-5
癸(癶、癸)	guǐ	ㄍㄨㄟˇ	437	【癶部】	65	742	749	段14下-24	鍇28-12	鉉14下-6
子(𡥀、𡦋從巛囟北人几)	zǐ	ㄗˇ	142	【子部】	65	742	749	段14下-24	鍇28-12	鉉14下-6
了(乚diaoˇ)	liǎo	ㄌㄧㄠˇ	7	【亅部】	65	743	750	段14下-26	鍇28-13	鉉14下-6
孨(孱)	zhuǎn	ㄓㄨㄢˇ	142	【子部】	65	744	751	段14下-27	鍇28-13	鉉14下-6
厶(㐬、突)	tu	ㄊㄨ	74	【厶部】	65	744	751	段14下-27	鍇28-14	鉉14下-6
丑	chǒu	ㄔㄡˇ	1	【一部】	66	744	751	段14下-28	鍇28-14	鉉14下-7
寅(𡩟)	yín	ㄧㄣˊ	144	【宀部】	66	745	752	段14下-29	鍇28-15	鉉14下-7
卯(卯、非、酉昴述及)	mao	ㄇㄠˇ	68	【卩部】	66	745	752	段14下-29	鍇28-15	鉉14下-7
辰(𠨷)	chén	ㄔㄣˊ	711	【辰部】	66	745	752	段14下-30	鍇28-15	鉉14下-7
巳	sì	ㄙˋ	170	【己部】	66	745	752	段14下-30	鍇28-16	鉉14下-7
午(仵、忤通叚)	wǔ	ㄨˇ	66	【十部】	66	746	753	段14下-31	鍇28-16	鉉14下-8
未	wèi	ㄨㄟˋ	285	【木部】	66	746	753	段14下-32	鍇28-16	鉉14下-8
申(串𠧟、昌、甲、伸)	shen	ㄕㄣ	422	【田部】	66	746	753	段14下-32	鍇28-16	鉉14下-8
酉(丣)	yǒu	ㄧㄡˇ	734	【酉部】	66	747	754	段14下-33	鍇28-17	鉉14下-8
酋(醮通叚)	qiú	ㄑㄧㄡˊ	734	【酉部】	67	752	759	段14下-43	鍇28-20	鉉14下-9
戌非戍shuˋ(悉咸述及)	xu	ㄒㄩ	225	【戈部】	67	752	759	段14下-43	鍇28-20	鉉14下-10末
亥(𣥪，𢁅)	hài	ㄏㄞˋ	8	【亠部】	67	752	759	段14下-44	鍇28-20	鉉14下-10末

作者簡介

朱恒發

　　臺北市南港人，生於一九六一年。一九七九年於中正國防幹部預備學校第一期畢業；一九八三年於鳳山黃埔陸軍官校正五十二期通信電子科畢業、授階、履職。一九八九年因健康因素退伍後，於一九九二年任職法商馬特拉交通事業公司擔任低壓工程師；一九九五年轉任職臺北市立廣慈博愛院駐警小隊長。後於一九九九年擔任有昇國際有限公司業務部經理，於二〇〇九年半退休至今。熱愛古文，對文學經典著作充滿熱忱。一九八七年跟隨吳老師書杰先生學習篆刻後，開始接觸古文字，二〇一四年再學書法、篆刻於呂老師國祈先生座前。因為這段學篆經歷，從而展開對中國文字的探索。

本書簡介

　　許慎的《說文解字》與段玉裁的《說文解字注》是中國文字學研究的先驅，流傳千年，可以說是中華優秀傳統文化的代表作之一。同時，也是中國文字研究的重要典籍。所以想要「識字」，必須先學會「說文」。也就是說，想研究文字學，就必須先學習如何讀《說文解字》這本書。

　　要讀懂《說文解字》這部書，要先學會如何查找書中收錄的文字。市面上的《說文解字》，大多會附上檢字表，便於檢索。但檢字表要如何查找，又有筆畫、部首、注音、拼音，或康熙字典部首等多種方式。若是不擅長使用這些方式，要查詢檢字表，就會費時費力。

　　現今為電子化的時代，網路上也有許多「字典網」可以查詢，只要輸入要查詢的字，該字的相關資料就會顯示出來。但是否會有需要的資料，就要看網站的編纂者，是否有羅列進去，更何況會有罕用字未被收錄，或有漏字的可能。

　　朱恒發老師的《說文段注拼音通檢》與《說文段注部首通檢》，可說是解決版本比較的問題。作者以拼音跟部首之查詢方式為主，把《說文解字》、《說文解字注》中的篆字、古文、金文、籀文、俗字、通用字，通假、金石等字形，逐條列出；每個字形後面，亦羅列常見版本之部首、筆畫與頁碼。可以說將多本工具書，融合成這兩本書，減少版本比較與查找的功夫，實屬不易。本書可以說是文字學研究者，初學入門、治學進階、成學研究，案頭必備的寶典。

　　With a history of thousands of years, Xu Shen's *Shuowen Jiezi* and Duan Yucai's *Shuowen Jiezi Zhu* are pioneering works in the study of Chinese characters. They are considered classics in Chinese Philology, representing rich Chinese culture. Therefore, if you want to learn Chinese characters, you need to learn how to read *Shuowen Jiezi*.

To get started, you need to learn how to search for the characters included in the book. Most versions of *Shuowen Jiezi* available on the market come with character indexes for reference. However, there are various methods used in making character indexes, such as stroke count, radical, Zhuyin (Bopomofo), Pinyin, or Kangxi Dictionary radical. If you're not familiar with these methods, it can be time-consuming to use the indexes.

Nowadays, there are many online dictionary websites where you can look up characters. Simply enter the character you want to search, and the relevant information will appear. However, some missing rare characters might not be included in these online resources.

The series of *Chinese 123* by Zhu Hengfa provides helpful guidance of *Shuowen Jiezi and Shuowen Jiezi Zhu*. The author organizes the characters found in *Shuowen Jiezi and Shuowen Jiezi Zhu* based on their Pinyin or radicals. Then he lists various forms of characters, including seal graph, ancient script, bronze script, Zhòu script, vulgar script, and other commonly used script. Additionally, he indicates each character's radical, stroke count, and page number in *Shuowen Jiezi*. The *Chinese 123* series combine multiple reference materials, making it easier for the researchers to compare versions and search for specific characters. The series are valuable resources for anyone interested in Chinese Philology.

文獻研究叢書・出土文獻譯注研析叢刊 0902027

《說文》段注部首通檢

作　　者	朱恒發
審　　校	朱其超
美編顧問	鄭國樑
封面題字	蕭鼎中
書脊題字	張秀英
責任編輯	林以邠

發 行 人	林慶彰
總 經 理	梁錦興
總 編 輯	張晏瑞
編 輯 所	萬卷樓圖書股份有限公司

地址 臺北市羅斯福路二段 41 號 6 樓之 3
電話 (02)23216565
傳真 (02)23218698

發　　行　萬卷樓圖書股份有限公司
地址 臺北市羅斯福路二段 41 號 6 樓之 3
電話 (02)23216565
傳真 (02)23218698
電郵 SERVICE@WANJUAN.COM.TW

香港經銷　香港聯合書刊物流有限公司
電話 (852)21502100
傳真 (852)23560735

ISBN 978-986-478-838-5
2023 年 5 月初版
定價：新臺幣 11000 元（全精裝共二冊不分售）

如何購買本書：

1. 劃撥購書，請透過以下郵政劃撥帳號：
　帳號：15624015
　戶名：萬卷樓圖書股份有限公司

2. 轉帳購書，請透過以下帳戶
　合作金庫銀行　古亭分行
　戶名：萬卷樓圖書股份有限公司
　帳號：0877717092596

3. 網路購書，請透過萬卷樓網站
　網址 WWW.WANJUAN.COM.TW

大量購書，請直接聯繫我們，將有專人為您服務。客服：(02)23216565 分機 610

如有缺頁、破損或裝訂錯誤，請寄回更換

版權所有・翻印必究
Copyright©2023 by CHU, HENG-FA.
All Rights Reserved　　Printed in Taiwan

國家圖書館出版品預行編目資料

<<說文>>段注部首通檢/朱恒發著. -- 初版. --
臺北市：萬卷樓圖書股份有限公司, 2023.05
　面；　公分. --(文獻研究叢書. 出土文獻譯
注研析叢刊；902027)
　ISBN 978-986-478-838-5(精裝)
　ISBN 978-986-478-839-2(全套：精裝)

1.CST: 說文解字 2.CST: 檢索

802.223　　　　　　　　　　112006200